傅逸尘 编著

"新生代军旅作家"面面观

上

作家出版社

"新生代"军旅文学整体观

傅逸尘

进入 21 世纪，以李亚、王凯、王甜、西元、丁晓平、曾剑、裴指海、卢一萍、杨献平、董夏青青、徐艺嘉等为代表的一批"新生代军旅作家"进入读者的视野，并逐渐在文坛崭露头角，创作实力不容小觑。他们的创作覆盖了长、中、短篇小说以及散文、报告文学、理论批评等各种文体，不但数量可观，并在质量上葆有较高水准。

"新生代军旅作家"大都出生于 1970 年代以后，他们的军旅生涯伊始，恰逢我军新军事革命浪潮开始涌动，军队从战术、武器、兵种到部队官兵的知识结构都发生了历史性遽变，这为他们的文学创作提供了极好的机遇和表现领域。而且从接受美学的角度论，无论是部队读者，还是地方上数量众多的"军事发烧友"，也都希望从军旅文学中感知强军兴军的壮阔图景，感受"四有"新一代革命军人的风采与"亮剑"精神。军营生活的新变和读者的阅读期待，无疑为"新生代军旅作家"提供了创新的空间和施展才华的舞台。

"新生代军旅作家"作为一个日渐活跃的写作群体，以其独特的审美体验与视角，观照着当代军人的生存境遇和情感状态，为和平时期的军旅文学写作开拓了新的资源和面向。他们更愿意将自己的文学目光聚焦于高强度压力环境中的个体，表现逼仄空间内小人物的内心世界和命运轨迹；在取材上，他们更善于挖掘日常生活中人物丰富而驳杂的生命情态和生活经验，对细节进行放大甚至夸张化处理，探索柔软敏感的人性与人的内在心理，外化到文本层面便是作品中无处不在的伤痛痕迹。"新生代军旅作家"普遍具有本体的、异质的独特审美体验，具有重构日常生活之诗学理想的文学自觉；在叙事内容上，他们倾力展示平凡个体与世俗现实之间的种种纠葛，揭示新型军人面对军营与社会的急速变化所遭受的各种尴尬的精神处境和命运遭际；在伦理叙事与叙事伦理两个层面上呈现出鲜明的特色，为 21 世纪初年的军旅文学增添了一道别样的风景。当然，"新生代军旅作家"还处于生长期，个人的文学风格有待成型，生长的瓶颈亦突出而显明。但无论如何，作为一个鲜艳夺目的存在，"新生代军旅作家"群值得文学界给予持续关注和研究。

聚焦"小人物"形象和日常生活经验

上世纪 90 年代初的"新写实"主义从日常生活的角度将笔触伸向"小人物"，通过对普通人生命欲望与生存环境之间矛盾冲突的描写，展现普通人生活上的窘境与精神上的困惑，读者的视线被引入了平庸而琐碎的现实生活。这种文学思潮对军旅作家的深刻影响在进入 21 世纪以后迅速显现出来。回归文学对象的生命伦理和生活本体，重视日常生活经验的表达，观照军人的个人命运和个体经验，反拨了长久以来"政治话语"对军旅文学的规训和异化，军旅作家获得了新的更加丰厚的精神资源和宽广的观察、认识生活的角度，以及新的叙事方向和动力，得以在历史、战争和现实等广阔层面，探寻军人这一特殊群体的精神存在。"新生代军旅作家"在初出茅庐之际便遭遇了这种更为开放的文学思潮与写作观念。他们对自身的经历与经验更为珍惜，叙事伦理的向内转使他们无论是面对现实生活，抑或是勾勒战争历史，都更习惯于从小人物的个体经验出发编织故事。

刘跃清的《遥远的手榴弹》和《连队是一条河》同样融入了"新写实"元素，前者记录了普通一兵焦文文对投弹从恐惧到自如的心路历程，后者通过对几个士兵的追踪式描述，道出了"铁打的营盘流水的兵"这一军中谚语所蕴含的苦辣酸甜。两部作品均体现了作者对部队基层生活的细腻体验和真切感悟。

如果说"新生代军旅作家"在对当代现实题材的处理方式上延续了"新写实"的美学风格，那么在对历史战争的书写和追忆中，他们更倾向于运用"新历史主义"的抒写方式构建历史，以感性的目光洞察历史，在各具特色的

审美观照中探触人性内面。王甜的《昔我往矣》在解放战争的大背景中，选取了女军医蒋南雁和孪生兄弟罗永明、罗永亮三人之间的爱情线索作为故事支点。小说在三人跌宕起伏的爱情脉络中构建历史，既表现了渺小的个体面对战争时命运的错位和不可逆转，同时也娓娓道出了一段真挚哀婉的革命爱情。同样是"以情写史"，曾皓的《篝火燃烧的地方》以一个小男孩的视角描写了大家族中几个女人支援抗战的故事。小说中身在前线抗敌的"爸爸"和"舅舅"始终没有出现，前方战场则用"篝火燃烧的地方"这一意象指代。作者将目光定位在外婆、表姐和女仆胖丫身上，几个身手不凡的女人的离奇遭遇既为小说增添了神秘感，也从侧面表现了正面战场的惊心动魄。此外，还有作家的视野溢出了小人物的范围，投射到异化或弱势的人物身上。

悲悯情怀与"存在"的焦虑

进入 21 世纪以来，军旅文学开始以"个人私语"式的诗学策略消解着"史诗性"的宏大叙事模式。创作主体背弃了"史诗性"的"宏大叙事"视角，从微观的个人化"视点"切入，以小见大，以点写面，把生活改写成了片段式的、具体可感的生命过程与人生经验，赋予了"现实生活"以生命性和存在感。正是基于这种自觉性的主体建构，作品中的主人公通常被置于某种尴尬的生存境遇，生活的景象在他们敏锐而细腻的个人体验中被赋予某种荒诞色彩，而内心丰盈的人物在残酷的现实面前不断被迫接受冲撞，命运在时代的浪潮里沉浮，作家的悲悯情怀得以张扬。

王瑞胜的《省亲》写一个士官回乡探亲的故事及内心的波澜，作家通过一个个精彩的细节以及对城乡差距所作的细腻描摹，揭示出"士官"这一部队中重要且特殊的群体在现实生活中的尴尬境遇。尹德朝的《勋章》刻画了一个军人从失望到希望，再从希望到失望，到最后则是彻底绝望的情感变化，起伏跌宕，直击人心。这是一个无名军人的心灵史，充盈着强烈的悲剧感与沉重的忧伤。

"新生代军旅作家"精神上的漂泊和不安定的特征投射到现实题材的军旅作品中，使得他们笔下的军人形象也或多或少沾染了作家本身的忧虑和焦灼。

创作主体的视野开始淡出宏大叙事，转而对民间立场产生认同感，向平静的日常生活靠拢，将情绪或细节放大，剖析最为本真的"存在"的焦虑。

王凯的《任务》以伍秋原和老宝贵一家的交往为线索，写出了一名面临转业的军官的生活常态。小说沉浸在一种蓬松而绵软的叙述情绪中，叙事脉络是简单的，但故事牵出了诸多社会问题。有伍秋原工作前途不可预测的苦闷绝望，有新闻干事寻求升迁捷径的急功近利，有冒充老汉侄子的青年骗取丧葬费的诡诈。这些林林总总的元素汇集在一起，有一股势如破竹的张力，凝聚到一个焦点上亟待爆发。但在主人公得知被骗的一刻，这股本来期待宣泄的力量又瞬间土崩瓦解，一种对生活的无力感和虚无感瞬间弥散开来。也由此，作品呈现出多重审美趣味，衍生出若干可延伸和挖掘的触角，彰显了作者对生活的敏锐捕捉力。刘跃清的《党龄》通过对战争年代一块黄手帕的追寻将历史和现实做了巧妙的对接和勾连，将"光荣的临汾旅"老军人李如虎苦苦追讨五年党龄的历程娓娓道来，于心酸处传递一位老兵长达半生的对信仰的坚守，让我们继《集结号》之后再一次看到"为英雄正名"而无门的苦楚。曾皓的《看不见的军功章》中，瞎眼老汉在老伴善意的谎言中把想象中的"军功章"作为唯一的精神支柱，读来可笑而可悲。这两篇小说表现了军人的崇高精神与现实碰撞后的残酷结果，揭露了社会的暗面，引人深思。

当下的青年作家在小说叙事中，总是显示出一种简单的思维和片面的倾向：每每将一种情感结构推向极端，而缺乏在复杂的视境中平衡地处理多种对立关系的能力。而王凯的长篇小说《导弹和向日葵》则始终是在复杂的网络中展开矛盾冲突和情感纠葛。叶春风和他的军校同学们之间、同学与同学之间、机关层面的横向联系、与基层的纵向关系，凡此种种构成了一个错综复杂的关系网。故事的推进和人物的成长都需要在这重重交叉的网络逻辑中才能实现。的确，我们的文学应该从狭窄的个人视域和封闭的内心世界走出来了，应该以一种客观的态度面对丰富驳杂的外部世界。客观性不仅意味着人物形象的精确和真实，更意味着写作伦理的强健和美学精神的开阔。

气象格局与生长瓶颈

兴起于21世纪初年的"底层叙事"思潮，确曾打开了一扇理解、认识转型期中国社会现实的窗口，那种城乡二元模式下不同社会阶层、群体间的冲突与龃龉，将某些压抑已久的社会矛盾以文学的方式呈现出来，令人触目惊心，也感同身受。然而十数年过去了，青年作家的写作对时代精神、社会结构、政治文化、现实生活的观察和思考不仅没能自觉跳脱上一个时代的拘囿，进而构建起属己性的思想观念、文学经验和审美范式，反而沿着"底层叙事"的定见、成规与模式一路滑行，陷入了"形而下叙事"的泥淖，不能自拔甚至不愿自拔。似乎只要书写社会黑暗、人性丑恶，就意味着具有思想深度；反之，不写现实灰暗、人生失败，作品就不接地气，不够深刻。占据道德高地、展露批判锋芒成为青年作家跻身文坛的跳板和捷径，为此可以不惜夸张变形、装神弄鬼、违背常识、罔顾逻辑。而这样浅薄粗陋的作品竟会每每得到文学期刊的青睐、选刊的选载、批评家的激赏和出版商的追捧。凡此种种，反过来助长了这种思想僵化、观念停滞、审美鄙俗的潮流。相同的情感和情绪，相似的主题和结构，病恹恹的陈腐气息如同病毒般被复制和传播。青年作家笔下的失败人物，从现实遭际的蹉跎到爱情婚姻的失落再到友情亲情的分崩离析，直到道德底线的后退瓦解，最终坠入历史的虚无和空洞……部分青年作家在这种"形而下叙事"的闭合回路中消耗着自己的文学才华，作品的气象、格局和境界亦越发狭窄逼仄。

"新生代军旅作家"与地方"70后"作家相比，还没有形成具有辐射影响的集群，作品的整体质量和名气也有一定差距。但这并不是问题的关键所在，让我忧虑的是，"新生代军旅作家"们还存在着气象格局的狭小与未来生长的瓶颈。优秀的小说一定是不满足于仅仅表达作为个体的精神世界，更重要的则是通过对于个体内心世界特别是陷入困顿中的精神挣扎，来表现复杂人性中的诗意与崇高，并将这种诗意与崇高升华至哲学或形而上的高度。只有这样，小说的气象与格局才不至于显得狭小和空洞，才更具有饱满和开阔的精神气质。"新生代军旅作家"还没能整体性地达到这样的高度。

"新生代军旅作家"未来生长的瓶颈，首先是认知与把握现实军旅生活的能力较弱。新时期以来的军旅文学，因其始终密切跟踪当代军营和军人生活的新变，深刻洞悉社会文化心理转型，经由对重大历史事件和社会热点问题的生动描摹与深度透视，展现出了军旅作家强大的思想能力、真诚的文学态度和崇高的精神立场，因而成为中国当代文学的重镇。现实主义堪称军旅文学的精神底色和写作传统，它自身的性质和属性都决定着军旅作家需要及时快捷地追踪、记录当下军营正在进行中的变革。新时期之初，徐怀中的《西线轶事》、李存葆的《高山下的花环》《山中那十九座坟茔》等中短篇小说与生活的距离之近，对生活的认知之深刻、把握之精准，思想之高蹈令人印象深刻，甚至引领着当时中国文学的发展走向。而当下的"新生代军旅作家"缺乏在更高与更深两个向度上认识和把握当下军旅生活的能力。在很多人的作品中，看不到我军新军事革命浪潮和信息化建设的图景，看不到我军战略战术、武器装备、训练方式和兵员成分的新变化，基于这些新变化所产生的新矛盾、新问题也没有得到及时反映，甚至于新型高素质军人形象都是缺席的。军旅作家与军旅现实生活的隔膜与疏离由此可见一斑。即便是年轻作家，尽管曾经或正生活于基层部队，所写的也是现实题材，但缺乏紧跟当下军队新变化、观察军营新情况的自觉意识，缺乏宏阔视野和整体性思维，缺乏穿透事象直达本质的锐利目光，导致作品所关注的并非是当下军旅生活中最震撼人心、最带有趋向性的景观，所传达的思想和意识并非是当下军队发展的主流，所塑造的人物并非是具有典型性和代表性的主体。

　　其次，"新生代军旅作家"的很多作品还沉溺于"底层叙事"，视角狭小，缺乏大气象。军旅文学的审美品格既有低沉悲壮的，也要有昂扬向上的；既要聚焦基层官兵的生存境遇，也要关注中高级军官们的生存图景，需要有大视野、大气象、大境界。当下的军旅小说依然难以摆脱"农家军歌"的阴影，所塑造的人物、反映的生活和表现出来的思想意识过于低矮、狭小、逼仄。作家执迷于对小人物、小挫折、小苦难、小悲剧、小事故的书写，执着于军旅文学的"底层叙事"，这样就与当前波澜壮阔的新军事变革进程中的军旅生活拉开了距离。"新生代军旅作家"需要跳出自己反复书写的题材，更新文学观念，尝试以崭新的创作姿态，写出具有经典性和恒常性的人性光彩，写出和平年代军队趋向性的发展变化和新型军人形象。诚然，二十年前的"农家军歌"以对军人生活和军人心灵的揭示，突破了新时期军旅文学的某些禁锢，解构了已经化为军旅作家创作定势的"英雄情结"，让我们清醒地认识到军人在走向现代化的同时又经历着异化与蜕化的双向过程。然而时过境迁，在当下的军旅小说中，"新型高素质军人"理应成为军旅作家们，尤其是"新生代军旅作家"们努力刻画与塑造的全新形象。然而，比之"农家军歌"中那些鲜活动人、丰满深刻的农民军人，"新生代军旅作家"小说中的军人形象却显得相对单薄苍白、模糊与僵硬。这种差距，我以为除了和作家的生活经验、情感投射与写作资源有关之外，勾连出的是一个亟须对"军人职业伦理"进行重新认识、深化认识的问题，也即一种新的写作伦理自觉的问题。

再次，职业化的军人伦理与传统的牺牲奉献和英雄主义精神之间的张力与错位，是书写新型军人和当下军旅生活的重要向度，而"新生代军旅作家"对此尚缺乏文学的自觉。1990 年代以来，伴随着和平状态的不断持续和市场经济体制的不断深化，曾经笼罩在军人头上的崇高光环渐渐褪去，"价值解圣"之后的军人职业日益退至社会的边缘。1990 年代之初，"农家军歌"的唱响和朱苏进创作风格的转变作为当代军旅文学"英雄主义写作"主潮之外的一种变调，较为敏锐而及时地触及到了军人伦理的职业属性。但是"农家军歌"写作因为对农民军人狭隘性和功利性的过度戏剧化表现和片面性的价值评判，而丧失了对军人职业一般属性和生活基本面的把握。朱苏进的《醉太平》尽管偏离了其一贯张扬的理想主义英雄美学追求，象征着创作主体"英雄梦"的破灭，但是却历史性地开启了当代军旅文学对军人职业伦理的正面书写。然而进入 1990 年代中期，随着"农家军歌"的式微和朱苏进从军旅文坛的淡出，军人职业伦理叙事刚刚启动便戛然中止。笔者认为，当下军人伦理的内涵，简言之，主要包含三个方面：一是使命任务的特殊要求，决定了军人的生活方式、生活环境、生活内容都有着自身的特殊性，军人生而为战胜，要在战争和战争准备中追求其终极理想和价值；二是军人职业的一般属性，决定了军人生活与社会生活之间的通约性，在特定的体制之内成长，军人也要面临职业的选择、职务的晋升、"职场"的竞争，以及婚恋问题、琐碎的日常事务和家庭生活；三是英雄的军史和优良的传统对军人的理想信念、精神追求、立场原则、价值判断、道德规范等等方面的传承性影响。这三个方面在现实生活中的缠绕、渗透和交融构成了现代军人伦理体系，也成为

"军人伦理叙事"的内在要求。

英雄叙事是军旅文学的精神风骨，21世纪初年军旅文学同样需要塑造当代英雄形象，而"新生代军旅作家"的作品过分抽离了英雄主义的精神内核，与地方作家作品同质化，难以形成独特的品格。笔者认为，对当下军营的深度挖掘、对新型高素质军人形象的新鲜塑造是"新生代军旅作家"有待挖掘的资源和可以提升的空间。当今社会生活正以飞快的速度向前发展，军队、军营和军人也正在发生着深刻的变化，如何以文学的方式及时而深刻地反映军旅生活的新变和新型军人的生存状态，以文学的方式构建军人伦理新的时代意义，是"新生代军旅作家"必须回应的现实课题。

"现实性"缺失与想象力匮乏

"新生代军旅作家"的小说写作多半集中于表现现实军营中小人物的生存境遇，放大和捕捉普通人的日常生活及细腻感受；但是，这种日常化、碎片化、低视点的叙事伦理，其弊端也显而易见，它局限了作家的视野，拘囿了作家的想象力，导致他们的创作很难超越前辈，达到应有的深度与高度。很多作品对当下军旅生活的表达还停留在事象的表层和故事层面的起承转合，没能向着更为本真的"存在"之境深潜，向着更富于生命痛感和思辨高度的写作伦理挺进。想象力是小说最重要的因素，它在诸多层面上考验着作家，而超越作家自身经验、建构更为广阔的文学性空间则是它的核心要求。小说叙事上的复杂化与陌生化、智性与艺术性都是想象力的具体表现。但遗憾的是，"新生代"军旅小说的模式化和类型化的倾向已经十分明显。

在"新生代军旅作家"中，王凯的小说是现实感最强的。他的作品有较为明显的两类书写资源：基层连队和部队机关。前一类的作品有《沉默的中士》《一日生活》《蓝色沙漠》等，后一类有《正午》《魏登科同志先进事迹》等。还有的作品在两种生活资源之间交叉叙述，如《换防》《迷彩》。王凯小说中的人物往往生活苦闷，处在事业或情感上两难的撕扯状态。这些小说在故事之外总有一种情感上的延展，表现怀有英雄主义情结的主人公在现实面前不断妥协，理想和伦理道德两相冲突所遭遇的困境。王棵的"守礁"系列

　　　　　　　　　　　　"新生代军旅作家"面面观 ┃

小说侧重书写了当代军人对职业伦理的坚守。王棵笔下的守礁军人是脱离都市光鲜生活的寂寞一族，时间对于他们而言，是寂寞中大把岁月的无尽投掷，成为了对生活本体的"守望者"。守礁是伟大而沉重的职业，无论怎样繁华的文字都掩饰不住骨子里的悲壮与无奈。《海戒》《飞鱼》《暗自芬芳》《对鱼说话》《美发史》等小说没有回避单调、寂寞、孤独的生活，真切抵达了士兵生存的本相。对守礁生活的痛切体验使得王棵可以将一个细节或一件细小的物件信手拈来大做文章。比如《飞鱼》以一种寻常不见的气味为线索，写人在压抑的环境下极度敏感以致精神失常；《美发史》则拿"头发"说事儿，用很小的生活细节表现坚实而又无奈的沉重感；《海戒》则以精湛独特的描写将守礁的寂寞艰难上升到人与人、人与自然之间的博弈，富于人情味与美感。

如果说王棵对现实题材的书写有沉郁、厚重的味道，那么朱旻鸢对现实生活的把握则有几分戏谑和调侃。在《坝上行》中，他采用了戏谑与戏仿、轻松与幽默，甚至滑稽变形等方法，将基层连队生活呈现为一种似真非真、似像不像的笑闹场景与喜剧状态。青年人的活力与智慧，青春期的激动与狂想，都可以无所顾忌地表达出来。卢一萍的《快枪手黑胡子》《索狼荒原》具有浓郁的边疆特色，写驻扎荒漠的官兵生活，细腻描摹男女的微妙情感，读来颇有趣味。

近二十年来的中国文学没有主义和思潮，中国作家由此陷入了一种迷茫的状态。当故事成为小说最重要的，甚至是唯一的要素，当所有的作家都绞尽脑汁去编织一个所谓好看的故事的时候，这个时代的文学会是一种什么样的品质便可想而知了。小说肯定需要故事，但故事却不是小说的唯一，小说还有许多文学性的层面。我们应该有一场类似于法国"新小说"那样的文学革命，才无愧于中国波澜壮阔的社会变革。1950年代崛起的法国"新小说"，距离我们还不算太遥远，罗伯格里耶等，以及他们亲自参与的法国"新浪潮电影"曾经让我迷恋不已。那才叫文学，一个影响至今仍然没有完全消除的代表着一个时代的文学。文学的嬗变多数是在社会转型的时候，社会思潮的涌流当是文学发展的真正动力，二战之后的社会思潮确为西方文学艺术提供了深厚强大的思想与哲学基础；反观当下的中国小说，总体论之，思想性或曰哲学性实在是弱爆了，因此，我们应该强调和鼓励青年作家在小说中进行独立的形而上思考，唯其如此，才能真正改变和提升中国小说的品格。多么

好的故事，多么饱满的人物形象，没有思想的支撑也难以达到高超的文学性境界。托尔斯泰也好，莫言也罢，正是他们深刻的思想和洞察，才使得其作品具有了世界性的高度。

当 1980 年代后期，文学的先锋性丧失殆尽之后，"形而下叙事"便成为中国文学的主流；而先锋作家们集体转向长篇小说创作，并回归现实主义，无疑起到了一重示范作用，即让更多青年作家以为：看见没有，先锋文学尚且如此，何况吾乎？诚然，以文学的方式概括现实、穿透时代对青年作家而言无疑是一种"有难度的写作"。但是我想，即便不能给现实生活的诸多问题提出解决方案，至少也要写出迥然不同的生活经验；即便不能贡献整体性、超越性的思想智识，至少要具有思辨的眼光和立场；即便不能在形式上开掘创新，至少要趋近于高贵优雅的文学气质。是故，"新生代军旅作家"亦迫切需要跳脱"形而下叙事"的泥淖，以葆有未来发展的多向度和可能性。

目录

王凯，1975 年出生，1992 年考入空军工程学院，历任学员、技术员、排长、连队指导员、政治机关干事等职，现为空军政治工作部文艺创作室创作员，中国作家协会全委会委员。曾就读于鲁迅文学院第十五届和第二十八届高研班。长期专注于军事题材小说创作，在《人民文学》《当代》《解放军文艺》等刊物发表军事题材小说近百万字，部分作品被《新华文摘》《小说选刊》《小说月报》等刊物选载，并入选若干年度文学选本。著有长篇小说《全金属青春》《导弹和向日葵》及小说集《指间的巴丹吉林》《沉默的中士》《塞上曲》。先后获得全军中短篇小说评比一等奖，第十二届全军文艺优秀作品一等奖，第三届"人民文学新人奖"（2014），首届"中华文学基金会茅盾文学新人奖"（2016），以及第六届鲁迅文学奖中篇小说奖提名。

灰暗中闪耀着金属的光泽

傅逸尘

　　读王凯的小说我想到了米兰·昆德拉，但这并不意味着王凯的小说像昆德拉，因描写的时代与政治背景，以及语言与风格的迥异，它们之间可以说是完全不同的作品，甚至没有多少可比性。之所以想到了昆德拉是由于我发现他们对小说的理解或认识在某些层面极为相似，比如昆德拉说："小说是对存在的探索和发现"，"存在并不是已经发生的，存在是人的可能性的场所，是一切可以成为的，一切人所能够的"。换言之，小说家是以自己的方式、自己的逻辑通过对现实生活的描述，去发现思考"存在"的复杂意味。小说是对确定性的怀疑，是对可能性的发现，"存在"只存在于小说家的发现之中。作为70后"新生代军旅作家"，王凯有着扎实完整的部队任职履历，基层与机关生活体验丰厚而深切。他善于挖掘表现日常生活中人物丰富的生命情态和驳杂的心灵世界，对青年官兵在军营与社会的急速变化中面临的各种尴尬的精神处境和命运遭际进行了富于生命痛感和思辨意味的追问与批判。王凯颠覆了传统军旅小说宏大叙事的模式，为军旅生活涂抹了一层灰暗的色调，表现出作家对昆德拉式"存在"的焦虑，这种焦虑既是对现实的一种回应，更重要的则是对未来的形而上哲思。

　　小说的终极关怀当是关乎生活和生命，是对人的心灵世界和生命情状的描摹与考量，它依赖着作家丰沛的生活经验与积淀，以及对生活本身的真切体察与精深研究。与传统的以故事来结构小说的作家不同，王凯从不刻意编织传奇好看的故事，在他的小说里，步枪的烤蓝、导弹的味道、军装的触觉纤毫毕露；沙漠特性、自然景观、风物人情极富质感，生活本身的气息、肌理、脉络以及主人公的心理活动、情感世界、官兵之间细腻幽微的关系都被原汁原味地保留下来；似乎也不着力于人物形象，写的是富于生命痛感的生活本身，是某种氛围、状态、场景、情绪，抑或一种感同身受却又无法言明的心境。这对于当前整体上湮没于故事中不能自拔的小说叙事而言尤为可贵，也构成了王凯对当下小说过度依赖故事性的一种叛逆性意义。

在长篇小说《全金属青春》中，寻常的军校生活被充满了机智和妙味的叙述激活，居然也跌宕有致，扣人心弦。小说中的一个细节令人拍案叫绝：肖明因被同宿舍的同学孤立而痛苦难抑，在极端心理状态下与哨兵发生冲突，最终导致被退学处理。在肖明离校当晚，同宿舍每一个自觉不自觉讨厌过这位室友的人都辗转难眠，陷入了莫名的不安之中。肖明一入学就以"积极追求上进"姿态出现在大家面前，他的种种表现，在成熟得略有些冷漠世故的各位室友看来似乎有点平庸与可笑，但当这位只不过按照一般社会逻辑寻求自我塑造之路的孤独个体遭遇惨败时，本该幸灾乐祸的同窗室友们却无法不承受自责，他们自以为是的"看透"，却被证明是另一种更可怕的平庸与可笑。这部小说始终在冷峻与温暖之间、沉稳与俏皮之间、荒诞与有趣之间、理想与现实之间游走，蔓延出巨大的情感张力。

《一日生活》以基层连队普通一天的日常生活为线索，将基层连队从早起床出操到晚熄灯查哨，中间经由整理内务和洗漱、早饭到晚上的点名、就寝等，各个环节写得清晰而通透，表现了指导员"我"和战士马涛各自苦闷而濒临幻灭的爱情，小说差不多是军旅版的《一地鸡毛》。《残骸》把一种无聊的生活状态书写得摇曳多姿。茫茫大漠，一辆卡车载着三名官兵，风驰电掣数十公里，赶在老百姓之前发现并回收导弹残骸。对各种导弹型号、发射方式所形成的残骸的形状、材质、颜色，甚至气味、老百姓回收的价格等等，小说都给予了详细的呈现。《卡车上的伽利略》从一件非常小的事——为了去哪家吃羊肉而发生冲突入手，一个并不复杂的故事在王凯的笔下充满了生活的情趣，足见王凯对生活的谙熟与深切的体察。《正午》则将部队机关的日常工作和机关干部的生存状态描写得入木三分。"正午"，原本是休息时间，是机关的真空状态，没有故事发生的时间段。王凯则敏锐地捕捉到正午这一既短暂又漫长的时段对年轻军官上尉齐的特殊意义，将一种感觉、心境和情绪进行富于诗意的延伸和放大。王凯小说的切口往往很小，是一种深井写作，而非大江大河的汪洋恣肆。《终将远去》描述了一位连长在老兵转退中面对现实的挣扎、退让和无奈，由此牵引出老指导员张安定宽阔而伟岸的军人胸怀。一盘炸馒头片承载着指导员"我"对过往的回忆、对老指导员的追思，小说以挽歌的形式表达了对现实生活本质的怀疑和思考——"反正早晚都要走，军队要的就是一个人一辈子质量最好的那几年"。纠结的情感、残酷的现实，军队在这里被刻画成一部机器，精准、强大、冷酷而又高效；而年轻士兵的单纯质朴、细腻敏感与之构成了巨大的反差。从上述作品中不难看出，王凯对部队基层生活的熟稔可以说渗透进连队的每一个细胞、每一寸光阴、每一个角落。

在王凯看来，故事只是小说之"用"，发现、疑难、追问、辩驳、判断，个体对世界的独特理解、故事与现实与人性之间的关系才是小说之"体"。王凯的小说具有一种挽歌气质，逝去的青春岁月在尘封的记忆里发酵，但味道依然熟悉，让人想起那些缓慢而笨拙的时光。在故事的外壳之下，看似不疾不徐的叙述却蕴含着强大的情感张力，不动声色中积蓄着撼人心魄的力量。王凯小说的焦虑在于，要么通过强大的对生存描绘的能力使生存自身产生复杂的"存在"意味来，要么在新的、现代的意识和视角下，对军人的生存状态和心灵世界做出独特别致的考量。

王凯笔下的巴丹吉林沙漠，以其艰苦卓绝、荒无人烟的特征，作为与生命力相对立的一种自然景象而存在；但由于责任与使命的要求，军人必须驻扎于此，以鲜活的生命、强大的精神与充沛的情感去抵御沙漠的吞噬。两者之间既对抗又相互依存的关系，很容易造就观念上的荒诞感。《蓝色沙漠》充满了自我拷问的意味，把军人精神与情感中最脆弱、最迷茫的部分呈现出来，让人看到生命的真实与荒诞是无法剥离的正反两面，而"陷入"与"逃离"是小说主人公所面临的现实境遇和精神困境。闻爱国是那么轻松自如，纵身一跃就能实现逃离梦想，但最后他却因为违纪而受到处理，之前的种种努力与经营毁于一旦。人物的命运轨迹直指陷入与逃离的悖论关系，当你逃离了某种环境，同时就陷入另一种境地，两者反复推动，相互转化。

中篇小说《迷彩》是一篇颇富有现代主义色彩的佳作。军官唐多令因为意外得知女朋友于盈盈曾经与她的上司有染，愤而与之争吵，导致女友与他断绝联系；而唐多令无法摆脱对她的思念，一次次地去于盈盈新的工作单位寻找她，一天天地等待她的消息。小说描述了唐多令既爱恋又无法释怀、既痛苦又无法解脱的矛盾状态，用大量笔墨表现他备受煎熬的寻找与等待。有点类似荒诞派戏剧《等待戈多》，等待意味着希望；等待也意味着机会的丧失。等待或是放弃，并无明确的答案，但它们都如此贴近生命的本质。中篇小说《沉默的中士》刻画了一名内向懂事、甘于寂寞、尽职尽责的战士形象，他不多言语，自愿到远离众人的车场值班，勤勤恳恳又遵守纪律，但结局却是他被发现曾在入伍前参与过一起抢劫杀人的罪案，由"我"出面亲自逮捕了他。小说之前的情节铺垫，在结尾处瞬间土崩瓦解：人心灵的秘密，需要沉默来坚守，更需要喧嚣来遮蔽，车场的冷清环境恰恰凸显了主人公内心世界的波澜；而人与人心灵间的距离之遥远，是远远超出我们日常的思维和想象的，人的"存在"本质上是隔离而孤独的；但是，人与人的关系，以及对自我的认知又是可以通过交流与沟通来达成理解的，而交流与沟通的过程是永无止境、永不停歇的。

世俗化的关系与军营战友情的冲突、错位，欲望失落与无奈忧伤是王凯小说的常见主题。当所有人都无力自拔的时候，人的灵魂、命运和现实生活之间形成了悖论，这悖论里堆积出荒诞感，于是小说便开始接近寓言。在意蕴上如此尖利冲撞的主题，显然源于王凯对世界的冷眼和质疑。对小说来说，丰厚的意蕴和存在感是区别于故事的最重要的标志。王凯的叙述看似漫不经心，内在气质里却有着深重黏稠的质疑和悲悯，有一种深植于大漠的粗犷和苍凉。王凯就像一个手工匠人，拿着放大镜捕捉着巴丹吉林沙漠深处某座军营里一群年轻官兵的喜怒哀乐。灰蓝色的沙漠、暗绿色的军营，王凯小说的背景大都是冷色调的，灰暗中闪耀着金属的光泽。荒芜恶劣的自然环境、体制内部的现实压力，对那些年轻军人的宝贵青春而言，无疑构成了压迫性的"存在"。面对那些硕大无朋而又坚硬无比的"存在"，青春、理想、欲望、爱情的柔软肉身遵从着心灵的召唤，在狭窄逼仄的空间里横冲直撞，遍体鳞伤。王凯的叙事细腻绵密，严格地遵循着生活本身的逻辑，可延伸到最后，往往得出的却是与世俗和现实背道而驰的结论。这正是王凯的高明之处，小说家的视角是独特的、异质性的，对现实和生命都怀揣着强烈的质疑和焦虑。他笔下的人物大都外表平静、内心执拗，执着探寻和追逐的是不同于世俗逻辑的另外一重可能性，是精神的飞升和超越，是人心的不同选择。

王凯的小说整体上看是静态、滞重、非线性的，动作性不强，好像是一幅幅厚重的油画，笔触是粗粝的，线条是棱角分明的，调子永远是深灰色的。他擅长记叙一个生命的截面、一个静态的特写、一种氤氲着复杂情绪的场景。小说的叙事速度很慢，甚至人物的面目也都比较模糊，但是读后那一种或灿烂或黯淡或悲壮的生命情状却会给你留下深刻的印象，并玩味良久，宛若寓言般带有某种哲学思辨的意味。

魏登科同志先进事迹

王　凯

　　到团政治处组织股报到的第一天，股长就安排我去整理资料。他说，资料就是历史，就是我们科的《资治通鉴》，整理资料的过程就是以史鉴今的过程，整一遍资料就相当于受了一次系统的传统教育和业务培训，有了这个基础再进入具体工作就容易多了。

　　"我刚来时就整了好几天资料，现在还觉得受益无穷呢。可惜还没整完就被叫去搞材料了。"股长补充说，"你一看就知道了，资料室绝对是我们的宝库。"

　　股长说得很有煽动性，可一分钟之后就发现他在忽悠我。拉开办公室隔壁那间小资料室厚厚的窗帘，浓重的异味和腾起的灰尘差点没把我呛死。开窗通风半个小时后我才小心翼翼地进去，满地高高低低的杂物几乎让我无处落脚。这个乱七八糟看上去有一个世纪都没人来过的破储藏室要能叫宝库，那我家喂着一头驴、六只羊和两条狗的后院就可以叫故宫。房间左右两面靠墙放着几个又旧又大的红漆木头柜子，中间留一个狭窄的过道，窄到左右两边的柜门不能同时打开。柜子顶上发黄的报纸和纸箱子一直堆到天花板，右边靠窗的柜子顶上还扔着一团不知谁留下来的脏兮兮的被褥；柜子里塞满了各色书籍、蓝色文件盒、牛皮纸信封、散乱的文件、坏掉的针式打印机、早就过时无用的五英寸软盘、色带、红头文件纸、碳素和蓝黑墨水以及大板砖一样的录像带。我站在屋子中间郁闷了半天，然后把这个宝库里的垃圾装进一个大纸箱里扔掉，其间在柜子底下扫出两只死亡日期不明的老鼠干尸和五只拖鞋，并在柜子抽屉里发现了一个压着两发子弹的"五四"手枪弹夹。又拿来抹布和扫把清理了整整一个上午，等弄干净满身满脸的灰，才稍稍有了些整理资料的环境和心情。

刚开始那两天，我觉得整理材料实在无聊，远不如在连队当排长好玩。同连队那帮热热闹闹的兄弟比起来，这些文件材料实在是他娘的面目可憎。好在几天后，柜子里出现了一些很有趣的材料，特别是想到这些材料多年来就我一个读者，不能不勾起我窥探秘密的快感。这些几十年来乱糟糟分放在几个柜子里的材料由一些手写或油印的群众来信、检查材料、调查报告、处分决定组成，具有很强的可读性。比如，一份 1963 年的违纪通报中，一个喝醉了的连长"严重违反群众纪律"，拿了老乡半个西瓜没给钱，于是受到降职降衔的严厉处分。一份 1979 年的调查材料中，一名被认定犯有男女作风错误的副营长大呼冤枉，我也在三十多年后的今天替他感觉冤枉，因为他只不过和他的女朋友在部队招待所里轻微亲热了一下——他只解开了女友上衣纽扣，连衣服还没脱呢——就被警惕的招待所所长发现并扭送到了保卫股，然后受到记过处分并被安排转业，政治生命就此完结。我算了算，他现在怎么也该六十岁了。一封 1981 年的群众来信中，一个驻地青年抱怨某营战士某某某"凭借着人民子弟兵的光环、绿军装的优势和人民群众对解放军的信任"，公然骗走了他谈了两年的对象，使他陷入"无限的痛苦"之中，恳请部队首长出面为他做主，以便使他"更加热爱我们的人民军队"。还有一个悲伤的女人写于 1984 年至 1985 年间的厚厚一沓申诉信，恳请组织将她 1972 年在执行"支左"任务中被武斗流弹击中身亡的丈夫追认为革命烈士，她在每封信上都贴了一张她丈夫的标准照，锯齿边黑白照片上那个梳着分头戴着黑框眼镜年轻英俊的军官看上去如此的温情脉脉又温文尔雅，不能不让我在安静的资料室想象了很久他曾拥有过的爱情。

这天下午上班后，我开始整理靠门左手的第一个柜子。整理的过程就是一个抛弃的过程，满满一柜子资料经过我手之后顶多剩下半柜子，这多少让我有点不安，我隐隐担心有一些不为人知的秘密已被毫不知情的我毫不留情地抛弃。在这个柜子最下面一格的最右角，也就是一堆录像带后面，我突然看到一个印着"工作记录"字样的蓝色塑料皮笔记本。本子只用了几页，记录的都是日常工作情况，后面全是空白，既不涉密也毫无保存价值。于是我把它扔进了装满重复或已失效文件材料的纸箱里，接着整理其他的资料。为了表现出一个新同志的工作积极性，吃过晚饭，我又来资料室继续加班。一开灯，我的目光又扫到了下午扔在纸箱里的那个蓝皮本，突然发现摊开的本子有点不对劲。走过去捡起一翻，发现本子最后的一些纸页被塞进了蓝色塑料封套里。我用力把它们抽出来，那几十页纸的右边被三个订书钉紧紧订在一起。没准里面会夹着钱或者别的什么好东西，我边拆订书钉边想，但除了用黑色墨水写下的文字之外，什么都没有。我坐在一摞旧报纸上，开始看这些被有意隐藏起来却又没有被销毁的纸页。

第一页上面，写着"调查笔录（秘密）"几个大字，接下来都是一段一段的谈话内容。

时间：1991 年 8 月 6 日下午
地点：一营三连会议室
谈话人：三连列兵刘宝丰（当事人）
谈话内容（提问略）：

那天（8 月 2 日）上午加注了两发导弹都正常，都好好的。就是第三发弹加冒了。

当时我穿着防护服，衣服上喷了一点，我没啥事。他一推我，氧化剂就喷到他脸上了，他要是戴面具的话应该不会有啥大问题，关键是他没戴面具。

我下连才几个月，前面一直在学专业，单放才没几天，就执行过两次任务，我也不知道班长为啥不戴面具。我问过他一次，他说夏天太热了，穿上防护服本来就热得受不了，再戴上面具他喘不上来气。

加注量是李来军操作，型号、温度还有加注量都一模一样，我也不知道问题出在哪儿。

刻度应该不会调错吧，李班长也是老同志了，虽然还比不上魏班长，不过也没搞错过。

魏班长对我们挺好的，从来不骂人，笑眯眯的，专业也好，连首长也信任，干工作也抢在前头，晚上还常起来给我们盖被子哩。

还有就是，魏班长特别会算。不是算人的命，是算弹的命。那天导弹在发射架上，然后来了一只乌鸦落在上面，魏班长说它要是在上面拉了屎，这弹就肯定打不中；要是不拉的话，肯定就能打中。然后我们就盯着看，最后乌鸦没拉屎就飞跑了，那发弹真的就打中了。

谈话人：三连上士李来军（当事人）
谈话内容：

我调整的刻度绝对没问题，我敢拿脑袋保证。我怀疑兵器车有故障，哪个阀门闭合不完全，造成输入量和输出量不一致。

我当时在车上操作，他们在弹上，我没注意那边出事。我发现的时候魏登科和刘宝丰都已经在运输车下面了。

这次本来应该是魏登科操作的，我说我刚探家回来，他上比较合适。他偏要让我来，说刚探家回来才应该恢复一下业务技能，结果好了，恢复成这个样子。我好不容易才超期服役一年，到年底我还想留队呢，出了这事，我看我只能卷铺盖回家了。

老魏这人怎么说呢，人是不错，心眼挺好的，技术上没啥说的，估计全团也能数得上前三名吧？就是有时候喜欢占点小便宜，就是小便宜，不是大便宜，大便宜他也占不上，也就是家属来了从炊事班拿点菜和肉之类的。不过话说回来，连里也不是他一个人这样，也没啥大不了的。

他这人有时候有点个人主义，好给组织上提条件。你像前年底搞演习，连里叫他去，他不愿意去，说要是转不了志愿兵过几天就得退伍回家，去不了。后来看自己转志愿兵的事差不多妥了，又改口说自己愿意去，然后问连里要一套修车工具。连里看他技术好，还是想用他，就从团里给他申请了一套工具，他这才去了。

其他没啥了。再就是这件事真不是我的责任，请组织上明察。早点查清楚早好。我是农村出身，家里生活比较困难，真是想留在部队长期干。恳求首长给我呼吁一下，谢谢首长。

谈话人：三连上尉指导员彭勇
谈话内容：

魏登科这个兵不一般，平时表现就很过硬，一般连队的志愿兵都当油了，懒懒散散的，他不这样。任何时候工作都抢在前面，哪怕是整理内务打扫卫生他也比别人干得多干得好。我觉得钢铁不是一天炼成的，只有平时过得硬，关键时刻才顶得上，如果没有平时打下的思想基础、平时养成的过硬作风，没有对战友的深厚感情，他不可能在危急关头做出这样的壮举。

我们连队党支部平时特别重视抓党员的教育，组织生活制度落实得非常严格，有意识地把党员放在第一线摔打，就是要让党员时刻认识到自己不同于一般的群众，任何时候都要发挥先锋模范作用。魏登科就经常给我提建议，说重大任务的时候应该组织党员突击队，带动全连官兵攻坚克难，争第一、扛红旗，简直跟我想到一起去了。事实上我们也是这么干的。每次驻训、打靶、演习他都积极要求参加，前年底他五年超期服役满了，能不能转志愿兵还悬着，他二话不说主动请缨参加演习，还冒着生命危险钻到燃料车里排除故障，发挥了关键作用。

这个兵的团结状况很好。连里的兵跟他关系都很融洽，我和连长也非常信任他。什么事但凡交给他办，那你就特别放心。我们从来是把他当干部用的。这些兵里头，你要我说一个放心的，那肯定就是他。上次有个新兵夜里突发急性阑尾炎，他立马给背到营部卫生所，卫生所看不了，他又一直给送到医院，通宵陪着，把那个兵感动得眼泪哗哗的。

我建议给魏登科记功，不记功实在说不过去。最好能是个一等功，实在不行二等功也行。你看他脸烧成啥样了？另外，我建议把他作为典型上报，好好宣传一下。我看他的事迹比报纸上很多典型过硬多了。

那要看怎么说了。雷锋当年也是事故，毛主席他老人家不也号召全国人民向他学习来着？事情要辩证地看，要抓住主要矛盾，我觉得团党委、团首长应该有这个眼光。如果把魏登科这个典型树起来，一方面可以让团里免受责难，有利于鼓舞士气；另一方面也是团里的一个成绩和亮点。反正我是这么看的。

没戴面具这事我还真不太清楚，当时我没在场。连长在，他是这个专业出身，有发言权，不像我原来是学后勤的。不过我听说魏登科他们去执行任务的时候有一个面具有问题，他把他的让给刘宝丰戴了，对，就是那个被他救了的新兵。魏登科把危险留给自己，把安全让给战友，这也是很感人的一幕。

优点就是爱党忠诚、爱军精武、爱兵尊干、爱岗敬业。最大的优点，应该是听招呼，叫干什么就干什么，不让干的坚决不干，组织上很放心。

刘宝丰应该没啥思想问题，一个新兵，还是第一个单放的专业兵，脑瓜聪明，表现不错，目前思想比较稳定。

李来军这个兵表现也不错，不然连里不会同意他超期服役。去年年底全连超期服役的一共两个，要是他表现不好的话我们也不可能留他。

刚看第三段笔录时，我还不太确定这位指导员彭勇是不是去年刚转业的团政委彭勇，毕竟也可能正好重名。不过看完这一段，我确定他们就是同一个彭勇。前年军校毕业刚分到团里，彭政委专门给我们这些新分配来的干部讲过一次话，口才真是好极了，听得我们群情激奋热血沸腾，恨不得一头扎到连队去建功立业，那次讲话的风格基本就是这段笔录的升级版。不料下到连队才发现，连里那帮老家伙竟然对他恨得牙痒痒，没有一天不在骂他，要按老家伙们的意思，明摆着是要把他拖出去毙了。据说他干了八年政委，并准备被提拔到另一个旅当政委的，不知道为什么又转业了。好在我并不关心领导的事，我只是为自己在笔录里发现一个认识的人而感到有趣。

不过再往下看，就全都是陌生的名字了。

谈话人：三连少校技师马上进

谈话内容：

我感觉魏登科这个兵肯吃苦，爱学习。一下连就是我带他，这个兵能把专业书背下来，这就比较吓人了。说实话连我有时候还都要去查书，这一点我从来没见过哪个人能跟他比。可以说现在全团搞氧化剂这个专业的没人比他强了。

这次的事一看就像是他干的，别人估计干不出来。前年参加演习，燃料车出了故障，燃料泵突然就不工作了，连长急得简直要上吊。还是小魏主动跑去说他个子小，可以钻到车里手动操作。其实这不是我们的事，燃料班他们自己也可以派人钻，可是最后还是靠小魏把问题解决了，不然非误了大事不可。不过你也知道燃料那玩意儿有毒，小魏回来好长时间胸闷气短，夜里老是咳嗽。他那时候不知道干这行容易伤精子，要不怎么连里百分之九十的后代全是闺女，包括我自己。

至少他那个时候不知道。我估计他女儿生出来以后才知道。专业书和操作教令只说那东西有毒，要做防护措施，肯定不会讲会影响后代，再说这东西也不是绝对的，连长不就生了儿子了？所以人家也有人家的道理。

他要知道了还会不会往里钻我不敢说，反正当时他是钻了，这是事实对吧？我亲眼所见。

缺点方面，我觉得小魏没啥，挺好的。就是有时候不太敏感。

不是政治上也不是工作上，政治上工作上都没问题。

这个例子不太好举，因为说出来也不叫个事。其实主要就是生活上一些琐事。你比如他不爱洗澡，平时澡堂每周开放，他一个月才去一次。问他为什么不去，他说他当兵以前一个冬天都不洗澡，只有夏天才到河里去洗洗。他又说洗澡伤元气。他当新兵的时候就这样，以前我还为这事骂过他，后来看他改不掉，我也懒得管了。这小子还喜欢乱开玩笑，你像每次打弹，他都在那里装神弄鬼，说这发打得中、那发打不中，这明显是不讲科学。不过有时候还真叫他蒙对了。

再有的真就不能说了，不好说，不过你们放心，肯定跟工作没关系，也是生活上的。

你们机关领导一定要我说那我就说一下。你们可能不了解，他和他家属是父母包办结的婚，他们那地方都这样，封建得很。他和他家属结婚前连面都没见过。他探家回去结婚，归队以后就来找我，问说女人下面那东西到底怎么回事，又说他在家的时候一直没弄成，他家属也不懂，怪不得人家说金娃配银娃西葫芦配南瓜，两个呆瓜遇上了。他还没搞清楚女人是咋回事，假期就到了。他回来以后问我到底应该咋办，你说这事我怎么教他？我没办法，就上街给他买了几本生殖健康的书叫他看，下次他家属来队的时候才算是成功了。不过，不过也就这些了。你看，人有时候就这么笨。这事你们还是别记了，这又不是什么事迹。

谈话人：三连专业军士赵建平

谈话内容：

出事那天我没在现场，再说我是搞装配的，不懂他的专业，不好随便乱说。不过我觉得魏登科技术上没说的，从来没出过问题。他这个人就是这样，对领导和战友都比较实诚，对他老娘也孝顺得很，每次探家归队都给他老娘磕三个响头才走，每月工资一发，第二天就给他娘寄二十块钱。我们一个月才拿一百多，你想想，很不少了。

我当然知道，我和登科是一个村的。我们连那年超期服役的就留了我们两个。他搞加注，我搞装配。

他表现当然好，要是不好也留不下来。志愿兵不是那么好转的，不过我们都是干工作干出来的。

给组织提条件要工具的事我不清楚。我觉得不至于那样，登科一直挺听话的，据我所知他没跟领导提过条件。你像那次，他请假探家，火车票都买好了，突然来了任务叫他先不要走，他立马把票退了，我看他也没有不高兴，要有怨言的话怎么也会给我说，你看他也没说。

也不能说没犯过错。不过那都是好几年以前的事了。就是在院子里开水车，开得快了点没收拾住，把围墙给撞了一下。

是把墙撞倒了一截，也不严重，就几米宽的样子，我们半天就又给垒起来了。车就是保险杠变了点形，我们找了个报废车给换过来了。再说连里也叫他在军人大会上做检查了，他还写了好几页的检查。那时候年轻，现在肯定不会了。

谈话人：三连上尉连长王启
谈话内容：

这事我现在不谈，等专家组有了结论再说。反正不管是车有毛病还是人有毛病，我这个当连长的都脱不了干系。车有问题那是我们兵器维护不到位，人有问题那是我们教育训练不到位，反正肯定是什么都不到位，对这个情况我有思想准备。我等着受处分，然后年底转业。

我没情绪，谁说我有情绪了？我要有情绪我就不来跟你谈了。你我同学归同学，工作归工作，我不会那么没觉悟。没撤职没转业之前我还是连长，我肯定还会负起连长的责任。

魏登科这个兵我可以说一说。这个兵是个好兵，专业肯定是一流，至少在团里是一流。每次专业考核他都是第一，兵器展开、操作、撤收他都比别人好比别人快，所有号手专业全都精通。他比别人强的关键一点是他还能排故，好多号手操作可以，但一出故障就毁了，完全抓瞎。凭这一点他就把别人都比下去了。平时他对干部也很尊重，不像有的兵，一转了志愿兵就大变样了，连风纪扣都不肯扣了，说话办事稀里马哈的，他没这个毛病。随时安排工作都利利索索，这点我很满意。

面具这事你一说我想起来了。他是不愿戴面具。冬天戴还行，夏天他确实受不了。以前他不这样，防毒面具、防护服、橡胶手套都穿戴得好好的，都是按操作教令来的。就是前年演习燃料车出故障，他主动要求进去打手泵，吸进的燃料蒸汽多了，肺部受了损伤，以后夏天他就不愿意戴了。我说过他两次，他说不是他不想戴，主要是一戴上就喘不上气。我也不好再说他了。你也知道那个破面具，正常人戴上都憋得慌。

他是挺勇敢的，他最知道被氧化剂烧伤是啥后果了。我个人也认为把他树成典型是好事，但是说到底这还是个事故。不过事情没有结论之前，我不发表看法。

雷锋跟他不一样。雷锋没牺牲之前早就是典型了。我看书上说，当时专门有个宣传干事负责给他照相，不然那个年代他哪来那么多照片？魏登科到现在也没照过几张相。雷锋人家那是一点点培养出来的，那时候的社会环境跟现在也不一样，肯定不会有人能超过雷锋了。

是给过他一套工具，他也给我提过想要一套工具，说是以后回家能用得上，他说的时候可没有附加什么条件。所以也不能说这是给组织上提条件，而且是演习归建以后才把工具给他，算是奖励吧，其实也值不了几个钱。

正看到这儿，股长突然推门进来了。

"看什么呢？这么认真。"

"没啥。"我有种干坏事被逮住的感觉，慌里慌张地说，"看到一个记录本，随便翻翻。"

"我看看。"股长伸手拿过去翻了翻，随手扔在纸箱子里，"这东西没用，直接扔掉就对了。怎么样，整理得差不多了吧？"

"正在整，估计再有个两三天就差不多了。"

"好。"股长点点头，"整理完了就准备和我们一起加班写材料吧。"

"是。"我说,"股长,你认识一个叫魏登科的兵吗?"

"没听说过。怎么了?"

"我看资料上说,这个兵1991年的时候为救一个新兵,结果脸让氧化剂给烧伤了,好像还给他立了功,还要在报纸上宣传,挺有意思的。"

"要是二等功我肯定知道。咱们团组建这几十年,一共就立了三个二等功。一个是学雷锋标兵,一个是技术革新能手,还有一个我都忘了怎么立的。要是三等功的话就搞不清楚了,1991年我还上初中呢。"股长说着打开我整理过的柜子检查起来,"材料你不用看那么仔细,主要留我们以后写材料可以参考的东西,其他不涉密的该扔就扔。你看,这些一模一样的书要那么多根本没用,还占地方,留两三本足矣。"

等股长离开,我把那个蓝皮本捡回来塞进自己的包里,然后继续整理剩余的材料。十一点钟回到宿舍,洗漱完毕,躺在床上拧亮台灯,继续看那个本子。

谈话人:三连少尉司务长韩小柴

谈话内容:

谁说魏登科到炊事班拿过东西?这肯定是瞎说,太不负责任了。我们的主副食管理很严格,一笔笔登记得清清楚楚,不要说他没拿,他就是想拿也没那么容易。

我主要负责后勤,和魏登科交流得比较少,也没有甚可说的。他表现当然是很好的,各方面都很拔尖,吃馒头都比别人吃得多。上次他和马技师打赌吃馒头,他一家伙吃了十二个,结果站起来就坐不下去了。人也比较实在,领导和我们都很喜欢他。新兵怎样跟他开玩笑他也不生气,不像有的人把老兵新兵分得那么清楚。

真看不出有甚缺点。不过人总是有缺点的对吧?不过这事我也是听说的,不一定是真事。就是上次我给他报销探家车票,发现一张票上的日期有点问题。我问他咋回事,他说他的票丢了,就另找了一张,我看反正票价都一样,就给他报了。后来有一次我听营部他一个老乡说,他们两个相跟上探家,魏登科穿着军装,光买了一张站台票就跟上他上车了,上车以后就找列车员,说要帮人家打扫卫生,又和人家拉话。人家叫他补票,他也不补,拿个拖把又给人家拖地去了,弄得人家不好意思撵他。下了车他也不走，等在出站口花五块钱买上一张人家没用的卧铺票，还专门买下铺的。我估计有问题的那张票就是当天没买上，过两天又去车站买的，所以和他探家的日子对不上。其实我挺佩服他的，这事打死我我也做不到。我听赵建平说他老娘一直瘫在床上，家属也没工作，小孩又小，家里应该是比较困难。再说他也享受硬卧的待遇，只要不违反纪律，他怎样办也没有什么不对的。

谈话人：三连上等兵麦戈
谈话内容：

出事的时候我在兵器车上，我是二号手，那是我的战位。出了事我从车上跳下来喊水车，可是水车来得晚了，估计是谁也没遇到过这情况，都慌了。我一看水车还没开始冲水，我就从驾驶室拿了瓶矿泉水往魏班长脸上倒。氧化剂这东西太厉害了，烧得他脸上冒着一层白泡，矿泉水浇下去再一看，简直就跟煎到七分熟的牛排一样。后来连长说我反应还比较快，那瓶矿泉水还是起了一定的稀释作用，不然后果更严重。

魏班长对我们当然好了，特别好。上次我得了阑尾炎，他硬是把我从连里背到卫生所，我这么胖他那么瘦，我都不知道他哪来那么大劲。完了又一直把我送到医院，每天都去医院看我，跟我大哥似的。业务训练也特别有耐心，刚开始我不想干这个专业，就是冲着他我才待下来了。我们这批兵不爱吃面条，他就去给连首长反映，让炊事班做面条的时候加个蛋炒饭，弄得炊事班对他还挺有意见。也不知道班长他现在咋样了，听说市里医院治不了，要送到北京去，要真是那样，我得找找我大姨，她在北京，也是医生，肯定能帮得上忙。

还有，连里住的是老房子，上次半夜下大雨正好漏在我床上，被子打湿了我才醒过来。班长发现了以后就让我睡他床上，他自己去俱乐部乒乓球桌上睡了一宿。他也不像有的班长那样喜欢骂人，他从来不骂人，别的班长骂我们他也不干，跟人家吵。人家说他护犊子，其实我觉得他那是关心我们。我这人就这样，别人敬我一尺我敬他一丈，滴水之恩涌泉相报。不过现在我也没法报，见都见不到我们班长。

我觉得他没缺点。

是应该有，每个人都应该有，可我就是觉得魏班长没有，反正我说不出来。

我认为不爱洗澡不算缺点，那是他的个人生活习惯，不能算是缺点。就像抽烟喝酒也不能算缺点，何况我们班长不抽烟也不喝酒。

还有，我们班长夜里总咳嗽，他每次都等我们睡着了他才睡，怕吵到我们。

谈话人：三连中尉副连长李建设
谈话内容：

我刚从三营调过来没几天，主要分管后勤，对魏登科不是很了解。不过能感觉到大家对他评价比较高，一个是专业好，一个是人品好。

没任务的时候他经常带班里战士去菜地和大棚干活，还经常去炊事班帮厨，他切土豆丝比炊事员切得还快还细。

其他没有了。我自己倒有件事想麻烦领导。我副连干了三年半了，一直也没给我调，本来三营准备给我往上报了，现在又把我调到一营，这事不知道又要拖到啥时候。请领导帮忙给反映一下。

谈话人：三连中尉排长兰劲光
谈话内容：

老魏这下出名了。我看应该给他立个一等功，能授个荣誉称号最好了。

老魏挺好的，挺不错。有他这样的兵在，我这个排长好当多了。

老魏对连队有感情，真有感情。他私下里给我说过，他家属的命是连队救的，他要好好工作来报答组织上的恩情。

就是连里给他家属献血的事，他们都没说？我以为前面他们都已经给你汇报过了。

是这样，去年老魏家属来队，来的第一天夜里，连里突然紧急集合，说是老魏家属在医院急需输血，让B型血的都去献血，不知道血型的也一起去。连里呼呼啦啦去了二十几号人，坐上车就去了医院。我也去了，我正好是B型血，就献了两百毫升。

也不是什么病，听说他和他家属晚上折腾得太厉害，结果把他家属搞得大出血，把他吓坏了，赶紧往医院送。这是听说，听说的，不一定对。

　　这事我也搞不懂，按说两口子那点事不至于搞得这么惊天动地，所以我也一直纳闷。反正老魏这家伙够猛的。

　　接下来还有最后半页纸记录，却被蘸着浓墨的毛笔严严实实地涂掉了，什么也看不到。

　　第二天上午，我把这个本子带回资料室，重新放回了那一摞录像带后面，继续整理剩下的资料。快下班时，我在一个大牛皮纸信封里看到了用曲别针别在一起的几份材料，竟然是关于魏登科的。最上面是一份油印的《关于魏登科同志事迹的调查情况》，用的是正式报告的格式，后面附有一份《魏登科同志先进事迹调查记录》，翻看一下，人名与我发现的那个蓝皮本上的笔录相同，但我感兴趣的那些细节都不见了。这沓材料的最后一页是一份《电话记录》：

　　　　来话时间：1991 年 9 月 7 日 15：00
　　　　来话人：军政治部组织处许干事
　　　　受话人：团政治处组织股陈干事
　　　　来话内容：经军党委常委会议研究确定，你团一营三连1991 年 8 月 2 日发生的氧化剂加注伤人问题，性质为一起操作失误导致的责任事故，不能作为事迹进行宣扬。你团党委、机关要深刻检查反思工作指导和法规落实上存在的问题，汲取教训、举一反三，振奋精神、埋头苦干，确保完成好年底前各项工作任务。受伤战士魏登科的后续治疗问题，由你团在军后勤部卫生处的指导下进行，所需经费由你团承担。

2011 年 8 月 4 日至 8 日

终将远去

王 凯

1

周文明喊"报告"的时候，我正在连部宿舍看《空战史》。老实说，这本书比杜黑的《制空权》要有趣许多，不过今晚却看得心不在焉。我甚至还计划看一看克劳塞维茨的《战争论》，尽管我非常怀疑自己具备阅读这类经典的能力、心情和耐性。从前有空的时候我不大会看这类书，我想我看过最学术的书也就是《梦的解析》了，而且看了以后更加搞不懂自己的梦。自7月份从兵种院校集训回来后，除了用大量时间来学专业理论之外，我突然觉得自己应该开始看看这些著作。虽然我清楚，这些关于战争的宏大论述宛如五七高炮，集火射击时能打下战斗机甚至巡航导弹，却解决不了那些困扰着我而且并不比蚊子更大的问题。

周文明把手里那个透明的薄塑料袋放在我桌上，然后立正站在一边。我看到塑料袋内壁布满了白色的水汽。每个周五和周六晚上，周文明都会把两个晚餐剩下的馒头切成片，油炸后给我送来当夜餐。包括他在内的全连所有人都知道，周末这两天我会睡得很晚。我将会看书、看碟，或者打1.0版的《帝国时代Ⅱ》（不过集训回来就再没打过），而且要吃周文明炸的馒头片。睡得晚是有理由的。根据《内务条令》第一百二十七条之规定，休息日和节假日可以推迟三十分钟起床。吃炸馒头片就没什么理由了。如果一定要找个理由的话，那这个理由就是：我是连长。

饭堂门锁好没？我放下手里的书问。

锁好了。

大棚草帘子放没？

放了。周文明说，猪圈我也检查了。猪都够，都睡了。

妈的，还是猪过得比较无忧无虑，周文明你说呢？我开了句玩笑，可惜周文明很认真地回答说是，搞得我索然无味。周文明不是个适合开玩笑的兵。有些兵知道你什么时候是在开玩笑什么时候是认真的，但周文明不知道。

睡了就好。我只好说，你也睡去吧。

连长要没其他事，我就回去了。

去吧。

周文明刚走到门口，我又把他叫住了。

周文明，今天几号？

11月7号。周文明有点纳闷地看着我，应该是7号吧。

今天什么日子你知道不？

周文明被我问住了。他两手抓着迷彩服的下摆，看上去正在努力思考。努力了半天以后他摇摇头，连长，我不知道。

想不出来就算了。我说。我本想提一下张安定，最后还是忍住了。因为我认识的张安定和他认识的张安定虽然都是张安定，可事实上又并非同一个张安定。

你的腰怎么样了？

好多了，早上起来疼得不那么厉害了。

行。我说，马上熄灯了，回去睡吧。明天把你的迷彩服洗洗，你看看你的肩章，都黑得跟海军一样了。

海军咋了连长。海军为啥黑。

我是说，我无奈地叹口气，咱们的肩章是蓝的，陆军的肩章是绿的，海军的肩章是黑的。你的肩章都脏成黑的了，所以像海军。这次听懂了吧？

是。周文明看上去并没觉得这有什么好笑，敬个礼走了。

周文明走后，我盯着面前的油炸馒头片发了一会儿呆。如果按每周四个馒头算的话，这几年，除了一日三餐，我额外吃掉的馒头至少有六百多个，足够全营一顿晚饭吃的了。馒头片上没有署名没有条码也没有防伪标识，但我一闻就知道是不是出自周文明之手。每个馒头他一般切成五片，用植物油炸，不加任何修饰。刚到三连当连长的时候，炊事班的几个兵都曾给我炸过馒头片。我记得冯维给每片馒头都裹上鸡蛋，蛋汁把馒头片浸得绵软，既豪华又难吃。刘清总是把馒头片炸得焦黑，要么是觉得多炸一会儿才能表现他对我的爱戴，要么就是想让我多吃些致癌物不得好死。只有周文明炸的馒头片不焦不烂不软不硬不咸不淡，低调却可口。这对我而言是个意外。在我印象里，几乎所有牵涉技术性的问题上，他都很难做到位。从队列训练到驾驶训练，从揉馒头到炒大锅菜，没有一件事他能真正过关。即便是照料蔬菜大棚这样技术含量偏低的工作，他也会整出岔子。2月26号，也就是我外出集训的前一天晚上，他给蔬菜大棚放草帘子时一脚踩空从墙头上掉下来摔伤了腰椎，害得我在医院里待了一宿，差点误了火车。

周文明的馒头片色泽金黄，表面上有几颗尚未融化的食盐颗粒，还有我熟悉并且含蓄的香味。这种香味有别于麦当劳或者必胜客，充满了中国特色和古典主义情怀。做馒头的面粉来自军粮供应站，揉馒头的手属于炊事班长冯维或者炊事员刘清，周文明的馒头片是基于好馒头的存在而存在的，他是在好馒头存在的基础上进行的再创造。自从把周文明接到部队，我也一直试图对他进行再创造，就好比当年张安定对我们再创造一样。我还是下士文书的时候张安定就告诉我，只要肯用情用心用脑，什么样的兵都能带出来。然而问题在于，假设我们每人都相当于一个馒头，那么周文明本身并不能算是个优秀的馒头。他也许只是一个发酸或者碱大了的馒头。我再怎么折腾也无法使他变得松软可口。

我还想再看一会儿书，但看不进去了。我拿起手电，先去阵地上查哨，回来又接着查铺。回到宿舍，我决定看张影碟放松一下。《无主之地》。片子里那个倒霉的家伙四仰八叉地躺在我的电脑屏幕上，身下压着一枚阴险毒辣的弹射地雷。他只要一起身，地雷就会从地上弹起来把他炸到另外一个世界去。他指望有人来拯救他。遗憾的是未来战士、印第安纳琼斯和警探哈里都未曾出现。等我吃光了所有的馒头片，他仍然绝望地躺在那里。电影结束的时候，我坐在电脑面前思考了许久主人公的命运。直到我说服自己这不过是部电影，然后才去睡觉。躺在床上我仍在想电影里那个倒霉的家伙，以及如果那人是我的话我会想些什么等等。我觉得自己真是个标准的影迷。

"新生代军旅作家"面面观

2

怎么办？指导员坐在我对面叹口气，能把人愁死。

我沉默。因为我也不知道怎么办。我一直认为指导员心眼偏好并且能力偏强。这两条对实行军事政治双主官制的中国人民解放军基层连队来说至关重要。前者是我们可以深入沟通的前提，后者则让我们工作起来彼此都不会觉得太累。连长和指导员的搭配类似包办婚姻，由一纸命令确定，没有任何选择余地。所以一个连长遇到一个什么样的指导员或者一个指导员遇到一个什么样的连长，靠的是上级的决定和个人的运气。也许运气的成分更大些。我一直认为自己运气不错。我得承认跟指导员搭班子带兵是一件愉快的事。我们俩被包办得还比较开心。况且指导员还经常有些好点子。可现在，我呆若木鸡，他黔驴技穷。

上午从营部开会回来，我和指导员就一直呆坐在连部。两个人抽完一包烟，仍旧一筹莫展。其实会开得很短，一共就半小时。议题也只有一个——老兵复退工作。按说这件事对连队来说不过是项例行公事，年年岁岁花相似，岁岁年年人不同罢了，没什么挑战性。然而今年却有些不同寻常。经过高层反复论证数年后，本旅换装——武器装备更新换代的军方用语——已成定局。从目前情况看，国产最新型防空武器系统将于明年初到位，而我上半年集训也是为了这一天。

老营房西面的新阵地早已竣工，接下来是新指挥所、新库房、新宿舍楼，连楼前的龙爪槐和蚂蚁洞也是新的。除了人和"西北望、射天狼"的战斗标语，一切都是全新的。其实人也有了新变化。为适应换装需要，这次老兵复退的要求和指标，是根据新编制确定的。如此一来，全营的兵力编制大幅减缩，直接的后果就是年底的复退兵员比例将远超往年。换句话说，新装备用不了现在这么多人，就好比八抬大轿换成了小汽车。战斗机和防空导弹总处在相互制衡的状态中。就像矛和盾，一对永远在矛盾中相互促进共同发展的矛和盾。战斗机不断更新换代，速度、机动性、隐身能力和弹药智能化程度都空前进步，需要速度更快、隐蔽性更好、机动和抗干扰能力更强、覆盖空域更广的防空导弹系统来确保能够迅速发现和准确击落敌机。对提升战斗力而言，新装备的到来绝对是件好事。但作为一个触发事件，换装不仅意味着目前这套服役多年的兵器将被淘汰，也暗示着有一批人将被淘汰。淘汰这个词比较狠，可没办法，生活不是因为一个词才变狠的。生活本来就狠。

会议内容的关键一点，是让我们尽快召开支委会，拿出我们需要留队或退伍的名单。前些日子组织思想摸底的时候，谁想走谁想留基本都有了意向。服役期满并且愿意退伍的人这次不会有什么问题，想走的应该都能走。问题是想走的兵不多。从工农红军时代至今，我们这支军队的源头始终没离开过农村。大多数士兵出身农家，当兵对他们来说是个不错的出路。如果能考上军校最好，如果不能，那么选取士官也不错。每个月可以拿到一份固定的工资。当然，不能说工资是最重要的，但绝对是重要的。好在还有其他用钱买不来的东西。1999 年兵役制度改革之后，一个士兵的义务兵役期由从前的四年缩短至两年，而理论上可能服役的最高年限则从原来的十三年延长为三十年。一个士兵愿意一直在部队待下去的话，就需要每隔几年选取一次高一级士官。从最低的一级士官到最高的六级士官，每选取高一级士官，名额都相应减少，至于像五六级这样的高级士官，在部队实属凤毛麟角，绝大多数士官，都会在一级或二级服役期满后退伍。

从我们摸底的情况看，全连想选取高一级士官的人数占到服役期满士兵总数的百分之八十以上，可按照新编制比例，留队指标不到其中的一半。在我的印象里，从来没有这么严重的供需矛盾。往年也有自己想留留不了的，或者我们想留留不下来的，但毕竟还在可以接受的范围内。今年则完全突破了我的心理预期。上午的会上，营长传达了旅长的指示精神。旅长是从高级机关下派的干部，曾在国防大学和莫斯科某军事院校深造，拥有工学学士、法学硕士和军事学博士学位，高大英俊，谈吐不凡，思维新锐，年轻有为，军装永远笔挺，皮鞋永远锃亮，据说是现阶段旅部女军官们的超级偶像和择偶驯夫的最高标准。旅长指示，必须要让军政素质全面过硬的优秀士兵留，让那些不适应转型建设和新装备战斗力形成的人走。

领导经常语重心长地说废话。我说，什么叫不适应转型建设和战斗力形成的人？

领导永远都是正确的，哪怕正确的只是废话。指导员笑，咱们还是想想名单怎么搞吧！

搞个茄子搞，脑袋都是乱的。我说，要是张安定在就好了，我可以去请教一下他老人家。问问他要遇到这事会怎么办。

废话，他肯定有主意。指导员突然笑起来，我明白了，你这是在说我。拿我跟张安定比是不是？你明知道比不了。

不不不，我哪能这么说书记。我笑笑，递给指导员一根烟，我昨晚梦见他了。你不知道，大前天是他五周年。那天我问周文明11月7号是什么日子，这小子竟然想不起来。

正常。感情跟血缘没有必然的联系。周文明对张安定的感情不能跟你比。

我看着指导员，你说，周文明这样的兵该不该留？

你说呢？

你先回答我。

我还没想好。我在想如果是张安定的话，会不会让周文明这样的兵留下。

也可能留也可能不留。我想不出来。再说现在的指导员是你不是他。我说。我知道指导员是个聪明的家伙，知道我在想什么。所以我只好要赖，你先说你的。

按照我的标准，他应该留。按你的标准也一样。

我坐直了身子，但不置可否。

不过，要按照旅长的标准，他走定了。

那我们该按谁的标准？旅长的还是你我的？

不按旅长的也不按你我的。指导员不动声色地喷出一口烟，要按大家的。

3

事实上，整编的事早已不是秘密。什么事都架不住群起而关心，大家一关心往往就无密可保。士兵之中流传着各种版本的小道消息。人在对未来忧心忡忡的时候就容易寄希望于神灵和小道消息。何况，这也不能怪传播小道消息的人，因为大道被封锁，空空荡荡，没有消息。这些小道消息不停地被其他小道消息刷新。谁也阻止不了这一切。因为这不是可有可无的八卦新闻，而是关系到他们前途命运的大事。目前唯一还能算秘密的，是留队指标。

从营部开完会回来的那天中午到晚饭前，我接了好几个电话。据指导员说，他也接了几个电话，题材和内容与我接到的雷同。电话大都是机关打来的。到连队任职前，我是司令部作战科的参谋，指导员是政治部宣传科的干事，机关人头都比较熟。打电话的一般会先叙两句旧，然后切入主题。所有电话都是一个主题——关照某某留队。其实这样的事，我和指导员没有任何能力去左右。从理论上讲，我们本来是可以左右一下的，可惜理论是灰色的，生命之树常青。我们想留的兵留不下，我们不想留的兵却照样选改高一级士官，这样的事每年都会发生。不然指导员也不会抱怨自己讲了一年一分耕耘一分收获的道理，到年底全都等于白说。

刚接这些电话时，我还有些意外。后来才想起来，今年旅长亲自担任士官选取工作领导小组组长，要求还政于基层，最大限度地尊重基层党支部的意见。旅常委会研究留队人员时，必须要有每个基层连队党支部书记和副书记签名的排序名单，这样一来，只要在规定的指标范围内排名越靠前，留队的希望就越大。

我烦这些电话。每年大概都有许多这样的电话，只不过不打给我们罢了。如果不是旅长的新举措，那么接听这些电话的将是能够决定士兵走留的人。去年底我和指导员把最能干的三班长林小木排在留队名单的第一号，结果兵员会结束后，他还是被列入退役名单里。我和指导员去营部找营长说理，结果反被营长臭训一顿：×，你们找我兴师问罪，我找谁说去？营长拍着桌子冲我们大叫，营部文书都他妈没留下，难道他不优秀？人家知书达理能写会算，比个干部还管用！就那么几个指标，你也要他也要，到营里还能有几个？你们有冤找旅长、政委喊去，少在这儿给我添乱，我还一肚子火呢！

灰头土脸地回来后，我把林小木找来谈话。我想自己从来没那么笨嘴拙舌过。前言不搭后语地说了半天，直到林小木开口：连长，我知道你关心我，不过你千万别想不开。林小木说，留下来当然好，留不下来，我也没啥想不通的。当兵早晚都得有脱军装的这一天不是？我在连里八年，入了党，学了车，当了班长，还立了功，一个兵能有的我都有了，没啥遗憾的。最舍不得的就是连里的弟兄们。连长你就放心吧，我会记得自己是三连的兵，走到哪儿我都不会给你们丢脸的。

当时林小木把我说得眼泪都出来了。这么好的兵也没选取三级士官。老兵离队那天，我送给林小木一只 MP4。本想买只 iPod 给他的，可是超出了我的预算。说起来，我并不欠他什么，可我就是觉得我欠他的。

有时候我想，这种对手下那些优秀士兵的愧疚，也许和当年的张安定感同身受。十多年前，我还在旅部指挥连当文书的时候，连队还没有现在这么多报纸杂志和图书光盘，也没有 DVD、电声乐器和台球桌。我们业余时间经常闲得蛋疼。我就曾干过拿汽油烧老鼠、拿开水灌蚂蚁洞之类的无聊事。更绝的是一个广西梧州兵，曾拿着拇指粗的"雷子"系在麻雀腿上，点着捻子后再把它放掉，然后看着可怜的家伙奋力扑腾几下后一命呜呼。上任刚一个月的张安定看到这场面后，并没有批我们，而是在接下来的几天里，没完没了地去宣传科，直到把科长磨得两耳冒风，终于开恩给我们配发了一些图书和小乐器。后来他又主张把两头大猪卖掉，买回几台电脑学习机。最后，张安定拿出一个月的工资给我们买了一台 VCD 影碟机，使我们成为全旅最早看上 VCD 的连队。为此我们欢呼雀跃了好几天。两个月后，我们凑齐了 VCD 的钱要还他，他却死活不收。我记得他在军人大会上说，大家业余时间没事干，没开展好娱乐活动，是他作为指导员的失职。这台 VCD，只是他给我们认的一个错。我现在越来越明白张安定了。想留但留不下的好兵越多，我的愧疚就越重。今年，我都不敢想自己会愧疚到什么程度。一定很严重。那些打电话的人不会愧疚。他们把愧疚送给了我们，把成就感留给了自己。

吃过晚饭，我照例去阵地走了一圈。根据营里安排，这个月阵地警卫执勤轮到我们连。其实就算不轮到我们，饭后我依然还是会去阵地散散步。我喜欢这地方。这里让人比较自在。虽然我们是离旅部——或者说旅部所在城市——最近的一个营，但我很少去市里。一般只去离营区两公里以外的小镇。那里的羊肉串和红枣茶风味极佳。更多的时候，我宁愿待在连队。可惜用不了多久，这些上世纪 60 年代建成的老营房就要被废弃了。等我们搬到西边那栋新楼里，这些用石块和青砖砌成的老式平房、我们用碎石铺就的小路、营院后面的蔬菜大棚和猪圈、被鞋底磨出光亮的通往阵地的八十七级石质台阶、银色修长造型优美的导弹，以及暗红色木质屋檐下和水泥地缝隙中积存的时光和往事都将离我远去。情感往往附着在具体的人或物上，否则只能四处流浪无处落脚。再过几年，不会有谁还记得这个地方了。还有曾出现在这个地方的面孔和往事。

从阵地回来的路上，碰到张海波在给冲洗车加水。他双手插在迷彩服裤兜里，站在车前笑眯眯地看着我走过来。六年前我军校毕业分到连里当排长时，他就已经是二级士官了。换句话说，他属于可以跟本连长随便一点的老兵。除了经常犯些诸如在大棚里就着黄瓜喝酒、偶尔伪装拉肚子逃避出操、开车在营院里超速之类让人虽然不快却又无法上纲上线的毛病之外，总体说来，是个让人喜欢的兵。

连长，又散步呢。张海波看我走近后，冲我打招呼。

你儿子怎么样，烧退了没？

好了好了。昨天我老婆打电话说本来再烧就往乡卫生院送，结果又不烧了，现在也没啥事。张海波正说着，车后面跑过来个人，正准备绕过车头却看到了我，猛地站住了。

跑啥跑！我看着对面气喘吁吁的周文明，手里提的啥？

饭……连长，周文明涨红着脸，张班长给车上水没赶上饭。

饭堂收拾好了？

好了。

猪呢？

我就喂去。周文明紧张地看着我，就去呢。

我问完周文明又有点后悔。只要有第三者在场，我对周文明说话都比较凶恶。每次凶恶完了我又会后悔。对连里其他人我极少这样，只有周文明。自从我把他接到部队以后都是这样。我改不了自己。我不说话了。

文明是个好同志。张海波笑着从兜里掏出烟冲我晃晃，连长抽一根？

你赶紧回去吃饭吧。我摆摆手，外面太冷，一会儿饭凉了没法吃了。

没事，我在驾驶室吃就行。张海波点上烟，连长，听说今年要走不少人？

少在这儿明知故问。

我这是关心准备留队的同志嘛。像我们文明这样的，是吧文明？

周文明连忙说是。

是什么是？我瞪了周文明一眼，有你什么事？赶紧喂你的猪去！

是。周文明红着脸，一溜烟跑了。

张海波我警告你，以后不要当着要留队的人问我这么没脑子的问题。我瞪一眼张海波，叫我怎么表态？你？这么老的兵了这点事都不懂吗？

是是是。我错了。张海波嬉皮笑脸地再次给我发烟，又殷勤地替我点上，

"新生代军旅作家"面面观 |

我这人一唠嗑就想啥说啥，连长你别见怪。

你算是功德圆满了。三级期满，正好转业。那些要留的真让我发愁。

我倒是还想操练操练新兵器，可惜没机会了，只好老老实实站最后一班岗了。张海波说，说真的连长，周文明不错，整整应该能留下吧？

想打探我的虚实？门都没有。再说了，凭什么周文明就得留？你给我个过硬的理由先。

周文明表现好，人实在啊。连里这些个人，谁能像他那么任劳任怨？干啥都没二话，再苦也不叫唤。当然了，我差不多也能算一个。张海波嘿嘿笑，再说了，他家穷得尿血，自己还整出一身病，让人觉得这孩子挺那啥的。

挺啥？

挺可怜的呗，人好心好命不好。

什么可怜？以后别让我再听到这种屁话！我瞪了张海波一眼，他跟你一样，都是连里的兵，有什么好可怜的？

我就是说那个意思嘛。代表一点点群众公论啥的。

行了你，赶紧吃饭去。我先走了。

我走了没几步，听见张海波在后面说，连长，其实我知道你也可怜他。

我转回头，说什么呢你？再乱说我踹死你！

没说没说，我啥也没说。张海波笑着跳上驾驶室，"嘭"地把车门关上，然后从车窗探出脑袋，我祝连长早日高升呢。

4

晚饭的四个菜全部偏咸，其中一个蒜薹炒肉片咸得发苦，根本没法吃。有人在小声抱怨，饭堂里充满了"嗡嗡"声。除了吃面条会发出波澜壮阔的吸溜声之外，饭堂总是比较安静的。我想去制止这声音，突然又觉得很犹豫，直到值班排长站起来吼了一声"不要讲话"，饭堂才重新安静下来。

周文明炒菜还是不行。我吃完饭走到半路上，司务长跑来把我叫住诉苦，估计是怕我回头拿菜太咸的事训他。

这小子水平太不稳定，有时候炒得像三级厨师，有时候纯粹就是个二把刀。这几天每次看他炒菜都能把我紧张出一头汗。司务长边说边抹抹额头，好像真出汗了似的，兵嘛绝对是个好兵，就是脑子不那么够用。

那怎么办，总不能不让冯维休假吧？我说，你多盯着他点，兵还是要教的，教会了就好了。我刚到部队的时候傻乎乎的连电话都不知道怎么接，现在不也当连长了？

连长又开玩笑。周文明怎么能跟你相提并论。周文明第五年都快满了，脑袋还是不开窍。车吧开不了，专业吧搞不懂，馒头吧也揉不成，炒个菜吧，看见冯维随便抓把盐撒进去味道就很好，他也学，结果一把盐下去菜全废了，把个猪都吃得在那里惨叫。能把人急死。司务长挠着下巴，我听我军需科的老乡说，换装的时候比较好申请经费，旅长想把各营的灶全部合了，连队不再单独开伙。每个营建一个大饭堂，楼下吃饭，楼上搞成文化活动中心，又能看电影，又能玩，还能当小礼堂用。我发现旅长还真是能折腾，灶一合，我们几个司务长都该转业了。

我怎么没听说？这消息可靠吗？

应该差不多。我老乡他们正和营房科、宣传科的人一起搞方案，说是每个连只留一个等级厨师，其他的全部分流。周文明能不能留得下是比较成问题。

留不下就走，这有什么？我说，谁还能在部队待一辈子？

话是这样说，真要被逼着走就不那么得劲了。就跟人总有一天要死似的，总不能因为以后要死就不好好活了吧？再说这个兵真的不错，要是留下让他专门管菜地和猪圈最合适了，当给养员买菜也没问题，人老实，不会玩猫腻。我叫他买过几次菜，都比其他几个连买的水灵，还便宜不少。

我就说嘛，人总是有优点的。我说，马上专业考核，你有空多教教他。多学一点是一点。

司务长答应着，回饭堂去了。我虽然在教育司务长，可我自己心里是虚的。连里、营里、旅里，甚至这个地球上，应该不会有人比我更知道周文明了。从见到他的那天起，我就注定要成为这样一个角色。我知道他的优点在哪儿。五年前，在带着一百个新兵前往部队的火车上，我就发现周文明的优点了。在火车上，我给每个新兵发了两盒方便面四根火腿肠，权作午、晚两餐饭。新兵能吃。刚过兰州，绝大多数人的食品已经下肚，眼见得晚上没得吃了。没办法，我只得在兰州站下车买了几百个面包回来发给大家。发到周文明时，突然发现他的方便面和火腿肠还原封不动地在座位底下放着。问他为什么不吃，他答说想等到部队没饭的时候再吃。

你说你都操的什么闲心？我哭笑不得，部队还能少了你的饭？赶快都给我吃了！一会儿我要过来检查。

发完面包，和漂亮的女列车员聊了一会儿再往回走，就看见一大口面条挂在周文明的下巴上。见我叫他，周文明拼命把面往嘴里吸，不料面没吃进去，人却捂着嘴猛冲进厕所，哇哇地吐了起来。

我赶紧跟过去，周文明嘴也顾不上擦，直直地戳在那里，眼角都是憋出来的泪花，连长，我实在吃不动了。我没完成任务，你打我吧。

我是叫你吃饱，没叫你把自己撑死！我发了一会儿愣，训了他一句，然后就喜欢上了这个兵。虽然他带给我的并非都是愉快的感受。

几年里，我一直想说服自己，让周文明当兵并不是个错误。但也许我越想说服自己，就越说明这是个错误。就像我几年前曾经努力说服自己忘掉一个姑娘一样，直到我不再想说服自己的那一刻起，她才真正从我心里淡去。到连队以后，我花在周文明身上的时间和精力比任何人都多，但收效却比任何人都小。他让我开始认识到，改变一个人并不比改变一个世界简单。爱因斯坦和李白都不是谁教出来的。要有人教，也得有悟性才行。我第一次考军校落榜之后，张安定替我分析了一番形势。他说，事物发展总是呈螺旋式上升波浪式前进，我要获得光明的前途必须要经过曲折的道路。然后张安定开始给我辅导数学。他讲的我都能明白，他布置给我的习题我也能做得差不多。每道题我都努力做出正确答案。因为我只要做错一道，张安定就会再给我布置两道。英语不是他的强项，就借着跟十一中共建的机会，通过校长找来一个女老师给我辅导。为此还专门带着我请老师吃了一次拜师饭。我现在仿佛还记着那顿火锅温暖的味道。

然而对于周文明，我没有任何办法。这是我试过很多办法后得出的结论。我刚当连长不久，那时周文明还在跟车复训。跟他一批去司训队学车的兵全都放单了，唯有他始终跟着张海波的车复训，而且永远也训不出来。为了让他提高技术，张海波私下里曾请他吃过好几次牛肉面，更多的时候是挥舞着大号改锥敲打他握着方向盘的手背。然而软硬不论如何兼施，都没能让周文明放单。面对奋发而无法向上的周文明，张海波终于绝望了。

连长，你要给我一只八哥，我肯定能让它学到指挥班教练的水准。我记得有一次他向我诉苦，你给我只麻雀叫我咋整？

过了大半年，周文明仍然无法通过全部驾驶技能测试。最后一次开车时，周文明踩错了制动踏板，把车开进了小花园，盛开的花朵被轧成了烂泥，气得营长把我臭骂了半个小时。这还不算完。只要营里开会，不管大会小会，营长都会提这事。直到第二年过年，一连的几个兵大年三十晚上合伙去网吧上网被副参谋长查到之后，我们才算是脱了身。

出事之后，我让周文明写检查。结果交上来的检查一共不到半页纸，其中一大半的字我都不认识。一连打回去三次，每次交上来的都比第一次好不了多少。每次到连部交检查的时候，他都无比难过，我相信他内心涌动着大量的悔恨，只是没有能力表达罢了。我放过了他。他也失去了继续跟车复训的理由，去了战斗班。可还是不行。他老家那所锣齐鼓不齐的村办小学他也只念到三年级。三年小学再加上连队教会的，也无法让他拥有自如阅读报纸杂志的能力，遑论那厚厚一本天蓝色塑料皮包裹着、充满了公式和术语的《战斗教令》了。

我从未见过周文明这样的人，就像我从来没见过张安定那样的人一样。每个人看上去不会有太大差别，但事实上这些看上去大同小异的人永远都像宇宙中互不接触的星球，谁也搞不懂谁。周文明在新兵连的那段时间，我曾怀疑他智力有问题。不光识字，队列训练他的动作也永远比别人慢半拍。幸好他个头瘦小站在队列最后一名，不然走在他后面的人全部都会被他带乱。可是后来，我确定这是个能力而非智力问题。因为我说的话他又全都明白，也很努力地去做。不管我让他做什么，他都像忠臣接到圣旨一样不遗余力，虽然最后的结果总是无法让我满意。见到周文明之前，我以为世上无难事只要肯登攀，后来发现登攀也未必就能解决难事。我得承认，有些事情与努力无关。

5

上午组织兵器维护，手都冻得伸不出来。回到宿舍抱了半天暖气包才缓过劲来。刚沏了杯茶，营部来电话通知我和指导员去开会，说是旅机关联合工作组明后天要来营里检查老兵复退工作准备情况，要开会布置工作。一年至少一百个会。虽然比起刚当连长那阵子，三年里我在折腾与反折腾的斗争中积累的经验差不多足以应付各级工作组，但对工作组的厌倦程度却一如既往。我只要知道工作组的级别和组成人员，也就相应地知道他们会听什么问什么看什么，然后我就去准备他们要听、问、看的东西。联合工作组也无所谓。我有应对这种联合火力打击的办法。只是比一般检查更麻烦些罢了。有一些登记本要补记，有些材料在电脑上改头换面就可以继续用，还有些东西要让士兵们去背。他们可能已经背过很多遍了。他们背过多少遍就会忘掉多少遍。这也许说明一个问题，那就是这些东西根本没有记住的必要。如果真的有用，我想他们会记住的。自然，打扫卫生、整理内务、清理菜地猪圈之类的事是不用说的。

和指导员从营部回来，我让文书把班排长们叫来开了个连务会。我布置迎接工作组的准备工作。指导员提要求。散会时，离熄灯时间也近了。我正准备把《连队要事日记》填一下，有人喊报告。

来。

门开了一条缝，周文明探进脑袋看了看，然后才把门推开走进来。

贼头贼脑地搞什么你？我瞪他一眼，啥事？

连长，我炸了个馍给你。周文明说着把手里的塑料袋放在桌上，然后站在一边。

今天又不是周末，炸什么馍。

周文明"我"了半天也没"我"出个名堂。

你怎么想起炸馍来了，谁让你炸的？

没……没谁让。周文明磕磕巴巴的，连长你辛苦……这么辛苦，我然后就给你炸了两个馍。

周文明你今天不大对劲啊。前言不搭后语的。

没事连长……我好着哩。

好个茄子。以为我看不出来你搞什么鬼吗？我放下手里的笔，谁教你拍马屁的？你以为拍马屁就能比揉馒头简单？

周文明脑门上沁出了汗，不敢说话了。

有事说事，没事睡觉去？没看我这儿忙着呢吗？

周文明的脑袋低下去，发出蚊子般的声音。不过我还是听到了。

我想问问我……今年能不能……留下。周文明很费劲地表达着。

一时间，我不知如何回答。只得四处找打火机。我翻遍了三个抽屉，最后发现打火机就在烟灰缸旁边搁着。

我点着烟，脑子正琢磨着怎么回答周文明的问题。他却突然从裤兜里掏出一张折了四折的纸，展开后双手递给我。我接过来一看，是一份《留队申请》。这不奇怪，让我惊讶的是整整一页纸文通字顺，一笔一画写出的字都基本正确。

谁给你写的？刘清还是张海波？

我……我自己写的。

你自己写的？你以为咱们今天是头一次见面还是怎么着？既然是你自己写的，那你现在念一遍我听听。

周文明不肯接我递过来的申请，两只手紧紧地贴在裤缝上。在新兵连带他的时候，我就一直试着让周文明多识字。两年后从机关回到连队，我又试着让他学会查字典、写作文。可要命的是，周文明似乎对文字有种先天的免疫力，他遗忘文字的速度远远超过学会它们的速度。我每天让他认十个字，每个字抄写一百遍，可第二天他顶多能记住一两个。过一个星期再考一个星期前的，也只能记住一两个，有时连一个都记不起来。这种进一步退两步的状态令我抓狂。我让他写过唯一一篇命题作文《我的家乡》，我先后逼他写过不下二十遍，但每次的开头都是一句"我的家乡在一个西北的东边"，后面就再也看不明白了。每次周文明都一笔一画地在纸上写满了我不认识他自己也说不清的错字。也可能是他那根神经被当兵前的十七年的生活磨损毁坏，它对那时周文明的生活没有任何实际用途。

你自己写的你为什么不念？

我不会念……张班长帮我写的，我自己抄了一遍。

你能不能把头抬起来？想留队是好事，不过你有没有想过你靠什么留队？靠张海波替你写的这份申请？想留队你得有点资本对不对？你总不能说因为你能把菜都炒成咸菜，所以你要留队吧？

周文明沉默了。

我又开始后悔。我不该对周文明说这么狠的话。他也在努力，只是投入产出不成比例。这不能全怪他，也许是我的方法不对。缘木求鱼。南辕北辙。可我总是忍不住对他发狠。当连长这几年，我努力像张安定当年一样春风化雨。我觉得自己对连里大多数兵都能做到这一点，唯独不包括周文明。

谁让你来找我的？也是你师傅？

是。

这个屌兵。我说，留不留我说了不算，还是那句话，走留听从组织安排。不过你的想法我知道了。你不要想太多，该干什么还干什么，把你自己的工作做好是正事。

你放心吧连长，我肯定好好干。

不光要好好干，还要干得好才行。

是。

张海波还给你说什么了？

也没说啥。就说今年难留得很，让我给你汇报一下思想。还说你老批评我其实是关心我，都怪我恨铁不成钢。

什么你恨铁不成钢，那是我恨铁不成钢！我又气又笑，搞不懂就别在这儿给我瞎转词！

周文明走了好一阵，我才想起忘把放在内务柜里的那包膏药给他了。老妈在电话里说这包黑糊糊的东西对腰肌劳损有奇效。但愿真的有奇效。

6

联合工作组检查完走后，机关各个口就开始派人下到各营组织专业考核。抓军事训练是我的主要职责，上任之前我们连一直是全旅的军事训练先进单位，上任后还继续保持着这一领先优势，所以专业考核我并不担心。三年里，每周我安排两个下午让兵们学专业理论，让专业技师和技术好的士官轮流上课。我自己每过一两个月也会上一课。轮到谁上课，当天早上炊事班会专门为他煎个鸡蛋。这个煎蛋从最初的讲课补助，成为现在的荣耀象征。谁吃得多，意味着专业好，有地位。其实当初我安排专业理论学习还有一层意思，是不想让大家闲着，不想这次派上了大用场。听军务科王山透露，我们连这次专业理论考得最好。别的连队不少人虽然操作技术不错，但理论考试却一塌糊涂。

可我没组织过炊事专业学习。这大概可以算是我的一个失误。所以周文明考试的时候，我去了考场。炊事专业考场设在一连饭堂。四个连加营部炊事班，考核对象一共七个兵。考官是军需科一个中尉助理员。考核内容主要是主食制作、冷热副食加工之类。我站在饭堂侧门口观望。我可以看见周文明，但他看不到我。我不想让他看到我，我怕自己一旦出现会影响他的发挥。西北的冬天很冷，可我觉得自己在冒汗。我试着说服自己离开，但在考核结束之前，我挪不动步子。

连长，进去看吧。司务长招呼我，外面多冷啊。

不用，我随便转转。

担心周文明是吧？

我担心他干吗？随便看看。我突然发现，全连所有人大概都知道我并非真的讨厌周文明。他们有五十八双眼睛，没什么他们看不透的。这让我觉得不自在。

这小子今天发挥失常，土豆丝切得比别人都好。司务长咧着大嘴笑，不过揉馒头就不行了。一般人都经不起揉馒头的考验。

那怎么办？我听着菜刀在案板上制造出的噪音，有些烦躁。

没事。吉人自有天相。周文明有你这么关心，肯定没问题。司务长笑眯眯地递给我一根烟，据我判断，他成绩不会太差。

你凭什么判断？你又不是考官，判断个茄子。

我跟林助理关系还不错。司务长朝饭堂里面努努嘴，我把周文明的情况都跟他说了。我说这个兵人品没得说，工作特努力，连里评价很高。林助理说只要别出大毛病，综合分及格就没问题。再说了，又不光看专业，昨天民主测评他排第三，这关不也过得挺顺。

你说，大家真的那么喜欢周文明吗？

当然喜欢。司务长有些不解，为啥不喜欢。我就喜欢这样的兵。我觉得这次他应该能留下。

没那么简单，后面的事还多着呢。

正说着，聂衡宝从饭堂拐角跑了过来。

连长，我想请个假。聂衡宝喘着粗气说。

怎么直接找我请假？你们班长排长知道这事吗？

我都请过了，他们都在阵地上，说让我直接来找你。

今天又不是节假日，请什么假？

聂衡宝看着司务长，吭吭哧哧不说话。司务长是个聪明人，冲我笑笑，进

　　　　　　　　　　　　"新生代军旅作家"面面观 |

饭堂去了。

请假干吗？我看着聂衡宝，你动作挺快啊，连包都背上了。谁告诉你一定能请上假？

我想去趟旅部，找我叔有点事。聂衡宝脸有点红，要不是的话也不能来麻烦连长。

聂衡宝有点怕我。他刚从旅部汽车连调到三连，一个周末给值班的副连长请假外出。副连长没批，结果这小子还是跑到市里去了。回来副连长批评他，他竟然跟副连长顶嘴。都知道他是军务科长的侄子，副连长有点投鼠忌器，就把我叫了过去。我命令他写检查，他竟然说不会写。我问他是不是一贯表现很好所以才没写过检查，他回答说，反正我不会写。杀了我我也不会。

这下把我惹火了。我抓起桌上的《现代汉语词典》，照着聂衡宝的脑袋就是两下。结果这小子不经收拾，捂着脑袋哭了起来。那架势好像我刚拿砖头拍了他脑袋似的。

连长打兵！上级规定不许打骂体罚战士你还打我！

你还知道上级规定？我拿着字典照他脑袋又是一下，上级规定你能不请假外出？上级规定你能顶撞上级？上级规定你有个当科长的叔就可以牛 × 吗？

我要给我叔打电话。他哭喊起来，我要告你！

我这是替你爸妈教训你！要告我赶紧的！我抓起电话塞给他，现在就打！今天你要敢不打，看我怎么收拾你！

聂衡宝接过电话又不哭了，待在那里半天也没动。

打呀！我上去又是一字典。

聂衡宝还是不动弹。

不打是不是？你叔不就是个科长吗？多大官？我一把抓过电话，不打我打！

看我真的开始拨号，聂衡宝慌了。扑上来抓着电话，连长我错了，你别给我叔打，检查我写还不行吗？

聂衡宝的三叔是军务科聂科长，所以他才能当了五年兵，换了四个单位。被我收拾之后，他完全可以离开三连，不知为什么他一直待到现在。并且表现还说得过去。可能他从没见过哪个军官敢这样教训他。不过有一点他死活改不了。三年前他刚来时我就告诉他，不要言必称"我叔"。这话我说了至少五十次，可惜毫无效果。聂衡宝就像染了毒瘾，不说这个词就会要他的命。

给你说了多少次，别一天到晚你叔你叔的？这是部队，不是你们村！你能不能给我长点记性？

聂衡宝脸涨得通红，不说话。

昨天开会你没参加吗？指导员讲的你究竟听了没有？能不能晋三级要看你的工作表现！

连长，我觉得我表现不比别人差，为啥大家都不投我的票？聂衡宝一脸委屈，民主测评我最差，我就是想不通。

去找你叔干吗？让他帮你留队？

连里没人帮我，我只能自己想办法了。

你这么大个人，为什么总要别人帮呢？你自己不能帮帮你自己吗？我虽然不喜欢聂衡宝，但毕竟是自己带了三年的兵，不免有些心软，聂衡宝，你要是能照我说的，少在大家面前提几次你叔，给你投票的百分之一万比现在多。

可是现在已经这样了，来不及了呀！聂衡宝说，早知道这样，我把嘴缝上也不提我叔了。

好吧。我叹口气，你去吧。晚饭前归队。绝对不许超假，不然小心我收拾你。

谢谢连长。聂衡宝敬个礼，风也似的跑了。

看着聂衡宝的背影，我愈加心烦意乱。这只是个开头。我们是离旅部最近的一个营，也是关系兵最多的一个营。在我看来，关系兵并非都表现不好。表现好的关系兵从来都不提自己有什么关系。从这点来看，聂衡宝不是个聪明的关系兵。民主测评倒数第一。专业考核倒数第二。但他有个当军务科长的叔父。我很难判断，在考评之弊和叔侄之利的较量中，谁能占到上风。

在这个问题上，即便是张安定也不能不受困扰。他给我们当指导员的时候，还没有实行士官制度。义务兵四年服役期满，个别优秀士兵可以再超期服役一年。等第五年期满后，再转为志愿兵。正规的称呼应该是专业军士。志愿兵意味着可以拿工资，全部十三年服役期满后，可以转业安排回城镇工作，从而彻底告别农村。但转志愿兵的名额极其有限。不少素质很好的兵朝着这个方向努力了四年或者五年，最终不得不遗憾地离开军队。张安定到我们连的第一年冬天，两个超期服役的贵州兵虽然表现都很出色，但最后只留下了彭兵。赵四海被安排复员。据说本来两人都是要留的，但指标却不翼而飞。这也属于无法鉴定真伪的小道消息。也许正像某部电影台词说的那样：谎言有百分之八十都是真实的。

那阵子我在连部当文书，眼见着张安定手里拿着赵四海的材料，不停地往机关跑，希望能挽回局面。然而终于未果。老兵离队前一天晚上会餐，饭快吃完时，心情很坏的赵四海突然站起来，瞪眼拍桌子要酒喝。司务长一句"酒都喝完了"余音未落，赵四海手里的搪瓷饭碗已经飞了出去，咣咣当当地在饭堂的水泥地上响了半天。那一刻，饭堂静得只剩下呼吸声。我记得当时张安定站起来，走过去捡起了赵四海的碗。在水龙头下洗净后，又默默地走过去递给赵四海。

是指导员工作没做好，让你受委屈了。请你原谅。张安定说，我知道你心里难受。你要想摔，就摔吧。

赵四海没摔碗，却抱着张安定"呜呜"地哭起来。

这是张安定的方式。他会对手下的士兵毫无保留地好。好到你的心总是热乎乎的，什么委屈都会被融化。我一直在学他，不由自主地学。但我清楚，我只是我，我成不了他。张安定了解自己手下的每一个兵，所以他知道某个人的问题该在自己的权限内用什么方式得到最有效的解决。无论是抚慰还是训斥，也不论奖励还是处分。可我做不到这一点。比如林小木。比如聂衡宝。也比如周文明。我觉得自己永远都差着那一点火候。

聂衡宝走了？司务长出来了，又去找他叔了吧？

我点点头。

这个傻×。最大的本事就是让满世界的人都烦他。每次领个军装还要给他叔打电话问该领多大的。我琢磨着咱连的猪都知道他有个当军务科长的叔。

行了，别说那么难听。再怎么说也是连里的兵。

我估计他叔这辈子最郁闷的就是把他弄来当兵了。司务长撇撇嘴，白他妈的长了一张漂亮脸蛋。

老实说，我完全同意司务长的评价，但我还是摆摆手制止了他。

考完了？

嗯。周文明考得还凑合，主食制作还是不过关，馒头碱大了。不过副食还行。加起来刚及格，六十三分。司务长说，就是盐没放够，菜味都比较淡。可能怪我昨晚给他说放盐宁少不多的话了。感觉今天这小子脑子还比较正常，林助理给他说菜太淡，他冒了一句说盐吃多了得高血压。搞得林助理没脾气。

那就好。我笑说，冯维什么时候归队？

得到 12 月底了。有什么事吗？

一会儿你给他打个电话，让他做好提前归队的准备。

不是还有刘清和周文明呢吗？着什么急。

叫你打你就打，哪来那么多废话！

7

民主测评和专业考核成绩都出来了。按旅里要求，民主测评的所有原始材料和统计结果要作为我们留队名单的附件，由指导员和我签字盖章后上报。专业考核成绩也将在全旅范围内通报。这看上去是个好的迹象，但对于如何提出留队名单，我和指导员仍一筹莫展。符合留队条件的士兵比应留队名额多出整整百分之四十。简单的办法，是把民主测评和专业考核的成绩相加，然后从高到低排序。可按照这个办法，连李峰的分数都没有周文明高。这纯粹是扯淡。李峰是代理排长，加注专业一号手到五号手的技术没有他不通的，特别是故障排除，连里的技师甚至旅装备部的高工都未见得比他强。即使是这样的兵，民主测评分数也一般——他以二级士官的身份代理排长，不得罪人也不现实。装配专业的欧阳林也属于这类情况。

不然这样吧。晚点名后指导员到我房间，你我现在各列一个排序名单，熄灯以后碰碰头，看看咱俩的意见能一致到什么份儿上。

英雄所见应该略同吧。

那可未必。

要是咱俩意见相左怎么办？

那就往右靠靠好了，还能咋办。

那还是我当瑜你当亮好了。我笑，别我说火攻你非得水淹，那可毁了。

指导员前脚走，后脚电话就响。我一边拿起电话一边开始后悔。军务科聂科长。说聂衡宝的事。虽然没直说，但傻子都明白，是让我把聂衡宝的排名往前放。

您大概知道吧，聂衡宝民主测评和专业考核成绩都比较靠后。

那是，要是一切都好，我也用不着给兄弟你添麻烦了。

在旅里，聂科长以爱骂人和能喝酒著称。作为主管兵员和管理工作的部门负责人，他拥有随时骂人和随处喝酒的丰富资源。我军校刚毕业的时候，他还在一连当连长。他最大的业余爱好是一喝完酒就吹集合哨，然后把大家集合起来骂。这场面我多次看到过。当时旅里某领导认为这是"有魄力"的表现，最终把他调到军务科当参谋去了。所以今天突然温柔起来让我极不习惯。但我还是坚持着，科长，这事我一个人说了不算，得上支委会研究。

支委会说白了不就你们两个主官吗？少给我要花腔。电话那头有点不耐烦了，咱又不是没当过连长。

我开始相信旅长的话了。要放在以往，军务科长绝对不会打电话来给我说这种事。运作的权力都在机关，一切信息都在机关进行处理。我们在明处，机关在暗处。我们的一举一动机关洞若观火，而他们的所作所为我们一无所知。每年都会让我们提供留队名单，每次都屁用不顶。看来今年真是不同以往了。旅长是商鞅。他抱着双臂高屋建瓴地站在城门楼子上。士官选取是那根搬走就赏五十金的三丈之木。大家都在围观。谁是秦孝公？哈哈，我突然觉得很愉快。

不是您那里下的通知，要求我们按程序开支委会研究上报留队人员排序吗？我们一定坚决落实。我在心里冷笑，支委会形成的决议，我们会按通知要求逐级上报。

韦佳节你什么意思！当个连长牛×了你！

没什么意思。也没什么可牛×的。我说，聂衡宝是您侄子，不过这对我没意义。我对他和对连里其他兵一视同仁。

那边电话"啪"地挂了。我点烟的时候，发现自己的手有点抖。从来没干过这样的事。他会找我或者我们连的麻烦。他以后提升了会给我找更大的麻烦。也许这麻烦会伴随我很久。他想给我穿小鞋真是太容易了。我有点后怕。不过抽完烟我又想通了。去他妈的吧。大不了不干这操心受罪的连长了。我宁可得罪他，也不得罪我的连队。还有我自己。

我打开电脑，开始列名单。我用不着看花名册，这帮兵的名字和模样都刻在我的脑子里。估计一辈子都不会忘。李峰第一。欧阳林第二。何大军第三。曾国第四……

写着写着我觉得不对了。名单即将排完，我却不知道该把周文明放在哪儿。鼠标都被我手心沁出的汗浸湿了，我仍想不清楚哪里才是属于周文明的位置。

我靠在椅子上坐了好久。当年我真是不该把周文明接到部队来。可问题是，除了把周文明接回来，我不知道我还能怎么做。五年前的那个初冬，我被任命为接兵连连长。当我准备离开部队去甘肃接兵的时候，我的心是乱的。出发的前一天，我坐了两个小时的车去驻军医院探望张安定。进病房之前，我去找了医生。那个头发花白的老军医告诉我，张安定化疗的效果不好，病情已严重恶化，病危通知书已经下了，人大概就在这几天。虽然医生表述得足够委婉，但我还是觉得心被钝器重击了一下，一时间喘不上气来。我在住院部走廊的长椅上坐了好一阵子，才走进张安定的病房。

那时的张安定面色青黄，隐隐地透着黑气。手臂也只是一层皮肤包裹着的血管和骨头。他的手是冰冷的，我握着的时候生怕会把他的骨头捏碎。他说话都已经很吃力，却还一直保持着微笑。他问我工作忙不忙，又问我对象找得怎么样了，还给我讲机关工作不要怕累、多干是福气、严谨认真讲程序很重要等等之类的道理。总之他还是把我当成他手下的兵，而我也始终觉得他还是我的指导员。虽然那时候，我已经是中尉参谋，而他已是旅政治部中校主任了。

我坐在病床边握着他的手，就像当年我高烧住院时他在卫生队病床边握着我的手。那时我马上要参加第二次军校统考，却很不争气地病倒了。那是我的最后一次机会，如果再考不上，年底就该复员了。躺在病床上一想起可能考不上，真是连死的心都有了。那几天，张安定一有空就跑到卫生队看我，不停地给我换冷手巾降温，一趟一趟赔着笑脸去央求医生给我用点好药，还让他家属每天给我熬很香的鸡汤喝。他抓着我的手，韦佳节我给你讲，你不要垂头丧气，越生病越要努力打起精神。知道吗，有精神病就好得快。你不要担心，这次我保管你能考上。我一看你就是个干部的料，不信你等着瞧。

那年我二十一岁，独自一人在外当兵。之前除了父母，没有人再这样对我好过。他给我的鼓励和安慰至今仍保持着温度。直到现在，我们老指挥连的战友在一起聚餐时，每个人仍会说张安定是这个世界上对自己最好的人，仍会一起敬张安定一杯。假如一对父母有十个孩子的话，这些孩子们也未必会这样看自己的父母，而张安定五年指导员任期里带过的兵加起来不会少于两百个。仅就这一点，张安定就已经把指导员当到了任何人也无法超越的极致。有时我甚至会因为自己曾是张安定手下的兵而感到像梦一样不真实。因为那个梦过于完美了。

我极度矛盾地保持平静。我知道我不该让他太累但我舍不得走，我想让他别说话休息但我想听他说，因为我知道我这次接兵走后，可能就再也见不到他了。他的床边放满了鲜花和水果。最后，我终于准备起身告别。如果不出意外的话，这将是永别。我想张安定一定也知道。这时候，他忽然想起什么似的，叫过家属，让她拿过一个牛皮纸信封交给我。

小韦，我有个事想麻烦你。

指导员你尽管吩咐，我一定办好。

我说了你别笑话。张安定笑笑，你知道我老家是会宁的。你这次正好去会宁接兵，我有件私事想托付给你。我姐姐常年瘫痪在家，我那姐夫不争气，养不成家又爱喝酒，欠了一屁股债，我那个外甥小学上了三年就让我姐夫使出去打小工了，挣的几个钱也都让他喝了酒。我原先寄钱给我姐夫是让他儿子念书，结果都被这货买酒喝了。我也亏欠我姐姐，这些年都没管过我外甥。这次你去会宁接兵，要是方便的话，麻烦你去我姐姐家里看一下，把这一千块钱悄悄捎给我外甥。

钱我有，你交代事情就行了。我背起手，死活不接嫂子递过来的信封。

又开玩笑，你又不是他舅舅。张安定笑说，我外甥叫周文明。名字地址和村长家电话我都写在信封上了。他现在不知在不在家，上次我给村长打电话，说是去兰州打工了。如果他不在，就把钱交给村长。村长姓周，是我中学同学，关系不错。千万不要给了我姐夫，不然又糟蹋了。

我接过信封，不知说什么好。揣信封时，忽然碰到兜里的一张纸。那是一张旅里几个领导交办的名单。他们需要我们把名单上的这些年轻人接到部队来。有的是他们的亲戚，有的是战友的孩子，有的未加说明。我也不可能去问。

为啥不把你外甥接来当兵呢？我为自己突然发现的新大陆感到兴奋。

当兵？张安定愣了一下，像是反应不过来，他怎么能当兵呢？他连小学都没读完，条件根本不够。

那怕啥？雷锋还没读完小学呢，不照样是个好兵。我说，我这次去就把他接回来算了。

我似乎看到张安定的眼中闪过一抹光亮。随后他垂下了眼帘。沉默了片刻，他抬起眼看着我，要想让他来他早来了。我姐姐也给我说过几次这事。我没办。他文化程度太低，来了只能给部队添麻烦。部队是要打仗的，要的是年轻有能力的人。又不是请客吃饭，关系好的就能来。你把这钱交给他就对了，其他的你不要多管了。

没文化我可以教他，到部队可以锻炼啊！我说，再说了，条件不够的歪瓜裂枣还不是一样年年来，谁说什么了吗？

别人的事我管不了，反正你听我的就是了。这事不要再提了。我知道你是一片好意，可我有我自己的原则。这东西，活着要遵守，死了也一样。韦佳节你要是不听我的，你就辜负了我对你的期望，我就白带你几年了。我不是给你说过嘛，你是个当干部的料子。不过话说回来，是不是好干部，还得靠你自己点滴努力才行。好好干工作，以后才能有出息。张安定绷紧的腮帮子放松下来，你别以为我死了就消停了，我到那边还会看着你们一个个地成长进步哩。

我泪飞顿作倾盆雨。这是我最后一次当面聆听张安定的教诲。也只有这次，我没听他的。我把周文明接了回来。我总觉得我应该替张安定做点什么。我满足自己私人道德欲望的同时，背离了我作为军官的职业精神。这是个矛盾。纠缠了我五年。直到今天，我仍然找不到周文明的位置。

写得怎么样了？指导员背着手走进来，让我瞧瞧。

还没写完。你呢？

早写好了。指导员走到我身后看我在电脑上列的名单。

嗯，差不多。他评论道，往上走走，我看看最前面的。

我转了转鼠标滚轮，把页面调整到最开头。

周文明呢？你把周文明给忘了。这可是个重大失误。

没忘。我就是不知道把他排第几才合适。

至少进前五吧。指导员说，不应该低于这个标准。

前五？你就扯吧。你看我排在前五的都是什么人？他跟这几个人根本不是一个档次的。

前五怎么就不行？你说的档次是按什么标准确定的？你个人的标准对不对？知道你骨子里还是只看重战斗骨干。炊事班可是战斗力生成的重要保障。再说了，周文明总评下来成绩完全够进前五。

说不过你们搞政工的。我站起来，走走走，到你那儿去看看你的名单，别光在这儿挑我的毛病。

除了周文明，你的名单跟我的没啥区别。

我靠，你看上去有点不大对啊。我说，你不会告诉我你根本就没写吧？

你都写了我还费那劲干啥？开电脑还浪费电呢。指导员绷不住笑起来，从背后伸出手递给我一个苹果，来，给你的辛苦费。

周文明到底怎么办？我咬一口苹果，你知道不，明年全营要合成一个大灶，连队都不开伙了，哪还用得了那么多炊事员？

合灶现在又没正式通知，等通知来了再说也不迟。

怎么不迟？肯定迟。你要去集训就知道了，新兵器跟现在这套根本不是一回事，连我瞅着都发蒙。新装要形成战斗力，连里总得多几个能干的人吧？我这名单就是按这个标准排的。前八名都是技术骨干。退一步，就算冯维和刘清回战斗班，补训几天也能上。周文明行吗？

指导员光嚼苹果不说话。屋里静了下来。我听见窗棂在响。又起风了。

8

入冬以来最大的一场雪。下了整整一夜。起床时，天还是阴的。全营取消早操，官兵出动扫雪。我和李峰拿着块旧黑板在操场上推了几个来回的雪，出了一身大汗。正准备再推一趟，听到远远地有人喊我。

韦佳节，营长哈着白气走过来，抓紧时间通知聂衡宝收拾东西。他调到四营了。军务科通知说今天必须去报到。

机关工作效率要都这么快就好了。我摘下手套搓搓手，我们几个义务兵马上要复员了，士兵证到现在还没办下来呢，该直接领退伍证回家了。

别发这没用的牢骚了。我当连长的时候比你还能发呢。有用吗？没有。营长说，你怎么惹着聂鹏了？他刚才在电话里把你狠狠表扬了半天，我听着他的牙都磨得嘎嘎响。

让他磨牙去吧，磨利了好把我老二咬了去。我说，越在那儿喊基层第一士兵至上，就越说明基层和士兵既不第一也不至上。

聂科长让我们连长把他侄子排在留队名单前头，结果韦连长没尿他。指导员笑道。

怪不得。以后跟机关说话委婉点儿。得罪这些人不是好事。

明白。机关第一领导至上嘛。其实我也想客气来着，没忍住。换了别人我估计不会这样，谁让他贼喊捉贼让人恨。

行了，赶紧通知吧。这天真够冷的。营长把棉帽耳朵放下来，走了。

我掏出烟点上抽了一口，冲着操场大喊：聂衡宝！

到！聂衡宝应一声，提着扫把跑了过来。

你调到四营了，祝贺你啊。我说，你早知道了吧？不过无所谓了，回去收拾东西吧，不用干活了。

聂衡宝的脸不知是被冻得还是别的原因，红彤彤的。

连长，其实我不是想离开三连。我叔说调换一下单位好留队，我这也是没办法。大家都比我能干，我走了也给领导们省点麻烦。

好了好了，谁又没说你错了。指导员拍拍他的肩，回去收拾东西吧。

聂衡宝点点头，走了几步又转回身，连长、指导员，我真的不想离开三连，我真的是没办法！

我们知道了。我说，赶紧去吧。

要是没他叔，没准他真能成个好兵。指导员叹口气。

中午加个餐怎么样？送一下这小子。

还是算了吧。退伍日子马上到了，他还能调动，大家看了心里会怎么想？我的意思，以连队的名义送他一份纪念品就可以了。指导员说，我刚碰到司务长，他说夜里周文明起来去大棚上除雪，出了汗又受风，这会儿正在卫生所输液呢。

一天到晚净是他的事。我说，要除雪大家一起去不就完了，搞得他一个人多大能耐似的。

一个面临复员的兵，毫无利己的动机，把咱们三连的事业当作他自己的事业，这是什么精神？这是集体主义的精神，这是共产主义的精神，我们每一个三连的同志都要学习这种精神。指导员说，好兵啊。我们得给这些好兵想想办法。带兵不让好兵留，不如回家修地球。吃完早饭咱俩去看看周文明吧，趁着上午没啥事，干脆把支委会也开了，教导员都催我好几次了。

名单还没整完，能开会吗？

照咱俩这样研究下去，到退休也不会有结果的。指导员说，我想通了。忍痛割爱，该割的时候就下刀子割吧。手心手背都是肉，反正割哪块都是个疼。

我看着操场上热火朝天扫雪的兵们，不知说什么好。他们所有人总有一天都会离开部队的。我也会。奔流到海不复回。朝如青丝暮成雪。我似乎应该学着站在历史的长河中去看待这件事。恐龙都死光了。熊猫还活着。连宇宙都有死亡的那一天。要是战争爆发，这事也会好办得多。升平日久，英雄主义陷入庸常生活的沙漠寸步难行。但所有人都得一秒一秒地生活，任何一秒都无法被超越。

我在考虑我手下士兵的出路。可也许他们并不需要我考虑这么多。只是我觉得他们需要罢了。我充满了盲目的责任感。我不知道这究竟是我骄傲的优点还是致命的弱点。

五年前的这个时候，我带着接兵连到达会宁刚满一周。那时张安定已经去世，军政委亲自乘飞机赶去参加他的遗体告别仪式。葬礼有将军出席，这对张安定来说也算是死后哀荣。老连队能来的战友都赶来参加告别仪式，据说马志龙的路费都是借的。大家都哭得一塌糊涂。我没能送成我的老指导员，自那以后成了我的一块心病。

我手里的那张名单上的兵，没接成的有两个。一个仿佛北欧海盗，手臂和背部大面积文身；另一个不幸是色盲。全都不符合条件。交代我的领导在电话里沉默了半响，终于无奈地说那就算了。但我的任务并不算完，因为还有周文明的问题没解决。这是我最关心的事。

刚到会宁那段时间，我去了周文明老家两趟。去了他家，房子里臭不可闻，屋里的地面是土地，连砖都没铺。墙角竟然还有一个老鼠洞。周文明的母亲躺在床上，因为屋里太黑我始终没看清她的模样。周文明的父亲正如张安定所言，是一个资深职业酒徒。听说我要把他儿子接走当兵，红着眼冲上来要打我，嘴里说着一连串我听不懂的话。村长指出，周父这是在骂我。作为张安定的中学同窗，村长还进一步强调，张安定这个当舅舅的根本没管过这个外甥，寄来的钱都被他姐夫买酒喝了。

从村长那里，我知道了一些关于张安定的事。会宁和临近的宁夏西海固地区一样，苦甲天下。张安定上中学后，每个假期都要去城里的工地上打小工，干些搬砖头筛沙子之类的体力活，好筹集下个学期的学费。我无法想象我的老指导员在工地上奔忙的场景。像是另一个人或者另一个世界的故事。不过我相信周村长说的都是真的。1997年，连队修保温猪圈的时候，张安定带着我们一起画图纸、打地基、和水泥、砌砖墙，他显得比营房科助理还有经验。我还知道，张安定是当年会宁地区的高考理科状元，成绩好得可以上清华，可报志愿时，他还是报了军校。也许是军校不用交学费？还是他一直就想当兵？我从未问过他这个问题。也永远不可能得到答案了。

要是不当兵，他肯定还活得好好的呢。周村长说，我们同学里面，成绩排在张安定后面的几个，现在都在北京上海这些大城市，前村一个同学还在美国普林斯顿做研究员，混得都比张安定强多了。

每个人的活法不一样，不能这么比。我说，我倒觉得他最适合当兵呢。

村长笑笑，不再和我争论。

这些都还不是重点。关键是我找不到周文明。村长只知道他去兰州打工，但到底在什么地方、怎么联系、什么时候能回来都一无所知。那两天我比较抓狂。抽了大量的烟，不知如何是好。有天傍晚我极其郁闷地上街乱逛，一个不知死活的醉汉拉住我的胳膊问我要一根烟抽。我本该一拳将他打翻在地，可不巧的是我穿着军装，为了维护军民关系大局只得把兜里的半包烟丢给他。我一直走到天黑还依然郁闷。后来觉得饿，就进了家小饭馆。羊肉烩面刚端上来，我突然发现正在播香港烂片的电视机开始插播本地广告。我顿时兴奋起来，拿出手机就给兰州的同学打电话，让他马上跟电视台联系。我告诉他，我要登一则寻人广告。

周文明后来告诉我，他那天正在火车站捡矿泉水瓶。换句话说，那时他的身份是车站的临时清洁工。寻人广告播出的第三天晚上，他被在宿舍里休息的工友喊了回去。工友们已经帮他记下了我的电话号码，并告诉周文明，他现在已经上了电视，是名人了。

两天后，我在村长家里第一次见到了周文明。看着面前这个局促不安的小个子男孩，我承认自己很失望。都说外甥像舅舅，但我在他身上找不出半点张安定的影子。张安定是个瘦高个，面容清癯，双目炯炯，军装穿在身上始终都那么整洁。而周文明身上发出一股与生活垃圾有关且令人不爽的气味，一件晃晃荡荡的假冒名牌运动服遮住了他的屁股和双手，衣服胸前的"NIKE"商标上沾着污渍。

但当我问他是否愿意当兵而他回答说愿意时，我决定把他带走。一个月后，我带着包括周文明在内、穿着冬季作训服的一百个新兵来到部队。我违背了张安定的意愿或者说遗愿。在我们老指挥连弟兄的心目中，他始终是个完人，到死都是。他一不小心就做成了完人。他身上有着圣徒和殉道者的气质和胸怀，而我的感情是世俗的。

我和指导员到卫生所时，周文明睡着了。脸烧得通红。右手虎口上有道新鲜的伤痕，估计是给大棚除雪时碰的。他参军体检时体重只有九十六斤，过了五年也才一百零一斤。平均每年长一斤。那么多大米、面粉和时光都不见了，他还是那副模样。从早到晚出没于饭堂、菜地和猪圈之间，迷彩服总是脏兮兮的。

你知道不？从卫生所往回走时我告诉指导员，有段时间，周文明每周六都骑自行车驮着半袋面粉去镇上轧面条，然后就认识了一个在理发店打工的姑娘。不过自从他给我看过那姑娘的照片——说真的长得比较费劲——之后，我就让司务长换了轧面的兵。

他亲戚去年给他介绍过一个对象，高中毕业。他们邻村的，在东莞打工。我看过照片。长头发，长得蛮好。给周文明写过信，可惜他看不明白，拿来让我帮他看。指导员看看我，我给你说过这事儿没？

我摇摇头。

那信写得挺不错，还讲点人生之类的。我让冯维他们帮着周文明回封信，结果这几个小子净写些老鼠爱大米和两只蝴蝶，最后还来个"吻你"。指导员笑，他和那女孩通过几次电话，可惜完全聊不到一起，后来也就不联系了。

有时候我觉得他根本不需要谈恋爱。这个想法真他妈怪异。其实他肯定需要。他要复员的话，真不知道能不能找到媳妇。我说，他要多念几年书就好了。我去他家，穷得你想都想不出来。现在腰又有毛病，回去他能干啥？还回火车站捡矿泉水瓶子去？想想我都觉得头皮发麻。

所以我说，应该把他留下来。我们定个三年规划，再好好培养他三年。

别扯了。我们还可能在连里再待三年吗？明年3月份我满三年，6月份你满三年。咱们把一茬茬的兵送走，然后自己被别人送走。你还能说那时候的三连还是你我的连队？

为什么不是？三连永远都是我们大家的。留在这里。指导员指指自己的太阳穴，而且永远都跟你我有关系。我们走了怕什么，野火烧不尽，自有后来人。青山不改绿水才好长流。我知道你想留他。我也想留他。他是比别人笨，但他是真爱连队。我刚到连里就有这种感觉。这小子是唯一一个真正把连队当成家的人。

我们不也以连队为家吗？我相信咱们连里以连队为家的人并不少。

那不是一回事。对别人来说，包括你我，连队终究只是个驿站。但对周文明不一样。

怎么不一样？

对周文明来说，连队就是他的归宿。

我沉默了一会儿说，留了他，那其他人呢？

你最了解周文明。你自己说，全连你能找出一个比周文明更需要留队的人吗？

你在诡辩。周文明需要留下和连队需要周文明留下是两码事。

你指的连队是什么意义上的连队？是房子的连队还是人的连队？是编制表上的连队还是天天和咱们滚在一起的连队？是首长机关的连队还是咱们这帮弟兄的连队？

行行行，你厉害。我说不过你。我冲指导员拱拱手，不过你想没想，换了装合了灶他还往哪儿待？怎么待？

怎么不能待？换了装就不讲感情了？茕茕白兔东奔西顾，衣不如新人不如故。装备是暂时的，感情是永久的。连队靠什么维系？你以为真靠那些个铁家伙吗？没装备一人抄根棍子也照样还是连队，没感情还他妈的能叫连队吗？

我从来没见过指导员这么激动。他停下来瞪着我，两只眼睛像兔子一样红。

算了算了，我不说了。我转身往连队走。我的脚踩在厚厚的积雪上，咯吱咯吱地响。我觉得我有毛病了。我难道不愿意周文明留队吗？可我为什么总在做着让他走的打算？

没走出多远，我脖子上就中了指导员的一颗死硬死硬的雪球。

9

也许指导员是对的。支委会上，有民主测评、专业考核、共同的生活以及回忆做支撑，留队名单没有产生多大争论。即使争论，也只是限于排列顺序的微调。对于好兵，大家的标准往往都很一致。

关于周文明，大家都认可他是个好兵。大家认为他能毫无怨言地干那些不起眼但很烦人的工作。进而相信他会一如既往地干下去。他算不上一颗螺母或者螺栓，更像是一枚垫片。垫片容易被人忽略，所以我们作为党支部一班人不该把它忽略。我们要为垫片寻找存在的理由，需要证明垫片有着不可替代的功能和作用。

我没有再反对周文明留队，但在排序问题上，费了一点小周折。其他人都觉得应该放得更前一些，第三第四第五第六。大家现在已经清楚，按照新编制表，只有进入前八名才有意义。如果按照文件精神，排在后面的七个，留队的希望就很小了。这里头包括我和指导员都很喜欢的连部文书王亮。

不能太靠后了。越靠后越不踏实。换啥兵器人都得吃肉吧？主管后勤工作的副连长说，管理猪圈和大棚需要这么个责任心强的兵。

吃肉永远得服从战斗力需要。我个人意见，还是排第八。我说，我坚持我的意见。如果你们都不同意，那就把我的不同意见写在会议记录上。

看我这么说，大家都不吭声了。指导员是连队党支部书记。民主之后，由书记来集中。我的坚持起了作用。他宣布支委会决议时，把周文明排在了第八。接着他在电脑上打出了全连十五名服役期满申请留队士兵的最新排序名单，由五名支委逐一传阅后，指导员和我分别在上面签名盖章。

我们用了一个半小时的时间来讨论这唯一的议题。某种程度上，我们拥有决定这些士兵命运的权力。我们权力的影响程度可能是百分之八十，也可能是百分之五十。毕竟这个名单会被汇总到全旅士官选取的大名单之中，变数还会很大。但大家都相信，今年我们的权力肯定比往年要大一些。没有任何一个兵问过我，为什么他们多数人的命运会由我们少数人来决定。就像我也不会去问我的上级。这是生活的常态。大多数人可能都这样，已经习惯于不掌握自己命运的主导权。

晚饭大概是刘清炒的菜。炒得不错。特别是土豆丝，爽脆。冯维手艺好，只是懒，土豆从来不肯切丝，最多切个片。我没什么胃口，吃了几口就吃不下了。去水池洗碗时，顺便进操作间去看看。

我没看到刘清，却看到周文明站在锅台前，正在往大锅里注水。

你不是在卫生所吗？谁让你跑回来了？

我自己回的。刘清忙不过来。周文明紧张起来，我已经好了连长。

好个茄子。过来我看看。

周文明关了水龙头走过来。我伸手摸了摸他的额头，但我的手是凉的，测不出他究竟是不是发烧。于是我把他的脑袋扳过来，用我的额头贴上去试了试。张安定当年曾这样量过我的体温。

是不烧了。不过还是要休息。吃了没？

就吃呢。

晚上菜谁炒的？

我。

炒得不错，提出表扬。

谢谢连长。

周文明，我想问你个问题。我看着周文明，你别那么紧张，回不回答都行。

是。

你当兵到现在存了多少钱？

也没多少……周文明嘿嘿笑笑，搔搔脑袋，我是零存整取的，一共两万。

在你们老家够娶个媳妇不？

周文明脸一下子红了。他想了想，够……够哩。

还有个问题……你喜不喜欢部队？

喜欢。

喜不喜欢当兵？

喜欢。

真喜欢假喜欢？

真喜欢。

为啥喜欢？

说不上为啥，周文明呆了半天，我就是喜欢，可喜欢哩。在连里比在啥地方都好。让我干啥都可好哩。

嗯。我拍拍他的肩，快吃饭吧。

从饭堂出来，天已经擦黑。营院很静。积雪在暮色中映射着沉默的灰白色。这是一天中我最讨厌的时刻。我每天不得不经过这个时刻。穿过连队长长的走廊，我能嗅到那种莫可名状的气味。每年老兵走之前都会这样。焦虑。不安。秘密。沉重。渴盼。矛盾。绝望。失落。进退维谷。欲言又止。以及其他无法言说的成分。

进到连部，我翻了会儿报纸，然后抽了根烟。我觉得疲惫不堪。不知干什么好。后来我回到房间，打开电脑，想打一把《帝国时代Ⅱ》。我喜欢这游戏。打了将近十年。这一点上我是个怀旧主义者。不过很久没打了，快捷键怎么用几乎都要忘了。我选了三个极难对手，刚到封建时代就被灭了。改成两个，也只撑到城堡时代。最后我选了六个中等难度的对手，带着一队不列颠长弓兵、一队骑士、四个和尚和八个投石机把它们扫荡了一遍。我赢了，心依旧空荡荡的。

晚点名之后，李峰来找我。

连长，我想给你汇报一下思想。

坐吧。我扔给他一根烟。

我听机关的老乡说，今年四级名额特别紧张。我挺担心的。

我也担心。不过你是代理排长，我们会尽最大努力让你留下。我说，最后这几天是最考验人的，所以走留的准备你都要做好。

是，我明白。李峰说，我老乡刚给我打电话还说，咱们连的向记录肯定留。我担心他要留，我就够呛了。

你老乡怎么那么大能耐？我有点不高兴，谁说向记录就能留？他调过来才几个月，专业又不懂，凭什么就能跟你争？

我也不知道。我老乡说是军务科参谋打电话，他赶巧听了那么一耳朵。

别听你们老乡那些小道消息。

我也想不听，可是心里一点底都没有。李峰把双手拿起来互相捏了捏，又重新放回膝头，我也觉得自己应该赶紧去找找人啥的，又不知道该找谁。想送礼都不知道给谁送。慌得很。就想给连长你说说。

别整那些个没用的名堂。这么说吧，如果连里只留一个人，我们也会报你。这不是你找谁找来的，是你自己干出来的。不要胡思乱想。老兵了，也不用我多啰唆，干你该干的工作就对了。你个人的事我们会替你考虑的。

谢谢连长。李峰的表情稍稍生动了一些，站起来敬个礼离开了。我知道我的话并不能真正缓解他的压力，但我也只能说说这些废话了。总比什么都不说强。病人被医生看那么一下，就会觉得踏实许多。哪怕医生什么也没看明白。

我想了想，拿起手机拨王山的电话。

这么晚了啥事？听上去他很不耐烦，我正加班呢。

我在你楼下。赶快下来，请你吃烤串。

吃个屁。你把我们科长惹翻了，他现在恨你入骨呢，天天在办公室骂你。以后你别老给我打电话，我得跟你划清界限，免得影响我进步。王山在电话里很严肃，以后出去别告诉别人你认识我。

我哈哈笑起来，王山也憋不住笑了。

别在这儿蒙我。老兵马上走，你身为连队主官敢跑出来吃烤串，明显不想看见明天早晨的太阳了你。王山说，我真在加班，整理部队报上来的那些个名单。参谋长一天到晚地催，头疼死我了。

那就占用你一分钟时间。我说，向记录这个兵什么来头？怎么会调到我们连的？是不是你趁我去集训的时候故意安排的？要我在怎么也不会让你得逞。

关我屁事。这是参谋长亲自交办的，点名说放到你们连。我就办了个手续，其他也搞不清楚。你问这干吗？

这小子今年也要晋四级，跟我的一个好兵有冲突。

你天天就琢磨你那几个兵。能留留不能留就让他们走好了，反正早晚都得走。军队要的就是一个人一辈子质量最好的那几年，这点道理你还不懂？

废话，你要在连队你照样得考虑。你忘了当年你跟徐东打架，张安定要不替你操心，真给你这鸟人背个处分，你这会儿还能坐在这里教训我？百分之百正跟着你老爹在镇上卖驴呢。

好好好，我错了我错了。王山嘿嘿笑道，指导员哪会真给我处分嘛，他最关心我了。我觉得你那个兵的问题应该不大。这次旅长发狠了，所有支部的名单他都要亲自过目。你要留的兵往前排，留的可能性就大。算了，我不能跟你说这些敏感问题了，要是被领导知道，我非得被拉出去活埋了不可。别害我啊。咱俩可是一个战壕里出来的好兄弟。我说的仅供参考，你要真想了解，建议直接拨打参谋长电话，号码要我告诉你吗？

死去吧你，是我害你还是你害我。他老人家现在官当大了脾气见长，见了我每次都是吹胡子瞪眼的。哪像原来当连长的时候，经常对我嘘寒问暖。张安定安排他给大家教歌，他让张安定给大家示范压码抄报。张安定加班写材料，他给张安定煮方便面。他长了个鸡眼，张安定天天帮他割死皮。气氛多热烈，生活多美好。现在全变了，我都懒得理他。

哈，割鸡眼的事我咋没听说。指导员还干过这事？

我亲眼所见，骗你干吗？

老连队真是好啊。王山轻叹一声，你也别对参谋长有意见，你知道他就是那样人，越关心的人要求就越严。爱之深，责之切嘛。

挂了电话，我心里略踏实了一些。

就这样吧。我告诉自己。

10

今天天气不错。空气冷冽。残雪无言。有几片轻白的云。全营在操场集合，列队等待营长宣布退役命令。我想，队列里有很多颗心正和我一样，在高速跳动。

营长站在队列前，手持文件，按照编制序列宣布退役士兵名单。服役期满而没有被点到名字的士兵，就意味着留队了。营长还是从前的营长，只是此时在一些人眼里他是天使，而在另一些人眼中则成了魔鬼。或者说，是魔鬼的代言人。

三连退役士兵。营长停顿了一下，开始念。

听到第一个名字，我脑袋"嗡"地就大了。竟然是李峰。怎么会是李峰？一时间我胸闷气短。

张海波、魏礼禄、彭强、周文明、王亮……营长在继续念，队列静如死水，令人窒息。每听到一个名字，我都觉得心被抽空了一块，念到周文明时，我觉得心变得像块烂抹布，无论如何也不可能回到崭新的从前。

尘埃落定了。从这一刻起，他们的军旅生涯正式结束。到离队前的几十个小时里，他们虽然还待在连队，但身份已然改变。他们不再是中国人民解放军序列内的现役军人。他们完成了军队赋予的使命，不论完成得好或者坏，他们的使命都结束了。

营长宣布完命令后，全体退役士兵一起动手摘去帽徽、肩章和领花。上等兵们佩戴它们的时间最短，只有两年。一级士官五年。二级士官八年。三级士官十二年。四级士官十六年。这些标志服饰是军装的灵魂，是它们使军装变得充满英雄主义和牺牲精神。这个充满象征意义的举动说明，这些士兵将不再需要操枪弄炮，不再是国家武装力量的组成部分。他们将回归没有军号、口令和武器的日常生活。正如王山说的那样，他们把一生中质量最好的时间都留在了这里。这真是个令人伤感的时刻。

我站在我的兵背后看着他们。突然发现周文明一动不动地保持着立正姿势，仿佛一尊雕像。好一会儿他才抬起双臂，摘下自己的棉帽，开始拧松帽徽上的螺丝。没有人说话，整个世界都异常安静。除了风。

回到连部，我绕着桌子转了几圈，最后终于抓起了电话。

哪一位？

参谋长，我是二营三连韦佳节，我想给您汇报个事。

有营长有机关，你一个连长直接给我汇报什么事？参谋长很不高兴，乱弹琴！

那我就不是三连长韦佳节，我是老指挥连的文书韦佳节。我决定豁出去了，我放大嗓门，现在请我的老连长在百忙之中听我汇报一分钟行不行？

参谋长没说话，过了几秒钟后才开口，你小子搞什么名堂，嗯？什么事赶紧说，我马上要去开会。

我们连报了一个准备转四级的兵，叫李峰，我们把他排在第一，结果没留下！

报第一没留下？参谋长说，不会。今年基本上都是按基层上报的名单留的。除非本专业没指标。

我哪敢乱说。刚宣布完命令，让他退役！他被前段时间外单位调过来的一个兵给顶了！我急得语无伦次，那个兵从飞行部队调过来，什么专业都不懂，一过来就晋四级，哪有这样的道理！

你说的那个兵叫什么名字？

李峰。他工作表现特别出色——

不是，我问那个后调来的。

他叫向记录。

电话那头突然没了动静，只剩细微的电流声。我紧张起来，我可能哪里说得不妥惹恼参谋长了。

向记录的事你不要管。不要问。也不许再提。参谋长的声音里突然长满了皱纹，就这样吧，回头好好做做你们那个李峰的工作。我相信你们报上来的名单是经得起检验的，我也相信你说的这个李峰是个好兵。不过有些事没办法说。

一点挽回的余地也没有了吗？

这是常委会定的，你说还能不能挽回？参谋长叹口气，好好跟他谈谈，就当是他受了个挫折吧。给他说，年轻人受点挫折不是坏事。

挂了电话，心里堵得要命。其实每年都有这样的事，但都没像现在这么颓唐。也许是希望太多，人为地拔高了与现实的落差，才会摔得更疼。

抽了半根烟，门被猛力撞开，又弹回到往里冲的指导员身上。

周文明为什么没留下？指导员手里提着武装带，恶狠狠地质问我，感觉马上就会冲上来用武装带抽我。

我怎么知道。排第一的都让走了，排第八的走了有什么奇怪。

你不奇怪是因为是你安排的，对不对？指导员死死瞪着我。

别扯了，我要能安排就好了。我不敢和他对视，赶紧把目光移到了别处，我又不是旅长。

装！装！装！还他妈装！你早就知道把我们一个指标调剂给了四营，是不是？

听谁乱说，我也刚知道。我无力地抵挡着指导员。

你也刚知道？这话你也能说出口！我刚从营部回来，营长说我们报名单之前就通知你了，你说你刚知道？你当别人都是傻 × 还是怎么着？指导员大怒，韦佳节你过分了你！

我垂下眼帘，无言以对。

指导员摔门而去。

呆坐半晌，我打算去指导员房间。我需要说几句软话来缓解他的愤怒。这个时候，我们不能冷战。

刚从抽屉里拿出两包烟，李峰打报告进来了。

连长，我想请假去镇上买点东西。

我注视着他。他的面孔有些苍白。

你没留下。

我知道。李峰咬咬嘴唇，没留就没留吧。铁打的营盘流水的兵嘛。

你留不下不是你的原因，我一直认为你是咱们三连最优秀的士官。我说，你的事，我真的很抱歉。

连长你别这么说，我知道你们没少为我努力。有这个就够了。说明我这些年没白干。

你能这么想我很高兴。要我开导你吗？

不用。又不是新兵，啥都经受不起。李峰努力笑笑，其实一宣布完命令，自己反倒踏实了。挺好。不像前段时间，连个觉也睡不踏实。

今天晚上你还会睡不着的。明天。后天。大后天。可能你都睡不着。不过你肯定会有睡踏实的那一天。我说，走之前有什么困难可以给我说，我们尽最大努力解决。

我没什么事。谢谢连长关心。

我倒有个事要请你帮忙。

没问题。连长尽管吩咐。

离队前这段时间，我想让你给大家做个榜样，能做到吗？

能。李峰笑笑，连长放心吧。

我一直看着李峰消失在楼梯拐角，才转身去了指导员房间。我努力让他搭理我并最终取得了成功。因为我们还有很多事需要商量。纪念品买什么。茶话会怎么开。会餐多少个菜喝多少酒。合影请谁来照。送别标语谁来写。大红花谁去做。锣鼓队谁来组织。等等之类。一直说到开饭哨响。

周文明是被你折腾走的，下楼时指导员说，你去找他谈。

我去我去。我说，谈不好了再请你老人家出山。

别指望我。一大堆烂事，我烦着呢。

我只有赔笑。

军队谚语：老兵复员，新兵过年。队伍进了饭堂，我又给副连长和司务长交代了老兵复员前改善伙食的事。每餐四个菜增加到六个。要提前准备会餐，至少十二个菜，喝啤酒。

给冯维打电话没？我问司务长。

打了，他说家里正盖房子，再说票也不好买，他争取二十五号前回来。

二十五号回来有个茄子用。老兵都走了！上次我不是让你给他打招呼的吗？

我想着周文明不会走，结果就没打。司务长苦着脸。

你想？我还想大家都留下，能留得下吗？我不管你怎么办，反正你把会餐和这几天的伙食给我整好了。出了问题别怨我不客气。

司务长脸皱得跟个包子似的，不吱声。

周文明呢？

里头炒菜呢。

怎么还让他炒？刘清干什么去了？周文明现在已经没义务炒菜了你知不知道？

刘清在呢。刘清要炒，周文明不让，自己非要炒。他说再不炒以后没机会了。

就让他炒吧。指导员拦住我，就随他吧，让他炒。

周文明炒了六个菜。土豆炖排骨。醋熘白菜。红烧带鱼。炝炒油菜。酸豆角炒肉末。虎皮辣椒。还有紫菜鸡蛋汤。他原来会炒这么多菜，而且还炒得不错。我突然觉得自己并不了解周文明。我无法判断如果再留他三年的话，他是否会成为一个真正的大厨。

中午开支委会，布置老兵退伍工作。一直开到一点半。散会后，被一大堆事情缠着，连找周文明谈话的机会都没有。也可能是我还没有鼓起勇气找周文明谈话。我觉得我欠他的。我是他的连长，但这并不意味着我在任何时候都能够居高临下。他依旧穿着那身永远脏兮兮的迷彩服忙碌着。我让副连长去劝他回连队休息，他拒绝了。这一定是他当兵五年来，第一次拒绝上级的命令。其实这么说也不准确。因为他现在已经没有义务领受并且有资格拒绝执行我们的命令了。

一个下午，我都试图找一个适合的时机和场合找周文明谈话。可我没找到。晚饭仍是周文明炒的菜。我在操作间门口看他一手叉着腰一手在往锅里加作料。看上去他的腰又开始疼了。

约摸七点来钟，我终于决定把周文明找来谈话。我并没有确定自己的开场白，但没有时间了。

我拉开门，发现周文明正站在门外。他看上去已经站了一会儿。他换上了一身过于肥大的便装，这让我很不习惯。因为这让他看上去像极了一个民工。

连长，我想请假去一下旅部。

这么晚了去旅部干吗？我让他进到屋里，倒杯热水递给他，现在车可能都没了。

我……我想找一下参谋长，看看我还能不能留队。

我愣了。我没想到周文明会提出这样的要求。谁都知道，退役名单是旅党委常委会研究确定的，参谋长也无权变更。这个时候再找谁都是徒劳。李峰的事就是明证。何况，我如果在这个时候把周文明放出去找领导，完全是拿着自己往枪口上撞。教导员传达的紧急通知里说得很清楚，哪个连队的兵为留队的事跑去找领导，哪个单位的主官就要受到严肃处理。显然，周文明给我出了个难题。

这是常委会研究的，参谋长也改不了。我说，你应该知道，去了也是白去。

我就想试一下。要是真的不行，也就死心了。

这也是张海波给你出的主意？

不是。和张班长没关系。周文明说着，从怀里掏出一个信封，我存的两万块钱，我都取了。实在不行，就给参谋长送掉。我听别人说办事要花钱，钱我没啥用。能让我留队，我干啥都行。

我的心像被一只手猛然捏住似的，一阵刺痛。我不知道怎么回答他。但我必须得给他一个明确的回答。

钱放下吧。我说，连长陪你去。

我同指导员打了个招呼，骑自行车带着周文明去了镇上。他抢着要骑车带我——以往我和手下的兵去镇上玩，总是兵骑车我坐后座——但显然，这次我不能让他带。他体重比我轻百分之七十并且腰还有毛病，更重要的是，从理论上讲，他已经不是我的兵了。我骑车走在路上，风吹得脸疼。到了镇上，我们把自行车放到一家熟识的小餐馆门口，然后打车去市里。到旅部已经九点多了。我带着周文明走过长长的林荫路，经过礼堂、办公楼和操场，一直走到常委住的那栋宿舍楼。

进去以后，你一定记住告诉参谋长，你是张安定的外甥，亲外甥。

参谋长认识我舅？

对，认识。我替周文明指了指三楼参谋长家的位置，你告诉参谋长，你想留队。他要问谁让你来的，你就说是我们连长韦佳节。

我站在楼前树下的黑暗里等待周文明。夜里很冷。星星很亮。我不知道他会和参谋长说些什么，也不知道参谋长会怎么说。依参谋长的脾气，很可能会把周文明训一顿。不过也难说。没准他真会帮周文明一把。但无论如何，我都不会有什么好果子吃。我已经做好了被收拾的思想准备。

我扔掉第四个烟头时，周文明从楼里出来了。他站在楼前，四处张望着找我。他黑色的剪影看上去如同一只孤苦无依的小兽。

参谋长怎么说？我从树下向他走过去。

没咋说。

你怎么说的？

我也没咋说。

怎么回事你，支支吾吾。我发起急来，到底怎么说的？

啥都没说。

为什么没说？

我没进去。

没进去？那你这么长时间都在哪儿？

我在楼梯上坐了一阵子。周文明转向我，路灯下他的双眼闪着晶莹的光亮，连长，我不找了。我不想让你受连累。咱们回吧。我想回连里了。

我感觉到周文明的身体在微微颤抖。我搂住了他的肩，和他一起离开。

11

工作交接。办理退伍手续。物资点验。行李托运。向军旗告别。每完成一道程序，离老兵离去的时间就越近。再过十几分钟，这些熟悉的面孔将踏上列车，从军营回到故乡，从生活驶入回忆。

这是连队生活的固定课目和永恒法则。我站在车站月台上，周围都是欢送的锣鼓声军乐声、戴着大红花的退役士兵和包围着他们的曾经以及永远的战友。

每个连队每年都要定时哭泣，不用担心遭到责怪或嘲笑。我就站在这些失声痛哭的军人们当中，看着他们洒下大量滚烫的泪水。

这些泪水总能让我想起张安定。指导员干满三年后，张安定一直没得到提升。我们不知道领导是怎么考虑的。但张安定看上去没有任何情绪，永远都那么乐观积极宽厚可靠。又过了两年，他才被破格提拔为营教导员。很久以后，有人说当年旅里主要领导考虑指挥连是个基层标杆，怕张安定走了这块牌子会倒，所以迟迟下不了决心。直到张安定把个指导员当得整个军里都赫赫有名时，新来的军政委才放出话来：胡闹！难道你们要让这个小伙子把指导员干到退休吗？

这或许是传说，但就我看来，张安定完全可以与这个传说相匹配。我在他手下当文书的时候，他就已经很有名了。就像没谁不知道他著名的大醉与大哭一样。他历来滴酒不沾，但上任第一年冬天老兵复员会餐时，他破例陪老兵们喝酒，他只有一瓶啤酒的量，所以一直留到会餐结束前才敢喝下杯中酒，然后红着脸醉倒在老兵们的怀里，被老兵们从饭堂抬回连队。到后来，抬着醉酒的指导员回连队，俨然成了我连老兵告别军营的一项特殊且庄重的仪式了。每次去火车站送老兵，大伙一个个抱着指导员的脖子哭得死去活来，往往是平时最屌最坏最让张安定操心费力的兵哭得最凶（他们回家之后，不管有什么好事坏事，仍愿意写信或打电话告诉张安定。我曾在1998年腊月二十七那天，一次从收发室取回过一百四十三张贺卡，都是那些已经离开连队很久的老兵写来的）。而平时总是乐呵呵的张指导员此时也顾不得爷们儿的身份，与老兵们抱头痛哭，泪如雨下，见之者无不感怀流涕。这场面不知被宣传科的新闻干事拿去换了多少稿费。那年从上级机关新调来一位政治部主任，听说这事后比较不舒服，大概是认为张安定是个大搞孙武吮疮之举以集晋身之资的沽名钓誉之徒，于是老兵走的那天就提前打电话给张安定说，你不要去车站送，连长去就行了。张安定是个执行命令非常坚决的同志，老兵们在连门口集合好准备带去大门口登车时，他对大家说，你们先走，我马上来。说完就躲回了连里。老兵们到了大门口，见指导员不来，死活不肯上车。现场指挥的副参谋长无计可施，只得叫个参谋跑步去叫。参谋到了连里，只见张安定正趴在桌子上抱着跟老兵的合影照片呜呜地哭，宛如一只漏水的龙头，把个参谋也整得眼圈泛红。直等张安定赶到大门口，老兵们才高兴起来，欢呼着簇拥着他上了车。到了火车站，自然又免不了大哭一场，洒泪而别。那位主任看到这一幕，也不禁感动地滚下泪来。不久后，张安定调任一营教导员。连里弟兄虽说老为指导员提升不了抱怨，但真看着指导员要走，又都舍不得了。最后一排长想了个主意，组织全连士兵党员联名写信给旅党委，要求组织上考虑全连官兵的要求，让张安定提职后继续留任。领导们还从未遇到过这等事，一时颇为踌躇。最后还是派那位主任来做工作。

主任把我们全连召集起来讲话，我至今还记着他说的话。那是我从军以来听过的最短的一次领导讲话，也是最让我难忘的一次领导讲话。

同志们，他说，张指导员这几年为了你们把心都操碎了，什么事都替你们着想，你们有一点进步他就高兴得了不得，你们犯了错误他就吃不下饭睡不着觉。现在你们的指导员要提升了，要进步了，你们却拦着不让他提升，不让他进步，你们就这么尊重你们的指导员，就这么爱戴你们的指导员？

一席话说得大家都哭了，主任自己也流了眼泪。那时候我不明白张安定明知道自己逢喝必翻，为什么仍会放任自己大醉。现在我有些理解了。他太累了，需要有机会忘却那一年里积累的疲倦和离别的忧伤。哪怕只是一次短暂的忘却。就像昨晚会餐时一样。我和每个老兵喝了满满一杯啤酒，和李峰我喝了三杯。周文明不会喝酒，这点和张安定一样。但他还是和我喝了一杯，我看着他的脸和脖子迅速变得通红。昨晚没有人摔碗。我心底里却希望有人能去摔一摔碗，好让我有个向他们道歉的机会。可是，没有。

不知为什么，这次我没有哭。我知道，如果不出意外，这将是我最后一次以连长的身份来送老兵。可我真的没哭。登车前，我逐个和每个老兵用力拥抱。在过去的几年里，我和他们极少有过这样亲密的举动。我需要树立自己作为一个连长的权威。只有这个时候，我们可以忘掉上下级关系，零距离地拥抱一次。

把老兵送上火车后，我在人群里看到了聂衡宝。他佩戴着整齐的帽徽、肩章和领花，显然是留队了。

连长好。他跑过来冲我敬个礼，好久没见了连长。

久什么久，没几天。

连长，我留队了。

知道你留队了。用不着给我报告，我已经不是你的连长了。不过你记住，你留队的指标是我们三连的。

是，连长。

你不去送你们连的老兵，跑到这儿干吗？

我跟他们不熟。聂衡宝讪讪地，我来送送周文明。我给他买了点吃的。

噢，你应该来送。你知道吧，你的指标本来是周文明的。

这时候，火车开始鸣笛。我扔下聂衡宝，快步向车前走去。此刻，许多老兵从车窗探出身子，不停地挥手或者握手。我看见周文明默默地坐在车窗边，像一尊雕像。我看着他，突然发现他的侧影像极了张安定。这几年，我从来没有注意过这一点。

周文明。

到！他立刻站起来，把脑袋伸出窗外。

我看着他。我想告诉周文明，他没能留队是因为我把他排到了后面。可是话到嘴边又咽回去了。我积攒不起那么多的勇气。如果我是对的，我为什么不敢说？可如果我是错的，那对的又是什么？我不知道。

有空给我打电话。

是。

回去多注意你的腰，少干重活，别再伤着了。我说，给你的膏药你坚持把它用完，要是有效果，你早点给我说，我再给你寄。

是，谢谢连长。

周文明……

到。

连长对你的表现很满意！

连长……周文明眼泪汪汪，说不出话了。

回去好好干，连长等着听你的好消息！

是。

多保重！

是。周文明给我敬个礼，连长你也多保重。

我不知道该说什么。我也没办法说了。我坚持不让自己的眼泪流下来，可这是注定守不住的马其诺防线。车轮缓缓转动起来，月台上呐喊声顿时响成一片。我被人流挤到了后面，突然看见已经坐回去的周文明重又站起来，把上身探出车窗冲我大喊。

我听不清周文明说什么。我拼命挤进人群，冲上前去想抓住他的手。我看到他飞快地从大衣口袋里掏出个东西递给我。一瞬间，我的指尖传递出炸馒头片的形状和春天般的暖意。我还想再去抓周文明的手，戴着钢盔的纠察拦住了我。我看着周文明露在车窗外、像张安定一样瘦削的脸越来越小，终于消失在我模糊的视野之中。

世界以痛吻我，我却报之以歌

傅逸尘

1

读王凯的小说，常会感觉到疼痛。那是一种从青年时代绵延而来的成长的痛感，夹杂着生命的青涩和稚拙，裹挟着大漠的荒凉与粗粝，似挽歌般传递着军人的理想与执着。从军校到沙漠，从机关到连队，王凯小说的生活幅面相对固定，人物大都似曾相识，故事也谈不上有多复杂，反复书写的就是部队基层的日常生活和青年军人的生命情态。看似单纯的故事题材与单一的小说面相，令我心生疑窦——巴丹吉林沙漠深处、空旷但却逼仄的军营里，究竟还有多少可以挖掘的文学资源？王凯的叙事极限会在何时到来？焦虑中更有期待，恍若沙漠中一口越挖越深的井，我们终要面对的是灵感的枯竭还是喷薄而出的新生？

王凯却依旧淡定从容，一篇接一篇、不紧不慢地写着。长篇小说新作《导弹与向日葵》（北京十月文艺出版社 2017 年 9 月版）又安静地摊开在我面前。读着读着，心生痛感。没错，又是那种熟悉的疼痛。不得不说，叶春风、钟军、车红旗、兰甘、白雪歌……这些青年军人的成长故事又一次击中了我。现实生活磨炼、砥砺着年轻的生命，虽谈不上苦难，却充斥着无奈与压抑、欲望和沉沦。任凭你如何奋斗挣扎，绕不开的是复杂的人际关系和适者生存的潜规则。眼看着青春的激情、锋芒乃至生命本身一点点遁入大漠深处，消弭无形，你不得不服膺命运的逻辑，为富于痛感的生存经验喟叹、感伤。疼痛，是生命最为敏锐的感觉，也是王凯小说最有魅力的美学质素。这疼痛关乎世俗、欲望，关乎爱情、成长，最终指向的是理想和信仰。小说的结尾宛若寓言般，绽放出灿烂夺目的精神光芒。始终葆有赤子之心的叶春风，终于跳脱了世俗欲望的羁绊，穿越了幽深的时光隧道，闯入一片充盈着理想情怀和英雄主义的精神荒原——似重获新生般，打量着这片熟悉而又陌生的沙漠，脑际陷入一片轻盈的迷惑。王凯以一种极富象征色彩的抒情笔调，回望疼痛缠绕的军旅青春，在生命的自我省察中描摹出军人灵魂的面影。

"世界以痛吻我，我要报之以歌。"泰戈尔在《园丁集》中更多地融入了青春时代的体验，细腻描述了爱情的幸福、烦恼与忧伤，成就了一部青春恋歌和生命赞歌。王凯的《导弹和向日葵》又何尝不是呢？他深谙部队生活的现实种种，以辛辣而又戏谑的笔调，真实生动地揭露出过往军队内部存在的不堪和暗面，将部队领导、机关干部、连队官兵等人物形象塑造得穷形尽相。尤其是将外部世界对个体生命的威压和规训书写得细致入微，令人感同身受。然而，王凯并没有沉溺于生活的疼痛本身，而是将尖锐的痛感转化为宽广、坚韧、通透的人生态度；他的文字充盈着厚重的现实经验和超拔的哲学思辨，似歌者般吟唱着军旅生活宏阔辽远、高蹈正大之气象。

2

对于当下青年作家的小说创作，我有一种直感，那就是写实能力渐趋下降。大家似乎过于依赖观念和想象写作，能够细致入微地再现某种场景、生动深刻地塑造人物形象的作品实在太少了。在一个主观倾向占上风的文学时代，我们通常很难读到像生活一样真实、鲜活、饱满的客观性作品。于是乎，精确和真实也便成为极为稀缺的叙事能力。从某种意义上说，客观性、形象性和真实性正是优秀小说的显著特征。在《导弹和向日葵》中，我们不仅能读到对沙漠天气、风物及环境的精确、优美的描写，还能清楚地看到人物的外貌、行动、言谈和性格，连同他们微妙复杂的内心世界也同样精确而清晰地呈现在我们面前。如果说，小说家在作品中成功地表现深刻的主题内容和博大的思想情感是一种有难度的写作，那么，追求小说真正意义上的客观性效果，就难上加难。

因为，要写出客观性的作品，需要作者花费更多的心力，需要足够的耐心进行认真的观察、冷静的分析和慎重的判断。

小说虚构性的想象不管多么诡异、奇特，最后都必须服从生活经验逻辑和内心情感逻辑的制约。就像巴尔加斯·略萨所说的那样："不管小说是多么胡说八道，它深深地扎根于人们的经验之中，从中吸取营养，又滋养着人们的经验。"小说家若想更逼真地还原生活，使作品褪去浮华和造作，就必须对鲜活真实的世界充满敬意，就必须具有朴素诚恳的情感态度。王凯对巴丹吉林沙漠深处的军营、对自己同代人的军旅青春都怀有深深的敬意和浓厚的兴趣。他秉持一种理性而扎实的客观态度，因而得以更全面、更深入地认识现实生活，更细致、更真实地把握外部世界。他笔下的军旅生活，具象而沉实、细腻且绵密。对于笔下的人物，不管地位高低，无论正面反面，王凯都怀有一种深沉的情感——悲悯与诚挚的爱。正是这种悲悯的情怀和感同身受的理解，使得小说中那些远非英雄甚至不那么正面的人物如车红旗、兰甘、曹助理、凌科长、白雪歌等等，虽然有着道德、性格、或行为上的缺陷和瑕疵，依然会在某一时刻流露出质朴、善意与诚挚的一面。在王凯看来，单纯地揭露、批判与嘲讽并不难。尤其是站在政治正确的立场上批判过往军旅生活的阴暗面，甚至将某种现实存在彻底抹去，都是相对容易的。正是基于对现实经验的熟悉，王凯没有拘泥于表浅的日常事象，更不愿做出廉价而浅薄的价值判断。他选择沉潜入现实生活的深层肌理，再反身而出，试图以一种跳脱和超越的视角赋予现实生活以一种整体性的观感，对人物的现实遭际和精神困境抱以深切的理解和同情。小说主人公叶春风，尽管在很多事情上表现出幼稚与迷茫，但内心深处纯粹、清高，有着浓烈的英雄情结，而且能一以贯之地坚守，不因境遇的改变而令心灵蒙尘；在经受了种种潜规则和世俗欲望的考验之后，依然不失赤子之心，最终收获了精神的成长和灵魂的超越。王凯在故事层面进行批判和思辨，而在人物身上寄寓激情和理想，这正是小说动人之处、价值所在。

3

一部伟大的小说之所以不朽，首先是因为它塑造出了不朽的人物形象。但是塑造不出令人印象深刻、经得起反复言说的人物形象，恰恰是现代小说的一大危机。进入 21 世纪以来，中国小说最严重的病象正是经典人物形象的缺失。以至于我们再难以像说出《安娜·卡列尼娜》《高老头》《欧也妮·葛朗台》《羊脂球》《约翰·克里斯多夫》等等文学经典那样，如数家珍般随口说出我们这个时代优秀小说的名字。我们的作家甚至早已丧失了将小说人物的名字作为标题的自信和勇气。问题在于，作家对自己笔下的人物是否真正了解、熟悉、是否充满理解、悲悯和爱意。

在《导弹与向日葵》中，叶春风、罗慕、白雪歌、车红旗、兰甘、钟军等人物形象之所以令人印象深刻，就在于王凯循着传统现实主义文学观念，着力"塑造典型环境中的典型人物形象"，于生活的流态中写尽了上一个时代军队的重重积弊，道出了和平年代青年军人心中的无奈与苦涩。叶春风这个人物就是千千万万基层带兵人的代表，他们有文化、有理想、也有拼搏奋斗的志向。然而，在严酷的自然环境和崩坏的政治生态中，叶春风和他的同学们尽管拼尽全力、左支右绌、心力交瘁，却依然难以实现自身的抱负与理想；而只能为了现实利益、仕途进步甚至爱情婚姻而互相倾轧、遍体鳞伤。

在巴丹吉林沙漠的军营中，爱情无疑是一种奢侈品，是年轻军人们赖以确证自身生命存在的重要象征。小说中的爱情书写，作为一条重要线索贯穿全篇，令人唏嘘、震撼。在艰辛与孤寂中，爱情既可以彼此温暖、抚慰；也可以作为一种稀缺的商品，交换世俗的利益；更可以被多舛的命运玩弄于股掌间，暴露生命的卑微和人性的丑陋。女性人物尽管依然不是王凯小说的重点，但是白雪歌这个人物写得尤为精彩。小说结尾处，当她最为真实的情感秘密被揭开时，我坦言自己流泪了。那一瞬间，这个看似心机深重、行为放荡的女孩终于表露出她真实、纯粹的心灵内面。种种委屈和隐忍、生命的沉重和背负一起涌上心头。那种悲伤、愤懑连同一道尖利的疼痛深入骨髓。

性与爱在王凯的叙事中都是置于前景的符码，勾连着身体与灵魂，也对抗消解着人际关系的残酷和生活的困窘艰辛。叶春风那种骨子里透出的清高和孤傲，显示出在残酷的世俗存在中，个体生命所能保存的选择生活道路和命运归宿的最终权力。理想和现实间的巨大落差，构成了悲剧性的审美氛围。人性的深度、生活的可能、命运的波折、人物的形象，都在悲剧性的故事中次第浮现。《导弹和向日葵》在极其有限的生活幅面中考察人物的内心和情感，没有对外部世界的激烈批判，有的是沉静深邃的灵魂自省。叶春风、白雪歌等年轻军人的青春形象和灵魂面影就在王凯的深情回望、细腻爬梳和严苛自省间渐渐显露、坚实矗立。青春渐逝，生命丰盈，过往那个积弊累累、充满矛盾与抵牾的时代原来不过是一个饱蘸人生况味的符号。尽管自己就身处这个"命运共同体"中间，王凯描摹时代变迁和命运嬗变的笔法依然冷峻、犀利，以一种寓言化的写作伦理传递出思辨性的精神力量。

4

巴尔加斯·略萨在谈及"文学抱负"时，将它同"反抗精神"一词紧密地联系在一起。他说："重要的是，永远保持这样的行动热情——如同堂吉诃德那样挺起长矛冲向风车，即用敏锐和短暂的虚构天地通过幻想的方式来代替这个经过生活体验的具体和客观的世界。但是，尽管这样的行动是幻想性质的，是通过主观、想象、非历史的方式进行的，可是最终会在现实世界里，即有血有肉的人们的生活里，产生长期的精神效果。"反抗和怀疑的气质，是创造精神和文学抱负的结合。从这个意义上说，疑难、反抗和救赎无疑是《导弹和向日葵》核心的精神价值。然而王凯的情绪始终是平和的，他对世俗逻辑和官场潜规则的反拨与批判，并不是通过激烈的言辞来抒发，而是隐忍中蓄力量、平和间见深刻，因为悲悯而理解，因为思辨而救赎。

《导弹和向日葵》在《当代》刊载时，曾题为《瀚海》。作为重要的象征意象和思想线索，章节前面引述麦尔维尔长篇小说《白鲸》的片段，贯穿全篇。《白鲸》中那种对海洋文化的崇拜、对自然伟力的向往和对强健人格力量的赞颂，实际上也提示出王凯对小说的理解和趣味。"瀚海"作为小说的核心意象，不仅描述出沙漠的本质，更勾连着辽远而宽广的外部世界。沙漠如海般壮阔，而人物的命运就如同巴丹吉林沙漠深处的弱水，蜿蜒流过干渴、粗粝的河床。坚韧和严酷、逼仄和辽阔，诸多反义词构成的沙漠存在与海洋的意象遭遇，显得尤为意味深长。

瀚海和《白鲸》的意象最终所指向的是存在主义式的精神超越，释放出一种打破心灵的局促与狭窄，让精神飞升的向上拔擢、向外发散的力量。王凯的写作也由此成为一种充满整体性、概括力和存在感的叙事。

世界以痛吻我，我却报之以歌。王凯说，他小说中人物的名字都来自唐代边塞诗人岑参的《白雪歌送武判官归京》中的诗句。小说中的人物因为名字天然地沾染了些许诗意。在小说中，王凯也正是以诗性的意象和抒情的笔调显示出作家的理性认识、情感态度和道德立场。他不仅描写现实，而且解释现实，不仅传递经验，而且超越经验。《导弹和向日葵》作为王凯青春疼痛叙事的集大成之作，终于跳脱了狭窄庸常的底层视角，达至开阔辽远的文学气象。

军旅文学的血与沙

王 凯

作为一名部队文学工作者，军事文学是个绕不开的题目。然而我更想说一点自己关于军队、关于军营、关于军人的认识。因为在我看来，这其实也是军事文学与生俱来的那一部分。

关于军队。从十七岁进入军校到现在，我已在部队服役整整二十五年，差不多能算一个有资格谈谈军队的老兵了。1992年9月，我在西安的军校参加新训，发给我们的唯一一件短袖军装被汗水和雨水反复浸湿，穿了很久但没人敢去洗，因为班长没有发话，而且我们也不知道什么时候会吹哨紧急集合。直到今天，我还能感受到那件发黄发硬的月白色短袖军装穿在身上时那种冰凉黏腻的感觉。但那段让我备感煎熬的日子，后来却成了我记忆中最为深刻有趣的部分。现在想起来，我们当年的新训强度，并不比库布里克《全金属外壳》里描述的更大，唯一不同的是，我们的班长要比电影里的军士长温柔得多。刚上军校时，我对军队的一切都极不适应，觉得那是种无处不在让人痛苦的强力束缚，但后来我渐渐习惯并接受了这一切。我接受了军队的生活方式、话语体系和价值观，因为我渐渐明白，军队就是要让我们学会和习惯服从，无条件服从。而这一点，永远都是世界上任何一支军队最在乎的职业精神。因为不这样，军人就不可能去自觉接受种种艰巨的任务，包括在必要的时候去接受死亡。

对一个部队作家来说，军队不仅决定了他作为军人的职业和身份，也赋予了他书写军营的使命和责任；军队在用严格的条令条例规制着他言行举止的同时，也慷慨地给予了他别样而丰富的生命体验。而部队作家只有也必须站在这种看似矛盾的立场上，才有可能更真切地体察关于军队生活存在的质地和色彩，

"新生代军旅作家"面面观 |

也才有可能更深入地探求关于军事文学写作的种种维度和可能。何况在这个世界上，没有哪个行业，能像军队这样与国家兴亡和民族命运息息相关；没有哪种职业，能像军人这样把集体使命与个体生命完全对接；当然，也没有哪种人类行为，能像战争这样剧烈而深刻地改变整个世界和人类自身。从这个角度来讲，军事文学无疑有着最为宏阔又最为精微的创作天地。特别是在今天，伴随着实现民族复兴"中国梦"的脚步，国防和军队建设也正在发生新的发展变化，这变化不仅是体制编制调整、武器装备更新、生活条件改善、兵员结构优化、作战能力提升，更是军人思想、情感和观念的深层改变，而这种内在的、人的改变，也许才是我们这支军队所面临的最本质最深刻的改变。我想，只有积极关注和顺应这种改变，今天的军事文学才有可能找到属于它的方位和意义。

关于军营。和军队这个更概念化的名词相比，军营对我来说，始终是一些具体的空间。好比我熟悉的那些岗哨和营房，阵地和机场，菜地和猪圈，操场和饭堂。如果说军队是爱情，那军营就是我喜欢过的姑娘，我会记得她们的样子，头发或者笑容，哪怕她们早就和我一样变老。我有一年回到我曾经待过的连队，从前的老平房已经变成了楼房，我们原来亲手铺的水泥地坪、亲手种的草坪都没了，但在我脑海里，我的连队永远还是当年的样子。我刚毕业分去的那个空军基地，在巴丹吉林沙漠深处。第一次坐绿皮军列去基地报到，我坐在靠窗的位置上看外面经过的沙丘、胡杨林和陆军在铁路沿线驻守的一个个用枕木围起来的小点号。军列为他们送来邮件和给养，也带来他们一天当中唯一一次可以见到的陌生人。到站时，我发现我的军装兜里钻进去了小半把细细的沙子。我的单位离基地机关几十公里，如果我们想去机关，就得站在军用公路旁拦车。很快我们发现，光靠我们自己是永远也拦不住车的，哪怕一辆拉羊粪的卡车也拦不住。我们必须带上一个富有同情心的女少尉，让她站在路边，等过路的军车毫不犹豫地在她身边停下后，我们才从路边的芨芨草丛后面跳出来，像公路劫匪那样一拥而上。

在当年我待过的沙漠营区里，没有理发店、书店、饭馆和超市，只有一间黑糊糊的似乎永远关着门的小服务社，卖的几乎都是过期的东西，更可怕的是我赶过去买东西时，它往往已经下班了。当然，现在那片营区早已经不是当年的样子了。那时最受我们欢迎的是那些没有工作的随军家属，她们从不同的家乡来到沙漠军营陪伴丈夫、照料孩子，没事的时候就戴上遮阳帽骑上自行车，在中午和傍晚出现在各个连队门前。她们的自行车后座上捆着一只纸板箱，里面放着我们需要的烟、饮料和零食。这些骑着自行车的嫂子们构成了我所在那片军事禁区的全部商业存在。我毕业后先后待过的几个部队，营区都很偏远。最好的一个地方，围墙外面是大片的麦田，抬头就能看见祁连山终年不化的皑皑雪峰。包括我后来去过的部队，像我们空军的雷达部队，几乎所有雷达站都驻守在高山或海岛上，城市的繁华与他们无关。但我觉得这并没什么不好。我一直认为舒适的环境更容易消磨军人的战斗意志和职业精神；同时也认为荒凉的地方更适合人思考和冥想，因为它更安静、更缓慢、更单纯，也有更清新的空气、更晴朗的天空和更灿烂的星河。我甚至觉得，每一个遥远而寂寞的军营，都具备成为另一个鲁镇、另一个马贡多和另一个高密东北乡的潜质，因为每一个军营都是一个完整而独特的军事生态系统，都有着无数等待开掘的历史、传奇和不为人知的秘密。

关于军人。军人在入伍之初，其实还只是一堆本色的原料，军队的任务是把他们铸造成毛坯，车铣刨磨、发蓝电镀，然后作为成品发往部队，从而成为战争机器的一部分。这是军人的职业特点。但无论如何，军人首先还是人，就像军事文学首先还是文学一样。只不过，特殊的环境、特殊的任务、特殊的职业决定了军人群体所崇尚的特殊品质，比如忠诚、勇气、荣誉感和牺牲奉献精神。军校毕业第二年夏天，还是在沙漠，我的股长家属来队探亲，他让我去农副业生产基地帮他买两只鸡，准备给妻儿接风。我问他嫂子来队是不是很高兴，他说，你不懂，其实根本没什么感觉，一年见这么一两回，两个人早都客气得像是陌生人了。这么多年过去，我还记得他说这话时的口气和表情，还有他虽然才三十多岁却已花白的头发。那时候，我的确不懂，这让我认定他是个感情淡漠的家伙。但现在我不这么想了，因为我明白，那些简洁而崇高的词汇，都来自于基层军人复杂而坚忍的内心。

我同样会常常想起自己在四年连队指导员任期里带过的那些兵。我和他们处得不错，所以每年冬天老兵复员以后，我都会有几天缓不过劲来。他们走后留下的岗位空缺，几个月后就会被新兵一一顶替，但他们走后留下的情感空缺，却永远无法像拼图那样被严丝合缝地填补。每个兵都是不同的，他们的面孔和灵魂都是这个世界上的唯一。每个人都是不可替代的那个人。越往上走，这些穿着军装的年轻人最终会成为军事实力统计表中不带任何感情色彩的数字。而对我来说，他们永远是鲜活的，不论是过去还是现在，也不论我喜欢谁还是讨厌谁。离开连队十年，我已经失去他们当中大多数人的消息，但他们也许还会在我的小说里重新出现。古人说，千军易得，一将难求，但我并不这么认为。我始终觉得，这些沉默不言的士兵，才是这支军队真正的脊梁，也才是军事文学永远的主角。

巴丹吉林的歌者

徐艺嘉　王　凯

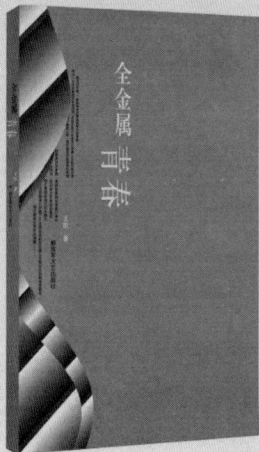

文学启蒙：受益于小小图书馆

徐艺嘉：还记得最初是如何对文学产生兴趣的吗？

王　凯：也许跟我小时候喜欢看故事书有关。我长大的那个空军基地从前有一个不错的小图书馆，一次可以借八本书，里面有整套的儒勒·凡尔纳小说集，像《海底两万里》《神秘岛》《从地球到月球》，那种小开本，发黄纸页的香味让我觉得非常迷人。还有好多版本不错的网格版文学名著，我也胡乱看了一些，当然也是比较容易读的，像《基督山伯爵》之类。甚至还有整套的中华书局二十四史和《资治通鉴》，但我看不懂，顶多能看看《说岳全传》《隋唐演义》这类通俗些的作品。开始写作很难说有什么明确的触发事件，它大概只是种逐渐生长的兴趣，一个缓慢变化的过程，就跟一个人喜欢下棋或者画画一样，只不过这兴趣一直持续到今天罢了。

徐艺嘉：你的小说集《指间的巴丹吉林》中，有一节谈到"父亲母亲姐姐以及与文学的关系"，家人对你的创作是不是有很大影响？

王　凯：这个好像没什么家传。我父亲是个搞技术的军人，学的是无线电控制，他看过的小说基本都是我写的。我母亲费心尽力操持家庭，最关心的是子女能好好生活。小时候我姐喜欢买小说和文学杂志，我觉得我的文学兴趣跟我姐买过的那些书也大有关系。

徐艺嘉：第一次发表文章是什么时候？

王　凯：我第一次发表的文字不是小说，而是篇小散文，发在《解放军文艺》1995年第7期最后一页的"读者之窗"栏目，把我兴奋坏了，可之后六七年再也没发表过一个字。

徐艺嘉：谈谈之后的文学轨迹是如何发展的吧。

王　凯：我的写作在我看来就是个跌跌撞撞跋涉的过程，但好歹还在往前移动。上军校时我就写过诗和小说，诗倒写了不少，但小说往往写个开头就进行不下去了。后来渐渐能完成几千字的短小说，不过很差劲，也发表不了。

后来我的小长篇《全金属青春》和小说集《指间的巴丹吉林》出版了，责任编辑都是解放军出版社的王大亮老师，有一次我和他聊起来，他才说，啊，我想起来了，你那篇小散文是我给你编的。所以想起来，还是庆幸自己能一直坚持写，毕竟这是自己唯一持久的爱好。再到后来，能写出稍稍复杂一点的故事，可以比从前更多地展现自己的意图，但我清楚自己差得还远。写作对我来说始终是件既很热爱又深受折磨的事，但你喜欢这个，所以还会忍不住继续写。除了对文学本身的兴趣，我还受益于很多老师、编辑、领导的关心帮助，没有他们，我想我也不可能有继续写作的勇气。

深入文本：钟情于巴丹吉林沙漠那片土地

徐艺嘉：在"新生代"作家中，你是有着扎实的基层部队生活体验的，你的中短篇小说题材中的主人公也大致是基层的战士或是机关官兵。为什么更倾向讲述这些人的故事？

王　凯：军校毕业后我在西北戈壁的空军基地工作，当过地空导弹燃料加注技师、装备器材助理员、通信排长、训练参谋、组织科青年干事、汽车连政治指导员、宣传科教育干事，后来又选调到空军政治部宣传部当文艺干事，生活中所接触的绝大多数都是军人，连队的或者机关的，我熟悉这种生活。对我这样一个想象力创造力和冒险精神不足的作者来说，熟悉的生活是种可靠又丰饶的资源。我也不是没想过写点别的，比如写写我喜欢的历史故事，或者我在小县城的少年生活，很多也挺有趣，但相比之下，还是写军人生活来得更顺手更有感觉，至少生活细节无需杜撰。这是个先天的因素。

徐艺嘉：一些"新生代"作家也是在军营文化熏陶下成长起来的，他们对地方题材的小说创作也表示出同样的热情，但你的小说基本都是写军人。

王　凯：军装穿久了会让人生出一种特别的情感，特别在连队，你跟战士们朝夕相处，会付出很多感情，这使得部队生活更容易唤起我的写作愿望，这是个情感的因素。还有就是你在部队待久了，会遇到很多有意思的事情，你会觉得你熟悉的人或者带过的兵完全就是个小说人物，你就会想把他们写出来，这也是自然而然。

徐艺嘉：《指间的巴丹吉林》收录了你几篇有代表性的中短篇小说。如你所说，军人是你认为可信手拈来的小说人物，巴丹吉林这片土地也似乎是你目前最为熟稔和最为钟情的创作资源，在你眼中，可见那段戈壁滩的军旅生活对你来说是有特别之处的。

王　凯：是的。我三岁时跟我母亲从陕北老家随军到河西走廊的空军基地，到我 2003 年调走时，在那片戈壁滩生活了二十多年。我调到北京工作也都快十年了，但我还是不适应城市生活，我对西北戈壁军营和驻地小县城的生活更怀念。

戈壁驻军与城市驻军大不相同。举个最现实的例子。城市驻军的年轻干部可以就地找个姑娘成家，以后可以转业在这里定居，而戈壁滩上的军人就不行，他们往往只能在家乡找个对象，然后长期两地分居，即使随军到了基地也找不到工作。而从个人能力上来说，他们可能并不比城市驻军的同行差，没准更好。这更类似一种命运，你到了这里，然后待在这里，然后再心情复杂地离开，这个过程里埋藏着很多的故事，这种生活写出来更有种别样风貌。驻在城市的军人同样也会面临这样那样的问题，但我觉得这些都无法与艰苦地区的军人相比，如果让内地与边疆的军人换一下驻地，谁愿去谁不愿去，不言自明。当然最重要的是我写的那些军营里的人和事在我看来都是独特却不为人知的，我所经历的我要不写将永远不为人知，因此我很希望尽可能多尽可能真诚地把它们写出来。

徐艺嘉：你的小说在我读到的"新生代"军旅小说中是较为有叙事自觉的。像《沉默的中士》《正午》运用的是双轨叙事结构，双线条同时展开讲述故事。到了《魏登科同志先进事迹》从多个叙事者的视角出发将多重视角的所见、所闻并置在一个空间内，以记录的形式呈现在读者面前。这种多视角讲述故事的方式很有意思，当时是如何构想的？

王　凯：我只是觉得某个小说素材就像是某种原料，比如钢适合铸一柄剑，而木头可以做成一把椅子，当然钢也能做成椅子，木头也能做成剑，这跟每个作者的感觉和气质有关。

不同的生活素材给我的感觉是不同的，我试图弄清它的质地、纹理和特性，然后再尝试着把它写成一篇小说。所以说每一篇小说对我来说都是一种新的尝试，我喜欢这种感觉。如果仅就把一个故事写出来，那可能就不是我想要的东西了，这中间牵扯的并不纯粹是写作技术上的问题，还关系到对叙述对象的认识程度，这种认识程度和表现出来的效果差不多成正比。

徐艺嘉：结合具体文本谈一谈。

王　凯：你提到的这几篇小说，《正午》写的一个在机关帮助工作的年轻参谋所面临的困境，直接把他的故事写出来当然也可以，但写的时候我想要的是他的状态而非他的经历，所以我在其中加了几段类似童话的故事，关于一只兔子和一只狗，我觉得这两种文本相互照应也许能更好地实现我的目的。写《魏登科同志先进事迹》时，我原来是正面描写一个军营小人物，可怎么写都觉得很别扭，后来我发现自己真正想写的并非某个人物，而是一个事件或一个人物的形象究竟是如何被确立的，所以想到了用调查笔录的形式，通过很多旁边人的讲述来表现一个并未正面出现的战士，写起来感觉就顺多了，唯一的难处是要为那些叙述者找到特点和口吻。我始终希望我的小说每一篇都能有所不同，可惜我是志大才疏那号人，经常做不到，或者说想到了七八分也只做到了三四分甚至一两分，可我还是喜欢这么尝试，所以写完的初稿经常会被废掉，然后换个角度重写。写作其实就是自己跟自己过不去，毕竟写作过程中没什么人来要求你如何如何，跟写材料完全不同，有领导替你把关，而小说只能靠自己。

徐艺嘉：哪个作家的叙事风格给你的影响最大？

王　凯：我小说读得非常有限，所以自己也不好说受哪位作家的影响更大，但就像吃"百家饭"一样，读过的好书对我都有教益，而且遇上好的作品也会很兴奋，像今年我看了几本理查德·耶茨的小说，就很喜欢。

徐艺嘉：你的小说往往选取很小的生活切口，比如《一日生活》就以"起床""早操""整理内务和洗漱""早饭"等琐碎的生活内容作为小标题串联起整个小说的叙事。《正午》则选择一天中最容易被忽视的时间段为开端，对日常生活的琐碎进行饶有意味的扩张。你是如何逐渐"发现"或说确立这种写作风格的？

王　凯：我倒没觉得自己的写作有何风格可言，我之所以喜欢从军营日常生活中进入叙事，是因为我相信小说提供给读者的应该是种陌生的经验，或者从庸常生活中去提取些特别的东西出来。对于一个和平年代的军队作者，如果想要书写现实，就更需要从日常生活中去寻找新鲜的感觉。没有战争带来的生死考验，军人同样还面临着别的其他的困境。如果这些困境是基于军人职业才存在的话，那就能够建构起好的小说。此外，军人职业决定了军人不能和一个老百姓一样生活，至少他脑子里想的东西不应该和老百姓一样，这也是属于军人生活的独特之外，我感觉军旅小说写作往往就是要去寻找这种特别之处。

徐艺嘉：对你来说，文学最重要的土壤是什么？

王　凯：生活阅历。如果把文学写作比作植物生长，那除了土壤，还离不开阳光、空气和水。在我看来，老师朋友的帮助指点可以比作阳光，写作的兴趣可以比作空气，而自己的努力大概可以比作是水。

文学生态的变迁：从"人"的角度出发讲故事

徐艺嘉：当下军旅小说与上世纪50、60年代军旅小说的叙事方式完全不同，如今的年轻作家好像对宏大叙事或是高歌猛进的小说风格并不感兴趣，他们的叙述更富有个性，视点也多从个人的角度出发，你的小说也大多是从个人的小视角切入的。

王　凯：一个时代有一个时代的文学，几十年前的小说叙事跟媒体环境也有密不可分的关系，比如历史事件现在可以用影像保存，而过去只能付诸文字。这是技术革命带来的变化。我觉得更重要的是现代生活的多元化或者碎片化超越过往任何时代，这和以往思想观念较为一统的情况大为不同，我们似乎对整个世界比以往知道得更多，但实际上可能并不是这么回事。就同一事件大家知道的消息都差不多，就跟微信朋友圈里那些东西一样，无数人都在转。如今大量信息都是从电视和网上得来的，大家探讨的话题广泛而浅薄，好像介入了但实际却游离在外。互联网似乎把世界联系在了一起，但同时又导致人与人的关系更加疏离，有的人可能有很多网友，但现实生活中也许是十分孤独的。这种状态使得在更大视野反映时代变得更为困难。过去司马迁可以写一部《史记》，陈寿可以写一部《三国志》，那时他们可能只恨史料不足，而现在我们被信息之海淹没，思想被稀释，信息唯嫌其多，因为选择成了最困难的问题。所以我觉得在很大程度上说，作家对时代的宏大叙事并非不感兴趣，而往往是力有不逮。我觉得从个人角度出发本身没什么问题，一切信息总要经过作家的过滤和筛选，从这个意义上说，个人的角度其实就是文学的角度。

徐艺嘉：你曾在创作谈《军旅文学的血与沙》中谈道："伴随着实现民族复兴中国梦的脚步，国防和军队建设也正在发生新的发展变化，这变化不仅是体制编制调整、武器装备更新、生活条件改善、兵员结构优化、作战能力提升，更是军人思想、情感和观念的深层改变，而这种内在的、人的改变，也许才是我们这支军队所面临的最本质最深刻的改变。"如火如荼的新军事变革的确是军旅文学发展的另一个有利契机，但是当下在"新生代"群体中反映部队变革的小说并不多见，你认为原因是什么？

王　凯：一方面可能是与小说写作所需要的"沉淀期"有关，或者说是"时间差"以及别的什么，反正就那个意思，你懂的。在我看来，小说与新闻的差异之一是它没什么时效性要求，正在进行的事物可能需要观察而不是急匆匆地去把它写出来，哪怕完成了也还需要继续审视一段时间，小说写作可能需要这种谨慎的态度，而不是急于去讴歌或诟病什么。至少在我看来，当我对一个事物尚且认识不清的时候，很难把它写清楚。另一方面，军队变革是多方面的，有物的变革也有人的变革，后者应该才属于文学真正介入的领域。"辽宁号"和"歼20"如果进入小说，我感觉也只能作为一个背景和环境而非叙事对象。而人的变革表现出来的是观念和行为方式，很多时候我甚至认为虽然军队硬件建设的确更加高端大气上档次，可当下军人的思想认识和精神层面是否达到了与信息时代相适应、与硬件普遍兼容的程度还不好说，包括军队作家自己可能也没有做好以文学介入新军事变革的准备，自己也还不了解不熟悉不适应部队建设的种种变化，这没准也是当前缺少既反映军事变革又有文学价值的作品的原因之一。

创作年谱

长篇小说《全金属青春》，解放军文艺出版社 2009 年 7 月出版，获第六届空军蓝天文艺创作奖"银翼奖"。

中篇小说《你的样子》，发表于《西南军事文学》2001 年第 6 期。

短篇小说《沙之舞》，发表于《解放军文艺》2004 年第 7 期。

中篇小说《沉默的中士》，发表于《当代》2006 年第 6 期。

中篇小说《时间的河流》，发表于《西南军事文学》2007 年第 3 期，《新华文摘》2007 年第 15 期转载，获第十一届全军文艺优秀作品二等奖。

短篇小说《一日生活》，发表于《西南军事文学》2008 年第 1 期。

中篇小说《塞上曲》，发表于《西南军事文学》2008 年第 4 期。

中篇小说《蓝色沙漠》，发表于《西南军事文学》2009 年第 3 期，获 2009 年全军军事题材中短篇小说评比中篇小说一等奖。

短篇小说《正午》，发表于《西南军事文学》2009 年第 4 期，获 2009 年全军军事题材中短篇小说评比短篇小说一等奖。

中篇小说《终将远去》，发表于《解放军文艺》2010 年第 8 期，《新华文摘》2010 年第 21 期、《小说选刊》2010 年第 9 期、《小说月报》2010 年第 10 期转载，入选人民文学出版社等五家出版社选编的 2010 年中国年度中篇小说选本。获第十二届全军文艺优秀作品一等奖，并入围第六届鲁迅文学奖中篇小说提名。

中篇小说《换防》，发表于《西南军事文学》2010 年第 4 期，《北京文学·中篇小说月报》2010 年第 9 期转载。

短篇小说《任务》，发表于《解放军文艺》2011 年第 6 期，《小说月报》

2011 年第 8 期转载。

短篇小说《魏登科同志先进事迹》，发表于《西南军事文学》2011 年第 5 期，《小说选刊》2011 年第 11 期转载，入选贺绍俊编 2011 短篇小说年选。获第十二届全军文艺优秀作品二等奖。

中篇小说《迷彩》，发表于《文学界》2011 年第 10 期，《中篇小说选刊》2011 年第 6 期转载。

短篇小说《北六千》，发表于《文学界》2012 年第 8 期。

中短篇小说集《指间的巴丹吉林》，昆仑出版社 2013 年 1 月出版。

短篇小说《残骸》，发表于《野草》2013 年第 2 期，《长江文艺选刊》2013 年第 8 期转载。

短篇小说《卡车上的伽利略》，发表于《西南军事文学》2013 年第 3 期，《小说选刊》2013 年第 6 期转载。

短篇小说《春天的第一个流言》，发表于《文学界》2013 年第 7 期。

短篇小说《超期服役》，发表于《作品》2013 年第 10 期（上）。

短篇小说《时间无彼岸》，发表于《解放军文艺》2013 年第 12 期。

短篇小说《流氓犯》，发表于《长江文艺》2014 年第 3 期。

中篇小说《超级玛丽》，发表于《西南军事文学》2014 年第 4 期。

短篇小说《对白》，发表于《人民文学》2014 年第 8 期，获第三届人民文学新人奖。

短篇小说《英雄墙》，发表于《文艺报》2014 年 7 月 30 日 6 版。

短篇小说《老车场》，发表于《山花》2014 年第 9 期。

短篇小说《抢靶》，发表于《解放军文艺》2014 年第 9 期。

短篇小说《划痕》，发表于《天涯》2015 年第 5 期，入选现代出版社《2015 中国年度短篇小说》。

长篇小说《瀚海》，发表于《当代》2015 年第 6 期。

短篇小说《燕雀之志》，发表于《上海文学》2016 年第 3 期。

短篇小说《杀手的黄昏》，发表于《长江文艺》2016 年第 3 期。

短篇小说《白糖》，发表于《人民文学》2016 年第 8 期。

中篇小说《白鸽》，发表于《野草》2016 年第 5 期，《小说选刊》2016 年第 10 期、《新华文摘》（网络版）2017 年第 3 期转载。

中篇小说《铁椅子》，发表于《当代》2016 年第 6 期，《北京文学·中篇小说月报》2017 年第 1 期转载。

中短篇小说集《沉默的中士》，北京十月文艺出版社 2017 年 5 月出版。

中短篇小说集《塞上曲》，北岳文艺出版社 2017 年 7 月出版。

中篇小说《沙漠里的叶绿素》，发表于《青年文学》2017 年第 7 期，《小说选刊》2017 年第 8 期、《中华文学选刊》2017 年第 9 期转载。

王甜，女，四川渠县人，1998年毕业于四川师范大学文学院，同年入伍，曾为原成都军区战旗文工团创作室创作员，2017年退出现役。已在《人民文学》《当代》《十月》《上海文学》等刊发表中、短篇小说，散文，评论及报告文学多篇，其中部分被《小说选刊》《小说月报》等刊转载，出版小说集《火车开过冬季》《毕业式》《雾天的行军》、纪实散文集《被一粒硝烟洞穿》和长篇小说《同袍》。曾获第五届、第七届四川省文学奖，第十届、第十二届全军文艺新作品奖，全军中短篇小说评奖中篇组一等奖、短篇组一等奖，全军抗震救灾优秀作品奖，第四届人民文学新人奖，第十一届上海文学奖。中国作家协会会员、鲁迅文学院第十五届高研班学员。

叙事的生长与可能

傅逸尘

　　"军旅青春叙事"正在成为 21 世纪初年军旅长篇小说一个极具发展潜力和现实概括力的新鲜生长点，也标志着新的题材资源的激活和表意空间的生成。王甜的《同袍》是一部难得一见的洋溢着浓郁青春气与时尚感的军旅长篇小说。近年来的军旅长篇小说逐渐丧失了艺术探索和形式创新的锐气，文体自觉与技术创新的思潮消失殆尽，代之而起的是以市场为导向，以网络、电视剧、商业出版为媒介的"通俗化"浪潮。因此，《同袍》在文学性层面上的探索与努力让我对"新生代军旅作家"们生出一种由衷的期待。

　　王甜的小说语言具有鲜明的个人特色。语汇的时尚化是一个方面，更重要的还有她的幽默。王甜的幽默显然不是大众化的，或者低俗化的取乐与搞笑，也不是一种讽喻，而是一种智识的调侃，充盈着聪慧与文化的品质。让我惊讶的是，她不是偶有灵感为之，而是从头到尾随处可见，自自然然，有一种水满自溢的感觉。王甜的小说语言细腻自然，还有一种说不清的女作家才有的清丽美感。一部没有故事与悬念，也没有性爱与欲望纠结的长篇小说在当下文学中似乎是难以想象的，但王甜用她的语言感染并征服了我。语言是推动《同袍》叙事前行的首要动力，这在当下的军旅长篇小说中是极为少见的。与当下小说迷恋讲述"好看"故事的整体情势不同，《同袍》没有跌宕起伏的故事情节，没有戏剧性的矛盾冲突，有的是大量琐碎但却鲜活的细节，细节成为《同袍》最重要的构成元素，也是最重要的文学性特征。王甜将大量的细节描写与人物心理刻画融会在一起，互为表里，互动交融。由于故事情节的相对平淡，细腻的心理刻画就显得越发重要，也更加考验作家的能力。

长篇小说对作家写作耐力的考验相当严酷，"半部杰作"的现象在当代文坛非常普遍。耐力当然是作家的一种心理素质，甚至还涉及作家的体力；但耐力更是作家对长篇小说文体的认知和把握，一种对自己所要叙述的故事与描写的人物的深厚积淀，以及不可或缺的自信。毛泽东词曰："不管风吹浪打，胜似闲庭信步，今日得宽余。"这样的一种心境，或许更适合长篇小说的写作。在《同袍》中，王甜的叙述从头至尾笔力不减，少有显而易见的败笔，亦无明眼可觑的瑕疵，尤其是她的幽默与调侃，以及细腻的心理刻画充盈于整部小说之中，更是其耐力的证明。但需要指出的是，小说对人物的补叙交代显得过于模式化，交代人物身世的方法有多种，如此简单地采用统一的模式不能不说是王甜叙述策略上的一个失误。

《同袍》也可视为成长小说，成长不仅仅体现在年龄上，更重要的是在思想与心理上。二十几位地方大学生被安排到一个封闭的、枯燥乏味的集训队进行为期一年的三个科目的军训。王甜居然将这么一个看似波澜不惊的题材书写得风生水起，甚至惊心动魄。王甜的小说技巧，或曰想象的高超之处在于她设置了一个"末位淘汰制"的情节，于是，被逼入绝境的大学生之间便展开了一场残酷的"生"与"死"的争夺战，本来平静如水的集训队也成了明争暗斗的战场。我不想细致地去分析小说中的主要人物，我只想说，王甜意识到了《同袍》不可能像那些富于传奇色彩与战争残酷性的小说那样通过戏剧性的动作来塑造人物，她只能是细腻地表现人物心理的微妙变化。即便如此，王远、肖遥、路漫漫、三班长、连长等也都有了自己清晰的面貌，而且完成了自己人生重要转折时期的成长。尤其是王远、肖遥、路漫漫等，不仅完成了成长，他们还在军训最后的科目演习中升腾出了英雄精神与人性光芒。

在《同袍》之后，王甜又发表了以《毕业式》《雾天的行军》为代表的若干个中短篇小说。短篇小说《毕业式》在气质上最接近《同袍》。毕业式对苦读四年的陆军指挥学院学员来说，几乎接近成人礼，更为重要的是，它具有多个向度的象征意义，是被压抑的青春激情与活力的一次总爆发，是个体思想与精神的一次狂欢。耿帅的"毕业式"是袭击两次纠察过他的21号纠察和睡他的恋人小雅，他全身心投入地去实践自己的理想与诺言，但生活的残酷让他只能收获一种无奈。耿帅成功地将21号纠察扑倒并骑到了他的身上，可是，趴在他身下的纠察却告饶说，别打了，再打就残废了，回家就不好安排工作了。耿帅只能沮丧地跑掉。耿帅也成功地将小雅堵到她的出租屋里，但小雅却自己主动脱下衣服，一边脱一边讲述自己家庭的不幸，她只能将自己的青春签约给一个陌生的大叔，但在这之前，她要把自己的爱情——第一次交付给耿帅。耿帅选择了将在小雅胸前游曳的手抽回。与故乡的写作不同，王甜没有让耿帅前功尽弃，伍世国的一番话凸显了耿帅的思想与精神——"这种和尚日子，还不许人想想、过过嘴瘾？""一屋的人，都怕了你了，就你啥都认真……除了你，谁会相信那些没完没了的艳遇？有几个人会真的去打纠察？"

《昔我往矣》是王甜为数不多的直面战争生活的作品，很精致，但偶然和机巧的东西太多，丧失了一部分悲剧力量。不过，在人物内心世界的挖掘上仍然显示了王甜强劲的笔力与独特的视角。野战医院的护士南雁与警卫排长罗永明在战地医院相识并相爱，但罗永明随后便在尖角山战役中牺牲了。一直呵护着南雁的医疗队袁队长也在尖角山战役之后不久因踩中地雷牺牲了，但袁队长在牺牲前却把自己丈夫所在师的副政委老俞和孩子交付给了南雁。就在老俞将南雁安排到留守处时，受了重伤的罗永明又被一个战士送到了野战医院。罗永明虽然被抢救过来了，但他却什么都不记得了，甚至连南雁也不认识了。即便如此，南雁仍然拒绝了老俞，一心照顾罗永明。其实，这个罗永明是他的哥哥罗永亮，罗永亮在养伤的过程中爱上了南雁，于是他便隐瞒了真相，最终与南雁结了婚。老俞早就探得了罗永亮的真实身份，但始终没有揭穿他，还在新中国成立之后，把一份填有罗永亮名字的《将士阵亡通知书》亲手交到"罗永明"手中，并嘱咐他好好待她。几十年后，患上老年痴呆症的罗永亮终于将真相告诉了南雁。王甜没有着意批判罗永亮的自私，而是报以理解与宽容；但老俞的宽厚却给我们留下无法忘怀的印象。

王甜的小说大致有两个题材领域：军旅题材和故乡"杨家湾"；而故乡"杨家湾"是其主体。普通大学生活在王甜那里也是故乡的延伸，或者一种成长的延续。这显然符合她的写作逻辑："为自身阅历的关系，还是从切近的地方捕捉题材。"故乡对每一个游子或漂泊者都是无法忘怀的记忆，尤其是作家，那里面的伤感与痛楚、温馨与亲情有如梦魇一般让人在无数的黄昏与暗夜中咀嚼不尽，也让中国现代文学的巨匠们留下了一大批杰作。歌颂与批判似乎都不那么重要，重要的是那里是他们生命诞生的所在与成长的摇篮，无论走到哪里，无论离开了多久，他们终归要回望，在回望中完成与故乡的和解，进而实现他们心灵的安宁。在这时，真实是他们共同的真理。对故乡的回望确实需要生命的砥砺，或生活的磨难，否则便会有些轻薄，甚至隔膜。好在王甜没有把自己完全地置于一个回望的立场上，用她自己的话讲，"是从切近的地方捕捉题材"。对王甜而言，"切近的"是什么呢？是那些与她同龄的人，是那些同龄人复杂的内心世界，尤其是那幽暗深处的部分。王甜没有简单地选择歌颂或批判，而是让自己的心灵和故乡的现实一起活着，以至达成了一种理解，或和解。

《水英相亲》的故事本身是很难出彩的，但王甜却把出场的每一个人物都写得那么熨帖，不论着墨多少，都丝丝入扣，显示了她描写人物的功力。来自乡村的女大学生水英与县城火葬场的小东之间的婚姻龃龉，表面上看是一种城乡的天然差别，更深刻的则是心理上的一种碰撞。已经订了婚的小东到学校看望水英，却因看到了前来凑热闹的校花吴艳霓而决定退婚，他的心灵世界因吴艳霓的到来而被突然打开。王甜写道："他其实发现的不是一个吴艳霓，而是一种真相。""生命原来是具有多向比较性、多重选择性的，而他还没有取得比较与选择的权利时，就被指定了一种存在模式——仅仅是模式还好点，具体到一个人，一个名字，一种声音。不甘心哪。"这就是小东人性的觉醒。水英要来静雯陪她相亲那天穿的蒲公英黄色的外套，站在宿舍的阳台上，用一把红色的小剪子将它铰成一丝丝、一丁丁，它们像蒲公英的种子随风飘散。水英当然不会迷信地认为那天如果穿上这件蒲公英黄的外套相亲就会获得这份姻缘，她是用这一方式来祭悼自己的心灵创伤与无法摆脱的命运。

《声声慢》写的是三姊妹之间的关系，但主要是写老三水芹，写水芹的成长、无辜与磨难。水芹的对头或仇敌是大姐水英，其实水英只是一个符号，她所代表的是传统伦理与道德观念。严格地讲，水芹并没做什么出格的事，只不过她长得比两个姐姐以及村里所有的女孩都漂亮，而且她还知道如何消费自己的漂亮；尤其是她后来居然跟同样漂亮的女人的公敌"二麻婆""鬼混"到一起，这就更让水英等无法忍受。水芹只能选择离家出走，而她真正委身的第一个男人陈志军却没有接纳她。有了一些钱的水芹仍然需要家庭与姊妹的温暖，二姐水芬虽然能够与她交流，但并不能真正地理解她，那是一种心的隔膜。过年前夕，水芹在大家熟睡后完成了对自己心灵与精神的"涅槃"。她依照老家的说法，将灶灰"高高地举过头顶，闭上眼，手指慢慢地松开，尘灰簌簌下落，盖了她一头一脸"。第二天一早，大家发现水芹走了，院墙朝外的一面，贴满了全是零钱的人民币。水芹用一种矫枉过正的方式完成了屠家对脸面的执着与追求。

写普通校园生活的《罗北与姜滕》对人性阴暗丑陋的描摹与揭露不但让我感到震撼，而且很难接受。我相信这篇小说一定有生活原型，但与原型的对话表明了作家对生活与现实的态度。同样来自乡村的女孩姜滕为了实现自己出国的理想而设计了一个爱情圈套，让自己的男友与室友罗北谈恋爱，然后在罗北已经完全进入爱情的幸福时刻，用一个虚构的残酷现实来打击罗北，并在罗北陷入绝望的日子里对她进行各种心理测试。而罗北随后对姜滕的报复——打电话告知校方及警察有人在外教宿舍卖淫嫖娼，不但让姜滕失去了出国的机会，而且让她名誉扫地，精神失常。罗北的报复虽然充满正义，但从人性的角度体味，似乎也缺少应有的温度。面对恋人秦心伟的道歉，罗北的决绝如果还可以理解的话，那她不再做好人了的决心则是她人性与精神的沉沦。

同样写校园生活的《霍乱人事》虚构了一个霍乱事件，为大学同寝室的女孩赵萌与牛心容之间的明争暗斗搭建了一个极具表现力的平台。让人难以想象的是，她们的争斗仅仅是出于一种女孩的虚荣心。赵萌对学生会主席帅哥乔智勇的"爱"完全是做给牛心容看，乔智勇并不接受赵萌的"爱情"，但赵萌利用各种方式制造出了他们相爱的假象。牛心容当然不甘拜下风，她偷偷给领导打小报告，乔智勇的学生会主席被撤，以此栽赃给赵萌，让乔智勇恨赵萌；之后又伪装与乔智勇好，将赵萌彻底击垮。一切都因霍乱而起，一切又都因霍乱而消失。就这么简单吗？

王甜所回望的故乡，天地虽然广阔，但生活在那里的人包括青年一代，观念仍然陈腐，视野仍然狭隘，甚至连都市的现代性反光都难觅踪影。故乡的晦暗之所以不被我们警觉，是因为它被都市的现代性光芒遮蔽了。故乡就这样在与王甜的和解与对话中沉沦了，我想，王甜和我们一样，都没有看到它的光芒与未来。

雾天的行军

王　甜

一早就起了大雾，一饼一饼，老棉被似的，压实了撕扯不开。也有说，是从阴间泄出来的怨气，经久不散。衣衫褴褛的人们勉强排了个队，开拔。浓雾极像一条狗，悄无声息地随着行军队伍朝北边去了，出了五福门。那石砌的牌坊门懒懒张着大嘴，一口接一口地把一个个影子吞掉。

对多数人来说是第一次行军。对所有人来说是最后一次。

谁也不知道这支队伍去了哪里，它是落进炉子里的一滴水，嗞一声，烟一缕。之后，就不再有之后了。没有目击者，没有史料记载，甚至没有小道消息。

就是说，出了五福门之后，队伍里的每个人都忽然变成了半透明生物，永远处于疑似的、需要被证明的生存状态。

"教授。"

"专家。"

打招呼时都点头微笑，丝毫没有相互吹捧或暗含讥讽的意思。多少年了，称呼而已。

教授在中学里教历史，专家是县志办的干部，早年相识于一场研讨会，讨论"影视剧的乡土纪事"。会上发言的人极尽冗长地发言，坐在台下的专家竖起衣服领子，把头埋进胸膛去，对自己的心脏小声说：无聊。坐他旁边的人回过头来冲他微微一笑，也小声说：我陪你聊。这一聊，高山流水，千年不悔，都觉得对方长了副知音知己的模样。

"教授。"

“专家。”

专家捧着不锈钢水杯，被请到学校来。教授亲自把水杯安置在课桌右前方，两手做俯卧撑一般撑住桌子，情绪略略激动，向学生隆重介绍专家和他即将开场的讲座。

这没有用。语言的受众是势利的，当毫无教学经验的专家勤勤恳恳讲了十五分钟之后，台下的学生都轻易地判定他：一、无用；二、无趣。总之是权力与魅力的匮乏者。他们把判决结果轻易地写在脸上，昂扬着那些脸，示威了。

专家并未察觉，中学生们耐着性子给了他十三分钟的缓刑，终于忍到头了。第三排竖起一只小小的手臂，直直的像一个惊叹号，果敢地截断了专家的发言，而后者正沉浸在《离水县志》的漫长时空中。

惊叹号站起来，代表所有少年法官提问：

“老师能不能告诉我们，撰写县志到底有什么意义呢？”

过去的已经过去，后来的人改变不了什么。前人曾经笑，那表示他们过得很 OK；他们曾经哭，那又如何？今天的纸巾擦不干当年的泪痕。

忧郁顷刻间张开巨翅，投下大片阴影。专家还没开口，嘴唇已开始哆嗦。溢出类似艺术家的痛苦表情。

“你们想当孤儿吗？”许久，他反问。

他急急捉起一支粉笔，扑到黑板前吱吱写字，尽力控制着愤懑之情。黑板上留下一道作业题：制作家谱。往上追溯，能写到哪一辈就到哪一辈，写下他们的姓名、生卒年月与生平简况。

这创意性的作业得到了教授热烈的响应。在他催促下，三天以后作业收上来，八成学生只写了三代：祖、父、我。两成学生写到了曾祖父一代，却残缺不全：写了曾祖父的名讳却无曾祖母的，连“刘吴氏”这样悲凉的称呼都没几个人用上；生卒年月概略到“上个世纪二三十年代”的地步；生平简况是发电报才用的节约语词，“裁缝”“务农”“据说开杂货铺”。

教授把一沓作业放到专家桌上，预备给他一个狠狠回敬学生的机会。专家把自己埋在藤椅里，深深地怯懦了。

“别傻了，”他说，“连我自己也完不成这个作业。”

张德明两手合在一起搓了搓，待手心有了点烫觉，就着这点温度焐了下鼻子。冬天他常这样，老怀疑鼻子冻住了。

媳妇醒来，浸泡在屋子水样的黑暗里。外面有微微泛光的说话声。

"吃的时候要手快。"

"……"

"发了饷记着存起来。"

"……"

"真要开仗了，寻个空儿就跑回来！学你大表哥，当了三回兵，回回都跑成了！"

"……"

"还给她说啥！回头我给她说就是了。"

"……"

永远是一方的声音敞亮着，另一方被摁在罐子里似的，只有瓮响，听不清吐词。

媳妇披衣起来，摸索着来到浮着灰色晨光的堂屋。大门半开，她男人站在门口，婆婆妈正给他拈掉衣服上的枯草或是发丝，嘴里叨叨不停。

那是离别的架势，媳妇想起头一天男人就和公公婆婆在厢房里嘀嘀咕咕，偶尔吵几句，"到底参不参"，"说是打不了几天的"，"这个军是有饷银的"。

她想上前去问，腿却犹豫了。婆婆妈是镇上出了名的厉害角色，早年当媳妇时也过得憋屈，轮到她当长辈了，当初受过的气都成了银庄里的底钱，必要利滚利地加倍返到儿媳身上。儿媳过门第二天，以下巴处一颗扣子松了为由，当面给了刻薄话，算是定下了调，此后摔碗、垮脸、指桑骂槐甚至顺手甩个耳刮子都不算稀罕了。

上个月媳妇被发现有喜了，骑马巷的接生婆又赌她怀的是男胎——张家有了微妙混乱。喜，自然是喜，但张德明眼里的喜色刺激了他的娘。媳妇去提水，张德明抢过了水桶，一口气提了七八个来回，把一口缸装了个大满。

"倒是娘娘命了，"德明娘阴着脸却斜挑了一丝冷笑，"就可惜没个太监来伺候！"

前两天媳妇开始害喜，吃不下饭，吐。这还了得，迅疾被婆婆妈判定为"花骚"——变着方子逗男人去疼。这直接的后果就是，外面又来了招兵的，这次婆婆妈鼓动儿子去当兵。家里吃饭紧张是个由头，深埋的小算盘是，儿子去当上一年兵，回来时媳妇已经生了，大肚婆的金贵劲儿也退了，看她还敢娇气？

那个早上，媳妇像颗前途未卜的种子，落生在浮着灰色晨光的堂屋里，瑟瑟发抖。隔着半个堂屋的距离，她眼睁睁地看着男人张德明站在半开的板门外，挎着个破包裹，和他娘说着话。他把两手合在一起搓了搓，就着手心的温度焐了下鼻子。

小夫妻终未道上别。

离开时，才发现起雾起得那个厚，张德明只走了几步，身形便隐去了。也不知他回头没回头。他娘在心里给他画着地图：穿过巷子，爬个坡，往东，很快就到土地庙外的小空坝，和另外二三十个人会合，有人来登记姓名、组织队伍——就算是吃上扛枪饭了。

专家所知道的也就这些。再铺展开去详尽描写，抽出核来也就这么一丁点儿。

他不能容忍时间那低弱的保存能力，任何人、任何事，在时间面前都是赤裸裸的，任其日晒雨淋，然后被肢解、风化、侵蚀、蒸发。谁都没有保质期，得以留名全凭运气。

县志办主任用胖指头夹起红笔，笔尖迅速位移，在纸上派生出一条粗拙而肯定的线条，像条漂亮的红尾巴。红尾巴盖住了专家绞尽脑汁撰写的一条"史实"，虽然只有一句话。

"说他们参加了共产党的队伍，证据呢？"

所有人的口气都是一样的。胖胖的县志办主任，县委宣传部部长，搓麻绳的阿婆，打扫卫生的斑脸大姐……只要说到这儿，他们就像是同一个精子和同一个卵子的结合物，脸是一样的脸屁股是一样的屁股，说的话放的屁都是同一种味。

其实脸和屁股们够客气了，他们都有同样憋住没放出来的——"还找那没影儿的人做啥？"

即使证明他们投了共产党，或者国民党，又能怎么样？二三十号人，烧成炮灰也不过一箩筐，倒出来给老县城垒城墙，墙砖都不会抬高一寸——又如何值得写进煌煌一部《离水县志》？

在这无声无影的嗤之以鼻里，专家的眼中像白内障一般充斥着悲愤，充斥了好多年了。随着年龄增长，悲愤渐渐变得乏力，变成了无助。现在他朝教授幽幽瞟去，后者简直看到一双枯骨般的手从那瞳仁里伸出来，战栗地求救。

"我只知道我爹叫——张德明。"撰写县志的专家恓惶地说。

写不了自家的族谱，更感受不到祖辈、父辈的温度。张德明只是三个可转换为书宋、幼圆或其他字体的汉字，张德明只出现在"zhāng、dé、míng"几个音节发出的瞬间，开口即到，闭口即走。永远是这样。

教授抱来了自己搜来的一堆资料，放在专家——现在我们知道他是张德明的儿子——那装得满满的大书柜脚下。算是一种表态。

县城里两大历史权威人士有了新的晨昏。他们只要得空便聚在一起，翻阅脆黄的、快碎成纸屑的旧版书，从印迹模糊的老传单中认出一个个可能有用的文字，偶尔会抬头想想，复又埋首。当某个新的念头像鸟一般掠过，他们便急急抓住，高声将其放出。仿佛两个好学生在一起温习功课，又仿佛业余侦探陷入迷案，或者，仅仅是以这种方式消磨时间，继续这段奇异而又坚定不移的友谊。

一支队伍，少说也有二三十号人呢，皮是皮肉是肉，喘着气儿的，怎么会生生没了呢？

那时节，离水县这偏远之地跟块破补丁似的，算不上兵家必争，却谁也不肯随便舍弃。各方政治力量都是懒洋洋地腾出一只脚，占着点位置。早年间闹过太平军、闹过革命党，都像唱堂会的小跟班，匆匆忙忙上阵去走一圈台步就撤回了，正经的亮相都没一个，可惜了一脸的大花油彩。

到了民国二十六年，它成了半解放区，一会儿共产党来，一会儿国民党来，来了都要征粮，都要拉人入伙。共产党一来，兴兴轰轰搞土改杀地主；国民党回来，鲜血淋淋地搞反攻清算。折腾久了，大家都把脖子缩起来，谁都不敢相信谁了。

那支队伍聚集的时间正好在一个空当期，镇子没有明显地被哪方势力控制，而走的人也不多吱声，唯恐让人知道底细似的。人们只道他们是参军去的，都不晓得参了哪边的军。

"是国军。"

教授说出这几个字的时候，并没有意识到，自己志在必得的神情刺痛了专家。他只顾着展开自己亲手绘的一幅红、蓝两色的路线图——

张德明是跟着一小股打了"回马枪"的胡宗南的部队走了，汇入了大部队，去攻打延安，参加了青化砭、羊马河及蟠龙镇等战役，失利后退出延安，撤退至秦岭及巴山地区……教授像指挥作战的将领，右手食指在路线图上一马平川地奋勇前行。张德明在这根食指的指引下一路艰辛地到了西昌，到了海南，甚至到了台湾。

是了，台湾。

专家忍不住冷笑了一声。他预感到会有一个词预备在那里，等待着对他进行高规格的安抚。台湾。这个地名多么动听，生来就带着哀伤的气息，战争，隔绝，无可企及的海峡，历史的感叹号……多少想象都止步于此，多少未解之谜都依靠它来假设谜底。

早就有人用过这个地名来宽慰他了。"或许去了台湾呢！"一般都是这样说的，还带着点揶揄，暗示他有"海外关系"。但那是看热闹的人啊，知识界的外围，没有文化也不讲依据，而教授怎么可以得出和他们一样的可笑结论？

专家冲到柜前，从第二层抽出一厚沓纸，展开来，却只是一张，大大的一张。那是另一张路线图。在这张图上，解放军的一个团曾在那段时间行军经过邻县，为补充力量，宣传力度很大，他的父亲张德明正是投奔他们，参加了陈赓的部队，随部协同王震部进行吕梁战役和汾（阳）孝（义）战役，狠歼国民党军胡（宗南）阎（锡山）两部三万余人，解放了晋西南大片土地。之后可能被编入第四纵队，参加了与太岳军区部队共同发动的晋南攻势，再后来又强渡黄河，参加鲁西南战役……

他的滔滔不绝中断于教授的一个微笑。把微笑翻译成语言就是——原来你要的不是一个结论，而是"某一个"结论。

教授慢悠悠地说：

"其实，1949年撤退至秦岭及巴山地区后，胡宗南手下只剩三个兵团，第七兵团裴昌会在德阳降共；第十八兵团李振在成都降共；第五兵团李文在雅安被围剿，只有少数人逃往了西昌——活到那时候的，很有可能也已经投诚，成了解放军了。"

"那样，"专家依旧不服气地说，"那样和原本参的解放军还是不一样！"

教授凝视着他，一面寻思那个尊重历史的专家去哪里了，一面坚持着："投诚又如何？俘虏又如何？起义又如何？还不是殊途同归？"然而话至此，他知道自己错了，光这几个词，就有很大、很重要的不同，是有性质上的区别的。他又赶快补充：

"你知道，陈赓最早还参的是湘军，最后却是授了共产党的大将军衔。"

听了这话，专家愤然道："难道因为陈赓早年参了湘军，连后来参加他部队的人员都有污点了吗？都不是正牌解放军了？这是什么逻辑！"

教授脸色大变："你明明知道我不是这个意思！简直是无理取闹！"

两人面面相觑，之后一起沉默。

他们同时发现了这争执的幼稚。在时光的隧道中，原来最经不起的就是"可能"。它是妖魅，千变万化之中玩弄人于无形。一个名叫张德明的人，站在两份路线图的起点上，他何去何从？每一个细小得不能再细小的分叉点都诞生一个新的可能，谁能穷尽每一种可能？一个单薄、渺小的个体，出发，投入滚滚的历史洪流，你能从哪滴水中把他捞出来？

专家把两手的手指插入已微微泛白的头发，仿佛和虚无中的父亲抱头痛哭。

德明媳妇如愿地生下了儿子，但德明却没有如愿地回来。

这当然是德明媳妇的错，如果她不嫁过来，德明不会宠她；德明不宠她，她就是怀上孩子了也不敢骚情；她不骚情，婆婆就不会那么看不惯，哪怕一家人再吃不上饭，她也不会狠心让儿子去当兵了……

德明娘恨死了媳妇，一直到死都不能原谅她。惩罚媳妇的方式是如此独特，她坚决不透露一丁点儿子从军的信息，仿佛媳妇多知道一点，就多抢走一部分权利。1959年德明爸和德明妈先后死了，说是生了怪病，其实都是饿的。媳妇守在快断气的婆婆妈身边，只想问一个究竟，但这向西走的女人，眼睛大大瞪着，嘴巴却上锁一般牢牢闭合。

忽然暮色砸进濒死的眼眸，德明娘开始抓扯自己，一张脸皮像揉熟的面饼一般，往四下里拉伸开去；枯竭的血管像竹枝一般纵横交错，几欲刺出皮肤；骨子里尚未排尽的恶气化作千百万只虫豸，源源不断地从眼睛、鼻孔、嘴巴和耳朵里涌出；在这骇人的布景中她猖狂地干笑起来。

"你永远找不到他！他被雾气娘娘收走了——"

她得意于自己死了，儿子也没留给媳妇。笑声落下，最后一只虫豸爬了出来，东张西望，半响，仓促逃离了这片迅速冷却的死土。

德明媳妇眼光硬了。自那以后，德明不再是亲近的影像，他朝她背过了脸。

那消失的面孔却不得不面对人民群众。自解放之后，张德明家都坚称儿子是参加了解放军，但前来找麻烦的人——每个时期都是不同的人——总是抱有与之相反的猜测。

"参的是解放军，怎么还乡团不来灭你们呢？""镇压反革命"那年，镇群众大会上站起来一个面带刀疤的中年男子，激愤地质问张德明一家。他小舅参了解放军，也不知道是哪支部队，一直没回来，但还乡团杀了他家两口人，他脸上也吃了一刀。右颊上的两寸疤痕如今是恢弘的证据。

"就是怕还乡团报复，一直没敢敞口……"德明媳妇鼓足勇气，照着婆婆妈教的去说，马上又被顶回去："不敞口？怕是刀切豆腐两面光吧？共产党得了天下你说参的是共产党，要是国民党得了天下呢？你还不说你参的蒋介石的部队？"

这句话戳中了张家的心窝，然而德明媳妇揪着他一个尾巴，柔中带刚地回道：

"这话可说哪儿去了？谁不知道，国民党是得不了天下的！"

对方一下子被噎住，显然是被德明媳妇打了嘴巴了——觉悟不够高，居然还想到国民党会得天下的可能！

亏着那一嘴巴，没人再追问这事，遥不可及的张德明得以免戴"历史反革命"的帽子。

但终究是有影响的。德明一家走到哪儿都是灰扑扑的，仿佛一窝麻雀，街坊们戴着一张玻璃的面罩，冰冷而警惕地与之对视。儿子读书用功，用功也没用，考上县中还是给刷下来，因为政审没通过。

德明儿子读镇上的中学还没读完，"文化大革命"来了，学校一夜之间空旷，从围墙到黑板，到处被大字报层层覆盖，年轻的人们英武地头顶红五星，身着草绿军装，束宽腰带，佩上领章、袖标，加入了谩骂、攻击、抄家、批斗、群殴甚至战争。

德明媳妇总共被揪斗了十几回，一会儿是这派一会儿是那派，总之揪她是没有错的。她态度好，每次都很配合，叫低头就深深埋头到裤裆里，叫认罪

     "新生代军旅作家"面面观 |

就老老实实说自己有罪，这种批斗对象其实是没什么斗头的，往往斗完就被扔下了。

有斗头的是那种死不悔改、临到头了还要犟嘴的。有一次一同挨批的"坏分子"陆老孤就不服，大喊"老子是打过日本鬼子的"，军装男女们便来火气了，带劲了，解下宽腰带围着陆老孤抽，啪——啪——啪——，由混着呼喊声、叫骂声到最后只剩下空洞的抽打声，热闹气氛渐渐消退。一个女生一边抽一边喘着气说：

"你死有余辜！看你这态度，还不如人家张德明家的！"

围观群众便将眼光投向一旁的德明媳妇，原本低头站得妥妥的女人，最多随着一下一下的抽打声微微战栗，在听到"张德明家"几个字时忽然惊慌失措了，两股战战，身体像坏掉的钟摆一般摇动起来。这表现引起了军装者的注意，一个男青年健步走过去，把德明媳妇像拎个散架的稻草人一般拎到前面来，厉声道：

"你心里有鬼！说，张德明到底去哪里了！"

深深垂头的女人对着自己的裤裆哆哆嗦嗦，尽力控制着嘴唇颤抖的程度：

"去去……去了……雾里……"

她看见裤管底下的泥巴地，像泼墨的宣纸，迅速洇开了一片水渍，热气腾腾。

如果你能看到那天的青年专家，站在围观群众中亲眼目睹了母亲的被斗与出丑，眼里涌上针一样的泪分子——你会理解他的执着。

若干年后，一首著名长诗《周总理你在哪里》风靡一时，诗的旋律落进专家心里，唱片一般不停旋转，反复播放——只是不由自主地替换成了张德明的版本。

　　张德明，我们的张德明，
　　你在哪里啊，你在哪里？
　　你可知道，我们想念你，
　　——你的家人想念你！

他的家族史，浓缩到最后只剩下一个问号。

他穷尽一生，要的也不过是个句号。有那么难吗？

专家和教授现在改变了方向，不再从文献资料挖掘，改走田野调查的路线。他们搭乘汽车，风尘仆仆地回到专家的故乡小镇，希望寻找到活着的证人。

那是一座幽凉而悲伤的古老镇子，青苔爬满石头砌的小桥，木排门连绵不绝地沿小路并在两边，屋檐一家接一家，雨天可以不用打伞穿过整个镇子。

细节，重要的是细节。教授站在五福门下若有所思：

"你母亲说，她婆婆妈说过，'这个军是有饷银的'，还叫儿子'发了饷记着存起来'，可见就是国军的部队。解放军是要解放全中国，这伟大事业是没有饷拿的。"

教授的观点颇有几分道理，但他们在采访到镇南头一位老革命的家庭时，老革命的儿子说，他爹当年临走时特意留下话，如果打了地主，一定要理直气壮地多抢值钱的东西——"长官说了，那就是革命队伍发的军饷"。

没有几个还记得那次不明不白的行军。一起失踪的人里头，还有两个认识的，但他们的后人都已搬离小镇。

打听到下午，柳暗花明，一个坐在街荫处打盹醒来的白发老太太提供了一条线索：那个雾天的早晨，聚集的队伍里，有人仿佛在打着拍子念快板，念的什么记不清了，只是不停说着什么"不怕不怕"。

听到"不怕不怕"时，专家的眼睛像猫头鹰一般透出了夜晚才有的荧光。他急急地伸手在随身带的大包里翻寻，像耙子一般将过里面的书、笔记本、签字笔，最后抓出一本薄薄的小册子。是本 80 年代的手工油印品，封面是一团有些模糊的大字：《离水县解放战争标语口号集》。集子显然被专家翻过多次，他得以毫不费力地翻到一页：

> 兄弟们，姐妹们，
> 还在挨租子？
> 还在受欺压？
> 不怕！不怕！
>
> 解放军，打来了，

神兵如天降，

要把土豪打。

不怕！不怕！

那是当年最红火的解放军宣传歌谣啊！参国民党的军，怎么可能唱这支歌谣呢？

专家把自己抛到地上，因为被满心满眶的眼泪击垮了。他像一个小孩儿般耍赖式地哭，重重用手拍打着弯曲的膝盖。教授尴尬十分地守候他半晌，确定这只余着老弱病残的小镇没有几个人关注到此番景象，他才放下心来，哄孩子似的，轻轻拍了拍专家的后背。

"你还是不信是不是？"坐在地上的专家昂起头，向教授哭着质问，将后者作为一切异见者、怀疑论者、居心叵测者的共同代表，泪与鼻涕喷到对方手上，"你还是不信是不是！是不是！"

是的。

教授在心里回答。

就因为半句疑似歌谣，就能断定队伍的性质吗？歌谣不能。眼泪也不能。

至少在教授看来，到目前为止最准确、最合理的解答还是德明媳妇的那句：去了雾里。

"回吧。"教授说。

"你还是不信！"专家执拗于这一句，好像受了天大的冤枉。他自己也恨，为什么要在乎这个，因为教授信不信，对这件事的认定没有任何作用。

七二年，青年专家在插队的柳田乡九里大队萌生了一场爱情。对象家的成分也不好（好的话估计也看不上他了），是地主分子，两人在草垛边拉了手、拥抱了若干回又结结巴巴地吻过一次之后，觉得可以向家里"正式提出"了。

"你骗我！"专家一辈子记得第二天上姑娘家去，她以痛楚不堪的表情对他重重一击，"你说你爹参的是解放军，骗人！"

没等专家反应过来，从堂屋里慢慢踱出一个五十岁上下的男子，是姑娘的二伯。二伯身形高壮、面皮宽大，一开口却是女人样的腔调，走着讥诮的尖声。

"你爹是去云冠山上当土匪了！四八年我给当成肉票绑了去，见识了那群土匪，后来我爹找人到山上胡乱放枪，他们以为开仗了，吓得扔下我就跑了。"

他走到年轻人面前，顿一顿说："你一来我们这里插队，我就觉得眼熟。昨晚上忽然想起来——难怪呢，那土匪头子身边有个师爷，简直就是你生生的一个模子！"

一字一句，都跟长了刺似的，蛰得专家浑身瑟瑟发抖。他知道最最应该的言语反击是斥责他"血口喷人"，最最应该的报复行动是一拳揍到这张宽皮大脸上，但他却什么也没做成。那一瞬间，对真相的畏惧——是真的畏惧。

当天晚上姑娘没有来赴约。

第二晚也没有来。

再也没有来。

躺在草垛上的年轻专家数了七个晚上的星星。他发现，在某种情况下，某一个人的相信是决定性的，胜过世界上其他人的总和。

后来听说姑娘被二伯介绍给大队书记的外甥了，完全有理由认定，那个所谓"上山当土匪"的说法只是一个恶毒的诬蔑。没办法，见过土匪的人不多，二伯拿这当防身服，他说谁是土匪谁就是了。

专家从没有跟人提过有关父亲当土匪的猜疑。他不想节外生枝。他只知道——在那个重要的时刻，最重要的人选择了不相信他。

转机是在决定离开小镇时出现的。教授与专家沿着干净如洗的青石板路走向汽车站，没有说话，青石板路却说话了。嗒嗒嗒，嗒嗒嗒。

他俩同时转过身去，看到刚才打过盹又向他们提供了重要线索的老太太远远站着，拄了一根兵器般的木杖，威严地敲击地面。之后，抬起枯干的一只手掌，朝内挥了一下，又一下。

两个大儿童狐疑万分地回到老太太身边，她用揭秘般的口吻郑重地说：

"其实，每年的那一天，那个时辰，都要起雾，那队人都要穿过镇子……"

教授用半年的时间来证明这种说法的荒谬性。

专家用了半年时间来考证父亲出征的具体日子。他最终圈出了一个比较精确的范围。

"死马当活马医吧，"他一边收拾行李一边劝慰着教授，"去看看，没有就算了，也不吃亏什么。"

口气里却完全没有话语中的颓然，满是兴奋，满是跃跃欲试。他的一生系于这个谜题，生于斯长于斯老于斯，不让他继续，他会立马变成一具活尸。

本来邀请了教授同往，但那几天正是学校考试的时间，请不了假。勇往直前的专家向教授挥了挥手，心里高唱凯旋之歌坐上了开往小镇的汽车。

他划出的范围是三天。三天之内的某个早晨。

第一个早上，四点的闹钟将他惊醒，他翻身而起，第一件事是推开木窗打量外面。外面有雨，黑暗中如有千万只老鼠，窸窸窣窣不住潜行，冰冷的雨点子打到他鼻尖，一点点冷透到心里去。

第二天四点钟，没有雨，也没有雾，眼睁睁地看着小镇的青石路与木板房上色，远远近近，清晰而平静地由黑变灰，再变亮，带了彩。

第三个早上，不到四点钟，专家就醒了。他感到一种临终般的焦灼，宛若电影放映到接近尾声，所有人都紧张地知道，将有一场最后的战斗。

窗外。什么也没有。

只一秒钟，他突然意识到这说法是错的。应该说，外面满满的——都是雾！是雾！

专家全身的血涌上脑子，身体像枚失控的炮弹，轰地射了出去。在空荡荡的巷子里转悠了一个多钟头，有了天光，把雾气衬得更是浓墨重彩。

从那浓雾的深处，有了一点声音，渐渐近了，一团一团的，居然有了人形。胳膊晃动，腿前后交替，一个，两个……是一支队伍！

专家知道自己此生的大奖来了，他努力平息着剧烈的心跳，健步追了上去。隐隐的，他也听到"不怕不怕"的歌谣声，循声搜去，却发现是队伍里一个身着破烂棉衣的男子，鼻涕糊了一脸，自顾自地仰一会儿头又低一会儿头，眯了眼无邪地笑，不时唱上一句：

　　　　不怕不怕，我蛋蛋大！

是个二傻子。

这颠覆性的发现虽令专家吃惊，却并未摧毁他正熊熊燃烧的勇气与激情。他佝偻着背，向手心里哈着热气，一面识别着浓雾里父亲的身影，一面紧紧尾随队伍，穿过镇子，一路向北，直奔五福门。

春天过去了，专家还没有回来。然后是夏天。

教授想到了报警，又觉得有些荒谬。专家固然没有联系过他，但冥冥之中他觉得，这个追寻真相的赤子，终是用自己的方式存在着，存在于世俗生活之外。

秋天快要结束的时候，教授做了一个决定。他开始翻阅去年的日历与记事本，确定专家离开的日子；像专家一样准备了羽绒服、旅行包、照相机、录音笔等等；也提前向学校请了假。

冬季的某天，教授如期来到了那座悲凉的小镇。他的计算时间稍有差池，却歪打正着，第一天早上便遇到了大雾。他从没见到过的雾，厚得像实心棉，可以掩盖一切形状似的。

夹在浓雾深处的，是一支人形的队伍。队伍中有人用小孩般天真的破喉咙唱着一支歌谣，摇摇晃晃地过来了。渐渐有了可见的肖像，一个个活动着的祖先！多数人衣服打着补丁，棉帽下是土青的脸，神色一律迷茫，把手抄进袖笼里，慢吞吞地在队伍里挪动着步子。看上去是一模一样的，哪一个是张德明呢？或者说，哪一个不是张德明呢？

当队伍移到更远处，教授才趁着渐起的天光，看到队伍的最末，尾巴似的紧紧跟着一个身着羽绒服的人，他佝偻着背，向手心里哈着热气，一步不漏地随着数十年前的参军者们走远了。

一路向北。

直到被浓雾吞没。

2014 年 5 月 19 日 21∶23∶51

笑脸兵

王　甜

　　"天分"算是个什么东西？你以为只有弹钢琴、画油画或者在舞台上一口气旋转上四个小时不摔一嘴巴那种才用得上吗？冷笑一声告诉你吧，哪怕是你们以为最粗拙的扛枪打仗，也不是人人都扛得住、打得准的。一句话，有些本事是娘胎里带的，不能不服啊！

　　同一年，招同一批兵，哗哗哗流水似的拉来几车皮，筛豆子一般往那训练场上一倒，齐步正步，格斗厮杀，最后磨成军事尖子的能有几个？当不成军事尖子的，也有其他出路，比如指导员上了一堂充满正能量的思想教育课，布置下任务，每人都要交一篇关于本次学习的心得体会文章——不要小看，这就是给机会了。但凡念过高中且作文还过得去的，写得出通顺语句的，名字下面就会被指导员画个三角形之类的重点符号，下一次考虑文书、通信员人选时，他的眼光往往会在几个三角形之间徘徊；或者呢，机关宣传股成立新闻报道小组，指导员会急吼吼地推荐三角形们去——谁不想在宣传口子上安插自己人？

　　所以啊，同样是当兵，那也是暗藏着不同发展方向的。鱼有鱼道，虾有虾路，兵家自会择善而行。

　　任小凡站在操场上。一大片穿新军装的兵和他一样笔直站着，冷得哆嗦。除了哆嗦其他动作都不敢有。风贴着地面冷冷地匍匐而来，像在树林里穿行。站军姿的人随着喇叭里传来的声音一个个撤离，人越来越少了。每个离去的人都像精准射击的子弹一样，朝着一个明确的方向，所以那些还留在队伍里的，望着渐渐空旷的操场，就像看不到出路一样，焦虑、躁动挤满了五脏六腑。

　　"任小凡——"广播里终于送出了令人欣慰的几个字，"二营四连二排一班——"

他下意识地马上行动，跑了几步又茫然停下。他不知道这个连队、这个班在哪里。四处张望，直到一个"四连"的牌子撞入眼帘，心脏才突突突地跳起来。

他是新兵任小凡，现在成了四连二排一班的任小凡。这是他目前唯一的身份标签。这标签和军装一样，每个人都有，每个人都差不多，所以是不能从广大官兵中脱颖而出的。脱颖而出很重要吗？重要。原因很简单：僧多粥少，所有的上升渠道都不会平均分配给每个人，你得去争取——以某种优势争取。

谁不想争取呢？尽管新兵连的所有训练都要求"整齐划一"，所有政治教育都警告"枪打出头鸟"，可是一下连队，在任小凡还没回过神来时，一些同年兵就已经见风长势地给自己贴上新的标签了：有的是五公里越野的"神行太保"，有的是攀登科目中的"蜘蛛侠"，有的是办黑板报的"神笔马良"，还有会吹萨克斯的"老外"和能说相声段子的"小冯巩"。听说话务连有个女兵，小时候学过体操，身体柔韧度高，一上双杠就跟猴子上树一样玩得溜溜熟，由此赢得了"杠上花"的美誉。

而他任小凡能有什么？在洗漱间的大镜子前，他用审查的眼光把自己从上到下抹了几个来回，却抹不出一星亮点。圆团团的脸盘，略显塌扁的鼻子，大门牙还有一点点龅，要以"帅"为标准列队，班里一半以上的人会毫不谦虚地站到他前面。没有亮点，无法出彩，这严重地影响着一个人的存在感。分到连队两个月了，任小凡一直作为一个中庸分子被忽视着：军事训练成绩不拔尖，但也都及格，不至于拖连队后腿；写心得体会、写"在党旗下成长"征文比赛的稿子，他能写三四页，可满篇都是无比正确的空话套话废话，让人看了说不上好，也不能说不对；叫他给营部帮忙，布置茶话会的瓜子水果，他认认真真地给每一桌放上混有奶糖、瓜子花生和橘子的大果盘，剩下的东西，他分别用大塑料袋扎好交给司务长了——也不知道给营长、教导员的房间各送一盘去。这样一个家伙，谁会记得住？

周五晚上，战友们都去活动室打扑克、去服务社买东西或去大浴室排队洗澡了，任小凡坐在宿舍的小凳子上，拿着刚从铁皮柜取出的手机，先给手机桌面换了幅"钢铁长城"的图案，自感有底气一些了；然后他打开微信，给一个考上大学的女同学发信息。问候，"在干吗"，"忙不忙"，暗示一点聊天企图。

　　　　　　　　　　　"新生代军旅作家"面面观 ▎

女同学倒是很快回复了，回复得客气、简单，夹带不少"是吗""呵呵"加可爱型笑脸表情。

任小凡迟疑片刻，前一秒感觉到对方的敷衍，犹豫还要不要把聊天继续下去；后一秒又想着，既然已经开了头（对他来说算是鼓足了勇气），总得说上几句才合情合理，于是不管不顾的，把连队生活中的郁闷一倒而出。这边发了长长的几条，那边沉默了一会儿，估计女同学也知道，临到这份儿上，不安慰鼓励对方是不够意思的，她便用了几个简洁的分行句子，对他的消极情绪予以批判，告诉他"青春才开始呢"，"不要总想着和别人比较，要活出自我"。充满团支书口吻，且像团支书的个人意见一样，高大、正确、欠缺实际操作性。直到最后互相发了挥手道别的表情，女同学才来了一句接地气的：

"我们都喜欢你天真无邪的笑容，可别把它弄丢了！"

这句话像花一般绽开，任小凡的嘴角就上扬了。他爱笑，一笑眼睛就眯起来，嘴无拘无束地咧开，像一块切得顺滑的西瓜。从小到大总听到人家说：哟，这孩子笑得可真喜庆，跟年画娃娃似的！在学校里，他的人缘一直很好，也跟这喜庆的笑容大有关系。女同学还记得他的笑容，说明他的笑深入人心；但她又说"我们""都"喜欢，而不是说"我"喜欢，这里面的差别就大了去了。她是代表一个集体在发言，她的喜欢是带有普遍性的喜欢，没有什么特殊意义。

他没有再给她发信息，但之后照镜子时，他会忍不住弯起嘴角，左右偏头，端详一下自己的笑。想象空气中有一个按键，轻轻一按，他的笑容便像邮件一样，发送到从前所有女同学的记忆里。

她们都喜欢。喜欢就好。

宣传股的陈干事又到训练场来了。

他还只是个伶仃的毛毛影子时，好多人就已注意到了，训练场有了小小骚动。二营长咳了一声，让值班员提醒大家：继续训练——他自己却撤腿走出队伍，迎上去了。

陈干事迈着神气而故作沉稳的步子，把自己的形象越放越大。右肩——通常是背枪的位置——背着一部看上去沉重又贵重的大相机，左肩则随意地挎个大大的相机包。如果他再穿件有很多衣兜的背心，完全就是专业摄影家的范儿。不过摄影家的背心哪比得上军装威风呢？何况还是缀着"一杠三星"的军装。

军装与相机都透着骄傲。这是陈干事应得的。到宣传股负责新闻工作还不到一年，他已跻身团里的明星行列，上至《解放军报》下至军区机关报乃至本团自印的《冲锋报》，都不时出现他的大名。谁都看得出来，照这势头发展下去，宣传股长的位置迟早会姓陈。出于这种耀眼的预期，陈干事已经提前收获了不少积极踊跃的人脉投资。

二营长一边迎上去，一边从衣兜里掏出烟来。他庆幸今天揣了包"中华"，是很拿得出手的。一般情况下他抽本地的一种牌子，价廉物美；但进入了交际场，价廉就是价廉，好像面子就挂在价签上，怎么也美不起来。

一支及时出现的"中华"挡住了陈干事继续前进的步伐——再往前走，就是一营的训练场地了。一营有个"尖兵连"，上个月代表本团参加全区比武拿了好名次，已经连着几次上了大小报纸。现在又去给他们拍照，可就过分了。他们有成绩是不错，但也不能没完没了地只宣传他们不是？其他营连就是这么想的，虽然谁也不说出来。

"中华"一接手，打火机便"啪哒"一声炸出一朵火花。陈干事跟随节奏吸亮了烟，点头致谢，心里妥妥地懂了二营长的心思。他闷声一笑，应和着二营长的寒暄，又把烟拿在手里端详一番，故意把脸绷成屁股样，说："哪个兵要考学，还是休假？"

二营长马上说："说哪去了？这是我小舅子孝敬老丈人的，老丈人住院，丈母娘怕他惦着抽烟，才赶快把这宝贝送我了。"

陈干事瞅他着急撇清的样儿，又笑："一个烟头能扯出一大家子，您哪，下次可以去撰写团史了。"二营长还沉浸在表白中，指天发誓从没收过战士的贵重礼品，"从当排长连长就没有过"，顶多两盒木耳、一袋山东大饼啥的土特产。

至此，打情骂俏式的铺垫差不多就完成了，可以说点实际的。二营长多有心眼，避实就虚，用下巴朝着陈干事的相机指一指，问"这玩意儿怕是要上万吧"，下结论说"不是个人物还真弄不来"。马屁是拍上了，陈干事还是笑，终于透了底：

"今天来拍几张训练间隙的活动场景，要活跃点、热闹点的画面。"

二营长声调上扬："我们的娃儿就很活跃啊！不信给你找几个来，要多少？你随便拍！"一边说着，一边让值班员下命令原地休息，"给活跃一下"，感觉整个二营都做好拍照准备了。这阵势，陈干事是跑不掉了。

拍照是有讲究的。摄影技术只是一方面，还要会安排画面。是的，像导演拍电影一样，得精心设计、布局，确保每一帧每一格都在掌控之中。陈干事就是他摄影王国的张艺谋、黑泽明、斯皮尔伯格，他脑子里有"剧本"，根据剧本要求安排每一个"镜头"，再按着镜头所需，选取演员，找好背景与光线，构造画面，其中还包括前后景的呼应，对演员的情绪煽动，排查细节避免疏忽等等现场调控。二营长那句话没说错，"不是个人物还真弄不来"。

这一次在陈干事的构思中，画面的中心是两个战士在掰手腕，或者是斗鸡，四周围了一圈其他战士观战、助威，大家笑着、闹着，好像喧嚣声都溢出画面了——当然这没有任何新意可言，也说不上抄袭创意，因为这几乎是军队报纸照片的规定动作，是范本。如果你说不能这样拍，那么百分之九十以上的新闻干事就会发现自己突然之间不会摄影了。

二营四连在最近的位置，于是陈干事从四连挑了几个人出来——你、你、你……好了，围成一圈！中间的两个主角要讲究些，让连长和排长推荐的，比如掰手腕的两个人，因为要露出胳膊，最好有壮实的臂膀肌肉；斗鸡的话，要选体形匀称的，立在画面主要位置，总要有美感才好。

人选好了，队形布置妥当，开拍。四连长因为演员都来自自己连队，格外兴奋与自豪，他主动站在陈干事身后配合工作，挥动手臂，大声疾呼：给我笑起来！闹起来！大声点！快快快……好！

说"好"，是在陈干事连续"咔嚓"了二三十次之后放下相机、抬头休息时。一"好"，闹腾的演员们便歇下来，喘一喘气；当陈干事又举起相机，四连长便又开始吆喝，兵们又开始尽职尽责地"活跃"，两个主角卖力比试，围观者有的拍手，有的大笑，有的喊加油……

相机被装进摄影包时，才算是彻底"好"了。二营长凑过来，咧开一排烟熏牙：该有上百张了，挑得出来吧？

陈干事抹一把额头的汗，故弄玄虚地感叹：看造化喽！

下一周就"造化"上了军区机关报。上的斗鸡的一张，照片上的每个人都情绪饱满，用热烈的笑脸证明斗鸡这项活动真是太有意思了。陈干事把报纸轻轻对叠，小心不把折痕压到图上，然后到政委办公室门口去喊"报告"了。每发表一张图片或是一则新闻稿，陈干事都要向政委报告。

政委正在看一份文件，但报喜的事情，他向来不怕被打扰，欣然接过报纸说他早先已经看到了，照片拍得很活，表扬陈干事干新闻报道"越来越有经验了"，还指着画面上一个兵说：

"你看这个小战士，笑得多开心，形象多阳光，这代表着我们基层官兵的精神面貌啊，抓拍得好！"

陈干事站在那儿，浑身上下像给浇了一桶蜂蜜似的，甜蜜得幸福，幸福得发颤。晚上二营长请他到服务社吃饭，他在饭桌上把政委的话传达了三遍，满面红光。这话被二营长带回去，二营干部们都乐了，大家把报纸重新拿出来看，专门看政委说的那张笑脸，果然，笑得既喜庆又自然，看的人都会受感染，忍不住把眼弯下来把嘴弯上去。

教导员问：这兵叫啥名字？

四连长闭着眼连拍了几下脑门，好像那个名字就在嘴边了就是说不出来，还是四连指导员抢先想起：任小凡，新兵任小凡！

任小凡作为一张笑脸再次被陈干事想起，是一个月后拍摄"野战餐饮保障有力"的时候。团里有三个营参加长途拉练，按照陈干事的"剧本"，除了拍摄行军，还要有官兵在野外高高兴兴吃饭的画面。

问题就出在"高高兴兴"上。轮番找了三批人，来自七个不同连队，高的矮的，胖的瘦的，长得像王宝强或形象逼近谢霆锋的，一端上金属大餐盘，就蒙了，害臊了，矫情了，要么像一脸讨好与尴尬的叫花子，要么像假模假式打广告的蜡像，没有一个人能表现出陈干事所希望的那种"幸福油然而生"的感觉。

沮丧中，陈干事脑子里浮现出一张笑脸，上面放着政委的食指。他一激灵来了精神。

那个笑脸的主人很快被找来了。是个憨憨实实的兵，额上满是汗，局促不安地站在陈干事面前："领导好！我是任小凡……"

"你，"陈干事不想知道他的名字，也没必要知道，"端上餐盘，吃得很开心的样子。"

兵迅速把餐盘接过来，问："我是蹲着还是站着？"

"坐那块石头上。其他人散坐在周围。"

一坐下来，当上主角的兵就左手把餐盘举到胸前，右手用勺子舀上一大勺饭菜，眼光朝相机镜头轻轻一甩，嘴就咧开了。咧开的一瞬间，仿佛云开雾散，阳光暖融融地泼洒而下，万物可亲可爱又明媚鲜亮。这岂止是"开心""幸福"这些庸常字眼能够概括的，是鲜活、美好到了一种境界啊！透过光学镜片看到这番奇景的陈干事，简直就跟打了鸡血似的，一身的细胞都活了。

一口气拍完了吃饭的场景，陈干事不甘心，又让任小凡围上炊事员的白围腰，站在野战炊事车旁边，做出炒菜的样子（锅里还有剩菜）；拿着大汤勺，做出给官兵舀汤的样子；端着一个盛满饭菜的碗，做出给生病的战士送病号饭的样子……任小凡没有丝毫厌倦、懈怠，每一种造型都那么自然而然，每一次笑都那么发自内心。相机里的每一张，蓬勃、热烈的喜悦几乎都要奔涌而出了。

陈干事不停地咔嚓咔嚓，不肯放过任何一个瞬间。终于，快门卡住、摁不下去了——内存已满，他才放下大相机，深深地舒了一口气，用不可思议的眼神望着仍旧笑吟吟的新兵。

这目光像一双手，慢慢地、疼爱地抚摸着新兵的脸；同时，陈干事因无法排遣的激动而哽咽了：

"你就是……为拍照而生的！"

是极高的赞誉，更是一个无可辩驳的定论。

一切顺理成章了。打那之后，任小凡成了陈干事的"御用模特"，配合拍摄了越来越多的喜庆画面：他的笑脸出现在农场的菜地里，和一堆"喜获丰收"的胖大南瓜靠在一起；他的笑脸出现在队列中，肩上扛着打过的标靶，演绎"战士打靶把营归"；他的笑脸出现在阅览室，和其他战士凑在一起，认真观看一张印着最新学习内容的军区机关报……

各种印刷品把他打造成了"混个脸熟"的明星。他的标签现在比任何人都要明显，都要光芒四射。全团上上下下都认识他了。走在出操的队列里，或者参加军人大会的集合，甚至去澡堂排队洗澡、到服务社买盒牙膏，都会有人认出他来，然后冲他好奇地笑。明明是他们自己在笑，却偏偏指着任小凡说：

看，那个笑脸！

很少有人知道他叫任小凡，但凡提起他，都说"那个笑脸"。他的新名字就这样固定下来，连和他最熟悉的同班战友也叫他笑脸了。这是成名的代价。不过他并不介意，演员会有艺名，作家会有笔名，他落下个"笑名"又有什么关系？

团里除了笑脸，还有一个宣传界明星，名叫大白。

大白是头猪，皮白肉肥，养在保障连生产基地的猪圈里。一般的猪，长到四五百斤就不得了了，而大白，作为一窝正常猪崽中的普通一员，吃着一样的豆粕、玉米、麸皮，却呼呼呼不歇气地长到了上千斤。生产基地自备的秤最高刻度就是一千斤，大白一上去，刻度就到头了，所以只知道它满了千斤，不知道千斤之外还有多少。一米三的身高，一米五几的身长，让它从一群小肥猪中脱颖而出。这是大白的神奇之处。

而大白成为明星的神奇命运，是宣传股长造就的。宣传股长去年的一天在食堂吃饭，听炊事员说起了这样一头超级肥猪，立马敏感地树起了新闻意识的天线。他吃完饭就骑着自行车去了生产基地。那天艳阳高照，骑在车上，风把他的衣襟掀得呼呼啦啦，像一面昂扬的旗帜。他的心情太好了，运气也好，此行让他拍到了罕见的大肥猪，还让大肥猪上了军区机关报的后勤保障版。听说连某个副大区级的首长都对这头猪留下了印象，在某次开会时还提到了它。当然，首长是高屋建瓴地谈，从这头猪想到了"我们后勤保障工作的力度与深度"问题。打那之后，凡是到团里来的上级机关领导、工作组成员之类的，参观与检查工作的保留项目之一便是看望这头"首长指导过工作的猪"。

但是大白毕竟只是猪。猪有猪的局限。比如它只能演它自己，不能穿个白大褂就成卫生员，拿根擀面杖就是炊事兵，它任何时候都得本色出镜，所以上报纸的机会非常有限，连队能见到的几种报纸，每种能上一次就差不多了，谁还没完没了地让一头猪占版面呢？再比如，领导来参观、看望，再怎么笑嘻嘻、乐呵呵的，也不能像接见英雄模范一样给拍照，更不可能堂而皇之来个合影——这是大忌讳。正式场合中，让领导与一头猪同框，除去戏谑的成分，那多少带点骂人的意思了。

这么说来，大白的处境有时候也挺尴尬的。它自己可能没感觉，但是与它相关的一些人，真的会尴尬。

陈干事就接到了一个令他尴尬的电话。是集团军宣传科的吴干事打来的，他在负责集团军一份内刊的编辑工作。人家的原话就是：小陈啊，听说你们团有头上千斤的大肥猪，宰没有？没宰就给弄张照片来吧，这期刊物"后勤建设"栏缺个角，上幅图片正好，快点啊。

编辑约稿，只要不是特别难看的，一般都能上。谁都知道这个理儿。但陈干事犹豫了，因为大白是股长给宣传出去的，就好像是他的专利版权，你一旦去拍了"他的"猪，别说股长本人，就是其他不明真相的群众也会以为，你这小子想上稿想疯了，连股长的"猪"也敢抢。

而另一方面，股长与冉冉升起的宣传界新星陈干事之间关系微妙。股长放话说自己想转业，不知道是真想离开部队还是只为小小地要挟一下领导，反正现在新闻报道方面的活儿，大多压给陈干事了。如果陈干事竟然连人家编辑约的照片都不去拍，那就失职了；他的失职，都会用来证明宣传股缺不了这个股长。而陈干事极力要证明的正是相反的情况：没有股长，宣传工作也能顺利开展，甚至开展得更好，足以产生一位新股长。

经过一番思想斗争，陈干事非常谦虚谨慎地给股长打了个电话，汇报了这件事。股长在那头好像正有事忙着，随口说：你去拍吧，那头猪亮相也亮够了，只差猪屁股的角度没拍过了，他们还想炒冷饭就给他们呗！

陈干事连声答应。先前真是想多了。股长的心思根本就不在宣传工作上了，而且还有点轻视的口气，对于大白，他觉得自己已经把它的新闻价值发掘完了，其他人再去做，不过就是"炒冷饭"——那就小瞧人了。

所以，这张关于大白的图片，不但要拍，还要拍好，拍出和以前不一样的境界。

笑脸这次的角色是大白的饲养员。

没想到，拍摄前出了一点小状况。原因在于：大白真正的饲养员——一个安安静静的二年兵，给摄影团队甩脸子了。饲养员不像他们在别处遇到的兵，逢上拍照会乐呵呵地配合、挤过来看热闹。饲养员面色白净，人也斯文，不多说话，眼神是宁静中带着抗拒的。陈干事没有注意到这点（他哪顾得上去注意），带着一贯的果断（或者说是专横）口气，指着饲养员说：你！把围腰脱下来，给他！

每次拍摄之前都会有这样的服装与造型上的准备。笑脸已经很习惯了，他转向那个"你"，等着对方把表演服装递过来。

但饲养员只是扭头看了陈干事一眼，准确地说是白了他一眼，然后转身就走。其他人都蒙了，他的白眼和转身，就像是拿手中的舀食瓢，照着陈干事的脑壳敲了一记！谁敢对上级机关领导做出这样的举动啊！那天生产基地的主任有事没来，现场只有一个班长陪着。大家不约而同地把眼光朝班长扔去，意思是：你看咋办？

但保障单位的班长比不得训练单位的班长，搞训练的班长都很厉害、有威信，他们的厉害与威信都是硬碰硬摔打出来的，也随时可以把你扔到摔打中让你受教训；而后勤保障单位，军事化色彩弱一些，又干的是缺少成就感的杂活儿、脏活儿，班长们就要态度亲切，有时还得哄着点手下，工作才开展得顺利。所以，这个班长一看也是糯米团似的好脾气，他嘴上"哎哎哎"地叫着，拔腿朝饲养员追去，追上了又拉住对方苦口婆心地劝说。大家远远瞅着，眼神中叹着气，对这"妈妈桑"式的带兵方式抱以恨铁不成钢的看法。

饲养员被班长拽着胳膊拖过来了，他身子硬硬地直着别着，腿脚不情愿地一脚深一脚浅地压着步子。既然人过来了，说明他是打算看在自己班长的面上，配合摄影行动了，陈干事千不该万不该，在这时涌上机关干部的尊严感，非要把刚才丢掉的面子拾回来。陈干事走到饲养员面前，厉声批评道：

"你是什么思想素质？对大白的宣传也是对你们工作成绩的宣传，你去问问，全团谁不希望自己的工作成绩被拍照上报、让领导看见？居然还不配合！"

饲养员脸涨红了，羞愤地反驳："他又不是饲养员，为什么拍他给大白喂食？"

手持大相机的陈干事"呵"地笑出了一声，自认探明这战士的内心隐痛了，他冷笑道："我也想拍你给大白喂食啊，可你的表情过得了关吗？在图片上，你的表情代表着一个团队的精神面貌，如果表情不生动不到位，画面就没有活力，照片就不成功，这样的宣传就是失败的！"

饲养员说不过陈干事，但他是认死理的，一口喷出："你们是造假！"说着，一面气呼呼地脱下脏不啦叽的围腰，一面朝笑脸怒道："你会表情！你的表情也是假的！假笑！"

围腰脱下后被他揉成一团往地上一砸，人又跑了。他的激愤是如此逼真、具体，感觉地面被砸出了一个坑，所有人被砸得面面相觑。

那天的拍摄一如既往的成功。经过精心挑选并刊登出来的那张，是笑脸一手用瓢给大白喂食，一手拍着大白的庞大身体，侧着的脸上带着标志性的、喜悦与欣慰的笑容；而大白也吃得轰轰隆隆，一脸的心满意足。两张脸相得益彰，浓浓的富足感、幸福感扑面而来，满满都是基层部队物质文化极大丰富的效果。

照片以前所未有的火爆速度在团里传播开来，被轻嘴薄舌的家伙们称之为"我靠！两大巨星同框合体"。现在的士兵啊，猎奇心理与自嘲精神真是超出预期，照片在军网上火了两天之后，一股"追星潮"悄然兴起。那天中午，几个老兵带着一部小巧的数码相机，穿过大半个营区，来到二营四连找笑脸合影。他们今年要退伍了，怎么说都想跟团里的"网红"（虽然仅限于军网）合个影留个念。有个老兵还笑说"也享受一下大白的待遇"。来的都是笑脸不认识的，多少带点粉丝见面会的味道了。

照相就选在食堂后面的小土坡上，那里视野开阔，背景有花有草有树。笑脸跟个弥勒佛塑像似的，岿然不动，只负责笑眯眯，他身边则流水一样变换着合影的对象。人不多，可他们的排列组合方式千变万化，单人的，双人之间两两组合，再是三个人、集体的……折腾半天。

临别的时候，老兵们心满意足，对笑脸如此配合的态度也予以了高度赞扬。一个老兵伸手轻轻拍着笑脸的笑脸，无限感慨地说：

"真是为人民服务的笑脸啊！"

他们的背影从小土坡晃到了大操场，越过跑道线，消失在一排枞树里。笑脸朝着他们，面上刮起了风，眼神冷下来。回过神来时，他发现自己的两腿在一前一后地交替，周围的景观朝后方退去。他在走。走在一条路上。反正是跟班长请过假的，午休时间又还长。

他好奇，这双腿会把自己带向哪里呢？一直以来都是跟着别人走。班长说：集合去训练！腿就带他去队列里，和别的腿一起奔赴训练场。值班排长吹哨喊：吃饭！腿就带他……还是队列里，去向食堂的队列。每当陈干事打电话通知到营里，营又通知到连，连又通知到排里、班里——腿就会载着他，跟着陈干事走，去部队的各个角落，展示同一种笑容。腿和脸一样，具有单一的、机械的任务，只会做相同的动作。

腿的迈动越来越有力，步幅越来越大。因为这一次是自主行动，腿明显兴奋了。当沿途风景出现大片的庄稼和菜地，笑脸明白自己是到了生产基地了。他在走向大白的住处。腿还是谨慎的，到的都是自己到过的地方。

"明星啊，老兵都争着跟你照相！"忽然传来揶揄的声音。笑脸心脏一紧，抬眼四望，却发现声音来自于前方不远处，猪圈前的一个人。是那个饲养员，他面朝大白蹲在地上，跟它说着话。"等着吧，退伍之前，找你合影的会越来越多，你活该不会写字，不然他们还找你签名呢，信不信？就签在他们的退伍纪念册上，或者你的相片上。"

凭这几句，笑脸判断出，大白和他一样，也在接待要求合影的老兵。说不定有人还会一边和大白照相一边说"享受一下笑脸的待遇"。

"他们可以退伍，你却退不了，"饲养员口气里渐渐扯出了一丝伤感，"你就跟个活宝似的，养在这里，让他们照相。"

听到这里，大白抬起无辜的眼睛，幽怨地望了它的饲养员一眼，之后，竟然也朝笑脸望了一眼。饲养员也就在这个时候，随着大白的眼光所指，回过头来，看到了另一个明星。

笑脸走过去，挨着饲养员蹲下。他不笑的时候脸上带着真诚的平静，像伴侣一般慢慢转向饲养员：

"我叫任小凡。"

饲养员的眼睛瞪成了小灯泡，闪着不可思议的光。

"我真的叫任小凡。你以为我的名字就叫笑脸吗？"

"不是。"饲养员抿着嘴，不好意思地笑了笑，看看身边的明星，"我以为我听错了。"他把手中一根茅草折断，下决心似的说：

"——我叫任小平。"

名字像兄弟。可除了名字，其余的都那么不同。

一个爱笑，一个不爱笑；一个长得憨憨实实，有张辨识度极高的喜庆脸，一个白白净净，清秀且表情浅淡；一个总在闪光灯下，在众人的关注焦点中，一个不声不响，干着没人重视的工作，认识他的人全团不超过一打。

但他们彼此打量着，仿佛感觉有什么东西，在朝着相同的方向生长。在这里，这一刻，交换了名字，就像交换了一张秘密的兄弟会入场券。笑脸朝着饲养员笑了。

"你告诉我，拍照老那样笑，是怎样……笑得那么……上镜的？"饲养员在脑子里寻找着合适的词，他欣慰终于找到了。

"那你告诉我，为什么大白能够长得那么肥那么壮？"

"我先问你的。"

"那好吧，"笑脸得意地一笑，"我在表演'笑'的时候，就会去回忆特别美的事情，比如小学四年级时爸爸给我堆了一个机器猫雪人，再比如妈妈做的红烧狮子头——汁儿足足的，还有我喜欢过的一个中学女同学，鼻尖翘翘的，哈，虽然她不知道我喜欢她。"

饲养员若有所悟地点点头，轻轻闭上了眼睛，仿佛也在尝试着回忆"特别美的事情"。一会儿，果然嘴角有了一丝笑意。只是微微的，看上去像做着一个美梦。

管用。睁开眼时他感激地看了笑脸一眼。他的揭秘时刻到了。

"以前大白和其他猪一样大，没什么区别。它后来能长这么肥，是有一个诀窍的——"饲养员神秘地说，"我跟谁都没说过。"他从围腰里面的迷彩服衣兜掏出一本薄薄的小书，封面印着《唐诗宋词精选》，"这是我当兵离家的时候，女朋友送我的。每天早上，我把猪食倒进槽里，就开始读这本书。说来奇怪，其他的猪都只顾着吃食，根本不会听我朗读，但大白就与众不同——只要我开始读诗，它就顾不上抢食了，会挤到离我最近的地方来，昂着头认真地听，动都不动一下。"

"然后呢？"

"然后我就喜欢它了，把它关到一个小隔间，单独给它读诗，读完以后和它聊聊天，再单独给它喂食，让它吃饱，慢慢地它就越长越壮。"

哦！竟然是这样！笑脸完全没法想象，大白是一头听着古诗词成长起来的猪。李白、杜甫、苏东坡，他们能够进入大白的身体，和它的体内细胞发生化学反应，最后变成奇妙的营养物质。他感到不可理喻却又难以言表，最后只是盯着饲养员的眼睛说：

"你是一个天才。"

"谢谢你，"饲养员如释重负，"谢谢你没有嘲笑我。"

打那之后，笑脸便成了生产基地的常客。去了，也不多说话，他和饲养员一起，把大锅里煮好、凉透的饲料舀到红色大塑料桶里，一起把桶抬到门口的小推车上。每当笑脸把小推车的把手提起来、开始推动车轮时，饲养员会像猴子一般，灵巧地一跳，跃上小推车，坐在大塑料桶的旁边。咿咿呀呀，小车去往大小肥猪的宿舍。

"老来这里干吗？"有一天饲养员坐在小推车上，和着咿咿呀呀的车轮声，认真地瞅着笑脸，"喂猪又不好玩。"

"谁说不好玩？我喜欢呢。"笑脸朝他微微一笑。他喜欢听单调的山歌似的车轮声，喜欢看大白和其他肥猪躺着卧着的慵懒神态，喜欢把食物舀进食槽时猪们抢着用嘴来拱的情形，更喜欢和大白一起，默默守在饲养员身边，等他从口袋里掏出那本已经磨边的小书，随手翻到哪一页，用不太标准的普通话朗读"念去去千里烟波，暮霭沉沉楚天阔"或者"渭城朝雨浥轻尘，客舍青青柳色新"。那都是欢乐，也是平静。没有观众，所有表情与心情都给熨烫得妥帖、舒服、自在。"我就是喜欢。"

饲养员任小平认真地朝笑脸任小凡看了看，又肯定地点了点头，表示鉴定完毕，而结果令他满意。慢慢悠悠地，他把视线拉扯到远方：

"你现在的笑，是真的。"

年底快到了。年底不是什么好日子，它意味着匆匆忙忙的收尾，没完没了的总结，紧紧张张的评功评奖，空气中带着慌乱，人的眸子里净是焦躁，什么都在"来不及了，来不及了"地往前赶。基层单位嘛，一年之中除了受领与完成重大任务，也就年终岁尾这一段最贴近实战了。

笑脸就遭遇了自己入伍以来，最兵荒马乱的一个阶段。陈干事这段时间忙于拍老兵退伍方面的题材，很少来找他，倒是那些即将离队的老兵来找他合影的多。他们通常不会直接来找他，而是通过他的战友或是班长来事先沟通，等笑脸答应了战友或班长，想拍照的人才会现身。对这样的合影邀请，他向来不拒绝，哪怕已经笑到面部肌肉僵硬，也会点头继续拍照。他也不知道为什么会这样，好像他是个机器人，而出厂设置里就没有"NO"这个按键。看上去这样做是对的：他赢得了人缘，班里所有人都拜托过他去拍合影照；他见识了各种各样的兵，各种各样的手机、相机；他的笑脸会被那么多人保存在数码照片与军旅记忆中。

但拍照之外，不是所有事情都能让人笑得出来。评功评奖了，按照规定比例，班里有三个"优秀士兵"的指标。开班务会的时候，班长让大家投票选举，说，将会报送前四名去排里和连里，再由上级领导做最后决定。

投票投下来，笑脸正好是第四名。

　　　　　　　　　　　　　　"新生代军旅作家"面面观 |

"票选结果我会如实上报，但并不是说，最终人选会百分之百地按照投票结果来确定，连长指导员都说了，有民主还要有集中，希望大家能够理解。"班长又强调了一次。

那个时候就有人拿眼梢来刮了一下笑脸。大家都世故地觉得班长话里有话，而核心就在于如何合理地给笑脸一个奖励。笑脸瞬间与这些无声无息秘密传递的信息对接上了，只觉得屁股下的板凳是块烧红的铁板。他心里暗暗希望自己不要上榜不要上榜，否则就坐实了其他人的猜测。第二天班长宣布了最后结果：第一个是得票第一的老兵，第二个是得票第二的二年兵，第三个是笑脸，哦不，任小凡。

班长向大家解释，任小凡同志这一年里不但遵纪守法，较高标准地完成了各项军事训练、政治学习任务，还配合上级机关完成了大量的宣传工作，为集体争了光，连队经研究决定，报评任小凡同志为"优秀士兵"。

按照后来班长给笑脸开导思想时说的，其实他就是落选了，别人也会说闲话，会幸灾乐祸，会说你一年笑到头了咋还是没笑出个名堂呢。而当上了"优秀士兵"，别人说的就是另一种味道的闲话了，泛酸、充满嘲讽，如此而已。按说，班长的工作做到这步，就应该像新闻里常说的"终于解开战士的思想疙瘩"了，但笑脸只是叹了一口气。他的思想疙瘩，唉，是个"中国结"啊！

他知道大家会怎么想，那几天都低着头走路。一天晚上他端着脸盆去洗漱间，里面已经挤满了人，东边水槽聚着他们班的几个战士，毫不避讳地聊着评选"优秀士兵"的事情，在他们激愤的描述里，笑脸被选上简直就是一个暗箱操作的大笑话。直到有人发现了门边站着神情愕然的笑脸，才立马打住话头，其余几个人都把头扭过来看到了他，顿时尴尬了。但是最中间的一个——得票第三名却惨遭淘汰的"青椒"——假装没看见他，又把脸别过去，鲁莽地将白毛巾往装了半盆水的军用脸盆里一砸，大声说：

"啥优秀士兵？就他妈一卖笑的！"

钥匙刚插进锁孔，还没拧，陈干事敏感地觉得背后有人，立起来回转身。笑脸正站在那里，忧伤地望着他。

"吓死人了，"陈干事一边把办公室的门打开，一边嚷嚷，"出什么事了？看你那副样儿，演琼瑶片呢！"他熟练地打开灯和饮水机的开关，又把桌上的一堆信件啊稿纸啊拢成一沓。笑脸站在办公桌对面，郑重地说：

"陈干事，我想拜托您一件事。"

陈干事手里忙着活儿，眼睛抬起来："嗬，这么严肃，啥事？评功评奖吗？上次我还专门给你们营长打过招呼，叫他关照关照你。"

"不是这个。对了，我已经评上优秀士兵了……谢谢陈干事。"他羞惭地低头，"就是……任小平要退伍了……"

"任小平是谁？"

是的，陈干事不知道。他和团里其他人一样，只知道大白。

大白才有新闻价值。

饲养员提着水桶，咣的一桶水下去，把猪粪冲到了圈外。他直起身来，空桶滴着水，在他右手上直晃悠。他就在这时候看见了笑脸和挎着硕大相机的陈干事。陈干事的表情有些勉强，但他尽力做出豁达的样子，深吸一口气，笑笑。笑脸却没有笑，说：

"我想送你一件礼物。"

饲养员站在那里，桶还在手里晃悠。嘴角却弯上去了。

陈干事给饲养员拍了一组"写真"。他推着小车行进在小路上，他在树下认真看书，他穿着迷彩服打军体拳耍酷，他抬头闭眼迎着太阳——有一刻他闭着的眼睛睫毛跳闪，然后慢慢地，露出一个和阳光一样柔和、清爽的笑容。笑脸知道，他一定是回忆起了"特别美"的事情。

眼看各种造型都用完了，陈干事已有"大功告成"的轻松，饲养员却认真地提出，自己想和大白合个影。那是当然的。这个团里，谁和大白最有感情？谁最有资格和大白合影？不是团长，不是政委，而是他——天天照管着大白、一瓢一瓢喂养大白的人。

陈干事开始构思画面，他想让饲养员做出平时工作的动作，没想到饲养员直接到食槽边的栅栏前蹲下了，大白立马听话地从栅栏的一处缺口伸出了它的胖大脑袋。饲养员抱住了这个脑袋，用自己的头顶着它的头，大白很高兴，它轻轻晃着脑门，亲昵地蹭着对方。陈干事一秒没耽搁，抓住机会对准镜头，拍下了两颗脑袋抵在一起的画面。咔嚓，咔嚓，快门不停按动，直到拍摄停止，陈干事和笑脸才发现饲养员抱着胖胖的大白，哽咽了。

"让他们把你宰了吧……"他带着颤音恳求，"宰了好，不要再拿来给人拍

　　　　　　　　　　　　　"新生代军旅作家"面面观 |

照了……"

悲伤的声音像漩涡一般，拽着整个生产基地、整个团都陷入飞速转动之中。

饲养员退伍那天，有好几幅珍贵画面留在了陈干事的相机里：他穿着没有肩章与领花的军装，胸前戴着大红花，最后一次深情回望部队的大门；他背着背包、拎着行李走在退伍人员的队列里，眼里含着泪花；他和战友们紧紧拥抱，哭得跟孩子一样……

有些东西却是再好的相机也装不下的。

饲养员要坐的那趟火车即将进站了，送兵干部开始集合整队。饲养员不停地回头，回头，带着焦灼地回头。终于，站台远处出现了一个奔跑的人影，越跑越近，一直跑到他的面前，站住。是笑脸。笑脸没笑，在哭。他们面对面站着，流着眼泪，说不出一句话。

饲养员忽然大声喊："任小凡——"

声音与热气直扑笑脸的脸上。笑脸止住了哭，大声回答："哎——"

停了一下，笑脸也学着他的样子大声喊："任小平——"

"哎——"

"任小凡——""哎——"

"任小平——""哎——"

呜——，火车以标志性的轰隆轰隆之声宣告自己霸气进站，但那个小站台上的所有人都能听见，两个面对面的年轻人发出的嘶喊。

"任小凡——""哎——"

"任小平——""哎——"

老兵退伍之后的一个早上，任小凡和往常一样起床、整理内务，之后去打开水。从宿舍到开水房，距离大约一百二十米，就在这一百二十米乘以二的往返过程中，起码有四个人问过他同一句话：怎么啦笑脸？不同的是有人以为他病了，有人猜测他挨了班长批评，总之有些异常。

任小凡站在洗漱间的大镜子前，轻轻地抚着自己的脸，左右偏一偏，研究。他有了一个重大发现：自己不会笑了。

他努力地弯起眼角、嘴角，把角度都尽量调整到摄影的最佳状态，但肌肉像用米汤浆洗过的衬衣领子，硬硬的一块，杵着皮肤。他在镜子前一直练习到值班员吹哨集合，脸已经酸到麻木，还是制造不出那种发自内心的笑容。

任小凡——

哎——

任小平——

哎——

漠漠的，记忆里的声音追来。像抽着耳刮子。站台上两个人的一问一答，好像把远去的魂给喊回来了。魂回到他的肉身里，让他记起了自己是谁。

他是任小凡。任小凡不再是笑脸。

对此受到最大打击的是陈干事。很快就是元旦，要不了多久又是春节，都需要笑脸挑大梁：他笑眯眯地在连队门口贴倒福字啦，他戴朵大绸红花敲一面大大的鼓啦，他系个围裙在案板前和战友们一起包饺子啦……他的笑就像万金油一样，抹到哪儿哪儿就舒爽。

但现在这具有穿透力的笑容没有了，陈干事所构思出来的所有画面都像浸在了水里，绚丽却模糊。

"你怎么会笑不起来呢？"陈干事皱着眉头、表情沉重地说，"这不可能！"

你应该为自己感到幸运，这个世界上有那么多平凡的人，他们天天微笑、大笑、嘲笑、耻笑、憨笑、狞笑、讪笑、讥笑、哂笑、嗤笑、惨笑、窃笑、奸笑、哄笑、痴笑、赔笑、狂笑、苦笑、傻笑、浅笑、暗笑、谄笑、哑笑、偷笑、强笑、枯笑，可是有几个人能凭着一笑，在新闻媒体上立于不败之地？有那么多模特，专业的手模、足模、乳模、臀模，可又有几个能当上笑模？

要有职业荣誉感！你是为我们中国人民解放军而笑，为我们的国防建设感到由衷的高兴，你表达出了千千万万基层指战员的心声！你的战友，你的班长、排长，他们都是笑在心里，没法传达到脸上，需要有一个人代表他们，展示出最美的笑容，那个人就是你！

笑是一种天性、本能，也是一种艺术创作，艺术创作从根本上来说就是来源于我们的天性本能，但一般人都把本能当成了饭，吃掉消化了；把它当成空气，吸进去又吐出来了。只有艺术家，才能把天性本能发展成艺术作品！知道吗，走到这一步的人不多啊，你就是其中一个！

不要被暂时的困难压倒。人总是会遇到困难的，当初我才到宣传股，屁都不懂，股长只把一部尼康相机像砖头一样扔给我，其他啥都没说。啥都没教过

　　　　　　　　　　　　　　"新生代军旅作家"面面观 |

我啊！全靠我自己上网买了几本摄影入门的书，埋头研究了半个月，以为可以出山了，可拍出来的照片一拿到报社就被编辑给掐死了！人家说你拍的是什么玩意儿啊，搞个教育离那么远拍全景，谁要看你的全景？又不是人民大会堂！一整组照片里面都没个近景啊特写啊什么的，都当读者是千里眼啊？还有你看连队干部给战士做思想工作这张，画面多单调，表情多严肃，一对一的跟审问似的！我知道做思想工作只能一对一，那你也可以在情绪和场景上下功夫啊，比如干部和战士都微微笑着互相眼神交流，比如让他们坐在有花有草的地方，情景相融，画面不就美起来、活起来了？要多看看军报上的照片，学习别人是怎么构思画面、安排场景的，先模仿，再创新！——就人家这一席话，比我读个培训班都管用！我回去就开始做剪贴，逢照片就剪，贴出了厚厚一本"摄影教材"，有空就翻看、研究，拍照的时候也把它带上，学人家构图，慢慢地就琢磨出来了，上道了，才开始发表图片，才有了今天的我！我可以把我自己剪贴的"教材"借给你，你也好好学习一下，照片上的主角是怎么笑的，慢慢找感觉，你一定可以重新学会笑的！

……

洗漱间只有任小凡。他不洗漱的时候也在那儿。休息时间别人都用来聊聊天、听听MP3什么的，只有他，永远站在洗漱间的大镜子前，手里拿着一本又厚又破的剪贴本，不时翻看一下，照着图片学习各种笑。亲切的笑。欣喜的笑。赞美的笑。爽朗的笑。舒心的笑。喜悦的笑。狂放的笑。

没有一种是由衷的笑。

他的笑已经不再具有笑的涵义，一看就是塑料的，还贴了膜，或是水果打了蜡。连他自己，一眼瞥见镜子里那一脸的虚假繁荣都觉得恶心。怎么回事呢？他不再热爱笑了吗？这一年里他已经把这一辈子的笑能量都消耗光了吗？他连最起码的自然反应都没有了吗？枯站了好久，剪贴本一扔，他伏在没水的水槽边哭起来。半晌，他立起身，镜子里是一个面带泪痕、眼中闪烁着忧郁之色的年轻人，但那眸子黑如夜空，仿佛从来没有这样深邃过。

宣传股来了个赵干事，是特招的地方大学生，刚进部队半年，在基层单位稍稍滚了一层泥，算是摔打过了，就被调到机关来。领导说，要发挥人才特长。

赵干事的特长是电脑技术，他会做动画。但是动画在别的部门都用不上，领导还算懂点行，说：宣传股不是经常要制作图片吗？让他去帮着修修图吧！

来到宣传股，赵干事领到的第一个任务是陈干事交代的。陈干事把一个面带哭相的兵带到他面前，说：赵干事，这可是我们曾经的"笑星一号"，你得负责把他修好，让他的笑脸重新生动起来！

陈干事的逻辑也许是：既然你能让画上的人像真人一样笑，当然也就能让真人像画上一样笑。赵干事当场就蒙了，很想向对方确定一下这是不是个机器人，需不需要恢复出厂设置、装个笑脸运行程序什么的。

办公室里只剩下赵干事和任小凡了，两个人像照镜子一样，面面相觑。气氛是莫名其妙的，不知所措的，连尴尬都挤不进来。赵干事终于深深地吸了一口气，迎难而上，说："你笑一个给我看看。"

任小凡竭尽全力地牵动了面部神经。

赵干事抬高下巴，把头往后一甩，做了个"仰天吐血"的夸张动作。他是学动画制作的，什么动作都能比画出来。于是他开始示范。笑，是什么样的呢？不只是动动嘴部肌肉与皮肤，它是一连串的生理机能反应，拿内部的来说，你首先要有笑的动机，你要想很多又美又好笑的事，想到了，就表达到脸上，不光是嘴巴动，眼睛也要弯起来……这些，任小凡都明白，以前他可以毫无障碍地运用，展现得充分而圆满，但现在，他拿自己没办法，爸爸堆的机器猫雪人，妈妈做的厚汁红烧狮子头，他喜欢过的鼻尖翘翘的中学女同学，都没有办法帮他，当然也包括眼前这个拿他当卡通人物的赵干事。

"唉，"赵干事累坏了，"真想把你格式化！好歹也算我学以致用。"

不甘心地，赵干事凑近任小凡，抬起手，在他脸上轻轻地揪一下这块肉，又捏捏那块肉，把眼角小心拉一点下来，嘴里喃喃自语：这样，这样，这样就对了……他的表情认真而执着，有着艺术家陷入创作激情的迷幻眼神，像罗丹面对着半成品的《思想者》，或者米开朗基罗在对《大卫》进行细节雕琢。只不过，这一次雕塑创作具有里程碑意义——在活着的躯体上进行，每一个部分都是血肉相连的。

赵干事的"雕塑"创作完成了，现在任小凡脸上，嘴角上翘，眼角下弯，有了一个凝固的笑。它原本应该是憧憬未来、闪烁理想光芒的笑容，或者只是一个玩世不恭、死皮赖脸的笑，但都没办法给它定义了，因为它什么内容都指代不了，只是一个僵硬的肌肉动作，显得呆板而古怪。

这是个劣质的蜡像作品。赵干事毕竟是第一次搞雕塑，还用的真人，这又不是他的专业特长，所以他迅速接受了自己的失败。"重来重来，"他用小孩子耍赖的口吻说，"大不了用刀子给你划出个笑脸！"

令他难以相信的是，他重来不了了。这个被他亲手捏成的笑，竟然死死地固定在了战士的脸上！赵干事叫他"放松"，他没法放松。肌肉的摆放、弯曲的弧度，都像是生就而成的，后天无法改变。他只有这一种表情了！

天哪——

陈干事没有料到，股长真的转业了。走之前股长来和他道别，两人互相说着祝福的话，握着的手半天没有松开。那一刻的惺惺相惜，几乎让他们自己都有了错觉，好像他们曾经是无话不谈、并肩作战的亲密战友。

股长感慨道："看着你，就像看到了从前的我。"

陈干事一时心情复杂，贸然说："我一直以为你不喜欢我。"

股长微微一怔，盯着对方，苦笑道："其实，我是不喜欢从前的自己。"

这回答完全在陈干事的意料之外。他努力地琢磨股长这话的含义，企图理出个头绪来，股长又叮嘱：

"对了，那头猪，大白，生产基地打过几次报告要宰杀，都被我拦住了，我跟后勤处协调，要留着这个宣传重点。现在回头想想，自己真是可笑……你跟后勤的说一声，让他们宰了吧！"

股长走了。团里人事变迁，政委提升到师里去任职，又来了位新政委。按照宣传部门的传统，陈干事把团里历来发表的宣传稿件整理出来，送到新政委的宽大办公桌上，让新任主官了解单位的宣传情况。当然，陈干事自己拍的图片、写的新闻稿件都放在最上面。新政委慢慢翻看着，忽然发现了问题。

"这个兵，到底是干吗的？"政委指着一幅图片上的一张笑脸问。

陈干事老老实实地回答，是二营四连的一名普通战士。

"那为什么这么多图片里都有他？他一会儿是训练标兵，一会儿是炊事员，一会儿又是卫生员，哪兼得了这么多职？我看他就是个'照相员'！"

陈干事的脸一阵红一阵白，心里有了不知深浅的忐忑。政委却没有点到为止，皱着眉头继续说：

"我知道报社编辑收到的图片太多，不一定会留意到这张重复的笑脸；读者看的图片太多，也不一定在意。但我们自己知道啊！不切实际，他笑得再好又有什么意义？这是形式主义！是造假！"

元旦过去不久，春节到了。

各种喜庆的照片开始占据报纸头版，写春联啊、贴福字啊、舞狮耍龙啊，都是陈干事构思过的题材与画面，充斥着各个基层单位所能奉献出的最佳笑脸。笑脸们不管脸方脸圆，一律按照某种约定俗成的教程笑着，嘴角眼角弯曲的弧度、露出的牙齿粒数都是相同的。

任小凡躲在连队阅览室里，翻看着报纸上的喜迎新春的各种图片，用手指轻轻抚过图上一张张熟悉的脸，又抬起手，轻轻摸摸自己的脸。

在别人看来，他始终在笑，哪怕是哭，也是笑着的。只有他自己知道，这会儿是什么表情。现在他的表情都在心里。

自从他脸上有了固定的笑容表情后，他完全生活在另一个星球了。起初大家是惊愕，不敢相信怎么会出现这种状况，连队送他到卫生队，卫生队又把他送到军区总医院，看病、住院、治疗。半个月以后他出院了，带着一大包后续治疗的药品回到部队，脸上依旧挂着那种古怪的笑容。渐渐就有不地道的人说风凉话，说这下好了，可以一年笑到头了，终于有人真正笑对人生了。一个大学生士兵曾对着他叹气，说他让自己想起一本名著，法国作家维克多·雨果写的，名字叫《笑面人》。任小凡想知道那是怎样一个故事，对方又用"你还是不要知道的好"那种口气，说：别问了，一个悲剧。

慢慢的，大家开始有意无意地回避他，回避点主要是目光。先是看到他了，赶快就把目光挪开，到后来，所有人都学会了对他熟视无睹，假装他不存在，好像他穿了隐身衣。不能怪别人，对于相貌有缺陷的人来说，盯着看是失礼的；同时，怪异的面孔到底会让人的视觉系统受到美感上的挑战，心理上是需要承受力的。到后来，连连长、指导员都有些受不了了，无论是集体出操训练还是搞政治思想教育，队列里一水儿的严肃表情中夹杂着一张离奇的笑脸，就像吃着一碗香喷喷的米饭时突然嚼到一块酸黄瓜，有种不提防的难受。

"瘆得慌。"指导员说。

所以，当任小凡把自己在学习室一笔一画认真写好的转岗申请书交到指导员手里时，大家都暗暗舒了一口气。任小凡申请调动的单位是生产基地，理由是：我喜欢养猪。

猪多好啊，没有一头猪会嫌弃它的喂养人，不会在意你的表情，更不会计较你笑的真实程度。任小凡真的喜欢喂猪。他喜欢穿着任小平曾经穿过的围腰，用大瓢把煮好的饲料舀到食槽里；喜欢看猪们用鼻子、嘴巴发出哼哼哄哄愉悦的笑声，挤到槽边来抢食；喜欢用手拍拍猪们的胖脑袋，和它们说上一些私密的话，而永远不用担心它们会出卖自己。

他最喜欢的还是大白。大白住着一个"单间"，它庞大的身躯把空间撑得小小的，好像那一身的肥肉在不停地自由欢腾地扩张。但它自己并不自由欢腾，经常懒懒地趴着，任小凡过来了，它也只是半睁着眼睛扫了他几眼，或者干脆扭过去，将屁股对准他。不能四处走走散心，它一定郁闷极了，也许已经习惯自己的郁闷了。

每天去菜地里干完活，临走时任小凡总会摘点新鲜菜叶，那是专门给大白捎的。虽然大白并不稀罕，老不肯吃，任小凡还是坚持给它带。

"绿色蔬菜呢，团长政委都还没吃上，"他苦口婆心地劝大白，"团长政委都吃你剩下的。"说完，他自个儿笑起来。虽然他的脸一直是笑的。

然后他到运饲料的小推车前，把车上一个军用挎包打开，从里面取出一本书。是任小凡托他读大学的女同学从远方寄来的。相比从前任小平的《唐诗宋词精选》，这本书又厚又重，封面是硬壳的，上面装饰着线条复杂的欧式花纹，花纹衬托着三个字：笑面人。

他把书拿到大白的"单间"前，果然，一看到书，大白就把脑袋伸出栅栏缺口，一副求知欲旺盛的样儿。任小凡拍拍它的头：好，就好。

翻开书，像是打开了一个陌生的世界。通篇汉字，讲述的却是异国的故事。任小凡不太自信地小声读起来：

> 于苏斯和奥莫是很亲密的朋友。于苏斯是人，而奥莫是狼。他们俩称得上是情投意合的朋友。……这条狼很驯良，是个恭顺的部下，观众很喜欢它。看见一头驯服的野兽是一件有趣的事。看见各式各样豢养的动物在我们面前走过，是我们莫大的快乐。

任小凡停下来，回头望望大白，说：我们也算是一对组合了，对吧？

就在三个月前，他们都还是报纸上的明星，老兵都争着和他们合影。退伍老兵们一定把照片带回去了，在全国各地的家中，一脸嘚瑟地指着照片对亲友说：看，这是我们团的网红！你们没见过这么肥这么壮的猪吧？没见过笑得这么好看的脸吧？

任小凡又念了一会儿书，说：大白，我们如果出去卖艺，多半也会受欢迎吧？

一头千斤以上的肥猪，一个把笑嵌到脸上的怪人，观众们定然会喜欢，那是他们"莫大的快乐"。他可以把运饲料的小推车改造成于苏斯的篷车，车上搭一个军用帐篷，里面放携行物品、压缩干粮，把大白训练成拉车的好把式，它走得慢是慢一点，但它力气大，拉车没问题……这么想象着，任小凡倚在栅栏上，渐渐困倦地合上了眼睛，起了微微的鼾声。《笑面人》盖在他胸口上，像挂着一块说明书的牌子。牌子上的那张脸已入睡了，睡了也弯着嘴角在笑，好像做着一个长长的美梦。

陈干事来找任小凡的那天，空气里飘浮着一种不安的气息。猪们早就嗅到了，它们一反常态地拒绝吃食，还挤成一团嗷嗷直叫。

陈干事就在猪圈边叫了一声：

"任小凡。"

正在喂猪的饲养员背对着这个声音。印象中这是第一次，听到陈干事叫他的名字。任小凡慢慢地回转身，晾出了僵硬的笑脸。他们互相望着，无声无息。回忆的洪水裹挟着他们，一次次地奔腾到伤感的堤岸。陈干事的眼泪落出来。

陈干事告诉任小凡，他已经打了报告，卫生队也出具证明——任小凡同志因公受伤，按相关规定予以评残。评残后的军人，就算是退伍以后也可以享受相应的优惠条件，获得组织上、社会上的一些照顾。他现在能为任小凡做的，似乎只有这件事了。

"另一件是……批准了……宰杀大白……"陈干事不明白，为什么这件事会由自己说出来，无论如何也不符合正常程序。但有时，面对某个人，你不愿意他从别人那里听到痛苦的消息。

"宰了好，"那张僵僵的笑脸说，"宰了好。"

第二天来了五个帮忙的兵。他们都长得高高壮壮，一看就是军事素质竖大拇指的。找这样的厉害角色来对付大白，上级是铁了心要宰掉它了。它的叫声像一个无助的孩子，惊慌失措而又不明所以。它享受太多荣耀，面对过太多镜头；它住着单间吃着独食，占据过军区机关报后勤保障版最醒目的位置；它被军区首长不点名地在会上提到过。那时候它承载着光荣与梦想，不仅仅是一头猪；但现在，它被五六个兵七手八脚地摁住，绑腿，被一把锋利的刀子剖开肚皮——它就仅仅只是一头猪了。

叫声一阵阵传开，任小凡在菜地里坐着，一直都克制地坐着。那一脸无法看透的笑容仿佛在反复说，宰了好，宰了好。

意外出现在下午四点，一直拒绝进入宰杀现场的任小凡，悄无声息地出现了。当有人注意到他时，他已经站在那张血淋淋的大案板前。大案板上放着切割下来的一个硕大无比的猪头，眼睛紧紧闭着，但最为离奇的是，它的嘴角竟然明显地朝上弯着，露出一个既解脱又嘲讽的笑容！

它在笑！它在笑啊！

任小凡大叫起来，惊恐万状的表情终于像扑腾乱撞的飞蛾，挣破了那一脸笑容之网。天旋地转中，他像大白一样趴下去，重重趴在地上，然而摸摸脸，早已受损的肌肉神经竟然有了知觉，他可以把僵直的笑容松弛下来，每一个细胞都恢复了弹性。

他不用再笑了。

大白带走了他的笑。

赵干事面前摊着一本摄影教材，边看边对着手里的一部尼康胡乱摁键。进了宣传股，当然得会捣鼓相机。他把今天刚拍的新闻图片导入电脑，看来看去，总觉得少了点什么。

"我怎么就拍不出你那种效果呢？"赵干事郁闷地说，"技术可以提高，可人物情绪就是起不来！"

不等对方回答，他又啪啪啪地按鼠标，找出一张旧照来打开。"看吧股长，这是你和你的笑脸模特合作的黄金时代，多牛×！看看这张脸，能笑到这水平、这质量的，全军也超不出三个吧？"

陈股长侧脸过去瞟了一眼电脑屏幕，又把头正回来，假装认真看一份红头文件，一直没吭声。

赵干事露出狡黠的神情，仗着年轻，死皮赖脸地说："股长，要不，把你的模特那张脸借我用一下吧，我把他的脸抠图抠出来，安在我这张照片的人物身上，效果绝对一流，人见人爱，立马能发表！"

　　陈股长稳稳坐着，头也不抬地说："不行。"

　　"放心，我的 PS 技术出神入化，随便哪个编辑也看不出拼接痕迹！真的，我保证！"

　　"可是，"陈股长抬起头来，失神地盯着远处，"我们自己心里清楚啊！"

2017 年 1 月 6 日 02：23：04 初稿

历史与现实在虚无中和解

傅逸尘

　　《上海文学》2016年四期刊发了王甜的短篇小说《雾天的行军》。王甜是"新生代军旅作家"中颇具潜力的一位，她的长篇小说《同袍》，是一部近年来难得一见的洋溢着浓郁青春气息与时尚元素的军旅长篇小说，在军旅文学中相当炫目。之后又读了她的以《毕业式》为代表的几个中短篇，随即写了王甜小说论《心灵在幽暗处游荡》。王甜小说给我的总体印象是一种青春的气息充盈在英雄主义精神叙事中，情节的结构与人物塑造很有冲击力，女性作家常有的温婉与细腻似乎不甚明了。

　　王甜此前的长篇小说《同袍》及中短篇小说的光芒主要还是在语言、细节描写、人物心理刻画等层面上；但短篇小说《雾天的行军》却突然转向了对历史与现实的千回百转的纠缠，以及象征与隐喻和哲学性思辨。我突然想起王甜在谈到《同袍》时让我不太理解的偏重于哲学思辨学理化阐释："这部小说应该是阐释两个世界的碰撞与融合——一个是代表自然的、自由的、追求个性的属于精神的世界；一个是代表后天的、严谨的、具有规范意义的属于物质的世界。而集训，正象征着精神世界与现实世界交锋的一场演练。"王甜的小说在我眼前一下子有了智者的面貌和孤独者的身影，骤然间闪耀出别样的幽暗光芒。

　　与当下诸多短篇小说刻意于故事不同，《雾天的行军》没有故事，只能说是有一个情节。一个雾天的早晨，张德明在母亲的诱导下，离开怀孕不久的妻子和家乡，在土地庙外的小空坝上与另外二三十个人会合后向北边去了，"之后，就再没有之后了"。张德明是没有"之后"了，但张德明的此前"身份"却因暧昧与迷茫无法证实而让他的妻子和遗腹子——县志办的"专家"陷入没有休止的龃龉中。"文革"中他的妻子的遭遇可想而知，更不幸的是他的儿子，几乎穷尽自己的后半生，企图考证和确认父亲的真实身份，却终不可得。他甚至还连带了中学的历史学"教授"，随他一起最终蹈入虚无之境。

前不久细读了申丹、王丽亚的《西方叙事学：经典与后经典》一书，书中对西方叙事学中的"故事"和"情节"做了清晰的辨析，刚好还没有完全忘记，很适合用来分析《雾天的行军》。"故事"是指作品叙述的按实际时间、因果关系排列的事件，主要包括事件、人物、背景等；"情节"则指对这些素材的艺术处理或形式上的加工。与传统上指代作品表达方式的术语相比，"情节"所指范围较广，特别指大的篇章结构上的叙述技巧，尤指叙述者在时间上对故事事件的重新安排（比如倒叙、从中间开始的叙述等）。概而言之，"情节"是对事件的安排。我补充应该还有人物。我所以要在此处做这样一个介绍，是因为，我觉得短篇小说的篇幅是不宜讲述故事的，完整的故事讲述势必要妨碍小说其他层面的展开。"情节"恰恰是对"故事"的颠覆或破坏，不仅可以有效地压缩"故事"的时间长度，还能够在更宽泛的空间进行小说文学性的延展。《雾天的行军》显然体现了王甜对"情节"的深刻认知，她正是通过对上述小说"情节"的精心结构，充分表达了她对历史与现实的龃龉甚至吊诡的极富哲学意味的思索，这些东西依靠故事是不可能实现的。但王甜不是哲学家，而是作家；因此，她的极富哲学意味的思考不可能采用逻辑推理的方法，她要通过一系列文学细节，最终在小说中实现她的思想的闪光与哲学思辨。

张德明的儿子——县志办的"专家"被中学"教授"请到学校给学生做报告，可是他的学问被学生判为无用和无趣，"专家"痛苦地反问："你们想当孤儿吗？"随后他采取了一个反击措施，给学生三天时间写出自己的家谱。结果可想而知，多数学生只能写到祖父、父亲，算他自己才只有三代；两成学生虽然写到了曾祖父，却不知道曾祖母，连姓也写不出。"专家"退缩了，他对"教授"说，"连我自己也完不成这个作业"。历史，或者说传统社会的文化结构在现实的社会生活中已经失去存在的基础或意义。这看似闲笔的枝蔓，隐喻了"专家"和"教授"在后文探究张德明"行军"去向的虚妄。

张德明的参军缘于婆媳的"死敌"传统多少有点儿牵强，这种夸张的写法在某种程度上破坏了小说情节链的浑然一体；换言之，不具有必然的逻辑。小说当然重视偶然因素，但王甜却细腻地描写了母亲诱导儿子参军的过程，包括内心的种种幽暗，生怕小说的逻辑性不足，进而失信于读者。

不同的人或群体，对张德明"行军"去向的看法或态度颇有意味。县志办主任对"专家"撰写条目的臧否采用了一个疑问句，"说他们参加了共产党的队伍，证据呢？"这句话尚且可以用学术的严谨来理解，而他们憋住没放出来的"屁"则将"专家"的企图考证和确认父亲真实身份的努力置于空中楼阁："还找那没影的人做啥？"作者又接着概括人们普遍的想法："即使证明他们投了共产党，或者国民党，又能怎么样？二三十号人，烧成炮灰也不过一箩筐，倒出来给老县城垒城墙，城墙砖都不会抬高一寸，又如何值得写进皇皇一部《离水县志》？"这对"专家"无疑是致命的一击，他的"空中楼阁"般的理想彻底塌陷了。王甜像鲁迅调侃阿Q般地顺便调侃了一下"专家"："写不了自家的族谱，更感受不到祖辈、父辈的温度。张德明只是三个可转换为书宋、幼圆或其他字体的汉字，张德明只出现在'zhang、de、ming'几个音节发出的瞬间，开口即到，闭口即走。"在深化思想的同时，也多了几分鲁迅式的老辣。

"专家"当然不会死心，甚至连"教授"也仍然在进行着不懈的努力。"是国军"，"教授"做出自己的判断，他不顾"专家"的感受，为张德明绘制了一张红、蓝两色的路线图：张德明是跟着一小股打了"回马枪"的胡宗南的部队走了，去攻打延安，失利后退至秦岭、巴山地区，然后到了西昌、海南和台湾。"专家"不可能接受这样一个结局，他从柜子里拿出了自己绘制的另一张图：张德明参加的是陈赓的部队，协同王震进行了吕梁战役和汾孝战役，狠歼了胡宗南阎锡山两部，之后参加了晋南攻势，强渡黄河，参加鲁西南战役。"教授"终于弄懂了"专家"要的不是一个结论，而是"某一个"结论，便迎合说，他很有可能投诚了解放军。"专家"并不罢休，"那样和原本参的解放军还是不一样！"这样的争执连他们自己都觉得幼稚，于是，王甜适时地端出她的不无哲学意味的思考："一个名叫张德明的人，站在两份路线图的起点上，他何去何从？每一个细小得不能再细小的分叉点都诞生一个新的可能，谁能穷尽每一种可能？一个单薄、渺小的个体，出发、投入滚滚的历史洪流，你能从哪滴水中把它捞出来？"这里面既有对人在"滚滚的历史洪流"中的"单薄、渺小"的无奈的感叹，又分明暗含着对"专家"的执拗的揶揄。问题似乎不止于此，历史中的张德明无论在与不在，他已经不会在意自己的身份，倒是现实中他的儿子，也包括"文革"中的妻子，对他的身份颇为焦虑。这焦虑似与信仰无关，而是影响现实的处境使然。换言之，"专家"关注的是张德明的意识形态属性，而不是作为个体的活生生的人的历史际遇。人性的异化吗？这样的辨析让我不能不倒吸几口凉气。历史似乎有了一点虚无感。张德明的母亲倒不太在乎张德明的历史身份，她回到历史的原点，将注意力聚集在儿子参军一去不返的根本逻辑——媳妇就不该嫁到张家来，她不嫁到张家，德明就不会宠她，她就是怀上了孩子也不敢骚情，自己就不会那么看不惯，当然就不会狠心让儿子去当兵。如前所述，这还是用力过猛。婆媳间的龃龉自然是常有，但达到此种程度当是奇葩吧？甚至说是这个短篇的"硬伤"也无不可。

人们从各自不同的体验与角度拷问历史，尽管他们未必懂得拷问的现实意义，拷问本身就是意义，那是一种民族的狂欢。也就是说，现实在那个时代不允许历史虚无。张德明"那消失的面孔不得不面对人民群众"："参的是解放军，怎么还乡团不来灭你们呢？""怕是刀切豆腐两面光吧？共产党得了天下你说参的是共产党，要是国民党得了天下呢？你还不说你参的是蒋介石的部队？"德明的儿子考上县中被政审下来，插队时，女朋友也因父亲的问题而分手，对方甚至以参加土匪说对其进行致命一击；德明的媳妇被揪斗了十几回，并尿了裤子。"专家"追问父亲历史身份的执拗在"文革"中的遭遇应该得到理解了。

"专家"和"教授"漫长的关于张德明真实身份的考证和确认几乎无望，却因一老太太近乎荒诞不经的妄语而"峰回路转"："其实，每年的那一天，那个时辰，都要起雾，那队人都要穿过镇子……"在经过半年的研究后，"专家"和"教授"先后走进老太太所说的那片雾中，追随着数十年前的参军者们一路向北。这个结尾不免有些吊诡与荒诞，两个追问历史真相的人最终遁入了虚无。是不是可以说，虚无才是历史的真实？如果当历史存在的意义失去了现实的依据的话，这一说法似乎可以成立。历史的复活，或者说它的价值意义，一定是在当下"语境"之中，失去了这个"语境"，历史就成为了一种概念或符号。张德明真实身份的考证和确认有现实的"语境"吗？我不敢确定。这里显然存在着一个"遮蔽"，耐人寻味的是，是历史遮蔽了现实，还是现实掩饰了历史？或者说是相互缠绕的第三种灰色的区域？荒诞其实也并非虚妄，它往往更具有现实的合理性，隐喻着超越历史与现实的精神之境。

历史与现实终于在虚无中和解——王甜在这个短篇中创造了一个颇有意味的小说意象。

因为那把枪

王　甜

多年前的一个夏天，我们部队于野外驻训归来，在军列上发生了一件倒霉的事。一名军官在上厕所时，他佩带的手枪竟然从蹲坑的孔洞滑了出去！丢失枪支弹药是不得了的事，经过协调，军列紧急停车，一帮官兵下车，沿铁道逆行寻找。走了好久，最后找到了，避免了一场安全事故。

另有一次，我听一位领导讲，有一年部队外训时，一把手枪失踪了，到处找都找不到。部队召集全体人员进行点验，还是没影儿。领导仔细分析了情况，锁定了几名有嫌疑的战士，加大力度给他们做思想工作，终于有一个兵"自首"——他因为特别稀罕手枪（士兵一般配步枪，手枪用得很少），便趁人不备偷了一把。刚到手，部队就展开追查，藏是不好藏了。慌乱之中，他在帐篷下面挖了一个坑，将手枪埋了进去。领导跟我说，幸亏他坦白了，要不然，一旦驻训结束、部队回撤，那把枪埋在了荒郊野外，怎么可能找得回来？

两次丢枪，最后都寻回来了，皆大欢喜。但我喜欢胡思乱想，改编结局：如果那把掉到列车外的枪没有找回来怎么办？如果那把被埋在帐篷之下的枪一直没被挖出来，又会怎么样？

每一个穿军装的人都明白，一把枪对于他自身来说意味着什么。枪是武器，在战场上它保护主人，也攻击敌人。它是你生命的一部分。所以在最初的构想里，我想写的是一个军人丢枪、寻枪的故事，类似于剖析物我依存关系的举例。

但渐渐地，我发现了它的局限性。枪是死的，枪要与人互动，我要么得把枪人格化，要么，得把枪融入到人与人的关系之中。相比之下当然是后一种更容易表现。于是，在进一步的构想中，我将小说确定为两名军人之间的纠葛，他们因为一把手枪而有了恩怨，有了与预定计划截然不同的命运。到这一步已经相当具有实际操作性了，我可以顺利地写出来。但一直没有动笔，冥冥之中我总觉得它"不够"。它容易滑向一种通俗化的恩怨情仇，一种浅表性的故事叙述——从文学品质上说，那被我判定为"不够"。

这一拖又是很长时间。直到某天我想到一个问题：如果埋枪的人，多年以后抱着悔恨之心想把枪挖出来呢？眼前随即落下一幅画面——茫茫荒原上，一个人挥动着锄头，一锄一锄地掘着土，像移山的愚公，像筑巢的蚂蚁。我被这荒辽背景与微渺之人的对比震撼，因为在这个时候，人与物也好，人与人也好，那些关联都不再重要，人最后面对的，竟是渺如尘烟又顶天立地的一个自我！

至此我才明白，小说重点不应该是丢枪所致的各种曲折，而在于"寻找"。埋下的枪，是心结，是秘密，是沉重的过往；寻枪，实际上是一个寻找自我、获得救赎的过程。

我是如此醉心于画面中奇妙的象征：荒原，既是最原始的也是被毁坏的性灵之原（悄悄致敬艾略特）；开掘土地的人，既在寻找过去（寻枪），又在建设未来（种树），凭着他一己之力。他不是"现代的基督"，只是经历过私欲、罪恶的碾压后，又艰难重塑的人类自我。

而彝族人的故事则在我的意料之外。原来的打算是，他只提供一种环境、氛围，作为荒原的延伸背景。好比人物到了土地庙，总得捎带着描写一下土地爷的像。完全没想到他不声不响的，像棵树一样生出了根须，摇曳出枝条，随随便便就画出了一个生命之圆。这个圆不是种树人的内涵或者外沿，它与后者有交集，有碰撞，还提供类比与旁证，但到底绝世独立。彝族人的沧桑、善良，他的俗世历练，他的伤痛与收获，都是荒原人格化的存在。

按我的理解，寻找是一种修行，过程的意义远远大于结果，但又不能没有一个结果。结果能如何呢？既然枪对主人公而言是盖棺定论、是成王败寇，那么他挖到最后一锄，找到了那把枪的残骸，是不是就算功德圆满？不，他遇到了一个理想主义的作者，这个作者决定，即便超越了现实的能量，也要予他更大的奖赏。

于是把枪还给他。

不是一把，是一树！

2017 年 1 月 2 日 12：28：45

柔软与坚硬

徐艺嘉　王　甜

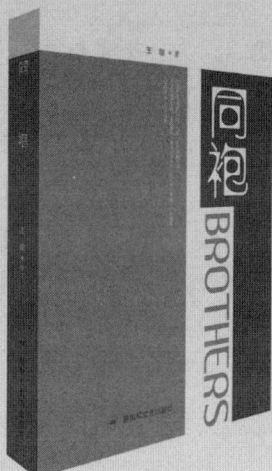

徐艺嘉：女作家在军旅作家的队伍中是耀眼而独特的。作为"新生代军旅作家"中少有的女性，你的小说也给人以特殊的细腻与敏感。在你看来，女作家的特点是什么？又是怎样反映到写作中的？

王　甜：女性写作确实更容易带上性别特征。相比之下，男作家的作品风格更多样化，有的豪放不羁，有的奇崛吊诡，有的温婉阴柔，就像女人既可以穿裙子又可以穿男式牛仔裤一样，是跨性别的书写。但女性很难做到。2011年我赴鲁迅文学院进修，在一次学员作品研讨会上，一名同学说：王甜的《昔我往矣》一看就是女作家写的，因为我没见过哪个男作家会打那么多省略号。而在这之前，我丝毫没有意识到这个问题。

就军旅文学而言，人们总感觉那是男人纵横驰骋的天地，血性、崇高、牺牲都贴着阳刚的标签，"战争让女人走开"，军旅文学也想让女人走开，唯恐女性写作的细腻、敏感（这时候仿佛不再是优势，而是某种束缚）弱化了军人固有的铁血精神。其实，军旅文学之所以特别，是因为它比任何文学都更加强化生命意识、重视死亡哲学，而这终极体验的完成并非只有一种单属于雄性的视角。女人孕育生命，她们站在生命的起点一端，与关注终点的男人遥遥相望，谁也不能说哪一种思考与体验是胜人一筹的。男人彰显悲壮，女人陷入悲悯——我倒觉得，因了女性的参与，军旅文学特别是战争文学拥有了更多的柔韧与宽厚。

另一方面，女性作家自己也需要随时警惕，眼界与思想不能囿于狭小的空间，如果不在作品内涵上着力挖掘，一不小心就会流于肤浅的庸常叙事，很矫情地在字面上"做"女人而已。多听听别人的意见是有益的，至少现在我写东西就不会打那么多省略号了。

徐艺嘉：在"新生代"作家中，触及和及时追踪当下军营变革的作品并不多，你的长篇小说《同袍》却以清新和时尚的面貌反映了变革中"大学生入伍"这一重要一环，选取了集训这样一段饶有趣味又充满了成长印记的生活加以描摹。写这部小说的最初构想是怎样的？

王　甜：创作《同袍》的初衷很简单，就是想给过去的自己一个交代。我大学毕业刚入伍时参加了为期半年的集训，这半年就是把从前的生活习惯、思维模式、价值观念完全打碎进行重新铸造的阶段，对于已经具备强烈个人意识的地方大学生来说，接受过程相当复杂，每当挣扎得厉害时我就不断对自己说：要写出来啊，一定要写出来！好像唯有这样才能抚慰精神上的痛苦。所以，写的原动力，仅仅就是兑现承诺。我很早就根据亲身经历写了篇中篇小说，非常不理想，就放下了，一放就放了接近十年，但它从来没有从我脑海里消散，那些素材渐渐脱离了原来的框架，不再单纯是个人经历的影子，人物也都基因重组了似的。这样就不再是还愿了，而是一个挑战。我知道总有一天会把它写出来。一直到2006年我进入了专业创作室，才真正开始了这部长篇小说的创作。

徐艺嘉：书中的几个主角，王远、肖遥、路漫漫等新一代年轻军人由于集训经历了充满欢乐、挣扎与苦痛的蜕变，根据你的个人体验，他们的存在带给部队的意义是什么呢。

王　甜：小说中以王远、肖遥和路漫漫为代表的地方大学生所遇到的挣扎与蜕变，是他们在人生之路上必须经历的，不管是谁，不管在哪里，人的身体与精神都会通过某种较量（与自我的、与环境的）走向成熟，只不过部队这个严酷的环境强化了较量的艰苦，使冲突、挣扎更明显，也使他们的思考与选择更有意义。

地方大学生的存在，对部队来说意味着什么呢？正如评论家贺绍俊老师说的那样："知识一定能融入到军队之中，知识也必须融入到军队之中，新的军队必然是由知识装配起来的。""现在'三高'兵逐渐要取代农家子弟了。《同袍》写的是这一过渡时期的故事，因为过渡，所以故事就更有意思。'三高'兵的知识特征，势必会带来军人素质、军人品格、军人思维方式等各个方面的改变。"

（《从农家军歌到知识交响——读王甜的长篇小说〈同袍〉》）他们是部队的新的血液，是先锋，在要求他们接受挑战的同时，部队也必须做好足够的准备。

徐艺嘉：那么对于当下的军队变革，还有挖掘其他题材创作的打算吗？

王　甜：把握现实军事题材的难度众所周知，但军旅作家都不会因此而放弃探索。我写过一篇短篇小说《代代相传》，围绕一起装备事故写了一群被捆绑在一起的人们，他们的命运路数是如此相似，像进入一个坚实的轨道，难以挣脱。这算是我的一种思考吧。部队这个特殊的群体拥有一套固化的逻辑，当它面临变革时，会发生许多观念上、行动上的连锁反应——但会是什么样的呢？我比较关注这个。

徐艺嘉：我阅读你的两部小说作品集《火车开过冬季》和《毕业式》，留给我极深印象的是一组关于女性命运的小说，《水英相亲》《芬芳如水》《声声慢》三篇小说分别构造了水英、水芬、水芹三个性格迥异的亲姐妹，细致地刻画了她们各自的性格特点和三人之间的爱恨纠葛，对女性心理的探析那么精微和精到，和毕飞宇的小说《玉米》有异曲同工之妙。这三个小说和你个人的生命体验有何关联呢？能否简单谈谈这几个小说的创作感受？

王　甜：我自己也很喜欢这组写三姐妹命运的小说。说来很奇怪，我是没有农村生活体验的，但对那种体验特别好奇。父母当过多年知青，我就生在他们下乡的地方，但在我记事以前他们就回城了，农村那段岁月完全是一片记忆空白。中学时，有一次我和父母到县城近郊散步，路过一个农家小院，里面有几个与我年纪相仿的女孩子坐在长凳上，一边嬉笑着说着悄悄话，一边手里也没闲着，纳鞋垫、挽毛线、打毛衣。爸爸笑着对我说："如果我们当年不回城，你今天就坐在她们中间了。"这话给我很大震撼，我一直怔怔地盯着那个小院里的农村姑娘，好像看到了自己的另一个人生。

上大学后，我们宿舍有个委培班的女生，年纪比我们大好几岁，因为考了三年，一次比一次分数低，最后家里咬牙送她上了委培。她是农村来的，年纪大，上大学又花了不少钱，家里就想通过婚姻这条路来改变她（甚至一家人）的命运。她请宿舍里另一个女孩陪她回去相亲，相亲的过程都是陪同者后来讲给我听的，包括阴沉的火葬场、不平等的婚姻条约、百般挑剔的目光，也包括她贫寒的家境、三岁的弟弟、被拐卖的二妹、不听话的小妹……以我当时的阅历，这样鲜活的悲剧足以对我构成严重刺激了。你说这与我有关联吗？表面上没有，但骨子里却感觉有千丝万缕的联系！我想到了爸爸说的那个"如果"，如果我就是她呢？我能有更好的选择吗？

多年以后我终于把她的故事写出来，就像写自己另一个人生。因为不熟悉农村生活，除了基本故事框架，细节上多半依靠想象力。初稿字数太多，拿到《四川文学》去，编辑老师说发不了那么长，建议我把主人公两个妹妹的支线故事去掉，只保留主线。这就是《水英相亲》。正好那时看到毕飞宇的《玉米》系列（真高兴你提到它），我喜欢得一塌糊涂，于是想起《水英相亲》被砍下来的两个妹妹的故事，不也正好可以像这样各写一篇吗？就有了后来的《芬芳如水》和《声声慢》。

对笔下这三个女孩，我实在是感情复杂。以水英为例，我曾在一篇创作谈里说："水英站在我面前，很奇怪地具有两种性格：一方面柔弱、顺从，备受风吹雨打又死心塌地；另一方面，她出人意料的坚强，目标明确，敢于孤注一掷，一往无前。这两种看似矛盾的东西却水乳交融，成全了她，造就了她。她的背后有很多不言不语的面孔，水芬，水芹，妈妈，一个个旷世的女子。她们形成一个强大的'场'，拖着，拽着，水英脱身不得。畸形的命运。"她们都各自拥有似乎可以安身立命的东西（水英的文凭、水芬的勤劳、水芹的漂亮），但在现实的土壤里，这一点点东西难以生长出理想的未来，于是她们固执一念地寻找出路、寻找爱情与亲情，而无一例外地头破血流。我没有替她们叫屈喊冤的意思，因为这里面并不只有社会环境的问题，自身的思维局限对女性而言是更大的突围障碍。

徐艺嘉："新生代"作家善于表现小人物，从庸常生活中挖掘文学的意义，你的《通道》和《传呼》正是这一主题的佐证。前者运用了类似魔幻寓言的手法，后者则以时间段为分割点，表现了现代社会中人被局限在逼仄的空间内不得解脱的苦闷。对你个人的创作而言，当代人的情感困境是你创作的重要资源吗？

王　甜：《传呼》写得比较早，从标题就可看出那还是使用呼机的年代。朋友开玩笑说，后来的电影《手机》算是我那个小说的升级版。其实从写《传呼》起我就隐隐感觉到"异化"的问题，只是没有明确表达出来。一个机关小干部，每天被一部呼机主宰着，那个机器可以命令你做这做那，牵引着你的情感走向，决定着你未来的发展，怎么听都像是科幻，然而这是生活中最最平常的情景，每天都在发生，每张办公桌前都有一个傀儡。

到了《通道》，我已经无法再用纯粹的写实手法来表现这种"被制定"的生活，既然是变形的，就让它公然地变形吧！于是男主人公可以看到自己走过的足迹，看到自己生活的空间只是一段一段透明管道，人像下水道的老鼠困在其中，无知觉地活着。这篇小说并不成熟，有表达过于直白的嫌疑，但这是一种有价值的探索，我会坚持下去。

关于当代人的情感困境、精神异化，西方的作家、诗人早早地走在了我们前面。记得大三时听了一门课，整个学期只分析了一首诗——艾略特的《荒原》，那位教授讲得非常精彩，让我第一次真正领略到了现代主义的深刻性，以致后来每当陷入某种痛苦时，我脑子里总会迸出《荒原》里的诗句。这也影响到我的小说观，虽然我没有刻意把庸常生活、小人物、情感困境作为选材的关键词，但我是一介凡人，也围困在琐碎生活中，会因鸡毛蒜皮牵动喜怒哀乐，一些打着"小"字号的素材随时出现，于是我提醒自己，小人物、小事情不是不可以写，只是要力争将笔触延伸到琐碎的表层之下。

徐艺嘉：《昔我往矣》是一个历史战争题材的写作，故事的构建特色在于"以情写史"，南雁、永明、永亮三人的爱情构建起一段个人化的、充满了跌宕起伏的历史，渺小的个体命运由于战争的到来变得错位，且不可逆转。小说运用了双重叙事，在时间和空间的位移中讲述一段爱情。在你看来，用情感驾驭历史战争题材的妙处在什么地方？再尝试历史战争题材的话，还会选择其他叙事方式吗？

王　甜：事实上我不擅长写历史战争题材，《昔我往矣》是到目前为止我写的唯一一篇这类题材的作品。这与我的喜好、性格甚至性别都有关。或许因为我爸爸就是研究历史的学者，他经常接触的繁体字竖排版的线装书、散发着古墓气息的各种文物掩盖了历史有趣的那一面，我从小就觉得浩如烟海的历史是拿来"研究"而不是让人喜欢的。

写这篇小说的起因很偶然。在基层部队时，有一次在小卖部遇到一名熟识的战士，我冲他笑了笑，可他一点反应都没有，木着脸走了。老公在旁边对我说："他不理你是正常的——那是他哥哥。"原来是一对同来当兵的双胞胎兄弟，我认识的是弟弟。我觉得不可思议，因为有七八个月的时间里，我和那个战士天天碰面，相当熟悉了，可我仍然会错把那哥哥当成他。后来我跟他开玩笑说：

"你们两兄弟可别娶到同一个媳妇了!"笑过之后想,如果是战争年代,恋人们聚少离多,有纪律约束,谈恋爱又羞涩,可不是会出现这样的事儿!这样,一个错位的爱情故事在脑子里生了根。可以看出我想写的只是个爱情故事,关注的是与爱相关的几个人的命运,而历史战争只是一个背景,负责提供制造各种可能性。所以对我来说,不是"用情感驾驭历史战争题材",而是利用历史背景为情感服务。

如果以后再选择历史战争题材,我仍然不会正面书写宏大历史,那不是我的兴趣所在,也不是我的强项,但我会根据题材探索新的叙事方式。

徐艺嘉: 你的小说有很强的故事性,无论是《昔我往矣》《火车开过冬季》《罗北与姜滕》《陈大贵出走》《代代相传》等出人意料的曲折情节,还是《年轻的时候》《这个世界的好人》等精心布局的小短篇,都可看出小说构造的奇巧。在你看来,小说的故事性和文学性之间的关系是什么,二者是否矛盾?好的小说能否脱离"好看"故事的支撑?

王 甜: 我的创作实践与文学观念之间会有差距,所谓"心有余而力不足",这就是一个例子。

事实上我相信文学是"走心"的,好的小说展现命运内在逻辑,勾画人物情感轨迹,隐喻世界重大命题,而这些都并不特别依赖故事性。但我对"故事"是那么的迷恋,小学阶段疯看童话故事,看了还要讲,课余时间我身边总是围了一大圈听故事的同学。有时候看的故事讲完了,就自己编故事讲,还动手画想象中的人物、场景。自己编故事,虽然会有露馅儿的、太狗血的、结尾不了了之的(上初中后,有时遇到老同学,还会追问我某个故事的下落),但更有成就感。

长大后读书,在爸爸教育下是阅读经典名著而绝对不碰武侠、言情的,但也有通俗的口味——我特别喜欢侦探小说,像柯南·道尔的福尔摩斯系列、阿加莎·克里斯蒂的全集、艾勒里·奎因系列以及日本推理小说都是我的酷爱。记得多年前被安排去相亲,见了两三次面我就退缩了,印象深刻的是,我托介绍人归还了一套对方积极借给我的《狄仁杰断案传奇》。侦探小说在我看来是最符合人对命运的好奇心——你永远不知道下一秒会发生什么,更不知道结局是怎样的。所以我写小说会不自觉地期待一个引人入胜的故事,小说处女作《罗北与姜滕》就是纯属虚构的一个复仇小说(《基督山恩仇记》的范儿)。按我的理解，故事性与文学性之间不是相互排斥的。通过经典阅读会发现，伟大的作品既可能拥有一个相当精彩的故事，也可能几乎没什么故事。就是说，对于写作者来说，故事性并不必需，但文学性是必需的。只是对于故事性不强的作品，文学性方面的要求会更加苛刻。我是文学刊物编辑，总是对初学写作的作者说：如果文学功底不深、笔力不够的话，最好还是准备一个好的故事。这源于我观念中的一种排序：一流小说思想性、文学性都超强（不管有没有故事性）；二流小说思想性与文学性只占一样，且有故事性；三流小说只有故事性而无其他；最后一种不仅无思想无文学，连故事也没什么意思，是不入流的。

或许，随着思考与创作的深入，我会尝试写一些淡化故事性的小说，希望那时我的笔力足够强健了。

创作年谱

出版情况

长篇小说《同袍》，解放军文艺出版社 2012 年 1 月出版，2012 年 3 月 16 日，在北京召开由中国作协创研部、成都军区政治部宣传部与解放军文艺出版社联合主办的作品研讨会，受到与会专家充分肯定。

中短篇小说集《火车开过冬季》，大众文艺出版社 2011 年 10 月出版。

中短篇小说集《毕业式》，四川文艺出版社 2014 年 1 月出版。

纪实散文集《被一粒硝烟洞穿》，百花文艺出版社 2016 年 2 月出版。

中短篇小说集《雾天的行军》，北岳文艺出版社 2017 年 7 月出版。

主要发表情况

小说：

中篇小说《罗北与姜滕》发表于《上海文学》2001 年第 4 期；获"第三届全国青年文学作品大赛"二等奖。

中篇小说《传呼》发表于《西南军事文学》2001 年第 5 期；《西部潮》2003 年第 1 期转载；获四川省 2005 年"天府文学奖单篇奖"优秀奖。

短篇小说《尖屋顶》发表于《四川文学》2003 年第 3 期；《西部潮》2006

年第 1 期转载。

短篇小说《十一岁的电影院》发表于《四川文学》2004 年第 3 期。

短篇小说《背影》发表于《芳草》2004 年第 3 期；《西部潮》2005 年第 5 期转载。

短篇小说《不要相信你的耳朵》发表于《星火》2006 年第 12 期。

中篇小说《水英相亲》发表于《四川文学》2007 年第 1 期。

中篇小说《霍乱人事》发表于《星火》2007 年第 2 期。

短篇小说《陈大贵出走》发表于《长江文艺》2007 年第 7 期。

中篇小说《火车开过冬季》发表于《红岩》2008 年第 2 期。

短篇小说《芬芳如水》发表于《长江文艺》2008 年第 3 期；《小说选刊》2008 年第 4 期转载；入选《2008 中国年度短篇小说》(漓江出版社 2009 年 1 月出版)。

中篇小说《集训》发表于《人民文学》2009 年第 8 期；《小说选刊》2009 年第 9 期转载并带评论重点推荐；2010 年 1 月获全军军事题材中短篇小说评奖一等奖。

短篇小说《昔我往矣》发表于《文学界》2009 年第 8 期；《小说选刊》2009 年第 9 期转载并带评论重点推荐；入选《2009 中国小说排行榜》(北京工业大学出版社 2010 年 1 月出版)；2010 年 1 月获全军军事题材中短篇小说评奖一等奖；入选俄罗斯出版中国青年作家作品选集《红雨》。

短篇小说《代代相传》发表于《山花》2011 年第 2 期。

短篇小说《通道》发表于《西部》2012 年第 9 期。

中篇小说《此去遥远》发表于《神剑》2012 年第 5 期。

中篇小说《下连》发表于《橄榄绿》2013 年第 2 期；《小说月报》2013 年中篇专号第 3 期转载。

短篇小说《杀死吴一林》发表于《解放军文艺》2013 年第 11 期。

中篇小说《芹的河岸》发表于《长江文艺》2014 年第 5 期。

中篇小说《毕业式》发表于《人民文学》2014 年第 8 期。

中篇小说《二声部》发表于《长江文艺》2015 年第 4 期 (获《人民文学》2015 年度中篇小说新人奖)。

短篇小说《罗曼史》发表于《解放军文艺》2016 年第 3 期。

短篇小说《雾天的行军》发表于《上海文学》2016 年第 4 期；《长江文艺·好小说》2016 年第 7 期选载。

中篇小说《一树荒原》发表于《十月》2016 年第 6 期；《长江文艺·好小说》2017 年第 1 期转载。

中篇小说《笑脸兵》发表于《解放军文艺》2017 年第 3 期。

中篇小说《痴情咒》发表于《长江文艺》2017 年第 8 期。

短篇小说《奸细》发表于《四川文学》2017 年第 9 期。

散文：

《星期天的长头发》发表于《文汇报》1995 年 4 月 20 日；《青年文摘》1995 年第 7 期转载。

《30 号：尴尬的位置》发表于《青年月刊》1995 年第 6 期。

《回到李渡》发表于《文汇报》1996 年 5 月 18 日。

《喜儿好不好》发表于《文汇报》1996 年 8 月 31 日。

《不羞》发表于《文汇报》1996 年 10 月 12 日。

《那年冬天可真冷》发表于《青年月刊》1996 年第 7 期。

《诗梦》发表于《文汇报》1997 年 1 月 14 日。

《检查》发表于《文汇报》1997 年 4 月 5 日。

《蝴蝶的翅膀》发表于《当代青年》1997 年第 4 期。

《琴声童年》发表于《文汇报》1998 年 5 月 30 日。

《那张倒贴的邮票》发表于《扬子晚报》2003 年 9 月 10 日。

《成为你"想成为"的人》发表于《演讲与口才》2005 年第 12 期。

《何以为凭》发表于《演讲与口才》2006 年第 5 期。

《浪漫的拼写》发表于《解放军生活》2007 年第 1 期。

《梵高的麦田》发表于《四川文学》2007 年第 5 期。

《与鼠相伴》发表于《海燕》2007 年第 11 期。

《关于美味的情感记忆》发表于《中国青年报》2007 年 12 月 4 日。

《生之惦念》发表于《中国青年报》2008 年 6 月 22 日；《青年文摘》2008 年 8 月下半月刊转载。

《依然柔媚》发表于《文汇报》2008 年 6 月 23 日。

《行走的细节》发表于《十月》2008 年抗震专号；收入解放军出版社《真情倾诉》、四川文艺出版社《四川读本》两书。

《蓥华·前世今生》发表于《十月》2008 年抗震专号。

《阅读，成长的标签》发表于《常州晚报》2008 年 9 月 28 日。

《成长以外的书写》发表于《军营文化天地》2012 年第 6 期。

《被早慧的文艺女青年》发表于《军营文化天地》2012 年第 11 期。

《未曾见过你》发表于《重庆散文》2013 年第 1 期。

《吃的仪式》发表于《桂林日报·潮周刊》2013 年第 1 期（总第 55 期）14 版。

《韧性总在细微处》发表于《中国妇女》2013 年第 8 期。

《饥饿的女儿》发表于《海燕》2014 年第 1 期。

《军装的每一道褶皱》发表于《军营文化天地》2016 年第 7 期。

《用信念点燃圣火》发表于《新华日报》2016 年 8 月 11 日第 13 版。

报告文学：

《今天我是指挥官》发表于《国际关系学院报》2003 年 12 月 10 日。

《作点》发表于《解放军文艺》2004 年第 1 期；收入《厉兵大西南》一书；获 2004 年《解放军文艺》优秀作品奖；获贵州省作协主办的"先觉杯"全国文学征文大赛二等奖；2006 年获"第五届四川省文学奖""第十届全军文艺新作品奖"。

《原来部队是个让人懂事的地方》发表于《解放军生活》2004 年第 11 期。

《黄政委的文化观》发表于《解放军报》2005 年 6 月 9 日。

《聚焦未来战场，铸就精锐之旅》发表于《西南军事文学》2005 年特刊。

《青春边防》发表于《西南军事文学》2007 年第 1 期。

《那一次远行》发表于《解放军报》2007 年 1 月 9 日第 7 版。

《刘尚武打鬼子》发表于《解放军文艺》2007 年第 7 期。

《一生绽放》发表于《解放军文艺》2008 年第 5 期。

《最艰难的 13 个》发表于《当代》2008 年第 4 期、《西南军事文学》2008 年第 5 期；2009 年 2 月获全军抗震救灾题材文艺作品评奖优秀作品奖。

《报告：北川无疫情》收录于总政《万众一心建家园》一书（2008 年 10 月

出版）。

《"拐拐牌牌"兵》收录于总政《万众一心建家园》一书（2008 年 10 月出版）。

《联合爆破》收录于总政《万众一心建家园》一书（2008 年 10 月出版）。

《彭荆风：倾情一片热土，见证一段历史》发表于《西南军事文学》2011年第 1 期、《解放军报》2011 年 7 月 25 日。

《锁定一生的目标》发表于《西南军事文学》2012 年第 1 期。

《中国阿甘黎登贵》发表于《西南军事文学》2014 年第 4 期。

《林芝手记》发表于《解放军文艺》2015 年第 5 期。

《最远的，最近的》发表于《西南军事文学》2015 年第 5 期。

评论：

《距离之美》发表于《西南军事文学》2007 年第 2 期。

《火红战旗英雄赞歌》发表于《解放军报》2007 年 8 月 27 日、《战旗报》2007 年 8 月 27 日。

《天堂的路有多远》发表于《文艺报》2007 年 11 月 22 日；《当代文坛》2008年第 3 期；《战旗报》2007 年 2 月 5 日；《人民前线》2007 年 11 月 17 日。

《存在的价值与追问的意义》发表于《西南军事文学》2008 年第 1 期。

《浅析〈感天动地铸忠诚〉》发表于《战旗报》2008 年 7 月 29 日。

《小说是飞翔的》发表于《桂林日报》2008 年 12 月 7 日第 3 版。

《让希望之歌抵达人心》发表于《文艺报》2010 年 4 月 19 日第 2 版。

《个体命运：冷峻的客观存在物》发表于《军营文化天地》2010 年 4 月。

《现实军旅题材荒诞意识的凸显》发表于《文艺报》2012 年 7 月 25 日。

《反义词沙漠：在场的主角——解读王凯军旅小说中的沙漠意象》发表于《文学界》2012 年第 8 期；《文艺报》2012 年 9 月 24 日。

《逃离悖论关系的身份怪圈》发表于《文艺报》2013 年 4 月 26 日第 12 版。

《试论〈百年孤独〉的孤独意识》发表于《武警指挥学院学报》2013 年第 5 期。

《不吃牛肉的理由》发表于《文艺报》2014 年 4 月 9 日。

《冷静地审视战争意义》发表于《解放军报》2015 年 3 月 7 日。

获奖情况

中篇报告文学《作点》2006 年获第十届全军文艺新作品奖、第五届四川省文学奖。

中篇小说《集训》2009 年获全军军事题材中短篇小说评奖（中篇组）一等奖。

短篇小说《昔我往矣》2009 年获全军军事题材中短篇小说评奖（短篇组）一等奖。

短篇报告文学《最艰难的 13 个》2009 年获全军抗震救灾优秀作品奖。

散文《另一种战士》2011 年获"中国作协纪念建党 90 周年征文"三等奖。

中短篇小说集《火车开过冬季》2012 年获第七届四川省文学奖。

长篇小说《同袍》2013 年获第十二届全军文艺优秀作品奖文学类二等奖。

短篇小说《代代相传》2013 年获第十二届全军文艺优秀作品奖文学类二等奖。

纪实散文《有氧爱情》2015 年获"中国梦·强军梦·我的梦"全军文学征文评选优秀作品奖。

中篇小说《二声部》2016 年获得第四届《人民文学》中篇小说新人奖。

短篇小说《雾天的行军》2017 年获第十一届《上海文学》奖。

重要交流活动

2014 年 6 月作为唯一的军队青年作家代表被中国作协选派，赴俄罗斯圣彼得堡参加中俄友好文学交流活动。

卢一萍，1972 年 10 月出生，四川南江人。1990 年 3 月入伍进疆，历任炮手、文书、报道员、文化干事、副政治指导员、文学创作员。毕业于解放军艺术学院文学系，曾就读于上海首届作家研究生班。中国作家协会会员。在新疆工作生活二十余年。2012 年底调成都军区，曾任成都军区文艺创作室副主任兼《西南军事文学》杂志副主编。2016 年退役，任《青年作家》杂志副主编。1992 年开始小说创作，主要作品有长篇小说《激情王国》《白山》《我的绝代佳人》，小说集《生存之一种》《父亲的荒原》《天堂湾》《帕米尔情歌》，长篇纪实文学《八千湘女上天山》，随笔集《世界屋脊之书》《不灭的书》等二十余部，有部分作品被翻译成英、俄、法、韩等文字，作品曾获解放军文艺奖、上海文学奖、中国报告文学大奖、"五个一"工程奖等。

"故事"的焦虑与可疑

傅逸尘

在我的阅读经验中，有些小说读后会令人心生疑虑和困惑。不知道作家为什么要把一桩无聊的事件写得如此热闹，而读者又为什么要去读这样一个看似华丽但却虚妄的故事。对故事的过度依赖和过度消费所产生的直接后果就是小说的类型化。类型化写作的操作模式通常是追求故事的好看、耐读、易懂，排除掉与主体故事情节无关的、不必要的心理描写和文学性叙述，采用线性的一贯到底的单纯结构模式，消弭掉语言与结构本身对阅读的间离和阻滞，耐心而细致地营构几组二元对立的人物关系，快速进入故事，竭力营造一种轻松活泼、单纯通透的阅读感受。其特征就是小说剧本化、情节戏剧化、故事世俗化、思想平庸化、意义大众化。

将所谓的"好看故事"作为小说创作之圭臬，专攻一点，不计其余，这样的写作伦理之下能诞生"伟大的小说"吗？我觉得颇为可疑。我不否认在每年数千部的长篇小说中偶有优秀之作产生，但就整体而言却乏善可陈，那种因厚重而沉甸甸的、因创造而令人耳目一新的作品更是凤毛麟角。囿于个人生活经验与狭隘的文学视野，如何能创作出为人类文学提供新思想、新观念及新方法的作品？而没有了思潮迭涌、主义频仍、观念碰撞，文学创作能达到怎样的高度亦是不言而喻的。

基于上述判断，我更看好21世纪初年的中篇小说。在市场经济和消费主义意识形态无处不在的时代，中篇小说和它的作家队伍较少受到干扰或影响，一直保持在较高的艺术水准上。近三十年来，中篇小说这一文体在大型刊物和稳定的作家队伍的支撑下，一直发展迅猛，积极地参与了中国当代文学所有思潮，而且都有上佳表现，比之短篇小说大有后来者居上之势，而且迅速地成长与成熟。新时期以来的诗歌、散文，还有戏剧，都有一个潮起潮落、跌宕起伏的历程，中篇小说则不然，可以说是各种文体中发展最稳定、最持久的一种文体，为中国当代文学的整体水平保持了一个最基本的盘面。中篇小说文体本身的独特性契合了中国当代作家对现实生活以及人性的文学性把握。与长篇小说相比，中篇小说更重视在一个浓缩的故事空间中艺术地表达作家对生活与人性的理解；其内蕴的生活含量，以及为了表达这一丰厚内蕴所要寻找到的独特言说方式，成就了它明显的文体优长。

卢一萍擅长写中篇小说，尤其擅于从微观的个人化"视点"切入，以小见大，以点写面，把生活改写成片段式的、具体可感的生命过程与人生经验，赋予"现实生活"以命运感和存在感。小说中的主人公通常被置于某种尴尬的生存境遇，生活的景象在他们敏锐而细腻的个人体验中被赋予某种荒诞色彩，而内心丰盈的人物在残酷的现实面前不断冲撞、沉浮，作家的悲悯情怀得以张扬。在中篇小说《索狼荒原》中，作家将一位年轻女兵柳岚安置到了一个荒原上的诸多男性之中，成为一种稀缺的资源，而并非独立的个体。柳岚存在的最大价值就是按照组织决定，成为英雄营长的妻子。从最初的尊敬、厌恶、反抗到最终的顺从，作家在这里对主人公的内心世界进行了非常细腻的描述。紧张激烈的故事发展，折射出人物内心巨大的心灵煎熬，女兵的性格扭曲和心灵伤害，也使得小说具有了强烈的批判意味与悲悯情怀。

在《哈巴克达坂》中，卢一萍着意塑造了一个对战友充满情感的普通士兵形象凌五斗。为了保障他代表边防官兵在春节的中央人民广播电台向全国各族人民拜年，一个五人组成的通信小分队在哈巴克达坂遭遇雪崩，全部被埋。本来已经演练得很成功的凌五斗因此而紧张起来，一说话就磕磕巴巴，以至于坚决拒绝执行拜年的任务。指导员和连长想尽了各种办法，但终于没能成功，最后不得不让通信员李代桃僵，模仿凌五斗的声音蒙混过关。小说在叙事上采取了滑稽戏谑的策略，消解了一个庄严的故事外壳，也使得所有出场的人物成为被讽刺的对象，作品也因此具有了讽喻的味道。

中国当代小说家的写作路径基本上都是先从短篇起始，然后是中篇，再后是长篇，如果模仿梁山英雄排座次列举出前二十名中国当代作家的话，百分之百是先从短篇创作起步，然后写中篇，当中短篇驾轻就熟的时候才开始涉足长篇小说。为什么不是一个相反的过程？这就涉及文学语言、文体特征、生活积淀、创作心理等复杂的因素。21世纪以降，不少写作者反其道而行之了，甚至一些没经过一定文学训练的作者也从长篇小说开始自己的写作生涯。何以如此，我以为商业化出版的诱惑与类型化写作的误导起了至关重要的作用，不少作者以为只要有一定的生活积累与经验，只要参照某一类型的模式就可以写长篇，而且马上就可以名利双收，长篇小说因此而泛滥成灾。说很多作家的长篇创作已经纯粹是为稻粱谋亦并非妄言，当然还有一部分作家把长篇创作视为文学成就的重要标志，这样的认知并无大错，问题出在为长篇而长篇，或急于出长篇，急于通过长篇来奠定自己的文学地位。说到底，许多作家对长篇小说的文体特征与自身驾驭长篇的能力还缺乏深刻的认知。巴尔扎克创作了九十部长篇，这当然是他宏伟的《人间喜剧》的文学构想，但生活的窘困也是他大量写作长篇的根本动力，这样的一种心态与写作的速度创作出来的作品，再大的天才，其文学成就也是要打折扣的。事实上，像托尔斯泰那样创作多部一流长篇小说的作家是可遇不可求的。从这种意义上讲，陈忠实是对的，而张炜的十卷本《你在高原》所达到的文学成就在中国作家中可以说已经创造了一个奇迹。

　　21世纪以来的中篇小说当然在关注着中国当下社会的发展与人的生存状态，亦不乏厚重与深刻之作；但还有一种"向内转"的倾向更值得关注。我以为，与上世纪八九十年代的中篇小说比较，21世纪以来的中篇小说更加成熟，作家在驾驭这种文体时更加自信，创作心态更加自由。有相当数量的作家已经摆脱了主题表达与故事讲述的樊篱，进入更加隐秘的思想与心理场域。这个场域显然是以往的中国文学较少触及的，与普通的大众生活也相去甚远，呈现出极其复杂的人性甚至是某种怪异的心理，甚至让我感到一种隔膜与无法想象，让我不能不想到弗洛伊德对人的潜意识与梦境的揭示。而这种复杂的人性与怪异的心理往往蕴含着一种形而上的东西，让人感受到一种意犹未尽的审美意味。作家在开掘人性隐蔽的思想与心理的时候是一种小说文本上的建构，这种建构起来的东西与现实生活有一定的间离，如果说现实生活是在大地之上的话，那么这种建构起来的东西仿佛是在地下或天上。小说文本的逻辑是自足的，这有点近乎于卡夫卡。读这样的小说的时候，我很清晰地认识到作家是在虚构，这与现实主义的观念有很大的差异。然而，文学的意义就在于创造一个迥异于庸常经验的崭新世界，并努力探索形而上层面的解决之道。在这个层面上，我对当下中篇小说在文学性自足意义上的"向内转"倾向表示支持和赞誉。

哈巴克达坂

卢一萍

1

春节跃过千仞冰山，万仞雪峰，一步跨到了天堂湾的大门前。随之而来的，是一个电报通知，要凌五斗在旧年与新年交接之际，通过中央人民广播电台，代表边防官兵，用电话给全国各族人民拜年。要说的话上头已拟好了，并用电报一并发给了连队。

为了保证通讯线路畅通，第七通讯总站沿途各机务站已按上级的要求，踏着能把人掩埋的积雪，冒着巨大的危险，对通往天堂湾的线路进行了检修。非常不幸的是，一个通讯小分队计五人在天堂雪峰下遭遇雪崩，全部被埋。他们的遗体要等到来年开山之后，才有可能找到。所以他们现在只有在冰雪里安眠。

这么重大的任务之所以交给凌五斗，是因为他是新树立起来的先进典型。很多战士都说，那五个战士的牺牲就是为了保证凌五斗在春节晚上和电台通话。那份不足百字的讲话稿指导员已让他演练了好几次，每次都很成功。

但不知为什么，自从他得知那五个战士牺牲，他在去演练的时候，就变得紧张起来，一说起话来就磕磕巴巴的。指导员急得直跳，但他就是做不好。因为之前的演练都非常成功，以至指导员认为凌五斗是在故意和他过不去，气得把他狠狠地批评了一顿，让他深刻检讨。

说到底，凌五斗是因为心里难过。但他知道这样的理由没有用。所以，他找出来的，觉得应该给指导员检讨的缺点是他"自从成为先进典型就变得骄傲自满，自高自大，不谦虚谨慎，高高在上，已没有把自己当作普通一兵"这样的话。

指导员认为他检讨得还算深刻，以为他没什么问题了。但当他把用作模拟的话筒往耳边一拿，竟然一句话也想不起来。

"怎么回事？凌五斗！"指导员对他咆哮道。

凌五斗"哇"的一声哭了。

指导员一见，愣住了，连忙放缓语气，说道："没关系，没关系，你会做好的，会做得和开头一样好的。你说说，你心里是不是有什么事？"

凌五斗哭得更伤心了，"他们……他们……我太对不起他们了……"

"谁？"

"……机务站……那些……牺牲的战友……"

"哦，他妈的，原来是因为这个事啊，毛主席不是说过'为有牺牲多壮志'吗？他们是在执行任务时牺牲的，所以他们生得伟大，死得光荣。"

"可是……他们是……为了保证我……我能跟电台通话，才……才牺牲的……"

"就是啊，这有什么呢！这是他们应该完成的任务啊！"

凌五斗听完，点了点头，又用力地摇了摇头，说："指导员，我通不了这个话了。"

"为什么？"没等凌五斗回答，指导员冒着怒火，大声吼叫道，"你通不了也得通！你现在就给我练着！这是命令！我郑重地告诉你，这是个政治问题！它事关连队、事关全团、事关防区、事关军区的荣誉，也关系到你的前途！你不要以为你是个先进典型有什么了不起，我天堂湾边防连，随便哪个战士拎出来，也不会比你差！"

凌五斗像一颗被冰雪冻了好久，然后又被烈日暴晒了好几天的向日葵，耷拉着头，没有一点精神气。他坚持说："指导员，我练不了，更说不了！"

"为什么？你他妈的为什么？"

"我怕我一说那些话就会哭。而您说了，这话是直播的，我这里一哭，全国人民就听见了，您还说了，这新年大节的，要喜庆……"

"可你他妈的就不能笑吗？"

"我想笑，可我笑不出来！"

"那你他妈的还说不说？"

指导员气得怒火把眉毛都烧掉了，眼看就要引燃头发。凌五斗闻到了一股浓烈的、毛发被烧焦的味道，他连忙把桌上的茶水向指导员的脸上泼去。他看到指导员的脸上"吱"地冒了一股白烟。但他还是没有改变自己的想法，他回答道："不说！"

指导员抹了一把脸上的茶水，举起了手，要往凌五斗的脸上扇去。

"指导员，只要您不生气，您就狠劲儿扇。"

指导员是极少打人的，他想把发抖的手放下来，但凌五斗的话让他的手"啪"地扇了过去。这一掌的力度是与指导员的愤怒程度成正比的。凌五斗被扇得在原地转了三圈，才刹住了。他两眼喷着金星，面对指导员，做好了再挨几巴掌的准备。

指导员的脸已气得青紫，他又抹了一把脸上的茶水，看着凌五斗已经肿起来的左脸和左脸上那道紫红色的巴掌印，愤怒总算平息了一些。但他并没有罢休："先关你禁闭，多久能完成任务了，多久再滚出来！"

凌五斗舒了一口气，像是得到了解放，转过身，昏头昏脑地向禁闭室走去了。

2

连队的禁闭室在连队修建时就有了。它是连队强力的象征，也是荣誉的反面，是为一些调皮捣蛋、违规犯纪的士兵专设的。但这地方用的时候毕竟少，有时一两年也用不到一回。所以平时就成了杂物间，堆些铁锨扫把之类的。它在连部西面的转角处，像连部的一个赘生物。它只有一孔一尺见方的窗户，一道裹了白铁皮的门，代表着军法的冷酷无情。门只是很随意地扣着，打开门，迎面扑来一股灰尘和寒冷的味道。

凌五斗被关进去后，外面的门就被锁上了，也没有派人看守他。禁闭室的一角码着三捆马草。他喜欢马草的气味——那种气味把房间充满了。而门窗、墙壁、地板都结了一层毛茸茸的薄冰。这其实就是一个冰窖。凌五斗把自己的被褥在床上铺好。

禁闭室和所有监舍一样，有它自己的昏暗度。里面的确太冷了。凌五斗哆嗦着，上牙床磕着下牙床。寒冷很快就渗进了他的骨髓里，他觉得自己的骨髓都结冰了，觉得自己肚子里的屎尿都冻成了一大坨砸不烂的冰疙瘩。为了御寒，他只能在里面转着圈儿跑步。

　　三天过后，指导员想起禁闭室没有生火，也没人给凌五斗送饭。他一拍自己的脑袋，赶紧往禁闭室跑。他一边跑，一边在心里对自己说："完了完了，这个傻子没有饿死，也被冻死尿了！"他觉得自己已看到凌五斗死在禁闭室里，身体已变僵硬。他越想越害怕，觉得自己都要虚脱。

　　他走近禁闭室，听到里面传来断断续续的"噗嗒噗嗒"的跑步声，又放心了些："妈的，这个家伙还活着！"他一脚踹开门，看见凌五斗还在里面跑动着。由于这样昼夜不停地运动，他的身体已经很虚弱，但精神还没有垮塌——准确地说，他依靠自己强大的精神力量支撑住了自己的生命。

　　"凌五斗！"指导员看他好好的，暗自惊奇。不知怎么搞的，他显得异常激动，他看了看墙上结满的冰霜，看了一眼铁床上薄薄的被褥，看了一眼已被冰霜封死的小小的窗户，又看了一眼因为凌五斗不停地跑动而变得黑亮的水泥地板，一把把他搂过来，紧紧地抱在怀里，像拥抱已三生三世没有谋面的兄弟。他的泪水"哗哗"地涌了出来。

　　虽然被指导员拥抱着，凌五斗的脚还在不由自主地、机械地小跑着。他感到指导员在哭，感到有两滴温热的泪水滴落在自己冰冻的后颈窝里，他从指导员充满男人气息的怀抱里挣脱出来，关切地问道："指导员，您怎么啦？"

　　"没事，没事……我是高兴！走吧，我们离开这里。"

　　"指导员，我现在还禁闭着，我的禁闭期还没有结束。"

　　"已经结束了。"指导员来不及擦掉脸上的泪水，把自己并不厚实的脊背转过来，"来，我背你回宿舍去。"他显得有点过于殷勤。

　　凌五斗依然小跑着——显然，为了御寒保命，他已这样不停地小跑了三天三夜，他一时停不下来了。"我怎么能让指导员背我呢？我又没有受伤，何况，我还是个犯了错误的战士。我自己可以回连部去。"凌五斗说着，开始小跑着往外走。但他刚跑到门口，像是承受不了禁闭室外寒风的吹拂，眼前一黑，身子一歪，"哐"的一声倒在地上，昏了过去。

　　指导员把手在他鼻子跟前轻轻地拂动了两下，感到他鼻子里还有冷风在出入，放心了一些。刚才的一番动作使指导员有些缺氧反应。他想呕吐。他依靠在禁闭室的门上，朝连部盲目地喊了一声："嗨，那个谁，过来一下！"

这种时候，通讯员的耳朵总是最灵敏的。遥闻指导员的声音，他兔子似的跑过来。"指导员，有什么事？"

指导员指了指脚边的凌五斗："再去叫一个人来，把这家伙赶紧抬到宿舍去。"

"是！"通讯员转身找人去了。

指导员舒了一口气，看了一眼躺在地上的凌五斗，叹息了一声，用手背擦了擦眼睛，然后又擦了擦额头上的虚汗，跟跄着往连部走去。

他刚走到火墙旁边，通讯员和二班长已经抬着凌五斗进来了。他像一坨冰，身上散发出来的寒气使被火墙烤得暖乎乎的宿舍寒意凛冽。

"用被子把他捂上。"指导员对着火墙说。

通讯员把被子抖开，给他盖上。他虽然昏迷了过去，虽然躺在了床上，但他的双脚还在不停地、机械地划动着。这让指导员放心，但也让他心烦。他对二班长说："把他的腿给我按住，像他妈的在弹命。"

二班长上去把凌五斗的两条腿按住了。

"通讯员，让炊事班赶紧给他弄一碗面条，放一个红烧肉罐头进去。"指导员依然对着火墙说。

接着，指导员喊了一声："军医！"

军医从另一个房间跑了过来。

"你快看看这家伙有没有危险？"

军医给凌五斗把了脉，听了听他的心跳，说："啥事没有，血液流通正常，心脏跳动有力。"

"你好好看看，我说让这家伙蹲禁闭，他就真去了。连里没派人去看着，没派人送饭，里面没有炉子，为了不被冻死，他在那里面不停地小跑。他把自己在里面关了三天，我刚才才记起，你说天下哪有这样的傻×？"

军医又给凌五斗把了一次脉，又听了他的心跳，然后把他的眼皮翻开看了看，得出了与先前一样的结论。然后，他在凌五斗身边坐下来，一边掐他的人中，一边感叹道："我们常说，我们革命战士是特殊材料做成的，原来我认为这不过是个比喻而已，但从凌五斗这件事我知道，我们的队伍中的确是有这样的人的。"

"你说得极是。"指导员说。

正说着，凌五斗醒过来了。他先舒了一口气，然后睁开了眼睛。

通讯员赶紧把他扶起来，让他坐着。

指导员还有些担心，问道："凌五斗，你感觉怎么样啊？"

"有些饿了。"

通讯员赶紧把煮好的面条递给了他。

"好好吃面，多吃点。"

凌五斗把那个很大的洋瓷碗里的面条很快就倒进了他的肚子里，为了把最后一滴面汤咽进去，他仰起了头，那个洋瓷碗看上去像扣在了他的脸上。他那个贪吃的样子让人觉得他吃的红烧肉罐头面条是世上最美味的佳肴，引得大家都咽起了唾沫。

凌五斗说："指导员，这碗面条下肚，感觉啥问题也没有了。就是有些困，就是这双脚老想小跑。"他这样说着，下了床，眼看就要跑动起来。

指导员一看，心马上发起慌来。他用严厉的口气对他说："立正！"

凌五斗"啪"地站直。

"你禁闭也蹲了，面条也吃了，现在该告诉我，春节你代表我们边防军人向全国人民拜年问好的事，干不干吧？"

凌五斗坚决地摇了摇头。

指导员怔在那里，他的脸一下子变白了，很快又变紫了，他的嘴唇哆嗦了半天，气得一句话也说不出来。

3

指导员步履蹒跚地回到自己的办公室，整个人似乎都垮下来了，像一条被人打塌了腰的狗。他想找一个很小的地方蜷缩一会儿。他从办公桌前走开了。他连大衣也没有穿，就来到了室外的严寒里。可以摧枯拉朽的风尖啸着，正在把世界屋脊上的这个高原夯实。整个世界都被冰冻住了，他可以感觉到这种严寒像铅块一样沉。这种严寒在猛烈地、不停地撞击他。天依然蓝得透亮。啊，那些雪山！它们从高到低，次第绵延开去。像被定格了的白色惊涛。啊，这如此辽阔的白色海。他强烈地感受到了那永不可战胜的力量。他发现自己有七个月没有想起树这个名词，已有两年多没有看见落叶了。这个时候他竟然想到了树和落叶……他望了一眼天空中发白的日头，发现自己被刚才的抒情搞得忧郁了。他不知怎么来到了禁闭室，坐在了那张铁床上。他觉得自己是那么孤单。他想好好体会一下这种自虐的感觉，但他待了不到十分钟，就被寒冷驱赶得蹦跳着跑进了办公室。

"你怎么了？一副失魂落魄的样子。"连长问他。

"妈的，我真想一枪毙了他。"

"谁？谁能让你产生如此刻骨铭心的仇恨？"

"在这天堂湾，你说还有谁能把人气成这样？"

"凌五斗！我刚才已听说他的事了。你知道吗？我现在对他的感觉很复杂。他总能干出常人干不出的事情。但他不是刻意的，他干得很自然。"

"春节让他通过电台向全国人民问好，他开头答应了，把那些话都记死了，说得也很好。但后来就犯了神经病，死活不干了。"

"这是个大事，他不干就他妈的是个政治问题！你得跟他好好谈谈！"

"我他妈的跟他谈了，屁用没有，关了三天禁闭，还是屁用没有！"

"这还真他妈的是个大问题！"连长也感觉到了事情的严重性。

"他如果不干，我们怎么跟上头交代？谁想到会发生这样的事！"

"可再过三天就他妈的春节了！"连长用有些尖厉的嗓音喊叫起来。他拍了一下自己的头，无意中竟拍出了一个办法。他说："只有这样了，我们来吓唬他一下。"

"怎么吓唬？"指导员一下来了精神，但他马上又蔫了，"这家伙，哪能唬得住啊？你唬他，搞不好他还唬你呢。"

"你看你，灭自己威风，长别人志气！"

"这个家伙，你是知道的。"

"我们这样对他说，如果他不执行这个重大的政治任务，不通过电台向全国人民问好，就跟在战场违命不从是一个性质，就可以将他就地枪毙。"连长为自己这个精妙的想法颇为得意，"他再怎么着，也怕杀头吧。"

"可以一试。我们两人一起来跟他谈。"

"最好弄得像真的一样，准备一把枪，上几发空包弹。如果还说不听，就真把他拉出去，看他还敢不敢犯傻！"

"不过分吧？"指导员心里没底。

"又不是真毙他！"

"反正也无聊，就演场戏吧。"

连长把行刑用的手枪准备好了，上了五发演习用的空包弹。然后叫通讯员把凌五斗叫过来。

连长和指导员很庄严地并排坐在同一张桌子后面，脸上挂着军事法庭法官的表情。凌五斗觉得这情形他有些熟悉。那盆面条让他吃得开心，他心满意足，从他的表情就能让人感觉到生活是如此美好。但看到这种阵势，特别是他看到连长的面前还放着一把手枪，他一下就把脸上的表情收敛起来了。他严肃、小心地给连长和指导员敬了个军礼。

连长用手拍了拍手枪，用颇为威严的声调说："坐！"

凌五斗看了看，发现了那个小马扎，小心翼翼地坐下了。坐在那里，仰望着两位连首长，他一下变得规矩起来。

凌五斗浑身还笼罩着被关禁闭后留下的深深倦意，禁闭室里的寒气还没有完全从他身体里消散。他的眼睛里布满了血丝，强烈的睡意已冲破他身体的防线正欲将他扑倒，因为他在内心强力压制着两条还想小跑的腿，致使它们不停地颤动着。指导员有些不忍心了。连长感觉到后，用眼神示意他不要有妇人之仁。

"凌五斗，你知道你犯了什么错误吗？"连长像古戏里断案的县太爷，突然一声断喝。

凌五斗一下坐直了，不知道该怎么回答。

"坦白吧，坦白从宽，抗拒从严。"指导员提示他。

"我被关禁闭了。"凌五斗因为不能确定这是不是连长想得知的答案，回答的时候心里发虚。

"为什么被关禁闭？"

凌五斗想了想，"因为我不想代表大家在电台里向全国人民问好。"

"你知道你这是在干什么吗？"

凌五斗摇了摇头。

"你这是临阵脱逃！你这是抗命不从！"

凌五斗更紧张了。连长觉得效果明显，颇是得意地看了指导员一眼。然后拍了拍桌上的手枪，"你知道你这样做的结局是什么吗？"

"不知道，连长。"

"违抗军令，就地枪毙！"

指导员因为心里依然没底，因此厉声说道："春节通过电台向全国人民问好，既是你的光荣，也是我们连的无上光荣，这是一项重大的政治任务，此事上级已经确定，不可更改，你说，这个任务你能不能完成？"他怕凌五斗摇头，赶紧强调，"其实呢，这个事情非常简单，你就对着话筒说那么几句话，三分钟不到，全国人民就都知道你凌五斗和我们天堂湾边防连的英名了！所以此事事关重大，也因为这个原因，如果你一旦违命不从，我们别无选择，只能按临阵脱逃来处分你。"

"我知道这是个大事，但我说不了，指导员您也看到了，我语无伦次，结结巴巴，吐词不清，如果非得让我来说，说成那个样子，让全国人民听到了，那可是丢大脸的事。现在这样我都会被枪毙，如果在全国人民面前丢了脸，我就更应该被枪毙了。从我们连、我们边防团、我们防区、我们军区的荣誉来讲，我觉得现在枪毙我比我丢脸后再枪毙我损失要小一些。"

连长和指导员听他这么说，一下傻了。两人面面相觑，相视欲哭。

指导员实难压住心头怒火，拍案而起，"凌五斗，你他妈的真是不想活了？"

连长也是忍无可忍，他把枪在桌上猛地一摔，"你他妈的不要以为我们在跟你闹着玩！说，你干还是不干？"

三天来的困境和辛劳积蓄在凌五斗身体里，加之刚才那番不短的谈话，使他觉得自己就要沉睡过去。但想到自己即将被押赴刑场，被军法处置，就觉得刚好可以长眠，一次睡个够了。所以，他的眼睛通红，但依然闪烁着纯洁的光芒。他丝毫也不屈服。"我已经说过了，我的确干不了。"

"那好吧。"连长拿起了枪。

凌五斗站了起来。连长和指导员押着他。三人穿过屋外的严寒，踩着没膝深的积雪，来到了军营后面的七座坟——一个建连以来牺牲在这里、未能进入烈士陵园的战士的一个小陵园。

到了七座坟前，连长说："凌五斗，你现在答应还来得及。"

凌五斗说："连长，指导员，我做不到，真的很对不起你们。"

指导员体贴地说："你有什么遗言就说吧。"

"谢谢指导员！我有三句话：第一句，我是我们连第一个因临阵脱逃被处决的人，我对不起连队；第二句，我是一个被处决的逃兵，虽然没有资格，但我还是希望埋在七座坟。你们可以在我坟前立一个牌子，写清我被枪毙的原因，至少可起到警示他人的作用；最后一句话，我入伍以来，共积攒了四十六元钱，麻烦连队寄给我的母亲，我母亲叫黎翠香。我家的地址写在我笔记本的第一页上，请代我向她说声对不起，我辜负她的期望了。"

指导员听他这么说，被感动了。指导员示意连长，这个戏演到这里就算了。连长也准备作罢。不想凌五斗接着说："但我这样做，决不后悔。"

连长一听，气又上来了。"那你个混蛋就受死吧！"一边说，一边打开了手枪的保险，把子弹推上了枪膛。

凌五斗站得很端正。他用平和的眼睛看着连长和指导员。连长受不了他的眼光，把对准他的枪口朝向了天空。

"连长，您不要担心我，您就放心地开枪吧。"

连长一听，火冒起来，对着凌五斗，"砰"地开了一枪。

凌五斗眨了一下眼睛。他想自己该倒下去了。但他依然端正地站着。有些玉树临风的样子。他都没有低头看自己身上是否有枪眼。他对连长说："连长，您的枪打偏了，子弹从我右肩上飞了过去，离我肩膀的距离约为三厘米，离我右耳的距离约为二厘米。您不要不忍心，军法无情，您必须严格。"

连长和指导员有些哭笑不得，但他们既不能哭，也不能笑。即使他们心里非常想，这个时候也得板着脸。

连长说："你以为老子打不中你吗？我这是在给你机会。我现在再问你，你干，还是不干？"

凌五斗坚决地摇了摇头。

"我告诉你，我这枪里一共有五发子弹。现在还剩四发，你如果干，你肯定前途无量，你如果不干，等会儿你就会倒在你站立的地方。"

凌五斗依然坚决地摇了摇头。

连长打了第二枪。

凌五斗发现自己该倒下去了，没想自己依然挺立着。

"连长，您还是有些射偏了，这次子弹是从我左肩上飞过去的，子弹离我肩膀的距离为二厘米，离我左耳的距离约为一厘米，也就是说，它是从我耳边飞过去的。您太讲情义了，您还是干脆一点吧。你们刚才出来连大衣都没有穿，这么冷，你们待久了，我怕冻着你们。我已经感觉到冷了。"

连长和指导员万分沮丧地彼此对望了一眼。连长后退了几步，把枪口对准了凌五斗，打出了剩下的三发子弹。

4

连长和指导员不知道是怎么回到办公室的，两人都有些站立不稳。几个战士过来，想看连长打到秃鹫没有。——他们以为刚才开枪，是连长又打秃鹫去了。自从连队诞生以后，这群秃鹫就在这里生活，靠连队的垃圾为生。连长无聊的时候，会捕杀高飞的秃鹫解闷。

一个战士问："连长，打着了没？"

"滚滚滚！"连长用十分厌恶的口气吼叫道。

几个战士自讨没趣，灰溜溜地溜开了。

连长气得脸色由铁青变成了灰白，他对指导员说："妈的！没想到你我会摊上这么个货！"

指导员的脸色则由灰白变成了铁青："真他妈的是油盐不进，软硬不吃，死活不怕！这种货色你能怎么办？主要是，上级已经点名让凌五斗说话，这都是层层上报，经过审批，才确定下来的，而我们现在如果说他不愿意发声，谁他妈的相信？还有，一个战士，他不愿做这件事连里就拿他没办法了？如果这样，上头会怎么看我们？"

"就是啊，嘴长在他脑袋上的，如果他不愿说，就是撬开了也没用。这可能是老子入伍十几年来碰到的最大的麻烦了。他们哪里知道，凌五斗是个宁愿被枪毙也不回头的一根筋啊！我们想想看，还有没有其他办法吧。"

凌五斗在原地站了好一会儿。阳光照射在雪面上，反射出来的光很是扎眼，把他的眼泪刺激出来了。眼泪刚滑出眼眶，就被冻住了，凝结在了脸上。他觉得天堂雪山在他眼前变成了很多重，并在不停地晃动。他用了很大的力气，才把自己的眼神稳住。但他眼前的雪山依然是变形的。变得朦胧而又遥远。

指导员恍然在窗户里看到凌五斗在擦眼泪，认为他已有悔意，心里又产生了希望。他喊通讯员去把他叫回来。

通讯员看到凌五斗时，凌五斗正在倒下去。他看到凌五斗的身体很轻，像一团棉花落在了雪地上，没有声音，也没有雪沫溅起来。

连长和指导员是不是已经毙了他，凌五斗没有搞明白。他觉得严寒把他的身体、主要是脑袋冻僵了，加之困倦，他已想不了这么复杂的问题。但在他看到天堂雪峰的那一刻，他觉得三发子弹应该是打中了自己的。意识到这一点后，他没有悲，也没有喜，只觉得自己的凡胎肉体已经羽化，变得像鸟儿一样轻盈；只觉得自己应该倒下去，把身体横陈，以便灵魂能像鸟儿一样飞走。

因为害怕高山反应，通讯员不敢跑步，但增大了自己的步幅。他赶到凌五斗跟前时，发现他好像死掉了。他猜测刚才那几声枪响一定和他有关。一股从未有过的悲伤之情顿时涌上他的心头。他不顾高山反应可能带给自己的危险，试图独自把凌五斗背起来。但凌五斗像在人世这个蛆虫翻滚的茅厕里被浸泡了上千年的石头，变得非常沉。他抱不动他。他喘着气，跑去叫人来帮忙。

他和文书把凌五斗再次抬进了宿舍。军医过来看了，说啥事没有，就是太困，睡着了。

连长和指导员哭笑不得，连长厌恶地挥了挥手，让大家滚远点。两人唉声叹气，愁眉不展，在房间里转来转去，像两条总想去咬自己尾巴的短尾巴狗。

凌五斗睡觉从不打呼噜的，可能是的确太困了，大家听到了他如雷的鼾声。

"这家伙这一觉睡醒，恐怕就是大年初一了。"指导员绝望地说。

连长咬着牙："看来要让他干这件事是不可能了。"

"怎么办？你说怎么办？"

"你都无计可施，我能怎么办？总不能把他真给毙了吧。就是毙了，还是没有解决问题啊。"

指导员猛拍了几下自己的脑袋，然后长叹了一声，颓然坐下。他坐了大概有三十秒钟，突然屁股像被针扎了一样，从椅子上猛地弹了起来，惊喜地说："妈的，老子有办法了！"

"有什么办法？"

"找个人替代他！反正别人只需听到他的声音，他的声音谁也没有听过，谁知道是不是他的？哪怕就是他的声音，从这里传到北京，肯定也是变了的。"

"好啊，但是……如果露馅了怎么办？"

听连长这么说，指导员又泄气了。

"但这是唯一的办法。"

"尽可能模仿他的声音吧，这事儿通讯员在行，他在家学过口技。"

"让他抓紧时间，这事保密，只准你知我知他知。"

于是，指导员把汪小朔叫了进来，对他如此这般地交代了一番。

汪小朔开始有些惊讶，但很快就理解了，欣然接受了这个光荣的任务。他说："指导员，您放心吧，我保证圆满完成任务！"

"管住你的嘴，此事不能让任何人知道！"

"明白！"

5

凌五斗躺在自己的床上，他做了很多梦。梦境非常丰富，他梦见了奶奶和母亲，梦见了女友德吉梅朵。他梦见他和德吉梅朵被分隔在一列高可齐天的像玻璃一样透明的冰山两侧。彼此只能相望却不能见面。他确认自己已经死了。他不认为那是梦境，而是他死后见到的人世。他觉得自己的灵魂自由了，在一个瞬间就可以去很多地方。

即使醒来，他也不相信自己仍然活着。但他的确躺在自己的床上，的确在宿舍里，的确有一种火墙散发出来的暖意，的确有一种男人捂在一个房间里散发出来的复杂、浓郁的特殊气息。他看到几张从上面俯看他的脸。他确认，自己还活着。

他觉得很累。他伸了个懒腰，发现裤裆里黏糊糊的。他梦遗了。他觉得很是难堪，像做了贼。这大白天的，自己竟在寒风浩荡、冰封千里的世界屋脊梦遗，他觉得有些不可思议。他想了想，这好像还是第一次。好在盖着被子，没人觉察。

"凌五斗醒了！"一个战士大声喊道。

"这家伙，一觉睡了这么久！"

雪光映进屋子里，有些发蓝。梦让他变得有些忧郁。他在床沿上坐了一会儿。然后到了洗漱间，把裤头换下来，开始洗那个裤头。

他觉得自己身体有些空，他撒了一泡尿，觉得身体更空了。

他郁郁寡欢地回到宿舍。发现春节已经到来，大家正围坐在一台上海无线电二厂生产的"红灯"牌收音机旁，收听广播电台的节目。收音机里只有噪音。文书亲自调频，也只收到了乌尔都语、印地语、克什米尔语、藏语、维吾尔语，另外就是"敌台"美国之音的英语。

指导员和连长待在他们的办公室里，等待着从首都北京经过数次转接连通到这里的电话传到这里。但整个晚上，那台黑色的电话都没响一声。就在他们忐忑不安的时候，电话铃响了起来，团里预告电台的电话五分钟后准时打过来，让凌五斗做好准备。连长接完电话，一回头，看见凌五斗撑着一张忧郁的脸，在门口站着。

指导员和连长都有些慌乱，像正要偷盗被人抓住了。两人尴尬地交换了一下眼神。

指导员说："你终于睡醒了？"

"报告指导员，我睡得太久了。"

"你醒得真是时候啊，进来吧，正需要你呢！"

凌五斗进来后。通讯员关死了门。

指导员说："凌五斗，你就坐着，不要动，也不要出声。"

"是！"

然后，电话铃再次响起。指导员示意通讯员坐到电话机跟前，拿起了话筒。

"请问您是天堂湾边防连一班战士凌五斗同志吗？我是中央人民广播电台节目主持人李小红，我在北京和您通话，您辛苦了！"

"我是凌五斗，感谢你们对我们边防军人的关心！"

凌五斗没有说话，却听见自己的声音响了起来。

"你们在高寒缺氧的世界屋脊、在生命禁区守卫着祖国的边防，全国人民都牵挂着你们。"

"感谢全国人民，我们作为边防战士，为祖国和人民站岗放哨是我们神圣的职责。我们也为此感到无比的光荣和自豪！"

凌五斗紧闭着嘴，但他还是听到了自己的声音，他觉得有些怪异。

"今晚是大年三十夜，新年马上就要来了，我代表全国人民祝你们春节快乐！"

"我也代表全连官兵祝全国人民新年快乐！祝伟大的祖国繁荣昌盛！"

"你们能吃上饺子吗？"

"能吃上。在大雪封山前，上级不仅给我们送来了饺子和汤圆、蔬菜和水果，还送来了全国人民给我们寄来的信件和节日的祝福。"

"太好了，有你们守卫着祖国的边疆，我们就放心了！"

"请祖国放心！请全国人民放心！我们一定会时刻提高警惕，守卫好祖国的神圣边疆！"

"好，再见！再次祝全体官兵春节快乐！"

电话挂断了。

房间里沉默了三分钟。然后，通讯员小心地把电话挂上，激动地转过脸来，问道："连长，指导员，怎么样？"

连长猛拍了一下他的肩膀："他妈的，真是太好了，今年年底，我给你报三等功！"

指导员也很兴奋："哎呀，真是没有想到啊，你能把凌五斗的声音模仿得这么像！你那个入党的问题，过年后就给你解决！"说完后，他又严肃地看了凌五斗一眼，加重了语气说："你觉得怎么样？"

"说得比我还像。"

"现在，你们两个起立！"

通讯员和凌五斗立正，站直。

"此事部队列为机密，你们不能透露丝毫，这是个政治问题！"

"明白！"通讯员满脸是笑，高声答道。

"知道！"凌五斗也回答道。

"凌五斗，大声点！"

"明白！"

"好，通讯员，你先出去！我跟连长还有话和凌五斗同志说。"

通讯员无比愉快地出去了。

凌五斗还没有完全搞明白。他像还没有睡醒。

"凌五斗同志，你在想什么啊，迷迷瞪瞪的？"指导员问。

"我……我在想女朋友德吉梅朵。"

"好了，不要胡思乱想了。我再问你，刚才那声音真像你的吗？"

"比我的声音还像我的声音。"

连长说："那就对了。好吧，过年了，连队马上要聚餐，和广播电台说话的任务你已经完成了，完成得不错，等会儿给你敬酒。"

"可我刚才……没有说一句话。"

指导员说："你看你睡得太多，睡迷糊了，你没有说，那谁还会用你的嗓子说话？"

凌五斗"嗖"地站起来，答道："是！"他想了想，又接着说，"连长、指导员，你已经枪毙了我，我已经是另外一个世界的人了。这些事跟我已没有什么关系。"

连长、指导员都盯着他，他的话让他们浑身发冷。指导员小心地走过去，小心地摸了摸他的额头，他的额头是温凉的。指导员舒了一口气，"那你就先在另外一个世界待着吧，现在这个世界刚好不需要你。"

6

这些带着愤怒的表情、屹立在中亚心脏地区的世界最高的群山，气势磅礴，蜿蜒逶迤。这种惊人的高度足以使任何旅人惊叹不已，维多利亚时代的旅行家将其称之为"世界屋脊"，这成了它的别名。它横空出世的雄姿，千百年来与世隔绝的状态，流传广远的神话传说，使其显得更为雄阔幽秘，也更加令人神往。

天堂湾就高踞于世界屋脊之上，更准确地说，它是世界屋脊上的一颗痣，最多也就是一个黑褐色的胎记。

世界屋脊的艰险和遥远让人感到生命的渺小和卑微，这足以使任何生命感到忧伤和绝望。

但凌五斗的到来——虽然他十分谦虚地自认为自己只是一朵无意中飘落到这座高原的尘埃——给这里增添了一种非同凡响的力量。因为这座高原以前从未有过的东西都随着他的到来，第一次诞生了。他像一个人造的分娩器，具有任何真实生命都不可能有的分娩能力。所以，当他爬上天堂雪峰下一个白雪覆盖的小山包，他觉得自己可以远望天山、昆仑、冈底斯和喜马拉雅，而其他万千峰峦只像面团泥丸一般。

这些永生永世的雪，黑褐色的岩石，闪着银光的冰河，就这样无声地进入了他的灵魂。

凌五斗突然感觉那庞大的山脉正大步向前走着，发出"咚咚"巨响，大地震颤，地球发抖，宇宙骇然。这使他很久以后，仍心怀余悸。

他把手向阳光中伸去，阳光还是那么冷，但已不那么寒了；天空变得亲切起来，那种蓝色总令人想伸出舌头去舔它；云朵飘动得慢了，像新棉一样松软；没有被雪覆盖的巉岩变得更黑；垂挂在巉岩上面的冰柱闪着光——它想变成水滴了；积雪已开始融化，表面上看不出来，但只要到正午，你把耳朵伏在积雪上听，就会听到水滴在积雪下发出的"嘀嗒"声，这泄露了它的秘密；冰河的表面变得毛茸茸的，冰下也有了流水声；不时可以看到鹰的影子了，红嘴鸦又回到了连队的上空。高原不动声色，万物悄然变化。是的，现在已是农历三月三日，高原下的南方已是莺飞草长，而无边无际的北方也已春暖花开，无边大地生意盎然，一片锦绣。凌五斗从山下吹来的风中，已经闻到了春天的气息。

他想，德吉梅朵已经把羊群赶出了冬窝子，正向北方游牧而来。想起了故乡院子里的桃花正灿若朝霞，花瓣如雪，飘落在奶奶和母亲的头上。

就在这天早上，凌五斗决定，从连队院门口开始，向哈巴克达坂挖路，把牺牲的通讯兵的遗体找出来。起床哨响起的时候，他已挖了五米远。

连长裹着皮大衣，强撑着一张睡眠不足的脸，来到他跟前："凌五斗同志，你又要干什么？"

凌五斗抬起头："连长，我在挖路。"

"往哪里挖？"

"我想把路挖到哈巴克达坂。"

"为什么？"

"过年前，那些通讯兵就死在那里。我要去把他们的尸体尽早挖出来。我怕天气转暖了，熊啊狼啊把他们从雪里拖出来啃坏了，我也怕秃鹫和乌鸦啄食他们。"

连长一听，愣住了。"你这个鬼脑子每天都想些什么鸟东西！"然后，他用命令的口气说，"你他妈的现在是先进典型，你给我好好待着！"

"我没啥，反正也没事。"

"那你他妈的就一个人挖，我看你多久能把路挖到哈巴克达坂。"连长气得转身走掉了。

7

按照连长的说法，凌五斗这家伙是个贱坯子，他不犯贱就活不下去。他起早贪黑，去挖那条通向哈巴克达坂的路。从连队到哈巴克达坂有十三公里远，那条刚好可以搁下汽车轮子的边防公路缠绕在雪山间的沟谷里。这个穿着绿军装的士兵就像一个蠕动在冰雪里的工蚁。

连队官兵对凌五斗都有些恼火。因为他们觉得这个家伙的所有行为似乎都在和大家作对，他做任何事都使人产生自愧弗如的感觉。他让人既嫉妒又无可奈何。每个人都想看他的笑话，所以，当他一个人与冰雪奋战的时候，大家都在袖手旁观。

指导员担心他的身体受不了，先对他的行为进行了表扬，然后对他说："你一个人挖这路，多久才能挖通？就是我们全连出动也不行，所以我劝你回去休息算了。"

"我读过毛主席的《愚公移山》，他文章的第三段第六行到第十六行里讲了愚公的故事。愚公能把山移走，我就能把路挖通。"他显得有些激动。

"好，很好，你是说，你一直要挖下去了？"

"是的，如果连队有其他任务，我可以暂时停下来。"

"但是，最多再等两个月，雪就会自己化了，路自然就通了。"

"我跟连长说了，我怕雪化后，战友的遗体暴露出来，会被狼或秃鹫撕扯了，所以，我要争取在天气变暖之前把到哈巴克达坂的路挖通。"

指导员无话可说了。他回到连部，马上安排凌五斗所在的一排一班负责去哨楼站岗。但凌五斗一换岗下来，又挖路去了。

指导员怕这样下去会出意外，只好将此事报告上级。大意是说，凌五斗自三月中旬开始，即起早贪黑，积极主动地挖雪开路，以期尽早打通天路。连队官兵担心他的身体，多次劝他休息，他依然坚持云云。

电报摆到团政委案前，政委激动得在自己的办公室里转了一圈又一圈。他在嘴里连连赞叹道："真他妈的是个好同志，真他妈的是个好同志啊……你说，怎么就会有这么好的战士呢？"

他当即把宣传干事叫过来，让他根据这份电报写篇报道，他把题目都想好了，就叫《一个想打通天路的战士》。然后亲拟电文，对凌五斗予以嘉奖。并指示连队：一是全体官兵要向凌五斗同志学习，在他的感召下，连队要有所行动。防区正在调集力量，欲打通天路，从即日起，你们可根据情况，从山上挖路，以作接应，力争在4月10日前将道路拓进至哈巴克达坂；二是高原严寒缺氧，要切实保证全体战士特别是凌五斗同志的安全。

连长和指导员接到回电，齐声叹了一口气。他们不再阻止凌五斗这个"新愚公"。但他们认为如此天寒地冻的，把战士们拉到海拔五千余米的荒原上，没有任何机械，全凭人力，要去挖通道路，非常危险。所以出于对士兵生命的爱护，从政委电报中"根据情况"四个字的要求出发，按兵不动。而他们让凌五斗去干活的解释是这样的：第一，他是自愿的；第二，连队可以承受一个人出意外，但不能拿一个连队去冒险。

凌五斗没有管这些。他拓进的道路离连队越来越远，他在往返途中花掉的时间也就越来越多，这自然会耗费掉他大量的体力。但他看上去并不虚弱，他一大早起床，带上头天晚上预备的馒头或罐头，扛上铁锹，来到工地，然后一直干到晚上才收工。他把路挖到两公里远后，连队不再让他站岗，还给他配了一匹马，这样，他就可以骑马往返了。

今年的天气似乎暖得早，凌五斗有些着急，他出去的时间更早，回来的时间更晚了。

有一天，他对连长说："我把路挖到雪谷口了。"

连长斜着眼睛看了他几眼。"你的意思是说你已经挖通三公里路了？"

"是的，我希望连队的车每天能接送一下我，马太瘦了，只能慢慢走，骑马去我干不了多久的活天就黑了。"

"好，如果你真把路挖到了雪谷口，我们全连会与你一起奋战，我想，最多用二十天时间就可以把路挖到哈巴克达坂了。"

8

天空中的蓝像要流淌下来，而太阳苍白得像牛奶一样，阳光没有一点温度，没有一点力，好像是飘动的。看不到风的影子，只能听到一种愤怒的低噪，可以感觉到它龇着锋利的牙齿。风，撕咬着大家，每个人都恨不能把脖子缩到肚子里去。战士们像一群绿色的乌鸦，紧紧地挤在牵引车的车厢里。虽然被摇晃着，但好像已被冻结到了一起，怎么也摇不散。

战士们被冬天这个牢房囚禁了一个长冬，现在能出来放风，每个人都有些兴奋，眼睛滴溜溜地四处乱转。但大家看到的全是白色。偶尔可看到天堂雪峰黑色的巉岩——那是喀喇昆仑肌体的颜色，它的本意就叫"黑色昆仑"。

出了雪谷口，眼前就是天神荒原。一层表面坚硬的积雪覆盖着它，风敲在上面，发出锐响。雪山闪得越来越远。它像一个巨大的广场。看不出一丝生命的迹象。

路向哈巴克达坂推进的速度很快。凌五斗自然高兴。因为过不了几天，他就能寻找那些牺牲的战友了。但就在离达坂还有两里多路的时候，连长却以官兵需要休整为由，决定收兵。他是有意这样做的，因为他和指导员都不愿让凌五斗去管那些已经牺牲的士兵。这一是因为雪崩还有可能发生，那里依然危险，他们得为他的安全考虑；还有就是他如果把这些牺牲官兵找出来了，就得把他们运回到连队去。连队一下摆放着五个死人，这无疑是件有些惊悚的事情。

连长的决定让凌五斗很着急："离哈巴克达坂只有不到三里路了，连长。"

"山下的部队距这里不远了，我们等等他们吧，我们可不能去抢大部队的功劳。"

"但今年天热得早。"

"这好啊，如果一夜之间，这冰雪都化了，我们就不用费这些力气了。"

"那就请连长把剩下的任务交给我吧。"

"交给你？你一个人在这里干？不怕狼把你叼走了？"

"没事儿，给我留几天的干粮就行了。"

"你如果实在要干这个事情，我也不阻拦你。好，我给你留一周的干粮，锅灶也留下，再给你留一顶帐篷、一支枪、二十发子弹，我等几天派车来接你。"说完，他又扔给了他一支手电，"刚装的电池，有狼啊什么的可以应付一下。"

凌五斗的脸上绽放出了笑容："多谢连长！"

草绿色的牵引车轰鸣着，拉着其他人绝尘而去。留下凌五斗站在雪野里。这个孤独的士兵身后的哈巴克达坂以及好几列无名雪山显得更为高绝了。

当汽车被黄昏瑰丽的雪夜抹去，凌五斗转过身，继续干起活来。

高原笼罩在夕阳和雪光融合而成的神圣光辉里。

在这个星球上，好像只有凌五斗一个人。铁锹与积雪摩擦的声音特别刺耳。夜幕四合，高原沉浸在乳白色的夜色里。夜晚更冷了，但凌五斗干得很起劲。等他停下来，已是半夜。他看了一眼天空，才发现有一轮很大的月亮挂在一朵白云旁边，正在西斜。

他回到帐篷，钻进被窝。被窝里和外面一样冷。但他很快就睡着了。他梦见了寒冷，梦见自己被冻进了寒冰里，像一条冻进了冰块的鱼，太阳可以透进来。但光影是扭曲的，没有一丝暖意。他透过冰层看到的世界也是变形的，格外模糊。他看到了万千蠕动的生命，他们是人类。而他自己笼罩在一团薄薄的金色光辉里，在人类上空飞翔，像混沌世界的萤火虫。

他睡得很死，虽然他在七点钟就醒了，算一算，也就睡了四个钟头，但他没有一点困意，头脑清醒，像被无数个春天的春风吹拂过。他觉得自己思维敏捷，浑身充满了力量。他一个鲤鱼打挺，站了起来——他虽然穿着皮大衣，看上去笨拙得像一头熊，但昨夜的睡眠使他的身手变得敏捷无比。他的头撞到帐篷顶上，帆布帐篷冻得和牛皮一样硬，发出了"嘣"的一声响。

凌五斗钻出帐篷，发现不远处竟蹲着一匹狼。他这才发现，帐篷周围留着它密密麻麻的脚印。他一看，不禁有些后怕。它没有钻进帐篷，却像是在周围巡护他。看到他出来，它也没有动，只对着天空低沉地嗥叫了一声，像是在问他早安。

"你，早上好。"凌五斗也向它问候。

遥远的东边的天空已有了一道弧形的晨曦。但头顶还有无数的星辰在闪烁。那一轮明月，有一半隐到了雪山的后面。

他开始干活。那匹狼看他那么忙碌，拖着被这个冬天熬瘦了的身体，蹒跚

　　　　　　　　　　　　　"新生代军旅作家"面面观 |

着，往北边跑走了。

他喜欢铁锹切进雪里的声音，像他有生以来，无数的真理切进他的大脑。"整体的谎言……个体的谎言，二者相互支撑、勾结……支撑着人类……"他的头脑从没有过地清醒。他不敢再想了，他不得不把皮帽子脱了，让自己的脑袋暴露在零下三十余摄氏度的严寒里。大脑很快冻僵，麻木，最后只剩下了一股异常清晰的寒意，像一枚锋利的钢针不断地刺扎他的脑门心。

但他的心里已经安然。他像个机器人。他挖雪的速度似乎比平时还要快。

9

高原一连五天没有下雪，这真是个奇迹。凌五斗顺利地站在了哈巴克达坂上。因为这已经是海拔很高的地方了，达坂并不比荒原高多少，但显得异常锋利，像一柄新开刃的镰刀，随时可以收割掉闯到这里来的任何生命。站在这里，视野更加开阔。他回望自己开拓的路，觉得它像一条白色的蛇，在蜿蜒爬行着。荒原更加坦荡。积雪像蒙在无边死亡之上的一块白布。除了自己身后的冰峰雪岭，其他三面的雪山都显得低矮了。那三面的高原呈一个优美的弧形，像我们在空中看到大地时的样子。他伸了伸脖子，觉得自己一下就能望到天尽头。

达坂海拔 5837 米，呈马鞍状，一边的雪山显得温和慈祥，另一侧的冰峰则暴烈凌厉，它比周围的雪山要高拔许多——它原是没有名字的，军事地图上标注的是 79 号雪峰，因为它每年都会发生雪崩，不时有经过这里的军车和人员被掩埋，所以战士们给它取名为死亡雪峰。它和险峻的哈巴克达坂狼狈勾结，从这条道路开通，已先后有二十四人牺牲在这里。而从山下运来的军马、鸡鸭——以及转场到天神荒原放牧的羊群，也有因过不了这道高坎而死去，被弃尸在这道达坂上的，因此，秃鹫常驻于此，孤狼不时出没。

凌五斗看到了春节前夕那场雪崩留下的印迹。虽然积了新雪，但还是可以看到，有半匹雪峰被撕下来了。倾泻下来的积雪已被风夯实，现在，已开始融化。雪水冲出了一道道深浅不一的雪沟。他看到了两顶皮帽子和一卷被复线，一只被狼或狐狸撕烂的棉手套，然后看到了一只被咬烂的手。他小心地刨开积雪，他看到了这个战士的胳膊，然后看到了他。他保持了跑开时的姿势，张着嘴，像依然在呼喊，他脸上最后的表情是惊讶和恐惧，由于冰冻着，他的脸色灰白。

凌五斗把他背进帐篷里，从自己的衬衣上撕下一块布，小心地把那只手包好。

接下来的两天里，他在距这个牺牲者不远的地方又挖出了牵引车，在牵引车附近共挖出了四具遗体。可以看出来，他们是在完成任务准备离开时遇到雪崩牺牲的。

从那天开始，他把子弹上了膛。自从死人的味道随着天气变暖，从雪下飘散出来——再加之他这块新鲜人肉的味道随风飘散开去，凄厉的狼嗥声就不停响起，浑身沾满死亡气息的秃鹫一直在天空盘旋。

他的双人帐篷一下挤进五个人来，怎么也摆不下。他只好把他们摞起来。下面垫底的是两个身材壮实的战士，第二层再摞两个瘦一些的，第三层摞了一个小个子。他觉得他们随时会倒下来压着他。他荷枪实弹，刚好能挤着躺下，他的身体把挨着他的人的半边身体都焐暖和了。

狼群在外面奔突，嗥叫，有时候离帐篷近了，他就突然打开手电，朝它们射去，狼群一见，就会吓得跑开。这玩意儿比子弹还管用。用枪射击，打死一匹狼，它们把它吃掉后，仍会在帐篷周围徘徊。

他好几个晚上梦见这五名士兵复活。梦境大致相似：帐篷变宽，大家并排躺着。有三个家伙打着呼噜，有一个家伙屁若裂帛，另一个家伙放屁则如打迫击炮。他们嘴里呼吸出的是军用罐头和压缩干粮在肠胃里发酵后的酸腐味……帐篷里被这些味道充斥满了。闻着这些生命的气息，他很是高兴。他把帐篷的门帘拉开，让月光射进来，月光很白，但照不到他们的脸，只能照到他们的头顶。他坐在他们身边，有些痴迷地望着他们。他的脸上一直挂着微笑。他总想去拍拍他们的脸，当他的手挨着了，才发现五张脸都是冰凉的，上面结着一层冰霜……他的心也会随之冰凉。

连长说一周后派车来接他，但现在已经是第九天了，还没有看到车的影子。手电的光已变得微弱，枪里的子弹只剩下了四发。如果不行，他就只能拆掉牵引车上的轮胎，把它点燃后驱狼取暖了。他有些舍不得，他觉得即使那辆车已经毁坏了，但轮胎还能用。

这些狼白天会躲开，但夜幕一降临，就会纠集而来。为了保护自己，凌五斗用冰块在帐篷四周砌了一道高达三米的围墙。他设计了一道活动的开口，只要把那两块冰推开，自己就可以从那里钻出去。他像是待在一口深井里。这样，他就不用担心狼群的袭击了。他还把一匹打死的狼抢了回来，埋在冰雪里，以备没有食品时用来果腹。

好在两天后，他听到了另一种声音——一种凶猛的野兽啃噬冰山的声音。然后他看到了一星飘动的红旗，一群绿蚂蚁一样的士兵，几台蚂蚱一样的挖掘机，山下的开路大军已经来到了达坂下，他们就在临近达坂顶的一道山谷后面。他激动得朝他们挥手，呼喊，但没人看见他。

KL防区负责指挥开路的是白炳武参谋长，边防K团则由团长刘思骏统帅。所带兵力除了KL防区直属工兵营一连和三连，还有团步兵营。当他们在达坂下望见一个孤独的士兵站在达坂顶上，所有人都惊讶得张大了嘴巴。

"那不是凌五斗吗？"虽然他的胡子、眉毛和头发上都凝结着白霜，但有人老远就认出了他。白炳武从达坂下爬上来，紧紧地握住他的手："连队其他的人呢？"

"他们前两天刚撤回连队了。"

"就留下了你一个人？"

凌五斗想了想，说："是我要求留下的，去年在雪崩中牺牲的五个战友需要看护。"

"扯淡，这里野狼成群，怎么能把你一个人留在这里！"

"……首长，嗯，他们前天才走，主要是车拉不下这几个战友，所以要把战士们先拉回去，然后再回来拉我和他们。你看，连长和指导员离开的时候，专门砌了雪墙，把我好好地护在里面呢。"他撒完谎，指了指远处那个像炮楼似的东西。

"这还差不多。"白炳武说着，用满是冰屑雪沫的手把凌五斗脸上的白霜抹去，"走，到你的堡垒里去看看。"

这时，团长也跟了上来。凌五斗为两位首长演示了怎么进去，然后，他从里面把冰块撤掉了；然后，他把那匹死狼从冰雪里拖了出来；然后，两位首长看到了帐篷里面的情景；然后，他们脱帽，默哀；然后，白炳武转过身，向凌五斗敬了一个军礼；团长愣了一下，也跟着向凌五斗敬了一个军礼，凌五斗给他们回敬了一个军礼；然后，他突然大放悲声，痛哭流涕。

原载《人民文学》2014年第8期

索狼荒原

卢一萍

1

一过 1951 年那个风沙弥漫的春天，就有传言说上头要招一批女兵来，大家都等着，像等仙女下凡一样。可半年过去了，连个女人的影子也没见着。绰号叫"王阎罗"的营长王得胜一直反对把女人弄到这个叫索狼荒原的地方来，他嫌这大漠荒野，弄个娘们儿来太麻烦。他说，要个屌女人干甚啊，几百号光棍一起在荒原上待着多好。天地为帐，大地为床，怎么粗野怎么着。老子整个营可以光着身子在荒原上开荒，屌蛋打得大腿啪啪响，那景象真他妈的……你就是拿几筐银元满世界找，也不一定能得到。

昨天一大早，"聋子团长"陈德良终于打来了电话，说，王阎罗，你明天一大早出发，赶到三棵胡杨去，把你的娘们儿接走。

你真要给我弄个娘们儿到这半根屌毛也不长的地方来啊。她一看到这屌荒原，非吓得吱哇乱叫不可。团长的耳朵是被大炮震得有些聋的，说话时得对着他大喊大叫才行。

你他妈的也太小看我们革命女同志了。你把自己好好拾掇拾掇，你那阎罗样不把别人吓着就行。

弄个女人来也行，要弄就弄个结实一点的、模样儿周正一点的，让我的兄弟们看着顺眼，看着放心，我不要把你们首长机关挑剩下的。如果我看到你的娘们儿比我的中看，我可不饶你啊，我到独眼师长那里告你以权谋私，目无基层。

哈哈，你他妈的粗得像胡杨皮，长得又是阎罗样，还想要中看的？你配得上人家吗？我近水楼台那个什么先得月嘛。团长只有一个，最漂亮的肯定要留给团长啦。不过嘛，我团大功营营长也只有你一个，所以分到你那里去的也不会差。

那就行，还有哇，我们在这里开荒，衣服早磨坏了，好多人都是光着腚在干活呢，没有女人还没啥，有了女人可不行。

那也没办法，衣服匀一匀，反正要保证把大家的屌蛋给遮住了。

这里热得屌蛋都能烤熟下酒喝，让大家穿着衣服，做出一副人样子，那可真是难受死了。

哎呀，你这个王阎罗，政委跟我们讲了，说话要文明一点，你看你一张臭嘴还是满嘴脏话。

哈哈哈，你还说我呢！

你还是带点人马，不要让快枪手黑胡子把你另外一个耳朵也打个洞。

嘿嘿，没想老子英雄一世……提起自己的耳朵，王阎罗就说不起话了。他故作发狠地说，这家伙这次胆敢露脸，老子会一把把他的屌蛋捏碎了！

2

1951 年秋天，女兵柳岚才满十七岁，她来到索狼荒原时，这里才有了第一个女人。荒原上才第一次有了女人的气味。虽然走了那么长的路，她身上积了厚厚的征尘，身上充满了一路沾来的各种气味，但女人有一种特殊的芳香，这芳香留了一路，一到这里，染了瑰丽晚霞的荒原上的风就把女人的香味吹散开了，弥漫在了荒原上，像一种花香。她可以感觉到。不然，这些男人就不会是一副失魂落魄的样子。

她到这里前，王阎罗已叫营部的战士们帮她挖好了一眼地窝子。她就这样在索狼荒原安顿下来了。她从地窝子里钻出来，满眼就是扑面而来的荒凉。彻底的荒凉。这是一大片由茫茫戈壁和盐碱滩组成的荒原。到处是狼、马蚤子和蛇。有些碱滩深得可以把一匹战马吞没掉。而垦荒部队的任务，就是要把这样的地方开垦成良田。大家整天都在用那把巨大的坎土镘，没日没夜地挖掘。手上裂开了口子，坎土镘把上全是血，红的变黑，黑的结了痂，痂上又染血，好多战士手上渗出的血早把半截袖子染黑了。

当时，这里的传说还只有那个外号叫"快枪手黑胡子"的土匪。后来，才有了柳岚。严格地说，她属于传奇。她一来到这里就是。她来这里的第一天晚上，王阎罗显然对他的战士不太放心，就把他的勃朗宁手枪给她，让她来护身壮胆，没想当天晚上他去给柳岚送水，由于没有吭气就直接往她的地窝子里钻，柳岚正在换衣服，以为是哪个家伙要对她图谋不轨，在惊慌中走了火，用那把手枪把营长的耳朵打了一个洞。当时她吓傻了，他也有些吃惊。但很快，他就像啥事也没发生，就像只是被骆驼刺划了一下，对她笑了笑，转身走了，然后对赶过来的哨兵说，快枪手黑胡子给了他一枪[1]。

当时，整个营地戒备森严，战士们不知道那个土匪是从哪里开的枪。王阎罗这么说，战士们都相信了。大家觉得这个土匪也太厉害了，因为他是在黑夜里开的枪，因为他端端打中的是营长的耳朵。那几天，大家的耳朵都有些发红，大家下意识的，总会捂一下它，生怕有一颗子弹会突然飞过来洞穿它。看到那情景，柳岚就忍不住想笑。

那天晚上，柳岚穿好衣服，在地窝子里傻坐了一会儿，带着枪，就去找王阎罗。

那个绰号叫屠夫的卫生员正在给他包扎伤口。——后来她知道，那个卫生员参加革命前，真的干过屠夫。屋子里挤满了战士。王阎罗在不停地骂那个土匪，说他哪天碰到他，一定会把他的两个屌蛋打个洞。战士们听他那么说，都嘻嘻哈哈大笑起来。好久没有打仗了，王阎罗耳朵上崭新的枪伤，让大家有些莫名的兴奋，就像狼闻到了血腥气一样。

柳岚在地窝子外面喊了一声报告。女人的声音有些发颤。地窝子一下安静了。大家自动让开了一条道。大家的影子在马灯的灯光里晃动。王阎罗听到她的声音，愣了一下，说，进来进来。然后看了一眼战士们，接着说，除了屠夫，其他人都滚出去。大家便屏了声，退到黑夜里去了。

柳岚同志，有事等会儿再说，你先坐一会儿，屠夫马上就给我弄好。他偏

---

[1] 这个事件的详情，作者曾写过一篇短篇故事，名字就叫《快枪手黑胡子》，故事刊登在2009年《上海文学》第12期上，《小说月报》2010年第2期转载过。

着脑袋，眯着眼睛，像是很享受自己的枪伤。

营部的地窝子要宽敞很多，也很整洁——是那种军营式的整洁。马灯的光有些昏黄。柳岚看到王阎罗睡觉的土台上铺着打了很多补丁的、已看不出本色的床单，但床单下垫的麦草一根也不乱。同样补丁重重的被子也叠得有棱有角。东面的墙上挂着一张手绘的《索狼荒原垦荒图》，西面的墙上则挂着机枪、步枪、冲锋枪等各种轻武器，还有好几把各式战刀，都擦拭得锃亮。

营长，您的伤……痛吗？柳岚非常抱歉地问道。

这点屁……伤算个啥？蚂蚁咬了一口而已。他示意她不要再说，黑胡子的冷枪，他娘的！

屠夫是个粗壮的、胡子拉碴的东北大汉。他用纱布为营长包扎好的那个耳朵显得很怪异，在他脑袋一侧，像戴着一朵白花，使这个粗野的人有了一股很滑稽的俏劲儿，看到他那个样子，柳岚差点笑了。

王阎罗看了一眼自己的影子，对屠夫说，没事儿了，你也出去吧。

屠夫拿起自己的行头，对营长说，您晚上睡觉的时候要注意，不要把受伤的耳朵压住了。

老子知道。

屠夫出去后，柳岚说，营长，真是……太抱歉了！我不知道怎么就把枪扣响了。

我跟你说过嘛，杀人的玩意儿，用起来都很简单。

该怎么处分我，您就处分吧！

大家现在都知道了，我的耳朵是那个屁黑胡子干的，跟你又没关系，为啥要处分你呢。

可明明是我开的枪，您为什么要这么说呢？

那你要我怎么说啊？说我一个老爷们儿，晚上私闯女兵地窝子，看到那个什么……女兵换……换衣服，被女兵打了一枪，把耳朵打了一个洞？

那……我把枪还给您……柳岚像在掏一块发烫的烙铁。

王营长一听柳岚要把枪还给他，一把把枪抓了过去，摊在大手的手心里，在马灯下细细打量了一番。看得出，几个小时没有看到自己的宝贝，他很心疼。但他还是把枪递还给她了，说，被自己喜欢的宝贝玩意儿干一家伙，值！你拿着吧，就当是个见面礼。

哪有把武器拿来做见面礼的。柳岚没有接。

他迫不及待地说，那好吧，我就收回。他好像生怕再被她拿走，说完，赶紧把枪小心地放进了枪套里。

3

柳岚第二天就和官兵们一起垦荒了。她和大家一样，每天五点半起床，简单地洗漱之后，干到八点钟吃早饭，然后带上两个玉米饼子，一直干到晚上十点钟才收工，回来后还要搞政治学习，思想教育，搞完这些，睡觉时已是夜里凌晨了，所以休息的时间很少，加之吃的东西很差——玉米饼子硬得能把人打起包，每个人都感到又饿又累又困。

虽然在来疆的路上就有关于分配婚姻的种种传闻，但柳岚并没有像其他女兵那样有一种莫名的担忧和害怕；即使面临这个大荒原，面临浩浩荡荡的漠风，她也只有好奇。因为她每往前走一步，所面临的东西都是超乎她的想象的。她怀着那个年代很多年轻人都有的英雄梦，无所畏惧地向未知的远方靠近。

现在，在这个只有唯一一个女人的集体里，她对每一名官兵来说，都是一个辽阔而美丽的世界；是他们寄托自己想象中的爱情、性欲和家庭的载体。她当时单纯而天真，在这个成人世界里完全是一个大孩子。但没过多久，她的麻烦就来了。

柳岚记得，那天是1951年12月7日下午，太阳挂在西边浑浊的天空里，像一个烤煳了的玉米饼。她正走在回地窝子的路上，教导员叫住了她。

教导员姓马，他个子不高，粗壮得像一个石礅，一副黑边眼镜挂在耳朵上，绰号"矮种马"。他原是二军四师七一七团骑兵营教导员，长期骑在马上，所以两条腿罗圈得很厉害。他打过很多仗，但每次都安然无恙，大家都说他是"一匹幸运的矮种马"。他那只瘸腿并不是在打仗冲锋时留下的，而是在进疆途中，过哈密不久，在一个平坦得像个大操场一样的戈壁滩上，因为在马背上睡着了，摔到戈壁滩上摔瘸的。从那以后，大家就叫他"瘸腿矮种马"了。一有人说起这件事，他就脸红脖子粗，他不好意思再在喜欢到小命里的骑兵营待下去，就调到了步兵营当教导员。大家都说这家伙喜欢女人，柳岚听说后，就对他敬而远之了。她一边走开，一边问道，教导员，您找我有事吗？

小鬼，我找你肯定有事啊，"男大当婚，女大当嫁"，我问问你，你想不想成个家呀？

他这句话问得非常突兀。我还是个孩子，成什么家呀，教导员，您可不要吓到我。柳岚十分认真地对他说。

教导员用很严肃的口气对她说，你该成个家了，组织上给你考虑了一个全兵团都有名的英雄模范。

柳岚一听教导员的口气，就真的害怕了，教导员，我才十七岁，还太小，我还想上学，还有更多的事情要做，我现在……现在不想结婚……何况，我还没有……没有喜欢上谁……我还没有，从没有想过……结……结婚的事。由于害怕，本来伶牙俐齿的她，一下子变得结结巴巴、语无伦次起来。

小鬼，组织上已经决定了，给你介绍的对象就是我们营长，他是我们军有名的战斗英雄，我们兵团的模范营长，你也看到了，他是一个忠厚可靠的同志。

教导员，您怎么能……随便乱说！柳岚很生气。

小鬼，我不是乱说，我是代表组织在跟你严肃地谈话。

教导员，如果这样，这个兵我不当了，我要回家。柳岚心里一急，差点哭了。

小鬼，你以为参加革命是开玩笑啊，想来就来，想走就走？

你们这是在包办婚姻，我宁愿死，也不会答应的。

你这个同志怎么能这么想呢？我们是革命军人，军人以服从命令为天职！不要多说了，明天给你半天时间，你们两个再见个面，谈一谈，加强加强了解。教导员的口气因为不容置疑而变得冰冷了。他说完，就转身走掉了。

柳岚看着教导员一瘸一拐地走远，愣了半晌，本想喊叫，却没有喊出声音来。她哭了，越哭越伤心，最后竟号啕大哭起来。

这个兵我不当啦！我不当啦……她赌气地对自己喊叫道。然后，她抹了一把泪，跑回地窝子，收拾好东西，背上背包，就要离开这里。但看着茫茫荒原，她不知道自己该往哪里走。哨兵跑过来，有些腼腆地问她，女兵同志，你要换地窝子吗？来，我帮你拿东西。

不……不是，谢谢！她不知道该怎么对哨兵说，只好撒个谎，我……我把背包拿出来，只是……只是想把地窝子打扫一下。

我来帮你！那个战士还是那么热情。

谢谢你了，我自己很快就可以收拾好的，你去站岗吧。

需要我帮忙你就喊一声。那个战士说完，转身走了。

她在阳光下站了一会儿，只好钻进了地窝子，把背包取下来，把被褥重新铺好。她觉得自己无比孤单、柔弱。她发疯般地想念起父母来，眼泪把枕头都渗湿了。有一缕阳光漏进了地窝子里，不大的风一阵阵从地窝子顶上刮过。她第一次觉得自己必须长大、成年，以面对那实实在在的、充满着未知因素的命运。

4

第二天吃过早饭后，王阎罗来到了柳岚的地窝子门口。虽然已见过好几次面，但他却不好意思进去，这个打仗时只知道猛打猛冲，干活时则拼死拼活的河北汉子，脸通红着，在门口转了一圈又一圈。最后，他嘀咕道，哎，还是算了，还是算屌了吧……

躲在他身后看热闹的几个老兵见他要溜，哄笑一声，冲出来，硬把他塞进了地窝子里。

柳岚早就吓得不行，她缩在地窝子的角落里，像一只被猫发现了的小耗子。

王阎罗在地窝子里站着，由于个子高，只能低着头。那只空袖管害羞地垂在身体一侧，那只手显得很是慌乱，无所适从。它看上去更加宽大，粗糙，像刚刚从泥土里刨出来的胡杨树根。

柳岚原来一见他的大手，总想发笑，这次她再也笑不出来了。她的心因为害怕而跳得嗵嗵直响，她坐在土台上，一眼也不敢看他。因为害羞，她的脸烫得像要燃起来。

地窝子里异常寂静，似乎连灰尘落地的声音都能听见。

他的脸也羞得通红，这个曾经一百多次在枪林弹雨中冲锋陷阵的男人，现在感到异常尴尬和窝囊。那么冷的天，他的额头上竟冒出了热腾腾的汗水。

是的，对于女人，这个老兵无疑还是个新兵。何况他面对的又是一个见面不久、只说过几句话的、还很陌生的女孩子呢。他不停地抹着额头上的汗水，脚不安地在原地动来动去，那只大手紧紧地攥住那只空袖管，像一个做了错事的孩子。

柳岚同志，你……我……他自己也不知道自己要说什么。

柳岚看到他那个样子，突然变得勇敢起来，她气呼呼地对他说，我不会跟你成家，我这么小，你都可以当我爹了，我怎么跟你成家？她说完，本来不想哭的，却忍不住又哭了。她有些恨自己的眼泪。

他坐了下来，想说什么，却没说出来，脸憋得更红了，手脚显得更加无所适从，半天，终于憋出了一句话，我……我觉得你很好……真的……

我是来当兵的，我是来革命的，我不是到这荒原上来跟人成亲的。

可是……

没有可是！

他不知道该说什么了。

时间时而汹涌地往前流淌，时而又如死水般无波无澜。地窝子里只有死一样的沉寂。

眼看一个多时辰快过去了，他才说，柳岚同志，我知道你不愿意，但我也是在完成组织给予的任务，组织的决定我必须执行！我也没有多少话跟你说，我只把该说的告诉你，我们家世代贫农，成分很好，我、我大哥、我二哥、我三哥、我四哥、我五哥 1937 年就跟屌日本人干上了，我大哥 1938 年战死了，我二哥和四哥是 1942 年牺牲的，我三哥是解放兰州时死掉的，我五哥参加抗美援朝去了。我前年知道，我和我的几个哥哥一起参加八路军后，我的爹娘就被屌鬼子杀死了……独眼师长说，我们家是满门忠烈……

要在平时，柳岚可能很愿意听他说这些，但现在，她一句话也不想听，她打断了他的话，这是你们家的事……

可我……可我得把话说完，这是一定要告诉你的，这样彼此才能有个了解。其实，我也只剩下了一句话，我这人战争年代是英雄，生产劳动是模范。他说完这些话，如释重负地舒了一口气，使劲擦了擦满头满脑的汗，然后站起来，由于没记起地窝子很低，把头狠狠地撞在了地窝子顶上，直撞得眼冒金星，差点栽倒。他稳住自己的身体，把头上的土拍了拍，退到门口，恢复了野蛮气，挥了一下自己的那只大手，转身走掉了。

5

那次见面不久，柳岚就担任了文化教员，开始给营里那些还是文盲的官兵扫盲。从那以后，再没人提起过让她结婚的事，好像这件事根本就没有发生过。

没过多久，团里命令王阎罗带一个连，全副武装，去师部接回三百多个从内地弄到这里来的遣犯。

这些遣犯成分很复杂，既有国民党军的军官、官员，也有恶霸、土匪，王阎罗不敢大意。而让他没有想到的是，里面竟然还有十四个女人。

这些女人一个个不修边幅，蓬头垢面，像刚从泥灰里刨出来的。但有一个娘们儿却把自己收拾得很清爽——她洗过脸，头发也梳过。他还看到，她指甲里竟然没有黑泥。她很迷人。她和柳岚不同，她显得很成熟，她身上有一种发情母马的味道。这种女人全身都会说话，特别是她的眼波。她看王营长第一眼的时候，他就觉得她的眼波能把他的魂勾走。他想他那副样子可以吓走任何一个娘们儿的。但她似乎不怕他。她看他的眼神有些特别。他第一次发现有一个女人用那种眼神看他。他想，如果柳岚看他的时候，也能用那种眼神就好了。

那帮女人来到这里后，柳岚不再是唯一的女人了。索狼荒原亘古以来，第一次有了近千人在这里劳动。沙尘味、泥土里的盐碱味和人身上散发出来的汗臭味混合在一起，形成了一种新的气味，这气味充斥着这片古老的荒原。

军人和遣犯一起劳动，分不清谁是军人谁是遣犯。其实，军人的劳动强度比遣犯还要大，目的也有些相同，那就是"挣表现"。但遣犯的目的更明确，那就是表现好了可以减刑释罪；军人们的目的是为了"建设新新疆"，看上去无疑显得有些虚幻。那种工作强度，那种发自内心的、自愿的苦役，是没有把自己当"人"看的，仅仅是一把被自己挥舞着的、粗劣的、经久耐用的坎土镘。

柳岚白天除了劳动，负责管理那十四名女遣犯，晚上还要给官兵补习文化课。那些女人原来的生活大多是衣食无忧的，有些甚至是锦衣玉食，刚到这里的时候，有几个女人什么都不会干，她还得教会她们干活。

那个总把自己收拾得很清爽的女人最省事。她叫薛小琼，她父亲在四川巴州做茶叶生意，家境富裕，她读过一些书，算是小家碧玉。1948年端午节，她

"新生代军旅作家"面面观 |

在从南江的舅舅家回巴州的路上，被多年盘踞在川北的、让人闻之色变的石鼓寨悍匪赵一刀掠去，强迫她做了压寨夫人，那年她十八岁。但没过多久，贺龙的部队就进川了。赵一刀被打死，他的喽啰作鸟兽散。薛小琼身为匪婆，但罪不当诛，被押到了新疆劳改。她说一口好听的四川话，大大咧咧，没心没肺，随遇而安，敢作敢为。虽然身为遣犯，但似乎一点也不在意。柳岚很喜欢她那种性格。薛小琼那时刚满二十岁，但成熟得似乎可以面对整个世界。她嘴里随时都哼着歌，那时，不让遣犯唱其他歌，她就哼那首《劳动歌》——劳动，劳动，劳动呀劳动，劳动创造了世界，劳动改造了我们，我们吃得饱呀，全靠劳动，我们穿得暖呀，全靠劳动……

柳岚喜欢薛小琼这种性格的女人。她从薛小琼那里知道了芦苇根可以吃；还有红柳下面那个像蘑菇一样的大芸；还有四脚蛇，用火烤一烤，味道很香——那些男遣犯，活的都可以吞下去。她好像控制不住，一开口就跟柳岚说吃的，说得两人的肚子常常咕噜噜直响。

有一天，薛小琼问柳岚，柳文教，你们那个独臂长官——对，应该叫王营长的——真是太厉害了，我听说他原来是个战斗英雄耶！我没有看错，我第一眼看到他，就觉得他是个英雄！

柳岚无所谓地哼了一声，想了想，终于找到了一句贬损他的话，你看他那个凶样！你知道吗？他的外号叫王阎罗。

呵呵，我倒没觉得他凶，我听说他身上有好多打仗时留下的伤疤，还有他那只手，我的妈呀，真大，跟熊掌似的，一掌能把人拍死！

哦，原来你喜欢这种被子弹穿过、被刺刀刺过好几十回的男人啊？

薛小琼的脸红了，哈哈一笑，说，我要不是个遣犯，不是个土匪婆，我就去喜欢他。她神色有些忧郁了，接着说，我会让他跟我讲每一个伤疤的故事。

柳岚吃惊地看着薛小琼，她没想到王阎罗会招这个土匪婆的喜欢，心里突然有一种不舒服的、怪怪的感觉。

薛小琼感觉到了，她说，柳文教，我说错话了，但我说的都是真话，我只跟你私下里说，你不会向长官报告吧。

不会。柳岚的口气不冷不热。

6

　　王阎罗忙着带人马管理那上千亩新开垦出来的、已种上冬麦的土地——他要在明年看到一个翻滚着金色麦浪的索狼荒原，早就把和柳岚结婚那档子事忘掉了。当时，麦子已经从地里拱出来。他看着，心里觉得十分舒坦。同时，他心里也很惭愧，因为他那只独臂可以打枪、冲锋，但没法用一只手抡起坎土镘挖荒地——近千人在荒原上一字排开，吼叫着往前挖掘，见到那气势，谁也不想只做个打杂的人——他只能偶尔指挥一下，为大家加油鼓劲，更多的时候是拖拖红柳、梭梭，赶着驴马为大家送水送饭。地里撒上种子后，矮种马就让他带着那帮女人搞田间管理。刚开始，他对矮种马让他和一帮女人在一起干活还有意见，没过多久，他就喜欢和她们在一起了。

　　他和她们在一起干活，心里就有一股莫名的兴奋。他根本控制不住。后来他找到了原因，那是因为薛小琼在里面。薛小琼的眼神里还有那股劲儿。这种眼神让他既喜欢、又害怕。她的眼神会让他靠近心口的一大块肌肉发酥发软。她也喜欢靠近他做活，但她把这一切做得很自然。

　　有一次他带着她一起去引水浇麦，那水渠是部队到这里来后开挖的，比战壕还深，还没有引过水。他和她顺着那条水渠往前走，有垮塌下来的泥土她就疏通一下。他们开始都不说话。他们还没有说过话。但可以感觉到，两个人的心跳都异常猛烈，好像四周的荒原都在随之颤动。王阎罗跟在她后面，看着她的背影，他的身子轻飘飘的，似乎一小股风就能把他刮走。虽然其他遣犯见了他和矮种马都会吓得两腿发软，但她却一点也不怕他。过了一会儿，她在前面忍不住嘻嘻笑了。

　　王阎罗听到，就问她，你笑什么？

　　她说，我跟一个大英雄走到一起了，我以前做梦都没有梦到过。

　　你因为这个在笑？没仗打了，英雄是个屁啊。仗打完了，英雄还活着，那就不是英雄了！死了的英雄还有个纪念碑，可你看我这个活着的独臂，却只能和你们这帮娘们儿在一起浇浇地。

　　她回过头，看了他一眼，活着可比当纪念碑强。

枪子儿都把我穿成一张筛子了……他的语调里有一种落寞的感觉。

听到他这句话，她的泪水一下从眼睛里涌了出来。她停住了脚步，转过身，抬起眼睛，盯着他。她的眼珠漆黑，人生的颠沛并没有熄灭掉她生命的热情，她的目光还是那么清澈，充满着希望。

王阎罗看到了她眼里的泪光，他并不理解，连忙问道，你怎么了？好好的，你怎么哭了！

薛小琼看着他，说，我想说个事，说出来你不会毙了我吧。

说吧，我又不是刽子手。

我心里有一个我非常喜欢的人，我长这么大，骨子里就喜欢过一个人，为了这个人，我就是为他死也没得啥。

那个人是谁？那个土匪？他不是已经死了吗？王阎罗的心里竟突然冒起来一股醋意。

不，那个人就在我的跟前。

他往四周看了看，你是说我？

她扑到他的怀里。她的眼泪更多了。他用那只独臂笨拙地抱着她。

从此以后，王阎罗就开始想女人了，他觉得自己的屌思想可能有问题，但他管不住自己。他原来做梦要么是打仗，冲啊杀的，要么就是梦到老家和爹娘。现在，梦里面多了薛小琼。有些情景，他原来从没有想过的，也在梦里出现了。更让他难过的是，他越想控制自己不去想她，就越频繁地梦见她。

7

从那以后，王阎罗的脑子里就只有薛小琼了。在柳岚面前，他也有了一股豪气，他在心里对自己说，哼，你柳岚不让我这个耳朵上有弹孔、脸上有刀疤的独臂男人接近你，老子也不会强迫你。这个风度我还是有的。

薛小琼那时已亲过他脸上和耳朵上的伤疤。他已经知道，相爱其实很简单；他也知道了，组织介绍的女人和自己喜欢的女人是完全不一样的。那次矮种马让他和柳岚在一起谈话，柳岚一点也看不上他。而这个薛小琼，他觉得他俩的姻缘真是前世就注定了的，他们其实就是一个人，只有一颗心。

但春节前夕，矮种马却来找他谈话了。他嘻嘻笑着说，王阎罗，你和柳文教也见过面了，组织已经决定把你和她的婚事办了，不然，出了事，我可不好向组织交代。

你看你说的，能出啥屌事呢？

教导员高深莫测地笑了，我怕黑胡子再朝你来一枪，把你另一只耳朵也打个洞。把你另一只耳朵打个洞也就罢了，就怕那家伙一失手打偏了，敲了我们大功营营长的脑袋。

哈哈，你个屌矮种马，啥也瞒不过你啊。

嘿嘿，你骗骗其他人可以，我可是火眼金睛。现在可以告诉我了，当时是不是猴急了，想去非礼别人，挨了那一枪呀。

你看你这张屌嘴说出的话！那一枪是柳岚打的，我们路上遇到过黑胡子，大家一路也说那个家伙，她对那个黑胡子有些害怕了，加之她刚来这里，这里就她一个女的，就更紧张了，你让我为她送盆热水，多打几个照面，我就去了，我端着水就往她地窝子里钻，她就摸出了那把枪，一不小心走火了。

原来是这样！那你对组织的决定有没有什么意见啊？

这个屌娘们儿对我一点感觉都没有，强扭的瓜不甜，还是算屌了吧。

你管它甜不甜呢，先扭下来放进自己的篮子里再说吧。我之所以逼你，是因为组织上在追问了，问我怎么还没有把你们配到一起啊。

矮种马，我跟你说句内心话，不要看她柳岚长得很中看，我还真的不想和她结婚，我还是想找一个经得起摔打的女人，至少老子一巴掌打过去，她能撑得住。但像她，我一巴掌下去准把她拍碎了。

你他妈的，组织上好不容易给你找个女人，是让你拍着玩的啊！

我这把年纪了才有了个女人，哪舍得拍呀。但我认为，跟我结婚的女人，首先不会嫌我，也没有必要有那么多文化，这样，我才能够跟她把话说到一起。我们结婚后，就唰唰唰地生崽子，生他一个排。上头也说了，我们要结束历朝历代在这里屯垦一代而终的局面，要在这里扎根，而我们的根就是我们的子孙。而像她那个样子，我连话都不晓得跟她怎么说。她太文气，还看不上我。屌！像她那样，就是生出孩子，也是孔夫子的鸡巴文吊吊的。我还看不上她呢！

你他妈的，一看就是个粗人。矮种马像个媒婆，只想尽快把他们撮合到一起。不要扯了，你就知足吧。时间就定在春节晚上，连以上干部参加。这是组织的决定，你们必须无条件服从。

这个……是！王阎罗还想说什么，矮种马已转身钻出了地窝子。

王阎罗坐下来，他想起了薛小琼，觉得自己对不起她，但他也知道，她是个土匪婆子，他如果和她结婚，索狼荒原一定会被掀个底朝天的。

春节那天下午，柳岚碰到营部的通讯员，见他提着一小袋子水果糖，就一边笑着抓了一颗，一边说，通讯员，今年春节还有糖吃，今天晚上是不是要好好热闹一下啊？

通讯员笑着说，这是喜糖，可不能随便吃的。

喜糖？难道哪个女遣犯要结婚不成？她当时根本没想到这件事会和自己有关。

他笑了笑，没有回答。

说说看，是哪个和哪个？她还是感到好奇。

嗨，过年就是喜事嘛。通讯员应付完她，像土行僧似的，转身钻进了地窝子里。

柳岚想想也是，把那颗水果糖在鼻子前闻了闻，深深地吸了吸它的甜味。她已经好久没有吃糖了，她伸出舌头舔了舔，才放进嘴里。嘴里的甜味使她觉得整个索狼荒原都弥漫着水果糖的甜味，这种甜味使人快乐，她忍不住哼起了歌，一蹦一跳地回到了自己的小地窝子里。

过了一会儿，通讯员跑来叫她到营部去。她问有什么事。他说你去了就知道了，你一定会惊喜的。走到营部门口，她嘴里仍含着小半颗水果糖，她舍不得把它嚼碎咽进肚子里，就把它压在舌根下，喊了一声报告。

柳岚同志来了，快进来，快进来。是矮种马很热情的声音。

柳岚钻进地窝子，没想全营连以上干部都喜形于色地坐在里面，王阎罗像个战俘似的垂着头，红着脸，站在上首。一见她进去，矮种马就站起来，异常兴奋地大声说，欢迎新娘子柳岚同志！紧接着，就响起了"噼里啪啦"的掌声。

她吓了一大跳。她愣在地窝子门口，想转身离开，身子却转不过去，她一下木掉了。她觉得嘴里的水果糖一下变苦了，她像咽一粒黄连做的药丸，想把它咽进肚子里，没想不但没有咽进去，还差点呕吐起来。

来来来，不要呆站着啦，快过来！矮种马见柳岚不动，瘸着腿跑过来，把她拉到了土阎罗身边。她看见桌上放着两小堆裹着灰尘的水果糖，每人跟前放着一搪瓷缸有些发灰的、有股怪味的白开水。她的脑子里一片空白，身子也没有任何知觉，又冰又沉，像塞满了生铁。她听见王阎罗在她身边不时"呵呵"干笑两声，笑声很是尴尬。

矮种马满脸堆笑，以他特有的、沙哑的大嗓门宣布道，今天，是我们索狼荒原最喜庆的日子，经组织批准，七一七团一营营长王得胜同志与营文化教员柳岚同志现在结为夫妻，组建一个革命家庭，现在，让我们以水代酒，向他们表示祝贺，愿他们永结连理，白头到老，尽快为我们索狼荒原生一堆胖乎乎的革命后代！他宣布完，大家举起搪瓷茶缸，很响地碰了一下，然后一饮而尽。

柳岚早已哭得跟泪人似的，还没搞清是怎么回事，婚礼已经结束了。大家抓了一把糖，像完成神圣使命似的，鱼贯而出。把她和王阎罗留在了"洞房"里。

她颓然地站在那里，觉得自己的整个生命都在崩塌。突然，她不顾一切地冲出了那个地窝子，向着无边的旷野，向着寒冷的黑夜深处没命地跑去。

凛冽的寒风一阵阵从荒原上掠过，笨重的毡筒使她一次又一次跌倒。她索性把毡筒脱了，挂在脖子上，脚上只有一双补丁重重的布袜子，她也没觉得冷，也没感觉硌脚。她只觉得身后有一个强大的、不可违抗的东西在追逼着她，她只有逃跑，她跌跌撞撞地飞奔着，那么快，像戈壁滩上的一阵风。

8

柳岚跑出去的时候，王阎罗喊了她一声。但她像是疯了，像一颗子弹一样射出了地窝子。

他不紧不慢地披上衣服，他要去把她追回来。屌，竟然跑了！这样没脸面的事情，我王阎罗哪里遇到过？最好不要让那帮家伙知道了，不然，我这个堂堂大功营营长真是威风扫地了！碰到哨兵，他问柳岚往哪个方向转悠去了，叫"鬼脸"的哨兵看了他一眼，给他指了指方向，说，祝营长大喜！他感觉鬼脸看他的目光和语气怪怪的。他黑着脸，骂了声，屌！

荒原上的风比刺刀还要锋利，天上挂着一轮比锅盔还要大的圆月，给地上铺了一层厚厚的月光。看不到哨兵了，王阎罗才大步朝那个方向跑去。他看到她一瘸一拐地往前跑着，像个女鬼。

但柳岚没跑多远，一双脚就血肉模糊，麻木得再也跑不动了。她跌坐在地上，呼出的气息喷在脸上、头发上，早已凝成了冰霜，使她看上去就像舞台上的白毛女。王阎罗看到她的头发，吓了一跳，在月光中，她好像突然变成了一个老女人。

不愿跟我就不跟嘛，你瞎跑个……啥呢，你晓得这是什么地方？你能跑出去？王阎罗很生气，也很难受，他有些心痛她，他本想对她大吼大叫一番，但他忍住了，他本来想说"你跑个屌呢"，但那个字到了嘴边，他把它"咕咚"一声咽进了肚子里。

她蹲在那里，什么也不说，一副可怜巴巴的样子。

我晓得你不愿意跟我，你嫌我年龄大，嫌我独臂，嫌我难看，嫌我是个粗人，嫌我只会打仗。但是，你要晓得，这块地开出来后有好几千亩呢，我们辛辛苦苦开出来，如果没有个后人，我们老了，这地以后谁来种？

她还是没有说话，她在发抖，可能是冻的。他看到了她身边的毡靴。他这次再也忍不住肚子里的火气，你！你个屌女兵！你要成个矮种马那样的瘸子吗？你他妈的今天成了瘸子，明天就给老子滚出大功营去！王阎罗一边大声武气地吼叫着，一边蹲下去，摸她的脚。

他把她吓住了，她的身体抖得更厉害了。她的牙齿磕碰着，发出令人心烦的声音。他见她那样，心里不忍，放缓了语气，说，对不住啊，我不该对你吼。

她突然低声抽泣起来。

王阎罗摸到了她的一只脚。她的脚上裹着布，但他把它抓在手里的时候，觉得抓住的是一坨冰。他又想发火。你的脚不赶快暖过来，就废掉了。他一边说着，一边把她的脚扯进自己的怀里。过祁连山的时候，他的怀里暖过战友的脚，但暖女人的脚还是第一次，他对她说，这里没有火，对不住了！

她的脚冰得他哆嗦了一下。

她没有反抗。他想那是因为她的脚已经麻木了，还有就是她有些怕他。

我说过，你不愿意跟我过就算了，但你千万不能跑。这周围都是大沙漠，你跑不出去的，你往外跑，就是送死；还有，你现在已是解放军了，你跑了，就是逃兵，你知道吗？作为一个军人，最可耻的就是当逃兵。

她脚上的冰在慢慢融化，打湿了他的衬衣。

风一刀一刀地割着他们的脸。他没话找话说，你看，这多冷！不把你冻死才怪呢。

她哆嗦得不那么厉害了。他把她的脚从自己怀里拿出来，脚一暖，汗臭味就冒了出来。

哎！你闻你这臭脚丫子，跟死狗的味道差不多！我没想到女娃娃的脚会这么臭。

她赶紧缩回了脚，忍不住"扑哧"笑了，她说，这鬼地方哪有水洗脚啊……

哈哈，笑了就好，走，跟我回去，这样吧，让我背你。

我自己走！她一边蹬上毡靴，一边用很硬的声音好强地说。

他想起了一句古话，但没有说全，也是的，男女那个什么不亲嘛？

男女授受不亲！她瘸着腿，一边站起来，一边说。

老一套的东西说起来就是拗口。他看到她走的还是往沙漠外去的路，就急了，你个……怎么还在往外走呢？

让我跟你结婚，我宁愿当逃兵，宁愿死，也不回去！你现在就可以把我当逃兵枪毙了吧。

屌！他一急，又说粗话了，老子说过了，你不愿意跟我过就算屌了。

这可是你说的！

不是我说的还是鬼说的啊！

那好，你说话得算数。

老子是站着尿了三十年尿的汉子，说话当然算数。

那我就跟你回去。

"你不走也不行了。"他说完，就把她一把抓起来，扛到了自己的肩膀上。

9

柳岚的脚冻伤后，在地窝子里躺了好几天没有出来——她现在的脚还能走路，应该感谢王阎罗。他当时如果不把她的脚揣进他的怀里，她的脚就废掉了。她那几天缩在地窝子里想了很多。她觉得他这个人也有可爱的地方，他把她的脚揣进他怀里的动作，有些像她爹。她爹十七岁结婚，十八岁就有了她，她爹只比他大四五岁。但他的面相比她爹老得多，何况他还只有一只胳膊，脸上还

　　　　　　　"新生代军旅作家"面面观 |

有一道疤，耳朵上还有一个洞……好了，现在不管他了，他说了，我不愿意跟他结婚就算了。看来，这次还是跑对了，这脚挨一场冻也是值得的。柳岚想到这里，心情一下好了很多。

王阎罗去看过柳岚一次，还给了她几颗水果糖。她看见糖，一下变得敏感起来，她赶紧说，我不要我不要。他并不明白她为什么会那样，说，这糖甜着呢，是我到团部去，政委给我的。他执意把糖放下了。柳岚把糖给了通讯员。婚礼以后，她就再也不吃糖了。

其他时候都是通讯员受命过来照顾她，他每天都端着一盆热水，里面放些草药，说这种草药可治疗冻伤，是营长到小沙湖去采的。

通讯员那时二十一岁，他原来一见柳岚就脸红，叫她女兵同志，现在他不脸红了，一见她就很自然地叫嫂子。他接过柳岚的糖，就说，谢谢嫂子的喜糖。

柳岚开头以为自己听错了，就问他，你叫我什么？

叫你嫂子啊。

谁让你这么叫的？

部队就这个规矩，对领导和老兵的家属都这么叫，你现在是营长的家属，我不叫你嫂子叫你什么？

谁跟营长结婚了？

他笑了，笑得天真无邪，反问她，你说是谁跟营长结婚了啊？

柳岚没法回答他了。

他们都会这么叫我吗？她有些绝望地问道。

当然啦，就是教导员见了，也得叫你嫂子呢。

你还是叫我女兵同志吧。她的声音里带着乞求。

嫂子，那哪能行！

柳岚的脚勉强能走路，走出地窝子后，她发现战士们看她的眼神已不一样了。在他们眼里，她不再是那个才十七岁，比他们的年龄都小的小女兵，而是营长的老婆了，他们有着对长嫂的尊敬和一种很微妙的畏惧感。她像个受了惊吓的鼹鼠，赶紧钻进了地窝子里。

通讯员给她端饭来吃的时候，她对他说，通讯员，你晓得的，我今年才十七岁，我还不愿意结婚，营长也答应了，说我不愿意跟他就算了。所以，你不能叫我嫂子，你能不能跟其他战士也说说，就说我们其实还没有结婚呢，也让他们不要叫我嫂子。

通讯员睁大了眼睛，有些不高兴了。这话我可不能讲，你和营长结婚谁不知道？你是不是嫌弃我们营长了？他的语调变得激动起来，你不知道我们营长是多厉害的人，他是个大英雄，他当连长的时候我就跟他当通讯员，你不知道他打仗多厉害，每次冲锋他都高声叫骂着，冲在最前面，干掉一个敌人，他就骂一声屌，肉搏战的时候，干翻一个敌人，他也骂一声，去见阎王吧，你个屌。敌人都知道七一七团有个打仗不要命的王阎罗，和他交手的时候，都会格外小心。你知道他负过多少次伤？四十八次！不，加上在这里耳朵被黑胡子打穿，一共是四十九次。他那只手臂是被敌人的机枪子弹扫中的，骨头碎了，只连着一张皮。当时他带着部队正冲在紧要处，胜败就在眨眼之间。他嫌那只断臂累赘，一闭眼，骂了声屌，一马刀砍了下来，然后跳起来，又往前冲。我当时跟在他屁股后面，看着他那只砍下来的手臂，吓得头发都竖起来了。他冲上高地不久，就晕过去了，我这才有机会叫屠夫把伤口给他捆扎住。我想他那次肯定活不成了，但他命大，最后竟然挺过来了。这样一个人，你哪里找去！他显然很生气。

你……我是说……一个人和一个人结婚，要有感情才行。她满含歉意地对他说。

我知道，你们读了点书，就要讲究什么感情，讲究什么婚姻自由！告诉你吧，我们营长也是有人喜欢的，你知道吗？那次在一个大学操场上为他开庆功大会，下面的女娃娃感动得直哭，部队要开拔的时候，有个可漂亮的女大学生追着队伍找他，找到后说要跟他走。营长笑呵呵地说，这屌仗还没打完呢，等我打完仗了再回来找你！谁知道我们后来来到了这里。不然，我们营长娃娃都有了！他气呼呼地说完，转过身去，气哼哼地走了。

柳岚没想到自己得罪了通讯员。她对着自己笑了一声，然后对自己说，哪有这样的事！转眼之间，我已被公认是他的老婆了，我已从一个青春少女、已从全营年龄最小的兵变成他们的嫂子了！她决定去找他，要让他跟全营官兵澄清澄清。

那天下午官兵们都在擦拭自己的武器，这些武器虽然好久没有用过了，但保养得很好。他们见了她，无论他们在做什么，都会停下手里的活儿，很礼貌地叫声嫂子好。她真有些哭笑不得。

原为营部的地窝子现在已变成了她和王营长的洞房。她喊了一声报告，他说，进来。她进去后，看到通讯员在擦枪。通讯员对她爱理不理的，低下头只管做自己的事。他正在把玩那只勃朗宁手枪，他把枪放下，说，你看你到这里来还打什么报告？

我和其他战士是一样的，到这里来当然要打报告。

哦，也是。

通讯员给她倒了一杯水，然后提着枪和擦枪的工具出去了。

脚好了没有？

好多了，营里的文化补习班明天就可以恢复。

好，学那个屌文化可比打仗难多了。他端详了一眼自己的手枪，接着问，你瘸着腿来找我，肯定有什么事吧？

你不是说我不愿意跟你结婚就算了吗？你说话一点也不算数。

我怎么不算数了？

大家都……都叫我嫂子了，他们认为我是你的人了……你能不能把大家集合起来，澄清……一下？

他哈哈笑了，说，这我就管不了啦，让我们结婚是组织决定的，你得去找组织。

谁是组织？

谁是组织？他显然是第一次遇到这个问题，他不知道该怎么回答。他用那只大手使劲挠了挠自己的头，想了想，跟你实说吧，虽然这么多年我一直听组织的，但我对组织究竟是谁还真没琢磨过。像我这种只会打仗冲锋的大老粗认准一条就可以了，那就是组织决定了的事情，决不反对，坚决无条件执行。总之，组织不是一个人，教导员是管组织的，他肯定清楚，你可以去找他。

柳岚跟王阎罗敬了个礼，说了声谢谢营长，就转身去找矮种马。

矮种马正在地窝子里写着什么，一见柳岚进去，赶紧放下手里的笔，站起来，格外热情地指了指枯胡杨木做的凳子，说，哈哈，嫂夫人驾到！快坐快坐！

柳岚没有坐，她倔强地站着。

嫂夫人来找我，肯定有什么事情吧？

教导员，我……我不知道该怎么说……我就直说了吧，你知道，我对你们让我跟营长结婚有意见。营长也跟我说了，如果我不愿意跟他就算了。但大家都叫我嫂子了，我希望教导员能够对全营官兵澄清一下。

是啊，你看大家嫂子都叫上了，你现在还有啥意见嘛！

王营长是个好人，是个英雄，但我对他……

她的话还没说完，教导员就笑着打断了她的话，他又是好人，又是英雄，你还有啥意见嘛！

可是……我还小，我连感情是什么都不懂，我不想这么早就结婚。

可是，营长年龄不小了，我们的革命事业也迫切地需要后继有人。

可是……营长说了，如果我不愿意跟他就算了。

这是组织决定的事情，他哪有权利说算了就算了？简直目无组织！教导员的口气突然变得十分严厉。

是……是营长让我来找组织的，让我跟组织反映我的意见。

当然得找组织。

营长说你管组织。

我管组织，但我不是组织，组织决定了的事情，就得执行，哪能说改就改！就是要改，也得组织决定！

那我……我该怎么办？

柳岚同志，你来向组织反映问题，这是你对组织的信任，组织会认真对待，你放心！但这个事情得由组织讨论后才能决定。

那……组织多久讨论？

那得由组织来决定。他站起来，左手叉在腰上。不过，我可以先以教导员的名义告诉你，首先，婚姻是个严肃的事情，再者，组织决定了的事情同样是非常严肃的，应该严格执行的，朝令夕改，组织哪还有权威？所以我们都要严肃地对待这个问题。

柳岚脑子里一片迷糊。

矮种马换上了笑脸，用和蔼的语气对她说，嫂夫人，刚才涉及到组织，所以我严肃了一些，现在说完了，不用那么严肃了，还有什么事，你尽管说。

我不是什么嫂夫人，希望组织能尽快考虑我反映的问题。她说完，木然地站起来，向矮种马敬了个军礼，转身走了。

10

有一天，矮种马来到王阎罗的地窝子，对他说，你王阎罗执行组织决定不力。我可从来没有见你这么窝囊过，你和柳岚结了婚却不同房，让全营官兵看着，影响多不好！

我们原就是两个陌路人，硬撮合到一起，人家不愿意，总不能强迫人家吧。说句内心话，两个人的屁事，还是两情那个什么……的好。

你说的是两情相悦吧，可这里，只有母狼、母狐狸和女遣犯，你和谁两情相悦去！

嘿嘿，也是。矮种马提起女遣犯，使他想起了薛小琼。他觉得自己的心好像被骆驼刺扎了一下。

矮种马看他那个表情，以为他是在为柳岚的事犯难，就说，我看你在对付女人上，比打仗差多了。这样吧，柳岚既然是组织介绍给你的，还是由组织出面来解决吧。

第二天，团长也给王阎罗打来了电话，他第一句话就问，王阎罗，你跟你那新婚的小娘们儿过得怎么样啊？

我们目前还停留在革命同志的阶段。

我听说她想跑？

跑了一段，我把她追回来了。

团长给他打气，你他妈的，你英雄一个，英雄美人，自古般配，所以我才把柳岚配给你，我告诉你啊，你王阎罗打仗是个英雄，在女人面前可不能当狗熊啊。

团长，那屁仗我打了十多年，闭着眼睛也晓得怎么打，但这屁女人，我可从来没碰过。

政委一再跟我们说，现在不是打仗那阵子了，说话得文明一点。你看你，一说话就满口是屁！那姑娘是个文化人，你那形象人家就很少见过，再满口粗话，人家怎么喜欢你啊。

你知道，我这一张屁嘴说惯了。

说惯了就得改啊！对女人，你得动点脑子，你得想办法打动她的心，心是女人的司令部，你把司令部搞服帖了，她就土崩瓦解了。当然，也有一种女的，那个司令部牢固得很，办法用尽就是攻不下来，那你就只能强攻了。

你说得轻巧，可女人那屄……心……哈，又说屄了——看不见摸不着的。

你看你这个胡杨木脑袋，你以为女人的心是你从敌整编二十七师师长那里缴获的勃朗宁手枪啊，可以天天在手里把玩着？看来你哪天到了团部，我得好好给你上一课。

你知道我这屄……人，最烦的就是坐在那里听你上课。

王阎罗从团长的话里似乎也明白了一些东西。他放下电话，对自己说，还是我爹说得对，他娘的，屄女人就是给老子铺床叠被暖炕生娃喂猪做饭的，一开始就得把她像调教犁田的牛、拉车的驴一样调教老实了，不然，她以后犁田就会不依犁，拉车就会不依路。但他回头一想，觉得柳岚也是不易，就在那天下午打了一只野鸽子，叫炊事班炖了汤，用钢盔盛着，给她送去。

他往她的地窝子走的时候，不知为何，心还是有些发紧，头还是有些发蒙，腿还是有些发飘。来到她地窝子门口，他吭了声，柳岚同志在吗？问完了，他才发现自己的声音还有些发颤。

有什么事请在外头说。

他没有管她，吭了声就进去了。她偎在被子里，见他进来，有些生气。营长同志，你怎么能随便进女兵宿舍？

老子是营长，想进哪里就进哪里。他说话时虽然很横，但语气并不硬。

来，趁热乎着，把这鸽子汤喝了。他把一钢盔鸽子汤递给她。

她闻到了肉香，喉咙动了动，但她扭过脸去，说，我不喝！

不喝不行！

凭啥？

凭啥……？凭我们已举行了婚礼！

可你说过我不愿意就算了。我去找教导员说了，他说组织上会考虑。

可组织上决定了的事，我们就得执行，教导员说我执行组织决定不力。

那你来执行啊！她的语气里满是嘲讽。

王阎罗一下来气了，感觉到浑身的血直往头上冲。组织上已经批准我们成两口子了，你以为我不敢啊！他把鸽子汤放在土凳子上，鸽子汤溅了他一手。

他在裤子上抹了手上的汤，走过去，用那只独臂把她揽住，就要去亲她的脸。

他听到了她的一声尖叫。这个屌女人，也他妈的太烈了。她还"啪"地扇了他一个耳光。他生平第一次挨了女人的耳光。她的小手打在脸上像荆条抽过，火辣辣地发烫。这一巴掌把他的昏头打清醒了，他赶紧说，柳岚……同志，我……我昏头了，我……我犯错误了……他说话从来没有这么不利索过，嘴里就像含了一个屌。说完这些，他向她鞠了一躬，灰溜溜地钻出了地窝子。

他丧了魂魄般回到营部，把团长的电话要了出来。他一听到团长的声音就说，团长，我犯错误了！

团长用吃惊的声音问道，啥错误？又他妈的死人了？

我……我要流氓了……你用机枪把我扫了吧！

什么？团长以为他听错了。

我要流氓了。

你他妈的对谁要流氓了？

我对柳岚同志要流氓了。

团长在电话那头哈哈大笑起来，他笑了好久，然后很严肃地说，你他妈的跟我讲讲，你怎么要流氓的？要老实跟我讲，不准漏一个细节。如敢遗漏，我从严处分！

团长这家伙平时跟谁都是嘻嘻哈哈的，但一严肃起来，就他妈的六亲不认。王阎罗不敢有任何隐瞒，把整个经过从头到尾细细地说了一遍。

就这样？你他妈的就这样？

我……你知道，团长，我从来不会编谎。

哈哈哈，王阎罗同志，你够丢脸的！我看你是打仗打傻了，以后再遇到类似的事情，你可不要让其他团的人知道了！团长开心地大笑着，那笑声通过电话线传过来，震得王阎罗耳朵直发痒。笑完了，团长接着说，我现在告诉你，鉴于柳岚同志已是你老婆，你可以继续对她要要流氓！他说完，就把电话挂掉了。

王阎罗站在那里，手里握着电话，一头雾水，不知道团长是什么意思。不过，他知道，他的这个错误团长是不会追究了。他把电话挂好，嘀咕了一句，这个屌团长！

11

柳岚在地窝子里哭了一会儿，才想起王阎罗的确是和她举行过婚礼的。她总不愿意相信这个现实。她把矮种马的话回想了很多次，越回想越觉得绝望。组织就在那里，但她不知道它是什么样子。这个现实使她的心像针扎一样难过。

在这个雄性的荒原上，她显得那么孤单，像一条隐藏在地下的虫子。

她看了一眼那一钢盔野鸽子汤——她后来才知道，那个钢盔是王营长1938年10月27日在收复阜平城的战斗中，从日军那里缴获的。后来，这个钢盔曾在丁耙山侧击战中，为他挡过一粒子弹。如果不是这个钢盔，那粒子弹会穿过他的脑袋，他的骨头可能早就变白了。就为这个，他一直留着那顶钢盔，解放宝鸡的战斗结束后，他找了个补锅匠，把那个枪孔补了起来。

她把钢盔提起来，想把它甩到外面去，但她最后没有那么做。

她站立在那里，眼前一片茫然。她突然想到了死，她觉得这是一条不错的路。她想，要是那把枪没有还给他，她现在就可以给自己一枪。这种赴死的感觉令她激动得浑身剧烈地颤抖起来。但这个可怕的想法很快就被她两行冰冷的泪水代替了。

她来到这里后，害怕有人闯进她的地窝子，晚上会一直在门口放一盆水。现在，她觉得这些都没有必要了，她把那盆水泼在了地上。

她缩回到床上，和衣钻进被子里，眼睛死死盯着地窝子那个脸盆大小的通气孔。外面和地下一样黑。寒冷的风声哭泣着从地表掠过，把地表的浮土一层层掀走，像要把她从地下掀出来。

第二天一大早，矮种马就瘸着腿找到了柳岚。她想组织新的决定一定下来了。矮种马和她拉了一会儿家常，就把话头转到了正事上。他对她说，柳岚同志，组织决定了的事，没法改变。

可我不愿意。

你现在是个革命军人，你说说看，我们好多同志，浴血奋战，九死一生，好不容易活下来了，又到这荒原上开荒种地，他们该不该有个女人？

柳岚没有回答。

你没有回答，就表示你已经默认了，如果不是在这荒原上，我们这些同志，谁找不到一个女人，组织根本就不会管这种事情，你说是不是？

柳岚还是没有吭气。

所以说，这是革命的需要。王阎罗，不，王得胜同志是一野的特级战斗英雄，是兵团的模范营长，他和你结了婚，你却不和他同房，这样做，损害了他的威信，叫他以后如何带兵？

柳岚针锋相对地说，我们妇女已经解放了。我追求的，是自愿的婚姻，不是包办婚姻，如果说他的威信受到了损害，也不是我的原因。

这句话把教导员噎住了，噎了半天，他说，男大当婚，女大当嫁，你柳岚不来当兵，你爹娘也会给你找个人家嫁了去，照样是包办。你哪能有那么好的运气，一嫁就嫁个大英雄。

嫁个什么人，那是我自己的事。

柳岚同志，你要明白，婚姻不能儿戏！就这么一片荒原，这荒原上就这么一些人，无论你是否与王得胜同志同房，但在同志们的心目中，你已是个结了婚的人，这是组织的决定，你别无选择。

他的话又把柳岚噎住了。

教导员瘸着腿往外走的时候，不容置疑地说，你们的婚姻是组织决定的，这是革命的需要，你做好准备，他今天晚上就搬过来住。

12

王阎罗觉得女人的确比打仗难懂多了。他觉得女人有时候比敌人还可怕。你消灭过的敌人，你不会再去想他，女人就不然，你不光心里想，脑子里想，整个身子，甚至每根毛发都会想。已经有好长时间了，他心里、脑子里全都是薛小琼的影子。

有一天，他带着她去清理水渠。积雪上落了厚厚的黄沙，大地和天空都是枯黄的，风景里没有一点诗意。薛小琼在前面走着。他看着她的背影，心如刀割。她没有回头，但她感觉出来了。她说，我晓得你和柳文教结婚了，我也晓得她和你心意不合。你不要难过，我是个遣犯，从一开始我就晓得，我不可能

205

和你在一起。我能爱你已经是我这一生最大的福分了。我没有任何奢求，只要能看见你一眼，我就满足了。我晓得，我这条命比蚊子还要轻贱，但因为你，它变得金贵了。她说完，回过头来，对他笑了笑。

她的笑把王阎罗的眼泪引了出来。这个男人极少哭过。他把她拉到自己怀里，用那只独臂紧紧地抱着她。他发现她原来是如此柔弱，像一小粒红柳花絮。他的脸上都是黄沙。她也哭了，她用手抹着他脸上的泪，然后，她把自己的泪水在他胸前的棉衣上揩干了，抬起头，又一次笑了。她笑着说，我不想哭。她说完，就把自己干裂的嘴唇贴到了他那同样干裂的嘴唇上。

然后，她亲了他的每一个伤疤——好多伤疤他早就记不起来了。那个时候，整个索狼荒原，包括那枯黄的积雪，凛冽的寒意，以及那裹着黄沙、从水渠上面呼啸而过的风，和身体上面那浑浊的天空及像黄疸病人面孔一样的日头，还有人世里所有的幸与不幸，好像都被他们肉体吸纳了。她的脸像一朵刚刚开放在尘土中的花儿一样好看，她很好看地笑着说，我身上流的都是你的血了。他说，我也是的。

王阎罗和薛小琼分手后，没有一起从水渠返回，他从另一条路绕到三连的垦荒营地，检查三连的垦荒情况去了。回来已是下午六点钟光景。他把补了好多疤的、污脏的皮大衣往土台上一摔，想起薛小琼，他觉得自己像是做了一场梦，正想哼两句革命歌曲。一抬头，发现矮种马在地窝子里坐着。你个矮种马，像个鬼一样坐在那里，把我吓了我一跳。

教导员语气沉重，他娘的，还是出事了！

怎么了？看你那样子，好像黑胡子又掳走了我们的马。

快开午饭的时候，有人来举报，说一个男遣犯跟一个女遣犯搞上了，真他娘的！

这怎么可能！

这怎么不可能？

王阎罗想起自己刚和薛小琼在一起，心想，难道有人发现我们了？就应付了一句，这大冬天的，别听那些告状的家伙胡扯，一些家伙就爱用这个来挣屌表现。

大冬天怎么了？外面是冷得能把屌冻掉了，但那对狗男女骚劲儿发作的时候，也能把他娘的鬼天气搞暖了！

王阎罗越听越觉得矮种马说的是自己。

他妈的，你肯定想不到这对狗男女是谁。

那会是谁？

矮种马使劲拍了拍自己的瘸腿，压低了声音，你知道吗？男的是那个眼镜，那个什么鸟报纸的主笔；女的就是那个土匪婆子。他们今天早上在那个红柳包后面……真他妈的不要脸！

哪个土匪婆子？你说的是薛小琼吗？这根本不可能！他的心不知道为什么有些刺疼。

王阎罗，你可不能放松警惕，这些反革命分子没有什么不可能的。

那个眼镜可是个有文化的人。

娘的，就是这些有文化的人才这样，为了那一口，什么都不怕！老子刚才已把他们抓起来了，他们说他们只是在那里不巧碰上了，鬼才相信！我一看那男的就他娘的是个软蛋！我把枪往他脑袋上一比画，他就吓得浑身发抖，脸上的血色一下就没了；那女的反倒像个爷们儿。

告状的人是什么时候发现他们的？

说是今天早上，我看他们肯定早就勾搭上了。我觉得这两个狗男女不仅仅是想搞一搞，他们还有一个更大的阴谋。

听矮种马这样说，王阎罗觉得这个问题很严重，但他实在想不明白这事儿跟阴谋有什么联系。

矮种马的脸涨红了，他站起来，攥紧拳头说，这索狼荒原是我们在这里辛辛苦苦开垦出来的，这些土地是属于我们革命后代的！但是，你想到没有？假如他们搞到了一起，把那女的肚子搞大了，那么，这块土地上第一个出生的就不是我们的革命后代而是反革命的后代了，你想想，那会怎样？

王阎罗没想到矮种马会想得那么深远。

这两条反革命的骚狗！他们要用这种方式夺走我们的革命果实！

他们现在在哪里？

扔在外面冻着。我真想把他们拉到红柳包后面毙了，开春后沤了做肥料！

我看这个问题得深入调查，同时得请示团里。

这个我自然知道，他们就是搞在一起了，上头也不可能把他们枪毙，大不了批斗一番，加几年刑期，这都不是主要的问题。

主要的问题是什么？

这主要的问题就是尽快把我们的革命后代搞出来。而这个任务，只有你有条件完成。你的当务之急是立即和柳岚住到一眼地窝子里去！在索狼荒原，第一个生出来的必须是我们的革命后代！所以你们要抓紧时间！你今天晚上就过去住。

听矮种马这么说，王阎罗的脸有些发烧，你他妈的怎么扯到这事儿上了，这事儿……我……

你看你个孬种，但这一关必须过！你也不要太惜香怜玉了，搞得像古戏中的公子哥儿一样。

这事儿……你让我想想吧……

不要想了，这既是组织的决定，也是个政治问题。

我就知道你要用这个来压我……我执行就是……

哈哈，这就对了！矮种马说完，披着大衣，钻出了地窝子，但他马上又钻了进来，说，让警卫连加强对遣犯的看管，把那些女遣犯婆子弄到西头来看着，告诉柳岚，从现在开始，严禁她们和任何男遣犯接触。

矮种马走后，王阎罗急得不停地在地窝子里转圈圈。他既担心薛小琼，又要执行组织的决定——考虑怎么到柳岚那里去——无论怎样，组织的这个决定他都要贯彻执行的。

13

自从矮种马和柳岚谈过话后，她的心情就十分复杂。那不仅是痛苦，还有愤怒、绝望和无奈，它们撕扯、纠结着她的心。那个时候，她觉得自己是那么弱小，比一粒微尘还要轻微，轻微得身不由己，只能在空中飘浮。

这时，一个叫王苏晗的女遣犯跑进来，说，柳文教，薛小琼出事了，被教导员给抓起来了！

抓她干什么？

说是今天天还没亮，她和一个男遣犯在红柳包后面做好事，被人盯上了，向教导员告了状。

做什么好事？为什么她和人做好事还要抓她？

我说的好事不是你说的那个好事。

好事还有见不得人的？柳岚还是不明白。

王苏晗一听，就急了，她忙着解释道，他们做的是见不得人的好事，也就是丑事，就是犯了你们说的男女作风问题。

柳岚听她这么说，一下明白过来了，她在哪里？

和那个男的在营部外面捆着。

柳岚一听，立马钻出了地窝子，向营部跑去。

午后的寒风裹着黄沙，呜呜地吹着，哨兵穿着皮大衣，全副武装，像熊一样笨拙地在寒风中游动。

他俩被反绑着手，捆在一起，像两个破麻袋一样，被扔在营部外面的碱土包旁边，冻得瑟瑟发抖。一个战士在旁边看着他们。薛小琼和那个眼镜的脸已被冻得乌紫，浑身都是泥土，头发也凌乱得像个鸡窝。那个男的眼睛里全是恐惧。薛小琼还是那个样子，她看见柳岚，用一种复杂的眼光看了她一眼，眼睛里滚出了两行泪水。柳岚的心像被她的眼光揪了一下，疼得她倒吸了一口冷气。她蹲在薛小琼面前，问她，究竟怎么回事？

薛小琼咬了咬自己发乌的嘴唇，哆嗦着，低声说，对……对……不起了，我……我和他……我们……什么事也没有……我……我们……的确只是……不巧在……在红柳包子后面遇……遇上了……我……我之所以……到……到那里去，只是……只是……因为我不想……不想在……在旱厕解手，我……我一闻到那个味儿就……就想吐，我想趁早……找个……找个空气好的地方……解手……没……没想眼镜也在……在那里……

你跟组织说过吗？

组织是谁？

柳岚想了想，说，组织就是教导员。

我……我说过，他……他不相信。现在……现在我……我想求你一件事。

说吧。

麻烦你帮我……帮我把脸上的眼泪擦……擦掉，我……我不想让别人看……看见我哭……

柳岚抬头看了一眼哨兵，哨兵正望着别处，她伸出手，轻轻地用袖子帮她擦干了眼泪。

她说，谢谢！

那个男人缩成一团，满眼都是恐惧和绝望，他想挤出一点笑，讨好柳岚，但他却哭了，他可怜兮兮地问她，长……长官……不……不……同……同志……您……您们……会……会枪毙我……我吗……？

柳岚没有回答他。她站起来，决定去找教导员为他们求情。没想她一进去，矮种马劈头就问，你和营长的事是不是已经想好了？

我没有想。

那你就回去继续想。

柳岚转身想走，但她站住了，她问道，教导员，我觉得两个遣犯不会有什么事，您能不能把他们弄到地窝子里再问一问，把他们扔在外面，会冻死的。

他们是禽兽，大清早的都可以在红柳包后面做猪狗之事，难道还怕冻死。

柳岚把薛小琼跟她讲的话向矮种马复述了一遍。

那都是哄鬼的话！你管理的女遣犯出事，组织就不追究你的责任了。你还是去想想你和王营长的事情吧，他们的事，组织自会解决，不用你操心。

可是，他们会被冻死的。

冻死两个反革命就跟冻死两条狗一样，没什么了不起的！

听了这句话，柳岚的脑子有一阵什么也没有。在那个瞬间，她觉到了一种没有边际的孤独和虚无。她突然觉得她可以把自己抛弃掉了，就像抛弃一件不值钱的旧衣服，抛向哪里都可以，抛给谁都无所谓。她转身走了几步，突然回过身来，对教导员说，我可以考虑和王营长同房的事，但我有一个条件。

你说。

求你把他们两个放了。

可以。矮种马站起来，把左手叉在腰上，好，我现在就可以去把那对狗男女放了。

14

柳岚不知道自己是多久睡着的。她梦见地窝子塌了下来，把她埋住了，里面一片黑，什么也看不见，但她却没有挣扎，她在梦里对自己说，在这里面，他们再也找不到我了。但她喘不过气来，她觉得自己快要憋死了。

柳岚不知是多久醒过来的，迷迷糊糊地看到地窝子里有灯光。然后，她听到了如雷的鼾声。她的睡意一下子全吓没了，猛地坐了起来。

她发现自己身边躺着一个人！

她一下从被窝里跳出来，来不及穿毡靴，就要往外跑。跑到地窝子门口，才发现自己全身都穿得好好的，便回头看了那人一眼。那家伙蒙着头，裹在被子里，睡得像一头死猪。她看见了那把放在枕头边的勃朗宁手枪。是他！她想把枪拿过来，手还没有挨着枪，他如雷的鼾声突然不响了；她的手刚挨到枪，枪已到了他的手里，几乎是一瞬之间，枪口已对准了她的眉心。枪口的寒意一下子贯穿了柳岚的整个身体，她吓得呻吟了一声。他这才睁开眼睛，一看是她，他有些惊讶。他看了一眼柳岚刚才躺的地方，回过头来，对她害羞地笑了笑，把枪的保险打开，放到她手上，说，你如果生气，可以用它毙了我。

你！柳岚一句话也说不出来，她也不知道该说什么。

真的对不住，我知道你不愿意，但组织让我们同房，我必须执行组织的决定。我没有动你，你看到了，我们都穿着衣服的。我怕你睡醒被吓着，所以一直点着马灯。

你……柳岚把枪扔给他，蹲在地上哭了。

他不知道怎么劝她。他蹲在她对面，看着她，有些结巴地对她说，真是……真是对不住。他说完，站起来，就要往外走。

柳岚仍蹲在地上，哽咽着说，你，留下吧……我答应过教导员……

15

矮种马虽然把薛小琼和眼镜放了，但向上头打了报告，给他们每人加刑三年。从那以后，薛小琼再也没有和王阎罗在一起待过。被人视为破鞋的她不再说话，也很少有人愿意和她说话。她整天只是低着头，不停地劳动。王阎罗虽然不相信她和眼镜的事，但因为她加了刑，看管得非常严，他也不敢和她来往了。

荒原的冬天缓缓地过去了，天气慢慢变得暖和起来。

有一天，王阎罗激动得一边不停地在裤子上搓着那只大手，一边兴冲冲地对矮种马说，真他个……好啊！嘿嘿，你看我差点又把那个脏字说出来了，说句实在话，不说那个字，说话还真别扭。话里有那个字的时候，我说出的话人家一听就晓得是王阎罗说的。

你他妈的，不是要跟老婆学做文明人儿吗。矮种马说完，用热情逼人的眼睛盯着他，看你这个样子，柳岚同志是不是有喜了？

是啊！她刚才告诉我，说她怀上了！我当时一听，就觉得血都突突突地直往头上冒。真他个……好啊，我有娃娃了！我当时就用这只手把她抱了起来，说，柳岚，你个屄娘们儿真行！说完，我他妈的就哇哇哭了，你看多丢人！柳岚不知道为什么也哭了。她一哭我就不哭了。我说你哭个啥呢，你不能哭。但她还是控制不住。

矮种马高兴得猛地一拍巴掌，说，王阎罗，你执行组织决定有力，战斗力不错，为了保住我们索狼荒原的第一个后代，柳岚同志从今天开始，给予特殊待遇，不准再干任何重活。

那可不行，她是我王阎罗的老婆，不能因为怀个娃娃就搞特殊。

这是组织的决定！

16

开春不久，团里通知王阎罗到师部去学习，时间半年。等他学习结束后回到索狼荒原，已是深秋，荒原上的第一季麦子已经丰收，大家正准备播种冬麦。

柳岚挺着个大肚子，再有两个月就要生了。上头又陆陆续续地分来了女兵、矮种马、副营长和三个老连长的婚姻问题已经解决了。王营长还是负责带着这些女兵和女遣犯撒种浇水，他在这里见到了薛小琼。他看到她穿着一套大号的衣服，看上去好像胖了不少。

没人理薛小琼，那帮女人一见她就骂她婊子、娼妇、破鞋，连做活、吃饭都不和她在一起了；男人们一见她的影子，就远远地躲开了。但她好像什么事也没有发生，还是那个样子。她自己挖了一眼小小的地窝子，一个人住在里面。

到了离她们远一些的、可以说话的地方，王阎罗小声问她，你，还好吧？

还好。

你这衣服太大了。

我晓得的，但我现在需要。我有事要跟你说，不晓得等会儿你还愿不愿意让我跟你去引水。

好吧。

她刚走开一会儿，王阎罗就用命令式的口气对那帮女人喊道，谁跟我去把水引过来？没等有人反应，他继续说，还是让土匪婆子薛小琼跟我去吧！

薛小琼赶紧答应了一声。

以前王阎罗叫薛小琼和他一起去干什么，大家都不在意。现在他还叫她，大家就很不理解了。刚分配给矮种马做老婆的女兵谢依云赶紧提醒他说，营长，她不但是遣犯，还是只破鞋呢。

王营长没有理她，把那只独臂背在身后，只管往水渠方向走去。他走了好长一截路，她才跟过去。那帮女人在她身后吐了好一阵唾沫。

我知道你和眼镜没有什么问题，但我没有办法帮你，一点办法都没有。惭愧使他脸上的刀疤隐隐发紫。

她的泪水在她的眼睛里打转，但没有流出来。她说，没什么。

你有什么事要跟我说？

我怀上你的娃娃了。

什么？王阎罗一点也不相信，你这个样子哪像怀上娃娃的人？你看柳岚现在都像个西瓜了。

她看了看身后，然后小心地把衣服揭开，王营长看见她用布条绑着她的肚子，她一层层地解开，你走的前一个月我就怀疑有了，当时不敢确定，所以没有跟你讲。

你就怀着孩子还做这些活儿啊！

只能去做，我还要异常小心，尽量不让他们发现，这孩子好像也知道自己的命，一点也不显怀，加之我个子高，再穿上大号的衣服，旁人就更看不出来了。但现在，我觉得越来越难以隐瞒了。我没想到会这样，真是对不起你！

是我对不起你！

我前面说过，我喜欢你，可以为你去死。我知道，假如别人晓得这孩子是我和你的，你们的组织一定会很严厉地处分你。无论怎样，我都不会对任何人讲我们的事情。我知道我怀孕后，我也曾想把孩子弄掉，我曾从土坎上往下跳，我拼命干体力活，有好几次甚至用力捶打自己的肚子，但都没有成功。后来，我发现我喜欢我们的孩子，我打消了这个念头。自从怀上这孩子后，我就一直在心里和他说话，他很听我的话，很少让我难受。我希望能把他生出来，然后，我即使去死，也没什么了。这可能是我这一生做的最重要的一件事了。她的话说得很平静。

王阎罗看着她肚子上一道道勒痕，像个做错事的孩子。我什么都不怕，大不了不让我干这个营长了，我不能因为这个连自己的娃娃都不认！

我再有两个多月就要生了，我知道这个孩子一旦生下来，我会面临什么。我做好了一切准备。你那样做，既救不了我，也毁了自己，还保护不了这个孩子。她说完，又用布条把肚子小心地缠起来，这孩子如果有幸能生出来，就拜托你照顾了。

王阎罗早已泪流满面，他用他的独臂把薛小琼揽在怀里，他感到了从未有过的茫然。

那天，整个荒原上面的沙尘都落定了，天空蔚蓝，金黄的大地上有一层浅而纤弱的绿色。

17

人们万万没有想到，薛小琼会怀着孩子，更没想到的是，她怀了这么久竟能藏住。怀到第九个月时，才被人发现。来向柳岚报告的是一个叫陈文俪的女遣犯。柳岚一听就认为她是在胡说。她赶过去，摸了摸薛小琼的肚子，就不得不承认陈文俪说的是事实。

薛小琼非常平静。

柳岚问她，你肚子里的孩子是谁的？

她说，我不知道。

柳岚说，你怀的是谁的孩子都不知道吗？

她说，大家都晓得我是破鞋，好多人睡过我，我哪知道是谁的。

她的话让柳岚听得睁大了眼睛，惊讶得连话都说不出来了。

柳岚把这件事给矮种马讲了。矮种马一听，一下跳了起来，说，你胡说啥呢，她能在上千号人面前怀个孩子不被发现？这条母狗，我就说过她是只反革命的破鞋，她如果真敢在这么多人眼皮子底下怀上个杂种，我会一枪毙了她的！

教导员提着枪赶过去的时候，那帮妇女围着薛小琼，正在骂她。见教导员来了，她们一下散开了。薛小琼的大肚子没有捆束，暴露无遗。教导员盯着她的大肚子，气得脸色铁青。

薛小琼还是那么平静。教导员用枪抵着她的脑袋，她平静地说，我能说的都跟柳文教说了，长官如果要枪毙我，请允许我把孩子生出来。

教导员气得吼叫起来，我要让你和你的狗杂种一起上西天！说完，啪地打开了手枪的保险。

这时候，王阎罗跑来了，他把矮种马的手枪装进枪套里，说，你身为教导员，遇事一定要冷静，这事怎么处理，要由组织来决定。他学习了半年回来，说话和处理事情的能力有了明显的提高。

第三天，组织的决定就来了，说营长和教导员在管理遣犯方面有问题，分别给了他们一个记过和记大过处分。而对于薛小琼的问题，批示说继续查处。

18

十月怀胎，柳岚终于到了分娩的那一天。

地窝子外面站满了人，初冬的寒风使劲地刮着，尘沙弥漫。但大家似乎一点也没有感觉到，屏息静气地站着，像一组群雕。

柳岚躺在土台上，像一颗正在挣扎着萌芽的麦种。她痛得撕心裂肺，喊叫声撕扯着每个人的心，好像她的身体被撕裂了。她的手抠进了泥土里，抠下的泥土被她捏成了团。

两名被抽来接生的女遣犯被她的痛苦搞得不知所措。不光是她俩——包括所有的人，都是第一次面对生产。他们没有想到，生育要经受这么大的痛苦。

血不停地流出来，渗透了土黄色的军被，又渗进了土坑，渗进了泥土的深处。

王阎罗蹲在地上，急得不行，不时捶一下自己的头，又不时捶打一下地面，最后，他冲进地窝子，凶巴巴地问两个女遣犯，她怎么样？

两个女人见他那样子，吓得直发抖，一个女人低着头回答道，柳文教好像生不出来。

王阎罗听说后，转身冲出地窝子，大声喊叫，屠夫！

到！

你进去看看！

我？可我是男的。因为不好意思，屠夫的脸羞得像猴子屁股一样红。

你他妈的怎么啦，你是卫生员啊。

我……营长，你知道，过去总是打仗，我也就包扎包扎伤口，平时看个头痛感冒的，对接生孩子，我可是想都没想过，根本不知道该怎么办。

有没有这方面的书？

原来带来过一本，我还没来得及看，教导员看到后，说不健康，被他没收引火了。

教导员的脸上有些挂不住。嗨，那时哪想到还会有这档子事？

你个矮种马！这是科学，懂不！王阎罗对他吼叫道。

要在平时，矮种马肯定会嘲讽他的，这次他没有吭气。

王阎罗转过身，对屠夫说，那你也得进去看看，这里就你一个卫生员，你一定要想办法，必须让我的孩子顺利地生下来。

屠夫红着脸，在地窝子门口犹豫着。

快进去呀！官兵们一见，着急地齐声对他吼叫起来。

他没有办法，很难为情地搓着手，红着脸，低着头，像个罪犯似的进去了。

过了一会儿，他满头大汗地跑出来说，那两个女遣犯说了，说嫂子失血很多，可能是难产，得赶快送医院。

可是师部才有医院啊，这里到师部二百多公里路，我怎么能快起来！王阎罗绝望地说。

你多派一些人，我们抬着嫂子轮流往师医院跑，这样稳当。鬼脸说。

也只能这么办了，快给师部发电报，让他们也派车来接。矮种马对通讯员说。

就在这个时候，一个女遣犯跑过来，向王阎罗报告说，长官，薛小琼也要生了！喊叫得好凶，像是谁在剐她的心一样。

在哪里？王阎罗隐藏住心里的着急，问道。

就在她的地窝子里。

教导员一听，马上跳了起来。这个土匪婆子，这是在和我们革命后代抢时间啊！你回去告诉这条骚母狗，她要是胆敢抢在我们营长老婆前面把她的小杂种生出来，我就真把她毙了！

那个女人不敢怠慢，小跑着去了。

教导员对着那个女人跑开的方向，狠狠地说，我就认为早该把她给毙了！

柳岚被抬到担架上后，全营最精壮的五十多条汉子已列好了队。

王阎罗的心一下被撕扯成了两半。他不知道是该留下来，还是该跟着他们把柳岚往师医院送。但他最后只能跟着他们跑。

19

两人抬着产妇在前面飞奔，其余的人紧紧跟着，随时准备在前面的人跑不快时，接替上去。苍白的太阳在头上一闪一闪地晃动，脚下是无边的灰黄色的大漠，踏起的尘沙刚扬起来，就被风吹散开去。这是一支奇特的队伍，是生命的新生与死亡的一次赛跑。大家用的是在战场上冲锋的速度。跑了两个多小时，沙尘暴就起来了，它把这支队伍紧紧地裹在里面。王阎罗用旧军装把柳岚的脸蒙住。他看见她紧紧地咬着牙关，脸上都是汗水。战士们钻着头往前跑，速度并没有放慢。虽然天气很冷，但每一个汉子的衣服都被汗水湿透了。

而王阎罗，还是一个被分成了两半的人，一半要跟着他们往前跑，一半却想跑回去。他担心薛小琼，更担心那个孩子赶在这个孩子前生出来，教导员会气得发疯，说不定真会毙了她。

当时的情况那么紧迫，他也没法和矮种马说什么。他感到很不放心，就跟鬼脸说，你赶紧跑回去，就说是我说的，那个薛小琼生孩子的事情，要教导员不要鲁莽行事，免得犯错，怎么处理那个女人，让他上报组织，由组织来决定。

鬼脸有些不愿意，说，我是来送嫂子的，管那个女遣犯作甚？

王阎罗说，这是命令。

鬼脸一听，只好调头，赶紧往回跑。

队伍从沙漠中抄近路，直奔南疆公路，七十多公里路大家用四个半小时就跑完了。

到了三棵红柳后，大家马不停蹄，继续向师部跑去。两个人抬着一个女人，跑得像风一样快，后面一大队人又像风一样跟着，引得沿路的老乡好奇地跑来看热闹。当他们得知是为了救一个产妇，为了让产妇生下孩子才这样做时，他们拿来了馕、瓜果给大家吃，端来了水让大家喝。有些小伙子还主动接上去，抬着飞跑一程。最后，跟随的人越来越多，最后增加到了男女老少好几百人，就像一场古时候的马拉松赛跑。

过了策大雅，终于看见了师医院的军车。当时，师医院接到电报后，立即派了最好的军医和最好的设备沿着公路前去接应。当医生看到大家时，吃了一惊，他们不敢相信大家会跑得这么快，说他们跟汽车跑的速度差不多了。

手术室就设在"道奇"牌汽车上，人们围着汽车，静静地等待柳岚能脱离危险，期待着王阎罗的孩子能顺利降生。她当时已昏迷不醒，不省人事。

医生检查后，对王阎罗说，幸好送得快，还可以保住大人的命。

那，孩子呢？王阎罗都要哭出来了。

医生无可奈何地摇摇头，说，他已经丢了。

王阎罗哽咽着说，那就赶紧救大人。

手术结束后，人们纷纷围过来，问那医生，孩子呢，孩子呢？医生只得说，孩子没有保住，但由于赶了时间，大人已经脱离了危险。

大家一听，心里非常难过，那一声孩子的啼哭终于没有响起。他们纷纷低垂了头颅。有的颓然蹲了下去，把头伏在膝盖上，伤心地抽泣起来。

医生把柳岚放到车上，说要拉到师医院继续疗养，问王阎罗去不去。他牵挂着薛小琼，就说，把她交给你们我放心得很，荒原上还有上千号人，我得赶回去。

再往回走时，每个人的脚步都沉重得抬不起来，迈不出去。但王阎罗要大家跑步赶回。没有一个人明白他为什么会这么做。

大家还没有到营区，全营的官兵就围了上来。当他们听说孩子没有保住时，全营的人都伤心地哭了。如果说在策大雅时，大家还抑制着自己的感情，使自己不在老乡面前过于悲伤。现在，大家再无顾忌，荒原上，男人的哭声响成了一片。

王阎罗找到了鬼脸。他走过去，问道，那个……薛小琼生了吗？

鬼脸抹了一把眼睛，说，生了，我们刚抬着嫂子没跑多远，那个遣犯婆娘就生了，那个婆娘真厉害，没人管她，自己生了。

王阎罗非常担心，但装作很随意地问道，他们没事吧？

娃娃胖乎乎的，屁事没有。

王阎罗感到宽慰了一些，但他压抑着，继续问道，那个薛小琼呢？

死屁了！

你说什么？

听一个遣犯婆娘说，她把孩子生下来后，给孩子饱饱地喂了奶，还给他唱了一首歌，就是那种哄小娃娃的歌。然后把孩子交给那个遣犯婆娘，说她要出去方便一下，没想她一出去就没有回来。那个遣犯婆娘等了半天没见她回来，以为她害怕教导员枪毙她，逃跑了，就跑来报告。教导员一听，就派人到处找她。最后在东头那个胡杨林子里找到了，找到她的时候，她已在一棵胡杨树上吊死了。

她……人呢？王阎罗的嘴唇发起抖来。他的声音都变了。

鬼脸看着他的表情，觉得奇怪。我们报告教导员后，他说这个遣犯婆娘死有余辜，就埋在那里沤粪吧！我们就在那棵胡杨树下挖了个坑，把她埋了。

王阎罗跟鬼脸说，你他妈的，快去把我的孩子给我抱过来，我要抱着他去看他娘！

鬼脸看着王阎罗，觉得他肯定是疯了，他红着眼圈，难过地低声对他说，营长，你的孩子已经……丢了……

你他妈的胡说，他是老子的孩子！他说完，就疯了似的向薛小琼的地窝子跑去。

这时候，一声婴儿的啼哭从薛小琼的地窝子里传出来，那是索狼荒原诞生的第一个生命的啼哭……

2009 年 3 月 15 日，初稿

2010 年 9 月 19 日，改定

拓展的文学地理空间
——以《帕米尔情歌——卢一萍中短篇小说选》为例

吴平安

　　与老一代的军旅作家不同，卢一萍是一位有清醒的理论自觉和厚实的理论储备的小说家，甚至不妨说，是一位完成了"学者化"转型的小说家。这一初步印象是在阅读了中短篇小说选《帕米尔情歌》（解放军文艺出版社，2013年1月）的《自序》之后形成的，待到读完全书，我觉得这一判断大体是可以成立的。

　　在《写作需要沉寂的力量》这篇篇幅不短的自序中，作者首先回顾了中国当代文学直至新时期文学的历程，尖锐批评了"早在上个世纪90年代初期，我们的小说内在的锋芒就已不复存在"的现实，声言"他们没有完成文学的探索，严格地说，他们的探索刚刚开始就中断了。这是我要重新开始的原因"；"只有少数人还在思考汉语小说的多种可能性"。毫无疑问，这是作者雄心勃勃的文学宣示。在中国作家迎合消费主义趣味者日多，潜心形式探索者渐寡，选择了"探索"便等于选择了寂寞的现实文化语境下，卢一萍是值得我们尊敬的。

　　更值得我们尊敬的是践行这一文学理念所行走的文学之路。在我看来，所谓"先锋"者，不仅仅是一种写作姿态和文本呈现，有时还会表现为一种生活方式的选择。卢一萍当年从军艺文学系毕业后，义无反顾地"自我放逐"于西北边塞，直接奔赴驻帕米尔高原的边防部队，便可视为这种"先锋姿态"的表现。他使我想起那位被称为"现代艺术的高贵的野蛮人"的画家高更（Paul Gauguin），抛妻别子，远离文明社会，在海岛上解衣般礴似的作画。

　　"在帕米尔这个'世界的扣结'上，在这个世界文化的古老的交汇地，我感受更多的是中亚文明的光芒，是塔吉克这个游牧民族的生活形态。我站在世

220　　　　　　　　　　　　　　　　　　　"新生代军旅作家"面面观 ▏

界屋脊之上，感觉整个世界都可俯瞰。在这里，我看待事物的眼光发生了很大的改变。"（《七年前那场赛马》后记：《远行归来已十年》）

实践证明，卢一萍的选择是令人振奋的：当70后作家群或醉心于书写都市的身体和欲望，或着力于倾诉小城镇的温暖和平庸，以至于不少人面目含混不清时，卢一萍的帕米尔高原叙事很快领取了自己的身份证。再往大里说，中国当代文学常在乡村和都市两极游移，70后作家群的小城镇叙事填补了中间地带，如果没有卢一萍的西部边塞，这一文学的地理空间就很难说是完整的。

1

迎接高更的是塔希提岛的热带原始园林和土著粗犷的部落生活，迎接卢一萍的是帕米尔高原的草原雪山和塔吉克人的游牧生活。然而小说与绘画的巨大美学差异，使作家在试图为这个马背民族立传时，需要面对与画家迥然不同的严格考验，而先行者对这一考验的望而却步，正是卢一萍"重新开始"的起点。

请允许我把目光回溯到上世纪80年代。当新疆的诗人集结在"新边塞诗"的旗号下向中国新时期文学发起第一次集团式冲锋，并且终于使新疆文学从地域性存在走向全国时，新疆的小说家便显得越发落寞。痴迷地宣示写出新疆的"烤羊肉味"来，是他们自我拯救的灵丹妙药。于是浮光掠影地描写风俗民情人文地理，便曾是不少作家刻意的经营。久而久之，他们终于感觉到要真正把握一个民族的思维轨迹，他们的情感脉络，他们观照与感应世界的独特方式，亦即以直接的感性的方式真正进入一个民族微妙的精神领域，进入他们的文化灵魂，就远比表层的一知半解要艰难得多。而缺少了深层的理解，则汉族作家自身固有的本民族的文化外壳就难以触破，新的文化因素就无法进入作家的精神内核。

比起新疆诗人的摇旗呐喊，新疆小说家的鼓噪声微弱得多，他们没有拿出如王蒙写维吾尔族、张承志写蒙古族的小说（当然还有后来迟子建写鄂温克族的小说）。

理论家的战后总结如是说：西部小说的传统是极其贫困的，西部的主要文学积淀是以《玛纳斯》《福乐智慧》与阿凡提传说为代表的各民族的民歌和民间文学。

理论家还从语言角度，对试图染指少数民族题材小说的汉族作家提出忠告：不具备一定语言条件的作家，不要去描写和表现操持另一种语言的民族的生活世界。

这无异于竖立了一块"此路不通"的警示牌。

我不知道卢一萍是否看到过这块警示牌，但是他以创作的实绩挑战了它。

倘若依署名的写作日期判定，"2007年3月改定于乌鲁木齐"的短篇《等待马蹄声响起》，应该是卢一萍的开篇之作。他出手不凡，写出了一首纯美的诗，一首深情的歌，阅读过程中，它在我心里唤起的是面对《塔希提妇女》时的那种难以言传的感动。它咏唱的是一对草原儿女从青春到暮年的相依相伴，和他们对草原深入骨髓的依恋和热爱。它也写到了死亡，但既非悲切更非恐惧的死亡，是一种如日升日落、草荣草枯一样自然的生命的轮回。它不由得使人想起汉民族天人合一的古老哲学，而对这个马背民族来说，却不是先圣向往追求的伟大境界，而是一代代人实实在在的生活图景。尼采力图用古希腊人的酒神精神，激活德意志民族日显疲惫的生命力，而反观今日在物质与欲望中沉沦的芸芸众生，作者是否在提醒我们：世间还有另一种人生，另一种更清洁更健康的活法呢？

人同此心，心同此理，汉族也好，塔吉克民族也好，对家园的深情和依恋是共同的。这廓清了我们以往的某些浅薄认识，似乎安土重迁是在农业文明中生存的汉族人的固有心态，而逐水草而居的马背民族，其生活的常态则是游牧与迁徙。

然而，不胜唏嘘的是，这幅令人动容的生活图景已经是一幅渐行渐远的背影。在其他的篇目中，触目惊心的语句排闼而来：

"马群像风暴一样从草原上掠过"的风景已成绝响。

"这个几千年以来都年轻的草原，在短短数年间变老了。"

"原来，塔吉克人、柯尔克孜人在塔合曼草原上生活了数千年，成千上万匹骏马在草原上奔跑了数千年，草原还是像地毯一样平展，现在，这些橡胶轮子从草原上碾过后，就像刀子划过母亲的身子，留下了纵横交错的伤痕……无数的车辙留下了蛛网般的、不再长草的'马路'，一有风，白色的尘土就飞起来，整个草原尘土弥漫，把蓝色的天河闪着银光的雪山都染黄了。"

"新生代军旅作家"面面观 |

比草原生态变化更大的是人文环境的变迁：

"塔合曼草原上的牧民现在放牧都骑摩托车了，年轻人更是早就不骑马了。"

"骑手是草原的灵魂，没有骑手的草原，灵魂就散了。现在，姑娘们都愿意找个有钱的小伙子，嫁到塔什库尔干或喀什噶尔——甚至恨不得嫁到乌鲁木齐和北京去。"

这无疑是卢一萍在塔合曼草原获取的个人经验，但是这一经验的公共性却又是显而易见的。这种公共性不仅表现在外部世界，也表现在精神世界的类同上。世界的一体化日益突出，各民族的生存经验已大大接近了，现代化对本土传统文化与生活方式的挤压与摧毁是一个世界性现象，即便是地老天荒之处也略无阙漏，作者似乎已经无需煞费苦心地去寻找"烤羊肉味"了。这是个令当今小说家十分沮丧的挑战，因为仅仅传达到这一层面，会使一个优秀的小说家泯然众人矣。

卢一萍的突围至少选择了几个方向。

一是书写适应这一巨大社会变迁的艰辛和酸甜苦辣。

忠厚老实的夏巴孜一诺千金举家搬迁，勇于自我牺牲并勇于开拓新生活，一个这样的好人却被乡长耍弄，"现在，高原上的人要说谁脑子不够用，被人耍了，都会说'一看你就是夏巴孜傻瓜'"。公共性通过地域性、民族性得以体现。

二是在"同质化"的强力覆盖下，努力发掘塔吉克民族精神领域内哪怕是一星半点的"异质"性存在。比方说，世间还有比爱情更自私、更具有排他性的吗？马木提江对卢克的有意谦让与骑手夺冠本能之间的心理冲撞，让我们看到了大异于汉民族的文化性格，那是一种未经现代文明污染的赤子心怀（《七年前那场赛马》）。

三是力图守护这个世界的丰富性和复杂性。《北京吉普》在一个虚中有实实中有虚的背景下演绎的爱恨情仇，其携带的审美因素就不再是泥实而单一的了，而主人公对北京吉普由恨而爱的感情变化，更可以得到不同的解读。

如此看来，"世界本来就是一曲挽歌"（作者在鲁迅文学院作品研讨会上的发言）这一价值判断，是否过于悲观，至少是过于简单化了呢？一声悠长的牛吼，要比拖拉机的轰鸣入耳得多，但如果就此否定铁牛取代黄牛水牛进程的必然性，却未见得是进步的历史观。或者捕捉旧美消失之后的新美，或者展现在新旧杂陈中主体的彷徨困惑，或者在最无诗意的地方发现诗意，在我看来，这也许是衡量一个作家是否真正具备先锋姿态的试金石。正是基于这一体认，我认为《北京吉普》的立意要高出上述作品一筹。因为它突破了"牧歌——挽歌"的窠臼，包容了十分复杂的内涵。

回头再看理论家关于"语言条件"的合理因素。

在我有限的阅读量中，但凡汉族作家的少数民族题材小说，其人物对话往往都是以高度书面语的长句方式呈现的，而诗化和抒情化是其常态，比兴与对偶、排比修辞格的反复使用几成固定模式，以至于不但此一人与彼一人语言相互雷同，而且此一民族与彼一民族，也很难在言语方式上区别开来，使我这对少数民族语言一无所知的人时常心生疑窦：莫非少数民族的兄弟姐妹个个都是行吟诗人，或者人物语言口语化与性格化这一小说写作的常规，已经不适用于这类题材的写作了吗？《帕米尔情歌》的叙述语言从容、舒缓，很有特色，当我读到诸如"她的美像英吉沙刀子的刀刃一样锋利""从射击孔望出去，夕阳像一坨即将燃尽的牛粪，在我们身后缓缓下沉"的语句时，不禁为之击节；然而此类语言作为人物语言出现，无论是采用直接引语还是间接引语的方式，我都觉得是失真的、错位的。试举一例："（海拉吉）笑着说，鹰翅在雄鹰孵出之前就和天空相配，马蹄在骏马出生之前就和草原在一起，我嘛，在我出生之前就和马背搭配着。"不知作者以为然否。

2

其实，所谓"清醒的理论自觉和厚实的理论储备"，对小说家而言究竟是福是祸，还很难一概而论，我们看多了以小说形式演绎舶来理论的作品（这些作品曾被人批评为"伪现代派"），哪怕是大家如萨特者，恕我直言，其小说和戏剧也不过是宣叙其哲学思想的道具，他与前者的区别仅在于一是原创思想，一是鹦鹉学舌。对理性的参与是否能保持必要的警惕，倒是许多成功的经验和失败的教训。

在我看来，作为70后作家，卢一萍没有经历国门乍开中国传统文化和西方文明强烈冲撞的时间段。可以设想他在院校里也饱学了这些西方现当代思想和理论，不过接受背景的转换可以使他心平气和地吸取这些思想资源，而不至于像上世纪 80 年代那代人饥不择食生吞活剥。

卢一萍的长处在于"一竿子插到底"使他接了地气，吸取了生活馈赠的丰富营养；理论自觉和理论储备又使他不至于被生活所拘囿。前者是脚踏实地，后者是仰望星空，两者缺一，则殊难成就上乘之作。

我愿意以这样的眼光看待卢一萍笔下描写当代军人的小说。

毫无疑问，杨烈（《杨烈中尉之死》）、凌五斗（《孤哨》）都是"天山深处的大兵"，他们活动的背景或曰"典型环境"，与李斌奎笔下的郑志桐（《天山深处的大兵》），唐栋笔下的上官星（《兵车行》）属于同一空间，"鹰翔于脚下，云浮于车旁，伸手可摸蓝天，低头不见谷底"，"夏有水毁塌方，冬有积雪冰坎"，翻车死人数以千计的"与地狱相伴"的"天路"，它足以使难于上青天的蜀道相形见绌。李斌奎与唐栋在这一严酷背景下努力展示的，是完美的或不甚完美的英雄，是为了塑造西部冰山世界的"喀喇昆仑神魄"。（这些"起点较低"与"不甚完美"的英雄，还可以包括诸如《高山下的花环》中梁三喜、靳开来等有"污点"的英雄，因其对"高大全"模式的逆反，曾被评论家视作军旅文学的重大突破。）

如果在凶险的环境中，战士的"无私奉献"和"英勇牺牲"，能成就他们的英雄梦，则终归是一个圆满的结局。可是如果如杨烈那样死非其所，连烈士陵园也进不了，那么当兵服役是否就完全没有意义了呢？这一残酷的拷问，不亚于郑志桐、上官星遇到的诸如恋人分手之类的考验。

卢一萍并非是有意要去颠覆什么，祛魅什么，以此作为标新立异的手段，我更愿意将其看作今日军旅生活的原生态，作者只不过是将其混沌与驳杂的一面揭示出来而已。

杨烈之死，属于因公牺牲还是亡人事故，竟成了边防 T 团新团长和老政委之间权力角逐的筹码；九常委"举手表决"一节，着墨不多，却把谙熟官场权术和趋炎附势的众生相写得入木三分；同样原因牺牲的军人，因"今年"上报烈士的"名额"已满，"上头只批了一个"，都使人咂摸出一种荒诞意味来。

这种混沌与驳杂、荒诞与悖谬，还体现在《快枪手黑胡子》和《索狼荒原》这类回望历史的作品中，这是 70 后作家群限于阅历不敢轻易涉足的地盘。

在建国初期屯垦戍边的大背景下，招募女兵入疆以解决部队官兵的婚姻问题，是故事得以展开的基本框架。过来人都会知道，那是提倡妇女解放反对封建包办婚姻的新时代，这边厢却是"组织分配婚姻"紧锣密鼓进行的地方。违背女性意愿的婚姻对女性说来是非人性的，对征战多年后在人迹罕至的荒漠垦荒的光棍汉说来，却又是十分合乎人性的。遣犯薛小琼的出现，更使问题复杂化了，"组织介绍的女人和自己喜欢的女人是完全不一样的"，小说便跳出了三角恋爱的俗套。婚姻问题被视作政治问题，女人生产的先后，被上纲到"用这种方式夺走我们革命果实"的高度，而"谁是组织"的诘问，则有点第二十二条军规的影子了。歌颂与批判，崇高与滑稽，悲剧与喜剧，迭相在荒原展开，涌动其间的是人性的挣扎与复苏，与历史叙事不过是一场话语游戏的时髦大异其趣。

把小说看作是一种永远处在创造中的语言艺术，卢一萍致力于摆脱沿袭性的操作规程，但这并非说没有对前辈吸取和扬弃的地方。印证这一点的是短篇小说《孤哨》，它写的是边防战士凌五斗独守高原哨卡的故事。

处在风口中的六号哨卡，如"汪洋雪海中的一点孤礁"——是"孤礁"而非"孤岛"，主人公凌五斗与世隔绝的生活便比孤岛上的鲁滨逊要严酷十倍。古边塞诗中没有充分展开的诗句，作者做了充分的铺展，那是一种狞厉的、异己的存在。这里"一年有三分之一的时间刮着七八级以上的大风，有被石头击中头部死亡的战友，有害高原肺水肿而死，这里甚至没有激动的资格以免高原猝死"（"一跳……就死了"，其凶险并不低于冲锋陷阵）。

这种"极端条件"并非作者刻意营造的（如鲁滨逊漂流的孤岛），也并非偶然性因素造就的（如泰坦尼克号的触冰山沉没），而是对戍边战士来说是一种"常态"，就作者言则是高度"写实"的笔墨。在一个"没有活着的东西"的环境中，哪怕农家军歌吟唱的逃离土地的愿望也显得奢侈，哪怕军营日常生活叙事中的情感纠葛也显得做作，主人公唯一的念想，就是能"证明自己还活着"。这是既异于以往的"农家军歌"，也不同于今日习见的"军营日常生活化叙事"，甚至与"蓝军""红军"对垒的演习和训练生活也拉开了距离，公允地说，这是一种更带"兵味"，更具备军旅文学色泽与内核的作品。

不难看出，小说与英雄叙事的血缘是一脉相承的，凌五斗与郑志桐、上官星是同胞兄弟。区别在英雄是英雄叙事的鹄的和旨归，在《孤哨》却不是只为了给军人照一张"正面标准相"，它只是小说修辞的一个环节和层面。

当凌五斗获悉这一"世界上十二个海拔最高的哨卡中最高的一个"，"撤销的事已经得到了确认"，于是支持其生命和信念的东西"顷刻之间全部坍塌了"，主人公孤独中的坚守便似乎毫无意义，甚至有几分荒诞色彩了。生命的无意义、人生的孤独与生存的荒诞，这是存在主义哲学津津乐道的主题，卢一萍似乎逼近了克尔凯郭尔、萨特和加缪，但是其基本的精神取向却是异质的。卢一萍以心理分析的手段描写了凌五斗因长久寂寞孤独而产生的心理幻觉，起初是在头脑尚有一丝清醒时的幻觉，这是外敌来犯而阵前厮杀的幻觉，它彰显的是一个战士的本色，是戍边卫国的意义所在；而举枪对着话筒扣动扳机，那便是意识模糊后的反常举动；及至在其自认为是大年初一的日子，因幻视幻听，被墙上"狰狞的面孔"和"毛骨悚然的嚎叫"胁迫开枪，便纯乎歇斯底里了。卢一萍超越了英雄叙事，甚至超越了军旅题材的局限性和此岸性。再来对比一下70后作家小说中也津津乐道的"孤独""寂寞"，那不过是新小资文本中的无病呻吟而已，与卢一萍对终极审美价值的追寻是不可同日而语的。

3

在这个泛娱乐化乃至于娱乐至死的时代，新旧媒体中并不缺乏笑声，应当是不会有争议的。有趣的是，主流文学或者说所谓的"纯文学"，却很少有人排列到"生产快乐"的旗帜下，以至于喜剧文学创作，尤其是在小说领域，至今一直是一个弱项。

如果说艺术家之异于非艺术家者，在其能用审美的而非实用的、科学的眼光观照我们周边的人与世界，因而高明的艺术家，总能在最缺乏诗意的地方发现诗意，那么喜剧写作无它，首在能用喜剧审美的，而非悲剧的（崇高）、正剧的（雅正）眼光观照我们周边的人与世界，遂能于习焉不察处感知和发现其喜剧性因素，至于相应的技术性的传达手段倒在其次。

卢一萍无疑是具备这种喜剧审美眼光的，当他从英雄叙事的束缚中解脱出来，不再单一地用崇高或雅正的目光审视军人时，在通常认为是刻板单调的和平年代军旅生活中，他便能捕捉到隐含在其中的喜剧因素；在生死常在瞬间的严酷生态环境中，他也能捕捉到生命禁区中的喜剧色彩。

更为难能可贵的是，卢一萍摒弃了靠"误会＋巧合＋噱头"组装起来的惯常喜剧模式：

被高寒缺氧吓着了的军报记者上山"在山下就吃红景天、维生素，喝葡萄糖，穿得像一头熊，氧气包背着不离身，远看就像宇航员"；而三十岁不到便秃顶的连长，"照片登在报纸上，他们说我像蒋委员长，可以去做特型演员"，都使人忍俊不禁；"老兵"大黑（战士喂养的一条狗）与杨烈对调座位，也不乏喜剧色彩；

大连舰艇学院的毕业生，被抛到了世界屋脊，穿一身海军学员制服，"像一只海豚混迹在猎狗堆里，特别惹眼"，因为分配到水上中队，便"也算专业对口"了，绰号"航母"；

杨烈审时度势，自愿赴边，此非"心机"而是"计谋"，"计谋对一个军人是很重要的，一个军人不懂计谋，还能做什么军人？"；因其捷足先登，后来者即便激情更强，决心更大，甚至动机更单纯，也不过是在其"带动鼓舞下"的所作所为，因为"一个军人讲究的是把握战机，勇谋兼具"……

这些散落在作品中的喜剧因素，带有情境性和偶然性，尚不足以支撑起整部小说的喜剧色彩，作者的立意也并不在此，不过我们仍可以感受到其间的鲜明个性：不是辛辣的讽刺，也不是粗浅的滑稽。这是一种含蓄中透露的幽默，褒奖中含蕴的反讽，这种含而不露的喜剧色彩，显然与古典的、传统的喜剧性拉开了距离，从而截获了某种现代性。透过上述文字，我们很容易把握到作者对笔下人物的仁爱之心：当他察觉到此间的乖讹悖谬时，只是宽容一笑，并且充满了战友的深情厚谊。

随着作者喜剧审美心理定势的建立，随着对客观世界中喜剧因素的趋向性专注性的增强，那些零散的、偶发性的喜剧因素叠加聚集，小说的类型便起了质的变化，整体意义上的喜剧小说《二傻》便诞生了。

《二傻》的价值，首在题材的开拓意义，以及与此不可分割的喜剧人物的成功塑造上——审美领域每一寸疆土的拓展总是令人鼓舞的，而文学画廊对新人的接纳，也总是格外喜庆的事件。

自古希腊的美学家始，对喜剧创作困难的叹喟便不绝于耳。如果说讽刺性、批判性的喜剧作品及其反面人物塑造总体看来尚差强人意的话，则肯定性的、赞颂性的喜剧作品及其正面人物塑造就更是寥若晨星了（在这方面，中国文学明显优于西方）。

显而易见，在结构喜剧矛盾冲突上，作者动用了许多夸张与戏谑成分。夸张与戏谑当然是喜剧武库中的常规武器，因为其屡试不爽，潜藏的危险性便常常被使用者忽略了：一是"度"的把握，缺乏节制而滥用很容易落入做作和油滑；二是创作主体审美理想的浸润与统摄，舍此则难以提升喜剧的格调和品位，甚至落入庸俗和低俗的搞笑。

卢一萍对"度"的把握并非无可挑剔，但妙在作者引入了一条与寡妇李淑芬的爱情线索时隐时现贯穿始终，这些并无多少喜剧色彩的文字却有效调控了叙述的节奏，稀释了前半部分的闹剧成分，并且以其诚挚纯粹，与马金花和班长不无功利色彩的爱情形成了对比。至于作者倾向性的审美理想，则集中体现在二傻（张冒）这一喜剧性格的塑造上。这固然是一个小人物，即便有立功喜报还家，老爹认为"出息了"，在世俗眼中，恐怕也很难归入到"成功人士"行列，但这却是一个灵魂未被污染的璞玉浑金一般的小人物，他的率真、朴实、执着、敬业，足以让当今的聪明人相形见绌。

当我们把眼光聚焦到二傻这一喜剧主人公身上时，不可忘记小说中其他喜剧性人物的帮衬。班长是作为二傻喜剧冲突的主要对立面，他与二傻的矛盾及对他惩罚性的整治，是喜剧语言和喜剧动作（情节）的主要生发点。就班长自身言，他的急躁、自负、虚荣，文化不高却又喜欢卖弄，同样是一个棱角分明的喜剧性人物。当他终于被二傻感动以至泣下，二傻的人性之美便得到了极大彰显。

绰号"北大"的邹辉国，似乎并没有和二傻产生多少直接的喜剧冲突，但是对其背景的插叙却极具喜剧性，而且是一种否定性的喜剧性。就其文学血缘来看，他近有一点孔乙己的基因，远有一点范进的遗传。对畸形教育体制的辛辣讽刺和尖锐批判，虽与本篇小说的题旨无甚关联，但却丰富了小说的喜剧内涵，犹如杂文中常常"顺手一枪"，散文中常常捎带一二闲笔那样；其"放弃功名，弃文就武"，无形中又使二傻侧身的当代军人群体更凸显出斑斓色彩来。卢一萍的经验告诉我们，短篇的喜剧作品，一个喜剧性人物即可支撑全篇，如孔乙己之于《孔乙己》，奥楚蔑洛夫之于《变色龙》，切尔维亚科夫之于《小公务员之死》，而篇幅较长的喜剧小说，单个喜剧人物恐怕就难免捉襟见肘了，这时候，若干个喜剧人物的共存与冲撞，便能为喜剧性的营造提供更舒展的空间。

需要补充说明的是，以正剧面貌出现的《夏巴孜归来》，并不乏整体上的喜剧性。前文的铺垫、蓄势直到结尾的陡转，略有几分欧·亨利的风格，也有点相声"抖包袱"的趣味。它不事张扬，既无戏谑，也无噱头，却能给人一种哭笑不得的尴尬而促人品味和思索。它的喜剧精神并不下于《二傻》。倒是二傻在人物形象的进一步开掘和深化上，还有更大的空间，无论是与帅克还是与阿甘比都还有一段距离，但就卢一萍显示的喜剧才能来说，我们有理由对他在这一领域的建树抱有乐观的期许。

阅读经验还告诉我们，对作家的理论宣示，要注意到他在作品中的兑现程度，作品与理论的相悖也并非是罕有的现象，虽然这种相悖不一定是负面的。二傻引人莞尔的阅读效果自不必说，而土匪快枪手黑胡子偶尔露峥嵘，不但点醒烘托了严酷的时代背景，也增添了小说的传奇色彩，就连那个"由于太阳光反射到冰面，聚光后恰巧'唰'地打到他脸上"而留下疤痕的汽车兵"鬼脸老万"，当兵十五年就在天路上跑了十三年而"名震青藏高原"，那也是一个不乏传奇色彩的有血有肉的人物，这与作者"反对可读性"的宣示显然不尽合拍，但它不仅无损反而增添了作品的价值。换言之，"先锋性"是否一定要以牺牲"可读性"为代价呢，尤其是面对中国的读者？

高海拔场域的写作

卢一萍

我在新疆军区部队生活了二十多年。写作关注的地域随着我写作的开始逐渐形成——即南部新疆和藏北高原，也就是从塔克拉玛干沙漠到帕米尔高原、喀喇昆仑山脉和阿里高原之间沙漠、绿洲和冰峰雪岭之间那块荒芜之地。那些已被流沙湮没的故国，曾经在荒原上开垦绿洲的军垦战士，驻守在极边之地的官兵成为我写作的对象。这是我的一个文学王国。我熟悉那里的一切。从一粒沙到含氧量很低的空气。严酷的自然环境、生存条件与人之间会有一种什么样的关系？人在其中会有怎样的蜕变？这是我长期在思考的一个问题。

但这些要用小说来表达，却非易事。这个"王国"地势的低平与高拔、民族的绚烂、文化的异质，更增加了认识它的难度，所以我庆幸自己在南疆生活的经历，庆幸无数次的高原之行。从新疆、西藏到云南的边境线，我走了一万多公里，前往 5042 哨所、神仙湾、达巴、查果拉、詹娘舍的路程那么艰险，但现在回想起来，却那么珍贵。

1996 年 7 月，我从解放军艺术学院文学系毕业后，到了帕米尔高原的一个边防团当排长。前往帕米尔高原的途中，我就有一个心愿，要为这座高原写一本书。在高原上生活的那几年，我一直在为此做准备。为此，我尽力了解那里的一切。我几乎去过高原的每一道皱褶，我学会了骑马、骑牦牛，很多边境线我都巡逻过。但要把在学校学到的文学经验用到写作中时，却发现这些经验表达不了现实。这使我若干年来，无从下笔。

在那段时间里，在帕米尔这个"世界的扣结"上，我感觉整个世界均可俯瞰，我看待事物的眼光发生了很大的改变。我要为自己，为自己的写作——

如果有可能继续写下去的话——添加一种更重的物质。数年的边地生活，我把这个广阔的、山脉纵横的、带有传说色彩的地域变成了我视野和内心的"小世界"。

2006年9月，当我再次回到帕米尔高原时，距我第一次上高原刚好十年。在我就要离开高原的前一天晚上，躺在塔合曼边防营的营房里。夜晚很安静，可以感觉到慕士塔格峰高耸在夜空之中，晶莹剔透。长期的高原生活曾损伤我的记忆，但在那个时刻，之前的一切——我的感受和见闻，都一一浮现在了我的眼前。那一扇门就在那一夜豁然洞开。它们就在那里，同时给予我的是一种与其气质和个性相匹配的文字，我只需要把它们写出。这使我不禁潸然泪下。我重新开始了自己的小说写作。陆续创作了《七年前那场赛马》《夏巴孜归来》《北京吉普》《白马驹》《巴娜玛柯》等"帕米尔"系列小说，后结集为中短篇小说集《帕米尔情歌》；然后是《索狼荒原》《快枪手黑胡子》《精绝》《姑墨上空的云》等"荒漠"系列小说。而我用力最多的是"白山"系列小说，它包括《二傻》《天堂湾》《荒原情歌》《蓝色士兵》《白色群山》等七部中篇小说和《孤哨》《单兵帐篷》《幽默记》《雷场》《哈巴克达坂》五篇短篇小说。这些小说很多都有我高原生活的体验。

《天堂湾》这篇小说的故事是我1998年9月在驻守于喀喇昆仑山口的一个边防连采访到的。那个连队驻地的海拔是5380米，是生命禁区。我在那里听到了一个军官到连队报到时因高山缺氧如厕猝死的"事迹"。因为后来的士兵对他知之甚少，此后也再没人追究过他短暂的人生。讲述者说得极为简单，不足十句话就把那名牺牲者的事说完了。这个故事多年郁积心中，渐成块垒。

2007年8月，我在读上海作家研究生班时，得知有一次上阿里高原边防一线连队代职的机会，我再次想起那位牺牲的军人，想起一晃已七年未再祭奠他，便要求前往。得到批准次日，我便从上海浦东机场直飞乌鲁木齐，在家里停留一夜，再飞喀什，然后驱车三百余公里，到叶城搭乘军车，再行一千六百余公里，翻越昆仑、喀喇昆仑、冈底斯诸山脉，行程十日，终于到达喜马拉雅山脉下的达巴边防连。我那次是乘坐汽车团运送军用物资的卡车上高原的，这使我得以更真切地体验那位学员当年在途中的经历。虽然此前我已两次抵达过达巴，但这次因是从上海出发，从这个国家大陆的最东边来到喜马拉雅山下，由繁华之地来到无边大荒，反差之强烈，如同来到月球。在金色的达巴古城下，面对喜马拉雅延绵于云天之上的无尽雪岭冰峰，我又想起了那名猝死的军人，竟忍不住泪如雨下。

在达巴边防连，我认识了一位姓马的连长。他给我讲述了他的经历，讲他当年如何怀揣英雄梦想，来到极边之地，如何靠着信念，在这里生存下来，履行职责。我觉得他就是那位活着的死者。他成了这篇小说中杨烈的原型。

《一对登上世界屋脊的猪》中的许多细节其实是我在帕米尔高原工作时的体验，我把它移植到了喀喇昆仑山深处的一个哨所里。在高原，人与马、牦牛、狗——任何一种动物的关系都会是平等的，因为人需要它们来验证自己的生存境遇，需要它们来排解内心的孤独。那对绰号叫"黑白猴子"的小猪其实是为了映衬人类。人畜之间的相依为命，烘托出了军人在极端艰苦的环境中履行职责的不易。

这些以世界屋脊为背景的小说，探讨了人在极端恶劣的自然环境中的生存形态，印证了我的认识，即人类之所以能适应一切，因为其本身自带天堂。

2012年底，我调到原成都军区工作。从地理空间上来说，虽与其相隔一段遥远的距离。但在这里仰望高原，回顾新疆的军旅生活，似乎更加清晰。当然，从写作本身来说，它也对我如何去探寻人心的奥秘、人道的力量、人性的复杂提出了更高的要求。

孤寂之中的灿烂与繁华

李墨泉　卢一萍

李墨泉： 从经历来看，你是从战士、文书、新闻报道员、干事和创作员一路走来，一步步在生活之路和文学之路上跋涉成长为专业作家的，这些年来你先后在《昆仑》《芙蓉》《中国作家》《上海文学》《小说月报》《西部》等杂志刊发了大量作品，其中还先后荣获了解放军文艺奖、中国报告文学大奖、中宣部"五个一"工程奖、天山文艺奖、上海文学奖等奖项，你有着极为扎实的基层生活积淀和生命突围的轨迹，这样的经历既艰辛又可贵，是什么点燃了你最初的文学梦想，并让你在文学的长跑中坚持了下来？

卢一萍： 基层更多的是一个政治术语。我其实是一个一直生活在底层的人，也是一个底层的写作者。当然，我的写作也是写底层的。我们很多文学观念的提出，是经不起深究的。难道还有中层写作、高层写作、顶层写作吗？我不知道提出这个文学概念的人的灵感是不是来自基层干部、中层干部、高级干部？我这并不是要给自己贴上一个"底层写作"的标签。底层写作是一种常识。就拿鲁迅先生来说，他的小说写的都是底层生活，闰土、孔乙己、祥林嫂……也都是底层人物。所以，底层生活如空气，是供养每个作家的生命。只是非常遗憾的是，我没有充分的才华来更好地表现我的底层人物的生活。

我对生命的突围一直是围绕文学的。不论在何种境况下，它都是中心。一个人一辈子能做什么，有些命定的味道。能够做命定之事，其实是一件很幸运的事。所以，我没有感觉我的经历可贵，也不认为它多艰辛。它是我的选择，就是我命运的一部分。但我并不屈从于命运。我有时候会和它作对。对于写作，我只是喜欢。喜欢做的事，无论经历什么，无论吃多少苦都无所谓。

我自学会阅读，就希望自己能成为一个作家。这对于一个贫穷家庭出身的山区孩子，冒出这样的想法，的确有些不可思议。在乡下，除了课本，要找到一本其他的书很难。即使偶尔找到，那书也是被翻阅得残破不堪，如同"油渣"一样的。所以识字的人，看到那书，都会想法背下或抄下来。我父亲就有这个本事。"三侠五义""说唐""说岳""三国""水浒"他从头到尾都记得，都能讲下来。仁义礼智信，父亲传递给了我这些东西。当时还是封建糟粕，但在当时的乡村社会，在我父辈那一代人心中，这些都是立人之本。我的文学启蒙更多地来自父亲那里。

然后是我哥对我的影响。因为缺书，那时只要是印有文字的东西——高年级的课本、报纸、黄历，我都会找来读。我读小学时，我哥已读初中，他的课本——特别是语文和历史——我都偷来看。他的高中和中专课本我都看过。他回乡小学教书后，订了一些文学杂志，还买了一些小说。这也算是"现代文学"启蒙。

如此说来，应该是父亲和我哥点燃了我最初的文学梦想。上初中后，我开始试着"创作"，上高中后，和同学一起办文学社，印刷了报纸《清流》。那个时候，就准备把文学作为一生的追求。从此，我就未改初衷。之所以这样，主要是没有更有意思的事让我去做。还有，就是我是个非常固执的人，钻进文学这个牛角尖，就想一直钻下去。

李墨泉：在解放军艺术学院毕业后，你义无反顾选择了边疆之地和高原之险，在帕米尔高原工作了三年多时间，还参加了从红其拉甫到乔格里峰——全军最长、路途最危险的吾甫浪巡逻。这样的选择绝对是"少数派"，是什么吸引了你，在极为灿烂的年龄选择了一种极具挑战的生活？

卢一萍：灿烂的年龄就是用来挑战的。

从军艺文学系毕业后，对我来说，其实是无可选择的，仅凭一点所谓的才华，北京不可能留得下。所以只能义无反顾。如果这个"义"是指文学，的确有那么一点，我当时知道，当时能给我文学想象力的地方只有两个，一个是故乡，一个是新疆。而故乡是回不去的，所以只有回新疆。我需要到一个广阔的地域去吸纳写作的营养。新疆我不陌生。军营只是个立足点。你不能被它所拘束。最好要把它作为根据地，从那里出发，走得尽可能远，最好能走进形态尽可能丰富的人类生活。有些作家是书斋型的，我热爱旷野。因此，毕业次日，我即离校西行，我刚到乌鲁木齐，兰新铁路就因洪水而中断。如果不是决绝而稍有犹豫，我会阻在路上好长时间。

回到新疆了，其实也就自由了，有点天涯任我行的感觉。本可以留在乌鲁木齐，但我想去阿里。到了南疆后，军区政治部一位领导得知有军艺学生分到南疆，说你这相当于大熊猫到了塔克拉玛干。不同意我到阿里去，说那里实在太艰苦，在上面待一段时间下来，恐怕就不能写东西了。他让我去塔什库尔干。而我是第一次听到这个地名，还以为是塔什干。到招待所找地图一查，才知道它在帕米尔高原上。能够到一个从没有去过的遥远的地方，当时的确非常兴奋。第二天一早，我就到喀什搭上了上高原的班车。车很破，每天就一班。除了一个开饭馆的汉族老乡，都是塔吉克人。他们在车上喝酒、唱民歌、跳鹰舞，那是真正充满欢乐的旅行。从那个时刻，我就爱上了那个地方。其间有好几次可以调下山，我都没有答应。我希望尽可能在上面待得久一些。

那三年多时间对我来说，非常珍贵。它给了我远离以前生活的机会，使我得以远观一些事物。像是在月球眺望地球。我的足迹遍及了高原的每个地方——体会过孤独、寂寞、忧伤，体会过因翻车带来的死亡威胁——吾甫浪巡逻只是我高原生活的众多经历之一。当然，更多的是对那里的人和自然的美好的回忆。当然，高原生活是要付出代价的，它留给我的最大的问题是记忆的衰退。以前时常想起的，再也没有印象；过去熟悉的事物，会突然记不起来。但奇怪的是，我在高原生活的点点滴滴都记得很清楚。

李墨泉：在《写作需要沉寂的力量》一文中，你梳理了80年代以来的文学创作史，认为"80年代的文学历程也基本上是从激情澎湃的无边景象走向几近绝望的暗淡境地的。他们没有完成文学的探索，严格地说，它刚刚开始就中断了。这是我要重新开始的原因"。这样的论断充满了文学创作上的"野心"，其中隐含着充沛的精气神和高度的文学自觉，让人感到一种莫名的兴奋和期待，那"没有完成文学的探索"是什么，怎样的文字才是"能引领人们的灵魂飞升的文字"？

卢一萍：文学是生长在自由的土壤上的一种特殊植物。我认为在上世纪，中国曾有两个适合文学生存的时期，其一就是鲁迅他们创作的那个时代；再就是莫言他们开始创作的80年代。前者是因为封建王朝的结束一切需要重新开始，混乱的时局也给作家的创作提供了缝隙；后者是因为"十年动乱"后，社会需要新生，改革开放带来的各种西方观念的冲击，开阔了作家的视野，解放了作家的思想，使先锋成了那个时代的标签。但这两个时代都因政治的原因猛然中断了。其结果是作家或搁笔或离散或"下海"，由青春朝气变得暮气沉沉，由勇于探索变得瞻前顾后……要将这个问题说清楚，可能需要一本专著。进入90年代，明显的感觉是，文学的光彩暗淡起来，不少作家都变得聪明势利了。

我不知道汉字是否算人类最伟大的发明。它的确把汉民族的智慧表现得非常彻底。白话文已经不能完全反映它的神韵。但即使如此，它还是能精准地表达我们内心中的世界。其神奇之处在于，我们常用的三千汉字，不同的人来组合它，会产生不同的效果。有些作家的文章非常耐读，日读日新；有些作家的文字读一遍尚可，读第二篇则味同嚼蜡；而绝大多数作家的文字是不忍卒读的。文字在不同的时代、不同的场景，会产生完全不同的文学作品。它的气韵与时代相关。一个浊重的时代，文字是缺乏灵性的，没有灵性的文字就很难飞升。

李墨泉：张炜有本小说名为《外省书》，相信边疆大地的异域风情对于很多汉族人也是生命中的"外省"，而你在《想象的大地》一文中对于喀什噶尔有着"刻骨铭心的爱情"，在《河流的勇气》中又写下"只要你来到新疆，过不了多久，你就会情不自禁地将自己视作它的一个部分，把它当成自己精神上的故乡"，甚至在《我是别处的过客》中你称帕米尔高原是"一处精神的故乡"。叶赛宁曾经说过："谁找到故乡，谁就是胜利者。"文学史上像李白、索尔仁尼琴、纳博科夫等都是失去并找寻故乡的漂泊者，"故乡"是一个极为丰富的主题，你是怎样生出如此强烈的"赖于此并扎根于此"的热望和自觉的？

卢一萍：除去在北京上学的三年，我在新疆生活了二十年。很多时候，我都在路上。新疆的辽阔使每次旅行都可谓壮行。最漫长的旅行是1998年的西北边防行，时间长达六个月，走完了西北万里边防，行程二万四千多公里。其次是采访湖南女兵，那次长达四个月时间，去了新疆生产建设兵团的很多农业师，走遍了新疆腹地。我唯一一个走遍的省区就是新疆，不是那种走马观花地、浮光掠影地，是细细地走过。我熟悉那些尘土和植物的味道，熟悉好多新疆人的皱纹、微笑和叹息。但新疆我最喜欢去的是南疆，我喜欢那里的宏大景象：罗布泊、塔克拉玛干、帕米尔、喀喇昆仑，更远处还有阿里——其由新疆军区驻防。

"赖于此并扎根于此"就是 1998 年到边关采风时,在普兰听到的一个传说,普兰是那次长旅的最远处,既是大地的角落,又是一个无比辉煌之地。在那里回望旅程,故乡、亲人、恋人……一切都显得非常遥远。突然有一种再也回不去了的感觉。我听到那句话时,全身酥麻。能赖于此,并扎根下去,它不就是故乡的形态吗?

我是 2013 年 1 月来成都的。按说是叶落归根,但这个根却还是没有"归"的感觉。回到这里,故乡已变成异乡了。原来的异乡则如故乡一般,令人魂牵梦绕。

寻找故乡是作家一个永恒的主题。它不是物质的。即使是,也只是它的一种形态。物质的故乡即使再美、再丰富,也不能满足作家的梦想。作家的故乡是作家心灵的皈依地。作家的职责其实就是找到那个皈依地,通过自己的文字把更多的人引到那里。

在军艺文学系上学时,我感受到了"故乡在何处"的惶惑,因此写了长篇小说《黑白》。那是一个先锋文本,当时的《芙蓉》杂志是以"长篇未定稿"的形式发表的,其中的主人公庞克在现实与唐朝之间穿越,其实是在寻找那个"故乡"。但最终的结局是,他建立在异乡大漠中的诗意王国——他精神的故乡——却毁于谣言。后来,湖南文艺出版社要出版单行本,我对它进行了修改,我希望庞克建立的王国不朽,但我不但没有做到,反而增强了其毁灭的必然。结稿之际,不禁怆然涕下。然后,我又写了《寻找回家的路》,小说写到最后,那位诗人也是在火中羽化。现实中没有找到的路,或者说他的肉身没有找到的路,他在非现实中、他的灵魂能否找到呢?我不得而知。因为小说写到那里,必须得结束了。

真正的作家都是漂泊者,即使他身在书斋,也心怀四野。伟大的作家都在寻找故乡的路上,文字是他最终的归宿。李白、苏轼如是,索尔仁尼琴、纳博科夫亦然。如果说有胜利者,那也仅仅是他们在心灵上暂时找到了归属之地。

李墨泉:老一辈学者费孝通先生对于民族关系有"各美其美,美人之美,美美与共,天下大同"的提法,这四句话让我极为感佩,它可以用在很多方面,你在《世界屋脊之书》中提到的那只老狼、不怕人的山雀、高原上金色的小草,以及关于生命平等的思考,让我想起了这四句话。也许这就是你文学叙述平静感人、文学品质纯净透彻、文字味道沉潜而有温度的一个原因,不经意间你站在了一个平等对话的视角给予笔下的一切以谅解和豁达的关照，不仅仅是与人平等，更是与物平等，这样理解起《十二木卡姆》不隔阂，说起香妃的传说才真切，和各民族的男女老少才能有真交往、真记挂、真情谊。这样，你笔下的异域不再是异乡，你的整个生活、整个感情和经验都融了进去，作为一名四川人你是怎么在创作上找到这方热土和产生如此的文学自觉的，或者说你怎样融入这样的生活之域、进入这样的创作之境？

卢一萍：要进入一个地域并表现那里的人的生活，从小说创作来说，并不容易。我以前当兵在乌鲁木齐，并没有去过南疆。但我在写作《黑白》时，把小说发生的地域放在了那里。我凭想象做到了这一点。但我知道，那个地域只是一个背景，它是模糊的，是一块飘浮在空中的土地。一个设置在背景性地域上的人物不可能与那块土地产生血肉联系，他只是想象的投影。而对真实土地上的人物来说，他的生命、灵魂都与土地相关，即使再微小的事物都能触动他的心灵。

我到北京上学之前，已在新疆服役三年半时间，但我对新疆还只有一个模糊的概念，这就跟我们偶尔经过某地一样。我后来回去，长期待在那里，不断地与当地人接触，对他们知道得越来越多，他们的历史和现状，他们的文化形态、生活状态，他们的悲欢，会慢慢地渗透到我的生活里。彼此在不知不觉中成了对方的一部分。我不会在意他是哪个民族的，他也会忽略我来自哪个省份。人，成为第一位的。那时，再陌生的人都会熟悉，再冷的土地也会变热。在那种状态下，写作会变成一个很自然的过程。

我们塑造的人物不管他是哪个民族的，不管他来自何方，不管哪个国家的读者在何时来读他，他都能看到自己，只有如此，这个人物才能称之为文学形象。

作家如果心怀悲悯，他看待事物的视角就会改变。我看事物的方式分两个阶段，以前是朝上看，看苍穹深邃，流云变幻，明月圆缺，星河隐现。那个时候写的东西也与这种视角有关，多先锋之作，炫技，逞能，卖弄才华，其实是没有生活，没有能力面对现实，只能从虚幻中寻找出路；重回新疆，通过行万里路，我的目光开始朝下，关注大地上的万事万物，芸芸众生。而要认识这些，是需要时间的。这中间，我有近八年时间只写了一些纪实性文字，没有真正的创作。

通过对实在的生活的了解，我重新建立了虚构的信心。所以，我再次进行小说写作是 2007 年。正如一些朋友评论的，我坚持了先锋的姿态，但已与过去的文字大不同。我自己觉得我离小说的本质更近了。

后来，重读《静静的顿河》，我也就理解了肖洛霍夫。他正是用俯瞰人间的视角去看顿河两岸的一切的。草原、河流、白杨树、马、白军、红军在他笔下因平等显现出了非凡的文学光彩。他也因此具有了上帝的视角和胸怀，心怀众生，包容万物。

李墨泉：中央美院油画系主任朝戈在一篇文章中说每隔一段时间，他就会深入内蒙古的牧区，去画牧民，他无法直视牧民那纯净至极的眼神，每次都会让他灵魂震撼而拥有了一种创作上的定力和沉静。你在《金色大地》中提到那个"目光纯净"的女孩也让人印象深刻，她笑着向陌生人招手，她又倏然逃走，有着清脆的笑声，有着动听的歌声。对于这样的女孩，谁不愿意成为她"雪山背后"那"无瑕的白衣情人"呢？这样的况味，真是美极了。这种抒写让人读到一种纯净之中的丰富，像是大写意的笔法，减省而不简单，有故事而不凝固，在你的写作中我认为是很可贵的一个方向和苗头，不知你是怎么看的？

卢一萍：我偶遇那个女孩是我第二次上阿里的时候，我为那个女孩拍过一张照片。她的衣服的确非常华丽。她的歌声我当时没有听懂。但这并不影响什么。当时的景象就是大写意的。恍如梦境。

我有一个体会。写什么背景下的东西，就会用什么语言，你的文字、标点、语速都只有与其契合，才能相宜。我后来用遇到那个藏族女孩的情景写了一个短篇小说，叫《那银绳般的雪》，笔调很抒情，行文没有太实，故事也不能讲得太满。我写高原题材的东西都会这样，这与故事发生的地域和背景有关。高原是具有神性的，其格调是诗意的。如果世俗气太浓，格调过于谦卑，就觉得别扭，不对劲，好像京剧中的旦角穿上了丑角的服饰。而写大漠题材的小说，则会有粗野气，写老家大巴山的小说则会有烟火气。这不是我要有意为之，而是由小说虚构的特性决定的。要做到虚构的真实，就只能这么做。

李墨泉：这些年你一直在大地上保持着行走的姿态，在创作上亦如是。是什么让你如此迷恋于旅行和行走？在《骑士》一文中，那个鲁斯坦姆老人关于自由的理解真是令人心魂震撼：自由，自由就是尊重自己的这颗心！这是我看到的关于自由最为深情而清晰的论述，你浪迹天涯的行迹和饱含赤诚的文字是在追寻什么样的自由啊？

卢一萍：我姓名中这个"萍"字是父亲给我的，像是一种预示。我小时候，老家如果有个人能离开那里，即使只是在临近的乡镇工作，都像一个传奇，如果到了县城，那就是很远的地方，是一个神话了。自小父亲就告诉我，出门远行是长见识的途径，所以我父亲是希望我不羁于穷僻山乡，能像浮萍一样自由远行。我从小就受到"远方"的诱惑。

我觉得从书本得来的知识是死的，而路上学到的东西是活的。所以，只要有机会上路，我很少犹豫过。印象最深的一次是2008年，我在上海作家研究生班学习，得知新疆军区要派人到阿里边防代职，问我能不能去。我当即答应，次日即从上海飞回乌鲁木齐，在乌鲁木齐待了一夜，次日即飞喀什，然后从叶城跟汽车团的车队上高原，我去了扎达县的达巴。从叶城到连队走了七天，代职结束，从连队返回狮泉河时因八月飞雪，阻在路上，到叶城用了九天。不少人唉声叹气，我虽是三上阿里，依然兴致勃勃。

严格地讲，我不是一个读书人，但我绝对是一个旅行者。古人行万里路读万卷书，那是因为当时受交通不发达的限制，一日数十里而已，所以他们走得细，想得广，得到的东西多；我们现在日行千里，行万里路读几页书还是可以做到的。

父亲读过两年私塾，在老家算是一个识文断字的人。我曾想改名，他就慎重地给我讲"萍"的另一层意思。说"青萍"本是宝剑之意，他引了李白的诗——"吾家青萍剑，操割有余闲。"还有《抱朴子》中的句子——"青萍、豪曹，锋之精绝，操者非项羽、彭越。"

"萍"极卑微弱小又极锋利刚强，很准确地概括了我的性格。浮萍易上路，但要走下去，却要有剑的力量和韧性。

不管怎么说，有了行的自由，才可能有心灵的自由，只有心灵自由了，才可能理解精神的自由。

李墨泉：读了你的文字深刻感到，生命的过程就是重新发现词汇，或者说某些词汇因和生命同频而显现的过程。在文化上的南辕北辙，不是一件可笑的事情，反而像一次悲壮而开启了可能性的远征，只有这样才不会固化而充满了创新的激情，从而让文字像高原上的金色草地一样，坚守一种品质和成色。我注意到你在长篇军旅小说《白山》的扉页上引用了《金刚经》里的句子，其中

"尘土""风"和"光明"的三部结构也应和了"四大",高原地区的民族信仰是否也是一个精神的资源,谈谈这部幽默而悲情的小说吧,以及这些词汇是怎么被重新发现和凸显出来的?

卢一萍:作家永远在寻找词。但要找到一个新词并不容易。更多的时候,我们只能赋予旧词新的含义。

"白山"首先是一个象征,它不算我找到的一个词,但我想使它的含义尽可能丰富。

"尘土""风"和"光明"也是我们非常熟悉的词,但藏传佛教赋予了它无穷的含义,认为世界就是由这三种物质构成的——下为尘土,中为风,上为光明。我找到的是藏传佛教语境中的词义,我在这部小说中使用,是希望我的作品能构建一个属于我的、虚构的、文学的小世界。

但《白山》还是一部没有出版的作品。只给少数几个熟人看过。他们指出了其中的诸多不足,提了很好的修改意见,我现在正在做第六次修改。所以我不便多谈。

李墨泉:我最为喜欢的是你的深情和文字的质朴平实,以及这平实中的辉光。你笔下的人物都很可爱,带着一种质朴、透明和坚韧,就像在小说《杨烈中尉之死》中,故事原型在你的心中"多年郁积,渐成块垒",并且在金色的达巴古城下,面对延绵于云天之上的无尽雪岭冰峰,你又"想起了那名猝死的学员,竟忍不住泪如雨下",这是你的深情;在《骑士》一文中,写到的那个鲁斯坦姆老人又是何等的可爱、热情而率真;还有每年一次到草原上来,将面颊贴在大地上倾听马蹄声的老夫妻,有一种难得的执着、单纯和深情的色彩;在长篇纪实文学《八千湘女上天山》中,你说出了"新疆荒原上的第一代母亲"历史的"沉默"。这些文字都有着很强的"纪实性",它们平实、素朴、纯净,没有浮躁气,深入人的魂灵,你是怎样铸就自己文字的这些特质的呢?

卢一萍:这也是一个寻找的过程。我是通过"纪实性"来达到虚构的真实的。我写过一篇关于小说虚构的文章,对虚构的真实进行了粗浅的探讨。我之所以这么做,是因为我在写作中遇到了一个问题,那就是当我要把曾经采访、收集到的素材写成小说时,原本真实的事情通过虚构,变得不可信了。要使读者感觉你不是在瞎编,就要对真实的事实重新进行虚构。这需要大量的细节,因为真实是建立在细节上的。而一部小说由成千上万个细节组成。所以,每一个严肃对待写作的作家都非常重视细节的独特和可靠。我记得马尔克斯在一篇短文中说过："我的作家生涯最艰难的经历是《家长的没落》的准备工作。在几乎十年当中，我阅读了我可能弄到的一切关于拉丁美洲，特别是加勒比地区独裁者的材料，旨在使我要写的书尽可能少地与事实相像。"

你给予我的文字"平实、素朴、纯净，没有浮躁气，深入人的魂灵"的评价太高了，我远未做到。如果我做到了一点，也许就是我曾经为寻找"真实"生活的面目付出过时间和汗水。

李墨泉：我相信任何有着觉醒品质和追求的文字，都是"忧天"的"杞人"，对于当今尤其是军旅文坛，你有着怎样的忧虑和思考呢？

卢一萍：作为一个军人出身的写作者，我的确属于"忧天"的"杞人"。我知道80年代军旅文坛曾占据中国文坛半壁江山，即使90年代，这个"坛"还在。现在，我们不得不承认，它已构不成一个坛了。这种忧思很多，也有多方面的原因，大家都知道，我就不说了。现在，还有多少人在写作，三下五除二就可算出来，再过几年，情况怎样，都可以看到。但对于个体的写作者而言，那个"坛"在不在其实无所谓，你不会因为它在你就写，不在你就搁笔不干了。至少对于我来说，即使它成为"一个人的孤哨"，我依然会坚守下去。

创作年谱

1972年10月14日，出生于四川南江县长征乡大罗山村一农民家庭。父周禄宗，母罗瑜榜。排行第三，有一哥一姐、一弟一妹。原名周锐。

1985年，立志并尝试文学写作。

1988年，在四川省巴中县奇章中学读高中时，与同学曾和平一起创办中学生文学社团"逐时新文学通讯社"，主编社报《清流》，是四川省第一份铅印的中学生文学报纸。

1989年7月，第一次出门远行，与曾和平一起，从奇章中学出发，前往延安；8月，受邀参加中国教育学会、《中国校园文学》杂志社在北京举办的"全国中学文学社团经验交流会"。

1990年3月，应征入伍，到驻疆某步兵师高炮团服役。先后任炮手、营部文书。

1991年1月，任高炮团政治处新闻报道员。开始写小说。

1992年，《西北军事文学》第二期发表中篇小说《远望故乡》。

1993年，《昆仑》第一期发表中篇小说《如歌军旅》。

1993年，考入解放军艺术学院戏剧文学系，9月入学。先后任学员五班副班长、班长。

1994年，《中国西部文学》第十二期发表中篇小说《生存之一种》。

1995年，《芙蓉》第二期发表"长篇未定稿"《黑白》，该作引起一定反响，《芙蓉》杂志社连续发表蔡测海、张方、龚曙光等作家、评论家的评论文章。

1996年《绿洲》第二期发表中篇小说《前程似锦》。7月，从解放军艺术学院文学系毕业，到驻新疆帕米尔高原某边防团工作，任排长、文化干事。

1997 年，《芙蓉》杂志推出"70 年代人"，在第一期首推卢一萍中篇小说《寻找回家的路》。成为新疆维吾尔自治区作家协会会员。

1998 年，参加中国最长的陆路巡逻线——吾甫浪巡逻，创作中篇报告文学《吾甫浪巡逻》，《解放军文艺》第六期发表，获《解放军文艺》1997—1998 年度优秀作品奖，入选《解放军文艺》创刊六十周年优秀作品选。

1998 年 5 月，沿中国西北边境一线采访，历时半年，走遍近八千公里边防线；8 月，长篇未定稿《黑白》修订为长篇小说后，更名《激情王国》，由湖南文艺出版社出版；短篇小说《高原二题》获第四届全军文艺新作品奖。

1999 年 2 月至 1999 年 12 月，任新疆军区边防第十二团红其拉甫边防连副政治指导员。《中国作家》第五期发表中篇散文《昆仑行》；河北人民出版社出版反映南部新疆边防的长篇报告文学《雪山不相信眼泪》；解放军文艺出版社出版长篇报告文学《神山圣域》（与王族合著）；10 月，新疆军区政治部与解放军文艺出版社在北京联合召开该作研讨会；完成长篇实验小说《我的绝代佳人》。

2000 年 1 月，调新疆军区政治部文艺创作室，《神山圣域》获第九届"中国人民解放军文艺奖"。

2001 年，湖南文艺出版社出版游记《众山之上》；用半年时间深入分布与天山南北的新疆生产建设兵团团场，寻访 50 年代初进疆的湖南女兵，完成"口述实录体"长篇纪实文学《八千湘女上天山》。

2002 年，新疆人民出版社出版中篇小说集《生存之一种》，获兰州军区昆仑文艺奖。6 月，成为中国作家协会会员。

2003 年，赴喀喇昆仑山脉腹地和阿里高原采风；《红岩》第六期发表长散文《扎达的深度》（选章）；湖南文艺出版社出版游记《黄金腹地》。

2004 年，赴云南采风四个多月，走完云南全境。

2005 年，《芙蓉》第一期发表散文《扎达九章》，获兰州军区昆仑文艺奖；新疆大学出版社出版《中国知识腐败档案》（与赵郭明合编）。

2005 年，中国青年出版社出版游记《云南天堂》。

2006 年，长篇纪实文学《八千湘女上天山》在北京十月文艺出版社出版，在读者中反响强烈。全国书市期间举办了读者见面会，获兰州军区昆仑文艺奖、第三届"正泰杯"中国报告文学大奖；新疆人民出版社出版"新疆肖像"跨文体卷《冰峰上的沙尘暴》(选本)。

2006 年,赴新疆库车县兰干村采访。与王有才合著长篇报告文学《卡德尔与一个村庄的传奇》,入选 2006 年中国作家协会重点扶持作品;新疆人民出版社出版,获中宣部第十届精神文明建设"五个一工程奖",新疆维吾尔自治区党委、自治区人民政府第三届"天山文艺奖"。8 月,赴帕米尔高原采风;10 月,到上海作家研究生班学习。

2007 年,《上海文学》第五期发表中篇小说《二傻》,该作被《中篇小说月报》转载,入选多种选本,获第九届上海文学奖;《飞天》第七期发表短篇小说《等待马蹄声响起》,该作被《读者》转载;《西部·华语文学》第八期推出"卢一萍小说专辑";7 月,受 2007 上海世界特殊奥林匹克运动会组委会邀请,采访上海特奥会开幕式。

2008 年,长篇报告文学《拥抱阳光——2007 世界特殊奥林匹克运动会开幕式纪实》由上海人民出版社出版,并入选 2008 年中国作家协会重点扶持作品;《中国作家》第一期"经典阅读"栏目推出短篇小说《夏巴孜归来》和散文《众山之上》,其中,《夏巴孜归来》被《小说选刊》第一期转载,散文《明亮的河》被第五期《读者》转载;《夏巴孜归来》入选《乔厂长上任记——改革小说选》《中国当代作家文库(英文版)》《新疆文学作品大系(1949—2009)·短篇小说卷》及其他选本。长篇散文《世界屋脊之书》由解放军文艺出版社出版;《西部·华语文学》第十二期发表中篇小说《七年前那场赛马》,《中篇小说选刊》2009 年第一期选载。

2009 年,《上海文学》第五期发表中篇小说《酒徒传奇》;《绿洲》第八期发表短篇小说《边关三题》;《上海文学》第十二期发表短篇小说《快枪手黑胡子》,2010 年第二期《小说月报》转载。

2010 年,《西南军事文学》"实力派"发表短篇小说《孤哨》及《巴娜玛柯》,《孤哨》被《小说月报》第六期转载。

2011 年,《绿洲》第二期发表中篇小说《杨烈中尉之死》;《上海文学》第二期发表中篇小说《索狼荒原》,《小说选刊》第四期转载,入选《21 世纪年度小说选·2011 中篇小说》;《长城》第五期发表中篇小说《诗歌课》;《文学与人生》第九期"实力"栏目推出专辑,发表短篇小说《北京吉普》,并附照片、简介、创作年表和杨献平评论《语言的边疆》;全票入选"新疆新生代作家榜·

十佳"。

2012年,《上海文学》第七期发表中篇小说《光荣牺牲》,《中篇小说选刊》第五期转载,入选《中国中篇小说年度佳作(2012)》;《西南军事文学》第三期"实力派"发表短篇小说《单兵帐篷》《幽默记》;《作品》第七期发表短篇小说《白马驹》;《诗江南》第六期发表短篇小说《世界上最独特的冰雕》;《西部》第六期发表长散文《别处的过客》。12月,调成都军区政治部文艺创作室,任创作员兼《西南军事文学》杂志编辑。

2013年1月,《帕米尔情歌——卢一萍中短篇小说选》由解放军文艺出版社出版;《上海文学》第三期发表中篇小说《一对登上世界屋脊的猪》;《绿洲》第二期发表短篇小说《逃跑》;6月,任成都军区政治部文艺创作室副主任兼《西南军事文学》杂志副主编。赴云南边防采风。

2014年,受邀主持《西部》杂志小说栏目;《西南军事文学》第一期发表中篇报告文学《猛虎连长付立志》;《解放军艺术学院学报》发表论文《回首山岳丛林——重读周涛先生长诗〈山岳山岳 丛林丛林〉》;《清明》第二期发表中篇小说《一个人的哨卡》;《人民文学》第八期发表短篇小说《哈巴克达坂》。

2015年,受邀继续主持《西部》小说栏目;完成长篇小说《高原传》第十次修改;《清明》第一期发表中篇小说《荒原情歌》;《西部》第七期"西部中国小说联展"同时推出卢一萍与罗伟章的小说,发表中篇小说《蓝色士兵》(配访谈);《解放军文艺》第七期发表短篇小说《雷场》;赴喜马拉雅山脉南麓采风,《西南军事文学》第二期发表中篇报告文学《冈底斯的高度》。解放军文艺出版社出版报告文学合集《雪线上的西藏》,收入《冈底斯的高度》;受邀选编新疆维吾尔自治区成立六十周年短篇小说选《爱弥拉姑娘的爱情》,该书由新疆人民出版社出版;4月至7月,分别赴西藏、兰州、乌鲁木齐、西安、北京采访十八军进藏老兵。

2016年2月,百花文艺出版社出版随笔集《不灭的书》,收入上世纪90年代以来的随笔七十余篇;4月,完成长篇纪实文学《天堑——和平解放西藏纪实》;《四川文学》第二期发表短篇小说《传说》;《解放军文艺》第四期发表中篇小说《白色群山》;5月,花城出版社出版中篇小说集《天堂湾》。收入《天堂湾》(原名《光荣牺牲》)、《一对登上世界屋脊的猪》《乐坝村杀人案》。作为"锐小说"第二辑之一册。该书出版后,出版社自6月5日至11日起,先后在广州、深圳组织了九场，在成都、眉山组织了六场，在乌鲁木齐组织了两场推介活动；《山花》发表中篇小说《牡丹灯记》，《北京文学·中篇小说月报》第七期选载，并配创作谈；年底，退出现役，同时，到《青年作家》杂志担任副主编。

2017年，受聘为成都文学院、巴金文学院签约作家。《青年作家》第三期、第七期、第九期分别发表了卢一萍对周涛、阿来、李佩甫的访谈录；《山花》第六期发表中篇小说《审美者》，《小说选刊》第七期选载；《安徽文艺》第七期发表短篇小说《最高处的雪原》；《解放军文艺》第七期发表中篇小说《陀思妥耶夫斯基与荒漠》；北岳文艺出版社出版军事题材中篇小说集《父亲的荒原》；8月10日，作为嘉宾受邀参加南方文学周，其间参加了花城出版社"锐小说"丛书的两场活动。长篇纪实文学《天堑——和平解放西藏纪实》由现代出版社出版；10月，长篇小说《白山》由上海文艺出版社出版；10月，短篇小说集《银绳般的雪》由四川文艺出版社出版。

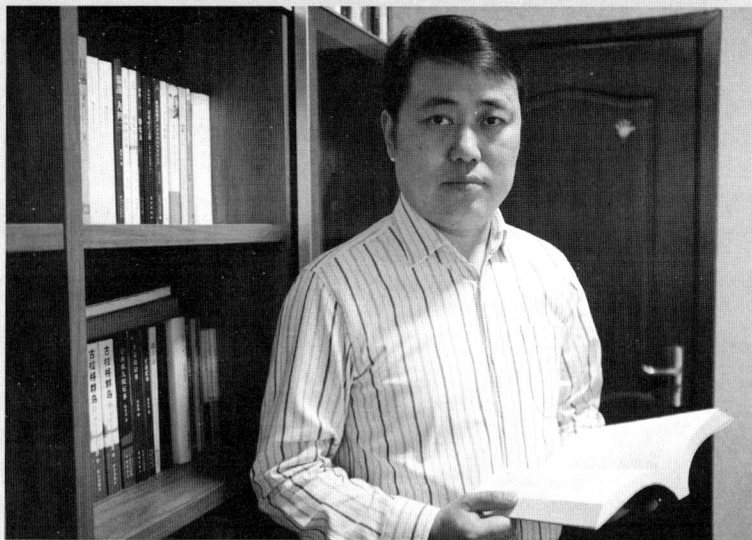

王龙，男，1976年生，西部战区军旅作家，中国作家协会会员，中国报告文学学会会员。著有历史散文集《天朝向左，世界向右》《国运拐点》《远去的身影》《山河命数》和长篇纪实文学《刺刀书写的谎言——侵华战争中的日本"笔部队"真相》《重兵汶川》（合著）及随笔集《壮丽的荒芜时代》等书，曾获冰心散文奖、四川文学奖、全军文艺优秀作品奖、在场主义散文奖、华语青年作家奖等奖项。《天朝向左，世界向右》一书在香港、台湾、澳门地区出版发行繁体中文版，在泰国发行泰国语版，并被改编拍摄成多部电视纪录片，香港、台湾地区以及日本、英国等国均有译介。

从"怎么写"再回到"写什么"

傅逸尘

新时期以降的近四十年间，中国文学已然完成了一个轮回——由写什么到怎么写，再由怎么写重新回到写什么。这样的变化不能不让我感到惊讶，甚至怀疑，因为我搞不清这是文学成熟的标志，还是幼稚的表现。我自然就想到了1980年代那个文学的"黄金时代"，我们只用了十年时间就将西方近百年的文学思潮与创作方法操练了一遍，然后就如敝屣一般抛在了身后。这种借鉴与学习的方式当时便遭到了普遍质疑。当然，我这样联想并不是认为上述的轮回意味着重复。毕竟，一只脚无法踏入同一条河流，表面看它又重新回到了起点，其实文学已经完成了螺旋式上升。那么，这一个轮回在哪些层面上能够表征当下文学的发展与进步呢？这是我们必须要关心的问题。

进入21世纪以来，中国文学渐渐远离了"主义"或方法之争，连最讲究怎么写、最注重文本探索的先锋作家都"回归"到现实主义了，文学生态之单一可想而知。许多批评家为此叫好，我却颇感疑虑。我们不能仅仅从方法或文本方面肯定先锋文学的价值与意义，先锋文学的价值与意义肯定远远超越了这些。我认为，先锋文学是在更本质的意义上改变了我们对文学的认识与理解，而且将中国作家的视野完全打开，使他们能够站在世界文学的高度与广度重新审视我们民族自己的文学。从文学史的角度看，世界上其他国家的先锋文学也都不会成为当下文学的主流，但先锋文学因其冲破了现存文学规范，在突破了已成传统的文学思潮与方法之后，又必然要引领着文学走向一种全新的创造。因此，1990年代以来先锋文学的偃旗息鼓无疑是中国新时期文学的一个悲剧。曾经有批评家对余华的《兄弟》大加赞扬，说，尤其是像余华这样的先锋文学的中坚也回归到现实主义，这说明中国作家和中国文学的日益成熟。这种观点我无论如何都难以接受，因为作家与文学的成熟与否并不以什么主义为标志，什么样的主义都有可能创作出伟大的作品，这是无需证明的事情。当然，他也可能还想说，中国作家终于不跟在西方现代主义、后现代主义后面亦步亦趋了，于是乎，我们的作家和文学就成熟了。如果这是这种意思，那就有点可笑了。

是什么原因促使先锋文学作家向现实主义回归？又是什么力量统一了不同代际作家的文学观念和审美趣味？我不能不把目光转向图书市场、影视市场，以及其他大众媒体。经济因素可能是撬动中国作家文学观念转变的最有力的杠杆。作家不再倾心于"怎么写"当然还有更复杂的原因，但重新回到"写什么"则肯定与此有很大关系。文学的丰饶与多变当然源于社会生活的丰富性与多样性，但丰富多样的生活却不能够都进入作家的创作，作家写什么终归还是要有所选择的。现在的图书市场流行的是青春、都市、情爱、官场、商海、职场、私人生活、传奇历史、架空穿越等等，这些类型化的生活题材并不能代表这个时代的主流生活，只有主流生活才能决定这个时代文学的本质趋向。评论家谢有顺在与作家贾平凹对话时说："现在的作家绝大多数都在城市生活，尤其是年轻作家，都穿梭于酒吧、高级商场、写字楼之间，他们描绘的基本上都是城市生活。""这种文学现实无形中改写了中国社会的现实，给人一种误导，以为现在的中国人都是这么活着的。"这种现象在70后作家们的写作中表现得集中而显明，较之50后、60后作家，70后作家更迷恋个人经验和日常生活。这里面有一个误区似乎要搞清楚，就是表现主流社会生活或重大题材、重要事件，并不意味着就会失去作品的文学性或艺术价值。托尔斯泰的《战争与和平》、雨果的《九三年》、肖洛霍夫的《静静的顿河》等都是写重大题材或重大事件，也都成为了世界名著。因此，当代作家不但不应回避这些题材，而且还应该加强对这类题材的关注。什么样题材的作品都有可能成为不朽之作，但有责任感和使命感的作家却应该首先考虑作品的现实意义。连现在都不能影响，而只奢谈写给未来，不是自欺欺人，也是妄自尊大。卡夫卡和梵高生前并不知道自己的作品会在他们死后而大放异彩，否则，卡夫卡无论如何也不会让其好友勃罗德烧掉他的全部作品；梵高自然也不会那样的焦虑、颓废、堕落，甚至于恐惧，然后悲惨地死去。

作为70后军旅作家，王龙的创作有一个显明的特色，那就是反身向古。从

《天朝向左，世界向右》到《刺刀书写的谎言》，王龙关注的往往都是较为重大的历史题材。历史题材叙事，很容易成为个人想象和欲望的发泄场，于故纸堆中有新发现、新突破，考验的是作家的眼光、智识和思想。《刺刀书写的谎言》以新鲜的视角切入恢弘混沌的抗战历史，探究的是战争大时代中文人的现实境遇、内心的欲望挣扎、个体的命运遭际，拨开政治的迷雾，开掘复杂的历史经验，重新发现战争对人性的扭曲与改写。王龙的叙事具有较强的学术性和思辨性，在史料的搜集和选择方面用力很深，显露出强大的材料驾驭力和判断力。王龙对日本文人的丑恶行径进行了有力的挞伐，反思历史的同时又不落道德批判的窠臼。正因为对重大历史题材的持续深耕，王龙的写作也渐渐积聚起了一种宏阔的气象和力量。

我不是"题材决定论"者，但我强调主流社会生活、重大题材、重要历史、重要事件之于文学的重要意义。文学的多样化是文学健康发展的必备条件，而文学的真正发展又不可以忽视对当下社会生活中重大题材、重大事件与重要社会现象的表现。对 70 后作家而言，"写什么"的问题已经远远超越了"怎么写"的问题而成为制约或者困扰这一代际作家群体的瓶颈。很多 70 后作家在语言表达、叙事技巧、形式探索、文体自觉等等层面已经相当圆熟，然而其作品的生活质地、情感结构和思想格局相较于其年龄阅历的增长和文学资历的累积却显得滞后。很多 70 后作家的小说作品，如果将作者名字隐去，便难以辨识。表现的生活状态相似，叙事的腔调相仿，主人公的命运相同，作品所传达出来的价值判断和思想意蕴趋同，背后所凸显的正是这一代作家的写作资源问题。

从"怎么写"再回到"写什么"，轮回有时候并不意味着提升和超越，这是每一代作家都必须直面的考验。

天人交战的"盗火者"

王 龙

1919 年 1 月 4 日，严复在给学生熊纯如的信中痛苦不堪地写道："以年老之人，鸦片不复吸食，筋肉酸楚，殆不可任，夜间非服药不能睡。嗟夫，可谓苦已！"他深自懊悔地说："恨早不知此物为害真相，致有此患，若早知之，虽曰仙丹，吾不近也。寄语一切世间男女少壮人，鸦片切不可近。"

现身说法的忏悔，可惜来得太迟。这一年，六十五岁的严复健康状况已经严重恶化，神思涣散到连亲朋的来信也无法回复。这位原本体魄强健的前海军教官，毕生呼吁国人要加强"血气体力"的锻炼，通过由人及身、由身返国达到拯衰起颓的救国目标。而到头来，自己却被鸦片害得每天进餐都累得面红气喘，甚至连换乘火车时在站台走几百步路，都感到心慌气塞，大喘不已。在给诸子女的信中，他这样描述自己当时的窘态："甚者二便都要出来，如无歇息处所，巴不得便坐在地上。"这年春末，严复到上海红十字医院治疗喘嗽病；秋末，又回北京住进协和医院。医生诊断后，均无奈摇头，深感已无力回天。

过早夺去他身体健康的，是被他咬牙切齿诅咒为"世间魔鬼"的鸦片，严复的大半生都被它折磨得苦不堪言。此间痛楚，用他的话说，"可作一本书也"。

"瘾君子"的痼疾，使这位大名鼎鼎的"天演先生"声誉受损，屡遭攻击。后来，连李鸿章都知道了这事，劝他说："汝如此人才，吃烟岂不可惜！此后当仰体吾意，想出法子革去。"一时感动之下，严复也曾痛下决心，要与这劳什子分道扬镳。他请了一位号称"戒烟圣手"的医生，为他开出戒烟"秘方"。第一次吃后获得短暂成功。然而好景不长，仅仅几天过去，就旧瘾复发。此后直到严复逝世，也未曾脱离鸦片。一些至今健在的子侄辈们回忆，严复逝世前一年回到福州故居避寒养病，原本威严高大的一个人，咳喘厉害，面容枯黄，吓得小孩子们都躲得远远的。

在生命垂暮的最后几年，严复还注射吗啡、服食海洛因，俨然一位"五毒俱全"的老瘾客了。研究者后来在严复的英文日记中发现，1916年严复几乎每天都要注射吗啡，并详细记录了自己抽大烟、服药膏、注射吗啡的时间，精确到分钟，有时一天注射吗啡竟然高达十次之多。

这实在是一道令人难以置信的谜题。一位毕生致力于"鼓民力，开民智，新民德"的伟大思想者，自己居然深陷烟毒无法自拔，如同一位医术高明的戒毒医生，自己却深陷毒瘾一样可悲而吊诡。早在1895年，严复就在报上撰文痛批鸦片误国害民之烈，直指中国"沿习至深，害效最著者，莫若吸食鸦片、女子缠足二事"，大声疾呼"自爱而求进者"必不吸食鸦片，期待中国雪尽江清，早日摆脱鸦片之害。

在我看来，吸食鸦片是严复一生深邃难测的精神黑洞，绝非仅为舒缓病痛那么简单。对严复深有研究的美国汉学家本杰明·史华兹说，在某种意义上，吸鸦片反映了严复思想观念中最隐秘和最难以捉摸的情调。沿着这道重重浓雾中的隐秘之门，也许能解开严复诸多痛苦纠葛的人生悖论。

1879年（光绪五年），这位身孚众望的"海归"学成归国了。由于在留学时期即已享有一定的名气，故"南北洋争先留用，得之惟恐或后"。不久，严复便应船政大臣吴赞诚之聘，回到自己的母校福州船政学堂担任教习。

身处风云激荡的大时代，又兼有学贯中西、游历欧洲的积淀，严复的高才卓识不仅远超于当时的洋务领袖曾国藩、李鸿章、张之洞等当朝大佬，连鼓吹西学的名流康有为、梁启超等人后来也无法望其项背。一生狂傲不羁甚至自比"当代孔子"的康有为，就心悦诚服地承认严复为"西学第一人"。同样自负的英国驻华公使朱尔典，对严复也敬佩有加，不吝称赞道："像严先生这样伟大精深的学者，全世界至多只有二十位。"

谁曾想到，在英国处处感到亲切的严复，回到中国后才发现，这里反倒成了"气场"失调的陌生"异邦"！

如果说回国之初，严复在个人才具和资望能力方面尚不足以担当重任，学术造诣和实践本领尚须经过岁月磨砺，那么经过整整九年之后，他才当上北洋水师学堂"会办"一职，仅仅相当于副校长，就无论如何也让人郁闷心伤了。

这样的"业务官员",行政走卒,在当时连货真价实的朝廷命官也算不上,只是一名"不预机要,奉职而已"的技术官僚,可以说完全是冷板凳上"被边缘化"的角色。

此时,与他一同毕业于格林威治皇家海军学院的同学们,早就纷纷荣任北洋水师的舰长、分舰队司令员。而远在东瀛,那些与他一起留学英伦的日本同窗,回国后更是独当一面,成为蜚声四海的国之栋梁。

没有在深夜痛哭的人,不足以谈人生。严复这番怀才不遇的心境,如鱼饮水,冷暖自知。按照清朝官场的规矩,必须是道台一级的官员才有资格担任水师学堂的最高长官。严复虽有满肚子的洋墨水,却没有一个出身"正途"的科举功名。这位全中国第一个呐喊要废除科举的人,自己却在这座独木桥上挤了半辈子,折腾了半辈子,一路奔波着抗争着无常的命运。

从1885年开始,连续八九年间,这位前著名海归不得不回过头来,接连参加了四次乡试,以博取一个举人的头衔。1885年秋,已是北洋水师总教习的严复回福建老家参加第一次乡试。谁知首次出场,就碰得个鼻青脸肿,铩羽而归,连个举人也没考上。这实在是个不小的打击。第一次落榜的那天晚上,同为福建侯官人的好友郑孝胥前来拜会,发现严复喝得酩酊大醉,卧床不起。

一觉醒来,还得再捧起八股文章发愤研读,严复大有不到长城非好汉的劲头。不料,1888年,严复就近赴北京顺天府参加考试,还是竹篮打水一场空。来年春,赴京再应顺天府恩科乡试,仍然名落孙山。不顾一切地辗转科场,却接连碰壁;饱经欧风美雨的洗礼,却要向鄙弃已久的八股制艺讨出路;学术上融古通今、兼修中外,却在区区的臭八股面前屡次败北。此时严复的心中,有着多少不为人知的苦恼和屈辱!功名二字已经把他的心伤透伤烂,可命运从来没有过一丝怜悯。苦闷到极点时,他甚至悔恨"当年误习旁行书",如今才落得"举时相视如髦蛮",觉得自己一肚子洋墨水全是多余,徒留笑柄。

人生机遇火光闪现的瞬间,严复并非没有出人头地的机会。

李鸿章一生任人唯亲,辜鸿铭曾讽刺其"一切行政用人,但论功利而不论气节,但论才能而不论人品"。李早就看重严复的才能,想把严收编为"自己人",因此"尝示意其执贽称弟子"。如果傍上这棵大树,何愁没有高官厚禄,前程似锦?可清高孤傲的严复一口回绝,就是不愿放下架子去"攀龙附凤",只想凭自己的真本领做事。

苦熬十年后，终于升任会办。四弟严传安苦苦劝大哥：当上会办了，应该多到李鸿章那里"走动"一下，有所表示。严复不得已勉强"走动"了一下，果然立竿见影，第二年（1890年）李鸿章就提升严复为总办了。严复不禁在给四弟的家信中惊呼："用吾弟之言，多见此老果然即有好处，大奇大奇！"

清高自负的士人本性，决定了严复最终不可能把自己融入蝇营狗苟、鬼蜮如林的腐恶官场。自由文人的个性，反倒使他恃才自傲，口无遮拦，肆意评论朝廷。初莅北洋，他就因言辞"激烈"，不通人情，被官场视为"书生气""不成熟"。在李鸿章手下的北洋水师学堂供职仅三四个月，就碰上了日本窃取琉球案，严复无比愤慨，年轻气盛的他出语"激直"，常常对人说："不出三十年，中国周边的属国都将丧失殆尽，我国将如老迈的母牛任人车裂分割了！"老成持重、"劲气内敛"的李鸿章听到这话直皱眉头，很不高兴，"患其激烈，不之近也"，从此对这位"异议分子"敬而远之。

而严复对李鸿章"移花不移木"那一套洋务模式也颇不以为然，恰如历史学家唐德刚在《晚清七十年》中揶揄说："严复学贯中西，他压根儿瞧不起他那个臭官僚土上司李鸿章。"时间久了，终于看出了官场门道的严复变得心灰意冷。他总结做官的秘诀：

"当今做官，须得内有门马，外有交游，又须钱钞应酬，广通声气。兄则三者无一焉，又何怪仕宦之不达乎？置之不足道也。"

看得透，却做不来；做得来，也学不精。官场风气日下，严复四顾茫然，只好感叹"眼前世界如此，外间几无一事可做"。

官场的僵化黑暗，世味的凉薄无情，终究在最无望的岁月里击破了严复的理想之梦，更增添了他难以排遣的苦闷。就在谋职北洋那段痛苦的黯淡时光，他染上了鸦片烟瘾。

此时，如果不爆发那场山崩地裂的巨灾国难，也许这位四次落第的老童生，还会第五次、第六次在科场匍匐前行；这位不甘心被边缘化的政治"局外人"，还会在勾心斗角的官场继续焦头烂额，以谋一官半职。

1894年的甲午中日战争，成为彻底改变严复命运的转折点。多少个压抑的长夜，他从无边的噩梦中猛然惊醒，常常半夜"起而大哭"。鲜血淋漓的梦中，他见到了悲壮冲向敌舰的致远号管带邓世昌，横刀自绝的镇远号管事林泰曾，因"临阵退缩"而被斩首正法的济远号管带方伯谦……那些熟悉的同学少年，大多曾和他一样怀着富国强兵的美好梦想，一起远渡重洋，负笈英伦，为了这个苦难深重的国家寻师访道，互相砥砺，发誓要振兴中国，无负平生。谁知今日一个个要么血殒海疆，要么投降受辱，还连带着洋务派三十多年苦心经营的自强事业也沉入深海，毁于一旦。

严复回想起1872年自己还在"扬武"舰上实习时，曾经巡历日本。那时长崎和横滨等地可谓万人空巷，日本人拥到岸边争相一睹大清海军的雄姿，严复的心中豪情百倍。可是，仅仅二十二年过去，即如他所言："日本以寥寥数舰之舟师，区区数万人之众，一战而剪我最亲之藩属，再战而陪京戒严，三战而夺我最坚之海口，四战而覆我之海军。"这样巨大的反差刺激，实在椎心泣血。

痛苦的人生，没有权利悲哀。严复的心胸被一种异样的激情壅塞，积蓄多年的思索与信念，像沸腾的热血打着漩涡呼啸而过，只觉"胸中有物，格格欲吐"。他已明显感受到，这个国家已是"如居火屋，如坐漏舟"，大抵变局不出数年之中。一念及此，他的心情如写给陈宝琛的信中所言，"心惊手颤，书不成字"。

甲午惨败的这一年，中国的热血之士都行动起来了，纷纷开出自己的救亡药方。康有为在北京发动"公车上书"，提出拒约、迁都、变法三项救国之策；孙中山在美国檀香山成立兴中会，向清政权挑战，誓言"驱除鞑虏，恢复中华"。严复也无法再平静地呆坐在自己的书斋里，从来述而不作的他，终于决定要化笔为剑，用文章来呐喊冲锋了！

新年春节刚过，严复就发表了第一篇重磅文章《论世变之亟》。这篇纲领性的文章是严复"维新"思想的导论，也是他为千年危机拉响的第一声尖厉警报。他清醒地看到，面对一场灭顶的家国巨难，皇城根下的士大夫们还在坐井观天，隔靴搔痒，懵然于时务，"绝不知病根所在，徒自头痛说头，脚痛说脚"。忍无可忍的严复一上阵来，就如大海潮音，作狂狮怒吼，当头棒喝道：这一次中国的危机不再是偶然之中的一时之虞，而是千古未有的深层文化危机："今日之世变，盖自秦以来，未有若斯之亟也"，根本原因在于"今之夷狄，非犹古之夷狄也"！

只有严复，只能是严复，才能站在中西交汇的巅峰绝顶，登高远眺，极目苍茫。他认为造成中西社会差距的根本原因就两个字："自由"。中国的"历古圣贤"都畏惧自由，而西洋各国则持"唯天生民，各具赋异，得自由者乃为全受"。故双方的特点大相径庭：

中国最重三纲，而西人首明平等；中国亲亲，而西人尚贤；中国以孝治天下，而西人以公治天下；中国尊主，而西人隆民；……中国多忌讳，而西人重讥评；……中国夸多识，而西人尊新知……

在这样一幅中西文明对照表中，严复虽"未敢遽分其优绌"，但他用词的褒贬，已经非常清楚地表明他提倡什么，反对什么。严复对旧传统的最终打击可谓血浸纸背，一剑封喉："华风之弊，八字尽之，始于作伪，终于无耻！"在他的迎头痛击之下，中国人恍然从醅梦中惊醒，对千百年来安之若素的"政制理念"，对法相庄严的儒家"道统"第一次开始产生了怀疑。

压抑多年澎湃已久的爱国激情，终于化作急迫的救亡使命感，决堤倾泻而出。二十余年的西学积累和生活思考，至此水到渠成，豁然贯通。在儿子严璩眼中，甲午之变"大受刺激"的严复，以排山倒海的激情一口气写下了《论世变之亟》《救亡决论》《原强》《辟韩》等为人传诵一时的名篇。这一系列充满战斗激情的政论文章，不是简单的情感宣泄，而是一次对中国专制政体从治统到道统、从形式到内容的彻底清算，其宗旨用蔡元培的话说就是"尊民叛君，尊今叛古"，主要内容则可归纳为四句话：帝王窃天下，儒术卫王权，八股笼士心，治术坏民智。

严复的这些思想，成为直接点燃戊戌维新的精神火炬。

严复的文章译著刊行后，他从此声名鹊起，成为众望所归的新学领袖。在维新变法风潮迭起的关键时刻，康有为、梁启超急欲将他引为变法阵营的同志和战友。

然而耐人寻味的是，作为维新阵营的两位主将，严复和康有为在当时却未真正进行过合作，甚至未发生直接接触。这两个大人物谁也不找谁，好像是并世而不相知，人们常言"道不同不相为谋"，可对于严复来说，道相同，亦不一定相与为谋。

原来，严复与康梁之间并不是真的"志同道合"，而是志同"道"不合。他之所以对维新变法采取不冷不热的态度，在于他和康梁维新思路的根本区别。康有为认为非全变、骤变不为功，力主对陈腐衰败的帝国进行一场生猛的"休克式治疗"。他豪情满怀地宣称，如按他的方法改造中国，"三年而宏规成，五年而条理备，八年而成效举，十年而霸图定矣"。而严复则太了解中国积弊之深、沉疴之重了。他预计，中国欲达富强至少尚须六十年，所以变法应该根据社会实际，采取渐进方式。他提出了"导其机，须其熟，与时偕达"的渐进变革观。

一台成功的手术，医生的医术固然重要，病人的体质也不可忽视。严复已经隐约预见到狂风骤雨之后，落花飘零的惨景。在中国，忽略了"人心风俗"这四个字，就会如同后来鲁迅所言，搬动一把椅子也要人头落地，血流成河。然而维新变法既已狂飙突进开展起来，严复也只有作壁上观，静待其变。

果然，仅仅一百多天后，北京城就黑云压顶，风云突变。慈禧发动政变，将光绪幽禁于瀛台。六君子被害的这一天，严复尚在北京。大学士王文韶担心严复会因与康、梁的关系受到牵连，赶紧嘱人私下"密示意先生离京，即日返津"。

仓皇回到天津的严复恍然若梦。回想这半年来中国政局戏剧性般的变化，他不禁感慨万千。虽然早有某种预感，但戊戌维新的惨重失败、六君子喋血都门，仍使严复的心情极为悲愤复杂。政变之后，面对血雨腥风，人人钳口，先前置身事外的严复，此时反倒胆量倍增，无从控制自己的愤怒。他不避嫌疑，前往清慈寺哭祭林旭、杨锐，几天后又参加了林旭的殡葬仪式。1899年秋，日本著名的中国史研究专家内藤湖南到中国旅行，在天津与严复晤面。内藤湖南事后赞扬道：

"他眉宇间透着一股英气，在这个政变以后人们噤若寒蝉的时期，言谈往往纵横无碍，不怕忌讳，当是这里第一流人物。"

严复不仅在日本友人面前对时局议论纵横，不惮忌讳，还在《戊戌八月感事》一诗中愤怒沉痛地写下"伏尸名士贱，称疾诏书哀"，对谭嗣同等维新志士饮恨菜市口表达深切同情，对光绪帝被囚表示无比愤慨。

同情虽归同情，严复对于维新派变法战略上的急躁轻率却没有放过，给予了十分严厉的批判。严复认为事情搞到这般田地，皆康、梁操之过急，难辞其咎，以至于"轻举妄动，虑事不周，上负其君，下累其友"。他指责康有为即便不是有意误君，也是"狂谬妄发，自许太过，祸人家国而不自知非"。

此后十年，严复果然躲进小楼，立誓"屏弃万缘，惟以译书自课"。对中华文化不曾一日消解的深层焦虑感，成为他不竭的精神动力。历经变幻莫测的时代风云，他对长子严璩说，现在才觉得世间惟有译书才是"真实事业"。

十年中，这位孤独的圣徒扛着救赎的十字架，独自一人匍匐在精神孤旅之上，愈难愈进，甘苦自知。1906 年，在翻译孟德斯鸠的《法意》时，当他译到专制政体"彼将使之为奴才也，必先使之终为愚民也"一语，不禁心生悲愤，涕泪长流。中国千年的专制之痛，竟让一位遥远的西方人总结得如此精确。当他望到大街上蹒跚而行、衣衫褴褛的数十百小儿那空洞无望的眼神，他提笔的手在颤抖，心如针扎。他无法想象三十年后，这些孩子将成为怎样的国民，这个国家能依靠他们变得更好吗？

拯救吾国，必先拯救吾民。这种悲天悯人的情怀，决定了他只选择那些有助于改造国民性格的西方书籍介绍给中国人。深受严译影响的鲁迅，后来也深为理解严复这种忧虑的心境，他感叹道："严又陵究竟是'做'过赫胥黎的《天演论》的，的确与众不同，是一个十九世纪末年中国感觉敏锐的人。"这种对中华文化的深层忧虑，在严复是"三民"论的呼号呐喊，到了鲁迅笔下则是痛极无声的那个麻木的愚民阿 Q 形象。中国的启蒙事业，就这样薪火相传，涓滴成河。

1905 年春，围绕改造中国的途径，严复与孙中山来了一次正面的思想交锋。这年严复游访欧美诸国，途经伦敦，孙中山前往拜访，两人进行了一次历史性的会见。严复对革命党领袖再次重申，在时机尚未成熟时革命，"害之除于甲者，将见于乙，泯于丙者，将发于丁"。

孙中山不愧是真人快语的"孙大炮"，他直言不讳地答道："俟河之清，人寿几何？君为思想家，鄙人乃实行家也。"被民初记者黄远庸喻为"大言无实"的孙中山，对书斋中的严复显然不无揶揄之意。但这场对话显然也使严复思想深处的矛盾暴露无遗。一方面他对君主专制恨之入骨，一方面又要遥遥无期地等待民智终开的那一天。

眼看革命渐呈星火之势，腐朽江山已大厦将倾，清政府为笼络人心，宣布仿行宪政，然其核心目标仍是重新使"大权统于朝廷"。为实施"新政"，清廷不得不做出某种惺惺之态，把学界名流、商界新贵、社会贤达一一揽入彀中，试图以这些人装点门面，苟延残喘。具有西方知识背景的严复，自然成了清廷重点延揽的"新潮人物"，社会地位逐渐上升。

1908 年之后，他连续被聘为审定名词馆总纂、宪政编查馆二等咨议官、福建省顾问官；1910 年，他以"硕学通儒"的资格，进入新设立的资政院，并被海军部授予协都统军衔。此间严复无论作何发言，都受到同僚好评，"大家佩服无地"。他不无幽默地说："我现在真如小叫大，随便乱嚷数声，人都喝彩，真好笑也。"

话虽如此，坐了多年冷板凳的他，对这份荣誉还是难免受用的，也使他重新燃起对这个垂死的政权更浓厚的改良希望。获得"文科进士"的赏赐后，心情大爽的严复立即重印名片，将这项头衔写了上去。

有人出来质问严复，清政府腐败至此，为何还不划清界限？他说："今日政府未必如桀，革党未必如汤，吾何能遽去哉！"他自比古代的伊尹，这位商代名臣曾经五次抛弃贤君商汤，去侍奉暴君夏桀。这句话背后，充满忠臣孝子般"明知其不可而为之"的无奈与侥幸。

1911年10月4日，武昌起义前六天，严复还为大清朝填写了第一首国歌《巩金瓯》。在清廷危亡的最后关头，他写下的依旧是："帝国苍穹保，天高高，海滔滔。"仅仅六天之后，武昌炮声一响，严复的歌词如一出荒诞的黑色幽默，成为了大清的殉葬品。

武昌起义爆发的当晚，严复在日记中痛惜地写下"武昌失守"四字。武昌枪响后，各地摧枯拉朽，纷纷宣告"独立"，各省联手成立了"大汉军政府"。

革命洪流猝然而至，满怀矛盾的严复还没有来得及做出选择，历史又把他抛上了舞台。这次幕后的推手，是大名鼎鼎的袁世凯。

从袁世凯1895年天津小站练兵两人结识，一直到1916年袁世凯去世，严袁两人之间的来往从来没有间断。二十多年间，严、袁之间的友谊和纷争，仿如一部精彩曲折的连续剧，经历了戊戌变法、辛亥革命和帝制复辟的起伏变幻，成为严复政治追求和个人风骨的X光透视片。

辛亥革命中南北对峙之下，双方只好和谈。由陈宝琛推荐，严复又被袁世凯揽于帐下，在炮火中为其痴心奔走。由于与出身北洋水师学堂的黎元洪有着特殊的师生关系，严复被任命为北方代表团代表，参加南北和谈。

1911年12月，作为福建省代表的严复南下参加"南北和谈"。同行的特使唐绍仪等人一上车就把辫子剪了，这让他既惊愕又困惑，饱受皇恩的大清官员们怎么转眼之间就变得这么不仁不义？严复则依旧蓄辫明志，"以示不主共和之意"。唐绍仪在和谈中主张共和，严复大为不满，回了北京就向袁世凯告状："唐绍仪非议和也，乃往献江山耳！"他以为袁世凯是真心拥护君主立宪，只甘于做内阁总理，才觉得主张共和的唐绍仪在和谈中出卖了袁世凯。严复哪里知道，待价而沽的袁世凯早已心猿意马，南北双方早已达成默契，面对"民国总统"的宝座，袁世凯巴不得早点把这江山献出去呢！

虽然一直反对革命共和，但在南下谈判的路途中，严复洞悉清廷的颓势和"民心大抵归革军"的现实，逐渐对建立民国开始怀抱希冀。他把革命形势比作一个热切等待的恋人，静听着心上人到来的声音。那段充满期待而又难熬的日子里，他焦灼的是还没有一个强有力的人物出来收拾局面。

举目四望，谁才是他心目中的铁腕人物呢？

严复感到只有举足轻重的袁世凯才是有能力砥柱神州的不二人选。袁世凯对严复也颇为重视。出任临时大总统之后，袁很快召见了严复，任命其为京师大学堂总监督，之后又任命他为总统府顾问官、海军部编译处总纂等。尽管有些怀疑袁世凯能否组织强势政府，但严复还是接受了袁世凯的聘请，期望以自己的才智帮助袁世凯尽快走上轨道。严复的转变令多年好友郑孝胥深恶痛绝，在他眼里，袁氏不忠于清室，篡位在前，大节已亏，自然不齿于君子，可严复还要投身这样一位"妖狐之露尾"的叛徒，简直令人发指。直到 1918 年 11 月有一次朋友请吃饭，一听说同约的还有严复，郑孝胥一口拒绝出席，仍然不屑与严复为伍。

对于"有励精图治之倾向"的新组内阁，严复满怀期望，不吝称赞袁世凯"文足定倾，武足戡乱"。为了早日结束"威令不出都门"的乱象，严复在私下里给友人的信中甚至说出："天下仍须定于专制，不然，则秩序恢复之不能，尚富强之可岐乎？"

然而亚洲第一个共和国的成立，带给中国人的热望并未能维持太久。革命只不过赶走了宝座上的皇帝，却没有赶走人们心中的皇帝。中国很快陷入到"新居未建，而故居已拆"的尴尬境地，严复所预见的"一个糟糕的时期"来了，而且仿佛只有更坏，永无最坏。1913 年 7 月，"二次革命"爆发，政局动荡再次引发了社会动乱，这显然不是严复所愿意看到的，也与他最初引进的进化论理论南辕北辙。

一次，严复与辜鸿铭出席同一个宴会，酒过三巡，辜鸿铭忽然说，恨不能杀二人以谢天下，有人问他这二人是谁，辜鸿铭回答是严复和林纾。他拍桌骂道："自严复《天演论》一出，国人只知物竞天择，而不知有公理，以致兵连祸结，不杀他天下何以有太平？"

坐在一旁的严复闻之默然。他和辜鸿铭同是福建同乡，又都有长期出洋的经历，面对这位同样横跨中西、学识一流的同行的痛批，严复内心几多苦涩，无从置辩。

世局如此，严复的心中蒙上了一层越来越沉重的阴影。对社会安定的祈望，压倒了对民主理想的追求，他日益渴望一种使社会持续稳定的政治体制，期待建立一个强有力的政权。因此，他对民国初年的党派之争一概厌恶透顶。而国民党人对袁世凯的抗争，反而促成他反对共和革命的立场。随后，在一系列内政外交上，严复坚定地为袁世凯站台呐喊。

严复认为，"二次革命"战乱之起，纯由国民党"不察事势，过尔破坏，大总统诚不得已而用兵"。面对战火重燃的局面，他热情献颂似的表白"但愿大总统福寿康宁，则吾侪小人之幸福耳"，他还希望袁世凯拿出决断，像割除庭园里的牵牛花一样，除掉国民党，取消共和政体，恢复秩序与稳定。这时的严复，内心俨然已流露出改变国体的专制倾向。

面对民国乱象，严复采取了向袁世凯一边倒的态度，尤其大力支持袁试图以强人政治解决权力危机的铁腕思路，大力抨击革命党人为一己之私，而罔顾国家。人们尽可以批判严复的"混淆是非"，但是否曾想过，袁世凯固然暴露了专制者的本色，国民党人何曾没有患上革命幼稚病？宋教仁遇刺后，凶手已被拿获，朝野多数人都主张通过司法程序解决问题，反对把刑事案件政治化。但孙中山不顾国民党众多领导人的反对，公然因为一起刑事案件而要举兵推翻合法政府，岂非拿国家命运当儿戏？

这次军事冒险一个多月便全军覆没，国民党徒自授人以柄，在民意中的形象产生大逆转。社会舆论本来完全同情革命党人一边，"二次革命"一起几乎都转而支持袁世凯了，革命党人反而成了孤家寡人，由本来备受尊崇的政党转而被舆论视为"暴民专制"组织，更开启了国民党后来一不如意，就起兵闹事的先河，习惯于"以暴制暴"地用枪杆子解决矛盾。

梦里走了很多路，醒来还是在床上。人民并不神圣，政府未必下流。有几流的人民，就有几流的政府；有几流的政府，它就要制造几流的人民。社会越是动荡，越是驱迫严复倒向强人政治。时间久了，严复也并非看不出袁世凯的软肋。私下里他认为袁在旧日帝制时代，也不过"一才督抚耳"。他批评袁"太乏科哲知识，太无世界眼光，又过欲以人从己，不欲以己从人，其用人行政，使人不满意处甚多"。他也看到了袁世凯身上的守旧与专横，对袁不抱"过分之望"。在严复的眼中，袁的权力一步步增大，他的权威却在一天天减弱。然而乱世之中，他又觉得："平情而论，于新旧两派之中，求当元首之任，而胜项城者，谁乎？"

政治思想上的矛盾心态，表现为对袁世凯的暧昧态度。而书生天性中的优柔寡断、当断不断，却使严复背上人生最大的污名。这次把他架上火堆的，仍然是朋友。

1915 年，袁世凯称帝之心已经昭然若揭，他派杨度几次三番找严复，劝他参加其登基专用机构"筹安会"，欲借一帮名士为其摇旗呐喊，严复自然在其笼络之中。

严复对袁世凯急于恢复"帝国体制"并不完全赞成，对袁世凯先前软禁蔡锷也极为反感。他觉得君主之威如今早已扫地，贸然复旧，只能乱上加乱。杨度继续哄劝他：筹安会只不过是搞学术研究，搞清楚君主制是否应当恢复，其他的事到时自然会水到渠成。既然只是研究，这对于使命感极强的严复而言，无疑很能打动人。严复就说，他固然认为中国此时仍应行君主制，问题在于根本没有合适的人选。

不等犹疑之中的严复把话说完，杨度就起身告别了。

严复见此情形不知所措，于是找弟子侯毅商量应付办法，并表示不愿勉强附和。

侯毅说："先生既然不愿勉强附和，只有登报声明他们盗名。然而，他们既然打算借用先生的名义，必然会用强力手段胁迫先生就范。先生能乘夜潜逃吗？"

严复犹豫许久才说："我年岁这么大了，而且哮喘病经常发作。像东汉末年张俭那样在逃亡路上东躲西藏，恐已难以忍受了。"

侯毅说："那盗名不妨听之任之，只有始终不参与其中的活动罢了。明哲保身也是先圣所采取的策略。随着时间的推移，天下人最终会明白是非曲直，能理解先生的。"

就这样，严复决心采纳侯毅的"明哲保身"之策，对筹安会之事再也不愿过多地过问。

第二天，人们在筹安会发起人名单上，赫然见到了严复的大名，名列第三。严家门口多了两个荷枪的壮士，说是长官担心匪徒来相扰，派来警卫。严复自此闭门不出，筹安会找他去议事，便托病推辞。

一错之后，严复不愿再蹚浑水。梁启超发表《异哉所谓国体问题者》质疑后，袁世凯派秘书夏寿田带四万元金票去拜见严复，请他写文章驳难。严复既没拿钱也没写文章。其间，他曾收到不下二十封信函，都说非驳梁不可，还有以刺杀相威胁的。严复拿着信去找夏寿田，表示："吾年逾六十，病患相迫，甘求解脱而不得；果能死我，我且百拜之矣！"

世人所谓的"筹安会六君子"，其余五人都有"劝进文"，唯独严复没有片言只字。1915 年 12 月 12 日，袁世凯悍然宣布称帝，严复谢绝袁世凯的任何邀请，静观其变，"其庆贺朝宴，均未入场"。据严复日记记载："1 月 5 日：内廷召宴，未赴。1 月 7 日，阴，雪。内廷召见，未见。"

尽管并没有参加"筹安会"多少实际活动，但复辟帮凶的恶名终究难逃了。天津《广智报》当时画了一幅漫画：袁世凯头戴冠冕，身披龙袍，端坐正中，四方画着四条狗，分别代表筹安会"四大将"，其中之一，便是严复。

对于"走狗"这个侮辱称号，严复苦涩地道：我"狗了不狗，走也要走的"。在写给门生熊纯如的信中，严复检讨自己终究是书生，当断不断，反受其乱："筹安会之起，杨度强邀，其求达之目的，复所私衷反对者也。然而丈夫行事，既不能当机决绝，登报自明，则今日受责，即亦无以自解。"

1916 年 3 月 22 日，袁世凯的逆行终于走到尽头，被迫宣布取消帝制。对此，严复却认为，袁世凯失败的原因不在恢复帝制，而是"就职五年，民不见德"。袁世凯撤销帝制当回总统后，独立各省坚持要他退位。面对倒袁的风潮，不识时务的严复又大唱反调，坚决认为"项城此时去，则天下必乱"。他说之所以反对逼袁退位，这并不是出于私情，而是以国家为重，"力去袁氏者，则与前之力亡满清正同，将又铸一大错耳"。

也许他认为袁即使为大盗，至少还有震慑住千千万万个小强盗的功能。后来果然大盗一去，小盗蜂起，袁世凯死后北洋武将群龙无首，各派争权夺利，民国乱象由此拉开序幕，中国人陷入更深的水火之中。

当众叛亲离的袁世凯于 1916 年 6 月去世，在一片举国欢庆声中，严复却立即关起门来，悲悲戚戚地写下一首《哭项城归榇》，表达对一代枭雄折戟沉沙的不忍之心："化鹤归来日，人民认是非。"

面对满目疮痍的国家，神医遍地，药方满天，可大多数都是野蛮莽撞的兽医，手里高举的是屠刀而非手术刀。皇权的合法性基础早已荡然无存，任何试图重新捡起破败龙袍继续招摇的举动，无疑都是自取其辱。至此，严复内心对现实的错觉和误解，似乎已达顶点。此后，他从现实的政局变动中多少体会到：复辟帝制，已是穷途末路。汉族强人，不可能有回天之力，"至于满人，更不消说"。

1920年代，"革命"已取代"进化"成为中国最主流的强势话语。坚持"共和之万万无当于中国"的严复式改良语体系，自然会淹没在滚滚的革命洪流之中。就连他一手创造的古奥生僻的文字、好古尚雅的文风，也因为其艰涩难懂逐渐走向衰落，晚年严复的话语受众日益减少，他的影响力急剧衰落。

第一次世界大战的爆发，西方列强相互残杀，目睹战争的惨况与巴黎和会中列强的无耻，近代西方文明的弊端暴露无遗，更是对严复当初"物竞天择，适者生存"的最大嘲弄。为中国人寻找到的唯一出路，现在也断了，严复的挫败感可以想象。他在震惊之余不禁悲叹："欧罗巴之战，仅三年矣，种民肝脑涂地，身葬海鱼以亿兆计，而犹未已。横暴残酷，于古无闻。""文明科学，效其于人类知此。"他对西方文明的理想之梦随之也破灭，"西国文明，自今番欧战，扫地遂尽"。他对此时的西方世界用八个字评价："利己杀人，寡廉鲜耻。"

1920年他回到家乡侯官，说："还乡后，坐卧一小楼，看云听雨之外，有兴时，稍稍临池遣日……槁木死灰，唯不死而已，长此视息人间，亦何用乎？"中国已经走向一个充满激情的新时代，在新潮人物的眼中，严复已成为一个无法与同时代新人进行对话沟通的思想老人，充满精神的孤独。

纵然忧从中来，不可断绝，但是严复却只淡淡地说："以此却是心志恬然，委心任化。"

临终前，在他留给后人的遗嘱中，第一条便是"须知中国不灭，旧法可损益，必不可叛"。

他早前指出："四书五经，固是最富矿藏，惟须改用新式机器发掘淘炼而已。"但他本人却没有更多的精力专注于此，对传统文化的向现代性的转化殊少贡献。他在言辞激昂、充满激情地批判传统时，只为中国人的道德大厦重构粗绘了一幅巨大的工程图，如何施工建设，还要靠我们自己。

1921 年 10 月 27 日，严复带着无限的惆怅，离开了人事纷攘的世界。除了次女严璆，其他众多子女都未能守在身边。两个月后，他与原配王夫人合葬于鳌头山。他的密友、前清大吏陈宝琛为其作墓志铭，题为："清故资政大夫海军协都统严君墓志铭"。而严复生前自题墓碑："清侯官严几道先生之寿域"。一个终生反对专制政体的启蒙思想家，却自甘披上一个消失的王朝作为精神归宿，盖棺论定。严复最后一次特立独行地展示他人生的悖论与谜题。

　　墓地青石围幛上，是他生前亲题的四个字：惟适之安。

原载《随笔》2014 年第 2 期，入选《中国文史精品年度佳作 2014》，多省选入高考语文模拟试卷

谁刺杀了"我们的荆轲"?

王 龙

一、日本人如何对待他们的"荆轲"?

2013 年 12 月,美国上演了一部根据日本历史上真人真事改编的奇幻武士片《四十七浪人》,引起巨大轰动。这是好莱坞首度将日本人家喻户晓的传奇经典——元禄赤穗事件搬上银幕。

一部源自日本的民间传奇,为何能在欧美西方引起广泛的国际关注?

因为在日本,赤穗事件绝不只是一个普通的传奇故事,而是一幅令日本人刻骨铭心的民族图腾。据日本学者研究,这个故事已被拍摄了一百三十五种电影,两百年来在日本长演不衰。它是日本版的"荆轲刺秦王",只不过故事中被日本人争相传颂的"荆轲"不止一位,而是四十七位。

这个真实的故事讲述在德川幕府时代,武士们誓死捍卫主君和藩邦的生存,因为一旦失去了主君,这些武士便被视作丧失仁义、忍辱偷生的浪人,过着生不如死的流浪生活。

德川第五代将军纲吉统治时代,赤穗藩的大名(领主)浅野长矩以忠直闻名。有一次他轮值江户城招待官役,在迎接天皇使节时,因为礼仪问题和一位老权臣吉良发生龃龉冲突,浅野一时盛怒之下,拔刀伤了吉良,酿成严重违反幕府禁令的"江户城刃伤事件"。

幕府将军德川纲吉大为震怒,他命令浅野即日切腹,并罚浅野家从兹"断绝"。撤销名号封地,其属下的三百余名赤穗武士也随之失去俸禄和地位,沦为可怜的"浪人"。

浅野欲辩无词，连给家人写封信都不被允许，当日便被迫剖腹自决了。消息传到赤穗藩，赤穗武士们无比悲痛。他们认为按照幕府法条，江户城刃伤事件本应按照"喧哗两成败"（各打五十大板）的惯例，吉良和浅野两人均应受罚。但吉良被判无罪，逍遥法外，主公浅野却被判切腹，藩毁人亡。武士们将吉良视作不可饶恕的罪魁祸首，他们歃血为盟，誓为主公报此血仇。

于是一场策划得无比冷静周详的"仇讨"行动由此展开：赤穗武士们恭顺地献出城堡，自愿放弃职俸，四散飘零，苟且为生。他们有的街头卖菜，有的开店谋生。曾经身居浅野家首席家老（藩国主官）高位的大石内藏助原是位血性汉子，竟然也抛妻弃子，独自跑到京都去狎妓游欢，不问世事。原来，这些武士只是为了掩人耳目，故意让敌人放松警惕，忍辱负重地等待时机为藩主报仇。

经过一年零八个月的潜伏忍耐，直到当初一起誓约复仇的九十七个家臣，誓死相从的还只剩下最后四十七人，他们才在大石内藏助的带领下，终于等来了雪恨的机会。元禄十五年（1702）12 月 14 日夜半，在一个落雪的黎明之前，武士们攻入仇人吉良的官邸，浴血奋战，打败了吉良的侍从，并从柴炭小屋搜出吉良本人，当场砍下他的首级，复仇行动大功告成。

天露微曦，踏着清晨的积雪，四十七名赤穗武士浩浩荡荡高举吉良的首级，班师回兵，返回埋葬着主公浅野的泉岳寺。他们汲水洗净吉良的首级，焚香将它献祭于屈死的主公浅野墓前，之后从容派人向江户幕府自首，束手就擒。一场凄绝壮美的讨仇报主、维护士道的快举，酣畅淋漓地告一段落。

由于此案轰动一时，如何妥善处理让幕府高层颇伤脑筋。有人赞赏四十七武士的忠勇赤诚，有人坚决主张依律严惩。在道义与法律的两难悖论中，朝野上下互相攻诘辩驳，拖延争论了数月之后，幕府的判决最终下达了：令四十七人悉数切腹。

庭院四周，高低错落的廊下阶上，四十七武士挟刀跪坐。他们肃穆庄严，纹丝不动，每个人的表情都镇定而满足。他们严格按照武士的规矩，逐一从容剖腹，无怨无悔。四十七人死后，被陪葬在主公浅野安息的泉岳寺。

泉岳寺因为埋葬这批顶天立地的义士，而一跃变成日本精神的祭祀场，成为日本最负盛名的寺院。直至今天，赤穗城到处是四十七士的广告、宣传画和各式商品的招牌；而每年 12 月 14 日，这座城市都会举行一个叫作"赤穗义士祭"的纪念节日。

四十七武士的故事，便是日本民间的一部水泊梁山传奇。几百年来，在日本的街头酒肆，无论商人町民，都对四十七士同情有加，崇敬不已，津津乐道他们敢于挺剑而起、流血五步的英雄气概。四十七士全心赴死、翦暴安良的英勇壮举，经过不断塑造成型，为日本孕育聚合的民族精神胚胎，注入了一种烈性好胜的精神。不仅如此，连明治天皇也颁布褒赏四十七士的辞令，表达官方对他们的肯定颂扬："……固执主从之义，复仇死于法。百世之下，使人感奋兴起。"

岁月流转，世世代代的日本人不断歌颂传扬四十七武士的忠勇之魂。后来，大阪的竹本座公演了《假名手本忠臣藏》。从此"忠臣藏"一语成了一切描写赤穗四十七士及其"仇讨"艺术作品的代名词，类似于"水浒传"一词代表着梁山好汉的故事传奇一样。《忠臣藏》的演出"人气"超乎想象，以至于艺人皆云"京阪歌舞伎，无一不演义士复仇"。

四十七武士的故事，不禁让人想起《史记》里的英雄荆轲。但若认真梳理比较，就会发现他们之间其实存在本质差异：荆轲乃以一人而敌一国，风萧水寒的壮烈决绝，远胜四十七士的仇家唯一人而已；荆轲胸中燃烧的乃是不服强权统治的彻底叛逆精神，四十七士不过为报一己之私仇，而对强大的幕府则俯首唯诺。两者相较，无论胸怀格局，孤胆英雄荆轲都远胜一筹。更何况四十七士那种盲目效忠的集团精神，到明治以后渐渐演变为"武士道"的遗毒桎梏，与军国主义侵略思潮结缘相伴，荼毒人间，而与中国古典"士"之高贵精神分道扬镳。

然而，两国文化界的现实情形却正好相反。相比于日本人对四十七武士"士魂"那种毕恭毕敬的颂扬呵护，我们演绎的各种"荆轲刺秦"，只让人一次次语塞气短，沮丧落魄。让人看后的心情只有三个字：始"惊"，继"怒"，后"悲"。

那一年非常凑巧的是，就在日本四十七士的故事被好莱坞重新搬上银幕时，莫言创作的话剧《我们的荆轲》也正在北京火爆演出。

二、荆轲：从历史神坛跌落狗粪凡尘

如果认真对比分析中日两国演绎的"荆轲刺秦"到底有何不同，就会发现诸多耐人寻味的文化奥妙。这里，不妨先从解读莫言的这部话剧开始。

《我们的荆轲》主体故事自然还是"荆轲刺秦"，但莫言却写了一个千百年无人敢想的"奇葩版本"。

在该剧中，那场"雄发指危冠，猛气充长缨"的千古第一壮举，俨然演变为一帮名利熏心、左右骑墙之徒以命博名的作秀事件。而那位千载悲歌、慷慨巍峨的荆轲荡然无存，摇身变成了一位到处"提着小磨香油和绿豆粉丝去拜访名人"的卑微之徒，一个剑术拙劣却成天梦想出名的匹夫之辈。

这期间，荆轲情难自禁地爱上了太子丹赠予的美人燕姬。在临行前与燕姬配合演习"刺秦"的过程中，荆轲再三彷徨动摇，去意不决，试图为自己寻找到刺秦的真正精神根据，以坚定此行的决心。

在这场全剧的高潮大戏中，燕姬扮演的"秦王"高高在上，以不容置疑的威凛专横，对荆轲的刺秦动机步步逼问，完全是一副光荣伟大的正义化身。而刺客荆轲在一开始的辩论中就底气不足，虚弱无力，他嗫嗫嚅嚅地列举刺秦的理由，从"为天下百姓""为死去的冤魂""为秦国百姓"，一直说到"为诸侯相安""为燕太子丹"，每一个看似慷慨激昂、气势磅礴的理由，都显得那么苍白无力，弱不禁风，扮演"秦王"的燕姬则高屋建瓴，不到三言两语就将他驳得体无完肤，满地鸡毛。

直到逼迫荆轲说出"为侠士的荣誉"这个理由时，燕姬（"秦王"）才鄙夷不屑地说："你总算说到了事情的根本。你们这些所谓的侠士，其实是一些没有是非、没有灵魂、仗匹夫之勇沽名钓誉的可怜虫。"

紧接着，代表"秦王"说话的燕姬一语道破天机："侠客的性命本来就不值钱。对于你们来说，最重要的是用不值钱的性命，换取最大的名气。"

阵阵语塞中，被揭穿"老底"的荆轲汗流浃背。他终于明白，自己别无选择，只能做一个"失败的英雄"，"牵着秦王的衣袖，把舞台一直拓展到荒郊野外"。突然，荆轲将那把原本用于刺杀秦王的匕首，猛地刺入了燕姬的胸膛。这时和荆轲一样迷狂于一夜成名的高渐离扑过来，抚尸痛哭高呼：

"呜呼，这真是一部精心策划的杰作啊，侠肝义胆美人血……什么因素都不缺了，成了，成了，成大名了……"

一切肆无忌惮的解构，嘲讽，黑色幽默，至此达到了巅峰。

接下来的易水送别中，荆轲的一段自责道出了他杀死燕姬的真正原由："没有杀错，其实就是杀错了。看起来杀的是她，其实杀的是我自己。"

关于为何要设置这一情节，莫言在接受采访时这样解释："他（荆轲）被燕姬升华了，但他没有勇气跟旧我彻底决裂……我们每个人都有这样的处境，我们知道路在何方，但我们不敢去走。"

至此，莫言完全将一出千古悲壮剧，演绎为一出喜剧，闹剧，滑稽剧。

于是历史上那场"商音更流涕，羽奏壮士惊"的易水壮别，演变成了一个名叫荆轲的无耻小人，去完成一个注定失败的荒唐使命。该剧明白无误地指出，包括荆轲、高渐离、秦武阳、狗屠等无不是一帮名利小人，在他们眼里，秦王不过是他们出名求富的一个道具，刺杀秦王不过是实现人生理想的一种手段。荆轲刺秦那些堂而皇之的谎言，在燕姬的雄辩申斥中已经灰飞烟灭。相反，倒是她扮演的"秦王"，对卑微渺小的荆轲之流发出了无情的正义审判，甚至逼迫他在无法直面自我的情况下，不可告人地杀死了"真理的发现者"燕姬，以自我麻醉，逃避现实。

至此，该剧由"荆轲刺秦"，完美地实现了"秦刺荆轲"。秦王完胜，荆轲惨败。惨败的荆轲收获的没有哪怕一丝同情，而是全盘的嘲弄，唾弃，和嘘声。

三、从"刺秦"到"颂秦"

诚如莫言所说，《我们的荆轲》仍然是一次"老瓶装新酒"的历史创作。不过，"荆轲刺秦"的故事如何演变成为莫言笔下的"秦刺荆轲"，这中间其实仍有一条清晰的线索可循。这要从中国电影史上三次著名的"刺秦行动"说起。

早在 1995 年，导演周晓文就拍摄了电影《秦颂》；1998 年，陈凯歌拍摄《荆轲刺秦王》；2002 年，张艺谋拍摄了《英雄》。这三部影片虽然侧重不同，形式各异，但三位导演无一例外都把焦点从刺客转移到了秦王身上，也就是叙述者的主体认同感，从原本是主人公的刺客，转移到了被刺的对象秦王这一边。

周晓文这部电影原先的标题叫《血筑》，到拍摄时就变成了《秦颂》。不仅标题变化的意味一目了然，着眼点也转移到刺客的儿女情长上了。影片讲述的是秦始皇年少时曾做人质羁押于赵，备受艰辛，所幸结交燕人高渐离，而焕发求生欲望。及至年长，秦始皇继承王位，由于他反对爱女栎阳公主与高渐离的炽热爱恋，秦始皇与高渐离反目成仇。为争得爱情自由，高渐离忍辱负重为秦王登基大典创作《秦颂》。但事与愿违，公主将在六国毁灭之日另嫁他人。最后为了爱与天下苍生，高渐离在登基大典上，悲愤交集地抄起筑掷向秦始皇。最终行刺未成，以悲剧告终。

影片中的高渐离实则就是荆轲的化身，只是这里他已沦为只顾一己之私的愤青。电影的结尾最具象征意味：无谓惨死当场的高渐离，被太监宫人们抬着走向寂寞的历史深处，而另一边则是胸怀壮志的秦始皇，气宇轩昂地登上祭天大典的台阶。一仰一俯、一败一胜之间，导演传达的历史认同已不言自明。

陈凯歌一直努力追求拍摄充满个性色彩、哲理思辨的艺术电影。他的《荆轲刺秦王》集中描写了秦王与荆轲的异化过程，以及最终交锋的历史想象。他把秦王还原成了一个有梦想有情爱的凡人，但皇权和野心却把他异化成了暴君；荆轲本来与政治屠场格格不入，但最后却被乱世劫持，走上了一条刺秦的不归之路，阴差阳错地成了一位历史的英雄。

想法本身不错，但遗憾的是在最关键的精神节点上，陈凯歌非常明显依然沿着《秦颂》的思路走了下去，使该片最终煮成了一锅思想上的"夹生饭"。从该片可以看出，声称对中国千年文化忧心忡忡的陈凯歌，他的思想资源不外乎还是建筑在"王应该爱天下的人""天下的人也都爱你"（赵姬语）这类概念系统之上。

秦王是这部影片中的主要英雄人物，而陈凯歌的潜意识中要完成的壮举不是"刺秦"而是"护秦"，他认定秦始皇"有一个美好的理想"，是"好的理想用坏的手段去实现"，影片用抒情诗式的方式，努力为暴君的统治找到必然而合理的心理依据。相反，那个可怜的荆轲从一开始便背负着滥杀无辜的原罪，因为错杀盲女心生悔意，痛苦之下才退隐江湖。最后却在燕太子丹和赵姬等人的一步步情感绑架之下，无奈而悲壮地身入狼邦，以命搏秦。在被迫刺杀秦王的大殿上，他突然莫名其妙摇身变成一个灵魂出窍的小丑，装疯卖傻地在秦国宫殿上做了一番丑陋不堪的表演。刺秦的胜负已无需评判，一边是威严的秦国宫殿上作跳梁小丑状的荆轲，一边是"敌军围困万千重，我自岿然不动"的伟大秦王，仅从这样的视觉语言呈现上，陈凯歌的价值判断就已经一览无余。

到了张艺谋的《英雄》，荆轲先前的那种扭扭捏捏、羞羞答答，终于成了斩钉截铁的以身相许。影片一开始就已经是如何"不刺"，如何把一个专制暴政最坚决的反叛者，变成一个最坚决的拥护者了。无名在大殿上跟秦王做殊死搏斗，在刀划到秦王脖子边时，他忽然"顿悟"秦王其实是胸怀天下的大英雄。而秦王也因"想不到最理解寡人的，原来是寡人的敌人"而激动得热泪盈眶。紧接着，秦王却并没有把"心有灵犀"的无名收作贴身卫士，依为肱股之臣，相反却用乱箭把无名射成了"刺猬"。无名自作多情地颂扬秦王才是安定天下的一代英主，可一转身就被秦王的手下万箭穿心，可怜他刚刚才深情地向秦王托付过天下！

司马迁《史记》里那原本悲壮感人、反抗强暴的刺秦英雄，就这样被张艺谋篡改成了一个主动"为王前驱"的奴才"英雄"。三千万美金打造的豪华坟墓，从此将"其言必行，其诺必信"的中国武侠精神厚葬完毕。

自此，从周晓文到陈凯歌、张艺谋，从"刺秦"到"护秦"，再到"颂秦"的三部曲顺利完成。一个刺秦的故事，变成了一个秦王的故事；一位舍生取义的英雄，变成了一个不自量力的荆轲；一部反叛强权的悲歌，变为维护专制的颂歌。

我在网络上看到这样一段妙评：在时隔多年的对话中，我们分明听到周晓文在《秦颂》中说："皇帝，我到底该不该理解你？"陈凯歌在《荆轲刺秦王》说的是："我是皇帝，你们要理解我！"到了2002年，张艺谋终于对着咸阳山沟里的秦王坟墓，深情地高声喊道："皇帝，我们终于理解了你！"

三个版本的故事内容虽然大同小异，但总体趋势却惊人一致，那就是秦王的形象一部比一部更趋高大伟岸，而荆轲的形象则每况愈下，近于不堪。

莫言毕竟是大家，前面各种版本的"荆轲刺秦"，他显然烂熟于心，绝不会再走寻常老路。于是，我们就看到了这一版不仅惊世骇俗，而且彻底恶搞的《我们的荆轲》。剧中，在荆轲们手忙脚乱徒劳无功地一番自曝其丑之后，高瞻远瞩的秦王才气定神闲地最后登场。他才不稀罕他娘的什么理解不理解呢！他只干脆利落地一声断喝：

"不把这些家伙消灭干净，天下就不会和平。（对左右）抬下去，活埋！"

四、他们为何要刺杀荆轲？

莫言在接受《艺术评论》的采访中，直言不讳地说："在某种意义上，刺客就是当年的恐怖分子。"当记者指出，是否应该把历史人物放在他所处的历史背景中来看待时，莫言认为此说虽有一定道理，但也必须看到这些历史人物的行为"与现代社会的悖谬"。

整个关于《我们的荆轲》的创作访谈，莫言一直没有提到如何认识秦王的问题，当然他就只能看到荆轲的"悖谬"，而只字不提秦王的"悖谬"了。

在"荆轲刺秦"事件中，荆轲与秦王是一枚硬币的正反两面，要判断荆轲是否关乎"恐怖"，就必须先厘清秦王的形象。

在《我们的荆轲》中，燕姬俨然是那个千年来为帝王撰写家谱的历史执笔者，不遗余力地讴歌秦王在他的帝位上，"干出许多轰轰烈烈的事迹"，包括一统天下，焚书坑儒，修筑长城，统一文字。"你如果此时刺死他，这些辉煌的业绩，荒唐的壮举，都将成为泡影。"

秦始皇的功绩，应该辩证分析地看待。统一全国是当时历史发展的必然趋势，郡县制度早在战国时期就已出现了，不是秦始皇的发明，而焚书坑儒才是他的伟大发明，"荒唐的壮举"。至于车同轨、书同文、统一度量衡等，都如清代思想家王夫之在《读通鉴论》中所说：上天假借秦王的私心实现了大公。

《我们的荆轲》中燕姬代秦王说出的理由是"春秋无义战，列国皆争雄"，"与其这样争斗不断，不如我把他们全灭了，那样也许还真的迎来一个天下和平的时代。"这和张艺谋《英雄》中秦王对天下的阐释如出一辙："个人的痛苦和天下人的痛苦相比将不再是痛苦，秦国与赵国的仇恨放在天下将不再是仇恨。"在上述所有"荆轲刺秦"的版本里，秦王只因为怀着高尚的动机，就被塑造成了造福六国的君主，饮誉天下的英雄。

可问题的关键是，如同骆宾王在《讨武曌檄》中所说："请看今日之域中，竟是谁家之天下？"解释这个"天下"的真正归属权，非常重要。秦王的前提是以秦国的方式统一天下，正所谓"六合为家"。他是要把六国的天下统统变成秦国的天下，而并不是要与六国共享天下；他分明是将秦国的利益强加在六国的利益之上，却非要把秦国的利益虚构成"天下人"的利益，把秦国的天下谎称为世人共有的天下。这种偷梁换柱的概念游戏，流毒无穷的强盗逻辑，在秦始皇建立统一的大帝国后，就赤裸裸地演变为"朕即天下"的霸道蛮横了。

于是乎，六国的天下变成了秦国的天下，秦国的天下又变成了秦始皇一个人的天下，导致两千年历代专制暴君肆虐相继，书罪无穷。清初思想家黄宗羲在《原君》里说得一清二楚，这些大大小小的秦始皇是：

> 以为天下利害之皆出于我，我以天下之利尽归于己，以天下之害尽归于人，亦无不可。使天下之人不敢自私，以我之大私为天下之公。

作为芸芸众生的困苦百姓，不过是"兴，百姓苦；亡，百姓苦"。秦始皇一统天下的"千秋大业"所带来的好处，他们哪里有半点资格和福分来消受？可在《我们的荆轲》里，因为"弱肉强食，古今一理"，所以谁的拳头硬，谁就是理所当然的老大，战乱纷争的诸侯既然代表了不义的一方，雄兵在手的秦王就可以杀心自起、替天行道了。

秦王嬴政这种世所公认的"霸道"血脉，乃是由来已久的祖传之学。其祖师爷商鞅一生厉行统治的指导纲领，就是那本薄薄的《商君书》。其"严刑峻法"所集法家丑陋阴损之大成者，至今读了仍让人不寒而栗！用西汉贾谊的话来讲，秦国自此变成了一个无礼无仁的国家。商鞅把全国变成了一座戒备森严的"思想监狱"，而自己则成为手执鞭子严酷驱打人民的君王家奴。在这种变法思想指导下，秦国全国上下成了一架运转井然的机器，成为步伐整齐、服色一致的集中营。每个秦国人都被变成了国家的工具，宛若后世出土的那些兵马俑，人人面无表情而无比强悍。难怪先秦典籍里屡次说到秦国是"虎狼之国"。

为赢得燕姬所称颂的那个"天下"，秦王可谓无所不用其极：未得天下之际一次次发动征战，坑杀降卒，荼毒百姓；得了天下之后，修阿房宫，筑长城，建陵墓，焚书坑儒，更给民间带来了沉重的灾难。以至于尸骨未寒，便爆发了陈胜吴广起义。西汉贾谊写的《过秦论》，已有经典论述："仁义不施而攻守之势异也。"

毛泽东说"百代皆行秦政制"，法家思想不仅没有就此中断，而且得到发扬光大。历代封建统治者实施的窒息整个民族创造力的"愚民政策",遵循的就是"秦制"。所以,郭沫若说"秦、汉以后的中国政治舞台是由商鞅开的幕",确为不易之论。

五、如何书写"我们的荆轲"?

历史对于荆轲的评价,历来是众说纷纭,见仁见智。北宋苏洵非议荆轲"始速祸焉",朱熹则认为"轲匹夫之勇敢,其事无足言"。但千百年来,肯定荆轲的声音仍然占据主流,第一位便是司马迁,他直言不讳地在《史记》中赞颂其"不欺其志,名垂后世"。左思在《咏荆轲》中称颂他"虽无壮士节,与世亦殊伦"。连以淡泊明志的陶潜也忍不住击节叹道:"其人虽已没,千载有余情",近代龚自珍更是直颂荆轲"江湖侠骨"。

至于莫言的话剧《我们的荆轲》,则和前面三部电影一样,承继的是同样一种"真理"逻辑:由于战乱不断,诸侯纷争,所以只要能统一就是正义的,就是别人应该无条件支持的。凡是与"统一"的趋势背道而驰者,无不是螳臂挡车,自取灭亡。

这样的观念已不新鲜。此前陈凯歌早在拍摄《荆轲刺秦王》时,就与莫言"英雄所见略同"了。他大发感慨道:

"并不是在历史与今天之间找不到一点儿联系,共同点是存在的。比如秦王嬴政在当时小国寡民的情况下,就提出了大一统国家构想,这和我们今天共同处于地球村的现状,是多类似啊!"

把秦始皇那充满血腥味道的专制抱负,与今天世界的和平共处、人道主义、宗教宽容的美好理想相提并论,我不知道陈凯歌的"哲思"依据拜何人所赐?这样为秦始皇辩护岂不怕贻笑大方?作为一位知名艺术家,其历史尺度、道德尺度、审美尺度混淆如此,着实令人吃惊。

要知道,"统一"显然是手段而绝非目的,生产力和人的全面发展以及人与自身、与他人、与自然的和谐才是人类永恒的目的,统一只有在有利于上述目标实现的时候才应被完全肯定。而"统一"在某些时候、某些情况下对永恒目标的实现并不是绝对有利的。秦王朝的建立在实现"车同轨、书同文"的同时，也给社会经济、文化和人民生活带来了巨大的灾难，最终它二世而亡就是明证。

即使就从他们这种简单的"历史决定论"来看，我们仍然要问：生产力的标准难道就是绝对的、完美的吗？艺术创作的评价尺度是否应与历史学家有所不同？否则，司马迁为何会视刘邦为他并不喜欢的胜利者，而对失败者项羽却倾注了满腔同情？《史记·项羽本纪》作为司马迁献给楚霸王的一曲深沉挽歌，既为霸王的豪侠之气、对虞姬的一片深情、愧对江东父老的纯真人格而掬洒同情之泪，又尊重历史客观写出了项羽的失败及其原因。只有当一个失败者具备了如此之多优劣并存的复杂品格时，一篇《项羽本纪》才会如此凄恻动人。伟大作家巴尔扎克笔下丧失了历史合理性的贵族，恰恰是作者深刻同情的对象，而蒸蒸日上的资产阶级（如拉斯蒂尼），却被描述为唯利是图的势利之徒。

由此可见，具有道德合理性的人或事，往往因跟不上生产力发展的步伐而处于被历史淘汰的地位；相反体现了所谓"历史必然性"的人或事，又恰恰因为缺乏道德合理性而遭到非议。这样的创作角度，才可能触及到人类历史的悲剧性二律背反，从而更显深邃高远。事实上，古今中外但凡伟大的作家，在面对复杂历史时总会充满一种剪不断、理还乱的愁绪与感伤，他们诚然知道历史潮流"不可阻挡"，但他们决不简单认同所谓历史的"铁律"。他们为一个失败的英雄唱一曲挽歌，并非为了使之复活，也不是要彻底否定历史发展的主潮，而是要纠正主潮的片面性，使之更加完善。正如李商隐所写"向晚意不适，驱车登古原。夕阳无限好，只是近黄昏"，这种一唱三叹、反复低回的凄美挽歌，才充满了凝重的历史悲壮感。

莫言是一位非常具有艺术勇气的作家。当年他的《丰乳肥臀》刚一出炉，便遭到一些偏左派的围攻谩骂，今天看来莫言的这部作品最尖锐的部分，却恰好与经典名著《静静的顿河》中最闪光的部分高度契合，它将中国历史上的还乡团与哥萨克的叛乱做了深入的借鉴描写，莫言自己也说："我已经明确地点清了产生还乡团的前因后果，这是一种真正的历史，是比教科书上更加真实的，更加让人痛苦的历史。"但那位当年敢于站在主流"教科书"对面，去关注那些被历史淘汰者的莫言，今天却如此大张旗鼓地丑化嘲弄那些失败了的"我们的荆轲"。到底是借古鉴今，还是在借古讽今？是在反讽犬儒的风行，还是嘲弄理

"新生代军旅作家"面面观 |

想的幻灭？

毫无疑问，在凡是具有共同良知的人看来，荆轲刺秦王都是反抗暴政强权的正义行为。但从历史大势看来，秦国统一六国的确又是顺应潮流的必然归宿。莫言在《我们的荆轲》中为秦王所代言的那句"与其这样争斗不断，不如我把他们全灭了"，不是没有道理。从"形势比人强"这个角度来说，不要说一个荆轲，恐怕千百个荆轲也难于改变秦灭六国的历史大趋势。从整个历史发展进程来讲，荆轲刺秦有着很大局限性；但从反抗历史进程中的消极因素来讲，谁又能说荆轲刺秦没有其合理性？

荆轲在踏上九死一生的刺秦之路前，并非不明白凭他一人之力，难于挽狂澜于既倒。但在国家多事之秋，他却敢于挺身而出，不畏强秦，毅然上路，"明知山有虎，偏向虎山行"。"易水送别"那慷慨悲壮的一幕，"士皆瞋目，发尽上指冠"的同仇敌忾场面，千百年来激励了多少志士仁人赴汤蹈火、义无反顾！既然如此，一部部艺术作品中为何只对秦王山呼万岁，而对"我们的荆轲"极尽嘲讽、精神凌迟？

中国乃侠士之故乡，聂政荆轲的时代却早已一去不返。甲午战败后，西方和日本都认为"中国之历史，不武之历史也，中国之民族，不武之民族也"。梁启超因此愤而下笔，于1904年写成《中国之武士道》一书。他带着悲愤的感情回顾了中国武士道精神归于瓦解湮灭的历程和原因，并指出这一精神的消失对中国民族性的戕害是中国近代积贫积弱、受人欺凌的重要原因之一。在犬儒成风的背景下，士之风骨对于今天的中国人来说不但恍如隔世，甚而化作《我们的荆轲》这样粉墨谐谑的自轻自贱，岂不令人一叹？

我并不是说历史不可以有批判反思，甚至幽默讽刺。日本人同样创作过一部类似于《我们的荆轲》的艺术作品，但与中国一再对荆轲的侠义精神进行歪曲嘲弄相比，日本人对武士之道的思考剖析可谓鲜血淋漓、发人深省得多。这就是松竹映画1961年出品的小林正树导演的电影《切腹》。它一针见血地对所谓武士道进行了反省批判——

关原之战后，一些旧藩被废，大批藩中供职的武士，沦为衣食无着的贫民。他们经常来到藩主家以切腹相要挟，讨得糊口银钱。一日，一名穷愁潦倒的年轻武士来到大名井伊家的府邸声称将要切腹。府邸家老（首席官员）判定他敲诈，于是恶意顿生，在发现他确实穷得已经只剩下一柄竹佩刀的情况下，依然强逼他按照武士诺言剖腹自害。他只得以竹刃剖腹，在痛苦万端之下，咬舌惨死。

数月后，又有一名叫津云半四郎的褴褛武士前来叩门，请求借地切腹，维护武士尊严。在等候介错人的时候，津云给武士们讲起了自己的故事。他讲到废藩失国后，自己带着独女与女婿千千岩一块儿艰难度日。全家生活每况愈下，那一天，千千岩说去筹借钱粮，约好黄昏回来。结果深夜被运回的，是他的尸体，和他切腹用过的竹刀。很快病重的女儿撒手尘寰，小孙儿也夭折了性命。

——人们明白了：眼前的切腹人，正是上次切腹人的岳父。

津云这才厉声呵斥眼前的武士们，不问缘由就逼迫他的女婿切腹。他控诉虚伪残忍的所谓武士精神只是表面的虚饰，他痛责每个参与逼死千千岩的人，都必须交还孽债。

图穷匕现，津云拔刀而起。一场正义复仇的大战开始了。

津云奋勇拼杀，伤痕累累。他摸到了供奉着藩主家祖武士兜鍪盔甲的密室，夺走了兜鍪。此时，道貌岸然的大名脱下了武士的遮羞布，弃刀用枪。洋枪队一个排射，那虚伪至极的家传武士盔甲兜鍪被打得破碎，如同伪善的武士体面被彻底毁灭。津云反刀自刺，毅然以真正的武士之仪切腹自尽。

这部简练深刻的黑白电影，尖锐地讽刺了高高在上的武士尊严，控诉了它血腥残忍的一面。同时，它也塑造了津云这样一个符合真正武士道的完美武士形象，给人们以正面的希望和鼓舞。这部内涵严谨的电影，是关于日本武士道精神的一部绝好解说词，从更深刻的角度补充完善了四十七士故事的精髓。它灼烤照射出中国层出不穷的"荆轲刺秦"的各种自惭形秽，轻飘肤浅。对比日本人严肃自省的精神"切腹"，我们那些只知嬉笑怒骂的艺术家们，难道不应该有一份羞愧在心？

六、谁要刺杀"我们的荆轲"？

那么，到底是谁要刺杀"我们的荆轲"？原本为民请命、顶天立地的荆轲，又为何在历史与现实中居然难有容身之所？在我看来，真正要刺杀荆轲的不外乎几种力量：

"新生代军旅作家"面面观

秦王首当其冲要刺杀荆轲毫无疑义，在他眼里荆轲之流无异于不折不扣的"恐怖分子"，只有无情地打掉这种"以武犯禁"的异己力量，才能维护专制王权的纲常名教，确保自己的江山"万世一系"。所以，与其说秦王要杀荆轲，不如说千百年间形成的专制纲常要杀荆轲。荆轲必须死，因为他对抗的是一个庞大的利益集团，以及这个集团制定的强大秩序规则。

宫殿之上黑压压的群臣更要迫不及待地干掉荆轲。这不单纯是为了邀功请赏于秦王，而是他们内心深处深知自己和秦王是"一条船"上的人，休戚与共，生死攸关。故而《史记》记载，荆轲绕柱疾追，眼看就要一举刺杀秦王的惊心动魄之际，侍医夏无且突然以药囊投轲，转瞬之间秦王反败为胜，"断其左股"，荆轲"被八创"而失去战斗力，最终功亏一篑，只能"倚柱笑骂"。结果很明显，与其说荆轲死于秦王之手，不如说死于群臣之手。我想司马迁这样描写荆轲之死，应该别有一番深意。暴政强权的奴隶帮凶，往往比主子狠过千百万倍。

然而，还有一股刺杀荆轲的隐形力量，就是他一心要拯救的那帮燕国军民。荆轲至死也没有明白，他无论刺秦的结果成败与否，他个人的命运注定将是一场悲剧。从燕国出发之前，太子丹对他的再三催促与猜疑，早已埋下了匆促刺秦必然导致失败的悲剧伏笔；即使刺秦成功，燕国也只会遭到虎狼之秦变本加厉的猛烈报复，届时燕国人只会痛恨荆轲"莽夫误国"，以卵击石，招致燕国雪上加霜的无妄之灾。进退两难的荆轲，至少在燕国人那里只会落得个"成事不足，败事有余"的千古骂名。

由此看来，荆轲在历史上以这种意外又决绝的方式收场，其实是一种最好的选择。幽暗的人性深处，没有为他留下立锥之地。也许，最终醒悟过来的荆轲自己杀死了自己。

悲剧英雄荆轲死了，此后中国的历史中，连带荆轲残余的那点精神也日益式微。源远流长的犬儒主义，却从此开始大行其道。犬儒者的特征是能看穿世俗之人看不透的事情，却又装作"看透不说看透"，他们讥诮讽刺、愤世嫉俗、桀骜不驯，又打扮成一副"不为物役、无欲无为"的高人模样。诚如学者徐贲所言，顺民和犬儒都是作恶情境的产物，反过来又加强了作恶情境，如此循环，永无休止。古代的犬儒主义者尚在不同程度上拥有自己的伦理信念和道德准则，以此鄙视嘲笑人世间的虚伪势利、物欲功利。诸如庄周梦蝶、刘伶醉酒，乃至于民间的济公装癫……从历史眼光看，无论是庙堂诸公的弃经典而尚老庄，还是畎亩草野之士的蔑礼法而崇放达，古代犬儒主义是因为清醒而特别顶真，放荡不羁的背后其实是沉默的痛苦；现代犬儒主义则因为清醒而全不顶真，玩世不恭的表象下是怀疑一切的颓废虚无；古代犬儒都是"隐士"般的风流人物，是极少数人特立独行的生活方式；现代犬儒却已演化为一种社会大众心态，成为一种普遍的社会文化形态。

现代犬儒主义在看穿、看透的同时，它在任何一种崇高理想的表象下都急于洞察贪婪、权欲、私利、伪善和欺骗，在任何一种公共理想、社会理念、道德价值后面都能发现骗局、诡计、危险和阴谋。至于其中原因，如同徐贲先生所言：

> 犬儒主义经常是一种弱者的自我保护手段，因为受过太多的欺骗，上过太多的当，受过太多的伤害，所以变成什么都不再相信。犬儒主义首先是对"人"失去了信心和希望，它断言，人的一切善行和利他行为后面都一定有利己功利和不可告人的动机。它因此根本不相信人能有引导自己善行和利他行为的良心。（徐贲：《当代犬儒主义的良心与希望》）

从这样的社会文化心态，再来解读前文中莫言接受采访时所说的那句话"我们每个人都有这样的处境，我们知道路在何方，但我们不敢去走"，是否别有一番滋味在心头？历史上太平盛世的绝大多数时候，英雄与俗世更加格格不入。电影《蝙蝠侠：黑暗骑士》结尾时戈登有段经典台词："他（蝙蝠侠）是高谭配得上的英雄，却不是我们此时所需要的。所以我们追捕他……"当高尚成为卑鄙者的通行证，卑鄙就是高尚者的墓志铭。一个英雄难见的时代，荆轲自然就成为了投机取巧的小人。杀死"我们的荆轲"那最强大的力量，其实正是"我们"自己。

莫言将荆轲刺秦的千古悲壮剧演绎为一出滑稽剧，是否意味着对剧中燕姬扮演的"秦王"真的保持着一份不拒绝的理解、不反抗的清醒、不认同的接受、不内疚的合作？我想起波德莱尔在《恶之花》中，以充满怪异的审美情趣寻找天人交战的沉重理想，充满了厌倦却找不到出路。即使一厢情愿，我也更愿意相信，莫言的本意并不是故意要丑化抹黑"我们的荆轲"，而是通过这出"秦刺荆轲"的历史苦肉计，刻画出一幅充满反讽警示的世态人心图，揭穿当下习以为常的种种犬儒假面，而不仅只是提供一份社会文化痼疾的病理全书，供人们茶余饭后嬉笑怒骂而已。

原载《天涯》杂志 2016 年第 3 期，
《作品与争鸣》等多家刊物转载

大国兴亡谁人定

王树增

　　近代中国的沧桑岁月，缠绕着太多挥之不去的疑云和梦魇。泛黄的历史册页交织着奋争和苦难、激情与梦想，更有近百年的家国离乱与民生沉浮。中国社会的现代化转型，过程之艰难，时间之漫长，代价之沉重，堪称世界之最。

　　然而放眼全球范围，处于大致相同的时代中，为何康熙皇帝仁政爱民却使大清停滞不前，彼得大帝凶暴治国反而让俄罗斯一飞冲天？为何慈禧太后殚精竭虑却"越帮越忙"，维多利亚女王甘居幕后大英帝国却高速发展？为何明治维新使日本一鸣惊人，光绪主导的戊戌变法却如昙花一现？……阅读王龙的近代中西对比写作文章，一幅幅风云画卷荡气回肠，一幕幕历史活剧令人浩叹深思。年轻的作家王龙独辟蹊径、首开先河，驻足近代中西方社会急剧变迁的十字路口，集中通过那些主导国运民生的风云人物，在重大历史关头南辕北辙的道路走向，透视近代中国迷失落伍的深层玄机，剖析大国兴衰的关键节点，以历史照亮现实和未来，为今天的中华复兴之路寻找宝贵的历史镜鉴。

　　王龙试图立足中国，兼顾全球，把"天朝上国"放在近代世界的大棋局中审视分析，带领我们在历史长河之上经历冰山激流，越过沉船暗礁，穿越滚滚烟尘，去体味那种清夜闻钟、游园惊梦的恍然顿悟之感。对于读者来讲，这无疑是一趟新奇有趣的历史旅程。

　　好的历史著作，对历史的解释不应是以观念为主体而是以事实为主体；好的历史学者，不应以激情的道德批判代替理性的制度探讨。王龙写到近代中西的帝王将相但无常见的官经匪气，写到才子佳人却无宫闱秘事。王龙笔下对比解读的每组人物，如康熙大帝和彼得大帝、李鸿章和伊藤博文、光绪皇帝和明

　　　　　　　　　　　　　　　　　"新生代军旅作家"面面观 ┃

治天皇，或英雄末路，或一飞冲天，或功败垂成，或光芒四射。他们个人际遇无不投映出国家民族的命运，折射出东西方不同政治文化选择的必然归宿。作家搬来一面面"西洋人物镜"进行对照鉴别，为中国人的文化心理拍了一张 X 光片，反思华夏数千年传统中的制度灾难和文化痼疾，为中国历史寻找普适性的世界性坐标。王龙写道："举凡治国不进则退，欲单纯以保守为目的，其势必然难以长久。这，就是一个迷途的帝国留下的最大教训。"

从小细节处看大关节，于无声处听惊雷，是王龙历史写作的一大特色。王龙在具体的历史时空情境里，将近代中外名人还原为一个个多维复杂的人物形象，无论写到慈禧还是维多利亚女王，都不见我们惯性思维中穷奢极欲的暴戾和"欧洲的祖母"式的慈祥。从中你会看到一个多才多艺的慈禧，也会看到一个贪婪恋权的维多利亚女王；而同为博学多才的一代明君，当康熙大帝在"红墙深锁的宫廷完全出于个人兴趣沉醉西学的神奇"时，彼得大帝已远走天涯寻师问道，"他挥动野蛮的鞭子加速把俄罗斯赶向文明"……正是这抽丝剥茧层层深入的剖析，让我们看清中西英豪的风云对决，大国浮沉的拍案惊奇。

王龙选择中西对比这个历史领域写作颇需要些勇敢无畏。充实的知识储备使得其行文清新流畅，书中掌故和正史互为佐证，诗笔和史笔熔于一炉，这对于一个年轻人来说殊为难得。更为重要的是，无论是对中国几千年文化传统的深层探讨，还是对制度传统的把脉梳理，我们都可以看到一位年轻人对民族道路的冷静反思，和对国家未来的真诚求索，颇显作家的思想深度。

这种个性化历史结论未必不可探讨，这本来就是个可以令思想肆意奔驰的宽广领域。但随着时光的流逝和全球化的进展，东西方的冲突和融合势必更加凸显，这种针对中西方比较的历史文化探讨也必将在我们的社会进步中显得更为重要。只有如此，我们才不会妄自尊大，也不会妄自菲薄。因此看来，这种作品的生命力将是长久的。从一般意义上讲，生命力长久的作品，定是好作品。

百年沧桑家国梦

王 龙

"某个露滴盈盈、星犹在天的夜晚,在台灯下打开一册厚厚的史书,扑面而来的岁月顿时浩瀚无声地奔涌眼底:天地民物之变,兵火纷乱之迹;机锋权谋之争,兴衰荣辱之慨;山川风物之趣,诗酒花梦之愁……人间万象,尽汇于此。沿着辉光万里、一泻千年的时光之河溯源而上,人类所能演绎出的一切悲欢巨变,无不曲尽精微,让人叹为观止,扼腕深思。"

这是七年前,我发表在《解放军报》上的一篇读史随笔。那时我正在军区机关工作,成天面对堆积如山的繁琐事务,忙得晕头转向,疲惫不堪。尽管如此,我对历史的浓厚兴趣丝毫未减。法国著名历史学家马克·布洛赫说:"历史学以人类的活动为特定的对象,它思接千载,视通万里,千姿百态,令人销魂,因此它比其他任何学科更能激发人们的想象力。"我对这句话感受尤深。每当夜深人静之时,捧起一本本厚厚的史书,伴随那些仗剑倚天的英雄去四海征战,聆听那些荡气回肠的雄音绝响,我的血总是忍不住一点点沸腾起来、激荡起来!

2006年,我调入《西南军事文学》杂志社,转行从事编辑工作和专业创作。这对我来说既是多年夙愿,也是前所未有的挑战。以前尽管也写过不少东西,但多为职务之作,而今站在一个崭新的起点上,如何尽快找准自己的突破口,创作出真正的文学作品,让我颇费踌躇。

我的领导是作家裘山山,裘老师一直很关心我的创作,也在帮我斟酌参谋。有一天她突然对我说,王龙你不是很喜欢历史吗,你就从历史入手进行创作吧!我说我也是这样打算的,但眼下写历史随笔的人很多,我不知道怎么才能独辟蹊径，自成体系。裴老师思索了一下说，要不你从中西比较史学的角度入手如何？写一本中外人物对比分析的历史随笔，这样视野更开阔，研究也可以更深入。

我一听茅塞顿开：从横截面看，社会生活是交叉影响的。个人造成社会，社会也造就个人。如果通过分析比较那些时代相同却命运迥异的中外历史人物，来探索近代中西方不同的发展道路，剖析国运沉浮的深层原由，并从其他民族的兴衰成败中，为今天的中国寻找发展经验，肯定是一件非常有意义的事。

我下定决心，就此上路，杀入历史这道厚厚的"围城"！

真正踏上这条长达三年的漫长的创作之路，我才发现"事非经过不知难"是多么有道理。中国近代历史虽然只有一百余年，但却是中西方在政治、经济、文化、外交等多维方向碰撞交错的一百年。如果说雨果的《九三年》、苏联电影《难忘的一九一八》、中国台湾的《万历十五年》都可以抓住历史链条上的某一个关键环节进行开掘的话，那么近代中国发生重大事变的关键环节实在是太多太多了！这其中牵扯太多的家国沧桑，民族悲情，又留下太多的慷慨悲歌，千秋遗恨。每一页历史都浸透着血泪，每一行文字都如锥刺骨，直到把人胸口压迫得喘不过气来！

马克思说："要了解一个限定的历史时期，必须跳出它的局限，把它与其他历史时期相比较。"当我终于有机会站在中西交锋的十字路口，把眼光投向近代世界更加广阔的范围时，我竟然惊讶地发现，从前在课堂上所熟知的那些历史，突然间变得那么纠结矛盾，充满悖论：康熙皇帝仁政爱民，敬天法祖，彼得大帝凶暴治国，侵略扩张，结果却是落后的俄罗斯一飞冲天，成为近代强国，而中国的"康乾盛世"却在短期内走向回光返照式的最后辉煌，滑向"悲风骤至"的无底深渊；慈禧太后勇于任事却"越帮越忙"，让内忧外患的大清帝国满目疮痍江河日下，维多利亚女王甘居幕后悠游林泉，大英帝国却能蒸蒸日上高速发展；而处于同一时代的洪秀全与西乡隆盛的成败得失，更如一曲悲歌，余音难尽……一次次变革努力与近代中国纠缠互动，一幕幕历史活剧令今人浩叹深思。

我想抄一条更崎岖艰险的小路接近历史的真相。无论是帝王将相还是末路英雄，无论是世界文豪还是一代枭雄，我都不想把他们抬高到云中的仙台焚香膜拜，也不打算将之丢弃在历史的暗角任唾沫掩埋，我只想搬来一面面"西洋人物镜"，对影响近代中国的历史人物逐个进行对照梳理，透过他们的酸甜苦辣，探讨毁誉成败；通过他们的人生际遇，重现国运缩影，因为任何一种文化形态都是可以分析的，都是应当加以分析的，都有其精华和糟粕。

对于一部充满悲伤和荒凉的中国近代史，我不想像祥林嫂那般喋喋不休地去重复饱受欺凌、鲜血淋漓的惨痛悲情，正如我们不能只渲染西方列强的弱肉强食、狼子野心，而看不到他们自由平等、脱胎换骨的进化决心一样。君不见，在《人权宣言》和《独立宣言》那闪光的大旗面前，大清龙旗显得那么古旧；在近代资产阶级议会面前，军机处显得那么落伍。我不是以看客的猎奇心态，去展示民族的脓疮，而是真切地怀着"位卑未敢忘忧国"的心情，从近代中西方南辕北辙的发展之路背后，去挤一挤我们文化传统和国民性格中的"毒素"，以期引起"疗救的注意"。

比较史学涉及相当复杂的研究程序，况且本书涉及近代中西政治、军事、文化、外交诸多领域。我在这三年时间所累积的，不仅有精神长征般的极度疲劳，还有无从言说的无助与孤独。记得 2006 年开始写第一篇《迷途的帝国》时，我自己也恰如一位迷途的旅人，只知一个大致的方向，却不知究竟该迈脚何处。除了伴着满腔的热情上路，我身边没有任何历史学的专家老师可以请教，也没有哪怕一本现成的书籍可供参考。行走在荒凉的旅途中，我只能拿出一个军人的顽强不断奋勇前行。记得为了寻找一本有用的资料，我跑遍了成都大街小巷的书店，最后好不容易在成都图书馆找到了唯一的孤本，由于要做长期的仔细研读，而借阅的时间又有限，我花了半天时间和管理人员磨尽嘴皮，他终于同意让我一页页复印下来抱回家。这三年中，我经常会在黑暗中突然翻身起床，急急找支铅笔在某本杂志的空白处记录下灵感火花；我也曾无数次利用乘车或开会的时间在手机上构思写作提纲。

2008 年 5 月，一场突如其来的大地震改变了四川人的生活，也彻底打断了我的写作计划。从大地震发生的第一时间起，我就和同事们奔走于抗震救灾一线，赶写大量救灾题材作品。当我坐到电脑旁重新开始历史之旅时，每天都有可怕的余震不断发生，剧烈的晃动让人心存余悸，而耳闻目睹的人间惨景也时时在我眼前挥之不去，大地震综合征让我的精神难以集中。有一段时间甚至感到历史太过遥远，无力顾及。但军人的字典里都没有服输这个词，著名的前辈历史学家黄仁宇老先生一直是我的榜样。他也是早年从军，南征北战，直到三十六岁（1954年）那年才获得历史学士学位，后来独树一帜，影响深远。何况还有领导的理解支持，和亲人朋友的鼓励期待。我强迫自己腾出创作空间，调整好情绪，继续与那些苦胆忧天、壮怀难酬的人物上路同行，比如光绪、洪秀全、曹雪芹，焦灼的心灵在忧患余生的声声叹息中，总算得到一点释放和平复。

值得欣慰的是，这虽是我历史之旅的第一次远征，也收到了积极的成效。我相信凭着对历史的痴情和对创作的热爱，这条横看中西的历史写作道路今后应该可以走得更远。我所有的历史作品都不是正襟危坐板起面孔讲学术的长篇大论，也并非故作玄思的高头讲章。您不妨选择一个春日微醺的下午，泡上一杯袅袅如烟的清茶，听一个年轻的历史票友"散打"近代中西的绝妙传奇——你一定会发现，透过这一页页薄薄的纸，无论万水千山，我们都心有灵犀。

肝胆在吾侪：回望历史照见今天

李墨泉　王　龙

文字比刺刀更锋利

李墨泉：最近读了你两部书，一本是刚刚入围第四届人民文学非虚构类新人奖的《刺刀书写的谎言——侵华战争中的日本"笔部队"真相》，一部是你的历史大散文集《天朝向左，世界向右》，两本书都很有雄心、很有分量，是那种一看便放不下、忘不了的书，可以说随着你的文字的展开，胸中爱恨澎湃不能自已，思接百年而如游园惊梦，你的文字是有担当、有温度、有骨头的。在看似和平的年代，一个人能够继续以文字做刀枪，写出这样有力道、有思考和血性的作品，我感觉一定是有着不一样的文学追求，你是把文字作为心魂的撞针了，谈谈你文学写作上的追求、原动力和最初的因缘吧。

王　龙：提到为何与文学结缘，我脑中总是无数次闪现出一千三百多年前的老乡陈子昂，难以想象，在我家乡四川射洪那样一个偏远的丘陵地区，能诞生这样一位胸怀天下的伟男子。他一生始终维护国家的安定统一，关怀人民的风雨疾苦。他那正直耿介的胸怀、奋不顾身的胆略以及洞察安危的政治远见，广为历代称赞。今天如果您去我的家乡射洪县，一定要去金华山风景区的陈子昂读书台。在陈子昂全身玉石像前，那副耐人寻味的对联，就是对他最好的盖棺定论："所读何书，尚有遗篇传墨翟；其人如玉，无须后辈铸黄金。"

余生也晚，断不敢与家乡的大老乡陈子昂攀附比较，也没什么立德立言的壮志雄心。但毕竟一方水土养一方人，射洪人的耿直忠介之气，大同小异。如果论某种忧国之怀，叹息肠热，也许陈子昂和我都是超越千年时空，风雨结伴赶往同一个方向的旅人。今天，当中国人的脚步已经跨出外太空，并到达深不可及的海洋时，我们是否有信心敢用世界共同的文明尺度和精神标高来检验自己的文学创作，是否敢于做那位不畏艰险也要表达赤子心肠的陈子昂？

　　相比之下，我更愿当那只盛世危言里的乌鸦，而不是锦上添花的喜鹊。当我真正开始从事军事文学创作时，我深深地体会如果没有一种更深广宽阔的人类意识，没有对于历史和人性的深层省悟，那就会使自己的创作丢弃了灵魂，成为一种过眼云烟的"无骨状态"，一种恶搞嬉皮的文学游戏。因此，相对于那些一马平川的康庄大道，我更愿意穿越冰山激流、越过沉船暗礁，去完成一次次不可预知的历史探险。

　　这些年，我一直试图立足现实，以理性眼光反思东西文明的成败得失，通过中西对比痛揭中华文化的千年之弊。我绝不是要做一个猎奇的看客，故意去展示所谓的阴影或者伤痕。惨淡经营的文字背后，总想避开喧哗闹市去苦寻同道知音，和那些理想读者一起携手同行。因为我们的文化有太多的反思没有完成，我们的人性有太多的伤口没有愈合，而这个民族也还有太多的脓疮至今没有挤尽。中国正在逐步走向真正的大国，而一个真正的大国需要独立清醒的思辨能力。我个人对文学的理解，是一种回溯来路的观照眼光，一种基于当代景况的历史省悟，一种对现实世界的"启示和告诫"。

　　这也就是创作对于我的吸引之所在吧！

　　李墨泉：先谈谈《解放军报》曾经整本推介的《刺刀书写的谎言——侵华战争中的日本"笔部队"真相》一书，我最先接触这方面的图书资料是王向远的《"笔部队"和侵华战争——对日本侵华文学的研究与批判》《日本对中国的文化侵略——学者、文化人的侵华战争》两本研究型的图书，当年读了也是很震惊，你接续并扩展了这样的一种写作视角和担当。尤其出彩的地方是，你打破了王向远那种分阶段、分类别的文学史教材式的写法，把每一个侵华作家单列出来作为个案分析而又不失其整体性，感觉是借鉴了太史公列传的写法，这样的写作方法更集中、更吸引人，也更为容易用力写全、写透彻，就像在一个一个地破案，这是重新思考和书写侵华战争史的重大行为，我不认为仅仅是一个"填补空白"和"查漏补缺"的问题，其实这是在新的思维视角重新整合和考量那段历史，即使像你所说写作过程是"骑着自行车上月球"，在对于当下中国军人和我们这个民族的启发意义上，这一写作努力也是非常值得的。谈谈你写作这本书的一些创作想法吧。

王　龙：多谢抬爱。不过您对"太史公列传"和"破案"式写法的评价倒是非常新颖。

在今天这个海量信息时代，纪实文学创作首先是一门精心"选择"的艺术，在选题上必须做到"人无我有，人有我精"，必须具备一种深度"拓荒"精神，不能去重蹈车水马龙千万人往矣的康庄大道，让自己湮灭在摩肩接踵的繁华市井中分不出嘴脸，而要独自一人挥一把砍刀，在人迹罕至的蛮荒之地，披荆斩棘地开垦出一片处女地来，这才算得上"拓荒"。

令人遗憾的是，抗战胜利七十年来，国内描写日本对华军事侵略的著作汗牛充栋，但却几乎完全忽略了与日本的"文化侵略"。尤其令我震惊的是，2013年年底中央电视台的一则新闻报道引述外媒消息称，这年岁末最后一天，日本首相安倍晋三专程到东京一家电影院内观看了热映影片《永远的零》。这部电影主要讲述太平洋战争期间，日本"神风特攻队"如何实施自杀式攻击的故事。安倍看后给予高度评价，连声赞扬此片令他"十分感动"。

我顿时感到一头雾水：一部表现臭名昭著"神风特攻队"题材的电影，为何竟然令现任日本首相大为感动？后来我看完此片从网上搜索得知，《永远的零》原来是日本著名右翼作家百田尚树的代表作，此人曾屡放厥词，坚决否认存在南京大屠杀。而他于2006年创作发表的这部畅销小说，上架后在日本狂销三百万本，漫画版本也热销四百万本，拍成电影上映后一举跃升到日本圣诞新年档票房榜首。

二战结束都七十年了，像《永远的零》这样一部赤裸裸为军国主义战争狂热招魂辩护的电影，为何还能在当今日本赢得如此广泛的欢迎追捧，在日本社会"大获成功"？我很快发现《永远的零》并非孤案。日本人拍摄的许多二战题材电影，如《自尊：命运的瞬间》《男人们的大和号》《太平洋的奇迹》《我想成为贝壳》等等，这些作品颠覆战争史观、美化侵略历史的手段都十分高妙，极为隐蔽，编导们有意回避了战争正义邪恶的因果关系，更逃避了对造成灾难原因的深层追问，给人强烈的印象日本人才是战争受害者，而且是最大的受害者！

这些改头换面的二战作品把反思变成了颂歌，把战犯变成了英雄，把侵略者置换成了"受害者"。它悄然混淆了真实的人道和虚伪的同情，用片面的写实掩盖混乱的逻辑，并最终将蘸血的谎言罩上一层蛊惑人心的反战面纱，在世界范围内模糊是非界限，美化侵略历史，争夺关于日本发动侵略战争的解释权，其恶劣影响不容小觑。

那一瞬间几乎条件反射一般，我想起了侵华战争期间日本那支名噪一时的"笔部队"。他们混淆真假、颠倒黑白的手段实在太相像了！原来，有形的抗日战争结束了，无形的文化战争依然在激烈地进行着。

作为近年来一直从事历史创作的军旅作家，我觉得有责任追溯厘清这段已被世人逐渐遗忘的日本侵华文学史。《刺刀书写的谎言》以文学方式对日本侵略罪行提供了一份崭新的思想"罪案"，使日本侵华"笔部队"湮没七十年的隐秘历史大白于天下，作为第一部详实揭露日本作家"协力"侵华战争真相的文学作品，我花两年时间创作完成此书，感到颇有意义。该书被列入全军重点作品扶持项目，大部分内容出版前在多家文学刊物发表，《人民日报》《解放军报》《中国青年报》《南方周末》等多家媒体做了报道，可见这个选题在去年的抗战题材出版热潮中，还算是比较独特之作。

李墨泉：为什么日本如此穷凶极恶地入侵中国，为什么他们至今不忏悔？你对这一问题的思考是更为深入和发人深省的，仅仅在经济、政治、战争的脉络上的叙述，存在很多遮蔽和说不清楚的地方，还是要在文化、思想和心理上进行挖掘，才能比较彻底地对其"亡我之心"进行显影。我们原来总是单纯地，甚至自我想象地认为"只是一小部分侵略者绑架了民意，大部分日本人民是好的善良的"，但在读到井上千代"靖国之妻"的《军人妻子之鉴》后，我在书中眉批写下："这是全民的狂热与侵略，对于这样的敌人，我们也必有决绝的意志而不能慈软，否则当有灭种之危。"今天，我们依然要荡清这样的迷梦，因为日本人并没有对侵华写作及其代表的文化进行彻底的反思和清算啊，你是怎么看待这一历史和当下问题的？

王　龙：当一场大雪崩造成灾难之时，你能说累积而成的每一片雪花都没有责任吗？社会环境决定影响着人们的思想行为，日本发动侵略战争时，政党、政府和人民其实在对外扩张上是高度一致的，这正是日本民族集团主义的集中体现。我在《刺刀书写的谎言》第一章，就剖析了这一命题。正如我在书中写道，我们多年来习惯了说"日本人民是战争的受害者"，这话当然不错，但我们也不能忽略了，当时整个日本民族同样也是战争的盲从者和支持者。

侵华期间日本国民的集体盲从，其实反映出共有的民族心理。日本人有句名谚："没有亲戚死不了，没有邻居活不成"。作为一个山脉纵横、灾害频繁的狭小岛国，只有团结协作才能战胜自然灾害，得以生存。在日本的集团主义价值观中，只有将自己全部融化到集团中，置身于同一方向的时代潮流，日本人才会心安理得，才能找到自我的位置和价值。如果一个日本人被认为是"与众不同"的，那是他最为恐怖和羞耻的事情，所以要千方百计地证明自己与大家是一样的。从小接受这种强烈的集体意识教育，日本人必须对国家表示无限度的忠诚，文学界的作家们当然也不例外。但是，一旦国家领导集团引导的方向出现了错误，那么这种狂潮淹没一切的破坏力也是相当惊人的。天皇崇拜引发的全民盲从，使原本应该具有理性精神的日本作家群体成为一群可悲的战争附庸者。

这种状况反映了人类普遍的道义观念，似乎始终未能在日本社会依附于一定的社会载体，这才是最令人担忧的。每当人们觉察到日本政治态势出现动荡的时候，总是期待其国内的理性或抗辩的声音大于国外的反应，可让人失望的是结果往往相反，即反常的态势一般总是迫于国外的压力才有所收敛。相比之下，日本知识分子群体的表态经常显得无足轻重、人微言轻，甚至是"秀才见了兵，有理说不清"的无奈。很多有远见的人士指出，日本一直追求经济大国、政治大国和军事大国的目标，却不懂得培育志向高远的文化大国理想，这也是日本只有优秀的战术家而鲜有战略家之故。这往轻了说是急功近利的"短视眼"，说得严重些则是日本文化传统根深蒂固的"病态"反映，至今值得日本人三思。

李墨泉：你对侵华作家的分析，很多都放在了人性的砧板上进行了拷问，置于手术室的解剖刀下给予了展现，令人见其肺肝和人性的挣扎。就像书中"许多鼓吹侵略战争的作家，竟然大多都曾是倾向进步的左翼作家"，实在是让人既唏嘘不已，又陷入深深的思考中。像石川达三、牛岛春子、林房雄等"转向作家"，与谢野晶子、川端康成等"摇摆作家"，是作家顺应了民意，还是强奸并构建了民意？林芙美子更是从最底层一路崛起，成为了演员式的当红作家，女性及女性作家在战争中的鼓吹作用不容小觑。特别让我在意的是火野苇平以及他的"士兵三部曲"，在士兵中成长出的作家写出的"接地气"的作品，具有更大的煽动性和欺骗性。尤为难能可贵的是，你是把他们当成人来写，既有对其"笔部队"罪行的控诉，也有对其设身处地的体谅，更有对其民族性、文化和战争的深层思考，这对于当下的很多抗日作品都有一定的启发意义。

王　龙：关于这一点，我认为著名学者、评论家乔良教授在本书的序言中已经诠释得很到位了："史书如镜，纵有黑白褒贬，也最好隐寄在词山字海中，即所谓'人事之外，别无义理'。所以王龙能不仅从政治、道德或者学术的角度，还能更多从人性的角度，去走进这些负有'原罪'的日本'笔部队'作家心底，抵近观察。"

为何二战期间日本政府对外侵略扩张的气焰越嚣张，日本文化人心理就越显得软弱妥协，连川端康成、小津安二郎这样著名的大作家、大导演都曾加入"笔部队"为军国主义涂脂抹粉，甚至亲自虐杀过中国民众？诚如《人民文学》杂志主编施战军在本书作品研讨会上提出的一个深刻命题："我觉得《刺刀书写的谎言》背后还有一种更深的思考，就是它揭示了一种矛盾状态：爱国主义和作家道义这件事情的矛盾。"施主编提到，即使本书中其他那些"笔部队"成员未必知道人类道义的本质精神，但像川端康成这样的大作家肯定特别清楚。但为何这样一位深刻的作家，最终仍然向日本军国主义投降？一位作家如何超越国家民族的界限，站到整个人类的立场写作？

对历史人物行为逻辑的心理探究，往往是作家写史最受争议的地方。为了防止过度阐释，我有时确实抱着悲悯之心，替笔下的人物设身处地着想，和其悲欢与共，去还原他们在历史夹缝中被挤压扭曲的痛苦灵魂，即面对痛苦抉择时像川端康成产生的那种微妙复杂的"默然的不安"。当我以作家的心理去洞察另一群作家，就如同手执探针的外科医生，对日本人的解读既小心翼翼又切入心腹。我不仅用手术刀解剖日本"笔部队"的精神世界，同时也想从他们的毁誉得失举一反三，对全世界作家的人文良知和创作环境提出批判思考，甚至将思维触角延伸到德日两国作家反思战争为何有着天壤之别，以及中国如何为文艺创新建构更加合理的制度环境。这些见人见己的反省精神，无疑才会使本书的思考更加深入。

李墨泉：你对日本侵华"笔部队"以笔杀人的诛心之实给予了较为全面的揭发，同时还对两位中国战地作家王林和阿垅的立心之作给予了肯定和支持，这是本书的一大亮点，在这里我看到了一名军旅作家热烈的良心。王林写作

《腹地》以及由此带来的曲折人生，他几易其稿的艰辛和委屈，在今天看来真是荒谬至极；阿垅病死狱中仍言"我可以被压碎，但绝不可能被压服"，他的《南京》，后更名为《南京血祭》的书是非常可贵的抗争。我想起了你在书中引用阿垅的那句话："我不相信，'伟大的作品'不产生于中国，而出现于日本；不产生于抗战，而出现于侵略。"这句话对于我们中国作家，尤其是军旅作家，是一根灵魂的鞭子啊！这么多年以来，我们创作的那些抗日作品，是否有足够的力量在世界范围内，为那场战争和牺牲掉的两千多万同胞"正名"？

王　龙：您提到的这个问题确实非常重要。可以反思，这些年同样作为二战中深受法西斯之害的国家，我们除了对日本右翼一波接一波地抗议、声讨，是否曾扪心自问，中国产生了多少像《苏菲的抉择》这样经典的抗战文艺作品，让那些逃避战争罪责的日本人也受到震撼、心服口服呢？中国的战争文学如何与世界对话，这是个已经刻不容缓的时代话题。

伟大的战争文学，表现的是超越阶级之上的历史变幻、命运沧桑，以及人类遭遇的精神困境。经典的战争文学从不怕传达复杂矛盾的情感，甚至越复杂越矛盾，才越能带给读者长久深入的思考。

没有反思的眼泪只是水。我们是时候梳理反省一下中国的战争文艺创作了。要防止滥制更多"抗战雷剧"般的肤浅之作，除了文化体制要提供更宽松的创作空间，还需要努力发掘我们倡导的主流价值与普遍价值之间的共同交集，不断提升战争文学的内在张力和外在传播力。一句话：编导们不要急着写，要先学会读书，学会打地基。如果要在更大坐标上讲述好中国故事，就应该重温一下福克纳获诺贝尔文学奖时对同行们的谆谆告诫："一位作家的内心里如果没有怜悯、自尊、同情这些'古老的真理'，任何小说都只能昙花一现，不会成功。"因为"他不是写爱情而是写情欲，他写的失败是没有人失去可贵东西的失败，他写的胜利是没有希望或同情的胜利。他不是为遍地白骨而悲伤，所以留不下深刻的痕迹。他写的不是心灵而是内分泌……"

他山之石可以"醒酒"

李墨泉：和平是一杯醉人的酒，繁荣富足更容易让人得了忘却和自我陶醉的软骨病。在中国经济总量已经排名世界第二,全民族在欢呼中华民族的伟大复兴的历史时刻,我想是有必要有那么一点声音,给我们自己提个醒,百年历史开给我们的答卷还没有答完,经济上的腾飞不代表政治和文化上的足够强大。你的大散文集《天朝向左,世界向右》,似乎就是在进行着这样的思考,用康熙和彼得大帝、慈禧太后和维多利亚女王、李鸿章和伊藤博文、康有为和福泽谕吉、林则徐和渡边华山、郭嵩焘和陆奥宗光、洪秀全与西乡隆盛、曹雪芹和莎士比亚等进行了贯通中西的横向大比较,内容涉及了帝王、宰相、思想家、革命家和文学家等各个阶层,试图在回答清朝末年的中国衰败"何以至此"的提问,也是对过往中国道路各种可能性的一个大汇集、大反思。即使其中的个别观点和内容有进一步商榷的余地,但读来仍旧让人汗流浃背,有怒其不争、知其所以的透彻,谈谈你写作这本书和这一系列文章的出发点和思考吧。

王　龙: 有一句很有意思的话说:不读中国历史,不知中国的伟大;不读世界历史,不知中国的落后。一个国家要想真正强盛进步,就必须具备开放雄阔的襟怀,具备解剖本国历史、汲纳异质文明的能力。其实对于中国近代史的研究,从林则徐和魏源那一代人"睁眼看世界"就开始了,但总体来说大都是一种纵向的梳理,而少有横向的对比;其中不乏细致全面的罗列,而少有登高望远的胸怀。

马克思说过:"要了解一个限定的历史时期,必须跳出它的局限,把它与其他历史时期相比较。"他山之石,可以攻玉。如果通过分析比较那些主导国运民生的关键人物,在急剧变迁的历史路口截然不同的道路选择,透视近代中国迷失落伍的深层玄机,剖析大国兴衰的关键节点,为今天的中华复兴之路寻找宝贵的历史镜鉴,肯定是一件非常有意义的事。因此我花三年时间,写出了国内第一本集中通过人物对比,解剖近代中国的历史作品《天朝向左,世界向右》。

我这本书可能是会让一些人读了不太舒服。但古人说,"洞悉世事胸襟阔,阅尽人情眼界宽"。一部有价值的历史作品不能人云亦云,更不能只迎合虚骄自大的民粹心理,而应该以忠直的体察和宽阔的思考,有助于在全球化、现代化背景下发掘和重建新的中华文明价值体系。现代化的基本精神就是理性化。如果我们认同这个基本观点,就应该引导中国人往这条道上走,让理性、宽容内在化,成为中国人的国民性,以利构建真正的现代公民观。就拿日本来说,戴季陶在著名的《日本论》中讲得就很沉痛："中国这个题目，日本人不晓得放在解剖台上解剖了几千百次，装在试管里化验了几千百次。我们的中国人却是一味地排斥、反对，再不肯做研究工夫……这真叫作思想上的闭关自守、知识上的义和团了。"

今天的中国综合国力迅速增长，许多中国年轻人自信心空前高涨，中国正面临巨大社会转型。但我们需要学习的东西还太多。任何一种文明都需要不断完善与更新，中国也远远还未到所谓敢称"没有榜样"的地步。我之所以要重新回顾检讨中西方尖锐冲突和艰难融合的这段历史，就是提醒国人：我们不能被"棒杀"，也不应该被"捧杀"。正如我在书中写道："举凡治国不进则退，欲单纯以保守为目的，其势必然难以长久。这，就是一个迷途的帝国留下的最大教训。"

李墨泉：与你的文字相遇，让我遭遇了某种博大，不仅仅是在你文字中活着的历史，那种贯通上下四方、往古来今，综合了空间与时间的度量和探求，更是一种情怀，一种家国天下的担当。而这种情怀又通过史识的炼金术得以不断丰满，因为没有过人的史识，决不能在历史的矿藏里掘出金子来，而只能让文字像地表的草木一样，随着季节荣枯而已，我想问的是，你是如何练就这样思想武器和史识的，并且有着怎样的库存？

王　龙：中国近代历史虽然只有一百余年，但却是中西方在政治、经济、文化、外交等多维方向碰撞交错的一百年。如果说雨果的《九三年》、苏联电影《难忘的一九一八》、中国台湾的《万历十五年》都可以抓住历史链条上的某一个关键环节进行开掘的话，那么近代中国发生重大事变的关键环节实在是太多太多了！这其中牵扯太多的家国沧桑、民族悲情，又留下太多的慷慨悲歌、千秋遗恨。每一页历史都浸透着血泪，每一行文字都如锥刺骨，直到把人胸口压迫得喘不过气来！

我创作《天朝向左，世界向右》整整花了三年时间。我在这三年时间所累积的，不仅有精神长征般的极度疲劳，还有无从言说的无助与孤独。

记得 2006 年开始写第一篇《迷途的帝国》时，我自己也恰如一位迷途的旅人，只知一个大致的方向，却不知究竟该迈脚何处。除了伴着满腔的热情上路，我身边没有任何历史学的专家老师可以请教，也没有哪怕一本现成的书籍可供参考。行走在荒凉的旅途中，我只能拿出一个军人的顽强不断奋勇前行。记得为了寻找一本有用的资料，我跑遍了成都大街小巷的书店，最后好不容易在成都图书馆找到了唯一的孤本，由于要做长期的仔细研读，而借阅的时间又有限，我花了半天时间和管理人员磨尽嘴皮，他终于同意让我一页页复印下来抱回家。这三年中，我经常会在黑暗中突然翻身起床，急急找支铅笔在某本杂志的空白处记录下灵感火花；我也曾无数次利用乘车或开会的时间在手机上构思写作提纲。写作过程中遇到的困惑与艰难，实在一言难尽。

李墨泉： 我们如今打开眼界再次看世界，也许是比"五四"时期和80年代初更为迫切的需要。因为如果不能用更为阔大高远的眼光与胸怀来进入和反思历史，那些暂时的胜利与光荣，各种意识形态的迷雾，会再次成为我们自己的致幻剂，百年探索犹未停歇，中国作为一个梦想仍然在路上"摸着石头过河"。这一文化使命的担当，不仅仅是政治、经济上的宏大历史叙事，也是知识者们在文化、心灵上的渴望与自觉抒写，打开历史、翻阅历史、重建历史，那里面有我们的梦想、愿景、疼痛和光芒。而这种饱含了批评、针砭和刺痛的比较写法，其实是对中国内在启蒙的一种方式，是一个伴随发展的再文明化的过程，不是西化，亦不守旧，是回望与展望立根的当下。对于这样的写作，我是既赞赏，也担忧的，赞赏的是有人敢于摇动"铁屋子"了，担忧的是怕有"一叶障目"和"拿来主义"之虞。

王　龙： 您这个问题很好。到底应该"六经注我"还是"我注六经"，这是个千年以来争论不休的问题。中国是一个历史的国度。天地民物之变、兵火纷乱之迹、兴衰荣辱之慨……人间万象，尽汇于此。人类所能演绎出的一切悲欢巨变，无不曲尽精微，让人叹为观止，精神启蒙在中国还远未完成，历史研究的责任之一，是创造和传播新的理念。这是永恒更新的过程，没有终极的终极。不经过艰苦工作，不经过巨创阵痛，不经过几代人默默无闻的努力，中国就不可能真正走向现代化。我的心愿是通过对历史的研究解读，提供给现代公民有益的精神启示。

但这并不是一件容易的事情。记得电影《十月围城》中有一个情节，清廷的忠实追随者阎孝国在与其师陈少白的争论中坚持说："学生正因为受过西式教育，才睁大眼睛看清楚，洋人全都是狼子野心！"他认为洋人带给近代中国的只有兵连祸结、民不聊生，我们如何能向这样居心叵测的敌人学习？

这本身就提出了一个深刻的命题：事实上，西方列强在近代中国所起的作用是非常复杂的。他们既是引路的先生，又是打劫的强盗。近代西学东渐的过程，也伴随着西力东侵的过程。但很多人和这部影片中的阎孝国一样，只强调洋人的"狼子野心"，而很少反思清政府的庸碌无能。对于一部充满悲伤和荒凉的中国近代史，我不想像祥林嫂那般喋喋不休地去重复饱受欺凌、鲜血淋漓的惨痛悲情，正如我们不能只渲染西方列强的弱肉强食、狼子野心，而看不到他们自由平等、脱胎换骨的进化决心一样。君不见，在《人权宣言》和《独立宣言》那闪光的大旗面前，大清龙旗显得那么古旧；在近代资产阶级议会面前，军机处显得那么落伍。迄今我们都对自己的近代史缺乏深刻全面的反思。长期被侮辱被损害的屈辱，构筑了这样一种思想定势：因为"洋鬼子"是侵略者，中国人怎么做都是有理，都应歌颂。以"革命"的名义歪曲历史真相的事情，我们做得还少吗？

今天我们应该拿出新一代历史批评家的勇气和能力，穿透纷繁的社会变革和复杂的历史现象，敢于犯颜直陈提出自己独立的识见，无论观点有无偏颇，都要对当下社会生活和国家未来怀有充沛的介入热情，敏锐执着的真诚态度，既坚持批判的锋芒又坚持实事求是的持重风格。

李墨泉： 拿康熙这个千古一帝来说，文治武功尽有可圈可点之处，但其因循守旧，以一己之私"持盈保泰"困天下却是大害，晚清之一发不可收拾的局面肇始于此帝。而彼得大帝在一次接见海外归来的留学生时，伸出右手说："你看，老弟，我是沙皇，但我手掌上有老茧，这些都是为了给你们示范。"读来让人亲切而动容。由此，我想到你的文字不断地回到历史，是在一次次汲取力量叫醒迷睡于当下的那些悲观的人、洋洋自得的人、照哈哈镜的人和把自己的根拔离这片土地的人，让历史成为灵魂的鞭子，以每一次的抽动成为祛魅的觉醒，很有点刚猛之气。

王　龙： 对于历史的重新解读，我要求自己不要逾于"已知"。有一分证据说一分话，尽可能做到书中无一观点史料没有来历。在至关重要的命门节点上，要将文学的感受力、史学的发掘力和哲学的概括力熔于一炉。在《天朝向左，世界向右》以及后来的《国运拐点》一书中，我研究比较那些时代相同却命运迥异的著名历史人物时，不但关注他们的地位出身、学识才干和思想深度，更想寻找"真相背后的真相"，进一步延伸到中国和其他国家在历史背景、社会结构、经济基础、政治体制、意识形态等方面的不同特点，从中寻同求异，揭示规律。

比如，同样是醉心西学的皇帝，康熙研习西学不是为了经世济民改造中国，而是唯恐汉人因学问而轻视满洲贵族，为了当科学问题的"最高法官"，而彼得大帝则着眼于富国强兵，把对西方科技的兴趣转化为国家行动，铸就俄罗斯的"霸业利器"。这背后其实是儒家为尊的治国理念与科学理性的近代文明之间的对决。为什么慈禧太后独揽大权却"越帮越忙"，让内忧外患的大清帝国满目疮痍，而维多利亚女王全身而退悠游林下，大英帝国却能蒸蒸日上高速发展？我的答案是不同的政治文化建设，造就了不同的治国模式。英国人最先运用现代社会的运作机制，故能保持国家的长治久安；而中国专制威权的传统根深蒂固，难于形成科学纠错的决策机制，几千年来国家和社会因此付出巨大的运作成本。而李鸿章和伊藤博文在个人出身、知识结构、时代背景多方面的差别，导致的结果是伊藤博文要打破封建幕府的坛坛罐罐，李鸿章则疲于奔命地"裱糊"大清王朝的破屋。而中国封建王朝到了清代，就像是一条大河的最下游，生命力已经衰竭，泥沙已经沉淀，无可救药。

李墨泉：我想，不妨用点自然主义和诚实质朴的态度，来对现实和人心进行一番修正。因为我们总是在找历史的"替罪羊"，找一个显而易见的"罪人"，这是转移话题，而不是直面问题，是以讨伐的姿态拒绝认真的反思，这在文化和人性上是出了问题的，所以要有你这样的文字来揭伤疤，来反思，来刮骨疗毒。为什么李鸿章会成为一个政权的"糊裱匠"，感叹"我办了一辈子的事，练兵也，海军也，都是纸糊的老虎，何尝能实在放手办理？不过勉强涂饰，虚有其表"；而胡适对人民的告诫"争你们个人的自由，便是为国家争自由！争你们自己的人格，便是为国家争人格！自由平等的国家不是一群奴才建造得起来的！"言在耳，行却远；为什么日本人永不忏悔，在我们自己的身上也有一部分不能回避的答案。我们该如何摆脱那种不自立、奴化的心理，从那种幼稚、贫乏、撒娇的"类人孩"的状态中走出来？回望历史，我们再次离那种"人为刀俎，我为鱼肉"的生活，还有多远？但愿，文字是一剂有效的心药。

王　龙：老实说，前些年我看到国内一些书籍如《中国没榜样》《中国不高兴》，就深恶痛绝！他们都在宣扬说随着当代中国的发展进步，中国和西方正在"摊牌"。即使连马丁·雅克这样的西方著名学者，也在其新书《当中国统治世界》中认为中国"天朝"的文明正在重新崛起复兴，并必将为全球重新塑造

"现代"的意涵与模式。这些自欺欺人的论调,只会误导大众。世界上哪一种文明不需要取长补短、自我更新?

在今天这样一个全球化、现代化日益突出的背景下,中西方文明如何借古鉴今、重新定位,我们中国人如何既不妄自菲薄,又不妄自尊大,确实是一个极有现实意义的话题。目前中国的现代化事业进入了关键时刻。在这个年代,公民的心智状态对自己乃至国家和社会发展的影响都十分巨大。在《天朝向左,世界向右》一书中,我不断追问为什么站在同一条起跑线上,明治维新演奏了一曲气势恢宏的惊天绝响,使日本雄心勃勃地"与万国对峙",而光绪主导的戊戌变法却如昙花一现,仅历百日就惨遭失败?我想通过对这些历史伤痛的深层追问,抄一条更崎岖艰险的小路接近真相。借助相同时代的一面面"西洋人物镜",对影响近代中国的著名历史人物逐个沿流溯源,对照梳理,透过他们的酸甜苦辣,探讨毁誉成败;通过他们的人生际遇,重现国运缩影。任何一种文化形态都是可以分析的,都是应当加以分析的,都有其精华和糟粕。

著名作家李国文先生曾对拙作《天朝向左,世界向右》评价道:"追根寻底,探究成败之因;望闻问切,稽考兴亡之变;剖析中外名流的人生轨迹,追寻近代中国的衰落原因。虽时过境迁,但点点滴滴,未敢尽忘,犹可发人深省;虽一家之言,但登临览胜,雪尽江清,令人感慨悠长。"

在我看来,近代中国那些历史人物的焦灼与悲欢、智慧与迷茫、勇敢与无奈,无不体现出一个时代的侧影。我不是一个好奇的看客,这些年游走于中西之间,恨则深入骨髓,爱则眼含泪水,就是想去挤一挤我们文化传统和国民性格中的"毒素",以期引起"疗救的注意"。

创作年谱

2009 年,《天朝向左,世界向右》被中国作家协会列入全国重点扶持的五部散文作品之一。

2010 年 2 月,《天朝向左,世界向右》一书简体中文版由北京磨铁图书公司出版。

2011 年 1 月,《天朝向左,世界向右》一书繁体中文版由台湾三民书局出版,并以重点书目参加台北国际书展。

2011 年 6 月,与泰国著名的 Matichon Publishing House 出版社签订泰国语出版合同,2016 年 1 月在泰国出版泰国语版《天朝向左,世界向右》。

2012 年 8 月,《天朝向左,世界向右》获得第五届冰心散文奖。

2012 年 11 月,《天朝向左,世界向右》获第七届四川文学奖。

2013 年 11 月,《天朝向左,世界向右》获得中国人民解放军优秀文艺奖。

2014 年 7 月,《天朝向左,世界向右》获得第五届在场主义散文奖。

2014 年 6 月,作者因《天朝向左,世界向右》受邀参加凤凰卫视《思变 1896 年》十集纪录片访谈制作。

2015 年,《刺刀书写的谎言》被原总政宣传部列为 2014 年全军军事文学重点作品扶持项目,广东省委宣传部列为 2015 年重大出版项目。

2015 年 8 月,《刺刀书写的谎言》出版,新华社、《人民日报》《解放军报》《光明日报》《中国青年报》《南方周末》《文汇报》以及新浪、搜狐、凤凰等三十余家国内主流媒体进行了重点宣传报道。

2015 年 8 月 26 日,中国作家协会军事文学委员会、原总政治部宣传部艺术局、原成都军区政治部宣传部、广东人民出版社在北京西直门宾馆联合举办了《刺刀书写的谎言》作品研讨会。

2016年，《刺刀书写的谎言》入围第四届人民文学奖非虚构奖。

2016年4月，出版思想随笔集《壮丽的荒芜时代》。

2017年底，复旦大学出版社推出王龙中西对比写作丛书（首套五本）。

西元，1976年生，籍贯黑龙江巴彦。1994年考入解放军南京政治学院，同年入伍，当过排长、干事、代理组织科长、营教导员。就读于中国人民大学、北京大学，获文学博士学位。现为解放军战略支援部队文艺创作室创作员。曾获2015—2016年度《钟山》文学奖，2014—2015年度《中篇小说选刊》全国优秀中篇小说奖，第十二届解放军文艺优秀作品奖，2012—2013年度《解放军文艺》优秀作品奖，以及第二届"茅盾文学新人奖"和第三届"华语青年作家奖"。

反英雄叙事与英雄主义建构

傅逸尘

英雄应该是早期的狩猎与稍后的战争的产物，其本质在于诸多方面的超人特性，这种特性是在塑造和传播的过程中逐渐建构起来的，与神话传说及图腾崇拜似无二致。千百年来，对英雄的崇敬与渴望已经成为人类的一种集体无意识，抑或是一种无法抹去的精神性想象。

中国人的英雄情结，或言对英雄的崇敬与膜拜，从对《三国演义》与《水浒传》的超常迷恋中即可窥一斑；但百多年来近、现代史的屈辱让中国人的英雄梦想几乎丧失殆尽，直到抗日战争及之后的解放战争的伟大胜利才重新唤起大众崇尚英雄的澎湃激情。1949 年后，虽有朝鲜战争和几次局部自卫战争的胜利，但和平发展与经济建设已经成为主流，尤其是 1990 年代以降市场经济的迅猛发展，人们重归生活的日常性与世俗化，英雄渐行渐远，终于淡出人们的视野。但历史的轮回却有些出乎人们的意料，泛娱乐化的世俗生活流行了不过十余载，以影视剧为表征的英雄叙事在 21 世纪初年大规模地重回银幕与荧屏。人性化、个性化，甚至草莽化特征凸显，浪漫奇崛的传奇故事以及英勇悲壮的牺牲气概让人们心向往之。20 世纪五、六十年代的"红色经典"亦被二度创作，大众对英雄表现出了自改革开放以来少有的崇敬与渴望。这股英雄叙事思潮是一种相当复杂的存在，而我更愿意从积极的意义去解读。也就是说，消解日常的庸俗性对人们脆弱心性的侵蚀，反拨人生理想与价值的失落迷茫或许才是背后隐含的深意。至于当下泛滥的抗战神剧，一方面与泛娱乐化的文化生态相关，另一方面或源自因历史屈辱与痛苦而产生的民族主义的精神焦虑。

70 后军旅作家西元近两年连续发表了数个军旅题材中篇小说——《锻炼锻

炼》《遭遇一九五零年的无名连》《界碑》《死亡重奏》（后两部《小说选刊》选载）。让我为之惊异的不是他在创作上的连续发力，而是这几部小说跳脱了传统英雄叙事的观念与理路。他所着力描写的人物几乎没有符合传统英雄标准的，都是普通得不能再普通的基层部队官兵，形象自然谈不到伟岸，言行也说不上崇高，私心杂念更是不少，非但与高尚沾不上边，甚至连人物名字也有被西元故意矮化之嫌。最重要的是他们没有显赫传奇的经历，没能做出影响或者改变某一事件进程以及人们生活状态的事迹，与人们习以为常的英雄印象相去甚远。如果说《锻炼锻炼》《遭遇一九五零年的无名连》《界碑》反映的是和平年代的军旅生活，没有了战火硝烟的衬托，连官兵自己心中的英雄意识也逐渐冲淡，英雄的"风光不再"或许不足为奇；然而，详细描写朝鲜战争中一次残酷阻击战的《死亡重奏》也没有出现我们熟悉的英雄形象。仍然是一群普通的基层官兵，他们当然也都视死如归，并与敌人搏斗至生命的最后时刻；但他们却没有我们已经熟知的那种民族大义与祖国利益高于一切的英雄志向，即便是面对残酷血腥的战场与死亡，他们还是保持着自自然然的生命常态。许多牺牲士兵的名字，连一直战斗到最后的连长魏大骡子自己都不知道，后来干脆都不想知道了。直至小说结尾，我都没有发现西元在努力塑造人物，更遑论英雄人物。这几个中篇的阅读让我提心吊胆，甚至有些替西元后怕，如此一地鸡毛式的生活碎片，靠什么来支撑小说的结构呢？西元对军旅文学进行探索性叙事并不让我惊讶，诧异的是他断然拒绝既往的英雄叙事传统，甚至彻底颠覆了大众心目中早已固化的英雄形象。尤其是他刻意而为的人物及生活，还有对思想、精神的日常性描写，似有重归1990年代初期"新写实小说"的倾向，我所谓的"反英雄叙事"并非出于批评策略的考量。

西元当然不可能让他的小说到此为止，其实在阅读的过程中我就已经想到了，"反英雄叙事"实乃西元小说之表。在消解英雄之后，他却在悄然地建构着小说整体性的英雄主义精神，不但不张扬，甚至有些隐晦，有时还不得不使出已经不那么时尚了的象征或隐喻的手法。英雄主义当是意识形态化的结果，作为特定的思想、宗旨、学说，它张扬的是崇高的理想信念与高贵的生命价值。英雄主义与英雄的区别在于它强调的是一种精神，这种精神可以体现在英雄身上，也可以在普通人身上呈现。英雄主义具有一定的形而上意义，它更有可能在某个群体中得以充分彰显；而英雄却是一个具体的、个人化的形象存在。西元何以要通过"反英雄叙事"的方式而隐晦地建构小说整体性的英雄主义精神？这当然是基于他对当下中国社会现实，以及军旅生活存在的独特思考。英雄的缺失并不仅仅因为战争的阙如，更重要的在于精神的虚无与理想的崩塌。英雄似乎已经成为人们心中永恒的怀想，而人类价值理性的目的性选择使得在文学中建构英雄主义精神成为可能。换言之，西元在他的这一系列小说里，通过象征和隐喻，将那些散落的人物和碎片化的生活细节勾连起来，英雄主义的精神内涵在掩卷后凸起，如同江南绵延不息的梅雨，在悄然无声中滋润着大地上的稻粱菽稷。至此，西元小说的思想精神向度已然清晰起来了。

《锻炼锻炼》（《解放军文艺》2013 年 1 期）中旅党委秘书、组织干事丁三帅被下派到三营当代理教导员，准备半年后回来接任组织科的老科长的职务，短暂的一年时光，让踌躇满志的丁三帅真正体验到了这个只有三百多官兵的教导员居然如此难当。小说在三分之二的篇幅里用侧锋细致地刻划了一个在基层浸泡了多年的主官贾营长的形象，贾营长的思想境界谈不上高尚，他带兵的手段和为人处世的方法独特而实用，在机关和基层间协调游刃有余。小说描绘的都是日常性的军营生活，没有一件惊天动地或惊世骇俗的事件，而且两个主官丁三帅和贾营长又都各怀心腹事。也就是说，在某些事情上，或者在某种意义上，他们未必比他们手下的士兵更具有家国情怀和献身精神。然而，现实的军营里贾营长却是全营官兵的主心骨，只要他在营里，哪怕是他在睡觉，全营就妥妥帖帖。小说的最后写贾营长去南方学习，不在营里，丁三帅就感觉到了一种大家都不把他放在眼里的情绪，他终于因几个老兵在午夜里的吵闹而大发雷霆，这一"爆发"的内在因素显然是对被贾营长压抑的一种报复性的情绪释放。贾营长和丁三帅显然都不具备英雄的品格与情怀，但他们身上又不时地释放出一种耐人寻味的真性情，而这种性情又注定会在某一瞬间里绽放出灼人眼目的光彩。

《遭遇一九五零年的无名连》（《当代》2013 年 5 期）写指导员王大心带领四个战士从一个基地赶赴戈壁滩上的一个小火车站，装卸工地用的水泥。先前说是七天，结果干了一个月。这个地方没吃没喝，什么都要从几百里外的基地往这里运，而且连住处也没有，只能在一个破旧的红砖房里将就一下。五个人，每人每天要将一火车皮的水泥卸下来，再装到从基地工地赶来的卡车上，劳动量之大可想而知。问题是连长调配给王大心的四个战士都有些问题，或者不能

　　　　　　　　　　　　　　　"新生代军旅作家"面面观 ┃

干活，或者属于调皮捣蛋的那种，还有女性化的，只有一个从农村来的通信员是个"好兵"。罗三闯是小说着墨最多的一个人物，但他觉悟不高，看问题也有些阴暗和偏激，虽然干活不差，但他显然离英雄的形象相去甚远。这几个"老弱病残"起早贪黑，戈壁滩上白天太阳暴晒，水泥灰弄得全身到处都是，加上汗水的搅和，烧得浑身火烫，而且晚上连个澡也洗不上。他们牢骚怪话挂在嘴边自不必说，彼此之间还都不服气，经常窝里斗。但他们最终却坚持下来了，在那没水没电没人烟的戈壁滩上搬运了一万吨水泥，基地整个工程主体，就是靠这五个人一袋水泥一袋水泥背出来的。这样一些有如散落在河床里的碎石的生活细节很难让你联想到英雄，于是，西元将一九五零年朝鲜战争中的一个无名连参加的一场阻击拉进小说中来，让这不同年代的两个人群形成一种隐喻关系，小说因此获得了一种内涵丰富的思想深度，五个官兵行为背后所蕴含的英雄主义精神也随之弥漫开来。

《界碑》（《解放军文艺》2014 年 7 期、《小说选刊》同年 8 期）仍然是在写人物群像，某特种旅的日常性工作与生活，每个人都有自己的理想，但这个理想的实现却遭遇现实的种种挫折。让指导员王大心棘手的问题是连里转上士的名额只有一个，按资历和能力应该让李钢钉转；可是营长及旅政治部干部科代表旅长打电话要他必须把名额给上官飞飞。王大心没办法，只好准备了酒菜与连长一起给李钢钉送行。被李钢钉一顿抢白还倒在其次，让王大心无地自容的是刚刚谈完，旅里突然来了紧急任务，全连立即赶赴西北建武器试验基地，而最重要的建筑设备塔吊除了李钢钉没人玩得转。王大心硬着头皮要求李钢钉随队时，李钢钉以腰不行了加以拒绝；但连队集合的时候，李钢钉还是站了队尾。李钢钉没有什么崇高的志向，但在西北基地没人能够装大梁的时候却挺身而出，最后为了救徒弟上官飞飞，被断裂的钢丝绳打瞎了双眼；旅文化俱乐部的白洁想通过出一张重要的唱片来改变命运，但没钱做推广，只好违心地玩儿命陪一位局长喝酒，但最终还是没能做成。新任务来了之后，她被旅长派到西北基地，在艰苦的施工生活里，她被战友们感动，本来在又一次陪酒中认识了一位喜欢她的老板要出资给她做推广，但她却坚决地拒绝了；李高工刚退休不久就被旅长重新拉到队伍中来，他之所以来，也不是说多么地高尚与理想，而是在家里呆不住，离开了队伍就不知道怎么生活了。然而，在工地，他不但负责技术指挥，还在没有人手的时候亲自砌砖，尤其是在装大梁的时候，他带着李钢钉上到几十米高的厂房上成功地指挥架设大梁；魏大骡子也是被钟旅长临时点的将，赶鸭子上架当了指挥长。魏大骡子相当于副团职，虽然是技术九级，但他并不真的懂工程技术。当材料供应商打着基地首长的旗号以百分之五的点回扣给他，从而降低材料标准的时候，他真的纠结不已。但最后，他还是被李高工和李钢钉大无畏的献身精神所感染，下令拒绝了材料供应商。界碑其实是一直装在王大心的心里，它来自祖父辈们的艰辛的历史，后人可能永远都不能理解，但不知什么时候你会与它遭遇，在那一瞬间它便横亘在了你的眼前。在工程结束后返回的天昏地暗中，王大心感觉到了它的存在。

《死亡重奏》（《钟山》2015 年 1 期头题、《小说选刊》同年 3 期、《中篇小说选刊》同年增刊第 1 期）写朝鲜战争时的一场 7 号高地的阻击战，高地下边有条公路，被中国人民志愿军包围了的美军十来个师只有打通这条道路才有生还的可能，团长给连长魏大骡子下达的战斗任务是守住这个高地，不让敌人从山下的公路南逃，时间是直到一二三师赶到。在我看来，这是西元最出色的一部中篇小说，也是 21 世纪初年以来军旅小说中独具一格的重要作品。小说借用西方的音乐形式的结构，既非常严谨，又描写了不同的死亡情景和让人难以想象的残酷的战斗画面，交织成一曲丰富而复杂的"死亡重奏"，一改西元之前小说在结构方面的随意性。《死亡重奏》对战争场面和人物内心的描写极富文学性，其华彩程度为 21 世纪初年以来的军旅小说所不多见。超出连长魏大骡子经验的战斗的残酷性完全被诗性消解，甚至连死亡也不再令人恐惧，与西元此前小说的世俗化叙事形成强烈反差。

交待人物"前史"是西元小说普遍采取的方式，从叙述的角度论，它延缓了小说发展的速度，但这不是西元的目的。西元通过"前史"的叙述来达成对人物现实情感、心理和思想的关照，尤其是在人物死亡前的短暂时刻，"前史"让人物在诗意的回想中赋予死亡以宗教般的意义。如果说和平环境下对英雄的塑造在某种意义上有些勉为其难，那么这样一场残酷的战斗无疑为西元提供了描写英雄的土壤和条件；这些人物虽然都视死如归，但西元却仍然固执地拒绝升华他们的思想境界，战场在他们心中似乎已经成为普通的场景，与以往记忆中的生活相比没什么特别之处。十四岁的二斗伢子是个新兵，刚刚补充到这个高地上，但他是那场战斗的唯一幸存者，小说每一章前的第二人称叙述当是以二斗伢子的视角对战场的观察与感受。西元对战场的丰富感觉通过二斗伢子表现出来，但二斗伢子却并非重要人物。其实在西元的小说里几乎没有重要人物的概念，他只是按照人物的经历尽情地发挥他的想象。

比如说连长魏大骡子，他是这场阻击战的最高长官，他到高地一看就知道自己怕是不能活着回去了。西元没有将魏大骡子描写得多么英勇与智慧，用他自己的话说，我他妈可没那么些崇高。他很平实，作为一个老兵他在战场上表现得很淡定，而且有一套自己的经验。在面对美国俘虏的时候，他也没有表露出强烈的民族主义情绪，而是彰显出中国人朴实的人道主义。在被打瞎了一只眼后，他甚至咒骂一二三师迟迟不到。他说我就是一个庄稼人，为国家壮烈牺牲？国家在哪儿呢？我随九兵团从海南岛一头扎到北朝鲜，一天好日子没过上，你说我能愿意吗？但是，魏大骡子又说，我站在高地上，那鬼子就别想站在这儿。我到是要和他们比一比，到底谁的命更硬！最后，魏大骡子死在了敌人坦克的炮火中，连尸体的踪影都不见了；上官富贵也是一个老兵，但始终保持着农民的单一的执着，他让魏大骡子给他划出归他守卫的阵地，这似乎有些可笑，但他的"前史"是二十年前他爹把自家那一亩九分地的地契攥出了血。黄河决口，全家九口逃往陕西，仅他一人活了下来，浑身上下没一颗粮食，只在裤裆里缝了一张地契。将历史勾连起来，我们就理解了他对属于自己的那块"地"的几近偏执的确认。上官富贵随后又说，你放心，我不会让鬼子越过去半步。英雄主义精神不是已经蕴涵在这可笑的两句话里了吗？后来，上官富贵面对冲上来的美国大兵一枪一个地射击着，但美国大兵还是冲了上来，而且眼看着就要跨越魏大骡子给他划的那道线，上官富贵急眼了，握住刺刀朝冲在最前边的那个美国大兵冲去。这个河南农民对美国大兵对准他的黑洞洞的枪口很漠然，他低着头，死死地盯着那条画在地上的线，他的心头只有爹死前的话，没地就没命。上官富贵在与敌人进行了更为残酷的搏斗后，在半夜的严寒里坐在自己的阵地上死了。饥饿已经将文书王尽美折磨得对死亡没了恐惧，高地如果是最后的墓场，也没什么可痛苦的，只是在它还没有成为墓场之前，就必须待在这里。王尽美望着风雪中灰色的太阳，脑海里闪现着他亲历的日本鬼子占领南京后的一幕幕悲惨的景象，在与美国大兵的搏斗中他想到的是如果让美国大兵的皮靴踩在这座高地上，身后就是另一座南京城。在敌人的刺刀刺穿了胸膛后，他掏出了隔壁家姐姐送他的照片，他想起在下雨的小巷里与姐姐拥抱的那一刻的美丽……

传统的英雄叙事当然可以满足大众的想象性期待，尤其是对虚构文学而言，它为作家预留了巨大的创造空间；但文学终究不能远离生活真实，艺术地还原真实既是一种悖论，也是考验作家的尺度。我不敢说西元在这几个中篇里对英雄叙事的探索达到了怎样的高度，我只是认为他对英雄主义的强调更接近事实本相。从历史的角度看，用文学的方式还原本相不见得是最好的方式，但却是重要的方式则不需要论证。西元的文学探索当然不仅仅止于精神性的存在，比如从结构角度论之，他的小说有如中国传统的水墨画，采用"散点透视"的方法，没有中心情节，自然就不存在围绕中心情节结构故事，说没有故事似乎更准确，也不突出所谓的"主人公"。他聚焦于碎片化的日常生活，将思想与精神寄寓其中，然后以一种象征性的暗示来提升小说的意义与思想。

　　反映和平时期军营生活的小说粗看似乎有些粗粝与散漫，但生活原本不就是这个样子吗？那些精巧的小说当然好看，也更具文学性，但距离真实的生活其实已经很远。我不认为真实是评价小说的最重要的标准，但真实让我当下的阅读更有耐心。西元既有基层部队的主官经历，又有北大中文系的博士学位；既搞文学研究与评论，又写小说数年。我相信我的感觉与判断，西元未来的小说值得读者期待。

死亡重奏

西　元

前　奏

你把苦难强加于我，

我把苦难变成武器……

第一章　一个连的高地

在一米的距离上凝视着一颗一百零五毫米榴弹炮炮弹爆炸，你会看到比太阳还耀眼的光芒，听到巨大以至于无声的轰响。一瞬间，密集的弹片和冲击波像飓风吹过柳枝一样打断你的脊梁骨，撕碎你的肉身，还有你的耳鼓、视网膜、舌头、手指等等你与这个世界产生联系的感觉器官，却没有一丝疼痛。从此，没有时间、空间，周遭一片黑暗和寂静，这就是——死亡。

你一个人站在高高的悬崖上，环顾四周，同生共死的战友、血脉相连的亲人正与你渐行渐远。此时，无人可以交谈、可以倾诉，你只能默默倾听自己的心声。时间无多，每个人都必须从这悬崖上纵身一跃，或激昂，或悲壮，或恐惧，或怯懦。耳边满是呼呼的风声，看着高冷的夜空离你越来越远，而黑沉沉的大地正逼近你的后脑，随时会有重重的一击。在有限的时间里，焦躁达到了顶点，就像在阎王殿前的油锅里一样。煎熬过后，是无边的清凉。在脊背触到大地的那一刻，你突然满心坦然，尽管不知为什么，你发现自己可以安息了。然后，你的血肉之躯碎裂成无数块，与大地融为一体，四季轮回，共枯共荣。直到有一天，你发现，一个新的你重生了。

十四岁的二斗伢子觉得自己的头，被连长魏大骡子树根一样粗硬的手使劲向下压，一时间只看得见战壕壁上的冻土。接着，大地震撼，白光一闪，整个世界像是被滚烫的开水洗过一般。什么也听不见，来不及害怕，来不及惊慌，二斗伢子浑身麻木，一股黏热的血浆顺着额头，越过眉毛，流进眼睛，流过鼻尖，流进嘴巴。那只手还在头顶，二斗伢子壮着胆子，将其拿下来。它五指张开，保持着使劲用力的姿态，手腕被弹片打断，两根发白发黄的骨头支棱在外面，显得很锋利，几根粗大的血管汩汩地向外冒血，好像它还活着一样。

二斗伢子战战兢兢地侧过头，看见连长的下半身跌坐在手榴弹木箱上，血肉中露出几节又红又白的脊梁骨，肠子像一捆胡乱缠在一起的粗麻绳，摊在腰上、腿上，有一节垂到了雪地上，某个器官似乎还未完全死去，慢慢地、顽强地蠕动着，每动一下，便有一大股血冒出来，一波接着一波，顺着破烂的军裤，流到冻得硬邦邦的地上，渐渐失去热力，结成一层又一层的红冰。连长身后的战壕壁上，挂着密密麻麻的碎肉、牙齿、半块耳朵、几缕头发，还有布头、铜扣子、军衔，啪的一声，一只乒乓球大小的白色眼珠子，从布满血浆的战壕壁上落下来，发出清脆的一声响。

片刻死寂之后，是漫漫无涯的地动山摇。二斗伢子匍匐在战壕底部，像婴儿在摇篮里一样，向前慢慢爬行。不时，有几块冰碴从头顶飞下，打在脸上，有几片血肉不知从哪里落到离眼前几寸远的地方，在严冬里，还冒着热气，抑或有块火红的弹片，掉在身旁薄薄的积雪上，发出嗞嗞啦啦的声音，然后，渐渐变暗，最后变成冷冷的黑色。

到处是尸体，有的冻得硬硬的，有的还很软，二斗伢子是个新兵，刚刚补充到这个高地上，谁也不认识。爬过几条战壕，竟没发现一个活着的人。二斗伢子小心地抬起头，战壕顶上伸出一条腿，垂在半空。他看到一只美式靴子，于是微微探起身，奋力将那条腿拽了下来，一具僵硬的美国人的尸体便轰地落在了身边。二斗伢子将两只靴子扯下来，套在脚上，虽然很大，但很暖和，他感到特别欣慰。战壕的另一头，蜷缩着一个美军俘虏，衣领裹着脸，头埋在膝盖里，一动不动，看不出活着还是死了。二斗伢子顾不上管他，继续向前爬，身下的血水和着泥浆，又黏又滑，自己仿佛一条在淤泥里钻行的泥鳅一样。

又是一片寂静。二斗伢子明白，炮击过后，美军步兵便要冲上高地。但是此时，战壕里已经全是死尸，没有人站起来，没有人端起枪。二斗伢子从一个美军尸体腰带上扯下一枚手雷，握在手里。他站起身，向战壕外面望去，白茫茫的一片，被炮弹炸过的雪地露出一大块、一大块黑色。二斗伢子觉得特别孤单，没有一个战友可以和自己分享此刻的恐惧和悲伤。他捡起一面沾满血水，此时已经冻成铁片一般的红旗，插在弹药箱上，打开手雷的保险拉环，闭上眼睛，等待美国人的军用皮靴踩在眼前的雪地上。

闭目许久，没有一声枪响，也没有皮靴踩在雪地上发出的窸窸窣窣声。二斗伢子困惑地睁开眼，向夜色中望去。美军的坦克正在远去，发动机在空旷的山谷里发出嗵嗵的声音，像是有人在敲一面巨大的皮鼓。二斗伢子筋疲力尽，昏昏欲睡。严寒像一张巨大的棉被，铺天盖地，让人渐渐失去知觉。不知过了多久，二斗伢子从梦中惊醒，万道阳光从高空刺入双眼。他觉得浑身硬邦邦的，像一块磨盘石，无法动弹。高地下的公路上，正经过一支队伍，土黄色的军装，红色的旗子。一个穿着黄军装的男人离开队伍跑上高地，站在雪地上高喊，还有活着的人吗？还有活着的人吗？没有人回答他。二斗伢子想高喊，可是胸腔和嘴却像冻住了一样，发不出一丝声音。此时，他既焦急，又委屈，还有一丝莫名其妙的幸福感。情急之下，他用尽最后的力气，一把抓住旁边的红旗，微微摇动了几下，便什么也记不得了。

魏大骡子

魏大骡子！

到！

你过来！

嘿嘿，团长，什么事？

这表你拿去，从一个打死的美军中校手腕上扯下来的，我戴了几天，还挺准。

有什么任务你直说，这表太金贵，我不要。

×，非得有任务才送你东西吗？

嘿嘿，那好，没事我先走了。

你他妈给我站住！

什么事？

过来！到地图这边来。七号高地看清楚没有？它下边有条公路看清楚没有？美军一个集团军和南朝鲜十来个师被我们围住了，正使出吃奶的劲儿往南逃，这条公路就是他们唯一的活路。九兵团一二三师正在打穿插，在他们到位之前，你们连必须守住七号高地。

守多长时间？

五天、七天，说不好，一二三师什么时候到，你们什么时候可以下来。

人打光了怎么办？

没了多少给你补多少。

我也没了怎么办？

那就再上一个连，只要我活着，年年给你烧纸。

明白了，我这就回连里边去。

大骡子，等等……真想咱俩换一换。

换个屁啊！该谁的就是谁的。团长，你他妈的能不能不哭丧着脸？

连长魏大骡子一看到这个高地，就知道自己怕是活着回不去了。干硬的土地上满是枯草，四面八方吹来严冬的冷风，发出呜呜的鸣叫，显得这世界格外空旷。他想，这是个埋人的好地方，视线开阔，天高地远，死在这里，无牵无挂，就像扔在田头的一块牛粪，来年春天，野花遍地，又是一派生机勃勃。

黑沉沉的乌云在头顶不远处飘过，又湿又冷，冻得耳朵针扎一样痛。魏大骡子用一把美军的十字镐刨战壕。地冻得实了心，一镐下去，只刨出碗口大的一捧土。这让他想起十几岁的时候，给娘刨坟的情景。那年冬天，娘到江边扒鱼皮，一颗冷枪子弹打过来，娘就一头栽进了江面上凿出的冰洞里。等爹去找她的时候，娘已经像冻在江面上的一条破船，任凭镐头刨、铁锹铲、开水烫，也无法将她弄回来。江边厚厚的冰层里充满了细细的气泡，魏大骡子看到冰面上露着一只男人的脚，脚上有只布鞋。他站在这只脚旁边，朝冰面下望去，里面倒悬着一个穿长衫的白胡子老人，瞪大眼睛望着自己。魏大骡子想起来了，这是镇子东头的老秀才，柳公权的楷书写得非常好，日本人几次叫他到镇政府当官，都被他拒绝了。几个月前的某个半夜里，他家院子传来狗叫，有日本人汽车响。从此，人们便再也没见过他，传说是被日本人请到哈尔滨皇宫里当参议员去了。

魏大骒子跟在爹的身后向山里走，找个向阳的坡，把娘埋了。雪有尺把厚，每走一步，又硬又冷的雪壳就会顶到他的裤裆，又是一阵火辣辣的疼。爹越走越累，一言不发，只见得从脸的一侧冒出浓浓的白雾，还有粗重的喘息。过了许久，手和脚尖也冻得失去了知觉，然后是一阵又一阵尖锐的疼痛。再后来，魏大骒子与爹的距离越拉越远，但爹没有回头看他一眼，他也不敢喊爹停一停，因为这样冷的天，谁也不能停下来。两个人默默地走着，命悬一线。走到一个向阳坡时，雪面白得刺眼，像涨了潮的江水一样。山风刮起雪末子，打在脸上仿佛扒开层皮一样疼。爹指着不远处的两个雪包，道，给爷爷奶奶磕个头。

镐头尖在魏大骒子手中摇摇晃晃，落在冻得硬邦邦的地上，只有一个白点，让他非常绝望。满耳风声，震耳欲聋，他不能乞求别人的帮助。他倔强地一次又一次举起镐头，看着地上出现一个白点，又一个白点，直到越来越多的白点。等地面上勉强出现一个人形的浅浅小坑时，魏大骒子和爹快累瘫了。再挖下去，就没力气走回村子里。爹说，就这样吧，先用雪盖着，开春了再深挖挖。

魏大骒子跟在爹身后向回走，昏昏欲睡。他仿佛看见爹挑着扁担，筐里坐着两岁的妹妹，从山东逃荒到东北。爹对魏大骒子说，死死抓住箩筐绳子，别松手，松手了谁也管不了你。魏大骒子那年才四五岁，他真的不敢松手了，鞋子掉了也不吭一声，不瞅一眼，手磨烂了，淌血了，也不觉得疼。他死死盯着爹干瘦的屁股，脑袋被大人们的胯骨、包裹撞得生疼、发晕，也努力坚持着，唯恐掉了队，落在混乱的逃荒人群里，无依无靠。有一天，他发现筐子里的妹妹不见了。他也不敢问，生怕自己也像她一样，突然就消失了。长大以后，有次听娘说，妹妹是饿死的。两岁大的孩子，既没奶喝，脾胃又细弱，最不好活了。

后来，爹站在一大片土地前，用手抓起一捧大酱一样的泥土，看着浓黑的浆汁从指缝间缓缓冒出，道，这里的地养人，撒下种子就能长出粮食，咱们不走了。直到这时，魏大骒子的小黑手才敢松开箩筐的绳子，小心翼翼地走到这片黑土地里，像走进夏天又温暖又柔和、如丝绸般的湖水里一样。这土又松软，又潮湿，仿佛有油脂，不用说一颗种子，就是一个人在这里活得久了，也一定是高高大大、健健壮壮的。魏大骡子在爹垒的土炕上睡着了，睡得一头一脸的汗，一口气睡了三天三夜，每根骨头都像发了酵的面一样，轻飘飘的，疯狂地吸吮着泥土的气味，嘎嘎有声地生长着。魏大骡子激动得在梦中流泪，庆幸黑土地给予他的一切恩赐，凶年的噩梦渐渐远去，隐隐的生机正在复苏……

王大心

指导员，你来讲两句。

我只讲两句话。第一，大家都是老兵，我看遗书就不必写了。你们存在我那里的遗书都塞了满满一挎包，再写怕是也写不出什么新东西。第二，人在阵地在！这句话的意思就是，无论在什么情况下，我绝不允许一个人逃跑，绝不允许一个人投降！我王大心和大家一样，死亡面前，人人平等。我可以最后一个死，但我不会在大家都死了之后，我一个人还活着。我这样要求九连的每一个人，我也这样要求自己。如果我没做到，每一个看到我的人，都可以第一个枪毙我。

指导员，你别说了，大家有眼睛，看得见，炊事班做的炒面你没多吃一口，缴获的美军肉罐头你没留下一个，现在还穿着单衣，这些话，我们信你的！

第二章　奏鸣·炮击

没有人能拒绝死亡，就像没有人能不恐惧一样。一枚炮弹在你的身边无遮无拦地爆炸了，这是你没想过的事情，因为你第一次遇到它，也可能是最后一次遇到。你辛苦一整天挖出的战壕在一瞬间就变成了圆坑，刚才还活生生的战友被抛上了天，落下来的时候变成了一只手、一只脚或一只器官，你被埋在不那么深的战壕里，黄土下一片黑暗，无法呼吸。那比世上最响的声音还要巨大的炮弹爆炸声像硝酸一样，洗去你所有的记忆，所有的誓言，所有的崇高，所有的忠诚。此刻，你的肉身被震得麻木无力，脑子一片昏昏沉沉，耳朵里满是杂乱无章的鸣叫，所有与性命无关的东西都变成了子虚乌有。你趴在土地上，土地便是你生命的摇篮，你站起来，天空就是死亡的海洋。

极度的窒息，使得绝对的黑暗变成狂躁的浓红。某一块不那么有力的弹片，穿过黄土，轻轻地咬在了你的肉身上。你不敢回头，焦黑的浓雾散尽，你觉得自己被牛头马面牢牢抓住腿脚，身下是一口巨大的铜锅，黄金一般的浓油闪着贪婪的热光，每一个溅起的油花都像是一只渴血的舌头。你挣扎着想远离这口铜锅，但你不能拒绝，你绝望地向翻滚的油水里望去，一张黑色的面孔在油水下面狂笑。它手舞足蹈，兴高采烈，翠绿色的眼珠子里有一颗紫色的瞳仁，那瞳仁兴奋地一张一缩，一股脓血一般的稠黄色液体从眼角流出来，像仁慈的眼泪，又像是饥渴的口水。

黑色的面孔在油水下移动，渐渐游出锅底，升到你的眼前。紫色的瞳仁紧盯着你，仿佛早已把你的心底看穿。面孔上厚厚的嘴唇如同铜锣一样扇动着，发出沉重的嗡嗡声。尽管你听不懂任何一句话，但你却不可思议地一下子就明白了其中的意思。一只毛茸茸的黑色手臂从面孔后面伸出来，细长的手指上长着几寸长的绿色指甲，上面滴滴答答地落着血珠子。那指甲尖上轻轻地夹着一枚碎裂的三角形炮弹片，滚烫烧红，边缘锋利，仿佛刚刚爆炸过后，飞在半空中，被这只黑手捉住一样。细长的手指张开，这只弹片顺着铜锅的边沿滑进油底，拉出一道道如同彩带一样的血迹。两片厚嘴唇瓮声瓮气地说，你若能亲手拾起这枚弹片，就可回世间走一遭，若无胆量，便须在地狱再等上五百年，何去何从，你自己选择。

那只翠绿色的眼珠子看着你，出其不意地眨了一下，发出一声清脆的响声。那一刻，你的心彻底沉静下来，像大海边的礁石一样。你发现，那张黑色的面孔其实并不代表着恐惧，当然也不代表着仁慈，它超越于这之上，当你越过绝对的恐惧这道门槛的时候，你便再也不会害怕面对这张脸。你伸出手，探向翻滚的油锅。你看见躺在锅底的那枚弹片，上面刮痕累累，也许刚刚击碎一块黄土下的石头，也许刚刚打断一根战友的脊梁骨，也许刚刚掀开一颗头颅，边缘翘起的锋口里或许还夹带着黄土、血肉、脑浆等等东西。你下定决心，必须亲手将这枚负载着累累恐惧、仇恨、留恋、宽恕、希望、懊恼、剧痛，以及一切一切人间苦难的弹片，从油锅里捞起来。

手指碰到沸腾的油水的那一刻，你感到的不是钻心的热烫，而是彻骨的寒冷，油水仿佛一瞬间凝固，将你的手指冻在了铜锅里。同时，油水急速下沉，拽着你下落，好似落进了一个没有尽头的隧道。你很惊异，这是你从未体验过的感觉，好像从此脱胎换骨。你本应害怕，却不可思议地有些幸福感，仿佛有人告诉你绝不会有事。速度越来越快，一块白色的东西迎面向你撞过来，转眼间就到了跟前，足以使你粉身碎骨，你想大喊，却叫不出声。突然，你的脑子里一片空白……

坑道底部，堆了厚厚的黄土。每一发炮弹在周围爆炸，便有一层黄土从天而降，哗的一下子铺了满地。一下接一下的颤动，从大地深处传来，使一切生灵越发觉得自己的渺小。突然，万籁俱寂，只有太阳灰白的光线洒在干冷的空气中发出嘎嘎的脆响声。高地下面，传来坦克履带和美军步兵皮靴底子压在雪面上的咔咔声。

战壕里的黄土微微动了一下，接着，又是一片寂静。停歇了片刻，黄土又轻轻动了一下，并鼓出了一个小包。这个小包不断壮大，一些黄土屑从小包的顶部快速滑落。然后，一颗带血的指甲露了出来，再然后，是一根又黑又粗的手指。指甲龟裂乌黑，手指满是伤疤，这只手努力地向上举，仿佛要找什么。后来，整个一只手掌也露了出来，五指如钩，好似如若抓住什么东西，就会像鹰爪抓住一只老鼠那样绝不松开。接着是一只手臂，啪的一声，拍在了战壕壁上，指甲深深嵌进冻硬的黄土中，向下用力，留下了深深的沟壑。许久，这只手臂似乎在积蓄着力量，又似乎在寻找着什么。

猛然间，一个浑身烧伤的战士从黄土下站了起来，军装碎烂，几缕布条在风中飘荡，铺天盖地的沙尘从头上、从身上撒落。他满脸血红，脸颊上几片白肉翻卷着，像一只熟透的白茄子，裂开一道深达颧骨的缝隙。他怒叫着，瞪着垂死挣扎的公牛一般的红眼珠，推开战友的尸体，抄起了一挺重机枪……

上官富贵和他的一条线

连长，我得守多大的一块地呀？

富贵，你是个老兵了，这屌事儿还要问我吗？

你还是给我画道线吧，没这道线，我心里就是不踏实，没办法呀！

好，好，好，我用脚尖给你画道线，你这个富贵啊，榆木脑袋。

嘿，嘿，嘿，你画了这道线，我心里就亮堂了。你放心，我不会让鬼子越过去半步，这一亩三分地儿，就交给我了。

二十年前，上官富贵他爹把自家那一亩九分地的地契攥出了血，狠狠心，卖了个女儿，换回了十斗粮，使全家活过了荒年。十六年前，河南大旱，上官富贵他爹饿死在了炕头，枕头下面还压着这张地契。十年前，全村男子与临村发生了械斗，死伤数百人，就为了能给自家的地里多浇几桶水。八年前，黄河决口，上官富贵家的地成了一片汪洋，颗粒无收，全家九口逃往陕西，但仅他一人活了下来。彼时，上官富贵浑身上下没有一颗粮食，只在裤裆里缝了一张地契。

天空蓝得让人发慌，太阳肆无忌惮地暴晒着大地，让满世界都矮了许多。人世间仿佛静止了，不向前，也不向后，你暂时还站在地上，却能闻到死亡的气息。上官富贵爹佝偻着身子，往一棵瘦瘦的青苗上撒了一股焦黄的尿。裂开很大一条缝的黄土像烤焦了似的，冒出一股青烟，还没一袋烟的工夫，那尿水就蒸发得无影无踪。一排排青苗稀稀疏疏的，黄土地上的裂纹从脚下延伸到天边，仿佛是生了牛皮癣的头皮上癞癞巴巴地长着几缕头发。

爹背着一只木桶，踩了踩地头的界石，对身后的上官富贵说，记住，有地就有命，没地就没命。上官富贵和爹趴在坚硬的土地上，尖利的硬土块刺伤了膝盖，流了血，但两个人都不觉得疼。爹用木勺一口一口给青苗喂水，上官富贵看到那水就像泥鳅一样，钻进土里便无影无踪了，但爹仍然像一条忠心不贰的老狗，死心塌地地浇着水。一只瘦得皮包骨样的田鼠咬断了一根青苗，爹发了疯似的跳了起来，举起木棍向它打去。老鼠钻进了土洞，爹跪在土洞前，一下一下把洞掘开，越掘越深，越掘越恨，红了眼似的。掘了几尺深，那只大田鼠护着一窝没睁开眼的粉嫩的小鼠，吱吱叫着。爹用尖头木棍一下子将大田鼠戳穿，甩在地上，又一下接一下地戳去，直到它成了一摊血泥。爹又将小田鼠捉出来，一只一只摔死在地上，又高高抬起腿，一脚接一脚，结结实实地踩上去，使干燥的黄土地上多了几摊血色。

爹蹲在界石上，眯起眼，瞄着地上那条并不存在的交界线。他站起来，用脚把这条线踩了出来，一步一步，认认真真地使这条线清晰起来。交界线那边的地荒着，邻家人放弃了坚持下去的决心，逃荒去了。他们家的地干裂不堪，连杂草都枯死了，像压在坟头的黄纸一样。而界线这边，地上留着一小窝一小窝湿土，每块湿土上颤巍巍地活着一棵青苗，若不是旁边站着两个人，你会觉得这千里赤地上的一抹绿色简直就是神迹。爹的手又黑又裂，像烧火棍子的尖部，关节粗大，皮子皴裂，指甲沟里挤满了泥。这手不知疲倦地抓起一块土疙瘩，使劲捏碎，或者像犁子一样，插进干硬的土壳下面，把一棵草草的长根挖出来。爹手拄着腰，挺着脊背，嘎吧嘎吧地站起来，扛起木桶，说，看，咱们还有救！

上官富贵和爹已经一天没吃东西了，觉得金黄色的天空里隐隐有一层焦黑色，很吓人。爹弯着腰，后背上驮着半桶黄泥水，下巴快要蹭到枯硬的土地，黄泥水不时溅出，打湿了爹的脊梁，又顺着他的鼻尖流到了地上，发出嗞嗞声。爹沉默不语，半桶黄泥水在十里土路上慢慢行进。上官富贵说，爹，我饿。爹说，大家都饿，没死就是福。上官福贵又说，爹你停会儿，我看见你的腿在抖呢。爹说，不能停，停下就再走不动了。这时，一声脆响传来，爹一头摔在了地上。

爹是在自家炕头死的，临死前让娘把地契垫在了头下边。十几个村里人抬着爹，走在焦干的土路上，战战兢兢，有气无力。路边倒着两具黝黑的尸首，鼓鼓胀大的圆肚子，仿佛终于吃上了一顿饱饭。肚子上下，连着两条细胳膊细腿，一点肉也没有，只剩下一层脆硬的黄皮。尸首的嘴唇厚厚的，向外翻，仿佛在笑，两只眼睛突出着，又大又白。只听砰的一声，尸体的肚子破了，飞溅出密集的绿色汁水，溅得送葬的人一身一脸，同时一股浓烈的恶臭袭来，招引来一群哇哇大叫的乌鸦。

村里人草草地挖了个坑，浅浅地埋了爹，坟包底下还露出爹的脚趾。娘哭着求大家再挖一点，但男人们头也不回，匆匆走掉了，谁能知道下一个躺在路边的会不会是自己呢？娘抹了把泪，在爹的脚趾上盖了几把干土，使得坟上又多了个小包。上官富贵和娘往回走，路过自家地时，发现村里人正蹲在地上，一把一把撸下青苗上未成熟的谷粒，不管不顾地往嘴里塞。娘号叫着把一个男人推倒在地，那男人歉疚地看了娘一眼，眼睛里闪着乌蓝色的光，爬起来，躲得远一点，又蹲下来，贴着地面，露出长牙，像蝗虫一样啃起青苗。娘有点害怕了，她知道不会过多久，吃人也不是什么新鲜事。娘掉了几滴泪，对上官富贵说，你也在这儿吃吧，往死里吃，娘先回趟家。娘回来的时候，带了地契和一张黄草纸。说也奇怪，这地契就像张降妖符一般，每个吃了青苗、面色青黑的男人一见这东西，都乖乖地咬破手指画了押。有一天，娘说，看来，村子里是待不下去了，咱们也得逃荒。临走时，娘把地契和草纸塞进陶罐子，埋在了老屋门前的院子里。多年以后，吃过上官富贵家青苗，并且经过无数次洪水饥荒还活着的男人们恢复了礼仪廉耻，无数倍地偿还了他们欠下的粮债。他们只有一个要求，就是把自己多年前画过的押从草纸上彻底抹去。而此时，这片土地上已经没有地契这种物件了。

肉　搏

无数颗炮弹，像犁子一样，把高地深深地挖了个遍，就像用五指梳理一小块沙地，你觉得这沙地里不可能再有什么生命了，可是，炮击停止的时候，仍然有数不清的战士，像遗落在土里的黄豆粒一样，从雪地下钻出来。

上官富贵晕晕乎乎地坐起来，拍了拍头发里的土，摸了摸浑身上下，没少一个物件。他既不庆幸也不后怕，就像当年他只身逃到陕西的时候，拿到一块当地人给他的饼子，一屁股坐在地头上大嚼起来那样。这一刻，没有眼泪，没有语言，没有笑容，生生死死之类的东西早已经淡了。他像拿起一根锄头一样拿起落在身边的大杆步枪，趴在地上，好似一只精明世故的大马猴子，从容不迫地向冲上来的美军士兵瞄准射击。

一枪一个。上官富贵有些不能理解，这些美国大兵冲锋时干啥还要大喊大叫，还要慌慌张张地胡乱打冲锋枪，这些东西完全没必要嘛！一个经历无数天灾人祸，并且捡了条命回来的河南农民，对这些个东西是很麻木的。每打中一个美国大兵，上官富贵都有种很可惜的感觉，不是因为打死了一条生命，而是觉得那些个大兵长得如此健康强壮，身上的装备如此精良丰富，只用一颗子弹就给报销了，真是有点可惜。上官富贵看到一个美国大兵被打中了脖子，瞬间喷出一股血浆。他捂住脖子，摔倒在地，痛苦地望着天空，浑身扭动着，高声号叫，表情异常丰富。身边有人继续向前，他伸出手臂，向别人求救，可无人能帮助他。他绝望地在胸前画着十字，一遍一遍地画，直到最后没了一丝力气，双手猛地垂在地上，死掉。上官富贵觉得这些身高马大的外国人对死亡的表达真是太夸张了，岂止是夸张，简直就是奢侈。大灾之年，人死了，不过是路边一具破了肚皮的尸首，捡了条命的，就继续赶路。娘死的时候，不过说了句，富贵，娘走不动了，你继续赶路吧。说完，她把半块玉米饼子塞在上官富贵手里，又推了他一把，慢慢躺在土路边，便闭上了眼。像他们这样大哭大叫，又何必呢？

才打了三五发子弹，美国人就冲到了魏大骡子给他画的那道线跟前，眼看就要踏过去。上官富贵这才有点急了，他用和爹一样黑粗、皲裂的长手，握住刺刀，猫起腰，向跑在最前面的那个美国人冲去。美国人蓝眼睛，长胡子，样子很陌生，又很凶神恶煞，他狂叫着外国话，似乎想吓唬眼前这个瘦弱的河南农民。他一手拿着刺刀，另一只手里握着把手枪，枪管对准上官富贵。可是美国人并不知道，这个河南农民的眼睛并没看他，对那只黑洞洞的枪口也很漠然。河南农民不过是低着头，死死盯着那条画在地上的线，心头总是想着爹临死前说过的那句话，有地就有命，没地就没命。而且在这个河南农民眼里，美国人实在是太虚张声势了，他倒要看看，是谁的刺刀先要了对方的命。一颗子弹穿过上官富贵的胳膊，扯开了一缕布条，可他竟然没什么知觉。又是一颗子弹穿过他的肚子，上官富贵低头看了看，觉得自己既然能活着逃到陕西，就一定能再冲上几步。美国人到死也没看清楚，这个瘦得像野狗，衣着破烂得像叫花子一样的人是怎样冲到自己跟前，又是怎样从斜下方，用刺刀戳穿了自己的脖子的。

上官富贵感到一双似乎比自己的腰还粗壮的手臂，从后面把他抱住。他很困惑美国人为什么这么愚笨，把一次生的机会留给了他。因为他觉得此时此刻，美国大兵应该拿起一把工兵铲，照着自己的后脑勺来上一下子才对。在生与死的选择上，难道还有什么可迟疑犹豫的吗？上官富贵像一条浑身湿滑的瘦鱼，从美国人手臂中间转了一个身，张开大口，露出焦黄的牙齿，一下子咬在了那只白生生的耳朵上，一口咬下了半截，又一口连根咬下。上官富贵没给美国大兵大喊大叫的机会，略一低头，咬住了他的脖了，嚼碎了皮肉和一条动脉血管，直到鲜血糊住了眼睛，直到美国人不再挣扎，上官富贵才松开了牙齿。

一个没戴钢盔的美国人坐在战友的身上，巨大的双手使劲扼住战友的喉管，眼看战友的面色青紫，渐渐失去抵抗的能力。上官富贵抓起一枚手榴弹，照着那个覆盖着金黄头发的美国人后脑勺砸去，一下子便在那个美丽优雅的头颅上砸出一个深坑。那个美国人没有倒下，双手依然放在战友的喉咙处。上官富贵就一直麻木地用手榴弹向那个红白相间，有些豆腐脑一般的膏状物冒出来的脑壳砸过去，一下，两下，五下，八下，直到这个高大强壮的肉身完全屈服

　　　　　　　　　　"新生代军旅作家"面面观 |

倒下。此刻，上官富贵脑子里浮现的，是爹用木棍戳死咬断青苗的田鼠的画面，谈不上残忍，也谈不上怜悯。上官富贵觉得自己身体里的血也在流尽，他特别疲劳，好像自己走在逃荒的路上，两天三夜没吃过东西，喝了几口雪水，啃过几块树皮，生与死如一缕游丝，进一步是生，退一步是死，看到路边的死尸也不痛不欲生，别人给了他半块饼子也不欣喜若狂。

恻 隐

不知过了多久，美国人撤退了，留下了几十具尸体。上官富贵晃晃悠悠地走在破败不堪的高地上，看到一个美国大兵仰躺在地上，腿断了，睁着眼睛，还活着。他走过去，美国人伸出双手，仿佛是投降，也仿佛是向他求救。上官富贵木然地望着地上的俘虏，仔细打量着美国人的眼睛。良久，上官富贵似乎从这双眼睛里看到一丝软弱，一丝无助，最重要的是看到一丝歉疚，如同当年村子里的男人抢吃他家青苗时的眼神。上官富贵心想，饿慌了的人吃几口你家的粮食，那不是他的错，再怎么说，活人比死人重要。于是，他叹了口气，走上去，小心翼翼地用脚尖将俘虏身边的冲锋枪踢得远一些，弯下腰，拽住他的一只手，用尽力气将他拖进了战壕里。

天黑了，严寒来了。上官富贵一屁股坐在俘虏对面，慢慢闭上眼睛。半夜里，魏大骡子过来推了他一把，发现这个经历过大灾大难九死一生穿着破烂军装的河南农民，死了。

皱黑的手脚

清晨，远处山坳里透出一股橙红色的光，但这光却没带来丝毫温暖，战壕里仿佛是一条冰冻的河床。高地下面，一小队美军士兵用竹竿挑着块白布，没带枪支，小心翼翼地向阵地深处走。魏大骡子向下望了望，用拳头砸了砸冰块一样的脚，吐了口唾沫，道，收尸的，让他们上来吧。他一瘸一拐地沿着坑道转，谁还低着头坐在地上，他就使劲推谁一把，如果那人抬起头，他就大吼，别坐着，小心冻死！如果那人一声不吭，僵硬地翻倒在地上，保持着原来的姿势，他就抹一把泪，道，抬到那边坑道里去吧，放在这儿碍手碍脚。

阵地上的美国士兵发现尸体上的皮靴子、棉手套，还有军大衣、棉帽子都不见了，死去的战友就这么没尊严地穿着衬衣内裤，有的还是赤裸着，躺在冰天雪地里。一个大个子美国人愤怒地向高地顶上伸出一根粗大的中指，吼叫着，法——克——油！魏大骡子伸长脖子望了望，不屑地说道，你们他妈的是饱汉子不知饿汉子饥啊！说完，他也向天空举起胳膊，学着美国人的样子，竖起一根中指，大叫道，法——克——油！他不知道这话是什么意思，但肯定这是句骂人话。

　　愣了一会儿，魏大骡子转身道，趁着这工夫，咱们也把自己人埋了吧，虽然死了，到底还是在土里安生些。活着的人七手八脚把十几具尸体抬到了一处已经没人守卫的战壕里，战壕很浅，几乎被炮弹削平了。大家把魏大骡子找过去，吃不准是应该让尸首坐着埋在土里，还是躺着埋在土里，因为尸首全部是蜷着身体，冻得硬邦邦的。魏大骡子想了想，道，还是躺着吧，人都死了，应该歇息歇息了。这样，冻成一坨的战友们，被四脚朝天地并排摆在了浅浅的坑道里。然后，大家给他们盖上雪与土混合冻成的硬块，慢慢地，坑道被填平，成了一个个黑白相间的小包，只是这些小包上还露出半只脚或半只手。

　　魏大骡子阴沉沉地望着这些小包，说道，把他们的皮靴还有棉手套扒下来，还穿着单鞋子的，你们套上。大家犹豫着不想动手，魏大骡子看看自己脚上的单鞋子，第一个扒下了一只靴子，套在脚上，咧着嘴道，真他妈暖和！你们怎么还不动手？人活着比什么都重要！你们指望死人来守高地吗？快，动手扒！

　　活着的人有了皮靴和皮手套，回到了各自的战壕里。一阵阵干硬的寒风吹动着那些孤零零的小包，把一层层未盖严的雪土吹走。渐渐地，一只只脚和一只只手露了出来。这些手脚早已冻得发青发黑，有的已经腐烂，乌黑中透着红色的血肉，有的露出青白的骨头，后脚跟上的厚皮老茧如墙，一下子干裂到了红肉，像大旱时龟裂的田地。有的脚趾又长又弯，关节粗大，扭曲在一起，在长期行军中严重地变了形状。有的五指空握着，似乎生前抓着枪杆或手榴弹……

第三章　咏叹·饥寒

美国人远远地停下来，不再进攻，把高地上的人留给更可怕的敌人。他们缺衣少穿，却把每一次战斗变成一次收获，从对手那里获得物资。美国人看清了这一点，他们在想，高地上的那些人会从严寒里获得什么呢？严寒是绝对的，它只有对生命的否定，而没有一丝一毫给予。

天顶吹来的风像一把扫帚，一遍又一遍地拂动着钢针一样的雪与土，填满一道道裂隙、沟壑、伤痕，无声无息、轻描淡写，仿佛死亡是从未发生过的事一样。一个战士睁着眼，仰靠在战壕边，望着天空。雪粉哗哗地落在他的眼睛上、嘴上，以及裸露的伤口上。起初，雪片被热气消融，聚结在眼珠里，越凝越满，又慢慢流下来，好似泪珠一样。寒风继续吹动，雪土无边无际，任何生命都不能与之争锋。一阵风，又一阵风，雪片不再融化，渐渐将战士的身体覆盖，慢慢变成一个人形雪堆，最后连一个鼓包也不见了。

文书王尽美猛然间从梦中惊醒，脚尖上剧烈的疼痛不见了，感觉又麻木又舒服，仿佛脚尖那里是一片虚空。他艰难地翻了个身，浑身每个关节都仿佛冻住了，嘎吧嘎吧直响。他拼尽力量踹了几脚战壕墙壁，直到一丝一丝刺痛传来，才觉得这个世界真实起来。他知道，疼痛意味着生存，香甜预示着死亡。

手像柴火棒一样，明明想用力弯曲，却一点知觉也没有，好像不是自己的。王尽美把一只手伸到雪壳下面，扒出一只铁皮罐头盒。这牛肉罐头是前几天从美军尸体上找来的，早就吃完了，盒子底部还剩下一层薄薄的油脂。王尽美把口袋里最后一块玉米窝头搓碎，放在罐头盒里，小心地把油脂蹭下来。最后，他得到一颗核桃大小的玉米球。在他把玉米球拿出来时，罐头盒边缘锋利的刃口将手指划出一道很深的口子，可离奇的是，浑身的血液像凝固了一样，竟然一滴也未流出来，自然也感觉不到疼痛。

他饿吗？一点也不。胃就像屠宰过后的牲口内脏，给扔在了冬天里的石板上，冻得结结实实，又酸又苦，还有长久的、迟钝的疼痛，多一点吃食、少一点吃食都没法缓解它。浑身无力，懒懒的不想动弹，周身慢慢被一种甜丝丝的感觉所浸染。死亡可怕吗？无非是无所顾忌地沉浸在这种感觉中，不去管它罢了。高地如果是最后的墓场，也没有什么可痛苦的，只是在它还没有成为墓地之前，就必须待在这里。无处可去，也无家可归，也许过不了多久，就可以安然离去了。

玉米球像一颗蜡油味的药丸，吃下去，就可以多活一会儿，无所谓享受，也无所谓难忍。王尽美久久地打量着它，小心地咬下半块，用牙床努力地嚼碎它，可它像沙子一样，一粒粒地粘在嗓子眼，粘在牙齿上，无法下咽。他又抓起一把雪，塞进嘴里，一时间满嘴麻木，待雪水慢慢融化，又几经用力，终于将这一口又冷又硬的玉米团咽进胃里，于是，腹部又传来一阵又沉又闷的疼痛。

不远处传来咔咔的响声。王尽美困惑地转过头，看到远处埋尸体的战壕里，一条瘦得皮包骨样的野狗正歪着头，咧出焦黄的牙齿，卖力地啃着露在外面的手指和脚掌。他不禁对这条顽强生存的野狗心生敬意，惺惺相惜地看着它。片刻，他抬起枪，瞄准了它。野狗咧着嘴，一边啃着骨头，一边警惕地盯着这边。王尽美的手一直在发抖，准星在野狗的周围乱晃。终于，野狗停了下来，机警地想了想，腰身一扭，瞬间便消失得无影无踪。

王尽美把枪放在一边，努力把背靠在战壕边，漠然地望着风雪中的灰色太阳。它在半空中，仿佛在纱一样的幕布上抖动。时间像把锯子，慢慢地，一下一下锯着骨头。它一动不动，仿佛只有永恒的寒冷。渐渐地，太阳在变暗，变成铜色，又变成铁灰色，最后变成黑色，像黑洞洞的枪口。王尽美闭上眼睛，世界的深处传来一声沉重的巨响。

幽　香

1937 年秋天，刚下过一场薄雨，南京城里潮湿而又阴冷。王尽美十三岁，他蹲在一棵梧桐树下，看着一只蚂蚁把一粒米搬进洞里。梧桐树翘起一片又一片很大的树皮，王尽美把它掰下来，放在鼻尖闻了闻，有股好闻的雨水的味道。接着，这雨水的味道之中又渗透出清淡的花香，好像一枝刚从树枝上摘下来的花朵。他扭过头，看见一只小巧的红色皮鞋，一只笋一样的脚踝，然后是白色的绣着大牡丹花的厚旗袍，最后，是一张笑吟吟的脸。一只手伸到王尽美的鼻尖处，有个略带淡紫色，且亮晶晶的声音传来道，小美弟弟，咱们走啦。这是一只微微散发着热气的手，周围又冷又静的空气在指尖穿过时，像一池寂静的水被撩动了一样，然后，又是一阵桂花糖的香甜味抚在脸上。王尽美伸出手，发现上面沾了不少泥，就有点自惭形秽。于是，一块叠得方方正正的粉色手绢来到眼前，像一片从天而降的红色枫叶。

秦淮河里的水涨了不少，轻轻地拍在湿淋淋的青石板上，显得又厚又重。天是青灰色的，好像父亲案头那块端溪老水岩砚堂的颜色。空气水蒙蒙的，扑在脸上、头发上，慢慢结成细小的水滴。王尽美仰起头，望着河对岸一排排水迹斑驳的粉墙，一张张黯淡模糊的木窗，有种浓得化不开的惆怅。这惆怅不是害怕，也不沉重，而是一种抑郁，一种可望不可即的伤感。隔壁家的姐姐走在他一侧，沉迷地看着前方，手臂轻轻摇摆，指尖微微张开，一股又一股羊脂玉一般的亮色，拨开沉重潮湿的空气，向四周围汹涌而出。

一个东西划过空气，落在水里，发出啪的一声响，有点类似于双手轻拍的声音，只是要比这声音强烈巨大一万倍。河水里激起一道苍白色的水柱，一时间满世界都仿佛落到水中一样，到处是水流、水滴、水花，密不透风，令人窒息。一只柔弱的手焦急地拉住王尽美，跑到河边的小巷子里。两人惊魂未定，背靠在湿漉漉的石墙上。隔壁家姐姐的头发上挂着水滴，几缕黑发贴在前额上，喘着气，关切地打量着王尽美。突然，两个人抱在一起，王尽美把头放在姐姐的胸前，感到她浑身发抖，心脏怦怦地跳。她的身体好似很幽深的泉水，又柔和，又清澈，漂着几片绿叶和花瓣，无声无息地流动，千年万年不变。一时间，王尽美特别伤心，觉得此时此刻的一切，正在落入时间的深渊里，一去不返，再也没有了。这凄美的颜色、柔弱的触觉、温婉的味道，还有水色的声音都将跌入到记忆里，世间再难有。姐姐流了泪，泪珠比河里溅出来的水滴更白更亮，还有些淡粉色的光韵，滑过脸颊，滴落在王尽美的额头，流过鼻尖，越过嘴唇，滋润进他的嘴里，慢慢化开。

两人相视许久，直到周围人声骚动，才醒转过来。姐姐打开手中的小皮包，拿出一张不大的照片。相片里姐姐站在一座小石桥上，圆圆白白的脸，一只手搭在肩上，一只手里拾着一束梅花，有点害羞地望着远方。王尽美看得呆了，姐姐推了他一把，说，好好留着，照片在，姐姐就在。

上过一个小时的英文课，王尽美和姐姐站在门外。从美国来的神父站在暗红色的木门后，只露出半张脸，抿了抿嘴，道，明天你们就不要来了。姐姐问，您看我们能守住金陵吗？神父漠然道，不知道，主保佑你们，信主的人都将得救。说完，他在胸前画了十字。姐姐也学着他的样子，在胸前画了两下。

王尽美没有画十字，因为他对这个主还没什么感情，他想起了父亲。父亲有一间书房，整整两面墙是黑酸枝做的书架，并且摆满了书。那间屋子有种与众不同的味道，是木头的味道，又夹杂着清凉的香味，有时，案头的青瓷瓶里还会有几枝刚摘下的花朵，比如桂花、茶花、梅花，那房间里就会有好几天淡淡的幽香。

有一天，父亲的案头铺了一大张雪白的纸，纸上放着那块青紫色的石砚。父亲似乎很喜欢它，总将它放在视线之内，也经常用它磨墨。案头很高，王尽美的胸部刚刚与它平齐。这块砚很美，周围是深紫色，砚堂中间是很浓很重的青色，像黎明时的天色一样纯净广阔，而这青色中间，又有一大片淡白色的砚堂，间或一圈一圈的纹路，像水面的波纹。父亲往砚堂中间浇了几滴房檐下收集的雨水，拿出一块油亮的描金老墨，轻轻磨起来。一瞬间，一缕锋利的麝香、冰片味道传来，让人为之心头一震。墨块在砚石上慢慢滑动，像刀刃在猪油上游走一样，寂静无声，不急不躁，又稳如磐石。片刻，那几滴清水渐渐变黑发亮，像油一样稠。父亲又加了几滴雨水，心旷神怡地继续磨。

父亲道，墨是个好东西，写在纸上，几千几万年都不会变，前人叫它万古传真。说完，父亲小心翼翼地打开一只香樟木盒，取出一卷散发着浓郁樟脑味的手卷。父亲微笑着说，你看，这是宋人写的字，一千多年了，墨色还是这么栩栩如生，一笔一画纤毫毕现，仿佛昨天才写完一样。

父亲又道，来，你摸一摸这纸，和我们今天用的宣纸不一样！王尽美伸出手，刚才还在墙角挖蛐蛐，于是，那纸上就留下了一个泥黄色的指头印。王尽美以为父亲会生气，但他竟然开心地笑了笑，指着上面密密麻麻的朱红色印章，道，你知道这是些什么人吗？有皇帝，有大儒，有名臣，还有名将，都是历史上赫赫有名的人物，你小小年纪就在上面留下了痕迹，将来，还不知要费掉那些白胡子考据家们多少心血呢？哈哈。

父亲让王尽美坐在木椅子上，道，柳公权的楷书临得如何了？你来写几笔看看。王尽美战战兢兢地写了几个字，手有些抖。父亲看过，说，别看你的字丑，但用笔还真有些古人的味道，别贪玩，好好写下去吧。

父亲仔细地把王尽美的笔扶正，道，柳公权的字讲究一个骨，这骨可不得了，别看只是这么一笔，可它硬如钢铁，坚不可摧，唐代以来，中华民族世世代代习学楷书，这骨也千古相传，多少人为了它宁愿流血杀头也九死不悔。有骨才有中华，无骨便无中华。

红 夜

一只干硬的大手扯住王尽美的衣领，又一只手将他拦腰拎起，扔上了一辆卡车车厢。那人衣领上尖利的金属领花在王尽美的脸上划出一道浅浅的血痕。车厢板上铺满了鞋底掉下来的干土疙瘩，硌得他半天动弹不得。

小子，你过来，让我看看。你多大了？

十三岁。

不小了，把这套衣服穿上，给我当勤务兵吧。

我不想当兵，我想回家。

日本人要是进了城，哪里还有家？

可是我父亲还不知道呢！

守住了南京，我让你回家见爹娘。记住，你现在是七十二军的人了。

王尽美战战兢兢地把一件衣领袖口油乎乎的草黄色军服套在身上，军服的后背处还有一片干涸的血迹和一根钉子大小的洞眼。几个浑身汗臭味的男人粗鲁地坐在他旁边，随着车子摇摇晃晃，简直要把他的身子骨挤碎了。刚才跟他说话的男人一直盯着他看，满脸灰黑，脸颊处有一道伤痕，显得白亮亮的眼珠子特别大。说也奇怪，王尽美刚才还很怕这个男人，怕他手里那把沾着黄泥的盒子枪，现在，他倒发现这男人眼里有种特别的温情，让你不知不觉地就想跟着他走。猛然间，男人对他笑了笑，眨了下眼，红红的厚嘴唇，白白的眼珠子，让人心里很踏实。

黄昏，长江水拍打着石岸，一片血红。王尽美挨着男人坐在刚挖好的战壕里，男人嘴里衔着一根草棍，望着夕阳，脸红彤彤的。

小子，还想跑吗？

……

我知道你想跑，可是，等炮弹落到你身边，炸死几个人，尿了裤子，你就不想跑了。

为什么?

穿上这身黄皮,肩上有了几颗银花,你就会发现,阵地没了,你到哪里都一样,和没了家的狗差不多。

……

想一想,鬼子若是从这里过去了,南京城会是个什么样子?

……

小子,给我记住,我活着,你不许跑,要跑我枪毙你。我死了,你马上跑,但不要进城找你爹娘,要往长江里游,游到对岸去,或许能留条命。

……

王尽美的记忆,停止在了第一发炮弹落在不远处的那一刻。似乎有号叫声,似乎有身体断成两截的印象,但都不太清晰。是刺刀刺在大腿上的疼痛把他从无知无觉中唤醒。阵地上到处是尸体,一个日本兵提着刺刀,在每个尸体上戳上一下,如果这个尸体动了,就再往他的腹部、颈部戳上一下、两下、三下,直到这个尸体真的死了。王尽美一动不敢动,尽管大腿剧痛,但他庆幸日本人没有发现他,使得这剧痛简直成了一种喜悦。他眯着眼,看见男人站在不远处,还有几个老兵,由日本兵押着,眼光无神地望着战壕这边。

许久,阵地上每个尸体都被重新杀了一遍,一个日本军官吹了哨子。一小队日本兵押着六个战俘,向城里走。王尽美觉得男人似乎看见了他还活着,并且对他眨了眨眼,像是在向他道别。他突然爬了起来,一瘸一拐地追上了队伍,这下,六个俘虏变成了七个。

日本兵不可理喻地看了他一眼,一挥刺刀,让他站在了队尾。男人转过身,他的一条胳膊给炸断了,他用另一只手给了王尽美一个大耳光,道,我不是让你往对岸游吗? 王尽美骄傲地望着男人,说,我要一直跟着你!

路边,有无数个大坑,有人正往坑里填土,里面是一片白花花的尸体。王尽美看见一长溜老百姓被铁丝穿着肩胛骨,有气无力地走在江边,他们前面的江水隐隐已变成浓红色。连王尽美都猜到日本人要干什么,可这些老百姓仍然顺从地向前走,或许他们需要一个谎言以维系侥幸活命的幻想,而日本人适逢其时地给了他们这样的谎言。

俘虏经过中华门时,太阳正在紫金山的山腰,像鸡蛋黄一样浓稠黏软,颤颤巍巍,似乎随时都要破掉,又像一个刚刚剪断脐带的婴儿,浑身是血,脆弱无助。阳光仿佛是某种液体，从山上倾泻下来，把世间的万事万物都染成了血红色，波涛汹涌，响声震天。

王尽美排在俘虏的队尾，走在街中央。街两边的门窗都打开着，像戏台上的包房一样，只是这一回，演员在包房里演戏，看客在舞台上看戏。有个日本兵揪住一个白发长衫老人，把他甩在街边，对着他的后脑来了一枪。一扇木窗被踹开，有个褪褓中的婴儿被从二楼扔了下来，那哭泣声像只红嘴的小鸟，只叫了一下，便悄无声息。接着，一个浑身赤裸的少妇与日本兵扭打着冲到窗前，疯狂地抓破了日本兵的脸。那张脸突然扭曲得像河蚌肉，抓住女人的腰，将她从窗子里推出来。砰的一声，女人摔死在青石板铺的路上，血灌满了一道道石缝。有三五个破衣烂衫的男人战战兢兢地低头走在街边，生怕成为被注意的对象。突然，一个情绪激动的日本兵冲过来，先是开枪打倒了几个人，又嫌拉枪栓的速度太慢，干脆用刺刀将那些人刺死在街头。日本兵得到了极大的满足，哈哈大笑，摇摇摆摆地回到了队伍里去。

枪炮声、惨叫声、哈哈大笑声、门窗相撞声、尸体倒地声，细细听去，还有刺刀割破皮肤的声音，血液从高处滴落在青石板上的声音，垂死者呻吟的声音，烈火烧炙房屋的声音，所有人世间很难听到的声音，都在此刻怪诞地一齐响起，扯碎了听众们的神经。

日本兵把刺刀一横，俘虏队伍停了下来。军官拔出手枪，来到王尽美的身后。一支硬硬的枪管点在他的后脑勺上，点了一下，又使劲点了一下。王尽美死死闭着眼睛，等待着一颗子弹撕开他的头盖骨，像勺子一样舀出他的脑浆。谁知，就在他把注意力集中在脑袋上的时候，却又发现两腿之间，以至于大腿以下全都又热又湿。

接着，身后传来哈哈大笑，身边猛然传来枪响，离耳朵如此之近，使得王尽美久久听不见声音。站在旁边的老兵李大个子倒下了，像只装满大米的口袋，既无征兆，又力量巨大，差点把王尽美也带倒在地。他一直闭着眼睛，一声接一声微弱的枪响，穿过嗡嗡作响的耳鼓，传到他的脑子里。不知响了几下，有人使劲推了他一把。王尽美睁开眼，发现日本人每隔一个人开了一枪，现在，只剩下四个俘虏了。

路前方，有二十几个日本兵围成了一圈，兴奋地大叫着，好似看着什么有趣的事情。这情形，有点像赶庙会时，一大群人在看西洋景，也有点像过年时，村子里的小孩们聚在屠户的院子中央，看他杀掉一头白猪。

走了几步路，王尽美听见日本兵围成的圈子里传出女人的哭叫声。那是年轻女人的声音，像隔壁家的姐姐一样。然后，是日本兵一浪高过一浪的叫喊和狂笑声，像是为一个卖力地进行杂耍表演的猴子叫好似的。女人的哭叫变成了喊叫，又变成了尖叫，最后变成了惨叫。后来，就不太像个女人的声音，而像是什么垂死的兽类的声音。

当王尽美走近的时候，嘶叫声戛然而止，兴致勃勃的日本兵一哄而散，像是杂耍演完了，又有点意犹未尽。一个年轻的姐姐仰面躺在泥地里，眼睛像死鱼一样瞪着灰白的天空，撕碎的衣服扔在一边。能看得出，她的身体很白，但由于刚才在地上翻滚，浑身沾满了湿泥。她的两腿之间插着一根烧火棍，一摊暗红色的血慢慢流出来，聚成一洼。

王尽美呆住了。这时，日本军官不耐烦地叫了一声，日本兵又横起了刺刀。于是，剩下的四个人站成了一排。王尽美闭上了眼睛。

第一声枪响了，然后是麻袋落地的声音。第二声、第三声枪响了，又是麻袋落地的声音。王尽美数着，看来，这回日本人不是隔一个开一枪，而是要把四个全都枪毙。一支手枪枪管又一次重重地砸在王尽美的后脑勺上。王尽美听到了手枪扳机撞击的声音，于是，他等着子弹从枪管里飞出来，烧焦他的头发，撞开他的脑壳，溅飞他的脑浆，打碎他的脸，彻底结束他的恐惧。但那清脆的声音过后，却什么也没发生，手枪里没子弹了。军官哈哈大笑，拍着王尽美的肩。王尽美回头望了望，后面留了三具尸体。他明白了，杀人是不讲什么规则的。

前面，有一堆尸体叠在一起。日本军官把一颗很冷很重的铁家伙挂在王尽美的后脖领子上，然后重重地推了他一把，用生硬的汉语道，向前走！王尽美听到一个很清晰的金属相撞声，还有火药燃烧的味哧声。他麻木地向前走，等待着那抹去一切的黑暗到来。走过几步，世界似乎更亮了，也更美了，很怪异，有点不可思议，无论什么声响、什么疼痛都没有到来。他又向前走了几步，铁家伙依然撞击着后背，很痛，可世界依然有颜色，有声响。于是，他试着加速跑了几步，周遭依然如常。王尽美下定决心，扔掉后背上的铁家伙，奋力奔跑起来。各种恐怖的景象被抛在后面，也没有鬼怪一样的人来追他，他满心惊喜，两耳是呼呼的风声……

黑　笑

夜半，暗蓝色的天空里挂着一轮血红色的月亮，边沿似乎在凝结着什么浓稠的暗红色汁液，一滴接一滴地从天上滴下来。小巷子里的石板路泛着红光，又湿又滑，一旦跌倒了，浑身就会沾上腐蚀性的黏液，带来剧痛。

王尽美小心翼翼地经过隔壁姐姐家的小院门口，里面有浓绿色的灯光，但悄无声息。月光照耀下的地面是紫色的，靠近门槛的地方，倒着一只小巧的红色皮鞋。王尽美慢慢移动身体，接着看到一只笋白色的脚，然后是光裸的纤细小腿。他慌忙闭上眼，跑向自己家的小院子。

院子里横七竖八地躺着尸体，来不及辨认，到处流动着散发着刺鼻酸味的液体，有一只黑色的猫静静地蹲在窗户上，瞪着红色的眼睛，轻轻地叫了一声。父亲趴在宽大的书桌上，身下边铺了一大张雪白的宣纸，上面流满了鲜红色的血，并且正在慢慢向外洇散，形成一个古怪的形状。那只樟木盒打开着，空空如也，系盒子的金色丝带垂在半空，微微飘动。

此刻，万籁俱寂，王尽美不知该去哪里。他特别害怕，于是就像从前那样，钻进父亲的书桌下面，从一道道木板缝中窥视着外面的世界。头顶上一滴滴血流下来，砸在眼前的砖地上，一些更细小的血珠溅在了他的额上、鼻尖上、眼睛里。

所有的一切，尤其是头顶上父亲的尸体，隔壁家姐姐的尸体，还有院子里各式各样惨死的尸体，都格外清晰，折射着光怪陆离的光线。紫色的月光把院子里老槐树的树枝投射在地上，仿佛一个体态残缺的怪物走进屋子里。王尽美屏住呼吸，胆战心惊地倾听着周围各种细小的声音，有微风正拂过房檐的枯草尖，一张破报纸在门厅里随风翻滚，一只蜘蛛从厨房的角落里慢慢吐丝向下爬，院子里某一具尸体的血似乎还没流净，伤口血管里发出汩汩的声音。

王尽美浑身僵硬，每一根神经都敏锐万分。猛然间，他觉得脸颊上有个毛茸茸的东西轻轻抚了一下。他惊恐地转过眼，有个比黑夜还要浓黑的脸正看着他，离他的鼻尖仅有一寸距离。一双焦黄色的眼珠特别亮，透过琥珀色的晶体，看得见绿色的神经，还有深不见底的瞳孔。突然，一张厚厚的红嘴唇张开，发出类似于打嗝的声音，只是这声音连续不断，特别大，又特别尖利。然后，这张脸开始剧烈地颤动，露出狂笑的神情，又是寒光一闪，有刀刃相碰的声音传来。这回，十三岁的王尽美的记忆彻底中断了……

道 别

砰的一声枪响，掠过苍茫的雪野，与耀眼的太阳光一道，刺入王尽美的脑海里。他睁开眼，看到周围的战友们趴在战壕上，美国人开始冲锋了。他也挣扎着想站起来，发现腰部以下失去了知觉。于是，他让自己坐得更高一点，尽管看不到高地下面，至少可以看到头顶的一大片天空。趁着美国人还没冲到眼前，他从雪地里拾起几粒子弹，又用双手爬了几米，寻了三五颗手榴弹回来，虽然不多，但也足够。等美国人上来了，你用得上的，可能也就是几粒子弹，拳头，还有牙齿，仅此而已，你的身体就是最后一道屏障。

王尽美抬起枪管，对着天空，头安静地靠在战壕墙上。一个美国兵从头顶上越过，他开了一枪，于是这个美国兵重重地摔了下来，轰的一声倒在他身边。美国兵抽搐着，低声呻吟，王尽美扭头看着他，看见他没有爬起来搏斗的意图，便又安静地头靠战壕墙，费力地拉动枪栓，上了一颗子弹。不远处，有个美国兵正和重机枪手扭在一起，王尽美稍稍偏了偏枪口，一发子弹击穿了美国兵的头盔。王尽美喘了口气，拉动枪栓，发现自己的力气越来越小，似乎很难拉得开它了。

打死了第三个美国兵之后，他觉得自己的死期可能到了，因为按照以往的经验，杀死三个敌人之后自己还能完好无损，这是不可思议的。况且，腰部以下没了知觉，意味着这个皮囊也坏掉了，无论如何是活不成了。王尽美打开手榴弹的拉环，套在小手指上，另一只手抬着枪，让枪口对着上方，如果再有一个美国人撞到枪口上，那说明他的运气实在是太糟了。

王尽美出奇的平静，打量着倒在身旁的几具尸体。他发现，他其实并不恨他们。他很熟悉他们的军服，因为美国人的军服和当年保卫南京城的那群男人穿的军服是一样的，自己也穿过，并认为穿着这身军服的人都是可尊敬、可信赖的人。虽然南京城丢了，但那不是他们的错。更何况，在与日本人的战争的最后几年，他还穿着这样一身军服，和美国人并肩战斗过，那群美国军人真是好样的。可是，让美国人的皮靴踩在这座高地上，这是不可想象的事情，如果那样，身后就是另一座南京城。高地就是一切，也在一切一切之中划出了一道界线，没有什么道理可言。

一个美国兵发现了王尽美，一支刺刀同时刺穿了王尽美的胸膛，他也开了枪。原本也没有疼痛与恐惧，此时，便更加没有。在刺刀尖越过薄薄的布片，拨开汗毛，割开脆弱的皮肉，直抵跳动的心脏的时候，王尽美感到一阵沉闷，喘不过气来。恍惚之间，他看见白色的天空里，有一张巨大的黑脸，突然狂笑起来，笑得风起云涌，山川动摇。但这黑笑一瞬即逝，消失得无影无踪。此刻，王尽美感到突然解脱了。他本来就不相信那个神父说的，主能拯救他。想来想去，还是父亲说的更有道理。父亲曾说，中华民族等待的是天命，是四季轮回，苦难过后，苍生终将获得幸福。

王尽美仰望天空，天际越来越透明。他忽然着急地把手伸到胸膛处，摸出一张泛黄的照片。隔壁家的姐姐依然是十七岁的样子，美丽如初。他多么想回到许多年前，在下雨的小巷子里与姐姐拥抱的那一刻。可是，眼睛是世上最大的幕布，黑暗袭来，一切跌进了没有时间、空间，且永恒静止的深渊。

第四章　华彩·子弹穿过肉身

三辆坦克呈楔形，从高地下的公路驶来，缓缓地转了个大弯，炮口对着高地，然后发动机发出更加沉重的声音，后部冒出浓浓的黑烟，向高地上方开进。锈涩的钢铁履带在冬季干冷的空气中笨重地摩擦撕扯，把干燥的地面压成坚硬的凹坑，突出的铁尖深深抓进泥土中，一条条糨糊状的雪泥从履带缝隙中挤出来。

坦克缓慢停止，炮膛发出嘎嘎声，逐渐上仰，又微微地左右转动瞄准。嗵的一声，三辆坦克齐射，在狭小的高地上掀出三个深坑。上面一片寂静，仿佛不曾有过人一样。停歇片刻，坦克稍稍降低炮口，重新加大马力，向后顿了顿，又重新向高地顶部爬行。一百多名美国军人低腰举枪，跟在坦克后面，死死地盯着高地上的战壕，他们不相信那里的中国人已经死了。高地忍受着炮弹的犁翻，安静如常，就像一个死去的人的尸体，任凭刺刀在上面戮割。在半腰处，坦克放慢了速度，加剧的坡度，使得它的爬行越来越吃力。此时，高地上有子弹飞过来，一粒粒打在坦克装甲钢板上，发出微弱的火花。与钢板相比，子弹像指甲一样，仅刮掉了上面的绿漆，便如同泥巴一样掉在雪里，冒出一丝青烟，冷却，仿佛铜做的花瓣，铅做的花蕊。

一个仅穿单裤，赤裸着肮脏上身的身躯，从正面向坦克冲去，像一条鱼，拼命冲过即将合拢的黑色闸门。他腰间两束手榴弹冒着滚滚浓烟，预示着死亡的到来。坦克高射机枪慌忙扫射，十点零五毫米机枪子弹，在一股气浪推动下，砰地冲出枪膛。子弹发红发烫，脱离了白雾，钻进寒冷的空气里。流线型的弹身像鲨鱼鳍，强有力地将空气向两边推，在尾部形成一团真空，使得它愈加飞得更快。

子弹的前方，是一块上下晃动的肉色赤裸胸膛，无遮无拦，脆弱无依，仿佛鹰嘴前的鲜肉。转眼间，子弹的尖部撞进松软的皮肉，像插进肥沃土地的犁头。血管、肌肉、骨骼被强大的气流撕开，成了七零八落的碎片，比沙子还要细，四散飞溅，形成一条血色深洞。子弹继续向深处钻，遇到一颗强壮的、跳动的心脏，一股接一股的血流，正从这里被挤压到全身各部。仅一瞬间，红亮的子弹便从一侧心房穿了过去。弹头留下了千钧力量，当它们被锁在铜皮包着的铅丸里时，还只是狰狞的鬼脸，一旦碰见了血肉，便失去了束缚，如同敞开的潘多拉的盒子。它们彻底撕咬扯碎了心脏的筋肉，所到之处，只留下一团粥一样的血浆。

子弹从黑瘦的后背穿出，尾部巨大的真空仿佛强有力的诱惑，使得碗口大的血肉脱离了身躯的约束，发了疯似的涌进了真空地带。这团血肉就像从深海来到海面的鱼，每个细胞都不再承受海水的巨大压强，便在稀薄的空气中炸裂了。躯体的后背上鲜血喷溅，子弹从模糊的血雾中钻出，把死亡的热力留在了躯体里，然后消失得无影无踪。

身躯失掉了向前奔跑的力量，动作僵固着，跌倒在地。接着，响起两声轰天巨响，雪地上留下了大坑，还有散落的雪与土。有关这个躯体的东西被抹得一干二净，没有血迹，没有碎肉，没有牙齿，仿佛这不是一个有温度的血肉生命留下的痕迹。寒风凛冽，世界依然冰冷。

又一个年轻的身躯脱下宝贵的棉衣、棉帽，扔在一边。他拿起两捆手榴弹，对身旁的排长说，如果我活着回来，就重新穿上它，如果回不来，就留给其他的战友穿。

这个半赤裸的消瘦身体从战壕里冲出来。这一回，他没有沿着一条可预测的直线前进，而是如同一只狡猾的野猫，向东窜一下，又向西窜一下，坦克上机枪准星总也瞄不准他的身影。

坦克继续笨重地向前，离高地的前沿战壕越来越近。那个年轻身躯的后背上，溅起一枚巨大的血花。他扑倒在地，无声无息。在履带即将碾过肉身的那一刻，年轻人拉响了手榴弹。片刻之后，那只庞大的钢铁怪物仿佛打了一个饱嗝，浑身一颤，履带掉落下来。接着，又是更巨大的一颤，它肚子里的炮弹被引爆，炮塔像一只风筝，瞬间被拉到空中，翻了几个个儿，向山下滚落。一个浑身着火的驾驶员，大叫着，从令人窒息的铁屋子里爬出来，挣扎了几下，死在了雪地上。

巨大的惯性仍旧发挥着作用，坦克又向前颠簸了几米，在雪地上留下了两道深深的沟壑。在其中一道沟壑里，是一条压得扁平的土黄色单军裤，嵌进雪地。然后，是一个人形的血肉痕迹，把白雪染红，把黄土染黑。在茫茫雪原上，仿佛一个人趴在那里，看不清面目，辨不清四肢，但你知道那是一个人。

怜　爱

魏大骡子坐在空弹药箱上，一只眼瞎了，扎着绷带，垂着头，久久地盯着地面。他掏出一块巴掌大的玉米饼，用手托着，咬下一大口，又连忙把碎渣倒进嘴里，然后又抓起一把干净的雪，往嘴里塞。还剩下一口的时候，他迟疑了一下，将这小块饼子小心地放回兜里，用手拍了拍。他看了看站在旁边的两个排长，突然大吼起来。

你们怎么能让新兵去炸坦克？你们他妈的是人养的吗？

……

让你们当排长、当班长，不是让你们去当大爷，叫那些狗屁不懂的新兵蛋子去送死。谁规定危险的事来了，连长、排长、班长就可以往一边站了？到了该豁出命的时候，你们要第一个上！副班长没了班长上，班长没了排长上，你们没了，我和指导员上，这个绝不含糊！

……

三排长怎么还不过来？

三排长炸坦克死了。

……三排一班长代理三排长。

一班长也死了。

……那二班长代理三排长。

连长,三排现在就剩下兵了。

……×(抹了把泪),快轮到我了。

……

现在全连还剩下多少人?

上高地时一百五十六人,现在三十八人,其中重伤六人,俘虏一人。

那个美国佬还没死呢?

没死呢,洋人身体壮,抗冻。

把他和重伤员一起照顾着吧,既然还活着,就不能让他死喽。

连长,实在是没有吃的了。

咱们有一口吃的,就得给他一口,你忍心把一个大活人给饿死?

……

高地后面的山间小路上,慢慢走来几十人的小队伍。上了高地,可以看清楚,他们军装整齐,面容干净,神色镇定,每个人的肩上还扛了很重的粮食袋。魏大骡子一瘸一拐地走过去,用独眼一个接一个打量着这些新补充上来的人,眼光恶狠狠的,仿佛要检验一下他们的胆量怎么样。他从队伍头上看到队伍尾巴,发现了一个娃娃。他走上前去,使劲捏了捏娃娃的脸,一言未发,转身回到队伍正前方。

现在,你们最想知道的,就是这个高地还要守多久。说句实话,我也不知道。一二三师一天没到,我们就得守一天,十天没到就守十天,直到翘辫子了为止。所以大家来了,就不要想回去的事。高地还在手里,这就是大家最后的活路,除此之外,我们没有活路!

……

嘿嘿,怎么样,这回大家心里踏实了吗?

……

一排二排各领走一个班,剩下的都给三排。一排长,你那儿还有没有班长?到三排去,把队伍带起来!

……

好了，大家各就各位吧！对了，队尾那个小不点，你过来！多大了？

十四岁。

怕死吗？

不怕死。

扯鸡巴蛋，是人就没有不怕死的。一会儿啊，你肯定尿裤子。不过没事，没人笑话你，等鬼子跑了，你的裤子也干了。那时，你就不怕了。小东西，你们怎么还都穿着单衣服啊？

团长也穿着单衣服呢。

穿单衣服能他妈打仗吗？

我们来的时候，军需股长说你们这边有。

我×！哪天让我看见那个什么屌股长，先崩了他。小东西，你就留在我这儿吧，给我当通信员，记住，炮弹来了，你就躲在我屁股后边，哪儿也不许去！明白了没有？

明白了。

你把我这件棉大衣穿上吧，还有这钢盔，美国鬼子身上扒下来的，暖和。

我不穿。我穿了，你穿啥？

你别管我，我到那边埋死人的地方再扒一件回来。实在没有，待会儿打一仗就有了。

独　白

几辆毁掉的坦克扔在雪地里，冒着烟，一股股看不见的火苗从钢铁间的缝隙里钻出来，使光线产生了折射，从这里看过去，一切都在飘动，不太真实。太阳像生的鸡蛋黄浆液，颤颤巍巍，稀稀溜溜的，在发黑的硝烟之中落下去。天空与群山之间，是一线寒冷的冰蓝色，像宝石一样纯净、凝重。渐渐地，天空变淡，变乌，最后彻底无光。

魏大骡子坐在战壕里，穿着件刚从一个死去的美国人身上脱下来的棉大衣，还有一双棉皮靴，感到很舒服。他把大衣的领子竖起来，裹住脖子还有脸，隐隐闻到一股这件衣服旧主人的味道，有点羊膻味，似乎还有点香味，反正不是中国人的味道。他在想，曾穿着这件衣服的可怜家伙，此刻正赤裸着上身，躺在不远处的雪地里呢。唉，这仗打的，真他娘的不像话。伙计，你别生气，反正你也不会觉得冷，忍一个晚上，明天一早，你的战友就把你接回去了。

他把两手插进棉大衣的兜子里，发现里面还有东西。一只口袋里装了半包香烟和一只很漂亮的银壳打火机。另一只口袋里装了只扁铝壶，摇一摇，里面还有液体，肯定是酒。魏大骡子连忙拧开盖子，往嘴里倒了一口。带点松油子味的酒，顺着嗓子流到肚子里，使得胸口一下子暖洋洋的，舌头尖甜甜的。那感觉，真是无法用语言形容，如果非要说点什么，娶十个老婆也不过如此吧。

魏大骡子珍惜地把扁铝壶放回口袋，抽出一支香烟，点上，吸了一口，又咳嗽了几声，愤愤不平地往雪地里吐了一口痰。他端详着烟盒上印的那只骆驼，不知这是个什么古怪的动物，背上还长着两个包，也不知它生活在什么鬼地方，那里好像很热的样子。

内衣兜里还有东西，一个小本本，还有一只铜壳的折叠小圆镜子。黑皮小本本上全是外国文字，看不懂，封面上烫着一个金色的小十字，魏大骡子把它扔在身边的弹药箱里。他又用指甲撬开小圆镜子，发现它一面是镜子，另一面是张照片。两个大人，一男一女，抱着一个初生的婴儿。这婴儿头发很淡，肯定不是黑色的，脸胖嘟嘟的，圆圆的大眼睛，和中国的小孩子不一样。那个女人很好看，很健壮，像头母马一样健壮，肩宽宽的，胸脯鼓鼓，领口和袖子镶着许多带皱褶的花边，看起来很洋气。

那个男的，想必就是现在躺在雪地里的可怜伙计了。打仗的时候没时间认真看他们，现在仔细瞧一瞧，倒也很俊的样子，宽宽的下巴，一缕淡色的头发垂在前额，分明是个年轻的后生。现在呢，嘴大张着，眼睛瞪着，面孔扭曲，满脸盖着雪末和尘土，炸飞了一条胳膊，肚子上还有个血窟窿，裤腿脏兮兮的，碎成一条一条，比个叫花子还不如。

你说你来这里干什么？你在家里不是过得好好的吗？这里穷山僻壤，需要你这么个健健康康、白白嫩嫩的小伙儿来送死吗？你们飞机撒的传单我都看过，无非是几个长得妖艳的娘们儿。可你们不明白，我们现在不需要娘们儿，就是需要娘们儿也不需要这样的娘们儿。你们不懂我们，你们不知道我们想要什么，你们以为有了飞机大炮，有了肉罐头，你们就比我们强，就能打垮我们，就能得了我们的心。你们这回可错了，错得不是一点半点。

你问我们想要什么？肉罐头当然好，可是我们吃不惯，吃多了还恶心。我们吃着自己从地里种出来的谷子、嚼着玉米饼子就觉得很好，吃多少也不伤胃。风骚的娘们儿当然好，可她们能养得住吗？她们是我们这些穷苦人家的媳妇吗？你们说要给我们带来好生活，这话我爷爷的爷爷那辈儿人就把耳朵听出茧子喽。英国人往中国卖烟土，八国联军火烧皇家园子，日本小鬼子血洗南京城，哪一次不是嘴上挂着蜜一样的话儿？又哪一次不是刺刀见红，老百姓遭了大罪？别再跟我们说这些了，我们听够了，想吐了。我们自己的地，知道该怎么种，要种也是我们自己种。我们自己的女人，知道该怎么养，要养也是我们自己养，你说是不是这个道理呢？

魏大骡子闭上眼，向天空哈了一口酒气，小声道，所以呢，这一仗你们打不赢。

别问我名字

小东西，你过来，跟我唠会儿嗑儿。来，喝口这个，洋酒，暖和暖和。呵呵，没喝过酒？

……

我来问你，在这里什么最重要？

不让鬼子上来最重要。

屁话！保住你这条小命最重要！粮食、子弹、手榴弹没了，还可以运过来，命没了，可就什么都没了。什么是老兵？能拿一颗子弹换条命的，咱就不用两颗，能拿子弹换的，咱就不用手榴弹换，能拿手榴弹换的，咱就不拿自己的命来换。这才是老兵！这不叫怕死，咱们要活下来，要想方设法活到最后，懂吗？

……

都是爹妈生的，都是血肉之躯，谁他妈愿意死啊？有时我就在想，拼死拼活守这么一个鸟高地，这么一个兔子不拉屎的地方，到底是为什么？一个连的人都他妈打光了，死得比一只老鼠还容易，如果过几十年我这条贱命还在，让我再来找这个高地，都不一定能找得着，这到底值得吗？

……

什么东西比死还他妈重要啊？是，你可以说我们这是给一二三师打穿插做准备，我们的牺牲，为更大的胜利做了贡献。可凭什么一二三师不来，我们就得死在这儿啊？一二三师我×你八辈祖宗！好吧，我不为一二三师死，那我为的谁死？为国家死？对了，都他妈新中国了，人民当家做主了，咱们是为新中国壮烈牺牲。我是个庄稼人，国家在哪儿呢？我随九兵团从海南岛一头扎到北朝鲜，一天好日子没过上，连家都没回过一趟，老娘没看上一眼，就死在这荒郊野岭了，你说我能愿意吗？我他妈可没那么崇高！

……

那你说我为啥？我也没想明白。但你让我投降，这事我不干，刀架在我脖子上我也不干。如果谁想投降，那他就去问问咱们连那些已经死了的人，那些光着身子埋在雪窝子里的人，问问他们干不干？我是连长，他们都没投降，我怎么敢投降？死了之后，我怎么去见他们？

……

所以有时我琢磨啊，不要总想为了什么，不为什么，死和这些东西没什么太大关系。我都这个屌样子了，破衣烂衫像条野狗一样，我有那么怕死吗？我用得着讲出个一二三四，才能放心蹬腿儿吗？用不着。我就一个念头，我祖辈上逃荒逃了几代人，饿死冻死没数，今天我魏大骡子不跑了。我站在高地上，那鬼子就别想站在这儿。我倒是要和他们比一比，到底谁的命更硬！

……

小东西，你在听吗？可别闭上眼睛啊！来，再喝一口洋酒。

……

对了，小东西，你叫什么？算了，别说了，反正也记不住。

连长，我发现个事儿。

你说吧。

我发现你从来不问我们的名字，也很少跟我们说话，要么就叫什么不长眼、大脑袋、小东西、穿错鞋……其实我有名字的，我叫……

别说了，我不想听。

为，为什么呀？

这阵地守了七天，像你们这样的新兵补了四茬。今天晚上四五十人上了高地，明天上午一顿轰炸，也就剩下十几个人。有的今晚还是大活人，明早就埋了。刚开始时，我还记着他们的名字，可几茬人一换下来，我就记不住了。其实，我就是能记住，我也不记了，心里不好受啊！怕吗？

不怕。

所以说呢，你别问我名字，我也不问你名字，省得到时揪心。

……

你别看这雪山雪谷横尸遍地，破破烂烂，要多硌碜，有多硌碜。可是明年春天一来，这坦克周围就会长起一人多高的草，我们这些尸首也都要烂成了浆水，渗进土地。到处开着红红黄黄的野花，谁还会想到这里打过恶仗呢？

……

可我不后悔，坦荡而来，坦荡而去，别人记不记得我，又有什么好挂心的呢？

安　魂

铁钉子，腿还疼吗？

指导员，腿都没了，早不疼了。现在是肚子冷，拔凉拔凉的。

那是饿了，来，我这儿有炒面，我喂你吃几口。坚持住，一二三师一来，咱们就可以撤了。你千万别闭上眼睛啊，一闭上可再难睁开了。

咳，咳，咳。指导员，别往我嘴里填炒面了，像砂纸一样，锯得嗓子疼啊！有热乎的水吗？喝一口也行！

你别忙，我把水壶给你焐一焐，等会儿咱再喝。要不，咱俩先聊天，有话儿说就不犯困了。对了，铁钉子，我家是山东的，你知道我们那儿什么最好吃不？

饺子，好吃不过饺子。

饺子当然好吃，可是啊，我觉得，葱花油饼比饺子更好吃。我给你讲讲这葱花油饼是怎么烙出来的啊。山东大葱有手腕粗，咬一口，甜的！你把这葱白切成花儿，要切得细细的，你就能闻到那刀刃上面，有股香味辣味。然后呢，往小盆里倒上一碗白面，用滚烫的开水烫一下，叫烫面，这样发出来的面才又松又软！

……

这时，锅烧热了，你放上厚厚一层油，猪大油当然最好，烙出来的饼有肉味。油滚了，你撒上葱花，别耽误时间，一闻到葱花味出来了，马上把白面饼放上面。呵呵，白面饼就像打了气一样，鼓出一个一个小泡，过一会儿，小泡瘪了，破了，面香味就出来了。

……

再过上一会儿，葱花给油炸得金黄金黄的，亮亮的，贴在油饼上。油饼呢，稍稍让它烤煳那么一点点，有点煳巴味，那最香了。

指导员，咱歇会儿，让我先好好咽咽口水，好悬呛着了肺管子。我这皮囊啊，现在像只破灯笼，有阵风就能给吹漏喽。

……

你们干啥呢，这口水咽得稀溜稀溜的？

魏连长来了，正好，你给大家讲一讲黑龙江那块儿有什么好吃的。

哈哈，好啊好啊！我老家啊，有一种大黑猪，头头都壮实，二百来斤吧！到过年时，杀一头，再接一盆血，把猪大肠洗干净了，做二十斤血肠。接下来呢，再来十斤五花肉，切成大肥肉片子。这些个东西，就能做白肉汆酸菜，外加大蒜拌血肠！猪头呢，放大锅里一烀，整个的，等熟了之后，猪鼻子、猪耳朵、猪舌头，一样一样切好，码盘子里，蘸蒜酱、韭菜花吃。

……

那边冬天下了雪，把门堵得死死的，推都推不开。推不开咱就不推，往热炕头上这么一坐，一洗脸盆炖酸菜，一洗脸盆杀猪菜，再来一盘子猪头肉，就一斤高粱烧，喝得晕头转向的，那他妈日子过的，让我到哈尔滨当皇帝我都不去！

连长，你喝醉了打老婆不？

老婆？我哪来的老婆啊？再说那边的老娘们儿是好惹的？一个个比男人都他妈壮，火了敢拿菜刀砍你。

哈哈哈！

……

小东西，你家是四川的，你来讲一讲。

我们家那边到了冬天要熏腊肉，就是用泥巴拢成一个窑，把上好的猪肉切成一大条、一大条的，挂在土窑里。有五花肉，有猪排骨，有猪脚、猪尾巴，还有熏鸡鸭什么的。不用普通的木头熏，要用山上的老松枝，最好是那种带了许多松油的。这样熏过的肉，带着股松香味，晾上几个月就可以吃了。

……

用香葱一炒，加上麻椒，厚厚地撒上一层辣子，香得很呢！

……

停会儿，停会儿，我的口水流到地上了。

我的肚子又开始冒酸水了。

听你这一说，我都睡不着觉了。

……

大家别说了，铁钉子走了。

第五章　柔板·夜空下

午夜时分，你睁开眼，望着清冷的夜空，还有压在头顶上密密麻麻的星河。心中有一丝惶恐，仿佛把你从一切人世间的牵绊中剥离出来。你意识到，此时此刻，只有你自己在这里。

茫茫的夜空里吹来大风，像透明的巨鸟，从东飞到西，又从西飞到东。你看不到它的形迹，但能感到它的翅膀扫过大地时，留下的呼啸声。宇宙太大了，而你又太小，在这呼呼的风声中，你像一片刚刚从某本书上撕下来的纸屑，随风飘摇，不知去向。

于是，你翻了个身，俯卧在大地上，闭上眼睛，那种眩晕的感觉略有好转。一丝枯草的潮湿味道飘进鼻孔，从这味道里，你可以辨别出泥土、树根、青草、河水、游鱼、奔马等等世间万事万物，你可以闻到尸体、血腥、凶残的味道，当然，你也能在这土地之下找到仁慈、宽恕、友爱等等人世间可珍贵的一切一切。你发现，在这土地里，所有的东西都可感可知，触手可及，可以作为你依伴的对象，你会恨它，也会爱它，但你须臾不能离开它。你从这里来，也终要回到这里，它就是你，你也就是它。

有一枚生锈的子弹硌到了你的身体，你知道它在那里，但你不想去碰它。冬天离去，春天到来，土地上的万事万物会不停生长，而那枚子弹，会安睡在泥土里，慢慢生出铜锈，流出红色的水，越变越小，最终融化在大地中。但谁又会去想，这枚子弹曾经在某一时刻，以巨大的力量从枪管中飞出，浑身通红，在空气中高速前进，打在岩石上，或打进一个血肉之躯，随后是血肉模糊，扯断了一块筋肉，或撕碎了一个心脏。这枚子弹的弹身上沾满了鲜血，也沾满了仇恨，沾满了人世间的一切苦难。可是，唯有大地可以接纳这枚子弹，可以宽恕它，多年以后，在这枚子弹之上，会长出一朵不那么引人注目的小花。

我们这个民族不是喝风才走到了今天，而是靠吃着从土地里艰难种出来的粮食才幸存了几千年。这块高地上也许永远都不会有块碑，永恒的，只有大地本身，立不住的终将倒下。有一天，你会从这里摘下一朵小花，你会莫名地为这朵花而哭泣，你没有做错，因为这里的确睡着一些可尊敬的亡魂。他们之所以值得我们怀念，是因为他们在这个民族的每一次历史选择面前，没有退缩，没有吝惜自己的生命，而是赴汤蹈火去实现它。他们承载了历史前进当中最最刻骨铭心疼痛的那部分，但他们没有面目，没有声音，也不能为自己辩护，他们一次又一次从土地中站立，又在土地上倒下，你一次又一次看见他们，觉得似曾相识，却一次又一次擦肩而过。他们留下了什么，可是你竟然没有合适的思想，也没有合适的语言去表达。

没有沟通的对话

指导员王大心从衣襟上扯下一块布条，仔细地擦拭枪膛。黑暗中，他伸手到弹药箱里，摸出几粒子弹，用手掌摩挲得发亮发烫，然后压进弹匣。他摸到一本书，巴掌大，黑色的牛皮封面，侧面用红色的液体上了一层薄薄的颜色。他打量封面上烫着的金色十字架，又翻开书页，里面全是洋文，字体非常小，看不懂。但他能发现，做这本书的人一定是怀着很深的感情，而且动足了脑筋，千方百计使得这样一本书显得特别精巧，特别珍贵，既便你不喜欢它的内容，但你肯定也不舍得把它扔掉。

王大心拿起这本书，来到俘虏身边。俘虏坐在坑道里，旁边躺着几个重伤员。他的头深深埋在双腿中，一动不动，不知是死是活。王大心拍了拍他的肩，他困惑而又疲惫地抬起头，像是刚从很沉的睡乡中醒转过来一样。王大心从兜里摸出一团握成球形的玉米饼子，递给俘虏，俘虏瞄了一眼，有那么点抵触，但还是接了过去。王大心又将那本书递了过去，俘虏仔细地打量了他一眼，淡蓝色的眼睛里有种说不出来的陌生感。

这是本什么书？

我的名字叫史密斯，是第一骑兵师三团一营 F 连中士。

你的腿怎么样了？

你们在虐待俘虏！我是一个伤员，你们怎么能给伤员吃这东西！你看看，这是什么？你们竟然还在玉米里面掺沙子给我吃！这明明是喂牲口的东西！你是这个地方的指挥官吗？你可真是个凶残的人，你们明明已经没剩下几个战士了，可你还不命令他们投降。你要干什么？你难道要他们都死在这里吗？你没想过他们也有家，也有亲人，也有孩子吗？他们也想活着回去啊！

你别发火嘛，一二三师来了之后，你和我们的伤员就可以到后方医院去了。你这腿呀，我看是轻伤，打上石膏板就没事了。你看看你旁边的那几个伤员，哪个都比你重。因为你是俘虏，如果是我们自己人，这点伤怕是还轮不到躺在这儿休息呢！

你们简直就是野蛮人！打仗是为了什么？是为了让你们的人民生活得更好。可是你们的人民生活得好吗？你看看，他们吃的什么？穿的什么？美国是个自由民主的国家，我们的人民很幸福，愿意为了保卫这个国家而战斗。我们有很多值得你们学习的地方，你们应该做的是，放下武器，与美国成为朋友，努力让自己的国家更加富强才对啊！

你们有飞机，有坦克，有重机枪，有喷火枪，而我们呢，连个像样的重火力都没有。说句心里话，如果你们没有这些个重武器，根本不是对手。拼刺刀的事儿，咱们不是没见过，你们美国大兵呀，离了好装备，熊得很呢！一个连能不能打仗，要看他们的战士有没有决心，那决心是不是响当当的！没来朝鲜之前，我心里是没底的。毕竟是美国大兵嘛，听说德国人、日本人都不是你们的对手。但跟你们打了几个小仗以后，觉得你们也就是那么回事，你们的战士缺少那种打到底的精神。大喊大叫有用吗？张牙舞爪有用吗？别看我们的战士破衣烂衫，但你瞧瞧他们咬着牙的眼神，你就知道，他们可都是一根一根很硬的铁钉子呢！

两百年前，美国创造了一个文明，这个文明影响了欧洲，使欧洲变成了文明社会。亚洲也一样，你们别无出路，必须接受这个文明才行。这是历史发展

349

的潮流，谁也无法阻挡。我们来这里，并不想屠杀你们的人民，而是带来福音。耶稣牺牲自己，拯救了人类，我们也一样，我们是带着善意来了啊！

哦，对了，你们的肉罐头可真不错！有股辣不是辣、酸不是酸的味道，那里面到底放了什么，这么好吃？你们美国人每天都能吃上这个东西吗？这肉罐头在你那儿算得上是好东西吗？可是我就不明白，天下这么大，有这么多国家，为什么我们要打上一仗，没有道理啊？要是两个穷国之间，或是两个富国之间打一仗吧，这都好理解，因为他们要争吃的、争穿的，吃穿不愁之后呢，还要争更多的东西。可美国这么远，隔了那么大一个大洋子，你们来北朝鲜干什么呀？这里有什么？

唉！真是他妈的太不走运了。我是个参加过诺曼底登陆的老兵，仅仅才过去了六年，我突然发现我有点不能理解打仗是怎么回事了。那时，我们横扫欧洲大陆，把德国人的军队打得落花流水，我是多么为我是一名美国士兵而自豪啊！我以为战争就是美国人的胜利，就是正义的胜利，就是历史发展潮流的胜利，一切专制的、与人民为敌的制度都将失败。可是到了这里，我发现我们面对的是另一种遭遇，我们要给你们的你们不理解，而你们想要什么，我们也不知道。我们越是拼命地要给你们，你们就越是拼死地抵抗，而你们越是拼死地抵抗，我们就越是觉得有必要来一次更大的战争，彻底使你们屈服。也许就在这一点上出了问题，因为你们偏偏不愿意屈服。你们倔强得像头驴子，宁可蛮干，也不肯认输。

你们说志愿军搞人海战术，是这样吗？那是你们还不了解我们。来，我来教教你，志愿军是怎么打仗的。你看那边，看到没，只有六个人，就守住了一个小山头，为什么？那六个人形成了一个铁三角，你大炮一炸，他们就躲起来，你们步兵来了，他们再爬上去。下边的那个角最重要，如果有人死了，其他角的人再补上去。这样，很灵活，又很管用。这些看不见的东西，可是我们打了无数次仗才琢磨出来的，怎么实用怎么打。你们看不懂，还说我们搞人海战术，真是笑掉大牙。跟你说，我们人民军队最看重的就是保存实力了。长津湖那一仗，虽然把你们一个集团军打得落花流水，逃了几百公里，可是我们的一个兵团也元气大伤，结果怎么样？那个兵团的司令一句表扬没得到，还狠狠地给骂了。老兄啊，别打输了就气哼哼的，这其中可是有道理的。

可是我想，即使这一仗我们美国输掉了，那也不意味着正义就失败了。战争也许根本就解决不了什么，但人民终将选择正义，不信咱们可以打个赌。

现在，我们有了一个新的国家，可真不容易啊！一切都将重新开始，不再有饥饿，不再有逃难，不再有穷人，多好啊！对了，你叫什么？

这本书叫《圣经》，是记录上帝的儿子耶稣拯救人类的故事。

真快，天就要亮了，我得走了！也不知能不能活过今天。我这儿还有块玉米饼子，就留给你吧！希望你能活下来，找到自己的部队。

说了这么多，简直等于白说，你竟然还是这样虐待我！野蛮人！真他妈是野蛮人！

遗　言

指导员，今天是第几天了？

第六天了。

这个驴日的一二三师，去他妈哪儿了？爬也爬到这儿了！

魏大骡子，你数没数过，咱们连还剩多少人了？

刚才点了一下，还剩下三十九个，重伤三人，那个鬼子活着呢。

也不知明天能不能补上来新人？

真他妈急啊，这些个人，撑过明天就不错了。你看看这阵地上，美国人扔下的坦克都七八辆啦！这仗打的，熬心！身边人一个一个都没了，还不如让我死了算了。

死？现在这情况，能一死了之倒也是件痛快事儿呢！

对了，王指导员，咱们俩在一起多长时间了？

快五年了，你当班长，我当副班长，你当一排排长，我当二排排长，你当连长，我当副连长，现在又当了指导员。

生生死死过了五年，咱俩这命可够硬的。

那可不是。不过，话可不能说太早，能扛过这一仗，才真的叫命硬呢！

大心，我问你件事，假如我现在逃跑，嘿嘿，你能一枪崩了我不？

你？你要怕死五年前就跑了，还能等到今天？咱俩都是老黄瓜了，贪生怕死这一关，早就过了。

我是说假如，假如我真的跑了，你能开枪不？

我能开枪，我要是不开枪，我就对不起那些已经死了的战友。咱俩为什么是生死兄弟？就是因为咱俩一起顶着子弹向前冲，炸弹扔到了头顶上也不眨眼，就因为咱俩一起从死人堆里爬出来，都没想到要后退！如果有一天，咱们两人中间有一个怕了、逃跑了，还怎么做兄弟啊？我敬你一杯酒，你有脸喝吗？

×！说得可真他妈好。

……

大心，过去恶仗硬仗打过不少，可我从来没想到过死。这回不一样，我估摸，十有八九是过不去了。

不是说了吗？仗还没打完，不要想死的事。

过去，你替我写的遗书还在吗？

临来时，都留在营里面了。

你再替我写一封怎么样？我又想到些个事情，心里有点不踏实。

你就别写了，写了给谁看？你老家不是一个亲人都没了吗？这样，你就在这儿说，对着星星说，对着树说，还可以对着那边的山头说，让它们听见。它们活的年头长，一千年，一万年，还是它们。它们要是记得住，比你写在纸上强多了。

那好吧，我就对着这个高地说他娘的几句。咳，咳，我魏大骡子死在这里，一不为荣华富贵，二不为高官厚禄，三不为因果相报，只为了父老乡亲们从此能过上安稳日子，能吃饱穿暖，能食粮满仓，能子孙满堂，能恩恩爱爱……

大骡子，你别哭啊，来，来，来，继续说。

虽然我魏大骡子这辈子，跟这些个东西一样都没沾上边儿，但我不后悔，只要你们能享上这些福，就跟我也享上福一样。下辈子——妈的，没下辈子了。没下辈子也没事儿，我埋在这儿，就看得见你们。你们有饱饭吃，我在这里就不饿，你们有衣穿，我在这里就不冷，你们有媳妇搂着，我——我一个死人，要媳妇也没屄用。你们只要还记得有个魏大骡子死在这儿，我就心满意足了。不过就算我连个名儿也没落下，没关系，我这心，无牵无挂，天地可鉴，日月可鉴，宇宙可鉴！

……

哈哈哈！这下心踏实了，痛快！痛快！

终章　清唱·赴死

一夜饥寒，像黑色的风，把一些脆弱生命的眼帘合上，从此永远留在深夜。

太阳从浓雾中升起，高地被染上了一层厚厚的粉色。战壕上，一支支步枪横放着，枪栓处结了一坨厚冰。散放在雪土中的紫红色子弹，闪烁着刺眼的光芒，光亮如新，仿佛只要压进弹匣，就能在冰冷的空气中拉开一条有力的弧线。一颗一颗手榴弹冻在地上，要使出很大力气，才能将它们掰下来。无人动弹，仿佛这里是很久远以前的某个战场，与现在的你毫无关联。

你在想，死亡是什么颜色？难道它就是一片绝对的黑色吗？如果你闭上眼，突然在你的世界里闪起一片巨大的光亮，你一下子看到了广阔的天空、无边的草原、浩瀚的星空，你发现世界并未中止，依然蓬勃有力地奔涌向前。雪水融化，慢慢打湿你的头发，将你浸泡在肥沃的泥土中。一只翠绿色的螳螂爬上你的额头，它尖利的钳子扒开你刚刚解冻的眼皮，一下子将你的眼珠刺破，然后，用它小小的嘴，吸吮你瞳仁里的汁水。一只蚯蚓无声无息地盘踞在你的脑袋上，从你的耳孔里钻进去，在你糨糊一样的脑壳里蠕动，悄悄将美味的脑浆吸进肚子里。你的身上，长满了茁壮的长秆青草，它们的根扎在你的脸上，你的胸膛、你的肚子、你的大腿上。根越扎越深，最后牢牢地抓住你的骨骼。

夏天来临，这里的野花格外美艳，格外丰茂，你的血肉又养育了这么多生物，你得到了大地的赐予，现在，又还给了它。此时，你能说你在害怕？你能说你无比懊悔？你能说你太过留恋？一切言语都不准确。此时，你把得到的一切都毫无保留地给予了别人，不求回报。你可以说，我曾经从土地里站立起，勇敢地参与了四季轮回，现在，我重归大地。

……

清晨，美军步兵在三辆坦克的带领下，向高地发起了攻击。小东西一直跟在他的连长魏大骡子的身后。小东西叫二斗伢子，其实叫什么已无意义，连长依然叫他小东西。

连长抱起两捆手榴弹，转身对二斗伢子说，你待在这儿，哪儿也别去，等我回来。二斗伢子微微把头探出战壕，露出半只眼睛。连长硕大的脚掌蹬出大片的黄土，越跑越远。他撅着又硬又大的屁股，左闪一下，右闪一下，像头筋力十足的蛮牛。他将一束手榴弹塞进坦克履带下，一阵浓烟，坦克颤抖着停下来。

连长一个鱼跃，像扎进水里一样跳进战壕。打了几个滚，他爬起来，笑着对二斗伢子说，又他妈捡条命回来！他用嘴扯下一条军装布料，狠狠地将一只断了的胳膊缠起来。二斗伢子向四处张望，高地上活着的人越来越少，重机枪手趴在战壕上，脑袋旁边一大摊血，零星几支枪伸出坑道向高地下面射击，与坦克发动机的轰隆声相比，显得脆弱无力。

魏大骡子又拿起两捆手榴弹，蹲下来，眼睛湿润，对二斗伢子道，小东西，这下我怕是回不来了。我要是回不来，你不要给我逞能，就给我老老实实地趴在这儿，装死也行，好好等着驴日的一二三师来，听清楚了吗？二斗伢子盯着连长的眼睛，轻轻点点头。

当魏大骡子又一次从战壕里站起来时，二斗伢子看见一辆坦克像黑色的墙一样，立在不远的地方，炮口有洗脸盆大小，抖动着，像面镜子，在这黑色的镜子里，你看得见自己弱小的身躯。一阵绝对的白色从炮口向四面八方蔓延，世界变得异常明亮，又异常黯淡，随后是漫长的死寂无声。接下来，二斗伢子什么也没看见，因为连长在最后一刻，将他的头按在了战壕下面。

连长死了。二斗伢子匍匐在坑道里，向前慢慢地爬，想找点什么。战壕里面积满了血水和泥浆，他像是在春天的浅池塘里游泳一样。爬了好一会儿，浑身血红，却什么也没找到。头顶上枪声逐渐寥落，坦克发动机声嘶力竭的吼叫声也停止了，只有一片又一片硬底皮靴踏在雪壳子上的声音，越来越近。好似蝗虫变成的潮水，慢慢向堤岸涌上来，很快就会漫过坝顶。

沙　雪

躺在雪里，你能听见沿着地面，传来小声的歌唱，很微弱，很柔软，既不伤感，也不激昂。这是谁在唱？还有谁活着？

一片雪花落在弹药箱盖上，大风吹来，它微微颤动了几下，又一次飞起，落到一张苍白的脸上。这张脸和雪一样白，一样冷，眼睛睁着望着天空，眼眶乌黑，深深下陷。雪花滚过冰冷的鼻尖、额头，又一次在风中高高飞起，打了几个空翻，挂在一杆步枪的刺刀刃上。刺刀满是橙红色的铁锈，像石头上生出的苔藓，形状特别，微微隆起。在这铁锈之上，还覆盖着一缕缕干涸的血迹，翘起一层一层硬皮。

又是一阵风吹来，雪花从指着天空的刺刀上飞起，落到一面倒在地上的红色旗子上。这面旗子似乎经过无数磨难，此时已经碎裂成许多条，沾满了血水，冻得像铁片一样。它从前一定是竖在这里的，有一枚弹片拦腰将旗杆打断。它飞上天空，飘扬了片刻，横躺在一只弹药箱上，又零星落上了飞溅过来的沙土。但是已没有活着的人将它竖起，只有一些血水、一些雪片飞过来，落在上面。

漫天雪花以雷霆万钧之势，从天空落下。人世间的一切似乎都将被掩埋，一切苦难都将被遗忘。在死亡面前，人似乎有无限多种可能性来逃避它。作为一名老兵，你无数次与死亡擦肩而过，但你明白，尽管人有那么多的可能性，那么多的希望，可是他终将接受死亡，在死亡的怀抱里看到最后的希望。但最后的时刻不是无边的黑暗，而是光明。世界如常，冬天过后，春天就将来临。枪炮无法阻挡四季轮回，就像子弹不能强迫一朵野花不再盛开一样。

英雄们在寒冬大雪中低唱，没有欢笑，没有眼泪，没有悲伤，没有骄傲。他们很坦然，就像终于可以在舞台上谢幕，从此走到幕后小憩一样。

新　生

王大心打光了最后几粒子弹，将步枪狠狠砸在地上，裂成两截。美国军人也许根本就不稀罕这支破旧的步枪，更不会去用它。但这是一支穷惯了的军队，本来就一无所有，从来只从敌人手中夺来武器，还未把武器留给过敌人。王大心的一条腿断了，肚子被弹片打了个豁口，一阵一阵刀绞一样的疼痛。现在，终于不痛了，他想，这下可能真的要见魏大骡子去了。他把最后两枚手榴弹的后盖扭开，将拉环套在小手指上，默默等待着美国人走到自己跟前，然后就跃起身，抱住敌人，与他同归于尽。

这时，远处传来沉重的炮声，公路上有一明一暗的汽车灯火。在黑暗中，王大心看到美国人突然改变了队形，开始无声无息地后退。许久，公路下的坦克也慢慢走远了。天地间一片寂静，仿佛什么都没发生过一样。

……

天快亮了，一队队穿着土黄色军装的队伍从高地下面的公路经过，步伐很快，快得像跑一样。王大心命若游丝，仿佛刚从梦中醒来。他望着下面，感到一阵欣慰，一二三师终于过去了。同时，又是一阵极度的想念袭来，他侧过头，看着散布在整个高地上的战友的尸体。他在想，如果自己活下来，又该如何度过一个又一个漫长的日日夜夜？他曾说过，死亡面前人人平等，可整整一个连的老战友，还有那些补充进来的新战友，都毫不犹豫地践行了自己的诺言，而独独自己却活了下来。虽然自己不是因为贪生怕死而活着，但这锥心的疼痛却越来越强烈。他在心里呼喊着战友们的名字，却愈加感到自己的孤独和寂寞。

一个年轻军官脱离了队伍，向高地上面小跑过来。他惊呆了，看着满地的尸体不知所措。好一会儿，他回过神，在雪野里大喊，还有活着的人吗？还有活着的人吗？

王大心看着离他不远的那个自己人，心想，我要求救吗？可是战友们啊，我多么想你们啊！思虑片刻，他默默垂下头，把脸紧紧贴在冰冻的地面上，闭上眼睛，轻轻道，等等我，我找你们来了！一行泪水从眼角滴下，融化了一小块雪土。

不远处，二斗伢子抬起头，可是他的嗓子和身子好像冻住了一样，想喊喊不出，想动动不了。他拼命地伸出手，抓起倒在地上的红色碎烂的旗子，用尽最后的力气，摇了摇。

又过了一会儿，二斗伢子恢复了知觉。他躺在一个人温暖的怀里，那个人急切地看着他，问道，你们是哪个部队的？

二斗伢子摇摇头。

那个人又问，那你们的连长叫什么？

二斗伢子又是摇摇头。

那个人道，小同志，高地上就剩下你一个人了，跟我们走吧！

尾曲　无名

多年以后的一个夏日午后，有个年轻人去采访参加过那场战争的老战士。他进了小院子，在一棵槐树下，坐着个老人，几缕如剑的阳光打在他身上。老人靠着竹椅背，脸仰着，眼睛半闭，嘴唇颤巍巍地合不拢，几滴口水从嘴角流到白背心的襟子上。老人的皮肤像纸一样薄，蚯蚓一样的血管发黑发紫，轻轻抖动，脸上、脖子上布满了褐色的老人斑。看不出老人在看什么，他盯着槐树上的某处角落，也不知他在想什么。这多半是个痴呆的老人，目光散乱，身体羸弱，如同一盏欲灭的油灯。

　　这是一场异常艰苦的交流，老人的耳朵几乎听不见声音，也说不出连贯的句子。年轻人没有记录下一个完整的地名、人名和时间，只有一个又一个断断续续，如同在梦中的细节。突然，老人放声大哭，浑身剧烈地颤抖，你不能相信这样一个如同枯草般的老皮囊里，还能爆发出如此大的力量。他一个劲儿地说，我对不起他们呀，我连他们叫什么都不知道，我的连长，我的指导员，那么多人啊，都死了！我真该死！我应该找找他们才对呀！

　　年轻人隐约猜出，老人在讲述着一个没有留下番号的连队。但他有些困惑，因为半个多世纪以后，他似乎无法想象那支无名连。他们是如此壮烈、如此整齐划一地接受了死亡，在今天，要怎样去理解那些无名无姓的人呢？

　　老人让家人取来一只红色硬壳本子，指着上面的文字，含混不清地说着。突然，从本子中间掉下来一张泛黄的照片。照片上是一个少女，站在小桥上，手握一束梅花，略带羞涩地看着远方。年轻人一时间呆住了，如今，怕是再也见不到如此风韵的女孩子了。他似乎掉进了一个深渊里，隐隐闻到一阵幽香，却一无所获。

　　老人耗尽了体力，靠在椅背上睡去，一只手垂在扶手上，像风中的树叶。年轻人站起身，恋恋不舍地看了一眼照片上的女孩子，惆怅地转过脸，离去了。

炸药婴儿

西　元

女人睁开眼，太阳如晃动的钢水，一滴一滴溅在大地上，满世界是红彤彤的热浪。一杆三八式步枪抵在眉心，枪口磨得发亮，沾了几点泥污。刹那间，黑暗从枪口里冲出，世界剧烈扭曲，仅剩下一线微弱的光亮，然后是彻底的寂静。在万籁俱寂的中心，一团黑红色的火光骤然而出，铜皮包裹的铅丸仿佛舞台上的大幕，轻轻一撩，或更像情人的嘴唇，一缕呵气温柔地抚过，漫长的夜晚便来临了，直到不知何年何月，世界再一次重生。

女人腹中躺着一个婴儿。枪声把他惊醒了，又是一阵晃动，羊水像恶浪翻滚的海洋，乌黑的浪头拍打他柔嫩的肌肤，比沸水烫着还疼痛。他想哭，想叫喊，想抓住什么，可是做不到。他好像找到了出口，于是吃力地伸出手，想摸一摸外面的世界。可是，这条柔软的通道里塞满了石子、土块、粗树枝，他失望地抽回手，默不作声，一滴泪珠从老人般褶皱的眼皮中挤出来，溶解在慢慢变冷的羊水里。

婴儿觉得再没什么希望了。他将在黑暗里生，在黑暗死，生命就是黑暗，世界也是黑暗。这时，黑暗被利刃划了一条大口子，光亮像硫酸一样涌进来。然后，一支冷冰冰的刺刀插进他的肩膀。只一下子，婴儿就从黑暗跃入无限的明亮，好似一条鱼，从海中跳进晨曦。来不及疼痛，婴儿竟有些兴奋，他挥动着沾满黏液的小手，想触摸这五彩斑斓的世界。他蒙蒙眬眬看到有个穿黄色军服的人，把他举在刺刀顶端，大笑着打量着他，那笑容里倒仿佛有那么一点鼓舞，那么一点慈祥，像是一个父亲要让他的儿子经历一下人世间最可怕的事，这样，他就再也不会害怕了。那笑声像风中断裂的枯叶，像馒头锅里冒出的蒸汽，像一只在干涸的河床里爬行的蚂蚁。疼痛再一次使世界渐入黑暗，婴儿想，大千世界原来就是这个样子！他微笑了一下，用自己的语言说，我要回去了。

这时，婴儿看见另一个穿军服的男人拉响手雷，扑倒了自己身下高举刺刀的人。一股气浪将婴儿抛向天空。在天空里，他看到太阳像水滴一样小，颤抖着，闪着微弱的光芒。一只在腕子处炸断的手在他脸上轻轻爱抚了一下，又落回尘土中。婴儿明白了，这是来自人世间的第一声问候。

霓 云

婴儿掉进江里。寒冷的水浪一下一下推着他。他想哭，可嘴仿佛冻住了。没办法，只好仰望着苍灰色的天空，等待着不知会从哪里来的奇迹。江水是红色的，有股不知从何而来的腥味。那红色一条条一道道，是温暖的，有着人身体的热度。血水包裹着婴儿，像母亲的怀抱，婴儿吐出一口气，觉得自己有救了。一条黑色的鱼嗅着血腥气游过来，咬在婴儿的脐带上。他哇地哭出声，一口腥苦的水灌进气管里。慌乱之中，他抓住一具浮尸的头发，另一只手又抓住了不知什么人的脚。虽说是冷冰冰的，但他终于可以把嘴探出水面。视线所及，是密密层层的尸体，像落在水中的枯叶，随波摇动。婴儿挣扎着，在尸体的缝隙中游向江岸。终于，他透明的红色小手抓住干枯的苇草，拼命用力，晃晃悠悠地站在了昏黄的血色夕阳里。

婴儿想找到他的母亲，可是，羊水里的气味、温度、柔软统统不见了。他徘徊在沉默的尸体中间，呼呼的寒风刮过耳畔。他看到一只艳红色的皮鞋，再远处，是一只小巧白皙的脚。婴儿知道那不是他的母亲，而是和母亲相似的人。他跌倒了，爬过去，抱住那个人小腿，然后是大腿。他把脸贴在还残留着一丝热气的赤裸腹部，使劲向里面钻，无望地想回到暖洋洋的羊水里。好一会儿，他明白这做不到，苍白色尸体正在变凉，那温暖的小窝渐渐远去。

婴儿的嘴唇又找到一只不算太大的乳房。他双手捧着乳房，吃力地吸吮，却没尝到什么香甜的滋味。从乳尖流出来的似乎是江水味、血腥味、污泥味，还有那么一点泪水味。不过，一两下轻轻的颤动从乳房下面传来，撞到了婴儿的舌尖。他用小手搂住尸体脖子，奋力抬起沉重的头，打量她的脸。长长黑发铺散在岸边的碎石上，另一些浸在江水中，随波荡漾，无声无息。一只洁白的手手心朝上盖在双眼上，仿佛躲避刺眼的光线。婴儿用力推掉她的手，看到一双大睁着的眼睛，原本漆黑的瞳仁慢慢变淡，成了灰白色。顺着瞳孔望进去，那里是无边无际的黑暗，在黑暗里，坐着个浑身发抖、一丝不挂、暗自哭泣的少女。女孩子抬起头，向天空的顶端看过去。她看到一双好奇、纯净、且充满了善意的眼睛，仿佛在说什么，可又没法彻底说清楚。女孩子站起来，想离那双眼睛近一点，一瞬间，她看到了另一个光彩夺目的世界。

在同一刻，婴儿也看到了一个世界，那个世界光明璀璨，让人睁不开眼。恍惚之中，他闻到一缕花香，隐隐看见一片金黄色花瓣……

春日午后，我穿上新买的红皮鞋，和纸坊街李医生家的女孩子偷偷溜到秦淮河边，还尝了一小杯酒。她的脖子和手腕红了一大块一大块，还傻傻地对我笑。我想，我大概也是这个样子吧？

我太喜欢这双红皮鞋了，别人家的女孩子都没有，是爸爸从法国给我带回来的。晚上，我把它放在床头，鞋子里散发出一阵阵我们这里没有的香气，还暗暗弥漫着微光，像是夜色里开放的花朵。现在，我穿着它，轻飘飘的，浑身长出一层初生小鸟那样的绒毛，只要挥一下手臂，就能飞进浓稠的，带着水色和树叶味道的空气里。

秦淮河里的水浪悠闲地拍打着青石板，水和青石都是浓绿色的，不时把几片浮萍推到脚下。我昂起下巴，闭上眼迎着柔软的春光，一股饱饱的暖风把我团团裹住，这个世界给了我一个大大的拥抱。一时间，我竟然很惆怅，眼角被半颗泪珠打湿了。因为这拥抱是人世间没有的，一年只有一次，人生在世也不过才能享受几十回。人老了，身上的皮肉一定麻木了，就再也感受不到来自春天里的似水柔情。

河水像吃饱了似的，涨得满满的，水中央仿佛是它绿色的肚皮，又光亮又鼓胀，不时出现几个小船卷起的漩涡。漩涡平静之后，我看见河水中映出大片大片的金黄色。这金色像是熔化的金水，变动不居，动处流淌，慢慢把整条河都染成了金色，连半个天空都变得很灿烂耀眼。我抬起头，猛然发现，河对岸生着层层叠叠的桂花。每一朵小小的花朵都好似一个婴儿在唱歌，于是那金黄色，那浓烈的香气，就像炸药爆炸了一样向外狂涌。

我拉起女伴的手，穿过鲜红色的木桥，跑进了那个香气四溢的金灿灿世界。这里一片寂静，但如梦如幻。这里自成一个世界，把我隔绝在人世间之外。

我望着枝头的金色小花，一时间把什么都忘了，眼中只有它们。它们说不上强大，也活不了多久，可这世界因为有了它们，竟然变得如此光辉。在让人睁不开眼睛的明亮里，这些花儿对我说了无数秘密，而且只对我一个人，因为只有我一个人懂。它们不停地说，把古往今来旷世的秘密都说了出来，我幸福地倾听，毫不费力，发现原来这些秘密都是如此简单、美丽，而且充满情意，我们笨重的头脑绝无领会它们的可能。

不知过了多久，午后阳光开始变淡，空气冷了起来。这个金灿灿的世界正在消失，一个庸常世间又将把我吞没。我绝望地对这些花儿说，跟我回家吧，有一天，你们会和我一起重生！

我伸出手，手指碰到了一朵小花。手仿佛被火烫了一样，我想，它们还不愿离开枝头，被风吹干，然后死去。于是，我咬破一根手指头，让指尖流出大大的血珠。我流着泪，把手指举到小花面前，说，喝下这酒吧，醉了之后跟我走。我保证，你会在某个午夜复活，那一刻，你将更加惊艳销魂。你还会发现，你死在这一刻，却可以比其他不得不死在漫长痛苦的时间河流中的花朵，得到更多的爱。

我摘下十几朵小花，手指上的血干涸了。我不再要了，把它们带回去，和今年的春茶一同封在小瓷罐里，贴上纸条，用小楷写了我的名字。我觉得我的灵魂就在里面。

王 致 美

没有找到能让自己活下去的东西，婴儿继续向前爬。不远处有只木轮平板车，轮子裂了，斜着丢在岸边。十几具尸体的肩胛骨被小手指粗细的铁丝拴着，有的躺在泥污里，有的浸在江水里。有个男孩子的尸体倒挂在车子上，头朝下，双脚伸向天空。两只又小又瘦的脚丫在黯淡夕阳里，像两朵黑色花。

莫名其妙地，婴儿就觉得这男孩子与刚才见到的少女尸体有关系。他爬过去，端详着那张倒置的脸。脸上没有眼睛，眼睛处是两只黑黑的，且向外流血的洞。婴儿想，没了眼睛，就像一个世界没了门，没了窗子，我恐怕是什么都看不到，也找不到了。可是，很奇异的，两个黑洞像隧道，共同通向某个世界，那里发出一缕若有若无的光亮，光亮里有只手……

我坐在一条木船上。船头慢悠悠地摇摆，生着绿苔的桨推起一圈圈涟漪。这本是个很普通的午后，我拿着一包父亲给买的饼干，一边啃，一边用它蘸河里的水。几块饼干渣浮在绿色水面，然后下沉，竟引来了一条银灰色大鱼。它猛甩几下尾巴，溅了我一脸水。

我擦了下脸，睁开眼，惊呆了。岸上站着隔壁家的姐姐，白裰子、蓝裙子，还有一双红亮亮的皮鞋。当然，她没看我，而是失神地望着对岸。我顺她的眼光看去，那边是黄灿灿的桂花丛，映黄了整条河。

霓云姐姐变了。过去，她会不经意地看我几眼，那眼神和早晨稀薄的空气一样清冷。可是现在，她的周围充满了紫色光晕，香得发苦，我不能走近，一接近就会头晕目眩。她的嗓音让人想起一根燃着的沉香落在水中，香气还在，可火已经熄灭。漂浮在水面上的沉香慢慢吸饱水，静静沉入幽暗水底，仿佛一条死去的银鱼。

我闻得见这令人窒息的香味，可是这气息并不单单属于我。这香气里有一缕霓云姐姐指尖的热气，有她眼睛里的情意，还有她脸颊上的红晕，可这一切也都不单单属于我一个人。它属于每个人，可能是个麻木迟钝、操劳于日常生活的中年妇女，也可能是个猥琐贪婪、沉迷于色欲无法自拔的老男人。它还可能属于一块无知无觉的石头，一棵静静不动的树。总之，全世界都能得到霓云姐姐，会因为她发丝尖上的一缕颤动而心旌荡漾。

船靠了岸，我怯生生地回到她站过的地方，人已不见踪影。我站在那儿，挺直身体，努力和她一样高。在空气里，我闻到了她嘴唇的味道，因为她的嘴唇在片刻之前，曾停留在这里。

眼前一片灰白的水色，天地辽阔。突然，这世界仿佛以我的身体为轴，转了小半圈。当它转到某个角度时，仿佛与另一个世界重合了，霓云姐姐一下子出现在不远处，向我这里走来，然后停下，望着对岸的桂花。而我，就站在她透明的身体里，额头轻靠着她的胸口。过了一小会儿，霓云姐姐走开了。世界又以我的身体为轴，转了一下子。她就消失了。天地依然如故。

霓　云

隔壁家的小男孩儿一直在看我。可他又不过来。有天早晨，剃头匠家的黄狗对我吼了几声，把我裤脚咬坏了。第二天，我发现那条狗死了，嘴角流血，被吊在放学路上的石桥栏上。

那个男孩子很漂亮，眼角是尖的，微微向上翘，嘴唇潮红，像是刚从很热的地方来。今年元宵节那天，他突然敲开我家的门，往我手里塞了只白羽毛的红嘴小鸟。不一会儿，又一群男孩子追过来，他抓起门口的一块木炭，抱在怀里，跑开了。那只红嘴小鸟不会飞，我把它放在桌子上，发现它的一条腿缩在肚子下，肯定是受伤了。我找来棉絮铺在一只瓷碗里，红嘴小鸟竟闭着眼睛跳了进去，小心地蹲下，翅膀尖儿一抖一抖。不一会儿，它一动不动，好像睡着了。

黄昏的时候，男孩子又来了，眼眶黑青，嘴唇破了。他不知从哪儿找来一只烂鸟笼子，用铁丝补了补，放在我家窗台上。昏黄的电灯泡下，他下巴挂在手背上，痴痴地看着碗里熟睡的小鸟，一言不发。男孩子的另一只手摊在桌子上，指甲里沾了泥，很稚气，很白净。我发现这不再仅仅是一只小孩子的手，它已经很有力量了。我心里一阵慌张，顺着那只手看上去，又看到了男孩子的额头。这额头雪白饱满，棱角分明，眉毛的末端像炭条一样浓。他突然抬眼看了我一下，又直白，又锋利。我有点喘不过气来，好像有什么东西竟然被这个比我小的男孩子看穿了，发现了。

夏天以来，我发现他什么地方和从前不太一样。比如他站在那儿看我的时候，我总觉得他身上有把很快的刀。我知道，即使真的有刀也绝不会伤害我一丝一毫。所以，并不是害怕，只是有点忐忑不安。

王　致　美

我真的是在找一把快刀，现在找到了。那天，看见黄狗咬霓云姐姐时，心很疼，就像咬在自己身上。似乎比这还疼，有点伤心，有点惆怅。我愿意她永远都是优雅的样子，谁都不应该让她惊慌失措。她有一部分是透明的，比钻石还亮，只有我看得见。

我用耗子药加一个肉包子杀了那条不知好歹的狗。后来，我想，我应该有把刀，这样，我就可以像个勇敢的人那样杀了它，而不是用这种下三滥的手段。我偷了家里的钱，买了把杀猪刀。可这种刀总是磨不快，就像一个很笨的人，不能指望他领悟一些很精深的道理。我来到铁匠铺，想让老瘸子重新打一打。我觉得烧得越红、打得越多的刀才是好刀，这和人差不多。老瘸子看过我的刀，像痴呆一样咧嘴笑笑，说，你这刀没盼头了。我没走，从兜里摸出一块大洋钱。我知道，如果把它花掉，晚上回家一定有顿胖揍。可我还是拿出引颈就戮的劲儿，把银光闪闪的稀罕物使劲按在老瘸子长着木炭一样老茧的手里。老瘸子看样子是给吓着了，又拿起杀猪刀，看了看，叹了口气，连同大洋钱一起丢给我，说，你是个能下狠劲儿的小东西，这样吧，我刚给佟掌柜的打了把剃刀，这嘟噜铁是剩下的，你要是有恒心，就拿去吧，白送。

这坨铁扁平，饺子形状，表面裹了厚厚的煤渣状东西，还有焦糖一样的气泡。我掂了掂，很沉，可我还是怀疑老瘸子用一块废料就把我打发走了。我来到河边，在青石上敲掉了渣壳，还真的找到一枚金属片，有半个小圆镜子大小。我试着磨了下，青石板上留下深深的沟痕，而金属片上的毛刺却纹丝未动。我在它身上花了小半年光景，试过磨刀石、砂纸、牛皮、草纸等等所有能使这东西变锐利的材料。现在，它成了一个半圆形铁片，圆的一侧是刃口，直的一侧有饺子皮儿厚。在亮灰色的金属表面，有黑色的虎皮斑纹。似乎找不到什么能让它更快了，我把它夹在食指和中指间，在空中一挥，只有空气可以磨磨它。

我在床上找到几根油亮的黑发，是母亲的。这头发只要在刃口上轻轻一滑，就悄无声息地成了两截。我还抓了几只蚂蚁，让它们爬过我的手指，爬过指间的利刃。蚂蚁一踩上去，那黑细的腿就断了，可它还浑然不觉，继续向前爬，只好扭动着身子，怎么也没法前行一丁点儿。

我在寸把远的地方，瞪大眼睛盯着金属片。可无论怎么使劲，我都没法看清它的锋刃，那里是一片虚空，一片无限，一个旷世的谜，一扇通往另一个世界的门。可是，我的肉眼、肉身都无比笨重，永远达不到那里。那里有霓云姐姐的美丽，我能感觉到，可我得不到。如果我得到，那一定是把她毁了。

霓　云

转眼十二月，天空成了灰色，又矮又薄。我走出门，看见小美弟弟站在梧桐树下，背对着我，把一片又潮又大的树皮放在鼻子前闻。他身上仍然有刀刃的气息，让我不愿意走得太近。可我又不忍离去，那样，似乎就辜负了他，背叛了他。

我拿出手绢，远远递过去。

王　致　美

我用黄牛皮缝了个小囊，正好装得下那片利刃。尽管没有人能用凡胎肉眼看到，但它躁动不安、无坚不摧、烫如火炭，只有又干又硬又厚的牛皮能锁得住。我把它挂在脖子上，就好像有个凶猛寂静的银色精灵趴在胸口。

一个水色的声音传来，小美，给你。霓云姐姐的音调略带歉意伤心，像夏末的稠风，吹透了我的身体，在心房一抚而过。我颤抖着嘴唇，不知说什么好，转过身。她笑了一下，脸比太阳还耀眼。接着，一块雪白的手绢落到我面前。她的手指像绿色湖水中穿过的船头，划破冬天湿冷的空气，将一团桂花味的热气推到我脸上。

我伸手去接那手绢，可吓了一跳。我的指甲里沾了不少泥污、草屑，和白手绢上的几朵小梅花相比，真是丑得可怕。我自惭形秽地矮了一截，一言不发，拼命跑回家，仔仔细细把手洗干净。回到原地，姐姐还在等我。我拿好手绢，想大着胆子拉她的手。可我没敢，她的手像牛皮囊里的利刃，你只能远远地看一看，悄悄地想一想，永远都别指望碰一下。

我的额头刚好高过姐姐的肩膀一点。我看见她耳垂上有朵红宝石镶嵌的小金花。有个声音在灰白色的天空里说道，咱们两个，去秦淮河边走走吧。

霓　云

　　我和小美站在河边，冬季的地平线很远很淡，空气里飘着浅粉色的雾。浓厚的河水润湿了脚下的青石，一下一下悄无声息地拍打着它。水的气味很凉，吸进鼻子里让人微微发抖。我想对弟弟说点什么，可怎么也张不开口。

　　前方，无限辽阔遥远的水面和天空仿佛一扇大门，通往将来。可是我们推不开它，只能站在此时此地，不能移动半毫。想到这儿，我竟有一阵幸福感，这一刻只属于我和弟弟，不必想将来，也不必想过去，整个世界就是我俩的家！

　　有个东西落在河水里，然后是啪的一声，清脆得像耳光。但只一瞬间，世界就进入了绝对的寂静，一阵阵鸣响从耳朵深处传来。周围罩在无比明亮的白光中，好似水做的笼子。到处都是水，我看见无数水花、水滴、水浪悬浮在空中，千变万化，横冲直撞。一颗水滴的力量比一个男人都大，数不清的水珠把我推得跟跟跄跄。我和弟弟在不辨方向的水晶宫里晕头转向，不能呼吸，慌不择路，充满怜惜地看着对方。在水浪中，我看见一枚黑色弹片拍碎无数水滴，从我和弟弟眼前划过。它嗞嗞作响，散发着红色的蒸汽，怪叫着，从另一个方向钻出了水的世界。

　　我拉起小美，躲进窄巷子里。墙壁又湿又冷，我像一条累得筋疲力尽的鱼，颤抖着靠在上面。弟弟浑身湿透了，一颗颗小手指甲大小的水珠挂在发尖。他脸色苍白，眼睛格外大，奇怪地看着我。我发现自己也湿透了，衣服鱼皮一样紧贴在身上，黏黏的。

　　他身上有把快刀，碰到我一定会流血。可我还是不顾一切地把他的头搂在胸前，心猛烈地跳，好像不是我的。又一颗炸弹落进水中，气浪水浪把世界涂得一片晶白。我稍稍低下身子，吻住弟弟凉凉的嘴唇。

父　亲

　　婴儿看着少年脸上血色的黑洞，像是趴在一口老井的井沿向下望。他看到这一幕幕，心想，这世界看起来还不错，不仅仅有寒冷、刺刀、炸药，还有嘴唇、情意、香气。他生出一丝留下来的念头，继续向前爬。前面躺着一个成年男人，穿着长衫，脖子上有几寸长的口子，血把长衫染了半边，成为绛红色。这男人紧闭着眼，嘴角微翘，面无表情。婴儿从他身上怎么也找不到通向另一个世界的入口。这时，他发现男人指尖沾着几点干涸的墨色，这墨色碰到江水，浸染得丝丝缕缕，幻化出无穷多种形状。猛然间，婴儿看到一个雪白刺眼的世界……

儿子的悟性很好。让他临习颜真卿的《多宝塔》，别看横竖写得鼓鼓囊囊，但笔法倒有几分古人的意思。这点古朴的味道，现在是闻不到了。我还看到个很奇怪的现象，儿子用的黄草纸是裁过的。边缘锋快，没有一丝绒毛，指尖触摸，竟然有点寒意。什么利刃才能做得到呢？反正家里没有。改天，一定要问问他。

下午的阳光带点金色，很绵，把远远近近的噪音都吸净了。我从书架上抽出一张宣纸，巨大的白光一晃，在上面看到了自己的影子。一阵风从木窗外吹进来，宣纸一角哗哗作响。我用手掌把那角纸展平，仿佛抚过夏末的湖水、春天的草原、奔跑的马背，还闻到制作这纸的竹子味、麻茎味，一滴滴明亮的水珠从叶子尖端滴下、砸碎，映出无数个太阳、星辰。

一只小虫子爬上白色宣纸，惶惶地转了几圈，不辨方向。我微笑着，取出一块巴掌大的天青色端溪老水岩砚，滴上几滴水，还不急于把它从白色沙漠中解救出来。又挑了半块乾隆年间的老墨，吹吹浮灰，轻轻磨起来。只一下，清澈的水中便扯出几缕飘动的墨迹。几圈过后，水黑了，亮了，饱胀起来，像颗要发芽的种子。砚堂里寂静无声，描金老墨仿佛利刃割在猪大油里似的稳稳滑动。片刻，墨水便如油般稠了，墨块滑过砚石之后，懒懒地伏着，迟迟不肯合拢。

我抽出一本字帖，端详着，也让磨好的墨水静一静，吸一吸浓重的金红色阳光。这样的墨水更饱满。出了会儿神，我提起笔，蘸上墨，在老水岩砚堂上雕出的莲花池里，把笔尖掭得干干的。我喜欢又瘦又硬的字，像公鸡的爪子。

可笔锋触到纸的那一瞬，我却犹豫了。白晃晃的纸上留下一颗似有似无的小点，像深夜里的灯光。我沮丧地发现，古人的一笔有万斤重量，而我的一笔，连十斤都不到。一横一竖，一撇一捺，样子还是那个样子，可一千年前写的字里面藏着炸药，而我写出的字里不过是沾了些猪血一样臭不可闻的腥气。

我惊呆了，等回过神来，墨水已经干涸。我困惑地拿起一管狼毫笔，迎着将要落下去的夕阳，端详上面一根根散开的毛锋。毫毛轻轻颤抖，刺进浓红色的太阳里。我看不清它的尖端，就像我不能说得清这世界是如何无中生有的。但我知道，墨水顺着这极细微以至于虚无的地方把世间万事万物带到了纸上。浩瀚宇宙变成了墨，以墨迹的样子重建，比真实的世界更纯粹、更惊艳。一根头发丝细的墨色线条里能生出电闪雷鸣，运笔平直的一横可以支撑起一个国家，一丝不苟的一点让成千上万人决心赴死，而枯笔累累的一捺说尽了宇宙亿万年间的秘密。

不知不觉竟已到深夜，我从书架上取下一只樟木盒子。樟脑味扑面而来，细细闻去，其中夹杂着陈纸的潮朽味，让人想起深秋的雨水，或是浸在湿土中的老砖。把手卷打开，纸已经黯淡无光，但墨迹仍然隐隐泛着亮紫色，仿佛夜里的闪电。字里行间盖着密密麻麻的暗红色印章，有大有小，有方有圆，全是历朝历代赫赫有名的大人物，在古书里活了上千年。盯着这些印章，仿佛他们都活了过来，让人胆战心惊。

夜风潮冷，我用冰冷手指触摸古纸上的字迹。我相信，几百年上千年里，一定有无数个人曾像我一样，在深夜里，以这样的方式做相同的事。字迹像血一样烫手，有什么东西顺着指尖流向我的心脏、我的头顶。周围一亮，一切有形之物全部消失，几千年历史一瞬间堆积在夜空里，重重叠叠，如梦如幻。像一条惊涛汹涌的大河，从我身边流过，而我就置身于大风大浪之中。我心潮澎湃，极目望去，每一个细节都清晰得纤毫毕现。我一会儿站在金碧辉煌的宫殿里，一会儿站在血流漂杵的古战场中，一会儿与帝王将相同处一室，一会儿又窥见红绡帐中的如画美人。我特别困惑，又特别震撼，那一刻，一下子瞥见了自己的灵魂。

一股白色气浪将木窗吹破，木屑四溅。我看见手卷飘在半空中，慢慢碎裂，化作点点金光。夜空里亿万个历史瞬间如黑暗的漩涡，猛烈地旋转收缩，在气浪的中心处凝聚成一个亮点，一闪，寂静无声地消失了。

　　　　　　　　　　　　　　"新生代军旅作家"面面观 |

婴 儿

婴儿冷了，饿了，外面的世界如同五彩斑斓的硫酸汁液，烧蚀着肌肤。他明白，如果再找不到赖以生存的东西，他就将与这个冰冷的世界融为一体。当然，这倒也没多么可怕，只是他还不愿这么做。

他爬了几步，前方的鹅卵石被烧黑了，密布着焦色的火药渣子。两具被炸掉一半的尸体紧贴着，像两只红色的碗。肉皮囊里空空如也，隐隐可见几根断掉的肋骨、脊骨。凝固了的血浆里，散落着几粒红铜色子弹，枪管扭曲了的勃朗宁手枪，断成两截的刺刀。他们身上的军服被气浪、被炸药扯得丝丝缕缕，衣不蔽体，和泥土、血水黏在一起，不辨颜色。仔细看去，一个人的金属军衔在脖子处，另一个人的在肩上。黄铜蒙着一层血污，隐隐映出落日的余晖。

婴儿觉得这里很熟悉，他就是从这儿飞上了天空。果然，他闻到了羊水的味道，看到了那个曾经包裹着自己的女人身体。这个皮囊赤裸着，肚子被齐齐划开，皮肉瘪瘪地陷下去，溅满了血花。婴儿想，原来自己就是从这个血淋淋的地方爬出来。可它过去不是这样子，它像温暖的海洋，一片寂静，出奇的柔软光滑。这是怎么回事？

他又奋力地挪了几下，石头上的火药渣子剐破了肌肤，流了血。他哭了几下，可四下无人，而且哭起来也很累，索性不哭了。流血似乎也不是什么可怕的事，周围的人都流了血，这里就是个血的世界。婴儿趴在母亲尚有温度的乳房上，吸了几下，一股又暖又甜的汁液流进嘴里。他像只小兽一样浑身紧绷，兴奋地颤抖，嘴里发出啪啪的吮吸声，几颗眼泪蒙住了眼睛。

奶水渐冷，一只乳房瘪了，就吸另一只，直到再也吸不出。婴儿不慌张了，后背紧贴着母亲的尸体，蜷缩着躺下，寒风从头顶吹过。他惶惑地睁着眼，看几步远处那两具残破的男人尸体。他俩好像真的彻底死了，再没留下什么。婴儿失望地打量浓红色的天空，有几朵团状的黑云。它要飘到哪儿去？夜就要来了，天还会亮吗？

渡 边

婴儿发现，从两个男人的尸体血肉里飘来两团热气。这热气像火焰上方的热力，你看不见它，但它让光线发生了折射，改变了世界的样子。两团热气向自己靠近，不说话不言话，没有形状也没有颜色，也不试图告诉自己什么。但是，当这两团热气一前一后来到他的眼睛上方时，婴儿发现这世界变了，变成了另一个人的世界。他想，人死了之后原来就是这个样子，他们不会再有肉身，也不会对你说点什么，但他们会带来一个又一个世界。如果你能看到所有人的灵魂，你就会看到亿万个世界。

人的皮囊真是很脆弱。我们尽一切努力把一个北海道农民训练成有钢铁般意志的人，可是，只要一把刺刀穿透腹部，他就必死无疑。我有把军刀，经过三次上千度的高温、锻打、淬火，才有了现在的样子。我用它杀了很多人，可是沾上的第一滴血却是我的战友的。当然，他是个罪犯，刺杀了自己的上级，所以他必须得死。剖腹，然后被军刀砍掉头，是他得到的最后尊严。

军刀刀刃每一寸都搁不住一根头发，还能轻易切断铁钉。所以，刃口之下，人的脖子不堪一击。人头落地的一瞬间，颈骨是白玉一般的颜色，不过很快，就会被血染红。红白相间的感觉不是很好，有点血腥，最主要的是不美，那颜色太浓烈了。人应该尽可能死得美一点。

我始终固执地认为，至死都是如此，用军刀杀死一个人，应该是种礼仪，与中国孔子讲的那种礼一样。多年的军旅生涯让我杀人无数，在血腥和暴力中浸泡得太久，但我一直觉得杀死敌人与一个活生生的、与一个有血有肉的人并无关系。一个活生生的、一个有血有肉的人惨死时，终究是很丑陋的，会让人生起一丝低下的、软弱的、不合时宜的同情心和恐惧感。而我，觉得那是在履行一种我与敌人之间的礼仪。当我砍下敌人的头颅时，我满怀尊敬，有那么一点悲伤，并且默默地为亡灵祈祷。并且我懂得，杀人这个事情要适可而止，否则，当你不遵守礼仪，你就破坏了人在世间的尊严。那些肮脏的污泥浊水迟早要反过来溅在自己身上。

“新生代军旅作家”面面观 |

这是我一直以来的信仰，可是……

这座城的一角炸塌了，我沿着高高堆起的砖块翻过城墙。城里的士兵失去了指挥，不再抵抗。我路过一座寺院，墙皮脱落，墙基青石上生着苔藓，门口倒着几具尸体，血把青绿色的苔藓染成绛红色。我发现，这座城很古老。

一队交出武器的士兵垂着头，与我们相向而过。一等兵永泽突然失去控制，狂怒地跑出队伍，用刺刀捅倒了几个俘虏。那几个俘虏发出牛一样的叫声，很轻很闷，就倒地死了。其他人只是稍稍向后躲了躲，仿佛躲过这次灾难就能活下去。走了几步，又有一个士兵冲出队伍，用三八式步枪顶着俘虏后脑开了枪。俘虏扑在地上，死了，其他人继续沉默前行。不一会儿，这队俘虏便死光了，横尸在马路上。

我带着队伍进入一条湿漉漉的小巷子。有个女孩子突然从院子里跑出来，看见我们，吓呆了，扶住墙，瞪大了眼睛。她弱弱的，花朵一样干净，脚上有双红皮鞋，似乎是这里唯一有颜色的东西。女孩子轻轻地喘着气，像幅画似的印在我眼中。

午夜，我站在院子中央，倾听远远近近的声音。机关枪一刻不停地哒哒哒响，号叫、惨叫、嘶叫、痛叫以至于怪叫，混合在一起，仿佛有了颜色，把夜空染成了浓紫色，并且浓得成了黏稠汁液，一滴一滴从天空里落下来，砸在地上，冒出强酸一般的刺鼻蒸气。

我走出院门，脚下又湿又滑，巷子里横七竖八地倒着尸体。我来到女孩子站着的那座院子门口，里面血淋淋的，即使在黑夜里也泛着浅红色的光。我有一丝无奈和痛恨，我的士兵总也不能领悟畜牲和人的区别。他们总是用一些愚蠢、粗野的手段去得到人世间华光一现的珍宝，结果他们总是把很美的东西变得很丑陋，而且永远也得不到。

我失望地走进院子里，迈过几具尸体，窗台上蹲着一只黑色的猫，眼睛发出金黄的光。屋子里竟然还亮着一盏油灯，摇摇晃晃，朦朦胧胧。我进了屋子，一片狼藉，几个人死在地上、床上、桌子上，连厨房的大铁锅里都趴着一个死人。

有个小房间，隐隐飘出一缕香气，在一片血腥之中很特别。我走进去，大概是闺房，不过一切都很零乱，书本、胭脂、花朵撒了一地。我抬起头，在很高的书架顶端，摆着一只白色的小瓷罐，还写了几个汉字。真是个奇迹，竟没人去碰它。我忍不住踩着一只木凳子爬上去。瓷罐很小，拳头大，罐口用纸条封着。小楷字写得很秀美，我觉得一定是那个女孩子写的。这两个字是"霓云"，真美。

我稍用力，拔开了塞子，一股幽暗的香气扑来。我恍若隔世，忙又盖上了塞子，生怕不知自己身在何地、身处何时。我准备走了，把小罐子轻放在桌上，过不了多久，又会有人来这里抢掠一番。走了几步，我忍不住转身，把小瓷罐拿起来，揣进兜里。

王 大 心

婴儿身上的黏液风干了，又脆又硬。母亲的尸体可以挡住寒风，但挡不住寒冷。他茫然地大睁眼睛，打量着夜空，也打量着江岸。被水浪打湿的岩石一会儿结冰，一会儿融化，在漆黑一团中散发出薄薄的雾气。一群饿坏了的家狗悄悄跑过来，又小心又胆怯地舔着尸体上的血，继而战战兢兢地咧开嘴，用槽牙咬断僵硬的手指脚趾，嘎嘎嘣嘣地嚼起来。慢慢地，它们胆子大了，从破开的肚子里扯出肠子，从大腿上撕下一整块一整块肉。

一条黑狗来到婴儿身旁。石块上沾满了被炸药烧焦的碎肉，它焦急地把它们啃下来，一下一下费力地咬。在黑暗里，它吓了一跳，发现一个婴儿睁着眼，无神地看着它。一只满是血腥的黑色大鼻子凑近婴儿，嗅了嗅，又往后退了退。一条红色的舌头在婴儿的脸上、脖子上舔了几下。婴儿看到一双焦黄色的大眼睛，流着泪，哀伤地看着他。好一会儿，一个毛茸茸的黑色身躯躺在婴儿身边。这下好了，寒冷、大风、刺痛、恐惧统统不见了。婴儿使劲往这个温暖所在的中心处钻，他碰到一排和母亲一样的乳头，就把嘴吮了上去，又有一股热热的汁水流进嘴里。婴儿暗想，有乳房就有整个世界。

一声孤零零的枪响传来，狗群吓得散了。乳头猛地从婴儿嘴里抽出去，像一个巴掌打在脸上。黑狗跑了几步，又犹豫着回来。两排牙齿软绵绵地把婴儿托起，放在江水里。说也奇怪，江水竟是热的。只有脸能露在外面，婴儿看见黑狗对他张了几下嘴，摇了摇鼻子，一扭身跑掉了。他很伤心，默默地仰望苍穹。夜空格外低矮，一颗一颗星星亮得刺眼，仿佛一伸舌尖就能舔到金黄色的满月。天幕在脸上方左左右右地摇晃，周围的江水里片片银光。

婴儿哇的一声哭了，声音击碎江面上的亮光，挤满夜空。他发现，他和这个冷冰冰的世界不一样，那一大群热气腾腾的生命也和这个世界不一样。一团热气飘来，他在黑色天幕里看到一只沾满泥污的手。他想起来了，被炸药气浪推上高空时，这只断手曾经抚摸过他的脸。

我是在放下枪的那一刻开始后悔的。虽然我不相信仅仅依靠理性、正义、仁慈这些东西就能给世间带来和平，但放下枪，却意味着从此要把自己的命运交到别人手中，无论那是一些什么人，也无论他们会怎样对待你。

当然，放下枪，我有一阵轻松。我望着冬季灰蒙蒙的天空，看着那颗淡淡的黄太阳，心想，我肩扛着这座城，我也扛着死亡。现在，这座城里的芸芸众生将像野花一样和大地生长在一起，他们不再崇高，他们将什么也不代表，他们剩下的仅仅是好好活下去。我，再也不把你们扛在肩上了，我也不把死亡扛在肩上。

我的双手捆着麻绳，和十几个军人拴成一串，面无表情地走在街头。我发现我们还算好的，相向而行的一串男男女女就没那么幸运了。一根小手指粗的铁丝穿过锁骨，三三两两拥成一团，像将要放到火上烤的竹鼠。一个襁褓里的婴儿被从二楼扔下来，只哇了一声就一动不动了，头部溅了一团血迹，像束红艳艳的玫瑰。婴儿就落在我两步远的地方，我斜首看了看，仰望天空，心想，你已不在我肩上了。安息吧，大地将要被血洗过，你不过是一朵漂在血海上的小花。

又一个身材微胖、浑身赤裸的少妇从楼上掉下来。她的肚子给划了一道长口子，身体落地时，肠子摔出来，甩了老远。她尖叫过一下，又大睁着眼，一声不吭。一个气急败坏的日本兵跑过来，用刺刀撬开她的嘴，取出一块咬掉的耳朵，捂着半边脸跑远了。我扭头看了看那个残破的、已没了人形的女人，生出一丝敬意。如果我的手脚没被麻绳捆住，或许我会跪在她的尸体旁，在她被刺刀捅烂了的嘴唇上吻一下。

莫名其妙地，天空里落下一滴水，砸在我的额头。我用被缚的手背抹了一下，这水珠里竟有一缕幽香。一瞬间，这座城成了玻璃城。远远近近的建筑物透明了，什么也遮掩不住。这样，我就不仅仅听得见一浪高过一浪的叫喊声，还能看见各种各样世所罕见稀奇古怪千姿百态超乎想象的杀戮和惨死。一个日本兵正往一个女人的身体里塞石块和泥土。一个日本兵用刺刀把一个稍有反抗的女人刺穿了。一个日本兵把一颗拉开销子的手雷挂在一个男孩子的后脖领子上。一个日本兵把一个老人从窗子里推了下来。一个日本兵正在往屋子里浇汽油。一个日本兵正在往尸体上撒尿。一个日本兵正在扣动机关枪。一个日本兵正往腰带里别一只鸡。一个日本兵挥刀砍断了一个男人的手腕。一个日本兵在擦军刀上的血迹。一个日本兵倚在没了门的门框上点烟。一个日本兵在哈哈大笑。

我一阵眩晕，轻轻叹了口气。我低声说，你们也都不在我的肩上了。你们现在是大地的子民，但大地能养育你们，却不能保护你们。她让鲜花怒放，也让杂草丛生。她让骏马奔驰，也让豺狼横行。有一天，她还会洪水滔天，那时，我们的肩上什么都没有，只有死亡。

前方，捆着一溜俘虏，跪在街边，呈杀头的姿态。几个日本兵按住一个俘虏的肩膀，以防他扭动身体或逃跑，笑着对几步远的少年日本兵大叫了什么。那个少年日本兵还没有上了刺刀的三八式步枪高，他犹豫几次，稚嫩地嘶叫着，将刺刀插入俘虏的胸膛。一下刺得不深，便像刷糨糊一般地把枪托乱推，把自己也吓得半死。

被捅的中国俘虏半闭着眼，竟出奇地能忍耐，不大叫，也不咧嘴。他迷茫地看着戳进自己胸膛的刺刀，不知他心里想的啥，仿佛快点死掉也是件好事。日本兵高叫一声，手指指向我们。那个少年日本兵端起刺刀，急急地向我们跑来，刀尖一会儿指向左，一会儿指向右，不知最终会指向谁。

刺刀尖掠过我的肚子，捅进身后李大个子的腰。李大个子嗷嗷叫了几声，声音不大，嘴里吸着凉气，好像连死的时候都怕惊动了谁。他扑通一下倒在路边，痛苦地蜷起身，仿佛得了什么重病。我回头看他，他挣扎着抽出一只手，向外摆了摆，算是道了个别。似乎这条路还有那么一丁点盼头，他命不好，走不过去了，而我们都还有救。

又走了十几步，一个矮个子身材敦实的日本兵发了狂似的冲过来，扑哧一声，老兵上官富贵的瘦皮囊也给戳穿了。他怪叫一声，像冬天里吊在树杈上的老狗，得吊好一会儿才能死。他嘴里咕哝几句，讨好地对那个日本兵笑了笑，自己拔出刺刀，爬了几步，靠在路边的梧桐树下坐好。日本兵赶上去，还想补上几下。上官富贵憨厚地笑了笑，指了指自己的肚子，大概是想告诉日本兵，他活不成了，早晚是个死，开开恩，让我死得好受一点。

事不过三，这下该轮到我了吧？我们这一队俘虏就像块香喷喷油汪汪的肥肉，被扔进了饿了半个月的野狗堆里。一个日军少尉大大咧咧地走过来，用王八盒子顶住我的后脑勺。我麻木地向前走，赶紧看一看这座城和残存在寒风里的一草一木，这有可能就是最后一眼了。

我以为，放下枪我就能更想好好活下去了。现在看，也未必，只有一直把死亡扛着的人才会更想活下去。满世界都是灰白色，冬天的雾气把我罩得严严实实，我看不到好好活下去的希望。人世间没有给我一个出口，我爬不出去。不生也不死，不痛苦也不快乐，浑身是一种迟久的钝痛，似乎只盼着这一切快点结束。

渡　边

刀刃在空气里轻轻划出一声响，人头落地，向前骨碌几下，沾了一脸血一脸土。起初，表情还很清晰，或是恼怒，或是恐惧，或是失望，一小会儿，脸上的肉就松弛了。一张张脸面无表情，嘴大张着，眼睛空洞。似乎所有人的死相都一样。

我的军刀刀刃是用最好的钢打成的。抚摸着刀刃，稍不留神，指尖就会被割破。我想，它无情无义，冷冰冰，锋利。它不因你有血有肉就会生出一丝情意、一丝怜悯，或者被更多污秽、短浅、廉价的人的情绪所左右。它是世上最清洁的东西，但谁也得不到它。我宁愿它永远摆在架子上，永远作为干净的东西放在那里。

现在不行了，它必须和尘世打交道。每一次杀人都不轻松，人头落地之后，我要艰难地把所有人间的情绪慢慢压缩、收回，恢复到刀刃那样纯净的境地。这样，一切才简单了，惨叫、哀号、眼泪、血腥统统从刀刃处遁入虚无，然后变成一种干净的东西。婆娑世界很不堪，但那个干净的东西却能像金刚石一样璀璨。但是，我最近杀的人实在是太多。我发现刀刃钝了，有无数细小的缺口。最可怕的是，当我在灯下凝视着它时，看到了它的锋刃，那里锈迹斑斑。

它再也不是通向另一个世界的门，而只是个和肉身之人一样的俗物，那扇门关闭了！

我觉得，是我自己毁了它。

那天晚上，我揣着小瓷罐，徜徉在暗红色夜里。我相信"霓云"一定就是那个女孩子的名字。有个院子还亮着灯火，让人诧异。我走进去，是间书房，有个穿长衫的中年男人立在长桌前，对着一张雪白的宣纸发愣。看见我，他没有害怕。虽然他依旧盯着那张宣纸，眼神却告诉我，他的心被什么搅动了。

我走上前去，桌上摆着一只半开的手卷。我用军刀刀鞘慢慢把手卷摊开，一股樟木和陈纸味扑来，这是一件稀世珍宝。人间最难得的是旧时光，这手卷里就有旧时光，而且还是以很美的样子呈现的旧时光。我很羡慕他，也羡慕这座城里的人。我默默地用刀鞘合上手卷，看了他一眼，无声地转身。我希望这旧时光能永远留着，甚至自欺欺人地想，只要我离开这间屋子，这男人就没事了。他可以一直对着宣纸发呆，仿佛发生在夜色里的一切可怖与他没有关系。

转身的一刻，有个东西重重地砸在我的脖子上。这男人肯定没杀过人，那个东西应该砸在我的后脑勺上才对，一个训练有素的士兵可以一下子把我击晕，或者干脆敲碎我的脑壳。在眩晕的一瞬间，我拔出军刀。等我可以看清周围的景物时，刀刃已经从男人的脖子处掠过。他趴在桌上，眼大睁。血像瀑布一样从动脉里喷出来，在雪白的宣纸上溅出大大小小的圆点。又是一股血泼出来，仿佛一桶红色墨汁浇在纸上，浸透纸背，那形状竟然像一座孤立的山。男人一句话也没说。一股一股血浆持续涌出来，变成一条河，从那座红色的大山下流过，又变成大片大片连绵起伏的土地，隐隐约约有无数形态各异的生物的轮廓。

砸我的是块砚台，掉在地上碎成几块。我弯下腰，一一拾起，拼好。这是块上好的端砚，满满的鱼肚白，酥油一样滑腻，远远胜过日本的赤间砚。我又弄坏了一个世间少有的珍宝。

一阵伤感，而且这伤感竟然无法收拾！怎么说呢？它不仅仅是对不可挽回的事情的难过，还有一种解脱。有一种强烈的情绪在释放出来，而这种情绪过去通常都需要花很大的气力来平息，去回复到冷冰冰的刀刃状态。但是我做不到了，我再也闻不到那干净的花香，我的心就像开闸的洪水，没什么锁得住它。

我知道，这洪水迟早要以最残酷、最丑陋的方式毁掉我。可是我管不住自己了，还有谁来挡住我的去路呢？我的刀刃啊！我终生依赖的信仰，你为何离我越来越远？你为何不来拉住我啊？

我没有擦去军刀上的血，而是提着它，以一种可怕的姿态走到大街上。迎面走来两个抬尸体的人，胆怯地低着头，生怕我注意到他们。我拦住去路，不问青红皂白地砍断了前面那个人的颈动脉。他像咳嗽一样哀号几下，腿一软，跪在地上死掉了。尸体翻落在地，后面那个人呆在那里，愣愣地看着我。我盯着他圆亮亮的额头和空洞无神的眼睛，渴望知道他心里想些什么。可他的脸像块木板，没有任何东西可以沟通。手起刀落，利刃正中他的额头中心，一缕缕红色的稠血洇渗出来。

我知道我做得不对，我正在做世间最可怕的事情。可是有人管我吗？谁来主持正义？现在，我的军刀只有刀刃，没有刀背。我又在街上随便杀了两个人，太容易了！一条鱼、一只鸡在被宰掉之前还知道垂死挣扎，而一个人却不知道。他们是怎么一回事？

这可真是世间最大的谜。不过，我不想了，也来不及想。我的身体像要炸开了似的，有股猛烈的情绪带着我在墨汁一样黏稠的黑夜里走。夜色像淤泥，陷着我的脚，可越是这样，我就越想迈开大步，死命往前走。

我的步子终于轻了，毫无挂碍。到处在杀人，各种各样的杀法。在大部分时候，当你做不正义的事情时，你会后怕这不正义的事将落到自己头上，当你给他人施加恐惧时，这恐惧同样会施加给自己。可是现在，完全不必有这样的担心。夜色里没有对与错，任何凶手都在黑暗中无形无迹。我怀疑在梦中，可发现真实竟然比梦境还震撼。这震撼一会儿带来悲伤，一会儿带来兴奋，一会儿带来绝望，一会儿又带来狂喜。真是去他妈的！其实这一切情绪全是假的，他们不过是人身上披着的画皮，是来自人世间的人心里残存的唯一一点记忆。现在，各种各样的情绪正在白热化，分不清你我，只剩下钢水一样的东西。

到处是我们的人，但不是我的部下，一个都不认识。但无所谓，现在只有我们是站立着的，可以称之为人。其他的，是梦中的影子，白天一来，就会消失得无影无踪，仿佛不曾存在过。我的前方，大街中央，十几个士兵在他们的少尉带领下，把一个赤裸削瘦的小姑娘围在中间。她捂着胸部，蜷起腰身，痛哭流涕。我真的不能理解，一个瘦弱的、惊慌失措的女孩子一点都不好看，你们看她嶙峋的肋骨，看她突出的髋骨，看她单薄的后背，看着这样一个人，怎么还能兴致勃勃且一脸笑意？得怎样的狂想，才能把一个不好看的东西变得吸引人？

女孩子吓坏了，断断续续地哭，不时跌倒，身上沾了一大块一大块泥污。士兵们伸手去摸她，她想躲、想逃，可又被抓回来，甩在地上。等女孩子站起来，有个一等兵用枪托把她砸倒，分开她的双腿。于是士兵们像看到什么稀罕物似的睁大眼睛，伸长脖子去看她的私处。

女孩子尖叫起来，另一个士兵用军用大头皮靴踢她的肚子、肋骨。是真正用力地踢，我听见骨头折断的声音，听见内脏爆裂的声音。女孩子号叫一声。那个士兵并未停下来，于是她的号叫变成惨叫，还夹带着惶恐、哀求。不久，那声音已听不出像个人，更像是某种垂死的动物的怪叫。

士兵们哈哈大笑，笑声和惨叫声混杂在一起，显得十分陌生和荒诞。又有一个新兵想出了新主意。他找来一根烧火棍，试着捅进女孩子的身体里，她自然是拼死挣扎。于是，几个士兵用皮靴重重踏住女孩子细弱的手腕脚腕。她再也逃不脱了，在沙哑的、充血的、干枯的、失望的、困惑的、恐惧的叫声中，死去了。身下慢慢积起很大一汪血，大得吓人，像是在高空望下去的粼粼湖泊。

士兵们一时间有点无聊，一哄而散。我突然觉得身上的皮肤迅速膨胀脆裂，长出硬壳、犄角、羽毛、鳞片，视野变得血红。我成了怪物！

王 致 美

早晨，我呆站在街头，看见日本人进城了。他们的队伍很整齐，又很古怪。当我看到军用卡车径直把一个腿脚不利索的老太太碾死在大街上时，就预感到，这座城的末日来了。我扭身跑回家，看见父亲正静静地端详着一幅古字，仿佛现在这座城里什么都没发生似的。我悲伤地望着他，他对我笑笑，远远地说道，你过来，写几笔，看看有没有长进。我三心二意地涂了几个字，父亲没再训斥我，而是说，小小年纪，写得倒像古人，你来看看这张手卷，讲讲他们是怎么下笔的？

我伸出手指，不想就在泛黄的手卷上面留下一小片泥印迹。父亲平日最爱这东西了，可他这回却哈哈大笑，有点异样，说道，这画已经有一千年了，若是再有一千年，后人大概会绞尽脑汁地想，这是哪个先贤大德留下的呢？记住，

　　　　　　　　　　　　　　　　　"新生代军旅作家"面面观 ｜

所有的字讲究一个骨，骨头的骨，骨气的骨，风骨的骨，有骨就有中华。说完，他不再理我，又陷入到那幅手卷中去了。许久，他对我说，你去玩吧。在我跑出门的那一刻，他看了我一眼，那眼神就变成了永恒的画面，映着黯淡的阳光，沉在时间的河底。

末日里，我想和姐姐在一起。这念头只是一闪，就跑到了姐姐家门口，我发现，这才是一直以来想要的。姐姐回头看了看，一咬嘴唇，便拉住我的手，往秦淮河边跑。那里有个很隐秘的所在。在两座青砖房子中间，有条通向河边的窄过道，只容得下一个人的肩膀。那户人家把过道砌死了，里面堆着稻草和杂物。夏天时，我偷偷来过，有只黄色大猫带着一窝没睁眼的小猫住在这儿。

曲曲弯弯的小巷子又潮又冷，薄雪落在青石上，慢慢融化消失，若有若无。我跌倒了，胳膊和膝盖被泥水浸透。我又焦躁又沮丧，心想，死在这样一个天气里真是不好受。姐姐拉我起来，手暖暖的，我使劲朝灰白色的天空里望了望，不知这个世界会怎样结束。

到处空荡荡的，寂静无声。看不到一个人，准确地说，是看不到一个活着的人。有个院子门敞开着，我和姐姐溜进去，又害怕，又好奇。草丛里横横竖竖地倒着几具尸体，井沿边上甩了一只黑色的皮鞋。我顺着井口望下去，一个男人也仰头望着我，不过他已经死了，大睁着眼，脸皮像鱼肚皮一样白，头发漂在水面上，仿佛一层黑色的苔藓。

在房子里，有个赤裸女人趴在地上。她也死了，头发被人掩在门缝上，身体蜷曲，双手捂着胸。从双腿间流出很多血，干涸了，在痂一样的污血中间，伸出一根棍子，像是从身体里长出来似的。我第一次见裸体女人，也是第一次见这样死去的女人。她身体苍白，好似某种岩石，姿态古怪又吓人，不知受了多大的苦楚才死去。我转过头，看见了活生生的姐姐。一瞬间，就好像看到了她另一副样子，我忙闭上眼，向院子外跑去。我们跑啊，跑啊，空气中有一股股火药味，雾气很大，不辨方向。我俩就像迷宫中的小白鼠，到处乱闯，不知会有什么可怕的东西从雾中跑出来。

终于到了！两道墙之间堆满了稻草，比人还高，一直顶到房檐。我和姐姐看了一眼，我先爬上去，然后拉着她的手，一起滚落进稻草堆深处，好像两只小鸟回了窝。靠近秦淮河的那一边，墙很厚。从青砖缝里，看得见空无一人的河岸，看得见拍打着青石的水浪，有只无家可归的黄色小狗孤零零地立在岸边，四处张望，不知去哪里。

霓云姐姐背靠着墙，站在我的斜对面。我使劲挤了挤，想挪到她面前。两面墙之间真是太窄，等我终于能和她相视一笑时，我们的身体已经死死贴在一起了，连动都没法动一下。几个月之间，我又长高了一点，现在，额头大概与姐姐的嘴巴平齐。她张开手臂，把我的头搂在胸前，很暖和。我也想抱着她的腰身，可是没半点缝隙。我只好伸出手，抚摸她的眉毛，鼻尖，嘴唇，掠过肩膀，停在她的腰畔。她的身体抖了一下。

我把脸贴在姐姐脖子上，她青色的细血管像小号狼毫在白宣纸上画出的线条，凉凉的，有一缕幽香。她的发髻散了，长发铺天盖地，把我罩在一片昏暗里。我的身体有了异样，可又动弹不得，姐姐一定是发现了。我羞愧地看了她一眼，涨红了脸，难过得流下一行泪。她微微一笑，抬起我的脸，用带树叶味的雪白牙齿轻咬我的鼻尖。她的身体似乎也在膨胀，每呼吸一下，我都有快窒息的感觉。要不是这两堵墙，我们一定会做出另外一些事。我就像浸在繁星下的湖水里，四周围又温暖，又寂静，还有粼粼波光。我倾听着万事万物的声响，到处都有姐姐的气息。真好，我没把姐姐弄脏了，她本就不属于我。

姐姐问我脖子上的牛皮绳子拴了什么，我费力地抽出来，把那块薄薄的灰色金属片放在手心，举到她眼前。姐姐有点惊喜，又将锋刃托在自己手中，仔细端详。她说，你看它像不像黎明前的天空，带着点乌蓝色，又带着一丝光亮。看见它，你就知道一切有了希望，新的一天来了！

墙外传来枪响，姐姐的手臂颤抖了一下。回过神来，她的手心里多了道伤口，一颗一颗细小的血珠慢慢渗出来。我呆住了。谁知，她竟使劲将手握起，闭上眼，嘴唇抖动着说，花开了就会落，但落了还会再开。也许有一天，姐姐不是现在的样子，但我们还会再重逢。你看，绿色的光遇见红色的光会成为紫色的光，两片云彩抱在一起成了一朵更大的云彩，南边来的风碰上北边来的风是春天里的风，你身上的味道和我身上的味道混合在一起，是相爱的气味！

王 大 心

当我们这队俘虏走到秦淮河边时，只剩下九个人了。我一点都不怀疑，我们没有一个能走到终点，实际上也根本就没什么终点。头里的日本兵一横刺刀，让我们停下，九个人就愣住不动了。日本兵又指着座青砖房子，大叫了几声。我们就面对着那房子站好。砰的一声枪响，站在队首的老兵罗三闯死了。这个家伙爱逃跑，枪一响，撒腿就跑，仗打完了，再回来领银元。打了这么多仗，竟然活得好好的，比一条野狗命都大。他还爱骂骂咧咧的，骂司令，骂军长，骂师长，骂团长，骂连长，骂排长，骂他们贪了大头兵的钱，骂他们贪生怕死。这回，他是真死了，最后骂了一回日本人，然后后脑勺上挨了一枪。地上喷了一团血浆，一副血里透白的牙齿甩在泥里，上上下下地动了几下，最后像煮熟的河蚌一样咧着不动了。

我木然地盯着眼前的青砖房子。挺怪的，两幢房子之间间隔很窄，用砖封住了，砖缝很大，要是躲了人，恐怕是任谁也找不到。这个地方真好，要不是穿过一身军装，我也会藏到这里的。带上我的媳妇、儿子，带上几个馒头，带上点水，兴许就活过去了。可现在，我是无处可逃了。不是不想逃，也不是不能逃，而是逃走比死了还痛苦。我已经后悔一次了，不想再后悔。我的脑袋欠了一颗子弹，不论是谁打了这颗子弹，日本人也好，战友也好，都是我应得的。

正想着，第二声枪就响了。二斗伢子也死了。不过，他站在第三个，看来鬼子是隔一个开一枪的。二斗伢子是个孩子，不超过十五岁吧，是我把他抓过来了。我知道这不对，刚开始时，他哭着要回家找爹娘。可我还是狠心把他捆起来了，国家没了，你有爹娘又有什么用？你看，我就是这么混蛋。开始时，二斗伢子还恨我，可吃了牛肉罐头、领了几块大洋之后，他就不想走了。当然，我知道，他并不是因为这些个东西才不走的，他有更高的理由，和我一样，但我们都说不好这理由是什么。现在，二斗伢子的脑袋也给打开花了，你别恨我，让你爹娘也别恨我。当初就是放你走了，你现在也还是这个样子。

鬼子杀个人还弄个门道出来。一会儿是隔一个杀一个，一会儿是一排全杀掉。一会儿是放狼狗咬，一会儿是用刺刀刺，一会儿是用军刀砍，一会儿是用机枪扫。反正是随你们了。也是，你放下枪了呀！一支枪不是正义，两支枪才是正义。你还没明白？一个人手里有枪没有正义，两个人手里都有枪才有正义。你放下枪了，你灵魂里没有枪了，你对着屠刀歌唱吧，你把优雅献给子弹吧。可是，炸药是一个贪婪的怪物，除非你能让它也害怕，否则它永不知足！

我站在了第九个，也是最后一个。只听见击锤清脆的声音，也没耳鸣，也没眩晕，世界如故。枪卡壳了，日本兵拉了下枪筒，一枚红黄色的子弹落到我面前，我知道，另一枚子弹上膛了。又是一下击锤响，可我的脑袋还没被打碎，我木然地打量着这周围。日本兵有点急躁了，拉了几下枪筒，只留最后一发子弹在里面。他不相信我竟然有这样好的运气，也明白，只要有一发子弹响了，我也就完蛋了。怎么说呢，我们这些俘虏有点像一车要被卸掉的货物，早卸完早了事。

第三枪也没响，我的脑壳还是完整的，鬼子气急败坏地用枪把砸我的头、我的脖子、我的肩，想把我弄死，却气得忘了用他的军刀。额头上流出的血糊住了我的一只眼睛。我望着天空，一半是灰白色，一半是红色，几只不知谁家的鸽子从白色的天空飞进红色的天空，又从红色的天空飞进白色的天空。

日本人的狼狗对着窄墙叫起来，里面肯定是有人。我失望地想，又要看一次杀人了。我们绕到墙后的小院子里。一个被日本人抓来的向导用中国话喊道，我们知道里面藏着人，你们快出来吧！

我的胃一阵翻腾，头一次听见有人把我熟悉的中国话说得这样脏，这样让人心碎。我虽然听得懂其中的意思，又觉得不是中国话，而是一个刚从胎盘里落下来的小怪物，血淋淋的，又瘦弱，又吓人。好一会儿，一个年岁不大的男孩子从稻草中爬出来。他孤零零立在几把刺刀前，有个日军少尉走上前说了什么。耳边又响起那种很脏的中国话，你叫什么名字？你的家在哪里？里面还有人吗？少年没说话。狼狗还在叫。少尉俯下身子，在少年肩头嗅了嗅，仿佛吓了一跳，忙转过身，对日本兵说了什么。就有人往稻草上浇了些煤油，放起火来。

在火光里，少年回头望了望，眼睛红了。一个日本兵用指尖捏住一块糖，在他面前晃晃，塞进他的衣兜。少年嘴角微翘，好像是在笑，用手在日本兵的脖子上抚摸了一下。日本兵憨厚地大声笑，仿佛自己的行为感动了孩子，也感动了自己。片刻之后，他的脖子上就喷溅出烟花一样的血。另一个日本兵嗷嗷大叫着冲过来，高举刺刀，可能他又觉得这样少年就死得太过轻松。他卸下刺刀，把少年的两只眼睛弄瞎了。少年费力地抬起脸，两只血红色的洞对着天空。

日军少尉面无表情地想了想，拿出一颗手雷挂在少年的领子上，用生硬的中国话说，向前走！然后，他拉开引信，推了少年一把。少年回过头，用两只血洞望了望，没看我，也没看日本人，好像我们根本就不存在。他笑了笑，慢慢向院门口摸索着走去。轰的一声响，门口空荡荡的。

渡　边

这个柔弱、清秀的少年从稻草堆后面爬出来，我希望他能活下去，至少活过这一次。可是，当我弯下腰，想听听他在说什么的时候，闻到一阵锐利的香味。我在哪里闻到过，对了，是在那个死尸遍地的小院子里，和写着"霓云"两个汉字的小瓷瓶子散发出的气味一模一样。我想起了穿红皮鞋的女孩子。

我知道此时我的同胞会怎样对待她，他们已经和畜牲没什么区别了，而且还不自知。烈火和刀刃都算是干净的吧？这是送你的最后一点东西，以表达我的爱慕。当然，我知道我永远也得不到。

霓　云

日本人的狼狗猛地叫出声，我窒息了。剃头匠家的黄狗对我叫时，我吓得不敢动，但这回更可怕。狼狗很凶猛，也很有力气，它们的叫声可以贯穿耳膜和脑髓，叫人脑中一片空白。

小美弟弟把我的手摇了一下，说道，姐姐别怕。说也奇怪，一阵眩晕之后，这句话就像久渴之人舌尖上的一滴水，我一下轻飘飘的了。明晃晃的刺刀，日本人粗鲁的笑容，还有惨不忍睹的尸体，这些都吓不着我了。怎么说呢？就像一颗子弹打不死一团火，一枚炸弹炸不毁一束光，一柄军刀砍不断一缕香气一样。如果我的心不再害怕了，那还有什么能让我害怕呢？

我推了小美一下，说道，你还有机会，出去吧。小美低着头，不走。我把手腕放在他鼻子前，说，闻一闻，这是相爱的味道，永远不会消散。小美说，一起走吧。我说，我不想被他们弄脏了，再死。而且，也说不定……

在火光中，我看到小美死了。剧烈的疼痛，但我忍住没吭声，觉得惨叫声有点丑。我愿意死得美一些。最后一刻，我明白了，我的担心是不必要的，因为烈火没办法伤及美丽一分一毫。

父 亲

　　我的儿子小美走了，仿佛手里抓着我的筋，跑出门时，也把我的筋抽掉了。罢，罢，你走吧，像小鸟一样飞得越远越好，别让什么伤了你的翅膀。

　　我呆坐在书房，盯着书架。它像蓝白相间的四面高墙，一直顶到天棚。太阳从东边的窗子里照进来，浓红色，不知过了多久，又从西边的窗子里照进来，血红色。夕阳仿佛从天而来的红色大河，把滚滚鲜血倾倒在人世间，也灌进我的书房。我坐在一片血泊里，那些书籍就像血泊中的孤城，芸芸众生在城里生老病死。我看见他们，他们却看不见我。他们生生不息，而我，将走向黑暗。但这一切并不可怕，黑暗不过是另一片土地，鲜血不过是土地上的河流湖泊。阳光再一次来的时候，万事万物将从黑暗中获得新生。

　　我明白了，这座城如要重生，就必须与四面高墙来个了断。其实原本如此，她是淡金色的，比晨曦还要淡，谁也不能与之媲美。她不惧火焰，那不过是一泓清水，将她的老态洗去。这个念头是如此荒诞不经，我的书房却瞬间被烈火吞没。一页页发黄发脆的纸在火中卷曲，变成炭，变成灰。一座惊艳的红楼烧着了，栋梁烧得通红，嘎嘣一声，巨木断了，整座楼倒塌，一团黑烟带着火星蹿向天空。一声声哭号不知从何处传来，有人倒在大火中，肌肤烧焦、脆裂，有油脂从黑色的伤口处流出。我还听见马匹的嘶叫，看见钉着铁掌的马蹄踏在城里的青石板上，砸出点点火星。一颗人头滚落在眼前⋯⋯

　　一切露出它们本来的面目。优美雅致的文字，不过是这座老城的残垣断壁。叱咤风云的英雄豪杰，不过是舞台上戴着假面的戏子。柔美销魂的莺歌燕舞，不过是挂满蛛网的旧床上的枯骨。直率性情的骚客文人，原也竟是一脸媚笑的下贱奴才。他们已统统落进黑色的深渊，再也爬不出来。谁无惧烈火带来的剧痛，谁才能滴着血活生生地站在我面前。

　　那个日本军人进来时，我知道，阎王派他的牛头马面来了。对一个鬼，我没什么好说的，无论他看起来多么仁慈。我只想说，此时，你千万莫要发什么慈悲心，做你该做的。这座城终会重生，你们拦不住，你快放把火，让那一刻快点来。

　　　　　　　　　　"新生代军旅作家"面面观 |

鬼啊！带我走吧。让我在漆黑一团的地狱里走一遭，让我在油锅里炸一遍，让我在血水里泡一通，让我在千刀万剐中疼一次，把我的皮扒掉再重新长好，把我的筋骨打断再让它更强健，让我脸面无存再给我尊严，让我生无可望再让我明白新生的可贵！

那个日本军人想离开。他的恻隐之心像夜里的一点灯火，但这一点火光怎么能让黑夜不来呢？我打算伸出手拍拍他的肩膀，又知道他不会理解。于是我用砚台代替了手。

婴 儿

婴儿浮在银光粼粼的江面上，望着黑沉沉的天空，心想，原来世界是这个样子的。它只做一件事，那就是毁灭。不停地毁灭，从一次毁灭，到另一个毁灭。当然。婴儿的脑子里是没有语言的，他也可能会用别的什么词汇来代替它，比如，死掉，腐烂，烧毁，倒塌，消失，不见，蒸发，爆炸，流血，残缺，严寒，惨叫，黑夜，哭号……其实婴儿也不需要什么语言，他本就在随心所欲地看这个世界。

那么，我来到人世间，大概也是来接受一次毁灭的吧。刚才，那把刺刀差点要了我的命，又是一股爆炸的气浪把我抛上天空，可我都没死。对了，有只断掉了的手摸了我一把，那只手可真丑，真吓人，可它的抚摸却有种说不出的暖意。它属于一个已经被毁灭了的人吧？那个人想告诉我什么呢？对了，对了，我怎么给忘了。还有乳房，还有奶水，还有母亲的身体。

婴儿咂了一下嘴，一滴口水流进江里。水是暖的，江面上飘着白色蒸汽。有股暗流不知从何处涌来，推着婴儿的后背、屁股，把他带向江面深处。这里宽阔了，没有密密层层的浮尸，没有枯黄的矮草，没有浓稠的血水。婴儿随着波浪一上一下浮动，他生平第一次在水中尿了泡尿，引来一大群鱼。这些黑色的大鱼挤在一起，又壮又滑的脊背托着婴儿，快要把他拱出水面。婴儿伸出手，抚摸着这些满是黏液的肌肤，发现它们活泼泼的，腰身有力又有弹性，只要一扭，就能把他举出水面。

大概已漂到江心，看不到岸。江的一侧映红了，另一侧黑漆漆的。火光血色越来越远，越来越暗，最后只剩下窄窄的一抹，那里是人世间。这里静悄悄的，有清脆的水流声，有鱼尾拍打水面声，有鱼嘴巴的吧唧声。满天星星压得很低，像一口铁锅底部沾着的水珠，又大又亮，垂垂欲滴。天地间有轰隆隆的声响，隐隐约约，不清不楚，不知从哪里来，也不知要向哪里去。

婴儿发现，这条江是活的。她温暖，流动不息，柔软，对生命没有敌意。黑鱼们游走了，婴儿想看一看水下面的世界，那里一定更灿烂。他沉到水下面，发现从江底发出微弱的亮光，把水下的世界照亮。婴儿呆住了，一时间忘记呼吸。

这个世界也很大，朦朦胧胧之中，有鱼贴着身体游过，像天上飞的鸟。有水草立在水中，和地上的树一样。江底的方向，是一片亮色，仿佛有个光源。一个很大的乳白色物体迎面而来，慢慢浮上水面。等它到了眼前，婴儿发现这是两具紧紧抱在一起的尸体。一个男人，一个女人，眼睛大睁着，肌肤白白胀胀的，像某种鱼类的皮。婴儿向四周看了看，才发现，水下面到处是人类的尸体，有的沉在淤泥里，有的悬浮在水中，有的被暗流带着，不知要漂流到哪里。他们的神态也不一样，有的睁着眼，有的闭着，有的大张着嘴在大声叫喊，一脸恐惧，有的很绝望，只等着来一个解脱。还有一个女孩子在对婴儿笑，她手里拈着一片梧桐叶子，水面斑驳的影子映在她身上，不停地晃动。这里俨然是另一个人世间，只是这里的人都不会说话，这里一片静默。

眨眼间，婴儿就落进了两个人的怀抱中，一起浮出水面。这时，他才感到窒息的恐惧，原来人是要呼吸的。他猛烈地咳嗽起来，吐出气管里的水，心想，毁灭无处不在，我又一次与它擦肩而过。

王 大 心

这队俘虏终于只剩下最后一个人，这个人就是我。我被一队日本兵簇拥着，跌跌撞撞走到江边，像只被牵来展览的猴子。他们呢，也算是完成了任务，谁也不能说日本人把俘虏全杀光了。

现在的我，不害怕，不难过，不疼痛，不害臊，不渴，不饿，不想张嘴，不想睁眼，摇摇晃晃地往前走。我用肿胀的眼缝瞧了瞧鬼子的刺刀。上面的血干了，刀刃好久没磨过，被血水锈蚀得发黑，竟有几只苍蝇蹲在上面。这座城被血水煮沸了，连苍蝇都活了过来。如此钝的刺刀捅进身体里，想必是剧痛无比的吧？不过，这样的痛才正合心思，如果鬼子给我一刺刀，我大概会有嘴里含块糖的感觉。

鬼子的淡黄色军服上也有血，喷溅状，有几颗椭圆形的血迹格外大。这种红色格外恐怖。比如，血流到江水里是一种红色，血喷在草丛上是一种红色，血洒在黑土里是一种红色，血溅在绿色的叶子上是一种红色，血流过刀刃是一种红色，可是，所有这些红色都没有淡黄色军服上的血色令人毛骨悚然。这是来自虚无的恐怖，永远也洗不掉，那种红色会变黑，变成一块污渍，最后把军服布料腐蚀掉，变成黑洞。

我打量鬼子抓着步枪的手。指甲很厚，积着油污，手背开裂，像是干了多年的农活。一双又丑又瘦、像老树枝一样干枯的手杀起人来，大多是毫无恻隐之心的。那些手摸惯了枪，已经是三八式步枪的一部分，也是刺刀的一部分。他们的灵魂已不在自己躯体里，而是在枪身上。有个鬼子扫了我一眼，大概是想看看我还能活多久。那眼睛里带着一丝笑意，但不是人与人之间的交流。看到了这种笑意，你就会对生不再抱任何希望。

我被甩在一群人中间。有俘虏，有平民。不少人被麻绳拴着，或用铁丝穿着肩胛骨。日本人开始架机关枪，远远听见子弹链哗哗的响声。人群一阵骚动，但不是逃跑，因为无处可逃。人们在相互道别。

我身旁的一个老兵从怀里拿出一封家信，看了我一眼，迎风把信撕了。那眼神我真熟悉，是后悔，是难过，又一言难尽。有一对母女在低声说话。母亲的肩被铁丝穿着，她似乎也不疼了，有气无力地对女孩子说，等一会儿枪响了，娘用身子压住你，你装死，待到天黑了，往城外逃，千万莫得回城。还有一个穿长衫的男人，从怀里摸出一块田黄石印章，爱惜地端详了一下，对我笑了笑。这笑容我也读懂了，有一丝希望他也会留着这个东西，现在呢，是一丝希望也没有了。男人把印章高高举起，砸碎在石头上。

重机枪响了，响个不停，就像有人在广阔的江面上甩鞭子。子弹从耳边、头顶、脸颊旁边嗖嗖地飞过，那么近，我简直看得见它们，只要伸手一抓，就能像抓蚊子一样把它们抓下来。我前面一个高个子男人的后脑勺，像摔在地上的西瓜迸开了，溅了我一脸血和脑浆。他重重地倒下时，把我也拦腰压在下面。

枪响了很久，我睁着眼睛，望着天上的云，不时有子弹打着人的肉身，发出噗噗的声音。我简直要睡着了，重机枪才停下来。日本兵端着刺刀，军官拿着手枪或军刀，踏着遍地尸体检查有没有活着的。我晕晕乎乎地站起来。我本来也不想活了，更不想躺着被鬼子捅上一刺刀再死。一个日军少尉看见了，又不急于过来。他踢了一个俘虏一脚，老兵转过满是血的脸，费力地睁开一只瞎眼，用黑色的眼缝看了看他。少尉朝着老兵的额头开了一枪。他又来到那对母女身旁，用军刀劈了下母亲的大腿。这女人死了。他又看了看尸体下面的女孩子，想了想，竖起军刀，向下一压。刀刃穿过母亲的腹部，又穿过女孩子胸口。那女孩子嘤嘤地哭了几声，死了。

少尉走到我面前，歪着脑袋，嘲讽地看着我。他认出了我，是他押着我来这里的。他的冷笑中又有一丝诧异，好像在问，你怎么还活着？他困惑地摇了摇头，把我扔在那儿，似乎知道我已是个活死人了，不会逃跑。

人杀光了。这个少尉递给我一只黑亮的铁钩子，生硬地说，你来，收尸。

渡　边

我从梦中惊醒，外面下雪了。浑身的躁汗，遇上午夜的冰冷空气，让我不住地战栗。周遭盖着薄薄一层雪，朦朦胧胧的，闪着白白冷冷的光。我呆住了，问自己，现在是何年何月？这是在哪里？我来这儿干什么？

这几个问题让我惶恐万分。我每天的任务就是杀人，一个分队一天要杀掉千把人，用机枪，用汽油，用手枪，用刺刀。我的军刀刀刃钝了磨，磨了钝，短短半个月，竟然磨去了一个小手指头宽窄。我现在不像个军人，倒像个重体力工人。

我的神经仿佛一根拉到了极限的皮筋，又扛起了块千斤钢锭，随时会垮掉。疲劳至极的时候，我盼着赶快入睡，现实简直就是噩梦，我站在噩梦里，蒙头大睡倒是一种解脱。可是，我时常会从梦里惊醒，次数越来越多。有一次梦到一只蚂蚁在爬，想踩它，却一脚踩空。有一次梦见妈妈站在山下的土路边，她望着远方，却没看我。梦境好似昏黄的照片，像是发生在很久很久以前。

我拿出铝饭盒，从房檐、从枝头、从墙顶上收集了满满的白雪。我想喝一口干净的水。这座城里的一切都沾上了血腥味，哪怕是吃一口用这里的水蒸的米饭，嚼一口肉，甚至是穿着用这里的水洗过的衣服，都能闻到人血味，听到惨叫声，看到他们死时的痛苦表情。唯有这天上来的水，能让我短暂地忘掉这一切。

我昏昏沉沉地回到屋子里，点上一根红蜡烛，呆坐在木头方桌前。雪慢慢融化，我突然想，要是能喝上一口雪水煮的茶该多好！这个念头吓得我一激灵，因为行军包里一直藏着一罐茶。我颤抖着把它取出来，放在影影绰绰的烛火下端详。拔掉塞子，一缕香气飘出，在幽暗的夜里四处游荡。

我抓了一小撮茶叶，放在瓷杯里，又塞好盖子。这香气在被血腥味浸透了的屋子里，真是太刺鼻了。雪水在铝壶里变热，咕嘟咕嘟响，一下一下喷着蒸汽。

在几十片暗绿色的茶叶中间，有一朵淡黄色的小花。它干枯着，但颜色依然新鲜，花瓣有些皱纹，却很娇美惊艳，竟然比它活着的时候还栩栩如生。雪水滚沸了，我把它倒进杯子里。茶叶和黄色的小花在水中上下翻了几下，渐渐饱满，沉入水底。

我凑近杯子，水中的花瓣像是活了，活在了枝头，随着水光的荡漾，变换着她的表情。她散发着芬芳，气味中有水汽，而不仅仅是一朵枯萎的小花。这香味是活的，她很伤心，却也在微笑。她沉默不语，但心声被我听得一清二楚。她把我带回到花朵还在枝头的那一刻，那一刻黄色的小花对着太阳笑，对着天空笑。那时是春天，到处是嫩绿色，万物复苏，生机勃勃，世界奔涌向前。那时是黑暗来临的前一刻……

穿红皮鞋的女孩子没有死，也不会死，她把千言万语都留在了这淡黄色的花瓣里。现在，我终于听懂了。我闭上眼，心想，灭顶之灾已经不远。我们家祖祖辈辈都是刀匠，只因这战争，才出了一个军官。还是老老实实回去做个刀匠吧，躲进深山，在月夜里品味着刀刃，也倾听来自天际的旷世秘密。如果那样，也算是大福气。

我拿起刚磨好的军刀，把右手腕砍断了。不久，两个宪兵把我从白色的病床上架到一堵旧墙下，给我看了一纸军事法庭判决书，军队不能容忍自残以换取偷生的人。他们拿出两样东西，一把手枪，一把短军刀。我选择了短军刀。

婴 儿

  婴儿躺在两具抱在一起的浮尸中间，仰望着天上。他发现，夜空在慢慢移动。无数星星拥挤着，从天顶坠落到天际，消失在昏暗的地平线上，像是有张大嘴把它们吞掉了。从黑暗里传来一声鸟叫，叫声贴着水面掠过，又在黑暗里无影无踪。婴儿想，万事万物都在毁灭，谁也不能例外。你看看这江水，它不会待在一个地方，它不知要流向何处，最终会在某个地方干涸。谁也改变不了这个命运，那么好吧，就让江水带着我流进万事万物毁灭的地方。

  婴儿听见几声含含糊糊的狗叫。借着微弱的月光，他发现有只狗崽在水中挣扎，并且拼命向浮尸这边游。婴儿对狗崽呀呀叫，希望它能游过来。声音里有一丝鼓励，也有一丝焦急。狗崽游近了，终于用前爪搭在尸体的肩膀上，整个头露出了水面。它甩了甩脑袋，打了个喷嚏，感激地看着婴儿。

  婴儿喜欢狗崽的眼神，很善良，很单纯，还有一汪泪水。他把小手伸向狗崽，狗崽嗅了嗅，又用红红的小舌头舔了舔。有一阵热乎乎的感觉传来，很柔软，很细腻，小心翼翼的，仿佛生怕失去了对方。婴儿又对狗崽呀呀地叫了几声，狗崽也盯着他看，张了张嘴。婴儿懂了，它在说，咱们两个要一起活下去。

  婴儿默不作声，他想告诉狗崽，黑暗是永恒的，谁也逃不脱毁灭的命运。一切情意、友爱、良善在毁灭面前，都微不足道，它们像一团团柔弱的火光，在黑暗面前，终会熄灭。可他发现，狗崽远比他乐观。一旦得救，狗崽就觉得一切有了希望，它仰起脖子，对着夜空清脆地叫了几声，还看了看婴儿，眼中满是喜悦。不一会儿，狗崽冷了，想爬到浮尸上来。它向上一蹿一蹿，奋力把后腿踩在尸体的胳膊上。可那上面太滑，狗崽呜呜了几下，还是落回水里。婴儿探出身子，用还不灵活的手紧紧揪住狗崽脖子后面的一缕又湿又长的毛，狠狠地向自己这边拽。终于，狗崽痛叫几声，落进两具浮尸的怀里。

  婴儿和狗崽搂在一起。狗崽的皮毛浸透了江水，很冷，可是有一股热气从它的身体深处传来，还有一个东西在悸动。这时，婴儿发现江水流淌的方向在慢慢发亮，也就是说，浮尸在向一个有光亮的地方漂流，把黑暗甩在了后面。前方不仅发亮，而且在发红。这红色不是血色，它不代表死亡，它有一丝温暖。

这世界仿佛有两张嘴，一张嘴在吞掉月亮、星星，在吞掉人世间，可另一张嘴却在吐着光明，把万事万物嚼了个稀巴烂再重新吐出来。这是怎么一回事？难道这世界除了毁灭还有另外一种命运么？

王 大 心

幸好是冬天，要不这座城很快就要发臭了。大街上满是运送尸体的车子，有汽车，有牛车，有人拉的平板车，每辆车子都装得满满的。脚下遍地干涸的血迹，用什么办法也洗不去了，只有日日月月、岁岁年年能将它们抹去，用夏天的瓢泼大雨，用冬季干枯的雪，用春季泛滥的潮风，用秋季的沙砾和尘土。那个时候，任凭最疯狂的脑袋也不敢想象现在的景象。

我用铁钩子钩住一具一具尸体的小腿或下巴或肩膀，把他们拖到江水里或车子边。我知道，他们不会痛。最初的几钩子下去，我的心头战栗了几次，现在麻木了。无数的悲欢离合、生离死别都沉默了，只有大张着的嘴，空洞的眼睛，死鱼一样的肌肤。浅红色的江水舔着尸体上的伤口，还有穿过肉身的铁丝。铁丝在生锈，长出一朵朵深红色的小花，小鱼啃了几口，就肚皮朝上死掉了。父亲拉着儿子，母亲搂着孩子，情侣相拥而别，老人已不抱希望，生的场所变成死的场所。到处是鱼肚子一样的苍白尸体，闪着磷光，仿佛这里是个养鱼场，所有的鱼中了剧毒，被遗弃在岸上。

我的躯壳仿佛被硫酸洗过，现在空了，不仅是空了，而且是真空。我不愿想任何事情，不愿呼吸，不愿休息，不愿吃饭。只等着这残存的肉身耗尽最后一点力气，然后像这些尸体一样，死在街头。这是我应得的。

我记起了那个少年，我不能让他孤零零地躺在小院子里。我找到了他只剩下半个身子的尸体，小心翼翼地抱上平板车。半截烧焦了的牛皮绳落在地上，发出清脆的一声响。我拾起那片亮晶晶的金属片，使劲一握，心里好受多了。我猛地喘了口气，仿佛刚从海水里挣扎出来一样。

我扒开烧光了的稻草堆，在黑黑的草木灰中找到几颗五颜六色的晶体，还有半只红皮鞋。我把它们收好，带到江边，撒到江水里。在雾气里，有个女孩子躺在那儿，浸在水中。她像只游累了的半人半鱼，在岸边休息。

我看到不远处有个日本兵用刺刀划开了孕妇的肚子，把一个婴儿挑在枪尖上。婴儿呀地哭出来，这声音仿佛天籁之音，从高空里传来，并且洒满阳光。我的躯壳里不再是黑漆漆的真空了，而是被一种比爆炸还要强烈的爱意所充满。我微笑着放下铁钩子，向日本兵走去，把他扑倒在地，扯下他腰间的手雷，然后拉响。他瞪圆眼，大张着嘴。我就把手雷塞进他嘴巴，想近距离看看黑洞洞的嘴里面藏着什么样的灵魂。这念头如此强烈，我甚至不惜连自己也一起炸死。砸掉了几颗焦黄的牙齿，我看到一个红黑相间的灵魂露出恐惧的表情，我想，很好，你终于可以理解什么是仁慈、什么是怜悯、什么是友爱了。

在一片耀眼的红光中，我看见婴儿向太阳飞去。我想对他说点什么，可竟然不能用语言表达。好在我的一截手臂也和他一起飞上天空，在他脸上摸了摸。这就足够了。

婴 儿

天空慢慢变亮的时候，周围似乎更冷了。婴儿的皮肤上结了层薄冰，并且渐渐失去知觉。更可怕的是，一群有蛇样斑纹的黑鱼游过来，撕咬婴儿身下的浮尸。浮尸越来越肿胀，滑溜溜的手臂不再抱得那么紧，白色的圆肚皮把彼此推得更远。狗崽焦躁不安地呜呜叫，婴儿想，这世界哪有另外一种命运呢？毁灭之后还是毁灭？只不过是另一种样子的毁灭，有了光明的毁灭。

江水流去的方向，升起一轮浓红色的太阳。阳光像油彩一样倾倒在江面上，无数破碎的红色、金色、乌蓝色流淌在一起。浮尸分开了，渐行渐远。婴儿闭上眼，等待自己沉进水底。

这时，他听见有细碎的水浪拍打声。一条破木船划开暗红色的江水，无声地驶过来。一只干枯粗糙的手把婴儿拉出水面，扔在一堆稻草上，又盖上旧短衫。短衫有股浓浓的汗酸味，不过异常温暖，婴儿几乎一下就睡着了。他想，要是那条狗崽也一起得救该多好。正想着，狗崽就被湿漉漉地丢在身边，溅了他一脸水。婴儿掀开破衣服，狗崽偷偷钻了进去，在他怀里不停地颤抖。

婴儿倾听着木船下面的水流声，回想起一双双救过他的手，明白了，毁灭之后不仅仅是毁灭，还会有新生。现在，一个新的轮回开始了。

　　　　　　　　　　　　　　"新生代军旅作家"面面观 |

军旗下的成长与反思

——西元小说论

宋　雯

新世纪以来，在"强军梦"和"中国梦"的背景之下，军旅文学发展势头迅猛，被称为军旅文学的"第四次浪潮"，一批出生于20世纪七八十年代的"新生代军旅作家"也开始崭露头角，给文坛吹来一股清新强劲的浩然之风，他们的创作主要集中在中短篇小说领域，无论是在题材还是叙事上，都表现出了对前辈作家的继承和超越。西元就是其中的一位。作为一名军旅作家，西元有着得天独厚的人生经历，他出身于军人家庭，是北京大学中文系的博士，父亲亦是位作家，此外他还有着丰富的军旅生活经验，在军队生活了二十多年，当过排长、营教导员、组织干事、代理组织科长。良好的教育和家庭的熏陶使得他学养深厚，视野开阔，为其文学创作打下了非常坚实的基础。他对军人生活和军事知识的熟稔使得他笔下的军人、战争和军营显得真实可感，具有很高的可信度，他出色的想象力、文字驾驭能力及对现代小说技巧的熟悉又使得他的小说摆脱了军旅小说常见的沉重，具有了轻盈和诗化的质地。

一、"无名英雄"的群像塑造

军旅文学向来不缺英雄，从"十七年时期"的《保卫延安》《红岩》《苦菜花》到1980年代的《高山下的花环》《西线轶事》《红高粱》再到新世纪的《亮剑》《历史的天空》，我们能列出一个长长的英雄谱。"十七年时期"的英雄是生活在神坛上的，他们相貌堂堂、骁勇善战、大公无私、品行高洁、政治立场坚定，是完美的化身，是可望不可即的，他们给当时的人们树立了优秀的榜样，唤起了人们对政党的崇敬和热爱，起到了凝聚人心的作用，却也因其脸谱化的"高大全"形象为后来的读者诟病。80年代以来，随着思想的解放，"文学是人学"等观念的再度兴起，军旅文学也逐步摆脱了政治意识形态的严苛束缚，英雄也有了七情六欲，也有了普通人常有的种种缺点，总的来说，他们不再像以前那样完美无瑕了，而是从神坛回到了人间。不过，即便拥有了种种缺点，这些英雄依然是强悍和力量的象征，如《亮剑》中的李云龙，虽然匪气十足，屡屡冒犯军规，让人联想到大口喝酒大块吃肉的绿林好汉，可打起仗来也是勇猛无比、足智多谋，颇具领袖气质和王者风范。他们和西元小说中的"无名英雄"，还是有很大的不同。

西元的小说中的"无名英雄"都是些军队的基层官兵和基层军官，常常以群像的方式出现。他们或是生活在平淡庸常的和平年代，或是生活在烽火连天的战争年代，却都一样的卑微渺小，他们身上没有传统英雄身上常有的那种光环和王者风范，他们所做的，只是默默坚守着自己平凡的岗位，就像山坡上的无名野花一样，在无人关注的角落默默吐露芬芳。比起同时代的军旅作家，西元的小说故事不够曲折离奇、跌宕起伏，也没有富有传奇色彩的主人公，那么塑造好小说中的这些卑微渺小的"无名英雄"就显得至关重要。西元是通过什么方式塑造这些"无名英雄"的呢？在我看来，一个是成长模式的运用，一部个人史的呈现，一个是内心世界的细致刻画。

西元的很多小说中都隐藏着一个成长模式，这里的成长，不是指生理的变化，而是指个性的完善和心理上的成熟，这种完善和成熟往往要通过各种艰苦的考验才能达到，在这个过程中，我们看到的人物性格不是凝固不动的，而是处于不断的发展变化之中。如《遭遇一九五零年的无名连》中的"威武"，是个白白胖胖的"关系户"，懒惰邋遢，是个众人眼中的书呆子，可就是这样一个不被看好的士兵，却跟着其他战友一起完成了一项很苦很累的任务——"一个月，在这没水、没电、没人烟的地方，搬运了一万吨水泥"。在这个任务完成的过程中，我们看到了"威武"如何一步步从一个怯懦懒惰的书呆子变成了一个坚强、阳刚、有血性、肯吃苦的军人。成长模式的运用使得情节的发展和人物心灵的敞开同步，人物本身的变化也就具有了情节意义。

为了更好地反映出人物的成长和变化，西元常常会通过对话、回忆等方式对他小说中的人物历史做比较详细的交代，每个人物都会带来一段属于他们的"小历史"。如在《死亡重奏》中，我们看到了普通士兵上官富贵、王尽美等人的过去，他们的过去从不同的侧面反映了中国曾有过的巨大苦难和伤痛，撕开了旧中国血淋淋的伤口。上官富贵曾随全家逃荒，全家九口仅他一人活了下来，在逃荒路上他看见了一具具破了肚皮的尸首。这可以解释他为何在战场上如此镇定沉着，只是"死死盯着那条划在地上的线，心头总是想着爹临死前说过的那句话，有地就有命，没地就没命"。王尽美的回忆则把我们从抗美援朝的战场带回了南京大屠杀的现场。个人史呈现的是人的"积存"，而"生命是变化、积存、落实的过程，它作为一种具体存在，展开得越丰富合理，这个生命世界就越具有说服力，感染力"[1]。

与同时代的军旅作家相比，西元不注重编织曲折离奇的故事情节和悬念的设置，而是热衷探索人物丰富而复杂的内心世界，这就使得他笔下的人物更加的立体饱满。他擅长以多重式内聚焦的方式进行叙述，多个人物的内心世界得以轮流展开。透过不同人物的内心世界，我们看到了他们不为人知的喜乐和悲欢、尖锐的内心冲突以及灵魂深处的挣扎。《界碑》的情节很简单，无非就是一群军人奉首长之命去戈壁无人区干工程，这群军人中，有一直心怀明星梦想的大龄文艺女兵白洁，有经历丰富、刚退休不久的老兵李高工，有兢兢业业、勤勤恳恳，却因为没有关系而被要求退伍的技术骨干钢钉，还有文化水平低却气场强大雷厉风行的魏大骡子。他们的个性和经历都缺乏传奇色彩，干的事情也都是艰苦却平凡的，可是由于作者对人物内心世界的细致刻画，我们看到了他们平凡中蕴藏的伟大，看到了一个栩栩如生的和平年代的军人群像。如何书写和平时代的英雄？如何在平凡的场景、平凡的人物中挖掘英雄主义？西元提供了一个很好的借鉴。

二、强烈的使命感和深切的人文关怀

西元是一个有着强烈使命感和忧患意识的作家。在他的所有作品中，我们

---

[1] 谢有顺：《小说是生命的学问》，《小说评论》2012 年第 6 期。

都能看到他对现实的强烈关注，对历史、时代及人性的批判与反思。

反映现实和时代的变迁是文学的一个重要使命。一个好的作家，定是对现实、对现实中存在的种种问题保持着密切关注的。改革开放以来，在思想解放和市场经济转型的背景之下，中国国力大幅度增强，物质财富迅速增加，欲望这头猛兽也跟着获得了解放，人们不再羞于谈及自己对金钱、权力和美色的渴望，贫富差距越来越大，拜金主义、享乐主义盛行，道德观念、人文精神、精神信仰都出现大幅度滑坡。西元对此明显是忧虑的，他在小说中大胆揭露了大量的时代乱象和现实的苦难，社会上明目张胆的权钱交易、权色交易和钱色交易，官场上的贪污腐败，有钱人一掷千金的豪奢生活及底层人民的贫穷与艰辛在他的笔下都有较多展现。这些乱象和苦难的背后，凸现的是现代人的空虚、焦虑和不安。与以"零度叙述"的姿态介入现实的"新写实小说"不同，西元较明显地在小说中表现出自己对现实的批判，对各种现实问题的忧思、怀疑和追问。不过西元小说更为触目惊心的一点是揭露了金钱、权力、欲望对人民卫士——军队的腐蚀。在他的早期作品《锻炼锻炼》《遭遇一九五零年的无名连》《界碑》及近期作品《枯叶的海》中，我们看到了和平军营下涌动的暗流。如在退伍和留队晋升的问题上，很多人品好、能力强的士兵往往因为没有关系被迫退伍，而那些懒惰、表现差的"关系兵"却能够留队晋升。在《界碑》中，和戈壁滩工程合作的公司老总，是基地某领导的表弟，想"潜规则"文艺兵白洁，又试图利诱魏大骡子谋取更大的利润。《枯叶的海》中的王大心则让我们联想到了《沧浪之水》（阎真）中的池大为，他对军营中的勾心斗角、贪污腐败、溜须拍马等现象从不习惯到慢慢习惯，对于现实步步妥协，性格中的锐气就在这样平庸琐碎的日子里慢慢被磨去，由一个意气风发的新兵变成了一个世故圆滑的干部。西元在这类作品中反思了一个问题，面对一个光怪陆离物欲横流的时代和社会，军人应怎样为自己找到精神的信仰和支撑？西元小说中反映出的种种现实问题，犹如光鲜城市下面的下水道，让我们对所处的时代和社会有了更加深刻全面的认识，给沉醉于太平盛世的人们敲响了一记响亮的警钟，也体现出西元作为一名军人的强烈使命感和责任感。

历史是现实的一面镜子，以史为镜，可以知兴替。因此西元常常在小说中对历史，尤其是那些沉痛的历史进行回望和反思。如《Z日》的前半部分通过王大心和其父亲的视角讲述了一场发生在21世纪40年代的高科技战争，这场战争里充斥着女间谍、苦肉计、网络定位、远程导弹袭击等元素,是作者对未来战争的想象;可到了小说的后半部分,王大心的梦境带我们穿越了时空,回到了刚刚战败的破败萧条的日本,回到了血淋淋的南京大屠杀现场,回到了大清国的北洋海军军舰。王大心不断地化身为各个时代背景之下的中国军人,经历了各种各样的生存困境和精神困境。小说体现了对战争和历史的深刻反思,让我们禁不住追问:战争输赢的意义在哪里?战争给人带来的是毁灭性的伤害,那我们还需要战争吗?如果一场战争注定是要输的,那还有坚持下去的意义吗?战争是否对历史的走向有着不可或缺的影响?西元在《战争与和平的辩证法》一文中谈到了写《Z日》的动机:"作为一名军人,每每回忆起我们与海对面那个民族之间的战争历史,我都仿佛在精神炼狱里走过一遭","我试图在这个精神炼狱里打捞出一点活生生的情感,以描画出中国军人灵魂深处复杂的一面,以及与海对面那个民族之间的种种心结。"①从这一点看,《Z日》很好地实践了作者的创作意图。西元的近期作品《黑镜子》则将关注点放在了中国极左思潮泛滥的那个时代,透过一个留洋归国的科学家的视角,我们看到了极左思潮、极权专制、盲目崇拜对人造成的巨大伤害:一个前途无量的年轻科学家仅仅因为质疑了一篇名为《论亩产万斤粮食的可能性》的论文而被迫害,不久就吊死在办公室门框。聪明绝顶、品行高洁的九章哥哥被虐打得双眼无神,神志不清,当着"我"的面从楼上一跃而下,脑浆飞溅。"我"则在巨大的压力下屈服于权威,背叛了自己的好友兼同事,最终因为承受不了精神的折磨彻底崩溃,从一个天才科学家变成了一个不能动弹的"废人",天才的陨落,折射出那个时代的荒谬,也让我们感受到人在历史面前的无奈。对于历史苦难的关注和批判性反思,体现了西元对国家、民族命运的深刻思考。

与那些重视人物的传奇性、情节的曲折性的小说不同,西元的小说格外关注人物的精神世界,关注人物的内心挣扎,关注人物灵魂深处复杂的一面。比起故事,西元更感兴趣的似乎是对那种独特细腻的生理与心理体验的展示。西元小说中的这些人物,常被置于极端的环境,人性中那些光亮的部分,往往因此得到最大限度的释放。《死亡重奏》中的人物,是参加抗美援朝的一群普通士兵,他们所在的一个连队,也只是一个普普通通的无名连,为了守住七号高

---

① 西元:《战争与和平的辩证法》,《西南军事文学》2015 年第 1 期。

地，他们必须直面敌强我弱的、极其残酷的战争场面。在血与火、生与死的较量中，我们看到了这群普通士兵的勇猛、坚韧、顽强和担当，这些都是人性中最光辉的一面，虽然他们对残酷的战争也有质疑，也有抱怨，也有恐惧，可他们在面对敌人的时候，都无比坚定无比勇敢，将人性的光辉体现到了极致。《遭遇一九五零年的无名连》讲述的本是一件看上去微不足道的军营小事——几个基层官兵受命到一个没水没电没人烟的戈壁荒废小站去搬水泥，可西元却在里面插入了发生在一九五零年的一件往事——朝鲜战争的第一年冬天，整整一个连的志愿军战士，为伏击美国军队，竟全部冻死在了阵地上，无一人逃走生还。这件往事是指导员王大心从一本军事杂志上看来的，却让王大心联想到了自己那个拥有很多徽章的、在朝鲜打过仗的爷爷。无名连在战场上的事迹和几个普通士兵在无人荒地搬卸水泥的事件放在一起，让我们感受到了不怕牺牲、坚韧顽强、不慕名利等精神在军人血脉中的流传。《拷问》则通过行刑者和受刑者的视角交替和心理描写将人性的美好和丑恶呈现到了极致。在行刑者令人发指的残忍虐待和折磨下，一个曾经的女明星霓云，一个风情万种颠倒众生的美女，被活生生地折磨成了一个瞎掉双眼、体无完肤、瘦得只剩下一具骨骼的尸体。刽子手的残忍、丑恶将霓云的形象衬托得更加光辉和伟大。在整个惨无人道的拷问、虐待、行刑过程中，我们看到人性中最璀璨的那部分和人性中最丑恶的部分不断进行着殊死搏斗，碰撞出耀眼的火花。霓云用生命告诉我们，人的肉身可以被毁灭，可精神和灵魂是可以永存的。西元的小说，哪怕在最黑暗最绝望的地方也都闪烁着希望的光芒，这或许与西元秉持的文学观有关："我认为一味地沉迷于苦痛，很容易沦入一种小乘的文学精神，其实也就意味着一味地索取，一味地偏执，一味地仇恨，这片精神之地，大概只会越走越小。而大乘的文学精神，就是直面世间的苦痛，而不忘给予，这里面有宽恕，有包容，有自我牺牲，有我不下地狱谁下地狱的大情怀与大慈悲。"[1]正是这种救苍生于苦难的大慈悲精神，才给了人们无坚不摧的勇气，才让人们在绝境和黑暗中看到了希望和光亮。西元在小说中对人性的歌颂，实际上也是对英雄主义和理想主义的弘扬，而这正是军旅文学的核心价值所在。

---

[1] 朱向前、徐艺嘉、西元：《军旅文坛"拳击手"——西元小说创作三人谈》，《文艺报》2015 年 6 月 29 日。

三、高度自觉的文体意识

西元是一个有着自觉的文体意识，热衷于形式探索的作家。从他早期的《锻炼锻炼》《遭遇一九五零年的无名连》到近期的《黑镜子》《拷问》《疯园》，我们能看到他对现代小说技巧的运用越来越娴熟。对不同话语方式的积极尝试使得他的小说和传统军旅文学有着很大的不同。

西元对小说的语言是非常重视的，他的感官非常敏锐，想象力也很丰富，这就使得他在创作的时候，常常运用通感、比喻等手法，使得语言具有了诗化的质地和"陌生化"的美学效果，令人耳目一新。如《死亡重奏》中，王尽美在战场上回忆起了自己童年爱慕着的那个邻家姐姐，他对那个邻家姐姐的感受是这样的："有个略带淡紫色，且亮晶晶的声音传来道，小美弟弟，咱们走啦。这是一只微微散发着热气的手，周围又冷又静的空气在指尖穿过时，像一池寂静的水被撩动了一样，然后，又是一阵桂花糖的香甜味抚在脸上。"在这段描写中，视觉、听觉、嗅觉、触觉交织在一起，一个美丽温婉的江南少女形象仅仅通过一个小男孩的感受就活灵活现地立在了我们面前。西元也常常用富有诗意的语言描述一些暴力血腥的场面，如"暗蓝色的天空里挂一轮血红色的月亮，边沿似乎在凝结着什么浓稠的暗红色汁液，一滴接一滴地从天上滴下来"（《死亡重奏》）。"年轻人吊在办公室的门框上，像只蝴蝶，有月光的一面灿烂刺眼，没有月光的一面冰冷如霜"（《黑镜子》）。诗化的语言给这些暴力场景蒙上了一层朦胧的面纱，起到了卡尔维诺所说的"以轻取重"的效果，减轻了文本的紧张和沉重，给人忧伤而非残酷的感觉，增强了文本的悲剧意识。

再者，比起那些注重情节推进、节奏紧张、密不透风的小说，西元的小说显得更加的从容、舒缓，西元似乎并不急于把一个完整的故事讲述出来，而是把笔墨集中在那些枝枝丫丫、旁逸斜出的细节上。这些细节都极具表现力，无论是和平军营生活中的写材料、军事训练、演习、视察、建工程，社会生活场景中的喝酒、社交、逢场作戏，战场上的冲锋陷阵、残酷厮杀，还是风景和人物的描摹，都能让我们有身临其境之感。如在《黑镜子》开头，西元这样描绘了一个婴儿口水滴落的场景："刹那间，口水珠儿滴落，砸在柔软的花瓣上，犹如落进了广袤的海洋，飞溅出无数更加微小的水滴。花瓣如骏马腰身一般有力地抖动着，几颗水珠被抛向空中，光芒一闪，然后向花蕊中落去。花蕊深处慢慢变暗，但仍有光亮，呈血红色。一股股丰饶的汁水在脉络里搏动着，发出轰轰哗哗的巨响。"展现在我们眼前的，犹如一帧帧的慢速摄影相片，一个如此微小的细节在被放大之后居然有了如此惊人的美感。西元对细节的重视和书写体现了他观察、捕捉生活的深厚功力，也使得他的小说格外的扎实饱满。

西元小说中的叙述结构也是一个引人注目的地方，他的小说往往都存在着多重时空，这些不同的时空常常通过人物的回忆、幻想或梦境联结起来，多重时空的叙述模式增加了文本的张力，大大拓展了小说的表现空间，使小说变得更加丰富厚重。在《Z日》中，王大心的梦境带我们从21世纪40年代回到了苦难深重的旧中国，回到了水深火热的战争现场；在《遭遇一九五零年的无名连》中，那个抗美援朝时期，"为了夺取胜利，能够一声不吭地冻死在寒冷的冬夜里"的无名连同这些生活在和平年代，在条件艰苦的戈壁荒滩搬卸水泥的普通士兵形成了一个交叉和呼应；在《黑镜子》中，祖父给"我"的那把铜镜子使我能够在现实中不断回望自己或是惨痛或是美好的记忆，两组或多组叙事序列交织的结构恰好实现了多声部的言说，极大地丰富了小说的内涵。此外，在西元的小说中，残酷和美好、现实和幻境也经常交叉出现，如在《死亡重奏》中，富有诗意的濒死时的幻境及士兵们的美好回忆在血腥的场面上不断穿插，这既可以消解残酷战争带给我们的紧张感，起到舒缓叙事节奏的作用，又让我们在美好和残酷的对比中，看到美是如何一步步走向毁灭的，小说因此具备了传统军旅文学通常缺乏的那种浓厚的悲剧意识，幻想和现实的交替也使得文本显得亦真亦幻，具有了形而上的意味。

总的来说，西元是一个喜欢思考、有着强烈使命感和自觉文体意识的作家，他的小说，无论是在形式探索、人物塑造还是反映现实、反思历史等方面，都显示出了与很多同龄作家不同的深刻和睿智。他的创作历程不长，但他的创作却令人惊喜。不过西元的小说也存在着一些不足，如对一些人死后的惨状，行刑、肉体虐待等血腥的场面刻画得过于细致，流露出叙述者对暴力的玩赏态度，易引起读者生理上的不适；女性人物形象和有钱人形象的刻画略显单薄，小说中的女性好像都只能通过自己的色相取得物质和事业上的成功，被"欲望化"的痕迹明显，而有钱人的财富都是通过不正当手段累积而来，对权钱交易、钱色交易也都是习以为常的，给人"脸谱化""符号化"之感；部分小说存在着情节重复、细节重复的问题等等。当然，西元的小说创作还处于一种"正在进行时"的状态，他也非常喜欢寻求创作方面的变化，他的早期作品与近期作品已有很大的不同，未来还可能有更多的"变数"出现在他的创作中，我们有理由对他寄予厚望。

原载《创作与评论》2016 年 9 月号上半月刊

世界在虚妄处重生

西　元

虚妄是黑色的。我曾经那样惧怕它，以至于我的世界没有安宁，没有快乐，没有希望，没有未来。任何被称之为意义的东西在虚妄的土地上，都无法存活。我想找条精神出路，可是面前只有墙。

直到有一天，我的精神疾病似乎被治愈了。我不能保证永远不被虚妄击垮，也不知何时会再一次被它摧毁，但是，我知道，我的世界重生了。并不是虚妄从我的精神世界里被驱逐了出去，而是我可以忍受它，不再惧怕它，甚至有点害怕失去它。因为，虚妄并不仅仅具有消极的一面，还有更为积极的一面。它就像浓硫酸，能将任何遮在眼前的雾障吹散，能将任何不切实际的想法洗去，能将人性当中丑恶的顽疾拔除。当你在虚妄的境地里不再惶恐时，你发现自己竟然前所未有地接近良心。一切都消失了吗？没有，当一个孩子的小手牵着你，当枝头冒出嫩绿的小芽，当一缕花香飘到身旁，当太阳再一次升起，就会有泪水慢慢从眼中涌出，你会发现，这世上有着太多的奇迹。一切都没有变，只是你心里多了一样东西。有了它，你不会重一点，没了它，你也不会轻一点。这个东西就是希望。

虚妄就是希望。它们是这个生生不息、奔涌向前的世界的两面，缺一不可。

我是个军人。我在想，英雄主义在今天为何变得如此脆弱与不堪一击？重建英雄主义的基石在哪里？这些问题绝不仅仅在泛泛而论，而是真正到了生死攸关的时刻。甚至是一些极有见识的人也在疑问：如今这个已经很现代、很文明，并且以和平为福祉的时代，是否还需要英雄主义？英雄主义与人类精神追求的价值是否相一致？我以为，英雄主义从来没有消失，就在每个人心里。我

　　　　　　　"新生代军旅作家"面面观 |

们会把英雄主义想象成很强大的样子，可是并不然，那些看似最坚硬的东西其实最软弱，而那些看起来最柔软的东西却最有力量。我们还会认为英雄主义必然建立在一个坚固的地基上，可是也并不然，那些貌似直冲云霄的庞然大物其实不过是沙滩上的海市蜃楼，而茫茫黑夜里的一点火光却能成为无数人为之奋斗的力量源泉。重建英雄主义就是要守护好一缕心念，而这缕心念就是从虚妄与希望永不停息的辩证斗争中赢得的。说到底，能从虚妄中争取希望的人，还不是世间的大勇之人吗？

　　我还固执地以为，中国若要在这片大地上重生，就必须迈过虚妄的闸门。当然，通过这道闸门是异常艰难的，我们至少花了一个世纪的光阴也未走过去，现如今还在痛苦地疑问与挣扎。但是，这道闸门又非过不可，我们没有其他选择，因为它同样在每个人的心里，没有任何一个人可以回避。无论是仁、义、礼、智、信这些古老的价值，还是自由、平等、公平、正义这些近代以来为我们所接受的价值，统统必须在虚妄深渊里洗礼过才行。我想象不出，我的祖国和我的同胞，还有我们的民族精神会以怎样的方式迈过那道黑色闸门，但我坚信门那边就是希望，是重生的希望。

军旅文坛"拳击手"

朱向前　徐艺嘉　西　元

扎实与细腻同构

朱向前：为什么谈西元的创作现象呢？首先就是作品。2013 年以来他连续发表了五个中篇小说，尤其今年《Z 日》和《死亡重奏》分别发表在《西南军事文学》和《钟山》第一期头题，且《死亡重奏》被《小说选刊》和《中篇小说选刊》同步选中，就像一个拳手的组合拳，出拳不多却打得漂亮，爆发力强，且击中要害。

徐艺嘉：一个中篇能在《钟山》新年首期头题发表，又同时被两个重要选刊转载，既证明了西元的实力，也说明他是个十足的"爆发派"。

朱向前：其次，西元是目前军旅乃至全国都为数不多的博士小说家。他获北大中文系中国当代文学研究方向博士学位，有着深厚的文学史和文学理论修养。同时他不乏扎实的基层经历，在基层摸爬滚打，一直干到营教导员，后又转为总装创作室专业作家。如此高学历和基层经验皆具，不仅在"新生代军旅作家"中少见，就是在他的历代前辈作家中也属仅见。第三点，西元还是典型的"文二代"，乃文坛名将之后。他写小说颇有乃父（作家刘兆林，上世纪 80 年代即以短篇《雪国热闹镇》、中篇《啊，索伦河谷的枪声》荣膺全国大奖而蜚声文坛）之风，但铁血柔情中又融进了更多形而上的思考与形式探索。

徐艺嘉：我记忆中他此前出版过一部长篇战争历史题材小说《秦武卒》，获全军文艺优秀作品奖，近几年才潜心于中短篇小说创作，作品数量不多，却篇篇苦心经营，精致而考究。按理说，作家的作品风格在一定时期内大都有内在的一致性和重复性，突破是很难的事。还从未见有哪一位"新生代"作家如他一般每一篇小说都推陈出新，试图从一个新的维度切入。可见他付出了比常人更多的努力，短短几个小说亮相就收获业界好评，也可谓军旅文坛的重量级"拳击手"了。

朱向前：西元，你自己来谈谈你快速成长的秘诀吧。

西　元：我觉得至法无法，每个人的创作习惯都不一样。我不大喜欢把小说改来改去，写一篇小说就像生了个孩子，孩子生出来了，你再怎么去整容，孩子的性格、五官都已经成形了，很难有质的飞跃。比如，写草书哪一笔都改不了，其中的神采是改不出来的，除非重写。我在《钟山》发表的《死亡重奏》之中，有许多不合语法、不合规矩的句子，还有不少辩驳、说理的段落，这些是很任性的东西。如果把这些东西都去掉了，很难想象它还能否有现在的阅读效果，所幸的是，《钟山》的老师们毫无保留地纵容了我，我特别感激他们。

徐艺嘉：我梳理了一下，你 2013 年以来发表的比较重要的中篇小说有：《锻炼锻炼》（《解放军文艺》2013 年 1 期）、《遭遇一九五零年的无名连》（《当代》2013 年 5 期）、《界碑》（《解放军文艺》2014 年 7 期、《小说选刊》同年 8 期）、《Z 日》（《西南军事文学》2015 年 1 期）、《死亡重奏》（《钟山》2015 年 1 期头题、《小说选刊》同年 3 期、《中篇小说选刊》同年增刊第 1 期）。这五个小说按照时间顺序罗列下来，大概也能算作你小说创作上成长的清晰轨迹了。前三个是现实题材的写作，且一篇比一篇更注重形式感。故事背景发生在西北，《界碑》从不同人物的叙事视角出发，将西北戈壁滩的导弹工程从普通士兵身上延展到几个干部形象，艰苦的对蛮荒之地的开拓过程使得几个普通小人物的灵魂得到洗礼。《遭遇》也是大概的意思，只不过《界碑》的叙事技巧运用得更为明显。《Z 日》是时空交错的手法，融入了许多形而上的战争与和平的思考。《死亡重奏》是战争题材，硝烟味十足。

西　元：如果有一个较为清晰的轨迹，我总结为从写楷书到写草书。我本人闲来也写点书法，但写得不好。写楷书，就是用一种现实主义的写法，扎扎实实地写军营生活，写出自己独特的领悟。写草书就是在叙事方面有所突破，但必得经历一个匠人的过程，不停地写，不停地用，一步一个台阶，熟练到一定程度，才可能有一个飞跃。而且，也不必一辈子只写楷书，或只写草书，最好因地制宜。古代书法大家大都能写几种书体，且都精湛。我觉得文学创作也大致类此。

徐艺嘉：朱教授，西元的小说您是较为推崇的。我曾经听您谈起过，在"新生代军旅作家"中，他的小说有一些惊艳的特质在里面。

朱向前：我认为西元的作品在三个向度上给读者提供了新质，让人眼前一亮。首先是他作品中往微观层面探析、往深度里挖掘的细腻感。记忆最深的是他《死亡重奏》开场的一段描写。"在一米的距离上凝视着一颗一百零五毫米榴弹炮炮弹爆炸，你会看到比太阳还耀眼的光芒，听到巨大以至于无声的轰响。一瞬间里，密集的弹片和冲击波像飓风吹过柳枝一样打断你的脊梁骨，撕碎你的肉身，还有你的耳鼓、视网膜、舌头、手指等等你与这个世界产生联系的感觉器官，却没有一丝疼痛。从此，没有时间、空间，周遭一片黑暗和寂静，这就是——死亡。"这一段写作加之后来的战争想象合起来小一千字，一打眼就令人惊艳。作家本身并没有战争体验，全靠想象力竟能如此逼近"战壕真实"，且文字如此锐利而有深度，挖掘出了战争蕴含的本质力量，这一点在"新生代军旅作家"里面显得异乎寻常。

徐艺嘉：这一点在许多大家笔下倒是常有体现。

朱向前：没错。这让我想到莫言的小说，其小说多处细节展现出的丰繁、全面、深刻，无论是农事稼穑还是邻里纠纷，从一草一木到一花一叶，从大牲口到小青蛙，乃至一只夏日黄昏的蜻蜓停留在荷叶上眼睛转动时折射出夕阳的反光，都栩栩如生，活色生香，传神写意，纤毫毕现。浑厚多彩如油画，细致精微似工笔。再如西方经典著作《弗兰德公路》中对战争尤其是溃败场景的描写，也是浓墨重彩。西元的这个小说开头，我们可以暂名为"定格式的放大写法"，和这两部作品有异曲同工之妙。

武人精神与武德文化的同构

西　元：我在写作初期，很愿意写一些表达自己疼痛的东西，而且很过瘾，像鸦片一样，写了就放不下。我想不光写作者如此，读者也大致如此。在军旅文学批评当中，也有一些人，对于这一类的作品很热衷，认为他们是疏离了意识形态,接近了文学精神的本真价值。可是写了几篇之后,我发现,在这里,与我所珍视的武人理想渐行渐远。而且我也认为,所谓的对意识形态的疏离,不过是另一种更加意识形态化的东西。

朱向前:西元说的恰是我欣赏他作品的第二个向度,即书写军人的铁血精神,同时又写出了军人的勇敢、牺牲与担当。无论从历史经验还是从现实要求方面讲,如果中国军人放弃了对国家民族整体命运的担当,放弃了对崇高精神价值的坚守与重建,放弃了对正义战争的追问而堕入虚无主义,放弃了牺牲精神而迷失于个体物欲,那就意味着自身的消亡,意味着军旅文学精神的消亡。

西　元:结合朱教授说的,我从另一个层面谈谈自己的理解。借助于两个佛学上的术语:小乘与大乘,我认为一味地沉迷于苦痛,很容易沦入一种小乘的文学精神,其实也就意味着一味地索取,一味地偏执,一味地仇恨,这片精神之地,大概只会越走越小。而大乘的文学精神,就是直面世间的苦痛,而不忘给予,这里面有宽恕,有包容,有自我牺牲,有我不下地狱谁下地狱的大情怀与大慈悲。能把此种精神高举于头顶的,必是世间大勇之人。我觉得军旅文学精神更接近于后者。可我们这个时代,特别沉迷于小乘精神,而对大乘精神很难理解,有种天然的敌意。我觉得,越是在这里,越是考验你是否真正坚持了独立自由的文学精神。

徐艺嘉:我的理解是,西元的小说和同龄的军旅作家比起来,有种不一样的味道。这种"不一样"大概就是你说的美学追求。当下军旅"新生代"创作的题材方面,整体上反映个体生存的文章多,而直面战争的"硬货"文章少。当个体生命体验运用到一定程度,或说并不得心应手时,西元选择以军旅精神为突破点,来承载他个人的文学理想。这种理想或许和军人与生俱来的责任感有关,或许和信仰有关。总之,他找到了一条最适于抒发和彰显军旅精神品格的文学通道。这条通道既是当下军旅文学呼唤和需求的,也是不好走的。

朱向前:你的小说,无论是现实题材,抑或是带有魔幻色彩的非现实题材还是战争题材,都在竭力寻找一个小说可以倚靠的精神线索或说精神指引,即是你说的"武人精神"。即便是书写和平时代的官兵生活,也试图以一种传统的英雄主义和理想主义来统摄。

"形而下"与"形而上"的同构

朱向前：说到这里可以引出我对西元小说创作第三个向度上的判断，即作品中显而易见的形而上思考，比如作品中常有大段的思考议论，涉及对战争、对死亡等等深度问题的认识。

徐艺嘉：西元的创作的确有这个特点。他的故事总是离不开思考，并且把这种思考如实展示出来。刚刚谈到他的美学观，相比之下，他的思考里面也有富有力量感的东西，是强刺激的类型。初读西元的小说，就如同一味猛量兴奋剂刺进你的鼻息，又如一口烈酒灌进你的喉咙。

西　元：关于形而上学的问题，也就是怎么理解那一点光亮的问题。中国批判了半个多世纪的形而上学，后现代主义也在批判，但就我观察，我没看到任何一种思想，真正否定了形而上学。甚至有的人大讲否定形而上学，其实自己说的就是形而上学而不自知。形而上学和人的关系，有点像太阳和世间生物的关系一样。生命离不开太阳，必须晒太阳才能生存，否则世界就是一片黑暗。只是生命不能滥用阳光，那样，生命就被烤焦了，这样形而上学就给人世间带来了灾难。

朱向前：过多的理性思考就如同面没有和匀，有些生硬的地方。西元的形而上思考既是他的优势和特点，也是他的问题所在。特长即特短。你是个博士小说家，这在军旅文坛，再放眼到整个中国文坛都不多见。在"新生代军旅作家"中，你是"两头"都比较冒尖的。"两头"一个指形而上思考，一个指微观定格式放大描写，但是面没有揉开。就此一点而言，和其他"新生代军旅作家"比较，你的议论有些显生硬，其他人的小说则更为完整，更有可读性。如托尔斯泰《战争与和平》，里面整页整页的涉及对战争与和平的思考，我基本都是跳过去读，即使是几十年前的阅读感受，也觉得这种写法并不大成功。

西　元：我对俄罗斯文学向来是比较喜欢的，所以多少也染上了点爱长篇大论的习惯。我深知议论不是小说的本质属性，可那股劲儿一上来，就有点不管不顾了。有时想一想，我觉得有些议论不纯粹是一种讲道理，而是随着情绪自然而然生发出来的东西。我把它称之为抒情性议论。这个东西与哲学著作那种刚性的讲道理有本质的区别，它只是用一种貌似为议论的语言系统去表达一种情绪，是一种非常情绪化的议论。

朱向前： 改不了也要改，小说家也不能太过任性啊！比如你的《Z日》，我印象比较深，前面写得还蛮有滋味，一直到把老父亲写去世以后，三条线索变成了两条，小说就开始失衡。这个时候又加进大段对中日关系的思考。你称作"抒情式"议论，我不能苟同。所以说，博士的严谨也可能是桎梏，这大概是博士里面鲜少出优秀小说家的原因，关键看你如何摆脱这个"魔咒"了。像《受戒》和《大淖记事》，白描生活，截取回忆的片段，读起来淡然又舒坦。里面既没有对生死的长篇感悟，也不谈人该如何活着等等大道理。但读完百般滋味涌上心头，该有的滋味一样不落下，这才是小说的最高境界。

徐艺嘉： 思与写就像一切矛盾体一样，需要一个平衡，既不能一直闷头写，也不能一味思考。王小波有句话说得好，"对理性的思考越深入，感性飞翔的翅膀就越沉重"。

朱向前： 我曾提出过"人生记忆力是优秀小说家的重要禀赋"。一个优秀小说家的记忆力，主要表现在对人生体验和生活经验的庞杂而精细、丰饶而准确的保存、追忆与复现。从这个意义上说，生活确实是创作的唯一源泉。而生活首先不是大时代、大转捩、大跌宕、大事件，它首先是个人的际遇和命运，而个人感受又总是由绵密、细致、柔婉、丰满的生命和生活之流所组成。有了这个，时代、事件才是立体真实的和鲜活可感的。

徐艺嘉： 思考和小说相互之间还存在一个过程。思考成果和个人经验都属于文学外界的范畴，需要进行精心转化才得以进入文学。具体怎么进入文学，哪部分进入文学，看的就是作家的功夫了。

朱向前： 好在西元的优势是学养加历练。双轮驱动，创作前景令人期待。

徐艺嘉： 西元的创作之路已经选定，走得笃定而踏实。他讲述的是这个时代稀缺的故事，他呐喊的是时代亟须的品格。他的创作态度和对写作的信仰是我所敬佩的。他一定会走得长远，并且走向开阔。

西　元： 我觉得军旅文学从精神上和技术上需要双重突破，不要总是怨天尤人，做自己该做的，别人不理解，你就拈花一笑，也不失为一种境界。更重要的是，此时要坚持走下去，和地方上的"70后""80后"相比，要本着"你打你的，我打我的"的思路，不要把军旅文学一些根本的东西丢个精光，五年十年后再看，想必总会走出一片天地。

创作年谱

文学年谱

1981 年 5 岁   在父亲的指导下写了第一篇日记。

1987 年 11 岁   《挂钥匙链的小老师》获全国十三省市作文大赛一等奖，并
入选《托起太阳的人们》作品集。

1994 年 18 岁   考入解放军南京政治学院新闻系。

1997 年 21 岁   在《江南》发表第一个中篇小说《雪黑雪白》。

1998 年 22 岁   毕业后到解放军 63926 部队工作，历任排长、宣传、组织
干事、代理组织科长、教导员。

2000 年 24 岁   在《鸭绿江》发表中篇小说《小鱼的化石》。

2001 年 25 岁   考入中国人民大学中文系攻读现当代文学硕士学位。

2005 年 29 岁   考入北京大学中文系攻读当代文学博士学位，师从张颐武
教授，深入研读各种文学理论。

2009 年 33 岁   出版第一部长篇战争历史题材小说《秦武卒》。

2012 年 36 岁   决心以文学为安身立命之本，全身心开始创作。

2015 年 39 岁   在《钟山》发表中篇小说《死亡重奏》，被多家选刊选载，
并获《钟山》文学奖、《中篇小说选刊》双年奖，引起关注。

2016 年 40 岁   在《当代》青年作家专号发表中篇小说《枯叶的海》，并参
加《当代》组织的青年作家作品研讨会。

2017 年 41 岁　　参与朱向前教授主编《新世纪军旅文学十年概观》部分章
　　　　　　　　节写作，全书出版并召开作品研讨会。
　　　　　　　　获中华文学基金会主办的"茅盾文学新人奖"。

作品年表

1997 年　中篇小说《雪黑雪白》发表于《江南》杂志第五期。

2000 年　中篇小说《小鱼的化石》发表于《鸭绿江》杂志第五期。

2013 年　中篇小说《锻炼锻炼》发表于《解放军文艺》第一期，收入
　　　　《2013 军事文学年选》。

2013 年　中篇小说《遭遇一九五零年的无名连》发表于《当代》第五期。

2014 年　中篇小说《界碑》发表于《解放军文艺》第七期，《小说选刊》
　　　　第八期转载，收入《2014 军事文学年选》。

2015 年　中篇小说《死亡重奏》发表于《钟山》第一期，《小说选刊》第
　　　　三期、《中篇小说选刊》增一期转载，收入《2015 年度中国中篇
　　　　小说选》（《小说选刊》选编）、《2014—2015 优秀中篇小说获奖
　　　　作品集》（《中篇小说选刊》选编）、《2015 军事文学年选》。

2015 年　中篇小说《Z 日》发表于《西南军事文学》第一期。

2016 年　中篇小说《色魔》发表于《钟山》第一期，《中篇小说选刊》第
　　　　三期转载。

2016 年　中篇小说《疯园》发表于《创作与评论》第九期谢有顺、李德南
　　　　主持"新锐"专栏。

2016 年　中篇小说《枯叶的海》发表于《当代》六期"青年作家专号"。

2017 年　中篇小说《黑镜子》发表于《青年作家》第二期。

2017 年　中篇小说《壁下录》发表于《解放军文艺》第五期，《小说选刊》
　　　　第六期、《北京文学·中篇小说月报》第六期、《新华文摘（数字
　　　　版）》第十五期转载。

2017 年　中篇小说《十方世界来的女人》发表于《大家》第五期。

2017 年　中篇小说《炸药婴儿》发表于《钟山》第六期。

出版情况

2009 年 1 月　出版长篇小说《秦武卒》（解放军文艺出版社）。

2016 年 7 月　出版中篇小说集《界碑》"当代中国最具实力中青年作家作品选"（中国言实出版社）。

2017 年 8 月　出版中篇小说集《死亡重奏》"向前——新锐军旅小说家丛书"（北岳文艺出版社）。

获奖情况

2013 年　长篇小说《秦武卒》获第十二届"解放军文艺优秀作品奖"。

2014 年　中篇小说《锻炼锻炼》获《解放军文艺》"2012—2013 年度优秀作品奖"。

2016 年　中篇小说《死亡重奏》获《中篇小说选刊》"2014—2015 年度全国优秀中篇小说奖"。

2017 年　中篇小说《死亡重奏》获"2015—2016 年度《钟山》文学奖"。

2017 年　获第二届"茅盾文学新人奖"（中国作协中华文学基金会主办）。

董夏青青，女，1987 年生于北京，山东安丘人，在湖南长沙长大。毕业于解放军艺术学院文学系，中央戏剧学院戏文系硕士。现供职于新疆军区政治部创作室。2017 年，参加鲁迅文学院第 32 期高级作家研修班。本科毕业时，主动申请入疆工作。在新疆的八年工作中，多次前往博尔塔拉、伊犁、和田、喀什、阿克苏等地边防连队采风走访，与官兵同吃同住，收集素材。

短篇小说之魅

傅逸尘

军旅短篇小说曾在 20 世纪八、九十年代相当辉煌，甚至引领着中国文学发展的思潮；但进入 1990 年代末，及至 21 世纪初年，随着军旅长篇小说的繁荣而式微，并且一蹶不振。个中原委言说起来并不是一件简单的事情；但作家们普遍缺乏对短篇小说文体的自觉和理论认知的深度，不想下气力进行更具文学性的探索与经营也是重要原因。在我看来，写短篇小说有点类似演员演话剧，那些演了诸多影视剧的大腕演员为何普遍钟情于话剧舞台？时不时地就要不计报酬地返身步入剧场。不是过过戏瘾，而是真正地全身心投入，他们是在寻找真正的"表演"的感觉。在演员心中，剧场舞台才是艺术的圣殿。短篇小说之于作家也是如此，它不仅仅是文学的基本功训练，而是真正地体现作家的文学功力。换言之，短篇小说文体中所蕴含的文学性并不弱于长篇小说，而某些作家倾心于长篇小说似乎也不是为了探寻长篇小说的文学性，更多的是文学之外的利益趋使。

由此，我想到了董夏青青，她写过纪实游记、散文随笔、剧本小说等等，涉猎的文体很广，写作亦很勤奋。于小说文体而言，颇钟情于短篇，尽管按照她自谦的说法是自己一直在练笔。但在我看来，董夏青青的短篇小说写得极好。她发表于 2014 年第 8 期《人民文学》上的《垄堆与长夜》，可谓是真正意义上的短篇小说。在这个短篇中，董夏青青没有刻意于编织故事，我们也难以概括小说的所谓主题与思想。她对小说环境极其敏感，并不是大段地描写，只是在人物出场的时候不经意地点染那么几笔，而这几笔恰恰是短篇小说的精髓。看似散漫与闲笔的叙述与描写显示了一位 80 后军旅女作家不可多得的深厚的文学修养与扎实的叙事功力。

董夏青青从原解放军艺术学院文学系本科毕业后被分配到新疆军区政治部文艺创作室。八年里，多次前往博尔塔拉、伊犁、和田、喀什、阿克苏等地边防连队，与基层官兵同吃同住，真实地体验和经历了外人难以想象的艰难困苦的戍边生活，感知了他们人生、命运、家庭等多方面的艰难与困厄。这样一种情感，让董夏青青在写作小说的时候便不肯去更多地进行文学性的想象，或按照以往的意识形态观念，概念化地塑造英雄形象；相反，她只想尽可能真实地记录、塑造戍边军人的日常生活状态和人物群像。董夏青青坦言，"我不能用三言两语遮蔽他们十年五载的生活，不能假装洞察一切，把自己的声音安在他们嘴上。我更倾向于在大量现实素材的基础上，通过虚构的情节安排，让人物们自己行动，自己说话，完成自己的纸上人生。如此，既是对这些人曾经如是活过的纪念，亦是对一种荣誉生活的尊重。不让他们在作者的陈词滥调中，失去击打人心的力量。"这已经超越了一般意义上的创作的经验与方法，而是一种别样与另类的文学宣言，在当下小说的整体语境中颇值得回味。

《在晚云上》中，副团长带队去〇三号峰会哨只是一条叙事线索而已，着力处却在副团长和连长两个人物身上。副团长出身军人世家，爷爷、父亲都是军人，从小就受到简单与粗暴的规训，灰暗的情绪一直笼罩着他的成长之路。当兵后也是龃龉不断，尤其是女友的跳楼让他在情绪失控中大闹连队。连长就怀疑副团长，以他的优越条件何以在这样的鬼地方消磨时光。献身事业？还是隐忍晋升？这个问题恐怕副团长自己都不清楚。目标模糊的人生非但离英雄相去甚远，即便是普通的人生也未必达至。连长的父亲是警察，事业并不顺利，母亲又失明，他似乎已经适应了边防的枯寂与煎熬，仿佛这就是他的生活与生命。连长期待着对象的到来，会带给他一种新的人生吗？这种不无虚妄的想象中饱蘸人生的无奈与况味。

《河流》中，"我"在军分区机关里与领导的关系似乎有些暧昧。他的夫人有了猜疑，便把她的外甥——某连指导员介绍给"我"。正好我要下连队约稿，指导员负责接待了"我"，借此串连起几个普通战士的生活状态，这也是董夏青青小说叙述的一个惯用的手法。名叫"红红"的战士当兵的动机是因为偷矿石被警察追的经历，然后就想找个活儿干，去追别人。"豁牙子"在舞厅里教舞蹈，跟别人打架时，他爱上的女孩为他挡了酒瓶子而腿残了。之后，他又跟一个唱歌的女人相好，却被她丈夫的小三儿给杀了。指导员对"我"说，我知道你不喜欢我，其实我对结婚也无所谓，我们连长结婚了，但感情不行，老婆也不来部队看他。"我"又想到领导，感觉与他就像一场梦，听他讲那些刻意打听来的人生购物的片断，究竟有什么意义呢？"我"离开连队的某天早晨，从通报中得知，指导员带领战士翻修靶场时，老围墙倒塌，压死了两名战士，后果可想而知……

再看看《科恰里特山下》，战士七十五由于晚上烧锅炉没睡好，早晨训练跑步时突然就倒地上了，好一顿人工呼吸，总算是救过来没死。"我"与妻子不像从前那样了，作为团里的副参谋长"我"调职无望，她则要带孩子去美国。我后来同意离婚，因为"我"什么都改变不了。转机是有病的女儿将小朋友摁到坐便池里，妻子只好带着孩子与"我"住到了阿克苏的团部家属院里；可是，这样的情感能维持多久呢？李参谋长两地生活，妻子因他那东西不行了提出离婚。问题是，团里离婚的还很多。排长一行六人过冰河时，摔进冰窟窿里死了。满眼都是人物各自生活的不如意与命运存在的无奈。《苹果》则写了几个军人不会做生意，还乱投资，每次都是赔光了老本。他们长年不在家，妻子不满意，然后就跟了别人……

董夏青青小说叙事的美学向度与思想内含是显而易见的，她就是要真实地还原戍边的基层官兵以及那里的普通人的粗粝困厄的生活——一种不加修饰的原生态的东西，不去主观赋予他们那些外在的、不属于他们的意识形态的东西。董夏青青的独特或深度在于，她并不是就这样简单地呈现，她赋予边疆苍茫辽远的环境以一种诗意的暗喻与象征——只有边疆才具有的大美，它们之间形成一种同构性的关联，或言之一种互文性的交融。这样的一种文学境界的达至，是因为董夏青青将自己真正置身于边疆，置身于戍边的基层官兵，以及那里的普通人的粗粝困厄的生活之中；也许她还不能完全地成为他们中的一员，但即便是一个旁观者，近距离的观察、交流与体验，也足以让她获得较为真切的生命的存在感。董夏青青这样描述她的经验与思考，"这些年，我常收拾背囊，从乌鲁木齐辗转去到边境线上，在连队里和战士们共同生活一段日子。在那特定的时间中，会和很多人产生交集，得以通过也许彻夜，也许三言两语的聊天，知晓他们的生活和内心。这些发自内心的声音时常很微弱，被日常生活中数不尽的其它声音所遮蔽，但那却是他们灵魂的起伏，热血精神鼓荡其间。我要做的，就是拿起文字的凿子，一下一下破除表面的冰壳，将这些裹挟着坚忍、痛楚、牺牲的生活开采出来，让读者看到他们安静无闻的身影，如何在大漠中留下生命的轨迹。"

概而言之，董夏青青对短篇小说的理解达到了相当的宽度与深度，并以一系列的风格化小说彰显了自身独特的存在，我们有理由对其文学潜质与未来发展充满期待。

科恰里特山下

董夏青青

车刚开出连队，七十五就抽搐起来。军医给他戴上吸氧机，来回检查了一下气体的流动。命令我和李健给他捏手捏脚，和他大声说话。一刻钟后，七十五第一次停止呼吸。指导员叫黄民停车，军医给七十五做人工呼吸，掐他人中。七十五醒了过来。

车子继续跑。与其说跑，还不如说在跳。从三连通往山下的几十公里山路，顺河而去。路面常被山溪冲断，在每年秋季早早冻成了冰。山路地势高，路面时常急转直下又蜿蜒而上，穿过像快坍塌的峭壁。每一座山头都有大片骆驼刺。落上雪的茎秆看着又粗又密。没有全萎掉的苔草，沾着一点青绿色的薄冰。太阳把草叶上的霜晒得发白。

依维柯的过道放不下一个担架。右边驾驶座后面两排座位，左边一排座位。只能放在两排座位上担着担架。依维柯车韧性不行，很颠。指导员和军医跪在座椅上扶着担架。我用肩膀扛着担架靠不到座位上的一头，不让担架侧滑。一过五公里的地方，手机信号中断，想和山下联系，问120的车到没到柏油路口也没办法。

今早，李健带他们班做十一收假后的恢复训练。连队对面新修了一座与吉尔吉斯斯坦的会晤站，李健让他班上的人往会晤站跑，绕过门口的混凝土堆再跑回来。跑过去的时候，七十五第一个到。他们跑回程的时候，指导员问李健谁会第一个到，李健说，七十五。刚跑出三四十米，七十五扑倒在地。李健看到了，跳起来喊一个士官，让他去看看七十五，那个士官还以为在给他加油，拼命冲刺。李健冲了过去。

　　　　　　　　　　　　　　　　　　　　　"新生代军旅作家"面面观 |

七十五说这两天晚上烧锅炉没睡好。李健送他回到班里，他拉开被子睡下了。到中午开饭时，七十五已经昏迷，身体发凉。

车还没到二道卡，七十五第二次停止呼吸。头一偏，手从担架边耷拉下去。

指导员再次叫黄民停车。军医趴上去给七十五连做三次人工呼吸。现在问题不止是蜿蜒狭窄、时有时无的土路，以及被冲断结成冰层的打滑路面。更要命的是与以烽火台为界的对面那个世界中断联系时，逐渐流失的信心。

做第五次人工呼吸时，军医拽了我一把。

等我喊一二三，第三下一起最大力朝他胸口按下去。军医说。

我和军医朝七十五胸口全力按下去，七十五身体向上弹起两三公分，再次恢复了极为微弱的呼吸。指导员贴到七十五脸上去听。

喘气了。指导员说。

李健低下头捶了自己脑袋两下，指导员扶他起来时，他干呕了一声。

没事吧？军医问他。

指导员给了军医一个眼色，示意他扶稳担架。

开车。指导员对黄民说。

我们继续在坑坑洼洼的路面上颠来颠去。依维柯像大地上新长出来的一口棺材。

两个多小时黄民才把车开过烽火台。一上柏油路，信号恢复，车也跑起来。团政委的电话进来，告诉指导员，他和救护车就等在哈拉布拉克乡那一排杨树跟前。团里的人都知道那排杨树。那十几棵树排得整齐过了头。

依维柯停在杨树底下。医护人员把七十五放到一张带轮子的担架上，抬上救护车开走了。指导员带李健上了政委的车跟着救护车。临走前，团政委叫我和军医去人武部，那边安排我们吃住一晚，明天再跟物资车返回连队。

我和军医站在路边。军医盯着涝坝里的杨树叶子，眼睛很久没有动一下。

他用火机点烟，打了两次火都灭了。他猛吸了口气，把烟扔了，用后脚跟把烟踩进了土里。又站住不动了。

我没有催他。我一点也不着急。大概还没有人跟七十五的母亲说这件事。

几年之前，我也有过军医这样的时候——对于本职工作，抱着一种很宏大的看法。那时候，全部生活，无论家庭、事业、个人情感，都在正常、积极的轨道上。女儿在我对人生最得心应手的时期出生。第一次见她，她晃着小小的脑袋。圆圆的、无毛的脸上没有微笑。而那一晚，她的脸警觉地，绷得紧紧的。我也记得她母亲投向我既讶异又悲哀的目光。少见的，没有描画过的眉毛，承担了她脸上绝大部分无措和虚弱的神情。

侯哥，去人武部吗现在？军医问。

都行。我说。

我请你喝一口吧。军医说。

可以。我说。

你等我买个火。军医说完，转身往路边一个小商店走。我奇怪他怎么走得那么灵活，刚才看他，好像腿已经断掉了。

军医去的那家小商店旁边的小学，铁门忽然开了。五颜六色的小孩蜂拥而出。有一个穿紫色棉袄的小女孩，走得很慢，边看边舔自己手里的一个苹果，像是决意要把苹果全舔了才下口咬它。她的皮肤不白。那时候四连指导员说京京随我，皮肤黑，我给那狗尿骂了一顿。他说我有孩子了也给你开玩笑不就行了。去年他有了孩子，有段时间每天抱在怀里，听我们聊他孩子时严肃得要死。我们说，你捏着拳头干吗？说你孩子不好就要打人吗？

我是家里的独子。父母这一辈从湖南过来的知青，有不少在体制里终老。他们照自己的方式运作家庭，尽量跟随时代不掉队。前些年股市还可以的时候，我母亲也赶上了一点运气，给我成家打下了基础。他们的不安全感很强，怕积累的一点点财产忽然蒸发，怕院墙外面一夜之间乱掉。那时我找易敏谈恋爱，他们很高兴。易敏是长沙人，跟她小姨在阿克苏开干果店，还往长沙批发。战友羡慕我，说你多明智，早找好了退路。说这些话的人，因此比我更有上进心，挖空心思调职、搞副业，他们想攒更多的人脉和钱，认为有钱就能从任何乱局中抽身。

今年春天，易敏和我回父母家吃饭。席间说到如果我不离开部队，就先分居。易敏走后，母亲去刷碗。我和父亲坐在客厅沙发，父亲抽着烟。我去够茶几上的火，也想点一根。刚拿上，被父亲一脚踢掉了。

我喜欢易敏，她说话的声调，她穿每件衣服所表现出的，故意和本地女人十分不同的姿态。喜欢别的男人看见她在我身边时露出的眼神。但这两年她越来越焦虑。我的调职停滞不前。结婚时那个年纪持有的完美履历，已开始逐渐失去给她带来希望的价值感。我能感到她注意力的分散，无论白天夜晚，她的热情都更像前两年用剩下的。更重要的，她不想再带京京在阿克苏生活。京京该上小学了，应该去教育环境更好的地方念书，为初中去美国做准备，到时我们在美国再生一个。她姑妈在佛罗里达州。她希望我脱掉军装，先把出国的铺底资金赚出来。

　　目所能及，社会上掀起了创业和房产的热潮，大家除了谈钱还是谈钱。但除了在部队每天按要求做好分内事，我还有什么额外的才干和本领？也想象不到京京去美国以后会是什么样子，还有在美国出生的孩子如何长大。作为父亲，我没有把握让孩子尊重和依赖。也不相信，自己能先于孩子喜欢那里。

　　去年元宵，我陪易敏从长沙去宁波看她姑妈。在高铁站安检口，易敏抱着京京，看着我被带到一旁，两位安保人员过来对我进行再一轮检查。我说明身份，找出证件给他们。他们接过证件，对比端详我的本地身份证。再将证件还给我，示意我可以离开。直到列车开动，易敏才开口说话。她说到了宁波想先带京京去医院体检，每天进出超市、银行、商场、饭店这些地方的安检门，辐射会怎样影响孩子的身体？我当然明白，她并非在说体检这件事本身。以前我们还能用不相互威胁的口气谈这件事的时候，我说过很多。讲这是整个世界都在面对的两难局面，一个欧洲和半个亚洲都被胁迫。尽管我也知道，只有不在这里生活的人才会这样谈论它的境况。易敏说，人活着为当下，而不是为了活进历史课本。

　　我父母支持易敏的想法。他们核算了房产折合人民币多少，去珠海看望了当地教会的朋友，商量搭伴养老的事宜。父亲参加过一位朋友的葬礼，在环南路教堂。在那之后，他每个周末都过去礼拜。我和他聊天，提及过去读书时他给我写信，那时他谈理想，讲信念，在我疲乏和焦躁时，给我心智的指引。而现在，就仿佛既已找到信徒，他便可以放下一些之前的担子。父亲讲，他去教会，和头脑中既有的信仰并不冲突。他被那场葬礼打动了。教友们从教堂陪同家人到360省道边的公墓。下葬时，每人上前撒一把土，献一枝花，之后填土立碑。没有哭闹和吃喝。他希望自己的老年和离世也能简洁、朴素和不动声色。

他说，这和易敏追求不背思想包袱的生活一样，并非不体面的、可耻的。父亲说，希望你能代表我和你母亲回到湖南，或者去国外。

下午的阳光照耀黑色柏油路和学校新架起的高高的钢质拒马。一切都那么平淡无奇。不论是天山百货门前和成都街熙熙攘攘的人群，还是少见的高楼后面凋敝的小巷，都在力证自己毫无危险性。现在，这里大概是整个国家治安最为良好的地方，秩序和巨额援建资金都力图帮我们重建信心。房价看涨，基础设施不断完善，一带一路的利好消息不断传入。一部分本地人身处其间，逐渐产生倍受重视的自豪感。同时，时间紧迫，这一切都发生得很快。让另一部分人心怀焦虑，孤立无助。网络新闻和街头议论左右他们的心情。让他们一会儿从沮丧冲上乐观的巅峰，转瞬又跌回谷底。

我的为人，我的生活方式，多少年来，在这个地方具备了自己脆弱的形态。这种脆弱与无能和持有何种学历、办事能力无关。我有自己的老师、同事和朋友，有常去的集市和饭馆，怎么会不习以为常？与此同时，当我开车经过多浪河边的凤凰广场，穿进没半点装饰的小路，路旁一排九五年建盖的楼房正在拆除。我知道，过去的生活也已被新的洪流全部冲走，不可能为我重现。

军医叫了一瓶伊力柔雅，就着一份大盘羊肚，我俩一杯一杯地喝。他手机搁在一边，边喝边刷微信。说李参写了首诗，配了巡逻路上一张雪景。

军医锁了屏幕，抬起头来。

他们说李参离婚，是因为那个不行了。他说。

怎么不行了？

太久没用，再用不好使了。他说。

放屁。

真的。

那么多人结婚之前从来没用过。我说。

家里新买的水龙头，刚用是挺好的，但用了一段时间不用，再用不就锈住了吗？他说。

我俩干了一杯。

李参明天也上山吗？他问。

不知道，晚上你问问，走的话接上他。我说。

好。军医说。

指导员说李参办好手续了。军医说。我嗯了一声。我们举杯又碰了一下。军医把杯子搁在桌上，盯着杯里的酒，动了动身子。

喝不动了？我问他。

他摇头，还是定定地看着杯子。能喝，他说。

喝急了。他说。缓缓。

他拿起筷子，夹起一块羊肚放进嘴里，很慢地咀嚼。等咽下去，他端起酒说，侯哥，敬你。我女朋友说，给你朋友打电话了，下礼拜过去实习。

好。我说。我俩碰杯。

你俩还好着呢？我问。

他喉咙里发出来一点"嗯"的声音，可能代表任何意思。

李参在山上十七年，辗转三个连队。工资在全团干部中仅次于政委。每年九月下山探家。结婚十来年，生了一个男孩，今年十一岁。年初，他妻子要求离婚。李参说，考虑到孩子还小，能不能再等两年，孩子考上大学再离。他妻子强调，必须今年。

李参办完手续从陕西老家回来那晚，我和宣保股长去阿克苏接他。回到房子，李参把他母亲做的馍和辣菜蒸上，点上烟，三根五根地抽。李参除了抽烟，没什么爱好。话少，牌也打得不好。婚后，他的工资保障卡放在妻子手上，妻子按月给他转五百块烟钱。这回离婚，李参没有把卡要回来。过了一个夏天，李参才向团里提出补办新的工资保障卡。

他以往探家，还会按照部队作息时间起床，收拾屋子做好早餐再叫醒妻儿。妻子要买车，他买车。坐上车，妻子让他滚下去，他就下车步行回家。他知道妻子已开始怀着嫌恶的心情回避他，但他还在吃力地考虑应该说什么、做什么，分散她的注意力。只差三年就上岸了，偏在这时一无所有。

看着军医，难免想到他费力争取的婚姻，会不会过十几年也是一场终日针对对方的讽刺挖苦。上山之前的周末晚上，参谋长给我打电话，说他在百味鱼庄安排了一桌饭，给我饯行。等人到齐了，桌前落座。参谋长开局，说这顿饭有三层意思：首先，团组干股的郭昕干事马上调广州军区，即将大展宏图，我们要庆祝；军区总医院骨科来阿克苏代职的苏主任，马上到县医院就任，对她表示欢迎；再有是侯副参谋长即将上山代职，离开战友们一段时间，为他饯行。

百味鱼庄是乌什县以前给县委书记做菜的厨师开的，招牌是一鱼多吃，一条鱼烤半条煮半条。我们团里的饭大多也有点这个意思，一饭多请。参谋长说要吃饭的时候，就知道那顿饭不是专为我准备的。但没想到郭昕的调动真的办成了，他马上就不是九团的人，也不再是新疆人。对于他的去向，我既不感到愤恨，也不觉得嫉妒。调广州、调正营，这完全是他的风格。之所以有些不快，是因为他老四处说，再在这种地方待下去，就是对自己对家属的不负责任。同为入疆第二代的他挑明了对我们的看不上。他早已脱离现状，做好打算，吃饭时十分兴奋。我为他这样离开却无半点酸楚而感到心态陡然一变。开始反省到底自己的内心和头脑受到了怎样的桎梏，才使得无法再跨出一步？我们的家庭都是从那个起点开始的，但年纪更轻的他已遥遥走在了我的前面，马上可以心平气和地谈论自己的通达之道了。

那天晚上，参谋长在军总的苏主任面前十分活跃。郭昕大讲参谋长娶到了阿克苏最好看的汉族女人，妻子能歌善舞。参谋长则向苏主任聊起，说他当时靠一首《黑走马》的舞步赢得了当时还是地委副秘书长的老丈人的青睐。平时他去儿子的中学打篮球，必定引起轰动，他一个对五个。苏主任说她的爱人是搞网络技术的，不爱运动，搞得儿子现在对什么球也不感兴趣。参谋长说他不喜欢在房子里待着，每年要跑几十趟边防连队，各个点位的哪块石头动一下他都能看出来。每次回家，妻子会叨叨他，水龙头坏了啦、灯泡不亮了啦。他说这就很奇怪，在办公室里怎么从来没有这些事。他只好一样一样去修理，烦了就对妻子说，信用卡给你，你别糟蹋我了，糟蹋钱去吧。

参谋长家在市里农一师供销大楼后面的小区。团里家在阿克苏的干部，通常会想办法每个月下两趟阿克苏。但参谋长周末从不回家，白天待在办公室，晚上吃完饭还会回到办公室。团里没人见过他的妻子和小孩来过院子。在座的，除了苏主任都知道事实，他也知道我们知道。不过他说得逼真，有几秒钟，我们怀疑是不是自己没有恰好撞见这个家庭含情脉脉的时刻。或者只是意识不到，我们和参谋长一样，都需要一点这个。我们在桌前配合参谋长，无人面露嘲讽。他是那样的一种领导：你可以开他的玩笑，他也能叫你笑不出来。只有一个人，文化股股长李西林，好像被感染得过分了。他突然站起来给苏主任夹菜，说，我爱人也在医院上班，她是急诊护士，儿童医院的。

参谋长听完愣住了。李西林离婚一年多了，团里没人不知道。李西林站起来，一手扶住椅背，一只手挥出去指向我。说，老侯，老侯今年差一点离了，有家有口的都敬他一个。

确实。我拿回了离婚申请，易敏带京京再次回到阿克苏，我们重新回到一家人的状态。然而只有我们知道这是如何实现的。桌边这些人，也像是为了表示同情，才从椅子上冒出来并坐在这里的。像李参，心里过不去的时候就去弄勺盐放手心里舔舔。真想这时手心里能有一撮盐。我还想跳起来摁倒李西林，给他揍哭。

军医叫老板娘把羊肚拿去热一下，他又跑去柜台拿来一瓶托木尔峰。

这个酒好，比喝小老窖舒服。军医说。

是。我点头。

下次整几瓶寄回家去。军医说。

你去他们酒厂买，找门口的大姐，说我叫你找她，她能给你便宜。我说。

可以单瓶买还是必须拿一箱？军医问。

只能一箱箱拿，一箱六瓶。我说。

那可以。军医说。

你和我嫂子怎么样了？他们说你把报告又拿回去了。军医说。

对，拿回来了。我说。

不离了？他又问。

我点着头干了一杯。

去看看七十五吧。我把酒杯倒扣在桌上，站起身来。

军医抬起头看我。我不去了。他说。

喝多了？我问他。

不是，怕见了难受。军医说。

要不一起过去，我在外头等你。他又说。

我俩拿起外套。

病床前，李健在给七十五揉腿。

看见我，李健起身让座。

侯参，坐。李健说。

你吃饭了吗？我问他。

他们给我买饭去了，政委刚走，你们碰见了吗？李健说。

没有，我爬楼上来的。我说。

七十五戴着吸氧机，只有口鼻罩住了。我却觉得他整个人都塞在一个大泡沫里。他眨着眼睛看我。

他好多了。李健说。

七十五也尽力点了下头。

别动。我说。

七十五向我眨了两下眼睛。

一位年轻的护士推着护理车走进来。她握住七十五的手，跟他说话。

听得到我说话吗？听到就眨眨眼睛。她说。

七十五眨了眨眼睛。

好着呢，好孩子。护士用不流利的汉语说。动手从护理车上准备输液的工具。

你今年多大？就叫他孩子？李健把左腿搭在右腿上，兴致很高地看着她。

你管我多大干吗？护士说。

李健朝她笑了笑。

那你先说他为啥叫七十五。护士又说。

他爸七十五岁有的他。李健说。

我才不信！护士叫起来。

七十五的脑袋偏过来看着护士。伸出大拇指，晃了两下。

他老子可能耐了，他妈还不到五十岁呢。李健说。

护士笑起来。李健凑上去问她几点下班，她说得等到明天早晨。

护士推着护理车出去时，指导员和黄民拎着餐盒走进来。

军医在楼下抽烟。指导员说。我们让他上来，他不来。

你们晚上睡哪儿？我问。

黄民指了指门口。

外面有椅子。他说。

要是七十五一直躺着不刮胡子，会不会长到脖子下边？黄民在李健对面坐下，摸起自己的下巴。

你刮过屌毛吗？它长过膝盖了吗？李健说着放下餐盒，去找水喝了。

今年夏天，给在长沙的易敏打电话，说我同意和她离婚。挂上电话，我进小龙坎点了个小火锅，叫了两瓶常温的乌苏。端着洗洁精喷壶，在一旁收拾桌子的是个岁数不大不小的女人。我忽然觉得她很美。她的姿态，她身体里尚存不多的青春气息，都让我想到易敏。易敏这些年，给了她能给我的最好的一切。可当她提出要另一种生活，我拿不出任何可改变现状的行动。说话也没用。如果我说抱一下就能抱得到吗？说句都会好的就会好吗？我从没在愚昧、平庸和愚蠢的事上消磨自己的生命。理想也从没半点虚假。到这时，却貌似只有那不变的、时常舔盐的生活，才是最看得见、摸得着的部分。

春朝雪舞沁人心，半谷遥闻百雉鸣。苦守寒山还几岁，陪君度日了余情。

再过个几年，就叫上写这首诗的人去哈拉布拉克乡那排整齐过了头的杨树后边买几亩地，盖个土房子。自己打粮食，自己酿酒喝。砌堵院墙，养上退役的军犬军马。

养犬，我就要四连的格蕾特。格蕾特一岁半时从北京昌平军犬基地到了四连。不到半年，连队的人都看出来格蕾特抑郁了。她还想着回北京，拒不接纳山风的气味和响声。从不和其他军犬废话，只跟一条牧民家的细狗来往。有时在连队一整天形影不离。但细狗太瘦小了，一来就被连队正在放风的军犬欺负。之前我和参谋长在山上，听说细狗的屁股被咬掉一半。参谋长把细狗抱到哨楼上的暖气旁边，啰嗦他怎么看着细狗长大的。格蕾特伏在一侧盯着细狗，前一晚咬死了一只跑哨楼上来蹭食吃的狐狸。格蕾特肯定愿意老了来和我住。她一下就能嗅出我，她还有细狗共有的气息。

那晚我想尽快上山一趟找格蕾特，听听她的吠叫。但过后我被团里留下来督建新的招待所。检查组来一拨走一拨，我用剩下的半截屁股扛过了每一次查账和问话。

一天下午，易敏打电话来，让我马上订机票赶回去。她在电话那边说了几句开始哭，话语不清。是京京的事。两天后我从阿克苏飞到乌鲁木齐，转机再飞长沙，凌晨抵家。

易敏说，中午京京的幼儿园园长打电话给她，让她马上过去。京京在幼儿园把一个女孩推进厕所的蹲便器，摁下了水阀。老师说，京京反感任何人对她的碰触和抚摸，这个女孩之前摸了京京的头发。还有不止一个同学，因为做游戏时抱住京京或拉她的手，被京京推倒。易敏说，老师认为京京目前的表现是感觉统合失调，在儿童医院给出诊疗意见之前这段时间，京京不适合回幼儿园上课。

易敏抱着京京从屋里出来。京京躲在男孩气的短发里的脸，警觉地，绷得紧紧的。易敏投向我既讶异又悲哀的目光。少见的，没有描画过的眉毛，承担了她脸上绝大部分无措和虚弱的神情。

我伸出手从易敏怀里接过京京。她扭过脸问我，爸爸，你捉了几只老鼠？

我们带京京到儿童医院，在门诊楼下转了一圈，没有进去挂号便离开了。我们不愿京京在五岁的年纪，就在不打针吃药的问话中意识到自己可能是一个特殊病人，从此满心恐惧。我们需要时间找出京京这些表现背后的原因，并已经依据新闻和个人经验开始艰难地猜测。但先默认的，最希望如其所是的，是我和易敏对各自的强调、环境的辗转，让京京难以辨认那些抚触动作背后的善意。我们无法再漠然相对，无法假装能再展开各自新的生活。孤立无援，唯有彼此。

我们带京京回到阿克苏，决心先牢牢相伴。周日，易敏带着京京随我父亲去教堂礼拜。很快京京受洗，有了一位在电力公司上班的教父。在我即将上山代职之前，易敏搬来团部家属院。在科恰里特山上的每一晚，我们仨都在视频中见面。我在连队荣誉室里将笑声一再压低，同时也知道等李参回到山上，无论身处连队哪个位置，都能听见来自另一个家庭运转时亲密的声音。

此时，我和军医躺在人武部的招待室。军医在旁鼾声正响。我想叫醒军医，告诉他，我和我的妻子，就是在准备分道扬镳之前，才真正认出了彼此往后的模样。但我一个字也不能提，不管我说什么，都像把失而复得的一部分又交了出去。

我会跟军医讲，等明天接上李参，可以问问他晚上怎么入睡的。军医也许会马上反问，李参怎么睡觉的？两年前，连队进科恰里特山巡逻。大雪阻路，进点位必须骑行。排长带一行六人过冰河时，冰面破裂，排长的马打滑侧摔，排长跌进冰窟，顺水而下。随行的人下马去追。透过冰层他们看见排长仰起的脸，却无法抓住他。排长手机信号不好，以前老让李参上"为你读诗"的公众号下载朗读音频。两人边听边抽烟。自从他出事，李参每晚都会戴上迷彩作训帽睡觉。李参说排长没成家，也许就没回南京的老家，还在这里逛荡。他不希望排长在夜晚的梦里叫醒他，这不文明。

如果不是他，掉下去的会不会是自己？如果掉下冰窟的是自己，有谁会追出去那样的一段距离？科恰里特山下的人都想过这个。对我来说，这些已称不上是值得多想的事。

垄堆与长夜

董夏青青

接到一周后去塔县 101 团报到的命令时，我脸都木了。估计 101 团的人听说从上头分下来一个小年轻，还是耍笔杆子的，表情也很难看。

刚到塔县那些天，想起在学校念书的日子。独来独往，背后站着仨俩抱团的人，那种滋味不好受。在这边，我打算趁早交几个共事的朋友，挤到他们中间去。

被装关系到位之前，他们给我三周时间自由活动。开头那几天，我每个下午都去塔县的集贸市场转悠。市场里房顶破裂，墙体灰暗。支起的草棚里堆积着陈灰和破草筐。烈阳下，尘柱碾过打蔫的水果、变色的生肉，停在装小饼干的纸箱里。太阳从棚顶的破洞投下不规则的昏黄光晕。河南人、山东人、四川人、陕西人、甘肃人在涂着红漆的铁门内外搬弄商品，闲时三四个人凑一起，牌打不热闹、话也难聊。有时坐着坐着就一言不发，互不瞟看，像是熬了几夜。维吾尔族的卖肉店家在门口盘腿而坐，仰头倚着墙。

塔吉克妇女头顶花帽和白色纱巾，坐在杂货摊前一长溜皮带后面。小孩在水果摊前磨蹭，盯着塑料泡沫上几个黄黑的皱皮芒果、长黑斑的香蕉。时常大风侵入，街道上明暗光影迅疾移走变幻，塔吉克商铺棚顶的花色床单翻飞。不远处的山脊游入云幢深处，雨雪降下。众人就近进屋躲避，在阴暗房间里坐着，两条老寒腿来回抖动，用唾沫濡湿嘴唇。

新群大肉店的老板常带我去塔什库尔干路入口的水产副食店，打过几把牌。只是我很快意识到使错了劲。市场不是我的工作环境，跟他们熟到把老公让给我睡也没用。于是我扔下牌，从市场辗转到了活动中心对面一家卖彩票站。

　　　　　　　　　　　　　　　　"新生代军旅作家"面面观┃

彩票站门口支着伞，摆着四套桌椅，点一杯茶两块钱。不过喝茶的少，大都自己兜里揣着酒，蜷腿坐在地上。除了戴小帽的本地人，还有团里的、机关里的爱来这儿打个转。酒喝到热，大家说一说哪个连长又查出来心室肥大啦，军医的小孩生下来脑积水啦，谁谁谁又被老家的老婆给绿了啦。人们扎在一起，彼此剽窃消遣习惯、秃顶、心律不齐等常见的毛病。有时候，会有初来乍到的冒失鬼，把这些毛病和帕米尔的水土扯到一起。待长了，又觉得之前想的有点浅，关乎命的事，只有神知道。扯到一定时候，大家只动嘴，不出声。塔吉克酒徒循味在小桌旁或站或坐，没有表情，眼神像车轮毂盖上的白炽反光。谁兜里有烟，掏出来散一圈。大家换过瓶子接着喝。在塔县任一处，每当大家举杯互看，就知道一条牛身上剥不下两张皮。太阳晒裂众人沉闷且便宜的忧思，重新排列成鳞叶点地梅的花形。

我去犇磊鑫超市买了香干、瓜子、软面包，撕开包装，摆在桌上，有时候捎两瓶"小高原"过去。有一天，一个叫卡尔旺的老头摸了把瓜子，在咬开酒瓶盖的时候，冲我笑了。

卡尔旺有一张红灰色的瘦长脸，遍布细缝裂纹。嘴唇乌紫，下嘴角的脓疮像个弹眼。睫毛浓黑纤长，烈日下投出的影子拉至嘴角。毡帽和一身晒得发黄的旧式迷彩像长在身上。不到六十岁就被劣质烟拔光半数牙齿，挨过两三年消化不良的日子后，胃溃疡肝硬化心脏七根血管堵死三症齐下。他经常吃了晚饭，拎上两块钱的半斤装"草原王子"，跑到红其拉甫路上的移动营业厅门口等着。冬夜里，常被巡逻武警从雪里扒出来拖上车，之后掀进随便一户能敲开门的亲戚家。车里，他攀住人家大腿，伸出冻肿的猩红指头拨弄对方胡须："你这个同志嘛，怪——得很。"

卡尔旺老头每天都在，两只手抱着"小高原"，半闭着眼倒在椅子上，我问他，他的头疼不疼。卡尔旺睁开蓝色的眼睛，瘦骨嶙峋的脏手抹了把嘴唇。说他的头也疼得很，尤其是爬到山上去找羊的时候。但是呢，他爸爸和他爸爸的爸爸都在这里出生，在自己的家，头疼也不好意思说。

卡尔旺的孙女现在县寄宿小学念四年级，我刚到塔县那会儿，看见她在艺术活动中心门口的水渠边坐着晃荡双腿。我走过去时，她盯着我，和身边的小男孩窃窃私语，挤眉弄眼。

你笑什么？我问她。

她不吭声。

吃糖吗？我掏出糖盒。

他们几个相互看看，捂着嘴笑。我把糖盒抛过去，她伸手接住。

你不去上班吗？她问我。

不上。

为什么？

因为我是领导，我回答。

她腾一下站起来，小快步跑到我面前，叭地打了一个队礼。面容严肃紧张，飞快地说，领导姐姐好！您为什么不早说您是领导呢？

在四月县文化艺术活动中心举办的"'友谊之旅'塔县赴塔吉克斯坦综合文化交流汇报演出"上，卡尔旺罩着一件道班工人的马甲进了后台。节目结束时跟着演员一起上了台，扛起话筒架，边转圈圈边向台下挥手。底下那些坐在过道、墙边暖气盖子上的小青年们狂喊、拍巴掌、打唿哨。

演出开始前，卡尔旺的孙女挥着几枝玫红色塑料花跑去找我。他们不让小孩子进去，要有大人带，她嚷着，我爷爷没有票！

我牵着她跨上活动中心的台阶，往大厅走，孙女在门口被特警拦下。她是我姐姐，她仰着头对那人说。

你是哪里人？那人问她。

河南人！她叫起来。

县文工团团长的女儿唱完《友谊》，她跑上去献花。下来以后，借过我的耳朵说，我以后也要当领导。

当领导有什么好的，我说。好的呢，有好多的男朋友，还有好多的女朋友，她说。有段日子，只要碰上我，她就跑过来坐我的腿。告诉我谁谁去了新一期的《天天向上》、卫视八点档自制剧的女主角已做好逆袭的准备。

卡尔旺和他的孙女对"领导"抱有很高的期望，卡尔旺曾向我开口，希望我帮他们家办一件事，我就直说了我办不成。我自己的事都搞成这样。我不再常去彩票站，在那之后，交朋友变得难于一年级的小孩学写"犇磊鑫"。

我在外头转悠的时候，团里也在打听我。除我以外，全团唯一的女人，卫生队的女医生潘姐，请我去她的诊室吃香蕉。

她坐在那里，发愁的表情。小余，团长愁死了，安排你干啥呢？女的在这儿，干啥都不好使。也不好意思带你出去吃饭，老东西说话粗得很，你往那儿一站，他们都张不开嘴了。说完她笑起来。

你有对象了吗？她问我。

我摇头。

你是不是雷政委的女儿？

我抬脸看着她，摇头。

潘姐的脊柱松弛下来，伸出手来揉摁我的肩膀，说，不是还好一点，打算待多久调走？

我摇头，告诉她我不知道。

她的手绕到我后脑勺，拉出衣领里的辫子。你染的什么颜色？她问。

没染过，我说。

这颜色选得好，潘姐说，接近发色，不招摇。

第二天中午，我蹲在艺术活动中心门口晒太阳，团里的司机小姚过来了。他先递了根烟给我，我说不会，他就自个儿点上抽起来。我问他中午和谁攒的局，他说一会儿下喀什，四阿婆火锅，吃完去拿刘志金的骨灰。我这才知道刘志金挂了。

刘志金以前在团里，转业后回了四川老家，查出心脏有问题。做搭桥手术花光了新房首付，老婆就改嫁了。做完手术正恢复的时候，老母又殁了。今年四月他回到帕米尔，说自己满打满算不到三年阳寿。刘志金常在新华书店对面的商店门口台阶上坐着吸阳气，有时候和卡尔旺他们在彩票站门口喝酒。笑哈哈地问人家，嗨呀！听说汉族男的娶塔吉克姑娘，国家给五万块钱补助，是真的吗？

这边不少人都有那种偏好——四下里比对谁活得更惨。刘志金呢，通常为大家的这种偏好服务。他们还不知道他做了什么，就说他做错了。

老刘，看看你，感觉自己的日子算可以了。刘志金你太尿了哎……离婚之前睡过你老婆没有？房子给这种人你的脑子烧坏掉了吗？

刘志金就点着头冲人家乐。还好还好，谢谢谢谢。

我和卡尔旺熟的那阵子，和他也说过话，他问我怎么来的塔县、老家在哪、学的什么专业……我都和他说了。有一个瞬间，他眼睛发红，说我不容易，一个人做什么都难。

有一天，我捂着肚子蹲在超市门口，他过来问我怎么了。其实我就是蹲着，没任何事。

我胃疼，我说。

老毛病吗？他问。

不是，来了才疼的。

哦，我有办法，吃臭豆腐。

哪种臭豆腐？什么牌子的呢？

不是那种臭豆腐，他很得意，是把豆腐放臭再吃，吃了就好。

刘志金加了我的微信，除了转发养生帖，还专门发些诸如"这八十句话，教你如何经营一份幸福的爱情（不收藏是你的损失）""你不懂我的沉默，又怎懂我的难过"这样的文章给我。有两天，我在超市门口没见着刘志金。两天之后，他又敞着个夹克，溜着马路牙子过来了。那几天，不知谁家的小子买了一辆崭新的枣红色北京二蛋，成天在县城兜圈子，经过人多的地方就踩油门。刘志金挨着我坐下，指着面前的马路说，再等一等，很快就开过来了，我数着这是第十二圈了。

有一回他打电话来，问我张家界好还是凤凰好。张家界我没去过，就夸了一通凤凰，说完我问他还有事没，他说没事了。那我挂了，我说。他赶快叫住我，小小的声音说，别说挂了，那样说不好。

小姚说，前几天，三连机要参谋接到他儿子学校的老师电话，说要开家长会。参谋媳妇正巧在阿联酋开会，参谋愁得很，刘志金就提出来要替参谋去给他儿子开会，开会那天，他一早动身下了喀什。

刘志金满学校找不到参谋的儿子，打电话给参谋，参谋叫他去附近网吧找找看。八月的喀什酷热难耐，他满头大汗，四处找网吧，在香烟缭绕、叫骂不绝的屋子里前后穿梭。举着手机里的照片，对照显示器前明暗交替的模糊脸孔，向被他搡着的人说不好意思。

家长会在下午六点开始，刘志金还是没找到参谋的儿子。走进教室时，他汗水扑簌、口干舌燥。脸前的讲台像漂在河上打旋，地面瓷砖则像车窗外的安居房联排闪过，他只好闭上眼睛。人们在走一段长路之前，都要平心静气地坐一小会儿，盘算下辈子一定得找准矿脉再打眼。混在一群打瞌睡的家长里，他死得没有一点动静。

刘志金过去的班长，托了喀什两个战友去把他火化了。盒子这会儿搁在喀什第二客运站的行李寄存处，等着小姚去取。

这厮没了，觉得缺个意思，妈妈的。小姚站起来，拍打了两下屁股上并不存在的土。

那天周六晚上，作训股的股长给我打电话，说红其拉甫连指导员的父亲来看儿子，明天就回老家了，他组了个饭局给他饯行，请我也过去。

股长在兴旺酒店订了一桌，全桌有我、股长、宣传股小冯、小姚、刚退役的驾驶员刘迎、县委的小王，还有刚从红其拉甫连队下来的指导员的父亲。老人从山东泰安来的，刚上了趟山去看儿子。

股长安排指导员的父亲和我挨着坐，老人谦恭而安静。我每回给他倒水，他都欠身道谢。桌上摆着牛肚焖锅、爆炒羊肝、皮芽子炒鸡蛋、毛血旺、丁丁炒面、夹沙肉、干锅土豆。两瓶白酒。

股长指着刘迎，你这个狗东西，只要让你做主，就是这几个屁菜。股长扔下点菜单，又加了一壶奶茶。人齐之后，桌上好一阵子没人说话。

股长端起了碗，说，今天，主要是为欢迎家长，也是欢送，欢送我们刘指导员的父亲。再有，这是第一次和咱们余干事吃饭，我感觉很荣幸，面子很大，能请到咱余干事。他停了一下，又接着说，我们几个老尿儿好久没见了哦，每天都忙，尿忙坏了也不知道忙啥了，第一杯都干了！

大家纷纷仰头，又落下手来。一片咂嘴叹气的声音。刘志金的盒子摆在股长旁边的窗台上，窗帘被风吹动，一下一下地操着盒盖。

你的酒没动。股长看一眼我的杯子。

我不会喝，我说。

来了这里，没有不会喝的。

我真的不会喝。

女娃娃，可能就是喝不多。指导员的父亲说。

女的才更得喝呢，这么冷的天，喝两口才活血。小姚说。

你他妈的做过女人啊。刘迎说。

小姚做了个给他一拳的姿势。

我一喝就吐，我说。

吐了我们给你收拾。股长说。

还不光吐，我有胆囊炎。我说。

没事，至少你还有胆，我们的早就摘了。无胆英雄。股长说。

我真不会喝。我说。

股长斜着眼睛，背挺得很直，嘴边两道法令纹弯成括号。你废话太多了，我现在就教你喝，好吧？小姚，这瓶酒给你。我给你倒，我倒多少，你喝多少，喝到我们余干事把她的酒喝完为止，好不好？股长走到小姚边上，端起他的碗往里倒酒。

小姚很兴奋，咽着嘴搓着手，说，余干事，你救不救我？他拿起杯子，低头再扬头，大概到第五杯的时候，我端起了自己刚才就该喝完的酒。

这就对了，股长说。全桌人为我鼓掌。

能喝就别装，装的人，我们不喜欢。股长说。

小同志，吃点菜。指导员的父亲对我说，你老家哪里的？

河北，我说。哦，好像也离这儿不近啊，老人说。

我们余干事大学就是搞文学的，听说那是，啊，特别有才。股长朝大家使了个眼色。

指导员的父亲赶快放下筷子，从衣兜里掏出一张纸，抖抖索索地递给我。

小同志，我写了首诗，请您帮我看看，能不能发表了，鼓励鼓励我儿子。老人说。

我接过暗黄脆薄的信纸。他们都叫我念出来听听。

父母探子感受

行程万里渐渐高

感觉气温渐渐冷

呼吸氧气渐渐少

雪峰军营渐渐近

见到儿子泪汪汪

身边很多好儿郎

高山缺氧不畏惧

甘心吃苦守边疆

军营温暖战士心
十年戍边也无悔
父母回去把心放
我们守好咱边疆

还没念完，我笑了出来。

笑了？你笑什么？股长斜下身子，伸过脸去眯着眼瞅我。

这么好的诗！刘迎说，余干事，你笑什么？说出来也让我们笑一笑吧。

我紧闭着嘴巴。股长开腔了，口气像儿童节目主持人。余干事在笑话我们吧？我们确实没有余干事聪明嘛。要不然你上学我当兵，你这么年轻就坐办公室吹空调，我们一大把年纪了还满大山地跑。他指头点着桌子。但是大家都看闲书、吹空调，正经事没人干，怎么办？是不是……谁来干活呢？

我把那页纸叠了又叠，塞进钱夹。跟老人说我会找报社的朋友，请他帮忙看看。

哎，吃菜……吃，凉了，叔叔您快吃。小姚站起身给指导员的父亲夹了一筷子肚丝。

大家装着吃饭喝酒。

他妈的。小姚对着墙角吐了口痰。你们说刘志金上辈子干了点啥，这辈子混成这样，一件好事没摊上。

小王一听有点着急，哎，说啥呢，人还在这儿坐着呢。

怎么了？小姚扬起半边脸，就是说给他听，听不见我还说啥呢。

股长刚才扒了几口蕨根粉，这会儿撂了酒杯，说，哎，我跟你们说个刘志金的事，有一天团里开会，叫刘志金来做记录，结果开会的时候，人找不见了，团长说找不着算了，马上开会，可是政委不答应，说必须找到。然后团长去厕所解手，看见刘志金在里头抽烟，就问他不去开会，在这里干什么。刘志金吓傻了，憋尿半天，说，报告团长！我在想，如果中国真和日本开战了，咱是先炮轰，还是空降。

团长什么表情？小王问。

股长说，团长就跟我现在这样，特别严肃地看着刘志金说，如果真打起来了，我肯定先一枪毙了你。

冯干事狂拍桌子大笑起来。

这尿活该被枪毙啊……刘迎吸溜着牙花子，手指头来回抹着嘴唇。

我看到了谈话中的那个豁口，一个机会。知道一旦我进去了，便是真的进去了。酒、缺氧、刘志金的话题，连同大脑里疯狂活跃的杏仁核一齐挤压我的灵感，使刘志金和过去学校里一个人的形象终于擦到了一块儿。

这人是系里一个杂务，父亲过去是学校的老职工，为了照顾这个关系，给了他一个位置。这个杂务每天晚上从不回家吃饭，都在外头找人喝。一天半夜，他从男生宿舍查完寝路过水房，我们班一个男孩在里头刷牙，他走过去，突然胳膊上去钳住那个男孩的头，把他塞到水龙头底下，拧开龙头冲他，还一边问他，你是不是男人？你到底是不是男人，说说看，是不是男人……

有一天，我半夜翻墙回来，看见他坐在宿舍门口的台阶上，两只手捂着脸。我走过去，拿手机拍了他几张照片。突然他松开了手，望着我，说你活着回来了啊，很不容易吧？他疯得差不多了，可这话打中了我的心。

说这刘志金吧，他的事我也知道一点……我起了这么一句，大家全部看向我。我说有一回，刘志金去连队查寝，喝多了，查完寝路过水房，见一男的在里头刷牙，走过去一下把人摁到水龙头底下，拧开龙头就冲人家脑袋，说哎你是不是男人，到底是不是男人？等那人反应过来，转身就把他给揍了，刘志金这才看清那他妈的是指导员啊。都这样了，刘志金还喝，喝完了坐在团部门口台阶上捂着脸哭，人家问他干吗大半夜的不回去睡，他说他老婆是蛇精，白天还是人，天黑就变蛇。

大家笑得敲盘子打碗、脸庞发亮。刘迎前翘的下颌骨贴到了脖子上。小姚踩着凳子，把我拉过去，我 ×，你听谁说的？

我说，你们知道刘志金坐飞机的事吗？他们瞪大了眼摇头。我点点头，说刘志金转业那年第一次坐飞机，和一个复原的小战士一块儿飞成都，到了饭点，空姐不就推着餐车来了吗？给每人发一盒饭。刘志金从空姐手里接过来那个餐盒，特别激动，捧在手里来回把玩。小战士赶快放下桌板，打开餐盒就吃。他那边开始吃了，刘志金才意识到。可是他没看见小战士的小桌板从哪儿来的，又不好意思开口问。那小战士呢，故意不吭声，埋着头一通吃。等小战士吃完了，他还端着餐盒。他就问小战士，说哎你这个小桌板从哪儿来的？小战士特无所谓地往他旁边一指，说你问他们吧。刘志金就顺他指的方向扭过头去看，他看那边的时候，小战士赶快拿起餐盒，收起小桌板，等刘志金回过头来的时候，特别惊讶，说哎你的小桌板呢？小战士说，没有呀，我就这么吃的啊，什么小桌板？

×这个废物！绝对是他妈的刘志金！他们眼角沾着笑出来的泪汁，跑过来给我敬酒，将我酒杯的杯底扶到他们的杯沿旁边，清脆地杯盏相撞。小姚为我的碗里盛上洁白的米饭。小王扶着桌子，油锃锃的脸埋进臂弯，肩膀在颤抖。

指导员的父亲给我倒上酒，说我儿子每个月给我们汇四千块钱，自己留五百。我和他妈还高兴他找了个好工作，来了一趟才知道这个情况，还不如我带着他在老家种大棚，现在草莓十四块钱一斤了，日本美国都来收，还有城里的一家子开着车来，现摘的更贵……

他说的我都听见了，可是顾不上搭他的话。

还有一次，还有一次。我兴奋极了。讲刘志金从ATM机子里取了一千块钱，板儿逼全新连号的，回去嘚瑟了一大圈，第二天人家说，哎，来看看你那钱，刘志金说，没舍得花，昨晚上全存回去了。

板儿——逼，嘚——瑟。小王拍着巴掌慢悠悠地念。指导员的父亲跟着他一起摇晃脑袋。

太坏了，股长凝视着手里的杯子。不能得罪写字的人啊，日你妈的，这嘴损人太厉害了，说出来跟真的一样。

不怪余姐，冯干事说着指了指盒子。

股长点了点头，说，没错，小余是个好同志，我不会看错人。

余姐，相见恨晚，啥也不说了。小姚一条胳膊搭上我的肩膀，悄没声儿地喝干了瓶底。

看看，你看看，别给我介绍了啊。刘迎自己在那儿抚摸肚皮。我不准备折腾，没意思。他朝小王要了张名片，心满意足地捏着一角剔牙。我推开酒杯，和他相视一笑。街上的灯桩亮了。蓝紫、玫红、鹅黄的色块间隔伫立，满树梅花形小灯晶莹璀璨。仿佛塔什库尔干真的长出了挺直的树木，人们心上开着小花。

从饭店出来，我们开车去了河边。股长抱着盒子往河滩走，打算将刘志金送上漫洇水路。下坡的时候，股长胶鞋打滑摔了一跤。他抱着盒子爬起来，给了跑过去扶他的刘迎一脚，吐着唾沫大骂，刘志金我日死你哎！老子对你那么好你还搞老子一下，太不是东西了哎你！

　　头顶上的暗黑云块，拖着敦巴什大尾羊肚腹长毛一般的雨带缓行。缺氧使人记忆减退。那些个倒霉鬼，被调戏的，我们唯一可称作是朋友的人，像案板上的苍蝇不会久留。

　　谁说前任团长在大会上讲，高原上的人啊，有三大特点，第一点，容易忘事，第二点，啧……忘了……

　　返程途中，刘迎开车，大家歪过头去睡了。车窗外，月亮投出一道湖蓝色的弱光，照亮大地千峦的奇巧安排。犬牙交错的石台像海里最远的岬角，亮着灯的团部像落入风暴的窄小渔船。罗布盖子河一条支流的侧坡上，今年春夏第一拨金露梅起伏盛开，色如卡尔旺家卖十块钱一罐的酥油。麻扎里，塔吉克青年墓地上的瓷质马鞍幽明发亮。明铁盖达坂下，大量的山地物质被流水侵蚀、搬运、堆积在山前地带。帕米尔上遍布垄堆，不长草木。不长草木的垄堆真孤单。

任性地涂抹苍茫辽远的命途底色

傅逸尘

一、非英雄叙事与真实地记录

董夏青青的小说没有故事，甚至也不见成形的情节，完全是生活的片断，甚至碎片，一种几近原生态的质感，与1990年代初的"新写实小说"似乎有着某种内在的关联；她还摆脱了21世纪初年军旅文学的官场与社会化叙事模式，专心叙述和描摹边疆基层官兵与普通人的粗砺与困顿的生活，非但不去刻意张扬英雄主义与爱国主义的情怀，反而不无任性地为他们的生命与存在涂抹上一层厚重的苍茫辽远的底色，营造了一种沉郁悲壮的情绪，这又沾染了些许1980年代"寻根文学"的气质。不仅于此，我还发现，董夏青青可能还有着构建一个属于她自己的文学化地域形象的想象，她几乎将所有小说的人物与背景都放在了新疆的一个叫作塔什库尔干的地方，有时则将其简化为塔县。就如同乔伊斯的都柏林、福克纳的约克纳帕塔法县、厄德里克的印第安保留地、贝娄的芝加哥，以及中国作家莫言的高密东北乡、苏童的枫杨树乡村的香椿树街等，这一点也让我对她的创作无法视而不见。

即便是在军人与战争的范畴里，英雄叙事也是一种特殊化的存在，或言之，是人在特殊环境与情势里的极端化表现。从文学角度论之，它是理想与想象的产物。任何人在面对炮火与死亡的时候，都不可能没有恐惧，内心的斗争或纠结都会是一种复杂的状态。那一瞬间，既是对性格与理想的考验，也是人性与反人性的冲突。人们对英雄的渴望，恰好反证了人的内心的脆弱与怯懦。

现实生活里，人们内心深处或多或少都会怀有英雄的元素与情结，这些元素与情结在日常经验中不可能聚积为英雄的行为；因此，从文学角度论之，或者当我们强调文学真实性的时候，非英雄叙事就有了经验的依据。董夏青青的小说选择了非英雄叙事的视角，她笔下的基层官兵（普通人自不必说），没有生活在特殊化的环境与情势里，她也就不想"把自己的声音安在他们嘴上"，去塑造或拔擢那种作为"外在物"的英雄形象。真实也许并不是她非英雄叙事的借口或策略，她不想因自己的文学性的叙事与语言遮蔽他们的生活；或言之，她更相信自己的眼睛与耳朵，而不是理想与想象，这才是她小说的真实镜像。

刚刚在《文艺报》（2018 年 4 月 3 日）上读到余华与澳大利亚作家、布克奖得主理查德·费兰纳根关于文学的对话。余华说，"当读完一部了不起的小说后，要想口头复述小说中的某些内容时，你就会发现精彩的东西都溜走了。"董夏青青的小说本来就不是写故事情节，但我还要作一番简洁的复述。我的两难在于，我下面的几种论述都需要读者对董夏青青的小说略知一二。

《垒堆与长夜》重点描写的刘志金就是一个普通士兵，他的逸闻轶事成为大家寻开心的段子，他也经常被生活不如意的人们当作自我安慰的对象。刘志金复员后查出心脏有问题，做搭桥手术花光了新房首付，老婆就改嫁了。做完手术正恢复的时候，老母又殁了。属于他的那盏昏暗的生命之灯的泯灭，不但悄然得无声无息，甚至也没有给什么人带来伤感与悲痛。股长在请指导员的父亲等人喝酒并不断地拿他的段子取笑时，他的骨灰就放在一边。叙述者我 / 小余在喝酒的时候将在别处听来的几个与刘志金根本无关的段子当作刘志金的讲时，在场的熟悉刘志金的人都相信这就是刘志金。读者可能会在某一瞬间里对叙述者我 / 小余——一个搞文学的女性产生一种不舒服的感觉，但细细品味之后，你突然会领悟，这一细节可谓神来之笔。当一个刚来塔县不久，与刘志金也只打过几个照面的人，居然也会在酒后突然开起他的玩笑，这个生命的卑微便不需要我们再去进行任何的袒护了。小说快结束的时候，这样写道："谁说前任团长在大会上讲，高原上的人啊，有三大特点，第一点，容易忘事；第二点，啧……忘了……"这显然是在暗示，塔县的人们很快就会把刘志金忘了。董夏青青没有正面去写刘志金，他是在其他人的生活与话语中活着与死去的。

二、生活的片断性与人物的不完整性

虚构是小说最本质的属性，它的产生或存在是为了满足人们的审美想象与精神理想，弥补他们人生或命运的缺失，以及世俗意义上的娱乐。即便是现实主义，甚至是自然主义的小说，其故事情节与人物命运及生活现实的差距也是无法避免的。小说进入到现代主义，不再强调再现生活，而是加强了对人物的心理刻画，表现生活对人的压抑和扭曲。而后现代主义的不确定性、多元性、语言实验和话语游戏，将小说与生活现实之间的距离拉得就更远了。

董夏青青的小说未必就是反现代主义或后现代主义的，在某种意义上讲还可能是对自然主义的回归。当然，这种非要说某种主义的想法与生拉硬拽没什么不同。我以为，原因可能不是小说艺术的观念，而是生活本身对她的影响与震撼。她耳闻目睹的那些生活的片断与人物的困厄足以支撑她的小说叙事，而不需要去煞费苦心，或煞有介事地虚构与编织，只需记录，老老实实地记录。也因此，她的所有小说呈现出的都是生活的片断，而不是我们通常看到的多数小说的曲折复杂的情节与有头有尾的故事。在本文的第二节里，即便是我极力地试图复述那几篇小说的主要内容，但仍然无法概括出一个完整的故事或者说情节。最有可能叙述一个完整故事的，应该是中篇小说《年年有鱼》，写李家庄的家族史。从明洪武年间的山西洪桐县出发，老祖李铁匠带着三个儿子，经过一年的长途跋涉，来到现在的李家庄。小说重点写了日本侵华、1949 年解放、土改、1958 年大跃进、1969 年文革等几个历史时期；但是，从故事与情节的角度看，它却是几代人片断生活的连缀，没有从一而终的人物与故事。

那么人物呢？当小说的主体是由生活的片断构成，而不是故事与情节，人物的不完整性就是必然的了。其实，作为中短篇小说，人物的不完整性几乎是它的特质，完整只能是相对而言。就是说，它基于故事与情节的完整性而实现自身的某个时段，或者某种意义上的"完整"。董夏青青却连这其码的一点都不肯妥协，这一点在本文第二节的几篇小说的主要内容复述里也同样得到证实。在一个万八千字的短篇里，作家们通常是围绕一两个人物来叙述故事，构思情节；但董夏青青想写的不是一两个人物，她想写一种生活的状态或场景，构成这种生活状态或场景的不可能是一两个人物，而是一个群体。她在创作谈里也谈到了这一点。这是她小说重要的文学性特质。那几个军旅短篇小说是这样，其它几篇写普通人生活的小说亦如是。

《何日君再来》(《北京文学》2010年第三期)倒是集中写了两个人物——司机老赵和翻译。老赵跟卡昝河连队关系不错，挖野菜的时候弄了几根党参，连长让与几根牛拐一起炖了汤，喝得战士们丑态百出。翻译的父亲死了，老赵拉着翻译往大山里四处走。七八天后，老赵回去结婚，翻译去了阿拉山口，与哈方军人做生意。老赵和翻译再次走进满是积雪的大山时，抓了只狐狸，拎回来把家里那只受伤的狗吓得不行。老赵滚雪球，结果被一人来高的雪球拽下山去，撞在一棵云杉上。春天雪化了，翻译的几只小羊被河水卷跑了。老赵说要架个桥，结果也被河水卷走了，受了伤。翻译接替死去的老爹到连队当了护边员，他感觉重新摸到了和卡昝河连着的筋。老赵看到牧民们骑马叼羊，也要去，被翻译拦住。老赵说，啥都跟酒一样，伤肝的。读完后，你觉得这两个人哪方面完整呢？性格，还是精神面貌，或者思想意识？等等，还有什么？

《高原风物记》(《西部》2013年第八期)也不正经地按叙述线索写情节，而是过多地枝蔓或旁逸斜出。"我"接待一个北京的工作组，到塔什库尔干县看帕米尔高原。这是小说现时态的叙述线索，然后董夏青青就开始写这一路上相关的人物，这是她小说结构惯用的手法。20岁的维吉扎尼的父母在塔县开一家旅馆，不知为啥，她就爱上了名叫海俩尼的塔吉克族男人。小说却没有按照这样的一个开头一路下去叙写俩人的爱情，突然掉头写了一段海俩尼有病的弟弟做广告的事儿。然后又写矿上一家四口人，小伙子手淫，表舅爷带回来个小姐，干完都哭了，因为他没尝过那个。金老板老婆信了佛，就不再上床。女孩王太阳为男友跳了楼摔伤了脊柱，无法上台了。后来，维吉扎尼去了矿上，但海俩尼却很冷淡，甚至都没留她在矿上住一宿，送她走的车上还劝她再找个男朋友。金老板在县城请客，海俩尼硬去接自己喜欢的姑娘娆娜格，还住进了维吉扎尼的父母开的旅馆，维吉扎尼在登记他们证件的时候满脸涨红，自来水笔两次划破单据。人物不完整不说，整个小说读下来，我也只是知道海俩尼不爱维吉扎尼。

《高地与铲斗》(《湖南文学》2012年第三期)从情节的角度看算是相对完整的，但是也还是太简单。北邮的大学生黎娟毕业前被男友甩了，回了老家塔

　　　　　　　　　　　　"新生代军旅作家"面面观 |

什库尔干县，在库尔勒村下河边盘下一个小木屋。客源都被一个汉族司机垄断，他给她带客，然后就把她给硬做了，后来她就跟他混在了一起。男人在了一个叫"老虎口"的地方，被路政车的挂钩打中眉骨和太阳穴，死了。黎娟卖掉了小木屋，转到县城。下边却插入游离于前边线索的一段，"我"陪一个诗人、作家老领导去民丰县，发了大水，"我"吃羊肉串病了，一路上去找卫生所。最后写黎娟跟团里一个复员军人结婚，在城里一块开店。好歹算是有了个结局。

从小说的角度论，人物到底是应该完整的还是不完整的呢？这个很难说，不同的文学观念之下会出现不同的样态。西方小说从维多利亚时代以来，以及中国古典小说都追求的是完整性；后现代主义颠覆了完整性的观念，在卡夫卡的小说里，人物的脸面、性格不但模糊不清，甚至连姓名都没有。托马斯·福斯特【美】在《如何阅读一本小说》里说，"通常来说，写得越少越好。早期的小说作者几乎总是因为描写过多而犯下错误，他们描绘了太多的细节，提供了大篇的相貌描写，介绍人物的来龙去脉、解释他们的动机和欲望。正是在这里，海明威的冰山理论——明智的小说家会把他所知道的关于人物和情境的大部分信息埋藏在表面之下——得到了用武之地。事实上，对那露出水面的部分来说，说出五分之一，掖着五分之四，也都太慷慨了。"① 生活现实中，有些人物会比另一些更完整；但是，所有人都会在这方面或那方面有所缺漏却是真实的。不过，人物在小说内部结构中完成自足性似乎并不是一个不合逻辑的要求。

三、粗砺困厄的生活前景与苍茫辽远的命途底色

理查德·费兰纳根在与余华的对话中说，"我记得契诃夫曾经说过，真正好的作家应该是生活在黑暗中的，他们应该和那些命运不太好的人共同相处，来了解他们的情绪，这样才能写出好的作品。就好比说可怜之人必有可恨之处，作为一个好作家，你必须要了解这些人的处境，才能更好地写出优秀的作品。"（《文艺报》(2018 年 4 月 3 日)）董夏青青当然不是"生活在黑暗中"，但她经

---

① 《如何阅读一本小说》托马斯·福斯特【美】著，梁笑译，第 90 页，南海出版公司 2015 年 04 月。

验和体会到了那些艰难地生存着的基层官兵与普通人的真实的存在之境，她决意，或者说有些任性地要将她所耳闻目睹及经验和体会到那一切记录式地呈现出来。"任性"，对，就是这个词，它只属于董夏青青和她的小说。

《垄堆与长夜》中的刘志金，一个如此卑微的生命，命运的多舛也就罢了，却经常被那些生活得不如意的人们拿来安慰自己；而且，塔县的人们很快就会把刘志金忘了。鲁迅说，哀莫大于心死。在这里，我觉得哀莫过于忘记。无论他是英雄崇高，还是普通卑微，他都曾经是人们中的一员。用他的耻辱与哀痛带给人们轻松与快乐，这与鲁迅小说所揭示的中国人的劣根性并无二致。

《在晚云上》，出身军人世家的副团长灰暗的情绪无人理解，也没有人想去理解，甚至还会有误解。军旅生涯与个人生活不断的龃龉，尤其是女友的跳楼让其无法承受，不假；而内心思想与情感的无法言说才是他无法忍受的不堪。连长的命运并不比副团长好，但他似乎已经适应了边防的枯寂与煎熬，仿佛这就是他的生活与命途。这又应了鲁迅说的哀莫大于心死，不是心死，其码也是麻木。小说结尾的那片晚云上的麻雀既是一个意象，也是一种象征。残酷的现实与历史交叉在去〇三号峰会哨这条辽远苍茫的叙事线上，不断地回叙、插叙也在消解着现时态的诗意情境，让人们浮想联翩。

《河流》是一幅速写式的群像，"我"与领导的暧昧近乎于昆德拉的"生命中不能承受之轻"，表面上轻描淡写，内在的却是一种无声的抗拒与挣扎。指导员的悲哀首先是他的姑姑将"我"介绍给他，原因是她猜疑领导跟"我"的暧昧关系；但与"我"一接触他就知道，自己跟"我"是不可能的。然后他拿连长安慰自己：其实我对结婚也无所谓，我们连长结婚了，但老婆也不来部队看他。无望，甚至于绝望，好像还有点儿阿Q精神。之后他带领战士翻修靶场时，老围墙倒塌，压死了两名战士，那后果可想而知。其他还有名叫"红红"的战士、"豁牙子"，来部队之前的生活就更加悲惨，悲惨得让指导员认为都是瞎编的。

其它如《年年有鱼》，李家庄从解放后开始的家族衰败与几代人的悲惨的人生命运，不能不让人在回忆以往的辉煌中唏嘘不已。《何日君再来》中的司机老赵和翻译，那又是一种什么样的生活呢？《高原风物记》中的维吉扎尼的爱情肯定不幸福，海俩尼虽然找到一个女孩，但谁又能保证他们真的幸福呢？《高地与铲斗》中汉族司机死于非命，北邮的大学生黎娟后来跟团里一个复员军人结婚，在城里一块开店。如果就在县城里开个店，那还去读北邮干什么？

董夏青青对小说背景，或者小说人物的生存环境极其敏感，她并不是大段地描写，她只是在人物出场的时候不经意地那么点染几笔，这几笔恰恰是短篇小说的精髓。我只能简单地罗列几笔，因为将其与人物放在一起研究评论是无法做到的。

《在晚云上》：群山高举。阿克鲁秀达坂西侧的 03 号雪峰，铅矿一样沉静，在雾霭凝结的白光中漂流。鹰在落日里乘着上升的气漩，带着它自身凯旋之美。/山风奔袭，打算要将他们和胯下的马吹出山外。寒气一个劲从领子、袖筒里钻进去，肋骨和脊背冻得发硬。两条腿麻木如铁。俩人缩着头，生怕喉咙抽筋。/此刻站在阿克鲁秀达坂脚下，山风回荡在附近耸立的幽谷之间。黑褐色的岩崖上被雪水冲出一道道印子。他能看见河水泛着泡沫流过巨石，河水也回看他。岭间万物安谧。

《河流》：他走出屋时，窗外暴雨震耳欲聋。无边无际的雨柱抽打着这片低地，在地上激起大团絮状白雾。鄂什库喇蒙尔奇山如探出头来的水下异兽。万物泡在狞猛的水中，看起来热辣辣的。准噶尔盆地以北回到了五百万年之前。那时海水尚在，没有手机，不会响起敲门声。

《科恰里特山下》：从三连通往山下的几十公里山路，顺河而去。路面常被山溪冲断，在每年秋季早早冻成了冰。山路地势高，路面时常急转直下又蜿蜒而上，穿过像快坍塌的峭壁。每一座山头都有大片骆驼刺。落上雪的茎秆看着又粗又密。没有全萎掉的苔草，沾着一点青绿色的薄冰。太阳把草叶上的霜晒得发白。

《何日君再来》：摩托车在漫长空荡的窄细土路上走，每逢拐弯就轧上碎裂的石块而歪倒在地。大山嵌满海洋生物化石，挺直严肃，相邻的山头紧紧夹住腾空扭转的云彩。/那个贸易站地处中国最大的风口，他眼见狂风把一截车厢从乌兰达布森检查站吹到了艾比湖的避风处，跑了 4.38 公里。六个小朋友在放学回家的路上被刮跑了，过了一天才被人从茭茭林里一块大铁皮底下找出来，所幸都活着，好过阿拉山口连队炊事班那只闲逛时被吹到墙上摔成肉糊的鸡。有时牧民赶着骆驼回家，突然大风急掣，沙石惶奔飞曳，惊得骆驼四处瞎转。牧民眼见有的骆驼往哈萨克斯坦的德鲁日巴镇跑，吓得连连大声吆喝岗哨上的连队战士过来赶骆驼。一回，一辆尼桑小车停到他商店门口，他看见了，正要出门时一阵狂风攫过来，那小车刚打开的右侧车门瞬间飞出去，像把菜刀横戳进前面一家汉语名为"温暖清静世界"的理发店招牌上，没坚持几秒，连带着玫红色的广告板一块咣啷落地。

《高原风物记》：山上的雪又厚又硬，装载机的铲刀都放不下去。他的车在路上爬，村庄在视线里像倒退般摇晃着下滑。风卷着滔泄雪片横扫荒地。几线微光从一角青天斜投下来，照见散乱的灰黑云块在中天驰奔，似要竞相逐出天幕。太阳这大千世界的初恋，敛起发灰的小小翅翼，倒悬天际。

《高地与铲斗》：昏暗孤寂的毡房，零零散散生长的树木。月亮没有力气升上去，晦如牙科诊所的陶瓷牙模。没有本体的虚幻光芒撒向河流。云层从高山滚落。一股旋风在几尺外卷起不到一米高的砂雾。

当然，也还有一些生活的细节的惨烈的描写，这里就不再列举。

四、可靠叙述者与"零度"叙述态度

这样的一些描写似乎调子有些低沉。调子的高低是作家的预设，生活现实却不是能够主观预设的。从小说的角度论之，调子的高低是文学性标准吗？其码是可疑的。不知道董夏青青是否有意为之，她的小说叙述几乎都是采用第一人称，可能是结构上的一种方便，即现时态＋过去时态＋现时态，循环往复，常常又是过去时态占据主要篇幅，对人物前史的重视似乎超越当下；另一方面或许更为重要，即强调"我"作为叙述者的"在场"，不仅仅是旁观者，有时还是小说里的人物，这无疑是暗示读者叙述的可靠性。叙述的可靠性的另一维度则是"当叙述者为作品的思想规范（亦即含作者的思想规范）辩护或接近这一准则行动时"[1]，从董夏青青的小说叙事的美学向度与思想内涵看，她的小说是符合这一原则的。里蒙－凯南则从叙述者同读者的关系层面予以规定："可靠的叙述者的标志是对故事所作的描述总是被读者视为对虚构的真实所作的权威描写。"[2] 董夏青青利用第一人称叙述，"制造了一种幻觉，让我们有直接代

---

[1] 王先霈、王又平主编《文学批评术语词典》第346页，上海文艺出版社1998年12月。
[2] 同上。

入感。"①

托马斯·福斯特概括说，"奥斯丁的叙述者通常有趣顽皮，略带冷漠，稍有优越感。狄更斯如果是第三人称叙事，会倾向于严正、深奥而直率；如果是第一人称，则单纯、诚肯而多情。福楼拜的《包法利夫人》中，叙述者有名的冷静客观，很大程度上是在对抗之前浪漫主义时代过于投入感情的叙述者。在抵制当时存在的陈词滥调时，福楼拜创造了主宰下个世纪的叙事的陈腐手法。"②董夏青青小说的叙述者在对待人物与细节的时候几近于"零度叙事"，虽然"在场"，却没有鲜明的情感倾向，或投入。"零度叙事"是法国后结构主义文学理论家罗兰·巴特提出的一个概念，指称的是一种不介入的、中性的写作立场，就是不掺杂任何个人的想法，完全是机械地陈述。零度叙事并不是缺乏感情，更不是不要感情；相反，是将澎湃饱满的感情降至冰点，让理性之花升华，写作者从而得以客观、冷静、从容地抒写。但罗兰·巴特也意识到文学所标榜的中性、纯洁性的可疑，因为说到底它像其他的风格一样，也只是一种风格而已。也就是说，在叙述态度这个问题上，董夏青青还是要有所警惕的。

① 《如何阅读一本小说》托马斯·福斯特【美】著，梁笑译，第55页，南海出版公司2015年04月。
② 《如何阅读一本小说》托马斯·福斯特【美】著，梁笑译，第34页，南海出版公司2015年04月。

创作谈

董夏青青

对我来说，写作有两点很重要，第一点是"写什么"，第二点是"怎么写"。关于"写什么"，我的理想自来到新疆后就没有变过。我想写这片土地上的边防军人，写他们的生老病死、喜乐歌哭。二战时期，美国总统西奥多·罗斯福曾在演讲中讲道："荣誉属于真正在竞技场上拼搏的勇士；属于沾满灰尘、流过汗水和洒下鲜血的脸庞；属于顽强奋斗的人；属于屡败屡战的人；属于将伟大的热情和忠诚投身于有价值的事业的人。"这段话让我对于什么样的人应当被书写、什么样的生活值得被记录的问题有了认识。军旅文学中有许许多多的英雄形象，而我想记录一组守边军人的群像，为看似不像英雄的英雄们，刻造文字的浮雕。

这些年，我常收拾背囊，从乌鲁木齐辗转去到边境线上，在连队里和战士们共同生活一段日子。在那特定的时间中，会和很多人产生交集，得以通过也许彻夜、也许三言两语的聊天，知晓他们的生活和内心。边塞诗在中国文学中的历史传统延绵久矣，每个时期，戍边军人面向戈壁大漠之上那一牙弯月，内心总有话想说。这些发自内心的声音时常很微弱，被日常生活中数不尽的其他声音所遮蔽，但那却是他们灵魂的起伏，热血精神鼓荡其间。新时期边防军人的生活条件虽已得到极大改善，工资水平也有了一定提高，但夜风在刮了上千年之后依然寒凛入骨，孤灯之下的帐内人影依然伶仃可叹。我要做的，就是拿起文字的凿子，一下一下破除表面的冰壳，将这些裹挟着坚忍、痛楚、牺牲的生活开采出来，让读者看到他们安静无闻的身影，如何在大漠中留下生命的轨迹。

在写作时，我尽力掩藏自己，在文中呈现生活的自然流动。如果我要进行概论和抒情时，就会马上警惕起来。我不能用三言两语遮蔽他们十年五载的生活，不能假装洞察一切，把自己的声音安在他们嘴上。我更倾向于在大量现实素材的基础上，通过虚构的情节安排，让人物们自己行动，自己说话，完成自己的纸上人生。如此，既是对这些人曾经如是活过的纪念，亦是对一种荣誉生活的尊重。不让他们在作者的陈词滥调中，失去击打人心的力量。

言是无情却有情

徐艺嘉　董夏青青

徐艺嘉：我们也算是老朋友了，我也一直在关注你的作品。你与许多"80后"作家不同，最突出的一点大概是你的作品根植于一方独特的资源，尤其是去新疆以后写下的那些文字。你的边疆系列小说，如你所言，是一些人物志。从生活中"打捞"起这些人物，并还原他们的面目。人物也是各种各样的，并不全是军人，有当地人，有外来者，但都和新疆这片土地发生着深刻的联系，抑或是有某些令人震动的经历。在人物选取上，你更注重他们身上的什么特质呢？

董夏青青：基本上没有选取过人物，只要打过交道的，都写进小说里了。在新疆那样一个粗犷的地方，无论是本地人还是外来淘金的人，都为好好过活花了很大的力气。地广人稀，生命变成很珍贵的奇迹，人能躲过灾祸、病痛，一直活到我们碰见、说话，而且是我们遇到，不是和别人，本身就很不容易了。在那里生活的人，身上一定有非凡的部分，哪怕是可恶的缺陷，说不定就因为他身上缺陷的部分，躲过了很多劫难，使得他平安长大。那里的大多数人，都很早地独立，主动投入人间，经历了很多人生或好或糟的时刻，这些打动我。

徐艺嘉：你的小说里常有一些"硬质"的东西，不乏女作家捕捉生活的细腻，而细腻当中又有些许残酷的味道。往往一个段落里面就包含了人物无常而惨淡的命运，倒更像是刀斧削砍出来的文字。是什么让你对这样的叙述较为偏爱？受哪些作家影响较大呢？

董夏青青：我喜欢契诃夫和卡佛，深爱他们。他们的写作太诚实了。这里说到的诚实，就是他们写他们真正观察到的时刻，捕捉人性的多重质感。我在新疆的经历和见闻，让我感觉只有这样的文字趋向是诚实的，是贴近新疆的，美文固然好，可是用来写那么一些人，实在不合适。我喜欢的作家很多，首先要诚实，他们写自己真正感受过和经历过的，不贩卖别人写过的经验，提供真正新鲜的认知。只要诚实，文字就会是鲜明的。我尽量做到这一点，把自己对生活的看法直接转成文字。这些"硬质"，是我对生活的意见，我觉得生活太强势，太有风暴气息了，而且具有不可思议的速度，我又是女的，更小心眼和计较，对某些话、动作，会有更具细的体会。

徐艺嘉：和"硬质"的叙述表达相对应的是你的文字，也是硬的、有厚度的。那些凝练的短句子，似乎将长时间的观察、思索糅杂包含到一个精炼的句子里，在行文过程中如此写，对我来说是比较"烧脑"的写法，是语言习惯使然吗？那么，语言在你的小说写作中占有怎样的位置？

董夏青青：我十七八岁的时候，觉得思想和主题最重要，语言嘛，够炫够美艳就好，后来在大四的时候，旁听了文学系一位老师给艺术硕士开的课。老师在课上介绍了苏联作家巴别尔，给我们分析他讲故事的思路和语言方式，点明了军事文学的"硬度"，不在于大炮炸来炸去。每写一篇东西，就要清楚，自己到底要讲什么，能不能"言之有物"，而与"言之有物"对立的，就是那些等待被证伪的共识，那些我们习以为常了的无效表达。有了这个基础，再去读福楼拜、弗吉尼亚·伍尔芙、卡佛，就感觉不同了，也会试着学习他们那般遣词造句的审慎与精确。语言就像绘画中的线条，书法里的点横竖撇捺，是最基本的，也是全部。老师曾说，中国古汉语的表达，曾经"一个字抵一千字"，对于我们而言，如何寻找失落的阅读与写作的传统，对以前的写作习惯进行质疑和修正，是最重要的一课。

虽然有了"观念"，但践行起来还是很困难，因为一开始滥用语言成习惯了，猛的一下改不过来，而且，随着对"密度"要求的提高，素材的使用开始"饕餮"起来，往往一个采访本记满了，提炼到纸上才只万把字。同时，为了让语言最终经得住推敲，花几个月改几十遍是常事。就像你说的，确实"烧脑"，不过唯有如此，文字才能最大程度地保鲜。我也才能保证，自己鼓捣的一点小玩意儿，能和别人区别开来。

徐艺嘉：你谈到喜欢的作家，让我想到了这个时代的年轻作家共同面临的一个问题。我们这一代是生长在信息风暴当中的，太轻易就能接触到各种各样的信息，见过太多的流派，读过太多南辕北辙的文章，使得自身的阅读和知识都难以有一个独立的、系统化的建构，这也导致了不少年轻作家文学观的模糊。比如我们祖辈的作家深受中国古典文化熏陶，父辈的作家受俄罗斯文学影响较深，"80后"作家们阅读了大量的西方著作，到了今天，网络时代的碎片化信息也成为年轻人的写作资源。那么，你个人的文学观是怎样建立的？喜爱的作品和作家风格是成系统的吗？

董夏青青： 这个问题说来惭愧，直到去年才感觉自己有了相对稳定的文学观念。我从大四开始试着写小说，刚开始写出来跟散文似的，后来到了新疆才有小说的概念。之后三年，苦不堪言，因为不会写，就努力阅读，看人家卡佛怎么写，塞林格和福克纳怎么写。慢慢地，随着个人精神状态的改变，找到了相对契合的口吻。我喜欢的作品和作家风格不成系统，只要他言之有物，真的提供了鲜活的生命经验，刷新感知，我就中意。这两年喜欢的作家相对固定了，就是那些震撼人心的作家，他们往往直接面对社会生活和个人情感中最腐败的部分，这些人是作家中的作家，像托尔斯泰、契诃夫、巴别尔、卡佛，我都喜爱极了。因为我没有体会过极端战争情境，因此无法更好地借鉴巴别尔《骑兵军》的写作。相反倒是在卡佛身上，找到了和巴别尔相通的痛感，两者无法相比较，但是卡佛在写现代生活的时候，写出了平淡无奇中的人性幽深，以及长期与无望共处的宁静心态。

徐艺嘉： 由此又延伸出一个问题，可能也是年轻作家避不开的话题。当一个作家能够系统地扎根于一种生活的时候，他或她的写作维度也就建立起来了。而这个时代的年轻作家的文学起步很难说在某一初始阶段就扎根于哪一块文学土壤中，他们接触嫁接的文化多一点，离源头文化少一点。因此写作题材也在不断游移，且有趋同的趋势。而你不一样。在写边疆系列之前，你还出版过一本关于北京胡同的随笔集，是源于怎样的契机去走访北京胡同的？这对你来说是否是一项特意寻找文学土壤的行动呢？边疆系列之后，还打算进行哪些题材的写作呢？

董夏青青： 写《胡同往事》的缘由是这样的：当时考进军艺的时候，老师们对我寄予很高期望，希望我能写出好文字。我入学以后就很拼命，每天看书、练笔到凌晨，心里憋着劲，四处寻找既可以练笔，当作业交，又方便发表的题材。在读书时候，我经常跑出去玩，北京城里四处逛，慢慢地，就把心思落到这上头了。写完《胡同往事》，我已经积累了对文学的更多认识，关键是逐渐消灭了文学暴发户的心态，知道了文学不是拿来升官发财用的，也没法帮我变瘦变美嫁得好，我得全身心投入其中，以几乎可以忽略不计的微小力量，来写出靠近现实和人心的文字。之后我开始学写小说，因为小说最沉重，我喜欢沉重。边疆题材还在进行中，想再写上四篇。之后的题材，我还没想好，也是不敢想，因为每写一篇，都觉得没灵感了，之后可能再也进行不下去了，好吓人的。

徐艺嘉：我总结的你的小说另一特点，就是多片段情节而少故事性，《边塞纪事》和《道是无晴却有晴》都是这样。到了《河流》和《垄堆与长夜》，你有意识地在逐渐让故事变得完整。你认为小说的故事性重要吗？是否在这方面认识到应该有所加强？

董夏青青：对，意识到了。以前我写得还是散了一点，慢慢地，随着年龄增长，开始有了刻意地训练。这和年龄有关的，在人小的时候，生命感知是片断化的，比如认识一位老人，就觉得他永远像眼前这样，不会帕金森，不会死。等长大了，越来越多的体会让你感觉到生命的线性，能看到人的变化了。因此在文章中，将时间的容积增大了。同时，我越来越感觉到人对"故事"的亲近，这与我在中戏读研究生有关系，将电影和戏剧对故事的执念，挪用了一部分到小说里。不过还是不会太强求，毕竟小说有小说根深蒂固的特质，这种特质，保罗奥斯特说的很好。

徐艺嘉：根据我自己写小说的经历，综合周围一些写作的人，年轻人大多是青春小说起步，你有过这种阶段吗？什么时候确认要把文学作为自我的一种事业坚持下去？很多青春小说家的队伍目前已经离散，有的还在坚持青春文学的路子，有的去做了编剧，那么对你来说，坚持相对的纯文学创作，是一种挣扎，还是一种享受？

董夏青青：绝对是挣扎。我能写作，真得感谢父母和单位，我在中戏的同学，好几个是写过纯文学后来改行了，大家一聊，就我生活水平最高，因为我有稳定工作和固定收入，还有一个给我创作自由的好单位。而且我家里，父母都喜欢文学，他们觉得我在干一件很了不起的事，从来不会说："你写这些又挣不来钱，还写个屁！"一直都鼓励我。我爸在新概念写作大赛很火的那段时间也教唆过我，说韩寒和郭敬明很红，问我能不能效仿一下，光耀门楣一把，后来我试着写了几篇，模仿他们的，结果没法看，我爸就知道，我真不是那块料，就随我去了。这些年，不管我写出什么样的东西来，哪怕鬼画符呢，我爹妈都说好啊，一看就是气象非凡，这么夸下来，基本已经建立起坚不可摧的自信心了。大二的时候，信心已经很足，就决心要把这行做下去，用心做好，这也坚持了十年了。可我理解那些转行的人，如果没钱生活，我也不写了，这两年，我就在做这个思想准备，先糊口再说。

徐艺嘉： 你小说里面的人物，有很强的"真实感"。这是我欣赏的。小说里面故事的客观真实并不十分重要，关键是作家能否运用功力营造真实感。好的小说不但不会把真事写假，反倒能将假事写真。你的小说人物是否都有真实人物的影子？在你看来，构建小说的素材，真实和想象，哪个更重要？另外谈谈你笔下那些具体的人物吧，比如马是非、司炉工等等。

董夏青青： 觉得真实和想象都是百分之百重要的，每回下部队，我都带俩空本本，回来就记满了。这些都是真实的素材，能直接触动想象。真实是想象力的发动机。像马是非，真有这么个男孩，我们在边防连相处了一个月，交流了各自很多的故事。司炉工呢，纯虚构，我写的这个司炉工几乎是我自己。情感是真实的，而且其中很多细节，也是搜集起来，或者自己经历过的，不然虚构就没有根基了，别人看一眼就扔。说不好比例为多少，基本靠感觉来加减配比。再比如《道是无晴却有晴》《垄堆与长夜》里的一群人，全是虚构的，他们之所以能给人一定的真实感，在于我是拿真实的场景和生活细节来填充和固定。像刘志金，这个人基本是靠我接触过的很多人身上的特质构筑起来的，有时候我在填充过程中，也会有跑偏的时候，比如增添了一些与这个人气息不相符合的细节，所以就得反复检查和修改，把所有杂草都拔掉，哪怕写得再聪明，也不能留在文章里。

徐艺嘉： 再来谈谈最新的一篇小说吧，也是你所有作品中我最中意的。去年《人民文学》第8期军旅专号中，你的《垄堆与长夜》我很喜欢，曾为此篇小说写过书评，现在来听听作者的想法吧。你提起过，这个小说是个急就章。简单说下创作过程。

董夏青青： 这篇小说在三年前就写出来了一部分，只是一直觉得哪里不对，就摁着没投出去。今年年初，军艺文学系老师打电话联系，说要交一篇小说，参加八一的笔会，最迟两周内要交稿。我一下就急了，手头没有现成写好的稿子，于是把三年前那篇找出来，重新理了思路来写。这篇小说是在帕米尔高原上构思的，当时我去那里采风，在塔县待了将近一个月。有一次，团里宣传股的陈干事陪我去红其拉甫边防连，和他们的连长、指导员，还有两个排长聊了聊，发现高原边防真是苦，和我一般大的年纪，看起来却老很多，有个排长，头发都快掉没了。再一问工资，其实就比我每月多了二百多块钱。下山的路上，陈干事跟我说了好多边防上的苦事，问我在北京认不认识大官，能不能把这些实际情况写一封信，请领导们多给边防军人一些政策倾斜。我当时听了心里很难过，他们知道我是在北京读完大学分到新疆的，以为我有很大的能耐，可是我一个小文职，能认识谁呢？我离开帕米尔的时候，我跟陈干事说，说一定会写一篇东西，把大家的苦处记下来，至于能有多少人看见，我也不知道了。陈干事当时很失落，几年过去了，我还记得他的表情。这种愧疚，我从帕米尔回来到现在，一直没消除，我想写一篇"边防苦日记"是容易的，但让它具有文学性，就相对难一些。于是在基本素材真实的前提下开始虚构人物和场面，大情节定了以后，往里填塞一些讯息，最后再修改，把讯息变得不那么突兀。里头有很多内容，算是平时和朋友吃饭聊天的时候听说来的，因为觉得有意思，就记下来，没想到能用在里头。

徐艺嘉：针对这一篇小说而言，新疆的风土人情似乎对你的创作有很大影响。新疆的生活经历对你的创作观有什么塑造或改变的意味吗？如何在那种粗粝之中捕捉到细腻的文学元素？

董夏青青：有的。新疆是个异常复杂的地域，多民族的融合和碰撞，使得它很大度，对任何奇怪的人和事情都能见怪不怪。我到新疆工作之前，从来没去过，但一直有种骨子里的好感。等去了新疆，我时常觉得说，咦，我感觉自己更像维吾尔族人。情绪大开大合，爱呼朋引伴地作乐。等慢慢接触的人多了，哈萨克族的朋友也给了我很多精神补给，比方说他们每个男人都会弹冬不拉，这个冬不拉不能帮他们赚钱，没有实际利益的，可是他们喜欢。弹琴跳舞，是出于单纯，想快乐的念头，没有功利观念的。他们对生与死的态度，也很豁达，不像汉族人，分外惜命，对很多利益枝节纠缠不放。他们和天地、命运的关系，很随顺。这种对凡事呈现出开放、坦然、无畏的心态，也是我想有的基本精神状态。

同时，新疆独特的地理环境也会改变人。在城市里，与自然有隔，在新疆，很多时候看着大山大湖，一抬头是一整片蓝天，云朵投下来的阴影都是巨大的，想问题的方式就有了变化，会把一切大事化小，小事化了。

再然后呢，要提到我的师父周涛，我以前常和同事卢一萍到他家里聊天，他是个精神开阔的人，想问题的切入和常人不一样。听他聊天久了，内心的构造也会发生很大的变化。总之，新疆很神奇，它有塑造人的一套。

粗粝之中捕捉细腻，我感觉是我个人性情缘故，我特别敏感，人家一句话，一个小动作，特别喜欢记下来琢磨。也不是说小心眼什么的。就跟照相机似的，它的功能就是"咔嚓咔嚓"，不让它"咔嚓"，它就不是照相机了。

徐艺嘉：《垒堆与长夜》架构方式较为独特，对情感的把控力也很强。人物的出场是隐藏在平静与平庸的情绪中，情感始终是克制的。整个小说的高潮之处是人物的死，死亡是惊心动魄之事，却又写得不动声色。对主人公的着墨之笔并不多，但死后的一段书写老辣而耐人寻味。一个带些温暖色彩的人的死亡，成为众人的一种谈资和契机。这让我想到许多作家笔下写到人物死亡之后反而"转笔"，比如契诃夫《在峡谷中》写女人孩子的死，之后却转向风景的写作，既控制了节奏，又把这种情感延伸得绵长而耐人寻味。

董夏青青：谢谢。契诃夫是我最喜欢的一位作家。这是一种世界观吧。每个人经历的人生轨迹不同，因而会对人生产生不同的感受。生活在我看来，本来就复杂，没有秩序。我照着真实感受去描摹，得出的就是这样的东西。架构和节奏，我几乎没做过考虑，我怕太精打细算，就容易变形和失真，毕竟我不是写寓言，只想写一些风物断片。让后面的人看了，心想说，哦，原来这个时代的人，会有这么一种想法和过日子的状态。

徐艺嘉：提一个俗的问题，归到"主题"上了，对这个小说有什么明确的想法吗？

董夏青青：我想展示一个我眼里的世界，把很多人愁闷的事情揉碎了，变成某种意绪。我见过这些人的生存状态，那么就得诚实地说出来，如果不说，我就会一直背着很重的思想包袱。我的构思只围绕一个中心：怎么能让这一切看起来是真实的。有些事情，虽然真实发生过，可一落纸就假了，我就尽量围着真实绕圈子，一句话一句话地打转，去无限逼近"真实感"。生活的真实，本身也就是生活的意义，很多事情发生了，其发生的当时情态，就是神秘的、无法言说的。契诃夫曾借人物之口说，生活的意义？喏，天在下雪，这有什么意义呢？写作把"无意义"的事情讲清楚了，也算是最大的"意义"了。

如果说，我有期待，那就是希望我的文字能真，能美，能给人们一个参考，看看有许多人，他们的活法挺有意思，从一定程度上，表现了这个时代的风貌。我真心做得太不够，慢慢做吧，反正我们家里人都长寿，且有的是工夫活着瞎捣鼓……

徐艺嘉：也谢谢你如此详细地谈一部小说。最后再来问两个问题吧。你的作品里面旁观者的意识特别明显，你很喜欢记录那些不属于自己生存范畴的生活，而把"我"搁置在作品之外，甚至是远离作品，有"零度写作"的味道。这是源于对自我生活的界限感太强，还是别的什么原因呢？

董夏青青：我个人偏爱这种冷冰的叙事感觉，事实上，也是我对自己个人情感的保护。在新疆，经常遇到很多可怜人，他们的命运和人生际遇，往往给我剧烈冲击，加上我个人也是热血质，容易激动，如果不用这样一种视角，而把自己代入，文章会写得很难看，充满情绪性的、不准确的表述。而我感觉，这也是不高级的文字状态。

徐艺嘉：如何看待宏大叙事和宏大题材？觉得我们这个年龄段的作家能够驾驭吗？

董夏青青：真心觉得年轻人做不到，也许有天才，但是文学史上的大作家，也不会在三十岁之前拿出一部深沉、包含对人生准确见解的丰厚作品。我在大学时为了练小说基本功，曾写了一个长篇小说，讲山东老家几代人的故事。我一位朋友后来看了，说练笔也就罢了，这样的东西目前不碰为好。因为以我的力量，眼光无法穿透历史，也无法洞察多样人性根本。充其量只是拉了个架子，用优美的词藻做了一次写作的有氧训练。最起码，我自己做不到在四十岁之前给出惊人的文字。

创作年谱

主要发表作品

2003 年短篇小说《三个朋友》在《芙蓉》发表。

2004 年散文《江河中的故乡》在《当代》发表。

2006 年短篇小说《过剩》、散文《断奶》分别于 5 月、11 月在《青年文学》发表。

2007 年 3 月散文《粉坊琉璃街与北沟沿湖同》在《南方周末》刊登。

2007 年随笔集《胡同往事》由磨铁文化公司编辑，万卷出版公司出版。

2008 年 3 月散文《两个海明威》在《青年文学》发表。

2008 年 7 月中篇小说《不羁的小马》在《十月》发表。

2010 年 3 月短篇小说《玫瑰人生》在《青年文学》发表。

2010 年 4 月中篇小说《胆小人日记》在《人民文学》发表。

2010 年短篇小说《何日君再来》在《西南军事文学》发表。

2011 年 4 月短篇小说《瞧这个人》在《解放军文艺》发表。

2011 年 5 月短篇小说《立蛋的良辰吉日》在《青年文学》发表。

2011 年 8 月长篇小说《年年有鱼》在《十月》发表。

2011 年 12 月短篇小说三则《边塞纪事》在《人民文学》发表。

2012 年 3 月短篇小说《高地与车斗》在《湖南文学》发表。

2013 年 5 月短篇小说《道是无晴却有晴》在《西南军事文学》发表。

2014 年 3 月话剧剧本《祝福之夜》在《西部》发表。

2014 年 8 月短篇小说《垄堆与长夜》在《人民文学》发表。

2015 年 2 月短篇小说《河流》在《解放军文艺》发表。

2016 年 3 月短篇小说《北境》在《解放军文艺》发表。

2017 年 1 月短篇小说《雪山倚空》在《青年作家》发表。

2017 年 4 月出版小说集《你比海天更美丽》，北京联合出版公司出版。

2017 年 8 月短篇小说《科恰里特山下》在《人民文学》发表。

评论研究要目

2010 年 4 月 30 日　白烨《有胆识更有爱——董夏青青非虚构文学〈胆小人日记〉》发表于文艺报。

2015 年第 2 期　徐艺嘉《那些短暂又无比漫长的人生——评董夏青青〈垄堆与长夜〉》。

傅逸尘，本名傅强，1983年生于辽宁鞍山，毕业于原解放军艺术学院文学系，现为解放军报社文化部编辑；中国作家协会会员、军事文学委员会委员，中国报告文学学会理事，中国现代文学馆特邀研究员，解放军军事文学研究中心研究员；著有文学评论集《重建英雄叙事》《叙事的嬗变》、理论专著《英雄话语的涅槃》、长篇纪实文学《远航记》、绘本《最美妙的声音》等；曾获中国当代文学研究优秀成果奖、"紫金·人民文学之星"文学奖、中国文联文艺评论奖、全军文艺优秀作品奖，以及"啄木鸟杯"中国文艺评论年度优秀作品、《当代作家评论》优秀论文奖等。

批评的焦虑与困境

傅逸尘

　　别人怎么样我不太知道，但我自己却是在从事文学批评十年后的驻足回首中感受到了一种从未有过的惶惑与茫然，我无法确定我那歪歪扭扭的足迹是否在一条正确的路上，而且那不大的实迹彰显了何种价值与意义。未来呢？非但缺乏自信，甚至有一种莫名的恐惧在远处十分地招摇。我并不认为这是一种虚无主义，抛开我不论，将视野开阔至 21 世纪初年以来的中国文学批评，我似乎没有发现它为这一历史时段的文学现实提供多少显而易见的批评，理论与思想又何曾闪耀过它足以烛照暗夜的光芒呢？我甚至想到了备受诟病与批评的 20 世纪八九十年代的中国文学理论批评（仅用十年时间就将西方 20 世纪文学理论与批评方法操练了一遍的理论批评思潮）。虽然不曾亲身经历，但它让我怀想，因为它们毕竟诱惑过我们，让我们在那十年里激情四溢，我觉得那是中国当代文学批评真正的"黄金时代"。食之不化不假，与中国社会现实与文学现实严重错位和脱节，没能有效地参与到中国文学创作的具体进程中来，其高度专业化与学术化沦丧为某个狭隘领域知识生产的消费性资源也是事实；但却比熟视无睹更有价值与意义，起码我们有了一定的世界性"视野"，有了一种参照，因为正是西方 20 世纪文学理论与批评方法的存在，才让文学理论批评在面对现代主义、后现代主义文学创作的无数个高峰的时候不至于无地自容。

　　问题显然不是出在"拿来"，因为面对 1980 年代中后期的先锋文学复杂的文本的时候，我们长期持有的，或者谙熟的批评理论与方法已经无法有效地介入文学现实。这种状况至今亦不见有什么显明的改变。1930 年代的鲁迅在封建文化与现代文明你死我活般冲突之时，主张既非被动地"送去"，亦非不加分析地"拿来"，而是颇为"实用主义"地选择性"拿来"。这个时候想起中国共产党，想起第一代那批卓越非凡的中国共产党人并非偶然，他们的伟大之处在于将马克思主义"拿来"的时候，不是理论体系的形而上学化，而是"选择性"地将其精髓用来有效地指导中国新民主主义和社会主义革命实践。中国经济近三十年的高速发展又何尝不是学习借鉴西方发达国家的结果？为什么到了文学批评这里我们一下子就缩手缩脚，僵化得如同木头一般了呢？当下中国在科学、技术、文化艺术等领域都在拼"自主知识产权"，也就是在产品中要有自己的"核心技术"；而当代中国的文学批评似乎失去了创新的方向与动力，既缺乏世界性背景与格局，又不能深刻而独特地进入文学现实，麻木与不知所云——庸常地存在着。我的惶惑与自卑，以及恐惧由此而生。

哈罗德·布鲁姆在他伟大的批评著作《西方正典》的《序言与开篇》中说："文学不仅仅是语言，它还是进行比喻的意志，是对尼采曾定义为'渴望与众不同'的隐喻的追求，是对流布四方的企望。这多少也意味着与己不同，但我认为主要是要与作家继承的前人作品中的形象和隐喻有所不同：渴望写出伟大的作品就是渴望置身他处，置身于自己的时空之中，获得一种必然与历史传承和影响的焦虑相结合的原创性。""自己的时空"当然是批评家个人化的理论和知识的储备及批评的方法与领域；但这些仍属于"器"的层面，还不是构成伟大批评的重要因素，"与历史传承和影响的焦虑相结合的原创性"才是伟大批评的核心所在。对中国当代批评家而言，似乎无历史传承可言，因为中国古代文论与当代文学批评发生了本质性断裂，批评对象与话语体系也处在了一种风马牛不相及的状态。据说上世纪90年代也有学者倡议转译中国传统文论进行当下文学批评，但时过境迁，中国传统文论所阐扬的理论与观念与已经进入大工业社会、信息化社会的文学完全不在一个层面上，连对话的可能都没有。"影响的焦虑"又在哪里呢？对西方20世纪文学理论与批评方法的追逐早已搁浅，文化批评也只是热闹一时，中国当代文学批评家似乎没有需要摆脱的大师存在。而21世纪初年以来的中国文学彻底的"现实主义"化、"故事"化，使得文学已经成为"一锅粥"了，批评还需要什么方法吗？皮之不存，毛将焉附？这种状态下的文学不可能促进文学批评的发展。不要说对西方20世纪文学理论与批评方法食之不化，就是化了也无用武之地。所以，中国当代文学批评并不见"影响的焦虑"。也就是说，中国当代文学批评已经处在一种"前不巴村后不着店"的尴尴境地。对"影响的焦虑"布鲁姆也给出过摆脱的办法，就是"误读"。"误读"不是被动地读错了，而是一种主动的颠覆，这当然需要批评家的勇气，还有思想与智识。不过，中国当代批评家已经不需要了。

"与历史传承和影响的焦虑相结合的原创性"的文学批评必然源自一种对文学与社会个性化的认知与体验，一种现实与历史交错的复杂的生命困境，这一点正是中国当代文学批评家所匮乏的思想气质与批评背景。卡夫卡的小说所揭示的 20 世纪人类异化的处境与现实所构成的"现代人"的困境便源自他自身的生命体验与气质，他少年时代的"压抑与恐惧"，以及在现实生活中无法摆脱的生命的困境构成了他创作的原动力与尼采曾定义为"渴望与众不同"的隐喻。鲁迅儿时因家庭的变故所带来的生活的"困顿"与后来所面对的残酷的现实与历史文化的困境，导致他毕其并不久长的一生而致力于社会与文化的批判，他的思想与精神之所以能成为 20 世纪中国的"民族魂"，显然基于与卡夫卡的"隐匿"相反的战斗气质。个性化的认知与体验以及生命困境不仅仅对作家极为重要，批评家也同样需要这样的生命与思想的独特存在，只有这样，才有可能在面对复杂的现实与历史的挤压的时候发出真正的"批评"之声。

当代中国批评家的批评多数是书斋里的批评，对话的是文本，并不能真正地触及更广泛的社会。他们更看重批评本身在文学场域中的价值与意义，学术性、学理性成为评价文学批评的标准，而文学批评与国家、民族、时代、社会、现实、生活等文本之外的存在则越发的遥远与隔膜。批评家对理论、对知识、对文本的兴趣远远超出对人、对人与人的关系，以及对复杂社会现实与繁复日常生活的探究和体认。虽然自身的知识积累不断增长，但是生命经验却停留在某个地方，无法跟知识相匹配，所以文学表述是无法穿透时代的。他们本人与社会现实长期保持着一种若即若离、松散且飘浮的关系，如此文化语境中的批评的真实性很难可靠，更遑论独特与深刻。当代文学批评呼唤中国视野的寻获、中国立场的确立和中国气派的建构，需要批评家独立且独特地观察、认知并概括时代遽烈变革的本质。置批评于个性化的生命困境之中，真正表现出批评家的批判气质，伟大的批评的产生或许会不期而至。

21 世纪初年军旅长篇小说的伦理叙事与叙事伦理

傅逸尘

引　言

　　从新中国建立到 20 世纪末的半个世纪以来，军旅文学始终作为主流意识形态话语体系的核心部分，在中国当代文学的各个历史阶段都占有极其重要的位置。从"十七年"到"新时期"，及至 1990 年代，无论是对"革命历史"的建构，对当代战争的书写，还是对现实问题的反思，军旅文学在主流意识形态的包裹之下，始终处于相对封闭自足的状态，借助于政治话语的强势表达，建构起了崇高、壮丽的美学风格和张扬爱国主义、英雄主义、理想主义的精神传统。然而进入 1990 年代中期以后，伴随着全球化语境的影响，市场经济体制的确立和深化，多元文化格局的形成和道德伦理价值体系的变迁，主流意识形态变换了自身的存在方式和表意策略，转而与重新崛起的"大众文化意识形态"达成一种新的协商或共享的模式。启蒙性的、政治性的、宣传性的、说教性的硬性表达逐渐被商业化的、消费性的、娱乐性的、想象性的软性话语所替代，失去了"政治"这一宏大主题的荫蔽，军旅文学的文学合法性受到了强烈质疑，不但逐渐退出了主流意识形态话语体系的核心，在文学领域也一再被边缘化，丧失"核心竞争力"的军旅文学的文学史地位和现实处境变得从未有过的尴尬。政治语境弱化和商业语境强化的"双重夹击"（朱向前语），使得军旅文学一度陷入整体性的低迷；但同时也为军旅文学的变革前行带来了契机。从 1990 年代末期开始，尤其是进入 21 世纪以来，以军旅长篇小说的繁荣为标志，中国当代军旅文学的"第四次浪潮"①席卷而至,彰显了军旅长篇小说②的强势回归。21世纪初年军旅长篇小说在坚守主流表达和自身文学传统的同时,呈现出了开放性、多元化、复杂性的全新面貌,这其中最为核心的变化,就是"双重回归":一是回归长篇小说叙事性文体本源,开始注重故事性和形式探索;二是回归文学对象的生命伦理和生活本体,开始关照复杂人性和个人命运,重视日常生活经验的表达。前者呼应了建构叙事虚构的本体性以获得存在的文学合法性要求,注重个人化写作、自由地虚构、强调叙事及叙事主体自身的意义等等,标示着新世纪军旅长篇小说的叙事观念觉醒和文体观念的自觉;后者则反拨了长久以来"政治话语"对军旅文学的规训和异化,开始关注军人的个人命运和个体经验,在历史、战争和现实层面探寻更为广阔的人性空间和精神存在。原本被抽离了的"政治性结构"空洞,得到了叙事性伦理话语的填充,在"人民伦理大叙事"的基础上,"自由伦理的个体叙事"得以伸展,这使得新世纪军旅长篇小说创作获得了新的更为广阔、深厚的精神资源,获得了新的观察、认识生活的角度,获得了新的叙事方向和动力,整体性地成为一种探寻生活质感、生命深度和生存状态的"伦理叙事"。

在刘晓枫看来,"所谓伦理,其实是以某种价值观念为经脉的生命感觉,反过来说,一种生命感觉就是一种伦理……伦理学自古有两种:理性的和叙事的……理性伦理学关心道德的普遍状况,叙事伦理学关心道德的特殊状况,而真实的伦理问题从来就只是在道德特殊状况中出现的……叙事伦理学不探究生命感觉的一般法则和人的生活应遵循的基本道德观念,也不制造关于生命感觉的法则,而是讲述个人经历的生命故事,通过个人经历的叙事提出关于生命感觉的问题,营构具体的道德意识和伦理诉求。叙事伦理学看起来不过在重复一个人抱着自己的膝盖伤叹遭遇的厄运时的哭泣,或者一个人在生命破碎时向友人倾诉时的呻吟,像围绕这一个人的、而非普遍的生命感觉的语言嘘气——通过叙述某一个人的生命经历触摸生命感觉的一般法则和人的生活应遵循的道德原则的例外情形,某种价值观念的生命感觉在叙事中呈现为个人命运。"③"十七

---

① 参见朱向前:《中国当代军旅文学的"第四次浪潮"——军旅长篇小说十年估衡》,《南方文坛》,2005 年第 2 期。

② 参见傅逸尘:《裂变与生长——管窥新世纪军旅长篇小说》,《山花》,2006 年第 8 期。

③ 刘晓枫:《沉重的肉身》,第 4 页,北京,华夏出版社,2007 年 7 月第 1 版。

年"的军旅长篇小说始终笼罩着一层深重的"现代性焦虑"①，围绕着"组织一个现代民族国家"的政治诉求而展开现代性的集体想象与认同。与国家主流意识形态的同构以及与大众读者"期待视野"的完美遇合，使得"十七年"军旅长篇小说在相当长的时期里被广泛阅读，并获得了文学史上的经典地位。然而，按照新时期以来形成的"新启蒙主义"文学标准判断，这一时期的军旅长篇小说却具有了"反文学"至少是"非文学"的性质，缺乏活跃的感官世界（"身体"的缺席和情爱叙事的弱化），缺乏超越性的精神维度（二元对立的思维方式及日常道德宣教），缺乏丰满立体的人物形象（概念化、脸谱化的人物塑造方式），缺乏日常生活经验（极端化的生存状态扭曲了基本人性，简化了生命的内在矛盾），因而广受后人诟病。此后的二十多年间，相较于新中国成立初期的"现代性焦虑"，军旅作家们更多地背负着"文学性焦虑"，所争取的就是如何从集体叙事走向个人叙事，从现实真实走向虚构叙事，从形式崇拜走向个体私语，用刘晓枫的话说，是从"人民伦理的大叙事"走向"自由伦理的个体叙事"。"在人民伦理的大叙事中，历史的沉重脚步夹带个人生命，叙事呢喃看起来围绕个人命运，实际让民族、国家、历史目的变得比个人命运更为重要。自由伦理的个体叙事只是个体生命的叹息和想象，某一个人活过的生命痕印或经历的人生变故……人民伦理的大叙事的教化是动员、是规范个人的生命感觉，自由伦理的个体叙事的教化是抱慰、是伸展个人的生命感觉。"②然而事实上，这一伦理叙事的转向过程却异常艰难而缓慢，直到进入 21 世纪之后，才伴随着军旅文学在主流意识形态体系中的地位松动，而获得了转身的可能与空间。与这一趋向性的"伦理叙事"转向相伴随的，在怎样进行"伦理叙事"的层面（即"叙事伦理"）也产生了新的变化，它们共同构成了新世纪军旅长篇小说的"属己性"特征标识和与其他文学史阶段区别开来的"新意"，归纳并分析这种变化，也就成为透析军旅长篇小说整体写作伦理和文化精神的核心所在。杨红旗认为："叙事伦理不同于注重价值判断的理性伦理，它通过文学叙事来呈现生存的伦理状态，同情式地理解个体生活，叙事伦理是叙事的结构、形态、姿态、语调以及叙事意图、叙事功能所建构的伦理空间。叙事提供一种重新描述人的道德可

---

① 参见张志忠：《现代民族共同体的想象与认同——论十七年文学的现代性品格》，《世纪初的飘浮与遮蔽》，山西，北岳文艺出版社，2006 年 12 月第 1 版。

② 刘晓枫：《沉重的肉身》，第 7 页，北京，华夏出版社，2007 年 7 月第 1 版。

能性，伦理认知和道德力量之所以能够在阅读中自然生成所依靠的叙事。因此，叙事伦理不仅是虚构性、形式化的伦理形态，而且是个体性、对话性的伦理建构。它来源于作者，存在于文本，生成于阅读，是读者与作者以叙事文本展开对话而生成的生命感觉共鸣。"①

　　基于对 21 世纪初年军旅长篇小说作品的大量阅读，笔者发现"伦理叙事"已经成为军旅长篇小说主导性的叙事主题学范畴。本论文在借鉴当下正在兴起的伦理批评方法和其他相关研究成果的基础上，首次将"伦理叙事"和"叙事伦理"概念引入军旅文学研究领域，通过对占据小说叙事主题学本质内核的"伦理叙事"的分类、归纳和阐析，透视隐含其内的"叙事伦理"，把握军旅长篇小说整体写作伦理特征和文化精神诉求，进而对军旅长篇小说的艺术成就及其在军旅文学史中的地位给予客观评价。从伦理哲学和叙事学角度考察，小说文本是诸种伦理关系以叙事话语形式进行的叙事呈现。杨国荣认为："从日常存在中的家庭纽带，到制度化存在中的主体间交往，伦理关系展开在生活世界、公共领域、制度结构等不同的社会空间。"②本论文上篇"伦理叙事"，将新世纪军旅长篇小说的"伦理叙事"归纳、概括为"父子、历史、军人、情爱"等四个叙事向度，结合具体文本进行具象伦理关系样态分析。下篇"叙事伦理"，将通过创作主体在进行伦理叙事时秉持的叙事姿态、价值判断、艺术观念和美学风格等因素的分析，从"日常经验的崛起""文体自觉与文本实验"和"通俗化转向"三个向度，探寻军旅长篇小说的诗学诉求和叙事意旨。

　　当然，任何时代在历史发展长河中只能是作为"中间物"被认知，军旅文学强大的传统和相对封闭的自足性都决定了中国当代军旅文学半个多世纪的历史呈现出一种同心圆式扩张的发展样态。一个时代的文学思潮、艺术观念、审美风格和叙事策略在下一个时代来临之初会受到剧烈的冲击，但并不会完全取消，会随着新的文学时代的延续而自我更新，并产生连绵不绝的影响。21 世纪初年军旅长篇小说并非一种断裂性的文学样态，而是一种较为新鲜、颇多变数的文学现象，其发展尚处于起步阶段，尚未形成自身完整的文学观念和稳定的审美品格，经典性的作家作品谱系也有待构建，对军旅长篇小说的研究需要经

---

① 　杨红旗：《伦理批评的一种可能性——论小说评论中的"叙事伦理"话语》，《当代文坛》，2006 年第 5 期。

② 　杨国荣：《伦理与存在——道德哲学研究》，第 13 页，上海人民出版社，2002 年版。

过一个漫长的阅读、传播、筛选、评价、阐释和理论建设的过程。在本论文的写作中，笔者需要一次次不厌其烦地回溯当代军旅文学的各个阶段，在文学史的参照系中，建构21世纪初年军旅长篇小说的"属己性"写作伦理，这当然需要耗费大量的精力并占据相当的篇幅；但唯其如此，才能够较为清晰地梳理出军旅长篇小说独特的新意，才能够较为客观地对21世纪初年军旅长篇小说的文学史地位做出判断。本论文以较为宏观但难免粗疏的论纲形式探究并整合军旅长篇小说的伦理叙事与叙事伦理，试图寻找并搭建起一个"叙事伦理学"的理论研究框架，勾勒出21世纪初年军旅长篇小说的整体发展脉络。

上篇：伦理叙事

李复威认为，"'伦理叙事'是主题学范畴的指向。伦理关系是人与人之间的一种最本质、最稳定、最具传统色彩和规范意义的社会关系。以叙事为中心的小说，在历史的发展和现实的进程中，逐步从纷纭的人际关系中梳理出有典型意义的伦理叙事模式。模式的表象性和象征性始终在承继、延续、发展，而其内蕴和寓意却在无穷变换着"[①]。

一、父子伦理：从"审父"到"子我"的主体成长性建构

父子伦理一直是中外文学屡屡涉及的"家族"叙事主题之一维，并且是最富有"能指"意义的叙述对象，它不断被塑写成各种隐喻性的伦理关系和价值意义载体。张文红认为，在现代文学三十年中，父子伦理关系塑写一直被简单化地叙写成线性历史观主导之下的文化象征符号对立模式，在反封建的主导文化精神下徘徊，父亲形象代表着"专制""残暴""愚昧"的社会制度和文化秩序。作家笔下的"父子关系"更多地被精神化并定格为彰显作家"文化批判"意识和"革命抗争意识"的价值叙事载体，体现了创作主体以文化隐喻父子伦理的叙写倾向和意识形态诉求。这种隐喻性叙事模式不但佐证着作家的历史进

---

① 李复威：《序一》，转引自张文红著《伦理叙事与叙事伦理——90年代小说的文本实践》，第2页，北京，社会科学文献出版社2006年1月第1版。

化认知理念，而且开启了中国新文学"宏大叙事"的艺术先声。①在十七年"革命历史小说"中，父子伦理关系完全成为"革命伦理"得以被合法演绎的必备载体；而进入新时期文学后，"审父""弑父""寻父"的主题开始进入文本，并成为这一时期的主流叙事。"在传统叙事，特别是西方文学叙事中，审父、弑父是一个永恒的主题，但在这种子对父的否定中，情形并不一样，一般来说，否定一个具体的父亲并不是为了取消父亲的身份、地位与权力意志，而是为了使自己成为父亲，反叛权威就是为了使自己成为权威，是子一代对于父辈主体先在的道德优越及话语霸权的反感与超越。因此，从实质上讲，子一代从家庭开始独立化、自我化的过程也就是社会角色获得的过程，就是一个对父权认同的过程，子一代将通过接受和顺应一定的先在的社会规范并将其内化获得与父辈同样的身份与地位，从价值观上讲，并没有本质的差异，所以，表面上刀光剑影，轰轰烈烈，代际转换之后，情形依然相似。但是，从现代主义文学开始，这种叙事模式发生了较大的改变，许多审父与弑父是从本质上的价值颠覆开始的，父权的地位似乎并不重要，荣耀、利益、秩序都是审判的对象，审父与弑父意味着旧的价值观的消亡，意味着新的价值与新人的寻找、建构。"②

由此可见，父子伦理从来不是单纯的家庭关系，而是具有很多象征意义；但是父辈对子辈的压抑，以及子辈对父辈的反抗和超越，从来都是主流认知方式。在 21 世纪初年军旅长篇小说中，这种长久以来在文学的现代性进程中积淀并被确立下来的反叛与颠覆性的写作立场正在发生改变，军旅作家们不再执着于对作为"历史化存在"的父辈们的单向度描摹，而是开启了对隐喻着当下现实境遇的子辈们的"主体成长性建构"。军旅作家们在父子伦理叙事观念中更加强化了对于当下生存现实环境的体察与关照，不再单纯地局限于观念意义上的对父辈或"尊崇"或"丑化"的审视，而是将当下的社会现实语境作为考察父子伦理关系嬗变的主体背景。具体而言，进入 21 世纪以来，市场经济体制进一步深化与完善，与物质生活的极大丰富相伴随的却是传统道德价值判断标准的失范和人们精神世界的空虚与荒芜，后现代语境中的心灵困惑与精神危机开始逐步显现。1990 年代以来，资本原始积累阶段的那种"卸掉负载，解脱束

---

① 以上参见张文红：《叙事伦理与伦理叙事——90 年代小说的文本实践》，第 2—3 页，北京，社会科学文献出版社，2006 年 1 月第 1 版。

② 汪政、晓华：《父与子——邓一光〈我是我的神〉断评》，《南方文坛》，2008 年第 5 期。

"新生代军旅作家"面面观 ｜

缚，不顾一切追逐物质利益"的"现代性观念"已经不能够完全覆盖现实人生的焦灼与困顿，人们急需寻求新的精神资源和理想信念的支撑。近年来的"国学热""历史热"和"军旅题材电视剧热"的兴起已经从一个侧面显示了当下中国社会的现代性进程更加趋于理性和自足。在陈晓明看来，"断裂"是现代性的真实含义："一方面，文学艺术作为一种激进的思想形式，直接表达现代性的意义，它表达现代性急迫的历史愿望，它为那些历史变革开道呐喊，当然也强化了历史断裂的鸿沟。另一方面，文学艺术又是一种保守性的情感力量，它不断地对现代性的历史变革进行质疑和反思，它始终眷恋历史的连续性，在反抗历史断裂的同时，也遮蔽和抚平历史断裂的鸿沟。"① 21 世纪初年军旅长篇小说的父子伦理叙事正是建构在创作主体对新世纪社会经济、政治和文化现实的个人化、生活化体验的基础之上，总体上体现着作家立足现实、批判现实，并向历史寻找文化资源和精神支撑的文化立场和叙事伦理诉求。

对于子辈而言，父辈不仅仅是自身血缘的源头，更是历史和精神传统的象征。在邓一光的《我是太阳》、裘山山的《我在天堂等你》、石钟山的《父亲进城》、项小米的《英雄无语》、马晓丽的《楚河汉界》等作品中，作为父辈的"老革命军人"形象，贯穿了革命年代以至改革后的岁月，他们的个体生命史与现、当代史是高度一致的。无论是关山林，还是欧战军、石光荣、"爷爷"、周汉，他们都是象征了革命历史本身的英雄，是革命历史的人格化，子辈们对其英雄的父辈们即便存有价值观的异见（如《我在天堂等你》中的木鑫），或者不堪忍受家庭暴力式的约束（如《父亲进城》中的石林），或者存有道德和情感上的批判（如《英雄无语》中的"我"），经过一番对抗性的"审父"之旅后，尽管这些老军人身上的"弱点"和"缺陷"暴露无遗，但最终还是被他们身上所传递出的高蹈的精神传统和难以抗拒的人格魅力所征服，最后均采取了认同的态度，小说文本的结尾处甚至还都或多或少地笼罩着一层家庭空间中"父子伦理"的脉脉温情。小说文本内部的子辈对父辈的情感认同，正隐喻着社会现实层面对革命历史"合法延续"的当代"有中国特色的社会主义"中国的认同。"所谓的'审父意识'中的'父'绝不仅仅局限于父亲，'父'还可以被广义地理解，它能够上伸至祖辈，下衍至兄长等等，'审'也不是审判，而是审度、审

---

① 陈晓明：《现代性与中国当代文学转型》，第 11 页，云南，云南人民出版社，2003 年 1 月第 1 版。

视与审察。站在子辈的立场上以一种平视的姿态对某类先验的秩序性存在（人情和事理）进行理性的、客观的、带有明显的现实主义意味的关照和审度"[1]，从而最终获取对强健文化基因和英雄精神传统的继承，实际上这也正是军旅长篇小说"父子伦理叙事"的潜在修辞。

从小说主题学的层面考察，可以看出对父法的认同与对现实秩序的合法性建构之间存在着一种同构关系。根据小说《父亲进城》改编的电视剧《激情燃烧的岁月》在全国范围掀起了收视热潮，贺桂梅认为这部电视剧"以其关于一个军人家庭的历史书写，达成了多种意识形态功效。它以家庭老照片的方式连缀起了裂隙重重的当代中国历史，并通过选择性地重申共和国历史的辉煌时刻，强化了一种民族国家的自豪感。这样的自豪感事实上成为新世纪初年人们饶有兴趣地观看一部被镶上浓郁怀旧风格的电视剧所内在需要的。能够如此热情地观看'革命时代'的历史，似乎表明大众文化意识形态已经隐约摆脱了某种怨恨情结，或者被成功地组织到一种国家主义的想象之中。它尽管借用了'家庭'的表象，但所谓'激情'是超越了'家'这一私人领域的，而将其缝合到了更大的关于'党''国'的书写之中"[2]。然而，回到家庭空间内部，父辈形象则被异化为一种抽象意义上的"精神之父"，永远高高在上，象征着先验的真理和不容置疑的权威，对子辈的情感和生命构成了一种强有力的压迫与威胁。正如石钟山在《父亲进城》的前言中所说的："我的故事里，我的父亲，母亲的丈夫，是一台古怪的、过时的机器。人性的温暖与光辉在父亲那里是从来不曾存在，还是被无情吸走？这种冷酷无情的隔膜浸淫着我和我的母亲、我的兄弟姐妹。"石光荣的两个儿子，一个宣布与其断绝关系，一个患了精神病，唯一的女儿却像一个男人一样鲁莽，性别意识含混。在邓一光的《我是我的神》中，大儿子天健在乌力图古拉的安排下参军，在战斗中被破甲弹掀掉了半边脑袋而牺牲；三儿子天时十四岁就被父亲送去当兵，在一次施工事故中被砸截肢，成了植物人；老二葛军机一路听命于父亲的意志，最终成为没有独立人格的悲剧性人物；天赫和天扬因为叛逆的性格和举动，而成为"父亲"的眼中钉和心病。

① 曾娟：《"父子"伦理：从消解到建构——王安忆小说中的伦理叙事》，《湖南城市学院学报》，2008 年第 2 期。
② 贺桂梅：《以父/家/国重叙当代史——电视连续剧〈激情燃烧的岁月〉的文本分析及意识形态批评》，引自"左岸"网站（www.eduww.com）。

可以说，"父亲"控制着儿子们的命运，影响着他们的生命走向，客观上终结了"子辈"们人格的独立和生命的活力。作为"父亲"的乌力图古拉性格乖戾、粗暴、严厉、冷漠，不近人情，如同暴君一样控制着家庭中的每一个成员，尤其是儿子们。而"子辈"们稍有反抗，便会遭到痛烈的打压，生命甚至还会受到威胁：

> 乌力图古拉不说话，一伸手从门岗手中夺过五六式半自动步枪，哗啦一声推弹上膛，举枪瞄准乌力天扬。乌力天扬吓得一猫腰，抱着脑袋往路边的大槐树后窜。乌力图古拉扣动扳机，子弹尖锐地呼啸着，在乌力天扬脚跟后钉出一朵泥花，然后擦着乌力天扬的头皮飞过去。
>
> "你，你有可能杀了他！"萨努娅大惊失色，差点儿没有坐到地上。
>
> "不是可能。我是打算杀了他，遇上风大，算他运气好。"乌力图古拉冷冷地说。
>
> "你，怎么，可以，这样做？他是你儿子！"萨努娅脸色苍白，嘴唇哆嗦。
>
> "那他就做一个规矩的儿子。"乌力图古拉扭头就走。[1]

从这段描写中可以看出，"父亲"像在战场上对待敌人一样，沉着、冷酷且坚定地实施了对"儿子"射击的全过程，没有丝毫的犹疑，其目的就是教训"儿子"不要反抗"父亲"的权威。事实上，"就算所有的儿子每人提着十把菜刀，他和他们一拥而上，他和他们也对付不了他们的父亲。他们会被他们的父亲活活打死，踩成肉泥"[2]。和前述作品相比较，《我是我的神》将新世纪军旅长篇小说的"父子伦理"叙事推向了极端，出现了"杀子"的父子伦理关系塑写向度。当然，在小说中"杀子"向度是创作主体在诗学层面上对"审父"叙事理念扩展延伸的结果，意在经由残暴的"父法"与萎缩的"子辈"之间的对峙，构造激烈的叙事张力，从而最终达成建构"子辈"自我主体性成长的叙事意旨。

《我是我的神》在许多情节设置和细节描写上与《我是太阳》相类似，在故事的基本形态上同样是家族叙事，同样是书写父子的故事；然而，经过十年的沉淀，邓一光再出手时，小说叙事的向度和意旨都发生了根本性变化，从对

---

[1] 邓一光：《我是我的神》，第225页，北京，北京出版社，2008年1月第1版。

[2] 同上，第217页。

父辈英雄传奇的叙写，转到了对"子我"主体的成长性建构。如果说，在《我是太阳》中，邓一光是以崇拜的仰视目光塑造了一个充满了阳刚气、英雄气、凝聚着崇高与神性的"父亲"形象的话；那么，《我是我的神》正像其书名一样，"子我"成为了叙事的主体，"父亲"则成为了对象化的存在，成为"子我"在成长过程中需要战胜的对手和必须跨越的障碍。在这部我认为是21世纪初年中国文学最重要的收获，也是军旅长篇小说最具冲击力的作品中，邓一光变换了叙事策略，站在子辈立场上进行了双向度叙事：一方面展示了子辈与父辈在家庭空间内部激烈的对抗，一方面呈现了子辈寻求"自我主体"成长（乌力天赫在极端的环境下寻觅精神世界的自由，乌力天扬在世俗的场域里寻求独立人格的完善）的过程，将军旅长篇小说的"父子伦理叙事"在原有的"审父"意识的基础上又向前推进了一大步。

作为对"父亲"最激烈的反抗者——乌力天赫"不喜欢他的家庭。他眼中的家庭是那么冷漠和怪异，它由他的父亲，那个在传奇年代里获得了英雄称号的统治者凭着自己的意志建立，他是家庭的奠基者和生产者，他成功地完成了他和伴侣栖息地的选择，对家庭成员的生育繁衍、捕食和分配，并制定下家庭成员的生命路线。这个生命路线包括现在的吃喝拉撒睡和今后的未来。这个统治者从来不关心他的成员们在想什么，想要什么。那不是家庭，甚至连监狱都不是，而是一个巢穴，生活在这个巢穴里的生命和栖身在岩洞中的蝙蝠没有什么两样。乌力天赫被深深的内心隐痛煎熬得苦不堪言。他想战胜成长道路上那些看到和看不到的对手。他想毁掉这个令他痛恨的世界。他对家庭的专制痛恨不已，对家庭规定给他的严肃的暴力教育痛恨不已。他为这个而彻夜难眠"[1]。乌力天赫身上体现出与理想相伴的哲人气质和英雄主义情怀。他的精神追求是与生俱来的，早在少年时代，便对这个世界充满了怀疑，杰弗逊和切·格瓦拉的观点指引了他的人生态度与成长道路。于是，他不再与父亲纠缠，选择了离家出走并且永不言归，在战争的极端环境中反思自己的灵魂，并逐渐进入更为深邃、高远的哲学层面审视人类生存的境遇和对自由的向往："自由同时指向天堂和地狱，它是一孔双眼泉，既是善之源，也是恶之源。"正是通过这种超越了肉体苦乐的灵魂求索，乌力天赫最终完成了"自我"的成长与"主体"的建构：

---

① 邓一光：《我是我的神》，第223页，北京，北京出版社，2008年1月第1版。

我是我的神。相比起乌力天赫，乌力天扬在世俗的境遇中，在与命运的抗争中体现出了更强的责任感和英雄色彩，他所寻觅的是一条经由生活本体而达至独立人格的完善之路。从战场上凯旋归来，他本可以开始相对稳定、顺利的人生；但是，面对失去生命、身体残缺的战友，面对破败的家庭，他选择了与残酷的生活现实抗争，在一次又一次挫折中，他从未放弃、从未止歇，从未想到为个人谋求利益。经历了"文革"的混乱、战争的伤痛和改革开放的躁动，乌力天扬最终找到了自己的生活和人生，成为一个勇于承担生活责任的成熟男人，以一种平凡但却富于理想主义情怀的英雄主义精神完成了灵魂的救赎，在"父亲"即将去世时达到了"自我"的升华："他就像贴着地面飞的雨燕，根本不看咄咄逼人的颤抖着的天空，迅速地掠过春天里最后一道余霞，去寻找暴风雨到来的那个方向。他那样沿着走廊走着，无声而沉着，好像他是再生了，不再需要他的父亲，不再害怕找不到自己，而且他是孩子，不断地是孩子。"①

正像邓一光所说的，这部作品"不在于回忆，而是进入，进入那个我们曾经经历过却没有留意记录的年代，进入那个年代中曾经年轻过、希望过、挣扎过，甚至堕落过，却始终不肯放弃救赎和自我救赎的人们的精神求索和心灵的重建之地"②。作为"50后"作家，邓一光试图建构属于自己这一代人的历史。毕竟当父辈们老去之后，当民族国家的集体想象与认同被固化之后，当曾经的"子辈"也早已成为"父辈"之后，探寻与共和国共同成长的这一代人的心路历程和精神轨迹，将21世纪初年军旅长篇小说"父子伦理叙事"二维结构中的叙事重心从"父"转移到"子"，在相当程度上标示出了"父子伦理"作为一种伦理叙事模式的丰富性和继续深化的方向。

二、历史伦理：从"宏大史诗"到"个人私语"的诗学转化

从21世纪初年军旅长篇小说创作实践来看，"历史伦理叙事"已经成为主导性的创作趋向，涌现出大量的历史题材作品，如《我在天堂等你》《亮剑》《历史的天空》《英雄无语》《音乐会》《楚河汉界》《八月桂花遍地开》《零炮楼》《城门》《寂静的鸭绿江》等，被研究者冠以"新革命历史小说"的称谓。其所谓"新"，就是相对于十七年"革命历史小说"而言的。不同于十七年"革

---

① 邓一光：《我是我的神》，第884页，北京，北京出版社，2008年1月第1版。

② 同上，扉页。

命历史小说""在既定的意识形态的规限内，讲述既定的历史题材，以达成既定的意识形态目的"①的"规范性"历史伦理叙事样态，军旅长篇小说鲜明地体现出作家借助于诗学诉求建构"非传统"的历史叙事伦理的主体性。整体来看，这种"非传统"大致可以被理解和表述为"非意识形态性"，它首先意味着作家对于十七年文学历史伦理"史诗性"宏大叙事模式的放弃与悖离，其次意味着作家在个人化、边缘性和日常经验性的叙事伦理理念之下建构起消弭历史所指深度和崇高美学风格的"个人化历史"，彰显了迥异于传统的"个人私语"式叙事风格。

十七年"革命历史小说"，在特定的文学发展时空中建构了"规范性"的历史伦理叙事样态。在叙事结构上，形成了一套"从失败走向胜利，从胜利走向更大的胜利"的"革命胜利大团圆"的结构模式。在人物安排上，大多以阶级二元对立学说统领人物两大阵营，两者之间"你死我活"的对抗最终必然走向革命阶级成功改造或消灭了落后阶级的结局，人物有时被叙述成因为"革命"需要而不食人间烟火的抽象"英雄"。线性历史发展观念开始取代了中国的循环历史观念，形成了一套"僵化"的固定叙事模式，在艺术风貌上呈现出叙事话语体系类型化、叙事情节简单化、叙事视角单一化和叙事节奏的单调性等艺术缺憾。"于是'革命历史小说'中的历史在当代读者眼中成为匪夷所思的历史存在，它不但被抽空了具体的日常生活场景，而且人物在虚拟的单向度的抽象逻辑时空中呈现出纯粹精神化存在特质。'革命历史小说'中的'历史真实'更像是乌托邦情怀的虚构幻境，它被放大在线性历史发展逻辑观念和政治伦理之镜下呈现出虚幻的伪真实性。某种意义上，'革命历史小说'中的历史真实是政治理念中的历史真实，建立在作家对革命历史意识形态性理解之上。"②对革命历史进行"史诗性"宏大叙事是十七年"革命历史小说"创作主体普遍性的艺术追求，以"史诗"笔法再现历史真实和革命场面的壮观是作家构建"革命历史小说""宏大"美学范式最为适合的叙事手法。同时，"史诗式"叙事结构也契合了作家将历史叙事与"政治伦理"和"革命伦理"进行意识形态性能指同构的叙事意旨，因为，它在文体上体现出来的庄严性和不容亵渎感不但和作家宏

---

① 洪子诚：《中国当代文学史》，第 106 页，北京大学出版社，1999 年。

② 张文红：《叙事伦理与伦理叙事——90 年代小说的文本实践》，第 134 页，北京，社会科学文献出版社，2006 年 1 月第 1 版。

大的历史认知观互相应和，而且只有史诗性叙事才可能恰切地体现"革命"主题的正义性和继往开来性。

黑格尔曾对"史诗"有精彩的总结：一、史诗必须对某一民族、某一时代的普遍规律有深刻而真实的把握；二、史诗从外观上讲，对某一时代、某一民族的反映必须是感性而具体的，同时又是全景式的，它必须将某一时代、民族和国家的重大事件和各阶层的人物真实地再现出来，在把握民族精神的同时要把这个时代民族的生活方式和自然的、人文的风物景观以及民风民俗等描画出来；三、史诗必须有完整而杰出的人物、宏大的叙事品格、漫长的叙事历史，它是阔大的场面、庄严的主题、众多的人物、激烈的冲突、曲折的情节、恢宏的结构的结合体。①但是，史诗是与特定时代人类的审美水平与认识水平相适应的，从世界文学史的演进来看，史诗品格的丧失以及从复杂到简单的转化才是长篇小说文体变化的真实方向。对中国当代文学来说，"史诗"一度是评价长篇小说的最高标准，但恰恰在"史诗"问题上我们存在严重的误读，并走了太多的弯路。如果说，十七年军旅长篇小说出现了一大批"经典性"的"史诗"作品在今天被重读为一种"历史"误会或"伪历史"的话，那么在 21 世纪初年军旅长篇小说中，"史诗"作为一种概念和评价标准恐怕已经不再适用了。

海登怀特认为："历史叙事不'再现'其所形容的事件；它只是告诉我们对这些事件应该朝什么方向去思考，并在我们的思想里充入不同的感情价值。任何一种'历史'在本质意义上都是'虚构'的，'历史事件'之所以获得不同的意义，在于'事件的时间顺序安排与句法策略之间存有张力'，但从历史意义的产生角度考察，任何历史叙事都是叙事者以不同的方法施加情节，在完全不违反时间顺序排列的同时使事件获得不同的意义。"②这也可以理解为任何历史叙事都是创作主体的个人化叙事，任何历史事实都是在想象中重生。1990 年代以来，随着"新历史主义"理论的引入和批评方法的兴起，"新历史小说"作为一股文学创作潮流渐趋成熟，反思并重建历史观念，将"'个人记忆'以碎片形式穿插进抽象历史时空，拆解'宏大历史'的'确定性'叙事、进而建立起'日常经验'和个人化的历史叙事样态"③成为众多作家写作的普遍诉求。进入

---

① 汪政：《惯例及其对惯例的期待》，《当代作家评论》，2001 年第 3 期。

② 张京媛主编《新历史主义与文学批评》，第 172 页，北京大学出版社，1993 年。

③ 张文红：《伦理叙事与叙事伦理——90 年代小说的文本实践》，第 148 页，北京，社会科学文献出版社，2006 年 1 月第 1 版。

21 世纪以来，军旅作家们开始以"个人私语"式的诗学策略消解着"史诗性"的宏大叙事模式。创作主体背弃了"史诗性"的"宏大叙事"视角，从微观的个人化"视点"切入，以小见大，以点写面，把历史改写成了片断式的、具体可感的生命过程与人生经验。这样，宏大的政治历史场景被处理成了具体的生命流程与生存境遇，这既赋予了"历史"以生命性，又感性地还原了历史的原生状态，实现了从历史的"判断性"向历史的"体验性"、历史的"事件性"向历史的"过程性"，以及历史的"抽象性"向历史的"丰富性"的转变。总体来看，21 世纪初年军旅长篇小说的历史叙事是"个人"的历史和"小写"的历史。

罗兰·巴尔特曾经断言："历史'事实'这一概念在各个时代中似乎都是可疑的了"，而且"历史叙述正在消亡；从今以后的历史的试金石与其说是现实，不如说是可理解性"。[①] 21 世纪初年军旅长篇小说历史叙事的"个人化"立场正是在历史具有"可理解性"和"多元性"的观念基础上建立起来的。在都梁的《亮剑》和徐贵祥的《历史的天空》中，作家站在个人化叙事立场上重新展开对历史的理解和想象，前者将个人置于蜿蜒曲折的历史进程中，探寻个人生命不断成熟和主体意识觉醒的过程；而后者则将艺术视角聚焦于错综复杂的人性欲望与人际纠葛，书写个人在命运失控状态下的茫然与无助，展示了在变幻莫测的历史漩涡中，个体生命的成长轨迹。在《亮剑》中，个人命运是与历史演进同构的，历史作为一种时空参照，映衬出的是个人性格的复杂性和个人作为一种主体存在所蕴含的无限丰富的可能性。李云龙形象既具有复杂性也具有鲜明的个性，是"亦正亦邪"的人物。他有着传奇般的战斗经历，屡建奇功，深得器重；但他又是个不安分的惹事精灵，屡次抗命，不时弄出些麻烦。他是顶天立地、豪气干云的大英雄；又是脏话连篇、好酒吹牛、缺乏文化修养的粗人。他率真义气，性情粗犷；却又粗中有细，精于算计，也有些狭隘，从不愿吃亏。李云龙的形象就是这样一个复杂性格的集合体。与以往革命战争小说中扁平的英雄人物不同，李云龙是血肉丰满、性格立体的"人性化的英雄"，这种人物性格更加符合当代人的审美趣味，读完全书，我们很难一句话概括出故事情节，但却对李云龙这个人物形象印象深刻。巴赫金认为，现代小说的标志是一种"成长小说"，即主人公是动态的统一体，人的"成长"将表现出历史本质

---

① 罗兰·巴尔特：《符号学原理》，第 60 页和第 62 页，北京，三联书店，1988 年。

的生长过程:"他与世界一同成长,他自身反映着世界本身的历史成长。他已不是在一个时代的内部,而处在两个时代的交叉处,处在一个时代向另一个时代的转折点上。这一转折寓于他身上,通过他来完成。他不得不成为前所未有的新型的人。"①在《历史的天空中》,梁大牙以原生状态登场,宛若"赤子"般,保留着生命的原始野性。订了亲的小媳妇因为厌恶他而不愿意嫁给他,宁愿上吊自杀。梁大牙逃脱日军追杀后,在八路军的营地里蹭了几碗饭,吃饱后又看不起游击队的破枪,算计着要到国民党军队去"混个团长司令干干"。即便最后留在游击队里,动机既不是为了抗日,也不是为了革命,而是因为看见了年轻漂亮的女八路东方闻音,这才脑子一热,脱口而出:"也好,这个八路咱就先当着试试。"可见梁大牙身上既有着农民的狭隘和狡黠,又有出身草莽的粗鄙和匪性,由于历史的偶然性,阴差阳错地参加了革命,在爱情的引领下,完成了灵魂的洗礼和人格的升华,在漫长的战争和政治斗争中,经历了重重考验,成长为一名优秀且坚定的革命战士,最终官至军区司令员。正是通过对从"梁大牙"到"梁必达"的人物个人成长历程的书写,作家主体深入到历史的深处与细部,把"历史的天空"遮掩下的各色人等驳杂的人性欲望充分挖掘出来,并对历史本体的外在偶然性和内在合理性,进行了"自我型塑"和主观化阐释。这种历史叙事理念一方面植根于作家"当下"的生存体验,一方面来源于创作主体对历史的多元性、复杂性和虚构性的个人化"理解"。

所谓"小写"历史,意指历史的日常化和边缘性书写,它与历史的"宏大"叙事相对,是新世纪军旅长篇小说"历史伦理叙事"重要的书写策略。"首先,作家在取材时有意识规避了宏大性历史事件的选择,在叙事时注重凸显历史罅隙中的日常性具象,借助于历史的日常经验性表达瓦解了历史'宏大叙事'范式。其次,在小说叙事中注重'日常'事件和'宏大'事件双向对接,通过凸显前者来弱化后者,从而使小说中的历史呈现为'小写'的叙事样态。"②在李燕子的《寂静的鸭绿江》中,灵芝与九柱一波三折、感人肺腑的爱情故事贯穿了全篇,围绕在戏剧性的情感纠葛周围的是对赵家的家庭成员们生存状态、

① 巴赫金:《巴赫金全集》第三卷,钱中文主编,李兆林、夏忠宪译,石家庄,河北教育出版社,1998年。
② 张文红:《伦理叙事与叙事伦理——90年代小说的文本实践》,第179和181页,北京,社会科学文献出版社,2006年1月第1版。

情感世界、生活场景的日常化且琐碎的描摹，经由对极富鸭绿江畔地域特色的民风民俗的浓墨重彩的呈现，通过对一个小家庭的聚焦，展示了"闯关东"的先民们在隐忍和苦斗中求生存、求发展的心灵史；而随着故事的不断推进，这个家庭和村庄又接连遭遇了日军侵略和国共两党政治斗争的洗礼。作家没有选择波澜壮阔的历史呈现，而是通过对灵芝如何忍辱负重、与各方势力斗智斗勇，最终最大限度地挽救了家族命运的书写，在一幕幕日常生活场景和一段段人生细节的细腻描绘中映衬出"大历史"的冷漠、虚幻和无常，折射出被"大历史"所遮蔽的富于痛感的日常生活本相，在对俗世男女的质朴且悠长的情感关照中折射出顽强且坚贞的人性辉光，在消弭了历史深度模式的同时，却重建了战争历史与英雄话语得以附丽的生活场域，挖掘并塑造了灵芝这样一个感人至深却极易被大历史所遮蔽的另类的"生命英雄"的形象，生发出独具个性的艺术魅力。

总体考察，21世纪初年军旅长篇小说的历史伦理叙事在由"宏大史诗"向"个人私语"的转化过程中，体现出以下几个方面的诗学特质：即"记忆"的诗学，戏仿与反讽，互涉文本和话语狂欢诗学。在《我在天堂等你》《楚河汉界》《音乐会》等作品的历史叙事中，作家强化了第一人称叙事的"记忆"诗学。较之第三人称"全知全能"叙事视角，第一人称叙事本来在叙事的主观性和个人性方面已经有明显加强，而创作主体又进一步采用了更深一层的"第一人称记忆"叙事。无论是白雪梅、周汉，还是金英子的讲述都是作为小说主体叙事结构中的一个层级而存在的，他们的个人记忆游离于纯粹意义上的"历史"，成为一种个人性的、主观化的、感性的"历史"心灵体验，作为一种中介存在，从而将历史与现实勾连起来。张者的《零炮楼》以戏仿和反讽的修辞手法介入对抗战历史的讲述，探索战争的荒诞本质和特殊生存状态下的喜剧性元素，颠覆和消解了抗战历史的传统叙写模式。作者不时地跳出故事情节以今人的视点发表议论，例如："粮食才是立人之本。可见贾兴忠在那个时代就重视'三农'问题了，好呀，有远见。"再如："贾文清还真有点诸葛亮再生的架势。按照现在的话说，也算是两手一起抓，两手都够硬。"再如："咱大爷当年先挣钱再娶美女当老婆的方式对我们也有指导意义呀！"在全书中类似的作者议论俯拾皆是，消弭了历史与当下的时空隔膜，解构了历史宏大叙事的庄重和崇高的美学风格。《英雄无语》则采用了互涉文本的叙事策略，在追寻我"爷爷"革命秘史的同时，插入了一个并行的现在时的叙事线索，即"我"与申建合作客家文化研究的课题，形成了历史与现实，"爷爷"与申建互参关照的复调式叙事结构。申建是一个善于投机钻营的现代宠儿，刚开始交往时，"我"很欣赏他身上诸如体贴入微、善解人意、干净整洁等绅士风度，认为他是一个"完美"的男人。而在文本内部的叙事时间里，此刻的"我"刚刚了解到爷爷对奶奶的"暴行"，从心底里对爷爷非常排斥、反感。但是到了小说结尾处，情形发生了反转，原本看似完美的申建是一个十足的小人，而表面粗粝、无情的爷爷恰恰是一个真正的伟丈夫。创作主体通过复调或者说双重"故事"的形式，使小说叙事内容形成了"对话"性的存在格局，相互依存而又各自独立，将"历史"叙事和"现实"叙事对接，从而在叙事主体精神上显示出"分裂"和"错位"等诸多非统一的多元性品质。张卫明的《城门》在叙事话语层面表现出"狂欢化"的诗学诉求，解构了传统历史叙事的"意识形态性"能指范式。"'狂欢化'诗学是巴赫金文艺思想理论重要构成，'狂欢化'意味着消解一切权威、打破一切等级分野界限，在消弭所有的'等级障碍'沟壑之后的'集体大联欢'；'狂欢化'叙事话语体系在诗学品质上直接对立于'历史逻各斯'和'文化逻各斯'等中心主义叙事话语表述体系。作家以叙事话语的'狂欢化'颠覆着'历史逻各斯'的传统历史诗学趋向，这就意味着叙事话语不仅不指向历史主题学，而且作家总是借助强化叙事话语的'无指涉'和'无意义'一面来印证历史主题叙事的虚构本质。"[1]《城门》的语言可以说是字雕句琢，大有"语不惊人死不休"的气势。下面举出的是小说叙事中相对比较清晰的段落：

> 青是在颠儿颠儿，青心里美颠儿颠儿。青美颠儿颠儿不是对军长不敬，青美颠儿颠儿是己个儿向己个儿庆贺秘密。才将意外地拿到了巴根之鞭的秘密，百年不遇，令青狂喜不已。不能吼，不能抢，美颠儿美颠儿就够委屈青的了。笨蛋瓜是耳王教的，犄角旮旯是耳王教的，耳王咬金咬得尿性呢。这些都是凌延骁预见到咬金教育，即军长说的说话和气教育，凌延骁要耳王给大家提早咬了金。而至于耳王的秘密，那就不能蒲公英那样

---

① 张文红：《伦理叙事与叙事伦理——90年代小说的文本实践》，第160页，北京，社会科学文献出版社，2006年1月第1版。

满处撒了。①

《城门》的叙事都是通过类似这样的"话语狂欢"完成的，除了倒叙、插叙搞乱了时空，没有生动的故事、激烈的矛盾冲突和悬念迭起的戏剧化情节，语言紧促、绵密、铺张、跳跃，加之生造了许多新词，不结合上下文语境和在正文之前作者给出的相关注释，阅读便会出现极大的障碍。在语言的狂欢中，故事、人物、事件都被语言消解，语言成为了小说叙事的本体，从而连宏阔的历史（小说故事描写的是中国最后一代弓箭骑兵在北方草原从抗日战争到解放战争再后来打入北京的历程）也被彻底文体化和语言化了，成了语言内部的自我指涉性存在。张卫明十年磨一剑，创造了一种个人独特的小说语言，体现出创作主体独异的历史诗学品格。

"文学参与修史，它的目标是特定时空中鲜活的个体生命，文学中的历史主体永远是具体的个体而不是抽象的国家、社会、民族以及见不出个体的如集体这样的集合概念。文学中的历史叙事相应地也是个体命运的具体描绘，而不在乎什么有据可考的重大事件。至于文学中的历史追问也就自然而然地不去寻求普遍的结论与最大的公约数的判断，也不会屈从于社会政治力量的既定话语，而是一个作家从人道情怀出发所进行的独立思考。他将去发掘特定历史对个体的影响，特别是个体的应对和对自我的建构与创造，从而认定生命的历史价值，甚至去关注被历史选择所遗弃的生命的意义，他们的唯一性与不可重复性，去缅怀在历史杠杆作用下那些牺牲的力量，去反思在历史进步的旗号下，在政治力量一时功利行为中所付出的代价，从而再现与复活被重大事件所掩盖，忽视和强迫遗忘了的个体的生命体验与情感意绪。"②在21世纪初年军旅长篇小说中，创作主体站在当下立场，以个人化视角重新审视现代历史，注重对零散插曲、轶闻轶事、偶然事件等非逻辑性和非宏大叙事性历史因素的挖掘，经由"个人私语"化的历史叙事对"宏大史诗"叙事范式的消解，改变了既往"政治"历史叙事中的线性思维模式，建构起了多元化的历史阐释体系，将创作主体的生存经验和生命感觉渗透进历史人物的内心，通过革命历史与世俗现实交融又互为隐喻的象征性结构，有效打通了历史与现实的"意识形态"阻隔，彰

① 张卫明：《城门》，上册"盘马"，第18页，北京，解放军文艺出版社，2006年6月第1版。
② 汪政、晓华：《父与子——邓一光〈我是我的神〉断评》，《南方文坛》2008年第5期。

显了消费时代历史审美的现代性诗学诉求。

三、军人伦理：“战场”与“职场”的互参关照

"英雄主义写作"作为当代军旅文学的主导话语和主题叙事，长久以来规约着军旅文学的核心价值与写作伦理，也构成了军旅文学的恒久魅力。无论是十七年"革命历史小说"中的抗日战争和解放战争英雄，抗美援朝战争中的"最可爱的人"，还是南线战争涌现出的"新时期最可爱的人"，军旅文学始终坚持对"英雄"形象的塑造，对"理想主义"的坚守和对"英雄主义"精神的高扬。伴随着战争的进行和战争状态的持续，"军人"也在当代历史的各个阶段被赋予了某种神性，成为崇高精神的象征和英雄形象的化身。的确，在艰苦的斗争环境和残酷的战争条件下，"军人"与"英雄"之间几乎是可以画等号的，在相当长的时期里，"军人"——"英雄"都是作为高度统一的价值结构而存在的。"军人"——"英雄"作为党和新生政权得以建立和巩固的重要支柱，获得了主流意识形态的青睐，对军人的崇拜和对英雄的崇尚也就顺理成章地构成了"革命"和"后革命"文化语境下的时代主体精神和大众普遍心理认同。

新中国成立初期，人们脑海中的英雄，是那些无私无畏、勇敢顽强，为了党的事业、人民的解放和新中国的建立而英勇奋斗、流血牺牲的革命战士们。十七年"革命历史小说"对这类英雄形象进行了集中塑造，如《保卫延安》中的周大勇、《林海雪原》中的杨子荣、《烈火金刚》中的史更新、《铁道游击队》中的刘洪、《新儿女英雄传》中的牛大水等。对这些人物形象的描绘，除了坚贞不渝的革命信念和紧张激烈的战斗行动之外，几乎没有个人的思想、情感和生活，经过了主流意识形态的筛选和过滤，这些不食人间烟火的"理想英雄"构成了当代军旅文学最初的英雄谱系。到了新时期，在新启蒙主义思潮的影响下，以徐怀中的《西线轶事》为滥觞，"英雄是人"的命题的提出，切中了新时代的脉搏，《高山下的花环》（李存葆）、《凯旋在子夜》（韩静霆）、《雷场相思树》（江奇涛）、《山上山下》（宋学武）等一大批以南线战争为题材的战争小说，突破了以往僵化、单调、扁平、政治化的英雄人物书写模式，在尊重普遍人性和突出个性特征的基础上，树立了一批看似平凡，甚至带有一定缺陷的"人性英雄"形象。到了1990年代后期，随着和平状态的不断持续和政治语境的逐渐弱化，远离了"战争背景"的军旅文学开始更多地返回到历史的断层中，找寻

和挖掘既往被遮蔽了的"英雄"的背面，于是英雄身上的人性弱点和缺陷被夸张、放大、张扬，出现了关山林、李云龙等"另类英雄形象"，掀起了一股反思和重新定位"英雄"的热潮。由此可见，当代军旅文学的"英雄主义写作"大体上经历了"从相对单一的'英雄主义、爱国主义的颂歌范式'向'军人是人''英雄是人'的自省范式和'开放的、多元化的美学追求与范式'的演进和变更"①。

然而，半个世纪以来，军旅文学的"英雄主义写作"对"英雄"的展示广度和挖掘深度都达到了相当的程度，世纪之交出现的"另类英雄"写作被迅速地模式化、概念化、庸俗化，短短几年间，其审美范式的创新意义便消耗殆尽。可以说，随着时代的变迁，"英雄"的内涵和外延都在发生着深刻的变化，经过了半个世纪的淘洗，以战争为背景和参照，将"军人"同构为"英雄"的传统"英雄主义写作"已经面临着文学观念的僵化和写作资源的贫乏甚至枯竭。近年来，军旅作家始终被"创新的焦虑"所困扰，研究者也一直在呼唤军旅长篇小说要突出历史题材的重围，开辟新的更为广阔的现实表现空间。比之于历史战争题材的过度兴盛，现实军旅题材则显得较为羸弱。军旅长篇小说在题材和价值取向上的失衡，除了有诸如军旅作家不熟悉当下部队生活、认为直面部队现实会受到某种限制等等原因之外，我以为最根本的原因还在于，当代军旅文学始终未能建立起现代性的军人伦理认知体系，未能在创作中建构起独立自足的"现代军人"审美价值，尚未形成以职业化"军人"为表现主体的文学传统，军旅文学研究也长期缺乏从理论上和审美层面的对"和平年代军人书写"的文学合法性建设，因而导致了军旅作家集体性的对战争历史背景下英雄传奇的尊崇和对职业军人当下现实生活的疏离。事实上，职业化已经成为当下"军人"最为核心和根本的伦理属性，也应该成为军旅作家认识当下生活、认识新型"军人"的基本观念和逻辑支点。

新时期以来，军队建设由战争时期转入和平时期，面临着我国从计划经济向市场经济、从封闭状态向全方位开放状态转变的巨大变革。社会环境的变化对军队产生了多方面的影响，对军人职业意识的影响则更加突出。职业是随着社会分工而产生的，每一种职业都满足社会的某种特定的需要。按照社会分

---

① 廖建斌：《从"军乐"到"交响"的变奏》，《解放军艺术学院学报》，2001年第3期。

工，军事活动能够满足社会的特定需要，应该有一些人从事这项工作，从这个意义上讲，军事活动无疑是一种职业。但是军事活动又是一种特殊的职业，在战争环境下，因军事活动的危险性较大，军人生活不稳定，多数人没有把从事军事活动作为一种职业选择。也就是说，人们从军的动机，并不是以谋生为目的，而是一种义务性行为。"当前，我军官兵职业意识增强，首先是由于新的历史条件下，和平持续的时间比较长，军人履行职责的危险性降低，军队的流动性减少，军人生活相对处于稳定状态。在长期和平环境下，人们从军不可能有战争状态下的那种投笔从戎、保家卫国的崇高感情和政治热情，把当兵作为一种职业选择，或作为职业选择的过渡，越来越成为许多人从军的主要动机。穿上军装被看作是一种荣誉，当过兵被公认为有贡献，这是对军人价值的直接肯定。在战争环境下，社会对军人价值的充分肯定，军人对自身价值的正确认知，使我军官兵普遍有一种职业自豪感，成为凝聚军心的重要精神力量。在新的历史时期，由于市场经济客观规律的作用，人们的自主意识、竞争意识普遍增强，军人对自身价值的直接表现更加重视，对军人价值的社会承认更加关注。但是，另一方面，军人的成就感、荣誉感也极易受挫。首先，在和平环境下，军队履行自己的职能是立足长期准备，推迟战争，延缓战争，争取避免战争。在短期内，军队的价值很难有具体的现实表现，军人的个体价值也很难有独立的辉煌的表现，军人很少有叱咤风云、横刀立马的机会，当几十年兵没有打过仗成为普遍现象。军人职业的特点不如战争年代突出了，造成了军人的职业荣誉感受挫。其次，军队这个职业群体，担负的是保卫国家安全的任务。在和平环境下，人们对军队的需求是间接的。它不同于其他职业群体，如有的职业，一旦停止工作，人们立即就会感到不方便；而军队只是当国家安全面临现实威胁时，或者人们的生命财产直接受到它的保护时，才感到对它的需要。和平环境下，人们对军队的作用容易产生模糊认识，这样，军人职业价值的社会承认发生困难，表现在军人实际社会地位的下降，军人职业得不到应有的尊重。第三，目前，国家以经济建设为中心，活跃在历史舞台上的多数必然是科技、经济方面的人物。在我国社会主义初级阶段，多种经济成分并存，允许一部分人先富起来，少数先富起来的人领导社会消费大潮，与军人的消费差距拉大，这又会导致军人对自身价值认知的危机。军人职业价值的社会承认产生的偏差，军人对自身价值的认知危机，导致军人职业自尊心和荣誉感的降低。"①

在现代社会，似乎不再有建立在某种立场上的因为战胜对手而可以引领道德与人格追求的那一类人，只有因为社会分工而在某一领域敬业并且技术熟练因而相对出色地完成工作的人，这样的"职场英雄观"尽管有悖传统，却已经成为全球化语境下，全社会普遍认同的职业伦理。以"职场"为表征，军人伦理的丰富内涵得以在较为广阔的生活空间中得到充分的展现；另一方面，从某种意义上来说，军人是为战争而生的，没有了战争的支撑，军人身上所负载的诸如崇高、英雄、伟大等等象征性精神存在便无所附丽。在21世纪初年军旅长篇小说创作中，传统的"英雄主义写作"被注入了新的时代主题，发生了本质性的新变，对"战场"的想象性、模拟性重建，使得英雄传统和崇高精神得以在和平状态下的新型军人身上复活。重塑"战场"与守望"职场"象征着新世纪军旅长篇小说"军人伦理叙事"齐头并进的两翼，在彼此交融和互参观照中，突显了军人伦理的时代性、丰富性和当下性。

统而观之，21世纪初年军旅长篇小说"军人伦理叙事"对"战场"的重塑主要包含着三个向度：一是重返战争历史，从当下的历史观念和审美取向出发，更为全面而深刻地表现战争，叙写英雄传奇。作为反思和重塑"英雄"热潮的继续丰富和深化，"爷爷"（《英雄无语》）、梁大牙（《历史的天空》）、沈轩辕（《八月桂花遍地开》）、严泽光、王铁山（《高地》）等等"另类英雄"形象在电视剧热播的带动下，产生了广泛的社会影响。其中书写"战场"传奇的《亮剑》恰恰在"职场"上引发了轰动，一时间白领小资大谈"李云龙"，公司企业热议"亮剑精神"——"明知不敌，也要亮出自己的宝剑。即使倒在对手的剑下也虽败犹荣。"历史战场上的性格军人，恰恰被现代职场精英们奉为精神偶像，《亮剑》成功地打通了历史与当下，横跨"战场"和"职场"，显示了军人伦理"英雄"主题一维的时代新意。而在《音乐会》和《悲日》中，创作主体不再浓墨重彩地集中描绘一个主要英雄形象，而是重在突出民族和国家的整体英雄主义精神。不同于传统"英雄主义写作"对"胜利大团圆"模式的激昂表达，这两部作品均将笔锋下沉，转而探索战争本质的悲剧色彩和战争历史沉郁悲壮的美学内涵。丁昜明的《悲日》大胆突破了塑造单一英雄形象的传统写作模式，转

---

① 王光保、晨光：《军人职业意识初探》，《空军政治学院学报》，1999年第2期。

而寻求一种更为宏阔的整体英雄观。小说塑造了一组人物群像，并把十九路军这一集体作为英雄价值的承载核心。上至统帅（蔡廷锴、蒋光鼐），下至普通军官（庄逸飞、马德胜）、士兵（张不歪、豆芽）都是作为这一价值体系的组成部分而存在的，被凸显的并不是某一个人的行为，而是这一集体所凝聚着的中华民族的血性和不屈的国魂。作者舍弃了对单一英雄人物的集中塑造，转而平均笔墨，描摹了一组人物群像，将高大的英雄人物实体化为一种基于悲惨的生存处境和个人命运而升腾出来的爱国激情的普世化存在，还原了特定时代背景下的历史真实，体现了创作主体对战争悲剧性质的理性认知和情感体验。《悲日》并没有简单地把"淞沪抗战"的失败归因于国民党上层的腐败无能，也没有将悲剧的根源归结于政治上的复杂而微妙的矛盾对立；而是深入到历史过程中具体人物的内心世界，并分别从处于不同境遇、有着不同心理欲望的人的内心深处探究这场悲剧的丰富而复杂的历史与文化根源，揭示出了日本侵略战争给我们国家和民族，以及所有不期而然的卷入者所造成的无法抗拒的悲剧命运。

二是在和平环境下建构对抗性的"战场"形式，通过演习、突发性军事行动或对过往战争的回忆来"虚拟"战场环境，"设计"战争行动，书写新型军人的英雄情怀。如苗长水的《超越攻击》、冯骥的《火蓝刀锋》、徐贵祥的《特务连》等作品。刘猛的《狼牙》突出塑造了刘晓飞、林锐、张雷、方子君、何小雨、刘芳芳等等70后新型军人群像，与以往背负着国仇家恨而从军的革命军人不同，他们自愿放弃丰富多彩的社会生活和充裕的物质享受，依凭着对父辈军人血统的继承和理想信念的坚守而选择了艰险而多舛的从军之旅。小说以改革开放和中国军队的现代化转型为背景，以新一代年轻军人的成长历程和心灵轨迹为主线，在社会与军营价值观念的碰撞中，突显了诸如牺牲、奉献、勇猛、坚毅、顽强等等崇高的军人品格。《狼牙》对战场的"虚拟"，既不同于柳建伟《突出重围》中的"演习模式"，也不同其他网络"铁血小说"对未来战争场面的逼真呈现，而是借助于突发性军事行动，将和平与战争状态对接，让主人公们在日常生活与战斗行动中跳入跳出，为平庸的现实生活增添了一抹激情的光泽。《狼牙》中的老中青三代军人，对于战争尽管有着不同的生命体验，但却葆有相同的军人理想，即"军人生而为战争"，和平亦是战争的延续，他们的生活状态被圈限，价值判断被纯化，理想追求染上了浓重的浪漫主义色彩，这种对"战争伦理"的追求与坚守，在同时期的市场经济浪潮中无疑是弱势而失语的，在以金钱与利益为核心的社会整体价值取向面前，他们的个人命运注定是孤独与悲壮的。因之，小说中对同志情、战友爱的极力渲染，对军人爱情跌宕起伏的戏剧性呈现，便不再单纯是吸引读者眼球的噱头，而是在小说的文本内部建构起了不同家庭出身、不同知识背景、不同现实处境中的军人们对"战争伦理"的集体认同。

三是围绕战争准备和部队建设，抒发和平年代军人的战争渴望和战争焦虑，表现新型职业军人一心一意谋打赢的责任感和使命感。如王玉彬、王苏红的《惊蛰》、徐贵祥的《明天战争》等作品。进入新世纪，随着高新技术在军事上的大量应用，战争形态发生了根本性的转变，引发了军事思想、组织结构、军队编制、训练方式等方面的重大变革。与此同时，随着社会转型的不断深入，军队也面临着改革和调整。个人主义对集体主义的颠覆，功利主义对理想主义的冲击对军营文化产生了诸多消极影响。面对复杂而严峻的现实，军旅长篇小说理应发出自己强硬而积极的声音。在21世纪初年军旅长篇小说中可以看到，战争焦虑和战争渴望已经上升到国家、民族和军队集体的高度，成为一种普遍且有代表性的新世纪军人的职业情绪。这种转变，我想除了作家本体创作观念的因素，最重要的原因来自于文学以外。进入新世纪以来，随着我国综合国力和国际地位的提高，人民军队面临的挑战和威胁也日益复杂和迫切，中国军队和军人的战争意识以及价值观念亟待进行加强和调整。军旅长篇小说中战争焦虑和战争渴望之所以被提升至主题层面进行表达，正是基于"现实生活内容"复杂而深刻的变化。《明天战争》中以岑立浩为代表的一代军人在时代大潮的反复冲击下矢志不改，对部队现实满怀忧患之情，时刻站在部队改革和发展的前沿等待"明天战争"的召唤。《惊蛰》围绕着空军高科技变革进程中，新旧两种训练体制和思想的激烈交锋，以及战争观念和意识的艰难对立展开故事。以萧广隶、季浩苏为代表的新一代高层军官身上凝聚着强烈的紧迫感和使命感，他们对军队现实状况的担忧和焦虑，以及在"明天战争"中大显身手的豪情和勇气强烈地感染和震撼了笔者。新一代军人对战争的焦虑和渴望既是小说情节的内在推进力量，同时又构成了作品的主题和意义内核。战争焦虑和战争渴望在新世纪军旅长篇小说中得到了主题性的充分表达，这一主题所表征的爱国主义、英雄主义精神不仅切中了军队新军事变革的现实脉搏，强化了军旅长篇小说直面"明天战争"的硬度和质感，同时也必将在广大官兵和普通读者中间产生凝聚人心的作用和不可估量的精神动力。

作为"军人伦理叙事"的另一翼，军旅长篇小说对"职场"的守望，主要基于三个方面。一是在军队特定体制所形成的"职场"氛围中，观照军人的个人前途和职业命运，如马晓丽《楚河汉界》、黄献国《炮兵家园》、方南江《中国近卫军》、刘静《戎装女人》等作品。《中国近卫军》中最重要的情节线索是武警 K 省总队参谋长贺东航（军门子弟）和副参谋长甘冲英（普通农民）之间长达几十年的围绕着个人进步和职务提升而展开的竞争。总队长、政委、后勤部长、司办主任等机关中的中高级干部之间的微妙而复杂的人际关系和官场百态占据了小说大部分情节内容。《楚河汉界》中的周东进（军门子弟）和魏明坤（平民子弟）的明争暗斗也贯穿了小说情节的始终。刘静的《戎装女人》以女性视角写军队机关生活，作者在主人公吕师追求"将军梦"的职务晋升之路上，设置了重重陷阱与玄机，在看似平静实则暗流涌动的"职场"打拼中，吕师始终保持着女性细腻温婉、优雅平和的气质，虽然结局有些无奈与伤感，但是这部涉及军人、亲情、爱情、友情、婚姻、家庭伦理和职业操守的长篇小说通过对平凡生活状态下女性军人温暖而率真的内心世界的细腻描摹，为当下军营生活抹上了清新、活泼的亮色。二是以士兵为主要对象，描写基层部队日常生活状态。如陶纯、陈怀国、衣向东《我们的连队》、北乔《当兵》、刘健《战士》、兰晓龙《士兵突击》、魏远峰《兵者》、赵江《王牌班》等作品。随着兵役制度的改革和士兵人员结构的变化，士兵主体素质有了质的提高，80 后、90 后士兵为当下基层部队生活带来了新的变化。《战士》中一群个性叛逆的青年学生参军来到边疆，他们渴望以青春热血在战场上燃烧激情、建功立业；然而，军旅生涯的短暂与在国界上日复一日的守望，使得他们承受着巨大的心灵煎熬。作者正是通过对年轻战士们心灵世界的躁动不安和脑海深处的魔幻想象勾勒出新一代士兵纯粹而激昂的从军理想。《兵者》"创作手法新颖而又独特，每一个章节的标题使用的都是军事术语，而且比较贴切，其中蕴涵了一定的象征与寓意，让人仅从这些军事术语中，就能感受到浓浓的军营气息，感受到共同科目的正常训练，感受到兵戈铁马的冲杀酣战，感受到高科技条件下现代化战争的风云莫测。小说描写始终跟随着卓越的身影，从连队日常生活中最普通不过的集合站队、起床熄灯，到火焰燃烧的模拟战场，到战争观念的心智交锋，乃至部队生活的其他各个角落，几乎全都写到了。这部小说就是一部当代连队生活的百科全书，有些篇章甚至超越了小说概念的界限，坦然而又流畅地以军事教材的面貌出现于读者眼前。正因为如此，打破了常见的小说结构和叙述模式，也大大增强了小说的社会信息和知识信息量。《兵者》借用孙子兵法中：'兵者，国之大事，死生之地，存亡之道，不可不察也……'这句话，语带双关地显露出作者对当下士兵生活的关注和思考。主人公卓越作为一个携笔从戎的大学生士兵，带着浑身的知识和对部队生活的憧憬踏入军营，军营里有着跟他与生俱来就气脉相通的那种氛围，但也有许多他所不适应、或者说与他的认识和观念发生冲撞摩擦的地方。正是在这些冲撞和摩擦中，军营在改变、铸造着卓越，而充满忧患意识的卓越，也以自己的知识和胆识影响、冲击着某些陈旧落后的东西。可以说，《兵者》就是新时代的大学生士兵卓越的一部心灵成长史，是对我军未来发展前景的展望"①。三是反映军队特殊战线官兵生活，在不平凡的工作岗位上，书写军人甘于寂寞，牺牲奉献的高尚情怀。如郭继卫《赌下一颗子弹》表现军队医学科学工作者的传奇，柳建伟、杨海蒂《石破天惊》揭秘导弹工程兵的特殊生活，王秋燕《向天倾诉》展现当代航天军人的情感秘密和精神世界，王锦秋、刘慧《雪落花开》写青藏高原汽车兵的故事等等。《雪落花开》运用了三重叙事线索，结构极为精巧，小说以"高原聊天室"为媒介，运用复调式结构，在这个虚拟的网络世界，实现了历史与现实、高原与故乡的互通，官与兵、兵与兵情感的对流和几代军人内心世界的对接。作者并没有通过编织戏剧性的故事，以及对青藏高原上汽车兵们艰苦困顿的现实生活的渲染来刻画高原汽车兵这一英雄的群体；而是通过对他们极富烟火气息的日常生活的细腻描摹，在平淡、平凡，甚至平庸而富于喜剧色彩的生活流程里，凸显他们崇高的理想追求和丰富的情感世界。

21世纪初年军旅长篇小说"军人伦理叙事"经由对"战场"的重塑和"职场"的守望，满足了当下读者对军旅文学的双重阅读期待。一方面，商业文化浸淫之下的社会风尚和道德水准普遍下滑，日常生活的平庸，人心的荒凉鄙俗，呼唤着激情、理想和英雄的回归；另一方面，"价值解圣"后的军人，其日常生活状态长期被"宏大叙事"所遮蔽，当下军人平凡但并不平庸的生活状态、真挚而炽热的情感世界，乃至欲望化的世俗追求，对社会大众而言具有一种"陌

---

① 唐栋：《序》，转引自魏远峰《兵者》，广东，花城出版社，2007年7月第1版。

生化"效应，从而生成为一种潜在的阅读期待。可以说，建构"军人伦理叙事"既是军旅长篇小说创作主体的自觉意识，也是大众文化"召唤结构"的强力使然。

四、情爱伦理："身体在场"与"女性自觉"的本体诗学

"爱情，在中国文化传统中与'责'、'情'、'性'等伦理要义互相打通，是普泛性道德规约考察的主要范畴之一。爱情是人伦关系中富有情感张力和言说价值的伦理关系。它和永恒的死亡一起皆是文学永恒的主题。纵观中外文学发展历史，情爱伦理叙事在文学发展的任何时期都没有被遮蔽过。"①笔者之所以选择"情爱"来定义本节所论述的伦理样态，是因为，与"爱情"相比，"情爱"更偏于对身体性的强调，又兼容了"爱情"所对位的精神性存在，处于"爱情"与"性爱"两个向度的中间状态，具有较为完整的语义内涵（即生物性肉体的强烈互相吸引和人类高贵精神性的互相欣赏）。在中国当代文学史中，情爱伦理叙事随着时代政治主题和社会文化语境的潮动而变迁，经历了由政治历史到社会文化，由宏大叙事到私人化叙事的演变过程。新时期文学伊始，情爱伦理叙事呈现为"爱情能指写"，1980年代中期呈现为"情爱能指叙写"，先锋文学崛起后，则呈现为"性爱诗性诗学"，1990年代更是成为了欲望化时代，"下半身写作""女性私语写作"夸张并放大了男女情爱中的欲望质素，强调身体的解放和感官的觉醒，拒绝情感和精神的超越性形上表达。然而，在当代军旅文学中，"情爱伦理"始终笼罩在"革命伦理"的宏大叙事模式中，关涉个人心灵和身体的生命体验式爱情书写被"政治话语"规约和"净化"，更多地是以点缀性的情节设置和"功能性"的修辞方式而存在。在十七年军旅长篇小说中，"情爱本身不具有自足的合法性，阶级斗争的政治理性把个体生命的爱欲从它自身所属的层次彻底分离出来加以剪裁、重组和硬性升华；力图通过生硬的话语切割和抽象的意义编码，把人的爱欲本能所具有的巨大力比多组织进政党意识形态工程的构建中去，以政治置换术使它成为政治的助推力。由此，个体情爱故事的'实然'和'本然'，在阶级政党构建自身意识形态新文化工程的宏大叙事中，被纳入社会政治意义体系的价值构造工程，成为表现社会政治文化和人

---

① 张文红：《伦理叙事与叙事伦理——90年代小说的文本实践》，第59页，北京，社会科学文献出版社，2006年1月第1版。

的阶级属性的'可然'与'必然'"①。战争极端状态下的情爱表达，不仅受制于战争环境，更被赋予了强烈的意识形态属性，具备重要的政治言说和文化表意功能，从而丧失了诗学和审美的本体性。情爱伦理的主体——人的身体，是被公共世界所排斥的；而公共世界中的政治话语和权力意志却被强行注入到了情爱世界中，并且统摄了人的身体，可以说身体与思想、情感等精神性存在是割裂的，甚至是二元对立的。《林海雪原》中少剑波与白茹间的爱情被严格限定在了欲言又止、似有还无的精神层面上，而对两个人的身体描写则较为典型地体现了"革命伦理"和"战争语境"的双重影响。少剑波是"精悍俏爽，健美英俊"。白茹是温柔漂亮，活泼可爱，身体"精巧玲珑"又"很结实"，有着一对美丽明亮会说话的温柔多情的大眼睛，一对深深的酒窝。这很符合中国古典小说中英雄美女、才子佳人的组合模式，对"精悍健美"和"很结实"的强调，又凸显了战争美学的要求。

长期以来，身体都被视为藏污纳垢的容器，被投以可疑、猜忌的目光，贬低肉体是为了完成精神上的升华；因此，在漫长的历史阶段中，身体作为精神的对立面一直处于被压抑、被隐藏的境地。所以中国文学中的身体历来都是模糊不清的，若隐若现的。小说中的身体叙事多居于边缘性的陪衬地位，甚至可有可无，无足轻重。作家一遇到身体就会选择绕开或回避，文学最终指向的是精神、思想和灵魂等形而上的层面。这种趋势在"文革"叙事中发展到极限，当时的英雄人物心中只能有国家、民族和启蒙等主题，在宏大叙事的对照下身体成为堕落与腐朽的象征，不得不描写身体时也一定要遮遮掩掩才行。而从"身体伦理"衍生而来的"性爱叙事"，则更是成为了文学中不可触摸的禁区，即使写到，也是作为"抹黑"敌对阵营的叙事策略，秉承着传统道德观和现代阶级／民族战争铁血规则，书写敌对阵营成员的丑恶嘴脸、罪恶本性和必将灭亡的命运。《林海雪原》中，女匪首蝴蝶迷被描写为先天地喜欢与不同的土匪恶棍鬼混：她先是和土匪许大马棒的大儿子许福乱搞一气，被许福抛弃后转而当了许大马棒的小妾，她不以为耻，还得意地宣称自己是"阔小姐开窑子，不为钱，为图个快活"。许大马棒死后，她还做过郑三炮的情妇，再次被抛弃后，她获得了充足的淫荡自由，"每天尽是用两条干干的大腿找靠主"。然而，即使是

---

① 赵启鹏：《中国当代战争小说中的情爱叙事研究》，山东师范大学博士学位论文，2008 年 4 月。

对蝴蝶迷淫乱的书写，小说也是通过观念性的叙述和交代来完成的，也没有正面描写性爱和淫乱的场面。在十七年军旅长篇小说中，无论是对正面英雄的歌颂，还是对反面敌人的鞭挞，"身体"都是缺席的。

"身体"对于当代文学来说无疑是一个关键词。当代文学对于身体的态度和书写在五十多年的历史变迁中经历了非常戏剧性的变化，可以简单描述为三个时期：20世纪50至70年代是一个回避身体的感性欲望，让这种欲望缄默与转移的时期；1970年代末及整个1980年代是一个身体与身体描写复苏的时期；1990年代至今是一个身体崇拜时期。身体书写的不同背后隐含的恰是身体伦理的不同，正是身体伦理的变化给当代各阶段的文学带来了迥异的思想和美学风貌。而深掘起来，身体伦理不同的背后隐含的则是不同的政治、文化意识形态对人的塑造以及人的反塑造的本能。新时期以来，新启蒙主义解放了"人性"，对人性的描写具有了天然的合法性，军旅小说得以冲破政治话语和文学观念的禁区，开始正面描写英雄的情欲，正面描写身体，正面描写性。政治去蔽和身体出场成为了新时期军旅小说旗帜性的标签。然而，新时期军旅小说"情爱伦理叙事"对十七年军旅长篇小说的超越并非一蹴而就，而是经过了一个量的积累过程。《高山下的花环》中梁三喜与韩玉秀的爱情感人至深，虽然仍未能脱离牺牲个体情爱以求取国家民族大义的"奉献模式"，但从中可以感受到曾经僵化的意识形态框架已经具有了某种弹性。此后，作家们在塑造情爱主体时，有意识地降低以抽象政治意蕴生硬比附的程度，增强了人物形象的性格化和生动化书写力度，开始更加真实、更加深刻地探索战争和人性的关系，对人物情爱行为的价值评判更加宽容开放。"以身体伦理的叙事呈现来重新阐释群体战争与个体情爱之于中国现代性/非现代性质素的话语表现，成为新时期战争小说情爱书写的基本叙述主题与最重要的叙事策略。可以说，对政治的去蔽与对身体的高昂实际上转换成为了一种身体对政治的'情爱置换术'，而这恰恰是对既往战争/情爱叙事模式中以政治置换情爱伦理的'政治置换术'思维方式的异向反拨。这种叙事策略的翻转，隐含着对既往政治性话语语境中战争/情爱书写模式的有意反拨，是一种对抗传统话语影响的深层书写焦虑。"①如果说，徐怀中的《西线轶事》标志着当代军旅文学"新时期"的到来的话，莫言的《红高

---

① 赵启鹏：《中国当代战争小说中的情爱叙事研究》，山东师范大学博士学位论文，2008年4月。

梁》则将当代军旅文学"情爱伦理叙事"提升至了一个前所未有的高度，开创了"身体出场"的新时代。小说描写了高密东北乡一群"地球上最美丽最丑陋，最超脱最世俗，最圣洁最龌龊，最英雄好汉最王八蛋，最能喝酒最能爱"的土匪英雄。土匪英豪余占鳌不顾伦理蔑视王法，基于对自身生命原始野性的张扬和情爱本能的热烈呼唤，在狂野的高粱海中上演了一场极具象征意味的"野合"好戏，让爱欲与性欲得到了完美融合。余占鳌不再是既往主流意识形态规训之下的现代政治英雄，而是任凭自身强悍的生命意志和炽热的爱欲本能自在行为的民间草莽英雄。创作主体通过把同样蓬勃泼辣的生命欲求赋予女性形象的叙事策略，把女性人物同样塑造为在历史与战争中情爱激荡的欢乐精灵。"我奶奶"先天苗壮，丰满秀丽，"身高一米六零，体重六十公斤"，作为一个拥有健壮身体，充盈着旺盛生命热力的民间女子，她的生命本能与爱欲释放是极其热烈豪放而又激情荡漾的，彻底颠覆了民间传统伦理道德对女性情欲体验的束缚。"性解放"作为人性解放最本质也最有力的象征，构成了小说叙事的内在推力。"情场"与"战场"不再是一种二元对立的紧张关系，而是融为一体，某种意义上，"情场"成为了另外一个"战场"，情欲的强烈程度象征着原始生命的伟力，也托举起了英雄们的战斗力和英勇壮举，显示着英雄们内在的生命激情。"性"与"身体"成为了英雄话语建构的本体，寄托了创作主体追求生命的自在自为，追寻民族生命意识的强烈渴望。"身体出场"的情爱叙事伦理与既往军旅文学压抑个体生命体验、净化人的身体感觉的"精神叙事"形成了鲜明对照，身体的出场召唤回了被抽象政治话语掏空和放逐的生命情爱。

莫言所开创的对男性英雄的"匪性化"叙述和"身体出场"的情爱伦理叙事观念，深刻影响了其后军旅作家们重述历史、重塑英雄的创作实践，并一直延伸到了世纪之交，在《我是太阳》《亮剑》等"新革命历史小说"中得到了深化和发展，形成了一类"男性话语"支配下的单面的"身体在场"的"性爱诗学"。这类小说中充满了对英雄们激情如火的性爱场景的书写，相较于"身体出场"的情爱伦理叙事，"身体在场"的"性爱诗学"显然更符合当下的文学观念和审美趣味。然而在这类小说中，"女性都是男性英雄的陪附，她们的存在似乎只是为了印证丈夫的男性力量与强壮的生命力，包括他们出色的性能力。虽然在形式上她们也分享了作为后辈的叙事人的尊敬，但仔细阅读则不难发现，叙事人其实将对前辈革命者的敬意几乎全部给予了男主人公，同为革命者的女性

　　　　　　　　　　　　　"新生代军旅作家"面面观 ▏

只不过是欲望的对象而已。《我是太阳》《亮剑》对新婚以及征战间隙的热烈情爱给予了热情的笔墨，它表明着男性对女性的征服、占有、施予的绝对权力，小说经常以军事化的语汇将床榻比喻为'另一个战场'：那天夜里关山林将滚烫的土炕变成了他另外的一个战场，一个他陌生的新鲜的战场。他像一个初上战场的新兵，不懂得地势，不掌握战情，不明白战况，不会使唤武器，跌跌撞撞地在一片白皑皑的雪地上摸爬滚打。他头脑发热，兴奋无比，一点儿也不懂得这仗该怎么打。但他矫健、英勇、强悍、无所畏惧，有使不完的热情和力气。在最初的战役结束之后，他有些上路了，有些老兵的经验和套路了，他为那战场的诱人之处所迷恋，他为自己势不可挡的精力所鼓舞，他开始学着做一个初级指挥员，开始学着分析战情，了解战况，侦查地形，然后组织部队发起一次又一次的冲锋。他气喘吁吁，大汗淋漓，精神高度兴奋。他看到他的进攻越来越有效果了，它们差不多全都直接击中了对手的要害之处。这是一种全新的战争体验，它和他所经历过的那些战争不同，有着完全迥异但却其乐无穷的魅力。他越来越感到自信，他觉得他天生就是个军人，是个英勇无敌的战士，他再也不必在战争面前手足无措了，再也不必拘泥了，再也不会无所建树了。对于一名职业军人来说，这似乎是天生的，仅仅一夜之间，他就由一名新兵成长为一位能主宰整个战争局面的优秀指挥官。乌云始终温顺地躺在那里，直到关山林把战争演到极致，直到关山林尽兴地结束战斗，翻身酣然入梦，她都一动不动"①。这类小说把女性面对强悍雄劲的历史与男性战斗英雄的姿态，描述和定格为全身心的顺应、承受、迎合与呼应，在英雄与女性的情爱伦理关系上，隐含着一定程度的男权意识的前现代式的陈腐痕迹，刘复生认为，"女性的身体起到了双重作用：一方面，作为价值客体，女性印证着英雄的魅力；另一方面，在潜在的意义上，女性还构成了对于'人民'的隐语与象征。她们的情感认同是为了引导阅读者对革命者的认同"②。这种以男性主导下的两性关系来隐喻新的国家意识形态父权制秩序结构的情爱伦理模式，是以女性形象主体性的弱化为代价的，这也是军旅小说中女性形象的塑造一直不令人满意的根本原因，由此也可以看出，这类小说对男女情爱的书写依然没能完全摆脱政治话语的规训和改写，依然负载着沉重的意识形态内涵。

---

① 刘复生：《历史的浮桥》，第185—187页，河南大学出版社，2005年12月第1版。
② 同上，第189页。

进入 21 世纪之后，军旅长篇小说的情爱伦理叙事延续并深化了"身体在场"的叙事策略，对于情爱诗学的建构则更为纯粹，涌现出大量描写军人情爱和婚恋生活的作品，如，张慧敏《美丽行旅》、王海鸰《大校的女儿》、王霞《家国天下》、柳建伟《爱在战火纷飞时》、邓一光《我是我的神》、王秋燕《向天倾诉》、王棵《幸福打在头上》、何存中《姐儿门前一棵槐》等。伴随着创作主体对这一题材领域的持续关注和集中书写（军旅女作家占大多数），军旅长篇小说颠覆了既往男性主导下的两性关系，改变了女性对男性英雄的被动、依附和从属的姿态，从女性的生理感受和生命体验出发，将男性置于关照视野中进行审视，开始寻求女性主体意识的自觉和女性情感生活的独立，并且有意识地规避政治话语的束缚和意识形态负载，建构起一种本体性的情爱伦理叙事样态。

《大校的女儿》展现了一个女军人对爱情从憧憬、矜持、幻想到失望、妥协、弃绝的全过程，女主人公不再是被动茫然的怨妇，不再是自怨自艾的小女人，作为单身母亲的她坚韧倔强，经历了对男人的希冀和失望之后，变得平和从容、自信独立，从一个普通女兵成长为军内知名作家。小说通过对韩琳大半生的情感际遇和人生境况的细腻描摹，写出了一个女人成长的痛感，更写出了一个女人成熟之后所拥有的平和宽容的气质，健全完善的人格和独立坚韧的力量。王海鸰站在女性写作的立场上，以敏感纤细的细节描写，家常般熨帖的叙述语气，扎实深厚的生活经验，鲜活而又富有哲思的生命体验，塑造了一个生动丰满、独具个性魅力的"女人"形象。"女军人"首先是"女人"，这似乎是一个常识，但以往的军旅文学更多地是强调女军人的职业身份，在医院、通信等较为有限的生活场域中和男军人一样工作、战斗，而有意识地遮蔽了其作为女人的性别意义，即使有，也无非是作为"万绿丛中一点红"的点缀，突出她们的青春、美丽、活泼、可爱的一面，以充当男性占绝大多数的军营中一道清新、亮丽的风景。而《大校的女儿》却彻底颠覆了这种暴露在男性欲望与审视目光之下的女性书写模式，而是从女性生命经验出发，耐心而冷静地书写了韩琳从女孩到女人成长的全过程，通过对女军官"韩琳"的爱情、婚姻、家庭生活抽丝剥茧般的描写，细腻展现了一个首先是"女人"，其次是一个"女军人"的生活状态，建构起一段当代女性军人的心灵史。这是一种女性意识自觉的写作，但并非是一种"女性主义"式的写作，小说对男性人物丝毫没有贬损、拒斥和嘲弄，反而充溢着理解和包容的美好情感，堪称绝妙。彭湛是一个外形俊朗、棱角分明、个性鲜明的男人，但其精神世界却一片混沌，对于外在世界无力理解，对于内在世界无力控制，这样的男人在现实生活中不可谓不多矣，但在文学作品中描写如此准确、到位的却并不多见。女主人公韩琳敏感脆弱，自负且自我，对生活有着足够的感受能力和悟性，对爱情怀有理想主义情结，既渴望、幻想又矜持、焦虑。王海鸰在接受媒体采访时坦陈这是一部自叙传，有着自己生活经历的影子，作家凝望、记录并刻画了女主人公，也塑造了创作主体自身。相较于男性作家，军旅女作家在军旅作家群体中处于数量上的绝对劣势，在"影响的焦虑"之下，和男性作家比着搞宏大叙事，因而女性意识向来比较淡漠。即便是姜安《走出硝烟的女神》这样几乎纯粹表现女军人题材的作品，其对于"女性身体经验的描写并没有独立的意义，它们已被融入了一个先验设定的意义结构：女性的孕育其实是新中国的诞生的隐喻式表达。女性的身体被这种叙述所圣化、升华，从而被抽空了肉身的实在性，成为'意识形态的崇高客体'，'女人性'消失了，成为'女神'，伟大的母体。母性——女神，这些女性指代受苦受难的中国，她们在硝烟中的磨难与分娩象征着旧中国的重生"①。《大校的女儿》恰恰显示出王海鸰鲜明而坚定的女性写作立场，以娓娓道来、口语化的方式讲述故事，以大量触手可及、贴近日常生活经验的细节支撑起作品，剔除了主题性的意识形态负载，代之以融合了女性生命痛感、人生体悟的形而上思考，建构起一个较为纯粹、具有本体意义的情爱叙事文本。

《向天倾诉》将笔墨聚焦在一位女航天气象工作者的事业、情感、婚姻和家庭，反映了航天人不为人知的精神世界和情感隐秘。小说塑造了苏晴、马邑龙、司炳华等个性鲜明、极具魅力的人物形象，生动传神地讲述了苏晴和马邑龙旷日持久、轰轰烈烈的精神恋爱，极富艺术感染力。单纯地看，这样的精神恋爱书写，并不新鲜，甚至有点老套，让我联想起新时期之初张洁的短篇小说《爱，是不能忘记的》；但同样是描写一种精神恋爱，《向天倾诉》中的情爱关系更加纯粹，女主人公的主体意识显然更加强烈，小说对人性的描摹也更加复杂。尤其是，在当今这样一个物欲横流的年代，在情感和婚姻像商品一样用作利益的交换的筹码的情况下，如此纯洁、真挚、矢志不渝，带有浓烈古典主义、

---

① 刘复生：《历史的浮桥》，第 193 页，河南大学出版社，2005 年 12 月第 1 版。

理想主义气质的爱情因为稀缺而更显得无比可贵。《向天倾诉》对纯真爱情的期冀、珍惜、经营和坚持在军营特殊的环境中显得艰难而曲折，对于苏晴这样一个工作在特殊战线、承担着极端重要且繁重责任的女性军人来说，这种精神恋爱无疑是一种生命中不能承受之重，最后主人公以生命的消逝印证了对爱情的忠诚，不能不说是一出悲剧。但是处于情感漩涡中的人物并没有对错之分，马邑龙、司炳华、姚一平性格迥异，沿着各自的人生轨迹行进，并没有道德和人格的污点和瑕疵，在世俗的眼光中甚至都是好男人的代表，只不过在命运捉弄下，苏晴在患得患失中一次次错过了唾手可得的"幸福"；但也正是在一次次错过后，女主人公收获了生命的成熟与厚重，逼近了爱情之海的彼岸。作者以闪回和追忆的手法，从女主人公的视点出发，梳理其对人生、事业、情感和命运的选择。其实在每一个关键的人生节点，苏晴原本都可以做出更加符合世俗价值判断且更加容易的选择，但她的超凡脱俗、她的偏执和理想主义都使她注定将要跨进命运的窄门，将生命融入对事业、职责、使命的忠诚和对理想爱情的永恒追求。作者绝非是在想象一个生活中不存在的理想人物，而是试图走进并深入广大航天人的精神和情感世界。由于工作性质和生活环境的特殊性，航天人长期承受着常人难以想象的工作和生活压力，在事业、爱情、家庭、集体、个人等方面往往只能做出非此即彼的选择，无法兼顾，因而，苏晴、马邑龙、司炳华这样的人物形象和人物关系就有了更为广阔的生活概括力、普世的关照价值和广泛的认知意义。小说细腻描摹了女主人公苏晴错综复杂的情感世界、心理世界，是一部女性主义的情感挽歌，一部女性情感成长和成熟的心灵史诗。在这个意义上，《向天倾诉》和《大校的女儿》有某种相似之处，但苏晴比韩琳更加纯粹，更加极端，也更加理想化，更具诗性气质。

　　《我是我的神》在很多细节方面与《我是太阳》存在相似之处，乌力图古拉的形象较之关山林几无发展，显得较为平淡，但在女性人物形象如萨努娅、简雨槐的塑造上却超越了乌云，体现出强烈的女性自觉意识。萨努娅与乌力图古拉的爱情是"斗争性"的，萨努娅一生从没有向丈夫低头，从恋爱到结婚到其后漫长的家庭生活，可以说萨努娅一直处于主动地位；而简雨槐在知道乌力天赫还活着后，近乎残酷地拒绝她身边的一切关爱，即使伤痕累累仍然要追求真爱。在这一点上，简雨槐与苏晴又有着相似之处，她们的真挚、热情，甚至绝决、自戕式的执着，尽管悲壮，但却在当下人们荒芜冷漠的情感园地里树立起了一幢灵魂之爱的女性精神的丰碑。特别值得一提的是小说中性爱场面的描写，更代表了新世纪军旅长篇小说"性爱诗学"建构的最高峰。《我是我的神》颠覆了《我是太阳》中男性绝对视角之下的新婚之夜描写，从女性视角和女性生理感受出发，描写了女性对于性爱的主动、自觉和大胆追求："乌力图古拉像是被一粒子弹击中，身子踉跄了一下，跨出一大步，捉住萨努娅，急不可耐地去撕她的衣裳。萨努娅在乌力图古拉扑向她的时候下意识地僵住身子，闭上眼睛，但很快的，她生气了，越来越生气。她把眼睛睁开，把自己打开，咬紧了牙，怒火中烧地去扒他的衣裳。两个人就像两头在森林里遭遇到的野兽，在最初充满敌意的对视之后，急促地扑向对方，互相撕扯着，很快把对方撕光。现在他们是一对真正的野兽，赤身相见了。他目光炯炯地搜索着他的对手——富有弹性的优雅长腿，执拗而充满活力的腰肢，饱满的乳房像一对果实充盈的粮仓，温润鲜嫩的皮肤在台灯的暗光中熠熠闪光。因为优雅、执拗、充盈和温润不再被遮蔽，她感到羞耻，脸蛋儿憋得通红，高傲地仰着下颏。不知道是不是因为这个，他突然变得温柔起来，伸出手，试探着，小心翼翼地握住她丰挺的乳房。他很快膨胀了，变成情欲饱满的孩子，把她摁倒在初春草地般尚未萌动的地毯上，衔住她，生硬地吮吸她……她疼痛地叫了一声，扬手抽了他一个耳光。她把他推开，推得远远的，然后，她眸子锐亮，跃身而起，气喘吁吁地骑到他身上。壁炉里的火开始蔓延。蒲公英爆裂开，蓝色的飞绒弥漫了整座天宇。阳光被森林里巨大的植物切割成一道道栅栏，她在那些淡蓝色的栅栏中困住自己，再由绝望中挣扎出来，让自己变成另一种栅栏，困住他。他由进攻变为防守，有点儿惊讶，有点儿生气，开始反攻，撕咬她。但她的撕咬更厉害，更致命，完全让他失去了主动。他受伤了，咆哮起来，威胁她，要置她于死地。这正是她所要的。她不在乎是不是死。她喜欢同归于尽，好比如矢而下的苍鹰与纠缠不休的毒蛇，好比腾挪辗转的黑豹与绝地跃进的雪地狼。她瞪着一双美丽无邪的大眼睛，用她扑鼻的芬芳自上而下罩住他，用她的吻套住他。窒息的甜蜜。醉醺醺的温馨。通向死亡的激烈。渴望再生的疯狂。她把他拉进岩浆里，再让他坠入冰河中，让他喘不过气来。"[1]如此到位，闪烁着"身体"光泽的"性感"书写，遍寻中国当代军旅文学史，可谓绝无仅有，从中不难看出邓一光

---

① 邓一光：《我是我的神》，第 79、80 页，北京出版社，2008 年 1 月第 1 版。

在小说中有意识地建构女性主体自觉的创作诉求。

《家国天下》的书名便隐含了作者一种颠覆性的写作意图。家为先，国为后，作者巧妙地疏远宏大视角，从微观的、女性的、个人化的视点切入，把半个多世纪武警历史巧妙地改写成了李雨依和楚泰之间绵延大半生的，真诚感人、惊心动魄的情爱之旅。王霞在后记中写道："爱是不能够忘记的。爱是不可以遗失的。爱也是不能够重来的。这个爱，既有热爱祖国、热爱人民的爱，更有爱女人、爱男人的爱。我不知道，一个心中连个女人或是男人都装不下的人，他或是她会爱祖国、爱人民吗？"这段作者的自述，清晰、完整地表露出了军旅长篇小说创作主体对待情爱伦理叙事的共同的文学观念和写作立场。个人情爱得以凸显，身体经验和生理感受得到尊重，两性关系趋于平等和谐，对真情真爱进行本体性书写，这些根本性的变化标志着军旅长篇小说情爱伦理叙事摆脱了意识形态宏大叙事的观念束缚，真正回归到了人性立场，回归到了文学本体，回归到了精神和心灵的至深至柔之处，建构起了一种本体性的军人情爱诗学。

下篇：叙事伦理

张文红认为："叙事伦理是在小说文本分析中同时指涉着小说伦理主题学和艺术诗学的叙事意旨判断，它借助于文本中具象伦理关系样态分析和诗学诉求考察，透析创作主体在伦理叙事时秉持的叙事姿态、文化立场、道德价值判断、艺术观念和美学风格诉求等叙事意旨性因素。叙事伦理在'伦理叙事'中建构自身和彰显自身，是对'怎样进行叙事'和'为什么如此叙事'的阐释评价……叙事伦理偏重于小说艺术理论范畴，它是进行小说叙事学研究的一个较为新颖的理论角度，在根本的意义上打破了'主题学'和'诗学'截然分立的对立研究方法，将其统一在皆体现了作家主体性的叙事伦理层面进行互动性理解，象征着阐释学领域一个小说批评范式的确立。"[①]

21世纪初年军旅长篇小说的创作实践，体现了对"人民伦理大叙事"的消

---

① 张文红：《伦理叙事与叙事伦理——90年代小说的文本实践》，第8页，北京，社会科学文献出版社，2006年1月第1版。

解和"自由伦理的个体叙事"的建立。所谓自由伦理的个体叙事，它意味着创作主体对既往宏大叙事伦理理念的主动放弃，军旅长篇小说作家的写作姿态从启蒙者、宣教者转变为领受者、呈现者，在叙事意旨层面关照生活本体和个人生命体验、张扬自由艺术精神，在文化立场上则表现为迎合大众的阅读期待，注重文本的接受和传播。总体来看，新世纪军旅长篇小说自由伦理的个体叙事主要表现为日常经验的崛起、文体自觉与文本实验和通俗化转向这三个叙事维度。

一、日常经验的崛起：个人化写作与题材边界的拓展

徐兆寿说："宏大叙事向日常叙事转变。这是信仰危机时期人们向日常轮回的日常生活中寻找永恒之价值、生活之意义的一种方式，或者从琐碎的毫无关联的日常现象中解构传统的生命价值观，从而确立新的价值观的一种突围。前者是存在主义哲学家加缪的西西弗斯神话，后者则是另一位存在主义大师萨特的哲学或者是萨特之后后现代主义的叙事方式。艺术史学家赫舍尔说：'在人的存在中，至关重要的是某些隐蔽的、被压抑的、被忽视或者被歪曲的东西。'作家就是在这种日常生活中发现意义和价值，对人日常生活世界的重视和肯定，表现了作家对人的自信。"① "日常生活"是一个内涵和外延随着社会历史的变迁不断有所伸缩、移动的概念，外部生活场景和现实文化语境不断地赋予它新的内容和形式。在十七年的一体化时代，"日常生活"找不到自己在文学中的位置。贺雄飞认为："日常生活本身无法获得意义，无法获得显身于现代世界中的合法性依据。除非将它彻底地置于现代目标的控制之下，打碎它的自身逻辑，将它完全同质性，才能去除其平庸性质，获得崇高的意义。"② "日常生活"是在与"工农兵生活""火热的斗争生活"等"公共空间"以及"社会主要矛盾""时代本质特征"等"真实性"话语构成的二元对立中来确定自身，它因指涉一种凡庸的、缺乏理想激情、不能产生意义的非总体性的偶然性存在，而不具备天然的合法性。进入新时期之后，"人"的话语被重新询唤并被置于社会文化的核心，"日常生活"也重返文艺领地，并在诸种题材、体裁中得到了全方位、多层面的表现，成为不可回避的叙事基点和不可删削的表现内容。在张颐武看来，"对于以经济发展为目的的世俗的'现代化'目标的追寻，'现代化'对于生活

---

① 徐兆寿：《新世纪作家面临的几个转向》，《小说评论》2008 年第 3 期。
② 贺雄飞：《守望灵魂》，《上海文学》随笔精品，第 30 页，北京，中国工商联出版社 2000 年。

的全面改造及由此带来的生活的极大改善一直是'新时期'小说的基本叙事目标"①。

　　21世纪初年军旅长篇小说正在走向多元化和本体化。正如利奥塔所认为的那样，后现代时期的特点是从大叙事到小叙事的转变。自由伦理的个体叙事标志着军旅作家从现代性的"立法者"向后现代性的"阐释者"角色的转换。"立法者"是对于新时期作家叙事姿态和文化立场的形象描述。就新时期作家的主体叙事意旨而言，"'立法'诉求使他们总是企图建立权威叙事地位和宏大叙事理念。'立法者'的身份赋予了作家高屋建瓴式言说信心和指点江山的叙事锐气，他们占据着当时时代社会主流文化的有利地位，一度成为对历史和未来以文学形式进行论断和仲裁的叙事权威。'阐释'，则是作家对于当下时代日常生活和生存状态'非启蒙''非驾驭''非指点'式的关注和言说，真诚地呈现可以触摸和把握的当下真实，通过小说文本，将这种'真实'和'真诚'展示在多元化的文化广场中进行交流和理解。同时，'阐释者'的身份还意味着作家从为'集体'代言的宏大叙事理念中全面退场。在此意义上，个人自由主义叙事伦理将文学叙事更多引向'文学自身'和'文学性'"②。进入21世纪以来，军旅长篇小说作家普遍放弃了既往"宏大叙事"的伦理理念，放弃了启蒙主义精英写作立场，开始重建与现实常态生活的关联，重建日常生活的逻辑，从极端状态下崇高壮丽的美学追求回归到日常生活的诗意找寻。呈现微观经验，回归日常诗性，成为了军旅长篇小说作家主题选择和诗学诉求的凝结点。就题材叙写向度而言，军旅长篇小说不仅体现了对于日常生活题材的倚重，同时放弃了对其进行"宏大"提升和"意识形态"改写的叙事意旨立场。军旅作家集体性地表现出了对日常生活经验和价值取向的认同和尊重，以军人个体的本位立场关怀现实，关照军人爱情婚姻的世俗经验，关照军人职业选择和个人命运，关照物质化、平庸化、欲望化的生活境遇。荷尔德林说，文学是为"存在"作证。"存在"是文学的精神边界，"存在"也是文学的永恒母题。那些伟大的文学一直在为人类的基本在场做出描述、解释和辨析——这是它的根本价值所在。军旅长篇小说作家正是通过对军人日常生活中的现实存在和精神存在进行个体化

---

① 张颐武：《从现代性到后现代性》，第5页，南宁，广西教育出版社，1997年。

② 张文红：《伦理叙事与叙事伦理——90年代小说的文本实践》，第260页，北京，社会科学文献出版社，2006年1月第1版。

的艺术表现，摆脱了主流意识形态过度的"历史化"阐释，以个人化写作的叙事立场，守望当下军旅生活现实，以非功利性的审美眼光探寻军旅生活的"存在之境"。

军旅长篇小说的"日常经验叙事"在文本建构上体现着自身特有的美学逻辑。首先，在题材内容选择上聚焦于细枝末节的日常生活领域。小说创作与日常生活直接对接，对日常经验进行汇集和放大，从而体现和满足着读者的日常审美习惯。其次，日常时间的线性结构使叙述显得清晰而简明，悬置、延缓、降低了情节的推进速度和戏剧化程度。一方面，细节成为文本叙事的支撑，作者不再过分倚重戏剧性的矛盾冲突，而是通过对生活流态的细腻呈现来结构故事；另一方面，日常生活的自我重复和延宕使得小说结构趋于单纯，作家在叙述过程中以不断"重复出场"的人生片段和生活遭际驱动情节，冲淡了故事情节的"复调化"。此外，对日常语言的强化，凸显了生活的在场感，创作主体在叙事中大量采用直白浅显、生动活泼的日常生活化语言，从而大大增强了文本的生活气息。军旅长篇小说的日常经验叙事将审美和表现的对象从"宏大"的主题功能性中解放出来，从本体论的高度看待军人的日常生活，确立了个人化写作的基本立场；从日常生活中发现并强调意义和价值，开掘出新的叙事和表意空间，极大地拓展了军旅长篇小说的题材边界。

回溯长达半个多世纪的军旅文学史，真正意义上的个人化写作立场和姿态显得较为稀缺。十七年时期的军旅长篇小说虽然带有鲜明的作者主体生命经验的影子，但是当时的政治话语强力规约了溢出主流意识形态之外的那部分属于作者个人的思想和体验。上世纪八九十年代的军旅长篇小说创作虽然在当代中国文坛独树一帜，但是集群性的"写作冲锋"使得军旅作家与军旅长篇小说更多地是作为一个整体现象被关注、被研究、被讨论。在这种政治色彩依然十分浓厚的文学生态环境中，"个人化写作"更多地是作为一种贬义性的、与主流意识形态脱节的写作理念而遭到排斥的。事实上，"一呼百应"式的召唤性写作也给军旅长篇小说带来一些负面的影响：由于整体思维惯性的限制以及强制性审美规范的约束，军旅长篇小说的模式化和同质化倾向比较严重。近似的风格和雷同的写作模式使得不同文体的差异性相对弱化。进入 21 世纪，随着军旅文学政治语境的弱化，主流意识形态对文学创作规律表现出相当程度的认同和宽容，因之军旅长篇小说也迎来了一个真正意义上的个人化写作的时代。需要注意的是，"个人化写作"不同于自说自话、逃避文学的社会和历史责任、一味张扬个人庸俗趣味的"私语化写作"。个人化写作现象的出现是对以往政治话语主导下的集体文学思维方式的反拨，是基于对文学创作规律的深刻理解而对文学实质和本性的回归。新世纪军旅长篇小说作家可以更自由、更灵活地切入部队当下生活，体验和表达军人情感，透析军队存在的各种现实问题，审视并重构历史时空、思索和前瞻未来战争。作家们可以根据各自的知识构成、生活阅历、关注兴趣、跟踪对象和认识角度选择自己熟悉的题材领域，以适合自己的技巧和方式来写作。正是这种较为纯粹的个人化、个性化的写作视角在较短的时间里极大地扩展了军旅长篇小说的题材空间。21世纪初年军旅长篇小说涵盖了战争、历史、现实生活、婚姻与情感、军人伦理等等涉及到军人与军旅生活方方面面的题材。概而言之，按照较为传统的题材划分，反映战争、历史题材的作品有《英雄无语》《历史的天空》《八月桂花遍地开》《音乐会》《百草山》《零炮楼》《悲日》《高地》《城门》《特务连》《我是我的神》等；反映军队现实生活的有《楚河汉界》《中国近卫军》《我们的连队》《士兵志》《明天战争》《炮兵家园》《赌下一颗子弹》《战士》《惊蛰》《石破天惊》《白桦树小屋》《狼牙》《当兵》《超越攻击》《戎装女人》《兵者》《火蓝刀锋》《雪落花开》等；表现军人婚姻与情感的有《大校的女儿》《正午告别》《美丽行旅》《去日留痕》《爱在战火纷飞时》《家国天下》《幸福打在头上》《向天倾诉》等。此外，尚有一些溢出传统题材领域以外的新鲜作品，如反恐小说、科幻战争小说、灾难小说（刘宏伟的《大断裂》)、军事特情小说（麦家的《解密》《暗算》《风声》等）等等。本文限于篇幅，无法对这几十部作品一一进行题材内容的细划；但不可否认的是，这几十部于新世纪之初较短的时间段内集体亮相的作品各个都有自己独特的观察视角、认识思考和艺术个性，绝少雷同，这无疑说明了个人化写作状态下的新世纪军旅长篇小说覆盖了更加广阔的生活领域，拥有了更加丰富的艺术个性，对剧烈变革和转型中的部队生活可以进行更加及时而深刻的反映和思索。许多原先被一体化文学思维所遮蔽和过滤掉的生活和情感"细节"，在新世纪军旅长篇小说中得以很好地发掘和表现。一批军旅女作家和"70后""80后"军旅作家的创作为新世纪军旅长篇小说开辟了新鲜且可持续发展的题材生长点，也使得军旅长篇小说写作更加贴近当今时代和现实生活。尤其是王海鸰、刘宏伟、王秋燕、王霞等一批军旅女作家的作品借鉴并吸收了苏俄战争文学中的感伤元素，不同于那些正面强攻战争、军事训练的作品，这些军旅女作家的创作从侧面切入军人的婚姻和情感生活，探索军人心灵和情感世界的丰富性和矛盾性。作品普遍格调清新、文字优美、感情充沛而又略带感伤色彩，立意和主旨往往直指人性和灵魂的至深、至柔之处，具有极强的艺术和情绪感染力。不同于军旅文学昂扬大气、深沉厚重的既有风格，这种轻灵细腻、关注个体生命经验的写作风格因其拓展和丰富了军旅长篇小说的美学内涵而显得弥足珍贵。然而也应该清醒地看到，这些带有强烈自叙传风格的作品在视野和格局上显得过于狭窄，对于生活的思考流于浅表、有概念化之嫌。过于浓重的主观主义色彩也违背了长篇小说的修辞特性，这些问题的存在一定程度上消解了作品审美意境的提升和思想意义的表达，应该引起军旅作家的共同关注。

二、回归本源：文体自觉与文本实验

中国当代军旅长篇小说与"现实主义"有着太多的联系与错综复杂的矛盾纠葛。作为一种艺术地关照并反映世界的方式，现实主义由来已久，最早可以上溯至古希腊时期亚里士多德所提出的模仿说。"现实主义作为一种文学思潮或文学运动兴起于 19 世纪 30 年代，它是对过于强调自我和主观的浪漫主义文学思潮的反拨，同时也是自然科学的飞速发展以及当时在欧洲占据主导地位的实证主义哲学发展的必然结果。"[1] 20 世纪 30 年代苏联的"社会主义现实主义"兴起，它"要求艺术家从现实的革命发展中真实地、历史地、具体地去描写现实。同时艺术描写的真实性和历史具体性必须与用社会主义精神从思想上改造和教育劳动人民的任务结合起来"[2]。新中国成立后，中国共产党的领导人对"社会主义现实主义"又有了新的阐释："毛泽东同志提倡我们的文学应当是革命的现实主义和革命的浪漫主义的结合。"[3]事实上，浪漫主义始终没能与现实主义真正地融合，这里的"革命浪漫主义"更为明确地指向了某种对革命生活的理想精神。"两结合"理论强力影响、规约了建国后，特别是五六十年代军旅长篇小说创作，并在其后相当长的时期里持续发挥着作用。进入新时期的军旅

---

① 张鹰：《反思中国当代军事小说》第 111 页，北京，解放军文艺出版社，2001 年 8 月第 1 版。

② 同上，第 113 页。

③ 同上，第 119 页。

文学是以人道主义的张扬和现实主义的恢复为基本特征的，急切的表达和说教欲望使得"主题先行，思想大于形象"成为这一时期军旅文学的集体征候。陈旧的文学观念、传统的思维定式及审美心理积淀在相当程度上弱化了军旅文学中现实主义的力量与艺术感染力。进入1980年代至1990年代，"作家们力图遵循着现实主义文学严格地按照生活的本来面目表现生活的原则，以丰富、细腻的笔触表现生活中的各种形态，并不断地向着人物的心灵深处拓展；但是，过于强烈的'主题意向'又使得作家总是自觉不自觉地将意识到的思想内容生硬地灌注到作品中，而没有能够融会到艺术形象的塑造中"。①总体而言，军旅文学与现实主义的关系始终处于一种焦虑和紧张的状态。在军旅文学史尤其是军旅长篇小说创作领域里，现实主义成为了一个被数度改写并隐含了多种似是而非文学观念的模糊概念；但"写真实"的原则与对现实生活的热情追求始终被军旅长篇小说写作奉为圭臬。现实主义在表现和再现历史的深广度上，揭示历史本质方面，确实有着其他文学流派所不具备的优势；然而，随着时代和文学的发展，现实主义文学自身也要寻求更新换代，不过，此种自我完善并不是简单地由现代主义和后现代主义文学观念颠覆和消解现实主义文学传统就能够完成的。20世纪八九十年代的中国文学狂热地迷失于"文学进化论"的迷宫之中，急于割裂自身的文学传统，从而赶超世界"先进水平"，走马灯似的将现代主义、后现代主义的诸种文学风潮和写作技巧匆匆操练一番。而各种文学思潮之间垂直换代式的急遽更迭所形成的巨大裂隙，不仅吞没了部分原本优秀的小说家，更使得中国文学优秀的现实主义传统难以为继。随着现实主义文学所固有的"宏大叙事"被颠覆和解构，小说创作，尤其是长篇小说中的现实主义精神变得面目全非。"而今则局面变换，新世纪文学已不再追赶各种'主义'，也不以'先锋'为意，它似乎更加从容和宽容起来，今日文学与古今中外文学正在形成一种理性的对话关系，与现实与社会的'紧跟'关系也由紧绷而趋于缓和。"②笔者以为，现实主义与其他文学思潮和流派之间本就不是非此即彼、二元对立的，作为艺术地关照并反映世界的方式，现实主义对浪漫主义、自然主义、象征主义、现代主义、后现代主义等等文学思潮并不具备天然的拒斥力，

---

① 张鹰：《反思中国当代军事小说》第140页，北京，解放军文艺出版社，2001年8月第1版。

② 张未民：《开展"新世纪文学"研究》，《文艺争鸣》，2006年第1期。

　　　　　　　　　　　　　　　　　　　　　"新生代军旅作家"面面观 |

相反倒是有着相当程度的亲和性；而当代军旅文学，尤其是军旅长篇小说，之所以长期处于对现实主义的困惑与焦虑之中，最关键的原因在于"道"与"技"的疏离。在这一点上，当代军旅文学与当代中国文学在整体上好像两列双向对行的火车，沿着各自的轨道前行，彼此渐行渐远。当代军旅长篇小说一直没能突破固有的现实主义传统，艺术观念、艺术思维的僵化落后，技术素养的低劣和语言能力的欠缺束缚着军旅长篇小说作家，使得他们无法展开灵动的翅膀向现实主义的浩瀚天空飞翔。当意识形态的整合功能不再起到支配作用，文学形式探索的潜在力量就变得不可抗拒。在 21 世纪初年军旅长篇小说创作中，我惊喜地发现，随着现实主义和技术主义的双重祛魅，现实主义的"道"与现代主义、后现代主义的"技"正在发生自然的融合，军旅长篇小说向我们展示了"兼道并技"的趋向，突出地表现为创作主体对长篇小说文体的自觉和技术"创新"的努力。

吴义勤说："在西方文体学家看来，文体其实就是语言，文体的本质不过是一个表达方式的问题，也就是说一个人如何言说的问题。就长篇小说的文体而言，问题可能远非这么简单，在语言背后其实还隐藏着许多深层的艺术问题，作家的思维与艺术观念、时代的审美风尚等等都会对长篇小说的文体产生巨大的影响。因此，文体绝不是一个平面的'语言'问题，而是一个深邃、复杂、立体、多维的系统结构，它牵涉到小说的故事、情节、人物、结构、修辞、叙述、描写等几乎所有方面。"[①]作为一种重型文体，追求思想和意义的"深度"自然是军旅长篇小说题中应有之义。20 世纪 90 年代的军旅长篇小说作家已经主动而自觉地完成了思想主体从集体性的、阶级性的"大我"向个体性的"自我"的转化。作家们在作品中尽管依然表达着对社会、人生、历史等生活形态的"史诗"性追求，但却更加注重寻求独特的视角对思想进行个人化的表述。进入新世纪，军旅长篇小说作家继续寻求对十七年军旅长篇小说"诗史"情结的突破，作家们没有采取整体性的宏大历史视角，而是从微观的个人化视点切入，以点写面，把历史改写成了零碎的、具体可感的人生片断与人生经验。这样，宏大的政治历史场景被处理成了具体的生命境遇与生存境遇，这既赋予了"历史"以生命性，又感性地还原了历史的原生态。

---

① 吴义勤：《长篇小说与艺术问题》，第 16—17 页，北京，人民文学出版社，2005 年 11 月第 1 版。

项小米的《英雄无语》以孙女"我"的主观视角来追寻爷爷和奶奶各自的生命轨迹和情感历程,通过对爷爷、奶奶各自生活和内心隐秘的探寻营造了一段波澜壮阔、奇崛吊诡的历史;而通过"我"对历史材料的发掘,对爷爷、奶奶各自情感和人格的想象性重构,又勾勒出了一副几近完整的、极富传奇色彩的红色革命历史。这种对历史的个人性、限制性、想象性的重构,彻底颠覆了以往军事长篇小说对革命历史客观性、全景性、确定性的叙事,显露出现实语境下,新一代军旅长篇小说作家关注视野中革命历史的奇幻瑰丽和变化莫测。《英雄无语》的故事结构极具形式美感,三条线索穿插并行:现实时空中,独居女人"我"和申建、乔纳围绕着对一首客家歌谣的考证而产生的情感纠葛;"我"对于家族史,对于爷爷、奶奶的悲欢离合的兴趣和追踪、发掘和叙述;"我"对客家文化的研究和阐释。现实时空中,"我"的生活和感情经历与历史时空中爷爷、奶奶的命运遭际形成了关照和同构关系,对爷爷、奶奶人生命运的想象性叙述因为融入了"我"的情绪和感情而显得鲜活而生动,爷爷、奶奶悲喜命运的逐步清晰也对"我"的现实生活和心灵世界构成了某种刺激和压抑。在历史和现实故事线索之间躁动不安的客家文化阐释,则穿越了父辈们政治意识形态的阻隔,在祖辈和孙辈之间架起了一座精神和文化弥合的桥梁。《英雄无语》各自独立的故事线索看似破碎,"我"的限制性视角看似单薄;但"我"与爷爷、奶奶及"每"对话性关系的形成极大地扩展了小说的时空容量,而历史与现实时空的平等叙事更使得小说的复调特性得以确立。作品没有设定一种占统治地位的世界观,而是存在着多重交互作用的思想立场;作者并没有对爷爷进行简单的道德批判,而是将"我"与其他人物一起置入真切的历史和现实语境下探索人性的丰富与驳杂,从而更加切近历史的本质和真实。

朱秀海的《音乐会》同样采取了微观性、个体性的主观视角展开叙事,通过现在进行时态下朝鲜孤女金英子的回忆,勾连出一段鲜为人知的富于传奇色彩的抗战历史。作者对战争场面的描摹主要依靠小女孩个人化的心灵体验和象征性的病态感受(幻听症使金英子耳畔的枪炮声幻化为音乐会)来实现。"音乐会"这种极富象征意义的个人化想象成了主导战争叙事的推进要素,这无疑为军旅长篇小说战争叙事强调模拟性和写实性的描摹策略开拓了新的可能性。这种浪漫主义色彩浓重的战争叙事,一方面强调了东北自然生活状态的诗性和美好,突出了金英子少女生命的青春和活力;另一方面则突出了战争的惨烈和日本侵略军人性的泯灭。音乐与战争这两种本不相容，甚至极端对立的事物，被作者借助少女视角和病态经验巧妙地融合在一起，为小说的战争叙事建筑了极其强烈的结构张力。《音乐会》中的战争描写是片断性的，历史讲述是个人化的；而这种主观视角偏偏又是幼稚而且病态的。作者显然无意进行历史的宏大叙事，无意为读者全面而准确地讲述一段抗战历史，作者正是要经由这种浪漫化、写意化的战争叙事，探索历史背景下不期然被卷入战争的弱小灵魂对战争与和平、对博爱与人性、对生存与死亡等等一系列终极问题的新鲜想象。

马晓丽的《楚河汉界》通过周汉的灵魂视角游走于历史与现实时空之间，这种类似于交代前史般的叙述既构成小说一条重要的故事线索，同时也营造了一个极度个人化的历史空间。表面上，周汉与油娃子的矛盾体现为对"斗争策略"和道德原则的差异理解和选择，而在更深层次上引发出的价值取向上的矛盾和思想意识的对立，反映出历史的真假判断自有其特殊原则和残酷性。周汉的历史遭际在周东进身上得到了相似的映射，在这里现实对历史形成了审判性的关照。庞天舒的《白桦树小屋》在叙事视点的探索上走得更远。作家采用散文化的笔法进行了一次极为奇特的跨文体写作，通过对边防连的动物们加以拟人化、卡通化的夸张描摹，建构起了一个动物世界的整体视角；通过人与动物的对话和互动，营造了一个浪漫奇美的童话世界；通过描写动物们可爱、单纯、朴素的思维和行动映衬并赞美了边防连战士们质朴但却崇高的心灵。小说的故事极其纯粹、简单，作者并未对简单的故事做过多情节上的延展和深化；而是用散文化的语言营造了一个抒情写意的叙事空间，细腻地描绘出边防军人纯洁而又丰富的内心世界，将自然环境、动物世界和边防军人之间的和谐共处与互相包容编织进一个凄美苦涩的爱情故事，以展示人性的本真和美好。庞天舒通过对轻薄短小的故事主体加以散文化、写意性的唯美叙述，探索了军旅长篇小说以精神空间超越故事空间的可能性。

如果说1990年代的军旅长篇小说始终深陷于题材与思想突围的泥淖之中的话；那么新世纪军旅长篇小说则更关注形式与技巧的突破和创新，在上述作品中普遍出现了内容形式化、形式本体化的审美倾向。马尔库塞在其《审美之维》一书中就曾阐述过文学艺术作品形式和内容之间的辩证关系："借助形式而且只有借助形式，内容才获得其独一无二性，使自己成为一件特定的艺术作品的内容，而不是其他艺术作品的内容。故事被述说的方式，诗文内涵的结构和活力，那些未曾说过、未曾表现过以及尚待出场的东西：点、线、面、色的内在关联——这些都是形式的某些方面，它们使作品从既存现实中分离，分化，异化出来，它们使作品进入到它自身的现实之中：形式的王国。"① 从上面对几部作品的简要分析中可以看出，21 世纪初年军旅长篇小说对叙事视角的选择不仅仅是功能性的，更重要的是独具匠心的叙事视角，负载并拓展了作品的思想空间和精神空间。事实上，长篇小说的"空间是被琐碎的、具象的、实在的物象占据，还是被精神、灵魂、诗意、情感占据，将决定一部小说的艺术质地，决定小说的'浓度与密度'，决定小说艺术的纯粹性"②。

　　传统长篇小说，包括军旅长篇小说，"一般都有一个'加速度'的过程，故事、情节、人物等等常会以一种'加速度'的方式奔向小说的结尾，与此相对应，小说的结构也基本上是封闭的"③。然而在新世纪军旅长篇小说里我看到了一种新鲜而有趣的现象，即小说的速度出现了某种减缓的趋势。在《英雄无语》中我们可以看到意识流形式的大段心理活动描写，大段游离于主体情节之外的对客家方言的阐述，对梦境和灵魂的对话性书写，作者时不时跳出叙事插入对某一事物的评论和解释，类似"元小说"写作一般将故事编织过程清晰地显示给读者，第一和第三人称、历史和现实时空间的自由转换等颇具现代感的小说技巧的交替使用，这些叙事技巧的综合运用，使得《英雄无语》区别于传统军旅长篇小说的"线性叙事"。传统军旅长篇小说的情节"属于结局性情节，它的特点是有一个以结局为目的的基于因果关系之上的完整演变过程"④；而在类似《英雄无语》等军旅长篇小说中情节则属于"展示性"的。从作家的审美追求来说，在长篇小说表演性、炫技性的审美趣味里，"加速度"的叙事传统正在逐渐失去其过去一统天下的主导地位。在《音乐会》中作者以采访记录的方式将金英子的回忆，即主体故事情节人为地分割成若干章节，在其间插入采访记者马路的感受日记和给局长的报告等非叙述文字，而在金英子的回忆过

① 张鹰：《反思中国当代军事小说》，第 211—212 页，北京，解放军文艺出版社，2001 年 8 月第 1 版。
② 吴义勤：《长篇小说与艺术问题》，第 25 页，北京，人民文学出版社，2005 年 11 月第 1 版。
③ 同上，第 27 页。
④ 同上，第 30 页。

程中也会经常插入作者的提问和与金英子的简短对话，这种故事结构方式大大延缓了叙事的速度。

在传统军旅长篇小说中，语言只是一种表情达意的工具而已；而在 21 世纪初年军旅长篇小说中，语言无疑已经成为了一种基本的叙事策略。在《英雄无语》和《音乐会》中，语言的狂欢和膨胀不仅延缓了小说的推进速度，大量附加性、修饰性的语词也使得小说语言获得了独立的审美个性。叙述性语言、描写性语言、抒情性语言、评论性语言、说明性语言、对话性语言等等不同功能性语言的杂糅带给新世纪军旅长篇小说崭新的面貌。与之相类似，随着军旅长篇小说作家对文体认识的进一步深化，"跨文体写作"的趋势和文本也应运而生。上面重点分析的几部作品和军旅女作家的创作都显示出新世纪军旅长篇小说进行"跨文体写作"的可能。军旅长篇小说作家可以"广泛、自由地运用小说的描写与叙述、散文的铺陈、诗的直觉理性与穿透力、批评的分析……一切文学创作、批评的技巧与法则，乃至种种非文学话语的因素"①进行长篇小说文本写作。"跨文体写作"必将给军旅长篇小说带来革命性的影响，并预示着未来的发展方向。

"减速运行"的新世纪长篇小说让我们看到了作家的耐心，语言的耐力，看到了艺术的丰富和复杂；而军旅长篇小说在传统现实主义的基础之上添加了颇具现代性的写作技巧，将现实主义与现代、后现代主义的各自优长进行了有效整合，探索了长篇小说文体的多种可能性，其中故意暴露小说文本写作过程，将叙述与故事完全地融合并通过现代叙事技巧迟滞小说情节的"加速度"效应，以期最大限度地扩展小说的精神和想象性空间，在故事之外赋予作品更深刻的思想和意义内涵，则彰显了创作主体的文体自觉和技术创新的努力，标示着 21 世纪初年军旅长篇小说对文学性本源的回归。

三、通俗化转向：故事性的强化与大众化的审美趣味

近年来，军旅长篇小说在图书市场和电视剧市场持续火爆，成为大众读者与观众重点关注的文化现象。这意味着军旅长篇小说自身的生长吗？抑或相反，日益远离小说的文学性而使军旅长篇小说身陷"俗文学"之泥沼无法自拔？这

---

① 吴义勤：《长篇小说与艺术问题》，第 45 页，北京，人民文学出版社，2005 年 11 月第 1 版。

种困惑或困境在我看来几乎是一个哲学悖论，也是中国传统文化观念与思维的二元对立定式或模式的文学呈现。一个世纪以来，中国作家与评论家们就是在这样的状态或场域里痛苦地折磨着自己，也折磨着读者，甚至小说自身，其状无异于西西弗斯神话。当固有的理论思维已经与创作实际脱离，甚至对立的时候，沟通与理解似乎就显得尤为重要而宝贵，至少我们急需重新认识军旅长篇小说的方法和角度。新世纪之初，引领军旅长篇小说文体自觉与技术创新的新思潮已然消失殆尽，代之而起的是以市场为导向，以网络、电视、商业出版为媒介的"通俗化"浪潮。悄然间，军旅长篇小说已经完成了自我转型，变换了存在方式和发展路径。面对这种情势，我不想在这两者之间做出一种非此即彼的生死抉择，却想进入小说文本自身，进行零距离的分析与阐释。在我看来，富于想象与学理的阐释才是批评的更可靠方法。

21世纪初年中国文学的格局发生了渐变，通俗文学与高雅文学之间的差距越来越小，界线越来越模糊：一方面，高雅文学逐渐呈现出俗化的倾向；另一方面，通俗文学却有一股"雅化"的趋势，使得多年来雅俗文学相互对峙、抗衡的紧张关系正逐渐趋于融合与互补。通俗文学正稳步跻身于主流文化，并以自己独特的审美品格和鲜活的时代精神在当下的中国文坛争得了重要地位。事实上，军旅长篇小说一直处在转型的焦虑之中，在渐趋边缘化的文化窘境中寻觅着自身的定位，探索着属于自己的表达方式，一批颇具探索性与文学性的长篇小说无疑为军旅文学重归当代文坛重镇奠定了坚实的基础。但问题是，21世纪以来的文学艺术已被纳入产业化范畴，没有观众喝彩的演出便是它们最为现实的命运。任何时代的作家都不会无视作品被社会接受的可能性，也就是接受美学所谓"期望的疆界"的作用，文学史不仅由作家和作品这两个要素构成，读者的反应与接受也将决定作家的创作视角和表现方式。在笔者看来，2005年似乎可以看作军旅长篇小说的一个历史性的转折点，电视连续剧《亮剑》在全国范围内热播，以及《历史的天空》折桂茅盾文学奖，可视为军旅长篇小说发展过程中的重要分水岭。此前的军旅长篇小说由于承袭了当代军旅文学的精英传统和启蒙立场，在文化惯性的牵引下尚算勉力地值守于纯文学背景下的"文学性"探索；此后的军旅长篇小说在《亮剑》和《历史的天空》的巨大示范效应下，开始了文化与文学层面的"通俗化"转向。军旅长篇小说借助"通俗文学"特有的审美特征，以集群冲锋的姿态迅速抢占了图书出版与电视剧市场的

　　　　　　　　　　　　　　　"新生代军旅作家"面面观 |

"高地"，并凭借着对军旅文学核心价值体系的深化和高扬产生了巨大而广泛的社会影响。也就是说，雅与俗不再以二元对立的方式矛盾与冲突，相反，融合与互补可能是它更真实的存在。总体来看，21世纪初年军旅长篇小说的通俗化转向呈现出以下几方面特征：

一、"好看"。直白干净的小说语言，曲折生动的故事情节，个性鲜明、多姿多彩的人物形象，浪漫传奇的爱情，扑面而来的英雄气息，以爱国主义、英雄主义和理想主义为核心的价值伦理，与电视剧同构的生产、宣传、消费机制，网络时代视频文化的崛起所延伸出的反馈与交流平台，所有这些都使得军旅长篇小说可以最大限度地满足不同社会阶层、职业背景、教育程度、年龄层次的人们的阅读期待。"好看"是通俗文学最为核心的价值追求，它以阅读快感的最大化为标志，建构一种顺畅无障碍的被动审美过程。"好看"已经成为军旅长篇小说近年来最为突出而显明的审美特征，甚至是军旅长篇小说成功与否的决定性因素；因此，"写好故事、写好人物"成为军旅长篇小说作家的集体共识和自觉追求就不再让我们感到疑惑与诧异。以一个"好看"的故事和"好看"的人物为蓝本，可以衍生出多种艺术形式，实现社会效益与经济效益的最大化。近年最火爆的军旅题材电视剧《士兵突击》就是横跨了话剧、电视剧和长篇小说等多个艺术门类，且都取得了骄人的成绩。

二、生动鲜活、紧张曲折、浪漫奇崛的故事情节。徐贵祥的《特务连》开篇不久便设置了耿尚勤生死之谜的悬念，直至结尾才揭开其真实死因，极具宿命感和神秘感。围绕这条主线展开故事，在三十多年的时间跨度中将兄弟情、战友义表现得真实生动、细腻感人，在悲壮沉郁的氛围中升腾起军人的尊严与豪迈。柳建伟的《爱在战火纷飞时》更是出奇制胜，小说主人公张世杰本欲与未婚妻杨紫云一起参加新四军，却阴差阳错地看着爱人上了抗战第一线，而自己却在上级的安排下，做了一名地下经济工作者。情场、商场、战场的多线并进，家族恩怨、亲情与爱情、革命与战争的缠绕纠葛，使得故事情节跌宕起伏，一波三折。王霞的《家国天下》以人民武装警察部队半个多世纪波澜壮阔的战斗历程为背景，书写了武警将士不畏艰险、舍生忘死报效祖国、守卫边疆的战斗经历，将楚泰与李雨依的生死之爱书写得真挚浪漫，感人肺腑。曾皓的《战争黑客》，故事情节险象环生，悬念迭出，屡屡出人意料，以强烈的忧患意识探索了未来高科技条件下的战争形态。冯骥的《火蓝刀锋》更是凭借着奇崛瑰丽的想象，编织出了一个充满神奇和玄幻色彩的故事，全景式展现了海军特种兵的神秘生活。

三、形象丰满的人物。"通俗化"的军旅长篇小说一改以往通俗文学以情节取胜的套路，不再单纯地讲述"好看"的"故事"，而是以塑造人物性格、挖掘人物心灵、描写人物心路历程为主要创作手段，让形象丰满的人物"表演故事"，使得作品的文学性含量大大增强，也提升了作品的美学品位。为了迎合阅读者的心理需求，追求新奇性和刺激性，小说中的人物在性格、命运、道德等方面一般对比强烈，又互为依存。传奇的人物与生动的情节有机结合所产生的独特的审美效果强烈地吸引着阅读者，因此，个性鲜明、独具人格魅力或某些现代气质的"新奇"人物成为当下军旅长篇小说的一大看点。王霞的《家国天下》，浓墨重彩地塑造了楚泰和李雨依一男一女两个主人公：楚泰刚猛顽强，敢爱敢恨，浑身洋溢着纯粹而理想化的男人气息；李雨依柔弱中蕴含着坚忍，历尽坎坷，命运多舛，依然执着于真挚坚贞的爱情。这两个理想化了的人物，其思想与情感的纯粹、明丽，多少给人以不食人间烟火的感觉，但却在半个世纪的历史风云里，演绎了一场痴情不悔、荡涤世俗心灵的爱情传奇。王霞正是经由对人物内心世界的深入挖掘和细腻呈现，建构了一段超越功利、超越时代的心路、情感历程，处处闪耀着高尚而可贵的人性光辉。徐贵祥凭借着扎实而深厚的部队生活体验，在《特务连》中再次塑造了一组生动鲜活的基层官兵群像：牟卜、耿尚勤、陈骁、武晓庆等人物形象性格迥异，个个身怀绝技，有着很强的典型性和生活概括性；但是作者并未停留于对单个人物形象的外部塑造，而是着力在对他们的成长过程的叙述中建构一代军人的心灵轨迹，最终呈现给读者的是纯粹军人的精神质地。柳建伟的《爱在战火纷飞时》通过对张世杰、杨紫云、郭冰雪等人物形象的去功利化的个性张扬，凸显了时代和政治风云对人物命运的控制伟力，不无悲壮地细腻展现了历史对鲜活人性的强力改写。魏远峰的《兵者》塑造了"卓越"这样一个时代感极强的新型士兵形象：作为一个超级军事发烧友，卓越知识渊博，素质全面。上了大学，却退学参军；头脑灵活，个性张扬，极具现代精神。在他身上看不出任何旧的时代痕迹，突破了以往军旅小说塑造人物的条框限制，当属距离当下生活最近的新型军人形象。在阎欣宁的《来复线》中，主人公龙海山和楚天雷身上都存在着狭隘自私和利己主义的农民劣根性；但同时他们作为革命英雄的勇敢、坚毅、顽强、阳刚的一面也体现得淋漓尽致。作者借用游击队扑朔迷离的革命战斗历程为背景，探索了革命英雄人物的真实而复杂的人性。谢颐丰的《气血飞扬》重在勾勒人物关系，通过对一群犯人在抗战中的英雄壮举的生动描摹，塑造了梁满柜、赌三、大白菜、小耗子等一组另类人物群像，于生存的本能之上升腾起了中华民族的血性和力量。

四、大众文化观。"通俗化"的军旅长篇小说渐渐远离了纯文学话语，而自觉融入了当下处于强势话语的大众文化空间。事实上，图像时代的到来赋予了雅俗文化的继续分化和融合的多种可能性的情境，问题当然在于作家自身的理想追求与价值选择，存在本身已经确定了它们的合理性与合法性。"通俗化"无疑舒缓了军旅长篇小说文化身份的焦虑，使得军旅长篇小说可以放下架子，轻松愉悦地步入生活现场，直面当下的军旅现实生活，近距离观察，并于第一时间反映正在进行中的新军事变革的伟大实践。长久以来困扰军旅长篇小说的"写历史"与"写当下"的失衡态势正在被打破。就题材本身而言，徐贵祥的《特务连》、庞天舒的《陆军特战队》、郭富文的《女子陆战队》、曾皓的《战争黑客》、冯骥的《火蓝刀锋》等作品都将目光瞄准了新军事变革条件下，以特种作战为核心的新型部队建设，军旅长篇小说对军旅现实生活的介入能力和快速反应能力从未如此这般地得以增强。消费时代的大众文化里，文学不再是高高在上只为少数知识分子所欣赏的象牙塔里的"阳春白雪"，而必须面对和接受更为宽泛的读者选择。在中国的传统里，小说就其本质来说就是通俗的，离开了大众接受的小说是不可想象的，也是很难生存的。毋庸置疑，"通俗化"的军旅长篇小说在精神实质和思想内核方面仍然坚守并高扬着以"爱国主义、英雄主义、理想主义"为核心的军旅文学的基本价值伦理，从技术操作层面来看，可以说是在以最通俗、最好看的故事，表达最崇高的英雄精神和最深沉的爱国情怀。通俗化转向中的军旅长篇小说竭力从各自的角度张扬英雄气概和军人荣誉，由此，小说追求"好看"的"通俗化"本源与军旅文学的意识形态规定性相契合，军旅长篇小说所负载的"强健而充分"的现实主义价值伦理与大众追求愉悦刺激的阅读期待达成了完美的遇合。军旅长篇小说在短时间里迅速聚拢了人气，培养并巩固了数量庞大的读者群，军旅长篇小说所高扬的崇高感和英雄气在全社会得以广泛传播，进而形成一个牢固而强势的"军旅亚文化场域"，这对国家的崛起和民族的复兴而言都将是一股无形但却巨大的精神动力。

　　然而，我们亦应清醒地看到，近年来军旅长篇小说的"通俗化"转向也不可避免地带来了悖论的另一面，那就是军旅长篇小说在向着小说通俗好看的故事性本源回归的进程中，小说的艺术性和思想性当以怎样的面目存在？毕竟独具个性的文学性探索才是伟大文学的本质性规定，远离了文学性与思想性的军旅长篇小说，长此以往，其品质肯定让人怀疑，更不要奢望驻足于文学史了。简单梳理一下，便不难发现，近年的军旅长篇小说接近半数都是"电视剧化"了的小说文本。所谓"电视剧化"大体包含两种情况：一是小说家有着明确的电视剧改编诉求，因而在创作过程中自觉地服从电视剧本的结构与艺术特征；二是作家将电视剧本稍加改写，甚至几乎不加改动便以小说文本的形式出版。这便意味着军旅长篇小说全面退出了主流纯文学期刊这块传统阵地，转而经由出版社、书商、电视剧制片人建构起了一套完整而时尚的生产、传播和消费机制；而电视剧改编位处这一流程之终端，实际上几乎掌控着这一运作机制的全过程。电视剧改编与军旅长篇小说的接轨和直接对话，迫使小说写作进入了一个批量制作的时代。产量要多、速度要快的市场机制与小说写作要不断沉淀与思考、艺术上要精益求精的文学规律之间的矛盾在短时间里无法统一，而且迅速导致了作家"库存"积累的不足和创作状态的浮躁。就像被推上了过山车一样，军旅长篇小说开始被以电视剧为表征的大众传媒本身所拥有的巨大动能裹挟着，一路狂奔，在短暂的不适应症和磨合期过后，电视剧化了的新世纪军旅长篇小说迅速进入了一种熟极而流的惯性发展阶段，即我所谓的快餐化写作。其突出特征概而言之：透支作家有限的写作资源，自我重复，批量生产，小说剧本化、情节戏剧化、故事世俗化、意义大众化。快餐化写作作为军旅长篇小说通俗化转向的深化和延伸基本排除掉了小说的艺术性和思想性，而完全成为了一种文化消费品；因此，全面提升军旅长篇小说的文学性和思想性，也便成为了军旅长篇小说"通俗化"转向过程中无法规避的重要课题。因为小说经由西方浪漫主义、现代主义、后现代主义，已经完全逸出中国传统小说观念，成为文学中最为重要的门类，甚至表征了一个民族或国家文学成就与思想高度。对中国当下小说而言，真正意义上的"回归"，我以为，一定是在诗意与思想相融合的本真存在方式中，对人的存在、人性的深刻体察与发现，以及小说存在的历史开放性和未完成性的继承与推进之中才有可能完成。军旅长篇小说也只有在这种意义中，沿着军旅文学光辉的来路，才能持续、健康、快速和可持续地发展下去。

结　语

"消费时代""商业社会""市场机制""大众文化""欲望"与"纯文学"……如果让我来概括 21 世纪初年文学的当下处境的话，第一感就会从脑海中蹦出上面这些关键词。在当下这样一个物欲横流的时代背景下，在消闲和娱乐取代了严肃阅读的文化背景下，面对"日渐肤浅而轻松的写作处境，叙事的伦理向度应该成为一个新的尺度，以保证写作的精神重量……对叙事伦理的召唤，甚至可以看作是一场新的叙事革命"①。利奥塔就认为，当代社会背景下的伦理本身就是一种叙事。确实，在现代乃至后现代的语境中，伦理以"立言"的方式存在已经非常困难，人们更热衷于叙事的伦理，而不是枯燥呆板的伦理学理论体系的建立。伦理只有进入叙事或者说进入生存才能凸现它的存在价值。在现代秩序的规范下，人们生存的压力与生命感觉的破碎，需要能够重新整合人的存在时空的叙事来弥补，而不欢迎冰冷而空洞的理论与说教。

的确，消费时代的来临和大众文化的崛起，正从根本上改变着当下文学的言说机制，也包括我们所谈论的军旅长篇小说。我以为应该从两个方面来考量市场机制对军旅长篇小说的影响：一方面，市场机制颠覆或者说消解了既往军旅文学"政治性"的生态环境，给军旅文学带来了巨大的冲击，加速了军旅文学边缘化的进程；另一个方面却是进入市场经济转型期以来，一种市场化的、新的文学生产机制在逐渐建立，一个集印刷、出版、报纸、刊物、影视、市场于一体的文化公共领域在打开，职业化的作家文人阶层和实力雄厚的市民读者消费阶层正在形成，这也为军旅文学的发展创造了契机。多元、宽松的文化语境，使得军旅长篇小说得以摆脱意识形态束缚，摆脱政治代言人和权力传声筒

---

① 谢有顺：《铁凝小说的叙事伦理》，《当代作家评论》，2003 年第 6 期。

的尴尬角色，从而回归文学自身，回归对军人个体灵魂及其生命体悟的具体表述，回到对作为"个体"的军人的生存状态的真实反映，进而将对诸如勇敢、坚毅、忠诚、顽强、牺牲、奉献、崇高、英雄等等普世性价值及人类美好感情的赞颂汇入中国当代军旅文学的精神传统之中。军旅长篇小说所张扬的爱国主义、理想主义、英雄主义精神满足了物欲横流的时代背景下人们心中空虚失落了的精神需求，也正因为如此，笔者对军旅长篇小说的伦理叙事与叙事伦理问题的提出与阐释，就不仅仅是出于研究的需要，更是基于对一种文学观念，甚至可以说是一种文学信仰的坚守。伟大的文学首先是一个伦理现象，其次才是一个文学现象；伟大的文学首先是一个道德现象，其次才是一个诗学现象。军旅长篇小说正是沿着这样的精神轨迹，完成了从"人民伦理的大叙事"向"个体自由主义小叙事"的转型。对于 21 世纪初年军旅长篇小说的辉煌未来，我相信、期待，并守望着。

悲剧意识的觉醒与悲剧精神的建构

——21 世纪初年军旅长篇小说的审美超越

傅逸尘

引　言

翻检世界经典的战争文学，悲剧精神往往是检视一部作品是否深刻厚重、是否具有恒常魅力的审美标志。而在中国当代军旅长篇小说的审美范式中，悲剧精神的淡漠或缺失始终为研究者所诟病：难以摆脱的意识形态功利色彩，跳脱不出的庸俗脸谱化写作模式。书写战争，却不正视战争对人性的戕害、对肉身的毁灭，不探究战争的残酷与非理性状态；摹写军人却忽视对人的心理、灵魂、命运的哲学思辨和价值追问；张扬英雄主义和乐观主义精神的同时，却遮蔽了战争历史的悲剧底色。可以说，悲剧审美意蕴的稀薄在相当程度上狭限了当代军旅长篇小说的叙事空间和精神容量。

悲剧意识是对人的悲剧性命运的认知，而悲剧精神则是对现实人生悲剧境遇的超越，进而在精神上达至一种自由、顽强的生命境界。悲剧精神的实质就是生命之韧性与抗争之不屈——在困境或灾难中坚守信仰，不放弃对未来的美好追求，为了实现理想而勇往直前的大无畏气魄。悲剧精神的核心要素是反抗，困境中和抉择时往往容易凸显和升华人的存在价值、人格力量、理想追求和精神风貌。"悲剧美就在于生命的抗争冲动中显示出的强烈的生命力和人格价值，这种个体生命的价值品格、精神风貌和顽强的生命力联系起来，融汇为一种新的主观精神形态——悲剧精神。"[①]在世界经典战争题材长篇小说中，我们看到

---

① 邱紫华：《悲剧精神与民族意识》，第 6 页，华中师范大学出版社，2000 年。

的不仅是战争和军人、胜利和失败，我们还看到了战争笼罩下的人生悲剧、灵魂堕落和人性扭曲，如《这里的黎明静悄悄》《静静的顿河》《永别了武器》等等；而在新时期之前的军旅长篇小说中，我们看到的更多的是乐观主义的胜利、革命大团圆的结局以及"高大全"式的英雄形象。抗日战争和解放战争的胜利给中国人民带来了民族的解放和国家的独立，然而，在文学书写中，历史的转折以及战争带来的巨大牺牲和悲剧内涵却被有意无意地忽略和遮蔽了。

　　1990年代中期以降，军旅小说创作从中篇的繁荣走向长篇的兴盛，小说创作削弱了历史纪实的成分，加大了艺术虚构和想象、提炼的力度，陆续诞生了一批思想艺术上更为成熟厚重的军旅长篇小说作品。如《走出硝烟的女神》《英雄无语》《历史的天空》《亮剑》《我在天堂等你》《楚河汉界》《音乐会》等等。在这些小说中，政治意识形态色彩有所淡化，富有个体生命光彩的军人形象登上了历史和现实舞台，从枪林弹雨的战争风云到动荡不安的政治风潮、从歌舞升平的和平年代到社会转型的历史变革，演出了一幕幕壮美却又饱蘸悲情的英雄史诗。"与此同时，受女性文学发展的影响，一直在中国军旅小说中可有可无、充当陪衬的女性形象，在男人为主的军旅长篇小说中逐渐走向核心地带，在战争的摧残下她们坚忍不拔，在情感的纠葛中她们追求自我又不得不委曲求全，哀婉又慷慨的女性悲剧从战争和军旅中浮出水面，丰富了军旅长篇小说的表现力。悲剧大都产生在时代的转换之际，它的出现就像是从吞蚀一个时代的烈火中升腾起的火焰，而等时过境迁，又只成为时代的装点缀饰。军旅长篇小说悲剧意识的崛起将我们重新带回历史的尘封、现实的诱惑和军人职业的使命中去，用艺术的手法还原军人的生命，为的可能就是'为了忘却的纪念'。"①进入21世纪，军旅长篇小说作家加强了对悲剧审美意蕴的挖掘和表现力度，悲剧意识的觉醒和悲剧精神的建构成为21世纪初年军旅长篇小说创作的重要突破和审美新质。军旅长篇小说中的革命军人，无论是战争年代还是和平年代，男性还是女性，往往都经历了生命、情感、理想、品格上的种种困境和考验，并为之付出了沉重代价，使人们在看惯了积极乐观的英雄主义和理想主义之后，得以沉入生命和灵魂的内面，细细品味真实的军人和悲剧的英雄。创作观念的嬗变，使得军旅长篇小说更加深刻地反映出战争的残酷与生命的苦难，更加真切

---

① 牛金玲：《1990年代以来长篇军旅小说的悲剧意识》，河北大学硕士学位论文，2011年。

地呈现出中国军人在面临时代转型与和平考验时的精神困境与命运遭际，因而具有了独特的艺术魅力和丰饶的精神空间。

展示某种价值的毁灭无疑是悲剧的基本特征；但悲剧的意义绝不单纯是展示价值的破碎，从而给人留下一段伤感苦涩的沉郁。悲剧要通过展示悲剧英雄对不幸命运的抗争，使人看到一种更高的价值力量，营造一股历劫长存的浩气。悲剧精神就是悲剧主人公所表现的为实现某种价值信仰和人生理想，不屈从于命运和现实的抗争精神、生命意志和崇高的人格魅力。"悲剧并非仅指生命的苦难与毁灭，更重要的是面对不可避免的苦难与死亡的来临时，人所持的敢于抗争的态度和勇于超越的精神"。[①]21 世纪初年的军旅长篇小说在悲剧审美、悲剧表达和悲剧精神的建构方面逐渐走向深入和成熟，从历史与现实、人性与个性、牺牲与价值、理想与沉沦等错综缠绕的人生维度中深入挖掘军旅人生的哲学内涵，拓展了军旅长篇小说的思想宽度和艺术表现力。

一、历史的悲剧

进入 21 世纪，文化语境的多元化、新历史主义文学观念的启发都使得军旅长篇小说开始突破既有政治话语的禁锢，正视历史真实、反思战争本体、关照人性的深广度和丰富性。在 21 世纪初年军旅长篇小说中，人性的异化和扭曲并不再是丑化敌人的脸谱和政治斗争中攻击对方的手段，军人也不再是那种性格单一、立场单纯、信念纯粹的"一清二白"的政治符号，而是在历史发展的过程中真实鲜活、有血有肉的"生命存在"。

所谓的人性并非孤立和静止的，而是随着个人的认知经验和社会演变而发展变化，始终处于动态的过程中，并与广阔的外界现实发生着千丝万缕的联系。当外部世界发生巨大变化的时候，在价值信念面临两难抉择和现实考验的境况下，灵魂的自审与斗争常常是激烈而残酷的，人性的复杂性和矛盾性由此体现出来，人性也因此而彰显出深度和广度，人性的悲剧往往就是在难以言明的矛盾困惑和无法做出的价值判断中诞生。不同于"十七年"军旅长篇小说高扬党

---

① 牛金玲：《1990 年代以来长篇军旅小说的悲剧意识》，河北大学硕士学位论文，2011 年。

性、革命性的外化的主题表达，21世纪初年军旅长篇小说更加关注人性的内在探索，注重还原军人的生命本色，展现他们真实的精神状态和心路历程。

复杂而残酷的战争往往将军人置入极端的经验和情境之中，使之经受严峻而深刻的人性考验。李西岳的长篇小说《百草山》中有这样一个震撼人心的情节：小说主人公贺金柱在参军前，为了给被日本军官川野奸污了的姐姐报仇，纠合同村的伙伴企图将川野的十六岁女儿美惠子也给"缺德了"，当他们扒了她的衣服却又不敢"缺德"她，可是又不甘心放了她，于是就把她绑起来，塞住嘴，将头塞进裤裆里，弄成窝脖大烧鸡，让她在高粱地里滚，结果无辜的日本小姑娘就这样被活活地折腾死了。类似的情节在"十七年"军旅长篇小说中是不可想象的，因为小说的主人公作为英雄人物其形象必须自始至终是高大的、纯洁的，不能有道德的缺陷，更遑论这种人性的罪恶。而21世纪初年军旅长篇小说就着力还原了军人性格品德和精神信仰的形成过程，正视了战争给革命军人造成的灵魂的戕害和人性的扭曲。美惠子的父亲是残忍的，是中国人民的敌人；然而，他的女儿却是一个像贺金柱的姐姐一样纯净、善良的花季少女。原本单纯善良的少年，在巨大仇恨的控制下完全丧失了理性，在复仇的冲动中扼杀了一个同样美好、单纯、无辜的生命，做出了和日本鬼子一样惨无人道的行为。虽然这同日本人在中国犯下的滔天罪行相比微不足道，这两个年轻人毕竟表现出了某种同情或曰迟疑，没有玷污日本女孩子的纯洁，同日本人将人的脑浆煮开诱骗不懂事的中国孩子喝这类暴行相比，好像还算不上人性的堕落，但这也足以显示出战争对于人性善的泯灭和对人性恶的释放。

战争的源头往往是政治，谈及政治斗争时，我们的印象往往是"你死我活"的，政治斗争堪称没有硝烟的战争。在政治斗争中，人性的底线往往一退再退，最终在政治的压力和个人利益得失的双重挤压下土崩瓦解。"十七年"军旅长篇小说受当时的政治语境影响，对政治斗争往往表现为敌我之间的阶级斗争，对于党内和军队内部事实存在的政治斗争却浅尝辄止、望而却步，对于我党我军内部的政治斗争所凸显的人性的猥琐、卑微甚至堕落更是避而不谈。进入21世纪，随着改革开放的深化和思想观念的解放，历史题材军旅长篇小说普遍突破了谈"文革"色变的禁忌，作家们开始自觉地揭露和反省"文革"中的人性滑坡，并由此探索历史的荒诞感和悲剧感。

"文革"制造了历史的悲剧、民族的悲剧，更凸显了软弱、苟安、随风摇摆、追逐权力的人性悲剧。在项小米的《英雄无语》中,"爷爷"出生入死为中共特科工作,"文革"中却被别有用心之徒诬陷为有说不清的政治污点的敌特;在都梁的《亮剑》中,李云龙对种种无耻的阴谋和诽谤终于忍无可忍,最终将枪口对准头颅,将最后一颗子弹留给了自己,悲剧性地结束了戎马一生的军旅生涯。此外,邓一光的《我是我的神》、项小米的《记忆洪荒》等作品也对"文革"那段历史进行了富于生命深度的反思和批判。作家们没有回避历史、美化历史,而是勇于直面历史,客观地把军队和革命事业内部"左"倾的政治漩流所造成的悲剧作为审视和反思的靶标,超越了以往单纯将悲剧的根源归结于极左政治路线的历史局限,把人物的灵魂挣扎和精神坚守作为表现重点,从人性的深处和细部来挖掘深刻的悲剧内涵和悲剧精神。作品所要反思和批判的不仅是走了弯路、误入歧途的历史进程与私欲膨胀、卑劣无耻的个人品行,更是直指人们盲从、猥琐和自私的精神暗影。特定时代的悲剧已经不仅是历史的悲剧,而是我们民族的精神悲剧和国民的人性悲剧,更是每个人自己的灵魂悲剧。

英雄人物对历史的进程起了重要的推动作用,历史反过来也成就了英雄的功名;然而,有没有被历史的沉沙掩盖的英雄呢?回答是肯定的。历史创造了英雄,也同样制造着英雄的悲剧。一切历史都是当代史,历史的面纱往往也会有意地掩饰真相,来维护历史及当下的合理性,而个体的生命往往成为历史建构过程中的牺牲品。21世纪初年军旅长篇小说已经具有了还原历史的意识,不再一味地回避战争中的屠杀和血腥;而是努力发现曾经被"历史"歪曲的真相,挖掘那些被掩埋于"历史"尘埃之下的英雄。在徐贵祥的《高地》中,老首长刘界河说的不错,所有的历史都会留下说不清楚的东西,他举了一个例子:红军时期,一支团队遭到敌军围困,就在决定突围的时候,接到密报说内部出了八个奸细。这让团长政委犯了难,抓住这几个所谓的奸细吧,证据不足;不抓吧,又怕真的是他们里应外合,带着他们突围有很大风险,而且没有时间调查。商量再三,团长政委决定,把这几个人毙了。在即将行刑的时候,一个"奸细"突然喊起来,说只提一个请求,说大敌当前,要节省子弹,我们自己了断吧,说完就一头栽在地上,脑门磕在石头上血流如注,其他几个纷纷效仿。可是行刑并没有停止,团长说,同志们,也许你们是冤枉的,可是情况复杂,没有工夫调查,如果你们是清白的,那就算为革命牺牲了。客观的历史已经一去不复返了,文本的历史出现了许多说不清的东西,人为了自身的利益建构了历史,又为了自己的利益去阐释历史，明明在为革命工作却被当成叛徒而遭枪毙，生命个体在历史长河和民族战争的漩流中往往别无选择地成为某种意义上的牺牲品。历史就这样轻易地吞噬了英雄的个体生命，再用历史的文本将原有的鲜活现实记述成真假难辨、面目难分的史料文字。历史歪曲、湮没英雄的悲剧频频上演，却少有作家关注；于是英雄的内涵不再丰满，而是被抽空并纯化为历史的胜利者。

自古成败论英雄，但成败毕竟不是可以随意涂抹的，即使时过境迁，英雄的灵魂终须安置妥当。长篇小说《高地》就是围绕着一段扑朔迷离的战斗历史展开的。朝鲜战场上，一直以来被组织上认定为是一次达到了我军作战意图、并挫败敌军进攻的典型战役双榆树大捷，却是一场不折不扣的对敌情做出了错误的判断，造成了战场情态的严重失利的战役；虽然战役最终得到了补救，也是以战士勇敢的牺牲为代价的，是一场偶然的负负得正的胜利，或者根本就是一个失败。这个战役的两个主要指挥员对于这场战役是胜是败争论了一辈子，最后终于明白了真相。双榆树大捷一直是作为光荣历史被载入荣誉史的，有很大一批干部也是因为双榆树大捷的战功而实现了人生的转折；然而，谁想到这却是一场失败的典型。历史给我们的英雄们开了这样一个玩笑。战斗英雄以坦荡的胸襟接受并正视了这样的历史现实，尽管是一次失败的胜利，英雄却还是英雄，他们为民族的解放英勇奋战直至献出了宝贵的生命，任何人都没有资格按照自己的意愿和功利目的随意涂抹和改写这段历史。可悲、可怕、可怜的是英雄用生命赢得的战斗，日后却成了后人追功求利的政治工具，英雄与历史的关系似乎远没有我们想象中单纯，复杂、动荡而令人心生恐惧和疑虑的历史造就着英雄的辉煌，不经意间也埋下了英雄悲剧的种子。

二、现实的悲剧

军人的使命就是保家卫国、以牺牲和奉献赢得战争的胜利，换取国家和民族的和平安宁。和平既是对军人的最高褒奖，某种意义上说也是对军人的埋没。和平年代的军人所面临的职业困境、情感困境和人性困境又是怎样的？ 21 世纪初年军旅长篇小说在反映和平年代的军旅现实生活时，已经不再是空泛化、模式化地表现军人崇高的思想境界，而是体现出思辨的深度与力量。

"和平岁月是军人用生命与鲜血编织而成的，它既是军人的荣耀，又是军人的某种精神泥淖，使之无法逃避地隐进去，在其中进行沉重而悲壮的挣扎。"①军人为维护和平、遏制战争而存在；然而，每个优秀的军人都对战争有着挥之不去的向往，对军人来说，只有战争才是自己的归宿，只有在战争中才能体现出军人职业的终极价值。战争的渴望、战斗的激情成了一代代军人难以了却的战争情结。21世纪初年军旅长篇小说中有这样一批军门子弟，他们从小生活在军队中，吃的是军粮，唱的是军歌，听的是军号，接触的是军人，并在父亲那里受到较好的军事训练。他们相信军人是世界上最值得骄傲的职业，相信军人是男人中最优秀的一群，相信自己天生是军人，军旅自然而然成为他们的人生理想和必然选择。他们热爱军队并立志成为其中优秀的一员，做一个像他们的父亲一样铁骨铮铮的硬汉军人。就是这样一群优秀的军人却在自己的军旅生涯中演出了悲剧的角色，用他们自己的话说，他们太浪漫了，他们把军人这个职业理想化了，浪漫和理想使他们只知道把部队当事业干，而不知道把部队当作仕途干。仕途，是个太直接、太功利的通道，它看似理想，其实拒绝理想，其中看似充满机会，实则难以掌控。这些生机勃勃的年轻军人付出了青春的代价，更多的则只收获了苦涩和遗憾。在马晓丽的《楚河汉界》中，战士王京津聪明活跃，对部队无限热爱并充满激情，同时博览军书而见识广博，还写得一手好诗，他创作的长诗《献给下一次世界大战的英雄》受到很多战士的崇拜。王京津本应该在部队大展拳脚成就一番事业的，却因为爱耍干部子弟的做派，在部队关系很僵被命令复员了。当首长的老爹也不屑为不争气的儿子开绿灯，这个年轻人半夜跑到军营对面的山坡上，朝着军营方向敬着军礼，满面泪痕地大声喊着：亲爱的连队永别了！喊完就开枪自杀了。在他的遗书中只有六个字：不当兵，毋宁死。这只是一个极端的例子，他是那样痴情地爱着军队，不能接受被自己的所爱抛弃。周东进在作战前动员时曾说，一个男人一辈子不当兵是个遗憾，一个军人一辈子不打仗更是个遗憾。这足以证明军营对于一批铁骨铮铮、想要建功立业的青年具有足够的吸引力，军旅就是他们永远也解不开的情结，脱了军装他们就不知道自己还能做些什么。他们好像天生就是军人，

---

① 北乔：《枪是有灵性的》，《解放军文艺》，2002年第10期。

不但要将自己的生命全部交付给军旅，还要将儿女们也尽可能地塑造成出色的军人，这样一代代地将军人的作风和荣光传承下去。

在《楚河汉界》中，周东进所在的部队到南部边境轮战，一直处于钻猫耳洞或同小股游击敌人作战的状态，没有打过一场像样的战役，这使他很不痛快。当接到攻打1422主峰前面的395高地的命令时，他两眼放光。他仔细研究了395高地以及1422主峰附近的地形，发现这阵势很像二战中的克伦战役，这一发现意味着机遇和挑战："周东进激动不已，他只觉得一种压抑不住的激情在胸中汹涌澎湃地冲撞起来，充盈着他的每一根血管，弹拨着他的每一根神经。一种自幼就熟悉的冲动使他周身燥热，坐立不安，恨不能立刻开展，打一场功垂史册的好仗。"[1]这就是军人充满阳刚的战斗激情，战斗就像他们的情人一样，他们时时刻刻思念那战争女神，当他们有幸匍匐在战争女神裙边的时候，他们愿意献出自己的一切甚至是生命。养兵千日，用兵一时，虽然战争是令人厌恶的，但是作为军人，他们仍然渴望着被用之时，因为军人存在的核心价值就在于驰骋疆场、主宰战争、赢得胜利。为此，他们忍受着被养千日而无用武之地的精神煎熬，这就是和平年代军人拼尽全力对抗平庸，最终却又无可避免地流于平庸的悲剧。

一直以来，军队都是作为一个整体而存在的，集体主义、无私奉献一直是作为军队的核心价值来弘扬的，集体荣誉感是军人的灵魂，令行禁止是军人的纪律。一样的军装、一样的口号、一样的步伐、一样的军歌将军人们打造成了"钢铁长城"。融入庞大的军队，军人就是一种符号。个体生命、个性化存在似乎从未成为过军旅长篇小说的叙事主流。不过对于社会而言，每一名军人都是独立的个体，对于家庭来说，每个军人都是鲜活的、不可替代的唯一。因此，21世纪初年军旅长篇小说更加重视军人个体的生命经验。作为一个集体，人民军队坚不可摧；然而一个普通军人，却不得不面临种种生存的压力和精神的困境。除了职业的限制和困惑，军人也拥有自己的情感生活，他们有对其有养育之恩的父母，有温馨浪漫的爱情，也有活泼可爱的儿女；然而，他们当中有很多却不得不远离家庭、远离繁华的都市，只身一人戍守在外，他们为了军队兢兢业业、尽职尽责，留给亲人的却是太多的无奈与等待。古语说忠孝不能两全，

---

① 马晓丽：《楚河汉界》，第161页，解放军文艺出版社，2002年。

当一个善良、正常人的情感需求被剥夺而无法实现时，人性的情感悲剧就在所难免。军人的家庭在经济和物质的浪潮中面临诱惑和考验，军人边缘化的职业和清苦的生活被人讥笑和不解，他们能否在物欲横流的社会攀登上精神的高地、树立起价值的标高呢？事实上，我们常说的"人在军旅"，不仅仅是一种职业的选择，它已经成为军人生命的选择、价值的皈依和精神的寄托。无论当初从军的初衷是怎样的，一旦他们跨入军营，穿上军装，走起队列，唱起军歌，就神奇地融入到这个年轻、朝气、富有生命力的集体当中。尽管生活艰苦、单调，甚至不近人情，但是一股对部队难以割舍的依恋却怎么也抛不开。也许这就是军营的魅力，这就是军人的情结：营盘如铁、兵如流水，军旅情感却会伴随人的一生。这种浓得化不开的军旅情结既蕴含着源源不断的正能量，也隐藏着军人在职业选择中的精神危机，其中所蕴含的悲剧性审美元素在21世纪初年军旅长篇小说中得到了充分的挖掘和展现。

21世纪初年军旅长篇小说在表现和平军营时摆脱了生硬的理想和空洞的口号，从平凡的日常生活中表现普通军人的真实精神境界和价值选择，也正是从这个角度切入，才挖掘到了和平时期军旅生涯中的那份苦涩的人性悲剧。如衣向东的《一路兵歌》、王秋燕的《向天倾诉》、韩丽敏的《将军楼》等，这些现实题材军旅长篇小说没有战争的残酷血腥，没有历史的沧桑厚重，没有慷慨悲怆的英雄豪气，有的只是和平年代普通而又平凡的军旅生活。《一路兵歌》的叙事围绕着北京的一个使馆区的勤务中队展开。中队长、指导员都是勤勤恳恳、任劳任怨的基层带兵人，他们长期和妻子两地分居，独自一人坚守在军营中，放弃了种种天伦之乐。指导员的妻子是个下岗女工，天天盼着能随军到北京团聚，可是就在愿望即将实现的时候丈夫却不幸得肝癌去世了。平凡的军人、卑微的死亡，可是谁又能说他不是一个称职、敬业的军人？有人说做军人就意味着奉献和牺牲，做军属就意味着无奈与等待，这可能是不错的。在《一路兵歌》中，没有战场、没有英雄，有的只是普通的人、平凡的军人。军营是他们热爱的地方，是他们实现理想价值的平台；可军旅生活所特有的种种限制和现实的困惑也给他们带来了难以弥补的情感缺憾，这种生死两隔的遗憾又何尝不是苦涩而痛彻的悲剧呢？

三、女性的悲剧

在 21 世纪初年军旅长篇小说中，英雄已不仅仅是男性，女英雄亦成了不容忽视的重要存在。女性英雄或者是军人的妻子、女儿，或者本身就是军人，抑或两者兼任。不论是在战火纷飞、英雄辈出的革命战争年代，还是祥和安宁的和平时期，女性为中华民族的崛起和中国军队的发展都付出了巨大的牺牲，表现出顽强坚韧的精神品质。

女性作为一贯受压迫的群体，在"五四"以后有了自觉的反抗意识，她们为了追求独立、自由、解放的新生活而逃离封建家庭的安排和束缚加入了中国人民解放军；而女性所特有的性别特点和社会地位决定了要解放自己就要参与到残酷的战争中去，付出比男人更大的代价。裘山山的《我在天堂等你》讲述了在进军西藏的征程上、在雪域高原的生命禁区，女性以自己坚韧、独立、伟大的人格，为了自己的事业和理想经受了身体和情感的双重折磨。美好的女性为了革命，为了追求自由、解放顽强地抗争，不得不放弃女性的特征和权利，与男人一样地投入战争，其代价却是女性本质特征的丧失。

战争带给她们的除了肉体的痛苦，还有种种精神上的折磨。对于女性而言，爱情的悲剧对她们青春的扼杀、灵魂的戕害似乎更加致命。在英雄军人的爱情生活里，女性往往处于被动的地位，她们向往自由、美好的爱情和理想的伴侣，却无法摆脱组织的安排；从封建婚姻逃出来，在枪林弹雨中追求自由，却又不得不面临新的包办婚姻，婚姻的悲剧在历史题材军旅长篇小说中比比皆是。《楚河汉界》中周汉为了留下后代而娶了于恩华并与她同房，却连她的脸盘都没看清楚，于恩华仅是他发泄自己情欲和繁衍后代的工具；而他却一直都没有意识到妻子的不幸，是女儿川川提醒了他这一点，但他仍然一意孤行。让女儿嫁给自己喜欢的警卫员，从而破坏了女儿自由选择爱情和婚姻的权利，还自以为这是对女儿的疼爱，就这样他按照自己的意志制造了两代女性的情感悲剧。当然，被包办的婚姻中，也有一些女性能在婚后的生活中渐渐爱上自己的丈夫，这其中既有对政治的认同，更有英雄人格魅力的感染。《历史的天空》中的小政委东方闻音，好不容易接受了梁大牙的爱情，自己却在战场上牺牲了。除了组织包办，即使是心甘情愿的婚姻中，被丈夫抛弃和遗忘同样给军队中的女性的人生造成了巨大的悲剧。《英雄无语》中被爷爷抛弃的"奶奶"，为丈夫的遗弃遭受了一生的孤独和苦难；《百草山》中，一级战斗英雄贺金柱丢弃了农村妻子魏淑兰而同年轻漂亮的女学生张敏结婚，使妻子从此憎恨男人，决定一辈子不再嫁人，造成了一生的悲剧。魏淑兰因为败给了张敏开始了悲剧的一生，而张敏得到了理想的英雄军人做丈夫，可是她的人生也难逃悲剧的笼罩。张敏热爱生活、青春美丽、个性好强，是个有独立追求的知识女性。在那个崇拜军人、崇拜英雄的年代，她最终选择了比她大十几岁的贺金柱做自己的终身伴侣，正当她准备迎接幸福的时候，命运给了她一个讽刺的开局，新婚之夜她的丈夫因为得知父亲为了他的喜新厌旧而上吊的消息，因而产生了心理障碍，这对他们今后的婚姻是个不幸的暗示。张敏毕业之后留校做了一名大学老师，在那个大学生还凤毛麟角的年代，大学老师是个令人羡慕的职业。她本想在大学好好干一番事业，却因为丈夫的移防被迫跟贺金柱驻扎在大山里，在部队做了军人服务社的主任，跟一群农村来的、没文化、只会拿自己当军官的丈夫来炫耀的家庭妇女打交道。就这样她疏离了自己的专业，陷入了浅薄、愚蠢的炫耀和互相攀比之中，整天拿着首长夫人的派头颐指气使、发号施令。随着丈夫升为师长、军长，她也逐渐丢掉了自己，生活在了丈夫权力地位的阴影里。她贪恋物质利益，私下滥用丈夫的权力为自己的亲友牟利，陶醉在第一夫人的虚荣里。直到百万裁军的命令一下，丈夫所在的八十九军被成建制地裁撤，丈夫不愿做副职而离休了，她才从权力的快感中跌落下来，这时她才真正反思到自己丧失个性的一生、为权力所奴役的一生是多么俗气、可悲。为了爱情伤害了别人，为了爱情迷失了自我，为了爱情荒废了一生，为了爱情变得世俗堕落，爱情没有毁灭人性，却使人陷入了重重怪圈中。在21世纪初年军旅长篇小说中，女性不仅仅是男人世界和战争背景的点缀，不论是男作家还是女作家都对军人世界中女性的成长历程、心灵变化和悲剧命运投入了更多的关注和思考，探索了社会、时代和个性心理等女性悲剧的多方面根源，表达了对女性生命的关照和敬意。

《高地》中的女军人杨桃从医科学校毕业后参军，成了一名战地护士，后来成了军人严泽光和王铁山的共同追求目标。当他们俩当着自己的部队公开向她表达爱情时，她不得不逃掉了。这是一个爱情故事多么美好动人的开端啊，然而这春季般的爱情花苞还未及绽放就被战争扼杀了。她在战斗中失踪了，严泽光和王铁山带着部队搜遍了整座山也没有找到她，后来部队接到入朝作战的命令不得不开拔了。大家都以为她牺牲了，可是几十年过去了，大家才知道，原来那个美丽的女兵受伤后被一个郎中带走，并为他生了一对龙凤胎；而她的丈夫因为曾经被迫为国民党军队治过伤，被定性为匪医，在反右中被错误杀害了。她带着两个儿女来找原来的部队，部队首长将她悄悄安置在地方工作。为了孩子将来不被父亲牵连，她迫不得已将自己的儿女分别交给两对夫妇收养，自己只能隐姓埋名地生活，远远关心着自己的儿女却不能相认。这就是一个在战争中丢失了青春、丢失了爱情、丢失了给予母爱的权利的美丽的女性的命运，她的人生是悲剧性的，不但没有浪漫的爱情，不能同自己的孩子团聚，却尽自己所能让那些在战争中失去了生育能力的军人们拥有了儿女绕膝的幸福。杨桃的生命中深深地印刻着军人悲剧、爱情悲剧和女性的悲剧，这是一个被战争夺去了一切美好的女性；可是她没有被命运击倒，没有被战争压垮，她勇敢顽强、自尊自立，始终坚强地帮助着别人，为我们展现了女性在战争与和平环境中坚韧的心灵与崇高的精神。

结 语

悲剧的魅力不在于苦难而在超越，诚如雅斯贝尔斯所言："没有超越就没有悲剧。"[1] 在 21 世纪初年军旅长篇小说中，我们能感受到不被现实压倒、不向权力妥协的抗争精神和超越现实生存困境的英雄主义精神。当悲剧人物执着于纯洁的价值理想时，充斥着种种现实欲望的世界就会变得无比坚硬，这样，困境就不可避免；但是，恰恰是这种艰难的困境更加激活了人的深层潜能，从而完成对自我的超越。

黑格尔曾在他的《美学》中说，悲剧的主人公大都是那种具有高远志趣和行动坚定的人，可现实却又无法提供实现他们高远志趣的必要条件，于是悲剧就产生了。黑格尔所提到的这种悲剧其实就是英雄的悲剧。军营是热血男儿向往的热土，这里的氛围紧张严肃、热烈纯粹，摸爬滚打、操枪弄炮的日子充满

---

[1] 卡尔·雅斯贝尔斯：《悲剧的超越》，亦春译，第 26 页，工人出版社，1988 年。

了激情和挑战，无数的英雄在这里诞生、成长。对于满怀报国壮志、执着追求理想信念的职业军人而言，在战争年代他们用生命和鲜血挑战战争和死亡，在和平年代他们拒绝平庸，对抗堕落，超越世俗，挑战自我，用青春和坚守践行着崇高的理想和高贵的精神。现实生活中，优秀的军人和纯粹的信念都面对着世俗逻辑的严苛考验。没有悲剧的战争是不存在的，没有悲剧的军旅是不真实的，没有悲剧精神的英雄主义是不深刻的。不朽的传世名著大都是悲剧，有着深刻的悲剧意识和鲜活的悲剧人物，而缺乏悲剧审美空间的军旅长篇小说是难以成为经典的。进入 21 世纪，军旅长篇小说走出了"高大全"式虚假的颂歌模式，开始探索对战争、命运和人性的悲剧表达，从历史的悲剧、现实的悲剧、女性的悲剧等不同层面切入，展现了一代代优秀的中国军人在面临战争与和平、理想和选择、利益和职业等人生抉择时的精神境界和生命状态，建构起具有悲剧审美价值的精神伦理。

悲剧意识的觉醒成为军旅长篇小说走向成熟的重要标志，而对悲剧精神的自觉建构将使得军旅长篇小说真正超越时代、超越政治、超越功利，拥有经典的品质和永恒的魅力。

印象·"穿越"傅逸尘

——从一次会议的缺席开始

朱向前

一、一次缺席的会议

2013 年 5 月 13 日下午 2∶30，由中国作协创研部、理论批评委员会和中国现代文学馆联合举办的"青年创作系列研讨·80 后批评家研讨会"如期在京召开。而恰在北京的我却缺席了。

虽然近年以来，我经常蛰伏江西老家山中小院，一为享受青山绿水甜空气，二也是有意躲避开会，淡出江湖。但这个会不一样，它研讨的对象是六个 80 后批评家，其中最年轻者就是我的学生傅逸尘。所以，当 4 月中旬作协创研部岳雯通知我时，我虽初患小恙入住在 301 医院，却还是爽快地一口答应了。原以为还有一个月疗程，当无问题。殊不料因最后一次复查结果延宕了时间，不胜其憾。

因此我就特别关心有关会议的报道，并先后读到了《文艺报》的综述《青年批评家在成长》(2013 年 5 月 20 日)；《中国艺术报》金涛的《80 后批评家，他们为何姗姗来迟？》(2013 年 6 月 7 日)，捕捉到了会议上的诸多信息，获益匪浅。但其中最受用的是这么几句话——"前辈批评家在惊讶之余，给予了他们很高的评价：学识广博，感觉敏锐，接轨传统，打通经典，理论视野开阔，善于在务实求新，相比前几代批评家，多了'后'知识，富于潜力……"(见金涛文)

说得是何等的好啊！我深表认同，而且我还从字里行间读出了别的意思，脑海里穿越出了有关傅逸尘的两段往事，虽无关学养，但有关修养——

二、一曲吉他惊四座

2012 年春夏之交，总政艺术局和解放军出版社在广东汕尾遮浪岛边防某连举办全军长篇小说创作笔会，傅逸尘应邀与会，我前往授课，相会于遮浪岛。笔会结束前夜，笔会成员要与驻岛官兵举行一场联欢晚会。驻军领导为了向笔会作家、总政机关领导展示汇报基层文化活动成果，不仅让连队复排了全军获奖的拿手好戏，还特邀了曾在此代职锻炼过的几位专业演员回"娘家"来"助演"，无形中既大大提升了观众们对晚会的期望值，也给了"客队"——作家班一个巨大压力。部队里干啥都好讲究个胜负输赢，不争出个你高我低就不算完。明知不敌，也要"亮剑"！何况来自全军的作家，个个都是人精，其中又有几个集编、创、演于一身的曲艺演员堪称杀手锏，焉能轻易认输？果然，大幕一开，好戏连台，兵来将挡，土来水淹，三五个回合下来，我方（无形中我已自觉加入"作家班"啦啦队）竟扛住了，不处下风，特别是两位曲艺家新编相声"遮浪岛的浪"，把驻岛官兵的真人真事都巧妙嵌入，不停地爆得大彩，显然把对方派出的第一员大将某歌手的风光压了一头。气氛渐趋火爆，竞争更加激烈。我正担心，杀手锏之后还有啥呢？傅逸尘上场了。

实话说，刚开始我有点蒙，我怀疑自己看错了，这是傅逸尘吗？但见他着装休闲倜傥，斜挎一把吉他，"胜似闲庭信步"踱到舞台中央站定，真是玉树临风，而又泰然自若。傅逸尘这家伙会这一手？我怎么从未听说啊？他不是来搞怪的吧？我个人口味清淡，比较厌恶港台夸张、搞怪，以肉麻当有趣的无厘头风格。如果傅逸尘也来这一手，那可就把他翩翩美少年的形象毁于一旦了。我甚至低下头来有点不敢看了，寂静中但听他淡定地自报曲目《外面的世界》。随后是一串华丽的琶音，"转轴拨弦三两声，未成曲调先有情"。一个叮叮咚咚的前奏沉静而又活泼地在低沉的海浪伴送下飘然而至，场上哗地爆发出掌声。这时我举头望傅，他倒似目中无人，坐着怀抱吉他，遥视黑暗中的远方，朴实自然而又老到深沉地开唱了，他的声音再次让我困惑，因为你第一次听一个人唱歌，总觉得和他说话判若两人。但是很快，傅逸尘以他有点怀旧、有点恍惚、有点不羁的演唱风格和晚会上其他人区别开了，第一段刚唱完，掌声、叫好声已连成一片……

我不免又陷入了"穿越"。忆及1968年秋，十四岁的我下放在一个离县城有百里之遥的名叫若演的小山村，为了打发寂寞，找些乐趣，便悄悄学起了吹笛子，既无曲谱，更无名师，就从"5562，1162"开始，刻苦摸索，无师自通，到最后能勉强吹下来独奏曲"扬鞭催马送粮忙"，到1970年冬，在背包上斜插一根笛子去当兵了。曾经多少个夜晚，收工归来，倚在房东大门的门框上，对着晒谷坪以及坪前的小河和河对岸黑黝黝的半个山村高奏一曲，"呕哑嘲哳难为听"，不知给多少不眠人带去了骚扰、慰藉，还是愉悦？而今两相对照，无异于云泥之别……爆棚的欢声把我拉回晚会现场，只见傅逸尘起身鞠躬，又挥手致意，安排的和自发的俊男靓女们纷纷上台献花并与之合影。

嗣后在海滩宵夜时我与傅逸尘碰瓶（啤酒）时连连表示：太精彩了！太意外了！傅却平静淡然道：老爹（上了酒场他就不叫我老师了），这不算啥呀，我还会给你新的惊喜的！

是吗？

三、"手谈"南帆

果不其然，今年春暮某日小聚，傅逸尘刚从福州参加《中篇小说选刊》一研讨会归来，我问他有何趣闻，都见着谁了？他说见到南帆老师了。南帆听说我是你的研究生，很高兴，让我给你带好。哦，那是，我们老朋友了。我还跟他下了围棋。怎么样？我侥幸赢了。啊？！这可是一个相当具有杀伤力的爆炸性新闻！祝贺祝贺！为此，我和傅逸尘连干三杯。为了让傅逸尘和同志们知道此举之重大意义，我不得不长话短说地说起了南帆。

我自1970年入伍到福建，至1984年北上就读军艺文学系，十四年最好的青春年华都献给了福建，文学创作也起步于福建，对福建文坛颇为稔熟。我自认为，福建对当代中国文学的贡献主要在于诗歌和理论，前者有冰心、郭风、蔡其矫、舒婷等，后者则更有谢冕、张炯、孙绍振、刘再复、陈骏涛、何振邦、林心宅、陈晓明、谢有顺等，简直快顶得上当代文学理论界半壁江山了。而南

"新生代军旅作家"面面观 |

帆又堪称其中的佼佼者。虽然算后生晚辈（仅年长于谢有顺），但不愧是青出于蓝而胜于蓝。他胜就胜在比他人多一支笔，右手写理论，左手写散文，两手都很硬，都达到国内一流水平（均获得鲁迅文学奖），不仅在闽籍学人中，即便放置于整个当代文坛观之，恐亦属个案，不得不叫人钦佩。此为主业。业余呢，他也有两把刷子，称雄评论界。一是乒乓球，二是围棋。正好此二物也是我的所爱，因此就有了故事。

先说乒乓球。多年以来，因参加中国作协各种评奖活动，就与高洪波、陈建功、雷达、吴秉杰等文坛乒乓高手成了老球友、老对手。也久闻南帆球风稳健而凶悍，却一直无缘领教。但记忆中读到过他的一篇写打球的散文，其中说他少年时常在球馆中提拍四望，顾盼自雄的"霸气"给我印象颇深，故未曾交手就先怵了一层。结果2004年第6届茅盾文学评奖会上，我们遭遇了。我自认弱势，轻装上阵，却连下两城，按当日战例三局两胜制，我就2∶0赢了！正要握手感谢南帆"承让"时，他不让了，说五局三胜！也许是赛制突变打破了我的心理防线，也许是两局下来南帆窥得了我的命门所在。随后三局我竟稀里糊涂败下阵来，痛失好局，饮恨至今哪！

再说围棋。中国文人历来讲究琴棋书画，琴者，早成绝响，就不提了。书画亦因多年不彰，近几年才略有回潮之势。只有围棋，乃因上世纪七八十年代之交"聂旋风"劲吹，导致所有大学棋风甚炽，凡自认高智商者无不卷入，常在博弈中一展风采。此风波及文坛，但凡文友聚会，难免"手谈"几局，捉对厮杀，成一景观。时日一长，便有若干高手浮出水面，如小说家中的储福金、顾小虎等，棋力均在业余五段即近专业水准，而评论家中，则以南帆、陈福民等为著，传说中棋力不在业余三段以下。在我等上个世纪80年代末、时年三十五岁开外方来学棋的臭棋篓子眼中，基本上将80年代初出道者视为"科班"或童子功，将三段者惊为天人。军旅文坛高人朱苏进鼎盛期号称三段，授我二子，还常常弄得我长吁短叹。就他，还输给南帆。由此可见，无论主业还是副业，谁要想在南帆那儿占得一点风头，都是大不易。殊不料，此番傅逸尘以评论新人身份初到闽地，研讨文学之余，悄没声地打了一个客场，竟就把南帆给赢了，不啻于一员无名白袍小将在人们不经意之中于百万军中取了上将首级！虽然时过境迁，今日文坛棋风淡然，但此事影响亦不可小觑，必将不胫而走，渐次传遍文坛棋界。至于吗？那是，别人不说我说呀。就在前不久的中国作协全委会上，我主动招呼：

南帆兄别来无恙？听说前不久傅逸尘去福建跟你下围棋了，怎么样？

嘿嘿，我输了，不过，都有机会，差不多吧。

哦，那肯定是你大意了，下次再逮住傅逸尘别再让他了，哈哈……

我们相视而笑，我心中的那份小快意，球友棋友们，你们懂。

那天小聚我和傅逸尘们以此话题佐酒，至少每人多喝了五杯。哈哈哈！

由一次缺席研讨会的遗憾引出了以上对傅逸尘关于吉他和围棋才艺展示的"穿越"，其中有赞叹、有惊喜、有羡慕——羡慕他们生在了一个好时代，从胎教到家教，从小、初、高到本、硕、博，一路连科，红旗捷报，风调雨顺，风生水起，只要是这棵菜，只要是这块料，你就恣意生长吧，扎根、发芽、抽条、开花吧，"梨花一枝春带雨""春风杨柳万千条"，得天独厚，左右逢源，心想事成，梦想成真，无往而不胜。羡慕他们的同时，又对自己生出了几许遗憾，遗憾自己早生了三十年，由此我想起 1986 年上半年，王蒙先生到我们军艺文学系讲课，首先夸奖了一通莫言的《红高粱》《爆炸》，然后感慨道：我如果再年轻二十岁，我还可以跟莫言比试比试。这里有称赞，有羡慕，但也有一份不甘和不服。我当然远没有王蒙先生的雄心和才华，我对 80 后们是服服的。也正因此，我觉得傅逸尘站得高，走得远，写得好是应当应份的，大家都有目共睹，我也无需饶舌了。只说说写作以外的两点"才艺"，让大家更全面地认识傅逸尘就 OK 啦！

"穿越"终了，反顾前文，却有点不好意思了，光顾给爱徒捧场，竟让南帆"躺枪"了。所以，这篇拉拉杂杂的穿越记还要"收官"在南帆处：

南帆兄，向前这边厢先赔不是了，为表歉意，提前给你预约，在合适的时候合适的地点，我和傅逸尘师徒联手（我乒乓、他围棋）前来讨教，也给你一个左右开弓的双赢机会。如何？

癸巳夏月于江右袁州听松楼

原载《南方文坛》2014 年第 1 期

傅逸尘："新潮军旅批评家"的建构与超越

周明全

搞文学批评的人很少用笔名。三年前初识逸尘，聊天时他说，因为顾及到自己的军人身份，所以写评论文章或发言时署名"傅逸尘"，以示与作为军报编辑记者的"傅强"之区隔。有此二名，虽使得很多人不知傅强与傅逸尘实乃一人，然而这种含混恰恰赋予了逸尘另一重观察世界的角度和表达自我的空间。我猜想，2005 年读大三的傅强第一次在《小说评论》发表论文时抛出"逸尘"这个笔名，既有灵动之意，又有超然之势——阅读逸尘的文字确会生出洒脱与凌厉兼具的观感；近两年，我与逸尘的交往和交集渐多（我们是鲁迅文学院第 26 届高研班同学，又先后成为中国现代文学馆客座研究员），更深感他为人的真挚热诚与为文的通透大气。私以为，伴随着学养的累积和阅历的增长，"和光同尘"或许更加符合傅逸尘此时此刻的心境和状态。

一、独树一帜的"新潮军旅批评家"

2008 年，还在解放军艺术学院文学系读研究生的傅逸尘，便以评论集《重建英雄叙事》入选"21 世纪文学之星丛书"，平了该丛书最年轻入选者纪录。与军旅文学创作的辉煌历程相比，军旅文学理论批评长久以来总躲不过"一只失衡的车轮"的形象。朱向前教授曾发出由衷的感叹："君不见，军艺文学系从 1984 年创办至今近三十年，培养的作家数以百计，但主要从事理论批评的，连我在内也就三两个人，军旅文学理论批评后继无人早已不是'狼来了'的戏言。

就在此时，傅逸尘不卑不亢地冲缰而出，连续七年盘点和评述年度军旅文学创作，不仅别具一格地描绘出新世纪军旅文学'裂变'与'生长'的整体景观，而且对新世纪军旅文学的文化语境、发展态势、叙事伦理、审美旨趣、艺术成就、创作局限等进行了全面深入系统的阐释和论析，填补了新世纪军旅文学研究的空白。"

诚如朱向前教授所言，横空出世的傅逸尘在近十年的批评实践中，深入持续、学理性、系统性地建构"新世纪军旅文学"版图，颇有几分挽狂澜于既倒的豪迈与悲壮。若按代际划分，傅逸尘当属"80后"批评家，但他还有一个更为特殊的身份和头衔——"新潮军旅批评家"。与其导师朱向前一样，尽管傅逸尘也发表了大量研究"地方文学"的文章，但批评界还是很容易从身份的角度将他标识为军旅批评家。然而，傅逸尘的理论批评与以朱向前先生为代表的老一代军旅批评家相比已经有了本质性的差异。我之所以称傅逸尘为"新潮军旅批评家"，一是因为他是军旅文学理论批评领域最年轻且最具代表性的"新"锐，他的批评蕴含了与新时期军旅文学批评完全不同的"新"质，一种崭"新"的面貌，更具现代性的广博视野和学院派的学术品质；二是因为傅逸尘的批评实践，尤其是他对新世纪军旅长篇小说的跟踪研究和理论建构有效助推了当代军旅文学第四次浪"潮"的发展，他对"重建英雄叙事"的倡导和言说亦延伸到了文学之外的文化场域。而他对"新生代军旅作家"的命名概括和积极推介，更是在军旅文学创作青黄不接的当口，持续不断地引发军内外文学界对70后军旅作家群体和创作现象的关注和热议。作为80后批评家，傅逸尘具有强烈的历史感和问题意识。正是在不断提出问题并回应问题的过程中，他的批评实践显露出独树一帜的面貌和气象。

毋庸置疑，傅逸尘是继朱向前之后最具活力和建树的军旅批评家。他将批评的"现场感""有效性"和"学理性"代入军旅文学创作与研究的最前沿，在近十年的批评实践中，迹近孤独地坚守着军旅文学理论研究与批评的主阵地，受到军内外文学界与批评界的普遍关注，为沉寂已久的军旅文学理论批评注入了清新的活力，并带来了一片炫目的曙色霞光。

二、"回归批评家单纯质朴但却真实有力的感觉"

傅逸尘的理论批评视野开阔、洞察敏锐、持论严谨,既有史料考证、文本剖析,又有理论思辨、精神审思,呈现出经过系统学习和严格训练的"学院派"风格。品评他的理论批评文章,你能感到扑面而来的诚意、新意和真意。

诚意,是一名优秀批评家首先必须具备的品格,无论是面对文本还是自己的批评文字,傅逸尘都是如此。在他看来,"真正的文学批评从来都不应该成为作家作品的附庸,真正的文学批评从来都不应该伴随着文学的堕落而沉沦,真正的文学批评应该引领着文学的发展、预示着未来的方向,真正的文学批评应该秉承着对文学的热爱和对人类的关怀,超越功利,探索艺术的真谛,阐发文学的价值,建构一个属于文学与批评自身的温暖、自由、高贵、和谐的公共场域和精神家园"。也正因为如此,他敢于坚定持守自己的批评标准和独立的批评品格,既勇于直陈己见,又绝不攻讦辩难;既毫不吝啬地"灌溉佳花",又切中肯綮地"剪除恶草",始终以诚挚的态度与作者对话、和读者交流。

新意,是指傅逸尘具有独到的批评眼光和敏锐的文学触觉,始终置身文学现场,时刻关注军旅前沿,善于从新的文学力量和文学现象中透视军旅文学的发展路向,善于运用新的批评话语探索文学批评新的可能性。早在 2006 年,他就率先以军旅长篇小说为研究支点,逐步展开对"新世纪军旅文学"的整体研究和现象阐释,建构起一个新颖的理论视界和研究平台;他及时窥见当下文学及精神状态的世俗化、欲望化趋势,大声疾呼"重建英雄叙事";他强调"开放的现实主义"观念,在"技"与"道"的双重维度下探讨军旅文学更为广阔的发展空间;他对"军旅文学叙事伦理"的准确概括以及别开生面的解读,建构了新的阐释话语体系。与此同时,出于对传统军旅文学理论批评方法的稔熟,傅逸尘积极尝试在承继传统军旅文学感悟式批评、阐释式批评、作家本体批评、社会历史批评等基础上,引入伦理批评、接受批评、文化诗学批评等话语,使军旅文学理论批评的话语空间得到极大增容。

真意,是指傅逸尘始终聚焦当下军旅文学具体问题有的放矢,从不矫揉造作、隔靴搔痒,更不会左顾右盼、言不由衷地说些场面话、违心话。傅逸尘期望文学批评"回到文学自身,回到文学的细部,回归批评家单纯、质朴但却真实、有力的感觉"。他为学不做媚时语,总是一针见血、直击靶心:他多次撰文对具体的作家作品进行鞭辟入里的剖析和评点,直言不讳存在的局限和缺失,丝毫不掩饰自己对一些"名师大家"和"金玉之作"的质疑,甚至发表凌厉的批评意见;他对日益影视化与世俗化的军旅长篇小说给予了早期预警,并对一些不良的创作倾向进行了猛烈批判;他多次吁请关注当下文学中的"伪现实主义"倾向,强调守望生活"现场"的"有难度的写作";他甚至坦言自己近年来的军旅文学批评总体上由"建构"转入了"解构"……这些充满血色和钙质的文字,昭示了文学批评原初的性情和本质的魅力。

三、建构并超越"新世纪军旅文学"

从整体上看,傅逸尘的理论批评有两个较为突出的向度:一是重新梳理与建构当代军旅文学史;二是对当下的军旅文学思潮与现象进行研究与批评。傅逸尘始终认为"批评当随时代",在反身梳理并重新解读当代军旅文学史的过程中,傅逸尘亦收获了"前瞻"的视野和"洞见"的目光。在对军旅文学"现实状态"与"未来方向"的判断和思考层面,傅逸尘的批评显示出"在牛角尖上舞蹈"的极致性——尤其是针对"当代军旅文学的写作伦理""重建英雄叙事""新世纪军旅长篇小说的伦理叙事与叙事伦理""新军事变革背景下军旅文学创作的坚守与突围"等重要理论问题发表系列文章并持续发声,显示出绝无仅有的先见性与洞察力。

统而观之,傅逸尘的理论批评成果显著:一是对新世纪军旅文学的整体性研究,既有文学史价值,又有现实的意义,同时廓清并铺展开一个新的批评对象和研究领域;二是把"伦理批评"有效地引入军旅文学批评实践,提供了一种新的理论视角和言说话语,其对军旅文学研究的学理性建构和创作层面的引领意义不可低估;三是对新世纪军旅长篇小说的持续关注与跟踪研究,显示了一个青年学者的敏锐和智识;四是首先命名并积极推介"新生代军旅作家"并持续不断地阐发理论新见(他在《南方文坛》2013年第4期发表论文《新生代军旅小说整体观》并在《神剑》杂志上主持"新生代军旅作家对话录"专栏,密切跟踪 70 后军旅作家的创作）；五是将对当下文学创作中"伪现实主义"倾向的批评与强调守望生活"现场"的"有难度的写作"结合起来，有破有立，建构起一种带有个性风格的批评话语，等等。

2014 年，傅逸尘的理论专著《英雄话语的涅槃——21 世纪初年军旅长篇小说创作论》由北京大学出版社出版。这是中国文学理论批评界第一部系统研究新世纪军旅长篇小说整体发展脉络的专著，对"21 世纪初年军旅长篇小说"创作的现象与概念、来路与走向、创新与症结进行了前瞻性、学理性和个性化的命名与阐释；他将"伦理批评"引入军旅文学研究领域，以叙事学和伦理学视角审视并透析"21 世纪初年军旅长篇小说"的写作伦理特征与文化精神诉求，有效拓展了军旅文学理论批评的学术平台和言说空间，进而对新世纪军旅长篇小说的艺术成就及其文学史地位做出了富于创新性和建设性的概括和总结。在这部专著中，傅逸尘摒弃了已经通行十余年的"新世纪文学"概念，转而使用"21 世纪初年"的表述方式，并在后记中尖锐且大胆地提出"新世纪文学应该终结了"的论断，这在文学批评界当是一个新的尝试。正像杨庆祥所评论的："其实'新世纪文学'的概念当初提出的时候就颇有争议，因为它是一种感性的说法，缺乏学理性，且不利于学术研究；但后来居然被大家所接受，这让文学圈外的人会多少感到有些匪夷所思。傅逸尘此时提出'新世纪文学'应该终结了，既显示了他的批评的智识与锐气，在时间的节点上我以为也极其恰切。虽说只是一个概念或表述，但对一个批评家而言却并非随意而为之，它在某种意义上显示出的却是批评家对学术的谨严与敬畏的态度。"

2013 年 5 月，中国作协创研部、理论批评委员会和中国现代文学馆联合举办了青年创作系列研讨·80 后批评家研讨会，六位 80 后批评家被正式推出并亮相，傅逸尘是其中最年轻的代表亦是唯一的军旅批评家。从在书房中默默苦读研究他人的作品，到自身也成为研讨对象和媒体关注的焦点，这其中的跨越和甘苦唯有亲历者才最有体会。文学批评成就了年轻的傅逸尘，但更为重要的是，傅逸尘之于军旅文学和理论批评的独特意义：他不仅赓续了军旅文学批评以朱向前为代表的精神传统，而且以自己的努力发展了军旅文学批评的道与术，建构起了能有效、全面、深入对话新世纪军旅文学的理论批评体系，在相当程度上改善了新世纪以来军旅文学批评黯然失色、严重失衡的整体面貌。

原载《文学报》2015 年 8 月 27 日

建构"新笔记体批评"随想

傅逸尘

1. 当下中国的文学批评之繁荣昌盛恐怕是任何一个历史时期都难以企及的；可是何以作家与读者买账者甚少？换言之，批评没有失语，但批评的影响力却日渐式微。批评的话语如江河般汪洋恣肆、泥沙俱下，然而自顾自地流淌过后，却也并未在这个世界上留下独特且深刻的印记。返顾间，是否真实存在过，亦有恍惚之感。作为批评者之一，我深以为憾，且"焦虑"不已；也曾茫然无措，青春年华就这样消殒无痕，心有不甘。

2. 孙郁在《被照亮的表达》一文中，开篇即道："自刘勰的《文心雕龙》问世，文论与批评，总算争得了一席地位。文章鉴赏与品评，说起来并非易事。白居易与友人论文学，提起笔来，其力不亚于诗文，因为知道其神奇的地方甚多，故对于学者的思考，尊敬有加。古文论的妙处是与诗文同样具有文采，我们把它当成美文来读，也是自然之事。这传统到了今天不幸中断，无怪孙莉晚年叹息于此，那背后其实是对流行的批评文本的失望。"如果说当下中国的文学批评千人一面或许有些夸张，抑或言过其实；但说如李敬泽与孙郁等形成个性化风格的批评家不多见应该是不错的。批评家们总是苛求作家要有文体自觉，要勇于进行文学性探索；可是批评家们为什么自己却鲜有批评的文体意识与文学性探索的精神呢？

屈指一数，我做批评居然十载有余，回望来路，依凭的纯粹是一种浅薄的文学理想与青春的浪漫激情，一种将文学视为生命的过程。今日始觉，批评既不是学问，亦非学术研究；批评应该是与作品融为一体的具有文学性的创作文本，亦即我们批评的文学本身，或言之是文学的另一种风格的显现。目下的批评，多是结构严谨、逻辑思维缜密的长篇大论，外表宏大华丽不假，实则似有自言自语与不及物之嫌，这样的批评欲企及"至善"之境恐怕是勉为其难的。

3. 想起孙郁，当然是因为平时便喜欢读他写的文字，关于二三十年代文坛的人物与掌故，关于鲁迅与胡适的比较与论述。他的语言与叙述温婉而雅致，一种一边呷茶一边徐徐道来的韵味，单用散文化显然不足以彰显其文字魅力。过去我们通常会将语言与叙述划入风格的范畴，其实语言与叙述本身就是文学性的一个极为重要的层面，现在已经日益被更多的作家所认知。但是研究语言与叙述的批评家们却鲜有对批评的语言做出"文学性"或曰"艺术性"的探索者，孙郁、李敬泽等显然是其中的佼佼者。我们当然不应将对批评语言与叙述的探索仅仅视为批评家的风格，它的内在意味其实正是批评家文学精神和审美趣味的一种显现。

同样是评论莫言，孙郁在《莫言：中国文化隐秘的书写者》一文中便彰显了他作为批评家与学者的独特的审美趣味——"莫言没有走孙犁那样的路，虽然写乡土里迷人的存在，却把视野放了更为广阔的天地，与同代人的文学有别了。这里，有鲁迅的一丝影子，西洋现代主义的因素也内化其间，由此得以摆脱了旧影的纠缠。他对历史的记忆的梳理，有杂色的因素，从故土经验里升腾出另类的意象。不再仅仅是乡土的静静的裸露，而是将那奇气汇入上苍，有了天地之气的缭绕。先前的乡下生活的作品是单一的调子居多，除了田园气便是寂寞的苦气，多声部的大地的作品尚未出现。自莫言走来，才有了轰鸣与绚烂的画面和交响的流动。"孙郁还写道："五四后的小说写到乡下的生活，平面者居多。要么是死灭的如鲁彦，要么是岑寂的如废名。唯有鲁迅写出了深度。莫言知道鲁迅的意义，他在精神深处衔接了鲁迅的思想，把生的与死的、地下与地上的生灵都唤起来了，沉睡的眼睛电光般地照着漫漫长夜。""白话小说的宏阔之气，自茅盾起初见规模，而到了莫言这里，则蔚为大观了。"我之所以不厌其烦地引述原文，是想借孙郁诗性的批评文字，表达我对文学批评理想状态的认知与冀望。孙郁将莫言放在 20 世纪中国文学的场域中，用比较的方法来确定，或言判断莫言及其创作的价值与意义。在一篇三四千字的短文中他当然无法去细致地研究分析莫言体量庞大的作品，但他充满诗性的感觉体悟式的批评文字却深刻地把握与揭示了莫言及其创作的价值与意义。而且他没有套用引述西方的理论概念和批评话语，较为纯粹地彰显了中国化的批评观念、立场和方法，其中所蕴含的中华美学精神韵味之深厚当可窥见一斑。

4. 用西方的理论批评观念当然也能做出优秀的莫言创作研究，但真正进入莫言作品的细部，西方的理论批评观念与莫言的作品不知道会不会产生相当的隔阂。然而无法回避的现实是，当下中国文学批评最显要的批评资源就是西方20世纪的文学理论与方法，让我似乎有一种错觉，为批评者，如果不能够言必称西方20世纪种种主义或某某家就取法乎下，就没有学术性与学理性；而所谓论文如果没有十几、二十几个注释就不成其为论文。这样的批评能真正地进入莫言的创作吗？能感受到作家的情感与体温吗？进而，缺少批评主体情感与体温的文学批评是好的批评吗？

20世纪西方文论所取得的成绩堪与那些文学经典名著比肩媲美，学习与借鉴是必不可少的；问题是我们的批评家似乎是忘了，批评之旨归是为了我们自己的创造。然而，几十年匆忙地过去了，我们又创造了什么呢？中国当代理论批评界太缺少如李泽厚这样的哲学家与思想家了。哈罗德·布鲁姆在他的伟大批评巨著《西方正典》中说："文学不仅仅是语言，它还是进行比喻的意志，是对尼采曾定义为'渴望与众不同'的隐喻的追求，是对流布四方的企望。这多少也意味着与己不同，但我认为主要是要与作家继承的前人作品中的形象和隐喻有所不同：渴望写出伟大的作品就是渴望置身他处，置身于自己的时空之中，获得一种必然与历史传承和影响的焦虑相结合的原创性。"这段话用在文学批评上我觉得也很合适。伟大的批评家一定是对过往批评的有意的"误读"，亦即颠覆，然而才会有属于他的创造的产生。当下的中国文学批评所匮乏的正是这种"尼采曾定义为'渴望与众不同'隐喻的追求"，以及"对流布四方的企望"，进而"获得一种必然与历史传承和影响的焦虑相结合的原创性"。"历史传承和影响的焦虑相结合"即是方法，也是理想与目标。当然，批评的目的肯定不在批评本身，也包括阐释，它们的本质意义是建构，积极介入文学创作，并成为文学创作有机的一部分，这才是它存在的真正价值与理由。

5. 具有两千多年历史的中国古典文学批评当然是我们不该忘记，更不能放弃的丰富而伟大的思想理论资源，我之所谓建构"新笔记体批评"的妄想似乎也离不开那样一个宏阔而深厚的蕴涵的支撑。中国古典文学批评总体而言是一种诗性的随感式批评，无论是理论，还是思想，都寄寓于文学性极强的或对话，或序跋之中；他们甚至以诗评诗，以骈文论文学，可以说是世界文

"新生代军旅作家"面面观 |

学批评史之奇观，他们的浪漫与想象力、他们的率性与自信，真是今人无法企及的。亦有论者称，六朝之后的诗话，承继笔记小说的制式，形成了以谈诗论艺为主要内容的笔记体批评样式。当小说在明清以主流文体之态势突起后，以金圣叹为代表的批注式批评开创了对叙事文学的崭新的批评样式，它直入文本，用简洁的语言记录阅读者的感悟、品味、欣赏，体现了阅读者的独特眼光和情怀。总而言之，中国古代批评家在承继传统批评的同时，因文学自身的变异而不间断地进行着批评样式的创新，这一点让当下的批评家不能不为之汗颜。

6. 可以说，琴棋书画的融会贯通是造就中国古代文学艺术大家的一个重要原因，诗书画印集于一身更是中国古代一流画家的显著特征。石涛、黄宾虹、齐白石、傅抱石能够达至艺术高峰也是受益于综合的艺术修养，而他们在绘画理论上的成就亦是其不可或缺的硬实力。我由此想到了北宋末期的"文人画"。此前的中国画强调的是"应目会心"，就是要忠实地表现自然。然而，以苏东坡为代表的一批文人士大夫，将诗书画融为一体，作为他们寄情寓兴、表达个人思想性情的手段，强调画品即人品。我觉得我们当下的文学批评恰恰缺失着那时文人士大夫的独立精神与潇洒随性的品格，在物质主义与工具理性的挤压下，沦为某种学术体制或某一社会思潮的奴仆，从而丧失了其独立存在的本质与意义。是故，2016 年年初以来，我企图尝试建构一种新的批评方式，或曰批评文体，想象着在语言与结构上更自然与随性，按阅读顺序，"真实"记述当时的感想，更接近散文与随笔的文学性与可读性。转瞬即逝的文学灵感与思想火花虽有悖于逻辑化与学理化的现代批评，但它的"初心"与真实使得那一刹那的存在有如出水芙蓉。我以为，当下的批评缺少的就是这种不加掩饰的率性与真诚。我在《建构内心的困境与挣扎——马晓丽创作论》《吊诡：历史与现实在虚无中和解——王甜短篇小说〈雾天的行军〉的哲学意味》《〈装台〉：幽暗处的一抹人性之光》等几篇文章中进行了初步的尝试。面目虽尚未清晰，但意趣已然初尝。

7. 其实我并不能准确地描述出我所谓"新笔记体批评"的真实面貌，虽然已经开始了尝试，但仍然还在想象与尝试之中。或许与中国古典文学批评中的批注有相似之处，我亦会寻求以苏东坡为代表的那批文人士大夫的"文人画"的精神与品格，但味道终归不同。现在已经是 21 世纪了，我不可能无视强大而卓越的西方文论的存在与影响，而且重新闭关锁国非但不可取，并且也不可能。还有散文与随笔的文学性追求呢？不过有一点似乎是可以认定的，付出在某一领域或层面的代价是无法避免的。舍与得，此之谓也。

原载《文艺报》2016 年 9 月 5 日

精神生长与文学超越

王昊原　傅逸尘

一、批评当随时代

王昊原：傅老师好，近年来随着80后批评家群体的崛起，文坛关于80后文学以及代际意义的讨论渐成热点。阅读您的评论集《叙事的嬗变》时，我注意到您在一篇写于2007年的文章——《文学批评与"80后"文学》中，提出了"80后文学"急需文学批评的引领以及"80后文学"呼唤同代批评家这两个重要观点，回过头看，这篇文章颇有点先知先觉的意味呵。

傅逸尘：那时候我还在军艺文学系读研究生，"80后批评家"还没有形成一个群体，在文坛上尚没有发出自己的声音，远没有现如今这般整齐的队伍和较高的关注度。上学时集中阅读50后、60后前辈批评家的文章，有种强烈的感受，那就是他们与同龄作家们拥有相同或相似的时代记忆、生存经验和情感体验，有着可以直抵心灵的精神通道与牢固坚实的对话基础。因此，他们对同代的那些创作实力雄厚、代表着中国当代文学的较高水平、可供研究和阐释的空间也较大的作家作品的研究，既顺理成章也卓有成效。然而在面对80后作家作品时，这种代际差异所形成的生活经验的隔膜与文学观念的抵牾，使得父辈批评家们对80后文学既提不起兴趣，也难以真正进入其深处与细部。正是文学观念和审美趣味上难以弥合的代沟使得主流文学批评界与80后作家之间互不买账，各说各话，甚至冷眼相对。

那么，究竟靠谁来引领80后文学创作呢？我以为，无论是21世纪初年中国文学的现实格局，还是 80 后文学自身的发展需要，都强烈地呼唤 80 后文学批评家的崛起。最重要的是，他们与 80 后作家们有着共同的时代记忆、成长环境、教育背景、思维方式和思想基础，他们的文学生命也多半与 80 后文学创作同步成长，对 80 后文学所体现出来的独异的精神气质、个性风格、思想观念、价值判断、审美取向、艺术技巧等有着亲近的感受力和天然的领悟力；对 80 后文学所集中表现的题材和生活，有着真切的生命经历和鲜活的情感体验，因之更容易切入到 80 后文学本体的深层次肌理，更有可能探寻和阐释 80 后文学的价值和文学意义。因此，八年前我写这篇文章时，是渴望 80 后作家、批评家之间能够良性互动、砥砺前行。

王昊原： 在这篇文章中，您同时赋予"80 后文学"一个新名词——"后青春文学"，这种命名是基于怎样的想法呢？

傅逸尘： 80 后作家是真正在改革开放之后成长起来的一代人，他们的成长被打上了深深的市场经济时代的烙印，其思想、观念、个性、阅读、语言、表达方式等都与上几代人不同。作为早熟的一代，80 后作家进入文学写作的时间较之父辈作家们大大提前，其题材大都集中于写校园、写青春、写恋情，而且语言风格大都唯美华丽，略带感伤，且带有强烈的自恋意识，"青春文学"可以说是 80 后作家头上抹不去的标签。但是当大多数 80 后作家步入而立之年，结婚生子，80 后作家群体内部也在不断裂变与分化。曾经纵情恣意的青春无可回避地遭遇变革前行的时代风云和残酷驳杂的社会现实，一味的青春除了怀旧和矫情，已经无法提供新鲜的文学和审美经验。没有思潮、没有论争，甚至缺乏现象、缺乏命名，"80 后文学"的代际概念也渐趋空洞和失效。所谓的"后青春文学"亦谈不上什么命名，更多地是出自一种对时间、生命的焦虑以及对 80 后一代人精神生长的希冀吧。

王昊原：《南方文坛》2014 年第一期"今日批评家"栏目曾经隆重推出过您的批评小辑，您用"批评当随时代"表达自己的文学批评观，这在 80 后批评家群体中显得与众不同。在理论和文本之外，您似乎格外看重文学的社会属性，对批评与时代的关系您又有着怎样独特的理解呢？

傅逸尘： 哈罗德·布鲁姆在他伟大的批评著作《西方正典》的《序言与开篇》中说："文学不仅仅是语言，它还是进行比喻的意志，是对尼采曾定义为'渴望与众不同'的隐喻的追求，是对流布四方的企望。这多少也意味着与己不同，但我认为主要是要与作家继承的前人作品中的形象和隐喻有所不同：渴望写出伟大的作品就是渴望置身他处，置身于自己的时空之中，获得一种必然与历史传承和影响的焦虑相结合的原创性。"自己的时空"当然是批评家个人化的理论和知识的储备及批评的方法与领域；但这些仍属于"器"的层面，"与历史传承和影响的焦虑相结合的原创性"才是伟大批评的核心所在。伟大的批评必然源自一种对文学与社会个性化的认知与体验，一种现实与历史交错的复杂的生命困境，这一点正是中国当代文学批评家匮乏的思想气质与批评背景。

当下的文学批评多数是书斋里的批评，与社会现实长期保持着一种若即若离、松散且飘浮的关系，对话的是文本，而与国家、民族、时代、社会、现实、生活等文本之外的存在则越发的遥远与隔膜。批评家对理论、对知识、对文本的兴趣远远超出对人、对人与人的关系，以及对广阔社会现实与繁复日常生活的探究和体认，虽然自身的知识不断增长，生命经验持续累积，但是精神的高度却始终停留在某个地方，这样的批评文字是无法穿透时代的。我所谓"批评当随时代"的最重要之处在于引领作家与文学，积极参与文学创作与时代精神的建构。文学批评如果不能够与所处的时代相融合，不能够用自己的思想与精神参与时代精神与理想的建构，这样的文学批评肯定不是好的文学批评，更遑论伟大的文学批评。

王昊原：伟大的文学批评传统在中国当代文学领域似乎还没有建立起来，在学院派批评占主导地位的当下，理论研究、文学史研究与文学批评三者间的界限亦不分明，纯粹的文学批评地位显得有点尴尬。

傅逸尘：当下的批评家们似乎更看重理论本身在文学场域中的价值与意义，学术性、学理性成为衡量文学批评的最重要的标准，这也导致了 1990 年代以后，文学批评在凌空虚蹈中孤芳自赏而不能自拔，理论的狂欢离鲜活的文学与作家渐行渐远。我不知道这一价值取向是否与 20 世纪理论批评的非凡成就的诱惑有关，抑或是现行的文学批评机制的规训也未可知。当下中国文学批评最显要的批评资源就是西方 20 世纪的文学理论与方法，让我似乎有一种错觉，为批评者，如果不能够言必称西方 20 世纪种种主义或某某家就取法乎下，就没有学术性与学理性；而所谓论文如果没有十几、二十几个注释就不成其为论文。显而易见的是，这种文学批评倾向的最直接的恶果是文学批评没有有效地参与中国当下文学创作的具体进程，更遑论引导当下文学创作的走向。

我以为所谓纯粹的文学批评，应该是建立在批评家个性化的感受力和判断力的基础之上。而在当下的批评语境中，我们到底还有没有"单纯"的能力——就用文学的方式来看待文学，反而成为一个值得怀疑的问题。回到文学自身，用文学化的感受去判断文学本是批评之分内职责，现在反倒要极力去呼唤其回归，这多少有些反讽的味道吧。

二、守望"21世纪军旅文学"

王昊原：在80后批评家中您出道算是比较早的，2008年还在解放军艺术学院文学系读研究生时便以评论集《重建英雄叙事》入选"21世纪文学之星丛书"，平了该丛书最年轻入选者纪录。与军旅文学创作的辉煌历程相比，军旅文学理论批评长久以来总躲不过"一只失衡的车轮"的形象。出身于创作传统异常强大的军艺文学系，您后来如何转向理论批评了呢？

傅逸尘：事实上，我就读的军艺文学系是以培养作家为主要目标的，创作的传统极其深厚。2002年，当我以一名地方高中生的身份报考军艺文学系时，也确实是怀揣着作家梦的，也渴望能像莫言、李存葆等等大名鼎鼎的学长那样光耀中国文坛（偷笑）。所以进入大学后，我也尝试过各种文体的创作，小说、散文、诗歌都写过。2003年读大二时，在父亲的引导下，我写了一篇马晓丽长篇小说《楚河汉界》的读后感，居然发表在《文艺报》上，同时得到老师的肯定和表扬，这于我是极大的鼓舞。由此开始对文学批评感兴趣、花心思，以至于后来从事文学批评，我想也是机缘巧合吧。事实上，现代的职业和技术分工越发的细密，导致创作与批评日益地隔膜。在我看来，批评家如果不懂创作，或者根本不从事创作，是一件非常遗憾的事情。

王昊原：除了理论批评文章，您还写了很多报告文学作品，出版了长篇纪实文学《远航记》。著名报告文学作家李鸣生如此评价该书："本书与常规的纪实文学写作不同，作者天赐良机般获得了一个常人无法获得的独有的观察'远望人'海上生活的视角。傅逸尘将国家壮美的航天事业和个人独异的生命体验融为一体，以对辽阔海天的另类观察和别样感受，以对祖国远洋测控事业的现场体味，散文化地讲述了一段段'远望人'的感人故事和人生传奇，试图探寻、审视诸如陆地与大海、天上与人间、另类与常态、残缺与完美、孤独与喧嚣、奉献与遗憾、辉煌与悲壮、伟大与平凡等既对立又统一的哲学命题。"这本书是你的报告文学写作的开始吧?

傅逸尘:的确是,《远航记》的写作更是一种机缘巧合。2009年,我从军艺毕业后进入解放军报社工作,先是当了两年的军事记者。2010年,我有幸作为随船记者,跟随"远望号"测量船横跨太平洋、印度洋,历时一百四十余天,总行程三万海里。亲历并见证了"远望号"船队有史以来单次出海时间最长、完成任务最多、航行里程最长等诸多纪录的诞生,并有幸成为第一个在同一次任务先后登上所有三艘"远望号"测量船的媒体记者。

海上的日子孤独而苦涩,我想总得干点什么吧。于是我开始和"远望人"聊天,试图通过面对面、心贴心的采访,将"远望人"鲜为人知、不同寻常的心灵世界、命运轨迹和文学形象呈现于世人。事实证明,我和"远望号""远望人"的关系更像是一种遭遇,对我既往的写作经验是一次拓展与挑战,而《远航记》更是由我的新闻本职工作延伸出来的文学副产品,是新闻和文学两种思维方式、两种文体间彼此冲撞渐至妥协终至融合的产物。新闻与文学,这两者间有一定的联系,但更多的则是本质性的差异与冲突。

王昊原:创作与批评之间或许就是一种既对立又统一的关系吧,您又是如何看待和把握这种对立与统一的呢?

傅逸尘:在我看来,批评家与作家最本质的差异不在于思维方式,逻辑思维与形象思维在批评家与作家的写作中都是存在着的,表现方式的不同才是决定他们最终成为批评家与作家的本质因素。如果按此逻辑进行各自的写作,我觉得他们就都有可能更本质地接近文学。考察批评与创作的分家从何时开始可能有些麻烦,但明摆着的一些现象我们还是知道的。比如,琴棋书画融会贯通是造就中国古代文学艺术大家的一个重要原因,苏东坡是当之无愧的代表;诗书画印集于一身更是中国古代一流画家的显著特征,石涛、黄宾虹、齐白石、傅抱石能够达至艺术高峰也是受益于综合的艺术修养,而他们在绘画理论上的成就亦是其不可或缺的硬实力。鲁迅之所以成为世界公认的20世纪中国文学的高峰,也是离不开其综合的艺术修养的滋润,以及理论与思想的深度。巴金长寿百岁,何以达不到鲁迅的高度?我以为除了思想与理论上差距外,与其综合的艺术修养的欠缺亦不无关系。

举上述例子我是想质疑文学批评，或者理论批评为何一定要与创作分离？分离后的文学批评在多大程度上还能够算作是文学的重要组成部分？换言之，分离后的文学批评是有利于创作，还是相反？对此，我有些迷茫。批评家普遍不从事文学创作，不从事文学创作因而不懂文学创作的逻辑性似乎不够充分，但不从事文学创作因而对文学的感受力相对较弱却是不需论证的事实。而且文学批评的分工也越来越细，越来越"专业化"，古代与现、当代的分离正确与否就不说了，文学样式的分化又有多大的合理性？研究诗歌的不读小说，搞散文的对戏剧竟一无所知，如此日益单一化或"专业化"，对文学批评的发展是不利的。

王昊原：事实上，虽然您也发表了大量研究"地方文学"的文章，但批评界还是很容易从身份的角度将你标识为军旅批评家。因而在80后批评家群体中，你也是最具代表性和辨识度的。尤其是近年来，您对21世纪以来的军旅长篇小说的持续跟踪关注和理论建构可谓卓有成效。与此同时，您在近期的多篇文章中，又对当代军旅文学"第四次浪潮"的发展现状表达了强烈的担忧，并对当下的军旅长篇小说创作提出了严厉的批评。整体上，您怎样看待和评价当下的军旅长篇小说？

傅逸尘：中国当代军旅文学的"第四次浪潮"是我的导师朱向前先生基于对军旅文学六十年历史的整体研究和细致梳理而提出的一个阶段概括和命名，指称的是从1990年代末期开启、延伸至21世纪初年的军旅长篇小说创作全面崛起和持续繁荣的现象。而我研究军旅长篇小说事实上缘起于导师安排的作业，部分成果也被纳入朱向前先生主持的全军课题——"新世纪十年军旅文学研究"。至于如何看待和评价嘛，这个问题需要一种文学史的视角才能回答，毕竟"第四次浪潮"的兴起与发展至今已然大致经历了二十年时间。

1990年代后期，伴随着军旅文学在主流意识形态体系中的地位松动，军旅长篇小说创作获得了转身的可能与空间，得以真正意义上从集体叙事走向个人叙事，从现实真实走向虚构叙事。通俗一点讲，在讲述什么样的故事和怎样讲述故事这两个向度上的新变化，共同构成了21世纪初年军旅长篇小说的"属己性"特征标识和与其他文学史阶段区别开来的"新意"。

然而囿于自身相对陈旧的文学观念和封闭单一的生活经验，当下的部分军旅作家缺乏宏阔的视野和整体性的文学思维，没能向着更为本真的"存在"之境深潜、向着更富于生命痛感和思辨高度的写作伦理挺进。尤其是进入 2010 年代之后，由军旅长篇小说的全面繁荣所掀起的中国当代军旅文学的"第四次浪潮"，已经显露出难以为继的颓势：无论是从质量还是数量上看，都进入了下行通道。由此，便又勾连起一个老生常谈的话题——生活。问题或许在于新军事变革与"中国梦、强军梦"的伟大实践展开并深入的速度、深度与广度已经超越了作家们的认知与经验。部分专业军旅作家远离了基层部队，对当下的军营现实生活和正在进行中的军队变革并不熟悉，有的只知一些皮毛，有的甚至干脆不明就里。如此的生活体验、知识储备与素材积累自然难以支撑正面的叙写与表现，有甚者即便说是胡编乱造也并非言过其实。在这个流行"浅阅读"的时代，精彩好看的故事对于某些以市场反应和大众阅读为旨归的军旅作家来说，无疑是其写作成败的关键。然而，大量胡编乱造的"军旅故事"在图书市场上的泛滥，颠覆了我们关于军旅长篇小说的常识，更钝化了读者的心灵。毕竟，文学有其相对恒定的艺术评判标准，能够成为经典的长篇小说，必定是将优美精致的语言、细腻鲜活的细节以及对人物内心世界的深度刻画和对人物情感的细腻描摹集于一身，从而反映出作家深邃的思想和对社会生活以及人情人性的独特认知。要想达到这样的高度，文学的美学价值、作家真切的生命体验，以及文学的精神性追求都是必不可少的维度。

三、"文学的超越是衡量抗战历史叙事的终极标准"

王昊原：2015 年是中国人民抗日战争胜利暨世界反法西斯战争胜利七十周年，读者对抗战文学的关注度也在持续升温。作为当代军旅文学的重要组成部分，您如何评价近年来的抗战题材长篇小说创作？

傅逸尘：抗战叙事因为承载着中国人民灾难深重的民族创伤和难以磨灭的民族记忆而历久不衰，亦是中国当代文学的焦点和重镇。然而，抗战题材长篇小说创作整体上并未达到令人满意的水准，不仅无法与可歌可泣、英勇悲壮的抗战历史相匹配，更离经典和伟大的文学标高相距甚远。2015 年是个特殊的年份，文学界对所谓传世经典、扛鼎之作阙如的压力，非但没有因"世界反法西斯战争胜利暨中国人民抗日战争胜利七十周年"纪念日的到来而有所舒缓，反而流露出普遍焦虑的表情，以至于会集体性地对王树增十年磨一剑创作的非虚构长篇《抗日战争》抱有极大的热情和期待。近年来令人印象深刻、产生较大影响的抗战题材作品，诸如邓贤的《大国之魂》、何建明的《南京大屠杀》、余戈的"微观战史"系列《1944：松山战役笔记》《1944：腾冲之围》等等都是"非虚构"或纪实文学，这也从一个侧面映衬出长篇小说这一重型文体在抗战叙事中的孱弱与乏力。

综观近年来的很多抗战题材长篇小说和影视剧，叙事伦理的可靠性先在地缺失，而娱乐化、庸俗化、类型化的叙事策略则进一步导致那些令人啼笑皆非的，甚至完全置战争基本法则与常识于不顾的传奇故事的泛滥，读者与观众不经意间已经在捧腹大笑中解构并消费了那场可歌可泣的、正义悲壮的、残酷流血的战争历史。对抗战历史的"正面强攻"和正史讲述不复存在不说，我甚至于怀疑创作主体的审美心理是否发生了畸变，进而，其叙事的合法性也颇可质疑。被不断窄化、虚化、弱化的抗战历史逐渐沦为类型化叙事的平台和传奇性故事的背景，进而丧失了文学的本体价值和历史的认知意义。我以为这一现象应该引起创作者与读者观众的关注与思考。

王昊原：进入 21 世纪，表现抗日战争历史的长篇小说，尤其是影视剧突然火爆起来，一度竟呈漫漶之势。但是抗日神剧、雷剧的层出不穷也败坏了观众的胃口，您如何看待这种乱象？

傅逸尘：抗战历史始终被作家视为可供挖掘与探索的题材富矿，历久不衰，任何一个时代的重新叙写不但无可厚非，而且因观念视角及创作者的不同会呈现出新的面貌与意义。然而，当下的部分作家作品在消费欲望的驱动下滑入了"历史虚无主义"的歧途。中国军民的正面抗战退隐，民间立场与视角凸显，演义传统和传奇叙事得以张扬。诚然，"虚构"原就是文学艺术的本质，克罗齐所谓的"所有历史都是当代史"与文学艺术的"虚构"本质亦无二致，但"虚构"的前提是创作素材与创作者的经验、想象构成一种逻辑关系的真实，从伦理的角度形成叙述的可靠性。

近年来的抗战题材小说、影视剧的创作者习惯于绕到战争历史的背后，看似从民间立场出发，强化民间记忆与民间视角，其实质则是回避对历史真实的基本认知，任凭作者的主观意念与想象力无节制泛滥。艰苦悲壮的历史有如儿戏般地被创作者玩弄于股掌之中。侵华日军基本上愚蠢至极，被一群毫无战斗

　　　　　　　　　　　　"新生代军旅作家"面面观 |

经验中国的农民们耍猴般予以愚弄，中国的农民们的智慧明显地超越于残酷的军事斗争之上。看过喜剧，包括战争题材喜剧，但没看过如近年来这般娱乐化的文学、影视剧喜剧。如果仅仅认为这是新世纪以来中国文学艺术世俗化、庸俗化的一种泛滥，或者创作者缺乏战争生活经验与素材积累，则显然还停留在现象的表面，更深层的问题则表现为叙事伦理的自我矮化与人格理想的"阿Q主义"。我觉得，近年来抗战题材文学、影视剧娱乐化现象背后，有创作者和一部分读者观众的阔起来后的"阿Q主义"心态在支撑。中国的近现代史就是中国人备受西方列强百般蹂躏与欺凌的历史，尤其是日本发动的侵华战争，其罪行之残暴令世人发指，给中国人民造成了无法磨灭的民族仇恨与伤痛。六十多年后，中国人民真正地屹立于世界东方了，而且其世界大国地位也日益显赫，于是，一部分创作者开始用娱乐化的方式来宣泄积压在民族深层记忆中的压抑，玩一种猫戏老鼠的游戏，此种方式所表征的大众心态很难说是一种健康积极的心态，更不要说彰显大国情怀了。即便是从文学与影视剧艺术的角度言之，其气象与格局亦非常狭窄，不仅缺乏悲剧精神与超越性，还连带破坏了喜剧作为一种艺术样式的存在的可能性。西方文学与影视剧亦不乏二战题材，其对战争的反思与人性的哲学思辨均达到了相当的高度，而娱乐化了的抗战题材文学与影视剧非但难以望其项背，甚至已经背道而驰了。

王昊原：作为第二次世界大战的主要战胜国和受害国，中国经历了八年抗战，付出了伤亡军民三千多万、损耗财产五千余亿美元的巨大代价，本应是最有资格也最有可能对二次世界大战做出深刻思考与艺术表达的国度。然而七十年过去了，中国的作家、艺术家却鲜有能在世界范围产生重大影响的重量级佳作问世。人们印象深刻的作品，似乎依然是十七年的"红色经典"长篇小说，以及根据那批长篇小说改编的电影。电视上反复播放的也都是那些老电影，即便以今天的视角重新来看也依然觉得津津有味。这种情况似乎颇令人感觉尴尬。

傅逸尘：确实是这样。十七年时期，那批为大家熟知的抗战题材长篇小说，如《烈火金刚》《铁道游击队》《敌后武工队》《平原枪声》《战斗的青春》《平原游击队》《野火春风斗古城》《苦菜花》《破晓记》等等，将战争置于正义与反正义二元对立观念之中虽略嫌简单化，但因作者多数是其所描述的战斗生活的亲历者，他们对抗日军民艰苦卓绝斗争业绩的真实呈现，为中国共产党领导的抗日战争保留了极富认知意义的文学性历史，同时也用另一种形式诠释了新政权的合法性；强烈的传奇色彩和民间话语表达使得这些作品具有较为鲜明的民族风格与中国气派，彰显了昂扬向上的审美基调与革命英雄主义精神，这对正在进行新中国建设的人们无疑是一种巨大的精神鼓舞与艺术感染。

新时期以降，"新历史主义"逐渐为抗日战争亲历者的后辈作家们所吸纳，其叙事意旨并不是对战争本身及"红色经典"进行颠覆与改写，而是为了表现和探寻被宏大叙事所遮蔽了的历史缝隙与存在境遇，发掘个体生命在战争中面临的考验与存在的意义，并经由此凸显战争历史的复杂性以及人性空间的丰富性。作家们对抗战历史的理解与关照渐趋多元，追求作品意蕴内涵的多重性和多向性，有效拓展了抗战文学的思考和想象空间，确立了带有鲜明时代特征的全新视角，实验了多样性的修辞和叙事技巧，探索了战争的荒诞本质及人性的丰富内涵，为抗战叙事实现题材的超越，由有限的战争走向无限的文学探索了新的道路。

进入 21 世纪，作家们纷纷寻求对传统政治话语和历史观念的突破，试图从个性化的视角切入抗日战争，建构起祛除政治之"魅"的历史"真实"。宏大叙事和史诗精神，不再作为一种深刻而必然的金科玉律规约着作家们的思考和写作，一种区别于主流意识形态和官方历史记录的民间视角与个体记忆逐渐浮出水面，并迅速成为另一种炙手可热的写作模式。在处理抗战题材时，作家们往往习惯于解构和戏仿，以绕开复杂的历史存在和混沌的战争现场，虚妄的历史、传奇的故事、脸谱化的人物、类型化的叙事渐至甚嚣尘上；远离了沉实与丰饶，不见了宏阔与壮丽，甚至连抗战历史本身谲诡与奇崛的面影亦变得含混而暧昧，抗战历史作为一种公共的题材资源被快速且过度地"消费"掉了。然而，对波澜壮阔、雄浑悲壮的抗战历史来说，一味地解构和戏仿无异于隔靴搔痒、管中窥豹。在我看来，无论创作主体的思想如何深刻、视角多么新鲜、价值判断怎样个性多元，对历史经验的具象书写以及对战争进程的正面描摹，都应该成为判断一部抗战题材长篇小说价值意义的最为重要的标准。

王昊原：真实性与文学性、历史真实与虚构叙事之间的矛盾应该如何把握？能否有效建构并表达历史真实是否已经成为当下作家们书写抗战历史的一道难以逾越的难关？

傅逸尘：对长篇小说而言，文体的虚构性本质与历史的真实性规限在文本中的抵牾亦是显而易见的。用虚构的小说去表呈真实的历史常常会令作家处于两难的尴尬境地，他的想象力在面对大量的史料的时候很难不发生动摇。当作家无法摆脱真实史料的纠缠时，他的写作的自由度和想象力就很可能会打折扣，这对小说叙事来说无疑是需要警惕并勉力跳脱的。

我由此想到了《保卫延安》和《红日》，还有莫言的《红高粱家族》。前两部小说也都选取了解放战争时期的一个著名战役，事件的真实性自不必说，其中的主要人物也都是真实的，但它们都没有受史实的束缚。作家充分发挥了小说的虚构性本质，展开文学性想象，不但真实地还原了那两场著名战役，还成功地塑造出诸多历史与文学人物形象；我还联想起上大学时阅读姚雪垠的巨著《李自成》时的感受，那不是在读历史，纯粹是在看小说。人物形象与心理、细节与环境等文学性元素充盈在小说的所有空间，历史的进展似乎不再重要，重要的是人物的成长、命运的跌宕以至于生命的毁灭。不是说姚雪垠不重视史料，恰恰相反，姚雪垠在明史及清史史料的搜集与研究上是下了大气力的，为了增强写作时对环境描写的真实感，他甚至亲自考察了李自成率起义军与明、清官军征战的主要战场。但作者以"深入历史与跳出历史"的原则，成功地刻画了李自成、崇祯皇帝等一系列人物形象，使小说的文学性远远高于历史真实本身。而莫言的《红高粱家族》与"新历史主义"也不是一回事，多少受了点"寻根文学"的影响恐怕是事实。但在我看来，那是莫言高密东北乡的一段尘封的历史记忆，莫言以其非凡的文学胆识与艺术想象力将其再现出来。文学与艺术的本质就是虚构，真实并不是判断其水平高下的唯一标准，《红高粱家族》让当下抗战题材小说和影视剧无法与之比肩的最重要原因是其战争描写的残酷与惨烈，人性的丰富与张扬，民族精神的高蹈与超越。

诚如你所言，以纯粹的文学标准观之，抗战历史对当下的作家而言，已经构成了某种难以言说的焦虑甚或是一道不易穿透的"隔膜"。没有强大的思想能力，没有痛切的生命经验，没有真挚的情感融入，没有扎实的生活积累，没有充分的知识储备，便很难走进历史的深处和细部，更难呈现历史的繁复与厚重。站在当今时代的立场，重建虚构叙事与抗战历史的关系既是重要的，也是艰难的。我不知道对历史叙事真实性的强调会在多大程度上转化为小说这一虚构文体中的纪实色彩，抑或会在历史叙事中带动跨文体写作时尚或风潮的兴起？但不可否认的是，在虚构叙事中增强纪实性的确是还原历史真实的一种简单直接且有力有效的手段。在这里，真实感与文学性似乎已成某种难以超越的悖论。

然而文学就是文学，毕竟不可与历史画等号。真实性是前提，是基础，但绝非文学进行历史叙事的全部。不要说《史记》，连《二十四史》在多大程度上记录或曰复现了历史的真相都颇值得怀疑，何况一部以虚构为文体特性的长篇小说？也就是说，小说家首先应当沉入历史现场，最终又必须以文学性和想象力超越历史语法的束缚。在复现与超越这二重叙事伦理中间，文学的超越当然是小说家不须犹疑的唯一选择，亦是衡量抗战历史叙事的终极标准。

王昊原：我注意到一个有趣的细节，2013 年您出版的评论集《叙事的嬗变》，所用的副标题是"新世纪军旅小说的写作伦理"，而到了 2014 年您最新的理论专著《英雄话语的涅槃》，副标题变成了"21 世纪初年军旅长篇小说创作论"。2014 年底您在《文艺报》发表文章，更是明确表达了"新世纪文学应该终结了"的观点。之所以舍弃"新世纪"的称谓，而改用"21 世纪初年"的提法，是基于怎样的考量呢？

傅逸尘：2000 年千禧钟声敲响之后的一段时光里，人们便开始以不同的方式消费"新世纪"这一概念。短短几年间，"新世纪文学"的概念和表述便已覆盖了理论批评的话语空间，无论你喜欢与否，至今并未见到更为有效的概念取而代之。就像不知道"新世纪"意义在哪里一样，我同样不知道"新世纪文学"的意义在哪里。我知道有许多批评家与理论家对此有过争论，但也没争论出个所以然来，大家图省事般地都认同了这一概念。这就印证了鲁迅先生的那句话，世上本没有路，走的人多了，也便成了路。我之所以在我的批评里消费这一概念完全是因为我眼前有了一条现成的路，或者说，至少我觉得"新世纪"概念标示出了中国当代文学"变革前行"的轨迹并且与 1990 年代的文学历史有效地区隔开来。

然而 2013 年冬日的某一天，我开始写作《英雄话语的涅槃》。偶然向窗外一瞥，只见北京上空飘荡着厚重的雾霾，眼前的许多景物都变得模糊不清。再回到电脑屏幕上来，刚刚写下的副题——"新世纪军旅长篇小说创作论"也像遭遇了窗外的雾霾一样，似乎有了些暧昧的味道。我突然觉得，"新世纪文学"的概念似乎有些可疑，似乎到了终结的时候了。何以如此？我自己问自己。之后我首先就想到的是这"新世纪"究竟要新到哪一年呢？如果说在 2010 年之前称"新世纪"还情有可原的话，那么，2014 年了，还能叫作"新世纪"吗？你总不能一直这样子"新"下去吧？我就想起我们对 1920 年以后至 1930 年

　　　　　　　　　　　　　　　　　　"新生代军旅作家"面面观 ┃

以后的文学的称呼，叫作 20 世纪二三十年代文学，或者 20 世纪 40 年代文学，五六十年代文学，如此，2010 年以后的文学是否可以称为 21 世纪 10 年代文学？而此前的 2000 年至 2010 年的文学不妨称之为 21 世纪初年的文学。我就又想到了"新时期文学"的概念，这也是个似是而非定义模糊的概念，但毕竟还有一些内涵的东西让它具有一定的本质意义，从而与"文革"时期的文学区隔开来。"新世纪文学"与 1990 年代的文学似乎就不具备这样的本质意义的区隔，它只让能我想起中国人对"新"的独特喜好，一种鲁迅也曾信仰过的进化论的观念。从文学的内部与外部看，"新世纪文学"就是一种世俗化的文学，或言大众化的文学，如果觉得用这两个概念来表述这一阶段的文学不方便，那就不如老老实实地用纪年的方式，即 21 世纪初年的文学，而此后的文学可以效仿上世纪的称谓，即 21 世纪 10 年代的文学、二三十年代的文学。"新时期文学"的概念在近年来的理论批评中就有淡出的迹象，很多人开始使用 20 世纪 80 年代文学，或 90 年代文学的表述。从长远计，"新时期文学"及"新世纪文学"也终将退出历史舞台，而我以为，现在就是它们退出的时候了。

"新世纪文学"应该终结了？这个话题似乎多少有点游离于我的这部专著的题旨之外，但选择一种什么样的表述并非徒具形式的意义，形式从来就没有脱离过内容，也就是说，我用 21 世纪初年的文学进行表述的深层意味在于我对这一时段的文学的一种理性认知与观念上的转向。

王昊原：阅读您的文章和书籍，非常喜欢您的评论风格，同时也能够体会出您对于军旅文学饱含的浓浓深情。我也注意到，当下从事军旅文学研究和批评的学者屈指可数，身为 80 后，是否也面临多重压力？您的文学批评实践是否也会发生转向？

傅逸尘：从 2005 年在《小说评论》上发表第一篇文学批评论文《城乡二元对立背景下的人性探索》至今，正好十年。在从事文学批评十年后的驻足回首中，我感受到了一种从未有过的惶惑与茫然，我无法确定我那歪歪扭扭的足迹是否在一条正确的路上，那不大的实绩彰显了何种价值与意义。我觉得所谓的压力并非单纯源自不断增长的年龄，而是随着自己在世俗生活中浸淫程度的加深，会陡然生出一种对精神成长停滞的恐惧。而与文学为伍，或许是唯一能够让我克服这种恐惧的方式吧。

从军艺文学系毕业后我进入解放军报社工作，新闻成为我的职业，文学则彻底成了业余爱好。生活在变，我的文学观念也潜移默化地发生着改变。关于未来，我更希望葆有多种可能性。最后，真诚地感谢你阅读了我的那么多文章，下这么大功夫与我对话，谢谢昊原！

批评年谱

1.《渐行渐远的崇高与英雄》发表于《解放军艺术学院学报》2005年第2期。

2.《城乡二元对立背景下的人性探索——评陈应松"神农架系列"小说创作》发表于《小说评论》2005年第5期。

3.《危险的欲望化叙事》发表于《艺术广角》2006年2期。

4.《裂变与生长——管窥新世纪军旅长篇小说》发表于《山花》2006年第8期。

5.《意向之美与人性之痛》发表于《当代文坛》2006年第4期。

6.《诗意的现实主义与颓败的精神家园》发表于《芙蓉》2006年第5期。

7.《重建英雄话语叙事》发表于《文艺报》2006年10月28日。

8.《苍白的小说写意性追求与病态的知识分子私语化写作》发表于《艺术广角》2007年第1期。

9.《在超越中建构军旅文学批评》发表于《文艺报》2007年4月12日。

10.《虚伪而矫情的"泛私语化写作"》发表于《解放军艺术学院学报》2007年2期。

11.《"强健而充分"的现实主义》发表于《文艺报》2007年6月14日。

12.《新世纪长篇小说的反现实主义倾向》发表于《艺术广角》2007年第5期。

13.《直面现实与呼唤英雄》发表于《文艺报》2007年8月4日。

14.《守望生活"现场"的"有难度的写作"》发表于《文艺报》2007年11月22日。

傅逸尘 编著

"新生代军旅作家"面面观 中

作家出版社

事内容上，他们倾力展示平凡个体与世俗现实之间的种种纠葛，揭示新型军人面对军营与社会的急速变化所遭受的各种尴尬的精神处境和命运遭际；在伦理叙事与叙事伦理两个层面上呈现出鲜明的特色，为21世纪初年的军旅文学增添了一道别样的风景。当然，"新生代军旅作家"还处于生长期，个人的文学风格有待成型，生长的瓶颈亦突出而显明。但无论如何，作为一个鲜艳夺目的存在，"新生代军旅作家"群值得文学界给予持续关注和研究。

聚焦"小人物"形象和日常生活经验

上世纪90年代初的"新写实"主义从日常生活的角度将笔触伸向"小人物"，通过对普通人生命欲望与生存环境之间矛盾冲突的描写，展现普通人生活上的窘境与精神上的困惑，读者的视线被引入了平庸而琐碎的现实生活。这种文学思潮对军旅作家的深刻影响在进入21世纪以后迅速显现出来。回归文学对象的生命伦理和生活本体，重视日常生活经验的表达，观照军人的个人命运和个体经验，反拨了长久以来"政治话语"对军旅文学的规训和异化，军旅作家获得了新的更加丰厚的精神资源和宽广的观察、认识生活的角度，以及新的叙事方向和动力，得以在历史、战争和现实等广阔层面，探寻军人这一特殊群体的精神存在。"新生代军旅作家"在初出茅庐之际便遭遇了这种更为开放的文学思潮与写作观念。他们对自身的经历与经验更为珍惜，叙事伦理的向内转使他们无论是面对现实生活，抑或是勾勒战争历史，都更习惯于从小人物的个体经验出发编织故事。

刘跃清的《遥远的手榴弹》和《连队是一条河》同样融入了"新写实"元素，前者记录了普通一兵焦文文对投弹从恐惧到自如的心路历程，后者通过对几个士兵的追踪式描述，道出了"铁打的营盘流水的兵"这一军中谚语所蕴含的苦辣酸甜。两部作品均体现了作者对部队基层生活的细腻体验和真切感悟。

如果说"新生代军旅作家"在对当代现实题材的处理方式上延续了"新写实"的美学风格，那么在对历史战争的书写和追忆中，他们更倾向于运用"新历史主义"的抒写方式构建历史，以感性的目光洞察历史，在各具特色的

审美观照中探触人性内面。王甜的《昔我往矣》在解放战争的大背景中，选取了女军医蒋南雁和孪生兄弟罗永明、罗永亮三人之间的爱情线索作为故事支点。小说在三人跌宕起伏的爱情脉络中构建历史，既表现了渺小的个体面对战争时命运的错位和不可逆转，同时也娓娓道出了一段真挚哀婉的革命爱情。同样是"以情写史"，曾皓的《篝火燃烧的地方》以一个小男孩的视角描写了大家族中几个女人支援抗战的故事。小说中身在前线抗敌的"爸爸"和"舅舅"始终没有出现，前方战场则用"篝火燃烧的地方"这一意象指代。作者将目光定位在外婆、表姐和女仆胖丫身上，几个身手不凡的女人的离奇遭遇既为小说增添了神秘感，也从侧面表现了正面战场的惊心动魄。此外，还有作家的视野溢出了小人物的范围，投射到异化或弱势的人物身上。

悲悯情怀与"存在"的焦虑

进入 21 世纪以来，军旅文学开始以"个人私语"式的诗学策略消解着"史诗性"的宏大叙事模式。创作主体背弃了"史诗性"的"宏大叙事"视角，从微观的个人化"视点"切入，以小见大，以点写面，把生活改写成了片段式的、具体可感的生命过程与人生经验，赋予了"现实生活"以生命性和存在感。正是基于这种自觉性的主体建构，作品中的主人公通常被置于某种尴尬的生存境遇，生活的景象在他们敏锐而细腻的个人体验中被赋予某种荒诞色彩，而内心丰盈的人物在残酷的现实面前不断被迫接受冲撞，命运在时代的浪潮里沉浮，作家的悲悯情怀得以张扬。

王瑞胜的《省亲》写一个士官回乡探亲的故事及内心的波澜，作家通过一个个精彩的细节以及对城乡差距所作的细腻描摹，揭示出"士官"这一部队中重要且特殊的群体在现实生活中的尴尬境遇。尹德朝的《勋章》刻画了一个军人从失望到希望，再从希望到失望，到最后则是彻底绝望的情感变化，起伏跌宕，直击人心。这是一个无名军人的心灵史，充盈着强烈的悲剧感与沉重的忧伤。

"新生代军旅作家"精神上的漂泊和不安定的特征投射到现实题材的军旅作品中，使得他们笔下的军人形象也或多或少沾染了作家本身的忧虑和焦灼。

创作主体的视野开始淡出宏大叙事，转而对民间立场产生认同感，向平静的日常生活靠拢，将情绪或细节放大，剖析最为本真的"存在"的焦虑。

王凯的《任务》以伍秋原和老宝贵一家的交往为线索，写出了一名面临转业的军官的生活常态。小说沉浸在一种蓬松而绵软的叙述情绪中，叙事脉络是简单的，但故事牵出了诸多社会问题。有伍秋原工作前途不可预测的苦闷绝望，有新闻干事寻求升迁捷径的急功近利，有冒充老汉侄子的青年骗取丧葬费的诡诈。这些林林总总的元素汇集在一起，有一股势如破竹的张力，凝聚到一个焦点上亟待爆发。但在主人公得知被骗的一刻，这股本来期待宣泄的力量又瞬间土崩瓦解，一种对生活的无力感和虚无感瞬间弥散开来。也由此，作品呈现出多重审美趣味，衍生出若干可延伸和挖掘的触角，彰显了作者对生活的敏锐捕捉力。刘跃清的《党龄》通过对战争年代一块黄手帕的追寻将历史和现实做了巧妙的对接和勾连，将"光荣的临汾旅"老军人李如虎苦苦追讨五年党龄的历程娓娓道来，于心酸处传递一位老兵长达半生的对信仰的坚守，让我们继《集结号》之后再一次看到"为英雄正名"而无门的苦楚。曾皓的《看不见的军功章》中，瞎眼老汉在老伴善意的谎言中把想象中的"军功章"作为唯一的精神支柱，读来可笑而可悲。这两篇小说表现了军人的崇高精神与现实碰撞后的残酷结果，揭露了社会的暗面，引人深思。

当下的青年作家在小说叙事中，总是显示出一种简单的思维和片面的倾向：每每将一种情感结构推向极端，而缺乏在复杂的视境中平衡地处理多种对立关系的能力。而王凯的长篇小说《导弹和向日葵》则始终是在复杂的网络中展开矛盾冲突和情感纠葛。叶春风和他的军校同学们之间、同学与同学之间、机关层面的横向联系、与基层的纵向关系，凡此种种构成了一个错综复杂的关系网。故事的推进和人物的成长都需要在这重重交叉的网络逻辑中才能实现。的确，我们的文学应该从狭窄的个人视域和封闭的内心世界走出来了，应该以一种客观的态度面对丰富驳杂的外部世界。客观性不仅意味着人物形象的精确和真实，更意味着写作伦理的强健和美学精神的开阔。

气象格局与生长瓶颈

兴起于21世纪初年的"底层叙事"思潮，确曾打开了一扇理解、认识转型期中国社会现实的窗口，那种城乡二元模式下不同社会阶层、群体间的冲突与龃龉，将某些压抑已久的社会矛盾以文学的方式呈现出来，令人触目惊心，也感同身受。然而十数年过去了，青年作家的写作对时代精神、社会结构、政治文化、现实生活的观察和思考不仅没能自觉跳脱上一个时代的拘囿，进而构建起属己性的思想观念、文学经验和审美范式，反而沿着"底层叙事"的定见、成规与模式一路滑行，陷入了"形而下叙事"的泥淖，不能自拔甚至不愿自拔。似乎只要书写社会黑暗、人性丑恶，就意味着具有思想深度；反之，不写现实灰暗、人生失败，作品就不接地气，不够深刻。占据道德高地、展露批判锋芒成为青年作家跻身文坛的跳板和捷径，为此可以不惜夸张变形、装神弄鬼、违背常识、罔顾逻辑。而这样浅薄粗陋的作品竟会每每得到文学期刊的青睐、选刊的选载、批评家的激赏和出版商的追捧。凡此种种，反过来助长了这种思想僵化、观念停滞、审美鄙俗的潮流。相同的情感和情绪，相似的主题和结构，病恹恹的陈腐气息如同病毒般被复制和传播。青年作家笔下的失败人物，从现实遭际的蹉跎到爱情婚姻的失落再到友情亲情的分崩离析，直到道德底线的后退瓦解，最终坠入历史的虚无和空洞……部分青年作家在这种"形而下叙事"的闭合回路中消耗着自己的文学才华，作品的气象、格局和境界亦越发狭窄逼仄。

"新生代军旅作家"与地方"70后"作家相比，还没有形成具有辐射影响的集群，作品的整体质量和名气也有一定差距。但这并不是问题的关键所在，让我忧虑的是，"新生代军旅作家"们还存在着气象格局的狭小与未来生长的瓶颈。优秀的小说一定是不满足于仅仅表达作为个体的精神世界，更重要的则是通过对于个体内心世界特别是陷入困顿中的精神挣扎，来表现复杂人性中的诗意与崇高，并将这种诗意与崇高升华至哲学或形而上的高度。只有这样，小说的气象与格局才不至于显得狭小和空洞，才更具有饱满和开阔的精神气质。"新生代军旅作家"还没能整体性地达到这样的高度。

"新生代军旅作家"未来生长的瓶颈,首先是认知与把握现实军旅生活的能力较弱。新时期以来的军旅文学,因其始终密切跟踪当代军营和军人生活的新变,深刻洞悉社会文化心理转型,经由对重大历史事件和社会热点问题的生动描摹与深度透视,展现出了军旅作家强大的思想能力、真诚的文学态度和崇高的精神立场,因而成为中国当代文学的重镇。现实主义堪称军旅文学的精神底色和写作传统,它自身的性质和属性都决定着军旅作家需要及时快捷地追踪、记录当下军营正在进行中的变革。新时期之初,徐怀中的《西线轶事》、李存葆的《高山下的花环》《山中那十九座坟茔》等中短篇小说与生活的距离之近,对生活的认知之深刻、把握之精准,思想之高蹈令人印象深刻,甚至引领着当时中国文学的发展走向。而当下的"新生代军旅作家"缺乏在更高与更深两个向度上认识和把握当下军旅生活的能力。在很多人的作品中,看不到我军新军事革命浪潮和信息化建设的图景,看不到我军战略战术、武器装备、训练方式和兵员成分的新变化,基于这些新变化所产生的新矛盾、新问题也没有得到及时反映,甚至于新型高素质军人形象都是缺席的。军旅作家与军旅现实生活的隔膜与疏离由此可见一斑。即便是年轻作家,尽管曾经或正生活于基层部队,所写的也是现实题材,但缺乏紧跟当下军队新变化、观察军营新情况的自觉意识,缺乏宏阔视野和整体性思维,缺乏穿透事象直达本质的锐利目光,导致作品所关注的并非是当下军旅生活中最震撼人心、最带有趋向性的景观,所传达的思想和意识并非是当下军队发展的主流,所塑造的人物并非是具有典型性和代表性的主体。

　　其次,"新生代军旅作家"的很多作品还沉溺于"底层叙事",视角狭小,缺乏大气象。军旅文学的审美品格既有低沉悲壮的,也要有昂扬向上的;既要聚焦基层官兵的生存境遇,也要关注中高级军官们的生存图景,需要有大视野、大气象、大境界。当下的军旅小说依然难以摆脱"农家军歌"的阴影,所塑造的人物、反映的生活和表现出来的思想意识过于低矮、狭小、逼仄。作家执迷于对小人物、小挫折、小苦难、小悲剧、小事故的书写,执着于军旅文学的"底层叙事",这样就与当前波澜壮阔的新军事变革进程中的军旅生活拉开了距离。"新生代军旅作家"需要跳出自己反复书写的题材,更新文学观念,尝试以崭新的创作姿态,写出具有经典性和恒常性的人性光彩,写出和平年代军队趋向性的发展变化和新型军人形象。诚然,二十年前的"农家军歌"以对军人生活和军人心灵的揭示，突破了新时期军旅文学的某些禁锢，解构了已经化为军旅作家创作定势的"英雄情结"，让我们清醒地认识到军人在走向现代化的同时又经历着异化与蜕化的双向过程。然而时过境迁，在当下的军旅小说中，"新型高素质军人"理应成为军旅作家们，尤其是"新生代军旅作家"们努力刻画与塑造的全新形象。然而，比之"农家军歌"中那些鲜活动人、丰满深刻的农民军人，"新生代军旅作家"小说中的军人形象却显得相对单薄苍白、模糊与僵硬。这种差距，我以为除了和作家的生活经验、情感投射与写作资源有关之外，勾连出的是一个亟须对"军人职业伦理"进行重新认识、深化认识的问题，也即一种新的写作伦理自觉的问题。

再次，职业化的军人伦理与传统的牺牲奉献和英雄主义精神之间的张力与错位，是书写新型军人和当下军旅生活的重要向度，而"新生代军旅作家"对此尚缺乏文学的自觉。1990年代以来，伴随着和平状态的不断持续和市场经济体制的不断深化，曾经笼罩在军人头上的崇高光环渐渐褪去，"价值解圣"之后的军人职业日益退至社会的边缘。1990年代之初，"农家军歌"的唱响和朱苏进创作风格的转变作为当代军旅文学"英雄主义写作"主潮之外的一种变调，较为敏锐而及时地触及到了军人伦理的职业属性。但是"农家军歌"写作因为对农民军人狭隘性和功利性的过度戏剧化表现和片面性的价值评判，而丧失了对军人职业一般属性和生活基本面的把握。朱苏进的《醉太平》尽管偏离了其一贯张扬的理想主义英雄美学追求，象征着创作主体"英雄梦"的破灭，但是却历史性地开启了当代军旅文学对军人职业伦理的正面书写。然而进入1990年代中期，随着"农家军歌"的式微和朱苏进从军旅文坛的淡出，军人职业伦理叙事刚刚启动便戛然中止。笔者认为，当下军人伦理的内涵，简言之，主要包含三个方面：一是使命任务的特殊要求，决定了军人的生活方式、生活环境、生活内容都有着自身的特殊性，军人生而为战胜，要在战争和战争准备中追求其终极理想和价值；二是军人职业的一般属性，决定了军人生活与社会生活之间的通约性，在特定的体制之内成长，军人也要面临职业的选择、职务的晋升、"职场"的竞争，以及婚恋问题、琐碎的日常事务和家庭生活；三是英雄的军史和优良的传统对军人的理想信念、精神追求、立场原则、价值判断、道德规范等等方面的传承性影响。这三个方面在现实生活中的缠绕、渗透和交融构成了现代军人伦理体系，也成为

"军人伦理叙事"的内在要求。

英雄叙事是军旅文学的精神风骨，21世纪初年军旅文学同样需要塑造当代英雄形象，而"新生代军旅作家"的作品过分抽离了英雄主义的精神内核，与地方作家作品同质化，难以形成独特的品格。笔者认为，对当下军营的深度挖掘、对新型高素质军人形象的新鲜塑造是"新生代军旅作家"有待挖掘的资源和可以提升的空间。当今社会生活正以飞快的速度向前发展，军队、军营和军人也正在发生着深刻的变化，如何以文学的方式及时而深刻地反映军旅生活的新变和新型军人的生存状态，以文学的方式构建军人伦理新的时代意义，是"新生代军旅作家"必须回应的现实课题。

"现实性"缺失与想象力匮乏

"新生代军旅作家"的小说写作多半集中于表现现实军营中小人物的生存境遇，放大和捕捉普通人的日常生活及细腻感受；但是，这种日常化、碎片化、低视点的叙事伦理，其弊端也显而易见，它局限了作家的视野，拘囿了作家的想象力，导致他们的创作很难超越前辈，达到应有的深度与高度。很多作品对当下军旅生活的表达还停留在事象的表层和故事层面的起承转合，没能向着更为本真的"存在"之境深潜，向着更富于生命痛感和思辨高度的写作伦理挺进。想象力是小说最重要的因素，它在诸多层面上考验着作家，而超越作家自身经验、建构更为广阔的文学性空间则是它的核心要求。小说叙事上的复杂化与陌生化、智性与艺术性都是想象力的具体表现。但遗憾的是，"新生代"军旅小说的模式化和类型化的倾向已经十分明显。

在"新生代军旅作家"中，王凯的小说是现实感最强的。他的作品有较为明显的两类书写资源：基层连队和部队机关。前一类的作品有《沉默的中士》《一日生活》《蓝色沙漠》等，后一类有《正午》《魏登科同志先进事迹》等。还有的作品在两种生活资源之间交叉叙述，如《换防》《迷彩》。王凯小说中的人物往往生活苦闷，处在事业或情感上两难的撕扯状态。这些小说在故事之外总有一种情感上的延展，表现怀有英雄主义情结的主人公在现实面前不断妥协，理想和伦理道德两相冲突所遭遇的困境。王棵的"守礁"系列小说侧重书写了当代军人对职业伦理的坚守。王棵笔下的守礁军人是脱离都市光鲜生活的寂寞一族，时间对于他们而言，是寂寞中大把岁月的无尽投掷，成为了对生活本体的"守望者"。守礁是伟大而沉重的职业，无论怎样繁华的文字都掩饰不住骨子里的悲壮与无奈。《海戒》《飞鱼》《暗自芬芳》《对鱼说话》《美发史》等小说没有回避单调、寂寞、孤独的生活，真切抵达了士兵生存的本相。对守礁生活的痛切体验使得王棵可以将一个细节或一件细小的物件信手拈来大做文章。比如《飞鱼》以一种寻常不见的气味为线索，写人在压抑的环境下极度敏感以致精神失常；《美发史》则拿"头发"说事儿，用很小的生活细节表现坚实而又无奈的沉重感；《海戒》则以精湛独特的描写将守礁的寂寞艰难上升到人与人、人与自然之间的博弈，富于人情味与美感。

如果说王棵对现实题材的书写有沉郁、厚重的味道，那么朱旻鸢对现实生活的把握则有几分戏谑和调侃。在《坝上行》中，他采用了戏谑与戏仿、轻松与幽默，甚至滑稽变形等方法，将基层连队生活呈现为一种似真非真、似像不像的笑闹场景与喜剧状态。青年人的活力与智慧，青春期的激动与狂想，都可以无所顾忌地表达出来。卢一萍的《快枪手黑胡子》《索狼荒原》具有浓郁的边疆特色，写驻扎荒漠的官兵生活，细腻描摹男女的微妙情感，读来颇有趣味。

近二十年来的中国文学没有主义和思潮，中国作家由此陷入了一种迷茫的状态。当故事成为小说最重要的，甚至是唯一的要素，当所有的作家都绞尽脑汁去编织一个所谓好看的故事的时候，这个时代的文学会是一种什么样的品质便可想而知了。小说肯定需要故事，但故事却不是小说的唯一，小说还有许多文学性的层面。我们应该有一场类似于法国"新小说"那样的文学革命，才无愧于中国波澜壮阔的社会变革。1950年代崛起的法国"新小说"，距离我们还不算太遥远，罗伯格里耶等，以及他们亲自参与的法国"新浪潮电影"曾经让我迷恋不已。那才叫文学，一个影响至今仍然没有完全消除的代表着一个时代的文学。文学的嬗变多数是在社会转型的时候，社会思潮的涌流当是文学发展的真正动力，二战之后的社会思潮确为西方文学艺术提供了深厚强大的思想与哲学基础；反观当下的中国小说，总体论之，思想性或曰哲学性实在是弱爆了，因此，我们应该强调和鼓励青年作家在小说中进行独立的形而上思考，唯其如此，才能真正改变和提升中国小说的品格。多么

好的故事，多么饱满的人物形象，没有思想的支撑也难以达到高超的文学性境界。托尔斯泰也好，莫言也罢，正是他们深刻的思想和洞察，才使得其作品具有了世界性的高度。

当1980年代后期，文学的先锋性丧失殆尽之后，"形而下叙事"便成为中国文学的主流；而先锋作家们集体转向长篇小说创作，并回归现实主义，无疑起到了一重示范作用，即让更多青年作家以为：看见没有，先锋文学尚且如此，何况吾乎？诚然，以文学的方式概括现实、穿透时代对青年作家而言无疑是一种"有难度的写作"。但是我想，即便不能给现实生活的诸多问题提出解决方案，至少也要写出迥然不同的生活经验；即便不能贡献整体性、超越性的思想智识，至少要具有思辨的眼光和立场；即便不能在形式上开掘创新，至少要趋近于高贵优雅的文学气质。是故，"新生代军旅作家"亦迫切需要跳脱"形而下叙事"的泥淖，以葆有未来发展的多向度和可能性。

目
录

李亚，安徽亳州人，1990 年入伍，1993 年考入解放军艺术学院文学系，1996 年毕业后被分到总参某部，2000 年调入解放军文艺出版社《解放军文艺》编辑部，2011 年调入海军政治部创作室。自 1990 年学习写作以来，共发表中短篇小说、报告文学两百余万字。出版有长篇小说《金色大雨》（解放军文艺出版社 2000 年 1 月），中短篇小说集《幸福的万花球》（解放军文艺出版社 2004 年 5 月），短篇小说集《亚丁湾的午后时光》（人民文学出版社 2013 年 12 月），长篇小说《流芳记》（作家出版社 2010 年 1 月），长篇小说《李庄传》（湖南文艺出版社 2015 年 9 月），长篇小说《花好月圆》（湖南文艺出版社 2017 年 10 月）。另主编《世界军事文学短篇小说集》第一集（军事译文出版社 2003 年 1 月）。作品多次被《小说选刊》《小说月报》《中篇小说选刊》《长篇小说选刊》《北京文学·中篇小说月报》以及《作品与争鸣》转载，并被收入多种小说年选。

怀想寓言时代

傅逸尘

近一二十年来，中国作家对故事的迷恋已经由文本的层面上升至价值、意义、标准甚至伦理的高度，写一个"好看"的故事成为很多作家的创作旨归；巧合的是莫言在获诺贝尔文学奖后的一系列演讲中也多次强调自己是一个讲故事的人。说故事已经成为中国作家写作的焦虑也许并非虚妄。但故事于小说，尤其是中短篇小说真的重要到了如此的地步吗？毕竟故事只是小说中一个重要元素，就像人物还有语言等也是小说中重要的元素一样，如果只强调一点而忽略其余，就很难成为真正优秀的小说。更何况小说还有比这些都重要的元素——它所蕴含的思想呢。我觉得中国当下作家最薄弱之处正在于思想。没有思想的文学是苍白无力的。虽为"80后"，但我却对上世纪80年代的文学心向往之，虽然"思想大于形象"是它们被后来的文学史家所诟之病，但那批作家对人生与社会的敏锐思考与倾情介入以及独到的发现，至今仍然让我激动不已。

然而面对21世纪初年文学的种种颓败之相，不能不让人陡然而生对先锋文学的怀想之情：一方面是我们屈从于世俗大众文化话语对先锋文学艺术实验和终极关怀的遏止、批评甚至清理；另一方面是理论界对历史转型所必然要出现的价值观念的变异和文化道德的丧失缺乏应有的预判、阐释和引领，以至于轰轰烈烈的先锋文学在遭遇冷落之后陡然间便土崩瓦解，好像从来不曾存在过一样，湮没无闻。愧对之后便是难以言说的怀想。或许并不是怀想先锋文学本身，而是怀想先锋文学曾经呕心沥血构建的寓言时代。寓言不应该成为昔日衰败的黄花，它的光彩足以辉映21世纪初年中国文学的救赎之路。

对西方现代主义、后现代主义文学的批判已经无法补救地证明了我们的无知与浅薄，而将中国1985年前后崛起的先锋文学等同于西方的后现代主义文学则不免失之于简单与粗暴。新时期先锋文学与西方后现代主义文学的本质区别在于，西方后现代主义文学所表达的是"存在"的"毫无意义"，以及蛰伏于其中的"地狱""虚空""无"，是失去了安全感后的惶惑与痛苦，这是二战后整整一代甚至两代人的普遍心理与情绪。在语言探索中表现了语言外表意义业已丧失，成为一种无法解决的不确定的游戏，从而彻底拒绝了宏大叙事。而新时期先锋文学在背弃传统的同时却极力构筑文学的寓言城堡，而且与宏大叙事保持着异质同构状态，其深度模式的营造使得中国现当代文学的理性空间得到从未有过的拓展。进入21世纪，当我们面对以消费为主导、由大众传媒所支配的、丧失了时代主流话语的颓败的文学世相的时候，我们确实不能不愧对先锋文学，无法不怀想文学的寓言时代。

在我们早先的概念里，寓言是一种简短的道德说教故事，通常以诗或散文诗体写成；其叙述口吻一般是反讽和现实的，充满挖苦的味道，其主张一般反映了日常生活明白简单的道德标准。而我这里所要讨论的寓言则是一种象征手法，它是一种寓言化了的结果，常常被界定为"扩展了的隐喻"，其中的人物、情节和场景是一个象征性系统。它的显著特征是结构象征，是整体的大规模的展示，而不是故事表层意义的象征。现代寓言是在抛弃了传统寓言以讽戒为目的的道德故事之后，在文学中构建起充满符码踪迹的话语体系，并以此象征人类整体生存状态和集体深层心理的言说方式。先锋文学正是以上述方式表达其拯救人类与理想主义的深度空间。

李亚读书甚多，视野宽阔，尤其是对西方现代文学主义、后现代主义经典十分熟稔。他的小说叙事并不着力于故事层面的编织，但却在乎小说结构的经营；擅于以独特的艺术感受触摸物象，用细腻入微的感觉方式去描绘肖像，以至于叙述语言也形成了自己的个性。所谓的"乔张造致"，并不停留在小说的能指层面，而在于所指的寓言化深度模式的构建，这使得李亚的小说具有了理性化色彩和哲学思辨的品格。当小说文本与外在世界达成深度遇合，便会传达出尖锐对立却又浑融一体的隐喻效果，这无疑是一种高级的小说趣味。

中国当下的青年写作者远离"学而优则仕"的古典人生样态，也不同于近百年中国社会外辱内乱的苦难境遇，同时也日渐远离政治、阶级斗争意识形态桎梏下板结固化的思维模式，写作者们被抛入传统到现代的社会巨大转型中，个体盲目地置身于无序而焦虑的生活流之中。这些人是时光中的闲逛者，是生活夹缝中的观察者，是波涛汹涌资本浪潮中的溃败者，是城乡接合部逡巡于光明与阴暗的流浪者……而对于这些人来说，当下中国社会狂想般无极限的现实存在，真的如波德莱尔所言"一切对我都成为寓言"。从这个角度言之，寓言化的写作，或许可以让生活经验相对单薄且高度同质化的青年作家们获得新的观察世界的视角和写作资源，从而更加有效且深刻地介入并穿透时代——这个巨大到令人困惑的无物之阵。

将 军

李 亚

外边蝉声刺耳，烈日炎炎。

老周参谋爬上三楼时，热得简直喘不出气了。他嘟嘟囔囔地一边擦着汗水，一边轻轻地向将军的卧室走去。像往常一样，将军午休时卧室的门总是虚掩着——他不在里边午休时反而把门关得结结实实的。在将军睡觉时，老周参谋是唯一可以不用敲门推门就进的人。不出他所料，将军果然赤条条地躺在竹床上正在睡觉，时而拉响一声汽笛般的粗糙鼾声。

按照将军的习惯，卧室内没有安装空调。睡梦中的将军满头大汗，身上也汗津津的，他左手握着一把蒲扇，压在伤痕累累的肚子上。除了全身的累累伤痕，将军躯体上更加惹人注目的部分是那颗硕大的器官。对此，老周参谋当然并不陌生，他甚至还记得当年一群战友洗澡时将军这个物件的光彩样子。只是目前，将军曾经引以为自豪的宝贝就像一根干枯的黄瓜，萎缩在双腿间，仿佛一场凋零的幽梦。

作为一个几乎一辈子都跟随着将军的老部下，每次看到将军这副蔑视人间的超然睡相，老周参谋敬佩之余，都会像儿童似的放肆地大笑一阵子。遗憾的是，他那苍老的嗓子笑起来就像公鸭叫一样。

妈的，谁在外边吵嚷？这么不懂规矩……他妈的，不知道老子晚上要去摸营？将军在鼾声中断断续续地骂了一阵子。

老周参谋当然知道将军的这个规矩，他多次听将军讲过，也曾多次亲眼看到过，在战争年代将军养成的习惯：临战之前，将军都要好好睡上一觉。与那些大战之前老是失眠的将领相比，老周参谋觉得将军简直就是为战争而生的一个煞星。不过，在将军退休之后的这么多年里，老周参谋已经掌握了一个规律，只要将军在梦中或者在独自沉思时这样骂人，那就说明，将军又进入了他的记忆或者臆想之中。经过多次实践，老周参谋还掌握了另一个规律，那就是顺着将军的梦话，把他引到往事深处，让他在记忆或者臆想中过足了瘾，到时候不用呼唤，将军就会自己醒过来。当然，熟知将军历史的老周参谋有时候也会使点坏心眼，他好几次故意绕着弯子引诱将军在梦中说出自己历史中的不堪事例来。比如某次战斗被敌人追得鞋子都跑掉了，某一次差一点儿被敌人活捉，在某次行军中被一个女战士训斥得恨不得把头插到裤裆里，等等。

"首长，是你夫人在外边骂你呢！"七十好几的老周参谋俯在将军耳边低声说过之后，像个幸灾乐祸的儿童一样，捂着嘴压着嗓子笑了起来。

"我靠！这个鸟老太婆又活过来了？"仓促之下，将军操着家乡方言叫了一嗓子。

接着，睡梦中的将军看到自己一骨碌爬了起来，原本浑浊的目光也一下子变得清澈无比。

外边的吵嚷声更大了。

"到底怎么回事？"将军暴跳如雷，下了床趿拉着鞋一边朝门口走，一边冲着门外吼了一声。

那个长相活像老周的警卫员小赵噌地蹿进屋来，差一点儿和将军撞了个满怀，他垂着目光对将军说："营长，不，团长，麻烦来了！你啥时候又惹事了！镇上那个方巧玲找你算账来了！"

将军顿时感到自己的身体悬浮起来，从生下来就没有过的胆怯和羞涩如同两个小鬼，猛扑上来扭住了自己的手脚。看到警卫员小赵幸灾乐祸地偷笑，将军再次挺起胸膛，嘴里嘟囔着"没啥可怕的，还能把老子的……咬下来吗"，一边猛地推开时间之门，几步跨进那个特定的历史时段。

莲塘镇几十号妇女自卫队队员几乎站满了院子，人高马大的队长方巧玲挎着手枪，在众人的簇拥下，怒视着刚刚走出来的将军。和将军同住在一个院子的警卫排的战士们零零散散地靠在墙边，笑嘻嘻地看着妇女自卫队的队员们。那个打起仗来鬼主意很多的排长和两个冲锋时嗷嗷大叫的班长，嬉皮笑脸地嗑着葵瓜子，也好像在等着看笑话。看着眼前的情景，将军第一个念头是赶紧溜走。可是，方巧玲拔出手枪朝他冲了过来。将军下意识地朝腰里摸了一把，空空的什么也没有，当时他急得回身大叫了一嗓子："小赵，快把老子的手枪拿来！"

在将军的记忆里，他当时只喊了这么一嗓子，就被方巧玲一把揪住了领口。将军虽然身高出众，但当被人家揪住领口提溜得双脚几乎就要离地时，他才发现人高马大的方巧玲几乎比他高半个脑袋。

"方巧玲，你想干什么？你敢拿枪对着自己同志？"原本不怎么会讲道理的将军，此刻突然变得格外讲道理来。

方巧玲一把把将军掼了个趔趄，指着将军破口大骂："不要脸的东西！现在姑奶奶就站在你面前，来啊，来捏一把姑奶奶的屁股啊！"说了，扭过身子，敲镗锣似的，啪啪在屁股上拍了几巴掌。

将军这才彻底清醒过来。

原来这祸根是几天前埋下的。为了在即将开始的车桥大战中打出本团的威风，几天前他组织偷袭了伪军一个弹药库，虽然获得大批的武器弹药，但遭到副师长的严厉批评，而且被当场降为营长。将军带着警卫员小赵返回驻地时郁闷无比，他想不开的倒不是被降职，因为参加革命以来被降职又不是第一次了。让他郁闷的是副师长点着他鼻子给他的一顿臭训，尽管他已经明白了自己的擅自行动有可能影响到车桥战役，但他还是耿耿于怀。"妈的，那么英俊的一个大哥，说起话来也太难听了！"一路上将军翻来覆去地嘟囔着这句话。直到他们走到驻地莲塘镇东头街口，看到一群妇女在河边洗衣淘米时，将军才高兴起来。当时，方巧玲也在其中，正弯着腰在一块石头上搓床单；那种土灰色的床单一看就是自己部队的。方巧玲弓起的臀部好比一朵荷花，让将军几乎看入了迷。当团里几个干部和警卫排的一群战士迎接他都到了面前时，将军的目光还黏附在那朵荷花上。他也没听清几个干部是怎么给他打招呼的，就那么笑眯眯地应承大家："妈的，好个屁股，要是老子能捏一把就好了……"

在战争年代，年轻的将军和他的几个善打恶仗的战友一样，说起话来嘴上时常缺少个把门的，发个牢骚，说句俏皮话，也就是快活一下嘴皮子，说完也就完了，根本就不会搁到心里。可是，怎么这样快，谁他娘的学的舌？将军站稳身子，左右张望院子里的战士们，试图看出是谁这么多嘴。可是，战士们都在为方巧玲的动作笑得前仰后合。

方巧玲更是得意洋洋，她把手枪插进枪匣里，挽起袖子指着将军说："狗东西，要不是看你刚打过伪军一顿，姑奶奶把你蛋黄子挤出来！呸！"说了，她啐了将军一脸口水，带着她的自卫队一路大笑而去。

将军先是被副师长痛训一顿，接着被降职，再接着被一个连家都没成的黄花闺女吐了一脸口水，且不说往后让将军还怎么好意思带兵打仗，就是因此能马上解放全中国，将军当时也咽不下这口窝囊气。当年将军才二十多岁，正是血气方刚的时候，他二话没说，骑上战马找师长去了。尽管一路上将军伤心之至，但是，当他坐在师长的指挥部里痛哭流涕地诉说一番之后，几个在场的作战参谋大笑不已，连那个年方二十岁的作战科长也几乎笑掉了大牙。师长更是啼笑皆非，没想到一个打起仗来勇猛无比的汉子被一个未婚女青年弄得跑到自己面前哭得上气不接下气。不过当时大战在即，师长没工夫多搭理他，只是简单地问了他几句话。这几句话将军记忆犹新。

师长："副师长骂你骂得对吗？"

将军："对！我现在明白了，副师长骂得好！"

师长："把团长降为营长，错了吗？"

将军："没错！我要是副师长就把自己降为排长。"

师长："那你有什么委屈的？"

将军："委屈！那个臭娘们儿……不……方巧玲同志吐了我一脸口水！太丢人了……叫我以后怎么有脸带兵打仗？"

师长："动动脑筋吧，人家为什么吐你一脸口水啊？"

将军："我说俏皮话了呗……"

师长："你这个傻瓜！回去想想，人家是不是喜欢你？"

将军："喜欢我？喜欢谁就朝谁脸上吐口水？师长，我也很喜欢你……"他没敢说下去。

师长实在忍俊不禁："回去吧！打完车桥我给你们办喜事！"

将军和师长的这些对话，就像一排闪光的金钉子一样钉在将军的记忆里。在漫长岁月里，无论是他在朝鲜战场上给战友讲起这段佳话，还是面对老妻方巧玲的遗像，甚至在梦中或者遐想中说起来，将军从来没有说错过一个字。不过，当年打完车桥后，师长并没有马上给他们办喜事，因为在战斗中有一块炮弹皮嵌进了将军的屁股里。将军在床上整整趴了一个半月，方巧玲整整伺候了他一个半月。等到他能够活蹦乱跳地走进洞房时，新娘子方巧玲大大方方扭着身子，像战地服务团的女演员演戏一样，给他念了一句台词："相公，请来捏一捏奴家的屁股吧！"

将军在梦呓中突然哈哈大笑起来。

老周参谋明白，将军爽爽地过完了一段往昔的岁月。就像遵照既定章程一样，老周参谋伸出一根手指，在将军肚皮上的扇子上轻轻敲了几下。

"都别闹，都给老子滚蛋……老子还没开始呢……"将军呜噜着，翘了翘布满青筋疙瘩的左腿，转个身想接着进行他的洞房花烛夜。

老周参谋坏笑一下，凑近将军耳边，低低地说："鬼子摸营来了……"

"快！把枪给我！"

将军一下子坐了起来，那种迅速大大违反了他的实际年龄。老周参谋也几乎被将军在一瞬间的麻利搞蒙了，他有点发呆地退到一边，眼睁睁地看着将军快速地穿好衣服，赤着大脚几步跨到窗前向外张望。想起战争年代的将军，老周参谋暗自叹息一声，赶紧拿着拖鞋放在将军脚边："首长，穿上拖鞋吧。"

很意外，大梦初醒的将军很听话，他穿好拖鞋，继续向窗外张望着："妈个臭臭！我是不是真的老了，还是耳朵有问题？刚才，明明有队伍喊着口号跑过去嘛……怎么一转眼就不见了？"

老周参谋笑了笑，没有说话。他知道，以前，在院里为将军负责警卫工作的警卫班午后训练时，总是喊着口号从将军的窗下跑过。半年前，将军的保健医生换了小宋之后，小宋报到的当天下午就给警卫班打了一个电话，为了保证将军午休，建议警卫班午后跑步绕道而行。当然，老周参谋也明白，即使警卫班不绕道而行，将军在睡梦中听到的也不是他们在跑步，而是战争年代将军带过的某支部队在急行军。

老周参谋之所以这样了解将军，是因为他自从当兵就跟着将军上了朝鲜战场。在柳潭里那场战斗中，要不是将军把他这个警卫员扑倒后压在他身上，说不定他就过不了十九岁生日。这也是后来组织上多次让他到部队任职他坚决不去的原因。后来将军临退休之前，曾想让他到某集团军当个副职，但他再次谢绝了将军的好意。他心里打定了主意，就这样一直跟着将军，直到以一个参谋身份退休为止。

即便退休了，老周参谋还是经常到将军家里来，陪将军喝喝茶，下几局象棋，给将军开开玩笑，有时候也毫不犹豫地挖苦几句将军，或者一起回忆一下某件有趣的往事。将军也没有把他当成外人，尤其是老妻方巧玲去世之后，将军更是把他当成可以诉说心事的为数不多的伙伴之一。

但将军也有非常讨厌老周参谋的时候。

比如，有时候一些女部下来看望将军时，老周参谋就是没有眼色，死死坐在旁边傻听，屁股焊在椅子上一样，半步也不离开。尤其当将军和女部下在谈笑风生中说些诙谐话时，老周参谋就像瞬间得了精神病一样，在旁边一个劲儿地自言自语："方巧玲大嫂啊方巧玲大嫂，方巧玲大嫂啊方巧玲大嫂！"弄得将军十分扫兴。有好几次，前来看望将军的女部下在老周的自言自语中刚刚告辞，将军就对老周参谋大发雷霆："神经病！把老子看成什么人了？当年老子在位时，要什么有什么，和那么多女部下打交道，都清清白白的！现在老子连尿尿都尿不利索了，还能干什么？也就是心理活动一下，耍耍嘴皮子……你看你吧，在旁边唠唠叨叨，纯粹扫老子的兴！"这时候，老周参谋表现得特别驯服，就像当年刚给将军当警卫员时一样，只是比那时候要多唠叨几句："我错了，我错了！方巧玲大嫂啊，首长在位时都是清清白白的……"也许这个"清清白白"把将军说毛了，每次老周说到这儿时，将军都会恼羞成怒，拍着桌子破口大骂："妈的，滚！"

尽管如此，每次老周参谋走后，将军冷静下来时都会亲自给老周打个电话："小周子，还在生老子的气？我骂人，我向你承认错误。其实你是对的，你的做法也比较智慧、比较幽默的，尤其对我这样一个老同志，在保持晚节方面，起到了很好的监督作用，我要感谢你！希望你以后继续监督啊！明天过来，柳潭里战役有些事我想不起来了，咱们打的是美军陆战一师第几团来着？对对，是第七团。不过，他妈的，写传记的段同志问得比较细！当年打柳潭里时你是跟着我的，明天过来帮我回忆一下……"

来给将军写传记的是青年军旅作家段凤歧，连他自己也说不清自己是第几个被调换来做这项棘手工作的。在将军刚退下来时，组织上就想安排一些作家来给将军写传记；制度也好，规定也罢，组织上的意思很明确，出发点也是很好的，就是想把将军非凡的革命经历记录下来教育后人。不过将军对此不感兴趣，他认为在伟大的解放军历史里，与那些真正的英雄相比，他至多只是其中的一个标点符号而已，连钢铁长城里的一块砖头都算不上。那时候，将军刚从位子上退下来，正是寂寞时刻，虽然头脑还非常清醒，但对任何事都是爱理不理的，动不动就说话刺人。前边几拨作家谁都忍受不了这个怪物的脾气，纷纷借故而去。现在，将军的身体和大脑好像都出现了障碍，组织上非常着急，想在将军还没有进入谵妄状态时把他的传记写出来，以保证真实性。为此，他们不容商量地调来了全军很有名的青年作家段凤歧，甚至还给段凤歧下了死命令：任务完成，将军满意了，将军说怎么奖励你就怎么奖励你；完不成任务，就地转业滚蛋。

段凤歧来将军家报到那天，将军正在灵宫山作战，或者说将军正沉浸在灵宫山战斗中。当时谁也没有发现，将军独自一人站在楼顶上，正在向远方眺望，他看见自己在历史深处的灵宫山和顽敌第五十二师第一一五团拼刺刀。

其时，第三次反顽战役的天目山之战基本上已经结束，部队也正逐渐撤出天目山，路逢顽敌第一一五团乘虚进入孝丰城。师长司令灵机一动，马上命令部队包围了孝丰城，并严令一定要全歼和新四军有血海深仇的敌第一一五团。这个团在皖南事变中是最残忍的凶手之一，想必他们也知道旧账难还，所以拼命想从城北门冲出去，然后爬上灵宫山就可以安全逃窜了。防守灵宫山一线高地的正是将军带领的一个营，那时候他被降为营长挂前搭后也就才一年时间。那场战斗的残酷将军从来没有给人说过，但他永远也忘不了，从早晨七点多一口气打到中午十二点半，弹药都打光了，又接着进行了整整两个半小时的白刃战。

"勇士们，你们知道什么是白刃战吗？"经过灵宫山那场血战之后，在淮海战役里有一次上阵地之前，将军对着全团官兵这样吼了一句。

"没有轻伤，更没有重伤，只有死亡。要么我死，要么你死！这就是白刃战！"将军又想起当年在朝鲜战场上进攻柳潭里之前给全师官兵做动员时是这样回答自己的。

将军在历史里拼杀完毕，看了看阵地上累累尸体，端着枪支无力地坐了下来。接着，他发呆地望着残缺的刺刀上有一滴鲜血悬垂着，悬垂着，转眼间就凝固成悬垂的形状。整整一个营啊，妈的，还剩下十六个人。后续部队上来打扫战场时，将军还在默默数着剩下的兄弟。二连长还活着，虽然他浑身血迹斑斑，面目全非，但他那颗硕大的脑袋证明他就是二连长赵大头。非常奇怪，血人似的赵大头居然掏出一支完美无缺的洁白香烟叼在嘴上，点着火抽了起来。当两个卫生员给他包扎伤口时，才发现他被捅了十几刀，而且有四刀捅在致命处。先前的赵大头居然毫无知觉，等他弄清楚自己的伤情时，一下子瘫在地上死了。多少年来，将军总是时不时地梦见死了的赵大头还叼着香烟的样子。

站在楼顶的将军忽然大哭起来。

同时，将军闪电般地穿越时空，恍惚觉得，在老婆方巧玲面前这样哭泣实在丢人。虽然多少年过去了，灵宫山之战早已被写进了军史里，但那天夜里，他在梦中放声哭泣被方巧玲推醒之后，还是说出了自己的心里话。将军说，他当年之所以在灵宫山那样拼命，还是有私心的，因为他想打个漂亮仗给师长看看，然后提要求回去当团长。"妈的，只是没想到这样残酷。"方巧玲吓得赶紧捂住了他的嘴巴，因为这时正在一个特殊的年代里。

不管怎么说，当年灵宫山那场血战，虽然只是将军三十岁之前的亮点之一，但却可以说是他一生中永不愈合的深重伤口，尽管在以后的岁月里，不管部队编制如何变化，他走到那里，都会把在那场白刃战中活下来的十六名兄弟带在身边。

后来，将军给作家段凤歧讲述这段故事时，一点儿也没有激动，反而神态安详而悠闲，仿佛一个老农把麦子割完了，坐在地头抽着烟袋，看着儿子们把麦捆装上牛车拉到麦场里去。

将军和作家段凤歧的合作之所以十分默契，在刚见面那天就奠定了基础。

那天，将军在楼顶上放声哭泣时，把所有的人都吓坏了。警卫班的战士们发疯了一样，纷纷跑到楼下，手拉手转圈，仿佛等待将军跳下去时他们好接住他。许秘书和另外两三个工作人员手脚无措，紧张得冲楼上高呼大喊，也不知是想爬上去保护将军还是鼓励将军跳下来。最后，身穿白大褂的小宋医生出现在楼顶上，也不知她给将军说了什么，将军居然乖乖地自己下来了。除了小宋医生，谁也没有看到八九十岁的将军是怎么下来的。大家紧张坏了，等将军回房后，他们赶紧把那个天窗封死了，连那架固定在墙上的木梯子也拆掉了。

青年作家段凤歧就是在这样紧张的气氛里和将军见面的。

当然，段凤歧见到的将军已经平静下来。他安详地坐在沙发里，一边饮用着小宋早就准备好的温度适宜的铁观音，一边用高高在上的目光打量几眼站得吊儿郎当的段凤歧。领着段凤歧来见将军的许秘书站在旁边正介绍着，将军突然精神病发作似的冲段凤歧喝了一声："立正！"

段凤歧顿时像通了电的玩具一样，一下子把身体绷得笔直。但他的目光却有些愤怒地盯着将军，心想这个老家伙真有点缺德。

将军突然又像个和蔼的老人似的，慢慢伸手示意说："请坐。"

段凤歧嘴上恭恭敬敬地说着"谢谢首长"，但坐下来后又不自觉地跷起了二郎腿，旁边的许秘书给他使眼色，他居然装作没看见。

显然，将军对这个散漫的作家有了兴趣，他微笑着，慢条斯理地说："给我写传记，你是自愿的？"

段凤歧好像没把将军放在眼里："很抱歉，首长，与整个革命历史相比，你的个人经历我不感兴趣。但我是个军人，我必须服从命令，必须完成上级交给我的任务而已。"

将军明白无误地听出来这话有些刺耳，他没有发火，只是自嘲似的笑嘻嘻地看看小宋医生，扭脸又问："哪儿人？"

段凤歧还是绷着脸说："安徽蒙城。"

没想到将军一下子高兴起来："蒙城老子很熟啊！淮海战役时，老子押着一批俘虏送往中原野战军，路过蒙城还歇歇脚，就在你们蒙城东关吃的饭，吃的小烧饼，喝的热糊辣汤！他妈的，真好吃！对了，当时还有一个中学校长和我一个桌子吃饭，白胡子，一边吃一边给我讲庄子，妈的，云里雾里的，除了记得庄子原来是你们蒙城人，别的，老子整个一脑袋雾水……哎哎，你把腿放下来，好好听老子讲嘛！"

就这样，作家段凤歧走进了将军的历史里，甚至他自己都觉得顺利得有些意外。来接受这个任务之前，他给前几个曾准备为将军写传记的同行打电话咨询过，但眼前的将军完全不像那几位同行说的那样，"那老家伙不通情理，有点神志不清了。"

令段凤歧更加意外的是，和将军见面的当天，将军就给他讲个没完没了，就连吃中饭也拉着他一块吃，而且边吃边讲，好像初次见面就要把自己的一生都交代给他。什么涟水战役，什么莱芜战役，什么孟良崮战役，什么淮海战役，什么渡江战役，老家伙讲起来也没有章法，也不管是不是自己亲历过的，反正顺着话头想到哪儿讲到哪儿。而且段凤歧发现，将军在讲述这些战役时，基本上压根不讲自己作战多么勇敢，更不说自己有什么功劳，他讲得比较详细的，几乎都是在每次战役中自己犯了什么错误。比如在渡江战役即将开始之际，他刚刚当上师长，送供给的后方人员将物资弹药交付完毕后，顺便转告他，方巧玲上个月给他生了个儿子。他一下子跳了起来，因为方巧玲上一个生的是个女儿。他当时高兴得中了邪，抓起电话就向军长通报了这个好消息。

"没想到，他妈个臭臭！军长一下子急了！"将军说到这儿，把筷子竖在耳边模仿军长给他打电话，"老子这电话一秒值千金！你打电话给老子说这屁事，小心枪毙你狗日的！"说完了，将军像是受到表扬一样大笑起来。

笑完了，将军又倒过来开始大讲淮海战役。在战役开始之前，陈毅到各个部队检查战斗准备情况，到将军所在部队检查完毕后，陈毅顺手牵羊，把将军在济南战役中缴获的一把银咖啡壶和两筒美国咖啡拿走了。

"当然，陈老总也给了我一支他常用的钢笔，说是派克的！还教育我不仅仗要打得好，文化水平也要好好提高。陈老总教育得很对，因为我给他写过一封信，总共四句话，不到三十个字，他妈的，错了十七个！可是，我想不通啊，大家想想，你陈老总给我钢笔，是为了让我好好学习，那你把我的咖啡壶和咖啡都拿走了，难道是为了好好喝咖啡吗？"

说到这儿，将军气咻咻地夹了一个肉丸子塞进嘴里，大嚼起来。

将军颠三倒四的讲述，让作家段凤歧明确地感到将军根本就无视时间的顺序，他想走进记忆就走进记忆，他想回到现实就回到现实，甚至在臆想和梦境里将军也照样自由出入。

午饭完毕，将军吃得满脸开花，小宋医生拿着餐巾纸给将军擦拭时，将军像个听话的乖孩子。作家段凤歧趁机给将军提了个建议，或者说向将军袒露了自己的愿望——他想从明天开始，请将军按照时间顺序先从出生说起，这样也方便他把将军的传记写得有条理一些。为了取得将军的合作，段凤歧还抛出了一个诱饵：保证三个月之后就让将军看到自己的传记初稿。

没想到将军没理这个茬，像个脾气很倔的儿童一样，一拍桌子大声吭气地说："你想让我再活一次啊？他妈的，从生下来活到八九十岁，太麻烦了！我不，我偏不从出生开始说，我就要从死亡开始讲！"

小宋医生悄悄地拽拽将军的衣襟，温柔地告诉他饭后不能激动，有话可以好好说。将军这才眉开眼笑地看着段凤歧，口吻和蔼地说："小段同志，死亡对一个人也很重要，一个人一辈子有很多事，他活着时你看不清楚，等他死了，一下子水落石出了！哈，这是个重要问题，我和马克思讨论很长时间了！他妈的，咱们明天就从死亡开始说起！"

关于死亡的话题，并不是将军在仓促之下说的糊涂话。

其实，很长时间以来，这个可怕的问题一直像个疯女人一样纠缠着将军。具体地说，自从退下来的命令下达那天上午起，将军就开始考虑死亡问题了。当然，他那时没有这么清晰地意识到自己在考虑死亡，只是恍恍惚惚了很长时间，而且在魂不守舍的每一天里，他总是隐隐约约地觉得有一件重要的事情将要来临。但他总是想不起是什么事情，就好像一个熟人的名字，来到嘴边却又突然忘了叫什么。直到多年之后，或者说从眼下算起，大半年之前，也就是保健医生小宋来报到那天，将军望着风姿绰约的小宋，顿时明白过来，和自己捉了十几年迷藏的那个调皮孩子原来名叫死亡。

弄清了这个，将军不仅没有丝毫的恐惧和悲叹，反而更加有了兴趣。他马上皱起眉头，表情变化莫测，在一瞬间陷入了乱麻似的思考之中：什么样的死法才能配得上老子个性鲜明的一生？

当时，小宋医生还以为将军不欢迎自己，她赶紧给将军敬个礼，款款微笑着，像幼儿园老师哄小朋友一样，温柔而又慈爱地说："首长，要不，让组织上再给您换个满意的来吧？"将军半天没说话，因为他的思维短路了。带着小宋医生来见将军的许秘书也弄不清将军是否满意小宋，他站在一旁和小宋面面相觑着，等待将军发话。将军在混乱的遐想里漫步了良久，思维才接上了一个线头，很可笑，他接错了，他拍着茶几脱口骂道："妈的！两个钟头拿不下一个破寨子，让齐大麻子提头来见！"

许秘书恍然大悟，知道将军刚才又到了某个战场上。他好像要给小宋解释这个秘密似的，对她微微一笑，接着把小宋医生的情况再次向将军汇报了一遍。当然了，回过神来的将军马上站起来，抓住小宋的手握了半天，把风姿绰约的女军医留下来了。

小宋医生是留下来了，但死亡的问题依然纠缠着将军。接下来将军有很长一段时间都比较清醒，他像对付一场战役一样，开始认真思考自己何时死亡，如何死亡？

在这之前，包括在战争年代，或者说在每次打仗时，将军脑子里从来没有"死"这个字眼，即便身中数弹，踩上地雷，他都没有想过自己会死。他一直坚信自己一定会打赢，他将作为战斗英雄受到表彰，而且他还会作为英雄代表在表彰大会上发言。其实将军自己也明白那时候自己不善演讲，在大会上也就是信马由缰，满口脏话狠话俏皮话。不过陈老总很喜欢他这种发言风格，师长也很喜欢。后来发展到除了在表彰大会上让他发言，连一些重要的战前动员大会上也让他作为参战部队代表满嘴放炮。无形之中，这倒训练了他的口才，以至于在解放后他在全师乃至全军大会上滔滔不绝谈锋甚健，而且经常受到官兵们的热烈赞扬。就是在战争年代的动员大会上，即将冲锋陷阵的官兵们不仅非常欢迎他的讲话，在战场上也是嗷嗷叫着往前冲。每次胜利之后，他的部队更是得意洋洋牛皮烘烘。那次在鲁南战役的一次战斗结束后，他团里的一个排长在清点人数后大笑着文绉绉地说："这仗打的，奶奶的，老子这个排一个都没少！就是陈毅来指挥也未必如此！"恰巧陈毅随着监督战场打扫的一队人马路过，听到这个排长的话，陈毅很生气，马上把这个排长叫了过来。当得知这个排长原来是南京的一个大学生刚刚当兵才两年后，陈毅无奈地说："格老子！一个满脸黄毛文绉绉的学生崽，竟然被骡子带得这样张狂！"将军在战争年代有很多粗野的绰号，其中这个"骡子"算是最文明的。

一句话说完，将军一辈子出风头出惯了，就是死，他也想死得出风头。正常的生老病死甚为将军所鄙弃。病歪歪的很多年，然后死在高干病房里，或者晚饭时谈笑风生，还喝了一两杯葡萄酒，结果在安逸的睡眠里向马克思报到了，等等，将军坚决拒绝这类死法。按照他的设想，能死在战场上当然是最高理想，但现在是和平年代，能死在工作岗位上当然也算是正经的，但对于他这样级别的将军来说，这种几率几乎没有。那么，还有什么死法可供参考可供选择的呢？这个迫在眉睫的问题，自从小宋医生来报到那天起，就像牙疼一样时时折磨着将军。有好几次，将军想咨询一下小宋，但面对笑容可掬、那么漂亮的女医生，怎么好意思讨论这种丧气的话题。但还是等来机会了，为他写传记的作家段凤歧来了。说实话，段凤歧刚开始那种吊儿郎当的样子将军甚为欣赏，他的直觉告诉他，完全可以和这个年轻人讨论一下死亡，长于幻想的作家说不定会给他一个完美的答案。

"新生代军旅作家"面面观 |

事实上，将军的直觉是准确的。

青年军旅作家段凤歧报到的第二天下起了蒙蒙细雨。他准时来到将军的会客室里，他做好了准备：一开始就直接从将军的出生谈起，免得老家伙东一榔头西一斧头扯半天扯不到正题上，打乱了自己的采访计划。将军在窗前站着，正无聊似的望着窗外树丫里一窝喜鹊被淋得瑟瑟发抖。小宋医生坐在墙角的沙发里看报纸；她得现场守着，因为将军血压偏高，以防将军讲到激动时出现意外。作家段凤歧进入工作状态时表现出良好的作风，他十二分有礼貌地对将军说："首长，咱们开始吧。"

将军转过身，抬手示意一下："我站会儿，你坐下，只管说。"

作家段凤歧也没有犹豫，一屁股坐在沙发上，打开笔记本和录音笔，挺起腰杆说："首长，我看过关于你的一些资料，传说你出生时有一群花蛇从村口排队路过……"

"屁话！"将军笑眯眯的，脏话脱口而出，而且口气甜蜜得就像吐出一颗糖果，"咱们不说屁话。按照昨天的计划，咱们先从死亡谈起。"

"那，好吧，先从死亡谈起。"作家段凤歧显然很理解将军了，因为他已经觉察到，将军就像很多到了这个岁数的大首长一样，该记住的永远记不住，不该记住的永远忘不掉。于是，段凤歧开始大谈死亡。他先从遥远的恺撒和另一个罗马皇帝康茂德谈起，沿着时间顺序，当他谈完拿破仑之死，又抄近道大谈肯尼迪之死时，将军抬手止住他：

"他妈的，我听出来了，你想让老子也来个暴死是吧？这很残酷，当然也很刺激，只是现在，"将军叹息着顿了一下，"老子不可能有那样的机会了。说点有用的。"

段凤歧咽了口唾沫，有些不安地看看小宋。小宋好像压根就没听将军说话，正在跷着手指头专心致志地修理指甲。段凤歧只好另辟蹊径，开始大讲世界文豪之死。将军对此好像很有兴趣，段凤歧每说死一个文豪，将军就移动几步，微笑着咂嘴三次。其实，将军根本就不知道什么托尔斯泰，更不知道海明威是谁。不过，海明威的死法倒是获得了将军的低声赞叹："有种！"他甚至还想象着孤独之至的自己朝嘴巴里开了一枪。对于契诃夫临死时要喝一杯香槟，将军大为唾弃，连骂妈的酒鬼。后来说到了歌德之死，将军甚为开心，他表情诙谐地盯着小宋医生，笑得两眼眯成了一条缝："小宋同志，老子死时也要拉住你的小白手。"没想到小宋很爽快地答应下来，她侧着脸，给了将军一个很明媚的眼神："放心吧首长，到时候我一定让你拉住我的手。"

事实上将军不过是开心了，幽默一下，而小宋医生明白将军的这层意思，她也不过是在善意地表演，她无非是想像哄孩子那样哄将军高兴。但是，作家段凤歧却如坐针毡，他根本无法理解，在谈论严肃的死亡话题时，将军和他的保健医生居然当场哩格楞。他自己觉得自己多余了，马上收起笔记本和录音笔，假笑着对将军说："首长，时间不早了，咱们下午再谈好吧。"

将军还沉醉在自己的死亡里，他顺着话头回答道："好好，下午咱们接着讨论死亡问题。"

随着采访的深入，作家段凤歧越来越觉得将军并不像自己在一大堆材料中了解的那样：有着宽阔的胸襟，有着崇高的品质，有着大无畏的精神。虽然不完全是这样，但是，将军从走上革命道路到光荣离休，倾心报国是确凿无疑的。尽管将军在一些往事上不仅斤斤计较，而且他还记仇。不过，段凤歧倒没有因此轻视将军，他反而把将军的这一缺点当作将军真实人生的一个佐证，而且他还从中看到将军的天真性格就像黄金一样可贵。或许将军原本就有这样的缺点，只是在战争年代没有被人关注过，但经过"文化大革命"的"冶炼"之后，将军的这一缺点立刻就像闪光的黄金一样夺人眼目。

说起来也事出有因。

或者说是将军的个性使然。

本来，在"文革"刚开始那两年里，将军所在的部队虽然也响应着，但整体上还是平安无事的。可是，那年初春的一天，那个后来被将军称之为"七星瓢虫"的人，从梦中醒来，一溜风似的跑到将军所在部队里……怎么说呢，就算视察吧。当时军长因肾结石住院，政委丈母娘死了，他正在家处理丧事，因为在战争年代丈母娘救过他的命。接待"七星瓢虫"的是从兄弟部队刚刚调来的副军长。新来的副军长是将军的老乡，讲话喜欢说长句子，在上任那天讲话时，有一个句子太长了，他说完之后差一点儿把下巴累脱臼。那时候将军还是师长，他和本师政委，还有另外两个师里的主官一同被叫进军部小会议室里，聆听"七星瓢虫"做指示。将军压根就没听清"七星瓢虫"都说了些什么，因为他当时被"七星瓢虫"的皮肤迷住了。就是过了若干年之后，他提起这事来依然不敢相信，那么个鸟人怎么会有那样青春勃发的皮肤。尤其是"七星瓢虫"做完指示和大家握手告辞时，将军觉得自己握着的手简直不是"七星瓢虫"的手，而是一截上等丝绸。将军一直视为至交的、一位资历比将军老得多的师长在和"七星瓢虫"握手时，居然眼泪汪汪地高声欢呼："首长，祝您健康！"这个"七星瓢虫"当时虽然诧异了一下，但还是笑了笑很快就转身走了。而那位鬓发微斑的老兄望着人家的背影，还在那儿泪汪汪地喃喃自语："祝您健康……"

将军说起这里，内心的愤怒、鄙视、惋惜交织在一起，他表情十分复杂地摇头唾弃道："要是当时人家允许的话，他真会扑进人家怀里大吃其奶的！"

将军之所以这样痛心，是因为他和那位老师长曾有过深厚的友谊。在淮海战役中，将军的阵地快要被敌人突破时，是那位老师长带领自己的队伍冲上来援助了他。从那以后，将军就把那位老师长当作老大哥看待。甚至在朝鲜战场上，那位老大哥身负重伤回国治疗前，还拉着将军的手教他很多针对美军的新战术。即便解放后他们同在一个军里当师长，将军偶尔和军长或军政委顶起牛来，也都是老大哥来给他做思想工作。包括不久前两个人一起喝闲酒议论时事时，老大哥还痛心疾首大发牢骚。可是，转眼之间……谁能知道呢，一个为人忠厚、带兵经验丰富、为人一贯疾恶如仇的老大哥，在特殊年代里怎么会变成这个样子。将军真希望老大哥那天是被"七星瓢虫"的风采震惊了，才会有那种失态的言语。然而，自从那个"七星瓢虫"来过之后，军里再开会或者学习时，那位老大哥总是摇晃着小红本一番慷慨激昂，又一番慷慨激昂。

尽管在特殊年代里，本来以将军的性格，以他和老大哥的交情，他会对老大哥当头痛骂一番，但对于帮助过自己的老大哥他就是开不了口，他只有心痛，至多再和老大哥见面时不搭理人家，像个赌气的小孩子，心里满是鄙视与唾弃。

将军对老大哥的变化耿耿于怀，他觉得一条铁汉子在"七星瓢虫"那种人面前折下腰来实在丢人。甚至有一次，在战争年代共生死的三个战友出差路过将军的部队，将军请他们喝酒，几个战友建议叫上老大哥时，将军漠然地说了一句"老子不认识此人"。也许时势使然，几个战友顿时明白，接着一笑了之。当时在场的副军长还训斥将军："你们并肩作战多少年而且人家对你帮助那么大而且比我资历都老你小子怎么说不认识人家？"因为除了副军长和将军是老乡外，几个战友中有一个还是副军长的老部下，所以晚上吃饭时将军就特意叫上了整天给他"老乡长老乡短"的副军长。当时，将军对副军长用这么长一个句子训斥自己甚为佩服，因为在将军看来，副军长刚调来不久，平时说话做事虽然有点滑头滑脑，但在此刻居然能够有话直说，还算是条仗义的好汉。

　　将军记得非常清楚，他请几个战友喝酒是刚刚过了"五一"劳动节。但是，二十天之后，那个"七星瓢虫"又一次从梦中醒来，再次来到将军所在的部队。这一次副军长不在，因为他前几天和"七星瓢虫"一起参加完所谓的井冈山会议之后，就被"七星瓢虫"借调忙大事去了。接待"七星瓢虫"的是刚刚出院的军长和还在悲伤之中的政委，但在那个鸟人面前，两位有着赫赫战功的主官反而都像是陪衬，而在会场上最活跃的则是那位老大哥，他眼泪汪汪、目不转睛地仰望着"七星瓢虫"，发言时不仅慷慨激昂，而且激动得嘴唇直哆嗦。将军觉得太滑稽了，忍不住怪怪地咳嗽了几声。

　　也许就是因为将军的作怪，会议结束散场时，"七星瓢虫"把将军留下了，异常客气地问将军，为什么在酒桌上说不认识肖绵阳同志？在当前严峻的革命形势下，说这种破坏同志关系、有害于革命事业的话，是何居心？肖绵阳就是老大哥的名字，以往将军他们一拨战友开玩笑时都是叫他"小绵羊"。将军顿时出了一脑门热汗，当然并不是因为"七星瓢虫"的气焰，而是因为迷惑，将军迷惑不解，是谁把他在酒桌上的一句闲话告诉"七星瓢虫"的？在那一瞬间，将军认定了是自己的老乡副军长。因为当时在酒桌上的几个人当中，也只有他才可能有这种高贵品质，而且，他刚刚和"七星瓢虫"一起参加完所谓的井冈山会议。"七星瓢虫"以为将军的热汗是被吓出来的，马上又和蔼可亲地教育将军，要注意和同志们搞好关系，在严峻的革命形势下，不要乱说乱讲，以免让坏人钻空子。将军望着"七星瓢虫"姣好的脖子，有点出人意料地模仿着老大哥的口吻，十分恭敬地说："首长，祝您健康！我一定牢记您的教导……""七星瓢虫"是多么聪明的人，还能听不出将军的嘲讽？气得当即拂袖而去，只留下一阵子香风。将军坐在那儿哼哼了半天鼻子。

　　半个小时之后，将军被叫到军长办公室。军长沉着脸告诉他，那位老大哥即将被提为副军长，而他已经被免去师长职务，下午两点，带着老婆孩子前往某个农场当场长。将军一句话都没说，因为被降职的经历他自己也记不清有多少次了。他故意把舌头伸出老长，舔舔嘴唇，给军长做个鬼脸，然后转身就走。军长在他背后狠狠地说："你他妈的给老子长点记性！在农场好好给我待着，再给老子惹事，小心扒了你的皮！"

将军头都没回，回到家收拾完行李，上车就走。

方巧玲十分纳闷而且愤怒无比，当着孩子的面再三问他怎么回事。他一句话也不说，只是望着路上的阵阵黄尘，一边独自品尝着凄凉的滋味，一边回想当年在淮海战役时老大哥援助他的情景。尽管刚上来老大哥就被一颗子弹打得血溅裤裆，但他还是一手紧紧抓住裆部，仍然指挥战斗，直到击溃敌人，才发现他的一颗睾丸被打掉了。何等惨烈，何等英雄气概！这样一条好汉怎么会变成这个样子？仿佛攒了多少年的高贵品质，或者说装了多少年的高尚，都是为了在这严峻的历史时刻背叛自己！将军觉得自己真是撅着屁股望星空，有眼无珠，居然这么多年把他当成老大哥！人性中的卑微啊！

论说，在一个人的一生中，这样的小事几乎不值得一提。尤其在那场浩劫里，这种事情有很多首长都经历过，几乎都比将军的经历残酷百倍，但在"文革"之后，很多首长都能够一笑泯恩仇，显示出博大的革命胸怀。但是，作家段凤歧不这么认为，他觉得在特殊的历史年代里，越是这样的小事越能反映出一些人的卑微灵魂。

其实，将军也明白，那是一场残酷无情的斗争，人与人之间互相开战，派系与派系之间相互攻击，即便时刻提高警惕，也可能掉进别人随时给你布下的陷阱里。而且，给你布下这陷阱的，百分之八十是你的所谓朋友或者老乡，正是他们了解你的秉性，不敢看着你的眼睛动手，才会背后大捅刀子。当然，可能是为了个人利益，也可能是人性中恶的一面发作了而丧心病狂，也可能什么都不是，只因为那本来就是一个充满荒诞与幽默的年代。但是，尽管现在马上就要和马克思握手了，将军依然一肚皮冰火难容的感慨，他每次说完了这些事这些人，就要破口大骂几句："妈的，小人，伪君子！要是还有仗打，老子马上枪毙了他们！"

在旁边的小宋医生被逗得咯咯笑出声来。

"塞翁失马，焉知非福啊！"将军突然文诌诌地"转"了一句，然后也放声大笑起来。

作家段凤歧知道将军为什么这样得意地"转"了一句，因为在资料中他已经了解到，将军是在农场里遇到了那个传奇老人孙文宣。

孙老早年追随中山先生，并在中山先生的支持下留学德国学习军事，回国后因不满国民党所作所为，断然投身共产党，然后因其精湛的军事理论造诣，被派往苏联伏龙芝军事学院再次进修。解放后在南京某军事学院当教员，他教过的学生有很多后来都成了我军高级将领。"文化大革命"期间，孙老虽然已经退休多年了，但还是被怀疑为反革命特务，被发配到将军所在的农场以劳动来改造世界观。将军在农场跟随孙老学习了整整五年军事理论，为将军后来成为我军杰出的高级将领奠定了扎实的基础。

这份资料虽然宝贵，但要是为将军写一本有分量的传记，这段文字则显得语焉不详。作家段凤歧本想请将军详细讲一讲跟随孙老学习，包括在农场的一些其他细节，但是，那个讨厌的老周参谋来了，他要找将军下象棋，因为他琢磨了整整一个礼拜，终于琢磨出一套赢将军的绝招。将军顿时忘了刚才的不快往事，兴高采烈地喊小宋摆摊子，因为当年在农场跟随孙老学习时，有许多军事理论都是通过象棋来演练并实践的。

中秋节之后，天气突然变化异常。将军好像是一株名贵的植物，气候稍有变化，便显出不好伺候的各种毛病来。刚刚进行到关于渡江战役的采访，不得不暂停下来。作家段凤歧又着急又担心。在短短的两个多月的时间里，段凤歧除了被将军早年的革命传奇吸引住了，更重要的是被将军在日常生活中展现的人格魅力迷住了。这使他进一步意识到，虽然历史的目击者和参与者多如过江之鲫，但能像将军这般地位特殊又长寿如此的则寥寥无几，尤其到了21世纪的今天，将军基本上可以称为为数极少的几个重要的历史见证人与参与者之一。

段凤歧感到十万火急，几乎每天第一件事就是跑去向小宋询问将军的身体状况，甚至请求小宋快想想办法。但是，小宋每次都是一笑置之。

事实上并不是将军的健康状况出了问题。自从小宋报到之日起，凭着她精湛的保健医术和过人的耐心，可以说，八九十岁的将军被调理得就像三岁的公牛一样。将军的问题出在思想行为上，或者说将军的大脑和思维方面有了不妙的短暂障碍，突出表现是，他最近老是一个人在屋里莫名其妙地大笑一阵子，有时候又会独自哭泣一阵子。

其实连小宋也不知道，自从中秋节那天苏虎来访之后，将军经常看到一些老战友走进他房间里和他握手，向他敬礼，然后扑到他身上闹成一团，掐他拧他，还要掏他口袋里的糖果和香烟。将军觉得其乐融融。苏虎在鲁南战役时是侦察连长，或者说是将军那个团里最年轻最操蛋的连长。大战前的一天傍晚，将军因为战场侦察不够细致的事把苏虎叫到团部狠狠骂了一顿，结果苏虎出来时，把将军晾在窗台的一双新布鞋扔到了房顶上。那双新鞋是老婆方巧玲新做的，将军刚穿了一天。第二天在战火纷飞中，年轻的胸膛被打成蜂窝样的苏虎倒在将军怀里时，才向将军承认了这个错误。将军永远也忘不了，苏虎就像蜜蜂酿蜜一样大口大口地吐着鲜血，一脸得意的坏笑："团长，是老子把你的鞋扔到房顶上的，你不要错怪别人……"话没说完，刚刚二十岁的苏虎便死在将军怀里了。

这一往事历历在目，死去的苏虎栩栩如生，在后来漫长岁月里，经常在将军脑海里闪烁着，致使将军一直以为苏虎还活着。在他被任命为军长的当天晚上，居然还糊里糊涂地让秘书打听一下苏虎目前在哪个军区工作。

中秋节那天，苏虎出现在将军眼前时，将军吓了一跳。

将军刚刚吃完按照小宋医生的指点搭配的早餐，一个人坐在沙发上闭目养神，正准备攒好精神，等待作家段凤歧没完没了的询问。说实话，将军对段凤歧还是比较满意的，因为这个作家的采访技巧很高超，几乎就像小宋医生给他掏耳屎一样采访他，让他舒服让他爽。而且段凤歧善于抓住最能反映他光辉历史的一些细节，再三地刨根问底，简直他妈的敲骨吸髓。说来也很奇怪，将军很喜欢段凤歧这样反复追问。其实他自己也很明白，他并不是欣赏段凤歧对历史的负责态度，而是因为，在回答段凤歧的追问时，好像从前的时光重现，他指挥着部队一次又一次地突破敌人的同一个阵地。妈的，太过瘾了。当然，将军明白这一点，也意识到自己有些贪恋往事中的豪迈，但是，他下次还要贪恋。仍然就像小宋给他掏耳朵时，将历史般的耳屎掏净之后，惬意无比的将军总是让小宋"再掏再掏，好小宋，老子有的是耳屎嘛"！

就在将军遐想之际，苏虎进来了。将军有些纳闷地看着一个白发苍苍的小鬼连门也不敲就直接走进房间，他双手还抱着一个盒子，站在自己面前，笑眯眯地冲着自己傻笑。将军一时想不起来是哪儿来的亲戚，因为将军退下来之后，常有一些不认识的亲戚说是来看望他，其实是有事请他帮忙。

按照往常的习惯，将军客气地对来客微微一笑："请坐。"

苏虎仍然笑眯眯地那么站着，那种笑，仿佛是一张面具挂在他脸上。看着这个亲戚好像有事的样子，不自觉间，将军又操着在位时的口吻说："什么事？说吧。"

"团长……"苏虎弯下腰来，小心翼翼地把纸盒放在将军面前的茶几上，"我把鞋子给你送回来了……你要没事，我先走了，他们还等着我打扑克呢！"

将军惊讶得几乎喘不出气来，他木呆呆地，眼睁睁看着苏虎给他敬了个礼，然后悄无声息地转身出去了，就像一团云烟在他面前缓缓而逝。

"苏虎！"将军大喊一声，"你他妈的搞什么鬼！"

这时候，作家段凤歧闻声进来了，他像以前那样，拿着笔记本录音笔之类的。看到将军那副样子，段凤歧站住步子，有几分打趣似的说："首长，您又在哪儿打仗呢？"

将军这才有些恍悟，刚才的情景不过是自己小寐片刻的梦境。可是，他马上又觉得这绝不是梦境，因为那个纸盒真实地放在面前的茶几上。鬼差神使似的，将军看上去很机械地打开了纸盒，马克思！马克思都不会相信，盒子里正是当年方巧玲做的那双布鞋，或者说就是当年被苏虎扔到房顶上的那双布鞋。

将军显然忘了，他夏天以来老穿着拖鞋叭叭叽叽地在屋里走动，眼下马上就要进入深秋，昨天小宋特意请许秘书买来这双大号布鞋，希望他今天就穿上，因为老年人腿脚最容易受凉。但是，将军眼下把这个当成现实生活中的奇异现象，纯粹被深深迷醉了。他不动声色，但却用意明确地挥挥手，等作家段凤歧转身离开后，将军才低低地喊了一声："苏虎，现在没人了，你快点给老子出来吧！"

接着，将军哆哆嗦嗦地点上一支香烟，他想在烟雾中从容不迫地回到过去的时光里。

一直临近国庆节，将军不仅没有从混沌中清醒过来，反而进入到更深层的混沌里。他门也不出了，吃饭也潦潦草草，几乎天天把自己关在房间里，今天在书房里，明天在客厅里，后天发现他在卧室里。不管在哪个房间，将军都是在睡觉，都是坐在沙发里托着腮打瞌睡，那样子就像一只苍老的狮子处于弥留之际。谁也不知道将军怎么了，谁也不敢去问他怎么回事，只有小宋医生可以随意出来进去，和他简单地说几句话。连老周参谋有好几次来找将军玩儿，都被轰了出来。作家段凤歧无可奈何，整天对着许秘书叹息，急切盼望将军尽快好转过来。

一个多月以来，或者说自从岗位上退下来以后，几乎没有人能够真正理解将军。

在天气愈来愈冷的时光里，将军已经决定了自己的死法，不过这是个秘密，在没有实现之前，将军决不会告诉任何人。决定了人生重要的最后一步，将军又开始忙碌地想象自己的葬礼，或者说他在独自计划着自己的葬礼。论说，将军对葬礼并不陌生，凭他这一辈子，参加过无数次别人的葬礼，包括老大哥，尤其要包括先前那位副军长——其实，将军非常不愿意参加这两个人的追悼会，但他职务所系，不参加不行。那位老大哥死得倒还整齐，没给将军留下多少印象。但那位副军长死的样子真他妈难看，大概是马克思的惩罚，他临告别这个世界的前一年，患上了白癜风，一年的时间，白癜风快速生长，不仅全身换了一层皮，而且整个头颅都是白的，死尸躺在那儿，一张脸就像被老牛舔光树皮的一块榆树干。将军记得，参加完那位"白种人"的追悼会，回到家第一件事就是冲进浴室猛冲了一阵子。

将军想起自己冲澡的情景，觉得自己过于残酷，在感到羞耻的同时，也感到非常悲哀，因为他联想到自己的追悼会。他十分武断地认为，不管他死得多么奇特，所有来向他遗体告别的人，回到家里的第一件事就是洗手洗脸，还有个别不要脸的老家伙会像他当年一样，冲进浴室猛冲一阵子，恨不得把没用的瘪鸡巴都搓掉。将军明白，那些人之所以这样，并不是出于卫生习惯，而是想用无辜的水冲去一个讨厌的死鬼沾在身上的气息，他当年就是这样想的。将军已经看到了，那些人在观望他的遗体时表情十分悲伤，但眼睛里却露出潜藏的开心，将军也已经听到他们在高兴地嘀咕："老狗日的，终于嗝屁了！"

这种逼真的想象，使将军感到巨大的恐惧和孤独。有那么好大一会儿，他眼里充满了泪水，十分渴望自己的亲人此刻就在身边。很遗憾，将军的大儿子也是一个刚退休不久的老军人，在外地的一个部队干休所里，说是颐养天年，实际上，从偶尔打来的一个电话里，将军明白大儿子只是重复着自己的日子，每天都在用空洞的幻想打发时间。

将军想起二儿子，心里倒是有了几分安慰。将军一直认为，二儿子继承了自己的全部秉性，几乎就是自己生命的延续。那狗日的目前在一个集团军当军长，外人看来可能是因为将军的荫庇所致，事实上只有将军自己清楚，自从兔子当兵，自己从来就没有给任何人打过一声招呼。包括狗日的当兵，将军都是极力反对的，因为大儿子已经当兵了，他希望这个小兔崽子好好读书，将来成为一个科学家。结果，被他狂踹了几脚之后，人家照样军挎包一挎，当兵去了。而且，不需要你的任何关照，照样一步一个脚印干到军长，看势头，可能还要接着往上干。狗日的当班长时就热爱演习，整天不好好训练，把一个班分成敌我两队人马，天天在树林里相互进攻。最近几年玩得更野，动不动就和外军切磋。忙得很啊！一年只能接到他两个电话，年中一个，年尾一个，不过都是些他妈的废话："爸爸，你身体还好吧？我这边和外军联合演习呢，您老不来观摩观摩，指导指导……"将军在岗位上时，曾多次受到外军邀请，参观过无数次外军的演习，但每次儿子假模假式地邀请他时，他都这样回道："去你妈的！老子真枪真刀地冲锋陷阵时，兔崽子你在哪儿？"人家知道他下句话是什么，就是要逗逗老家伙开心："在哪儿？不会在河里摸鱼吧？"既然扑上来找着骂，那将军也从来不客气："你这个狗日的，那时候还在老子腿肚子里转筋呢！"将军对二儿子喜欢到骨子里，所以总是骂他，使劲骂，就像当年在战场上，对那些勇敢的部下他都是以大骂来代替很喜欢。凡是被将军大骂过的部下，无不像高中状元一样欢天喜地的很多天。

将军在子女面前基本上是威严的。

将军不喜欢大女儿，因为那孩子口舌长刺，牙上有毒，从小给他说话没有一句不损人的。不过在方巧玲面前，这个伶牙俐齿的女儿倒是温柔可爱得很。将军本想把她送到遥远的边防部队吃吃苦，受受教育，结果没成功，反而被她在自己办公室门上贴了一张大字报……往事不堪回首啊！现在倒利索了，人家早已移居美国多年，老妻方巧玲在世时，还每年回来住几天，妈妈没有了，人家就不再回来了，至多时常打个越洋电话，一反旧时腔调，嘘寒问暖一番虚假亲热。"得了，别给老子来这套，留着你的伶牙俐齿，糊弄美国总统去吧。"每次，将军一边在电话里和蔼地给大女儿说着话，一边在心里冷笑道。

在小女儿那里，将军则表现出深厚的父爱。

小女儿是将军在农场时期的意外收获。

农场嘛，寂寞嘛，闲着没事干嘛，生个小孩玩玩嘛。当年小女儿出生时，已经老大不小的将军就是这样给战友们解释的，也是这样向军长汇报的。当然，他也是这样宽慰自己的。传奇老人孙文宣给他上课时，他臂弯里总要夹着襁褓中的宝贝女儿，老是不专心，被孙老当头敲了多少棍才好一些。但是，宝贝女儿一哭，马上就得停下来，孙老还得指导他怎么喂女儿，以免他手忙脚乱把女儿弄得哭得更厉害。没有办法嘛，方巧玲还得带着妇女突击手们在田里干活儿。方巧玲很喜欢这个嘛。将军每次都是一边喂着女儿，一边乖巧地向孙老解释。后来，女儿大了，原以为会方便一些，但按照将军自己的说法，他几乎就是被小女儿骑着脖子跟孙老读了几年书。现在，孙老早已站在马克思身边了，小女儿也走了，而且比大女儿走得更远。

将军每次想到这儿，就会抬头看看立在案头的小女儿一家的照片。是在澳大利亚他们家别墅外边照的，背景是一群绵羊似的袋鼠。小女儿异常漂亮，几乎让将军难以相信，小时候长着两颗大板牙的小女儿，怎么会出落得这么漂亮。小女儿当年临去澳大利亚时，将军正是扶摇直上的时候，但是，在送小女儿出发的那会儿，即将要到一个新岗位上任的将军居然拉着人家的手哭泣了好一会儿。现在倒很好，照片上除了外孙子专注地望着自己，小女儿和她的那个澳大利亚老帅哥都有些心不在焉，侧脸望着镜头外，好像自己当时就在旁边一样。

妈的，都是王八蛋！没有良心的东西！

方巧玲也不是个东西，自己陪了她一辈子，被她管教了一辈子，结果她拍拍屁股先走了。将军望着老妻方巧玲的遗像，总是这样口是心非地抱怨一番。而实际上，将军望着老妻的眼睛，脑海里快速闪现着她年轻时代的各种剪影，心里面总是油然而生一种被彻底征服了的惬意。想起当年在农场里，当地一个造反派头目，长得像个拴驴桩似的，带领大批红卫兵来到农场要揪将军批斗，是方巧玲把负责农场警卫的一连官兵组织起来，那时候，小女儿还没有出生，方巧玲挺着大肚子，亲自把机枪架在大门口，扬言谁要敢冲进大门就格杀勿论。简直就是当年打鬼子时的风采再现。结果，那批造反派们被大肚子方巧玲那拼命的架势镇住了，只好悻悻走了，而且再也没有来过。

将军一想起这件事，就感到非常惭愧，就从灵魂深处感到有些事对不起方巧玲。尤其在方巧玲之前，将军喜欢过一个女兵，刚调到师里战地服务团。那个女兵姓赵，是个上海姑娘，歌唱得尤其悦耳，长头发乌黑闪亮，瓜子脸白里透红。赵女兵也非常喜欢将军，喜欢他是个战斗英雄，喜欢他英俊、高大、勇敢，当然也喜欢年轻的将军十分粗鲁。也许因为她的模样过于圆满，缺少突出的特点，以至于将军在苍老之年想起她时，她都像一朵镶了红边的白云在高高的天空上慢悠悠地飘过去。

前一段时间，将军一时大意，含糊其词地给作家段凤歧谈了一点这件事。没想到被段凤歧宝贝似的一把抓住了，他认为这段往事十分精彩，鼓励将军讲详细一些。"哦，首长，这个要细细讲，因为细节能够彰显首长年轻时的情感世界有多么丰富。"说完，他还不怀好意地躬着腰给将军点着一支烟。结果将军抽着烟，只是漫不经心地告诉他，战争年代的男女恋爱根本就不像他盼望的那样，更不像当前电视剧里的一帮傻瓜写的那样浪漫。

"十分简单，就像刺刀磕在刺刀上，就像一个命令要你执行！"说完，将军还是忍不住地流露出一丝遗憾，因为不久，赵女兵又被调到新四军四师的拂晓剧团了。将军从此以后再没见过她，"战争年代嘛。"等到全国解放后，将军再次见到赵女兵时，她已为他人妻，娶她的是四师的一个战斗英雄，也就像将军一样英俊、高大、勇敢，当然也十分粗鲁。当年在新四军军部受表彰时，将军还和他一起合过影。

这件事将军给作家段凤歧也就是讲了这么一个大纲，至于有多少细节，将军面对老妻方巧玲的遗像时，基本上都交代清楚了。每次说完之后，将军都会如释重负，对着老妻的遗像深深鞠上一躬，再次请求老妻的原谅："老婆子，就算我是意外走火一次，看在多年被你管教的分儿上，你就宽大处理我吧。"

入冬以后，将军变得白天嗜睡，而晚上很难入眠。即便白天在睡觉的时候，也常常被低微的声音惊醒，比如一阵脚步声或者电话铃声。将军惊醒之后，老是一个人喃喃诉说刚才梦中的情景，他甚至能够清晰地感受到，梦中的一场恶杀仿佛是真的，他刚刚抽身退下，累得腰酸背疼，脊梁沟里都出了汗，双拳攥得紧紧的，手里仿佛还握着一把马刀。

但小宋医生为将军检查后，仍然认为将军的身体没有问题，他之所以白天嗜睡是因为季节的变化，而晚上难以入眠也是老年人常有的生理现象。小宋这样安慰着大家，对将军的照顾也更加细致起来，白天尽量让将军少睡，晚上总是柔声细语哄将军早睡。她搬把椅子，坐在将军床前，轻轻拍打着将军的腹部，仿佛哄自己的孩子或者自己的老父亲。每次小宋看着将军慢慢入眠后想轻轻离开时，将军总是及时地从被窝里伸出手抓住她，不让她走。小宋抚慰着将军，想抽回自己的手，但将军不仅没有松开，反而抓得更紧，甚至有些哭泣似的要

　　　　　　　　　　　　　　"新生代军旅作家"面面观 ┃

求："别别，好小宋，再让我握一会儿你的小白手吧。"小宋明白，将军之所以这样，并不完全是受了作家段凤歧的影响而在模仿歌德，多多少少也有着一个老人的孤独。可是，将军那副无赖似的样子里还有着撒娇的天真，让小宋怦然心动，仿佛将军就是她恋爱中的男友，或者是她五岁的儿子。她温柔地微笑着，再次轻轻拍着将军："好好睡觉，首长乖。"

过一小会儿，将军就那样握着小宋的手，带着满脸的甜蜜微笑慢慢睡着了。

实际上小宋并不知道，将军并没有进入梦乡，而是在浅睡中开始了一次又一次远行。因为以前在岗位上太忙，没有回去过，而现在，回到自己战斗过的地方去看一看，是将军近来的强烈愿望。为此，他多次在白天或夜晚的梦里进行了详细的酝酿，直到在梦里开始起程。

将军也早已选好了随从，写传记的作家不要，因为将军非常清楚地意识到，自己遐想中的这趟行动他无法写进传记里。老周参谋一定要去，路上有个发火说粗话的接受对象；许秘书也要带上，因为这个年轻人做事不仅很有头脑，而且十分麻利。将军一生都很欣赏麻利的人，包括司机，他选的都是那些首长上车还没坐稳屁股车子就蹿出两公里的小伙子。

按照将军计划的行程，第一站是到"坏小子"小唐那儿。将军当军长时，新兵连刚结束的小唐被分来给将军当通信员。没想到这个看上去很机灵的新兵蛋子根本就不想为军长服务，一心要下部队，而且理想很高，将来也想当军长。本来这也算个好事，可他不给将军说，将军也不知道他的心愿。为了达到目的，这个新兵蛋子经常偷将军的香烟抽，有一次坐在将军的办公室里，双脚架在桌子上正吞云吐雾，被将军正好撞上。小唐竟然不知道害怕，反而轻松地告诉将军，他只是想提前体验一下当军长的感觉。将军当时被他那副得意忘形的样子逗乐了。听完他诉说愿望以后，将军打一个电话，说让这个"坏小子"下部队吧。没想到，"坏小子"很有出息，现在果然成为军长了。

因为记忆中的小唐过于得意洋洋，所以将军到了"坏小子"门口一定要先给他来一个下马威。轿车嘎的一声停下，将军推门出来，哨兵礼貌而威严地拦住了他。许秘书马上给小唐打了电话，然后告诉哨兵他们是来找唐军长的。哨兵肯定很紧张，将军趁机果断而且娴熟地缴了哨兵的枪，咔嚓拉开枪栓，没有子弹，空空如也。将军顿时大怒："妈的，子弹呢！"哨兵几乎不知所措。正在这时候，脾气火爆的警卫排长过来了，二话没说，就把将军一行抓进了禁闭室。

排长刚要审问，"坏小子"小唐大步流星地闯进禁闭室。

将军很满意自己的遐想，他一直喜欢把所有事情都弄得充满类似战场上的气氛，紧张、刺激、带有戏剧性。可惜，当他正在大声训斥小唐为什么哨兵枪里没有子弹时，因将军近来情况异常而一直在守夜班的小宋进来了："首长，首长，你怎么了？"

将军只是挥挥手，示意小宋出去，然后他想接着美梦演下去。但是，短路了，刚才那个场景已经消失了。将军感到非常失落。"下一站去哪儿？"将军隐隐约约听到同样在他梦中的老周参谋轻轻问道。

"去莲塘！"将军果断地说。

将军说要到莲塘，果然就到了莲塘。与记忆中的莲塘相比，梦幻中现在的莲塘一定要变化很大。将军走进他当年住过的那家院子里，当然是院墙齐整，屋瓦闪光，然而物变人也变，房东早已去世了，他的儿子也是儿孙满堂的老人了。将军叫着他的小名，拉着他的手正说着话，几个人架着一张床轰轰烈烈地闯进院里，说是老太太要见见将军。他们把床放在将军面前，将军看到床上躺着一个奄奄一息的老婆婆。将军突然大叫一声："小桂芝！"小桂芝一下子坐了起来，惊讶地叫道："团长哥哥，真是你吗？你捏捏我的胳膊，我看看是不是你。"将军伸手捏捏她的胳膊。小桂芝忽然笑了："哦，当年你就是这样捏我的——是团长哥哥回来了。那我就没啥挂念了，团长哥哥，我走了。"说了，老婆婆像睡觉那样躺下去，还拉拉被角盖好，然后闭上了眼睛。老婆婆的孙子告诉将军，老奶奶卧病在床已经多少年动不了窝，没想到见过将军，不但坐了起来，还自己躺下去，还知道盖好被子闭上眼睛才死。将军这才想起，当年小桂芝缠着他要当兵，将军嫌她胳膊麻秆似的当什么兵，过几年再说。她就是那么伸着胳膊，让将军捏一捏看看她的胳膊是不是麻秆的。

将军忍不住先是小声哭泣起来，接着放声大哭。

这一次小宋没有进来，因为连日来的疲劳，她歪在沙发上睡着了。是将军自己哭醒的。不过，还好，醒来就那么一瞬，将军又癔癔症症地睡着了。

这个不好，太伤心了，太伤感情了。将军一边呓语着，一边执意要进入能展现他英姿勃发的情景里。将军选择了到长江边去，他要再次渡江，重温一下当年冲过长江时的雄风。过江船只许秘书已经安排好了，但是，因为将军级别太高，当地驻军想请示将军，让谁过来陪同将军。将军本来不喜欢这套玩意儿，但他还是装模作样地在脑海里把那几个人过了一遍，然后轻蔑地一挥手：让他们在办公室里好好喝茶吧，来个班长就行了。结果，还是来了个首长。当将军看着这位当地驻军首长时，又意识到有个将领陪同，自己则显得更加威风。奇怪的是，有一瞬间，将军居然还能够很清楚地想到：反正老子在梦中嘛！

将军似乎已经看到，为了隆重迎接他，驻在彼岸的一个团，不，按照他的理想最起码一个师，在他上船之后就开始进行热火朝天的训练，以便让他顺便参观一下当前部队的风采，聆听一下雄狮般的吼声。将军实在无法设想陪同自己的那位首长长得什么样子，反正与自己相比，肯定是个年轻的首长吧。索性，就让年轻人坐在他左边，而他则坐在甲板的最中央，尽管人家多么热情，多么尊重他，将军忍不住还是想捉弄人家一下。他目视着前方滔滔江水，任凭人家在耳边给他喋喋不休地讲解，他却大声吼了一声："同志们，卧倒！"

大家都吓了一跳。将军满意地看到，那位陪同的年轻首长从椅子上跌倒在甲板上。也许熟悉他的老周参谋明白，将军又沉浸在战争中了。事实上将军喊过之后，也恍惚想起当年坐着木船渡江的情景，敌人炮火凶猛，重机枪射出的一条条火龙扑向木船。那位首长爬起来时，将军发现自己像从往事中醒转过来似的，他安抚人家坐下，又回头故意训斥老周参谋："你为什么不摔倒？"没想到老周参谋漫不经心地说："这算什么，比起当年柳潭里美国鬼子的炮火来，这个连口哨都算不上。"将军嘿嘿地笑了起来，得意里夹杂着嘲讽，瞥了那位陪同他的年轻首长一眼。因为在将军印象里，类似这位年轻首长，恐怕连真实的战场经历都没有。

将军就这样在梦里打破了钟表上的时间，根本不依顺序，只根据自己的需要，将历史的前后剪接在一起。为此他十分得意，张望着江水滔滔，耳旁边江风飒飒，炮声隆隆，喊杀声撼动天地。他无意间一转脸，看到一艘木船向他乘坐的军舰迎面驶来。木船上架着两挺机枪，一群战士执枪蹲伏在装满粮食的麻袋后边，领头的团长手持冲锋枪，左腿半跪着，冷静地目视着前方。炮弹掀起的巨浪冲上天空，一股夹杂着火药味的江水迎头落下。将军浑身一激灵，他清晰地看到自己的灵魂出窍，仿佛一团云似的飘向木船，慢慢依附在那个团长身上，并深深地渗进他的身体里。

就这样，在绵延相连的时间里，将军终于冲破了现实与物理的障碍，完成了将现在的自己和当年的自己合二为一的愿望。

将军每次从这样乱七八糟的梦里醒来后，他都把梦境记得清清楚楚，但是他分不清哪些来自梦境，哪些来自记忆，哪些来自幻想。反正他通身舒泰了，就像一个圣者，终于冲破了平静的时间和喧嚣的岁月，终于毫无牵挂地放弃了死者的歌唱和活人的哭泣，终于就像一个江边老人干完了一生的农活儿，坐在那儿散淡地观看两岸风物优美，观看一个被太阳晒得脸颊通红的老妇人缓缓地走远了。

一句话，将军那些异常的状态消失了。

作家段凤歧又可以接着采访将军了。

在将军思维十分清晰的状态下，采访进行得很快，还没到春节，就已经到了将军从岗位上退下来。将军望着面前那个熬得眼圈发黑的作家，长长吐了一口气：“我的一生就算讲完了。”

这次，作家段凤歧和将军的意见达成了一致。段凤歧也认为，到这儿刹住笔最恰当，而且对离休多年的高龄将军来说，也是最完美的。

按照惯例，春节前要为将军进行一次全面的身体检查。为离退休高干检查身体的医疗小组，在小宋的带领下走进了将军的房间。其实，都活到这把岁数了，将军根本就不在乎自己的身体状况。他的这种不在意，不是因为他的身体有多么好，也不是他有着超然的生死观，而是因为，在他看来，那些每年都要来给他检查身体的医生，真正关心的并不是他的健康状况，而是各种规章制度使然。就像保密员按照保密守则隔一段时间就开一次保险柜一样，开保险柜并不是为了取文件，而是例行公事，检查锁钥的工作状态是否正常。

面对那么多琐碎又无聊的检查，依照将军的脾气，每次医生们来给他检查时，他都想对他们说：“滚你娘的吧，老子好着呢！”然而，每次他都是乖乖地按照小宋的要求，听从那些医生的吩咐，站起，躺下，伸出胳膊，深呼吸，“哦，请首长吸气，吐气……OK！”每次检查完毕，小宋都会一边给他整理衣服，一边表扬他：“首长今天表现很好，很听话，很乖啊……”

在战争年代，不管是男人还是女人，只要在将军面前说起这个“乖”字，将军都觉得像喝了一钵老醋一样酸溜溜的。要是有哪个部下或者上级说话时无意带出这个字，将军都会又挖苦又嘲讽地拧他一眼。在天目山第一次反顽战役结束后，一个连长兴高采烈地向他汇报"俘虏都很乖"，他马上来了一句："去你妈的，什么乖不乖的，少给老子来这套娘娘腔！"当然也有例外，在天目山战役之前的车桥战役那次，一块日军的炮弹皮嵌进了将军屁股里，手术之后，他趴在床上，方巧玲伺候他，那时候他们还没有结婚，他想自己爬起来撒尿，刚一动，方巧玲就瞪他一眼，他呜噜着分辩："我要尿尿。"方巧玲呵呵笑了，温柔了又温柔地说："我给你拿尿壶，快趴好，乖！"将军好像立时被抽去了骨头，软塌塌地趴下了。现在，方巧玲早已走了，敢在将军面前说这个字的，也只有小宋医生。比如，要是他不把那杯牛奶喝下去，小宋就会笑吟吟地说："首长乖，咱们好好把牛奶喝了。"他居然像个听话的孩子一样，咕咚咚把牛奶喝下去。当然，目前将军的身体状况如此良好，在很大程度上多亏了小宋经常给他说这个"乖"字。

将军很喜欢医生们给他检查时老是赞不绝口地夸他的身体很棒。首长，您的眼底非常好，简直和青少年的一样。首长，您的脉搏跳动几乎可以和运动员相媲美。"心脏方面尤其超乎寻常，简直就是青年人的！我们敢保证，要是给您一匹战马，您照样策马飞驰上战场……"

当然，这些赞美的话有的是医生们当着将军的面说的，有的是小宋转述的，比如"策马飞驰上战场"这句。那天将军听了这句话尤其高兴，莫名其妙地大笑半天，接着还让小宋在屋里走几步。小宋不知所以然，看着将军高兴得活像自己得到新玩具的儿子一样，便雄赳赳气昂昂地在将军面前走了一圈。将军看着小宋矫健的身姿，两眼无端地湿润了，他好像情不自禁，喃喃自语："多好的一匹小母马啊！"

没想到，小宋听了将军的话，愣了一刻之后又温柔无比地开了一句玩笑："可惜，首长年纪大了，没法再驾驭我这匹小母马了！"

小宋虽然微笑着，但话里的嘲讽将军还是听出来了。

将军羞愧难当，被党教育多年，自己的光辉历史，老妻方巧玲的目光，就像一盏盏无影灯一样照得将军无处躲藏。一连好几天，将军都不好意思正眼看小宋，乖乖地喝牛奶，乖乖地吃水果，乖乖地运动，更是乖乖地按时上床睡觉。直到有一天吃早餐时，将军实在忍受不了这种无形的折磨，他推开牛奶杯子，直直地望着监督他吃饭的小宋，诚恳地说："对不起小宋，我向你道歉。"

谁知道，小宋爽快地大笑起来："首长，没什么，那只能说明首长的身体很好，心理很年轻，值得表扬！来，乖，咱们把牛奶喝了。"

将军悬了好几天的一颗心终于落下来。可是，在大口大口喝牛奶时，将军心里又禁不住升出一缕遗憾和悲哀：妈的，真是老了，没用了，要不，老子当场……看她还能笑得这样刺耳吗？当然将军只是发狠地这样想一下，他自己也清楚，即便再年轻五十岁，自己一辈子所养成的操守与人格，也绝不会允许自己做那种出格的事儿。

两天后，将军的检查结果全部出来了。根据将军的健康状况，医生们仿佛看到了人间奇迹，他们一致认为将军至少可以再活三十年。当小宋非常高兴地把这个好消息告诉将军时，将军坐在客厅里的沙发上，正观看着窗前的那盆豆瓣草，在透过窗玻璃的阳光里，他的双眼微眯着。听完小宋报告的这个喜讯后，将军仿佛惊呆了似的一丝不动，半天也没有说话。

小宋以为将军这副样子是激动所致，便给他打趣道："也就是说，我还要再为首长服务三十年啊！嘿，到时候，我也老了！"

将军没有像往常那样，听完小宋幽默的话后放声大笑，而是过了好大一会儿，才自言自语地说："太漫长了。"

小宋还觉得将军在这时候还要矫情一下，不免咯咯笑了起来。

将军不以为然地白了小宋一眼，意味深长地说："等你到了我这岁数，就知道再活三十年意味着什么了。"

小宋没有接将军的话，而是喜笑颜开地敷衍将军几句，便匆匆忙忙地出去了。按照将军昨天的吩咐，她今天还要去老周参谋家，因为老周参谋这几天饮食欠讲究，现在家里又拉肚子又发烧呢。

将军在虚无的"三十年"里沉思了很久，结果也没想出什么名堂。于是，他苦恼地站了起来，一边走动着，一边不由自主抱怨："妈的，真没意料到，到了这地步，离死还有这么遥远。"说实话，如果真的还能活上三十年，将军真的不知道该怎样度过难熬的三十年岁月。当他第二次转到窗前时，凝视着那盆生机勃勃的豆瓣草，意外地眉开眼笑起来，因为他忽然想起来，幸亏作家段凤歧把自己的传记写完了，要不然这假设的三十年，记录下来将会是什么样子呀。

自行车

李 亚

我想讲一讲李庄的自行车故事

好长时间以来，我都想讲一讲我们李庄的自行车故事。这个故事就像寒冬腊月里刚出炉的烤白薯，我一想起来就馋涎欲滴，但要是没点儿耐心等它热劲儿降一降，张嘴就咬上一口，那准会烫掉几颗大门牙——请各位看看我现在的门牙模样，就会知道我以前有过怎样的经历了。可是，我们李庄的自行车故事这个烤白薯，我已经捧在手里好几年了，十个手指头都烫熟了，但它的热度却丝毫不减，没有办法，等到地老天荒从来不是我们李庄人的性子，即便再镶两颗门牙，现在我也要开始讲述它了。也就是说，我讲故事的瘾头一上来，那与嗑了药差不多，死活浑然不顾，只管大咧咧讲它一阵子再说——尽管离开李庄二十多年了，在庙堂、在江湖行走也非一日，但李庄人的急性子，我还是没改掉一星半点儿。

但是，我还要先说一句老实话，以前我讲述我们李庄的其他故事时，基本上不动啥脑筋，都是坐在路边拉起弦子张嘴就唱，但这次，我要是想讲好我们李庄的自行车故事，看样子不破费十几两脑浆子恐怕很难讲出效果来。我曾经想过，要是按照时序一点一滴从头讲起，那我们李庄的自行车故事就是一部冗长沉闷的历史——按照我的脾气，我宁愿把这个故事讲失败了，甚至宁愿陪同各位老弟去吃屎，也不愿意这样讲故事。我还曾这么想过，要是从最辉煌的时候讲起，那么，接着再讲发展阶段和没落阶段的故事时，各位就该打瞌睡了。

左思右想，我最终决定，还是从我们李庄有史以来诞生的第一辆自行车说起吧。

第一辆自行车诞生在绵羊家

我们李庄的第一辆自行车诞生在绵羊家。

绵羊不是一只羊，而是一个人，小名叫绵羊，因为从小就长个大个子，又细又高，脑袋又尖，所以我们李庄的人给他起了个外号叫红缨枪。绵羊的爹叫李瓶盖，他娘叫王糖精，当然这都是外号，真名叫啥都没多大作用，因为我们李庄的人一般情况下不叫真名，都叫外号。绵羊比我们这帮鸟孩子大好几岁了，都是十八九岁的年轻猴了，还穿着带围嘴带襻子的裤子，几乎天天戴着一顶灰色鸭舌帽，帽顶上还有两个窟窿，也不知他从哪儿弄的，反正，在那个年代，绵羊这副打扮猛一看就像电影上的苏维埃工人。就这么一家人，整天过得昏天黑地的，但就像做梦似的，突然一下子就有了一辆崭新的自行车——要想说清楚我们李庄第一辆自行车之所以诞生在绵羊家的缘由，那真是小孩没娘，说起来话长。

据我们《李庄野史》记载，从前，我们李庄有个二流子，学名叫李得先，外号叫瓶盖，我们李庄的人都叫他李瓶盖。有一天李瓶盖赶王桥集买鞭炮，为啥买鞭炮，野史里没说，反正买了鞭炮回来，到了集东头王桥河，看到河边有一个大闺女正在洗衣裳，这个大闺女一头乌发，两腮赤红，当时李瓶盖就觉得大腿根里一酸一麻一跳一翘，脊梁沟里一激灵，两眼一下子就直了，俩脚就走不动路了。这个大闺女就是王糖精。正好王糖精一抬头，看到一个流里流气的傻半吊子男子俩眼弯得秤钩子一样，不怀好意地看自己，又愤怒又厌恶，立即翻着眼白瞪他一眼。没料到，李瓶盖把这个白眼当成了媚眼，好像鬼神支使，弯腰捡起一块坷垃，手一扬投了过去。王糖精被溅了个满脸水花，哪里能算毕头，站起身来，一跳三尺高，破口大骂奶奶娘，猛扑了过来。李瓶盖一看来势凶猛，哪敢抵挡，只有落荒而逃。王糖精发了疯，好像母鸡发了情，拍着屁股一路狂追，咯哒咯哒，一口气追进了我们李庄，接着又一口气追进了李瓶盖家里。下边发生了啥事，野史里没有记载，但我们李庄的老少爷们儿都看到了，先是李瓶盖他爹李笆斗出来把木栅栏门一关，出来蹲在墙边慢腾腾地抽起烟锅来。我们李庄的老少爷们儿正盼着这个老不死的快点把一锅臭烟抽完，就只见，他家院子里突然间闪了一道彩虹，老少爷们儿都以为天上会掉下来一袋金子，结果是李瓶盖出来了，他面带神赐的微笑，用半截柳枝儿挑着一盘鞭炮，点着了砰砰啪啪一放，各位大神呀，他这就算娶媳妇了。但是，就在第二天早饭时，李瓶盖他爹李笆斗，就是那个抽着烟锅守门的，老不死的，端着碗蜷蹲在门口墙根那儿正喝着红芋片子茶，居然脖子一瘪，脑壳子一顿，死得跟只鸡似的俩爪翘翘的。

也许各位觉得这是个笑话，最多算是个传说，但我们李庄的人都认为这是真实的，因为那时候很穷，我们李庄出现的很多真人真事，现在看来都像笑话或者传说一样。

当然了，李瓶盖家的这些事情发生时，我没来到这个烟熏火燎的世界，上述种种，有一部分是我过来后听说的，还有一部分是出自神奇的《李庄野史》。总之，李瓶盖家的故事很多，有些很伤心，有些很传奇，有些让人哭笑不得。比如，李瓶盖的兄弟李秤砣，因为家里穷，哥又娶了嫂子，两间趴趴屋住不下了，只好卷卷铺盖一背，出了家门多少年不见音信。直到一二十年之后才来一封信。原来，李秤砣去了大兴安岭，在啥啥林业局里混出了名堂。这时候，李瓶盖和王糖精都三四个小孩了，大儿子绵羊，也就是红缨枪，都十八九岁了，而我们这一拨鸟孩子也都十一二岁了。

尽管后来红缨枪绵羊成了我们亳州市房地产大鳄，富得一撅屁股就屙翡翠祖母绿，但当年他家穷得不堪入目也是不容置疑的事实。我要是从物质方面来形容他们家的穷样子，那恐怕废话很多而且无趣之至，也不一定能说到位，不如我说个事例来证明他们穷到什么境界了：有一天，李瓶盖全家下地点花生，也就是种花生，一个长相漂亮、活似戏里罗成的小偷摸进他屋里，东看看西翻翻，光景着实凄凉，小偷罗成鼻子一酸，不仅没偷东西，临走时还在案板上放了五块四毛钱，还用他家那把满是豁口的菜刀压着。那时候，五块四毛钱比老天爷都要厉害，尤其对我们李庄的人来说更是非同小可，买一口袋小麦还可以再割五七斤猪肉，都不一定能花完。

红缨枪绵羊家发生的这件事绝对是真的，在我们李庄不仅传颂至今，即便在当时，还让一些二流子货为自己的好吃懒做找到了振振有词的理由。比如，膀脸越南他爷，学名李运金，外号龙头大太子，六七十岁了，胡打溜秋了一辈子，万事都相信天上掉馅饼，绵羊家发生的奇迹使他更加坚定了自己的人生信条。从那以后，他是一厘钱的活儿也不干了，天天和他老婆子手拉手去庄东头流粉河边的杨树行子里聆听马叽嘹子叫唤，观看小鸟压摞摞。这里说明几点，压摞摞就是交尾的意思；马叽嘹子是我们李庄的叫法，学名叫蝉，我以前讲我们李庄的故事时介绍过这些。另外，我以前也介绍过，在我们李庄，只要是两口子，无论年龄多大，一律称为小两口儿。龙头大太子小两口儿天天出门时都是房门大开，任凭鸡进鸡出，而且屋里还故意摆出一副凋敝样子。但是，奇迹要是经常发生那就不叫奇迹了。一连半月，龙头大太子虽然在案板上没看到一分钱，但连着好几天都看到了几泡鬼鬼祟祟的鸡屎点缀在案板上。

还请各位原谅，我这个人一讲我们李庄的故事总是东拉西扯，半天说不到正梗上。本来讲的是绵羊家的故事，不料一下子滑到越南他爷龙头大太子这儿了。不过，多说龙头大太子几句也是因绵羊家的故事而起的，好歹也有些关联，而且也可以佐证当年绵羊家有多么贫穷。但是，就像那句话说的，鸡窝里飞出金凤凰，我们李庄开天辟地第一辆自行车就诞生在这个贫穷家庭里。

这个缘由解释起来其实太简单了。

也许各位都没有留意，刚才我说过绵羊他叔，也就是李瓶盖的弟弟李秤砣，就是这个很容易被人淡忘的小人物，拉开了我们李庄自行车故事的序幕。就像许多创造了历史的伟人，一开始都是不为人瞩目的小人物。李秤砣也是一样，当初他离家出走，一去一二十年，我们李庄的人都想不起这个人了，他突然来了一封信，虽然字写得狗爬的一样，但我们李庄的人都知道了，当年家里连个睡的地方都没有的鸟孩子，现在混出名堂了，在大兴安岭一个大型林场当了副场长。这个雷公鸟日的，他是咋混的呢？我们李庄老老少少千把口子想了半个多月，还没有醒过神来，李秤砣副场长又来了一封信，字写得还像狗爬的一样，但意思很明确，说绵羊也不小了，他准备送给绵羊一辆自行车，也让孩子骑个车子四处走走，见个世面，长长见识，以后遇见啥事也能分个子丑寅卯。详细内容我记不得了，大概就是这点意思，还是我现在总结的，因为据说当年李秤砣副场长总共认得三十几个字，他信里恐怕还说不这么体面。

那时候我们李庄没有自行车，当然就没人会骑自行车了。红缨枪绵羊也不会骑，他爷爷李笆斗可能会骑，但老家伙去那边了，一时半会儿还联系不上，他爹李瓶盖拖着个屎包肚子，别说骑自行车了，平时走个丈八路都费劲——待会儿方便时我再说几句李瓶盖的屎包肚子——所以，绵羊和他娘王糖精只好捏着那张提货单或是包裹单，反正就是那张管用的单子，圣旨似的装进贴肉的口袋里，拉着架车子，前往泚河集邮电局去拉自行车。

这事说起来真是不可理喻，而且一直到现在我都没弄明白，在当年自行车是不是真的可以邮寄，如果可以，那么它是怎么邮寄的？现在是否还可以邮寄自行车……反正不管说啥废话，那天这娘儿俩大清早拉着架车子一出庄，我们全庄的老少就在村头等着，满以为他娘儿俩能拉回一辆闪闪发光的自行车，结果等到半下午，好几十家都没顾得上做中午饭，这娘儿两个活宝，拉回来的却是三个木条箱子。也就是说，红缨枪绵羊和他娘王糖精，两个人好像跑了一百里地，汗流浃背不足以形容他们当时的样子，反正水洗得驴驹子一样，拉回来的竟然是一堆还没组装的自行车部件。

奶奶个熊，别说拉回来的都是自行车部件，就是拉回来的是一泡牛屎，只要能组装成自行车，那也难不住我们李庄的老少爷们儿。尽管那时候我们李庄的人大都是皮糙肉厚净干蠢事的凡夫俗子，但也有几个爱动脑筋善于钻研的灵巧人，比如我爹就是一个，比如越南他爹李四两也是一个，当然也有几个经常滥竽充数的水货，比如茅根草李风潮。哦对了，那时候李风潮还没当上我们康寨大队的治安主任，还是我们李庄的生产队小组长，不过他当小组长时外号就叫茅根草了。总之，不管怎么说，当年我们李庄的第一辆自行车，也就是绵羊家的这辆自行车，就是以包括我爹在内的组装小分队组装成功的。现在想起这事来，那一番情景依旧历历在目。

那天，红缨枪绵羊和他娘王糖精拉着三个木条箱子一进庄，我们李庄老老少少千把口子嗡的一声都围上来了。好像这娘儿两个是戍边二十年，一朝还乡来，乡亲们层层簇拥着，到了绵羊家门口。恰巧当时我爹和越南他爹李四两，在生产队小组长茅根草的带领下，刚刚修好正在田里灌溉的柴油机和抽水机，手里还拿着扳手钳子螺丝刀一应家伙，这三个带家伙的工程师走在人群最前面，那架势好像早就准备妥当，单等着开箱组装自行车。事情都到了这个当口，那还有啥好说的，直接开箱组装就是了。小神童文化他爹李得轮，小攮子西娃他爹李得刚，我们李庄这两个有名的二性头，一个抢起铁锹，一个抢起抓钩，就要劈木条箱子，幸亏被少帅李广他爹歪嘴子李得昌猛的一声喝住了，要不然我们李庄诞生的就不是第一辆自行车，而是第一堆废铁。

歪嘴子李得昌在我们李庄是有名的智多星，他喝住两个半吊子，背着手绕着三个木条箱子一番打量，然后蹲下去抱住一个木条箱张嘴就咬。我们围观的千把口子老少倒吸一口冷气，还未惊出声来，只见李得昌扑的一声吐出一颗铁钉来。当时我刚上小学五年级，尤其喜欢算术，歪嘴子李得昌吐出一颗铁钉，我就在心里画一道子，所以到现在我依然无比清晰地记得，三个木条箱子上总共一百八十颗铁钉，歪嘴子李得昌咬下了一百七十六颗，最后四颗是我爹用老虎钳子拔下来的，因为李得昌实在咬不动了，他吐出最后一颗铁钉时，满嘴流血，一说话上下四颗门牙奔拉多长，相互碰得叮当乱响。当然了，尽管李得昌咬铁钉的故事被我们李庄的人传笑了十几年，但今天在书写我们李庄自行车故事时，智多星歪嘴子李得昌也是功不可没的，虽说不需浓墨重抹，但也值得记上一笔。

但是，当时李得昌就是把一嘴牙都累掉了，大家也不会再关注他了，因为木条箱子打开了，老少爷们最关心的是怎么把几堆零件组装成自行车。

各位可以想像一下，一辆自行车，搭眼一看，十分简单，没啥高科技含量，但是，俗话说麻雀虽小五脏俱全，真要把所有的零件都拆散了，那也是琳琅满目的，不是行家你还真是下不了手的。但是，尽管在这个地球上还有很多未解之谜，然而在我们李庄，自东晋以来还没遇到过解不开的难题。虽然那时候我们李庄大都是目不识丁的乡巴佬，但是，在类人猿进化到人的过程中起着至关重要作用的火，也不是从事高科技的知识分子创研的，所以，组装区区一辆自行车，对我们李庄人来说，何足道哉——有一年北京一群著名的科学家对我们李庄人的大脑做过深入研究，最后给出一个客观的评估，那就是，我们李庄不管大人小孩，除去脑膜和毛细血管，每个人能够思考的脑浆子基本上都有一斤二两。

话虽说得这样俏皮，但当年组装绵羊家这辆自行车，我们全庄人可真没少下功夫。眼睁睁零部件摆满了当央，那些剔明发亮的玩意儿散发着魔鬼的气息，把里三层外三层围着的千把口子观众迷住了，一个个鸦雀无声。有好多零件大家都叫不上名字，更别说要装在哪个部位了。不说别的，就说那几包钢珠，肉眼看着都是一样大小，但哪是装前叉上下碗里的，哪是装脚蹬子里的，哪是装轴承上的，根本没人能分得清。茅根草李风潮喜好自作聪明，好像只有他才能搞明白几包钢珠有啥区别，他从这个包里捏了几颗钢珠，填嘴里漱口似的漱一阵子，又从那个包里捏几颗，填嘴里漱一阵子。我们一群鸟孩子眼馋得要命，以为钢珠肯定比糖果好吃，结果，茅根草皱着眉头全吐出来了，这时我们才发现原来钢珠上涂着一层鸡蛋黄样的黄油。我爹虽然也不识几个大字，但他善于动脑筋，他像模像样地看着说明书，还用手指头指指点点上面的组装图，茅根草往嘴里填钢珠时他不说话，茅根草吐钢珠时，他才一扬眉毛，很诧异地问了一句："咋？这么高级的东西还不好吃吗？"茅根草居然很难得地憨憨一笑，咧着嘴说："靠他娘，不是个正经味儿！"越南他爹李四两很专心，他不仅善于钻研，而且善于动手，他一会儿拿起前叉比画几下，一会儿拿起后叉比画几下，最后他把链条挂在脖子上，像个和尚念经似的，站在那儿开始皱着眉头发呆。

就这样一直摸索到日落西山，夜影子上墙了，三大工程师还没有摸索出名堂来。依着我们李庄人的性子，啥事不弄出个结果怎好意思收兵。事情到了这个境界，也根本用不着绵羊他爹李瓶盖磕头作揖，也用不着王糖精扭着屁股发浪撞人，我们全庄当年总共三十二盏马灯，一声不响，自动拎到当场。顿时，现场变成了灯火通明的露天组装车间。现场观众不仅没少一个，后来的还搬来条凳站在上面看热闹。

这时候，我爹摸索出一点名堂了，他宣布先组装前后轮上的辐条。顿时，全场一阵兴奋的嘀咕声，好像听大鼓书，马上就要到高潮了。绵羊全家人更是激动得不得了，一个个中邪了一样。几个小的就不说了，尤其红缨枪绵羊，虽然比我们这帮鸟孩子大了七八岁，那么大的驴桩个子，都是正正经经的年轻猴了，论说家里来客也可以名正言顺地上桌子端酒杯了，论说也该娶媳妇了，但他还穿着带围嘴带襻的裤子，戴着一顶头顶上有两个窟窿的灰色鸭舌帽，居然双膝着地，趴在地上，我爹只要一指说明书图上的某个零件，他马上双手捧着膝行着递给我爹。当时我们这帮鸟孩子羡慕得要死，心想车大梁不说了，铃铛和齿轮也可以放弃，但要是能摸摸一根车条，我们也愿意学蛤蟆爬，哪怕学老鳖爬也是心甘情愿的。王糖精肯定是鬼迷了心窍，她不仅拿出一包价值九分钱的丰收牌香烟，居然还端来一脸盆红糖茶，让三大工程师喝糖茶。比较安静的是李瓶盖，他半弓着身子，右耳朵上夹着吸了半截的烟卷，两手按着膝盖，目不转睛，神情凝重几近痛苦，好像知识分子便秘了。

趁着我爹他们开始组装自行车，我说几句绵羊他爹李瓶盖的大肚子。

李瓶盖的故事太多，要是放开说，自行车组装完毕我也说不完。这会儿我只说一点点，那就是他这个人有点畸形。但是，请勿误会，也不要往他四肢和其他器官上多想，他就是肚子大了一些。搁在城市里，这种肚子叫作啤酒肚，也没啥稀罕的。但是，当年在我们李庄，李瓶盖这个肚子可是个景观。据我们《李庄野史》记载，李瓶盖专门把他的大肚子单独摘下来上秤称过，不多不少，刚好一百单八斤。各位可以不相信单独称肚子这回事，但你要是见过他的肚子——我这么说吧，他的肚子大到可以随便移动的程度，夏天，地上铺个凉席片子，他躺在那儿睡觉，向左翻身时，他首先捧着肚子把屎包大爷挪到左边，要是向右翻身时，那就得先捧着肚子把屎包大爷挪到右边——我这么一说，你一准知道他的肚子有多大了。要是一般人有这么个大肚子，农村人嘛，图个吉利，会奉承一声弥勒佛爷，但到了李瓶盖这儿，家里穷得叮当响，还讲个啥吉利，也没啥可奉承的，干脆再送他个外号就算了：屎包肚子。各位，我这里得说一句，切不要以为只有阔佬才配得上大肚子，穷人也可以有个大肚子，而且，李瓶盖这个大肚子还巨长寿。后来，红缨枪绵羊成了我们亳州最有名的房地产大鳄，他爹屎包肚子李瓶盖还活得好好的，只是肚子更大了，给绵羊添了不少麻烦，好几次拉屎都卡在厕所里，每次都是出动消防队才把这位屎包大爷解救出来。直到后来绵羊给这位屎包大爷造了一间八十平方米的厕所，才算彻底解决了这个难题。

我说了这么一大段，令人遐想，你肯定明白当年李瓶盖观看组装自行车时拉的啥姿势了。他那个姿势，真的不好形容，后来我到了北京过日子，偶尔观看了一次日本相扑，才恍然大悟，原来我们李庄的绵羊他爹也是练过相扑的，他当年观看组装自行车的那个姿势，就是相扑手对阵的那个姿势。

之所以在这儿大说绵羊他爹李瓶盖，是因为当时我没有看到自行车组装的全过程，所以才没话找话讲讲李瓶盖的大肚子。那时候我毕竟才是个十一二岁的鸟孩子，一到天黑俩眼就滴柿汁子，俩眼皮就直打架，再说下边半根毛也没有，所以也没啥值得骚动的，我爹他们把一只轮子的辐条还没有装完，我就倒地睡着了。不过第二天我醒来一看，靠，真神奇，我们李庄凡是围观的老少爷们统统睡倒在地。我爹他们，也就是三大工程师也一一倒地，一个个鼾声如雷，手里还拿着扳手钳子。值得一提的是茅根草李风潮，他可能有尿床的习惯，四脚拉叉躺在那儿，裤裆里湿淋淋的一大片。红缨枪绵羊睡得死狗一样，嘴角还滴答着涎水。他娘王糖精，屁股撅朝天，头冲着三大工程师，想必是给三大工程师磕头表示谢意时就着姿势睡着了。而那辆自行车已经组装完毕——天啊，这就是我们李庄的第一辆自行车，它昂首挺胸在当央，光芒四射朝阳下，就像一匹吃饱喝足等待出征的战马。只有，只有大肚子李瓶盖没有睡觉，他叼着烟，脸上熬出了一层黑油，满脸熠熠生辉，目不转睛地望着神圣的自行车，依然拉着那个姿势。那个姿势给我留下了深刻的印象，所以我在这里多说几句他那些个玩意儿。

各位，红缨枪绵羊家有了这辆自行车，他家的故事就更多了。比如，在我们李庄千把口子老少围观下，李瓶盖挺着巨无霸大肚子如何教绵羊骑自行车。比如绵羊学会了骑自行车，第一天就带着他娘王糖精去姥姥家，也就是去王桥集，到了王桥河时，王糖精触景生情，大讲当年李瓶盖如何调戏良家妇女，气得绵羊手一哆嗦，崭新又神圣的自行车驮着娘两个一头扎进河里。再比如，绵羊天天骑着自行车去泚河集他大舅王茄皮眼饭店打工，爱上了在他舅饭店旁边摆摊专卖小孩衣裳的人称"三步倒"的美女张春燕，失恋之后又如何火烧自行车，然后去亳州市闯荡，最终成为我们亳州市的房地产大鳄，等等。但我要是把绵羊家的故事讲完再讲别的，那至少得七卷本，那我们李庄的自行车故事就得改为李庄通史了。所以，在这里，我咬咬牙，不管绵羊家后来的故事有多么精彩，我还是决定就此打住，从整体着想，接下来开始讲述我们李庄自行车故事的其他篇章。

哦，对了，刚才忘了说，绵羊家这辆自行车是"孔雀"牌的，是当年哈尔滨自行车厂的名牌产品。

我的大"永久"被裸体了

实事求是地说，我们李庄的自行车一旦打开从无到有的局面，根本就没有经过缓慢发展的艰难过程，直接一个二踢脚，就到了最辉煌的时候。也就是说，绵羊家诞生第一辆自行车大概不到两年时间，我们李庄的自行车如同雨后春笋，好像也就在一夜之间，全庄四五百户差不多家家都有了自行车。小时候说话我偏爱强词夺理，好的是谎话连篇，现在，我已经过了不惑之年，比老牛的岁数都大，说话得说句公道话，我们李庄的自行车发展之所以出现这么个繁荣景象，主要是靠国家有了好的政策。要是结合实际情况，具体而微地说呢，我爹的贡献也非同小可。但是，按照我们李庄的老规矩，啥辛苦啥功劳都当疙瘩菜先腌起来，只要把事情过程说清楚就行了。

当时土地包产到户大概一两年了，一见庄稼人吃粮不发愁了，政府就号召全县人民发展经济作物。说白了，也就是号召大家种烟叶。当时，我们亳州市还叫亳县，有一个沙土乡是全县的种烟试验乡，虽然比我们沺河乡早两年种烟叶，但人家啪的一下子，就取得了令全县瞩目的伟大成就，也就是说既赚了不少钱，又积累了很多经验，很快就成为了我们全亳县的种烟烤烟培训基地。后来，其他乡选拔的种烟烤烟技术骨干，都得到沙土乡进行培训。反正当时县里对沙土乡异常重视，村村大喇叭里天天宣传沙土乡，宣传了一两年，说啥因为种烟叶富裕了，沙土乡的人民群众生活方式也变高级了，屙完屎都是用金砖擦屁股。虽然我们李庄自东晋以来从没种过烟叶这玩意儿，但凭着我们李庄人特有的性子，谁不想用金砖擦屁股呢？所以，我们全庄老少极力响应乡政府的号召，嗷嗷叫地要在今年种烟叶。按乡里要求，每庄要选两个技术骨干到沙土乡培训，不消说，我们李庄选拔出来两个人，自然有我爹一个，另一个就是越南他爹李四两。这个，我以前讲我们李庄的故事时好像顺嘴提过。

我刚才说过，我们李庄也有几个心灵手巧爱动脑筋的人，我爹和越南他爹李四两就是这类聪明人的代表。从上述给绵羊家组装自行车的过程中各位就可以看出，我爹善于思考，越南他爹李四两善于动手，推选他们两个去沙土乡培训，是我们李庄老少的正确选择，板上钉钉的事，在理论与实践上肯定都有很大的收获。就这个事情，我曾经做过认真的分析，以我爹的那双小眼，以我爹的那双小眼啊，他当年在沙土乡参加培训的时候，肯定发生过一些有趣的故事，虽说不至于惊天动地，也可能缺少幽默成分，但充满了荒诞与反讽那是绝对的。遗憾的是，不管过去还是现在，我爹一给我讲故事讲的就是我们李庄野史，他从未给我讲过他们在沙土乡培训的事情。当然，将来我爹也不可能再给我说这件事了，因为他老人家已经去世了，也就是说，我青少年时代的故事书目前摆放在天堂的某个几案上，等到时候，等到我走到地方的时候，到了那个几案旁边，坐下来抽根烟，趁歇歇腿脚的工夫，随手再翻阅一下，或者可以找到有关我爹到沙土乡参加种烟烤烟培训这一章。

即便到了今天，我依然得说，种烟和烤烟都是脏重的活儿，说起来也相当麻烦。你要是我们李庄的人，至少你要是我们亳州人，一说种烟烤烟你一下子就明白咋回事。以前一说这个道理，我顿时觉得这个世界有些蹊跷，我们李庄的人在一起，啥事根本不需明说，一个眼神就彻底清楚了。但对外人，尤其是我到了北京之后，本来鸟大个事，嘴都磨破好几层，很多人还不明白。当然了，现在我明白了有些人不明白也是可以理解，可以接受的，因为此世界与彼世界总是有些隔膜的，宇宙间的物质如果没有矛盾，那宇宙就不能称之为宇宙了。

这样闲话几句一过，我也省了介绍咋样培育烟苗，咋样种烟，咋样修建烟炕，咋样垒火龙，咋样挤烟叶，咋样烧炕，等等，现在我把这些脏活儿累活儿都掀到沟里去，凡事就像我们李庄人所说的，贼挨打的事儿就算了吧，说说贼吃肉多爽快。这里我就直接说烟叶出炕的时候。烟叶出炕，你要是没见过，我给你表述起来也相当费周折，你要是我们李庄的人，不管你多么阴郁的心情，哪怕你媳妇被人拐走了你一心想死，但我一说烟叶出炕，你心里扑腾一下顿时敞亮无比，朝心口猛捅三刀你都死不了。

当时我们李庄有十好几座烟炕，一到烟叶出炕，那种圣洁健康的香味如同祥云瑞霭，不仅把我们李庄笼罩了，同时也把全宇宙也笼罩了。那种香味虽然无法形容，但我敢说，全世界最昂贵的烟草都不会有那样的香味。要说那刚出炕的烟叶，真如同闪闪发光的金叶子，那颜色如同佛祖的笑脸，如同天女散花，如同牛郎看见织女，尤其对我这样一个读了几本闲书而无所用的鼠辈来说，烤烟的那种颜色，简直就是灵感的颜色，就是自由的颜色，就是爱情的颜色，就是战斗的颜色，就是仇恨的颜色，就是发财的颜色，就是……就是啥颜色也无法和刚出炕的烤烟那种颜色相提并论。

请各位不要被我的抒情迷住了，因为我们李庄的人从来就不欢迎这套虚假把戏。我们都是实在人，都是讲究吃吃喝喝的庄稼人，我们每家种了几亩烟叶，钱多得一把抓不完。有了钱，我们李庄老少在人前人后说话时胸脯能挺多高，还能多吃几顿好吃的，多穿几身新衣裳，还可以买点琉璃珠子玩，如果需要，还可以盖上明三暗五的大瓦房。如果这些吃的喝的玩的住的可以忽略不计，那我们李庄一下子添了几百辆自行车，是不是可以说说，是不是可以说说？

我们李庄一个单子批发了几百辆自行车，也是个复杂的故事，说起来也是一半被骗一半自愿，令人哭笑不得，所以索性先不说了。我现在只想说，一下子有了这么多自行车，世界就会自觉地在我们眼前展现出宽阔而平坦的康庄大道。一下子有了这么多自行车，我们李庄的年轻猴说个媳妇相个亲，完全可以按照自己的审美趣味来搞一搞，再也不会像从前那样，好容易来个说媒的，还得到外庄借个自行车去相亲，要是借不着自行车，就借个新架车子去相亲，相亲拉个新架车子有啥用呢，真是荒唐。现如今有钱真好，媒人成群结队来我们李庄，哪一家的门槛都被踢烂好几回，没办法，我们李庄的一群适龄年轻猴，只好天天成群结队去相亲。

当时我刚上初中三年级，一不到相亲的年龄，二没有自行车可骑，暑假里天天坐在庄西头池塘边钓鱼，眼睁睁看着一群群年轻猴骑着崭新的自行车，或是上海的"永久"，或是天津的"飞鸽"，最不济的也是常州产的"金狮"，一个个意气风发，尤其是小攮子西娃他们几个，几乎都是拐了五道弯的猴子鸟日的，从我眼前飒然而过时还故意放声大笑，猛捏铃铛，然后风驰电掣般驶向愉快又刺激的相亲之路。我心里有多么愤怒有多么悲伤有多么凄凉就别说了，反正那段时间我每天夜里都要做梦，每次都会梦到老天爷开着一辆小四轮拖拉机给我送来一辆崭新的大"永久"。虽然每天醒来梦已成空，但老天爷的模样我算牢牢实实记住了，他老人家当然长相非凡，表情当然和蔼可亲，就是说话有点结巴，和我爹发脾气时一模一样。

当时我家也不是没有钱，之所以没有跟风买自行车，我现在总结起来无非就是两点：一个是，我爹怕我整天骑着自行车满地溜光儿，耽误了上学，因为当时我爹一心一意想让我考上高中考上大学，更何况那时候我正是天不怕地不怕的年龄，又学了好几年捶，也就是学了几年武术，和东西庄的鸟孩子打过无数场狠架，哪一回都把人家鼻子打淌血，有点小名声。二个是，因为当时卖烟叶家家户户手里有了钱，都是成批量地买自行车，淝河集的自行车涨价涨得很厉害，一辆"永久"比以前涨了一百多块钱。以我爹充满智慧的大脑计算了一下，觉得很不合算。于是，我家就没有自行车了。

尽管我爹早就许过我，考上高中就给我买一辆大"永久"。可是，后来，当我拿着双沟高中的录取通知书，向他提起大"永久"时，这位先生，这位小眼睛的先生，左眼一眨巴，右眼一眨巴，然后拉着脸一声不吭了。以我对我爹的了解，这状况分明就是原先的诺言只是个诺言，真实的自行车则彻底泡汤了。

但当时我哪里还敢分辩半句，因为我爹那会儿正处于人生的顶峰，因为他到沙土乡培训过，是种烟烤烟技术骨干，我们全村谁家种烟烤烟都得央求着他，一个个敬他带把的好烟，左耳朵上夹一支，右耳朵上夹一支，十个手指八个缝里都夹着带把的香烟，那样子活似巫师，说起话来也鬼声鬼气。而且，我和我娘都非常崇拜他，他在家里说话有着绝对的权威。所以，为了避免这位先生一开腔再来一番冷嘲热讽，我当场一句话也不说了，到了院子里开始打沙袋泄愤。这三十个沙袋，还是我当初学捶时我爹特意吊的，他希望我练出一身绝世武功……打了半夜我爹都不出来说句话，我娘也没出来说句话，当然了，这一点也不奇怪，因为这两位圣人自打认识就一个鼻孔喘气。

我心里不免更生气了，第二天我早早起来继续打沙袋，这时候已经不是吸引那位先生和那位女士的关注了，是因为一股怨气憋了一夜，不打沙袋我的肺叶子就会爆炸。我爹起来后都没看我一眼，吃了早饭也不看我一眼，任凭我打得红头酱脸，任凭我打得汗流浃背，他只管从屋里拿出镜子走出来站在阳光下拔胡子，拔完了把镜子往窗台上一放，给我娘说了一声赶集买盐去，我娘说家里不是还有一罐子盐吗，我爹鼻子里哼了一声，说："那罐子盐喂牛吧，这回买好盐去，香港进口的。"当时香港还没有回归，我和我娘都信以为真。就这样，那位先生赶集买盐，我继续打沙袋，越来越使劲，因为刚才那位先生的神气活现的样子又把我的胸腔气满了。各位老弟，我天生就是个犟种，这个我们李庄人人都知道，我一口气打到晌午顶，直打得两条胳膊就像别人的，直打得浑身肌肉热气腾腾块块冒火，直打得天地宽阔寰宇澄明，直打得我心平气静了无牵挂。老天爷，我正要收工住手，就听到胡同里一阵子自行车铃声清脆悦耳，一瞬间，我心有灵犀，不由得两眼热泪盈眶——果然，我爹给我买了一辆自行车，大"永久"！

我爹，他老人家，骑着一辆威风凛凛的大"永久"，直直地骑到院子里才下车。我眼含热泪，当场蒙住了：我爹从来没有骑过自行车，他老人家买辆自行车咋就骑着回家了呢？我爹说，他从沘河集买了自行车，推出集一上路，脚踏脚蹬子三试两试就会骑了，他就骑着回家来了。你看，事情就是这么简单，真是铁铁的我们李庄人的性格，说来复杂的就来复杂的，说来简单的就来简单的，一秒钟之前一阵子乱棍打得你鬼哭狼嚎，一秒钟之后又掏出一把糖果给你吃。

各位，万不要以为有了自行车我就可以得意洋洋信马由缰，事实上我的极度兴奋还没有持续三分钟，事情就变得有些荒诞了：我爹停好自行车，洗了一把脸，他洗脸时眼睛就没离开过自行车。接着，他老人家从屋里拿出了一把扳手一把钳子一把螺丝刀，螺丝刀又称改锥，这套家伙我是熟悉的，它们曾经为我们李庄的柴油机和抽水机治过病，更重要的是它们还直接参与了我们李庄第一辆自行车的组装工作，现在，我爹又要让它们干啥呢？

其实我以前讲我们李庄的故事时提到过我的自行车，它的前挡泥板后挡泥板都被卸掉了，后座架子也被卸掉了。一辆自行车，卸掉了这些东西，就像把秃子的帽子摘掉了，就像脱掉了大嫂子的褂子和裤子，就像成龙的鼻子塌了，就像刘兰芳的嗓子倒了，就像，唉，就像刚新婚就死了老公的寡妇。哦，我的苦命的裸体自行车呀……当时，叮当、噔啷，细碎的金属声接连不断地敲击着我的耳膜，我头疼欲裂。我爹，这位先生，凭借着组装过绵羊家自行车的丰富经验，分分钟都没要，就把这辆自行车上的累赘全部解除了。后来，我在北京一所艺术院校里听教授讲德里达讲解构主义什么的，我心想这有啥呀，我早就懂了，这在原理上和我爹拆卸自行车没啥区别呀。我爹，这位先生，拆好了自行车，一边用麻袋片包扎着那些累赘，一边头也不回地说："这样一弄，小偷看着也不打眼了。"说着话，也不管我哭笑不得的嘴脸有多么难看，只管拎着那包累赘进了牛屋里。

二十多年过去了，我的那辆大"永久"早就不知去向了，但这包累赘在我家牛屋里梁头上放着。大前年我爹生病住院了，我回老家看这位先生，出了院刚把他接回家，他就让我去牛屋里把这包累赘取下来，当着他老人家的面一打开，这包累赘件件新若未触，一点儿锈迹也没有。我爹说，自从我当兵走后，自行车被我表哥铁锤骑走了，但一如既往，他每年照样把这包宝贝拿下来用机油擦拭一次，所以才保持着这么个新样子。而我爹，他已经不见了当年的荒诞和幽默，说起话来一板一眼，而且慢条斯理的，整个一副老态龙钟的样子。这不由得让我很怀念我爹年轻时的霸道棱角，有一次他随手抄起一根棍子，打得我满院子飞奔，最后一个箭步跳上鸡窝，扒着墙头一个小翻身逃命而去。

卖了烟叶喝啤酒

尽管我的自行车是裸体的，但它毕竟是正牌大"永久"。有了这辆裸体自行车，我终于可以加入我们李庄的"飞虎队"，去赶个集，去听个戏，去看个电影，照样和一帮鸟孩子风驰电掣，铃声大作，风光无限。那时候，我们李庄的"飞虎队"在方圆很有名声，除了看电影听戏，和外庄的鸟孩子打架，也是威风凛凛地骑着自行车。你可以想象一下，几百辆自行车一阵风似的冲进一个村庄，那阵势……算了，我们这帮鸟孩子和外庄的人打架的故事我以前讲过几次了，今天是文戏，文戏有文戏的唱法，就不说打架的事了。

我们李庄，膀脸越南和小神童文化，还有我的堂兄文兵，他也有个不雅外号，这里就不说了；我叫帮助，人称"老帮"，也有个外号，这里且不说了；反正我们这帮大小差不多的鸟孩子，都是一根绳上的蚂蚱，天天在一块儿蹭耳朵，一块儿踢炸葫芦弄炸瓢，自从有了自行车，一块儿去外庄看个电影打个架那就更方便了。除了干这些剿猫骗狗的勾当，更光明的用途是骑自行车驮着烟叶去卖。当然了，我们李庄每次去卖烟叶，也不只是我们这几个鸟孩子，至少也有百十辆自行车出动。一百辆闪闪发光的自行车在公路上飞驰是个啥状况，而且一路子铃声响彻天空响彻大地，响彻从我们李庄通往沲河集的公路，那情景那阵势，绝不亚于后来欧非拉十六国元首来访问我们亳州时的车队。我们这帮技术过硬的自行车驾驶员，个个神采奕奕，人人无限春光，那得意劲头，好像后座上驮的不是百十斤烟叶，而是前边颤也好看、后边颤也好看的大闺女……还是别说这个了吧。

当时各乡都设有烟叶收购站，我们沲河乡的烟叶收购站自然就设在沲河集上了，紧靠着粮站。当年卖烟叶的情景，相当独特，戏剧含量深不可测，要是下辈子我还能托生个人，我一定好好描绘一番，这会儿我一想起那场面就感到迷茫，说也说不清。反正一到卖烟叶，沲河集天天人山车海，一眼望不到边，比逢会时人多一千倍，比逢会时的气场强大而喧嚣。到现在，一想起卖烟叶的场面，我就觉得自己十分渺小，连个鼠辈都算不上，连只蚂蚁都比不了。我们李庄这一缕子人，刚才还春风得意马蹄疾，但一进入卖烟叶的队伍里，就像一把沙子撒在沙滩上，毛都算不上半根，哪里还敢嚣张，只好老老实实地排，唉，苦呀。不过，老规矩，走背字的事就不说了，直接说卖烟叶。

那境地里，收购站那七个验质员，个个都是大神，他们说你的烟叶是几等就是几等，或者说他们说给你多少钱就给你多少钱，因为一斤特等烟叶五块出头，一斤末等烟叶才一毛出头。你想，我们这些卖烟叶的，在这几个活神仙面前得拿出个啥脸色——啥脸色也没有用。不说其他几个猴鸟日的验质员，就说李莲英，他本名李连营，我们李庄的人叫他李莲英，为啥呢，我也不知道。反正这个年轻猴个头虽然爆竹般大，好像麻雀养的，但长相很精干，白白净净的，一说一笑俩酒窝，好像西施，又像嫦娥。他本来是我们李庄西南角李寨的，俩庄相隔不到四里地，从李姓诞生就是同支子李，虽然他在乡政府干的是结婚登记，像个闲差，但也是个吃商品粮的，平常见了我们李庄的人，点头哈腰的很有礼貌，又会说又会笑的，没想到到了烟叶季上乡政府抽他来当了烟叶验质员，脖子上就系了一条血红的领带，眼睁睁地看着我们李庄的人，他妈个圈圈的咋就不认识了呢？判完了烟叶等级，连句话也没有，只管用血红的领带擦汗。当时气得小神童文化和膀脸越南，还有我和堂兄文兵，我们这一帮打家子都发了毒誓，等烟叶季节过了，再碰到这个扎血红领带的，一定要打出他的屎来，方才消了我们卖烟叶时受的窝囊气。

先说句闲话，虽然那时候我们那地方扎领带的很稀少，但确实很时髦，只是到现在我都没明白，那么热的天，收购站站长都没扎领带，成千上万卖烟叶的也没一个扎领带的，李莲英为啥扎个领带呢，要擦汗，拿条手巾也可以呀，真是莫名其妙。再说句真话，不管李莲英多么六亲不认铁面无情，但我们李庄的烟叶基本上都能卖个好价钱，因为有我爹和越南他爹李四两这俩受过烤烟培训的技术骨干，这两个人精，我们李庄想烤出劣质烟叶，还真得费点智慧。

我们李庄这帮鸟人，卖了烟叶，有了四五百块钱，那时候的五百块钱有多大个作用，这么说吧，兜里有四五百块，捅个天大的娄子又咋的，县长要牛×也照打不误。当然了，我们这帮没见过大钱的，把钱一揣兜里，打架的事瞬间忘个一干二净，揣着钱赶紧喝啤酒去了。

那时候涩河集刚刚时兴喝啤酒，就是那种"魏王啤酒"，就像古井贡酒一样，也是我们亳州产的，虽说现在这种啤酒早已被魏王曹操收购，转到历史深处经营了，但在当年，我们亳州人喝"魏王啤酒"，就像前几年北京时兴喝人头马XO一样，都是格外上档次、格外有面子的事。当时全涩河集就数侯涛家啤酒卖得好。侯涛家本来开的是小百货店，但一到卖烟叶季节他就大卖啤酒。他家的啤酒摊就设在店门口，我们去了就站在门口纯粹喝啤酒，连盘油炸花生米都没有，干喝。侯涛自己也喝啤酒，而且谁也没有他喝得多。侯涛三十多岁，戴个黑塑料带子的电子表，留着大背头，脑门上一块月牙形疤痫，是小时候被驴啃了一口……有一天他喝了三十七瓶啤酒，摇摇晃晃地站在河边尿尿，一泡尿没尿完，就一头扎河里淹死了。当然这是后来的事了。我们这帮毛没变黑的鸟孩子也经常喝醉，不仅老是站在河边尿尿，而且还到河里抹澡，但我们没一个淹死的。抹澡是我们李庄的方言，就是游泳的意思，也可以是泡澡的意思，总之这句方言意思比较单薄，一说我们李庄人全明白。

喝完啤酒到河里抹澡，是小神童文化出的主意，别看他长相猪头猪脸，但他初中物理学得好，凡事喜欢站在物理学的角度上解决问题。文化说，躺在水里可以使身体里的酒精很快分解掉。我们哪能不相信这个物理学家的，每次一喝醉就去河里抹澡。那条河就是沺河，没有沺河就没有沺河集。河西岸是碧绿的庄稼，河东岸是一条柏油路，这条柏油路朝南通到阜阳，朝北通到亳州，后来的一○五国道我们那一截就是在这条路的基础上修建的。我们这帮一肚子啤酒的鸟孩子，晕头晕脑地骑着自行车，一阵铃声一阵风，一路嚎叫一路屁，顺着这条柏油路出了沺河集往北三四里地，一看没人了，胡乱把自行车随地一放，脱得赤条条的小鬼一样跳进河里。现在的沺河不能叫河流，叫河沟恐怕还有几股截是干涸的，那时候的沺河才真叫河流，水草丰茂，鱼虾成群。我们躺在水草里，虽然看不见河水如何分解身体里的酒精，但可以明晰地感到成群的大鱼从光屁股下钻过去吸吮脚指头，成群的小鱼游过胸膛啄食我们毛还没变黑的小鸡鸡。各位兄弟，你知道我们有多么惬意吗，尽管现在有数不清的各种服务项目，虽然没有全部经历过，但我也敢肯定，没有一项服务能比得上我们那时候的这种享受，而且还要花他妈妈妈的钱，真够缺根筋的。

不过，就像在一些娱乐场所大把花钱买享受一样，这种在大自然中的享受有时候也不安全。有一次，我们躺在水里，正细细体味着大鱼吸吮脚指头，小鱼啄食小鸡鸡，突然小神童文化大叫一声，被鳖咬住小鸡鸡一样，被龙王爷拽住脚脖子一样，好像河水开锅了一样，他叫了一声就往岸上跑。我们大家一怔，赶紧一看，才发现有人偷我们的自行车。我们李庄的人真是托大惯了，平常去外庄看电影听戏，自行车都不锁，扎堆一放就得，外庄人一看是李庄"飞虎队"的，借给他仨胆子也不敢动一下。这下好，那个人不仅敢偷我们的自行车，而且还敢迈腿上车骑上就跑。

就像高老庄唱大鼓的高麻雀，一大段戏词唱得正好，他突然夹了一句道白："说时迟那时快"——我们二三十个浪里白条，飞似地冲上岸来，顺着柏油路追了上去。那个蝙蝠日的小偷，一看这群追客，光景非凡，蹬得更快了。正所谓天网恢恢，正所谓忙中出错，正所谓关键时刻掉链子——自行车掉了链子就不能叫自行车了，就像汽车没了油只是一堆废铁一样。那贼也是个笨货，链子掉了，你扔了车子跑你的就是了，可是这辆闪闪发光的新"永久"他如何舍得，一弯腰扛起自行车接着跑。我们一看，笑成一团，都负重了，还想和我们这帮轻装上阵的赛跑，我们连条裤衩都没穿，要是还跑不过一个扛自行车的，那我们集体吃屎算了。一个百米冲刺，追上那贼，哪里还有工夫三推六问，更不容他张口结舌，个个都像吃了壮筋丸，拳打脚踢，就是打出他一摊老屎，也解不了我们一腔火气，我们正被大鱼吮小鱼啄，活似神仙，你来偷我们的自行车也没事，主要不是时候，坏我们情绪，真是心肠歹毒，人品太差。小神童文化下手尤其狠毒，因为偷的正是他的自行车。那贼被打成了一摊稀泥，小神童文化还不解气，就让膀脸越南和我堂兄文兵架着那贼两膀，让我在后边推住贼的后背，他先是后退三步，冲上来一个飞脚，踢得贼后退不止，三个架贼的也跟着一溜踉跄。刚站稳下来，文化又冲了上去，这次没打贼，他扳着手指头给贼讲了一通物理原理，大声吆气地问那贼，负重奔跑与徒手奔跑之间的阻力有什么不同。古时候学生回答不了问题，私塾先生就是一顿板子，这个贼回答不了文化的问题，当然又是一阵子拳脚交加。

我们正打着老拳，突然一个大闺女骑辆摩托车过来了，而且大老远地就鸣笛不止。我们一看这个女的，这才意识到都光着腚沟子，小鸡鸡上都扎黑毛了，当时那境地，一时恨不得生出四只手，两手打贼，两手捂住小鸡鸡。当然这是不可能的。我们这一松懈，那贼爬起来就跑，跑得比火箭都快，刚才要不扛着自行车，就凭这速度，我们就是骑着自行车也追不上他。

这时候那个大块头的大闺女已经到了跟前，我们哪能走光儿给她观赏，恨不得十步并作一步往衣裳那儿蹿。这次小神童文化落在了后边，因为他来不及挂链子，只好推着自行车跑。前边一个光腚露小鸡鸡的鸟孩子推着自行车奔跑，后边一个大块头的大闺女骑着摩托车追赶，估计没人见过这状况；前面一个偷自行车的贼骑车飞奔，后边一群光腚露小鸡鸡的鸟孩子穷追不舍，估计也没有人见过。反正自那以后，二十多年过去了，那番次第景象，我也没有再见过第二回。

骑摩托的大闺女黄飞虹

我们之所以狼狈逃窜，是因为骑摩托的这个大块头的大闺女，就是当年在我们那一带赫赫有名的黄飞虹，我们李庄的人都认识她。

不管啥时候，一提起黄飞虹，我脑海里就会扑的一声出现这段视频：黄飞虹站在李莲英身旁。高大魁梧的黄飞虹就像爱耍威风的亲娘，矮小干巴的李莲英就像惯受恶气的儿子。李莲英一用红领带擦汗，黄飞虹就用胳膊肘捣他，连捣两下，再掏出一块粉底带绿柳叶图案的手帕，一双金鱼眼一瞪李莲英，小个儿李莲英赶紧接过手帕，表情畏惧而羞涩地擦着汗。看到李莲英的乖样，黄飞虹慈祥地微笑了。

这出小戏，我们之所以一到烟叶站卖烟叶就能看到，是因为黄飞虹是个烟叶贩子。那时候，一到烤烟叶季节，不光我们沘河乡，哪个乡都有很多烟叶贩子。就像北京高级医院的号贩子，就像全国各地春运期间的票贩子，干的都是凡人干不成的事情，当时我们那儿的烟叶贩子也具有类似特异功能，他们在烟叶季节里走乡串户，收购的一等烟叶到了收购站就能卖个特等，收购的末等烟叶……当然，黄飞虹根本就不收购劣等烟叶，最差也得是二等的，但是到了收购站，我们眼看着二等的，她一卖就是个一等，要是我们看着是一等的，她保准卖个特等的，要是特等的——当然了，黄飞虹也不要特等的，因为花五块钱买的再卖五块钱，这个太辛苦了，也不赚钱，只是白出一脖子汗。

黄飞虹每次来卖烟叶，都是到李莲英所在的那个验质口，所以每次我们都能观赏到刚才那出含义丰富的小戏。其他庄的我不知道，反正我们李庄这帮子卖烟叶的，一看到黄飞虹和李莲英在验质口表演这出小戏，我们心里就千分羡慕黄飞虹，万分唾弃李莲英。我们非常纳闷，非常不满，非常憎恨这种带有流氓色彩的权钱交易——以我们当年的朴素头脑，从没想过他们之间会有权色交易，因为，黄飞虹长得太那个了，而且就凭李莲英的块头，就凭黄飞虹的块头，水缸里插根小棒槌，怎么可能会发生权色交易这等醍醐事呢！

说一个大闺女漂亮很容易比喻，丑八怪也容易描述，可是，要想说清楚黄飞虹的模样，尽管我在北京很多年了，也算见过好多外国人，但就像当年一样，仍然不知如何描绘黄飞虹那副尊容那副架框。就好像芹菜和韭菜都属于蔬菜一样，不管漂亮与否，反正黄飞虹都得算是个未出阁的大闺女，这一点谁都得承认。我们李庄的人以前相亲没啥讲究的，剜到篮里就是菜，蛤蜊难看，但掰开俩壳那块小肉儿还是很好吃的。现在卖烟叶有了钱，就要讲究黑白，讲究面相，讲究奶帮子和腚帮子，一般大闺女很难进入我们李庄人的法眼。那么，为啥我们李庄的老少爷们都是那么喜欢黄飞虹呢，她的所有器官从表面看上去都不符合我们李庄的审美要求，难道仅仅因为她是三关镇通背拳大家吴大通唯一的女徒弟吗，要是因为这个，那全庄老少爷们也应该喜欢我呀，因为我是……算了，我在师父面前发过誓，人前人后永远不说他的大名。

　　前面说过，我们李庄的烟叶烤得好，而且每一家都是骑着自行车驮着烟叶去收购站卖，但照样挡不住一些烟叶贩子经常来我们李庄逛荡一圈。就像你家的狗狗，明知道跑到屠夫家也很难吃到肉肉，但它还是照样围着人家门口打转转，它心想要是万一扔出一块肥的也说不准呀。黄飞虹也可能是这样想的，所以她也经常来我们李庄，她有时穿着一身天蓝色运动衣，袖子上和裤腿上都有两道白条子，脚蹬一双高靿白色回力鞋，有时候穿着一件大红裙子，脚蹬一双黑色高跟凉鞋，要命的是她一头短发还是烫的，烫的发型犹如鬼火燎过，就是外国电影里也未必能看到。我们李庄的妇女都觉得黄飞虹穿那身天蓝色运动衣好看，我们李庄的爷们都认为她穿裙子好看，因为裙子没有袖子，举手抬臂之间可使爷们们瞬间打鸡血——那时候我们这帮鸟孩子对浓密的腋毛还不感兴趣，令我们瞬间打鸡血的是，黄飞虹两条大壮腿间的那辆杏黄色的雅马哈。一看见那辆雅马哈，我就想叫一声老天爷：我们李庄这帮鸟孩子刚刚骑上自行车，黄飞虹就骑上摩托车了！据我们李庄的退伍军人李百林说，黄飞虹的这辆雅马哈125，是四冲程发动机，最高时速可达三百公里，这么一说，两个小时黄飞虹就可以到月亮上去了。李百林在南边打过仗，见过真枪真刀的热闹世面。我们李庄的人，尤其我们这帮鸟孩子，不仅对他说的话奉若神明，而且对他放的屁也奉若神明。

　　有一天，黄飞虹骑着她那辆杏黄色的雅马哈又到了我们李庄。当时，我们李庄一大群老少爷们正在打麦场上展示各家的自行车，比赛谁家牌子硬，比赛谁能把自行车骑得花样翻新。说起来真是荒唐透顶，那段时期我们李庄大事小事都离不开自行车，就是到对门邻居家借一根绿豆芽，也要骑自行车，人场里说个闲话也个个夹着自行车，很多牛×孩子，比如少帅李广，虽然是刚买的自行车，但他到村当央官井里打水也推着自行车，你妈的李广，浑身肉拆干净不够包顿饺子的，我们要看看你担一挑子水咋骑自行车？

反正那段时间，弄得自行车好像成了我们李庄的流行生活方式，成了大人小孩须臾也离不开的氧气，成了我们生命中的拐棍，成了我们肉体的一部分。所以，我们李庄的大人小孩得点空到打麦场上玩玩自行车，也是常态化的，何况正是烤烟叶季节，庄稼地里没活儿，打麦场也是又干净又光溜又利索的。当时在场的，不仅我们一帮鸟孩子个个裆里夹着自行车，像打架明星小攮子西娃和少帅李广他们那帮子年轻猴个个夹着自行车，更怪异的是在场的几十个老爷们也都夹着自行车，甚至几个老不死的也裆里夹着自行车，比如膀脸越南他爷龙头大太子，都七老八十了，按照古时候某朝的法律规定，早就超过了活埋的年龄，可以不算人了，但你要敢不让他裤裆里夹辆自行车，那他真敢死个好样的给你看看……我们正在比赛着，一看见黄飞虹来了，见她这回穿的是蓝色运动服，打不成鸡血了，大家也没啥热情的，所以接着比赛。只有小神童文化、膀脸越南、我堂兄文兵，还有我，反正参加过沌河里抹澡、柏油路上追打偷车贼的我们这帮鸟孩子，顿时停止呼吸僵在原地，谁都不敢正眼看她，因为大前天她刚刚见过我们就那么一点点小本钱，所以我们在心理上觉得自己的短处被这个块头硕大的大闺女抓住了。

就像往常来我们李庄一样，黄飞虹一进入场里，下了雅马哈停妥当了，给老少爷们打着招呼，左手从左边裤兜里掏出一包"大重九"，连盒送到嘴边叼出一支，右手从右边裤袋里掏出一个金灿灿的打火机，啪地一甩，只听喳啷一声，回过手来一团火就到了烟头上。我们顿时目不转睛，心里一个劲儿琢磨，她这一手是咋弄的呢？强梁汉子尿尿不用手扶，大块头的黄飞虹抽烟也不用手扶一下，两只手把香烟和打火机送回原处后停在裤袋里，就那么嘴角叼着烟吸了一口，慢悠悠吐着烟雾，面带神秘的微笑，透过烟雾扫了我们这帮鸟孩子一眼。我们这帮有短处的鸟孩子，顿时全身酥软，活像三根大筋六根小筋都被抽干净了一样。

想当年，黄飞虹这一套抽烟的动作几乎让我们李庄老少大开眼界，甚为迷醉。我们李庄也有几个伶牙俐齿的大闺女（比如长脖子所喜他姐玉巧），也有几个专门挑战传统的妇女（比如花狗腚文启他娘柴秀荣），包括几个永远也不服输的老婆子（比如越南他奶都小八十岁了，一颗牙也没有了），她们这些女神经常悄悄地模仿黄飞虹抽烟的动作和架势，但我现在一想起来她们那种东施效颦的臭样子，就笑得肚子疼。我现在一想起黄飞虹抽烟的样子，就恨不得把她请来北京再当面抽支烟让我好好看看，完了我请她吃烤鸭。哦对了，我现在已经搞清楚了，黄飞虹的打火机是正版都彭朗声的，当年不知道值多少钱，现在那正版玩意儿配置最低的也得五千多。

当然了，我们李庄的老少爷们，吃的是软的，屙的是硬的，怎么会被一个大闺女的区区抽烟动作镇住了？比赛继续进行。黄飞虹，多她一个观众也无所谓。车技比较好的几个就不说了，比如小攮子西娃，比如退伍兵李百林，比如我堂兄文兵——他家的大"永久"买得早，大梁都撞弯过三四次，要是再练不好车技，说人笨他自尊心受不了，最起码自行车也是山寨版的。骑得不好的也大有人在，比如越南他爷，比如少帅李广。越南他爷骑得不好是因为他超过了活埋的年龄，而且打圈一转到黄飞虹面前他还对人家抛媚眼，一抛媚眼他就得东扭西晃好几把。少帅李广骑得不好，是因为他家的自行车是大前天刚买的，大梁还没有来得及撞弯过，尽管他骑到黄飞虹面前时目不转睛小心翼翼，但还是一到人家面前就鬼使神差地摔倒，连着摔倒三四次。最后一次黄飞虹实在是急红眼了，她像抓一条瘦狗似的拎着少帅李广的脖领子，把他拎起来，把他搡到一边去，然后拽起地上的自行车，脚镫子也不踩，一个凌空展翅，就飞到车座上了。我们还没反应过来，她已经超过我们了，而且第二圈起她就没再扶过车把，自行车好像有了生命，有了主心骨，驮着黄飞虹飞似的圆圈飞跑。当时我们这帮鸟孩子，赶紧停下来傻呆呆立在一边观看；小攮子西娃他们几个年轻猴，跟了几圈也停下来，站在我们旁边，纷纷赞叹黄飞虹裆里功夫厉害，不仅可以驾驭自行车，还会命令它自动调整方向。黄飞虹大撒把独自跑了两圈，突然一个镫里藏身，从三角架里钻出来又稳稳骑在车座上，动作快得如同电光火石。我们还没搞明白她那么胖大的身体是咋样钻过三角架的，她已经变花样了，只有小肚子沾在车座上，两手展开，如同燕子衔水展翅飞翔。我们嘴里念念有词，正咒她摔下来，结果她又亭亭玉立站在车座上了。我们李庄的人顿时失去了理智，失去了矜持，大鼓其掌，嗷嗷叫好。众声喧哗之间，黄飞虹回到车座上，紧蹬了几下脚镫子，加快了速度。我们正不知她又要变啥花样，忽然眼前一花，她双手抓着车座一个倒立犹如旗杆从我们眼前飒然而过……我们李庄的老少，顿时打消吃屎的念头，因为事实已经证明，吃屎已经失去了意义，我们只有不活了，死了算了。

黄飞虹精湛的车技让我们全庄老少长时间地沉浸在回味当中。我现在一想起来，就得赶紧倒杯酒喝，不然难以平静激荡的情绪。不过，我至今依旧感到万分遗憾，要是当年有录像机或者相机就好了，那么，就会给我们李庄自行车故事留下一份珍贵的影像资料。我们李庄当时也有很多人感到遗憾，尤其小攮子西娃他们那帮年轻猴，他们咂嘴再三，说黄飞虹在飞驰的自行车上做倒立时，要是穿着那件大红裙子，就没啥遗憾的了。尽管他们那帮年轻猴为了这个愿望做好了一系列的策划，甚至都有了明确的分工，但是，没有机会了，因为黄飞虹很快嫁给了李莲英。这不仅打破了我们李庄人认为的他们之间不会产生权色交易的陈腐观念，而且黄飞虹很快就大肚子了。有很多次，我们这帮鸟孩子赶泚河集，一看到两个身形迥异的人走在一起，并且一个大肚子，我们就会讨论半天，到底是李莲英主动搞大了黄飞虹的肚子，还是黄飞虹命令李莲英把自己的肚子搞大的？这个本来不太严肃的问题，竟让我们迷茫了很久。后来，我和堂兄文兵虽然到双沟上高中了，但路过泚河集时，我们还见过几次黄飞虹和李莲英这小两口。印象深刻的有两次，一次是在泚河烟叶站大门口，黄飞虹，这个甜蜜的女神，把李莲英的头夹在裤裆里，挥舞着火热的粉拳，打得李莲英杀猪般地嚎叫。另一次是一个雨天，也是在泚河集，我们和这小两口迎面相逢，黄飞虹居然没抬眼看我们，她打着一把伞，把李莲英扛在右肩膀上，李莲英瘦小的尖屁股都没有黄飞虹的脸大，擦身而过之后，我们回头一看，原来李莲英喝醉了，手里还拎着一个古井贡酒的空瓶子，脸庞像死狗的脸庞，双眼紧闭，活像不再挂念骨头的死狗，嘴角挂着幸福的涎水，悬垂的蛛丝一样。

老少爷们儿苦练骑技

我现在回忆一遍又一遍，还是确定了自己记忆没有出错——我可以肯定地说，从那以后黄飞虹好像就没再来过我们李庄，好像她来我们李庄根本不是为了收购烟叶，而是老天爷专门派她来教会我们如何提高自行车骑技的。说实话，黄飞虹的飞车绝技对我们李庄的人来说，不啻于当头一棒，弄得我们李庄千把口子老少想死都死不了——主要是我们李庄的人都不愿意死，即便早已超过活埋岁数的越南他爷龙头大太子，也是非常留恋这个美好的人间。当然我们也不想吃屎，更不想丢了千把口子老少的脸面，所以，我们天天苦练自行车骑技。更有意思的是，我们李庄还准备举办一次自行车比赛，目的就是通过比赛活动来促进我们李庄大人小孩学成绝技，以防再有人来李庄骑自行车耍牛×，让下辈子小孩丢人。我们的目的就是这么单纯。所以，在很长一段时间里，我们李庄老少苦练自行车绝技几近癫狂状态，每天打麦场上都是熙熙攘攘，喧声震天。膀脸越南、小神童文化、我堂兄文兵，我们这帮大小差不多的鸟孩子都是很下功夫的，多少也都是挂过彩的，也是值得表扬的。但尤其值得表扬的是少帅李广，每天不管我们到打麦场有多早，他都已经练得满头大汗了。为啥他每天都是数第一，这个我们当然都能理解，为啥他每天都练得那么刻苦，这个我们也能理解，因为只有他的"永久"牌自行车是黄飞虹裤裆夹过的，要是练不成黄飞虹那样的绝技，那他李广还想在我们李庄混吗，还有在这个世界上存在的必要吗！少帅李广当然明白这个道理，因此，他是白天练，夜里练，刮风练，下雨就不练了。我们都是眼看着的，少帅李广浑身上下都摔得伤痕累累，甚至一颗门牙也磕掉半截，但这些丝毫没有影响他苦练绝技，当然更没有动摇他要在我们李庄自行车大赛中夺得第一名的誓言。

这里既然说到少帅李广，他的故事很多，我不妨多说几句。

据我们的《李庄野史》记载，少帅李广"出厂"时，他爹歪嘴子李得昌没在现场，被大队抽去为公社垒院墙去了，垒完了院墙，剩了半桶水泥浆，李得昌想着家里土坯锅台，左右一看没人注意，就用个草袋子把半桶水泥浆悄悄背走了，走了一二十里地，天气又热死驴，结果背到家里水泥凝固了，用棒槌都敲不出来，当然抹不成锅台了。农民嘛，没有物理知识，真可怜。李得昌气愤地刚把半桶凝固的水泥扔河里，少帅李广就来到了我们李庄。少帅李广小名鸡屎，这个孬种名字是他爹起的还是他娘起的说不清了，反正他生下来就是个倔强的小孩，也许因为像个猴似的瘦，肚子里没有润滑油，所以他天天拉干屎，而且学习城里的老干部时常便秘。刚开始，我们李庄的人都说送子娘娘把他送过来时，路上把他大肠弄丢了，所以才天天屙干屎。后来知道了水泥的事，全李庄的人都沉不住气了，一看见鸡屎在大门口蹲半天就是拉不出来，就成群结队地围过去观看，还嬉皮笑脸说水泥，说凝固的水泥。智多星李得昌对此很气愤，他一赌气就跪在鸡屎面前，勾着脑袋一边观看鸡屎的屁眼，一边诱骗鸡屎："鸡屎呀，咱李庄老少千把口子，都没见过金条，你就给爹争口气，屙两根金条给大家看看吧！"他嘴上这么说，但心里也想着水泥。于是，在智多星李得昌聪明的大脑里，鬼世界的法则、神世界的逻辑，都与现实生活有了隐勾暗连的诡秘关系，所以他当天上午赶王桥集听了一场大鼓书，书里唱到汉朝的李广，回家就把鸡屎改名为少帅李广了。

当然这些都是《李庄野史》所记载的，与我们这帮鸟孩子眼中的少帅李广基本上对不上号。当然了，等到我们这帮鸟孩子长到一进电影场里就敢和外庄的鸟孩子打架时，少帅李广和我们李庄的打架明星小攮子西娃都快二十岁了，他们已经比较成功地进入了年轻猴的行列。我们这帮鸟孩子都没见过少帅李广拉干屎，我们看到的是他打架很勇敢。尽管他瘦狗似的，但练过几年功夫，好歹也算个打家子，每到电影场里必定打架，而且总是他先动手，虽然人家一碰他就倒，但这只是个技术和力量的问题，与勇敢没有关系，下次他还是照样先动手。反正不管挨多狠，即便鼻青眼肿，只要电影场一恢复秩序接着放电影，少帅李广依然眉开眼笑。尤其是看到旁边有外庄的大闺女，我们的少帅李广就会左顾右盼，高谈阔论，谁也没有他俏皮话儿出彩。

后来让少帅李广不愉快的是我们李庄有了自行车，并且很快，大部分人家都有了自行车，我都有了自行车，但少帅李广还没有自行车。平常赶集呀看电影呀，尤其是看电影，我们李庄"飞虎队"的好汉们铃声震耳笑声一团骑着自行车在前边飞奔，后边就一个步兵李广跑得满头大汗地追赶人家，那心里是个啥滋味，植物人都受不了。少帅李广为了自行车给他爹娘闹了好几场，但他爹歪嘴子李得昌就是不买，因为智多星歪嘴子认为盖几间瓦房才是正经事，所以他把卖烟叶的钱都拿到宋庄三喜的砖窑上交了预付金。少帅李广简直气得天天都想死，也不分场合，自行车的念头一起来就讽刺他爹。那一天，我们李庄几百口子都坐在庄西头池塘边的柳树下钓鱼，几个好心眼的孬种一见少帅李广父子都在场，马上大说自行车。一开始这对父子谁也不说话，只管钓鱼，但架不住孬种们说个不停，少帅李广就沉不住气了，他啪一下扔了钓鱼棍，三步跨到他爹面前，我们都以为少帅李广抬腿一脚将其父踢到河里，结果他只是轻蔑地说了三个字："咬铁钉！"

这三个字真是画龙点睛，真是神来之笔，具有石破天惊的效果，我们围在池塘边钓鱼的老少当场笑得气绝身亡。只剩下智多星李得昌一个人还活着，他先是歪着嘴迷惘地望着少帅李广悲愤的眼神，如水的往事才慢慢渗透他板结的大脑，接着他慢慢拿出腚下的鞋子，像个皮球似的猛地跳起，和少帅李广拼起命来。本来少帅李广武功在身，虽然三脚猫，虽然在电影场里就像靠墙竖的一根竹竿，外人一碰就倒，但要和他爹李得昌对打，三招之内格毙其父也是有绝对把握的。可是，少帅李广不仅不还手，而且连躲也不躲，我们眼睁睁看着他爹李得昌一脚还没踢着他，他居然一个趔趄倒地了！在缓慢的匍匐前进中又中了他爹好几脚，可怜的少帅李广才伏地嚎啕起来。当时我们这群钓鱼的老少只是觉得蹊跷，根本没想到这是少帅李广的苦肉计。果然，智多星李得昌这老家伙上当了。他一看小孩可怜样，心里一酸，脑门上迸起一团火来，一冲动，魔鬼来了，于是，魔鬼支使着智多星马上回家，赶着一头老母猪带着一窝小猪仔，到了沘河集卖了，推回来一辆崭新的"永久"。请注意，智多星李得昌不会骑自行车，他硬是从遥远的沘河集推着回到我们李庄的。

少帅李广有了自行车，就像当了二十五年鳏夫的知识分子，突然娶了一个十八岁的新媳妇，一下子不知道应该咋样对待人家了，仅仅肉体上的激烈交流是不够的，长久了也是力不从心的，他还必须和人家进行心灵上的沟通，用知识与智慧消弭年龄的悬殊，让灵魂尽快而彻底地合二为一，最后达到永恒。少帅李广也是这样的，在心爱的自行车没和他分手的这段时间里，每天东边才出现鱼肚白，公鸡母鸡还没下架，他就把自行车推到大门外，蹲在自行车面前和这宝贝谈心，就像浪漫的鳏夫和新婚小老婆饮着朝露面对朝霞谈论《关雎》——这是我对少帅李广有了自行车以后的种种失态状况给予的美化和讥笑，但是，他每天刚拢明就把自行车推到大门外边进行亲切交谈却是真实可信的。这个秘闻是李得印说的，李得印是我们李庄著名的农学家，他在全庄老少爷们面前说话一贯是光腚坐板凳——有板儿有眼儿，我们相信他都是相信惯了的。别看李得印长得活像蝙蝠似的，但他每天睡得比蝙蝠都晚，起得比公鸡都要早，因为他每天黎明时分都要到地里观察庄稼的生长与变化。也不是偶尔的事，他连续三天路过少帅李广家大门口，都看见了少帅李广坐在小板凳上和他的新自行车窃窃私语喋喋不休，三天都是东边才鱼肚白。当然了，农学家李得印也不知道少帅李广和他的自行车都说了些啥，他听不懂，要是能听懂，咋能还在我们李庄当农学家，早到北京外语学院当教授了。

因此，为啥每天都是少帅李广第一个到打麦场上，这个问题就难不住我们了。

俗话说，一分汗水一分收获。少帅李广的勤奋与刻苦获得了丰厚的回报，他不仅是第一个学会大撒把的，而且是第一个学会燕子衔水的。更让我们羡慕的是，他展示这两个绝技时还唱歌，大撒把唱《爱江山更爱美人》，燕子衔水唱《童年》，这两首歌都是正当红的流行歌。按说，我们应当嫉妒他，但一看他浑身上下活像遭过酷刑一样，一数他细胳膊细腿上的伤疤，我们心里自然就平静了。当然，要是我的堂兄文兵取得了这样的牛圈圈成绩，那尾巴就会像勃起的小鸡鸡一样，砰一下，翘多高。但是，人家少帅李广不仅不勃起，而且练得更刻苦，甚至在最酷热的中午——就是在越南他爷龙头大太子在训练场中暑那天中午，这个老不死的，八十多岁了，非要凑这个热闹，结果把自己搞中暑了——少帅李广依旧苦练黄飞虹演示的另一招绝技：镫里藏身。而我们，特别是我们这帮鸟孩子，没有理想，也没有追求，都纷纷跑到树影里。当时几个大人在树影里欢天喜地抢救龙头大太子，杀猪似的，几只手一按老不死的胸膛，老不死的先是喉咙里一阵乱响，接着裤裆里就打一阵子机关枪，我们一边笑嘻嘻地围观这个，一边观看少帅李广是如何从三角架里钻出来的。很遗憾，少帅李广第一次试验没有成功……只见他加速，加速，再加速，右腿迈下来，慢慢从三角架里伸过腿去，踏上脚蹬子，继续加速，蹲下，右手离把从大梁下伸过去，抓住车把，再探头钻过大梁哎呀呀呀……一溜跟头一溜屁，叽里咕噜，连车带人滚成一团，刹那间，少帅李广和自行车纠缠一团，趴在地上好像死了。刚好，这边龙头大太子呕呀的一声醒过来了。这个老不死的活神仙，一看我们这帮鸟孩子往打麦场里跑，他也一跟头一栽地跟过来。结果我们大家一看，少帅李广根本没死，除了磕掉半截门牙——对一个伤痕累累的年轻猴来说，半截门牙还提个啥。尤其是对我们李庄的人来说，少帅李广一嘴牙都磕掉了又咋着，我们李庄以前又不是没发生过一嘴牙都磕掉的事，已经发生多次了，细说起来，少帅李广排队都进不了前十六名。我们这帮鸟孩子当时高兴得不得了，心想仅仅摔掉半截门牙是不够的，要是他两条胳膊都摔断就好了，要是他摔成植物人就好了，那我们在比赛中就会少一个有很大威胁的竞争对手。

我们李庄举办自行车比赛

我们李庄举办自行车比赛这个高级主意，包括整个策划与实施过程，现在我也说不清都是谁搞的了，当时就争得很厉害，有人说是退伍军人李百林最先出的主意，有人说是茅根草李风潮搞的策划，还有人说小攘子西娃……这么一说，你就知道我们李庄聪明人还是有几个的吧。反正，在我们李庄，不管啥事，说简单就简单，说复杂就复杂。尽管我们李庄的人啥事都喜欢搞简单的，但这场自行车比赛要是能说清楚，那就不是我们李庄举办的了，而是伦敦举办的。好多事都说不清楚也没有关系，我们李庄举办的那次自行车比赛，也照样可以载入我们李庄自行车历史，就像清史记载的许多大事件，又有几件事能说得清楚的呢，即便载入史册，也有存疑之处。当然了，我们李庄的自行车历史与清史大事相比，只能算根鸟毛。当然了，对我们李庄人来说，清史大事与我们李庄的自行车历史相比，连根鸟毛也算不上。

按照我们李庄的历史经验，说不清楚的先打个包吊在梁头上，等后世哪个孙子好奇了，爬上梁头打开包看看，咋解决随便他好了。

我们李庄首届自行车比赛如期进行。

我记得很清楚，比赛那天离开学还有整整三天，因为组委会考虑到我们这帮鸟孩子要是一上学，就不便参加，虽然不影响热闹，但是，要是没有我们这帮鸟孩子，到哪儿找垫底的几个蠢货呢——这是组委会副主任茅根草在饭场里说的。小神童文化、膀脸越南、我堂兄文兵，我们这一帮鸟孩子听说后，一个个气得大骂一通公蛤蟆日的母蛤蟆养的茅根草！

做事情虎头蛇尾是我们李庄人最爱的，所以，在我们李庄千把口子老少看来，比赛结果是根鸟毛又咋的，反正比赛开始那天一定要搞得隆重之隆重。主席台就设在我们天天练习骑技的打麦场上，从我们李庄小学借的三张条桌拼在一起，上面铺着退伍军人李百林提供的绿军毯，这条毯子来到我们李庄也有好多年了，他老婆巧玲喜欢铺它睡觉，现在已经磨出了很多透明的小窟窿，还有很多斑点，很多片状渍迹，不知是尿的还是别的啥东西……在一盘鞭炮声中，掌声有请评委们进场。首先请评委会主席退伍军人李百林入席。李百林这个鸵鸟日的的故事也很多，如果从他出生说起，估计我这辈子就不用干别的了，而且可以肯定，就是说到我油尽灯灭，至多也只能说到这场自行车比赛。李百林提着自家的录放机，就是南京无线电二厂生产的"熊猫"牌录放机，每次都要装上八节三号电池，唱上三四盘带子就没电了。他上了主席台，录放机放在毯子上，啪地一按按钮，先是几声唢呐独奏《百鸟朝凤》，这显然不是他所想要的，于是又按，咻啦啦，咔吧，一阵子忸怩的声音之后，越调《白奶奶醉酒》就没头没尾地唱起来了。第二请评委会副主席李风潮入席。李风潮外号茅根草，以前我在讲我们李庄的故事里多次提到他，现在他的身份是我们大队前治安主任，已被免职，这两年比较寂寞，此次被邀参加我们李庄自行车比赛这项隆重活动，其激动心情可想而知。大家请看，台上摆的所有奖品都是他赞助的。这些奖品来之不易，茅根草李风潮顶住了他老婆子的三天斥骂和四顿殴打，还是自掏腰包购买了这些奖品。他老婆子外号叫作曹跮跛，别看一条腿长，一条腿稍短一些，走起路来一步一个跮跛，但是，照样把茅根草俩腮帮子抓得鹰爪搂的一样……茅根草李风潮坐在主席台上，脸上伤痕还没定疤，还渗着红的血丝白的血清。录放机里越调皇后毛爱莲唱道："怪不得清晨乌鸦叫，事到临头我好心焦……"茅根草面前的桌子上，整整齐齐地摆放着六条"亳州"牌香烟、六瓶古井贡酒、六斤糖果、六双黑袜子、六条白毛巾、六袋子洗衣粉——望着被自己命名"六六大顺"的奖品，茅根草兴奋之情溢于言表，一直举着自制的纸喇叭停在嘴边，时刻准备宣布比赛开始。

我们全庄的所有选手，总共五百三十八辆自行车，摆成十条纵队，纵横都很整齐，场面宏大，从打麦场一直排到我们李庄东头的流粉河桥头。也就是说，流粉河桥头就是出发点，一上河东岸的大路，一直向南骑一点五公里，右拐，拐向我们李庄南地的田间小路，一直向西骑一点五公里，再右拐，上了我们李庄西头的大路，向北一点五公里，继续右拐，直奔打麦场。按照组委会指定的比赛场地和规则，这个曲里拐弯的"回"字形路线，就算是自行车比赛项目里的公路赛了。本来，按照茅根草的意思是，在通往浥河集的公路上用麻绳拦一股截当作公路赛场地的，但考虑到公路不是我们李庄的，也没法实行交通管制，车来车往的，万一撞死几个，不管撞死谁，对我们李庄来说都是个损失，更主要的是不符合我们李庄举办这次比赛的精神，就像评委会主席李百林说的："靠你娘，掏腰包归掏腰包，也不能乱出败国点子呀！"

说到底，我们李庄的自行车比赛是不可能按照国际比赛标准进行的。组委会只能借鉴国际比赛标准，结合自身实际，专门制定了一个李庄自行车比赛章程。这个章程，不仅使公路赛变了形，还取消了越野赛，因为我们那儿没有丘陵山地之类的场地。同时取消的还有BMX赛，因为包括见多识广的李百林主席也搞不清这个项目到底都有哪些内容。不过，公路赛结束之后，回到打麦场上，我们要进行正规的花式表演赛，这个，应该可以说和国际比赛没啥大的差别了吧。

一下子有了这么热闹而不犯法的事情，我们李庄的人有多么高兴就不用说了。尤其是我们这帮鸟孩子，简直喜极而泣，无法形容。前排不说了，后排也不说了，就说我们这条横队的小神童文化，本来长得猪头猪脸，他还特意剃了个板板正正的平头，这个发型基本上可以让他和外星人成为堂兄弟。我堂兄文兵历来喜欢长发过耳，刘海垂到鼻尖，这时候为了视线开阔，也弄了一个皮筋把头发紧紧扎在头顶，两鬓还用两个粉色发卡夹得光溜溜的。我们这一横队的排头兵膀脸越南，把自行车擦得尤其锃亮，也不知用的啥油，散发着一股恼人的气味。我们正在猜测，就听越南他娘在观众群里指手画脚大骂一瓶香油，我们马上大笑起来，恨不得赶紧回家拿出香油瓶，把自行车擦拭一下。膀脸越南不仅给自行车搽油抹粉，他本人更是精心打扮了一番，尽管他脸大如盆，身瘦如猴，但他照样往更瘦里装扮，上身是杏黄色紧身褂子，下身是一条碧绿的裹腿裤，弄得俩腿活像两根蒜薹似的。有了这辆抹香油的自行车，再有了这身空前绝后的装扮，膀脸越南更是得意忘形，那模样活像刚被奄奄一息的父皇立为太子，只消他爹上边一挤眼，下边一漏气，天下就是他的了。但是，很不幸，他这身醒目的打扮不是唯一的，因为少帅李广的装束和他一模一样，也是杏黄色紧身褂子，碧绿的裹腿裤。

不过，少帅李广很不幸，因为他的自行车三天前被人家拐走了，他无法作为选手参赛，只能作为一个维持秩序的人员参加赛事。本来，我们都以为少帅李广是我们在这次比赛中的劲敌，谁料到，半个月前，他们那帮年轻猴去三十里外的高公庙看电影，别人看完电影都是空手回来的，少帅李广却驮回个花不溜秋的大闺女。这个大闺女也没啥好说的，小鼻子小眼小耳朵，一笑一嘴老鼠牙，小脚小手小身板，别的还有哪儿小我们就看不见了。反正，夏天嘛，她最惹人注目的是奶子太小了，胸膛上安俩杏核一样。所以，刚到我们李庄，脚步还没站稳，马上就有了个外号叫杏核。我们李庄的人算是聪明的吧，但我们都没看出杏核人小鬼大。也就是三天前，才吃罢早饭，杏核就要给少帅李广抽骨髓，我们李庄的大人都知道啥是抽骨髓，抽完了，少帅李广俩腿软了，她就自己骑着自行车去古城集烫头发，结果，结果，脑残的蚂蚁都知道只剩下两个字：没了。当时我们李庄的人还傻乎乎的，几百辆自行车全部出动，东西庄、南北集，方圆五十里都找遍了，连流粉河万把个螃蟹洞都掏了一遍，结果没有找到。也就像那句老话说的，所有的智慧用光了，剩下的就只有愚蠢了。一开始，少帅李广还不相信这个颠扑不破的真理，当我们一大群人徒劳无益地回到他家门口时，他两只鸡爪般的细手叉着麻秆似的腰肢，乌紫的嘴唇直打哆嗦："找不着人不要紧，把自行车找回来了吗？"他说完这句话就意识到这句话里漏洞很大，接着一屁股坐在地上，两手攥着细脚脖子，龇着半截新镶的洁白门牙，放声大哭："我的人啊，不，我的自行车呀，亲爹呀，你在哪里呀，赶紧回来吧！"哭得异常凄惨，声音诡异之至，好像他的大肠真的找不到了。

是苹果就会在风雨飘摇中生虫坠落，是爱情就会在上当受骗中凋零萎缩。这是我们李庄一百多年来的座右铭，居然对少帅李广没起一点儿警示作用，所以呀，他上当受骗了。当然，少帅李广的自行车被骗，在我们李庄自行车故事里只能算个小点缀，不管是悲剧还是喜剧，可以肯定，都不会起到啥教育意义。因为我们李庄历来就是这样，吃一次亏上两次当，如果马上形成经验教训，那也不符合我们李庄的习俗，尤其不符合我们李庄人的性格和智商。我们李庄的人要是干完一件蠢事马上就明白自己做了一件蠢事，那是不成熟的表现，要是干完一件蠢事仍然认为自己干了一件漂亮事儿，那才能展现我们李庄人的英雄本色。少帅李广明白了这个道理，就等于自己给自己做通了思想工作，把自己的思想都搞通了，就等于把大家的思想都搞通了，那在我们李庄就好混了，在我们李庄好混，就代表在整个地球上都好混。因此，我们李庄搞自行车比赛时，虽然少帅李广没有自行车了，但组委会主任李百林打破陈规陋习，专门带着两瓶啤酒去请他，请他当维护秩序的工作人员……唉，不说了，都是三天以前的事情了，按照我们李庄人的性格，一秒钟之前的事情都是历史，三天以前的事情早就埋进历史垃圾堆下边第十六层了。所以，少帅李广当时就痛快地答应了李百林的邀请，而且这会儿他还异常负责，胳膊上勒的红袖箍也不知道从哪儿弄的，嘴角叼着香烟，手里一根竹竿，在自行车队伍边上前前后后蹓着步子，观察着队伍秩序。我们的排头兵膀脸南脖子上落个蠓虫，刚挠挠，少帅李广马上夹下烟头，竹竿一指，扯着嗓子叫唤："站好！站好！靠你娘，有个自行车你就是人才了？奶奶个熊，有啥了不起的！说你呢，就那个穿绿不莹莹瘦腿裤的，跟我一样的那个，俩细腿蒜薹似的，站好了！"

虽然比赛即将开始，但有一个人我必须得先说一下，因为这个人不仅使这次比赛充满了喜剧效果，还充满了诡谲的气氛。

这个人小名叫双喜，比我们这帮鸟孩子大五六岁，外号稀毛太郎，我们李庄的人从来没人叫过他双喜，一律叫他稀毛太郎。他爹就是我们李庄著名的农学家李得印，他娘在饭场里动不动就扯着衣襟擦嘴，大夏天的，俩咪咪耷拉多长，也不白，紫茄子一样，没啥看头，又是个啰嗦嘴子……我就不说她了。

在我们李庄人眼里，农学家李得印整天研读《麦茬红芋的栽培和护理》之类的农业科技书籍，具有高深的科学知识，谁家的庄稼都没他家的庄稼长得好。但是，再渊博的人也有知识盲区，李得印就是这样的——双喜自从出生头发就是东一根西一根，一直到了二十岁出头，也就是到了眼前自行车大赛，李得印还用蒜汁和猫屎等等世间稀缺奇品研制了无数种生发剂，但双喜的头上毛囊依然堵塞严重，风景依然如画。不管何时何地，只要我们从稀毛太郎面前走过，或者他从我们面前走过，我们都能闻到一股说不清的气味，后来我们这帮鸟孩子长大了，才知道这种传奇般的气味叫作傻气。尽管我们李庄人忍受着这种气味，怀疑着种子的问题，但还是给双喜起了个外号：稀毛太郎。因为在我们李庄活着不容易，没有个外号咋能行呢！但也必须承认，农学家李得印在科研方面的遗传基因还是很强大的，双喜，不，稀毛太郎从小就酷爱钻研，十多岁就会骟鸡，也没见他跟谁学过，但我们李庄的人都见过，他把半大的小公鸡两个翅膀交叉一别，塞在脚下，用大洋钉制作的小刀在鸡屁眼下边划个指头大的口，然后用细如头发的铜丝打个活扣，往刀口里一伸一搋，公鸡两个腰子就出来了。公鸡那点东西被掏出来了，公鸡也就没有公鸡的功能了，公鸡也就没啥秘密可言了，但科研工作还要继续，稀毛太郎进一步就想掏出狗的秘密。但是，狗哪是那么好欺负的，尽管是他自己家的大黄狗，也不会同意主人用大洋钉制作的小刀划自己蛋皮呀，只听大黄狗一声惨叫，好似魔音贯脑，活像魑魅魍魉一晃眼神，就见大黄狗一口咬住了稀毛太郎的脖子，要不是他爹李得印赶紧拿来一条炖鸡腿哄大黄狗半天，稀毛太郎肯定毙命狗嘴里。在很长一段时间里，稀毛太郎脖子上包扎了一圈又一圈纱布，坐在自家门口养伤。正巧当时我们那地方刚兴起泗州戏，稀毛太郎就在养伤期间学会了几段唱腔，农学家李得印手里有几个钱，一听小孩唱得不错，居然神差鬼使给他买了一把胡琴。这下好了，我们李庄千把口子老少，几乎天天都能听上一出两出免费的。要说稀毛太郎唱得最好的，也就两出戏——要是有月亮的晚上，我们就能听到《西厢记》："一轮明月照西厢，二八佳人巧梳妆，三更张生来相会，四顾无人跳粉墙，五鼓夫人知道了，六花板拷打小红娘……"这出戏稀毛太岁唱得津津有味，自身也深入戏里，常常忘了自己的姓名。要是没月亮的晚上，我们就能听到《风波亭》全本。稀毛太郎唱这出戏时，都是眼含热泪，怒目圆睁，好像神通万里思接千载，一场冤屈事就发生在他眼前，直哭得鼻涕一把泪一把。后来我当兵走时，正好稀毛太郎在地里撒粪，也就是相当于撒化肥，一听说我当上兵这就要开拔，非要唱段《风波亭》送我，好像我从军路上也会遇到秦桧万俟卨这两只狒狒，要害我于非命。当时我那驴脾气，真想没头没脸抽他十几二十个响的，但一看他头上也没有半根新毛，就算了，对他摆摆手，义无反顾地上了大路。

又说走嘴了。

说自行车比赛的事。

在我们李庄自行车大繁荣时期，几乎家家都买了自行车，但稀毛太郎家就是不买，也不是买不起，农学家李得印也想买，但稀毛太郎就是拦着不让买。这秃驴日的，还捋捋胳膊，振振有词："我要问问老天爷，你老人家让人长两条腿干啥用的？要是买了自行车，两条腿就没啥用了。有买自行车的钱，再添几个，买头骡子多好，又能拉车又能犁，又能拉磨又能骑。"看看，面对这种千古奇才，我们李庄人还有啥好说的。就这样，我们李庄大家都买自行车，只有稀毛太郎家买了头骡子，一头花脸骡子。不过，说实在的，他家买的这头花脸骡子，长相漂亮，可谓风度翩翩，经常在人前昂首挺胸，引吭高歌，而且清高无比，眼神睥睨世界，活像Z国那个诗人。平时，稀毛太郎对这头骡子爱护备至，每天都喂一块豆饼，长得膘肥体壮，有时候我们骑自行车赶集，稀毛太郎就骑着这头花脸骡子赶集，要是一跑起来，不管我们骑多快，都会被撇得远远的。前段时间我们都在打麦场里苦练自行车绝技，稀毛太郎就骑着这头花脸骡子在田间小道上溜达，还在夕阳西照时刻高声大唱泗州戏，好像世外高人，好像深山隐士；一旦唱到高兴处，这秃驴日的，他还纵骡狂奔，快如找死，气势汹汹，活像绿林响马。

　　但是，我们全庄人都没有想到，这个没几根头发的奇才，这个秃驴日的，这个骑骡子的，非要参加我们的自行车大赛。当然了，别说我们这帮鸟孩子不同意，就是组委会也坚决不同意，尽管组委会副主任茅根草一贯爱搞裙带关系，尽管论辈数他和稀毛太郎是没出五服的堂兄弟，但这时候他坚决反对稀毛太郎捣乱，破坏我们李庄的体育运动，"靠你娘，把杨乡长的放大镜借来，检查一下脑壳子上有几根毛，简直，纯粹，纯粹给我们这个运动会丢人！"但是，一眨眼之间，全李庄的人都同意稀毛太郎参加了，因为他当着大家的面说了，要是拿不到前三名，他马上就把骡子杀了，大家老少爷们分一疙瘩肉吃。在我们李庄，只要当着三个人说过的话，那就比法律还具有法律效力，更何况当着全庄老少的面说的话呢！再说，我们李庄的人吃过猪肉羊肉，吃过驴肉狗肉兔子肉，吃过鸡肉鸭肉鹅肉，还都没吃过骡子肉，不能拒绝，大家谁不想吃块骡子肉呀，何况，他那头花脸骡子的平时德行，平时他骑着花脸骡子的德行，让人看在眼眶里，气在心坎上！于是，骑骡子的稀毛太郎参加了我们的自行车大赛，而且排在最后一列横队里——由此可见，组委会那几条鬣狗多想吃骡子肉。

　　当时我们这帮鸟孩子排在中间，前边看不到带头的小攮子西娃——小攮子西娃之所以排在第一，因为他说了，如果不让他排第一，那这次比赛在安全方面就会存在许多隐患——后边看不见骑骡子的稀毛太郎。闹嚷嚷中，只听见又是一阵子鞭炮声，之后，我们也没听到茅根草用纸喇叭宣布比赛开始，就见前边车队松动了，活像风吹流沙那样快，活像雨打蚁群那样忙。我们这帮鸟孩子赶紧裆下一紧，骑上自行车就跑。一上自行车我们才知道，在五百多辆自行车队伍里，你给人家磕响头都跑不快，平时练的绝技根本无法施展。还没到流粉河桥头，就有百十辆自行车相互撞击摔到路边，鬼哭狼嚎破口大骂声此起彼伏。刚拐上大路，才发现平时宽阔的人生道路有多么狭窄，十辆自行车想齐头并进简直是做他娘春秋大梦。大路东边是一条半丈深的土沟，沟东边是一望无际的秋庄稼，有绿有黄，绿的是红芋秧子，黄的是秋芝麻，一垄红芋秧子上有几十只蚂蚱跳跃，一株秋芝麻上有一队蚂蚁上下奔忙，还有一群乌鸦，大约五六十只，在庄稼上空飞徊不止。大路西边是流粉河，当时河水清澈，水草茂密，水深过丈，沿河岸都是蹿天杨树行子。本来向南一点五公里就向右拐了，但还没跑一公里，至少就有一百八十辆自行车被撞进流粉河里，还有一百多辆掉路东

　　　　　　　　　　　　"新生代军旅作家"面面观 |

土沟里了。骑手们的痛苦尖叫与丧命般的嚎啕就别提了，主要是很多人的宝贝自行车也在尖叫和嚎啕，可以想象骑手们心里比油煎刀攮还要难受。

我们这帮鸟孩子凭着累月的苦练捶打，凭着自己的机灵，正在庆幸还没有掉进河里，也没有掉进沟里，坏事了，稀毛太郎的骡子追上来了。我们这些骑自行车的选手是有思想的，骑骡子的选手有没有思想我们不知道，但骡子肯定是没有思想的，我们想躲，驾驭骡子的骑手也想躲，但骡子不知道躲，结果，很惨啊兄弟，有思想的我们干不过没有思想的畜生啊——只见一片乌云遮日，活像雷公从头上飞过，骡子响亮的蹄声刚到身后，我就看见它蓝汪汪的大眼睛和又弯又长的眼睫毛，接着，我还看到这畜生睥睨群雄的眼神……饶是我一把抱住了一棵杨树，但我的自行车投河自尽了。小神童文化水性差一些，自行车沉水底了，但他不想也跟着沉下去，两臂猛烈击打水面，高声呼叫文兵："文兵大哥快救我狗命啊！"我堂兄文兵一把没有抱住杨树，索性直接骑河里了。不过我堂兄文兵确实了得，他不仅很快把自己的自行车捞上来了，还把文化连狗命带自行车也救上来了，更重要的是，他居然一点条件都没提，就把我的自行车也捞上来了。这真让我刮目相看，要是平时，我就是给他一块钱再请他连看三场电影，他也绝对不会给我捞自行车的，看样子在河里骑一次自行车医疗作用还是不小的，至少把他贪婪的脑袋洗干净了，当然也可能把智商洗没了。膀脸越南一贯喜欢魔术，眼看着他是骑着自行车下河的，就见水面上很快漂了一道子油花，但过了好大一会儿，油花散尽了，他才露头，他居然是扛着自行车上来的，好个鸟孩子，真有能耐，简直是东海龙王日下的！只是，他那碧绿的裹腿裤两条裤腿都让小龙女拽炸线了，水淋淋地一上来，走动间两条腿滴溜耷拉，活像青蛙两条后腿被剥了皮。

我们几个鸟孩子上岸后站在杨树边傻傻想了半天，才忽然明白过来，组委会把骑骡子的稀毛太郎放到最后一排，一心一意想吃骡子肉，好像如意算盘，其实压根就没想想，这样安排简直猪脑子，简直骡子脑子，简直就是在全世界做了一件最缺德的事。没有多大一会儿，差一点就跑第一的小攮子西娃也明白了这个道理，因为他快要拐向打麦场时，也遭到骡子的袭击，两位骑手并行时，骡子想并道，突然一炮蹶子，嘎啦一蹄子正中他大腿，"我咋办好呢，靠他二大娘，只好拐沟里了……"英雄盖世的小攮子西娃右颧骨上擦破了一层皮，就像一片腐烂的树叶耷拉在脸上，伤口里还渗着血丝，渗着黄油般的液体。

本来，我们李庄举办的这次自行车大赛，可以成为我们李庄自行车历史上的华彩乐章，但是，一头花脸骡子不仅搅黄了我们的妙事，还造成了巨大的损失。后来统计，损坏的自行车有一百多辆，落水人员与受伤人员在一片哭声与叫骂声中也没法统计。虽然原定的花式表演赛被迫取消，但第一名的奖品照样发给了秃驴日的稀毛太郎。因为没有别的名次，也不会再有别的比赛项目，茅根草李风潮当即擅自做主，一下子把"六六大顺"全奖给了稀毛太郎一个人。你们是堂兄弟，这简直乱搞裙带关系；你掏腰包买的奖品不假，可你这简直就是监守自盗，就是肥水不落外人田！靠你娘！当时气得评委会主席李百林差一点把桌子掀翻，一把拽下布满洞洞和不明痕渍的绿军毯，雨披似的往肩上一裹，拎着录放机闷着头回家了。录放机里还在唱着："胡大妤真马虎，昨夜抬回一个二百五，到嘴的仙桃没咬住，啃了一口坏红薯，唉，吐也吐不出！"

一切都不消说了，只有冠军稀毛太郎得意洋洋，比头上长满乌发还要兴奋，天天裤腿挽多高，露着黑袜子，戴着白手套，嘴角叼着"亳州"牌香烟，坐在门口，也不管清早晌午，更不管有没有月亮，只管拉着胡琴大唱《西厢记》。那头立了战功的花脸骡子就拴在大门口的椿树上，一听稀毛太郎唱到"四顾无人跳粉墙"，又是打响鼻又是刨蹄子，好像它的前身就是那位在戏里得了手的张生。

我们哥俩与自行车设计师卓玛

我们，也就是我和堂兄文兵，终于从乱哄哄闹嚷嚷的自行车里拔出身来，背上书包，驮着被褥，骑上自行车上学去了。本来我们李庄有四个人考上了高中，三男一女，女的叫小凤，她考上的是亳州一中，我们三个男的考上的是双沟高中，一个是我，一个是我堂兄文兵，还有一个就是小神童文化。但是，我们三个男的一起送小凤去亳州一中报到时，小神童文化趴在铁轨上听火车，结果脑壳子被火车轧掉找不着了……阿弥陀佛！我以前说过这个故事了，这里就不再说了。祈祷老天爷保佑他早日托生成人，还来我们李庄，一块儿尿尿和泥，一块儿捏一堆刀枪剑戟，一块苦练自行车绝技，一块儿考上双沟高中，一块儿送小凤去亳州一中。当然，依照文化的德行，到时候他还会趴在铁轨上听火车的。

双沟集是我们沘河乡通往亳州必经的重镇之一，虽然离我们李庄有三十八里地，但一想到我们要在那儿上三年高中，感觉上就像在我们李庄旁边。我们过了沘河集，一拐上柏油路，我堂兄文兵就非常严肃地对我说："收收心吧，老帮兄弟，有的人死了，有的人上亳州一中了，我们也不要再和李庄那帮鸟孩子玩自行车了，咱哥俩得好好上学了。"

那时候双沟高中大门不像现在这样牛×烘烘放光辉，也就是一圈围墙，大门是两扇铁栅栏门，大门两边有两个高大的电线杆子，两条电线连向哪里看不见了，只能看见两条电线上落满了叽叽喳喳的麻雀。到了双沟高中门口，我堂兄文兵，这位相公，望着两根粗大的电线杆子，良久，才把目光落在两队麻雀上，信誓旦旦地说："老帮，我的好兄弟，咱哥俩要好好学习，考上大学，毕业后死活都要到上海，都要到第一自行车制造厂工作去！我们要制造会腾云驾雾的大'永久'！"

有了这个誓言，那我们的学习劲头还用多说，就像小时候吃药，虽然不全是自愿的，但是心里明白不吃药身上的病就不会好，头上的疮疤就不会掉，大人们手里的棍子也不会同意的。当然了，双沟高中的教学方法还是比较有吸引力的，别的不说，仅仅在上课方面，就不光是本校老师，有时候会来一个肩膀上搭条白毛巾的农民老大爷给我们上一堂农业课，有时候税务所的李所长身着制服也来给我们讲一堂工商税务课。李所长是个女的，四十多岁，是个麻子，一说话脸上麻子活像蛆虫蠕动，而且屁股肥大，我们都叫她沙发腚；派出所的赵所长也全副武装地来给我们上过一堂法制课，他先把手枪啪的一下拍在讲台上，然后，一说话就怒眉横目，龇着几颗大黄牙要滴黄浆似的，简直令人作呕三日……

我们最喜欢的是文化馆馆长卓别林的作文课——

其实，双沟文化馆馆长名叫卓大林，为啥叫他卓别林，当然也有历史原因，但有些历史原因根本就不是我这样的鼠辈所能了解的。卓别林老家是沙土集的，因为我爹在沙土集培训过种烟烤烟，所以这一点我不仅记得很清楚，而且不由自主地觉得在感情上和卓别林比较亲近。我记得更清楚的是，卓别林口才无敌，肚里很有学问，还经常在《亳州文艺》上发表大块文章，所以我们学校动不动就请他给我们上一次作文课。论说起来，当年卓别林也有五十多岁了，但他打扮得比较妖怪，头发很长，还打了头油，前边梳得明溜溜纹丝不乱，后边扎个翘翘的马尾小辫，从后边看活像个骚娘们。想当年，卓别林这个年纪还留着这个发型，可以说在我们全亳州都是独一无二的。他每次来给我们讲作文课，都是穿着那件蓝底走红线的圆领毛线衣，长及膝盖，好像裹一件道袍，我们李庄的人把这种线衣叫作狗套头。卓别林要求我们写作文不要墨守成规，要有想象力，要敢于联想，敢于夸张，敢于讽刺，敢于装疯卖傻，敢于糊里糊涂，而且还要善于触景生情。正说到这儿，忽然雷声大作，暴雨倾盆。卓别林马上满脸喜悦，一指窗外，信口开河："同学们，各位同学们！请看窗外大雨啊！我们，我们是不是马上就可以来它短赋一篇《雨好大哉》——那雷耶，那雨耶，那雨下得箭杆耶，瓢泼耶，筲倒耶，一点一个雨泡耶；下得麻雀不敢飞，黄鹂不敢叫，泥鳅钻入稀泥兮，鲤鱼不敢跃，何况老鳖乎？"我们听得哄堂大笑，敬佩不已。说实话，这么多年过去了，这学那学我也上过很多，但从来就没遇到过如此才华如此口才的老师。

有卓别林这么一堂课，其他老师的课还有个啥听头，也就像吃药，甜的吃完就行了，哪个龟孙还愿意吃苦的，要是连苦药也吃，我们李庄的人知道了，笑话我们不说，还会开除我们哥俩的庄籍。所以，只要不是主课，我和文兵一看哪个老师好欺负就逃课，就骑着自行车上街旅游。所谓旅游，对我们哥俩而言，也就是到处窜、到处转的意思。那时候双沟集虽然曲里拐弯，但也有八九条街，据说唐朝武则天横行的时候，老亳县也就是这样的。这么一说，我和文兵都觉得自己是在城里混的人物了，虽然兜里也没有几块钱，但照样骑着自行车在大街小巷参观旅游。呕呀，现在，到了这个岁数，我也就不保密了，当年我们参观旅游的目的就是看大闺女——我们没有别的意思，各位也不要往那里面分析推理，我们就是看一看，因为我们毕竟不大，刚刚到了就是喜欢看一看的年龄。像我们在家时经常赶的淝河集古城集王桥集，我们已经看过数百次了，看到的基本上都是菜花，从来没有发现过奇葩，这让我们对早就憧憬的双沟集充满想象，满心以为总有些秘密等待我们去探索一下。结果，就像在家门口三个集上一样，基本上都是天天上当：从背后一看，是个美丽有型的好身条儿，裆里顿时架起高射炮，马上飞车过去，结果追上了回头一看，呕呀，屙屎屙到鞋尾巴上——没法提了。但是，刚看见人家背影那会儿哪有理智可言——你想呀，发情时刻的公狒狒奔向母狒狒时，你给它讲一下理智试试就知道理智是个啥玩意儿了。所以呀，别的事上当了还要再上当虽然是恶性循环，但就像人拉稀一吃药就能止住，而我们这个上当是良性循环，吃多少药是没有意义的。当然，我们那时候正值美好的青春期，哥俩都扎黑毛了，文兵比我的浓十倍，我们都喜欢在"看一看"这方面再三上当。现在想来，这些不仅符合青少年的青春期特征，尤其彰显了我们李庄人的禀性与风格。我们在双沟集上高中时，别的方面暂且不说，仅仅在参观旅游方面上当受骗的故事，就可以写一本六百二十页的《双沟寓言》，就像《伊索寓言》那种款式，看一辈子就看不够……唉，我现在一想起来在双沟集上连续上当的种种往事，心里边比喝了蜜水还要甜。

就这样，有很长一段时间我们哥俩沉醉在上当受骗里边，尽管虚假敌情频频，但要是有一天不上几次当，我们的学习成绩就会急速下滑。有一天，也就是说到了腊月里的这一天，我们哥俩又一次逃课，历史课，又是满街乱转，连上十好几当，就像跑了十八圈没有遇到热屎的狗，哪里能甘心，怀着碰运气的念头又去文化馆看电影，就像一些古典文艺评论中所说的那样，在现实生活中满足不了的，人们就会到艺术世界里去寻找安慰。结果，也就像俗话说的那样，东里不着西里着，我们刚到电影院门口，又看到一个美丽的背影，她上身穿着鹅黄色鸭绒衣，烫的短头发，围着深红色大围脖，下身是黑色宽腿裤，屁股下边是一辆白色"木兰"牌摩托车。一看到这个背影，我的堂兄文兵，这位相公，马上胸有成竹地说："这次，我要是再看走眼了，靠，我就把俩眼珠子抠出来喂鸡！"话音未落，我堂兄文兵，比我大七天，速度比我快七百倍，已经到了人家面前，自行车啪的一个大摆尾，像座雕塑似的在人家面前僵住了，就像一个长跑健将正飞速奔跑着，突然看到一个天仙，他不仅顿时站住，还瞬间变成了眼含热泪的人化石。

这个情景在我脑海里从来没有改变过——我们和卓玛第一次见面，就是这样的，这个镜头在我心里一直播放，放了二十多年了。这个卓玛，就是文化馆馆长卓别林的闺女。我和堂兄文兵与卓玛从认识到烂熟，也是轻而易举的，根本就不像现在少男少女，又是博呀又是微呀等等一大堆玩意儿，一下就搞熟了，两下就搞出事了。那时候我们那儿当然还没有这些玩意儿，所以我们少男少女从认识到熟悉，靠的就是我们的气味。这个体验，从理论上说，凭一般知识分子的智商，也未必明白，既然说到了我和堂兄文兵遭遇了卓玛，也不妨做个例子，简单讲一讲当年我们农村少男少女是咋样靠气味熟悉起来的。

我们到了卓玛面前，一看她面目俏丽，气质迥异，顿时耸了几下鼻子，先闻一闻气味打不打鼻子，也就是说空气里有没有一股气味扑面而来，直冲鼻腔。我和堂兄文兵也有气味，卓玛也能闻到我们的气味。我们六束目光交接互动，气味东流西淌，鼻子耸动，面带微笑，就像猎犬闻到猎物的气味，就像狐狸闻到母鸡的气味，就像山羊闻到绵羊的气味，就像我们闻到卓玛的气味，就像卓玛闻到我们的气味。我们双方似乎还闻到了爱情的香味，爱情的香味和烧鸡的香味差不多——这是我们当年对爱情的理解。各种气味如同各种天体在空中来回碰撞，只听叮叮当当一阵子乱响，于是，我们就和卓玛熟悉了。这就是说，气味对了就可以跟你走遍天涯海角，气味不对咱就棒打鸳鸯散伙去他娘的。卓玛身上的气味让我们着迷，好像断肠散，好像蒙汗药，好像迷魂香，我和文兵哪里哪能经受得了，恨不得当场化成一汪水消失在空气里。事实上，没过几天我和文兵都明白了，卓玛使用的是一种清淡的香水，只是，这么多年过去了，我再也没有闻到过那种怀旧版的香水气息。

没有几天，或者说紧接着，我们知道了卓玛已经大学毕业，现在上海工作，就在生产"永久"牌的那个自行车制造厂，是工程师，她的主要工作就是设计自行车，她目前主攻的方向就是设计适合农村实用的新款自行车，并且想趁这次休假回来，做一番实地调研工作。

这么一说，难道我们还没有共同话题吗？

我堂兄文兵，也长了个驴桩个子，高大，但不英俊，而且脸上表情相当复杂，最突出的不是几粒青春痘，而是色情和蛮不讲理之类的元素，活像苍蝇屎一样布满了面颊——多少年过去了，我才明白，我堂兄文兵脸上的这些元素，无论从前还是现在，即便到了将来，都是特别讨女人喜欢的。他依仗着驴桩个子，看卓玛时老有些俯视的感觉，这感觉让他尤其得意忘形，因此，他的眼光只要和卓玛的眼光一碰上，他的驴脸一下子变得慈祥起来，真变态。他大讲我们李庄的自行车发展史，讲我们李庄的少帅李广为了拥有自行车说他爹咬铁钉，说我爹把新买的自行车大卸八块，说他自己的自行车大梁撞弯过六回，说我们李庄的飞虎队，说卖烟叶，说体重整整一吨的黄飞虹展示骑车绝技，说到我们李庄的自行车大赛时，他的舌头提溜耷拉差点儿从嘴里掉下来。我要是纠正一下他哪一句话说过了头，他马上一招鹰爪锁喉，狠狠掐着我的脖子，满脸通红，大声呵斥："闭嘴！卓馆长给我们上作文课时咋说的，要敢于夸张，要敢于联想！人说话，狗插嘴，风口里站着去！"

本来在我们李庄自行车故事里笑得直不起腰的卓玛，被他这几句话逗得更是乐不可支，再三表示以后有了机会一定要到我们李庄去看看。卓玛欢笑的样子宛如随风摇曳的芍药花，简直成了我们这两个孽障的克星，在临放假的那个星期里，我们这两个无耻之尤，几乎天天都要到文化馆去找卓玛，我们也没有别的奢望，就是想和她说说话，就是想看看她那好看的嘴唇。好笑的是，那时候我们居然还抹不开面子，每次都要避开卓别林，只要一看见他后脑勺上的马尾辫，赶紧骑上自行车出去转一圈再回来。

我的堂兄文兵，这位好口才的相公，不光给卓玛讲我们李庄的自行车，他还大讲春天里的李庄、夏天里的李庄、秋天里的李庄，说得最多的是冬天里的李庄，白雪皑皑，炊烟袅袅，鸡鸣狗吠之声不绝于耳……这不是神话，不是田园诗，那时候的李庄在冬天里真的就是这样的，只不过被我用古色古香的文字美化了。当然了，文兵这位相公的原话是这样的：一到下雪，我们李庄一片洁白，白得就像林海雪原，我们李庄的狗都馋得很，都想吃鸡肉，一天到晚在雪地上撵鸡，公鸡吓得像男鬼叫，母鸡吓得像女鬼叫，三里地都听得见。要不信，你哪天到我们李庄去看看，我们哥俩，率领我们李庄的鸟孩子，给你表演自行车绝技，还要请你吃火烧糖疙瘩——真是个无耻到极点，我们李庄几辈子有过火烧糖疙瘩！

但是，卓玛居然相信了我堂兄文兵的鬼吹灯，在寒假的第二天就到了我们李庄，确切地说，是到了我们李庄西边的大路上。当然了，这是和我们哥俩说好的，主要是和我堂兄文兵说好的，所以刚吃过早饭，我堂兄文兵就召集了一帮鸟孩子在我们李庄西边的大路上展示自行车骑技。那时候，就不说我和文兵在电影场里打起架来是把狠手，就凭我们哥俩是李庄有史以来的高中生，说话在一帮鸟孩子里还是很有号召力的。当时我们百十个鸟孩子，在大路上熙熙攘攘，好像是迎亲的车队，好像马上就要去攻打哪庄。我们正各自展示着骑技，卓玛就带着一股仙气，带着一股清香，来到了我们面前。她的面颊还是那样俏丽，她的嘴唇还是那么好看，她的上身还是鹅黄色鸭绒衣，烫的短头发没有变，围的还是那条深红色大围脖，下身还是黑色宽腿裤，骑的还是那辆白色"木兰"牌摩托车，只是多了一副墨镜。我们李庄，像膀脸越南、蒋委员长小彪之流，哪里见过这样的大闺女，顿时静止在自行车上，好像严寒使他们一下子上冻了。

只有我和文兵还是活的，赶紧迎了上去。

卓玛不愧是卓别林的闺女，不愧为上海大"永久"自行车制造厂的工程师，她不仅亲自来到我们李庄，还给我们带了一大袋子高级水果糖，而且，她还摘下绿色线手套，挨个儿分发给我们手里。我和堂兄文兵，以前居然没有注意到卓玛的小手竟是如此白嫩，她刚摘下线手套时，活像啪的一声推上电闸，我们百十个鸟孩子的眼珠子顿时光芒万丈，眼巴巴地盯着她的小白手，眼睁睁看着这只小白手往自己傻不拉叽的手掌里放了三颗高级水果糖！这袋子高级水果糖，活像迷魂药，又等同仙丹，我们李庄这帮鸟孩子，把三颗糖一含在嘴里，顿时改变了肉体凡胎，个个都成了神仙做出来的，一瞬间，一个个言谈举止超乎寻常，好像都觉得自己的智商眨眼间上升了一百倍，没有一个人意识到自己的智商如沙漏般正在流失，而且一会儿就流完了。你可以想象，接下来我们在卓玛面前表演骑车绝技该有多么卖力吧。我们都见过黄飞虹的绝技，都是经过残酷的训练，胳膊腿都有着几十处伤疤，我们的表演当然获得了卓玛的放声欢笑。当然了，也有几个失手的，比如膀脸越南，玩镫里藏身时差一点儿把脖子砸断；比如我堂兄文兵，这位相公，玩燕子衔水，叽里咣当，一下子摔得趴在地上滑出多远，鼻子就像橡皮擦一样，在路面上划了一道沟，把鼻子都快磨没了。

卓玛饶有兴致地欣赏了我们的自行车表演，她不仅发誓要研制一种适合我们农村孩子表演骑技的自行车，还兴致勃勃地给我们上了一堂自行车知识普及课。她的口才堪比她爹卓别林，她说我们中国是一个自行车大国，比如上海，除了"永久"还有"凤凰"；比如天津，除了"飞鸽"还有"黑马"和"红旗"；还有，常州的"金狮"、青岛的"金鹿"、鞍山的"梅花"、沈阳的"白山"、深圳的"阿诗玛"、哈尔滨的"孔雀"，等等等等。但是，随着时代的发展，各地自行车厂的发展与竞争也日益凸现出来，有的自行车厂逐渐倒闭，有的品牌已经消失。说完了中国的，卓玛还给我们讲了外国的，比如英国的"汉堡"、法国的"标致"、德国的"凯耐斯特"、荷兰的"羚羊"，等等等等。我们哪里能听懂这些，一个个原本是张口结舌的表情，看起来恰恰好像心向往之。不过，卓玛最后讲了一个故事我们都记住了，她说到了撒切尔夫人，说这位夫人还是个妹妹的时候，曾在格兰瑟姆教书，那时撒妹妹就特别喜欢自己的"汉堡"牌自行车，每天穿着长裙，骑着她的"汉堡"，在绿荫遮蔽的校园里来来往往，像一只孔雀一样。

平时我们李庄的人眼里有过谁，但那一天卓玛真是叫我们这帮鸟孩子开了眼界，我们心里毫无保留地对她充满了崇敬，以至于她要走时我们都舍不得让她走。当然了，不让她走是不可能的，她也不会永远留在我们李庄的，我们李庄谁家能管得起她吃饭，谁家能管得起她睡觉？但我们这百十个鸟孩子坚决要送她到汜河集，等她上了柏油路，再兹兹挥手别过。这下，卓玛没有推辞。于是，卓玛骑着她的"木兰"摩托在前，我们这百十个鸟孩子骑着自行车紧随其后，一路上欢歌笑语向汜河集驶去。当时那阵势十分了得，简直浩浩荡荡，简直所向披靡，没人敢阻挡我们，就是我们汜河乡的杨乡长要敢阻挡我们，我们也会当场格毙他。即便到了现在，我一想起当年我们送卓玛的情形，就恨不得用慢镜头再播放一遍，我要慢慢地欣赏它享受它，直到它化成崭新的细胞，重新植入我这日益愚蠢的肉体。

我记得非常清楚，在路上我的堂兄文兵居然傻乎乎地问卓玛，开了学我们还能见到她吗。卓玛说她明天就回老家沙土集，陪奶奶过完年就回上海上班了。我们哥俩，尤其堂兄文兵，顿时怅然若失，好像前途无望，嘴里哪还能说出半句好听的，只是在脸上挂着苦兮兮的笑容，一直把卓玛送到汜河集了，我们也没有想出一句俏皮话。卓玛骑着摩托车拐上柏油路，回头对我们这帮鸟孩子招手，招手，招手，又灿烂一笑，接着嗡的一声，俏丽的面颊、好看的嘴唇、鹅黄色鸭绒衣、深红色大围脖、黑色宽腿裤、永远不会让人上当的美丽背影，还有那副墨镜，这一团美好事物逶迤而去，如同仙女升入云端。我们这帮鸟孩子齐齐刹住自行车，目光眺望远方，舌头舔着嘴唇，仿佛嘴唇上还残留着水果糖的甜味儿。我堂兄文兵，这位鼻子渗着血清的相公，有些泪眼婆娑，那样子恨不得化作一枚响箭飞速追去。

转了一圈又回到从前

依照我的意思，到了这里，篇幅基本上够了，我们李庄的自行车故事完全可以暂告一段落，但是，就这样结束不太符合我们李庄的做事风格。我们李庄的人做事虽然最爱虎头蛇尾，但讲究的是首尾照应，最喜欢的是转了一圈又回到从前。

从前，我们李庄的人都把自行车叫作洋车子，就像把学武术叫作学捶，就像把十八岁以下的小孩叫作鸟孩子，就像把自由恋爱叫作拍屁股一样，这都是我们李庄的方言，也都是我们李庄的习俗。我以前坐在街边拉着弦子说唱我们李庄的故事时，也专门讲解过这些怪僻的方言习俗。在今天这个故事里，我之所以把自行车依然称为自行车，因为一说起"洋车子"这三个字，我就会想起水汪汪的历史，想起一出出泪淋淋的悲情剧。而我们李庄的自行车故事，却是一部充满欢乐与智慧的简史，字里行间，从头至尾，无处不响彻着只有自行车才有的清脆铃声。

说着这话儿，就像电影里一样，随着一阵子清脆的自行车铃声，一辆自行车驶入我们李庄村当央。当时正是春末季节，槐花虽然刚刚落尽，但村子里还弥漫着薄雾一般的清香。在这境界里，我们李庄的一群鸟孩子，平时最多也就是推个铁圈玩玩，这时候听得一阵子悦耳的自行车铃响，哪里还沉得住气，顿时一下子蜂拥过去。

来者何人？

淝河集的屠户柴大西门是也。

淝河集在我们李庄西边，也就十八九里地，我们李庄的人逢双就赶淝河集，杀猪卖肉的柴大西门我们也都认得。在这里我要给各位提个醒，万不要错以为屠户都是胖脸油面的，这柴大西门却是个细条个子，头发很密，但他留个两瓣子汉奸发型，不过他长相标准，白白净净，天庭饱满，地阁方圆，一副贵人相。不巧的只是杀生久了，尽管和人说话时他挂满两腮帮子笑意，但两眼挤挤眨眨间还是露着凶光，叫人不由自主地对他心生畏惧。那时候这个人才三十多岁，小名叫柴枪，学名叫啥我忘了，为啥叫他柴大西门，当年我们还小，除了知道屎是不能吃的，别的哪还知道有啥奥妙，只是看见大人们叫他这个外号时，个个都像妖精吃了糖果一样，满脸诡异的笑容。当然了，现在我知道是啥意思了，估计各位也知道是咋回事了，所以我就不多诠释了。

再说柴大西门胯下的这辆自行车。

论说一辆鸟自行车有啥好说的，而且我敢肯定，只要一提这三个字，人人脑海里都会扑腾一下现出各种自行车的模样。但是，柴大西门的这辆自行车与我们脑海中的自行车大不一样，且不说车身框架比一般自行车要粗上一倍，镀铬轮圈也比一般自行车粗很多，即便前后轮的辐条，也跟筷子差不多粗。前挡泥板后挡泥板也可以不细说，但它的吊簧鞍座必须得说，因为现在几乎看不到那种吊簧鞍座了。它的全链罩也值得一说，因为那时候一般自行车都是半链罩或四分之一链罩。尤其引人注目的是，在前叉立管上还安装了一个鹅蛋大的前灯，后叉锁旁装了一个鸽子蛋大的后灯，这两盏灯都是一般自行车所没有的。它的发电机关装在哪儿我忘了，我现在只记得它前管上的商标是一只金光闪闪的梅花鹿，那活泼样子，好似奔腾在祥云之上。无需多说，上了几岁年纪、并且喜欢自行车的人都知道，这就是当年青岛产的载重大"金鹿"。

当年，柴大西门就是骑着这辆剔明锃亮的大"金鹿"，经常到古城集周边的村庄买生猪。我们李庄他也来过好多次了，每一回进了庄里边，他也不彻底下车子，而是把自行车夹在裤裆里，右腿支地，左腿好像断了似的，奓拉在自行车前梁上，就拉着这个狗撒尿的架势，左手夹下嘴上的半截烟卷，脖子伸得要老鸟喂的雏鸟一样，长一声短一声地吆唤："上满膘的克朗，上满膘的豚子，赶出来卖呀啦——切切切，切切不要一身虚膘的杨贵妃哦哦——"

这里有个说道，柴大西门吆唤的都是我们那一带的土话，我们李庄的人一听就明白。"克郎"和"豚子"，说的都是猪，至于"一身虚膘的杨贵妃"，虽然我也忝列为《李庄词典》的编撰人之一，但我也不能准确解释这句话的全部含义。我只知道这句话的大意是，老母猪年纪大了，丧失了生殖能力以后，主人就大把饲料催肥它，凭着毛光肉厚，估个论堆儿要个好价钱，专门卖给一些刚入行的屠子。但这种猪为啥称之为杨贵妃，这个我说不清楚，估计我们李庄也没人能说明白。

那时候我们李庄，谁家养头猪都金贵得不得了，恨不得当财神爷一样敬着，又不是马上到了年跟前，也不是赶着娶媳妇嫁闺女，春末里正是牛长骨头猪长肉的时节，谁家会舍得卖头猪当零钱花来消遣日子。所以，柴大西门在庄里边白吆唤了几嗓子，连根猪毛也没买到，只好骑上自行车开路了。

就像每次他一进庄里我们这帮鸟孩子蜂拥而上一样，柴大西门骑上车一走，我们这帮鸟孩子马上簇拥相送，好像这个杀猪的屠户是我们庄的贵客一样。事实上，那时候我们李庄还没有自行车，我们就是想多看几眼他那辆金光闪烁银光灿烂的自行车罢了。

现在说起来也有点怪哉，那时候也不光是我们这帮鸟孩子尾随柴大西门，我们李庄的二十好几个泼辣娘们也好景事，一个个中邪似的能跟出二里半地去。比较显眼的是绵羊他娘王糖精，还有少帅李广他娘康弹簧，当时还没有包产到户，她们两家的自留地搭地边，种的都是春芝麻，两人本来准备一起下地松土锄草。这时候一个个荷锄在肩，就是说扛着锄头，也一直跟到田间小路上。柴大西门也是个擅长风情的，每次一见二十几个年轻娘们儿跟着，他就不骑快，就那么慢慢悠悠，时而捏几声铃响，而且，迎着小春风他还尖着嗓子唱："小桥流水柳枝儿长，王二哥下乡去放账。走上了一座小石桥他就举目观望，只见那桥北头有个小茶摊儿真利爽。王二哥心尖儿一抖擞他就眯着眼儿细细观看，只见那摊后边坐了个呀，哦哦呀，坐了个花不溜秋的美娇娘……"

每次都是刚唱到这儿，柴大西门这个杀猪的，就会冷不丁地回头一笑，也不知道这个杀猪的是不是神经错乱了，更也不知道这个杀猪的笑给谁看，反正笑得比较蹊跷，如同鬼魂附体，如同魑魅泣啼。然后这个花心肠的屠户加足马力，一溜烟地跑远了。

那时候，我们这帮鸟孩子，大的不过七八岁，都是乳臭未干，下边除了屎裤裆，半根毛也没有，哪里领略得柴大西门的孬种意思，反而一个个智障儿似的跟着傻笑一阵子。跟上来的二十几个泼辣娘们活像魂儿被柴大西门勾走了，也一起跟着哧哧大笑一番。尤其是绵羊他娘王糖精，笑得前仰后合，直笑得赤红面子亚赛芍花一样灿烂。她那个浪兮兮的神情，她那个炝锅似的笑声，气得少帅李广他娘康弹簧嘴唇都白了，拉着脸，嘴撇得好像膀脸越南他奶奶的裤腰一般，她左脚一跳，右脚一跳，好似踩在弹簧上，她一边这样跳着，一边洋腔洋调地说，要是人家用自行车驮上王糖精跑上一阵子，就是跑到玉蜀黍地里和她压擦擦，她也没二话。

刚才说过了，我当年和一群鸟孩子大小差不多，下边除了屎裤裆也没扎半根毛，哪里听得出康弹簧话里啥意思，即便到了今天，尽管大脑也聪明了几分，但思考了半天还是搞不懂这句鬼话。只是当年，柴大西门在田间小路上骑着自行车唱着小曲扬长而去的情景，给我留下了深刻的印象，即便到了现在，我在讲我们李庄的自行车故事时，他这一饱满形象时不时就会自动跑出来。所以，在讲了一大段我们李庄的自行车故事之后，我忍不住拿出这个杀猪的说上一番。虽然这段收场戏与我们李庄自行车故事关联不大，但正所谓斜枝方便旁逸，弯木也可治材，在这里且不妨把它当作个垫背的，好歹也算关上了我的话匣子。

"新生代军旅作家"面面观 |

升腾着诗性光芒的智性叙事

——读李亚的长篇小说《流芳记》

傅逸尘

如果把"撄人心"作为一条批评标准，用来掂试小说分量的话，也许有人认为我在故弄玄虚，然而，这的确是我在阅读青年军旅作家李亚的长篇小说新作《流芳记》的过程中，时时从内心深处腾跃而出的一份激动，一种被封闭于文本之内的纯粹的阅读快感，不含杂质，清澈如水，直指内心。作为一个准职业读者，长久以来，我渴望触摸到小说文本内部的深层肌理，或光滑如丝，或粗粝如石。然而泛滥的故事、俗艳的传奇以及作者强加于文本之上的戏剧冲突壅塞了我的视听，或许，只有这种直逼心灵的触觉才更能印证小说于我的真实存在。当故事重新踞于小说的核心地位，并在消费文化的推动下变得越发不可一世的时候，叙事的本体性正在消亡；当故事等于或正在大于小说本身时，写作和阅读的耐心都在逐渐丧失。不觉中，我们已经习惯于从故事中获取廉价而平庸的快乐，我们在消费小说，故事也消费了我们。由是，我便近乎偏执地期待着一种升腾着诗性光芒的智性叙事，而《流芳记》带给我的正是这样一段超然于故事之外而具有独立审美意义的"纯文本阅读体验"。

如果说"智性写作"是以想象力的飞扬、现实经验的拓展和形而上思考的深度来标榜自身的文学趣味与审美品格的话，那么李亚的智性叙事，依然有别于时下流行的以科学的复杂和神秘为内在支撑的"智性写作"，而是到处氤氲着浓重的烟火气息和浪漫诗意。小说以母亲的五十五岁寿宴作为结构全篇的时空节点，旁逸斜出，前后勾连出一段苏氏家族的盛衰往事、串串发生在"谯城"这个皖南小城里的风物俗事，并进而演绎为"我"这个无所不在的幽灵对于抗战历史的"个人记忆"与"私语讲述"。各色人物无不天赋异禀，却又葆有一颗浪漫的赤子之心，在历史变迁和人世流转中，如孩童般执拗地守望着生活的无常和命运的定数。父亲苏归海神乎其神的医术和医学著作、黄三姊子高超的厨艺与武功、表叔葛九章玄妙的炼丹术、姑父陈竹竿的赌技和棋艺、哑巴苏甲三的灵异悟性、苏茉莱忠贞的异国恋情……小说的主人公们好似涂抹着脸谱的演员，在苏家大院这个封闭自足的舞台上演出着充斥着个性、欲望、浪漫和想象的写意人生。李亚试图对宏阔的历史、世俗的生活和无常的生命进行一番富于哲学思辨意味的重新组合，催动浪漫奇崛的想象，调动丰厚沉实的生活经验，搭建起一个超然于历史世相之上的非现实世界，并且在对现实世界的浪漫审视和诗性观照中，完成对可能性的探索以及对终极意义的找寻。

母亲浪漫奢华的五十五岁寿宴，恍如一个容纳着各色糖果的糖罐，在"我"这个幽灵上蹿下跳的穿行透视间，慢摇轻晃着，透出五光十色的异彩，颠覆了我们对那段黯淡晦然历史的昏黄记忆。小说对日常生活场景、器皿什物、人物神态、言谈举止的细腻白描颇见功力。在李亚的眼中，庸常琐细的日常事象比之大起大落的戏剧情节更能承载历史的真实，因而不惜笔墨地对苏家大院乃至谯城百姓的饮食起居、衣着服饰、方言口语、群体性格、地域文化、自然风物进行了极富耐心的本体性书写。当我们当下的文学在以视听为强势标榜的新媒体文化面前卑躬屈膝时，当我们当下的小说放弃了对文学性的经营而渐趋沦为电视剧的故事梗概时，当作家们已经忘记如何写景状物，痴迷于编织故事、营造冲突时，当我们的阅读逐渐远离了丰赡多姿的感官世界而日益干瘪时，《流芳记》对生活本体的书写堪称视觉的盛宴，其华美和绚烂甚至超越了眼睛和耳朵，得以在每一个渴望湿润的心灵间洇染开来。

我曾多次在文章中表达过"诗意的现实主义"理想，我想这既是一种写作风格，更是一种审美追求。真正的诗意并非来自于小说对诸种离奇事件的夸张处理，更不会因为引入了异国风情就魅力无穷，本质上还是存在于作家对文学性的不懈追求之中。对于当下的中国文学而言，上世纪80年代中期的"实验小说"式微后，文学性便每况愈下并非言过其实，尤其是新世纪以来的文学，在文学性的探索层面更是乏善可陈。我以为，中国作家最急需的并非是诸如"底层叙事"所引发的关于题材与生活层面的道德回归，而是应该重新回到文学性的本质场域，这个本质场域的入口就是语言。从这个意义上说，我认为《流芳记》21世纪初年中国文学的重要收获，我的判断来源于李亚那华丽得烫人眼球的小说语言。《流芳记》的语言就像它整体风格的诗化一样，也是富于诗歌的华丽韵味，但诗化本身也并不怎么重要，重要的是李亚的语言尽得中国古典文学之精神与风采，还有那种味道。小说中精妙的比喻、动人的细节俯拾皆是，当然，还有写景状物、风俗俚语，尤其是人物描写，只用几句话，其音容笑貌已经跃然纸上。作家还有一种超凡的驾驭场面的能力，每个人的话语及表现绝不相同，且写得井井有条、津津有味。对话也写得极好、讲究。在结构上亦极有章法，前面写得很"闹"，接下来就写得很"静"，尤其是小说中多线并行、前后勾连、环环相套的叙事，彰显了李亚在结构谋篇方面优秀的大局观。

想象力的飞扬需要以对于生活本体的纯熟把握为支撑，尤其是历史题材，绝不能用戏剧性的传奇故事来掩盖或者疏离生活本真的存在。我始终坚持认为历史题材小说中的历史不能仅仅作为背景和工具，而需要置于前景的显要之处。《流芳记》作为一部书写成长史、家族史、风俗史、抗战史的"历史题材"小说，并没有对看似重大的战争过程作正面的直接描写，而是旁敲侧击，重在探索战争历史中个体的生存状态和情感世界。看似荒诞不经的情节和戏谑、反讽式的叙事，恰恰跳开了意识形态的藩篱，撇开了政治的规限，直指生存的本相和心灵的真实，书写出更为广阔的存在镜像，经过"我"这个幽灵的过滤，从而使沾染了人类的体温和习气的历史图景更加深沉而厚重。李亚从不屑于过度煽情，而是极其内敛地书写人物含蓄微妙的情感，相比于韩剧纠结于家庭伦理和男女之爱的软煽情，这种内敛深沉的抒情本身更加持久，如月光溪水静静播洒和流淌的情感漫过平原或者丘陵，最终渗透进入干渴的土壤中，发出丝丝声响，蒸腾缕缕白烟，这种心灵被熨帖的感动甚至难以用言语形容。

当下的作家在叙事智性方面的孱弱，说穿了，就是创作主体艺术原创能力的不足，是作家缺乏对叙事技巧与审美思考之间进行巧妙嫁接的能力，由此而导致的结果是很多作家依然热衷于对故事表象的叙述，沉醉于故事情节的起承转合。虽然故事本身很好读，很有趣，可能也会让人有所思考，但终究无法抵达某些丰饶的隐喻之义，无法体现作家对生活和人性的某些潜在思索和独到发现。文学的任务应该是创造一个迥别于庸常经验的崭新的世界，并努力探索形而上层面的哲学思辨。而小说的"智性"，是对于小说可能性的探索，是对于无常生命的一种抚慰，是一种直指心灵的、打通现实与非现实世界的精神管道。李亚的"智性叙事"，其实是一种游戏，具有一种神秘的芳香，这种细节处极端细腻真实，而整体上又荒诞不经的魔幻效果，需要靠既沉潜于现实生活又游离于逻辑真实的火候拿捏。李亚就像一个炼金术师般，小心翼翼地调配着各种配方的比例，以求在想象虚构与现实经验间产生最佳的化学反应。在想象和经验彼此间离而又双重旺盛的情形下，形而上的思考便成为可能。真正的好小说就是重新组织事实，重新建构世界或说给世界一个新的解释。《流芳记》在主题层面的多义和含混，正是世界本身存在诸多待解的难缠之谜的隐喻，甚至小说中一种主导的情调——感伤，也是作家世界观的体现：小说人物的孤独与哀伤是与生俱来，不可避免，它来源于人类生命的有限性和智慧的有限性。

读后掩卷，一种怅惘之感依然长久地驻于心间。

塑造一个人物

李　亚

　　一般情况下，我不喜欢引用某种文学理论来佐证自己的创作理念是否得体，也不喜欢比照大作家的创作谈来检验自己的写作路子是否正确。但是，这一次，针对《将军》这篇小说而言，我不得不引用几个大作家的言谈来表明自己在写这篇小说时的一些构想。

　　福克纳说，我的故事通常是由一个单纯的意念、一种记忆或心里的某个景象开始的。比如《喧哗与骚动》，就是因为我心里有了这样一幅画才开始的：一个小女孩坐在梨树上，裤子上沾满了泥巴，她透过窗口看到家里正在为祖母举行葬礼；她把看到的情形讲给树下的兄弟们听。

　　马尔克斯在接受记者采访时说过这样一句话，我的故事来源几乎总是一个形象。他为这句话举了个例子，《族长的没落》这部小说来源于这个形象：一个非常老的老人待在一座极其豪华的宫殿里，面无表情地看着一群母牛走进宫殿里嚼食窗帘布。

　　上边所引述的并不是这两位大作家的原话，我只是凭记忆觉得大致应是如此。

　　我写《将军》，也来源于一个老人的形象：好几年以前，我在某部大院办完事之后遭遇倾盆暴雨，避雨时我看到一个穿便装的老人叼着雪茄，胸背挺拔地站在院子里的一个亭子下，长时间地注视着暴雨中的空旷大操场。他的旁边有一个中校，手里提溜着一把黑色雨伞，看神情应是个秘书。

　　这一幕就是我写《将军》的诱因。当然，那个叼着雪茄的老人并不是我的模特，因为仅凭那些，我不可能塑造一个血肉丰满、性格鲜明的将军。一切就像马尔克斯所说：每一部小说的人物都是一个拼贴——你所了解的或听说的或是读过的不同人物的一个拼贴。将军这个人物就是这样形成的，他在我脑海里停留了很长时间，在拼贴过程中，经常会出现这样的状态：将军的革命经历成了我的人生经历，而我的人生际遇又成了将军人生的几星点缀。以致到了最后，在塑造将军这个人物时，时空变得非常自由，现实与历史贴得如此之紧密，就像你站在镜子前，你说不准哪一个是真实的你，哪一个是你的映像。

最后，我仍然想引用一个作家的话来坦陈我在写作《将军》时的真实状态，以及在塑造将军这个人物形象时的艺术追求。我要引用的是亨利·米勒的几句话，他在一次与文学有关写作的访谈中所展现的文学修养与写作才智，令人敬佩。在谈到写作准备和写作状态时，米勒这样说：就像一个禅宗高手要做点什么之前，他会用很长一段时间来修行、冥想、做准备，深思熟虑这件事，然后无念无声无我无这个那个——这个过程可能要几个月，甚至几年，然后他动手了，像闪电，直接命中目标，就像着了魔，就像华彩乐章，一个句子连着一个句子，争先恐后地倾倒出来。

米勒的这话时在 1961 年 9 月份，是他在伦敦接受美国著名的文学杂志《巴黎评论》的记者乔治·威克斯的访谈时所说的。我一直认为，这次访谈其精妙无比的程度，几乎可以成为超越米勒所有小说的一个奇迹。

故乡、智性、传奇与腔调

李墨泉 李 亚

李墨泉： 这几年，你连续在《十月》《芙蓉》《中国作家》《当代》等文学刊物发力，作品多次被《小说月报》《小说选刊》《中篇小说选刊》《作品与争鸣》《北京文学·中篇小说月报》等文学选刊转载。中篇小说《武人列传》还获得了第十五届"小说月报百花奖"和第十届"十月文学奖"，实在是可喜可贺。俄罗斯诗人叶赛宁说过："谁找到故乡，谁就是胜利者！"在我看来你创作上的"井喷"，正是生活积淀有了一定厚度、技术打磨较为纯熟和风格开始形成的关键时期。因为我看到了一种"自觉"，从对军营主流生活的书写，到寻找"亳州"故乡的根，你的写作达成了质的飞跃。

李 亚： 我的写作一直处于业余状态。当兵第二年（1992年），在第五期《昆仑》上同期发表两个中篇——这个似乎可以算作我正式走上文学创作之路了。接下来，上军艺，毕业，分到老单位测绘局，然后又调到《解放军文艺》当编辑。这期间，一边工作，一边也断断续续地写过不少小说，但我自己比较满意的只有两三个短篇，一个是乡村题材的《被胡琴燃烧》，一个是历史战争题材的《水上演出船》，一个是现实军营题材的《第三种颜色》。事实上，我真正坐下来认真写作，应该始于2008年的春节，半年后写完了《流芳记》。当然，这个故事在我心里已经好几年了。2009年下半年我又写了一个比较长的中篇，就是《全家福》，这个中篇被三家选刊转载。再后来就是写了《电影》《武人列传》。事实上《武人列传》发表时我不仅已经调到海军创作室，而且去亚丁湾参加了护航。在漫长的七个月里，我在军舰上写了小长篇《李庄传》，修改了中篇

《将军》、短篇《姚连瑞女士在等待中》。也许是因为这些作品被很多选刊转载，所以给人以"井喷"的假象。要说寻找故乡，说句老实话，像我这样一个在农村长大的人，故乡就在我心里，根本不需要寻找，想念她了，就可以说上一段与她有关的往事，一辈子都说不完。

李墨泉：你的作品我最推崇的就是长篇小说《流芳记》，写得非常的西方化、现代派，有点技术至上的感觉，很大胆也很少见。很西方的技术和皮相，却写出了很中国的滋味与意境来。作品充满了诗意和智性，无论在结构、思想还是对叙事可能性的探索层面都别具特色。

李　亚：你对这本书的判断是准确的，因为写这本书之前，我十分迷恋西方现代派的小说，当然也从中汲取了很多文学营养。并且，我在写这本书时，一直想找一本书当作守护神（我相信，每一个作家在写作时都有一个守护神），但是，不管格拉斯也好，马尔克斯也好，甚至兰佩杜萨，包括很多现当代的大作家，我总是觉得语气不对，腔调不对茬口，以至于开头有大约四万字我改了好几遍都写不下去，而其中的许多细节和人物都在我脑海里闹成一团。有好几次我都想放弃了。最后成全我的还是我的一点癖好，藏书。有一天，我在新街口中国书店买到一本《摩尔·弗兰德斯》，1958年出版的，梁遇春先生翻译的。这本书我读到第49页时就扔下了，因为在这一页上我得到了我要的叙事方法。就这样一口气写完了《流芳记》，也没有再翻过这本书。哈，我今天说出了这个秘密，就觉得内心里一下子干净了。当然了，后来我还是读完了笛福的这本书，包括他的《鲁滨逊漂流记》，前不久他的那本令马尔克斯入迷的《瘟疫年纪事》也译成了中文，虽然也很好，但我再也没有当初读《摩尔·弗兰德斯》时那种亢奋了。

当然，我现在认为《流芳记》也有它的缺陷：过于讲究语言的神态。不过，现在我仍然很高兴你能给予这本书这样的评价，尽管最初你已经写过一篇漂亮的评论：《升腾着诗性光芒的智性叙事》。我一直认为写《流芳记》的这篇评论，最能展示你的小说鉴赏力，也最能见出你的文学批评才华。

李墨泉：你的中篇小说《将军》我也很喜欢，是难得一见的现实主义题材力作。整部作品在回忆与想象之中遨游，打通了现实与梦境的界限，将现实与回忆完美地对接了起来，可以说是以虚写实，写出了大虚大实。你用一个中篇的篇幅写出了长篇的厚度，而且笔端饱含了对先辈军人的体谅、深情和敬意，是对现实主义题材很好的探索与丰富，这样的作品应该会被长久地记住。对于当前的军旅中短篇小说创作，也是一个很好的借鉴。

李　亚：你对《将军》评价如此高，我真想"摔琴"了哈，先谢谢！这个小说发表后被三家选刊转载，也获得一些好评。其实，这篇小说起因是一次争论，我和一个写小说的朋友谈论几篇书写老军人的小说，当年我年轻气盛，臧否人家作品，这哥们说别光吹牛，你也写一篇老军人我看看。于是我就下决心写一篇。结果好几年过去了，直到2007年夏天，我去西山某部大院办事，看到雨中的那个老军人之后，突然要写一个老军人的念头才一下子强烈起来，为此做了很多案头工作，读了很多将军传记，结果一晃两三年过去了，就是写不了。直到2011年夏天，读了张大春的《将军碑》之后，我才写出了初稿，但很不满意，根本没有达到我想要的效果。接着就调到海军跟着护航，在船上写完《李庄传》之后，居然在这艘军舰的阅览室里看到了马尔克斯的《迷宫中的将军》，虽然早已看过这本书，但重新阅读后，我才找到了怎样写《将军》的法门。当时几乎把原稿全盘推翻，只用了三天时间重写了一遍，就是你看到的这个样子了。当然，事情看似这样简单，实际上要是没有先前的案头准备，甚至要不是看到那个雨中的老军人，我有可能也写不出这篇小说来。所以，我始终认为写作不是一蹴而就的，它真的需要积累，需要读书，需要借鉴，需要沉淀，需要锲而不舍的努力。

顺便说一下，我的朋友李浩也比较欣赏这篇小说。有趣的是，很多年前他也曾写过一个短篇就叫《将军的部队》，讲述的也是一个老军人，当然他的这篇小说在发表之前我就看过，后来还获过鲁奖。更有趣的是，我们部队一个虽然小有名气但没读过几本书、甚至从来不读书的作家，居然说我的这篇小说是抄袭李浩的。但李浩并不这样认为，因为两者没有任何相似之处，而且我和李浩也谈了张大春的《将军碑》，我当时之所以没说《迷宫中的将军》，一个是因为长途话费，一个是，凭借李浩的阅读量和记忆力，他难道还看不出《迷宫中的将军》和我的《将军》两者的开篇场景有多么相像！当然，小说的互文性是任何作家都难以避免的，即便像赫拉巴尔这样杰出的作家，也可以从他的作品里看到拉伯雷和塞利纳的痕迹来。况且，赫翁自己也坦承这些，因为他非常明白，对一个作家来说，诚实是创作时的基本素质。

李墨泉：去年你根据亚丁湾护航创作了一组军旅短篇小说，像《海浪》

《海上升明月》《蝴蝶》《宁静的海》《遐想》，在读者眼里这样的远航生活神秘而传奇，而写得更为传奇的是小说《海上升明月》，可以说是借着亚丁湾护航的外衣，写了一个东南沿海海盗"老珊大姑"和方爷的故事，把英国海军、德国战列舰、海盗、爱情和命运独特地糅合在一起，从现实的层面跳脱而出，用强大的想象力支撑起故事的传奇性，这对当下的军旅中短篇小说创作具有异质性的推动作用，同时又是难得的探索和补益。

李　亚：说起远航，想必逸尘也不陌生——你的长篇纪实文学《远航记》就书写过这类题材。在护航的七个月里，我采访过很多官兵，好多人都给我留下了难忘的印象。总体感觉是，使命与任务这些神圣的元素在这种环境里无处不在彰显，又时时刻刻隐于无形，无论官兵，首先都是人，而且在海上的日常生活中无时无刻不放射着人的光辉，其次才是军人的职业本能。这样说可能显得空洞，但我在写这些小说时，脑海里一直有着实际情况所给予的这种提示。好在，我写某个人的故事时，这个人就会出现在眼前，甚至在我身边走来走去挤眉弄眼——这一点，可以说是在小说里塑造人物时的最好状态。同类题材的小说，故事背景都在一艘军舰上，一口气写了四五篇之后，就觉得有些"气喘"了，但是，那些人那些事还在脑海里荡来荡去不肯消停，逼得我没有办法，只好"变法"。于是，又有了《海上升明月》。这篇小说虽然以现实为"药引子"，但实际故事跳出了现实。开始时我还试图想探索一下海盗与护航之间的历史渊源，但这个念头只是一闪而过，进入实际写作时，我只剩下文学本能了——也就是只想把这个故事讲得符合我的小说愿望。你已经看出了，我隐勾暗连了一些无关联的史料，动用了传奇的文学元素完成了它。说实话，我自己也觉得这篇小说没给我丢人。

李墨泉：我觉得你的很多作品都具有传奇性，《电影》《武人列传》讲的是乡间"鸟孩子"少年练武"学捶"的故事，读来真是感觉兴味盎然、笑意盈盈，好像那个"消逝的武林"又出现了，《武人列传》在结构上还用了传统的章回体，在每一节的末尾批上两句诗，就像《舌尖上的中国》的视角方式，好像发现了一个"技击的中国""民间的中国"，而《海上升明月》的风格也很"江湖"，其实也是与这两个中篇在风格上相通的。你怎么看待小说叙事与传奇性的关系？

李　亚：有时候我也觉得很奇怪，我们一旦说到"传奇"，总是与"民间"

相连，事实上传奇无处不在，尤其在文学作品方面，离开传奇，似乎就显得板板正正，有些枯燥。即便像《尤利西斯》这样的先锋作品，我们也可以毫不费力地指出它的传奇元素。我也是前两年才清醒地意识到传奇在小说中的重要性。传奇对于一篇小说而言，应当就像水银泻地，应当无孔不入才好，如果每一个句子都在传奇这坛子蜜水里浸泡过，那我可以肯定，这一定是一篇文字芳香的作品。遗憾的是，很少有作家能够做到这些，因为在写作时，作家不可能单单专注于文字，还要顾及叙事的方向与速度，人物的言谈举止是否得体，等等。这只是传奇在叙述文字方面一种功能，事实上传奇的功能还可以改变和加深题旨，甚至可以达到"狂欢"的境界，至少可以使作品免于味同嚼蜡。我个人认为，在一部作品里将传奇这种优质文学元素运用得最好的作品，更多的是我们的古典文学，远的比如《世说新语》，比如《搜神记》，比如《唐宋传奇》，近一点的比如四大名著、三言二拍，更让人心动的《聊斋志异》等。如果我没记错的话，在《拍案惊奇》第三卷"刘东山夸技顺城门"这一篇里，传奇元素运用得令人"拍案叫绝"。外国文学中传奇色彩比较明显的也比比皆是，当然，更多的也是古典文学，比如拉伯雷，比如阿普列乌斯，比如斯威夫特、勒萨日，比如塞万提斯和霍桑等等，当然还有一些西班牙流浪汉小说。总之，传奇元素在小说里不是故弄玄虚吸人眼球，而是为了更好地呈现，就像你说的那样：致幻也是呈现，遮蔽也是一种破。哈，其实，关于文学中"传奇"元素的解释，上个世纪 90 年代初期，昆仑出版社出版的"文学批评术语丛书"里，有一本书名就叫《传奇》的小册子，讲得更加全面而深刻了。

李墨泉：你的小说读起来，总体上说是不做作，不装腔作势，有着一种挺民间化调侃的味道，当然这也是一种"腔调"和风格，从语言上、叙述方式上和结构上都有关系。我尤其想说语言和叙述方式上的问题，你的小说用了大量的方言，像《武人列传》里的"鸟孩子""学捶"，《玫瑰送终》里贯穿全篇的"个婊子儿"等等，读起来感觉生动而好玩，其实一篇小说能够在语言和叙事上让人感觉"好玩"，读来放松而有趣，就很难得了。为什么这么"好玩"，是作家性格和人生态度的问题吗？而透过这样的"放荡不羁"却有着极为认真的魂灵透了出来，这些"歪戴帽子"的语言也成为你小说的一种特色了。

李　亚：关于小说的"语境"与"语态"的问题我现在有时候也很迷惑。我觉得这显然不是技术所能彻底解决的。事实上你在提问的同时已经给出了答案。文学修养与长期的学习锤炼，也可以解决语言与叙事的表面形态，但解决不了骨子里的形态，也就是说，这些与作家的性格与人生态度绝对有关。俗话说，江山易改，本性难移。还有一句大实话：文如其人。这些经过时间淘汰的大实话，完全可以当作试金石。你可以留意一下，一个凡事都要做作一番的作家，写出的句子一定是做作的，一个伪善的人面对文学总爱摆出一副正经相貌，一个性格崎岖内心更崎岖的评论者，写出的句子一定是粘爪子粘牙的。总之，在小说中，语言和叙述方式和结构方式都是相互关联的，用什么样的语言就会呈现什么样的叙述方式，进一步，相应的结构方式就会自动出现。

李墨泉：我还注意到，你很喜欢用第一人称"我"的视角来写东西，不管是《流芳记》中的"我"、《武人列传》中学捶的"我"，还是《全家福》开计程车的"我"，都沉入到故事中去成为了观察者、倾听者和讲述者，是否用这种言说方式写起小说来较为轻松而有余裕？

李　亚：你说的这个现象被很多人视为作家的"第一人称时期"，只有突破这个时期才有可能自由写作。我不太同意这种说法。萨略特在其名著《怀疑的时代》一文里有这么几句话：用第一人称叙事，能满足读者合情合理的好奇心，并且可以消除作者在虚构方面的正当顾虑。而且这一叙述方式至少表面像是亲身经历的，真实可靠的，不仅让读者能够保持尊重的态度，还可以消除读者的某些疑虑。更重要的是，第一人称的叙述方式，可以使读者一下子就进入小说，并始终处在与作者相同的地位。我认为这几句话很有道理。

创作年谱

1992 年在《昆仑》第 5 期同期发表两部中篇小说《迟醒的机关兵》和《无色风景》。

1993 年考入解放军艺术学院文学系。

1995 年在《十月》第 3 期发表中篇小说《古典村庄》。

1996 年在《西南军事文学》发表短篇小说《第三种颜色》。

1997 年在《厦门文学》发表短篇小说《甜蜜拍打》。

1997 年在《解放军文艺》发表中篇小说《越过一片泥沼》。

1998 年在《解放军文艺》发表短篇小说《沸腾的桃园》。

1998 年在《解放军文艺》第 7 期发表短篇小说《被胡琴燃烧》，该作品被《小说选刊》转载，并被收入漓江出版社出版的年度短篇小说选。

1998 年 8 月随总政五人采访小组赴九江沿线采访抗洪部队，与人合著中篇报告文学《生死簰洲湾》，该作品被《小说月报》《新华文摘》等报刊多处转载，并被收入建国五十周年"中国当代文学作品精选"之"报告文学"卷（作家出版社）。

1999 年在《西南军事文学》发表中篇小说《激流中的岛屿》。

1999 年在《解放军文艺》发表短篇小说《水上演出船》。

2000 年在《解放军文艺》第 4 期发表中篇小说《金色课堂》。

2000 年在《山东文学》发表短篇小说《分裂》。

2000 年 1 月由解放军文艺出版社出版长篇小说《金色大雨》。

2001 年在《莽原》第 2 期发表中篇小说《城里来的女人》。

2002 年在《厦门文学》发表中篇小说《摇头鱼》。

2003 年 3 月主编《世界军事文学短篇小说集》第一集，由军事译文出版社出版。

2004 年在《长城》第 1 期发表中篇小说《水生物》。

2005 年在《厦门文学》发表中篇小说《旅游记》。

2006 年在《芙蓉》第 5 期发表中篇小说《幸福的万花球》。

2007 年在《芙蓉》第 1 期发表中篇小说《动物饲养员》。

2009 年在《芙蓉》第 6 期发表中篇小说《发痒的肋骨》，该作品被 2010 年第 1 期《小说选刊》、2010 年《小说月报》增刊 2、2010 年第 1 期《北京文学·中篇小说月报》同时转载，并被收入漓江出版社出版的年度优秀中篇小说选。

2010 年在《芙蓉》第 4 期发表中篇小说《全家福》，该作品被《中篇小说选刊》增刊第二辑、《小说月报》增刊 4、《北京文学·中篇小说月报》第 9 期同时转载。

2010 年 1 月由作家出版社出版长篇小说《流芳记》，该书由 2010 年第 5 期《长篇小说选刊》头条全文转载。

2011 年在《芙蓉》第 2 期发表中篇小说《玫瑰送终》。

2011 年在《十月》第 2 期发表中篇小说《电影》，该作品被《小说月报》《小说选刊》《中华文学选刊》《北京文学·中篇小说月报》《作品与争鸣》同时转载，并收入人民文学出版社出版的年度中篇小说选。

2012 年在《长城》第 1 期发表中篇小说《北方旅馆》。

2012 年在《十月》第 5 期发表中篇小说《武人列传》，该作品被《小说月报》《小说选刊》《北京文学·中篇小说月报》同时转载，并被收入百花文艺出版社出版的《小说月报 2012 年精品集》，同时被收入由李敬泽主编的《2012 年中国中篇小说排行榜》(百花洲文艺出版社)。

2013 年在《十月·长篇小说》第 1 期发表长篇小说《李庄传》，该作品被《长篇小说选刊》第 3 期转载。

2013 年在《中国作家》第 2 期发表中篇小说《将军》，该作品被《小说月报》《中篇小说选刊》《北京文学·中篇小说月报》同时转载，并被收入由百花文艺出版社出版的《小说月报 2013 年精品集》。

2013 年在《当代》第 3 期发表短篇小说《姚莲瑞女士在等待中》，该作品被《小说月报》转载，并被收入由人民文学出版社出版的年度短篇小说选，同时被收入由上海文艺出版社出版的"我们的城市"丛书之《飞行酿酒师》一书。

2013 年在《十月》第 3 期发表短篇小说《宁静的海》。

2013 年在《作品》第 12 期发表短篇小说《遐想》。

2013 年在《芙蓉》第 5 期发表中篇小说《亚丁湾两题》。

2013 年 12 月由人民文学出版社出版短篇小说集《亚丁湾的午后时光》。

2014 年在《十月》第 1 期发表中篇小说《自行车》，该作品被《小说月报》《小说选刊》《中篇小说选刊》《作品与争鸣》同时转载，并被收入百花文艺出版社出版的《小说月报实力作家精品集》，同时收入由吴义勤主编的《中国当代文学经典必读·2014 中篇小说卷》（百花洲文艺出版社）。

2014 年 3 月由《十月》编辑部召开"李亚阿袁弋舟作品研讨会"。

2015 年在《十月》第 2 期发表中篇小说《喜筵》。

2015 年在《中国作家》第 11 期发表短篇小说《黄生宝先生的特例》。

2015 年 9 月由湖南文艺出版社出版长篇小说《李庄传》。

2016 年开始创作长篇小说《花好月圆》。

2016 年在《芙蓉》第 6 期发表中篇小说《在航行中》。

2017 年在《当代》第 3 期发表长篇小说《花好月圆》。

2017 年 10 月，550 千字长篇小说《花好月圆》由湖南文艺出版社出版。

参加文学活动及获奖情况：

2000 年 11 月，中篇小说《金色课堂》获得第五届全军文艺新作品三等奖。

2001 年 12 月，长篇小说《金色大雨》获得第六届全军文艺新作品一等奖。

2013 年 7 月，中篇小说《武人列传》获《小说月报》第 15 届百花奖中篇小说奖。

2013 年 12 月在中国现代文学馆参加"十月文学奖"颁奖活动，中篇小说《武人列传》获第 10 届"十月文学奖"优秀中篇小说奖。

2014 年 12 月在鄂尔多斯市参加《中国作家》鄂尔多斯文学奖颁奖活动，中篇小说《将军》获第 7 届中国作家鄂尔多斯文学奖优秀作品奖。

2015 年 4 月，短篇小说《水虎鱼》获"中国梦·强军梦·我的梦"全军文学征文评选优秀作品奖。

2015 年 5 月，在合肥参加第二届"鲁彦周文学奖"颁奖活动，长篇小说《李庄传》获第二届"鲁彦周文学奖"提名奖。中篇小说《将军》获得第二届"鲁彦周文学奖"中篇小说奖。

丁晓平，1971 年出生，安徽怀宁人。现任解放军出版社昆仑图书编辑部主任，军事故事会杂志主编、副编审；中国作家协会会员，中国报告文学学会青年创作委员会主任。荣获全国新闻出版行业领军人才（第四批）、中国出版政府奖优秀编辑奖（第四届）。著述有：长篇小说《爱着》、诗集《写在浪上》、历史传记《光荣梦想：毛泽东人生七日谈》《中共中央第一支笔（胡乔木传）》《王明中毒事件调查》《另一半二战史：1945·大国博弈》《硬骨头：陈独秀五次被捕纪事》《世范人师：蔡元培传》等 20 多部约 700 余万字。策划编辑作品荣获中宣部五个一工程奖、国家图书奖、中华优秀出版物奖、茅盾文学奖、鲁迅文学奖、解放军图书奖、解放军文艺奖等。

历史之"大"与文学之"常"

傅逸尘

　　钱穆先生在《国史大纲》一书的开头，劝告我们要对本国的历史略有所知："所谓对其本国以往历史略有所知者，尤必附随一种对本国以往历史之温情与敬意。""所谓对其本国已往历史有一种温情与敬意者，至少不会对其本国以往历史抱一种偏激的虚无主义……而将我们当身种种罪恶与弱点，一切诿卸于古人。"历史研究要持守一种温情与敬意的态度，文学写作何尝不是如此？作家对尘封的历史事件和逝去的历史人物既需要记叙、描绘，也要反思、批判，然而无论持有何种价值判断，对历史本身怀有温情和敬意应该是最基本的立场，这样才能获得公正的理解世界的视角，才能富于建设性地再现或重建历史场景，历史叙事也才能够对当下社会和现实人生有所镜鉴与启迪。

　　然而，进入 21 世纪以来，当代作家在处理历史题材时，过多地采取了颠覆和戏仿的叙事策略，导致很多作品中的历史事件既无从证明，亦无法证伪。偏激错位的观念、虚无主义的思想、诡谲浪漫的传奇、天马行空的想象甚至于胡编乱造的故事开始大行其道，充斥其间的是消费主义的欲望宣泄和奇观展示。无论是回溯历史还是直面现实，文学与时代的关系都是紧密且缠绕的，两者都是极其复杂的存在，两者在思想与精神上并不是一种同构与同质的关系。文学若要与时代同步，甚或走在时代的前面，便要"先立其大"，以一种大方大正的理想、情怀、精神、气魄，把文学从低迷、小我的趣味里解放出来。"我们看历史上那些大作家，少有卑琐、委顿的样子，就在于他们身上有生命的光辉，有文化的理想，有伦理的坚守，也有道德的勇气；从内在精神上说，他们藏身于作品中，走的正是大方大正、径直而行的路。现在，自觉走这条路的作家越来

越少了，自然，肯担当、有气魄的作品也日渐稀缺。"（谢有顺语）

丁晓平，对自己的定位是历史作家。近年来，他接连出版了《中共中央第一支笔（胡乔木传）》《王明中毒事件调查》《五四运动画传：历史的现场和真相》《毛泽东的亲情世界》《邓小平和世界风云人物》《硬骨头：陈独秀五次被捕纪事》《另一半二战史：1945·大国博弈》等多部历史题材长篇报告文学，可谓目标清晰，脚步坚实，成果丰硕。作家的创作与他自身的现实生活间并非共时性关系。无论长短，都难以摆脱时空的距离，于是乎，回忆成为多数作家创作的本真状态。然而作家在写作的时候都不会用过去的思想与情感进行他们的艺术创造，他必然要在"当下"社会与文学的语境里去重新整合过去的生活与历史。也就是说，他要赋予过去的生活以"当下"的精神与意义，即便是相悖，也是对"当下"社会与文学思考的结果。总而言之，作家所创作的作品与他作品里面的生活从本质上存在着一种错位，不论有意识还是无意识。这个问题我们从丁晓平的历史叙事中看得就更清楚了，历史叙事从来都是为现实服务的，甚至于映射现实都是很正常的。所以说，没有现代感的作家，即使写了现代生活也未必就有现代感；有现代感的作家，虽然写的是历史，也照样具有现代感。在我看来，丁晓平是一个当下意识强烈的历史题材作家，他的历史题材创作，往往有着强烈的现实观照。

2015 年，在中国人民纪念抗日战争暨世界反法西斯战争胜利 70 周年之际，他推出了《另一半二战史：1945 大国博弈》。这部作品的成功之处在于搭建起了一个"交流""对话"的平台，使得各个政治势力之间能够在同一历史场域和精神时空中"互见"。而这种"互见"的大历史观，恰恰是中国"二战"文学极为稀缺的。以往那种二元对立的抗战叙事在进行政治宣教和迎合民族心理时是有效的，但这种以自我为中心的思维方式往往会遮蔽历史的丰富和驳杂，进而阻断"各方"进行对话和交流的可能性。马丁·布伯所谓"独白的生命"向"对话的生命"的转化，在考察历史题材报告文学叙事时便具有了特殊的意味。在《另一半二战史：1945 大国博弈》中，不同历史记忆、情感立场、价值判断缠绕交织，各利益攸关方的视角、文化、思维、情感、行为融合碰撞，共同构成了一幅全景和动态的历史画卷。可以说，最大限度地追求对历史言说的可交流性和可理解性构成了这部作品极为鲜明的文本特色和写作伦理。丁晓平就是站在今天的立场和视角回望二战历史，试图以大国眼光、世界胸怀，透析战争与政治的关系，更加全面地认知历史的本质。历史写作的最高境界正在于吸取人类历史的智慧，化间接经验为直接经验，以大历史的深度和大战略的高度切入历史的细节，盘点得失，还原真相，照亮现实。

从某种意义上说，报告文学是选择的艺术，选择本身就是作家思想、文化和审美眼光的体现。题材不决定作品，作品的个性也不取决于题材。但作家的品质与个性，一定决定作品的品质与个性。因之，写什么？这个问题于丁晓平而言，首先考验的是自身的思想和眼光——"要写历史中最有价值的那部分，写推动历史进步，并有利于民族、国家和人民的根本利益的那部分历史。以文学的方式介入历史，作家不仅仅是一个旁观者，还必须以战略的眼光、理性的思考、理论的勇气，从外部枝节看到内部核心、从现象看到本质、从支流看到中流、从局部看到全局，从有限看到无限，从中国看到世界，从而准确、科学地把握所涉及的历史和现实，以及人物的主题、主线、主流和本质。"

丁晓平所关注和书写的题材往往都是比较"大"的，大历史、大时代、大人物、大事件。"大"并不一定意味着粗疏和空洞，"立其大者"的意思，是要从大处找问题、寻路径，把散逸于虚无时代里的精神力量整合并释放出来，只有这样，中国当代文学的嬗变才会呈现出大格局、大气象。对于文学而言，"大"标示的往往是常道，历史有常道，文学有常道，人类的精神亦有常道。诚如谢有顺所言：是常道决定人类往哪个方向走，也是常道在持续建构和塑造一个民族的性格。常道是原则、方向、基准。没有常道的人生，就会失去信念和底线；没有常道的文学，也不过是一些材料和形式而已，从中，作家根本无法对世界做出大肯定，无法从整体上把握大时代的发展走势，无法从具象中梳理出现实生活的内在脉络。孟子说："先立乎其大者，则其小者不能夺也。"守住生命的立场，肯定世界的常道，使文学写作接续上灵魂的血管，这是文学的根本出路，古今不变。

原子弹的秘密

——谨以此文纪念世界反法西斯战争胜利
暨第一颗原子弹爆炸 70 周年

丁晓平

在不知道原子弹前，你就不知道，美国人的保密工作做得多么好。

在不知道原子弹前，你就不知道，苏联人的情报工作做得多么好。

把上面两段令人有些匪夷所思的话放在一起，聪明的读者就明白关于原子弹的秘密，还有许多是我们不知道的。

1945 年 7 月 24 日，当波茨坦会议第八次全体会议结束的时候，美国总统杜鲁门从大圆桌边站了起来，漫不经心地走向苏联领导人斯大林。美国总统终于按捺不住要说出这个藏在心中已经八天的秘密了。

8 天前的 7 月 16 日，也就是杜鲁门出席"三巨头"会议抵达波茨坦的第二天，他收到了一个日后震惊世界的大消息——他的陆军部长亨利·史汀生在这天早晨发来了电报，使得他获悉第一颗原子弹爆炸的历史性消息。他说："我们的绝对秘密和最为大胆的作战计划实现了。我们现在拥有一种战争武器，它不但能彻底扭转整个局面，而且能掉转历史和文明的方向。"

其实，对于杜鲁门本人来说，原子弹也是一个新词汇。这个早就开始的"曼哈顿计划"，他也是在三个月前的 4 月 12 日就任美国总统后召开的第一次内阁会议上才知道的。他在回忆录里做了十分清楚的记叙，不妨照录如下：

> 内阁第一次会议开的时间不长，散会以后，阁员们都站起来，悄悄地走出房去——只剩下史汀生部长。
>
> 史汀生说要同我谈一件极其重要的事。他告诉我，他想通知我一个正

在进行中的巨大计划——一个预期将发展成一种具有新的、令人难以相信的毁灭力量的爆炸物的计划。这就是当时他认为可以告诉我的一切，他的话使我很难捉摸。这是我第一次获悉关于原子弹的一点消息；可是他没有对我详细说明白。直到第二天，我才又听到一些，足以使我多少理解那正在进行中的几乎令人难以置信的发展，以及我们可能很快就要拥有的那惊人的威力。

这样一桩大事，居然能成功地对国会议员都保持秘密，真是一件奇迹。我已经知道，也许别人也知道，某种非常重要的东西正在我国的军事工厂里制造。几个月以前，作为我担任国防计划调查委员会主席的工作的一部分，我曾派人到全国的军事工厂进行调查，我甚至曾派调查人员到田纳西州和华盛顿州，指令他们查出某些巨大的建筑物到底是什么，它们的目的何在。

在派出那些调查人员以后，史汀生部长曾打电话给我，说要和我私人谈一次话。我对他说我可以立刻去他的办公处，可是他说还是他来找我好。

他来到后，我马上知道，他心里想谈的事同我派遣委员会代表去田纳西和华盛顿去调查的巨大建筑物有关。

"参议员，"史汀生部长在我办公桌旁坐下来时对我说，"我不能告诉你那是什么东西，可是那是世界历史上最伟大的计划。这是最机密的事。连很多实际上在从事这项工作的人都不了解那是怎么一回事，要是你们不到那些厂里去，我们明白底细的人会感谢你的。"

我早就知道哈里·史汀生是一个伟大的美国爱国者和政治家。

"我相信你的话，"我对他说，"我一定下令取消对这些厂的调查。"

我立刻下了命令，而关于这个秘密究竟是什么，直到史汀生部长在第一次内阁会议后告诉我为止，我始终毫无所知。第二天，前不久担任罗斯福总统的战时动员顾问的杰米·贝尔纳斯来看我，他也郑重其事地告诉我一些细节，他说，我们正在完成一种威力足以毁灭整个世界的爆炸物。后来，当科学研究和发展局局长范尼伐尔·布希来到白宫时，我才听到科学家对原子弹的说明。

这真是一个天大的秘密。谁也不会想到，这个秘密竟然连美国在职的副总统也一丁点儿不知道。

正因此，在 7 月 7 日开始前往波茨坦的长途航行中，杜鲁门和他的伙伴们在"奥古斯塔"号巡洋舰上，其中谈到的一件重要而又无法逆料的事情，就是在新墨西哥州阿拉默果尔多原子弹爆炸前的倒计时。总统的翻译查尔斯·波伦回忆说："海军上将李海和我对'曼哈顿计划'谈得相当多"，"他觉得'披长头发的人'诈骗了美国政府大约 50 亿美元，因为这种炸弹将终于证明并不比简单的无烟线状火药来得高明。"

杜鲁门回忆说："当我离开美国赴欧洲的时候，在新墨西哥的阿拉默果尔多原子弹爆炸试验的准备工作正在加紧进行；在远涉重洋的旅途中，我也迫切地等待着试验结果的消息。我曾听到科学家们的许多预言，但是谁也不能肯定大规模原子弹爆炸的结果。当我看到史汀生的电报的时候，我知道这个试验不仅符合科学家的最乐观的期待，而且也使美国拥有无敌的轰炸力量。"

杜鲁门和多数军人一样，对这种炸弹寄予比较乐观的希望。不过，制造这种炸弹到底有什么用处，还是一个不解之谜。美国历史作家小查尔斯·米后来分析说："人们当时完全没有意识到仍然需要这种炸弹来打败日本。有些人希望，在俄国人参加远东战争并像在欧洲那样在东方获得战利品以前，能够相当迅速和有效地使用这种炸弹来击败日本。但是据利奥西拉德（曾徒劳地促请总统完全拒绝使用这种炸弹的科学家之一）说，吉米·贝尔纳斯认为这种炸弹最大的好处不在于对日本产生作用；贝尔纳斯说，使用炸弹是为了另一目的，'使俄国在欧洲表现得比较温和一些'。"

在日本，主战派和主和派日以继夜地进行辩论，策划于密室。日本政府在坚持战斗到底还是谋求某种形式的和平——他们当时所希望的不是已向他们提出的那种"无条件投降"的和平——的问题上莫衷一是。

对于日本的这种态度，美国政府内部也是两种声音，且大多数人鉴于对德国提出"无条件投降"的要求曾不必要地使欧战延长作为例证，都觉得"无条件投降"方案同样也许会使日本抵抗的时间大大拖长。如果不提无条件，而根据谈判的条件，日本人是会接受投降的。在总统和参谋长联席会议上的一次会见中，海军上将李海就直言不讳地提出应该放弃无条件投降的要求。他说，这种要求"只会使日本人铤而走险，蛮干到底，从而增加我方伤亡"。日本人即将失败，只要撤销无条件投降的要求，他们可能很快就会停止战斗。

陆军部长史汀生尤其急于想使日本在使用原子弹以前投降。在史汀生看来，日本人的问题症结在于天皇。助理国务卿格鲁从他出任驻日大使十年的经验中，也提出允许保存日本天皇为国家元首的观点。他们认为，只要容许日本保留天皇，日本人就可以"体面地"投降。因此，在"波茨坦公告"的草稿中，他们提出，日本投降以后，一俟成立符合人民意志的"倾向和平及负责的政府"，盟军即撤出日本，"这可以包括一个现王朝统治下的君主立宪制"。史汀生觉得这样的声明相当清楚地表示，盟国会容许日本保留其天皇。在杜鲁门启程前往波茨坦之前，格鲁还与助手们草拟了一份准备由美、英两国在波茨坦发出的对日公告，且获得了阁僚们和参谋长联席会议的认可，最后一次要求日本投降，扬言否则就要"使日本本土变成一片废墟"。同时，建议为了配合冲绳战役立即发表这个公告。杜鲁门没有同意，决定对日本的公告应在即将召开的波茨坦会议上发出。而在前往波茨坦的"奥古斯塔"号上，杜鲁门和国务卿贝尔纳斯在审阅这份公告时，毫不犹豫地删除了有关天皇的段落。

　　7月12日，东京。日本裕仁天皇在皇宫秘密召见了前首相近卫文麿。天皇一反常礼，屏退左右单独会见，征询近卫对于战争发展趋势的意见。裕仁脸色苍白，精力已经十分憔悴。近卫直言回答："必须尽快结束战争。"于是，天皇要求他以特使的身份做好访问莫斯科的准备。随后，外务相东乡茂德给驻莫斯科大使佐藤尚武拍了一份电报："陛下深为担心，战争的延续只会增加交战国千百万无辜男女难以言述的深重苦难，故而十分渴望尽快结束战争。然而，要是美英两国坚持无条件投降，日本将被迫战斗到底。"天皇希望派遣近卫文麿同苏联政府面谈，并要求佐藤应向俄国外长莫洛托夫递交这份电报。谁知道，这份电报被美国情报部门截获，立即上报给杜鲁门。也是在这一天，在美国新墨西哥州的阿拉默果尔多，一辆陆军车辆后座上装载着原子弹使用的钚心，正向原子弹的试验场奔驰……

　　7月15日，杜鲁门收到了来自太平洋战场的电报："关东司令部说，美国军舰今天继续炮击日本本土诸岛目标，舰载飞机再度积极出动。昨日的炮击摧毁了坐落在本州岛釜石的帝国钢铁厂。在本州和北海道上空广泛活动的舰载飞机击毁日机25架，击伤62架，除一架外均系在地面被击中。"

　　7月16日，杜鲁门又收到了来自对日作战的好消息："关岛司令部说，从马里亚纳群岛起飞的超级空中堡垒式轰炸机昨晚袭击了本州南部下松的日本石油公司。"

从接连两天截获的日本军方情报来看，日军的空军已经失去了制空权，甚至已经不能起飞作战，失去了自卫能力；而美国空军的战机从未遭遇抵抗，在日本的上空随意飞行，随便轰炸。这样的战场态势，无疑更加增添了美国人在远东作战的信心。而当杜鲁门获悉天皇授意日本政府给驻莫斯科大使的加急电报后，更加明了日本人已经走投无路。现在，在美国人看来，远东对日作战，英国人的援助只会讨人嫌，俄国人的援助似乎也是一种没必要。五星上将金坚持说，俄国人"并非是必不可少的……虽然击败日本的代价会大一些，但他坚信，我们单独就干得了"。

其实，杜鲁门也是这么想的。据他的一份情况简报说，他需要"在我们过多的盟国承担义务兵对击败日本做出重大贡献之前"打赢这场战争。因为他手里有两大杀手锏——放弃"无条件投降"和使用原子弹。但是，放弃"无条件投降"的要求，在一些人看来无异于是"绥靖"，而使用原子弹则倒是一举两得的事情——既消灭了日本，又可能像贝尔纳斯所说的——"使俄国在欧洲表现得比较温和一些"。正因此，有关原子弹的试验结果，现在是最值得期待的。

杜鲁门在他的回忆录里这么写道："我们知道，原子弹将在7月中旬做第一次试验。如果原子弹试验成功，我希望在我们运用这个新获得的威力以前，给日本一个停战的适当机会。如果试验失败，那么，在必须用武力征服日本以前，使日本投降，对我们说来，就更加重要了。马歇尔将军告诉我，在日本本土使日本投降，估计要牺牲50万美国人的生命。"

7月16日上午5时10分，在新墨西哥州阿拉默果尔多代号为"三位一体"的试验场，世界第一颗原子弹爆炸试验进入倒计时。罗伯特·奥本海默、汉斯·贝蒂、詹姆斯·科南特、万尼瓦尔·布什等科学家都已经蹲在事先修筑的掩蔽指挥所里。这项计划的军方协调人莱斯利·格罗夫斯回忆说："当读数快到零的时候，每一个人都要面朝地卧倒，脚朝爆炸方向，闭起眼睛，并且用手蒙住眼睛。当大家一知道有闪光，马上就可以翻过身来坐起或站起，并戴上发给各人的防护眼镜。"只有来自意大利的科学家费米悄悄地站在地面上，他手握早就准备好的一把碎纸片，漫不经心地等待爆炸冲击波的到来，以便测量原子弹爆炸的威力。苏联间谍劳斯·富克斯也站在不远处，唯一获得现场采访权的记者威廉·劳伦斯拿着铅笔，在凄冷的黎明中打哆嗦。奥本海默轻轻地对控制室的一名调度员说："老天，这种事儿叫人心里难受。"5时30分，蹲在掩体的科学家们终于看到了比一千个太阳还要亮的光芒，从另一个星球上也可以看到。"三位一体"的人员们感到了一股突如其来的热浪，而在235英里以外的新墨西哥州的盖洛普，窗户的玻璃被震碎了，幸运的人看到"太阳升起又落下了"。

7月16日上午10点，在波茨坦，美军参谋长联席会议正就对日作战问题进行热烈讨论。哈普·阿诺德说，常规轰炸就能使战争结束；乔治·马歇尔认为，至少应事先向日本提出警告，以使他们有可能在使用原子弹之前投降；海军上将金相信，只要用海军实行封锁，让日本人饿得被迫投降；艾森豪威尔对史汀生说，日本已经完全被打败，没必要投掷原子弹这种恐怖武器，既不再是挽救美国人生命所必不可少的手段，而且还会引起世界舆论对美国的反感；海军上将李海对于使用原子弹的问题不知如何解释，因为它已经耗费了巨资。尽管参谋长联席会议对是否使用原子弹的问题没有做出最后的决定，但美军第509空降大队已经做好了投弹准备。在太平洋的提尼安，飞行员们飞往硫磺岛做练习飞行，向罗塔和古关投掷了500磅和1000磅的炸弹，提高命中目标的能力。

7月16日傍晚，当杜鲁门在废墟般的柏林结束兜风回到波茨坦"小白宫"的时候，已经久等多时的陆军部长史汀生递交给他一封电报，给总统带来了最值得期待的好消息。电报是留在华盛顿充任阿拉默果尔多和波茨坦之间的联络官的乔治·哈里森打来的。

　　绝密
　　紧急
　　陆字32887号
　　凯尔斯上校亲启
　　哈里森致史汀生先生
　　今日上午施行手术，诊断尚未完毕，但结果看来令人满意，并已超出预计。有必要在当地发表新闻公报，因很多地方对此表示关心。格罗夫斯博士感到高兴。他明日返回。有情况将继续奉告。

格罗夫斯将军煞有其事地发表了一项新闻公报：

7月16日于新墨西哥州阿拉默果尔多

　　阿拉默果尔多陆军航空兵基地司令官今天发表声明如下：

　　今天上午在阿拉默果尔多航空兵基地的禁区发生了一次大爆炸，一些人士就此提出了询问。

　　坐落在边远地区的某个贮存大量烈性炸药和烟火信号弹的弹药仓库发生爆炸。未发生任何伤亡，军火库以外的财产所受损失极为轻微。

　　这次爆炸引起了毒气弹爆炸，鉴于气候条件的影响，毒气含量也许会使陆军需要让一些居民暂时撤离自己的家园。

　　后来，格罗夫斯在弹坑半英里之外看到，一座70英尺高的钢塔像老虎钳折断细铁丝一样被炸裂成一根根的钢条，他不禁断定由他负责修建的五角大楼已经不再是一个安全可靠的避弹所了。几年后，当奥本海默回顾他认为毫无必要使用原子弹一事时说："物理学家们懂得了罪孽一词的原始意义；这是任何粗俗、诙谐或夸张的言辞所无法掩盖的。"

　　7月17日清晨，美国陆军部长史汀生将这份绝对机密的电报交给贝尔纳斯的时候，他同时力促国务卿同意他的下述两点方案：一是向日本人提出可能使用原子弹的强硬警告；二是同时向日本人保证可以保留他们的天皇。谁知，贝尔纳斯对史汀生提出的两点建议都不予考虑。史汀生对此感到十分失落，但他知道，贝尔纳斯的意见肯定是得到了总统杜鲁门的授权。

　　到了午餐的时候，史汀生将这份能使他得到世界上任何人注意的电报交给了英国首相丘吉尔。完全可以想象得到，在波茨坦这座沿街的别墅里，英国首相听到这一消息后该是如何的得意。

　　美国人为什么将原子弹试验成功的消息告诉英国人呢？我们知道，原子弹的设计是由著名的科学家艾伯特·爱因斯坦向罗斯福总统建议的，这是一项需要科学、工业、劳动和军事力量空前联合的巨大事业，全部艰巨的任务需要10万人和大量物资，整个试验需要两年半以上的时间和25亿美元的必需费用。在获悉德国正在研究利用原子能作为战争武器的方法后，从1940年开始，美国和英国的科学家就开始技术上的合作，并在绝对保密的条件下与德国开始竞争。尽管英国的科学家曾带头进行这个计划，并贡献出许多关于原子弹的原始资料，但已经开始作战的英国暴露在敌人的轰炸之下，美国的工厂则远在敌人轰炸机的航程之外，再加上科研需要大量的经济支撑，罗斯福和丘吉尔同意合作研究，把一切有关发展这个计划的工作集中在美国本土。制造原子弹的任务就交付给莱斯利·格罗夫斯少将为首的所谓"曼哈顿计划"的工兵团的特种部队。这个组织的主席则是陆军部长史汀生。

是的，在波茨坦会议开幕之际，当丘吉尔听到第一颗原子弹试验成功的消息后，用他自己的话来说，这个"震惊世界的消息"无异于宣布"第二次世界大战快要结束了"。接着，他想到苏联对欧洲的继续推进时又补充说："也许还能很快地解决不少别的问题呢。"

显然，丘吉尔立即体会到这一新式武器所具有的巨大的政治意义。他曾经为失去了他的强有力的"王牌"——英、美军队留在苏占区——而感到绝望，可是现在，这种令人可怕的、从未看见过的、从未想象过的武器却把一张格外可怕的"王牌"送给了他们。"到现在为止，"丘吉尔说，"我们一直在盘算如何使用非常厉害的空中轰炸和大规模的军队进攻来袭击日本本土。我们预料到日本人会拼命抵抗，用武士道精神战斗至死……在每一个洞穴和掩体里。……要逐个逐个地消除日本人的抵抗，一寸一寸地征服这个国家，大概需要牺牲100万美国人和50万英国人的生命——或许要更多一些——如果我们能够把他们运送到那里的话，因为我们决心分担这一苦难。现在，所有这些噩梦已经消失了。看来出现了确实是美好而光明的远景：以一二次猛烈的打击来结束整个战争。"

另一方面，当前最为重要的是，原子弹的出现使得苏联的援助在对日战争中失去了作用，而为了得到这种援助，美国在苏联面前失去了行动的自由，不仅让罗斯福在斯大林面前一再妥协，也致使丘吉尔争取杜鲁门的努力化为乌有。现在，美国可以自由地以另一种语言同苏联谈话了。他们将以实力地位出现在波茨坦会议上。"我们不再需要俄国人了。结束对日战争已不再靠苏联军队参加最后的和持久的大屠杀了。已经没有必要请求他们的恩典了。"丘吉尔说，"看来我们突然之间已经有把握大大地缩短在东方的流血战争以及为欧洲确立一个更美好的前景。我毫不怀疑，在我的美国朋友的脑海里也存在着这些想法。"

史汀生力劝丘吉尔同意把原子弹的事情告诉斯大林。在他看来，或许让俄国人知道有原子弹存在这件事，会提高他们对美国人的信任，或者至少不会引起他们的疑虑。但是，丘吉尔却不愿意听这种话。史汀生回忆说，"我劝了很长时间"，但是英国首相已下了决心，反对这么做。他手中的这份机密文件丝毫没有使他获得成功。

7月17日，史汀生在巴贝尔斯堡的寓所里再次接到另一份电报：

> 医生刚返回，极为兴奋并确信小孩（准备投于日本的原子弹）同他大
> 哥（在阿拉默果尔多爆炸的第一颗原子弹）一样结实。从此地（华盛顿）
> 至海霍尔德（史汀生在长岛的农场，250英里以外）可以看出他眼中发出
> 的光芒，从此地到我的农场（40英里以外）可听到他的尖叫声。

波茨坦的译电员以为史汀生刚添了个小孩，不知道会不会因此休会一天以
示庆贺。现在，史汀生手握这份崭新的电报在暮色苍茫中走出大门，到杜鲁门
的别墅去共进晚餐。在这一天中，他力图用劝告来代替武力，或许向日本提出
一份措词巧妙的文告，也可能会起到像投原子弹同样巨大的作用。但是，这只
能是一种假设。在总统的晚餐上，史汀生、马歇尔、阿诺德和金海军上将，都
不同意杜鲁门投掷原子弹的计划。然而，杜鲁门抢在他们前面说，在他得到格
罗夫斯将军的全面报告以前，他不会做出任何决定。格罗夫斯正在华盛顿埋头
写他的报告。将军们的劝告没有成功，剩下的只能是闲聊。肖邦的乐曲从俯视格
里布尼茨湖面的阳台那扇打开的窗户传进来。从巴黎飞来的尤金·李斯特中士
正在演奏总统喜欢的钢琴曲。杜鲁门要听肖邦第42号华尔兹舞曲，李斯特没有
乐谱。他们就深夜向巴黎拍了一封电报，并以最快的速度送到了巴贝尔斯堡。

7月18日，下午1时15分。杜鲁门前往丘吉尔寓所回访，并带来了这两
份从华盛顿拍来的电报。丘吉尔仍不禁喜形于色。谈话中，美国总统还是提出
了问题：应当如何告诉斯大林，或者说应当对斯大林讲些什么。他说："我不准
备像史汀生那样一五一十地告诉俄国人，通报俄国人只是为了避免他们指责我
们不老实。"杜鲁门知道，即使一五一十地告诉了俄国人，他们仍然肯定迫不及
待地参加对日战争，要求分享胜利果实。

丘吉尔说："我感到征服日本不再需要斯大林的援助了。因此，为了不使
俄国人急于参战，一定不要告诉他们。"

"可是，首相先生，不告诉斯大林，从政治和外交上来说，我们都将无法
逃避俄国人的指责，等于授人以柄，他们就会说：你们为什么不早一点告诉我
们呢？"杜鲁门想了想说，"但我们必须以突然的方式透露出存在着新式武器，

只有这样才能对斯大林产生威慑作用。"

丘吉尔说："总统先生，那就产生了一个十分微妙的问题，是应该马上把这一消息告诉斯大林呢，还是等到会议结束的时候再说呢？在第一种情况下，我们又如何启齿呢？等到会议结束再告诉他，这岂不是使我们丢掉了一张强有力的'王牌'吗？"

杜鲁门说："因此，摆脱困境的办法当然是拖延告诉斯大林的时间，直到接近军队投弹的日期才告诉他，但并不是向他说明全部真相。"

丘吉尔也犯难了："但怎样跟斯大林讲呢？书面通知太正式了，那会引起对此消息的过分注意；若是召开一个特别会议来告诉他，很可能使他理解这个消息的含意，并立即把他的红军投入远东。"

"我想，最好是能够找到一个比较混乱不定的时刻，当斯大林的心思在考虑别的事情时，或者在某一天全体会议结束后，当所有的外交官员都在忙于整理文件时，漫不经心地对他说一声，这样就把问题解决了。"杜鲁门娓娓道来，仿佛事先已经做好了打算一样，他们一边享受美味的英国午餐，一边琢磨计策。最后，杜鲁门说："我认为最好是在我们开了一次会后告诉他我们有了一种完全新型的特殊的炸弹，但不提原子这个词。我们认为它对日本继续作战的意志会产生决定性的影响。"

丘吉尔对杜鲁门的建议，认真思考了一会儿就表示同意了。当然，他们已经觉察到对日战争有了另一种危险——在美国人取得胜利之前，日本会通过苏联的外交途径来投降。这在日本天皇授权近卫文麿作为特使访问苏联，并递交试探性议和方案的情况来看，这种危险已经越来越逼近。更何况，斯大林已经将日本天皇给驻莫斯科大使的电报，告诉了丘吉尔，并且在7月18日当天下午与杜鲁门的会晤中也直言不讳地说出了这个秘密。

杜鲁门和丘吉尔小心翼翼地保守着使用原子弹的秘密。丘吉尔在《回忆录》中承认，斯大林"在反对希特勒的战争中，是个出色的盟友"，所以"应该把左右全局的伟大的新事件通知他"，但这不过是作为一条消息告诉他而已，无论如何不能对俄国人透露任何细节。

7月21日11时30分，史汀生终于在波茨坦等到了格罗夫斯将军关于原子弹的全面报告。他一面等待，一面烦躁不安。他不知道该想些什么、说些什么。随着时间的推移，他逐渐能够合理地解释杜鲁门已经做出的任何决定。在是否把原子弹的消息告诉斯大林的问题上，史汀生仍然落后杜鲁门好几步。杜鲁门既要把新型武器告诉斯大林，同时又不告诉斯大林，而史汀生则还是停留在要么告诉、要么不告诉的简单化处理办法上，因而有些进退两难。史汀生最后得出的结论是：不应该告诉斯大林，因为"一个警察国家同一个自由社会不可能维持永久的良好关系，因此把武器秘密告诉俄国将是危险的。但是，如果由于某些原因认为有必要同俄国人分享原子秘密的话，那也应该小心谨慎地处理；应该用某种方式把这种秘密作为撬开苏维埃大门的一种手段，使苏联变成比较民主和自由的社会。这种利用原子弹来改变俄国政府性质的新颖而令人向往的主意，使史汀生浮想联翩，他就此问题写了一个备忘录给总统"。而当他接到格罗夫斯的全面报告后，他内心的复杂思想斗争终于如释重负地宣告结束了。

这天下午 3 时，在波茨坦"小白宫"的阳台上，这位总统并不十分喜欢的陆军部长，终于有机会同杜鲁门和贝尔纳斯一起坐下来，分享来自华盛顿的第一手的原子弹报告。要知道，在杜鲁门率领出席波茨坦会议的美国代表团中，七十七岁的史汀生第一时间就被排除在外。有人说，史汀生的毛病就是没有主见。因此，当总统启程的时候，他浮想联翩，疑虑重重，自乘另一艘船前往。他一到波茨坦，因为几次三番以一变再变的意见与总统纠缠不休，自然成了一个意志不坚、可怜巴巴的人物。史汀生确实是一位忠诚于美国忠诚于总统的人，但在 1945 年的这个时候，他成长的年代所使用的外交手段和历史比喻法的运用与现在已经大不相同——玩桥牌的人已经让位给打扑克的人。说到底，现在也许只有密谋、欺诈和武力这些手段，才是谈判桌上的对手或者战场上的敌人所尊重的。

面对格里布尼茨湖波澜不惊的湖水，阳光明媚，杜鲁门和贝尔纳斯一声不响地坐在那里，静静地听着年老体衰的史汀生用他那有些苍凉的声音念读格罗夫斯将军的报告。由于过度兴奋，史汀生不时念得有些结结巴巴。

备忘录　致

陆军部长

事由：试验

1. 这不是简要的正式军事报告，而只是想陈述一下如果我从新墨西哥州回来时你还在这里，我会向你报告的事情。

2.1945 年 7 月 16 日凌晨 5 时 30 分在新墨西哥州阿拉默果尔多空军基

地的一个偏僻地区，进行了内爆型原子裂变炸弹的第一次大规模试验。这是历史上第一次核爆炸。而这是多么厉害的一次爆炸啊！……

3. 试验的成功超出了人们最乐观的估计。根据到目前为止整理出来的资料，我估计所产生的能量超过1.5万至2万吨梯恩梯；这还是保守的估计。根据我们用不同的测量方法所获得的数据，则所发出的能量比上述保守的数字大好几倍。产生了空前巨大的爆炸力。在20英里的辐射光线范围内，一个短时期中有相等于几个中午太阳的光照热量；形成了一个巨大的火球，持续达数秒钟。火球喷散呈蘑菇状，在上升到1万英尺以上的高度以后逐渐暗淡下来。爆炸时发出的亮光可以在阿尔布昆尔奎、桑塔费、银城、埃尔帕索和100英里左右的其他地方清楚地看到。只有很少一些玻璃窗被震碎，其中一个是在125英里以外。形成了一大块云层，它以巨大的力量波涛汹涌般地向4.1万英尺高度的同温层翻腾，在大约5分钟之内，就升高到离地面3.6万英尺，然后在1.7万英尺的高度突破了一个逆温，大多数科学家原来以为这阵逆温可能会把这块云层压制住的。

格罗夫斯将军不是诗人，因此，他简要报告了这次爆炸效果后，又引用了陆军准将托马斯·法雷尔对这次试验所作的一段描述：

爆炸效果可以说是空前的、壮观的、美丽的、惊人的和可怕的。以前从未有过这样巨大力量的人造奇迹。发出的亮光是难以用笔墨形容的。整个乡村都被比中午太阳强烈数倍的一种灼热的光照得通明。这道光是金黄色、紫红色、紫罗兰色、灰白色和蓝色的。它以一种只能意会不能言传的清澈和美丽照亮着邻近山脉的每一个山峰、堤防的裂口和山脊。这正是伟大诗人梦想而又最不善于恰如其分描绘的美景。爆炸后30秒钟，首先产生的是一股向人和物猛烈冲压的气流，接着，几乎立刻爆发出一种强烈的、持续的、可怕的轰隆巨响，预示着末日的来临，使我们感到我们这些芸芸众生竟敢去摸弄迄今为止留作全能的上帝所专有的力量，这真是有渎神明。

第二天，当史汀生把格罗夫斯将军的报告送给英国首相时，丘吉尔再度热情洋溢，非常激动地挥舞着手中的雪茄，用深沉的声音说："史汀生，火药还算什么呢？太渺小了。电还算什么呢？太没意义了。这颗原子弹是基督在盛怒中再临。"后来，丘吉尔回忆说，现在他知道了"杜鲁门到底遇到了什么事……当时我没有理解。当他读了这份报告再来开会，他简直成了另一个人。他在会上要俄国人听从他的指挥，一般说来，他操纵了整个会议"。

所有这一切，都是可以在波茨坦会议上找到根据的。杜鲁门的随行人员罗伯特·墨菲在其回忆录中说："7月21日，当杜鲁门主持三国会议的第四次全会（应该为第五次，本书作者注）时，我们在总统的举止中发现了一种明显变化。他显得对自己信心十足，决心参加各种讨论，并起来反对斯大林的某些论断。看样子，大概发生了某些事情。"据墨菲说，丘吉尔的举止也发生了同样的变化。然而，杜鲁门事实上并没有像丘吉尔所说的那样"操纵整个会议"。他曾经进行了一次交锋，提出了交易的条件，但是根本没有能迫使斯大林作出任何让步。

也就是从这个时候开始，丘吉尔觉得原子弹使他产生的"思想"也"占据"了美国人的头脑。如何使日本立即停止战争呢？毫无疑问，丘吉尔不再怀疑原子弹必须对日本使用，甚至有些急不可待。他说："阻止一场巨大的、没完没了的屠杀"，"结束战争，为世界带来和平，用温存的双手去轻轻抚摸饱尝苦难的各国人民的伤口，这一切今天只需以几次爆炸为代价，显示一种不可抗拒的力量就能做到。这在我们饱受折磨，历尽艰难险阻之后，显得是一种奇迹式的解脱之法。"他用这种所谓"人道"的理由为自己的这种迫不及待进行辩护，其实就是为使用原子弹而辩护。

原子弹到底是军事武器，还是政治武器呢？现在，人们已经非常清楚，华盛顿和伦敦之间，在对于新型武器的出现所造成的形势的评价上，已经完全一致。也就是说，原子弹的使用，其实质就是出于政治方面的角度予以考虑的。对日战争只是被当作一种借口而已。实际上，对日战争已经基本结束，苏联红军的干预可以立即使战争结束。丘吉尔在《回忆录》中，以明白无误的方式，否定了对使用原子弹所作的辩解："相信日本的命运是由原子决定的，那就错了。在第一颗原子弹落下之前，它的失败已成定局。这是由于（美国）海军力量的压倒性优势使得美国攻占了太平洋上的基地，并将从这些基地出发发动最后进攻，这种局面应当迫使宗主国（日本）的军队无条件投降。"

杜鲁门在他的回忆录中一口咬定使用原子弹是从军事上的考虑出发的，是为了结束对日战争："我们希望奇迹出现。残酷的战争每天所造成的悲剧在逼迫着我们。我们努力制造一种无法抵抗的武器，一旦使用到它，就可以强迫敌人立刻屈服。这是我们保守秘密和付出巨大努力的主要目标。但是我们还必须全力进行传统的基本军事计划。"他还说："至于什么地方和什么时候去投原子弹，则由我做最后决定。在这方面我们不能造成错误。我认为原子弹是一种战争武器，从来没有人怀疑过可以应用它。总统高级军事顾问们建议应用它，而当我告诉丘吉尔时，他毫不踌躇地告诉我，如果原子弹有助于结束战争，他主张应当用它。在决定应用原子弹时，我要依照战争法规所确定的方式，把它当作战争的武器来应用。"但是，除了杜鲁门之外，所有对原子弹制造和第一次试验成功做出贡献的人，都不同意杜鲁门的说法，他们完全相信原子弹的使用在政治上产生的令人生畏的后果。

7月23日，在华盛顿，格罗夫斯将军已经着手起草投掷原子弹的指令——"致美国陆军战略空军司令官卡尔·斯帕茨将军：1.第20航空队509混合大队应于大约1945年8月3日以后，在气候许可目视轰炸条件下，对下列目标之一投掷第一颗特种炸弹：广岛、小仓、新潟和长崎……"

此时，在中国，蒋介石正等待着杜鲁门的消息。因为《雅尔塔协定》的原因，苏联为准备参加对日作战向中国开出了超越国家主权范围的价码，这令蒋介石难以接受。蒋要求杜鲁门代表中国向斯大林说情。可是，美国总统是想帮助中国和俄国迅速达成协议以便让俄国能立即参战呢，还是希望把谈判拖下去以推迟俄国的参战呢？看一看杜鲁门是如何做出决定的吧！他指令贝尔纳斯打电报给蒋介石，说："如果你同斯大林元帅对雅尔塔协定的正确解释有分歧，我希望你安排宋（子文）回到莫斯科，继续你们的努力以达到完全谅解。"

多么冠冕堂皇的一句外交辞令。一句话，杜鲁门希望斯大林和他的军事计划将纠缠在与中国的谈判之中。贝尔纳斯回忆说："我有些担心，如果他们不是这样的话，斯大林也许会立即参战，他完全清楚地知道，他不仅能取得罗斯福、丘吉尔在雅尔塔会议上以及后来蒋所商定的一切，而且鉴于中国的分裂以及蒋正在谋求苏联的帮助以对付中国共产党人，他还可以获得他所想要的其他东西。从另一方面来说，如果斯大林和蒋还在谈判，这可能会推迟苏联的参战，而日本人也会投降。总统表示同意这种看法。"

当然，这些情况绝对不能泄露给俄国人。杜鲁门和丘吉尔甚至在表面上还特别积极地鼓励苏联参战，在波茨坦英美联合参谋部的建议上，专门强调要公开告诉苏联"对其作战能力的可能需要和切实可行的援助应予提供"。显然，远东战争的结局，已经开始显现为欧洲结局的某种相同反映——如果说，苏联红军闯进欧洲并且占据了强大的地位，那么原子弹将要使美国在远东取得这种地位。由此，互相冲突的势力范围即将蔓延到全球。

由此可见，正是从"政治武器"这个角度出发，杜鲁门选择了自以为最为合适的时机，将这种新型武器的诞生告诉了斯大林。那就是本章开头所说的，7月24日，在波茨坦会议举行的第八次全体会议结束的时候。美国总统在他的《回忆录》里只是轻描淡写地写了下面这一段文字：

> 7月24日，我偶然对斯大林提到我们拥有一种破坏力特别巨大的新武器。俄国部长会议主席并没有表示异乎寻常的兴趣。他只是说，他听到这个消息很高兴，并希望我们"好好地运用它来对付日本"。

当时的现场到底发生了什么呢？

——全体会议结束了，杜鲁门从大圆桌子边站了起来，漫不经心地走向斯大林。他故作淡定，好像没有什么重大事情要说，因为他把自己的翻译波伦留在了后面。丘吉尔回忆说："我相距或许有五码远。我聚精会神地注视着这番重要的谈话。我明白总统打算做什么。需要明确的最主要之点是它在斯大林身上将产生多大的影响。这一切我看得清清楚楚，就仿佛是昨天发生的事一样。"贝尔纳斯也在注视着，在会议结束时，"总统绕着圆桌走去跟斯大林说话"。李海将军极力显出不注意这场谈话的样子。波伦留心观察斯大林听到这一消息的脸部表情，他后来写道："斯大林的反应是那样随随便便，使我对总统的口风是否已达到目的有点怀疑，我应该进一步了解……"

包括丘吉尔在内，他们多么期待看到这样一幅画面——斯大林脸色立即变得苍白，在可怕的消息打击下，在"今后将左右局势的伟大的新事件"打击下，精神会垮下来。但是，事情并非如此。相反，"斯大林显得十分高兴"，"一种新的炸弹？威力无比？十分可能对整个对日战争起决定性的影响？多走运！"这就是斯大林在杜鲁门私下告诉他新型武器诞生的消息时给他留下的印象。

丘吉尔由此肯定，斯大林压根儿就没听懂杜鲁门向他透露的事情的重要意义。他十分沮丧地回忆说："显然，原子弹根本没有在他（斯大林）的心目中占有一个位置。如果他对不断发展的世界事务中的剧烈变革稍有了解的话，那么他的反应本来会是很明显的。对他来说，最便当的莫过于说：'太感谢你，把有关你们的新型炸弹的情况告诉我。当然，我对技术问题一窍不通。我可以派遣我的核科学家明天上午去同你们的专家会面吗？'"这真是一个自作多情的想象。丘吉尔看到斯大林的"脸色仍然是愉快和蔼的，两位当权者之间的谈话很快就结束了"。

当丘吉尔出门等车的时候，他忽然发觉杜鲁门就站在自己身边。他随即问总统："谈得怎么样？"

"他什么也没有问。"杜鲁门回答说。

"据我看，他不明白你说的是什么。"丘吉尔说。

显然，杜鲁门和丘吉尔感到十分沮丧，因为谈得根本不怎么样。不过，现在，杜鲁门可以自称他是一个诚实可靠的盟友了，他已经把原子弹的情况巧妙地告诉了斯大林，俄国人从此不会因此给他找茬了。同时，杜鲁门和丘吉尔都相信，已经成功地把斯大林骗过去了。根据苏联将军什捷缅科的说法，杜鲁门的骗术起到了作用：在 7 月 24 日的全体会议以后，苏军总参谋部没有收到特别指令。也就是说，在第一颗原子弹投在日本之前，斯大林并没有猜出杜鲁门谈话的用意。

应当承认，原子弹在整个波茨坦会议的谈判桌上，实际上根本没有给美国带来多大帮助。尽管杜鲁门和丘吉尔都曾一度把这个新武器用来操纵整个会议，作为逼迫斯大林在谈判桌上退让的秘密武器。但，斯大林并没有后退一步。可见，原子弹的那种被夸张了的威力，只不过存在于丘吉尔和杜鲁门的想象当中而已。它具有一种幻想的或噩梦似的力量，除非把它扔在俄国人的头上，否则都不会给斯大林产生任何实际的影响。

现在，尽管对斯大林透露新型武器的消息没有产生丘吉尔和杜鲁门所期望的效果，但原子弹的出现对于波茨坦会议以及世界事务并不因此而不构成巨大压力。同时，也不论斯大林是否是当时就听懂了杜鲁门跟他独自所说的消息，还是到后来才明白事情的真相，但有一点是历史已经以准确的时间记录了下来——20 世纪的核军备竞赛于 1945 年 7 月 24 日晚 7 时 30 分在波茨坦塞西林霍夫宫开始了！

历史问题，总有许多令人猜测的答案。

历史总是慢慢地让人知道的。

其实，关于原子弹的故事，关于美、苏核军备竞赛的故事，今天早已经不是新闻了。从战争的第一天起，1941 年 6 月 22 日的莫斯科《真理报》就已经刊出过苏联进行原子弹研究的消息。

其实，1945 年 7 月 24 日，"老狐狸"斯大林并非一无所知，他完全理解杜鲁门在波茨坦会议中悄悄告诉他新型炸弹研制成功的消息的用意。

朱可夫元帅的回忆可以作证：

> 约·维·斯大林在会后返回住所时，当着我的面把他和杜鲁门的谈话内容告诉维·米·莫洛托夫。
> 莫洛托夫当即说："他们是在给自己抬高身价。"
> 斯大林笑着说："让他们抬吧！今天应当和库尔恰托夫谈谈，要加紧我们的工作。"
> 我知道了，他们谈的是关于原子弹的研究工作。

莫洛托夫在波茨坦会议后不久也为美国驻苏联大使哈里曼提供了杜鲁门透露的消息并未引起俄国人多大惊恐的第一条线索。哈里曼回忆说："我们在谈论日本和原子弹时，莫洛托夫一面端详着我，脸上似笑非笑，一面说道：'你们美国人想保密就保密吧。'他说话的样子使我确信那根本不是什么秘密了。我们现在知道，由于克劳斯·富克斯和其他人的缘故，俄国人在波茨坦会议前就掌握了我们发展原子弹的明显的事实。我猜想，唯一令人惊讶的因素是阿拉默果尔多试验成功这件事。然而不幸的是，斯大林想必已经知道，我们已十分接近于进行第一次试验爆炸了。"

但是，丘吉尔后来在《回忆录》里依然坚持这样写道："因此，我敢肯定，斯大林在那一天，对于英美两国长期以来所从事的这项庞大的研究过程并不了解，也不知道美国在生产原子弹这一豪迈的冒险事业上曾花费 4 亿多英镑。"

现在根据苏联和美国解密的史料来看，丘吉尔的确是大错而特错了。他如果知道斯大林了解情况的程度，大概会大吃一惊。斯大林不仅明白杜鲁门谈的是什么，而且还有苏联情报人员搞到的美国人进行核试验的完整情报。而朱可夫元帅的回忆中提到的库尔恰托夫，正是 1933 年就领导组织召开全苏第一次原子核物理会议的领袖人物。

从 1941 年秋天从英国伦敦获得第一份有关研制原子弹的情报以后，苏联驻英国武官、伦敦情报负责人、坦克兵少将斯克利亚罗夫又在 1942 年 1 月获得了一份长达 150 页的秘密报告。此后，伊戈尔·库尔恰托夫被国防委员会科学方面的全权代表卡夫塔诺夫从喀山的列宁格勒物理研究所调到莫斯科，专门研究军事情报机构在 1942 年获得的有关"铀问题"的三个卷宗——8 月 17 日获得的材料长达 138 页，8 月 24 日、25 日获得的材料长达 139 页，9 月 2 日获得的材料为 11 页。11 月 27 日，库尔恰托夫在阅读完上述情报资料后，完成了苏联开始制造原子武器的第一份报告。第二天，经莫洛托夫批示后立即呈送斯大林批准，吹响苏联原子科学家集结号，开始了苏联的"曼哈顿计划"。为此，克里姆林宫专门为库尔恰托夫开设了一间秘密的专用房间，而且只有他一个人在那里阅读情报部门获得的最新材料。

当然，关于原子弹背后的情报战，的确是惊心动魄，在这里有必要简单地做一个介绍。柏林大学原经济学教授尤尔根·库钦斯基是红军的情报人员，当他得知克劳斯·富克斯在美国"曼哈顿计划"科研负责人著名科学家奥本海默的领导下工作之后，就建议他和苏联代表分享自己的资料，富克斯同意了。随后，驻伦敦的陆军武官秘书谢苗·克雷默上校与他建立了联系，先后见面四次，获取大约 200 页的文件。1942 年 7 月，接替克雷默与富克斯联系的是美女间谍乌尔苏拉·库钦斯基，她的代号为索尼娅。索尼娅是 1932 年在中国由红色谍王哈德·佐尔格吸收参加军事情报工作的。当然，还有一位代号为"詹"的著名间谍，他的本名叫扬·彼得罗维奇·切尔尼亚克，他在伦敦结识了著名物理学家阿兰·纳恩·梅（在苏联红军情报局的代号为"阿列克"），在那里获取了大约 130 页的文件。1943 年 1 月，"阿列克"抵达蒙特利尔，此时与他建立关系的是帕维尔·安格洛夫上尉。在这里，"阿列克"交给安格洛夫科学家费米关于铀反应堆的结构和工作原理的报告、草图以及铀 –235 的样品，以及关于制造原子弹进程的报告。

与此同时，为了迅速完成斯大林制订的"一号计划"，国家情报局决定将获取铀弹情报的工作交给隐藏得更深的地下情报人员。其中在美国的就是阿希尔，他的真名叫阿尔图尔·亚历山德罗维奇·亚当斯。他结识了一名美国科学家，他在苏联档案里化名为"肯普"。肯普先后为他翻拍了关于原子计划的 2500 页内部资料和新样品。阿希尔在他的秘密住所为了给这些文件拍照，先后耗费了69个胶卷，每个胶卷是36张底片。可以说，苏联的情报人员已经渗透到了"曼哈顿计划"的每一个角落。他们当中的许多人后来都被斯大林授予奖章和勋章。正是由于他们的工作，使苏联人避免了后来有可能发生的灾难——美国对苏联实施原子弹袭击的"扣球"计划，曾打算向苏联的70座城市投下300颗原子弹。诚如库尔恰托夫所言：造成原子弹有一半功劳应当归功于情报部门。

当然，无论是间谍还是科学家，他们为此也付出了沉重代价——最早在洛斯阿拉莫斯实验室里"分裂"美国原子秘密的莫里斯·科恩和列昂京娜·科恩夫妇1961年在英国被捕，每人获得20年监禁的"奖励"。出于思想信仰、没有领取任何报酬的物理学家克劳斯·富克斯自愿为苏联提供情报，1949年英国法庭"奖励"他14年监禁。

在上面插叙了这么多谍战的话题，目的只有一个——就是为了说明斯大林早就关注制造原子弹的问题了，并非像杜鲁门和丘吉尔那样以为斯大林什么也没有听懂，只是"道高一尺，魔高一丈"罢了。

杜鲁门的漫不经心，终于被斯大林的若无其事打败了。

来柏林参加波茨坦会议之前，斯大林专门阅读了国家情报局关于原子弹工作进展的例行报告。斯大林像一贯处理这类情报时那样，吩咐让库尔恰托夫看看这些材料。

绝　密

"He"（High explosive）型炸弹。

预料今年7月将爆炸第一颗原子弹。

炸弹的构造。这颗炸弹使用的是裂变材料94号元素，而没有使用铀-235。用五公斤钚制成的圆球中心安置着所谓核点火装置——阿尔法粒子的铍钋发生器……装载这种爆炸物的炸弹外壳的内径是140厘米。炸弹总重量，包括各种部件及外壳，约为3吨。

预计炸弹的爆炸力等于5000吨梯恩梯（效率为5%—6%）……

裂变物质的储备量：

（1）铀-235。今年4月时有25公斤铀-235。目前其开采量是每月7.5公斤。

（2）钚（94 号元素）。2 号营地有 6.5 公斤钚。提取工作业已完成，开采计划能够超额完成。

爆炸预计在今年 7 月 10 日进行。

这份文件上有一行批注："库尔恰托夫同志已阅。1945 年 7 月 2 日。"

历史是不可想象的。如果杜鲁门和丘吉尔 1945 年 7 月 24 日在波茨坦看到了这份在 7 月初就经过斯大林批阅的文件，或许他们就会闭嘴了，他们在自己的回忆录里也许就不会喋喋不休地嘲笑斯大林，并为自己做出口是心非的解释。

当然，杜鲁门在 7 月 24 日告知斯大林美国有了新型炸弹之前，他就已经做出了在日本投掷原子弹的决定。我们可以从美国陆军部在 7 月 24 日这一天下达给斯波茨将军的这份命令中找到答案。

美国陆军战略空军队司令斯波茨将军：

（1）第 20 航空队，509 混合大队应于 1945 年 8 月 3 日以后，在气候许可目击轰炸的条件下，立即在下列目标之一投掷特种炸弹：广岛、小仓、新潟、长崎。为带领陆军部派遣的军事人员和非军事的科学人员进行观察和记录炸弹的爆炸效力，应另外派飞机随同运载特种炸弹的飞机飞行。观察机应离开炸弹爆炸点数英里距离以外。

（2）在本部准备就绪时，即运去投掷于上述目标的额外炸弹。关于上述地区以外的其他轰炸目标，另候命令。

（3）一切发布有关对日使用的武器的情报都由美国陆军部长和总统掌握。非经事先特别批准，司令官不得就这个问题发布公报或透露消息。任何新闻报道都将送到陆军部做特别检查。

（4）上述的指令奉美国陆军部长和参谋总长指示并经他们的批准而发布。希望由你亲自将这个指令的副本送给麦克阿瑟将军和尼米兹海军上将各一份，供他们参考。

代理参谋总长

参谋团将军

T·T·汉迪（签字）

1945 年 7 月 24 日

这项命令，宣布了人类战争中第一次利用原子武器来袭击敌方的车轮开始转动了，这把搅乱世界政治地理的钥匙终于开启了核武器的大门。杜鲁门之所以选择在这一天告诉斯大林关于新型武器诞生的消息，确实是经过深思熟虑的。7月24日以后，"三巨头"们依然在波茨坦的谈判桌上就欧洲战后政治和生活的安排，经过讨价还价般的你来我往，终于完成了交易，最终在8月2日的凌晨结束了波茨坦会议。

现在，对美国总统来说，最大的事情就是等着对日投掷原子弹的消息了。正如丘吉尔在波茨坦和杜鲁门谈话时所写的："对于应否使用原子弹来迫使日本投降的决定，从来就没有人提出过争议，这是不变的历史事实，历史会做出判决。在我们的会议桌上，大家一致地、自动地、毫无疑义地赞同这样做；我也从来没有听到有人做过丝毫的暗示说我们不应该这样做。"事实并非如此。但在那个历史现场，发出不同声音都是那些人微言轻的角色，政治家们是根本听不进去的。

杜鲁门在回忆录中说："我已经做出了这个决定。我也指示史汀生执行这项命令，除非我通知他日本已答复接受我们的最后通牒。我们选择了一队一般称为第509混合大队的特殊B-29小队来担负这个任务，7架经过改装的B-20型飞机，以及驾驶员和全体机上人员，都待命出发。同时，舰艇和飞机都在赶运原子弹的材料和装配炸弹的专家前往太平洋马里亚纳群岛的提尼安岛。"

7月28日，日本东京电台宣布日本政府决心作战到底，对美国、英国和中国联合发出的《波茨坦公告》没有做出正式答复。

显然，对日作战，现在已经没有考虑的余地了。

8月5日，第509大队运载原子弹的飞机在提尼安岛正在紧张地完成所有的准备工作，名为"小男孩"的这颗原子弹在傍晚吊装上B-29飞机。轰炸行动是从半夜开始的。飞行机组成员在起飞前吃了早餐，随即举行了宗教仪式，然后"小男孩"就由飞机带上了天空。轰炸目的地是日本广岛。

广岛是一个非常重要的军事目标。日本陆军总部就设在这里的一个堡垒里，大约有25000人的警卫部队保护着它。广岛是一个海港，所有从本州到九州的供应和运输都经过这里，而且除了东京之外，这里是当时未遭受美军空袭毁坏的最大的城市。广岛军事工业密集，人口大约有30万人。

执行任务的 B-29 "伊诺拉·盖伊"号（Enola Gay）飞机的驾驶员是提贝茨上校，投弹手是托马斯·费雷比少校，军械师是帕桑斯海军上校；电子技术军官是摩利斯·杰普逊海军上尉。轰炸广岛的飞行情况，帕桑斯在飞行日志中做了详细的记录：

1945 年 8 月 6 日

02：45　起飞（这是提尼安岛时间，华盛顿时间是 8 月 5 日上午 11：45）

03：00　开始炸弹的最后装配工作

03：15　装配完毕

06：05　从硫磺岛飞向日本

07：30　装上红色插头（插头装上炸弹，使之在投掷时爆炸）

07：41　开始上升，接到气象报告说，在第一及第三目标地区天气良好，而第二目标地区天气不好

08：38　在 32700 英尺高空做水平飞行

08：47　检查电子导火索，情况良好

09：04　向西飞行

09：09　广岛目标在望

09：15$\frac{1}{2}$　投弹

按计划规定的投弹时间为 09：15。对需要飞行 6 个半小时的大约 1700 英里的航程来说，提贝茨上校飞抵目标上空仅仅晚了半分钟。当炸弹从 31600 英尺的高空投下后，"伊诺拉·盖伊"号飞机立即开始避开飞行。在大角度转弯时看见了爆炸闪光；投弹 50 秒钟后，冲击波冲击到飞机。飞机先后两次受到冲击，第一次是直接冲击波，第二次是地面反射波的冲击。帕桑斯在飞行日志中这么写道：

爆炸闪光后，接着飞机受到两次冲击波的冲击。有庞大的烟云区。

10：00　仍然看到烟云，烟云高度一定超过了 4 万英尺

10：03　战斗机发来报告

10：41　看不见烟云，离广岛 363 英里，飞行高度为 26000 英尺

此时此刻，杜鲁门正在"奥古斯塔"号军舰的甲班上晒太阳。气温华氏68度，天空晴朗，海上波澜不惊，因为高速前进，浪花在舰舷飞溅。当舰上的乐队演奏完毕后，总统开始与海军官兵们共进午餐。就在这时，白宫地图室军官弗兰克·格雷厄姆上尉给杜鲁门送来了一封电报，这是一个震动世界的历史性消息。

　　陆军部长呈
　　大型炸弹于8月5日华盛顿时间下午6时15分投于广岛。初步报告指明轰炸完全成功。这次成功甚至比前次试验更加显著。

看完电报，杜鲁门颇为激动。立即给在船上的贝尔纳斯打电话，告诉他这个消息。接着，他大声对周围的一群海员说："这是历史上的最重大事件。现在是我们回家的时候了。"

几分钟后，又送来了第二封电报：

　　接到下述关于曼哈顿的情报："广岛的轰炸灼然可见，盖在052315点上的云量只有十分之一。没有敌机反击，没有高射炮火。帕桑斯报告投弹15分钟后的情况如下：'轰炸结果在各方面都获得显著成功。可看到的效果显然比任何一次试验来得大。飞机在投弹以后情况正常。'"

美国对日本使用原子弹，核武器"启示录"的时代开始了。

据"奥古斯塔"号的航海日志记载，杜鲁门"从他的座位上一跃而起"，大踏步走向贝尔纳斯。他对贝尔纳斯说："该是我们达到目的的时候了！"舰上的船员们对总统奇怪的举动有些迷惑不解，当他们注视总统的时候，杜鲁门示意全体人员保持安静，他愿意讲几句话。接着，他说："我刚才接到报告，我们已经在日本投下了一颗威力极大的新型炸弹，爆炸的威力比一吨梯恩梯（三硝基甲苯）大两万倍。"杜鲁门忘了提到"原子"这个词。但是舰上的海员们还是热烈地鼓掌欢呼。

兴奋异常的杜鲁门没有停止下来，他拿着电报直奔军官室，把这个消息告

在整个战争期间，据我看从来没有一时一刻形势像现在这样黑暗、这样糟糕，前途是如此无望。我还有一点儿科学知识，我认识到，事情还刚刚开头，这就如同1915年的那颗小小炸弹一样，当时那枚炸弹落在波普林格附近森林里我的小屋外，在地上炸出一个洗脸盆大小的洞。这并不完全是这些玩意儿的道德标准问题，而不过是支撑这个世界的车轮上的销栓有一半已经被拧开了。我想到了我的孩子们。

罗恩走进房间里来。我觉得我在听他同首相谈话，就像一个注射了麻醉剂的人在听周围的人说话一样，声音离得很远，不像是真人。我走了出来，漫步走过一间间空荡荡的房间。有一次我曾在一幢发生过谋杀案的屋子里睡过。我在这里也有这种感觉。

1945年10月16日，一张美国陆军部长颁发的奖状授予了"曼哈顿计划"实验室。著名科学家奥本海默曾以动人的词句概括了当时整个组织领导、研究设计和制造原子弹的人们的思想感情——

我以崇敬和感激的心情，从您这儿接受这张赠给洛斯－阿拉莫斯实验室和那些以自己的劳动和忠诚而取得这个荣誉的男人和女人们的奖状。我们希望在未来的年代里，我们可以骄傲地看看这张奖状和它所象征的一切。

今天这种骄傲的心情同深切的担心交织在一起。如果原子弹被作为新武器装进战争世界的武库，或装进扩军备战的国家的武库，那么，将来总有一天，人类要诅咒洛斯－阿拉莫斯和广岛这两个名字。

生活在这个世界上的人们必须团结起来，不然他们就会遭到毁灭。这次如此残酷地蹂躏全球的战争已经写下了这些词句。原子弹已经说出了这些词句，并使所有的人去理解它的含义。有一些人曾经在过去的各个时期，对其他的战争和其他的武器说过这些话。然而这些话在当时并没有使人信服。今天，谁认为这些话说服不了他们，谁就是犯了误解人类历史的错误。我们相信这些话是能够说服人的。

在这个共同的危机面前，我们以我们的工作努力使世界在法制和道义上团结起来。

然而，历史真的跟"原子弹之父"奥本海默开了一个玩笑。

以民主、自由为旗帜的美国跟奥本海默开了一个玩笑。

1952年7月，当奥本海默拒绝出任美国国家原子能委员会总咨询委员会主席的职务之后，他在美国政府中的威信就渐渐地消失了。1953年12月，美国总统艾森豪威尔下令在白宫召开了一个特别会议，参加会议的除了原子能委员会主席路易斯·斯特劳斯之外，还有两名政府成员——司法部长布劳奈和国防部长威尔逊。经过简短的讨论之后，总统命令要在奥本海默和政府的机密之间筑起一道隔墙。12月21日，奥本海默接到了海军上将斯特劳斯的电话，让他立即到原子能委员会那栋洁白的办公大楼236号房间。在这里，他接到了该委员会一一列举的他的24条罪状，其中前23条都是属于与俄共产党员有联系的事情，但最令他吃惊的还是第24条：他不仅在杜鲁门总统决定以前甚至在总统决定以后还"强烈地反对"制造氢弹。文件的结论是对他的诚实、行为以及是否可靠发生了怀疑。最后，斯特劳斯告诉他，给了奥本海默一昼夜时间来决定，是他立即自愿辞职，还是宁可把这个案件交给忠诚审查委员会。就这样，他以莫须有的罪名站在了美国国家的被告席上。

从1954年4月12日开始，奥本海默案件的审理工作延续了三个星期。审判是在军事机关办公大楼举行的。原子能委员会专门指定出席审讯的代表北卡罗来纳大学校长高登·格雷、工业家托马斯·A·摩根、化学教授瓦尔德·伊万斯，以及庄严宣誓过的证人——40多位知名的科学家、政治家和军事方面的代表提出了证词。原告罗勃背朝窗子坐着，五十岁的奥本海默和他的律师坐在对面。在整个一周内，审讯从早到晚从未中断，他坐在那里听着，脸就像一副面具。整个审讯的主题是有关奥本海默博士对自己的祖国不忠诚的问题。尽管最后表明奥本海默是一个忠诚的公民，但审判认为"恢复他接触机密的权利不符合美国利益"，从此他不准参加一切与国防有关的政府计划。后来，法国作家、政治活动家安德烈·马尔罗（1959年曾任法国文化部长）在看到完整的审讯记录后，不能理解，为什么这样一名名声显赫的科学家竟然能忍受自己的主要对手罗杰·罗勃的凌辱。这位伟大的作家激愤地高声说："他应该骄傲地站起来高呼：'先生们！我就是原子弹！'"

是的，奥本海默的故事，不仅象征了一个人的生活史，而且象征了那一代原子科学家的历史。德国作家罗伯特·容克在《原子科学家的故事》一书中说：

"在这次审讯中，大家看到了他们宁静的青春时代，看到了他们对专制独裁的憎恨，也看到了他们怎样被自己伟大发明和冒险的光荣所迷惑，同时也认识到他们所负责任的重大，而他们又没有承担它的思想准备，以及看到他们自己身受的迷惘的惶惑和深深的痛苦。"

科学是什么？政治是什么？你是否忠实于国家？你是否忠实于人类？科学家们似乎总是在这些问号面前徘徊。奥本海默在一次演讲中十分生动地指出了他献身的目的："科学家和艺术家经常生活在不可捉摸的境地。这两种人经常必须把新的和已经知道的东西协调起来，并且为争取在混乱当中建立新的秩序而战斗。在工作和生活中，他们应互相帮助并帮助一切人。他们能铺平沟通艺术和科学的道路，并且用多种多样、变化多端、极为宝贵的全世界共同的纽带把艺术和科学同整个广阔的世界联系起来。争取做到这些，不是轻而易举的。我们面临的时刻是严峻的，但我们应该保持我们美好的感情和创造美好感情的才能，并在那遥远的不可理解的陌生的地方找到这个美好的感情。"

在那遥远的不可理解的陌生的地方，真的能找到这个美好的感情吗？就像原子弹从诞生的那一天起，它就不再是一种纯粹的军事武器一样，而像一把搅乱世界政治地理的钥匙，成为一种政治武器，并因此创造了人类语言中的新词汇——核讹诈、核竞赛。当年唯一反对奥本海默的著名学者爱德华·特勒说："我选择了科学家这个职业，我热爱科学；除了纯科学以外，我不情愿从事其他任何工作，因为我的兴趣就是科学。我不爱武器，我爱和平。但为了和平我们需要武器。我认为我的观点不会被歪曲地理解。我要把自己献身于普通和平的事业。"但，赢得了胜利，和平又是在谁的手中掌控呢？学者们没有明白。

1945 年 8 月，美国在日本投下两颗原子弹之后，斯大林终于明白了：现在美国利用自己的优势来达到政治目的和经济目的，他们手中的原子大棒变得越来越危险了，可能导致战争，而且会取得可以预料的胜利。必须尽一切努力在最短时间内剥夺美国人对原子弹武器的垄断地位。8 月 18 日，斯大林在克里姆林宫召开紧急会议，通过了苏联国防委员会《关于国防委员会下属的专门委员会》决定（第 9887 号绝密 / 特别卷宗），责成拉夫连季·贝利亚领导这方面由情报机构（国家安全委员会、红军情报局）进行的全部工作，并成立了新的工业部门——原子工业部。

四年后的 1949 年 8 月 29 日清晨 6 时，斯大林在克里姆林宫通过高频电话，在第一时间终于听到了来自塞米巴拉金斯克试验场苏联第一颗原子弹爆炸的声音。美国的原子弹垄断从此结束。原子弹，以及能够把它们送到大洋彼岸的火箭也在不久之后大量生产。用俄国人的话说："斯大林这一次也达到了自己的目的——他从美国的原子大棒下拯救了自己的国家，也拯救了全人类。"

"科学无国界，科学家有国界。"这是人们挂在嘴边上的一句话。其实，从科学技术应用到人类生产生活和政治军事斗争的那一天起，科学就和科学家一起绑定在政治的火箭之上，它启动的按钮始终受着政治的影响并接受政治家的控制。尤其是到了 21 世纪的今天，像美国和欧盟的高科技产品禁止出口中国的逼真现实，已经让"科学无国界"成为政治家骗人的鬼话。

本文节选自《另一半二战史：1945·大国博弈》

二战历史的顶层叙事

——评丁晓平的《另一半二战史：1945·大国博弈》

汪守德

在纪念世界反法西斯战争胜利 70 周年之际，抗战题材的文学出现了一个创作的高潮，出版了一批各具特色、内容厚重的新作品，值得加以认真地盘点与推介。在其中，丁晓平的《另一半二战史：1945·大国博弈》（华文出版社），无疑是一部尤应给予关注的重要力作。擅长扛大活的丁晓平，以其驾驭宏大题材的惯有气魄和缜密细致的非凡笔力，为读者奉献了这部堪称"另一半二战史"的著作。相信读者从其独具匠心、表达准确、令人激赏的写作中，能够领略其深蕴内含的思想警策，并因脑洞大开而深获裨益。

中国的作家在这样一个具有巨大历史意味的日子来临之际，以怎样的姿态、成果与深度来面对它、迎接它，显然是个直接而严峻地拷问我们责任、灵魂与才能的重要问题。我们不难想象无论编辑或是创作都成果丰硕的丁晓平，会以怎样的心情和准备来证明其所采取的纪念方式，凭着他固有的政治敏感与写作激情，自然不会坐待此一历史时日来而复去。更何况二战又以其旷日持久与空前惨烈，似乎是个永远也书写不尽的题材，其间仍有可供施展腾挪新拳脚的巨大空间，而且这又十分契合其写作的路数。仅其个人收藏的有关二战的书籍，已可谓卷帙浩繁、堆集如山，那些战争的亲历者们以及后来的研究者们，或以他们的笔记录下生动精彩的经历，或以触隐显微的钩沉发掘出更加精微幽深的历史真相，这一切都成为信息丰富的历史存储与沉积，为今天进一步了解和研究二战始终敞开着方便之门。但如何寻找、解读和重述二战的故事，乃至进一步讲好属于中国的故事，这仍然是颇费思量的。然而丁晓平却知难而上，昂首挺进至二战的广阔地带。

"新生代军旅作家"面面观 ┃

我们常以为对整个二战的历史似乎有了较为深切的了解，而仔细地读完丁晓平的《另一半二战史：1945·大国博弈》之后，才恍然意识到事实远非如此，以及我自身浑然未觉的孤陋寡闻，因此我不免深深地为这本书的写作初衷及呈现样质而纳罕称奇。作者并不是再去费力地叙述二战那悚动人心、惨烈曲折的战争进程，而是找到了一个别具特色的叙述角度，即是站在宏阔的高处来观察历史，以天花板式的视角来进行顶层的叙事，从而成就了这部视野开阔、立体简括、收放自如的大书。即从战争伊始政治人物如毛泽东对整体战争形势所做出的"中必胜，日必败；苏必胜，德必败"高屋建瓴的判断，再依次围绕开罗会议、德黑兰会议、雅尔塔会议、波茨坦会议等重大历史事件展开叙事，并以此作为纲领统摄全书，使对历史的再现、透视与分析，贯彻在"政治的战争和战争的政治"的深刻形象的诠释中，从而具有了汪洋恣肆、江河奔泻般的宏大架构与气魄，不仅看起来显得异常清晰、一目了然，而且也那么令人醍醐灌顶、震撼心扉。

作品最令人瞩目的地方便是对政治巨头们的描写，精心地把笔墨对准了罗斯福、斯大林、丘吉尔、杜鲁门、蒋介石，以及希特勒等历史的风云人物。在书中，喋血的厮杀统统退居成为次要的背景，仿佛被放置在了远远的那一端。为解决现实和决定未来的各种重大问题而艰难聚首的历史主角们，仿佛在场合讲究、程序稳妥、杯觥交错、谈吐优雅的外交仪式中，进行着各种各样、费尽心机的刻意表演。巨头们在会上会下、会里会外的纵横捭阖、盘算博弈、讨价还价，仿佛成为引人关注的真正戏剧性的焦点。作品形神毕现的精细描摹与刻画，所呈现的正是这些身居权力最高端的巨头们的独具性格和品行，其神态、表情、内心真可谓入木三分、跃然纸上。作品所进行的绝非是道听途说的演绎，而是大国领袖们既露在水面之上，又藏在桌面之下的那种令人眼花缭乱的洗牌、角力和交易。这种从全局的角度对同盟者阵营最高决策者所做出的还原历史的勾勒，如同带领读者飞行于历史的高空，以未曾有过的全息视角系统地看清二战政治斗争、较量、角逐的全貌。这是特别需要作者认真揣度和依据可靠书籍资料加以厘清和评述的，并且实现既与战争紧密联系又超越战争的书写，使之与惨烈无比、波诡云谲的战争本身成为更加有机的整体，从更加宏观的层面能看清其发展的内在逻辑，及其真实的发展走向与脉络。

作品还使我们深受震撼地认识到，尽管这些巨头们代表着正义和胜利的一方，影响和决定着战争的进程，然而又在其各自利益的追逐和妥协上，在战后政治的布局上，在势力范围的划分上，甚至在会址的选择上，在推心置腹、唇枪舌剑、相互揣度、笑里藏刀之中，隐藏着多少明争暗斗和不可告人的东西。不仅可以让人清晰地看清其作为大国领导者卓越的胆识、气度与眼光，又可以让人一睹其显见的计较、阴鸷和无情，一下子洞悉了"赢得的胜利与失去的和平"的秘密所在。其中特别是对于中国利益的罔顾与漠视，甚至是以宣言的形式给予明目张胆的损害，作者是以痛切之心进行了激愤的书写。作者以历史铁的冰冷事实告诫读者，这种事实早已存在并公行于历史当中，是我泱泱中华绝难以隐忍的痛，但又是无法不吞咽的苦果。这就是国际秩序最真切的现实，苟生于世，苟行于世，不是只凭正义，更要凭国家的实力立足，否则就可能遭受虽赢得了胜利，却被忽略、被出卖的结局。如果我们今天对此仍没有清晰而透彻的认识，而以一种幼稚和天真的眼光来看待历史，看不清历史本身的冷酷与严苛，那就是很可悲的。作者的写作就是要在站在今天的距离上看历史，以达到进一步看清历史本质的目的，可以说这个目的达到了，因而也成为这部书最重要的价值所在。

同样重要的价值还在于，叙述历史要以史为鉴，理清楚历史向现实的发展与延伸，搞明白大国对世界政治格局的影响与左右。这既是对今天的提醒，也是一个重大的时代课题。所谓当代的中国作家担负着讲好二战故事、讲好抗战故事的责任，就是作者既要讲清历史和吃透历史，能以历史的视角和现实的眼光，找到重述历史的准确坐标。其史料的精确性与可靠性，描绘上的客观与公允，叙事上的清晰与精当，加以搜求大量我们也许并不熟知的细节，还原别具意味的历史现场，努力使作品本身具有巨大的魅力。更要把握好历史和现实的关系，整体和个体的关系，中国与世界的关系，切实把屁股坐在中国的位置上。进而从中国的角度来这样看待那场世纪大战，认清一个弱的大国缘何与怎样在有利的形势下受损和受辱，有助于我们弄清今日的天下大势，懂得在越来越尖锐复杂的国际局势下，怎样从既维护世界的和平与正义，又维护中国的根本利益出发，走过从前，面向未来，正视自己，看清对手，抱持和宣扬我们的观点，发展和壮大我们的力量，决定和采取我们的行动，真正作为一个强盛的大国在世界上行事。从这个意义上讲，丁晓平的《另一半二战史：1945·大国博弈》对广大的读者来说，所带来的不仅是阅读上的乐趣，更赋予我们深刻的历史认知与现实启迪。

敬畏·尊重·珍视

—— 浅谈重大历史题材文艺创作的三个关键词

丁晓平

"在几千年的历史流变中，中华民族从来不是一帆风顺的，遇到了无数艰难困苦，但我们都挺过来、走过来了，其中一个很重要的原因就是世世代代的中华儿女培育和发展了独具特色、博大精深的中华文化，为中华民族克服困难、生生不息提供了强大精神支撑。"习近平总书记《在文艺工作座谈会上的讲话》中的这段深刻论述，精辟地指出中华民族五千年的文明史，是兴衰荣辱、苦难辉煌、厚德载物、自强不息的历史，同时也为广大文艺工作者提出了一个非常现实的时代命题，那就是我们应该如何面对和表现中华民族的苦难史，如何与时俱进地弘扬中华文化。

多难兴邦。难，是苦难；邦，是国家。作为文艺工作者，我们如何面对历史书写苦难，或者说从苦难的历史中汲取精神的力量？以文艺的方式介入历史，当下尤其要警惕历史虚无主义，对中华民族的历史任意进行"戏说""割裂"或"颠覆"，标新立异，哗众取宠。正如习近平同志所强调的："如果'以洋为尊''以洋为美''唯洋是从'，把作品在国外获奖作为最高追求，跟在别人后面亦步亦趋、东施效颦，热衷于'去思想化''去价值化''去历史化''去中国化''去主流化'那一套，绝对是没有前途的！"

胡乔木说："愤怒出诗人，但不出历史学家。"我套用一下：愤怒出诗人，但不出优秀的文艺家。文学介入历史尤其是重大历史题材的写作，应该做到——热心冷手、热进冷出、热考（采访调查）冷思、热写冷改、热风冷语，做到安静、冷静、理性，充满理论的勇气和力量。历史学家是把活生生的现实理化为冷冰冰的历史，作家是把冷冰冰的历史活化还原为活生生的现场。因此，重大历史题材的文艺创作如同"过马路，左右看，要走人行横道线"，既要做到一分为二，又要做到恰如其分。苦难的历史和历史的苦难，都需要敬畏、尊重和珍视，因此重大历史题材的文艺创作需要处理好三个关键词——宽容、局限、叙述。

敬畏：宽容的历史与历史的宽容

习近平强调："我们当代文艺更要把爱国主义作为文艺创作的主旋律，引导人民树立和坚持正确的历史观、民族观、国家观、文化观，增强做中国人的骨气和底气。"历史是宽容的。历史写作的目的不是面向过去，而是面向现在，面向未来。钱穆先生说，一个公民应当对自己国家的历史具有温情和敬意。胡适先生说，宽容比自由更重要。善待历史，就是善待现实。回望历史，我们必须建立正确的历史观，以敬畏之心，同时用仰视、平视和俯视的三种眼光，静默观察历史长河中的人和事。

2009 年，为纪念"五四运动"90 周年，我创作了《五四运动画传：历史的现场和真相》，成为第一个完整重叙这段历史的作家。其间，我多次按照"五四运动"当年学生游行示威路线去追寻，到老北大旧址红楼，到箭杆胡同陈独秀旧居去走访。这种走访和追寻是对历史表达敬意的一种方式，也是穿越历史隧道，试图重返历史现场的一种尝试。只有做到去伪存真，才能写出历史的温度。中共党史研究室专家认为该书"对人们特别是青年人了解中国革命的历史，了解'五四运动'，增强对中国国情的了解和认识，激发强烈的爱国主义精神，建设中国特色的社会主义，实现中华民族的伟大复兴，会有积极的启迪作用"。

以文学的方式再现历史，要紧紧围绕爱国的、进步的、民主的、科学的那部分历史，来思考和弘扬中国精神，凝聚中国力量。在坚持历史现场细化的同时，坚持可信的现代解读，从个体的记忆和公共舆论中聆听那些被历史烟云所湮灭的声音，感受悲感交集的历史表情，省察波澜壮阔的人物命运，继承和弘扬民族革命的精神之光。就像任何历史事件都有其必然性和偶然性一样，我们考察历史既不能只戴显微镜去"放大"偶然性，也不能只戴老花镜去"模糊"必然性。

尊重：局限的历史与历史的局限

人类的历史就是思想史，或者说是思想者的历史。文学书写，无论是追溯历史还是记录现实，其根本目的是传承民族的精神和文化。面对历史，我们或壮怀激烈仰天长叹，或引项高歌击掌叫绝，或怒发冲冠拍案而起，或俯首沉思一声叹息。历史需要尊重，更需要尊严。但历史是有局限性的，任何一个历史人物也都有局限性，甚至我们也身在局限之中。没有一个历史人物能够超越时代，超越历史，从而超越自身的历史使命。

历史是一条长河。历史人物处在历史创造的现场。作为后来者，在观看或记录历史时，就要建立一个实事求是的坐标系——纵横的而不是单一片面的，整体的而不是断章取义的，联系的而不是割裂歪曲的，发展的而不是孤立静止的——把"此处"的自己慢慢地放在"彼处"，放在"彼时"，去分析"彼人"和"彼事"，既不要忘了历史的"背景"，也不要当"事后诸葛亮"和"马后炮"。

要准确把握历史发展的主题和主线、主流和本质，以客观的实事求是的方法和辩证唯物主义的态度去全面分析，而不是把历史中已经不再成为历史的陈芝麻烂谷子翻新炒作，像娱乐"狗仔队"搞八卦，玩噱头、写花边新闻，愚乐读者，愚昧人民。2012年我出版了《王明中毒事件调查》，通过在民间发现的原始史料并采访多位健在当事人，彻底完整澄清了七十多年来歪曲丑化中共党史和污蔑毛泽东的"第一谎言"，填补了党史的空白，被誉为中共党史研究近十年来的重大突破和重要收获。

审视历史，无论是宏观全局、中观局部，还是微观细节，我们千万不要在局限的历史中陷入历史的局限，更不能陷入自身的局限。我们应该正视历史的局限，正视历史人物的历史局限性，一分为二地在历史的局限中总结过去，在局限的历史中展望未来。只有这样，我们的历史写作才真实，才有纵深感，才能充满智慧并感受到境界和力量。

珍视：叙述的历史和历史的叙述

习近平指出："文艺创作不仅要有当代生活的底蕴，而且要有文化传统的血脉。"怎么写？写什么？1942年3月30日，毛泽东在延安就"如何研究中共党史"提出了"古今中外法"，"就是弄清楚所研究的问题发生的一定的时间和一定的空间，把问题当作一定历史条件下的历史过程去研究"。他强调，"研究中共党史，应该以中国为中心，把屁股坐在中国身上。"我想，重大历史题材的文艺创作也应该遵循毛主席的这种研究方法。

怎么写？具体到写作技术层面，也就是怎么叙述和怎么选材的问题。历史的叙述和叙述的历史，都是被选择的历史。但关键是这种选择必须是科学的选择、整体的选择，而不是断章取义、移花接木和偷梁换柱。"兼听则明，偏听则暗"。文学书写也需要兼听，千万不要单纯地相信一个人的口述史，要一分为二，综合辩证地分析，既要做到"有了调查也不一定就有发言权"，还得做到"大胆假设，小心求证"。在日常生活史、个人口述史、微观史独领风骚的今天，个体的历史越来越清晰，整体的历史却越来越混沌。历史的"碎片化"和"碎片化"的历史，说明微观史终究不能承担究天人之际、通古今之变的历史责任和使命，更无法克服其自身致命的弱点——没有足够的能力来理解和诠释世界已经发生和正在发生的重大转变。对重大问题的失语和无力，是微观史所面临的最大挑战。历史写作离不开宏大叙事，大人物、大事件就必须用大笔勾勒的大气写法，完整书写整体的历史和历史的整体。

写什么？就是要写历史中最有价值的那部分。什么是历史中最有价值的那部分？我认为，就是推动历史进步并有利于民族、国家和人民的根本利益的那部分历史。以文学的方式介入历史，作家不仅仅是一个旁观者，就必须具备战略的眼光、理性的思考、理论的勇气，凌云健笔意纵横，从外部枝节看到内部核心、从现象看到本质、从支流看到中流、从局部看到全局，从有限看到无限，从中国看到世界，从而准确、科学地把握所涉及的历史和现实以及人物的主题、主线、主流和本质。这些年，我创作的《光荣梦想：毛泽东人生七日谈》《中共中央第一支笔（胡乔木传)》《硬骨头：陈独秀五次被捕纪事》和《张万年传

"新生代军旅作家"面面观 |

（下）》受到专家学者和读者的好评，最为重要的一点就是能够以清醒的逻辑思维能力、严密的归纳总结能力和较好的文字把握能力，妥善处理与传主密切相关的诸多政治、历史、现实的敏感话题，做到"研究深入、讲述浅出"。

在重大历史题材的文学写作上，我提出并坚持走"文学、历史、学术的跨界跨文体写作"道路，其方法就是采取"文学的结构和语言、历史的态度和情怀与学术的眼光和方法"，围绕"实"字做文章——以真实为生命，以求实为根本，以写实为规矩，老老实实不胡编乱造、踏踏实实不哗众取宠，保证每个细节都有它的来历，每句对话都有它的出处，让读者在作品中体味到个体生命的质量，体验到民族精神的能量和感悟到科学理论的力量。我想，只要这样，重大历史题材文学写作就能经受得起时间和历史的检验，从而得到读者的欢迎。

（本文刊载于 2015 年 12 月 5 日《解放军报》）

兼有文学与历史的野心

徐艺嘉　丁晓平

徐艺嘉：尽管你一直称自己为业余写作者，但近十年来你创作成果丰厚，《中共中央第一支笔（胡乔木传）》《王明中毒事件调查》《五四运动画传：历史的现场和真相》《光荣梦想：毛泽东人生七日谈》《硬骨头：陈独秀五次被捕纪事》《另一半二战史：1945·大国博弈》等多部历史题材长篇作品接连问世，且你的作品已经形成了固定的个人风格，你称之为"文学、历史、学术的跨界跨文体写作"，这种写作风格是你写作之初就确立的方向吗？是如何逐渐确立并成熟起来的？

丁晓平：我始终认为，或者说我始终把自己摆在一个业余写作者的位置上，是恰如其分的。其一，我不是专业作家，也不以写作谋生；其二，写作于我是一种精神生活，一种人生的理想。像大多数作家一样，我的写作是从中学时代开始的，是从诗歌、散文创作开始的，其间也曾创作过中短篇小说，2005年也曾出版过一部长篇小说《爱着》。但正如你所列举的一样，我现在以历史传记题材的作品为读者所认知。但我的梦想还是纯文学，我自我觉得我的诗歌和小说《爱着》在当代作家作品中毫不逊色。但我为什么放弃了或者说暂时放弃了纯文学的创作了呢？我曾经说过：当我熟悉了文学的生产机制以后，对文学失去了初恋的激情。你知道，我在出版社工作，策划编辑的图书几乎荣获了全国全军所有的重大奖项，使我更清楚地懂得文学或者当下的文坛是一个圈子，是游戏。渐渐地，我发现我不太适应这种游戏。我需要走一条属于自己的道路，回到"我手写我心"的原点上来，写我自己喜欢的东西，写更加有读者的东西。

于是，我把眼光投向了历史。当然，我选择这个领域，主要还是因为我职业的变化，在出版社从事图书编辑出版工作后接触历史的机会比较多，而且我感到真实的历史永远比虚构的文学对人生的启示更有力量。而当下颠覆、解构中国革命史尤其是国共关系史，甚至否定历史教科书的声音也很混杂，吐槽的东西在网络上泛滥。我更加有了一种紧迫感和使命感，要发出自己的声音。

正像你所了解到的，我首创提出"文学、历史、学术的跨界跨文体写作"模式，并进行了创作实践，也并非一开始就明确的，而是在一个循序渐进的探索过程中总结出来的。具体地说，这个创作理念或者理论，是从创作《中共中央第一支笔（胡乔木传）》《五四运动画传：历史的现场和真相》和《王明中毒事件调查》这三部作品中，慢慢地思考、感悟出来的。这又要回到"业余"这个词语上来，第一，我是编辑，为人作嫁是我的本职，实为业余作家；第二作为文史学者，我也是业余研究，是一个历史的旁观者。但在编辑的岗位上，我可以架构文学和历史的桥梁，打破文学和史学的界限，保持自己的独立性，并在热爱思考、勤于动笔的基础上，就可以兼顾完成作家和历史学家的双重任务，从而做出他们不屑于做或者不愿意做的事情，从而找到一条属于我自己的"文学、历史、学术的跨界跨文体写作"道路。

现在，"70后"作家从事历史题材创作的很少。因为这是苦差事，是"体力活儿"，要有坐冷板凳的精神才行，它不像写小说那样自由自在。我自己的定位是历史作家。我创作的方法或作品所呈现的面貌，与一般的纪实文学、传记文学不同。近十年来，我始终遵循"真实、严谨、好看"的创作标准，坚持"文学、历史、学术的跨界跨文体写作"——文学就是语言和结构，保证作品的"好看"；历史就是史实和真相，保证作品的"真实"；学术就是思想和观点，保证作品的严谨——这就是我历史写作的特色和风格，也得到了读者和专家的认可。说白了，我的作品，既是文学，也是史学。但，这也有一个弱点，就是在文学圈子里它被看作是历史著作，而在历史圈子里却被看成文学著作，两边都不讨好。但对我来说，问题只有一个，那就是，如果读者不爱看的话，因为我写得还不够好。

说句实在话，《中共中央第一支笔（胡乔木传）》《五四运动画传：历史的现场和真相》《王明中毒事件调查》这三部作品的创作难度非常大。胡乔木是一位理论家、大笔杆子，写作他的传记难度可想而知。"王明中毒事件"是中共党史最大"谜案",如何利用自己新发现的史料将这一事件进行完整、客观的叙述,确实考验作者对历史和政治的把握。《王明中毒事件调查》的出版,填补了中共党史的空白,使得污蔑中共和毛泽东的第一谎言彻底破灭。"五四运动"是中国革命历史进程中的重大事件,我是第一个好像也是唯一以作家身份介入这段历史的叙述者。作为一个业余作家和非专业历史研究者,我为自己能独自完成这些重大历史题材的写作任务,为党、国家和民族做了一点事情,没事时就一个人偷着乐。

徐艺嘉:你写了不少历史人物的传记,且我知道你的创作基本都服务于自我内心,而非"主题先行",为何对这些人物感兴趣?在写作之初是怎样的想法?

丁晓平:到目前为止,除了《张万年传》是执行中央军委的写作任务之外,其他历史传记作品的写作,都是像你所说的,属于"服务于自我内心",而去采访创作的,并非"主题先行",更没有什么"邀约写作",也从未申请过任何扶持资金或得到任何赞助。当然,像《张万年传》的写作,因为是临危受命,除了作为军人必须完成上级赋予的战斗任务之外,我也非常敬佩万年副主席的战将本色和带兵之道。这部传记是在一稿没有得到认可的情况下,才辗转由我来负责《张万年传》下册(即1992年至2002年,张万年从担任总参谋长到担任主持军委日常工作的军委副主席期间)的写作任务的。经过两年奋战,完成了书稿,万年副主席在审读后,仅仅只改了一个字,就顺利通过出版了。这件事,在我心中,至今想起来,还有一些小小的、肤浅的骄傲。做文,首先要做人。做人,就是要做一个正直、正义、正气、正能量的人,既要有血性担当的使命,也要有宠辱不惊的情怀。在历史传记写作中尤其如此,作家必须坚守一个知识分子的良知、良心,才能写就良史。而像写作《光荣梦想:毛泽东人生七日谈》《硬骨头:陈独秀五次被捕纪事》《世范人师:蔡元培传》《毛泽东的亲情世界》《毛泽东的乡情世界》《邓小平和世界风云人物》等作品,完全是属于我个人的兴趣和喜好。之所以对这些历史人物感兴趣,最主要的原因是,他们影响了中国,或者改变了中国。作为20世纪中国的历史人物,他们的思想精神、雄才大略、聪明才智和人格魅力,影响了一代又一代人,直至今天。他们的精神和思想,依然在我们的血管里脉动,并产生碰撞和共鸣。至于在写作之初是怎样的想法,因为每一部作品的主题、角度和内容不同,所产生并最终表达的想法自然也各不相同。但有一点是共同的，作为中国人，作为中华民族的子孙，我要把永远尊敬的目光投给他们，我用我的思维向他们的生命表达崇高的看齐，我用我的文字向他们的理想表达朴素的致敬，我用我的作品向他们的历史表达虔诚的敬畏。

徐艺嘉：写作有时候如同走迷宫，繁复却迷人，在梳理这些名人事迹时，有时也会有意外发现，从史实的缝隙中有独特的延展式的发现，比如《埃德加·斯诺：红星为什么照耀中国》的创作。斯诺这个人物对于现在这个时代有什么现实意义？他身上有什么值得当代年轻人学习的地方？

丁晓平：创作埃德加·斯诺的传记，缘于 2001 年成功策划出版尘封六十四年的《毛泽东自传》，以及在后来编选校注《毛泽东印象》一书的过程中，我查找、阅读、发掘、整理并收集了许多关于美国记者埃德加·斯诺先生的资料，对他油然而生出深深的敬意。后来，因为在《北京青年报》"天天副刊"发表《毛泽东和美国人的第一次亲密接触》一文，某影视公司邀请我创作一部关于斯诺的电视剧，后来我将电视剧定名为《红星照耀中国》。从那时开始，我就想着要为斯诺写一本书，写一本客观公正、形象逼真地再现一个正直、善良、沉静、求实、正义的美国人在中国的传奇经历，和他与中国共产党毛泽东、周恩来等领袖人物的传奇交往的书，并希望以这本书来揭露旧中国黑暗腐败导致"落后挨打"和中国人民的悲惨生活，鞭笞西方殖民主义和日本帝国主义对中国的侵略罪行，反映国民党的黑暗腐败统治，歌颂中国革命艰难曲折的辉煌历程和表达中美两国人民应该世代友好的良好祝愿。斯诺作为 20 世纪的"记者之王"，在他的人生轨迹中，中国可谓是最为重要也最为辉煌的篇章。从某种意义上说，写斯诺就是写 20 世纪的中国，写一个美国人眼中的旧中国和新中国。正是在这个意义上，我们有必要从一个美国人在 20 世纪中国的传奇经历中寻找历史——红星为什么照耀中国？——中国共产党为什么能？为什么是毛泽东而不是蒋介石？

发掘历史的记忆是为了明天的创造，弘扬革命的过去是为了未来的辉煌。斯诺作为拉开红色中国帷幕、架起中美人民友谊桥梁的先行者，是走在美国总统尼克松前面的英雄使者，而从某种意义上说，斯诺也是毛泽东、周恩来等新中国领导人在特殊情况下或者重大历史转折时期的"代言人"。2009 年 9 月，在新中国成立 60 周年前夕，斯诺先生被中国政府评为一百位为新中国成立作出贡献的英雄模范人物之一，也是唯一获得此项殊荣的美国人。斯诺之所以能成为这样一个绝无仅有的历史人物，除了时代背景外，更重要的是他具有超出一般人或者一般记者的"独立品格"和坚持说真话的精神，他的这种"独立性"成全了他在任何情况下都宠辱不惊，这种"独立品格"和坚持说真话的精神是人类最宝贵的品格和精神。历史上的许多悲剧，都是那些没有或者缺少独立品格的人或不说真话的人起哄造成的。我写作这部书，就是要弘扬这种人类优秀的品格，这也是我写作本书的一个出发点和落脚点。

如今，在中华民族伟大复兴的道路上，我们经常看到包括美国总统奥巴马在内的国外领导人，在不同场合强调，当今世界重大事务的解决需要中国的合作和参与，这可以说是"中国梦"的另一种解读。在这个时候，我们就更应该保持清醒，既不能妄自菲薄，更不应该妄自尊大，我们要让历史的火炬照亮我们前进的道路，我们务必要清楚——我们是谁？我们从哪里来？我们要到哪里去？以及，我们如何抵达？只有这样，我们才知道我们肩负的责任和使命。其实，作为 20 世纪当之无愧的世界"记者之王"，斯诺先生的著作《红星照耀中国》（即《西行漫记》），至今依然是一部伟大的报告文学著作，是了解中国革命史的必读书，可谓是非虚构写作的经典。还原历史，照亮现实，美好未来——这就是我坚持"文学、历史、学术的跨界跨文体写作"的意义、价值和追求。

徐艺嘉：刚才你讲到《毛泽东自传》，能否说说它的编校过程，以及它对你历史写作的影响？

丁晓平：《毛泽东自传》是 20 世纪中国新闻出版史上的一个传奇，我曾经花了七年时间研究，专门写过一部专著《解谜〈毛泽东自传〉》，详细解读了《毛泽东自传》的写作、编辑和出版经过。应该说，策划编辑再版《毛泽东自传》，既是我作为一个出版人的起点，也是我开始历史传记写作的一个起点。这个起点非常高。我曾经在全国报告文学创作交流会上开玩笑说，我写的都是政治局常委以上的人物，大家都乐了。《毛泽东自传》是斯诺 1936 年在陕北保安采访毛泽东后撰写的，1937 年 7 月至 10 月以连载的形式首发于美国《亚细亚》（ASIA）月刊，中文则由复旦大学学生、《文摘》杂志主编之一的汪衡首先翻译，同样以连载的形式发表于《文摘》（后改为《文摘战时旬刊》），随后请潘汉年题写书名，于 1937 年 11 月 1 日由上海黎明书局出版了单行本图书。2001 年 4 月，我刚刚到解放军文艺出版社工作，无意中在一张小报上看到了一则转载的"西安惊现64年前《毛泽东自传》"的消息，职业敏感告诉我，这是一部好书，我一定要将它重印再版，让更多的读者读到它。这一年，我正好三十岁，从未听说过还有毛泽东还有"自传"。后来，我才知道它是《西行漫记》一书的一部分，即第四篇《一个共产党员的由来》。但以《毛泽东自传》这个书名，在新中国成立后还没有正式出版过，价值就在"自传"上。我的愿望，在出版社领导的大力支持下，终于实现了。当年恰逢建党80周年，《毛泽东自传》的再版，立即成为全国畅销书，连续三个月位居排行榜前三名，不仅在全国掀起了"毛泽东热"，而且使得红色收藏瞬间升温走红，从而形成了市场。当然，其间的过程，除了策划、编校、考证、设计、营销之外，酸甜苦辣咸，五味俱全，后来甚至还遭受侵权盗版打赢官司却入不敷出，等等故事，不足以为外人道也，却都成为我成长中倍加珍惜的财富。为此，我也结识了许多民间收藏家，后来《王明中毒事件调查》和《解密〈毛泽东自传〉》的写作，以及《毛泽东自传（珍藏版）》和第一部毛泽东连环画《少年毛泽东》的编校出版，包括正在创作的《世界是这样知道长征的》等等，也都得益于民间收藏家们提供了大量罕见的原始文献史料，才完成了这些具有相当高专业学术水准的工作，填补了中共党史研究的空白。

徐艺嘉：这些年，作为一名编辑，你策划编辑的图书不仅获得了包括全国"五个一工程"奖、国家图书奖特别奖、中华优秀出版物奖特别奖、鲁迅文学奖、茅盾文学奖提名奖、解放军图书奖和全军优秀文艺作品奖特等奖、解放军文艺新作品奖一等奖等众多大奖，个人还被评为"全国新闻出版行业领军人才"；作为作家，你却完成了许多历史学者和专家也没有完成的工作，坚持编辑与写作"两条腿走路"，相得益彰，相映成趣，确实值得点赞。除了你创作之外，你还编选了《毛泽东印象》《周恩来印象》《邓小平印象》等图书。2016年1月，中共党史出版社又重磅推出了你编选校注的《陈独秀自述》和《陈独秀印象》，请你谈谈为何花十年时间编选校注《陈独秀自述》？

丁晓平：你大概知道，我是安徽怀宁人，与陈独秀是同乡。从童年记事时起，每当我站在故乡皖西南那个名叫丁家一屋的偏僻乡村，远眺十里之外的独秀山时，那平如釜底和尖如笔锋的连体双峰，就让我想起这位中国历史上奇怪且令我们怀宁老乡遗憾可惜并浮想联翩的人物——陈独秀先生，一个堂堂正正大写的中国人。陈独秀不是传说。陈独秀是一个人。瞧！陈独秀这个人，我们对他是多么熟悉又是多么陌生；而他距离我们是那么的接近又是那么的遥远，是那么的清晰又是那么的模糊。面对陈独秀，面对这样一位哲人和诗人，面对这样一位百科全书式的人物，我们必须怀抱敬仰和敬畏，才能找到亲近历史的一种方式。关于陈独秀的历史和人格以及他对于现代中国甚至对于我们内心世界所具有的意义，现在难以恰如其分地言说，要对其作出一分为二且恰如其分的文字表达，必然要具备相当的责任心。

尘世间，从不缺少有智慧的人，但缺少有骨气的人。陈独秀就是这样一个有骨气的人。蔡元培说："近代学者，人格之美，莫如陈独秀。"尽管在历史上他犯过错误，但这并不妨碍他人格上的伟大。于是，我首先从陈独秀五次被捕的角度，前后花了五年时间，创作了陈独秀的传记《硬骨头：陈独秀五次被捕纪事》，展现陈独秀的人格之美。就在这样的研究过程中，我发现陈独秀的人生有几件没有完成的憾事，其中之一就是没有完成他在国民党狱中开始撰写的《实庵自传》。

我们知道，《实庵自传》只写了两章，当年就有许多社会名流"为陈独秀不能完成他的自传哀"，觉得"中国近代史上少了这一篇传奇式的文献，实在太可惜了"，"这不仅是中国近代史上的一个损失，也是中国近代文学史上一大损失"。为了弥补这个损失和遗憾，我怀着一腔热血，在完成陈独秀传记《硬骨头：陈独秀五次被捕纪事》之后，斗胆产生了编撰一部《陈独秀自述》的想法。做这么一件事情，绝对不是无厘头，也不是噱头。因为在陈独秀留下的大量文字著述中，我们可以从中清楚地看到他的革命思想、他的道德文章、他的做事做人、他的人格操守，以及他的生平事迹。在编辑过程中，我以时间为经，空间为纬，循着陈独秀革命和思想的人生轨迹，按照历史的逻辑，科学地以辩证的思维方法——整体的联系的、历史的发展的，清楚、清晰地将陈独秀的著作进行有机梳理、串联和整合，间或插入"编者导读"，并以其《实庵自传》两章开头，沿着他的道路选取其不同历史阶段最具典型性、代表性和自述性的文字，展示他起伏跌宕的人生，使读者从阅读陈独秀的文字中感悟其思想的脉动，感怀其灵魂的激荡，感慨其狂飙的胆魄，感知其澎湃的心跳，感怀其历史的先声。

你问我为什么花十年时间编选校注《陈独秀自述》？在《硬骨头：陈独秀五次被捕纪事》的序言《陈独秀不是传说》中，我是这么说的："真正的尊严不是来自多数人的意志，也不是来自统治者的威权，而是来自既没有功利又没有偏见的理性。当'终身的反对派'这顶不是荣誉的桂冠戴在陈独秀头上的时候，我们丝毫不怀疑在所谓的威权和常识的反对面前坚持己见并不是出于狂妄，而是一种理性的自信和独立自由的思考，是一种永远的坚持和不投降。为了克服心灵与世不合的怯懦而不趋炎附势，为了保留内心与众不同的怀疑而不随波逐流，为了捍卫灵魂与不媚俗的干净而不同流合污，我们更有必要阅读陈独秀。"《陈独秀自述》出版后在学术界和读者中引起很好反响，与其说这是陈独秀"自述"，不如说这是一部陈独秀的思想史；与其说这是陈独秀的思想自传，不如说这是一个思想家的精神独白，是一部陈独秀的心灵史！

徐艺嘉：历史人物生活的那个年代是我们陌生的，若是写小说难免有演义的成分，但若作传要尽量贴合特定时代语境下的人物特质，这是非常有难度的。你是如何驾驭特定历史背景下的这些历史人物的？

丁晓平：关于重大历史题材的创作，我们经常听到一些作家朋友说：历史题材不好写，这也敏感那也敏感，不能碰、不敢写，写了还要经过严格审查，如果出版不了，不如不写。但从我个人历史写作的经验来看，我创作出版的十多部重大历史题材的作品，许多内容是极其敏感，比如王明中毒事件，比如胡乔木与周扬的"异化问题"之争等等，都是党史上的敏感问题，但我的作品在有关审读机构全部都是一稿通过，没有出现任何审查问题。因此，对于重大历史题材的写作，还是那句老话——写什么和怎么写的问题，也就是你说的如何驾驭历史的问题。

历史很遥远，其实也很亲近；历史很陌生，其实也很熟悉。研究历史和历史人物，就像一对热恋的情人，在相互吸引、相互追求中享受着甜蜜和忧虑，对未来既怀有希望，又怀着忐忑。如何驾驭历史，在我看来，就是必须要以宽容的眼光，正视历史的局限，辩证分析，不当事后诸葛亮，在坚持历史现场细化的同时，还要坚持可信的现代解读，从个体的记忆和公共舆论中聆听那些被历史烟云所湮灭的声音，感受悲喜交集的历史表情，省察波澜壮阔的人物命运，继承和弘扬民族的精神之光。有人说，史学家写史，重实不重文；文学家写史，重文不重实。我既有文学的野心，也有史学的野心，实文并重，文史兼修，追求文学和史学的统一。

在大力讲好中国故事、盛行阅读中国故事的当下，在全球正在"化"为一体，在微观历史、口述史和非虚构写作泛滥的今天，在日常生活史、个人口述史、小历史在各种各样的传播媒介上出尽风头的今天，在史学家和公知们沉溺于五花八门五颜六色的微观史并自足于津津乐道的今天，历史写作必须要把握个体与整体的关系。我认为，要把握好个体与整体的关系，我们就千万不能轻易相信一个人的口述史（包括日记、回忆录、自传等等），要有大是大非大历史的视角，要有宏观的整体的纵横的发展的联系的全局的一盘棋思想。当下一个不可忽略的现象已经浮出水面——个体的历史越来越清晰，整体的历史却越来越混沌。细节片段的微观历史遮蔽了总体全局的宏观历史，混乱、平庸的微观叙事瓦解了宏大叙事，琐碎、局促的微观书写离析了历史的唯物主义和辩证法——显然，这是当代知识变迁过程中一种错位的"非典型状态"。一个人的口述史，只是一个人的，他的想法、看法、说法，是否就是历史呢？是否还原了历史的真相呢？一叶障目，不见泰山。历史的"碎片化"和"碎片化"的历史，实质上已经说明个体、个性化甚至个人主义的微观史终究不能承担究天人之际、通古今之变的历史责任和使命，更无法克服其自身致命的弱点——没有足够的能力来理解和诠释世界已经发生和正在发生的重大转变。对重大问题的失语和无力，是微观史所面临的最大挑战。要见树木，更要见森林。

历史写作和历史研究一样，都离不开宏大叙事，必须实事求是地回到历史现场和现实语境当中，完整书写整体的现实（历史）和现实（历史）的整体，在宽容、坦率、真实、正义中正视现实（历史）的深度价值和潜在秘密，循着实事求是和辩证唯物主义的路径，在常识中把握中国现实（历史）发展的主题和主线、主流和本质——这才是真正的大历史的视角，从而避免陷入历史的虚无和知识上的尴尬境地。在写作中，我必须尽最大限度地保证书稿中每一史料的精准度，使得历史传记作品具有学理性和史料价值。我摒弃那种写人定要写其平俗才算真实的片面理论，采取的是大人物就要用大笔勾勒的较为大气的写法。当今时代，是一个容易忘却历史而又特别需要历史的时代，是一个物质极大丰富而理想时常被淹没其中的时代，是一个人才辈出而又真人难觅的时代。正因此，我坚信：优秀的文学书写，可以更好地还原历史的真实。我坚持走我的"文学、历史、学术的跨界跨文体写作"道路。

徐艺嘉：2015 年，为纪念中国人民抗日战争胜利暨世界反法西斯战争胜利70 周年，你推出了新作《另一半二战史：1945·大国博弈》。拿到书的时候，我很容易注意到封面上有一句颇为博眼球的话："迄今为止，还没有人这么写二战。"看似是充满噱头感的广告，读后才发现这并非妄语，而是事实。我不敢说世界范围内那些以非虚构写作而闻名的文豪们缺乏更为高超的思维能力和叙事技巧，但在本土化的、报告文学长期兴盛的军队创作语境中，你的创作思维的确令人眼前一亮，耳目一新。请问，这部书的创作起源于什么？

丁晓平：如果要说直接原因的话，那就是因为钓鱼岛问题。在这里，我要感谢李克强总理给了我创作这部著作的最初想法。2013 年 5 月，李总理应邀访问德国期间参观了波茨坦会议的旧址，警告日本要遵守战后秩序，维护世界和平。由此，我在思考，我们今天该如何纪念这场战争？七十年过去了，如果我们的思维方法和文化意志依然踟蹰于复述战场和重述牺牲，我们的文艺作品和历史研究依然停留在还原战争细节情节和揭示战争残酷血腥，那么我们还缺乏大国眼光、缺失世界胸怀，我们就还没有理解那场战争，还没有理解中国与世界的关系。不能理解二战，我们就无法深刻理解冷战以来的当今国际政治格局大势和世界军事变革转型的脉络。

"把历史变为我们自己的，我们遂从历史进入永恒。"七十年来，关于二战的研究，海外的著作汗牛充栋。在我们中国，同样也是从战争进行时就已经开始。相比之下，我们不得不承认，无论是历史研究，还是文艺创作，我们所取得的成绩与中国在二战中所付出的惨重牺牲和为世界反法西斯战争胜利所作出的巨大贡献，是极其不相称的。当然，在战争年代，当时的中国积贫积弱，因为国力、军力以及人力的原因，所握有的世界话语权几乎没有，塑造国际格局、推动军事变革的能力也微乎其微，极其有限的影响力或许仅仅局限于地缘政治和军事地理上的意义。这一切不仅在战争期间影响了中国的国际地位，在战争的利益分配上更是迫使中国受到像第一次世界大战结束时一样的屈辱，更在战后长期限制了中国二战历史研究和文化认同的空间。"迄今为止，还没有人这么写二战。"这是本书封面上的一句话。作为世界反法西斯的东方主战场，作为同盟国的四强之一，我们必须要牢牢掌握二战史书写的中国话语权。但看看当下遭到观众唾骂的自欺欺人的"抗日神剧"，我们就明白我们的文化被糟蹋成什么样子！这不仅是文化的悲哀，也是历史的悲哀，说重一点，还是政治的悲哀！这种肤浅，是麻木，也是愚昧。

历史写作的最高境界就是吸取人类历史的智慧，化间接经验为直接经验，以大历史的深度和大战略的高度切入历史的细节，盘点得失，还原历史，照亮现实，美好未来。以史为鉴，鉴古知今。在写作中，我努力以历史的眼光和全球的视野，吸收世界二战研究的最新成果，在掌握大量亲历者的回忆录和美、俄、英等国有关波茨坦会议第一手史料的基础上，还原了真实的历史，为读者塑造大国首脑们栩栩如生的形象，再现大国首脑极富戏剧色彩的个性、理想、偏见和为本国利益所做的努力，同时把中国的抗战史、中美关系、中苏关系以及国共两党关系素描式地融入世界反法西斯斗争史，为读者描绘出一幅五光十色的二战胜利前后的历史图景，目的是让更多的读者了解当代世界形成和世界新秩序发展的历程，引导人们懂得 20 世纪中国与世界的关系。

徐艺嘉：如今非虚构是文学界非常火的一个词汇，许多评论家包括作家为报告文学和非虚构的区别争得面红耳赤，但不得不承认，抛开概念上的争论，文学自有其本身的规律，只有写出好东西，才能得到读者的真正认同。你如何看待非虚构写作？对这种文体的未来看好吗？

丁晓平：关于非虚构文学和非虚构写作的问题，我曾经在《光明日报》发表过一篇文艺理论文章《非虚构之辨》。我认为，从概念上来说，"非虚构文学"不是一种文学体裁，而是一种从作品题材、内容和创作技巧上来区分的文学形态，它既可以理解为文学的创作方法手段，也可以理解为一种文学创作的类型或文学样式。从逻辑上来说，与"非虚构"相对应的只能是"虚构"，它们之间不会有第三者的关系。如果一定要把"非虚构文学"作为一种文学体裁，那么文学体裁只有两种，即"虚构文学"和"非虚构文学"。从现代汉语词性上来说，"虚构"既可以是一个名词，也可以是一个形容词，有时还可以作为动词。同样，"非虚构"既可以是形容词，也可以是名词或动词。如果把"非虚构"作为形容词的话，它就属于形容词附类的属性词（形容词的另一附类叫状态词），那么"非虚构"的"非"，可以进行两种解释：一是"异乎寻常的、特殊的"之意，二是"不""不属于"之意。如果把"非虚构"作为名词的话，它就有点类似于"非金属""非晶体""非卖品"的意思。作为一个概念，"非虚构"中的"虚构"是形容词；但作为创作方法，"非虚构"中的"虚构"则是名词。同理，在"非虚构文学"和"非虚构写作"中的"非虚构"，作为一个概念，它就是形容词，是一个定语；而作为创作方法，它则是名词。由此可见，"非虚构文学"或者"非虚构写作"应该是一个名词，因为它说明的是文学写作的内容、题材或创作方式。而作为一种分类形式或方法，如果以"非虚构"来划分文学或写作类别的话，与"非虚构文学"和"非虚构写作"相对应的就只能是"虚构文学"和"虚构写作"了。

在认知了"虚构"这个词语之后，还有必要再来分析一下"非虚构"中的"非"字。"非"字在《现代汉语词典》中共有九种解释。而在"非虚构"一词中，它的合理解释应该是："属于前缀，用在一些名词性成分的前面，表示不属于某种范围。"但事情并没有这么简单。当"虚构"和"非"这两个词语结合在一起时，就可以提出如下问题："非虚构文学"和"非虚构写作"中有没有"虚构"？"非虚构"就等于"真实"吗？显然，就像文学写作从来就没有绝对真实一样，"非虚构文学"和"非虚构写作"从来就离不开"虚构"。也就是说，"非虚构"绝对不等于"真实"。"非虚构文学"和"非虚构写作"中的"非"在"虚构"的面前，它的含义暧昧又含糊不确定，它的态度"骑墙"且模棱两可，完全没有"不"的完全否定的意义，而处于否定与不否定之间，似是而非。比如：理性、非理性、不理性，可以从这三个词汇中看到虚构、非虚构、不虚构的价值取向。因此，所谓的"非虚构文学"和"非虚构写作"，其实是一种微观写作，是个性化甚至个人化的写作，即某些评论家强调的"独立性"。"非虚构文学"和"非虚构写作"，作为一种写作形式或者模式是可以存在的，它对鼓励作家打破文学创作理论、体裁、题材、创作方法和技巧的限制，创造性地完成作品具有一定的积极意义。但是，从文学体裁上来说，"非虚构文学"不是一种文学体裁，只是一种创作形态、类型；从文学创作方法上来讲，恰如"最高的技巧是无技巧"所形容的那样，无技巧不是没有技巧，而是打破传统陈规，吸收一切文学技巧，并灵活地为我所用，"非虚构写作"正是这样的一种写作模式，它吸收和借鉴任何文学体裁的方法和技巧，达到作家所需要的一种自由的、独立性的表达。

在这里，我只想说，千万别让"非虚构"扰乱了中国的文学生态，千万不要玩噱头、搞八卦。中国文学、文坛不是小商品市场，不能跟风炒作，靠玩花样，终究是搬起石头砸自己的脚。

徐艺嘉：目前国内军旅题材的作品有被淹没化的趋势，大量的信息包裹着人们，在这种情况下军队作家处于不利的位置。文学的黄金时代已经过去，如今的"70后"军旅作家们虽然还在默默攀登，但某种程度上说是"艰难的存在"。

　　丁晓平：军队是作家的摇篮。目前活跃在文坛的有过军旅生涯的作家非常多，包括莫言、何建明、麦家等等。对于传统的军旅作家，我是非常敬重的。当下，不是文学的盛世，是一个浅阅读、娱乐变成"愚乐"的时代，因此我觉得对传统的军旅作家更应该投去尊敬的目光。目前国内的军旅题材的作品与地方作家作品一样，都确实存在一个"数量的繁荣，质量的下降"的现象。最重要的是我们的文学越来越假了，我们的文学越来越浅薄了，在盲目模仿西方文学的文学理论和创作方法过程中丢失了自我。因此，这个时代没有也不会出现文学的大师。军事题材的作品，就是两大主题：一是爱国主义，二是英雄主义，彰显的其实就是厚德载物、自强不息的民族精神。

　　徐艺嘉：军事文学为了在当前的文学生态中发出声音，有时候也会采取一些"措施"，即类型化写作严重，比如谍战，说到底是为了市场服务。当然其中不乏思想性文学性兼得的好作品，但大部分作品给人层出不穷的模仿感。在这种泛阅读、碎片化阅读的时代，你坚持跨界跨文体写作的动力是什么？

　　丁晓平：文学是人学。这是经典的回答。但对于作家来说，我觉得当你的创作到了一定的阶段之后，就应该在总结提高中形成自己的创作理论（至少是理念），也就是说要实现"实践—理论—实践"的良性循环，完成从自发—自觉—自主的飞跃。文学是通过人物和故事来引导人、影响人的，从而实现人的精神和心灵的净化和现代化。也就是说，文学既要有趣，更要有益。有益，就是要有益于世道人心。当下这种泛阅读、碎片化阅读的时代，我想也只是一个阶段的现象，是一个过程的插曲，必然要在一定的时刻回归到人类与文学之间相互温暖的正常状态。至于你问我在这样一个时代，为什么能坚持跨界跨文体写作的问题，我认为关键是写作姿态的问题，说到底是一个价值观的问题。

　　我曾经说过，我自己的定位是历史作家。在这一点上，我把自己的历史写作落实到三个关键词上，即：宽容、局限、叙述。

　　第一，宽容的历史与历史的宽容。习近平总书记强调："我们当代文艺更要把爱国主义作为文艺创作的主旋律，引导人民树立和坚持正确的历史观、民族观、国家观、文化观，增强做中国人的骨气和底气。"历史是宽容的。历史写作的目的不是面向过去，而是面向现在，面向未来。钱穆先生说，一个公民应当对自己国家的历史保持温情和敬意。善待历史，就是善待现实。回望历史，我们必须建立正确的历史观，以敬畏之心，同时用仰视、平视和俯视三种眼光，静默观察历史长河中的人和事。2009年，为纪念"五四运动"90周年，我创作了《五四运动画传：历史的现场和真相》，完整地重叙了这段历史。其间，我多次按照"五四运动"当年学生游行示威路线去追寻，到老北大旧址红楼、到箭杆胡同陈独秀旧居去走访。这种走访和追寻是对历史表达敬意的一种方式，也是穿越历史隧道、试图重返历史现场的一种尝试。只有做到去伪存真，才能写出历史的温度。中央党史研究室专家认为，该书"对人们特别是青年人了解中国革命的历史，了解'五四运动'，增强对中国国情的了解和认识，激发强烈的爱国主义精神，建设中国特色社会主义，实现中华民族的伟大复兴，会有积极的启迪作用"。

作家再现历史，要紧紧围绕爱国的、进步的、民主的、科学的那部分历史来思考和弘扬中国精神，凝聚中国力量。在坚持历史现场细化的同时，坚持可信的现代解读，从个体的记忆和公共舆论中聆听那些被历史烟云所湮灭的声音，感受悲感交集的历史表情，省察波澜壮阔的人物命运，继承和弘扬民族革命的精神之光。就像任何历史事件都有其必然性和偶然性一样，我们考察历史既不能只戴显微镜去"放大"偶然性，也不能只戴老花镜去"模糊"必然性。

第二，局限的历史与历史的局限。人类的历史就是思想史，或者说是思想者的历史。文学书写，无论是追溯历史还是记录现实，其根本目的是传承民族的精神和文化。面对历史，我们或壮怀激烈仰天长叹，或引吭高歌击掌叫绝，或怒发冲冠拍案而起，或俯首沉思一声叹息。历史需要尊重，更需要尊严。但历史是有局限性的，任何一个历史人物也都有局限性，甚至我们也身在局限之中。没有一个历史人物能够超越时代，超越历史，从而超越自身的历史使命。历史人物处在历史创造的现场。作为后来者，在观看或记录历史时，就要建立一个实事求是的坐标系——纵横的而不是单一片面的，整体的而不是断章取义的，联系的而不是割裂歪曲的，发展的而不是孤立静止的——把"此处"的自己慢慢地放在"彼处"，放在"彼时"，去分析"彼人"和"彼事"，既不要忘了历史的"背景"，也不要当"事后诸葛亮"和"马后炮"。

要准确把握历史发展的主题和主线、主流和本质，就要以客观的实事求是的方法和辩证唯物主义的态度去全面分析，而不是把历史中已经不再成为历史的陈芝麻烂谷子翻新炒作，搞八卦、玩噱头、写花边新闻，娱乐读者。2012年，我出版了《王明中毒事件调查》，通过在民间发现的原始史料并采访多位健在当事人，澄清了七十多年来歪曲丑化中共党史和污蔑毛泽东的"第一谎言"，得到了中共党史研究近十年来的重要收获。审视历史，无论是宏观全局、中观局部，还是微观细节，都不应在局限的历史中陷入历史的局限，更不能陷入自身的局限。我们应该正视历史的局限，正视历史人物的历史局限性，一分为二地在历史的局限中总结过去，在局限的历史中展望未来。

第三，叙述的历史与历史的叙述。习近平总书记指出："文艺创作不仅要有当代生活的底蕴，而且要有文化传统的血脉。"怎么写？具体到写作技术层面，也就是怎么叙述和怎么选材的问题。历史的叙述和叙述的历史都是被选择的历史。但关键是这种选择必须是科学的选择、整体的选择，而不是断章取义、移花接木和偷梁换柱。"兼听则明，偏听则暗"。文学书写不能单纯地相信一个人的口述史，要一分为二，综合辩证地分析，既要做到"有了调查也不一定就有发言权"，还得做到"大胆假设，小心求证"。

写什么？就是要写历史中最有价值的那部分，写推动历史进步，并有利于民族、国家和人民的根本利益的那部分历史。以文学的方式介入历史，作家不仅仅是一个旁观者，还必须以战略的眼光、理性的思考、理论的勇气，从外部枝节看到内部核心、从现象看到本质、从支流看到中流、从局部看到全局，从有限看到无限，从中国看到世界，从而准确、科学地把握所涉及的历史和现实，以及人物的主题、主线、主流和本质。这些年，我创作的《光荣梦想：毛泽东人生七日谈》《中共中央第一支笔（胡乔木传）》《硬骨头：陈独秀五次被捕纪事》等受到专家学者和读者的好评，最为重要的一点就是能够妥善处理与传主密切相关的诸多政治、历史、现实的敏感话题，做到"研究深入、讲述浅出"。

在重大历史题材的文学写作上，我提出并坚持走"文学、历史、学术的跨界跨文体写作"道路，其方法就是采取"文学的结构和语言、历史的态度和情怀与学术的眼光和方法"，围绕"实"字做文章——以真实为生命，以求实为根本，以写实为规矩，老老实实不胡编乱造、踏踏实实不哗众取宠，保证每个细节都有它的来历，每句对话都有它的出处，让读者在作品中体味到个体生命的质量、体验到民族精神的能量、感悟到科学理论的力量。我想，只要这样，重大历史题材文学写作就能经受得起时间和历史的检验，从而达到"为天地立心，为生民立命，为往圣继绝学，为万世开太平"的最高境界。

徐艺嘉： 针对你的创作特点来说，你的阅读量应该比一般作家要大的，平时看哪些方面的书多一些？哪些作家的作品对你的写作产生的影响更大一些？

丁晓平： 因为编辑工作和创作方向的原因，其实我现在的阅读面反而越来越窄了。对我的写作影响最大的其实并不是作家的作品，而是哲学家、美学家，诸如朱光潜、宗白华的作品。当然，我喜欢并对我产生影响的作家也不少，但我对他们的喜欢也只是停留在我喜欢他们的某些作品上。

徐艺嘉： 在你的创作中，诗歌也是其中一个部分。诗歌是极简的问题，将感性发挥到极致，而你的大部头写作又是理性化的，如何定位两种状态？

丁晓平： 这个问题非常重要。我相信，世界上优秀的作家从来都不可能只从事一种文体的写作。我的文学创作道路可以说是从诗歌开始的，我也始终觉得诗歌是文学金字塔的顶端。当下的中国诗坛鱼龙混杂，我身处其外，不作评论。但早期诗歌写作的训练，给了我语言的节奏、韵律和形式的美感，使我懂得了我们共同的母语——汉语的魅力所在，这对我现在的历史写作非常重要。我在文学编辑岗位上，阅读了很多作家和作品，包括许多获奖作品，尤其是当下的网络写作，有一个非常值得担忧的问题，就是语言没有过关，忘记了我们汉语的语法修辞。这是对母语的戕害，理应引起文艺理论界的关注。诗歌是形象思维。但形象思维与抽象思维，都离不开一个关键词——逻辑。逻辑出思想。优秀的诗歌同样是有思想的诗歌。思想，是理性的。因此，我始终认为，一个伟大的作家或者诗人，他必定是一个伟大的思想家。思想是脑袋，文学是翅膀，创作的小鸟才会飞得更高更远。如果举例来说明，我的《中共中央第一支笔（胡乔木传）》和《硬骨头：陈独秀五次被捕纪事》的结构和篇章的标题，可以说就是一首诗歌的结构和语言，可以说完全实现了"文学、历史、学术"跨界跨文体的无缝连接。

徐艺嘉： 最后，可否谈谈你接下来的创作？

丁晓平： 今年是长征胜利 80 周年，我已经完成了一部文献性报告文学《世界是这样知道长征的》。其实，我写的是一部长征叙述史，从 20 世纪 30 年代长征正在进行时和刚刚结束时的长征出版物版本学的独特视角，来解读长征的历史。这项工作我从收集资料开始，也已经历时十年了，可以说是集各大图书馆、博物馆和民间收藏家收藏之大成，系统挖掘和研究国内外早期记述长征的各种早期书报刊史料，首次独家、完整、准确地披露其背后的历史往事。在研究中，我发现了许多珍稀的长征史料，包括俄文版的《红军长征记》、英文版的《神灵之手》的签名版，在国内都是罕见的唯一善本，填补了长征研究的空白。目前，书稿已经在送审过程中。随后，我还将在近四五年内，分别为新中国成立70周年和中国共产党建党100周年，创作两部长篇报告文学作品，暂定名为《中国人是这样站起来的》和《红太阳是这样升起来的》。

创作年谱

独立著作年表

1.《写在浪上》，诗集，海潮出版社 1998 年 10 月第 1 版。

2.《大路朝东》，报告文学集，中国文联出版公司 1999 年 10 月第 1 版。

3.《红星照耀中国》（又名《斯诺传奇》），电视文学剧本（20 集），2002 年 8 月。

4.《邓小平和世界风云人物》，传记文学，中国青年出版社 2004 年 4 月第 1 版。

5.《记者之王：埃德加·斯诺在中国》，传记文学，新世界出版社 2005 年 4 月第 1 版。

6.《感动中国：与毛泽东接触的国际友人》，纪实文学，中央文献出版社 2005 年 5 月第 1 版。该书入选国家新闻出版总署 2005 年纪念中国人民抗日战争暨世界反法西斯战争胜利 60 周年重点图书。

7.《爱着》，长篇小说，解放军文艺出版社 2005 年 5 月第 1 版。

8.《毛泽东的亲情世界》，传记文学，中央文献出版社 2006 年 9 月第 1 版；中国青年出版社 2009 年 1 月再版。该书入选 2007 年度文化部、财政部送书下乡工程。《作家文摘》《解放日报》连载。

9.《解密〈毛泽东自传〉》，历史文学，中国青年出版社 2008 年 1 月第 1 版。该书入围文津图书奖评选。

10.《汶川九歌》，长诗，解放军文艺出版社 2008 年 5 月第 1 版。该作品荣获全军抗震救灾优秀作品奖。

11.《五四运动画传：历史的现场和真相》，纪实文学，中国青年出版社 2009 年 4 月第 1 版。

12.《毛泽东的亲情世界》（繁体字版），传记文学，台湾书房出版有限公司 2011 年 1 月第 1 版，2014 年 6 月再版。

13.《邓小平和世界风云人物》（繁体字版），台湾书房出版有限公司 2011 年 6 月第 1 版，2014 年 6 月再版。

14.《中共中央第一支笔（胡乔木传）》，传记文学，中国青年出版社 2011 年 6 月第 1 版。该书荣获 2011 年度中国书业年度文学传记类评选读者投票第一名，入围《光明日报》"光明书榜"、新浪中国好书榜、《新京报》年度图书榜、《中外书摘》人文社科劲榜、北京图书大厦畅销榜，《人民日报》《中华读书报》《作家文摘》等近百家媒体推荐报道、连载、选载。

15.《张万年传》（下册，军委十年），传记文学，解放军出版社 2011 年 7 月第 1 版。

16.《王明中毒事件调查》，报告文学，中国青年出版社 2012 年 2 月第 1 版。该书荣获新浪好书榜、搜狐好书榜、三联韬奋书店畅销榜。作家文摘、深圳特区报、凤凰网等连载。《中华读书报》在头版头条作了报道。

17.《埃德加·斯诺：红星为什么照耀中国》，传记文学，中国青年出版社 2013 年 7 月第 1 版。

18.《毛泽东的乡情世界》，传记文学，中国青年出版社 2013 年 11 月版。

19.《光荣梦想：毛泽东人生七日谈》，传记文学，学习出版社 2013 年 12 月第 1 版。该书与《习近平谈治国理政》同时入选中央国家机关"强素质·作表率"读书活动 2015 年上半年推荐书目（政治类）。

20.《硬骨头：陈独秀五次被捕纪事》，传记文学，中国青年出版社 2014 年 8 月第 1 版。

21.《另一半二战史：1945·大国博弈》，报告文学，华文出版社 2015 年 7 月第 1 版。该书入选《光明日报》"光明书榜"、新浪好书榜、搜狐好书榜。

22.《世范人师：蔡元培传》，传记文学，作家出版社 2015 年 8 月第 1 版。

23.《世界是这样知道长征的：长征叙述史》，历史文学，中国青年出版社

2016 年 10 月第 1 版。该书入选中国好书榜 11 月榜第一名,《作家文摘》2016 年度十大非虚构好书,国家新闻出版广电总局、全国老龄委办公室 2017 年向全国老年人推荐优秀出版物,《中国新闻出版广电报》畅销书榜。

24.《铁汉丹心》,长篇报告文学,社会科学文献出版社 2017 年 8 月第 1 版。

25.《文心史胆》,文学评论集,北岳文艺出版社 2017 年 12 月版。

26.《血肉青铜》,散文杂文短篇小说集,知识出版社 2017 年 12 版。

27.《历史之问》,历史文学评论集,江西高校出版社即将出版。

28.《历史底色》,历史散文随笔集,江西高校出版社即将出版。

29.《历史沙漏》,历史学术研究集,江西高校出版社即将出版。

30.《无有之道》,编辑学术论文集,江西高校出版社即将出版。

主编校订作品年表

1.《毛泽东自传》,传记文学,解放军文艺出版社 2001 年 9 月第 1 版。

2.《毛泽东印象》,传记文学,中央文献出版社 2003 年 9 月第 1 版,中国青年出版社 2011 年 12 月再版。

3.《邓小平印象》,传记文学,中央文献出版社 2004 年 5 月第 1 版,中国青年出版社 2011 年 12 月再版。

4.《周恩来印象》,传记文学,中央文献出版社 2005 年 1 月第 1 版,中国青年出版社 2011 年 12 月再版。

5.《少年毛泽东》,传记连环画,中国青年出版社 2009 年 1 月第 1 版。

6.《毛泽东自传》(中英文插图影印珍藏版),传记文学,中国青年出版社 2009 年 1 月第 1 版。

7.《周恩来与邓颖超》,传记文学,中国青年出版社 2013 年 8 月第 1 版。

8.《陈独秀自述》,传记文学,中共党史出版社 2016 年 1 月第 1 版。

9.《陈独秀印象》,传记文学,中共党史出版社 2016 年 1 月第 1 版。

文学活动年表

1. 2000 年 5 月，参加首届中国云南楚雄太阳历诗歌节，创作组诗《云之南，诗之南》。

2. 2000 年 8 月，参与筹备组织解放军文艺出版社举办的"21 世纪纪实文学走向研讨会"。

3. 2003 年 12 月，参加第六届国家图书奖颁奖典礼，策划编辑的《小汤山日记》荣获第六届国家图书奖特别奖。

4. 2008 年 8 月，在长白山出席全军长篇小说创作笔会，并作发言。

5. 2010 年 10 月，在河南郑州出席中国现代史学会成立 30 周年纪念大会暨学术研讨会，并作发言。

6. 2010 年 10 月，在浙江绍兴出席第五届鲁迅文学奖颁奖典礼，策划编辑的王宗仁散文作品集《藏地兵书》荣获鲁迅文学奖散文杂文类第一名。

7. 2012 年 10 月，应中国报告文学学会邀请，在江苏华西村参加全国报告文学创作交流会，并作《宽容·局限·叙述：重大历史题材报告文学创作的三个关键词》的发言。

8. 2012 年 6 月 1 日，应中国社会科学院邀请，参加胡乔木诞辰 100 周年纪念活动，并作《一个"70 后"作家眼中的胡乔木》的发言。

9. 2013 年 6 月 18 日，在北京 798 艺术区出席纪念史迪威将军诞辰 130 周年座谈会暨史迪威图片展开幕式，并代表中方作《勇敢的心》的主旨演讲。

10. 2013 年 7 月 1 日，出席鲁迅文学院举办的"责任与担当——当代青年报告文学作家的困惑与追求专题研讨会"，并作题为《论作家的"气"和"度"》的发言。

11. 2013 年 9 月，作为解放军代表团成员出席全国青年作家创作会议。

12. 2014 年 7 月，在北京大学出席中美第 15 届斯诺研讨会，并作发言。

13. 2014 年 9 月至 11 月，参加鲁迅文学院第二十四届中青年作家高研班学习，并担任党支部书记。

14. 2014 年 11 月，中国报告文学学会在北京成立青年创作委员会，当选青年创作委员会主任。

15. 2014 年 11 月，在江西南昌出席第三届韬奋出版人才高端论坛及颁奖典礼，所作论文《浅谈出版领军人物的"气"和"度"》荣获二等奖。

16. 2014 年 4 月至 2015 年 1 月，经过紧张筹备，独自完成了中国唯一军事故事（小小说）期刊《军事故事会》的创刊任务，担任主编。

17. 2015 年 3 月 30 日，出席中国作家出版集团和文艺报社共同主办的"如何讲好中国故事"系列座谈会报告文学篇，并作《讲好中国故事，避免误读历史》的发言。该文刊载于《红旗文稿》2017 年第 8 期。

18. 2015 年 4 月，在北京鲁迅文学院主持召开第一届中国青年报告文学作家高端论坛。

19. 2015 年 7 月，受总政治部宣传部邀请，在全军开展的"强军故事会"活动中，先后在全军野战文学强军故事骨干培训班、全军政工网、中央电视台军事频道、广州军区、北京军区、解放军艺术学院讲授"关于新故事创作的几个问题"讲座。

20. 2015 年 8 月，出席中国作家协会举办的全国抗战题材文学创作研讨会，新作《另一半二战史：1945·大国博弈》受到重点关注。随后，在北京三联韬奋书店、广州南国书香节、上海书展、钟书阁书店、北京图书博览会等作签售和讲座。

21. 2015 年 10 月，在山东济南出席全国报告文学创作会议，并代表中国报告文学学会青年创作委员会作《新平台·新起点·新力量·新希望》的工作报告。

22. 2016 年 3 月，在湖南韶山主持召开第二届中国青年报告文学作家高端论坛。其间，向韶山毛泽东图书馆赠送《毛泽东自传》《光荣梦想：毛泽东人生七日谈》《王明中毒事件调查》《中共中央第一支笔（胡乔木传）》《毛泽东的亲情世界》《毛泽东的乡情世界》和《少年毛泽东》，获得永久收藏证书。

23. 2016 年 5 月，应中国作家协会邀请，参加中国作家重走长征路（红四方面军）采风团，创作了组诗《你的名字叫红》，发表于《人民日报》和《诗刊》。

24. 2016 年 8 月，应文化部和中国作家协会邀请，参加 2016 年中外文学出版翻译研修班，在"中外传记文学沙龙"上与美国著名传记作家、《毛泽东传》作者罗斯·特里尔先生对话。

25. 2016 年 9 月，参加文艺报社和上海大学在北京联合主办的"全国创意写作大会"，并作发言。发言稿经整理后以《创意写作刍议》为题，发表于 2017 年 9 月 29 日《中国艺术报》。

26. 2016 年 10 月，出席中美第 17 届斯诺研讨会，并代表中方作《红星为什么照耀中国》的主旨演讲。

27. 2016 年 10 月，出席全军纪念红军长征胜利 80 周年学术研讨会，撰写的《简论红军长征历史叙述的源流和形成》获得优秀论文。该文系专著《世界是这样知道长征的：长征叙述史》的序言，《中国艺术报》发表后，《新华文摘》2016 年第 20 期转载。

28. 2016 年 11 月，作为解放军代表团成员出席中国作家协会第九次全国代表大会，并当选大会选举监票人。

29. 2016 年 12 月 6 日，应中共北京市委宣传部主管、中共北京市委干部教育讲师团主办的宣讲家网邀请，作深入贯彻习近平总书记《在中国文联十大、中国作协九大开幕式上的讲话》的辅导讲座。讲座题目为《讲好中国故事，避免误读历史，增强价值自信》。此辅导讲座录像视频被中央直属机关学习网课程中心和北京市、安徽省、湖北省等地列入机关干部党课学习辅导课程。

30. 2016 年 9 月至 12 月，作为嘉宾先后到内蒙古呼和浩特市、包头市、呼伦贝尔市，北京中国人民抗日战争纪念馆、国家大剧院、民族文化宫和部队基层单位作"世界是这样知道长征的"历史讲座。

31. 2016 年 12 月 24 日，第七次做客北京市东城区第一图书馆"书海听涛——作家与读者见面会"。

32. 2017 年 2 月，受邀担任解放军艺术学院文学系本科生招生考试考官。

33. 2017 年 4 月，作为嘉宾，参加中央电视台军事频道"军旅文化大视野"之《军旅诗词砺血性》节目的录制。

34. 2017 年 5 月，在解放军艺术学院文学系"荣誉教室"作文学讲座。

35. 2017 年 6 月 5 日至 9 日，在陕西照金参加中宣部和中国作协举办的全国现实题材作品创作出版研修班。归来后，创作了散文《照金：风景这边独好》，发表于《人民日报》7 月 12 日，受到习近平总书记的赏赏。陕西耀州市将此文铭刻于大理石雕塑上，立于照金镇陈家坡会议纪念馆。

36. 2017 年 7 月 28 日，在江西大余参加第四届全国革命历史题材文学创作研讨会，并作《历史之问》的主题发言。

37. 2017 年 8 月 18 日，参加第二届鄂尔多斯诗歌那达慕暨中国青年报告文学领军人物高端论坛，并出席全国首个"中国故事写作营"启动活动。

38. 2017 年 8 月 28 日，应文艺报社邀请，参加"砥砺五年：报告文学创作研讨会"，并作发言。发言稿《现场感方向感纵深感：浅谈当下报告文学创作面临的三个问题》，发表于同年 9 月 8 日《文艺报》。

39. 2017 年 9 月 26 日，应中国文联和中国文艺评论中心邀请，参加第二届"啄木鸟杯"中国文艺评论年度推优发布大会，撰写的文艺评论《捡了故事，丢了历史：浅谈今天我们如何避免误读历史》获得年度优秀论文奖，该文发表于同年 4 月 24 日《文艺报》。

40. 2017 年 11 月 20 日至 21 日，应中国报告文学学会邀请，参加中国报告文学学会、山东省作家协会、东营市委宣传部举办的"2017 黄河口报告文学创作高端论坛"，并作发言。

41. 2017 年 11 月 28 日，应中国作家协会邀请，参加报告文学界学习贯彻"十九大"精神座谈会，并作发言。

（统计截止于 2017 年 11 月 30 日）

李骏，男，湖北红安县人。先后戍边新疆、西藏，曾就读于解放军军事交通学院指挥系、解放军艺术学院青年作家班和鲁迅文学院第十一届中青年作家高研班，现为某部政治处主任。中国作家协会会员，中国散文学会会员。在全国省级以上刊物发表各类作品400余万字，出版《肝胆人生》《辉煌五十年》《党的忠诚女儿叶惠方》《谛观生命》《仰望苍穹》《军旅楷模》《生死大营救》《住进新营盘》《城市阴谋》《黄安红安》《穿越荒原的温暖》《遍地英雄》等著作。作品曾获第十一届《小说月报》"百花奖"、第十二届"中国人口文化奖"金奖、冰心散文奖、长征文艺奖、第六至十届全军文艺新作品一等奖、二等奖、三等奖，天津市文化杯奖、青年佳作奖，连续十届荣获总后军事文学奖等。作品多次被《小说月报》《小说精选》《读者》《中外期刊文萃》《青年文摘》等选载，曾被天津市评为"文学之星"。荣立二等功1次、三等功4次。

和平年代的军人形象怎样塑造

傅逸尘

上世纪 90 年代以来的和平时期，市场经济体制不断深化，曾经笼罩在军人这个职业头上的崇高光环渐渐褪去。"农家军歌"文学思潮的兴起，把农民出身的军人作为主角进行塑造，通过对军人生活和军人心灵的揭示，解构了已经成为创作定势的"英雄情结"，让我们清醒地认识到军人在走向现代化的同时又经历着复杂的嬗变。但因为对农民军人的狭隘性和功利性做了过度戏剧化的表现和片面性的价值评判，同时又欠缺对军人职业的一般属性和生活基本面的把握，"农家军歌"出现了创作瓶颈，以致在 1990 年代中期以后日渐式微。

和平年代，庸常且碎片化的生活如何把握？军人的心灵世界和精神图景如何建构？军人的意义价值怎样认识和表达？我认为，本质上还是要写人的心灵和精神。毕竟，再高科技的军事革命，也是以军人为主体，再高精尖的武器装备也要由人来操控。李骏的小说创作一头植根于红色历史，一头扎根于现实军营。长篇小说《穿越苍茫》书写的是家族史和母亲的生命史。他笔下的革命历史不夸饰、不隔膜，氤氲着一层生活的烟火气，充盈着生命的热力与温度。作者对革命老区红安当地的风物掌故、风土人情、生活习惯的熟稔渗透沉淀于字里行间，精彩而动人的细节俯拾皆是。作品呈现出人类内心深处极为隐秘而又细微的经验，对历史与生命、与生活、与生存的关系等等极富存在感的哲学命题进行了深入甚至严苛的探索与考量；将人心的坚韧、人性的高贵、信仰的坚定、生命的力量置于风雨如磐的革命历史背景之中，书写得真实感人、摇曳多姿。

而在中篇小说《费尽心机》中，李骏笔调陡转，呈现出内省和批判的锋芒。小说的主角黄山，是个深谙部队"混世"之道的人物。当兵之初就谋定要走"仕途"的黄山，从接兵开始就表现积极，会看眼色，善于揣摩领导心思，善于在领导面前表现，因而展现出不同方向的"气象"。正如李美皆所言："李骏这篇小说的力道就在于，不仅仅是批判黄山这个人，而是把批判的矛头含蓄地指向黄山身后的大背景。为什么部队能让那么多的黄山混得如鱼得水？谁给了黄山们成长的土壤？李骏的问号，实际上辐射了整个环境。小说是一个开放式的结尾：黄山会不会混成将军？这里面蕴含着隐隐的担忧：反腐以后的部队，还是不是黄山这样的人的沃土？也蕴含着深深的希望：和平年代的将军是真值钱的，是真能指挥打仗且能打胜仗的……李骏很会抓问题，他所反映的问题，都是在长期的军队生活中慢慢捕捉到并咂摸熟的，丝丝缕缕，都有着很厚的味道。不管他的忧思还是希冀，都沉甸甸的，其中三味，令人沉吟再三。这，就是现实主义的真切内涵吧？"

李骏的《待风吹》以叙述为主，细腻地表现了军机关在人事与作风方面的微妙关系。高级首长不但没有军人的阳刚与血性，反而在官场的潜规则中游刃有余，甚至可以说是老手；而机关干部则唯领导脸色是从。虽然结尾处由于人事的最终变动而有所改变，但也只是风格的变异而已——新部长不仅喜欢坐快车，还喜欢坐在车的前座，一边抽烟一边把脚搭在风挡玻璃前，动不动就开口来一句"他娘的，打残那个不老实的小日本鬼子……"作家将机关的官场生态描摹得入木三分，也令读者唏嘘深思。

现实主义与军旅文学是一对天然的盟友可以说是不争之事实，当代军旅文学始终坚守着"强健而充分"的现实主义写作伦理，坚守着对理想精神、英雄主义的张扬，坚守着对"文学性"的不懈追求，坚守着对现实生活积极介入、省察批判的勇气。"强健而充分"的现实主义既是一种特定的文学传统，也是一笔宝贵的精神财富；既是一种独立的文学品格，也是一种高贵的美学追求；既是读者想象军人、想象军人的参照，也是军旅作家塑造军人形象的根据和最为根本的写作伦理。

待风吹

李 骏

　　那批领导干部的命令还没宣布，机关便传得沸沸扬扬。一年中每到研究干部的春冬季节，人们都像吃了敏感药和打了兴奋剂，嗅觉变得格外灵敏，头脑转得格外快捷。各种消息漫天飞，好像人人都是干部部长。一位任免干事说："这也很正常，一个部门的政绩，有时就体现在培养和成长了多少干部上。战争年代如此，和平时期更甚。"

　　群众配班子，有时一配一个准。因此，陈副部长看上去好像心事重重。有人说，他将接任部长一职，这意味着跨入将军的行列；也有人说，他的仕途到站，即将面临退休。

　　对每个职业军人而言，从正师岗位退休，仅差一步到将军，这一步总是那样残酷，因此，每个干部退休的那一幕总是格外令人落寞。

　　其实，无论大家怎样说，他陈副部长还是原来的副部长，每天七点半，便迈着步子去办公室，在电梯里遇到年轻人，还要笑一笑，拍一拍他们的肩膀，关切地问一问过得怎样，谈对象没有，孩子学习怎么样，是不是又有好事了。有些胆大的，便当面恭贺他："陈部长，听说你要擢升了，恭喜啊。"

　　陈副部长笑："你要是上级领导或干部部长就好了。"

　　大家便同往日一样，在电梯里便笑出声来。但刚出电梯，大家的笑却又戛然而止。部门正职高明华部长就站在电梯口，等着下楼呢。

　　大家便收了笑，换上严肃，齐叫一声"部长好"。有人还伸手拦住电梯门，好让高部长先进来。

　　高明华部长脸色永远严肃，点了个头，先进电梯里去了。大家这才鱼贯而

　　　　　　　　　　　　　　　　　　　　　　"新生代军旅作家"面面观 |

出。电梯刚好合缝时，笑声便再一次在楼道里传出来。

一个年轻的助理对陈副部长说："真希望你早点接高部长的班，挂个金星。"

这话含着点什么意思，陈副部长只是打了个哈哈，拍了拍这位助理的肩，进自己的办公室去了。公务员已将办公室的门开着，桌子上的茶也泡得正当时，绿色的毛尖叶子朝下，正好喝。

高明华部长则不一样，下楼的脚步有些沉重，他也听到了身后的笑声，早上平静的生活迅速被打破，仿佛有什么说不清的东西突然丢在了他的心头上一样。不过，他很快恢复了常态，内心自嘲了一下。对他来讲，早已习惯了这座灰色大楼里发生的一切：人来，人往，人走，人留，就像院子里四季轮回的植物；花开，花落，叶长，叶黄，都是寻常之事。有时，他从明亮的办公室向外望去，外面的世界永远喧嚣热闹，云卷云舒，车来车往，一秋又一秋，就像身边走过的战友，流水的士兵，一轮又一轮。看上去，这里似乎永远是波澜不惊，水波不扬。无论有人来时兴高采烈，有人走时痛哭流涕，但到了高部长这个年纪，世事也便渐渐看得开了。什么副师正师、副军正军，最后都是军休所或干休所里一帮老头，有的散步有的打球，有的生气有的平淡，有的感恩有的骂娘。再或，他们便成了陆军总医院门诊楼里的一群百姓，脾气大的，依旧为谁先来谁后来和排队插队吵架骂娘。

在公务员小刘的眼里，高部长与陈副部长性格迥异，从喝茶这个问题上就可以看得出来。陈副部长喜欢喝浓茶，越浓越好，一天要换几次茶叶。而高部长则不同，他更喜欢喝白开水，特别是刚烧开又凉了几分钟的那种。小刘刚调来时，还曾有点奇怪，那么好的茶，高部长随手就交给办公室处理，自己竟然把白开水喝得津津有味。

能进入这个军级机关的人都不是普通人。所有机关人都知道，高部长是从基层部队一步步成长起来的。从战士到将军，一步一个脚印，难呀。有人算过，和平年代，如果从当兵提干后算起，一直干到将军，必须一步不落地往上走，慢了一步半拍，结果不是被裁减了，就是最后超龄了，早就该向后转了。所以高明华部长时常觉得自己挺幸运。他在机关开会时，常这样教育大家："要好好想一想，自己当年那些战友，现在都在哪里、干什么呢？有多少人还在基层，有多少人还没提拔，有多少人还在外地！你们比他们幸运多了，这不是因为你们才能有多大，而是运气比他们好。"大家这样一比，可不是吗？于是对升升降降、沉沉浮浮，也就慢慢地看得平和一些了。

高部长说这话时，也是对自己讲的。他平日有时也想想过去那些战友们，觉得造化弄人，命运无常，但最后就不想了，因为人到一定的地位，有些人便自动不让你想了。位置存在距离，地位有了差别，待遇隔了等级，再去攀亲，多少让人觉得有些那个。就像现在的同学会一样，干得好的无非是想让人知道特别是让当年的女友知道，自己干得很成功，起个广而告知的作用；而混得不好的，一是怕别人瞧不起，不愿去高攀，二是正好连份子钱都免了，不用再去凑那个热闹。人生，最后不就是图个平静吗？怎么折腾都是过。

高部长有时也这样想。特别是临近人生的最后一站，想得也就更多了。当年一起参战的那几个战友，还偶然会冷不丁地从记忆里蹦出来。多么难忘的岁月啊！那才是真正的生死与共呢。当年战斗打响时，大家互相掩护，互相帮助，生死相依，甘苦与共。等下了战场，那些战友有的已经永远回不来了，就地埋在他乡，有的甚至连尸体也没有找到。那时，高明华站在那些冰冷的坟茔前，眼睛都哭瞎了，泪水都哭干了。等部队撤回时，他进了城，当了干部，一转眼三十多年过去了，自己从一个普通的士兵干到了副军职，成为共和国新生代里的一名少将，有时想想，可不就像一场梦吗？

> 对世界而言，他们仅是一名战士
> 对母亲而言，他们却是整个世界

有一次，高部长坐在宽大的办公室，无意中看到这样两句诗，眼泪竟然不由自主地掉下来。

年纪大了，睡觉的目的有时好像就是为了做梦。有时的梦境，还能真实地还原当年的情景。比如，那场战争前，高明华原来农村的对象，突然写来了绝交信，说两人性格不合，要散了。扛着枪走向前线的他，知道对方无非是怕自己死了，当时的心情落到了冰点。在临行前夜，他们大碗喝了酒后，一个个将碗扔在地上摔碎，大家豪情奔涌，誓言杀敌，情绪激昂。只有高明华的泪悄悄掉了下来。排长问他是不是怕死？他说是想死。排长不明白他的意思，批评他的话不吉利。他其实真的想死，战士上阵前接到这样的信，的确令人失望。但他还是果断地写了回信，感谢对方想得周全。一边写一边有泪在眼窝子中打转，后来，上了战场，他再也没有哭过。空中的子弹嗖嗖作响，溅在石头上四处都是火花。俗话说，"新兵怕炮，老兵怕号"，但他们一个个都勇往直前。最后，排长为了掩护他，在炮火冲天中突然伏在他的身上，当硝烟散尽，排长炸成碎片，而高明华负伤下来却还立了个三等功……

命运真是无情而又无常呀。战后，他去了排长的家。排长的家在农村，只有母亲和一个妹妹。走进屋子里时，那是怎样的家徒四壁呀！他在战场上都没哭，看到排长家白发苍苍的老人和瘦弱纤细的妹妹便哭了，哭得死去活来的。从那以后，他便主动承担了老人和妹妹的一切，直到为老人养老送终。老人的眼睛最后也哭瞎了，但从未当着他的面哭过。再后来，他一直瞒着大家，始终供养着老兵的妹妹，直到她考上大学，大学毕业后找了工作嫁了人，还管着人家的孩子呢。老兵的妹妹从此就把他当作亲哥了，每年都要到他老家去看自己的亲人。这让他那个农村的对象肠子都悔青了。当他从战场上回来，后来又提了干时，农村对象又写信提出要恢复关系。他当时还未回去，便回信说："算了吧。我的腿打断了，组织上为了安慰我，才提干，你愿意跟着一个瘸子吗？"他本来是想试探对方的，看她是不是真心地爱他。结果，对方又不来信了。其实他的腿是负了伤，但并无大碍。从心底里说，他当时还是喜欢那个农村对象的，只不过，那封薄薄的信，好像一座大山在心里横隔着。前几年，那个对象还突然跑到城里来找了他，听说他在外当了这么大的官，想请他帮自己的儿子找工作。哨兵领着她进来时，他当时吃了一惊，竟然没有认出来。本来，对他来说，当了官之后特别是当了大官之后，"拒绝"这个词，已成为每天生活中必须面对的一件大事。每天，打电话的、写条子的、送礼的、请吃的、求情的，各种各样的人，找了各种各样的关系，为达到各种各样的目的，不停地缠着他，绕着他。他不得不拒绝，他不能不拒绝。但面对这个看上去沧桑无比的，后来嫁了一个小县城工人但又失去了工作的妇人，他竟然满口答应了。连办公室的主任都觉得奇怪，因为办公室主任那天看到，他一下午在不停地打电话，求人，找人，说好话。办公室主任觉得他有些不可思议，心想来找他的是一个什么样的呢？有这么大的魅力与权威？很快，办公室主任便理解了，因为有一天一个年轻人来到办公室，说找高明华部长。办公室主任问什么事。年轻人说，他管高部长叫叔，要感谢他的帮助。孩子很年轻，看上去很清秀，普通话说得也比高部长流利。办公室主任对高部长汇报后，高部长说："就说我不在，你让他好好干。"办公室主任就这样讲了，那年轻人听了似乎很失望，仍在办公室等了一会儿，最后嘟哝着离开了。走时，年轻人带了几双鞋垫，说是自己母亲亲手绣的。办公室主任转给高部长时，高部长端详了一会儿，那是多么熟悉的图案与颜色啊。当初未上战场时，他鞋里垫着的便是同样的鞋垫。但他对办公室主任说："你们穿吧，我现在不需要。"办公室分到的人都夸赞那鞋垫手工做得精巧，但高部长当时只是一笑，掩上门出去了。

岁月就像一条河流，无论人间如何悲欢离合，它永远不紧不慢地流着。送走一些什么，又带来一些什么。终于，高部长到了快退休的年龄，不知不觉便靠近了五十八岁。这个节骨眼上，再提一下，当个单位的一号，还可以干到六十，如果不提，意味着职业生涯到了尽头。之前，也有战友在聚会时对他说，再努力努力，凭你的能力和影响，再进一步，干个正军没问题。他一笑，将酒一干而尽，却始终不发一言。于是，机关便传出他胸有成竹，还会继续上。所以，一些人对他的态度突然又好了一些，谁都知道这意味着什么。当然，也有另外一些人，对他露出的笑，又淡然了一些。机关就是这样，每个人都有心里的底，这个底由谁兜着，旁人谁也不知道。在机关，不到最后，谁也不知谁是谁的谁。可能经历过战争的考验，高明华部长对此看得很淡然，升升降降，看得多了，世态炎凉，见怪也不怪了。

令他奇怪的，倒是自己的副职陈副部长，对自己总是那样的热情。见了面，一定要握个手，道一声好。一个班子里的人，天天见面，还握个什么手？但不握，又怕别人有想法，所以高部长总是"被握"。

凭心讲，他内心有时也质疑过这种热情。一个人，要有怎样的毅力，才能永远做到对每个人都像一团火，都能永远露出如此灿烂如花的笑脸呢？陈副部长做到了。与自己的大波大折大起大落和大刀阔斧的工作方式不同，陈副部长对每个人都是和风细雨，满面春风。在一起工作了三四年，你永远看不到他有什么个人哀愁，有什么情趣爱好，有什么越位表现。四年前，陈副部长从大机关下来给他当副职时，把高部长推荐的一个干部给压住了。他当时是有些不快的。但军人嘛，位置空出了，无论谁来，都得服从命令，不能有半点含糊。结果他推荐的那名干部，由于陈副部长这一压，便在副师位置上卡壳休息了。这让高明华部长觉得有些遗憾，多么能干的一个将才苗子啊！

高部长很快发现，这个陈副部长，不愧是从大机关下来的，干什么都有板有眼，有条有理，有规有矩，忠实地履行着副职的职责，做事不显山不露水，不抢风头，不图名利，让人挑不出任何刺来。民主生活会上，如果让高部长提意见，他可能给其他成员提一堆的意见，但他真的对陈副部长没有意见。因为从履职尽责上讲，高部长根本找不出陈副部长的任何缺点。平时，陈副部长做事，虽说没有新意，但执行任何任务，绝对到位；陈副部长做人，由于从来没架子，还颇能得到机关年轻人的欢迎。高部长也知道机关有些小聚会，大家轮流请客，都会叫上陈副部长，而自己却经常不在邀请之列。偶尔，高部长闲时，面对桌上的白开水，斜眼看到对门的陈副部长与下属们一起热热闹闹的，难免也飘过一丝失落。但很快，他就释然了。清者自清，浊者自浊，谁能要求别人都与自己一个样做人？

所以，高部长下楼时，听到身后传来的笑声，也见怪不怪了。

刚才匆匆下楼，是本单位的一号首长打电话召见他，想听听他关于接班人的意见。虽然，高部长心里偶尔也对陈副部长有点看法，觉得他身上的江湖气重，但军队就是一个重情重义的武装机构，带兵要求讲感情，战场上大家才能卖命，你能说有情有义就不好吗？这就像许多领导一样，都喜欢提拔自己身边熟悉的人，下面的人只会骂他们任人唯亲。高部长曾在大会上说："其实提拔熟悉的人，如果排除了单纯的利益和个人关系小圈子，也没有什么不好的。"他话音刚落，看到下面一双双惊愕的眼睛，便解释说："只有熟悉的人，才了解对方的优劣和特点，能将对方放在合适的岗位上，更好地执行任务。提升一个陌生的人，一来不了解情况，二来再在执行力上打折扣，难免会导致许多本该推行的事，最后不了了之，或是效果不好。所谓用人唯亲，不过是用人唯熟唯能而已。"下面的人听了，掌声开始自发而热烈地响起来。

高部长想，现在呀，说假话表态的话经常是一堆堆的，让人见怪不怪，而说真话反倒没人相信了。这是什么事呀。他一边想着，一边举手去敲一号首长的门。首长的秘书早在一边候着，他弯着腰给高部长拉开门，便出去了。一号首长从宽大的座椅后站起来，伸出手说："坐。"这个一号向来喜怒不形之于色，但说话总是带着一种威严，令人觉得深不可测。高部长却从来不惧，他坦然地坐下了。都是一个单位的常委嘛，平时在一起惯了，私下也就不拘束了。一号开门见山："年龄到了，有何想法？"高部长说："坚决服从组织。"一号点点头，说："上面征求了意见，我们也推荐了你，但到了这个级别，都是上级考查和配备班子，要综合考虑。党管干部，我们谁都有退下的那一天嘛。"高部长说："感谢首长，我清楚，没有任何想法。"一号打开一瓶矿泉水，递了过去。高部长接了，喝了一口，清冽爽口。一号又点了一支烟，问："你对继任者有何看法？是本单位产生好，还是交流的好？"一号这话说得含蓄，所谓本单位产生，就是陈副部长接任，如果高部长对陈副部长有意见，当然会认为是交流好。但高部长不假思索地回答说："这是组织上定的事。我只谈谈个人意见，仅供参考。"一号点了点头说："我相信你。"高部长便接着说："我认为吧，陈副部长年富力强，顾大局，讲团结，学识比较丰富，为人比较规矩，原则性也有，业务上从未出过差错，就是创新精神弱了些，过于保守。如果负责部门的全面工作，还是可以胜任的。"一号说："那我明白了。"

首长们谈话，都是点到为止，不再多谈一句。于是，他们接着又谈了一些别的，回忆了一起共事的日子。一号说："我当初来时，也是外来户，大家有看法，不也慢慢适应了嘛，适应总会有个过程。"高部长笑了。两个人一瓶水对着一根烟，说了半天。

一号说："放开官不官的不说，我还是高看你一眼的。比如，那次资助烈士家属扫墓的事，让我印象深刻。"

提起这事，高部长的鼻子陡然一酸。有天，一个助理拿着一张小报对他说："部长，你看看，这个母亲多可怜。"他当时还不太在意，等下了班，他看到一个母亲跪在烈士陵园的墓前，点了烟，洒了酒，苍老的手抚摸着墓碑对天长哭。文章介绍说，战争过后，许多人牺牲在前线，但他们的亲人，特别是那些来自农村的烈士家属，甚至没有钱去看看自己的儿子。而当这个母亲终于凑足了路费，来到麻栗坡时，哭得晕死了过去……那个围着头巾对天长嚎的母亲，一下子牵扯出了高明华的泪水。他伏在办公桌上，把门关上，听任泪水哗哗流下而不出声。从此，他便联络当年那些烈士的家属，要钱给钱，要物给物，联系他们扫墓，给他们解决一些实际困难。这事，还被人告到总部，反映他经济有问题。后来总部来查，发现钱都是从他工资里出的……

高部长对一号说："感谢你的理解和帮助。"

原来，工作组走后，高部长联络了一些人大代表，先后提出了"让烈士回家"和"给烈士扫墓"活动，在全国引起了很大反响。这事，一号调来后给予了很大支持，还设立了一个专项经费。

一号说："老高，人呀，我们今天之所以能坐在这里，就是因为他们付出的代价。所以，对待个人问题，我也就不多说了。"

高部长点点头说："首长，这个道理我是懂的。我的态度是，提了不客气，不提不生气。"话音刚落，他们大笑起来。

这时秘书又敲门进来了，他看了看高部长，高明华知趣地站起来。作为一个军级机关，一号每天都忙得不可开交，要见的人排成长队，要批的文件堆成小山。于是，高部长与一号握了个手，又敬了个礼，便回自己办公室了。

从陈副部长门口过时，高部长瞄了一眼，发现陈副部长正在看书。猛然，高部长心里有些期待陈副部长来对自己说些什么。因为，陈副部长也知道是一号首长在找他。以高部长的性格，首长不找，他是绝对不到的。曾经，高部长手下有一个处长调走时，向他请教如何与主官相处。他送了那位处长十六字：不叫不到，不问不说，问啥说啥，说完就走。那位处长击掌叫绝，后来还称之为至理名言。他自己也是这样做的，可现在却希望陈副部长能够主动一些。但陈副部长看上去心无旁骛，轻描淡写，没有任何动静。高部长不禁想，陈副部长到底是机关下来的，还真沉得住气。他于是对公务员说："请陈副部长到我办公室来一趟。"虽然办公室隔着办公室，但主官一般都不会亲自去请副职或下属的。

很快，陈副部长便进来了，他敬了个礼，腰板挺得笔直说："部长您找我？请指示。"高部长这才想起，从自己第一次见到陈副部长来时起，他的腰板好像一直挺得笔直。而且，除了开会，陈副部长几乎从未在自己的办公室坐过。高部长便站起身来说："请坐。"陈副部长这才坐了。高部长说："外面说我快退了，这是真的。好久未谈谈心，你有什么想法没有？"陈副部长说："高部长水平高，能力强，威信广，影响大，是我们学习的榜样。估计应该会再高升一级吧，组织上也不一定让你退呢。"高部长说："年龄是个宝，到了就成草。终究到了，还是要下来的嘛。副军正军，组织对我够好了，都一样。"陈副部长说："也有人说你不是高升，就会延长，再干一年。"高部长一惊：他在试探我？但面上不露声色，哈哈一笑说："我们都是党的高级干部，应该首先遵守规矩才对，如果大家都延长，把风气搞坏了，下面的人怎么进？一挤一大堆，大家会暗地里骂娘的。我坚决响应号召，不进则退，你放心。"陈副部长脸红了一下，迅速恢复了常态说："我不是这个意思，我还真希望您能延长呢。您要是延长了，我们还可以多享点福。不是说，当官要当副吗？我在你手下，干得挺舒服的。"

高部长见陈副部长就是不表明自己的态度，嘴里也掏不出什么来，似乎有些失望。他们便又聊了一些别的事，如部里其他人的情况，单位未来发展建设如何搞等。陈副部长只是听着，不表态。高部长顿时觉得无趣，便说："今天就聊到这儿，改天再说。"陈副部长便替高部长续了一杯白开水，就退出来了。

回到自己办公室，陈副部长关上门，又换了一次茶水，他站在窗前，望着楼下的车水马龙出神。当年，自己来机关时，高部长似乎并不欢迎的情形言犹在耳。那天，他来报到，高部长在会议室向大家介绍他时说："下面，我们欢迎组织上为我们配备的新副部长。"这句话话音刚落，当时就像响鼓一样，让陈副部长永远记住了。"组织上为我们配备的"——要说这半句话也没什么错，谁不是组织上配备的？但这句话明显是有抵触情绪的。何况，高部长还把一个"副"字拉得那么长，更让人有了猜测的意味。当时，陈副部长的脸便刹那间红了并发烧了。大家在下面唧唧喳喳起来。从此，陈副部长对高部长的心门便也关闭了。他给自己定下原则：做任何事，只要不出错，就是最好的；哪怕有新的想法，也以高部长定下的为准则。比如有次演习，如果按照导演部的方案，可能出现其他意想不到的失误，但他觉得这是组织上在考验自己的忠诚，还是不折不扣地遵循了。结果，人车都未出事，只是被"蓝军"差点拿了后勤指挥部。幸亏当时的参谋长，在高部长到上级机关开会的时刻，果断改变了方案，才使后勤部没有丢脸。这件事，陈副部长回来也反省了好一阵：明明自己发现了，却没有去纠正，往大里说，是对部队不负责任；往小里说，没有担当精神。但他又想，从另一个方面来讲，却也证实了自己对上级的忠诚。

高部长虽然在演习的总结大会上批评了参谋长自作主张，但人们都能听得出来，那实际上是在表扬参谋长临机应变呢。陈副部长坐在主席台下，又不自觉地红了一阵脸。从那以后，他做任何事，更加变得谨小慎微，小心翼翼，从不越雷池半步。机关人都这样，表面上嘻嘻哈哈，藏着掖着是常有的事，有棱有角的人，也渐渐被岁月磨平了。

十二月的风，在窗外开始慢慢将声音拉高起来。好像一些人，到一个单位久了，慢慢扎稳了根，觉得艺高人胆大，说话声调开始提高了，做事也开始高调一样。高明华部长却不这样，有多少人从身边如过江之鲫走过，如草木一秋

　　　　　　　　　"新生代军旅作家"面面观 ∣

迈过，一冬之后，军营里便减少了一些老面孔，又增加了一些新笑容。有什么需要高调的呢？从这一点上，他倒对自己的副手陈副部长还是挺欣赏的。至少他还不像其他那些从总部下来的人，看上去牛皮哄哄的，从不知天高地厚，以为自己在机关与首长们熟悉，便高高在上，做事说话带着腔，拿着调。高部长内心叹息了一声：人哪！

他在办公室坐了一阵，签完所有文件，突然决定到基层去看看。走在自己设计和施工的院落里，看到处处都有了新模样，高明华部长心里慢慢地温暖起来。仿佛那些树，那些石头，就像那些年轻的战士和干部一样，让自己渐渐变得充盈。但大风吹过机关幽深的楼道，让整个机关还是显得有些空落。按照习惯，平时那些年轻的战士干部，只要看到将军驾到，一个个都会自觉不自觉地躲起来，生怕自己哪方面做得不好。还有一些有些想法，或者是有点个性的想结识他的干部，本来想与他搭讪来着，却又怕别人看到了会引起猜测和说笑，所以也不敢随便接近。高明华部长心里清楚得很。就是那些常在身边的同志，与他熟了，也未必次次都报告真实情况，说些掏心窝子的话，因为人与人，说不清呀。高部长突然感到，与自己当初到这里来报到时相比，时代真的在变了。当初报到时，他说话很响，科长教育他："机关不能高声说话！"他问为什么，科长说："机关首长多，就没有高声说过话的。"他曾在下班后唱歌，科长又教育他："机关是不能唱歌的。"他又问为什么，科长理都不理他。他从此没有在机关高声说过话，大声唱过歌。不过，他倒总是想机关会出现这样的人，可从团职干到副军职，这样的人却未现出一个。想起此事，高明华就不自觉地摇摇头。这一摇头，他突然又仰起脖子，对着天空猛地闭上眼睛。等睁开时，他无意中发现，自己的副手陈副部长却正在那扇窗后看他，不管此举是有意还是无意，都让他打了一个寒颤……

高部长还未细思量，一个战士猛地从操场那边蹿了出来。原来，他在球场打球，由于投篮过重，球打了几个滚，借着风势，竟然滚到机关楼这边了。这个操场，平时只有勤务连和机关才用。机关那些人，天天有加不完的班，写不完的材料，自然没有锻炼的时间，更没有打球的心境。高部长过去也喜欢打球，不过不是篮球，而是乒乓球，结果听说机关有一半人都去学打乒乓球了。这样一来，每逢他到俱乐部打乒乓球，就有不少人等着陪练，说白了，他们的目的不是为了打球，更不是为了锻炼身体，而是为了接近他。不仅如此，这些人打球时，还故意输球，明显是在让着他。这让他第一次觉得打乒乓球没有意思。心想，如果身边的都是这样一帮人，部队还怎么能打胜仗呢？所以他后来去俱乐部的次数便渐渐少了，最后就干脆不去了。当然，他也偶尔去看看战士们的篮球赛。战士们比干部单纯，明显很欢迎他，但却把仪式搞得繁琐。只要他来，无论是打得怎样火热，带队的总要突然吹哨子，高喊："全体都有，立正！"大家不明白怎么回事，就立正了。接着有人便跑步过来，向他敬礼报告，把一场球的气氛搞没了。

在高部长的记忆中，还有一次令他特别恼怒。那天，他刚到操场边准备看球，没想一个刚从军校毕业分来的排长，发现他后，便又高喊大家立正，嗵嗵嗵地跑上前，向他敬礼，然后报告："部长同志，勤务连全体同志正在玩球，请指示！"高部长当了那么多年的兵，也觉得这报告词好像哪里有点问题，但事发突然，没容多想，他只得还礼说："继续玩球！"那个黑胖黑胖的排长答："是！"接着排长转过身，军姿倒是利落，回过头去对大家高喊："继续玩球！"由于排长喊话时声音中气很足，操场上打球的和不打球的都听到了，结果不知是谁突然意识到这话好玩，便哈哈大笑起来。这一笑不打紧，大家这才都悟到这句话有点问题，先是一个，接着是另一个，再接着三三两两，都忽然捂住嘴大笑起来。这一笑，弄得整个操场像滚雪球似的，全都笑开了。那些打球的小伙子，一个个也蹲下腰，笑得直不起身来。这场球，自然也玩不成了。高部长站在那里，走也不是，不走也不是，只得随大家一起笑起来。实际上，他心里恼火得狠。第二天，全机关的人都知道这事，有个领导还与他开玩笑："老高，继续玩球，笑倒一片啊。"他也笑："狗日的挖坑让我钻呢。"他也因此记住那个黑胖黑胖的排长了。那个黑排长，后来也知道自己惹祸了，自然见了他就躲。机关的人当时都在想，这下黑排长倒霉了，以后提升肯定会受挫。没想到，在一次选拔干部时，高部长说："那个坑我的黑排长，也满三年了吧？"干部处长一听，以为高部长是想让黑排长转业呢。正愣着让大脑高速旋转，没想高部长说："这样实诚的人，应该到后勤处工作嘛。"就这样，那个黑排长最后还因祸得福，不仅提升了，还到机关来了。如此一来，再也没有人开"继续玩球"的玩笑了。不过，人们遇到比赛，几乎不敢再邀请高部长观赛，都怕再引出点什么。除了少数几个一直跟他干上来的处长，没有人知道，其实高部长也是篮球高手呢。当年战争结束，他们在南方一个疗养院疗伤，伤好一点后，实在没事干，营区又不让外出，他便和几个伤友天天打球。三分投篮，那他也是一等一的高手。只是，经黑排长这一回闹的，他再也没有机会出手了。

　　高部长一边走一边正想着，突然发现眼前闪出一个篮球，便顺脚一带，球便转在手上了。捡球的战士跑得很快，差点与高部长撞个满怀。一见是部长，马上来个急刹车，脸都由红转白，又由白变红："报告部长，对不起，我……我……我……"他"我"了半天也没有说出一句话来。高部长问："今天有赛事？"战士更紧张了，说："没……没……"高部长严肃起来："正课时间，没赛事还打球啊？"战士说："报告部长，今天我打扫卫生，刚好看到一个球在操场角落里，一时手痒……"高部长笑了："篮球打得不错？"战士见高部长笑了，便放松了一些回答说："业余水平。"高部长说："正课时间，不能打球。"战士敬了个礼，胆子大起来说："部长，我打的不是球，是寂寞。"高部长的心突然嘣嚓一下，有些静止。战士胆子更大起来了，说："首长，那么大的操场，没事时，大家宁可坐着看书，侃山，也没有人敢在操场上练一下，我上高中时就喜欢打球，总想练一下，发泄发泄。"高部长说："啊？"战士说："部长，你不知道呀，我们从当兵到现在，天天不是训练就是值勤，不是开会就是集合，没有时间打球。到了星期天，大家上街的上街，洗衣服的洗衣服，睡觉的睡觉，总是凑不到一块。"高部长说："你们可以安排啊。"战士答非所问说："与我想像的部队不一样。"高部长又好奇了，问："有何不一样？"战士说："我想象中的部队，应该是热火朝天，生龙活虎，歌声遍地，操枪练武，不像这里，我们勤务连除了站岗，其他人多半是当公务员，进了机关楼班长要求我们，说话不能高声，连脚步声也不敢太大。从新兵连到现在，快两年了，手中的枪倒是真枪，但从没有实弹，连真子弹再也没见过。你说部长，这部队要是不打仗或不准备打仗，还要它干什么呢？"高部长心里一动：多像自己年轻的时候啊。他忽然从这个胆子有点大和性格有点莽撞的战士身上，体味到一股难得的朴实、诚实和真实。于是，他提议说："那我们去操场上打一会儿怎么样？你敢不敢？"战士瞪大眼睛："现在？"高部长说："现在。"战士说："部长，你不怕，我还怕什么？"

　　他们于是真的去了操场，先比赛投篮。部长三分球完胜，但毕竟手生，两分球投不过战士。于是，改为进攻，一个投球，一个抢球，一个前进，一个阻挡，看谁进的球多。两个人忽然就打得热火朝天。高明华部长突然觉得手也不生了，心情又畅快了。

正打得紧时，天空中的风也慢慢刮得更大了。伴随着飞舞的沙尘，偌大的操场，一老一小，在风中打得正欢。恰好这时，有个机关参谋从操场边走过，刚好是负责纪律检查的，看到正课时间有人打球，便跑过去准备训斥两人一番。但近了一看，这不是高部长吗？参谋吓得赶紧溜了。战士一看，高声笑了，也不管什么部长不部长，该怎么打就怎么打。

事情也凑巧，不一会儿，一个四处在大院里寻找新闻的政治部干事，四处瞅着走过来了。到底是搞新闻出身的，一看是部长与一个战士在风中打球，觉得有些新闻点，便什么也不说，连忙跑回办公室去拿相机，准备给高部长他们照照相。到了办公室后，提着相机出门时，这位干事还喊了一句："大家都看高部长打球去吧。"他这一喊，有人觉得奇怪，便跟着下楼来了。先是一个、两个、三个……结果不一会儿，操场边慢慢围满了人。那个纪律参谋抬头望去，整个机关楼的窗户，突然一扇接着一扇，慢慢地全打开了，一大群年轻的与并不太年轻的脑袋，挤在大楼的窗户边一边看热闹，一边猜测着部长的异常举动。

此时的操场边上，围观的人群越来越多，都在为高部长和那个战士叫好。有人报告给了陈副部长，陈副部长觉得高部长最近有些奇怪，刚才不还想找自己谈话吗？怎么一会儿又和战士一起打起球来了？陈副部长觉得奇怪，便也跟过来了。他刚到操场边，便让高部长看到了。高部长喊："陈副部长，一起来玩一会儿。"陈副部长心里一热，立即脱了衣服，扔在水泥地上，便跑到操场中了。陈副部长又回头招人，结果不一会儿，一个、两个、三个……两边便凑成两队，不言不语地分拨打起擂台来了。

冲锋、转身、接球、投篮……远击、近攻、三大步上篮……大家想不到，高部长的身手竟然如此矫健！而平时不太运动的陈副部长，居然也身手不凡。虽然他身体有些发胖，跑起来却毫不落后，一个接一个的三分球，几乎发发命中。天天为新闻不达标的宣传干事，边看边激动地想：一篇好新闻遇上了！透过手中的镜头，新闻干事看到，在大风吹起的扬沙中，在军旗猎猎的狂风中，一群年龄大小不一的军人，把一个普通的篮球，竟然打得风生水起，不亦乐乎。而操场边上的掌声与欢呼声，始终不绝如耳。宣传干事一边跑，一边不停地抢快门，他想：好久没有见过这样热闹的球赛了！只是风实在太大，他的眼睛吹进了沙子，拍的照片也是风沙飞扬，人疾如电，人欢马叫……新闻干事还懊恼着呢，没想到一个星期后，就是这组稿子，还登上了军报并配发了编后感言，让他圆满地完成了当月的宣传任务。

　　一个月后，上级的命令到了。高部长没有往正军职上走，而是顺利退休，按他在告别演说上的话讲，是"软着陆"，心情相当平静。陈副部长呢，也擢升为将军，不过他并没有接任高部长的位置，而是回到机关任职去了。有人说，他来头大着呢。到底大不大，也仅是个传说。人走了，大家便不关心了。人们关心的是，到了年底，就在勤务连的老兵们退伍、一个个哭得像孩子的那天，一位野战部队来的胖乎乎的师长，迅速填补了高部长的缺。再后，机关的人发现，勤务连那个曾敢与高部长打球的战士，被选调到小车队训练一段时间后，迅速当了新部长的司机。大院里的人说，只要出了机关大院，这个司机便会载着他们的新部长，把车开得比飞机还快。而这个新部长，不仅特别喜欢坐快车，还喜欢坐在车的前座，一边抽烟，一边把双脚搭在风挡玻璃前，动不动就开口来一句"他娘的，打残那个不老实的小日本鬼子……"

（发表于《人民文学》2014年第八期）

费尽心机

李　骏

1

我们那一茬新兵和那一届上军校毕业的学员中，大家聚会，或在电话里谈起来时，都提到一个多半不喜欢的人——黄山。

不喜欢一个人的原因很多，有时因为一句话，有时来自一个表情一个动作，有时可能是某一种气味，有时甚至是某人的某个部位长得与众不同。

黄山没有这方面的突出特长。甩在人群中，他与我们一样看上去稀松平常，毫不起眼。南方兵一般比较清秀，但黄山南北兼具，既有北方人的粗犷，也有南方人的简约，换我另外一个战友祁方定的话说，是"南人北相，北人南相"。

大家不喜欢黄山的原因，都是觉得黄山同志这个人，喜欢搞形式主义，擅长于表面工作。话这样说算是好听的，如果翻开条条谜底的另一面，用白话直说，就有些像我们同班同学祁方定的原话，"喜欢弄些虚的，作些假的，表态很积极，热衷于面子工程"。

我当年始终对黄山不冷不热。这是我的性格。我不喜欢一个人，也不一棍子打死，好歹也是一个车皮出来的，怎么也得考虑面子问题，维护一个地方的形象。再说，我们毕业后，虽然与黄山在一个单位工作过好几年，但我后来早离开那儿了，除了偶尔打个电话，发个短信，表示没有忘记外，应该说两不相干。但为什么今天我还记起黄山，并也耿耿于怀？

因为昨夜我做梦梦见黄山了。他像影子一样，似乎就长在我身体某个部位，又因为某事惹恼了我，让我在梦里气得快疯掉了。醒来我的手还在抖。

"你这是梦见什么了？抖得这样厉害？是不是做了亏心事。"我的抖动把身边的老婆都抖醒了，她打开灯问我。

我说："不可能。我什么也没梦到。"

老婆嘟囔着灭了灯，说我"心里有鬼，有点神经病"。

躺在夜里，我想，其实我好久都没有见到黄山了。他从分配到机关工作后，搞不搞什么形式主义，摆不摆什么官僚主义，我也看不到，也不过问。人以类聚，物以群分。我们除了是正宗的老乡，是一个车皮出来的，是一起上了军校的，又一起分到一个工作单位工作过外，我们是两种人。他属于早熟型的，吃得开，回故乡都能受到我们县委书记县长的接见，小车将他一直送到家门口；而我呢，基本上是坐公交车或打的，像个农民工一样，来来去去无声无息。

又是十几年过去，我们那一拨人渐渐进入中年。在我们那一届毕业生中，现在百分之八十的都转业到地方工作。留在部队的人不多，多半想混个退休。而黄山不一样，他升得比我们都快。我们副团刚露尾巴，他已调了正团。等我们刚跨入正团行列，他又从学校机关调任到某个单位当了政治部主任，拿着白纸黑字的副师命令，黄山还给我和祁方定发了条短信：欢迎到某某地来玩。

"某某地"我就在此不标明了，让人有对号入座之嫌。我们后来才知道，他发短信那天，刚刚宣布完命令。可以想见，那小样的高兴成什么样子。

那时，我正团刚刚公示，如果没有告状信，基本是尘埃落定。好在我的工作一直不在什么重要岗位，平时又自视清高，认为军队就是打仗的，把工作干好，做到问心无愧，对得起纳税人的钱就好，也就不搞拉拉扯扯，哪管团团伙伙！加上我要去的位置也是清水衙门，不被人看好和关注，因此告状几无可能，诬告更不现实。再说我们调职的这一批，正赶上了好时候，换同学兼战友祁方定的话是，"习大大坐帐军中，高瞻远瞩，纵横捭阖，大力倡导整治'四风'，该进去的人进去一部分了，没进去的多半在暗中发抖，而军事训练与演习成为常态，报纸上又出现'能打仗、打胜仗'的字样，一时军威大振，士气高涨"。

不太幸运的是，祁方定刚好在整风之前，因为在单位仗义直言，与主官闹得心情不快，在宣布调整岗位时，他决定脱下军装，加入到了转业行列，正在新疆的家中等待组织分配。谁知半年过后，恰逢党的十八大召开，军队形势大变，祁方定悔意顿生，一天一个电话，要与我交流军队内部的改变。他对"中国梦强国梦强军梦"的理论如醉如痴，深研细琢，每天开场白就是："要知有习大大真的整党治军，我就不走了，真是生没逢时啊。兄弟，有谁懂得，我在脱军装的那一刻，泪如雨注的感受！"

接着，他又多半要谈到黄山，"他会不会也在发抖呢？"

我说："发抖不可能，至少触动一下是可能的。虽然他爱作表面文章，但据我所知，他为人不贪。"

在我们眼里，如果为官不贪，多半也是有远大志向之士。因为这个，我们给黄山都发去了祝贺短信。至于去某某地一游，多半是想也没想过的。

2

其实关于黄山喜欢搞些形式主义的名堂，似乎从读书年代就有这个爱好。就像有些人热衷于赌博事业一样，黄山从小就爱琢磨人。我们上高中时，在一个班，他喜欢向班主任汇报思想。而且，不是汇报自己的思想，主要是汇报班上的动向。我们的班主任是个老学究，为了方便管理，对同学之间的事非常感兴趣，经常把一些同学找去谈心了解情况。只要发现了问题，非得水落石出，在班上大讲特讲，把好人说得上天，把差生臭得钻地。印象最深的是，班主任动不动就把大家的来信，当着全班的面读给大家听。我们读书时还不时兴手机，初中毕业的同学升到各个高中，交流主要还是靠写信。家信还好点，要是男女间稍有那个，班主任的脸便红得像打了鸡血，兴奋得了不得。

在记忆里，班主任经常戴着眼镜，坐在讲课台上，低头扫视一眼，大家的心紧张得要掉下来，生怕他的眼珠和眼镜也会一起掉下来，赶紧在心里道"阿弥陀佛"——生怕自己在哪里不小心又惹了事。犯事写检查，通常一遍是过不了关的，非要挖思想根源。因为班主任是教语文的，想逃没那么容易。黄山呢，也曾犯过错误，晚上上自习时，由于学校经常停电，大家便用煤油灯。他有次把灯打翻，烧了前排一个女生的长发。班主任把他整得不行，非说他心术不正。黄山当时脸上长满粉刺，都快憋得炸裂开了。他写了一个星期的检查，都过不了关，最后还是找我润色，才勉强逃过。从那以后，他变了一个人，有事没事经常往班主任的办公室跑，说是汇报思想，请教问题。同学祁方定说："请教什么问题？完全是狗屁胡说，全是打小报告，把班上某某和某某有点早恋的动向，某某考试藏小抄，某某与社会上的小流氓有接触……汇报得一清二楚。"

我们当时不知道，觉得班主任很神，班上连谁老是吃蚕豆放屁他都知道，晚上下了自习睡觉前谁说了什么悄悄话都晓得，因此从来不敢造次。直到有一次，一个同学晚上上厕所，不想跑那么远，就跑到班主任的屋子边撒尿，看到了黄山的影子，便趴在窗户外听，一听，肺都气炸了：小子原来在告密呢！而班主任，笑眯眯地点着头，还给黄山泡了一杯茶。

那晚，有个同学下自习后在黄山的座位上撒了一泡尿，另一个同学则在黄山睡觉的被子里泼了一摊水。

从此，可想而知，黄山在班上的地位一落千丈，一下子没有什么朋友了。因为曾经与我同过桌，有事只好求助于我。我想，反正他又没告我什么密，无所谓。可以说，在整个苍白的高中时代，黄山虽然在同学们眼里看上去并不咋的，但在学校老师眼中混得如鱼得水。每次轮到什么代表发言，黄山一般都是老师点击的对象。因为他的发言，最合老师的口味。而一谈到学习，老师们则摇头。包括班主任，有时看到黄山考得不好，便在班上骂："你要是能考上，我到山上去捉个猴子给你看！"

黄山一听，面子上挂不住，便勤奋学习起来。教室熄了灯，他便点上蜡烛，天天鼻子是黑的，脸色是黄的，身子也是瘦的。班主任开头还挺高兴，但过不久便不干了："黄山，你睡觉去！再学，你便是想死了！"

黄山说："我要学，我要考上大学。"

班主任说："不是我作估（小看的意思）你，你的天资不在这，底子太差了，要是到官场上混还差不多！"

黄山不服。他还是刻苦地学。

但非常不幸的是，我们那一届，湖北黄冈地区的分数奇高，除了一个近千度近视眼的女生小芳考上了本科，其他人一律走向了广阔的田野和社会。本来我的分数够中专线，但想想家里也没有钱支援上学，便算了。而黄山同学呢，连个中专线也没够上，加入到了大多数落伍者的行列。在经过一段非常的痛苦期后，当其他同学有的复读，有的出去打工的同时，我与黄山，分别在两个乡穿上了军装，来到了部队。

3

严格地说，自从高考一别，我与黄山既没有通过信，也没有到彼此的家里去走访过。征兵体检时，我在县里也没有见过他。

直到我们穿着军装集合要走的那一夜，一个接兵的少尉在点名时，我清清楚楚地从少尉嘴里听到一个熟悉的名字，顿时心里还吃了一惊：又遇到了老对手！

果然，黄山回过头来，看着我嘿嘿地笑了。

接着，少尉又念到了另一个熟悉的名字："祁方定！"

"有！"一个瘦高个站了起来。

少尉说："部队不说'有'，要答'到'！"

祁方定说："是！"

我们哈哈大笑起来。当时高考后久别重逢，大家便挤了挤眉。队伍一解散，我们便拥抱到了一起！

"又要在同一个战壕一起战斗了！"我说。

祁方定说："又走到一起了！高兴呀。"

"那是那是，我们一定要团结起来，好好战斗！"黄山说。

黄山说这话时，信心满满的。他一说，我过去对他不好的印象全飞了，觉得眼前是一片草原，通泰、辽阔。

我们被一列绿色的火车皮，直接拉到了新疆。在火车上，黄山不知怎么的，就当了临时指挥长，协助接兵干部管理大家。

他戴一个红袖章，喊这个坐好点，喊那个站直了。

我便觉得眼前的黄山才是真实的黄山了。

一个看着黄山指挥过来又指挥过去的新兵，觉得不顺眼，嘀咕说："不就是主动靠上去，给接兵干部点个烟端个茶杯呗，有啥了不起的。"

我当时也这样认为的，但很快发现自己错了。

开饭时，黄山指挥大家站队，白白的馒头摆在那儿，雾气腾腾的，远一点看就是像女人在洗澡。南方兵在家时很少吃馒头，闻到那味就不少人咂着嘴，好像口水要流下来了。不过，接兵的干部在集合时宣布了纪律："你们现在不是老百姓了，是有组织有纪律的一群军人，一切行动要听指挥！"

他这样一说，谁也不敢动。直到一声"开饭"，大家才一个个走上来，领了馒头就走。秩序本来挺好的，但黄山还在一边指挥："大家不要急，慢慢来，慢慢来！"

接兵的少尉，很欣赏地看着他。

终于轮到了我，我看到大家都拿的是两个馒头，也没想多拿一个，刚把第二个拿上，没想与另外一个粘连上了。一提起来，眼尖的黄山便看见了。他拍了一下我的肩说："老同学，每人先拿两个，不够要等大家吃完剩下后再说。"

我听了脸一红，觉得像做了亏心事似的，辩解说："我没拿三个啊，这是连在一起，还未扯断呢。"

黄山说："你别怪我，即使是同学，我也得公事公办。"

我心里呸了一下。看到少尉盯着他，悄悄地点头，我便知道他又受到领导的欣赏了。果然，饭后总结时，少尉表扬他说："我们的新兵黄山同志，觉悟高，思想好，讲团结，讲纪律，讲奉献，大家都要向他学习！"

他一说，大家鼓起掌来。

我们那茬当兵的，当时都非常纯洁。同一个车皮不是来自农村的，便是高中毕业没考上大学的。农村学校的生活质量之差，可以想见。所以大家一见馒头米饭不限量，便敞开了吃，胀得肚皮圆滚。少尉讲完话，大家便拼命地鼓掌，劲道大得很。我把手刚抬起来，看到了黄山向我投来得意的笑容，我吐了吐舌头，把巴掌又放下了。

一路上，黄山因为表现好，没少得到接兵少尉的表扬。

黄山在招呼大家时，已迅速由"同学们"改口为"同志们"。

新兵的生活就这样开始了。

新兵的滋味当过兵的都知道。无论我们在学习上怎么样，训练场上完全是另一番情景。当我们还在为踢正步走方队左右为难没有个样时，黄山那小子，倒天生是块当兵的料，不仅手摆得好看，而且正步踢得头头是道。新训的班长不时让他给大家当教练，还给他取名叫"框架兵"，就是排在整个队伍外边的兵，无论中间的踢得怎么样，但有了"框架兵"远远地看上去也整齐。我有幸和黄山分在一个班，客气地对他说："以后多照顾。"黄山毫不客气地说："都是同学，那当然要照顾。"因此，每当我的步伐走得不好，手摆得不齐，新兵班长都要让黄山给我单练。黄山很得意，在没人时，他对我说："你学习比我好，人缘也比我好，但有什么用？"我心里不高兴，但也不能表露出来。因为黄山在新兵连班长和排长眼里有了一席之地，我怕他打小报告，所以只有忍着。

不但我这样忍，我们那个班也是这样忍。过去有句古话，叫"人挪活，树挪死"，我不太相信。但到了军营，我觉得在黄山身上，好像得到了印证。在人民军队，他就像自己念的诗歌一样：

> 在部队这个大熔炉里
> 我像一条见到了水的鱼
> 自由自在地游来游去

他念诗时，我们都在训练之余稍事休息。新兵班长带头叫好，于是马上掌声一片。新兵班长指着我说："听说你文学功底不错，你讲一下，这首诗好在哪里？"

我顿了一下。新兵班长让我讲好处，那就是已经给予肯定了，我明白我要讲的，只属于点评式的赏析。于是我站起来立正敬礼，说："报告班长，这诗好在表现部队是个大学校，能让我们学到很多东西，又像一条在水里游的鱼一样，过得非常幸福。"

班长点点头。

这时，一个新兵问："这诗也有不对的地方，如果把部队比成熔炉，自己又是一条鱼，熔炉里的鱼还能活吗？这个比喻不搭。"

新兵说完，大家哄的一声笑了。新兵班长也不知这样表达对不对，脸红了。他问我："还是你说。"

我看了看黄山，黄山求援的眼光看着我，眼里写满了期待。我说："诗的意境不错，句子也很好，单个句子没有错误……"说到此时，黄山的脸上已绽放笑意。我本来可以就此打住，但看到黄山再把目光转向那位新兵时，眼里布满了阴冷，我便又加了个尾巴："但话说回来，熔炉与鱼放在一起，鱼只有烤焦了，也是个问题……"

大家听后再次爆发一阵笑声。新兵班长觉得很无趣，黄山的脸也变成猪肝色，大家不知该怎样收场，只听班长一声："集合，接着训练……"

这一训，就再也没有休息，站军姿一站就是几个小时。大家对我和提问的新兵李鹏有意见，晚上班长不在时，便议论纷纷。黄山更是对我说："还同学呢，你！"

我说："就玩笑而已，不必在乎吧？"

黄山哼了一声，拿着脸盆，给新兵班长洗衣服去了。

那时，在这一点上，我们班谁也赶不上黄山。每天早晨，他把班长的洗脸水打好，给班长挤上牙膏，然后恭恭敬敬地递上毛巾。到吃饭时，班长如果还没动筷，他便建议大家不能动；等班长开餐了，又主动给班长添饭夹菜；饭后又帮班长洗盘子……

这也就罢了，可气的是，我们一大早就都起来打扫卫生。明明都打扫干净了，可黄山非得拿着个大扫把，把靠近连部领导住的门口再扫一遍。过去，有的新兵表现积极，不到五点就起来扫，扫得新兵连长不高兴，就训："还让不让人睡觉了？以后这里由连部通信员扫，你们只管各自的卫生区。"

于是，大家不敢扫了。可通信员忙得像个什么似的，新兵信多，光信就发不完和送不完。黄山便主动承担这一角色，对通信员说："你是连首长，这些小事我们来做。"通信员比我们早一年兵，听了这话觉得很受用，就在连队领导面前表扬黄山。而黄山，每次等新兵连长、指导员快都要起床的时候，才装作慢慢扫到了连部，领导出来撒个尿，刚好就看到了他一个人，对黄山的印象也就更深刻了。

这一切，我们都看在眼里，记在心里，心里也想这样做，怕人说闲话，便又都不这样做；可别人做了，又看不惯他这样做。大家心里都明白，但谁也不说。我当时便想，这个黄山同学，将来不是一般人。

新兵班长是甘肃兵，文化不高，却对这些很受用。他开班会时经常表扬："这个黄山眼里有活儿，好好干，以后肯定有出息。"

"我呸！我呸呸呸！"

当然，我们只能在心里呸，嘴上可不敢呸出来。

果然，不久，新兵连开训练阶段分析总结会、伙食标准情况咨询会、思想工作座谈会、联欢会……不管这会那会，一般都是黄山作为新兵代表发言。他的发言，一般又都能得到上级甚至上级的上级的表扬和肯定。

因此，新兵没出连，黄山就成了名人。

最有名的事，是黄山令人吃惊的举动。新兵时，我们最怕检查内务。因为被子总是叠不好。

黄山问新兵班长："能不能用水？"

班长回答说："打湿了你怎么睡？"

黄山说："班长，睡觉是小事，影响班里的名誉是大事。"

于是，黄山先用水把好端端的被子打湿，干被子一过水，叠出来便很有型。黄山因此拿了内务第一名。可问题来了，那时我们在新疆，虽然屋子里有火墙烧着，但盖湿被子冻死了。我们都觉得黄山是死要面子活受罪，冻得受不了便用大衣盖着。第二天他便咳嗽。第三天夜里，他干脆钻到我被子里了。我推了他一把。他不动。再推，他附在我耳朵边说："都是同学嘛，应该互帮互助。我以后混好了，会罩着你的。"我还是推，他已打起呼噜了。我心软，便让他挤着睡了，反正大通铺嘛，大家训练累了，睡得死沉，也不觉得挤。

冻了几夜后，黄山觉得这个办法不好。他对我说："必须想新的点子。"

于是，黄山想来想去，又有了一个新的发明。他找来两块木板，放在被子里面，叠出后一撑，有模有样又有型。虽然睡觉时不太方便，但板子呈现出的效果很好，外面一看，整整齐齐的，像烙铁熨烫过一样。

新兵班长看了，说这个方法好，号召我们学习。于是，我们便四处找板子，实在找不着，最后大家一人出十块钱，由新兵班长集体购买回来，每人两块小木板，放在被子里夹着，外面也看不出来。

这样一来，我们班的内务水平迅速得到了提高，很快在全连出了名。先是排里，最后发展到全连，大家纷纷仿效，让团长政委来检查时，大大地表扬了一番，内务水平一下子就上去了。

这还不算。我们班有名新兵，就是给黄山写诗提不同看法的那个，叫李鹏，是个罗圈腿。本来他是当不了兵的，但由于他家乡在发达地区，人们热衷于赚钱做生意，当兵的欲望不再强烈，但当地为了完成任务，最后便拿李鹏凑数了。李鹏其实特别热爱部队，多次报名参加征兵，均因罗圈腿刷了下来。这次好不容易来到部队，正在高兴时，却因为站军姿时，两腿总是并不拢，让新兵班长头痛。退回吧，劳民伤财，影响不好——接兵的排长也是在出发那天才看到李鹏的，当时大家都穿着大军裤，看不出来。等到了新兵连第一天站军姿练习时，便发现了这个毛病。因此，他一再对上级领导说，既来之则安之——于是李鹏便留下来了。

黄山的训练效果那么突出，新兵排长便将李鹏放在了我们的队伍。黄山问我："你有何高见？秀才？"他一直称我为"秀才"，其实心里不屑一顾。我说不知道。黄山便去问老班长。一个老班长说："听老兵们讲，过去那个年代，入伍体检要求不高，也有罗圈腿的，人家硬是治好了。"黄山眼睛一亮，递上一根烟——他其实是不抽烟的，但总把烟备着——问有何高见。老班长说："得费点劲，睡觉时把双腿绑在一起，然后用几块砖头吊着压。"黄山说："这个方法好。"但老班长说："那是过去的年代了，现在讲究尊干爱兵，谁敢呀。"

黄山不怕。他回来用激将法问李鹏："你想不想治好你的罗圈腿？怕不怕吃苦？"

李鹏正在为罗圈腿经常遭到大家嘲笑而苦恼呢，胸脯一拍："不怕！"

黄山说："敢立军令状？"

李鹏尽管也不喜欢黄山，但年轻人豪气一上，干劲便来了："不怕！"

黄山说好。是夜睡觉时，待同志们都倒头便睡着后，黄山便将李鹏的腿紧紧绑在一起，用背包带捆得严严实实，然后让李鹏头朝里，把腿伸出通铺的床外几十厘米，用两块红砖挂了起来。也就是说，李鹏睡觉时，腿上吊着两块红砖悬空着呢。

李鹏起初感到脚既酸又胀，吊了一晚上便不想干了。黄山说："你不怕大家笑话你吗？革命战士就是要坚强。"接着，黄山便对他讲起黄继光堵枪眼、董存瑞炸碉堡、邱少云被火烧的革命故事。李鹏也许对这些革命故事并不上心，但心里却想早日把自己的罗圈腿治好。所以，他竟然坚持下来了。

我们先是一个，接着两个、三个，最后大家都发现了这个秘密。有人骂黄山恶心，也有人坚持不能让李鹏拉全班的后腿，影响成绩。无论大家怎样看，李鹏白天总是把裤管弄得紧紧的，我们也看不到效果。但新兵连快结束时，李鹏的罗圈腿，竟然让黄山真的给治好了！

这个消息，经新兵连一反映，全团都觉得是个新鲜事。有个报道员还想写报道，结果被团政委骂了一顿："也不是什么光彩事，更不是先进经验，写什么写！"

本来，新兵连一个指导员，还想拿此事当作政绩做文章，先让黄山写了发言材料，以为能上大会交流，没想政委这一骂，材料便泡汤了。要说这材料，黄山还找我加了工、润了色。我一边改，一边对黄山说："也不知你是给我们家乡人争了光，还是给父老乡亲丢了脸！"

黄山说："你们要提高认识。军队这个熔炉，什么奇迹都可能发生，不怕你做不到，就怕你想不到。"

听了这句话，我当时吸了一口冷气。我觉得从本来普普通通的黄山身上，突然感觉到了一股巨大的力量，心情变得复杂起来。

4

新兵连结束分兵时，黄山因为表现突出，直接进了机关，到政治处当公务员。而我们，多半分到了基层连队，不是站岗放哨，擒拿格斗，就是打扫卫生，喂猪做饭。

我们那批兵，顿时都感到了明显的差别。

新兵李鹏，因为治好了罗圈腿，被参谋长认为特别能吃苦，要到了司令部当通信员。

我到连队报到的那天，连长就问我："听说你与黄山一个镇的？"

我说是。

连长看了个子矮小的我，叹了口气说："人与人，差别咋就那么大呢？"

我不知道连长指的是什么差别，似乎觉得自己长得对不起观众，当时的脸立马便红了。

经过了新兵连的紧张生活，连队的生活要舒服得多。没事时，老乡们便喜欢围在一起，谈心得体会，侃大山。有人要叫上黄山，马上有人说："人家在机关，与我们不一样，还是算了吧。"特别是分到远离团部属于小散远单位的祁方定，一提黄山，便开口想骂。他说："没这个老乡，做人有什么意思呢。"

他一骂，大家便不提黄山了。

倒是李鹏，经常参加老乡们的聚会，不时还从机关带点好吃的给大家。大家觉得李鹏挺讲义气。李鹏说："说真的，我还真得感谢黄山，虽然他让我吃了那么多苦。"说着，他拉起裤腿，让我们看。

我们都吓了一跳，只见李鹏的腿上，四处都是疤痕，因为绳子捆得过紧，加上长期由两块砖吊着，李鹏的大腿上有两道深深的轮印。由于没有结疤，还鲜红红的，看上去像是车轮压过一样。

我们对黄山顿时有了另外一种更为复杂的感情。有时，我们到团里开大会，就会在主席台上看到黄山。他正在给首长们端茶倒水。有时，我们在连队的操场上训练时，还看到他陪着政治处主任巡视时的样子。走在首长后面，黄山看上去也像个大人物。我们那批兵不少人感到特别失落。

有天，我在路上碰到了他。黄山说："你们老乡搞聚会，也不叫我。"

我说不是我组织的。

黄山说："怎么我们也是同学嘛。有什么情况及时向我报告……"

可能他意识到"报告"这两个字不妥，又改口说："让我也知道一点基层的信息。"

他把"基层"两个字咬得很重，让我有了低人一头的感觉。

我说："你混得多好啊，要基层的消息干什么。"

黄山说："我知道你们对我有看法，但我有我的理想。我的理想是与你们不同的。"

接着他告诉我，政治处主任准备送他去学习了。

我问学习什么。他说："学习写新闻报道。"

我说了声"恭喜"。于是我们便道别了。从那以后，有三个多月，我们都没有见到黄山，再见到他时，已是在军区的报纸上。天啊，黄山的新闻报道，竟然能够在军区报纸上刊发了！

这个消息，让团政委都很高兴。在一次全团的军人大会上，政委专门提出了表扬。黄山从此成了全团的名人。

我见到了那篇新闻报道，大意是说团长为基层办实事，与战士同吃同住同训练。其实，我们后来才知道，团长也仅是那天穿着迷彩服，路过训练场，看到一个兵练得实在不怎么样，便忍不住趴在那里教他怎样练射击，刚好被拿着相机找新闻的黄山看到了。咔嚓一下，新闻出来了。听说，政委表扬此事时，团长并不怎么高兴，认为报道不实。但政委说："我们团好长时间没有给军区上一篇稿子，能出来就不错了，应该鼓励鼓励。"团长这才没有吭气。

无论新闻背景是怎样的，反正黄山在我们那批兵中，一下子出大名了。他走到哪里，哪里都有手指指着他说："看，报道员过来了。"

那时，我们发现，黄山与过去有不一样的地方了。起初，他是平头。到了机关后，头发稍长了一点，但自从发表了新闻作品，他的头开始发亮了，并且梳得井井有条，特别是前额边的头发，往后一梳，再打点摩丝或用水打湿，往后一边倒，很像一个干部了。

我们指导员有天对正在扫地的我说："听说你的文字不错，你也得学学那个小黄，写点东西，给我们连添点彩。"见我没说话，指导员又说："我敢肯定，这小子没准哪天会提干！"

这一下击中我的心窝了。提干——那是多少当兵人的崇高梦想和向往啊！

我的心一下子被激起来了。每天晚上，当大家聊天时，我也趴在桌子上写。有人问，我便说是给家里或同学们写信。

我们班长姓高，他说："不会是有了女朋友吧？"我连忙说没有。高班长说："有了没事，占个指标也挺好，你看我，参加革命快十年了，还是个光棍，连个指标也占不上。你们可别学我。"

高班长那时是志愿兵，对我们很好。他一说，全班人都笑了。

我其实不是写信，是在写小说。但怕发表不了，所以我一直用一个本子盖着，有人来，便把信纸翻出来，没人看，便把信纸推到一边继续写。

有天，黄山给连队打了个电话，说找我。我开头不想接电话，但电话就是我接的，只好问有什么事。黄山说："连队有什么新闻吗？我们合作写一个。"

我说："好像除了正常的工作、训练和生活，没什么新闻。"

黄山说："如果连队有了什么新鲜事，你一定要告诉我。我们可以联手写。我与各个连都有联系，建立了通信录，专门寻找新闻线索。"

我说好。

从此，黄山几乎每个星期都要打一遍电话，寻找新闻线索。我觉得不好意思，便随口说："有倒是有一个，但不知能不能写。"

他问什么事。我说："今年的年终总结前，指导员把大家送给他的烟酒都退了。"

他一听很感兴趣，问在哪里退的。我说："在军人大会上。"

他高兴起来："在大会上？当着全连的面？"

我说是。

他说："这个题材好，你先写个初稿给我，我联系报刊，到时一起发。"

我说："还是你来写吧，你是专职的报道员。"

黄山说："你起草个稿，我到时根据要求再改一下。"

我于是写了一个稿，给了黄山。他来到连队，敲开指导员的门说："领导，我和你们连的同学写了一个稿，请你批评指正。"

指导员一看，很高兴。对黄山说："我就说嘛，你将来一定有出息，还号召你同学向你学习呢。"

黄山说："哪里哪里。"

指导员看了稿，签了字。黄山拍了拍我的肩，便走了。晚上，我不放心，便给黄山打电话说："这事报道出去到底好不好啊？"

他说："有什么不好？"

我说："指导员退礼是件好事，可为什么非要公开退呢？他完全可以私下退啊。"

黄山说："这正是新闻点，公开退，可以杜绝以后的人再送啊。私下送私下退，既没有人知道，也不能起到震慑和示范作用。"

我还是觉得不踏实。不过没几天，当地的报纸便将这个新闻报道出来了，政治处主任很高兴，觉得这是我们团党风廉政建设的体现。

我们连也订有这个报纸，一个老兵看到了，对我说："哼，这事也登报，完全是形象工程。"

我听了脸红了。不过，感到万幸的是，黄山在发表这篇文章时，不知是有意还是无意，没有署上我的名字。我本来想问他一下，但他碰到我后，从来不提稿子的事，我也就不再问。

从那之后，他不再给我打电话要新闻线索了，跟别人要不要，我也不知道。

那时，时近冬天。新疆的风很大，刮在脸上，只要不涂油脂，迅速便起了一道又一道的口子。我喜欢待在屋子里看书，也不知道黄山是怎样找新闻的，反正，我们经常能在军区的报纸上读到他的新闻大作，无论事情是真的还是有水分的。

年底，在全团军人总结大会上，黄山立了三等功，成为我们那批兵中，最早也是唯一立了三等功的一个。

第二年春天，黄山还顺利加入了党组织，成为一名光荣的预备党员。

这件事，他以电报的形式发给了家里。他父亲兴奋地跑到我家聊天，与我父亲谈起此事时，说："儿子现在是党的人了，高兴呀！"

我父亲于是让我妹妹给我写信，在信中教育我说，"一定要向你的同学黄山看齐。"

祁方定家里也写来了同样的信。于是，他约我一起聊聊。我们两人沿着茫茫的戈壁滩，漫无目的地行走，两个人对照起黄山来，都觉得有些怅然若失。

5

有一天，我到团部机关大楼送个文件。在大楼里碰到了黄山，他一见我，显得很亲切。说："怎么到机关大楼来了？"

我说："难道不能来吗？"

他笑了："既然来了，去我办公室坐坐。"

我本来不想去，但经不起他一拉，便上去了。

与我们在连队拥挤的生活相比，机关大楼不仅干净漂亮，环境优雅，而且宽敞明亮，书籍成堆。我正在心里羡慕着，黄山给我冲了一杯咖啡，说："这是主任送我的，怕我熬夜受不了，你也尝尝。"黄山说这话时明显强调了"主任"二字，其实不用尝，我心里已有些酸溜溜的了。一尝，却是一股苦味。

这时，黄山又把自己发表的作品剪辑本拿到我面前说："请批评指正。"

我连忙装作翻阅的样子，这时进来了一个中尉军官，我赶紧站起身来。黄山也急忙把剪辑本收回去，站起来对那个军官说："朱干事，这是我的老乡李东东，平时也写东西。"接着他又向我介绍："这是负责宣传的朱干事。"

我说："朱干事好。"接着想解释并不是黄山说的"也写东西"。没想，朱干事只点了个头，看了我一眼，便出去了。

黄山对着朱干事的背影，关上门说："牛什么，总有一天，我们会比他们强。"

我还没开口，黄山便说："无非是提干的，有个亲戚在军区，一天到晚牛哄哄的，有什么能耐！"

我说："人家是干部，我们是战士，是不是应该尊重点？"

黄山说："要不说你在基层待傻了，干部中也有草包货。"

这时，送信的通信员进来了，交给黄山一封信："黄干事好，你的信，某某大学来的，还挂号呢。"

通信员说着做了一个鬼脸。

黄山说："好，放在桌上。"

我就在黄山的办公桌边站着，看到那封挂号信上，竟然是一个非常熟悉的名字，就是我们班考上大学的那个近视眼女生小芳。她竟然给黄山来信？

黄山见我也看到了女同学写来的信，便有些炫耀地对我说："这个女同学，你也看不出来，人家是大学生，竟然给我写信，说要与我谈恋爱呢。"

我奇怪地看着黄山："与你谈？"

黄山说："是呀。我还不想，因为人家上了大学嘛，但你无法阻止一个人对你的爱，是不？"

我差点笑出声了。

因为我想起了我们读书那些年中，黄山曾给班上另一个漂亮的女生写信，说爱她。女生好长时间没回信，黄山害怕了。他生怕这事让无比信任他的班主任知道，再当众念出来，那是多么难堪的事情啊。结果，有一天，他利用机会找到那个女生说："如果你不想谈，请把信退给我行不？"

女生说："信早就撕了。"

黄山不信，又拦在路上要了好几次。女生一生气，把这事对另外一个女生说了。于是班上便传开了。

我说："是不是人家现在考上了大学，以后是国家干部了，你追人家的吧？"

黄山脸红了，坚决予以否认："老同学，我是那样的人吗？你把我看扁了。我知道，你们都对我怀有偏见。"

我嘿嘿地冷笑。

黄山说："李东东，总有一天，我要混个人样给你们看看，不信走着瞧！"

我说："你谈恋爱与我有啥关系？你爱与谁谈，那是你的自由。"

黄山说："这话可千万别在老乡中说。"

我觉得话不投机，寒暄几句准备走。

黄山送出门时，对我说："老同学，有个事我给你解释一下。"

我说："什么事？"

黄山说："那次发稿子的事，不是我不署名，是报纸把你的名字给漏掉了。等我发现时，找他们，他们说报纸已经出了，多一个名字少一个名字并不重要。"

我说："没关系。就一篇破稿子嘛。"

黄山说："可不能这样说。这代表单位的形象呢。"

我说："你能保证你的每篇稿子反映的内容都是真的？"

黄山说："那不一定，水分肯定是有的，难免要拔高一点嘛。有时是我拔的，有时是主任拔的，有时是报纸的编辑拔的，都是形势的需要。"

我说："新闻的生命在于真实，如果这样搞新闻，还有什么意思。"

黄山说："我看你要动动位置了。长年在基层待着，思想跟不上形势。一切要讲政治，讲政治你懂吗？"

我白了黄山一眼，走了。

新疆的风大，一出门，我便被吹走了几丈远。我突然想起了黄山曾说过的一句话：火车不是推的，新闻却是可以吹的。

6

有一天，我在团部的路上执勤时，看到了宣传科的朱干事。他拿着一个相机，四处瞅。见到我，他停下来说："喂，兄弟，你不是那个听说喜欢写小说的战士吗？"

我敬了个礼说："朱干事好。"

朱干事回了个礼说："来，我们聊聊。"

我说："我执勤呢。"

朱干事说："新闻干事到哪里，哪里就是工作。没关系。"

他接着问我："你们那个同学黄山，听说他舅舅是总部的一个大官？"

我说："没听说啊。"

朱干事说："他自己说的。我就知道，整天就会吹牛。"

我怕对黄山有影响，便不置可否地说："也许，也许吧……我们来往不多，可能，可能吧……"

朱干事说："你那个老乡啊，有心计。明明是自己写信追一个考了大学的同学，还非说人家追他。可能吗？"

我说："报告朱干事，这事我不知道。"

朱干事说："你们当然不知道，可我与他一个办公室，当然知道呀。连送信的通信员，叫他干事他也答应，还不是一个官呢，最多也就一个班长！"

我说："朱干事，要没事我就走了。"因为我真的不想纠缠到他们的事中去。

朱干事说："听说你喜欢写小说，哪天我们切磋切磋。"

我说："那是闹着玩的，向你学习。"

朱干事说："学习啥呀！小说可以虚构，现在有人连新闻也学会虚构了。长此以往，作风下降呀。"

我知道他指的是黄山，便又提出要走。朱干事说："兄弟，你急什么？不说这事了，至少，我能保证我笔下的新闻都是绝对真实的，宁可一月不上稿，也不登有水分的稿子。"

我说："好。"

朱干事拍了拍我的肩说："兄弟，今天的话当我没说。只是随便聊，要不然我们主任又会批评我了。主任经常说，'你看你一个干部发表的，还没有一个战士多呢'，主任就在乎上稿量！"

见我没有应答，朱干事说："兄弟，你好好写你的小说，发表了我们学习一下。"

我支吾了一句，便走开了。

本来，我很想把朱干事的话告诉黄山，又怕引起他们的矛盾，最后想想，多一事不如少一事，还是算了。

此后，我从勤务连调到修理连，又从修理连调到汽车连，最后调到营部当通信员兼文书，每天工作之余，必做的一件事，就是写作加看书。我想，正儿八经的高中生，不考个军校怎么行呢？

新疆的天气，一天天暖起来，暖得让人觉得心窝子一直是热的。我们营长是四川人，动辄一句"格老子的"。对我，他经常说的一句话就是："格老子的，当兵不想当将军，那是个啥兵？赶紧地复习，考个军校给我们营争光，都剃了好几年光头了！各营一起开会，头都抬不起来！"

7

终于，在我投出去的小说没有一篇发表的时候，真的考试时间就快到了。

有一天，黄山找到我说："老同学，就快考试了，有什么打算？"

我说："看考的情况再说。"

黄山说："我找人了，想与你一个考场，行不？"

我说："那是你的自由呀。"

黄山说："你知道的，我的成绩并不太好。原来还以为靠写新闻作品提个干，主任也答应帮忙。但现在看来，提干哪是那么容易的事呀！还是考学靠谱。"

我说："那就好好复习呗。"

黄山说："我就想与你一个考场，到时请你照顾一下。"

说着，他拿出两筒麦乳精放在我的床头柜里，说："都是同学一场，一起共进退。这是一点心意，你补补脑。"

我说："不用，我不吃这些东西。营里的饭好得很呢，不需要补。"

黄山说："你知道的，我要是考不上，近视眼小芳可能会把我甩了。我原来吹嘘说会提干的，现在八字没有一撇，回去也没法向我父母交代。"

我说："考不考得上，都是命，努力了，就无憾。"

黄山说："你不知道啊，我告诉你吧。为了提干，我父母花了不少钱呢。可是，这事只能跟你说，你是作家，心地善良嘛。你也知道，我父母在乡下，有时还去捡破烂，我想着都要流泪……"

说着，黄山真的掉下泪来。

那是我第一次见他掉泪。我最怕男人掉泪，所以沉默了。

黄山说："老同学，你只要答应帮我，其他的我来办。"

我不相信，他一个战士能办成？

结果，上了考场，我大吃一惊：黄山竟然就安排在我的旁边！

他得意地朝着我笑。

那时，新疆四月的白杨树，已有星星点点的绿芽冒出来。我的脑里突然蹦出了北岛那句最有名的诗："高尚是高尚者的通行证，卑鄙是卑鄙者的墓志铭"。

考后，在回来的大巴车上，我把这句诗写在纸上，给黄山看。

黄山笑了。他在后面写道：你可以摧毁花朵，但你不能阻挡春天。

8

七月份，我们的通知来了。

我的分考得比较高，黄山因为是推荐上学的，分数线相对低一下，只要过了提档线就行，所以，他也顺利地拿到了通知书。

老乡中一同上学的，还有小散远单位的祁方定。

三个人拿着通知走在一起，祁方定说："黄山，你平素牛得不行，我们在基层，不也一样能上军校？"

黄山笑着说："我们不一样，不一样。"

祁方定说："哪里不一样？"

黄山说："大脑里不一样，想的也不一样。"

祁方定说："屁"！

不过，都考上了，也是好事。大家便相约在走前请一个团同一个车皮来的老乡吃顿饭。

黄山说："到时我请客！我好歹还有稿费。"

祁方定说："那说定了，到时不要散软蛋。"

黄山悄悄地对我说："感谢老同学啊。"

我说："考试时，你的脖子伸得那样长，也不怕监考官发现。"

黄山说："那你就不知道了。"

他显得很神秘，马上住了嘴。想了想又说："做大事的，必须闭嘴。不闭嘴的人，做不了大事。"

我说："你又来政治上的那一套。"

黄山说："老同学呀，人只用两年时间便学会了说话，却要用一辈子的时间学会闭嘴，这你们不在机关生活过，不懂呀。"

我说："你不是说你家有什么人在总部机关，我们怎么没听说过呀。"

他脸红了一下，迅速恢复了常态："兵法中，什么叫虚虚实实，实实虚虚？实则虚之，虚则实之。"

祁方定个子大，在他屁股上踢了一脚说："实你个头，虚你个尾！搞了几天新闻，就不知道自己是谁了！"

黄山也不恼，只是笑。

我一下子觉得他身上有股特别的东西，也许真的值得我们学。

走前，黄山又放了一炮，给团领导写了一封决心书。意思是，自己热爱边疆，热爱团队，毕业了保证回团里工作，把青春献给可爱的团队，献给可爱的边防一线！

团政委看到决心书后，把朱干事叫去，要他写篇新闻。后来，这篇题为《献了青春献终生——从入学前想到毕业后说开去》的新闻发表在全军的报纸上。黄山还未入校，便又成了名人！

祁方定说："黄山，你真会作秀！"

黄山说："这不叫作秀，你想，边疆考出去的，按哪里来哪里去的原则，肯定是要分回边疆的。我只不过是找了个新闻点，走前再给团里做点贡献。"

祁方定说："我他妈真服你了。"

黄山私下对我说："既然考出去了，回不回来还不一定呢，走着瞧。"

我突然觉得黄山深不可测，对这个始终同过学的同窗，刮目相看起来。

老乡聚会送行那天。我们都参加了。大家拼命给我和祁方定敬酒，黄山受到明显的冷落。除了治好腿的李鹏对黄山千恩万谢、感恩不尽一个劲地敬酒外，其他人仿佛没有黄山似的。

我只得拿个酒杯给黄山喝一下，黄山说："酒这东西，不喝不好，喝多了更不好。"他贴着我的耳朵说："燕雀安如鸿鹄之志哉！"

酒到中途，黄山说出去方便一下。这一去，就没有回来。最后，还是我和祁方定结的账。

祁方定见了面就骂他滑头。

黄山说："我刚出去，碰见了政治处主任，非要我到他家里去吃个饭，我只好去了。"

我看着黄山。黄山说："真的，朱干事也参加了，不信你问朱干事。"

我们当然不会去问朱干事。我们只是坐着车，各怀心事，离开了两年之久的新疆，离开了我们的连队。

走的那天，许多战友在告别时都哭了。我们知道，这一去，不知什么时候才会再见。因为等我们毕业回来，除了转上志愿兵的战友们，其他人，可能从此一生再也见不到了。

于是，我们哭得一塌糊涂。

只有黄山，他一路都吹着口哨。他是从机关走的，机关除了领导，就是通信员，所以没有人送他，包括平时一直叫他"黄干事"的通信员。据说，黄山答应在某个新闻作品上署通信员的名字，但一直到走，通信员也没有见到。他原来指望接黄山的班的，最后干了一年，只好下了连。对此，通信员感到非常失望。

列车咣当咣当地向着熟悉的中原进发，我和祁方定两眼汪汪的，看着戈壁滩如箭一般向后退去。我们想不到，两年多的岁月，就这样一晃而逝。不知道，时间都去哪儿了？

<h1 style="text-align:center">9</h1>

看惯了黄山在团里的表演，我想，他到了军校那样人才济济的地方，肯定会有所收敛了。

但这只是我一厢情愿的想法。

由于全军的报纸登了黄山还未出发就要回边疆的誓言，他到学校便受到了礼遇。报到的那一天，我们又分在一个队，接待我们的队长说："你就是黄山？"

黄山敬礼说："报告首长，我是，请您指示。"

队长对这个动作相当满意，点点头说："不赖，好好干！"

相反，见到我和祁方定，队长只是淡淡地点了点头。

军校的战友来自四面八方，到了一起很热闹。黄山放下行李，交给我说："一切交给你了，我有要事要办。"

还未等我答应，他就走了。下午，等我帮他铺好行李，他回来时，左膀上已戴上了"接待人员"的红袖标。原来，他帮队长接新生去了。

201

这一点让队长更加满意，他在晚上的小会上说："有的同学，刚放下行李，便有主人翁的积极性，主动去接其他同学。"言下之意，就是批评我们没有这种主动精神。

果然，第二天，随着报到的人越来越多，黄山被任命为临时区队长。区队长在学员队有很大的权力，可以亲近队干部，又可以指挥学员。在队长眼里，"这个黄山不愧为典型"。

于是，我们那一届开学典礼时，黄山作为学员代表，在全校大会上发言，表决心。这种事他轻车熟路，而且，这次的决心表得比过去都狠。

"感谢党，感谢组织给了我们学习的机会。我们将抓住这难得的机会，用全部的精力去搞好学习，不愧人民的重托！"

"感谢学校，感谢学员队领导对我们的关心关爱，一进校门便感受到了这种强烈的温暖，这一定化作我们学习训练的无穷动力，激发我们学好知识，报效军营！"

"感谢每个同学选择了这所全国闻名的学校，我们会在此相识相知，相亲相爱，绝不辜负青春的相约，以后到更广阔的军营舞台上去建功立业！"

黄山每念一句决心的结尾，就加重语气，等待大家的掌声。他声音高亢，嗓音洪亮，语坚气昂。一篇决心下来，赢得了掌声无数！

我们坐在下面，看到黄山肩膀两边的红牌牌闪闪发亮，像他脸上的青春痘一样，一切欣欣向荣。就是这次，黄山的讲话引起了一位学校领导的注意，为他日后留校打下了基础。

会后，祁方定对我说："属于黄山同志的第二个春天又到来了！"

我说："是呀，他的青春总会比我们到得早，来得猛。"

但一个致命的缺点是，黄山由于长期在机关写新闻，很少出早操，也不参加团里基层的劳动，身体素质不是太好，在军校搞的强化训练中，迅速败下阵来。

如果让我们回忆军校生活中最难忘的，恐怕就算强化训练了。我们是学指挥的，每天早上、上午、下午和晚上都要跑五公里越野。一天四个五公里，比新兵连的训练强度都大。教官一点也不留情，谁要偷一点懒，那肯定是死翘翘。

我和祁方定一直在基层摸爬滚打，勉强受得了。黄山就惨了，常常是一个五公里跑到一半，就鼻涕口水一齐流。

"新生代军旅作家"面面观 |

我对祁方定说："既然一起来的，还是要互相帮助。"于是，每次跑五公里时，我们陪着他跑，等跑不动了，再拉着他跑。

　　黄山说："不行，太吃力了，得想辙。"

　　我说："众目睽睽之下，你那套不管用了！"

　　祁方定也说："群众的眼睛是雪亮的，你一落伍，谁看不到？"

　　就在队长也对黄山有些失望的时候，黄山的"辙"终于想到了。

　　他跑去找教导员，对教导员说："首长，年年搞训练，训练也要总结经验，我觉得我们队的训练搞得非常好，应该好好报道一下。"

　　教导员那时正处于服役期满最高年限，再不提拔就要向后转，听了这建议很赞成，问："你搞过新闻？"

　　黄山："报告领导，我在团里是报道员。"

　　教导员很感兴趣，说："发表了多少作品？"

　　机会真是为有准备的人预备的。黄山马上跑回宿舍，拿来一个厚厚的剪辑本，放在教导员面前。教导员高兴了："想不到我们队还有这样的人才，应该利用上。"

　　于是，黄山的训练从此也就走走队列，多半时间是在"调研和了解情况"。五公里，他参加得更少了。同学们都知道队里有个才子，想想自己也没他那两把刷子，也便不再计较。

　　有一天，我路过教导员的门口，他说："你过来一下。"

　　我高兴地进去了，以为教导员要找自己谈心。没想他递给我一个厚厚的本子说："你把这个交给黄山同学一下。"

　　那是黄山的新闻剪辑本。我拿着本子，没事便翻了一下。我看到，在那厚厚的一本中，黄山竟然将朱干事写的新闻作品也放在了自己的剪辑里面，因为那些与我们团有关的作品，当时我们团政委要求每个连开班会时都要学习的，所以，我对朱干事的文章很熟悉。

　　我再翻了翻，更是吃惊，黄山竟然将朱干事的作品全换成了自己的名字！

　　晚上，我把剪辑交给黄山时，他紧张了，问："你看过了？"

　　我说："没看，教导员让我转交的。"

　　黄山说："真的没看？"

　　我说："我还看那玩意？"

黄山平静下来，说："即使看了也没关系。朱干事的文章多半是我起草的，只是他是干部，我是战士，不能抢他的风光，所以许多稿子，我都没有署自己的名字。"

我哼了一声，转身便走。黄山说："老李，这事，不要对人讲啊。"

虽然我对此不以为然，但令我诧异的是，每天深夜，黄山竟然还在操场上跑了一圈又一圈。有次，我坐在操场边上，正看着天空想问题时，黄山没看到我。他一边跑一边自言自语："相信自己！相信未来！"

我突然对他有了那么一点佩服。

在强化训练结束的比武过程中，我和祁方定拉着黄山，不仅安然地走过了四十公里拉练，还在最后五公里中，生拼硬拽，终于让他顺利通过了考试。

因为，黄山的背包，在我的肩上。而他的腰上，绑着一根背包绳，前面是祁方定拉着他。

当我们扑倒在最后的终点线时，我们拥抱在一起，都流下了热泪。在哭声与笑声中，我们高兴地大叫——因为这意味着，我们终于在军校里顺利注册，成为一名真正的军校学员了！

10

强化训练结束后，我们开始上课。这时，只有早晚安排有训练课。早上一般是队列训练，或是练刺杀操，参加校庆汇演；而晚上的训练还得跑五公里。

与强化训练的三个月相比，这时人一下子轻松下来。每天上午，大家上课时打瞌睡的多了，好像教室一直缺氧似的，人走进去，就会昏昏欲睡。

黄山此时正式当上了区队长，便承担了值班长的角色。

他坐在最后一排，记下每个打瞌睡者的名字，然后在下课后告知对方。由于我们指挥系实行的是全程淘汰制，大家便紧张起来，连忙与黄山套近乎。最有效的，就是发烟给黄山抽。

在团里当报道员时，黄山便学会了抽烟。经常是一夜一夜的，为找不到好的新闻点而睡不着。烟一旦成瘾，要戒掉也很难。过去，在团里时，他报道哪个连队，连队指导员或连长总要给上一条半盒的。他于是越抽越厉害。

到军校后，队里起初规定不准抽烟。要抽，只能到厕所里，于是黄山便成了蹲坑最多的人之一。几个烟鬼，觉得在厕所里站着抽也不是个事，便喜欢蹲坑。队里只有两个厕所，他们一蹲，有内急的只好下楼去找。楼下也一样，于是，反对蹲坑还成为大家提出的意见之一。

黄山曾对我说："烟还是要戒掉的好。你监督我吧。"

我说："这个要靠自觉。监督不了。"

黄山说："再不戒，就没钱买烟了。"为此，他还跟我借过几次钱，都是为了买烟。

现在，大家都众星捧月地围着他，他也不提戒烟的事了。相反，没事时，还给队长、教导员发上一根烟，顺便汇报汇报思想。

教导员说："赶紧把训练经验写出来，推广推广。"

黄山说："请领导放心，一直在弄呢，快要出成绩了。"

果然，他不负众望，在这个节骨眼上真的熬出了成果。他的一篇《关于将心理工作贯穿强化训练取得硕果》的文章，被上级转发，为学员队赢得了荣誉。文章的大意为，"过去我们把训练中出现的问题，都归结于思想政治方面的问题，其实，随着时代的发展，有些问题比如忧郁、焦虑、害怕等现象，都是心理因素造成的，而不单纯是个思想问题。只有解开心理的扣子，才能使训练达到最佳效果"。文章还举了许多例子，都是身边的人和事。有个事例，还把我写进去了，说我从边疆来，心理上存在自卑的想法，经教导员解疙瘩，训练场上生龙活虎！

"简直是放屁！"我对黄山说。

黄山哈哈大笑："我不过是让你出名，好心还没有好报！"

我说："我要找领导，你侵犯了我的隐私！"

黄山说："算了吧。我写别人的肯定不好，写你，就不会有事了。自己人嘛，怎么写也不过分。"

我去找教导员。没想教导员听后说："材料是我签字的，你觉得他说的不对吗？要是不对，你也写这么一篇！听说你文笔挺好，别人能发表，能总结，你怎么没有呢？这就是自信心不足的表现！"

在教导员那碰了一鼻子灰，我也不敢再说什么了。祁方定说："这小子，我们多少得防着点，说不定他什么事都能干出来。"

无论我们怎样看，这篇文章还是得到了上面的重视。编辑专门发了编者按，学校领导为此也专门作了批示，说"学校多年没有出过这方面的经验，这个经验跟上了时代发展形势，应该深挖细抠，争取出更大成果"。

这个批示，全校都组织了学习讨论。我们队也组织过，教导员还点我的名，让我谈如何克服自卑。我不得不顺着黄山文章的意思，谈了自己的心得体会。回到宿舍，我在他屁股上狠狠地踢了一脚。他说："踢吧，只要你解恨。相信，你以后会理解我。"

这件事过后，黄山再次在全校名声大振。

到了年底，学员队讨论给黄山记三等功的问题。当时队长担心，报上去了也不会批，因为学员队自组建以来，还没有一个学员立过三等功。

教导员说："我们就要打破常规，报不报是我们的事，批不批是机关的事。"

于是，队支部真的讨论通过，给黄山记三等功。机关政治部门最后还真的给批了。

这事在我们学校引起了轰动。在全校开总结大会发奖那天，校长还说："一个学员能立三等功，这说明什么？这说明我们学校的吸引力，能吸引优秀人才；也说明学校的培育思想对头，只要有为，在这里都能干出成绩！"

黄山戴着大红花的照片，很快出现在学校的橱窗里。

从此，他不在班里和我们一起住了，教导员让他搬到了储藏室，给他创造一个安静的环境，好让他继续出成果。

在同学们的眼中，黄山成为一个能人。

那个冬天，我们第一次放寒假。他说："我们三个把票买在一起，回去探家吧。"

我没吭声。祁方定对我讲，怎么也不想与黄山坐在一起。

于是，我们各自走各自的，回到了家乡。我母亲搂着我，一个劲地哭。

三年时间没见面，母亲那是思念的哭，也是高兴的哭。

11

第一次探亲，很多同学来玩。

有一天，上大学的近视眼小芳和另外一个女同学跑到我家里来看我。

另一位女同学毕业后我们也很少联系。听说她通过复读，也考上了师范学校。她说："小芳非要到你家看看。"

近视眼小芳虽然与我从来没有通过信，但我估计她来我家一定有事。

果然，在另外那个女同学与我妹妹聊得投机的时候，小芳悄悄地问我："李东东，黄山回来干什么去了？天天不在家。"

我说："不知道呀。我们回来还没联系呢。"

那时，还不流行手机。寻呼机也只是一部分先富起来的人在用。联系还靠写信，或者固定电话。但我们村在山区里，就没有固定电话。

小芳说："我感觉黄山变了，你感觉到没有？"

我说："你是指哪方面？"

小芳擦着泪说："我读书时，与黄山接触不多，印象也一般。上大学后，黄山一个劲地给我写信，说喜欢我。我架不住，觉得找一个同学也挺好的，你知道，我各方面条件一般……"

我支吾着说："这事我还不知道呢。"

小芳说："原来我们的信挺勤的，但自从他上了军校，我们的信便少多了。我给他写信问他，他说又忙又累，顾不上。我开头挺理解他的，但后来，他干脆不给我回信了。最后，给我写了一封信，说他认真考虑过了，认为我俩不合适……"

我脱口而出地说："我也觉得你们挺不合适的！"

小芳吃惊地看着我，问为什么。

我却不知道该怎样来对她形容黄山。

这时，那个女同学与我妹妹一起过来了。她对我说："东东，你说这个黄山，听说我在心理系学习，一个劲地要我帮他写一篇关于心理知识与训练方法的问题，我写后还找我们导师亲自修改后，才寄给了他，也不知文章后来怎么样了。"

我吃惊地瞪大了眼睛，更不知自己该说些什么。

女同学还对我说："东东，你要提防黄山一些，我觉得他挺鬼的。你和祁方定，都不是他的对手。"

我说"啊"，然后有些怅然若失。

冬天的雪，下在故乡的土地上，很快笼罩了原野。我母亲见到我，总是眼睛红红的。她说："毕业了，你要去那么遥远的地方，见一面都难，怎么办啊。"

我说："自古忠孝不能两全，为国尽忠就不能回家尽孝，这是你教育我们的啊。"

我妹妹插话说："说是一回事，做又是另一回事，可怜天下父母心啊。"

有一天，黄山到我们家来拜年了。我父母非常热情，号召我向他学习。

没人时，黄山问我："听说两个女同学到你家里来了？"

我说："来过了。"

黄山说："有些事，你知道不知道都没关系，但希望你能理解我。"

我说："有些事，我真的理解不了。"

黄山说："总有一天，你会理解我的。我相信并期待着。"

说着他一边抽烟，一边与我父亲聊天。我出去了。回来时，他们并肩坐在一起烤火，看上去，他们聊得挺火热。

果然，黄山走后，我父亲说："你这个同学呀，不简单。你要多向人家请教。"

我不知该说什么好。只见我妹妹说："我哥有什么不好？自己做自己的，未必非要向别人学。"

我感激地向我妹妹点点头。我们相视一笑。此时，屋里温暖如春，而屋外，大雪飘飘，很快掩盖了我们童年的一切。

12

过了一个难忘的春节后，我和祁方定早两天回学校报到。走前，我们问黄山是不是要一起走，他说还有事要处理。我们也不便问他是什么事。总之在我们三个人的世界里，黄山与我们就像隔着一座山。他的山，是有形的，也是无形的。

等我们回到学校后，一个爆炸般的消息迅速在全院传开了：指挥系的学员黄山，在寒假勇敢跳入冰窟中，救了一个落水的小孩，自己还差点牺牲了！

教导员说："这是我队出现的又一个典型，必须大树特树！"

于是，教导员让我来执笔。我对祁方定说："有这回事吗？"

祁方定说："没听说呀！"

我想起我们走前去问黄山的样子，也没有看出他曾是救人的英雄。

但教导员说："你们是高中同学，既是同乡，又是一个部队来的，对他应该非常了解，这个典型非你写不可！"

我不敢说黄山并不是典型，但我也并不认为他就是一个典型。教导员见我沉默，还说："这是死命令！必须尽快完成！你应该为你们家乡出了这样一个英雄而骄傲！"

队里给黄山发了电报，我只好等黄山回来。

在此之前，我问教导员："这事，学校怎么知道呢？"

教导员说："地方民政和武装部发电报来了，后来家长也把感谢信寄到了政治部，那还有假吗？"

我和祁方定面面相觑。

终于，在第三天深夜，黄山回来了，是我和祁方定去火车站接的。他的腿上打着绷带，走路一瘸一瘸的。

我说："大英雄，前几天我们去你家时，你腿还好好的呀。"

黄山说："我是怕你们担心。本来想与你们一起走，但这事不想让人知道，没想到学校还是知道了。"

祁方定说："你小子，不是造假吧？有没有这回事？小孩是不是你的亲戚？你是不是又设了个局？"

黄山露出一脸怒气说："老同学，你怎么能这样说呢？难道我的腿伤是假的吗？孩子救了不是一个，而是两个，你们知道吗？你们还是不是我的同学？仅仅因为我比你们有名，你们就吃醋？就看不惯我？"

他一说，我们仿佛觉得自己做了亏心事似的，不好意思还口。

回到学校，我只好拿着笔，围在黄山的小屋子里，听他讲述冬天里的故事。

在这个故事里，我们的主人公黄山，是一个优秀的军校学员，多次立功受奖。在第一个学期的探亲假里，他顾不上与家人的团聚，积极去上门为孤寡老人服务。在回来的路上，路过一个小村庄时，听到路下的池塘里有人喊"救命"，于是，他以军人的速度飞一般地越过田野，奔向池塘。看到两个孩子浮在水面上，一个孩子只露出了头发，另一个孩子两手紧抓住冰块的边缘。他顾不上冬天的寒冷，想也没想便跳入冰窟中，先是救起一个，接着又救起另外一个。当后一个孩子上岸时，他冻得嘴唇发紫，瑟瑟发抖，差点冻死了。由于衣服被锋利的冰块刺破，大腿部也割开了。两个孩子尖叫的哭声，引来了村庄的大人们，这时，人们才发现冰面上还躺着一个解放军，他仰面躺在那里，肩上两边的红牌牌像两面五星红旗……人们问他叫什么名字，他什么也不说，最后只是说："我叫解放军。"艰难地站起身便离开了那里。

这个故事，是黄山亲口讲出的。我写完后给他看，他说："差不多吧。应该加上一点，就是人们不是因为我自己讲述才知道的，而是村庄里的人自发寻找才找到我的。"

我问："人们到底是怎样发现你的身份和真面目呢？"

黄山说："我到医院包扎，正好碰到一个高中的同学。他以为我与人打架了，为了证实我不是打架，我就随口说出来了。没想到，这个同学的父亲是武装部的部长，他回去说后，武装部长亲自到我家里来慰问，这才传开了。"

我说"啊"。

于是，我把这一段也写了进去。

但材料报到教导员那儿，他说："这一段可以略写，只写大人们为了感激解放军，四处寻找最美军人，发动人民战争的优势，终于找到了。"

材料到了机关，又经过机关高手的反复修改，最后在全军的报纸上发表了。等我看到报纸时，那里面的黄山又跨越了几座高峰，得到了再次升华，已不是我笔下和我眼里的黄山了。

祁方定说："为啥运气总是在他那边？"

我们那时在学校的操场上闷声地跑步。远处点点的星星，仿佛遥遥天上的火花。它明亮，却又那样遥不可及。月亮，虽然星空高挂，但仿佛也只是星星的陪衬。

13

军校第二年，我的小说终于发表了。先是一个短篇发在《解放军文艺》，接着一个中篇发表在《人民文学》，这在学员队引起了轰动。

虽然今天在部队写小说的人很多，但都没有那时值钱。军人行武，能提笔写个什么就是文化人了，在这支队伍里容易受到重视。何况，我发表的，都动辄就是几万字的东西呢？

学校其实对写小说的也不以为然，他们更在乎的是像黄山那样的新闻好手。因此，我发表小说的事，只在学员队慢慢流传。特别是几千块钱的稿费，更是让同学们羡慕。要知道，我当兵时第一年每个月的津贴只有十七块，到了军校，也仅涨到了一个月五十块钱。

一篇文章的稿费，竟然是津贴的几十倍，比黄山的新闻稿只有十块、二十几块高多了。

同学们于是对我也另眼相看了。我拿着稿费，寄给家里一些，其他的，都慢慢在休息日与同学们吃包子用了。

但就是这几千块钱的稿费，却引起了政治部一位领导的注意。他有天到学员队调研，把我专门叫了去问："你写小说？"

我惶恐起来，不知自己是不是不该写小说。发表作品时，也没有像新闻作品那样盖过公章。我低声说是。

政治部领导说："你会不会写材料？"

我还是不知道该怎么说。就在那里站着，我们教导员说："连小说都会写，材料肯定不是问题。"

政治部领导便说："下次帮机关也写些材料。"

谈话便到此结束。我以为领导说说就算了，没想从此，我经常被抽到机关写材料。起初，我写的材料总是被那位领导改得一无是处，心里非常沮丧。但那位领导总是不表态，既不说好，也不说不好。我几次都要打退堂鼓了。但那位领导总是坚持把我叫去，交给一些素材，让我写成材料。

我那时才知道，这位领导是政治部副主任，机关都叫他潘主任。没事时，他特别喜欢研究彩票，是福利事业的铁杆。但有次，他对我说："我中的奖，加起来还没有你一次的稿费多呢！但花费出去的，却是你的几十倍！"

说完，他哈哈大笑。

笑完后，潘副主任又给我一堆素材。

在他的手把手带动和帮助下，我终于会写材料了。这话不是我说的，而是潘副主任讲的。有一天，我给他交一份材料时，他说："你终于上路了，材料就是这么写，与小说不一样。"

我说："啊。"

他又说："知道为什么让你来帮助写材料吗？"

我摇摇头。

潘副主任说："是想借助一下小说的语言，改变一下我们的八股文风。你看现在的材料，写得越来越对仗了，完全是文字游戏，没有生命力。"

我笑了。

潘副主任意味深长地说："以后呀，机关要进一些新人，不能总是四平八稳的。这样下去，将来教出的学生怎么打仗！还打得了仗不！"

在他的叹息声中，我敬了个礼便走了。

按说，这样大的机关领导表扬我会写材料，我应该高兴才是。但我却怎么也高兴不起来。因为那时我的小说本来也写得风生水起，写一篇发一篇，但学会写材料后，让我的小说语言大打折扣，编辑们回信说，总是有些半生不熟，好像与过去不一样了。我那时一门心思想当作家，觉得写作是一门不要关系可以谋生的行当，所以功夫全用在写小说上了。如果编辑和读者们都知道，一定会多多担待我的。可惜，编辑只认稿子质量，让我发表小说的速度一下子降了下来。

教导员说："一个队里出了两个笔杆子，高兴呀。"

他在高兴之余，不忘了让我在每份材料中夹点私货。比如，需要举例时，就拿本队的事例，增加本队在机关领导那里的分量和印象；批评某种倾向时，坚决不能有本队的痕迹。

有一天，潘副主任看出来了。问我："为什么都用你们学员队的事啊？有私心之嫌。"

我说："我只熟悉自己队里的事，对别的队不太了解。所以就……"

潘副主任看着我，我低下头，觉得后背有冷风吹过，一阵阵发凉。好在他拍了一下我的肩，说："不要向你那个同学学习，写个新闻总喜欢上纲上线的，霸王硬上弓，看上去别扭。"

这是潘副主任第一次提到黄山。我又惊了一下。

英雄所见略同啊。

我回来，想把潘副主任的话告诉黄山。但话只开了个头，黄山便逼停了。

他说："你写个小说，哪能与新闻比？领导们在乎的是新闻，是轰动效应，而不是你的小说。小说只是个人行为，极端的私人化！而新闻却是大众化的。"

他又说："材料？那就是一堆废话。听上去有用，看上去有理，但讲过之后便扔，便忘，是典型的快餐文化。"

我说："难怪你不写啊。"

黄山说："机关也找我去写过，我认为写那玩意干吗？所以，就应付了事。后来，他们再也不找我，正好落得清静呢。"

我吃了一惊："原来如此啊。"

黄山说："新闻发表在报纸上，有多少人在看啊！而材料呢，只有那么几个领导看，最终一个领导念，再后大家闹腾，爱听不听！你写小说，也只有爱好文学的人才看，现在市场经济，爱好文学的还有几人？曾经写诗的比读诗的还多，现在呢？小说只是消遣品，易碎。"

我说："新闻为时而作，不过也是时过境迁罢了。"

黄山说："新闻出政绩，政绩出新闻。你懂吗？"

我们最终谁也说服不了谁。祁方定在一边听着，冷不丁插了一句："我呢，什么也不写。历次运动，斗的都是知识分子，特别是那些喜欢发表文章的知识分子。"

我们又都哈哈地笑了起来。

14

军校第三年，我又有一个新的发现：黄山不仅会写新闻，寻找新闻，而且也会制造新闻。

我们队有个学雷锋活动小组，是原来的老学员留下来的传统。学校专门还授了一面旗，叫"秦全学雷锋活动小组"。秦全是师兄，比我们高了多少届不知道。但每一任队领导都讲，秦全是个名人，学雷锋出了名，为队里争了光，还被评为全军学雷锋先进骨干，号召我们向他学习，让这面旗高高飘扬。

对学雷锋活动，大家起初都是非常积极的。军校管得太严，平时根本走不出校门，加上勤务队的战士，以抓学员私自外出为荣，动不动就把违纪的学员叫到一边训上一顿。扛红牌的在军校里，还不如站岗的战士，这个道理大家都知道。所以，平素大家都不敢私自外出，抓住了就会受处分。

学雷锋不一样，学雷锋可以到街道边上摆摊，让大家见见世面。内容也不复杂，一般都是免费理发，或是扫地，或是修自行车，给自行车打气。那时大街上的汽车没有今天这样多，人们多半是骑车出行。

我们学校没有一个女生，阳气太重。好不容易有几个女教员，多半是关系户分来的，长得也是邻家女孩。因此，大家充分利用学雷锋的机会，出去吐个气，看看街景，顺便看一下美女，大家乐此不疲。

第一年，大家积极性高，都主动要求参加，一般一个星期活动一次。但到了第二年，周围的环境慢慢地熟悉了，大家的事也多起来了，学雷锋的热情便渐渐少了。到了第三年，由于大家在考虑毕业去向，功课也更多，作业都写不完，便出现了"雷锋叔叔没户口，三月来，四月走"的现象。

教导员对此感到特别忧心："必须想方设法，把这面队旗保住。"

这一年，听说教导员要提拔了，传闻到研究生大队去当副政委，调副团。所以，他格外的积极，要求学雷锋活动每半月搞一次。

前两年，学雷锋活动基本是由我组织。因为我被同学们选为团总支副书记，书记是教导员。每次都由我组织人马，带队去搞活动。而到了第三年，由于机关经常抽我去写材料，活动便由祁方定带队了。

祁方定每次都向我诉苦："同学们说，这些活儿应该由新生队去做，新生队热情。"

我说："你可以想想其他的办法啊。如果改变一下形式，也挺好。"

祁方定想不出来，我也想不出来。他便求教于黄山，黄山说："这还不好办？与一个干休所结对子，一帮一，关心一下孤寡老人们的生活。"

祁方定拍大腿说："好！"

于是，他们便去联系干休所。所里的人也高兴，不少老人膝下无子没人陪着说话呢，这不是好事吗？

这种形式比较新颖，同学们觉得不用在大冬天地站在街道，冻得鼻涕直往下流了。大家又兴奋起来，挨家挨户地给老人们洗澡，擦玻璃，陪老人聊天。

黄山一个劲地拍照。终于，当地的报纸登了整整一个版的照片和文字。

这在学校的历史上是没有的。黄山又胜一筹。连从来不服他的祁方定也对我说："还是他点子多，我们还真得向他学习。"

此后，黄山又策划了去 SOS 儿童村送温暖、给贫困家庭的孩子赠衣服、给西部母亲打井捐款等系列活动。每一次活动，都做到了报纸上有字，电视上有影，广播里有声，得到了学校的高度赞扬。

终于，在黄山又荣立了三等功的时候，我们的教导员也顺利升职了。只不过他没有到研究生队当副政委，而是直接调到机关当副处长了。

走前，他请黄山吃饭。黄山让我和祁方定作陪。祁方定说："领导请学员吃饭，他拉上我们，有点炫耀的意思。"

我说："总不能让他锦衣夜行，还是给点面子，让他衣锦还乡。"

饭桌上，教导员发自内心对黄山说："兄弟，我有今天，你功不可没。"

当时黄山酒喝得正尽兴上，"喝酒。喝酒。"

有队领导在，又是休息天，我们胆子便大起来了，开始真的喝酒。

酒过三旬，黄山满脸通红，兴奋不已。

黄山与我碰杯时说："学院某某领导看上我了，想让我留校。他家有个姑娘，长得也挺漂亮。嘿嘿，你懂的。"

我一惊，问："那小芳呢？"

黄山一怔："小芳？啊，想起来了。我对你说兄弟，有些人只是生命中的过客。她们出现在你的生活中，是机缘，躲不掉。但离开时也一样，都是命，不要太在意。那时只是占一个指标，现在指标也会变质……不管你怎么看，谁都会遇到这样的问题。"

我说："我觉得你有点问题……"

黄山轻蔑地说："那只能说，你与这个时代已经跟不上了。"

我们话不投机，开始喝闷酒。最后，好像又是祁方定出去买的单。饭后大家分手时，大家都踩着舞步，晃晃悠悠的。原来，青春一直没有直行抵达的大道，我们总是走得歪歪扭扭。

15

时间真快，我们转眼在军校度过了一千多个日夜，就快毕业了。

原来生龙活虎的一群男人，开始有人弹吉他，全是忧伤。

队长说："男儿有泪不轻弹，只是未到伤心处。"

的确，校园开始回荡着一股忧伤的气息。我们都为未卜的前途以及生离死别而感到心里生风，一天到晚空空落落的。

黄山却不同，他一天到晚哼着小调，连上个厕所也能传出歌声。

我问他："吃了什么定心丸了？"

他说："盖子总有一天会揭开，谜语总有一天会亮底。"

我骂了他一句脏话。

他说："你爱骂就骂吧。这是酸葡萄心理。"

我噎住了。

有一天晚上，下了自习，我从机关帮助写材料回来，老远看到路上有两个人，好像黄山，走近，不见了。我在黑暗中站了一会儿，果然听到了黄山和一个女的交谈的声音。

"你对你爸讲了吗？"

女的说："讲了，我爸说，你脑瓜灵活，以后有发展前途，就是路不能走偏了。"

黄山急了："你爸这样看我？"

女的说："急什么？下句话还没说呢，留校应该没问题吧。"

黄山的笑声透过树林，特别敞亮。

一刹那，我什么都明白了。

过了几天，队长找我谈心。

他坐在沙发上，对我在学校的表现大大表扬了一通，绕了一大圈，最后慢慢吞吞地对我说："有个事，我们商量一下。"

我说："队长请指示。"

他说："算不上指示。如果你觉得可以，你就做；如果你觉得不快，你也可以不做。"

我问什么事。

队长挠了一会儿头皮，最后对我说："要不，你带头写个去边疆工作的申请？反正你是从新疆来的，按照定向生原则，你得回去啊。"

我说："反正要回去，为什么还要写申请？"

队长说："到目前，还没有人主动申请去边疆工作，你知道，现在不像过往那时候，我初带学员队时，自愿去边疆工作的申请书，像雪片一样呢。现在大家都有些现实了。"

我说："我反正是要回新疆工作的，写了还不让大家认为我是作秀吗？"

队长脸一红："总得有人带头吧。"

我低头不语，没有当时表态。

出了门，碰到黄山。他问："队长找你了？"

我说是。他问什么事。我想也没想，便说了。

黄山说："你准备怎么办？"

我说："还没想好。不过这事有点恶心人，写了同学们会不会骂我啊。"

黄山笑了笑，走了。

第二天，我们下课回来时，只见楼下的黑板上，赫然贴着：到祖国最需要的地方去建功立业，到最艰苦的地方去再立新功！

下面，是黄山提交的一封申请书。

我看了看日期，署的是昨夜。

我头一晕，觉得天旋地转了。

果然，在队务会上，队长大表扬特表扬黄山，"不愧是学院的优秀典型，能力强，品德好，肯吃苦，甘奉献……"

接着，不少同学受黄山的影响，开始写去边疆工作的申请了。

那几天队长见了我，有些冷冰冰的。

我心里发虚，便鼓起勇气，也写了一封交给队长，没想他看也没看，便扔在了桌上。

我脸一红，默默地敬了个礼便走出了他的办公室。

祁方定也写了一封申请，不过，他不是申请去新疆的，而是申请去驻港部队。那时，驻港部队是热门，谁要是选上了，那肯定是相当相当优秀的。

我问他："你这可能吗？"

祁方定说："队长非要我写啊，我故意写去驻港部队的。我才不在乎呢，反正是要回边疆去的。新疆多好啊，我还想那地方，想那些战友呢。"

16

宣布命令之前，机关找我们每个人都谈了一次话。

有天夜里，大队长对我说，干部处长带着一个干事，要与我了解分配前的思想情况。

干部处长说："就是随便聊聊，看看学员们有什么想法。"

我说："大家都对学校依依不舍，对同学离别充满忧伤。"

那个干事说："你个人有什么想法？"

我说："我是从新疆来的，马上又回新疆去。来之前，我是一个兵；这次回去，是一个排长，成为党的干部。我特别感谢党，感谢组织，感谢母校的培养。"

我说的都是真心话，我甚至感到鼻子有些酸酸的。

那个干事却说："不讲官话，说真话。"

我说："这就是真话呀。"

干事笑了。

干部处长说："你对个人分配有什么考虑？"

我说："我们从边疆考来，能够提干就是幸运。没什么想法，坚决服从组织分配。"

干部处长挥了挥手说："好！"

我于是走了。回来我问黄山："你知道自己分到哪里吗？"

黄山说："那是肯定的。凡事预则立，不预则废。"

我说："你消息灵通，知道我和祁方定去哪里吗？"

黄山摇摇头说："不知道，估计肯定都回新疆呗。"

我说"啊"。

黄山好奇地问："你怎么不接着问我到哪里呢？"

我说："不用问，我已知道了。"

黄山不相信地说："不会吧？"

我说："你不就是留校吗？马上是乘龙快婿呀。"

黄山大惊失色。他看了看周围，说："老同学，你可别瞎说呀。"

我哼了一声，走了。

在宣布命令的前一天，队里给我们每个人下发了一个大麻包，用于托运。队长说："组织上已给大家买好票，宣布完命令就要离校。"

我把自己的衣物和书装进麻包，在上面工工整整地写下了"北京——乌鲁木齐"几个字。

宣布命令大会那天，我们军装整齐，军容严整。

机关一个副主任来到学员队，先讲了一番话。然后庄严地宣布命令：

曾广斌！

到！

分配到广州军区某集团军某大队！

李峰！

到！

分配到北京军事医学科学院勤务队！

……

黄山！

到！

分配到本院政治部宣传处！

黄山回过头，对我们笑了一下。

很多同学都互相交换了一下眼神，表示出羡慕的样子。

接着，政治部领导又念了一长串名单。其中，祁方定被分回新疆我们的老部队。

我一直在忧伤的情绪中，觉得大家以后再见个面就难了，因此有点小悲伤。

在快宣布完时，突然点到我的名字了。

"李东东！"

我响亮地回答了一声：到！

"分配到本院政治部组织处！"

我以为他看错了，向周围望了望，大家也回望着我。有人还悄悄地伸出了大拇指，表示祝贺。特别是黄山，一脸疑虑的眼神。我又看了看宣布命令的政治部领导，没想他看也不看我，只看着命令，接着又念下一个……

后来，我才知道，原来学校在研究这批毕业生时，政治部一位领导提到了我："这个小子比较老实，文字不错，留下来吧，以后会为我们学校争光……"

首长们没有异议，于是，我和黄山，以及别的学员队的一个，成为所有边防部队考来的战友中，那一届留了下来的三个人。

这对我来讲，纯属是个意外。没想到，同学们不相信，黄山更不相信。

会后，黄山轻蔑地对我说："藏而不露，高人啊。"

我说："我真不知道……"

黄山说："那才怪！"

我不说了，幸好只有祁方定相信。他说："天上掉下个馅饼，没想让你捡到了。"

毕业工作后，当黄山通过他对象的父亲——也就是准岳父——我们的副院长，知道了内情并开始相信我时，我们分在一个单位两个不同的部门，来往骤然变得少起来。

送祁方定走时，黄山也去了。祁方定的眼里盛满忧伤。他说："来时我们三个，现在我一个人回去，不要忘了边疆的兄弟。"

我说不会。黄山也说不会。

在火车站，祁方定拥着我们，流泪了。我的泪水也哗哗地掉下来。

黄山抽着烟，哽咽着说："好好干，有事来信，我们会帮你的。"

祁方定点了点头，上了火车。列车开动的时候，我觉得整个天空都布满忧郁。列车尾巴中吐出的气流，在燠热的夏天，让我胸中像堵住了什么东西，几乎不能呼吸。

17

毕业后，由于刚好遇上暑假，学校批准我们回家探亲。回到家中，我父母看到我留在了内地，高兴得了不得。

有天，同学小芳也到我家来了，她的情绪低落，转弯抹角地问起黄山的情况。我说："好着呢。"

小芳不知道"好着呢"是什么意思。我也不想深说。因为回来时，我曾约黄山一起走，他说他有事。其实，他就是想留在学校谈恋爱。看得出，他不想因为留校就轻易放弃那段他特别在乎的爱情。在这个时代，很多事，其实大家都懂的。找一个将军的女儿结婚，他注定了以后的前程远大。

等我度过了觉得漫长无比的暑假，回来报到时，政治部潘副主任不好意思地对我说："很抱歉，你分到下面锻炼去了。"

他说的地方让我吃了一惊。因为我在学校未毕业时就知道，那是一个特别偏的基层，也是一个大家都不太喜欢去的单位。

我有些奇怪地问："不是说让我留在组织处，发挥专长搞材料吗？"

潘副主任沉默了一会儿，拍了拍我的肩说："小李，很多事，你以后慢慢会懂的。去基层也不是坏事，捶打一下也挺好的。"

我是军人，知道不该问的绝对不问，就不问了。我向潘副主任敬了礼，转身走了。出门时，我听到他长长地叹息了一声。

我提着行李去基层报到时，一个人有些孤零零的。我当时还想："既然这样，让我留校干什么呢？"

过了一年，我才知道了机关之所以没有留我的原因。

那时，当年考查我的干部处长到我们大队当了政委。有一次与他聊天，他感慨着说："小李呀，人的命运，真是起起落落呀。我知道你很有才，但不要太在意，年轻嘛，有的是机会。"

那天他喝了酒，便酒后吐真言："当初的确是要留你在机关工作的，但帮你说话建议你留校的那位首长调到北京去了。接他的副职曾被那位首长压了好几年才接上，心里窝着火呢，以为你是那位首长的关系，一句话就让你下来了……"

接着我们政委也感慨起自己的命运："副职成了正职，认为我们也是原来那位首长安排的人，这不让我平职交流到了大队当政委吗？"

我们政委生气地说："其实谁是谁的谁？我们都是党的干部，对党负责，谁也不是谁的谁！"

我听后，站在大队有风的楼道中，身上不禁感到一阵阵凉意。那时已是秋天，我觉得整个抹红的天空，就像一幅涂鸦的画布。

我咬着牙发誓：自己一定要努力奋斗，奋斗，再奋斗！

18

从那以后，生活一切变得简单。

我，在干好基层本职工作的同时，基本上是闭门不出，日夜写作，在短短时间又发表了大量的文章。

有一天，又是一纸意外的调令，我幸运地被北京某单位相中，在毕业四年后终于调进了首都。在基层同事们的眼里，这也算是修成了正果。

我走时，没有通知黄山，因为我相信，他一定早就知道了。

他没来送我。

那时的黄山，比我们走得更顺。我在学校还没有调走时，他留在机关宣传处，属于那种"坐下来能写，站起来能说，下基层能帮，在机关能抓"的典型，工作干得红红火火，轰轰烈烈，全院几乎没有人不知道他的。在留校那年的年底，他还终于结了婚，如愿以偿地当了将军的乘龙快婿，并且提前调了副连。在所有同学们的眼里，他的喜讯总是一个接着一个，他的前途被所有人看好。

那时，我与他很少见面。即使见了面，他也是永远处在学校的工作中心，永远站在聚光灯下。有时我们私下遇到，也仅是说些客套话。他后来能够成为我们基层甚至全院人的话题，是因为他的创意还是一个接一个，每一个都能引起轰动效应。

那时我觉得，即使我们来自一个地方，在一起生活过，但我们基本不是一条船上的人了。特别是每次回故乡时，他都能得到我们当地县委书记和县长的接见，并派小车一直将他送到家门口；而我呢，基本上是坐公交车或打的，像个农民工一样，来来去去无声无息。

日子就这样过得不紧不慢。转眼又是十几年过去，我们那一届毕业生中，现在百分之八十的都转业到地方工作了。留在部队的，多半都是想混个退休。而黄山不一样，他升得比我们都快。我们副团刚露尾巴，他已调了正团。等我们刚跨入正团行列，他又从机关下调，到某个单位当了政治部主任，拿着白纸黑字的副师命令，黄山还给我和祁方定发了条短信：欢迎到某某地来玩。

去玩是不可能的。现在是什么情况？中央动真格抓反腐，整"四风"了。

我不会去，祁方定也不会去。他还在新疆的家，待业等着分配呢。

有时，祁方定打电话问我："黄山能干到将军吗？"

我说："也许。"

祁方定说："看到网上说某个曾给我们训话的大官又进去了，我就忧国忧民啊。"

我说："军人以服从命令为天职。别人怎样，我们管不了，但我们能管好我们自己。"

祁方定说："我真希望，和平年代的将军是真值钱的，是真能指挥打仗且能打胜仗的。"

我说："我也希望这样。全军的广大官兵，心情和习大大一样，都这样希望。"

（发表于《中国作家》2014年第八期）

文学的单纯与复杂

——小说《黄安·红安》与它提出的若干问题

张晓峰

　　《黄安·红安》最初以《穿越历史的苍茫》为名发表在《芳草》上时，本是随手翻阅，却一口气读完了，我感到我遇见了一部久违的作品，它所讲的话和我心中所想高度契合。后来它修订成书，内容更加厚重，很想尽快地读完，但是又生怕错过了某些句子，因为这些句子是少见的、新鲜的、宝贵的。

　　这本书从内容上而言，首先是波澜壮阔而色彩奇崛。它将共和国建国前后的历史浓缩在本吴庄这样一个村子里，其中包含了革命史、家族史和个人的传奇经历。读者从中不仅看到了从"黄安"到"红安"血雨腥风、前赴后继的历史，也看到了建国至今乡村生活的一系列变迁，特别是历次政治运动对普通家庭从身心到命运的戕害。这本书在记叙内容上的第二个成功之处在于，它实现了很多人内心深处的一个梦想或者说心愿——为家族立传，让那些几乎湮没在历史尘埃中的灵魂显现出它们本来的光芒，同时抒写自己到目前为止的人生经历，回顾所来径，苍苍横翠微。对于一个对故乡和父母先辈深怀感情的游子，还有比这种完成更幸福的事吗？文学创作对于作家有各种回报，而这种回报应该是最深最令写作者欣慰的。

　　但除了这些以外，这部小说还具有另外的特别引人思索的地方。在阅读《黄安·红安》时，人们会非常容易联想到与之相似的文学作品，比如《秦腔》，贾平凹说"我决心以这本书为故乡树起一块碑子"，在"动笔之前"，"我祭奠了棣花街上近十年二十年的亡人，也为棣花街上未亡的人把一杯酒洒在地上"。再比如，陈忠实在《白鹿原》的扉页上题记了这样一句话"小说被认为是一个民族的秘史"。当代文学中的一些知名度较高的作品，从内容上讲都具备这样一个特征，从莫言的《丰乳肥臀》《生死疲劳》、张炜的《古船》到格非的《江南三部曲》，更不必说其他作家的相近作品。当代作家创造经典的夙愿似乎离不开革命、乡村、历史这三个基本要素。他们从各个角度用各种方法来进行组织，从而展现出他们对近现代以来中国社会不尽相同的解读。这些解读有的庄严深入，有的痛苦困惑却发人深省，当然毋庸讳言其中也有肤浅、扭曲、故弄玄虚之作。在写作理念日益丰富驳杂、写作技巧不断翻陈出新的当今，阅读也增加了复杂性，我们不止一次地遇到这样的情形：作品中流露出文学艺术之外的因素。写到这里，我已经明白了我的直觉——我为什么喜欢《黄安·红安》？因为，它体现出了文学的纯粹。我喜欢读它，生怕遗漏某些句子，因为那些是真话，无论是情节还是叙述，其中有新鲜动人的秘密。

《黄安·红安》中的历史，家族史也好，乡村史也罢，它和《秦腔》《丰乳肥臀》《受活》这样的作品有什么典型的不同？最根本的区别也许在于，前者的写作带有非常浓郁的个人化色彩，是从自我心灵的倾诉出发的，而后者的写作，除了一部分的个人情感和见解，它们主要是面向大众的。这是两种完全不同的写作方式，孰优孰劣也许很难去判断，但至少有一点是肯定的，写作如果采取的是面向大众的姿态和策略，它一定会掺杂进一些复杂的因素，这些因素可能是非文学的，也可能不是来自作家心灵本身的。

如果对这个判断有所怀疑，那么请读者不妨回忆一下自己的阅读经验，在阅读某些文学作品时，是否有过如下困惑：作者为什么要这样写？甚至作者为什么要写这个故事？这个故事同他（她）的心灵之间有什么关联？王安忆曾经这样表达她的写作理念，她希望"发现日常生活的审美性"，作者不仅去发掘生活中的故事，而且希望能找到故事背后的文化必然性和逻辑。这也吻合对小说的经典定义，即小说存在的理由"就是去发现唯有小说能发现的"，因此不难理解为什么"纯文学"的重量级作家王安忆会那样推崇阿加莎·克里斯蒂。我们能否问一声很多当代文学的知名作品："你表达了什么？""你究竟发现了什么？"

如果一部小说不能告诉我们一些心灵的秘密，不能提供一些对历史、对生活、对人性新的发现，我们有理由对它们的诞生和存在表示怀疑。《黄安·红安》为什么在众多的作品中显出了独特甚至稀奇？它为什么好看？读者为什么愿意深深进入作品去了解和体味？原因之一在于作者不仅用直抒胸臆的笔法书写了故乡、家族以及自我的往事，而且在直面历史时深挚而不加掩饰地提出了一些非常尖锐的问题。例如当年的黄安为什么有那么多农民要起来革命？这个问题在当今文坛很少有作家问过，在现代文学于 20 世纪 50 至 70 年代时期，对爆发农民革命的解释是"阶级压迫"和"阶级反抗"。而事实上，除了知识分子对理想社会的追求外，在革命中农民的生存哲学和认知往往是极其现实和世俗的。否认这一点，要么是欺世盗名要么是自欺欺人。《黄安·红安》回到了历史本身，这种洞见与勇气是很多作家们不具备的。再比如小说所提出的问题之二：革命成功以后的很多年里，当"黄安"早已变成了"红安"，这块土地上的人们为什么还是那样穷困？一些作家对类似的问题进行了回答，当阎连科在《受活》等作品中辛辣地嘲笑"购买列宁遗体"、悲愤地控诉"农业合作社"对村庄以往幸福生活的蹂躏，在这些几乎做到了极致的对过往意识形态浓墨重彩的批判和鞭笞中，《黄安·红安》深沉而不乏感伤的对历史的追问，反而具有别样的质朴的力量。《黄安·红安》提出了一些只要你真的爱这片故土就一定会面对的问题，但是作者并没有将意识形态及其批判作为问题的根源和解决途径。《黄安·红安》的处理不在于作者的含蓄或者回避，而是它显示出问题本身要复杂得多，它触及到了农民革命战争的根本症结，触及到了人性的幽深和复杂，它超出了小说界特别是西方对中国颇为时尚的意识形态的批判。特殊的意识形态真能对历史中的所有错误、灾难和问题负责吗？当一些作家将之作为集中挞笞、大书特书的"元凶"，这究竟是一种怎样的对问题的简化或者姿态呢？

《黄安·红安》不仅对历史发出了疑问，这种疑问不是知识分子式，并不玄妙幽微，相反它们具有常识的特点，常识是知识的起点和生活的基础。作者对问题的回答就存在于小说所呈现的人和事当中。作者具有这样的才能：小说中常常充满了强烈的抒情，但当他叙事时却能做到节奏平缓，冷静细致，绝不夸大放纵或者扭曲，作者体现出了观察者和思考者的审慎平和。这是一部心灵之书，当人们阅读那些深切而充满感情的文字，这样的阅读不仅是在了解一片土地的历史，还是在不断接近和思考真实。作者具有一种非常特别的写作姿态，他直接面对故乡的生命与往事，直接面对自己难以平静的内心，从而使作品不但具有特别的质地，而且找到了和其他作家不一样的思考点。简言之，对写作的考虑并不是他首要和主要的目标，作者对历史、人和问题本身更感兴趣，然后他再用才华将它们呈现出来。

在寂寞中行走

李　骏

有人说，人生而孤独。开头不理解，后来年长，渐渐明白了。因为人有了思考，有了灵魂，有了思想，还有对现世的不知足和对未来世界的向往。

思考的沉淀，便有了创作。往往在孤单的时候，你便幻想一切的力量，可以促成"理想之我""理想之他"或"理想之世"的存在。我长年在机关工作，加班加点写材料之余，还挤出时间，熬更守夜地写作，原因在此。

当创作的力量击穿了灵魂，我时常乖乖地跟着一种感觉走。有人说这是灵感，我自己却说不上来。所以，后来每当有人问起怎么创作时，我只有说："把脑子里想的东西写出来，就是创作。"

多年的经历证明，创作其实是一件非常幸福的事。许多东西，本在生活中实现不了的，在作品中可以实现。好像那些把爱情常常写得很好的人，生活中其实未必就会恋爱；许多人品不端的作家，也会把小说写得风生水起。因为那是他们心中的一种希望，或者灵魂渴望的一种善良，有希望便有了创造，有善良便有了希望。

我喜欢记载那些可能有的或者根本没有的事情。不一定刻画出的人物都有原型，但我敢肯定，一定曾经有人或者后来有人会那样生活。我记载了他们的生活，便也从他们的生活中得到了暂时的解脱。

在我们的生命里，老去一个地方，从事同一种职业，说着同一种话语，是件非常枯乏的事。因此，在我的作品里，始终有着强烈的创新意识。我总是希望，下一篇会与这一篇是完全不同。在我的骨子里，哪怕人到中年，还是有着不安分的因素。这是我们红安人的革命基因和盛产将军的原因。我们总是对现实充满了妥协与让步的同时，又对现世中那些不舒服的人与事表示强烈不满。事实上，每个人，谁又对现实完全满足过呢？我们总是在不停地寻找，又不停地逃离。最终，灵魂总是在路上孤单地行走，有时也不知到底在找寻什么。可最终，承诺如风，人生如幻，命运如梦。就如大家看到的每篇作品一样，写机关的，有温暖，也有迷惘；写官场的，有亮色，也有失落；写革命的，有激进，也有忧伤。而至于文体，那是我经常想尝试新的东西。因为只有在创作的领域里，我们才有可能完全做自己的国王。

创作就是这样，总是不温不火，没有作品能达到灵魂想企及的高度。也许，一种心灵的真实记忆、一种没有归途的旅行、一种说不出的喜悦忧伤，就是写作存在的全部价值。日后人老还乡，扪心自问，至少在那个时代，在那种环境中，他们和我们曾经这样生活过。既然学会了文字，又有什么理由不把它记下来呢？所以，写作者只是时代的记录者。因为生活就是这样的平铺直叙，命运总是那样的平淡无奇。而并不安分的我们，总想在创作中，寻求另外的一番风景，寻求别样的人生意义。而多少匆匆时光，付与虚度年华，令人无比懊恼。我问自己，为什么不写呢？为什么不记载他们呢？因为逝去的，真的就不再回来也无人知道了。

这是生活，也是真实的记忆。这就是这些小说的由来。我听，我看，我读，我想，最后我写，像一个孩子那样，记忆全无，真实再现，往往在远离了喧嚣之后，我站得远远地观察俗世人们的生活，进而反省和警惕自己。而创作，其实是在复制真实抑或临摹想象的同时，亦逐步提高了自己对世界的认知，并最终通过祖先的母语，把它变作共同的情感与声音。此时，行走的灵魂便不再寂寞，我们也就不再孤单。因为坚持不懈的写作与年复一年的日常生活，已使我们的灵魂逐渐变得强大而丰富。

最后，当然要感谢所有读者，他们才是作家存在的价值。不过，有时候，也有作品是专门写给自己看的，那大多是诗和远方。

逆风飞翔　向阳生长

徐艺嘉　李　骏

徐艺嘉：你的小说从内容上大致分为三块：边疆生活、城市之中的机关生活和家乡红安的英雄故事。其中前两个领域的书写都能看到你个人经历的剪影，融入了作家生命体验的情感。

李　骏：我最早写的都是军营的故事，就是你说的边疆生活。可能一个人离开了那里，记忆便开始温馨，人物都是身边的，觉得每写一个人，特别是那些普通人，发现活着的另外一种意义。并不是只有英雄的事迹才感人，其实过平常生活的一些人，在许多年后想起，更能感动和打动自己的心灵。而随着进入城市，走向机关，便被人生的另一种样式所覆盖。你知道，体制内与体制外有着很大的区别。而所谓的机关，基本上是围绕着日常生活所展示的不同人性。各种各样各式各类的机关管理和统治着我们这个大国，那些人物，与基层的生活相比，虽然乏味一些，但都是精英、人精。所以便写了机关系列。

徐艺嘉：在我看来，你的边疆系列小说写得比较散淡，用从容得近乎缓慢的叙事将一段基层经历娓娓道来，无论是《营区的光线》《东营盘点"兵"》中的连长、指导员、战友和营区周围朴实的百姓，还是《一路花香》中的女兵班长形象，都有着从真实生活中弥漫出来的印记。边疆的生活是否是你当下创作中最为真诚的资源和持久的创作源泉？阅读许多军旅作品，会发现许多小说并非追求刻意的"故事性"，文学技巧也并非多么高超圆熟，但文字之中仍然传递出一种动人的力量，是否是军旅生涯的某种特质赋予这些作品以力量？

李　骏：我的边疆生活虽然只有短短几年，但毕竟人生的青春期是在那里度过的，对我的影响很大。诚如你所说，它当然会成为我创作中的"真诚的资源与持久的创作源泉"。青春对人的影响是显而易见的。成长期留下的东西，最值得回忆，我是真的把那当作一笔财富，那里给了我奋进的力量和希望。我要感谢那些帮助过我并最终改变了我命运的人们。当然，也要感谢你认为这些小说有一种动人的力量，我想，还是真情所在。真实的感情最易打动人，平凡的人更容易让我们感动。我曾讲过，在浩瀚如烟的记忆中，总有一些人和事能够打动自己的心灵，启迪我们的自觉与反省；总有一些人的固执的坚守甚至于偏执的信念，让我们深深地感动；还有一种看上去微不足道的小事，突如其来地触动我们内心的柔软。往大里说，人们叫作奉献与牺牲；而往小里讲，就是一些平凡人物的不凡之举。我的作品中写了大量的小人物，他们头顶草屑，工作平常，但总是散发着阳光、真诚、大爱，让我们触摸到生活的温度与温暖，体味到理想与信念，感受到关怀与关爱，从而在纷繁的俗世生活中，看到不一样的情怀。而作为生活的旁观者、参与者和见证者，特别是被人称之为"作家"，有时觉得自己如果不如实记录下来，就有点对不住他们，有些失职和愧疚。

徐艺嘉：红安的英雄故事则是另外开辟的一个想象之中的写作疆场。想来，和亲身经历相比，红安系列的写作应该对你有着不同的意义。你进入这一文学领地的渠道是什么？和之前的创作经验比，这种"隔空写作"的状态是怎样的呢。

李　骏：之所以写家乡红安的英雄人物，是在开我作品讨论会的那一年，1997年吧，参加会议的一个文化部长对我讲，"你的家乡才是你创作的富矿，不妨好好开拓"。我当时如醍醐灌顶，如果说每个作家都有自己的一块邮票，我的邮票不就是家乡红安吗？那里几乎村村户户都参加革命，不管是富人与穷人，都对革命深信不疑。红安当时有48万人，而革命胜利后，竟然有14万人之众为革命牺牲！活着的，仅共和国的将军便有223人。这块红色的土地，从此像一个巨大的诱惑，引诱着我去研究她和挖掘她。特别是我小时听到的故事，以及亲眼见到的种种场景，一下子仿佛在脑中活了过来。许多故事，根本不用编，写到哪里哪里便有珍珠。只看我穿得好不好罢了。

从那以后，我开始下意识地关注这块土地。我在那里生活了十多年，许多东西从小便耳濡目染，无需介绍。加之我后来大约读了上百本关于我们红安县的书，各种各样的，回忆录、县志、宣传材料、传记、资料汇编以及各种纪实，每次回乡，开始旧地重游，下意识地开始采访与访谈一些了解历史的人。于是，我的眼界一下开阔：原来自己真的守着富矿而不知道呀。我从此研究红四方面军、红二十五军和红二十八军的资料有十多年，虽然没有亲自经历当年的战争，也未按照路线走过长征路，但是，这支军队的风骨、精神，这伙农民的本性、秉质，这块土地的风俗、人情，可以说是了如指掌。因此，写起来也轻车熟路。只不过，像大多数作家一样，我不喜欢去走别人走过的路，重复革命的一致性。我选择的入口是真实革命中的他们，是活生生的人，而不是书写教科书上的英雄人物样板。何况，从风俗人性上讲，我更有优势。因为我从小长在那里，对他们的饮食爱好、人情掌故、习性品质、风俗习惯，都有着全面的了解。加之我们家族和我们村子里，几乎家家都有参加革命的，我爷爷那一辈，就有两个参加革命牺牲而未评上烈士；而我舅公，因在革命中负伤最后未评上将军。有时我在回忆母亲的哭声中，觉得这些家族的革命者们，仿佛就在身后看着我，要我写出并记住他们。

徐艺嘉：在红安题材的写作中，《英雄魂》《英雄泪》《英雄血》《英雄劫》《英雄表》几篇小说构成了"故乡英雄"系列，大多围绕红安英雄的传说展开。给我印象较深的是，这些英雄并非是单一的笼统的模糊面孔，而是立体的有血有肉的呈现，他们当中既有战争年代的铁血硬汉（如《英雄魂》中的王鉴），也有和平时期的普通种地青年（如《英雄表》中"我"家乡的表哥）；既有顽强杀敌、立功无数却又没能看到胜利曙光的无名英雄，也有功成名就却在屡次政治劫难中终究难逃一死的悲情英雄（如《英雄劫》中的吴敬波）；既有正面的英雄事迹，也有侧面的通过家乡人口吻讲述的英雄追忆……由此可见，您对这组小说的创作是饱含深情且注入了心血。创作这组小说的初衷是什么？

李　骏：在我眼里，与那些有幸活下来并参加了共和国授衔的将军们相比，英雄亦可以是那些参加革命的普通的庄稼佬英雄，既有轰轰烈烈的，也有普普通通的；既有大起大落的，也有平平常常的；既有为伟大目标而奋斗的，也有个人打着小九九算盘的……但无论怎样，他们是战斗队、播种机，是实干家，不顾生死走上前线打仗。死了的，永远成为异地他乡的孤魂；而活着的，除了少数享受了胜利果实，大多数还是过着普通的生活。我的写作初衷是为了记住他们。

徐艺嘉："英雄"的定义和生活轨迹是多种多样的，在这组小说中，你对英雄生活的侧重点描写各不相同，其"匠心"何在？

李　骏：至于想表达与探究的"匠心"，是他们为什么参加革命？在革命的路上有了怎样的遭遇？虽然胜利最终到来了，但多数人去了哪里？他们的命运如何？他们心中的悲苦喜乐，他们人生的阴晴圆缺，他们精神上的酸甜苦辣，都在无尽的今天远遁。他们的精魂仍存，但已无从寻找；他们的理想仍在，但已逐渐消解。而我想让他们活着，活在今天，活在当下的语境，活着还原真实的面孔。

徐艺嘉：写出普通人的生命状态，越来越成为当下作家们较为普遍的一种文学自觉，可以看到其间对个体生命意义的挖掘与追寻。再来谈谈其他的小说创作吧，中篇小说《仰望苍穹》曾被你称之为自我文学创作路上的一个重要里程碑，能具体谈谈这部小说的创作吗？

李　骏：这篇小说是我军校刚毕业那年写的。那时我的写作呈井喷状态。我毕业留校后在基层工作，有了许多别样的遭遇，急需一些东西来证明自己。《仰望苍穹》的主人公二哥，便是理想的化身。他无论是参加战争，还是回乡后带领大家创业，都是一个彻底的理想主义者。他不怕失败，也不惧各种势力，在一败再败的同时，仍然坚守着一位真正军人的选择。我当时也是这个心态。因为刚毕业，理想大于天，但很快受挫，本来是留在机关工作的，但当时复杂的人事关系，不自觉地把你划入本来莫不相干的一类人，命运就会发生变化，我也随之被派往一个大家都不愿意去的基层工作。在那漆黑的楼道里，常常是一下班，同事们都谈恋爱去了，我一个人趴在屋子里勤奋地写作。我不想过某一类人的生活，便注定要过另外一种生活。所以在二哥这个人物的身上，同样也寄托了我当时的理想。这篇小说很快在《天津文学》发表，并引起了人们的注意，后来在北京开了作品讨论会。我开始接触所谓的文坛，直到认识文坛上几乎所有的大家。从那时起，我开始由井喷般的创作走向井喷般地发表作品，不仅增强了自己的自信，也因为"能写"而调入北京，离开了伤心之地，渐渐改变了命运。

徐艺嘉：长篇小说《穿越苍茫》是一部融合了家族历史与战争传说的诚意之作，然而您似乎对小说的反响并不满意，请谈谈这部小说的创作经历，小说试图传达的文学内核是什么？

李　骏：这部长篇是为我母亲写的。一共写了五年之久，调动了我关于故乡的全部记忆。我母亲去世后，我觉得自己欠她的。我是我母亲的希望，但那些年不顺，我甚至在边疆当了几年兵，母亲都不知道。她总是一个人跑到大山里哭。在她走后的最初几年，我几乎天天梦到她，梦见她仍然在哭。我感觉自己的灵魂一直在异乡飘荡，没有着落，想起母亲的过往，有时情不自禁地落泪，便决心为母亲写一部书。长篇中关于我母亲的故事，几乎是纪实的翻版。写这部书，是想让人们看看，曾经离我们如此之近的上个世纪，有一些人是怎样地活着和活过。我回头去看那些我身边的小人物，都仿佛带上了宏大的理想主义色彩。这与我们黄安县改为红安县有关。我从小就在屈辱中默默思考：革命是什么？那些普通的庄稼汉，为什么身份改变，就从个人找饭吃发展到为大众找饭吃？为什么会视死如归？而在革命胜利后，是什么又引发了人性的恶之花？让村庄从此支离破碎？我母亲一辈子悲苦，没享过什么福，她走后我便觉得人生的虚无，转而寻找生命活着的意义。所以，那些历史中的人，便慢慢复活在我的小说里。他们多半是我身边的亲人，我觉得他们过去的苦难对于今天来说，有特别的启示意义。

我之所以认为没有引起反响，是因为觉得当下的评论家没有看到这本书的内核和写作的意义。它宏大的背景与真实的革命，没有引起今天人们的足够重视。而一个在国外的评论家张晓峰，是在不认识我的情况下，说自己偶然读到这部小说，当时"只想随便一翻，从中间看起，但看了几段便放不下了，接着从头读起"。我个人认为，张博士对这部长篇研究还是比较透的。我们不相识，也从未见过面，她现在在美国搞研究，还发电邮说这部小说会越来越有影响。我也不知道是不是越来越有影响，不过今年年底将由昆仑出版社出单行本。编辑丁晓平是名编，他看到后很喜欢。真实效果到时再看吧。

徐艺嘉：我记得一句你曾在访谈中说过的话："写作，也因此让贫乏的生活变得更加丰富，它让我知道，我和周围的人甚至以往见过没见过的人，还有无数的后来者，都曾活着，而且是怎样地活着。"这句话能代表你的创作观吗？读你的小说也给我这样的感觉：更多是注重书写一个人或一群人的生命状态，这种写作方式和你的人生观是否也是吻合的？

李　骏：这句话基本上能代表我的创作观。在许多作品发表后，于己，我重新阅读时，读到那些人物，便会想到另外一些人物，很温暖。于别人，在读到我的小说后，容易对号入座，觉得写了某某某人，把某某写活了。我更喜欢那些真实的好人、平凡人。虽然历史记载的都是英雄，但英雄也是平凡人推动着走的。小说就应该记录他们的生活，同时反映一个真实的时代，而不是历史书中的对英雄描写的那寥寥几笔。你说得对，我"更多是注重书写一个人或一群人的生命状态"，这种写作方式和我的人生观有着基本的吻合。但小说家不像诗人，要表里如一。小说家的生活与表达的人物状态有时根本无关。我是在军营成长的，又一直在机关工作，算是体制内的人物，曲折的经历、严格的军纪加上自己的道德约束，使自己成为一个非常刻板与正统的军人，但内心情感的丰富，又使我笔下出现了与自己完全不一样的人物，这是正常的。像著名作家周大新老师一样，他基本上算是一个面对女性经常有些羞怯的人，可他笔下的女性形象写得那样细腻而深刻。再比如著名作家王树增，生活中的他虎背熊腰，豁达大度，豪气干云，但他笔下对战争中人物的关注，却心细如发，菩萨心肠。

徐艺嘉：看到你最新的作品大概是《人民文学》第八期刊载的短篇小说《待风吹》，比起之前的机关系列作品如《机关吹阵凉凉的风》等，这篇小说表现出一种尝尽人生况味之后的豁达，读来很舒服。这来自于什么新的人生体悟吗？

李　骏：我写《机关吹阵凉凉的风》时，军龄十年，刚调进北京不久，还有很强烈的理想主义。那时笔下所涉及的人，也仅是机关的营团级。而一晃十五年过去，很有幸在现在这个风气比较好的单位，没有找过任何领导也干到"两毛三"了。因此，我笔下的人物，便涉及到了军师级这个层次，加上在总部机关也借调过几年，接触过相当多的将军，对人世对机关对官场有了更深的理解。走进这些人物的心灵后，对人生的许多看法与观念便开始淡然了。许多人认为机关就是钩心斗角，就是阴谋诡计，其实机关作为为基层服务的一群，有着温暖人心的一面。特别是我在许多优秀的军师职领导下工作，便也渐渐走进了他们的世界。虽然人们对现在的军队认识上有偏差，认为贪腐很厉害，其实大多数领导还是非常好的。毋庸讳言，我们也发现军营中有这样一个普遍的现象：曾几何时，无论是提拔与没有提拔的，似乎都有戾气，都有怨恨。那时的机关人们，对人生的升降起伏，对官场的进退沉浮，看得过重。他们在这方面没有付出，肯定是在另一方面付出了的。现在好了，习大大治军，军营开始回到军队的本来面目，整个军营呈现出一种欣欣向荣的面貌，人心思进，能打仗打胜仗开始成为大家关注的中心。所以，我在写《待风吹》时，对机关与机关人的认识，已有了很大的不同，就像我曾发表过的一个中篇小说那样，"机关没有机关"。虽然不少人仍以小人之心，度君子之腹，但多数军人仍有着我们先辈那样的军魂意识、军人情怀、军营兵味。因此我的小说，在直面某些人的问题时（像最近发在《中国作家》上的《费尽心机》），同样也敢于面对上层建筑思考的这个层次。他们到了军师职，作为真正的职业军人，他们是爱军队盼军队强大的。因此，你便看到了《待风吹》中的这些人，一旦作风之风吹起，他们是勇于负责长于检讨的；一旦战争之风骤然吹起，要相信他们是敢于打仗、敢于胜利的。这便是我写《待风吹》的目的。只是习大大吹的这股清风新风，虽然来得有点迟，但毕竟迎面吹来了。

创作年谱

2007 年 11 月，参加全国第七届青年创作会议。

2009 年在鲁迅文学院第十一届高研班学习。

2013 年 9 月参加全国第八届青年作家创作会议。

2016 年 12 月参加中国作家协会第九次全国代表大会。

近年来先后在《人民文学》《中国作家》《解放军文艺》《花城》《青年文学》《人民日报》《解放军报》《光明日报》《中国青年报》等省以上报刊杂志发表各类作品共 400 多万字。

出版书籍：

《肝胆专家黄志强传》，1998 年，解放军文艺出版社；

《谛观生命》，2001 年，解放军出版社；

《党的忠诚女儿叶惠方》，2002 年，解放军出版社；

《辉煌五十年》，2003 年，解放军出版社；

《仰望苍穹》，2005 年，解放军出版社；

《军旅楷模》，2007 年，解放军出版社（下发全军建制连队阅读）；

《生死大营救》，2008 年，解放军出版社；

《住进新营盘》，2008 年，解放军文艺出版社；

《城市阴谋》，2010 年，新华出版社；

《穿越荒原的温暖》，2013 年，河北花山文艺出版社；

《黄安·红安》，2016 年，解放军文艺出版社；

《待风吹》，2017 年，山西北岳文艺出版社。

获奖情况：

中篇小说《营区的光线》获第七届全军文艺新作品一等奖；中篇小说《油菜花开》获全国"大红鹰"文学奖；

中篇小说《零距离》获第十二届中国人口文化奖金奖；

短篇小说《英雄表》获全军文艺新作品二等奖；

短篇小说《北京再见》获全国第十一届《小说月报》"百花奖"；

短篇小说《英雄魂》获全军文艺新作品二等奖；

长篇报告文学《生死大营救》获全军抗震救灾优秀作品奖；中篇小说《我那遥远的故乡小镇》获全军中篇小说二等奖；中篇小说《仰望苍穹》获天津市"青年佳作奖"和"文化杯奖"；

散文《回到我们出发的地方》获第六届"冰心散文奖"；

连续四年获《解放军文艺》优秀作品奖；

连续十年获"总后军事文学奖"。

有关对李骏文章的评论：

《把英雄写得更精彩》，杨雨颜，载《解放军报》2007 年 7 月 10 日；

《用真心写真情》，王宗仁，载《解放军报》；

《新世纪十年军旅短篇小说发展探析》，马飞，载 2012 年《解放军文艺》第 1 期；

《诗意的拼搏人生和悲悯的家国情怀》，范雪飞；

《现代都市情绪的强化与宣泄——简论长篇小说〈城市阴谋〉中对书信的引用》，宋先红，《当代作家评论》；

《穿越历史的苍茫》，张晓峰、王若凡，《芳草》，2013 年第 6 期；同年发表于《文艺报》；

《逆风飞翔，向阳生长——与李骏对话》，徐艺嘉，《神剑》2014 年第 6 期；

《文学的单纯与复杂》，张晓峰，载 2016 年 8 月 10 日《文艺报》；

《哲思与艺术的辉映》，刘文堂，载《解放军报》；

《现实主义的味道》，李美皆，载 2017 年 8 月 16 日《解放军报》；

《致敬土地，孝敬母亲》，丁晓平，载 2017 年 9 月 28 日《文艺报》。

海飞，小说家，编剧。曾在《收获》《人民文学》《十月》等刊物发表小说500多万字，大量作品被《小说月报》《小说选刊》等多种选刊及各类年度精选本选用。获人民文学奖、小说选刊奖、国家五个一工程奖等多个奖项。著有小说集《麻雀》《青烟》《像老子一样生活》等多部；散文集《丹桂房的日子》《没有方向的河流》等多部；长篇小说《惊蛰》《花雕》《向延安》《回家》等多部；影视作品《麻雀》《旗袍》《大西南剿匪记》《隋唐英雄》《花红花火》等多部。

重建虚构叙事与日常经验的关联

傅逸尘

整体而言，海飞的小说并不执着于历史与战争，更不拘泥于传奇与故事，他属意的是氤氲着烟火气息的日脚，牵念的是纠结于俗世凡情的肉身，探寻的是承载着理想信仰的灵魂。他的笔触小巧而轻盈，游走于混沌时代的边缘处，刻录历史的细节与存在；在日常生活的流态中描摹活色生香却又感伤易碎的小辰光，折射出大历史的轮廓和面影；在或明或暗的战场上检视人性的卑微与高贵，见证理想的坠落与飞扬。海飞的小说并不因聚焦个体的情感纠葛和命运轨迹而狭窄，却因为写出了人物形象的摇曳多姿和命运流转的悲悯痛感而绽放出了独异的光彩，使得作品在更深层次上通达人类共同的精神和情感体验，进而抵近了文学的丰饶与宏阔。

海飞的中篇小说《麻雀》、《捕风者》，长篇小说《向延安》《回家》《惊蛰》，似乎很难单纯地从题材上定义为军事或曰谍战。因为在我看来，无论是正面战场还是隐蔽战线，都并非海飞叙事的重点，人的生活或者说生活中的人才是小说的核心。日常经验围绕着人物铺展开来，小到言谈、穿着、举止、饮食大到心理、性格、精神、运命，海飞小说中的人物不仅仅是在战斗，更是在生活。即便战争袭来，改变的是人物命运的走向，不变的是生活本身恒常的逻辑。正如海飞所感慨的："尽管日军已经完全掌控了这座城市，但是沦陷后的上海仍然有着她沧桑的美丽。精致的呢子大衣，旋转的舞厅，高档的咖啡馆，如此等等，有人的地方就有欢娱。"或许，海飞自己就像一只幸存于那个漂浮动荡时代的麻雀，栖身在市井瓦肆、寻常巷陌的屋檐上，望着这座沧桑而繁华的城市百感交集。对于日常生活经验的敏感和熟悉，使他的目光得以穿透历史迷雾的重重阻隔，绕开谍战剧情的种种诱惑，聚焦于小人物的生存状态和生活细节。不管身份多么特殊、任务如何艰巨，处境怎样险恶，他们过的是日脚，度的是辰光。这种对特殊历史背景下日常生活经验的重视和发现，之于生命、之于历史、之于文学，都具有独特的意义。

关于文学书写的经验，捷克作家克里玛将其分成两大类，即"极端经验"与"日常经验"。从认知角度讲，那些超出我们日常生活规律与节奏的事件与现象因其边缘的相对清晰和发生原因的绝对偶然，而具备了阐释上的自足性和客观性；同时，因为人类的历史意识和思维模式往往都建立在对极端经验的记忆之上，并相应形成了各种价值判断系统，使得对极端经验的叙述具有了丰富的传统甚至理论资源，以至这样的叙述有时会成为一种不证自明的言说，其意义的表达也便具有了先天优越的条件。《向延安》的开篇，不可谓不偶然。生日当天，那个"固执、热烈并且疯狂地爱上了西洋玩意"、甚至有一个洋名叫"乔治·向"的向伯贤在自家的屋顶被日军的流弹击中意外身亡，生日瞬间变成了祭日。日军的侵略给中国、给向家都带来了突兀且重大的变故。极端的战争环境下，主人公向金喜的命运倏然改写，从一个迷恋厨艺的青年学生一步步成长为潜伏在敌特内部的英雄，历经了孤岛时期汪伪、军统和地下党三方在上海的暗战以及随后的国共内战，还见证了风云变幻中向家成员们彼此隐藏闪躲的迥异人生。刻骨的矛盾与至深的爱恋在向金喜被撕裂的人生中缠绕纠结，将"即便把我们撕成碎片，每一片都将写满忠诚"的小说主题演绎得气血飞扬。

家族衰朽、亲情成仇、友情悖离、爱情失落、敌后暗战、斗智斗勇，这些经典的故事桥段在《向延安》中俯拾皆是、轮番上演。循着谍战小说的类型化叙事理路看下来，《向延安》几乎可以满足标准读者对这一题材类型的所有想象。然而，一个看上去琳琅满目甚至有些眼花缭乱的故事框架却并非海飞叙事意旨的全部，他要为"好看"的故事增添更加丰沛饱满的生活质感。在兵荒马乱、随时都会有性命之虞的战争境遇中，同学们想的是怎样追寻和实现革命理想，而向金喜偏偏迷恋的是做菜。于是我们就会看到，面筋菠菜汤、冬笋胡萝卜片、五花肉炖油豆腐、大蒜炒牛百叶，醋鱼、酥鱼等等或家常或创新的菜式，就着一壶烫好的黄酒，轻而易举便将故事中的人物不断从革命、暗战的"极端经验"中拉回到吃饭、喝酒、聊天的日常生活轨道中来。而向金喜源源不断从那个蒸腾着烟火气和温润感的灶披间中端将出来的，不是他宛如魔术师般天赋异禀的人生传奇，而是那即便已成孤岛也不曾被战争打断须臾的寻常日脚。

事实上，这种对"日常经验"浓墨重彩的正面书写在当下的同类题材小说创作中非常鲜见，而这也正是海飞的小说"标新立异"之所在。长久以来，高度类型化的叙事模式已经将狭义上的谍战小说甚至广义上的战争题材与"日常经验"区隔开来，高速推进的叙事节奏已经不容许人物在与任务、行动、战斗无关的事体上做片刻的停留，而读者获得的阅读快感既是紧张刺激、一气呵成的，但也难免转瞬即逝、失之单调。网络也好，电视也罢，类型化写作对谍战题材的高度垄断，造就了对"极端经验"的过度张扬，其背后隐含的是写作立场和审美趣向的变化。当作家不再敏于用文学的感官去想象、触摸和体味而是擅长用镜头的语言去切割、过滤和重组，那些包裹着历史信息、留存着生命温度的丝丝缕缕和枝枝蔓蔓，因为不易用视觉符号去捕捉和传达便被从传奇故事的主干上剥离。我所担忧的是，当作家和读者都迷恋于所谓的"极端经验"时，对"日常经验"的忽略和遮蔽是否导致了虚构叙事与现实生活的割裂？读过克里玛、昆德拉，会让人不由自主地对文学产生一种朴素的认识，而这种朴素会有一种震撼人心的力量。看来，我们应该重新建立起这样的观念，即虚构叙事就是现实生活的一种，我们的现实生活需要文学去思考、去揭示、去批判、去提升，我们关心的一些形而上的问题应该如植物一般从生活中自然地生长出来。文学当然与想象有关，但想象的动力源自现实的经验，想象本身是无法支撑我们的思考与理性的。当我们尚未将现实的经验处理好，当我们的文学尚未对现实做出令人信服的解释时，置现实经验于不顾如果不是叙事策略上的失误，就是表明我们思想水平的低下，抑或缺乏正视现实的勇气。

海飞的小说将"极端经验"与"日常经验"融合得自然、恰切，他像一个手艺高超的木匠，不用铁钉，不用胶水便可以将传奇故事与现实生活巧妙且不着痕迹地揉合为一体，在榫卯交接之处我们看到的是大量的细节。这些鲜活生动的细节自然离不开对历史的寻访与研究，更源于作家少年时代的记忆。年少的海飞，拥有许多睡不着的夜晚，他从外婆家打开门溜出去，手持一根捡来的短棍，划着路边的围墙走入上海迷宫般的大街小巷。他小小的胸腔里装满了整个的上海，这些角角落落后来都在他的小说中一一复现。米高梅舞厅、基督教鸿德堂、凯司令咖啡馆、沙逊大厦、大世界游乐场、九星大戏院……《麻雀》中的人物，就生活在这些海飞记忆中熟悉的"老地方"。因熟悉而亲切，因亲切而敏感，因敏感而多情，绵密的细节如水般流淌，夹杂着种种熨帖心灵的奇异比喻，持续冲刷着苏州河古老而浑浊的河道，泥沙俱下的情感纠葛和人性隐秘，最终在读者的翻检中重见天日。换句话说，海飞讲述的传奇故事是镶嵌在他对日常经验宽广且厚重的描摹基础之上的，这种生活化的谍战叙事颠覆了我们对于"日常经验"缺失的习焉不察，并且从审美层面重新唤回了我们对生活本身的敏感和热情。

《回家》可以说是抗战题材长篇小说中的异类，通篇充斥着各方士兵对家的记忆、对家庭生活的想象，和对达成"回家"这一行动的终极渴求。陈岭北在进入战场时，脑子想起了故乡，暨阳县、枫桥镇、丹桂房村，村子里，有一位叫棉花的寡嫂，村外一条宽阔却极浅的小溪，溪面上波光粼粼，像一万条鱼漂浮在水面上闪动鱼鳞。他心心念念的就是回家娶寡嫂过日子。在四明镇戚家祠堂养伤的日子里，无论是黄灿灿、蒋大个子、朱大驾、小浦东、蝈蝈等人，都心怀回家的梦想。不仅中国人如此，日军也是如此，香河正男对植子与爱情的幻想，中队长船头正治要回家为妹妹操办婚事，千田薰联队长想念父亲与姐姐……战争将人抛入并囚禁于极端经验的牢笼之中，而人拼劲全力甚至牺牲生命想要回归的正是日常经验所指向的家园。事实上，极端经验与日常经验间的差异、矛盾与张力构成了小说结构层面的裂隙，处理得不好就容易"两张皮"。而海飞用华丽且富于诗性的语言、精妙的比喻、动人的细节还有写景状物、风俗俚语、人物描写有效填补了这重裂隙。

从文学史来看，或者仅就阅读经验而论，构成小说叙事主流的其实正是与日常经验叙事相对立的，以重大事件为关照对象的宏大叙事传统。然而社会历史转型期，宏大叙事向日常叙事的转变，这是人们返身于日常生活中寻找恒常价值和意义的一种方式；或者从琐细的日常现象中解构传统生命价值观，从而确立新的价值判断的一种突围。前者宛若存在主义哲学家加缪笔下的西西弗斯神话，后者则是另一位存在主义大师萨特的哲学或者是后现代主义的叙事方式。正如艺术史学家赫舍尔所说的："在人的存在中，至关重要的是某些隐蔽的、被压抑的、被忽视或者被歪曲的东西。"作家就是在这种日常生活中发现意义和价值，对人的日常生活世界的重视和肯定，表现了作家对人的自信。《捕风者》中的苏响原本是个只想过寻常日脚的小女人，革命于她而言更像是丈夫留下的遗物，清晰地存在却只是个念想。与其说是残酷的斗争将她锻造成了革命的战士，不如说是对安稳家庭生活的渴望和对寻常日脚的依恋促使她一点点成熟起来、变得坚毅而果决。三段感情、三个丈夫、三个孩子，对一个标准意义上的革命者、或者女特工来说似乎有些不可想象，但在小说中，苏响永远是女人的形象大过于革命者的形象。一个女人对情感的执着、对丈夫的忠诚、对孩子的挚爱，都被海飞纤毫毕现地完整记录在案，以此最基础的生存本能来隐喻最高蹈的革命精神。海飞将一个"女特工"的英雄事迹还原为对一个传统女性心路历程和情感世界的钩沉与复现，说到底体现出的是对人的尊重和对生命的敬意。

在海飞的小说中，作为革命者形象存在的主人公都有着各自的职业身份：裁缝、铁匠、理发师、厨师、教师等等诸如此类的行当无不与最平凡、最琐碎、最世俗的生活经验紧密相连。海飞抛却了既往"宏大叙事"的伦理理念，放弃了启蒙主义精英写作立场，开始重建虚构叙事与日常经验的关联，从极端状态下崇高壮丽的美学追求回归到日常生活的诗意找寻；将"人的历史"与"历史的人"并置，既书写了国家、民族、政党、阶级及集团之间错综复杂的政治斗争和血肉横飞的激烈战斗，也描绘出个体生命的主体性和自觉性，兼顾到了"人生安稳的一面"与"人生飞扬的一面"。

呈现微观经验，回归日常诗性。或许这正是海飞在处理谍战或曰战争题材时并不唯一但却"标新立异"的写作伦理。毕竟，高蹈的精神恰恰需要弥漫着烟火气息的日常经验来承载，幽深的灵魂更需要以真实性和现实感为背景才会得以凸显。从这个意义上说，当下的小说创作更加迫切需要的不是覆盖而是穿透，不是宏大而是精微，不是"故事"而是"生活"。在重建虚构叙事与现实真实的关系的过程中，作家们需要拿出更加深刻、精准且有力的现实书写。

麻　雀

海　飞

1

陈深跷着二郎腿坐在温暖如春的米高梅舞厅里。他一点也没有想到，舞厅门口无比辽远与清冷的西藏路上，一场突如其来的雪从望不到边的黑色苍穹无声地落下来。

一个钟头前他和中共特派员宰相接上了头，却没想到宰相竟然是女人。他的目光落在宰相的黑色呢子长大衣上。那是一件做工十分考究的大衣，陈深想，这件大衣的针脚如此匀称与密实，裁缝应该是从宁波来的。

他向来是一个眼尖的人。透过舞池里男男女女摇晃的身影，可以看到李小男正在不远处和几个男人碰杯。她显然有些多了，手中举着的杯子仿佛随时会掉在地上。看上去她穿的衣裙一边高一边低，这个自称是明星电影公司演员的女人，总给人一种毛毛糙糙的感觉。她是盐城人，一个大大咧咧的姑娘，经常喝多了酒大着舌头嚷着要和陈深划拳，并让他有种就娶自己。陈深一直说自己没种，他觉得李小男简直就是自己的兄弟。兄弟不是用来娶的。

但陈深从心底里承认，面前坐得像一株滴水观音那么安静的宰相是一个美丽的女人。听说宰相的家人除了妹妹尚存人世以外，其余七口人全部牺牲了。宰相纹丝不动，她的目光抛向舞池，话却是对陈深说的。她说你不像一个革命者。

革命者是什么样的。陈深十分虚心地问。

革命者都愿意死，你不愿，看得出来你很喜欢花天酒地。

我没喝酒，我喝的是格瓦斯。也没花。我觉得我大概是老了，一点花的劲也没有。陈深手里旋转着一把小巧的理发剪子无比伤感地说。

那你为什么抽樱桃牌的日本烟。

陈深望着桌上躺在烟灰缸里的三个干净得像少女般的烟蒂：抽日本烟不代表就是汉奸。

少抽。

行，我听你的。麻雀为什么隔了两年才出现？

你不能打听任何麻雀的消息。宰相沉吟片刻后又说，你的舞是跳得越来越好了。

这是工作。我热爱工作。陈深收起理发剪子塞进口袋，又点燃了一支樱桃牌香烟。在淡而薄的烟雾里，陈深忽然伤感得想要流泪。他一直都不明白，两年了，组织上简直像把他忘了似的。就算他是一棵草，也总会在每年春天的时候被春风记起。他都搞不清自己的身份究竟是中共潜伏者，还是汪伪特工总部下属的直属行动队的一名特工。现在却突然有一名穿着考究的女人在麻雀安排下找到了他，告诉他再次被激活，他的上线联系人将会是医生。医生会通过欧嘉路和沙泾路交界的一堵海报墙发布指令。而他获取的情报，一律装信封放入窦乐路的邮筒里。陈深清楚地记得，邮筒不远就有一处叫作鸿德堂的基督教堂，因为那教堂黄颜色的屋顶上，老是有白色的鸽子肆无忌惮地飞起来。

放邮筒会不会不安全？陈深问。

不会！从现在开始你要做的是，尽快拿到一份汪伪清乡计划实施以后，毁灭性第二拨打击新四军的"归零"作战计划。宰相的话简短而果断，她站起身为自己围上了围巾，显然交代完这一切她就要离开。

陈深知道，从 7 月份开始，汪精卫政府的清乡行动如火如荼，苏南新四军受挫，一个师的主力奉军部命令北渡长江，已经转到江都、高邮、宝应一带开辟新的抗日根据地。在陈深的脑海里，这些平原与湖泊交错的地方，都是适合油菜花狂乱生长的地方。陈深的目光抬起来，他看到李小男又和男人们在划拳了。在舞曲声中他听不到李小男的声音，却十分清晰地看清了她夸张的手势。陈深当然不知道，此刻舞厅外面大雪苍茫。在此前的三个小时里，他的顶头上司毕忠良正在极司菲尔路 55 号，汪伪特工总部直属行动队刑讯室里亲自审讯一

"新生代军旅作家"面面观 |

名中共上海交通站的交通员安六三。安六三已经皮开肉绽，像一朵绽放着夺目红色的硕大鸡冠花，浑身上下散发着血腥味和皮肤烧焦的气息。安六三想到了家乡绍兴田野的蒲公英，也想到了一直等他回家的老婆和两个孩子。他觉得如果一辈子种种罗汉豆和小麦，摇着乌篷船去务农也是一种很好的生活。最后他终于说，一个叫宰相的女人会和人在米高梅舞厅接头。时间就是现在。说完这一切，他像是完全放松了似的，长长吁了一口气，像一只瘟鸡一样头一垂昏死过去。

毕忠良愣了一下。他正在用一只大号搪瓷杯喝温过的花雕酒。他是一个有着轻度酒精依赖症的人，如果一天不喝酒，他的整个身子会像筛子筛米一样抖动起来。他小心地把杯中的酒全部倒进了喉咙，然后他伸出一双手，在那只煨着刑具烙铁的炉子上取暖。毕忠良看了看身边的扁头说，把陈深找来。

那天三辆篷布车就候在直属行动队的院子里。每辆车边都站了九个人，毕忠良穿着大衣在雪地里来回踱步。扁头跑来告诉他，没有找到陈深。毕忠良就有些生气，陈深是他手下一分队的队长，也是一个令他不能省心的兄弟。他想了想，抬头看看漫无边际的雪在空中扭过来扭过去地飞舞，像是被风吹散的瀑布一样。毕忠良的脖子上落下了雪，雪很快融化，让他感到了一阵沁凉。毕忠良缩了缩脖子对着天空说，米高梅。

2

在陈深如弄堂般狭长的目光中，穿着黑色呢子大衣的宰相大步穿过了舞池向门口走去。而突然拥进来的一群黑衣人显然发现了黑色呢子大衣的高挑女人，有四五个人迅速地围了上来。陈深猛地站起，他向宰相冲去的时候，宰相正在包里摸枪。也正因为她的摸枪，随即有一名特工一枪击中了她的腿。在舞女们此起彼伏的尖叫声中，她已经走到了门边，门晃了一晃，宰相晃到了舞厅门外。正在热烈地划拳的李小男被枪声惊醒，手里举着的杯子果然掉到了地上。玻璃碎裂的声音中，她愣愣地看着一个穿黑大衣的女人闪出了旋转门，随即几名汉子也跟着旋风一样冲了出去。

此时陈深就站在舞厅旋转门的门口直喘气。他看到宰相站在马路上路灯下的雪地中，已经被特工们团团围住。宰相后退了一步，再后退一步，退到灯柱边就无路可退了。穿着灰色大衣的毕忠良手插在口袋里迎着稀疏飘落的雪一步步走向宰相。他在宰相面前站定了，仔细地凝视着宰相，话却是对手下的特工说的。他说，舞厅里的人一个也不许走。

那天陈深就站在舞厅屋檐下，看到宰相仿佛是向舞厅门口回头望了一眼，那一眼中有一万句话想说而没法说。一声枪响，宰相的身子在路灯下旋转了一个圈，黑色大衣旋出一朵硕大的黑色的花，然后倒在雪地里。陈深听到了一声尖叫，他扭头的时候看到舞厅门口围观的人群中李小男因为惊吓过度而晕倒在地。陈深顾不了那么多，他迅速地向宰相奔去。在路灯的光晕下，他看到了一摊血红、一身黑色呢子大衣，以及一地的白雪。这红黑白构成了一种触目惊心的图案。陈深看到宰相手中握着的那把"掌心雷"，那是一把十分小巧的枪牌撸子，有效射程只有三十米，这种不太具有攻击性的枪支，基本上只能用来防身和自杀。

所有特工远远地围成了一个圈，没有人上前。只有陈深冲到了宰相身后，他在雪地半跪下来，手慢慢伸过去，探着宰相的鼻息。宰相显然已经开枪自杀，她握枪的手也是半摊着的，手心还有些微的红润。陈深的目光停留在一只白金壳怀表上，他趁人不注意迅速地扯下了那只怀表，紧握在掌心里。陈深的这个细微的动作，却没有逃过毕忠良的眼睛。毕忠良什么也没有说，只是叹了一口气。他慢慢地喀嚓喀嚓地踩着积雪走了过来，站在陈深的背后说，我在队部一直没有找到你。本来这次行动是你们一分队的任务。

陈深没有说话，他站直身子，看到舞厅旋转门的门口吓晕了的李小男已经被人扶进了舞厅。他抬头望了一眼漫天的、在路灯的光晕下显得异常清晰的飞雪，突然觉得人生像一场电影一样正式开始了。许多雪花落在他的睫毛、眼睛、鼻子、嘴唇上，让他感到一片一片的清凉。他听到毕忠良的声音再次响了起来，舞厅门口的舞客给我全部赶回舞厅去！

两名特工拖住宰相的脚，一直往前拖去。陈深望着雪地上拖出来的一条黑色印子，像通往前方未知的一条漫长的路。陈深跟着毕忠良回到了温暖如春的舞厅，舞厅里的人都战战兢兢地站着。毕忠良一言不发地来回踱着步，他像是很冷的样子，挑了一张金丝绒沙发坐了下来。然后舞厅的谢大班扭着硕大的屁股走了过来，她走到毕忠良面前说，毕队长，公干哪。

　　　　　　　　　　　　"新生代军旅作家"面面观 |

毕忠良的身体仿佛因冷而颤抖起来，他挤出了一个难看的笑容，但却什么话也没有说。

一壶温好的酒放在了毕忠良面前的桌子上。谢大班亲自为毕忠良斟酒，一杯酒下肚，毕忠良很快就不颤抖了，他甚至有点儿精神抖擞的味道。这时候李小男醒了过来，她衣衫不整像一棵被晒蔫的白菜一样，双腿半挂在一张椅子上。陈深走了过去说，不要怕，这儿的事和你无关。

你说过的话还算数吗？

陈深憬然的目光抛向那些蚂蚁一样不知所措的舞客：我说过什么了。

李小男从椅子上坐直了身子，她为自己点了一根烟。她把一口烟熟练地吐在陈深脸上说，你上次说过要照顾我一辈子的。你娶我吧，哪怕是个妾。

那时候我喝醉了。

喝醉就可以乱说话吗？

几名听到对话的特工恶毒地笑了起来，他们望着一分队队长陈深像木头人一样坐在李小男吐出的一堆烟雾中。毕忠良的目光扫过来的时候，他们止住了笑。那天毕忠良一共带走了八名共党嫌疑分子，所有剩下的舞客都胆战心惊地站成一堆。毕忠良后来起身走到了那堆舞客面前，他勉强地挤出一个笑容说，继续跳吧。

没人敢继续跳。这些舞男舞女们看着八个嫌疑人像一串带鱼一样静寂无声地走向舞厅门口。嫌疑人中一名小胡子舞客突然用尖细的声音喊了一声，到舞厅白相有啥个罪名？

扁头抓起一张凳子，重重地砸在小胡子头上。凳子像突然散架的骨头落了一地，小胡子随即倒在了地上。所有的人都不敢再说一句话，小胡子迅速地被两名特工架起，摇摇晃晃地像喝醉一般向外走去。

从米高梅回行动处的路上，陈深一直坐在毕忠良的车里。他们的车子跟在一辆篷布军车的后面。陈深知道那八名嫌疑人全部都装在篷布车内。毕忠良阴着一张脸坐在后排一言不发，他一向都不是一个话多的人。顺着两条雪亮的车灯光，陈深望着车窗外漫天飞雪，觉得车子在雪地中的缓慢前行，就像是在开往另一个安静的被雪掩埋的世界，或者是开往了他和毕忠良的从前岁月。他眼前浮现起和毕忠良在杭州新兵训练处一起集训新兵的往事，那是春天，所有的花都在训练营的野地上放肆地开放。他还和毕忠良一起在江西围剿过赤匪，那时候毕忠良的头部被弹片划过，掀掉了一块头皮昏死过去。理发师出身的陈深把他背下战场，在野战医院又亲自为他理去血肉模糊的头发后由医生包扎伤口。毕忠良醒过来的时候，看到的是隔壁病床上坐着的陈深一双熬红的眼。陈深手里玩着理发剪刀，声音低沉地说，你要是救不过来，那我就白费力气把你背下阵地了。

陈深是诸暨人，一直说起他的诸暨老乡蒋鼎文。蒋鼎文是第四集团军司令，陈深就说这蒋司令是自己的嫡亲表兄。毕忠良当他吹牛，但是从不点破。每次下雨以前，毕忠良的头皮都会隐隐发麻，他就会想，这条命其实是陈深从战场上捡回来的，像捡一只麻袋，或者捡一条路边的狗一样捡回来的。后来是毕忠良动员陈深，两个人先后从国军阵营中投了汪，他又把陈深引荐到中央执行委员会特务委员会特工总部。陈深出现在总部的两个头子丁默邨和李士群面前时，两个人都一言不发地盯着陈深看。看了很久以后，李士群问，你有啥特长。

陈深掏出了那把理发剪刀，在手心里眼花缭乱地转了起来说，我会剃头。

李士群和丁默邨相视笑了。陈深也笑了，认真地说，我爹其实不想让我学剃头，他想让我当国文教员。可是我国文不行的。

陈深边说边探头望向窗外。窗外阳台栏杆上的一盆晏饭花开得十分疯狂，触目惊心的细碎红色像是盛开的鲜血。大操场上，一名特工牵着的黑背德国狼犬拖着一条拖把一样的尾巴，目光阴险地慢吞吞走过。没有一丝风，陈深觉得空气像灌了铅一样沉闷，这时候一声仿佛从地底下钻出来的女人的惨叫声传了过来。他突然想，这个正在受刑的女人，有没有丈夫和孩子？

陈深看到两道车灯像棍子一样刺向没有边际的雪的世界。他喜欢这个寒冷的天气，他真想让雪把整辆车都埋葬了，那么雪以下的世界一定是安静的。

一言不发的毕忠良忽然开口了，他说，拿出来！

陈深把贴身口袋里温热的白金壳怀表拿了出来，交到毕忠良的手上。毕忠良打开怀表，瞄了一眼把怀表还给了陈深。他叹了一口气说，你的毛病就是太贪财了，这不好。

陈深笑了。陈深说你知道的，我花钱的地方多。

毕忠良说，你的钱全花在女人身上了。你以为我不知道你三天两头去米高梅！你还经常找刚才那个嚷着要嫁你的什么明星公司的三流演员！

陈深说，我只当她兄弟。

毕忠良说，鬼才信你呢！女人是祸水，小心引祸上身。

陈深望着车外茫茫的雪阵，突然充满伤感地说，人总是要死的，死之前不闯点儿祸，多没劲啊。

这一个安静的夜晚，陈深在自己的房间里开亮了台灯。他在台灯下打开白金壳怀表，那指针像心脏一样在不停地走动。陈深小心而专注地为怀表添油，像一名称职的钟表匠。然后他把白金壳怀表放在了台灯下的一小片光影里，转身离开写字桌前的时候，他轻声说，安息吧，宰相同志。

3

从舞厅带回的八名嫌疑人受不了皮开肉绽的酷刑，全部承认了自己是接头者。这让毕忠良无比头痛，他亲自和陈深一起带着人，把八名嫌疑人押到了麦根路和中山北路交界的那片小树林里，就此向总部李士群交差。那个雾蒙蒙的清晨，陈深看到了安六三。安六三穿着西装，脸仍然肿着，额头和嘴角结了血痂。他的裤子是新的，但是显然太短了，所以裤管高高地吊着。看到陈深的时候，他谄媚地笑了一下。陈深仰脖喝着格瓦斯，他也眯着眼睛笑了，说欢迎你弃暗投明。

那天八名嫌疑人全部被枪毙了，一个个在枪声中扭动着身躯倒在树下。每一声枪响，安六三都紧张得紧紧地闭一下眼睛。八声枪响以后，安六三睁开了眼睛，他呆呆地看着地上的八具尸体，脑门上沁出了细密的汗珠。他小心翼翼地拿一块方格子手帕擦起额上的汗水来。陈深说，你的裤脚管好像有些短了。

安六三紧张地望向自己的裤管，看到了那双新皮鞋上沾了好多的泥。安六三再次惶然地抬起头的时候，又是一声枪响，他的额头上多了一个血洞，圆睁着眼睛仰天倒在了地上。毕忠良把枪还给了身边的特工扁头，然后蹲下身，拉开安六三的衣扣。安六三的衣袋里躺着一沓钱，那是他招供了宰相的赏金。毕忠良把钱扔给了陈深。

去赌吧。毕忠良说，赢了就回来请客。

陈深眯着眼睛笑了，你为什么要杀他？

毕忠良说，留着他还能有什么用？他只有一条情报，就是宰相要和人接头。

陈深把那沓钱向天空中一甩，钱散开了，像一场雪纷纷扬扬地落下。陈深说，这钱晦气。

那天陈深和毕忠良离开小树林以后，特工们挖坑把这八个人埋了。陈深的脚踩在早已枯黄的草皮上，偶尔有几处积雪没有融化，在黑色地皮上覆着一层浅浅的白。陈深觉得心头有些萧瑟，他认为自己其实就是一棵种在大上海的荒凉的草。而走在他面前的毕忠良，沉着脸一言不发，他的惯常的姿势就是把双手插在大衣口袋里。一阵凉风吹来，他曾经被弹片掀起过的头皮不由得一阵阵发麻。他的心里埋下一个疑团，他认为这八个人一个也不是真正的共党地下人员，但是不杀这八个人无法向总部交差。那么漏网的接头人又是谁？陈深为什么也恰好是在舞厅里？

这天晚上。月光皎洁得像另一场雪。陈深穿着高领的呢子大衣，默默地站在窦乐路那只孤独的邮筒前。他突然觉得那只邮筒就像是一位墨绿色的亲人。

4

那天陈深执行了毕忠良交给的任务，端掉了在米兰俱乐部以打牌为名接头的军统六人小组。任务来得很突然，陈深正在走廊上给书记员柳美娜剪头发。天气有些凉，微薄的阳光无力地打在柳美娜湿漉漉的头发上。柳美娜是一个老姑娘了，没有人知道她怎么会成为老姑娘的。她长得并不难看，不过是脸上有许多细小的雀斑。她是李士群的远房亲戚，但是她从没说起过这个话题。李士群偶然从总部来55号视察的时候，也从不正眼看一下柳美娜。也有人说柳美娜是李士群用过的弃妇。她是一个话不多的女人，偶尔会微笑。陈深给她剪头的时候，她的眼睛就会眯起来，看遥远的太阳光，听剪刀喀嚓喀嚓的声音。她一直都希望着剪刀的声音永远不要停，一路单调地响下去，一直响到她老死为止。

这时候毕忠良走到了陈深的面前。毕忠良依然把手插在大衣的口袋里，他一直耐心地看着陈深把头发剪完，然后说，有个六人军统小组，在米兰俱乐部打牌。

陈深麻利地收拾着剪刀和梳子、围布，迅速地卷成一团。你为什么不早说，陈深说。

毕忠良看了柳美娜一眼说，因为来得及，他们还会继续打牌，如果你不去打断他们的话。

陈深带人在米兰俱乐部围捕了军统六人小组，他的队员在扁头带领下十分轻易地将六人小组带上了篷布军车。陈深站在车边全神贯注地喝格瓦斯，他觉得他的整个身体仿佛就是火炭，需要不停地喝这种含轻度酒精的汽水才能让自己凉快下来。一只麻雀突然降临在不远的空地上，它小心翼翼地左右观望，并拢双脚跳跃。陈深就一直眯眼看着麻雀，他想起了两年前"麻雀"对他下达的第一道指令：潜伏。然后大名远扬的中共谍报精英麻雀就消失了，仿佛从未出现。直到最近麻雀又突然下达了一道命令，和宰相接头。

陈深看到队员们匆匆出来了，六个人被绳子捆成了六只粽子。他们几乎是被扔上车的。陈深叹了一口气，他把那瓶汽水喝完了，小心地放在俱乐部门口的台阶上，然后走向了副驾驶。坐上车的时候他一直在想，自己是莫名其妙的潜伏者，却做着与革命相反的事，一次次地围捕着军统或共党分子。

车子远去，陈深回头，他看到格瓦斯的瓶子在萧瑟的台阶上，像一位寂寞的怨妇。

那天晚上，陈深出席了上海饭店的一个宴会。陈深就坐在毕忠良的夫人刘兰芝身边，隔着刘兰芝才是毕忠良。陈深一直叫刘兰芝嫂子，刘兰芝像一颗病了的丝瓜，其实她有着十分好的相貌，但是她的气色却是十分的差。她是一个有病的人，她会出汗，心慌，做噩梦，她的日子过得一点也不舒坦。于中医而言，这只是小病，可以用药调理。但是陈深一次次地去给她买来药，她的病却不见好。她一如既往地病着，十分感叹地拉着陈深的手说，我这个病，一定会病到死为止的。

比起毕忠良来，刘兰芝和陈深说得更多些。刘兰芝一直把陈深当成了阿弟，更何况陈深曾经在江西剿赤匪时救过毕忠良的命。刘兰芝总是埋怨毕忠良不够关心陈深，急了的时候她会骂毕忠良忘恩负义。毕忠良十分无奈，有一次他找到陈深说，你赶紧娶个家主婆吧，算是我求你。你娶不到家主婆，你嫂子每天都要怪我好几回。

陈深这一天见到了李士群。开宴前他才明白，原来从重庆叛逃过来的国军上校军官唐山海带着夫人徐碧城投了特工总部，被分配在直属行动大队。他带来的见面礼就是六人军统小组。李士群是来为唐山海接风和颁奖的。掌声突然就响了起来，陈深看到徐碧城面色红润，轻轻地挽着唐山海的手踩着红地毯走来，显然徐碧城是一个见惯了场面的人。这让陈深想到了多年以前的往事。那时候陈深在青浦特训班侦谍组当教员，学生中有好多是女的，徐碧城是其中之一。而且他和徐碧城之间，有过一段不明不白的感情。至少陈深无数次为徐碧城剪过头，也有过一次深深的拥抱。这一场无疾而终的感情，因为那年冬天学业的解散而各奔东西。直至后来，陈深追随毕忠良一起投汪时，仍能清晰地记得徐碧城当年被风冻红的一张脸。而现在，陈深觉得自己不过是比她先行了一步，尽管徐碧城成了珠光宝气的军官太太，照样也是投汪分子。但陈深不知道的是，唐山海是戴笠打出的一张牌。那六名军统成员，无疑是几只随时可以舍弃的小虾。

　　那个漫长的晚宴中，徐碧城仿佛不认识陈深似的，一眼也不往陈深这边瞧。陈深却一直注视着徐碧城，以及徐碧城身边的夫君唐山海。唐山海像领袖汪精卫一样，西装革履，一个十足的美男子。陈深认为唐山海很像是上海人，因为上海人讲究的是腔调。从每一个举手投足的细节来看，唐山海是有腔调的。他喝的是红酒，抽的是雪茄，头发梳得纤尘不染。在他的面前，陈深很像是一名瘪三。陈深的头发是焦黄的，刘兰芝一直认为这是营养不良的缘故。但陈深自己清楚这是遗传。陈深的父亲在世时，头上顶着的就是一堆枯黄的草。

　　唐山海还向李士群和毕忠良提供了飓风队的情报。飓风队是军统派往上海的特别行动队，专门刺杀汉奸，手段千变万化，几乎都是一击而中，很少有落空的。其实关于飓风队及各路自发组织的暗杀小组的情报，唐山海提不提供，陈深都了然于胸。汪精卫政府成立前一年的冬天，郑苹如就在戈登路西伯利亚皮货店刺杀过76号头子丁默邨，但是没有成功。政府成立后没多少日脚，又有好些官员丧命，连亲汪亲日的青帮头目张啸林也没有幸免。半年后，最可怜的傅筱庵市长在家中被人用菜刀割了头。所以陈深十分感叹，当官实在是一件风险极高的事。

　　当然，陈深的风险也是极高的，他不知道飓风队已经把他列为毕忠良的红人，也就是列入了即将锄杀的重要目标。陈深将要面对的是四面楚歌，孤立无援的境地下，没有人能帮得到他。陈深一直看着徐碧城，徐碧城的目光终于转过来了，她微笑着举了举手中的杯子。陈深也举了举手中的格瓦斯瓶子，他眯起眼睛笑了，露出一排整齐的白牙。

宴席散去的时候，陈深假装走在徐碧城的身边。他很想说些什么的，但是想了好久，不知道应该说什么。最后他失望地看着徐碧城挽紧了高大英俊的唐山海的手臂，留给他一个郎才女貌的背影。他突然想起了青浦特训班的春天，徐碧城剪着干净的短发，像一缕春风一样如期而至地吹到他的面前。徐碧城的一只手从屁股后头伸出来，手中是一把亮闪闪的十孔布鲁斯口琴。

徐碧城露出一排小碎牙，笑着说，老师，这是送你的口琴。

这时候陈深的心中涌起万般凄惶，在虚拟的口琴声中，满眼都是当年明晃晃的阳光和明晃晃的徐碧城。忘掉她！他认为，此刻他十分想见的不是徐碧城，而是李东水。

5

这天晚上陈深坚定地去了巨泼莱斯路一座叫猛将堂的破庙看李东水。那儿住着几十个孤儿，这座小小的孤儿院是从龙华搬过来的。因为战火，孤儿院越来越不景气，有时候连粮食也供应不上。李东水的小名叫皮皮，是陈深一直都会去看望的孩子。他甚至和孤儿院达成了共识，有那种结对领养的意思。皮皮以前是妈妈带的，但是皮皮的妈妈在日本人攻进上海的那一天失踪了。按照陈深的猜想，一定是死于三八大盖射出的某颗子弹，或者是死于某一发炸弹的弹片。皮皮的一条腿也坏了，受过枪伤，小腿上留下一块肚脐眼一样的疤痕，像一只睁不大的眼睛。那个日军如破竹一般攻进上海的夏天，一定给皮皮留下了深刻的印象，以至于他一点也不喜欢说话。他已经九岁了，却在脑后垂着一条粗而长的辫子。事实上他的眼睛很大，皮肤细腻，不知道的人还以为他是个女孩子。但是他却穿着一套格子小西装，实足的上海小 K。陈深经常让他跑步，他不愿跑。他的腿伤伤到了筋脉，跑起来就会痛得满头大汗。

但是陈深却仍然让他跑。陈深咬牙切齿地说，你跑！你要是不跑，有天你就会废了。

那天在猛将堂长着野草的院子里，陈深抽着樱桃牌香烟，和皮皮安静地在一块大石头上坐了一会儿。陈深的手伸过去,一把揪住皮皮的长辫子笑了。陈深走的时候,把一张纸币塞在皮皮的手心里,然后他看着皮皮一瘸一拐地走进猛将堂。这时候陈深突然发现,他竟然和皮皮之间没有说上一句话。

从猛将堂出来的时候,陈深叫了一辆黄包车回家。陈深的家在苏州河边一片叫仁居里的民居中,当他从黄包车上下来的时候,看到李小男拎着一只旧皮箱站在路灯下。她的脸青肿一片,眼睑四周黑了一圈,很像是熊猫的眼睛。看到陈深的时候,她微笑着。陈深不说话,只是看着她。终于李小男抽动了鼻子,十分委屈地流下了眼泪。

那天她跟着陈深回了家。陈深把床让给了她,她很快蹬掉了鞋子,穿上陈深的大拖鞋,像屋里的女主人一样,把旧皮箱里的衣服胡乱地拿出来往大衣柜里挂。陈深默默地看着这一切,他终于忍不住了,说这儿是我家。

当然是你家。李小男边挂衣服边认真地说,放心吧,我就住一段时间,做男人要大气些。

你身上的伤怎么回事?

李小男转过脸来,神色随即黯然。她告诉陈深,因为她在片场和地痞浦东三哥抢一辆黄包车,因为她骂了浦东三哥瘪三,所以她被浦东三哥打了。赤佬,他就是一个赤佬,李小男气咻咻地喷着粗气说。

活该。陈深咬着牙训斥,你有什么本事去骂一个流氓?

李小男的脸拉了下来,她盯着陈深看,最后痛心地摇着头。算我白认识你一场,你完全是一个不讲义气的男人,我还梦想你娶我做小呢,我完全是看错人了。李小男表情夸张地说。

李小男就这样在陈深家里住了下来。她说她已经没钱付房租了,而且她演的片子,明星公司一直没有给她片酬。但是陈深认为这话里有水分,他一点也不相信李小男是个演员,连三流演员也不会是。那么拙劣的演技,让她演什么?演淑女不可能,演舞女也不是十分的像。但是不管怎么说,陈深还是把她当成了妹妹。他把床让给了李小男,自己睡在沙发上。

第二天清晨,陈深从沙发上醒来的时候,看到李小男赖在被窝里,只露出一丛黑色的头发,像水中漂浮的水草。陈深想,这么懒的女人,怎么会嫁得出去?

6

陈深带着扁头和几个兄弟去了六大埭明星公司的片场，在摄影棚里果然看到了打扮得乡里乡气的李小男。李小男演的是一个丫环，她甚至都不用开口说话。她的目光越过小姐高贵的头颅，看到了眯着眼睛朝她笑的陈深，她的心里就碧波荡漾了一下。休息的时候，她突然找不见陈深，陈深其实在不远的角落里喝格瓦斯和抽香烟。

浦东三哥是被扁头带人堵在片场厕所里的。他红着一张脸，大概是喝多了，对着厕所里的镜子不停地喷着粗气。然后他血红的眼睛从镜子里看到了好几个黑衣人站在他的身后，他大概是感觉到有些不妙。就在他要离开的时候，一只手伸出来拦住了他。

李小男左顾右盼找不见陈深的时候，几名场工上来和李小男开玩笑。李小男说死到一边去，这时候她看到不远处像雨后一株突然冒出来的笋一样的陈深，正朝她举了举手中的汽水瓶子。陈深摇摇晃晃走到她面前，拉住她的手说你跟我来。那几名正和李小男讲着荤话的场工没让陈深走。场工说，侬啥个意思？

陈深眯着眼睛笑了，说，我是杀人的，不信你问小男。

李小男重重地点了一下头。几名场工大笑起来，有一名场工突然伸手，从陈深的口袋里摸出了一把剃头剪子。场工们再次大笑，他们觉得用理发剪子杀人，实在是一件令人感到滑稽的事。瘪三、猪猡、赤佬，他们欢叫着，其中一名场工还伸手推了一下陈深的脑袋。

陈深的心中充满着无限的忧伤，他不平地叫了起来，你把我的头发弄乱了。场工又一次伸出了手，这一回却从陈深的腰间摸出了一把手枪。

陈深认真地说，保险打开了，真的会走火。

场工瞠目结舌，赶紧把理发剪子和手枪塞回到陈深的手中。陈深不再说什么，一把拉起了李小男的手，直往男厕所里闯。男厕所的门打开的时候，李小男看到浦东三哥躺在地上，左脸贴着地面，右脸被扁头的脚给踩歪了，不停地流着口水。他腮边的一根痣毛，显得十分的突兀，这让陈深感到很不舒服。他蹲下身，掏出理发剪子细心地剪去了那根痣毛，然后站直了身子，像是完成了

257

一件重大的任务似的。

那天李小男提起穿着高跟鞋的脚，狠狠地踩在浦东三哥的脸上。浦东三哥惨叫一声，在他晃荡模糊的目光里，看到这些黑衣人腰间都鼓出了一块。他突然明白，这些人不是杜月笙的手下，就是黄金荣或者虞洽卿的人。他绝望地闭了一下眼睛，看到李小男吊着陈深的脖子走出了男厕所。陈深的声音扔在他的耳边，陈深说，以后敢欺侮我妹妹，让你吃枪子。

这个令李小男感到无比欢乐的日子，她一直都想哭一场。她其实差不多就像是一个孤儿，她第一次感受到有大哥，或者说有男人保护的好处。那天晚上她喝了好多酒，显然有些兴奋了，所以在回仁居里的时候，一路都在大声地唱着歌。相反地，陈深却一言不发，听着李小男像疯婆一样唱"春季到来绿满窗"，也唱"好一朵美丽的茉莉花"。然后他们踩着一地的歌声踏进了家门。

李小男又一次甩掉了脚上的鞋子，穿上陈深的拖鞋走到一把热水瓶边想要倒水。李小男的手伸向热水瓶，就在她拎起热水瓶离桌面三寸的时候，被陈深喝止了。陈深说，不要动。

李小男像定格一样，定在这个冬天的夜晚。她一动不动，手拎热水瓶回头张望着。电光石火之中，陈深发现了本该放在地板上的热水瓶现在出现在桌上，他走近李小男，俯下身去，看到了热水瓶下面的一根纤细的线。无论放不放下热水瓶，无论剪不剪断这根线，这颗绊雷是肯定要被引爆了。对于青浦特训班侦谍组的教员来说，陈深对这个简单的引爆装置太熟悉不过了。他就那么蹲着身子，仰起头看着瞠目结舌的李小男笑了。

不要动，是炸弹，陈深重复着。他也不知道该怎么办，索性在地板上一屁股坐下，掏出樱桃牌香烟抽了起来。他们一直都没有说话，后来李小男怯生生地说，我还不想死。我们公司要包装我，下一部戏让我和国华公司的周璇配戏。陈深狠狠地抽了一口烟，将烟蒂在皮鞋底上掐灭，然后他站起身来恶狠狠地说，死到临头你还在这儿掼啥浪头？！

那天陈深接过了李小男手中的热水瓶，让李小男迅速地退出门外。然后他的手一松，同时跃向了开着的门。一声巨响，屋子里烟雾弥漫，墙被炸出一个大洞，桌子散架，玻璃窗上的玻璃被震得支离破碎。在门口不远处，陈深紧紧地压着因为不放心他而折回来的李小男。李小男的眼睛圆睁着，抱着陈深的头拼命地晃动，你有没有死，陈深你有没有死。

那天晚上围拢来好多邻居。他们显然被吓坏了，有的还披着棉被，在被窝里不停地抖动。陈深站起身来笑了，说没事儿，我屋里一个大炮仗不小心被我点着了，大家回去睡觉，冻坏了我赔不起。

那天晚上陈深和李小男狼狈地站在屋子中央，像两只无所适从的秋天的蚂蚱。屋子里被炸得一片狼藉。李小男蹲下身整理着她那只被炸破的皮箱，几张唱片从这只破麻袋一样的皮箱里掉了出来。陈深弯腰捡起那些上海百代公司出品的唱片，里面全是周璇的歌。陈深笑了，手中举着唱片说，和你合作拍戏的就是她吗？

我喜欢听她的歌。

歌比命还重要吗？

活着不就为了唱歌吗？难道是为了吃饭？李小男嘟着嘴十分有理地说。

那天晚上。无比漫长的夜晚，陈深找到楼下公用电话间打了个电话给扁头，扁头开着行动队的车子接走了陈深和李小男。夜色无边无际，李小男后来偎在陈深的肩头睡着了。睡着的时候还做了一个关于盐城的梦，她就像一枚田野里的蒲公英，被风吹到了明晃晃的上海。但是她仍然会想起老家深深的宅门，像是深藏着永远解不开的秘密。

7

刘兰芝建议陈深直接住到行动队的队部，伊一个光棍啥地方勿好栖身？随便搭张眠床就行了。毕忠良同意了，他知道其实自己也不安全，但是幸好自己带了一队的保镖。在飓风队，或者说上海的军统组织没有被摧毁之前的每一分钟，他和陈深包括新来的唐山海，都随时会像一粒沙子一样，突然被风吹走。

李小男当然不能住进行动队。陈深为她找了一个地方，她却让陈深给她付房租。她来队部看陈深的时候，坐黄包车的钞票也是陈深付的。陈深盯着她一脸阴郁，你是不是把我当成银行了。李小男说，没有，我把你当我男人了。李小男想了想又说，至少是把你当哥了。

那天在二楼走廊上，陈深为李小男剪头发。扁头和一帮行动队的兄弟们围着起哄，陈深咬牙切齿地吼，都给我滚远点，这是我妹妹。围着围单的李小男得意洋洋地对着行动队那帮孙子挤眉弄眼。这时候陈深远远地看到了徐碧城，她穿着一件阴丹士林的旗袍，在很远的地方安静地望着陈深。她是来找唐山海的。陈深挥了一下手中的理发剪说，你要不要来一下。

徐碧城笑了，她大步地顺着楼梯向二楼走廊走去。她把在青浦特训班时陈深为她剪头发的往事深埋在记忆的最深处，因为她是唐山海夫人，而且她负有使命。她想起了当年为她剪头发时，陈深一次次在她耳边说话。陈深的男低音，总是能令她在喀嚓喀嚓鲜亮的剪刀声中昏昏欲睡。

陈深是个看上去还算温文的人。有时候他简直不像个男人。他会在刘兰芝和一帮太太搓麻将的时候替她们打开水，或者去买来糖炒栗子。没有人知道这个身上永远带着理发剪子的男人在想什么。除了跳舞，他好像也没有什么特长。他更不会搓麻将，他甚至连麻将牌也不认识。他又不太会喝酒，基本上长年喝一种叫格瓦斯的汽水。最多在兴奋的时候，他会说说他的表亲蒋鼎文，但是很显然基本上不太有人认同他这种攀高枝的说法。就如同姓秦的从来不敢说秦始皇是表亲。

陈深的状态令刘兰芝很不满，你得有个男人样，你得赶紧讨一个家主婆。

陈深说，那多累啊。要是我被飓风队锄杀了，这世界就多了一个寡妇。

刘兰芝急了，你这是乌鸦嘴。

陈深认真地说，那凤凰嘴应该怎么说？

陈深突然想到了"归零"计划。宰相说过的归零计划，他是问过毕忠良的。但是毕忠良只是哼了一声，说了一句，归零？做梦！

那么到底直属行动队机要室里有没有归零计划？还是归零计划在76号特工总部？如果在总部，那又要怎么拿得到呢？陈深在刘兰芝这帮太太们的麻将声中，显得有些怅然若失。他想，其实最简单的还是跳舞。

8

唐山海请毕忠良夫妇和陈深在沙逊大厦十八层吃饭。陈深没想到刘兰芝带了柳美娜来。那天柳美娜就坐在陈深的对面，陈深仔细地观察着柳美娜，除了雀斑以及胸部有些平以外，柳美娜的眉眼其实是很端庄的。她是一个严谨的人，不爱说笑，从不招惹是非。按理说这样的女人很容易就成为别人家的贤妻良母，可她为什么迟迟未嫁？

刘兰芝一直在看着陈深。她发现陈深的目光一直栖息在柳美娜身上，仿佛是要把柳美娜望穿似的。刘兰芝就笑了，她希望柳美娜和陈深能成就一对，这样能了却她的心愿。毕忠良一直让她少管闲事，他告诉刘兰芝，陈深是在舞厅里打滚的一匹青壮年骆驼，找女人用不着你来操心。

我给他找的是老婆，不是女人。刘兰芝总是振振有辞。

柳美娜不适合他。

你怎么知道不适合，只要一个是男一个是女，上了一张床就适合。

现在，这一对看上去差不多能玉成的人坐在了刘兰芝的身边。刘兰芝比在座的每个人都开心。唐山海点了 TOV 牌子的白兰地和强纳华克的威士忌，说起酒来就好像他是开了一个洋酒行似的。他对白酒和浙江绍兴的花雕女儿红一点儿也不懂，也不喜欢。他叼着亨牌雪茄边腾云驾雾边说，人生苦短，吃好的穿好的喝好的抽好的才对。现在他就把这些好的上来了，但是陈深却轻声对服务员说，来一瓶格瓦斯。

唐山海就在心底里认定，毕忠良的忠实走狗陈深，充其量不过是一个土老帽儿。陈深把这种冒着白色泡沫的汽水往嘴里送的时候，唐山海的胃就开始翻滚起来。

要不你抽一支雪茄吧。作为主人，唐山海必须显示必要的殷勤。

我有樱桃牌香烟。不需要。

那是日本烟。听装的，五十支一听。青草味太重。

陈深眯起眼睛笑了，好久以后他才说，你对烟太了解了。可我觉得烟不分国籍，烟就是烟。再说咱们本来就在为日本人做事，抽日本人的烟那才叫心口合一。

窗外突然开始飘起雨来。这个安静的夜晚，毕忠良像一个道具一样，一言不发地喝着酒。他并不喜欢唐山海自己带来的酒，他喜欢喝绍兴出产的黄酒。他喝下了温热的黄酒以后，脸上的气色一下子就好了很多。那天晚上他们聊起了已经阵亡的抗日将军张自忠，张自忠的葬礼算是隆重的，半年过去了，那件初夏的往事其实已经很久没有人提起了。国共两党的人，都题了字，无论是国民政府颁发的"荣字第一号"荣哀状，还是蒋介石题的"勋烈常昭"，或者是毛泽东题的"尽忠报国"，在毕忠良看来，那都是一场幻影。于他而言，如何过好每一天；让自己的烟土生意赚得越来越多；直属行动队在上海的盘剥越来越多；以及让太太刘兰芝的病尽快好起来，才是他的目标。他想到的是，总有一天汪精卫会撑不住的。那个时候他要么就是投重庆政府，如果重庆不嫌弃他的话；要么就是投共产党，或者直接带上刘兰芝移居海外。他很清楚，这样的想法，在当时汪精卫政府的任职人员中大有人在。

唐山海那天说了好多，倒是徐碧城不太说话。作为东道主，她偶尔地会和柳美娜、刘兰芝说几句。没有人知道徐碧城心里曾经装下过一个在青浦特训班热爱理发的教官。徐碧城的眼波在偶尔转动，有时候她的眼光装作不经意地扫过脸上有小雀斑的柳美娜，心替柳美娜萌动了一下又一下。她知道，柳美娜的情怀显然动了，她的目光也变得无比潮湿。徐碧城的心情因此而复杂，她希望陈深有一个好的女人，又希望陈深一直单身下去。就像窗外的雨阵，她希望上海的天空晴空万里，但有时候她又盼望在与雨阵只有一寸之隔的窗前发呆。

苏三省半个湿淋淋的身子出现在他们面前时，他们喝得正酣，或者说他们已经喝得神采飞扬了。特别是话不多的毕忠良，他开始说起江西剿赤匪的那段经历。他滔滔不绝的样子，让人怀疑这个人是不是毕忠良。他还站起身来，唱了一段《空城计》的选段。就在他刚刚唱完的时候，苏三省躬着身子出现在大家面前。毕忠良回过神来，拿餐布擦擦嘴角，在众人惊讶的目光中说，这是上海军统站站长曾树的贴身随从苏三省，已经被咱们55号策反了，以后都是一条船上的人。

苏三省弯着腰，对唐山海轻声说：唐先生，在你未到重庆之前，苏某就已对你仰慕已久……

同时他又笑着看了陈深一眼说，陈深是飓风队猎杀名单中的第二号人物。陈深长叹了一口气，他看着苏三省奔拉着额头前的一缕头发，正在往下滴着水。而苏三省的整个身子，像是刚从水底捞上来的水鬼，混身透着阴湿之气。他的脚下，是一大洼顺着裤管滴下的水，在他身边湿了一圈，很像是他即将融化的样子。陈深将手中的格瓦斯瓶子扔掉了，不满地看了毕忠良一眼说，毕忠良你听见了吗，我成第二号人物了，跟着你我算是倒了八辈子的霉。

毕忠良笑了，他说上海军统站就要瓦解了，所以你可以放心。共产党交通站也会很快被摧毁的，让大名鼎鼎的麻雀见鬼去吧。陈深的目光抛在苏三省身上，他看到苏三省从口袋里掏出一张湿答答的纸，努力地展开了，尽量地不扯破纸张。

苏三省看上去打了一个寒噤，他的声音也有些发颤。他说军统各分站的地址和人员名录全在这儿。

毕忠良笑了，他们一个也跑不掉。如果他们跑掉了，那姓苏的，说明你的情报是假的。

苏三省没有再说什么。他看到毕忠良好像兴致很高的样子再次举起了杯，他也看到陈深举起了汽水仰着脖子喝了一大口。然后徐碧城站起身来，她拿着一个小包向厕所走去。

陈深一直望着徐碧城的背影。这是一个穿着旗袍的背影，浑圆、丰韵，像一只釉品很好的瓷器。他怎么也不能把这个牡丹花一样开放得十分热烈的女人和青浦特训班里的青涩少女联系起来。他觉得这是两个完全不同的人。那时候的徐碧城青涩得就像一株三月的马兰头一样。陈深摇摇晃晃地向厕所走去，在厕所的洗手台盆不远处，陈深的目光扫到徐碧城的手不经意地在台盆下面迅速滑过。徐碧城反身向陈深走来，他们错肩而过时徐碧城笑了笑。陈深抽抽鼻子，他闻到了徐碧城头发的气息。陈深说，你用的烫发水，是法国的牌子。

那时候苏三省也刚好向洗手间走去。陈深的目光在瞬间四处扫描了一下，一名服务员正在台盆前洗手，她的手指也迅速地掠过了台盆。陈深刚好挡住了苏三省和苏三省弯弯曲曲的目光，陈深说，抽一支。

陈深和苏三省在厕所不远处对上了火，两个人都美美地吸了一口。很长的时间里，陈深一言不发，偶尔地笑一笑，更多的时间里他的目光投向了玻璃窗外。他眼睛的余光，看到服务员正向外走去。陈深笑了，说这雨真大。

苏三省说，陈深兄，以后我到了行动队，你要多关照。

陈深吐出一口烟说，我可以帮你剃头。

陈深说完，手伸进裤袋里，摇摇晃晃地向餐桌走去。他摇头晃脑走路的样子，像一条左顾右盼的春天的狗。徐碧城传出的纸条，是让军统站迅速撤离几个据点，同时让飓风队抓紧截杀苏三省。徐碧城和唐山海一对眼，就知道唐山海想要让她怎么做。他们两个曾经专门作为对子，配合起来在重庆封闭集训过。但是一切都已经来不及了，毕忠良一直对陈深和唐山海没有完全放心。他喝完一杯酒后，又倒了一杯桂花茶，一边漱口一边将茶水吐进一只茶盅里。

毕忠良喝了几口茶，把杯盖小心地盖在杯子上，然后他说，陈深和唐山海都不用离开了，直接开始抓捕行动。现在就开始，让苏三省为你们带路。

行动队的人什么时候能到？陈深问。

他们就在楼下待命，你可以到窗口看看。毕忠良说。

陈深没有去窗口看。按照他的想象，楼下一定停了至少三辆篷布军车，至少有三十名特工在待命。陈深也看到了唐山海的表情，唐山海的额头在瞬间沁出了细密的汗珠，但是他十分巧妙地掩饰了。这时候陈深才知道，唐山海没有真正地叛逃重庆政府，没有背叛戴老板。唐山海其实和自己一样，只是来自于不同阵营的一名潜伏者而已。

五分钟后，陈深和唐山海已经站在了沙逊大厦的门口。唐山海撑着一把华丽的雨伞，而陈深几乎就淋在雨中。他在雨中抽烟，看上去烟头的明灭，仿佛是把雨给点着了。然后三辆篷布军车开了过来，在他们的面前停下。陈深径直上了第三辆车，他看到唐山海上了第二辆车，而叛徒苏三省上了第一辆车带路。

军车呼啸，碾过了湿漉漉的黑而漫长的雨夜。陈深知道，唐山海让徐碧城传出的情报，几乎等于是一个无效的情报。会有哪一个军统站能在那么短时间内撤离？唐山海同样是这样想的，他一直都闭着眼睛，想象着各军统站被捣毁，军统人员被逮捕时的样子。唐山海甚至预感到，刚才徐碧城通过一名预伏在沙逊大厦的服务员传出情报时，有可能已经被眼尖的陈深发觉。如果陈深知情不报，那么陈深会不会是军统另一条线上的预伏人员？

唐山海的脑子像一台机器一样在快速运转着。毕忠良显然是在考验着自己，他不知道的是，其实毕忠良也在考验着陈深。他们两个其实都没有机会离开沙逊大厦，而是直接参与了围捕。那么在这个围捕的过程中，他们的一言一行一定会被专门盯梢的特工记录在案。

这个不安静的晚上，陈深意识到了毕忠良对自己的考验，他必须带队员迅速包围一个亭子间里暗藏着的军统站长曾树。唐山海也围捕了几十名军统成员。后来陈深才从扁头这儿了解到，其实76号总部也调集了人马共同参与围捕。惨白的灯光下，陈深站在了曾树的面前，十分礼貌地给曾树点了烟。等曾树抽完一支烟，陈深说，你知道要去哪儿的。

曾树十分惨淡地说，天意。

不管是不是天意，这个雨夜直属行动队完成了一次漂亮的行动。上海军统站成员全部被捕。令陈深更没有想到的还在后头，三天后，一百四十名上海军统站特工人员，在没有受刑的情况下全部投诚。所有的卷宗上交到了 76 号特工总部，甚至移交到了日本梅机关。这一次雨夜的行动，毕忠良并未觉察有谁走漏了风声，这令他十分满意。他觉得这一次的战功让他离李士群又近了一步。同时陈深也深深知道，徐碧城和唐山海是两枚 55 号上空的图钉。所以没有被他想象成更厉害的钉子，是因为他觉得在沙逊大厦，如果不是自己在场为徐碧城打了掩护，徐碧城可能当场就被捕。这是多么没有经验的敌营生活，陈深想起徐碧城在青浦特训班时，就不是一个十分出挑的学员。

更为严重的是，曾树被捕后也叛变了，军统在上海的战斗力瞬间为零。

9

徐碧城是三天后请陈深在凯司令咖啡馆喝咖啡的。那天她围了一块墨绿色的披肩，看上去像一棵青翠的美人蕉。陈深就一直坐在徐碧城对面研究着她的披肩，他甚至伸出手去，十分细心地抚摸着。有那么一刻，陈深将披肩拉过来，盖住自己的脸深深呼吸着。他闻到了深嵌在披肩中的灰尘的气息，以及陈年旧事的气息。仿佛那气味像是一条黑暗中的隧道，可以引渡他回到青浦的短暂岁月。

陈深眯着眼睛笑了，说，你真像一棵美人蕉。

这个无所事事的下午，他们主要回忆了在青浦特训班的日子。徐碧城一直都没有提起唐山海，仿佛唐山海是与她无关的一个人。徐碧城说起当初在青浦时，陈深是侦谍组的教员，而徐碧城是一名普通的学生。陈深听了好久以后，都是一言不发，仿佛要把那一段往事给忘掉似的。但实际上他清楚地记得，那时候的徐碧城，像一棵长势良好的青葱，浑身上下洋溢着阳光的气息。

你爱过我吗？徐碧城说。

我说你真像一棵美人蕉。

我问你爱过我吗？徐碧城的语气中有些不满。陈深看着徐碧城，好久以后才声音低沉地说，你觉得有意思吗？

那天陈深离开凯司令的时候，徐碧城没有走。她把整个下午的时间，都泡了在这家咖啡馆里。徐碧城是一个话不多的女人，在特训班的时候，也未必就是最亮眼的女人。她就像苏州河，与黄浦江相连却不是江。河面平静，底下波澜。在咖啡的浓香中，她一直痴想着比现在更年轻的岁月。战火让她从军，并且到了重庆，并且对一个叫陈深的热爱理发的侦谍组教员念念不忘。然后她潜回上海，不知道下一分钟会不会有性命攸关的危险。她不停地转动着咖啡杯，越转越快。她在想，这个漫长的下午，陈深是如何打发的。

陈深的下午，是去将军堂接出皮皮，并且带他去大世界白相了一天。然后他又在书店买了许多周璇的唱片送给李小男。在李小男新租的住处，陈深帮李小男做了几只不咸不淡的小菜，看上去他就是像一个上海里弄里头生活的缩头缩脑的小男人。李小男赖在一张钢管沙发上听《银花飞》，那是周璇唱的广东小调。李小男像一堆随便扔在那儿的衣裳一样，一动不动地听了一个下午。听完了的时候，饭菜已经上桌，陈深坐在餐桌边对着李小男笑。李小男懒洋洋地趿上拖鞋踱到餐桌边坐下，斜了一眼陈深说，嫁给你挺不错的。

陈深说，那得问我愿不愿娶。

李小男提起筷子说，那我不管，反正和你在一起有吃有喝。还会做头。

陈深的下午，在和李小男一起吃完晚饭后就结束了。李小男靠在门边送陈深，陈深说，你靠着门的样子，很像是北平八大胡同里的女人。李小男就说，滚！

陈深眯着眼睛笑了，说，滚就滚。

接下来陈深滚进了属于他的夜晚。这个夜晚已经与此时离开了咖啡馆的徐碧城的猜想无关了。陈深去问毕忠良要钱，毕忠良一边骂陈深沉湎赌场和舞场，一边扔给陈深两根小黄鱼。接着他又翻起了陈深上次私自将共党嫌疑人宰相的白金壳怀表充公的旧账。毕忠良其实在虹口开着一家"神仙堂"土膏行，经常让陈深带着扁头等几个心腹偷偷去十六铺码头的"宏济善堂"进货。神仙堂经营吗啡、红丸和高根，赚钱的速度不比抢钱慢半拍。平常陈深没少给他出力，而且陈深借着毕忠良的名头，和上海各帮混得烂熟。说到底，毕忠良不信任任何人，但是要排名次，他最相信的当然还是陈深。所以毕忠良一边骂骂咧咧，一边仍然扔给了陈深两根金条，算是他对兄弟的仗义。

你要么就是死在舞场里，要么就是死在赌桌上。你不会死在前线，也不会死在抓捕国共嫌犯的行动中。毕忠良无数次给陈深下定论，他说刘兰芝一直关心着陈深的个人事体。毕忠良说，你嫂子也说了，一个男人要是不娶上家主婆，这个男人就没有长大。

陈深哑然失笑：我没长大？我已经老了。我老了，一点也爱不动。

毕忠良又骂：你在舞厅里怎么有那么多爱。

陈深：那不是爱。

毕忠良：那是什么？

陈深：歌舞升平……人总是要死的。李白说，人生得意须尽欢。

那天晚上毕忠良一边骂骂咧咧，一边带着陈深，又叫上了唐山海等几个直属行动队的头目，去了日租界虹口吴淞路的樱花俱乐部赌了一夜。天亮的时候，陈深口袋里刚刚问毕忠良借到的两根金条又还给了毕忠良。毕忠良叹一口气，你就是个穷人的命。

陈深却得意地笑了：人穷没关系，只要命还在。

毕忠良把两条小黄鱼扔还给陈深。陈深却坚决地把小黄鱼塞还给毕忠良。陈深说，输了就没有翻盘的机会的，所以最好不要输。输了就得认输。

可你输了。

但我未必永远会输。等下趟。下趟我一定把这两条黄鱼给捞回来，记得欠下的总是要还的。陈深似笑未笑，却说得毕忠良有点儿不太自在。那天晚上，唐山海等人已经散去，只有毕忠良和陈深走在吴淞路上。两个大男人都把手插在大衣口袋里，一直朝着有昏黄路灯光的大路上走去。清冷的风吹着他们的脸，他们觉得无比兴奋，仿佛回到了围剿赤匪的年代。曾经锄杀过陈深的军统组织飓风队已经瓦解，整个上海军统组织陷于瘫痪。在新军统力量抵达上海以前，陈深和毕忠良都没有危险。两个人一直都没说话，一直沿着吴淞路大步向前走着。陈深突然觉得仿佛缺了什么，他渴望飓风队还在的日子，这样他可以因为自保而让自己的神经高度紧张。来接毕忠良的车终于来了，在吴淞路的尽头，毕忠良上了车。上车前他回头望了孤零零站在路灯下，像极了一棵发育不良的歪脖子树的陈深说，这世道，今天不知道明天的事，你要是有捞钱的活路就尽快捞，我睁眼闭眼。

毕忠良的车子很快被黑夜吞没了。陈深晃荡着像是要把上海的马路全部踏遍似的。他鬼差神使地来到了米高梅舞厅的门口，站在远远的路灯下，他的心很快被忧伤填满了。他仿佛能看到舞厅门口正落着一场纷扬的雪，胸前挂着白金壳怀表的宰相向他笑了一下，然后一声枪响，宰相倒在了雪地中。雪很快就把她整个儿盖住，像是盖住一段需要埋葬于阴冷处的故事一样。陈深揉了揉眼睛，看到舞厅门口真切地走出了李小男和苏三省。他不知道这两个人是怎么混在一起的。陈深的耳畔再次传来一声枪响，因为苏三省和李小男站立的位置，恰好就是宰相倒在雪地中的位置。他好像看到李小男也不由自主地在那儿旋转了一下。

李小男看到远处一言不发的歪脖子树陈深。她和苏三省低声地说了什么，然后她像小鹿一样奔了过来，气喘吁吁地在陈深面前站定。

你怎么来了？李小男问，你为什么不去跳舞。

陈深笑了。陈深说，你离他远点。然后陈深就转过身，继续前行在上海的马路上。他突然觉得心中充满了力量，这种力量让他的步子加快，头顶升腾着热气。他轻易地想到了，苏三省和李小男一定并排站在一起，怅蒙地目送着一个午夜突然出现的男人的背影。

有毛病。苏三省不以为意地说，病得不轻。

10

第二天上午，陈深站在欧嘉路的海报墙前，挤在一堆人群里看着各种布告和广告。他看到了其中一份招收记者和排字工人的广告中，明显有医生下达的嵌字命令：归零计划务请抓紧。

街上人来人往，不时传来汽车不耐烦的鸣叫声，或者是有人叫卖糖炒栗子的声音。陈深其实早就看懂了命令，但是他仍然一动不动地站着。难得的阳光从很高远的地方直扑下来，打在他的后肩，让他的后肩和脸颊有了一些温暖。他之所以久久不离去，是因为他听到了不远处沙泾路上工部局屠宰场传来的猪的嚎叫声。他能想象杀猪的场景，可以想见血水从猪喉咙的一个小孔里，像水龙头放水一样地不断外喷。他站在人群中，就像一滴水站在江河里。他不仅觉得自己那么小，而且还觉得自己随时都可以是屠宰场的一头猪。这样想着，他的内心突然悲哀地猪一般嚎叫了一声。

这个寒冷的冬天，陈深在直属行动队书记室门口走廊上替行动队的兄弟们理发。他觉得在理完三个头后，手脚已经完全放开了。所以他十分主动地提出要为柳美娜用烫发器烫一个小波浪。柳美娜正坐在书记室里办公，她在整理一份毕忠良急要的文件，但是她没有拒绝陈深的邀请。她的内心深处，不仅仅是愿意把头发交到陈深手里，她甚至愿意把自己也交到陈深手里。风就那么急地奔跑过柳美娜湿漉漉的头发，锃亮的理发剪子喀嚓喀嚓地响着，柳美娜的嘴角不由得泛起了笑意。而在二层楼对面的办公室里，脸色阴沉的毕忠良站在窗口望着对面的二楼走廊。他听到自己的心底发出了一声叹息，除了会剃头和跳舞，陈深真的是一个不太能扶得起来的阿斗。已经有人在打陈深的小报告，认为陈深霸着一分队队长的职务，其实是十分不作为的。但是毕忠良不可能换掉陈深，换陈深，差不多比换掉老婆还难。因为陈深一直是他的左手，或者说右手。卸掉任何一只手，无疑都是剧痛的。

在陈深喀嚓喀嚓的剪发声音中，柳美娜度过了美好的一天。这天晚上陈深还和柳美娜去了静安寺路的大光明大戏院看电影，那是根据川岛芳子为原型拍的《满蒙建国的黎明》。在电影机投影的光线交错穿过陈深的头顶时，陈深不经意地听到柳美娜说起了书记室里的一些文件。归零计划的副本，因为55号不是直接责任单位，而且清乡计划已经接近尾声，所以只当作一般文件藏在书记室的保险柜里。

那天陈深差不多兴奋得要把上海的几条马路给踏破。他不知道电影究竟说了什么，但是他还是趁机印下了书记室保险柜的钥匙模。他觉得差不多已经完成了一半的任务，所以他提出必须要送柳美娜回家。在柳美娜家的公寓楼楼下，陈深和柳美娜站定了，他们隔着冬天的空气互相对视了好久以后，柳美娜说，要不上去坐坐吧。

陈深笑了。陈深突然觉得，这个夜晚因此而变得美好。但是他没有上楼，他能看到柳美娜眼里一闪而过的火星，那火星如同瞬间淋了雨一般随即熄灭，只留下一缕青烟。陈深看到柳美娜努力地挤出一个微笑，大步地向着楼道走去。陈深分明能看得出柳美娜背影里的落寞与失望，然后柳美娜消失了，消失在楼道的黑洞里。

陈深那天买了一包糖炒栗子去李小男那儿。李小男一直坐在钢管沙发上抽烟，她面前茶几上的烟灰缸里，已经躺了好多的烟蒂。所以陈深推门进来的时候，看到的是一堆烟雾中的李小男，像成了仙一样。陈深把装栗子的纸袋放在李小男面前，李小男抽了抽鼻子，然后吐出一口烟，看着陈深说，你和一个女人在一起。

陈深说，你怎么知道。

李小男说，我闻到了孤独女人的味。你少跟她在一起，我觉得她的味里面有杀气，不周正。

陈深眯着眼睛笑了，说，不要你管。

11

陈深在书记室里打开保险柜之前，猛灌了酒。如果收拾一下陈深的零星记忆，在家里花了半天时间车了一把钥匙，毫不比白俄的万能钥匙逊色。接着陈深晃荡着来到行动队书记室，借故支开了柳美娜。然后陈深迅速地打开了保险柜。为什么会在白天打开了保险柜，是因为他觉得白天比夜晚更安全。然后陈深开始快速地翻找着归零计划，他明明已经看到了归零计划的封面，同时也看到了一只敞开的铁皮盒子里一小堆零钱。就在陈深的手快触到归零计划的时候，他突然觉得此时的门口，一定已经站了一个人。陈深迅速地将归零计划放在原处，同时掏出了钱包里的一沓钞票，迅速抓在手上。此时门突然打开，毕忠良真切地看到，陈深的手里抓了一把钞票。

毕忠良说，放回去！

陈深随手把钱扔在了小铁盒里，回过头来朝毕忠良笑了。陈深说，要杀也行，要剐也行。

毕忠良当然不愿意杀剐陈深，但是他的语气里仍然表达了强烈的不满。缺钞票你可以问我拿，但你不可以拿队里的钞票。主要是不值。

这时候柳美娜悄悄地进来了，眼神躲闪着不敢看毕忠良的眼睛。

毕忠良说，保险箱子忘锁了。

柳美娜的脸色随即白了。忘锁保险箱，等于忘拿武器上了战场。她不知道一向严谨始终板着脸的毕忠良会如何拿她开刀。毕忠良拿起了手中卷成棍状的一张报纸。用报纸抬起柳美娜的下巴。柳美娜的脸被抬了起来，眼睑却仍然低垂着。

毕忠良慢条斯理地说，钞票要放好。如果下次再忘锁保险柜，你会像水蒸气一样蒸发的。

毕忠良说完转身走了。柳美娜望着毕忠良远去的背影，突然就感到自己像是被从水中捞起来似的，浑身乏软全是汗水。她小心地把保险柜门合上，有气无力委顿在椅子上说，以后缺钞票你跟我说。

12

唐山海喜欢坐在那把巨大的沙发上，一边喝白兰地，一边抽雪茄。长久的时间里，他都选择一言不发，只有不断晃动的光线从高处的一个换气圆孔里断下来。上海军统站已经是全线摧毁，重庆方面并没有指责唐山海，但是唐山海认为是自己不力，没有挽救整个上海站。唐山海抽雪茄的过程无比漫长，徐碧城无声无息地把一杯热咖啡放在了他面前的茶几上。当唐山海抽了半支雪茄后，用雪茄刀小心地剪灭了雪茄，然后他对徐碧城十分认真地说，不能再等重庆来人了。

什么意思。徐碧城认真地问。

唐山海一边整理着自己领口的领结，一边站起身来说，曾树和苏三省得死，不然日本人和汪精卫以为党国无人了。

唐山海像一枚孤独的钉子，钉在上海的最深处。在军统新力量充实到上海之前，他仅有的力量是徐碧城，以及每人两支手枪。唐山海没有让徐碧城参加行动。三天后在极司菲尔路附近的一条弄堂，他盯上了曾树和苏三省，看上去他们是在争执着什么。唐山海撑着一把黑色的雨伞，遮住了整张脸。其实苏三省早就察觉到有一个男人正从他们身边经过，但是当他突然醒悟到天气晴好的时候，黑色雨伞已经被唐山海掀起，他迅速地朝苏三省和曾树开枪。曾树连中两枪，苏三省却避开了子弹，猛地撞开了弄堂的一扇木门冲了进去。当他拔枪并使子弹上膛，从木门跃出回到弄堂时，弄堂已经空无一人。只有曾树躺在一小堆黏稠的血中，不停地像一只被掐去脑袋的蚂蚱一样抽搐着。

陈深正带着扁头和一帮队员迅速地赶来。从弄堂狭长的上空望下去，可以清晰地看到陈深从大街拐进弄堂之前，苏三省蹲下身对着曾树笑了。曾树仍然在不停地抽搐，他听到了遥远的脚步声，嗓子里努力地翻滚出两个字，救我。

苏三省认真地说，既然要我救你，那你为什么占着站长的位置那么多年？

曾树的嘴里冒着血泡泡，他仍然竭尽全力地发出音节：救——我。

苏三省说，好的，我救你。

然后苏三省站直身子，一声枪响，曾树不再抽搐。一分钟后，陈深疾奔着拐入了弄堂，他的身后跟着带鱼一样的一串特工。陈深气喘吁吁地站在苏三省的面前，扁头迅速地蹲下身去探了一下曾树的鼻息，然后站起身来对陈深摇了摇头。

苏三省把枪插回腰间，对陈深说，军统还有力量在上海。

那天陈深在弄堂里发现了一把黑色的雨伞。他突然想起了那个雨夜，他和唐山海站在沙逊大厦的楼下。那时候三辆篷布军车已经在沙逊大厦门口待命，唐山海在雨中撑着的也是一柄黑色的雨伞。陈深向扁头努了努嘴，立即有两名特工迅速地拖走了曾树，像拖走一棵被锋利的斧子放倒的树一样，在路上留下一条发黑的血线。

苏三省跟着扁头等人走出了弄堂，只有陈深仍然在原地站着，他为自己点了一支烟。他倚着墙，目光却一直望着那柄黑色的雨伞。抽完烟后，他把烟蒂在青砖墙上揿灭，捡起了那柄雨伞并收拢了。他挂着雨伞就像挂着拐杖似的，向一片白亮的弄堂口走去。陈深已经十分清晰地意识到，从重庆投诚过来的唐山海只会是两种身份之一，一种是军统潜伏人员，一种是中共潜伏在特工总部的人员。但无论是哪种人员，在国共合作时期，都是友而不是敌。

苏三省受了一场虚惊。他在清剿国民党军统上海站的行动中立功的嘉奖令很快下来，同时在李士群的授意下，他被毕忠良提为直属行动队的二分队队长。没过几天，日本特务梅机关的机关长影佐祯昭少将特许，让苏三省在上海建立了东亚政治研究所。也就是说，苏三省已经是一个有自己地盘的人了。毕忠良在上海饭店摆了三桌，请了直属行动队和76号总部几个头面上的人物一起吃了饭，以示自己在为苏三省庆功。他摇晃着酒杯十分感慨，希望直属行动队能多出几位像苏三省这样的人物，同时又由衷地表达了为苏三省的升迁感到高兴的心情。那天毕忠良显然喝得有点儿多了，走起路来摇摇晃晃，但是所有的说辞都是滴水不漏的。陈深一直扶着他。苏三省离开后，毕忠良让陈深扶着他进了一间包房。

在这间漆黑的没有开灯的包房里，毕忠良抽了生平第一次烟。烟是他问陈深要的，陈深为他点上了火，然后两个火星就在黑暗之中明明灭灭。毕忠良并没有醉，他恢复了常态，十分冷静地说，我们这是在刀口上舔血啊。

毕忠良让陈深留意苏三省的动向，他十分害怕苏三省平步青云，风头盖过了自己，说不定自己就会被总部直接撸下。毕忠良又让陈深盯紧唐山海，尽管总部首脑李士群认为唐山海是真心投诚，且是带着见面礼来到特工总部的，但是毕忠良仍然觉得唐山海是个不能全信的人物。毕忠良告诉陈深，因为害怕重庆派人锄杀苏三省，总部已经同意让苏三省在外面租房办公。那是一处隐秘的，对毕忠良也保密的红砖房民居。但在毕忠良看来，这一切都是苏三省随时会被重用的信号。

此刻的苏三省，坐在一辆黑色的别克车里，在另一辆车子的护卫下像两条水中潜行的鱼一样消失在夜幕中。几乎是从那个时刻开始，苏三省更喜欢从黑暗中观察夜上海了。他仿佛给自己打了一支强心针，用一双乌亮充血的眼睛，紧盯着上海的每一寸夜色中的空气。他提醒自己要开始一种深居简出的生活。军统组织被全线摧毁，却还有力量可以对曾树和自己下手。他决定从第二天开始，就摸查这隐藏在黑暗中的幕后凶手。这个凶手会是谁？苏三省的脑海里迅速地浮起几个人的脸，其中一个无疑是唐山海。他对唐山海印象深刻，那天在沙逊大厦，当他像一只哈巴狗一样湿漉漉地堆着笑站在唐山海面前时，唐山海像一个贵族一样，叼着雪茄温文尔雅地喷着烟。苏三省在黑暗之中无声地笑了，他觉得唐山海当初的那种气势，令他十分的不舒服。

13

苏三省就此在毕忠良和陈深的眼皮子底下消失了。没有人知道他在干什么，直到有一天他带着一辆车子来到55号直属行动队。那天李小男刚好顺道拐进直属行动队来看陈深，她和陈深站在二楼阳台上吞云吐雾地抽着烟，并且聊着电影明星胡蝶的发型。从二楼阳台往下看，车门打开，苏三省乌亮的皮鞋从崭新的黑色别克车里迈出来，然后出现了他同样乌亮的头发。他抬头仰望了一下小楼，那些刺眼的阳光从屋檐滚落下来，直接扑进他的怀中。所以他笑了。

他对手下一名为他打开车门的特工说，告诉毕队长，二分队要求马上开会。

那天在直属行动队狭长的会议室里，只有四个人参加了会议。苏三省、毕忠良、陈深和书记员柳美娜，坐在一起像是一盘象棋残局中的几粒棋子。苏三省一直在一张 1932 年的上海地图上不停地比画着，很像是一位军事指挥家的样子。苏三省后来讲得口渴了，他把一枚图钉钉在了大方旅社的标记上，然后让人倒来一杯水。他坐了下来，眼光贼亮地在各人的脸上闪过。

苏三省说，我要讲的就那么多，究竟该怎么做，我听毕队长的。

陈深的手指头不停地敲击着桌面，他的目光久久地停留在那张地图上。地图上的各种方块图案，迅速在他的想象中成了弄堂、街道、商店、旅社和民居，那些隐藏其中的杀机四伏，让他的精神高度紧张起来。他突然之间想到，苏三省已经自作主张把这锅馒头给蒸熟了，然后再来问大家，是吃掉还是扔掉。陈深最后把目光移向了毕忠良，骑虎难下的毕忠良干咳了一声说，傍晚六点吧。

苏三省看了一下表慢条斯理地说，现在是下午三点。在傍晚六点以前，行动队所有人员都只准进入不准离开。所有电话全部停用。谁用了电话，或者谁离开了，就有通敌嫌疑。

毕忠良对苏三省的咄咄逼人很不满意，他认为苏三省完全没有把自己放在眼里，但是他还是认同了苏三省的方案。毕忠良也希望苏三省能够把这件事干得漂亮利落一些，说到底苏三省的功劳，就等于是直属行动队的功劳。但是毕忠良已经开始盘算下一步，如果说苏三省这把斧头能把唐山海这棵树放倒，那么有朝一日也能把他毕忠良放倒。

此刻的唐山海，已经被苏三省控制在他临时租用的民居里。他坐在办公桌前，被铐上了脚镣和手铐，但是这并没有影响他偶尔向看守他的特工要一杯咖啡，或者让人为他点上半支吸剩的雪茄。关押唐山海的屋子很黑，但他仍能看到一些光线从瓦楞的缝隙里漏下来。偶尔一只麻雀在屋顶上鸣叫。唐山海猜想着这只鸟是如何用轻盈的脚步，在黑瓦上跳跃着前行。自从军统组织被全线摧毁以后，唐山海一面请求戴笠尽快重组上海情报站，一面开始按既定计划向重庆传递情报。重庆派出了代号猫头鹰的特工，经常和唐山海在凯司令咖啡馆见面。他们总是戴着两顶相同的黑色礼帽，见面后一言不发地把两顶帽子挂在同一个衣帽架上。他们一边喝咖啡，一边在爵士音乐中看当天的报纸，然后安静地不动声色地摘下对方的礼帽离开。礼帽中也同样安静地躺着需要交换的情报或者命令。他们一点也没有想到，苏三省早就派人盯住了唐山海，并且终于掌握了关于礼帽故意调错的细节。苏三省在他租来的据点里，不由得笑了，他的笑声由轻而重，最后越来越响。他收住笑声的时候，脸色慢慢平静下来，轻声重复了当初在沙逊大厦初识唐山海时说过的第一句话。苏三省说，唐先生，在你未到重庆之前，苏某就已对你仰慕已久……

在这个浩海一样的上海滩，唐山海像一名孤独的行者，他留给上海的是一个叼着雪茄烟的背影。这个宽阔的背影没有想到，一辆失控的脚踏车向猫头鹰冲去，把猫头鹰撞翻在地。骑车人扶起猫头鹰，捡起帽子替猫头鹰十分认真地戴上，并且赔付了十块钱，再深深地鞠躬致歉。猫头鹰没有想到帽子已经被悄悄换了，同时换掉的还有帽子里面的纸条。纸条内容是苏三省亲笔写的，其实他一直在练书法。他写好了这张纸条后满意地笑了，他觉得他的字如果再练几年，一点也不会输于那些书法大家。纸条的内容是这样的：所有各地抽调抵沪人员务必于明日晚六点前赶到大方旅社 302 包房。

唐山海在还未到家门口的时候，就被突然从电线杆后蹿出的两个人拖进一辆车子。他们给唐山海戴上一个黑色的面罩，唐山海还在车内声嘶力竭地叫骂，一个男人的声音响了起来。男人说，你要是觉得喊有用，你就继续喊吧。

唐山海听了话以后迅速安静下来，他马上意识到，情况一定发生了变化。车子开走了，又停了下来，很快他被关进一间黑屋子，而那顶帽子始终没有再回到他的头上。他知道自己可能不会再从这间黑屋子里走出去了，这一刹那他的心中涌起无限的悲凉。他开始想念徐碧城。在另一间窗明几净的屋子里，苏三省的办公桌前摊着一张压着镇纸的纸条和一顶帽子，纸条上的内容是，提供汪伪政府汉奸详细名单，飓风队即将重建。风一阵一阵地吹着，那张纸条就在风中哗哗作响，像是在哭。

苏三省沉默了一会儿以后慢慢露出了笑容，他觉得新的飓风队在还没来得及重建的时候就要被掐灭火焰，他也用不着再过提心吊胆的地下生活。后来他慢条斯理地站了起来，伸了一个悠长的懒腰一步步地向门外走去。走出门口的时候，他看到绵软无力的太阳光，虽然没有多少暖意，但是却相当的刺眼。差一点他迎风流泪的烂桃一样的眼睛里，就要流下一大堆水汪汪的眼泪了。

现在苏三省的目光在毕忠良、陈深和柳美娜的身上一一扫过，然后他把那张唐山海帽子中的纸条放在桌面上，缓缓地移到了毕忠良面前。毕忠良低垂下眼帘，迅速地扫了一眼纸条上的字。他在不停地喝着热茶，这个谁都不太说话的会议室里，空气显得有些沉闷。偶尔响起行动队大院里狼狗的吠叫，以及刑讯室里嫌疑人受刑时的惨叫声，丝丝缕缕地透过门缝钻进会议室里。

无比漫长的三小时就要开始了。会议室的门打开，毕忠良沉着一张脸出来，然后是柳美娜和陈深。陈深不停地仰脖喝着格瓦斯，而柳美娜一直忧心忡忡地看着陈深。在回办公室的过道上，她伸出手轻轻拉了一下陈深：你没事吧。

陈深转过身来笑了：你觉得我有事？

柳美娜愣了一下，随即也笑了，露出一口细碎的小白牙：没事就好。

然后柳美娜赶在了陈深的前头。她把文件记录抱在自己的胸前不紧不慢地往前走，仿佛是抱着自己一般。陈深突然觉得柳美娜的背影像一棵安静的素柳，她很像是电话公司或者银行的职员，她不应该来到行动队谋职。陈深回到了办公室，看到李小男已经趴在他的办公桌上睡着了，一汪口水就流在那本打开的书上。那是张恨水的《啼笑姻缘》。陈深叹了一口气，不由得摇了摇头。陈深的手伸出去，手指头在李小男的头发上划过，然后他轻轻摇醒了李小男。

李小男怅蒙地抬头望着陈深，抬起袖管擦了一下自己的嘴。陈深说，你不是一直自称是明星公司的演员吗？

李小男点着头说，我不像演员吗？

陈深说，有一场十分重要的戏，需要你来演。

那天陈深把口袋里的钱掏出来，全塞进了李小男的包里，然后他去了毕忠良的办公室。他是去借钱的，借钱的时候免不了被毕忠良训斥一顿。然后突然有人叫起来，毕忠良和陈深都奔了出去。在陈深办公室门口，面色煞白的李小男在地上不停翻滚着，像是要搅起多少大的浪头似的。她的胃疼得厉害，额头上的汗珠滚落在地上。陈深大叫，赶紧送医院。这时候苏三省慢慢地从一间屋子里踱了出来，他看到倒地的李小男，脸色变了，迅速地跑了过来。

陈深拦腰抱起李小男就要下楼，这时候苏三省拦在了他们面前。苏三省笑了，陈队长不用亲自送。

苏三省身后闪出了两名特工。苏三省问，最近的是什么医院？

一名特工说，万航渡路上的同仁医院。

苏三省的手伸出去，一把握住李小男的手。李小男的手汗津津的，她的嘴干燥开裂，整个人不停颤抖着，像一只惊惶的被捕兽夹夹住的野兔。苏三省点了点头，两名特工迅速扛起李小男快步下楼，奔向了院子里停着的一辆车子。毕忠良靠在二楼的阳台护栏上，望着这辆车子驶出院子。他抬头看了一下天，发现乌云密布，整个直属行动队的上空，被一大块的黑色笼罩着。毕忠良想，要下雨了。他转身回到办公室，就在他合上门的瞬间，密集的雨阵裹挟着潮湿的空气从天而降。

这个无比漫长与沉闷的三小时里，李小男被送进了医院急诊室，两名特工寸步不离守在急诊室门口。李小男后来被从急诊室推了出来，她的脸色蜡黄，脸上有着疲惫的倦容。她没有什么大碍，不过是阑尾发炎引发的胃痛，迅速注射了盘尼西林，吃了两片止痛药就被送到了观察病房。这天陈深坐在办公桌前，桌上放着格瓦斯汽水和一罐樱桃牌香烟，有五只烟蒂已经安静地躺在了高射机枪弹壳做成的烟灰缸里。和他相隔不远的书记室里，柳美娜心神不定，她仿佛是做不了任何事，在打字机前敲打了几下后，索性站了起来在屋子里不停地踱步。而毕忠良在他的办公室里喝开水，那是一杯温热而干净的开水。毕忠良不时地伸出手去，喝一口，然后又把杯子放回办公桌上。他相信苏三省说的都是对的，军统站重建也是迟早的事。他盘算得最多的不是这些，而是为了队长的位置，他要怎么样才能把苏三省用一记闷棍打压下去。他的身后是窗户，窗外就是漫天的雨幕。那密集的雨声里，他没有想到的一些事正在紧锣密鼓地发生着。

14

傍晚五点五十五分。穿着军用雨衣的毕忠良站在了楼下小院里，他的手腕抬了起来，一直看着表面上的指针。他的面前是陈深带的行动一队和苏三省带的行动二队，以及四台篷布军车。毕忠良的目光在众人面前一一闪过，抿紧了嘴一言不发。傍晚六点，毕忠良抬起的手腕缓慢地垂下，喃喃地说，开始吧。

所有的队员都陆续登车了。毕忠良走到陈深面前，陈深眯着眼睛笑了，看了看不远处踌躇满志的苏三省说，千万别在江西围剿赤匪时没死成，最后死在自己人手里。陈深说完就上了自己的车，他重重地关上了车门时，车子的马达轰鸣声骤然响起来。

毕忠良咬紧嘴唇，望着四台车子鱼贯而出。他抬头望了望灰黑的天幕，雨水直接拍打在他的脸上，毕忠良的脸瞬间就湿了。他将了一把脸上的雨水一言不发地往回走，四辆车消失后突然之间显现的冷清，让他的背影看上去有些孤独。

傍晚六点五十，两组人马回到队部，一无所获。四台车子像四只巨大的甲虫，蛰伏在院子里。听到汽车声，毕忠良穿过狭长的阳台过道，顺着露天楼梯下楼。他看到了刚从一辆车的副驾驶下来的苏三省，苏三省的表情灰暗，在路灯光下那张气急败坏的脸显得有点儿发绿。

苏三省斜了一眼陈深，对毕忠良说，55 号院子里所有人，都是值得怀疑的对象。

毕忠良笑了，他反背着双手站在苏三省的面前，脸对着苏三省的脸说，包括我吗？

苏三省略一低头说，这是你说的。

那天晚上，在医院观察室里那两名灰溜溜的寸步不离看守着李小男的特工已经被苏三省召回了。陈深晃荡着出现在观察室门口，他推开黑暗中的门，开亮了灯。

李小男就坐在病床上，她紧盯着陈深好久以后终于说，你姓国还是姓共？

陈深把一罐刚从粥摊打来的咸肉粥放在李小男的面前：我是皇协军。

看上去李小男的胃口很不错。在白亮的灯光下，她十分卖力地喝着粥。她不知道的是，此刻医院楼下，停着的一辆车里坐着苏三省。他知道李小男就在医院观察室，他也没有找出李小男的任何破绽。路灯光钻进车窗，直接打在他的脸上。如果从车窗外往里望，因为隔着一层不停落在风挡玻璃上的雨水，使得他的脸看上去有些歪歪扭扭。苏三省的巨大失落，让他整个晚上都开心不起来。他相信行动已经泄密了，他不知道毕忠良、柳美娜和陈深有哪一个人泄了密，或者他们是通过什么方法泄的密。

隔着车窗玻璃上的雨阵，他看出去的世界是一个晃荡着的一点也不安稳的世界。

只有李小男是明白人。她专注地喝着粥，偶尔拿眼睛瞟一眼面前坐在病床上的男人。这个男人被雨淋湿了半个身子，那罐粥身上却没见一粒雨滴。显然这是一个心细如发的男人。今天这个沉闷的下午，她按陈深的意思想尽办法把一张纸条递给了医院的一位护士，那位护士是陈深启动紧急程序中唯一可以联络的人。接下来，有人砸碎了大方旅社302包房的窗户，使得在千钧一发之际，所有各地分站抽调过来的军统人员因警觉而迅速撤退。同时也有人打通了徐碧城的电话，让她得以在遭到围捕前的一分钟从家中消失，转移到贝勒路福煦村的三楼一间租住房内。

事情就是那么简单。在这座被雨覆盖的巨大的城市，所有一切都有条不紊地发生了。楼下苏三省的车子终于缓缓开走，在此前的一个小时以前，他被毕忠良叫到办公室里喝茶。一直到喝茶结束，毕忠良都一言不发。在苏三省离开之前，毕忠良突然说，你把直属行动队当你的军统站了吧。

苏三省愣了一下，他不能一下子反应过来，说，军统站又不是我的，我只是副站长。

毕忠良笑了，仰脖喝下了一口茶，并用手指头挖了一小坨泡烂的茶叶往嘴里送，十分细心地咀嚼着。这时候苏三省才突然明白，毕忠良一是在说他既然能出卖站长，那也就有可能会出卖他毕忠良；二是在说他在行动队目空一切不懂礼数。

所以，坐在车里望着窗外不停落在风挡玻璃上的雨阵，苏三省一直都在为自己今天的失利而懊恼着。他发动了车子，车子向前冲进夜色，一会儿就不见了，像是一条游向深海的鱼。

然后，医院大门口一个撑着巨大雨伞的男人出现了。他刚从医院观察室出来，站在医院门口十分暗淡的路灯光下，像一个醒目的惊叹号。他是陈深。

福煦村三楼一间租住屋里，阳台上方搭着一大块白铁皮。雨阵落下来，就会在白铁皮上敲击出很响的声音。好在这种单调的声音并不吵人，反而让人觉得安宁。在这样的安宁里，编着长辫穿着格子小西装的皮皮怯生生地站在徐碧城面前。徐碧城安静地坐在一盏落地台灯下，她的一只手弯曲着放在桌子上，桌上还放着一台从家里离开时带出来的机器。陈深在不远处的一堆光影里抽烟，他一眼就认出这是冯·古拉顿牌的德国收音机，十分著名，连日本人手里都不多。陈深抽完了一支烟后，将烟蒂按进烟灰缸里，认真地说，你的头发有些长了，我帮你修一修吧。他变戏法似的掏出了围单、剪子和梳子。徐碧城笑了，说，好。

徐碧城伸出手去，冯·古拉顿牌收音机的开关被她纤白的手指打开，一个女人唱歌的声音响了起来。然后徐碧城移过凳子，十分正规地背对着陈深坐了下来。在皮皮懵然的目光里，陈深在昏黄的灯光下为一个美丽的女人剪着头发。皮皮还听到了这个木头匣子里传出来的好听的女人的声音。他当然不知道唱歌的人叫周璇，他只知道一个女人在不停地唱着茉莉花……

陈深手中的剪刀在喀嚓喀嚓单调地响着。雨敲铁皮棚子的声音仍在传来，这个雨夜因为这些单调的声音而显得无比的漫长。在这样机械重复着的声音里，徐碧城的头发纷纷扬扬落了下来。她在微笑着，看得出她的心情很好，甚至她的嘴唇在轻轻地跟着乐曲的旋律而发出细微的音节。陈深说，皮皮是将军堂里孤儿院的孩子，我一直在资助他。你没有孩子，要是你愿意，我让他认你当干娘。

徐碧城眼波流转，转头看了一眼不远处站着的皮皮，她微笑着点了点头说，好。

陈深拿眼睛看看皮皮，皮皮随即叫，干娘。

这时候陈深手中的剪子停住，突然说，唐山海恐怕走不出 55 号了。

一阵静默。徐碧城像是没有听到这句话一般，依然微笑着哼曲。陈深手中停顿的剪子终于又喀嚓了一下，在这清脆的铁器的声音里，一缕黑色头发纷扬着落下，同时落下的是徐碧城的一串眼泪。

15

有很长时间，李小男没有来 55 号院子找陈深。陈深有时候会怅然若失，他觉得李小男本身就像是一场辽阔而虚无的梦境。

苏三省却经常开车出现在李小男的楼下。他送李小男去片场，有时候李小男这样的小角色在片场等上一天才会在黄昏的时候轮到一场戏。但是这也让苏三省相信了，这个来自盐城的大大咧咧的女人，果然是明星公司的演员。当然，苏三省不会相信李小男说的《十字街头》白杨饰演的角色本来是属于她的。

李小男最佩服的是那个叫周璇的常州人。有一次她在夜排档呼啦呼啦吃热馄饨时这样告诉过苏三省。夜色深沉，路灯暗黄的光显得有些力不从心，馄饨的热气很快裹住了李小男。苏三省看过去，李小男就是一个热气腾腾的人。李小男夸张地说，周璇简直不是人，周璇就是一只鸟。

那天晚上苏三省把李小男送回家。李小男甩着包歪歪扭扭晃荡着往楼道走，苏三省说我扶你上去吧。李小男打了一个饱满的酒嗝说，我有的是脚。那天苏三省看到李小男的身影被楼道的黑暗吞噬，然后他关掉了车灯，长时间地陷在车里想着一个十分重要的问题。李小男胃痛送医院时，一直有他的两名手下在场。55号院子里，所有人都没有离开过半步。那么为什么军统组织的人，能够全线从大方旅社撤离？

那天晚上，陈深出现在李小男的房间里。陈深为自己倒了一杯水，像一个陌生的客人。他看到李小男就窝在沙发上织一块红色的毛线围巾，显然李小男织围巾的样子是笨拙的，她始终没有抬头看陈深一眼。在这个漫长的夜里，两个人都一言不发。后来陈深终于说话了，陈深说，你这围巾，是给苏三省织的吗？

李小男说，是，他缺一块围巾，他围围巾的样子应该不错。他瘦。

你的眼力不行。

我眼力怎么就不行了。

苏三省不适合你，他就是一个混混、人渣。

那谁适合我？

你会后悔的。

李小男笑笑说，不怕后悔，就怕连后悔的机会也没有。

那天晚上陈深在李小男的屋子里坐得很晚，尽管他们并没有说什么话。他给了李小男一支樱桃牌香烟，他们就在一起吞云吐雾地抽着烟。他们的身边很快浮起了一层烟雾。接着陈深起身走了，他打开了门，就有一股风迅速地冲进来。这股风冲散了烟雾，而且让李小男感到了一丝凉意。李小男在沙发上紧了紧自己的身子，她看到门又合上了。陈深消失了。

李小男在沙发上呆坐了一会儿。她将那块还没有织好的红色围巾扔在一边，然后她突然觉得胃真的开始疼起来了。她抱紧了自己的胃部，身子慢慢歪倒下去，脸就贴着沙发的绒面。她睁着眼呆呆地看着惨白的灯光均匀地分布和挤满了整个房间，一只壁虎一动不动地潜伏在墙上。

第二天中午，李小男懒洋洋地走下公寓楼的时候，看到苏三省突然从法国梧桐树荫下的一辆车里钻出来。苏三省手里拎着一长串纸包的中药。阳光射下来，被一堵墙挡住了一半，所以他站在半明半暗的光线中，把那串药高高提起。他得意地说，我一定要治好你的胃病。

唐山海被处决以前，陈深带着理发剪子去了关押唐山海的优待室。门被打开的时候，唐山海背对着他站在脸盆大小的一扇小窗前，光影投在他的身上，使他的身材看上去挺拔而修长，像一棵松树。他转过身来的时候，陈深发现他的胡子刮得青青的，脸容整洁，身上穿着的西装干净而挺刮。他冲陈深笑了一下，说我知道你会来的。

那天陈深为唐山海理了一个发。其实唐山海的头发并不长，但还是十分高兴地让陈深替他剪了头。有那么一瞬，陈深看到唐山海的眼角有泪水沁出来，但是他很快地用手指头拈掉了。唐山海说，这沙眼是老毛病了。

陈深知道这是唐山海在掩饰。那天陈深十分细心地为唐山海掸去了围单上的碎发，然后拉着唐山海站起来。他们微笑着，面对面却不说话。陈深看着唐山海点着了最后一支雪茄，抽到一半的时候，唐山海把雪茄掐灭了，认真地拉过陈深的手把雪茄放在陈深的手心里，轻声说，要抽就抽亨牌的雪茄。陈深把手合拢，然后他走出了优待室的铁门。他知道唐山海的目光一直落在自己的后背上，因为他觉得自己的后背，有些许的灼热。

在小树林，毕忠良亲自监刑。那天他穿着一件长皮大衣，戴了一副墨镜。陈深觉得隔着这副墨镜，自己和毕忠良之间的距离是那么遥远。埋唐山海的坑已经挖好了，黑而深地对着天空敞开着，仿佛一只凝视天空的眼睛。唐山海却没有往坑里走。唐山海说，我要等他来。

他果然就来了。他是苏三省。

苏三省是匆匆赶来的，他的额头上还冒着汗珠。他热气腾腾地站在唐山海的面前，像一个刚出笼的包子。唐山海笑了，说你真像一个包子。

那天唐山海说，兄弟一场，我有话要说。他先是紧紧地抱住了陈深，他的嘴唇就在陈深的耳边，所以他十分轻地梦呓一般和陈深说，其实我知道你姓共，你一定要帮我做一件事。

陈深一言不发。唐山海接着说，你要帮我照顾徐碧城，我最放心不下的就是她。我爱她。

陈深仍然一言不发。唐山海轻声说，我知道你不方便说话，如果行，你就在一会儿当着我的面抽一支烟。

然后唐山海又走到苏三省的身边。苏三省不由自主地往后退了一步，唐山海笑了，张开双臂。同样的唐山海紧紧抱住了苏三省，唐山海拍着苏三省的后背轻声说，你会有报应的。

苏三省悲凉地说，我也知道会报应的，在有报应之前，我送你先走。

唐山海微笑着，继续拍着苏三省的后背说，那我在那边等你。

那天毕忠良一直把手插在口袋里，紧抿着嘴一言不发。本来行刑任务是由陈深下达的，那天苏三省像是突然爆发似的，猛地推开唐山海大吼起来，可以开始了，让他走！

陈深望着唐山海一步一步走向了那个深挖的坑，走得十分从容，仿佛是走向可以散步的林荫道或者一处公园。唐山海在坑里站定，他的目光像飞鸟一般在众人面前掠过，然后仰望着头顶的树叶。那些树叶的间隙里，漏下一些细碎的光影，有些光影斑驳地落在了唐山海的脸上。同时落在他脸上的，还有那一锹一锹落下来的黑土。

这时候陈深掏出烟来点上，深深地吸了一口。唐山海随即笑了，他开始唱歌，他唱的是万里长城万里长，长城外面是故乡……唐山海的声音低沉而有力，然后随着泥土没到他的胸口，他已经被压迫得发不出声音了。泥土落到脖子处的时候，唐山海的脸因为血液都往上赶的缘故，已经涨得通红。毕忠良这时候手插在皮大衣口袋里大步流星地走了，紧紧跟着他的是陈深。

陈深后来不知道小树林里发生了什么。一切都是扁头告诉他的，苏三省对着唐山海的头狠狠地踢了一脚，那时候一道积聚在唐山海头部的本就将要迸发的血光冲天而起。苏三省紧咬着的嘴唇却始终没有放松，他仿佛对唐山海无比怨恨，像是唐山海害了他一生一样。

那天晚上李小男突然造访了福煦村三楼的一间民居。那时候徐碧城正扑在陈深的怀里泪如雨下，她哭得无比延绵，那发出的声音简直就是十里长山的山脊，时高时低。有时候，她紧紧地咬住陈深肩上的肉不放，陈深感到了疼痛，等她松开嘴的时候肩膀上已经湿漉漉的一片。徐碧城不知道，此时李小男跟着陈深来到了这儿。透过窗缝，李小男看到徐碧城在陈深的怀里不停地呜咽。

你们是假夫妻吧。陈深问。

徐碧城仿佛警惕地抬起头，谁说的？

我猜的。

徐碧城说，也不完全是。他一直都对我很好，是我没有答应他。

你应该答应他的。

现在说这些，答不答应还有什么两样吗？

答应他，他会走得更幸福一些。

徐碧城沉默了良久，轻声说，我知道你是共产党。

陈深不再说话，他侧过头斜眼看了看自己肩头那黑湿的一片说，不过你答不答应他，他都会要求我照顾你。

徐碧城说，我说我知道你是共产党。

陈深仍然没有承认也没有否认：我只是在救自己的国家。我们不能没有国家，我们的孩子也不能没有国家。

那天，徐碧城看到了陈深胸前挂着的白金壳怀表，但是她没有看到门外李小男流着眼泪离开。很久以后，陈深才轻轻推开了徐碧城说，以后让我照顾你吧。刚才……有个人刚刚离开你的门口。

徐碧城的脸色随即白了。陈深说，没关系，她不会伤害你。

16

不久，万念俱灰的徐碧城信了上帝。在她的要求下，陈深把她的头发剪得更短了。她说落发是对唐山海的一种纪念。礼拜天的时候，徐碧城会带上一本圣经匆匆地去鸿德堂做礼拜。每次做礼拜的时候，她都在想自己十分短的一生，就怎么会卷进那么多的暗战中。她把唐山海牺牲的消息传到了重庆，重庆的回复十分简单：继续战斗！

接到重庆回复的时候，徐碧城的双脚不由自主地紧紧靠了一下，她觉得自己在替唐山海完成任务。这样的使命感，让她的心中又升起了力量。

有一天陈深又出现在她的面前，她正蹲在地上鼓捣几个瓶子和灰色的药粉，以及一些小小的碎铁片。

陈深在一张凳子上坐了下来，静静地看着她忙碌。

徐碧城头也不抬地说，千万别抽烟。

陈深说，我又不傻。

陈深接着又说，你在配炸药。你这种炸药威力不大，炸鱼都未必炸得死。

徐碧城仍然头也不抬地说，我做的炸药威力用不着大。

陈深离开福煦村某个租住房三楼的时候，徐碧城没有抬头也没有说再见，她只是呆呆地望着面前地上的那个已经成形的简易炸弹。好长时间以后，陈深的脚步声已经完全消失了，这时候她的眼泪才流了下来。她突然这样想，也许自己其实是爱着唐山海的，对于自己想爱而不能爱的陈深而言，唐山海又有哪点不好？

陈深踩着这个冬天的柏油路面，走到了上海冬天的最深处。他在窦乐路的邮筒里投进了一封信。他一直担心，在邮筒里传递情报会不会不安全。他是想要请示医生，自己收留了一名军统人员，在国共合作期间是否触犯纪律。投下信后他就大步离开了，自己什么时候被捕，甚至有可能是被毕忠良或苏三省捕获，都不是没可能的事。所以有时候他就在想，如果自己被抓了，最担心他的会是谁？想了好久以后，结果令他出了一身冷汗。他觉得担心他的，可能是嫂子，也就是毕忠良的夫人刘兰芝。

三天后，医生在海报墙上给陈深下达的指令是急催归零计划，对于陈深询问的关于收留或照顾军统人员的问题闭口不谈。陈深有些泄气，他觉得组织上有些不近人情。陈深一直都没能拿到归零计划，而队部的几次会议中，却越来越明确了76号特工总部下达给行动队的命令：尽一切力量，加强搜查、搜捕一名代号叫麻雀的中共分子。尽管近期麻雀并没有什么活动，但是从情报系统得来的消息，在此前一年时间里，这位名叫麻雀的中共特工拿到了汪精卫政府的十八份情报，其中一份甚至是绝密会议纪要。

与此同时，苏三省却在梅机关和特工总部红得发紫，而且东亚研究所的经费也一加再加，这让毕忠良很不舒服却又无可奈何。苏三省在自己租的办公地点办公，偶尔地也来一下毕忠良的办公室作简要汇报。看上去他风尘仆仆，比毕忠良都要忙好多。有时候他会出现在李小男家的楼下，他纠缠李小男，经常开车带她去法租界逸园赛狗场看赛狗。这令陈深很厌恶，他说赛狗有什么好看的，赛狗有赛人好看吗？而李小男却不想让陈深管这事，李小男说，你管得太宽了，我爹从来不管我这些。

陈深说，你爹干吗的？

李小男摇了摇头说，死了。这些年我像一棵草一样自己长大，我在黎锦晖主办的中华专科舞蹈学校毕业后去了明月歌舞团，唱歌跳舞养自己，好不容易进了明星电影公司。明白我的意思吗？

陈深说，明白。

李小男说，什么意思？

陈深说，你终归是要找一个归宿的。

那天在李小男的屋子里。陈深在沙发上坐下来，没有像以往一样和李小男杀一盘，而是把一些扑克牌随意地发在桌面上。他只要看扑克牌的背面，就能记住每一张扑克牌代表的点数，然后他很快地把收了起来，动作麻利得像一名长期浸泡在赌馆里的赌徒。

陈深说，你想学下棋，还是想学打牌。你将来当游手好闲的太太的时候用得着。

李小男说，我都不想学，太累。

陈深想了想说，那还是下棋吧。

李小男是陈深见过的最臭的臭棋篓子。围棋摆在了桌面上，陈深让了她五子，然后有一搭没一搭地和李小男下着棋，更多的时间里，他在翻看着报纸。李小男托着腮，长久地盯着棋盘看，看上去她的黑子已经把陈深的白子围得死死的了。陈深看到了窗外的夕阳，从很远的地方滚动跳跃着漫过来，直接穿过玻璃窗落在棋盘上，使得棋盘上看上去镀了一层触目惊心的红。

陈深想，傍晚说来就来了。

然后陈深伸出手去，用两只手指夹起一粒白子，放在棋盘里。李小男一下子就愣了，她这时候才发现，只这一颗棋子就让她死路一条。陈深站了起来，伸了一个长长的懒腰说，你要懂得步步为营。

李小男说，步步为营太累，没有喝酒演戏来得轻松。

李小男拿过了那块没有织完的红色围巾，不再看那棋盘一眼，低着头织了起来。陈深终于打开那扇有些陈旧的木门，走在傍晚有气无力的夕阳余晖中。打开门以前，陈深留下了一句话。陈深不以为意地说，你就不是一个女红的料。

冬天正进行得如火如荼。陈深走在上海萧瑟的街头。黄昏过后是即将来临的漫长黑夜，陈深想到了毕忠良从梅机关开会领回来的任务，在几个月前疯狂攫取了情报的中共情报人员麻雀现身后突然隐藏，如果不揪出来，76号特工总部的所有头目都可以进行一次大换血。陈深还想到了，归零计划仍然不能拿到。最坏的打算是，暴露自己孤注一掷。踩在上海冬天生硬的柏油路上，陈深又想到，他有好久没有去将军堂孤儿院看皮皮了。

17

郭小白被捕的时候，陈深参与了审讯。那天扁头闯进书记室，柳美娜正在修手指甲，陈深就坐在一口矮木柜上，晃荡着两条腿。陈深正在给柳美娜讲一个叫范绍增的军阀娶了十八房姨太太，最后一房是一个游泳舞后杨秀琼的轶事。他讲得十分缓慢，有一搭没一搭的。其实柳美娜也希望他有一搭没一搭的，她在想着什么时候能离开55号院子，这个看似平静的地方一点也不平静。她想要过安生的日子。而陈深的目光无数次瞟向那口保险柜，书记室外有巡逻的特工，进入书记室有大铁门，书记室内又是保险柜。如果不是孤注一掷，他要怎么拿得到归零计划。

这时候扁头闯了过来。扁头说，毕队长让你赶紧过去刑讯室。

柳美娜看到陈深从矮木柜上滑落下来。柳美娜一边修着手指甲一边看着陈深摇晃着的魁伟的背影，她在心底里叹了一口气，忽然开始向往一个叫杭州的地方。那是她的老家，她特别想从55号院内消失，然后回到那个满山长满小核桃的地方。

陈深摇头晃脑地跟着扁头去了刑讯室。两名执勤的特工打开了厚重的铁门，陈深大步走在刑讯室长而空旷的走廊里，脚步声在回荡，夹杂着一声声毛骨悚然的惨叫。陈深进入刑讯室的时候，看到了吊在一根柱子上的郭小白。郭小白已经皮开肉绽，他的头垂着，仿佛一棵被晒蔫的白菜。苏三省和毕忠良就坐在审讯台边，他们的身边还留着一张座椅。陈深叼起一支烟，就站在门边看着那棵晒蔫的白菜点着了火柴。他重重地吸了一口，喷出烟雾的时候他看到了苏三省和毕忠良探究的目光，也看到了郭小白低垂的血肉模糊的脑袋。他觉得，郭小白就快扛不住了。

郭小白果然就没有扛住。陈深吸完一支烟，将烟蒂在皮鞋底掐灭以后走到了郭小白面前，他托起了郭小白的下巴，看到他的两个眼眶都肿起来了，嘴里血肉模糊，一颗断掉的牙齿还摇摇欲坠地挂着，一些血结成了面糊状，一条条挂在他的嘴边。他的目光几乎已经是毫无生机，仿佛一条被击扁了七寸的疲软的蛇。

陈深阴着一张脸，在苏三省边上坐了下来。

嘴巴硬是不是？先关他两天再说，陈深说。

毕忠良笑了，说你昏头了，两天？两天中共的人就全转移了。关两天不如直接拖到小树林去。

陈深不再说话。他看到郭小白的头慢慢抬了起来，含混不清地发出一个声音说，我说。

陈深和苏三省、毕忠良对视了一眼，他们都笑了。但是陈深听到自己心里传出来的一声沉闷的惨叫，他知道一场杀戮或者追捕又将开始。

那天郭小白十分准确地交代，潜伏上海的中共特派员医生，从上海传出了大量的情报。他是这个黄浦江边千疮百孔又华丽无边的城市里，有着众多下线的老牌交通员。他的所有下线，没有横向联系，全部和他保持单线联络……但是，郭小白却并没有见过医生……

郭小白交代完所有以后，再也支持不住，他的头重重地垂了下去。苏三省走过去，拎起地上一桶水，重重地浇在了郭小白的身上。郭小白的身上开始不停地往地面滴水，仿佛他是一条刚被从河里捞起来的鱼。苏三省对一名手中拿着皮鞭的汉子说，给他换身干净衣裳，让卫生队给他把伤口处理一下。

18

围捕医生，是在毕忠良带着苏三省和陈深离开刑讯室后随即开始的。陈深主动要求参加围捕行动，他是想要在围捕过程中，看能不能随机应变让医生突围或者提前撤离。在车队去往六大垛一间废弃仓库的路上，陈深坐在副驾驶位置一直都在抽着烟，抽得口干舌燥嘴唇开裂。

陈深、苏三省和所有的特工们把仓库团团围住，仓库边上的青草正发出苏醒的声音。也许不出一个月，它们就要开始在隆冬过后放肆地生长了。苏三省挥了一下手，围捕开始了，陈深一直都冲在前面。他不敢开枪走火，不敢摔倒在地绊倒身边的特工，不敢做出任何举动。在拥进一扇破门的时候，扁头第一个冲上楼道，而一根腐朽的木棍从他的脚下滚动下来。陈深知道，那是医生预设的。医生一定是已经警觉了。

那天陈深踢开一扇木门的时候，看到的是一束安静的阳光。那阳光像松针一样均匀地洒在一张桌子上。地上一片狼藉，医生正在大口地吞咽着什么，她的脸涨红了，喉咙发出呜咽声。随后赶来的苏三省大吃一惊，迅速地冲上了去一把掐住医生的喉咙，但是已经来不及了，医生把一份情报咽了下去。医生笑了，她竟然是李小男。

陈深、苏三省和李小男三个人，在这间破旧的却整理得干干净净的屋子里，站成了一个三角形。看着桌子上一盆墨绿色的仙人球，正开出星星点点的淡红色小花，陈深的脑海里迅速闪现出李小男住处杂乱无章的模样。他终于明白，李小男果然是个演员，她一直是热烈地爱着太阳花的姑娘，一直在演一个大大咧咧的风尘里打滚的女人。

李小男笑了，慢慢举起了手。在苏三省伸向后腰掏手铐以前，陈深出奇不意地亮出了手铐迅速铐住李小男，同时也把自己的左手铐住。而与此同时，一把编号上海银行025的小钥匙，也在陈深铐住李小男的时候，滑落在陈深掌心中。苏三省阴着一张脸，看着李小男与陈深的离去，他长长地叹了口气。

所有的行动队员迈着凌乱的脚步紧紧跟了上去，但是没有人知道在陈深与李小男一起并排前往的过程中，李小男右手的拇指一直在陈深的掌心里不停地敲击着，看上去她什么也没有说，但是却将刚刚掌握的已经吞咽下肚的所有信息，通过发报时的长短快慢的敲击节奏传达给陈深。这条路走得无比漫长，他们一起走过了走廊，下到楼梯，再走过院子里的荒草，再走向停着的汽车。走到汽车旁边时，陈深看到了脸色阴沉的刚刚赶来的毕忠良。

毕忠良仿佛不认识李小男似的，他只是对陈深说，早就和你说过，少和戏子来往。

李小男阳光灿烂地笑了，露出两排雪白的牙。看上去她是愉快地上车的。她翻阅过陈深的档案。陈深曾经在无线电学校有过两年的学习生涯。所以在自己被捕的情况下，向外传输情报的使命无疑落在了陈深的身上。在疾速驶向55号直属行动队队部的车上，李小男分几次向陈深不停地眨着眼睛，每次连续眨眼的长短次数不同。陈深记下了，凭直觉他觉得这是一个电话号码。后来李小男就不说话了，因为她累了，她把头重重地靠在了车座位的椅背上。其实李小男的脑海里一直浮现出陈深下围棋时的场景，在那个有着凉薄夕阳的黄昏，陈深把一粒白子放在了棋盘上，围住了李小男的一大片黑子。陈深说，要步步为营。

一个能记得住棋局的人，当然更能记得下一个电话号码，以及刚才李小男用大拇指传出的信息。

那天苏三省把李小男送进了优待室。他和李小男久久对坐着，用仿佛痛苦的语音和李小男说话。李小男却像没事一般，一首接一首地唱着周璇的歌，从《四季歌》到《天涯歌女》，从《春风秋雨》到《送君》，一直唱到口干舌燥，把苏三省唱得昏昏欲睡。最后苏三省终于忍不住了，苏三省说，我给你一支笔和一张纸，你明天中午以前把该写的名单都写出来。

苏三省离开优待室的时候，像是想起了什么似的，在门边停顿了一下。他转过身来说，如果你把名单写出来，我愿意带着你一起离开上海。

李小男故作惊喜地说，去哪儿？

苏三省说，去香港。停顿了一下，他又说，我有的是钱。

李小男说，香港不也是沦陷区吗？

苏三省突然有些恼怒了，可是不沦陷的，差不多只剩下重庆了。

李小男笑了，说，没沦陷的除了重庆，还有四万万人心。

这是一次无趣的对话。苏三省不想再说什么，他重重地合上门，大步向前走去。那天苏三省带人搜查了李小男的房间，搜走了一大堆的物品。就在他带着特工们离开的时候，陈深和扁头出现在李小男的房间里。陈深像是熟客一样，为自己倒了一杯白水，然后在沙发上坐了下来。李小男蜷在沙发上的情景，李小男和自己下棋的情景，李小男织围巾的情景，以及所有杂乱无章的记忆，都一下子跳跃着波浪一样涌动在陈深的面前。陈深的目光四处巡行，他发现李小男那条正在织着的红色围巾没了。

就在苏三省把一沓周璇的唱片胡乱地扔进一只纸箱的时候，陈深说，唱片留下。

苏三省愣了一下。陈深加重了语音：我让你把唱片留下！

苏三省笑了，他把唱片重又从那只纸箱里翻出来，小心地放在陈深面前的茶几上。然后他带着行动二队的人撤出了李小男的房间，屋子里只剩下陈深和扁头。

陈深缓慢地站起身来，挑了一张唱片放在留声机里。周璇的歌声就响了起来，夜上海，夜上海，夜上海是一个不夜城……陈深十分清楚，夜上海确实就是一个不夜城。这个不夜城的夜晚来临的时候，陈深找到了一间公用电话亭。亭子里管电话的胖女人，坐在一张凳子上背靠着木板做的墙，正流着涎水睡着了。陈深在公用电话亭不停拨号，以响起的长音次数为数字，第一时间传出了密电码。

走出电话亭的时候，陈深回望了一下孤独的亭子和一条绳子一样软塌塌扔向远方的马路。在看不见的星空下，或者说路灯下，或者说霓虹灯下，或者说电话的那一端，有多少像他这样的人，在上海像走钢丝绳一样地生活着。走出一段路后，陈深回过身来，对着那间公用电话亭挥了挥手轻声说，再见，同志。

19

第二天苏三省打开优待室的门时，看到李小男把那张白纸叠成了纸船，船帮上用苏三省给她的笔写下了三个字：胜利号。

看到这三个字，苏三省的脑袋嗡地响了一下，他突然意识到，李小男的小命可能是不太保得住了。他看着李小男很久，转身走出了优待室。接着李小男被迅速地解往刑讯室。这天陈深依然像往常一样，坐在柳美娜办公室的矮木柜上，举着一瓶格瓦斯不停地往嘴里送。柳美娜也像往常一样，不停地修着指甲，只不过她不时地拿眼忐忑地瞄一下陈深。因为她知道这一次被捕的是苏三省追求的三流电影演员，同时也是对陈深有着好感的干妹妹。

今天你不会去参加审讯吗？柳美娜声音中露出几分脆生生的怯意。

一定会。

为什么？

因为毕忠良一定会去审。他一定会叫上我，他要看看我和这个干妹妹是不是串通一气的。

那你们串通一气吗？

陈深仿佛是生气了，他把手中的格瓦斯一口气喝完，然后将空瓶重重地蹾在了矮木柜上。那巨大的声音把柳美娜吓了一跳，就在这时候扁头出现在书记室门口，气喘吁吁地说，毕队长让你去刑讯室。

白炽灯雪亮地照着李小男。李小男坐在一把椅子上，双手被反绑着，她一直在等着陈深的到来。陈深来的时候她笑了，仿佛等到了望眼欲穿的故乡亲人。陈深也笑了。火红的炉子里煨着的烙铁已经通红，大小不一样的皮鞭挂在墙上，辣椒水、老虎凳，所以有刑具都堆在墙角。但是显然不需要用刑，因为看到陈深的时候，李小男说，给我一支烟。

那天陈深认真地给李小男点烟。毕忠良一直一言不发地注意着陈深和苏三省的表情，他总是觉得无论是被击毙在米高梅舞厅门口的中共分子宰相，还是被埋在小树林里的军统潜伏者唐山海，还是现在被捕的三流演员李小男，他们的背后还有一个像影子一样的人。如果没有这个人，这些人的努力可能都是白费心力的。毕忠良不是不怀疑陈深，而是害怕怀疑陈深。这个陈深会是一个称职的理发师，或者是直属行动队一分队队长，或者是中共地下交通员，或者就是大名鼎鼎的麻雀？更或者所有这一切都只是自己私下里的猜测，完全冤枉了这个替自己走私烟土，曾经救过自己一命的割头兄弟。

李小男在抽完一支烟后开始招供。李小男说出她其实是宰相多年未交往的亲妹妹，从此他们家再也没有一个人活在世上了。陈深表情平静，他的眼前浮起米高梅舞厅门口李小男看到宰相吞枪自尽的时候一声惨叫的情景，才明白原来李小男竟然早就看到了宰相和自己在舞厅内的接头。陈深的心里多了一些害怕，他害怕李小男扛不过大刑，那么李小男脑子里埋着的一堆联络人员名单怎么办？

除了这些，李小男不再说和情报有关的事。刚才说和宰相的关系，仿佛是故意说给陈深听的。此后的大段时间，李小男都在说着片场的轶闻，以及某个导演的风流韵事。毕忠良终于坐不住了，他站起身看了苏三省一眼说，我只要结果，你给我结果。如果你给不了结果，你自己向 76 号交代，你自己向梅机关去交代。如果你吃不了，那你就得兜着走。

苏三省阴着一张脸，他长久地盯着这个他追求了许久的女人。后来他让一名特工找来了干毛巾，他说把干毛巾塞进李小男的嘴里，让毛巾进入食道和胃，等到胃酸把毛巾融合后猛地外拉，据说可以将胃拉出。如果胃拉出了，那些情报纸一定还没有消化完，所有的情报都有可能被他抢回来。即便是抢不回来，那么对这种骨头比铁还硬的共产党人来说，就算是一种刑罚也没有什么大不了的。

毕忠良看了陈深一眼说，苏队长的方法，你怎么看？

陈深盯着苏三省咬着牙说，亏你还死乞白赖追求过她，我真想杀掉你。

苏三省笑了，所有汪主席和新政府的敌人，就是我的敌人。敌人就得除去，不然敌人会把你除去。陈队长想为嫌疑分子说话吗？

陈深不再说什么，起身离开了刑讯室。在离开之前，李小男突然叫住了陈深。她又要了一支烟，陈深再次为她点燃了香烟。李小男说，如果有时间，帮我去看看那盆仙人球。

陈深十分郑重地点了点头。但是李小男的话却落在了毕忠良的耳朵里。

在长长的走廊上，陈深的步子沉重而缓慢，一会儿李小男的干呕和惨叫的声音传了过来。陈深的眼睛里泛起一阵薄雾，他知道苏三省已经在让人往李小男的嘴里塞干毛巾了。

再接着，毕忠良也出现在走廊上。他一直跟在陈深后面不远的地方，一阵阵的惨叫让他的头皮发麻。自从围剿赤匪时头皮上挨了那一枚弹片后，他头皮发麻的毛病时常会发作，特别是在阴雨天的时候。

五分钟后，毕忠良让身边的一名队员马上赶往废仓库，把那盆花带到他的办公室。那天下午，毕忠良花了一个多小时时间，研究他的手下从仓库里带回来的一应杂物，以及那盆仙人球。毕忠良最终也没有发现什么，最后他把花交给了陈深。陈深说，你是不是怀疑这花里有情报，我看到花盆的土已经动过了。

毕忠良说，换谁都会怀疑的，不过，这花坛子里没有任何秘密。

陈深拿着花，小心翼翼地捧走了，他拿着花回到办公室以后，把花放在了向阳的窗前。那墨绿色的球体上，星星般的淡色小花开得热烈而奔放。陈深就想，仙人球的秘密，大概就是，胜利。

20

　　陈深带着那枚从李小男手心里滑落的钥匙来到了上海银行。在李小男租用的上海银行 025 保险柜里，陈深看到了一封信和李小男留下的一块红色毛线围巾。陈深终于知道，这围巾原来是给自己织的，而不是给所谓的正在追求她的苏三省织的。那天陈深花半天时间将头埋在围巾里，深深地吸着毛线的味道，一会儿这块围巾就湿了一大片。

　　陈深又去了欧嘉路和沙泾路交界处，在海报墙上发现了医生被捕前下达的最后指令。这次的指令显得十分单调，但是单调中却又有那么深重的急促的味道。内容是这样的：归零归零归零归零归零……

　　陈深久久地站在海报墙前，听着不远处沙泾路上工部局屠宰场传来的阵阵猪的嚎叫，他的脑子里开始急速地动转起来。墙上那些颜色不一的海报，有好多已经翘起了角，在风中哗啦啦地响着。从很远的地方看过去，可以看到陈深宽阔的背影，以及干燥起壳的海报在风中有节律的舞动。在陈深大步离开海报墙以前，他已经做了一个决定：以暴露为代价，迅速拿到归零计划。

　　拿到归零计划首先要进入书记室的铁门，然后是打开保险柜的锁。后来陈深一直都在自责，他觉得自己不像个男人，内心充满了阴暗。那天他带着柳美娜去了米高梅跳舞，他还和柳美娜喝了好多酒，总之是他把柳美娜灌醉了，然后从她的包里拿到了铁门钥匙。

　　陈深带着铁门钥匙匆匆地回到了 55 号，当着游动哨的面，说是来拿柳美娜的一只小包。在别人眼里，他仿佛和柳美娜有了那种意思。他用早先配制的钥匙打开了保险箱，拿到归零计划后，匆匆地回到了舞厅。那时候柳美娜还伏在包厢的长沙发上酣睡着。等她醒来的时候，舞厅就快散场了，她醉眼蒙眬中看到了坐在一边的陈深。陈深看到她醒来的时候，眯着眼笑了一下。

　　柳美娜想要站起来，但是她觉得头有点儿痛。所以她站着的身子晃了晃，像一棵被风吹歪的树。这时候她看到了桌子上的一张火车票和一颗子弹，她的酒就全醒了过来。

　　柳美娜怅然地坐了下来，说，你是让我选一样是不是？

陈深把那颗子弹收了起来说，我希望你选火车票。

其实那天保险箱里的钞票多了出来，我就知道你的身份是共产党。我只是不想说出来。

为什么不说？

我害怕说了以后，你就消失了。

为什么不是军统？

军统的气味和你不像。

片刻的沉默后，柳美娜又说，你是让我选，死还是走？我选走。其实我老家一直有个男人等我回去成亲，只是我不喜欢他而已。我喜欢你也是自找的……

柳美娜拿起了包，匆匆地向外走去。她的眼眶里蓄满了泪水，因为她的人生将发生巨大的变故。陈深突然叫住了她说，你不能回老家杭州，也不能再回你的住处。

柳美娜笑中带泪地说，我早就没有住处了。自从爱上你后，我身心都再也没有地方可以住。

静默了好久以后，柳美娜说，我们还会见面吗？

会的。

见面了你还会给我剪头发吗？

会的。

然后，柳美娜的脚步声响起来，她完全地从陈深的视线里消失了。陈深不知道的是，此后漫长的一生之中，他都没有再见到过柳美娜。柳美娜也自此成了长在他心中的一枚拔也拔不掉的倒刺。与此同时，苏三省站在书记室的门口，听一名巡逻哨的行动队特工告诉他，陈深来为柳美娜拿过包。苏三省的眼睛重重地闭了一下，等他终于想明白是怎么一回事已经发生的时候，他跌跌撞撞的冲下了楼，对院里停着的一辆车高喊起来，马上分两路去柳美娜和陈深家里。马上！

陈深和柳美娜在苏三省的视线里彻底消失了。就在陈深想把归零计划放入窦乐路邮筒前，他去了欧嘉路和沙泾路交界处的海报墙看嵌字指令。新的医生果然已经到任了，医生的指令是，若拿到归零计划不按原交通线传递须亲自送出上海，具体待命。

与此同时，苏三省在毕忠良的授意下，疯狂地搜寻着陈深的踪迹。毕忠良和妻子刘兰芝把自己关在小房子里，一坐就是一整天，相对无言。看上去刘兰芝已经有气无力，像被抽掉了筋骨一般。一会儿她终于耸动肩膀哭了起来，你知道的，我一直当他是我阿弟的，我还在张罗着给他找一个家主婆。

毕忠良长长地叹了口气说，我就晓得伊勿简单。

毕忠良说这话的时候，手不停地颤抖着。他的酒瘾又发作了。他的手努力地伸向了桌面上的一瓶酒，迅速地打开瓶盖，举起瓶子猛灌了起来。毕忠良足足灌了半瓶酒，人一下子有了精神。他把酒瓶重重地蹾在了桌子上时，又重复了一句，我就晓得伊勿简单。

21

陈深把自己藏在了徐碧城在福煦村租的民房里，他像是一个居家男人一样，一下子变得温文尔雅。除了有时候喝喝格瓦斯，或者抽抽香烟以外，大部分时间他都和徐碧城待在一起。这样的时光让徐碧城无比珍惜，她一厢情愿地认为，如果没有日本人突然像蝗虫一样闯进中国，以及汪精卫自作主张地建立新政府，她完全可以和陈深一起，天天过上这样的生活。而事实上，她对陈深的生活是一无所知的。

这年的除夕，陈深还是没有接到组织上让他离开的指令，所以他是和徐碧城在一起过的。他们一起晃荡着去了将军堂孤儿院里看皮皮，在那条漫长的道路上并肩行走时，他们的手臂总是不小心地碰撞着。最后是徐碧城挽住了陈深的手，挽住陈深手臂的那一刻，幸福像从天而降的闪电，一下子击中了她，差点让她的鼻子也酸了起来。那天孤儿院里吃的是羊肉白菜粉皮，皮皮大概是吃饱了撑的，和一个比他高出一头的小男孩干起了仗。皮皮挥出第一拳的时候，陈深和徐碧城刚好迈进将军堂院子的大门。保育人员和老师迅速上前想要劝开皮皮，这时候陈深的声音响了起来。陈深兴奋地说，让他打一架，打一架不容易啊。

那天陈深和徐碧城看着皮皮打架，皮皮被打得满脸乌青，那个圆脑袋的小男孩最后躺在地上直喘气。徐碧城一边替皮皮擦去脸上的血，一边开始责怪陈深。陈深笑了，说没有流过血的男人长不大。

这时候徐碧城突然发现，走路一向有些瘸的皮皮仿佛已经好多了。他走路的样子，有些虎虎生风的味道。在很长的一段时间里，皮皮就在陈深面前不停地挥舞着双手，模仿青年军的样子在院子里走来走去。

皮皮大声地朗读着蒋委员长演讲的话。皮皮说，如果战端一开，那就是地无分南北，年无分老幼，无论何人，皆有守土抗战之责，皆应抱定牺牲一切之决心……在皮皮高声的朗读声中，徐碧城挽着陈深的手，离开了将军堂孤儿院。

这个有着零星爆竹声的除夕，徐碧城烫了一壶绍兴的黄酒，炒了几只小菜。他们相对坐了下来的时候，徐碧城突然红着脸问，那把口琴还在吗？

陈深笑了：还在。

徐碧城：能给我吗？

陈深：不能。那把琴生锈了。

徐碧城：琴在哪儿？

陈深：在一个树洞里，树洞用水泥封了。

陈深说完就举起了酒杯说，现在能过上年都是一件有福气的事。而徐碧城的脸上却浮起了失望的神情，她想起了当年自己送给陈深的那把口琴，但是显然，那把口琴陈深没有用心地去珍藏。所以她举筷子的时候，有点儿闷闷不乐的神态。陈深显然留意到了徐碧城的变化，他伸出手去，拢了一下徐碧城的头发说，傻瓜。

那天晚上陶大春是突然造访的。门打开的时候，陈深下意识地把手伸向了腰间，而徐碧城却仍然不动声色地喝酒吃菜。她斜了一眼陶大春说，坐下一起喝一点。

这时候陈深才知道，军统锄奸的飓风队又重组了，队长就是陶大春。陶大春倒上了一杯酒，举起来对陈深说，重庆说了，解除对你的锄杀。我们的人已经知道你是中共。

陈深笑了，也举起了杯。两个人重重地碰了一下杯，一饮而尽。

陈深说，那皖南事变又怎么解释？

陶大春说，那不是我们两个要操心的事，是蒋委员长和毛泽东去操心的事。

22

深居简出的陈深，有一天戴上厚重的呢帽子，围上围巾走在街头上时，突然被一辆车上跳下来的人拉上了车。陈深都来不及拔枪，甚至来不及看清车上的人，车子已经蹿出去老远。陈深开始在车内挣扎起来，却被人钳住了手腕动弹不了。这时候陈深意识到，他一定是被苏三省的人带走了。

坐在副驾驶位置的男人扭过脸来，对着陈深笑。那人摘下了假胡子，取下头上的帽子，这时候陈深才认出了陶大春。陶大春说，今天我让你看看，飓风队是怎么锄奸的。

这天傍晚，苏三省和一名女人被堵在一条弄堂里。苏三省显然是和这个女人从一幢民居里出来的。陶大春突然出拳，拳头重重地砸在女人的头上。女人哼也没哼就歪倒在地上。陈深看到女人穿着淡色的有着小花点的棉旗袍，像一条在春天盘在脚下的菜花蛇。苏三省想要拔枪的时候，陈深一脚将他踹翻在地上，随即有三支短枪的枪管，都顶在了苏三省的脑门上。

苏三省的脑门上随即沁出了一层密密的细汗。陈深蹲下身去，从苏三省的腰间拔出手枪，然后他开始解苏三省的衣扣。他解得特别的缓慢而认真，最后他用力地扒开苏三省的衣裳，露出了皮肉。

陈深眯着眼睛笑了，他的手里突然多出了一把剃刀。陈深很轻地问苏三省，哪儿是胃部？

苏三省浑身发抖，声音变得语无伦次，他说陈队长你肯定是误会了。

陈深红着眼吼了起来，马上告诉我，哪儿是胃？

陶大春也蹲了下来，他伸出平举的手说，给我。你不能干这事，你会犯你们的纪律。

陈深想了想，把剃刀塞在了陶大春的手里，慢慢地直起了身子。他的手开始在身上摸索，找到了唐山海给他的半支亨牌雪茄。陈深叼着烟，划亮了火柴，火柴的光芒把他的脸照得有了一些明灭的深浅不一样的红光。陈深美美地吸了一口，扔掉火柴叼着烟大踏步地向前走去。白色的烟灰不时地被风吹落，陈深突然觉得，春节过了，风仿佛也有了一些暖意。

这时候弄堂深处传来一声让人毛骨悚然的惨叫。惨叫声中陈深说,唐先生,安息吧。小男,你也可以闭眼了。

再次站在海报墙前时,陈深发了很长时间的呆。海报上的嵌字指令告诉他,让他在窦乐路邮筒附近接头,交通线上的危险解除,组织上就要带他和归零计划一起离开了。陈深不由得有些百感交集,他觉得此时离开上海,反而有些恋恋不舍。

那天晚上陈深十分认真地给徐碧城剪了一次头发。其实在没几天前,陈深就给徐碧城剪过一次。但是徐碧城不怕多剪,她喜欢自己的头发被温水打湿,湿乱的头发湿答答地贴在额前;喜欢陈深拿起剪刀时喀嚓喀嚓的声音;以及他用温厚的大手轻轻按住她的头时的感觉。但是她没有想到的是,陈深就要正式消失了。那天陈深有意无意地遗忘了理发剪子,那把剪子十分安静地像一个熟睡的少年一样,躺在桌面上。那天徐碧城还听陈深说,以后要找更好的理发师剪头发,自己的手艺太老土了。徐碧城根本没往深处想,她觉得陈深这是在开玩笑。

和陈深一起消失的是皮皮。

在将军堂孤儿院门口的弄堂里。陈深一直牵着皮皮的手往前走。路灯把他们的影子拉长。

皮皮说,我们要去哪儿。

陈深说,我们去一个地方,和一位叔叔碰头,然后我们一起去延安。延安有许多像你这样的孩子。

皮皮说,你是说都没有爹妈吗?

陈深说,你有爹,你是我的亲生儿子。你妈姓李,叫李大男,她有另一个名字叫宰相。我不久以前才知道你还有一个姨妈,你姨妈叫李小男,她的另一个名字叫医生。

皮皮说,那你有另一个名字吗?

陈深:有。我叫病人。

陈深把胸前戴着的白金壳怀表摘下来,挂在了皮皮的脖子上说:这是爸爸当年送给你妈妈的。

这天午夜，陈深带着皮皮出现在窦乐路邮筒边上，路灯光打下来，一大一小两个影子，在地上无比凄凉与孤独地向前延伸着。一辆邮政局的脚踏车呈S形路线向这边拐了过来，在清冷的夜里显得无比突兀。脚踏车停了下来，一个十七八岁脸上长满疙瘩的邮递员对陈深笑了，他说我是许仙，你可以叫我小许。

为什么要让我亲自送出上海。

因为你手上的情报太重要了，不适合用电台传递。也因为邮筒虽然安全，但不是万无一失的那种安全。

陈深终于明白了，为什么当初他问宰相邮筒会不会出问题时，宰相说不会。原来这个叫许仙的邮递员就是自己人，情报都会先落入许仙的手中。但是陈深不知道的是，通过邮筒传递情报，并不是他一个人，还有许多上海各个角落里的交通员。陈深更不知道的是，他的兄弟毕忠良并不是省油的灯。他不仅知道苏三省被锄杀，也在一天前知道了陈深藏身在哪。他一直忍着，连妻子刘兰芝这儿也不愿告诉。但是他终究会做出一件事来，那就是建功立业。

毕忠良下令的围捕正式开始了。带队的是扁头，他们迅速地向邮筒靠拢，很像是被风吹往某地的一群沙，无比密集而迅速。这时候一脸少年稚气的许仙正要打开邮筒，陈深感觉到了异样，一把将皮皮揽在怀中，同时拔出了手枪。

显然许仙也觉察到了危机，他将开邮筒的钥匙扔进邮筒里，同时从一只挎包里迅速掏出了一个手雷，拉开插销塞进了邮筒中，那里面有许多他还没来及取走的情报。邮筒爆炸了，三个人没命地向前奔跑着。而烟雾散尽后，扁头带着行动队员们再次追了上来。陈深让许仙带着皮皮顺着一条弄堂离开，他自己躲在电线杆后断后。扁头和行动队的队员们，向着这位曾经的头儿逃跑的方向冲了过来，但是街面上空无一人。就在他们继续前行的时候，一声枪响，一名队员应声倒地。枪声密集起来，此刻的毕忠良坐在一辆车里，静静地发着呆。他在不停地为自己灌着酒。他的车子就停在前面不远的路口，如果陈深想要从这儿跑走，那么拦截他的有毕忠良和一台车，以及二十名行动二队的队员。

陈深一边开枪一边退，他退到了一辆停在路边的救护车边，一枪击开车锁上了车。陈深迅速地扯出了电线，两根电线碰撞出火苗发动了汽车。车子向前疾冲，经过了毕忠良的车和行动二队的队员。他们疯狂地开着枪，把陈深开着的救护车打成了一个筛子。但是救护车却仍然在歪歪扭扭地前行。毕忠良的车子迅速地跟了上去，死死地咬住了救护车。一直追到了黄浦江边，救护车凌空而起，直直地驶进了江里。

毕忠良的车子停了下来。他从车上下来，静静地看着冒着气泡的黄浦江的江面。一会儿陈深用带着的一颗自杀用的手雷，引爆了汽车。一道水柱冲天而起。

望着水柱掉落在水中，水面慢慢变得平静，毕忠良红着眼流下了眼泪，却对着黄浦江的江面笑了。毕忠良说：你不应该当兵，也不应该在战场上救我。你就应该当一名剃头匠。

23

这是一间温暖如春的小房子，除了一幅墙上画得十分拙劣的画，以及一只小而破旧的柜子、一张小床，已经找不出什么像样的东西了。只有屋子中间那火炉，正举着热气腾腾的火光。那些粗大的木炭，浑身通红，仿佛发了疯一样的一阵又一阵地散发着热量。皮皮就站在火盆的旁边，他已经脱得一丝不挂，脚下堆着一堆蛇蜕一样的衣服。许仙懊恼地坐在不远处，火盆发出的红光让他脸上的疙瘩越发的红亮，红亮得有些生机勃勃。

许仙在皮皮身上寻找着情报，但是他一无所获。陈深没有交给许仙情报，那么情报一定会在皮皮身上。许仙的目光降落在皮皮胸前挂着的那只白金壳怀表上，他的心跳开始加速，他甚至能听见血管里的血像河水一样奔流着的声音。许仙站起身来，迅速走到皮皮身边，解下了白金壳怀表。

那是我爸爸送给我妈妈的。皮皮清脆如黄瓜的声音在这温暖如春的屋子里响了起来。

我要的就是它。许仙边说边打开了怀表，接着又用小刀打开了怀表的壳，却连一粒灰尘也没有发现。许仙坐了下来，失望地将怀表放在了柜子上。

你把表还给我。皮皮说。

许仙走了过去，把怀表在皮皮的脖子上挂上。这时候他突然注意到了皮皮的长辫，那麻绳一样粗大的长辫，让他的血液再次加快起来。许仙迅速地解开了皮皮的辫子，终于在靠近皮皮后脑勺的地方，发现了一张叠得如指甲片大小的纸。许仙打开那张纸，上面有密密麻麻的字，那是缩小了许多号的归零计划。

驻华日军总司令俊六大将……驻南京、上海的海军航空兵60架飞机……

驻镇江的月浦混成旅团……一些字眼迅速地跳起来，争先恐后挤进许仙的眼眶。许仙的眼泪一下子奔涌而出，他打开了木窗，冷风拥进来裹住了他。这时候窗外开始飘冬春之间的第一场春雪，许仙就对着那春雪不停地流着眼泪。最后他面对着白亮的窗口跪了下去，重重地把那张情报纸贴在心窝上，发出一声低沉的呜咽。

赤条条的皮皮望着许仙的模样，他想许仙一定拿到了一张特别有用的东西。他想起几天前的一个夜晚，陈深十分细心地替他洗了头，并且帮他编了一次辫子。皮皮看到许仙站起身，转身向他走来，并且把他紧紧地揽在了怀中。

许仙说，皮皮，我要带你走。

皮皮说，能不能叫我李东水，我的大名叫李东水。

许仙说，为什么要叫你大名？

皮皮说，因为我长大了。

那天晚上，毕忠良和刘兰芝在屋子里发呆，毕忠良一直在喝着酒，显然他已经喝得有点儿多了。他的眼前一片红光，老是浮起在江西围剿赤匪时的情景。那时候枪炮声不绝，子弹就在他的耳边呼啸，泥石被炸弹掀起来四散射开。一块弹片削去了他的头皮，他的脸上随即血肉模糊。陈深冲了过来，背起他就走，他像面条一样软软地挂在陈深的身上，血不停地滴落下来。他总是以为自己要死的，但是他一直都没有死。倒是那个救了他的陈深，现在已经死了。

毕忠良摇摇晃晃地站起来。他点了一炷香，十分认真地插在小香炉上。看到毕忠良插香，刘兰芝哭了，她的眼眶已经被眼泪浸泡了很久。她觉得自己的眼眶就快被泪水化掉了。书桌上还放着陈深给她送来的草药。陈深在一个春天曾经十分认真地对他说过，嫂子，你要是老了，我会服侍你的。

为什么？

因为你太像我早些年死去的姐姐了。

刘兰芝开始抽抽噎噎地哭了起来。他还是个光棍，刘兰芝说，我阿弟他还是个光棍他就死了。

听刘兰芝的口气，仿佛光棍是不能死的。

毕忠良又提起酒瓶猛喝了一口酒，显然他有些烦躁了，紧皱着眉头手臂猛地一挥说，没啥好哭的，我晓得伊这就是在寻死。

"新生代军旅作家"面面观 |

贝勒路福煦村一间出租房的三楼，陶大春就坐在徐碧城的对面。在很短的时间内，陶大春锄杀了极司菲尔路76号特工总部的龚放、55号直属行动队的苏三省……他把一沓照片从口袋里掏出来，挑出了龚放和苏三省的照片，扔进了正烧着水的炭炉里。照片迅速在明亮的火中扭曲卷起，化为灰烬。陶大春把余下的照片，小心地塞进了口袋里。那些照片上的人，是重建后的飓风队即将锄杀的汉奸。他在不停地喝茶，其实他是一个话不多的人。徐碧城也一直不说话。所以他们的喝茶是安静的，基本上只能听到水被炭炉烧开时翻滚的声音，以及两个人唏嘘的喝茶声。

陶大春离开的时候，看到窗外漾进来一阵春风。看上去春天就快要到了，他还闻到了窗外植物和泥土的气息，所以他忍不住打了一个喷嚏。打完喷嚏他说，戴老板的意思，让你别惦着回重庆，就留在上海站分管报务工作。

徐碧城仍然没说话。她穿着一袭阴丹士林旗袍，像一棵素白菜一样纯净。她伸手拨弄了一下炭火，加了一点水在茶壶里。陶大春说，你为什么不说话呢。

这时候徐碧城正双手举着小巧的青瓷杯喝茶，她安静中透出的力量在瞬间击倒了陶大春，他觉得这个女人很像一幅山水画。这时候徐碧城的手垂下来，落在桌面上的一张报纸上。她把那张《中华日报》轻而缓慢地移动着，移到了陶大春的面前。一行粗黑的标题落在陶大春的眼里：共党嫌疑分子陈深殒命黄浦江。

他死了。徐碧城腼腆地笑了笑说。有什么了不起的，他爱死就死吧！活都不怕，还怕死？

徐碧城说到后来的时候，有些愤然了，仿佛她在恨着陈深。

陶大春笑了笑说，我明白了。你保重。

陶大春打开了门，穿着他宽大的黑色风衣走了出去。他没有带上门，任由着一股风潦草而凌乱地蹿进来，让那煮水的炭炉燃得更旺了。徐碧城坐在炭炉边一动不动，她想，有时候不如做一颗炭，被火烧化了，就什么也找不到了。

第三天。陶大春的飓风队在兰桂戏院截杀了毕忠良。那天陶大春带的人很多，在临时开会的时候，陶大春把毕忠良的照片扔在了桌子上。执行任务的飓风队员们一个个轮流传看着照片，都默记了一分钟毕忠良的特征。陶大春下达命令以后，多加了一句话，就算死多少兄弟，也要把这个人在今天晚上除掉。

那天陶大春安排的人中，有外围拦截的，有买了票进入戏院直接刺杀的，总之陶大春织的是一张网。毕忠良在落座后戏还没开场就惊觉了，在几个人的护卫下，他去了厕所。但是他没有从厕所出来，而是翻窗从戏院后门逃了。后门本来是堵死的，所以陶大春在后门根本就没有安排人手。但是毕忠良却在后门停着车，他迅速地拉开了车门，并且发动了汽车。这时候他觉得头皮有些发麻，他想是不是又要下雨了，一抬头看到雨点果然争先恐后地落了车窗玻璃上。这时候戏院内传来了枪声，毕忠良笑了，他知道等不及的军统的人，已经向他的手下下手了。

毕忠良开着车子缓慢前行。多年的枪口刀锋上讨生活的生涯让他变得从容而冷静，他的脸上甚至绽开着油菜花一样的微笑。长长的完全被雨淋湿的弄堂没有一个行人，看上去这条弄堂显得无比漫长，仿佛通向的是一个未知幽深的世界。一个撑着伞穿着旗袍挎着小包的女人出现在前面不远的地方，她走得十分缓慢而有韵致，很像是大户人家的女人。女人在和毕忠良的车子交错而过时，突然掏出一个瓶子扔进了毕忠良车子的驾驶室。汽车开出没几步就炸了，一声炸响以后车子只是摇晃了一下，连窗玻璃也没有震碎。旗袍女人像是一个突然出现的女鬼一样，在长长的弄堂里消失得无影无踪。一会儿，汽车又向前开动了……

这次行动牺牲了三名飓风队的人。这是陶大春和徐碧城说的。那个穿旗袍的女人，无疑就是徐碧城。

在徐碧城的房间里，陶大春说，毕忠良跑了。

徐碧城说，跑不了，你就等着看报纸新闻吧。

陶大春说，为什么跑不了。

徐碧城说，我自己配了个小炸药。

陶大春：能炸死他吗？

徐碧城说，炸不死他。但是瓶子里的碎铁片浸过砒霜和苍耳子。他不死也得死。

那个乍暖还寒的夜晚，陶大春一直在徐碧城的房间里坐了很久。不知道为什么，他有些不太舍得离开。尽管他们的话并不多，炭炉还是那只炭炉，茶水还是那盅茶水，人还是那个人，但是他却对着这一切有着无比的眷恋。陶大春忽然长长地吁了口气，他是一个有革命理想的人，当年加入飓风队的时候就宣过誓，为党国和理想献身。现在他一点也不愿献身，他觉得如果献身了，怎么看徐碧城泡茶和喝茶。

陶大春离开的时候已经是午夜，屋外只有一盏走廊灯发出昏黄的光。风已经有了暖意，仿佛一只从远处伸过来的女人的手，把你拉到了春天的怀里。陶大春骨头变得松软起来，他大步地迎着风走了出去，他说，春天来了。

黑暗中远处的远处，传来一只猫叫春的声音。但在徐碧城听来，那是一种难听而凄厉的声音。她举起杯缓慢地喝下一口茶后说，陈深，安息。

尾　声

1949 年春。逃往台湾的船票已经涨到了每张船票 11 两黄金，等于是一大一小两条黄鱼。警察局长毛森开始杀人，提篮桥监狱里 500 多名共产党员和进步人士杀得只剩下 28 人。汤恩伯总司令驻守着上海，司令部里每天都在烧文件和转移物资。但是，黄浦江和苏州河的水还在流着，歌舞升平必须继续。

米高梅舞厅。一名围着红色围巾的中年男人和一名年轻的女孩在接头。女孩叫春羊，她的代号叫布谷鸟。

中年男人说，你真年轻，你不怕死吗。

春羊说，不怕死，可我怕黑。

中年男人说，天就快亮了。

我该叫你叔叔，还是叫你哥哥。

叫我同志。

中年男人把一张麻将牌放在桌面上，那是一张"一索"，看上去是一只鸟的形状：我的代号是麻雀。

春羊说，麻雀不是早就牺牲了吗？

中年男人笑了：是的，可我在为她活下去。她有两个代号，她的另一个代号叫宰相。以后我会一直用麻雀这个代号。

春羊说，用到什么时候？

中年男人说，要么是牺牲的时候，要么是天亮的时候。

借着舞厅的灯光，春羊看到中年男人的脸上全是密布的坑坑洼洼的疤痕，看上去一脸的沧桑。

我丈夫一个月前也牺牲了，她是浙东四明山游击队的。春羊喝着茶水，低垂着眼帘说。

这很正常。我全家也差不多没了，但幸好还有李东水同志。

李东水是谁？

我儿子，他的小名叫皮皮。

中年男人说，我很想带你去看看我的嫂子。我的那个兄弟已经不在了，但她还是我嫂子，她一直生病，她有哮喘，她长得很像我死去的姐姐。她一直想给我做媒，她叫刘兰芝。

中年男人看到舞厅中有一些人拥进来，人群突然乱了起来。保密局上海特派员徐碧城带着陶大春等人冲了进来。

春羊紧张起来。中年男人压住了春羊的手，眯起眼睛微笑着说，布谷鸟同志，你看着我。你不要去看他们。你有尾巴，你的麻烦已经来了。

春羊看着中年男人眼角的微笑，稍稍镇定了下来：怎么办？

中年男人说，我认识这两个人，你不要怕。带武器了吗？

没有。

如果走不掉，那边楼梯口有个电闸，你撞上去就行。

春羊紧咬着嘴唇坚定地点了一下头。中年男人笑了：我想请你跳个舞。这是工作。

《夜上海》的歌响起来。中年男人说，知道吗，这是周璇唱过的歌。有一个明星公司的女演员，特别喜欢周璇的歌。

中年男人是陈深，他的微笑中，眼泪流了下来。这时候，距离解放上海的炮声，已经越来越近。

四明镇战事
——长篇小说《回家》节选

海　飞

　　几个月前，惨烈的虎扑岭伏击战，让装备和猎人差不了多少的新四军金绍支队几乎全部阵亡。陈岭北永远都会记得，那场战斗刚刚结束，他和一批新四军还没来得及离开，就被从后头赶来的日军给堵住了。当子弹打光的时候，陈岭北扔掉了那杆汉阳造。他看到身边像白菜一样被放倒在地里的战友，知道自己就要成为俘虏。

　　后来陈岭北艰辛而成功地摆脱了日本兵的追赶。在一片密密的树林里，他遇到了日军包围的一支正执行任务的游击小分队。小分队全员阵亡，从临牺牲的分队队长声音微弱的嘴里陈岭北得到一个命令，要他继续替他们完成押送一名日军俘虏去江苏南通新四军驻地的任务。日军俘虏香河正男是一名山炮教练，上头的命令是把他送到江苏当新四军山炮教练，然后用那些从战场上缴获的山炮歼灭日本人。这个命令让急着回家打算与寡嫂棉花成亲的陈岭北万分怅惘，但那名只有十七八岁的游击分队队长下达完命令就牺牲了，容不得陈岭北有任何的拒绝。陈岭北被迫带上几名逃出战俘营的新四军伤员还有日军俘虏香河正男，走上回家之途。

　　在破败的四明镇戚家祠堂，新四军余部遇上另一支落难的国军余部。领头的是国军某部35团一营三连连长黄灿灿，数年前陈岭北和黄灿灿是从小一块儿长大的邻居，因为一块巴掌大的宅基地而犯了人命，黄灿灿打死陈岭北的哥哥，逃出家门被国军抓了壮丁，而两家也结下宿仇。在这个特殊而微妙的时期，陈岭北和黄灿灿不得不在同一屋檐下吃喝拉撒，并且商议着如何回家，并商定回家乡后解决数年前那场未竟的打架拼命。

柳春芽则是带着几个月身孕来找丈夫——国军某部35团张团长的。一个清晨陈岭北在戚家祠堂醒来的时候，看到一个拎着藤箱的女人就站在天井的中央。女人穿着一件宽大的阴丹士林旗袍，她的肚皮明显地鼓在那儿。看上去她的脸容有些苍白，神态平静得像一面湖水。

陈岭北认出了这是他家乡丹桂房村的柳春芽。

在此之前，柳春芽家的牛啃了葛老财家的青苗，葛老财非要让柳春芽的爹赔三十个大洋，不然的话他会让在保安团当小队长的儿子抓人。一直钟爱着柳春芽的陈岭北在和葛老财厮打的时候，掏出裁缝剪刀一刀扎在了葛老财的胸口。葛老财直挺挺地仰天倒在了地上。

陈岭北拉住柳春芽要逃走的时候，柳春芽却挣脱了陈岭北的手说，我爹怎么办？

陈岭北说，我要紧还是你爹要紧？

柳春芽想了想，断然地说，我爹要紧，是他收养了我，他没有老婆没有儿子，离开我他就什么也没有了。做人要讲良心的……

陈岭北只好带着那把裁缝剪，腰间插着寡嫂棉花匆忙之中塞给他的一双布鞋亡命奔逃。他像被追赶的野鹿一样乱冲乱撞，一直逃到了队伍上才安定下来。后来他听说柳春芽嫁给了一名国军的团长。因为张团长用枪轻而易举地替柳春芽摆平了葛老财家的纠缠。柳春芽觉得自己家没有什么东西可以谢张团长了，所以她把自己嫁给了张团长。

这些都是从前的事了。现在不是这样的，现在柳春芽腆着肚子，和陈岭北在四明镇偶遇，并一起晃荡在大街上……

1

这是一个和往常没有什么两样的安稳的白天，四明镇的一天开始了。陈岭北和柳春芽看上去有些游手好闲，他们像一对夫妻一样走在四明镇的大街上。

尽管陈岭北和他喜欢的女人柳春芽没成夫妻，但柳春芽还是絮絮叨叨地和陈岭北说起她和张团长的儿子的未来。柳春芽觉得儿子长大后必须是当官的，无论是当县长，还是当军长，都必须不输给他当过团长的爹。陈岭北对柳春芽的说法一点也不感兴趣，他把那套破旧的军装换下了，换了一身看上去明显有些小的捡来的破衣裳。他不时地抬头看着天，天上白花花的一片，偶尔有几只鸟肆无忌惮地在天空中滑过。如果日本人没有到中国来，如果他不是离开枫桥镇的裁缝铺，那么当初就算没娶成柳春芽，但至少也早就娶了镇上某户人家的女儿。当然，现在他想要娶的是寡嫂棉花。棉花是现成的。

陈岭北远远地看到了鲍三春牙医铺门口不远处牛栏花的油条摊。油锅里的油在不停地翻滚着，使这个清晨看上去有些热气腾腾的味道。牛栏花是个麻利的女人，她炸油条的样子让陈岭北眼花缭乱。那双细长的筷子，不时地在翻滚的油锅里探来探去，好像要翻拣出这个清晨所有的秘密。牛栏花明显是看到了陈岭北，她面无表情地翻了陈岭北一眼，继续炸她的油条。

牛栏花看到陈岭北和柳春芽在小桌子边上坐了下来，他们一共要了三根油条，两根是柳春芽的，因为她的肚皮里还活着一个小人。他们多么像一对回娘家的小夫妻啊，柳春芽甚至还让陈岭北伏下身来趴在她的肚皮上听小孩的胎音。陈岭北装出甜蜜的样子，把耳朵紧贴在柳春芽的肚皮上。其实他听到的是柳春芽肚皮里咕咕咕的水声，但是他还是刻意地想象成那是小张团长在肚皮里笑。这样听着的时候，他的胃里不由得开始冒酸水。他觉得这肚里的孩子本来应该是他的，但是因为柳家一头牛啃了葛老财家的青苗，所有的一切都因为张团长是张团长而改变了。怪不得柳春芽说儿子长大了，要不当县长，要不当军长。陈岭北的心里就一直悲凉着，悲凉得他的胃都难受了起来。柳春芽一直盯着陈岭北看着，说，几年过去了。

陈岭北说，是啊，我觉得我都快老了。

柳春芽说，这几年里，我只见过张团长三次。最后一次是七个月前。

陈岭北说，你跟他见不见，和我有什么关系？

柳春芽想了想说，我现在是寡妇，我很认真地问你，你还愿意娶一个寡妇吗？

陈岭北笑了，露出一排白牙说，不娶。

柳春芽的脸色阴了下去，说你是怕我带着个拖油瓶吧？

陈岭北说，不是。是因为我要娶棉花。我们家欠棉花太多了。

柳春芽说，张秋水好像中意你。

陈岭北说，我只当她是妹妹。

张秋水是国军 35 团的救护队女兵，武汉人。她爹在镇上十字街口开着一片不大不小的南货店，因为不愿嫁给一个大她一轮的木讷男人，她和同学参加了湖北青年抗敌总团，然后一起跑出来投军。一年多下来，和她一起参加 35 团救护队的七名同学，只剩下她一个了。

在陈岭北和黄灿灿带着各自的余部先后住进同一个祠堂的时候，张秋水越来越密集地把目光投向了陈岭北。因为有一回，张秋水坐在桌子的另一边，隔着鱼汤升腾的热气，望着柳春芽喝汤的样子说，我真想嫁给他。陈岭北在大冬天捕了一条巴掌大的可怜巴巴的草鱼，还弄破了脚，流了一大碗血，然后给怀了身孕的柳春芽熬了一碗浓白的鱼汤。这碗鱼汤让张秋水很想嫁给陈岭北，而陈岭北一点也没想过要娶她。

两个人说着话的时候，牛栏花突然在小桌子边上坐了下来，手里抓着一根油条往嘴里塞着，边塞边口齿不清地说着话。牛栏花说，朱大驾是堂堂国军，你不过是新四军野毛部队。上次你是不是管得太宽了？你把我家威武弄到祠堂里去算什么？

那天，老鼠山的山匪头子麻三派人把国军逃兵朱大驾从牛栏花热烘烘的被窝揪出来，扔在国军某部 35 团一营三连驻扎的戚家祠堂的天井。那时候黄灿灿躺在一口白身子空棺材里睡觉。麻三摸出用来阄猪的一把小弯刀和一截苎麻绳子，说要阄了一营三连的报务员朱大驾，因为朱大驾睡了他的相好牛栏花。

麻三还说要这批落败的国军投奔老鼠山，封黄灿灿做个二当家。毕竟女人如衣服，而兄弟如手足。牛栏花披头散发撞进祠堂来，举着菜刀指着麻三气急败坏地说，趴老娘身上的时候只会叫心肝从不叫衣服。你要是想让朱大驾死，那我陪着一起死。这个时候，牛栏花的男人戚威武抱着一杆生锈的猎枪，被陈岭北拎着后脖领推进祠堂，跌跌撞撞踉跄了几步。陈岭北逼戚威武说，他愿意放过朱大驾，因为牛栏花是戚威武的女人而不是麻三的女人。麻三冷笑了一声，盯着陈岭北说，那你让戚威武说说，牛栏花到底是他的女人还是我的女人。陈岭北大声地吼戚威武你说谁说了算。戚威武的脸一下子白了，后来闭上眼睛大吼，当然是放过他，放过他，放过他！我说放过他就是放过他！

那时候，新四军陈岭北和国军黄灿灿，这对欢喜冤家刚刚一起联手抢了和平救国军的粮食，而山匪无疑也看中了用这批粮食下锅。

陈岭北转过脸来，望着找上门来的牛栏花的大眼睛说，你是不是骨头发痒，想让我抽你？

牛栏花一下子变得兴奋起来，两眼放出猫眼睛一样的光芒，抽我，你抽我。朱大驾和麻三都不敢抽我，我们家威武就更不用说了。最好你直接把我按油锅里炸了。

陈岭北一下子愣了，他看到牛栏花脸上容光焕发，他的心里就叹了一口气。他记起远在家乡丹桂房村的寡嫂棉花的脸容，棉花太辛苦，所以脸上有了密集的皱纹。现在面前这个女人，却滋润得像灌满了浆的梨瓜，沉甸甸，只要你敢掐，你就能掐出一把水来。

柳春芽在一边看着窘迫的陈岭北，一直恶作剧地咻咻咻地笑着。柳春芽的眼睛里有了星星点点的火光，她也突然觉得，当年的小裁缝陈岭北现在怎么看都不一样了。

牛栏花后来站起了身回到油锅边上。起身以前她扭了一把陈岭北的脸说，你还敢在四明镇待着，矮脚鬼子什么时候都可能像天上掉下来一样突然出现在你面前。

柳春芽仍然在咻咻地笑着。陈岭北有些恼怒了，说小心我真抽你。

牛栏花大声地说，这世道只有我抽你，你一个大老爷们有脸抽一个女人？你等着，总有一天我还得抽你！狠狠抽你！

日军后续部队"春兵团"千田薰联队中队长船头正治准尉带着一个中队，与和平救国军夜袭队队长麻四带的一个中队的救国军一起从江桥镇出发，他们沿着漆黑的夜色向四明镇悄无声息地迈进。此前，麻四押送的粮食被人抢走了。麻四只告诉过他在老鼠山当土匪的哥哥麻三，麻三只告诉过跟他睡过觉的牛栏花，至于粮食最后怎么被人抢走，就没有人知道了。船头正治准尉获悉的消息是，抢粮食的人有可能躲在四明镇的裕德堂教堂内。

行军的路上，船头正治一直回忆着千田薰联队长在部队出发前，呈现给大家的那张阴沉的铅灰色的脸。船头正治记得，千田薰站在队列前挥了一下手，部队开始行动。千田薰目送着船头正治带队离开，直到整个中队消失在营区外的黑夜之中。千田薰十分希望自己的联队下属的所有中队，都能像划破夜空的闪电一样急促而有力。

千田薰记得那天下午他睡了一个葱茏的午觉，醒来以后看到船头正治笔直地站在他的门口。冬天的风十分清凉地拂过千田薰的面颊，他想起早晨起床刮胡子时，刮破了下巴上的皮肤。现在风一吹，让他的伤口隐隐生出夹带着清凉快感的疼痛。船头正治向他报告，所有小镇一一摸排后，发现四明镇上住着一些中国伤兵。

那天晚上船头正治带领的船头中队和救国军中队迅速向四明镇靠拢，他命令手下将这个镇的人们驱赶到几个地方集中搜查。船头正治自己和麻四各带一个小队，把一批人赶到了裕德堂门口。远远地看过去，那些夜色中游动的火把像一群鱼一样在慢慢集中靠拢，最后把裕德堂的墙壁映得通红。船头正治站在教堂门口一片开阔地上的一棵树下，如果不注意，没有人会发现像影子一样的船头正治躲在树冠的阴影中。船头正治看到了那些闪亮的刺刀，他的手下正用刺刀驱赶着从四面八方被赶来的镇民。很快这些镇民被汇聚在裕德堂门口，像一个慢慢被淤泥堆积而成的小岛。船头正治的目光越过这样的小岛，落在裕德堂墙上高大的窗盘上。这是中国传统的石窗盘，但是整个裕德堂的建筑样式却是西式的。高高的屋顶那个十字架，像是被谁举起的一把铁锹一样，凌厉地扎入天空中。船头正治知道教堂里面藏着许多闻风而逃逃过来的镇民，他笑了一下。他觉得用一座教堂来抵挡钢铁做成的枪炮，是一件十分滑稽的事。

船头正治从树冠下的阴影中走了出来。那些被刺刀圈定在裕德堂门口的镇民们一言不发，屏着呼吸连大气也不敢出。所以船头正治能清晰地听到那些火把燃烧时发出的噼啪声。船头正治的军靴一步步前行，孤独但却充满节奏，这样的声音让所有的目光都集中在他前行的军靴上。船头正治后来走到了裕德堂的大门口，轻声说，敲门。

立即有一名短腿士兵冲上前，用枪托重重地砸门。短腿士兵砸到第三下的时候，门从内向外打开了，高个子的法国传教士杜仲穿着黑色的长衫慢慢地走了出来，走到门前不远处的空地上。他用两只手梳理了一下自己的头发，然后安静地站在那儿，一言不发。船头正治绕到杜仲的面前，铁板一样的脸上泛起青灰色的笑意。

船头正治说，神父，晚上好。

杜仲说，那么晚了，你们为什么还不睡觉?

船头正治说，因为我们发现了抗日分子，他们抢走了大日本帝国的粮食。

所以不管晚不晚，我们都睡不着。

杜仲说，你们对法国太无礼了。

船头正治冷笑了一声说，给你法国一个面子，我们一定保证不破坏教堂，一定不对教堂里的人无礼，但我要找系着军用皮带的人，我要找头发上有被帽檐压过的痕迹的人。

杜仲说，我不允许。

船头正治的手一挥，立即有数名日本兵持枪进入了裕德堂。船头正治说，允不允许，得我说了算。

但是那些进入裕德堂的日本兵迅速撤了出来。其中两名日本兵倒拖着一名不停哀号的日本兵。他的后脖颈被毒壁虎咬了一口，痛得不停地在地上踢腿，仿佛是想要把天空给踢破似的。其中一名日本兵气喘吁吁地说，都搜了，里面没几个人，大部分是女人，没有中国军人！

杜仲再次一字一顿地说，不管有没有军人，进入教堂，我不允许，法国不允许！

船头正治不再说话，挥了一下手，两名日本兵迅速地将那名被毒壁虎咬伤的日本兵拖走了。船头正治满眼忧伤地跛着步走到裕德堂门口的那堆人群前，真诚地说，只要有那么一点点线索，我就不伤害大家。如果中国兵不自己走出来，那他就是在害你们。这是多么自私的人啊。

船头正治感叹着，他的目光再一次瞟向天空，仿佛担心夜色中的浮云会被一支支的火把给点着了。他的身边站着几乎没有脖子的麻四，他臃肿的身材比船头正治更像一个日本人。

这时候船头正治发现了一块门板。船头正治蹲下身去，望着门板上坐着的半截人，那就是四明镇上最著名的戚家族长戚杏花。戚杏花是个从大腿根部开始没有了双脚的叼着烟杆的小老头。三个月前，日本人像蝗虫一样围住了镇上的鸿福戏院，要他们交出经过四明镇而莫名失踪的两名日本兵，否则戏院里看戏的人就全部烧掉。

那天族长戚杏花在鬼子小头目的面前跪下求情，膝行了一丈路才到了日军小头目的面前。小头目伸出了手，淘气地扭了扭戚杏花的鼻子，然后突然拔出指挥刀，重重地砍向戚杏花的双脚。戚杏花惨叫一声，看着血泊中两条突然不再和身体连在一起的腿，孤零零地躺在一摊血中。然后他晕了过去。所以他没有看清戏院是怎么着火的。那时候在鸿福戏院看戏的八十六人一个也没能活下来。戚杏花醒来的时候，只看到床上白布包着的两条大腿根，以及自己尚在人间的半截身子。他先是静默了一个下午，这半天的时光里他主要回顾了一下他迈开双腿大步奔走的年华。在黄昏来临，斜阳探进他家窗棂的时候他正式开始号啕大哭。他一共哭了三天三夜，然后他觉得他的半条命留在世上只有一件事要做，就是杀鬼子。

船头正治的手伸出去，抓住了戚杏花花白的山羊胡子说，你是谁？

戚杏花干咳了一声说，我是戚杏花，人称戚四爷，在四明镇的戚家中辈分最高。

船头正治没有理会戚杏花，而是认真地数起了胡须。他一共数了十根胡须，然后用力一扯，胡子被生生地拔离了戚杏花的下巴。戚杏花来不及惨叫，就发现那胡须躺在船头正治的手心里，横亘在离自己鼻尖前没多远的地方。船头正治轻轻一吹，那几根白色的胡须飘了起来，摇摇摆摆落在地上。

戚杏花气得整个人像筛子一样抖起来。船头正治轻轻地一推戚杏花，戚杏花的半截身子就整个仰倒在门板上。此刻他眼里装满了黑色的天空，天空中还燃烧着火的颜色。他不由得长叹一声。

船头正治的目光环视着被围着的众人说，没有人愿意站出来吗？

仍然没有人站出来。船头正治让人拖出了几个男人，他们被迅速绑成了一串，像小孩从野地里抓回来的用稻草穿着的蚂蚱。船头正治挥了一下手，立即有几把刺刀扎向那些被捆成一串的蚂蚱。噗噗的声音里，血水像一条条小河一样喷出来，那些腥味随即在裕德堂门口飘荡起来。最后一名年轻的男人还没有被刺死，船头正治拔出了东洋刀，刀尖就顶在年轻人的脖子上。

这时候一个尖厉的声音响了起来。裕德堂的黑色门洞里，吐出了一个年轻得像粉藕一般的女子。她穿着绿色衣衫，像一只凌空的燕子一般飞向年轻人，一把将年轻人紧紧抱在怀里。国生，她说，国生。她不停地喘着气，两手抱着年轻人的脸，目光慌乱地四处闪烁。船头正治笑了，他觉得这个女人一定是不知道该怎么办了，才会有兔子在林中逃逸时的慌乱的眼神。他温和地笑了，走到年轻女子的身边说，不要怕，要不你陪大日本帝国的军人睡一觉吧。

年轻女子没有听清楚，睁着一双惊惶的眼问，你说什么？

船头正治的声音加大了，他大声地说，你陪大日本帝国的军人睡觉！

　　　　　　　　　　　"新生代军旅作家"面面观 ▏

立即有五名日本兵上前，将年轻女人像拔起一棵草一样，从那名年轻人身边拔走了。年轻男人大吼起来，因为吼得太响的缘故，他的喉咙里竟然突然失声，发出了啊啊啊的声音。

陈岭北站在裕德堂大厅的人群中，他记得没多久以前，他还和柳春芽像无所事事的闲人在四明镇上清冷的夜色中晃荡，这让他想起了多年前他和柳春芽最甜蜜的时光。陈岭北从裁缝铺里出来，总会带上镇东头王麻子烧饼，或者萝卜煎饼，用油黄纸包着站在高升戏院的门口等着散场。柳春芽从戏院里出来，会接过烧饼边吃边和陈岭北走那条不长的街道。他们把一条街不厌其烦地踩来踩去，好像这是世界上最重要的事。后来，柳春芽嫁给了张团长，张团长带着部队开拔了，柳春芽每年都会去张团长驻防的地方看望张团长……

陈岭北很想和柳春芽在四明镇上一直这样晃荡下去，但是他听到了嘈杂的声音，看到慌乱奔逃的人群。陈岭北拉着柳春芽混进了人群中，瞬间就不见了。他们随着人流，糊里糊涂地进入了裕德堂。陈岭北就想，裕德堂大概就是镇民们认为最安全的地方。

陈岭北听到屋外传来的惨叫。他知道裕德堂外发生了什么事，他觉得这好像比战争还要残酷。陈岭北想了想，对身边的柳春芽说，我必须出去了。我只能对不住棉花了，我还没有娶她。我们陈家实在是对不起她。

柳春芽沉着一张脸说，你不许出去！你要出去我跟你拼命！

陈岭北说，你要跟我拼命，我也不能让那么多人丢命！

柳春芽手里突然多了一个纳鞋底的铁钻头，她用钻头对准了自己的肚皮说，你要是敢出去，我现在就把我肚皮里的孩子扎死！

陈岭北无奈地叹了口气。他的后面站着戚威武和牛栏花。戚威武不停地哆嗦着，整个身子要软下去的时候，被牛栏花拎住后脖颈一把提了起来。牛栏花说，给我站直了！站不直我敲断你的腿。

戚威武轻声说，你瞎三话四，谁说我站不直？你看，你看我站得比谁都直。

牛栏花没有理他。她紧紧地挨在陈岭北的身边，呼出的气息不时地落在陈岭北的脖子上。陈岭北回头看了牛栏花一眼，牛栏花瞪着眼说，不许乱看！

陈岭北没有说话。他的目光望向裕德堂外，他看到了船头正治托起年轻男人的下巴，对麻四说，让你的人拖着他去看看他的相好是怎么陪帝国军人睡觉的。

麻四大声地说，嗨咿。

麻四认为自己的发音已经很像日本人了。他有一个理想，等打完了仗，他想搬到日本去享福。麻四挥了一下手，立即有两名和平救国军的士兵拖起了年轻的男人。

杜仲站在裕德堂的门口，依然一动不动地像一枚黑色的钉子一样钉在大地。他的衣角和头发被冬天的风吹起，让他感到了这个冬天的寒意。杜仲的目光望向那棵树下，那棵树下五名日本兵已经剥去了年轻女子的衣衫，在夜色里，女子呈现出一种朦胧的月亮一般的白净。她的惨叫声响起来，与此同时，年轻男人大叫一声咬断了自己的舌头。

裕德堂里混杂在人群中的陈岭北说，我得出去，春芽你不要再拦着我。

柳春芽说，就算我不拦着你，他们也会杀人。你别做梦了，你以为你很重要？

陈岭北的手按在腰间的毛瑟手枪上，一咬牙说，不管了。

柳春芽突然伸手，一把捉住了陈岭北的手。柳春芽就这样紧紧地抓着陈岭北的手，像多年以前一样，紧紧抓着陈岭北的手，一起去爬枫桥镇边上的钟瑛山，一起去枫溪江上的空地上摘桑子。陈岭北反过来捉住了柳春芽的手，紧紧地握着，生怕柳春芽的手会像一只鸟一样飞走。

陈岭北想了想，最后还是咬了咬牙说，我不能让镇上的人就这么死了。就在这时候，突然一棍子呼啸着过来，陈岭北的头上重重地挨了一记，随即晕倒在地。牛栏花扔掉了手中的那根木头门闩说，真是个没用的东西，送死谁不会？我早就说了，我总有一天会狠狠抽你！

也就在这时候，裕德堂外的那棵树边几把刺刀同时扎进了年轻男人的胸膛，噗噗噗的声音响起来。年轻男人的身上像是突然被打开了许多开关一样，四面八方地喷出血来。很快他像一只被放了气的皮球，软塌塌地倒在地上。那个正被日本兵压在身下的年轻女子在不停地扭动和挣扎着，她的裤子就落在小腿肚的地方。她显然是看到了这一幕，仿佛是疯了一般地大叫大喊起来。她说快来，快来干我，都来干我吧！

年轻女子后来唱起了歌，她唱那首叫茉莉花的民歌，她唱好一朵美丽的茉莉花，然后她咯咯咯地笑起来，像一只刚下了蛋的年轻母鸡。所有的人都没有说话，所有的人都觉得空气一下子在这寒冷的日子里结成了冰。杜仲闭着眼睛，不停地画着十字。他突然开始想念法国的家乡。他的家乡是一座叫安纳西的小镇。

戚杏花的半截身子挣扎着在门板上坐了起来，他开始大喊，他老迈却又中气实足的声音在这静寥的夜里传出去很远。借着火把的光线，可以看到戚杏花的唾沫四溅着。戚杏花说，不管国军还是共军抢粮，和我们老百姓没有关系。你们不是要大东亚共荣吗？你们撒谎，你们简直连畜生都不如……

戚杏花捶胸顿足，激动得整张脸都涨红了。船头正治笑了，走到戚杏花的身边，突然飞起一脚。戚杏花像一个长方形的皮球被踢了起来，重重地落在门板外的空地上。一名抬门板的男人上前去扶戚杏花，船头正治的东洋刀一刀穿透了男人的脖子。船头正治又抬起一脚，男人的身体离开刀身，重重地栽倒在地上。

戚杏花在地上用两只手撑着爬起来，他嘴角流出了一汪血，白色的胡子上像桃花一样沾满了一朵朵的红。他开始在地上爬，爬到一块手掌大般的鹅卵石边上时，举起石头就要往自己头上砸，一边砸一边大声地叫，祖宗啊。

麻四突然一脚踩在戚杏花的手上。那块石头从戚杏花的手中掉落，麻四用脚把那块石头移开了。麻四说，你要寻死，皇军会不高兴的。

皇军果然是不高兴的。船头正治让麻四把戚杏花的上半截身子吊了起来，吊在那棵树上。船头正治走到树下，抬眼望着戚杏花，就像望着一块风中的腊肉。船头正治笑了，说，死比活着难多了。

戚杏花面无表情，他的嘴角仍然在不停地淌着黏稠的血，面条一般地穿透黑夜掉落在地面上。他的目光仿佛可以看到很远的地方，他好像看到了自己当初年轻的妻子，挑着一担水从一棵开得很艳的桃树边走过。水桶里是清冽的在阳光下晃荡着波纹的水。妻子笑了一下，挑着担子越走越远。那是他多年不见的亡妻。他看到亡妻的辫子依然乌黑，在腰上像两根黑色的麻绳。戚杏花的心里绝望地哀号了一声，说，祖宗啊。

他想起了遥远年代的祖宗戚继光。

这个嘈杂的夜晚，船头正治和麻四一无所获。冷风一阵阵吹来，缩头缩脑的麻四抬头望着环抱着四明镇的四面的山。他望向那些黑黝黝的山的深处，仿佛要把整个黑夜望穿。风一阵一阵吹来，他把本来就很短的脖子缩了又缩，最后他轻声说，他们会藏在哪儿呢？

这时候，麻四因为押送粮食不力而被千田薰割掉的那只耳朵的部位，不由自主地疼了一下，像被蚂蚁咬了一口。

2

这是一处藏得很深的山。山上高高低低错落有致地造了一批低矮的黄泥屋，看过去触目惊心地黄了一片。黄泥屋的房前屋后还种了许多的桃，只要三月来临，这桃花的粉红和这泥墙的深黄交织成一片，让人会觉得这是一幅绝美的画。远处还有大树掩映，山泉不经意地流过角角落落，山风随便地吹，这些老鼠山上的强盗可以随便地在风中昏昏欲睡。只有所谓的聚义厅，是由一间老旧的、扎红披绿的海角寺改造的。麻三觉得聚义厅不能是黄泥屋。

陈岭北和柳春芽被围在裕德堂里的时候，黄灿灿和麻三就站在聚义厅的门口，远远地望着镇上四五处密集的火把。他们在门口空地上支一张桌子喝同山烧，那是一种烧刀子酒，喝个三两就能把人给烧起来，让人像一支一点就着的蜡烛一样。

麻三说，闲着也是闲着，等天亮了咱们去干一票。

黄灿灿斜了麻三一眼说，这种见不得人的勾当，不是天黑才干吗？

麻三生气了。麻三说，老子偏要白天去偷，去抢，去放火杀人！

黄灿灿说，那你简直就是日本人了。

麻三大着嗓门喊，你太看得起我了，我觉得我连日本人都不如。日本人会给你一个痛快，我连痛快也给不了你。

黄灿灿望着四明镇上的火把在渐渐移动的过程中熄灭，最后这五个火把阵合在一处的时候，火把差不多燃尽了。最后一支火把熄灭的时候，天色开始亮堂。黄灿灿和麻三就坐在聚义厅门口空地上的一堆暗淡的光线里。山风清凉，植物的气息扑鼻而来，让黄灿灿感到从未有过的清新。麻三不耐烦了，说，你到底干不干？

黄灿灿说，干！

麻三笑了，说，我知道你会干。那个姓陈的傻瓜才不会。

麻三的话让黄灿灿心里不是滋味，但他还是认了。麻三的眼睛毒得像蛇，他看准了黄灿灿是个愿意去偷去抢的人。那天麻三带了二十个人，黄灿灿带了十个伤兵。他们一共抢了八匹布、三坛封缸酒，和一个叫小碗的女人。黄灿灿第一次像山匪一样抢东西，这让他无比兴奋。他往小碗家小院一站的时候，感到那屋子都会被他的脚步给震塌了。小碗低垂着脸，站在角落里，眼角的余光能看到黄灿灿穿着的积满灰尘的鞋子，那鞋子在她的面前站住了，然后冰凉的手枪的枪管托起了她的下巴。

抬头，黄灿灿说。

黄灿灿的话很轻，但是分量重。小碗马上抬起眼睛，她看到了一个胡子拉碴，长得有点儿难看的黄灿灿。长官，小碗轻声叫。她知道这个人肯定是官。

黄灿灿笑了，咧开嘴拉过一张椅子坐了下来说，你是谁？

小碗说，我是刚过门的姨太太。

黄灿灿说，那你男人是谁？

小碗把目光投向了不远处站在门角的一个七十多岁的老头。老头的老鼠眼躲躲闪闪，他的头勾着，看上去十分阴险。黄灿灿不太喜欢这个老头，所以他迈着八字脚向老头走去，拍拍老头的肩说，老爷子您高寿？

老头张开一张空洞的仅剩一颗门牙的嘴巴说，老夫今年七十有二。

黄灿灿一脚就将老头踹倒在地说，七十二你还娶那一个像花一样的女人当姨太太？你这不是谋害人家吗？

老头倒在地上直喘气说，我毛病多，娶进来就为冲个喜。

黄灿灿说，娘希匹的，这个女人没收了。

这时候日本兵刚刚从四明镇回到驻扎地江桥镇。他们迈着整齐的短腿，穿过一片田野和几座村庄。他们没有抓到一个国军和新四军。这时候陈岭北和柳春芽继续出现在四明镇的街头，他们越来越像一对夫妻了，甚至柳春芽有好几次在过路口和避让大车的时候，还拉住陈岭北的手。拉着手的时候，让陈岭北想起了老家枫桥镇的黄昏。那时候他们总是在镇边上的枫溪江边，把夕阳踩得七零八落的。时间像流水一样过去，他捏着柳春芽的手，抚摸着那绵软与丰腴的皮肉，觉得生活如此真实。陈岭北希望他们一路这样走下去，手挽着手不要停下来。现在他们穿过了狭窄的街道，拐过松林庵门口那株十分贫瘠的楝树后，陈岭北看到了远远的松树摇曳着的老鼠山。

他们向老鼠山走去，像走向许多未知的冬天的秘密。

山神王二坐在海角寺的尊位上一动不动。他已经这样坐了几十年了，一直坐到海角寺越来越破败。屋顶的瓦片掉下了一溜，露出触目惊心的一片白亮。下雨天的时候，山神王二能看到那块明亮的地方雨阵密布，一会儿庙里就湿了一大片。山神王二想到这些的时候，心里就不太高兴。但是比起隆隆的炮声来，这儿有点儿乱世安稳的味道。

山神王二突然渴望现世安稳。其实这附近方圆的百姓只知道这是本地山神，并不知道这尊泥塑的神仙叫王二。王二就感到非常不满，他突然觉得那些善男信女除了要些平安升官发财以外，什么都不愿去求。山神王二为此伤神，不由自主摇头的时候，他的眼睛仿佛亮了一下。他看到小碗穿着红袄，走进了山神庙。海角寺庙堂里的光线一下子就亮堂起来。

山神王二看到小碗坐在一张小凳上，安静得像一株五月成熟的小麦。如果不是风吹一下，这小麦一直会纹丝不动。她的两条腿紧紧地靠在一起侧着身子坐着，眉眼低垂一言不发，看上去她就像是小户人家的女儿。黄灿灿和麻三坐在不远处，他们的目光一直停留在小碗的身上。庙堂里十分安静，仿佛没有一丝生机。一只老鼠怯生生地从香案下钻出脑袋，一会儿又断然地抽身离去了。黄灿灿和麻三对视了一眼，仿佛心有灵犀一般，他们都伸出手并且将那脏手举了起来开始划拳。他们唾沫横飞，五魁首八匹马六六大顺四季发财……山神王二心里一声大笑，他觉得整座庙堂变得生动起来了。

山神王二看到麻三仿佛是赢了。麻三走到了小碗的身边，用食指弯成一个七字形，将小碗的下巴给钩了起来。麻三说，从今天起这老鼠山方圆几十里全是你的。

小碗抬起了头，她看到了山神王二身上的彩绘已经剥落了，仿佛风烛残年的味道。小碗说，为什么这几十里地全是我的。

麻三说，因为你是我的压寨夫人。

小碗说，我不是。

麻三笑了，把那七字形的手指头放了下来说，我说了算。

陈岭北和柳春芽就在这时穿过了海角寺门口一大片山匪、伤兵组成的人墙，迈进了海角寺的庙堂。陈岭北看到麻三得意洋洋的神情，麻三的八字胡子

　　　　　　　　　"新生代军旅作家"面面观 |

抖动了一下说，兄弟，恭喜你，你有嫂子了。

陈岭北愣了一下。黄灿灿斜了陈岭北一眼说，幸好你还能把小命留着，你不是说和日本人打完仗要找我好好打一架吗？

陈岭北说，打完仗我直接把你的皮剥了。

这两名从小一块儿在丹桂房村长大的邻居有一场约定了许多年的打架。因为一块巴掌大的宅基地，陈岭北的哥哥断了黄灿灿的哥哥一只手，接着黄灿灿打了陈岭北的哥哥一拳，然后陈岭北的哥哥撞上石头而死，最后黄灿灿带着哥哥的儿子在逃祸的途中被抓了壮丁，侄子小狗战死在虎扑岭。陈岭北记住了他得要回黄灿灿的命替哥哥报仇，而黄灿灿也记住了侄子小狗因陈家而死。

陈岭北花了一支香的功夫弄清了小碗的来路。陈岭北看了柳春芽一眼，柳春芽把目光抛向了海角寺外的空地上。陈岭北突然干笑了一声说，这人不能当压寨夫人，因为她长得太像我死去很多年的姐姐了。你们要是不信，问柳春芽就晓得了。

麻三说，军师呢，军师会说话，让军师说。

麻三的话音刚落，军师陈欢庆就走进了海角寺的庙堂。陈欢庆一直站在门口不远处，陈欢庆说，尔姐亡故多年，有何证据证明？柳春芽是尔同村，她的话如何保证不偏向尔？即便尔所言是实，尔有亡姐乃尔家之事，大当家娶压寨夫人与你没有一根鸟毛之关系耳！

陈岭北的胃里泛起了一阵阵的酸水。他觉得陈欢庆的话能把他整个都酸死。他的腮帮子里泉水一样地涌起了一股水。陈岭北看了黄灿灿一眼说，你就忍心一个黄花大闺女当什么压寨夫人？

黄灿灿说，女人如衣服，兄弟如手足。你们要是再争，就会伤了兄弟的手足。你们伤手足，不如把这件衣服让给我。

麻三想了想，说，好。

陈岭北的眼转向黄灿灿，说，要是人家自愿，她可以是你的；要是不愿意，我的毛瑟手枪不答应。

陈岭北边说边拔出了毛瑟手枪。黄灿灿冷笑了一声，就你有毛瑟手枪？咱们35团的装备不知道比你强多少倍。就算那黑胖子输给了你，可是喂黑胖子的机枪子弹还在咱们手上。

黄灿灿边说边从腰间拔出了手枪，想了想又把手枪插了回去说，对付你这样的土鳖，我懒得拔枪。

这时候小碗突然在陈岭北面前跪了下来，说我叫小碗。我小时候是被一小碗饭救活的，从此就叫了小碗。我看出你是好人，就算我只是一件衣服，你能不能收下这件衣服。

黄灿灿说，你要了这个女人也行。我怎么着也是和你光屁股长大的兄弟，你千万别自己惦着你家那嫂子棉花，还不许人家要这女人。你这是想饿死咱们？你说吧，要不要？

陈岭北想了好久。他抬起头看了看山神王二，山神王二叹了口气，他一直看着小碗，他觉得小碗就像一棵葱一样又青又白，正是当年。王二看到陈岭北把毛瑟手枪收了回去，咬着牙说，要！

没有人注意到张秋水。但是山神王二还是看到张秋水背过身去流泪了。王二仿佛悟到了什么，他终于明白人间的男人和女人的事像一团麻一样，有解也解不开的结。这时候小号兵蝈蝈却在心里却欢叫了一声。

柳春芽在不远处望着陈岭北。目光像一根绳子一样，把她牵到了陈岭北的面前。柳春芽看到陈岭北的衣领翘起了一只角，她十分细心地把那个角压平。然后她的眼角浮起微笑，像一朵轻微开放的粉红色晏饭花一样。柳春芽肚子里的娃好像是踢了她一脚，这让她的身子微微颤动起来。柳春芽对陈岭北说，像个男人的样子了。

香河正男一直躲在大殿的角落里，用一双阴沉的眼睛张望着这儿发生的一切。

香河正男常常会打开身上的慰问袋，这是从大日本皇军陆军恤兵部转来的。慰问袋像一间小型的仓库，有笔记本，有糖果，有针钱，有加级鱼肉松，还有蚕豆、信纸、兜裆布、剃刀、肥皂、明星照片，以及一封慰问信，还有一双毛线织起来的手套。香河正男看到手套的时候，心里想的是一个姑娘跪坐在地板上织手套的背影。这样的一个背影让他有点儿想家，他知道自己一定是在这个绵长的黄昏想念故乡了。

后来他拆开了慰问信。他看到了信纸上看上去有些娟秀而且比较弱不禁风的文字。信中说，我是植子，我十六岁。植子说，我爱你，日本军勇士。中国首都南京终于被我们占领……植子还说，我想我应该高兴。可是我高兴不起来……可是，被斩杀的那些支那人，他们有死罪吗？

香河正男知道那个押解他的傻乎乎的队长陈岭北突然之间有了一个叫小碗的女人。这让他想起了青涩的植子。植子在慰问袋里的信中说，尽管我只有十六岁，但学校还是动员我参加了大日本妇女会。妇女会的同仁在一起写慰问信，寄慰问袋，还缝制千人针。你一定知道的吧，千人针就是由一千个人每人一针缝起来的祈求武运长久的吉祥布。对，武运长久是我们的心愿，但我一点也不希望这建立在对别国的杀戮上。最爱我的哥哥是名军人，他狂热地投身到征战支那的战争中。他战死了，消失得像能被风吹散的灰，可是有谁会来赔我一个心爱的哥哥？我和妇女会的同仁一起，在港口和车站迎接归来的军人，送别前往支那参战的军人，迎来送往之中，我也给他们倒茶送水，但是你知道吗？我心里充满着的是无尽的酸楚……

那天晚上，香河正男又被关进一间狭小的屋子。他在小窗口漏下来的月光里，把植子的那封厚厚的信又看了一遍。窗口晃动着小浦东持枪看守的身影，像是一张剪纸作品。这张剪纸在月光底下来回走动，那银白的光就披在他的身上，更添了一份寒意。这是中国四明镇的冬天，香河正男跺了跺脚，呵着热气给自己的手取暖。呵气的时候香河正男笑了，他想这个植子会是个什么样的人，她一定爱笑，说不定有一只小虎牙。香河正男又想，陈岭北这会儿和小碗在做什么，他突然替陈岭北担心起来，觉得这样的夜晚，陈岭北一定是个手足无措的男人。

植子，这个中国冬天的夜晚多么美好呀，很久没有看到那么圆的月亮了。我真想回家。

3

陈岭北和小碗面对面地坐着，好像要进行一场谈判似的。两人一言不发，其实小碗一直在等待陈岭北开口。陈岭北没有开口，他看到门口站了一个撑着黑色雨伞的人，雨伞下面是穿着黑色衣服的爷爷陈大有。陈大有用威严的目光望着陈岭北，好久以后他的这神情稍稍舒缓，他有些伤感地说，今年家里的收成不是很好。这让陈岭北有些诧异，原来爷爷陈大有虽然死去多年，但是一直放心不下家里的收成。然后陈岭北听到了陈大有的第二句话，陈大有无奈而忧伤地说，我看你还是回家吧。你嫂子苦啊。

然后陈大有慢慢地消失了，他转过身去慢慢离去，只留给陈岭北一个瘦削的背影。陈岭北没有站起身来，他看到陈大有在黑夜之中消失。陈岭北说，我爷爷陈大有刚才来过了。

小碗愣了。小碗想了一下，不由得倒吸了一口凉气。小碗本来想问陈岭北一些什么的，但是小碗看到陈岭北好像有点儿心事重重，于是小碗说，睡吧。

陈岭北说，我一点也不困。

小碗说，睡吧。

陈岭北说，我老家丹桂房有风俗，成婚一年后才能同房。再说今天咱们也不能算是成婚，成婚要放炮仗吹欢喜唢呐。

小碗不再说话了，她坐在一张木板床的床沿，眼泪无声地流了下来。陈岭北借着大把大把投进窗子的月光，看到小碗的两条眼泪，像是崎岖的河流趴在小碗的脸上。陈岭北的心里就痛了一下，他觉得小碗十分像自己已经死去多年的最小的那个妹妹。

小碗后来又说，睡吧。

陈岭北叹了一口气，他起身走到小碗的身边，在小碗边上坐了下来。小碗的手小心地伸过去，那缓慢爬行的手指头触到了陈岭北衣服上的扣子时，陈岭北突然说，还是我帮你把衣服补一下吧。我是裁缝。

小碗这时候才发现自己身上的那件红色的罩衫破了，袖口被扯出一道大口子。陈岭北从身上摸出针线包，麻利地穿针引线，替小碗把袖口的那道口子给缝了起来。他伸出嘴去咬断线头的时候，抬眼看到了小碗湿漉而火辣的眼神。陈岭北迟疑了一下，收起自己的针线包说，你睡吧。

小碗看到了照进屋子里的满地零碎的月光，那清冷的银白，像刚刚铺在地上的一层秋霜，透出一种冷冷的美意。小碗把两条腿拘谨地并放在一起，两只手再放在了腿上轻轻压着，仿佛是生怕两条腿会生出翅膀飞走一样。她长长地叹了口气，看到摇晃着火苗的马灯啪的一声爆起了一个灯花。

小碗想，夜晚真长。

小碗醒来的时候，看到自己穿着厚衣服躺在板床上，陈岭北趴在桌上睡着了。小碗拿了一件旧衣轻轻地盖在陈岭北的身上，然后她坐回床边，像一尊观音菩萨一样安静地坐着。黑夜还没有过去，窗外还有着浓重的漆黑。小碗觉得那黑色会如水一般漫到屋子里来，将她和陈岭北一起吞没。小碗从此没有再睡过去，而是远远地看着那个趴在桌上睡相有些难看的陈岭北。这个穿着土布军服，样子看上去中等身材但是却有点儿显老的男人，给人一种踏实的感觉。

小碗现在最需要的就是踏实。

等待天光泛白的过程显得无比漫长。在很长的时间后，小碗终于看到从窗口像水一样流进来冬天黎明的微光。人声渐渐开始变得嘈杂，人声中还夹杂着猪的叫声。小碗打开了门。一群光线迅速地把她包围了起来，像在她身上涂上了一层透明的蜡。小碗笑了，看到不远处海棠单腿跪在一堆晨光里。海棠是重机枪手蒋大个子用五块大洋，从春花院里赎出来的一个比他年长好几岁的大脸盘女人。但现在海棠的手里竟然握着一把略略弯曲的锋利的刀子，一头瘦骨嶙峋的猪被她的膝盖紧紧地跪压着。瘦猪发出无力的哀叫声，那声音显得刺耳而且绵长，仿佛它已经知道这是它最后的时刻。海棠握着短刀，咧着嘴笑，大声地说，新嫂子今天给你吃肉喝汤，明年生个胖小子。

一个白净得像一名读书人的伙夫，帮海棠按着瘦猪那两条激烈蹬踏着的后腿。他是山上做饭的，据说他以前是四明镇上来福饭馆掌勺的大师傅。麻三去吃了一回"滚绣球"和"三鲜面"，就爱上了他的手艺。结果是他被绑上了山，被麻三按比较西式的叫法任命为老鼠山厨师长。厨师长的额头上沁出了细密的汗珠，他一直不明白，这个抽烟杆穿红袄的女人为什么对杀猪有那么大的兴趣。

海棠的刀子划开了清晨的空气，终于一刀扎入瘦猪的喉咙。喉咙里喷出一道细小的血线，猪又挣扎了几下，越是挣扎那血线就越是往外激荡着往外涌。一会儿血渐渐少了，在地上像地图一样红了一片。瘦猪终于安静了下来，像一个孩子选择在午后午睡。小碗不知道这猪是海棠伙同几个山匪，从山下一户农户那儿偷来的。看上去海棠很兴奋，她把刀子钉在了地上。刀身晃荡了一下，然后海棠仰起头，对着一片刚刚飘过的云朵干笑了三声。

小碗把自己的身子斜靠在门框上，摸出一把断了齿的桃木梳梳起了乌亮的头发。她看到柳春芽站在不远的人群后，眯着一双眼睛朝着小碗笑。柳春芽的目光中含了无数的内容，仿佛是有好多话要同小碗讲。这时候张秋水红着眼睛从不远处的伙房移着双脚过来了，双手捧着一只海碗。海碗里是她亲手做的蛋花汤。她害怕蛋花汤洒出来,所以走得特别缓慢。她把碗端到了小碗面前笑了,说在我老家有风俗,哥哥大喜,做妹妹的要给哥嫂敬一碗蛋花汤。

小碗犹豫了一下。这时候陈岭北出现在小碗的身后,他侧着身子从小碗边上挤出了门框,然后接过张秋水手中的海碗。陈岭北喝了一口蛋花汤,目光在众人面前闪过,最后落在了黄灿灿身上。黄灿灿和麻三竟然像两个十六七岁未谙世事的愣头青一样,勾肩搭背地晃荡着走过来。黄灿灿不怀好意地盯着陈岭北看,突然大笑起来。笑着笑着黄灿灿脸一沉说,千万别说我们对你不够好,你的女人可是我们送给你的。

小碗刚好把头发梳完,她编起了一只麻花辫。用红头绳扎好辫子的时候,她的大眼睛忽闪了陈岭北一下。她突然觉得她和陈岭北之间,怎么也不像是成了一家子。海棠和张秋水杀猪敬蛋花汤,都和她没有多大的关系。小碗扭转了身子,走进了屋子里。她身后门外的一大片白光里,陈岭北像一头孤狼一样,盯着麻三和黄灿灿,以及一眼望不到头的连绵的青山。

4

黄灿灿要带人离开老鼠山的前夜,狠狠地在山上醉了一回。国军的伤兵基本上好得差不多了,连手臂骨头碎得一塌糊涂的蝈蝈,也能抬起手来四处夸张地甩动。他那个难看的刀疤,像黑色的蚯蚓一样盘踞在手臂上。所以前一天晚上,黄灿灿用麻三的酒把自己灌成了一只活着的酒坛。蝈蝈坐在遥远的角落里小口地吃饭,张秋水不时给蝈蝈夹菜。在张秋水眼里,这个弟弟正在不断地长大成人,明显地他的裤管已经短了一截,说明他正像雨后的毛笋一样在往上蹿。蝈蝈看到黄灿灿不停地搂着麻三的肩膀,他摇晃着麻三,像是摇一棵树上的果子一样。麻三胸前用苎麻线串挂着的口琴在不停地晃荡,麻三就一把按住了口琴说,你想把我摇死吗?

黄灿灿停止了摇动麻三。在巨大的布满板桌的伙房里,黄灿灿迈着他的八字脚醉步踉跄地走到了陈岭北面前。黄灿灿手里还拎着一瓶酒,他不时地往嘴里灌一口酒,喷着酒气和陈岭北说话。他说看来我得先走一步了。我在丹桂房等你,你不是要找我算账吗?

陈岭北看了一眼闷头舀汤吃饭的柳春芽说，她走不走？

黄灿灿说，她不是你的人。她是咱们35团张团长的人。她当然得跟咱们国军走。

陈岭北的目光探询地望向了柳春芽，柳春芽望了陈岭北身边坐着的小碗一眼说，我跟他们走。

张秋水也望了小碗一眼说，我也跟他们走。

不远处海棠大概是喝醉了，挥舞着一双肥厚的手在和人划拳。蒋大个子不停地皱着眉头，他十分不喜欢海棠和所有人都像五百年前的亲家似的，而冷落了自己这个把她从春花院赎出来的人。蒋大个子突然吼了一声，说别划拳了。划他妈的什么混蛋拳。

海棠的手这时候正好高高举起，她正在为出三根还是出四根手指而愁肠百结，听到蒋大个子的吼声她的手顺势就扇了过去。一记清脆的耳光拍在蒋大个子脸上，蒋大个子恼了，猛地揪起了海棠，把海棠高高举过了头顶。陈岭北走了过去，走到蒋大个子面前说，你花钱把她从妓院赎出来，然后摔死她。你是不是想做亏本买卖？

海棠却一点也不慌，而是把烟杆叼在了嘴上，猛地吸了一口，朝天喷出一口烟来。海棠说，有种你把老娘扔出去。

蒋大个子的脸一下子挂不住了。陈岭北笑了，伸出手去托举海棠，脸贴着蒋大个子的脸，看了一眼左右轻声说，别听她胡说。她又不是棉花做的，摔不坏。摔坏了她也是你女人，你得照顾她一辈子。你说你亏不亏？来，松手。

蒋大个子大声地说，好，今天老子给新四军陈队长一个面子，大人不计小人过，好男不跟女斗，饶了你这个婆娘。

陈岭北接下了海棠。海棠在陈岭北面前站定了，不慌不忙地喷一口烟在陈岭北的脸上说，等到不打仗了，你一定要再开裁缝铺。我请你给我量身定做一身旗袍。

那天晚上黄灿灿忽然有些伤感起来，他看到这座被酒气笼罩的山上，他的好多兄弟们都已经喝醉了。黄灿灿拎着酒瓶，摇摇晃晃找了一块大石头坐下来，一个银盘一样的大月亮就被他顶在头顶上。风一阵一阵地吹着，月色让黄灿灿看上去有了那种萧条的气息。陈岭北坐在了他的身边，陈岭北说，这一回你要等我很久，我得先把那日本小鬼子送到南通，还得坐满三天的禁闭，然后再回丹桂房。这兵荒马乱的，不知道猴年马月才能到。

黄灿灿大着舌头说，你放心，我等着你。我先替你打一把好刀。我替自己也打一把。到时候看谁能劈了谁。

陈岭北说，等劈了你我再娶我嫂子棉花。不然先娶了人家，被你劈了，那她又当一回寡妇。她不值。

黄灿灿说，你娶了小碗你还想娶棉花，你真是吃着碗里看着锅里，你想得美！

陈岭北说，我当她妹妹，我没有碰过她。

黄灿灿吼了起来，她哪点配不上你？

陈岭北说，是我配不上她。

很长时间的沉默。寒意从四面八方向陈岭北和黄灿灿赶来，像一条条细小的虫子直接钻进他们的皮肉和骨头。后来黄灿灿打破了沉默，尽管语无伦次，但还是把想说的话让陈岭北给听明白了。黄灿灿的意思是35团一路走一路回家，他和柳春芽到丹桂房以后，大部分人都得继续走。那个张秋水是武汉的，蝈蝈是杭州的，不知道他们能不能得了家。

陈岭北不再说话。两个人就坐在一堆月光的影子里，渐渐地坐成了冰凉的石头。陈岭北突然慢慢地把身子仰了下去，头枕在自己的手上，仰望着老鼠山上的月亮。恍惚中，他在月亮里看到了正在洗衣裳的棉花。一会儿，他听到咕咚一声，黄灿灿从大石头上滚落下来。他手中拎着的酒瓶砸破了，酒气就在夜色中升腾，像一个无形的妖怪。

5

从白茫茫的一片到渐渐明朗清晰，一个热闹的上午慢慢地呈现在山神王二的面前。海角寺的庙门敞开着，顺着他的目光可以看到空地上集合了35团的那些伤兵。海棠、张秋水和柳春芽像大小不一的垂柳，随意地生长在这些伤兵的周围。陈岭北和他的新四军兄弟们则站在一侧远远地观望。新四军还有几位伤员的伤没有养好，他们暂时走不了。香河正男站在王木头身后，透过王木头头发稀疏的脑瓜，远远地看着黄灿灿和所有的国军士兵。他们的脸都涨红了，仿佛是昨夜喝下的酒还没有消退。香河正男知道，主要是他们能回家了，能回家所以他们每个人无比亢奋。香河正男冷笑了一声，他觉得这些人想回家是想发疯了。

香河正男还想到了大日本皇军密布在路上的枪口，泻出的子弹会像是一场雨一样密得连风也不能钻过。这时候他看到麻三披着一件军大衣歪歪扭扭地在冬天的阳光底下走了过来，他手里捧着一只碗，大口地喝着一碗玉米糊。他喝玉米糊的时候，声音很响亮，那热气就在他面前盘旋着，远远看去他的脸变得有些模糊。喝完玉米糊麻三把空碗塞在了身边的便宜手里，打了一个饱嗝大声说，黄连长，你连山神也不打个招呼就想走了吗。

山神王二听到这里露出了得意的神色，他端坐在木架子搭成的神位上，看到迈着八字脚的黄灿灿走到了他跟着。黄灿灿一下一下地拍着王二的脚说，山神啊山神，老子这就要走了，你要保佑我走得顺顺当当，路上千万别和鬼子兵碰上了。

王二听了有些生气。他觉得自己的那截已经很老旧的木腿被黄灿灿拍得有些生痛。黄灿灿拍完王二的腿，又回到了海角寺庙门前的空地上，这时候他看到麻三的目光在四处乱扫，扫了半天以后他突然说，朱大驾呢？朱大驾死到哪儿去了？

这时候所有的人才发现朱大驾不见了。

黄灿灿说，你找朱大驾有事？

麻三说，朱大驾给我戴过绿帽子，他得留下！

黄灿灿阴着脸，半响憋出几个字：你想杀他？

麻三说，不杀他对不起我自己。

黄灿灿急了，但是脸上却像光棍潭的水一样平静。黄灿灿说，他怎么让你戴绿帽子了？他是让那个叫戚威武的胆小鬼戴的绿帽。

麻三说，戚威武那个尿东西，他戴的是第一绿帽。我戴的是第二绿帽。

黄灿灿说，你真要杀他？

麻三大笑起来，突然脸一沉说，你怕我杀他？

黄灿灿说，我不怕你杀他，但我怕你杀中国人。自己人杀自己人，不算英雄。

麻三说，我从来就没想过要当英雄。我当狗熊得了。欢庆，你把那个叫朱大驾的王八蛋给我找回来。

黄灿灿的声音软了下来，声音急促地说，我送你一支快慢机，你给我个面子，这事儿就算过去了。

麻三说，小看我了。快慢机算什么，你给辆坦克我也要跟他算总账。我心里要是高兴，阉了他。心里要是不高兴，不光阉了他，还剥他的皮。

陈欢庆一会儿带着几个山匪跑来了，文绉绉地说，漫山寻遍无着，大驾未见踪影。欲何？

麻三有点儿生气了，他的声音提高了不少。他说欲个屁何？挖地三尺。

黄灿灿扫了一眼四周，他发现山匪们一层一层地站在不远的四周，就算是一只鸟，也不会飞得过这么多枪口的上空。黄灿灿想了想，一咬牙拔出枪来，对着天空就是一枪。

枪声像撕开棉帛一样撕开沉闷的空气。冬天的风迅速地把枪声吹散。麻三嘴里不知什么时候叼了一根枯草，他抖动着小胡子笑了起来说，你给朱大驾报信是不是？你挺讲义气啊。

黄灿灿说，老子的命是捡来的，你要真想让咱们都死在老鼠山上，老子奉陪到底。

麻三说，冤有头债有主，麻三绝不找你的麻烦。

黄灿灿说，朱大驾不会来了。他又不是傻瓜，听到枪声他还会到这儿来寻死。他本来就知道你早就想把他生吞没剥了。小蔡，招呼兄弟们，下山。

文书小蔡答应了一声，尖细的嗓门响了起来，整队整队，想回家的都整队。

就在这时候一个黑影从高高的山梁上直往下奔。黑影渐渐近了，大家才发现是朱大驾背着步话机像风一般跑来，他低矮着身子，像一块山顶上滚下来的石头，一边滚一边气喘吁吁地大喊，上头有命令下来了。我找到信号了，我费老大的劲在山顶那块石头上找到信号了。

众人都一言不发地看到这个黑影滚落到山神庙前的空地上。他不停地颤着出气，身上蒸腾的热气在阳光下袅袅上升着。所有的人都在看着他，蝈蝈从黄灿灿的眼神里看出了失望的神色。朱大驾的鼻子因为冷风的原因，十分醒目地红亮了起来。他调匀了呼吸，终于说出一句完整的话，步话机被我修好了，上头刚好有命令下来，说让35团三天后执行一个堵截任务。

黄灿灿突然之间恼了，一脚踢在朱大驾的屁股上说，35 团在哪儿？

朱大驾懵懂地说，35 团……咱们……不是吗？

黄灿灿又踢了朱大驾一脚说，本来不是了，现在又被你弄成是的了。本来咱们就要回家了。

朱大驾好像仍然没明白究竟发生了什么，他只看到所有的山匪都握着枪。他好像觉得有点儿不对劲了，抬眼看麻三的目光时，竟然看到麻三似笑非笑的眼神。朱大驾的脑袋里嗡地响了一下，黄灿灿一巴掌拍在朱大驾的后脑勺上说，没事你老鼓捣你那步话机干吗？

6

海角寺改成的聚义厅门口空地上，朱大驾看到太阳明晃晃地就挂在头顶。所有的人都一言不发，安静得让人发怵。风吹树叶的声音就显得夸张起来，像从遥远之地赶来的海潮。这时候那名白净得像读书人的伙夫从伙房拎着一只泔水桶出来，他温文尔雅的声音打破了寂静。他说今天是腊月二十三小年夜了，灶神上天，当家人要祭一下灶神。

麻三不耐烦地皱了一下眉，仿佛对灶神这么低的职位有些不屑一顾。但随即又很谦恭地说，欠着，等老子有空的时候祭灶神。

黄灿灿的身子慢慢蹲了下去，他选择一个合适的蹲姿，抬起头来望着像一只虾一样仍躬身站着的朱大驾说，娘希匹的，你说。

朱大驾在明晃晃的日光之下，把上头的任务复述了一篇。上头的命令是说，日军"春兵团"三天后要执行"冬之响箭"扫荡行动，驻扎在江桥镇的千田薰联队机动中队船头正治准尉率领的扫荡部队下午一点要从四明镇经过，以扫荡为名先行打通去衢州的路，因为春兵团大部队需要去摧毁那儿的美军飞行基地。此前美军飞机从那些树木掩映的隐秘机场直飞日本，轰炸了日本本土。

任务很简单，不惜一切代价拖住日军扫荡部队船头正治中队八个小时，同时等待快速赶来的国军援兵 13 师 26 团。

朱大驾说完这一切后，谁都没有吱声。风无声地吹起众人的衣衫和头发，所有人的表情像祠堂照壁上刀刻的砖雕一般，线条分明地僵在那儿。黄灿灿有些烦躁地直起身来，迈着他的八字脚走起了鸭子步，最后他绕着朱大驾转起了圈子，好久以后才停了下来。

朱大驾说，你转得我眼晃，你能不转吗？

黄灿灿说，成事不足败事有余的东西，睡女人你冲前阵，修步话机你也打头阵。你净给老子添麻烦。

朱大驾说，张团长那时候说了，抗战到底，抗战必胜。

黄灿灿吼，那是口号，是开会的时候喊着玩的。开会时候说的话你也信？！

朱大驾说，可我怎么觉得那不像喊着玩的。

黄灿灿一把揪起朱大驾的衣领说，那你说你还想不想回家了。这仗能打得完吗？

黄灿灿没有松手，他一直揪着朱大驾的衣领不放，但是他的目光转向了众人，大声地说，各位兄弟大家说，是回家还是执行这该死的堵截任务？

众人都没有说话。他们都不想说话，他们把这个冬天搞得十分安静。后来文书小蔡上前说，要不投个石子吧。看是想回家的人多，还是想打完这场堵截战的人多。少数服从多数。

陈岭北插嘴说，这不是少数多数的问题，你们既然是部队，必须执行命令。

黄灿灿打断他的话说，不用你管！

那天黄灿灿虎视眈眈地望着国军兄弟们投小石子，一堆小石子代表回家，一堆小石子代表打堵截战。连黄灿灿、张秋水都在内的十八名国军，有十七颗小石子投在了回家那一堆，只有文书小蔡一个人把小石子投在了打堵截战。小蔡投完石子，把目光抬起来，一一望向众人，最后他的目光和黄灿灿的目光碰在了一起。

黄灿灿说，你这个猪头三你不想回家？

小蔡说，不是有命令来了吗？新四军的陈队长说得没错，军令如山。

黄灿灿说，那假如我们都当作没有接到命令，就不存在命令。

小蔡急了，说，按你这么说黑的还能成得了白的？

黄灿灿说，我是连长，黑的白的我说了算。

小蔡不再说话，他开始整理衣领，还吐了一口唾沫在掌心里，用这唾沫梳理着燥毛一样的头发。很快小蔡的头发变成一丛绿油油的新鲜的胡葱，在冬风里他像喝醉了一样红着一张脸，大声地哼唱，怒发冲冠，凭栏处，潇潇雨歇……三十功名尘与土，八千里路云和月……

小蔡抬头的时候，感到脸上的皮肤触碰到了从天空落下的雨。云层变得黑压压的，太阳远远地隐去，一些山匪已经拥进了海角寺里。只有陈岭北带着的新四军伤兵，还像石头一样伫在那儿。小蔡没有停下来，他捋了一把微微有些泛潮的脸，继续大声地唱，待从头，收拾旧山河，朝天阙！

小蔡已经五十多岁了，头发稀疏，身形单薄像是一张萧瑟的纸片。但是听上去他的中气实足，他的目光中有十分坚硬的东西，让陈岭北突然觉得有些动容。黄灿灿大张着嘴，听到小蔡慷慨激昂地用蹩脚的官话叽里咕噜说一堆他听不懂的话。黄灿灿说，你在叽咕什么鸟话。朝天什么？你说朝天什么……

这时候山匪军师陈欢庆轻蔑地冷笑了一声说，此乃抗金名将岳飞的《满江红》是也。

黄灿灿愣了一下，似乎对陈欢庆的蔑视很不满，大声说，什么是也不是也，小蔡留下打仗，其余的人全跟我一路回家。

陈岭北透过绵密但却细微的雨阵，静静地看着被雨丝割得丝丝缕缕的黄灿灿的脸。黄灿灿的脸从小到大，都在陈岭北的视野之中，他们光屁股去村外光棍潭摸螺蛳，摸着摸着就人模狗样穿上衣服长大成人。陈岭北一步步地晃荡到了黄灿灿的面前，两个人的脸都湿了，罩了一层新鲜的雨珠。陈岭北的声音十分潮湿，他说要不咱们下棋吧，你要是输了你就不回家。

黄灿灿伸出手，轻轻地拍了拍陈岭北潮湿的脸说，我输了也想回家。

陈岭北说，那你还算是个军人吗？

黄灿灿说，你自己不也是想坐满了七天禁闭，就回家娶那个你当成宝的棉花吗？

陈岭北说，你这是给咱们丹桂房人脸上抹黑。你这是逃兵。

黄灿灿仰着脸大笑起来。他大笑的时候那些雨就直接落在了他张大的嘴里，他笑完了突然停了下来说，你们不也是逃兵？你就是逃兵。你还想哄我？这是国军接到的命令，和你没有关系！

蝈蝈看到黄灿灿和陈岭北都不说话了，就这样面对面地站在雨中对视着，像一对完全犯傻的鸟。蝈蝈又看到了柳春芽，柳春芽此刻站在山神庙的屋檐下，捧着自己的肚皮脸含微笑，她的表情差点让蝈蝈想哭。他突然觉得，柳春芽多像是母亲年轻时候的模样。

柳春芽突然说话了。柳春芽的声音并不响，但是每一个人都听到了。柳春芽说，谁为我男人报仇，为我肚子里孩子的爹报仇，谁杀的日本人多，我就嫁给谁。

黄灿灿像一只雨中的麻雀一样，跳着细碎的雀跃步，越过那死气沉沉的一汪水洼，飞快地跳到了屋檐下。缩头缩脑的黄灿灿被风一吹，让本来就被淋湿了的他不由得发起抖来。他的声音也因此而变得有些颤抖，他颤抖着对柳春芽说，看来你就快要嫁给我了。我为张团长报仇。咱们同村人，肥水不流外人田。

柳春芽斜了一眼黄灿灿说，报完仇我就嫁给你。

黄灿灿说，陈岭北没能娶上你，我却娶上了。陈岭北算是输给我了。张团长没杀我侄儿黄小狗，我感念他，我替他养孩子，我当现成的爹。所以不管怎么样，我要定你了。

黄灿灿边说边从腰间的破军服里摸出了一个大洋，他清了清嗓子说，兄弟们给我听好了。现在我来抛这个袁大头，大头朝上就是咱35团留下继续打堵截战。要是大头朝下，咱们就回家。我能不能把陈岭北给比下去娶上柳春芽，就看这袁大头了。

黄灿灿说完，掌心里的袁大头发出嗡嗡的声响，呼啦啦抛向了空中，又随即掉落下来。袁大头滚动着，一直滚到蝈蝈穿着的那双破了鞋面的军鞋前。蝈蝈蹲下身，笨拙地捡起那枚大洋，看到那个姓袁的大头十分肥胖地呈现在正面。蝈蝈就无望地摇了摇头，他觉得他的军号又要派上用场了。那块大洋还没有交到黄灿灿手中，黄灿灿就先看到了那朝上的大头。

陈岭北笑了，陈岭北拍拍黄灿灿的肩膀说，这是天意，因为你们是当兵的。

黄灿灿迈着鸭子步大摇大摆地走到了柳春芽面前。柳春芽的双手捧着自己的肚子，打量着仿佛刚从一条溪水里起来的、鸭子一样湿漉漉的黄灿灿。黄灿灿笑了，说柳春芽，陈岭北说这是天意。等打完仗，你就嫁给我！

柳春芽突然想起陈丁旺陈半仙说过的话，陈丁旺说柳春芽和陈岭北天造一对地设一双，一定会成为一对鸳鸯。陈丁旺说，天注定，天注定。那么现在这个天意，和当初的天注定，到底哪一个为准。柳春芽的目光转向了陈岭北，隔着细密的雨丝，她听到了陈岭北的一声吼。

陈岭北说，柳春芽你疯了！

柳春芽十分淡地笑了，说我没疯。一个男人连命也不顾愿意为你报仇，你还有什么理由不嫁给他？

陈岭北紧紧咬着嘴唇，他的心里痛得像是缝衣针在一下一下地扎着。他终于明白，他为了保住小碗的清白，假装娶了小碗。他老是提起要娶棉花，说寡嫂不容易。其实他心里装着，又爱又恨又放不下的就是柳春芽。陈岭北又紧咬着嘴唇狠狠地骂了一句，你疯了！

柳春芽说，疯了总比死了好，我们要是不疯，就得被日本人杀光。

蝈蝈突然觉得，自己离老家临安的距离越来越遥远。从柳春芽这个温文尔雅的女人嘴里，他听到的却是一股杀气。他觉得这个女人和她的丈夫张团长一样，是一个敢死的女人。在蝈蝈的眼里，一个连死也不怕的人，还有什么能让她害怕呢？

蝈蝈的目光躲躲闪闪，他又开始寻找张秋水。张秋水的目光却一直笼罩着雨里的陈岭北。陈岭北一步步向屋檐下走来，一阵冷风让他不由得打了一个喷嚏。他一边打喷嚏一边想起了那个战死的游击队小队长，那队长的胡子才毛茸茸地刚刚开始生长，仿佛比陈岭北的弟弟还小。陈岭北觉得走向台阶，走到屋檐下的过程无比漫长。他看到了张秋水潮湿而忧伤的目光，他就不由得有些心痛起来。

<h1 style="text-align:center">7</h1>

一堆刚刚生起来的火边，陈岭北挂在竹竿上的外套正在升腾着热气。山神王二不喜欢殿前生火，也不喜欢突然多出来的一团升腾的雾气，所以他的心里十分不高兴。他看到新四军小队长陈岭北滑稽地裹着一床棉被，那是麻三从一个小山匪的床上抓起扔给他的。麻三把棉被扔给他以后说，你千万别冻死了，还有七天过年，你一定要挨过这七天。

黄灿灿带人拥进了大殿，他们看到了热气腾腾的陈岭北，陈岭北的边上坐着麻三，麻三身后站着便宜和陈欢庆。黄灿灿愣了一下，但是他很快就忘掉了麻三，他十分用力地挥了一下手说，开会。

国军的士兵终于全部留了下来，这让小蔡很高兴。他不停地在火堆边搓着手，说咱们留下来是对的，留下来才对得起先人。

蒋大个子不满地说，可是留下来对不起家人。万一被一枪破了脑，你就回不了家。你回不了家，就对不起家人。

文书小蔡恼了，他站直了身子又想要慷慨激昂一下，但是却被黄灿灿拉了一把坐在了地上。黄灿灿说，都别说了，这一仗不打也得打了。谁要是敢当逃兵，我用张团长的做法，一个也不留。要是这一仗咱们没有死成，那咱们还结伴回家。

黄灿灿说这些话的时候，耳畔突然多了一些枪声。他又想起了张团长临终前抱起机枪大喊的神情。张团长说，各位兄弟来生再见。想到这里黄灿灿的眼睛就有些湿润。他的目光转向了朱大驾，说都是你惹的，你修好了步话机，那你就给我冲到最前面去。

朱大驾神色凝重，双腿一靠说，老子没打算活着。

黄灿灿看了不远处跷着二郎腿坐着的麻三一眼说，姓麻的你就不肯放过这样硬邦邦的男人吗？

麻三这时候正专注地用一把刀子削着自己的指甲。麻三头也不抬地说，硬邦邦在哪儿了？看不出来哪儿硬。就算他真像铁一样硬，我也不放过。

黄灿灿说，那得让他打完这一仗。打完这仗他狗命还在，我就把他交给你。

麻三重重地点了一下头。黄灿灿急了，说你这算是答应了？男人要说到做到。

麻三没有再说话。陈欢庆插话说，大当家的意思是，此计甚好。

在不停升腾着的衣服的雾气中，陈岭北和黄灿灿的人全集中在了海角寺的庙堂里。黄灿灿和陈岭北狠狠地下了一盘棋，一场杀声震天的杀戮后，黄灿灿输了一局。陈岭北把棋布一推说，这次堵截战由我指挥。

黄灿灿突然就愣了，抬眼看着陈岭北说，你……这一仗……你们也打？

陈岭北说，别忘了虎扑岭一仗也是我们一块儿打的。

黄灿灿说，那你不是要回家吗？

陈岭北说，我主要是想看看你打仗有多勇猛。

黄灿灿说，那，那你那些手下也愿意留下来？

陈岭北说，这是我的事。

原国军某部 35 团 1 营文书小蔡已经五十多岁了，他的头发在冬天里看上去更加稀疏，像秋天山上枯黄的草。小蔡听了陈岭北的话，仿佛有些激动。他理了理自己数得清的几根枯黄头发，看上去有点儿悲壮的味道。他看到陈岭北扔掉棉被开始穿已经被柴火烤干了的衣服时，大步走了上去说，陈队长，你知道美国西点军校吗？这个学校培养一批难得的击不垮的军事人才，我想……

陈岭北说，你想说什么？

小蔡说，我想说，咱们也得为这次堵截行动取个战斗代号。

陈岭北说，你觉得什么代号合适？

小蔡十分坚定地说，代号"回家"。

陈岭北在腊月二十三开了第一个会。他是被一个游击队小队长任命的队长，来路显得不那么周正。他的身上还交叉斜背着小队长留下的牛皮公文包和一把毛瑟手枪。陈岭北是被赶上架的队长，但是现在他觉得有必要开一个会。他说大家的伤都好得差不多了，本来咱们可以回家了。但是现在国军要打一场堵截战，可他们只有十八个人。大家说，我们是不是要一起打？

众人都没有说话。最后小浦东的喉结翻滚着用很低的声音说，其实我想回阿拉上海去的。

大家开始小声地说话，声音小到陈岭北听不到。后来施启东大着嗓门说，队长你是想打还是不想打，你就直说吧。

不远处的一张小凳上，坐着梳着两只小辫的小碗。她的目光乌亮而有神，她一直在看着陈岭北。陈岭北没把她当成自己的女人，他只想把她带到新四军的驻地，或者可以让她当一名女兵。而自己可以回到家里把棉花给娶了。但是小碗却把陈岭北当成了男人，她的目光满含柔情。她觉得看着自己的男人，会让自己的心感到踏实。当小碗发现陈岭北也在看她的时候，小碗脸上浮起了两个盛满笑容的酒窝。

陈岭北的心就是在这时候痛起来的，他的心痛了一下，又痛了一下，一直痛了好几下。陈岭北突然觉得，小碗就像他一起在尘土里滚扑着在灶台边喝粥长大的亲人，他不能让小碗受委屈。所有人的目光都盯着陈岭北，陈岭北把目光从小碗身上收了回来，清了清嗓子说，我是犯纪律被连长关了四天黑屋子的人，本来还有三天我就能从屋子里出来。这一次堵截战大家都不愿说打不打，那我是队长我来说，咱们要帮着国军兄弟打这一仗。如果这一次我被打死了，我无话可说。如果还能活着，请大家给我作个见证。我回丹桂房老家见过我爹后，和大家一起把香河正男……

说到这儿时，陈岭北斜了屋角里蜷缩得像一只冬天的刺猬的香河正男。和大家一起把香河正男押到南通，我得在南通坐满三天黑屋子。然后我争取回家……

陈岭北本来想接着说争取回家娶我的嫂子棉花，但是他看了小碗一眼，硬生生地把后半句给咽了回去。

大家仍然没有说话。沉闷了好长时间以后，李歪脖突然大声地说，这次给我配的子弹多一些，老子一枪一个。

小浦东像是自我安慰地说，其实上海迟点回去一点问题也没有的。

陈岭北笑了，露出一排整齐的白牙。门口突然多了一个人，从西厢房过来的柳春芽像一口大腹便便的西洋座钟一样，站在门框边上。冬天正在进行，柳春芽十分喜欢冬天的风吹进骨头时给她带来的清新。她不停地抽动着鼻子，仿佛闻到了月光之外春天的嫩草的气息。春天必定是快要到了，因为她肚子里张团长留下的小生命轻微地动了一下。这一轻轻的动弹让她快乐地颤抖不已。

柳春芽终于把自己的双腿艰难地抬进了山神庙，她走到了陈岭北面前，眼中突然充满了从未有过的柔情。她细声细气地说，这一次你是九死一生。

陈岭北说，我知道。

柳春芽说，你可能就看不到你爹了。

陈岭北说，我知道。

柳春芽说，你放心，我会把你爹当我爹。

陈岭北想了想，有些伤感地说，可你没办法把我的嫂子棉花当成你老婆。

陈岭北说到这儿的时候，突然看到小碗仍然坐在不远的小凳上。她仍然微笑着，像印在一张月份牌上的女人。但是她的眼眶显然红了，眼眶里一片雾蒙蒙。陈岭北又像麦芒扎中心脏一样痛了一下，他迅速地走过去，用自己狭长的略显单薄的身躯挡在小碗面前。

陈岭北说，小碗你不要把咱们的事太当真。

小碗没有看陈岭北，目光是定定的。小碗说，你心里一定有人。

陈岭北想了想，终于一咬牙说，我要娶我的嫂子棉花。她是寡妇。她为咱们陈家守寡，以前还为我凑钱想为我讨一房老婆，还去找过人家说亲。我们不能老让她吃亏。

小碗的眼泪终于夺眶而出，她就那么任由眼泪不停地流着，在脸上糊成了白花花的一片。最后小碗用袖子擦了擦脸，平静地说，我认了！那你娶我当小老婆！

陈岭北记得，这一天是腊月二十三，灶神上天的日子。

8

陈岭北和黄灿灿各带了一队稀稀拉拉的兵站在戚家祠堂的门口。祠堂青灰色的砖墙，像一位老年人穿着褂子的颜色，显现出一种陈旧的气息。这样的气息很容易让人打喷嚏，陈岭北就打了好几个喷嚏。他一边打喷嚏，一边觉得祠堂在他心里忽然就像是一位亲人一样，他仿佛是回到了阔别的故乡。从老鼠山下来的时候，麻三没有送他们，麻三顾自己睡着大觉。他整个人就像一件扔在床上的旧大衣，脸朝着床板趴睡着。便宜走进麻三的房间，对麻三说，他们要走了。你要不要送送他们。他们是客人。

麻三说，我睡着了。没有空送他们。你就说我正在做梦。

便宜不仅是一个兔唇，而且还是一个脑子不太转弯的孩子。他跌跌撞撞地走了出来，走到集合在一起的国军和新四军的伤兵们面前。便宜的声音从他紧紧围着的围巾里钻出来，便宜说，大当家说他正在做梦。

陈岭北推开了戚家祠堂虚掩的门，所有的一切都还是原来他们离开时候的样子，那口白身子棺材的棺盖仍然离开了棺身，触目惊心地躺在石板地上。陈岭北挥了一下手，所有的人像一群经过闸口的鱼一样，拥进了祠堂。年关越来越近了，陈岭北知道这一仗要是真打起来，自己过不过得了年都不一定。这样想着，他不禁有些伤感，他觉得要命的游击队小队长把这个位置留给了他，让他过得一点也不快乐。

这天晚上陈岭北坐在祠堂的天井，点亮一盏马灯，那马灯就放在天井的青石板上。他像一个守夜人一样，要把这黑色的夜给紧紧看住。黄灿灿从白身子棺材里探出头，久久地看着陈岭北瘦削的背影。这个光屁股一起长大的新四军小队长、隔壁邻居，以及自己仿佛是欠下了一条命的债主，让黄灿灿有时候会感到百感交集。他很想回到少年放牛的时候，那时候他们好得就像是一个人。

黄灿灿终于看到陈岭北身边飘起了雪花。雪花从小到大，慢慢变得密集。这是这一年的第二场雪，在接近年边的时候恣意地飘落下来。陈岭北仍然像一块木头，他和那一大片的雪在马灯无力而昏黄的光影里，组成一幅最萧条的风景。陈岭北在想着一场大战，他觉得自己越来越像是一个忧心忡忡的指挥官了。是自己硬拉着黄灿灿留下打这一仗的，也就是说是自己让兄弟们去送命的。而且这要命的雪又开始下了，烂冬至，晴过年。看来这一句古话一点也没有准头。他感到身上好像重了一重，才发现黄灿灿把一块暗红色的破红布盖在了自己的身上。

黄灿灿就这样一动不动地站在他的身边。他们一起抬眼望着天空，仿佛在深黑的天空的尽头就是他们遥远的故乡丹桂房。雪越下越大，很快他们就变成了两个雪人。所有的雪点都在慢慢消融。落入两个人脖子的雪片，很快变成了冰水，让他们感受到了这个冬天透骨的清凉。

9

第二天清晨，陈岭北是被外面嘈杂的声音惊醒的。他从地铺上起来后快步走到了东厢房的门口，看到天井里站了国军和新四军的一群人，李歪脖的枪对准着蒋大个子和海棠。一层刺眼的白铺在大家的脚下，从脚印看，这雪落得大概有三寸厚。天井里的积雪已经被踩得污七八糟，只有屋檐倒挂的冰凌，很像三八大盖的枪刺一样。陈岭北把麻木的手放在嘴里呵了呵热气，他看到黄灿灿摇摇摆摆走到了蒋大个子面前，突然一拳重重地击在蒋大个子的下巴上。蒋大个子的嘴唇破了，流出一嘴的血，但是他却笑了起来。他身边的海棠不动声色地往长长的铜烟锅里装烟，十分从容地用洋火点着了烟，美美地吸了一口。

蒋大个子捋了一把嘴上的血水，往地上吐了一口。地上平整细滑的雪面上随即多出了一个红色的小洞。蒋大个子说，姓黄的，你再打。

黄灿灿又一拳重重地击在蒋大个子的肚皮上，蒋大个子整个人蜷成一团，脸涨成了猪肝色。他怆然地跌坐在雪地上，仰起脸笑着看着黄灿灿。蒋大个子说，你有种，你再打。

　　　　　"新生代军旅作家"面面观 |

陈岭北看到雪地上一幅静止的画面，只有风不时地吹起屋瓦上的一些雪，这些细碎的被风吹起的雪纷纷扬扬落了下来。太阳已经升起，和积雪交相辉映，白晃晃的光让人睁不开眼睛。陈岭北慢慢踱到蒋大个子身边，蹲下身子看着蒋大个子。陈岭北突然抓起了一把雪，轻轻地替蒋大个子擦净了嘴角的污血。然后陈岭北说，怎么回事？

蒋大个子说，我想带海棠走。我和海棠说好了，回家。回家后替我老爹生两个孙子。

陈岭北说，谁不想回家？我还想回家娶棉花呢！

蒋大个子嚎了起来，国差不多已经没了，我不能连家也没呀。

陈岭北站起身，阴着一双眼看着自顾自抽着烟杆的海棠。海棠的眼睛一直眯着，陈岭北忽然发现海棠的眼睛其实是一双漂亮的丹凤眼。海棠眯着眼睛是因为那雪光灼得她的眼睛生痛。陈岭北笑了，对海棠说，你想回家？

海棠白了陈岭北一眼说，嫁鸡随鸡，嫁狗随狗，嫁个老鼠我就钻洞。

黄灿灿突然把枪拔了出来，顶了蒋大个子的脑门上，子弹"咔嗒"一声上膛了。陈岭北看到枪管把蒋大个子的脑门顶出了一块紫色。黄灿灿说，我投那个大洋的时候，袁大头都朝上了。说好了袁大头朝上咱们就打这一仗。再说我是连长，都得听我的。你真要走，你就从咱们十六个国军兄弟的裤裆下钻过去，那就算你有种！

蒋大个子一把抓住黄灿灿顶在自己脑门上的枪管，眼睛一亮说，你说话算话？

黄灿灿想了想，只好硬着头皮说，算话。

蒋大个子说，好，我钻，我替我儿子钻。

黄灿灿一下子就愣了。蒋大个子本来躺在地上，现在骨碌着侧了一个身，仰望着一张张涨得通红的脸吼，有种你们就让我钻裤裆。

黄灿灿一咬牙，不服气地吼，听我口令，纵队呈一直线，跨立，让他钻！

这个雪后初晴的清晨，陈岭北看到了屋檐积雪上偶尔并拢双脚跳跃着行走的麻雀，看到了偶尔被风吹起的雪团，也看到了蒋大个子一张满含泪水的脸。他的长嚎像杀猪一样难听，他说我是想回家啊，列祖列宗我给你们丢脸。我带着海棠回家，回家给你们传宗接代。

蒋大个子十分缓慢地从35团国军十六名兵员的裤裆下爬了过去，当然这十六名兵员中没有包括张秋水。他臃肿如马头熊的身体使得他爬起来十分笨拙。他的脸上布满泪花，牙齿紧咬着嘴唇，轻轻地断喝着，回家，回家，我要回家！！

蒋大个子爬过了黄灿灿的裤裆，也爬过了田大拿的裤裆。陈岭北突然上前，一把将蒋大个子从地上揪了起来。他在蒋大个子的膝盖上狠狠地踢了三脚，把蒋大个子踢得跪了下去。陈岭北又一把将蒋大个子拉了起来说，让你的膝盖那么软。你再软我把你脚给剁下来。

陈岭北的目光又射向了黄灿灿。陈岭北大声说，黄连长，35团已经没有团长，那你来当这个团长。

黄灿灿并拢双腿大声地说：是！

陈岭北大声地说，35团团长黄灿灿。

黄灿灿大声地说，到。

陈岭北说，昨天说好的，我来指挥这一仗还算不算数？

黄灿灿大声地说，军中无戏言。

陈岭北说，好，那就让蒋大个子带着海棠回家！

黄灿灿大声地说，不行！

陈岭北说，这是命令！

黄灿灿不再说话，眼眶却像蒋大个子一样湿了，好一会儿他轻声地说，是！

还没等陈岭北开口，黄灿灿随即又接上了，大声地脸红脖子粗地吼：小蔡说，什么什么三十功名尘与土。张团长说，各位兄弟来生再见。我们都没有走，我们只有伤兵，没有逃兵！他凭什么要走？！

陈岭北不再理会黄灿灿，大声地对蒋大个子说，蒋大个子，你现在可以离开了！

蒋大个子急切地一把拉起海棠的袖口，两个人急匆匆地向祠堂大门走去。天井里所有的人都一声不吭地让出了一条路。因为走得急促，蒋大个子差一点跌了一跤。但是他很快站稳了，小心地将一只脚跨出了高大的门槛。就在这时候海棠突然站住了，她挣开了蒋大个子的手，缓慢地转过身来，面向着天井里的国军和新四军的所有人。

陈岭北看到海棠的一袭红衣，像一只挂在屋檐下的红灯笼，在雪地中显得无比夺目。她从容地吹了一下铜烟杆的烟灰，又装了一些烟丝在里面，旁若无人地吞云吐雾起来。一阵风吹来，一蓬雪跌落在她的脚边散开了。海棠脸上露出了笑意，一些阳光打在她脸上，让她的脸看上去明亮而白净。陈岭北突然觉得这个大脸盘的女人，变得好看了许多。海棠的大脸盘缓缓转动着，仿佛是要把笑容平均地分给每一个人。然后海棠慢条斯理但却十分决绝地说，蒋大个子，老娘我不走了。

蒋大个子一下子愣了，他懵然地望着海棠说，你不想给我老蒋家留个种？

海棠说，我有重要的事情要做，我可以和张秋水一样参加救护队。老娘开不了枪，老娘还抬不了担架？

这时候西厢房的一扇门哐当一声被推开了。柳春芽熬红了一双兔眼出现在大家的面前，她手里抓着的一块白布一抖，抖出旗面上一个黑色的"死"字。柳春芽的脸上慢慢绽开了笑容，一排整齐而碎白的牙露了出来。她轻声说，兄弟们，去死吧！

柳春芽边说边轻轻拍着自己的肚子。你们的后代，我替你们养好了。我肚子里担着的是你们大家的儿子，也是张团长的儿子。你们可以放心去死了！你们有后了！

在这个雪后的清晨，所有的一切都静止了。柳春芽不停地喘着气，香河正男蜷缩在远处屋檐下一堆稻草中，六神无主的眼神恍惚飘移着。从他的方向看过去，天井里就像是一幅画一样。如果不是海棠抽烟时喷出的白烟，香河正男会认为这个1941年的冬天被雪完全封冻了。在开春以前，这幅画会保持静止的姿势。

蒋大个子的脚动了一下，又动了一下。蒋大个子一把将海棠抱起，夹在腰间。海棠咯咯咯母鸡一样笑起来，海棠一边笑，一边却不时地腾出手来往烟锅里装着烟丝。蒋大个子一边往西厢房里走，一边大声说，老子是机枪手。机枪手要是回家了，你们还打个什么鸟仗？

香河正男的心里涌起一股凉意，他闭了一下眼睛，又睁开了。太阳的白光从积满雪的瓦片上滚落下来，直接跌扑进他的怀里。香河正男想起了植子，他轻声说，植子，中国人怎么杀得完？

香河正男越来越热爱中国的稻草了，他睡在窸窸窣窣的冬天里，突然觉得无比慵懒。他想自己的骨头会不会睡着睡着就完全散掉了。他在迫切地等待着春天的来临。在稻草的气息里，他一个晚上就做了无数个关于植子的梦。他梦见植子混在一堆年轻女人中间，短发被汗水紧紧地粘牢在额头的皮肤上，眼睛明亮，走路的样子虎虎生风。可以看到她的屁股很大，腿也很粗壮，穿着粗线袜。她和一堆年轻女人一起，慰问伤残军人的家属，进行着防空的演练。在刺耳的警报声里躲避着美国飞机的轰炸。他还梦见植子走上了街头，挥舞着双手开展募捐。梦见植子在道场祭祀阵亡将士的亡灵，白色的纸幡就一直在梦境里像蜘蛛网一直飞舞着。香河正男还梦见了植子参加投弹演习，她穿着和服和木屐，姿势有些笨拙。一枚黑色的手榴弹从她的手中飞出……但是，植子和妇女会的同仁参加了这一切，在那封慰问信中却告诉了香河正男，她一点也不喜欢战争。

香河正男醒来的时候就会想，植子有没有梦到过自己？一定不会。植子的慰问袋寄出以后，或许从来就没有想到过被派分到哪位士兵手中。香河正男努力地把头从那堆稻草中抬起来，看到天井里白晃晃的阳光底下竟然又开始飘雪了。这场太阳雪，让他想到了故乡。

10

船头正治坐在临时的中队办公室里烤火。空而宽大的办公室中间放着一只朝上的铁锅。船头正治一直都觉得这口铁锅就是通往无边无际的地下的一口井的井口。柴火在熊熊燃烧，一阵阵看不见的热浪让船头正治感到浑身酥软。他的双手像鸡爪一样伸出，虚无地架在火焰的上空。热量让他手上的血流快速奔涌。他好像已经听到血水的声音，这让他快乐。他笑了。

船头正治的口袋里躺着一封妹妹写给他的信。妹妹在信中主要表达了让他回家的愿望。船头正治和妹妹相依为命，是一对孤儿，他们乐此不疲地种养着一些蔬菜。他记得那天他照例踩着晨雾推着车子去菜市场卖菜。妹妹把新鲜的青菜放在了他半新半旧的藤条筐子里，然后目送着他推车远去。船头正治回头的时候，看到妹妹露出牙齿的笑容。船头正治的心就柔软起来，他要好好找户人家把妹妹嫁过去。

船头正治推着一车蔬菜离开以后，就没能再回到家门。他和一大批菜农突然被全副武装的士兵团团围住，像一尾尾被装入铁桶中的鱼。菜场以外，涌动着闪亮的刺刀，刀子的光芒一浪浪像是海洋的波光。在一次简单的年龄和体格筛选后，他被军方抽中参加了青年义勇队，接着莫名其妙发下了军装。他一直都搞不明白，自己为什么突然成了军人。接受了最简单的训练后，他被送往中国战区。

船头正治在去往中国的船上，开始想念他从此没有再见过面的妹妹。他想如果战争结束了，他得回去安排妹妹的婚事。这样想着船头的心就越来越柔软。船头还想到，原来战争和自己那么近，近得就像是两排牙齿之间的距离。海浪拍打船舷的时候，船头正治在潮声中忽然听到了中国大地上的炮声，像打雷。

船头正治所在的中队，全是那些卖菜的菜农。所以船头中队又被千田薰和大日本皇军的其他勇士称为爱瑗菜农中队。船头正治从来没有认为过菜农中队的叫法不是很好。他觉得和菜农在同一个中队里，让他倍感亲切。他慢慢成长为一名准尉中队长，有时候他拿着一支手电筒去查铺的时候，觉得这些士兵都好像是地里的一棵棵青菜。

几年以后船头准尉觉得枪击中国军人和用刀子收割青菜，有时候是一样简单的事情。船头中队将会是"冬之响箭"行动的先头部队，这是千田薰联队长下达的命令。对船头正治来说，打通这一条小小的通往衢州的通道是一件微小的事，他曾经趴在桌上铺着的军用地图上仔细查验，这一通道上并无中国军队的驻防。这时候船头正治好像听到了脚踏车的声音，门被推开了，一个人影出现在门口。船头正治没有回头，他听到一个声音喊，报告。

那个声音说，我是高月保，奉千田联队长的命令来向船头君报到。我是给《文艺春秋》写稿的作家，现在是随军记者。我寄回大日本本土的照片，已经上了《皇军简报》和《东京朝日新闻》。我已经受了天皇陛下的嘉奖。这一路过来，我看到许多村子都被烧焦了，焦得好像不是村子一样……

那个声音一口气说了很多。船头正治的心里就叹了一口气，他觉得这个年轻人一定围着围巾，脸色白净。船头正治转过身来，果然看到一个围着围巾，胸前挂着照相机的年轻人。年轻人的鼻子有些扁平，脸稍微有些大，有点儿像朝鲜人。

船头正治在椅子里低埋着身子，那口大铁锅里的柴火差不多就要燃尽了，红色的炭火正一阵一阵发出红光。船头正治说，高，月，保？

高月保兴奋地红着鼻子说，是，高月保。

船头正治说，随军记者？

高月保把身子挺了一挺说，是，随军记者。

船头正治挤出一个笑容说，你先烘烘手吧，炭火很旺。这鬼天气太冷了。

高月保随即凑上前去，伸出双手架在那口大铁锅的上方。炭火升腾的热浪钻进了他的皮肤，他听到手背上皮肤下的血液加快了流速，吱扭怪叫了一声，像一条咆哮的河。

好久以后，船头正治抬起眼皮对高月保说，暖和一些了吧。

高月保笑嘻嘻地说，暖和了。

船头正治说，那你今天晚上拍几张照片吧。我让你拍张好照片，你一定会成为帝国最好的随军记者的。

高月保在这天晚上拍下了许多照片。在一个叫"十里牌"的小村，船头正治带着一个中队沿着漆黑的村道来到了村外。村外有一座牌坊和一棵苍老的香樟树，船头正治就想起，他的爱瑷不是这样的，没有那么高的楼，屋子也没有那么翘的檐。船头正治听到了狗叫的声音中，夹杂着孩子啼哭闹夜的声音，村庄平静得就像要死过去一样。船头正治想，那就去死吧。

火把的光芒把船头正治的脸照得油亮油亮。船头正治对身边的高月保说，今天我们来这里没有别的事，就是把这儿变成一片火海。两天前，千田薰联队的两名士兵在这儿失踪了……

船头正治挥了一下手，士兵们迅速地拥向了村庄。所有的房屋火光熊熊，升腾的火焰蹿得很高，仿佛要把天给烧出一个窟窿来。高月保不停地拍着照片，他拍到两名士兵比赛杀人，一名士兵把十一个中国人排成一排，然后用三八大盖抵住胸口，一枪过去，子弹击穿了七个人，钻进第八个人的身体里。另一个人用三八大盖的枪刺连挑了十二个人，结果累得趴在了地上。高月保不停地拍着照，他的耳朵里听不到声音了，在他眼里看到的就是一场无声的电影。在这场电影里他拍到了一朵被血溅着了的花。

高月保后来在洗出照片后，对着那朵沾血的花久久凝望着。高月保想，这可能不是大东亚共荣，对手无寸铁的人是不能杀的。高月保对着那一堆弥漫着血腥味的照片，把自己关在暗室里关了大半天。门打开的时候，阳光很刺眼，高月保被刺得睁不开眼来。他闭着眼睛，看到的是一片又一片没有尽头的黑。

这当然是后来的事了。现在的高月保站在熊熊的一大片火光中，听到四处发出的哀号，接着一头从猪圈里钻出的猪安静地走到了高月保的身边。高月保看了看猪，突然觉得这个突如其来的夜晚，像一场梦一样。

11

陈岭北、黄灿灿和麻三站在村庄的那块石头牌坊下。牌坊上写着三个字：菩提村。月光把一座牌坊、一棵老树，以及陈岭北还有麻三等人的影子拉得很长。前面不远就是一座烧焦的村庄，像大地上一个黑色的疤。年关越来越近了，雪还没有融化，甚至你都不知道什么时候又会从黑色的天幕中落下雪来。麻三咳嗽了一声说，我不用进村。我不进村也能用鼻子闻到这村成什么样了。连一只狗一只猫都没有活下来。

陈岭北说，是连一只蚂蚁也没有活下来。

麻三后来在冻得坚硬的村口路面上来回踱步，他走路的时候胸口挂着的口琴和腰间挂着的手表不停地晃荡着。便宜站在不远的地方，缩成了一团，他一直不爱说话。他看着麻三不停地走路，就知道麻三一定是碰到了一件举棋不定的事。果然麻三叹了一口气说，我现在知道了，你们跑大老远把我从山上叫下来是想要让我干什么？

陈岭北说，麻老大那么聪明，当然知道我们想要你帮忙。

麻三说，不是我不想帮你们，是我就这点儿家底。我要把山上的兄弟们折腾完了，我哪有脸见他们的家人？我拿什么去当我的地头蛇。

黄灿灿说，原来麻老大是个尿包。

所有的山匪全部亮出了枪，枪口对准了陈岭北和黄灿灿。麻三的目光在山匪们脸上扫过，山匪们的枪口随即像被打击了七寸的蛇一样软软地垂了下来。麻三干瘦的声音响了起来，是不是尿包，不是由你们两个说了算。

麻三想起了麻四。那天麻四上了老鼠山，他皱着眉头站在海角寺的门口说，把老子给累坏了。因为出汗的缘故，他把救国军的棉军衣打开，让冷风直接灌进了胸膛。麻三就坐在屋檐下的一张椅子上。海角寺的庙门口挂着一块匾，上面写着"聚义厅"三个字。那是陈欢庆的手迹。麻三没有说话，所以麻四觉得没趣，他看了一眼山神王二呆板的表情，对王二生出许多的不满。

麻四想让麻三帮忙，一起参加和平救国军，他愿意把夜袭队队长的位置让出来。麻四还想保证去衢州的一路都畅通，他的救国军将协助船头正治中队一起作为先头部队。麻三没有理会麻四，他一直眯着眼，看上去似睡未睡的样子。麻三后来慢条斯理地说，我谁也不帮，我中立。

可是你是我亲哥。

你要是真把我当哥，就脱掉这身黄狗皮回家，给咱们麻家传宗接代去。

现在黄灿灿和陈岭北又来拉他的人马，这让麻三觉得面前的这两个人一定是吃错了药。麻三后来停止了来回踱步，他站在黄灿灿和陈岭北的面前，两手插在裤袋里，军大衣的下摆被甩在了身后，像一只腆着肚皮的雄鸡。

麻三说，我想了半天，我还是中立。

镇公所门口放了一张桌子。陈岭北和黄灿灿就站在桌子前，脸色阴沉地望着围成了一把扇子形状的四明镇百姓。这是一个简陋的战前动员会，国军和新四军的三十四名伤员站成了两排，就站在陈岭北和黄灿灿的对面。年关近了，镇上已经有了年的气息，许多人的篮子里都已经有了年货。他们在看热闹，在过年前的几天里，看看这批奇怪的服装不同的兵也是一件令人高兴的事。

黄灿灿眼睛望着面前的人群，突然不可遏制地想起了阵亡的张团长。他的目光在人群里找到了张团长的遗孀柳春芽，柳春芽正站在油条西施牛栏花的身边，一手扶着肚子，一手抓着大饼夹着的油条，大口地往肚里咽着。

黄灿灿轻声说，看到人群里张团长的老婆了吗。

陈岭北说，那是你同乡。

黄灿灿说，你小子艳福不浅，女人们喜欢的都是你。我现在算是明白了，女人都喜欢裁缝不喜欢铁匠，因为她们需要裁缝做的衣服，她们不需要铁匠打的铁。我知道柳春芽差一点就嫁给你了，可惜你拿不出那三十个大洋替她家赔葛老财家的青苗。这就是命，命里注定这一次堵截战我一定杀得比你多。杀完了我带着柳春芽回家，娘希匹，我当现成的爹。

陈岭北没有说话。他十分不喜欢黄灿灿卷着袖子在那儿嘴巴不停地啰嗦。他知道枪炮声就快响起来了，火药的气息能把人呛得喘不过气来。三十六名伤兵，对付日军一个中队，武器比不上，人也比不上，什么都比不上。只有一样是比得上的，就是这批饿瘦了的军人，饭量一定很大。

然后人群被挤开，四个男人抬着一块门板，门板上半躺着半截身子的戚四爷戚杏花。戚杏花越来越干净了，看上去他清瘦的样子，很像是半个得道的神仙。

那天陈岭北记得戚杏花一共挥了两次手。第一次挥手的时候，立即有人在每个士兵面前放了一只酒碗，两个人放碗，两个人砸开酒坛的泥封倒酒。那是一种叫斯风的酒，很快斯风的气息就弥漫开来，让人猛抽起鼻子。然后在每只碗边，有人迅速地放起大洋。每个人的面前都放了二十个大洋。当然在陈岭北和黄灿灿面前的桌子上，也各放了一碗酒和二十个大洋。戚杏花因为掉了牙齿而漏风的声音响了起来。戚杏花说，这是我们四明镇百姓凑起来的钱，干净，你们尽管拿去用。这是我们四明镇的百姓自己酿的斯风酒，醇厚，你们尽管放开喉咙喝。

陈岭北举起了酒碗，高高举过头顶。阳光从天空中直射下来，光线就在酒碗里晃荡着。陈岭北大声说，喝了。黄灿灿也大声说，喝了。三十四名伤病员也大声说，喝了。

每个人都把碗中酒喝了。酒碗被他们扔向天空，在阳光直射下显得十分刺眼。酒碗乒乒着掉了下来，全都碎成了碎片。然后他们整队离开的时候，陈岭北看到地上多了三十四堆大洋。所有人的目光都落在白晃晃的大洋上，戚杏花的眼睛里忽然有了泪花，那些眼泪像夏天的山洪一样，慢慢经过了他沟壑丛生的脸皮。戚杏花的整个身子都伏在了门板上，他抬起脸来的时候，脸上已经白花花一片。戚杏花颤抖着声音说，我看错你们了。

然后陈岭北看到了戚杏花的第二次挥手。人群再次被挤开了，拥进来一批拿着猎枪的年轻人。戚杏花转头对陈岭北和黄灿灿说，两位长官，这些镇上的年轻人，都说愿意去死！

陈岭北盯着戚杏花说，我要馒头山那块戚家祖坟地做工事。

戚杏花一言不发，仇人一样地盯着陈岭北。陈岭北又重复了一次，我要馒头山那块戚家祖坟地做工事。

戚杏花终于将烟杆在门板上猛敲了一记，大着嗓门吼，你是想让炮弹把我们戚家的祖坟给扒了吧！

陈岭北郑重地点了点头说，要么让活人去死，要么让死人扬灰。除了馒头山，没有更好的地方打伏击。你们自己选！

戚杏花重重地用两手撑起自己，将自己的额头磕倒在门板上。连磕三个响头后，戚杏花抬起一片血污的额头，可以看到他脸上已经是白花花的一片泪水。戚杏花边流着老泪边咬着仅有的三四颗牙齿，颤抖着说，国家都没了，还要什么馒头山？！

那天从镇公所门口回到戚家祠堂，兵员们全部开始擦枪和休整，他们零散地躺在祠堂的草堆或者屋角。陈岭北开始擦那支游击小分队队长留下的毛瑟手枪。蒋大个子远远地站着，看新四军李歪脖擦着本来该属于蒋大个子的黑胖子机枪。所有的人一言不发，只能看到枪条往枪膛里捅的动作，或者是把枪大卸八块的动作。海棠美美地抽了一管烟后，把铜烟杆插在了腰间。然后她走到一只打开的木箱边，抓了一颗手榴弹。她的腰间系了一截麻绳，并且插上了一把菜刀。海棠重重地在蒋大个子的左肩推了一下，咬牙切齿地说，这次仗打下来，你必须把欠我的金戒指还上。不然我拿手榴弹把你炸成一堆碎肉。

蒋大个子呆呆地望着咬牙切齿的海棠，他怀疑海棠不是他拿钱从春花院里赎出来的。这时候香河正男被施启东拖了过来，扔在了陈岭北的面前。陈岭北斜了地上的香河正男一眼说，就要跟你们打仗了。

香河正男说，我知道。

陈岭北说，我们要把你捆起来。如果我们有一个人还能活下去，你会被这个人押到南通去。如果我们都战死了，那是你命大。你解脱了。

香河正男不说话，把头勾了下去。后来他抬起头看着擦枪的陈岭北说，长官，我不会跑。

陈岭北笑了，说我们凭什么相信你。

香河正男说，我发誓。我愿意参加，你们的，军队。我，我，我……我们大日本军队，杀太多老百姓，你懂我的意思？

陈岭北突然把正在擦着的枪对准了香河正男，你敢赌我枪里有没有子弹吗？你要是敢赌，允许我向你开枪。那我也敢赌，让你上战场。

香河正男想了想说，我不赌。我要回家就得留条命。我要回家见植子。

陈岭北说，植子是谁。

香河正男说，我不认识。但是她一定很美丽。

陈岭北大笑起来，说是你女人吧。

香河正男急切地纠正说，不是。但我希望以后是。我好像在爱着她。

陈岭北恼了，说你爱她？你让她像中国女人一样被日本人强奸了你还爱不爱她？你爱她你跑这儿来杀中国人干什么？你差点让我死了你还记不记得？你就是个日本王八蛋。

香河正男却很平静，依然低垂着眼帘说，你记仇。

陈岭北的气愤渐渐平息，后来冷冷地说，捆了。

香河正男迅速地被捆了起来。施启东和小浦东用麻绳把他捆得结结实实，然后扔在了厢房的屋角。香河正男的眼神平静，偶有一丝绝望掠过。屋檐上的雪正在融化，不时地滴下一滴滴清白的水来。香河正男躲在屋角，无聊地看一只冬天勤奋的蜘蛛织网。后来他轻声说，植子，其实我不会跑的。我一点也不想跑。

就是在这一天裕德堂的杜仲走了。那天蝈蝈擦着他的美式卡宾枪，抬眼望着祠堂大开着的门。他就坐在地上，倚在一个廊柱上，凉凉的地气通过石板钻进他的屁股进入了他的腰背，一直往他的脖颈和头顶蹿。在这样的凉意中，他看到了大门口突然多了一辆脚踏车，脚踏车上装着一些杂物。脚踏车边还站着一个人，他是穿着长衫的法国神父杜仲。看上去他仍然清瘦而精神，一双眼睛深深地凹了下去，像两口深深的井。他把脚踏车的支架支了起来，然后他背着一只药箱走进了天井。

他高高的身子像一根竹竿一样伫在天井里。他说，王木头呢。让王木头过来。

那天蝈蝈看到杜仲把药箱交给了一片懵懂的王木头。王木头没有想过天上会掉下一件好事来，让他突然拥有了不少的药。这些西药都是值钱的。在打仗的关口，这西药和金子一样贵重。杜仲笑了，他的牙齿很白，胡子刮得青青的，看上去棱角分明。他说我要回法国了。

王木头说，回去好。回去好。

杜仲说，我要回家。

王木头说，回家好。回家好。

杜仲说，这药箱里的药，不是让你用来卖钱的，是用它来救命的。

王木头想了一想，随即说，是，救人一命胜造七级浮屠，阿弥陀佛。

杜仲后来走了。他没有和任何人告别，只是目光重重地撞了东厢房挂在门上的那把鸡毛掸子一眼。那本来是他养的两只活蹦乱跳的雄鸡，现在变成了一把色彩暗红的鸡毛掸子，而且垂直地挂在了门上。杜仲仿佛失去了什么似的，他用冰凉的手和陈岭北、黄灿灿握了手。

松开他们的手后，他画了一个十字说，我很难过。

杜仲走了。在蝈蝈的少年目光中，杜仲走进1941年年底一片越来越虚幻的白色光影。他没有跨上那辆脚踏车，而是推着那装满杂物的脚踏车向白亮的光影中越走越远。最后他像是一下被一道光吸走了似的消失了，穿青黑色长衫的高瘦法国男人就此消失在那一年大年夜将临的日子。听说他要转道上海外滩离开中国。蝈蝈只记得他留给中国的最后一句话，他说我很难过。

12

三天后的天亮以前，陈岭北已经带人埋伏在了他和黄灿灿预定好的第一个埋伏点，那是馒头山戚家的祖坟地。天还没有大亮，这支杂牌军已经集合完毕，包括四明镇上手持猎枪的年轻人。黄灿灿要走了那挺马克沁机枪，他站在天井的空地上和陈岭北讨价还价，说你没有子弹这黑胖子就是一堆废铁。

陈岭北冷笑一声，说你有一双袜子，就想借一双鞋穿？有鞋的还没问你借袜子呢。

黄灿灿说，我开过机枪，有经验。你开过吗？再说蒋大个子是机枪手，你那李歪脖不是，李歪脖是狙击手。

陈岭北后来还是把黑胖子让给了黄灿灿，说，你拿走吧。要不把机枪给你，我看你死的心都有。

黄灿灿笑了，伸出手，替陈岭北扣好了脖领底下的一粒扣子，声音变得温暖。他说，你这是咒我死？

陈岭北突然有抱一抱黄灿灿的冲动。很多年了，他们一起光屁股长大，打过架，也抱成团和别的小子打过。他们光着身子赤条条亮闪闪地站在牛背上，像做杂技一样威风凛凛地任着那牛把他们在田野里驮来驮去。陈岭北被丹桂房隔壁的大悟村人打得死去活来的时候，是被黄灿灿一路背回家的。如果不是陈黄两家为宅基地吵起来，如果不是黄灿灿一拳把陈岭北哥哥打倒在地，陈岭北哥哥脑袋磕在一块石头上死去，陈岭北和黄灿灿会像好兄弟一样连头都愿意摘下来给对方。

黄灿灿说，我看出来了，你想抱抱我。

陈岭北终于张开双臂，重重地抱了黄灿灿一下。陈岭北的鼻子是有些发酸的，发酸是因为这一仗凶多吉少，两个同村人可能就一起死了，如果能活一个也好，两个都活的可能性几乎没有。

陈岭北说，说好了，谁要是能活下去，谁就得照顾柳春芽和小碗，还有张秋水。她们是女人。

黄灿灿说，用得着你说？她们不光是女人。她们全是我妹妹。

陈岭北说，说好了，如果咱们都活着，回丹桂房的时候挑一块晒谷场打一架。谁翘了辫子得怪自己命不好。

黄灿灿说，用得着你说？我把全村人都叫到晒谷场，让他们看看铁匠厉害还是裁缝厉害。

然后黄灿灿阴着眼对田大拿和伍登科使了个眼色，两个人抬起了黑胖子就走。黄灿灿大声嚷嚷着，搬子弹，田大拿你个扒窗看女人屁股不要命的狗东西，你给我搬子弹。

天亮以前陈岭北带着杂牌军已经埋伏在戚家在馒头山的祖坟地，这儿正好面对着那条通向四明镇的小道。只要有一定的火力，想要通过那条唯一的道路越过四明镇，是一件比较难的事情。现在陈岭北就躺在坟边，他选择的是一座威风凛凛的大坟，那坟被水泥包了浆，躺在上面坚硬而冰冷，当然还有无可比拟的厚实。小浦东伏在不远的坟堆后面，他的身下还垫着一只麻袋，一言不发地盯着灰蒙蒙的一条通往四明镇的小道。

陈岭北咬着一茎枯草对着天空说话，陈岭北说，多大了？

小浦东说，十八。

陈岭北说，想讨个女人过日子吗？

小浦东想了想说，你说的家主婆啊，啥人会不想？就是这命还在不在都不一定。队长依为啥要帮着国军打这个堵截战？这算不算找死？

陈岭北说，你个混蛋你管那么多？我说了算。

小浦东不说话了。一会儿小浦东又说，那你不想讨家主婆？

陈岭北恼了，老婆就老婆，什么家主婆。我讨我家寡嫂棉花，我讨不成棉花我就一辈子不讨女人。

小浦东想了想说，要是我格趟子活不成，侬帮我的身体擦擦清爽。我是要清清爽爽去投胎的。

陈岭北侧过脸，望着小浦东嘴唇上细密的绒毛，突然胃里涌起一股酸水。他想要说些什么，但又想不出说什么。转眼望过去，一个个坟包后都埋伏着杂牌军的人。镇上本来还有一个制高点，是镇口的更楼，打更人休息的地方。但是人手不够，所以放弃了这一计划。坟地是最重要的直面那条要道的阻击地，所有杂牌军的人都由陈岭北在指挥。躺在坟坡上，陈岭北的心里涌起了一阵雄壮，他觉得此刻他十分男人。他的手不小心触到了腰间插着的棉花给他做的布鞋，在这个清晨的坟地里，他开始想念棉花，一个话不多，但是却干净利索的女人。棉花的样子在陈岭北的脑海里越来越清晰，略显枯黄但是却整齐的头发；眼睛不大，但是眼神却像光棍潭的水一样干净见底；身子不高，但是骨肉匀称。她的脖子有些长，往往使陈岭北想到大白鹅，但是这并不影响棉花整体的干净和素淡。她肯定不是漂亮，她是素淡，像雨后的一棵芹菜，绿而瘦。这样想着，陈岭北就浮起了笑意。他想让自己活下去。

陈岭北的眼里是无边际的灰沉沉的天。他变换了一个姿势，趴在了坟包上。这座水泥包浆的坟包下躺着冬雨。陈岭北选择这一座坟之前看过墓碑。冬雨一定是一个女人的名字，她这样想，可能她是一位难产而死的女子，或者她在她的十六岁夭亡。陈岭北奇怪这个世界上还有一个叫冬的姓，但是他认定这个女子一定是一个像花一样的女子，当然现在肯定成了一堆阴冷的白骨。陈岭北就那么无所事事地想象着这些比较辽远的内容，一只蚂蚁从他贴在坟墓的侧脸前爬过。爬得十分从容，仿佛是蚂蚁中的大户人家般气派。它是一头小黑须，它甚至停下了片刻，好像是在向陈岭北的眼睛张望。陈岭北的睫毛眨了一下，也许在蚂蚁眼里，以为那睫毛是一排被风吹动的树木。所以蚂蚁折身离开了，就在它留给陈岭北一个背影的时候，船头正治准尉带的中队和麻四带的和平救国军出现在通往四明镇的小路上。

小浦东的声音传了过来，赤那，这帮猪猡来了。

陈岭北在小浦东声音的牵引下转过了头，他看到了向前行进的队伍。日本旗就挂在三八大盖的枪刺上，这块旗让陈岭北觉得十分恶心。他认为那几乎不是旗。那只是一个狗皮膏。

船头正治和麻四站住了，整个队伍都停了下来。不远处是一片坟山，呈现在斜坡上。船头正治久久地望着那堆向阳的坟山，他知道那是中国人埋先人的地方。如果一路往前，就经过了四明镇。如果再往前，就是通向衢州的大小道路。麻四缩着脑袋扳着手指头，腊月二十七了，这次过大年夜一定会是在去往衢州的路上。他想起了哥哥麻三，麻三不愿意下山助自己一臂之力。他突然觉得，哥哥麻三简直是一个扶不起的阿斗。

麻四从杂乱无章的思绪中被惊醒过来。一声枪响以后他身边的一名士兵被击中了身体。那名士兵是个十八九岁的小伙子，子弹钻进了他的胸腔，所以他被子弹的贯穿力抛了起来，重重地跌在地上，像是突然从一辆脚踏车上掉下的一堆东西一样，溅起一堆灰尘。麻四望着瞪大眼睛的小伙子，小伙子的目光一直呆呆地望着天空，仿佛天空中站着一个亲人。麻四想，看来四明镇果然是一道坎。麻四这样想着的时候，枪声就越来越激烈了，啪啪的声音像爆豆一样响起来。麻四矮下身子跳到了路基下面，翻着白眼望着灰蒙蒙的天空，子弹就像雨点一样在他头上飞过。当他看到自己身边又一个五十多岁的救国军被子弹射穿的时候，他心里对麻三更生出了无数的怨气。如果麻三的队伍在场，会增加自己多少的力量？

船头正治就蹲在一架机枪背后，他的指挥刀高高扬起时，天空中露出了太阳。阳光奔向指挥刀，在刀身上咣当撞了一下，那光线直接跌进了麻四的眼睛。麻四迎风流泪又怕光的眼睛，随即蓄满了泪水。整个眼眶烂桃一样肿胀起来。

陈岭北和手下的兵员把那一个个坟包当成了掩体。子弹射不穿坟包，有的在青石板墓碑上溅出火星，陈岭北就在坟包后面怪笑。如果不出意外，日本兵向前一步都是一个难题。太阳已经升起来了，一大片祖坟地上升腾着热气。那些冻硬的泥土开始软下来，陈岭北都觉得这些坟仿佛都已经活了。这时候施启东拖着一个人过来，把那人扔在了陈岭北面前。陈岭北看到了眼睛中布满血丝的香河正男，他的手上血迹斑斑。陈岭北明白他从祠堂里逃了出来，他还磨断了捆在他身上的麻绳。陈岭北的脸沉了下来，说你是不是想寻死？！

香河正男用蹩脚的中国话说，给我枪，我帮你们。

施启东在香河正男的屁股上猛踹了一脚，说你个日本人是不是想在我们背后打黑枪。

香河正男没有理会施启东，他盯着陈岭北的眼说，给我枪。

陈岭北对施启东说，给他一支三八大盖。

施启东急了，说你疯了，他要是打黑枪怎么办？

陈岭北说，这是命令！

施启东无奈地倒退了下去，很快隐没在几个坟包背后。一会儿施启东又拖着一杆枪爬了过来，愤愤不平地扔给了香河正男。连同扔过来的是子弹带。香河正男笑了，他接过枪伏在了陈岭北的身边，眼神温暖了许多。谢谢你，他说。

香河正男的话刚说完，就在他转过头去的那一瞬，陈岭北看到了香河正男的脸色变了。香河正男说，山炮。

这是陈岭北第一次看到山炮。那是一种装着两个轮子的炮，炮就架在两个轮子中间的横杆上。远远地看过去，像一件硕大而亢奋的阳具。陈岭北想香河正男原来就是开这种炮的，把他弄到南通去也是去当这种炮的教练的。陈岭北的脑子里有了暂时的空白，他不知道这山炮能有多大的威力。然后他听到了呼啸的炮弹出膛后在风中行走的声音，接着是剧烈的爆炸声响起。就在陈岭北不远处有一个炸点，整座坟以及一个手持猎枪的四明镇上的小伙子飞向空中，再在硝烟弥漫中重重落下。

炮弹呼啸。那些坟像是被一只巨大的手揭开了盖子一样，棺板和白骨飞扬在空中，然后重重地落下来。炮声中夹杂着机枪声，陈岭北知道这一次怕是撑不住了。他不知道阵地上还有哪些人活着，只是透过浓重的烟雾，向着路面上的日军和救国军击发。陈岭北高声地喊着，李歪脖，李歪脖你给我死过来。

李歪脖没有死过来。陈岭北想让李歪脖去狙击指挥官和炮兵。李歪脖自己也想到了，他在坟堆后面拖着步枪飞快地游移，最后他站定了，努力调匀了一下呼吸。李歪脖手中的枪响了，一名日军的山炮手被击毙。但是另一名山炮手随即填了上去。李歪脖的枪管缓缓转动着，他的视线里一切都是模糊的，只有那个钢盔上缀着五星的山炮手在他眼里无比清晰。那颗星在阳光下泛起了一阵反光，李歪脖的手指扣动了扳机。他看到那颗星上开出一粒红色的花朵，山炮手又歪倒在地上了。又一名山炮手填上，李歪脖再次瞄准……

麻三笔直地站在海角寺的庙堂改成的聚义厅里。他本就粗矮的脖子藏在那

"新生代军旅作家"面面观 |

件和平救国军的呢制军大衣里，和神架上眼神落寞的山神王二对视着。王二的目光望向远方，他也听到了远处传来的隐隐的枪炮声。便宜就站在不远处的角落里，望着神情焦虑的主人麻三。麻三的眼睛皮不停地跳着，他紧闭着眼睛，但是便宜仍然看出了麻三的不安。麻三终于开口了，他说便宜我这是怎么了？我心慌得厉害。

便宜没有说话，只是把腰间的枪拔出来了。他蹲下身子，开始认真地把枪的配件全卸了下来，然后他一言不发地擦枪。麻三索性在地上坐了下来，从腰间拔出了双枪。他也开始一言不发地擦着枪。因为擦枪的缘故，他胸前用苎麻线挂着的口琴在不停地晃来晃去。

后来麻三对着便宜怪诞地笑了，他拿手掌在便宜的头上拍了一记说，看来没白养你。

千田薰联队长此刻正在他的办公室里坐得笔直。他的眼睛空洞地望向门口，屋子里那架狗头牌留声机正放着日本音乐《东京进行曲》。此前美国佬的16架B25轰炸机对日本本土进行空袭，这让统帅部十分头痛。"冬之响箭"命令层层下达，13军和11军所属部队将从宁波和南昌沿铁道钱夹攻，摧毁这一路上的机场。船头正治中队正是他按上头"春兵团"的命令派出的先头部队，他十分担心船头正治和被他割了耳朵的麻三在路上遇到什么不测。战争让人亢奋也让人疲惫。千田薰在疲惫的时候喜欢想念老父亲。

父亲是一个五短身材的瘦小老人。他长得其实有点儿丑陋，经常成为隔壁邻居们耻笑的对象。父亲只是他的养父，是他在雪地里收养了弃婴，这个弃婴长大成人当上了联队长。从小养父就带着他走向大海，和他一起海钓。当然他也会想起姐姐，姐姐也是养父捡来的。一家三口相互之间没有血缘。但是千田薰认为他们的感情比有血缘的亲人还亲。如果养父需要他死，他会毫不犹豫。如果姐姐需要他的命，他也愿意付出。他记得姐姐给他送饭的时候，被一帮小混混打的情景。姐姐省吃俭用，给他买了第一双球鞋。现在姐姐的儿子已经没了。姐姐的儿子，当然就等于是千田薰的外甥。他战死在中国战场。

遥远的日本伊根，以及伊根的小岛青岛，四周全是碧水的包围与拍打，以及那种不温不火的潮湿对岛上泥土与植物的滋养，美得令人愿意合上眼睛长长地睡去。千田薰在《东京进行曲》中突然湿了眼睛，他清楚地知道有一粒泪珠就挂在眼角。他用小指头轻轻拭去了，那手指头就长久地按着这样的一小粒潮湿上。这时候他知道，他想回家。

<h1 style="text-align:center">13</h1>

如果四明镇的堵截战是一场电影的话，镜头应该是这样的。袅袅的白烟和青灰的烟在空中像水袖一样浮动，然后镜头下移，你可以看到这是一片坟地。枪声已经安静下来了，一脸泥污的陈岭北嘴唇不停地抖动着，可以看出他的嘴唇已经焦燥干裂。陈岭北慢慢地举起手，对那些遍地白骨敬礼。对白骨敬礼，就是对这个镇子上百姓的祖宗在敬礼。陈岭北看到了灰扑扑的滴着血的残臂，以及被炸上天的肚肠挂在一棵瘦弱的小树上。这是火药的力道，可以把整个人撕裂，甚至撕成碎末。这时候陈岭北看到了被四个男人抬上来的门板上的戚杏花。戚杏花紧盯着拿着枪的香河正男，什么话也没有说。香河正男想了想说，我现在是新四军。镜头继续摇过去的话，我们能看到的是躺在呆若木鸡的蝈蝈怀中的张秋水。

如果四明镇的堵截战是一场电影的话，那么让陈岭北的脑海里切入闪回。枪炮声重新响起来，一颗炮弹落在坟边，炸起的墓碑高高扬起，在阳光照射下是一道长方形的黑影。黑影重重地落下来，落在救护队员张秋水的后背。张秋水被砸倒在地上，当时就吐出了一口血。她觉得心口那么甜，仿佛吃了很多的糖。蝈蝈跌跌撞撞地向她爬来，他身上的一把军号和一把唢呐在爬行的过程中不时地晃荡着，撞击着地面。他和一名手持猎枪的四明镇青年一起将那块墓碑搬离，然后紧紧地抱住了张秋水。张秋水口中的血还在不停地冒出来，断气前她揪着蝈蝈的胳膊，差点没把蝈蝈的胳膊连着衣袖一起扯下来。她断断续续地告诉蝈蝈让他一定要送自己回武汉老家。这时候陈岭北跌扑着奔了过来，一把扶住张秋水。张秋水笑了，她已经什么话也说不出来，但是她的眼睛里是无边无际的含情脉脉。陈岭北哭了，陈岭北哭起来像一个孩子，一点也不像一个指挥这支杂牌军队伍打仗的指挥官。蝈蝈猛地推开他，蝈蝈说你有小碗了。蝈蝈就像大人抱小孩一样，抱着明显比他大好几岁的张秋水，不停地轻轻摇晃着。

枪炮声仍然在继续。又一发炮弹飞来，小碗和田大拿被同一颗炸弹炸得飞了起来。陈岭北亲眼见到了这一幕，他嘶吼了一声，才发现自己的嗓子在瞬间哑了，仿佛喉咙里填满了无数的烟。他含着眼泪，一点点向小碗爬去。他把小碗抱在了怀里，突然觉得自己不仅欠了张秋水的，而且还欠了小碗的。小碗跟着张秋水参加了救护队。小碗在陈岭北的怀里笑了，小碗说我看得出来你心里喜欢的其实是柳春芽。那你帮我和田大拿配一门阴婚吧，他也是个老光棍了。到了地下我和他做伴去。

田大拿连屁股带大腿都被炸飞了，身下就是一摊黏稠的血。他听到小碗这样说，兴奋得整个上半身都颤抖起来。他用劲了全身的力气干笑了三声，然后他大叫一声，老婆，跟我回家。

田大拿说完头一歪死去了。陈岭北涨红着脸，一边抱着小碗一边大喊，蝈蝈，蝈蝈你这个挨杀头的，你赶紧给我吹欢喜唢呐。

蝈蝈忙从张秋水身边跑了过来，他摘下唢呐仰着脸对着天空就吹，把《新嫁娘》吹得欢畅淋漓。那声音和天空中漏下来的阳光纠缠在一起，然后穿透云层。这时候枪声渐渐稀落下去，蝈蝈的唢呐声更加嘹亮。没有人知道，因为山炮的炮手一个个都被李歪脖给狙击了，船头正治下令后撤五公里。

枪声终于停了。黄灿灿迅速地把剩下的人员集合在了一起，他的头发焦了，帽子上有了一个大洞。他把帽子揪在手心里，高声地喊着，小崔你给我数人。剩下的人马上做好战斗准备。鬼子现在撤退是暂时的，挨枪伤的野猪咬得凶，都给我注意了。

这时候李歪脖押着日军记者高月保过来了。高月保满身都是烟尘，十分狼狈的样子。他为了拍照片更近些，一点点摸爬向一面斜坡，李歪脖为了狙击山炮手，也离开了队伍摸到了一面斜坡。高月保摸到了正在狙击的躲在坟场远处的李歪脖身后。他高兴地连拍了好几张照片，在他拍第五张照片的时候，他觉得脖子有些凉。一回头，看到脖子上的冰凉原来来自一根枪管。高月保的腮帮子不停地颤抖起来，他想了想，用生硬的中国话说，要不要帮你拍一张照片？

陈岭北看着高月保愣住了，这是他在晴江溪捉鱼洗澡时遇上的，并且送了自己一块洋肥皂的那个日本人。他无声地伸出手拍了拍高月保的肩膀，轻声说，现在你是俘虏。

如果这是一场电影的话，所有的思绪都应该在这个时候被拉回来。我们能看到的是一些细碎的镜头，比如戚杏花被四个男人抬下阵地，他对着那一堆堆的先人白骨，在他的门板上不停地像孩子一样呜呜呜地哭着，两手有节奏地捶打着门板。比如张秋水、比如田大拿和小碗、比如四明镇上那些拿着猎枪参与打仗而受伤的年轻人，都被抬到了山背后的一棵巨大的树下。电影镜头中，还可以看到船头正治在五里以外休整，传令兵正在向船头正治传达千田薰联队长的命令，不惜一切代价，无论死活，必须抢回随军记者高月保，不然这将是千田薰联队的耻辱。

14

陈岭北长久地呈"大"字型仰躺在坟地上，他希望自己的手和脚无限伸展，他望着铅灰色的阴阳怪气的天空，恍惚间看到了云层中的爷爷陈大有。陈大有望着陈岭北，他一言不发，但是陈岭北好像是听到了陈大有的声音。陈大有说，孙子，不孝有三，无后为大，你得回家。

黄灿灿歪着身子走了过来。他斜眼看了两只手腕被捆绑在一起的高月保一眼，突然一脚踹翻了高月保。高月保胸前挂着的相机钟摆一样摆动起来。香河正男怪叫着冲过来，他是俘虏。香河正男吃力地咬着舌头用蹩脚的中国话说，不许虐待俘虏。

陈岭北看到云层中的陈大有淡去了。他躺在地上伸出脚钩了黄灿灿一脚，黄灿灿才放下对香河正男举起的拳头。香河正男和高月保对视了一眼，他看着这个日本的同胞，看上去文质彬彬的战地记者。他想说好多话，但是却不知道应该说什么。好久以后他才用日语说，知道植子吗？

高月保摇了摇头。香河正男苦笑了一下说，你当然不会知道，她给我寄了慰问袋。

高月保望着香河正男手中的枪说，你……打日本人？

香河正男点了点头说，你不会懂的。但你以后会懂。我和你一样是俘虏，我被他们软禁了，但我没有跑，我偷跑出来参加战斗。

高月保说，你是大日本帝国的叛徒与耻辱。

香河正男又点点头说，虽然我是叛徒，可我变回了人。不和你说了，还得打仗。对了，我特别想回家。

香河正男说完，提着三八大盖匆匆地走了。他显然是一名经历过许多战事的少年老成的老兵了，战术动作看上去不规矩但是却非常麻利，几个腾跃就见不到他了。高月保望着香河正男远去的背影，突然心里像被掏空了似的，仿佛走进了一个空荡荡的大殿，四顾无人。不远处陈岭北仍然躺在地上，看着双手被绑着的高月保。这让陈岭北想起了那个晴江溪的夜晚，高月保送给自己的洋肥皂还在小浦东的手上。高月保也望着陈岭北，一会儿，他咧开嘴笑了。陈岭北也笑了。黄灿灿却在陈岭北身边坐着，阴着一双眼盯着高月保。话却是对陈岭北说的，黄灿灿说，你不要和日本人眉来眼去的。

陈岭北说，不要你管。

黄灿灿说，我们还守在这坟地？直接死在坟地算了！娘希匹的，上了个大当，柳春芽儿子的现成爹还真不好当。

陈岭北说，你怕死？

黄灿灿说，怕死我就不打这场堵截战了。

陈岭北笑了，你是没办法，你投的大洋袁大头朝上。你手气差，命不好。

黄灿灿不再说什么。陈岭北却站起了身，他看到余下的兵员正在找掩体，王木头在忙着给伤员包扎。看上去他已经很像一名正儿八经的军医了。他甚至在袖管上套了一个"十"字袖章，明显是在一块白布上涂了红色油漆做成的。陈岭北突然觉得有些厌倦，坟场上的烟在陈岭北面前飘来飘去，那些火药味和烧焦树木的气息让他不由得打了一个喷嚏。他看到不远处一个从坟堆里炸出的骷髅头正对着他神秘地微笑，他无声地走过去，把那个骷髅头捡起来，恭敬地放回到一口已被炸开的棺材中。这时候黄灿灿摇摇晃晃地走了，他从一只子弹箱里翻出一根铁链，把自己锁在了马克沁机枪上。然后他奋力地把手中的钥匙扔了出去，钥匙像一只无声小鸟掠过天幕，瞬间不见了。

黄灿灿回过头来朝陈岭北笑了笑说，老子不退后一寸。

陈岭北的眼睛在瞬间就红了，他随即大吼起来，你要是敢死，我跟你没完。我和你在老家晒谷场上约的那一架，还没有打。

黄灿灿说，老子当然不死，老子要留条命当柳春芽的男人呢，哈哈。

杂牌军余下的伤兵围了过来，他们居高临下地看着黄灿灿。黄灿灿抬起一双血眼环视着这些杂牌军，咬着牙说，给老子回到工事上去！

众人迅速散了，他们无声地趴回到各自的简易工事边上，把枪都举在了手中。他们一句话也没有说，坟场上的空气沉闷，像是一颗炸雷随时就要在半空中炸响。陈岭北抽了抽鼻子，他闻到了浓重的火药味。

那天的第二仗，是在傍晚的时候开始打响的。陈岭北记得西边红通通地堆着一堆云霞，和平救国军和船头正治中队的鬼子像浪一样淹了过来。他们奔走的速度有些急，那脚步声像急促的雨点一样密集地滚动着。隔着遥远的距离，陈岭北其实是听不到这样的声音的，但是他还是看到了那些移动的人影。蒋大个子伏在黄灿灿的身边，他心底里一点也不想把机枪让给黄灿灿，他才是最出色的机枪手。但是他争不过黄灿灿，黄灿灿是他的连长，官大一级压死人。蒋大个子的手轻触着子弹的传送带，他当上了黄灿灿的副机枪手。

黄灿灿轻声骂了一句，别给我翻白眼，老子当班长前就是机枪手。

船头正治和麻四的联合部队越来越近了，他们想要拿下这个地方，当然也想把高月保抢回去。船头正治的望远镜里看不到一个人，只能看到坟场上方飘荡着的水草一样的黑烟，但是他知道平静下面蕴含着巨大的杀机。船头正治微闭了一下眼睛，他有一种直觉，很快第一枪就会由对方打响。果然在部队行进到大概距馒头山戚家坟场三百米左右的地方，陈岭北让李歪脖放出了第一枪。那一枪正中一名日本兵的钢盔，钢盔正中的五星被子弹击穿，日本兵重重地推了一掌般跌扑在地。

枪声在瞬间密集起来。天空中所有的麻雀，都因为突如其来的热闹而选择果断远离，坟场上那棵枯树上的鸟窝也被炮弹的气浪震落。麻雀们开始背井离乡，它们找不到家，惊恐于突然而来的那种闹猛。最后它们像一颗颗飞行的子弹一样，在瞬间像流星一般划过即将越来越黑的天幕。日军密集的子弹压得杂牌军喘不过气来，没有实战经验的四明镇手持猎枪的年轻人，一个个被击中。嘈杂的枪声让陈岭北听不到其他任何声音，耳朵在嗡嗡作响。但每当他看到身边被弹起的烟尘，以及子弹入肉时的瞬间溅红，让他听到了"噗噗"的子弹撕开皮肉的声音。日军的数名山炮手被李歪脖一个个解决了，用不了炮的日军发起了冲锋。就在子弹织成的蜘蛛网下，陈岭北看到高月保虽然被捆住了手腕，却仍然在费力地按动着快门。

现在陈岭北能看到麻四矮壮的脚了，也能看到船头正治不时举过头顶的指挥刀。陈岭北看到越来越近的对手，看看自己阵地上越来越少的子弹，他有些绝望了。他绝望的时候开始拼命地想棉花，他的心里轻轻叫着棉花棉花棉花。

　　　　　　　　　　　　　　　　　"新生代军旅作家"面面观 |

他估计不出五分钟，日军就会攻上这个不高的小山头。这时候突然从斜刺里冲出来一支队伍，陈岭北看到了冲在最前面的麻三，他一直披在身上，仿佛鱼长在身体上的鳞片一样的和平军军大衣不见了，而是一身威风凛凛的唐装。他拿着一挺机关枪，身后跟着一串山匪。陈岭北笑了，一咬牙冲着天喊，麻三你个天杀的，哈哈，哈哈，你是不是想让老子反败为胜？！

只有麻四是看得真切的。他躲在一些和平救国军的身后挥着小手枪，用一个铁皮喇叭高喊着冲上去，冲上去发大洋，发大洋可以去春花院，发大洋可以买女人，发大洋可以买大瓦房，发大洋他妈的好处大大地有。给老子冲上去。他喊得太卖力了，所以他整个头都着冒着热气。他看到了横冲直撞的亲哥哥麻三。他看得真切的是麻三的衣服好端端地少了一只袖子。麻四是读过几句书的，他脑子咯噔一下就知道情况有点儿不太妙。果然麻三冲过来的时候大声地喊，麻四，我割袖子就是和你断了兄弟情义。我实不熬不下去了，我不能被人指着脊梁骨骂汉奸。我早就说让你为麻家传宗接代，你为什么非要当这个破汉奸？

麻三喋喋不休的叫喊混合在枪声里，让麻四听得并不真切。然后麻三出枪，一枪就击穿了麻四吊葫芦瓜一样的脑袋。麻四其实什么话也没能来得及说，甚至都来不及回忆一下小时候哥哥麻三背着他在土埂上等贩红枣卖大葱的爹妈回家的情景。他勇敢地跌仆在地上，整张脸埋在了土里。麻三的眼睛里全是泪水，他拼命开枪的时候，看出去的日军和和平救国军都是斑驳虚幻的，像是隔着一层被雨打湿的玻璃看窗外的风景。陈欢庆、便宜和一大帮山匪跟在的身后不停地开着枪，他们的头上都包了一块白布，白布上写着一个字：杀！

陈岭北的心里叽叽嘎嘎地欢笑起来，他的嘴巴因为兴奋而不由自主地歪了。他大叫着，把大鬼子和二鬼子给我灭了，全灭了咱们好回家。

黄灿灿手中那挺重机枪发出沉闷的吼声，那沉重的金属撞针撞击子弹底火发出的钝音，力道就像刮起的一股股旋风。日军在一排排倒下，黄灿灿的整个身子敞开了怀，胸膛和衣服上全是汗水。有汗水顺利进了他的眼眶，他却把眼睛睁大了，短粗黑的手指搭在扳机上，枪头在不停地来回颤动。热烈的子弹已经发疯了，像疯子一样跌跌撞撞奔向日军的身体。

黄灿灿怪叫起来，黄灿灿说娘希匹的，我把你们都轰烂了。

蒋大个子却突然大吼了一声，说子弹快没了。

黄灿灿一下子愣了。没了子弹的机枪就是一块没有生命的笨铁。日军和和平救国军再一次压了上来。被俘的高月保无人看管，不知道什么时候溜到了黄灿灿不远处。尽管他的双手手腕被绑着，但是他还是费力地举着相机，不停地按着快门。而这时候陈岭北已经看到了日军如密集的蚂蚁，尽管死伤无数，但仍然凭着人马众多而快要逼近山头。

陈岭北说，撤！往后山撤！

那天老鼠山大当家麻三带的人也挡不住日军的枪火，毫无章法地被打散了。大部分的人跟着陈岭北的队伍后撤，麻三带人撤到了四明镇镇口的一座年代久远的更楼里。进入更楼以前，麻三突然喜欢上了更楼的翘檐。那是一座古色古香的石块搭成的楼。这样的一个小更楼让麻三觉得温暖而妥贴，在枪炮声里，麻三才忽然想起了四十多年来一直都没有安定，甚至连孩子也没有一个。这让他觉得无比凄凉。更楼里的更夫已经跑了，这让更楼反而像一个碉堡。麻三在这个碉堡里，看到一张四仙桌上放着更夫没来得及带走的一壶酒，索性坐下来倒了一杯酒喝。他喝酒的时候，眼睛迅速地在众人面前掠过，点清了跟在他身边的加上他自己一共是七个人。

麻三笑了，猛喝一口酒说怕不怕死。

六个人看了看，七零八落地回答，怕死。

麻三又笑了，说敢不敢死？

六个人又相互看了看，整齐地回答，敢死！

那天一个小队的日军将更楼团团围住，麻三和他的手下却把枪开得十分从容。他们都开始喝酒了，然后对着狭小的窗外开枪。日军没有了山炮，对这个石块砌起来的更楼有点儿力不从心。麻三这时候不开枪，他看着六个人对着更楼外开枪，自己一边喝酒，一边摘下了墙上的梆子敲了起来。麻三从来没有敲过更，他觉得这其实是一件很好玩的事。无论是下雨天还是满天星斗，无论是落雪还是春天，在街道上穿行并且在黑夜之中敲响梆子，是多么惬意和美妙的一件事。这样想着，他把梆敲得更起劲了，也把酒喝得更起劲了。他把自己的脸喝得像煮熟的蟹壳，鲜红而光亮。他甚至还唱了一段绍剧《八戒巡山》，然后他提着他的枪摇摇晃晃站起来吼，杀！

那天日军射进更楼一枚毒气弹。麻三看到那升腾的烟雾时，凄然地笑了笑说，陈岭北现在开始你别给我指桑骂槐了，老子有点儿骨气的。麻三说完，把脸转向了六个山匪。六个山匪已经在烟雾中剧烈地咳嗽起来。麻三说，把枪里的子弹全部打光。

子弹终于全部射了出去。更楼一下子显得死一般的寂静。船头正治久久地站在更楼的远方，他看到了一大批倒在更楼前的士兵，这令他感到无比的懊丧。他戴着白手套的手高高举起，挥了一下，又一个小分队在他亲自带领下，迅速地按战术队形向前潜行。当他们踢开门，进入了更楼并且没有遇到任何抵抗就要冲上二楼的时候，烟雾还没有完全散开。船头正治捏着鼻子，看到了麻三笔直地站着，而六名山匪口眼出血，嘴角还挂着泡沫，手里握着一把刀子靠墙瘫坐着。他们显然中毒了，他们中了很深的毒。

麻三笑了，吐着白沫说，你个日本矮子终于来了。

船头正治是看着六个山匪同时把自己的喉咙割断的。其实就算不割喉咙，他们也会因为中毒而死去。麻三望着倒在他身边的六个山匪，大喊一声，有酒同喝，有肉同吃。有福同享，有难同当。好兄弟，麻三带你们到地底下再当山匪！！！

麻三的头重重地撞向了石块砌成的墙，一声沉闷的响声让船头正治的眼皮不停地跳动起来，他知道麻三的头骨一定已经裂开了。麻三的整个身子贴着墙壁缓缓地下滑，眼眶也撞得变形，血水就顺着两只眼睛往下淌。就在他委顿在地上的时候，眼睛还是圆睁着的。他的血手甚至还顺势抓过了胸前用苎麻绳挂着的口琴，放到嘴边吹了一下。然后他的手终于缓缓地松开了口琴，口琴从嘴角掉下来，在胸前不停地晃荡着。

船头正治觉得十分的不愉快。他转身匆忙地走了，在残留着毒气的更楼里他一刻也不想多留。他下楼的时候，日本兵全都跟了下来。只有一只还没有受到毒气攻击的壁虎，活灵活现地趴在屋顶上。它细小的眼睛瞪大了，看着麻三的那只血手。麻三的血手缓缓地伸了过去，拿起了地上那根短棍，重重地敲了一下掉落在地上的梆子。此时刚好走到楼下更楼门口的船头正治听到了敲击梆子的声音，他愣了一下，抬头看到天色终于在这一声响后暗了下来。

四明镇的夜晚来临。船头正治长长地叹了口气，在四明镇滞留了那么长时间，是他没有想到的。他更没有想到的是，壁虎在屋顶上一直看着麻三那只全是血的手，那手十分缓慢地伸开了，可以看到掌心里黏乎乎的血迹中，那根被磨得油光光的敲更用的短棍。

除了高月保，没有人能成为黄灿灿临死前的最后见证。夜色越来越临近了，黄灿灿命令蒋大个子撤离，蒋大个子这时候却突然变得不愿丢下黄灿灿。黄灿灿说，你不是有个海棠吗？蒋大个子脸红了，说你别拿我说逃兵的事。黄灿灿却十分动情，说兄弟我是真心希望你早点儿娶了人家海棠，早点儿当爹。你赶紧得走。

　　蒋大个子说，那你也得走。

　　黄灿灿说，你看我能走得了吗？

　　这时候蒋大个子看到了黄灿灿那根和黑胖子锁在一起的铁链。他一直搞不懂，为什么黄灿灿一直藏着这样一根铁链子。那天蒋大个子破天荒含着泪在头顶子弹织成的网下面，向黄灿灿鞠了一个躬。后来他跪下来，把整个身体伏在了地上，两只手抓起两把泥土，眼眶里蓄满了泪水。黄灿灿笑了，眼中也含着泪花说，娘希匹，没出息的东西，赶紧滚！

　　蒋大个子迅速地撤离了。黄灿灿扶起了黑胖子，子弹又开始交织着往外喷，一直等到黄灿灿把所有的子弹打光的时候，转头才看到身边不远处那个手腕被绑在一起的高月保。黄灿灿笑了一下说，没枪你当什么鬼子兵？

　　高月保回头神来，向他鞠了一躬。这时候他真切地看到了黄灿灿手上和黑胖子连在一起的铁链，立即明白了黄灿灿是怎么回事，他身上的鸡皮疙瘩不由得一层层起来了。果然数名日军围了过来，用枪刺对准了黄灿灿。黄灿灿微闭的眼睛吃力地睁开，他抬头朝日本兵笑了一下。日军开始一枪一枪地往他身上击发，先是大腿、手臂、肚子、小腿……很快黄灿灿变成了一个血筛子，身上很多地方像水管一样在不停地流着血水。日本兵开始大笑起来，在他们的大笑声中，黄灿灿的手却在腰间摸索着，没有人知道他已经打开了压在身底下的手榴弹的弦线。黄灿灿又开始唱当兵时候学来的歌，那是一首情歌，但是他却唱得撕心裂肺动人心魄。妹妹妹妹，来哥的山头。山头花开，山头果落，山头夕阳红艳艳，山头有风也有雨。妹妹妹妹，来哥的炕头……

　　然后是一声巨响，和黄灿灿靠得最近的三名日军被扬了起来，又在烟尘之中重重跌下，像一片片被秋风扫落的梧桐叶。他们手中的三八大盖被气浪冲得老远，远远地落在尘土里如同几根憔悴疲惫的烧火棍。高月保也被巨大的气浪掀翻在地，等他挣扎着起身的时候，看到爆炸过后的烟雾正在慢慢地散开。所有的事物，在高月保的眼里越来越清晰。高月保看到了那挺马克沁重机枪没有被炸毁，倒是黄灿灿的那只挂在铁链上的手，还在不停地晃荡着。而黄灿灿的身子，已经荡然无存，仿佛消失在空气里，或者是被天空给收了去。望着那只夕阳下的断手，高月保举起了相机，一张一张地拍着。他的眼眶蓄满泪水，镜头穿透了还在不停散去的烟雾。

船头正治是慢条斯理地赶到这块坟地的。他戴着白手套，穿着皮靴的脚步走得沉稳缓慢。馒头山已经完全被日军给占领了，夜幕早已降临。有士兵打着火把，在火把忽明忽暗的光线里，船头正治看到了黄灿灿的那只血肉模糊的手，以及"黑胖子"马克沁机枪的枪身上，被溅上的肉末。船头正治向那只晃荡着的手慢慢地长久地弯下腰去，在火把映出的红光里，他弯腰的样子像一张弓的模样。

那天船头正治带走高月保。他对高月保十分冷淡，但是他还是让通信兵向千田薰联队长作了报告。他一点也不喜欢目无军纪随便进入阵地最危险地带的战地记者，他认为打仗不能靠记者，而是靠子弹和炮弹，以及坦克的履带。船头正治摆了摆手，立即有一名上等兵递给高月保一支三八大盖。上等兵潦草地教他如何击发，然后带他匆忙地离开了。离开以前高月保一直在回头，他觉得那只吊在马克沁机枪上的手像一个妖怪一样，在他的脑海里既触目惊心，又鲜艳如花。

船头正治看了看手表，他下达了命令，就地驻防，天亮以后穿过四明镇。

一名四明镇上的青年猎枪队队员带着陈岭北和所有仅存的战士钻进了一片树林。那是一片遮天蔽日的树林，不仅连接着地气，并且无休止地延伸向远方的四明山脉。在树林里休整的时候，陈岭北抬眼望着树荫，他突然觉得这是一个与世隔绝的地方。他靠在树干上，让小浦东去清点人数。新四军剩下十一名，国军35团剩下九名，四明镇上的年轻人剩下二十三名，老鼠山上的山匪剩下三十六名，加上王木头和海棠、香河正男，一共是八十二名。海棠靠在一棵树身上坐着，在叭嗒叭嗒地抽着那根铜烟杆，烟杆头上一亮一亮的火星，让这个夜晚显得更加幽深。陈岭北看到蒋大个子竟然像孩子一样蜷缩在海棠的怀里，他好像睡着了，海棠的手掌不停地抚摸着他被战火烧焦的头发。陈岭北突然觉得长得像门板一样宽阔的海棠，很适合当蒋大个子的娘。

陈岭北派出了李歪脖和施启东，不停地去侦察日军的动向。日军已经扎营，他们显然不敢连夜穿过四明镇，他们怕这个陌生的小镇深得像海一样，进入了海就再难以出来。在他们等待天光的过程中，陈岭北已经打定了主意。在天亮以前，一定要重新杀一个回马枪，哪怕和日军全部拼完。想到这里的时候，他不由得摸了摸腰间棉花送给他的那双布鞋，他脚上的鞋子已经露出了脚趾，但他一直舍不得穿新布鞋。现在他终于咬了咬牙把那双旧鞋扔了，换上了千层底布鞋。站起身来试脚的时候，他轻声说，棉花，如果我死了，我就穿着你做的鞋去找阎王爷报到。

那天晚上陈岭北把新四军仅剩的人全集中在一起，围成了一个小圈。他主要交代的是只要新四军中谁能活着，谁就要做两件事。一、把他身上背着的那名游击队队长留下的公文包送到南通新四军驻地；二、把香河正男押送到南通新四军驻地。

说这话的时候，陈岭北斜了香河正男一眼。

香河正男站了起来，啪地立正，口齿不清地说，如果只剩下我一个人活着，我也要求完成这两件事。

众人都看着香河正男。香河正男的眼神显出真诚与不可抗拒。施启东突然嗡声嗡气地说，队长，我相信他。众人都七嘴八舌起来，都说，我相信他。陈岭北站起身来，走到香河正男面前，和他近距离对视。借着一支小火把微弱的光，陈岭北看到香河正男深不见底的眼神。陈岭北笑了，说那我也相信你。

听到陈岭北的这句话，香河正男眼里的泪水无声地落下。陈岭北的手指头伸出去，轻轻按在了香河正男的一侧脸的眼泪上。黑夜就越来越深沉了。

凌晨三点的时候陈岭北让小浦东、施启东、六子和李歪脖悄悄叫醒了杂牌军的所有人。他们顺着来路出发，在黑色的夜里如同潜行的蝙蝠。他们悄悄掩近了坟地附近的一块空地，日军有游动哨在不停晃荡。陈岭北看到天空慢慢接近了灰白，一颗闪亮的"天亮星"就挂在空中。陈岭北说，李歪脖，你开第一枪。

李歪脖的第一枪开得顺风顺水，没有任何悬念地在一声枪响以后，放倒了日军一名游动哨。李歪脖的枪管急速移动，又是一声枪响，又一名游动哨被击毙。然后枪声就骤然激烈了起来，日军驻营地像是蚂蚁窝里突然淋进了滚水一样乱了起来，随即轻重机枪的叫声也响了起来。对方的枪声把黑夜给完全撕开，天色正在渐次放明。这时候孤独的柳春芽，躺在戚家祠堂的一块棺材板上。她

　　　　　　　　　　　"新生代军旅作家"面面观 |

睁着眼睛望着天井上方正方形的天空，天空正在由黑变灰再到一片明亮。她的肚子高高地朝天耸起，像馒头山一样浑圆而饱满。柳春芽觉得肚皮里的孩子蠕动得厉害。她轻轻地抚摸着肚皮说，张团长，你儿子马上就要出来了。

柳春芽一边隔着肚皮抚摸着张团长的儿子，一边听到了隐约的枪声。这枪声在大年夜就要临近的腊月，显得有些虚无缥缈，仿佛是四明镇上那些民居屋顶上高高举起的烟囱喷出的烟一样。柳春芽想，一定有许多兄弟被子弹纷纷扬扬地放倒了。

这时候的高月保正跟随着船头正治后撤。后撤的路十分平坦但是却走得无比漫长，陈岭北让手下这支杂七杂八的杂牌军紧紧地咬住了船头正治中队。后撤的日军中队和和平救国军中队士兵正在枪声中逐渐减少。战斗最勇的是李歪脖，他不停地拉动枪栓，一枪枪击发，每枪都会命中一个目标。然而这时候他一摸子弹袋，发现子弹已经没有了。

高月保在后撤的时候，不时地开枪还击着。对于武器而言，他还是一个连枪也拿不稳的陌生人。他闻到火药的气息时，认为那是一种清香，所以他猛吸了一下鼻子。陈岭北看到了远处的高月保，他喜欢高月保那种怯生生的神情。但这样的怯生生正在消失，取而代之的是渐渐变得果断而决绝的眼神。陈岭北叹了一口气，他的枪举了起来，屏住呼吸把准星、缺口和高月保连成了一条直线。陈岭北的手指扣动，子弹射出了枪膛穿破寒冷的空气，在瞬间扑进了高月保的胸膛，像是一只鸟的回巢。

高月保觉得胸口被重重地击了一锤子，然后胸口开始发热。那些血像是水龙头里流出的水一样，不停地往外噗噗有声地冒着。他的枪抛开了，身子软软地委顿下去。高月保觉得脚下堆满了柔软的棉花，然后整张脸仰向了天空。他觉得天空真蓝。

远处一名日军也在瞄准陈岭北，这时候枪声响了。日军翻倒跌仆在地上，陈岭北看到香河正男站在不远处，用跪姿射击的姿势扣动了扳机，射杀了那名将要杀死陈岭北的日军。杂牌军呼啦啦地向日军拥上去一大片，陈岭北大叫，蝈蝈，蝈蝈给我吹冲锋号。

蝈蝈一直认为他最威风的一刻就是吹响冲锋号。但是并不是每一场战斗都能吹得响冲锋号的。现在蝈蝈能吹冲锋号了，他站直了身子，把军号斜向天空，鼓起腮帮吹起了冲锋号。那声音带着金属的音质，喷向了天空，然后在天际传得很远。一颗子颗飞来，射穿了铜号，号子的声音随即漏了。蝈蝈大叫，军医呢，军医在哪儿？王木头，王木头你快给我胶布。王木头背着一只药箱冲过来，迅速扯下一块胶布给蝈蝈的铜号补上了破洞。

冲锋号的声音又响了起来。

杂牌军凌乱的脚步奔向溃逃的日军和和平救国军残部。陈岭北大声叫，想回家的，赶紧把鬼子和汉奸给赶尽杀绝。

日军的一挺早就哑了的机枪在这时候像是回光返照一般响了起来，密集的子弹恰好全部奔进了便宜的怀中。便宜的胸前随即开出一朵朵血花，他的身子摇摆着，双脚跪地，最后整个人仰天倒下了。陈岭北迅速地奔过来，抬起了便宜的上半身。便宜永远围着的围巾往下滑落，露出了他的兔唇。便宜笑了，他吹了一声嗯哨然后瞪着一双血眼死去。这时候李歪脖跑到陈岭北的身边，捡起一支日军剩下的三八大盖，一边拉动枪栓击发一边对陈岭北喊，没子弹了，我们都快没子弹了。

陈岭北将便宜的身体放平。没子弹就给老子拼刺刀。新四军、国军35团、四明镇和老鼠山上的兄弟们，上刺刀。

上刺刀！上刺刀！上刺刀！

呐喊声响了起来。脚步急促地奔向溃逃的日军。日军忽然停住了脚步，他们开始卸三八大盖的子弹。按照日军正规的拼刺刀程序，他们必须卸下枪中的子弹以免扣动扳机误杀自己人。一场刺杀正式开始，刀子入肉的声音扑刺扑刺地响起来，血花四溅。陈岭北看到了船头正治，船头正治的指挥刀缓缓地拔了出来。陈岭北冲上去，他像一支被射出的箭，奔向了船头正治。指挥刀和枪刺搅缠在一起，发出刺耳的铁器碰撞的声音。最后指挥刀和枪刺都被震飞，陈岭北重重地跳了起来压在船头正治的身上。船头正治后来翻转了身子，他红着一双眼睛把陈岭北死死地压在身下，用双手卡住了陈岭北的脖子。陈岭北喘不过气来，他看到变了形的船头正治的脸，然后他整个人就变得虚脱起来。船头正治的脸变成了三张，最后变成了一片模糊。陈岭北想，棉花，我回不了家了。

船头正治的脸色变得越来越扭曲，他的脸涨得通红，所有的力量都用在了手上。他掐住陈岭北的脖子，让陈岭北一直都在翻着白眼。他觉得陈岭北这一次一定会背过气去，就在这时候他觉得脖子上有些热。他一点也不知道他的后脖子上多了一把裁缝剪刀，那是陈岭北慌乱中从牛皮公文包里翻找出的剪刀，直接插在了船头正治的后脖。血在拼命地涌出来，黏乎乎的把船头正治的整个脖子染红了。船头正治觉得心正在发慌，整个人晕乎乎的。陈岭北猛地用力，将船头正治蹬开的同时，把船头挂在腰间的一枚卡簧手雷打开了。

陈岭北用足了力气进行了这场战斗中最后的翻滚。他滚出一丈多远的时候，爆炸声响了起来。陈岭北分明看到船头正治的肠子像张牙舞爪的蚯蚓一样在空中飞舞和降落，陈岭北就长长地吁了口气，他知道这枚手雷一定会让船头正治碎成粉末。

战斗也是在这一声巨响中结束的。陈岭北已经累得不能动弹。他就那么躺着，在怀里摸索到了那支高月保在晴江溪边送给他的长寿牌香烟。香烟已经皱巴巴了，但是还能点得着，陈岭北侧过身在一截正在燃烧着的木块上点燃了香烟，美美地吸了一口。他就那么长久地仰天躺着，主要回忆在晴江溪捉鱼洗澡时，和那名叫高月保的日本随军记者的偶遇。

李歪脖跑了过来，站在了陈岭北的面前。从陈岭北躺着的角度往上看，可以看到李歪脖胡子拉碴的下巴。陈岭北笑了，说，真累啊。

李歪脖说，仗打完了。

陈岭北说，真笨，仗打完了，当然是打扫战场。

15

陈岭北跟着李歪脖在一片狼藉的馒头山戚家祖坟地上行走。杂牌军的队员们，正在打扫着战场。他们的脸上一片焦黑，衣衫褴褛，都睁着一双血红的眼睛，手中提着上了刺刀的长枪搜寻着还在呻吟的日军，以及受了重伤的战友。一些阵亡的战友被他们集合在一处平坦的地方，陈岭北走过来的时候，一眼看到了仿佛睡得很香的小浦东。

陈岭北想起小浦东临战前伏在不远的坟堆后面，他的身下还垫着一只麻袋。小浦东十分认真地对陈岭北说，要是我格趟子活不成，侬帮我的身体擦擦清爽。我要清清爽爽去投胎。

陈岭北蹲下了身子，在小浦东的口袋里翻找起来。陈岭北掏出了那块用旧报纸包着的洋肥皂，那是当初在晴江溪捉鱼洗澡的时候高月保送给陈岭北的。李歪脖站在不远的地方，安静地看着陈岭北。陈岭北像是要从洋肥皂里看出什么秘密来，翻来覆去地看着这块肥皂。

海棠穿着脏兮兮的绣着大朵牡丹的红衣，嘴里叼着铜烟杆，边走边拿脚踢踢阵亡的日军尸体。一道金色的光线灼痛了海棠的眼神，她的心里叽叽叽地笑了一下，猛抽了一口烟又对着天空喷了出去。然后她大笑，哈哈哈，老天爷有眼。

海棠笑完就蹲下身，将烟杆里的黑色残烟在一杆枪的枪托上砸了几下，然后麻利地夹在了腋下。海棠抓住了一名阵亡日军的手，把他的手高高举起来，仔细端详着那手指头上的一枚金戒指。她从他的手指头上褪下了戒指，高兴地拿在手上吹了一下，得意地对不远处的蒋大个子喊，喂，我给你省钱了。我捡到一只金戒指。

蒋大个子欣喜若狂地奔到了海棠身边，说那我欠你的金戒指，一笔勾销了？

海棠说，那你可以欠我一副金耳环的。

这时候陈岭北走到了那挺被黄灿灿号称黑胖子的重机枪边上。他看到一只吊在机枪上晃荡着的手，不由得长长地吁了口气。他知道他没有机会再和黄灿灿在丹桂房朝天敞开着的晒谷场上狠狠地干一架了，这让他无比失落。在机枪一丈开外的空地上，朱大驾找到了黄灿灿被炸飞的一块破布口袋。朱大驾把破布口袋递到陈岭北手上，陈岭北把手伸进口袋里，摸到了一块冷冰冰的大洋。

陈岭北把这枚大洋拿在手上的时候突然愣了，他看到这块大洋的两面，都是袁大头。

朱大驾直愣愣地站在陈岭北的面前，他的衣服已经破成了一缕一缕，看上去身上穿着的是一张蜘蛛网。但是他脸上浮起了灿烂的笑容，朱大驾笑着说，就我一个人知道，他这块大洋两边都是大头。

风一阵阵吹来，把朱大驾丝丝缕缕的军装吹得随风晃荡，仿佛是一件穿在身上的渔网。陈岭北真怕风把朱大驾给吹走了。朱大驾的身上，混杂着炮灰泥土和血污，看上去就像一粒在尘土上滚过的汤圆。陈岭北听到朱大驾在不停地说着话，朱大驾说得絮絮叨叨，但是脸含微笑，一直都没有停下来的意思。朱大驾说黄连长那事儿早不行了，他还故意要争一下小碗，还故意要娶柳春芽。其实他是想打仗，又怕兄弟们想着回家。所以他弄个赌馆里抽千用的袁大头，让自己故意输给你。所以他口口声声回家生孩子，是想让手下的兄弟们能回家。

朱大驾的语速慢慢快了起来。陈岭北听不清他在说什么，索性不再去听，他找到了一块裹在枪身上的白布，一边捧着黄灿灿的血肉，一边轻声说，混蛋啊你要真是有本事，你就活过来跟我下盘棋。你比我先死算什么本事？你要是下棋能下得过我，那才是本事。

陈岭北用一把枪刺在地上挖了一个坑，把白布连同那一堆碎肉埋在了地下，然后认真地填回了土，用脚踩平。他把这事做得很专心，当他抬起头的时候，看到朱大驾披着破渔网一样的破衣裳还在絮絮叨叨。陈岭北就皱了一下眉头，说你能不能少给我废话。

朱大驾笑着说了最后一句话，说完这句话他就再也不说了。他说黄连长，我不想回家想打仗，等打完仗我回你的家，我替你尽孝。朱大驾说完，用牙齿紧紧地咬住嘴唇，就是不让眼泪从眼眶里滚出来。陈岭北愣愣地看着朱大驾，突然发现朱大驾和油条西施那件破事，根本算不了什么。

一声枪响。陈岭北转头看到不远处的海棠站在原地，胸口却开出了一朵湿润的红花。她的嘴微张着，仿佛是在吃惊地望着远方。身边的蒋大个子一把扶住了她。海棠像面条一样慢慢地软了下去，她腋下夹着的铜烟杆掉落在地上。陈岭北的目光急转，他看到了不远处一名奄奄一息的日本伤兵，一只手中还无力地举着枪。陈岭北随即麻利地卸下了一支三八大盖枪身上的枪刺，一步步地走向那名伤兵。那伤兵还想转过枪管来，但是却没有了力气。陈岭北走到日本伤兵的身边，一脚踢过去，伤兵的脸随即就被踢烂了。陈岭北手中的枪刺，从日本伤兵的下颌刺入，从后脑勺钻了出来。那钻出来的枪刺头上，还沾着豆腐花一样的脑浆。

这时候的海棠在蒋大个子的怀里不停地喘着气。她的大拇指和食指仍然捏着那只小巧的金戒指，对蒋大个子急促地说，快，快给我戴上，金子辟邪。

蒋大个子慌乱地给海棠把金戒指套在了手指上。海棠的嘴角露出了笑，说你欠我的金耳环不用给我买了，我都要死了。蒋大个子的脸上眼泪鼻涕糊了一脸，说我一定要买，你不会死。我会让王木头救活你。

海棠大笑三声，哈哈，哈哈，哈哈，他不过是个兽医。

海棠说完，戴着金戒指的手垂了下来，眼睛无力地合上了。蒋大个子把海棠抱在怀里，一边呜咽一边把海棠抱得紧紧的，生怕海棠会长出翅膀飞走。

陈岭北走到了蒋大个子的身边，他坐了下来，看着表情木然的杂牌军战士们正在打扫着战场。陈岭北轻声说，你最好还是哭一场吧！

蒋大个子开始号啕大哭。他的哭声越来越响，穿透了云层。没有人理会他，他们仍然在打扫战场。在蒋大个子的哭声中，陈岭北站起了身，摇摇晃晃走向了那挺黑胖子机枪，他小心地取下了那只用链子吊在机枪上的手，招呼着施启东过来帮他砸开铁链条上的小锁，然后他将那手抱在了怀里，轻声说，姓黄的，我会送你回家。

陈岭北在晴江溪浅水的岸边拎了几桶水，把小浦东赤条条地放在一领竹席上，并且把他洗得干干净净。小浦东身上的枪眼已经没有了血水，像一只只暗红色的眼睛，懵然地望着天空。水草在水底里飘摇，冬天的寒意使水面上飘着氤氲的水气，陈岭北就像神仙一样站在充满雾气的浅水的河中。他赤了脚，双脚因为接触冷水而变得通红，一些平凡的小鱼争先恐后地游过来啄着他脚上的皮肤。这让他想起了故乡，暨阳县，枫桥镇，丹桂房村，村外一条宽阔却极浅的小溪，溪面上波光粼粼，像一万条鱼漂浮在水面上闪动鱼鳞。

陈岭北为小浦东擦干了身子，又裹上了一块干净而柔软的白布。他抱着小浦东走向了回戚家祠堂之路。回去的路无比漫长，小浦东在他的怀里像一个熟睡的婴儿。小浦东对陈岭北说过，要是我格趟子活不成，侬帮我的身体擦擦清爽。我要清清爽爽去投胎。

在回祠堂的路上，陈岭北一直都觉得奇怪，下达堵截命令的国军援兵一直都没有来。执行"冬之响箭"任务的日军后续部队也没有来。四明镇一下子变得无比安静，仿佛什么事情都没有发生过，或者是一座被废弃的小镇一样。陈岭北派出去的李歪脖回来报告，说是日军偷偷派出了便衣队把日军在馒头山阵亡的军官和士兵都拖了回去，把那些和平救国军的中国人扔在了山上。陈岭北觉得这不像是日本人的做派，日本人怎么会不报这一个中队的全军覆灭之仇。

这时候的戚家祠堂里，蒋大个子因为死了海棠，所以他恨不得砸掉那台传来命令的步话机。他和报务员朱大驾就在祠堂天井里追赶跑跳，朱大驾在前面红着眼奔逃，一不小心绊了一脚跌在石板上。蒋大个子重重地压了上去，举手就要夺朱大驾抱在怀里的步话机。朱大驾涨红了脖子大声地喊起来，蒋大个子你听好，你要是敢对我的步话机动手，我就敢把你鸡巴蛋给扯下来。

蒋大个子说，那你赔我的老婆海棠。

朱大驾说，可是砸了步话机，海棠也活不过来。

蒋大个子说，你不是说步话机又失灵了吗，失灵了你还抱那么紧干什么？

朱大驾说，失灵了可它还是步话机。

蒋大个子说，什么步话机，分明是催命机。光下达一道命令就随即失灵。

蝈蝈坐在不远屋檐下的一张椅子上，像一个刚睡醒的少年，懵懂地望着不远处墙角一只1941年间织着网的蜘蛛。蜘蛛停顿了一下，在微风中它饱满黑灰的身子在网中央微微地颤了颤，又颤了颤。这让它感觉到要变天了，果然有细小的毛毛雨从空中落入戚家祠堂的天井里。蜘蛛笑了一下，它贴着墙角敏捷地爬走了，像一个训练有素的战士。在爬走的过程中，它看到屋檐下坐着的蝈蝈的手里紧紧地抱着一只青花坛子。

坛子里面装着四明镇上的专做"白事"的丧甲们帮忙火化的张秋水。蝈蝈抱着坛子就像抱着张秋水一样。他答应过张秋水要把张秋水送到武汉老家的，但是他现在连张秋水家住在哪儿也不知道。但他相信他能有办法找得到张秋水家。他看到蒋大个子紧紧地压在朱大驾的身上争夺着那只步话机，他的眼泪就不由自主地流了下来。他说，秋水。

这时候陈岭北抱着小浦东走进了祠堂的侧门，雨点越来越大了，仿佛是跟着他的脚后跟赶来的。陈岭北看着雨中天井里扭成一团的蒋大个子和朱大驾笑了，说你们吃得空？你们吃得空就找日本人拼命去。

蒋大个子和朱大驾停止了扭打，他们好像对这个叫陈岭北的土不啦叽的新四军越来越敬畏了。他们看到陈岭北一言不发，抱着小浦东走到了屋檐下。一柄黑色的巨大的雨伞在这个时候映进了众人的视线，大雨伞下是坐在门板上被四个男人抬进来的戚杏花。戚杏花的背后还跟着一堆老人。很快，他们就挤满了天井。他们没有挤到屋檐下去，也没有挤到厢房，他们就这样淋在天井的雨中。

戚杏花嘴里的烟杆猛吸了几口，吐出一股浓重的烟来。他花白的胡子不停地抖动着，然后用烟杆指着陈岭北说，陈队长，我把我那口白身子寿棺让给这个小英雄。

陈岭北的脸上慢慢浮起笑容，他说，好！

一个老人说，我的寿棺，就停在外面，给你们用。

另一个老人说，我的寿棺，也停在外面了，给你们用。

那天陈岭北在一个五十多岁的油漆匠指导下，开始在屋檐下为那口戚杏花用来做寿棺的白身子棺材画仙鹤。他觉得既然小浦东说要干干净净去投胎，那么投胎是需要乘着仙鹤去的。那天四四方方的天井上空，一直飘着冬雨，这让烂冬至晴过年的说法显得像稻草一样绵软无力。最后陈岭北画好了仙鹤，看上去显得十分丑陋，像一只有着瘦长的脚的鸡。陈岭北拿着画笔对那只长脚鸡笑了，说小浦东你也不要嫌弃，不管这鹤长得丑不丑，你只要记住一点就行了，是仙鹤驮着你走的。

画好了仙鹤，陈岭北就一直坐在小浦东的身边。他突然觉得很累，累到怎么也不想动，所以他就把脚伸得笔直，整个人四仰八叉地躺倒在棺材边上。

麻三的坟就在小浦东的坟边上，这两个毫不相干的人现在住在了一起。陈岭北带着杂牌军的兵，站在坟前为他们送行。麻三的坟边上，是便宜的坟，他们爷俩从此以后永远在一起了。所以陈欢庆感到无比悲伤，他本来是麻三的军师，现在他用麻三留下来的那把口琴，吹起了《长城谣》。这一天是除夕，四明镇上有零星的二踢脚爆开的声音传来，不知道今天就是大年夜的几只黑色老鸦，选择在一棵枯树上发出粗糙而难听的叫声。在这座山上，因为多出了密集的新坟而显得无比萧条。那些泥土被翻松了，黑的颜色泛在坟尖上。陈欢庆在用口琴吹着《长城谣》，这歌只有柳春芽一个人会唱，所以她捧着自己的大肚皮唱了起来。陈岭北觉得她唱得不好，因为她是个剧团里的戏子，所以她唱的《长城谣》有点儿唱戏的味道。陈欢庆吹完了《长城谣》的时候，陈岭北走到了他的身边，摊开了一只手。陈欢庆就把那把口琴放在了陈岭北的手心里，陈岭北直接就把口琴插在了麻三的坟尖上。陈欢庆想，再过三个月，这座坟上一定会长满青草。

馒头山上是密密麻麻的新坟。这块戚家向阳的祖坟地，现在被外姓人占据了，阵亡的士兵都葬在了四处。陈岭北仿佛能听到他们熙熙攘攘的声音，这样的声音越来越密集，灌满了他的耳膜。他的眼前浮现了每个人的影子，这些人站在坟头上，穿着新衣服，整个人雾气腾腾的。他们向他微笑着，海棠穿着红衣站在远处显得更为突目。海棠说，当家的，我们饿了。大家就异口同声地说，我们饿了。陈岭北才想到，除了在老鼠山上的山匪窝里让大家吃得好一些以外，一直都没有给这批卖命的杂牌军吃过饱饭，这样想着他就想抽自己的耳光。这时候王传香戏班的十八个女演员出现在坟堆前，她们清一色的阴丹士林素雅旗袍站成一排，齐刷刷地弯下腰去。自从上次她们被日本军人强奸后，她们一直都没有离开四明镇。

陈岭北觉得她们一定是不想回家了。

那天陈岭北带着大家下山。细雨已经把上山的小道给打湿了，所以他们走路的时候一滑一滑，长长的下山的人群，像一条黑色的蜈蚣一样蜿蜒着下山。然后戚家祖坟地这一片小世界开始安静下来，安静得除了雨的沙沙声以外没有其他的任何声音。静谧之中，那冷冷的冬雨均匀地洒在麻三的坟头，以及坟头上的那把口琴上。泥土开始松动，缓慢地下陷，那把口琴徐徐地陷入坟中，最后被泥土掩埋，仿佛是麻三伸手把口琴拿走了。

江桥镇的千田薰联队驻地，千田薰反背着双手站在一块空地上。空地上安静地躺着许多日军的手臂和手掌，他走到了其中一只手臂边上。手臂上的小金属身份牌上有四个字：船头正治。

唯一完整的尸体是高月保。本来按他的身份，应该是只取一只断手的，但是受命打扫战场的一名准尉军官认为随军记者应该受到礼遇，就把他整具尸体搬了回来。其实他很年轻，年轻得像一根家乡岛根县野外的茅草。但是现在他已经夭亡了，他是被一颗像鸟一样飞来的子弹击中的。他不知道，把这只鸟放飞的人是和他曾经在晴江溪的水中有过偶遇的新四军陈岭北。高月保的眼睛睁着，直愣愣地望着天空。他看到了天空中飘着细雨。这是异乡的雨，这些雨在他眼里泛着一片红光。

千田薰走到高月保的身边，从地上拿起一只破损的沾满了土和尘的照相机。那是高月保留下的。千田薰仔细地端详着，摆弄了一会儿照相机以后，他把相机递给身边的一名军曹。然后他低沉的声音响了起来，勇士们，我一定会用飞机送你们回家，安息吧。

千田薰说完这句话，高月保才觉得很累。他的眼睛在这时候缓慢地闭上了，像渡口合拢的一个闸门。在完全合拢以前，他看到千田薰的手一挥，那些手臂和手掌在助燃剂的作用下熊熊燃烧了起来。那红色的火光把千田薰的脸映红了，千田薰很轻地说，杀，杀，杀完中国人！再回家。

这时候江桥镇上又零星传来了几声二踢脚炮仗炸开的声音，一个萧瑟的除夕的夜幕，就要降临。

"乡村叙事"的诗性与浪漫

傅逸尘

一、现代文学的乡土叙事居然延续到了
70后作家海飞，吊诡或怪异乎？

乡土叙事在中国现当代文学中应该是一个庞大的存在，鲁迅以降，大家比比皆是，比如沈从文、赵树理、柳青、浩然；1980年代更是涌现出一批中青年作家，"在寻根文学"之后以各自的风格持续着对乡村不同历史，以及现实的回想与书写，甚至可以说已经固化为了一种资源极其丰富与浑厚的文学传统，或者建构了一条宽广雄壮的文学叙事脉络。五四以来，一个世纪之久，西方数十种哲学与文学，或者思想之思潮几度漫卷中国思想文化与文学艺术，却不曾撼动乡土叙事的根本之一二。改革开放以来的四十余年，是中国城市发展日新月异、突飞猛进的时期，城市的影响力与感染力是难以估量和想象的；而乡村则被迅速边缘化，其凋蔽的速度与程度也是惊人的。尤其是城市文化，近二十年来更是色彩斑斓、花样翻新、思潮云涌；但是，文学的"城市叙事"似乎一直没能建构起来，至今面目模糊不清。1980年代的"改革文学"和1990年代末的"底层叙事"都写了城市生活，但肯定无法称之为"城市叙事"。能称之为"城市叙事"的应该是一直坚持写上海这个城市的历史与现实的王安忆和近期因写《繁花》而获茅盾文学奖的金宇澄，以及60后的一批新生代作家；当然，早期的茅盾的《子夜》和稍晚的周而复的《上海的早晨》，那也是真正意义上的"城市叙事"，只是这类作家与作品数量太少。

何以如此？当是一个复杂的存在，可能与中国是以农业为主体的社会有关，作家多数来自乡村，真正出身于城市，然后成为作家的相对要少许多。2012年获诺贝尔文学奖的作家莫言，以及获得茅盾文学奖的陕西作家贾平凹，他们都来自乡村；但细究起来，他们在乡村的年头都不多，不过二十年左右。在城市里居住下来后，再回到乡村已经有了很大的客情成分，或省亲，或小住，与他们在城市的情形全然不同。综观他们的创作，基本上是乡土叙事，无论是现实的，还是历史的，尤其是他们的重要作品无一例外。不要小看了这二十年，正是这二十年，决定了他们未来写作的内容与方向，成为他们永不枯竭的文学叙事的源泉。无数作家创作经历都证明，童年，或者青少年时期的生活与经历影响着他们一生的写作。

然而，这样的状况居然延续到了隔了数代的70后作家海飞，不能不说有点吊诡和怪异。海飞近年来广受好评的小说《麻雀》《捕风者》（中篇）、《向延安》《回家》《惊蛰》（长篇），从题材或文学类型论，更接近军事与谍战；但还有相当一部分没有引起文学界足够重视的散文与短篇小说却是纯正的乡土叙事。我当然知道海飞十八岁当兵之前一直生活在乡村；但他在城市生活的年头已经超越了在乡村生活的时间。在城市里，甚至包括早期的县城，吸引海飞思想与眼球的东西一定是眼花瞭乱、目不暇接；但他还是不自觉地接续了近百年中国文学乡土叙事的烟火与文脉，在他早期的这批散文与短篇小说中进行了他独特的，极富诗性与浪漫情怀的"乡土叙事"。这可以说是一个值得关注与研究的现象。

二、"乡土叙事"与"乡村叙事"辨

其实我不太喜欢"乡土"这个词，我觉得"乡村"可能更好一些，什么原因不很清楚。为此，我专门重读了费孝通七十年前的《乡土中国》一书。费老认为，美国的乡下大多是一户人家自成一个单位，很少屋檐相接的邻舍。这是他们早年拓殖时代，人少地多的结果，同时也保持了他们个别负责、独往独来的精神。中国很少类似的情形，在四川的山区种梯田的地方，可能有这类情形，大多的农民是聚村而居。其原因有四：一是每家所耕的面积小，住宅和农场不会距离得过分远；二是需要水利的地方，他们有合作的需要，在一起住合作起来方便；三是为了安全，人多了容易保卫；四是土地平等继承的原则下，兄弟分别继承祖上的遗业，使人口在一地方一代一代地积起来，成为相当大的村落。[①]费老所概括的这几个方面似乎更接近我对"乡村"这一概念的感觉与认知，因为它是具体的，也是具象的，让我想象出了中国"乡村"生活的本源与底色，甚至生命的状态与哲学。但是，近百年来，中国文学学界，也包括当下文学学界，更多的还是使用"乡土叙事"这个概念，这显然与现代文学的学术研究的历史延续及对当代文学的持续影响有关。而我则觉得"乡村"更亲近，它的空间的逼仄可能更接近普通人的性情？或者，我觉得"乡土"似乎沾染了些许的哲学意味，而"乡村"则更文学与艺术。是故，我在这篇关于作家海飞的散文与短篇小说的笔记里选择了"乡村叙事"的概念，在"乡村叙事"里讨论才让我觉得更容易接近真实的海飞，甚至海飞的散文与短篇小说。

三、梵高之于阿尔勒与海飞之于丹桂房

不知道为什么，在读《卧铺里的鱼》，尤其是其中的散文的时候，我自然而然地想到了画家梵高。海飞与梵高当然没关系，但两人似乎在某些层面既有外表的相像，也有内在的关联，这些近似的东西让我产生着似是而非的想象。关于梵高，我读过很多著作，当然，最让我激动不已的是早年读过的欧文·斯通的《梵高传》。近日又读了英国年轻的艺术评论家威尔·贡培兹的《现代艺术150年》，其中有一段关于梵高的论述，虽然简略，却将梵高人生与艺术的轨迹描述得异常清晰与透彻。这本书的语言与叙述是我喜欢的，一本美术史论却写成的文学性很强的散文，简直就是我心中文学批评的理想范本。

梵高是荷兰人，艺术交易的物质主义让他产生了幻灭感，他问弟弟提奥，"我干什么合适呢？"提奥的答复却是预言性的：成为一名艺术家。学习绘画五年后，在弟弟提奥的建议下，梵高来到了法国巴黎，并看到了印象派艺术家的作品，梵高被他们的色彩，以及厚涂技法所迷惑，一时间竟应接不暇，但他却顿悟了。还是提奥的建议，梵高前往法国南部的单纯而美丽的阿尔勒小镇，在

---

① 费孝通著《乡土中国》第 8 页，江苏文艺出版社 2007 年 4 月第 1 版。

金黄的田野里，他发现了与北方完全不同的太阳的光芒制造出的强烈色彩，这让他激动不已，创作的热情突然暴发，无法扼制，他居然在短短的十四个月里绘制出两百余幅作品，包括诸多代表作。梵高显然超越了印象派艺术家，他描绘的是他的所见之感受，而不是印象派的印象，甚至景象；为此，他不惜扭曲笔下的形象，用夸张的方法来达至他想象的主观的艺术效果。咖啡馆、树木、寝室、农民、向日葵、夜晚的星空、田野里奔走的人和太阳，等等，这些日常生活里平凡的物象与场景都成为了梵高笔下的描绘的物象，梵高以表现主义的方法让这些扭曲夸张的形象走向未来难以企及的现代艺术的高度。

1971 年出生的海飞的故乡是中国江南诸暨的一个名叫"丹桂房"的乡村，他在散文与短篇小说集《卧铺里的鱼》里，讲述，或者说描绘了他参军之前作为一个普通青年农民的普通的乡村生活，以及"丹桂房"里的人事与场景。那个只有一条街、一条小河、一座山丘和林子的逼仄的空间，如费老所言，完全可以被城里人藐视为"土气"；那里没有让人惊讶与震撼的事情发生，有的都是些鸡毛蒜皮，甚至根本就不值得一说，更不要说书写的琐碎，海飞就在这样逼仄的空间晃荡了十八年。在村里人的眼中或印象里，海飞是个热心人，谁家有个大事小情他都会赶去帮忙，外面偶尔戏班子来演出，他又是帮人家搭台，又是帮人家搬弄戏装道具，一分工钱都不知道要，有时甚至都不用人家来招呼。虽然如此，他居然被村里人瞧不大上眼，连对象都没人给介绍。父亲为此多次说过海飞，让他学门手艺；但海飞不跟村里人计较，包括父亲的话也有如耳旁风，既不恼怒，也不改正。海飞的超凡脱俗哪里是"土气"的村里人，包括父亲能领略得到的呢？在那个毫无文化可言的乡村里，海飞多少有些"诗人"的气质，或者说海飞骨子里就是个"诗人"，虽然他没有如村里唯一的一位"诗人"那般地啊啊呷呷；海飞本色地感觉到了一种只有他能感受得到的乡村里独特的"诗性"，这"诗性"氤氲弥漫在街道、房前院后，以及空旷的田野与河流，还有炊烟袅袅村庄的上空。就像画家梵高一样，不是"诗性"改变了海飞的生活，而是海飞就是"诗性"地生活。这一点是不能忽略不计的，它们之间有着哲学的本质的不同。"土气"的乡村"丹桂房"的空间里，可以说根本没有可供海飞浪漫的自然与物事儿；但海飞却有着乡村人很难理解的浪漫情怀，他与现实几乎没有任何交易式关联，或者说他就不曾活在世俗的现实中。简直是一身的魏晋气质与风度，这样的比喻无疑是夸张的，因为海飞面对的对象与环境与魏晋时的文人有着截然的不同与差异。于是，我们所读到的没有引起文学界足够重视的散文与短篇小说里所充盈的完全是诗性与浪漫的气息，这样的"乡村叙事"与俄国作家屠格涅夫，或者上世纪三四十年代的中国作家沈从文藕断丝连，又不尽相同；尤其是文本的内在的文学性上，是一种完全的独立的存在，它只属于海飞一人。

海飞在接受批评家李云雷访谈时说，"其实从 1986 年我的少年时光开始，我就接触到一些文学刊物。我不明白我那大老粗的工人舅舅，为什么喜欢捧着杂志看小说。我顺便帮助他看掉了一些小说，那时候我觉得写小说的人是如此伟大。我会抚摸杂志上作者的名字，想如果有一天我的名字也能印在杂志上该有多好。"① 那时的海飞只有十五岁，他还在"土气"的乡村"丹桂房"闲逛，他肯定不会想到，十余年后，他真的成为了作家，不仅仅讲述和描写了他曾经生活了十八年的那个乡村里的少年，以及乡村里的人与物事，还在之后写出一系列更富传奇与英雄色彩的战争与谍战小说及影视剧，也因此而蜚声文坛。梵高成为艺术家离不开他的弟弟提奥的指引与建议，还有经济上的帮助，以及他对那个叫作阿尔勒的小镇的难以言说的热爱与创作的激情；海飞成为作家与他所描写的他在"丹桂房"时的心境与浪漫有了很大的不同，在当了几年兵后真正地走入了复杂的社会，他的诗性与浪漫都发生了质的变化。他说，"我从一家县城国营化肥厂游手好闲的保安，下放到车间当拉煤工。这对当时的我来说是一场特别大的打击。我不愿拉煤，所以我梦想着通过写作调到厂办写材料。结果我调到了另一家生产药品的企业办厂报，当我坐在办公室里发呆的时候，突然发现我真的爱上了文学。"海飞的爱上文学与读舅舅杂志上的小说有关，当然也是生活所迫，他想改变自己的生活境遇，文学让他看到了未来的希望，这一点其实与梵高还是挺接近的。就像阿尔勒的小镇给了梵高难以扼制的创作激情，"丹桂房"也给了海飞无限的文学想象和叙事资源，苦难与孤寂被诗性与浪漫遮掩，让他的早期的写作弥散着温暖的色调。乡村的僻陋没有让海飞走向世俗，而城市的繁华也没让海飞丢失了诗性与浪漫，他在后来的一等系列的中长篇小说创作中，甚至创造了一种可以名之海飞的文学叙事风格。

---

① 李云雷《小说＋剧本，手持"双刃剑"——海飞访谈》，左岸文化网。

四、海飞"乡村叙事"之散文

文学批评家雷达在《陕西"三大家"与当代文学的乡土叙事》一文中论及中国现当代文学乡土叙事大致有三大模式：启蒙、田园、阶级。鲁迅先生的阿Q是启蒙阶段的农民形象代表。沈从文的《边城》《萧萧》以及此前废名的《桃园》《菱荡》中的描写，带有鲜明的民间立场的田园牧歌。1930年代的左翼文学和1940年代的延安文学，培育、催生了一种新的乡土叙事方式，那就是阶级叙事，到"十七年"则蔚为大观，从叶紫到赵树理，从柳青到浩然，从《为奴隶的母亲》到《小二黑结婚》，从《创业史》《山乡巨变》到《艳阳天》等都属此类。此后陕西的三大家陈忠实、路遥、贾平凹都不好用这三种叙事模式来定位。①海飞的乡村叙事还没达到雷达所提及的作家及作品的高度，似乎不好类比；尤其是他的散文，都是片断式的，没有精心的构思与结构，更不是当下的散文家那般的主题或思想的刻意蕴含。海飞写的就是他眼中所看到的，近乎于美术中的速写。从风格或文学语境上我觉得海飞与刘亮程比较接近；只不过海飞更富于诗性，刘亮程则倾向于哲思。刘亮程1998年出版散文集，名之《一个人的村庄》；海飞1994年开始写散文，他写的是一个人的"丹桂房"。刘亮程在自己的村庄也生活了二十余年，村庄是他进入这个世界的第一站，他用漫长的时间让一个许多人和牲畜居住的村庄慢慢地进入他的内心，成为他一个人的村庄。海飞也是，十八年里，"丹桂房"里的人与物事，还有山和水，成为他拥有这个世界的唯一方式。

在散文里，海飞的"乡村叙事"有着很强的现场感，是一种与现实的遭遇，这与所谓的"美文"，或曰艺术散文有着相当大的不同。海飞当然也营造意境，但那是他所感知并赋予那些自然与物事的；换言之，海飞在与现实遭遇的时候，没有滞留于生活的窘迫与人之间的龃龉，也没有逃避现实，而是以诗性的真诚感知与浪漫情怀拥抱现实。海飞像诗人一样敏锐地用心感受着乡村粗鄙的生活，那些看似并不惊艳的细节因他诗性的叙述而具有了美的气质与韵味；有时他也调侃与反讽，但调侃与反讽也是浸润在诗性的意蕴中。我不想作批评

---

① 《小说评论》，2016年6期。

那样系统地挨篇分析海飞的作品，我想将我阅读时的笔记抄录下来，既符合我的这篇笔记体批评的文体风格，也能更真实地呈现我当时的认知与感受。

《丹桂房的日子·最后一棵枣树》："在城镇和村落，砍伐之声始终响着，像一只啄木鸟在清晨的歌唱。"反讽。反思性的东西在里面。

《丹桂房的日子·麦场的青春》："但是它们成熟了，我们用闪亮的镰刀放倒了它们，然后用牛车一车车运往村里。田野本来满头金黄的秀发，一下子变得苍凉。一些鸟上窜下跳衔食麦粒，但这样的情景，还是苍凉。"日常的乡村生活场景被作家的诗性所浸润，不像梵高的画吗？

《丹桂房的日子·民办老师的春天》："民办老师注定要与村庄一起成长的，他打着背包走进村庄，就像一不小心掉进井里的一滴水，掉进去就分不开了。"随时的感受，却也有深刻与哲理。"他一直都没考上大学，但他为自己也为小琴拼搏过，这就够了。多年以后，他娶了丹桂房一名普通女子做妻子，生下了两个孩子。多年以后，他的庄稼活干得得心应手，粗俗玩笑也常挂嘴边。"曾经的青春激情与理想，在那个"土气"的环境里，最后转化为普通的乡村的现实生活和人生。陡起一丝伤感，想起陆游的诗，"零落成泥碾作尘"，是否还有"香如故"？

《丹桂房的日子·群鸟飞临村庄》："我等不到群鸟飞临村庄，只在某一天锄玉米地时，一只鸟停在我的肩头。那时候我戴着草帽，心情激动，左顾右盼的鸟儿一定听到了我砰砰的心跳。我希望的是，鸟儿别因为误把我当成稻草人，才肯栖息在我的肩头。"对自然，对生命间的相互依赖的渴望。"鸟儿别因为误把我当成稻草人，才肯栖息在我的肩头"，什么是诗？这个才是诗。

《丹桂房的日子·一个人和一座村庄》：刘亮程的散文集名之《一个人的村庄》，不相同，但有近似的东西在里面。《冬天的一些事情·风吹院门》：刘亮程的第三本散文集名之《风中的院门》。还有《笼罩着或者飘荡在村庄·背着铁锹在村庄里巡行》："像九斤佬一样，我也会背着铁锹在村庄里巡行。"刘亮程在《风中的院门》中给我的印象就是个扛着铁锹闲逛的哲学家，他说他闲着没事，便扛着铁锹村里村外和田野里四处闲逛。当然，他肯定不是闲逛，他善于思考，他将所有的一切都哲学化了，或者说都被他赋予了哲学的意味。而海飞，是向着另一个方向，一个诗性的方向，"闲逛"。

《泥土里的往事》：将生活中的普通事物诗性化，赋予它们人的情感，优美至极，具有极强的艺术感染力："如果一朵云也有着它的恩怨与情爱，它的眼泪掉下来，掉在树上，掉在茅舍上，掉在河中，然后那些水又以雾气的方式升腾，又在空中积成了云。云也是有眼泪的，云的眼泪在想念风的时候潸然而下。风是居无定所的，风的目标永远都在前方。所以云只会在生生世世中备受煎熬，并甘愿生生世世做风的情人。"写得多好，诗性，却又哲学。第四自然段对泥土与女人的关系的想象与亲昵，堪称经典，虽然长了一些，我还是想把它抄录下来："湖头畈的大片农田都是属于丹桂房人的。我会选择一下温暖的午后，无论是春日还是秋后的暖阳下，我躺到在湖头畈的泥地里，当然身下会铺上一层干燥的稻草。稻草的清香传达的是一种暖意，它和棉花其实有着很多的相似之处。我在想有多少个男人，曾经在这块田野上走过耕耘过，我又在想有多少个女人，满含柔情地为男人把饭菜担到了田头。我还在想，这块黝黑而丰满的泥土，其实是上天赐予的一张多么好的爱床。那么又有多少乡野男女，汗流浃背在这儿肆意欢娱，把他们粗朴而本真的的爱情揉进身下的泥地里。想到这儿我就要发笑，我在想我将来的女人会是怎么样一个人，是不是会像丹桂房的一些嫂子一样洗菜淘米烧饭，还会抱着儿子或是女儿，一路急走去不远的镇上买回小菜。这样想着我的嘴角就浮起笑意，这让本本很不舒服。本本是村里一个三十多岁的光棍，本本大着舌头说小铜锣你是不是又在想女人了。我说本本你什么意思，法律又没有规定只有你可以想女人。本本恶狠狠地笑起来，本本的笑里藏着刀，他看了我家的甘蔗林一眼说，你想吧，你把你自己想象成皇帝好了，有三千个老婆行不行。"这一篇里还有几处也特别精彩，但只能放弃了。

《没有方向的河流》：用河流比喻人生，自己的人生，也有别人的人生，写得激情奔涌："我们永远都不知道命运这条河游向河方，哪一个点才是转弯处；哪一个点是高坡的跌落，状如瀑布；哪一个点，又是一片荒凉。这芸芸又芸芸的众生里，那个丹桂房村庄最著名的懒汉海飞，后来拉煤摆摊，或者在诸暨县城的街头悠闲的晃荡，多么像一粒忙碌的灰尘。""我们都是被命运这条河裹挟着前行的人。我们来不及去改变命运，就发现自己在虚度光阴以后，在三杯黄酒一轮好月以及清唱一曲以后，垂垂老矣，老得须眉皆白，老得苍凉似海。"你说这是诗性，还是哲学？都有吧。不过，它能感染你，还是因为海飞他自己的人生与生活的经历；当然，它不是多么的苦难或传奇的，日常的生活照样会感染你。

《村庄的颜色》：其实丹桂房真的有位"诗人"，姓陈，虽然没写出什么像样的诗来，但他在海飞从他家门口路过时对海飞说的一句话却是真正的诗，而且对海飞的预言亦一语成谶："是不是村庄没有了村庄的颜色，海飞，你才会以你的姿势选择了飞翔。"说的多么好，一种反思的，一种诗的想象的，一种哲学意味的，一种包含了复杂的东西的什么？我们可能会对这位乡村诗人有很多怜惜与无奈，一种复杂的情感也氤氲其中，不是吗？

五、海飞"乡村叙事"之小说

我觉得海飞的小说比散文要好，可能是虚构让作家对生活细节的想象与叙述的空间更大，更自由；多少也会有一种文体方面的暗示，写小说的时候心理上更放松。语言仍然如散文那般是叙述性的，描写和对话较少，也不依赖故事与情节推动叙述的前行。这些小说技术层面的东西对海飞而言可能都不重要，海飞需要的是一以贯之的诗性与浪漫的风格，这种诗性与浪漫的风格让那些朴拙平实的人物与生活充盈着上帝光临了一般的光泽；尤其是叙述者，也是小说中的主要人物的"我"的那种带有道家自然意味极浓的人生况味，给那些粗糙卑微寡淡的生活注入了人性的温暖与活力，那个逼仄的乡村因一个名叫海飞的少年的存在而有了一种别样的情调。

《青烟》没有当下中国作家所倾心竭力为之的故事，只是谷谷与两个女人，如果把对门的女医生也算上就是三个女人间的简单的情感历程。谷谷是殡仪馆里炼尸的，但他向离婚了的女友婉君隐瞒了这一点，俩人同居后都要谈婚论嫁了，却在殡仪馆遭遇了。结果，婉君离开了谷谷。对门的女医生让谷谷感觉很好，但女医生对谷谷十分警惕，谷谷想接近她，却被人家拒之千里之外。让谷谷更加意外的是，不久，她在家中被杀。谷谷第二个女友是洗脚房的珍珍，谷谷感觉珍珍很好，就经常去洗脚，然后俩人就好上了，珍珍就搬到谷谷租的房子里住了。谷谷还是隐瞒了他在殡仪馆工作，但这一次海飞虚写了结局，以诗性描绘了一个多少有些虚无的未来：谷谷喜欢听广播里小燕主持的龙山夜话，当他向珍珍表白了要娶她为妻，小燕播放了一首名叫《青烟》的歌曲："青烟已远，还记得墙角，一朵梅花？爱爱恨恨有几人，在你耳边有回声？青烟已远，风带你回到，旧时堂前。一生一世几个爱，都化作一缕青烟远。青烟已远……"

很显然，海飞不愿意滞留在世俗的龃龉中，用道家的哲学与诗性化约了现实生活中无法回避的矛盾与冲突。

《胡杨的秋天》是一篇当下鲜见的浪漫抒情小说，细节伤感而美丽，结构精巧而完整，说它是一篇优美的散文也未尝不可。当下的中国小说家已经丢失了浪漫主义主义传统，或者说，作家们根本就没有了浪漫情怀，他们闷着头在残酷的现实主义中拼命奔突着，他们将文学当作了一个竞技场，不敢抬头稍有休憩，现代文学中闲适的一脉已经断了踪影。胡杨是个没有工作的乡村青年，喜欢背着汽枪在杨树林里打麻雀。有一天，刚刚打下一只麻雀，身前就出现了一个哑巴女孩，胡杨马上就喜欢上了女孩。哑女不让胡杨打麻雀，胡杨立即就扔掉了枪弹。在用手勾住哑女的手的时候，胡杨马上想起了自己的女友小丹。小丹在服装厂工作，是胡阿姨给介绍的，不久就被胡杨上了手。胡杨遇见哑女后，就跟父母说要跟小丹分手，因为爸爸说你敢跟小丹分手就把你毙了这才作罢。不过，胡杨一如既往地往那片杨树林跑，终于等到了哑女，但她身边多了一位乡邮员。后来，胡杨又遇到了哑女，他要试试她是不是可以用眼睛说话，如果可以，那就真的喜欢上她了。然后哑女就用眼睛与他对话了。这一处当是海飞的神来之笔，既解决了叙述的必要发展过程，又赋予小说想象的诗性。之后，不能自持的胡杨脱掉了哑女的衣服，但看到她闪动着玉光的长腿和那片令他神往的三角地带的草地的时候，他突然没有了欲望，剩下的只是喜欢。哑女还是嫁给了乡邮员，迎亲的队伍从胡杨和小丹的身边走过。胡杨伸在裤袋里的手触到了早已写好的给小丹的信。回去的路上，胡杨把路上的一粒石子踢得很远，也把自己的秋天踢得很远。这篇小说极其单纯，一种山间溪水般的细微情感，像哑女一样，清静地汩汩而过，诗性而无尘，浪漫而纯净。

《卧铺里的鱼》写得也很好，其它几篇则稍有逊色。

六、海飞"创造"了"丹桂房"的人们与生活，以及"那种辽远的东西"

海飞在接受李云雷访谈时还说，"写的小说越多，我越悲观与失望。不是因为现在读小说的人不多，而是因为突然发现我的作品以及朋友们的作品，有好多都是在自娱自乐。这些文字不是我想象中的小说，我想象中的小说应该更好更精彩更有深度更令人激动，应该在文字里装满那种辽远的东西。这样的想法让我忧郁寡欢，它影响到我的写作，让我一边写一边迷惘。"① 显而易见，海飞谈的是他的小说写作的理想，或者说追求。什么是"更好更精彩更有深度"？似乎有点抽象，但"那种辽远的东西"就具体了一些，是一种意境，一种富于诗性的感觉，这样的作品一定不是娱乐化的。海飞希望自己的作品远离那种世俗的趣味与美学，既便是长篇小说，或影视剧，他精心结构的战争与谍战，也不是单纯地指向娱乐，而是崇尚着英雄与牺牲，充盈着理想与精神，跃动着诗意的人性光芒，并精心地营造着人物的生存环境，耐心地描摹着人物内心的复杂情感，呈现出当下极为鲜见的诗性的抒情风格。

　　法国结构主义文学批评家托多罗夫在《濒危的文学》一书中引用英国作家王尔德的话说，"与其说艺术模仿生活，不如说生活模仿艺术"，接着他论述道，"而同时他一点儿也不否定艺术与生活之间的关系。艺术阐释世界，赋予未形以形态，以至于一旦受过艺术熏陶，我们就会发现周围各种事物不为人知的方面。透纳并未发明伦敦的雾，但他是第一个感受伦敦的雾，并且将之展现在画作上的人。在某种意义上，甚至可以说，他使我们开了眼。文学亦然：与其说巴尔扎克发现了他的那些人物，不如说是他'创造'了这些人物。但是，一旦这些人物被创造出来，就会介入当时的社会，从那时起，我们就不断与他们碰面。生活本身'非常缺乏形式'，由此引出了艺术的作用：'文学的功能在于从粗糙的现实存在中，创造出一个将会比常人眼中所看到的更美妙、更持久和更为真实的世界。'"② 我所以不厌其烦地引用托多罗夫的这段论述，无非是想说明，从散文里我感觉到了海飞的这些"乡村叙事"的短篇小说的自传色彩是很浓的，里面的人物，生活的场景等等与散文里大致相同。那些丹桂房里的人物与物事当然是一种自然真实的存在；但是，海飞却是用他诗性与浪漫的情怀重新"创造"了他们。由于他们被海飞文学地呈现在他的小说里，他们才为我们所知，他们才被传播的更为久远。

　　海飞所希冀的"那种辽远的东西"，改造这个社会未必，但让很多读者受到了它们的感染，并记住了它们是可以肯定的。我想，这恐怕也是海飞所想。

---

① 李云雷《小说＋剧本，手持"双刃剑"——海飞访谈》，左岸文化网。

② 托多罗夫著《濒危的文学》97—98 页，华东师范大学出版社 2016 年 8 月第 1 版。

惊蛰如此美好

——长篇小说《惊蛰》创作谈

海 飞

现在，请允许我聊一聊陈山。

陈山的惊蛰，是在 20 世纪 40 年代的上海天空下，如同一棵绿树一样生长起来的。滚滚的雷声中，春雨细密柔顺甚至甜蜜，抛洒在上海里弄居民的生活细节里。而钢枪、军靴、大饼油条中夹杂着火药的气味，以及狼犬阴狠的目光，或者说偶尔压过路面的坦克，都透着一种硬度。硬是一种力量，就像惊蛰这样的节气也是一样的。比方讲撕裂般的一声雷响，就是力与力的碰撞产生的轰鸣。

这是小说《惊蛰》中主人公陈山的惊蛰。也是上海的惊蛰。在我的想象中，那时候阴云密布，太阳从乌云的缝隙里洒下万道闪亮的光线，像一柄柄剑一样刺向大地，也刺向了黄浦江和苏州河，以及外滩的钟声。

假定陈山被大雨淋湿，他像是被从水里捞起来一样，手中捧着一碗父亲爱吃的大壶春生煎，一步步向家门口走去。屋檐下，站着他木讷的父亲陈金旺和瞎眼的妹妹陈夏。他们的生活，就是我外祖父以及阿姨的生活。那么亲切却又细微的温暖，支撑着那时候的人们在 20 世纪 40 年代的上海，活，下，去！

而我的惊蛰，总会在每年的初春如期而至，如一枝梅的叶苞最初的绽开，探头探脑，慌张而隐秘。白晃晃的光线笼罩着我家的小院，四面八方的雨水开始向院中聚拢，水声哗哗，我渺小得像一棵幼年的权树，世界完全被雨水笼罩或者包裹。这时候你站在屋檐以下，只要稍稍仰起头来，就会听到突然传来的一声惊雷，正滚动着向这边奔来。这个春天，还有丝丝寒意，那些雨水会被斜风吹进屋檐，打湿你的脸和衣衫。但是，寒意并不是寒冷，你没有觉得冷，你只会觉得清新。风能吹进骨头，雨会打湿心尖。

那么漫长的童年和少年时光，就这样被如此美好的惊蛰，一次次地加深着印象。二十四个节气，我独爱的是惊蛰。如果雨声被收住，天空缓慢放晴，地气开始在太阳光之下上升，海市蜃楼一般的世界，虚幻而又真切地呈现在我的面前。随之而来的大约是蛙虫的鸣叫，虫蛇出洞，万物复苏，植物的嫩芽在日光之下疯狂地生长，嗞嗞有声。

我胡乱地想，无数的时刻，我们都成不了诗人的，但这大约不妨碍我们每个人都有一颗诗心。

父亲的惊蛰，是穿着蓑衣的。他荷着锄头卷着裤管从田间归来，本身就像一件机械刻板的农具。日复一日，刻板得像庄稼一样重复生长。如果他有根，并且把根扎向大地，那他也可能就是一株麦苗，最多是一棵爬满野蚕的桑树。多年以后我读懂了他，他对生活没有过多的要求，甚至有时候他惧怕生活，就像惧怕一场从山谷倾泻而出的山洪。

陈山这个混蛋，穿着宽大的裤子和一双陈旧的皮鞋，叼着纸烟，很屌地走在上海街头被雨打湿的地面上。霓虹灯闪着清冷的光，他的兄弟宋大皮鞋、刘芬芳、菜刀、地雷紧紧跟在他的身后……他们是上海滩的"包打听"，他们就这样一步步走来，一直走到我的一篇叫作《惊蛰》的小说里。他们在一盏路灯下站定了，然后仿然是从电脑屏幕上与我相对而立。他笑了一下，对我讲，侬好，我是陈山……

我认为陈山是目露凶光的。其实我觉得目露凶光挺好，狼也是一样的，狼的目露凶光，是因为它想，活，下，去！

2015 年，我的编剧作品《麻雀》拍竣，《惊蛰》的故事走向也浮上了我的脑海。我认为我有必要深深地爱上陈山，并随着他的喜悲而歌哭。现在，请允许陈山出现在舞厅门口，他叼着烟，在 20 世纪 40 年代的上海夜色中，像一头没有方向的蚂蚁。然后因为一个叫荒木惟的日本人站在了他的面前，仔细端祥着他，随即他的命运开始突然改变，陷入了重重的危机中，他的潜能也在此完美地爆发。

完美是一个令人愉悦的词，哪怕是一场杀人，也需要完美的手法。

陈山在他的特工生涯中所走的每一步，几近完美却又凶险重重。他要去往的地方，是他从来都没有去过的重庆。首先，他抵达了朝天门码头。在重庆，他听到了比上海还多的爆炸声，他在重庆十分民间地黑白照片一样地生活着。当然，他遇到了生命中各不相同的女人，比方讲张离，比方讲余小晚……对了，不能忘记唐曼晴小姐。

其实，我们同陈山一样的，在接下来的每一个时刻，并不晓得生命的方向会往左还是往右拐弯。

我是如此深爱陈山，如此深爱着那个年代的重庆和上海。颠沛流离是日后回忆的资本，我替陈山回忆着，在2016年的秋天，我站在重庆倾斜的景点，寻找八路军办事处旧址、军统局本部旧址……我马不停蹄，兜兜转转，如此急切，就是要找见陈山的影子。

陈山在《惊蛰》里，用他的生命深爱着妹妹陈夏。陈夏对他的称呼是，小哥哥。而你，有没有一个可以同样替你遮风挡雨的小哥哥？老实交代，有没有？

1989年惊蛰后的半个月，我接到了入伍通知书。此后，我成了一名军人，到现在为止，我看到街上走过的一队兵，会情不自禁地回过头去偷偷张望。我看到了他们的制式背心，以及背心上地图一样的汗渍，如此年轻的背影，让我心生嫉妒，也让我看到了年轻时候的自己，那么豪迈、雄壮、青春勃发，荷尔蒙在欢叫，身体像一棵正在拔节的树，骨头一边欢呼一边咯咯作响。但是现在，你晓得的，我明显地老了，行动相对迟缓，不敢喝醉。

我多么像莫干山路上的一头笨拙的蜗牛，在柏油马路上缓慢爬行，偶尔抬头看一看前方翻滚的雨阵、生动的闪电，以及明晃晃的天气。

我当然会记得的。在部队的春天，我们冒雨全副武装拉练，脚步整齐落地，发出单调但却极有节奏的步声，同样的，我们能听到惊雷阵阵。我们行进的地域，是一片平原，所有的作物，油菜、麦子、毛豆、萝卜，或者其他，都在匀速生长。

我们多么像一辆绿色的火车，轰隆隆地前行。

2017年惊蛰，《惊蛰》已经在《人民文学》第一期发表，将由花城出版社出版。电视剧本正在匀速前行中，千乘影视会投入拍摄……这多么像我们不疾不徐的庸常生活。我在我简陋而狭小的阁楼里行动迟缓，喝茶写字。惊蛰和一年中所有的节气，全部都被关在玻璃墙外。

《惊蛰》像一个孩子，或者他就是田田的弟弟。

历经九死一生，陈山在1943年惊蛰那天抵达延安，那天下着雨，他踩着泥泞低一脚高一脚地前行。最后他跟随来接他的八路军小战士胡小海同志，出现在令人感到温暖的中央大礼堂。他本以为在上海已经死去的余小晚，分明十分明亮地站在台上，穿着八路军的灰军装，干净整洁得像一张新鲜的海报。她正在朗诵父亲余顺年写给她的《致女儿书》：我不愿失去每一寸土地，哪怕土地之上的每一粒灰尘……

《惊蛰》的故事结束了，而所有人的生活，还在继续着。

许多时候，我的脑海中总会出现一片荒原，有狼群在荒原上奔跑。惊蛰来临，那些狼冒雨奔突，露出凶狠的目光寻找猎物。在它们的眼里，也有四季的更替，美好或不美好的景色和天气。只是它们不晓得的，惊蛰的雷声，曾经如此浩荡地滚过大地，滚过它们的身边。

春如海，惊蛰如连绵汹涌的浪。

狼群越跑越远，最后只剩下空寂得望不到边际的荒原，如同我们空旷而寡淡的人生。

但是，但是，但是，只要有一道闪电再次划亮天空，只要有一声惊雷再次敲撼大地，那么触目惊心的美丽将再次如期而至。让雨落下，让雷声自由飞翔，让我电脑屏幕上的文字，也因此而插上翅膀……

2017年，《惊蛰》剧本的创作时断时续，如同我们并不美好的人生。总有一些生活的细节，需要用来作为插叙。但我始终相信陈山热爱着他重庆和上海的惊蛰，如同我也热爱着杭州的惊蛰。这一个共同的节气，如此美好。美好得我想闭上眼，回想一下我渐渐远去的青春，以及在大地上行走的少年印记，回想一下所有在惊蛰曾经发生过的人事。

感谢《人民文学》和花城出版社，以及和这个小说有关的所有的人们。惊蛰，如此美好。

初稿：2016.12.17　01：04
修改：2017.02.08　04：30

历史烟尘与现实生活的相互观照

傅逸尘　海　飞

当下许多小说，过度沉迷在自我中

傅逸尘：随着一部部小说引发好评、一部部电视剧持续热播，"海飞现象"已成为横跨文学与影视两界的热门话题。电视剧《麻雀》也取得了超高的收视率，在我看来，这是你谍战剧创作中文学性极强的一部，把一个中篇小说改编成电视剧，应该说是一种极有难度的写作吧？

海　飞：说到难度，首先当然来自文体的转换，《麻雀》源于我发表在《人民文学》上的同名中篇小说。但是对编剧而言，最大的难度还是来自于对品质的追求，说白了是一场智力比拼，也是一场闯关游戏。特别要说的是，"两难"是最令编剧纠结的，在以往的谍战剧中，我们总是忽略了"难"的程度，主人公面临的问题，总会轻易地迎刃而解。这是一种不负责任的做法，要想打造一部经典剧，编剧必须要把自己逼到墙角，置之死地而后生。

傅逸尘：都说影视编剧是双刃剑，过多涉及影视文学创作会损坏小说家的感觉。但在你的小说创作中似乎并未出现这种状况，反而是感觉你的故事编织非常扎实，而且借用了很多视觉化语言，比如人物视角的切换、故事桥段的运用……你是怎样处理并且融汇这两种思维或曰两种语言的？

海　飞：我的创作像一只开关一样，一会儿开到影视剧本写作，一会儿开到小说创作中。当然我十分清楚地意识到，我需要警惕，写剧本时造就的浮躁心态会直接影响到小说的质量。

有很多小说家离开小说后没有再回来，不是回不来，是他们不想回来了。他们回来的路径只有一条，相对的安静。但是剧本创作让他们无法有足够的时间来思考，来静心。我在开写小说前，会有一个清空"剧本意识"的过程，然后我会像武侠小说中的入定一样，进入到小说的核心中去。我的生活相对简单，吃饭、睡觉、散步、看书、写作，和那种"热闹"相距甚远。其实"重归小说"没有那么艰难，如同一个老理发师，多年不给人理发，拿起剪刀也未必手生。重要的是，他主观上是不是想拿起这把剪刀。

傅逸尘：编织一个"好看"的故事是编剧核心的工作，如果再能塑造几个生动鲜活的人物形象，这部剧也就立得住了。然而小说却不同，故事毕竟只是重要元素之一，还有思想、语言、结构等等。从技术层面，你怎样看待剧本与小说的差异？

海　飞：优秀的剧本其实也应该融合许多小说创作的要素的，比如你所说的思想、语言、结构。我一直以为，好小说很少有没被改为好剧的，好剧也很少有缺失好小说基础的。就中国小说而言，《红高粱》《城南旧事》《围城》等比比皆是，流传至今的四大名著，没有一部不被改编成影视剧。也比如《人间正道是沧桑》《潜伏》《北平无战事》等电视剧，有着十分稳固的长篇构架，其故事若成为小说，不比国内一些获长篇小说巨奖的获奖作品差。

但是总体来说，剧本和小说还是有很大差异。电影靠画面，是考验导演功底的。电视剧靠的是对白，考验编剧功底。当然，影视作品还需要团队的摄影、灯光、录音、剪辑等多部门联动，其实是一个综合产品。我们所看到的一些编剧，回到小说创作中时，最常见的现象是，叙事的语言美感完全缺失，大量填充情节，生怕读者想象力不够。所以最容易生产出不像剧本又不像小说的一种文体。我在编完剧本开始写小说的时候，都有一个清空过程，就是把剧本的写法在脑海里清空，这需要一些意志。其中特别重要的一点就是，小说的留白，小说无留白，是不美的。而剧本基本不留白。另外，在语言、结构上做到张弛有度、行云流水，可以保证小说的基本品质。

傅逸尘：你近期的这一组小说有中篇《麻雀》《捕风者》，有长篇《向延安》《回家》，在故事的层面都非常精彩、扎实，似乎编一个"好看"的故事对你而言并不困难。很显然，你在小说文本中寄寓了更大的文学抱负。

海　飞：小说有无数种。小说几乎就是一个让人迷恋的妖怪或者仙女。当下的许多小说，过度沉迷在自我中，各种情绪在小说中滋生，雷同得如同复印。"好看"小说，只是小说中的一种，比其他的小说更容易传播。但是，就我而言，创作过程中并未有那种为了传播而传播的意识。莫言曾把获诺奖时的演讲标题取为：讲故事的人。可见讲好故事是难中之难。四大名著，无一不是经过了数百年检验的好故事。当然，讲故事的技术有高有低，如何融合思想、语言、结构等，都是一个巨大的难题。这就是作家会碰到所谓的瓶颈问题。我始终觉得，好小说应该是一个汪洋恣肆的故事，这故事是泥沙，但是夹在文学的"水"中，滚滚而来，瞬间击中读者的阅读神经。我觉得至少在一个时期以内，我会在这条道路中前行，像一个安静的说书人。

所谓类型，不过是一个呈现生活横切面的舞台

傅逸尘：整体而言，你的小说有着强烈的烟火气息，擅长在日常生活的流态中描摹活色生香却又感伤易碎的小晨光，折射出大历史的轮廓和面影；你的小说通常都聚焦个体的情感纠葛和命运轨迹，在或明或暗的战场上检视人性的复杂和纯粹。对于个人化的小说风格，你有怎样的追求？

海　飞：我承认对复杂人性的解读与描摹充满热情，极度迷恋。我一直认为，小说有无数种风格及其所必须承载的使命。各种类型的小说中，我更倾向于用文字讲述人间悲欢。我喜欢把小说中的"人"放低。在那个动荡不安的焦虑的年代，每个人的人生都是一部小说或者一个剧本，把主人公放得更低些，就有更大的创作空间和虚构的可能性。我们谁也不知道，闯王李自成手下有一个音乐爱好者，如果有，他是怎么样的人生。我们也不会知道，上海起士林咖啡馆里一个厨师，他经历了怎样的跌宕人生。而那个年代发生的事件，那个年代的服装、公共设施、地名，必须真实。我认为能做到这样，创作小说的态度，就足够严谨。我们不能知道那时候的雾霾到底有多少指数，至少也得准确写出，那时候到底有没有发生某件大事。

我为什么迷恋这样的小说风格。这不是小情绪，也不是语言狂欢，是在展现让人动容和歌哭的人生，呈现一种年代风起云涌的生活画卷。每个作者的创作方向都不一样。我希望我是站在一本打开的真实纪事的书面前，幻想那个年

代发生的种种悲欢。我愿意是一个复述者或者聆听者，甚至愿意和剧中人，一起细数一件大衣上细密的针脚。

傅逸尘：21世纪初年以来，狭义的谍战或广义的军事题材，因为电视剧和网络小说的繁盛，都被深刻地烙上了类型化写作的印迹。然而在我看来，决定一部类型化文本成功的关键，恰恰在于作者的反类型化叙事的努力。《向延安》就是这样，一个看上去琳琅满目甚至有些眼花缭乱的故事框架并非你叙事意旨的全部，你似乎更加在意小说的生活质感？

海　飞：在我创作的小说中，其实首先是描摹彼时生活的小说，然后才是生活之中，有特工、战士、妓女等各不相同的身份。所谓的生活积累，个人认为日光之下并无新事，世界上所有的青春都似曾相识，所有的恩怨情仇未曾改变。无论是吴越争霸，还是霸王别姬、隋唐烟云还是冲冠一怒为红颜的吴三桂，无不都是人间悲欢。我们的无奈在于，人生苦短，所有的青春和人生、爱情、功名都不能重来，那么人生才因此而显得精彩。

我喜欢用文字来呈现生活的横切面。我一直以为，无论是谍战、战争、武侠，还是推理等诸多类型的小说，最关键点在于写生活，写人生，写情感。所谓的类型，不过只是一个呈现生活横切面的舞台。比如《向延安》，说白了就是在写民国年间一个大厨的生活。有时候我迷恋戏曲，我觉得戏曲中有很多小说可以借鉴的地方，比如对细节的描摹，如越剧《碧玉簪》中的片断《三盖衣》。小说细节和戏曲细节其实是一样的，也就是说，我们需要生活的质感。

谍战小说会一直存在并且永无止境

傅逸尘：《回家》可以说是抗战题材长篇小说中的异类，通篇充斥着各方士兵对家的记忆、对家庭生活的想象，和对达成"回家"这一行动的终极渴求。陈岭北、黄灿灿、蒋大个子、朱大驾、小浦东、蝈蝈等人，都心怀回家的梦想。不仅中国人如此，日军也是如此，香河正男对植子与爱情的幻想，中队长船头正治要回家为妹妹操办婚事，千田薰联队长想念父亲与姐姐……这些人物似乎都有着故事原型，在你的创作中，有原型的情况多见吗？对于人物的想象多是基于现实生活中的原型还是纯粹的想象？

海　飞：原型和虚构并存。如《回家》中所提及的地名全部真实，在创作开始的时候，我就画了一张《回家》路线图。我给小说中的主人公设定了一条"真实"的回家之路。小说中所提到的大事件相对真实，如日军从宁波登陆、"里浦惨案"等。在创作之前，我曾经看到过一个视频，宁波姜堰敬老院的一位抗战老兵，在喝下一碗黄酒后，高唱《满江红》，这让我十分动容，仿佛在歌声背后听到了当年的枪炮之声。而日本军人在战时的种种细节，我都是从一些日本画册、书籍中了解，我沉迷在这种对故旧事物的窥探中，并因此而感到无比的快乐。构架人物结构是我的长项。在这个小说中，原型也并不鲜见，基本上对人物的塑造靠想象和创造来完成。倒是小说中的一些细节，来自真实的史料。

傅逸尘：在你的小说中，教堂、神父的形象反复出现。这既为小说提供了一重域外的视角，又增添了一层关乎灵魂与救赎的精神空间。对此你有怎样的考虑？

海　飞：在上海，在济南，我都见过教堂。我不是一名信徒，但我觉得教堂和宁静有关，我不排斥我自己走近它。此前在我少年辰光，在乡村，在庵堂与道观的门口，我会长时间地久久凝望，仿佛这是与生俱来的对这些事物的迷恋。有时候我也会出现在庙宇，我心存敬畏，总是想着冥冥之中一定有什么在主宰着我们的命运。我愿意我的文学作品，与大地，与植物，也与空气和爱情，以及我们看不到的精神空间并存。

傅逸尘：你当过兵，又写了这么多历史战争题材的作品。有没有考虑过写一部现实军旅题材的长篇小说或者电视剧？毕竟现在这方面比较匮乏优秀的作品。

海　飞：我是一个有着强烈军旅情结的退伍老兵，每次看到军旅题材影视剧，都热血沸腾，仿佛让我回到那段军旅生涯。或许一些影视作品中出现的，对很多人来说是枯燥乏味的部队出操、喊口令，对我来说也显得如此亲切。但是创作一部军旅剧需要有缘分，如果有时间，有素材，有创作的激情，我会写一部。

傅逸尘：谍战题材小说目前似乎已经进入了瓶颈，下一步还会有怎样的发展空间，你会在哪方面进行探索或者努力？

海　飞：如果要说瓶颈的话，我觉得我们当下整个的小说创作都进入了瓶颈期。但谍战小说会一直存在并且永无止境。首先谍战可以呈现各种不同的人生和人性，其次谍战小说中主人公的智勇，也是各不相同的；再次谍战小说需要不停地提升品质，无论是从语言还是故事构架上。当下谍战类的影视作品，从无间断地在不停推出，谍战小说也因其推理、悬念及各种吸引读者的元素，而在文学市场上长盛不衰。

我一直给自己设定了既定方向，在创作谍战类小说时，以生活为主要呈现面，谍战桥段为辅。现在我正在创作的小说，都有"谍"的成分，但肯定不是谍战小说。这三个小说一个是武侠，一个是警察故事，一个是上世纪 30 年代一位移民上海的普通女子的故事，但是都涉及到了推理。

事实上，无论谍战小说还是谍战剧，都迫切需要提升品质。"谍战"作为一种题材类型，会一直存在并永无止境。对于谍战剧，我喜欢内敛与深沉，喜欢不动声色的慢，喜欢那种暗流涌动的惊心动魄；不光展现惊心动魄的革命往事，也传达一种"唯祖国与信仰不可辜负"的崇高精神，这是我们这个时代亟须补充的精神钙质。

创作年谱

一、中、短篇小说

2003 年

短篇小说《俄狄浦斯的白天和夜晚》原载《时代文学》第 6 期,2004 年《小说选刊》第 1 期选载;

中篇小说《温暖的南山》载《十月》第 3 期;

短篇小说《后巷的蝉》载《天涯》第 5 期;

短篇小说《闪光的胡琴》原载《上海文学》第 12 期,获首届《上海文学》全国短篇小说大赛一等奖;

2004 年

短篇小说《蓝印花布的眼泪》载《山花》第 1 期;

短篇小说《寻找花雕》原载《青年文学》第 2 期,《小说选刊》第 3 期下半月刊选载;

短篇小说《瓦窑车站上空的蜻蜓》原载《长城》第 4 期,《小说选刊》第 9 期下半月刊选载;

短篇小说《纪念》原载《青年文学》第 8 期,入选《2004 中国短篇小说经典》;

2005 年

短篇小说《菊花刀》《棺材梅》原载《青年文学》第 7 期,列为该期封面人物;

短篇小说《干掉杜民》原载《收获》第 4 期，入选《2005 年中国短篇小说年选》《2005 年收获短篇小说年选》《2005 年短篇小说经典》；

短篇小说《鸦片》原载《广州文艺》2005 年第 4 期，获"四小名旦"青年文学奖；

2006 年

短篇小说《胡杨的秋天》原载《当代小说》第 3 期，入选《2006 年短篇小说经典》；

中篇小说《看手相的女人》载《大家》第 3 期；

中篇小说《私奔》载《山花》第 4 期；

短篇小说《到处都是骨头》原载《人民文学》第 5 期，《中华文学选刊》2006 年第 7 期选载；

2007 年

中篇小说《看你往哪儿跑》原载《人民文学》第 1 期，《中篇小说选刊》2007 年增刊第一辑选载，获人民文学奖·新浪潮奖；

短篇小说《去杭州》原载《广州文艺》第 2 期，《小说选刊》第 3 期选载，入选《2007 中国年度短篇小说》；

中篇小说《医院》原载《天涯》第 5 期，《中篇小说选刊》第 6 期选载，入选《2007 中国短篇小说经典》；

2008 年

短篇小说《为好人李木瓜送行》原载《江南》第 6 期，《作品与争鸣》2009 年第 2 期选载；

中篇小说《像老子一样生活》原载《清明》第 4 期，《小说选刊》第 8 期、《中篇小说选刊》第 5 期、《小说月报》2008 增刊、《作品与争鸣》第 11 期、《新华文摘》第 22 期、《小说精选》第 8 期选载，入选《2008 中国年度中篇小说》《2008 中篇小说》《中国中篇小说经典（2008 年）》；

中篇小说《遍地姻缘》载《山花》第 7 期；

中篇小说《城里的月光把我照亮》载《中国作家》第 11 期；

2009 年

中篇小说《我爱北京天安门》载《广州文艺》第 2 期；

短篇小说《欢喜》载《鸭绿江》第 3 期；

中篇小说《在人间》载《作品》第 5 期；

短篇小说《烟囱》载《山花》第 5 期；

中篇小说《自己》载《花城》第 4 期；《中篇小说选刊》增刊第 2 期；

2010 年

中篇小说《我叫陈美丽》载《清明》第 1 期，《中选》选载；

中篇小说《金丝绒》载《十月》第 3 期，《作品与争鸣》《中选》选载；

2011 年

中篇小说《往事纷至沓来》载《十月》第 3 期，《作品与争鸣》2011 年第六期选载、《中篇小说选刊增刊第二辑》选载；

2012 年

中篇小说《捕风者》载《人民文学》第 5 期，《小说选刊》第 6 期选载；《小说月报》增刊 3 选载；《2012 中国年度中篇小说》选载；

2013 年

中篇小说《麻雀》载《人民文学》第 9 期，《中篇小说选刊》增刊第 2 期选载；《小说月报》第 11 期选载；《小说选刊》第 10 期选载；

2015 年

短篇小说《大雁大雁，要去南方？》载《长城》第 4 期，《长江文艺·好小说》第 9 期选载；

2016 年

中篇小说《长亭镇》载《十月》第 1 期，《小说月报》2016 年第 4 期选载，《中篇小说选刊》2016 年第 2 期选载；

中篇小说《秋风渡》载《人民文学》第 6 期；《小说月报》第 7 期选载；《小说选刊》第 7 期选载；《2016 中国年度中篇小说》选载；

中篇小说《四明镇战事》载《解放军文艺》第 7 期；

二、出版的长篇小说及作品集

2002 年 12 月出版小说集《后巷的蝉》（中国文联出版社）；

2004 年 7 月出版长篇小说《花雕》（学林出版社）；

2004 年 12 月出版长篇小说《壹千寻》（中国青年出版社）；

2008 年 12 月出版中篇小说集《看你往哪儿跑》（浙江文艺出版社）；

2009 年 5 月出版小说集《一场叫纪念的雪》（江西高校出版社）；

2010 年 8 月出版小说集《青衣花旦》（光明日报出版社）；

2011 年 1 月出版小说集《像老子一样生活》（中国时代经济出版社）；

2011 年 7 月出版长篇小说《向延安》（浙江文艺出版社）；

2011 年 8 月出版长篇小说《花满朵》（重庆出版社）；

2012 年 1 月出版长篇小说《大西南剿匪记》（沈阳出版社）；

2012 年 1 月出版长篇小说《铁面歌女》（上海文化出版社）；

2013 年 1 月出版小说集《战栗与本案无关，但与任何女人有关》（浙江大学出版社）；

2014 年 2 月出版小说集《麻雀》（新世界出版社）；

2014 年 2 月出版小说集《青烟》（新世界出版社）；

2014 年 3 月出版长篇小说《回家》（浙江文艺出版社）；

2016 年 9 月出版长篇剧本小说《麻雀》（江苏文艺出版社）；

2017 年 5 月出版长篇小说《惊蛰》（广东花城出版社）。

海飞所获奖项

第十三届全国五个一工程奖；

《小说选刊》双年奖；

2006—2008 浙江省优秀中篇小说奖；

2008—2009 年度全国优秀中篇小说奖；

"茅台杯" 2011 年度最佳长篇小说奖；

2009—2011 浙江省优秀长篇小说奖；

鲁彦周文学奖；

人民文学奖·首届柔石小说奖金奖；

南方阅读盛典金图书奖；

人民文学奖·新浪潮奖；

人民文学奖·长篇小说奖；

"四小名旦"青年文学奖；

《上海文学》首届全国短篇小说大赛一等奖；

浙江省优秀中篇小说奖；

西湖·中国新锐文学奖；

《中篇小说选刊》全国优秀小说奖；

2004 浙江省青年文学之星；

2009 冰心儿童图书奖；

贝塔斯曼全球华人大赛散文奖。

杨献平，河北沙河人，1973年生。曾在驻甘肃酒泉空军某部暨巴丹吉林沙漠从军十八年，后调至原成都军区政治部文艺创作室为创作员。作品见于《天涯》《中国作家》《人民文学》《大家》《北京文学》《山花》《诗刊》等刊。曾获全国第三届冰心散文奖单篇作品奖、首届三毛散文奖一等奖、全军文艺优秀作品奖、在场主义散文奖、四川文学奖等数十项。已出版的主要作品有长篇文本《梦想的边疆——隋唐五代丝绸之路》，长篇小说《匈奴帝国》，散文集《沙漠之书》《沙漠里的细水微光》《生死故乡》《作为故乡的南太行》《历史的乡愁》《自然村列记》《河西走廊北151公里》，以及诗集《命中》等。现居成都。中国作协会员。现供职于四川省作协。

散文写作的"在场"与"祛魅"

傅逸尘

　　置身当下多元多变的文化语境，想要准确把握飞速发展的时代和社会正在变得日益艰难，面对着渐趋碎片化的生活，人们的认知、思想与审美也变得支离破碎。想要在写作中达成集体共识并进行概括性的叙事，似乎已成为少数笔力雄健的作家们的文学野心。而杨献平的创作始终是精力旺盛、雄心勃勃的，尤其是他对故乡南太行乡域的跟踪书写和持续建构，呈现出一种极富超越性的新鲜的文学经验。他在长篇散文《生死故乡》中，对太行山区乡野的人文历史、风物民情、乡村传统等等社会文化存在，进行了深入细致的田野调查；在对乡村生存经验与生命情态的精准描摹和深刻思辨中试图重建散文写作与现实真实的关联，同时亦引爆了读者对中国乡村现代化进程历史经验的反思与内省。

　　以"新散文"和"文化大散文"创作的繁荣为标志，21世纪初年的中国散文步入了"向内转"的新途：或退进历史的幕后，探幽索微，堆砌专业或历史知识，炫耀自身的文化身价；或是隐匿于身体的内部，无节制地滥情，宣泄私人性的身体经验或情感体验，满足大众的猎奇心理。其结果便是散文创作与当下现实渐行渐远，对生活"存在"的反映渐趋无力，对生命本体的思辨日益孱弱。

　　而杨献平的作品虽非"文化大散文"，却依然可视为一种"大写"的散文。其"大"并不拘泥于文体与技巧，而是关乎生活的幅面、情感的容量、思辨的深度、精神的境界，尤为要紧的是作家的写作伦理。无论是探寻历史、聚焦军旅、书写乡土，还是咏物抒怀、寄情山水，杨献平的创作始终是"在场"的，用他自己的话说就是"此时我在"。所谓"在场"就是去蔽，就是敞亮，就是本真。"在场"的散文所指向的是无遮蔽的视界，是敞亮的情怀，是本真的书写；散文写作"在场"的唯一路径是介入，包括对作家主体的介入，对当下现实的介入，对人类个体生存处境的介入；以介入现实的真诚态度和批判目光来祛除现代性进程对人心、人性、人伦的"魅惑"：祛除那些自称为真理的谎言，祛除那些制度化语言、意识形态用语、公众意见对作家心灵的遮蔽、对人类个体生存处境的遮蔽、对当下现实的"真实"与"真相"的遮蔽，使散文的笔触直接进入事物内部的肌理，与世界的原生状态对接，并通过本真与性情的语言转化为一种新鲜而独特的文学经验。

以通常的文学观念视之，似乎只有小说这种虚构性、叙事性的文体才具备伦理建构的诉求和可能，散文的写作伦理问题一直处于被忽略和遮蔽的状态，很少有人关注和论及。杨献平的散文不是到此一游的游记，更拒绝脱离生活的无限联想与夸张，而是对乡野现实"存在"的长期守望，是对沙漠军旅生活富于痛感的真切体验，是关于情感和精神的本质探寻，更是作家思想能力的解放和思辨探索的"在场"，其可贵的写作伦理值得关注与提倡。

沙漠里的细水微光

杨献平

差不多二十年前的一个冬夜，我躲在巴丹吉林沙漠一隅，隔三差五地与一位书呆子边喝酒边说一些与个人现实生活没多少瓜葛的事情。他是青海西宁人，大胡子，高个子。家里和办公室堆着的都是书。因为是干部，出差机会颇多，每次到北京，他都要背回一大摞书来。我读的最过瘾的是郑也夫《代价论》，《西方哲学史》（算入门。以前只读文学名著和当代文学期刊）、卢梭《论不平等的起源和基础》、哈耶克《通往奴役之路》、罗素《自由之路》、福柯《疯癫与文明》等书籍就是他无偿送我的。

那一次，他刚从西宁探家回来，白天电话说，给我带了本好书。我很兴奋，因为，在巴丹吉林沙漠，一个人能够推心置腹，且被信赖的，除了一二人，就是书。书，对于彼时的我来说，无异于沙漠中的细水微光。透过书页，可以在无垠而封闭的沙漠之中看到无穷大，在迷茫和贫苦的青春年代找到一个向上的通道。听说他又带书给我，心情依然激动，一下班就蹿到常去的那家小饭馆等他。冬天的巴丹吉林沙漠冷如冰川纪，风中沙土如漆似胶，一看到人的皮肤就使劲往上黏。他来了，骑着吱嘎乱响的"二八大驴"，穿着臃肿走样的军大衣。一进门，就带进来一股削铁如泥的冷。还没坐下，他就把一个白色塑料袋并一本书甩在桌子上，差点碰翻了我花三十八大块买的青稞酒。

打开一看，是《命运之书》，作者昌耀。在此之前，我也多次在《人民文学》看到署名昌耀的诗。那些年，昌耀诗作几乎都在《人民文学》上。别处很难看到。现在想，韩作荣先生推崇并珍爱的诗人，当只是昌耀一人而已。我之所以对他始终心怀尊敬，也是他垄断性发表昌耀诗作。据说当年，很多人对昌

　　　　　　　　　　　　　　　　　　"新生代军旅作家"面面观 |

耀诗作并不感冒，认为是呓语者有之，当成是胡说八道者也有。唯独韩作荣、何来、李老乡、林染，将昌耀诗作视作无上绝品。这等识见和胸襟，足够令人钦敬的了。

先读一首《良宵》。大呼绝美，且身心凛然，那种感觉，类似无意中被闪电击中，被文火暖心。上世纪90年代前五年，中国的诗歌写作基本上是低迷的，而且多千篇一律，类似一种腔调的合唱，有些干脆就是仿写和复制。读昌耀的诗歌，首先感到的是一种天地浑然与苍茫，一种情怀与大地众生的偎贴与契合。我朗诵了一遍，然后举杯与他喝了一大口。他吸溜了一声，吃了一口菜说："昌耀穷啊，这是他自费印刷的，可能还得到了一些捐款。"我默然，也知道，那时候写诗的比读诗的人多，有句被说烂了的话："随便从楼上扔一块砖头下去，就能砸中一个诗人。"另外，我不止一次听到："诗人都是神经不正常的"……诸如此类的话，显然是一种偏见。但在当时，严重物化的人群、泯灭甚至腐烂了的信仰、无度而迷茫的现实，再加上诗人的自渎与类似于乡村歌舞的拙劣，共同促使了诗歌乃至文学的沦落。

"昌耀都这样，何况我这等毛毛雨，小荒草呢？"他嘴巴嚼动，意味深长地看了我一眼，说，"北京上海那些大城市可能好点，在咱这沙漠中的弹丸之地，读书和写东西，说好听的，像做地下工作，不好听的，就是神经病！"那些年在沙漠，唯一过从甚密且没有隔阂的就是他。他叫裴云，是一个团的副职领导，我那时还是一个上士战士。之间的社会差距比巴丹吉林沙漠到北京还要大，地位更是霄壤之别。但他没有嫌弃我。我经济上遇到了困难，总是向他开口，一千、几百、两千到五千块……他从不拒绝。当然，我也还得及时。

两人一瓶青稞酒，喝完还不尽兴，又要了啤酒。可能真的喝高了，两人一边读昌耀的诗，一边唏嘘长叹。不知不觉，已是午夜。先前，店老板坐在凳子上打着哈欠，想撵我们走又不好意思，实在忍不住了，就说，这些天纠察来得多，专门管喝酒的。这一招还真管用，因为我们事先已经被警告，凡是深夜在酒馆喝酒的，一旦抓住，就全部队通报批评。

这是纪律。在一个集体，遵守它的规则，我觉得是一种素质。尽管那次喝酒最终不尽兴而归。冬天午夜的巴丹吉林沙漠漆黑如墨，冷风携带灰尘，将这空旷与荒寒之地充斥得寂寥若无。我和裴云并排走，枯叶被风划动。到岔路口分手，一个人仰着天地不屑、万物逃窜的头颅，忽然张口背诵昌耀的《斯人》：

静极——谁的叹嘘?

密西西比河此刻风雨,在那边攀援而走。
地球这壁,一人无语独坐。

忽然泪如雨下,也不知道为什么。鼾声如雷的集体宿舍,也没洗漱,躺在床上,把台灯压低,又读了几首昌耀的诗歌。其中一首是《致修篁》:

篁:我从来不曾这么爱,
所以你才觉得这爱使你活得很累吗?
所以你才称狮子的爱情原也很美吗?
我亦劳乏,感受严峻,别有隐痛,
但若失去你的爱我将重归粗俗。
我百创一身,幽幽目光牧歌般忧郁,
将你几番淋透。你已不胜寒。
你以温心为我抚平眉结了,
告诉我亲吻可以美容。
我复坐起,大地灯火澎湃,恍若蜡炬祭仪,
恍若我俩就是受祭的主体,
私心觉着僭领了一份祭仪的肃穆。
是的,也许我会宁静地走向寂灭,
如若死亡选择才是我最后可获的慰藉。
爱,是间巷两端相望默契的窗牖,田园般真纯,
当一方示意无心解语,期待也是徒劳。
我已有了诸多不安,惧现沙漠的死城。
因此我为你解开发辫周身拥抱你,
如同强挽着一头会随时飞遁的神鸟,
而用我多汁的注目礼向着你深湖似的眼窝倾泻,
直到要漫过岁月久远之后斜阳的美丽。

　　　　　　　　　　　　　"新生代军旅作家"面面观 |

你啊，篁：既知前途尚多大泽深谷，

为何我们又要匆匆急于相识？

从此我忧喜无常，为你变得如此憔悴而顽劣。

啊，原谅我欲以爱心将你裹挟了：是这样的暴君。

仅只是这样的暴君。

但仅仅是读，根本不理解其中意思，只觉得这样的诗歌，一则从没见过，但有点惠特曼的气质；二则这样的诗歌无论是语言还是意境，都十分的奇崛、超拔、凌厉、庞大、隆重。再者，昌耀的书写可能是绝无仅有的，至少在当时的中国。一看写作日期，竟然是 1992 年。如果将那个时候的全部中国诗歌翻出来，找不到雷同的一首甚至半句。我也觉得，昌耀可能是孤绝的"这一个"，而不是"他们"与"那一群"。在当时，昌耀其人和诗歌，都是无人类比也无朋党和流派（团体）的。

上班忙过，即打电话给裴云，大谈昌耀诗歌之绝伦。我至今还记得那种感觉，激动得面红耳赤。我本来说话就结巴，到最后竟然语无伦次，有些话干脆说不出来。裴云知道我口吃，他没笑。而是替我解释。他说："昌耀是一个被放逐者。湖南桃源人，还是一个上过战场的负伤老兵。写诗，而又因为诗歌获罪，吃了不少苦。他这些年娶了两个或者三个妻子，其中一个是藏族人。因为穷，照顾不了妻儿，夫妻关系也很不好。有一段时间一个人过。最苦的时候，是冬天连煤球火都生不起。"如此等等，大致是道听途说，但昌耀斯时的生存状况真的很差倒是真的。我说："那么大的一个青海省，养不起一个昌耀？"

无论何时何地，文化总是重中之重，尽管科技被誉为第一生产力。对一个国家、民族和集体来说，文化才是灵魂与永生所在。那些年我也写诗，身被虚妄激情燃烧成柴火的模样，精神在烦乱的生活现场遭到劈头盖脸的痛击。有一年回老家，爹娘和乡亲们说，献平瘦得不敢看了！这是心疼人的话，我自己却认为，人的肉身是可以忽略的，一个人拥有强大的精神及其反光和映射物，才是我想要的。

在单位，写诗几乎是不务正业的代名词。领导没有直接批评，但从他们的态度中，我知道他们希望我做一个好兵就够了，指哪打哪，一心扑在工作上，为单位的杂物和工作全力以赴，课余时间听话、不惹事……而我却不怎么认同，反而认为，一个人强大，就是一个集体的强大；一个集体的强大，不仅需要一群俯首帖耳的人，更需要具有合作精神及独立能力的"狼"。

血性、合作、牺牲……等等词语完全是为军人所用的。现在再回头看那些年我写的诗歌，尽管现在看来一钱不值，羞愧难当，与昌耀的相比，更类同于灰烬，但其中多的是铁血素质与英雄梦想，当然也有对人的体恤，对战争的反思。也常常以一个士兵的名义捧心自省。此外，我还意识到，一个诗人是不可以只写某种题材的，诗歌浩瀚无疆，是一种通神行为，它应当更开阔。

裴云支持我，观点和写东西。作为大老粗的试训参谋郑崇德也支持。郑崇德原籍山东济南，黑脸、肥硕、大胡子。在他宿舍的书架上，我也看到《唐璜》《巴黎圣母院》《忏悔录》《红楼梦》，还有一套插图竖排版的《金瓶梅》。有一天，他说他以前也喜欢文学。并对我说，有啥事找他。当年 10 月，他主动打电话给我，问我需要哪一些文学期刊，他给我订阅。我说了《人民文学》《十月》《收获》《解放军文艺》，此外，还想订阅《诗刊》，但怕他说我贪得无厌，只说了几个各类题材都包容的综合性文学期刊。

此后，我也找他借过钱。那时候，我一个月七十多块钱的津贴，肯定不够用。他每次都给，少于一百的，他就给我，不用还；多于二百的，他说可以半年一年后再还。这使我感激涕零。有一年，他妻子来队，有些干部跟他开玩笑说：你晚上咋叫得那么难听？然后哈哈笑。我不知道咋回事。听了几次，大致有些明白。郑崇德爱人个子也很高，圆而白的脸。举止优雅，富有教养。她在的时候，即使火烧屁股，我也不敢找郑崇德借钱。不是他不给，而是在他妻子面前开不了口。

很多次，郑崇德让我给他推荐书看。我就把红皮、简陋，排版拥挤的《命运之书》给了他。当天下午，他打电话叫我去他宿舍，一进门，他就说，你要向昌耀学，他的诗才是真正的诗。还说，诗不可解释，但读了以后，会有一种东西把人心撑起来，有一种感觉和氛围把人感情笼罩住。

他显然说得有道理。这使我改变了对他一贯的附庸风雅的"潜印象"，也觉得安慰。几天后，他把《命运之书》还给了我。再一次读昌耀的诗歌，却有一种全新的感觉。

比如《人间》：

静夜。

远郊铁砧每约五分钟就被锻锤抡击一记，

迸出脆生生的一声钢音，婉切而孤单，

像是不贞的妻子蒙遭丈夫私刑拷打。

之后是短暂的沉寂。

这一夜夕投宿者感觉特别长。

及天明，混在升起的市廛嚣声之中

你未能分辨出任一屈辱的脚步。

你只觉得在新的港湾风帆万千忙于解缆启航。

你只觉得解缆启航才有生路，而顿感呼吸迫促。

喧嚣者终有沉寂之时，"静夜"可以看作是人间欲望的一次收敛性的停歇，而昌耀却给予这"间歇"以粗朴、钝疼、打击、迸溅之动作和强音，且用"不贞的妻子蒙遭丈夫私刑拷打"之残忍血腥与"庸常的暴力"来充斥，使之有了一种难以决断的、灵与肉决断的多种意味和象征。"短暂的沉寂"使得"这一夜夕投宿者感觉特别长"。这种"长"似乎是死亡与新生、和解与仇怨的黎明，其中藏满了不确定、暴力及其后果、无意识的立场和穿梭地狱天堂的愤懑和挣扎。而人总是寄希望于"自然的黎明"，事实上，所有的"黎明"也都与暗夜几无二致，只不过多了一些光线，可以使人看得更清晰、更远。内心和精神的"呼吸""迫促"是一种人生常态，更是一种灵魂疾病。

不唯这一首，昌耀的诗歌，大都如寓言，如一部充满歧义、雄性、庄严、痛觉十足和悲悯丛生的长篇小说。再如他的《猎户》《噩的结构》《夜潭》《日出》《木轮车队行进着》《峨日朵雪峰之侧》《黑色灯盏》等。长诗《慈航》《划啊，划啊，父亲们》及《朝朝暮暮（五首）》《人·花与黑陶砂罐》《花朵受难》等更不必说。我觉得，昌耀诗歌是一个人站在高处悲悯而热烈的众生俯瞰，是一个人与世界的心神相通与精神谐振。

与此同时，我也在报刊陆续读到燎原、林贤治、孙文涛、韩作荣、阿橹、章冶萍等人写昌耀及其诗歌的文章。从众多文章当中，我读到的无一不是"景仰"和"标高"。而且众人的看法几乎一致。偶尔也有一些网络言论说昌耀的诗歌费解甚至没入门，也没觉得不可理解，在一个趋利、尚浅的年代，要求每一个人都如昌耀显然不切实际，也不符合社会和人群规律、习性。但任何一种言说只要是出自个人的，就应当给他们以说话的机会和阵地。

又有人进我宿舍时候翻看，说，这是好诗。

毋庸讳言，大致是上世纪90年代中期开始，我们进入了一个空前的消费主义与欲望漩涡，而且越来越大，甚至与日月争辉，遮蔽大地的时代。现在也是如此。就其现状，可以套用狄更斯《双城记》开首语说：这是一个众口铄"金"的时代，也是一个英雄沉默的时代；是一个剧烈碰撞的时代，也是一个无度错列的时代。在这种氛围当中，作为一个写诗的年轻人，在低处的巴丹吉林沙漠，每一看到昌耀《命运之书》，心里就隆起一种仰望的庄严与肃穆。有一次，我对裴云说，如果我是一个有钱人或者一个官员，一定要把昌耀当宝贝一样……不是养，而是供奉起来。也还说，所谓的"新边塞诗歌"，虽然由杨牧、章德益、周涛举旗，但真正的实力，昌耀首屈一指，还有甘肃的林染。有了这两位诗人，"新边塞诗歌"才真正声势浩大，力量无穷。

"四站还有一个写文章的，在不少刊物发了作品，姓朱。"又一次喝酒，裴云大着舌头说。这一次，他给了我《顾准文集》、尼采的《悲剧的诞生》和罗曼·罗兰的《莫斯科日记》等书。还给我讲了顾准生前的遭遇，夫妻分离，儿女也不认……还给我推荐了朱学勤的《思想史上的失踪者》一文。读后，两人又交流了一次。我说："这样的人总是命运多舛。中国的知识分子往往有三类，一种是刀笔吏，一种是逍遥派，一种是阴阳人。类似顾准这样的，几百年才出一个。"裴云说："顾准的思想，其实正是我们现在所走的道路。异端往往在当世是妖孽，后世为'宗室'。"《莫斯科日记》配合《随笔》杂志上蓝英年和严秀的随笔一起读，两者互补和互动性很强。读之后，我才发现，以谎言建立的，最终也毁于谎言。无论怎样的人，也不是用来镇压的，而是用来尊重和沟通的。越是冠冕堂皇的，越是不可示人。

通过电话，我联系到了四站的朱。他叫朱斗峰，四川人。四站，是单位下属众多团级单位当中的一个，驻地在沙漠边缘，距离场区还一百多公里，且无路，乘车在形似搓板的戈壁上走一个来回，身上的尘土足有十斤重。电话里聊了一会儿，朱斗峰说，下个星期他来，专门和我们见一见。还说，在这鸟不拉屎的沙漠，一个写东西的遇到另一个写东西的太他妈的不容易了。还没到周末，我就给裴云打了电话，并提前到小饭馆预订了包间。那种心情，好像是一场幽秘的约会。

是的，在巴丹吉林沙漠，男性居多，随军家属也有的，但大都在家属区活动，一般不会在男人如群的白杨树办公区出现。像我这样二十岁出头，仍旧孤单、荒寒的战士，见到女子，哪怕丑如猪八戒，也都如天仙。后来，我和妻子恋爱时，还对她说过当年和朱斗峰约见之前的这种感觉。她笑说，那是你缺朋友缺"死气"了的缘故。"死气"是方言，常用来形容很珍惜、很看重某个人和某种物事。周末傍晚，落日熔金，大地泊血，整个沙漠都沉浸在一种惨烈的光晕之中。我和裴云刚坐下，朱斗峰就出现了，带着一身灰土，还有一头长发。穿着一件月白衬衣，还打着领带。

这可能是最另类的人了，在巴丹吉林沙漠，对于留长发的人，大多数人的印象还停留在上世纪80年代的"严打"时期。那时我大致十一二岁，听大人们说，有一段时间，公安局看到留长毛的就抓，抓住就判刑，坐几年牢还是轻的，稍微干点坏事就枪毙。朱斗峰这一身行头，把我和裴云"雷"了一下，两人相互看了一眼，然后起身热情迎接他的到来。朱斗峰可能发表作品多，还出过两三本小说集、诗集，对我这个后来者有点轻视，不自觉地端架子。酒喝到一定程度，他才显得率性许多。第二瓶差不多见底时，朱斗峰抓起酒杯呼的一声站起来，大声说："我朗诵一首诗，敬你们两位！"

这时候，我们都已经脸红脖子粗外加晕头涨脑了。"静极——谁的叹嘘？密西西比河此刻风雨，在那边攀援而走。地球这壁，一人无语独坐。"竟然是昌耀的《斯人》，我和裴云叫了一声好，也起身，和他喝了满满一杯。又倒满一杯，裴云也站起来朗诵陈子昂的《登幽州台歌》："前不见古人，后不见来者。念天地之悠悠，独怆然而涕下。"朱斗峰和我大声说好。我还说，这两首诗有共通之处，时间中的巨大孤独感和独立高峰的空旷，天地的无限与精神的苍茫……凄凉而潮湿，丰满又无处停当。朱斗峰说，这两首诗，好像是一种两个人的隔空呼应，也像是同一颗伟大心灵在不同时空的交集。我诧异说："你也喜欢昌耀的诗？"朱斗峰兀自喝了一杯酒，红着眼睛看着我说："那当然，昌耀的诗，这个时代没有第二家，再往后五十年，也肯定不会有！"

尽欢而散，夏天的沙漠深夜也有些凉意，三个人在空无一人的街道上晃悠。最后，裴云回家，朱斗峰到我那里住宿。到宿舍，又和朱斗峰聊文学。看到裴云送我的那本《命运之书》，朱斗峰咦了一声，表情很惊讶，一边叼着香烟，一边翻开书，又给我读昌耀的《圣桑〈天鹅〉》：

你呀，兀傲的孤客，
只在夜夕让湖波熨平周身光洁的翎毛。
此间星光灿烂，造境层深，天地闭合如胡桃荚果之窍，
你丰腴华美，恍若月边白屋凭虚浮来几不可察。
夜色温软，四无屏蔽，最宜回首华年，钩沉心史。
你啊，不倦的游子曾痛饮多少轻慢戏侮。
哀莫大兮。哀莫大兮失遇相托之俦侣。
留取梦眼你拒绝看透人生而点燃膏火复制幻美。
影恋者既已被世人诟为病株，
天下也尽可多一名脏躁狂。
于是我窥见你内心失却平衡。
只是间刻雷雨。我忽见你掉转身子，
静静折向前方毅然冲破内心误区而复归素我。
一袭血迹随你铺向湖心。
但你已转身折向更其高远的一处水上台阶。
漾起的波光玲玲盈耳乃是作声水晶之昆虫。
无眠。琶音渐远。都说宇宙仍在不尽地膨胀。

我倾听，忽然觉得，昌耀的诗歌是一座光芒四射的巍峨宫殿，它表面幽闭，内里却是温和的，它看起来有些生硬，但它们始终是敞开的、迎迓的，让人进入而且能够体会到那种无以伦比的丰饶与别致，也更能释放出一种拥裹灵魂的暖意，似乎诸多的光照，令人全身心、深度且又无虑地置身其中，如清澈的彻底沐浴，如圣意的通体贯彻。

我也感到安慰，在沙漠，沙砾众多，风是一种掠夺和穿透，唯有人和人之间，人和书籍——文字，才构成一种不易更改的关系。那时候，郑崇德转业回到济南。裴云和朱斗峰便成为了我最亲近的人，堪称异性兄弟。兰州军区空军

的专业作家刘立波也成为关爱于我的师长。有几次，他拿着《解放军文艺》杂志，到文化处、宣传处、干部处等职能部门朗诵，并说这是一个战士写的。为我的事情，立波老师还找了几位将军，并写信给我们单位政委、政治部主任等人。自此，陈洪根、刘兆启、刘长斌、侯治荣、李国旺、聂忠海、刘正理、任世清……这一些名字，与巴丹吉林沙漠一起，深植于我过往的青春岁月、颠簸趔趄的人生途程和日渐安稳的心目之中。

当然，我和裴云、朱斗峰之间也有分歧。大都是因为观点和主张。有时候争论，几天不打电话，过几天又好了。直到我恋爱，还和他们厮混在一起。甚至觉得，朋友、同道和书籍比爱情和婚姻还重要。有几次和未婚妻闹别扭，我无处倾诉，也找他们说。爱情是一种丧失方向的情绪，相处久后，我和未婚妻才真正融合。一个夏天傍晚，我和她在营区外的一片杨树林里卿卿我我，为了表达爱意，给她背诵了昌耀的《良宵》：

> 放逐的诗人啊，
> 这良宵是属于你的吗？
> 这新嫁忍受的柔情蜜意的夜是属于你的吗？
> 不，今夜没有月光，没有花朵，也没有天鹅，
> 我的手指染着细雨和青草气息，
> 但即使是这样的雨夜也完全是属于你的吗？
> 是的，全部属于我。
> 但不要以为我的爱情已生满菌斑，
> 我从空气摄取养料，经由阳光提取钙质，
> 我的须髭如同箭毛，
> 而我的爱情却如夜色一样羞涩。
> 啊，你自夜中与我对语的朋友，
> 请递给我十指纤纤的你的素手。

未婚妻很感动。紧紧抱住我。然后，在红柳、杨树和茅草的遮蔽下，我们做爱。旁边是正在开的万千棉花，头顶幽深的天空上挂着丝绸状的云朵，日光在树荫下杂草上繁衍涟漪，灰雀用短促的鸣叫使得整个树林——荒地显得更为

幽秘和芬芳。

"昌耀当了青海作协主席。"有一天，朱斗峰在电话里说。我说："那太好了！"昌耀当了省的作协主席，各方面待遇也会好起来。可又听一年回一次西宁老家的裴云说，昌耀还是老样子，生存状况也没有随着作协主席而实质性改变。我黯然。同时心里也问自己，为什么会如此惦记一个素不相识的人呢？在现实当中，我和昌耀根本不可能有任何交集，主要是自己写的诗歌太差，而昌耀，对我来说，是一座高峰，甚至神。这种肉麻的崇拜和颂词不符合我的秉性。凡是西北地区或在西北有过文学经历的人，昌耀和张承志，大抵是在他们心里甚至精神当中占有相当重分量的。

这种分量不是怜悯，而是敬仰，张承志和昌耀，无疑成为西北文学写作者的一个尺度和标高。1998年，朱斗峰转业回到四川。裴云因为好读书，极少应酬，也从领导岗位上转为技术干部。这一年，我也去了上海空军政治学院读书。与此同时，也和未婚妻的爱情进入"深水区"。未婚妻家境好，又漂亮，能够垂青并真心与我这个出身南太行乡村贫苦家庭的农民子弟、长相一般人不敢恭维的男人恋爱并订婚，已经足够令我欣喜若狂了。她对我的好，无疑是我在沙漠当中的一个福分，是另一种细水微光，与师长、战友以及书籍、文学练习共同构成了我青春时代"幸运的灿烂"和"贫瘠的荣光"。

毕业回到巴丹吉林沙漠，我做的第一件事，就是和未婚妻结婚。裴云和他夫人孩子都参加了。当晚，在洞房，我趁着酒意，给妻子朗诵了昌耀的《草原》一诗第一段：

> 草原新月，萌生在牧人的
> 拴马桩。在鞍具。在鞍具上的铜剑鞘。
> 湖畔的白帐房因宿主初燃的灯烛
> 而如白天鹅般地雍容而华贵了。

妻子很感动。我没告诉她，这只是第一段。第二段，在那个时候朗诵出来有点不太合宜。以上的几句诗，犹如一部短片，一幅油画，情境之美，之纯粹，之优雅与端庄，好像仙境，宛若童话，很适合在新婚之时朗诵。由此，我也觉得，昌耀是美的，他始终是一个饱经沧桑和苦难的孩子，一个内心和灵魂存放美境与美德，清洁和圣意的布道者。他诗中有血、悲怆、怜悯、暴力、古器、高原意象，但他的内心精神是刚健而柔和的，也是苍凉与博大的。

2000 年，昌耀患癌症，不忍疼痛而跳楼自杀。这消息也是裴云说给我的。那时通信极不方便，当我们得知消息，林贤治、周涛、西川、伊甸、王久辛等人评论、悼念昌耀的诗文已经铺天盖地了。我也想写一篇类似文章，但总觉得笔力不逮，词不达意。有一次喝酒时，我对裴云说，朱斗峰走了，这偌大的沙漠军营只剩下你我了。裴云也叹息说，我只看书，不写东西，只能和你交流些读书经验和感想，没法说写东西的事儿……说完，脸上带着愧疚和遗憾。

我也觉得荒芜，忽然就觉得了一种孤立，如一块岩石横在冬天的沙漠上，风吹得钻心刺骨，别说温暖，就连同样一块石头也摸不到。再向后的时间，在沙漠军营，一个人的写作另类得销魂蚀骨。一有人说我时常搞些文学作品，脸就像被狼舔了几下，熊掌抓了一把似的，无地自容，也无处摆放。很多时候，我也想，沙漠里有几千人，其中该有几个爱好文学和读书的吧。可就是找不到。大致是 2003 年，一个叫赵广砚的山东籍战士来到巴丹吉林沙漠，不久就和我联系上了。此外，又有贾鹏作画，田香香作画并书法，散文和小说也很有潜力，这使我莫名兴奋，心里也有一种欣慰之感。是他们，在很多时候给予了一个文学写作者的寥落的温暖，还要吹弹可破的半斤尊严。

几个人偶尔会聚一下，聊文学、美术和书法，也说一些和自己非常不怎么切合的家事国事。可能是我写得多和久一些，也在国内报刊发表了一些习作，算有点艺术鉴赏力，赵广砚、贾鹏、田香香时常叫我看他们一些作品。从实说，赵广砚的诗歌如我起初，最大的问题是被官方词汇和流行话语充斥，甚至把新闻稿、歌词与诗歌相混淆。我这个人向来嘴冷，尽管自己也是半瓶醋，但从不愿意在文字上说假话。

我给赵广砚推荐了昌耀的诗歌。他买了反馈说，有些看不懂。诗倒是很好，读着感觉有一种强大的气息澎湃而来。我说，这就是昌耀的诗，在中国别无分号。他表示会反复读，后来又对我说，他喜欢海子的诗。我说也不错。贾鹏的画见功底，表现能力强，注重地域特色，但在境界和意象的撷取上还稍欠火候。田香香的散文和小说有想法，题材和语言也很到位，就是不够专一。文学、书画一起上，做了一件放下一件，持续性不够。这些意见，我都当面对他们讲过。

赵广砚以前在单位的资料室、历史陈列馆工作。其中的历史陈列馆布设的内容，都经过我手。赵广砚喜摄影，好文学，日常工作是摄录像，到基地电视台后，更是忙得不亦乐乎，每日扛着摄像机在戈壁滩上奔波，回来后还要写播音稿。贾鹏先是有一份空闲度较大的工作，辟有个人工作室，日日作画，潜心用力，数年过去，作品也叫人刮目相看。田香香是技术干部，大部分时间在搞科研，写论文，课余时间作画，练习书法，基本上扔掉了文学。

文学尽管在大的环境下微不足道，甚至成为尊严蒙羞的契机和渠道，但文学毕竟是一种正当的个人爱好，只要你愿意，就可以做下去，不需要科研经费，也不需要聆听指示要求，按照文学的基本规律，把它当成一项个人的事业去做就可以了。如此这般，又些年过去了。我依然如故，赵广砚也依然如故。我们在课余时间涂抹的诗歌、散文、小说，虽然很少，甚至低劣，但在巴丹吉林沙漠，已经算是星火燎原了。与此同时，我们还得知毗邻的酒泉卫星发射中心也有几位作家，如梁东元、王凯等人，可等我们得知，他们二人已经先后调到北京，现在都是专业作家。我和赵广砚、贾鹏、田香香是最基层的，孤军作战的悲壮意味更浓。有时候，也觉得自己全无出路，写作，无非土包子佯作手榴弹，锈铁刀妄想信息化战争那样可望而不可即，徒劳而又意义干瘪。好在，文学是内心和精神的缓慢疾病，一旦发作，就不会消停。我依旧写，赵广砚也是。贾鹏的绘画也日日不辍。田香香也是。偶尔聚会，只有喝多了，大家才会装一下才子才女，借以为日日枯燥的生活增添一些自得其乐的雅趣。

2010年，我调到了成都军区政治部，做期刊编辑、创作员。环境变了，日常生活和内心的秩序也变了，但仍旧在写。条件便利了，买书也多了。平均每个月，都有四五本新书入手，有的不对胃口，就放在书架上，有的正中下怀，放在床头读。关于昌耀的作品，我基本上买齐了，青海人民出版社和人民文学出版社的，还有燎原的《昌耀评传》。有一次，一位诗人朋友见到了燎原，便请他代我向燎原先生致敬。因为昌耀，也因为他为昌耀写的评传。2014年6月，我再次回到巴丹吉林沙漠，依旧是天高云淡、荒野千里，依旧是大漠长河、落日恢弘。裴云、赵广砚和贾鹏、田香香等人还在。一起吃饭时候，我又喝多了，也像当年一样，举起酒杯，朗诵昌耀的《一片青草》：

我们商定不触痛往事，
只作寒暄。只赏芳草。
因此其余都是遗迹。
时光不再变作花粉。
飞蛾不必点燃烛泪。
无需阳光寻度。
尚有饿马摇铃。
属于即刻，
唯是一片芳草无穷碧。
其余都是故道。
其余都是乡井。

众人无言，我独潸然。

离开几年，在闹市，我无数次确认，自己的精神所依还是西北，昌耀和他的诗歌只是一种参照和塑造，而西北——自天水向西、河陇之属、蒙古高原、塔里木盆地、天山和昆仑、祁连山以北沙漠戈壁、青海黄河至兰州段等等，可能都是我的一种精神背景和心灵疆场。具体的巴丹吉林沙漠更是如此。毕竟，从十八岁到三十七岁，我一半的青春都在那片沙漠里消耗和蜕变，还有完成和再进行。离开甘肃时候，我又到嘉峪关与朋友喝了一场大酒，欢闹之间，内心黯然。对一个心有苍天与阔地的人来说，西北是最好的安妥之地。

如昌耀《河床》诗句：

而现在我仍转向你们白头的巴颜喀拉。
你们的马车已满载昆山之玉，走向归程。
你们的麦种在农妇的胝掌准时地亮了。
你们的团圞月正从我的脐蒂升起……

我的边塞生活或青春的巴丹吉林

杨献平

二十三年前的那个中午特别明亮。从宿舍楼向西，穿过蝉鸣与日光的篮球场，一座红砖旱厕兀然屹立。像其他地方的同类功能建筑一样，这座厕所也分男女。但平素连个女人毛都难以见到，只有暑假，才有几个家属带着孩子或者只身来队。男人多，小路被诸多的脚底磨得锃亮。厕所门口长着一丛红柳树，这种表皮泛红、总也长不高的沙生灌木，质地很硬，据说在古代可以做箭杆。

厕所臭气熏天，成吨的苍蝇充分发挥本性。如厕完毕，抬头看到光滑的水泥墙壁，除了臭气萦绕不去，竟然一丝灰尘都没有，这当然是官兵勤拂拭的结果。也不知道出于何种心理，我瞬间有了要在上面写点什么的冲动。正犹豫时，一摸裤兜，居然掏出一截白色粉笔。那时候，新兵训练结束后，我和几十个同年兵一起，被分到这个连队学习无线电和雷达技术，然后再根据个人情况，分配到各个合适的岗位去。

捏着粉笔，在弥散的臭气当中，我挥笔写道：

> 这沙漠由来已久，而我却像一个含苞的故事
> 刚刚发生，而且在起伏的沙丘
> 和孤单的杨树及其阴影里
> 一个人从远处来到，被河流敲醒
> 也肯定会被风抖动……

这是我到这个连队之后写的第一首诗。那时刚十九岁。此前几个月，就像

一只懵懂的兔子或者山猪，在偏僻的南太行乡村，我尚还不知道中国究竟有多广阔，也不知道该怎么去面对山外的世界以及更多的人。参军入伍，在彼时年代，对于多数农家子弟来说，好像是读书之外的唯一出路。而当我穿过数千里山河，置身于西北的巴丹吉林沙漠，并且第一次以个人融入到一个庞大的集体之后，我发现自己还是那个懵懂而又倔强、自卑却又狂妄的乡村青年，尽管军事训练和思想政治教育频繁而又深入，但我却没有因为某些理论与规则而变动半分，反而有所增强。

巴丹吉林沙漠的冬天西风刮骨，尘土飞扬。在紧张而辛苦的军事动作当中，我依旧想有一些自己的时间。这当然不被允许，我只好选择脚疼、感冒等时机，借以从整齐划一的队列和集体活动中解脱出来。那是一个空旷的夜晚，我一个人躺在容纳十几个人的大通铺上，忽然想写一首诗。这种自觉的冲动显然与少年时代有关，也肯定受到了生命和心灵的某种特殊遭遇，而后产生了一种隐秘的宣泄与表达欲望。翻身下地，在班长的抽屉里找到一沓子稿纸，然后写下一些诗句。

几乎从那一时刻，我就觉得了诗歌内在的力量，或者说，除了好的语言、象征和隐喻之外，诗歌还有一种隐秘的、类似天启谶语或预言功能。我也知道，诗歌的起源大致与巫师的卦辞或祷告语有关，它应当是一种具有神启性质的文体。如写诗时候，诗人本身并不清楚诗句的来源，特别是语词选择和语词组合方式，也不知道究竟是怎样的一种力量或者情绪状态，让我们把那些缥缈甚至虚无的情绪、判断、认知、思想用形象化的语言组合在一起，并且逻辑无误，意象跳跃而别致，进而形成了独特而又具有典型性的艺术品。

这种奇妙的写作状态是诗歌之外其他文体感觉不明确的。我坚信诗歌写作是一种通神的行为，有如神助、佳句天成等等，用以诗歌创作是可信和科学的。那晚，当我写下以上诗句，内心甚至灵魂里瞬间有了一种轻盈与愉悦的感觉，就像做爱或做爱之后。当然，那时候我对男女情爱一窍不通。

我把那首诗抄写在自己的政治教育笔记本上，郑重合上。

这是阿拉善高原南部边缘，它的北部是蒙古国，也就是匈奴和蒙古的漠北地区。在这一带发生的历史和传奇，仅乌孙、大月氏、霍去病、卫青、李陵、路博德，以及后来的诗人王维、胡曾、回鹘道、居延回鹘、斯坦因、科兹洛夫和居延汉简等名字就足够了。如果加上居延海、土尔扈特、胡杨树、发菜、贺兰山岩画、仓央嘉措的传说，那么，关于这里的一切，都可以不用再做任何解释。王维的《使至塞上》"大漠孤烟直，长河落日圆"，《出塞作》"居延城外猎天骄，白草连天野火烧。暮云空碛时驱马，秋日平原好射雕。"无疑是产生于这一地区的优秀边塞诗歌。

由此来看，阿拉善地区不只黄沙漫漫、兵戈战马，也是文气充沛，富有文化地域与艺术气质的。

关于写诗，可以追溯到我的乡村少年时代。那时候的南太行乡村，似乎隔绝了自身之外的一切。当然，再偏僻的地方，也必须与时代同步，政策或者主流意志对于每一个人都要进行全方位的触摸与渗透。我记得，那时，改革开放、包产到户、鼓励手工业企业和加工业，还有煤矿铁矿开发，随后是表彰万元户、革新能手、种粮大户和计划生育先进个人，是最热烈的词汇，也是人们追逐的目标。尽管，我们的南太行乡村也和大多数北方乡村一样，只有沸腾的粪堆与渐渐干涸的溪流，呼啸的风与被奇形怪状的山峰切割的流云长空，腾起无尽尘埃的日常生活充满了油盐酱醋被加热之后的各种味道，乃至邻里之间的飞短流长，但人们对于供养孩子读书，进而"学成文武艺，货与帝王家"始终保持了不竭的热情。所谓的文学艺术，对于乡村人群来说，只是在书本上被人朗读和背诵。面对它们的人只有两种，一是照本宣科，二是死记硬背。从小学到初中二年级，我窥不到未来的任何缝隙，更不知道今生何往，又会是怎样的人生状态，只是在来处和某些时候按照生命的要求与人生的某些统一动作盲目成长。

一个夏天的傍晚，我忽然写了一首诗歌。这应当是我生命和心灵的一件大事，也是灵魂当中的一道类似闪电的亮光。原因很简单，我喜欢上班上的一个女生，叫曹琴琴。她个子不高，胖，但皮肤看起来特别白，最可怕的是眼睛，大不说，还很清澈，就像我们村后旷野里那一眼水泉，看一眼甜得发晕。

我是那种想了就做的人，瞅了一个机会，就在她语文课本里夹了一张纸条。求爱是每个少年在懵懂年代正常的生理表现与心灵欲求。但十五六岁期间，喜欢并且展开一种两性之间的感情，是被年长者和所谓的道德伦理所禁止的。在他们看来，一个小孩子，应当全心全意为自己将来谋算和努力，通过书本教育和自我的刻苦努力，进而获得一种比较优裕的现实生活。

恋爱这个词,很多乡村人不知其为何物,甚至觉得,自己搞对象是一种有悖天理与父母之命的不道德行为。对于我个人来说,这一场恋爱压根就是一场自我的精神煎熬与持续至今的一道伤口。曹琴琴发现我的纸条后,几乎没有任何犹豫,在老师唾沫飞溅时,喊了一声报告,就把纸条递了上去。班主任老师大发雷霆,要传纸条的那位同学主动站出来。我没想到曹琴琴居然如此果决。此前,我觉得再邪恶与冷硬的一颗心,也会被炽热的火焰融化。但曹琴琴这么做,我彻底乱了方寸,在老师的厉声呵斥声中面红耳赤,心跳如鼓,始终没有勇气站出来。到初三年级,大家就要分赴各个高中,我才鼓起勇气,又给曹琴琴写了一封信,但迎来的,仍旧是严厉的拒绝。

那是我十六岁夏末的一个傍晚,捧着曹琴琴的回信,我长时间站在渐渐被黑夜包围的巨大沟渠边上,面对茂盛的杂草和湿润的流沙,忽然想一头栽下去死了算了。正在我长吁短叹,就要轻生时,忽然传来一声咳嗽。一个黑影扛着镢头,从河沟蹒跚而来。我仓皇收起痛苦,转身迎着他,并且以正常的语调,叫了对方一声叔,然后快步回家。父母干了一天活儿,还在院子里忙碌。我无心吃饭,闷在房间,在极端的情绪当中,写下了平生第一首诗歌:

> 荷花开得,比十万大山的心事好看
>
> 倾听本该站在上面
>
> 安家,还需要蝌蚪和蛙鸣
>
> 其他的花朵必定善意,簇拥与喝彩
>
> 男人和女人,从小就应当用心呼应成长
>
> 可哪里来的洪水,杀戮是一场灾难
>
> 恐怕这一生,我都要被某种疼痛贯穿

这种无意识的文字表达在当时只是一种情绪的宣泄,但对我影响深重,也可能持续一生。

1992年冬天的巴丹吉林沙漠乌鸦汇聚,在晴空之下的杨树枝丫上聒噪。我们上百人在一些水泥操场上训练,齐步、正步、跑步、队列转换,然后是操枪、格斗、刺杀和手榴弹投掷。很多时候,风吹来人类的垃圾,其中有许多报纸。休息时,我抓起其中一片。残破的报纸沾满了灰土和其他脏东西。但我仍旧会仔细阅读，偶尔在上面看到诗歌，大都是那种格调铿锵、积极向上、饱含爱国主义和牺牲奉献精神的作品。每次阅读，我就想，这些人为什么会用分行的文字把自己的情感表达得如此富有感染力和艺术性呢？再者，一个人用文字说话，借以阐述对人生、万物和世界的态度，这是多么美好的一种行为与令人羡慕的才能！

几年前那场失败的乡村早恋事件，尽管心有隐痛，但写诗却比这种疼痛更有意味，或者说，一个人爱情的失败与长期的不甘，终究是个体性的；一个人在这个乱纷纷、闹哄哄的人世，即使万千箭矢和子弹穿胸而过，十万雷霆与刀锋轮番接受，也只是一个人的，丝毫引不起同类的同情。诗歌是众多人的。她们分散、荫蔽，看起来只属于一个人或者某群人，但人对艺术的捕捉与找寻，偶遇和邂逅的几率往往在无意中发生。更重要的是，艺术击中的是万千人心，就像高空的光束，渗入大地的水流，那种照射、蔓延、穿透、感化的力量无以伦比且具有不朽之意。

至于"杀戮是一场灾难。恐怕这一生，我都要被某种疼痛贯穿。""被河流敲醒，也肯定被风抖动。"这样的诗句，我当时并没有意识到什么。只觉得，无非是一种情绪化的语言。诗歌也不会对写作者的现实人生构不成任何影响。

1994年，我22岁，对于爱情的渴望锥心刺骨，一方面来自不可遏止的生理要求，另一方面，对情感和心灵需求的深度抚慰更甚。眼看诸多同乡战友都在甜言蜜语中，举着信件读得热泪盈眶，不能自已，或者抱着稀缺的长途电话长时间脸带笑意。我觉得了一种巨大的空、凿空的空、无奈的空与孤独的空。有时候无故对同乡发脾气，挑他们的小毛病，或讽刺，或直接苛责。事后又后悔不已，对着墙壁喃喃自语，猛然捶打自己的胸脯。有一个夜里，我又给曹琴琴写了一封信，然后在忐忑不安中等待想当然的回音。几个月后，一封信辗转到了巴丹吉林沙漠边缘的军营，却不是曹琴琴的，而是弟弟的。

弟弟初中辍学，出去打工。因为个子高、力气大，每次都能挣些钱回来。他知道我喜欢曹琴琴，他也认识。在信中，弟弟说，哥，你就安心当兵，能考上军校最好。另外，你喜欢的曹琴琴已经嫁人了，前不久还生了孩子。我震惊莫名，脑袋轰的一声，所有的美好都成了齑粉。拿着弟弟的信，出了宿舍，一个人走到围墙外的戈壁滩上，面对浩瀚无际的荒凉与辽远，头顶蓝得让人心惊的天空，然后放声痛哭。感觉胸脯中有炸药，骨头里有熊熊火焰，内心飞溅着无数冰凌，甚至灵魂也裂开了深渊。

一个人在天空下痛哭的滋味如刀镂刻。

古人将沙漠称为瀚海泽卤，这种表述无疑是最具有诗意的。现在的沙漠称谓显得单调而又枯燥，没有一点想象力与生机。事实上，沙漠并非寸草不生，不仅有成片的沙枣树和红柳树丛，还有梭梭木、芨芨草、骆驼草，甚至马莲花、唐菖蒲、芦苇，以及黄羊、红狐白狐、苍狼、野兔、沙鸡、驴子、绵羊等等动物。这个星球的每一块地域，都有自己的特征与蕴藏，大地从来就是包容的、开放的。是人总是在用自己的情绪和思维，对它们进行冒犯式的概括与表达，这是不是一种大不敬呢？痛苦中，我对自己说，杨献平，在这个世界上，谁也没有权利和义务顺从你。人都是自我的，做任何事情也肯定以对自己的关怀为首要关怀，他人只是他们认为合适的时候，才会予以考虑和顺从。

对于曹琴琴，最根本的原因是两家家境的差别。那时候，曹琴琴父亲是大队支书，我父亲是一个放羊的。曹琴琴父亲是万元户，我们家连一千块钱都拿不出来。乡村的门第观念甚于城镇。人们都在寻找一种与自己理想和现实相匹配的生活方式，这不是人性恶，是生存需要，俗世尊严的要义所在。

不久，一个叫安平的同乡战友就着几杯酒对我说出了心事。

部队之外，是鼎新绿洲，著名的弱水河从一侧穿过，在戈壁大漠之间抖着蛇走，一直蜿蜒到额济纳，形成了同样著名的居延海。像其他西北地区一样，凡是有绿洲，必定有人居住。

安平涨红着脸说，他看上了部队外面村子里的一个女子，名叫赵爱云。这个名字显然带有上世纪 70 年代痕迹，但在安平心里，赵爱云就像是沙漠深处一朵娇艳的马兰花，再荒凉与偏僻也难以遮住她仙子一样的神采和光辉。我啧啧羡慕，也劝他说，既然喜欢了，就好好喜欢，既然是缘分就好好珍惜。安平也说，这样的女孩子简直是百里挑一，比他以前在学校暗恋的那个好十倍以上。我说，女人不可相比，喜欢了就喜欢了，散伙就散伙了，不能拿这个比那个。安平讪笑一下，把脸凑近说，下次带你去看看，出营门，不用几分钟就到了。

因为紧靠沙漠，鼎新绿洲的村庄也像其他西北地区一样，整个面目灰苍苍，不多的树木之下，覆盖着村落和田地。周五下午，安平来电话说，明天上午咱俩去。我说好。可刚放下电话。单位干事通知，所有人到会议室开军人大会。开会是我最烦的事情，但又不得不参加。会议在某些时候表现的是某几个人的意志，或者一个人的意志经由无数个人之后的无限放大。领导一脸沉肃，宣读一份通报说：某某某单位的五名战士，在未经允许的情况下，到机场玩耍，登上战斗机舱内，按错弹射装置，三人当场死亡，两人受重伤。要求各单位切实搞好传达教育，警示所属人员，要一人不落地进行安全教育，切实抓好安全管理。

死者当中，有两个是我认识的。其中的康文学不仅和我同乡同年兵，还是一个新兵连出来的。康文学帅气、白净，且很有修养，每次见到，都很热切，不装不作，为人也极为诚实和有分寸。我对他的好感，甚于同乡其他战友。另一个叫张展，比我们早一年来巴丹吉林沙漠当兵，家在河北遵化。他就在我们学习无线电和雷达技术的那个连队当雷达阵地的班长。虽然在一起时间很短，他却对我很照顾，时常给我说一些注意事项，教我如何和连长指导员乃至副连长副指导员相处。我做梦也没想到，这两个人会忽然死于非命，把自己永远留在了巴丹吉林沙漠。

开完会，我给安平打了电话。安平也说刚开会听说了。一阵沉痛。又给其他几个同乡战友电话，大家沉默，有的竟然哭出声来。坐在床上，我心情晦暗，似乎有无数的刀子在相互击打，火星烧得我心疼不已。

面对这样的厄难，作为一个战士，我无能为力，既不能私自跑去吊唁，也不可能提什么要求。我只能用心，以个人的方式，对生命的戛然而止表示悲悯与哀悼：

> 最亲爱的兄弟，我们从不同处来到
>
> 沙漠何等浩大。命运旗帜一样悬挂
>
> 日光之下我们口衔青草
>
> 每天目击钢铁的飞翔，鹰群在空中导演战争
>
> 而我们每一个人，总被挂在无痕的长风之中
>
> 尤其生命，猝然碎裂的时刻
>
> 我听到上帝深重的叹息，以及另一些人灵魂的刺疼
>
> 兄弟，这一刻我无法前往

有一颗心，在为你们发出带血的回声……

　　每个人都是风中的事物，不论鲜活还是苍老。风在很多时候是命运的象征，也是时间的另一个喻体。因为纪律和其他原因，我和安平都没有再去瞻仰康文学和张展的遗体。他们说，已经血肉模糊了，有一个头部都烂了。我心悸、慌乱，下意识地摸了摸自己，忽然想到，肉身如此结实，其实很脆弱，有时会被一根青草击败，也会被脚下的泥土分裂。人说到底是经不起任何外物推敲与碰撞的，尽管我们时常把自己凌驾于其他物质之上。

　　因为康文学和张展等人的突然死亡，安平和我推迟了去看赵爱云的时间。直到一个月后的一个周末，我们俩才骑着自行车，越过荒草与荆棘的乡间小路，在大片的麦子和玉米当中，去到了一个叫作茨冈的村子。这里的房屋，大都是黄土夯筑而成的，与弱水河畔的诸多烽燧、古关结构一样。即，用芦苇、麦秸等掺杂在黄土中，然后用木槌使劲夯砸，一层层垒高。顶部也是黄土。倘若遇到大雨或者连阴雨，都有被泡软倒塌的危险。

　　但这一带很少下雨，干燥使得灰尘轻浮，沙子愈加轻盈。以至于风可以随意处置自己领地上的任何事物。走到一个打麦场边，安平说，停下，那是叔！我蒙了一下，再看，打麦场内有一个四十多岁的男人戴着一顶草帽，在用连枷捶打焦干了的麦穗。从安平的殷勤动作看，那个人肯定是赵爱云的父亲。我想，既然是安平的未来的岳父，作为同乡，我也得为他和赵爱云的好事尽一份力量。也不管飞扬的黑土和呛人的气味，把车子放好，跳下去，就帮着那人捶打麦穗。

　　这种天性，我坚持多年，也觉得是一种美德。可在当时，我发现安平并不像我一样虔诚与热烈，他只是象征性地握住了连枷的木头把儿，但很快就在赵爱云父亲的谦让下放开了手掌。几乎与此同时，一个身材窈窕的女子从街道的另一头走过来，手里抱着一个硕大的西瓜，还提着一只水壶。安平迎上去，接过。这显然就是赵爱云。出于礼貌，赵爱云和她父亲放下手中活计，引我们去到家里。

　　赵爱云的家很简陋，低矮、灰暗，小小的四合院内堆满了各种农具和杂物，且散发着一种绿叶沤烂了的味道。坐下来，赵爱云红着脸，给我们切西瓜吃，又找纸杯子加了白糖和茶叶，倒了开水。

　　从长相看，赵爱云是那种中等女子，脸周正、皮肤白，眼睛不大不小，但很有神，也显得单纯。我心想，有这样的未婚妻，安平也该知足了，更应当好好去珍惜，去爱。

需要说明的是，那次在厕所题诗之后，我原以为因此可以得到连领导的重视，却没想到，指导员把我喊去说，那是公众场所，你写几个句子，领导来检查的话，会影响我们连的考核成绩。并勒令我端上清水去擦掉。我照办。他是云南人，也是一个很好的雷达工程师，对我们每一个人都很好。他批评我，我表面上连连称是，内心里却有了轻蔑之意。这种轻蔑，似乎包含了个人之外的很多东西。

转眼几年，在沙漠的日子都是风吹土埋。1995年暮春，天空正在万里无云，地面的温度不仅影响到了肉身，也使得人心也慢慢发酵。忽然间，东边黑压压的一片，隐约中有一种类似天马奔腾的轰隆声，由远而近，且异常迅速。那时候，我正在院子里看刚刚吐絮的杨树林，听新归来的鸟儿表达它们对于旧地的各种看法。刚一眨眼睛，天就迅速地黑了下来，伸手不见五指，继而持续奔来一群锐利的呼啸声，有硬物针尖一样扎在脸、胳膊和脖子上，一阵生疼，伸手一摸，似乎有黏糊糊的东西。有人喊说：沙尘暴来了！

整个天地之间，似乎万千猛兽在角逐与奔跑，楼房动摇，窗玻璃碎裂的声音夹杂在巨大的怒吼声中。我满心惊骇，和几个战友缩在房间里，看着一百瓦的灯泡长时间犹如萤火虫。大家谁也不说话，也看不清对方的表情。室外的狂乱和室内的压抑，形成了两种有意味的对比。那一时刻，我清晰地觉得了末日景象，特别是人在巨大灾难中的那种恐慌与不安。大约四十分钟，风暴扬长而去，日光再临，一时间，整个营区静谧得好像什么都没有发生过。走到院子里，先前高低不一的杨树当中，有不少被折断，甚至被连根拔起，地上一片狼藉，似乎战后的疆场。

同室一位老战友说，这类情况几十年才发生一次。上次是在1979年，营区内最高的烟囱折断，几台卡车在行驶当中被掀翻，附近有上千的民居倒塌或毁坏。相对于其他形式的灾难，风暴这种运行于天地之间，无可捉摸的无形之物，其汇聚的威力显然超过了其他有形之物的摧毁力度。地震和洪水也是。这是人类至今难以抵抗的自然形体在不测时候的巨大能量与无序表现。收拾了一地杂物，擦洗了窗子，我以沙尘暴写了一首诗：

我们通常引以为熟悉的

往往无常、凶猛。如同风、水、日光

甚至最为亲近的人。温和、必需、明亮

人在其中，被围裹，觉得美好的恩惠与赐予

而最好的事物最具有杀伤力，最爱的往往最残忍

如同这骤然的沙尘暴，以狂妄之身姿

运用大地上的沙砾，将人和其他同类

决意摧毁。尽管我们爱得深沉

甚至浑然不觉，可暴力从不怜悯

从无形中诞生，杀戮之后

还要我们对它格外感恩，以至于诸多抚摸伤口的人们

于月光下看到自己内心的刀口、血流与疼痛的昏晕……

　　几个月后，安平的父亲和哥哥来到部队。他们来的目的，一是找关系让安平转为志愿兵。二是警告安平，不得在外地找对象。他父亲和我父亲一样，是南太行乡村的一个普通农民。只不过，他父亲做过小生意，头脑比较灵活。我父亲则是一个只会打工、放羊和种田的农民。我请他们吃饭时候，安平父亲说，在自己的地方找个媳妇，一来可靠，外地女人，只见人，看不透人家的心。二来可以多一些亲戚，在本地也是一种势力。我愕然，安平则诺诺。至此我才明白，很多时候，爱情和婚姻只是一种交易，一种基于个人安稳生活与现实理想的必要手段。家族势力在乡村至关重要。亲戚多，生活空间大，遇大事总有人能帮上忙。

　　乡村人的劣根性，其实是由环境造成的，特别是社会生态和生产结构，当然还有自然环境。安平果断与赵爱云断绝了关系。赵爱云有没有伤心，我不得而知。从此，我对安平这个人有了鄙夷的看法。总觉得，一个男人倘若因为家庭门第、个人困难、父母之命等外部原因弃掉爱自己和自己所爱的人，是人品不好的表现。但安平振振有词，说这是孝敬父母的一种方式，也是对自己负责。我耻笑一声，对他说，你这样的男人太多了，多得满中国都是。安平尴尬，好长时间没和我往来。1996年秋天，我探家回南太行乡村，父母和亲戚都在为我

的婚事操心。山西的姥舅说，他们的邻居有一个女儿，人很好，他提了一下，那闺女和家人都愿意。

爱情很多时候都是用来辜负的，两性之间的伤害大都来自误解，包容、和解、沟通至关重要，也是唯一途径和手段。尽管那个山西左权县的叫侯兰的女子对我很好，但我还是没和她一起。那年秋天，我都和她订了婚。三年后，我放弃。原因自己也说不清。

那些年，我完全是一个非正常的人，部队生活按部就班，老家也出现诸多问题，我知道这不仅是我们一家的问题，可能覆盖了整个乡村中国。但事到自己身上，才知道它们的凌厉和承受者的痛苦程度。如我经常在诗歌中所表达的那样，在古老的东方乡野，俯身大地的人不仅尘土满面，且背后轮番的冷雨，穿透他们的内心和尊严。也如鲁迅先生所说："勇者愤怒，抽刃向更强者；怯者愤怒，却抽刃向更弱者。"他的这段话，我引用无数次。我觉得，对于乡野上农人相互倾轧，再没有鲁迅这句话说得透彻和到位了。

几乎与此同时，在夏天的巴丹吉林沙漠，我听说一个叫张高粱的同乡战友，外出时车祸而死。其父母来到，我和安平等人去看望。那种白发人送黑发人的凄惨，令人心碎。生命何其珍贵，我们却一再痛失。我夜不能寐，反复在月光里端详和抚摸自己的肉体。我想到，所谓的生命就是肉身，包括所谓的灵魂和高贵或卑污的精神。

我对自己说，你要好好看管自己的肉身，这是父母赐给你的。必须加倍珍视，并且用它来报答生养你爱你的每一个人。这一年，我二十五岁。一个青年，到这个年龄，完全应当身边有另外一个人了。在南太行老家，比我小两个月的表弟不仅结了婚，而且先后有了两个儿子。据说，我暗恋过的曹琴琴也生了两个儿子。其实，这一些，我从不羡慕，只是觉得痛苦。特别是曹琴琴，如果我家境稍好，或者有些出息，她完全可能成为我的老婆，给我生养两个儿子。可是我真的无能，都这个年龄了还一事无成。恨自己是一种常态，也是一种病。很多凌晨，我被自己的身体唤醒，某一处突兀而强大，直冲青天，充满了不可遏止的爆破和杀伐的力量。有时候做春梦，和面目不清、赤身裸体的女子交欢，然后被一阵疼痛的愉悦惊醒。满世界都是腥味，呛得自己发晕。

我再一次恋爱时候，安平已经完婚，妻子果真是他们本村人。在我看来，他的妻子无论从哪个方面看，都不如赵爱云。我呢，通过报刊和书信方式，认识了江苏张叶，恋爱也极其痛苦，四年后也分开了。我又亏负了一个女人。她像侯兰一样的好，本分、有心，对我和我的家人都很好。可我还是没有选择她。她恼怒，写了一封信，告到我们单位，说我对她始乱终弃。

那正是我人生关键时刻。我万万没有想到，一向以善良自居的她，居然会这样做。我写了深刻的检查，然后又单独向主要领导说明情况，虽然得到了宽恕，但还是觉得自己有负于她。事实上，和她分之前，我写信给她讲了。她回信也同意。却不料，母亲特别喜欢她，以生病为由，让我回家，不由分说，给我和张叶办了婚礼。最终，我还是没有和她一起。一年后，又和现在的妻子恋爱，五年后结婚。

这几个女孩子，包括曹琴琴，可能是我迄今为止生命中最重要的异性人，她们在不同时期，都给予了我许多肉身和精神上的安慰与激励，每想起来，心里似乎有一些针刺的疼痛。忏悔很多时候也无用。唯有祝愿，也唯有珍惜。尽管我知道，世上所有的事情都不是自己能够料定和做好的。

我分别给她们写过一些诗歌：

大地上最朴素的花朵
贫苦时候的玫瑰
我可以在白昼走近，甚至抚摸
却一再听到岩石的内部
发出水滴的音乐，和春蚕奔走的布帛

不远千里的手指
夜晚星空以下的嘴唇，爱我的人
路途中最漫长的黑夜
提着孤独的月色，在流水上点火

美人蕉停在黑夜的耳朵
风从侧面说出：你的命运显然有意为之
做这件事的，他还没有隐去名讳

在世俗中他也如此，特别对于心爱之人

此前十八年，他以为一个人

再加一个人和他们的孩子

就是全人类。那时候他头发已经稀少

脸膛在沙漠发黑

那时候他不怎么用心

可人事很奇怪：越是用情

越容易招致憎恨。人和人误解最凶猛

厌倦亦然。这一个黑夜，他不知道如何才能度过

他个人的艰困时刻

一个人转过身，再转回来

黑夜已经浸入他灵魂了

桌子以远，玻璃挡风，美人蕉孤悬于外

等等。

如今再读这些当年的诗歌，我忽然发现，有些句子当中预言的意味非常浓厚，甚至有谶语的味道。

我确信，自己的青春是被巴丹吉林沙漠开启和消耗的，包括所有的苦难和幸福、厄难与不安、疼痛和愉悦。2003 年秋天，又一个同乡战友因公牺牲了。他的父母悲痛欲绝。妻子也是。唯有不懂事的儿子，在他遗像前继续玩耍。他妻子在追悼会上哭哑了嗓子，那种情景让我和许多同乡战友感到一种无助的悲凉。但一年后，他妻子再嫁，把儿子留给了公婆。有一年，我们几个战友借探家去看他儿子和父母。孩子已经长大了，提起他父亲，却是一脸茫然。

1997 年，我在一个单位从事电视编导工作。某一日，又调来一个。他是山东人，名叫庞松涛，和我同宿舍。一段时间后，关系好到了同穿一条裤子的程度。那时候，我俩都未婚。有段时间，我们常在一家餐馆吃饭，和店老板乃至所有的服务员很是熟悉。某一个黄昏，一个女子在门外喊我。我一看是餐馆的服务员。以为她找我要账，正在搜肠刮肚找拖一段时间再还的各种理由。那女子却走到我面前，伸手递给我一个信封，说，麻烦你交给庞。我哦了一声，

接住。

她叫苏岚岚。东北铁岭或四平人。身材特别好，人也很大方，长方脸，淡眉毛，说话声音发脆，是该餐馆中最漂亮的一位。庞看了信，又递给我。

庞是中尉军官，在其他人看来，一个乡村女孩，在饭店做服务员，倘能够与一个部队干部恋爱并结婚，那肯定是一件鱼跃龙门的好事。对于苏岚岚，我起初也这样想。但很快发现，苏岚岚真不是看上庞的军官身份，而是他的人。后来，苏岚岚又找我，托我给庞带些吃的东西，还有买给他的衣服、礼品等。庞起初也接受，并且和苏岚岚处得也不错。但深秋的一个早上，庞很早就出去了，中午时候回来。他说，苏岚岚回东北了。我笑笑。庞叹息，继而眼圈发红，流着眼泪说，岚岚爸爸在老家给她找了一个对象，据说是一个山庄的老板。

另一个单位一个叫王良的干部也和我交情甚笃。1998 年冬天，他到新疆伊犁接兵返回不过一个月，一个体态娇小的女子也来到了单位。在路上遇到，王良笑着介绍说，这是他的对象小杨。次年，他们结婚。婚后，王良多次半夜跑到我的宿舍，诉说他们两人之间的矛盾。有一次，都凌晨一点多了，王良一头扎进来说，老婆跑了！我说，你赶紧追啊！王良摊摊手，说，工资都在她手里。我当即掏出五百块，让他打车去酒泉追妻子。

那时候，我不知道婚姻到底是什么样子，两个陌生男女经过一段时间的了解之后，进而组建家庭，这种行为贯穿了人类的世俗生活。尽管，那时候我已经再次恋爱，但对于婚姻，却总有着一种莫名的向往和恐惧。

每个人成年之后，其实都在寻找自己的归属之地与托付之人。每个人都对自己的爱情和婚姻生活带有强烈的怀疑与不安之心。我们在安顿自己的同时，同时也在安顿另外一个人。这种安顿往往带有某些激情与美好的想象，但生活和命运从来就不是预想的那样。甚至，你越是预想得透彻明晰，越会南辕北辙、物是人非。

对此，我的同乡严秀成的婚姻让我心生惊悸。1999 年，经人介绍，严秀成在河北老家与一女子恋爱。不久，女子来队，很快又心思转变，和严秀成闹别扭。严秀成找到我。我说，强扭的瓜不甜，倘若你对象确实不愿意了，你趁早。严秀成苦着脸说，开始在家时候好好的，到部队后，看我是一个志愿兵，她的长相又不差。所以……我叹息一声。也才明白，在爱情婚姻上，每一个人都会待价而沽。汉族人真的没有爱情。但不久，严秀成还是结了婚。从此，他妻子再没有来过部队。2003 年，严秀成退役回家，妻子提出离婚。亲戚朋友解劝无效。严秀成只好顺从。

关于此事，已经在北京办事处工作多年的安平早就对我说，他听说，严秀成的女儿不是他的。我当时呵斥他不要胡说，大家都是老乡。安平说，信不信由你。他还告诉我，这些年来，严秀成的工资基本上都给了他妻子，每个月只留三百块自己用。严秀成离队前一年，有一次吃烧烤碰到他，我借着酒意，表达了这个意思。却没想到，严秀成对我大发雷霆，并且摆开架势，要和我打架。

2000 年，我结婚，时年二十八岁。至此，在巴丹吉林沙漠，我终于有了可以用来交付自己的人。两年后，我们的儿子出生。做了父亲，就预示着一个人的青春就此完结。曾经的年少轻狂、胡作非为、孤独落寞、无所顾忌与我行我素，都在丈夫和父亲的冠冕之下无影无踪。可能是有些不甘心，婚姻之初，我并没有收敛单身时候的某些毛病，如喜欢和朋友们在一起喝酒、聊天、扯淡，哥儿们的事情重于家庭的事情，甚至还在为此两肋插刀，不顾一切。

婚后的男人女人必然会经历一场类似脱胎换骨的转变。即，当一个男人下班回家，进而学会拒绝一些饭局酒场，乃至不重要朋友的某些高难度的请求，就意味着，这个男人已经把自己的身心都交给了婚姻和家庭。

巴丹吉林沙漠一如既往，部队的人来了走了，流水一样。只是，从 2002 年，即我们儿子出生的那一年开始，以往整年不下雨雪的巴丹吉林沙漠也有了阴雨天气，有时候还持续十天以上，小雨淅淅沥沥，使得干燥的沙漠有了润人的湿气。很多时候，我一个人走在沙漠细雨当中，眺望无际的瀚海，然后思绪纷飞，忍不住写诗或者写随笔。2006 年，我在一首诗中如此写道：

> 我看到一只小麻雀
> 向着落日飞。那么弱小的一只麻雀
> 它为什么，要向着落日飞
> 又为什么被我看到，我觉得了心碎
> 还有悲壮和美。飞驰的车轮不断扬起灰尘
> 我一直在想：在人间的小麻雀
> 它一定在逃离

身后的大地渐渐凉

它在用翅膀，一点点打扫渐渐隆重的黑。

　　这一首诗，如今看来，好像是对自己多年来在巴丹吉林沙漠的青春生活的注解，其中包含了一些未知的命运密码与预示。诗歌始终有不可解的一面，尽管我是它的作者，也难以说出当时为什么要写这首诗，这些诗句究竟怎么来的，这些语词当中，又包含了怎样的一些生活乃至精神灵魂的信息。

　　我也渐渐发现，自己在沙漠的诗歌从气质、精神和地理上，都是与古代的边塞诗相通的。如古诗十九首中的《西北有高楼》、曹操的《冬十月》、曹植的《白马篇》，隋唐时期李白、王昌龄、王维、岑参、高适等人的边塞诗，以及当代如昌耀、林染、周涛、杨牧、章德益等人的新边塞诗。我不是说自己的诗歌堪与他们比肩，只是觉得，西北确实是一个催发悲情、豪情、真情，令人心胸阔大，爱国主义、理想主义蓬勃，铁血素质迸溅并且具有献身精神的神奇雄浑之地。每一个身处其中的军人，都能够受到诗歌的影响，更可以从中获得一种悲天悯人的力量。李白的《出塞曲（六首）》《关山月》、岑参的《酒泉太守醉后席上作》《白雪歌送武判官归京》、王维的《塞上曲》《居延城外猎天骄》是我最喜欢的。当代昌耀的《草原新月》《一片芳草》《慈航》、林染的《西藏的雪》至今爱不释手。

　　很多的边塞诗歌都充满了血腥气甚至愚忠不辨，甚至还很促狭，但谁也无法跳脱时代的限制。在巴丹吉林沙漠近二十年，我发现自己也是封闭的和单纯的，以至于置身城市之后，总是因为一张桌子、一件衣服、一餐饭、一瓶酒等等可以成千上万块钱感到疑惑不解，也对同性恋、变性人和离婚、找小三、包二奶等等事情百思不得其解。

　　2008年，庞调回了山东，原因是他妻子在当地县政府工作，离家近，不用夫妻分居。他走的时候，我格外伤感。但他走了之后，就再也没有联系过。王良前几年转业去到新疆伊犁，也没了联系。只是隐约听说，当他回到新疆，已和他有了一个女儿的妻子也和另一个男人跑了。至于他现在做什么，在哪里，好不好，我一概不知。严秀成和妻子离婚后，又回到村里，盖了新房子，再娶没有，我也不知。2015年夏天，早就退役的安平忽然来电话说，他在郑州包了一截高速公路的修建工程，谈合同事，希望我能去帮他看看。就在我要去的时候，从老家传来消息说，安平参与传销活动已久，他的亲戚们被拉进去的有七八个。我震惊。至此，当年和我同去巴丹吉林沙漠当兵的同乡战友，基本上都回到了地方。这些战友的不同命运，让我觉得心碎，也觉得了人世的无常和时代人心的无从猜测与预料。

2016年春节，我再次回到巴丹吉林沙漠边缘的老单位与鼎新绿洲。几乎每一次，我都会写诗。每一次回到这里，不由得想起自己在这里的青春岁月，特别是现实生活中的那些蛛丝马迹和对自己心灵产生过撞击和影响的人事物。在岳父母家，有时候我很恍惚，潜意识里总跳动着一些不明来由的不快与不安，失败与无望的心绪萦绕不去，进而沉浸在对往事的回想之中，不断地用诗歌表达，其中有一首，我如此说：

> 总是想骑马，走遍全人类和我的心水
> 路上既做侠客，偶尔要当采花贼
> 肯定会遇见另一些骑马的
> 做好事的是骑士，运兵器的不一定怀揣仇恨
> 就像这个冬天，在河西走廊饮酒
> 前世一定是诗人。女的例外
> 用她们的戴罪之身，为一阵风刻下阵痛的红晕
>
> 我就是那个走失多年的人
> 在黄沙和雪山之间，一个日渐衰老的羚羊
> 和一只雪豹私奔成婚
>
> 因此我只想此生身有盔甲
> 怀中藏满玫瑰。一匹马之所以内心荒凉
> 只因它和我命运相仿
> 渴望用速度与青草，追赶时间之黄金灰烬。

这首诗的题目叫作《抒怀》，或许正是我对自己那些年在巴丹吉林沙漠的生活与精神状态的一种概括，其中也有隐喻、象征，以及谶语和暗示的成分。另外一首名字叫作《雪中的河西走廊》亦是如此：

落雪以后，鸿雁便有了嫁妆

祁连赋予单于酒浆。风过乌鞘岭

焉支山以上的奶羊

冰凌的水边，三丛马莲草尖宽如俗世烦忧

西域是一个名叫胡天的男孩

游牧弯刀的月亮

河西走廊太长，似乎夜半城堞的流苏

旗帜和它们的刀伤

这世上情意太窄，大地正在雪中自我喂养

山河仍旧枯燥，动车以外

内心奔纵了太多的疆场。凉州像是年老的将军

张掖在诵经之余，数念酒泉和它的匈奴浑邪王

转道向北，额济纳之瀚海泽卤

那个在暴风里独自咳嗽的人，一朵被遗忘的棉花

荒凉之星光下，黄沙提灯破窗。

离开的时候，我和几个战友又去了一次当年的连队。旱厕虽然还在原处，但已经换成了抽水马桶。官兵也都一个不认识了。我在院子里转了一圈，又去到了图书室，没有发现一丝当年的东西。心里惆怅，离开，以至于车子到酒泉市区，我还沉浸在往事当中。如今，原先那个在沙漠的年轻军人也步入了中年。回想起来，一些事情犹如梦境，蹉跎而又悲情。但巴丹吉林沙漠是我待的时间最长，对我生命、人生和灵魂影响最深的一片地域。在成都，我的思想时常会回到从前，巴丹吉林沙漠、边塞高原、鼎新绿洲、旷野军旅、个人的青春、痛苦和迷茫、幸福和愉悦，都会在不经意之间，让我无意识地回到具体细节和情境当中，久久不能自拔。尤其在重读自己写于巴丹吉林沙漠的某些诗歌的时候，那些久远而陌生的句子，总是让我心有所动，并且惊诧于它们预言和暗示的准确性。

云端的庭院

杨献平

好一个巨大的庭院。

起飞之后，我才忽然想到。之前对西藏，包括那一些看起来深刻新鲜的现实体验与内心感觉似乎是无效的。对于高处，像西藏这样的人神会合的陆地之巅、天堂一翼，一个人即使去过数次，每一次的感觉也都会大相径庭。飞机这种目前最快捷的飞行器，大致是最能解决和安慰人类迫切之心与紧要之事的工具了。坐在上面，不用贴窗俯瞰，也知道身下堆涌的是千山万壑。雄奇无匹的地理，其上的皑皑白雪，每一粒都比人类古老和洁净，在亘古苍凉、峭拔、孤立、通达天庭的山顶和岩石上，沉默、安静、自在、孤独，无限坚硬又无限柔软。也好像从古至今，所有人向西藏的方式，都是以有限的、机械的角度，一种难以描摹的方式上升，当然包括身体和灵魂。那一些被宇宙派遣的巍峨群山自喜马拉雅发端，在冈底斯以完美的造型构成了它们在地球上的偶像与标高，然后沿着雄浑的大陆与海疆四散奔逸，于人类世界的最顶端和最炫目之处，形成了一种结构奇崛、包含丰厚与气质独异的自然人文风景。

正要闭目休息，忽然颠簸。我一阵惊慌。对于天体乃至博大、神秘的地球，我不得不心怀敬畏。它们始终怀揣和散发着一种神秘的力量，看起来庞大若虚，却又能量无匹，莫测变幻；感觉纹丝不动，可又动荡不安，咆哮不停。前一次的 2014 年 5 月，第一次进藏的空中，我的心是悬着的，生怕一出舱门就会晕倒，更怕飞机这种横穿的小机器，在庞大的山脉之间会突然折翼……平安到达后，尽管待了十多天，但唯一的念头是，抓紧完成在这里的工作，然后乘坐火车或飞机抓紧回返。我是那么地害怕飞机，总是担心自己也成为空难者之一……更重要的是，我一直觉得，尘世乃至庸俗的人生，是世上最美好的，任何东西都无法与之相提并论。然而，这一次，我忽然发现，人的所有的庸俗行为，其实都是为了实现某一种精神的超越；人的所有现实诉求，其最终的梦想，也是渴望抵达内心乃至灵魂当中的理想境界。

落地之后，头有些晕，双脚发飘，心脏也有些不适。我一直自感奇怪的是，在这一次之前，我去过山南，更到过海拔超5200米的地方，还全程走过一次奇峰峭拔的川藏线，这些地方，无论何处，我都意识清晰，感觉正常，甚至还可以抽烟喝酒，洗澡也没问题。但一到拉萨，就有一些说不清道不明的不适之感。第一次，嘴角开裂倒是小事，意识模糊令我神志恍兮惚兮，最重要的是不可以清晰思考，整个人就像是一朵行将离散的云团、一滴随时都可能在风中化为乌有的水，那么松散、脆弱、没有主见，且非常迟钝。再一次，感觉心脏和脑神经甚至血流异常，隐隐有雷鸣、火焰，激烈而又充满爆破的趋势。

这一次，我再次觉得，自己的身体，特别是意识和认知能力，忽然就发生了一种难以遏制的断裂感与紧束感觉，类似酒后断片和神经绷断。我不知自己为何如此，唯一清楚的是，拉萨，这世界人类居住的最高端，尽管也有芸芸众生，尤其是无数的土著，但相对于其他地域，它仍旧是凌绝的、独立的，充满神秘之力，无限光彩的，甚至还有一些暗处的东西。拉萨，以及整个西藏，可谓是万物之源，大地上的一切，特别是东方，都是由她孕育和派生并四散排开，成为一个表面松散的，实质上血缘相连、灵魂相依的整体。

与其说高处盛产神话，不如说，大地的某些隐秘之处，一定是与天堂接壤，甚至可以直接往来的。拉萨可能就是其中之一，这里的每一丝阳光，都是可以照彻肉身，抵达灵魂的。虽然5月中旬了，拉萨周边的山还是黑色的，这里的草木总是最迟被唤醒，而灵魂却时刻保持高度的清醒。路过拉萨河时，我看到的河水幽蓝、深蓝，甚至"翠蓝"，与天空共为一色。只是那些洁白的云朵，使得整个天空显得更为深邃，也更有神意。河边的树木不够稠密，多的是杨树、红柳和沙枣及少量沙生植物。我对同行朋友说，第一次来西藏，感觉就像进入另一个人间，几天游历，却发现，除了海拔，从本质上说，西藏与中国西北基本一致，不仅是地形地貌，还有动植物乃至人群的基本生存方式，及其风俗习惯、思维方式与外在样貌等等。如杨树与红柳，鹰隼和天鹅、灰鸭子，沙漠、绿洲、草甸、高山、森林、湖泊等……唯独山脉、河流、人群的文化信仰，有着巨大或者些微的差异。

无论过往、地域、人群如何不同，整个世界上的人类肯定是同气连枝的，之所以有各种不同，都是因其居住和生活的地域及其气候的作用，无形中影响和塑造着人群，包括相貌、语言、生存方式、生活习惯。长期以来，我们总是习惯于种族、地区、信仰等为基本参照，来对自己进行划分，你是你，我是我，他是他。这其实也是一种宏大的，看起来科学的狭隘表现。事实上，人类自古就不分你我，同母同父，连体共生，不可分割。所有争战、仇恨，融合与分立，都是因为我们自身难以遏制的欲望和愚妄造成的。由贡嘎机场往拉萨市区的路上，起伏连绵的山根脚偶尔会有几座不大的村子，虽然看不到什么人，但肯定是有人居住的。那些居住者，谁敢肯定他们生来就在此地，他们的先祖一定来自于藏区？地球如此博大，人类从来就有迁徙的需求和自由。

也像我现在，不用三个小时，就由低海拔进入了高海拔领域。所到之处，也还是原来的大地，人群也是，其中，大多数是我们所熟悉的。这种类似乾坤大挪移的空间切换，在日渐大同的今天，突兀又习以为常。几乎每个人的一生，似乎都在不断转换方位，姿势还是原来的，而内心，却总是被陌生的异地潜移默化。

这是著名的拉萨，吐蕃时期的逻些城，它狭长、散漫，没有章法，处处都是商品，露天摆放或者被安放在发暗的角落。街上的车辆不是很多，行人大都聚集在各个景点。在这里，很难见到神态悠闲的人。整个北京中路、西路等中心地带的楼房普遍五层，一片片一幢幢地静默在浑圆的天空之下，看起来安静、自在，又有些落寞和空旷。

而这座城市实在足够庞大和纵深。庞大是它装载的无数神话、传奇，以及无限扩散的神域气息，纵深是它在人类世界乃至精神之境的丰盈、博大、深邃。我想，世上再没有这样的一座城市，既携带了沉重的现实尘埃，又承载了太多的空灵缥缈；既表现出生存的意志，又能缔造现实的天堂。它让每一个身在其中的人虔诚拜服，更会让每一个初来乍到者始终心怀敬意。

这，难道仅仅因为宗教吗？宗教的终极意义是：以有限抵达无限。因为，人在世上追求和依赖的一切，诸如名利、情义、物质，本质上都是有限的。这种无奈的"有限性"构成了我们人生短暂、倥偬如梦的虚幻、不安与不甘。几乎在所有的宗教当中，人所追求的一切，特别是人的最终要求，就是要摆脱"物"的限制与束缚，进入"物外"的境界，甚或可以说，宗教的根本目的，就在于让我们时刻寻找超越对"物"和"物能"的依赖，转而成为"物外"之"物"之"灵"，进而获得随意控制"物及其所有效能"的那一类"人"。

神仙也是人，佛陀亦然。抑或说，神仙和佛陀，可能是人最灵性和智慧的那一部分的现实表现。

站在阴凉的房间窗前，拉萨河无声，在巨大的河道里弯曲。对面的荒山看起来像是一个将军躺倒的头部，面部表情刚毅、悲怆。另一座则像是坐下来的佛陀，慈祥、安然，长年累月地，用那种慈悲的面容和眼神，接受风霜雷电，日月星光。2016年春天以来，因为个人的境遇发生改变，特别是安心之人的抽离，使得我的现实命运和心境，甚至精神信仰都发生了本质性的改变。读《道德经》，才深刻明白，世上最伟大、至深、至大的力量和感情，其实不是满大街"交响"的各种各样，凄厉或者癫狂、温情抑或暴戾的"爱"及其诸多世俗表达，而是慈悲。如《道德经》说："人生有三宝，曰慈、俭、不敢为天下先。"其中的慈悲的力量，就是母性。我觉得，母性是来自宇宙的力量，是响彻全人类内心和精神的基本而恢弘的情感基因。

与藏族作家朗顿、罗布次仁交流时候，他告诉我："藏传佛教六字大明咒'嗡嘛呢呗咪吽'中的'嗡'并非念作'ōng'，而是'a'，是宇宙原音。"我恍然觉悟，立马想到，人在极端痛苦与受到惊吓的时候，下意识爆出来的声音是"a"，在特别愉悦与快乐时候，自发的第一个音节也是"a"。这充分说明，古人所言，是正确的，即，世上的每一个人都是一个小宇宙，小宇宙与整个大宇宙，是相互紧密关联、原为一体的。也就是说，人体也是微缩的宇宙，自古以来，人是可以自己为自己——或替宇宙体验并为之代言的。正如《道德经》"知常容，容乃公，公乃全，全乃天，天乃道，道乃久，没身不殆"之说。也如正在消亡的萨满教——原生的宗教，没有创教人，完全是自发的。也或许说，每一个人也可以称之为一个宗教或宗教的载体。

所不同的是，西方的宗教似乎更注重个人，如，一个人笃信，成为信徒，便是一个人的事情，与家族和家人无关。而儒释道则认为，人的所有的善恶都是可以累积的、不断传承的。

到目前为止，似乎人类的思想，仅就高度而言，还没有哪一种学说超出宗教。在拉萨乃至整个藏地，经幡、玛尼石和玛尼堆、寺庙、转经筒和磕长头的信徒，这是最能惊艳人和教化人的。世界上，除了麦加、梵蒂冈，似乎没有任何一个地方堪与西藏相比，遍地的信仰，全民的宗教，使得这一块高迥的山地充满了神灵之光与宗教。而拉萨，则是它的中心所在。

而它的真正的核心，则是布达拉宫，就是那座位于拉萨最高点的红色圣殿。

对于拉萨和布达拉宫，2014年我第一次来之后，也有去拜谒，但很匆匆，类似于走马观花。更不可饶恕的是，当时，我对神灵或者某些偶像，有一些不上心或者不在意。这是致命的，也是不恭的。这倒不是说有信仰，并且笃信才好，而是，宗教给人的，是一种恒久的敬畏与自律之心。当科技无所不能，无所不及，如微软开发的软件"小冰"的诗歌已经超越了相当一部分写了很多年的汉语诗人的诗歌创作水准。这是智能软件对人类智慧的一次轻蔑，也是一种蚕食与掠夺。

我们有理由相信，在今天和未来，"小冰"只是冰山一角，我想说的是：当智能工具强势来袭，人类何为？诗人何为？人的源自造物主，最令人因此自豪，并且唯一能够与科技抗衡的情感、思维、思想和智慧如何保持、巩固与再次提升？

近代以来，沦丧最为严重的品质和"戒律"之一，就是敬畏之心。孔夫子讲君子有三畏：畏天命、畏大人、畏圣人之言，这应当是做人之基本。一个没有畏惧感的人，同样也是没有底线和原则的，一个民族和一个国家也是如此。毋庸讳言，唯有保持敬畏之心，方才能够自律。

日光西下，拉萨一片金黄。这座高地上的院落，近距离地被太阳笼罩，整座城市都像是一个婴儿摇篮，沐浴在宇宙慈爱的霞光里。在这里，每一个人都站在云端，直接承受天地本原光辉与巨大爱意。

和几个朋友散步，不长的路程，就有些气喘吁吁，身体跟着发飘，意识开始混乱。我想，这可能是高原反应之一。此前，我对高原反应的理解，只有头晕、心悸、周身不适以及感冒，乃至更可怕的肺水肿、脑水肿等，却忽略了高原反应中的那些细微但却令人恐惧的躯体、意识和思维感受。

记得2014年10月走川藏线时候，在海通沟，一位战士在午休中去世，据说，他才二十一岁。2016年年底，我到海拔4000米甘孜州石渠县，追访了一位名叫苏知斌的、牺牲在工作岗位的检察官。苏知斌也是因为心脑血管病而猝死在工作岗位上的。我先前以为，长期在高原，尤其是出生在高原的人，都先天性地适应高海拔地区，西藏自治区人民医院的格桑副院长却说，长期在高原的人也会罹患这些高原病。人的身体都是一样的。没有高原和低海拔之分。

夜里的拉萨河毫无声音，兀自汇集、流淌，急湍和呼啸都是由自我完成的。这护卫的河流，滋养的河流，从发源到汇集，每一寸的挪移都携带了大地与神灵的气息。夜里，只有风，还是微风，轻轻地从窗玻璃一再奔跑，反复制造一种类似于呜咽的声音。半夜忽然醒来，口渴，全身犹如棉絮。氧气瓶就在床边，我想打开，却又忍住。我也知道，人在高原，重要的还是精神状态和信心，能扛过去就要努力扛过去，这不仅是对自己身体的一种检验，也是对个人意志的一次磨练。

再睡下，寂静。那种寂静，是贯穿了心肺和灵魂的。在日渐大同而又喧嚣的低海拔地区，这种城市的安静不可多得。拉开窗帘，一大群星辰飞入眼帘。哦，这大美的星空，这聚集了众多球体的宇宙，在拉萨显得如此清晰和亲近。古人将高处——云端作为神仙的领地，甚至将可以看到的日月都赋予人类学和神学意义及其象征，完全是超前的智慧，尽管我们至今在月球、水星、木星、火星上尚未探测到"神仙"的踪迹，但神的存在，何止这些近距离的星球？小时候，大人们说，神仙都是能够腾云驾雾、上天入地、无所不在、无所不能的。现在，我们乘坐飞机都知道，云彩上没有神仙，普通的航班就可以凌驾云端，并且横行穿梭，丝毫不受任何神界规则的限制。

躺在星群之下的拉萨，极容易让人产生幻觉，无限大的幻觉，大地上的一切似乎都空了，位于众山之巅的拉萨好像只是一面平地，寸草不生，四周漆黑，但又温暖异常。人在其中，只要翻一翻身子，灵魂和心脏就可能弹跳而出，向着高空飞跃而去。记得第一次到拉萨的夜晚，住在民族中路的一家饭店，傍晚，和朋友喝了几杯酒，感觉不适，有一种濒死感。这种感觉，不仅在拉萨，在成都的时候偶尔也会有。少年时候，总觉得身体千锤百炼，完全无视时间，以至于使用过度——而那些使用，其实都是被琳琅满目的"物"和"外物"所迷，为"欲"和"内欲"操纵。也总觉得，庸俗才是最好的人生过程。这种无知和贪婪，是罪孽发源地，自我耗损的根本动力。

合眼就是早晨。拉萨的晨曦犹如快刀，直接但不粗暴。和几位朋友去哲蚌寺。对我而言，哲蚌寺是第一次，但肯定不是最后一次。抬脚跨过高大的门槛，身体全部进去，我才恍然大觉，置身其中，方才明白，哲蚌寺不仅仅是一座寺庙，还是一座无以伦比的盛大神殿。所有进到里面的每一个俗人也都会成为神，当然包括我自己。凡是神意缭绕、众神拱卫的地方，俗人和凡人进入以后，会在某个瞬间，就会被浓烈的神意脱尽尘世之心和肉身的尘埃与污浊。

身在庙中，我能够觉得一种无形的强大的笼罩，或者说劫持，这种笼罩和劫持不容置疑，也令人不想有任何抗拒。在巨大的神殿当中，一个人所能做的，只能是顺从，甚至不自觉的拜服。站在诸多的佛像之前，就着斜射进来的新鲜日光，我忽然想到，一个人，在寺外时候，总是有那么多的奇怪想法，而且，每一个想法都与世间的情色、物质有关，完全无视心灵与精神，灵魂也虚无缥缈。

哲蚌寺处在一座长满石头的荒山中，整个山形好像是一个张开的巨大的怀抱，一边伸向拉萨以东，一边揽抓着拉萨市区的腰部。中间部位向上，是酷似桂冠的山头。佛家所在寺庙，一定是独具意味，并且有着诸多自然与宗教意义的。从山下仰望，整座山颜色漆黑如墨，但姿态端正雄浑，格外庄严。此时，晨起的太阳在桂冠的山头正面，放射着金灿灿的光芒。

任何的地方，都是神的居所。在漫长的时间当中，神创造人类，人类也在创造神。人和神，其实是互通的，也是相互成就、护卫、加持与保佑的。人们坚信，通过祈祷和一定形式的"修行"，我们的精神会获得深度，甚至超越时空的觉醒，并且会摆脱"自我"乃至一切有形的限制，进而求得内心的平静。

这是哲蚌寺给我的启发。寺庙左边山坡上，巨石如史前恐龙，每一块都巨大，而且笔挺，好像是一群罗汉。其中一些石头上面，还刻绘有佛像。笑眯眯的佛，严肃的佛，打坐的佛与深思的佛，面孔都是仁慈的，无论从哪个角度仰望与观瞻，他们都在看你。任何人看他，他们也都在看任何人。佛是一种抚慰，也是洞彻的深入、到达，以及引领。我也坚信，在这世上，唯有善意、体恤、悲悯，才是最为强大的武器。因为，这些人类最好的品质，体现着的是一种终极的理想。而现实当中，人和人矛盾与相互倾轧，都是"物欲"导致的。每个人都想要更好的生存平台，获得来自同类的尊重与更自由的"活着"，而资源和开采资源的能力、工具就那么多和大，物质如此稀缺，也总是被少数人所掌握。老子《道德经》中一个重要思想，即：天地人间，从就没有公平一说，只有公正。即他所说："天道无亲，常与善人。"意思是，天地万物从来没什么亲疏远近之分，只要坚守正道与善行，自然会得到更多的"公正"的赋予或者回报。

在很多时候，我们对异地的人和事是懵懂的，甚至片面、无知的，还有一些，完全就是一些想当然的臆测和妄想。拉萨和整个藏区都是。在我看来，佛就是一种心灵的存在和精神的供奉，一个由人到神的通道。所谓的得道者，一定是经历与体验了世上最大的苦难与不幸，再以觉悟的清澈之水、自然之境清洗干净之后，进而超凡入圣，从身体到内心全方面的觉醒，成为真正的智者的。

精神的觉醒相当于再造和重生。古人所谓的羽化登仙，大致也是这个意思吧。

无数的佛，在神殿内按座次排列。每一尊佛都是一部历史，一个人的传奇，一种万能的力量和职守，还各有个性脾气。我仰望，佛微笑，我心有灰暗，佛仍旧微笑。我打了一个喷嚏，佛还是微笑。

那种微笑，就是神意。

看得久了，就有一种幻觉，好像自己也正在离地而起，飘飘欲仙，欣欣然也加入到他们的行列——我知道这么说不敬，但当时就是那样想的。还有，在那一刻，我忽然想大哭一场，不管不顾地，像个找不到回家路的孩子；还想把什么都抛下，和外面的世界做一个真正意义上的决裂。

可是，我能吗？

我还得被自己的内心牵着，转身挪步，继续向前参拜。宫殿幽暗，回廊曲折。脚下的地毯或木板发出沉闷的声响之后，我才确信，自己还是一个肉身凡胎。一道道的回廊，一座座庙宇，每尊佛都有自己的宫殿。好像世间的诸侯王，各有封地，也各有保卫者与供养者。

佛是寂静的，并始终以众生安乐、时间安宁、灵魂有归为预期希望和终极要求。阔大的诵经堂里好像无人，也好像有人；一个个的人，遇佛拜佛，神态尤其虔诚与笃信。好像还有几位日本年轻人，也在持香跪拜。另一些来自内地的游客，一边把一角或五毛、一块的钱往箱子里投，还有的扔在地上。几位盘膝而坐的喇嘛在闭目沉思或手捧经卷，对我们这些参观者见怪不怪。这种笃定的状态，是我向往的。人何不能时刻秉持"一心"呢？老子说："清静为天下正"，凡事只有进入静的境界，才能彻悟，也才能体验到诸多难言的妙处。

而我们距离安静已经很远了，尤其是人到中年，身在闹市。一切都是躁动，不安与恐惧，无常与痛楚。唯有自己体会，也唯有自己能够消解。

但说到底是无法消解的。

在寺内行走间，无意看到几位脸庞俊美的小喇嘛，个子高挑，僧袍紫红，文文静静地在捡拾地上的钱，然后一一数清楚，捆起来，规整地放在供台上。凡人总是觉得物质是万能的，进到神殿，也想用钱来为自己祈福，求得世俗中的那些大同小异的富贵与平安。

看着他们，好像在看我自己。

从一座宫殿出来，再一座，上到楼顶，还是宫殿，神灵们在各自的宫殿内，以俯瞰一切的凌然之姿，超度万物众生的博大心怀，接受人的瞻仰、浏览和崇拜。几乎每尊佛像的下面，都堆满纸币，有的怀里也有。

佛不动。任凭纸币在自己身上沉默，那些货币，慢慢地也会被熏染得充满神气、脱离了世俗的功能。

出门，阳光打眼，狭窄的街巷之间行人稀少，偶尔几个，也都是一男一女，好像是情人，也好像是同事。他们也和我们一样，看、拜，发出啧啧赞叹。同行的一位藏族朋友带我们看了很多宫殿，还有文物，其中有中原王朝帝王的馈赠物、册封的圣旨等，还有主要用来纪事的壁画、唐卡等。

毫无疑问，这些都价值连城。但从中可以明显感觉到，哲蚌寺在漫长时间当中，一直是崭新的，每一天都好像重新诞生。我也似乎觉得，它也一直在自我上升，不是源自现实的推力，而是众人之心的供抬与仰望；不是自我的拔起，是信仰的无形生长。太阳落山之时，我们回到大殿之外的广场上，高高的风马旗、耀眼的金顶、石头的台阶、辩经的大院……四面环看，我忽然觉得，这一座伟大的寺庙，似乎盛放了世上所有的心灵，也似乎用它在时间中的强大存在，收集尘世所有的生命和灵魂。

我也在其中吧！

我不敢确定。

在神殿内外，极容易想起超度这个充满"解脱""救赎"意味的词汇，我想，所谓的超度是不是通过人类精神当中那些最为优秀的天性和品质，如互助、赞美、慈悲、爱、拯救与共享、悲悯、理解、宽容等等，再用一定方式和仪式，替人解脱掉身处现实的苦难与污点，进而把他们的灵魂也抬升到神灵的位置呢？

从哲蚌寺到八廓街，窄长的拉萨就像一个回廊曲折的院子，沿途都是人的建筑与神的居所。包括罗布林卡。凡是令人热爱的城市，无论怎样的杂乱或者简单，它都是有主题或者说独特气息的。在人间高处，在云端，拉萨这样的城市处处显示着一种博大的安详和梦想的蔚蓝与干净。一行人到大昭寺之外，眼见这座建筑，那么随意而又慈祥地端坐在下午的日光中，围绕她的人形形色色，手中的转经筒、好看的藏袍，以及各色各样的外地游览者，组成了一个信仰的圆圈，而且是流动不息的、态度庄重的。

这似乎是禁忌、敬畏之心的具体体现，在神灵面前，我相信，每个人的内心都被一种强光所笼罩，那光中有训诫、规劝，也有威慑与肃穆。人都知道，那一些端坐在内心和灵魂最隐秘的部位的神秘之物与他们所拥有的力量，是不可冒犯的。

混在转庙的行人当中，立马觉得，自己也虔诚和干净起来，没有了那些奇怪的欲望和想法，而只是一个虔诚的人。行走之间，忽然看到一个妙龄藏族女子，身材婀娜，眼神明亮，戴着一只大口罩，还包着头巾，在街道上旁若无人，走一步磕一个长头。我在看她的时候，她也看了看我。那一瞬间，我相信，她绝对能够从我的眼神里面，觉出我的某种态度。还有一个十一二岁的小姑娘，也像刚才那位大姑娘一样磕长头。她全身伏地的时候，我竟然有一种想跑过去扶她起来的冲动。

八廓街无疑是拉萨最著名的景点之一。很多年前，我就在很多报刊上读到过有关八廓街的文章。每一篇都不一样。那时候神往，也想到拉萨来，可惜，一直没有机会。而当我真正置身于此之后，却觉得这样的地方与内地那些步行街形式上没有区别，只是，因为诸多的风马旗和宗教标志物，再加上大昭寺，便使得八廓街有了一种别样的气息。那种气息可以说是人神的混合，也可以说时间的某种刻意停驻；可以说是信仰与世俗，不谋而合的和解之地，也可以说是凡俗心灵与超拔精神的握手言和、互助喜乐之所。

我想到，文成公主李雪雁的伟大，不在于当年那桩和亲的外部形式和当时环境，而在于她于今之拉萨，彼时的逻些怎么样生活，并在短暂时间当中，将自己，乃至她所携带的文化和文明刻进逻些乃至整个西藏的内部，在时间当中得以保存和流传，历久弥新。她本人也由人而变成神，成为青藏高地上一个超越古今的绝世传奇。深谙唐代历史的人应当知道，当时吐蕃国势渐为强盛起来，

"以战止战，以战养生"是所有游牧民族的生存策略，以至于屡次出兵冒犯唐帝国。唐帝国起初对之并不在意，斯时，李世民承继的新生王朝当中依旧人才济济，名将李靖、李世勣和侯君集、薛万均等人依然健在不说，且还可以统兵作战。其中，名将李祎等人曾多次在今青海、甘肃一带击败吐蕃。

但吐蕃不屈不挠，屡次出兵，屡败屡战。

每一个王朝的起初，都是人才汇聚的灿烂时刻；慑于唐帝国之雄厚军力与诸多的名将之威，吐蕃采取的方式与前世——中央帝国和西藏边区的关系稳定标志便是和亲。这种基于王者与王者之间血缘关系的政治联姻，其真实作用微乎其微，真正起作用的，还是和亲双方背后的政治、经济、文化和军事实力。促成这一和亲之举的，是在吐蕃历史上地位显赫、有着重要文化和政治影响的大论禄东赞（也称噶尔·东赞），在他的建议下，松赞干布以战求婚的策略得以实现，自此，高入云端的"庭院"当中，又多了一个伟大的历史记载与灿烂往事。

与此同时，与吐蕃为邻的尼泊尔也采取了相同的方式，送公主与松赞干布为妻。两个国家的女人同时嫁与松赞干布，这是吐蕃强盛的标志，也是尼泊尔愿意与吐蕃结好的实际行动。

所不同的是，文成公主背后的唐帝国正如新鲜朝日，冉冉强盛，光华四射，不仅是当时东方第一强国，也是世界上绝无仅有的巍巍城邦；尼泊尔虽为一国，但其实力较之李世民、李治和武则天时期的唐帝国，当然不可同日而语，相提并论。与历史上诸多的和亲者不同，文成公主的可贵之处在于，以一个女人的智慧并自己帝国的实力，自觉而有效地参与到了吐蕃的政治和文化当中，不仅于当时为吐蕃所认可，后世成效也无可匹敌。

传说中的大昭寺原地先为湖泊，修寺是为了珍藏释迦牟尼等身像。还有的说，那湖泊原是罗刹女的心脏部位，修建庙宇并将释迦牟尼像放在那里，便可使得罗刹女永世不得翻身，再不会兴风作浪。随后，由文成公主主导，吐蕃当局又在拉萨其他地方，即罗刹女的四肢部位各修建了一座寺庙。这一传说我以为是真实的。因为，在大昭寺周围，会明显觉得，八廓街的湿度显然高于这座城市的其他地方，且空气湿度很是明显。

渐渐入暮，灯火亮起来，带有西藏特色的灯饰极为好看，昏黄的灯光在即将落山的太阳余光中更有姿态，那是一种人造亮光与自然天光的交替和对比。

人流密集而又充满多种气味和色彩。外地游人占据多半，还有当地人手持转经筒，神色安泰地散步、转庙。转经筒也有大有小，形状也不尽一致。信仰总要有世俗的体现，神灵必定敞开一条道路，便于让更多的人加入。那样，人的苦难才有尽头，神也才对人产生意义。处身其中，有一个瞬间我有些恍惚，其实，拉萨也和其他城市一样，人和建筑物是主要的表现形式，还是地域及其人群传承的文明在起作用。

路过玛吉阿米酒吧时候，我执意要上去喝一杯，不为其他，只为仓央嘉措。至于那故事是不是后人演绎不重要，重要的是体味一下八廓街，在那里回想仓央嘉措的诗歌及其短暂的生命历程中的那些妖娆的传奇。据说，在那里还可以写诗，留在留言簿里，供人观看品评。

我觉得那是一件浪漫的事情，正好，我也算是一个三流诗人。但人太多了，需要排队等候。且时间很久。我只好明晚早点来，心里默想着，再来玛吉阿米，一定要带一本仓央嘉措的诗集，在里面读一读，喝一杯奶茶或者青稞酒，再写一首爱情诗歌，至于写给谁不重要。写得好不好也可忽略不计。

无论是高僧大德，还是凡夫俗子，来人世一趟，最好是能够留下点什么。古人所说的"人过留名，雁过留声"，其实是一个朴素的励志语。可惜，大多数人，只是过分强调个人"在"的场域及其现实所得，而智者与此相反，所有的修行，其实就是要让自己超拔起来，独立起来，出脱于众生，又引领众生。仓央嘉措尽管在世时间很短暂，但他留下的事迹与作品，特别是他的无以伦比的命运，构成了藏地一个不朽的另类的文化符号与普罗大众的一个精神楷模。

凡俗如我者，每次提到或者看到仓央嘉措的名字，心就会柔一下，再疼一下。仓央嘉措大抵是把宗教与世俗结合得最完美，最富有内心意义与灵魂光照的一位高僧，他的个人魅力使得宗教也有了更加切合众生的普世价值与参照。

坐在西藏宾馆的大厅里，我们几个人围绕着仓央嘉措，各自说了一番话，最后是沉默，然后散场，各回房间。进屋，我拉上窗帘，躺在床上，在手机上搜索仓央嘉措。越读越觉得，这个高僧的至伟至大，至情至性，至爱至亲。心想，无论如何，也要去玛吉阿米坐一坐，为了真实的仓央嘉措，也为了自己内心的那个"仓央嘉措"与"玛吉阿米"。我总是觉得，爱情这个东西，其实是一种情绪，它热烈，但善于转化，它美好，却又充满暗河甚至暴戾；它自由，可也总是受限于形式与规则。人人都在渴望和寻找最美的爱情，可最美的爱情总是刹那光华，瞬间云霓。

不由得叹息。

入睡。

天光再度普照。

天空是人类的蓝色冠冕。

去布达拉宫，远远地看到那一座荒山上的圣殿，其宏伟是来自现场的真切震撼，站在众人转经的宫殿之下抬头仰望，布达拉宫就像是一道庄严的雷霆，在一瞬间击中我这个初来瞻仰的凡俗之人。人群中涌动的都是转经筒，老年人穿着民族服装，个子高高的藏族妇女尤其引人注目。他们转经，也转自己；我混杂其中，有些另类，也觉得，在一个全民信仰的地域，没有信仰的人是可耻的，也是脆弱的，甚至无法抵抗艰难的生存。尽管我也相信，天地之间总有伟灵，人类对深邃天空的想象和渴望，总是以失败告终，但谁也不可否认，在天地和人心当中，总有一种强大的力量存在，并时刻观照着世上的每一个人的心灵及其日常行为。

进宫门，整个人便陷入到了一种浓郁的、神意的包围，不是因为那高大的围墙，而是一种氛围，庄严、幽邃、神秘、广大。无可求索，但确实存在；能够想象，但无法真正抵达。

毋庸讳言，世上所有的宫墙都是一种区隔、一种超度、一种张望、一种拒绝、一种封闭、一种内部的命运与人生。拾级而上，从左边开始，台阶宽厚，嵌满时间中，众多人的痕迹。从一开始向上的时候，我的脑子里就出现了一些声色美艳、栩栩如生的画面：众人拱卫的王者及其尊贵的夫人、信任的臣子、天生富贵的青年男女等等，他们出宫入宫，气宇轩昂，步态雍容，绝对不会如我这般。我想，这一级级的台阶，历史上，踏过的人或鲜衣怒马、意气飞扬，或低眉顺首、唯唯诺诺，或脚步慌乱、神色犹疑，或步履淡定、成竹在胸……但不管怎样的人，一旦进入宫殿，便都会被宫殿限制了，必须按照宫殿的秩序和原则来确定自己的步速、神情、说话口气和方式。

人类建立宫殿的目的大致在此，用宫殿的规矩来限定自己，也限定他人。

从绛红色的围墙顶部向下看，这宫殿，原本是一面草坡，岩石也是暗黄色的，红只表现在涂在建筑上的颜料。白色是吉祥的象征，也是纯洁的应有之义。

布达拉宫就是一座荒山上的圣殿，是用人心拱抬的威严之都、崇高之邦、神圣之境。无论在西藏，还是世界上其他地方，她都是独一无二、不可复制、无以伦比的，这种独一无二的不只是形式，更多地表现在人心的认同，和它在时间当中的永不更改，历久弥坚，并且会传之久远，持续不断地超越所有"身外之物"与"癫狂世相"。

宫殿幽深，藏香的味道充斥其中。众佛端坐，众神聚集；唯有在此宫殿之中，神灵们才找到最合适的位置，也才在此觉得了极乐常在、功业和德行万世不朽的荣耀。太多的游人神情肃穆，眼神惊奇，满脸虔诚。他们被震撼、慑服，被一种强大力量的物质显现而感到自己的脆弱和单薄，无助和茫然。因为没请导游，我在其中转得最快。看看佛，再想想自己；看看壁画，回想自己知道的历史。比如在六难婚使壁画之前，我想到四个人，一个是唐太宗李世民，这个"不与民争利""从谏如流"的皇帝，正是其不为而为，才使得唐帝国有了一个稳定的根基，为其后世子孙奠定了基本的操作方法；唐高宗李治虽然体弱多病，至中年眼睛完全失明，还有严重的脑疾。执政期间，与武则天有"夫妻政治"的嫌疑，但他继任前期对东北、西北、西南、东南边疆的开拓与稳定，显然居功至伟。第二个是噶尔·东赞，即六难婚使的另一个主人公，整个事件的主要操盘手，对吐蕃王朝兴盛有过卓越贡献，也是一代人杰，其政治智慧和施政策略，可谓空前绝后；第三个人是李道宗，即文成公主父亲。李道宗是唐太祖李渊的叔伯兄弟，也是一代名将。

至于文成公主是不是李道宗的亲生女儿，李道宗都是将文成公主送到西藏的使者，也是唐帝国诸多名将当中，唯一一个在彼时年代第一个率众走上云端拉萨的人。在这里，另一个应当记住的人叫王玄策，唐贞观年间，王玄策受命由丝绸之路吐蕃道出使印度，行至途中，一个印度古国刁难、击杀并扣留王玄策随从。王玄策孤身一人逃到吐蕃，并借兵一千，返回将之灭掉，这便是史书上"一人灭一国"；可惜，王玄策媚上，将一个号称有长生不死之术的印度头陀献给李世民。而那头陀之术多欺骗，毫无疗效，被李世民识破，自己撒腿跑了，而王玄策自此不再受重用，湮没于世。

无论是文成公主、李世民、禄东赞，还是王玄策，他们在那个年代的血性和作为，智慧和实绩，堪称不朽。这座宫殿也是，是众生的拱卫、众神的聚集；是功德的彰显、智慧的接续，才使得它穿透时间，在人间高处生生不息，丰沛妖娆又无所不在、无所不及。布达拉宫不仅是一座有形的存在，更是一种精神和灵魂的种植与扩散。

站在宫殿之上，俯瞰整个拉萨，阔大而修长的城市一目了然，在蓝如宝石的雅鲁藏布江一侧，那么随意地散落；巍峨宫殿之下，是尘土飞扬的众生及其无尽欲望的堆积物。远处的荒山被长云笼罩。越来越热烈的阳光似乎要穿透大地。只是，她在绝高之处，没有看到我从寂寥的后山走下去之后，又迅速进入熙攘的人群。

晚上，和朋友坐在玛吉阿米，喝奶茶，说伟大的仓央嘉措，以及"玛吉阿米"，人人脸上都洋溢着一种温情。这种温情当中，有一些慈悲，还有一些无奈；有一些期待，又有一些忧伤。我翻了几个留言簿，其中多是个人感想，一句话，两句话，有的还显得十分浅薄与不堪。我有点不开心。总是觉得，在玛吉阿米留言，一定得写诗或者像诗一样，否则就对不起仓央嘉措和玛吉阿米这两个名讳。可惜，没人像我这样去想。

我掏出水笔，在上面写道："唯有你倚在怀里，我才可以自视为／世间的情郎。那个在八廓街／轻声行走的人／四个世纪了，玛吉阿米的灯／还在佛陀的额头／缭绕天堂。一个人困苦／也是众生受难，一个人与一个时代的谜案／／好人儿，此刻我坐在你们的窗台／光阴的粉末围剿烛火／一颗香烟以后，灰烬的歌声／砸在夜晚的舌尖／俯身向外，街上依旧有人在磕长头／有人在风马旗下拥抱空旷／／亮如银子的拉萨，我怎么无端哀伤？／眼泪在酥油茶中瑟缩发抖／而内心的幻想，燃烧时代耻骨／再次途经布达拉宫时候／我忽然想下车哭泣，抱紧冷风、栅栏和星光。"

回到住处，很快入睡。凌晨时候，我做了一个梦，梦见自己骑着一匹红马，不一会儿就跑过了无数的雪山，然后在一片空荡荡的草地上，就着一湾湖泊，手指朝前一伸，立马就出现了一座阔大无比的庄园，其中有绿树、鸟声、亭台楼阁、曲折走廊，还有庄严的佛像与缭绕的香火，众多的人端坐在碧绿的草坪上，口齿翕动，大地和天空上，充满了嘹亮的诵经声，而且越来越大，越来越广阔，以至于整个世界，都笼罩在这一种吉祥的音乐声中——而我，却坐在云端之上，俯瞰这一切，并且轻笑出声。

哦，这云端的庭院。

杨献平：怀乡愁的一粒沙子

杨光祖

　　杨献平的文字，大多跟阿拉善高原上那个巨大的沙漠有关，它的名字叫巴丹吉林。我曾经见识过它，从宁夏中卫越过腾格里沙漠，远远地看见过它的边缘。仅此一点皮毛的接触，已是极其震撼。而我与杨献平至今从未谋面，但看他的照片却一点都不陌生。我的潜意识中，总觉得这是一个精力旺盛之人，一个不安分的人。这种人我喜欢，但与我似乎很遥远。不过，他双眼的忧郁，似乎告诉着我们他的另一面。

　　杨献平是野生的，他属于巴丹吉林沙漠，他走遍了这个沙漠的每个部分，也走遍了这个沙漠边缘的每个乡镇，而且更让人佩服的是他一直在写着关于这个沙漠的每粒沙子，还有每粒沙子后面的人。这种生活，这种写作，对于家养的我这类动物，就显得非常陌生。阅读杨献平的文字，可以清晰地看到他从底层走来的轨迹，每一步都有着自己的血泪，但每一步他都坚持住了人性的底线。这并不是所有人都可以做到的。

　　一直觉得杨献平是一个距离我很遥远的人，印象中他不仅仅是在酒泉工作，他可能还与那个卫星发射站有某种关系。于是，对我来说，作为军人的杨献平，有点神秘，有点模糊。阅读他的文字，根本看不到"军人"二字，只是一个"人"的形象。他不像某些军旅作家，随时都要提醒你他是军人，而且是军官。

　　杨献平，似乎很通达，难道野生的，都通达吗？中国的作家能够打破权力崇拜的不多，真的不多。读杨献平的文字，就没有这种权力崇拜的恶俗，也没有金钱崇拜的庸俗，他的文字干净、朴素，饱含真情，有着一种深深的乡愁。

这个乡愁，也可以说就是人类的精神家园，不是那种狭隘的故土之情。

人世无常，人生如梦，很多人感叹着，一边也就消沉、沉沦了。杨献平一个字一个字地写出了人世的无常，还有人生的无聊，但他却一直像个鲁迅笔下的过客，他总在走。他说了"我每年都要穿过戈壁，到沙漠去几次"，说得似乎很容易，但我知道，沙漠里的日子并不好过，可能他真的喜欢。我去过戈壁，也去过沙漠，我不太喜欢那样的环境，快速进去，立即出来，到此一游而已。他似乎是一个骆驼，喜欢的就是沙漠。

我第一次见戈壁，一望无际，一无所有，很震撼，但也无语。我看见了沙漠，然后就走出来，就这样，没有一句话可说。我对风景一直比较麻木，或者说容易陶醉其中，但却极难写出来。我不会写景，或者说对写景没有兴趣。但杨献平的散文里，景物描写是那么随处可见，甚至很多文章就是写景，写伟大的沙漠、戈壁。他为巴丹吉林沙漠写过很多文字，集合成为好几册书，比如《沙漠之书》《巴丹吉林的个人生活》等。他说："我在巴丹吉林沙漠也开始了横刀赋诗、坐地纵横的文学写作练习。几年后，我发现，我写下的语句当中，也弥散着一股沙漠的味道，我的许多文字之间，摇曳着巴丹吉林沙漠的影子；也渐渐觉得，地域对人潜移默化的力量无可匹敌，你在此地，就被笼罩，而且是一种无孔不入，但无法琢磨和审视的氤氲气息，如旋转的螺丝刀，更像日日的饮食与空气阳光，无时不刻不浸染和浇铸。"

他的散文非常细节化，可以说太细节了，有时繁复、芜杂得让人无法读下去，毕竟我不是一个有耐心的人。他的细节往往是非常生活化的那种细节，汤汤水水，零零碎碎，我很佩服他有那么强大的记忆力，甚至怀疑他是不是有强迫症。我如果按他那样写散文，可能早就疯了。杨献平的文字里有两个东西写得最多，也最打动人的心。一个是巴丹吉林沙漠，一个是女人。但这两个东西，可能也只能太细节，否则也说不清楚。我说了，我对景物只能感觉，无力言说。而杨献平写起景色来却往往是一发而不可收，洋洋洒洒，几千字，上万字，让人头冷，也让人钦服。不过，他写起女人来，虽然也是洋洋洒洒逾千字，我却只觉得太少。

作家有三类，一是靠想象创作，一是以思想见长，一是凭借经验叙述。比如吴承恩，那就主要是想象，天才般的想象。鲁迅这样的人，主要是思想奠基，这类作家比较少。因为思想不是谁想有就能有的。最多的就是凭借经验，不过，经验人人有，却不是人人都可以写成好文字的。杨献平就是以经验写作而浮出文坛，他的创作几乎都是自己的生活，一点一滴的生活，碎片化地渗入了他的文字。

比如，关于巴丹吉林沙漠，他写道：

近处戈壁上，总是有一些风，带着白色的尘土，一股一股流窜，然后汇合，成为更大的沙尘，不规则跑动，像是小股游击队，沿着平坦的戈壁疆场，转眼无影无踪。我不知道它们是否会消失，但肯定会再生，一溜一溜白色的土尘，不倦地游历，幽灵一样奔跑。夏天的每个傍晚，我都会一个人到堆满黄沙的围墙外散步，抬头的天空亘古不灭，落日如血，大地坚硬，走在上面，每一块石子都接触到了骨头，每一粒的尘土都会进入人的身体。（《沙尘暴中的个人生活》）

风暴不起，巴丹吉林是安静的，尤其是有月亮的晚上，安静、落寞，到处都是神秘的感觉。要是没有风，所有的声音都将是我一个人的。脚下的粗沙发着星星的光，脚步在空荡荡的戈壁上敲响自己的内心，鞋底的石头几乎接触到骨头，我听见它们碰撞或者亲热的声音——很多时候，从我幽深的宿舍出来，越过楼房和杨树，走到水泥路面的尽头，就是一色的戈壁了。因为靠近生活区，很多的垃圾堆在那里。若是有风，各色的塑料纸飞起来，风筝一样，被飞行的沙砾裹挟，盘旋上升。（《低语的风暴》）

有时候郁闷，一人坐在小片的杨树林里喝酒，买不起好的，就喝两块五毛钱的北京红星二锅头，辛辣，带着一股浓郁的红薯发酵了的味道，我极不喜欢。但酒也是跟随饮者的经济能力和社会身份的。我喝得晕晕乎乎，站起身来，对着满树的叶子大喊。叶子们在季节中交换颜色，从诞生到坠落，就像人的某种宿命。有一次，趁着傍晚，夕阳在戈壁涂上鲜血之色，我一个人往戈壁深处走。戈壁上结着一层硬痂，脚踩上去，硬痂裂开，露出白森森的土，还有一些黑色、白色、红色或者杂色的卵石，猛一看，似乎是一群沉埋的眼睛，从低处向上看我。（《我的沙漠生活抑或神意放逐》）

这样的景色描写就很生活，富含作家的生活细节。我们从文字里可以看到作家的眼睛，他的情感，还有他的艰难挣扎，他如沙漠一样的顽强精神。

　　杨献平是对得起他生活中的女人的。他生活中那么多的真实女性，在他笔下都是活着的。他用自己男人的心，感谢着她们，感恩着她们，描写着她们，为她们勾勒下最美妙的瞬间。这不是任何一个男人都可以做到的，也不是任何一个作家都可以做到的，这需要一颗善良而敏感的心，需要具备审美趣味的心灵。《红与灰，我的沙漠故事》一文的红玉，不过上千字，一个少女的爱和恨，活现纸上。"出门的时候，我想喊一声红玉的名字，话到舌尖，就要蹦出来了，红玉回头关门的时候，我看到一双凌厉的眼睛，刀子一样刺我。"后来两次打电话都不作声，最后一次，"话筒里传来红玉的声音。我一惊，收了心神，轻声叫了一下红玉的名字。红玉说，你别叫我的名字！我说好好好，不叫。我又说，你在哪。红玉说，你别管。我哦了一声，正要开口再说，红玉却大声喊道：别以为自己了不起！随后，重重撂下电话。"

　　《唇齿之间的痕迹》等文，以富于历史感的笔触写尽了边疆人家的家族记忆，和那种强大的中华情节，读之让人心酸。这是与男欢女爱完全不同的另一种情感，但都是人类最基本的情感。文章中写到的村庄在巴丹吉林沙漠西边，鼎新绿洲以南，村名叫芨芨。这里当年是乌孙人、月氏人、匈奴人，与汉帝国交战之地。现住几家人自称是李陵、韩延年、杨业后代，甚至还保存着祖上的信物，当然可靠性谁知道呢。老人问杨献平："那你们也是杨老令公的后代了？"是呀，我也是杨老令公的后代，五百年前是一家。这就是中华文化的力量所在。

　　但时代毕竟是前进着，而且时代的变化也是加速度。小的时候，还经常挨饿，甚至在死亡边缘徘徊，人到中年，已到了后现代，文学创作也变得我无法认识。我们知道，西部是慢的，慢得惊人，到西部农村看看，刚走出中世纪。虽然也有了网吧，有了大得惊人的大广场，还有按摩房。杨献平的散文，就是慢的写作，他写出来巴丹吉林周边小镇的慢，和慢中的快。他对一个沙漠边缘一个小镇的描写，是精彩的，也是真实的。尤其那个小小的开发区，写得让人忍俊不禁：

　　　1999年春，单位已婚同事几乎同时受到妻子的警告：若是看到你在开

458　　　　　　　　　　　　　　　　　　"新生代军旅作家"面面观　▏

发区晃悠，不剥了你皮才怪！我不知何故，某日，与一位王姓同事骑着车子晃悠了一圈，晴天丽日之下，开发区街道尘土飞扬，挂着红色布帘的理发美容店一家接着一家。有些穿着极少的女孩子，端坐门口，低胸看人，眯眼看天。(《西门外》)

　　杨献平的写作，是对当前这个虚无时代娱乐至上的一种抵抗。当时代急速空虚化，人们感到什么都无所谓的时候，有这么一个杨献平在西部大漠深处，以一个军人的社会身份，涂抹着与部队没有多少关系的文字。他的笔下，流泻着他对天荒地老的大漠的深情，和大漠边缘人的生死情欲。让我们感觉到即便如此闭塞、落后的沙漠深处，时代的气息依然那么浓重，人们的变化也是巨大而惊人。巴丹吉林、额济纳、酒泉、西门外、沙漠、流沙、城堡、古日乃、弱水、祁连山，是他散文的主题词，也是他散文的精髓，更是他散文的灵魂。他的笔下，人与沙漠，完全融为一体，沙漠即人，人即沙漠，这就是西部，我们的西部。杨献平似乎是一粒流沙，在西部的风中，低吟着自己的乡愁。他说："再几年后，我离开沙漠，去上海，之后又返回。在彻夜喧哗都市，枕着彻夜的灯光和飞机、车船声，我发现，这里并不适合我。而最初我厌弃的巴丹吉林沙漠却叫我感慨万千，怀念至极。我觉得那个天高地阔，风吹尘土扬，春夏模糊，冬季漫长，且人烟稀少的人间绝域，或许正是适合我存在和以生命和灵魂客居、旅行的地方。而其他，则适合喜欢它们的人群。"(《我的沙漠生活抑或神意放逐》)

　　当世界快速全球化，中西同质化的结果使得很多地方已了无新意，根本无法进入文学的界域，于是，很多作家都进入了怀旧书写，或者玩弄技法的炫技写作。而西部的落后，让它很长时间里还有一点乡土诗意，今日就只剩下了沙漠，还没有现代化。于是，沙漠似乎成为了最后的精神家园，起码成为了杨献平的精神家园。沙漠边缘的那座小镇，那个小茶馆，肯定比世界连锁的麦当劳更让人的心灵安妥。但这个滚滚红尘，又有几个人能够耐得住寂寞，为一座沙漠写一册书，写了十八年？他在文章中深情地写道："我还发现，自己已经是巴丹吉林沙漠的一部分了，它的一枚沙子、一片绿叶，甚至是一粒浮尘，我都觉得异常亲切。就像在沙漠珍视并努力呵护树木花草一样，我与沙漠的关系与日俱深。很多异地人说，沙漠太艰苦了，不是人生活的地方。我就从内心里有些排斥，甚至，会因此觉得他们的说法带有侮辱性质。在我心里，巴丹吉林沙漠似乎不是一个地域，而是与我同气连枝的同胞兄弟了。"

杨献平是简单的，或者说是单纯的，单纯得像一个水晶，那么清楚明白。我虽然不认识他，但读了他的散文，我被感动了。这是一个可以托死生的男子。他的妻子有福了。

> 我不敢相信，这个孩子就是我和妻子的，就是我们做爱的结果——就像是一个童话，一个传说。我怔住了，脑际一片空白。岳母跟着护士去到婴儿护理室，要我去，我不，我扭头，继续盯着走廊尽头的那扇紧闭的门。妻子终于出来了，依旧躺在推车上，白色的棉被覆盖了身体。我箭步奔去，眼睛钉子一样钉在她苍白的脸上。
>
> 妻子嘴唇开裂，有血渗出。我又哭了，推着她，眼泪又落在她脸上，她笑笑。到病房，安顿好，妻子就让我去看儿子，我迟疑——当时，我的这种迟疑是决绝的，一方面，我觉得儿子的陌生，似乎仍旧与我隔着一层什么；另一方面，儿子安全、健康就好了，他新鲜来到，而妻子却创口新开……对于这位初来乍到的人，我似乎还没有做好接受甚至觐见的准备。
>
> 直到晚上，我才正式见到了儿子平生第一面。他躺在婴儿护理室，睁着眼睛看着白色的屋顶，看我时，眼睛里有一种光，温和的锐利的光。那眼神一下子就穿透了我，我战栗了，眼泪涌出来——血液不单单是一种流传，且还是一种天性的默契。(《如此奇异，如此隆重》)

这真是一个血性汉子，一个有情军人，一个真正的文字痴迷者。

杨献平不仅是一位作家，而且还是一个行动者，从文字看，他是乐观者、前行者，他不仅是作家，也是文学活动家，编辑、策划、主持了很多文学选集及活动。他当年在部队里，本来就是电台记者，属于扛摄像机那类，很酷的。但他的行动里，却有着切入骨髓的思考，他的文字中散发着生命的温度，充满着他的生命记忆，琐碎，却有力量，平凡，却不乏奇崛。

有哲人说过，每一个前往丝绸之路的人，返回时都将始终与众不同。杨献平在居住酒泉的日子，阅读了大量关于丝绸之路的书籍，也走遍了河西走廊，尤其巴丹吉林沙漠的每一处遗迹。他果然"与众不同"了。

在"梦辽阔"的途中

——杨献平散文论

陈剑晖

　　散文写作在当下碰到了日益空心化和琐碎化的难题。不少写作者迷恋于历史的后花园，在写作上求大求全求长，却缺乏个体的生存经验和对生活的理解与发现。而在更多的写作者那里，写作只是个人琐碎日常生活的实录，或是一种甜腻腻的"小感慨"或"小清新"式的自我抒写。他们没有意识到写作与世界及时代的关系，不知道散文的写作还应有所担当，应是一种有一定难度和有意义的书写。当然，除了上述问题，写作上的同质化与平庸化也严重威胁着当代散文健旺地发展。对于当下的散文来说，它比任何时候都更渴望着发现、创造的个性体验。正是在这样的期盼中，我读到了杨献平的"沙漠之书"和"南太行莲花谷"散文系列，就如几年前读李娟的"阿勒泰"系列散文一样，我感受到了一种心灵的冲击，一种阅读过程的喜悦。因为他们的写作不仅仅是一种有担当，有意义的写作，而且他们都各自拥有自己独特的书写领域，在他们的散文里有一些与众不同的东西。

　　就杨献平来说，他写作的年头也不算太短，但他似乎没有李娟那样的好运气。他的散文，你必须慢慢读，细细品，才能感受到其中的妙处。而杨献平与另一些同类创作者的悲剧性在于：他们所处的这个时代是一个既缺乏耐心，同时读者的审美力又极其粗糙和迟钝的时代。他们往往分不清什么是金子，什么是黄铜；什么是真正优秀的散文，什么是煽情滥情的心灵鸡汤。正是审美趣味的平庸化和审美力的降低，导致不少好的文字被忽视被淹没，而大量坏的文字被赞美并畅销。这是时代的悲剧，可能也是杨献平们的宿命。好在杨献平对生存和写作的困境已有了较深的体味，他似乎也不太看重走红与否。作为一个不甘平庸，有梦想、尊严和血性的写作者，杨献平的可贵，在于他不受流俗和庸众的影响。在"原生态散文"的理念指导下，他先后出版了《沙漠之书》《沿着丝绸之路旅行》《巴丹吉林的个人生活》《山河寥廓》《其实我们没有好好爱自己》等散文集。他以一种倾向于自然主义的书写风格，展现了巴丹吉林沙漠和南太行乡村的原生态景观，以及个体在沙漠和乡村的生存体验。对于当下的散文而言，杨献平忠实于自己的生存经验，更在于他有整合、提升这种生存经验的能力。他拒绝融入陈陈相因、不痛不痒的平庸写作氛围，冲破了体制与散文传统的双重遮蔽，写出了日常生活中无处不在，但又常常被人们忽略了的特殊生活样态，并在对日常生活的叙述中融进了自己的理解与发现，以及对生活的感知和辽阔的梦想。从这一层面考察，杨献平的写作无疑具备了独立性，他既不自以为是，狂妄自大；又不随声附和，也不雷同和刻意模仿。他的文字不仅有血性，有忧愤，有激情，更有一种疼痛感。

杨献平的散文体现出了一种内在的、被生命净化了的悲悯。这是从大地身上剔下来的血肉，也是杨献平散文写作的总基调。我总固执地认为，一个真正优秀的写作者，他首先必须是一个爱自然、爱乡土、尤其是爱人类的人。他一方面亲近大地，拥抱现实；一方面又悲天悯人，普度众生。他不回避现实中的不公、丑恶、黑暗与苦难，同时他也会尽量去除个人的怨恨与偏狭。而且，对于一个散文作家来说，理解、关怀与宽容永远是一种高贵的品质，而一旦拥有了这种品质，这个作家的散文就有可能达到至善至美的大境界。不能说杨献平的创作已经达到了这样的大境界，但他的写作的确是朝着这一方向发展。在《苍天般的额济纳》中，面对一棵胡杨树的死亡，他不仅感到时光和生命的某些不可思议，更在这种司空见惯的死亡面前感到心惊："这一根植久远的树种，在苍茫时空中，竟然也如此脆弱，像人一样，生死只是瞬间。更令我无奈的是，它们当中某一棵死了，其他的却没有一丝悲怜表情，尽管表情在死亡面前显得多余和虚假。我始终觉得，如果我们还可以悲伤，还可以在同类的死亡中看到自己的影子，并且在内心掀起同情的波澜，那么，所有的事物都应当是高贵的，都是对自己的一种真实救赎。"不仅对沙漠中的骆驼草、沙蓬、沙枣、红柳、梭梭木、芨芨草，以及蜥蜴、蚂蚁、红蜘蛛、四脚蛇、沙鸡、狐狸、黄羊，总之，对沙漠中每一个生命的存在及其抗争和生存方式表现出足够的理解、赞美、敬畏和悲悯，而且，这种悲悯的情怀还从自然界延展到人类，进入到南太行的乡村现实和乡民们的生活中。

从散文集《我们周围的秘密》《山河寥廓》中的一些散文以及书的"后记"中，我们悉知杨献平的童年及少年过得并不快乐，以后他远离家乡到大西北当兵。在远离故乡的最初几年，他对家乡非但不留恋，甚至内心还充满了怨恨。但随着岁月的流逝和回故乡次数的增多，他对南太行莲花谷及生活在那里的人们的看法有了根本性的变化："在长年累月的巴丹吉林沙漠，总是忍不住想起那座村庄的人事，有痛苦不安，也有快乐温暖。"杨献平与故乡的关系从紧张对峙到和解，这里固然有传统的力量，血缘的牵引和感情的因素；另一方面，这种和解也是他对现实生活的认识不断深化升华的结果，是理解、宽容与悲悯在感情和精神层面上的体现。因此，近年来，杨献平一直以感恩式的情怀，用近乎纪实的质朴笔调，记录下了"我们周围的秘密"——南太行一个叫"莲花谷"的乡村的自然史。写乡民的衣食起居、婚丧嫁娶、生老病死、家族纷争；写车祸、乡村械斗、癌症患者、打官司、喝农药逝去者、锅炉爆炸；写乡村风俗、动物传奇、植物秘密、四季变化，等等。

在这些乡村叙事中，杨献平既真实写出了乡村的闭塞、贫穷和凋敝，也记述了现代化对乡村的渗透，以及乡村在现代化进程中的变化；既赞美了乡民的淳朴和厚道，又无奈于他们的愚昧和无知，愤怒于他们的自私和崇尚暴力。即便如此，杨献平对生他养他的故乡和亲人以及乡民们仍抱着一份感恩和敬重，一份因与现实达成和解之后的宽容和悲悯。在《乡村暴力》中，"我"从早年的恨父亲，恨打骂母亲的那些人，甚至恨整个乡村，到后来回乡与这些昔日的"仇人们"相逢一笑恩仇泯，再也没有报仇雪恨的冲动。而"我"那位曾经到处受气、饱受凌辱与蔑视的母亲，曾经将"报仇"的担子放在"我"身上，但现在她的态度也发生了一百八十度的大转变，她的内心已归于平静，同样也没有了怨恨，也不提"报仇"的事了。母亲的宽容悲悯是因为她变成了一个基督教徒，而"我"的宽容悲悯是我学会了感恩，同时感受到了时间的伟力和亲情的可贵。所以，"我"真切感悟到："暴力使我们内心蒙羞，良知失明"，而"非暴力让我感到一种痛苦的快感，耻辱的高尚"。这就是《乡村暴力》的"乡村哲学"，它不仅告诉我们宽容和悲悯是如何改变了一个暴力男人的立场，提升了他的灵魂，开悟了他的心智，而且，它还通过最为质朴的生存底色的原生态记录，展现了一种新的乡村叙事哲理。

《我的乡村我的痛》展示的是另一种宽容与悲悯：面对脚下开裂的泥土，枯萎的青草庄稼，在空中、大地、城市和乡村盘旋的黑烟和大片的灰尘，以及接二连三不断传来的矿难和一个个鲜活生命的瞬间消失，"我"感到了一种前所未有的绝望，一种绳子勒进皮肉般的痛楚。这里显然没有个人的恩怨和邻里的纷争，有的是对国家现代化进程中乡村人文生态惨遭破坏的忧思以及人的生命被漠视的愤慨。这样的文字虽没有《乡村暴力》那样带着个人的经验和生命的体温，但视野更为开阔，思考更为深入。从上述作品，可看到杨献平是抱着一种复杂而特殊的感情来记录和审视笔下的"南太行"乡村现实的，这其中有无奈与失望，有痛苦与不安，有理解与宽容，也有记忆的快乐温暖，而这一切都渗透进一种挥之不去的悲悯情怀。也就是说，杨献平不是从个人的好恶与本能的感情出发来写乡村，在他的理解与宽容背后，是他对人的生存困境和新的乡村伦理的思考。因此，他的写作便超越了时下经常看到的那些"伪乡村散文"，给人以痛感，同时也以其充盈与充实，给人留下深刻的印象。

杨献平推崇散文的原生态和自由精神，追求散文的诗性智慧和诗性表达。这样，他的散文便有一种动人的气质和力量。这种气质和力量，首先表现在人与沙漠自然的合一。他的多篇文章都表达了这样的一种情感，如在《从阿拉善到河西走廊》中，他这样写道："在这一氛围中，我时常把自己说成是一粒沙子。人处身于阔大之地，才显得出自己的小。天地的大，方才使人觉得自卑，所处的无垠，沧桑与微末之感才会如潮席卷，因而更相信人自身的脆弱以及肉体存在与鲜活的美好。"的确，由于每年都要去沙漠滚摸几次，杨献平已像沙漠里的沙枣树一样，整个地融入了沙漠。他的肉体与灵魂都打上了沙漠的印记，有着沙漠的硬朗、强悍的个性与气质。而严酷的自然环境，总能孕育出一些与众不同的生命，也会衍生出与众不同的文字。这是他笔下的额济纳的春天："在总要有一些人在焦渴中死去——在庞大的沙漠中，一个人，他绝对大过沙漠和宇宙，一个生命的衰亡，一个人的不存在，只是我们经验中的事情，事实上，存在和消失同归一途，方式的不同，导致认知的差异。一个牧人曾经在风暴中沉埋，大风之后，大地静寂，安静当中，这一个人从厚厚的沙子当中爬了起来，我一直把这样的生命奇迹当作一种传奇，非凡的传奇，让我感觉到大地的公正和上帝的仁慈。我的朋友嘟嘟，是个热爱行走的女孩，她说，不在于你能走多远，关键能走多久。这个平凡的行走者，一语惊人，她黝黑的脸色让我觉到了

一种太阳的光芒,时常的快步行走让我发现了行走的秘密。"(《周围》)

在《花朵上的沙尘暴》里,杨献平对事物的观察又是如此细致:"有许多次,我在正午的沙丘上看到奔跑迅速的腹背苍灰、下腹洁白的蜥蜴,从一株骆驼草到另一株骆驼草,捕捉黑色的甲虫或者落地的飞蛾。蜥蜴的身体极其灵活,在沙漠奔行,就如在水中,让我感到微小之物的强大存在和天性意义上的灵魂奔跑。"正是这种对自然的融入与倾听,使杨献平遇见几峰正在吃草的骆驼,即便这些沙漠生灵没吭一声,"我也感到荣幸,有一种生命同在的感觉",于是,"消除了一个人的孤独,逐渐消解的勇气再次此涌起"(《虚构的旅行》)。这样的文字,应该说是有依据的文字,是贴近大地、来自生命涌动的有情怀的文字。而只有长期触摸沙漠,感受着沙漠的热力,呼吸着沙漠的风和沙尘的人,才能写出这样细致入微而又准确传神的文字。

这种可贵的元素,首先来自于刻上了他的灵魂印记的沙漠。诚如他自己所说:"在巴丹吉林沙漠,我时常觉得一种地域的大,时间的深和历史的丰厚"(《〈沙漠之书〉代自序》)。正是这博大无疆、大野如磐、苍茫宁静的戈壁和沙漠,激发起了杨献平的梦想。其次,杨献平的梦想,还得益于他性格中的内敛与狂放。他出身贫寒,然而他有才情,有与生俱来的对于文字的敏感,此外还有一种来自灵魂深处的诗意和激情。更致命的是,他还具有叛逆的性格,有建构文学版图的雄心与野心。这样,血性与敏感、诗意与激情、不满与抗争、叛逆与野心交织在一起,杨献平便免不了时时做梦。而他那些写戈壁大漠的"梦辽阔"的文字,正是他寻找生命的绿洲,寻找生存的意义和价值的真实记录。他的散文不仅辽阔丰沛、粗粝狂放、书写自由、不拘一格,而且有许多原生态的生活场景和风俗画面的展示。可以说,杨献平的这类散文,既有"大风穿胸而旌旗猎猎,有铁血之梦想"(《内心的狼群——杨献平访谈》),更有寸寸的柔肠,有丰满扎实的细部描写。同时,还应看到,杨献平的许多作品都呈现出一种形而上的寓意,他借助西部丰富的意象和象征,将大自然的各种秘密敞开于我们眼前。读着杨献平的散文,我不禁想起伯兰特·罗素的话:"只有在真理和梦想,现实和勇气的构建中,只有在坚定的绝望的基础上,灵魂的居所才能够安全地建立起来。"

杨献平的创作正是这样,他孜孜不倦地试图建立起属于自己的散文版图。但毋庸讳言,就目前来看,他的散文写作还存在一些欠缺。他倡导散文的原生态写作，但他的一些作品还停留于表面生活现象的实录，在选材上过于随意粗泛，也缺乏必要的审美烛照和艺术提纯，散文语言也不够简洁凝炼。他虽然有辽阔旷远的沙漠作为写作的背景，然则他的生活面还略显狭窄，对某些问题的思考还不够深入，思想境界也有待提高。此外，他强调散文写作应有诗性智慧，但从实际情况看，某些地方的过于顽固和偏执，恰恰是缺乏诗性智慧的表现。以上，是我在阅读杨献平散文时的一些不成熟看法，衷心希望这位像沙枣般叛逆而顽强的写作者，能够在他一个人"梦辽阔"的途中一直走下去。

（华南师范大学二级教授、博士生导师，中国现当代散文研究中心主任）

载《西南军事文学》2013 年 6 期

从南太行到巴丹吉林

杨献平

那是一处幽秘和卑微所在，附近山地之间发生过诸多的战争，至今还有战国、隋唐及明清的军事遗迹；近代以来，八路军129师及其领导刘伯承、邓小平、聂荣臻等在此区域进行过多年的发动群众与抗日活动，但它仍旧是偏远和荒僻的。我给它起了一个比较文雅的名字：南太行。从地理上说，这一名称泛指太行山在河北邢台、沙河、武安、涉县、石家庄，河南林州、浚县、安阳并山西左权、和顺、潞城、长治、晋城等地的庞大存在。从文化传统上说，属于北方游牧与农耕文明长期剧烈冲突之后的融合与并行状态。上世纪70年代初，我在南太行其中一座峡谷中的村庄出生。那是一个黎明，随后延展的是，熟悉而岩石深嵌与草木葳蕤的高山，窄如刀条的苍天与星空，还有铺展、横斜于村庄和山间每条小路上的宛若贫穷与苦难的砾石、荆棘。

更重要的是人。十八岁以前，我以为世界就是村庄及其周围的村庄那么大，世界上所有的人也都像我们村的那些个。1991年冬天，一场大雪之中，我第一次出门远行，并且离家千里。那个新的容纳我的地方名叫巴丹吉林，是一片旷大无际的瀚海泽卤；起初我被失望的情绪长期缠绕。因为，那时候，几乎所有的农民子弟，对城市的渴望都无以复加。我起初的想法是跻身于城市，哪怕是一座县城，也足可安慰我心，并且可以在回乡省亲之时，在大多数一辈子没有坐过火车，把城市想象成地狱或天堂的乡亲们面前大加吹嘘。沙漠何其苍茫，大地迢遥无疆。几年后，我在沙漠突破了生存的障碍，并且与家在当地的妻子恋爱之后，才忽然发现，世界上的人太多了，每一个人都有一个自己专属的"位置"，而沙漠，可能是最适合我的地方，就像我出生地南太行乡域一样，巴丹吉林沙漠于我，有一种强烈的命定色彩。

在弱水流沙多年之后，一个偶然的际遇，我从巴丹吉林沙漠去到了从没涉足过的四川成都。回头之间，发现自己在沙漠的时间居然和在南太行乡村基本等同，内心惊异。仔细回想起来，人生有诸多的偶合与蹊跷。但我确信，地域气息，尤其是地域本身所具有和积攒的那种文化传统对具体人的塑造能力是无以伦比的。南太行作为我的出生和成长之地，那种奇崛的地理环境与相对封闭的生活场域，教给我的似乎只有微小、倔强、自卑，不服输，还有一些因为视野长期受到障碍之后而累积的想象力。当然，这只是个人的事，充其量也只是一种于世俗生活无补的"个人质地"与艺术上的一点"小天性"而已。而在巴丹吉林沙漠的这些年，正是我个人心性与思想意识"大规模"成熟时期，以至于令我觉得，沙漠对我的"思想改造"与"心灵引发"作用显然超过了故乡南太行乡村。

多年容身沙漠和雄性军旅，再次激发了我少小时代的文学梦。在沙漠的大部分时间紧张而干燥，风暴如虐如怒，沙尘无孔不入；暴雪以内，孤独之中，而个人的内心和精神当中却渐渐丰茂，以至于不可收拾。起初写诗，表达铁血军旅生活与渴望英雄的理想，当然还有青春的迷茫与对爱情的渴望。当我发现诗歌这一体裁不足以承载自己的文学梦想，并且在同代诗人作品面前显得陈旧与落后的时候，我选择了散文。一方面力求表达个人在沙漠的种种现实生活和心灵际遇、精神诉求和灵魂图景，另一方面开始着力对故乡南太行乡村进行远距离的审视与省察。

这可能是我散文写作之两翼。当然还有一些想象、实验之作。十多年来，我几乎走遍了阿拉善高原境内的所有遗迹与奇特之处，对那一片荒芜区域的人文历史和自然风貌的了解，显然超过了故乡南太行乡村。我一直觉得，一个写作者首先要建立的，便是专属于自己的文学地理。但"地域"往往也是一种强大的限制。我一度很困惑，但很快就释然，超越地域限制的唯一有效方法，就是专注到地域上的人群。世界如此之大，人生如此浩瀚，每一块地域上的人都是其生活地域的产物，从日常习性到文化认知，从思维意识到精神形态等等概莫能外，但人的命运、情感、思维和思想、精神要求和灵魂图景却不存在任何"地域性差别"和诸多层面上的"隔膜"。

文学就是要探究人心人性，呈现人的生存状态和精神困境，以及各个不同的命运和灵魂景观。也一直觉得，对于写作者来说，"此时我在"的存在意识和时代现场感是其文学创作的"命门"和"要诀"所在。因为，前世已经成为了历史，已经有很多那时代的写作者写作了，留下了，时过境迁之后，再卓越的艺术家，也难以复原其当初状貌；未来在很大程度上带有巨大的不可预测性质，也更应当留待后人去做。我们所处的这个时代如此的丰富与驳杂，壮观而又剧烈，如果一个作家不能够准确地发现和表达他们自己"所属的时代"，那将是一件悲哀的事情。因此，在南太行乡村和巴丹吉林沙漠这两个已然初具规模的"文学地理"上，我力求书写"时代的个人经验"和"个人的时代经验"，进而为两个地域上的人群"树碑立传"；留下我和他们在这一个时代的生命痕迹、命运遭际和精神、灵魂上的，大相迥异而又无限"幽微与辽阔"的纷纭景观。不管我能否做到、做好，但我觉得，这可能是我应当坚守的一个方向。

时间的心跳

李墨泉　杨献平

一、诗歌、散文和小说

李墨泉：从 1994 年至今，你从事创作有二十年了吧，而且是诗歌、散文、小说文学题材三花俱荣、昆乱不挡，作品在《天涯》《解放军文艺》《中国作家》《山花》《大家》《新华文摘》《人民文学》《诗刊》《作品》《散文百家》《散文海外版》《芳草》等一线刊物上频频登场亮相，先后结集出版了《沙漠之书》《匈奴帝国：刀锋上的苍狼》《〈寂静的春天〉导读》《生死故乡》《梦想的边疆——隋唐五代时期的丝绸之路》等图书，主编了《原生态散文 13 家》，创作实绩极为丰厚。与此同时，作品还获得了第三届全国冰心散文奖单篇作品奖、"首届 QQ 作家杯"散文类特等奖、"自然生活与写作"征文奖、首届"丹霞杯"全球华人征文奖、首届林语堂散文奖、"红色经典"叙事体散文征文奖、第一届人民文学"观音山"全国旅游散文二等奖等多项大奖。对于一名军队的写作者来说，肩负着日常工作的同时，这样高产并获得了这许多的奖项，是件很不容易的事情啊。谈谈你怎样走到文学道路上来的吧，有什么机缘？还有就是如何做到这样高产的？

杨献平：以上所列的那些刊物，可以看作是我个人的文学踪迹史，也正是这些刊物，给了我实在的动力。至于那些奖项，其实是用来汗颜的。关于自己的著作，个人比较满意的一是《沙漠之书》，这个集子算是我在巴丹吉林沙漠时候的个人心灵史。当然，那些文章不够好。但相对于流行的、他人的，我至少没有跟过风。二是《生死故乡》，也有不尽满意的地方。可这本著作使得我有了两个转变，一是彻底摈弃抒情化的语言套路，转而向"生动的朴实"迈进。之所以说"生动的朴实"，是从这本书的写作开始，我意识到，平素的语言也可以出奇创新。二是我第一次对故乡南太行乡域的具体人进行了接近本原的触摸和观照。三是《梦想的边疆——隋唐五代时期的丝绸之路》，这本书对我的重要性在于，使我从一个极盛王朝的侧面，看到了历史的普遍规律，尤其是集权制的统治要害与命门所在。再者，这本书是目前最系统呈现中世纪时期陆上丝绸之路全景的一部严肃的史地志和断代史，也第一次廓清了民族发源和流变概貌。

至于怎么走上文学之路，无非是想改变个人命运。更重要的是，我这个人除了想写一些文章之外，可以说一无是处。往往越是一无是处的人，越是喜欢用看起来比较好玩的形式，为个人营造一个类似乌托邦的精神去处。最初写东西，是小说，而且是根据一个真人真事而胡诌的。再后来就是写情书。自己给暗恋的对象写，也替同学给他喜欢的女同学写。写着写着，忽然就发现了文字的妙处。到部队后，幸亏分在技术室，不怎么忙，没事就读一些书刊，见别人可以写得那么好，自己为啥不能？然后开始写，写着写着，就难以放下了。另外的私心，就是想通过写文章，改变一下自己祖辈三代的农民命运。在巴丹吉林沙漠那些年，自己要求自己每周必须写两篇文章，甚至一天一篇，不然，就像是空耗时光一样。

李墨泉：在《巴丹吉林的个人生活》中，你把很多诗歌融入到了叙述的文本中，就像给文本点了穴位，读来令人在情感上很易产生共鸣，我想你的创作是从诗歌开始的吧，而且多年来还在各类杂志上发表了大量的诗歌作品，前两天我在博客上还读到了你新写的一些诗作。后来我想，写作从诗歌上起步可能是一个"捷径"，容易引起对事物探索的热忱和敏感来，而诗人来写散文，在语言上也会更敏锐而涉幽微，在情感上也更为浓烈而悠长，就像余光中、北岛、杨炼、欧阳江河、王家新等人的散文在语言上就能感受到其诗歌的情味。谈谈你的诗歌吧，以及与你散文写作的关系。

杨献平：诚如所言，我起初喜欢诗歌，读了很多，至今很多诗人的名字和作品还有印象。刚开始张牙舞爪写东西时候，也把主要精力放在诗歌上。相对于其他文学体裁，诗歌可能好介入一些。当然，这对于性格外向且喜欢不从规矩的人来说，相对容易些。我正好有这方面的坏毛病，于是写诗，两年后，才有点起色。《飞天》的何来老师，《解放军文艺》的刘立云老师，曲近、大解、马萧萧、苑湖、刘云开等人，对我的诗歌鼓励很大。几年后写散文，是想把自己的路子拓宽一点，当然，也有了更强的表达欲望。认为多关乎内心和精神幽秘，不能完全地与事物坦荡对话，散文这方面更加随意。

我的诗歌写了四年，后来一度中断，现在再看，有几首现在还觉得不错。有一大部分不行。现在也写一点。不谦虚地说，我现在的诗歌，至少比全国百分之六十以上的诗人写得好一点。因为我不再以诗歌为主业，写诗是玩的心态。这样反而觉得好，至少可以写得首先让自己满意。

诗歌的好处首先作用于语言。可能是写过三四年诗歌的缘故，写散文也就不自主地"诗歌"起来了。这也和当时的散文大环境有关。稍微注意一下，那时候的散文"解词"运动甚嚣尘上。《巴丹吉林的个人生活》便是这一时期的产物。当然，因为有些写得匆忙，自我要求过于注重数量，这本书的语言有些非常混乱。不过现在来看，诗歌写作可以锻炼人的想象力，也可以使得自己的思维触角钝化得比较慢一些。再者，诗歌总是可以让人储蓄热情。这当然不是说诗歌就是由"热情"支撑起来的，而是，相对于其他体裁的写作，诗歌最需要投入感情，不然，诗歌就不会把人带入，进而发生情感谐振和精神共鸣。在现在的文学环境下，也只有诗歌可与小说抗衡。再者，所有的好作品都是诗，或者具备诗的品质和能向。

李墨泉：你的军旅散文写作，比如《巴丹吉林的个人生活》，我感到是一种回忆录式的写作，那么多基层官兵具体可感的情和事，那么多过往生活的经历和细节，不分"糠秕"都给陈列了出来，这是一般作家不太敢尝试的方式，其实过去的事情在记忆中留存下来的，即使看上去是"无用"的，却本来也是有温度的，是存在过的一种明证。客观地讲，这应该是一种比较自然主义的文本编织方式，也就是你所谓的原生态散文吧，你还主编了《原生态散文十三家》。说说你的军旅散文创作吧，还有就是关于原生态散文有什么思考没有？

杨献平：这也是我散文的命门所在。琐碎，或者说缺乏必要的艺术提纯，这与文学作品的典型化和艺术化特征是相背离的。小说有时候是由琐碎的细节组合起来的，细节是作家之间相互区别的重要标示。而散文必须"集束"或者说集中"爆破"。写《巴丹吉林的个人生活》的系列文章时候，一个大的原因是，不能说和不可说。这个问题想必许多同道都有体会。另外，一个身处基层的战士、干部，你写纵横张扬、大开大合的国之要事和高层决策，似乎有些不匹配。再说，那些零星得到的信息，就是真的了吗？当然，我不是说不在高位的人不能写大事，关键是，我们的文学传统一直是帝王将相，为什么不多一些野史和民间笔记呢？为什么只是关注的一将功成万骨枯和"彼可取而代之"的草莽英雄和帝王权谋家呢？

由于课本语文教育，很多人以为散文该是直接的，记事、抒情，写得优美，真诚，还有升华，除此之外，都不能是散文。这也是散文尴尬的一个方面。有一段时间，我觉得人生就是由一连串的细节构成的。因此，很多生活的碎屑、皮毛，不为主题服务的材料也充斥进去，这样是不符合人的阅读和鉴赏习惯的。当然，那时候，我从没有考虑过应当写什么，不应当写什么；什么值得写，哪些又不值得写。以至于大部分作品看起来有些碎，甚至臃肿和没有任何意义。

如果这就是自然主义，我觉得也是一个很好的开脱之词。后来和朋友们一起出版《原生态散文13家》的起因是，有一个声音在我脑子里轰响了很久，那就是，你不能和其他人一样。在文艺这条路上，跟从者一是无能，二是很快腐朽。提出原生态散文这个概念或者叫命名，首先是针对当时散文状况的，即都在写身体，每个散文者都在词语丛林和自我的"内宇宙"当中披沙淘金，梦境跑马，与确在的时代现场严重脱节。因此，强调归位于时代生活和个人生命现场，是原生态散文的最大初衷。其次，原生态散文绝不倡导事无巨细，照搬生活，而是力求在文本中获得全息的生活信息，进而以个人史的方式，妄图与整个时代人的精神发生关系。第三是这个理念或主张绝不排斥任何意义上的创新。

李墨泉： 情因事显，事蕴深情，你的散文融入了故事，就特别向着小说的写法上迈进了。可以说你的作品很多都是散文与小说的杂糅，是把小说的题材和故事用散文的方式来写，又由散文化的一篇篇小故事连缀成一整部作品，其中每一小篇都很重要，也不重要，加了丰富，减了单调，看似没有一个"中心"和"主干"，像是一本故事集，但难得的是"形散神不散"，很耐看，也很吸引人，我姑且称之为"散文体小说"吧，有点像孙犁写乡村故事结成集的方式，但你的故事对乡村的编织更细密、更丰富、更穷尽可能、更为汪洋恣肆，从不挑肥拣瘦，好像要尽力恢复那个村庄人与事的活态来。你是怎么开始嫁接出这种散文化的小说，或者小说化的散文的？

杨献平：故事是最有效的文学构造方式，也是文学获得流传的重要因素。大致在 2010 年前，我还是醉心于别样的现实体验和文学、社会等层面上的"发现"和"探索"，忽然有一天明白，古来，但凡家国情怀、父母慈悲、儿女情长、乡愁哲思、男欢女爱之类的，古人已经做得很好了，到处都是高峰，后人谁能超越？别说乡愁，就是饮酒，哪一个后来者超越李白了？为此，我觉得，任何一种艺术都难以脱离其所在的时代。与此同时，我发现了书写"此时我在"的重要性。就是说，一个作家若不能够很好地反映和发现他自己所在的时代及其本质，不能够奋尽全力地把他自己所在时空的生活境域和状态书写出来，其实是一件可悲的事情。前世已经铺陈在眼前了，再写也还是老样子，事实上也不需要现在的作家去替他们说话。所谓的还原都是想当然。后世不可见，再说还有后人继续去写。除非以科幻的方式写，否则，写此后一百年，果真到了那时候，后人即使看到你的作品，也会发笑。

如同我们现在醉心于古人的故事一样，再向后一百年，故事还是人们阅读文学作品的关键所在。

二、平静里的绚烂

李墨泉：你的文字叙述很平静、自然，没有激烈和夸张的情绪，可是就在这样看似"张家长李家短"琐碎的"唠叨中"，写出了刻骨的真实，以及这真实所带来的锥心感，很多小人物的生命，有着广泛的疼痛和无奈，像性格导致事业上失败的牛亚磊、经受了爱情痛楚的刘秀成、遭受了家族矛盾打击的彭亮等等，这些故事是外人看来的"小事"，也是基层官兵设身处地的"大事"，可以说你的抒写是带了冷静的深情。这种带着基层官兵生活摔打的土气，带着深厚感情关怀的热气，带着还原生活本来面目的真气，实在是很难能可贵的写作，我想知道的是基层生活给了你什么？你是如何能够做到保持叙述的这一份平静、克制和从容的？

杨献平：我老是觉得，作家或者搞艺术的，起码是一个重情义的人。巴丹吉林沙漠耗尽了青春，觉得悲哀，也是觉得幸运。那里有很多人，遭遇蹊跷，命运乖谬，他们都在身边，有的与我至今关系甚好。我一直想写，但不知如何写。初步形成的那些文章，其实是在尝试。我觉得，小说就是把大事往小里说，小到人心里。当然，我那些算不上小说，而是一种故事化的散文随笔。

我一直想的是，任何一个人都是有价值的。艺术也不外乎人的现实遭际，不外乎对人心人性的探究和呈现。

席勒说："生活是严肃的，艺术是宁静的。"我也曾有过极为激烈的呐喊和情绪化的散文书写经历，但很快发现，这样不对，你现在对一些人事情绪激烈，再过十年，说不定会显得可笑和羞愧。所谓事无常态，水无常形，世间的一切，都是变化的，有它们自己的命运。所以，平静安静地写出来，吸引人，人爱看，就是最大的胜利。可惜的是，现在很多散文，尤其是被人大肆叫好的散文作品，还是在极力渲染，张牙舞爪地情绪化，自以为是地呼喊与宣泄，我觉得这不可思议。

李墨泉：再说说我的阅读感受吧，你的文字很耐看，乍读之下感到有些琐碎，事无巨细大小就那么摆弄着说，可是很快就沉入进去了，读者就像一个初入森林的孩子，收集着觉得好玩的一切事物：一块石头、一片叶子、一根羽毛、一种果子、一点斑驳的阳光……这样一步一步地收集着就"富裕"了起来，渐渐熟悉了故事的整个森林，它的丰富、它的多彩、它的各种味道，然后心里突突地一动或是碰触了哪个泪点，就又都放下了，把读故事猎奇的心也放下了，就"得鱼忘筌"了，原来故事的背后是这样一颗热烈而放不下的心啊。

杨献平：谢谢。所谓大道至简，绚烂之极，归于平淡。以孙犁、沈从文为例，当年可能也因为文章太不激烈，反而在今天得遇尊荣。如果我自己的那些习作，可以让人在安静时候读下去，哪怕几篇，我也觉得高兴。

三、乡村山海经

李墨泉：一边是在军旅脱胎成长，一边是情系故乡往事，两边都牵着骨头，抓着魂灵，让你沉入进去忘不掉、放不下，在思考军旅人生的问题中，超越了军人身份的桎梏和镣铐，以更为自由的方式舒展生命的感受，也因此抵近了更生动的现实。而我尤其看重你涉及乡村生活的写作。你笔下的村庄，不夸张地说，是"乡村生活的活化石"，尤其是在最近二十年来商品大潮的冲击下，城市化进程中，就像你的那本《日渐溃败的村庄》的书名一样，那些古老的村庄及其生活方式快速消失了，这就让你的这一试图穷尽乡村生活可能性的、饱含真实性的、具有报告性的写作，超越了一般作品的文学性，而具有了很重要的社会学和文化上的价值意义。是什么觉醒了你对于乡村生活书写的担当，你又是怎样发现或者说回到这一乡村记录者的位置的？

杨献平：每个人都有来处，男人也是有根的。军旅生活，由于其特殊性，总是给人一种不安定感。而一个人的生命和文化性格出处，永远停泊在那里。一生都是固定的。这些年来，虽说人在外省，但始终与故乡有联系，而且非常的紧密。乡村并非如那些人文章中的世外桃源，人间净土。乡村也有自己的一套循环功能和"生态"系统。就我个人的故乡来说，有很多的特点，不在于它的地理位置和风物，而在于这一自然地理和传统所塑造的人。文学上，唯有写人才能超越地域的限制。写人就是写地域，写人就是写时代。

作为一个古老的农业国家，传统的东西唯有在乡村才得以较为完整系统地保存和传承。可我们现在面对的，是一个大的变革时代。城镇化之内，全球化之中，传统意义甚至形式上的乡村消亡已经不可避免。从某一方面说，乡村消亡就意味着传统文化的断绝。尽管还会诞生和形成一种新的乡村文明，但我们既知的这个乡村必然会成为"前朝记忆"。因此，我也意识到书写当下乡村的重要性。书写乡村，实际上就是在记录我们这个时代。另外一个考虑是，很多华丽而高标的艺术品在当世红遍天下，后世却湮没无闻，而关于一方地域人的生活和精神状貌，风习和文化，则有可能成为"标本"，当这一切发生本质性的变化和"位移"，就为后人提供了一份佐证和参考。因此，基于地域的文学书写价值大致就在于此。

李墨泉：我特别喜欢你的《生死故乡》和《日渐溃败的村庄》，私自认为是你迄今写得最棒的作品，有人拿它们和萧红的《生死场》《呼兰河传》，以及杨显惠的《定西孤儿院》《夹边沟记事》《甘南纪事》三部曲进行比较。我认为其共同点在于，都是一种对现实抱着极大的热忱和尊重的写作，试图对生活进行有机还原努力的写作。具体来说，你对土地和人极尽可能的这种书写方式，将乡村多层次、立体性地展示了出来，鲜花青草、枯枝败叶里面都有，建造了一个人物的茂密森林生态谱系，我命名之为"乡村山海经"，你笔底的乡村有着极为细微、丰富而生动的韵致。也许，不为某一特定的、简单化、集中化、扁平化的主题先行服务，正是成就了你文本的丰富性、鲜活性和生命力啊。你怎么比较，又是怎么来看的？

杨献平："乡村山海经"这个命名很有新意，很恰切。是对我的褒奖和鼓励。对《日渐溃败的村庄》《生死故乡》，以及已经完稿的《乡关日暮》我自己也很满意，尽管它们还没有达到我自己想象的那种模样。杨显惠老师的评价令我感动，他断续读了两个月，然后写了一段话。老人家的认真和严谨，我没想到。他的评价，我更没想到这么高。当然，杨老师也有溢美和鼓励后生的意思。对我来说，自省是很重要的一件事。没有自省就没有顿悟和上进。

乡村是传统文化、本土精神信仰、风俗文明的最后堡垒。我也意识到，在传统的乡土中国即将崩溃的时候，如何在纸上留住我们的传统文化的母体和胎衣，完整而尽可能细致地把它们呈现在文本中，应当是一个课题。再说，特别激烈的乡村现状书写，我觉得有哗众取宠的嫌疑。不仅在乡村，剧烈的事情每天发生。在具体的人事物上，一个写作者不仅能够观察发现，而且应当更好地，采取各种方式，让它们丰富丰饶和生动起来，哪怕一个题材以多种体裁反复去写。

因此，在乡村书写上，我几乎不挑选题材和体裁，也不提炼什么主题和题旨。但在隐喻性和寓言性上做得不够。典型化和艺术化的效果也不理想。

四、书比人长寿

李墨泉：电影理论里有个"木乃伊情结"，就是说人总是追求其生命的不朽，而影片能够留影存照似乎做到了这点。文字亦然，具有纪念碑性和不朽性，书总比人长寿。你把那些战友、家人、发小和乡亲写下来了，他们就不仅仅是你一个人的生命记忆了，他们会和文字一同存在下去，而不再卑微得如同没有存在过，这份情感实在是很深沉的。这是你的初衷吧，我想，在漫长的时光中，会有很多人不断听到你笔底的心跳，听到那些人和事。

杨献平：在时间面前，人只有悲伤一途。乐观也只是姿态多于实际。每一个人都是不同的。每一种人生遭际和生活状态无疑都携带了时代的某些痕迹，也是世道人心的微观表现。小说从帝王将相传记到微末之民，就是艺术的进步。

为平民树碑立传，是小说的主要功能和渠道。尽管这话说得有漏洞，但我觉得还是有一些道理。小说可以这样做，散文为什么不能？谁规定散文必须如何如何？散文这个体裁，不应当自我束缚，开放才能迎纳与更好地呼吸。

生命平等，卑微或者高贵都是人生的一种外在形式。至于我写的那些人事，是一种对人的感情。不管我憎恨还是喜欢，他们就是人。我也相信他们都是独一无二的，不可替代的。当一切都归于沉寂，他们或许会成为后世人有所感的对象，如果能成为后人研究的"个案"，那当然更是求之不得。

李墨泉： 广义地讲，生命没有"丑陋"，在你的文字中，人们纷纷的情欲和爱恨，在道德上以审美的形式和解了，不做判断也就是最好的判断。这就是生活，就是活生生的人以及其生命整个的过程，就像一条河流，有礁石，有澎湃，甚至有改道，但也有平静。像自然灾害时期栓子吃娘，朱有成从贩烟开始挫败的人生，和黄毛等发小偷看老光棍的性爱等故事，平凡得让人心里一疼，又是无奈，又是喟叹，不要微言大义，不故作高深，不美化求全，放下简单的道德批判，看到所有那些平头小民的挣扎和苦难，也尊重那些卑微到泥土里的愿望和梦想，这样的书写心态和文字境界是很大气的啊，有一份慈悲在，体谅在，观照在。

杨献平： 有什么样的世界，就有什么样的人；有怎样的时代，就有怎样的一些人生际遇。世界和时代本来是纷纭多样的。人也必然如此。每一个人都有自己的天性和使命，也有自己的不可僭越的生命和精神轨迹。所有的艺术，都是朝向人心人性的。散文更不能例外。夸张的、变形的艺术构造固然震撼人心，令人印象深刻，但人并不都是那样的。艺术就是以自己的方式去看世界，对同类发言，表达意见。有其他的表现方式，也应当有这样的呈现渠道。

艺术要有一种妖气，妖媚和妖娆，要有趣味，哪怕粗鄙一些，也可能更有感染力。因为，文学作品是要人读的，也是人和人沟通的一种方式。小说为什么要讲故事，还要蕴意丰富，角度多维？就是要给人以启发式的联想，由此及彼，从人而己。从而让其他人也参与到一个作家所构建的"世界"中来。

施战军老师在一次讲课中说过一个关键词，"体恤"。文学就是体恤每一个被作家置于笔下的"人"。这才是文学的最高品质所在。

李墨泉： 对于经历的生活和身边的一切，你是一个文字上敏感而有所沉湎的人，给个建议，既是文学的，也不完全是文学的，空下这颗心来吧，"空故纳万有，静故了群动"，放下哪怕一刻也是好的。而在你所说的文字游走于"现实与虚构之间"，你站在了哪一边？

杨献平：我时常有一种虚构的冲动非常喷薄，有些时候强烈得无可救药，甚至欲罢不能。检点自己以前的作品，不满意的居多。

所谓的虚构，都是相对的。虚构可以更切实地逼近真实的自己。不是外在的日常的自己，而是内在的另一个完全陌生的自己。自己即人性。不可否认的是，虚构是最有快感的一种文学活动。虚构使得人完全可以欺骗自己，进而爆发出欺骗全人类的野心。这是我在写有限的几篇小说过程中的切实感受。当然，今后我也想在虚构上用些力。关于设身处地的"真实"，乃至面对的"真实"，还是会继续写下去。可能会在数量、题材和主题上节制一些。

真实和虚构，都是美好的。任何一种文艺，绝对真实也不存在。真实和虚构，在文艺当中，无所不在。这不仅是基本的文学方式，也是贯穿始终的文学必然行为。

创作年谱

1994—2000 年，先后在《飞天》《解放军文艺》《中国作家》《诗刊》《诗林》《诗神》《十月》《星星》《诗歌月报》《北方文学》《延河》《绿风》《西北军事文学》刊发诗歌多组（首）；

散文《沙漠过客》原载《散文百家》1996 年第 11 期，1997 年第 3 期《新华文摘》选载；

散文《巴丹吉林的个人生活》，原载《中国铁路文学》2003 年第 9 期，《散文海外版》2004 年第 1 期选载，入选《中国当代最新文学作品排行榜》；

散文《我的乡村我的痛》原载《大家》2005 年第 6 期；《散文海外版》2007 年第 1 期选载；获得第三届全国冰心散文奖单篇作品奖；

散文《周围》原载《人民文学》2005 年第 4 期，入选"2005 年中国当代散文排行榜"；

散文《我爱的黄金是你们》原载《中华散文》2007 年第 1 期，获得王蒙、王安忆、李敬泽、曹文轩等任评委的"首届 QQ 作家杯"散文类特等奖；

散文《苍天般的额济纳》入选《布老虎散文》2007 年秋之卷；

散文《巴丹吉林的个人地理》获得首届"自然生活与写作"征文奖；

散文《祁连丹霞》获得首届"丹霞杯"全球华人征文奖；

散文《拉尼希姆歌》获得第十一届《作品》杂志"红色经典"叙事体散文征文奖；

组诗《青海的祁连》刊于《芳草》2007 年第 4 期；

散文《南太行乡村纪事》载《中国作家》杂志 2014 年第 4 期，获得第六届在场主义散文奖；

组诗《傍晚手记》载《人民文学》2016 年第 5 期；

组诗《拉萨及其他》载《中国作家》2017 年第 8 期；

散文《乡村暗暴力》载《作品》；

专访《杨献平：散文原生态的首倡者》载《兰州晨报》2007 年 6 月 21 日
A5 版。

已出版的主要作品：

诗集《命中》四川文艺出版社 2015 年 9 月第一版；

散文集《沙漠之书》，天津人民出版社 2010 年 8 月，为 2008 年中国作协重
点扶持项目，入围第五届鲁迅文学奖前二十名，获得全军优秀新作品奖二等奖；

长篇历史小说《匈奴帝国：刀锋上的苍狼》，甘肃人民美术出版社 2010 年
1 月；

长篇散文《中国的匈奴》，花城出版社 2010 年 5 月；

环境科学名著《〈寂静的春天〉导读》，天津人民出版社 2010 年 10 月；

长篇小说《匈奴秘史》，贵州人民出版社 2014 年 7 月第一版；

长篇历史学术随笔《梦想的边疆——隋唐五代丝绸之路》，甘肃少年儿童
出版社 2015 年 4 月第一版；

散文集《在沙漠》，北岳文艺出版社 2015 年 11 月第一版；

散文集《生死故乡》，中国人民大学出版社 2015 年 5 月第一版，获得第八
届四川文学奖；

散文集《沙漠里的细水微光》，当代中国出版社 2015 年 6 月第一版，获得
首届三毛散文奖一等奖；

散文集《自然村列记》，百花文艺出版社 2017 年 5 月第一版；

散文集《河西走廊北 151 公里》，成都时代出版社 2017 年 9 月第一版；

散文集《作为故乡的南太行》，花城出版社 2017 年 10 月第一版；

主编《原生态散文 13 家》，百花文艺出版社 2007 年 8 月；

主编《散文中国》系列丛书 12 卷本，2007—2012 年，天津人民出版社出版；

主编《远去的溪流——原生态散文十五家》，文心出版社 2012 年 10 月；

另有散文、诗歌、文学批评、短篇小说等作品见于《天涯》《长城》《百花

洲》《啄木鸟》《芙蓉》《文学界》《小说界》《花城》《文艺报》《北京文学》《广西文学》《西部》《诗刊》《美文》《散文百家》《作品与争鸣》《青春》《山西文学》《星火》《边疆文学》等刊物，并多次入选多种选集、年选。部分诗歌、散文获得多项全国性征文奖。

陈剑晖、王兆胜、王宗仁、李晓红、汪政、王锐、彭学明、王聚敏、杨光祖、郁笛、楚些、江少宾等有相关批评见于《文学报》《解放军艺术学院学报》《中国艺术报》《文艺报》《芳草》《文汇报》《当代文坛》《燕赵都市报》《江南晚报》《中国民族报》《兰州晚报》等报刊。

有长篇散文访谈刊发于《西湖》《芳草》《神剑》等刊物。

先后参加文学活动：
中国作协散文研讨会，2016 年冬，北京鲁迅文学院；
中国作家杂志知名作家走西藏活动，2017 年夏，拉萨；
首届三毛散文奖颁奖典礼，2017 年 4 月，舟山定海；
第四届科尔沁诗人大会，2017 年 8 月，内蒙古通辽；
第三届中国罗江诗歌节，2015 年 10 月，四川罗江；
中国攀枝花西区樱花诗歌节，2017 年 4 月，四川攀枝花；
星星诗刊第九届、第十届年度诗人、评论家和校园诗人奖颁奖典礼，四川成都；
红岩杂志散文笔会；
天涯杂志笔会；
四川文学笔会；
以及名家写井冈山、雁荡山、博尔塔拉、梵净山、仪陇、东坡故里、包头等等数十次。

徐艺嘉，女，1987年生人。毕业于解放军艺术学院文学系，文学硕士，青年作家、评论家。大学时代由北京市政府推出"原创新人工程"，出版长篇小说《横格竖格》，2015年出版长篇小说《我们都缺伴儿》，获第三届"紫金·人民文学之星"全国年度唯一长篇小说奖。发表《沙漠之羊》《空白》《画根》《菊送》等中短篇小说和散文作品。在《艺术评论》《黄河文学》《新华文摘》《西南军事文学》《光明日报》《解放军报》《文艺报》等刊物发表文学批评作品数十篇。2016年发表非虚构作品《为祖国出征》，入选中国作协年度报告文学扶持项目。创作电影剧本《和》《黄土印》《通天大道》，曾获广电总局第三届、第五届扶持青年剧作家奖。剧本《打工三代》被拍成电影，并在2015年荣获第二届美国旧金山国际电影节最佳外语片奖、美国索菲亚大学人文（优秀编导）奖、最佳童星奖三项大奖。

早熟的作家与晚成的文学

傅逸尘

如果从"第一届全国中学生新概念作文大赛"算起，"80后"文学已经走过了二十年的历程。可以说，"80后"作家的青春是与文学共同成长的，新概念作文大赛既唤起了他们通过文学宣泄青春的欲望，又帮助他们与市场联手，编织起以文学为志业的梦想。以"80后"文学为表征的青春叙事从不缺少关注的目光，书商们强力且有针对性的市场化运作，粉丝们热烈而疯狂的追捧，各种媒体不厌其烦的炒作，使得青春叙事迅速构建起一套独立于传统主流文坛之外的生产、传播、消费、评价机制。伴随着 21 世纪初年文学市场化进程的不断深入，青春叙事拥有了足够的资本和豪情与传统主流文学分庭抗礼；但当我们进入"80后"文学的深处与细部之后，就会发现，事实并非这样简单。

与父辈们相比，"80后"作家的生活无疑是富足而多彩的；但是，作为独生子女，他们的成长却带有明显的孤独的印迹。"80后"们是真正在改革开放之后成长起来的一代人，被打上了深深的市场经济时代的烙印，其思想、观念、个性、阅读、语言、表达方式等都与上几代人不同。作为早熟的一代，"80后"作家进入文学写作的时间较之父辈作家们大大提前，其题材大都集中于写校园、写青春、写恋情，而且语言风格大都唯美华丽，略带感伤，且带有强烈的自我乃至自恋意识。"80后"文学的喧嚣和浮躁，肯定跟商业运作和媒体炒作有关，但"80后"作家自身的文学焦虑也是一个重要因素。"80后"文学，作为一个代际概念始终没有得到真正的文学批评的关注，更不要说主流文坛的认同；在纯粹的文学意义上，"80后"文学既没有对话者，也没有文学性的发展方向。生长于一个缺少文学批评话语引领和经典作品谱系参照的生态环境——"80后"文学的先天不足和营养不良，可想而知。

与此相对应，上世纪90年代后期一度甚嚣尘上的"70后"文学，在经历了21世纪初年的短暂沉寂之后，便开始迅速进入经典化的流程。学院派批评家们也将更多关注的目光投射在这一略显晚成的代际群体。事实上，以作家的出生年代概括和划分文学群体的做法，与以时间或政治事件划分文学史一样，都暴露出理论批评话语的无力。我们的文学思维和批评观念几乎完全被20世纪西方文学批评所笼罩，而这些批评方法并不能有效地统摄当下个性多元、富有中国特色的文学现象；于是，出版商与媒体合谋，将传统文学批评挤出了"80后"文学的狂欢场域。

如果说文学批评界对上世纪60年代出生的"新生代"作家群体的划分与命名尚含有某种学理性的话，对"80后"文学的命名则显露出暧昧与含混的态度，这种暧昧与含混表征了批评界对"80后"文学的冷漠与不屑。"80后"作家对主流文学的逆反与抗拒，并倒向出版商与媒体不能不说是一种无奈之举。毫无疑问，文学市场的发育成熟和大规模拓展已经成为21世纪初年文学最为显要的标志性变化。有目共睹的事实是，出版商与媒体对"80后"文学的青睐与推崇，并非基于对"80后"写作的文学价值的认同，而是将目光瞄向了其背后的庞大的文化市场和强大的消费能力。以韩寒、郭敬明、春树、胡坚、孙睿、小饭等为代表的"80后"作家在图书市场上获得了巨大的成功，却始终没能得到主流文学批评界的认可。在相当长的时间段内，被市场裹挟的"80后"文学撇开主流文学批评的规训，游离于传统文学体制之外，呈现出非常规发展的状态。

徐艺嘉是"80后"，却不属于"80后文学"。尽管是文二代，在高中阶段也曾写出过长篇小说《横格竖格》，但她的成长却遵循着好学生与乖乖女的轨迹，离那个热闹非凡的青春文学场尚远。真正开启自觉的文学追求，或许还要从军艺文学系的读研生活开始说起。

记得2010年深冬的一个午后，在导师朱向前教授操持的"红星论坛"上，我第一次见到了徐艺嘉。那时她刚刚从北二外考入军艺文学系读研，初入军旅的她见到生人，目光中闪动着不安和羞怯；彼时的我，正式结束了两年的驻站军事记者工作，且刚刚从将近半年的海上生活重返陆地，曾经熟悉的文学话题于我已有些索然和陌生。那个下午的论坛主要围绕"80后文学"展开，徐艺嘉的表达之流畅凌厉以及对作家作品的熟悉程度，给我留下了深刻印象。此后，她跟随向前老师一起写文章、做研究、搞课题，虽然接触军旅文学时日尚短，但评论文章已然写得有模有样，深得向前老师的信任和赏识。与此同时，两条腿走路的她，在小说、剧本、报告文学等其他文体创作方面屡有斩获，三五年间，已然初露新锐气象。虽然并不属于喧嚣一时的"80后作家"阵营，但徐艺嘉的文学观念和写作经验依然与青春叙事紧密相连，无论是长篇小说处女座《横格竖格》，还是为她带来"紫金·人民文学之星"长篇小说奖的《我们都缺伴儿》，事实上都是青春叙事的一种面相。

"80后"文学的起始和源出其实正是青春写作，即十三至十九岁的中学生们，在青春期的迷惘与躁动之下，选择了文学作为宣泄情感、缓释压力、排遣孤寂、交流思想、施展才华的精神家园。长久以来，在中国当代文学版图上，在"成年文学"与"儿童文学"之间，存在着一个空白地带，中学生题材被我们的主流文学忽略掉了。因之，当1997年第一届新概念作文大赛开启了一个课堂之外、属于中学生们自己的独立而自由的文学空间时，当少数获奖作者在媒体的渲染之下成为社会关注的焦点和年轻人的新偶像时，一个数量庞大且具有强大消费能力的年龄群体的文学激情被迅即点燃，并且一发而不可收拾。可以说青春是"80后"文学最重要乃至唯一的写作资源，"80后"作家们的青春期体验与前辈们的巨大断裂，成就了他们对生活的独特认识和表达。然而将近二十年过去了，曾经青涩单纯的少年们如今大多结婚生子，为人父母。"80后"们早已不再是单纯、幼稚的代名词，曾经属于"80后"的一张张标签已经顺其自然地让渡给了"90后"甚至"00后"们。"80后"文学作为一个代际命名，其文学概括性已经散佚。

逐渐走向成熟的"80后"文学内部也已经发生了根本性的变化，"80后"作家的逐渐分化也使得"80后"文学呈现出崭新的面貌，以"后青春文学"来描述当下"80后"文学的现状和未来的发展似乎更加贴切。与前期主要依托网络写作、商业出版、文学市场的发展模式不同，当下的"后青春文学"呈现出对主流文学的价值的认同和向传统文学发展轨迹的归并趋势。既往印象中的"80后"作家群已经不复存在，很多偶像派写手或固守商业化写作模式，或逐渐淡出文坛，更多像徐艺嘉一样的新锐作家突破了商业文学机制的遮蔽逐渐浮出水面。坚守文学理想的青年作家已经或正在摘掉青春的面具，转而寻求对更为复杂辽阔的生活场域的展示和对更为深沉高远的精神空间的营构。伴随着青年作家的成长、成熟，"后青春文学"的生活幅面和题材领域将更为阔大，情感体验将更为复杂，思想主题亦将更为深刻。曾经早熟却又注定晚成的"后青春文学"，也将全方位介入21世纪初年的中国文学流变，展示其独特的文学本体意义。

沙漠之羊

徐艺嘉

1

第一次遇见美女记者的时候，是西北大漠惯有的晴天，焦灼的阳光投射在一望无际的沙漠上，每一粒金黄的沙粒上都翻滚着热烫的气息。

我和周小亨他们几个一字排开，站在沙漠中一根孤零零的电线杆投射下来一道细微的阴影下，这是我们仅有的蔽荫处。我虽一介草羊，但也算是一个名副其实的老兵，已经在这个 117 点号风吹日晒摸爬滚打，坚守了六百多个日落月出，完全具备识别军衔的能力。她的军服双肩上扛着一杠两星，而我的三个伙伴除刘相资格老一些外，周小亨、陈卫都才是二级士官，算起来，也得喊她一声首长了。当然，这能力是我内心的一个惊天秘密，人类还真识不破我的庐山真面目，除了周小亨，那个最了解我的兵。

此时此刻，我虽然站在队尾，却依然可以耳闻目睹我的三个战士伙伴激动的心跳声和潮红发汗的面孔，满眼睛里跳动着压抑着的猎艳与惊喜，可却是压抑着的。日复一日的极简生活磨削了他们的感知，这屁大点的地方常年就翻来覆去固定的几个人，更不要说有女人的出现了。过年时基地曾派文艺队来演出慰问，那些漂亮女兵穿的露胳膊露腿的演出服唱歌跳舞，羞得他们几个连抬眼看的勇气都没有，整个演出就那样糟蹋了。说良心话，因为这事儿我有点儿瞧不起他们仨，遇事缺乏骨气，把我们大漠战士的尊严都丢尽了。我昂首挺胸站在队尾，尽量保持着一个军人的标准站姿和威严。

首长走近我们了。他把旁边的美女中尉逐一介绍给我的三个伙伴，并分别握手寒暄。我知道他们需要的是什么，当走到我面前时，我模仿伙伴们的行为，下意识礼节性地抬了抬前蹄表示敬意。我看见他们不约而同地愣住了，十分惊讶地睁大了眼睛……

首长盯着我，禁不住伸出大拇指脱口赞叹："嘿，这只羊，神了！"

美女中尉也把持不住，随即掩嘴笑："哎呀，这羊太逗了！"

我的两只犄角上缠着红头绳，是一大早周小亨的杰作，说是为迎接上级来视察的首长而作，也是这个绵延几百里的孤寂荒漠上唯一的一道喜庆色彩。

我为自己的出色表现赢得如此尊重而感到骄傲和自豪，这是一个羊战士所表现出的超常军姿和军人的荣耀！我的身材虽称不上丰润，但绝对正宗非山寨，骨头紧贴着一张纯正的羊皮，跟我那三个整天被沙漠烈焰烘烤暴晒如风干腊肠的伙伴比较起来，决不输士气。

我太了解他们三个了，我和他们是心连心肺连肺的。我像最为洞察世事的族长一样，此刻他们想些什么，我心里有数。他们的拙舌表达不出的，我一个动作，全有了。

果然，首长发问了。谁养的羊？

周小亨跟被点了赞似的一下子从队列里跳出来，一只手抚摸着我的头皮开肉笑地炫耀起来："报告首长，我养的。这只羊我给它取名叫'小白'，别名'沙漠之羊'，可以跟'沙漠之狐'隆美尔相提并论，是我们团队中的一员战将，是我们的骄傲，特别有人情味，通人性。我们早晨出操它跟着出操，列队它跟着列队，我们相处得已经有感情了，每当有寒流和风沙来袭的时候，我们就一起抱团取暖。"我高昂起美丽的头颅，听着周小亨的介绍，目视前方，期待得到上级领导和美女记者的认同和赞美。

首长一边摇着头一边赞叹："奇迹！奇迹！你们在大漠深处创造了一个奇迹！这次王记者专程下到你们这里来，就是要采访一下你们在这么恶劣的自然条件下是如何生活、工作和战斗的，回头你们跟王记者详细地介绍一下你们这里的情况，让王记者回去好好地写一篇文章报道一下。"他用手一指我说："尤其是这只'沙漠之羊'，也要好好地宣传宣传。"

美女记者一声招呼，我的光荣形象就同时被摄像机和照相机纳入收藏了。

"噢！"我能听到那三个伙伴心底的欢呼，我的心情同样也很兴奋，两只前腿腾空而起作狂欢状。步调一致才能得胜利，已经成为我们共同的生存默契。

这是一条全国唯一的军用铁路大动脉，全长271公里，蜿蜒盘旋在西北大漠深处，沿途共设38个点号。点号都是以公里数做代号，我们这个117点号，表示从铁路源头到这里的距离刚好是117公里。每个点号哨所之间相隔几十乃至上百里，即便是在每一个点号只停留短短的几分钟，乘坐军用越野车腰酸背痛浑身像散了架似的颠簸一整天，待返回出发营地时也早已是夜幕降丘下，大漠孤烟直。

你可千万不要小看了这条荒漠大画作中简单得就像两笔平行素描一样的铁路，其实它的能量大得很，据说能上九天揽月的火箭、飞船、卫星，可下五洋捉鳖的导弹、洲际弹道导弹都是从这条铁路上运进大漠深处。如果说铁路是卫星的天梯，那么散落串联起来的点号就是构成天梯的每一个台阶。

这些都是听周小亨跟我说的。可他和我一样，从没见过这些高科技玩意儿。我们的生活内容仅限于彼此。每隔一段时间，便有一列列闷罐子火车呼啸而过，既看不清车上装的都是些啥家伙，也看不到车上究竟有多少人，更不知道是男是女，都长成啥模样。铁路连接着城市和乡村，连接着平原、高山和大河，也连接着点号和牵挂着他们的亲人。

我的亲人就是现在的三个伙伴，我的家就是点号。

眼前这个被首长称为王记者的美女中尉看样子顶多只能算作一个还没毕业的大学生，乳臭未干，连走路都跟扭秧歌似的，居然混上一个中尉军衔，还是什么大报的记者，着实大跌了我的眼镜。真是人不可貌相，沙漠不能用瓢舀。她正跟我的三个伙伴围坐在一起了解我的生活情况，那活跃的架势恨不能把我上辈子的信息都挖出来了解透彻。

他们仨打了鸡血似的，从刚刚的紧张气氛里恢复过来，一个个争着抢着跟她汇报工作，讲故事，打开话匣子跟竹筒子倒豆子似的没完没了，尤其是陈卫，还时不时地觍着脸不知羞耻地露出大板牙傻笑。

我开始不安，愤懑，羡慕嫉妒恨。我迅速接近人群，贴近美女中尉用犄角顶她柔弱的腰，惹得她大声惊叫，躲闪，手忙脚乱中碰倒了水杯，洒了她一身水。

我以一个胜利者的姿态，昂首开心地"咩咩"大叫。

谁知陈卫一巴掌毫不留情地拍在我的身上，还冲我大吼："小白，闪开！

添什么乱呀你！"

没等我反应过来，我的死党周小亨竟然也恶狠狠地打了我臀部一巴掌，"去，一边儿玩去！"

我眼泪汪汪地看着周小亨，一种被疏远和不被理解的委屈瞬间弥漫全身每一个细胞，心痛远大于肌肤之痛。

斜阳夕照时，美女中尉和她的新闻团队终于启程离开了点号。临走前她竟然呈依依不舍状，让我很长气。如果真不愿走，为什么不留下待上一周半月的瞧瞧，难保不会成为逃兵。

当然，我们真实的生活她是永远不会了解的。她机器里记录的，只能是感人的动人的煽情的几个精彩瞬间而已。

我跟随三个伙伴一路相送。

火车开动，三个人一起向军车敬礼。而美女记者也举起手臂，向我们行了一个标准的军礼。

我专注地盯着即将开走的车，习惯性地抬起前蹄作敬礼状。

我看见美女中尉急忙拿出手机拍照，可车已经渐行渐远。

不知她拍出的照片里，我的一副尊容将会怎样，也不知道，我行将结束的生命还能延续多久……

2

人走茶凉，戏演完了。

晚上，陈卫一脚踏进门就恢复到剑拔弩张的状态。他满嘴酒气，面色紫红，比起之前黑黢黢的样子更加残忍，嘴里嚷嚷着："杀！杀！"

周小亨瞥了他一眼，幸灾乐祸道："晚了。"

陈卫撸胳膊挽袖子："晚什么晚？老子现在就一刀把它给宰了。"

周小亨："做梦去吧你！难道你看不出来吗，小白马上就要成典型了！多少媒体记者会来报道它。要是来了看不见羊，知道是你干的，上头不拧断你脖子才怪！"

陈卫"嘿嘿"怪笑："老子还就不怕了。就凭今天那妞儿能把它写出花儿来？也就是一时新鲜，估计人还没回去呢，就把这茬儿给忘了。"

刘相走过来拉陈卫的胳膊，被陈卫一把推开。

刘相怒指陈卫："我告诉你，陈卫，别喝点猫尿就借机发疯，在这里胡搅蛮缠，老子也受够你了。"

陈卫凄厉地一阵笑，连我都起了鸡皮疙瘩："老刘啊老刘，我还不知道你那点儿心思？你一撅腚我都知道你要拉出几个屎球来。你不就想当典型上位吗？算个屎！"

刘相"哈哈"一乐："我想当典型，难道你就不想？是为了我自己吗？！谁他妈的嚼沙子都嚼吐了，吃罐头吃腻歪了，可这就得杀小白？怪得着它吗？现在它就是我们的希望！"

陈卫不以为意："反正老子就是一个走，管他什么先进不先进，典型不典型，老子是绝了后的人，还怕个屎！你以为这羊留下了，它就能活？这些日子，你见它吃过几根草？人都死绝了，更何况羊！"

陈卫的话让现场出现了沉默。

我知道，他们定是想到了陈卫老婆出走那天的情景。

我默默看了眼周小亨，他嘴唇被牙齿咬出来一排印子，手指也紧握得发白失去血色。

这是杀机，明显的杀机。对手便是陈卫。

这是我生平第二次亲历来自周小亨的杀机。

平静的日子里酝酿着风暴。

刘相掰着指头计算那个美女记者离开多少天了，也不知她写的报道什么时候可以见报。他甚至怀疑那个美女记者写的东西会不会被上级因为某种原因给枪毙掉，或者由于版面的原因只是象征性地刊发一条小消息，起不到什么宣传效果和作用。

周小亨绝对相信王记者可以写出一篇有影响力的好东西出来，他说从美女记者那双清澈透明的眼睛里就可以看到真诚和希望。

陈卫讥讽周小亨："你小子是不是喜欢上那个美女记者了？既当典型又抱美女，一箭双雕呀！只可惜你这是癞蛤蟆想吃天鹅肉，门儿都没有！"

周小亨大为不悦，两个人吵起来。

刘相把两只好斗的公鸡按下了。

全变了。

原来的日子不是这样的。如果说我一生中有什么最值得珍贵的日子，那就是我与三个伙伴和和睦睦度过的那段时光了。虽然从来没有充足的食物，也没睡过一天安稳觉，可心底是踏实快乐的，不像现在这样，每天忧虑着生与死。

其实，从我刚一来到这里，就注定了一只待宰羔羊的命运。

点号全部的生活内容简单乏味得屈指都比它丰富多彩，几间小屋，一排稀疏的栅栏，一根与外界联通的天线，构成了全部的生活设施，恰似几笔素描勾勒的简笔画。

没事的时候，周小亨常跷着脚站在铁轨上伸长了脖子使劲儿地或向东或向西地眺望，结果望断天涯也望不到铁路的尽头，有时候还会产生幻觉，感觉遥远的模糊地平线上出现一个小人物，缓缓地飘过来。周小亨心里盼着那人走快些，等啊催的，到了近前才发现，原来是南柯一梦。

整个点号世界数周小亨最有文化，大学上到一半应征入伍，平时总爱用些形容词之类的写几首小诗，否则我也不会夺得"沙漠之羊"的美名。刘相和陈卫无聊到拿一副发黑的纸牌玩接龙或者大眼瞪小眼的时候，周小亨爱用看书打发时间，几本书翻来覆去读得打了毛边。他曾跟我说过，每次沿着铁路巡逻一圈回来，感觉铁路连接的并非天地，而是古今。他像是荒漠中的一个孤点，时间的线流透过粗粝的沙子将他打透了，凿穿了，随时都能消失似的，只有皮肤和沙粒摩擦的疼痛和唇齿间的嘎嘣声提醒他还活着。

刘相一直担心周小亨读的那些东西会害了他的脑袋，每天迷迷糊糊神神叨叨的，便勒令他跟他俩一起打打牌喝喝酒。

周小亨打趣说："我就不喝啦，我再喝醉了，你俩要是吃点小酒，喝点小肉，冲动起来摩擦出火花，那可是连个劝架的人也没有啊。"

刘相笑笑，也就随他去了。

吃点小酒，喝点小肉是周小亨故意这样说的，显得自己有幽默感。

当然，吃点小酒可以偶尔实现，但喝点小肉却太难了。

直到我的出现。

俗话说，一方水土养一方羊。然而，这里的水土并不适合我的生长，但我恰恰降临到这里。而我的到来，仿佛让几个战士从日复一日比做菜没放盐还乏味的长久单调生活中集体觉醒过来。日夜与沉寂荒漠为伴的点号突然来了个动物，周小亨等人的喜悦不逊于年轻的父亲喜得贵子。当然还有另一层含义，他们已经许久没有闻到新鲜的肉腥味儿了。

我刚来时身上并没有多少肉，骨头包层皮，还打蔫，毫无胃口可言。

三个战士之前费劲巴力地在小院子里侍弄的几点新绿，眼巴巴地连一口口福都没捞到便迅即夭折。陈卫冲着一片贫瘠得寸毛不生的胶土地骂骂咧咧地踹了两脚，不得不断了自给自足的梦想。

食品供应完全靠定期运输的火车统一配送，一般是 15 个日出月落运送一次，有时是 30 个日出月落运送一次，绿色蔬菜运送过来都蔫头耷拉脑的早没了精神，新鲜肉食根本就是乌托邦幻想主义。这里经常还会遇上风沙或者暴雨的恶劣天气，部分路段被掩埋，火车无法通行，流动食物链断裂，就只能依靠储存的罐头食品。罐头的种类还算丰富，有鱼香肉丝、红焖猪蹄、清炒扁豆、土豆炖牛肉……可是腌制的食物跟新鲜烹调美味之间的差别谬之千里，连续吃几天肠胃系统便腻歪得死去活来，且经常会发生死机现象，不想吃东西。

综合以上种种信息，我初来乍到就没指望活着回去。

为此，刘相特意主持召开了一次内部会议。

陈卫主张直接把我宰了吃掉。

周小亨强烈反对，理由是我太瘦，养养看再说，放长线钓大鱼，要吃就吃丰腴肥壮的。后来他告诉我，其实他心里藏着心思，好不容易来了个伴儿，舍不得吃。他把这种情怀叫作悲天悯人。

陈卫"嗤"的一声嘲笑："你倒说说看，咋养肥？院子里除了那一丛长不成气候的绿菜芽，羊还能吃啥？"

周小亨想了想，憋红了脸也没找到答案，最后只能说："反正我有办法。"

三个战士中资格最老的刘相像族长一样端着脸，做了一番严肃思考后，最终得出结论："先养着，后续命运再议！"并将饲养员的桂冠一下子扣到周小亨的头上。

我跟周小亨之所以成为死党，其实原因很简单，他愿意无条件负责饲养我，我愿意无条件跟随他，这叫知恩图报。

周小亨为了饲养我真是挖空心思，花了大功夫。原来小院子里有几点不成气候的野草，早就被我风卷残云干掉了。周小亨就徒步跨越几座沙丘，去几公里以外的地方寻找绿色植物，那是我的生命，也是他的希望，他说过的，为了绿色生命而生活和工作，他抚着我的羊头跟我说，说老实话，我在家对我老娘都没有像对你这么好，这么上心，这么付出。说这话时，周小亨的眼里蓄满了泪水，我干涩的眼睛也潮湿了。那一刻，我们手拉着手，心手相连，血脉相连，我在内心发誓，我们的友谊是用鲜血和生命凝成的，是牢不可破的，经得起时间和历史的考验，我在内心对他已经以身相许。

为了养活我，周小亨赔着笑脸跟定期送货的师傅拉关系，说了一大堆拜年话，拜托他给我带食物。

师傅一般都是有一搭没一搭地应付，有的兑现承诺，有的一拍脑门子说忘了。最可恨的是一个长一只三角眼，脸上带一道伤疤的阎师傅，竟然公然叫嚣："干脆把这只羊宰了吃肉，省得麻烦！"

我当时听了怒火万丈，要不是周小亨使劲拽住我的一只犄角，我非冲过去跟他玩命不可。我至今仍记得他那张丑恶的嘴脸，颇似京剧里的小人白脸模样，下次见到他，绝轻饶不了他。

3

沙漠还是那个沙漠，点号还是那个点号，日子还是那个日子。

最初我的生存范围和他们几个还隔着生物品种划分，人与羊互不侵扰。

周小亨是一个勤劳的兵，他动手把院子里唯一的一截栅栏圈了起来。在我们尚彼此陌生互不了解底牌时，我随时都有可能跑丢。在这大漠深处，我其实无处可逃，等待我的最终不是饿死就是渴死的命运，然后来一阵沙尘暴就会连肉带骨地把我埋掉，百年之后，再来一阵风沙将我打回木乃伊原形。

如若那样的话，对他们几个来说，可真是到手的肥羊飞走了。

我渐渐融入了他们的生活，成为他们中的一员。我对周小亨的报答方式就是跟随他。由于经常鲜草断顿，我不得不从罐头里挑菜吃。这无异于杯水车薪，更何况菜早已不是那个新鲜菜，还伴有一种怪怪的变态味道。没办法，每天只能饿着大半拉肚子鏖战风沙，与苦难的死神环境较量。即便这样，我还是努力

　　　　　　　　　　"新生代军旅作家"面面观 |

地生长着，让自己变得强壮。

我成了周小亨的影子，他早晨起床，我也起床；他做早操，我跟着做早操；他跑步，我跟着跑步；他立正，我跟着立正；他稍息，我跟着稍息；他吃饭，我跟着吃饭；他没事坐在那里看着大漠发呆，我依偎在他身边也跟着看大漠发呆；他熄灯睡觉，我跟着闭眼睛睡觉……我当然注意到了刘相和陈卫对我态度的转变，当我跟在他们后头像个战士一样刻苦训练，努力模仿他们的时候，我从他们眼神之中读到了一种情感，柔柔的像一张网一样笼住了我，搞得我浑身酥酥麻麻的。我已从"盘中餐"成功逆袭为战友了，完全融入到他们的生活和工作里，成为他们中的一员，是人是羊有时连我自己都真伪难辨，只有在方便排泄时才恍然大悟：噢，人类需要脱裤子干这活儿！麻烦！

可说一千道一万，我毕竟是一只羊，具有动物所特有的随意而自由的属性，贪吃，可是没的吃，贪玩，大漠好大，好辽阔，可以到处逛逛，驱散一下食不果腹的郁闷，散散心，顺便也找找有没有鲜美可口的绿色食物。

这天，我在丘陵起伏的沙漠毫无目标地闲逛了半天，沙漠好柔软，温度好热，四蹄跋涉在里面如同足浴加按摩，很是舒爽，还不用花钱，完全免费，这是城里人无论如何也无法享受到的地区专利。没办法，羊嘛，总会有羊的规则，这是上帝造物的自然规律，万事万物不都与人类完全一致，不然岂不是天下大乱了嘛！

就这样信羊由蹄，胡思乱想地溜达了一上午，视线所及都是遮天蔽日的黄沙，连一点儿绿毛都没看见，感觉很失落，也有点儿渴了，饿了，累了，头有点儿晕，也开始想念死党周小亨和另外两个伙伴了，我便折返身，沿着原路深一腿浅一腿地溜达回了点号。

我记忆力蛮好的，一般认路还基本没有问题。

隔大老远，我就看见死党周小亨向我狂奔过来，一副激动万分的神情。我心里一热，一股见到亲人的情感奔涌上来，也想发力迎上去做一个拥抱的感人场景，可惜我只抬了抬前腿，后腿绵软无论如何发不上力，关键时刻掉链子。

周小亨一下子将我扑倒在地，双臂死死搂着我，声音哽咽地喃喃道："小白，你跑哪儿去了？害我找得好苦！我还以为你跑丢了，被沙漠埋了呢！"

我的死党如此情深意切，令我感动得五体投地，热泪盈眶，我"咩"地回应了一声，用嘴唇亲吻着他的嘴唇和脸颊……

周小亨捧起我的头，眼睛红红的，闪动着泪光看定我说："记住，以后不许到处乱跑，会有生命危险的，听懂了没有？"

我发自肺腑地"咩"了一声作为回答。

没想到，陈卫黑着脸走过来，指着我面露凶相恶狠狠地说："再敢乱跑就杀了你吃肉！老子已经很久没尝过新鲜羊肉的味道了！"

我大吃一惊，挣扎着从地上爬起来，这家伙怎么说翻脸就翻脸。

关键时刻，周小亨挺身而出护佑我。

两个人又吵了起来。

自从那场冲突过后，我跟死党周小亨几乎是形影不离。工作中，在悬空的毒日头暴晒下，我尽量选择站成一道细细的阴影，为死党遮阴纳凉，使其免受一些皮肉之苦。

可同时，我感觉陈卫看我的眼神有点儿怪怪的，内容凶险。平时往往一阵风沙吹来，都会令我不寒而栗，心中隐隐地不安。我感觉到死亡的阴影开始笼罩着我……

周小亨只有一件事不带着我，就是巡道。巡护铁路是这个点号存在的意义，也是最为费力的工作。每次巡道，都要全副武装地穿上巡道服，背上维修包，顶着风沙沿铁路线挨个检查螺钉、枕木，一走就是十公里，一趟下来满嘴满眼满身满心的沙子，在生死场上滚过一回似的，劫后余生的惊喜中还包含着巨大的伤感与痛楚。说不清的感觉，周小亨是这样形容的。

每次巡道回来，他都要搂着我的脖子哭上一场。有时是嚎啕大哭，有时是默默流泪。陈卫嘲笑周小亨这是不成熟的表现，娘娘腔，没出息。

可我能体谅他，我知道他心里最柔软的地方。他怕死。人人都怕死，但周小亨的怕又有些不一样。他对生命极其敏感，极其敬畏，又那样憧憬着外面的世界，渴望着将来有一番作为。说到底，他不会做一辈子的巡道兵，把生命埋没在茫茫沙漠里。每当他伤心哭泣时，我能做的唯有依偎在他怀里，温柔回望着他，用眼睛告诉他，我懂他。

一个不阴不阳的天气，轮到死党周小亨去巡道。他十分熟练麻利地穿上橘红色的巡道服，从头到脚包了个密不透风。其实无论春夏秋冬，每次巡道回来，脱下厚重的巡道服，都跟被淋了一场大雨似的，浑身上下湿个透。

周小亨还没出门就发现我开始躁动不安。根据经验，这种天气极容易演变成风雨交加。他本来不想让我跟去，可是我不干，任凭他使劲推我的犄角，怎么拽，怎么赶，可我就是倔犟地拧着性子跟上他，死缠烂打。死党毫无招数败下阵来，退让妥协，把一件巡道服折叠了几下套在我身上，前后脚一起出门上路。

周小亨猫着腰，沿着蜿蜒曲折的平行铁路线一步一个脚印地向前平稳推进。他一只手拎着小钢锤不时地敲打几下，查看一颗颗螺丝钉和一块块枕木是否坚固牢靠，严肃而认真，一丝不苟，绝对像战场上的排雷战士。

我熟悉并喜欢他这种工作的样子和风格，特别具有一个战士的魅力。每当这时，我就会情不自禁地手舞足蹈重在参与，如果有人解释说是踢踏舞也不过分。

前几公里天公配合，工作还算顺利。可是进行到一半路程时，起风了，风势且行且大，裹沙带粒劈头盖脸地袭过来，打得我们睁不开眼睛。

周小亨蹲下来努力护住我的身体，我紧紧靠在他身上拼命护佑他。这就是生命的本能和生存法则，何况我们是战友，是生死兄弟。

狂风裹挟着热辣辣的黄沙猛烈地烧灼着裸露在外的皮肤，睫毛上，眼睛里全是沙子，生疼难耐，眼睛没一会儿就红肿起来。

周小亨努力睁大眼睛，辨识着铁路的方向，掩护着我原路返回。

可是，我们的速度无法超越风沙的速度，回程的铁路很快就被风沙掩埋掉。

最不愿意看到的事情终于发生了。如果看不见铁路，我们将迷失方向，我们的生命将接受大自然最严峻的挑战。

周小亨怀抱着修理包，双膝跪地开始拼命用手挖沙子，一捧接一捧地往一边儿扬。

我看见了他的懊恼，后悔不该贸然带我出来。我也意识到了生命面临危机，开始用前蹄扒沙，后蹄蹬沙，酷似一部自动化掘沙机。

黄沙在我们周围上下狂飞乱舞，鬼哭狼嚎，大有摧枯拉朽埋葬世界之气势。我们拼尽全身力气也在疯狂地挖沙，挖沙……

天色暗沉下来。

天地浑浊不堪。周小亨终于放弃了努力。他摇摇晃晃地站起来，仿若置身在天地尚未分开的盘古时代。他摇摆着身子努力寻找方位，给自己打气。可是他的身体像是不听使唤了，艰难地一小步一小步地蹒跚着，突然脚下一绊，便失去了平衡，再也没有起来。而我也陷入了前所未有的黑暗之中……

当我再次醒来的时候，周小亨在我身边。

是他把我唤醒的。他浑身是沙，不知刚刚经历过什么。我混沌不清，分不清昼夜，可我却分明从周小亨眼中感到了杀机。

是的，杀机。夜是孤冷的，可他眼中却闪耀着两团火，那是一种对生存的原始渴望。

我知道，在这沙漠中一旦迷了路，若救援不及时，生存下去的希望是渺茫的；我也知道，他随身的包里面是备有刀和火的。也许他那一刻的想法并不真实，但却在本质上改变了我们。我闭上眼睛，绝望却是心甘情愿地等着为周小亨牺牲，献身于他……

可那一刻并没有到来，巨大的黑暗再一次将我俩吞没了。

4

如果不是陈卫老婆来，我还真不知平时对我时冷时热，性情暴躁的陈卫，关键时刻竟然还会那般袒护我。

在他老婆尚未驾到之前，小小的点号已经开始骚动不安起来。陈卫像换了个人似的，不再为喝酒打牌的事儿整天骂骂咧咧的，而是变成了嘿嘿傻乐。他对着戈壁滩，对着月亮，甚至对着早已斑驳的破墙壁，都能乐出声来。好几次在跑操的时候竟然都忍不住乐，干活儿也比以往勤快。有时候出门看到我，竟爱抚我的脖子打招呼："小白，干吗呢？""小白，今天好吗？"整个一太阳从西边出来，搞得我莫名其妙，受宠若惊。

陈卫对他妻子的感情，点号皆知。117 点号资历最老的是刘相，最有文化的是周小亨，可写信最勤的却是陈卫。他写信对象只精准对位于一个人：他老婆。每次看他一个大老粗对着低瓦度的小灯泡认真写字的模样，真是既滑稽可笑，又有点让人感动。

在点号，收信寄信都要等添乘的时候，来往路过的火车师傅负责收取，亦根据天气状况和时间来定，有时候30个日出月落，有时几十上百个日出月落。如果不幸赶上天线中断信号，那可就是赵本山上春晚——说不准了。有一次陈卫在门口值岗，远远看到添乘过来，折身疯狂往屋里跑取信，跑到门口遇到正往外跑寄信的周小亨，两个能量场强大的男人狠狠撞在一起，作用力的结果自然是增大倍数，双方竟当场晕倒。

陈卫老婆来探亲的日子终于敲定。我们以接待首长的规格接待了她。其实也只不过是按照出操次序站成一排，周小亨费劲找来几张红纸剪了几个窗花，赫然贴在窗上，喜庆色彩大增，比过年都热闹。

陈卫的老婆叫小方，个子不高，还有些胖，但是看上去依然年轻，打扮得土洋结合，匹配陈卫倒也绰绰有余。

晚上喝酒时我听说，陈卫能娶到她绝对是祖坟冒青烟。陈卫老婆是县城的，当初嫁陈卫完全是被电视剧和小说里的军人形象给洗了脑，加上听说陈卫是在飞船发射的地方当兵，感觉光荣崇高得搭上火箭一般，二话没说就嫁了。

可是来了才知道，这里距离飞船发射的基地远着呢，就好比现实和理想的距离。我还没来的时候，据说陈卫老婆来过一次，因为受不了这里的气候和环境，便早早回娘家去了，惹得陈卫好一阵懊恼。这次好说歹说地给劝来了，刘相挤眉弄眼地说，是带着重大任务来的，为的是要"怀上"。

点号只有两间房，陈卫和他老婆住一间，刘相和周小亨挤一间。小方嫌弃外面太晒，也碍于刘相和周小亨的性别，极少出屋。我偶尔透过门缝往里瞧，她往自己身上扎针，据说得了某种病，要定期服激素，不然也不会这么胖。她每隔7个日出月落就要搭车去几十里外的医院检查身体，陈卫有时因为工作不能相陪，她就很生气。

一次她从医院回来，路过我时温柔地看了我一眼，还拍拍我的头说了好几句话。晚上吃饭的时候，她难得出驾跟我们一起吃，在饭桌上跟刘相说："老刘，陈卫不好意思跟你说，我来说……医生说了，我的体质本来就弱，再加上生病，很难怀上孩子，必须要滋补才行。医生说，羊肉对女人最好了，如果每天能喝上一碗鲜美的羊肉汤，我准能怀上孩子。你们看……"

饭桌上静悄悄的，连碗筷碰撞的声音都显得非常刺耳。

晚上睡觉时，从陈卫的屋里传出争吵声、摔东西声和女人的哭叫声，然后是陈卫小声劝慰的声音，到后半夜才逐渐平息下来。

这种情况持续了八九个日出月落。

后来一天早上，陈卫大惊失色地从房间冲出来，屋前屋后地到处找。老婆不见了。

小方不告而别。

陈卫无精打采耷拉着脸子好一阵子，突然又乐了。小方来信说怀孕了。可即将当爹的喜悦持续没多久，陈卫又不开心起来，脾气更暴躁易怒了，看我的眼神里也有了恨。小方来信说，孩子没保住，她把错全推到陈卫头上，说是她来探亲的时候没让她喝上羊汤，调理好身子。她发誓永不原谅陈卫，扬言要和他离婚。

陈卫像泄了气的皮球一样，整个人都瘫软了。他比以前更频繁地喝酒，每次喝完酒就来找我，踢踢踹踹，骂骂咧咧的，放狠话要杀了我。

周小亨为了保护我，夜里都不敢睡踏实了，有一点风吹草动就翻身出来查看一番。

有一天周小亨抚着我的头说："小白，你的命真大。你知道吗？老刘都同意要杀你给小方炖汤了，是陈卫拦着不让的。唉，他既然那时候不杀你，现在又是为了什么呢？"

我一惊，流下了两行热泪……

我不得不跟我的伙伴们告别了。

美女记者的报道迟迟没有见报，不知是计划流产了，还是压根她就没有写。就像陈卫说的，可能她一扭身，兴奋劲儿一过，就把我忘在茫茫大漠里了。

周小亨已经偷偷对我说过，他准备找个时间把我送走。对，是送走。我是一只羊，沙漠之羊，命运无非就是两种：要么被宰杀吃掉，要么被卖了换酒喝。这两种选择周小亨自然都不会接受。我当然知道，如果不是那次暴风飞沙的极端情况，他永远也不可能真心要我的命。而自那次沙漠事件之后，我分明能感受到他一举一动里都透着对我的愧疚和自责，他是从骨子里爱我的呀！

而陈卫，他真的会杀了我吗？我不知道。可我私下里是愿意为他而死的，毕竟，他是我最亲爱的战友。如果我的死能换来小方对他的原谅，那我绝对是死得其所，值了。

刘相，我感觉对不起他。我没有如他所愿，换来光辉形象的登报，成为这个点号的骄傲与荣耀。我知道他为的什么。为了少受些苦，为了吃的更好，为了引起重视，为了前途，为了117号。他为之奋斗的，正是我的命，我的根。

我并不打算被周小亨送走。也许会有更多的草，更温暖舒适的窝，可是离开这里，这一切毫无意义！

我和他们一样，是一名战士，可却从没有为这个小小点号奋斗过，反而因为我打乱了他们平静生活的步调。我必须做出些什么。

我已经做好准备，按照预想的那样，等周小亨睡前看完我，走回房间关上门，我立即从假寐状态清醒过来，侧耳闻听一会儿动静，证实安全之后，立即开始行动。所有的人，尤其是我的死党周小亨绝然想象不到，我会以这样的形式跟他告别。

整个行动和想象的一样顺利，没有出现任何意外情况，反倒让今夜的行动有些索然无味了。

我轻着蹄子跑了出去，沿着铁路以匀速跑了一段路程，然后开始加速，全力前进。我从未见过外面的花花世界，在我短暂的一生中，我的心永远属于一望无际的大漠，属于我深深眷恋着的战友。

我知道我会在某一刻时刻停止奔跑并死去，也许恰好停在另一个点号，被战士们拖去煮掉；也许在荒无人烟的某个地点，就那样一点点风干，成为沙漠昆虫的美食；还有可能被突然刮起的沙尘暴掩埋……不管是怎样的结局，至少在生命终止那一刻到来之前，我都在奋力向着大漠的尽头奔跑，以一只沙漠之羊的姿态奔跑，以一名战士的姿态奔跑……

我们都缺伴儿（节选）

徐艺嘉

那些我们曾为之倾倒的爱情和友情，不过是场肉搏。

——题记

第 一 章

我和知了掰了。

即便掰了，我们还死缠在一起。一起吃饭，一起上下课，一起散步，一起打球，一起睡觉，一起欣赏俊男靓女……一起个没完没了，没终没止，简直可以地老天荒。

真他妈虚伪。而虚伪是我俩在 T 大的唯一收获。

我们把这标签贴在表层，逐渐深化到皮肉里，渗入肌肤，待它腐烂，便伪装成保护色，让我俩重新大放异彩，可与花魁媲美。我们每天就带着重镇盔甲一起行事，劳心劳力到骨子里。

看看其他女孩儿们的二人世界：一群群，一对对都是有说有笑的，肩并肩，手拉手，亲密得叽叽喳喳，吴侬软语，一个人的眼里映着另一个人的眼，容不得第三者插足。

而我和知了，我们走路一前一后，看不出谁跟着谁，拎着各自的包，想着各自的心事，甚至避免眼神相撞，却又有种说不清道不明的默契。下课了就会自动走到一起；一方有事，另一方不动声色地恭候。不像有的女孩，等情人约会般，眼睛死盯一处，焦急地恨不能一下暴长 10 公分，脖子作长颈鹿状，就差打出一块广告牌，昭告天下朋友：本小姐在这儿呢！

我们呢，哼，我们相互挤压，相互消耗，相互折磨，彼此窥探又怀着恶意，却谁也离不开谁。我们是小丑。我真想对着我和知了的灵魂作呕。

这天，下了课，到食堂，我们照旧对面而坐。

知了又点了那份让我受不了的白菜萝卜汤。

多少次我暗地里发狠，想把那要死不活、色泽赢弱的汤迎头泼在她脸上，再啐口唾沫。她就好那口，怪谁呢？我记不起她自打什么时候起现回原形，俗态毕露，连点菜都千人一面，千面一腔，如此没有创意。我心里嗤笑，表面上却不露声色。

我瞟了她一眼，但没有看她。为了防着作弊时如间谍般敏锐的知了，我对这些暗里来阴里去的动作招数颇为熟稔，我决不允许因为我的一点失误而让她侥幸及格。

我曾一度因此害怕自己得斜视。

她也在看我。同样没有直视我的眼。

我怀疑自己看错了。

我又装作不经意地瞟了她一眼。

她真的在看我。

如果不是"身在此山中"，我想那情景一定非常可笑：两个人偷偷摸摸地看着彼此，视线贼溜溜、毛茸茸地扫视过一排不相干的事物，各自停在一个诡异的角度，趁对方知觉放松时侵入，却在半路中遇到敌方两相交缠的视线。这过程好比饿狼捕食，先佯装小憩，再扑入猛攻，没料及两相行动，便当场鸡飞蛋打，血肉模糊。我和知了的目光相遇，短兵相接，那目光便停了，死了。

我猜想她有话对我说。

我们各自不自在地闪开眼。我们不习惯对视。

果然她开口了。清清喉咙，如同整理淤积的下水道。她问我：你最近好吗？

哈！如果不是在公众场所，我真想放声狂笑。我们每天死缠在一起，彼此为伴的时间过得如此艰难而缓慢，一天可以凭空长出 48 小时，简直是拨弄着秒针过日子，而她居然恬不知耻地问我最近好吗？她真蠢！她想挑衅？她想修补我们的旧日情缘？没可能！我不会给她机会了。她是在向我示好吧？肯定是！

我盯着她庞大臃肿的体态，那身形装下两个我还富富有余。我有些可怜她。

我淡淡地：挺好。

我想这回答可进可退，没一点儿屈尊向她示好的意思。

她再续前话：你觉得我们这样有劲吗？

我涣散的神经瞬间集合起来，脑子一阵发蒙。什么意思？她想散伙儿？

她的突然让我紧张得嘴唇都发虚。我琢磨着摊牌的阴谋她策划已久，就是要攻其不备，出其不意。我恨透了她的阴险。我一时不知道该怎么应对，又担心一个不小心，失了口，连目前这种名存实亡的关系也在我嘴上葬送掉，只得强打精神，紧急拼凑出一副声色俱厉的眉眼，语言却绵软得不具备任何攻击性：你怎么能这么说呢？！我恨不得为自己的嘴拙跳楼。

她逮到机会爆发了：我受够了！你明知道是怎么回事。

我虚伪得直想扇自己耳光，可我真的害怕失掉她这个可怜可鄙的陪伴。她是我在 T 大得以浮生的最后一根稻草。

我嘴上装傻：怎么了？我们一直是好朋友啊！

她嗤笑出声，露出一口白牙。她是如此明目张胆。她用唇齿在追杀我。

她举起汤碗，又重重放下，“砰”地一响，汤洒出一半，黏在她手上：我需要换换口味。

我抬起眼帘看她，那下面掩藏着我蔑视而又哀求的目光。我厌恶我自己这副嘴脸。

就好像这汤。我每天都喝白菜萝卜汤，每天都喝，喝成习惯，喝成依赖。可是总有喝够的时候。

她居然把我比喻成那令我作呕的汤。前一秒我还想把它泼在她脸上。可现在我成了那秽物，她想像丢残汤一样丢掉我。

我死死看着她，看她还能用什么辞令侮辱我。我在熙熙攘攘的人群噪声里任她鞭笞。

她动用了别的手段。她只是拿眼睛——她身体上唯一美丽的物件——看着我，我恍若又看到了在我们身上业已灭绝的哀伤和真诚浴火重生。

放过我们自己吧。她说。

不行。

我真的拿汤泼了她。她的脸成了一锅鸡蛋汤饭。我抽了她耳光。一个接一个，那声音在偌大的食堂引吭高歌，反复回响。知了匍匐在我脚下，口吐鲜血，乞求我原谅她。所有的人都在鼓掌为我喝彩。我赢了。

这不过是我贫乏而自大的想象。我什么也没有做。

我笑她，恨她，又心疼她。而她不在意我的疼痛。

我们成了真正的敌人。

曾经的我俩好得可以同穿一条裤裆，友谊堪比模范，差点树碑立传。

物极必反。我们两个，在时间的漩涡里被动旋转，走了一个来回。

事情始于灰狗。

一个灰狗，委顿的模样，怎么就摄了知了的心魂？

我又想笑了。想想吧，一对丑八怪的爱情。

这都是 T 大惹的祸。

知了曾对我说，开学那天，她曾猎狗嗅食般激烈地视察校园。行动之前，她心情颇好地买了根牛奶冰棒。第一根吃完的时候，她有些沮丧。在她挨个精细扫描的 101 个人中，没有一张男人的面孔。而且每个女人都比她漂亮。她浪费了别人的眼神。也许是偶然。知了整理了心情和肠胃，又买了一根冰棒。这一次吃完的时候，知了被校园里横亘出来的车水马龙阻住了去路。来往的车辆卷起一溜儿烟土，车轮冷漠地碾过前一辆的痕迹，后来居上。回头一看，已经到了学校另一头。

知了的大学以隆重的悲剧开场。

T 大小而精致，装不下知了硕大的芳心。这颗心整整苦等寒窗 18 载，急需灌溉。

我就是在这颗心膨胀到快要爆破时扑上去，帮助灭火的。说帮助也不尽然，算互助吧。没办法，谁叫天涯处处不留爷呢。

一间狭小的宿舍空间，被颇具海盗气质的阿姆抢先掠夺了一半。剩下三人，分食残余的七零八落领地。

我带着中学时代的羞怯和高傲走进这个空间。她们后来都这样形容我。

阿姆操着纯正的粤语普通话落落大方地跟每个人主动打招呼，问好，俨然户主一般：初次见面，请多关照，透露出沿海经济特区人骨子里的开放和精明。

我记得她当时在整理什么，好像是在包书皮。那东西距离我有如尘烟往事，我的书一概惨遭我手下蹂躏露出累累白骨。她的桌子白得像一张失血的脸，衬出其他几个人火烧火燎的脏乱。我对这落差感到腻烦，于是没理会她突出形象的客套，目不斜视地迈开步子，样子很有些凛然。现在想起来真记不起这么做是出于羞怯，还是出于高傲。

一片混乱中，又晃进来一个女孩儿，从头到脚传递出一种漂亮的气息。就是有这种女孩儿，其实她们长相一般，面孔被一层脂粉打磨得光润如玉。但你就是觉得她漂亮。她所有的漂亮都急于献给看客，任你在第一眼敞开怀儿地欣赏，不留余味。她很能拿捏个中伎俩。那时我们还年轻得幼稚，是一群乌合之众，井底之蛙，除了咸子，谁都还没来得及领略化妆品的魔力。咸子披花戴叶地登场亮相，引一干青蛙坐观天上云雀。

阿姆赞叹道：哇，你的脸蛋好好漂亮的哦！那尾音长而带弯，勾得人心里起腻。

我拿眼尾扫了咸子一眼，她羞怯地笑笑，似承受不住阿姆的不吝赞美之重。

咸子目光似星火计划地冲我微笑。此后，那微笑便雷打不动地挂在她脸上，简直是块金字招牌，引得我多少次直想在上面题词。我目测她每次微笑嘴角上扬的弧度都在30度，不差毫厘，成功背后一定经历过千百次演习。哦，我痛恨数学。我想打碎那30度的面具。我要时刻克制自己的破坏欲。比起阿姆明面上的招摇，我对咸子脸上的阴暗更为腻烦。我很不识时务，把咸子的面子接过来摔在地上。

只第一面，我便拿笔在阿姆和咸子的心里画上清晰的防线，于是，我只剩下知了。

无意中，我撞到一个身材异常肥胖的女生身上。她的身材超逸出我的视觉想象。我有些发蒙，盯住她一头少年白发，一时无法判定她的真实年龄。我嗫嚅着说声对不起，她既害羞又冷漠地走到一边，在尘土飞扬的新生宿舍里大嚼薯片，和着漫天飞舞的甲醛味道。

哦，她到底是何方神圣？她那副爷爷不亲姥姥不爱的神情简直跟我臭味相投。

知了跷着二郎腿，边吃边开了瓶红牛饮料，爷们般豪迈。我在她臃肿的丑女特质中挖掘出一种破罐子破摔的潇洒范儿。对面一个女人风风火火、大包大揽地在打理知了的东西。她修长的白色手指快速交替，上下纷飞，卖弄地将知了破乱的床铺化腐朽为神奇。她是知了的母亲。她比知了美。我看她顶着一头浓黑的头发，顿觉知了生不逢时。也许上辈子互相欠了对方的，这辈子抢着做母亲还债，却不小心搞乱了套，两相难堪。谁知道呢。

突然，母亲转过身，对着她的前世冤家，气急败坏地吐出两个字：还吃！

知了厚实的脸竟然红了，生动的眼仁在鱼尾形的轮廓中游动。

我发现知了生着一双漂亮的眼睛，真漂亮。两坨红晕在知了脸上疯狂蔓延，好似两片火烧云。

咸子的老成世故表现出来了。她头不抬眼不眨地忙碌自己的事情。

阿姆则咋呼地朝这边望望，憋着一脸藏不住的欠揍笑意。

我恨不得拿枕头闷死那笑。

知了简直不知该如何下台。她母亲似乎已经习惯这种场面，依然继续忙碌着。

我闷热得想要窒息。九月的天，半干不湿的总在变脸。我讨厌这种湿气，冷得没有风骨，热得不够浓烈，一点儿都不敞亮，模糊暧昧。我神经质般地奔到窗前，猛推开窗户。我经常这样干。一股清新气体瞬间拥入鼻腔，带来苟且偷生的快感。每当这种时候，恶俗的尘世让我无比眷恋。

阿姆敏锐地嗅到了母女间拉扯不清的火药味儿，借故摆脱，鸟儿一般跃出门外，留下厚厚一摞包了白书皮的新书，都板着同一副面孔。咸子乌黑的秀发垂在两肩，头顶卡着红色发卡，标准的小红帽扮相。我抱了一摞书到柜子里摆。咸子的柜子在我下面，柜门开着，引诱我往里探虚实。里面塞满了各色衣服，我从未见过谁的衣柜如此缤纷。它们皱巴巴地揉成一团接一团，我在大街上、地铁里，无数个拥挤的场合的无数个女人身上见到过这些款式。

咸子正在套被套，门"砰"地一响，从外面冲进一伙儿人，男男女女，憨中带蛮，刺棱棱往屋当中一站，感觉像要抢劫。我脑袋嗡地一响，定神一看，说一伙儿也不过四个：一对中年夫妻，年轻的一男一女。咸子逐个介绍，这是我爸！我妈！我哥！我姐！

哇噻，亲戚真全。家谱大全！

我亲姐！咸子粲然一笑，仿若亲姐是她捏在手里的中奖彩票。

介绍完毕，咸子继续套被套。手捏住一个被角，又套进另一个，把被子的下半身挤进被套，费力地抖动两个被角，以期其余部分自动整顿。被子不配合，拧作S形，好似白蛇翻身。

他妈的！笨死！下来！

浑厚的男高音，堪比帕瓦罗蒂二世，导致我脑膜发生一次强震。我惊回首，寻找名门之音。那声音里略带咝咝刺刺的杂音，典型的中国盗版，好似声道里被烟灰、酒精、油烟、赌债、汽车尾气所污染，脏乱而粗暴，又年久失修，严重老化，实属重大安全事故隐患。

于是乎，我死死盯住那个男人看，试图破解其基因图谱。然，现实版的男人却非常令我费解：他蔫头耷拉脑，一副顺从生活和女人的模样，缺乏底蕴和气场，明显是个孬种。

正在疑惑之际，那声音突然又发飙了：×！快点！瞎磨叽！

天啊，声音居然是她发出来的！女人男声，简直不可思议。她身上套一件大一号的灰蓝色男士西装，下身裤子好似多种咸菜酱汤的混合物，黑蓝紫绿极其丰满，脚上一双硕大的土黄色皮鞋，头部极具张力，似乎快要龟裂，大有持续突长猛长之势。中国传统妇女裹足是熊市，民国以后放足是牛市，而这双脚是改革开放以来的房地产泡沫。她眉头拧得跟银根紧缩一般，挤压成形状丑陋的"八"字。

此刻，她正严厉地瞪着她的小女儿——咸子。我怀疑她在送女儿来接受高等教育之前，俩人打了一架，她肯定扇了女儿一个嘴巴，不然咸子的嘴角就不会有点向左倾斜。

肯定没那么简单！我呆愣了仅一秒钟，便怀着恶毒的欢乐心理去看咸子。我感觉这一家人完全可以排一出精彩话剧，主题我还没想好。

出自母亲口里的秽语对咸子产生了影响，她正四肢并用地顺着床梯往下爬，像只被驯养的猴子，一脸乖顺。咸子灵巧地往下一蹦，习惯性地用手梳理一下头发，一缕青丝迎面撞上我的眼。她当什么都没发生过似的，冲我友好而自信地微笑。

我莫名其妙地开始恨她。我刚来个"档案解密"，探出她艳丽衣着背后的家族内幕，趁机撕掉她装腔作势的微笑，她却不给我机会，让我扑了个空，跌了个狗吃屎。

我寻求同类援助，扭过头，正巧碰见知了妈幸灾乐祸的眼神，带一股优越的上层人表情。我撤退，又去看知了，她嘴里居然悠闲地塞满了薯片，跟时尚女孩儿一般。

不知是女人男声，还是闻所未闻如此低俗恶语场面。今日，令小女子我眼界大开。

咸子妈一把扯过咸子的豆腐渣工程，三两下将窝脬在被套里的被子拽出来透口气，重新往被套里塞。那动作凶狠而精准，似要将怨气一并塞进被套里，成心让咸子夜夜顶着怨气做噩梦。咸子跟哥哥姐姐商量着，开始归置其他物品。咸子爸垂首听命，哪儿都派不上用场，永属后备人员。

知了的牙齿又开始活动了，薯片重在她口腔里泛滥，咀嚼的动作有些拧巴，好像下巴脱了臼刚刚复位。

房间里其他人员都在各自忙碌，刚才那闹剧般的一幕幕似乎只有心思细腻的我特别在乎，别人似无暇观摩，各自埋头自扫门前雪。

我心有不甘，大有广而告之的冲动。咸子怎么可以这么轻易地过关？如溜滑鲇鱼一般趋利避害，又似草原上一只精于生存伎俩的狐狸！从那时起，我便判定她内心坚挺，处事圆滑。她的五官心肺似乎靠一种防腐剂维持表面繁荣，如同花店里搋了药水的鲜花一般，经不起时间的推敲。

我鬼魂附体般地和咸子铆上了劲。我要她像知了般厚实扛造，海绵吸水，一旦外部的恶意飞来，便海纳而化之，而非四散逃遁。

我看咸子父的存在实在多余，便漫不经心地问：您家是哪儿的呀？

咸子父浑身一震，愣愣地看着我。那神情好像这辈子没人跟他主动搭过话。

我感到咸子和知了的视线正密集地向这个方向汇拢。

岐县！咸子爸回答。

哦。果然不出我所料。

我接下来想附应一句草肥水美民风质朴之类的造作句子敷衍过去，但一时口拙，没说出来。

知了妈接了话茬。她用手点着我和知了，脆生生地：那你们以后得一起玩儿啊，都在北京，家离得近，互相有个照应。又添了一句，颇为不满地：我看这儿城市里的孩子不多啊，怎么搞的？

我瞥了眼咸子。她果然红了脸。她飞速看了我一眼，垂下眼帘。我想她在心里记了我的仇。这让我感到格外欢畅。只第一天，我便让我灰暗人生的起始有了一点别样。如同一幕刚上演的连续剧，日后我才发现，咸子那一眼是这出戏的戏眼和精华。

我猛吸了一口气，感觉吸进一腔的清凉舒爽。刚刚的得胜让我头脑膨胀，清新的空气进入到喉部的一瞬我仿若站到了世界之巅。我甩甩头，没想到又迎来别具纪念意义的一个眼神。

知了在盯着我。

她仍高高在上地嚼着薯片，肥胖得一身暄软。她睨着眼睛，一副普度众生的菩萨相，又好像高傲而安详的母系社会原始部落的首领。她眼神冷淡而绵软，多半是受惯了奚落，美丽的瞳孔也最终放弃了抵抗，变得疲沓懈怠了。我在她冷冻的脸上寻到一丝缝隙，里面藏着共谋者的热络。那是女孩儿们之间心知肚明的眼神，我捕捉到了。

她认同我。

她不声不响不疾不徐地在观察所有人，循着她们的发丝、攀着她们的眉梢捋清脉络。我事后才知道她这一套侦察勘探于无形的本领沿袭自她的姥姥，又经过她母亲，总共三代人的努力。她比我更早地憎恶阿姆，厌弃咸子，她正巴不得咸子当众出丑呢。即使我们都不认同她母亲，误打误撞地和她站到同一个阵营里。

知了咧开嘴冲我笑笑，拿捏在半张又不全张的尺度，笑容冷漠腼腆。她"刺啦"一声，又打开一罐红牛，有些把酒言欢的意味。如果可以，我本想劝下她，她真不该再喝。也许是过于兴奋，拉拉环时用力过猛，拉环划破了知了的拇指，殷红的血珠即刻涌出，在白胖的拇指上来回滚动。

庞大的知了傻掉了，脸色煞白，嘴唇上布满苍白的褶皱，虚汗一层。她晕血。知了四指紧握，竖起大拇哥，那造型好似在称赞什么人真棒。她对着拇指发颤。

知了妈咋呼一声，几尽跳起：怎么搞的？你个祸精！

她很爱说怎么搞的，把一切罪责往外推。

知了求助似的望着我。

我赶忙翻找创可贴。我举着创可贴往知了面前送，递到一半，被知了妈一胳膊挡了回去。这个怎么能行呢！她说。她撇下整理了一半的知了清一色雪白的内裤袜子，取出一个特大号专业药箱，快速找出消毒液、棉球、纱布等一系列产品，在知了的拇指上按工序行事。

知了后来告诉我说她妈妈是校医，她打小便在五脏六腑里埋藏了大剂量的消炎药。

知了妈炫技似的对知了的拇指实施抢救，一边进行系统工程，一边骂知了不小心，不注意，不会照顾自己云云。

我很难忘记这样的开头。因为怕血的知了流了血，这便为我们日后的友谊蒙上歃血为盟的色彩。并且我们再次取得了一致。就是"怎么搞的，你个祸精"真不如那句"他妈的，笨死"。

第 二 章

我逐渐发现，T大是个密集盯视的场所。

到处都是盯梢与被盯梢。

一间宿舍，恰好够四个人的屁股挪动回旋，经常是你擦着我我蹭着你，有时不免擦枪走火。但区区十几平方米，容纳不下我们四颗心脏，每个人心里都有千万顷的阴暗地，沟沟坎坎，望不到边际，还看不见，摸不着。并且由于个性腼腆，内心的阴暗潮湿得不到晾晒，如同我们肮脏的米色窗帘，遮羞布一般掩藏着屋子里的真相，谁都懒得去触动、拉扯。某些自以为是、私欲极端膨胀的时刻，我们竟会忘了自己污浊丑恶的内核，那想法愚蠢得好比把地沟油当作香油，把粉丝奉为鱼翅，把勾兑的白水臆想为琼浆玉液，竟还喝醉了。

我们的脑子真他妈能扯。

表面上，我们话不多。

多半靠眼皮的张合、睫毛的或明或暗来做风向标，私下里对人打钩或画叉。我们踮着脚尖，攥着拳头，也掂量不准隔壁肚皮里的那颗上蹿下跳的心，白费力气。

偶尔也有情绪高涨，秉烛卧谈的时候。一个激动劲儿上来，想压也压不住。

话题多半由阿姆挑起。

阿姆纯属事儿逼的母亲——事儿妈！她的天赋与可爱尽显于此，其他人围绕主题展开讨论，有点像小型论坛，像模像样。偶尔中间谁的一句爆料新闻劈腿介入，比如某对男女早在几个月前的考场上就看对了眼，后来天公作美碰巧成了校友，两相一勾搭，报到当夜就在网球场后头的小树林里幽会。隔天又一番爱恨情仇，走在路上各自挽了新的男、女友，往往四个人的关系又出于某种摆脱不掉的原因错综复杂，两两相交，搞得四人明明早就算计好了老死不相往来，却又抬头不见低头见，简直苦不堪言。或哪届校花当年报名参选了校电视台主持人，在美女如云的激烈角逐中为提高出镜率，和领头的男老师发生了关系，被人看见一大早从男教师的宿舍里走出来。学校的宣传片在外流走，不少鱼龙混杂的经纪公司聘请她当"野模"。如今她是电视节的冉冉新星、各时尚媒体争相纳入的宠儿，他还是二流学校的临时员工，考研再次落榜。当年要不是他的再三推举，也许成就不了今天的她。再就是某明星社团打造了一对模范情侣，男帅女靓，四年来形影不离，互相服务对方成长。大四毕业前夕还有人看到他大清早买了清粥包子等在她宿舍楼下送饭，她下来，娇柔地拎过外卖纸袋，留给他深情一吻，旋身绰约地上楼去，继续她的美容觉，羡煞旁人。他们相约毕业后携手做北漂一族，可她在毕业一周内闪电般结婚，他则黯然离京，回了老家。现在她成了豪门少妇，刚生下一个可爱宝宝，每天在网上疯传照片，标题不是"我老公真帅"就是"老公我爱你"，四年的恋人在她生孩子那天默默转发了一张照片，从此在网上销声匿迹，而有人怀疑那孩子也许是他的……这些话题是我们各自搜刮的边角料，卧谈时抽拿出来分享，如同一次华丽的野炊，东拼西凑来的美食总是格外香甜，隔天想起来还能颇不满足地咂咂嘴。每当此类话题出场，便引起一场轰然，于是原来的主题弃之如敝屣，急茬茬地赶忙转向，见风使舵。

谈论起别人永远兴味盎然。发生在不相干人身上的奇闻囧事总让我们乐此不疲，在寂寥的秋夜如同萤火虫般跳跃着点亮我们枯燥索然、缺乏弹性的神经。这个时候彼此之间、上下床之间的隔膜爆破开来，四个人的团结气氛空前高涨，简直可以手牵手，心连心。

距离产生美。真的！

那些话题女王本就占领了我们无力攀登的高度，如今经过口口相传的包装，她们莫不是置于时代浪潮顶端的巾帼女杰，成就之大，魅力之足，手腕之强劲可媲美吕后，赛过貂蝉。话锋稍一偏转，指向自身，我们便偃旗息鼓，无力应对，各自的心劲儿又使上了，尴尬得不知如何让方才炽热到沸点的亲昵迅速冷却。

怪只怪我们太过普通，无可挖掘。

除去咸子，其他三个人一水儿地清汤挂面，披头散发，坦荡而真诚地暴露着缺点。知了庞大的身形自不必说，即使一身黑色打扮也掩饰不了肚子上的三层肉和下面颤巍巍的屁股，再加上一头白发，远看整个一黑白双煞的合体。阿姆能说爱道，力道常集中在嘴部，以致唇齿突出，尤其从侧面看支棱出鼻子以下下巴颏以上的半截儿，整体构造不那么令人满意。那时我也还不懂遮掩的艺术魅力，每天早上对着镜子奋力把所有发丝紧紧箍在大脑顶部，像顶着一头黑色大蒜。不慎有一缕发丝垂落，也毫不手软，顽强地拎起再如数盘上去，徒留一副清淡的眉眼，降低了脸部分辨率。咸子本可以作我们的指导教练，可让她以失去优势为代价，哼，打死她都不会干。无关痛痒的小事她倒是很乐意帮忙，帮这个喊个到，帮那个带个饭，留下美名。

这就是我们的团队，可笑，稀拉，暗中倾轧。

阿姆是卧谈的领队，冷场时我们往往朝拜似的盯着她突出的唇部，看那里如何往外蹦出可耻而激动人心的消息，她生来快人快语，能把平凡普通的生活巧妙包装，带来快感。

一次知了在上厕所，阿姆没敲门便扑入，四目相对，还没待知了反应过来，阿姆"啊"一声尖叫跑了出来。不一会儿，知了恼怒地提着裤子出来，看阿姆没事儿人一般坐在桌前和老妈视频。知了气不打一处来，质问阿姆为何不敲门就进厕所。这时的阿姆又不是尖叫时那个好似惨遭强暴的她了，摆动着双腿，操着港腔洋调道：哎呀，这点小事算什么了啦？上次咸子上厕所我也进去，人家也没说什么啦。不过你是站着的啦，但是没关系哪。你下面有的我也有呀，没什么好看啦。

知了无语凝噎，招架不住阿姆带自沿海特区扑面而来的开放风潮。

一旦话题围绕我们内部打转，阿姆便如此这般对着四人品头论足，激起群愤。

不出意外，知了总是身先士卒挨枪子的那一个：知了哇，你细不细第一年落榜很愁苦呀，复读一年太用功，染上白发病啦？接下来便针对我：雅雅呀，你高中学习那么好的哦，在那么棒的中学啦，连我都听说过，怎么考到这里呢？细不细你们班考得最差的哇？还有哇，你总说没有考好，那你下次考年级第一给我瞧瞧哦！提起咸子，她总还留有余地：哎哟！咸子，你细不知道啦，晚上我们一起去看节目，我旁边那眼镜仔还问我你是谁，有没有男朋友的啦。咸子低眉浅笑，不动声色：是吗？谁啊？我没注意呀！于是阿姆对眼镜仔的生辰八字如数家珍，咸子听在耳里，记在心里。阿姆又说：咸子啊，你的小脸蛋是蛮靓的啦，可是跟隔壁那个阿妹比差远啦。要是你俩一起去我们那边选美，肯定你输啦。我到处跟人家说她是系花耶！

咸子也不恼，绕开自己单说系花的事儿：她能当系花？我原来班上随便一个女孩儿都比她漂亮。

阿姆：哦？南北方眼光有差异的嘛，可我就是觉得她比你漂亮啦。

在三人熄灭了对阿姆传播八卦，增添夜生活色彩的激情之后，内心孕育着对她的沉闷怒气之时，阿姆恰如其分地总结起自己：我爸妈没读过大学，才高中学历。我们那边都那样的啦。但是我很感谢我父母哦，尤其是我妈妈。她知道来这边对我好哦，就一定要我来，她还要说服我爸爸给我拿钱。我爸什么都不懂的啦，他给我买三四百块的衣服觉得很便宜，买本书二十块就觉得贵死啦。我下面还有弟弟哦，他读书都没有贵过我的哦。我将来要接我妈妈周游世界，不管我爸爸啦。

阿姆没能悬崖勒马，见好就收：来北京真的很好哦，我们那边都没见过故宫那么宏伟的建筑哦。

咸子淡淡地彰显本地人的优越感：那地方有什么好去的？门票那么贵，进一个屋子花一次钱，外地人才稀罕去呢！

阿姆嘴张成鹅蛋形：不会吧，你北京人怎么都没去过咧？！

阿姆还在继续，直戳四个人的痛处：不过 T 大怎么那么变态，男生这样少咧？路上都看不到半点男人哦，更别提帅哥喽。我看咸子还有希望啦，我们几个很难交到男朋友的喽。她的手指逐个点过去，她自己，知了，然后定格在我身上。呜呜，雅雅你说怎么办才好哦？知了你就不用考虑了啦。喂，咸子你到底有没有男朋友的？你说没有，可我看你成天发短信打电话的哦。你不要藏着掖着啦，有就说嘛，机会留给我们啦。

　　　　　　　　　　"新生代军旅作家"面面观 ┃

咸子抿嘴微笑，娴静地摇摇头。

谈话到此为止。我们的纯情在阿姆的撺掇下出了岔子，结了疙瘩，对彼此的仇恨死灰复燃。

阿姆粗鲁地闯进我们的世界，打家劫舍，把那点儿矜持的秘密掀了个底儿朝天，临走还不忘点把火。于是无人应腔，阿姆张张嘴巴，吸入几口浑浊的空气，结束了单口相声的表演。只觉口中畅快，按计划说够了一天词语的总量，并且三陪一练习普通话，收获颇丰，并未发现无意中得罪了谁。

知了在我的床板顶上笨拙地翻了个身，假装酣眠。

我想她的心被捅了个血窟窿，此刻正汩汩往外淌血呢，火势在她心里蔓延，烈焰蹿得老高，直逼房顶。我当然知道，谁叫她和我一样敏感。各人心头带了些阴影入睡，面壁舔舐伤口。

阿姆的鼾声第一个响起，更使得其他三人蹿火。

第二天一早，各自相继懒懒地起身，赶着上八点的早课。阿姆七点四十五分被咸子的哆音唤醒，从床上一跃而起，拍拍扑棱着的短发，看着床下由于空间局促，来往间碰撞扭捏的三人，大叹怎么一睡就到七点三刻了捏。谁知她怎么会造完了孽，睡眠还如此有质量，痴睡到天明。阿姆抄起桌上的卷纸冲向厕所，知了三步并作两步，肥大的屁股左右摆了两摆，抢先进了茅房。阿姆挫败地把纸往水池上一扔，一时气急，忘了刚制定的在宿舍只说普通话的学习原则，骂了一句：气细啊（神经病）!

混战再次由眼神展开，视线私下里交织散射，含沙射影，内蕴秋风扫落叶的劲道。我们的白眼剜得入骨，简直深入脏腑，以致口眼歪斜，整张脸别开生面。全体少言寡语，单单阿姆一股初生牛犊的劲头，扯起嗓子底气十足，内功深厚，吼到日落西山，恨不能让北斗七星集体南移的做派，所以常成为众矢之的。

日光明媚。我们在明媚中誓将阴暗进行到底。

一出门，我们迅速蜕皮，向日葵般迎光仰面，变身为阳光少女。

走在宽阔的林荫道上，我们再次汇入竞争的洪流。

T大是所外语学校，终日为洋音西调缭绕，教室里、水房中甚至厕所里都泼洒着一股异域风味。网球场后面有条蜿蜒曲折的小路，由鹅卵石铺制而成。

路当中设一座凉亭，古香古色，四面望去皆为校园一景，如同窥视一自成方圆的天地。此路颇有些闲情逸趣，早上几分钟内一路贯通，至少有五个国家以上的诵读声入耳，宛若误闯了联合国基地。

阿姆便是在此路上延宕了数日，便回宿舍招摇地宣称她掌握了多国语言的入门法则，掰着指头算下来，已经学会了十三个国家的"你好"怎么说，接着一连串分布在世界地图上各个版块的八百年互无往来的国家语言如同国际互联网般在她嘴里连在一起。

到了夏日傍晚，众人吃饱饭打着嗝的时间，小路上空笼罩着一层昏黄中微透着紫红色的暮光，宛如披一件紫红绸衣。绸衣下面的网球场上，活力四射、身着运动短裙的女孩儿们挥汗如雨，配合绿色网球"砰砰砰"力道劲足、循环往复的声音舞动身躯。屏神凝听，整个世界似都囊括在这青春的韵律里面。这时的小路是情侣们的天下。在梧桐树枝蔓的掩映下，恋爱中的男女在 T 大找到了唯一可供栖身的场所，以致每当我这个时候散步其间，隔三步差五步地，不是踩到了这一对男方的脚，就是惊诧了纠缠在一起吻得如火如荼的两具身体，打扰了他们的兴致。他们或是促膝密谈，或是深情拥吻，双手在彼此的衬衣里上下游动，在对方身体上倾泻火热年纪不知疲倦的满腔热情。他们的言语、动作像是有组织般，共同注入到网球拍下"砰嚓嚓"的口令声中，好似合着圆舞曲迈开的精巧狐步。

我不得不承认，这些情人是 T 大里少数的幸运儿。女孩儿们尤其如此。

就拿阿姆、知了等人所在的文学系来说吧，一个系 200 人，男生 20 个，恰好占到十分之一。有时系里集合活动，排成一个方队，男生无论分散在哪里都不成气候，索性委屈地挤在一起，占领一个小小角落。这 20 人里，一米七以下的占到 10 个，与文学一挂钩，让人很自然联想到那句话：诗人都是思想的巨人。而 T 大里面思想的巨人多半是实际的矮子。剩下的一半里，行为怪异的占 4 个。几个月接触后，公认性格有缺陷的有 3 个，最后的 1 个一经打听早已名草有主，觅得另一半，让文学系的女生没有任何遐想及瞎想空间。班上一共 4 个男生，合成一个宿舍。一上课，这个男生今天不想去了，那两个跟着也就不去，唯独第四个想去，可又不好意思一个人去，于是全军覆没。班上女生位列数行，像是女子学堂，于是知了等人学习起来自无驱动力，个个惮惮犯困，面容委顿。

学校里十几栋女生宿舍楼都是最新的流行款式，装修考究，内外兼修，散落在校园的各个角落。唯独那座孤零零的男生宿舍楼赤裸着改革开放前的时代印记，坚持走朴实路线，从里到外都破罐破摔地亮起一排排骨。但那不起眼的红砖小楼却占据了独特的地理位置，扎根在校园正中中央，镇压四方阴气，因此也就格外扎眼，引万众女生瞩目。用古玩界术语讲，叫价值连城。

T大男女比例本就失衡，而文学系的女生比例是整个T大的超标户，性别上有压倒性的绝对优势。对于文学系的女孩来说，宿舍里绝对见不到男生，教室里很难见到男生，食堂里可看到寥寥男生。除了男生宿舍外，篮球场是唯一可以集中见到男性的地方。男生因为缺货而变得格外金贵。

全校性的公共选修课上，咸子选了"阿拉伯概况"，一进教室满屋子的男性面孔，金灿灿一片，忙奔回宿舍汇报，搞得一屋子熙熙攘攘芳心大乱。阿姆听罢垂涎地说，哇噻，我们学校的男生都被你看光光了！

第二天，阿姆就去改选了和咸子同样的课程。

傍晚在小路上幽会的女孩们是溃不成军的集体中少数的叛逃者。由于有了伴儿，她们行走起来横冲直撞，螃蟹般张狂地扩张地盘儿，说起话来底气十足，语调丰润，声带发音与单身干旱者明显不同，一言一语的抑扬顿挫似在歌咏爱情，嘲讽孤独。在T大容积狭小而女性人口密集的封闭世界里，她们是沐浴爱情的捷足先登者，和阿姆每到一个新地方都要提前入驻，以便观察如何应对新形势的心理一样，又如同卓富远见的股票投资者，她们在第一时间瞅准刚一开盘就不断下滑的熊市市场，且不管日后是否有贬值的隐忧，一鼓作气往死里占上它几万股再说。于是她们的每一次亮相臂弯中都挎着另一个，或者干脆整个人横倒在另一个的臂弯里，从容而安闲地招摇过市，脸红气喘地在课间饭后与同道者交流美容或是整容心得，探讨到底丰胸还是提臀哪样才能更加博得男友的喜爱，让彼此的交欢来得更加完善。她们快乐似神仙，以是否有伴为标准组建了密不透风的小圈子，圈内花香蝶踊，莺歌燕舞，和风拂面，四季如春，好不和谐惬意，并且还具备极佳的瞭望视角，以观摩圈外大量单身的女子军团们之间究竟如何竞争角逐。

每天早上7：50—8：00的课前十分钟，是整个T大最有看点的时刻。它的灰蒙与沉闷被彻底激活。校园的主干道上，千姿百态姹紫嫣红的女生齐刷刷亮相，撇着猫步走 T 台般粉墨登场：短上衣、长上衣、裤子、裙子、裙子套着裤子、裤子外头翻着裙子，帆布鞋、靴子，坡跟、高跟、平底，红的、黄的、白的、紫的、绿的，胖的、瘦的、高的、矮的、不胖不瘦中不溜的、不偏不倚的，中性的、古典的、高雅的、平庸的、大众漂亮的……熙熙攘攘，满园春色。碰见另类的，或是个别令人瞠目的打扮，无须驻足观瞧，后面必定还有更另类、更瞠目的等着你。男人见面，相互交谈；女人碰头，相互打量，暗地里飙着劲儿地比拼。楼梯拐角处相遇的一刹那，或是电梯门打开的一瞬间，女孩儿们的眼珠骨碌碌地乱转，从头到脚，再从脚到头，品头论足。

电梯里，密闭的空间里人贴人，乳碰乳，各自屏着呼吸地彼此侦察。微距离观察，连同睫毛眼线粉底粉刺都能搜索个遍，十秒钟之内迅速把一个活脱脱的女生在内心里解剖完毕，但凡是女性都把这套流程烂熟于心。旁边的那个三围如何，五官如何，对面的发质怎样？妆感的薄厚怎样？斜后角那个脸蛋倒是不错，是不是整容整的？还是刷大白般连扑了十几层墙皮般的白粉？卸了妆以后可堪比恐龙？她嘴上生了浓重的汗毛，是不是腋下也同样复杂？到了夏天她敢穿无袖紧身上衣吗？哦，对了，她用什么牌子的粉底？她有男友吗？有暧昧对象吗？在当小三吗？在搞三、四、五角恋吗？她是骑在硌死屁股的自行车后座上喝着风咧着嘴笑还是在宝马的华贵的白狐毛软垫上打碎了牙往肚里咽眼眶里包着两汪辛酸泪嚎啕大哭？整套现象系统带有掘古刨祖一般的执着和锐利，如同拿着根长而尖的刺探针往皮肉里探，扎进了骨髓还一个劲儿地往外挖。

我最喜欢站在电梯里观察众生相的同时心里窃喜，琢磨着真该把这些眼睛拿摄像机录下来专门开个展博会之类的，保管叫好叫座。那些眼睛如同一粒粒游动的蝌蚪，又有如高中物理课显微镜里的微细胞生物，满电梯里攀爬游走，在滑溜溜的电梯隔板上毫不滞涩，身手利落的程度堪比蜘蛛侠。这时候如果一个女生的手机响了，而听筒里又隐约传来男人的声音，那么惨了。她吸引的便不再是蝌蚪般的眼睛，还包括一干人等的耳朵、嘴巴、鼻息，总之调动了一个集团的全部立体感官，那效果和兴奋度如同刚在五星级电影院观看了一场电影，制作阵容超级豪华，涵盖了武打、情杀、苦情、侦探、悬疑等诸多元素在内，并得了百十来个大奖，恨不能冲出地球、走向火星的一线国际大片，痛快之淋漓难以用语言形容。经蜘蛛侠们过滤般的交替扫描，一个女生的存在感就不仅限于她自身了，她背后还包含了她和男人沾边的所有林林总总、鸡毛蒜皮的全部社会总和。也许由于黏贴不到位而半耷拉着的假睫毛或是粉色手机里飘出的一两句男女拌嘴都可成为不久之后课上课下的谈资，那堂课也往往比平时来得兴味盎然。

我时常感觉这套观察体系之严密和细腻使得鲜有女生能侥幸逃脱，数学好的可以用概率来计算。何况女人对女人的标准只可能抬高，没可能降低，用脚指头想也能想到。据我观察，每天这十分钟的强迫型展示是对 T 大女生最有力度的鞭策，比警钟还警钟，达到了三省吾身的哲学高度。

我眼见阿姆在林荫道上进行了无数次往返后所出现的诡异变化。她新置备了一个带有小镜子、小梳子和小夹子的粉红色三件套，大小刚好够放在裤兜里，有事儿没事儿就拿出来照一照，梳一梳，不断检阅并改进面容。一周之内，她的头发帘从无到有，从整齐变成斜拉，再从斜拉变成整齐，最后额头两侧各开了个豁口勾成桃心状，说是今年流行的最新款式。每当看她举着面小镜自我欣赏陶醉我都乐得不行，并引来知了的恶意嘲笑，再怎么变也改不了祖辈传下来的阿里山人模样，快省省吧！我都替理发师暗喜，她的钱简直太好赚。偶尔想拉她一把回头是岸，想想还是算了，何苦呢，帮衬不成反倒惹一身腥。

以阿姆为轴心，能辐射出一整个群体的女生面貌。系里那么多张清汤寡水的脸，隔上那么一两个月便从中诞生出一朵芙蓉。那芙蓉在上课路上或是电梯里的眼神碰撞中渐次抬高下巴，昂首挺胸，随着头发眉毛额头耳朵鼻子的修饰，气质也今非昔比，可感到一股自信生发出的妩媚，不多时身边便收获到一两个似伴儿非伴儿的魅影，从被动的捕食者升级为从容的选择者，档次连升三级，身价亦水涨船高。

我们四个也在走。不停走。

在房间里我们八只眼活动，到了外界，我们置身在更广阔的勘探与被探索之中，沉溺在眼珠的黑白映象里。一旦被探索，我们便更加渺小，简直想找个地缝钻进去，以减少存在感，毁灭我们曾活动在 T 大的蛛丝马迹。每张面孔上的瞳孔都好像机器放出的两条 X 光射线，精准地滤过我们的身体，这更突出了我们内心的丑陋。

我们走。走得如临大敌，步步惊心，不得不团结起来抓主要矛盾，如同走过漆黑夜里的墓地，紧张地凑合在一起壮个胆，以此昭告世人：尽管我们一无所有，但至少在两步以内的空间还有彼此，还有个人肯靠近，还不至沦落到被整个世界抛弃。有谁讲着不好笑的笑话，其他三个定会像其他叽叽喳喳的女生一样高声大笑，如同演戏。我们的力量太过微弱，但在此时也必须抱成一团应对其他的外力与敌意。落单的人是那么不堪回首，谁看见了都会假意关心地上前问一句：怎么，一个人啊？接下来等着看你脸红语拙。

走着走着，有了进一步的内部分化。

总是这样，一切的所谓"集体"最终都会土崩瓦解，成为历史遗产。

我和知了越挨越紧，到了手拉手、胳膊挎胳膊的亲密程度。咸子自然和阿姆凑在一起。

这很自然。

对于某个基因突变似的骤然间变漂亮的女生，咸子和阿姆总是保有警觉。两人特别善长抓典型，阿姆会揪住女生群里的新星观察类比，找出亮点，并依靠广泛交友活络的做生意模式迅速出击，尽可能与该女生结成闺蜜，并炮制出一套与之类似的装扮。她总有东西和本领可与人交换。人好不容易来到首都，却不幸跌入文学系，阿姆感觉"甚荒唐"。好在粤语是时下的热门语言，有不少人主动登门造访拜师学艺，让阿姆自觉这个年代掌握一门富庶地区的家乡语言简直比小语种还受人追捧。

每当夜幕降临，宿舍四人便齐聚首，各自在床上拉着帘子上网，不大的空间被分割成数个不相往来的异度空间。阿姆标新立异，大摇大摆地和上门的女伴不着边际地一通胡诌乱侃，之后搬上沉重的灰色钢椅左磕右碰地出去对着大厅的镜子进行双语交流，粉碎一室的宁静。阿姆学习归来时常常面色潮红，又一番舞舞扎扎，对着空气说心得。她分不清平舌音和卷舌音，女伴就从"四是四，十是十"教起。偶尔她也自编学习资料来增强记忆，比如：咸子爱打"篮"球，知了很"懒"，雅雅爱给我出"难"题……

咸子能交换的手段是赤诚和热情，她热络地服侍着阿姆，从起床到吃饭，从出操到点名，从睁眼到闭眼，一揽子工程。咸子时常带阿姆回近郊体验家庭温暖，烘得阿姆心里比火炉还热，感觉受到了皇妃般的待遇。阿姆返回宿舍会感激涕零地大谈咸子的好，说咸子家的茅屋如何为秋风所破，门关不上，窗子呼呼冒冷气，由于没有热水器只能在两间茅屋的瓦片缝隙中洗澡；说洗澡时候

　　　　　　　　　　　　　"新生代军旅作家"面面观 |

真担心被某架恰好经过的飞机来个航拍传到网上，那这辈子就没脸见人了。咸子为避免这种危险情况发生，左蹦右跳地拿着布帘遮蔽阿姆的裸体，疏忽中露出一截胳膊或是半拉屁股便引来阿姆足以穿透耳膜的尖叫惊呼。

阿姆还讲水的故事。咸子家洗脸没有热水，每天早上咸子妈烧上一锅水，花花绿绿的暖壶排成一排，跟祈雨的灾民一般。咸子端一盆热水来孝敬阿姆，并在阿姆梳洗完毕后就着残水洗自己的脸，毫不在乎。

大年三十晚上，七大姑八大姨的一大家子围坐在一起吃年夜饭，长辈率先动了筷子，第一块鱼肉却落到阿姆碗里。阿姆抬头，一圈儿陌生的男男女女皆露出咸子般春风化雨的笑容，催化出阿姆两行清泪，就着鱼肉吃到肚里。说到情动阿姆已经哽咽，讲自己在北京如何形单影只，独在他乡为异客的孤独感每每在节日里突然爆发，很流行很传染。作为报答，阿姆隔三差五地把自己从香港淘来的剩余护肤品倾泻给咸子，并在咸子出去约会之前借给她用高级品牌的手包和香水为其包装。

她俩的故事真他妈动人。每当阿姆谈论起话题女生，咸子便微笑不语信耳听阿姆与该女生结交的各类细节，取其精华嫁接到自己身上，再故作聪明地否定其不足，由此来美化自我。

这两个女人一唱一和地结成对子，她们优势互补，相互利用，并乐此不疲。她们或许终其一生都在为粉底、口红和假睫毛而消耗自己的能量。

这是我和知了所不屑的。

咸子即便百般聪明，估计在此时也万想不到有一天她会和阿姆鸡飞蛋打，互相仇视。而那个时候，咸子所有的秘密都成了填补我们茶余饭后打盹儿前的笑料话题。

知了之所以叫知了，源自她声音的尖锐刺耳。

多数时候，知了很冷漠，但要是为一件事儿激动了，大笑起来那声音像极了夏日枝头上扯着脖子没完没了吱哇乱叫的知了。那声音不但刺耳，而且刺心，仿若指甲刮着黑板的声响，眨眼便能崩断所有人的神经。

名字是阿姆取的。

阿姆常说，我要是男人我就娶知了哦。

知了刚要咧开嘴乐，阿姆赶紧接上后半句，放在家里防盗哦。

知了对阿姆极其不满，我知了的价值难道仅限如此吗？小家子气的商人就是这样，连开玩笑都首选保护私产，一生难过大气门槛！

　　知了很久以后告诉我，第一天来宿舍报到的时候她同我一样，战战兢兢，左右碰壁。对于社会交往我们都属白痴，并且我们都记得她母亲的话怎样在众人面前刺伤她。她说她也不喜欢阿姆，排斥咸子，她不过是个低档的时尚女孩。知了恶狠狠地补充，站街的那种。而她母亲竟然在这些货色面前侮辱她，让她觉得连她们都不如。在我戳破了咸子的身世后，她稍微好过点。也是在那个时刻，她开始认同我。这么说来，我俩还真是物以类聚，算得上一见钟情。

　　知了外冷内热，等到熟一点便掏心掏肺。为了表示义结金兰的忠诚，共处一室没多久，她便向我坦述她自认丰满而略带痛怆的十八年漫漫人生路。

　　要认识知了先得追根溯源，从她爸妈讲起。

　　知了爸是典型的知识分子，年届五十，事业成功，在同龄男子中气度不凡，属于越老越吃香的类型。他和知了妈的关系很微妙，倒像是日后我和知了相处模式的翻版。知了说，表面看她爸妈关系和谐，但她知道爸爸只是在报恩。

　　我问报什么恩？

　　知了很神秘的样子，只说两人是在"文革"时期她爸爸因家庭背景"不清白"受迫害时认识的。

　　这让我想到小说里的段子，一个武林侠客不幸落难，总会得到善良朴实的女孩相助。那年代什么八竿子打不着的人都能机缘巧合绑到一块儿谈恋爱。

　　知了妈不喜欢工作，觉得累，不如闲置在家每天去逛街逛超市舒坦，后来把街上几十家店都逛烂了，就近去了学校医务室当校医，天性洁癖又多疑。知了妈工作以后比没工作时候还闲，于是家务做得更勤。饮水机每天清洗一次，床单被罩一律乳白色，一周来一次大撤换，每到周末好几台洗衣机同时开足马力以满足她对于纯洁的理想追求。后来她又迷上了烹饪，所有食物从洗菜到下锅绝不许他人下手。没过多久，她就不做家常菜了，寿司火锅烧烤海鲜煲意大利面，吃的都是中西合璧的产物，连知了的班主任都说她要是不好好努力考上一流大学真对不起她妈。每天知了水瓶里的颜色都不一样，今天是紫红的玫瑰茄，明天是橙黄的金菊，后天是棕色的明目减肥的决明子。再后来知了妈对知了在外面买的面包饼干也不满意了，改由自己烤箱生产，用的是顶级的特制橄榄油。知了看妈妈在餐桌前舞弄着精致的餐布眉飞色舞地说着牛奶可可和杏仁

　　　　　　　　　　　　　　　　　　　　"新生代军旅作家"面面观┃

的搭配比例，一遍遍地追问知了爸味道能否和法国西餐厅媲美，便觉得这女人已经走火入魔到无可救药，只差自己生产制造水和氧气了。当然她对知了爸的监管也更周密。这是她生活的重头戏。知了说，她爸的手机电脑里从来不存什么秘密文件，很有做老公的自觉，每天回家之前暧昧短信等一概删除干净，仅留几条工作内容。没办法，家贼难防，再隐秘的东西都能被知了妈敏锐如 X 光般的眼睛察觉并曝光出来。

如此这般也便罢了。但生活不如意者十之八九，谁知这种貌似清静日子过了没多久，便有"第三者"介入——知了姥姥。老太太更是魔高一丈，退了休来知了家养老，安插在居委会工作，就是那种你不小心进入小区肯定被胳膊上捆绑红袖标满眼怀疑一切打倒一切的老太太所盘问，又真假难辨的耳背，听不清你解释什么的志愿者。人家都说三个女人一台戏，知了家是三辈女人两台戏，一台戏对付知了，另一台戏对付知了爸。父女俩在四口之家的日子过得很是拧巴。

有时候知了妈会因为抓不住知了爸的把柄而气恼。凭她敏锐的直觉，她嗅到他的"清白"背后肯定藏有"不清白"的底色。白床单睡久了能变成黑床单，他怎么可能一直如刚洗过般洁白？

知了爸非等闲之辈，早几十年便晓得如何不让知了妈翻动他的底牌。

男人对付女人最有力的法宝不是愤怒，不是责骂，而是阻截女人的任性，让感性动物折损在理性动物裹挟着冷暴力的温柔里。我对你多好啊，给你提供安稳的生活，你还有什么不知足呢？把你妈也接过来养了。我用舒适和谐堵住你的嘴，知恩又图报。你没话说了吧？你非要说，那就是闹。女人啊，你闹吧，闹吧，一闹就把脸皮扯破了，脸一破感情就扯没了。闹够了就消停了，我不接招，不理你！这叫情感太极！这叫境界！

隔靴搔痒的日子让知了妈对生活生出了黏腻的厌恶，她感到自己像粘在巨大蜘蛛网上的蝴蝶，怎么展翅也难以起飞，生活的破网渐渐无法打捞她的美丽。她曾经叛逃过，行囊都打好了，站在车水马龙的街道，她怯步了，仿若背着包袱裹着小脚初入大城市的乡下老妪，迷失了方向。长久的安逸如同温水煮青蛙，她的勇气和魄力早就沸腾完毕，何况这里还有孩子、母亲和她割舍不掉的又爱又恨的丈夫。她回了家，把皮包扔在沙发上，哭着进了屋。

那时知了还小，她眼里妈妈不过和往常一样出门逛街回来，看神色又好像包裹了什么不得探究的小秘密。她的心扑通扑通地跳。

爸爸把她抱过来，把着她的手拉开了妈妈的包，里面躺着一大沓人民币。爸爸似乎放心了，猜到她最坏的打算也没他想得那么糟糕，于是半开玩笑地对知了说：哇噻，看妈妈带了那么多钱呀！说完夸张地撇撇嘴，两手一摊作无奈状。

知了跟着嘿嘿傻笑。

知了妈不走了，却把在生活里积攒起来的怨气撒在知了身上。知了长得不如意，她不从自身找原因，反而奚落知了爸的种不好，家族人格也有问题。知了小时候被奶奶带过一段时间。老太太老糊涂了，把孙女往死里塞，饭后又开罐头当甜点，咽不下去强行往嘴里送，怎么瓷实怎么来。底子打得太好了，日后减肥都没用。

后来据说知了妈实在看不下眼去，经过一番家庭斗争才争取到知了的抚养权。

这以后便有了知了的故事。

知了上初中，到了爱美的年纪，也开始跟同龄女孩儿比较，寻找差距。

知了敏感了。她的体重严重超标，一上体育课如同受刑，不是鼻子流血就是肚子痛得恨不能打滚。她只好千方百计地躲着不上，紧急时刻还装过晕倒。

渐渐地，同学间有了坊间流言，知了在小小年纪就体会到了"伤害"的滋味。

到了豆蔻年华，知了对后面座位上一个长相白净、笑容和煦的男孩生出了爱慕。由于自卑，知了一直和男孩哥们般称兄道弟，把酒话家常，男孩从不像其他人那样嘲笑她，顶多偶尔耍点小恶作剧，拿她当知己。不知怎么的，知了就喜欢上他了，可能是恰巧某一天他穿了件顺眼的格子衬衫，而她那天心情不错。一旦喜欢了，知了再跟他说话便感扭捏，躲闪回避。他并不在意，照常给她发些嘘寒问暖的信息。她通常不回，却把他的每一条信息宝贝般珍藏在手机里，每晚枕在头下睡觉。偶尔坐在车上她偷偷翻出手机，对着那些知冷知热的句子脸红心跳，一抬眼，却发现反光镜里折射出妈妈敏感的眼神。她一惊，手机差点翻身落马。

男孩递给她一封带有红色桃心印花的信，伏在她耳边告诉她，等下课他有话跟她说。她一阵瑟缩颤抖，不知该如何应对突如其来的幸福。余下的时间，老师讲的什么知了一个字也没听见。

终于挨到下课，男孩羞涩地低下头，握住了知了无措的手。

知了周身的血液都涌到头部，心脏怦怦地剧烈跳动着，她真怕他也听到这心跳声，恨不得手能掏进身体里把心稳住。

男孩开口了，说他遇到了一生挚爱，求她千万成全他，他实在没勇气，请她一定代他把那封信交给班花。

知了呆住了。

后来知了躲在被窝里无数次回忆起这个情节，只觉是个极恶俗的段子，还有刀刻般疼痛的屈辱感。这屈辱如一帧老旧相片般留存下来，奇怪的是相片里的画面与男孩无关，充满镜头的是反光镜里她妈妈那双略带嘲讽和了然的眼睛。她想是那双眼睛让她露了怯，没了底气，慌了手脚，以致每一次伤害都结结实实地招呼在她心上。她知了要作斗争！不在沉默中爆发，就在沉默中灭亡。再沉默下去没有出路。与天斗，与地斗，与人斗，其乐无穷。

在这方面知了积累了足够的经验。她自小生活在两位"特工"的阴影下，耳濡目染练就对人对事敏锐的观察力，再和她妈斗起来便感觉棋逢对手。

知了每个假期被她妈拽去医院针灸减肥，颇见成效，不到两个月的时间能瘦下去二十来斤厚实的肥肉，脸、胳膊、肚子、大腿都见细溜。

接下来的一个学期里，知了便能在她妈每周让她称体重的空当儿中不动声色地加重，这次多半斤，下一次多二两，蚂蚁搬家似的把体重加回到原点。每次称体重知了妈都捕捉不到太多异象，可到了假期再去针灸，一上秤指针又蹦回原点。

知了妈和针灸师恍悟，她们都被知了耍了。

知了后来想想，上课、考试、暗恋、针灸的岁月如同风扇般的年华，从没停歇过，转悠得连自己都糊涂了。

我真心疼知了，再怎么跟她妈斗，也不能拿自己的三围来较劲，到头来伤身又伤心。

难怪开学那天，她妈的"还吃"两个字能重重打到死猪不怕开水烫的知了脸上。

长期斗争的产物。

不过毕竟血浓于水，知了多少继承了她不愿承认的妈妈矫情基因。家里规矩太多了，朋友来串个门，她妈也要给门把手消毒，拿着湿纸巾弯腰撅腚毁灭罪证般地依循客人的路线擦干手纹脚印。还有吃药，知了妈多年来陆续给她喂了不知多少的消炎药，不管什么病先塞上消炎药再说，而且邪了门似的认准了联邦牌。联邦，联邦……

知了看她妈手舞足蹈的样子，活脱脱一个卖假药的。就跟电视广告上一个节目轮番插播无数次的轰炸效果一样，知了真还就跟联邦铆上了。

阿姆感冒，上呼吸道感染，知了痛快奉上联邦消炎药。

过几天，阿姆还给知了的是普通包装药。

知了扫了一眼摆摆手：不要了，又不是联邦的。

阿姆撇撇嘴：臭讲究还真多！好不容易建立起来的一点好感，顷刻间被联邦一扫而光。

我和知了逛小卖部，为了一袋锅巴跟知了借了零钱。

我还给知了的钱她迟迟不肯接手：这钱真脏！

我说：不是赃款，我自个的。

知了：我说它太脏了，我的钱都是新钱，我妈从银行取的。

我不服：你所有的零钱都是从银行取的？不可能吧？！

知了：对啊，都是我妈去银行破的，每周一次。

我反感：那我没零钱，改天破了给你吧。

知了：你今天就得给我，我今儿回家，我妈要查我钱的。

我不耐烦：你就把这个拿去吧！

知了：不行，她要发现的，发现我钱对不上会问我的。

我晕：问你就说借人了呗！

知了：不行，她不让我借钱给别人。

我无奈！

为了全方位接受知了，她的这些言行都在我的认可范围之内。

知了学习成绩平平，但酷爱读书，基本上一两天一本的速度，阅读范围尤以外国文学为主。在她看来一部小说就是人生一块角料的缩影，一本本看下来，说不定就拼图般凑出了整个人生的真谛。知了致力于编制她的人生真谛，对于周围频得高分、入围班内前十的同学，一概被她称作行尸走肉的考试机器。虽然卷面上分数低人一等，但内心充实。她不但皮肉结实，筋骨强健，还有文学气息缭绕，实打实的文学青年。上课别人认真听课、做作业的时候，知了沉浸在自己的文学梦境里遨游。

美妙如梦的日子在中考失利时戛然而止。拿到成绩那天，知了在12层的窗口俯瞰北京的街道，握着栏杆的手心微微沁汗，感觉就这么一直站下去，可以凭空蒸发在令人绝望的城市空气里。

事后知了妈说，当时的知了看着让她在旁边只敢看不敢劝，怕一个劝不好她就能纵身跳下去。

知了说当时她觉得这辈子完了。再后来的叙述就白水一般没有味道了。

知了爸妈为了让她能读好一点的高中，把她送回老家上海，读了两年，高三又"曲线调动"回北京，可惜元气已折损大半，高考再次落榜，连三本都没上线。

知了后来又半吊子努力了一年，好歹考上T大，又遇到了我，缘分呀！

讲到这里，知了叹了口气，像是遗憾，又像是满足。她曾经在考试的关口烧毁了一次青春，如今想在T大里寻求第二次青春。然而这里漫山遍野的女人让她失望以后又绝望。

我抱住她，依偎在她身体上，感到这肥硕暄软的肉体是我在T大赖以生存的唯一依托。我真心不希望她瘦下去，我是如此依恋她的肥胖带给我的安全感。她厚厚的油脂遮蔽了我的自卑和懦弱，她温柔的肥胖滋养了我的罪恶。

她和我如此相像。我不顾一切地交代我自己。告诉她我父母荒谬的结合，和她谈父亲的婚外情，和父母行将破裂的婚姻，还有我从未摆脱的恐惧。

我们都是不识时务、不容于世的呆瓜。我们前赴后继地攀爬着走过十几年的人生道路，自有了敏感的认知起把每一年都过得那么漫长，充满煎熬。回忆里涂满了哀伤色调，而实质上又没碰到过什么真迈不过去的门槛。我们骆驼般自我负重，但又有如此相似的彼此为伴。这感觉真实而美妙。我们什么也不图，只因志同道合而走在一起。男人算什么？女人之间的友情可抵得过爱情与亲情的双重组合。那些同床共眠颠鸾倒凤的夫妻也不如我们掏心掏肺，我和她的拥抱坚不可摧。

相比之下，阿姆和咸子算个什么东西？那俩人的结合简直就是世俗利益的产物，捆着当伴儿地吊男人。吊吧，别把自己掉井里头就行。我和知了才不会去打捞尸体。我们只顾拥抱。

　　T大里什么也没有，可是有我，有知了，就够了。我俩可以一起荒芜到老到死。

　　我们相对垂泪，都有末路天涯之感，因此更加不理解咸子和阿姆何以把日子过得那么升腾。

徐艺嘉长篇小说《横格竖格》惊人又启人的"呐喊"

白　烨

三年前，小我许多的朋友徐骁说他还在上高中的女儿徐艺嘉写了部小说，要发给我看看。我以为无非是小女生的小故事、小情趣、小情调，一看却大出意料——"80后"群体中又闯出一匹小黑马！

经过一番周折，徐艺嘉《横格竖格》被列入"北京市出版原创推新工程"，终于正式出版，作为这部作品最早的一个读者，我的欣慰之情自然溢于言表。

《横格竖格》这部小说写得有板有眼，严气正性，在当下时代的大背景以及学校教育的小环境中，活画出了置身其中的学生与老师们的尴尬处境与紊乱心境，我感觉，这不仅是一般意义的小说，而且是以小说的形式来真切描述我们中学教育的滞后现状，并为教育的发展和学生的成长仗义执言的作品。在这个意义上，可以说它是一部以文代谏之作。

在作品主人公锦乔就读的"名噪京城"的同达中学，不仅"整体布局气派，十足一阔佬"，而且"最引人骄傲"的是高考之后的"校园庆功会"，"校长扳着手指向来宾一一介绍文、理科的状元、榜眼、探花"，这使得同达中学的校服"身价倍涨，万金难求"。而有幸进入这所学校的锦乔和她的同学们，则犹如进入了考分的生产线和加工厂，没有了课余，没有了娱乐，大家就像是被拴在了"分数"的疯狂战车上，既不能自已，也难以自拔。

"分数"统领了同达中学的一切之后，是如何的可怖、可悲和可叹，徐艺嘉的这部《横格竖格》可谓写得入木三分又淋漓尽致了。锦乔所在的实验班因都是"考试尖子"，全部精力都用在了考取高分的竞争上，根本无暇顾及其他，文娱竞赛只得了个倒数第一，体育比赛更是只能垫底。学习拔尖的学生，都各

529

有一肚子苦水。穷苦出身的腊梅，"在同龄孩子还沉迷于童话故事里的王子和公主时，各种数学竞赛辅导书就成为她钟爱的'工具'"。石榴也觉得"学习越来越乏味，成天和剩下的那点自尊苦耗"；季月更是觉得"在家父母管着，在学校老师管着，两座大山，压得我们一点自由都没有"；而内向的锦乔，"难受得经常独自在校园里徘徊而不愿回班级或宿舍去，因为那里只有虚伪、竞争、压力并摧毁自尊，缺少坦诚的合作、交流和友情"。白兰对她爸爸所说的一席话，更是发人深省，"你总告诉我们要一辈子奋斗才能有享受，我就不明白了。一辈子都用来奋斗了，还怎么享受，去坟墓里享受吗？"这与其说是白兰对她爸爸的质疑，不如说是孩子对家庭教育的质疑、对学校教育的质疑。对于这样几乎是呐喊般的声音，我们真应该认真倾听，虚心接受，并深入思考，切实反省。

作为一部小说来看，《横格竖格》中的众多人物塑造，如锦乔、季月、贲老师、君子、苏铁、白兰、菖蒲、木槿、石榴、腊梅、竺老师、凌霄、百合、麦冬、历史老师等，虽然着墨都并不很多，但人物形象生动而鲜活，个性突出而鲜明，能给人以强烈的震撼力与感染力，这些都足以见出作者的艺术感觉能力和文学表现功力。作品中，虽然某些地方的描写尚嫌不足，人物塑造显得粗疏，有欠丰厚和饱满，故事本身因写实有余，想象不足，带有较为明显的纪实性特征，但这部小说自有其瑕不掩瑜的特点，那就是蕴藏于人物、寄寓于故事的智性思考与理性批判。思考来自学生的切身实践，批判指向应试的教育体制。因为这些都是一个"局内人"不打折扣的自省与自诉，让人觉着格外真实，感到震撼。一部作品能有这样一些郑重又厚重的内涵，这在同龄作者的同类作品之中确实是并不多见的。

作品的引人之处，或者说成就了这部作品的可读性的，还有作者徐艺嘉的语言。那是干净利落的叙事、自出机杼的白描、内涵蕴藉的对话，尤其是行文中不经意间发出的议论，可谓数语中的，言简意赅，如写到锦乔去儿科看病时对少见多怪的医生的反感，"心想这人居然把自己的一生都断送在儿科手里了，思想永远都无法长大，也不可思议"。这些比喻与隐喻性议论，表现了作者超常的文史知识储备及巧妙的运用，也表现了作者的感觉准确与思想机敏。这样的文字在可读性中，带有相当的思想点，给作品平添了许多情趣与意趣。

作者语言的另一大特点，那就是无处不在的机智与幽默，具有如此驾驭和把握能力的小说语言，竟出自一位18岁的少女之手，实在令人惊喜，这无疑是现在的"80后"之幸、今后的中国当代文学之幸。

　　作为叙事艺术的小说，其基本的三元构成就是故事性、思想力和语言，缺其一则会沦为残疾作品。而这三者，徐艺嘉的《横格竖格》兼而有之，委实难能可贵。综观当代文坛的小说创作，无论是知名度颇高的泱泱大家，还是火爆市场的一些"80后"偶像写手，真正能具有若徐艺嘉这样的艺术品格的，还真不多。当前文坛这种铺天盖地的媚俗与装酷，娱乐至上，无病呻吟，轻慢经典，缺乏道德，语言苍白无力，把无聊当有趣的混乱现象，究竟还要持续到何时呢？

　　鉴于以上看法，我的结论是：徐艺嘉的这部《横格竖格》因小中见大——事关家庭、学校与社会的教育问题与青少年培养，非常值得关注。而作者徐艺嘉因人小志大——充满责任感的个人化写作，也相当值得期待。

《我们都缺伴儿》创作谈

徐艺嘉

小说写在我行尸走肉的本命年，充满惊险和动荡。

如今已过去几年。在当时，我担心日后有心无力，所以抽空记录下我的学生时光，我一直视之为我生命的拐点。那之后我便开始接触世事，好似经历许多个轮回，很多时候不辨是非，不明真假，误入过无数条河流，颠沛流离。我难以预料它最终会成为什么样子，正如我始终莫测的未来。

现在看来，当初的担心是对的，那种混沌而尖锐的棱角已不在。越来越觉得写作这件事，除去阅读、技巧的成分，更多记录的是一种状态，一种看待人情冷暖的眼光。

我努力想写得好一点，再好一点，然而出来的胚胎并未如我所愿。一是当时以学生眼光所见，难免狭隘。情绪和文字总是挣开我手指间的缰绳自由裸奔，如同最顽劣的双胞胎。然而充沛的情绪是当时的我所珍视的，得到了较为完整的体现。

在这部小说里，盯视和背叛是我想要表达的东西，讲成主题就俗了，当然其中不乏世俗中偶尔乍现的温暖。我们无时无刻不在观察别人，同时被别人观察。这是自始至终谁都摆脱不掉的。只是当时的我活在太过逼仄的小空间里，总认为生活没有绝对真空的状态，无论你愿意与否，总要被推搡裹挟着进入红尘，卷入漩涡，进行某种博弈。所以年轻时人们最爱喊出的口号便是"生命不息，折腾不止"。每个人颠来跑去，凑看别人的热闹。我们始终学不会和自己相处，找到最舒宜的状态，在汹涌的人潮里求得平衡，站稳脚跟。真正敢于正视自我，顺从内心的人，不是天才就是疯子。阴暗的另一个我们总是躲藏在远处

　　　　　　　　　　　　　　"新生代军旅作家"面面观 |

的好望角。

还有背叛。没完没了的背叛。在小说里，知了背叛我，林旭背叛我，梅背叛我，我再背叛回梅，附带有前几任伴侣加之于我身上的恶念。他们是我的初友和初恋。我们在怪圈内相互厮杀，如同萨特的经典名剧《禁闭》中的3个亡灵，死不悔改，不曾妥协。

欲望必将引导人类走向毁灭。

我们总在寻找伴侣，没有男人找女人，有了男人又失掉女人。

可能你读着有点蒙。其实在写下这些文字的时候，我也并没有对这世界怀有深仇大怨，相信美好永存，只是偶尔愤世嫉俗，也并不真动感情。之所以记录这些，是不想让年轻时的敏锐和张狂轻易消散，料想往后的日子没有多少霸气可供挥霍，因此格外感激那几年的愚钝和无知。将点滴的生活粘合成标本，放在枕边，劳神损肌的时候看看，提醒我从前的日子如在昨天。

感激我周围的人们对我的教诲和包容，如果不是他们的宽容，我不会那么乖张妄为，那么任性生硬，也许早就被正义之士整顿出人形，暴烈性子打磨得圆滑无比，更不会经历一点小事便耳热心跳，童心未泯。

就如同我的今天。如果此时再去回溯，我笔下的故事又该是另外一种样貌了。

可我并不后悔，并十分珍惜曾经的冲动。

因为如果一切事情都有时机可待，也就不会有这部小说的存在了。

勇敢青春　勇敢文学

李墨泉　徐艺嘉

一

李墨泉：应该说，你给了我极大的惊喜，一匹军旅文学的黑马，在颇感"寂静"的时刻大声"嘶鸣"着冲了出来，在小说创作、理论批评甚至影视剧作三个方面发力，均取得了不俗的成绩，真的是让人眼前一亮。不禁又有些疑惑：徐艺嘉制造因由何在？直到看到你的那篇《文学与父亲》，才稍有释惑，这里面应该有某种精神和生命的传承在，但是一颗种子自发、自在、自醒生长的力量和愿望，能够振拔而起决然树立，实在是有着内在火焰的点燃。讲讲，你文学上的最初与点火吧。

徐艺嘉：我的文学梦最初是由父亲点燃的，记得 2012 年《西南军事文学》推出一期新生代军旅批评家，我的创作谈就是《文学与父亲》，里面详细记述了父亲对我文学上的启蒙具有怎样的影响。

我的童年里大部分时间父亲是缺席的，那时候他走南闯北地到处拍电视。但也许是继承了他的文学基因吧，每年短暂的见面中，他都能发现我说话时候遣词用句和其他的小孩子不一样，所以在我很小的时候他就着力培养我记日记的习惯，家里的日记本厚厚一大摞。我算是个听话的乖孩子，也曾一度把记录生活的点滴当作功课来做，并从中体会到新鲜和兴趣，甚至有时候人都躺在床上准备睡了，突然想起来还没记日记，便一个鲤鱼打挺起来奔至桌前凝思苦想。现在想起来是件很有"仪式感"的事情，久而久之就有了自己稚嫩的"语感"

了吧。若追溯到文学之初，大概就是这样稀里糊涂开始的。

李墨泉：既有精神和写作上的某种联系和承接，亦必能独发己见、创化独出、自成其言，方有可观之处。在你获得第三届"紫金·人民文学之星"时，李敬泽指出："要自我警惕，不要听我们的规训，尽情地按照各自对生命的感受去写心里的文学，而不是我们说好的、我们画下来的那个文学。这个力量只有青春的时候才有。"以为得见。你是如何在写作中，寻找到自己的声音的？

徐艺嘉：我很认可李敬泽先生的话。在我看来，一个作家，尤其是在他或她不够成熟的时候，最快速进入文学的途径就是找到自己最本真的声音，然后发声。寻找声音的过程也许很漫长，也许会绕弯路，但它终究会走到命定的轨道上来。

这种声音或显或隐地蛰伏在作家体内，呼之欲出。作品都是有风格的，它在作家下笔摸索的过程中与自己内在的声音相互探寻，就像打靶一样，目标可能会上下左右飘移，也可能会脱靶，但最终目标是让子弹击中 10 环，即写作的尝试和内在的"声音"相互吻合。作家的启蒙阶段都是在模仿，不少人写作之路是从喜欢阅读开始的。我们都知道要阅读经典，然而你入了这行会发现，经典也数不胜数，每个人对经典的定义也是不同的。读书对作家来说其实是个做减法的过程，不断淘汰不喜欢的作品，遴选出与自我内在情感机制相一致的作家作品，再通过他人的作品观照自我，形成自己的风格。

我本身是个很重感受的人，提到这点还是要说我父亲对我的影响。他有一个观点，认为考上什么大学也不重要，重要的是专业能力和创作成果。因为每个人所擅长的东西是不一样的，用一条普世的标准去要求所有人，在他看来是不科学的。我中学六年都在人大附中念书，分数上的竞争压力可想而知。我的分数一直是中游水平，平时到了寒暑假也不去外面像其他同学一样上课外班，都是在积累小说素材。所以相比较同龄人，我不是很关注外在的一些具体现实的东西，反而容易挖掘内心，笔下的内容必然是发自内心。当然随着时间的推移，也会多关注一些技巧性的东西，让蓄势的力量由"显"变"隐"，寻找更为平和高级的文学感觉。

李墨泉：你的作品整体来看"好看，好玩"，有一种读钱钟书《围城》那种语言的锐力、幽默、调皮的情调，更有一种沉得进去的视角，又跳得出来的心态。谐谑幽默里面，有着深情的怀旧底色。貌似不宽容，其实是痴缠。你在

《西元小说创作三人谈》一文中说："文学是需要拼心思的"以及"作家一般在面对自我时所表现出的真诚和初心是最能打动人的。"谈谈你的"拼心思"和"初心"是怎样诞生出这样好玩又痴缠的文字的？

徐艺嘉：许多前辈作家读我的小说，都给我提及过对我的语言印象深刻，我也的确在语言上下了许多功夫。文学网罗的内容庞杂且微妙，不少小说的关注点不在文字，而在于社会价值，还有的小说结构本身带来的文学意味，有的作品需要读完整个故事后才能咂摸出真正的味道来。我很欣赏这样的文学，但是我的阅读经验是，若是一部小说的语言不能打动我，我便难以有兴趣读下去，语言是小说区分开文学与其他门类最重要的元素。最极端的例子是诗歌，诗歌是最凝练的文学形式，试想如若诗歌的文字不动人，那有何艺术价值可言呢？为什么中国的古诗词翻译到国外便丧失了味道？归根结底还在于语言，并不是语言本身如何花哨吸引眼球，而是好的语言可以延伸和引发出无限的文学遐想。

我的"初心"体现在写作时预先不做过多的结构层面预设，或者说即便预设了在写的过程中也会根据自我的认识不断调整，"拼心思"就是后续修改过程中语言会改动许多遍。有的时候也会感觉对语言过于在意会制约写作速度，但是重读作品时感觉语言不过关，就迈不过去那个坎儿，还是会反复改。

二

李墨泉：你的长篇小说《我们都缺伴儿》读下来，感觉在精神上出了次透汗。首先是一直沉浸在你的幽默中爆笑，有的时候都要揉肚子，拍案叫绝，感觉这真的是"鬼怪灵精"之作，真不知道你脑子里藏着多少有趣的点子，再就是大笑之后的一点"哀伤"和沉思，那种青春期女孩子生命中的疼痛，真的是抵近灵魂而不被男性世界、成人世界所明了的。你为何能记住或发现那么多、那么细致、又那么强烈的生活？

徐艺嘉：从小记日记让我养成一个习惯，直到今天书桌上没有个记录本都不自在。也许我在观察生活上用的心思太多了，常有什么想法就赶紧记录下来，有时候只是几个字，或者是简单的符号，总之是只有我自己能明白的东西。当进入写作状态的时候，翻翻本子，许多并不相关的东西自动排列组合，成为有意思的故事。所以白烨老师曾评价我的小说有很强的"现场感"，可能就是源于对记录的一种当下性的复活。没灵感的时候也习惯翻翻本子，从以前的记录中汲取文学感觉。

李墨泉：暂且将你的这种青春写作命名为"女性成长小说"吧，女性世界成长中的心理世界之丰富，由你的笔端展开，实在是令我大吃一惊，也大开眼界。主人公和闺蜜"知了"那刻骨的羁绊，你算写出了力道、嚼头和幽默，是直接在血肉、骨头和灵魂上下刀子。一方面是割舍不下的揪扯，"知了，没有她，我将面临切割连体婴儿般的痛苦，心碎如锯，血流成河。她是我的手机，是我的包，是我的护垫，是我的纸巾，是我的钥匙。出门没有她陪伴，我会心慌慌，意乱乱"。另一方面又极度诅咒厌恶，"知了，你他妈的。你的尖锐，你的无情，你的自私，你的冷漠……你这辈子就别想找到个男人要你！别说中国男人不要你，韩国男人如灰狗也不会要你，越南老挝柬埔寨的也不会要你，非洲男人土著男人通通不会要你！你等着哪天基因变种和外星人配对去吧！我真他妈搁心里把你千刀万剐了！"这种写法生动、直接、有力，确实是肉搏，带着灵魂、带着血、带着疼和执着的肉搏。我突然感觉到：男性作家笔下的女性与女性作家笔下的女性，有着遥不可及的隔阂，因为那种直接，那种委婉，那种体验和灵魂深处的愿望，不是可以推想、分析和解读出来的。这点可以拿你笔下的青春女性世界，与《红楼梦》里的青春女性世界对比着看，会是一个很有趣的话题。

徐艺嘉：我的文字和《红楼梦》那是没法比了，在文学上我只是个刚刚起步的初学者。我的整个成长环境中接触的女生居多，读书的学校也都是女生比例极高的。我作品呈现的更多是女性故事，女性的内心世界，这是一种自然的选择，而女性作为表现对象进入文学本身就是一种魅力。那种细腻、微妙的心思和情感，在日常生活里讨论，是没有意思的，在男性世界里更是些鸡毛蒜皮，但是在文学中展现就不一样了，正是这些看似无意义的细节，让每个人物都血肉丰满，成为无可替代的"这一个"。至于直接有力甚至有些暴力的那些元素，内里包裹的是有关青春期的躁动和惶恐，这些在青春文学都是相通的。我写《我们都缺伴儿》的时候，也正青春，那段时间可以视之为生命的拐点，正是生命不息、折腾不止的年纪，对周围人对生命的理解比较完整地复制在这部小说里。

李墨泉：谈谈你中学时代完成的那本《横格竖格》吧，它和《我们都缺伴儿》是怎样一种关系？感觉这是一种接续性的写作，我不知道你是否会将研究生生活也写出来，那就真的是"自传三部曲"或者"青春女孩成长三部曲"了。白烨评价你的《横格竖格》写得"有板有眼，严气正性"，而且"是以小说的形式来真切描述我们中学教育的滞后现状，并为教育的发展和学生的成长仗义执言的作品"。读到他的评价，和你说的"议论文使劲写"活动，不禁会然。这是我想问你的另一个问题，你的文字中除了女性作家特有的细腻和敏感外，明显有着一种担当、勇敢和大气，姑且称之为"侠义之气"吧，其实这是一种平常被认为的"男性气概"的一种表征，而在女作家的笔端体现出来，特别有味道和亮眼，其实你的那种幽默感是沉溺于生活琐碎中又能够跳脱出来的表现，这个既是性格上的原因，其实也不完全是，孟子说"我善养吾浩然之气"，那么你是怎么长养你写作中的那种"气概"的呢？或者荡开来谈一下你的看法。

　　徐艺嘉：《横格竖格》和《我们都缺伴儿》的确是接续性的写作，是我对不同时间段自我生活的总结，但两本书的主题不同。《横格竖格》是中学时代的故事，那个时候的生活很单纯，每天就是比谁学习好，比谁分数高，更多承受的是外部大环境对个人的压力。到了《我们都缺伴儿》，主人公进入到社会团体中，这时候视角更多转移到个体内心以及与周遭的人、事、物发生的冲撞。"80后"大多是独生子女，当这一代人和周围人发生交集的时候，不仅是单一的样态，还有一个特殊群体特质的投射。在紫金奖的颁奖典礼上，徐坤老师称这本小说为"独一代的呐喊"，说的就是这个群体的特质。如今二胎政策已经放开，我们这一代人很有可能成为"绝响"。能够在自己的作品里记录一个时代的缩影，是幸运，也是偶然，可以说这是和时代的一场遭遇。小说，尤其是长篇小说，我认为它在叙述故事的同时作家必须有能力观察和反思群体现象，有问题意识，也就是您提到的"气概"。研究生时代的故事还是会写，但就不再是单一的女性成长视角了，那个阶段还牵涉到生活维度的转变。

三

　　李墨泉：我再强调一下你写作的生理层面的问题。你对人物心理层面的描写具有强烈的生理特质，可以说是凸显了精神的肉体性，精神上所产生的反应往往造成了生理和行为上的反应结果，写到这个层次，对于读者来说非常切近而可感，能够产生在场感和共鸣来。也就是说你非常善于运用"眼耳鼻舌身意"的感官维度，来裁度、组接和呈现人物的喜怒哀乐，说的极端点就是"通感"了，也整合了，这在我看来就是写作"天分"的一个重要来源。谈谈你"写作力"的培养与形成吧，也给大家一点指导和帮助。

徐艺嘉：写作力都是在不断的练笔和阅读之上建立起来的。前面谈到过，我对小说的语言很重视，喜欢鲜活的文字。这就好比做菜，你会思考加什么作料会让菜做出来更鲜美，更入味，做出来的菜最好吃。写作的确是要靠天分的，但是技术层面上的东西也很重要。之前您提到我小说里面的力道较强，我自己认为写东西时候往往有一种爆发力，积蓄得太久了。这其实和我比较懒惰有关系，写得越多，小说的节奏感越好把控，有时候太久动笔，一去写，就有点过了。我也在尝试寻找一个平衡点。

李墨泉：你的几篇中短篇小说，如《沙漠之羊》《非常道》是涉猎军旅题材小说的创作。《沙漠之羊》应该是研究生毕业后，深入部队一线生活的采风之作；《非常道》是挖掘史料或者说在抗战背景下虚构出来的创作。总体感觉构思都非常巧妙新颖，思想上也很清晰中的符合主旋律的要求。如《沙漠之羊》是通过一只羊的视角来揭示出巡道班在西北大漠生活的艰苦与奉献；《非常道》里则把笔墨大量用在了一只狗的身上作为情节的反转力量和情感上的宣泄口，既写出了伤兵抗日舍生忘死的决绝，也写出了他对爱情生活的不舍。但是，读来没有你的上两部长篇小说过瘾，小说就是要写出那种读醉了和读醒了的感觉。一方面是受篇幅所限，在思想和情感的容量上较小，另一方面恐怕是在生活上的距离，造成情感的密度和质地上的差别。作家在开始写作的时候，作品往往带有一定的自传性，也就是对生命经验和生活经验的"变现"，那么当这种矿藏和资源在一定时期内用得差不多的时候，就存在"开源"和"变法"的问题。那么我很期待你接下来反映部队生活的作品的表现，是深入历史，还是贴近现实，或者遥望未来？这个提问其实更多的是我的好奇和祝愿，在整个军旅文学创作的交响中，很希望能听到"第一小提琴手"的华彩演奏。

徐艺嘉：感谢您对我的期许。您总结得很到位，后两个短篇小说是毕业后的作品了，是挖掘新的写作资源的一种尝试。我在西北大漠待了一年，中途提供给写作者许多触角可供捕捉和延展；第二点是课堂开放，我上学时候老师上课，尤其是创作类的课，大多是课堂讨论的方式，到现在我仍然很怀念大家围着圆桌畅所欲言的场景。这种开放式思维的教学提供给文学自由生长的土壤，我认为是很重要的。

创作年谱

2009 年 出版长篇小说《横格竖格》；

2011 年 创作电影剧本《黄土印》，获广电总局第三届扶持青年剧作家奖；

2013 年 创作电影剧本《通天大道》，获广电总局第三届、第五届扶持青年剧作家奖；

2015 年 出版长篇小说《我们都缺伴儿》，获第三届"紫金·人民文学之星"全国年度唯一长篇小说奖；

2015 年 创作剧本《打工三代》，获第二届美国旧金山国际电影节最佳外语片奖、美国索菲亚大学人文（优秀编导）奖、最佳童星奖三项大奖；

2016 年 发表非虚构作品《为祖国出征》，入选中国作协年度报告文学扶持项目。

傅逸尘 编著

"新生代军旅作家"面面观 下

作家出版社

"新生代"军旅文学整体观

傅逸尘

进入 21 世纪，以李亚、王凯、王甜、西元、丁晓平、曾剑、裴指海、卢一萍、杨献平、董夏青青、徐艺嘉等为代表的一批"新生代军旅作家"进入读者的视野，并逐渐在文坛崭露头角，创作实力不容小觑。他们的创作覆盖了长、中、短篇小说以及散文、报告文学、理论批评等各种文体，不但数量可观，并在质量上葆有较高水准。

"新生代军旅作家"大都出生于 1970 年代以后，他们的军旅生涯伊始，恰逢我军新军事革命浪潮开始涌动，军队从战术、武器、兵种到部队官兵的知识结构都发生了历史性遽变，这为他们的文学创作提供了极好的机遇和表现领域。而且从接受美学的角度论，无论是部队读者，还是地方上数量众多的"军事发烧友"，也都希望从军旅文学中感知强军兴军的壮阔图景，感受"四有"新一代革命军人的风采与"亮剑"精神。军营生活的新变和读者的阅读期待，无疑为"新生代军旅作家"提供了创新的空间和施展才华的舞台。

"新生代军旅作家"作为一个日渐活跃的写作群体，以其独特的审美体验与视角，观照着当代军人的生存境遇和情感状态，为和平时期的军旅文学写作开拓了新的资源和面向。他们更愿意将自己的文学目光聚焦于高强度压力环境中的个体，表现逼仄空间内小人物的内心世界和命运轨迹；在取材上，他们更善于挖掘日常生活中人物丰富而驳杂的生命情态和生活经验，对细节进行放大甚至夸张化处理，探索柔软敏感的人性与人的内在心理，外化到文本层面便是作品中无处不在的伤痛痕迹。"新生代军旅作家"普遍具有本体的、异质的独特审美体验，具有重构日常生活之诗学理想的文学自觉；在叙事内容上，他们倾力展示平凡个体与世俗现实之间的种种纠葛，揭示新型军人面对军营与社会的急速变化所遭受的各种尴尬的精神处境和命运遭际；在伦理叙事与叙事伦理两个层面上呈现出鲜明的特色，为21世纪初年的军旅文学增添了一道别样的风景。当然，"新生代军旅作家"还处于生长期，个人的文学风格有待成型，生长的瓶颈亦突出而显明。但无论如何，作为一个鲜艳夺目的存在，"新生代军旅作家"群值得文学界给予持续关注和研究。

聚焦"小人物"形象和日常生活经验

上世纪90年代初的"新写实"主义从日常生活的角度将笔触伸向"小人物"，通过对普通人生命欲望与生存环境之间矛盾冲突的描写，展现普通人生活上的窘境与精神上的困惑，读者的视线被引入了平庸而琐碎的现实生活。这种文学思潮对军旅作家的深刻影响在进入21世纪以后迅速显现出来。回归文学对象的生命伦理和生活本体，重视日常生活经验的表达，观照军人的个人命运和个体经验，反拨了长久以来"政治话语"对军旅文学的规训和异化，军旅作家获得了新的更加丰厚的精神资源和宽广的观察、认识生活的角度，以及新的叙事方向和动力，得以在历史、战争和现实等广阔层面，探寻军人这一特殊群体的精神存在。"新生代军旅作家"在初出茅庐之际便遭遇了这种更为开放的文学思潮与写作观念。他们对自身的经历与经验更为珍惜，叙事伦理的向内转使他们无论是面对现实生活，抑或是勾勒战争历史，都更习惯于从小人物的个体经验出发编织故事。

刘跃清的《遥远的手榴弹》和《连队是一条河》同样融入了"新写实"元素，前者记录了普通一兵焦文文对投弹从恐惧到自如的心路历程，后者通过对几个士兵的追踪式描述，道出了"铁打的营盘流水的兵"这一军中谚语所蕴含的苦辣酸甜。两部作品均体现了作者对部队基层生活的细腻体验和真切感悟。

如果说"新生代军旅作家"在对当代现实题材的处理方式上延续了"新写实"的美学风格，那么在对历史战争的书写和追忆中，他们更倾向于运用"新历史主义"的抒写方式构建历史，以感性的目光洞察历史，在各具特色的

审美观照中探触人性内面。王甜的《昔我往矣》在解放战争的大背景中，选取了女军医蒋南雁和孪生兄弟罗永明、罗永亮三人之间的爱情线索作为故事支点。小说在三人跌宕起伏的爱情脉络中构建历史，既表现了渺小的个体面对战争时命运的错位和不可逆转，同时也娓娓道出了一段真挚哀婉的革命爱情。同样是"以情写史"，曾皓的《篝火燃烧的地方》以一个小男孩的视角描写了大家族中几个女人支援抗战的故事。小说中身在前线抗敌的"爸爸"和"舅舅"始终没有出现，前方战场则用"篝火燃烧的地方"这一意象指代。作者将目光定位在外婆、表姐和女仆胖丫身上，几个身手不凡的女人的离奇遭遇既为小说增添了神秘感，也从侧面表现了正面战场的惊心动魄。此外，还有作家的视野溢出了小人物的范围，投射到异化或弱势的人物身上。

悲悯情怀与"存在"的焦虑

进入 21 世纪以来，军旅文学开始以"个人私语"式的诗学策略消解着"史诗性"的宏大叙事模式。创作主体背弃了"史诗性"的"宏大叙事"视角，从微观的个人化"视点"切入，以小见大，以点写面，把生活改写成了片段式的、具体可感的生命过程与人生经验，赋予了"现实生活"以生命性和存在感。正是基于这种自觉性的主体建构，作品中的主人公通常被置于某种尴尬的生存境遇，生活的景象在他们敏锐而细腻的个人体验中被赋予某种荒诞色彩，而内心丰盈的人物在残酷的现实面前不断被迫接受冲撞，命运在时代的浪潮里沉浮，作家的悲悯情怀得以张扬。

王瑞胜的《省亲》写一个士官回乡探亲的故事及内心的波澜，作家通过一个个精彩的细节以及对城乡差距所作的细腻描摹，揭示出"士官"这一部队中重要且特殊的群体在现实生活中的尴尬境遇。尹德朝的《勋章》刻画了一个军人从失望到希望，再从希望到失望，到最后则是彻底绝望的情感变化，起伏跌宕，直击人心。这是一个无名军人的心灵史，充盈着强烈的悲剧感与沉重的忧伤。

"新生代军旅作家"精神上的漂泊和不安定的特征投射到现实题材的军旅作品中，使得他们笔下的军人形象也或多或少沾染了作家本身的忧虑和焦灼。

创作主体的视野开始淡出宏大叙事，转而对民间立场产生认同感，向平静的日常生活靠拢，将情绪或细节放大，剖析最为本真的"存在"的焦虑。

王凯的《任务》以伍秋原和老宝贵一家的交往为线索，写出了一名面临转业的军官的生活常态。小说沉浸在一种蓬松而绵软的叙述情绪中，叙事脉络是简单的，但故事牵出了诸多社会问题。有伍秋原工作前途不可预测的苦闷绝望，有新闻干事求升迁捷径的急功近利，有冒充老汉侄子的青年骗取丧葬费的诡诈。这些林林总总的元素汇集在一起，有一股势如破竹的张力，凝聚到一个焦点上亟待爆发。但在主人公得知被骗的一刻，这股本来期待宣泄的力量又瞬间土崩瓦解，一种对生活的无力感和虚无感瞬间弥散开来。也由此，作品呈现出多重审美趣味，衍生出若干可延伸和挖掘的触角，彰显了作者对生活的敏锐捕捉力。刘跃清的《党龄》通过对战争年代一块黄手帕的追寻将历史和现实做了巧妙的对接和勾连，将"光荣的临汾旅"老军人李如虎苦苦追讨五年党龄的历程娓娓道来，于心酸处传递一位老兵长达半生的对信仰的坚守，让我们继《集结号》之后再一次看到"为英雄正名"而无门的苦楚。曾皓的《看不见的军功章》中，瞎眼老汉在老伴善意的谎言中把想象中的"军功章"作为唯一的精神支柱，读来可笑而可悲。这两篇小说表现了军人的崇高精神与现实碰撞后的残酷结果，揭露了社会的暗面，引人深思。

当下的青年作家在小说叙事中，总是显示出一种简单的思维和片面的倾向：每每将一种情感结构推向极端，而缺乏在复杂的视境中平衡地处理多种对立关系的能力。而王凯的长篇小说《导弹和向日葵》则始终是在复杂的网络中展开矛盾冲突和情感纠葛。叶春风和他的军校同学们之间、同学与同学之间、机关层面的横向联系、与基层的纵向关系，凡此种种构成了一个错综复杂的关系网。故事的推进和人物的成长都需要在这重重交叉的网络逻辑中才能实现。的确，我们的文学应该从狭窄的个人视域和封闭的内心世界走出来了，应该以一种客观的态度面对丰富驳杂的外部世界。客观性不仅意味着人物形象的精确和真实，更意味着写作伦理的强健和美学精神的开阔。

气象格局与生长瓶颈

兴起于 21 世纪初年的"底层叙事"思潮，确曾打开了一扇理解、认识转型期中国社会现实的窗口，那种城乡二元模式下不同社会阶层、群体间的冲突与龃龉，将某些压抑已久的社会矛盾以文学的方式呈现出来，令人触目惊心，也感同身受。然而十数年过去了，青年作家的写作对时代精神、社会结构、政治文化、现实生活的观察和思考不仅没能自觉跳脱上一个时代的拘囿，进而构建起属己性的思想观念、文学经验和审美范式，反而沿着"底层叙事"的定见、成规与模式一路滑行，陷入了"形而下叙事"的泥淖，不能自拔甚至不愿自拔。似乎只要书写社会黑暗、人性丑恶，就意味着具有思想深度；反之，不写现实灰暗、人生失败，作品就不接地气，不够深刻。占据道德高地、展露批判锋芒成为青年作家跻身文坛的跳板和捷径，为此可以不惜夸张变形、装神弄鬼、违背常识、罔顾逻辑。而这样浅薄粗陋的作品竟会每每得到文学期刊的青睐、选刊的选载、批评家的激赏和出版商的追捧。凡此种种，反过来助长了这种思想僵化、观念停滞、审美鄙俗的潮流。相同的情感和情绪，相似的主题和结构，病恹恹的陈腐气息如同病毒般被复制和传播。青年作家笔下的失败人物，从现实遭际的蹉跎到爱情婚姻的失落再到友情亲情的分崩离析，直到道德底线的后退瓦解，最终坠入历史的虚无和空洞……部分青年作家在这种"形而下叙事"的闭合回路中消耗着自己的文学才华，作品的气象、格局和境界亦越发狭窄逼仄。

"新生代军旅作家"与地方"70 后"作家相比，还没有形成具有辐射影响的集群，作品的整体质量和名气也有一定差距。但这并不是问题的关键所在，让我忧虑的是，"新生代军旅作家"们还存在着气象格局的狭小与未来生长的瓶颈。优秀的小说一定是不满足于仅仅表达作为个体的精神世界，更重要的则是通过对于个体内心世界特别是陷入困顿中的精神挣扎，来表现复杂人性中的诗意与崇高，并将这种诗意与崇高升华至哲学或形而上的高度。只有这样，小说的气象与格局才不至于显得狭小和空洞，才更具有饱满和开阔的精神气质。"新生代军旅作家"还没能整体性地达到这样的高度。

"新生代军旅作家"未来生长的瓶颈，首先是认知与把握现实军旅生活的能力较弱。新时期以来的军旅文学，因其始终密切跟踪当代军营和军人生活的新变，深刻洞悉社会文化心理转型，经由对重大历史事件和社会热点问题的生动描摹与深度透视，展现出了军旅作家强大的思想能力、真诚的文学态度和崇高的精神立场，因而成为中国当代文学的重镇。现实主义堪称军旅文学的精神底色和写作传统，它自身的性质和属性都决定着军旅作家需要及时快捷地追踪、记录当下军营正在进行中的变革。新时期之初，徐怀中的《西线轶事》、李存葆的《高山下的花环》《山中那十九座坟茔》等中短篇小说与生活的距离之近，对生活的认知之深刻、把握之精准，思想之高蹈令人印象深刻，甚至引领着当时中国文学的发展走向。而当下的"新生代军旅作家"缺乏在更高与更深两个向度上认识和把握当下军旅生活的能力。在很多人的作品中，看不到我军新军事革命浪潮和信息化建设的图景，看不到我军战略战术、武器装备、训练方式和兵员成分的新变化，基于这些新变化所产生的新矛盾、新问题也没有得到及时反映，甚至于新型高素质军人形象都是缺席的。军旅作家与军旅现实生活的隔膜与疏离由此可见一斑。即便是年轻作家，尽管曾经或正生活于基层部队，所写的也是现实题材，但缺乏紧跟当下军队新变化、观察军营新情况的自觉意识，缺乏宏阔视野和整体性思维，缺乏穿透事象直达本质的锐利目光，导致作品所关注的并非是当下军旅生活中最震撼人心、最带有趋向性的景观，所传达的思想和意识并非是当下军队发展的主流，所塑造的人物并非是具有典型性和代表性的主体。

　　其次，"新生代军旅作家"的很多作品还沉溺于"底层叙事"，视角狭小，缺乏大气象。军旅文学的审美品格既有低沉悲壮的，也要有昂扬向上的；既要聚焦基层官兵的生存境遇，也要关注中高级军官们的生存图景，需要有大视野、大气象、大境界。当下的军旅小说依然难以摆脱"农家军歌"的阴影，所塑造的人物、反映的生活和表现出来的思想意识过于低矮、狭小、逼仄。作家执迷于对小人物、小挫折、小苦难、小悲剧、小事故的书写，执着于军旅文学的"底层叙事"，这样就与当前波澜壮阔的新军事变革进程中的军旅生活拉开了距离。"新生代军旅作家"需要跳出自己反复书写的题材，更新文学观念，尝试以崭新的创作姿态，写出具有经典性和恒常性的人性光彩，写出和平年代军队趋向性的发展变化和新型军人形象。诚然，二十年前的"农家军歌"以对军人生活和军人心灵的揭示，突破了新时期军旅文学的某些禁锢，解构了已经化为军旅作家创作定势的"英雄情结"，让我们清醒地认识到军人在走向现代化的同时又经历着异化与蜕化的双向过程。然而时过境迁，在当下的军旅小说中，"新型高素质军人"理应成为军旅作家们，尤其是"新生代军旅作家"们努力刻画与塑造的全新形象。然而，比之"农家军歌"中那些鲜活动人、丰满深刻的农民军人，"新生代军旅作家"小说中的军人形象却显得相对单薄苍白、模糊与僵硬。这种差距，我以为除了和作家的生活经验、情感投射与写作资源有关之外，勾连出的是一个亟须对"军人职业伦理"进行重新认识、深化认识的问题，也即一种新的写作伦理自觉的问题。

再次，职业化的军人伦理与传统的牺牲奉献和英雄主义精神之间的张力与错位，是书写新型军人和当下军旅生活的重要向度，而"新生代军旅作家"对此尚缺乏文学的自觉。1990年代以来，伴随着和平状态的不断持续和市场经济体制的不断深化，曾经笼罩在军人头上的崇高光环渐渐褪去，"价值解圣"之后的军人职业日益退至社会的边缘。1990年代之初，"农家军歌"的唱响和朱苏进创作风格的转变作为当代军旅文学"英雄主义写作"主潮之外的一种变调，较为敏锐而及时地触及到了军人伦理的职业属性。但是"农家军歌"写作因为对农民军人狭隘性和功利性的过度戏剧化表现和片面性的价值评判，而丧失了对军人职业一般属性和生活基本面的把握。朱苏进的《醉太平》尽管偏离了其一贯张扬的理想主义英雄美学追求，象征着创作主体"英雄梦"的破灭，但是却历史性地开启了当代军旅文学对军人职业伦理的正面书写。然而进入1990年代中期，随着"农家军歌"的式微和朱苏进从军旅文坛的淡出，军人职业伦理叙事刚刚启动便戛然中止。笔者认为，当下军人伦理的内涵，简言之，主要包含三个方面：一是使命任务的特殊要求，决定了军人的生活方式、生活环境、生活内容都有着自身的特殊性，军人生而为战胜，要在战争和战争准备中追求其终极理想和价值；二是军人职业的一般属性，决定了军人生活与社会生活之间的通约性，在特定的体制之内成长，军人也要面临职业的选择、职务的晋升、"职场"的竞争，以及婚恋问题、琐碎的日常事务和家庭生活；三是英雄的军史和优良的传统对军人的理想信念、精神追求、立场原则、价值判断、道德规范等等方面的传承性影响。这三个方面在现实生活中的缠绕、渗透和交融构成了现代军人伦理体系，也成为

"军人伦理叙事"的内在要求。

英雄叙事是军旅文学的精神风骨，21世纪初年军旅文学同样需要塑造当代英雄形象，而"新生代军旅作家"的作品过分抽离了英雄主义的精神内核，与地方作家作品同质化，难以形成独特的品格。笔者认为，对当下军营的深度挖掘、对新型高素质军人形象的新鲜塑造是"新生代军旅作家"有待挖掘的资源和可以提升的空间。当今社会生活正以飞快的速度向前发展，军队、军营和军人也正在发生着深刻的变化，如何以文学的方式及时而深刻地反映军旅生活的新变和新型军人的生存状态，以文学的方式构建军人伦理新的时代意义，是"新生代军旅作家"必须回应的现实课题。

"现实性"缺失与想象力匮乏

"新生代军旅作家"的小说写作多半集中于表现现实军营中小人物的生存境遇，放大和捕捉普通人的日常生活及细腻感受；但是，这种日常化、碎片化、低视点的叙事伦理，其弊端也显而易见，它局限了作家的视野，拘囿了作家的想象力，导致他们的创作很难超越前辈，达到应有的深度与高度。很多作品对当下军旅生活的表达还停留在事象的表层和故事层面的起承转合，没能向着更为本真的"存在"之境深潜，向着更富于生命痛感和思辨高度的写作伦理挺进。想象力是小说最重要的因素，它在诸多层面上考验着作家，而超越作家自身经验、建构更为广阔的文学性空间则是它的核心要求。小说叙事上的复杂化与陌生化、智性与艺术性都是想象力的具体表现。但遗憾的是，"新生代"军旅小说的模式化和类型化的倾向已经十分明显。

在"新生代军旅作家"中，王凯的小说是现实感最强的。他的作品有较为明显的两类书写资源：基层连队和部队机关。前一类的作品有《沉默的中士》《一日生活》《蓝色沙漠》等，后一类有《正午》《魏登科同志先进事迹》等。还有的作品在两种生活资源之间交叉叙述，如《换防》《迷彩》。王凯小说中的人物往往生活苦闷，处在事业或情感上两难的撕扯状态。这些小说在故事之外总有一种情感上的延展，表现怀有英雄主义情结的主人公在现实面前不断妥协，理想和伦理道德两相冲突所遭遇的困境。王棵的"守礁"系列小说侧重书写了当代军人对职业伦理的坚守。王棵笔下的守礁军人是脱离都市光鲜生活的寂寞一族，时间对于他们而言，是寂寞中大把岁月的无尽投掷，成为了对生活本体的"守望者"。守礁是伟大而沉重的职业，无论怎样繁华的文字都掩饰不住骨子里的悲壮与无奈。《海戒》《飞鱼》《暗自芬芳》《对鱼说话》《美发史》等小说没有回避单调、寂寞、孤独的生活，真切抵达了士兵生存的本相。对守礁生活的痛切体验使得王棵可以将一个细节或一件细小的物件信手拈来大做文章。比如《飞鱼》以一种寻常不见的气味为线索，写人在压抑的环境下极度敏感以致精神失常；《美发史》则拿"头发"说事儿，用很小的生活细节表现坚实而又无奈的沉重感；《海戒》则以精湛独特的描写将守礁的寂寞艰难上升到人与人、人与自然之间的博弈，富于人情味与美感。

如果说王棵对现实题材的书写有沉郁、厚重的味道，那么朱旻鸢对现实生活的把握则有几分戏谑和调侃。在《坝上行》中，他采用了戏谑与戏仿、轻松与幽默，甚至滑稽变形等方法，将基层连队生活呈现为一种似真非真、似像不像的笑闹场景与喜剧状态。青年人的活力与智慧，青春期的激动与狂想，都可以无所顾忌地表达出来。卢一萍的《快枪手黑胡子》《索狼荒原》具有浓郁的边疆特色，写驻扎荒漠的官兵生活，细腻描摹男女的微妙情感，读来颇有趣味。

近二十年来的中国文学没有主义和思潮，中国作家由此陷入了一种迷茫的状态。当故事成为小说最重要的，甚至是唯一的要素，当所有的作家都绞尽脑汁去编织一个所谓好看的故事的时候，这个时代的文学会是一种什么样的品质便可想而知了。小说肯定需要故事，但故事却不是小说的唯一，小说还有许多文学性的层面。我们应该有一场类似于法国"新小说"那样的文学革命，才无愧于中国波澜壮阔的社会变革。1950年代崛起的法国"新小说"，距离我们还不算太遥远，罗伯格里耶等，以及他们亲自参与的法国"新浪潮电影"曾经让我迷恋不已。那才叫文学，一个影响至今仍然没有完全消除的代表着一个时代的文学。文学的嬗变多数是在社会转型的时候，社会思潮的涌流当是文学发展的真正动力，二战之后的社会思潮确为西方文学艺术提供了深厚强大的思想与哲学基础；反观当下的中国小说，总体论之，思想性或曰哲学性实在是弱爆了，因此，我们应该强调和鼓励青年作家在小说中进行独立的形而上思考，唯其如此，才能真正改变和提升中国小说的品格。多么

好的故事，多么饱满的人物形象，没有思想的支撑也难以达到高超的文学性境界。托尔斯泰也好，莫言也罢，正是他们深刻的思想和洞察，才使得其作品具有了世界性的高度。

当1980年代后期，文学的先锋性丧失殆尽之后，"形而下叙事"便成为中国文学的主流；而先锋作家们集体转向长篇小说创作，并回归现实主义，无疑起到了一重示范作用，即让更多青年作家以为：看见没有，先锋文学尚且如此，何况吾乎？诚然，以文学的方式概括现实、穿透时代对青年作家而言无疑是一种"有难度的写作"。但是我想，即便不能给现实生活的诸多问题提出解决方案，至少也要写出迥然不同的生活经验；即便不能贡献整体性、超越性的思想智识，至少要具有思辨的眼光和立场；即便不能在形式上开掘创新，至少要趋近于高贵优雅的文学气质。是故，"新生代军旅作家"亦迫切需要跳脱"形而下叙事"的泥淖，以葆有未来发展的多向度和可能性。

目
录

裴指海，1974 年 7 月出生，河南南召人。现为陆军某部创作员。出版、发表有长篇小说《往生》《吹个泡泡糖逗你玩》等五部，纪实文学《冷的冬，热的雪——刘邓大军在 1947 年那个寒冬》等两部，有小说被《小说选刊》《小说月报》《新华文摘》转载及入选年选、年度排行榜，曾获全军优秀文艺作品奖、全军中短篇小说奖、紫金山文学奖、《小说选刊》年度大奖等，多部作品被改编为影视剧。中国作协会员、江苏作协理事。

闯入"活的"历史

傅逸尘

　　战争题材小说历久不衰，亦是中国当代文学的焦点和重镇。发端于 20 世纪五六十年代，后来被称为"红色经典"的长篇小说大都是战争题材的。大家都熟知的如《烈火金刚》《铁道游击队》《敌后武工队》《平原枪声》《战斗的青春》《平原游击队》《野火春风斗古城》《苦菜花》《破晓记》，等等，将战争置于正义与非正义二元对立观念之中虽略嫌简单化，但因作者多数是其所描述的战斗生活的亲历者，因而对艰苦卓绝的战争进程进行了真实呈现，保留了极富认知意义的文学性历史。强烈的传奇色彩和民间话语表达使得这些作品具有较为鲜明的民族风格与中国气派，彰显了昂扬向上的审美基调与革命英雄主义精神，对正在进行新中国建设的人们无疑是一种巨大的精神鼓舞与艺术感染。

　　新时期以降，"新历史主义"逐渐为战争亲历者的后辈作家们所吸纳，其叙事意旨并不是对战争本身及"红色经典"进行颠覆与改写，而是为了表现和探寻被宏大叙事所遮蔽了的历史缝隙与存在境遇，发掘个体生命在战争中面临的考验与存在的意义，并经由此凸显战争历史的复杂性以及人性空间的丰富性。作家们对战争历史的理解与观照渐趋多元，追求作品意蕴内涵的多重性和多向性，有效拓展了战争题材文学的思考和想象空间，确立了带有鲜明时代特征的全新视角，实验了多样性的修辞和叙事技巧，探索了战争的荒诞本质及人性的丰富内涵，为战争叙事实现题材的超越，由有限的战争走向无限的文学探索了新的道路。

　　进入 21 世纪，作家们纷纷寻求对传统政治话语和历史观念的突破，试图从个性化的视角切入战争，建构起祛除政治之"魅"的历史"真实"。宏大叙事

　　　　　　　　　　　　　　　"新生代军旅作家"面面观 ┃

和史诗精神，不再作为一种深刻而必然的金科玉律规约着作家们的思考和写作，一种区别于主流意识形态和官方历史记录的民间视角与个体记忆逐渐浮出水面，并迅速成为另一种炙手可热的写作模式。在处理战争题材时，作家们往往习惯于解构和戏仿，以绕开复杂的历史存在和混沌的战争现场，虚妄的历史、传奇的故事、脸谱化的人物、类型化的叙事甚嚣尘上；远离了沉实与丰饶，不见了宏阔与壮丽，甚至连战争历史本身谲诡与奇崛的面影亦变得含混暧昧，战争历史作为一种公共的题材资源被快速且过度地"消费"掉了。然而，对波澜壮阔、雄浑悲壮的战争题材来说，一味地解构和戏仿无异于隔靴搔痒、管中窥豹。在我看来，无论创作主体的思想如何深刻、视角多么新鲜、价值判断怎样个性多元，对历史经验的具象书写以及对战争进程的正面描摹，都应该成为判断一部战争题材长篇小说价值意义的最为重要的标准。

如果仅仅将战争视作背景或者容器，随意布置或装填那些无须证明亦无从证伪的传奇故事，就很容易把历史写死掉。裴指海的《往生》并非是以常规的结构和手法来描写这段为国人所熟知的历史，作者以一名当代军人的身份，不断地进入对前国军连长李茂才的采访与追寻的过程。时空穿越般的对话与沟通，意在寻觅中国军人的精神本色和中华民族的精神本体。小说的故事情节不断穿行往返于历史与现实两端，第一人称的采访式叙事视角，既增强了小说的真实感和现场感，又人为地阻滞降低了叙事推进的速度，形成了较为强烈的个性化风格。在裴指海眼中，历史是一种精神、一种情绪甚至是一种流动的生活状态。在生活的流态中，裴指海着力书写摇曳多姿的人情之美，在命运的乖谬中勉力张扬元气勃勃的生命活力，在历史的吊诡中极尽礼赞慰藉心灵、拔擢灵魂的爱情，使得作品在更深层次上通达人类共同的精神和情感体验，进而抵近了文学的丰饶与宏阔。

裴指海的《勇士》刻画了一个名为"陈傻子"的另类士兵形象。小说中陈傻子训练中的"痴"和上战场后的"勇"形成鲜明对比，在结尾处陈傻子眼看着自己的身体严重受创，他怀着更加悲怆的心情与敌人同归于尽，于生命最后一刻爆发出强大的人性力量，读来令人震撼。诚然，战争背景下英雄人物的传奇经历的确更容易吸引读者的关注，但是对于真正的历史而言，传奇是变量，普通和平凡才是常态。战争和历史进程中的日常生活经验与普通生命情态是更为复杂也更为幽微的"存在"。裴指海将对凡人、军人、英雄以及对和平、战争和人性的深刻而痛苦的思辨探索熔铸进跌宕起伏的故事情节之中，对人性的探索叩问使得小说更具有终极关照和哲学思辨的高度。

近年来，正面强攻战争历史的写作伦理之所以渐趋式微，根本原因就在于当下的部分作家丧失了对历史真实的把握能力，既不具备对待大跨度历史的严谨而虔诚的态度，也不具备实地勘察的勇气和对历史资料反复论证的学术精神，就连最基本的写实能力都在退化。战争生命体验的缺失以及战争历史的时代距离都使得当下的作家们难以客观、准确地书写战争历史的真实图景，而只能绕到战争和历史的背后去寻觅一条鲜为人知的小径。当无法全面、准确地把握战争历史时，颠覆、戏仿、传奇便成为了一种讨巧的叙事策略。诚然，"所有历史都是当代史"，"虚构"本就是长篇小说的文体属性；但"虚构"的前提是创作素材与创作者的经验、想象构成一种逻辑关系的真实，从伦理的角度形成叙述的可靠性。

从这个意义上说，当下的战争叙事更加迫切需要的不是传奇故事而是正史讲述，不是颠覆戏仿而是正面强攻，需要作家们雄浑地闯入"活"的历史，勇敢地建构"像"的战争。

亡灵的歌唱

裴指海

我是拉撒路，从死人那里

来报一个信，我要告诉你们一切

——艾略特《阿尔弗瑞德　普鲁弗洛克的情歌》

一、他们说我是英雄

我在上军校时，一位知识渊博的老教授突然抛开了课本，给我们讲起了新物理学的时间。他说，时间从来都不会流逝，过去和将来的一切都在那儿。他的这种说法把我们都镇住了，但他接着说，这不是他说的，这是一个叫爱因斯坦的科学家说的。

我看着这位老教授，有点发愣。那一会儿，正好有阳光照在讲台上，空气中微小的灰尘在光线下舞动着，那些粉笔末像面粉一样落在他的白头发上。我呆呆地看着他那满头白发，很激动地想，我如果拥有每秒几万英里的速度，我向前跑，就可以赶去参加他年轻时的婚礼，如果我向后跑，那我就可以在几分钟后看到他的葬礼。

当我再次想起这位老教授的奇妙的说法时，我正坐在家乡木扎北边的山坡上。那是九月的一天，整个大地被绿色的树木和杂草覆盖，野花像星星点缀在夜空，在这片绿色的海洋里随风飘摇。风从村庄吹过，乳白色的炊烟从我的头顶飘过，我闻到了玉米粥和白面馒头的清香。村庄里人影绰绰，美丽的邻家女孩，淳朴的王家大叔，总是背后说人闲话的吴家大婶，他们和鸭子、黄牛和狗一起从大路走过，他们的影子忧伤而诗意，就连那些很土气的狗叫声也是如此悦耳，我甚至想为飘荡在早晨天空中的炊烟写一首诗。

爱因斯坦相对论中的时间是对的。我和雷老末坐在一块石头上，我们并没费什么劲就看到了几天以后的《麦城日报》，这是我们家乡政府办的一份报纸。在三四天后这份《麦城日报》上，第四版上有一大堆"招聘"广告："洗头小姐，不会可，包900元／天"、"正规足疗保健小姐，日薪千元，食住、安全，全包"、"聘！聘！聘！生活助理1名，诚实、体贴、年轻、强壮，能陪出差，月薪万元，无学历要求，×××××××（电话号码）赵姐"。第二版的"社会新闻"有篇报道却说，一个可怜的小伙子到城里打工，在路边的电线杆上看到一个招聘"生活助理"的小广告，他在应聘的过程中，被人家以交纳"保证金"的名义骗走了三千块钱。报道提醒广大人民，这些小广告就是骗人的，天下没有这样的好事（它的潜台词是说，如果这是真的，就是一件好事？）。接着还有一个报道，说是公安机关通过明察暗访，又打掉了一个洗头房的卖淫团伙云云。我发现雷老末和我一样都有一个坏习惯，看报纸时不按照先后顺序来，总是先看这些活色生香的广告和新闻，并且还看得津津有味。雷老末侧过头，他的鼻梁上淌着一些汗水，在金黄色的阳光照射下，一闪一闪地发着亮光，他很认真地对我说："如果把这一份报纸，从第一版到第四版，一个字不漏地抄下来，就绝对是一篇精彩的小说，比那些西方作家的后现代主义小说还要有意思。"

我在军校学习"艺术鉴赏"时，听我们那个美丽的女教师讲过后现代主义小说，因为我曾经有段时间很暗恋她，所以还很听话地把她推荐的几部后现代主义小说都看了，但雷老末只上过小学，在我印象中，他甚至还没走出过麦县一步，他怎么会知道得这么多呢。是啊，他说得没错，我们的生活的确就像一部后现代主义小说，反讽、解构、拼贴、无意义、反英雄，既平凡又疯狂，既庄重又滑稽，一个农业大国居然充满了后工业时代才会流行起来的后现代主义，这本身就很后现代。

我很怀疑地问雷老末："你怎么变得文绉绉的？"

他抬起头，目光望向远方，那里有无边无际的蓝天白云和通往远方的大路，麻雀尖利地叫着冲上天空，还有爱情和诗歌、垃圾和阴谋并存的都市。雷老末说："这些年来，我经常在外面游荡，我甚至还知道你暗恋的那个女教师的名字。"

我惊讶地看着他，他有点得意，脸上荡起一层层向周边慢慢扩散的笑容，就像年长的老人面对一个一无所知的小孩。他摇了摇头，安慰我说："你放心好了，从一个时空跳到另一个时空，对我们来说，是件再容易不过的事情，以后我会带着你到处跑着玩的，只有你想象不到的，没有我们做不到的。"

我很崇拜地看着他，他的这种说法让我痴迷。就在几个月前，我还在阅读一个叫玛丽·罗奇的美国女记者写的《魂灵——死后生命的科学探索》。那是本讲述人死后，灵魂往何处去的书。玛丽·罗奇宣称，死亡并不是永远的终结，而是另一段生命的开始。灵魂二十一克，它是永生的。她甚至还很可笑地在全球跑着追寻那些试图用人类笨拙的方法证明灵魂永生的科学家，当然也有人说他们是科学疯子。她的结论是，灵魂可以自由地在不同的时空中穿梭，她甚至在书中还记载了与亡者进行电话通信的案例。

玛丽·罗奇是对的。

这是我后来才知道的，当时我以为雷老末在给我开玩笑，说的是印度佛教中"灵魂出窍"的事情。我有这方面的体验，有时我在睡梦中，经常梦到我飘浮在床边，打量着流着口水熟睡的自己，对自己充满了怜悯，有时还会对这个从小挣扎着要离开乡村的年轻军人感到伤心，他在睡梦中还紧紧地皱着眉头。我朝他笑了笑，摇了摇头，刚要把那份《麦城日报》扔到一边时，雷老末挡住了我，很神秘地凑到我耳朵边说："你把第一版忘记了。"我皱了皱眉头，按照惯例，一份严肃的报纸在第一版是从来不给我们开玩笑的，那是专门让领导看的。

雷老末把第一版展开铺在他的腿上，手指捣着头条一篇很长的文章问我："你难道不想看看这篇文章吗？"

这是一篇典型报道，题目是《军校学员勇救落水少年光荣牺牲，英雄被授予"见义勇为"荣誉称号》。这是一个英雄遍地的时代，这类报道我看过很多了，也经常学习，还写过很多"学习体会"，决心要向英雄学习，也做一名英雄。事实上我很清楚，我不可能是个做英雄的料子，有点多愁善感，有点犹豫不决，这样的人只能成为沉默的大多数。但有一点我是肯定的，我是个军人，除非有战争，在职业道德的驱使下，我才有可能成为一名英雄。但在这个和平年代里，我注定只能是这支庞大军队中默默无闻的一个，在等待战争渴望成为英雄中慢慢变老。

雷老未有点执拗地又用手指重重地捣了捣那篇新闻："你还是看一看吧，你看了以后，肯定会有触动的。"

他一脸真诚地看着我，眼神温柔，就像情人的目光，还有一点哀求的意思，像一个可怜的小兔子，充满无助和忧伤。我如果不看的话，他说不定会流出伤心的泪水来。这引起了我的好奇，于是我就看了。

军校学员勇救落水少年光荣牺牲，英雄被授予"见义勇为"荣誉称号

（本报记者张瑞钢）麦县政府昨天上午决定，授予勇救落水少年的军校大学生孙国栋"见义勇为英雄"称号，号召全县人民向英雄学习。

8月30日傍晚，天气闷热，玉米镇木扎村一些淘气的孩子在村子东边的麦河水库游泳。他们正在水库里打着水仗闹着玩时，突然，一个叫雷小强的少年滑到了深水中，挣扎着双手呼救。河边的孩子吓坏了，大声地哭喊着："救命啊，救命啊！"

眼看雷小强就要被河水吞没，正在家里过暑假的军校大学生孙国栋正好路过这里，听到有人呼救，就一边往河边跑着，一边脱着身上的衣服，毫不犹豫地一个猛子扎进水中，抓住雷小强往岸边推去。两个人在水中挣扎着，体力不支的孙国栋用尽最后一点力气，把雷小强猛地推向岸边，然后一句话都没来得及说，沉入了水中。英雄并不会游泳……

孙国栋今年23岁，是个品学兼优的军校大学生，明年就要毕业了。

昨天下午，麦县县委常委、副书记李应天一行来到英雄的家里，给英雄的家人带来了"见义勇为英雄"荣誉证书，送来了6000元的慰问金。李副书记紧紧握着孙国栋父亲的手，久久不肯松开，他说："孙国栋同学是党的好儿子，是麦县人民的好儿子，为千千万万当代青年展示了一位优秀军校大学生舍己救人的崇高精神，是全县党员群众学习的好榜样，是麦县人民的骄傲，我们要把他当作全县重大典型进行宣传报道……"被救的少年雷小强所在的木扎小学的学生们也自发地赶来了，他们给英雄献上了花圈，木扎小学校长吴小梅紧紧拉住了孙国栋母亲和父亲的手，流着泪水

连声感谢他们养育了一个好儿子："他并没有走，他的崇高精神会一直激励着我们。我们都是你们的儿女，千千万万的木扎小学的学生们都是你们的儿女，你们为国家为人民培养了一个合格的大学生，人民永远感谢你们……"乡亲们含着热泪说："国栋娃儿是我们村第一个大学生，他是个好孩子，不但是我们村的骄傲，也是麦县人民的骄傲，他会始终和我们在一起，永远活在我们心中！"

被孙国栋救起的落水少年雷小强是木扎小学五年级学生，他已经哭肿了眼睛，他的父母都很伤心，说他们对不起孙国栋，这笔感情债他们是一辈子也还不完了。雷小强抹了一把眼泪，强压着悲痛，对英雄的父母亲说："国栋哥哥为了救我而牺牲了，但你们放心，我以后就是你们的儿子了，我一定要好好学习，也要去上军校，完成国栋哥哥没有完成的遗志……"

麦河在呜咽，村庄在悲痛，人民在怀念。

记者还电话采访了孙国栋所在军校的学员队王队长。他沉重地告诉记者，孙国栋是个品学兼优的学员，他的这一壮举，体现了"人民子弟兵，一切为人民"的伟大传统，学校正在号召全校官兵向英雄学习，校领导近日还要亲自赶到麦县去看望慰问英雄家人，悼念英雄。

这篇报道没什么文采，但我不能不认真地看上好几遍。

我以为自己眼睛看花了，趴在那张报纸上，指头捣着那些字，一遍又一遍地看着。没有错，白纸黑字，我甚至能闻到每个铅字散发出来的油墨香味。我用手在上面使劲地擦着，不但没有把那些字擦掉，还在手指上留下了一层黑色的油墨。我的手颤抖起来，整个报纸哗哗地响着，那些铅字慢慢变大，像一颗颗子弹飞了过来，划过空气，带着炙热的火焰射进了我的胸膛，我听到了胸口的肌肉被它们啃咬的嗞嗞的声音。我想站起来，冲着家乡木扎，冲着大地和天空吼上一声，把压在我心口上的那些字吼到空中，让它们在无边无际的风中消失。我慢慢地站起来了，但我的嘴巴张了张，什么都没有吼出来，那份报纸像一堵倒塌的墙压在我的身上，让我无法呼吸，那篇报道的每一个字都变成了一块又一块沉重的石头，重重地击打着我的心脏。我紧紧地捂住胸口，支撑着不让自己倒下去，但泪水却不可抑止地流了出来，滴在报纸上，慢慢地扩散开来，整个报纸变得越来越重。我颤抖着身子，瞪大眼睛看着雷老末，巨大的悲伤吞没了我：我就是孙国栋！

我已经死了？

雷老末仰着头，直直地盯着我，他的声音像木扎风中飘荡的树叶一样含混不清："你真的死了，你如果没有死，你就看不到我了，咱们都是死人。再说了，报纸上白纸黑字也写着你死了。以后的动静会越来越大的，你还会被评为'革命烈士'，你在军校里那个班还会被命名为'孙国栋班'，你的一些同学会来看你，甚至你的一些战友也会赶到木扎来，他们带着小白花，扔到麦河里悼念你……"

我愣愣地看了看他，他很认真，脸上充满了亲人一样的怜悯和温柔，他试图用这种表情来安慰我，但这有什么用呢？我其实应该早就想到这一点了，他死于二十年前，我甚至在他生前就没见到过他，现在却像一个老朋友一样蹲在这块石头上聊天，一切都那么自然，我甚至都没问过他，我怎么会和一个死人在一起呢？玛丽·罗奇在《魂灵——死后生命的科学探索》中说，刚刚死去的人并不会感觉到自己已经死了，在那一刻里，他的灵魂甚至是欢愉的。只有等到他确信自己已经死时，他才会感到悲伤与难过。是的，我现在已经感受到自己是个亡者了，我把手伸出去，想把一棵小草掐断，我把身上的劲都使出来了，但那棵小草却依旧生机勃勃地向上长着。我把脚踢向了一棵树，我的腿却从那棵树的中间穿了过去，没有任何来自肢体的感觉，灵魂像烟一样。我回头看了看木扎，看到了明亮如镜的麦河，看到了金黄色的麦秸垛，看到了天上飘着的棉絮一样的云彩，也看到了我正躺在我家院子里，那些亲人们的哭声像夏天被惊起的麻雀一样在木扎的上空飞翔。我是死了。

雷老末笑了，他说："你应该感到高兴，你是个英雄！"

我摇了摇头，脸上的泪水像蜘蛛吐出来的丝一样覆盖了我的脸庞，巨大的悲痛与伤心是波涛汹涌的麦河河水，它们漫过了我的整个身子，涌进我的嘴里，像海水一样苦涩。我使劲地从这片海水中露出了脑袋，贪婪地呼吸着充满庄稼清香的空气，我一点都不想死。是的，我是一个军人，学员队王队长没有说错，人民子弟兵，一切为人民，如果遇到了一个落水少年，我是会毫不犹豫地跳下去救他的，但我也不能因此死掉了，最好是我既能救了人，也能保全自己的生命。作为一个军人，最好的结局是在最后一场战争中死于最后一颗子弹。这是那个叫巴顿的军人说的，有人说他是疯子，但我们军人都当他是英雄。我想当这样的英雄，而不是一个被可笑的河水淹死的英雄。

二、往事并不如烟

我躺在我们家的院子里，身上盖了一层白布，但我的头还露着，这样可以让每个亲人都能最后看我一眼。我很难看，嘴巴半张着，整个脸庞瘦得不成样子，几乎像个没肉的骷髅了。我的眼睛黯淡无光，瞪着家乡瓦蓝色的天空，空洞而又怅惘。我的身体四周放满了冰块，还有花露水和呛鼻的酒味，天气很热，他们怕我发臭了。可能我已经散发出了臭味，但我已经闻不到了，我好像有点感冒，鼻子有些塞。我感到伤心和难过的是，家里人还特地给我穿上了我最喜欢穿的军装。他们以为这能抚慰死者，但他们错了。穿着军装的死者是神圣的，我虽然是救人了，但我还是觉得被平淡无奇的河水夺去生命是件窝囊的事情，我宁愿这时换上一件便装。死者身上的军装应该是被子弹撕破的碎片，是为祖国流出的鲜血染红的，而不是像我这身军装干净得甚至连块泥巴都找不到。我飘在空中，倒挂在树枝上，俯视着自己丑陋的尸体，我被河水窒息而死的样子让我害羞，有一会儿我甚至闭上了眼睛，还想抽身从这里慌慌地逃走，再也不看自己一眼。我已经死了，但我为什么还会像烟一样飘荡在木扎？这难道就是玛丽·罗奇讲的灵魂吗？我小时候并没有看过她的书，但在乡村无数的传说中，灵魂是存在的，它只有在过了奈何桥，喝了孟婆的迷魂汤后，才会迷失。我本来不应该相信这些的，我是个军人，是个坚定的无神论者，但我现在确确实实地看到了我死后的难看的尸体。

我清楚地记得，乡亲们把我从麦河打捞出来后，把我放在我家堂屋里。母亲还不相信我死了，她瘫坐在院子里，挣扎着要到麦河边去，她高声哭着喊着说我没死，我还在河边。村里的妇女们陪着她，一边说着安慰的话，一边陪我母亲抹着眼泪。母亲哭得没有力气了，她的泪水把干燥的大地都濡湿了一大片。母亲的嗓子已经哭哑了，但她仍旧不肯进来看我一眼，她仍然在哭着说我没死。一直到中午时，母亲才停止了欺骗自己，她的头发被她扯得像堆乱草一样，她几乎是被那些妇女拖进了堂屋。她一看到我就瘫倒在了地上，她伸着手，叫着我的名字，艰难地向我蠕动着，哭着喊着："娃啊，娃啊，你让我好好看看你……"快到我跟前时，她身上突然有了力气，把那几个妇女甩掉，猛地冲到我面前，长满硬茧的手抚摸着我的脸，大声地呼唤着我的名字，好像我还没有死，只是睡着了。我很心疼，从屋梁上跳下来，站在她旁边，想去帮她，我把手放在她肩上，想安慰她，但又想不出来要说什么，我使劲地想了半天，想起了三四天后《麦城日报》上那些活色生香的广告和那篇报道。是的，我是英雄，一个将被树为典型的英雄了。我于是就想起了我当新兵时，指导员带着我们学习《为人民服务》，那里面有许多语录非常激励人。我就俯下身子，轻轻对母亲说："妈，人固有一死，有的人死得重如泰山，有的人死得轻于鸿毛，我的死就重如泰山。你别哭了，应该为我感到骄傲才是，你歇一会儿吧。"母亲却好像没有听见一样，继续呜呜地哭着。我这才想起，我已经死了，母亲是永远也看不到我了。

我无奈地转过身去，看见了父亲。他跪在我的脚那边，头几乎要抵着地了，双肩抽搐着，黄色黏稠的鼻涕掺着泪水，已经拖下很长了，但他顾不得去擦一下。他的嘴巴歪到一边，露出被旱烟袋熏黑的牙齿，舌根通红，就像发炎了一样，他的嗓子已经嘶哑了，这使他的哭声更加难听，就像一个沉重的油锯啃咬着树干不停地来回尖叫。他一边哭着，还一边在喃喃地说着什么。我仔细地听了听，他在哭诉着他对不起孙家的列祖列宗，让我死掉了。他的声音虽然刺耳，但并不是很高，这和母亲用尽力气的悲伤不同，但他的悲伤一点都不亚于母亲，他不但为我的死去而伤心，而且还想到了孙家从此要绝后了。这是一个男人的痛苦。我是孙家唯一一个男孩，我上边只有一个姐姐，并且我们有二十来年没有见过她了，我们甚至不知道她是活着还是死了。

孙家算是彻底地完了。

村里的大人和小孩挤在四周看着我，大人们用悲伤的目光交流着，低声地说着惋惜的话。小孩们个个紧绷着嘴巴，带着和他们年龄不相符的严肃表情看着我，偶尔会露出害怕的眼神来。乡亲们能到我家来帮忙的都来了，他们面色沉重地在我家院子里走来走去地忙碌着，每个人都哭丧着脸，配合着我们家人的悲痛，充满了温暖的人情味，就连那些我们孙家得罪过的人家，从前可能把我们恨得牙痒，甚至会盼着我们全家死掉的人，此时也会觉得这太惨了。一个军校大学生，眼看就要毕业了，成军官了，要光宗耀祖了，说死就死了。心眼再小的人，也会生出无限的同情来。我在人群里张望，看到了一张张熟悉的面孔，那些父老乡亲，压抑不住的悲伤使他们更加可亲，像我的亲人一样值得我永远尊敬。我如果没死，做梦也想不到，乡亲们会这样看待我。我一直以为，我讨厌家乡的每一个人，家乡的每一个人也都讨厌我。作为农民的儿子，谁都想离开这片土地，再也不回来了。我当兵是这样，考上军校也是这样，我甚至从来都没想过要在家乡娶一个女孩做我的老婆。如果有可能，我愿意永远离开这片土地。我飘荡在我家满是牛粪和猪屎的院子里，跟随着每一个在我家忙碌的乡亲，他们堆满皱纹的面孔比我见过的所有的人都要美丽。

一个诗人说过，为什么我的眼里常含泪水？因为我对这土地爱得深沉。

木扎，这个美丽的村庄，我将长眠于此，请你永远陪伴着我。

我看到了雷铁虎，他是雷老末的父亲，也是我救出来的落水少年雷小强的爷爷。他现在已经很老了，头发全白了，背也驼了，嗓子里总像含着一口痰，走到哪里都咳个不停，他拄着一根拐杖，颤巍巍地站在我家院子里。他站在那里，混浊的眼睛里突然就有了泪水，他长长地叹了口气，嗫动着嘴巴，喃喃地说："世事无常啊，我们这些不中用的人没死，人家好好的娃子怎么说死就死了呢？老天没长眼啊！"他好像是对身边一个中年妇女说的，但那人没有理他。他这种年龄，已经没有人会喜欢或者重视他了。我感到奇怪，雷小强并没有跟在他身后。他喜欢听爷爷讲故事，爷爷走到哪里，他就会跟到哪里，就像他的尾巴一样。再说，我是救他而死的，他今天怎么没来呢？他的父亲雷大娃也没有来，甚至连他的媳妇也没来。他们雷家的人为什么不来呢？他们至少应该来看看我啊。

我蹲在我家墙头上，托着腮，皱着眉头，看着这个连路都走不稳的老人，苦笑着摇了摇头，我怎么会这样想呢？我已经是个死人了，还计较这个干什么呢？如果我真的是个英雄，我就不应该要求回报，他们就是把我忘了又有什么呢？在我们这支伟大的军队里，最多的就是无名英雄。我算什么呢？

人群里有些骚动，我抬起头，阳光在那一会儿，刺疼了我的眼睛。一个陌生的妇女拉着一个小女孩，身后跟着一个中年男人站在我家门前。她显然走得很急，穿着碎花短袖的上衣几乎被汗水湿透了，露出了藕一样白的胳膊，头发被汗水浸湿贴在额前。虽然她已经有三十七八岁了，但看上去还很漂亮，眉毛细长，眼睛大大的，但她的眼睛和我母亲的眼睛一样红肿，脸上不知是汗水还是泪水。她双脚跨进我家大院，突然就丢掉了手里牵着的小女孩，发出了一声尖利的哭声："妈呀妈呀，我来晚了，妈呀，出了这么大的事，你们怎么不给我说一声……"父亲和母亲都抬起了头，他们张大嘴巴，吃惊地瞪着那个妇女。她扑到了母亲的跟前，抓着了母亲的胳膊，放声大哭："妈呀，你不能再哭了，国栋不在了，还有我啊，我是你女儿啊……"

我一下子呆在那里，做梦也没有想到，姐姐会在这个时候回来了。我贪婪地打量着她，舍不得眨眼睛，想把她脸上的每一条皱纹、每一句话都刻在心上。我无数次想象过姐姐的模样，今天终于看到她了。虽然她很悲伤，但仍旧掩藏不住她年轻时美丽的容颜。我无数次想象过我们姐弟重逢的场面，怎么也没想到，只有在我死了，我才能看到姐姐。我的泪水又涌了出来，要是我生前能看到她多好啊。

母亲抬起胳膊，擦了擦眼睛，愣愣地看看她，又看了看那个中年男人，那个男人有点不安，紧张地搓了搓手，嘴唇嗫嚅着，但什么也没说出来。母亲的目光落在了那个小女孩的身上，那个中年男人像是得救了一样，忙把那个小女孩往前面推着，嘴里一个劲地说："喊姥姥，喊姥姥。"小女孩却像被吓着了一样，胆怯地看着脸上都是鼻涕眼泪的我母亲，使劲地往后面躲着。母亲又看了看姐姐，眼睛使劲地瞪着，茫然地问她："你真是小玲？"姐姐哭着点了点头："妈，我是小玲，我是小玲，我回来了……"

父亲不知道什么时候站起来了，慢慢地蹭了过来，伸出手拉住了跪在地上的我姐姐，他的手在不停地颤抖着，好几次都从姐姐的胳膊上滑了下来，他的腿也是颤抖的，目光带着一些不安和讨好，他的嘴巴嗫嚅着，想对我姐姐说些什么。那些微小的灰尘颗粒在空中左右上下地翻动起来，悲伤的气氛里夹杂着一些想不到的小小的惊喜和意外，撞在一起，空气也是颤抖的。父亲终于说出话来了："小玲，你也别哭了……"话刚一出口，他自己却又哭了起来，哭声里除了悲伤，竟还夹杂着一些小小的委屈。他看看我，又看看我姐姐，是的，他的哭声不再仅仅属于一个成年男人的痛苦了，也是一个悲伤、委屈的孩子的哭声了。三个人蹲在那里呜呜地哭成了一团……

我悄悄地出来了，我怕我会忍不住也放声大哭的。我一直知道我有个姐姐，但我从来没有见过她，我也许见过她，但我那时只有一两岁啊。

我妈妈在我上中学时，曾经告诉过我，姐姐说过，我就是死了也不会再踏进孙家一步的，你们永远都别想再看到我！是的，我父亲和母亲的确都伤害过她，他们都没想到，她会在这时重新回到我们家。父亲和母亲不仅仅是在为我而哭泣了，那哭声里也有对姐姐的愧疚和自己的委屈……

木扎所有上年纪的人都知道我姐姐的故事，但我知道得并不是很清楚。它似乎是我们孙家的一个巨大的耻辱，父亲从来不提，母亲提起时也是含含糊糊。我蹲在我家鸡笼旁边，看着满院子的人为我忙个不停，偶尔会停下来带着疑惑和好奇打量着一脸灰尘的我姐姐，小声地议论着姐姐变老了，还瘦了，过去的事情他们心知肚明，没有人再提起。我就在他们身边，但没有人能看到我，没有人能听到我的话，也没有人能告诉我姐姐的故事……

我没地方可去了，灵魂在村里飘荡。我来到了村子北边高高的山冈上，向四周瞭望，家乡的庄稼丰收了，庄稼的清香随风而来，玉米叶子在风中歌唱，大豆荚子在阳光下噼噼啪啪地响着。我这时就看见雷老末了，他正坐在坟头上，还是二十年前的样子，穿着一件旧军装，那是那个年代最流行的衣服。他长得还算英俊，眉毛很浓，鼻子挺挺的，国字脸方方正正。过去的记忆一下子扑面而来，我终于记起了母亲曾经给我讲过的只言片语，他是为我姐姐死的，是我们孙家把他害死的。他蹲在自己的坟头上，笑着向我招了招手，我也朝他笑了笑，如果他还活着，现在应该是我的姐夫了。

雷老末朝我点了点头："你去过家里了？看到自己了吧？"

我像老朋友一样朝他点了点头："我是死了。我想起来了，雷老末，我很早以前就见过你了。"

他有点惊讶："你从前见过我？"

我抬起头，目光穿过岁月的幕幛，我又回到了穿着开裆裤的童年时光，那时我知道了一星半点姐姐的事情后，就常常做梦，梦里总是出现雷老末，但他在我的梦里总是那么丑，根本就不值得我姐姐去爱他，也不值得我姐姐发下就是死了也不会再踏进孙家一步的毒誓。那时我很想念姐姐。

雷老末笑了："我也是看着你长大的，又看着你回来。"

我有点羞愧："我是淹死的，我在军校的运动会上还得过游泳冠军，小河沟里翻了大船。"

雷老末抬头看了看木扎，我家房子的上空缓缓地飘起了带着乡愁的淡蓝色的炊烟，那是我姐姐在做饭，她一边往灶膛里填着柴火，一边流着眼泪。我们两个都有点沉默。我们都很清楚，我们已经死了，我们只能在那里看着，我们无法介入活着的人们的生活。雷老末扭过头，他脸色红润，温柔地看着我，轻轻地说："你终于也死了，孙家就你一个娃，这是报应啊。"

他很真诚地看着我，脸上没有一点恶意，也没有幸灾乐祸的样子，我摇了摇头，心平气和地对他说："我不相信报应，如果我小心些，我就不会死了，是我自己大意了。"

他沉默了一会儿，叹了口气："你是一个好人，木扎也只有我一个人知道，你是个好人，也许你真的不该死啊。"

他能说出这样的话，我很感动。我很清楚，在我没有死之前，木扎没有一个人认为我是一个好人，就连我的父亲母亲也有点疑惑，他们甚至还怀疑过我有精神病了，曾经请过一个跳大神的老头来我家给我看病。因为我死了，木扎的乡亲才开始谈论我身上的种种优点；比如他从小学习就很好，虽然高考落榜了，但他当了兵一下子就又考上大学了，还是不用交学费包分配的军校，将来是军官了，他是木扎的骄傲啊。其至还有人记起我小时候曾经把一头猪从他们家的菜地赶了出来。他们心照不宣地回避了许多事情，他们心地善良无比朴素。只有雷老末，一个死去了二十来年的人才知道我是个好人。我做的事没有错，除了我被麦河的河水淹死这件事。

雷老末说："你也不要难过了，你死得比我强多了，你死得真的重如泰山。"

我苦笑了一下："换了任何人，都会去救的。实际上我根本就不想死，本来也是可以避免的，对一个军人来说，我自己觉得这个英雄当得还是有点窝囊，我应该把人救出来，自己也能活着出来。这本来应该是能做到的。"

雷老末晃了晃那张《麦城日报》，说："上面说你不会游泳。"

我笑了："这怎么可能呢？好多新闻都是假的，要不是写的是我，我还真不会去看这篇报道呢。"

我抬起头，很真诚地看着雷老末，喃喃地说："我姐姐回来了，父亲和母亲都很高兴，他们都没想到她能回到这个家……我们家把你害死了，我们两家是仇家，我又救了你侄儿雷小强。谁会想到我会去救他呢？"

雷老末说："是，的确是这样，木扎的乡亲们都没想到你会去救他，你肯定也没想到吧？"

我点了点头，很老实地向他承认："我自己也没想到。"

　　　　　　　　　　　"新生代军旅作家"面面观 ｜

整个事情犹如冬天的大雾，面目可疑，模糊不清，就像姐姐和雷老末恋爱的事情，我也只是知道一点点。我知道得最清楚的是从我记事起，我们和雷家就从不来往，在村里见面了都不说话，一点鸡毛蒜皮的小事在两家都可能掀起滔天巨浪，有好几次，我们两家就因为牛啃吃了麦苗、鸡叼吃了两粒玉米而吵得天昏地暗。

　　我问雷老末："那到底是怎么回事？"

　　雷老末说："我带你回到那个时候去看看吧。"

　　于是我和雷老末就回到了1983年的木扎，那其实是个很简单的过程，我们想到了那个时候，我们就来到了那里，时间真的一直都在那儿存在着。木扎到处飘扬着彩旗，墙上贴满了红色的标语，广播里放着革命歌曲，在这一天里，我父亲作为木扎的村支书，主持了联产承包责任制在木扎的落实。生产队的东西全被分掉了，我们家和雷家都分到了一头耕牛。我看到我父亲高高兴兴地牵着那头耕牛回到了家里，姐姐正坐在院子里和母亲一起织着毛衣，父亲把牛缰绳扔给了姐姐，很响亮地说："把牛拴起来，以后它就交给你了，你以后要放牛割草了。"

　　雷老末看着我，嘿嘿地笑了："牛是我和你姐姐的媒人，我们家是我放牛割草的。"

　　雷老末那年二十四岁，他的父母一看到他，脸上总是充满了忧愁，他这个岁数，在乡下都是几个孩子的爹了，他却连老婆都没有。那年我姐姐十八岁，是木扎最漂亮的女孩子，谁也想不到，她竟然在放牛割草中和雷老末建立起了感情，谈起了恋爱。雷家怎么能和我们孙家比呢？我爷爷是木扎第一任农会主席，而孙家却一直戴着地主家庭的帽子。乡村政权就像世袭的一样，我爷爷死了，我父亲就接着当了大队支书，已经是八十年代了，但我父亲仍旧看不起孙家。孙家一直是被斗争的对象，他们一家人在木扎也的确是在夹着尾巴做人，是木扎最窝囊的一户人家，即使改革开放了，木扎的乡亲们依旧没人把他们家放在眼里。"自由恋爱"在乡下本来就是件伤风败俗的事情，我姐姐孙小玲又是和雷老末"自由恋爱"，我父亲是说什么都不会答应的。他嫌丢人。

　　在一个晚上，雷老末带着我姐姐私奔了，他们牵着手在大路上奔跑着，幸福像条狗一样追着他们，他们跑得气喘吁吁，滴在尘土中的汗珠带着爱情的清香。第二天早上，我爹带着一帮亲戚沿着这股奇异的清香追了很远，他追到了玉米镇，又追到了一个小河边，那股清香的味道消失在了无边无际的田野中，我爹像条狗一样在河边急得团团乱转，最后只好在黄昏里拖着沉重的耻辱回来了。有着光荣传统的孙家出了这么大一件伤风败俗的事情，我父亲觉得没脸再见乡亲们了。那段日子里，我姐姐和人私奔的消息的确是周围十里八乡最大的丑闻，乡亲们的唾沫星子在木扎乱飞，父亲像生了大病一样，关在家里不肯出门。

过了几个月，雷老末又带着我姐姐回来了，她已经怀孕了，肚子已经微微凸起了。他们俩把这事想得很简单，反正已经怀孕了，生米做成熟饭了，我父亲总不会还反对吧。他们还是想错了，红了眼的赌徒永远都没有收手的时候，被耻辱击垮的父亲只有把这个耻辱解决掉，才有可能重新活过来。那天我姐姐一脸尘土出现在村口时，得到消息的父亲拽着一个锄头，哇哇地叫着要冲出去，我母亲死死地护住了大门，但她也只能把锄头夺了下来，父亲飞快地蹿上了墙头，然后又跳了下来，他一脚把雷老末踢倒了，伸出巴掌就扇姐姐的耳光。姐姐被他一个耳光就扇倒在了地上，然后他大声地咒骂着，用脚去踢她。姐姐脸被吓得雪白，浑身哆嗦着看着父亲。雷老末要去护她，却被乡亲们死死地摁住了。父亲的脚又踢在她身上，姐姐尖叫着，曲着身子，死死地护住自己的肚子。父亲伸出手，我以为他要把她拉起来，谁知他拽着她的胳膊，把她拖在地上拉回了家。姐姐的裤子被地上的石子磨破了，腿上划出了血道子。我痛苦地闭上了眼睛，如果不是我亲眼所见，我做梦也没想到对我一向都很疼爱的父亲竟然会像疯子一样对待我姐姐。

我拽着雷老末的胳膊，姐姐被拖走的路上扬起的灰尘像冬天的冰雪一样覆盖了我，使我几乎不能呼吸了。我感到浑身冰冷，嘴唇上像覆盖了一层冰霜，我颤抖着对雷老末说："我不想再在这个时间里待下去了，你给我讲讲吧，你给我讲讲就行了。"

我们又回到了木扎的山冈上。雷老末说，第二天，你父亲就带着你姐姐到了镇上，把她弄到计生办。计生办一看是个计划外的，二话不说就把孩子引产了。

我父亲把我姐姐从镇上弄回来，锁在了家里，外面还拴上了狼狗，然后叫上村里几个混混，到了雷老末家，把他家砸了个遍，把雷老末兄弟和他父亲都打伤了。但雷老末还是不死心，还想见我姐姐。他一个人跑到我们家，还给我父亲下了一跪，求他成全他们，但我父亲不让他们见面不说，还打了他一顿。

他父亲知道我们孙家是不会答应这门婚事的，就劝雷老末算了，别做这个梦了，惹不起人家。雷老末像霜打了一样，整个人都木呆呆的，眼睛盯着哪块地方了，半天都不挪一下。别人问他话，他也不吭声。那天半夜里，他就喝农药自杀了。

我姐姐知道这事后，哭了好几天，还喊着要跳井自杀，父亲母亲在村里找了几个媳妇天天看着她，连上厕所都有人跟着，恐怕她也寻死了。闹到最后，我姐姐没办法了，只好认命了，过了几年，她就出嫁了，嫁到了三十里外的一户人家，但她是一个人走的，她走时就站在我家门前，恨恨地对我父亲母亲说，我死了也不会再踏进孙家一步的，你们永远也别想再看到我！

后来我父亲母亲就真的再也看不到她了，她从来不回娘家不说，也不让婆家的人到我们家，我父亲母亲去了，她就让婆家的人把大门关上，不让我父亲母亲进去。我父亲的犟脾气一上来，说什么也不去看她了。我父亲说，就当这个女儿已经死掉了。

我一直到十来岁时，才知道我原来还有个姐姐。

雷老末说，事情就是这样。

我很难过，抱着膝盖，愣愣地看着炊烟袅袅的木扎。即使放在现在，木扎也很少有"自由恋爱"的，乡亲们都觉得那是一件很丢人的事情。岁月就好像停滞了，现在和1983年又有什么区别呢？我和雷老末一瞬间就把1983年重温了一遍，实际上它和现在也没什么不同，我父亲依旧是村支书，在木扎拥有绝对的威信，雷家依旧让人看不起。我死了，村里人都来看我，雷老末的父亲也来了，他甚至都不敢堂堂正正地站出来，只能偷偷摸摸地挤在人群后面。他这会儿刚刚从我家院子出来，拐过我家邻居的院墙，那里有棵杨树，上面的树皮已经被淘气的牛犊啃光了，露出了惨白的树干，整个树木已经枯死了。老人累了，扶着树干，低着脑袋站在那里，满头乱草一样的白发和惨白的树干混在一起，分不清哪是树，哪是他了。他站了一会儿，脑袋晃动起来，双肩颤抖着，突然就哭了。他的嗓音喑哑，哭声含混不清，但我清晰地听到了泪水落在地上啪啪的响声。我抬起头，伤心地看着木扎，我知道，他现在的悲伤并不是属于我的，而是属于他的小儿子雷老末的。我姐姐的到来，让他再次想到了伤心往事。

我把目光投向了我们家，寻找着姐姐。乡亲们已经陆续离开了，我父亲母亲被悲伤拖得筋疲力尽，浑身没有一点力气，他们靠在墙边，茫然地盯着地面。

姐姐做好了饭，把饭端来了，他们没有接，甚至没有看那碗饭一眼。他们甚至已经忘了我姐姐的存在了，目光粘在地上，怎么也不肯移开。姐姐叹了口气，回到了灶屋，出神望着灶膛，火光映着她的脸，她脸有些红，她眨着眼睛，嘴角突然泛出了一丝笑容。谁也想不到她居然能在这个时候笑起来，也没人知道她正在想什么。

雷老末朝我神秘地笑了笑，说："她在想我，她一会儿就会过来看我的。"

我愣了一下，扭过头去，姐姐果然站了起来，她看看自己的丈夫，他正在喂着那个小女孩吃饭，能看得出来，这是个很老实的男人。姐姐撩了撩额前的头发，说："我心里很闷，想到外面走走。"那个男人点了点头，"嗯"了一声，他一向话都不多，不像雷老末，打开话匣子就不打算关上了。

我姐姐出了村，站在山冈下，她犹豫了一下，回头慌慌地张望了一会儿，急急忙忙地爬到了山冈上。她来到了雷老末的坟前，愣愣地看着那个长满了杂草的坟堆，风吹日晒，他的坟已经不像个坟了，像个小小的土堆。姐姐在那里站了一会儿，泪水突然就涌了出来，她扑到了坟上，脸贴在那里，手里抓着那些青草，狠狠地拽着，用手捶打着那个坟堆，恨恨地说："你怎么要死呢，你这个坏蛋，你怎么要死呢，你为什么就不能等我几天？"坟上的杂草中有石子，石子硌着了她的拳头，划出了几道血印子，但她好像没有看到，依旧拉扯着那些杂草，捶打着那座土堆，那些鲜血点点滴滴地洒在草尖上，在阳光的照耀下，晶莹剔透，就像姐姐美丽的容颜。

我看了看雷老末，他的眼睛有点红了，他突然站了起来，伸了伸胳膊，向着天空叫了起来："闷啊，闷啊，真闷啊！"

姐姐哭了一会儿，慢慢地站了起来，我们以为她要走了，但她突然却弯下腰来，使劲地扯着坟上的杂草。那些杂草茂盛，长得很不像话，它们把雷老末的坟遮盖得严严实实，你如果不注意，根本就看不出那是一个死者的家园，你还以为它只是一堆乱草。他毕竟死去二十来年了，亲人们的感情已经被时光磨得越来越钝了，他们有时甚至会忘记了这里葬着他们的一个亲人。我姐姐埋头清理着那些杂草，很快又开始低声地哭了。那些杂草中有些是带刺的，但她根本就不管它，狠命地扯着，要把它们从地上连根拔起。她的双手涂满了杂草绿色的汁液，也涂满了自己手上流出的鲜血。她终于把整个坟堆清理干净了，然后又开始搬着石头垒上去，那个矮矮的土堆终于高了起来，看上去像座坟了。

姐姐上午刚哭过我，这会儿又大哭了一场，她的泪水早就没了，她也不用哭了，因为她看着那座干净了许多的坟，突然就笑了。她的脸色红润，睫毛长长的，眼睛大大的，里面好像充满了水珠，二十年前的姐姐是多么如花似玉啊。她的目光柔情似水，她拉着自己的衣角，低着头，喃喃地对死了二十来年的雷老末说："你好好地在这里待着吧，我会年年都回来看你的……如果我老了，会埋在这里，回来陪着你……"

她很开心地笑了，露出了一口糯米般洁白的牙齿。她这会儿已经把我忘得干干净净，她的心里只有二十年前的雷老末。她为她年轻时拥有的爱情而充满喜悦。但我的胸口一阵疼痛，生活已经让姐姐越来越老，她的头发像堆杂草，脸上也有了黄色的色斑，皮肤松弛，手上也有了厚厚的硬茧，乳房也有点下垂了，年轻时的美丽已经荡然无存了……那本来是个很美好的爱情故事啊。

雷老末拍了拍我的肩膀，说："你舅舅来了。"

我抬起头，北边的大路上出现了一长溜的灰尘，一辆小汽车正飞快地向木扎驶来。我舅舅坐在车里，他的身子已经发福，胖了许多，他双手交叉着放在膝盖上，紧紧地皱着眉头。我能看出来，他很伤心，但司机就在他旁边，他要保持一个领导的尊严，所以他只是紧紧地咬着嘴唇，不让自己的泪水流出来。我从小就很喜欢他，他也很喜欢我，他现在是我们麦县宣传部新闻科科长，一个本来没有任何文化的人，官能做到这个地步，算是一个奇迹了。我舅舅就是有这个本事。我有点伤心，我想告诉舅舅，我其实并不想死。我爱你们，我爱我的每一个亲人。

姐姐也看到了那辆小汽车，眼睛里充满了疑惑。她没想到那是在县城当大官的舅舅回来了，她对我们孙家的亲戚已经很陌生了。她只是在想，这是谁呢？他为什么这时候要到木扎来？姐姐想不出来，她摇了摇头，就不去想它了，她在那里又站了一会儿，然后就下山了。

看着我姐姐的背影，雷老末摇了摇头说："你看看，我们两家就是这样互相憎恨着。如果说你把雷小强推到麦河淹死了，木扎所有的人都会相信的，但如果说你是因为救雷小强而淹死的，尽管你也会成为一个烈士，但木扎还是没有一个乡亲会相信的。"

连我也感到有点迷惑了，我问他："我救了雷小强吗？"

雷老末笑了，他反问我："你自己说呢？"

我坐在一块大青石上，看着波光粼粼的麦河，我突然也开始怀疑起自己了：我救了雷小强吗？我真的是个英雄吗？

三、我站在高高的山冈上

有时候有些事情你不愿意再提起，就连鬼魂也不例外。从我舅舅那天来到木扎开始，我就恨我舅舅了，我永远都不会再原谅他了。他没有让我成为英雄，而是让我成为一个可怜的笑料。我本来想安静地死去，他却让我死了也不能安静下来，这颗饱受摧残的灵魂注定还要被人折磨。我摇了摇头，他就像讨厌的头皮屑一样被我甩掉了，我决定不去想他了。我宁愿永远跳过这一天，直接来到9月3日。我要在这一天里被亲人们埋葬，我的灵魂将有一个美丽的家园，再也不用到处漂泊了。

木扎几乎所有的乡亲都来帮忙了。趁着我的尸体还摆在家里，我先溜了出来，跑到了村子北边的山冈上，我将被埋在离雷老末几步远的一块凹地里。那里已经有几个乡亲在挖着墓坑。新翻出来的泥土散发着清香，旁边的野花灿烂盛开，我很激动，这里即将成为我的家，我的尸骨要在这里和家乡的泥土融为一体，我将回到大地母亲的怀抱中。

那些正在埋头给我挖着墓坑的乡亲我都认识。我最先看到的是雷小强的父亲雷大娃。我没想到他会来。我顺着时间的河流回到了两天前，清晰看到了前因后果。那天雷铁虎回到家里，雷大娃正闷着头给牛喂着草，他站在他身后，喃喃地说："村里人都到孙家帮忙去了……你也去吧！"

雷大娃忽地扭过头，瞪了他父亲一眼，把拌草棍在牛槽上使劲地敲着，恨恨地说："我凭什么去？他们家就是人死光了我也不会去的！他们害死老末，你还嫌不够吗？"

雷铁虎充满忧伤地看了看儿子，咽下了一口唾沫，混浊的眼睛里淌出了两行泪水，他低低地说："小玲也回来了……你还是去帮帮忙吧。"

雷大娃愣了一下，他站在牛槽边足足有两分多钟，这才闷闷地说："葬他那天我去吧，到时你给我说说他埋在哪里，我直接去给他挖墓去……"

我接着看到了李石头。除了雷家，他是最恨我们家的。准确地说，他最恨的只是我。他已经四十多岁了，仍是一个光棍。他娶不来媳妇，除了家里穷，还因为他长得太难看了，个子很矮，脑袋也很小，还是个酒糟鼻，但我知道，他从来都不喝酒的。他实际上是个很老实的人，但没有哪个姑娘会喜欢上他的。他本来是可以有一个老婆的，如果不是因为我，他现在可能已经有一个儿子或者女儿了。那是我考上军校第一年寒假回去时，我听母亲说，他已经娶上媳妇了，并且长得很漂亮，听说还是个高中毕业生呢。我吃惊地看着母亲，我说我不相信，谁会嫁给他呢？母亲说，这个女孩子是人贩子带到这边来的，是他们家花了八千块钱把她买回来的。

我吃惊地看着母亲，问她："那个女孩子现在怎么样了？"

母亲撇了撇嘴："就李石头长的那个样子，家里还穷，哪个女孩子能看上他？这个女孩跑过好几次了，都被抓回来了。她还用剪刀割过手腕上的血管呢。我们都去看了，血流了一地，好在发现得早。"

我皱了皱眉头："这是犯法的！怎么没人报案呢？"

母亲比我还要吃惊，她抬起头，好像不认识我了一样，愣愣地问我："为什么要报案？这可是让人家断子绝孙的大事，都是乡亲哩，谁再缺德都不能干这种事！"

那是一个晚上，我们一家人正坐在电视前看着《新闻联播》。我看着母亲，她很慈祥地纳着鞋底，丝毫没有觉得这事有什么不正常。父亲是木扎的村支书，他坐在那里抽着纸烟，就好像没有听到我们说话一样。我喊了一声"爹"，他应了一声，抬头看了看我，问我："啥事？"

我说："你是支书，怎么不去管管这事？"

父亲说："我去管了啦，我劝她老老实实地在李石头家待着，村里人都看着你呢，你能跑到哪里去？你就不要操这个心了，她现在也老实多了，我看八成也是认命了……"

我看着父亲，我怎么也没想到，他居然还没听出我的意思，还以为我和他们一样混蛋，我气得浑身发抖，血往脑门上涌，我攥着拳头，冲到了父亲的跟前，大声地叫了起来："你怎么能这样说话呢？我是说，你为什么不去给李石头说说，他这样做是犯法的……你要是去派出所报案也行啊。"

父亲瞪着眼睛，歪着头从上到下地看了看我，好像我不是他的儿子，而是一个他从来没见过的怪物。他皱着眉头，很不耐烦地挥了挥手："去去去，到一边去，你瞎掺和什么？你以为派出所会管这事吗？你把人家老婆弄走了，让人家断子绝孙，这样的事儿，是个人都做不出来！你要是这么干了，全村人都看不起你！你是不是当兵都当傻了？都不会用你自己的脑瓜子想一想？"

我问他："那个女孩子怎么办？这不是把人家的一辈子都害了？"

父亲不耐烦地说："你管好自己就行了，还管那么多事干什么？"

我不屈不挠地跨到他跟前，问他："爹，如果她是你的女儿，你会怎么样？"

父亲的脸一下子涨得通红，他使劲地瞪着我，眼睛几乎要跳出来了，他猛地站了起来，冲我吼道："能被人家拐跑了，说明她自己无能，活该！是我的女儿，就当她死了，没这个人！"说完，转身就走了。

我一下子愣在了那里，呆呆地看着他的背影。我说话是有点冲，但父亲也没必要发这么大的火啊。但我现在死了，回首往事，一下子明白了许多事，我知道我那次是戳到了父亲的痛处，让他想起了我姐姐，他一直认为我姐姐是被雷老末拐跑的，他根本就不知道什么是爱情。

那年寒假我干了一件大事，我偷偷地找到那个女孩子，让她给家里写封信，然后我到镇上用特快专递寄给了她千里之外的安徽老家。

几天之后，那个女孩子的父亲带着老家的两个警察和我们镇上派出所的民警来到了木扎。他们是白天来的，本来是带不走那个女孩子的，李家的势力并不大，但木扎所有的乡亲都会帮助他们的。乡亲们都觉得自己有这个义务。他们夸张地攥着铁锹和锄头，围在警车周围大声吵嚷着，不让他们去李石头家。我当时也在围观的人群中，身上都渗出了汗水，如果真的冲突起来，我要帮乡亲们，还是帮那些警察？我是个军人，应该帮助警察，但我真的能这样做吗？我正在犹豫着，这时警察拿出了一张通缉令和逮捕证，严肃地告诉木扎的乡亲，她在家乡已经结过婚，因为夫妻不和杀了丈夫潜逃，警察这次是来抓捕杀人犯的。我在人群中松开了紧紧攥着的拳头，开心地笑了。我当然知道这都是假的，但他们说得像真的一样，他们甚至把我们当地的公安也骗了，派出所所长一再给乡亲们解释，这是在配合兄弟省市公安执行抓捕杀人犯的公务，如果有人阻挡，将会受到法律的严惩。他甚至还放出了狠话，如果今天抓捕不了这个女孩子，或者让她逃跑了，他们就让武警来执行这个公务，那时就不会这么客气了！声色俱厉的公安终于震慑住了乡亲们，谁敢偏袒一个杀人犯呢？他们自觉地让出了一条路，甚至连李石头家人也没敢动，眼睁睁地看着那些公安给那个

　　　　　　　　　　　　　　　　　　"新生代军旅作家"面面观 |

女孩子戴上锃亮的手铐，塞进警车里开走了。

最初的喜悦很快过去了，我愣愣地站在那里，笑容僵在脸上每一道皱纹里，心里有些难受。这件事的荒诞之处在于，伤害和侮辱她的人不戴手铐，戴手铐的却是她。那个女孩子一直都低着头，像个真正的杀人犯一样，她很聪明，知道如何配合公安的行动。她可能根本就没看到我也在人群里，但我知道，她会一辈子都忘不了我的，那个肩上扛着红牌牌的军人。我也忘不了她，回首往事，我真心祝福她忘记这个噩梦，有一个幸福美好的明天，但我知道这很渺茫，她回到家乡，迎接她的除了亲人，还有无边无际的流言的伤害。

警车已经完全在大路尽头消失了，李石头突然撒开脚丫子朝着大路狂奔起来，他一边跑着，一边扯着喉咙叫喊着："她是我老婆，她没结过婚，她是处女，你们王八蛋骗我！"

我看着那个丑陋的背影越来越小，慢慢地不见了，眼泪忽然就出来了。这就是木扎，这就是我生活了二十来年的乡村，我从前觉得它是美丽的，但我现在却觉得它是那么丑陋。乡亲们七嘴八舌地议论着，骂着骗人的公安，说着同情李石头的话。他们飞溅的唾沫星子和麻木的表情让我感到恶心。乡亲们说着说着，突然就想到了一个问题：是谁把消息传递给了那个女孩子千里之外的老家？他们提醒了李石头的父母，他的父亲脸上肌肉抽搐着，抓住了一把铁锹，吼了起来："我日他八辈子祖宗，是谁干的这缺德事？有胆子给老子站出来，我不把你砸死我不姓李！"他一边说着，一边使劲地砸着地上的一块石头，仿佛它就是那个可恶的告密者。

我悄悄地挤出人群回到了家里。

我后来才知道，李石头那天居然真的追到了镇派出所，但那些外地的公安已经带着那个女孩子父女两人走了。派出所的人劝他回去，他还不听，在那里大喊大叫，让人家公安还他的老婆，最后把人家惹火了，把他拘留了半个月。

在这半个月里，李石头的母亲拎着一个破破烂烂的铁盆，每天都要用石头敲着，在村里走上几个来回，用木扎有史以来最难听的语言，边敲边骂那个告密者。她走到哪里，都会遇到同情的目光和温暖的安慰，都有人替她一起诅咒那个缺德的家伙，许多人表示，如果知道是谁，他们会一起收拾他的。每当这时，我的父亲母亲就像霜打的茄子一样耷拉着脑袋蹲在家里唉声叹气，就像自己丢了媳妇一样，又好像干了什么伤天害理的事情，没脸出去见人了。

我父亲母亲在那天晚上就知道是我干的这事。父亲小心翼翼地问我，娃子，是不是你干的？我笑了笑说，是我干的。父亲本来脸上还有一丝希望，可怜巴巴地看着我，希望我会说不是我干的，我的回答让他很失望。他的脸色一下子灰了下来，愣愣地看了看我，目光里甚至还闪过了一丝愤怒的火花，但很快就熄灭了。我现在已经是名军校学员，再过几年就是一个可以光宗耀祖的军官了，不是个光着屁股满村跑的小孩了，他知道他已经不可能再把拳头举起来了。过了好大一会儿，他才收回了目光，长长地叹了口气，低着头喃喃地说，疯了，疯了，你疯了，看看乡亲们知道了会怎么收拾你吧……

　　父亲母亲说的不是气话，他们竟然真的以为我疯了，他们在一个漆黑的晚上，偷偷地把一个跳大神的老头请到我们家驱鬼赶魔，他围在我身边又跳又叫，嗓子眼里像塞了一把沙子，声音尖利沙哑，难听死了。

　　事实上父亲母亲还是有点过虑了。

　　乡亲们后来还是知道了这事是我干的，因为那段时间只有我一个人到镇里的邮局发过特快专递，那是要在邮局登记的，不知道是哪家在邮局有亲戚，一问就问出来了，然后回到木扎就传播开了。但没人把我怎么样，就连李石头家也没怎么着我，因为我父亲是村支书，我舅舅是县里的干部，到我家来时，总是坐着锃亮的小轿车。那辆放在城里再普通不过的桑塔纳轿车，总是让乡亲们充满了敬畏。也许是我穿着的一身军装也吓着了他们吧。李石头母亲知道后，甚至都不敢再拎着那个破铁盆在村里骂了，乡亲们也没人敢当着我们孙家任何一个人的面议论这件事。我很坦然，该干什么还干什么，我觉得我并没有做错什么，在木扎走过时，我的目光从来不曾躲闪过。但我还是很快就发现我被乡亲们孤立了，许多人当我是空气，就是走碰面了，我很谦恭地按着辈分喊着他们"大伯""大爷""叔叔""婶婶"时，他们都会装着没有听见，故意把脸扭过去，理都不理。他们的举动具有传染性，就连木扎的小孩们也都不理我了，甚至有小孩跟在我后面叫我"神经病"了，他们的父母肯定都是这么说我的。我也相信，如果没有我爷爷、我父亲几十年来作为木扎一把手建立起来的权威，如果我不是一个军校学员，只是一名普通的士兵，事情可能就不会如此简单。但即使这样，爷爷的坟头上还是被人偷偷地钉下了一根桃木楔子，据说这是会破坏风水的，对子孙不利。这在乡下是件非常严重的事情，但我父亲发现后，也只是拔出那根桃木楔子远远地扔在一边就算完了。那段时间里，父亲碰到一个乡亲，离老远都要赔上笑脸给人家打招呼，老远就把手伸得长长地递出一支纸烟。这在从前，是从来没有过的事，都是人家主动给他打招呼。每当这个时候，我心里就很不是滋味，父亲完全没必要这样做。但我又能说什么呢？我又能做什么呢？我照样也得这样给乡亲们打着招呼，也要赔着笑脸，即使他们不理我了，我还是不能真的把头昂得高高地从他们身边走过去。有时我甚至还会怀疑我是不是真的做错了，但那个可怜的女孩子无助的眼神立刻会出现在我面前，我这时就有点恨木扎了：我没有做错，我没必要在乎你们的眼神。我是这样想的，但在实际生活中我还真的不能不在乎这一切，我还得很谦恭地在他们面前低着头走路。他们毕竟是我的乡亲，我毕竟在这里生活了二十来年啊。

我知道乡亲们对待我的情感是复杂的，我是木扎的第一个军校生，是他们教育孩子的榜样，但同时也是一个让人无法理解的讨厌的人。现在好了，我死了，所有的这一切都解决了，我完全成为了一个好人，一个善良的、懂事的、有上进心的人。我甚至为自己曾那么地讨厌他们而感到羞愧。

这个孤独的灵魂现在站在自己的墓边，充满忧伤地看着正在为他挖着墓坑的乡亲们。我的墓是在山冈上，石头很多，很不好挖，他们至多会骂一句这狗日的石头，然后往手上吐一口唾沫，继续用力地刨下去。李石头已经满头大汗了，汗水从他的头发上滴下来，他用手擦了一把脸，脸上立刻被手上的泥巴涂得乱七八糟。他把镢头高高举起来，重重地刨向地面，镢头砸在了一块坚硬的石头上，砰的一声，闪出了一串火花，镢头反弹起来，震得他的虎口发麻。他皱了一下眉头，又撅着屁股，呼哧呼哧地举起镢头挖着。我很感激地看着他，他是真心来我们家帮忙的，所有的人都是真心的。木扎的乡亲们其实都是善良的。我活着的时候偶尔会有点困惑，现在死了，但我还是忍不住又问自己：我那件事是不是做错了？但我很快摇了摇头，把这个让人苦恼的念头丢在了一边，再一次对自己说，我没有做错。是的，我没做错，我做了一个军人，甚至是一个普通人都应该做的事情。

我充满怜悯地看着这个叫李石头的男人，他其实完全有机会从我身上夺回他失去的东西，那就是他买媳妇时花去的八千元钱。我淹死的那天，第一个赶到河边的大人就是他，那时他正在几百米外的一块地里锄着草，他听到那群小孩的叫声后，就扔下锄头，飞快地向河边跑来。他先是看到了我的衣服，还有我放在地上的提包，接着就看到了我装在口袋里的钱。那天我本来是要到省城里的军校上学的，那是给我家一个亲戚的孩子捎的学费，他也在那里上大学，暑假没有回来。母亲在我的内衣上缝了八个口袋，每个口袋装了一千元。我脱衣服时匆匆忙忙，成沓的百元钞票已经露了出来。李石头看到那些钱，只是愣了一下，甚至连腰都没弯，然后就把目光投向了已经平静的河面，上面甚至连一个涟漪都没有。但他还是飞快地脱光了衣服，跃入了河中，他使劲地吸了一口气，潜到水里，努力地往下潜着，睁大眼睛使劲地朝河底看着，但他只看到了绿黝黝的河水，那个地方太深了，他不可能潜到河底。但他还不甘心，浮出水面，喘了几口气，又深深地吸了口气，再次潜了下去。等他再浮出水面时，那些大声哭喊着的小孩已经叫来了大人们，几个年轻人也跳进了水里，但还是没有一个人能潜到水底。其实这一切都没有用了，那时我已经灵魂出窍，静静地坐在我的衣服边，充满忧伤地看着河面，岸边挤满了人们，至少有几十人都看到了我塞满了钱的内衣，但就是没有一个人试图拿走一些钱。我后来就坐在那里呜呜地哭了，泪水纷飞，绿色的草地柔软，风像恋人的手抚过脸颊，阳光灿烂，大地充满芳香，我却无可挽回地消失在像噩梦般的河水中了……

　　我站在高高的山冈上。送丧的唢呐滴滴答答地响起来了，吹的都是流传在豫西南乡村的丧乐《大奔丧》《哭坟》，声音凄凉，像是被风吹断的老人的哭泣，飘荡在木扎的风中。我和雷老末站在那里放眼望去，看到四个年轻人抬着我的棺材，缓缓地走出了我家的院子。亲人们跟在棺材后面放声大哭着，声音像秋天落下的悲伤的枯叶。乡亲们站在旁边，看着笨重的送葬队伍，面庞如落下一层土黄色的寒霜，有些上了年纪的老人干枯的眼睛里甚至流出了泪水。妇女们挤在人群中，她们到现在也管不住自己的嘴巴，低声说话的声音像春天的蚕沙沙地爬过桑叶。我还是很在意别人对我的看法的，侧耳听了一下，没有一个人说起我干的那些"坏事"。我曾经劝他们卖粮食时把塞进麻袋里的砖头拿出来，还曾经告诫他们不要再往花生米里掺沙子了。我在他们眼里是一个可笑的人，我也知道他们私下里都叫我是"孙家的那个神经病"。她们现在为了安慰死者，说的都是我从小如何听话，上学如何用功。她们甚至还会竭力地发挥自己那点可怜的想象力，把一些事情放大。她们原谅了我所有的一切。谁都知道，孙家就这一个男孩，这一家是要绝后了，无论孙家做过多少坏事，多么地对不起他们，他们也都不会放在心上了。所有的遭遇比起来，还有什么能比让一家人绝后还要严重呢？

他们很快就会使用同样纯朴的语言把这一切讲给那些来采访的记者们听的,《麦城日报》记者来采访时,乡亲们就是这样告诉他的。他们即使在内心里已经把我当作了一个可怜虫,一个年纪轻轻就死掉的傻蛋,一个运气坏得不能再坏的倒霉蛋了,他们仍旧会在外人面前维护我的面子,说我是英雄的。他们表情像秋天的果实一样真诚,面孔像土地一样老实,没有一个人在记者面前说我一句坏话,他们把能想到的最美的话都留给了我。其实我很惭愧,我并没有他们说得那么好。就连已经有些自己想法的雷小强,同样也会像平常写作文那样精彩地描述出我救他时的每一个细节,并且还经得起任何推敲。他的记忆力一向都很好。

我不能不承认,木扎的乡亲都是好人,无论是大人还是小孩,他们都很真诚地想让每一个人相信,我是一个英雄。

我看到了雷小强,他孤零零地站在一棵树下,咬着指头,皱着眉头看着正在乡间土路上缓缓移动的送葬的人们。树阴笼罩着他,他一半脸上阳光灿烂,另一半脸上落满了阴影,这让他的整个表情有点奇怪,既不是在笑,也不是在悲伤,而是在发愣,就像老师给他布置了一道超过了他理解范畴的习题,他茫然无解,但又不敢向老师发问。这道习题就是我的棺材。他实际上是很聪明的,已经收到了镇里重点初中的录取通知书,村里小孩只有他一个人考上了这所重点初中。乡亲们都相信,只要不出意外,他将是木扎的第二个大学生。我站在他旁边,侧着脸看着他,他的嘴唇上还留着淡黄色的茸毛,但现在像个老人一样沉默和呆滞。他的身体突然颤抖了一下,好像怕冷一样缩了缩肩膀,眼睛里充满了惊惶。他看见我了吗?村里老人说,三岁以下的小孩子才会看到鬼魂,他已经十二岁了,不可能看到我的。那他害怕什么呢?我顺着他的目光,落在了我的棺材上。天气炎热,我的尸体已经有些气味了。但他离得那么远,不可能闻到这股不好闻的气味啊,况且我父亲已经在上面洒了不少白酒,那些酒甚至渗过了桐木棺材,滴在了我的嘴巴里。我生前一直是个好士兵、好学员,滴酒不沾,现在却因此尝到了酒的滋味,我要说的是,白酒的确很难喝。我把目光收回,心疼地看着这个还没有成年的孩子,悲伤地摇了摇头,他小小的肩膀要承受多少东西啊!我的死亡给亲人带来了悲伤,也给这个本来和我毫无关系的孩子带来了一道难解的题,一个沉重的包袱。我蹲在雷小强的旁边,悲伤地掩住了脸。我死了,我以为我死了就死了,什么也没有留下来,至多会留下一些或好或坏的传说，随着岁月的流逝，也许他们很快什么都会忘了，但会记得我是木扎第一个大学生。这才应该是我。

我站在木扎高高的山冈上，对着整个村庄，对着麦河纯净的河水，对着自由飞翔的小鸟，大声地喊着：我是自己死的，我不是英雄！我在村庄的上空呼喊，我穿梭在人群中呼喊，我拉着每一个人趴在他们耳朵边呼喊，但他们什么也没听到，他们只听到了我的亲人们嘶哑的哭声，听到了风从山冈上吹过的声音，他们甚至听到了时间流逝的声音，但就是听不到我的声音，没有一个人听到我的呼喊……

我甚至也有点疑惑了：我真的救了雷小强吗？

我回过头来，在时间的河流里细细地寻找着我死去的那一天，认真地打量着、审视着那一天的每一刻每一秒，终于痛苦地确认了这个事实：我没有救过雷小强。我淹死在麦河那天，他甚至都不在木扎，而是在二十里外的姥姥家。

四、我真的不是英雄

那天，暑假就要过完了，我本来是要去军校上学的。我们一家人都早早地起来，父亲坐在堂屋，抽着旱烟，外面树上落下了几只喜鹊，冲着父亲叽叽喳喳地叫着，父亲充满慈祥地看着它们，笑容都从像用刀子割出来的深深皱纹里溢出来了。一大早就听到喜鹊叫，这是一个好兆头。但事后我父亲回想那天早上的情景，他已经有些拿不准那天看到的到底是喜鹊还是乌鸦。他最后觉得是乌鸦，他甚至跪在我的尸体旁边，呜呜地哭着，用拳头捶打着自己的脑袋，懊悔极了，我明明听到了乌鸦在叫，我怎么还让他走呢？其实我父亲记错了，那天早上他看到的的确是喜鹊。我也看到了，心情还很好地冲着那些喜鹊笑了笑。我穿着干干净净的军装，走到院里，伸了伸胳膊，踢了踢腿，终于要开学了。

母亲起得比我们都要早，她来到灶屋，给锅里添满水，又搬来了柴火，开始给我做饭。前几天下了雨，柴火有点潮湿，她用了好几根火柴才把它点着了，塞进灶膛里，一股乳白色的浓烟从灶膛里弥漫出来，母亲的面目有点模糊不清。我的眼睛突然有点湿润，想起我小时候，母亲也总是早早起来，在做饭时，把我的棉袄烤热了，然后跑到屋里给我穿起来。那时的冬天总是很冷。而我现在终于长大了，再上一年学就可以毕业了，我会成为一个收入还不错的军官，会挣来比他们种几年地的收成更多的钱，我可以把他们带到城市生活，甚至还可以让他们坐上飞机到遥远的异地旅游。他们将成为木扎最为幸福的老人。

母亲给我做了一碗面汤，里面还打了两个荷包蛋。她和父亲碗里什么也没有，只有稀稀的面汤。木扎现在除了我们家，没有人再去镇上卖鸡蛋了。我们家里本来并不穷，是我上学把我们家上穷了。

父亲母亲把我送到了村口的大杨树下，我说，你们回去吧。

母亲把手里拎着的煮好的鸡蛋塞到了我手里说，你到学校了，要照顾好自己，冬天来了，要多穿些衣服。父亲说，你到学校了，要好好学习，咱家庭穷，别谈恋爱，将来当了军官再谈也不晚。

我都答应他们了。但我知道我也做不到，特别是父亲说的，实际上我已经和一个叫周婷婷的女同学在谈恋爱了。我们是从一个部队一起考上这所军校的，她很懂事，我们的恋爱并不用花什么钱。

那天我步行二十多里到了镇上，又坐着公共汽车到了县城，已经快到中午了。很多人挤在那里买车票。那些要出去打工的女孩子都很年轻，她们个个穿得像乡下妖娆的蝴蝶一样花枝招展的。她们很多人都是到南方当小姐去的。这在我们家乡不是什么秘密，那种脏病被她们从遥远的城市带回来，已经在家乡麦县到处蔓延了。整个人群闹哄哄的，到处是家乡那种很不好听的方言土语，不时地有人伸出脖子，把黄色的浓痰吐在地上。我皱着眉头站在那里，眯着眼睛看着那些人，我是有点厌恶他们。我当了几年兵，就再也不想回到家乡了。我不喜欢他们。

队伍在缓慢地移动着，不时地因为有人插队而发生一场不大不小的骚乱，那种露骨而肮脏的骂人的话到处乱飞，像苍蝇一样在我耳边嗡嗡地叫着。我突然就感到胃里一阵翻腾，难受得想要呕吐。我下意识地提了提手中沉甸甸的提包，里面有母亲给我煮的鸡蛋。我蹲下来，从里面掏出了一个鸡蛋，把蛋壳剥掉，然后放在口袋里，准备过一会儿再扔到垃圾桶里。周围有几个乡亲看到了我这个动作，他们眼睛里刚开始有点疑惑，接着就有点羡慕的样子了。我穿着军装，举止也很文明，身边有几个喳喳叫着的女孩子甚至放低了声音。我把头抬得高高的，心里说不清是得意还是一种悲哀，我就是想让他们看看，我虽然从小在这里长大，和他们喝一样的水，吃一样的红薯面馒头，但我现在是一个很文明的军人了。

　　我吃着母亲煮的鸡蛋，面前浮现出了母亲一头白发的模样。我本来并不让她煮鸡蛋，我说我在路上买包方便面泡泡吃就行了。母亲说，那没营养，还是咱家草鸡下的蛋有营养，你带到路上吃，吃不完也不要扔掉了，到学校再吃，你们训练很苦，好好补补身子。把那个鸡蛋吃完，我突然就有点舍不得离开家乡了。我觉得有些奇怪，我一点都不喜欢它了，早就厌烦了到处都是牲畜粪便的村庄，厌恶了指甲里总是塞满了黑色污垢的乡亲。我甚至还厌恶了母亲做的饭菜，她坐在灶台前，身边堆满了柴火，腿上落了一层灰尘，浓烟笼罩了整个灶屋，她站起来掀开了锅盖，身上的灰尘飘在空中，她搅动着勺子，浓烟呛得她连连咳嗽。我皱着眉头站在灶屋外面，突然就感到烦躁不安，我觉得母亲做的饭很脏，虽然我是吃着母亲做的饭长大的。

　　那时我恨不得立即就开学，我觉得我已经在家待不下去了，我已经深深地喜欢上了部队里昂扬的歌声、口哨声和弟兄们的吵闹声了，我是属于那里的，那是我真正的家了。但我站在人群中，突然很想我的母亲，想我的父亲，想我们肮脏的木扎，想那难听的方言土语，想那澄清的麦河河水。我算了算时间，我如果明天走也还来得及，完全可以在家多待一天。于是我就从人群里出来了。这时我突然听到有个苍老的声音在喊："闺女，到那里要好好坐台啊！"我吃惊地扭过头，看见一个站在检票口的老头，正在踮着脚，冲着已经进站的女儿一边摇着手一边高声喊着。那个女孩好像没有听见，头也不回地走了。我站在那里，就像做梦一样，这个像我父亲一样满脸皱纹的老头为什么要这样喊呢？他难道连一点羞耻感都没有了？他知道不知道"坐台"是什么意思呢？他和他的女儿跟我无关，但我突然就脸红了，低着头慌慌地走出了车站。

　　我只想回到木扎。我急匆匆地踏上了回家的道路，影子拖得很长，我没有看到命运的黑色翅翼已经盘旋在我的影子上面，我就这样被命运在阳光下牵着扯着一路狂奔地扑向了我的死亡。

　　命运是个很可怕的东西。我很早以前就认真打量过它，比如说车祸吧，一起车祸的发生，是注定要在那一天的那一刻，不早不晚在那个地方，一个司机，一个受害人要赶在那里，双方任何一个人哪怕迟一秒钟，可能就会错过这个时间。但他们从来没有错过。再比如我的死亡，我本来是要上学走了，但却鬼使神差地又跑回了木扎。

我爱木扎，木扎却给我带来了死亡，难道这也是命运？

　　木扎其实是一个很好的地方，它的北面是山，其他三面都是水。那是一个水库，河水很清，我们下去游泳时，都可以把眼睛睁开，可以看到河底的鹅卵石，甚至还能伸开手掌抓住从指缝间穿过的小鱼。我在小时候，经常跳进麦河，在河边的石头缝或者水草里摸到虾子，把头掐掉就吃了。那时我很相信大人们说的，吃生虾子会长力气的。有一点那个新闻说错了，我会游泳。木扎的小孩几乎学会跑路时就学会了游泳。我在部队里每年都要进行武装泅渡训练，要穿着迷彩服，带着一支冲锋枪，再背上几颗教练弹游出三千米，我的成绩在整个学员队都是靠前的，还曾经在游泳比赛中得过冠军。但我也知道，会游泳的人也会淹死的，比如腿抽筋了，比如腿被水草缠住了，还有一些莫名其妙的原因，乡亲们说是被"水鬼"拉下水了。每年夏天，这个水库总要淹死个把人，不是这个村庄的，就是那个村庄的。

　　我从来都没想过自己也会淹死在这个水库里。

　　那天我从县城又回到木扎时，并没有直接走进村庄，而是爬到村子北边那座高高的山冈上，站在雷老末荒草萋萋的坟头上向四周瞭望，贪婪地呼吸着乡村干净的空气，仔细地打量整个木扎。瓦房与草屋和平共处但又截然不同，瓦房顶上长满了青苔，草屋都已经上了年纪，年老色衰了，几乎看不出是用干草搭成的，屋顶一片黑色，飞鸟衔来的种子落在上面，长出了一棵棵又矮又细的小树，它们和村里那些瘦瘦的小黑狗似的小孩一样，都是营养不良。在夕阳的照耀下，整个村庄宁静安详，犹如禅定的老僧。偶尔有牛叫的哞哞的声音传来，还有颠倒了时辰的公鸡的打鸣声，就像一支民谣中突然出现了几个尖利的音符，划过空气，穿过你的耳朵，让人猛地精神一振。

　　我其实还是深深地爱着木扎的。

　　后来我就看到了那群小孩，他们正在村子东边的河水中嬉戏，他们欢快地叫喊着，打着水仗。这是我小时候最喜欢玩的游戏，三四个伙伴混战在一起，河水被击打起来，向空中飘起时，会出现和夏天雨后挂在天空中的彩虹一模一样的奇观，只不过它更小一点。我眼睛追随着那些奇异的色彩，它让幼小的我觉得不可思议。那天傍晚，在河边喧闹的小孩儿勾起了我对儿时绵绵不尽的思念，于是我就没有再回家，而是拎着提包直接到了河边。那些小孩我都认识，他们都是一些刚上小学的小家伙们，他们也都认识我，我一直都是他们父母教育他们的学习榜样。他们继续在那里喧闹着，根本就没注意到我的到来。但我还是有点犹豫，我突然有点不大习惯在乡亲们面前暴露身体了，哪怕他们只是一群小孩。我提着包，往旁边走了十几步，然后放下提包，脱下衣服。我看了看他们，尽管他们没有一个人注意到我，但我还是有点不好意思，飞快地跑到岸边，双手举过脑袋，合在一起，像支箭一样一头扎进了麦河，动作优美线条流畅。在那所军校的游泳馆里，我经常站在跳台上，像这样优雅地跳进水里。那天可能有点慌张，动作在空中有些变形，角度不对，河水拍打着肚皮，声音很响，我感到很疼。那些声音引起了那帮小孩的注意，他们停止了打水仗，一齐扭头看我，但他们什么也没看到，只看到河面上溅起的水花和一圈圈的涟漪，他们瞪大眼睛看着水面，等着我突如其来地从另一个方向潜出来。木扎所有的人都会潜水，我在上小学时，甚至还在大人的戏弄下，潜水绕过一个小坡头，突然出现在了村里女人们洗澡的地方，把她们吓得大呼小叫。我能潜很远，还能在水下待很长时间。

那天黄昏，我一头扎进了麦河，等我蹬着腿想浮出水面时才发现，两条腿疼得像针扎了一般，沉甸甸地往下坠。我的脑袋嗡地就炸了，我的腿抽筋了！刚开始我很镇静，我甚至还对自己说，不要慌，沉着气，你才刚刚二十三岁，你不会死的。我挣扎着在水中把腰弯下，用双手使劲地拧着掐着那两条可恶的腿，但一点用都没有。腿上的肌肉扭曲变形，整个小腿都变得硬邦邦的，它们根本已经不是鲜活的肌肉了，而是两根冷冰冰的铁柱子。我向上伸着头，甚至能透过水面看到暗红色的夕阳，听到那群小孩狂呼乱叫的声音，他们有的妈呀妈呀地叫着，有的哭着大声喊着："救命啊，救命啊……"我用双手扑腾着，想挣出水面，但双腿却带着我更快地向下面沉去。身上的压力越来越大，像背了一座山，耳朵里像捅进了一枚针，一阵阵地疼得钻心，接着我就看到了漂在我眼前的像空中薄薄的炊烟的血丝，它们在水中慢慢地扩散，慢慢地消失了，那些血有的是从我鼻子里涌出来的，有的是从眼睛里出来的。我再也忍不住了，在水中扯开喉咙高声地叫喊起来，但我什么也没喊出来，河水涌进来，呛到肺里，吐出来的不是河水，而是鲜血，然后就是一片黑暗，接着是一片亮光，它们像阳光一样，但又不是阳光。我慢慢地站了起来，看到了我自己的身体静静地躺在河底，脸色乌青，脸庞塌陷下来，好像一下子瘦了几十斤，但肚子却像一个孕妇一样鼓鼓的。一条青鱼游过来，用嘴巴碰了碰我的脚，又游过来碰了碰我的鼻孔，它不认识我，也不知道我是什么东西，摇了摇尾巴走了。我伸了伸胳膊，感觉很轻，我踢了踢腿，也没有了那种抽筋后的钻心的疼痛。我看着我那静静地躺在淤泥中的尸体，眼角边流出了一行泪水，我是自己死的，根本没有救过什么人。我并不是死于河水，而是死于虚荣。我不想在那些有小孩的地方游泳，不是因为我害羞，而是我不愿意和这些小黑狗一样的孩子混在一起。我当兵离开家乡三四年了，家乡留在我身上的东西越来越少了，我也越来越不喜欢家乡了，我想离它越远越好……

　　我现在才知道，我是如何也摆脱不了它了，我爱它，又恨它，但不管是哪一种，它都留住了我，我还将成为一个小丑，永远都留在木扎的民间传说中。这是我舅舅给我带来的，甚至还包括我的父母亲，还有木扎的乡亲们，他们一起导演了这场军校学员勇救落水少年的英雄大戏。那个西装革履城里来的舅舅，彻底地剥夺了我作为一名死者的尊严，让我成为了一名可恶的英雄。他甚至让我对自己的军人身份都产生了巨大的耻辱，我给我们这支伟大的军队没有带来荣耀，相反带来的只是耻辱。那些前来真诚悼念英雄的领导和战友，实际上被狡黠的乡亲们欺骗了。他们的战友只是一个平凡的人，并不是一个什么英雄。如果他们知道我是那样死去的，我相信他们依旧会来悼念我，怀念我的，战友之间的感情永远都不会因为是不是英雄而变质，但他们永远都不可能知道这一切了。

　　过去、现在和将来连在一起，让我眼花缭乱，我看到我背着书包，捧着一本小人书边看边向学校走去；我看到我高考落榜后，在田野里发疯一般地奔跑着，脸上淌满了绝望的泪水；我看到我穿着一身没有军衔领花的军装，胸前挂着鲜艳的大红花，在别人泪水涟涟地与家人告别时，心花怒放地向家人挥着手；我看到我端着步枪，枪刺在阳光下闪闪发光，雄壮有力地踢着正步，步调一致地昂首走在学员队阅兵队伍里。我还看到那个让我讨厌的学员队长正在向整个学员队的弟兄们读着《麦城日报》的那篇报道，他读着读着，泪水一下子涌了出来，他没办法再读下去了，弟兄们昂首站在那里，但个个已经是泪流满面了。我也站在我从前站的那个地方，我的脸上也是泪水，但我的脸通红，因为羞愧而觉得无地自容。我成为了一个英雄，但我无法面对我所热爱的军队了。

五、舅舅创造的奇迹

　　毛主席说，人民，只有人民，才是创造历史的主人。

　　我觉得毛主席说得很对。我舅舅不但能创造历史，他还能掌握未来。他就是有这个本事。但我现在一点都不喜欢他了，真的，我一点都不会喜欢他了。如果他了解我，他根本就不应该这么对待我，让我像个小丑一样任人摆布，尽管我知道他可能是真心地对我好的，但这不是我想要的。我既然死了，就应该清清白白地离开这个世界，人们记着也好，忘了也好，我的灵魂都会很安静。但我现在不能了，在木扎的民间传说中，我将成为一个任人取笑的可怜虫，一个运气很坏的倒霉蛋，一个鬼迷心窍走到半路又跑回来寻死的神经病，他们谁都可以嘲笑我鄙视我。他们配合着我们家人制造着这个英雄的谎言，可能是他们心生怜悯，天生纯朴，但也有可能正好相反，他们可以因此把我踩到脚下，随意地嘲笑和鄙视。我的灵魂因此充满了悲哀和愤怒，我装作什么事都没发生一样，和雷老末一起在木扎飘荡，但我的灵魂实际上一刻都不曾安静过。一个充满了悲哀和愤怒，甚至怨恨的灵魂会发生什么事呢？我不知道，但在我生前看过的很多影视作品中，那些灵魂最终会丢失自己的本性，变成一个自己也无法知晓的恶魔。这与我对自己的道德要求背道而驰了。

　　我恨这个充满精明和狡黠的男人，这个我称之为舅舅的人，无论他对我的死是多么地悲伤和难过，我也永远不会原谅他了。

　　舅舅的小轿车直接开进了我家的院子里。已经被悲伤折磨得筋疲力尽的父亲和母亲一看到他，又开始哭了。舅舅站在我面前，泪水大滴大滴地掉了下来，抽搐着肩膀，呜呜地哭了。他低着头，脑袋不停地摆动着，我真担心一不小心会掉下来。他是我们亲戚中官当得最大的，我是我们亲戚中文化最高的，他从小就很喜欢我，他是真心为我的死亡而悲痛。他哭了一会儿，抹了抹泪水，弯下腰来拉住了我父亲母亲的胳膊，安慰他们说："姐、姐夫，你们不要难过，人总是要死的，但要死得有价值……"

　　父亲的哭声更大了："他死得有什么价值啊，他昨天本来就去军校上学了，却不知道怎么又跑回来了，连家门都不进，一个猛子扎进河里就再也没出

　　　　　　　　　　　　　　　　"新生代军旅作家"面面观

来……你说说，这不是'水鬼'在缠着他是什么？他这死得有什么价值啊……"他充满悲伤和哀怨看着我舅舅，就好像是在埋怨我舅舅。

我舅舅愣愣地站了一会儿，然后就弯腰趴在我父亲的耳边，低低地说："姐夫，你不要哭了，他死得是没价值，但我们会让他死得有价值的，活着的人总还是要活下去的。我就是来给你商量这事的……"

父亲惊疑地看着他，舅舅的眼中闪着泪花，钻心的悲痛弥漫他的全身。我当兵时是他到武装部开的后门，我要考的军校是他给我挑选的，我上中学时，他还给我提供过学费，我探亲回来时，他甚至还偷偷地给过我他攒的私房钱。他掏出一个手帕，哽咽着擦了擦眼泪，扶住了我父亲的肩膀，轻轻地说："姐夫，这里人多，说话不方便，还是到屋里再说吧。"

我在旁边捂住了眼睛，泪水从指缝滑过，一阵冰凉。我知道他要给我父亲说什么。他的到来不会让我感到一丝兴奋，只会让我感到屈辱。

我和雷老末站在这个时间点上，目送着舅舅把我父亲拉回了屋里，他们把门关上，把窗帘拉上，然后把脑袋挤在一起，小声地说着话。雷老末朝我眨了眨眼，说："我现在才知道，你舅舅是个人物，没有他，这场英雄的大戏就导演不起来。"

我沉默了一会儿，闷闷地说："我从前很喜欢我舅舅，他是当排长时转业回来的。他当过兵，让我觉得亲切。但我现在很讨厌他了。他把我弄成了一个英雄，让我的灵魂得不到安宁，连我都有点厌恶我自己了……"

雷老末抬起头，痛苦地皱着眉头看着木扎。我顺着他的目光，看到了我舅舅正趴我父亲的耳边，低低地说："姐夫，我一接到国栋死掉的消息就想好了，他不能白死，咱要让他成为一个英雄。"

我父亲哭丧着脸说："他是被'水鬼'缠到河里淹死的，是窝囊死的，能当什么英雄啊？"

我舅舅说："姐夫，这你得听我的。我想好了，就说咱国栋是救一个落水少年牺牲的。咱们要把报社、电视台的记者都请来，把这个事情搞大，国栋就是英雄了。"

我父亲吓了一跳，他扭头看着我舅舅，非常惊慌："这要撒一个多大的谎啊，还要上报纸、上电视，要是露馅就难办了。"

我舅舅说："你放心好了，只要乡亲们不说，就没人知道。你们家出了这么大一个事，孙家绝后了，再坏的人，这时也不会再落井下石了。你想想是不是这个道理？"

我父亲点了点头，但很快又摇了摇头，他当了几十年村支书，得罪过不少乡亲，他心里真的连一点底都没有。但我知道我舅舅是正确的，别看他离开农村几十年了，但若论对人情世故、对乡亲们的了解，就是一个天天生活在农村的人也未必比他强。他是很聪明，但我不喜欢，我对过于聪明的人都不喜欢。

我舅舅说："你别考虑那么多了，出了什么事我给你顶着。关键是要找对人，国栋救的这个落水少年得上过学，脑子机灵，胆子还大，这样才能应付记者和将来来慰问的领导们。这事你来办，我负责让记者来宣传报道。"

我父亲还是有些犹豫，他看着我舅舅，喃喃地说："这合适吗？"

我舅舅说："姐夫，你想想吧，国栋成了英雄，他们军校会派人来看你的，县里市里，甚至省里领导都有可能来看你的，那可是要带着慰问金来的。国栋如果再评上烈士，你每个月能领些抚恤金，我姐和你的日子也能过得舒畅些。你想想，如果不这样做，那国栋不就白死了？再说，他成为了一个英雄，让大家都来学习他，他出名了，九泉之下也可以瞑目了，他这兵也算没白当了。"

我父亲狠狠地抽了口烟，浓烟遮住了他，我们看不到他的表情，但听到了他沉重的呼吸声。我充满忧伤地看着父亲，心在咚咚地跳个不停，活着的人们欲望无穷，但我的想法却很简单，我不想出什么名，只愿我的灵魂能安静地栖息在大地，聆听小鸟的歌唱，自由地在天空中翱翔。我在心里祈祷着：爹啊，你要想想我啊，你儿子不是那样的一个人，你千万不要答应，不要弄脏了我身上的这身军装，你千万不要答应啊。

但我很快就失望了，父亲从浓烟中抬起头，目光里的悲伤已经淡了，甚至还多出了一些光彩，皱纹也舒展了许多，儿子成为英雄的前景让他激动，他手都哆嗦得拿不住香烟。一个农民的儿子，要上报纸和电视了，要成为一个人人都知道的英雄了，这是几辈子都没想过的事情啊。父亲是真心想让我成为英雄的，他那一会儿甚至根本就没想到那些可观的慰问金和抚恤金，他只想到了让儿子成为受人敬仰的英雄，这是一件无比光荣的事情。父亲再看着我舅舅时，脸上充满了感激和敬佩，他说："他舅舅，就按你说的办吧……这也是为了国栋。"

我舅舅长长地出了口气，说："姐夫，这事咱们要做得周密一些，除了木扎的乡亲，谁也不要讲，我回去了连他舅母都不讲。你放心好了，我一定能把国栋宣传成一个英雄的！"

我舅舅说完，向堂屋看了看，我正静静地躺在那里，他叹了口气，声音里充满悲伤："国栋这么年轻就死了，太可惜了，他本来应该能干出一番事业来的……他如果知道自己成了英雄，会好受些的……"

我小声地哭泣着，泪水掉在地上，腾起了一股股灰尘。他们的话像一颗颗尖利的子弹飞过来，把我的心击打得破破烂烂，到处滴着鲜血，我感到钻心地疼痛。在我这并不是很大的脑袋上戴上这顶外表光鲜的英雄帽子，对我只能是一种伤害，即使它是善意的，是亲人戴上去的，但那还是一种伤害，甚至是一种侮辱，是对我的侮辱，也是对我所热爱的军队的侮辱。亲人来侮辱亲人，这是一件多么可笑的事情，但它的确发生了，他们居然还不认为这是一种伤害与侮辱。也许他们知道，只不过装作不知道罢了，农民的狡黠使他们很容易找到一个理由来安慰自己的良心。周围的空气凝结在一起，像无边无际的河水重重地压迫着我，我几乎喘不过来气了。我喃喃地说："这不是我想要的，我是一个堂堂正正的军人，不是一个骗子。他们不是为了我，他们是为了自己……"

雷老末像个大哥一样拍了拍我的肩，说："你别难过了，我永远都相信，你不是那样的人，你是木扎最好的一个人。"

我再也忍不住了，趴在雷老末的怀中，失声痛哭起来。是的，我已经把他当作我的姐夫，我的兄长，我唯一可以信赖的亲人了。只有死者才能理解死者。活着的人是从来不会为我们考虑的，他们围绕死者做的事情考虑的都是自己。我生前看过乡下的许多葬礼，看到过许多人使劲地揉着眼睛，甚至手里藏着辣椒来刺激自己眼睛流出更多的泪水。他们并不是在真诚地哭泣死者，而是给别人看的。我知道，所有的一切都不可挽回了，我很快就要成为英雄了。我母亲和我姐姐静静地坐在那里，母亲已经痴呆了，她的心里只有我，父亲说什么，她都低着头淡淡地嗯着。我姐姐吃惊地看着父亲和舅舅，她的脸有些红了，嘴唇嗫嚅着想说什么，可能就只有她觉得这件事荒唐和可笑吧，我很想让她把它说出来，但她最后只是低低地说："嫁出去的女儿就是泼出去的水，你们说怎么办就怎么办吧。"

我蹲在我家的角落里，掩着脸低低地哭泣着，荒唐的闹剧已经开始，而我却没有任何办法。

父亲很快就提着两瓶小磨油去了雷大娃家。雷大娃一家正在吃晚饭，父亲的到来很让他们吃惊，雷大娃举着筷子停在了空中，张着嘴巴，愣愣地看着我父亲。孙家和雷家毕竟有二十来年没有走动过了。雷铁虎慌慌地放下饭碗站了起来，结结巴巴地问我父亲："孙、孙支书，您、您吃饭没有？"

　　我父亲把小磨油放在地上，没头没脑地来了一句："雷大哥，我对不起你们啊，要不是我，老末也不会走上绝路了……"

　　雷铁虎忙摇着头制止了我父亲："孙支书，那都是几十年前的事了，你还提它干什么啊……国栋年纪轻轻就死了，娃子死得可怜啊……"

　　我父亲的泪水一下子就涌了出来，他忙用袖子把泪水擦掉，然后抽着鼻子，竭力地忍住不让自己哭出来。父亲低着头沉默了一会儿，抬起头诚恳地看了看雷铁虎，又充满恳求地看了看雷大娃，红着眼圈，低低地说："雷大哥，还有大娃侄儿，我今天厚着脸皮求你们来了，看在我死去的儿子的脸面上，看在我们孙家要绝后的份上，你们就帮帮我这个忙……"

　　我父亲想让雷小强成为我救起的那个落水少年。

　　我父亲说完后，紧张地看着他们爷俩。雷大娃阴沉着脸，大口大口地吸溜着面条，就好像我父亲并不存在一样。我父亲的脸红了，可怜巴巴地看着雷铁虎，雷铁虎放下了饭碗，双手拄着拐杖，又开始咳个不停。我爹喃喃地说："雷大哥，大娃侄儿，我知道这事让你们作难了，我这是自作自受，我对不起你们雷家，你们就当看在老末的面子上，看在我家小玲的面子上……"

　　雷大娃抬起头，狠狠地斜了我父亲一眼，硬邦邦地丢过来一句："你找谁不行，怎么偏偏看上我家小强了？"

　　我父亲脸红了一下，低低地说："小强是咱们木扎最聪明的小孩，他头脑灵活，反应快，知道在什么场合说什么话，能应付那些记者们。雷大哥，大娃侄儿，你们自己说说，咱们村里还有哪个小孩能超过小强？"

　　我父亲说的是事实，再说，哪个父母不想听别人夸自己的孩子聪明啊。但雷大娃还是恨我父亲，仍旧阴沉着脸，瞄着旁边摇着尾巴的土狗，就像它是我父亲一样，眼睛里充满了鄙视和愤怒。雷铁虎看了看我爹，又看了看雷大娃，带着恳求的语气说："大娃，要不，就让小强帮帮这个忙？"

　　雷大娃使劲地瞪了他父亲一眼，几乎是吼了起来："你说得倒容易，老末的事怎么能说忘就忘了？"

　　　　　　　　　　　　　　　　　　　"新生代军旅作家"面面观 |

父亲忙欠了欠屁股，调整了一下姿势，有些尴尬地看了看雷大娃，雷大娃的目光像菜刀一样砍在他身上，父亲的身子颤抖了一下。他突然就感到羞愧起来了，恨不得钻进地缝里去了。我父亲在想，我这是在干什么啊？我当年虽然做得有些过分，但那是他雷老末自己找的，他一个二十多岁的大男人，勾引我那十七八岁的女儿，还让她怀孕了，这是人干的事吗？再说了，他雷老末死了，你们雷家还有雷大娃，你们雷家香火没有断，我们孙家以后就要绝后了，和我们孙家比，你们雷老末那点事算什么啊？都快二十年了，你们还记着这事！我居然还来求你们，我这是发的哪门子神经啊！我这是丢人丢到家了！

我父亲一下子站了起来，悲怆地说："雷大哥，大娃侄儿，我不为难你们了，这是我们孙家的报应，这还不够，连我和孩子他妈都死光了才能偿还你们家的雷老末！我家国栋命贱，就该死！这是报应，我不怪你们！"说完，他就跟跟跄跄地往外走了……

雷铁虎愣愣地看了看父亲的背影，脸上的肌肉抖动着，颤巍巍地站了起来，举着拐杖使劲地捣着地面，充满怨恨地看着雷大娃，声音像风里的稻草人一样抖个不停："你是个木头啊！你心疼你兄弟，你也得想想人家啊，人家国栋死得不可惜吗？人家还是个军校的大学生啊……孙支书这是看得起咱，你的良心让狗给吃了？都是乡亲呐，做人不能做得这么绝啊！"

老人又开始咳了，脸涨得通红，脖子上露出了条条青筋，他无力地捶打着胸口，手指颤巍巍地指着雷大娃："你、你要把我气死了！"

雷大娃看了看他父亲，眼睛里充满了烦躁和不安。他把饭碗重重地放在了桌子上，恶狠狠地看着我父亲的背影。我父亲驼着背，像条悲伤的狗凄凉地走在木扎的黄昏里，就在他要拐过一个墙角时，雷大娃终于站了起来，冲着我父亲喊道："姓孙的，你等一下……"

我父亲站住了，他扭过头来，他们看不到他的表情，但我看到了，他的脸上已经满是泪水。我父亲低低地说："雷大哥，大娃侄儿，我欠你们一个天大的人情，我下辈子做牛做马还你们！"

我父亲走在回家的路上，心情突然就很好了，这二十来年的仇恨一下子烟消云散了：雷家其实并不像他想象中的那么坏，雷老末其实还是个好人，如果放在今天，自己一定会答应那门婚事的。时光不能倒流啊。以后一定要好好补偿雷家，雷家有什么事了，我一定要把它当成自己的事来办！父亲这么一想，浑身轻松，只要雷家同意了，其他的事情就不是事情了。他甚至都不用给木扎其他的乡亲打招呼，他们都会替他保守这个秘密，就像那个被人贩子拐卖来的女孩子，乡亲们自觉地帮着李石头把她困在木扎，没有一个人会觉得自己做错了，他们甚至会为他们表现出来的强烈的道德感而感到自豪，他们一直都是善良和纯朴的。父亲的想法是正确的。后来，我所在的军校领导赶到了木扎，慰问了父亲，很慎重地向乡亲们询问我英勇救人的每一个细节，甚至还到我牺牲的地方看了看，该找的人都找了，每一个人都很真诚给他们描述我救人的英雄壮举，甚至有的还当场流下了眼泪。他们真诚地相信了这个谎言。这不能怪他们，就连《麦城日报》的那个记者都从来没怀疑过我这个英雄，尽管他的那篇报道写得并不是很真实。

父亲内心里深深地爱着木扎，爱着木扎的每一个乡亲。

乡村九月的庄稼散发出清香的味道，木扎的树叶在风中发出了纯净的歌声，但我的灵魂却在明媚的月光下感到了前所未有的虚弱，我什么也不想看了，什么也不想听到了，我只想静静地躺在我的坟墓中，安静地睡着……

六、让亡灵安息吧

9月3日，晴。土黄用时，曲星，冲龙煞北。宜沐浴、扫舍、安葬，忌开库、出财、栽种。

我父亲说，就选在这一天吧。他们这是在商量什么时间安葬我。

母亲和姐姐没有力气再哭我了，她们的眼中已经没有泪水了。母亲的眼睛肿得很高，她已经快六十岁了，这并不是一个很老的年纪，但她就是从这时开始，眼睛看东西有点模糊不清了。

我艰难地扭动着脖子，四处张望，我在寻找我舅舅，他是不是已经回到了县城张罗宣传我的英雄事迹去了？我不愿意这么快就开始了，我想让我的灵魂再安静几天。但我没有看到他，我不知道他去哪里了。我很着急，想问问我姐姐，我看着她，她只顾伤心，坐在那里一语不发。我一脸悲愤和苍凉，面对家乡的天空和大地，我想流泪，眼睛里却没有一点泪水……

我着急地在人群中张望，舅舅，舅舅呢？

父亲回来了。他的脸上已经看不出多少悲伤了，他开始全身心地投入处理我的丧事。他的身后跟着一个长着山羊胡的老头，手上拿着一个罗盘，面无表情地看了看我，他是个看风水的。我是淹死的，我父亲他们认为我这是暴死，按照家乡的风俗，我是不能葬在祖坟的。这我没有什么意见，入不了祖坟，我很高兴，我现在不喜欢我父亲了，他和我舅舅混在一起算计我，把我推到悲伤和愤怒的悬崖边，让我军人的洁净的灵魂蒙羞。我对他们没有一点好感了。我也不想再被埋到祖坟那里去了，我已经不干净了，会让先人也跟着我被人指指点点的。更重要的是，人固有一死，父亲也会死的，他死了，就不会和我埋在一起了，我就再也不会看到他了。

　　父亲带着风水先生出去给我找风水宝地。我知道，他这不是为了我，而是为了让我占一块风水宝地，保佑孙家以后幸福平安。父亲是村支书，却带着一个风水先生干这种事，我觉得这很可笑。父亲却很认真，他跟在风水先生的后面，不时地给风水先生递着香烟。长着山羊胡的风水先生煞有介事地转了一圈，最后在村子北边的山冈上的一块凹地上停了下来，那里离雷老末的坟地只有几步远。风水先生放下了罗盘，口中念念有词。父亲紧张地看着他，连气都不敢出。风水先生忙了半天，站了起来，对我父亲说："就葬在这里吧。山高水长，紫气东来，贵禄齐至，将来子孙肯定能加官进禄。"父亲激动地站在那里，搓着双手，不知道说什么好了。他掏出一支香烟，给风水先生点上，又掏出一百元钱递给了他。他真可怜。我看着就想笑，孙家就我一个男娃子，我已经死了，将来还有什么子孙能加官进禄？

　　长着山羊胡的风水先生掐着指头算了算："9月3日，晴。土黄用时，曲星，冲龙煞北。宜沐浴、扫舍、安葬，忌开库、出财、栽种。就选在这天安葬吧！"

　　父亲忙不停地点头："就选在这天，就选在这天！"

　　9月3日，我要被葬在村子北边高高的山冈上了。

　　实际上我对这里还是很满意的。位置不错，还能看到村子路口那棵大杨树，在那里，我告别家乡，成为了一名军人。父母站在那里，痴痴地看着我的背影消失了，还不肯回去，盼着我能光宗耀祖地回来。现在我回来了，永远都不会再离开了。但他们不知道，我当了兵，已经成了另外一个人，我即使死了，我的灵魂仍然是一个军人的灵魂。我安葬在木扎，但我再也不会属于这里了，我再也没有比这个时候更讨厌木扎了。

送葬的队伍缓缓地走出了村庄。

按照家乡的风俗，姐姐扶着我的棺材，很艰难地走在大路上，她要流泪了，泪水挂在了她脸上，邻居花奶奶忙掏出手绢，把它擦掉了，叮嘱她说："你的泪水千万不要滴在棺材上，滴在上面了，你弟弟会成精的，长出獠牙，以后会祸害咱村庄的！"姐姐惊恐地抬起了头，忙用袖子擦了擦泪水。

村子里看热闹的人跟在后边，刚开始很安静，充满悲伤的气氛，像个令人满意的葬礼。队伍慢慢地移动着，人群忽然就有了骚动，他们在低声地传说着我即将成为英雄的消息。他们好奇地互相咬着耳朵，同情和悲伤慢慢地从他们脸上消逝了，这个消息让他们感到惊奇和兴奋，他们的唾沫星子飞溅，手指朝着我的棺材指指戳戳，那种庄重的气氛没有了，乡亲们站在路边，我的死跟他们没一点关系了，他们并不悲伤，也不再同情我们孙家了，他们只是来看热闹的。整个葬礼除了我的亲人们，成为了一个传播小道消息的集市。我的灵魂悲哀地飘在他们的头上，我看到了他们私下里嘲弄的表情、羡慕的语气，甚至还有一种嫉妒：孙家就是厉害啊，就连人死了，人家都能拿来做文章，人家就是厉害啊。

我把目光转向我的亲人们，他们痛哭着，泪水在脸上蜿蜒，哭声在空中挣扎飘荡。父亲扔着纸钱，风起来了，吹来了庄稼的清香，吹来了鸟儿幸福的歌唱。白色的纸钱在空中飞舞，白幡哗哗地响着，天空很蓝，没有一丝云彩，这是个好日子，但我的灵魂却充满悲伤。

我的墓还没有完全挖好。但那个我即将成为英雄的消息像个瘟疫一样传染了这些挖着墓坑的人们，他们站在高高的山冈上，看着送葬的队伍还有一段距离，就扔下了镢头和铁锨，坐在一边，抽着我父亲散给他们的香烟，喝着我父亲送来的开水，开水里放有白糖，在我们村里，只有招待尊贵的客人时才会这样。来帮忙的乡亲们议论着这个消息，对死者的同情被这个消息击得四分五裂，他们和那些看热闹的乡亲一样，开始互相打趣开着玩笑，嘻嘻哈哈地，慢慢地就转换了话题，开起带荤的玩笑来了，逗着李石头讲讲那个女高中生是什么滋味。这个丑陋的男人居然还真的讲了，他的脸色通红，被往事激动得闪闪发光，让我听得都有点脸红，为他们感到羞愧和悲哀。李石头咂了咂嘴，站了起来，解开裤子，朝着我的墓坑撒了一泡尿，还呸地吐了一口浓痰："妈的，要不是孙国栋这个神经病，我现在能是一个光棍吗？嘿嘿，我现在就是死了也值得了，他这个神经病连女人都没尝过就死了，真是报应啊。"雷大娃皱了皱眉头，说："李石头，你别太恶毒了，小心他夜里去找你。"他的话让人脊背发凉，李石头的脸有些发白，乡亲们也愣了一下，他们为了把我忘掉，忙又回头逗着李石头讲得更详细一些。他们继续眉飞色舞地吹着牛。我看着他们，心里很着急，我几乎要流泪了：乡亲们，求求你们了，你们快点挖吧，你们快点挖吧！

送葬的队伍已经来到了山脚下。亲人们的哭声像模像样，看热闹的乡亲们越来越不像话了。我看到一个年轻的小媳妇牵着一个小男孩，他把手指放在嘴里吮吸着，怯怯地看着我。我对着他笑了笑，小男孩突然拉紧了妈妈的手，把头埋在了她的腿上，说："妈，他在看着我笑呢。"那个年轻的媳妇惊恐地看了看我，紧紧地抱着了小男孩，牙齿格格地打颤："别瞎说，别、别瞎说！"那个小男孩又慌慌地回头看了看我，他几乎要哭了："妈，他是在看我，他什么都没穿，身上乌紫，脸上还有些泥巴，他头软软地耷拉着……"周围的人们惊恐地看着他，花奶奶跑了过来，急急地对那个小媳妇说："二妮，你快把娃子领走，三岁以下的娃子是能看到鬼的，你快把他领走！"那个小媳妇苍白着脸，急急地抱着那个小男孩，慌慌地走了。她的丈夫在后面紧紧地跟着，还不时地扭过头骂上两句："操、操你妈孙、孙国栋，你这个神经病，死了死了还吓、吓人！"

我的泪水很不争气地出来了，阳光明媚，天空瓦蓝，日子像唐诗一样耐读而有味，而我，只是一个充满了悲伤的鬼魂，一个在所有乡亲的心中已经丑陋不堪的鬼魂。这不是我待的地方，我还是应该待在我的坟中，永远都不要出来了。

送葬的队伍已经到了我的坟墓前，那些来帮忙的乡亲们竟然还没有把墓坑挖好，这在木扎是从来没有过的，这也是对死者家人的一个明显的蔑视。我要成为一位英雄了，我和我父亲却因此丧失了乡亲们必要的尊重。这是不是很有讽刺意味？我自嘲地笑了笑，想找雷老末讨论一下，但我再也找不到他了，我扭头看了看，他已经在他的坟中安静地睡着了，他的脸色安详、平静，犹如一个初生的婴儿。他也许已经累了，也许这场英雄大戏已经让他觉得厌烦了。我突然觉得，如果灵魂能够安静，死亡其实也是一种幸福。

我看看我父亲，他默默地坐在那里发呆，乡亲们表现出来的蔑视让他难受，但他又不能说什么。我不想再看到他了，那一脸深深皱纹的幽暗里，充满了乡村灰暗的记忆，只能让我恶心。即使他是我的父亲，我也想离他远远的。我坐在雷老末的坟头上，低着头，聆听着内心的哭泣，犹如一片孤独的落叶，在无边无际的水面上挣扎着。我是一个军人，一个灵魂洁净的军人，是谁弄脏了我的身体？

北边的大路上突然响起了汽车的喇叭声，站在周围的乡亲们抬起头，看见大路上腾起了一股股尘土，一长溜小汽车和面包车缓缓地驰向我们的木扎。如果你离得更近些，你会看到那些车子前面都放着一张"新闻采访车"的招牌……

所有的乡亲们都已经猜出来的是些什么人了，他们交换着惊奇的目光，我舅舅的能耐震撼了他们，也震撼了父亲，他已经忘记了自己在干什么，和所有的乡亲一样，瞪着眼睛看着那些汽车，看着那些汽车腾起的尘土……

姐姐站在那里，呆呆地看着那些站在四周的乡亲们，就连那些帮忙挖墓坑的人们也停下了手中的活计，纷纷地爬了出来，充满好奇地向大路上张望着。姐姐突然又呜呜地哭了起来，乡亲们惊讶地看着她，她恨恨地瞪了瞪他们，冲过去夺过了李石头手上的锨头，突然就跳了下来，吃力地为我挖着墓坑。我抽了抽鼻子，脑袋里像有条虫子一样咬着我，脑袋里乱成了一团，甚至还有点疼。我很心疼姐姐，站在她旁边，想去帮她。我把手放在她肩上，我说："姐姐，这不是你干的活，你歇着吧。"姐姐却好像没听见一样，继续呜呜地哭着，使劲地刨着泥土……

坟墓挖好了。村主任黄贝看了看我父亲，说："埋吧。"

我父亲愣愣地看了看我的棺材，有气无力地说："埋。"

他们把我的棺材放在了墓坑里，一股泥土的清香包围了我，我大口大口地呼吸着，清香的泥土，美丽的家园……

姐姐又跳了下来，趴在我的棺材上，脸紧紧贴在上面，放声大哭起来："弟弟，你怎么就死了，你睁开眼看看吧，你看看他们是如何地在糟蹋你……你睁开眼看看吧……"

父亲的脸有些红了，他皱着眉头，声音很低，但很威严地朝着姐姐吼道："小玲，你在干什么？还不快出来！"

但姐姐仍旧不肯出来，几个乡亲只好跳进墓坑里，扯着她的胳膊，要把她拉出来，他们声音很大地说："你这妮子也真是的，跳进去干什么，出来，出来！"

李石头甚至还笑着小声地给旁边的人开了个玩笑："她是不是也想被埋进去？"

乡亲们把姐姐扯出了墓坑，开始向里面填土。泥土纷纷扬扬地撒进来，落在我的头发上、脸上、身子上，我抬起头，一把泥土落在我的嘴里，我大口大口地咀嚼着泥土，泥土芳香醉人，大地是万物之母……

泥土越填越厚，我抬起头，看了家乡木扎最后一眼，我看到了丰收的庄稼，快乐歌唱的鸟儿，幸福的乡亲，美丽的家园……

泥土把我严严实实地埋了进去，我的眼前一片漆黑，浓重的土腥气紧紧地裹着我，我舒展四肢，躺在大地的怀抱中，就像又回到了母亲温暖的子宫里，浑身轻松、舒坦。我看到我的灵魂飘扬，慢慢地离开了木扎，我又回到了部队，在那些面孔单纯的军人兄弟中间，踢着雄壮的正步，放声歌唱着，我们歌声悠扬，嗓音纯净，在大地上飘扬，永远不散……

（原载《西南军事文学》2010 年第 1 期）

士兵与蚯蚓

裴指海

1

到了青龙山根据地，军分区保卫部干事王玉德先去见了那个叫李菊红的女兵。她被关押在一间民房里，房子破破烂烂，屋顶上的茅草被风吹雨打得看不出茅草的样子，有些地方已经沤烂，阳光肆无忌惮地照进屋里，地上有一摊雨水。整个房间散发着一股难闻的潮湿、污浊气味，还有牛粪猪屎的痕迹，墙角边扔着一条断成两截的牛缰绳。王玉德抬头看了看破烂的屋顶，又看了看那条缰绳，皱了皱眉头，如果这个叫李菊红的女兵把身上的衣服撕成布条，再接上牛缰绳搭在屋梁上，她可以攀上去，从屋顶上翻出去逃跑，或者上吊自杀。无论哪一种，后果都很不好。他想回头瞪一眼跟在他身边的独立团保卫股长，但想了想还是忍住了，不管怎么说，自己毕竟是奉命来协助调查的，事情出在人家的团里，怎么收押、看管李菊红，还是人家做主。

等他仔细地打量李菊红时，他发现自己的顾虑多余了。这是一个瘦弱的女兵，细胳膊细腿，肤色白皙，脸色蜡黄，她坐在墙角边的稻草堆上，双手抱着膝盖，低着头一声不吭。她显然知道房间来了人，但却没有抬起头的打算。她的身边胡乱堆着一床露出肮脏棉絮的被褥，看得出来，被褥也是潮湿的。王玉德终于忍不住回头看了一眼保卫股长，不管怎么说，她现在只是一个嫌疑人，在事情还没有完全搞清楚以前，还是应该把她当作同志的，怎么能这样对待她呢？保卫股长上前一步，站在她面前，厉声地吼了一声："李菊红，赶紧给我站起来，首长亲自来审问你了，你要老老实实地交代！"

女兵抬起头，看了看保卫股长，又看了看王玉德，她的目光并不是王玉德熟悉的惊恐与不安，而是茫然，好像一切和她没有关系，她只是贸然撞进来的一个局外人。她低下头，把手从膝盖上拿开，撑着地，慢慢地站起来，垂手低眉地站着。她身子并不虚弱，但动作却有点呆滞。王玉德有点担心，事情发生十多天了，可以想象，团里肯定已经审问她无数次了。他很清楚这帮土老帽的能耐，其实也就是没有什么能耐，他们只会拍桌子，甚至动粗用刑。王玉德飞快地把她从上到下看了一遍，她穿的军装虽然破旧，但还算整齐，身上也没有伤痕。看来，她并没有被虐打。也是，不管怎么说，她毕竟是政委的爱人，即使犯了罪，也要给政委留个面子。

保卫股长似乎看透了王玉德的心思，把脸凑过来，低声说："我们审过几次，首长放心，我们是本着治病救人、惩前毖后的原则办案的，动之以情晓之以理，啥道理都给她讲了，她就是不说，翻来覆去地讲是日本兵把她放出来的。妈的，脑袋比石头还硬。"保卫股长本来想让自己变得文雅一些，但最后还是忍不住爆了一个粗口。

王玉德并没有计较，他看着她，紧张地思索着从哪里下手，如何让她说实话。

整个案子并不复杂。在三个月前日军秋季"扫荡"中，部队突围，医院却没能跳出日军的包围圈。也是，只有一个排掩护医院，那个排的战士倒是英勇，拼死抵抗，最后全部壮烈牺牲，但也仅仅是迟滞了日军一个多小时而已，在将近中午的时候，日军还是追上了只有伤兵与医护人员的医院。情况很糟糕，伤兵几乎全部被日军杀害，三十多名医护人员，除了有三四个幸存下来，其余全部被日军搜出抓走了，包括院长周爱延——周爱延是军分区司令员的爱人——当然也包括眼前这个叫李菊红的女兵。

所有被日军抓走的医护人员都被关押在日军驻守的县城。院长周爱延在半个月前被杀害，头被日军割下挂在县城的城头上。他们想以此刺激军分区司令员，让他主动出击进攻县城。司令员带领的部队神出鬼没，这次又顺利地躲过了他们的重兵"扫荡"，他们快被他折磨疯了。

就是在这个时候，李菊红突然出现在了独立团的驻地。王玉德已经听保卫股长给他讲了一遍又一遍。那是一个午后，独立团隐藏在一个山谷里，最远处沟口边隐蔽在草丛中的哨兵看到远方一个小小的人影慢慢地过来了。日军正在到处寻找独立团，部队刚刚转移过来，还没顾得喘口气，怎么就被人发现了？哨兵躲在草丛中，努力瞪大眼睛看着这个小小人影的背后，阳光白花花的，除此之外，并无他人。哨兵悄悄地松口气，把子弹推上膛，瞄准了这个神秘的不速之客。小小的人影越来越大，最先看清的是来人穿着八路军的军装。哨兵心想，也许是个掉队的吧。来人在离哨兵几步远的地方停了下来，疑惑地左右张望。哨兵瞪大了眼睛，来人是个女人。她的衣服破烂，还有点点滴滴凝结成紫色的血污。她的脸色仓黄如土，瘦得颧骨明显地突出来了。哨兵站起来，拿枪逼着她，大声地喝问："口令。"她撇了撇嘴，嘴唇干裂，好像要哭了："我不知道，我是医院的……"哨兵吃了一惊，他早就知道医院被日军全歼的消息，院长头颅挂在县城的事情，像风一样传遍了整个根据地。他还写过血书请战，愿意参加攻打县城的敢死队。他的鼻子一阵发酸，忙收起步枪，上前扶住了她。她两只手抓住他的肩膀，整个人软了下去。她是被哨兵背回来的，又被泼了几碗从深井中打出来的凉水才醒过来。

最初都认为这是一个奇迹，她能死里逃生，是不幸中的万幸。所有的人都想，她肯定是在日军"扫荡"中躲在山洞或者是在老乡的掩护下才活下来的。他们给她端来洗脸水，换下肮脏发臭的军装，还从并不多的粮食中破例舀了半碗大米，熬了一锅米粥。稠稠的米粥刚盛到碗里，冒着热气，她就抱起来咕咚咕咚地喝，烫着她了，她也只是抬起头，吸溜了两声，又狠狠地埋下头去。五十多岁的炊事班长老王心疼地掉了泪水，喃喃地说，吃吧吃吧，看把孩子饿得。

当李菊红捧起第二碗米粥时，政委来了。所有的人都绽开一脸笑容看着政委，她是他的爱人，他们刚刚结婚还不到四个月，蜜月还没过完就遇到了日军扫荡，活活地把他们分开几个月。现在好了，她活着回来了。谢天谢地，老天保佑。

政委并没有人们想象中的欢欣，他皱着眉头问她："你是怎么回来的？"

她看着他，眼睛里闪着光，溅着火苗，她撇了撇嘴，泪水滑出眼眶，晶莹剔透，她喃喃地说："他们把我放了……"

政委问："他们是谁？"

她摇了摇头，又点了点头，说："他们是日本鬼子，日本鬼子把我放了……"

所有的人都愣在那里，她被俘过？日本鬼子把她放了？日本鬼子就这样把她放了？他们再看她时，目光变得复杂起来，有些人连自己都没意识到，他们的脚步往后退了两步，离她远了些。

政委跨上一步，猛地夺下她的碗，重重地放在桌子上，砰的一声，白生生的稠稠的米粥溅出来，淌了一片。老王慌慌地扶着碗，不满地嘟哝了一句："粮食啊，这是粮食啊。"

政委朝她吼道："你还有脸吃饭？周院长被日本鬼子砍了脑袋，他们为什么却把你放了？你是王母娘娘还是天上的仙女？"

他的声音扭曲、尖利，所有人都闻到了一股呛鼻的火药味，像是炮弹刚刚爆炸，火辣辣的弹片从耳边划过。

她呆呆地看着他，嘴巴张了张，还想说什么，政委已经扭过头去，冲着跟在身后的保卫股长和保卫干事喝道："把她关起来。"

保卫股长跨上一步，拽住她的一条胳膊，保卫干事扭着她的另一条胳膊，两人架起她往屋外走去。她"妈呀"地惊叫一声，脸上的肌肉抽搐，泪水泉涌。路过门槛时，她还差点被绊倒了。

保卫股长对王玉德说："我承认我那时是用了点力气，一想到她有可能投降了日本鬼子，我就生气。但我再用劲，她毕竟是个女人，我还是手下留情的，只用了四五成的力气而已，她却疼得连鼻涕眼泪都出来了，还妈呀妈呀地叫。你说说，连这点疼都受不了，她能受得了鬼子的酷刑吗？我觉得她投降的可能性非常大。政委最了解她，她一回来，政委就觉得不对劲。你看看，他什么人都不带，偏偏叫上我和保卫干事，说明他早就有预感嘛。"

一开始，王玉德觉得，这个女人确实可疑。

在日军"扫荡"结束后，他曾奉司令员之命化装到县城打听过，日军并不知道周爱延是院长，也不知道她是司令员的爱人。但没过多久，周爱延的身份就暴露了。被俘的医护人员里绝对出了叛徒。而现在，这个女人却毫发未损地回来了，并且还是被日军放回来的。

王玉德在心里冷笑了，如果说，她真的是叛徒，就这样把她放回来了，日本鬼子未免也太愚蠢了。但如果她不是叛徒，日本鬼子怎么可能又会放了她呢？

2

尽管已经见过李菊红，看过无数次的审讯笔录，王玉德还是决定再会会李菊红，让她重新讲述一遍日军把她放回来的经过。如果她是编造的，必定会在某个不经意的地方露出破绽。他穷追猛打，不断盘问，新问题一个接一个，她来不及组织，慌乱之中必会出现自相矛盾的地方。王玉德审讯过很多犯人，没有一个人能招架住，再美的故事也会很快千疮百孔。

让他失望的是，李菊红重新讲述的，和保卫股长所作的审讯笔录一模一样，天衣无缝，连风能吹过的缝隙都没有。

李菊红说，当日军出现时，周爱延院长果断命令部队分散突围，能跑出几个是几个。周爱延带着她和另外一个刚当兵不到一个月的护士英子躲在山洞里。这个山洞还算隐蔽，洞口灌木丛生，站在洞口往里面看，黑黢黢的，什么也看不到。她们偎依在一起，紧紧地握着对方的手，每个人的手心里都是汗。外面不时传来奔跑声、零星的枪声，她们连口气都不敢出。她们望着洞外依稀的亮光，盼着天赶紧黑下来，天黑下来，她们就有可能趁机逃出去。时间却过得那么慢，一分钟比一年的时光还要长。两个日本兵发现了山洞，他们吆喝着，慢慢地逼近洞口。她们在黑暗中惊恐地看着院长，院长把手从她们手中抽出，低低地说："你们待在这里别动，我冲出去把他们引开。"周爱延猛地站起来，冲向洞口。三个人中，只有她一个人有支手枪，她一边往外冲着，一边打着枪。她冲出了山洞，更多的日本鬼子从山洞前跑过去，大呼小叫地追赶着她。

半夜时分，整个山区安静下来，只有不知名的虫子喁喁细语，间或一只夜莺从空中飞过，翅膀拍打着空气，发出细微的唧唧声。李菊红爬到洞口，向四周瞭望，明亮的星空下，大地安详，万物已沉沉睡去。她带着英子，在星星的指引下，小心翼翼地向西边转移。她记得院长说过，部队要在青龙山西边的王老庄集结。

她们还是没能逃出敌人的包围圈，当黎明到来的时候，她们赶到了王老庄，却发现整个村庄都是日本鬼子。等她们想回头逃走时，日本鬼子发现了她们。

"新生代军旅作家"面面观 ┃

李菊红说，她抱定了必死的决心，日本鬼子问她什么，她都说不知道。她的确什么也不知道，她只知道部队要在王老庄集结，但日本鬼子已经占领了王老庄，她唯一知道的机密也毫无机密可言了。她还说，她没有告诉敌人周爱延是院长，更没有告诉他们周爱延是军分区司令员的爱人。她根本就不知道周爱延也已经被俘了，她是回来后才知道周院长被日本鬼子杀害了。她怎么可能会出卖她呢？哪怕她曾经恨过她，但她也决不会主动出卖同志。

王玉德说，你最后是怎么逃出来的？

李菊红的脸上浮现出可疑的红晕，似乎有些羞涩，但那些红色很快褪去，取而代之的是一种困惑的土黄色，她看了看他，摇了摇头，眼睛里一片迷茫。她说，我也不知道是怎么回事，一个日本兵就那么把我放了。

根据李菊红的讲述，十多天前的一个早上，一个日本兵突然进来，把她带出牢房，押到了县城东边的一个小树林里，树林深处的落叶上有着点点滴滴的血迹，手掌大小的叶子是枯黄色，干涸的血迹是紫色，像叶子上的花朵，有一种令人惊讶的美。看来，这里是敌人枪杀抗日志士的刑场了。李菊红并不害怕，已经过去两个多月，她对自己的命运早就想过很多次了，死并不可怕，可怕的是被日军糟蹋，或者让她充当慰安妇。如果是这样的话，她会在它们发生之前，咬舌自尽或者一头撞死在墙上。相比这些，死倒是最轻松的。她甚至回头对那个日本兵笑了一下，觉得自己这样死去，真是捡了个天大的便宜，子弹呼啸，脑袋开花，生死瞬间，甚至连疼痛都来不及感觉。日本兵的眼角边沾着肮脏的眼屎，目光游离不定，脸上带着来路不明的疲累、厌倦神情。他看到她对他笑，好像有点害羞，躲过她的目光，把脸扭向一旁。她觉得奇怪，她从来没有见过这样一个日本兵，枪拿在他手里，像多出来的一根树枝。阳光透过树林的缝隙钻进来，在他步枪刺刀上舞蹈。那是一支令人厌恶的三八大盖，拿在八路军手里，是凶猛无比的杀敌武器，抓在日本兵的手里，就是一条毒蛇，而冰冷的刺刀是蛇的芯子，发出咝咝的声音。她并不害怕。看着这个长着一副忧伤面庞的日本兵，她甚至有点可怜他，他远离家乡，任何时候都有可能死去，也许尸骨就在异国的土地上腐败，成为一个令人憎恶的无家可归的游魂。而她，至少是死在了自己国家的土地上，那也等于是回到了大地母亲的怀抱。

她再次冲他笑了笑，很想让他看到她的骄傲，但他仍旧没有看她，只是把步枪收了回来，取下刺刀，把步枪背在身上，手里攥着刺刀走近她。她想让自己更加骄傲一些，但心脏却令人难堪地跳得更快了，她甚至能听到自己心跳的声音。这让她恼怒，忍不住狠狠地瞪着这个日本兵。八路军缺少枪弹，不得不节省子弹，你们这些魔鬼既然跑到中国来打仗，难道还在乎那一颗子弹吗？日本兵并没有像她想象中的那样勒住她的脖子，然后用刺刀一抹，把她丢在地上，而是用刺刀割开了紧紧捆绑她的麻绳。她的身子剧烈地颤抖起来，感觉到他的手也是颤抖的，本来锋利的刺刀，却抖索了半天才割开了麻绳。她感到一阵轻松，下意识地活动了一下僵硬的手腕，上面是被绳子勒出的紫色印痕。她茫然地看着这个日本兵，完全不知道他接下来要干什么。日本兵终于看她了，但也是蜻蜓点水一般迅即低下眼睑，用生硬的中国话低低地说："你走吧。"她没有听错，他确实是这样说的。她迟疑地往前面走了两步，犹豫不决地回过头来，日本兵取下步枪，笨拙地上着刺刀。她的心又一下子揪紧了，他要在我身后来上一枪吗？她奔跑起来，多么希望自己跑得快些再快些，跑得比子弹还要快。这个可恶的日本兵，他肯定是故意放了她，然后再从背后向她射击。他是在戏弄她，他只是不想向一个静止的目标射击，而是想射击一个运动中的目标。她知道这些令人憎恶的士兵经常会把俘虏放掉，然后像打猎一样射击取乐。但是，但是自己仍然要试一试，万一这个士兵的枪法不准，自己真的能逃走呢？

她奔跑着，风在耳朵边呼呼地响着，空气中弥漫着清新的花香。这是冬天，哪里有什么花香？这是幻觉。她突然觉得生命多么宝贵，我不能死，我不能死啊。多么希望枪声能迟一会儿再响，让她再跑远一些，跑得远了，子弹击中她时，自然也少了许多力度，如果击中的不是要害，她还是有可能逃脱的。枪声还是响了，就像在耳边炸响的一样，她甚至闻到了火药灼烧的味道。她停下脚步，击中哪里了？她等着身体的某一个部位突然冰凉，发出鲜血迸溅的声音，但是没有。她迟疑地回过头去，那个日本兵的步枪对着天空，枪口上冒着袅袅的白色烟雾。他朝她挥了挥手，然后转过身子，慢慢地往回走。他的背向下坍着，像一条狗。她完全搞不明白这个日本兵是怎么回事，他是一个神经病？他蠢笨如猪？她咬着牙，埋头奔跑着，就像一个梦，她始终觉得这一切都不是真实的。

她回到了青龙山根据地的王老庄，她向见到的每一个老乡打听八路军的踪迹，没日没夜地在山区奔波，十多天后，她终于找到了他们……

李菊红说，我说的每一句话都是真的，没有加一点醋，也没添一点油，更没有偷工减料。我完全理解组织对我的审查，但事实就是这样，你们问我，我也不知道那个日本兵为什么会放了我，我也不知道他哪根神经出了毛病。如果我说了一句谎话，我甘愿接受组织给予的最严厉的惩处。

3

王玉德觉得，所有的口供都不可能无懈可击，都有美化自己减轻罪责的成分，只是或多或少而已，从来没有干干净净的口供。在亲耳听了李菊红的供述后，他并没有急于下结论，她说的，到处都是破洞，可你一时却又不知道从哪里下手。第二天、第四天的时候，他又让她重复讲了两次。第一次，他把她请到自己的住处，独立团任何人都没有参加，就他一个人，他像对待一个多日不见的老朋友一样，给她倒茶，甚至还给了她两块独立团送来让他享用的点心。她倒也没有客气，喝了茶，还一下子说出了茶名，是南京的雨花茶。王玉德对茶没有研究，他没有喝茶的习惯。这是政委送来的。他后来问了一下政委，这茶是从日本鬼子那里缴获来的，确实是南京的雨花茶。政委还告诉她，李菊红本来是省城的一名女大学生，日本鬼子占领了省城，她跑出来参加了八路军。她原名叫李曼妮，他嫌它难听，改成了李举红。她不喜欢，但她那时刚到部队，可能也不好意思反驳，就说，能不能叫李菊红？城里的女孩子嘛，身上或多或少总有点小资产阶级情调，政委没再计较，就叫她李菊红了。政委心里还是有点遗憾，虽然国共合作，穿的军装是国军的，但时刻都要高举党的红旗，举红，多么诗意的一个名字啊。政委看着这个一脸稚气的女大学生，暗暗做了决定，我要娶她为妻，将来有了孩子，无论男孩女孩，一定叫他举红。

王玉德问他，你和她结婚，她愿意吗？

王玉德自然是熟悉政委的，他是一个老红军，虽然是政委，却没什么文化，当兵前也就是一个放牛娃，认识的几个字是当了红军后才学的。在他印象中，那些参加抗战的女大学生，没几个人愿意嫁给这些大老粗。就在不久前，延安一个团级干部还因为追求一个女学生不成而把人家枪杀了呢。

政委哈哈一笑，说，她当初自然是不同意的，但组织决定的事情，她也只好认了，城里人聪明，知道胳膊拧不过大腿，没到南墙就回头啦。

王玉德不好再说什么了，他回想起审讯她时，她脸色平静，表情淡然纹丝不动，丝毫没有惊恐或者不安。倒是他有点不安了，也许她说的是真的？但怎么可能呢，从来没有听说日本鬼子会放走一个抗日战士。这是她编好的吗？但就算是她编好的，但在高压或者故作放松的聊天式审讯中，她总有松懈的时候，让她重复几次，总会出现一两个自相矛盾说法不一的地方。就像打仗，撕开一个口子，大军如潮涌入，敌人就一败千里。但她没有，她说的每个细节都和以前一样严丝合缝地高度契合。

政委表情严肃，庄重地说，她是文化人，文化人都很狡猾，王同志，你不要掉以轻心，要有和她斗智斗勇打持久战的准备。我也提供一些情况供你参考，我和她结婚，她本来是不愿意的，代表组织做她工作的就是周爱延同志。我也知道，无论是结婚前还是结婚后，她对这桩婚事都不满意。我们吵过架，她居然说我把她这一生都毁了。你看看，这仇恨是多么大啊。从这一点来说，她有出卖周爱延同志的动机。

政委拍了拍他的肩，又哈哈地笑了，说，我刚才说的文化人都很狡猾，并不包括你，你对党对人民都是忠诚的，是让组织放心的人。

王玉德笑了笑，说，谢谢政委信任，我尽量把这个案子圆满解决了，不辜负你们对我的期待。

政委点了点头，说，王同志，你是军分区派来的，有水平有能力，我相信你能查明真相。不管真相如何，你都不要有任何顾虑，我全力支持你的工作，共产党员还是有大义灭亲的觉悟。

王玉德其实并没有怎么听政委所说的话，他满脑子仍旧在想着李菊红所说的一切，他把她所说的每一句话都放在心里咀嚼再三，寻找可以击溃她意志的蛛丝马迹。难，太难了，她所说的，根本就不可能让人相信，你反而不知道从何下手了。有没有可能，事情真的就像她说的那样？他心里突然一动，觉得呼吸有些急促。他在屋里来来回回走着，反反复复地思考着自己的这个新的想法，不断地肯定自己，然后再推翻，再肯定，再推翻。这样的犹豫不决，在他做保卫干部的生涯中，从来没有出现过。他有点沮丧。他抬起头，政委正在用一种奇怪的眼神看着他。他停下来，认真地问政委，你说，有没有可能她说的一切都是真的，确实是一个日本兵把她私下放走的？

政委毫不犹豫地撇了撇嘴，嘴角边露出嘲讽的笑容，说，这怎么可能呢？

日本鬼子根本就不是人，是畜生，她又是一个女同志，怎么可能就这样放了她？如果说强迫她做了慰安妇，天长日久，对她放松了警惕，她偷偷地逃出来了，我还信。

政委望着窗外连绵不绝的群山，长长地叹口气，唉，如果她说实话，我其实一点也不会嫌弃她的，相反，我会对她更好，这笔债要算在日本鬼子的头上。我有这个觉悟。可她偏偏来这一套，骗鬼呢？

政委的脸上已经有了阴云，他重重地甩了一下手，恨恨地走了，脚步踏在地上，像踩在王玉德的心上。

王玉德对李菊红的第二次审讯是在村外的田野里。保卫股长还有些不放心，让他带上两个人，以防她使坏。王玉德笑着摇了摇头，说，没那个必要。他见保卫股长脸色仍旧凝重，就拍了拍腰里，那里别着一支二十响的驳壳枪。他心里甚至有点隐隐不快，他王玉德本来是军分区侦察连连长，枪法过人，军分区谁不知道？保卫股长觉得一个手无寸铁的女人就能把他收拾了，这未免也太小看他了。

田野里的庄稼正在慢慢成长，夕阳温柔地照耀大地，小河在安静流淌。王玉德与李菊红并肩而行，两人喁喁细语，不知情的，还以为两人是恋人呢。王玉德的语气与动作都很柔和，像邻居家的哥哥，引导着李菊红慢慢回忆整个事情的经过。这其实只是一种假象，王玉德的精神高度集中，捕捉着她所说的每一句话每一个字，甚至连她说话时的呼吸、快慢、轻重都没有放过。但他仍然不知道从何下手，她还是那么平静，对组织上对她显而易见的怀疑也没什么不满与愤怒。这也有点不合常理，如果真像她说的那样，她现在被组织审查，她应该感到委屈，应该感到不满。她倒好，神情安详，眼神平静，就像叙述别人的事情，连一点感情起伏都没有。

王玉德有点不安，他突然想起了一句话，哀莫大于心死。她也许是在自暴自弃，任凭组织处置？这种情况，他遇到很多，在"抢救运动"中，很多本来不是特务的人都主动承认自己是特务，以求早日解脱。在他看来，这就是一种自暴自弃，他心里清楚但却一直无能为力。军分区保卫干事王玉德陷入了深深的苦恼之中，他百无聊赖地回过头去，看到身后有两个人影闪到了一个土崖下。王玉德感到好笑，他让李菊红暂时等他一下，转身飞快地向土崖奔去，果然是保卫股长安排的两个战士。他们红着脸说，股长还是害怕李菊红狗急跳墙了。

王玉德虎着脸把他们训斥一顿，坚决把他们赶走了。看着他们垂头丧气地走远了，他正要回去，突然心里一动，回头站在土崖下冲着一个蚂蚁窝撒了一泡尿，又坐在石头上抽了一锅烟，看着天边的晚霞发了一会儿呆，这才出来了。李菊红仍然站在那里，抬着头向这边张望。看吧，她连一点尝试逃走的举动都没有。她真是一个奇怪的人。

王玉德过去，讪讪地笑了笑，说，是赵大炮安排两个战士跟着咱，怕咱俩出事儿，日本鬼子的特务、汉奸到处都是。保卫股长姓赵，嗓门很大，大家都叫他赵大炮。王玉德有些恍惚，一时却想不起来股长的真名叫什么。李菊红朝他笑笑，说，应该的，小心总是对的。

王玉德站在那里，定定地看着她，问她，菊红同志，咱们有啥说啥，你很清楚，我是组织派来审查你的，组织对你不放心。但你也要相信组织，组织上决不会放过一个坏人，但也决不会冤枉一个好人，你没必要自暴自弃……

李菊红扭过头，打断了他，我没有自暴自弃，我说的一切都是真的。

她的表情坦坦荡荡，眼睛直直地盯着他，连眨都不眨。王玉德愣了一会儿，他想说服自己相信她，但他又无法说服自己，每个人最初都会说自己是无辜的。还有，经验丰富的军分区保卫部长在他刚到保卫部工作时，也告诉过他，判断一个人是否撒谎，就在他说话时盯着他的眼睛，如果他的眼睛眨都不眨，那他一定是在撒谎，因为他怕你不相信反而会装作很坚信的样子。她现在就是这个样子。但不知道为什么，王玉德却对部长的这个说法又有了怀疑。他摇了摇头，朝她亲切地笑了笑，问她，如果你说的是真的，组织仍然这么怀疑你，你怎么不生气呢？

李菊红笑了笑，说，我为什么要生气呢？我经历过诉苦，还经历了整风，整风中那么多人都被打成了特务，有的还被枪毙了，和他们比起来，我已经够好了，组织既没有绑我，也没有打我，我还有什么意见呢？战争这么残酷，组织这么做，我完全理解。可惜，我也不知道那个日本兵叫什么名字，也不可能把他活捉过来问问他为什么就那么放了我。换了我，我也会怀疑我的。

王玉德尴尬地笑了笑，扭头看了看西边的晚霞，晚霞把天空映得一片通红，红色的云彩像愤怒燃烧的火焰。晚霞把她罩其中，明亮的阳光在她头发上跳跃。他悄悄地做了一个深呼吸，告诉自己，不要下结论，没有证据，说什么都为时过早。

他们慢慢地走回村庄，整个村庄安静，柔弱的光线纯净，树叶微微闪光。在这美丽的天空下，就这么无声地走着，未免有些沉重。他正在想着如何开口，她突然拉住他，把他扯到一边。他本能地把手伸向腰里，手指碰到坚硬的驳壳枪。她松开他胳膊，指了指他的脚下，说，别踩着蚯蚓了。脚下是一摊涌出地面的松软泥巴，露出半截难看的湿漉漉的蚯蚓。他感到奇怪，问她，不就是一条蚯蚓吗？她垂下头，喃喃地说，我想做一条蚯蚓。这真是个奇怪的想法。王玉德皱着眉头，问她，为什么呢？她绞着手指，低低地说，你知道吗？蚯蚓是一种喜欢安静的动物，哪个地方热闹了，它们立即就搬家了。它们藏在泥土里，躲在黑暗中，昼伏夜出，草叶、垃圾，甚至泥巴都可以养活它们，它们从不去招惹任何人，任何人也不会去注意它，这一生都是安安静静的，多好。她抬起头，直直地看着他，喃喃地说，如果有来生，我想做一条蚯蚓。

　　王玉德看着她，她的洁净面庞上，细小的绒毛轻微颤动，她望着远处，眼睛像一潭水。她确实是个安静的女人。他不知道说什么好了，只好闷头走路。路上又有一摊蚯蚓吐出的泥巴，他跳了过去。让它们安静地待在地下吧，别打扰它们。也许她说得对，做一条蚯蚓未尝不是一件幸福的事情，至少对她来说，肯定是的。

4

　　正如王玉德所预料的，在没有可靠证据的情况下，李菊红是不可能被放出来的。王玉德曾经试探地提出来，是不是先放出来控制使用？但政委第一个站出来否决了，说，你们不要因为她是我的爱人就网开一面，该怎样处置就怎样处置，在她没有洗清投敌叛变的嫌疑前，决不能把她放出来，我们要为革命事业负责。

　　政委这样说了，其他人还能说什么呢？

　　李菊红被关押了一年多，在第二年夏季日军对青龙山根据地发动大规模"扫荡"时，她的生死被提上议事日程。日军正从四面合围而来，部队要强行军转移跳出敌人的包围圈，一切都需要轻装，不必要的装备隐藏或者破坏，不必要带上的人员也被处理了，比如伤员，就地安置在了老乡家里。而那些被关押起来的犯人，根据罪行大小，该放的放了，该处决的处决了。

保卫股长赵大炮在半年前的一次战斗中壮烈牺牲，王玉德此时任独立团保卫股长。对所有犯人的处理，大家基本上都没有异议，但轮到李菊红时，出现了分歧。王玉德觉得，虽然没有证据证明李菊红所说的都是真的，但也没有证据证明她投敌叛变了，如果不放她，他建议还是把她带上，等日军"扫荡"过后，再慢慢计议。

政委立即打断了他，严厉地说，我们在这里只讨论是放了还是处决。每个战士都是宝贵的，都要用在刀刃上，全力粉碎敌人的"扫荡"，我们不可能再把他们浪费在看守犯人上。

难道因此就把李菊红处决了吗？王玉德看看团长，又看看参谋长，最后看了看政治处主任，还有列席会议的几位股长，没有人吭声，屋里静得能听到每个人的喘息声，喘息声里带着他们从嘴巴里呼出的臭味，臭味让他们更加心神不宁。

王玉德说，那，我建议还是把她放了吧。

所有的人都去看政委，她是他的老婆，他最有发言权。政委皱着眉头，说，我不同意王股长的意见，我建议处决。如果我们把她放了，下面的战士会怎么看？就是因为她是我的爱人就网开一面？我们以后还如何带兵打仗？非常时期非常措施，立即处决。我建议由王玉德同志亲自执行。

政委口气坚决，态度明确，无可置疑，他不是在讨论，而是直接给王玉德下命令了。王玉德放在膝盖上的手微微颤抖，他感觉自己的腿不听使唤，想要站起来，他嘴唇抖动着，想冲着政委吼。旁边的宣传股长紧紧地抓住他的手，冲着他摇了摇头。王玉德明白他的意思，别再自找麻烦了。他也早就听说，在延安鼎鼎有名的王实味，就因为一篇文章，在部队反"扫荡"转移时，被秘密处决扔进了一个枯井里。

他说，那好吧，我执行命令。

李菊红被关押在村子东边一个破烂的草屋里，那本来是一家地主喂牛的地方，几年前，那个地主受不了斗争批判，在那间草屋里上吊自杀了。这房子自然也就充公了。当王玉德赶去时，看到门口多了一个哨兵，本来并没有捆绑她，此时也已经被结结实实地捆绑起来了。她的脸色发黄发暗，目光无神，看到王玉德时，她的眼睛突然闪出奇异的亮光，颤抖着问他："为什么要把我捆起来？

　　　　　　　　　　"新生代军旅作家"面面观 |

你们哪怕不相信我，但也没有证据证明我叛变投敌了，你心里最清楚……"

王玉德不想和她说任何话，任何话此时都有气无力，没有任何意义。他也不想看她，扭头对站在门口的两个哨兵说，把她押出来吧。

王玉德带着这两个战士押着李菊红向村子后面的山沟里走去，那里是处决犯人的地方。八路军处决犯人并不用枪，而是用刺刀捅。这样可以节省子弹，一颗子弹消灭一个敌人。到处都是野花，微风拂来，弥漫着淡淡的花香。李菊红走得跌跌撞撞，有好几次，她都毫无征兆地突然跌倒，王玉德去拉她时，感觉到她的手冰冷。她带着哀求看着他，嘴唇翕动，却一句话也说不出来。土黄色的脸变得苍白，她肯定已经明白接下来要发生什么了。

王玉德的心情沉重，每一步都走得异常艰难，而村后的山沟却又是那么近，很快就要到了。他终于鼓足勇气扭过头去，认真地看着她，她的目光充满迷茫，直直地盯着他。王玉德躲开她的目光，看了看村庄，村里人喊马嘶，部队正在准备紧急转移。他看了看那两个战士，他们背着的长枪上的刺刀在阳光下闪耀，发出冰冷的光芒。王玉德咬了咬牙，叫住那两个战士，对他们说，你们先回去吧，帮助大家收拾东西，我一个人就行了。

那两个战士相互看了看，立正敬礼，响亮地回答了一声，是。他们转过身向村里跑去，刚跑了两步，一个战士回过头来，取下步枪上的刺刀，递了过来，说，股长，你得用这个吧？王玉德忙接了过去，带着赞许的表情友好地朝他点了点头，以示感谢。

终于进了山沟，王玉德回头看了看，村庄已经被挡在身后。他叫住李菊红，说，好了，就在这里吧。嗓子奇怪地有了些沙哑。李菊红停下来，回头看着他，浑身颤抖。她终于发出声音了，声音被风扯得支离破碎，她说："你，你们这是要处决我吗？"王玉德不想说话，他把脸扭向一边，点了点头。他不敢看她的脸。

她突然扑通跪了下来，头磕在地上，泪水涌出来，吧嗒吧嗒地落在地上，像砸在他的心上。她嘶哑着喉咙哭着求他："首长，我不想死，我还年轻啊，我不想死……你心里清楚，我根本就没有投敌叛变，我说的都是真的……"

王玉德摇了摇头，说："我确实不知道你说的是不是真的。"

他攥着刺刀向她走去，她更加绝望地扯着嗓子叫起来："首长，你不要杀我，我不想死，我真的不想死啊……"

王玉德把她拎起来，她的身子那么轻，像一片羽毛。他攥着刺刀，把捆绑她胳膊的绳子割断，扔到了一边。他把刺刀插在腰带上，扶住她的肩膀，她好像被剔掉了所有的骨头，软软地往下坠。王玉德不得不在手上使了更多的力气。他很想给她擦去脸上的泪水。他说："你哭什么呢？谁说我要杀你了？"

她吃惊地瞪着他，目光里并不是他所期待的喜悦，而是疑惑不解。她好像很冷，紧紧地缩着身子，像寒风中无家可归的狗。她问他："你不是骗我的吧？你真的会放了我？"

王玉德坚定地冲她点了点头："我没骗你，你走吧，沿着这条沟向西边，那边没有敌人，走得远远的，再也不要回来了。"

李菊红跌跌撞撞地走了两步，又迟疑地停下来，问他："你把我放了，他们要是知道了怎么办？他们会把你也处决了……"

王玉德笑了笑，说："你不用担心我，大家都在忙着反'扫荡'的事儿，没有人顾得上这个。再说，我是保卫股长，要想自保，那还不是很容易吗？"

他的鼻子有些发酸，这个女人，到了这个时候，还在关心他的事儿。

李菊红盯着他，问他："首长，你给我说实话，你把我放了，是不是因为相信我说的话了？"

王玉德咬着嘴唇，点了点头："我相信你说的是真的。"

她脸上突然浮现出红晕，像一棵插在泥土里的树枝，呼呼啦啦地长出了树叶，向着天空生长起来，枝繁叶茂，碧绿的树叶在风中唱着歌。她朝他笑着，笑容像盛开的花儿。她转过身，飞快地向着西边跑去……

年轻的保卫股长默默地走回村庄，他像走在云里头，把平平荡荡的大地走得高一脚低一脚。脚下的大地上蚯蚓窝一个接一个连绵不绝伸向天边，他小心翼翼地躲着它们，欢快地跳过一个又一个蚯蚓窝。她年轻的脸庞在他的眼前晃动，他兀自摇头暗笑，我哪里敢肯定你说的是不是真的，我只是，我只是不忍心伤害一个想做一条蚯蚓的女人……

补　遗

这个故事是王玉德给我讲的。他离休的时候，已经是名将军，住在城市郊区一个安静的干休所。那时我是这所干休所的助理员。

在给我讲了这个故事的第二个月，他去世了，享年八十九岁。

在王玉德去世的那个月，一个叫约翰·伯格斯的美国作家来到了日本，他想为纪念世界反法西斯战争六十周年写一本书。伯格斯利用两年时间在日本各地采访参加过二战的老兵，他用这些老兵的回忆写作出版了《我记忆中的战争》。这部书后来被译成多种文字，包括中文版。这是我看到的其中一篇。

我的战友大岛健二的故事

讲述人 岩田正邦 退休公务员 筑紫野市

我是昭和17年夏天参的军，刚开始时老兵们天天带着我们到野外训练。可以说，这些老兵都是粗暴和野蛮的。我们这些可怜的新兵，每天都要被他们拳打脚踢一番。最可怜的要算是大岛健二了，我们这些来自乡下的，本来就吃过很多苦，受过很多罪，虽然身体上的疼痛与精神上的折磨让人难以忍受，但咬着牙也就挺过来了。大岛健二不一样，他是我们家乡小学的美术教师，刚大学毕业没多久，真不懂为什么也把他征过来当兵了。有人说，是由于他在大学时选修过中文，会说中国话的原因。谁知道呢。他在我们这群野蛮的士兵中，算是最文明的，从来不说脏话。

老兵训练我们时，手拿竹刀，看谁不顺眼，呼地就招呼身上了。我们那批新兵，挨打最多的是大岛健二，他体能比较弱，训练跟不上来。有时一天训练下来，都被打得一瘸一拐的。有一次，他的脸都被老兵抽肿了，成了猪肝色。就是这样，我们还不能对老兵有任何怨言，要感谢老兵的恩情，因为他们说，这是在向我们灌输军人魂。

我记得很清楚，在我们出发前往中国的头天晚上，轮到我和大岛健二站岗。我们在家乡时就认识，他还教过我哥哥的儿子。我们两个关系算是最好的。大岛健二用失神的眼睛看着我，说，我厌恶战争，杀来杀去有什么意思呢？我们日本根本就不可能统治中国那么大地方、那么多人，我们也打不过美国佬，最后肯定要失败。与其这样，为什么还要打仗呢？

他的话把我吓坏了，我吃惊地瞪着他，当时觉得这根本是不可能的，皇军战无不胜，支那军队不堪一击，美国兵都是好吃懒做的少爷兵，我们怎么可能打不过他们呢？现在想想，大岛健二不愧是大学毕业，他比我们所有人都看得清楚，甚至军部那帮人也没他看得长远。

秋天的时候，我们到了中国北方。暂时没有什么战事，我们仍旧每天训练，但和国内训练不一样的是，有时他们会抓到俘虏让我们训练刺杀。有一天就抓来了七个中国兵，他们被绑在木桩上，每个人的军装上都是泥土和鲜血，身体非常糟糕，一点精神都没有。他们惊恐地看着我们，浑身抽搐。我们以前用稻草人当刺杀的靶子，现在却要用活人了，心里还是很害怕的。不幸的是，大岛健二是第一个被叫出来刺杀的，也许，他的惊恐反应比我们更强烈，被军曹盯上了吧。我们担心地看着大岛健二，替他捏着一把汗。他的脸抽搐着，双腿抖个不停，站在俘虏跟前，手里的步枪一直在晃个不停，怎么也下不了手。军曹扬起一脚把他踢到一边，那脚踢得结结实实，他在地上翻了几个滚。军曹瞪着我们吼道："看老子的！"说完，转过身，吼了一声，狠狠地捅过去，步枪上的刺刀没进了俘虏的胸口，把刀拔出来，鲜血喷涌而出，俘虏的脸慢慢地变得煞白。军曹还觉得不解气，又过去对着大岛健二拳打脚踢一番，他的脸被打破了，鼻子也流血了，除了穿着一身日本兵的军装，他的样子和那些俘虏没什么两样了。看着军曹凶狠的眼睛，我们都吓坏了，什么也不顾了，拼命地捅着那些俘虏，他们身上全是窟窿，一直在尖利地惨叫。这一可怕的场景我到今天还忘不了。

一直到第二年，我们这个小队被调到了八路军青龙山根据地的一个县城时，大岛健二的处境才有所改善。驻守县城的大队长喜欢画画，听说大岛健二当过美术老师，就常让他过去教他画画。再加上大岛健二会说中国话，原来的小队长阵亡后，大队长就让他当了我们的小队长。

大岛健二当小队长后，上面还不时地送来俘虏，让我们训练刺杀。大岛健二当然也不敢违背上面的命令，但他事先都要在俘虏心脏的位置用粉笔画个圆圈，命令我们必须刺中心脏，他说刺杀最重要的是精确，战场上不会给你刺出第二刀的机会。他说的也是蛮有道理的。那时我心里还觉得，这对俘虏来说，也是好事，他们反正都得死，这样死去，算是最好的死法了。而有些小队就不一样了，他们也在俘虏的心脏部位画上圆圈，但却是为了不让人刺中那个部位，这样，一个俘虏可以供很多人练习刺杀，俘虏很久才会痛苦地死去。现在想想，大岛健二可能是受不了这种用活人练习刺杀的方法，有意让俘虏少受一点痛苦吧。

秋天的时候，我们参加"扫荡"青龙山根据地，俘虏了很多人。八路军的一个医院也被我们打掉了，那些医护人员大部分都没有武器，很多还是女的。其中有一个后来听说是八路军军分区司令员的爱人，她最后被杀掉了，头颅还被割下挂在城头上，说是恐吓八路军。还有人说，是为了激怒那个八路军司令员让他攻打县城，这样，我们就可以以逸待劳把他们一网打尽。当然，八路军是不可能上当的。

俘虏太多，审讯后，那些不太重要的都分到各小队看押，我们小队看押了十多个，后来陆续都被上面提走了，听说被当靶子杀掉了。最后剩下一个女兵，这个女兵面容姣好，脾气也很好，并不哭闹，我们也就不怎么烦她。由于有大队长的支持，大岛健二这时又拿起了画笔，他还给这个八路军女兵画了一幅画。这个八路军女兵也很配合，让我们给她打来水，好好地洗了脸。大岛健二画她的时候，她很安静地坐在那里，脸上还带着笑容。我们都传看了那幅画，都夸大岛健二画得像，是个当画家的料子。他也很高兴，说，战争结束后，他准备不教学了，好好画画，争取当个画家。大岛健二似乎很喜欢那个女兵，没事就经常找那个女兵说说话。有一次不知道大岛健二说了什么开心的事儿，我听到她咯咯地笑了起来。我们还给他开玩笑，战争结束了，他可以把她带回去当媳妇。

我记得很清楚，有天早上听说来了一批国内送来的慰安妇，大家都很兴奋。离开家乡那么长时间了，能看到来自家乡的女人，如何无论，都能慰藉一下思乡的情绪。正在这时，上面传来命令，让我们把这个女兵处死。按照惯例，我们应该用她来练刺杀。但大岛健二说，她是个女的，咱们还是枪决吧。我们都理解他的心情，同时也觉得相处这么长时间了，刺死未免也太残忍了，都同意了。枪决一般不在城里进行，而是放在城外的树林里。谁都不想去，大家都急着去一睹国内来的女人的风采。大岛健二说，我理解诸位的心情，你们就去看望家乡来的女人吧，我来执行这个命令。我们当然很高兴，对他充满感激之情，真是一个体贴的小队长啊。

这之后过了很长时间，大岛健二才悄悄地告诉我说，他那天其实没有杀死那个八路军女兵，他把她带到城外的树林里，朝天空放了一枪就把她放了。他觉得杀死了她，对战争的局势也没有什么影响。我想，这可能只是他的一个借口，最根本的原因，他还是下不了手。也有可能他喜欢上她了吧。我没有顾得上问他是不是这样，这件事要是传出去，会要了他的命的。我忙严肃地告诉他，你刚才对我说的，我一个字都没听见，这件事到此为止，不要再对任何人讲了。归根到底，让他来当兵是个彻头彻尾的错误，他本来就应该在家乡老老实实地当个老师啊。

大岛健二后来变得精神不太正常，是有预兆的。我们有次行军经过一个村庄，前卫部队已经扫荡过这个村庄，房屋被烧掉，人被杀光，到处是死尸。我们在一堵断墙下看到一个八九岁的小女孩，胸口有个破洞，鲜血还在汩汩地流着，很明显，是用我们的三八式步枪刺刀捅的。她还没有死，不知道是吓傻了，还是疼得麻木了，她用手捂着胸口，朝我们傻笑。这样的情景看得真令人难受。我们低头从她身边走过时，大岛健二掏出手枪，对准她的脑袋，砰的一枪，女孩头往一边一歪死掉了。我知道，大岛健二这样做，其实也是为了她好，让她免受一些痛苦。但大岛健二却因此大受刺激，手抖得怎么也不能把手枪插进枪套里，还是我帮忙把手枪收好的。他不停地喃喃地说，我这样做也是为她好，我这样做是对的，我这样做是对的。他如果喃喃自语一两句也没什么，问题是，他从中午说到了晚上，翻来覆去就这两句话。一个军曹看不下去，给了他一个耳光，他才醒过来。从那以后，他就有点不对劲了，看什么眼睛都直勾勾的，有时你和他说话，他好像没有听到一样，你得趴在他耳边大声重复几次，他这才像从睡梦中醒过来，带着歉意朝你笑笑，那笑，也是空洞无神。他这样子，实在是无法再充任小队长了，他的职务也被撤掉了。

后来没多久，我和其他几名士兵被抽调出来参加省城的宪兵队。半年后回来，听说大岛健二已经疯掉了。我问他们，大岛健二是因为什么事儿疯掉的，他们也说不清。我感到挺难过，就约了几个一起当兵的同乡到医院去看他。他住在医院最深处，那里很暗，窗户上装着铁栅栏。屋里环境极差，只有一个马桶，散发着令人头晕的臭味。他穿的病号服上黑色黄色的污迹斑斑，不用说，那是他自己的大便。他瘦得皮包骨头，只是两只眼睛还在闪闪发光。他看到我，兴奋得脸都红了，说，岩田君，你来看我了？我有点心酸，使劲地忍着泪水，说，大岛君，你还好吗？他笑嘻嘻地说，好啊好啊，我现在天天画画。我实在不知道如何安慰他，也不知道他能否听懂，就只好随口问他，大岛君，你画了什么，能拿出来让我看看吗？他从潮湿的被褥里抽出一沓纸，果然是他画的几十幅画，奇怪的是，所有的画都是蚯蚓，各种奇形怪状的蚯蚓。我困惑地问他，你为什么要画蚯蚓？他好像有点不好意思，挠了挠头，说，我想做一条蚯蚓。这可真让人感到奇怪啊。我问他，你为什么想做条蚯蚓呢？他吃惊地瞪着我，好像我问这个问题显得多么幼稚。他说，做一条蚯蚓多好，我藏进泥土里，你们就再也找不到我了。

　　我无奈地摇了摇头，他这个想法真是怪异，不是我们常人所能理解的。这是我最后一次见他，终战以后回到日本，再也没有见过他。我问过很多人，他们说，他在终战回国时，从船上掉进了大海。有人说是他不小心掉下去的，也有人说是他跳进去的。谁知道呢。直到今天，每每想起大岛健二，我都感到心在绞痛。如果没有战争，他说不定能成为一个很优秀的画家呢。

（原载《长江文艺》2015 年第 6 期）

抵近历史与现实的纵深

——谈军旅作家裴指海近年中短篇小说创作

郑润良

1

对裴指海来说，文学创作是一项艰辛复杂的工作。比如说，为了写作后来引起热烈反响的长篇小说《往生》，他光查阅的电子文档就达千万字以上。但同时，文学创作又是很简单的事情，"文学就是发现被'现实'千方百计遮蔽的真实。所有的文学都是在试图重新建构一个真实的世界，把作家对外部世界的真实感受告诉相信他的读者"。[①]裴指海这么说，他也这么做了。

2

迄今为止，裴指海所创作的中短篇小说主要聚焦于两个题材领域：革命历史题材和现实题材。相对而言，革命历史题材小说是作者着力最深的一个领域。二十世纪中国的上半篇是血与火交织的篇章，我们今天的和平生活无疑得益于那段历史。在那段血与火的历史中，人们在危机时刻的选择绝不是轻松做出的；他们的每一个选择都可能关涉着个人乃至众多人的身家性命，因此注定了这种选择是极为痛苦的。二十世纪中国历史的复杂变动又增加了这种选择的艰难及

---

① 裴指海：《旁观者的证词》，《文艺报》2012 年 4 月 11 日。

其结果的戏剧性。如何更好地认识那段历史及历史中的先人，一直是摆在中国作家面前的严肃课题。"十七年"时期的革命历史题材小说为使人们缅怀革命先烈、激发建设热情，所描绘的战争无不洋溢着英雄主义与革命浪漫主义的浓厚气氛，抒写了从一个胜利走向另一个胜利的壮丽图景。这幅图景无疑忽略了历史脉络的复杂性、战争的残酷性与人性的丰富维度。新时期莫言、刘震云、苏童、格非等人的"新历史主义小说"以人性与欲望的混沌莫名为依据冲击了"十七年"革命历史题材小说阶级论视野下泾渭分明的历史图景。但新历史主义小说所秉持的解构主义观念与历史虚无主义态度，在冲击传统创作模式的同时也暴露了自身还原历史真相的虚弱与无力。①

裴指海的野心恰恰在于带领读者跨越时空，回到真实的历史现场。作为一个70后的作家，裴指海与同龄人一样，与那段历史相隔久远。但一次特殊的经历点燃了他探询历史真相的激情。"2000年1月9日，我正式接到通知，参加了一个军史写作班子。很多事情都忘记了，这个时间却记得很清楚，甚至比结婚的日子还要清楚。难道它比婚姻对我一生的影响还要大吗？应该是的。我知道我要写的战争小说会是什么模样了。我知道战争是怎么回事了。70后作家，甚至还可以把60后的作家也包括进来，有谁像我这样掌握了这样多的战争秘密？"②老兵们无所顾忌的内心剖白、几百万字的采访笔记和大量相关资料的研读，使裴指海对于那段历史和"战壕真实"的把握有了前所未有的信心。他发现，已有的历史、文学文本对于以往历史的书写大都语焉不详、含含糊糊，他急于将自己所了解的历史与战争的真实图景传达给读者。为此，除了反映南京保卫战与南京大屠杀的长篇小说《往生》之外，自2007年以来，他创作了一系列革命历史题材的中短篇小说。

从内容上看，这些小说又可大致分为三类：第一类作品旨在尊重历史事实，还原国军官兵形象的丰富性。在"十七年"时期的小说创作中，在二元对立的阶级论视野的支配下，国军官兵的形象基本上被妖魔化与漫画化。进入新时期，这种状况得到很大改观，周梅森的《国殇》《军歌》等作品打破了这一表现禁区。但这一领域的开拓者在九十年代以后却寥寥无几。二十世纪上半叶的历史交织着国共两党之间的博弈与对抗、和与战，对这段历史的书写如果缺乏

① 参阅李钧：《新什么历史，而且主义》，《东岳论丛》2009年第6期。
② 裴指海：《一个回忆：10年》，裴指海新浪博客2012年7月24日博文。

全面、客观审视的勇气和还原历史复杂性的耐心，就无法写出真正无愧于历史的作品。中篇小说《雪地上的蚂蚁》（《大家》2007年第5期）应该说是新世纪以来较早对这一题材领域有深入表现的一篇好作品。小说中的"我"无意间得到一本前国军连长的回忆录，其中详细记载了他参加淮海战役的失败经历。小说还原了淮海战役的残酷场景和双方为战争付出的巨大牺牲。对于作者而言，以连长、伍排长为代表的国军官兵和解放军官兵身上都体现了军人的热血与英勇。同时，作品还超越了意识形态界限，表达了对个体生命的珍重与强烈的反战意识。前国军连长一直想念着爱人罗小姐，伍排长则念念不忘寻找自己在敌营中的兄弟，残酷的是最终兄弟相会之时也是他们永别之日。作品表现了战争对爱情、亲情和个体生命的摧残。无数青春的生命在冰天雪地中死去，如同雪地上的蚂蚁。战争无论结果如何，它的发生对于人类而言首先就是一场灾难。作品所充溢的对个体生命的关怀因此与《西线无战事》《一个人的遭遇》等二十世纪世界经典战争文学作品中的人本意识相承接。

中篇小说《勇士》（《解放军文艺》第5期，《新华文摘》《小说月报》转载，获全军中短篇小说评奖一等奖、《解放军文艺》2008—2009年优秀作品奖）叙述了左右不分的国军士兵陈傻子在长沙会战、衡阳保卫战中神奇地发挥投弹天赋，英勇杀敌，最后光荣牺牲的故事。小说表面上塑造了一个傻子形象，其实体现了抗日将士们和陈傻子一样，一心杀敌，义无反顾，他们身上的"傻"气正是我们中华民族精神的真正体现！小说中陈傻子的故事是由前国军连长李茂才讲述的，在李茂才身上也体现了一名抗日老兵珍视战友情意、淡泊名利的高贵品格。此外，《苍蝇》《蝴蝶翩翩》都表现了战争的残酷及其对人伦情感的戕害。

第二类作品表现了革命历史的纷纭复杂和对革命者身世的慨叹，提示我们历史绝非教科书所宣示的泾渭分明、二元对立，而是混沌复杂、旁逸斜出。革命与反革命、崇高与卑劣、光明与幽暗、真实与谎言往往交织缠绵、难解难分。《麦城叛》（《西南军事文学》2012年第4期、《长江文艺选刊版·好小说》2012年第11期转载）带我们直接进入二十世纪二三十年代革命历史现场。作者在塑造人物时力求展现人物形象的多面性。比如，在表现农民军人形象时，作者并不回避表现他们的局限性，农民自卫军总指挥李道胜、党代表周爱华身上缺乏基本的军事素养，打仗毫无方略；不服从组织命令，担心上级派来的人抢了头功，有排外心理；工作方法简单粗暴，不懂得争取中间力量，等等。但这些问题都不能掩盖他们革命信仰的坚定性。王大队长有着较高的军事素养，却因为爱上了地主的女儿，将私情、私利看得高于一切，为此不惜背叛革命。李道胜的舅舅周子英本是可以争取的开明地主，却因为李道胜"大义灭亲"，将他父亲打死，成为农民自卫军的死对头。周子英的女儿周之诺因为爷爷的惨死而伤心，但她真正的身份却是一名共产党员，关键时刻打死叛徒王大队长，却被组织误认为叛徒而被杀。小说在短短的篇幅里编织了错综复杂的人物关系，力图以当代视野最大限度地还原革命历史的复杂性，发人深思。

《兔子快跑》（2012年《西部》第2期）展示了一出令人叹为观止的连环计。富家公子班果舍生取义，接受军统头子戴笠的指令实施"兔子"行动，赴南京刺杀大汉奸汪精卫。即将与汪精卫见面前，他藏在旅馆的手雷却被旅馆伙计告发。伙计的真正身份却是军统潜伏人员，他之所以告发班果也是奉戴笠之命，想在汪精卫接见他时发起攻击。不料他的身份早就被汪精卫的特工队长马良掌握，"兔子"行动彻底失败。马良后来被捕，他交代自己也是奉戴笠之命潜伏汪精卫身边，戴笠让他破坏"兔子"行动意在获取汪精卫的绝对信任。但此时戴笠已死，马良因无人作证，最终被处死。班果、伙计等人一心锄奸报国，却不知自己只是棋盘上的一粒棋子，马良之言若属实，他辛苦经营也无法证明自己的清白。历史真相诡谲莫名，革命者的身世令人唏嘘！

在《高人之死考》（《作品》2010年第2期，获2010年第十届《作品》"作品奖"）中，作家高人因为枪杀参加解放军的日本军医佐藤川被处死。由于高人是地主家庭出身，他家那些房子早就在"土改"中被分掉了。他的父亲在"文革"中被红卫兵批斗死了，因为他不但是地主恶霸，他的儿子高人还是双手沾满人民鲜血的"反革命分子"。他妻子多年来向上级申诉，终于证明高人在目睹日本军队血洗王家庄后已经精神失常，枪杀佐藤川是在患有精神病的情况下作案的，不应负刑事责任。消息传到高人的老家麦县时，老家政府为高人举行了一次隆重的纪念会，称赞他是一个"伟大的无产阶级作家"，是"民族英雄"。他们按照统一口径说他是"病故"的，还计划筹建一个"高人故居"。高人之死的真相不但表明了残酷战争对人性的扭曲，也表明我们的历史卷宗里的确还有许多被遮蔽、需要深究的内容。

第三类作品表现了土改运动等特殊历史时期的某些政策失误造成的人伦道

德与人性的悲剧。中篇小说《木扎》、短篇小说《那年门前过大军》都表现了土改工作组的教条作风对传统乡土社会的全面冲击。在表现历史的曲折与幽暗时，裴指海有意尝试展现一种荒诞的真实。比如《木扎》中的"恶霸地主"余向我恰恰是木扎村最善良、最勤劳的人，最懒惰的张德生恰恰因为家里最穷成了农协主席，成为木扎村的主人。硬性摊派地主、残酷的斗争方式、逐渐扭曲的人性、传统伦理道德的崩解，在作品中得到了淋漓尽致的表现。这些作品在尤凤伟的《合欢》《小灯》等新土改小说的基础上进一步拓宽了这一题材领域的深广度。

3

除了沉浸于历史的光明与幽暗，裴指海也经常把目光转向自己所生活的时代。在现实题材的小说创作中，他的主人公往往以军人为主，但作品表现的题旨又超越了军营的范畴，指向整个当代社会的精神征候，这些作品因此或许可以称为"泛军旅题材写作"。其中，《亡灵的歌唱》和《李雷和韩梅梅》这两篇尤具代表性。

《亡灵的歌唱》（《西南军事文学》2010 年第 1 期，《新华文摘》《小说选刊》转载，《小说选刊》"2010 年中篇小说排行榜"，获第二届"茅台杯"《小说选刊》年度大奖、紫金山文学奖）以超现实的方式讲述军校学生"我"在不幸溺亡后在舅舅的操作和村人的配合下变身为因见义勇为牺牲的烈士，其间穿插了另外两个故事：姐姐与雷老末因门不当户不对被父亲"棒打鸳鸯"的爱情悲剧；"我"通过举报放走了李石头买回的女大学生，从此成为村邻眼中的"另类"。小说由此表现了当下社会普遍的"造假"风气和人们对此现象的习以为常，并有力揭示了乡村社会文明进程的迟滞。小说所展现的现实不乏荒诞之处，比如烈士这样神圣的称号，居然有人存心造假，并且一举成功；"我"救助女大学生本以为自己做了一件好事，却因此成为全村的公敌、父母的耻辱。《李雷和韩梅梅》（《山花》B 刊 2012 年第 2 期）改造了时尚话语中的人物形象，赋予其深刻的主题内涵。军官李雷因为送给偶然相遇求助的韩梅梅三百元车费，成了整个营区的笑料。当李雷明白自己受骗后，他以韩梅梅的名义给自己寄了三百元，从而挽回了自己的声誉。这些情节无不充溢着荒诞的意味：一心做好事的人成为别人的笑料；受骗者只有通过欺骗别人才能挽回自己的名声。小说对当下社会人与人之间信任机制的损害做了令人触目惊心的剖析。

裴指海的现实题材小说与历史题材小说中的故事经常发生在一个叫"麦县木扎"的地方，人物名称也经常穿插使用，使这些文本成为某种意义上的"互文本"。这也使我们因此看到"麦县木扎"这个小村落的前世今生，建立起一种对时代流转与社会变迁的整体观照，或许这是裴指海的又一匠心所在。

在历史题材与现实题材领域探询真实的不懈努力，加上狂欢化风格的长篇小说《战争杂碎》所充溢的旺盛的想象力与卓越的文本建构能力，使我相信这位青年军旅作家正走在一条写作的康庄大道上！

一切好小说都说真话

裴指海

我创作的很大一部分小说有一个共同特点，那就是在小说叙事者的选取上，一般兼用"我"与小说中的某一个人物"他"。"他"以参与者甚至主人公的身份对故事及其中的人物进行叙述，"他"是作为事件亲历者而存在。同时，还有一个另外的叙事者"我"置身故事之外，对"他"因带有强烈情感和有限认知而导致的权威性缺失进行纠偏。两个有限叙述视角有机结合起来，结果就形成了一种奇妙的全知全能叙述，使故事既有真实感又有权威性。不但中短篇小说是这样，就连长篇小说《往生》也是这样。

我仔细地回忆我的创作经历，终于明白，我之所以如此下意识地处理小说叙事，还是被小说的"真实性"所困扰，千方百计地想让读者相信，我是在给你们来真的。

在 70 后作家中，我接受的文学启蒙可能是最糟糕的。老家在物质与精神皆贫穷的豫西南伏牛山区，从小到大，一直没有什么书可读。村里有个老教师，"文革"时是个"造反派"头头，家里有十年"文革"时期的《解放军文艺》和《朝霞》，我一篇不落地把它们全看了。那正是八十年代中期，文坛上风起云涌，作家们都在玩现代主义、后现代主义，我却在苦读"文革"十年的文学刊物。这本身就像一部后现代黑色幽默小说里的滑稽情节，让人想笑，却不由流下了心酸的泪水。

我在中学时发表过百十篇作品，但现在连一篇也找不到了。我有意把它们遗弃了。我从小学到高中，几乎所有的作文都会被老师当作范文在班级阅读。这并不值得我骄傲，只会让我感到羞愧。它的主要特征就是虚假，内容是虚假

"新生代军旅作家"面面观 |

的，感情也是虚假的。

如果我意识到这是一件多么糟糕的事情时，我会比别人更加彻底地告别它们。军校毕业后，有六年时间，我和几位年轻军官跟着从枪林弹雨中活下来的老兵，为集团军编写军史。他们雄心勃勃地要求我们采访每一个幸存的老兵，然后创作出一部扎扎实实的纪实文学作品出来。

我们在全国各地奔波，夜以继日地采访战争亲历者。这是一次惊心动魄的经历，那些老兵毫无保留地讲述自己在战争中的遭遇，讲述战争中那些血淋淋的往事。他们给我描述了一个我从来都没有见识过的世界，完全颠覆了在此之前我通过阅读建立进来的战争经验。在此之前，我用丰富的想象写过战争，但那些想象在这些老兵描述的战争面前，荒唐可笑，那种对战争想当然的想象浅薄滑稽。这让我意识到，想象是自由的，无限无边的，但它同时受制于我们的经验与知识。小说具有自己的律法，必须在真实的土壤上进行想象与虚构。

小说的真实性是它的灵魂，是作家与读者订下的契约。小说的说服力取决于小说想象力的感染力，取决于作家表达真实的勇气与虚构能力。小说是一种最靠谱的艺术。要让读者相信虚构的故事，作家必须使出浑身解数来弄假成真，让读者信以为真。作家只有从真实出发，才能在小说中把不可能变成可能，才能让小说得到读者的信任。作家必须写你自己相信的东西。当你都不相信的时候，别指望读者会相信。这是小说的要求，也是一种写作自觉。

任何时候，我都感谢这支军队。职业决定军人不应该是一个与现实虚与委蛇的人。在和平时期，他要扎实完成训练，如果作假，毫无疑问会让他在随时降临的战争中得到报复。在战争中，更不容存在任何侥幸，他必须正视战争。这些职业素养已经深入军人的魂魄。军旅作家作为军队的一员，他的身体里流淌着同样的血。优秀的军旅作家敢于正视历史与现实，崇高的使命感与责任感让他有表达的勇气。

但我仍然感谢我阅读过的十年"文革"文学刊物和发表的那百十篇作品，这使我能够很迅速地辨别出哪些是好小说，哪些是坏小说。

基于一个作家应有的诚实，我得告诉你们，"一切好小说都说真话"这句话并不是我的发明，而是巴尔加斯·略萨说的，他接着说："一切坏小说都说假话。"

我愿意成为一个只写好小说的作家。

执笔醉心沙场

徐艺嘉　裴指海

徐艺嘉：读你的小说，对我来说也是一次不一样的军旅小说阅读体验。当下的许多年轻军旅作家出于各种原因，将写作题材的相当重一部分比例放在现实题材当中，反映军人职业困惑，或是家庭矛盾，而你似乎更钟情于历史战争题材，大部分小说都取材于此。

裴指海：我理解这是一个事关写作自觉与方向感的问题。具体到我个人的创作，不是我选择了战争，而是战争选择了我。我是一个擅长倾听的人。小时候，村里老人很多，我经常和他们待在一起听他们扯往事。事实上，我在1995年、1996年发表的两个中篇小说《1948年庙岭》《裴》都算是历史题材。我倾听了太多关于那个时代的事情，所以虚构起来没有任何问题。军校毕业后，我在一个野战军待了一年半，那年冬天，我突然接到一个通知，让我到集团军参加军史写作。当得知这部军史要完全依靠采访战争亲历者来完成时，你可以想象，我是多么兴奋。这一干就是六年。带领我们写作的老兵都经历过枪林弹雨，他们雄心勃勃地要求我们采访到每一个幸存的老兵。我们在全国各地奔波，夜以继日地采访了三百余名老兵。有些是首长，但大多数是普通指战员，他们是战争第一现场亲历者，晚年非常孤独，渴望被倾听。我们的采访没有任何预设，就让老兵回忆自己所经历的战争。

这是一次惊心动魄的经历，那些老兵给我描述了一个我从来都没有经验过的世界。在此之前，我用丰富的想象写过战争，但那些想象在这些老兵描述的战争面前，是多么荒唐可笑，那种对战争想当然的想象又是多么浅薄和滑稽。

完成这部军史后，我终于知道我以后要写什么了。那就是战争。这是一口取之不竭的创作资源之井，它到底有多深，我也不知道。老兵给我讲述的战争，已经成为我身体的一部分，它们是回忆录之外的、别人不曾见过的战争。我本身也喜欢阅读和战争有关的回忆录、纪实文学，可以说，我对战争的熟悉程度超过我习以为常的现实。一旦回到"过去"，我就精神抖擞。已有的写作，都是一种训练。我相信我会写出和我这次经历相匹配的战争小说来。

徐艺嘉：曾有批评家认为，"战争文学是军旅文学的主脉"，这一观点你认同吗？如今的军旅文学与战争文学相隔甚远，这之间的隔阂是什么？

裴指海：我当然同意这个观点。军人都是为战争准备的，军人所有的幸与不幸最终都要落实在战争中。即使和平时期的军事生活，同样也是枕戈待旦。如今的军旅文学与战争文学相隔甚远，估计还是作家对战争过于陌生。我们都没有经历过战争，那些纸上的记录又不能给我们提供真实的战争信息，所有的想象受制于已有的战争文学作品，这样的写作又有什么意义？作家都有写出伟大小说的梦想，他们对战争敬而远之，自然也有自己的道理。

徐艺嘉：但是当下的军旅文学，尤其是军旅中短篇小说这方面，已经远不是战争小说主导的局面了。

裴指海：即使这样，我仍然觉得，战争文学天然应该由军旅作家或者有军旅经历的作家来完成。对战争的书写，每个作家机会均等，无法亲历。对战壕真实的想象、对士兵心态的揣摩、对幽暗人性的发掘，是军旅作家的优势所在。无论是何种时代，何种性质的军队，军人都要面对同样的遭遇、同样的人性拷问，他们的情感息息相通。军旅作家更了解他要书写的战争中的人，他更理解战场上的炮弹、鲜血、呐喊与哭泣。他要写的，本来也就是他自己。他也许没有经历过，但自从他成为军人，他就要时刻准备经历这一切。

徐艺嘉：深入到战争文学这个话题，结合你个人的写作谈谈吧。如今军旅作家在触及历史战争题材时，大多选择一种比较"讨巧"的方式，或是依靠个人情感，或是以细节为依托，或是尝试类型化叙事方式构建历史题材，而你的小说基本是直面历史战争，事件、人物、细节一应俱全，小说切入的方式也表现了某种程度上的小说观念。那么，你对战争题材小说的理解和定义是什么？

裴指海：小说的想象 / 虚构，总是依附在真实上。战争文学就是向我们报信，让我们知道战争到底是何物，战争中的人到底是怎么回事。我的很多小说其实都是有原型的,《苍蝇》原型是刘邓大军千里跃进大别山前夕的羊山之战,《兔子快跑》源于军统对汪精卫的真实刺杀,《高人之死考》中的作家高人原型是我军摄影先驱沙飞……它们都是有出处的,小说中的很多细节也是源于老兵的回忆。比如《雪地上的蚂蚁》,它就是一个真实的故事。抗日战争时期,山西有八路军有日军也有大量的伪军。有一户人家,哥哥参加了伪军混口饭吃,这支伪军后来成了国军。而八路军去了,弟弟又参加了八路军。在千里跃进大别山的高山铺战役中,解放军的弟弟和当国军的哥哥在白刃格斗时遭遇,战场上互相认出来了。老兵给我讲述这件事时,充满自豪,以此来说明我们解放军的觉悟高,毫不犹豫一刺刀捅死了当国军连长的哥哥。但我听得惊心动魄,泪水几乎夺眶而出。

徐艺嘉: 战争文学一度是军旅文学乃至整个中国文坛的重要支撑,但现如今已经受到很大冲击,遗憾的是,在文学大环境中处于衰败的劣势。反观《亮剑》《雪豹》等热播的战争题材电视剧,你认为其原著是真正意义上的文学产物吗,能否评价一下?

裴指海: 作家只能写自己能写的。比如,郭敬明的作品很流行,官场小说很热闹,类型文学看着过瘾,读者也不少,这些作品看似简单,但对一个阅读与写作训练建立在严肃文学基础的作家来说,它们其实蛮难写的。我很会编故事,每个小说故事性都很强,《勇士》改编数字电影还获了一个百合奖,《伤花怒放》除了改编数字电影,电视连续剧也拍摄完成了,《往生》正在筹拍中。我有时也会给一些影视公司出些主意,弄个故事大纲什么的。大部分作家其实都会讲故事,莫言在瑞典学院发表"诺奖"演讲题目干脆就叫"讲故事的人"。但故事并不都是小说。小说里的故事除了有一颗价值观的核,还要看作家如何讲故事。小说所讲的故事最后总是要与人性面对面地刺刀见红。战争文学的衰败除了文学边缘化大环境的影响外,估计和战争文学的无所作为也有关系。而我自己,经过这么多年的写作训练,已经建立起了写作的自觉与方向感,那就是致力于战争文学创作。开句玩笑,我还远远没有写出伟大的战争小说来,怎么可能会轻言放弃呢?

我更愿意谈一下类似《雪豹》这样的战争小说。无论是互联网还是书店里,类似的战争小说到处都是。我觉得它们并不是真正意义上的文学产物,只是通俗小说。很多战争题材影视根据这些小说改编,最后都成了"雷剧"或者

"神剧"。严肃文学与通俗文学各有自己独立的表达方式，是两个系统。严肃文学以作者为主体，要求读者适应作者，作品追求深度模式；通俗小说以读者为主体，适应大众相对稳定的审美情趣，作品追求的是平面模式。同样的故事，同样的人物，严肃文学和通俗文学的讲述方式截然不同，传递出来的信息也是天壤之别。严肃文学和通俗文学也并非是水火不相容的，但问题是，现在通俗小说作家主导市场以后，让人误以为这就是文学全部。

徐艺嘉：读你的战争题材小说，我曾数次落泪。小说的情感细腻程度和丰富的细节，以及还原战争现场的清晰度令人佩服。但另一方面，你的《锅盖头》《去年的一次武装奔袭》等少数现实军旅题材小说则让我觉得更注重写实，叙述比较平，未达到与历史题材小说相等的"腾飞"状态。我一直想有机会问你，在你本人看来这种落差的原因何在。在历史小说写作过程中，你又有哪些值得借鉴的好经验呢？由此衍生的问题是，文学的原材料必然是生活，但如何把握和加工生活就见出作家的功力了，相信在把素材过渡到文学的高度过程中，你也有自己的见地。

裴指海：很高兴你能问到这个问题。我现在不大好意思提这个小说，正好借此机会向读者做个检讨。《锅盖头》就是一部流行小说。去年还有出版商找我商量，要再版，我拒绝了。我虽然不是什么名家，但还是珍惜羽毛的。我不是一个颠顶的人。有一点我也很清楚，我不适合写现实题材的作品。我虽然当兵二十多年了，也在野战军当过排长、干事，对部队现实生活也很熟悉，但现实题材作品要想写好，有时不得不"讨巧"，让人感到缩手缩脚，天地狭小，盛不下我写小说的勃勃野心。当然，我对主攻现实题材的作家都是满怀敬佩的，他们在啃"硬骨头"。这支队伍很壮观，我就不去凑这个热闹了。倒是战争，我觉得很亲，天大地大，海阔天空任鸟飞。

说起借鉴，我觉得文学创作是件很神奇的事情。作家必须解放自己的想象力，像摆脱物质枷锁一样摆脱种种精神枷锁。要多读杂书。作家对于新世界、对于新生活方式的最大胆的想象，仍然需要概念的引导、逻辑引导。这也很好理解，你让阿Q去想象，估计他最多也就想到吴妈，不可能想到他要和吴妈像卓文君与司马相如一样去私奔、像罗密欧和朱丽叶一样殉情。这种能力要靠知识的累积。每个人的经历都是有限的，我们要培育无限的想象力，还是要靠阅读，靠二手生活。不一定都要读文学类的书。相反，读哲学、历史、科普等杂书要超过文学类的书。至于如何把握和加工素材才能过渡到文学的高度，这个问题倒是难住我了。这是一个很技术性的问题，除非拿一个具体作品来谈。那我就拿《亡灵的歌唱》来谈谈吧。

徐艺嘉：《亡灵的歌唱》是你地方题材小说中我最喜欢的一篇。看似写的是阴阳两界，实则无一不是灵魂与肉体迫人正视的现实情境。不仅仅是叙事的精巧和机智，还有直指当下时弊的犀利与担当。小说的妙处在于，主人公亡灵的身份设置赋予它可以在过去与未来、生与死的时间和生命跨度中穿梭游走的自由。因此，亡灵叙事视角蒙太奇般的转变引起"时空交错"的位移感，读者可以看到一个由作家呈现的，美与丑、真与伪、纯洁与罪恶、崇高与荒诞并存的复杂社会形态。

裴指海：作家主要是利用想象、记忆与经验来写作的。具体到《亡灵的歌唱》来说，主要来自于记忆。比如小说中的雷老末和"姐姐"的爱情、"我"帮助被拐的少女、孙国栋的淹亡，确实是现实中曾经发生过。我当兵第二年，我家邻居一个女孩被拐卖了，当解救她时，公安需要拿着"逮捕证"才能成功。我听说这件事时，十分震惊，从那时开始就感觉到了现实的荒诞。孙国栋事件也是真实的，连他的军校生身份，甚至他死亡的整个过程都是曾经发生过的。这是二十年前的事情，我一直没有忘记他，只不过没有找到合适的表达方式而已。素材有了，如何把它转化为文学呢？实际上我写过几个开头，都不大满意，突然有一天，觉得还是用"亡灵"叙述比较方便，可以突破时空限制。中国本来就有志异的传统，有关鬼魅、灵魂的想象。在我们豫西南山区的"瞎话儿"（民间故事）里也有许多鬼啊魂啊的故事。在乡村，人是不会死的，只是变成了"鬼"。我至今还记得童年的夜晚对黑暗充满恐惧，总觉得那里隐藏了无数的鬼魂。我母亲就会一些简单的驱鬼仪式。写作《亡灵的歌唱》时，借"亡灵"之口来叙事，当时也没多想，现在看来，估计就是一种潜意识吧。这个问题解决了，一切都迎刃而解。

写作其实就是一种感觉，而感觉是很难说清的。作家写作之初，有可能只是想表达一个情绪，一种想法，也可能看到了一朵花，读到了一首好诗，听到了雨声，感觉就来了，就开始写了。至于小说最终会成为什么样子，这是不可预料的，一旦开始写作，故事有了自己的逻辑，人物有了自己的命运，就不再接受作家的摆布，它们只会按着自身逻辑发展。很多时候，我们想写的小说和我们写出来的小说往往是两码事儿。

徐艺嘉：你的不少小说在主人公选择上让我眼前一亮。比如《勇士》中的陈傻子，是个平日里呆笨的形象，却在战争关键时刻呈现出本质：一个真正的英雄。《英雄》中的赵二狗同样是这样。他当兵的目的并不纯正，是个依靠替人当兵赚钱的兵贩子，也曾好几次当过逃兵。但他作战勇猛，曾和一个国民军排长仅凭二人之力与日军智斗数小时，消灭了近百敌人，完成战争史中的一项壮举，但即便如此，却在小说结尾才得以洗脱"编谎话"的罪名，也未在英雄谱上留下姓名；《1948年庙岭》中的宋老末亦正亦邪，算得上是枭雄，而投机加入共产党的郭西元却是个首鼠两端的小人；《雪地上的蚂蚁》国民党连长后来又成了共产党连长；《伤花怒放》中罗麦以女性视角解读战争。这些人物是如此特别且令人难忘，同时给故事增加了离奇之感。在小说中叙事者的选取上，你的经验之谈是什么？

裴指海：你很有阅读经验，还是看出这一点了。我的大多数小说有一个共同特点，就是在小说叙事者的选取上，一般兼用"我"与小说中的某一个人物。比如《勇士》，通过作者"我"对连长李茂才的采访，讲述了陈傻子在衡阳保卫战中的英雄表现，用了"我"与李茂才两个叙事者。《1948年庙岭》是我的小说处女作，发表在1995年的《昆仑》。叙事者同样是"我"和作为小说人物之一的"我母亲"。《高人之死考》则是通过"我"寻找高人之死的原因与各色人物发生关系，让他们把整个事件的真相拼凑出来。《雪地上的蚂蚁》同样是"我"先展开叙述，最后收尾，叙事者主要还是国军连长。即使长篇小说《往生》，有一半的篇幅也是"我"在2009年的南京生活的故事。我之所以迷恋让"我"进入小说中成为一个叙事者，归根结底，还是被"真实"所困扰。我们天生一张白纸，但没有在上面画出最美的图画，相反，我们从小接受了一种充斥谎言的教育。即使现在，谎言也无处不在，人们明明知道真相，但没有人说。我是一个很简单的人，我讨厌谎言，也竭力避免自己撒谎，包括在小说中。可能就是这种焦虑，让我过分依赖于叙事者的"真实感。"

我仔细梳理一下，这确实很有意思。像《勇士》中李茂才这个叙事者，他作为文本世界一个人物，以参与者甚至主人公的身份对故事及其中的人物进行叙述，他是作为事件亲历者而存在。由他来叙述这个故事，很容易给读者带来真实感。但这也带来一个局限，他是小说人物之一，他的视角是有限性的，情感态度和认知带有强烈的主观性，这在一定程度上又会使他的叙述丧失权威性。别急，这时还有另一个叙事者"我"来参与叙事，"我"是故事之外的旁观者，相对于李茂才他们，"我"的叙述相对客观且具有权威性。两个有限叙述视角有机结合起来，结果就形成了一种奇妙的全知叙述视角，使故事既有真实感又有权威性。这是一种小说技巧，小说家的叙事策略与叙事素质只能通过叙事者来体现。缺乏丰富的叙事方式必将导致乏味的叙事，没有合适的叙事者，必定导致小说失败。有时我们不大愿意看文学刊物上的小说，一个重要原因就是叙述视角的贫乏导致了叙事技巧与策略的贫乏，失去了小说应有的智慧之美。

徐艺嘉： 你的小说也曾尝试不同的叙事方式和叙事类型，比如《兔子快跑》环环相扣，有点类似谍战类的写作，今后会尝试更多样化的写作吗？

裴指海： 对，《兔子快跑》是用了一种类似谍战类的类型化写作，但和类型化写作不同的是，它不会给出明确的答案，让读者去猜谜。去年我还写过一个中篇小说《樱花和刀》，使用了类似"传奇"的叙述方式，不使用任何叙述圈套，不用读者思考，你跟着故事走就行。我就是要用一个通俗易懂的方式讲个沉重的故事。那时我正好在解放军艺术学院文学系高研班读书，同学们在研讨时，几乎是全盘否定。可能这次尝试并不成功。我对叙事方式还是非常着迷的，并非刻意尝试，它们已经成为一种下意识的写作动作。我的长篇小说处女作《吹个泡泡糖逗你玩》就是在传统现实主义写作的基础上，依据本土观念运用超现实主义、黑色幽默进行写作。我到现在也很喜欢这部十多年前出版的小说。我对中国读者的阅读水平和质量，以长远目光来看，是充满乐观的期待，但目前是有点悲观的。经过几十年对文学的重构、管辖和改造，读者的阅读胃口只能适应现实主义的萝卜白菜。他们在翻开小说之前，心里就准备阅读一个好看的故事。那么好，我迁就你们的阅读趣味，首先就在小说中讲述一个好看的故事。但好看的故事只是我的小说华丽的外衣，我在故事下面隐藏着残酷的真实，它们不动声色地潜伏在小说的深处。我希望我的小说就是一个贞洁的脱衣女郎，但她脱下华丽的故事外衣后，读者能够看到的是她美丽的艺术胴体。这需要我高超的叙事手腕，事实上我也在一直为之努力。我愿意尝试一切。文学是一种探险，我深陷其中乐此不疲。

徐艺嘉： 战争文学其实暗藏着文学最具活力的机遇，人性的冲击、极端环境下人的变异，还有情感的错位，等等，都是文学非常宝贵的表现资源。你认为战争文学的最富魅力之处是什么呢？

裴指海：其实你已经把战争文学的魅力都说出来了。人们总是被自己无法经历与体验之物所吸引，战争就是这样。战争文学带领人们认识战争、体验战争。战争在人类历史上扮演着一个神秘的角色，既是一头摧毁一切的怪兽，同时又毫无疑问地推动着人类历史的发展。当现代文明规则确立以后，战争应该成为人类共同反对之物，战争文学要以审美的手段劝告世人"告别武器"。这里有一个悖论，战争是恶的，而文学又是审美的。当然，审丑也是一种美学。这里面有一个平衡点。我曾经在中篇小说《睢阳之战》《苍蝇》中尝试过不惜用大量的笔墨渲染战场的恐怖、肮脏、恶心，目的就是不但要让读者在心理上，也在生理上对战争产生恶心的感觉。如果把战争描绘得很美好，让读者阅读之后产生向往，恨不得也抱着一捆手榴弹去把附近的桥梁炸掉，我觉得这不是好的战争文学。但很遗憾，我们很多战争文学是歌颂战争的，把战争描绘得很壮美。现在到网上看看，有很多网民动不动就要发动战争，有些言辞激烈得令人感到阵阵寒心。我当然也不是全盘否定战争，比如长篇小说《往生》，歌颂了一批英雄，但同时也对战争进行了力所能及的反思。

就像《梁简文帝集序》里说的"立身须谨重，文章须放荡"，不仅仅是战争文学，所有的文学创作都有这种尽情"放荡"的魅力。作家是一种最为幸福的职业。他可以冒犯一切而不用负责。作家在作品中行使自由表达的权利，用纪伯伦的话来说，就是"（文学）使看不见的被看见"，你看到了人生或者人性的真相，要表达出来，这是一种冒犯。冒犯总是让人不安。读者在作品中读到了他不曾看见的真相，不管这真相是人生的，还是人性的、社会的、历史的、现实的，他都会不安，会震惊。伟大的文学作品不会让人感到"心灵安宁"，而只会让人感到不安，甚至让人感到被冒犯，因为你告诉他，嘿，生活不是你想象的那个样子。这就是文学的魅力所在，战争文学自然也包含其中。一想到这，我就对写作充满激情。

创作年谱

评论研究要目

1994 年

1. 中篇小说《1948 庙岭纪事》(《昆仑》第 5 期)。

1996 年

2. 中篇小说《裴》(《广西文学》第 8 期)。

2002 年

长篇小说《看上去很坏》(中国工人出版社 2002 年 8 月第 1 版)。

长篇小说《吹个泡泡糖逗你玩》(现代出版社 2002 年 10 月第 1 版)。

2007 年

3. 中篇小说《睢阳之战》(《西北军事文学》第 1 期)。

4. 中篇小说《雪地上的蚂蚁》(《大家》第 5 期)。

5. 中篇小说《士兵传》(《神剑》第 6 期)。

纪实文学《冷的冬，热的雪——刘邓大军在 1947 年的那个寒冬》(江苏文艺出版社 2007 年 11 月第 1 版)。

2008 年

6. 中篇小说《锅盖头》(《西南军事文学》第 3 期)。

7. 中篇小说《勇士》(《解放军文艺》第 5 期，《新华文摘》《小说月报》转载，读者缩写版被《读者》《青年文摘》《青年博览》《知音文摘》等转载，改编为数字电影《神勇投弹手》获百合奖。获全军中短篇小说评奖一等奖、《解放军文艺》2008—2009年优秀作品奖）。

2009 年

8.中篇小说《伤花怒放》（《西南军事文学》第1期，根据小说改编的数字电影《战火中的伤情》已播出，37集电视连续剧《怒放》）。

9.短篇小说《苍蝇》（《西南军事文学》第4期）。

10.中篇小说《第三十二条军规》（《战士文艺》第3、4期合刊）。

11.中篇小说《集训队》（《战士文艺》第3、4期合刊）。

12.长篇小说《特种兵轶事》（《长江文艺·长篇小说》夏季号）。

长篇小说《锅盖头》（新世界出版2009年6月第1版，同名电视连续剧正在筹拍中）。

纪实文学《1949解放》（江苏文艺出版社2009年10月第1版）。

2010 年

13.中篇小说《亡灵的歌唱》（《西南军事文学》2010年第1期，《新华文摘》《小说选刊》转载，收入人民文学出版社、漓江出版社2010年中篇小说年选、《小说选刊》"2010年中篇小说排行榜"，获第二届（2010年）"茅台杯"《小说选刊》年度大奖、第四届紫金山文学奖）。

14.短篇小说《高人之死考》（《作品》第2期，获第十届（2010年）《作品》"作品奖"）。

15.中篇小说《哑巴说话》（《西湖》第4期）。

16.中篇小说《木扎》（《大家》第3期）。

17.中篇小说《反义词乡村》（《西部》第8期）。

2011 年

18.中篇小说《弥留之际的觉醒》（《长江文艺》第2期）。

19.短篇小说《去年的一次武装奔袭》（《解放军文艺》第6期）。

20.短篇小说《阿布拉的倒影》（《西部》第7期）。

21.中篇小说《英雄》（《西南军事文学》第5期，《青年博览》第20期转载。《民间故事选刊》2012年第3期转载）。

长篇小说《往生》（解放军文艺出版社2011年1月第1版）。

作品年表

2012 年

22. 短篇小说《兔子》(《西部》第 2 期）。

23. 短篇小说《李雷和韩梅梅》(《山花》B 刊第 2 期）。

24. 短篇小说《鲜花鞭炮》(《山花》B 刊第 2 期）。

25. 短篇小说《麦城叛》(《西南军事文学》第 4 期、《长江文艺选刊版·好小说》2012 年第 11 期（试刊 2 期）转载）。

@@. 散文《一个士兵》(《山花》B 刊第 7 期）。

@@. 纪实文学《姐妹长谈》(《解放军文艺》2012 年第 11 期）。

2013 年

26. 短篇小说《我本官宦之后》(《诗江南》第 3 期）。

27. 电影文学剧本《姐姐》（小岸　裴指海,《中国作家》影视版第 10 期）。

28. 中篇小说《樱花与刀》(《解放军文艺》2013 年第 10 期）。

2014 年

29. 短篇小说《疯子》(《西部》第 1 期）。

30. 短篇小说《化鱼》(《文学港》第 3 期）。

31. 中篇小说《革命烈士》(《人民文学》第 8 期）。

32. 中篇小说《白毛女与白月梅》(《西南军事文学》第 5 期）。

2015 年

散文集《私生活》（中国书籍出版社 2015 年 1 月 1 日第 1 版,小岸评论《自由表达是写作的乐趣所在》《文艺报》2015 年 2 月 11 日）。

纪实文学《大别山岁月》（北岳文艺出版社 2015 年 9 月第 1 版）。

中篇小说《革命烈士》(《长江文艺好小说》第 2 期转载）。

33. 中篇小说《士兵和蚯蚓》（长江文艺第 5 期）。

（电影文学剧本）《黑色炮楼》（小岸　裴指海,《中国作家》影视版 2015 年第 7 期总第 470 期）。

2016 年

34. 短篇小说《迷宫》(《西部》第 2 期)。

35. 长篇小说《毛小姐与革命烈士》(《雨花中国作家研究》第二期 B 刊)。

36. 长篇小说《香颂》(《钟山》长篇小说 B 刊)。

2017 年

37. 中篇小说《掷币游戏》(《青年作家》第 2 期)。

中短篇小说集《白毛女与白月梅》(北岳文艺出版社 2017 年 8 月第 1 版)。

文学年谱

第七次全国青年作家代表会。

第九、十届全国作代会。

2012 年第十七届鲁迅文学院中青年作家高研班。

2013 年首届解放军艺术学院全军中青年作家评论家高研班。

朱旻鸢，1978 年 6 月出生，1996 年 12 月入伍，江西赣州人，北京军区文艺创作室创作员，中国作家协会会员。2006 年开始文学创作，在军内外纯文学刊物发表过中短篇小说及报告文学二十余万字，出版长篇小说一部，作品多次被《小说选刊》等刊物转载或介绍。主要作品有：中篇小说《坝上行》《拉练》《掌门人》《牡丹亭》《红炉一点雪》《鱼儿山日出》《证明》等；短篇小说《美女阿福》《斜坡》《参军记》《天涯 明月 刀》《倚天屠龙记》等。其中短篇小说《参军记》获《解放军文艺》年度优秀作品奖，中篇小说《坝上行》获全军军事题材中短篇小说一等奖、入选第五届鲁迅文学奖备选作品，中篇小说《拉练》获第十二届全军文艺优秀作品奖一等奖。

思想的深度与力量

傅逸尘

    文学的思想当然不同于哲学，但哲学对文学思想的产生与影响却是极其重要的。换句话说，作家不是哲学家，但作家若是没有哲学的滋养是很难成为文学大家的。在特定的意义上说，文学最深刻的力量所在，就在于对人的精神境界的拷问，对人的心灵世界的深度展现和对生活表层事象的超越。

    米兰·昆德拉说，从塞万提斯、薄伽丘到卡夫卡、布洛赫，一以贯之的文学传统就是对于不同时代的人们及其生存环境的执着追寻。昆德拉自称他的创作是对于存在的诗意凝思，是对于人的存在的严肃的质询："整部小说都不过是一篇长长的询问。沉思的质询（质询的沉思）是我所有小说赖以构成的基础。"（米兰·昆德拉《关于小说艺术的对话》）昆德拉当然是作家，而且是很独特的作家，他对小说可能性的极端性探讨，使他成为二十世纪的文学大师；但我们读昆德拉的小说所获得的感受，与其说是文学性的，不如说是思想性的。昆德拉把小说分为三种类型：叙事的、描绘的和思索的。昆德拉的极端表现在他就是要把小说和哲学结合起来，就是以小说的方式进行哲学思考，而且 20 世纪以卡夫卡、萨特、加缪等为代表形成了这种现代主义小说的潮流。托尔斯泰则用他一系列的经典性作品阐释了他对人道主义的理解，而陀思妥耶夫斯基的小说更是一个庞大的思想与哲学的宝库，所触及的人类思想与心理问题至今仍为无数研究者提供了无限的阐释空间。

    我当然无意要求军旅作家都去一股脑地探索哲学问题，只是想为当前军旅文学思想深度和精神容量的不足，提供一种参照。与上述文学大师相比，甚至与地方作家们相比，当前的军旅作家们都似乎缺少了点"表意的焦虑"，并不在乎作品提供了多少有新意、有价值的判断，多少有深度的意义，多少富有哲学意味的思辨。思想能力曾经一度是整个军旅作家群体共同的强项，20世纪八九十年代有诸多中短篇小说的思想或思考震撼了文坛；但现在的军旅作家的思想能力严重下降，很多作品放弃了对于军队现实的思考、对于历史的思考，思想的平面化造成了作品思想深度的丧失。军旅小说之所以能够得到如此众多读者的青睐，能够引发不同年龄层次和文化背景的读者的共鸣，能够产生广泛的社会影响，我以为根本原因就在于，在一个物质主义的时代，面临着精神矮化和道德失范的严峻情势，置身于高度物质化、粗鄙化的精神境遇中的人们开始怀念精神的崇高和丰饶，开始召唤灵魂的伟岸和富足；而军旅小说恰恰可以以其崇高和英雄的审美建构填补人们精神层面的失落，以爱国主义、理想主义和英雄主义的核心价值伦理唤醒人们麻木而低沉的神经。

然而，仅仅停留在对军旅文学最为核心的价值伦理的坚守层面是远远不够的。文学，或者小说的最重要的价值，是它的独特性，包括作家的思想与经验。卡夫卡就是一个典型的例子，他对我们是至关重要的，他的困境就是现代人的困境。卡夫卡是一种纯粹的个人写作状态，他写作不是为了发表，而是一种思想情感的表达。正因为如此，他才有可能更真实地直接面对生命个体所遭遇的处境，写出人的本真状态，并最终上升为一种20世纪人类的生存状态。

朱旻鸢的小说语言总有几分戏谑和调侃，轻松幽默甚至滑稽变形的叙事表象下，隐藏着真切动人的力量。中篇小说《坝上行》颇有让人耳目一新之感，作者以王朔式的诙谐幽默语言描述了一群被认为拉连队后腿的士兵，他们被作为编外班参加塞外坝上打靶演习。小说以生活流式的手法进行大量细节铺排，给读者活灵活现地描述了这些编外士兵的立体丰富形象，而到结尾处又突然笔锋一转，使这些士兵成为演习之中唯一的英雄，小说的成功就在于作者以十分巧妙的方式揭露了部队中存在的现实问题。诸如作品中指出的连队打靶频频中靶都是弄虚作假的结果，而到首长临时调换了报靶员后，一切真相才暴露无遗，倒是这些被认为是失败者的士兵则成为演习中的英雄。具有荒诞意味的是他们特殊的身份和偶然性的成功同时成为反映部队问题的唯一方式，这是小说很有讽刺意味的地方。《参军记》则描述了客家娃时毛一波三折的参军过程，作品在略显苦涩与伤感的语调中缓缓道来，颇有"农家军歌"的味道，细腻地表现了一个农家孩子对逃离黄土命运的渴求，对军营生活的向往。

如何有效整合个人经验与世界的关系，真正地进入一种自由创造的文学精神空间和层面，提供融入自身独特生命体验与个性化价值判断，建构对于历史和当下现实生活富于穿透力和超越性的思想，回归生活本体，进入灵魂深处，重视对复杂人性的揭示，重视对人类共同性的美好情感和精神品质的观照，是改变当前军旅小说意义雷同、精神同质和思想深度不足的有效途径。我们的很多表现战争历史的小说，太看重具体条件下的政治派别和集团的胜负，很少上升到人类关怀的层面，于是很难写出让全人类共同感动，表达了人类共同的痛苦、共同的屈辱和共同的承担的作品。而苏俄的、欧洲的一些描写战争的文学作品，会让读者感受到人类的每一个成员都是息息相关的，会真切地感受到人道主义的强大感染力，而这里正是蕴含着文学思想的地方。

坝上行

朱旻鸢

正式得到让我去坝上的消息时我和老谢正在炊事班的烧火间里闲扯。那时候我穿着一身油亮的作训服，戴着一顶"烧鸡帽"猫腰站在烧火间，用那根炊事班祖传的烧火棍拨弄灶膛里一簇半死不活的煤火。由于实践经验的缺乏，无论我怎样使出浑身解数运用"吹、钩、拨、拉、捅"等烧火棍法秘诀，灶膛里的火苗子还是像个鬼火似的奄奄一息，就是旺不起来。火旺不起来，站在灶台前挥舞大勺的炊事班长江暴牙就拼了命地扯开鸡公嗓嚷嚷，你想让全连吃冰激凌是不是？玩炮不行，玩烧火棍也不行，就玩蛋去吧。

江暴牙的声音和着勺子撞击锅沿的节拍一浪一浪地冲击着我的耳膜，使我隔着锅底都能想象得出他的唾沫星子一次次脱离他的暴牙喷射到大锅里的壮观场面，像打靶时高炮阵地的一次次集火射击。一想到打靶我就气火攻心，一气火攻心我就方寸大乱，方寸一乱烧火棍在灶膛里就开始胡乱搅和，一搅和煤灰们就像蜜蜂似的往我的呼吸道里钻，呛得我赶紧扔了烧火棍就往外跑。还没出烧火间我被迎面移过来的一堵漆黑的墙给堵住了。正想发作，对方先出了声，哇，阿朱，还没回炮班哪？我抬眼一看，原来是连队饲养员老谢，就把黑眼球藏起来，用纯白眼球狠狠地挖了他一眼。

这一眼有两层含意：一是我反感他叫我"阿朱"。按连队的规矩，没有职务的兵分为"老""阿""小"三辈，新兵一律是小字辈，姓王叫"小王"，姓张叫"小张"；老兵一般是老字辈，姓王叫"老王"，姓张叫"老张"；夹在中间的是阿字辈。在连队，阿字辈是连队最没有地位的老兵的专用辈分，姓王叫"阿王"，姓张叫"阿张"，我姓朱就叫"阿朱"。全连"阿"字辈就我一个！我从内心深处厌恶连队给我的特殊照顾,这等于是在说"你小子在连里啥也不是,球也不行,算个蛋"!尤其是像老谢这样一个养猪的。每次他叫我的时候都阴阳怪气,好像手里端着一瓢猪食在说,阿——猪,快来吃吧!

第二层意思,我更反感别人提我下放的事。我是刚被连队从炮班驱逐到炊事班锻炼的。我本来是炮班的一名炮手,前几天为了坚持真理、伸张正义跟四班长土豹子打架被连长老杨列为"重点人",并在连队即将上坝驻训的关键时刻被宣布后留且下放到炊事班烧火,无限期地以观后效。

两样,本人最窝囊的事就像阿Q头顶的疮一样被老谢一句话全给揭了个遍,作为回击,挖一眼是远不解恨的,我也不忘以眼还眼以牙还牙地往老谢的伤口上撒把盐:咱思想落后,不能跟你比呀,每年上坝上搞专业。说完后心里就像快要中暑的人喝了瓶冰镇扎啤舒坦了许多。

"坝上的专业"就是老谢头顶的疮。坝上的专业本是养牛,但在四连特指吹牛,因为据说坝上是全国养牛业最发达的地区,养牛业发达意味着吹牛业也发达,连队有首集体创作的自由诗记载了这一盛况:为什么天会黑呀,/牛在天上飞呀,/为什么牛会飞呀,/你在坝上吹呀。

所以"坝上专业"是四连赐予吹牛界知名人士的荣誉专业。客观地说,吹牛并非是老谢的本专业,倒是吹牛让老谢丢了专业。老谢本是炮班的资深老炮手。年初的时候,老谢因为害怕背政治理论题,不知上哪儿找了个"关系",在卫生队住了半个月的院,实在没啥病可治就把多出来的半截包皮给割了。这原本就不是什么光宗耀祖的事,但老谢却觉得这事要是不说出去,这包皮就白割了,于是到处宣传:负责护理的卫生队女兵,长得眉清目秀,就是天天戴个大口罩我也能猜出她有多漂亮。手术还没做她就过来说,班长,请先背题。背题?我想,卫生队的政治教育搞得就是扎实啊。当初咱就是为了逃避背题才来住院割包皮的,没想到割包皮也跑不了背题。正犯愁,女兵又来了,手里拿着一把刮胡刀,说,怎么还没准备好呢。我这才反应过来,她说的是"备皮"……周围听的人就很配合地一阵哄笑。老谢就更加来劲,牛越吹越大,后来只要一有女兵出现,老谢就要跟旁边的人说,看见那个女兵没?好像就是她给我备的皮。这样一来,全旅屈指可数的几个女兵基本上都给老谢"备皮"过。

老谢的"备皮"故事引起了连队的骚动,每天请假往卫生队看病的病号越来越多,最终让连长老杨上了火,召集支委开会,要以"煽动闹事"给老谢处

　　　　　　　　　　　　　　"新生代军旅作家"面面观 |

分。关键时刻还是指导员出来为老谢说了句话：谢大发同志只要不吹牛还是好同志。老杨就说，那就让他去个不吹牛的地方吧。没给处分，老谢也从此告别了炮班，成了饲养员，天天对着一群公猪母猪讲"备皮"。猪听了不仅没骚动，还胃口大开，吃饱后就像老谢一样不停地长膘——那几头可怜的猪，刚进入青春期就被老杨请南门老头用青铜剑给劁了。

我的这把盐显然撒对了地方，把老谢刺激得一张黑炭脸变得像一张盖死人的黄表纸，脖子粗得像一截老树根，眼睛瞪得像剥了皮的鹌鹑蛋，盯着我咬牙切齿地说，他妈的有本事单挑，你出来，老子一瓢灌死你！边说还边晃了晃手中的猪食瓢，瓢把上的泔水滴滴答答地往下掉。

我瞄了老谢一眼。他那身膘肉比他喂的那几头猪还猛，心就有点虚。据连队好事者统计，老谢有三项数据是榜上有名的：除了吹牛全连第一，脏话全连第三，单挑也是全连第二！本想大人不记小人过不与他计较，但转念一想今天我要是不跟他叫板，老谢就会把这事嚷嚷得妇孺皆知，那自己姓氏前的"阿"字就会遥遥无期地"阿"下去，于是硬了头皮说，单挑就单挑，你进来，老子一烧火棍捅死你！顺便也杵了杵手中的烧火棍。

老谢没有立即进攻。老谢之所以没有进攻，据他后来解释是我的单挑水平差得太远，从来没有把我当对手；我的推测是这年头弱的怕强的，强的怕横的，横的怕不要命的。

老谢把眼瞪得更大，把猪食瓢挥得像电风扇一样，说，有种你上来。

我学着洪七公的打狗棍法把烧火棍往胸前一摆，说，有种你下来。

你上来！

你下来！

千钧一发、一发千钧之际，连队的圣旨就下来了。下圣旨的是老曹。老曹前天晚点名时刚被宣布撤了炊事班副班长职务，成了连队一闲人，没事拿本武林秘诀一样的书猫在炊事班某个角落里翻。刚才我和老谢较劲，他不知啥时候就猫到了现场，坐在一旁抽着烟像看电影似的看我们表演，一声也不吭。直到这个关键时刻他才站起来说：行了，行了，且看下回分解吧。连长让你俩赶紧收拾收拾回炮班，准备上坝。老曹平时话少，被撤职后就更少，但冷不丁冒一句，往往把人吓一跳，比如刚说那句。所以老谢听了不仅没有谢主隆恩，反而横了他一眼说，滚，爱找谁找谁去，别没事拿老子开心。老曹一听扭头就往连部走，说，这可是你说的。老谢就急了，上前一把拉住老曹说，误会误会，我是在跟阿朱开玩笑呢。

我学着任我行的样子仰天一笑，把烧火棍顺手往灶膛里一扔，"嘭"的一声，广大的煤灰就像炮班的炮弹一样从灶门喷射出来，直扑老谢。

我和老谢收拾收拾来到操场的时候，才发现还是上了当。但上的不是老曹的当，而是连长老杨的当。说是去坝上，却不是去打靶，而是去充数；说是回炮班，却也不是正规炮班，而是编余的。这一切都要怪老杨。但也不能怪老杨，怪隔壁三连。三连由于人员缺编，没凑够上坝驻训的炮手，才让我们四连又凑了个班配属过去。但这事还有另一个版本。那就是，把我们配属过去是因为老杨跟三连长下棋输了。早上老杨把上坝驻训的事安排妥当之后去找三连长下象棋，三连长不下，他正为没凑齐上坝的炮手发愁。老杨偏要下，说，你要赢了我给你凑人。三连长坐下来，五分钟就把老杨将死了。老杨要面子，只好决定把本来后留的杂七杂八的人员凑个班，先上了坝再说。

我们都相信后一种版本，因为老杨的棋下得臭是远近闻名的。但这种传说虽然合理，却没有根据。我们就是在这个没有根据的传说的背景下，搭上了上坝的最后一班车。

老杨授予我们班的番号是"炮七班"，其实是编余班，因为炮连只有六个炮班编制。炮七班的组成人员是：长期从事病号陪护工作、刚被任命为班长的第三年兵李乌鸦，因吹牛被下放猪圈锻炼的第二年兵饲养员老谢，不知何故刚被撤销炊事班副班长职务的闲人老曹，我——也就是因打架（其实是挨打）被下放炊事班的火头兵朱时毛，还有两个在练炮时晒晕了的住院刚出来的新兵——全连最不受待见的全集合一起了！

登车前，老杨用一双黄豆小眼把被他凑起来的炮七班从头到尾扫了一遍，似乎很满意。问李乌鸦，搞得清大小王吗？李乌鸦回答，搞得清，四连是大王，三连是小王。老杨接着问，分得清公母吗？李乌鸦接着回答，分得清，四连是公，三连是母。老杨又问，知道你们姓啥吗？李乌鸦又回答，知道，我们姓杨。

老杨点点头，说，除了训练，其他的都归四连管。这是连队给你们的一次机会，你们要好好表现。

连长，表现好了我们班能纳编吗？李乌鸦的突然发问，搞得老杨有点猝不及防，他抬起头看了一眼天。看到天上一碧千里，几只大雁往南飞，大雁上面白云朵朵，才很放心地说，这天气正好打靶。又扭头看李乌鸦，说，哪那么多话，想不想去？不想去拉倒！

就没人再说话，一个个灰溜溜地往车上爬。

真是窝囊死了，编余也就算了，还给三连卖命。一上车，我就听到有人在大声演讲，四处寻找，只闻其声不见其人。由此我断定其人肯定是老谢。老谢长得黑，坐在盖着篷布的车厢里，理所当然地隐形了。

不管是给谁卖命，这是连队的决定，也算给咱们一次机会，大家一定要统一思想，提高认识，顾全大局，争取把我班建设成为一个正规炮班……李乌鸦马上谆谆教导老谢说。李乌鸦是连队的思想政治骨干，负责给各式人等讲理论、做工作。

没人再说话，车厢里像拔了电的喇叭。在连队，没有上过坝驻过训打过靶的兵不算是炮兵，在炮连就等于白混。据老谢说，去年一个退伍的老兵上火车前蹲在地上哭，送兵的首长问他是不是因为没提上干？他说从没想过提干。又问是不是没入上党？他说早就入了。最后问到底为啥？他说，当了三年炮兵没上过坝，没打过靶，回去被老乡们传出去，还怎么见人。

给个上坝的机会，应当谢天谢地才是。我正在庆幸，却有人已经高兴得唱起歌来。歌者老曹。他斜躺在背包上，二郎腿跷得跟高射炮的身管（术语，就是炮管）似的，边抖边引吭高歌，快活得不得了。老谢十分不解，这不是老曹的风格，就问，老曹，是不是最近又挖到什么宝啦？

老曹似乎没听见，接着唱。老曹是个神秘之人，光入伍前的经历就众说纷纭。一种是：老曹是个关系兵，其爹是个大官，到底有多大？只有老曹知道。老曹自己呢也是个大学生，考古专业的，嫌专业冷门就来当了兵；另一种是：老曹根本不是什么干部子弟、狗屁大学生，原是陕西某村一农民，但又不是纯粹的农民，兼职，白天种地，晚上盗墓，后来挖了个大户，为逃避追查才当的兵。不管哪种传说正确，综合起来有一点是无疑的，即老曹当兵前是跟死人打交道的，或者说跟死人打交道多，所以老曹身上至今仍有职业化的痕迹。一是长相聊斋：一张青白石灰脸，露两颗虎牙，若是在能见度低时忽然撞见很有恐怖效果。二是言行怪诞：老曹明显不适应跟活人打交道。老曹喜欢独处，很少与人交流，成天抱着那本武林秘籍一样的线装本看得津津有味，偶尔自言自语，也是跟孔乙己一样说些之乎者也的东西，即使骂人也不带脏字，但别人热火朝天吹牛侃山的时候他又常常放个冷枪，令人猝不及防。三是当兵后的经历坎坷：老曹兵龄不长，但在连队却是三落三起。先是从连队文书位置上下放到炊事班做饭，干了一个月又被提拔为炊事班副班长，成为我们同年兵中第一个享受副班级待遇的人，紧接着又被撤了职，这回上坝驻训他不但搭上了最后一班车，还成为炮班里唯一一个从没摸过炮的炮手。所以老曹在这个时候唱歌既不是他的风格又正是他的风格。他不唱流行歌曲，唱《长征组歌》：红旗飘，军号响，子弟兵，别故乡。红军主力上征途，战略转移去远方，去远方……老曹越唱越来劲，动作表情比军区文工团的还具感染力，把我和两个新兵感染得也跟着唱起来，老谢不会唱，从挎包里抽了根筷子瞎比划，当自己是指挥。班长李乌鸦正躺在背包上睡觉，翻了几个身都睡不着，就开始敲车厢板嚷嚷，安静，安静，现在是战术背景下行军，被敌人听见了小命就没了。

我们知道李乌鸦不让我们唱歌是因为该同志本人从来不唱歌。李乌鸦的舌头堪称连队一怪，平时说话很利索，擅长语速快的河南话，说话时口腔保持不动，只用两张嘴皮上下翻滚，出来的话就像放机关枪似的。但一紧张舌头就膨然变大，若唱歌就更要命。据说在新兵连的时候新兵班长为了减少麻烦专门把他拉到山旮旯里教《军歌》，结果唱着唱着旁边的树梢上就落了一群乌鸦。"李乌鸦"一名由此而来。这几年连队都要参加一些事关前途命运的歌咏比赛，为了不影响整体效果，党支部就一直让他断断续续地给住院病号当陪护。以往只要干上"陪护"的，在连队官兵眼里基本上都是些干啥啥不行吃啥啥不剩的人，但李乌鸦不是，李乌鸦是连队少有的能在连长指导员之间走钢丝的人。在工作上，他除了有时紧张不会下口令，对炮还是很在行的，而且还兼任连队的思想政治骨干，是指导员的左膀右臂；在私人关系上，他又与连长老杨走得很近，是老杨钦定的象棋陪练。这一点从他断断续续干了两年陪护后一回来仍能当上"编余班长"便可印证。

引来敌人也比招来乌鸦强。老谢边收筷子边小声嘀咕。我们只好也就哑了嘴，官大一级压死人哪！不管心里服不服，面子上的"阶级"我们还是有的。"有阶级"是老杨的术语，他的注解是"要搞得清大小，分得清公母，知道自己姓啥"，反之，"搞不清大小，分不清公母，不知道自己姓啥"就是"没有阶级"。

这一点还是归纳得比较到位的。N年后我的一位在基层当连长的同学告诉我，他明令禁止全连收看某部军事题材的室内情景剧。他的原话是这样的：瞧那几个长得奇形怪状的炊事兵那个吊样（即"吊儿郎当的样子"的简称），整天没大没小没个鸟数地瞎贫嘴扯淡，一点阶级都没有，都这样部队不早乱套了？

可见阶级在基层的重要性！

车子在盘山公路上不断地爬坡，车外的景观像某些报纸上的文章一样隔三岔五地不断重复着。老谢说了声"开始上坝了"就打了个口径二十五毫米、持续八拍的哈欠，一股酱豆腐的味道迅速扩散全车，把全班感染得很快就和李乌鸦同流合污地进入了梦乡。

醒来的时候，已是中午，车子已经行驶在平坦的公路上。公路的两侧都是一望无际的草地，远处零星地点缀着一些屋顶插满杆子的村庄。这就是闻名已久的坝上，学名"赛汗坝"的所谓草原。赛汗坝是蒙古高原起始的地方，形如一道大坝突然在塞外隆起。

我们在离村子很近的地方占领了一块草地作为我们的阵地。

我跳下车，一股风凉爽爽地直往我迷彩服里钻，原本在皮肤上趴着的汗毛立即立正起来，车上的闷热烟消云散。我吸了一肺活量的草原空气，感觉如同喝了六月的雪水。天空第一次离我们这么近，云层就在我们的迷彩帽上面不停地翻滚。草原并不是我们想象的足球场一样的平整，而是平滑地起伏着，像是在马背上盖了床毯子，到处有着柔和的曲线，曲线上点缀着成群的牛羊，鸣叫声浑厚悠远。

我很兴奋，一切如传说中美妙。这时，两个新兵受不住诱惑喊了声"啊美丽的坝上美丽的草原"便在草地上打起滚来。李乌鸦的脚就适时落在了他们屁股上。他说，别扯淡，现在是战术背景。我庆幸自己是个老兵，还算稳重，经受住了美色的考验。

几头牛招摇过市地从我们炮口走过，旁若无人地进入我们刚刚占领的阵地，肆无忌惮地吃我们火炮边沿的青草，眼神安详得像庙里的菩萨。那是我见过的最大的牛，远比南方的水牛大，像一堵墙似的厚实。我感慨：怪不得天会黑！老曹就嘿嘿一笑，露出两颗虎牙，冲着老谢放了一冷枪：你来这里还真是专业对口呢！

老谢的黑脸就肿起来，像一块陈年普洱茶。

普洱茶我只见过一次，那是老曹探家时从老家带回来的。我们都以为是牛屎干，他才向我们介绍，这可是好东西，珍稀的陈年普洱，据史书记载……我们不想听史书记载，只想亲口品尝一下，可老曹死活不让，说让你们看看就得了，双手一抱，跑了。老谢就大骂，狗日的又送连部去了。让我们都感慨老曹不愧是同年兵中唯一的班副，就是有头脑。可没想到老曹第二天就被撤了职。据老谢描述当时的场景是这样的：连长喝了一口老曹送的陈年普洱泡的茶后，把剩下的大半块顺着窗户扔了出去，说，什么鸟茶叶，黑不啦唧，臊不溜秋，拿块干牛屎来糊弄我！

我们安营扎寨的地方叫王化镇，这里的建筑大都是用土坯垒成的，一人多高，每家的屋顶插一根杆子，上面绑一个电视天线，在空中乱七八糟地交错，像一面筛子。街道上也脏乱，到处散布着动物的排泄物和它们所散发出的异味。

镇子不咋的，镇名的由来却特别地牛。据前来欢迎我们进驻的镇长介绍，这一片本是元朝三大都城之一——中都的核心地带，据专家推测极有可能是皇宫遗址所在，王气十足，因此人称"王化"。

镇长摇头晃脑地煽惑时，老谢就在我旁边嘟囔：什么狗屁皇宫，这里的人一辈子只洗三次澡——出生、结婚、临死前！我说，没准元朝的皇帝都不讲究。用余光看老曹，老曹正听得津津有味，边听还边点头，一张平时死气沉沉的石灰脸难得生动了许多，嘴里还小声念叨：就是这里，就是这里。

看来老曹确实不是一个正常的地球人。

介绍完了，连长就召集班长分宿舍。全连以班为单位分散借住在群众家里。老杨说，按编制序列领，原来没有炮七班的计划，你们就先稍息吧，带着别的班走了。

李乌鸦没有稍息，从车上卸了些扫把、锹扔给我们，然后把我们领到一个院子前，和街道上各种动物的粪便较上了劲：先收集成堆，再拍得有棱有角像一具具柏木棺材。干完了，李乌鸦说，再拍一拍。直到身体的气息和整个街道中和得差不多时，从院子里出来一个老头，很老到地说，几班的？李乌鸦赶紧上去说，炮七班的，村长，我是小李啊，你不认识我啦。

老头就哦了一声进屋。李乌鸦就说，回吧，领房子去。经过几段像羊肠一样曲里拐弯的巷子，李乌鸦在一座废弃的庭院前停下来。这座庭院就像姜夔的词一样怀旧得令人伤感：院墙像老太太嘴里七零八落的牙齿，最高的地方还没有四百米障碍的矮墙高；两间土坯房像被打塌了脊梁骨的老狗，趴卧在院子里，随时都有塌方的危险。

经典，河姆渡遗址风格！老曹冷幽默了一下，但没有人附和。老曹是考古专业出身，可我们不是，他的口味与众不同，喜欢的东西越老越好，我们正好相反，比如说对异性。老曹用熟练的探险动作打开一间房门后对着我们摆了下头，我们吸了口粪便味混杂的凉气，没有跟进。我们坚信李乌鸦带错了路。李乌鸦面带愧色，进退两难。里面突然传来老曹的惊叫，不得了，不得了！我们都以为他出事了，鱼贯而入。只见老曹指着里面的墙说，可以，可以，还搞了装修呢。我细看，果然是刚刷过的墙，新换的塑料带编织的天花板，刚修补过的土炕。

行了，很豪华了。这说明人民群众对我们非常重视。在李乌鸦的煽动下我们一个个住了进去。

老谢以胖为由，迅速占领了里角的阵地。我、李乌鸦、老曹依次如枕木般排列，剩下两个新兵死活挤不下，只好背着背包到隔壁去住。没想到，他俩刚过去就返了回来，哭丧着脸回来说隔壁的屋更差，连电灯天花板都没有，抬头就是荆棘纵横的屋顶，非常恐怖。老谢上去朝一人踹了一脚，说，艰苦奋斗是怎么学的，毛主席闹革命那阵还住窑洞呢。

老曹马上补充说，对，有巢氏那会儿还住树上。

有巢氏是啥时候的领导人？老谢问。

旧石器时代！

晚上老谢出去转了一圈后回来大发牢骚，说本班的房子果然是全连最差的，土豹子他们四班是全砖房，窗户是块大玻璃，屋里还有电视。

狗日的老杨真把我们当后娘养的。老谢正骂着，李乌鸦拿着红皮本从连部开会回来了，见老谢又在发牢骚就及时地搞教育：好房子赖房子总得有人住，指导员指导我们说，革命军人要安贫乐道；教导员教导我们说，要像雷锋同志一样，生活上向标准低的同志看齐，工作上向标准高的同志看齐……

教育完老谢李乌鸦把眉毛一翘，阳光灿烂地说，从连部带回一个好消息，扫大街的事被村长按时反映到了连部。

老谢就问，受表扬了？李乌鸦说，暂时还没有，不过连首长很高兴，同意咱班明天参加本连的训练。老谢又问,同意纳编了?李乌鸦说,暂时没有。不过连长说给咱们攒着,看训练场上的表现。这是个好的开端,只要抓住每次机会,肯定不会让大家白忙活。只要纳了编,就有一名同志提为副班长,其余的也不用再回去烧火喂猪,可以安心留在炮班,明年都当骨干。

老谢听了热血上涌,首先起来表态,说,我作为班里除了班长外最老的炮手愿意协助班长把训练抓好,争取纳编,不蒸馒头争口气,让那帮龟孙瞧瞧。

轮到我,我怕说错——我要贫嘴还行,但说正事说不了——就翻出日记本照着原先写好的一句话念:班长的话给我们描绘了一幅宏伟蓝图,像一轮太阳升起在土坯房里,使我忘了宿舍的简陋、条件的艰苦,我们一定要在班长的带领下争取纳编。

李乌鸦听了很高兴,说,不愧是机关兵,就是有水平。

轮到老曹,老曹正愣神看天花板,一听说轮到他发言,说,能上坝都不容易,大家要多注意安全。李乌鸦就提醒他谈谈训练,老曹就说,不管在哪个连都一样,都是为部队训练,都要认真对待。李乌鸦就提醒他再谈谈纳编,老曹就说,纳不纳编不都是连队的人吗,当不当骨干不都在当兵吗,能来坝上我很满足了,别的,无所谓。李乌鸦就说,会开到这里,解散。

夜深沉下来,只有我还没睡着。炕很短,我很长,躺上去伸不直腿。头朝里,脚就悬在炕外;脚朝里,头就在外奓拉着。我躺在老谢和李乌鸦之间的一小块阵地上,横竖入不了觉。老谢和李乌鸦的嘴就像两只贴在我左右耳上的音箱,一只放高音,一只放低音,一只播鼾声,一只播梦话。

我强行闭上眼睛,将现实屏蔽在视线之外。

刘月儿总是在我闭上眼睛时闪身出现。此次出现的依然是她半年前保存在我记忆中的底版,这个底版已经半年没有更新了。那时我曾跟她说,会帮她考上军校,然后开着吉普带她去坝上边吃手抓羊肉边打靶。说那话的时候我还在机关,每天能准时地在收发室见到刘月儿,隔着很近的距离眉来眼去,然后像地下党一样地交换信件。那时我是全旅的收发员,天天小头梳得能摔死苍蝇,裤线熨得能当剃刀,皮鞋擦得能当镜子,见了大官敬个礼,见了小官点点头,人前人后混得人五人六。可半年后,我从机关到了连队,又从炮班到了烧火间,整天沉浮于煤灰中,奔走于灶台间,头发理得像谢了苗的韭菜地,作训服脏得能当雨衣,胶鞋臭得能腌咸菜,成天奓拉着头混迹于连队的角落边沿,尽管如愿以偿地到了坝上，但陪伴身边的却不是刘月儿，而是老谢、李乌鸦之流。

想到这我就感慨起人生的反复无常来，它就像春运期间的列车，明明有严格的时刻表，但你依然没有把握会在什么时候到什么地方。

天还没亮，哨音响了，并且发了狂似的在村子的上空乱窜。我们迅速从炕上滚起来。老谢因为身体重、动作大，一个转身就把炕砸了个洞，半个身子掉在里面，像一只落水的藏獒，炕上砸起的尘土扬了我们一身。

还没来得及拍干净身上的土，正儿八经的战术演练就开始了。

连长老杨好像憋足了准备和全连都单挑一遍的劲，站在队伍面前用他那唱信天游的嗓音咆哮了十几分钟，把这次"研究现代战争"的重要性提升到了连队生死存亡的高度。"研究现代战争"是老杨的叫法，我们叫战术演练。老杨喜欢搞研究，研究完了就给我们演讲，一讲就从第一次中东战争讲到科索沃，没完没了。老杨虽然长相低调，但行事高调，演讲就像开个人演唱会似的，不但声音大，动作也大，而且唾沫星子也多。这次演讲有一部分唾沫星子还跨越前两排高个的障碍直接溅到了站在第三排的老谢脸上。由此老谢告诉我，这回可能真的很重要，他在第三排位置站了一年，这是第一次。

我说，狗屁。我站排头半年了，哪次点名不跟下雨似的？

老杨令人振聋发聩的演讲终于完了，我们理拨了一下差点衰弱的神经，迅速登车，向草原深处开进。

我们的火炮被牵引车拖着，我们的牵引车被坐镇驾驶室的李乌鸦指挥着，在草原上漫无目的地瞎转，好像是要把这片草地碾平，又像部队的油料多得用不完，是从淖子里舀出来的。

淖子是草原上的咸水湖，有好几个，最大的一个叫安固里淖，是河北仅次于白洋淀的大湖，看上去就跟海一样壮观，老远能听到模仿海浪的声音，上面一群不明身份的鸟学海鸥的动作在瓦蓝瓦蓝的天上悠闲地转悠。

那景观简直美不胜收！要是不搞训练的话。

我们的车队围着湖转悠。那些鸟围着我们转悠。我的眼睛围着鸟在转悠。好像是在搞空袭与反空袭对抗演练。我看那鸟多妩媚，料那鸟看我应如是。我惬意地斜躺在车厢板上，想那天气真好，想那草原真好，想在这样天气的草原要是不搞什么演练那就更好，或者搞演练也行，别表演，正儿八经地干，来个

"黄沙百战穿金甲，不破楼兰终不还"，硝烟散尽的时候再和刘月儿骑马横戈。否则就是"良辰美景虚设，便纵有千种风情，更与何人说"。

想到刘月儿，想到那些不着边际的承诺，心里却又失落起来，目光转回车内。两个新兵坐在背包上一个发傻一个发愣。老曹猫在远离人群的角落里拿着放大镜在一张地图上照来照去。现在李乌鸦在驾驶室带车没人强调战术背景了，他们却也不唱歌了，真是一帮怪物！老谢还算有活力，正手握一张扑克牌在端详，嘴角流出一线垂涎，见我注视，即时将垂涎召回，挪动肥臀凑过来神秘地说，你都看见啦？

我本想说没有，但还是点了点头。

那帮我参谋参谋。老谢展开手掌。我一看，原来是张相片，上面一个女兵，短头发，眼睛眯成一条线，一脸的青春痘，神情专注地看着我。

这就是传说中的那个"备皮"？我非常惊讶地问。果真一切传奇皆源自现实。

你小声点。一只肥掌随即捂在了我的嘴上。一股酱豆腐和臭豆腐的混合味猛烈袭击了我的嗅觉神经，我差点昏厥过去。

你要说出去我就掐死你。老谢说。

你们谈了？我挣脱老谢的熊掌压低嗓子问。

谈了。

咋谈的？

我住院的时候，她每次查房查到我这都笑眯眯的，我觉得她有意思就把子弹壳送给她了。后来发现她见到别人也是笑眯眯的，才知道她眼睛天生就这么小，又不好意思把子弹壳要回来就……哎，老朱，你说这算不算他娘的爱情呢？

我先是温暖了一下。自从我在老谢和土豹子对抗的关键时刻挺身而出了一下，老谢就改口叫我老朱了。我本想回答说："这也能算他娘的爱情？"但因了这声"老朱"话到嘴边就改成了"当然算，不仅算，简直是梁山伯和祝英台"。

没想到老谢更不高兴，说，哪能跟他俩一样？事没整成还把命搭进去了。俺俩的事有戏。老谢咽了唾沫接着说，她说了，只要我退伍之前把组织问题解决了，就问题不大。

问题还不大？我本想直说"老谢就你那样能入党"，但还是婉约了一下，对老谢这样的人应当婉约，除非你想永无宁日。

希望还是有，你想，连队为啥在这重要时刻让俺们回炮班？

一是让咱去丢人现眼，二是给三连拉后腿。

不全面。老谢说，还证明连队在考验俺们，要不咋能让俺们留在四连训练？

我说，我们只是老杨棋盘上的一个卒子，随时都有推到三连去的可能。

老谢说，不一定。我琢磨，只要这次打靶表现好了，明年就能当骨干，只要当上了骨干，入党还不是迟早的事？

没想到一贯以"头脑简单、四肢发达"著称于连队的老谢，竟有如此长远打算。我点点头，表达对老谢深谋远虑的钦佩。

那你说我呢？有戏没戏？我问。

没戏。老谢想都没想说，你细胳膊细腿的既不能打也不能喝，而且，群众基础太差。老谢一口气罗列了我一大堆困难，客观且全面，尤其是群众基础太差这点我深有感触。那是上次团支部改选的时候，连队为了体现一视同仁、不论资排辈竟把我一个外来户的名字写在了候选人的黑板上。那时我已经下连三个多月了，对着全连上上下下强颜欢笑了近一百天，便真以为三个月的尾巴没有白夹，从此当家做主站起来，融入到了火热的连队大熔炉。没想到整个唱票下来，我就得了一票。平时有说有笑的几个同年兵和老乡逐个过来安慰我：幸亏我投了你一票。只有老谢还算实在地说，我知道你刚来没戏就没投你。那会儿我就暗自庆幸，幸好给自己投了一票，要不群众基础就更差了。

为了停止自讨伤心我把话题转回"备皮"身上，问：你俩现在是座谈还是恳谈？

有什么区别？

座谈就是初级阶段，恳谈嘛就到了高级阶段。

啥叫恳谈？

知道座谈不？

不就是坐着谈嘛。恳谈呢？

当然是先啃后谈了。

老谢就嘿嘿一笑：都是东北老乡，太熟了不好意思下手。

我靠，该出手时就出手。我装出一副恨铁不成钢的样子。

小样，你一辈子也没个正规时候！

我回敬一句：你正规，正经能来杂牌军？

"杂牌军"是四班长杜宝人称"土豹子"授予炮七班的荣誉称号。土豹子的原话是：瞧你们班都是些什么玩意儿，整一个杂牌军！为这，老谢、我、土豹子差点联袂主演了"二英战吕布"。

　　和土豹子对抗，完全没有预兆。那时，天气很好，风和日丽，秋高气爽，根本不是黄沙满天、狂风怒吼的打架背景。天气很好但李乌鸦的肚子不好。他喝坝上的盐碱水喝多了，盐碱水把肠子润滑后就开始不规律地排泄。值班班长刚宣布原地休息五分钟，李乌鸦就提着裤子钻草丛里排泄去了。李乌鸦的动作有些夸张，全连就很配合地一阵哄笑。这本无伤体统，但老谢感到丢了面子。老谢素以"丢命事小，丢面子事大"为立身之本，就扯着嗓子，吼，笑什么笑？众人都停下来，只有一个人站了出来。这个人就是土豹子，刚才是他带头笑的。即使不是他带头笑他也会站出来，自从上坝以来他还没有打过架。这对于一个以打架为生的人来说是要憋出人命来的。他搓着两只手，仿佛很痒的样子，说，谁的裤裆没捂住把你给露出来了，瞧你们班都是些什么玩意儿，整一个杂牌军！"啊呸"老谢一口啐在草地上说，杂牌军咋啦，不服？土豹子就冷笑一声从人群中出来说，喂两天猪就不知道姓啥了？老谢就说，老子姓谢，炮七班的！说着一撸袖子露出两截木炭一样的胳膊。土豹子就说，老子打的就是姓谢的，揍的就是炮七班的。也一撸袖管露出两截木炭一样的胳膊。你敢！老子一瓢灌死你！老谢嘴上永远不服软，说完习惯性晃了晃手，发现手上空空的，没了猪食瓢，就僵了一下。

　　实事求是地讲，尽管老谢是天不怕地不怕的主，尽管老谢的单挑全连第二，但真动手还绝对不是土豹子的对手，因为单挑全连第一正是土豹子。土豹子典型的山东大汉，五大三粗，一脱衣服上面两块胸肌下面八块腹肌，呈倒三角形，更要命的是他的实战经验十分丰富。实战经验十分丰富是因为挨打挨出来的。原来的土豹子不会打架，说话细声细气，不喝酒光吃菜。那时他也不叫土豹子，叫土包。叫土包那会儿他是连队最窝囊的兵。连里有人打架，输了的那个想发泄一下就再去踹土包两脚。所以土包不仅不敢打架，连看打架都不敢，一见老远有人在推搡就绕道走，怕火星子往身上溅。剧变发生在一年前他探家回来，回来后就大碗喝酒，大声说话，谁惹他他打谁，没人惹他就去惹别人，没几天全连老兵新兵都不敢再惹他，老远见了绕道走。开始大伙都以为他在探家时被哪个长得像的人调了包，后来才慢慢打听到，那次探家是土包老家的对

　　　　　　　　　　　　　　　　　　　　"新生代军旅作家"面面观 |

象出问题了。土包窝囊，却有一对象，长得如花似玉，土包管她叫媳妇。土包是得到媳妇跟人跑了的消息才请假回家的。回到家，踹开媳妇的房门，见床上一对男女在折腾，男的不认识，女的正是媳妇。土包冲了上去却不知道这架该怎么打，被那男的从床上伸出一条光溜溜的腿一脚踹在了地上。踹完边穿衣服边说，还以为你真是当兵的，连个架都不会打。说完叼上烟哼着小曲走了。土包就从此变成了土豹子。

土豹子打架还有一个绝对优势，那就是他是连长老杨的人。不仅是老杨的人，而且是老杨的心腹。老杨是由排长直接提升为连长的，屁股上三把火。但指导员是老同志，群众基础和个人威望都盖过老杨一头。连里的兵都听指导员的不听老杨的，只有土豹子例外。那时土豹子谁的都听，当然也包括老杨的。但老杨却把土豹子当成了心腹，把当兵十几年攒的子弹壳、肩章银星都送给了土豹子，还在没有和指导员商量的情况下准了土豹子的假，把他放回了家。对此土豹子很是感激，换了一个人后更加感激。见老杨在连里说不响话，觉得自己反正每天都要打架，与其瞎打还不如帮连长打。便以精湛的单挑技术把那些围着指导员转的中坚力量一个个都打到老杨身边去了。土豹子一开始打架的时候也让老杨头痛，想找机会收拾他。但当他发现土豹子打架是为了政权建设后就不再干涉了，不仅不干涉，还力推他当了班长兼教练组组长。土豹子就由连队的草根一族奇迹般地成了连队的上层人物，手里整天捏着一只老杨亲赐的"尚方宝哨"在连队里飞扬跋扈，想拉紧急集合就拉紧急集合，想练谁就练谁，打架从此名正言顺。

看老谢僵住，李乌鸦不在，这种情况我和老曹就应该顶上去。但老曹呢？我环视一周，发现老曹坐在事发中心五米外的草地上，正一边点烟一边用进动物园看狗熊表演的眼神关心着事态进展。典型的袖手旁观。我用鲁迅先生冷对千夫指的横眉冷对了老曹一下，说，还是不是炮七班的？

不想老曹面露更加鄙夷之色，眯眼抽了口烟吐向前方说，打架……多没素质，暴虎冯河，有勇无谋，难成大业……后面省略的全是鸟语，没有一句人话。把我气得真想攘外先安内，清理门户灭了他。但来不及了，老谢和土豹子剑拔弩张，我得冲上去了，至少气势上不能丢人现眼，哪怕是用语言而不是身体。我对打架的所有经验来自影视作品和金庸的小说，于是我挡在老谢前面摆了一个姿势，像乾坤大挪移，又像军体拳的格斗准备，说，老谢，你先歇着，老子一个人就摆平他!

土豹子轻蔑得差点笑出声来,说,一天不打上房揭瓦,两天不搂折腾没够,三天不练活力无限,熊猫眼好了是不是?

仇人相见,分外眼红。我下意识地摸了一把右眼眶,那上面曾经有土豹子练过的拳迹。

和土豹子"初练"时他正当教练组长,靠武力维持着训练进程。为响应老杨"研究现代战争,创新训练方法"的号召,他突发奇想让我们练火眼金睛,其实就是对着太阳晒眼睛,结果第一天就把两个新兵给练进了医院,其他的一个个也被晒得跟瘟鸡似的。我那会儿刚下连,仍觉得自己是个高素质的机关兵,完全有责任有义务指出基层建设中存在的问题,就挺身而出,到土豹子面前摇头晃脑地说,这,不科学,太阳光里有紫外线,会烧伤视网膜,导致失明。为了强调我讲话的正确性和重要性又补充了一句,把眼睛都晒坏了还打个球靶。没想到土豹子毫不领情,瞪着我说,你他奶奶的新兵蛋子,这有你说话的份吗,这里我说了算!我最忌讳"新兵蛋子"一词,尤其是从机关下放到连队后,就有了些火气地说,你说谁新兵蛋子?没想到土豹子袖子一卷,说,不练你没个阶级啦。我想在劫难逃还不如先下手为强,就先冲了上去,但勇敢地冲上去后就英勇地倒下来,还没出手就被土豹子一个弓步冲拳把右眼眶打成了熊猫眼。为这,"阿"字辈的帽子到现在没摘,而且熊猫眼还没消下去,就被连长老杨下放到了炊事班烧火。

保持克制!保持克制!李乌鸦从草丛钻了出来,边提裤子边朝我们嚷嚷,说话快得像放机关枪,看样子后事都没来得及处理。

架自然没打成。

算他今天走运。老谢边说边松开捏了半天的拳头,我看见里面湿漉漉的全是汗!这场非线性不对称对抗再次证明两点:一是炮七班在连队的地位仅相当于鸦片战争后至新中国成立前中国在国际上的地位;二是四连的天下是打出来的(老杨的语录)。"打架"完后,不光是老谢,连一些在连队很有身份的老兵看我时的眼神都发生了质的变化,充满了钦佩和信赖的信息,有几个还开始改口叫我"老朱"了。

车子停下来,又有课目。停车的地方叫一棵树。是老曹告诉我们的。一跳下车，老曹就像吃了兴奋剂，忽然像杀猪似的尖叫了声"一棵树"。我们就果然看到一望无际的草原上孤零零地站着一棵树，粗枝大叶，从老曹欣喜的眼神能看出这树很上些年纪。但我们不是来看这棵树的，我们是来搞课目的。搞课目就是在行军途中设置情况，让部队处理。比如遇敌炮火封锁怎么办，如何经过核沾染地带，遇敌机空袭怎么对付等等。这些情况就像是唐僧取经途中的妖魔鬼怪，都是上面安排的，表面狰狞但并不可怕，只要按老杨的指示办就好。文艺兵出身的老杨其实不是很懂炮，但老杨精通表演。有次给上级汇报演示战术课目，老杨带的表演分队凭着高超的演技征服了领导，老杨就从排长直接提为了连长。

我们都是戏里的配角，男主角是班长李乌鸦。整个戏的关键就在于男主角背诵被称为"预先号令"的台词时的临场发挥。如果能背诵得又准又快，那就成功了一半，能加不少分。但我们班的男一号李乌鸦同志一到下预先号令就卡壳了。李乌鸦的舌头一紧张又大了起来，生硬地搅和在嘴里，机关枪变成了鸟铳，连发变成了单发，出来的声音呜噜哇啦的一片，鸟语花香的。

眼看其他班已经下完号令、发动了车子，我们班还乱作一锅粥，老杨就跑了过来，说，李爷爷，我求求你了。老杨让李乌鸦一句一句地跟着他才总算把号令下完。全班一起跟着出了一身的汗。这次的课目是通过核沾染地带。我们把伪装网卸下来，又把雨衣、防毒面具全部套在身上。原本很凉爽的秋后草原一下子变得燥热起来。那些代表秋天的风被雨衣将我们隔离开来，把我身边的草吹得摇头晃脑。由于李乌鸦没有像其他班一样把防毒面具里所有的过滤装置摘掉，呼吸就变成困难的事，呼出的气体在镜子上形成一层雾，眼前变得一片茫然。

核沾染地带过去了，该是迅速伪装火炮了。我把身上的行头卸下来，面具里立即倒出几十毫升的汗水，眼前又变得清晰透亮，但老曹不见了。三个人的活只有两个人干。我已经筋疲力尽，勉强地用虚脱的身体拉着伪装网在炮上挂来挂去。伪装网还没搞利索，从一棵树方向跑来一个人，远看像只飘忽的黑色风筝，正是穿着雨衣的老曹！李乌鸦见了，不知是热坏了还是急傻了还是惯性，嘴里又开始呜噜哇啦地朝我们叫起来，像一台忘了关掉的破喇叭，不知道是在骂我还是老谢还是老曹。

我和老谢彻底恼了，理都没理他，放下手里的活就跳上了车。

车子继续转悠。车厢里一片粗重的喘气声。

拿破仑同志曾经说过，一头狮子带领的羊群能打败一只羊带领的狮群。这句话翻译成老谢的常用语就是：兵熊熊一个，将熊熊一窝。喘过了气老谢就开始念叨这句话。他说，娘的，严重影响老子成长进步。我知道老谢话里的意思，老谢为了"备皮"，为了他们不想成为梁祝的爱情早就有夺权野心。于是我说，那你能咋的？这是连队任命的。

老谢说，总统还能弹劾呢！

弹劾了他换谁？我故意说。

你看我咋样？老谢果然中计，边说边往我这边凑了凑，我要是上任，组织问题就有戏了。

司马昭之心，路人皆知！车厢深处角落里突然传出老曹冰冷的声音，如同从地狱深处传来，又像一只接触不好的喇叭在静默了许久之后突然通了一下电，把我和老谢吓得丢了不少魂魄。

如果我记得不错，这应该是他今天说的第二句话，第一句就是"一棵树"。整整四个小时，这厮（用他的古语称）就一直拿着放大镜在一张地图上照来照去，不时地还探出脑瓜子往草地上搜索，像丢了什么宝贝似的。正因为这样，我和老谢都没有把他当生物，没想到一说到敏感话题，老曹就回光返照。

军事还算过硬，但政治不合格。我把老曹晾在一边继续回答老谢的问题。

我哪政治不合格啦？住院还背题呢！不就吹个牛发个牢骚吗，那只不过是业余爱好，这年头谁没有业余爱好，你爱好记账（指写日记），老曹爱好挖墓，我干涉过吗？跟你们说要是帮我掌了权，就提拔你俩当班副。老谢越说气喘得越粗，像拉风箱似的。

佞臣逆党啊。老曹又适时感叹了一下。

说现代汉语！老谢把白眼球翻向老曹，翻得像两颗剥了皮的鹌鹑蛋。

就是林彪、"四人帮"！我想了句老谢好理解的话。

老谢说，那也比挖坟掘墓的强！两个人戗起来，老谢就有要动手的意思。

我站起来想平息一下冲突，突然看见机关督导组那辆吉普车疾驰过来，坐在副驾驶位置的参谋隔着风挡玻璃向我们不断打手势示意停车，于是赶紧叫司机停车查看。伪装网的一只角由于没有固定好绞进了火炮的后车轮里，把整张网扯了个大窟窿。这下李乌鸦的脸都白了，说，刚才还问固定好了没有，没人应一声，这下可怎么向连长交代？我和老谢面面相觑，这正是我们负责的活。督导组的参谋跳下车，还没有站稳就打开了肩上扛着的摄像机，对着我们如饥似渴地拍。

天作孽犹可恕，人作孽不可活啊。老曹仰天长叹了一句。

吃晚饭的时候，全连弟兄都在争着啃连队发给每班一只的熏兔，争着喝连队发给每班一瓶的草原白，整个场面丁零咣啷的跟过年似的热闹。

唯独我们炮七班猫在王狗蛋家的土坯房里闭门思过。

虽然连队以总分第一的成绩结束第一天的训练，但伪装网的事旅长知道了。旅长看了督导组拍的录像带。录像里有一个特写：一张崭新的伪装网被绞了个大窟窿，露出一片闪亮的炮身，就像成年人穿了一条开裆裤。此画面停留了五秒钟。旅长当即就拍了桌子，把营长叫过来练了一顿。营长把连长练了一顿。连长把李乌鸦练了一顿。李乌鸦没有练我和老谢、老曹，而是把两个新兵给练了一顿。两个新兵没有谁可供练就光了膀子在院子里练俯卧撑。

炮七班在演练时出的问题，被机关狠狠地扣了几分，幸亏其他六个正规炮班把防毒面具过滤装置摘除后确保了动作统一、规范，才保证了连队以全旅第一的成绩通过了首次演练。炮七班熏兔理所当然地被扣发，奖励给了表现最好的炮四班，并且被宣布从此退出四连编制，正式配属三连参加后面的训练。

李乌鸦没练我和老谢、老曹，大概是因为心虚。两个新兵出去练俯卧撑的时候他把我们三个召集起来分析原因。分析了三个小时得出的结果是：失败的主要原因是我们不会表演，也不能怪我们不会表演，而是训练根本就不该搞表演，不该搞表演我们就没有责任。既然没有责任就不用分析。大家都松了口气，把两个做俯卧撑的新兵叫回来，洗洗睡！

老谢发誓不再睡那张鸟炕，说以免影响训练情绪，在旁边支了一张行军床，把自己像块猪肉似的往床上一摔，说，去三连也好，不用再听老杨演讲。说完呼噜打得跟往常一样流畅而悠扬。

老谢压塌的炕是老曹用随身携带的考古用的抹子修好的。

老曹随身携带的挎包里比别人多三样东西：放大镜、地图和抹子。

老曹边修炕边说，我先练练手，我先练练手。

老曹失踪的时候我们正集体睡得跟死猪一样。在那张破炕上能集体睡得跟死猪一样是因为我们睡觉前集体小咪了一下。那天能集体小咪一下是因为我们太长时间没有小咪了。太长时间没有小咪是因为本班形势不容小咪。用李乌鸦的话说天时地利人和都不具备。

其实按四连的传统，小咪就是小规模的咪西，就像班务会一样经常地组织，从不讲究什么天时地利人和的。但自从上次战术搞砸被发配到三连后，炮七班就开始了水深火热的生活。三连的领导们早就知道配属给他们的这个班是老杨七拼八凑起来的，因此对我们的忍辱负重不仅不领情，甚至还直截了当地说，你们班就别搞什么高难度动作了，保证不死人就行了。面对连队外形势，李乌鸦审时度势又召集全班开了几次会，统一了思想，坚决贯彻"低调做人，高调做事"的方针，夹紧尾巴做人，扑下身子训练，韬光养晦，有所作为。既然不擅长表演，那就练点实打实的；既然舅舅不疼姥姥不爱，那就自己翻着教材琢磨。为避免成为众矢之的，李乌鸦还特别强调了两点：一是对外不准再惹是生非，二是内部不准小咪。对第一点，我和老谢都保持了克制，有好几次遇到土豹子在玉米地撅着屁股拉屎的大好战机我们都没有下手，只是啐了口唾沫警告了他一下便转身离去。但对于小咪，我们却无法抑制内心的渴望，连不善于和活人交往的老曹也曾经上书要求适当地组织一下，但都被李乌鸦给否决了，说，就混那球样还小咪啥小咪？

但那天部队休整，不用训练，不用教育，全班响应老谢的提议帮房东王狗蛋的媳妇割了一天的麦子。割麦子的时候，老谢仗着身强力壮又非要我和老曹跟他比武，输了请客。我和老曹被逼无奈，只好光了膀子应战。结果当然是老谢赢了，他像一台联合收割机似的把我和老曹远远地甩在身后。

晚上，老谢毫不客气地捏着我和老曹积攒了一个月的血汗钱上街换了盆羊蹄回来，按李乌鸦"只吃不喝"的指示，全班坐在炕上干啃，啃得整个宿舍一片吧唧吧唧的声响。没有酒就没人说话，没人说话就没有气氛。正边啃边抱怨没酒的时候，王狗蛋的媳妇和儿子抬着一个大桶到我们宿舍，里面全是啤酒。

我们的眼睛就像黄鼠狼见了鸡，都绿了。但是李乌鸦死活不收，说这些酒可是群众半个月的伙食费啊，便对王狗蛋媳妇大讲我军政策纪律。王狗蛋的媳妇听不懂普通话，我们也听不懂她的坝上话。双方僵持不下，老谢就站出来翻译，瞄着啤酒，咽着口水告诉我们，大嫂的意思是一定要我们收下，因为草原人敬的酒是必须喝的，否则就是对他们不尊重，会影响军民关系。李乌鸦听了扭头看门外不看酒，说了声可千万别出问题，炮七班历史上的第一次小咪终于诞生了。

李乌鸦命人关门关窗又关灯，然后点根蜡烛，门口两米外竖一个空瓶子。一切妥当之后取出啤酒和羊蹄摆在炕上，然后招呼全班围成一圈盘腿坐下，一人抱一啤酒瓶就开始造。

局面开始还是在李乌鸦的控制之下，但酒过一巡之后就开始失控了。先是老谢突然提出要排座次。按四连的民间规矩，各单位喝酒是要按酒量排座次的，酒量的大小是群众衡量一个人能力大小的重要指标。我群众基础差跟酒量小也是有一定关系的。大家响应老谢的号召开始报酒量，报多少喝多少。我和两个新兵报一瓶。李乌鸦两瓶。老曹不说话，仰着张石灰脸看老谢，表情像挂在墙上的蒙娜丽莎——当然是长虎牙的蒙娜丽莎。老谢就拿鹌鹑蛋瞪着老曹说，瞧你个小白脸，打架不行，干活也不行，喝酒还想逞把能？

老曹继续蒙娜丽莎地说，敢量一量吗？

老谢没想到老曹会成为他称雄全班的绊脚石。自上次与土豹子的事后，老谢就一直和老曹较着劲，砢碜老曹不像个爷们儿。老谢蔑视了一眼老曹说，灌死你，多大个鸟事。

应该是鸟有多大个事。老曹指了指老谢两腿中间说。

我的鸟没事，一上坝我就把它关进鸟巢了。

两个人就对着瓶吹起来，一口气连吹了七瓶。老谢的普洱茶脸变得更黑。老曹的石灰脸变得更白。双方谁也没有结束战斗的意思，谁也没有继续战斗的意思。两个人像两只斗气的蛤蟆盘腿坐在炕上，怒目相睁，呼呼地喘气。

我趁此机会连啃了四个羊蹄，以弥补在打赌中受的损失，结果塞得牙缝里全是肉末。那玩意儿估计是我在坝上吃过的最美味的东西，比猪蹄还瘦，韧劲十足，用酱料煮透，就像一篇经时间沉淀的经典美文，啃得越深入越有味。

李乌鸦一看全都喝多了，便建议到此为止，下回再见分晓。老谢坚决不同意，说雷锋同志怎么说来着，雷锋同志说，要把有限的酒量投入到无限的为人民喝酒当中。我今天非要跟这个挖坟掘墓的分个公母、比个高低。说罢又举起一瓶仰起脖子吹起来，谁知咕咚了两下瓶中的水平线就不再下降。两秒钟后老谢扔下酒瓶一个骨碌滚下炕，说了声"鸟有事了"提着裤子就往外跑。老曹见状喊了声别跑，便追了出去。我和李乌鸦随即跟进。

老谢跑到玉米地刚解开裤裆就被老曹追上了。老曹说，跑什么跑，有种接着喝。老谢闻声一转身没收住闸，对着老曹就滋了起来。

老曹就不高兴地说，自己的任务还没完成，给我倒干吗。说着也解开裤裆对着老谢滋。

老谢说，你不也给我倒吗，谁倒谁喝啊，要不都各扫门前雪。说完两个人才又背过身，稀里哗啦地往玉米地里滋。

我和李乌鸦一看基本没事了，就撤回炕上倒头便睡。

没想到李乌鸦睡醒一觉起来撒尿时突然发现，老曹不见了！

李乌鸦急坏了，把全班集合起来，把剩下的包括自己共五个人扒拉来扒拉去点了好几次名，就是没老曹，以炕为中心二十米半径内搜索了几遍，也没有。老谢把老曹的装备搜查了一遍，发现就少了那个挎包。里面有地图、放大镜和抹子。

李乌鸦一拍脑袋说，不好，出事了。全班都呆了，一肚子的酒全做冷汗散了。李乌鸦决定把人分成两拨分头寻找，一个小时内找不着就回宿舍集合，再向连队报告。

老谢带着两个新兵沿公路向东寻找。我和李乌鸦向西，直插草原深处。

夜，宁静深邃。远处的星光和远处的灯光于远处交织在一起。白天的喧嚣与修饰已经全然褪去。黑夜给了草原黑色的外衣。草原裸露原始的风情：辽阔中的神秘。李乌鸦领着我踏着如炊事班蒸的大小不一的馒头一样的土丘扎进草原。李乌鸦的两条腿像上了发条似的向前不停倒换，我跟在后面，只能听到远处的狗叫和李乌鸦的喘气声。

我想打破这令人窒息的沉默，于是找话说，班长，曹长安是不是挖墓去了？曹长安是老曹的书面语。

不能确定，但他喝酒必出问题。

没听说过呀。

他新兵下连本来分到军部的，但下连会餐时喝多了，趴在军部接兵那吉普车的方向盘上睡觉，弄得司机没法开车就把他退回来了。后来到连部当文书，喝多了把连长的象棋扔厕所里了，当炊事班副班长时，全班千方百计防止他喝酒，他就把炒菜用的料酒喝了，喝完往里撒了泡尿。

我说，从未听说过。

我没想到老曹真像一部秘史，身上记载着连队秘事。

李乌鸦说，这事都保密，为啥咱班从不组织小咪，就是怕他喝多了出事。我盯他盯了半个月，还是让他得逞了。

我惊了一下，本以为是老谢的阴谋，没想到被老曹利用，真是螳螂捕蝉，黄雀在后。但又有些不通，问，为啥要保密？

指导员说这也不是什么原则性问题，但传出去就要处理，他是个大学生，退伍回去还要接着念，不能把他一棍子打死了。

他真是大学生？

你说呢？

不一定，陕西人管盗墓的都叫考古学家，河南人管耍猴的都叫文艺工作者……说到这，我连忙踩了个紧急刹车。李乌鸦是河南人。

不要搞地域歧视！李乌鸦果然不高兴起来。人家可是正儿八经的大学生，而且，你知道他爹是谁吗？

……我想说我当然不知道，但还是选择沉默一下作为回答。这个连队我不知道的秘密太多了。

以后你就知道了。李乌鸦留下一个悬念，加快速度往前走了两步又回过头来说：今晚的事，也一定要保密。

我们这是去哪？我忘了问最关键的问题。

一棵树。

老曹果然在一棵树。我们循着一股人的尿臊味和酒精味找到他的时候，他正坐在树下哭，哭得梨花带雨、伤心欲绝。这是我第一次见老曹的情绪有这么激烈的反应。见我和李乌鸦突然出现在面前，吓了一跳，也忘了继续哭，问，你们怎么知道我在这？

你在地图上做了一个记号。李乌鸦说。

你看过我的地图？

不但看过，我还知道这里没有成吉思汗的墓。

你怎么知道我在找成吉思汗的墓？

我在黑暗中能想象老曹惊讶的表情，因为我也一样的惊讶，我仿佛在离屏幕超近的距离看一部科幻片。

因为你的地图是用普洱茶从南门老头那儿换的。

老曹把头仰起来说，这你也知道？

我是连队的思想政治骨干。李乌鸦显得十分自信地说，那个南门老头劁的猪是真的，卖的古玩都是假的。他说他劁猪的刀是和莫邪剑一个炉里炼出来的，装猪腰子的碗是武则天吃过饭的，成吉思汗墓的地图是他们家祖传的，可能吗？

老曹点点头说，他长得确实像成吉思汗！

他那胡子是用猪毛做好再粘上去的！李乌鸦说，你们大学生，看似很聪明，却最容易干最蠢的事。

我在考古系也是很有影响的！老曹多少还有些不服气。

没影响你还不上当呢？李乌鸦说，你不想想，成吉思汗的墓那么好找还能轮上你？来之前我就查过资料，成吉思汗的墓到底在哪有许多说法，"葬于中都，以独树为碑，万马踏平……"葬于独立树，这只是传说中的一种，并没有十足根据，而且如果真是这样，那棵树应该有七八百年了，但这棵树是村长他爷爷十岁那年放羊时栽的。我问过村长，顶多也就一百多年，差远了。

李乌鸦的语速进入了快车道，等我听明白已经差点脑缺氧。

你为什么不早说！我来坝上就是为了这个，我准备一年多了，如果成了，就是考古史上的重大发现，没想到南门老头骗了我……

我要是告诉你你能听我的吗，你们都是不到黄河心不死、不撞南墙头不回的主。

我知道李乌鸦说的"你们"包括了我和老谢。

老曹站起来，把地图撕了粉碎，狠狠地摔在树下，又跺了几脚说，班长，心服口服，肝服肺服。以后我再捣鼓这东西就是类人猿！老曹说的"类人猿"相当于我嘴里的"畜牲"，李乌鸦嘴里的"王八蛋"，老谢嘴里的"狗日的"。

一阵风吹来，打着钻溜进我的衣服里。我打了个寒战：老曹自认为无懈可击的一盘棋竟然只是李乌鸦棋盘上的一个棋子！看来，我们杂牌军并非是非疯即傻的主，而是一个个身怀绝技，深藏不露的高手。一顿酒没排出酒量座次，倒把真实的座次排出来了。我"阿"字辈，老谢"老"字辈，老曹当班副，李乌鸦当班长，看来都不是瞎安排的，合情合理。我们内心深处对李乌鸦的蔑视看来是本班的战略性错误。为表达补偿性的恭维，我故意凑李乌鸦跟前边解裤子撒尿边说，班长，你真高明。李乌鸦看了一眼苍莽大地，顺势把手背在身后说，那叫什么，连里高明的人多着呢！

李乌鸦认为高明的人是指导员。

指导员莅临我班指导工作时，我正在找我的账本。账本是老谢对我日记本的俗称。老谢初一毕业，认识ＡＢＣ，在他们老家那个人均识字不到二百的村里算是知识分子。但老谢不认识日记，我每天晚上趴在炕上写日记的时候，老谢就把轻蔑的眼神送过来，说：搞得跟个掌柜似的，就那点鸟事还往账本上记。我就权当没听见，谁也不知道我写日记是为了给刘月儿写信时提供素材。

但那天我就突然找不到账本了，问李乌鸦李乌鸦说不知道，问老曹老曹正自己跟自己下象棋连头都没抬，找老谢老谢不在，我就知道个七八分了，心里叫了声"这可是我和刘月儿的绝密文件啊"就往外冲。没到门口，指导员就进来了。指导员后面跟着老谢，老谢双手提着裤子。

指导员的突然光临把正在洗漱的李乌鸦吓了一大跳，把毛巾往肩上一搭光着膀子站在洗脸盆里就开始叫唤，稍息，立正，指导员同志，炮七班正在组织休息，请指示！

民工！指导员指示了两个字。

是！李乌鸦一激动竟然随口就把这个字吐了出来。

是个蛋！指导员说完扬了扬手，手里握着的正是我的账本！我的脸就白了下来，两条腿像抽了筋，要往地上倒。

据后来老谢情景再现式的交代，指导员来时他正在"粮站""交公粮"。

"交公粮"是老谢的叫法，老曹称之为"出恭"，李乌鸦称之为"情况解除"。

"粮站"是老谢对本班厕所的尊称。我们宿舍的前面有块玉米地，玉米地的边上有一个厕所。厕所其实就只有一个粪坑，上面摆了两块供人摆马步的砖。由于非常直观地体现了人、粪、粮三者之间的能量循环，老谢就感慨地称拉屎为"交公粮"。粪坑的周围一圈土坯，人站里面，没不过膝盖。不要说站着撒尿，就是蹲着拉屎也起不了任何的遮挡作用，这可能就是塞外十八怪中的"人在厕所身在外"一典故的出处。我们交公粮一般都是晚上，毕竟在这种隐蔽性极差的厕所里无法泰然自若地放松括约肌，就只能选择在能见度低的时候进行，军事术语叫"夜训"。幸好连队的伙食越来越差，肚里的油水还没有炊事班班长江暴牙作训服上多，肠子枯糙得像盐碱地，把吃进去的东西都堵在了里面，憋一天不成问题。

但那天正好老谢帮厨，老谢在帮厨之余也顺便帮吃东西，吃了酱豆腐、臭豆腐后，竟把炊事班为连长夜宵准备的一块羊肉给帮助消灭了。谁知平时肚里没有油水的老谢享受不了这个待遇，到了晚上就开始拉稀，一趟接一躺地往"粮站"跑，很快把全班的手纸都用光了，最后实在找不到可以堵"枪眼"的，情急之下抓了我的"账本"就直奔"粮站"。就在畅快淋漓之际，一束白光就从后面打在了老谢的身上。老谢以为是群众路过，怕丢了军人形象，就以撤收火炮一样的速度把自己从战斗状态变成了行军状态，但还没来得及行军，就被指导员的声音叫住了。

指导员是来查铺的。指导员是保卫干事出身，没事喜欢拿根手电到处转悠，据说因此破过几个大案。但其实旅里也没出过什么大案，只不过是有家属洗澡被人偷看、有连队养的种兔被下了酒、有连队的给养员跟卖豆腐的小姑娘拉拉扯扯之类的小案。但通过破这些小案指导员被提升为指导员，所以他总结出一条经验，政治工作不能靠教育，不能靠写材料，更不能靠开会，而要靠折腾：一是折腾自己，没事多转悠；二是折腾兵，没事找事干。因为这两点做得好，他当指导员五年连队一直平安无事，但也因此再没有在破案方面取得成绩，所以指导员当了五年还是指导员。

指导员看到老谢从玉米地蹿出来时，感觉发现了重大线索，怀疑老谢是在偷玉米棒子。但上去一摸兜没掏出玉米棒子却掏出了我的"账本"。我的"账本"也成了线索，就当场打着手电把"账本"稀里哗啦地翻了一遍。翻完就光临了我们寒舍。

这是你的？指导员用一种比草原之夜还要深邃的眼神看着我问。

我点点头，心里有些发毛，不敢看指导员的眼神。

帮房东收麦子了？指导员问。

显然他看到的是帮房东王狗蛋媳妇割麦子那段，我暗自庆幸记账时坚持模仿报纸上新闻报道的风格，最后统一拔高到为把我军建设成为一支强大的现代化、正规化军队而奋斗的高度。这样的话指导员看了肯定高兴。我想。

这时李乌鸦也反应过来了，仰了脖子说，帮助困难群众是我们应该做的，不值得表扬。没想到指导员的脸突然乌云密布，脸上所有的器官似乎都关闭了，问，汇报了没？

李乌鸦：没。

指导员：自由主义！

又问：房东是女的？

李乌鸦：是。

指导员：作风问题！

又问：记在私人日记上？

李乌鸦：嗯。

指导员：泄密！

李乌鸦的汗就下来了，身子一哆嗦差点把脸盆踩翻。重新站稳后急忙进行自我批评，说，我负领导责任，我负领导责任。

老曹就转过身去，肩膀抖个不停。

指导员没有看李乌鸦，看着灯，半晌才说，毕竟是好事。好事就要传出去。临走让我把这些日记用信纸抄一份，给他存档。

指导员一走，我就以泰山压顶的气势扑向老谢：老谢，老子扒了你的皮！

吓得李乌鸦赶紧从身后一把搂住了我。

你到底撕了多少页？

两页，我赔你两个羊蹄，不，四个，四个。

这是羊蹄能补偿的吗，这是政治问题知道不？李乌鸦骂道。

班长，我实在是堵不住了，总不能掰群众的玉米棒子堵吧，掰群众的玉米棒子也是政治问题啊。老谢第一次告饶求情。

撕掉的两页重要吗？李乌鸦问。

当然，弄不好要掉脑袋的。

那两页记的啥？

第一页记的是那晚小咪的事。

第二页呢？

小咪以后的事！

我没有直说老曹失踪的事。

李乌鸦连说不幸中的万幸，差点瘫倒在炕上。那晚李乌鸦絮絮叨叨地表扬我和老谢直到熄灯，说今天可能就是炮七班发展史上的一个转折点，有望把咱班从悬崖上拉回来，可喜可贺，尤其是两名同志的默契配合为全班的团结做出了表率，当然以后要注意方式方法，工作失误就不要记上去了，希望全班以此为契机，再接再厉，更加紧密地团结在他的周围，为本班彻底地打翻身仗而努力奋斗。

"而努力奋斗"几个字还没出来老谢的呼噜声已经响起来。

没想到一篇日记能为班里带来曙光，下连以来我第一次感觉到自己对这个集体的重要性，竟兴奋得一时睡不着，不断地抬头望窗外，看是不是真的有曙光出现。

窗外，漆黑一片，几点星光闪烁，有秋风扫过草原的声音。

可是我们的"好事"却迟迟不见指导员传出去，李乌鸦就有些心急火燎的，嘴上还专门起了泡，两个红的一个白的。全班都安慰他说，别急，武侠片还没开始呢。李乌鸦听了，那三个泡果然就消下去不少。

武侠片是指晚上的政治教育时间。指导员老王这人不爱说话。驻训期间晚上安排的本来都是政治教育，但指导员懒得讲那些大道理，说，说那么多没用，看录像吧。就把政治教育全部改为看录像了。看录像就是他说的"折腾兵"的一种手段。全连在院子里看录像，指导员就坐在屋子里抽烟，谁也不敢跑。指导员自己不看录像，直到放武侠片他才出来说两句。四连放录像片都是从《地雷战》《地道战》开始，《地雷战》《地道战》没了才是葛优，葛优看完实在没别的了才是武侠片。

终于等到放武侠片了。全班都高兴得不得了。指导员果然掐了烟头从屋里出来，说，今晚看武侠片，看之前要搞个教育。这个，这个武侠片啊……

指导员说到这里就开始结巴，要停一会儿再说，武侠片他妈不健康，人像鸟那样在天上飞来飞去打架就不说了，打完还要亲嘴，不健康！大家看的时候千万不要被腐蚀。

说完了转身又回了屋，接着抽烟。

眼看打架亲嘴的录像都上来了，我们班的"好事"还没传出去，李乌鸦一脸的失望。我没时间失望，我盼着的镜头马上要出现了。我盼着的镜头并非是人像鸟那样在天上飞来飞去打架、还往地上扔炸药包的镜头，而是被指导员称为不健康的亲嘴镜头。武侠片不像现代军事剧，孤男寡女在一起从不装腔作势地谈国家大事，不高兴了就打架，高兴了就亲嘴，而亲嘴比打架真实，真鼻子真嘴，真刀真枪地干，一切简洁明了，主题突出，对我们青年官兵很有参考价值。

但林青霞和张国荣的首次亲嘴还是被指导员搅了场。

那会儿，好不容易丁零咣啷昏天暗地刚打完，林青霞和张国荣便停下来说话。凭经验，电影里孤男寡女一说话不是要哭就是要亲嘴。果然，说着说着他俩就开始亲嘴，两个人像在争着啃一块羊蹄，谁也不让谁，边啃边喘粗气，好像把舌头都伸到对方嘴里了。这当儿右边的老谢低了头系早已没有鞋带的解放鞋，左边的土豹子则仰起了脖子张开大嘴，骂道，这对狗东西！一股洋葱味就在他周围弥漫开来。洋葱味容易刺激人类的交感神经，我的思想就在洋葱的带领下犯起了自由主义，毫无准备地想起刘月儿来：要不是那天晚上我们都没经验，也不至于……

指导员就是在我想刘月儿这当儿过来的。他伸一根手指头像和尚敲木鱼一样敲了我的头一下，吓得我还以为他真摸清了我的思想脉络，一开小差就被逮住了。但还没来得及承认错误，就看到了指导员脸上挂着难得一见的笑容，于是就不谦虚了。

你去政治部！他说。

找胡干事。他接着说。

我莫名其妙。

改稿子。

我把他的话连接起来，就是"你去政治部找胡干事改稿子"。

我依然有点莫名其妙，但是这句话里命令的要素都齐全了，照此执行吧。

机关驻在一个屠宰场里。天刚亮我就起来，看到还在沉睡中的草原如像婴儿般安详，晨风掀起草浪如他均匀的呼吸。我低调地穿过几条清冷的街道，靠着嗅觉在被一片平房淹没的巷子里辨别出羊膻味和血腥味最重的一个院子。门口贴着各个村写给部队的感谢信。

我断定，这就是机关所在地——屠宰场。

四街村村长在连长老杨暗示下自发写的过分感激的那张感谢信也混迹墙头，上面说的是我们拍牛粪的事。我数了一下，上面有十六个错别字。

我肯定地走进院子。一个长得像大婴儿一样自称是胡干事的中尉听我说明来意后，朝天"啊"了一声，像是打了一半却再也打不出来的喷嚏，嘴张得像二十毫米口径的炮口，直让我为他着急。"啊"完之后接着对我的写作水平表扬了一番，用纯四川话，脸上的表情形象而生动。见我一头雾水，又从抽屉里像挖矿一样翻出两张皱了吧唧的信纸。我一眼就认出，那是我给指导员抄写的日记，但已经面目全非，上面几个清晰的指纹，指纹上能刮下来的油腻远多于连队的饭菜，而且散发着一股羊肉的膻味和酱油、大料以及味精的香味。

我真想吃了它。

他说他们正办一份驻训期间的油印刊物《沙场点兵》，但人手不够，刚加了一个通宵的班。他让我帮他改一大堆从连队收上来的稿子，还问我愿不愿留在政治部帮忙，改稿子。我正想，反正也被老杨赶到了三连，还不如正大光明地留在这。至少还能闻到羊蹄的香味，不仅能闻到，甚至还能……

我的联想刺激了口腔里的某个器官，使它迅速地分泌了过量唾液，迫使我不得不先把它们咽了下去，然后说，我当然……"愿意"两字还没出口，胡干事已经挥了挥手，仰天叹了口气，说，我晓得，现在连队是啥子情况，一个萝卜一个坑，实在抽不出身就不勉强，你回吧。

我恨不得拿根羊棒骨把自己戳死！

走到门口时，胡干事忽然又变成湖南口音：天要下雨，娘要嫁银（人），随你去吧。

我直恨自己没出息，没先把话说完再咽口水。走出屠宰场大门时天色已经发亮，一个驼背的老头牵着一群羊进屠宰场。我仔细地看，不是每只羊都被拴着，只有最前面的那只脖子上拴着一根绳，被老头牵着，后面的十几只都紧紧地跟着，从容地走向屠宰场。我很奇怪，它们怎么不逃跑？难道它们闻不出这骇人的血腥味？我问老头，老头嘿嘿一笑，露出一嘴大黄牙，像一只狡黠的草原狼，说，羊子哪知道自己跑，前面走后面跟，随大流。

不知道方向？老头的话如此精辟，让我不禁想起刘月儿来。她说，人生的魅力在于，你永远不知道下一站在哪。

真理，可能没有相同的外延，但总是有相同的内涵。

此时，霞光从日出的天际照耀过来，把整个街道染得金黄透彻，令人目眩。一个披着霞光的身影从远处朝着屠宰场走来。随着此人离我的距离逐渐变短，我在不断地更新着对他的判断。

是个女子。

是个身材不错的女子。

是个女兵。

是，是，是刘月儿！

刘月儿穿着一身经过精心改装的军装，使得她修长的腰身在霞光中一览无余，美得让我窒息。

刘月儿也已经认出了我。显然她对我在这个地方这个时候以这个方式与她相遇感到非常惊讶和不适应。忘记了当时是谁主动走近谁，只记得我们离得很近，刘月儿的脸蛋像坝上的沙果，一片片地泛着红光，眼睛如平静的安固里淖一样清澈见底，我几乎看到了站在她瞳孔里的自己。

在这样的场合我实在不知道怎样做开场白，就问，收到我的信了吗？

还没呢。信上说的啥？

为了反侦察，我下连后我们的信件都是先寄给我在老家的一个"老铁"，然后再由他转寄给对方。这是刘月儿的高招。

没说啥，你看了就知道了。

你现在直接说不就得了吗？还绕什么绕？

那可不一样，你还是看信的好。

我想我的决定应该是正确的，是在深刻吸取以往教训的基础上做出的。我是一个心口不一的人，心里早已想好的话往往一到嘴边就没了谱，说完就直后悔。还是文字更能代表我的真实思想。

她叹了口气，显得有些无奈，又突然想起什么似的问我为什么会在这里。我就把在政治部的遭遇说了一遍，最后不忘自责地说上一句，你看我真没用，连这点事都办不了。

没想到她也是来找胡干事改稿子的，她说，没事，反正你有文采，只要你坚持写，领导迟早会发现你的。要不，我再去跟胡干事说说，让他把你留下。

我赶紧拉住她，说，可千万别，好马还不吃回头草呢。再说，你去找胡干事，这算怎么回事呢，不等于投案自首吗？

这还倒挺有骨气。她叹了口气，说，不到一年了，准备得怎么样了？

什么怎么样，在连队连个正式炮手都混不上，可能要"打光棍"走人。

那不考军校啦？

我摇了摇头，说，至少是优秀士兵和副班长才能考军校。

瞧你那点出息！她瞪了我一眼，目光比指导员的手电还晃眼，下了连跟变了个人似的，当初在我身上撒野、拧我脖子的劲都哪去啦？

我一听这话，赶紧伸手去捂她的嘴。这时，一个人影在院子里闪了一下。我的手如触了烙铁一样弹了回来。

是男人就要像个男人！刘月儿狠狠地丢下这句话，迅速地转过身，朝院子里大步走去。

晨风撩起她的衣襟。

刘月儿的倩影渐行渐远。我木然地站在原地，摸着嘴巴周围一圈软软的茸毛，感受着"男人"二字的沉重。

拧刘月儿脖子的事发生在半年前，是我军旅生涯的第一个转折点。拧之前我是旅部机关收发室的收发员。第二年兵虽然在机关仍是个新兵蛋子，但凭着收发室这个重要岗位我还是混得有头有脸，不能说要风得风要雨得雨至少也算得上顺风顺水。拧之后我就成了四连的新炮手，虽是第二年兵，却跟新兵一样夹着尾巴让人呼来喝去，在水深火热中煎熬。

因此后来我给新兵搞教育时常说，如果你想改变你的现状，或者你想折腾一下自己，那就去拧一下你心上人的脖子吧。

刘月儿是在一个寒冷的早晨把我从梦中惊醒的。那时我正在暖气升腾的屋里醋睡，听到一阵如紧急集合般的敲打窗户声，以为是家属院的孩子恶作剧便起来提了根防暴棍去开门。没想到外面站着一个双颊通红的女兵，衣衫单薄，在寒风中战栗。全旅有几个女兵我最清楚。共有七个。最老的是旅长的媳妇，长一张四方脸，印堂发亮，官相比她老公还好。其他六个全是卫生员，都是北方人，加上经常练体能，身体很强壮，打军体拳能打过男兵。但眼前这个，不认识，就以为是自己还没有睡醒。

她用一双大而幽深的眼睛看了看我手中的棍子，露出奇怪的表情，说，你的诗，我偷出来的。

什么诗？我把棍子收起来，忍不住朝她打了一个持续五秒钟的哈欠，以提醒她干扰了我的美梦。那时候我经常写诗，但除了自己还没有过读者。

她把手里的信封递我，待我看清楚上面的字便出了一身冷汗，睡意顿消——那是本人中秋节晚上题的"反诗"。我平时写诗都是歌颂祖国、歌颂军队的，但中秋那晚正好轮到我值班，想到其他人都会餐、看晚会赏月去了，自己一个人坐在空屋里对着窗前明月发呆，一股失落之感涌上心头，便像宋江一样咕咚了两口"二锅头"后抓起一张纸就将满腹牢骚涂鸦了上去，内容虽然没有像"敢笑黄巢不丈夫"的野心，但终归与素质过硬的机关兵的身份不太相称。

没想到这首"反诗"竟然写在了一个信封背面，而这封信的主人却是卫生队长，她可是我们旅长的媳妇！这信到了她手里，虽然不会像宋江一样被拉去杀头，但至少够我喝一壶的。我一边深感庆幸，一边却不知如何处理。还是她告诉我，找一个一样的信封背面把字糊了。我照做，果然效果很好。她抓起信一溜烟跑没了踪影，留下一串清脆的脚步声。这时我才发现，刚才光顾着着急，不仅没说句谢话（尽管部队规定男女兵不能单独说话），连个姓名都忘了问，还朝人家提着防暴棍打哈欠。不仅失礼，还有失旅部第一收发员的风度，于是抓起写"反诗"的那支秃笔写了一封感谢信。

下笔时，该女兵那双大而幽深的眼睛和战栗在寒风中的身影不断在我眼前闪烁，逼迫我放弃了客套几句就拉倒的打算，不得不跳出个人恩怨的圈子，把认识提升到赞美女性的高度来阐述我对她的敬意。从女娲补天、孟母三迁、花木兰从军到穆桂英挂帅，从圣母玛丽亚到圣女贞德，从武则天到慈禧太后，从四大美女到"四人帮"，从潘金莲到潘玉良，凡是那天晚上我能想到的古今中外、正面反面的女名人都拿来比较了一番。这封本来半张纸就能结束的信最后被我扩张到十七页。

没想到，第二天她就回了信。她说，你的文采真好，我用尽了一天的业余时间来看信和回信，现在夜深了，可我午饭还没吃。

她就是刘月儿，卫生队新调来的卫生员兼卫生队长的通信员，一个来自江南的女兵。刘月儿有着江南女子所奇缺的修长身材和塞外女子所没有的洁净肤色以及像清溪一样默默流淌的双眼。

这条清溪是一服毒剂。它总是在我闭上双眼时即时呈现，从天边流淌过来，一直流到我的梦里，诱惑着我无法停止写信的步伐。

就这样，我写一封她就回一封，她回一封我就再写一封，就像打乒乓球一样，谁也不愿意让球在自己这方停下来。

我们的信就像一枚枚炮弹，以文学为火药，以激情为引信，从迷茫射到精确射，不断撞击着对方内心深处的火药桶。

春暖花开的时候，我们的火药桶就爆炸了。那天，我收到刘月儿的紧急通知：晚上到后院小树林见。这是她写给我最短的一封信，也是唯一让我记住全部内容的一封。艺术就是简洁！这几个字看得我又喜又惊、心猿意马。喜的是，按电影里的经验，孤男寡女去小树林都是故事发展的高潮；惊的是，我们的故事进展超越了我的预测，快得我连个思想准备都没有，尤其是对于这种性质的场面除了电影里的潜移默化，既无切身体会，也无他山之石。想到这，我又笑自己落伍，都什么年代了，还这么迂腐。

天刚暗下来，我做了几个俯卧撑后就行色匆匆地赶往小树林，边走我边不停地给自己鼓劲：胆子再大一点，步子再快一点。

人迹罕至的旅部后院小树林空旷而静谧，在初春的季节散发出一种诱人的清香。虽然夜色朦胧，我也没带手电，但我还是循着刘月儿身上特有的蜜蜂牌香皂味一下就找到了她的精确坐标。虽然看不见，但我仍能凭着第八感觉感觉出眼前的刘月儿经过了一番精心修饰。

我想问你个事。她说。

但讲无妨。

你，你有什么想法吗？

想法？来这里还能有什么想法？这不是明知故问？我立即搜索到一组符合意图的电影镜头，手就开始不安分起来。

"啪"她一巴掌把我那只刚触到她的手打了回来。

你正经点，明年就退伍了，你就没有什么目标？

原来是这个想法！就是理想信念嘛。我舒了口气，重新把身体调整到立正姿势，中指贴回裤缝线，把思想挂到很严肃的挡位，心想，现代军事剧的镜头，两个男女军人坐在没人的地方应该是谈军队建设大事的，于是说，我要刻苦训练，努力工作，为把我军建设成为一支强大的现代化、正规化军队而奋斗！

说说个人的，再不正经我就走了。

噢，那当然是好好表现，实现我弃笔从戎的梦想。

什么梦想？

上军校，当军官，在吉普车上作诗。

嗯，你文采那么好，肯定能考上。她的话证明我的回答是正确的。

我也想考。她顿了一下接着说。

那就更好，等我们都当了大官，就像电视上一样开着敞篷吉普车到海滩，边看日出边谈，谈科技大练兵。哦不，塞外没有海滩，那就像旅长一样，带着媳妇到坝上边吃熏兔边指挥打靶。

再贫嘴！我是怕我学习不好，考不上。

没事，有我帮你，你一定行。虽然有些信口开河，但我仍觉男人在必要的时候需要说些有血性的话。

真的吗？女孩果然容易感动。我似乎看到从刘月儿眼里刺啦刺啦放射出来的高压电。

真的！我很严肃地说。

女孩感动之后应该怎样呢？现代军事剧里没有继续拍下去，而是把摄像机照到了一轮月亮上，月亮下的情节需要我们自己去想象。这说是艺术其实是一种很不负责任的拍法。我想按已有镜头的惯性，应该是动手的时候了，便以迅雷不及掩耳之势把刘月儿囫囵地揽了过来，嘴随即跟进……

没想到刘月儿被这突然袭击吓坏了，她躲闪不及，猛然摆头，后脑勺撞在了我的两颗门牙上（确切地说，是撞在了两颗龅牙上），发出"啊"的一声惨叫。就在这个千钧一发的时刻，一束电光从黑暗中适时闪出，我的思想一严肃，刘月儿夺路而逃。

完全跟电视里不一样！

事情的后果非常严重，由于用力过猛，我的两颗标致性龅牙差点牺牲，固定了一个星期才恢复正常上岗；刘月儿的脖子被扭伤，半个月里只能"向右看齐"，不能"向前看"。这是我后来才知道的，因为第二天我就被下放到了四连——离旅部机关最远的一个连队。

我回到连部时指导员正坐在炕上闭目养神。我主动向他传达了胡干事的指示，重点突出了他对我的表扬。

和刘月儿的事我只字未提。

指导员听完汇报后微睁双眼没有说话，点点头，像咽中药似的往下咽了一口口水，向我挥挥手，示意我可以走了。

连长老杨正在洗漱，脸上涂满香皂沫，像一块大年糕。我的汇报听得他停下来，仰起那张大年糕，用像嵌在年糕里的大枣一样的眼睛至少看了我两秒钟。这是自从我到四连报到以来他的目光第一次在我身上停顿这么长时间。

我想我的目的达到了。

我到四连报到是在小树林事件的第二天。当天晚上，我的顶头上司通信科长就决定让我彻底地告别机关——小树林里那束电光正是他亲自打出的——他一直跟踪着我。把我下放到连队当然并不是仅仅因为那晚的事。科长啰里啰唆说了一大堆理由：你瞧你那吊样，整天没个正形，见了个扎辫子的都迈不开步了。会写几句诗就当自己是李白，管几封信还搞个地下工作。你还想考军校，军校出来要干什么？要当干部！就你这样还当共产党的干部？还是下连把刺拔光了再说。我听了虽然很生气，但我还得感谢科长的仁至义尽：他没有把这事告诉任何人，包括刘月儿的领导，让我以机关兵考军校下连队锻炼的名义，体面地到四连。

我到四连报到的时候，老杨正背对门口端着镜子在刮胡子。我看他正忙着就先到隔壁向指导员报了到。等我再回来的时候，老杨还保持原有的姿势在刮胡子，只不过刮胡刀移到了另一边。他听完我的介绍，头也没回从镜子里看了我两秒钟后说，你再去跟指导员报个到吧？我没反应过来就说，我已经向指导员报过到了。老杨的刮胡刀就随着脸一起往下拉，拉得跟条牛舌头似的长，说，以后就多听指导员的吧。从此就再也没有正眼看过我。

我没有留在政治部帮忙，但很快就有人去了帮忙。此人便是刘月儿。这是我第二次送稿子时知道的。从政治部回来后，我又去了几趟政治部送从账本上摘抄的稿件。我乐意从事这样的工作，因为这样不仅能让老杨的目光停在我身上的时间越来越长，而且还能见到刘月儿。虽然当着胡干事的面我们不敢有任何交流，但金风玉露一相逢，胜却人间无数。这种幸福对我来说已经是极度的奢侈。凭着胡干事对我的赏识，我从账本上摘抄的事迹竟然都发表了，乐得李乌鸦没事就表扬我。说现在连首长看炮七班的眼神都变了，看来离彻底翻身不远了。听得老谢一脸的不高兴，说，要不是俺拉的那泡稀，哼……

李乌鸦的话再次印证了他的远见卓识。我们真的很快就得到了炮七班要纳编的消息。我的第四篇稿子见报后那天，李乌鸦专门召集我一个人开了个会。

这次李乌鸦回来有些反常，老谢他们就感到有什么喜讯，闻着方便面的味道就围了上去。但李乌鸦却只拉了我往屋里走。进了屋才告诉我要传达会议精神。会议精神其实就一句话：连队确切地说是连长老杨，正在考虑把我们炮七班纳编。

我听了这个消息没有和李乌鸦一起高兴。不要说这只是考虑，就算是真纳编也没我多大事，李乌鸦会成为正式班长，老曹和老谢有一个是班副，我继续当炮手，说不准回去还得继续摆弄烧火棍。李乌鸦一眼看出了我的心事，马上告诉我如果真纳编，班副就是我。

这怎么可能呢？我简直不敢相信自己的耳朵。李乌鸦就开始分析形势：连长说你这段时间表现不错，还写了稿件宣传了连队，为连队做了贡献。只不过，宣传还不到位。代表连队形象的主官没有宣传。如果你能再好好提炼提炼……

我知道了，是让我写一个表扬连长的稿件。我恍然大悟。

响鼓不用重槌。我知道你这人有点小个性，用曹长安的话说叫什么？清高。但人在屋檐下不得不低头，何况这不是违反原则的事。咱们班纳不纳编并不重要，你的理想和前途才是最重要的。该考虑考虑自己的事啦！李乌鸦像电影里的高级领导用充满信任和希望的手掌用力地拍了拍我的肩膀。

李乌鸦这一巴掌就像抽在马身上的皮鞭，让我马不停蹄。我翻出当收发员时收藏的报纸，那上面新闻版的文章写得像小说，小说版的文章又写得像新闻。我把两种体裁的写作风格综合起来，经过两天搜肠刮肚奋笔疾书，竟然写成了一篇报告文学。我把它呈给老杨"御览"，老杨看完嘴角往上挑了一下又立即恢复原位，说，不够深刻，但写得很真实。并让我火速送往编辑部，片刻都不要耽误。

到政治部的时候，刘月儿正端坐在桌前修改稿件，屋里只有她一个人。看见我进来，刘月儿有些反常的激动，眼睛里忽然亮了许多，仿佛经历了一场长久的等待。她递给我一杯水，我握着杯子没有喝，杯子上带着她的体温和蜜蜂牌香皂的香味。她说，我告诉你一件事，吕干事说要推荐我去军区帮忙。我没有说话，像老曹看地图一样专注地看着她，虽然手里少了一个放大镜。许久，我才反应过来，说，吕干事？不是胡干事吗？

胡干事有别的任务回坝下去了，现在这里由吕干事负责。他说只要到了军区帮忙，保送入学的可能性就很大。

什么吕干事，没听说过，男的女的？干什么的？结婚了没有？家属随军了没有？

男的，从集团军专门过来指导我们办报的，塞外有名的记者。

记者？我本想说"不就是把新闻写成小说，把小说写成新闻的那种人吗"，但话出来却变成了"不就是拿根黑驴球往人嘴上戳的那种人吗"。

你怎么这么粗俗，跟你信上写的判若两人。

我……我顿了顿，感到自己有些过分，眼前毕竟不是老谢或土豹子，而是整天泡在编辑和文字里的刘月儿。

他什么意思？

他说我很有培养前途。

你去吧，这毕竟是好事，祝贺你。我努力使自己平静下来，平静下来的标志就是能为自己的贸然失言后悔。

你就不想说点别的了。刘月儿提示我。

我不会放弃考军校的。

她点点头，说，嗯，就像你信里写的，虽然我们不知道下一站在哪，但我们知道方向没有变，任何地方都像这美丽的坝上，只是我们人生旅途的驿站。

我把视线移开，看着窗外说，你……就是我旅途中……最美的风景。

还有吗？刘月儿突然变得像一个爱听故事的孩子一样，想一下子把我的话听完。

我会想你的。我想了想，只有这句话真实而现实。

永远吗？

永远！我的声音低沉颤抖。

刘月儿的情绪激动起来，那双清溪般的眼睛变得波涛汹涌，讷讷地说，我可能不能给你写信了。

为什么？！

你以后会明白的。

我想说我明白个球，但还是克制了。

你——可以——吻我一下，但不能动手动脚。刘月儿说。说完身体前倾，隔着一张桌子把脸伸过来，小嘴嘟得像一颗鲜红的草莓，令人垂涎欲滴。我犹豫了一下。这时门开了，进来一个上尉，脸像江暴牙做的四喜丸子，一个劲地往外冒着油。刘月儿迅速回到立正姿势，向我介绍说，这是集团军的吕干事。

吕干事好。我用右手摸了一把帽檐算是打了个敬礼。

　　　　　　　　　　　"新生代军旅作家"面面观 |

你们认识？四喜丸子像找东西似的用眼扫了一遍整个屋子问。

不认识，他是从连队来送稿件的。刘月儿眨巴着眼睛赶紧回答。我随即双手把稿件捧上。他说了一句"哦，放这儿吧"就把眼睛转到别处去了。

走出编辑部，我一头扎进草原，没有方向、没有目标地胡乱狂奔，向草原的深处更深处扎去。我像一只受伤的麋鹿，试图用深草和土丘将自己湮没在世界的视线之外。我又像一个丢失最心爱玩具的孩子，伤心而盲目地四处寻找。我终于跑不动了，趴在草地上看天色一点一点地暗淡下去，灯火一盏盏地亮起，秋风从身上梳过，把一切带向深秋。

正如我所预料的，那份浪费了我大量心血、寄托了炮七班所有希望、被老杨称为"很真实"的稿件迟迟没有发表。李乌鸦着急上火，不停地催我再去问问。我明确地告诉他，不用了，写得不好，人家根本没看上。我想，如果不出所料它早就已经躺在了屠宰场的某个垃圾桶里。彼时，刘月儿已经如期地去了军区。

我们也很快失去了纳编的最后一丝希望。所有战术都搞完就等着实弹射击考核俗称打靶的时候，我们被三连清理出局，灰头土脸地回到四连。三连的主官们不愿意把脑袋别在裤腰上带一个编余的班去打实弹。老杨推过河的卒子又被推了回来，重新摆在他的眼前。那时，四连以近乎完美的表演获得了全旅战术演练第一的桂冠。老杨召集全连开了一次军人大会，照例从第一次中东战争讲到科索沃，最后得出一句结论：打靶是检验我连现代战争研究成果的唯一标准。接着，他把他的一至六个"王牌炮班"要达到的考核成绩都布置了一遍。若按他布置的指标完成，四连又将荣膺实弹射击第一，形势一片大好，老杨将更加唾沫横飞。讲到最后，快要散会了，才像记起什么似的说，炮七班我就不勉强了，只要你们最后几天不出问题，安安全全地把炮弹送出去就算是完成使命，也为连队做了贡献吧。这话又招来一阵哄笑。哄笑中我们没有再生气。除了老谢。

老谢回到宿舍就把自己的水杯摔了个粉碎，摔完还不过瘾，又要摔别人的，被李乌鸦及时平息说，克制，克制。

被摔杯子的一小滴水溅到老曹的脸上，老曹把半睁半闭的眼睛全部闭上，说，出乎尔者，反乎尔者，无所谓。自从从一棵树回来之后，老曹就像脱胎换骨成了另一个人，再不摆弄放大镜、抹子，把曾经对考古挖墓的热情全部转移到专业训练上了，虽然他手上技术的进步与他付出的努力不成正比，但理论知识的掌握却突飞猛进，据李乌鸦评估，仅射击学方面的功力已经超越老杨。

老谢说，反正也没什么戏了，回去该喂猪喂猪，该烧火烧火，该陪护陪护，还不如豁出去干他一把。李乌鸦就问，你要干谁一把？可不能出问题了。老谢说，我，我要干拖靶一把，要在打靶时打他个空中开花，让这帮狗眼看人低的王八犊子瞧瞧。

空中开花就是当场把拖靶打炸，是打靶的最高水平，是要单独通报表彰的。老谢的一句话说得老曹把眼全睁开了说，这个倒有意思。一时间全班热血上涌，都跟着附和说，对，对，打出个成绩来，死也死得好看点。

最后的决战——实弹射击考核开始了。我们的阵地设在一座山上。我们在山上构筑了工事，把炮藏进掩体，做了射击准备。一切妥当之后却接到了上面的通知，由于是编余班，不参加建制班、排、连的射击，只在连队所有射击完成后单独打一个航次。言外之意就是负责把剩下的弹药消耗掉。全班一下子又悲情起来，让炮手眼巴巴看别人打靶比让老光棍看别人娶媳妇还要残忍。我们都不忍心自残身心，猫在掩体里眯瞪，任凭掩体外炮火纷飞。只有老曹还在撑着，每天趴在掩体埂上望着其他班打出的弹道发愣，边看还边往他的红皮本上写写画画的，又像当时研究地图一样。

老杨的六个王牌炮班还真是争气，每次喇叭里通报都有命中弹。每次听到这样的通报我们都心情复杂，只有老曹似乎不相信，说，怎么可能，怎么可能呢？

终于到最后一天，终于要轮到我们了。正养精蓄锐准备最后一搏时又接到通知，说有大首长要亲自观看最后的射击，炮七班负责美化阵地。让去的理由很简单：我们上次拍牛粪羊粪拍得好，连队信任。于是凌晨就起来，把整个山坡的植被全部铲除，用沙土拍一个框，框里用伪装网缀成几个大字"科技大练兵，一切为打赢"，能见度好的话五公里外肉眼能见，壮观得不得了。老谢感叹，这下，连放羊的都知道这是阵地了。

一切完毕之后，离实弹射击只剩下一个小时的时间了，我们乱七八糟地斜靠在掩体里吃干粮喘气，只等天色一亮"敌机"来犯便可撩开伪装开炮射击。

正喘着气，突然听到老曹尖叫了一声：保险开关不见了！全班吓了一跳，顿时没了疲劳，团聚过来，插保险开关的孔里果然空荡荡的！全班集体傻了眼。没有保险开关炮弹就进不了膛，炮弹进不了膛就无法实弹射击，这就意味着要哑炮，哑炮属于重大事故。

我镇静了一下说，昨天我看这玩意儿还在呢。老曹问，那昨晚哪个班负责阵地岗哨？新兵官保回答，是四班的岗。说完又补充一句，昨天晚饭的时候，我好像听见四班的新兵说他们的保险开关报废了。

难道是趁咱们美化阵地的时候……老谢说着就站起来，不想被头顶的伪装网弹了回来。

可别胡来，有大首长在指挥所，闹出事可就掉头脑。李乌鸦说。

老子受不了这窝囊气！分房子受他们的气，吃熏兔受他们的气，打个靶还受他们的气。你们要怕死就在裤裆里藏着，老子一人做事一人当，大不了打光棍走人！说完又要起。

强攻不行！老曹边说边在地上摆了几块石子比划：军事上，敌强我弱，不要说你千里走单骑，即使三英战吕布也占不了便宜，难免败走麦城；政治上，土豹子是连长的嫡系，在连里飞扬跋扈，挟天子以令诸侯，而咱们从不受老杨待见。四班现在占尽天时地利，我班只剩人和。

那就这样认了？我说。

再想想办法。都想，快点！李乌鸦说。

于是一个人蹲一个角想办法。掩体里进入死一样的沉默，我甚至能听到对面山头上羊啃草的声音。

有了！老谢突然一拍大腿，把伪装网震得颤抖了一下。所有目光射向老谢。

我还有一个备用的！老谢说，偷走那个是赝品，只能训练不能打实弹，所以来之前修理所给咱们班多配了一个，专门打靶用的。

李乌鸦说，是有这回事，修理所长特别交代过，打靶时一定要换过来，今天一忙活都忘了。

那赶紧拿出来装上啊。我说。

在我行军床下呢！老谢说完，全班差点集体晕了过去。王狗蛋家离阵地起码有十里地，来回二十里！离打靶的时间还有不到五十分钟。

我回去取，你们在这里等着。老谢说着就要起身。

我去。李乌鸦说，你五公里不行。我五公里十八分钟，十公里五十分钟应该没问题。

没有人再说话。李乌鸦抓起水壶一仰脖子咕咚了几口，扔下水壶钻出了掩体。随即传出老谢的声音：我五公里不行！我不就胖点嘛，哪次没及格？

半个小时过去了，还没有任何动静。四十分钟过去了，还没有动静。大喇叭里传出声音，通知做好射击准备。老谢说，牛吹大了，说不准我去还比他快呢。老曹说，要不是今天凌晨开始干活把体力消耗尽了也应该回来了。正说着，伪装网被掀开，一个沾满尘土的布团夹裹着一阵凉风滚了进来。布团展开，众人一看正是李乌鸦。李乌鸦嘴里只喘气不说话，像把喷壶，边喘边从口袋里掏出一块铁疙瘩交给老谢。

保险开关！老谢接过来像捧了个五代单传的男婴。

班长，这是咋弄的？新兵官保指着李乌鸦膝盖说。循声看去，李乌鸦的右裤腿上破了个洞，迷彩服和秋裤都破了，露出掉了皮的膝盖，像烤得半熟的熏兔，血正顺着裤管往下流。

不小心摔了一下。李乌鸦说着从挎包里抽出一张卫生纸糊在了膝盖上。

全班肃然起敬，差点要为李乌鸦的膝盖默哀三分钟。但时间已经来不及了，"敌机"的轰鸣声已经响起。警报突然响彻整个山坡。伪装一瞬间就被掀开，刚才还寂静的山坡立刻变成了炮口林立的阵地。扮演敌机的航模靶机拽着拖靶在我们头顶腾云驾雾，一副欠打的样子。

我们神情专注地趴在炮上，两个新兵浑身开始发抖，不断打报告要上厕所，遭到李乌鸦的严厉训斥。

炮声响起，单炮射击开始了。四班的炮果然没有响起。其他五个班的炮弹按编制顺序如期出膛，呼啸上天。但所有的炮弹飞上天后便像瞎了眼，擦着拖靶四周的空气呼啸而过。拖靶一次次挣脱炮弹穿过硝烟，大摇大摆地向禁射界飞去。

第一个批次打完，喇叭里通报，老杨的六个（其实是五个）王牌炮班从单炮射到连齐射共七次射击消耗弹药六十三发，无一命中！

两分钟后就是炮七班打了，李乌鸦嘴唇有些哆嗦，说，刚才打得有问题，大家分析分析。新兵官保说，练火眼金睛早把眼晒坏了，瞄准时会出现重影。李乌鸦点点头说，幸好那会儿咱班几个都不在炮班了，留了双好眼睛。老谢故

　　　　　　　　　　　　"新生代军旅作家"面面观 |

作深沉地说，依我的经验看，是因为他们只打了一个点射，要是校正一下马上再打一个点射，肯定有戏，关键是时间问题。李乌鸦又点点头。老曹翻开红皮本，说，按射击预案，高度八百，航路捷一千五，开火时间有十秒，一个短点射一至两秒，间隔三至四秒，打两个短点射，够了。如果能压缩开火距离，最后一个点射在接近航路捷径上开火，那就能达到最好的射击效果。

正说着，休息了几分钟的敌机又拖着拖靶出来了。

李乌鸦下达了压弹的口令。老谢像练气功似的猛吸了口气，提起一夹弹向输弹机猛压了下去。只听见啊的一声，老谢叫了声"不好"，手指被夹住了，抽不出来。

这种情况只有过度紧张导致用力不均才能出现，老谢自从练炮从未遇到过。

你净关键时刻拉稀。我忍不住骂道。

老谢瞪了我一眼，牙往下嘴唇上一咬，把手猛地抽了出来，五个指甲盖还剩三个，另两个手指头血肉模糊。

老谢把那两个手指塞进嘴里吮了一下，用左手把剩下一夹弹按了进去。

我说最后一句话，待会儿大家动作利索一点，眼睛瞪大一点，争取时间打两个点射，把狗日的揍下来。李乌鸦说着又扭头看老曹：如果我出现问题，最后一个点射由你下口令。

老曹毫不谦虚地点点头。

敌机进入射界了。

报告！新兵官保突然打了个报告。

李乌鸦一惊，以为哪里又出问题了，说，报什么告，有屁快放！

没有屁放，有尿要撒！官保喊道。

给老子尿裤裆里！李乌鸦骂完立即下达了口令：短点射，放！指挥旗同时有力地落下。新兵官保一脚蹬在了发射开关上。整个掩体立刻被轰鸣声和硝烟淹没，一股浓烈的硝烟味直钻鼻孔。几枚满载着全班希望的弹丸划出几道赤色的弧线冲上天空，朝拖靶直扑过去。在离拖靶还有零点几厘米的时候弧线却突然下沉，炮弹在众目睽睽之下与拖靶失之交臂！

拖靶得意地看了我们一眼，加快速度继续向射界外逃生。

航路校正五十。老曹朝我吼道。

向里还是向外？我问。

向外，快点。

我的手一哆嗦，校正量装大了！还想再往回装，已经来不及了，拖靶已经快出射界了。

短，短……李乌鸦的舌头又大起来，把半截口令挡在嗓子里，死活出不去。

开炮！老曹从身后吼了一嗓子。

整个火炮颤抖了一下，又一次发出震耳欲聋的声响，炮弹在弥漫的硝烟中紧急出动，直追拖靶。刚刚喘了口气的拖靶像长了眼似的在接近禁射界的地方和我们的炮弹不偏不倚地亲热相拥，阵地的上空顿时炸开一团焰火，像一朵火红的鲜花在蔚蓝的天空深情而热烈地绽放。

军长到阵地的时候，我们班正乱成一锅粥。乱成一锅粥并不是为刚才的空中开花庆贺。庆贺持续了不到两分钟话题就转移了。曾经彻底破灭的纳编希望被刚才的空中开花又激活了，我们有许多的班内大事要紧急磋商。老谢主持了会议，先问李乌鸦说，这回纳编应该没问题吧？李乌鸦点点头。老谢又问，纳编后应该有个副班长位置吧？李乌鸦又点点头。老谢再问，谁当？李乌鸦没办法，只好说这是连队研究的事情。老谢还是不依，说，那作为班长，你认为今天打拖靶谁的功劳最大？李乌鸦假装思考了一下说，当然是曹长安同志，我实事求是地说。老谢一听有些恼火，说，他那点动作要领还是我教他的呢，说靠他打下拖靶谁相信呢？老曹坐在地上发愣，听了，赶紧出来表态，说，无所谓，无所谓。

说得轻巧，我指甲盖都掉了两个，就没有一点可歌可泣的？我不忍痛把弹压下去，你们打个鸟！老谢急了。

那怎么能说是你一个的功劳，要不是我校正了航路，能打下来吗？我也急了。

你们都不是功劳最大的。老曹说。

那你是！我和老谢又都把唾沫喷向老曹。

功劳最大的是土豹子！老曹不紧不慢地说，要不是他替咱们哑炮……哼！

全班都愣住了！掩体里陷入短时间的沉默。

你不就懂个射击学吗？老谢还是不甘心自己的失败，问老曹，你给解释解释为啥他们今天连根毫毛也没打下来。

他们一直没打下根毫毛！以前的命中弹都是虚报的！老曹说。全班又愣住了，睁眼看着老曹。

可不敢瞎说！李乌鸦说。

真的，我看过弹道，不可能命中，要不就是检靶的虚报，要不就是中了邪！

那今天为啥没有虚报？

我怀疑首长换了检靶员。

老曹的话音未落，我们就看到一堆人跟放羊似的朝我们掩体走来。

为首的是一个陌生军官，肩膀上挂着光板一星，后面跟着旅长，旅长后面跟着营长，营长后面跟着连长。光板一星应该就是今天的大首长——军长了。走近了，我们才发现军长出乎意料地年轻，一双眼睛大而有神，像在额头安了两个小探照灯。我偷偷将他和老曹对比了一眼，果然有几分相似之处。

李乌鸦上前要打敬礼报告，军长摇了一下手示意免礼。他好像没有我们想象中的高兴，扭头看见官保，用探照灯照着他的裤子说，尿裤子了吧小伙子。旅长的脸上就尴尬起来，营长就瞪连长，连长就瞪官保。官保羞得满脸通红，就差哭出声来了。军长又说，谁没尿过裤子啊，没尿过裤子成不了真正的炮手。说完嘴一咧脸笑得像朵花似的看旅长他们。旅长、营长、连长就一个劲地点头说，对，对，对。一时间好像都尿过裤子。

当然，军长表情严肃起来，说，没经过炮火洗礼的兵不能算真正的兵，没打下拖靶就是玩一辈子炮也不能算真正的炮手。你们今天用成绩证明了自己是真正的炮手，我看，这个，炮几班来着？军长转过身问。

报告首长，四连炮七班！李乌鸦把胸脯挺得像驼峰似的。

炮七班？据我所知炮连好像只有六个炮班编制吧？说完转身看旅长，旅长就转身看营长。营长赶紧解释，临时编余，临时编余。

就剩这六个真正的炮手还是编余的？嘿！看来你们是隐真示假啊。军长干笑了一声，这次没有看旅长他们，把探照灯射向阵地中心的标语。

应当马上纳编。旅长说。好像说给军长听，又好像说给营长、连长听，更好像说给我们听。军长没有表情，问我们，小伙子们，你们高兴吧？

高兴！老谢第一个抢答。我们也都跟着重复，高兴，高兴。

只有老曹愣在那里。

你好像不高兴？军长一歪脑袋看老曹。所有人也都看老曹。

报告首长，我没有理由高兴。老曹憋得满脸通红地说。

哦？军长眼里充满热切期待。我们都屏住呼吸，不知老曹要演绎怎样的传奇。

按书上说的，现代空袭兵器的速度和作战效能足够在前七次射击时摧毁所有的阵地。要是真打仗，我们早成了烈士，连上炮的机会都没有，还咋个空中开花，咋个纳编，咋个高兴呢？老曹的声音不大，但足以穿透所有的耳膜。

这下，阵地上所有人都僵住了，像一群雕塑。

驻训总结的那天，坝上下了一场雨，气温一下子就降了十来摄氏度，仿佛立刻进入了冬季。我们披着大衣参加了总结大会。老杨也披着大衣。披着大衣的老杨看上去像个放羊的老头。可能是天气太冷，老杨再没有浪费时间发表研究现代战争之类的长篇大论，把上级的文件和连队的调整命令念了一遍就解散了队伍。

出乎所有人的意料，文件上并没有热情讴歌老杨和老杨领导下的四连在短短的驻训期间取得的辉煌成绩，而是强调了两点：一是要严格落实编制，不能随意编配人员；二是就如何克服训练中的形式主义提了几点要求……

炮七班没有被纳编，而是在总结会上正式宣布解散了！但李乌鸦因打靶有功顶替土豹子被正式任命为四班长，四班的副班长不是我，也不是老曹，也不是老谢，而是土豹子！老曹的预言被再次印证。命令宣布时，我、老曹、老谢坐在板凳上静静地听着，连动都没动一下，生怕大衣脱落冻着似的。

我在宣布命令前被指导员单独召见。他住的屋子已经烧炕，屋里烤得暖烘烘的。他让我上炕和他一样盘腿坐下，然后开始吧嗒吧嗒地抽烟。抽得满屋子烟雾缭绕时他才想起什么似的问我，下连多长时间了？我就答半年多。他又问，发现自己有什么变化？我摸了一把下巴，那层茸毛不知啥时就变成了生硬的胡楂子，说，学会了打架，学会了骂脏话，学会了喝酒。

抽烟呢？指导员拿着烟盒在眼前晃了一下。

我摇摇头。

以后会学会的。指导员很肯定地说完，随手递给我一封信，信封上是刘月儿的笔迹。看我惊讶，他说，有件事希望你能原谅我。

哦，我更惊讶地看他。

那就是上次看了你的日记。你的事情我都知道了，我也找那个丫头谈过，她为了你已经调走了。能不能忘记是你们的事，但现在你必须学会忍耐、承受、珍惜，还有克制。你想成为一名真正的军官，就必须先成为一名真正的军人，知道什么是真正的军人吗？

我点点头又摇摇头，克制了一下没克制住，眼泪还是流了下来，掉在滚烫的炕沿上，嗞嗞地响。

真正的军人不仅永远都需要激情，而且永远都需要理智。等你们都走进军校的时候……

我能做到。我站起来打断指导员的话，双手接过最后一封有着蜜蜂牌香皂味的信，放进紧贴胸口的口袋里，拉上拉链。

还有，鉴于你在驻训期间的表现，考虑到你年底就要去苗子班复习准备考军校的实际，连队给你一个副班长命令但不担任具体职务。你，有什么意见？

没有。炕被烧得发烫，一股热流从脚底往上涌。指导员，我要是真能考上军校还回四连跟着你干。

算了吧，我下了坝就准备转业了，已经正式通知了。今天可能是最后一次穿着军装和你谈话了。话有点多啊。你还是跟着连长干吧，他对你印象挺不错的，为你考军校的事跑了两趟机关呢。

我靠。我从心里说了这两个字，是什么意思，连自己都不知道。

老谢在宣布命令当天下午就提前返营了。走的时候，我送他去营部坐回营拉粮食的车。一路上，寒蝉凄切对长亭晚骤雨初歇，老谢一言不发。进了营部的院子，老谢突然停下来，告诉我他是提前回去反省的。他搞对象的事被连队知道了，连队没有处分他，但本来属于他的炮四班副班长也没当成，算是功过抵消。

我欠你的四个羊蹄只有下次上坝的时候还了。老谢说。

我安慰他说，没事，明年还接着来呢！

不可能了，我不是回营里，而是去农场。我主动要求去的。那地方好，有活干活，没活睡觉，没那么多鸟事。再说离旅部远点好让他们放心。老谢说着两眼就红起来，干脆转过身去揉眼睛，说，他奶奶的风沙怎么这么大。

刚下过雨，哪来的风沙？我心头涌上一股说不出的滋味。可怜的老谢还没有啃谈过呢！

我知道不是你告的密，你是个爷们儿。老谢转过来看着我，眼里湿漉漉的，像沾满雨露的草。

这还用告密？你自己就让全连都知道了。你什么都好就是嘴不好。啄木鸟死在树洞里，吃亏全在一张嘴上，回去好好反省反省。我说。

我的嘴怎么啦？老子好汉做事好汉当，坐不改姓行不改名，我说几句话又能咋的？老谢的牛劲又来了，嘴里又像开了闸似的跑起火车来。

拉粮的车已经来了。老谢上车后探出脑袋：我问你这恳谈是啥滋味？

我刚想说我怎么知道，老谢又说，别说你不知道，你账本上都记着，俺也是文化人，没给你宣传出去就是了。我立在那里，不知道说什么好。这样过了一分钟，车子发动了，我说，那个，没什么味道，跟啃羊蹄一样一样的。车子已经开出去十步远，老谢把脖子抻得很长，喊，他娘的，知足吧你，跟啃羊蹄一样，还说没什么味！

老曹也没有留在炮班，他将去教导队参加预提班长学习。两个新兵被正式纳编，但不是到炮班，而是炊事班。官保接替我当了火头兵，另一个接替老谢当了饲养员。老曹离开炮七班的那晚，官保上街打了两壶草原白，老曹亲自下厨做了几个小菜，李乌鸦组织了炮七班最后一次小咪。草原白香浓而性烈，不愧是草原人的酒。老曹的菜个性鲜明、内涵丰富、独具风味，体现了炊事班班副的思想和技术水平。它们把炮七班留给我们的最后记忆演绎得悲壮而隽永。

酒菜初上，却没了上次的气氛，都只喝酒，不说话。酒过了一巡，我问老曹，那是你爹吗？

哪个？

那个少将。

是你爹！老曹突然像吃了炮弹，古人风度尽失。

我愕然，问道，那个不是军长？

是啊！

你不是军长的儿子？

你才是军长的儿子！

我听说你爹是你们村出的最大的官。

没错。

啥官？

我们乡的乡长！咋的？

我愣了一下说，不可能啊，在军长面前说那话还能让你上教导队？

难道说句真话非要关禁闭才正常？

全班又僵了一下，随即都端起酒要敬老曹。老曹这才谦虚起来，说，受之有愧，把班里纳编的希望彻底葬送了。

多大个事，怎么说军长也封了咱们一个真正的炮手！纳编不也就当个假炮手吗？我们三个老兵吓了一跳，说话的竟然是新兵官保！我本来还打算以传授烧火棍法来安慰他幼小的心灵呢，可还有几个月他也要成为一个老兵了。

于是放开了喝酒吃菜。这时有人提到老谢，大家都难受起来，很有哭的意思。李乌鸦见状就提议唱个歌，把我们都吓了一跳，以为喝多了耳朵不好使听错了。李乌鸦就重复，唱个歌，你们大点声，我小点声，中和中和。把每个人会唱的歌拨拉了一遍，发现李乌鸦和全班共同能唱的就剩下《军歌》，最后决定唱《军歌》，由老曹领唱，李乌鸦指挥：

向前向前向前，我们的队伍向太阳，脚踏着祖国的大地……

唱到从不畏惧绝不屈服英勇战斗的时候，李乌鸦突然像火车鸣笛一样呜的一声把歌声给盖住了。我们都以为他被羊蹄噎住了，停下来看见他脸上挂着两条水沟，哗哗地淌着……

手机响起来的时候，我正在操场上生气。我撕了喉咙朝那帮鸟人吼，走好啦，会不会摆臂啊，能不能不低头啊。但效果还是不明显。我感到我的话已经严重地不起作用了。我就说，一排长，把队伍带过来，我给他们上一课。说话间有人捅我，老朱，算了，大过年的折腾啥呀，2008 年大家都不容易，让大家过个好年吧。我一看是指导员，这家伙就会当好人，搞得每次民主测评他都比我票多。就说，过年？就是祝寿我也饶不了他们，我当战士的时候……

行了行了，都听出老茧来了，不就是十年前集团军打靶，你带一个班第一个点射就把拖靶打下来了吗？

哪里，我记得连长说的是军区组织的打靶，他用一发炮弹打下来的。带队伍过来的一排长插了一句。

我扫视了他俩一眼说，今天不是讲这个。

那就是你在坝上把一个叫土豹子的老兵打得满地找牙，还是从北约打南联盟一直打到伊拉克？待会儿会餐，你就给大伙留点食欲吧！指导员很不给我面子地说。看一排长去整队，他又说，老朱，我知道这次调职没调上你心里有气，但有气也不能拿兵撒呀。一句话把我堵得哑口无言。好几天了，连自己都奇怪，一个小副营没调上便见了谁都有火，至于嘛。可话又说回来，该干的活干了，该出的力出了，这几年的重大活动除了抗震救灾没参加上我什么任务没完成？凭什么不提我？越这样想越觉得窝囊。早上，我安排全连打扫卫生准备过年，却有几个新兵靠着墙抱着公用电话给家里拜年；我让炊事班会餐时再加一盘羊蹄，炊事班长，自以为是老士官，嬉皮笑脸地对我说，这东西平时都吃腻了，现在的羊都有脚气呢，过年就换个口味吧。那样子好像他是连长我是班长。典型的"搞不清大小，分不清公母，不知道自己姓啥"。这一切都暗示着我的话在连队已经不好使了。还不是因为没调上职才威信下降、大权旁落？于是我生了气，把全连集合起来脱了手套在雪地里搞队列训练，训完了听我讲课。天气冷不是？那咱们就练吧，反正我在塞外时是冻惯了的。

队伍坐下了，我给他们讲课。一排长把一本论述现代战争的书摆在我面前，那上面记录着从北约打南联盟一直到美国打伊拉克的所有现代战争。我把书往边上一推，说，2008 年是不平凡的一年。讲到这里手机就响了。我打开一看是个陌生的号码就摁掉了。谁知对方是个不达目的不罢休的主，摁掉后他就发短信，一条接一条就像营房外的爆竹声一样连续不断。这个时候来的无非是些复制过来的拜年话，廉价且虚情假意还让人烦不胜烦，看一百条跟看一条一样，我一般不搭理。但它好像跟我较上了劲，我越是不搭理，它就越叫得欢，它越叫得欢坐在下面听课的兵就越东张西望。场面越来越不严肃，课是讲不下去了。我宣布解散，那帮兵就"噢"一声没了踪影，像过年似的（本来就是过年）。我坐在原地，掏出手机来看对方到底是什么货色。

并不是短信，而是我挂在手机上的 Q Q 在响。十几条系统通知，都是一个网名"歌星"的家伙要加我。

我是炮七班的。

哪个班？我回头看了一下刚解散的那帮猴子，他们的手机都被我没收了呀。

坝上的炮七班！

不会吧？是山寨吧？证据！

你在坝上跑了两次马，这事只有我知道。

班长！几个字打过去，连我自己都感到对方眼眶有些湿润。

你怎么什么都知道？

别忘了我是思想政治骨干。

终于找到你了。

我也是啊！

忙啥呢最近？

听党指挥，英勇善战，服务人民。我看着操场围墙上的标语打了上去。

你小子也成政治家了，兄弟间说这不觉得说这有点大？

跟你学的。

还去坝上打靶吗？

没有，老部队被裁了，火炮也被拉到钢铁厂回炉了。班长现在何处高就？

市歌舞团。

文艺工作者？能安排到那地方还真不赖。

你怎么找到我的？

百度呗，你真是 Out 啦！我输入"坝上"就搜索到了你的博客。

你还百度到谁？

曹长安。

他现在干吗？有联系方式吗？

开了一家武馆，天天教小孩打架呢。我把他博客的网址给你，不过他现在估计没空理你，正忙于省里的武林大会。

我被雷了一下，无语，贴了一个龇牙咧嘴的表情上去，意思是：怎么可能？

一切皆有可能！真的，下一期"西西踢歪"电视台直播就有他，担任武术点评。开始他也没发现有这特长，后来看了武林大会才发现武术和考古同宗同源。

这我相信，他一说话就有人要冒汗。你自己呢？

瞎忙。

忙啥？忙签名吧？我调侃他。

不敢当，确切地说，只是慰问演出而已。

演出？你演哪出？

流行歌曲而已。

我无语，连续贴了两个很雷的表情上去，意思是：怎么可能？怎么可能？

一切皆有可能！真的，以周杰伦的歌为主。开始也没发现咱有这特长，后来听了周杰伦的歌就去试了一下，他们说我是周杰伦加臧天朔。

我再次无语，这完全符合马列主义原理！

我在汶川演出时见到老谢啦。他从东北过来救灾，一个人进了山，余震的时候他把一个小孩扔出去，就被泥石流埋了。

不可能！我想都没想打出几个字。

真的，乡亲们为他开追悼会，我们慰问演出的志愿者也去了，到那我才知道是老谢，被追认为党员。开始我不相信，天下同名同姓的多了，哪有这么巧？但到那我一眼就认出来了，他睡在花里，还是那么黑，那么胖，一点都没变。

扯淡，你肯定看错了，人哪有十几年不变的？

对方没有回复。

狗日的还欠我四个羊蹄呢，答应回坝上时还的……

最后一行字我没打上去。长时间看手机屏幕容易视觉疲劳，这不，眼泪都从眼角的鱼尾纹里渗了出来。我把手机揣兜里，好让眼睛休息一下，可泪还是没有止住的意思，十年了，头一回在脸上肆无忌惮地纵横奔流，噼噼啪啪地摔在桌面上，先掉下来的几滴被风一吹竟冻成了冰粒，看上去晶莹剔透的。

指导员跑过来，边摇我的肩膀边惊讶地说，咋啦咋啦，不就调个职吗？我用手把眼睛捂住，没事，别管了，风沙有点大！

哪来的风沙？

塞外，坝上。

指导员抬头望了一眼茫茫雪景，又扭头看了我一眼，走了。边走边喃喃自语，什么塞外坝上？刚下过雪，哪来的风沙？

2009 年 4 月 7 日于北京西山八大处（改毕）

天涯　明月　刀

朱旻鸢

以前我一直以为，南门岗与警调排乃至全神炮旅其他的建制班最大的区别是南门岗装备了一台电视。电视虽然不知道牌子，但却是彩色的；虽然只有十四寸，但图像很清晰，据大头说，效果好的时候甚至能看清动作明星元彪脸上的痦子。唯一的不足是声音时有时无。有时候看赵本山的小品，看着看着赵本山就不出声了，光张着嘴在里头手忙脚乱地比划，不知情的都以为是赵本山又在演残疾人。只有我们南门岗内部人士才知道，那是电视出了故障。其实没声音时也不用急，人工协助一下就能恢复。这个人工协助开始是轻轻敲一下外壳，后来要重重地砸一拳，再后来就需要使劲踢一脚。

我到南门岗报到的时候，大头就正伸腿往电视机外壳上踢。

这说明我到南门岗比较晚，在南门岗的历史上只能算是个新同志。所以当我一跨入宿舍的门槛，还没有把背包放下，班长刘德茂就对大头说，新来了一个，你给介绍介绍班里情况。

那是 N 年前仲夏的一个黄昏，天气凉爽得像一如既往低调的塞外。我背着像我那列兵军衔一样单薄的蝉鸣和像我身体一样单薄的背包走出神炮旅警调排排部，沿着旅部的围墙穿过幽静得能听到心跳的白桦林和像饭堂的大烩菜一样嘈杂的家属院，走了两千多步齐步来到以前只在排长的故事中偶尔出现的南门岗。当我看到夕阳下的岗台和哨兵与门口三两的商贩静默成照片，从杂草丛生的山坡上涌出的"瀑布"潺潺地淌进碧绿的菜地，来自家属院古老平房上的炊烟悄悄地盖过头顶时，恍如隔世。如果不是看到前来迎接我的班长刘德茂脸上绽放的只有在舞台上才能一见的经典笑容，我真不敢相信这里也是喧嚣的神炮旅旅部大院的一部分。

随着德茂的转身离开，大头把他那颗丰硕的脑袋从电视机的对面扭转过来，像打量外星人一样看了我一分钟才做第二个动作——把我的背包摘下来。

我说，电视坏了？

大头说，听说你是大学生？

我说，嗯，入伍前中文大学二年级在读，主攻……

停，停。大头的声音就高了起来，我没问你主攻副攻。说着抬起脚，朝着电视机的外壳狠狠地踢了过去。

"砰"的一声，电机马上恢复了声音，正表演小品的赵本山说，恭喜你，都学会抢答了！

欠修理的东西！大头骂道。

我怔了一下。

你主攻汉语也好，副攻汉语也好，你英语过了五级也好，过了十级也好，懂计算机也好，懂老母鸡也好，你来南门岗都是个新兵。既然班长让我给你搞搞传统教育，那我就从南门岗的规矩讲起。大头说着伸出一只蒲扇一样肥硕的巴掌拍了拍电视后面的墙，问，看到了没？我顺着大头的"蒲扇"看过去，墙上并无异常，最里面的角落里是一把菜刀，刀把上系了根绳子挂在墙上的钉子上。菜刀的旁边是一张奖状，班集体三等功的。还有一张十六开大的白纸，纸上画了一幅密密麻麻的表格，无须鉴定即知是本月的菜谱。我点点头，装着很知趣的样子，其实心里和那张白纸一样茫然。

立正——，向，班祖战斗过的地方，敬礼——

大头突然改变音高，像公鸡打鸣般抑扬顿挫地喊了一嗓子。

我愣了一下，以为大头有间歇性精神病，一时不知所措。

等下酒菜吗？敬礼啊。大头显然对我的反应不太满意，脸上露出不容置疑的严肃表情，调整回正常的语气说。

我赶紧操起一只巴掌捅到帽檐下，由于动作仓促差点把帽子捅翻。礼毕，大头这才像完成了一项重大任务似的松了口气，然后把我领进里屋，解背包，铺床，叠被子，边忙活边絮絮叨叨。

咱们班的基本情况是这样的，全班编制六个人，为什么六个人，因为只有三张架子床，多了没地方住。当然，床上从来没有睡满过，因为总有一个人在站岗。

这都是废话。我心里说。

咱班的战斗分界线是：南到地方家属楼，北到部队家属区，西到铁皮桥，东到猪圈菜地。东西战线长二十一米，南北纵深三十六米，作战地域七百五十六平米。

什么叫战斗分界线？

这是军事术语。就是平时的活动范围！界线之外就是雷池，越雷池半步，杀——无——赦！大头说着腾出一只手变成立掌，在铺面上做了一个杀头的动作，似乎在引诱我适当地想象一下被押上刑场的感觉。可惜我没有那么丰富的想象力，他那只手掌只能让我想到一道叫红烧猪手的名菜。我走了二里地，已经很饿了。

以后站岗，见到三种人要敬礼：一是干部，当然这种情况极少；二是旅长政委的家属；三是一个老太太，天天上山捡柴的那个。

凭什么给她敬礼？

那是旅长他老娘！你给她敬个礼，她要一高兴在旅长面前表扬你几句，可不比你站一年岗强？九六年兵老宋就因为站岗时给一个素不相识的过路老头打了个敬礼，年底就保送到司训大队学开车去了，现在，人家是汽车连的司机班长。还有，等会儿把这"护身符"背下来。否则以后你死都不知道怎么死的。说完解开上衣口袋，从里面掏出一个士兵证，再打开士兵证，抽出里面夹着的一张小纸片，往我眼前一递。我接过来扫了一眼，上面用很甲骨文的书法写着：头发往后背，资历一大堆；头发一边倒，混得比较好；头发比较短，混得比较惨。

什么玩意儿？我正琢磨着，大头又说开了，等会儿把你的裤子脱下来用开水缸子熨一下，别搞得跟丐帮的洪帮主一样。还有，还要学唱《长征组歌》，你，唱高声部。

为啥？

集体活动有歌声。班务会、开饭都要唱。

别的歌不行？

不行！忘了告诉你，班里的分工是这样的，班长德茂是班首长，统管军政全局，班内统称"德茂同志"，这样显得比较团结，就像政委称旅长为"红兵同志"一样；副班长，暂时空缺；我，也就是闫良兵同志，分管班里的政治思想工作，相当于班政委兼班团小组长，这台电视，这些书，还有学唱歌等政治工作都归我管；赵玉芳，也就是你来之前调走的那个暴牙，分管军事训练，相当于班参谋长……

我分管什么？我迫不及待地问。本来想笑，但克制住了。

你？刚来，负责服从命令就行了。大头说着伸出肥厚的手掌在铺好的床单上像压路机似的刮拉了一通，把铺面刮得像静止的水面一样平整。

我悻悻地往大头铺好的床单上一坐。

我知道你不服，咱们都是同年兵。但没办法，这是南门岗的传统。哎哎哎哎……

大头如看到火星撞地球一样地指着我，走腔失调地说，谁让你坐铺的？

谁不让我坐的？

南门岗的规定！

什么破规定！这都是土政策，你们简直是黑社会！

管他黑社会白社会，想入伙的人多着呢。

啊呸！我学着吐痰的动作啐了一口，其实没有喷出任何液体（这样显得很得体，既能表达我的抗议，又能体现我大学生素质），然后接着说，兔子都不上厕所的地方，离机关办公区还两里地呢，站一年到头的岗连个营级干部都见不着。

啊对，在这站岗是不能跟警调排排部通信员比，整天能侍候上正排级首长！但咱这有电视。我听说有人为了看电视削尖了脑袋往南门岗挤呢。想看南门岗的电视就要懂南门岗的规矩！

大头说完用饱含鄙视的目光瞟了我一眼，仿佛他的的话一下刺中了我的软肋——你小子放着好好的警调排排部通信员不干调到南门岗来，不就是为了看个 NBA 直播吗。我想起那晚排长跟我说的话，忍辱负重般地强迫自己谦虚起来，调整了一下态度说，南门岗可是警调排成立最晚的一个班，山高皇帝远的，怎么也那么多规矩呢？

就是山高皇帝远才有规矩。离皇帝近的地方叫大内，离皇帝远的地方叫江湖。大内有大内的规矩，江湖有江湖的规矩。你看电视里的各大门派收徒弟，都要先拜祖师爷，少林的拜达摩祖师，武当拜张三丰，峨嵋拜郭襄，咱们新入班的同志就要向班祖战斗过的地方敬礼，这是一样的道理。这就叫传统！

还有……这样的传统？

有啊！你比如说，哪个部队出了一个见义勇为的烈士，那这个部队的新兵入伍第一天的传统教育就要先到英雄睡过的床铺前敬个礼。所以你原来在大内，只知道大内的规矩，怎么侍候排长，怎么接收通知，怎么传达命令，这都是你的专长，但是现在来到我们江湖，就要懂得江湖的规矩，像韦小宝一样，大内江湖通吃。

大头边说边拉了个小板凳坐下，绷紧的脸皮也随之松弛下来，在窗外斜阳的照射下放射出柔和的光芒，脸上一片的慈祥。

谁是班祖呢？

当然是咱们班的创始人。

南门岗的创始人不是一个劁猪的吗？

瞎说！大头就像一根被解除压缩的弹簧一样突然从椅子上蹦了起来，一步跨到门口，伸手把门推开，像地下党一样抻着脖子把他的大头探出门外张望了一圈，确定安全之后又恢复到原来状态说，让班长听见了要你小命！

那他到底是不是呢？

在学术界有争议。大头叹了口气，目光深邃起来，仿佛刺探到了很沧桑的历史。室外照进来的几束阳光纷纷从门窗撤退，屋子伴随大头的讲述暗淡下来……

关于南门岗创始人是谁的问题，长期以来在班内外一直存在两种说法，其中一种说法认为应当是劁猪的老艾。但这不是咱南门岗官方的说法。我也曾问过班长德茂，老艾是不是南门岗的创始人？没想到平时一向对我特别器重的班长一听就变了脸，说，狗日的，你就那么愿意当一个劁猪的徒子徒孙？说着还往我屁股蛋子上踹了一脚，踹得直到昨天洗澡的时候还能看到一个青鸭蛋。现在想起来幸亏我当时转身快，要不踹在正面非成太监不可。

但第一个管南大门的，的确是老艾。这点连班长德茂也承认。

老艾到了后来被大家称为"艾劁猪"。大家说到老艾，都不说"劁猪的老艾""劁猪的艾致富"，而是简称为"艾劁猪"。艾劁猪这个人我比较熟，长得高鼻子高颧骨塌腮，眼窝子深得跟副望远镜似的，整个脸就像是高低起伏的战术训练场。我站岗时几乎每天都能见到他，有时也能听到他说话，典型的塞外坝上口音，发音时鼻子基本不透气，把"建国门"说成"见过没"，好像一年四季都在感冒。

没活儿的时候，老艾就像我们开班务会一样端坐我们岗台对面的马扎上，表情严肃，腰杆挺直，双腿并拢，双手放于膝盖。时间久了我还以为对面挂的是张巨幅照片。每当夕阳西下，门口空无一人，只剩下我们俩面对面的时候，我就毛骨悚然。因了这幅照片我很少和他说话，也很少近距离接触，因为我那会儿就像你现在一样不正规，见了正规的人就心虚。后来有一次我在门口的公厕蹲坑——我有痔疮，是平时学理论时间太长坐出来的，蹲坑就成了我生活的一项大内容——正使着劲，突然感觉身边有人，一扭头竟然是艾剐猪蹲在一边。但那会儿的艾剐猪与平时端坐在我对面的艾剐猪完全不一样：他的眼睛鼓得像鸡蛋，脸拉得像驼鸟蛋，嘴张得像鸭蛋，向前大口地哈气，整个脑袋就像一把喷壶，整个人又像正被他剐着的驴。这是我唯一一次近距离的观察艾剐猪，就看到了他鲜为人知的另一面。

我断定艾剐猪也有严重的痔疮。很正规的人也有痔疮，让我这个新兵找到很多自信，从此以后见到再大的人物，我都能心静如水，波澜不惊。

艾剐猪怎么会成为南门岗的创始人，不，第一个看大门的呢？就因为他来得早。二十世纪九十年代末，确切地说是1998年，全国上下都正在抗洪抢险的时候，艾剐猪就已经在南门岗扎根了，但那会儿南门岗没有岗，也没有门，只是一堵墙。那堵墙是整个旅部大院围墙的一部分。墙北是我们神炮旅旅部的家属院，墙南是一幢地方工厂的家属楼，是那种老式的筒子楼——那个工厂早已经倒闭，里面住着的大多是些老弱病残、移交不出去的职工。院子东面是东山坡，坡下一根大烟囱，早就不冒烟了，上面住着一窝乌鸦。院子西面一条臭水沟，沟上一座铁皮桥，能过马车。虽没有门，但不耽误想从此出入的人。那时旅部大院唯一供正式出入的正门只有北门。北门岗一向很正规，哨兵荷枪实弹，盘查登记严格。营连的官兵要出入旅部过门岗时都胆战心惊，弄不好不仅门进不去还要关禁闭，加上旅里所属的基层营连都驻扎在旅部的南面，所以但凡身体素质好点的兵都不走北门，而是以过硬的翻越障碍技术从南墙出入。这样既可以节省出入时间，又可以锻炼身体，提高军事技术。老艾最初的根据地就在围墙根下。他背靠着的墙上有几处可助人攀登的"脚坑"。

据班长德茂讲，艾劁猪在南门岗最初从事的行当不是劁牲口，而是修自行车，在修自行车之前却是劁牲口，在坝上草原给牧民们劁猪、劁驴、劁马。后来出过一次医疗事故，给人劁完的一窝猪崽过了一天之后全死了。雇主断定是劁猪的活不行，掂了把粪叉要找他算账。艾劁猪闻讯四处逃窜，一直从坝上跑到市里，又从市区逃往东郊。跑到臭水沟的时候已是黄昏，老艾站在铁皮桥上看到桥下是污泥浊水，北面是高墙深院，南面是孤楼耸立，前面是荒山野岭，坡下的烟囱在夕阳的照耀下破旧苍老，像电视里英雄末路的残阳颓柱，顿感山穷水尽，于是干脆停下来哀叹一声，从腰间拔出劁猪的柳叶刀，欲与仇家做一了断。就在此时，他看见几个当兵的越围墙翻入部队大院，身轻如燕、如履平地，突来了灵感，情急之下不顾年过半百效仿而入，竟躲过一劫。仇家走后，老艾不敢再去他处，靠着墙搭了个窝棚先安顿下来，准备遇有紧急情况随时翻墙避险。但不能劁牲口了，两边都是家属院，也没牲口可劁，改修自行车，反正都是开膛剖肚再缝缝补补的活。

这是关于艾劁猪来到南门岗的传说，虽然版本有好几个，但口径基本一致。但后来又传出一个更为惊人的秘密，关系到艾劁猪的身世问题。其实艾劁猪的真实姓名不叫艾劁猪，甚至不姓艾，姓蒋，"文革"时期为了方便参加"革命"，显示和蒋介石彻底划清界限的决心，就模仿诗人艾青在草头底下打了把叉，改姓了艾。"文革"结束后，他被清理出革命队伍，也没把姓改回来，只改了行，学劁猪。"爱劁猪"的大名从此被广泛地叫开。一个把主人的职业和喜好都高度概括的称呼注定要成为经典而流传。

据说这个秘密是一个也操着坝上口音的人传出来的。但那个人戴着压得很低的草帽，遮住了大半张脸，声音嘶哑，像是用的假声，所以谁也不知道他是哪路高手。关于这两个传说的真实性我没有向艾劁猪考证，因为班长德茂经常告诫我们说，老艾这人最好不要惹他，急了他连人都劁！你知道，我今年才十八岁，标准的处男（我怎么会知道？），连女人的手都没摸过，没有必要为一个传说的真实性献了青春献终身，献了终身献子孙。你也一样，我今天讲的你信就信，不信就拉倒，最好别去找老艾考证。

据说起初老艾修自行车的生意相当不凑合，因为老艾这人太讲究，在修车的空地周围插四根杆子，杆子上系尼龙绳连着，围成一个像警察办案现场用的隔离区，身后的树上还挂块牌子，牌子上用毛笔画了几个大小不均的字："工作重地，闲人免入。"那个字，粗一看像小学生的涂鸦，但仔细地看，又像功底深厚的大师之作。来修车的人不管男女老少、不分黑白两道，一律在办公区外排队等候。修车也不叫"修车"或"干活"，而叫"上班"或者"工作"。如果手里有活儿，即使有人来修车，老艾也不抬头，说，您在办公区外等着，别打扰我的工作思路。时间长了，找他修车的人就少，都说，靠，一个修车的，也忒把自己当回事了。

就在老艾快要在南墙根混不下去、准备卷铺盖走人的某天夜里，月光皎洁得像电视里拍化妆品广告的电影明星的脸。突然，一团乌云以迅雷不及掩耳之势吞没了月亮，紧接着南墙根下"咣"的一声巨响，比一百毫米口径高炮营齐射时的声音还要大，几乎与此同时，老艾靠着的那堵墙像孟姜女哭过的长城一样"轰"的一声塌下来一大段，整个院墙就像老太太的门牙，一夜之间损失了一颗。老艾据说当时正在厕所蹲坑，出来时乌云已经散尽，月光依旧皎洁，看到眼前倒塌的围墙，自己却毫发无损，惊得目瞪口呆，慌忙朝天边明月跪下，磕头如鸡啄米，口中念念有词：月神之恩永世难忘，月神之恩永世难忘……

大难不死，必有后福。墙倒果真给老艾带来不少活计：墙一倒，过往人就多了，以前只能翻墙，现在能骑车，不但能骑车，时间一长马车、驴车也跟着出入，商贩们拉着满车的大米小米黄米和瓜果蔬菜往家属院里叫卖。南墙根一时间竟成了一个小集市。人不留客天留客。本来打算另谋高就的老艾看到过往的自行车、畜力车、牲口车水马龙，又重燃雄心壮志，索性把原来划分的办公区由一个整编成两个，工作区牌子上的字也变成了"修车兼劁牲口"，把从南墙出入的交通工具的修理保养全揽过来了。这样一整编，占尽天时地利的老艾生意从此有了转机，最火爆时工作区外经常排着长队，像春运期间火车站的售票点。大伙都说，老艾与南门确实有缘，成为第一个看门人实属天意。

天意不天意先不说，一切纯属巧合是真。一堵院墙平白无故地变成一个集市，旅里就不能不管，很快派来了保卫科的徐干事。

这事本不该保卫科管。墙一倒就该由营房科派人修补，如果那会儿补上也就没有了南门岗。但部队那会儿忙着备战军事大比武，曾在前线挂过彩的旅长老杜除了军事比武对什么都不感冒，他把全旅打炮修炮的、开车修车的、烧火做饭的都拉去参加比武还不过瘾，又把营房科的瓦工木工电工也全部拉去参加了砌墙、钉板凳、安电灯比赛，补墙的事就一直拖着，等比完武再来补墙却已经补不上了。院里的家属、院外的商贩已经打成了一片,他们不怪营房科补得不及时,反倒怪他们多事,把好端端的一个出口给堵了,想方设法阻拦施工。营房科管不了,就把事儿推给了保卫科。

给了保卫科后本来也不该由徐干事管。徐干事,就是现在那个一天到晚不说话,号称"闷头驴"的宣传科徐科长,那会儿却是咱们旅著名的"大辩"。我说的不是粪便的"便",是辩论的"辩"。他在地方上大学时曾参加过辩论赛,并在三名队友都纷纷败北的情况下孤军奋战,舌战群雄,最终以一己之力挽狂澜于即倒,化腐朽为神奇,反败为胜,从此名声大振,毕业时被部队特招入伍,并当上了神炮旅的首长秘书。但由于那次辩论赛落下了遇事喜欢辩论的习惯,当了首长秘书后,仍不忘纵横捭阖,没人说话还好,一有人说话他便忘了部队服从命令、听从指挥的规矩,嘴里就像跑了辆拉不住闸的火车,非要跟人辩论清楚了才罢休。秘书当了两天,其实是一天半——另半天在收拾东西走人——领导就被辩论烦了,问他,是你听我的还是我听你的?徐干事想也没想说,当然是谁有理听谁的。领导挥一挥手把他下放到了干部科,专门负责接待那些待转业干部、计划生育重点对象、随军待安置家属,结果在一次和一位农村随军来的家属的辩论中被对方抓得满脸开花,尝到了群众动口又动手的厉害后又调到了组织科。组织科的工作主要是写材料,一屋子的人有时往桌子上一趴好几天都难说一句话。徐干事去了后所有人都要停下来听他辩论,不仅没帮上忙还耽误不少事,组织科长就把他推给了宣传科。宣传科原本有一个说相声出身的文化干事,每天要对着镜子练功。练功其实就是嘴皮子,练得全科上下本来就怨声载道,徐干事去了后连镜子都省了,两个人直接面对面地练,单口相声也发展成了对口相声,练得全科集体罢工,纷纷向领导要求调换科室。领导一咬牙又把徐干事调到了人员最少的保卫科。保卫科原本只有一个科长,科长年轻时还被炮声震聋了一只耳朵,徐干事调过来后他又揉了一团棉花把那个不聋的耳朵也堵了,才勉强和徐干事在一间办公室待了一个星期,正发愁第二个星期怎么过的时候上头派下来了南墙的事儿。科长一高兴想都没想就把活儿派给了徐干事,为了表示对徐干事工作的支持,还把科里唯一一副生了锈的手铐拨给了他办案专用。徐干事自从那次被家属抓伤后,知道了部队家属的厉害,一万个不愿管家属院的事儿,但实在没地方推了,就只好把手铐往腰里一别,啥话也没有,去了。

到了南墙时值中午，烈日当空，行人寥寥，徐干事找了半天只看到一个艾劁猪。于是上前用辩论的语气问道，请问，这墙堵还是不堵？若是换了别人，都知道来的是个干部，三言两语的奉承话也就过去了，徐干事听完回去之后一汇报，墙该补还得补，大不了让警调排派几个战士过来执勤，发现捣乱的铐了往禁闭室里送。偏偏这艾劁猪年轻时参加过批斗会，被他"修理"过的还都是些干部，就没把徐干事当回事，仰了脖子操着坝上口音说，堵？越堵越胀得慌。

咽下口唾沫又说，堵住屁眼，一天不拉屎试试？

这话要是换了别的干部听了，也就当是句村夫野老的粗话，不会再搭理。但偏偏是徐干事听了。徐干事不但没觉得难听，反觉得观点很新颖，比喻有创意，干脆往屁股底下垫了张报纸坐下来细听这个浑身血腥味的老头详解。艾劁猪以前写过大字报，对南墙堵还是不堵的问题有自己的立场观点，不仅有立场观点还有论据，不仅有论据还懂论证。

徐干事以前在机关辩论了一圈没发现一个对手，没想到在这破墙根下却有一位世外高手，欣喜若狂。酒逢知己，棋逢对手，两人从烈日当空一直辩论到夕阳西下。

一场辩论下来，没分出输赢。两人的思路相差了二三十年，越说越搭不着边，倒是让徐干事过了一把辩论的瘾，而且听到了许多从未听过的观点。为这，徐干事回去越想越觉得老艾有意思，想到老艾一口一个"我参加革命那会儿"断定老艾应该是个好人，好人的观点也是好观点，于是连夜奋笔疾书，按照老艾的观点打了个报告，大意是围堵不如疏导，补墙不如开门。

由于报告综合了老艾和徐干事两人的智慧，跨越了两个时代，观点鲜明，论据确凿，论述充分，递上去当天旅首长就批了。第二天营房科的工匠不再往缺口上垒砖，把小缺口凿成大缺口，安了两扇大铁门。南墙就由墙变成了门。

这正应了鲁迅先生的一句话：这世上本没有门，过往的人多了，即使是墙也会成门。

有了门，本该设个门岗，但旅长老杜死活不同意。说，看几个家属院的娘们儿还要浪费我几个兵？我的兵不是用来看娘们儿的，是用来打仗保国家、比武拿金牌的，等啥时候站岗也有比武了再设吧。门岗就没设，让保卫科找个老头负责看着。徐干事首先就把老艾往科长面前推荐。科长其实当时不大同意，看着老艾的政审表心里就别扭。说，一个劁猪的，也太不正规了。

　　　　　　　　"新生代军旅作家"面面观 |

徐干事说，可别小看个劁猪的，干活的地方还划分办公区，我看比咱们的炮阵地搞得还正规呢。

政治上可靠吗？科长又问。

可靠得不得了，据我掌握的情况来看，他以前不仅参加过革命，还富有斗争经验哩。科长就不再说什么，在报告上签了字，拨了套桌椅和登记用的纸笔。艾劁猪就由院外搬进院内，正式当上了南大门的看门人。据说老艾看上大门之后，还是一如既往地正规，原来划分的办公区由两个变成了三个——看门、修车、劁牲口。老艾管理下的南大门还是很有秩序，小商贩想往院里送粮送菜要有院里的家属来领，战士出入一律登记，而且无论是商贩还是战士对老艾都挺客气。徐干事和保卫科长来视察过几次，都很满意，说，到底还是参加过革命的老同志，就是有斗争经验。其实真正的原因只有两点：一是老艾看大门时整天绷着个脸不说话，见了人用一双像瞄准镜一样的眼睛盯着看，看得人毛骨悚然，谁也琢磨不透他的脾气秉性，所以不敢惹；二是老艾劁牲口的技术十分了得。这一点让许多人对他敬而远之。

老艾的劁技到底有多了得，我跟你举个例子。有一次我见有人请他劁一头小母猪，他从怀里掏出一块没有表带子的电子表说，你帮我掐着时间，超过一分钟不收钱。雇主说，啥时开始掐？老艾说，猪一倒地就开始，猪一站起来就停。说着一个右弓步摆开架势，左手已经在猪背上摸索，摸到某个地方时猛一用力，猪就像中了邪似的扑通一声躺倒在地。这时老艾那只一直插在腰间的右手突然从腰间抽了出来，像一道闪电在猪的肚皮上一划，中指和食指就没了踪影，仔细看，原来两根手指已经从刚才划过的地方插了进去——那里早已被划出一道口子，只是没有血流出而已。被劁的猪这时才反应过来，发出"吱"的一声尖叫。尖叫还没有结束，老艾伸进去的两根手指已经抽了出来，像一把镊子一样夹着两颗白生生的卵巢。老艾看都不看，随手一甩，卵巢就从指间消失了。四下寻找却发现，离他一米开外有一饭碗，碗面忽地腾腾冒起一股子热气，像一碗刚出锅的豆腐脑。往里仔细一看，正是那两颗卵巢。我正看着卵巢，猪已经站了起来，肚皮上的伤口严丝合缝，平整得像在一块丝绸上刺绣的梅花。这时老艾也站了起来，边抓起一块毛巾擦手边问雇主，多长时间？雇主这才反应过来，赶紧按了一下表，说，五十九秒，真的不到一分钟！老艾一个劲地摇头叹息，说慢了慢了，就算个半价吧。雇主就愣在那里不敢出声，因为他跟所有第一次见老艾劁猪的人一样，从头到尾从未看到老艾手里的柳叶刀——这把刀长得什么样？是像李寻欢的小李飞刀，还是像傅红雪的第一快刀？原来藏在哪儿？何时掏出来的？都是谜。

试想一下，如果这种技术用来对付人，估计也就是在与你擦肩而过的瞬间你就已经成为太监。所以，但凡认识老艾的人，都对老艾保持着几分客气。

后来据懂行的见了说，老艾的技术在"劁界"三百年才出一个，而他用的刀则更是让人不可思议。老艾用的刀根本不是钢制的柳叶刀，也不是木制的、竹制的，而是骨头制的，叫骨头刀。一把上乘的骨头刀的做法极其讲究：取羊、犬、鹿的骨头——一般是肱骨，股骨，胫骨，其中以鹿的肱骨为最佳。做时，将鹿肱骨两头关节尖锯下扔掉，留足中间的一百七十三毫米，锯成三瓣，煮沸消毒后，取其中一瓣，一端磨成长五十毫米、宽十五毫米的刀，必须是前部宽而后部窄，背面为凸状，前面有凹状槽，槽深必须一点五毫米，刀尖十五毫米，厚三点五毫米。另一端磨成柳叶形的尖，尖的两侧磨成刀刃锋利状。剩下中间那段，磨成八毫米左右粗的圆柱。这些工序和数据差一丝一毫都将功亏一篑。而制作骨头刀最为关键的也是老艾最绝密的一项技术却是谁也不可能想到的，那就是磨制骨头刀的时间一定要是在每年的农历八月十五月圆之夜零时零分零秒，先燃香三炷，烧纸钱三刀，祭上肉鸡鱼三牲，磕三个响头，如此方能吸月光之锋芒，纳天地之灵气。所以，这样的刀老艾也顶多一年才出产一把。

这样的刀比起普通的钢制的、木制的、竹制的柳叶刀来，更便于掌握，利于操作，伤口愈合也快，尤其是劁猪不受季节限制，可以全天候作战，冬劁"三九"不怕寒，夏劁"三伏"不怕热。

按理，老艾守住看门的饭碗是一点问题都没有的。但南门建门后两个多月老艾便丢了饭碗。因为老艾突然失踪了。具体失踪的时间谁也不清楚，发现他失踪是因为军区的一个检查组来神炮旅检查，检查完后没有按原计划从北门返回，而是一拐弯去了从来没人检查的南门，据说是因为检查组有个干部的亲戚住在家属院。到了南门，看到家属院到处是商贩赶着马车、驴车、骡车在叫卖；门口的大铁门敞开，门庭若市，门口的三个工作区和桌椅上空空如也，旅里的领导才知道，看门的老头失踪了！正要发火，门口有一头不识相的驴驮着两个布袋子很悠闲地走过来，对准检查组的轿车就是一泡稀驴粪。驴粪"哗"的一下正好砸在了乌黑锃亮的车头上，把轿车溅成了迷彩车。

老艾再出现在南门时，衣衫褴褛，面容憔悴，脸上青红皂白的像开了一间"瑞蚨祥"绸缎铺，浑身上下没有一块好皮。此时，他已经不是看门人了。检查组走后的第二天，保卫科长就被免了职，他离职前行使的最后一次权力就是把老艾也免了职。徐干事虽然没有免职，但深感愧疚，一个人坐在铁皮桥上看了一下午的臭水沟，从此以后极少说话，天天埋了头写新闻报道，据说为了防止"嘴漏"还经常戴着口罩上班。

老艾得到被免职的消息很愤怒，一边把家什重新搬出门外，一边朝天长吼了一声：黑子，老子跟你没完！

后来呢？我问。

后来老艾就回到原来的地方重操旧业了。以后每天坐在你岗台对面的那个就是。

但是他那天晚上到底干什么去了？黑子到底是谁？

这是一个谜，这就是咱们南门岗的神秘之处。大头吧唧了一下嘴说，据我分析，黑子就是他的仇家，和后来在南门岗出现的操坝上口音、戴草帽的人是一个人。而且这个人现在还经常在南门岗出现。

谁？！

丐帮洪帮主。

啊？

就是经常来家属院收破烂的那个老洪！草帽压得很低的那个。我站了半年的岗，从未见过他俩同时在门口出现过。

噢！但是有个地方我不大明白，骨头刀制作的技术既然是老艾的绝密，你又是怎么知道的呢？

大头火了，说，不该问的不问，不该说的不说，《保密守则》你学过没有！我说，学过！只不过这段历史真复杂，有史实、传说和想象！大头又说，看起来很复杂，但一总结就很简单：偶然出现的老艾，偶然倒塌的围墙，偶然负责大门的徐干事。既然一切都是偶然的，那老艾和咱们班就没什么必然联系了。要不这荣誉墙上排行第一的就是老艾的骨头刀了。

我看还是挂菜刀实用！我揶揄道。

你瞎说什么？这哪里是菜刀，你仔细看看。

我凑前去仔细地看，宽大的刀面，厚重的刀背，雪白的刀刃，这不是菜刀是什么？

告诉你吧，这是杀猪用的削骨刀！

为什么挂一把削骨刀呢？我问。

这就要从咱们班的创始人说起了。大头说着打了个高声部的呵欠，一股异味在他周围的空气中荡漾开来。

这又是一个腥风血雨的故事……

你还是说说班里现在的事吧。我坚决果断地打断他，说，为什么今年班里没有副班长？

那是领导的事，我怎么知道？大头不耐烦地说。

听说你和赵玉芳竞争过，他要是不调走的话就是他的。

瞎说！他哪有资格跟我竞争，他要不调走就该挨处分了。

哦？

赵玉芳我们叫他暴牙，因为他的暴牙太突出。记得今年半年总结的时候，咱们班长，旅业余文艺演出队的台柱子德茂同志讲评暴牙时，就用很文艺的语言说，赵玉芳你思想不突出，工作不突出，就两颗门牙突出。暴牙的门牙突出到什么程度？据说在家的时候和对象亲嘴，嘴唇还没碰着就被牙顶住了。暴牙是河南人，从小在少林寺练武，练武是为了像李连杰一样当武打演员，所以一出山就去应聘武打演员。当时招聘的导演看了他一眼说，把那两颗暴牙拔掉再来。暴牙气得浑身发抖，说，这东西俺爷有，俺爹有，俺也有，这是俺家祖传的，拔了还怎么回去见祖宗。因为祖传的暴牙，暴牙没当上武打演员。后来听说当兵体检没有暴牙这项就来当了兵，新兵下连后分到南门岗站岗，站岗之余就在院子里耍拳脚。过往的兵和商贩见了，都知道暴牙会武术，不敢惹。

暴牙当年学的是武打演员专业，所以不仅会武术，还擅长表演，喜欢学别人说话，模仿咱们刘政委做报告就能以假乱真。这个特长还派上过用场。暴牙有个老乡在四连，刚当了一年兵就想回家探亲，连里不批。于是他很快就接到家里说他爹病了的电话。其实他爹没病，而是他对象病了，相思病。但连队干部很有经验，要往他家打电话证实。他只好说家里没电话，让他爹一会儿用公用电话打过来，并迅速找到暴牙，让暴牙学他爹给连长打电话。暴牙为了省钱，直接就抓了南门岗的军线电话拨。电话一通，暴牙就在南门岗值班室里用家乡话学着老乡的爹给老乡的连长淋漓尽致地表演了一通。也是为了追求完美，暴牙在电话里还加了许多高难度的咳嗽和嘶哑声，就像是在大合唱里加了低声部和鼻音，艺术效果一下就上去了。那时暴牙在值班室打电话，我在室外站岗，就一直以为电视里在播放什么苦难片。搞艺术的人都容易入戏。艺术效果一出来暴牙就入了戏。一入戏暴牙就忘了是在帮人撒谎，用电话拉住电话那头的连长不放，痛说革命家史。说到伤心的地方，暴牙竟哭了，那头的连长也跟着哭了，表示无论如何也要让他儿子回一趟家，下午就让走！如果说到这里挂上电话就算大功告成了，但暴牙却还不过瘾，还想接着说。这时从一个从门岗通过的连队文书来值班室登记。那个文书是个新兵，为了体现素质，进门就喊了声"报告"，喊得字正腔圆，声音洪亮。暴牙来不及扣电话，声音已经从电线里传到那头去了。那头的连长本来还沉浸在战士家庭遭遇不幸的悲痛中，立刻被那两个字惊醒了，马上挂了电话，往总机一查，才知道自己是在配合别人演戏！

后来那个连长把事捅到了排部。老排长老沈那会儿已经调到了军务科，正准备去报到，就把事情推给了新来的排长。新来的排长当天就填了处分卡片，但还没宣布，就传来暴牙要调走的消息。原来那天从电影厂来了一伙拍电影的，要在南门岗东山坡的乱石堆里拍一组日本鬼子强奸妇女的镜头，演日本鬼子的虽是个专业演员，但以前一直演正面人物，一出场就是助人为乐、除暴安良、英雄救美，突然换成强奸妇女却没了感觉，怎么强奸也强奸得不像，还把细皮嫩肉的女主角磕得青一块紫一块。当时的暴牙正好下了岗站在一边围观，边围观边跟着模仿动作，被一个穿着破旧马甲的秃头看到了，让他只换个外衣，连装都没化，过去往乱石堆里一"强奸"，一次性通过！秃头当下就拍了板要把暴牙调走。当时暴牙还有些担心，过去问秃头，用不用把那几颗门牙拔了再走？导演说，拔了？拔了就不要你了，要的就是你这几颗牙！

那他调走了你也没当上？

谁想当呀？大头激动起来，脸上的赘肉一颤一颤地说，还不是我对象，也不是我对象，是我对象她爹，也就是我那未过门的老丈人当过兵，一听说我在部队看大门，一年到头连颗子弹壳都摸不着就死活不同意，扬言说要是不弄个副班长回来门都没有。

听说为这你曾经郁闷过，还把北门岗冲锋枪上的刺刀拆下来藏在枕头底下，准备带回家给他们露一手，德茂班长为此还专门给你请了心理医生？我问。

胡说，那是上次擦枪我忘了装上去。我还用得着干那种事……哎呀，该做饭了。大头抬头看了一眼挂上墙着的石英钟，一拍大腿站起来，说了声"不跟你胡扯了"便凑到墙上看菜谱去了，看完顺手从墙上摘下削骨刀，在案板上紧张地切起菜来。菜切好，大头又像老鼠一样哧溜一下钻到炉子前，拿起火柴开始生火。火点着了，大头紧咬嘴唇，面对炉火抱膝而坐，龟缩成一团，像遇险的刺猬一般做全面防守状。

我感觉攻防形势已经发生变化，遂改为主动进攻，说，来的时候听说你和一个小孩在臭水沟的故事了，故事倒很有趣。说到这我故意顿了顿，看着大头。

啊？你都听到什么了？大头的身体重新舒展开，表情惊愕。

算了算了，不能耽误你做饭。说着起身要走，被大头如期拦住，讲讲，讲讲，你都听到什么了？

先加柴，炉火快灭了。

你先把这事讲清楚！

那你先告诉我那天到底发生了什么。

其实也就是一件很普通的舍己救人的事。大头重新坐下，往炉子里加柴，然后扇风点火，炉里立即死灰复燃。

那是上个月的时候，塞外下了一场暴雨，臭水沟洪水暴涨，一个浪把一个路过的小孩打翻在铁皮桥上。我当时正在站岗，见情况十分危急，只要稍晚一步小孩就会被无情的洪水卷走，于是就像黄继光堵枪眼一样直接从岗台上扑了过去。谁知刚刚抓住小孩，又一个浪打了过来，把小孩冲下了栏杆。我一只手抓住小孩的衣服，一只手死死抓住栏杆，就像抓政治教育一样抓得紧而又紧，不让洪水把我们卷入桥下。后来，我使出浑身的力气把小孩一点一点地拽上了桥。就在这时候，又一个浪打了过来，要是换了别人早被淹死了，但我凭着良好的身体素质和敏捷的反应用尽最后一点力气一把将小孩扔上了岸，我却被无情的大水卷入了沟底。小孩得救了，我也没有牺牲，但被灌了一肚子的臭水，直到现在打饱嗝还臭气熏天，比放屁还臭。本来嘛，以我一贯的低调作风，这事我没想宣传，过去就过去了，但徐科长非要采访我。

因为那孩子是旅长亲戚。

啊，真的吗？我救他的时候可根本不知道这些。

徐科长都问你什么了？

他问我被卷走的一瞬间想到了什么。

你怎么说？

我说想到了雷锋、董存瑞、黄继光、邱少云、苏宁和徐洪刚，尤其是抗洪英雄李向群，然后想到了自入伍以来各级首长的教诲，尤其是想到了咱们南门岗的优良传统。

这么短的时间能想到那么多？可我听说，事情并没有那么复杂，是你和旅长家的小亲戚在桥上玩时不小心把他绊了一跤，由于腿上磕了个大包你就背着他直接送回了旅长家。

造谣！这样的事也能编出来，简直有损南门岗的荣誉。

如果是真的为什么现在还没上报纸呢？

这就是"闷头驴"徐科长的问题。他跟咱们南门岗历史上的恩恩怨怨影响了他报道这件事的情绪。

本来我还是相信你说的，但你说在短短不到一秒钟的时间内能想到这么多东西就不符合逻辑了。

哦，来源生活高于生活，稍微高了一点点。大头看了一眼周围的空气，压低嗓子说，那我告诉你真的，你相信吗？

我点点头，很配合地把耳朵凑到大头的嘴边。

当时想到的，其实就三个字。

哪三个字？

操，完了。

就这？

就这！

大头说完，站起来拍了拍屁股，伸了个懒腰，一副已经曲终人散的样子，刚转过身又像突然想起什么似的扭过头问我，哎，你放着通信员不当来这里站岗真的就是为了看个电视？

嗯，也不完全，主要是来这里锻炼锻炼……

哈……大头一声狂笑打断了我的话说，你们大学生就是虚伪，干点啥都要往脸上贴金，整点冠冕堂皇的理由，跟徐科长一样，一写大学生干部的新闻报道就说什么携笔从戎献身国防立志报国青春无愧马革裹尸，感觉要爆发世界大战似的，其实呢都是找不到工作才来部队的。说到这里大头收住笑，一把握住我的一只手，用手电筒一样的目光注视着我问，兄弟，你是不是在男女作风问题上犯了错误让排长撸下来的？说实话，哥们儿绝对保密。

我想反驳，但没有，因为我已经不由自主地点了点头，好让大头放松一下。果然大头见我点头后握手的力度骤减。

没事，犯了错误不要紧，知错能改还是好同志。咱南门岗的兵都是犯了错误发配过来的。中原名士多塞北，江南佳人半辽阳。你来这里好好表现照样成长进步，照样能打翻身仗。

怎么翻？

发挥你的特长。你不是读中文大学的吗？写一部南门岗的班史，就像旅里的旅史、连队的连史一样，就写咱们南门岗的事儿，让我对象她爹也就是我未来的老丈人等不明真相的群众也了解了解我们南门岗从无到有，由弱到强曾经涌现出多少英雄豪杰，让他知道我在这个鸟地方站岗不是没有出息，而是为了追随英雄的足迹。

那不成了小说吗？

就是小说。班史小说。

好是好，只不过我不会写小说，我是搞汉语教学的，就是语文老师……

嘻，我跟你说，往后你一个人往这岗台上一站，整天看着对面那个老艾，整天听着烟囱上那窝乌鸦叫，没有小说都能憋出小说来，时间一长你笔下的文字就会像咱们南门岗的瀑布一样奔涌而出，不想写都不行。告诉你吧，要想在咱南门岗这地方待下去，就得找点事干，像我，天天讲故事；宋暴牙，天天练武术；还有两个，一个养猪一个种菜，进了菜地猪圈都不愿意回来，全上瘾了。哎，你琢磨琢磨，是写纪实呢还是虚构？

都写谁呢？

当然是我们！

你是不是要我把艾剜猪和你的英雄事迹也写进去？我想了一下问。

当然，老艾代表南门岗的前身，我代表南门岗的未来——我接任班长是迟早的事。

大头又开始一边忙活一边继续着他的讲述。火苗子把他的脸照得红红的，像庙里的关公。

我没有心思继续专心听讲，看着炉子里的火苗子暗暗地出神——它们羞涩地跳跃着，舞姿优雅却略带忧伤，像塞外大厦餐厅里摇曳的灯光和回荡的萨克斯乐曲。那个晚上，老排长沈钱就坐在我的对面，一声不吭地往嘴里灌着啤酒，像是在为破一项吉尼斯纪录而努力。他的上衣兜里鼓鼓囊囊的揣着那个月全部的工资和福利。直到最后一瓶酒喝完，他再也没有足够的清醒去拿酒瓶的时候，突然拉住我的手哭了起来，哭得一把鼻涕一把泪的，边哭边说，滚蛋了，滚蛋了，部队一裁我就马上滚蛋了。我说我不想在排部待了。他说我媳妇还没随军呢。我说我想去战斗班排。他说我告诉你一句绝密的话，部队还有两个月就要撤编了！你过去顶多也就两个月。我说，两个月就两个月。他说你在这当通信员不也挺正规吗，是不是觉得给我打洗脚水委屈了自己。我说我不是这个意思，我就想在正规的班里当几天正规的兵。

那你去南门岗！他抬起头，像看猴子一样看着我，保证你半个月就哭着回来！

我说我不是这个意思。

给你个副班长当当，也算这洗脚水没白打。

我不是这个意思……

就这么定了，少他妈跟我啰唆。

闫良兵你还在嘀咕什么呢，是不是又在编你的聊斋了？伴随着两声优美的男高音，门"吱呀"一声开了，德茂披着一身的暮色走了进来，一只手提溜着一只装满菜的塑料袋。

刘班长，新来的同志在哪呢，咯咯咯……德茂刚把菜往桌子上一放，外面传来一个男高音，但又好像是捏着鼻子发出的。伴着"咯咯咯"的笑声门又开了，走进来一个老头，五十多岁，高鼻子高颧骨塌腮，皮肤如火熏过，仿佛影视中的人物，见了德茂把两只手（这时我才发现，他左手拎着一个塑料袋，右手提溜一个酒瓶）往前一送说，来了个新同志也不说一声，要不是收废品的老洪让捎瓶酒过来祝贺我还不知道哩。哎，今天劁的猪蛋子，白酒加猪蛋子，大补，哈，保证你们全班今晚集体跑马，咯咯咯……

老头说着又像刚下过蛋的母鸡一样笑起来。

163

艾大爷，您请坐。大头像店小二一样殷勤地跑过来，接了老头的东西说。

不啦，一会儿帮老洪卸货哩。边说边往外退，动作如同演员谢幕，谢到门口又指着大头对德茂说，小闫，进步青年呢，想跟我学劁猪哩，咯咯咯……

你去把养猪种菜那两个叫回来，今晚会餐，新老排长都要过来，有重要事情宣布。老艾谢幕后德茂瞥了一眼大头说。

大头扔下手头的活应声向外跑去，经过我身边时向我抛了个不易被察觉的媚眼，低声地说了一句，好事来了！旋即没了踪影。

情况都了解了吗？班长德茂等大头彻底地消失在我们的视线中后说道，从下个月开始，你就要全面负责全班的工作了……

不是让我当班副吗？怎么？我很震惊地问。

没错，命令是这样下的。但下个月我就要抽调到演出队去演出去了，刚接到徐科长的通知，说是答谢驻地拥军巡回演出，演一个月。按条令，在班长不在位的情况下，副班长履行班长职责。

我？……

没事！班里就这个情况，工作任务很简单，内外关系也很融洽，你一个大学生，应该能闹得了。真有什么困难，闫良兵可以帮助你，他虽然有些神神叨叨，但干工作没问题。

我刚想说什么，门又开了，大头风风火火地跑了进来，边说"该下油了"边直奔灶台。我这才发现，炉子上的铁锅已经被烧得通红，连忙起身把油壶递给了大头。

哎，你想好了没有？到底应该写什么类型？大头一边把油倒进锅里一边咬着我的耳朵问道。

当然是传奇！我蹲下来一边往炉子里加柴一边用只有我和大头才能听见的超低音说，像金庸、古龙那种。

哦？那叫什么名字？大头又把用削骨刀切好的猪肉扔进锅，锅里立即"哧啦"一声升腾起一团白烟，整个屋子立即弥漫起肉的浓香，令人垂涎欲滴。

天涯——明月——刀。我深吸了一口饱含肉香味的空气，"咕咚"吞了一口唾液，然后缓慢地转动脑袋看了看左右，压低嗓门说。

2010 年 1 月 11 日星期一于北京正义路　初稿

2012 年 3 月 1 日星期六于北京正义路　改毕

追忆青春的军营写作

徐艺嘉

朱旻鸢是"新生代军旅作家"中较为年轻的一个。他的小说创作有这个写作群体共通的特点，放弃以往俯视生活的立场，在文学审美上聚焦小人物的生存感受，表现个体的存在意义，以此来完成个人文学理想和诗学空间的构建。同时，无论在语言风格、叙事方式，还是人物特性的塑造方面，字里行间无不充斥着个性化的文学表达。

朱旻鸢有着扎实的军旅体验。十三年的基层生活为他积累了厚重的素材，提供了足够多的细节，记录下他的成长轨迹。青春的活力、飞扬的理想与体制的约束、环境的艰苦相矛盾，相碰撞，切实的军营生命体验构成朱旻鸢笔下的文学风景。小说《参军记》可视为军旅生涯的开启，描述了客家娃毛一波三折的参军过程，作品在略显苦涩和伤感的语调中缓缓道来，颇具"农家军歌"的味道，表现了一个农家孩子对逃离黄土命运的渴求，对军营生活的向往。此后的《坝上行》《美女阿福》《兵头》《掌门人》《拉练》《天涯　明月　刀》等作品讲的是当兵期间的故事，以塞外生活和南门岗的经历为主要描写内容，再后来的《我的兵事》是对过往生活的回顾。朱旻鸢的小说全部依托军营中度过的青葱岁月为背景展开，是现下对刻下青春烙印军营生活的回望，却不乏还原"在场"的鲜活气息，一派生机盎然。

灵活的叙事

文字的细腻与叙述的快感并存于朱旻鸢的小说当中。

朱旻鸢小说的叙事节奏较为平缓，有时甚至是迟滞的，给人一种"慢悠悠"的黏糯感。拿《坝上行》和《拉练》来说，都是一次远足训练的缩影。两篇小说皆是中篇容量，记录的事情极简单，大量笔墨用于勾勒人物脸谱，将人物的语言、性格、前传等一股脑儿地淋漓抖出。

小说开头大多以幽默而颇具喜剧色彩的日常军营场景切入。如《坝上行》开篇就以"我"和老谢的闲扯开始，牵引出小说的主要人物与核心事件：为了凑够上坝驻训打靶的名额，几个最不受连队待见的人物被临时组拼在一起，各自怀着小九九组成了一个编外班，即将开启一段状况迭出又掺杂着苦辣酸甜的艰难旅程；《拉练》则把人物置于拉练途中，将途中所遇的微小事物审美化，部队最为常规和苦累的拉练也变得别有一番趣味。朱旻鸢肯下功夫，在叙述空间的位移中不紧不慢地梳理人物关系，捋清事件的发展始末。看似多为闲来之笔，读罢一品，才发觉他的人物绝少只见模糊轮廓，多半闻其言，听其声，骨骼、血肉俱在。能将拉练的步调、拿枪的姿势"嚼"出感觉、"品"出味道，赋予军营琐事以妙趣和神韵，不仅源于他对军营生活的熟悉，更得益于叙事过程中对细节的把握和运用，即如上所述的"慢笔法"。

另一方面，他的叙事不乏流动感，绵密的遣词中间留下交错的缝隙。故事推进速度不快，情节段落之间连缀得也不紧密，小说构架的人物生活背景与存在其中的风情人貌描写得十分到位，但整体并不乏好看的故事具备的跌宕，且转折之处笔力够足，往往出乎意料，又落入情理之中。像《坝上行》中老曹的失踪竟是为了借演练机会去实地考古，不入流的炮七班打出了唯一的好成绩；《拉练》中王喜跳下病床，冒着引发心肌炎的危险加入了长跑；《兵头》里立方带着遗憾离去；《美女阿福》袁大头无谓的死亡和罗黑子最后的出人意料之举……情节的逆转带来倏忽而至的失落、痛楚，弥漫开来的伤感带给读者故事之外的人生况味。

最能代表朱旻鸢叙事技巧的当属《天涯　明月　刀》《倚天屠龙记》（即

《兵头》)《掌门人》三个短篇小说（姑且称之为"南门岗系列"）。最初的构想是写一个中篇，里面容纳若干个故事，但风格相近节奏相似的故事容易使读者产生阅读疲劳，因此拆分成几个独立的短篇，侧重点不同，每个保持适当的篇幅和相对完整的故事情节。小说之间的人物互有关联，借用武侠的方式来演绎生活。故事的生活来源是作家曾在警卫排当岗哨的经历，日复一日的站岗是单调的，但人与人之间却充满了常人的、琐碎的、磕磕绊绊的喜怒哀乐。小说讲述了一支部队南门岗从无到有、从兴建到辉煌再到取消编制直至彻底消失的过程，论资排辈选取立方、老年、班长德茂、"我"等仅有的几个岗哨兵串联起颇具侠义色彩的故事。当"我"来到南门岗报到，第一件事便是遭遇类似"认祖归宗"式的典礼，即追忆南门岗的开山鼻祖——立方，于是有关立方的传奇和南门岗的传奇交织在一起逐渐呈现出来，平淡无奇的"南门岗"也被加工成了充满侠骨柔肠、爱恨情仇的恩怨是非地。门岗的大门推开了一个新世界，内里寄托着作家赖以展开想象的丰沃土壤，纤毫毕露。朱旻鸢的写法也许只是他文学道路上的一次尝试，而依附于这一方式的结构、语言却与常规的军旅小说相比实现了某种飞跃。

朱旻鸢坦言，这样写的目的是为了好看，"一个缺乏信心的作者"总要想办法把故事写得能够吸引读者一路读下去。一个不会运用语言魅力的作家，再好的故事也会在他手里折损。但若仅仅为了好看，又与时下新兴的网络文学无异，一味追求博眼球，丧失文学本真的味道。其实"好的文学"与"好看的文学"并不矛盾，对于文学来讲，内容与形式的关系密不可分，好的结构载体恰恰能充分挖掘好小说的厚重思想和严肃主题。朱旻鸢小说的叙事灵活性正在于此，他的故事在好看之余，烘托了背景环境，又指向了人的精神世界。

"荒诞"英雄

朱旻鸢小说里的人物总是能让人记住。《坝上行》里的老曹、老谢，《美女阿福》中的袁大头、罗黑子，《斜坡》中的林先飞，"南门岗系列"中的立方，老年……作者赋予这些人物以漫画式的荒诞色彩，人物特征和性格被夸张、放大、扭曲，使人物形象变得更加鲜明典型集中，给读者以更大的冲击和更深刻的印象。

这些人物有共通之处：个性鲜明又缺点突出，在常规的价值判断体系中属于不入流的角色，却在某个时刻或某个契机中爆发出人性闪光点，做出属于英雄的举动，继而又返还于庸常人生。与平庸之辈相比，他们是英雄。然而若以传统英雄的内涵加以阐释，他们又是另类的。

荒诞之于军旅文学似乎有些不搭调，但放在当下的时代语境中加以考量，则会得出另一番结论。作品的取材源于生活，源于现实，再加以荒诞的表现方式，便会产生超越现实的力量。当下社会的价值观较大程度上削弱了以往军旅文学对理想主义、英雄主义、爱国主义等崇高精神的表达力度。英雄仍然是崇高的，他们不乏牺牲和奉献的精神，但军人的身份带给他们的孤寂和痛苦无法回避，也无需回避。作家如实表达了英雄的困惑与无奈，有的是与亲人的长期分离导致的家庭纠纷，乃至家庭破裂，有的需要面对旁人的不解抑或讽刺，这些困境也让英雄人物自身对自我价值产生怀疑，陷入了信仰危机。

朱旻鸢笔下的英雄被设置为群体中最不合群的异类。如《斜坡》中的林先飞，具备英雄的优秀品质，但这种品质却在常人眼中被遮蔽了，或者说是被误读了。塞外部队的林先飞是"我"带过的最失败的一个列兵，"干啥啥不行，吃啥啥不剩，关键时刻拉稀尿炕"，即将在部队撤编前被"过滤掉"。撤编之前，"我"负责的最重要任务就是保障火炮的安全，按照地理位置的估计和塞外秋天没有大雨的生活经验，"我"对这项保障工作成竹在胸，林先飞却笃定会下雨，建议提前转移火炮。当大部分人对火炮安全没疑虑且开始了杯盏交错的聚餐时，林先飞带领一些战士及时采取措施，挽救了火炮，避免了严重恶果的发生。主人公智力上看似残缺的一面掩盖了他的光芒，只因发出了和大多数人不一样的声音而不被认可，因此只能在低于他人的岗位上默默耕耘。即便林先飞因挽救物资的英雄举动而被人重新发觉和认识，从被认定退伍到重获机会留在部队，人生就此被改写，却仍旧无法消除人物本身经历的坎坷带来的落寞感。

朱旻鸢笔下的瑕疵英雄实实在在存在过。他们在某个时刻，基于某个想法、某个冲动做出了壮举，辉煌如昙花一现，又回归到普通人的庸常生活。《美女阿福》中的战士袁大头也不能避免相似的命运。与美丽的城市教师兰子互订终身的袁大头热切地期盼着未婚妻的到来，却在大漠中寻找战友的途中丧命，死后也没有得到任何功名。一心想套士官的罗黑子也会在关键时刻为了正义冒险做出丧失前途的举措，继而不得不离开部队，去面对更加残酷的未来。《拉练》中的王喜曾一度陷入半昏迷的晕厥状态，然而在最后，为了集体的微小的荣誉，却强撑着病体和巨大的危险投入了奔跑当中，而这个举措超越了本身的意义，似乎象征着人类为了获取荣誉永不放弃的拼搏……

作者想表达的正是时间、历史、体制、个人等因素对于"另类英雄"的不可抗力，任何一个偶然事件都可能摧毁英雄，埋没英雄。小说里的人物，往前走一步就是英雄，往后退一步便是个默默无闻，甚至在军营中没有留下任何痕迹、无人提及和关注的人。而这样的人物之于文学更富有艺术魅力。生活总是充满悖论，当落寞、无助和高大、勇敢等多重截然相反的性格特质集中于一人时，人物便被赋予了张力，给读者留下了值得品评与咂摸的空间。

抵近军营现实

朱旻鸢的小说人物、语言与小说所营造出的军营氛围给人一种真切的实感，如同一个熟悉生活的人毫不费力地以正在进行的时态叙说过去。有一种追忆的基调，而又调动了作者的感官，现场感强烈的、细枝末节的情绪和环境元素都在。放眼年轻一代的"新生代军旅作家"群体，给人留下相似小说感觉的作家并不鲜见。那么，为何朱旻鸢和与他同代的军旅作家们是以此类方式解读军营，这样塑造军人的呢？

究其缘由，大抵是作者的精神气质与小说中的人物相近且相惜，这种互通的情感为人物注入了活力，也就因此获得了真实感。拿"南门岗系列"来作为佐证。三篇小说让读者窥到了一个普通门岗的全貌。对于一个不了解军营、不了解基层的读者，能够通过几个短篇便了解了战士们的生活情态，了解了他们平凡外貌下的丰盈内心，也与他们一同经历了命运的起伏波澜，也见证家长里短的琐碎。作家希望通过对普通人生活状态近乎白描式的描摹直抵小人物的精神世界，因此他的小说写作有向军队最现实和真切的生活层面靠拢和回归的自觉意识，将目光聚焦于军营小人物的日常生活，倾力展示基层官兵的喜怒哀乐和苦辣酸甜。如同朱旻鸢所说："门岗班长老年的成长经历，至少我们那个年代的塞外兵都有过，'老年们'的那种冲动、浮躁、迷茫和痛苦，我本人也都经历过。"

　　与前辈们惯于从集体主义的立场出发表现军营普通有别，朱旻鸢和他的部分同代作家们钟情于个人化的表达。这是作家自身的写作尝试，对军旅文学来讲，既是补充和翻新的机遇，同时也是一次冲击。军营总令人联想到宏壮、高歌、战场等词汇，体系庞大而包罗万象。尤其是当下的军营，由新军事变革引发的一系列大事件在军旅小说方面还留有不小的空白。对于不断涌出的新兴词汇，和许多同辈作家一样，朱旻鸢没有急于去解读，这可以理解为相关经验的匮乏，也可以解释为尚未沉淀。他当下所面对的，仍旧是文学的真实。归根结底，军营的现实是什么？是人，而文学的真实便是人的真实。朱旻鸢的军营就是真实的，有青春的躁动，有少年的懵懂和欲望。同时处于青春中的人又是军人，这便有了军人的坚守、无奈和妥协。当然，他的人物并不总是消极的，昂扬向上的精神内核无疑是军旅文学必须具备的，只不过对于朱旻鸢来说，是尝试将军旅文学的内核保留，厘清了真实与现实的关系，在某种平衡下追寻文学的另一种表达形式。文学获得了捕捉真实、表现真实的能力，才能称之为文学。因此，人物在追寻自身价值的过程中有挣扎、有气馁，可同时在些戏谑和愚弄生活的玩世不恭中又不断传达出一种向上的力量，坚硬而温暖。

　　朱旻鸢笔下的青春与他本人的青春遥相呼应，血脉相连。柔软细腻之中不乏坚韧和粗犷，生活纷繁而简单，以军绿作为底色。阅读他的小说，似乎能看到一幅幅场景：一个当兵少年情感波澜时的痛苦挣扎，一个毕业学员因求职失误引发的那一番悔恨，或是几个老兵吹牛打诨的一个遥远的下午。

写出更丰富的世界

朱旻鸢自述

朱旻鸢

　　怎么就成了一个写小说的人？这是连我自己都常感费解的问题。想了很久之后，才隐约地找到一个勉强能说服自己的理由——这可能跟我小时听故事的经历有关。

　　我童年时代的农村，不要说电脑电视电影，连电都很少有，偶尔来一个耍猴的，敲一通锣收了钱就走。我比别的孩子幸运，有一个当过保育园园长的奶奶，她在哄孩子期间积攒下大量的故事，使我除了撒尿和泥玩之外还有更高级的文化生活。后来我想，如果没有我奶奶的故事，很难想象我的童年会是多么地贫瘠。再后来我又想，如果小时候我没有听故事的经历，只看过几次耍猴，就可能不搞文学，去当演员了。

　　但稍大一些后我就不再喜欢我奶奶的故事。因为我的长辈中还有一个能讲故事的，那就是我外公。我外公是个泥瓦匠，喝酒吹牛都是一把好手（这样的人不当作家简直就是国家的损失），经常蹲在墙头边砌砖边给人讲故事，扯着嗓门讲。他在，工地上没人能插上话。我从小话多很可能就是他的遗传。我外公讲的故事跟我奶奶讲的不同。我奶奶讲的都有教育意义，但听多了就不想听，只能哄三岁小孩，四岁以上的就够呛。我外公的没有什么意义，都是神神鬼鬼，让人听了还想听，同样是某个树林子里闹鬼的故事，他讲的版本跟别人不一样：一个好吃懒做的女人装病躺在地上请求骑车路过的男人搭载一段，快到小树林的时候女人就往脸上挂猪肝，等男人回头一看以为是鬼，吓得扔了自行车就跑。他的鬼故事里其实没有"鬼"，只有"人"。这种风格直到三十年后我才知道叫"魔幻现实主义"。但我外公没有文化，一个字也没写出来，否则他也能得诺贝尔文学奖。

我外公的故事让我知道了，只有讲得跟别人不一样，故事才能吸引人。这一招我很早就学会了。我三四岁时有一次我爷爷上楼抱柴火，一脚踏空从楼梯上摔了下来。我奶奶回来后我跟她汇报整个过程，只用了一句话，却让在场的人至今仍能记住。我说，爷爷像马兰花一样飞了下来。《马兰花》是我印象中看过的第一部电影，里面有一个镜头，一采药的老头从很高的树上掉下来，在空中飞了很长时间。

当兵可能是我一生的转折。那年十八岁，从南方一夜之间到了塞外。这个时期去当兵，意味着环境的艰苦、言行上的约束都集中在人生理上最活跃的青春期。当然，自然环境越是艰苦，言行上越是受约束，思维往往越是活跃。当新兵的时候，我在家属院打扫卫生，凭着各家各户厨房里飘出的香味，我能闻出谁家吃的是什么饭菜。我和一个山东兵搭档值勤，在马路边一站就是半天，我们经常凭着蹄掌声猜路过的是马是驴还是骡子，比谁猜得准赢花生米吃。我后来写小说时的想象力可能就是那个时候为了赢花生米训练出来的。不幸的是，为了感人，我发挥想象力过度，在小说里把那个山东兵给写死了，让我一直感觉对不起他。

有部队的地方就有传说。越是艰苦的地方，传说越是丰富。我当新兵时所在的门岗班，地处偏僻，生活单调乏味，但那是一座故事的富矿，随便一个兵都有一肚子的故事。其中有个爱好武侠的同年兵甚至自己虚构了一个"门岗江湖"。他把周围的人，收破烂的、劁猪的以及班里的战友，都塑造成了江湖中人。门岗的日常生活和各种掌故都被他加工成了江湖恩怨，每天不厌其烦讲给我们听。那时我觉得他十分无聊。直到部队撤编、我离开塞外多年之后，我才开始怀念那些故事——我发现三十岁的自己，身上除了故事一无所有。如果不写，连故事也就没有了。

一口气写了有关门岗生活的《天涯　明月　刀》《倚天屠龙记》和《掌门人》后，有读者认为是"武侠"，或带有"武侠"风格，但其实它们跟武侠没有太大的关系，只是借鉴那位仁兄的经验，借用了一个名字和叙事的外壳而已，它们所讲述依旧是军队基层官兵的琐事。这样讲述，能增加一点点快乐和丰富性。而快乐和丰富性正是我们现在这个世界极度匮乏的东西。无论是我奶奶、我外公还是我的战友，他们的故事都让我感受到了快乐，更让我感受到世界远比我所看到的丰富，更远比书上所描写的丰富。

美国作家威尔斯·陶尔说："小说家的工作就是抢救部分快乐和丰富，并用我们可以信任的方式奉献给大家。"这种"可以信任"的方式，我想应该是小说的生活真实感。真实是文学颠扑不破的最基本的品格。不能一提到军事文学就提弘扬"英雄主义"，一弘扬"英雄主义"就捏造英雄，为了捏造英雄而把人写死了。事实上和平年代里我军各级对官兵的安全高度重视，死不了那么多人。军队几百万官兵能当上"英雄"的是极少数，即使是这少数几个英雄绝大多数时候也是过着平凡琐碎的生活。

苏格拉底说，永远不要用成见下结论，要相信自己的自觉，不要人云亦云。我想这就像盖房子：我外公一块砖头一块砖头地盖起来的房子，在他们时代可能是高端大气上档次，但直觉却告诉我这早已过时，我必须一块砖一块砖地拆了它。当然我拆它，肯定还要建新的，否则我也会像我外公当年一样，没地方住。

一代人有一代人的房子，一代人有一代人的文学。不同时代的人对同一事物的理解是不同的。我不可能一辈子住在我外公那代人盖的房子里。年轻人守着祖上传下来的老房子度日，可能会被誉为孝子贤孙，但不会有出息。

我只是一个想住自己房子的人，所以并不太关注房子以外的世界，也不拿别人的房子来做参照。在自己的宅基地盖自己的房子，让别人拆去吧。

在戏谑和幽默中想象军营

徐艺嘉　朱旻鸢

徐艺嘉：什么契机促使你开始文学创作？

朱旻鸢：我正儿八经地写小说是 2008 年以后才开始的。在此之前，文学对我来说只是一个梦想。有这个梦想可能是跟我从小的家庭环境有关。我的祖父和父亲都是老师，我奶奶当过保育园长，也算是个教育工作者。我祖父和父亲虽然都是教数学的，却喜欢舞文弄墨（从他们给我取的这个名字就能看出来）——我父亲舞文，年轻时模仿毛主席写过大量的"革命"诗词；我爷爷弄墨，他有一手漂亮的毛笔字。但这两样我都没有学会。倒是我奶奶当园长哄孩子时积攒下大量的故事，让我受益匪浅。那时的农村，不要说电视电影，电都很少有，偶尔来一个要猴的，敲一通锣收了钱就走。如果没有我奶奶的故事，很难想象我的童年会是多么地贫瘠。

但稍大一些后我就不再喜欢我奶奶的故事。因为我的长辈中还有一个能讲故事的，就是我外公。我外公是个泥瓦匠，外号"甘大炮"，喝酒吹牛都是一把好手（这样的人不当作家简直就是国家的损失），经常蹲在墙头边砌砖边给人讲故事，扯着嗓门讲。他在，工地上没人能插上话。我从小话多很可能就是他的遗传。我外公讲的故事跟我奶奶讲的不同。我奶奶讲的都有教育意义，但听多了就不想听，只能哄三岁小孩，四岁以上的就不行。我外公的没有意义，都是神神鬼鬼，让人听了还想听。

有了阅读能力而且能自主选择阅读对象的时候，我开始由听故事转为看故事。看过印象最深的是《白话聊斋》，全是神神鬼鬼，我看完之后又足足复习了一个学期才放下。可能就是从那个时候开始有了讲故事的梦想。

当兵之后搞文学的愿望变得十分强烈。我当兵的那座塞外山城环境比较艰苦，天冷风大，沙尘暴多。我放下背包就接到了擦玻璃的任务。那时部队擦窗户不用抹布，用报纸。班长给我的那张报纸正好是副刊版，上面都是一些豆腐块大小的散文诗歌。我接过来后就舍不得放下了，上面有一篇散文叫《我的奶奶》，于是我干脆像我外公砌墙一样蹲在窗台上看起了报纸。但很快被班长发现，不仅报纸没收还被罚站了一个小时军姿。他说，你个新兵蛋子，装得跟知识分子似的，还他奶奶的看《我的奶奶》。我的新兵班长根本不喜欢文学，他收藏的报纸不是用来看的，而是用来擦窗户的。我把中学时作文比赛的获奖证书故意放在公用抽屉里，想引起他的另眼相看，不料他看到之后很严肃地批评我物品乱放，破坏班里内务秩序。

那天我站在楼道里，虽然嘴上不敢说，但心里想的却只有一句话：我一定要自己写一个，发表在这样的报纸让你看看！

于是站完军姿后，我就开始趴在铺上写了一篇散文，题目也叫《我的奶奶》。但直到现在，我当兵已经十七年、我奶奶也已去世三年，这部大作也没发表，而且连报社的退稿信也没收到。

从此之后的很长一段时间里，除了写日记我根本不敢动笔，一是怕人笑话，二是怕浪费纸墨。军校毕业后那几年我一直诸事不顺，几次进机关被退回，相亲二十多次没成，老部队还被裁了，丢了工作，跑了对象，可以说是前途暗淡，窝囊够呛。那时正好全军政工网开通，我就重新敲起键盘写东西往网上贴，打发一下心情。这样既不浪费纸墨，也不怕因退稿受打击。但现在看来，那时写的东西虽然文字诙谐幽默，却基本上不能算小说，也不是真正的文学，顶多是以吸引点击率为目的的发牢骚和泄私愤。

转折发生在 2008 年。那一年北京开奥运会，开完奥运会开残奥会。就在那一年，我的膝盖在打篮球时受伤，差点成为残疾人，在床上躺了两个月后又挂着双拐上班两个月。那次受伤对我打击很大，我军校时是运动员，拿过六枚中长跑的金牌，做梦也没有想到自己会有这一天。躺在床上时就常想，如果不写点自己最想写的东西，这一辈子可能就这么过去了。正好那时《西南军事文学》的王甜老师给我打电话，说裘山山主编推荐我去参加一个全军中短篇小说笔会，让我准备一个中篇小说。

那个笔会对我来说是一个转折。那时，我连中篇和短篇的区别都搞不清楚，但由于喝醉了酒，就在电话里豪情壮志地答应了，一定写一个中篇去参加笔会。酒醒之后，硬着头皮在春节七天假里写了五万字，为了保持那种豪情壮志的感觉，我共喝掉了三瓶我岳父珍藏了十五年的白酒，尽管没有任何下酒菜，但至今想起仍惭愧万分！

那三瓶白酒换来的五万字最后让我在沙河笔会上认识了很多的文学前辈和同仁，在他们的大力帮助下，那五万字最终变成四万字和读者见了面，也让我再没能放下文学。

徐艺嘉：你的小说叙事上有"说书"的特色，或说武侠的风骨，这种小说风格是如何逐渐确立的？哪些文学作品在小说风格上影响了你？

朱旻鸢：其实不存在确立。这只是一种尝试。可能是因为搞创作的人都"喜新厌旧"，总是会去做各种各样的尝试，无论是语言风格、叙事方式还是题材。简单的重复不是创作，让我千篇一律地用一种方式和风格去讲述所有的故事，我做不到。"说书"特色的叙事就是其中的一种尝试，只不过这种风格的作品可能占比重大一点，但我敢说我所有的作品（尽管我的作品目前还很少）不全是一种风格，而且以后的作品也不会一直是这种风格。

这种风格的"确立"（应该说是尝试）可能跟我个人喜好有关。我更喜欢听我外公讲故事，是因为他的故事讲得更吸引人。后来自己跟别人讲故事，自然就会注意怎样才能讲得更有意思。我三四岁时有一次我爷爷上楼抱柴火，一脚踏空从楼梯上摔了下来。我奶奶回来后我跟她汇报整个过程，只用了一句话，却让在场的人至今仍能记住。我说，爷爷像马兰花一样飞了下来。《马兰花》是我印象中看过的第一部电影，里面有一个镜头，一采药的老头从很高的树上掉下来，在空中飞了很长时间。

我的立场和感情当然受到了全家人的严厉批评。但也从此体验到了语言的杀伤力。我没有真正地去欣赏过评书，但我知道说书的人能在赤手空拳的情况下（不要说多媒体课件，连幅背景画都没有），仅凭一张嘴就能吸引人把故事听下去，靠的完全是他的语言魅力。而我们的许多教师和官员，又是幻灯片又是多媒体，却最终还要靠考勤维持可怜的到课率。一个语言没有魅力的人，再好的故事他也讲不好，只能糟蹋素材。"武侠"最成功的地方也是在这里。网络文学也是借鉴了它们的成功之处。

因此种种吧，每次写小说的时候，我心里总是不太自信，这种不自信让我惴惴不安：这样写能不能让人看下去？如果自己是读者，能一口气把它看完吗？

哪些文学作品影响了我？我还真没留意过个问题。如果让我不假思索地说出来，当然是我外公的作品对我影响最大。同样是某个树林子里闹鬼的故事，他讲的版本跟别人不一样：一个好吃懒做的女人装病躺在地上请求骑车路过的男人搭载一段，快到小树林的时候女人就往脸上挂猪肝，等男人回头一看以为是鬼，吓得扔了自行车就跑。他的鬼故事里其实没有鬼，只有人，这就是魔幻现实主义。但我外公没有文化，一个字也没写出来，否则他也能得诺贝尔文学奖。

说到影响我的正儿八经的文学作品，我只能告诉你我看过哪些作品，你或许能从中帮我分析出一些渊源。我的阅读量很小，这也是最让我自惭形秽的事情。我基本上没有完整地拜读过什么名著，古典四大名著我只看过《红楼梦》。除了小学时那本《白话聊斋》，初中时还看了《鲁宾逊漂流记》，还有就是《射雕英雄传》，这是我看过的第一部"名著"，也是唯一一部武侠小说。此后的武侠小说，有的看过影视剧，有的我只听过书名，大多数的书我连封面都没有见过。而我们那个年代最火的那些名著，《钢铁是怎样炼成的》《平凡的世界》《战争与和平》《巴黎圣母院》……我到现在也没有看过，倒是《围城》我看过多次。上军校后，有三个人的作品我看得比较多，莫言、贾平凹和刘震云。这三个人的作品有一个共同的特点，语言都很好。那时他们都还没有获"茅奖"。

成为"作家"这几年后，为了跟圈内的同行有共同语言，强迫自己看了一些外国的名著。但印象都不深。

徐艺嘉：你的小说中最常见的故事是南门岗的一段传奇经历，如《掌门人》《兵头》等小说中的人物相互之间有所勾连。你没有选择用长篇的容量和篇幅讲述这段经历，而是用中短篇小说的篇幅把这些故事串联在一起，这样写作的构想是什么？

朱旻鸢：我知道你说的是《天涯　明月　刀》《倚天屠龙记》（即《兵头》）和《掌门人》三部，这些小说听起来好像是武侠，但其实跟武侠没有太大的关系，只是借用了一个名字和叙事的外壳而已，它们所讲述依旧是军队基层官兵的琐事。

我写的那个南门岗是真实存在的，南门岗的那些兵也都有原型，有的甚至至今还有联系。就在几天前，小说中的德茂还打电话给我，要我帮他给来京求医的舅舅在某医院找熟人。小说中的这个门岗是全旅最偏僻最不重要最晚组建的一个班，所以历史也最短，它的地位在我们警调排也最低，通常都是在排里军政素质一般或者犯了错误的兵才分到那里。正因为如此，它更具备代表性，可以说基本是门岗班的一个缩影，也可以说是我们塞外部队的一个缩影，从无到有，到辉煌，再到由于军队变革编制体制调整而在历史上消失。哨兵的个体命运也必然随着他们所在门岗及所在部队的兴衰存亡而起伏不定。一个普通的门岗班和几个普通的哨兵，相对于整建制裁撤的军、师、旅、团来说，是微不足道的。他们的名字和"事迹"永远不可能进入任何一级的"军史"。但我们却不能否认这些在宇宙中微小的、不为人知的个体存在过。

试图把门岗兵真实的生活告诉大家，这是我写这个"系列"的最大的初衷。用武侠的模式写，除了能增加可读性，也能折射出那个时代武侠小说和影视对部队基层官兵和整个社会的影响，那就是铺天盖地，防不胜防。小说中的主人公之一大头就是个武侠迷，在日复一日单调乏味的门岗生活中，他自己虚构了一个"南门岗江湖"。他周围的人，收破烂的老洪、劁猪的老艾以及班里的战友，都成了江湖中人。南门岗的日常生活和掌故都被他加工成了江湖恩怨，讲述给"我"听。而这些，与"我"亲眼所见、亲耳所闻既相互佐证又相互矛盾，产生一种更加可信的历史神秘感。

最初的构想是写一个中篇，里面分若干个故事，每个故事反映一个历史时期，写到后来，发现篇幅太长，又不够一个长篇的量，而每个故事风格又非常相似，且是一个语言节奏下来，容易使人阅读疲劳，于是就把它拆了，变成若干个独立的中短篇小说，每个保持适当的篇幅和相对完整的故事情节。

人物之间有勾连，是因为它们本来写的就是同一个地方的同一个群体，只不过侧重点和视角不同而已。

徐艺嘉： 整体看下来，你小说中的个人化风格是比较明显的，诸如《坝上行》《美女阿福》等篇目，是具备故事性元素的，但似乎又不专注于讲述故事。你从来不吝笔墨在描写生活中富有情趣的横截面，或是用较大的篇幅勾勒人物形象，读你的小说，总给人一种"慢悠悠"的感觉，如同雷蒙德·卡佛的小说写作一般。你如何看待小说的故事性与文学性？

朱旻鸢： 我的确看过雷蒙德·卡佛的小说。但那是 2010 以后，当时在军艺进修，许多人都在看。他的小说确实不太讲究故事性，不知道从哪里开始，不知道什么时候就结束了，看似没有完整的故事情节，但其实每个生活的横截面都蕴含了大量的信息，既呈现社会环境，又折射人的精神世界。

我的小说应该和他没有关系。我写《坝上行》和《美女阿福》的时候还不知道有卡佛这个人（我一向孤陋寡闻）。《坝上行》最初是一篇散文，是军校时看了史铁生的《我的遥远的清平湾》后写的，名字叫《遥远的坝上》——从这个标题也能看出里面没有完整的故事情节，都是自然风景和生活场景。后来我把它改成小说，融进去一个完整的故事，但原来的很多元素没有扔掉，因为它们是这个故事不可分割的背景。后来编辑老师干脆把题目也改成了有故事性的《坝上行》。而《美女阿福》却不同，它本来就是一个故事，里面依旧有很多生活的横截面，是因为我觉得这些元素会让小说变得更加丰满，对人物的塑造和故事的铺垫都能起到不可或缺的作用。

关于小说的故事性和文学性，个人认为，小说尤其是中短篇小说不能局限于讲故事。如果只是为了看故事，那看《故事会》就可以了。一部优秀的小说，故事和背景只是它的一个外壳或者载体，精神层面的东西才是它的灵魂，写"人"才是永恒的主题，因为文学在一定程度上就是人学。作为中短篇小说，要在有限的篇幅内把针扎到灵魂，需要的就是语言的张力，文学性是首要的。事实上现实生活中也并没有那么多戏剧性的故事，故事性太强了反倒显得不真实。像我外公讲的那个鬼故事，就很真实：扮鬼的女人是因为好吃懒做才图财害命，而男人愿意搭载也有自己的想法，这两种人生活中绝对存在；"女鬼"用的道具又是我们农村常见的猪肝，而不是传说中的青面獠牙，更不是高级化妆品。这就变得可信，从而有了文学性。而那些真正的鬼，在天上飞来飞去、无缘无故害人的鬼，谁也没见过，所以这永远只能是故事，而不会成为文学。

我写小说"慢悠悠"，也是因为我觉得小说不应该单纯地讲故事，不能一下子就"青面獠牙"，我必须把"脸上挂猪肝"这样的细节写出来，如果没有细节就成了传奇。

徐艺嘉：你认为文学最重要的土壤是什么？

朱旻鸢：经历或者说阅历。生活是文学的沃土。而生活这片沃土中最重要的土壤又是经历。我还在预备役部队当排长时，我的营长跟我说过一句话，经历是人生最宝贵的财富。我觉得很有道理。如果小时候我没有听故事的经历，只看过几次耍猴，就可能不搞文学，去当演员了。

我在那位营长手下干了一年后就开始了频繁的调换岗位。我先后当过副连长、连长、连长兼作战参谋，还当过组织干事、宣传干事，如果把现在创作员的岗位也算上，那我在团、旅、师、军和大军区等机关有过任职经历，而且是在三十五岁之前。这些岗位除了作战参谋干了四年外，大多数时间都不长，有的甚至只干了几个月，这样频繁的调换岗位对于一个干部的"仕途"发展来说无疑是非常不利的，但对于我后来的文学写作来说，却是一笔宝贵的财富，尤其是在最基层的十三年。

为了说明经历的重要性，我再举个例子。同样是国产军旅剧，同样是由非部队土生土长的编剧创作，现在的"特种兵"系列跟《士兵突击》就没法比。窃以为很重要的原因就是后者的剧编曾经在基层连队扎扎实实地当过一段时间的士兵，全连没一个人知道他是来体验生活的编剧，不像现在有的作家，坐着吉普车戴着墨镜在边境线上转一圈就算是体验生活了。

徐艺嘉：和许多同代成长起来的"70后"作家不同，"新生代军旅作家"的青春是伴随着军营文化的熏染的。你的小说也多半写的是青春时期的岁月，在你眼中，青春意味着什么？和其他同龄人有什么不同？小说（具体说到军旅小说）对你的青春有何影响？

朱旻鸢：我的小说多半写青春时期的岁月，是因为我还没有中年和老年的生活体验，童年和少年的呢又涉及我的长辈们，要为尊者讳。如果我再去讲我爷爷像马兰花的故事，会被我的族人们斥为大不敬。

所以只有写青春。青春对于我就是苦乐年华。我目前为止最痛苦和最快乐的就是那段时光。

痛苦是因为环境的艰苦、言行上的约束、生活上的挫折都集中在那段时期。先是高考落榜，当兵去的又是我们那批兵最艰苦的塞外部队。我从入伍开始流鼻血，一直流到离开塞外。新兵下连时一米八的个子瘦得不到一百斤，穿着肥大的冬装逆风而行，就像一架风筝，排里的几个胖子老兵经常拿我当笑料。第二年由警调排的纠察兵下到连队当炮手，成为全连公敌。第三年比我大两岁的哥哥病故，我没见上他最后一面……

现在从梦中惊醒，一般逃不出两件事，一是梦见高考，二是梦见我哥。

快乐是因为那时候有梦想，青春期是人生理上最具活力的时期。这个时期

"新生代军旅作家"面面观 ｜

去当兵，意味着生理上最具活力的阶段将在最受约束的状态下度过。当然，言行上越是受约束，思维往往越是活跃。当新兵的时候，我在家属院打扫卫生，凭着各家各户厨房里飘出的香味，我能闻出谁家吃的是什么饭菜。我和一个山东兵搭档值勤，在马路边一站就是半天，我们经常凭着蹄子声猜路过的是马是驴还是骡子，比谁猜得准赢花生米吃。我后来写小说时的想象力可能就是那个时候为了赢花生米训练出来的。那个时候的梦想是五彩斑斓的，人也特别容易满足。在坝上驻训的时候，五毛钱一个的羊蹄，两块钱一瓶的啤酒，那就是最高理想了。那时候一起啃羊蹄的几个战友，德茂、老谢、老曹至今还有联系。不幸的是，为了感人，我在小说里把老谢给写死了，一直让我深感愧疚，以后再写，不会这么干了。

我和那些没当过兵的同龄人的不同之处，就是我的青春只在思想上放纵过自己。和部队内部的同龄人相比，不同之处可能就是我一直坚持阅读和写日记，从中能得到一些安慰和向上的力量，让我在那段最痛苦最快乐、最容易迷茫也最容易叛逆的时期一直有所坚守。这，也是军旅小说对我青春的影响。

徐艺嘉：你小说中的主人公大多带有"荒诞色彩"，你是如何看待人物写作的？

朱旻鸢：我喜欢荒诞色彩的人物。鲁迅的《狂人日记》和《阿 Q 正传》里的主人公都具有强烈的"荒诞色彩"。

这个世界是充满悖论的，许多不合情理的东西往往合情合理地存在着。我举个例子，书法是用毛笔写汉字的艺术，但我认识的几个书法家现在却没心思写字，每天都在学习英语和计算机，因为考专业技术等级必须这两门都合格。也就是说，你是几级书法家不是由你的毛笔字来决定，而是由跟毛笔字毫无关系的英语和计算机的水平决定。这种荒诞无处不在。

而小说中能否用荒诞表现生活，有时并不取决于作家的愿望，而是取决于生活本身。就像我外公盖房子，不是你想怎么盖就怎么盖，而要取决于客观条件，地基、材料、周围环境，等等。生活本身的荒诞让我选择使用荒诞。我觉得荒诞往往更接近生活的真实，尤其是人物写作。人物的写作在小说创作中至关重要。因为文学是人学，判断一部作品是否成功，重要的一点就是看它是否为文学画廊增添人物形象。而荒诞的人物写作通过把人物特征和性格夸张、放大、扭曲，使人物形象变得更加鲜明典型集中，给读者以更大的冲击和更深刻

一代人有一代人的房子，一代人有一代人的文学。不同时代的人对同一事物的理解是不同的。我不可能像我父亲一样去写革命诗词，也不可能一辈子住在我外公那代人盖的房子里。年轻人守着祖上传下来的老房子度日，可能会被誉为孝子贤孙，但不会有出息。

如何定位我的小说创作？我是一个想住自己房子的人，所以我不跟任何人比，我也不拿别人的房子来做参照，在自己的宅基地盖自己的房子，让别人拆去吧。

徐艺嘉：当下军营正在进行如火如荼的新军事革命，"航母""神十"等新兴词汇不断进入人们的视野，更多群体开始对军营的现状产生了浓厚的兴趣，你对军旅小说的现状如何看待？会因此调整你的小说题材吗？

朱旻鸢：当前军旅小说，特别是中短篇小说创作的现状看起来很不容乐观。从目前我所观察到的情况来看，大致可以做出以下判断：

1. 军队的老作家已经基本上不写中短篇小说，有的甚至不再写小说，有的甚至不再写任何东西。

2. 稍微年轻一点的专业作家也很少写军事题材的中短篇小说，他们在写出了一些优秀的军旅小说后，纷纷转向了其他领域。

3. 与二十世纪"文学热"时军旅文学引领国内文坛的盛况相比，当前的军旅文学已经失去与地方作家的对话权，尤其是基层部队中还在坚持业余文学创作的官兵少得可怜。

4. 因为式微，又隐藏着很大的潜力和发展空间。任何一种事物都是这样，有低谷就有高峰。军旅小说现在仍暂处于低谷，但随着我军现代化建设在风云变幻的国际战略大格局下快速推进，我相信军旅小说在回望历史、关注现实两方面都将有更广阔的用武之地。因此我斗胆断言，不久的将来，军旅小说会迎来一个高峰。而这个高峰是等不来的，需要我们广大作者共同努力。

当然，如火如荼的新军事变革，让越来越多的群体关注军营现状的同时可能也会让越来越多的人关注军旅文学，但是军旅文学是不是就一定要去追赶这些新兴词汇是值得商榷的。窃以为，"航母"也好，"神十"也罢，不能因为它是新兴词汇就写成小说。它能不能写进小说，要看它们具不具备构成文学的要素。这就像我奶奶酿的客家米酒，需要长时间的发酵和储藏才能变成醉人的好酒，如果还没有充分发酵就把它搬出来喝了，肯定寡淡如水，不可能醉人。另外，小说要有真实的细节，把这些尖端武器写得太真太细了肯定导致泄密，审查通不过，而如果只需要停留在表面的呈现，比如航母是怎么航的，神十是怎么神的，新闻报道就可以了。如果写进小说里，只能作为一个时代背景或者故事外壳。

而且，航母和飞船在美国和俄罗斯早就出现了，我到现在也没听说他们有这方面的文学著作，至少没有出现超出《静静的顿河》等经典的作品。倒是在咱们中国，每推出一种新式武器或一个新闻人物就涌现一批文学作品的现象一直都有，但现在来看，有多少作品是经得起时间检验的呢？

会不会调整小说题材，取决于我以后的生活体验。哪壶开了就提哪壶。

徐艺嘉：你会一直坚持中短篇小说的创作吗？还是有向长篇小说和影视剧发展的倾向？

朱旻鸢：当然。中短篇小说可能是最见作者功力的一种文学体裁。因为中短篇小说更难写，长篇动不动就几十万字出来，完全可以靠历史性的叙事去遮掩，而真正有没有水平，中短篇是遮不住的，坚持写下去对自己也是一种锻炼。再者，中短篇小说的创作也是目前最不"功利"的写作方式。一部好的中短篇小说，需要的汗水和脑细胞以及方便面可能要多于长篇小说和影视剧本，但收益却比长篇小说和影视剧本低得多，有时一个中篇的稿费还不够抵消它所消耗的方便面钱，用商场上的话说，投入和产出远不成正比——尽管作家写作不是为了方便面，但作家写作时必须先吃饱方便面。但越是不功利越要坚持，这样才能使自己不会过早地有那么多乱七八糟的想法。

当然，长篇小说是迟早要写。估计每个写小说的作者，都会尝试写长篇。树老根多，人老话多，年纪越来越大，想说的话就越来越多，中短篇容不下，迟早要变成长篇。

影视剧本目前还没有考虑过。

徐艺嘉：你理想的小说写作状态是什么样的？

朱旻鸢：这让我想起我经常跟人开玩笑时说过的话：现在要让一个作家全身心地投入，写出他最好的作品，只有把他抓起来，关进大牢，没收他的一切通信工具，禁止一切对外交往，管他吃喝拉撒睡，只给他一部上不了网里面没有游戏和电影的电脑。这可能就是我理想中的写作状态，当然这是开玩笑。现在外在的诱惑太多了，各种各样的干扰防不胜防，树欲静而风不止，不知不觉人就会变得心浮气躁。我理想中的写作状态就是没有干扰的写作。

我很怀念我最初从事业余写作时的状态。那时没有任何功利目的，也没有任何压力，想写就写，不想写就去作战室标图。那时候我不知道文学有这么多规则和门路，2009 年之前，我甚至还不知道军队有创作室这种机构。

创作年谱

具体哪一年开始写的已经忘了，如果从写作文开始，应该是小学三年级。上军校时在院报和《周口晚报》上发表过散文，此后再也没有发表过东西。

2005年左右，团里联通全军政工网，开始在网上发一些杂文、散文和网络小说。

2006年在《西南军事文学》发表1400字的短篇小说《肯德基里的烤红薯》，并获得军网网络文学大赛二等奖。

2007年在《西南军事文学》发表3000字的短篇小说《一次失之交臂的爱情》。

2008年夏，打篮球时不慎损伤右膝，导致关节绞锁，行动不便，坐下来写作的时间陡增。

2009年4月应邀参加全军中短篇小说创作笔会。

2009年9月发表中篇小说《坝上行》（《解放军文艺》），同年10月被《小说选刊》转载，获《解放军文艺》年度优秀作品奖，2010年1月获全军军事题材中短篇小说评奖一等奖，入围第五届鲁迅文学奖。

2010年3月发表短篇小说《美女阿福》（《解放军文艺》）。

2010年4—5月，参加解放军艺术学院文学系全军作家高级研讨班学习。

2010年11月，参加《解放军文艺》中短篇小说创作笔会。

2010年12月发表短篇小说《斜坡》（《作品》），2011年2月被《小说选刊》转载。

2011年5月发表短篇小说《参军记》（《解放军文艺》）。

2011 年 8 月发表中篇小说《牡丹亭》(《作品》)。

2012 年 1 月发表中篇小说《拉练》(《解放军文艺》)。

2012 年 4 月发表短篇小说《天涯　明月　刀》(《作品》),2012 年 5 月被《小说选刊》转载。

2012 年 4 月,参加全军青年作家长篇小说笔会。

2012 年 5 月,参加全军文学创作座谈会。

2013 年 1 月发表短篇小说《倚天屠龙记》(《作品》)。

2013 年 2 月调入北京军区政治部文艺创作室。

2013 年 6 月加入中国作家协会。

2013 年 7 月发表中篇小说《掌门人》(《西南军事文学》)。

2013 年 8 月,《拉练》获第二届全军文艺优秀作品奖一等奖。

2013 年 9 月,参加全国青年作家创作会议。

2014 年 1 月发表中篇小说《红炉一点雪》(《解放军文艺》)。

2014 年 6 月,《拉练》获《解放军文艺》年度优秀作品奖。

2015 年 3—12 月,被单位安排到河北保定某部队代职锻炼一年,任团政治处副主任。

2015 年 10 月发表中篇小说《鱼儿山日出》(《西部》)。

2015 年 12 月发表中篇小说《证明》(《解放军文艺》)。

2016 年 4—7 月,参加鲁迅文学院第二十九届高级研讨班的学习。

2016 年 12 月发表中篇小说《马桶》(《解放军文艺》)。

2017 年 7 月出版中短篇小说集《红炉一点雪》(北岳文艺出版社)。

兰宁远，1975 年出生于内蒙古呼和浩特市，1998 年毕业于北京师范大学中文系，2015 年毕业于鲁迅文学院第二十七届高研班，现为中国作家协会会员、中国戏剧家协会会员、现就职于战略支援部队。主要作品有：长篇报告文学《飞天梦》《挺进太空》，散文集《守望天堂》《霓虹烈焰》《蓝色苍穹》，话剧《莫道桑榆晚》《顶天立地》《父亲·李大钊》《古都春晖》《新北平市长》，现代京剧《横空出世》，影视评论集《花儿为什么这样红》等。曾获第三届、第五届冰心散文奖，第六届中国戏剧文学奖，第二届、八届全国戏剧文化奖，第十一届、十二届解放军文艺优秀作品奖，第七届战士文艺奖，全军抗震救灾题材优秀文学作品奖等。长篇报告文学《飞天梦》入选国家新闻出版总署"向青少年推荐的百种优秀图书"，话剧《新北平市长》参加第二届中国原创话剧邀请展。2013 年参加全国青年作家创作会议；2014 年被中国散文学会授予"优秀散文编辑奖"。

中短篇报告文学的魅力

傅逸尘

21世纪以来，冠以长篇报告文学，或曰纪实文学，抑或非虚构文学的作品大有增长之势，有多部非虚构文学历数年而仍被人们津津乐道。而中短篇报告文学显然没有这么幸运，这有点儿近似中短篇小说。名家的长篇小说几乎都拥有数量可观的拥趸；同样是名家的中短篇小说，阅读者的数量就相差甚远，这其中的奥妙是否与几十年来一直强势的电视连续剧的影响有关？回望20世纪七十年代末及八十年代，即所谓"新时期"文学之初，中短篇小说可是文学的主体，风光无限的。在某种意义上说，电视连续剧改变了人们的阅读习惯，人们已经习惯阅读一个相对完整的故事，或者人物的命运，以及跌宕起伏的情节。中短篇小说不具备这样的能力，中短篇报告文学当然也不具备这样的能力。当然，生活的日常化与世俗化，让人们不再对社会问题，以及思想界的碰撞有兴趣，娱乐化主导了文学艺术的整体生态。兰宁远是剧作家、散文家，也是报告文学作家，出版多部长篇报告文学专著，影响广泛，他当然是深谙此理；但他还写了不少优秀的中短篇报告文学。我以为，这无疑彰显了兰宁远的社会责任感和作家的使命感，以及他对中短篇报告文学独特价值与意义的别样理解。

中短篇报告文学，尤其是短篇报告文学，一定是瞬间灵感的产物；或者是一个事件、一个细节、一句话、一个构思、一个标题甚至一个画面，便足以打动作家，并激发起他的创作冲动。当然还有另外的可能，就是突发事件，让作家没有足够的时间进行采访；或者从新闻的时效考虑，作品需要早日面世。这两方面无疑是中短篇报告文学独特价值与意义的核心所在。

虽然未曾经历20世纪五六十年代；但我知道那个年代曾经倡导过文艺的

"新生代军旅作家"面面观 |

"轻骑兵"，尤其是20世纪五十年代初朝鲜战争时期。读者急需了解志愿军在朝鲜前线战斗的情况，刚刚创刊一年的《解放军文艺》开辟了"志愿军一日""志愿军英雄传"专栏，就是要及时迅捷地发表描写朝鲜前线战斗实况的作品；为了更真实地反映前线战斗生活，还倡导"兵写兵"。专业军旅作家及文人作家也纷纷赶赴朝鲜战场，他们真是有如一支文学的"轻骑兵"，并运用"轻骑兵"的文学样式，如通讯、特写、散文、中短篇小说等，迅速地创作了一大批作品，其中不乏半个多世纪后仍然有着强大生命力的传世之作。谁都会首先想到1951年4月11日发表于《人民日报》头版的魏巍的《谁是最可爱的人》。它的影响力哪里是一部长篇小说可以比拟的？可以想象，这个时候的作家不会为写作的纯文学价值与意义所纠结，他们只可能有一种信念，就是尽快地将那些在战场上流血牺牲的英雄们的事迹和形象描述出来，告诉给祖国的人民，为他们提供思想和精神的动力。我以为，当下的文学特别缺少上述那样一种时代精神，一种真正地近距离介入生活的欲望与能力；我们似乎多了一些功利性，或者过多地焦虑于文学内部的价值，或者干脆觊觎某种文学的奖项。就像时下的很多书法与绘画创作，就是为了展览与全国某某奖项。这种展览与奖项，是否已经将中国书法与绘画引向了歧途，是非常让人疑虑的。

在这样一种文学与艺术的背景下，中短篇报告文学便彰显出它独特的文体优势和魅力。从兰宁远集中描写军旅生活的报告文学作品里，我读出他承继了当年的文学"轻骑兵"的写作伦理，他被当下中国社会急速变革的生活所感染和震撼；尤其是近年来，以实战为手段，以打赢一场局部战争为目的中国新军事革命，正进行得如火如荼、日新月异，让世人惊讶不已，读者急需了解国防和军队建设方方面面的情况。当下的军旅文学显然没有跟上这次史无前例的军事革命的现实步伐，许多作家的思想意识还停留在和平时期，其写作还滞留在那些琐碎的军营生活以及官兵内心深处某种不无灰暗的困境中，又或者沉浸于历史话语的重新阐释与故事的传奇讲述，以寻找新的叙事空间。文学未必完全与生活同步，但如此严重错位不仅背离了文学的本质，也与读者的期待相去甚远，这种境况显然需要加以改变。兰宁远在写作长篇报告文学的同时，不忘经营形式上更为短小精悍的中短篇报告文学，显示了他对急速变革的现实生活的敏锐回应，颇值赞誉。

兰宁远的报告文学，从文学性，或者韵味上，更接近散文是不争之事实。

同时具有极强的画面感，如果拍电影，我觉得可能都不需要导演做"分镜头"；有如中国水墨大师在宣纸上的挥墨点染，看似随意为之，却是笔笔有来历，既有内蕴，又见性情。对一个时代而言，总是存在一些让人们最为焦虑和痛苦的问题，可以称之为时代的迫切性题材。与这些题材相关的人物与事件，不仅严重而普遍地影响着人们的生活，改变了人与人之间的关系，而且还深刻地改变了一个时代的社会风气，改变了人们的道德意识和行为方式，甚至改变了历史的前行方向。报告文学作家有责任和义务，真实，并文学性地捕捉、记录、描写下这些时代弄潮儿的身影与灵魂，既为当下计，也为历史谋。

草原在哪里？

兰宁远

1

二十世纪九十年代，一个深秋的周末。

北京电报大楼的大钟在《东方红》的乐曲过后，稳稳地响了六下。暮色中的长安街显露出了独有的魅力——坦荡而沉稳。

一个身材高大的中年男人匆匆走过电报大楼，在北京音乐厅西侧的胡同内四下顾盼，自言自语着，"钻石在哪里，钻石在哪里……"

与此同时，胡同深处的一家不起眼的二层餐厅里，几位来自草原的艺术家和内蒙古知青正在悠闲地喝着奶茶，不时有人向窗外望望，似乎是在等着谁。

"钻石在哪里，钻石在哪里……"中年男人仍在胡同里踯躅着，目光里却看不出丝毫焦躁，他心里描画出一幅新朋老友畅叙故乡草原的场景，一想起这些，就觉得浑身舒坦。

当奶茶倒上，奶酒斟满，马头琴奏响，歌声也就如同在草原上一般流淌开来。中年男人从那熟悉的旋律中，呼吸到了草原牧场的气息。"钻石在那里，就在那里！"他加快了脚步，循着歌声来到了要找的地方——钻石餐厅。餐厅的主人，是曾在内蒙古锡林郭勒草原插队的知青周俊伟。返城后，把草原的美食也带回了北京。

中年男人走进了这家钻石餐厅。拉苏荣、周秉建、乌兰托嘎……这些来自内蒙古的音乐家和知青们起身用歌声和美酒欢迎这位迟到的同胞——蒙古族词作家克明。克明接过银碗豪爽地一饮而尽，出乎所有人意料地转身跑下楼，从服务员手里要过纸笔，躲进一间没有人的包房里。

　　短短几分钟后，当克明回到饭桌时，手里多了一张写满了字的纸片。"给!"一如蒙古人的豪爽。一位知青接过这张密密麻麻的"点菜单"，刚看了几眼，就情不自禁地大声朗读了起来。

　　　　钻石在哪里
　　　　钻石在哪里
　　　　钻石就在你的目光里
　　　　钻石在哪里
　　　　钻石在哪里
　　　　钻石就在我的心底
　　　　……

　　克明用诗的语言把自己一路寻找钻石餐厅的感受记录了下来。朋友们静静地微笑、静静地聆听。忽然，不知谁说了一句，如果把"钻石"改成"草原"怎么样？克明没有回答，只是静静地凝视着那张潦草的稿纸。短暂的沉默后，他的心里猛地一颤，蒙古人血性的浪漫在他的血管里冲动起来……

　　　　草原在哪里
　　　　草原在哪里
　　　　草原就在你的生命里
　　　　草原在哪里
　　　　草原在哪里
　　　　草原就在我的梦里
　　　　……

　　克明闭上了眼睛，连他自己都不曾想到，在逐渐暗淡下来的暮色里，仅仅改了两个字，就把心中锁了许多年的乡愁，以及他的感觉、他的爱恋、他的生命、他的语言全部释放出来。那天边的故乡，瞬间不再遥远。

2

克明是蒙古族，但他生在北京。如果不是因为那场浩劫，他的命运也许就会改写。正是因为别无选择，他和千千万万的青年学生一样成为了知青。克明是幸运的，因为这份特殊的情缘，让他走进了祖先的故乡呼伦贝尔。"没有这片草原，何谈蒙古民族？没有这片草原，何谈成吉思汗？来到呼伦贝尔，我从一个曾经符号化的蒙古人变成血脉相承的蒙古人。我感激命运，甚至感激我经受过的苦难。它让我成为一个真正的蒙古人。"

在呼伦贝尔这片神奇的草原上，克明变得平静安详，心情慢慢舒展开来。而与他同行的更多的少男少女们却没有这份心灵的回归与幸运，无奈而迷茫地在草原度过了最宝贵的青春年华。在举目无亲、远离家人的边疆，寂寞的深夜，寒风吹得他们身上瑟瑟发抖，所谓的"知识青年"只不过是个美丽的童话。他们的心灵开始变得孤独，是憨厚的草原母亲伸开双臂，接纳了这些"无辜"的孩子，将他们紧紧拥抱。

年青人适应环境总是快的，日复一日、年复一年，终于有一天，在一份份喜怒哀乐的感动中，他们学会了说蒙古语、喝奶茶、吃羊肉，成为了蓝天下一群会用牧歌倾诉情感的汉人。

三千多个日日夜夜过去了，当勒勒车、马奶酒成为生活全部的时候，命运却再一次捉弄了他们。

相比起当年的别无选择，离开草原，告别养育他们的阿爸阿妈，这种生离死别，对这群已是成年人甚至生儿育女、本已心平如镜的中年人来说，是超乎寻常残酷的。从内心讲，他们想留在草原，继续与蓝天、白云、绿草做伴。他们和真正的蒙古人一样，已经把草原当作了母亲，但时光毕竟过去了十几年，已为人父母的他们，比任何人都明白，青春对人的一生有着怎样的意义。经过深思熟虑，为了孩子不再经历曲折坎坷，还是挥泪告别了熟悉的牧场，回到了久违的北京。在陌生的故乡，面对物是人非的一切，没有什么比青春不再更令他们伤感和无奈。要吃、要住、要工作、要生活，处处让他们感到从未有过的困惑和彷徨。可唯一能做的，只有把无奈和泪水悄悄地咽进肚子里，默默地承受这一切。一个十年过去了，又一个十年过去了，当孩子们长大成人后，他们开始思念草原，用人生最成熟的思索，寻觅心灵的故乡，发出了萦绕心头许久的心声……

　　草原在哪里
　　草原在哪里
　　草原就在我的心里
　　……

　　时至今日，他们的记忆中总会出现那片绿色的天堂。时光就像梦一般地轻易美化了一切，它背后的幸福感又绝非幻觉，因为最容易浮现在眼前的，往往正是当年那些看似灰暗迷茫的日子。曾经是一个嘎查、一个苏木、一个旗县乃至整个草原，认识或者不认识的，两鬓斑白的知青们又聚在了一起。重返草原、再见阿妈、寻访故人……一切可以怀旧的举动他们都做了，可总感到还有些什么让他们无法释怀，总觉得还有许多许多的悲喜要说给谁听。于是，他们每个周末都要相聚在一起，喝喝草原的酒，唱唱草原的歌，见见草原的人，寻找那充满了信仰与自由的灵魂。聚会的地点就在钻石餐厅。来到这里，相同的感受可以瞬间激起情感的共鸣，似乎先祖故土上的一切传说和往事，都会离自己近一些似的。

　　草原，是蒙古人的生命。克明就像一个流落到天边的蒙古族孩子，在草原找到自己的家园，然后又离开了它，离开的日子，家园意识在他的心中沉淀，艺术在时间的历练里升华，他带着渴望报答的心"回家"了。那天晚上，克明喝醉了，伤感和祝福交织的感觉，让他泪落如雨。

　　草原儿女相聚在一起
　　草原就在我们的歌声里
　　今天在一起
　　明日又别离
　　草原草原祝福你
　　祝福你

这是一个热爱生命的蒙古人最真实的自白。寻找"钻石"的过程,其实是每一个游子思恋故乡、寻觅灵魂的心声,歌声也就在其间幻化为了灵魂的归宿。是草原把克明从一个"名义上"的蒙古人——不会说蒙古语、没骑过马、不吃手把肉的北京学生,变成一个真正的蒙古人。青春时代的草原古朴、浑厚、苍凉,也在那里找到了根。这份情缘同时深深地打动了在场的蒙古族作曲家乌兰托嘎,他接过克明的歌词看了一遍又一遍,一段早已酝酿在心的旋律如同美酒般地流淌而出。心中的苍茫大地在似乎熟悉的旋律中慢慢地流过,乡愁用那几乎无法察觉的速度渐渐地向每个人袭来,荡漾着一层又一层温柔的波光……

<h1 style="text-align:center">3</h1>

在草原上生活过的每一个人都相信,苍天在上,有祖先在温柔地俯视着他们,以及心中那一片从来都不曾离开的旷原。但正如歌中所唱的那样,今天虽然相聚在一起,可明日毕竟又要别离。《草原在哪里》道出的正是这样一种幸福而又无奈的感觉。

十年后,首都的舞台上,当一群年过半百、身着蒙古袍的老人们充满深情地演唱《草原在哪里》时,每个人眼里都噙着泪水。就连台下的听众也被这个名叫"牧人"的合唱团的歌声所打动,不时传来轻轻的啜泣声。

歌声中,"牧人"们的记忆回到了三十多年前,风华正茂的他们在上山下乡的风暴中来到内蒙古,迎接他们的,是繁重的体力劳动、恶劣的生存环境和难耐的精神压抑。但对领袖的忠贞、为国家奉献青春的决心还是激发出了他们无限的力量。十年的时光,在远离喧嚣的荒诞中交替而过。如今回头省视,才真正知道自己的无知是如何加深了草原沙化的灾劫。然而,那毕竟是原本真实的生命所留下的或深或浅的足迹。

席慕蓉说:多年之后,如果你发现还能拥有在你年少时爱过,对你有所期待的那一群人,或者甚至是——那一个人的微笑与赞许,你就是被上天赐福的,能够拥有一处"青春原乡"的幸运者了。

如果简单地回眸,在内蒙古的岁月是灰暗而又荒寂的,可是,三十年过去了，草原依然是藏匿在他们心灵深处的净土，蒙古民族温暖的善意。与这些日益练达的心灵接触的时候，才会发现天边的草原，无论是心灵还是胸怀，其中蕴藏的色彩与生命力，是那样地旺盛和年轻。在回望之时，在青春和激情创造的生活体验，使得他们以更加理性的态度懂得应该如何感恩。

循着草原的歌声，人们从"牧人"坚毅的喉咙中听出了对往昔岁月的无奈呐喊，以及对生命之海的怀念。《草原在哪里》由此被赋予了情系"青春原乡"的延伸意义。

听"牧人"的歌，那几十年完全没有改变的草原情结，对我来说，如遇故人。这些年近花甲的老人们，把青春岁月留在了内蒙古，带回来的是他们对草原深深的眷恋和对蒙古文化的挚爱。当年在草原上，他们对着蓝天白云唱，对着广袤的高原唱；如今在北京，他们对着往昔岁月唱，对着逝去的青春唱。那消失了的岁月与光阴、消失了的牧场和额吉、消失了的青春与梦想，以及无法消失的深深牧人情都凝结在歌声之中。尽管嗓子和体力已经不允许他们拿出尽善尽美的声音了，但仍拼了命般地让歌声如同在马背上一般，激情澎湃。在他们的心里，蒙古音乐是神圣的，草原故乡更是神圣的，通过歌声可以重现逝去的岁月，让过去的人生重演一次，他们无法用不神圣的心灵和声音去唱。

> 草原在哪里
> 草原在哪里
> 草原就在你的生命里……

曾经有些模糊遥远的故土，如今就那么生动地展现在脑海里，是可以走近、可以触摸、可以欢呼、可以落泪的，从耳边一直铺展到天涯。

这，才是牧人的魂魄啊。

"音乐，是上帝给予人类一切苦难的补偿。"独属知青的草原生活，并不需要我们的亲身经历才能感悟。在草原的世界中，最本质的人生体验已将一切得天独厚的浑然天成蕴含其中。无论是蒙古族的艺术家，还是汉族的知青，在通向草原的心路上，感觉都一样，无论是指挥还是歌者，他们的心中有着一样的欢乐、一样的悲伤。歌声如无字的碑文一般，让"牧人"的情感发挥到了极致，歌声记载了青春的跃动和人生的轨迹。《草原在哪里》因此有了更多的委婉细腻，也有了更多的粗犷沧桑；有了更多的忧思喟叹，也有了更多的甜美欢畅。

在繁华拥挤的都市里，每个人的脚步都极为匆忙，但每个人都有自己最刻骨铭心、最熟悉、最想要好好说出的青春。无论是克明、阿日布杰，还是每一位"牧人"，在不断滴落的热泪里，我知道，草原就是他们的青春，就是他们的生命，过去是，现在是，将来也是。

仰望苍穹，天边的白云，依旧停驻在最遥远的地方。无论草原在哪里，只要生命至此，就再无缺憾。

中国飞天路

兰宁远

时光进入 2017 年，我国空间科学实验的重大战略工程——载人航天工程已启动整整 25 周年。从航天员首次飞向太空，到第一次太空漫步；从神舟、天宫实现"太空之吻"，到女航天员的首次出征；从航天员的太空授课到太空 33 天的全新征程，回望神舟飞天的壮丽航程，中国航天人在迈向建设航天强国的征途上，走出了一条"自主创新，重点跨越，支撑发展，引领未来"的飞天之路……

神舟从东方启航

自古以来，浩瀚宇宙，璀璨星河；嫦娥奔月，吴刚斫桂；牛郎鹊桥会织女，敦煌伎乐舞天宫……数不尽的神话传说寄托着炎黄子孙对飞天的梦想和遐思。千百年来，虽然人类时时刻刻都在受着地球引力的束缚，但却从来没有停止对飞天的探索。

当人类文明进入 20 世纪，世界上的一些大国将探索太空奥秘、寻找能够利用的空间资源的目光瞄准了距离地球 300—500 公里之遥的太空，这里具有高真空、高温差、微重力、超洁净等独特环境。在这个轨道高度上运行的载人航天器可以进行地球环境与资源探测、开展生命科学和空间医学实验、进行卫星释放等太空活动。

20 世纪 50 年代，刚刚从战火中走来的中国人从过去百年的屈辱史中深刻地体会到落后就要挨打的道理，也把目光瞄准了正在飞速发展的航天技术。面对新的国际局势和高技术发展的迅猛势头，1956年春，在周恩来总理的主持下，国务院成立了科学技术规划委员会，组织全国600多名科学技术人员历时半年，研究制定了《1956—1957年科学技术发展远景规划纲要》，明确提出，在航天技术方面要发展喷气和火箭技术。

1956年10月8日，中国第一个导弹研究机构——国防部第五研究院成立，刚刚归国不久的科学家钱学森被任命为首任院长。这一天，是中国火箭导弹事业的奠基日，也是这一天，中国的航天事业在一穷二白中迈出第一步。

1957年10月4日，苏联第一颗人造地球卫星成功发射。毛泽东主席在第二年5月召开的党的八大二次会议上，发出了"我们也要搞人造卫星"的号召，重新唤起中华儿女的千年飞天梦想。中国航天人凭着"可上九天揽月"的雄心壮志，开始探索我国载人航天事业的发展前途。同年，在中国西北部的内蒙古巴丹吉林沙漠开始破土动工建设航天发射场。1966年5月，一项"以科学实验卫星作为开始和打基础，以测地卫星特别是返回式卫星为重点，在此基础上发展载人飞船"的规划设想开始实施。在当时没有运载工具的情况下，规划先从探空火箭开始。这年7月15日清晨，中国第一枚生物试验火箭搭载着一只名叫"小豹"的小狗发射升空并安然返回。7月28日，我国又成功发射了第二枚生物试验火箭，箭头生物舱完整无损地回收，随舱搭载的小狗"珊珊"与白鼠等小动物均平安返回地面。

1970年4月24日，随着"东方红一号"的发射成功，我国成为世界上第五个独立研制和发射人造地球卫星的国家，开始了探索外层空间的新纪元。钱学森向中央建议：发展载人航天事业。毛泽东在国防部五院和空军联合起草的"上马宇航工业"的报告上批示"同意"，随即着手载人飞船的研制工作。5月，中央军委下达选拔航天员的任务，从空军歼击机优秀飞行员中选拔出了20名预备航天员，集中生活、训练，计划在1973年底发射第一艘载人飞船，命名为"曙光一号"。虽然"曙光一号"计划点燃了航天人继"两弹一星"后的热情，然而，处在动荡时期的中国，无论是经济能力、工业基础，还是设计、制造工艺，特别是航天发射、测控水平，远不具备开展这一庞大系统工程的条件。"曙光一号"计划最终只停留在了一个两舱式全尺寸的飞船模型上，但航天科技工作者探索太空的脚步并没有因此停止，依然在一步一个脚印地稳步推进。1975

年 11 月 26 日，我国第一颗返回式遥感卫星由"长征二号"火箭发射入轨，绕地球飞行 3 天 47 圈后成功回收，这是我国进行的首次卫星返回技术试验。

1979 年，中国改革开放的总设计师邓小平赴美国访问时，特意参观了美国航天博物馆，他坐在美国的月球车上，清楚地看到了自己与世界的差距。他意识到，60 年代，没有原子弹、导弹，在世界上说话就不算数；70 年代，没有人造卫星说话也没有分量；80 年代以后，航天成为世界各国高科技发展的主流之一，中国作为一个有着飞天传奇的文明古国、一个正在崛起的航天大国，没有理由缺席。

在这个科学的春天里，中国航天人瞄准国际水平再一次迈开了向宇宙进军的步伐。1980 年 5 月 1 日，我国第一支远洋航天测量船队起锚远航；5 月 18 日，我国研制的第一枚洲际运载火箭飞向太平洋；1984 年 4 月 8 日，长征三号火箭将我国第一颗试验通信卫星"东方红二号"送入赤道上空……

与此同时，席卷全球的高科技竞争拉开了帷幕。美国为促进科技和经济的全面振兴实施"星球大战计划"；欧洲各国为发展未来高技术进步联合实施"尤里卡计划"；苏联随即也提出了自己的高科技发展纲要。面对这场迅猛的科技革命浪潮，邓小平指出，中国必须在高技术领域有一席之地。

1986 年 3 月，一封攸关我国高技术发展的来信呈到了邓小平面前，王大珩、王淦昌、杨嘉墀、陈芳允四位科学家联名提出了《关于跟踪研究外国战略性高技术发展的建议》。他们说，真正的高技术是花钱买不来的，建议国家制定"高新技术发展规划"，集中现有的科研实力出成果，同时培养新一代高技术人才。两天后，邓小平在这封信上做出批示："此事宜速作决断，不可拖延。"8 个月后，中共中央、国务院批准了一项具有深远意义的重大决策——《国家高技术研究发展计划纲要》，也就是著名的"863 计划"。航天技术列入七大领域之中，两大主题项目都与载人航天紧密相关：大型运载火箭及天地往返运输系统、载人空间站系统及其应用。

1987 年，"863 计划"正式启动实施，中国的航天事业开始进入加速期。载人航天工程作为"863 计划"的重点发展项目，开始进行技术经济可行性论证。当时的国防科工委组织成立了由屠善澄、任新民等航天科学家组成的"航天技术专家委员会"和两个下属主题项目专家组，负责研究载人航天技术的发展途径和总体方案。原国防科工委主任、中国载人航天工程首任总指挥丁衡高院士回忆说："863 计划"整体来说是一个探索性的项目，载人航天对我们来说也是探索性的，怎么起步是很重要的问题。所以就提出来了概念研究。概念研究搞了 4 年，从总体上到各个分系统都搞得比较细，使得可行性论证和立项论证仅仅用了半年的时间完成了。后来，在概念研究的基础上，确定了整个载人航天工程的技术途径。

专家们在深入航天领域的各大系统中考察时，欣喜地看到，我国独立自主研制的 11 种不同型号的长征系列运载火箭已走向了世界；长征二号 E 捆绑式大推力火箭将近地轨道的运载能力提升到了 8 吨。同时，还掌握了返回式卫星的制造和回收技术；建成了酒泉、西昌、太原三个航天器发射场；航天测控网也已初具规模。当时的中国已成为世界上第五个能独立发射卫星特别是地球静止轨道卫星、第三个能回收卫星、第四个掌握了一箭多星技术的国家，积累了数十次成功发射的经验。更重要的是综合国力和技术水平较 20 年前有了长足的发展，已具备启动载人航天工程的基础。考察结束，专家委员会得出的结论是：时机成熟，条件具备，载人航天工程可以"立项"。

专家们结合国际研制载人航天器的情况，筛选出空天飞机、火箭航天飞机、小型航天飞机、可部分重复使用的小型航天飞机、多用途载人飞船等 5 个技术途径方案。当时，国际航天界应用较多的是载人飞船和航天飞机方案。专家们对这两种方案争论了数年，并逐渐倾向于采用航天飞机方案，拟报中央。报告呈送到钱学森的案头。时年 78 岁的钱学森曾亲历了中国探空火箭的研制并领导了"曙光一号"方案的制定，他通过对当时国情、国力进行综合集成分析，经过深思熟虑后，在给中央的报告上慎重地加上了一句话："应将飞船方案也报中央。"钱学森的建议得到了专家们的重视。中国工程院院士王永志是中国载人航天工程的首任总设计师，他回忆说：载人航天工程需要巨大的投资，我们不盲目追随国外先进的国家，完全根据自己的独立思考和实际需要，结合我们的国情，有重点的发展、跨越式的赶超。最终，钱学森的建议得到中央的采纳，从而结束了载人航天的技术途径之争，推动了载人航天工程的决策实施。

1991 年，联合论证组完成了《载人飞船工程实施方案》，并提出《关于我国载人飞船工程立项的建议》：航天飞机造价昂贵、技术复杂，中国还不具备生产的技术条件，中国的载人航天工程应从飞船起步，最终建成空间工程大系统。6 月，时任国务院总理、中央专门委员会主任的李鹏主持中央专委会议，决定

"从飞船起步,立即发展我国载人航天技术"。会后,当时的国防科工委和航空航天部迅速成立载人航天工程领导小组,由时任国防科工委主任的丁衡高出任主任。

1992 年是"国际空间年",也值得中国航天人永久铭记。这一年,中央专委第七次会议决定由原国防科工委组织开展载人航天工程研制,并做出了分"三步走"的发展规划:

> 第一步,发射载人飞船,建成初步配套的试验性载人飞船工程,开展空间应用实验;第二步,突破航天员出舱活动技术、空间飞行器的交会对接技术,发射空间实验室,解决有一定规模的、短期有人照料的空间应用问题;第三步,建造空间站,解决有较大规模的、长期有人照料的空间应用问题。

这次会议结束时,李鹏总理请参加会议的每一位同志都在会后形成的《会议纪要》上签名。李鹏说,此事要向中央政治局常委汇报,在座的每个人都要负责任,立军令状。

9 月 21 日,江泽民总书记主持召开中央政治局常委会议,认真总结和分析了当前国际航天事业以及我国航天事业的现状,讨论通过了中央专委提交的《国防科工委关于开展我国载人飞船工程研制的请示》,批准了"三步走"的战略蓝图。江泽民说,我们今天就做决定,要像当年抓"两弹一星"那样去抓载人航天工程,要坚持不懈地、锲而不舍地把载人航天工程搞上去。这一天,我国历史上规模最大、系统组成最复杂、技术难度最高、协调面最广的国家重大工程——载人航天工程正式启动。

载人航天工程立项时由工程总体和七大系统组成,分别是:航天员系统、空间应用系统、载人飞船系统、长征二号 F 运载火箭系统、酒泉发射场系统、测控通信系统和着陆场系统,各系统分别建立了行政和技术两条指挥线和总指挥、总设计师联席会议制度。考虑到工程总体与各系统之间关系密切,且工程耗资较大、研制进度较紧的特点,经国务院和中央军委批准,专门成立了中国载人航天工程办公室,作为统一管理载人航天工程的专门机构,对工程实施专项管理。

1994 年 10 月 28 日，北京航天城在北京北郊唐家岭开工奠基。空间技术研制试验中心、航天员培训中心、指挥控制中心等多家航天机构在这里集中建设，各大系统的设计和研制工作也同时全面展开。中华民族的飞天梦想化作国家的发展战略，开始了实实在在的行动。

实现载人航天飞行，势必要面对飞天路上的重重挑战，运载火箭要确保把飞船安全送入轨道；载人飞船要保证稳定的在轨运行，提供满足人类生存的舱内环境，安全地将人送回地面。这些要求远比人造卫星难得多也复杂得多，而且，国外对中国实行严格的技术封锁。中国航天人面临着巨大的挑战。如何攻克这些难题？中央明确要求，我们起步虽晚，但起点要高，要从总体上体现中国特色和技术进步。

"保证航天员的安全"是载人航天工程始终坚持的首要原则，其核心问题是要确保航天员的安全。用最可靠的火箭，将航天员安全地送入太空，是运载火箭系统研制者的郑重诺言。接到研制载人火箭的任务后，运载火箭系统原总设计师、中国科学院院士刘竹生感到压力重重：一般的运载火箭，对安全性要求不是很高，可是用于载人运载的火箭，就必须在安全性和可靠性方面有极高的要求。为此，火箭系统在长征 2E 捆绑式火箭的基础上进行改进，提出了载人运输火箭安全性指标要求必须达到 0.997，并将可靠性指标提高到了 0.97。这一标准之高在中国航天史上是空前的，世界上也只有个别型号运载火箭能达到。根据这个目标，运载火箭系统原总指挥、中国工程院院士黄春平提出了一个创新的方案：火箭系统增加两个系统，一个是故障检测系统，一个是逃逸系统。这两个系统可以在火箭待发段和上升段出现故障时，自行检测、诊断，自动发出信号，逃逸救生系统能迅速实施自动逃逸或地面控制逃逸，确保航天员的生命安全。新的运载火箭研制成功后，被命名为"长征二号 F"，这枚火箭的起飞重量为 480 吨，可将 8.5 吨的有效载荷送入近地轨道，是我国目前可靠性最高的运载火箭。

载人飞船是整个工程的核心部分，也是难度最大、安全性和可靠性要求最高的系统。载人飞船系统原总指挥、总设计师、中国工程院院士戚发轫接到任务时说：飞船方案一开始就要把功能设计全，使它成为标准的定型天地往返运输工具。戚发轫把设计目标瞄准了世界上最为先进的第三代飞船——苏联的"联盟 TM 号"，采用具有中国特色的三舱一段方案，即由返回舱、轨道舱、推

205

进舱和附加段构成，具有起点高、具备留轨利用能力等特点。在戚发轫等的带领下，研制人员在短短几年时间内，先后攻克飞船三舱的分离解锁、调姿制动、升力控制、防热、回收等五项关键技术，完成各种复杂的大型地面试验。飞船的主要分系统——结构与机构、制导、导航和控制、数据管理、推进、热控、无线电测控、电源、返回着陆、环境控制与生命保障、仪表照明、应急救生系统等技术也相继取得了一系列创新成果。1996 年，飞船全系统的电气设备开始桌面联试，经过 5 个月的测试获得成功，证明了飞船电气系统方案的正确性，飞船进入初样研制阶段。

经过 5 年的艰苦创业，1997 年到来的时候，运载火箭、发射场、着陆场、测控网，这几个系统都已经具备了执行发射无人飞船的能力。但是，上天的飞船还还研制阶段，没有生产出来。12 月，时任载人航天工程副总指挥的沈荣骏来到承担飞船发动机研制任务的上海航天局考察。此行的目的是为了能如期完成"争八保九"的目标。"争八保九"指的是，第一艘飞船要争取 1998 年、确保 1999 年首飞。然而，飞船其他产品可以由初样产品改制，发动机产品却必须是正样状态，才能确保飞行任务成功。发动机产品主要是新研类型，可靠性试验子样还很少，正样研制任务重、时间紧，发动机产品研制成了整个工程的短线。上海航天局领导表示，"争八保九"是我们对中央的承诺，一定全力以赴，保证完成任务。

中国航天人做到了，1998 年到来的时候，飞船和火箭如期竖立在发射台上——

1998 年 1 月 9 日，工程总指挥、总师联席会议决定：在 1999 年利用长征二号 F 运载火箭首次飞行试验的机会，发射一艘试验飞船，重点考核火箭的可靠性和飞船的舱段分离、返回控制等关键技术。

1998 年 5 月，载人航天工程第一次在刚刚落成的酒泉卫星发射中心载人航天发射场完成了合练，全面检验了火箭、飞船、发射场各系统之间的匹配性和协调性；7 月，飞船参加整流罩横向解锁试验获得成功；10 月，至关重要的模拟真实飞行程序的运载火箭—飞船的零高度逃逸救生飞行试验程序取得成功，逃逸救生技术获得突破。

当得知我国载人航天工程前期工作连获喜讯时，江泽民同志亲笔为正在制造的第一艘试验飞船题名"神舟"。

1999 年，举国欢庆国庆 50 周年和澳门回归的喜庆日子里，在中国西北大漠深处，秘而不宣的中国载人航天工程正悄悄准备着首次奔向太空的腾飞。11 月 20 日，成千上万的人们在戈壁黎明的寒风中兴奋地等待着，翘首以望一座全新的巍然屹立的发射塔架。6 时 30 分，随着发射指挥员"点火"命令的下达，大地震颤，烈焰喷腾，长征二号 F 火箭托举着中国人自主研制的神舟一号无人飞船冲上云天……

中国人来到太空了

20 世纪 90 年代，一颗外国卫星在太空中发现，中国西北荒漠，一座全新的、体量巨大的钢铁结构正悄然竖立，与之相距 1500 米的，是一栋蓝白相间的单层建筑。国外航天界猜测中国正在进行一项重大的太空计划。

卫星上的那片建筑就是中国酒泉卫星发射中心载人航天发射场。作为中国的航天第一港，我国第一枚导弹在这里发射，第一颗卫星在这里上天，第一枚洲际运载火箭从这里飞向太平洋，积累了丰富的实践经验和雄厚的技术基础，拥有完善的测量、控制、通信、气象、计量、铁路运输、发供电设施设备，可完成多种轨道卫星的测试发射任务，具有良好的载人航天发射试验基础。同时，中心处于戈壁平原地带，人烟稀少，地势平坦，视野开阔，气象条件优越，对跟踪测量的限制小，发射前后航天员应急救生条件极好，年可发射时间长达 300 多天，有利于发射场各项设施的建设。1994 年 7 月 3 日，载人航天发射场在大漠深处奠基。总装备部原副部长、发射场系统原总指挥李元正中将参与了发射场的早期论证和建设，他回忆说：我们的建设思路非常明确，载人航天发射场一定要赶上世界同类发射场的技术水平，一定要采用世界上最先进的技术体制和技术方案，来确保我们国家载人航天发射的安全可靠。

1998 年建成的中国载人航天发射场采用的是当时具有国际先进水平的"三垂一远"发射模式，"三垂一远"指的是：垂直组装、垂直测试、垂直整体运输和远距离测试发射控制。"三垂一远"发射模式最大限度地减少了技术状态的变化，大幅度提高了载人发射的安全性和可靠性，具备短时间内连续发射的能力，同时满足未来空间站应急救援发射的需求。

随着中国神舟第一次的壮美升空，各大系统迎来了首次全方位的重大考验。

浩瀚苍穹，神舟飞船穿行其间，会受到空间各种干扰，为了保证飞船及轨道舱的正常工作，并确保飞船顺利返回，必须通过由飞行控制中心、地面测控站、海上测控站和中继卫星构成的天地一体化的测控管理体系来对飞船轨道进行实时跟踪和控制。如果把飞船比作风筝，测控系统的专家就是手握风筝的人，测控通信链路就是那根至关重要的线。而 20 世纪 80 年代建成的中国航天测控网，却只能完成测控卫星的任务，无法满足载人航天工程高精度、大容量的数据传送和大覆盖面的要求，必须采用新的技术手段，并扩大和完善全球布站。曾担任测控通信系统总指挥的董德义回忆说：天地通信是一大考验，各种数据、调度指令、语音和视频通话等信息，在千里之遥的天地间传输，是复杂的系统工程，任何节点发生错漏，都会导致无法挽回的后果。工程立项后，我国自主研发了集遥测遥控、测距测速和话音图像传输等功能于一体的 S 频段统一测控系统，新建了青岛测控站和两个国外测控站。形成了由北京、西安、东风三个中心和遍布国内外的测控站、船组成的载人航天测控网，不论是测控覆盖率还是测控精度都实现了大幅跃升。经过这些重要的技术补充，陆、海基测控网建设更加完善，可以覆盖整个中国和世界三大洋。

神舟一号飞船在轨运行期间，地面测控系统和分布于公海的 4 艘远望号测量船对其进行了跟踪与测控，成功进行了一系列科学试验。11 月 20 日 18 时，当神舟一号第 14 次飞临南大西洋海域上空时，正在这里待命的远望三号测量船准确地发出了返回指令。随后，飞船建立返回姿态，制动发动机点火，从太空开始返回。

工程立项之初，在中国 960 万平方公里的疆域中，要找到一块既能够满足着陆条件，又符合飞船轨道要求的区域并不简单。着陆场系统的技术人员对河南、内蒙古、辽宁等所有理论上适宜飞船着陆的地方，经过 6 次大规模的实地勘察，最终将主着陆场定在了地势宽阔、平坦的内蒙古自治区中部的四子王旗阿木古郎草原，副着陆场选在了内蒙古阿拉善盟额济纳旗的中南部地区，恰好处在飞船返回舱返回主着陆场的途中，如果主着陆场的气象条件不好，可选择在这里降落。

神舟一号飞船在太空中飞行 21 个小时后，于 1999 年 11 月 21 日凌晨 3 时 41 分顺利降落在预定主着陆场。我国自主研发的"救生回收地理信息电子显示系统"，首次实现了搜救现场方位态势的三维实时显示，极大地方便了指挥通信，提高了搜救效率，一个具有中国特色、配套齐全、适应载人航天高安全、高可靠性要求的载人航天着陆场系统已经建成。

神舟一号任务的圆满成功，标志着我国载人航天技术获得了重大突破。但神舟一号还不是一艘正样飞船，只是一艘处于初级技术状态的电性船。飞船所有分系统设计的正确性、合理性、协调性和可靠性，以及飞船与其他大系统之间的协调性和可靠性，都有待于在神舟二号上得到进一步验证。

神舟一号成功后，科研人员将飞船变轨列为重大技术攻关项目。他们将原定飞船第 14 圈返回时变轨的设计方案，在神舟二号任务中提前到第 5 圈，同时加上了回归轨道的设计，这样可以让飞船每天都有返回着陆场的机会。此外，飞船还增加了由航天员控制的手动应急程序，大大提高了返回的安全性。

2001 年 1 月 10 日凌晨 1 时，神舟二号发射升空。这是我国第一艘正式用于太空试验、功能基本齐全的无人飞船，自主飞行 7 天，绕地球 108 圈，变轨程序在飞船运行到第 5 圈时启动，并获得了成功。神舟二号检验了各系统的工作性能，仪表照明、应急救生、乘员和有效载荷等分系统工作在这次任务中全面展开，并重点考核了环境控制与生命保障系统的功能，进一步检验了飞船系统与其他系统的协调性。神舟二号任务中最引人关注的应该说是"模拟人"了。身着白色航天服和透明头盔的形体假人，安然坐在座椅上，这套由人体代谢模拟装置、拟人生理信号设备以及形体假人组成的拟人载荷系统，能模拟航天员在太空生活时的多种重要参数，如脉搏、心跳、体温、血压、饮食等与真人一样的生理信号并传回地面，随时接受地面指挥中心的监控，地面医监人员可以通过监测这些生理信息来判断航天员的健康状况，从而保证在真正载人飞行时能对航天员的生理信号进行正确的采集、处理和传输。

神舟二号飞行试验对载人航天工程各系统从发射到运行、返回、留轨的全过程进行了全面的考核和检验，获取了大量试验数据，于 2001 年 1 月 16 日 19时 22 分返回地面。之后，神舟二号的轨道舱进行了留轨运行，在轨工作的半年时间里，成功进行了微重力环境下的空间生命科学、空间材料、空间天文、空间物理等四大科学领域的空间应用试验。

2001 年 9 月 30 日，神舟三号飞船运抵发射场。这是一艘经过改进的正样飞船，技术状态与载人飞船基本一致。在发射前进行的技术测试刚进行到第三天，工作人员忽然发现飞船的穿舱插头有一个连接点出现不导通问题。尽管这只是所有同类插头 2000 多个接点中的一个，而且所有使用这个插头的信号都是双点双线连接，未必会导致任务失败，但考虑到神舟三号飞船要严格考核飞船的载人性能，专家们建议拆换飞船内所有同类插头，重新生产。但飞船一共使用了 77 个插座，共有 1500 多点，如果全部重新设计、重新投产，飞船的发射至少需要推迟 3 个月时间。当时来自各地的实验队已经进入发射场，撤场势必会造成巨大的经济损失和发射时间的延误，而按照原计划，江泽民同志是要亲临发射场坐镇指挥的。工程总体的压力很大，一时难以下决心，指挥部专门向中央做了汇报。中央军委原副主席、总装备部原部长、时任中国载人航天工程总指挥的曹刚川上将回忆说：正在这个时候，江主席闻讯打来电话，说你们一定要保证产品质量，什么时间能发射，就定在什么时间，不要按我计划去的时间。这使我们很受感动，对工程给予很大的支持。中央领导的指示及时地解除了大家的思想负担，指挥部最终决定推迟发射。

"归零"是中国航天人创造的一个名词。在载人航天工程的管理规定中，这个可以简单解释为"从头开始查找故障原因"的词语被进一步细化为 5 个步骤：定位准确、机理清楚、故障复现、措施有效、举一反三。

出现故障的穿舱插头拿回北京"归零"，结果发现插座设计存在根本性缺陷，是批次性问题。针对查出的问题，载人航天工程各大系统展开了一场翻箱倒柜式的"质量归零战"。中国空间技术研究院在这次"归零"中，还发现正在生产的用于首次载人航天飞行的神舟五号飞船返回舱壳体也存在错焊缺陷，研究院没有去修修补补，而是将这个返回舱壳体作为警示钟放在厂房里。这件事极大地教育了全体参试队伍。当时正担任中国空间技术研究院院长、载人飞船系统总指挥的袁家军回忆起当时的情景时说：通过这件事，我们把"严、慎、细、实"的作风贯穿到后来飞船系统的研制生产过程中，无论受到怎样的挫折，但为了航天员的安全，再大的压力也要承受。

三个月后，一批经过重新设计、生产的神舟三号飞船专用插座在北京通过专家组鉴定验收后，运抵发射场。

2002 年 3 月 25 日，江泽民同志亲临发射场指导并观看神舟三号发射，他说：神舟三号发射成功，举国振奋，大长了中国人民和中华民族的志气。这次任务之前，江泽民还为长征二号 F 运载火箭亲笔题名"神箭"。

神舟三号任务期间，工程各系统在全状态下参加任务，逃逸与应急救生功能首次全面启用，火箭控制系统首次实现了控制系统冗余，同时，还增加了火箭上升段偏航机动、纳米比亚测控站、远望4号船上行遥控、飞船轨道舱偏航试验等内容。神舟三号在太空绕地球飞行107圈后开始返回，着陆场系统获取了飞船黑障前后返回舱测量数据，完成了遥测接收和遥控发送，返回舱于4月1日16时51分返回地面。

8个月后，深冬的戈壁滩已是一片萧瑟景象，神舟四号飞船运抵发射场。12月21日，距离预计的发射时间只剩下8天，一股罕见的西伯利亚强劲寒流突然袭击了发射场，最低气温瞬间下降到零下30摄氏度。按照惯例，火箭发射时，最低气温不能低于零下20摄氏度。低温发射会导致火箭密封圈失效，引起燃料泄漏，诱发管路堵塞，造成电缆插头接触不良。尤其是火箭发动机的可靠性要求极高，倘若低温环境超越底线，后果不堪设想。而此时，火箭燃料已加注完毕，可以说是箭在弦上，不得不发了。为了给火箭保温，发射场成立了临时"火箭飞船抗寒抢险小组"，迅速展开一系列保温工作。工作人员先是弄来两台小型热风机，放在发射平台上，向火箭发动机舱内送热风。但火箭舱体为金属材料所制，受热快，散热也快，加之外面温度很低，热风送进去很快就凉了。接着，又启动了20多台大功率空调，昼夜不停地给火箭强行送暖。再接着，给火箭、飞船套上"防寒服"，贴上泡沫塑料，再用几千瓦的电灯泡照烤。但是，火箭飞船袒露在戈壁滩寒冷的冬夜里，热量很快就散去了。情急之下，发射中心的官兵火速从营房中扛来200床军用棉被，包裹在火箭和飞船的关键部位上……在这样的努力下，火箭和飞船没有受到低温的影响，始终保持着正常的待发状态。直到12月30日，发射场的气温开始回升，达到了发射规定的温度时，神舟四号飞船才成功发射升空。

神舟四号任务是载人飞行前的最后一次彩排，飞船的技术状态与载人飞船完全一致，设计师们根据前几次飞行试验中暴露出来的问题，对部分技术状态进行了改进，设计了8种救生模拟方式，完善了应急救生系统功能，增加了航天员手动控制系统，增强了整船偏航机动能力，以便在不同阶段出现意外，都能保证航天员安全返回。

神舟四号飞行中，先后进行了对地观测、材料科学、生命科学实验及空间天文和空间环境探测等一系列科学技术实验，于2003年1月5日19时16分，安全返回地面。

"发射一次，前进一步"，这四次无人飞行试验对工程总体和各系统从发射到运行、返回、留轨的全过程进行了全面的考核验证，特别是神舟三号、神舟四号在全载人状态下连续发射成功，都相继在第五圈完成变轨任务，使决策神舟五号飞行一天返回成为可能。时任总装备部副部长、载人航天工程副总指挥的胡世祥中将回忆说：首飞任务要想成功，必须有成功的子样，我们从神舟三号开始就确定了技术状态，神舟三号、神舟四号、神舟五号的技术状态要一致，如果前几次都是成功的，我们就可以下决心在神舟五号上人了。从神舟一号到神舟四号，四次无人飞船的连续发射成功，预示着我国载人航天工程无人飞行阶段的结束和载人飞行阶段的开始。

载人航天工程是中国航天史上规模最大的跨世纪工程，航天员是这项工程的最后实践者。工程立项后，创立于1968年的宇宙医学及工程研究所，更名为航天医学工程研究所，具体负责航天员的管理和训练。当时，美、苏两国的载人航天事业经过40多年的发展，已经掌握了一整套完善的航天员训练方案，拥有一批经验丰富的教练员。而对我国的航天员系统来说，培训航天员不像其他系统的工作那样具有一定的继承性，一切都要从零开始。20世纪90年代，通过临床医学选拔、生理功能检查、心理品质测试和面试、家庭查访、综合评定等工作，我国从空军1500多名现役歼击机飞行员中选拔出14名预备航天员。载人航天工程原副总设计师、航天员系统原总指挥、总设计师宿双宁回忆说：航天员训练的成功与否直接影响到载人航天工作的成败，当时大家都暗暗下定了决心，一定要战胜这个挑战。航天员的训练要建立一个完整的训练体系，首先是要组建一支特别能奉献，特别能攻关，有扎实基础理论知识和科学训练方法的教练员队伍。

1996年，航天员吴杰和李庆龙奉命赴俄罗斯加加林航天员训练中心接受培训，他们仅用了一年的时间就把通常需要四年的课程全部学完。回国后，他们和教员们一起研究摸索出了一套适合中国航天员特点的训练模式。

1998年1月5日，一个简短的仪式翻开了中国航天史上的重要一页——中国航天员大队正式成立，并正式由空军部队移交原国防科工委管理。从这天起，中华民族的飞天梦想、共和国几代航天人的希望，都落到了这14位空军骄子的肩上。

航天员从事的是神圣的事业，更要面临严峻的挑战。他们的职业是要离开人类适合生存的地球，去另一个不适宜人类活动的区域工作，要在密闭狭小的飞船中经历超重、失重、低压、旋转相互交替的过程，必须通过特殊的训练来主动适应。因此，走进航天员大队，远不能说明冲过重重关卡的幸运者就是一名完整意义上的航天员，这只是拉开了航天员职业生涯的序幕。此后的几年，他们向着自身的生理、心理和意志极限发起了挑战。

　　正规的学习开始，一座巨大的科学殿堂矗立在了航天员们面前。他们首先要闯过的是航天科学的基础理论，包括空气动力学、飞船设计原理及舱载系统等与航天技术有关课程，天文学等与航天环境有关的课程，解剖生理学、航天医学、心理学等医学课程，还有高等数学、流体物理、力学、电工电子学、英语、哲学等共 8 大类 58 个专业。

　　为了让航天员适应太空的特殊环境，提高他们对各种负荷的耐受性，教员们最大限度地模拟太空中的各种环境，在这个非常艰苦的过程中，既有利用旋梯、滚轮、蹦床、旋转秋千等器材提高前庭功能的训练，针对提高低压缺氧耐力的游泳、攀岩训练，也有为提高超重耐力专门进行的胸、腹部和四肢肌肉的训练，还有模拟飞行任务的直升机吊救训练、跳伞训练、飞行失重训练……这种被称为是"魔鬼训练"的强度之大、要求之高，远非战斗机飞行员可比，其精神和体力的巨大付出不是一般人可以承受的，需要一项项克服、一个个战胜。

　　就在航天员艰苦训练的同时，首次载人航天飞行任务的决策工作也在紧锣密鼓地进行。2002 年 10 月 17 日，中央专委同意按照"1 名航天员、飞行 1 天"的方案，在 2003 年实施我国首次载人航天飞行。胡锦涛同志做出批示：这是 2003 年度最重大的科研实践活动，一定要高度重视、精心组织。

　　2003 年春节过后，国际航天界噩耗频传。2 月 1 日，美国"哥伦比亚"号航天飞机返回时突然解体，7 名宇航员全部遇难；5 月 4 日，俄罗斯"联盟 TMA—1"飞船返回时，落点偏离 400 多公里，险些酿成严重后果；8 月 22 日，巴西 VLS 系列运载火箭在发射场爆炸，21 人不幸丧生。在国内，一场突如其来的"非典"疫情不期而至，工程遇到了前所未有的严峻挑战。

　　获知"哥伦比亚"号航天飞机失事的那天，正是中国农历的大年初一，载人航天工程指挥部的领导们匆匆赶到了航天员们中间。而出乎他们意料的是，14 名航天员平静地表示，加入这支队伍，职业的荣誉、百姓的目光，已使他们忘记一切。航天员的光荣，正在于把生命融入人类探索太空、征服宇宙的征程中。这样的回答坚定了总指挥部按照原计划当年发射神舟五号的决心。5月9日，载人航天工程指挥部通过各大新闻媒体正式宣布：神舟五号飞船将于10月如期发射。提前发布消息，足以证明中国对自己的首次载人航天飞行充满了必胜的信心。

这时，航天员已完成了5年多的学习训练，即将面临"毕业考试"，要对每个人进行全面综合的考评，再根据成绩进行首飞梯队的选拔。根据我国载人航天的计划，载人飞行任务的密度不大，是用不了14名航天员的，当初之所以选拔了14个人，主要是考虑到"淘汰率"的问题。美国和俄罗斯在航天员训练过程中的淘汰率一般为50%。借鉴国外的经验，工程指挥部决定，在最后的考核评定中，不合格者将被淘汰。7月3日，经过由工程指挥部领导以及航天医学工程研究所专家组成的选评委员会严格公正的考核评定，揭晓了考评结果：14名航天员全部通过考核，创造了"零淘汰率"的奇迹。这一令世人惊叹的结果，意味着我国已创建了具有中国特色的航天员训练体系。在接下来进行的"首飞梯队"选拔中，经过三轮筛选，航天员杨利伟的成绩始终名列第一，他和排名第二、第三的翟志刚、聂海胜入选了"首飞梯队"。

10月14日，神舟五号飞船发射的前一天，任务总指挥部决定，由杨利伟执行载人飞行任务。这一次具有划时代意义的出征，牵动着党和国家领导人以及13亿华夏儿女的心。当天下午，中共十六届三中全会一闭幕，胡锦涛同志就赶往酒泉卫星发射中心，为中华民族历史上的一次伟大出征壮行。在10月15日清晨举行的出征仪式上，胡锦涛深情地说：杨利伟同志就要作为我国第一个探索太空的勇士出征，肩负着祖国和人民的重托去实现中华民族的千年梦想。相信你一定会沉着冷静，坚毅果敢，圆满完成这一光荣而神圣的使命。我们等待着你胜利归来。

晨曦中的酒泉卫星发射中心圆梦园，挤满了赶来为航天员壮行的人，军乐队奏响《歌唱祖国》的雄壮乐曲，身穿白色航天服的航天员杨利伟迈着从容而稳健的步伐，向载人航天工程总指挥李继耐上将报告出征。随着总指挥庄重有力的"出发"命令，杨利伟一个标准的军礼，定格在了共和国的航天史册上。

9时整，在举世关注的目光中，火箭腾空而起，驶向浩渺的太空，发射场和地面指挥大厅里，所有的人都屏住呼吸。9时9分47秒，甩掉最后一级火箭的神舟五号飞船进入了预定轨道。"飞船一切正常"，得到杨利伟来到太空后的第一声报告时，地面指挥大厅里掌声雷动。杨利伟在《飞行日志》上写道："为了人类的和平与进步，中国人来到太空了！"飞船飞行到第7圈时，杨利伟展示了中国国旗和联合国旗帜。"和平利用太空，造福全人类"——这声"太空宣言"穿越茫茫宇宙，传递着一个民族飞天梦圆的心声。

在神舟五号飞行期间，测控通信系统按照飞控计划与太空中的杨利伟进行了天地通话，通过生理遥测参数和电视图像监视他的身体状态，对飞船进行了跟踪测量和监视控制，圆满完成了与航天员通信联络及图像接收处理、测控计划生成、遥测数据接收与处理、遥控与数据注入、轨道控制与确定、天地校时等任务。

10月16日4时19分，神舟五号飞船环绕地球飞行了整整14圈后，接到了北京航天飞行控制中心下达的返回命令开始返回。6时28分，神舟五号飞船返回舱在红白相间的巨大降落伞拖带下，安然降落，距理论着陆点仅4.8公里。经历21个小时的太空洗礼，杨利伟的双脚重新稳稳地踏在了祖国的大地上。阿木古郎草原迎来了中国第一位巡天归来的航天员，蒙古族群众用传统的礼节献上了洁白的哈达。人们紧紧地把杨利伟围在中间，无数双手把他高高地抬了起来，每个人的目光中都透着一种无法抑制的兴奋和喜悦。这时，杨利伟举手投足的每一个瞬间，都成为世界的焦点。"飞船运行正常""自我感觉良好""我为祖国感到骄傲"，杨利伟用这样的三句话概括了自己的太空之旅。这一刻，千年的梦想，十几年的研制，5年的训练，21小时的飞行，证明了一个事实，中国人飞向太空不再是梦。

首次载人航天飞行任务成功后，中国载人航天代表团前往香港、澳门访问。所到之处，欢迎的民众自发地排成长队，挥舞着五星红旗及特别行政区区旗，激起了极富精神意蕴的"航天热"。"中国的飞船飞得有多高，海外华人的头就能抬多高。"飞天梦想的实现，给海外华人带来的是国家强大带给他们的荣耀。联合国秘书长安南在《祝贺声明》中专门用汉语说出"航天员杨利伟"。美联社报道说："继美国和苏联之后，中国成为世界历史上第三个有能力这样做的国家。"路透社报道说：神舟五号的成功，使其带领中国跨入由苏联和美国垄断40多年的太空俱乐部的任务宣告完成。

太空中的中国步伐

2004年5月19日，中国载人航天代表团在美国访问时，专程来到位于纽约的联合国总部。当身着蓝色航天服的中国航天员杨利伟将一面曾和他一起飞向太空的联合国旗帜递交给时任联合国秘书长的安南时，向世界诠释了中国人开展载人航天的意义——"和平利用太空，造福全人类"。

2005年的世界航天领域，发生了许多未曾预料的大事。新上任的美国航空航天局局长格里芬宣布了"新登月计划"。美国"发现"号航天飞机重返太空时，发射过程中出现绝热瓦和绝热泡沫脱落现象，引发了全球对太空探索、航天技术安全问题的极大关注与辩论，也从一个侧面提醒中国的研制队伍，"成功并不等于成熟、一次成功并不等于次次成功"，一定要把高质量和可靠性作为最重要的原则，贯穿工程始终。

2005年2月3日，中共中央政治局常委会议做出了启动载人航天工程第二步第一阶段任务和实施神舟六号任务的战略决策，明确提出"精心组织、精心指挥、精心实施，确保成功、确保万无一失"的要求，神舟六号任务进入了加速推进的关键阶段。

神舟六号是一次承前启后的飞行，将实现多人多天的任务目标，充分考核人在太空中较长时间生活和工作的能力。与神舟五号任务相比，神舟六号任务无论是飞行产品研制，还是组织实施，都呈现出很多新特点、新挑战。其中，最核心的问题仍然是如何确保飞行的可靠性和安全性。

杨利伟执行神舟五号任务归来后，曾对火箭系统长征二号F火箭的设计人员说，在火箭上升到30多千米的高度时，火箭和飞船突然急剧抖动，产生了大约20秒的振动，让他身体感觉非常痛苦。而在此之前，箭体的振动频率被认为是对航天员没有影响的。杨利伟和设计人员交流了感受，运载火箭系统总设计师荆木春立即带领火箭系统的科研人员开始查找问题，他们从火箭飞行数据分析中发现，一台重要的设备——伺服机构在飞行过程中发生停摆。虽然火箭本身的冗余度和容错能力使故障没有影响成败。但在举国欢庆首飞成功的日子里，他们还是开始了紧张艰苦的"归零"工作。技术人员发现，火箭从起飞后126

秒开始，出现了逐渐增大的纵向单频振动，频率约为 8 赫兹。而人体对 10 赫兹以下的低频振动非常敏感，会让人的内脏产生共振。而且，这个新的振动叠加在大约 6G，也就是大约 6 倍体重的负荷之上，一般人是根本无法承受的。他们严格按照研制程序和操作规程工作，认真地清理问题，复查数据，100 多项试验内容，无数次的试验验证，终于发现"8 赫兹振动"现象是助推器动力输送系统产生的问题。研制人员在用于发射神舟六号飞船的火箭上，采用使用变能量蓄压器来抑制振动的新技术方案，大大提高了火箭的舒适度，彻底解决了这个问题。同时，火箭第一次安装了图像实时测量系统，将从起飞到船箭分离等动作的画面实时传回，帮助地面更加准确地观测和判断火箭状态。

在神舟五号飞行中，杨利伟的工作仅限于返回舱内，未进入轨道舱使用生活设施，也没有进行空间科学实验操作。在神六飞行中，航天员要从返回舱进入轨道舱工作生活，这是对飞船生命保障系统的全程考核。返回舱和轨道舱之间有一扇舱门，它的开启和关闭直接关系着航天员的安全。这扇门连接的是两个独立的舱室，如果两个舱室气压不同，舱门要么无法打开，要么会被弹开，撞击到身上，对航天员造成伤害。同时，舱门的密封性至关重要，飞船返回前、两舱分离后，舱门必须严丝合缝地关闭，一旦漏气，返回舱就会在几秒钟之内变成真空世界，航天员的生命面临严重威胁。在国际载人航天事件中，曾发生过因为舱门关闭失败，导致舱内失压、航天员牺牲的惨剧。载人飞船系统为保证这道"生命之门"的安全，创造性地研制成功了舱门密闭快速自动检测装置，并进行了上万次的地面试验。

2005 年 10 月 12 日，神舟六号飞船在酒泉发射场整装待发。清晨，挂满自信笑容的航天员费俊龙、聂海胜在漫天飞舞的雪花中向载人航天工程总指挥陈炳德上将报告出征。

上午 9 时整，神舟六号成功发射，点火后第 583 秒，飞船与火箭在高度约 200 千米处成功分离，进入预定轨道。航天员费俊龙打开返回舱与轨道舱之间的舱门，进入轨道舱开展空间科学实验。他惊喜地发现，舱内专门放置了食品加热装置和餐具等生活的必需品，墙上挂着一个睡袋，供他们轮流休息用。轨道舱中还特别配置了一个专门的清洁用品柜，航天员可以用里面的湿巾等物品进行清洁。神舟六号航天员聂海胜回忆说：因为轨道舱的增加，我们的活动空间就大了，吃喝拉撒睡都在轨道舱，私密性好，个人卫生打理上也方便一些，确确实实给我们带来了很多方便。舒适的太空生活进入了第三天，费俊龙就想让地面的人们知道他们的生活状态。他回忆说：当时我就想以什么样的形式展现我们的太空生活，让祖国和人民放心，让亲人和战友知道，我们生活得很愉快、很轻松呢？以前，我在资料片中看到，国外的航天员在空间站做过前滚翻。我想，外国航天员能做到的，我们中国航天员也能做到。我一连做了4个前滚翻，就是要让国际同行们看看，中国航天员同样出色。

5昼夜的太空之旅，费俊龙和聂海胜在太空中创造了中国载人航天领域的一项又一项的纪录：第一次进行多人多天太空飞行试验；第一次进入轨道舱；第一次实施对地观测、海洋污染监测、大气状况监测、植被状况监测以及生物科学和材料科学的研究；第一次在太空完成压力服穿脱试验、吃上热食和复水食品……

10月17日凌晨，神舟六号准确着陆预定区域。紧随着飞船返回舱的开启，人们看到的是费俊龙、聂海胜淡定的笑容和两个"V"字形的手势。令科技人员欣慰的是，这次115小时33分、绕地球77圈、320万公里的飞行，所有备份设备都没有启动，数百个应急预案都静静地躺在抽屉里，每一个细节和步骤都与设计数值高度吻合，以完美的零缺陷圆满收官。

至此，我国已经掌握了飞船较长时间在轨载人飞行的技术，全面实现了载人航天工程第一步战略目标。紧接着第二步的目标是：突破和掌握太空出舱和空间飞行器的交会对接技术，发射空间实验室，解决有一定规模的、短期有人照料的空间应用问题。其中，"出舱活动"这一历史性的重任落在了神舟七号肩上。

出舱是载人航天需要突破的三大技术之一。掌握了出舱技术，就可以为下一步建造空间站、在轨维护航天器、开展外太空试验，以及未来载人登月等航天活动，奠定重要的技术基础。仅仅过去三年、完成两次载人航天飞行之后，就实施航天员太空出舱活动，技术难度之大在世界航天史上前所未有。横亘在科研人员眼前的现实是：底子薄、任务重、时间紧、风险大，特别是用于保障航天员完成出舱活动任务的飞船气闸舱和舱外航天服这两项关键技术将经受实践的考验。

舱外航天服是进行出舱活动的关键。在太空真空、微重力、高辐射、高低温交变、微流星体的撞击等恶劣环境中，不仅要为出舱航天员提供适合生存的环境，还要保证航天员能开展操作维修等太空作业。这就对舱外航天服的功能提出了极高的要求。因此，舱外航天服确切地说，是一个拥有衣服外观的小型的载人航天器，涉及几十个学科专业、上百种新技术，是衡量一个国家航天科技发展水平的重要标志。

按照最初的计划，中国从俄罗斯引进舱外航天服，在 2007 年发射神舟七号，实施出舱活动。但随着工程的进展，决策者在反复思考，如果用俄罗斯舱外航天服出舱，虽然能够完成出舱活动，但我国其实并没有完全突破和掌握出舱技术。将来中国自己的舱外航天服研制出来后，还需要发射飞船进行试验。可如果现在自行研制，又面临任务进度与技术难关的尖锐矛盾，究竟是引进还是研制？载人航天工程总设计师、中国工程院院士周建平综合大家的意见后说：载人航天要想长期可持续发展，这是必须突破的一项技术。每一次飞行试验都要付出很大的研发代价，如果掌握的技术是不完整的，我们对国家，对老百姓都不好交代。工程总体经过严密论证，认为应该真正实现突破和掌握出舱技术的任务目标。最终决定，中国航天员要穿中国的舱外航天服出舱，将原定于2007 年进行的神舟七号任务调整到 2008 年进行。

舱外服研制周期通常是 8 到 10 年，而此时，距神舟七号发射只剩下不到 4年时间。舱外服的研制成了整个工程的难中之难、重中之重、急中之急。一场史无前例的打造航天员"生命盾牌"的科研攻坚战役打响了。大到整体结构和外形，小到元器件、原材料的性能指标，都需要从头设计，所需的设施、设备都是边研制、边建设。年轻的研制队伍迎难而上，选择了一条瞄准世界前沿技术、既有继承又有所创新的攻关之路。其中，舱外服关节技术是公认的世界性难题，既要保证气密性和强度，又要保证关节活动自如。这一对看似矛盾的两个要求，在研制人员的努力下迎刃而解，他们创造的独特的"滚、旋、套、叠"结构的服装活动关节成为中国舱外航天服的创新亮点之一。47 个月，100 多项大型系统试验，100 多家单位的团结协作，为舱外服成功地打上了"中国制造"的烙印。喜讯传到中南海，胡锦涛同志欣然挥笔题名"飞天"。

2008 年，神舟七号任务被国家确定为与北京奥运会、纪念改革开放 30 周年并列的三件大事之一。紧张备战神舟七号任务的载人航天发射场，成为奥运火炬传递的重要一站，预示着中国航天人将要在太空的大舞台上为世界带来更多的惊喜。

神舟七号任务最耀眼的亮点就是走出太空舱，虽然舱内、舱外只有一步之遥，但对于独立自主开展载人航天的中国人来说，却是开天辟地头一回。按照国际航天界惯例，对于有两个可供航天员驻留的压力舱的飞船，在执行出舱任务时，需要设置一个气闸舱，作为过渡舱支持出舱活动。气闸舱上有两个门，一个通向宇宙空间，另一个通向返回舱。神舟七号飞船和以往一样，也是推进舱、返回舱、轨道舱的三舱结构，并没有单独的气闸舱。如果重新研制飞船，时间来不及，而要从轨道舱中隔出一个气闸舱来，有效空间又不够。载人飞船系统总设计师张柏楠经过深思熟虑提出了一个"一舱两用"设计方案：利用飞船现有构型，保持三舱结构不变，让轨道舱既保留生活舱功能，又充当出舱活动需要的气闸舱。在轨道舱兼作气闸舱的研制中，他带领技术人员先后进行了出舱活动操作空间设计、扶手等限位助力保险装置设计、增大出舱活动通道设计、泄压复压功能设计、出舱活动通信功能设计、出舱活动操作显示界面设计、出舱活动照明摄像功能设计等多项技术创新，实现了气闸舱和生活舱一体化的设计。

2008 年 8 月 8 日，第 29 届奥运会开幕的日子，全世界的目光都聚焦在古老的北京城。这一天，北京市全城放假，所有的市民都在电视机前静静地期待着圣火燃起的时刻。就在同一天，距离奥运会主会场"鸟巢"18 公里之遥的北京航天城内，却是一片忙碌景象。备战神舟七号任务的航天员们没有因为奥运会的到来有丝毫的改变，仍在紧张有序地训练，以自己特有的方式迎接奥运的到来。

在神舟七号任务所要突破和攻克的三项关键技术中，有一项是专门针对"出舱航天员的训练"的。航天员进行出舱活动时，在太空处于失重状态，必须加强失重训练，首当其冲的是要研制出全新的地面训练设备。由航天员系统研发的模拟失重的中性浮力水槽、舱外航天服试验舱、出舱活动程序训练模拟器，这三项训练设施代表着世界先进水平，可以囊括航天员出舱训练所需的各项功能。训练设施建成后，受工程研制进度的制约，留给航天员的适应和训练时间仅有半年左右。但每一项训练的艰辛对航天员来说，都是向极限挑战的过程。神舟七号航天员翟志刚回忆说：航天员最不容易的是日复一日这种超越常规的训练，锲而不舍，不谈放弃，永远积极地在努力，任何时候都要把自己最亮丽、最光鲜的精神面貌体现在训练场上。尤其是在承受着选拔的压力，对我们来说是巨大的考验，经过一次次这样的考验之后，身心都能够得到锻炼，这支队伍也逐渐迈向成熟。

　　2008年9月25日傍晚，曾经三次入选任务梯队的翟志刚和刘伯明、景海鹏成为执行这次任务的航天员，他们向载人航天工程总指挥常万全上将报告出征。20时10分，长征二号F运载火箭准时点火，神舟七号飞船发射升空。

　　与"神五""神六"的太空之旅相比较，神舟七号的巡天之路似乎"障碍重重"。进入太空飞行的前三天，由于受到失重环境的影响，航天员最容易发生航天运动病和减压病。而按照任务计划，神舟七号航天员乘组却需要在第二天完成出舱活动。9月27日，翟志刚和刘伯明开始在太空组装舱外航天服，这是一项艰难而又细致的工作。由于天地操作差别，地面上很容易做到的事情，在太空中却变得异常困难。原计划16个小时的组装工作却用了近20个小时。连续的工作已使他们十分疲惫，但却不能停下来休息。16时33分，北京航天飞控中心发出指令："打开轨道舱门，按程序启动出舱。"翟志刚开始开轨道舱的舱门。这个动作，他曾做过无数次的地面模拟试验，从来没有出过问题。在太空开启舱门时，气闸舱已泄压到1千帕，完全符合打开舱门条件。然而，当翟志刚胸有成竹地用力拉了三下，门却丝毫没有反应。飞船在测控区的时间是有限的，如果不能尽快打开舱门，地面就无法观测到出舱的过程。此时，飞船即将飞出测控区。地面工作人员和观看电视直播的亿万观众的呼吸似乎凝固，时间在一分一秒流逝。任务遇到障碍，翟志刚不免着急，操作也有些吃力，这时，刘伯明压住他的右手大声说："稳住，深吸一口气，压下来顶住！"翟志刚迅速冷静下来，用辅助工具撬了两次，刚刚打开一点缝隙，残留的气体又把舱门紧紧吸上了。但就是这一点缝隙，让翟志刚看到了胜利的希望，也坚定了他的信心。他咬紧牙关，坚持，坚持，再坚持，翟志刚把全身的力气都集中在手上，在刘伯明的帮助下，终于打开了通向浩瀚太空的舱门。此时，距离北京航天飞控中心下达出舱命令，已经过去了7分多钟。正当翟志刚准备出舱时，"意外"再次出现。飞船突然传来报警提示，并不断重复："轨道舱火灾！轨道舱火灾！"尽管后来确认这是一场虚惊的误报，但在当时，还是令许多人捏了一把汗，如果一旦出现火情，后果会十分严重，甚至航天员将有去无回。此时生死已经不在翟志刚考虑的范畴，只有完成任务才是最重要的，他毫不犹豫地纵身跃出舱门。

此时，全中国的目光都锁定在距地面高度343千米的神舟七号——通过摄像机，人们可以清晰地看到翟志刚迈入太空的这历史性一步。安装在轨道舱上方的摄像机实时传回了飞船外的美丽画面，推进舱上展开的太阳帆板如同飞船两只轻盈的翅膀，背后的太空漆黑如墨，映衬在太空中的地球现出一片蔚蓝，此时的飞船正翱翔于大西洋的上空。

按照原计划，翟志刚出舱后的第一项任务是取回暴露在舱外的固体润滑材料。在太空中展示国旗，是神舟七号飞船发射前20天才定下来的事情，最初的计划中并没有这个动作，在地面也没有进行过相应的训练。那么，航天员出舱之后，什么时候展示国旗最合适？指挥部决定把权力交给任务乘组。随着轨道舱火灾的"警报"不断传来，在舱内的刘伯明果断地调整了任务步骤，他将航天科技工作者们用"十字绣"一针一线亲手绣成的五星红旗递给翟志刚，对翟志刚说："先展示国旗吧。即使我们回不去，也要让五星红旗在太空留下永远的瞬间！"在黑色天幕和蓝色地球的映衬下，翟志刚挥动国旗向全国人民、向全世界人民问好。鲜艳的五星红旗和雪白的飞天舱外航天服与茫茫宇宙中构成了一幅无与伦比的美丽图画。

紧接着，翟志刚要完成出舱肩负的另一项重要任务——取回暴露在舱外40多个小时的固体润滑材料试验样品。这是我国第一次由航天员直接操作的舱外科学实验，是一项很有意义的基础性材料试验项目。小小的试验装置，包括15种材料80个样品，这一试验的关键和难点在于，航天员需要在失重环境下，对试验样品要能锁得住、解得开、拿得回。翟志刚按照"拨、拉、压、提"四字口诀，一气呵成，单手完成了解锁和回收工作，操作十分顺利。所有的试验任务完成之后，太空变成了翟志刚的个人舞台。转身、飘移、再转身、再飘移，整个身子都飘离轨道舱，潇洒，自由。翟志刚第一次开始了他的、也是中华民族在太空的浪漫舞步。直到接到地面"可以返回轨道舱"的命令后，翟志刚才结束了他的舱外之旅。这次太空行走共进行了19分35秒，他在舱外飞过了9165公里。这19分钟，是翟志刚个人的一小步，但却是中国人和平利用太空的一大步。茫茫太空中第一次留下了中国人的足迹。

9月27日19时24分，神舟七号飞船飞行到第31圈时，准备启动此行的又一项重要任务——释放伴飞小卫星。这是我国首次开展此类试验。与神舟七号伴随飞行的这颗只有40公斤的小卫星是我国自主研制的微力型卫星，它安装在飞船轨道舱前端，通过弹簧装置给予初始速度后，伴随在神舟七号附近做周期性相对运动，可用于观测飞船、拓展主星功能。19 时 24 分 45 秒，景海鹏按下伴星释放按钮，6 秒后，伴星拍下了第一张飞船彩色照片，这是中国人第一次在太空中看到神舟飞船的全貌，从此，太空中多了一双既能看天又能看地的眼睛。

9 月 28 日 17 时 37 分，夕阳西照，彩霞满天。神舟七号飞船返回舱安全着陆，实现了"准确入轨、正常飞行、出舱活动圆满、安全健康返回"的目标。翟志刚取回来的固体润滑材料也一起回到地面，它让神舟七号飞行任务"有人参与"的空间试验变得更加具体，是我国载人航天工程开展空间科学试验中有人参与和舱外试验的里程碑标志。在这次任务中，我国自主建成的第一代全天候、全天时、区域性卫星导航定位系统——"北斗"试验卫星导航系统以及"天链一号"中继卫星全面启用，加上新研制入列的远望 5 号、远望 6 号航天测量船远征大洋，我国的航天测控覆盖率大为提高。

中国式"太空之吻"

2001 年 3 月 23 日，盛极一时的"和平号"空间站在南太平洋上空坠毁，从而结束了俄罗斯在空间站领域的霸主地位，取而代之的国际空间站成为唯一在轨长期运行的载人航天器。这个建成于 1998 年，重 458 吨、长 108 米的庞然大物，经过美国、俄罗斯、欧洲、日本等多个国家的合作建设，一度成为引领世界先进航天技术的标识。2006 年，美国国家航空航天局在正式发布的"重返月球计划"中说，他们将在 2014 年左右放弃国际空间站而于 2020 年前后"重返月球"。面对国际环境的变化，中国的载人航天工程自信地继续走自己的路，稳步推进三步走战略。

2008 年之后，我国已经成功掌握了载人天地往返和出舱活动这两项载人航天关键技术，接下来的重大难关就是突破空间交会对接技术。中国载人航天工程总设计师、中国工程院院士周建平谈到中国的交会对接技术方案设计时说：交会对接是载人航天非常重要的基本技术。从载人飞船的任务来讲，最重要的能力是为在轨道上运行的空间站或者空间实验室提供运输服务功能，这是长期保证人能够在轨道上有效工作的最恰当也最经济的一种方式。

交会对接是一项国际公认的高难度航天前沿技术。在中国之前，世界上掌握这项技术的只有美国和俄罗斯。美、俄两国在交会对接任务中曾多次出现过严重事故。据统计，1960年至1998年，俄罗斯载人航天飞行任务的33次重大故障中，交会对接故障就占到了24.3%。为了验证交会对接技术，美、俄在进行载人航天器交会对接之前，分别进行了3次飞船与飞船之间的对接，也就是说，发射了6艘飞船。空间实验室系统总设计师杨宏采用的是一种更为经济、高效的技术方案——发射一个目标飞行器，分别与3艘飞船进行对接。这种方式减少了两次发射，大大降低了成本，还可以提前验证建设空间站的若干重要技术。

2009年，一个神秘礼物出现在这年中央电视台春节联欢晚会的舞台上，它就是我国自主研制的目标飞行器——天宫一号的模型。由此，我国载人航天工程的第八个系统——空间实验室系统正式亮相。

天宫一号是在飞船轨道舱基础上研制的全新的空间实验室雏形。高10.4米、重8.5吨，分为实验舱和资源舱，舱体的最大直径达3.35米。与之前的载人航天器相比，天宫一号为航天员提供的可活动空间大大拓展，达15立方米，能够同时满足3名航天员工作和生活的需要。实验舱前端装有被动式对接结构，可与追踪飞行器进行对接。根据任务计划，天宫一号要在轨飞行两年以上。而只有6个月寿命的轨道舱技术已经远远满足不了任务要求。如何保障天宫一号内500多台设备在两年多时间里正常运行，成为研制人员要攻克的新难题。为此，他们在地面进行了大量试验，有的设备试验次数甚至达到了万次以上。针对可能出现的故障，他们还制订了几百种预案，从系统到分系统再到单机，各层面都做了备份，为天宫一号长期运行加上了"双保险"。

2011年6月29日，天宫一号运抵酒泉卫星发射中心。7月23日，用于发射天宫一号的长征二号FT运载火箭也到达了发射场。运载火箭系统总指挥刘宇满怀信心地说：火箭各个系统都针对最后实现的目标做了相应的改进工作，新的整流罩从直径和长度上来讲，都是目前国内最大的，还有，我们采用了迭代制导的技术，使火箭入轨的精度达到了国内最高的水平，可靠性的指标、安全性的指标，又有了很大的提高。

可就在距预定发射日期只剩下12天时，任务总指挥部突然下达了"暂停发射"的命令。原来，此前一直保持着 100% 成功率的长征二号丙火箭在 8 月 18 日发射实践十一号 04 星时发生了故障，卫星未能进入预定轨道。长二丙火箭与即将发射天宫一号的长二 F 火箭同属"长征"系列，发动机也由同一厂家生产。导致长二丙失利的原因会不会也隐藏在长二 F 上呢？天宫一号任务总指挥部连夜召开会议，决定在问题没有彻底查清之前，暂停天宫一号发射任务。这给工程人员心头蒙上了一层阴影。接下来的几天，整个发射场都弥漫在一种紧张的气氛之中。技术人员和专家们夜以继日地进行数据分析、仿真和试验，直到查明故障原因，采取改进措施，彻底排除隐患之后，任务总指挥部才再次对外公布：天宫一号将于 9 月 27 日至 30 日择机发射。

9 月 29 日 21 时 16 分，经过漫长等待的天宫一号终于踏上征程，并成功进入预定轨道。与此同时，神舟八号飞船已经进入发射场开始测试。按计划，它将在 1 个月后与天宫一号在太空中交会对接。

让两个飞行器的所有机构在太空高速飞行中精准对接，如同千里之外的"穿针引线"，这也意味着空间交会对接机构将是我国目前最为复杂的空间机构，它包括多个控制器、电机、传感器和上千个齿轮轴承、数以万计的零件和紧固件。在它内部，还有数百条导线纵横密布，任何一个部件出现失误，都可能造成空间交会对接的失败。关于交会对接的核心技术一直以来被国外封锁，我国的方案论证是从一张白纸开始的。

1994 年，研制人员瞄准国际先进水平，采用"导向板内翻式的异体同构周边式构型"开始启动对接机构预研工作，五年后，第一台原理样机问世，并成功开发了空间对接机构缓冲试验台、空间对接机构综合试验台、空间对接机构整机特性测试台、空间对接机构热真空试验台 4 个大型试验设备，创造了"外国有的我们有、外国没有的我们也有"的试验条件，使国外同行刮目相看。2006 年，方案样机总装完成后，又进行了上千次对接和数百次分离试验，才保证了空间对接的万无一失。

神舟八号飞船既要突破交会对接技术，又要实现载人运输飞船的定型，因此，全船 600 多台套设备一半以上发生了技术状态的改进变化，实现了更新换代。载人飞船系统总指挥何宇说：针对任务特点，我们开发了一套在交会对接过程中使用的测量系统，保证在各个距离段上都有测量设备来进行支持，可以做到相互备份，可靠性很高，精度也很高。

经过这一次改进后，神舟号飞船不再做大的改动，将真正成为空间实验室和空间站至地球的天地往返运输工具。

从飞船和目标飞行器准确入轨，到实施交会对接、航天员进驻天宫，再到安全撤离返回，要进行高精度的频繁轨道控制和真正意义上的双目标协同飞控，对测控通信系统提出了更高的要求。原测控通信系统总设计师钱卫平说：交会对接的过程实际上是由远及近逐渐逼近的一个过程。飞行控制和轨道控制的精度，决定着交会对接是否能够成功。他们在不断提升测控精度外，还加快完善天基测控系统，拓展陆基测控站点到五大洲，增加海基测控远望船队新成员。神舟八号任务前，各个测控节点将点对点的传输方式变更为扁平化信息传输网络，全部实现了升级换代。2008年和2011年，随着两颗中继卫星——天链一号01星和02星的发射和组网运行，测控通信覆盖率发生了质的飞跃。

2011年11月1日5时，神舟八号踏上了与天宫一号的赴约之路。11月3日凌晨，经过两天的太空追逐和5次变轨，神舟八号到达了天宫一号的运行轨道。此前，天宫一号已经从350千米的近圆轨道降低到约343千米的轨道面上。两个航天器相距只有数十公里时，测控网无法对他们的相对位置提供精确支持，需要航天器之间互相配合，逐步接近。当神舟八号和天宫一号相距100千米左右时，各自不同的交会测量设备开始启动，对它们之间的相对距离、速度和角度进行准确测量，并渐渐地由远及近。1时36分，茫茫太空中上演了这样的浪漫一幕：神舟八号"轻吻"天宫一号，接近、捕获、缓冲、校正、拉紧、密封、刚性连接、信息能源并网，对接一气呵成。

实现对接后，天宫一号与神舟八号组合体的控制、管理与分离同样充满风险。从交会到对接上，使命只完成了一半；对得上，还要控得住、分得开。特别是分离是否成功，直接关系到航天员能否顺利从空间实验室或空间站撤离。11月14日晚，天宫一号与神舟八号成功实施了分离。随后，为验证测量设备对强光的抗干扰能力，两个航天器在光照区又进行了第二次对接。11月16日18时30分，神舟八号飞船与天宫一号目标飞行器再次成功分离，返回舱于11月17日19时返回地面。

天宫一号与神舟八号的交会对接是无人状态下的自动交会对接，而一项完整、成熟的空间交会对接技术，不仅要求能自动交会对接，还要能手动交会对接。可以说，手控交会对接是对航天员操作技能的极大考验。掌握了此项技术，才意味着完全掌握了交会对接技术，具备了建造空间站的基本能力。

2012年，天宫一号与神舟九号载人交会对接任务正式启动，首要任务就是实施有人参与和自动相结合的交会对接。6月16日18时37分，景海鹏、刘旺、刘洋三位航天员迈着坚定的步伐向太空出征。他们将进驻中国人在太空中的第一个"家"。

6月17日凌晨起，北京航天飞行控制中心对神舟九号实施了多次变轨控制，完成抬高近地点、修正轨道面偏差、抬高远地点、轨道圆化和组合修正，控制飞船到达距离天宫一号后下方约52千米处，经过远距离导引段变轨，转入自主控制状态，经寻的段自主脉冲控制，神舟九号于6月18日2时41分抵达距天宫一号正后方约5千米处的停泊点，以自主导引控制方式逐渐向天宫一号靠近，飞抵达距天宫一号30米停泊点后，以每秒约0.2米的相对速度向天宫一号缓缓靠拢。14时14分，神舟九号与天宫一号对接环轻轻接触，经过捕获、缓冲与校正、拉回、锁紧等技术动作，成功实现精确自动交会对接，建立刚性连接，形成组合体。17时06分，景海鹏先后开启组合体的实验舱舱门、返回舱舱门、轨道舱前舱门，与刘旺进入了天宫一号，将各种设备设置成有人状态后，刘洋也进入天宫一号。中国航天员首次访问在轨飞行器获得成功，神舟九号和天宫一号两个航天器成为了真正意义上的一个整体。

外界对神舟九号任务给予了极大关注，不仅因为要在任务中实施首次手控交会对接，更吸引大家注目的是，中国的第一位女航天员飞上了太空。

2009年5月至12月，经中央军委批准，我国实施了第二批航天员的选拔工作，从空军部队符合条件的现役飞行员中，择优挑选出5名男航天员和2名女航天员。这是实施载人航天工程以来，首次选拔女性航天员。

刘洋，作为我国第一位飞天的女航天员，是第二批航天员中首位参加飞行的。在神九任务中，她主要负责航天医学实验和空间技术试验管理。刘洋说：男航天员在体力、耐力，包括果敢、决断上面，会比女性占有一定的优势。但是女航天员性格更细腻、更认真，对狭小空间的耐受力会更强。这对于未来长期的太空飞行是非常有利的，更适合在太空中开展一些比较精细的空间科学实验，积累女性在生理、心理及航天医学方面的飞行实验数据。

"神九"乘组采用"新老搭配、男女配合"的方式，除刘洋外，执行任务的还有两名男航天员：景海鹏和刘旺。

景海鹏曾执行过神舟七号任务，此次是"二度飞天"，并由他担任指令长。在驶向发射塔的车上，景海鹏望着窗外挥手送别的人群，悄悄拭去了眼角的泪水。那是对中国航天人十几年艰苦创业、不畏艰难、勇攀高峰的航天精神的衷心致敬。回想起当年的场景，景海鹏说：那一刻我感受到了全军将士的信任，感受到全国人民给予我们的厚望，这种信任、这种厚望，给了我们能够圆满完成任务的动力和信心。

坐在景海鹏旁边的刘旺，是首批14名航天员中最年轻的成员，脸上始终挂着从容与自信。从1998年进入中国航天员大队到迎来自己的太空"第一飞"，他整整等待了14年。这次手控交会对接，就由刘旺"掌舵"。在太空中，他要准确判断两个航天器的相对位置，手动控制飞船的姿态、速度和方向，将与天宫一号之间的角度严格控制在近乎苛刻的范围之内。为了"一枪中的"，实现精准对接，刘旺在地面进行了1500多次模拟训练，熟练掌握了手控交会对接的操作技能。在出征前，有记者问他有几成把握时，他的回答是"百分之百"："我坚信，我们国家的载人航天技术是一流的，工程科研人员是一流的，我们中国航天员也是一流的。因此，我有充分的信心完成这一次手控交会对接任务。"

6月24日，是神舟九号来到太空的第8天。飞船撤离至距目标飞行器约400米处，然后自主控制接近目标飞行器，在140米处停泊。12时38分，坐在返回舱中间座椅上的刘旺轻轻握住位于身体两侧的平移控制手柄和操作姿态手柄，包裹在白色手套里的指头上下左右灵活拨动，从容而自信地瞄准目标飞行器十字靶标，实施偏航、滚动、俯仰等3种姿态控制，组合体对他的各项操作都做出了准确响应，逐步接近天宫一号。12时48分，对接机构成功接触，7分钟后，对接机构锁紧，神舟九号与天宫一号再次实现刚性连接，形成组合体，中国首次手控空间交会对接试验取得成功。至此，我国继掌握天地往返、出舱活动技术之后，载人航天三大基础性技术的最后一项——空间交会对接技术获得突破，掌握了这项技术，建设空间站的梦想便不再遥远。

在太空飞行了13天后，神舟九号即将踏上回家的路，飞船从天宫一号撤离时，同样以航天员手控的方式进行。返回舱于6月29日10时03分成功降落。天宫一号再次转入长期运营管理状态，等待神舟十号飞船的到访。

迈向空间站时代

太空探索是人类共同的事业，为了开发太空资源，必须建立能长期运行的生活和工作基地，因此，进入空间站成为世界各国航天人努力的方向。20 世纪 90 年代，美国、俄罗斯、日本、加拿大和巴西 5 个国家的太空机构以及欧洲航天局联合推进了一项宏大的合作计划——国际空间站。共有 16 个国家或地区组织参与其中，唯独对正在蓬勃发展航天事业的中国实施技术封锁、势力遏制，拒绝给中国留出一席之位。

20 年后，随着空间交会对接技术的突破，独立自主的中国航天人已成功叩响"空间站时代"的大门。

空间站是载人航天技术的标志性产物，也是中国载人航天工程"三步走"战略的最终目标。建设什么样的空间站、如何应用空间站……一系列问题受到党中央的高度关注。2010 年 9 月 25 日，中共中央政治局常委会议审议并通过空间站建设立项报告，会议批准的《载人空间站工程实施方案》中明确要求，在 2020 年前后建成具有中国特色、能够充分发挥效益的空间站。随着空间站工程的立项，载人航天工程又增加了六个系统：货运飞船、载人空间站、光学舱、长征五号 B 运载火箭、长征七号运载火箭和海南发射场系统，扩展至十四个大系统。

2013 年，中国的载人航天飞行进入了第十个年头，神舟十号将在这一年发射。细心的人们发现，中国飞天的航天员也将达到十位。在这"十全十美"辉煌的背后，中国的航天人更欣慰地看到，中国的载人航天已从探索、突破、掌握载人航天技术开始向空间科学实验和应用试验转变，进入了他们期待已久的应用发展的崭新阶段。

神舟十号的主要任务是为在轨运行的天宫一号提供人员和物资运输服务，是面向长期飞行的一次验证性应用飞行。

6 月 11 日 14 时 28 分，习近平总书记来到酒泉卫星发射中心航天员公寓问天阁，为即将执行神舟十号任务的聂海胜、张晓光、王亚平三位航天员送行。17 时 38 分，神舟十号飞船承载着民族的飞天梦想再度起航。

2013 年 6 月 13 日 13 时 18 分，天宫一号目标飞行器与神舟十号飞船成功实现自动交会对接。3 名航天员进入飞船轨道舱后，北京航天飞行控制中心向航天员下达了进入天宫一号的指令。二度飞天的航天员聂海胜开启天宫一号舱门后，3 名航天员依次进入天宫一号。在未来十几天的太空生活中，他们不仅要验证组合体对航天员生活、工作和健康的保障能力，做一些建造空间站的实验，而且，还要完成一项特殊的任务。

6 月 20 日，在北京人大附中的一间报告厅里和距地球 340 千米外的天宫一号中，300 多名中小学生和执行神舟十号任务的航天员们组成了一个特殊的天地课堂。这是我国首次在载人航天飞行中开展的教育类应用任务——太空授课。航天员王亚平担任了主讲老师，在聂海胜和张晓光的辅助下，分别进行了质量测量、单摆运动、陀螺运动、水膜和水球等基础物理实验，展示了失重环境下物体运动、液体表面张力等奇特的物理现象。全国 8 万余所中小学的 6000 余万名师生同步收看了现场实况转播。知识与梦想在天地间传递，让所有的人都感受到一份中国力量。"面对浩瀚宇宙，其实我们都是学生。"王亚平独特的自信和亲和力让冰冷的太空充满了温情，为中国开展载人航天的目的做了最好的注脚——飞天梦永不失重，科学梦张力无限。

王亚平在返回地面以后，收到了很多很多孩子们的信，他们在信中说，我一定会好好地学习，将来也要成为一名航天员，去探索美丽的太空。每次看到这些，她就由衷地感到幸福和欣慰，"这次太空授课不仅仅激发了孩子们对太空的向往、对科学探索的热情，也让他们更多地走近航天，了解航天，热爱航天，激发了他们的求知欲和爱国心"。

看似简单的太空授课，考验着 3 名航天员之间的默契与协同，更需要天地通信链路的支持，这次持续 40 分钟的天地互动是在我国三颗中继卫星的支持下实现的，它们的亮相标志着中继卫星系统全球组网运行，实现了低轨道 80% 的覆盖率，我国第一次有了比较完整的"陆基、海基、天基"一体的测控通信系统，为载人航天工程向深空挺进提供了有力的保障。

6 月 24 日早，就在聂海胜成功执行手动交会对接任务后的第二天，习近平总书记来到了北京航天飞行控制中心，同航天员进行天地通话。习近平说：航天梦是强国梦的重要组成部分。随着中国航天事业的快速发展，中国人探索太空的脚步会迈得更大、更远。

航天员张晓光执行任务归来后最难忘的就是这次天地通话，他回忆说："在太空中，让我内心非常激动难忘的事，就是天地通话，当主席说道，'我想问问晓光、亚平，你们第一次上太空感觉怎么样？'就像唠家常一样，那时感觉到我们不是在遥远的太空孤独地飞行，而是有一个强大的团队在地面支持着我们，全国人民的心都和我们连在一起。让我们感觉到祖国人民赋予我们的情怀。通话结束以后，我跑到睡眠区，流泪了。"

由于未来空间站的核心舱、实验舱以及飞船都将分别发射，因此必须通过"绕飞"技术，在不同方向上使载人飞船、货运飞船与核心舱进行对接。神舟十号在轨期间，进行了一次绕飞验证和演练。6月25日，神舟十号按照预定程序进行变轨控制，从天宫一号上方绕飞至其后方转为正飞姿态，天宫一号则转为倒飞姿态，地面控制神舟十号接近天宫一号，顺利完成近距离交会对接。

6月26日清晨，神舟十号飞船圆满完成了各项预定任务，在内蒙古主着陆场成功返回。牧民们用鲜花和哈达迎回了三位遨游太空的追梦人。至此，我国载人航天工程第二步第一阶段任务完美收官。

2016年，恰逢中国航天事业创建60周年。4月24日，中国第一个航天日宣告诞生。这个具有特别意义的年份，也是我国载人航天工程发展进程中极为重要的一年。生态、环保、开放的新一代航天港海南文昌航天发射场建成使用，优化了我国航天发射场的总体布局；新一代高可靠、高安全、无毒、无污染的中型液体运载火箭长征七号火箭发射升空，将满足发射货运飞船和未来载人运载火箭更新换代的需求；新一代航天远洋测量船远望七号正式入列，大大提升了测控精度和效率……当然，这一年中最令人瞩目的当属神舟十一号飞船与天宫二号的交会对接任务。这是改进型载人飞船和改进型运载火箭组成的载人天地往返运输系统的第二次应用性飞行。

作为载人航天工程"三步走"计划第二步第二阶段的开山之作，天宫二号是我国首个正式的空间实验室平台和面向中期驻留的大型航天器。未来建立空间站，在轨维修、太空加注、舱外观测等等，都需要在天宫二号中逐步完善。天宫二号由实验舱和资源舱组成，设计寿命为两年。相比于五年前发射的天宫一号，天宫二号有了质的飞跃。最主要的是配备了智能化的"大脑"——控制计算机系统和自主研发的操作系统，可自主地进行航天器飞行轨道、姿态调整、运行状态的智能化诊断。

2016年9月15日22时，月朗风清的中秋之夜，在天宫一号在轨运行即将达到三周年之际，天宫二号飞向太空。十天后，成功完成两次轨道控制，调整至距地面393千米的轨道上，静静地等待着神舟十一号的到来。

神舟十一号飞船在继承神舟十号技术状态的基础上，调整了轨道控制策略和飞行程序，将交会对接轨道和返回轨道高度由343千米提高到393千米；优化了货物装载布局方案，提高了随行运输能力；新配备的宽波束中继通信终端设备，可以扩大测控覆盖范围，提升飞船姿态快速变化时的天地通信保障能力；同时，为满足未来空间站交会测量设备长寿命使用要求，还对飞船的交会测量设备进行了升级换代。

10月17日清晨，执行神舟十一号任务的景海鹏、陈冬两名航天员，迎着朝阳向载人航天工程总指挥张又侠上将报告出征。已执行过神舟七号、九号两次飞行任务的景海鹏已是三度飞天，并担任这次任务的指令长，他的搭档是38岁的航天员陈冬，是我国第二批航天员中第一位飞向太空的男航天员。

7时30分，承载着神舟十一号飞船的长征二号F火箭冲天而起，把一团橘红色的烈焰留在了湛蓝的大漠长空。7时49分，飞船准确进入预定轨道。12点56分，飞船成功实施第一次远距离导引控制，抬高了近地点高度，经过多次变轨，于19日1时11分转入自主控制状态，向天宫二号逐步靠近。3时24分，神舟十一号与天宫二号两个飞行器对接成功，形成组合体。凌晨6时32分，两名航天员打开返回舱舱门，进入轨道舱；紧接着，开启天宫二号实验舱舱门，以飘浮姿态进入天宫二号实验舱。景海鹏惊喜地发现，比起自己四年前入住的天宫一号，天宫二号内部发生了很大改观，为营造更人性化的居住条件，天宫二号舱内色彩、光线、降噪等都做了人性化的环境布置，不仅铺设了地板、安装了可手动调节亮度的米黄色灯、为每位航天员增加了床头灯，还设置了一个多功能小平台，可以写字、吃饭、做科学实验。此外，实验舱内还配备了蓝牙耳机和蓝牙音箱，便于航天员与地面进行通讯联络，一切都很温馨，真的像是太空中的一个家了。

10月23日7时31分，为进一步验证小卫星的在轨释放、驻留和伴飞技术，天宫二号成功地释放了一颗伴随卫星。这颗伴随卫星属于新一代先进微小卫星，具备高效轨道控制、灵活姿态指向、智能任务序列处理和天地测控通信高速数传的能力。比八年前的神舟七号伴随卫星体积更小、能力更强。10月24日，景海鹏 50 岁生日那天，伴随卫星装载的红外相机将天宫神舟组合体首张图像传回地面。10 月 25 日，另一台 2500 万像素的可见光相机也传回了所拍摄到的图像。

11 月 9 日下午，景海鹏、陈冬正在开展机械臂人机协同在轨维修技术试验时，习近平总书记来到中国载人航天指挥中心，同他们进行天地通话。"海鹏同志、陈冬同志，你们辛苦了。"习近平亲切的声音穿越茫茫太空，在天宫二号中响起，为两位航天员送去了冬日里暖心的关怀。至此，我国天地通信的传输速度已能满足各种发送需求，航天员与地面无障碍通信已成为现实。

景海鹏和陈冬在太空一共生活了 33 天，是迄今为止，我国载人飞行时间最长的一次任务。33 天时间里，他们既要担任"驾驶员""科学家"，又要充当"医生""工程师"等多个角色，创造了太空跑步训练、太空种植、太空养蚕、失重心血管功能研究等载人航天史上的多个"第一"。

11 月 17 日，组合体已在太空飞行了整整 30 天，即将返航。景海鹏和陈冬把太空试验的丰硕成果全都搬进返回舱，依依不舍地关上天宫二号舱门，回到飞船轨道舱。12 点 41 分，神舟十一号同天宫二号成功分离，踏上归途。

11 月 18 日 13 时 59 分，冬日的内蒙古阿木古郎草原这片在蒙古语中意为"平安"的地方，将巡天归来的航天员迎接回家。飞船着陆后，景海鹏自主打开返回舱舱门出舱。这在我国载人飞船的历次返回中，还是第一次。我国第六次载人航天飞行任务在美丽的草原画上了一个完美惊世的句号。

天宫二号与神舟十一号载人飞行任务实现了"稳定运行、健康驻留、安全返回、成果丰硕"的任务目标，标志着我国载人航天工程空间实验室阶段任务取得具有决定性意义的重要成果，为后续空间站建造运营奠定了更加坚实的基础。

就在神舟十一号在太空中飞行的时候，2016 年 11 月 3 日 20 时 43 分，用于发射空间站主要舱段的长征五号运载火箭在海南文昌航天发射场冲天而起，将直径 5.2 米的整流罩包裹着的太空摆渡车——远征二号上面级成功送入预定轨道，我国重型运载火箭关键技术取得突破，跨入世界大吨位火箭发射行列，中国航天事业迈进了崭新的大火箭时代。

对中国载人航天工程来说，空间应用始终是发展的主题和追求的目标，中国航天人在为"仰望星空"付出诸多努力的同时，没有忘记"脚踏实地"地顾及民生。经历工程发展中的多个里程碑之后，飞船发射的常态化让民众已不再仅仅关注火箭腾空的一瞬间，而是把目光更多投向科技成果为国民经济和民生带来的实惠。作为载人航天工程主要系统之一，空间应用系统主要负责空间科学与应用任务的管理和实施。空间应用系统总指挥高铭说：我们有两个目的，一是认知外太空，探索外太空；二是和平利用太空。从神舟一号到神舟十一号，他们先后研制出上百种船载科学仪器和设备，开拓了空间材料科学、生命科学、天文观测、地球环境监测、空间环境探测与预报、流体物理等科学领域。空间应用系统总设计师赵光恒说：我国近年来开发使用的多种新材料中，大部分是在航天技术的牵引下研制完成的。近 2000 项空间技术成果已移植到国民经济各个部门，取得近千项国家级发明专利和科技进步，带动了卫星通信、导航定位、气象预报、减灾防灾、远程教育等相关领域事业的发展。特别是，天宫二号上安排的空间科学实验和地球科学观测与应用共有十几大项目，是历次载人航天任务中最多的一次，主要项目的研究水平已经处于国际前沿，技术发展位列国际先进行列。

2016 年 11 月 18 日深夜，空间应用系统的工作人员将神舟十一号搭载的综合材料实验样品、高等植物培养实验返回单元连夜送回北京的实验室。两项样品分别由设计团队进行检验。首先打开的是综合材料实验样品，这些样品共有 12 个，包括金属单晶、纳米复合材料等目前最为热门的材料样品，进行解剖分析研究后，实验成果将有望改善人类的生产生活。和材料样品相比，高等植物培养的返回样品显得非常娇贵，不仅配备了自己单独的温度计，还被包裹在了一个黑色的小匣子里，里面盛放的是拟南芥种子。科学家们尝试在天空二号飞行过程中，完成第二代种子的培养。实验的结果，令科学家们很满意，经历了48 天的空间培育生长，这些种子已抽薹开花和结荚，完成了从种子到种子的全部发育过程。目前，返回拟南芥样品一部分已做固定处理，拟南芥果荚将在实验室继续培养。除此之外，还有 6 个样品被留在天宫二号中继续在轨进行装置热特性测量实验，以期揭示在地面重力环境下难以获知的材料物理和化学过程的规律，获得优质材料的空间制备技术，指导地面材料加工工艺的改进与发展。

神舟十一号飞船返回后，天宫二号继续在 395 公里的轨道上独立飞行，等待天舟货运飞船的到来。

2017 年 4 月 20 日 19 时 41 分，搭载天舟一号货运飞船的长征七号遥二运载火箭在海南文昌航天发射场发射升空。4 月 22 日，天舟一号货运飞船与天宫二号空间实验室顺利完成首次自动交会对接。一天后，天舟一号与天宫二号组合体开始进行推进剂补加试验，这是两个航天器进行的第一次推进剂补加，也是我国首次推进剂补加试验，试验持续了大约五天时间，于4月27日完成。至此，天舟一号飞行任务取得圆满成功。作为我国载人航天工程空间实验室飞行任务的收官之战，这次任务不仅突破和检验了空间站货物运输、推进剂在轨补加等关键技术，还标志着中国载人航天工程第二步战略目标的胜利完成。从这一天起，中国航天事业正式迈入了"空间站时代"。

放眼未来，站在迈向民族伟大复兴的新起点，中国航天已经踏上了"加快建设航天强国"的新征程。太空探索永无止境，对中国航天事业而言，每一个新高度都是一个新起点，每一次叩问都是下一次探索的开始。在先后掌握了载人飞船、大推力火箭、空间交会对接、航天器长时间自主运行、航天员中期驻留等技术后，我国将按照"建设国家级太空实验室"的总体目标，从2017年开始，逐步开展大型、长期有人照料的近地载人空间站的建设工作。中国空间站总体构型是三个舱段：一个核心舱、两个实验舱，每个舱都是20吨级，整体呈T字构型。空间站预计在不久后建成和运营。载人航天工程总设计师、中国工程院院士周建平说：我们的目的不仅仅是为中国的科学家，也为全球的科学家提供一个良好的从事空间科学和空间应用研究的平台，推动我们国家空间科学的发展，促进人类科技文明的共同进步。到那时，我国将成为世界上又一个掌握近地空间长期载人飞行技术、具备长期开展近地空间有人参与科学技术试验和综合开发利用太空资源能力的国家。可以预想，到2024年国际空间站退役时，中国将有可能成为全球唯一拥有空间站的国家。

从航天员第一次飞向太空，到第一次太空漫步，从神舟、天宫实现"太空之吻"，到女航天员的太空授课，回望神舟飞天的壮丽航程，中国航天人走出了一条"自主创新，重点跨越，支撑发展，引领未来"的飞天之路；培养造就了一支站在世界科技前沿、勇于开拓创新的高素质人才队伍；探索形成了大型工程建设现代化管理模式；培育铸就了"特别能吃苦、特别能战斗、特别能攻关、特别能奉献"的载人航天精神，向全世界展示了强大的中国精神和中国力量，为中国梦插上了腾飞的翅膀。随着探索太空的脚步越来越大、越来越远，中国的航天事业必将进一步发挥服务国计民生的科技引领作用，不断把超越梦想的飞跃标记在太空之上！

宁静的守望

——读兰宁远的散文随笔集《守望天堂》

林 非

根据文学创作的规律及其实践的过程，每一位作者总是以自己观察与体验生活的方式，去分析和描写现实世界，总是将自己感受生活的最深邃之处和最能够激起自己情感的因素，反映到作品中来。

兰宁远先生的散文随笔集《守望天堂》，正是这样的一部作品。他是一位出生在内蒙古的年轻的军旅作家，自从 1990 年发表第一篇作品之后，多年以来坚持文学创作，作品质量也不断发生着飞跃。继《花儿为什么这样红》《霓虹烈焰》之后，这是他的第三本作品集了。他用近几年创作的一批优秀作品，真实而清晰地描绘出了自己漫长的创作历程，展示了他坚信而结实的足迹。像收入集子里的《放牧灵魂》《大家印象》《艺术笔记》《守望天堂》等篇章，正是他的灵之所感、心之所悟，展示出来的思想涵义、文化内蕴和艺术特色，处处都体现出"真、纯、朴"的升华。

1

对一个冷静的旅行者来说，不顾当今浮躁与喧嚣的风气，任何一处幽静的景致，都会唤起他驻足的兴趣。兰宁远先生自幼在内蒙古长大，北方的蒙古高原是他的家乡，远离了故土，他常常会在苍凉的牧歌声中，回忆曾经亲近过的白云和牧场，他不仅十分熟悉和热爱自己的家乡，而且也非常崇敬英雄的祖先，在他的情感深处有着强烈的民族自豪感和正义感。这几年来，他一直想把内蒙古地区悠久的历史和富饶的宝藏，以及各民族粗犷、勇敢的英雄主义精神，表现在他的作品中。这里收录的《远行的理由》《静谧的沧桑》《飘逝的蓝色文明》等几篇以故乡为题材的作品，是他在这个天地里迈出的第一步。

> 我不是蒙古人，但我相信，如果心灵也可以有血统的话，我的心灵应该是有蒙古血统的。独步这片草原，星星又亮又低，仿佛触手可及。远处的氤氲、近处的光亮，以及飘荡在耳畔的长调，这都是我的草原。

这是对草原的赞美，作者凭着对故乡的热爱，写出了这些豪放坦荡的牧歌式散文，深刻揭示出内蒙古大地深厚的文化内涵以及生息在那里的民族的性格。在他的笔下，那苍茫的大地覆盖着厚厚的草场，让人感觉恬静而又神秘；那初冬的残阳倾洒着一片灿烂；那战栗的夜风毫无遮拦地肆虐着，述说着文明的久远。悲怆的牧歌渲染了苍凉的氛围，这一切都呼唤着我情不自禁地走入了充满苦难的异乡，去体会内蒙古人民所经历的历史风云，体会那种独有的壮美。

读着兰宁远先生的散文，真使我感到在他的心灵深处，蕴藏着甚为浓郁的乡情、人情和亲情。在与作品集同名的篇章《守望天堂》中，浸润着更为细腻而纯真的情思。

像每一个远行的儿子一样，"母亲"这个称呼对兰宁远先生来说，是刻骨铭心的。

> 当我终于有一天想写写自己的母亲时，却无法也不愿把母亲同那些伟岸的事物联系起来。因为，母亲就是母亲，一个实实在在、普普通通，但对我却恩重如山，让我刻骨铭心的人。当母亲又一次被病魔缠身，不久前结束了与辛劳相伴的一生时，我的目光久久游离于视野之外，那一刻，我才明白，接受这个残酷的事实时，人竟然是没有眼泪的。这些天，我极力地不去想和母亲有关的往事，总觉得还没有到回忆的时候，总觉得母亲就在我的身边……

可以看得出来，作者对母亲有着难以割舍的爱。《回忆我的母亲》一文通过追思和缅怀母亲，用朴实无华的语言告诉读者，照亮他心灵并与他一生相伴

总而言之，读兰宁远先生的散文，就像他的一篇散文的题目那样，使我感到了一种"静谧的沧桑"。远离了喧嚣，心灵才会宁静；挣脱了世俗，思想才会睿智，庆幸的是，这两点他都做到了。

　　希望兰宁远先生在今后艰辛而漫长的创作道路上，开拓更广阔的视角，进行更新颖的构思和更深入的开掘，凭着他的睿智和艺术潜力，在未来的创作实践中，不断使作品更精湛、更别致、更凸现出自己的风格来。

为有心的"爱"写作

——获"冰心散文奖"想到的

兰宁远

我始终认为，以作家的名字命名的文学奖项，应该是有一种精神的。

作品应该反映现实生活，不仅要写人，还要写真人，并且带着真情写真人，这是一个作家应有的社会责任。这就是妈妈和这个奖项一直提倡的精神。

在第五届冰心散文奖的颁奖典礼上，冰心先生的女儿吴青教授的这番话，道出了冰心散文奖的精神所在。

冰心散文奖是根据冰心先生遗愿创立的，一经推出，便受到了文学界的普遍认同，人们在钦服于它投射出的强大爱的力量的同时，亦领略到了其背后高蹈超拔的人文精神之美。

1

冰心，是我童年的仰望。我在课本里认识了冰心，她用一盏小橘灯，温暖着我青春的梦。

冰心被读者们视为爱和真善美的化身，她的作品满含着"爱的哲学"，尤其是她早期的作品，投入大量对母亲、儿童和大自然的礼赞。冰心，爱大海、灯塔、小读者、小动物，更爱一切众生，很容易地就走入了我的内心。

我年幼的时候，就爱听老人讲故事，那些使人感动的情景，或者艰难痛苦的遭遇，都化作了永不磨灭的因子，化成照亮人生之路的点点星光。听得多了，就把故事构成了想象，在想象中不知不觉地化为了文字。

　　北方的蒙古高原是我的家乡，远离了故土，在我的心灵深处，依然蕴藏着浓郁的乡情和人情，浸润着细腻而纯真的情思。

　　我常常会在苍凉的牧歌声中，回忆曾经亲近过的白云和牧场。我也非常崇敬英雄的祖先，带着对故乡的热爱，尝试着把内蒙古地区悠久的历史和富饶的宝藏，以及民族粗犷、勇敢的英雄主义精神，表现在自己的作品中。我开始用散文写故乡、写草原，爱的主题就如细水一般地流淌在了我的文字里。于是，有了《远行的理由》《静谧的沧桑》《香骨绝塞》《飘逝的蓝色文明》等一批豪放坦荡的牧歌式的散文，汇作2005年出版的《霓虹烈焰》一书中最为核心的内容。中国散文学会会长林非先生读过这些作品后说，读这些作品，爱的主题"已不仅仅是一种行为，也是一种理想，更是一种心境"。这本书在2008年获得了"第三届冰心散文奖"。

　　天之大，母爱大过天。母亲离开我已经整整五年了，一千八百多个日日夜夜无法抚平和冲淡的，依然是我对她悠远的思念。守望着母亲生活着的那片天堂，脚步已变得坚实，我把心中的坚信和执着用思念捎给了母亲，我用散文寄托思念，用朴实的语言告诉人们，照亮我心灵并与我一生相伴的，将永远是那芬芳的母爱。接连创作完成了《又到落叶飘零时》《2008寒冷的夜》《枫叶红了的时候》等以母爱为主题的散文。其中，《依旧守望天堂》在2012年获得了第五届冰心散文奖。

2

　　我喜欢写散文，相比起其他文学样式来，散文更适合一个作家展开对社会、对人类命运的把握和摸索，而且可以通过文字，让读者感受到他们熟知的种种气息，还能够发现他们没有能力发现和表述的一切陌生的熟悉。

　　我写散文，想到的最多的两个字是真情，思考最多的两个字是命运。

　　对于任何伟大事件的纪念，都是连接历史和未来的桥梁，历史不仅是存在于档案文件中，更多更鲜活的是存在于人们的记忆中。

印度作家阿兰达蒂的小说《微物之神》里有一句话："历史就像一座夜间的老房子，所有的灯光都亮着，祖先们在其中窃窃私语。要明白历史，就不得不进入房间，听他们在说什么，看房间里的摆设，闻房子里的味道。"

走进军旅，走进国防科技事业的崇高殿堂，犹如走进了一座贮藏着陈年老酒的老房子。我开始走近了身边的历史。从最初倡导发展国防科技的岁月开始，打量那些不同年代里深刻塑造民族精神与灵魂的前辈们，倾听他们的思索及身体力行，是怎样的风范，能够历经波澜壮观的沧桑变迁，塑造着亿万国人的心灵世界？是怎样的力量，让我们身处的时代，依然循着他们的精神光耀为人生导航？

"有了爱，就有了一切"，冰心先生的话，给出了答案。从两弹一星到载人航天，在无数创造历史的先辈中，或有跨越中西的学养、或有独立之精神、自由之思想，他们用自身独有的魅力影响着一代又一代年轻人，指引着事业前进的方向和科技的发展进步。

在那些风云激荡的年代，不在场的我们很难想象，那是怎样的一种召唤。然而，当我走近了他们，可以感知的是，在任何一个年代，有了他们，不仅可以丰润那些正在成长的青春少年，而且还能够保有民族精神的支柱和民族灵魂的定力。他们的风范，便是时代精神的风向标，透过他们的背影，我感受到了爱的美丽，那是一种静默中的召唤。

什么词汇最能代表国防科技人共同的价值追求？在这片缔造了无数传奇的天地里，生于斯、长于斯、业于斯的我努力在学习、反思、沉淀、进取，逐渐找到了一个同他们一样的与时俱进的共同价值观：爱。

从两弹元勋到航天英雄，从他们对国家和民族的无限忠诚，到祖国和人民回馈的无限荣光……这一切，无不饱含着爱的执着与忠诚，无不浸透着爱的成就与辉煌，他们的人生也因此被爱的荣耀照亮。在他们身上，我看到了中华民族的辉煌足迹，听到了新时代的经典旋律，真切地感到个人梦想与伟大事业之间无法分割的荣光。他们具有的人格魅力代表着中华民族的共同品格特征：执着、坚毅、忠贞，对祖国充满着无尽的爱。

文学，正是这种内在的气质之美与心灵之美的交融。行走在国防科技的伟大进程中，我同样用文字来表达自己的情思和感悟。这当然是一个无比宏大的主题，但无论多么宏大的主题，就散文创作而言，无论写什么，只要头脑中有爱，那么文字、语言、技巧就都有了爱的味道。

亲历九次载人航天飞行任务，我写出了散文《与神舟同行》《草原神舟故乡》《飞向太空》；亲赴汶川地震一线采访，我写出了散文《向着明亮那方》；亲历纪念聂荣臻元帅一百一十年诞辰纪念活动，我写出了散文《他把新中国的曙光迎进北京》……

在这一路上，我找到了文学抒情的至高境界——天籁与心籁的浑然一体。这天籁是爱，心籁也依然是爱。我们的文学只要心念体行，沿着先辈们的理想一路前行，就会春华秋实，繁星满天。

3

巴金说：我写文章不是我有才华，而是我有感情，对我的国家和人民我有无限的爱，我用我的作品来表达这种感情。

艾青说：为什么我的眼里常含泪水，因为我对这土地爱得深沉。

爱，便是我们每个人的青草、阳光和清泉。对我来说，两次获得冰心散文奖，并不是说我的文学方面有多么深的造诣，而是，我的写作秉承了这种爱的精神。

如今的社会，价值观是多元的，人们对精神的理解和追求也是五花八门，对于一般的人们来说，这本无可厚非。但对于一个作家而言，必须要有社会责任感，必须充满爱心。

我曾两次在冰心散文奖的颁奖大会上见到冰心先生的女儿吴青。

2012 年 8 月，我和吴青同乘一架飞机飞往广西北海参加第五届冰心散文奖颁奖活动。典礼结束后，我拿出一枚珍藏多年的冰心先生的纪念封，请吴青题写"有了爱，就有了一切"这句话。

吴青老人郑重地坐下提起了笔，当她写到"爱"字的时候，我注意到她特意用的是繁体的"愛"字，她一边写一边说："有了爱就有了一切，但这个'愛'字是有心的，如果只有爱没有心，是不能长久的，妈妈教育我们，要用心去爱每一个生命。"

我仔细端详着这个"爱"字，对爱又有了新的理解。心是散文魂，心不散，魂就不倒；爱是散文根，爱不消，散文枝叶花朵必然繁盛。

颁奖仪式结束后，主办方安排了一些参观活动，我凑巧和吴青老人同乘一辆车。这使得我有机会从这位老人身上听到更多的关于冰心的故事，读到更多延续在她身上的爱的哲学。

一次参观归来，我们经过的木板小路在台风过后变得有些潮湿，我担心吴青会滑倒，就拉起她的手搀扶着她，行走间老人忽然松开手，弯下腰去，我以为她的什么东西掉了，结果谁想她捡起的竟是一个沾满了灰尘的垃圾袋。吴青紧紧攥着，四下打量着，直到见到一个垃圾桶才快走几步扔了进去，然后回过头来继续和我说话。那个瞬间，我被深深地感动了。同行的几十人，为什么只有吴青老人会这样做呢？答案是不言而喻的。我心里默默地在想，如果这一路上再看到垃圾，我也会这样做的。

第二天，我们到合浦县一处叫作"东坡亭"的景点参观。路上，吴青老人对我说，有不少名人之后借着父母的盛名，获取名利上的好处，而母亲冰心的盛名让她有了更多为人民讲话的机会。作为北京市的人大代表，她的仗义执言受到了选民们的称道。她作为"敢说真话的人民代表"，备受社会关注，当她履行人民代表职责、为民请命而遭受误解的时候，母亲提笔为她写下林则徐的诗句：苟利国家生死以，岂因祸福避趋之。作为对女儿的嘉许。

冰心经常从生活细节中启发子女学会尊重生命，学会爱，学会真。吴青不是作家，但她却用行动来表达对现实的无奈、对自然的热爱。

我们边走边交谈着，不经意间，吴青老人又一次弯下身去，直起腰时，手里多一个不知是谁扔在地上的空酸奶盒。

我又一次违背了自己的诺言，这一次，我不是没有想到要将它拾起来，而是视野中根本就没有它们。见多了漫天飘舞的白色垃圾，对这样的东西早已熟视无睹，视而不见。而吴青胸怀民生、肩担使命，俨然是冰心的化身，令人诚心敬意，正冠仰止。

回来的路上我在想，如果我们用一篇篇文章去描绘一个尽善尽美的世界，用充满爱的语言表达着对生活的理解，赞颂着一个个崇高的人物，然而却往往忽略生活中的细节，无视可以用双手营造的美。那么，这样的文章可能是空洞的，也就变成了没有"心"的爱。

每个人都能改变自己，改变环境，改变社区，改变世界，为的是让世界更好。每个公民都有权利也有义务，都应尽自己的义务，就是社会责任。从吴青老人身上，我忽然明白了社会责任的朴素涵义——崇德笃行，敦尚气节，首在担当。如果你不去用心爱你的朋友、你的父母，如果不用心去爱你自己所做的事业，你不用心去关心周围的环境，就不是真正的爱。

爱是冰心先生的写照，她在时代的风雨里摸索着，跋涉着，寻找着真理，追求着光明。虽然她伤心过，彷徨过，也忧虑过，但唯一不曾动摇的就是爱：她用一颗博大的心，爱人类、爱大自然、爱星空；是她矗立起的文学高度，影响着散文创作的方向，为爱的绵延注入了人文的光芒。在散文的天地里，爱已升华为一种精神特质，朴实淡泊，濡染出了文学的隽永馨香。这才是冰心散文奖的真正的灵魂啊。所有的获奖者，用爱的力量、用人文的精神，为这幅生生不息的浩荡画卷，钤上了鲜红的心灵印章。

散文在我心中是最高尚、最纯洁、最完美、最能与读者交流、最能深入人心的文体。文学的创作过程，就是一条寻找美、寻找爱的道路。获得冰心散文奖，深化了我对冰心精神的理解；没有心爱就没有文学，对我来说，获奖不仅仅是荣誉，更是一种责任，我也将继续用自己的全部的爱、全部真情、全部信念和全部热情，以及我对世界的全部认知来写散文。因为，散文对我来说，是生命写作。

低首亲吻草原，抬头仰望星空

李墨泉　兰宁远

李墨泉：从 1990 年发表第一篇文学作品，你先后出版了影视评论集《花儿为什么这样红》，散文集《霓虹烈焰》《守望天堂》，长篇报告文学《飞天梦》，创作了《莫道桑榆晚》《顶天立地》《父亲·李大钊》等多部剧作，作品曾获得冰心散文奖、解放军文艺优秀作品奖、战士文艺奖、中国戏剧文学奖、全国戏剧文化奖等。可谓作品丰饶，成果斐然。对于 1975 年生人的你来说，已经有着二十四年的创作生活积淀，回望自己的创作之路，是什么使你走上了这条文学之路，军旅之路？你的初心是什么？

兰宁远：最初和文学结缘大概是我读初中的时候，我十五岁，因为在报纸上发表过一些小文章，被推荐参加了家乡呼和浩特的一个少年文学讲习班，授课的都是当地有名的作家、编辑，他们讲文学、讲审美、讲创作，还推荐了一批阅读的书目，虽然都是些中短篇的小说和散文，但已经远远超出了课堂上所学的知识，我也是第一次听说了林语堂、梁实秋、周作人，真正感受到了文学那种博大精深的魅力。当时，北京正在搞首届"华夏全国青少年作文大赛"，这是第一次全国性的作文大赛，讲习班的老师们鼓励我们参赛。我抱着试一试的心态从自己写过的作文中选了一篇寄到北京，没想到真获奖了，收到证书的时候，感到一种莫大的鼓励，从此，我便有了对文学的最初理想。高中毕业后，我上了北京师范大学中文系，见到了钟敬文、启功、杨沫、朱敏、白寿彝、刘乃和等一批知名教授，他们亲自为我们授课，讲文学史，创作法，讲传统文化，带我们观摩话剧，和名家座谈，我记得在当代文学课上，讲到了刘绍棠，老师就把刘绍棠请到课堂上亲自来为我们讲关于他的那一部分。大学期间，我参加了学校的五四文学社、北国剧社这两个颇负盛名的学生社团，并担任了民俗学社的社长，得到了钟敬文先生的口传心授。我很感谢我的大学生涯，四年下来，在那个连呼吸都可以感到浓厚人文氛围的校园中，不仅颠覆了我对鲁迅等人的刻板认识，还教会我应该怎么样思考问题，并提高了对文学的认识和审美能力，极大地拓宽了我的视野，从此文学便成为了我人生的方向。大学毕业时，我们那届毕业生是双向选择，自己可以找单位。开始我并没有参军的打算，本来计划到中央实验话剧院工作，也在剧院实习了一段时间，双方都很满意。但没想到，那年正赶上国家机关机构改革，这家文化部的直属院团用人指标也被冻结。就在我感到迷茫时，总装备部的一家教育杂志需要文字编辑，到学校来选人，这才激发了我心中的从军梦，这可能是这一代孩子曾经都有过的梦想，老师让我去面试，只谈了十几分钟，就签了就业协议，这样入了伍。所以说，文学也好，从军也好，都是在机缘巧合中完成的，没有什么特别的"初心"。

李墨泉： 我读你的作品感觉特别亲切，你是来自于呼和浩特的汉族人，我是来自于包头市的汉族人，我的本科就是在内蒙古大学中文系读的，在内蒙古待了二十多年，有蒙古族的朋友，也接触到了一些蒙古文化。在内蒙古的时候不觉着怎样，可是走出内蒙古后对她的音乐、文化和生活的记忆反而愈加浓烈了起来，所以特别喜欢读你写内蒙古风土人情的作品，很有共鸣，也很理解。你在《草原 神舟 故乡》中指出："我不是蒙古人，但我相信，如果心灵可以有血统的话，我是有蒙古血统的。"在《远行的理由》一文中，你又再次做出了同样的强调，相信自己的"心灵"有着蒙古"血型"，甚至"在草原上，我感到苍穹中有成吉思汗隐隐的注视"，并且"将故乡由异地慢慢迁到了心里，从此，不再惧怕流浪"，对内蒙古及其文化的归属感极为强烈，这种文化和心理上的自觉是怎么发生的？对于你的文学创作又有着怎样的价值和意义？

兰宁远： 你是内蒙人，应该知道，很多人都说内蒙人恋家，虽然我不是很赞同这个观点。但令我记忆犹新的是，十九岁上大学第一次离开家，到了一个陌生的环境，和七八个素昧平生的同学住在一间屋子里，深夜听着此起彼伏的磨牙声、打鼾声，当时真有些不适应，常常失眠。那个时候，我就特别想家。内蒙古的天高、地广，我小时候常常躺在操场的草坪上看天上的白云，那个瞬间，那种感觉，什么都不想，心灵是自由的。还有，蒙古族的音乐，在家时没觉得有什么特别，但一出草原，一下子就感受到了那种摄人心魄的魅力，每次听到家乡的音乐都有流泪的感觉。不觉地就把所有和家乡有关的事物都当成了寄托思念的载体，常常走在北京的街头，看到一辆挂着"蒙A"字头的汽车，都会盯着看上半天。有一次上写作课，老师让写故乡，我马上就想到了这些，一气呵成写了篇散文《梦归青城》，把所有的这些思念浓缩在了三千多字中，还被老师当作了范文，刊登在学校文学社的刊物上。还有呢，在真实的故乡之外，每个人都还有个心灵的故乡，这跟每个人的人生经历有关。比方说，我有很多从新疆核试验基地出来的战友，无论他们出生在哪里，都把马兰当作了故乡，他们中有些人后来成为了作家，他们的作品也都是在讲述马兰的故事，诠释国防科技人的内心世界。我的人生经历简单，从小到大一直在城市的校园里长大，没有这样的人生经历，对于从事文学的人来说，这是一种无法弥补的遗憾。但来到总装备部后意外地发现，无论是常规兵器研制，还是尖端武器试验，我们参与的事业中很多都是在故乡的土地上完成的，特别是神舟飞船的起飞和回收都是在内蒙古。所以从这个意义上来说呢，真实的故乡和心灵的故乡是相同的，我又是幸运的。真正走进了这支"决战决胜"的航天部队，没有丝毫的陌生感，很快就融入航天人的血脉之中，很容易就找到了心灵的共鸣。

李墨泉：蒙古族的音乐实在是太美了，你的很多散文作品都集中火力写了蒙古族的音乐和音乐人，像《草原在哪里》《感悟蒙古长调》和《蒙古族歌唱家拉苏荣的长调人生》等。在《绿色旋律唱响生命赞歌》一文中，蒙古族长调歌唱家拉苏荣分析认为"汉族歌曲是人与人之间的交流，长调则是人与自然的交流。因为一望无际的大草原上听众稀少，寂寞的牧民在马背上抒情，所以长调是唱给大自然的赞歌，是对大自然的膜拜"，深以为然。蒙古族歌曲是深入地下、荡入高天、沁入灵魂之乐，不管是她的呼麦、长调，还是马头琴都有着独特的灼热、沧桑与深情，能够让人在心魂上解渴。我曾听过几次亚伦指挥的蒙古族青年合唱团的无伴奏，尤其是听到其中的《劝奶歌》，更是不觉泪下，原来这歌曲竟然是牧人哼唱给草原上生头胎的大牲口的，用歌声劝母马喂养其刚诞下的小马驹。余华曾经有本散文集命名为《音乐影响了我的写作》，不知蒙古族的音乐可是你文学的"咖啡伴侣"？你的文学和音乐有着怎样的故事？

兰宁远：我在中学时，结识了蒙古族歌唱家拉苏荣先生，他是《敖包相会》的首唱。他1993年调到北京，我1994年到北京上大学，他家离我学校很近，平时就经常会到他家里去，和他一起聊故乡、聊草原，听他唱长调。在他家里，我也结识了很多蒙古族的朋友，有歌唱家、有作家、有学者、有普通的牧民，我们一起在苍茫的乐曲中寻找共同的心灵家园，音乐就像是一种神灵的力量似的，不知不觉中，我竟也学会了唱上几段长调。我的朋友里还有一位作曲家辛沪光，她是三宝的妈妈，她出生在上海，二十多岁的时候，从没有去过草原的她就写出了《嘎达梅林》交响诗，而其中的缘由就是她爱上了一个蒙古族的同学。我常常在夜深人静的时候，听辛沪光的音乐驱赶我初到异乡的孤独和凄苦。那个时候，《呼和浩特日报》约我写写在北京的内蒙古人，我除了采访玛拉沁夫、安柯钦夫这样的作家，还采访了德德玛、阿日布杰、腾格尔等音乐人，他们都送给我个人演唱的专辑，后来有的还成了忘年交的朋友。直到今天，离开故乡整整二十年了，但只要听到故乡的音乐，记忆里那些经过岁月洗刷变得模糊的印象，就会瞬间变得鲜活起来。于是，故乡离我不再遥远。我在写作时，喜欢听一点音乐，伴着音乐写作，这样总能瞬间找到所谓的灵感，表达也格外流畅。而且，我写散文时，特别注意一个流畅的问题，每次写完都要念上几遍，看看有没有音乐的那种节奏感，这可能也是音乐带给我的启迪与作用吧。

李墨泉：军旅作家，印象中有两个写"大散文"的，一个是写了《藏地兵书》的王宗仁，一个是写了《玛吉阿米》的徐剑，他们的特点是将可以用作小说的材料，也就是"故事"和"冲突"用在散文里，拓展了散文的容量和表现能力。你的散文也有这个特点，例如《蒙古族歌唱家拉苏荣的长调人生》就是一篇容量很丰沛的作品，有拉苏荣与"蒙古歌王"哈扎布的故事，拉苏荣与"长调申请非物质文化遗产"的故事，拉苏荣栽种"长调林"绿化生态的故事……其中，拉苏荣与周恩来总理侄女周秉建喜结连理的故事，更是很具有时代性和传奇性。这些故事完全可以拉开来写个长篇的，而熔铸在一篇散文作品里，就感觉特别结实有力。像《飘逝的蓝色文明》，也是读来津津有味，其中一条哈达把八思巴与忽必烈、阿勒坦汗的故事全都串了起来，草原的历史、宗教和文化一下子就立了起来，并向读者走来。你是怎样构思自己的人物和历史文化散文的？有着怎样的美学和艺术上的追求？

兰宁远：真实、真情、真心，简单地说就是这三个真字。这类题材的散文，我很喜欢，也愿意自己做一些尝试，可为什么我写得并不多，好的更少呢？说实话很难写，主要原因还是一个真的问题。这样的散文要把你所要表现的历史、人文和自己的思考乃至情感都要融为一体，还需要有一个恰当的角度，做出自己的判断。你说的这几篇这样的散文，可以说是我在这个领域中的一次尝试，你会发现，它们所讲述的都是内蒙古的事，都是内蒙古的文化，都是我熟悉的人、熟悉的事，只要某一个细节与内心发生了共鸣，就会一泻而出。就拿《飘逝的蓝色文明》这篇来说，我是在一个内蒙古人的聚会中，听到一个蒙古族朋友讲蒙古人的哈达为什么是蓝色的，回来之后联系自己所了解的历史和宗教知识，一个晚上一挥而就。《绿色的旋律》那篇，也是我基于对蒙古长调和歌唱家本人十几年的了解，在我给父亲陪床时在医院完成的。相反，我去了南方的很多地方，应当说那里的文化更有特色，值得写的东西也很多，我也想尝试着写一些，但试了几次，总觉得不是很理想，感觉缺少"骨髓"似的。后来，我也就不再刻意设计或者构思这样的作品，而是守株待兔地在等，一来等自己文化积淀的加深，二来等心灵的共鸣。美学的概念我说不清楚，不过呢，我一向认为写文章是给别人看的。我大学是学文学的，深知读古文的艰涩，所以在写作这类作品时，我一定是站在一个普通读者，甚至是一个中低等文化水平的读者的角度，来审视我的文章，用最通俗的语言、最形象的表达和最生动的故事，很少使用太多的辞藻或者生僻字，也不刻意摆出学者的姿态，为的是让所有的人都能读懂。

李墨泉：你的创作总体上来说，风格特色还是很清晰的，一边是草原情怀的故乡之思，一边是仰望星空的逐梦之问。我注意到杨利伟提道："1999年起，他亲身经历了从'神舟一号'到'神舟七号'的整个过程，对我国载人航天工程有着深入的了解，通过长期与航天员亲密接触，掌握了大量的第一手资料。为了创作好这部作品，2009年，兰宁远同志又历时半年多对我进行了数次细致深入的采访。"然后你创作出了十四万字的长篇报告文学作品《飞天梦》，还围绕着航天这一主题创作了话剧《顶天立地》、短剧《百合无语》和散文《地球的后面一定很冷吗？》等一系列作品，可以说围绕航天事业你倾注了大量精力，报告文学、话剧、散文"十八般武艺"全活齐上，谈谈你的文学和航天事业的关系吧！也就是说在主旋律的创作范域内，如何做到既"听将领"，又能动人心魄？对于军旅作家我想这是有借鉴意义的。

兰宁远：大家熟悉的那些成熟的军旅作家都有很长一段的军旅生涯。在他们的心灵深处，他们所在的兵种、他们常年驻扎的阵地成为了他们的心灵故乡和精神家园。而我却没有这一段经历，大学毕业入伍后，直接在部队机关从事文字工作，这种缺陷是靠几次深入基层采访或者体验生活所无法弥补的。但庆幸的是，总装是一支科技部队，我入伍时，载人航天工程刚刚开始实施不久，总装作为统帅机关正在组织八大系统建设攻关。载人航天是一项全新的事业，我几乎是伴随着这一工程一路同行的，亲历了从神舟一号到神舟十号的全过程。在航天大军中，有杰出的科学家，也有普通科技工作者；有将军，也有士兵；有航天员，也有普通的职工，他们用智慧和汗水铸就了这一辉煌伟大的世纪工程。同他们相处的这段经历虽然和摸爬滚打、枪林弹雨的部队生活不同，但却触摸到了国家科技进步和科技强军的最前沿。之所以选择这个领域作为我写作的主要领域，也是基于一种扬长避短的想法吧。神舟五号任务成功后，社会上出版了不少航天题材的作品。但大多数都是围绕杨利伟成长经历写的，要么写成了传统意义上的英雄故事，要么就是靠拼凑剪贴临时而成，很多作品还有着这样那样的错误。而我知道，在这个全世界新的焦点上，没有亲自经历的人们，很难深刻地理解中国航天人在特殊的领域环境中进行着怎样艰苦卓绝的奋斗，也很难深切地体会"航天人"这一词汇有着多么丰富的内涵和分量。中国的神舟上天，绝不是靠一个英雄就能实现的，更不能凭着一些细枝末节胡编乱造。而文学应当有捍卫人类精神健康的责任与能力，所以，我萌发了写作报告文学《飞天梦》的想法，想从正面的角度以正视听。从 2003 年开始构思，到神舟七号结束，整整五年，历经几十次采访，最终完成了这部长篇报告文学。和其他作品不同的是，我在写作时站在了国家发展战略的高度，在再现杨利伟成长历程的同时，更多地展示了中国航天人几十年的拼搏奉献。这部书是 2009 年完成的，五年过去了，我们航天事业又取得了更为辉煌的成就，航天人由幕后走向了前台，更多的秘密和故事也浮出了水面，回首往事又有了新的思考，现在看起来，《飞天梦》就显得单薄，不那么厚重了，但是，令我感到欣慰的是，《飞天梦》毕竟是第一部全面再现中国载人航天工程发展历程的文学作品，尽管不够丰满、不够全面，但起码为后来的作者再去丰富改进提供了准确的框架和蓝本。再说说戏剧和散文吧。无论是两弹一星还是载人航天，这支科技劲旅中的官兵有着"四个特别"的独特人生观和价值追求，他们身上蕴含着的是一种含蓄的阳刚，他们不苟言谈，随和和睿智、沉稳而干练、机敏而果敢，在他们身上，我感到的是一种宠辱不惊的平和与执着。他们不是浴血沙场的英雄，但在这个没有硝烟的战场上，却默默地打造出了国之重器、和平盾牌。前段时间，我随总装宣传部工作组去西昌卫星发射中心为科技工作者车著明撰写先进事迹报告会的发言稿，大家遇到的一个共同的难题就是，所有的事迹说起来很感人，他本人对航天事业做出的贡献也很大，但却没有那种轰轰烈烈的场面或者感人至深的故事可以瞬间打动听众。而这些看起来的缺陷，恰恰是戏剧和散文所需要的，正是这些无言的表达充满了艺术的张力。所以，我写了那些话剧和散文，重在表现这些人的内心世界，现在看起来，效果还是不错的。后来，我在担任纪念中国载人航天工程的大型文献纪录片《筑梦太空》的总撰稿时，把这些元素也运用到了这部片子中，创造了一种新的模式。

李墨泉：就文本的价值立场来说，我想谈谈"血性"的问题，因为在直观上来说蒙古民族是一个充满了铁血传奇的民族，而深入来讲军旅文学的战争烟火和强力特征，也总会打上"血性"的烙印，我感到在这点上，透过你军旅文学作品似乎还能看到蒙古文化的"血性"。不仅是你在《洁白的巍峨》一文中给予人升腾出神圣感，关于汶川地震的《向着明亮那方》《感受余震后，我在"赎罪"》《绿帐篷·飞天梦》等一系列作品，也有着血的温度与心的热力。"血性"，在国家兴盛、民族复兴的心理背景下和大众寻求过程中，近来一直在影视作品中被强化和展现出来，而就其真正的内核来说，我认为不是一种"简单粗暴"的英雄盲目主义，而是军旅青年评论家傅逸尘在《重建英雄叙事》中所强调的"爱国主义、理想主义与英雄主义"，我感觉你的作品大略不出这"三个主义"的框架，你是如何在这样的价值立场上让自己的文字"血性"显影的？

兰宁远：血性是相对的，并不一定都是以很直接的方式出现，文学也是，表现血性不能只有一种情感投入方式，它可以用一种大相径庭的方式表现出来。就像我在《飞天梦》中讲到杨利伟的故事，他最初不是首飞的第一人选，甚至在他爱人病重住院之时，一度想被教练员们放弃他的航天员生涯。但就是在这样的挑战面前，杨利伟既解决了家庭的困难，又战胜了训练中的所有挑战，一步步最终走向太空。这个过程中，他没有一句豪言壮语，也没有惊心动魄的场面，更没有你死我活的拼杀，但他的血性却在这样的沉默中凸显无疑。同样，航天员翟志刚十年坚守，挑战极限，最终成为太空出舱的第一人。女航天员刘洋走进航天城大门就再没有迈出过一步，仅仅两年时间就和已训练了十几年的战友一起出征。这一切都是中国航天人血性的另一种表达。还有，我们的科学家邓稼先，在面临核辐射的关键时刻，为了搞清楚任务失败的原因，独自默默走进了大漠深处。这是国防科技人身上独有的血性，这种血性传达的是爱、浪漫、和平的真谛，以及对未来必胜的自信，如何写好这种沉默，如何在这种无声的战场上塑造英雄的形象，是我们总装作者要做的事情。当然，我尝试了，虽然写出了一些东西，但是做的还不够好，起码没有达到我自己满意的程度。

李墨泉：你的话剧作品，我非常喜欢《父亲·李大钊》。首先，这部作品在语言上特别棒，完全恢复了李大钊那一代知识者和革命者的言说方式，一看就知道是那个时代的味道，很"正宗"。陈寅恪说研究历史要将自己放到与古人同等程度上去才行，其实写剧作又何尝不是呢，要具有"恢复历史"的能力啊，这点我真的不知道你是怎么做到的？一定下了很大的案头功夫吧！在结构上，运用李大钊女儿李星华的视角也很好，人物很亲切，与观众不隔。这部话剧还在国家大剧院上演了，请你谈谈这部话剧，并由此展开整体上谈谈你的剧作创作吧。

兰宁远：写李大钊这部话剧纯属偶然，这部戏的导演是我的好朋友，他找到我说，为了纪念建党九十一周年，北京市要在国家大剧院上演一部纪念李大钊的大型话剧，请我做编剧，我的第一反应是拒绝。因为，我深知创作这种重大题材作品的艰难和一遍遍接受审查的痛苦。但是导演有点不答应决不罢休的劲头，整天缠着我。之后我所以答应写这部戏，是因为他的一句话让我动了心，2012年是我母校北师大的一百二十年校庆，李大钊是我的校友，如果这部戏上演，是献给母校最好的生日礼物。没有现实责任感的作家也不会有严肃的历史感，说实话，想真正走进这些革命先驱的内心，不是一件容易的事情，必须巧妙地选择一个新的视角。为此我去北京南城的师大旧址和李大钊故居寻访，逐渐有了一种庄严而又自豪的感情，"铁肩担道义，妙手著文章"，最后从母校厚重的文化传统和李大钊深厚的文化造诣中找到了创作的视角。李大钊不仅是一位伟大的革命者和战士，还是一位著名的学者和教授，是二十世纪初我国思想文化界的一位杰出人物。他一生除了领导革命斗争和教书之外，也创作了一批优秀的诗文，作为文人政治家的李大钊把新文艺看作是"新文明诞生的先声"，那些带有文艺性的政论、散文，以及洋溢着思想光芒的诗歌和杂感，语言犀利、切中时弊，正是生命的火花和战斗的武器，蕴含着丰富的思想内容，具有强烈的战斗性。我读了李大钊的著作《守常文集》深深为他的理想所感动，因而刻意抓住"铁肩担道义"这一核心作为"母题"。剧本的母题就这样呈现并确定，话剧的体例也随之而出。我将李大钊的革命历程和精彩诗文相结合，在讲述其伟大人生的同时，把他的精彩诗文融于台词之中，创造一种两者相互补充、相得益彰的戏剧样式。

我是总装部队唯一的中国剧协会员，之所以写话剧，其实也是缘于我上大学时参加了由焦菊隐、黄佐临等老先生创办的北国剧社，在北京人艺的支持下，又写又导又演，排演了不少古今中外的名剧，逐渐爱上了这种艺术。后来又在国家话剧院实习过一段时间，结识了不少话剧界的朋友，以至于到现在，我看过的话剧、戏曲不下二百场。我觉得实践很重要，看得多了，就想自己尝试一下，这些年就陆续写了一些话剧剧本，除了李大钊这部之外，还有表现中国航天员成长历程的《顶天立地》、再现开国元勋聂荣臻风采的《新北平市长》。还有一部《莫道桑榆晚》，这是个地方题材的话剧，表现了在市场经济面前，两代人之间的情感冲突，这部戏由中国国家话剧院在北京公演，后来还去日本进行了交流演出。除此之外，我还写过一些部队题材的舞台短剧《百合无语》《永远盛开的牡丹》《绿帐篷·航天梦》《我的战友》等等。

李墨泉：除了报告文学、散文、话剧、短剧、小品之外，我发现你还写了人物通讯《"现代雷神"李钊》，文艺评论《大时代的钢铁交响——谈鲁煤工业题材话剧的创作》，真个是"十八般武艺"样样都能运斤自如，这样的本事是怎样练就的？对于你来说，这些题材之间有着什么样的联系和"气口"？

兰宁远：我大学是在北师大中文系读的，虽然是本科，但二十多年前，很多知名的老教授亲自为本科生授课，而且要求极其严格。我们不仅学习文学史、创作法，也要学习文艺理论、艺术哲学，高年级时，还要分方向选修戏剧鉴赏、作家研究等专业课。那个时候，几乎所有的文学领域都涉及了，这为我打下了一个很好的基础。那么毕业后，我在总装的《神剑》杂志社又做了十几年的文学杂志编辑。我觉得这段经历很重要，编辑这个职业虽说是为他人做嫁衣的，但在繁杂的工作中，却可以接触到不同门类、不同风格的作品，也能结识不同年龄、不同领域的作家，特别是来自基层一线的业余作者。可以说，杂志有什么栏目，就可以看到什么稿子，这让我读了大量的作品，既学习了名家的优点，也发现了基层作者存在的不足，对自己的写作和鉴赏能力都有了不知不觉的提高。除此之外，我喜欢参加各种活动，包括欣赏其他艺术门类的演出、展览、座谈、交流，只要有机会都去参加，或许潜移默化地也提高了自己的综合素质吧。"气口"的问题很难说清楚，不过你如果仔细观察会发现，很多杰出的艺术家绝不仅仅是在自己的艺术领域出类拔萃，而在其他的门类同样出色。比方说，梅兰芳的书画、郭沫若的书法、侯耀文的京剧等等，艺术相互之间都是相通的。张爱萍将军当年提出研究"科学与艺术"的课题，也是基于这样的考虑，很多研究成果都证明多涉猎一些门类，对艺术家本身来讲是有好处的。写作也是，如果作家懂一些美术知识就会注意描写的浓淡问题，如果懂一些音乐知识就会注意行文的节奏问题，如果懂一些戏剧知识就会注意表达人物内心时的个性问题，这样才能把作品写得更加丰满、有感染力、有画面感。

李墨泉：一个耽溺于写作的人，不大可能是书的敌人，就像艾柯与卡里埃尔对话录的书名——《别想摆脱书》，你在《酒吧·"谈书"》里提道："我素来把书譬喻为朋友，和它交谈少了，心中必然感到空旷、百无聊赖。"你似乎很喜欢那种读书的"寂寞"，谈谈你的读书生活吧，什么样的书是好书，什么样的书影响了你，你怎样读书和写作？

兰宁远：这可能是个仁者见仁、智者见智的话题，书没有好坏之分，不同需要的人可以从不同的书中获取自己所需的养分。我在不同时期有不同的阅读兴趣，总体说来比较喜欢文学作品。包括小说、散文、纪实文学，等等，可能是个文化背景的问题吧，我更喜欢读国内作家的书，特别是现代作家的一些作品，感觉他们的文字很干净，内心很细腻，韵味很醇厚，像一壶老酒、一壶酽茶，回味绵长。目前我喜欢读非虚构类的人物传记、历史方面的一些文学作品。除此之外，还喜欢读自己朋友的书。这主要是想看看和我同龄或者生活在同一个时期的作家朋友怎样看待身边的这个世界，有着怎样的思考。至于说影响，我不好说是哪一本书、或哪几本书影响了我，每一本书都不同程度地丰富了我的精神世界、开拓我的心灵空间，但影响我的写作却谈不上。

创作年谱

1989 年 9 月，在《呼和浩特晚报》发表第一篇文学作品。

1990 年 2 月，参加呼和浩特市青少年首届文学讲习班。

1991 年，参加首届"华夏全国中学生作文大赛"，获得优秀奖。

1992 年，参加第二届"华夏杯全国青少年写作大赛"，获得优秀奖。

1994 年 9 月，考入北京师范大学中文系学习，在校期间，发表各类文学作品约二十万字。

1997 年 6 月，出版影视文学评论集《花儿为什么这样红》，由山东济南出版社出版，被列入国家教委图书馆工作委员会装备用书。

1998 年 7 月，毕业于北京师范大学中文系，并参军入伍。

2000 年 10 月，调入总装备部文艺创作室，担任《神剑》文学杂志编辑。

2001 年 12 月，报告文学《成功的音符因拒绝而嘹亮》，入选 2001 年度《中国青年佳作选》。

2003 年 12 月，传记文学《成功的音符因拒绝而嘹亮》，入选 2003 年度《中国最佳传记文学选》。

2004 年 4 月，创作话剧剧本《莫道桑榆晚》，由国家话剧院在京演出，并赴日本进行交流演出。

2004 年 7 月，出版长篇散文《霓虹烈焰》，福建海潮摄影艺术出版社出版。

2006 年 2 月，加入中国散文学会和中国戏剧文学学会，并增选为中国戏剧文学学会理事。

2007 年 7 月，出版散文集《守望天堂》，中国文联出版社出版。

2007 年 8 月，加入中国作家协会和中国戏剧家协会。

2008 年 5 月，赴四川汶川地震灾区体验生活，创作中篇报告文学《震不垮的钢铁巨龙》和长篇散文《向着明亮那方》。

2008 年 9 月，散文集《霓虹烈焰》获第三届冰心散文奖。

2008 年 10 月，散文集《守望天堂》获第十一届解放军文艺优秀作品奖文学类二等奖。

2008 年 8 月，戏剧小品剧本《百合无语》获第七届全军战士文艺奖创作三等奖。

2008 年 10 月，报告文学《震不垮的钢铁巨龙》和长篇散文《向着明亮那方》获全军抗震救灾题材优秀文学作品奖。

2009 年 5 月，参加中国戏剧文学学会第四次全国代表大会，当选为中国戏剧文学学会理事。

2009 年 10 月，出版长篇报告文学《飞天梦》，湖南科学技术出版社出版。

2010 年 10 月，长篇报告文学《飞天梦》获湖南省第十一届精神文明建设"五个一工程"奖，并入选国家新闻出版总署向青少年推荐的"百种优秀图书"。

2010 年 4 月，创作话剧剧本《顶天立地》，获第六届中国戏剧文学奖银奖。

2011 年 12 月，因在戏剧文学创作方面的成绩，获得第二届全国戏剧文化奖突出贡献奖。

2012 年 7 月，创作话剧剧本《父亲·李大钊》，在国家大剧院演出。

2012 年 8 月，散文《依旧守望天堂》获第五届冰心散文奖。

2012 年 10 月，文学创作的经历和成就入编《呼和浩特当代文学奖》。

2012 年 11 月，参加中国散文学会第五次全国代表大会，并当选为中国散文学会理事。

2013 年 4 月，话剧剧本《新北平市长》获第八届全国戏剧文化奖银奖。

2013 年 8 月，诗歌《北京的脊梁》获北京市 2013 中轴诗会二等奖。

2013 年 9 月，参加中国作家协会全国青年作家创作会议。

2014 年 12 月，被中国散文学会授予"优秀散文编辑奖"。

2015 年 6—8 月，进入鲁迅文学院第 27 届高研班学习。

2015 年 7 月，担任编剧的话剧《新北平市长》在京公演。

2016 年 6 月，担任编剧的话剧《新北平市长》参加第二届中国原创话剧邀请展。

2017 年 1 月，出版散文集《蓝色苍穹》，敦煌文艺出版社出版。

2017 年 9 月，出版长篇报告文学《挺进太空》，河南文艺出版社出版。

2017 年 9 月，担任编剧的现代京剧《横空出世》由国家话剧院在梅兰芳大剧院演出。

1988—2017 年，陆续在《中国政协》《中华散文》《解放军文艺》《民族文学》《传记文学》《剧本》《新剧本》《神剑》《西南军事文学》《西北军事文学》《橄榄绿》《文学港》《草原》《人民日报》《光明日报》《解放军报》《中华读书报》《作家文摘》等文学报刊发表戏剧文学、散文、诗歌、报告文学、文学评论等作品近五十万字。

曾剑，湖北红安人，1990 年 3 月入伍。先后在《人民文学》《十月》、《当代》《青年文学》《解放军文艺》等发表中短篇小说三百余万字，出版长篇小说《枪炮与玫瑰》、小说集《冰排上的哨所》等。多部作品被《小说选刊》、《中篇小说选刊》、《新华文摘》等转载，入选 2013、2014、2017 中国小说年度精选（排行榜）。获全军军事题材中短篇小说一等奖；中国人民解放军优秀文艺作品奖、辽宁文学奖等多种军内外文学奖项；先后就读于解放军艺术学，鲁迅文学院第 13 届高研班及第 28 高研班（深造班）；中国作家协会会员，曾任沈阳军区政治部创作室创作员等职。辽宁文学院签约作家。

深入生活与沉入生命

傅逸尘

　　一个作家、一部作品，其所以成功的因素有很多，但最重要的还是他所描绘的生活的质地是否真实，是否厚重，是否艺术化地还原了人生存的本真状态，这对作家是一种最根本性的检验。当前的一些军旅小说越写越轻，越写越粗糙，自我重复和模式化的倾向严重。缺乏亲身的经历和痛彻的体验，仅凭过去的经验、当下流行的观念和想象，熟极而流的写作状态之下掩盖的是作品生活质地的稀薄。而当下的现实却是，我们的军队进入了改革强军的新时代，军旅生活的本体性变化为文学创作提供了丰富的资源和创新的可能性，如何紧跟世界军事和中国军队变化发展的步伐，创作出更多直面当下、现实感强的作品，成为摆在军旅作家面前的重大课题。

　　许多作家强调文学的滞后性。文学对当下现实的描写肯定不是新闻式的跟踪，而是作家对现实的深刻认识与理解，以及对时代精神的把握。《红楼梦》写的就是曹雪芹所生活的"当下"；《人间喜剧》更是巴尔扎克生活的"当下"了，而且巴氏直言不讳，就是要当一名社会的书记员。然而，很多军旅作家长期远离部队现实生活，对当下正在进行中的部队变革不但不熟悉，甚至还有些隔膜，对转型期广大基层官兵看似平淡、实则驳杂多元的生存状态、个人理想、思想情感、前途命运、家庭关系、社会地位等现实问题疏于观察、思考，似乎也提不起兴趣。军旅作家们的目光或"向后看"（表现战争历史），或"向外看"（书写非军旅生活），而无法聚焦到"当下"部队现实生活中来。部分军旅小说，即便从题材上看，表现或涉及了部队现实生活，却远未能深入到军旅生活的深部、细部，未能切中时代精神的脉搏，未能对新一代军人的生活、情感、思想、命

　　　　　　　　　　　　　　　　　"新生代军旅作家"面面观 |

运构成有效的观照。军旅小说正在逐渐远离现实生活、远离时代主潮，沦为一种没有难度的写作。

现如今，已经很少有作家愿意下苦功夫甚至是笨功夫去写作了，很多作家都喜欢坐在书斋里，凭借想象和过往的经验进行某种观念写作，写出来的作品离当下真实的生活既遥远且隔膜。当越来越多的作家都热衷于虚拟现实与想象历史时，作品故事情节的虚假和生活质地的稀薄也就不足为奇了。由此，我也想到，小说写作到底是靠主观想象呢，还是靠生活体验呢？这似乎是个常识问题，也是一个伪问题，毕竟这两者并非二元对立，而应该和谐统一于作家的创作中；但是，从当下小说的创作实际来看，这又是一个非常突出的现象和问题。当下的某些作家已经可以不必再依靠对现实生活的考察和体验，而仅仅依靠想象和虚构就可以编织一个很好看的传奇故事、一组很复杂纠结的人物和情感关系、一系列很吸引眼球的矛盾冲突；而有了这些元素，似乎就可以满足一般读者的快餐化阅读消费，可以满足电视剧的大众化审美趣味和改编要求，就可以满足作家自身的利益诉求和创作初衷了。出版社卖书、读者消费、电视剧改编、作家名利双收，在这个以逐利为诉求的文学生态环境里，大家各得其所，各取所需，倒也是一派和谐的繁荣景象。但是为什么长篇小说越写越长，越出越多，却离当下的现实生活越发遥远，与当下普通读者的生活和情感经验日益疏离，与文学的经典标准和艺术高标渐行渐远，甚至背道而驰呢？当前的长篇小说很难再激发持久的阅读热潮，很难再让读者产生强烈的共鸣和情感认同，很难再成为图书市场上的长销书，很难成为专家学者眼中可以进行深入批评与专业研究的文本。又有几部长篇小说真正为广大读者认同和喜爱，并最终能够成为文学史上的经典呢？之所以如此，外部的原因可以找出一箩筐，譬如社会生活的多元多变、文化的大众化消费化、文学的边缘化，等等；但是，如果将目光拉回到作家自身，也可以清晰地看出当前作家的生存和写作状态，较之当代文学曾经辉煌的"黄金时代"早已发生了天翻地覆的变化。

曾剑可以说是"新生代军旅作家"中写得最用力、最用情者之一，近年来接连发表了《穿军装的牧马人》《冰排上的哨所》《在神圣的天空飞翔》《向大海》《岸》《故事平淡》《士官的白天和夜晚》《饭堂哨兵》《一路同行》《今夜有雪》等优秀的中短篇小说。曾剑的小说语言简洁洗练，塑造的人物普遍具有一种中和之精神和安宁之静气，无论在题材选择、人物刻画还是在叙事节奏上，曾剑都在慢慢地形成自己的风格。

曾剑小说中的主人公选取的都是底层角色，讲述的也是寻常生活。如，在深山老林里放马的黄叶青（《穿军装的牧马人》）、冰排哨所上的边防兵（《冰排上的哨所》）、边防六连的士兵夏士连（《在神圣的天空飞翔》）、守岛兵"我"（《向大海》）、"逃兵"孟吉祥（《岸》）、理发兵苏橘（《故事平淡》）、无名的饭堂哨兵（《饭堂哨兵》）、写报道的一级士官"我"（《士官的白天和夜晚》）、押送坦克的士官"我"和陈寒（《一路同行》）等。但是，这些处于军队最基层的士兵们，无论是身处恶劣的驻防条件如天寒地冻的冰排、虫蛇出没的孤岛，还是遭遇上升途径的堵塞如苏橘在部队只能理发、哨兵只能为饭堂站岗、黄叶青穿着军装却只能在深山老林里放马，抑或是面对如孟吉祥遭遇掩体坍塌、"我"和陈寒在押送坦克中的种种不顺、"我"不成功的报道写作，他们经历过短暂的失望后，没有一个人沉溺于怨怼和愤怒之中，而是积极、主动地去适应和调节，不忘军人的责任和亲人的期望，在孤独中与自己对话，在寒冷中互相温暖，在平淡中积极进取，路途坎坷也能保持军人本色。虽然在深山老林里的孤独里，在冰排上的酷寒里，在饭堂站岗的单调里，在理发的平淡里，在"逃跑"时的恐惧里，还有在押送坦克中的不顺中以及报道写作的一次次失败中，淡淡的哀伤一定是有的，但阳光总能越过"墙角的阴暗"，照进这些平凡士兵的心里，照亮他们平淡的军旅生活，也温暖读者的心。在短篇小说《向大海》中，曾剑聚焦海岛军人独异的生存状态和精神处境。将岛上的诸种物象与守岛军人的心灵世界巧妙地融为一体，将守岛生活的孤寂、官兵精神境界的高远书写得精准、深沉却又不失细腻、温情。

曾剑对待生活，总是怀有一种朴素的真诚，当真是扑下身子去观察和体验时代的变迁和生活的变化，深入生活本体、沉入生命本质去写作。很多故事，就是他亲身经历或亲眼所见的真事。面对自己身边的真人真事，作家首先被生活本身所震撼，由此，调动起长久在生活现场浸泡积累起的经验、投入全部的情感和创作激情写出的作品，自然能够真切地打动读者，引发共鸣，也自然能够长久地留存在读者的记忆深处。

饭堂哨兵

曾　剑

　　哨兵来到机关大院，成为哨兵时，是初春，阳光在风中跳跃着。那一刻，哨兵是幸福的，像院落里的银杏、洋槐、白玉兰和紫丁香，被温暖的阳光和春风抚慰着。他内心深处的某种期冀，像紧绷了整个冬天的叶芽，正悄悄地打开。

　　哨兵本来是市远郊装甲团的一个新兵。那天下午，哨兵在新兵连训练，眼看就要下到老兵连，成为一名威风的装甲兵，两个上级来的军官，突然出现在队列前。军官在队列前走了个来回，目光在他们身上扫来扫去，像羊场老板在羊群里挑种羊，令哨兵头皮发紧。最后，军衔高的军官指着哨兵说：你，出来！哨兵一阵惶恐，一脸茫然。连长及时给他放松情绪，拍拍他的后脑勺，说，是好事，到大机关给首长当警卫。连长的声音压得很低，一种故作的神秘。

　　哨兵回头，一连人的目光，追光灯似的打在他身上，那是一束束羡慕的光柱子。哨兵感到心里开了花，却故意绷着脸，摆出一副可怜样，好像他是受害者。他跟随两位军官钻进小车，狭小的空间以及身旁的两个军官，令他感到陌生。

　　哨兵不敢看军官，他脸朝着窗外。看着窗外闪过的风景，新兵连生活的一幕幕，在他脑海中放电影般闪回。入伍以来，哨兵一直不被重视。新兵班里，哪一个不"身怀绝技"？邻村同一个车皮来的王秀虎，瘦，背地里大伙叫他"王瘦虎"，可"瘦虎雄风"，那体质，五公里越野，像一只梅花鹿在长长的队伍前面跳跃着，越跑越轻松。胡杨是新兵班与哨兵最铁的哥们儿，两人都是上铺，一南一北，头顶头睡。有好吃的，胡杨一抬手，就递过来了。胡杨会中医，针灸、按摩、开几服草药，祖传的。他的理想是上部队军医学院，将来当一名军医。湖南兵李森林，就更不用说了，在校大学生入伍，那素质，让他当个排长

265

都够格。哨兵再想想自己，大山沟里的放牛娃，一身军装，掩盖不了满脸土气，唉，命中注定是一个被忽视，不被关注的兵。

没承想，今天自己居然被选到大机关。哨兵有一种无法言说的甜美，那感觉像是回到了村里那片逼仄的麦芽糖作坊。

窗外的一切虚幻地飞奔而去，即将谋面的首长跳跃在他眼前，威严、和蔼、帅气、慈祥，这一系列表情在他脑子里跳跃着，却也是虚幻的，并没有一个具体的形象。

到目的地，下了车，哨兵并没被带进机关大院，而是走进大院对面那条胡同。胡同有哨兵把守。进了胡同，是一片篮球场大的空地，四周是二层楼房。哨兵站在空地中央，像站在天井里，有一种被关押的感觉。

哨兵在心里惊叹：我的妈，首长家这么大。

哨兵很快知道，这不是首长家，是大机关的保障连。

出来一个下士，自称是哨兵的班长，让哨兵跟他走。班长脸上的肌肉铜铸似的，哨兵感知到了他的冰冷和坚硬，刚才车上那种陌生而甜美的感觉倏地溜走，一阵轻微的恐惧在心尖拂过。他花了近三个月的时间，刚刚适应自己的班长，突然又冒出一个班长来，这就是新兵啊！

吃晚饭，整理内务，洗漱。临睡觉前，班长把他带进机关大院，在机关饭堂前，一跺脚，点给他一个哨位。

原来是站饭堂哨！

班长跺脚时很给力，哨兵满肚子希望，哗的一声，被震落在他庞大的膀胱里，就再也寻不着踪迹。如同一瓢水，泼向宽阔的湖面，消失得那么干净。

班长说，别傻站着，回吧，从明天起。

出大院时，班长指着那些持枪的哨兵，告诉他，大门哨兵同他一样，也是刚从下面连队选上来的，都是新兵，每年一换。

那换下来的兵呢？哨兵壮着胆问。

回原来连队。

班长话语轻柔，哨兵只觉世界一下子凝滞在他的脚下，万籁俱寂，唯有脚步声，他和班长的。因为是齐步走，他只听见一个人的足音，他的脚步声淹没在班长的脚步声中。哨兵心里清楚，从这一刻起，他的工作，也将淹没在班长的工作中，因为，他只是一个哨兵，平淡无奇，亦步亦趋。

这个夜晚，哨兵久久难以入睡。他一翻身，面朝窗，窗外是清冷的月光，杳无人息，班长的呼噜，使夜越发显得凄凉寂静。再一翻身，扔给月光一个后背。他对自己说，哨兵就哨兵吧，这可是大机关，为首长和大机关干部服务，即便是站岗，也是一件荣耀的事。入伍第一天，班长就说过，要做革命一块砖，哪里需要哪里搬。现在被"搬"到这里来了，就在这里做贡献吧。这机关，是周围好大一片战区的指挥中心呢。为他们服务，保证他们就餐的安全，这贡献可不小。哨兵这样想，就有一丝骄傲，像微弱的火苗，在心中轻轻摇曳。他甚至盼着时间过得快一些，盼着首长和大机关的干部来饭堂吃饭。他为他们服务，开门，敬礼，下颌微收，露出似笑非笑的表情。

转来机关的好消息，应该写信告诉槐花吧。哨兵模模糊糊地想。

槐花与哨兵同村，大别山脚下，一个叫竹林湾的小村庄。哨兵眼前浮现出槐花那双眯缝眼，她在朝他笑哩。槐花笑过之后，就悄悄地后退，消失在他的目光之后，首长一张慈祥的脸，近在眼前。首长亲切地问他，小伙子，叫什么，家住哪里？

一阵欣喜掠过哨兵心头，他刚要回答，首长倏地远去。首长根本没来，首长光顾的，只是他的一个梦境。

饭堂共三层，一楼是空旷的大厅，二楼机关干部用餐，三楼是首长专用雅间。每次用餐，哨兵就站在饭堂门口。机关干部用餐时间一个小时，他提前十五分钟到位，延后十五分钟撤离。一日三餐，每天三班岗。哨兵给每位进入饭堂的干部开门，给着军装的军官敬礼。对穿便装的，瞅着年龄大一点的，也敬礼，他知道他们是"潜伏"的大官。

哨兵上岗下岗，路过大门哨时，会有一种优越感。毕竟，他是直接面对首长和机关干部。而大门哨兵，是看不见首长的。首长坐车进出，隔着深色车玻璃。尽管哨兵到现在，也没看见过首长，但他相信，他总会见着的，近距离地，面对面。

但哨兵的优越感，时常被大门哨兵手中那几杆枪驱走了。大门哨有枪，有子弹。哨兵尽量不去看他们，显出自己的孤傲，更不能去看他们背的枪。他不能让他们知道他对枪的渴望。饭堂哨兵不捎枪，他有的，只是帅气的面庞、刚毅的神情和洁白的手套。

哨兵从未打过枪。新兵连怕出事故，把射击科目留到三月份，新兵下到老兵连后，与老兵同步进行。可哨兵没等下到老兵连，就被选到这儿来了。

如果打枪，哨兵自信他是全连最棒的。小时候，在家乡，玩弹弓，射箭，他能击中飞行中的鸟。

机关干部陆续进入饭堂后，哨兵不用那么标准地挺胸抬头收腹提臀两脚并拢两腿绷直下颌微收两眼平视前方了，他可以放松一下。当然，只是偷偷地，极细微地。表面看，他依然站得笔直，只有他自己知道，身体深处绷紧的弦，松了一点点。

干部们用完餐，陆续离开饭堂，有的回机关楼，有的出了大院。哨兵在空旷的饭堂门口，坚持了十五分钟，自动下岗。一整天，三餐饭，没一个人同他打招呼，没一个人问起他的名字，好像他不是一个有血有肉的兵，而是一个人体模型。哨兵感到自己又一次被忽视，失落的情绪升上来，脸上既非颔首微笑，也失却了刚毅的神情。

连队开过饭了。哨兵的饭菜摆在饭桌上，是放在保温盒里的。保温效果并不好，只有余温，但品种不少，四种，荤素搭配。

哨兵味同嚼蜡。

哨兵失落的情绪，被班长捕捉到了。班长像一位长者，坐在他身边，看着他吃，给他讲故事。班长说，前年有个新兵，长得像你，很帅，被保障连选到机关饭堂站岗，后来被首长挑去当警卫员。后来，首长把他送到基层锻炼，给他提了干。

哨兵遽然心动。班长的话，传递他两个信息：一是自己长得帅，才选到机关饭堂当哨兵；二是他有希望被首长挑中，当警卫员去。

班长还说了一句：春天是希望的季节。这句话不是班长的原创，但从班长的嘴里说出来，哨兵就觉得，班长是一个有文化的人。

哨兵看一眼窗外，夜色中，灯影朦胧，淡黑的雾气升腾，如同他体内正在升腾的希望。

从明天起，只想站岗的事；从明天起，当个好哨兵。

新的一天。更暖的阳光，照耀着哨兵年轻俊俏的面庞。他站得标准，一动不动，只有那双眼，偶尔那么闪一下，又长又黑的睫毛呼扇着，使他的脸于阳刚中，有一丝灵性逸出；他鼻子高而直，额头和颧骨饱满；嘴唇微红，充满活力；从他那帽檐下钻出来的头发，浓密而有光泽。

年轻的哨兵正怡然地平视正前方，眼前空无一物，眼前又是一个万花筒，各种幻想浮在眼前：首长又一次站到他面前，说，小伙子，军姿不错。哨兵定眼一看，哪里有首长？首长的话，更是没谱的事。

真正的春天来了。哨兵在阵风的间隙里，感到春天的暖意。各种花争相开放。这时是哨兵最寂寞的时光。军官都上了楼，哨兵微微转过脸去，数园圃的花。花的品种多，数不过来，仅颜色就有很多种。数不过来也数，春天总是伴着伤感而来的，春天的时间似乎更难熬。哨兵是用那些有关花的数字，来占据他的头脑。哨兵最喜欢的是槐花。他觉得，槐花是世界上最好的花，不浓，不淡，沁人心脾。但大院里的园圃，就是没有槐花，可能觉得槐花太过平凡，不及牡丹什么的娇艳吧。

机关下午开会，一个很长的会，晚餐时间随之后推。机关干部用完餐，都离去时，寂寞的哨兵，感到夜的寒意很重。哨兵想起家乡山里的夜，是那么宁静，温暖。春天最后的日子，能嗅到山槐的香。天空是深蓝的，能看见云朵飘动，星星在云层里钻来钻去。城里，是看不见星光的，星光被灯光湮没了。灯光显得那么华而不实，他从来没觉着，这霓虹灯装饰的夜是美丽的。有一天，这条街突然停了电，眼前漆黑一片。他听见机关楼里跑出很多人，他们抱怨，他却是那么兴奋。他认为，这样的夜，才有夜的味道。他就望着黑沉沉的夜。夜把他带到遥远的家乡，这个时候，家乡的田禾长势很好，蛙声开始鸣叫，宁静了整个乡村的夜。乡村的夜，是梦乡，那么甜美，他那么真切地嗅到了泥土的味道。这城里的夜，只是梦幻，离自己那么遥远。

电路接通，家乡的夜消失了，路灯把整洁的院落照得很亮，也照着园圃里的看桃。看桃在灯光下像哨兵，一动不动。

在乡村，照亮土路，照着桃树的，不是灯光，是月色。乡村的桃，也不是看桃，白里透红，长着一层可爱的绒毛，咬一口，全身都是甜的。哨兵忍不住咽了一下口水，他那刚刚发育起来的喉结，像一只小耗子，在喉管上窜了个来回。

哨兵还是没能见着首长。他自己也说不清，为何渴望见到首长。他并不幻想被首长选去当警卫员，不是不想去，是不敢奢望。他似乎只是想看看首长是不是他想象中的那个样子；似乎只想让首长看见，即便是一个饭堂哨兵，他是多么努力，多么认真，注重每一个细节，让自己的军姿站得那么标准，无可挑剔，就是拿到国旗护卫队，也毫不逊色。

但首长并没出现，哨兵内心的渴望，在机关干部离去后，退潮一样准时消逝。

夏初的一天清晨，哨兵的希望在内心升腾得特别厉害，像锅面的蒸汽一样翻滚，灼烫着他。那天中午，他终于看见首长了，他高兴得差点惊叫起来，视清晨那么强烈的愿望是一种预感。首长高大，帅气，戴着中将军衔，肩上金星闪耀。首长离他只有十步之遥，他惊讶得差点叫了出来，因为首长与他无数次想象中的首长形象，竟然有些像，高大、帅气，一张端庄而慈祥的脸。

首长近了。哨兵站得笔直，挺胸，收腹，提臀，眼平视前方，敬礼，手砍刀似的，砍得阳光下的空气里，尘埃翻滚。哨兵离首长是如此之近，他都能看清首长黑头发里，掺杂着的少许白发。哨兵盯着首长，首长的目光，却并没扫向他。

首长的身影，被吞没在电梯里，一楼大厅，恢复成原来的空荡荡。

半个钟头后，首长走出电梯，回机关楼。首长依然没发现他的存在，他的身边，多了几个簇拥着的大校。

哨兵就这么，看着首长和几位大校离去。那一刻，哨兵莫名地被一种失落感侵袭。他觉得身体突然变得轻飘飘的，立在空荡荡的空气里。

后来，首长每次到饭堂，情形大致一样，慢慢地，哨兵也就习惯了，不再在意首长是否注视他，是否发现他站姿如何标准。他的目光，时常在首长身边那几个大校身上。他们胸前的资历章，有那么一小片红，像火一样，在他眼前燃烧着。哨兵想，他们的官也不小呢，为他们服务，也是一件很荣耀的事哩。是一件荣耀的事，就得把它做好。哨兵做没做好，站岗用没用心，给不给力，他们目光一扫，就会摄像似的收进了他们的眼里。

哨兵的目光，有时也会在那些上尉中尉少尉身上搜寻。他们那么年轻就进入大机关，可见他们是多么地才华横溢，他们中间的不少人，以后也会成为胸前戴着一片红的大校呢，成为这里的首长也未可知。哨兵想，多年后，他在乡村，那时的竹林湾通了闭路电视，他指着电视里，某个大军官，告诉槐花，还有他和槐花的儿子，对他们说，这个人，我认识，我当兵时，给他站过岗哩。

哨兵这么想，脸上不觉有了一丝燥热。他斜一眼高空，有一只鸟，在空中孤独地飞过，蓝色背景上，留下一道灰白色的痕迹，那痕迹很快就被蓝色吞噬。哨兵突然觉得自己很像那只鸟，这么下去，他两年的军营生活，估计不会比这飞鸟更能给人留下印痕。

其实，鸟飞过，是没有痕迹的，那只是他的视觉暂留。同样，人生其实也没有轨迹，只有记忆。

记忆！哨兵想起新兵连的战友，他知道那些装甲兵，现在威风得很。野外训练，真枪实弹。哨兵不想去想，可脑子里，那些战斗影片里的镜头，全浮现出来，变成了真实，而他的新兵战友，则是那些真实故事里的主人公。

哨兵想得受不了，决定故意不好好站岗，站成三道弯，站成烈日下一枝枯萎的禾苗。这样，那些首长就会注意到他，就会说，什么形象，滚蛋！这样，他就可以被退回到装甲团了，就可以和战友在一起，成为一个帅气的装甲兵。然而，只要远处有人影走来，哪怕是听见他们的脚步声，哨兵就本能地站得笔直。哨兵清楚，他骨子里已经是一个兵了，自己的一言一行，哪怕站立时的静止状态，都不可能再还原成以前那个随随便便的山里娃。

有一个人，引起哨兵的警惕。他个子不高，穿着有很多兜的便装，身上一股油彩的味道，搅浊了清爽的空气。他头发乱，单眼皮，瓶底状的镜片里，是一双白多黑少的眼，散发出迷惘的光。他冲哨兵笑，向他问好。他吐字不清，声音黏稠，湿漉漉的，像是嘴里痰太多，这让哨兵觉得他脏兮兮。他因为瘦，颧骨凸起得厉害，微张嘴，牙露出来，白得放光，令哨兵脊背顿生寒意。幸亏是大白天，要是晚上，哨兵非得叫喊。

哨兵并没阻拦他，那是大门哨的职责。既然大门哨放他进来，那他就有进来的理由，或许是饭堂请的装修工。

又一天，来饭堂的人特别多。那军礼敬得，哨兵只觉胳膊酸软。眼看人都进到饭堂，哨兵偷偷地放松自己。谁知这时，那个头发凌乱的人慢悠悠走进来。一身军装穿在他身上，扎眼，不协调。凌乱的头发，从他那空荡的大盖帽里冒出来。他穿军装的样子，比穿便装，更令哨兵惊讶。哨兵无法想象，他竟然是一个军官，还是正团职。

哨兵没有给他敬礼，甚至都没正眼瞅他。哨兵的目光，盯着阳光下浮动的尘埃。那个军官站到哨兵面前，立正，抬起手臂，给哨兵敬礼。他将地跺得砰的一声响，将空气砍出一阵风。哨兵急忙回礼，脸像炭火灼烤，不仅烫，伴有疼痛。被动了，如同挨了那人一耳光。

那人伸手，拍了拍哨兵的肩，表明他刚才只是个玩笑。那手碰哨兵肩膀的动作，和那张并不好看的笑脸，带给哨兵的，是一种微妙的、流向心灵的感动。这是哨兵站岗以来，第一次有机关干部正面朝他笑；第一次有人伸手，抚慰他的肩膀——其实是抚慰一颗孤闷的心。比起那些军官随手抬一下，像赶蚊蝇一样的回礼，眼前这个人的军礼，严肃，刚劲给力。

如果这个军官在哨兵面前多站一会儿，问他一些温暖的话，哨兵真担心自己的眼泪会流出来，好在军官上楼去了。哨兵望着他竹竿一样的背影，心想，这形象，咋能当兵呢？又想，他咋就不能当兵，不是有那么多歪瓜裂枣都到部队来了么，歌星影星小品明星。这个人，或许是搞文艺的。

一场雨。哨兵站在大厅外的哨位上，虽然头顶有伸出的玻璃板，但有风，将雨滴飘进来。外面大雨，门檐下，细雨如丝。哨兵就站在细雨中，等首长到来。他没穿雨衣，怕雨衣损坏他的形象，遮挡他的脸，让首长看不清他雨中挺立的姿态。

首长并未在雨中走来。从他身边走过的，是那些机关干部。他们打着伞，或穿着雨衣。雨衣或伞遮挡了他们的脸，他们仿佛谁也没发现哨兵还站在门檐下的细雨中。哨兵觉得冷，像冬天一样，凄凉而暗淡。刺骨的凉。

如果这个时候，有一个人，哪怕一个尉官，对哨兵说，进去吧，哨兵就会进到大厅里。但是，他们比晴天更忽视哨兵的存在。他们走得快，似乎哨兵是他们熟视无睹的一尊雕塑。没有人让他进到大厅，他也就无台阶可下，得一直站到下岗。

那两个把他从装甲团选来的军官，从他身边经过时，也没有叫他进到厅里去，一个关切的眼神都没有，好像他们根本就不认识哨兵，这令哨兵费解。哨兵被他俩选中，还同他们在小车上，一路同行了那么长时间。当时他不敢正眼看他们，都记住他们了，他们怎么对自己一点印象没有呢？

他们上了楼。哨兵感到楼梯间旋起一股凉风，拂过他周身。他觉得自己

　　　　　　　　　　　　"新生代军旅作家"面面观 |

要哭了，还好，那泪并没流下来。虽然脸庞有水，但他非常清楚，那是纯粹的雨水。

离开饭堂时，有人将一件雨衣，披在哨兵身上。哨兵抹了眼前的雨水，看清是那个一身油彩，不像军人的军官。哨兵推搡着，那人却已冲进雨中。哨兵没有去追。哨兵有哨兵的职责，不可乱跑。他心里暖暖的，这种感觉，好久没有过。

哨兵记住了那个不像军人的军官，他的形象很好描述，哨兵找到了他。他果然是一个搞艺术的，哨兵去送还雨衣时，他正在俱乐部画室画画，是油画。哨兵说，首长，给您雨衣。那个人说，呵，你放凳子上吧。他连头也没抬，只专心他的涂抹。哨兵等了一会儿，就悄然往外走。哨兵悻悻地走到画室门口，他听见画家说，你等一等。哨兵就停下了，转过脸。画家冲他笑，说，你过来。

哨兵就站到他跟前去。画家说，你站着，别动。画家另外拿出一张纸，看他一眼，在纸上画一笔，再看一眼，再画一笔。这是让他当模特。哨兵从没当模特，有些不习惯，却很快活。也就十来分钟吧，画上就出现了一幅画，是素描。长长的睫毛，大眼睛，略厚的嘴唇。哨兵惊叹画家的才华，画得太像了。画家也在夸赞着他画上的人，其实是在夸他自己的画。他说，太好了，阳刚、帅气、有质感，像一尊青铜雕像。我再涂抹上油彩，参加全国美展，没准能拿个金奖。

谁不喜欢被人夸呢？哨兵心里涌现出一阵温暖，甚至是感动，他渴望那个画家在他的画上，写上自己的名字。但是，画家并没问他叫什么，看来，这画的主题并不是某个具体的人，它只是一个符号，一个象征，一个威武的普通哨兵。

哨兵走出画室，他感到心里酸酸的，失落的情绪缠绕着他，像雨后的雾气，氤氲在他周身，久久不散。

就像太阳落下，第二天会照常升起。哨兵跌落的希望，经一夜的沉睡，常常会伴着黎明的光，再次在心里升腾。那是个清爽的早晨，玫瑰色的朝霞，从机关大楼照射过来，落在园圃上。哨兵的心情很好，一对机关干部的心情也好。他们边往饭堂走，边说笑着。临近哨兵时，一个干部说，这孩子多精神，看着也机灵，要是调到身边，当个通信员，准行。哨兵屏声息气，心跟着他们的脚步声，跳起，落下，再跳起。他盼着那个人问他愿不愿意去他那儿工作，因为在这喧哗的饭堂里，他过于孤独，他想换一个工作。他正准备响亮地回答愿意，另一个人却把同伴的话顶了回去。那个人说："在咱机关饭堂站岗的，哪有不精神的。前两年，有一个小伙子，长得比他还帅呢！"两人说着便离去了。

留下来的哨兵突然对他们所言的，前两年的那个小伙子充满着猜测。他现在哪里？还是当哨兵吗？八成退伍了吧？当了一年哨兵，在部队没专业，恐怕很难长干。他突然有些同情那个哨兵，继而有一种想认识他的愿望。想同他见面，上街对面那家烧烤店，一人一杯扎啤，谈论作为饭堂哨兵的感受。哨兵想，恐怕只有他那样当过哨兵的人，才能体会他现在的孤独与寂寞。

东北的夏日，不像南方那么热得要人命，似乎是在转瞬间，就过去了。

秋风凉。

起风了，更深的一层寒冷侵蚀着哨兵，但他故意不加衣服。穿多了臃肿，精神气出不来。

中秋节，机关干部搞联欢，就在二楼饭堂。

首长来得早，这让哨兵措手不及，他迎接首长的情绪还没酝酿好呢，只有紧张和慌乱。好在首长身边有人围着，是那些大校们。他们都穿着便装，比平时显得年轻。他们的身后，是一群说说笑笑的女人，花枝招展，粉蝶似的，看来是他们的家属了。哨兵很想判断哪一位是首长的家属，这显然太难。家属们看上去都很年轻，没有明显的长者。再说，首长的家属，未必就更老，更年轻更漂亮，也是有可能的。

陆续有机关干部和他们的家属，往饭堂来。干部的家属们，大都很漂亮。有一两个，也不那么漂亮，但气质挺好。最后来的，是一对年轻人。男的是一个中尉，拉着那个女孩的手。他们从哨兵面前经过时，手并没有松开，笑嘻嘻的。哨兵拿他没办法，因为军官没穿军装。就是穿着军装，他们这么亲密，他也管不了，这不是饭堂哨兵的职责。

中尉和那个女孩，上了楼梯，在身体就要消失在楼梯口时，中尉突然扭头看了哨兵一眼。他一脸幸福，眼里是炫耀和满足，与哨兵羡慕的目光撞在一起。哨兵急忙回过头，垂下眼皮。哨兵觉着羞愧，丢人，似乎是偷看了别人的隐私，被人逮了个正着。

秋日的风，在房顶婆娑出一种声响，像是风在歌唱。哨兵在暮色中，看园

　　　　　　　　　　　　　　　　　　"新生代军旅作家"面面观 |

圃树叶的飘落，和花朵的凋零。

该来的都来了，一楼大厅静下来，寂静让哨兵多思。军嫂们的形象渐行渐远，槐花近在眼前。

虽说是一个村子住着，槐花很少同哨兵说话。最后的一次交谈，是在他穿上军装，要走了，在溪边的槐树下，无意中碰到槐花。说是无意，他觉得槐花像是故意在那里等他。当时，他上邻村的姑家，回来时路过这条溪沟。槐花说，啊，要走了？到部队好好干哪！仿佛哨兵是她的什么人，弄得他的脸烧得像是着了火。

那把火给了哨兵动力。哨兵想，可不是，得好好干。他暗恋的情愫突然加剧。那个晚上，他望着窗外清冷的月，感受乡村寂静的夜。他一夜未眠，他在设计自己的军营生活。自己文化不高，考军校肯定不行，最好当个专业军士，这对于他这个山里娃来说，就有一个很好的前程，他在槐花的眼里，就不一样了。

哨兵这样的想法，成为哨兵不久，就淡了，远了。现在，那种想法被这两个手拉手的背影拽了回来。哨兵感觉有一根神经牵动着他，令他幸福得全身微微发痒。那是一种屏气敛息才能体会到的感觉，哨兵不敢用手去触摸，怕一碰，那感觉就"吧嗒"一声掉地上了。

这种感觉突然被歌声驱走了，哨兵回到现实中，联欢开始了。

先是一曲《映山红》，很好听，谁唱的呢？哨兵摇头，他无法将他们的声音与他们的形象一一对号。接着是一首《我爱北京天安门》，声音那么稚嫩，可能是谁家的孩子。哨兵突然想起槐花。槐花也会结婚，也会有孩子的。那么，她的孩子，会是她和谁的呢？哨兵想到了自己，浑身燥热地想着。接着又是唱歌，男女对唱：

> 九九那个艳阳天来哟
> 十八岁的哥哥细听我小英莲
> 哪怕你一去呀千万里呀
> 哪怕你十年八载不回还
> 只要你不把我英莲忘呀
> 等待我胸佩红花呀回家转
> ……

哨兵喜欢这首歌，歌声让哨兵感到亲切。家乡的河流、水车，在他眼前流淌，旋转。去年深秋，槐花说要出去打工，那时，哨兵还没有决定当兵。后来，他换上军装，就要走了，又听说槐花不出去。槐花为什么又不去打工呢？她的临时改变，与我有关系吗？她是在家等我吗？山里有些女孩，到广州、深圳打工，回来后，挣了钱，却丢了名声。槐花是不是怕这个，就守在家里。她是为我守在家里的吗？哨兵的心夸张地动了一下，血像开闸的河水，奔流得汹涌。

哨兵的面颊有些痒，伸手一摸，湿湿的，怎么就流泪了呢？要是让机关干部撞见，多丢人，当兵大半年了，不是新兵蛋子了。

哨兵抬手，去擦面颊，又将手臂放下。是一个兵了，早就不是小孩子，还用袖子擦泪？

楼梯右侧，有一个吧台，上面放着纸巾盒。机关干部用过餐，走下楼梯时，有人会伸手，抽出一张。哨兵几步跑过去，抽了一张纸巾，擦了泪，他嗅到一股暗香，很淡，像槐花的香味。哨兵记得，在溪沟边的槐树林，遇到槐花时，她身上就有这种香味。他当时觉得怪，初冬时节，别说槐花，树叶都没了，枯干的树枝，骨瘦如柴，没丁点水分，哪来的槐花香？他怀疑槐花身上洒了香水。哨兵忍不住再次跑向吧台，抽出一张纸巾，像叠军被似的，叠得方方正正，放进自己的口袋里。结果惹了祸，下岗回连，班长闻到了他身上的香味，以为是香水，在他屁股上踹了一脚，骂道：你是不是个男人？踹得不重，屁股不疼，心疼。

哨兵走出宿舍，走到院外那片围成天井的空地。月光从头顶洒下来，温情默默地抚慰着他的心。

自此，每天晚餐后那班岗，哨兵都会做贼似的，抽一张纸巾，叠在他的口袋里。这种怪癖被班长监视到了。班长又在他屁股上来了一脚，骂道：占小便宜，小农意识！

班长哪懂我的心呢？哨兵想，他怀揣这个秘密，像怀抱一只蜜罐，每日早起，像个程序永远不会改变的机器人，机械地上岗，下岗。说是机械，其实也不对，只是慢慢地习惯了，甚至偶尔也会爱上这份工作。好像他是这个大机关的一员，好像他是这个饭堂必不可少的一分子，好像他不到饭堂，不站在那个哨位上，他们——首长和那些机关干部，就不能开饭，就得饿着。他们吃饱了饭，幸福地走向机关办公楼，或是走向宿舍。好像这种幸福，都是他给他们的。哨兵望着他们远去的背影，心里也有一种不可言说的，不易觉察的幸福火苗，随着他轻轻的呼吸而摇曳着。

时光就在这平淡之中，慢慢地流逝。一年时间，就像是眨眼间，哨兵就要走了。他将回到连队，因为没有转业，他只会在连队站岗、打杂、出公差，给那些有专业的人提供更多展示的机会。这么再过一年，他就退伍，回到大别山脚下，那个他叫作家乡的竹林湾。

哨兵从机关干部的资历章上，看到有的人军衔长了，加了杠，或添了星，而他自己，只有金黄色的那么"一拐"。明年吧，明年他的肩头，就有"两拐"了。展望那个样子，军衔和他，像一副书名号，括着一个巨大的感叹号：《！》，对，就是样的，似乎向别人展示，他的军旅生涯之书，就是站立。

哨兵去年被选上来时，新兵连连长乐呵呵地告诉他，他是来给首长当警卫员的。他不知道是连长信口胡诌，还是挑选他的那两个军官对连长这么说过。这个问题困扰他很久，他很想找机会问问连长，现在，离开机关大院的日子逼近，他很快就要回到城郊他的老连队，能见到连长，但他反而不想问这个问题。他觉得问这样的问题，已经没有意义了。他努力地让这个问题烂在肚子里，可新的问题又滋长出来。明年的这个时候，自己就该回家了。当了两年兵，起点回到终点，他不知道，槐花还会不会像他离家时那样，含情脉脉地看着他，他不敢想。

时光消逝，哨兵的目光由单纯，变得深邃。回望去年离别的那一刻，全连战友羡慕的目光。现在，那些目光变成麦芒，扎着他的心。一想起要去面对他们，他浑身就轻微地颤抖，发冷。他们一定会认为，是哨兵没干好，才把他踹回连队。怎么干好呢？年轻的生命和勃发的青春，压制在这小小的哨位上，越平静，才越是一个合格的哨兵。而平静，注定平淡。

平淡就平淡吧，不是有歌这么唱，说平淡是一首歌么？自己的平淡，未必就不是一首歌。哨兵安慰自己，这心也就慢慢地平静了。

但新兵连时的两个战友突然出现，像两颗顽石，跌入他平静的心湖。王秀虎和胡杨。他们到省城来办事，顺便到大机关来看他。王秀虎胖了，壮实了。"王瘦虎"这个绰号，用不上了。王秀虎说，团里年终总结刚搞完，他秋天参加了实弹演习，他们那辆坦克全部命中目标，炮长立了三等功，他是瞄准手，被评为优秀士兵。打实弹，在直瞄镜里看炸点开花，那种感觉，又过瘾又有成就感！还说，明年，他就是炮长了，也能立功，没准后年年底能提干呢。胡杨刚从卫生大队培训八个月回来，准备明年考军医大学。现在全团没有人不知道他的祖传医术，上次团长腰痛，还让他针灸哩。他们又说到李森林等其他几个人，都是哨兵新兵连的战友，大家都干得挺好。哨兵先是为他们高兴，后来，脸上的笑就僵住了。想想在新兵连时，他就是一个被忽视的兵，现在，他们一个个更加出息了，而自己，就这么平平淡淡地当了一年哨兵，还是饭堂哨兵。

失落的情绪再次包裹着他。他低下头去，沮丧得眼泪都快流出来了。王秀虎问：你怎么了？哨兵说，没事，就是有点想家。王秀虎笑起来，笑声中有一丝嘲讽，说，都老兵了，还想家？连队多好，不跟家一样吗？哨兵在心里抢白他一句：你是站着说话不腰疼，你哪里知道一个哨兵的寂寞？

晚上回来后，哨兵回味王秀虎说的一个词，"成就感"。自己每天重复同一工作，动作都亦步亦趋，可不，也有"陈旧感"，却毫无自豪之处？

哨兵转过脸去，那些年轻的树，依然顽强地站在冰冷的空气里，直指苍茫的天空。哨兵本能地站得笔直，把自己站成了一棵树。一身的希望，像一树的叶子，飘零了，但树干依然坚挺。

新兵是正午时来的，哨兵没同他们正式谋面，他只看见班长又在挑选饭堂哨兵。班长选中了一个帅气、满脸稚嫩的小伙子。班长站在小伙子面前，说着话，好像是在讲去年讲给他听的，那个很帅的新兵，最后被首长选去当警卫，并提干了的故事。哨兵特别想打断班长的话，但理智告诉他不能这么做。在军营，有些想法，永远只能是想法。

下午时，班长给哨兵照了相，放进了连队的橱窗里。哨兵既不是先进个人，也不是优秀士兵，更不是军功章获得者，把他的照片放进去何用？可能班长会指着他的照片，向新兵讲述他的故事，就像去年他来时，班长向他讲的那个被选去当警卫员的新兵一样。

然而，有什么可讲述的呢？太平淡，精彩的故事，都在内心，翻江倒海。可心里的故事，谁知道呢？

这是哨兵最后一天的最后一班岗。

没有同机关的人进行过语言的交流，但是，心灵的交流还是有过的。他看着他们，猜测着他是干什么的，在那个部门。而他们，或许也揣摩过哨兵，关心过他，只是，没有说出来。

哨兵突然发现，他其实非常留恋这个地方。的确，他在长时间的站立中，长成了这儿的一棵树。一年四季，树变换着，春天，树叶绿得透明；夏日，树叶的颜色深了，花谢了，挂果了；秋日，金黄的落叶，衬托着高远的天空；冬日的枝头，只有雪和雾凇，一种沉静的美。

在这里，自己也是变换着的，春夏秋冬，变换着军装，军装里包裹着的那颗心，也在变换着。比如现在，哨兵的心就特别平静，突然觉得，他长时间地站立，也是一种静态的美。怎么突然有这种感觉呢？他说不清，像是顿悟。他突然想留在这个地方，哪怕让他再站一年岗。他留恋这个饭堂，舍不得首长和这些机关干部。怎么能舍得呢？应该说，他认识他们了，他从他们的胸牌上，早知道他们叫什么名字。想起一个名字，他就能与他们的形象对应，高的矮的胖的瘦的单眼皮双眼皮光洁的下巴铁青的下巴……

哨兵突然有一种愿望，就是在他要离去时，告诉他们，他叫什么名字。就像自己知道他们的名字一样，这样，他们才算真正地认识，而不是擦肩而过两不相关的路人。但哨兵迟迟没有这个勇气，他眼睁睁地看着机关干部一个个走进饭堂，又一个个离去。他几次张嘴，因觉得突兀，到底没说出来。

哨兵知道，这是今晚最后离开的三个干部，饭堂再没有干部了，哨兵记得很清楚。每次进去几个人，谁吃完饭出来了，谁还在饭堂，他非常清楚。

这三个背影越来越远，离他三步、五步、十步……眼看就要到办公楼了，哨兵终于冲着他们的背影，喊出自己的名字。但是，那些背影，无一回转过来，也不知道是他们没听见，还是他们根本就不在乎他叫啥。他们继续往前走，跟平日没有两样，身影越来越远，脚步声由清脆变得模糊。

风是寒冷的。当那三个身影，踏上机关大楼的大理石台阶时，夜突然暗了下来，苦涩的孤独噬咬着哨兵的心，无法控制的失落和悲伤袭来。哨兵浑身轻微抖动，相伴的，还有鼻眼酸涩。他闭上眼，那眼睫毛，在灯下像黑色的弧形的流苏。他克制自己，不让眼泪流出来。但他失败了，眼泪还是像冲过栅栏的洪水，从他那长长的睫毛间奔涌而出。接着，他的哭声也迸发出来，就像洪水总会咆哮。

哨兵哭得痛快淋漓。他没想到，哭是如此舒坦的事，难怪不少新兵爱哭鼻子。当然，在军营，哭似乎是新兵的专利，成为一个老兵，再哭，就不是那么回事了。于是，哨兵就这么痛快地哭着，他不怕被别人听见，也不怕被别人看见，任泪珠顺着笔直的鼻梁滚落。那鼻梁显然太狭窄，泪水很快洪水似的，途经脸庞，钻入脖颈，滑过男子汉的胸膛。一种奇妙的感觉。

哨兵放任自己哭，把未来一年，老兵的眼泪，全部预支出来。当老兵了，就不能哭了。不仅是老兵，以后的岁月，无论遇到什么事，他可能不会再流泪，因为他曾经是个军人。但是，今天，他要痛痛快快地哭一场。

哨兵的哭声，于浑厚中，夹杂着掩饰不住的稚嫩，那是少年时期的假嗓子。哨兵不觉得难堪，他知道，哭完这场，就好了，他将蜕变成一个老兵，一个内心无比强大的真正的军营男子汉。他放任自己哭，似乎是为了这个蜕变，似乎泪水会把他洗刷一新，如同好多年前那个婴儿的啼哭。一声呐喊，划破夜的寂静，这次，他没有喊出自己的名字，他喊道：我是哨兵，饭堂哨兵！

哨兵这两个字，从哨兵自己的嘴里喊出来，传进耳朵，哨兵心为之一震，如同听到自己给自己下了一道命令，让他恢复成哨兵，于是，哨兵挺胸，抬头，收腹，提臀，两腿绷直，两眼平视前方，把自己站成一个标准的哨兵。夜的黑漫过来，露灯的光，像夜幕里的一面镜子，映照出他一个哨兵站立的姿态，其实是留在他脑子里的，那个画家笔下的哨兵，阳刚、帅气、有质感，像一尊青铜雕像。

《解放军文艺》2012 年 12 月、《小说选刊》2013 年 1 月

穿军装的牧马人

曾　剑

我穿上军装，来到这深山老林时，有一种被贩卖的感觉。我家是鄂西山里的，跑到这东北原始森林。我如果像电影里那些大兵，在崇山峻岭间真枪实弹地干几场，倒也像个兵。连队居然让我放马，成为整个连队执行任务时，唯一不带实弹的兵。

那是个灰蒙蒙的冬日，连队一个满脸通红的老兵，把我领到一群军马前，把一只狗尾巴草一样布满毛刺的旧马鞭递到我手中。我心里亮闪闪的希望，就在眼前的灰蒙蒙中淹没了。我没有立刻去接马鞭，而是把右手掌贴到胸前。我摸到了我的心，像这冬日山里的石头，又冷又硬。

老兵说，怎么？

我接过马鞭。老兵走了，他已退伍，几天前就该走的，就等着新兵来队，挑选新一任马夫。

在老兵的背影就要消失在马棚拐角处的那一刻，我一个百米冲刺，追上那个老农一样的背影，问，为什么偏偏是我？因为有怨气，我连一声班长都没喊。

老兵转身，把右手搭在我的肩上，把自己装扮成一位慈祥的长者。

老兵反问，为什么不能是你？

他说完这句话，伸了一下脖子，好像还想说什么，但没说出来，只盯着我的一张脸看，许久，给我一个僵硬的笑。

我的脸上有什么？我冲到溪沟边，弯腰。在水里，我看到了自己：黑皮肤，娃娃脸，月牙眼，自来笑，这不就是个山里放牛娃嘛！

我站起身，望着班长那个令人沮丧的背影，哀叹道，我会成为他吗？

我顺着溪流，走向我的马群。

白雪覆盖的高粱地空寂辽阔。那些白色的马，黑色的马，棕色的马，枣红的马。它们毛色闪亮，像是抹了油。在雪地里，它们有的低头，有的仰望，在冰雪中"闲庭信步"。这些马的体型保持得很好，大都不胖不瘦，像军营里的男人，有着强健的肌肉。而我呢？我一身迷彩，高勒的迷彩棉鞋沾满污泥。我知道，我的样子像一个东北农民，我比东北农民还要辛苦。东北农民天冷就猫冬了，而我每天要在外放牧八小时。

我斜眼，看见水里的倒影一跳一跳的，那就是我。我的童年，基本上是在四个姐姐的背上度过的，她们造就了我轻度的罗圈腿。我走路一蹦一跳的，像轻轻跳着迪斯科。

为什么偏偏是我？为什么不能是我？这两个巨大的问号，像两把弯刀，砍着我脑子里的每一根神经，折磨着我。日后很长一段时间，我常站在山坡上，手握这两把无形的弯刀，胡挥乱砍，然后嘶喊，为什么偏偏是我？每当这个时候，我的那些马，都会抬起头，伸长脖子看着我。它们看不见我手中两把无形的弯刀，只看见我疯子一样手舞足蹈。

看什么看！我训斥着我的"兵"：都欠收拾！

它们就老老实实低下头去，故意把草吃得唰唰响。

除了马群，我还有一条狗，德国种，叫黑贝。黑贝就是我的通信员，而二十五匹马，就是我的二十五个兵。每天，我把它们赶到水草丰美的地方，让它们唱歌，唱《学习雷锋好榜样》。我说，这是饭前一支歌，好好唱，唱不好重新来，唱不好不开饭。

我知道，它们不会唱，但是，我要唱。我长期在山里，没个人说话，再不唱歌，我会变得像它们一样，成为一个无声的战友。

时间长了，它们好像会那么一点点。我把它们赶到目的地，我唱饭前一首歌，它们静静地立在那里。我唱完，喊一声："开饭！"它们才低头啃草。

羊群有头羊，马群也有头马。我任命那匹俊俏的白马为头马。我看过金庸的《白马啸西风》，我也叫它西风。有几匹马不服，总要往前冲，我挥响马鞭吓唬了它们几下，它们就老老实实地跟在西风的屁股后面走。

事实证明，我很有眼力。西风为了回报我对它的赏识，竟然几次在我身边跪下，让我骑它。我只在很开阔的一片草地上骑过一回。它的蹄子轻快地响起，我神清气爽，耳边风声鹤唳。可当我跳下马背时，西风的喘息从它嘴里传来，那里像装了一只破旧的风箱，我就再也不忍心骑它了。

指导员到马场来看我。

指导员的到来，让我在这个冷意很浓的马棚里有了一丝暖意。指导员是来开导我的。指导员说，你真行，刚当兵就是班长。班长？我直着脖子问。指导员笑着拍拍我的肩，说，对呀，你不但是班长，你的兵员还是咱连最多的，你看，指导员指着那些马说。我说，指导员，你就别逗我了。指导员说，我怎么就逗你呢？它们都是战马，曾经驰骋过疆场。现在，都实行摩托化了，用不着它们了，不忍心把它们抛弃，就养起来，任它们老去，死去。但是，马班是有编制的，它们都有编号，军委首长都知道我们这儿有二十五匹马。

说来说去，我干的是无用功，我还以为这些马，有朝一日能驰骋疆场，或是能成为某位将军的坐骑。

我感到自己像那些马一样，可有可无。不同的是，马等着死去，而我，等着成为一个老兵，然后离开。

我很烦，直到有一天，我发现了我的价值。

那天，我、马群，还有我的黑贝，走在冬日的暮色中。在林边雪地的映衬下，我看着我的狗，我的马群。我听着它们走在雪地上踏出不同的声响，和着树梢的风声，像一曲美妙的轻音乐。

黄昏沉寂，空荡荡的大地显得悲戚。本来放牧一天我应该很疲惫，可一只马鹿的出现使我兴奋起来。我其实并不认识马鹿，是一个老兵告诉我的。老兵说，马鹿像小马驹，但长着鹿茸，特别漂亮。马鹿见了我，并不惊跑，而只是静静地立在那里，用两只充满灵性的眼睛望着我。我也望着马鹿。马鹿一动不动，在黄昏的光线里，像一张色彩强烈的油画。

然而，一杆猎枪，却要毁坏我眼前的这一切。那是一个身披翻毛羊皮坎肩的猎人。我走向他，用我的身体，挡住他朝向小马鹿的枪口，一动不动。

所有的马，都睁大眼看着我。我的狗黑贝也惊呆了，倘若猎人手里是一把刀，我想它就扑上去了。可那是一把猎枪，只要它一动，那枪机可能就扳响。

黑贝没有动，它眼里不是怒火，而是哀求，是泪。

天地静得一枚松针掉下来都能听得见。

最终猎人枪口朝下，长吐一口气，人像泄了气的皮球，软了下去。他冲我喊，行，当兵的马夫，你行！

我行吗？当那个猎人远去时，我问自己。我吓出一身汗，心都快停止跳动，血好像凝滞不流了，他居然说我行。

那人的背影完全消失在林子里的那一刻，我的血管跳得更厉害了，像解冻的冰河。是后怕吗？我问自己。是的，我后怕，但是，我行！我回答自己。我只是一个牧马人，制止猎人的捕杀，这不是我的职责，但是，我站出来了，站在一管随时可能把我打成筛子的老式猎枪面前。从那个黄昏起，我在我的心里，不再是一个可有可无的人了。我是个马夫，但我不可以被忽略！

我慢慢地对我的马好起来。我从来没有重重地抽打过它们，现在，我连鞭哨都不忍心挥响。

有一天，我遭遇了熊。

那天黑贝身体不舒服，我就没带它，独自赶着马群，走在附近的山洼里。我突然看见一个黑影，越来越大，越来越近。它竟然站了起来，是一头熊。我惊出一身冷汗，顿时感到头皮爆裂，冷汗仿佛从裂缝处流出来。

我只有一根防身警棍，没有刀，没有枪。但在那一刻，马的镇静提醒了我。所有的马都不吃草了，抬起头来，静静地望着那头大熊。我学着我那些马的样子，把我的恐惧隐藏起来。我非常清楚，熊要是朝着我冲过来，马是无法救我的，马从来只会协助打仗而不会真正参与战斗。我就那么与熊对峙了片刻，熊并没有伤害我的意思。但是，我怕万一，万一它愤怒了呢。我就慢慢地猫下腰，悄悄地隐藏在一堆灌木丛中，又退到山路上，确认熊并没跟上来时，我撒腿狂奔到连队。

连长带着一个排的兵，荷枪实弹，带着锣鼓。我们回到放马处，熊正在吃一团野菜。连长让大家停下，静等着熊吃。熊吃了几口，连长举枪，我喊，连长，别……然而，枪响了。我在枪响的那一瞬间，不忍目睹。我闭上眼，熊没伤我，我却带人来射杀它。

锣鼓刺耳地响起。不仅是刺耳，更刺痛我的心。是的，他们打死了一头熊，他们在欢呼。我酸涩的眼泪流了出来，这时，我感到一支冰冷的枪塞在我手中。我死死闭上眼睛，没去接。连长推我一把，说，这把枪以后就是你的了，以后遇到熊，就像我这样，不要打它，把它吓走就行了。

什么？熊没死？我睁开眼，看到不远处，那一个黑色的影子，正不紧不慢地往林子深处移动。

连长说，几年没见过熊了，真棒！

黑贝的病一直没好。浑身发烫，很痛苦地小声哼着。我托人到镇上买回一些犬药，喂了，也没好。连队请来兽医，诊断是脑炎，治不了，建议给它多灌一些安眠药，结束它的生命，让它少受一些苦。我冲那个兽医吼叫，你先给我灌安眠药吧！

兽医走后，我陷入了矛盾之中。我怎能亲自杀死它。黑贝的病越来越重，它虽然叫得很轻，但是那种压抑着的痛苦的呻吟。它脑袋轻轻颤动，时常躲在灌木丛里，发出像苍蝇嗡嗡的鸣叫声。它通人性，它怕我看见它痛苦的样子。它这个样子，反而让我更痛苦。

我请我一个在城里读大学的同学给我买了本兽医书，我决定当一个兽医，治好黑贝的病。可是，书还没收到，黑贝就自杀了。当时，我和它都在山洼里，黑贝无精打采地跟着我。我不让它来，它似乎害怕寂寞，硬是跟着我。天近正午，我突然看见黑贝一跃而起，像一枚炮弹射向两丈远的一块大青石，伴着沉闷的响声，黑贝倒在地上，七窍流血。它挣扎着，身体像一把弯弓，很快又拉直，瘫软了。我冲过去，看到它的眼像两块石子一样，没有了光泽。

我抱着黑贝回到连队，与战友们告别，很多战友流泪。我把它埋在马场前面的林子里，当最后一锹土落在坟尖上时，我一直克制着的眼泪还是流了下来。我给它立了个碑，写上"战友黑贝之墓"。

那天，似有一个火把，在我全身燎过，我满嘴是泡。我早早地把马圈进马场，来到黑贝坟头，陪着它，坐到太阳西沉。然后，在暮色中走回马场。

日月久了，黑贝坟头那块木牌被雨雪浸泡，烂了，黑贝的坟也矮了下去。我搬了块石头放在它的坟头，算作墓碑，之后，我再没有去给黑贝上过坟，因为它最终还是要回归大自然的。但是，每次回到马场，我还是忍不住朝着那片林子看一眼。

云雾山离马场三里地。夏日的云雾山，是一片雾的海洋。一天，我带着干粮，赶着马群，来到云雾山。抬眼望，云在雾之上，雾在云下，一片缥缈流动的洁白的世界。

我把马散放在洼地，独自往山上走。我想超越头顶的雾，我想与云比高低。放马久了，想撒野。

我在一片山槐遮蔽处，发现一个山洞。一个大石头门挡着洞口。石头门很沉，我憋出几个响屁，才把门推开。我进到里面，只听咚的一声闷响，门自个关上了。洞里黑漆漆的，我往里摸，好像里面很宽。我往外去时推门，怎么也推不开，我开始感到害怕。干粮在西风背上，如果不被人发现，我会饿死在这里。我一次次努力，汗流浃背，还是打不开石头门。洞里阴冷，我一次次冲里面喊，有人吗？有人吗？听到的只是回音。

我绝望了。我试着摸墙壁，希望找到别的出口。我摸到柴火棒子一样的东西，这让我很高兴，这里一定有人住。但随后，我摸到了干枯得像鸡爪子一样的东西，没有一点肉感。一阵恐惧袭来，我感觉我摸到的是一具死人的骨架。但我很快说服自己，不是，是柴火，是手指状干枯的树桠。我不敢再摸了，怕摸到更令人心惊胆战的东西，甚至怀疑墙壁上爬着蛇。

这一日长于百年，我饿了，困了，疲惫地坐在地上。我听到石门响，我冲石门喊，有人吗？回答我的，是马的咳儿咳儿声。是西风！可是，它来了有什么用，它又不会开门，也不会像黑贝那样，能回连队通风报信。

但西风的到来，毕竟壮了我的胆，让我不再惧怕这黑漆的洞。我跟它说着话。门还在轻微地响动着，像马皮在墙壁上磨蹭的声音。后来，石头门终于开了一道缝。我伸出手去，死死地抠住门缝，怕它再次合上。我和西风合力，将石门打开了，我钻了出去。那一刻，我回头，在门洞透过的光线里，我看见里面有两具人的骨架。那两个骷髅上，几个窟窿放着黑漆漆的光。

我头皮一下子绷得紧紧的，像被一双无形的手，死死地箍住。

石门砰的一声关上了，也不知是有机关，还是它本身的重量作用。

天其实并没有黑，只不过日头偏西。我已没有心情放牧，赶着我的马群回马场。

离开云雾山，我惊飞的魂魄才回到现实中来，我看见西风额头、脸上血肉模糊。它推门救我磨成了这个样子！我走不动了，搂着它的脖子，哭得鼻涕眼泪糊了一脸。

西风自此破了相，我手下最帅的一匹马，变成马群中最难看的。

这次事件，是我心里的一个秘密，除了我的马群，我谁也没告诉。我怎么能告诉连长？这不是向连长暴露自己的愚蠢吗？

连长还是看到了西风的伤，问，怎么回事？我说，山上一块滚石砸的。

滚石能砸成这样？连长疑惑地看我一眼，走了。我怕连长追究，但连长的冷漠让我有一丝痛感。连长居然没问我伤着没有，难道在他眼中，我还不如一匹马？

那个晚上，在马棚里，我没敢灭灯，直到天快亮开，我才迷迷糊糊地闭上眼。我做了一个梦，在那个山洞里，一个活人，慢慢变成一堆白骨。

我吓得坐起来。

外屋的马，摆尾声、咴儿咴儿声、打嗝声、放屁声，声声入耳，将那暖烘烘的臭气传过来。

不干了，说啥也不干了，明天就找连队干部。我怕连长，就找指导员。可是，第二天，我找到指导员时，竟然没能把我不想放马的话说出来。我只怯怯地说，指导员，给我再弄一只狗吧。指导员说，省军区军务部已经给你买了，拉布拉多进口猎犬，过几天就送过来。放心吧，我想着这事呢。放马怎能没有猎犬？一只狗，就是一个兵力。

我笑了，但同时想起了黑贝，想起它自杀的情景，眼泪流了出来。

拉布拉多进口猎犬很快就送到了马场，我嫌它的名字拗口，后来就简称拉多。

山洞的秘密折磨着我，我想，我还是说出来吧，不说出来，我会疯掉。

那天，连长带着云雾山哨所的一个班进了山洞，看见了那两架白骨。他们联系当地派出所，法医都来了。最后结论，洞是日本人修的。这两个人，死于十年前左右，一男一女。而十年前，几里地之外的一个村子，有一对恋人失踪。他们美丽的青春，就这样化成了两具白骨。

有两种传言，一是说这两个人，到洞里寻求浪漫，进去后，就出不来，饿死在那里。另一个版本是，他们的婚姻受阻，便殉情在山洞里。我倾向于第二种说法，这样，他们的死是主动的，不那么痛苦。

在山上放牧，美艳的公野鸡经常碰到，野猪也碰见过两三次。野猪并不可怕，只要装成一具挺立的僵尸，它那两对尖牙就不会伤人。反倒是人，难得见一个，见到了，就是麻烦。有几次，我碰到老百姓到俄罗斯的土地上，采摘那种白色的蘑菇。我只是个牧马人，不负责巡逻，禁止这些人越界采蘑菇不是我的职责。可我总还是忍不住，把他们劝回自己的国土上。

我最怕遇到女孩子，她们三人成群，两个成伙，拎着篮子，旁若无人地越过国界线。我让她们回到这边来，她们嘻嘻哈哈，不睬我。我生气，她们就笑。我恨不得放狗，可又怕吓坏她们。我就站在那里，铁青着脸等她们。她们闹几下，笑几声，也就过来了。

她们过来后，我就赶着马群，急忙走开。我胆小，见了女孩就想逃。

可是，夜里，我却总是主动走近乡妹子的，还敢同她们说话。

月亮走我也走，我送阿哥到村口，到村口，阿哥是个边防军，十里相送不分手，不分手……

梦里，总会有这样一位乡妹子，站在遥远的村口，冲着我唱这首歌。

那个乡妹子就是秀清。是几个月前，家里给我介绍的邻村一个姑娘。我们通电话，秀清问我干什么的，我说，成天跟马在一起。我没敢说得太明白。秀清说，好啊，骑兵，真威风！我们就这么处上了。处了一年，秀清让我回家，可马离不开我。我没敢说马离不开我，我说部队训练任务太紧，回不去。秀清就说，你回不来，我去看看吧。我想拦，还没找到合适的理由，她已经出发了。

秀清要来队，让我头疼。我把这事闷在脑子里，闷了两天，闷到她下午就快到了，我找指导员，把这事向组织报告。指导员很高兴，说，下午到是吧？好说，下午我找个人替你放马，你洗个澡，换上一套干净的军装。连队不是还有几匹马可以骑吗？你就骑你的西风，虽然西风破相了，但它跑起来还是蛮潇洒的。你给她来一个"白马啸西风"，把她拽上马背，带着她在山道上跑，没个不成的！

谁知，西风长年在大深山里，很少见过女人。秀清红色的上衣，淡青色的裤子，山里女孩子走路如风。西风看到一片红冲它而来，受了惊吓，狂奔而起，把我扔在路上。那是近一个世纪前，日本人修的水泥路，虽然没有骨折，却足足让我在地上躺了半个小时。

第一次见面，秀清呈现给我的，是一张面无血色的脸，一双惊恐的眼。我想对她解释，可我嘴笨，什么也说不出来。本来就木讷，常年在山里放马，语言功能退化了。

在连队招待房，我还是不会说什么。后来，我想，就把她当一匹马吧，不需要说话，只伺候着。我给秀清打水洗脸，倒水沏茶；之后，我递给秀清一只苹果。我说，吃苹果。秀清说，不打皮？我说，有苹果吃就不错了，还打什么皮。

不管怎么，终于对上话了。这时，通信员敲门，喊道，马跑得满山都是，谁也整不了，连长说让你去。西风像风一样消失了，我找了整个晚上，也没找着。马是有编制的，丢了可不是小事。直到第二天上午十点多钟，我才在一条溪沟里找到西风，它被困在了那里。我把它救了。我赶着西风往连队走，我说，西风，你老实点，我欠你一条命，今儿个还你了。

我赶着西风回来时，秀清的行李包已背在肩上。

秀清说，养马，在家里也可以养呀，干吗非要到部队来。她又说，你不就是一个穿着军装的农民吗？你还不如农民自由呢！秀清走了，自此没了音信。后来听家里人说，她跟一个搞建筑的包工头走了。

我迎风而立，风在我脸上，刀刻一般。我把我不屈的形象，挺立在全连战士面前。

连长不但给了我一杆枪，还有子弹，是空包弹。连长说，没有弹头，但会喷出火光和火药味，足可以把野兽吓得屁滚尿流。连长除了给我枪弹，还决定配给我一个新兵。新兵叫单凯，瘦得像旱地里的一株高粱，脑袋大身子细。说是来放马，不如说是来养身体。我固执地认为，人太瘦了就是有病。连长可真绝，一个是穿着军装的马夫，一个是穿着军装的病号。不过，总算多了一个会说话的，我这个光杆司令班长，也真正意义上带起了兵。

单凯那说不上俊但也算不上丑的脸，一下子扭曲变形。我像是在镜子里，看到了多年前那个从老兵手中接过马鞭时的我。

我说，走吧！终于有了兵，我语气很硬，完全是下命令。单凯没反应，他长吁一口气，转过脸去，透过树梢，看那遥远的落日，之后，他整理一下背包，跟谁赌气似的，把步子迈得飞快。

这兵貌似老实，其实有脾气，不能来硬的，要感化。我冲上去，想抢过他身上的背包，他却飞也似的，把我甩出几丈远。

大雪飞扬。雪被风卷进马棚，在马棚里满屋飞舞。马受了惊吓，把栅栏撞开了，马全跑了。

风雪中听不到马蹄声，也看不到马走过的痕迹。马怕风，灵性的马，一定是顺风跑到山洼里去了。我带着单凯，往山里追。在岔路口，碰着连长，他带着全连的兵出动。我们很快找到了马，但马就是不停下来，我们又不能丢下马，就这样跟着军马走，一直跟到滑青山脚下。山洼里风小，马终于停下来。我们试着把马往马场赶，因为是逆风，马的眼都睁不开，更别说行走。我就对连长说，你们都回去吧，你们守在这里，马也回不去，与其大伙都挨冻，还不如我们两个人守在这里。

雪天，巡逻任务也重，连长就带着兵回去了。雪地里，只有我和单凯。连长回去后，又带着两个兵，给我们送来饭菜和汤，放在保温盒里的。那汤不热了，只有温乎气。我们喝了，心里暖暖的。

我和单凯站一会儿，活动一会儿，两个人彼此提醒、鼓劲，怕冻死在山里。我们守了整个夜晚，第二天早晨八点多钟，风停了，我们踏着深深的积雪，把马往回赶。

我浑身冻得哆嗦。单凯的眼泪都流出来了，他一路走一路哭，哭了二里地。一边哭一边擦泪，怕眼泪在脸上结了冰。一边擦泪一边自言自语，这当的什么兵，这兵当的为了什么？又自我回答，都是父母的错，让我来当兵！

我也哭了，单凯停止哭来安慰我。他说，班长你别哭，这不马上就到了吗？马群也都停下来，不嘶叫，静静地望着我。又慢慢地都耷拉下头，像是很自责。拉多跑过来，用它的脸蹭着我的腿肚子。之后，马群移动了，它们默默地往马场走。

雪地无声，马蹄在雪地里踩出清脆的声音，宁静了整个雪野。一路无人，洁白的天地间，只有一只狗，二十多匹马，两个军营牧马人。雪地里的单凯、马群和狗，在我眼里，是一幅磅礴大气的油画。

我们快到连队时，一连人站在雪中迎向我们。我和单凯的脚冻青了，军医用雪给我俩摩擦脚，按摩脚掌，硬是把我们青色的脚，变成肉红色。四只脚保住了，军医大汗淋漓。

雪化后，老兵退伍了，我留了下来，成为一名士官。指导员说，马是有编制的，可忽略不得。你这样的老实人，最适合放马。

我冲到雪花飞舞的林子里，喊了一声爹，我说，爹，儿子出息了；开春了，一定回去看你。

春天我并没回家。

马班的整个夏日都是在马点度过的。

马点就是临时放马场。夏秋时节，我们像游牧民族，赶着马进山，在野草茂盛的山里或河套搭帐篷，建临时马圈。那时，我和单凯每天三点起床，做早餐，准备午餐。早晨四点，我们带上午餐出发，晚上天黑回马点。大山沟里没有电，整个夏天，陪伴我们俩的是一个小半导体，还有我们从连队带去的几本书。一个夏天，那书也被我们翻烂了。

马无夜草不肥，我们晚上要起来给马添草，难得睡一个囫囵觉。夏日，蚊子、蠓子多，躲避不及。穿着长袖衣服，戴着网罩，蠓子还是能叮满脸。草爬子常爬到我们身上，浑身瘙痒，一抓就冒黄水。上厕所成了一件非常困难的事，比上厕所更难熬的，是寂寞。冬天寂寞难耐时，可以在雪地里抽支烟，那寂寞，就慢慢地随着那缕青烟而逝。夏天防火，烟都不敢抽。

七月一日，我被批准为一名预备党员。指导员和连长带着一面党旗来到马点。我对着党旗宣誓。我非常激动，流了一脸的泪。泪水把我的过去都冲走了，也冲走了马点的苦，我走向了新的一天。

开春后，单凯走了，被送到地方农业大学学兽医。

我又恢复了一个人的放牧。

四姐在深圳打工，知道那个叫秀清的没看上我，心疼我，把她一个车间的四川妹子介绍给我。这次，我直接告诉她我是部队放马的。

人家回信了，没说行，也没说不行，谈了她在那里的工作，也问了我的工作累不累。

我望着远山近水，我的拉多，我的马群，之后，眼前就是那个四川妹子。她叫陈晓，一个很洋气的名字，肯定也是一个洋气的女孩，人家能看上我吗？

一个穿着军装的放马人。

晚上拉多睡了，马也消停了，我疲惫地躺在床上。我每次入睡前，无一例外地想起陈晓，那个我不曾谋面的川妹子。我连照片都没看过，但脑子里有一个模糊而漂亮的轮廓。我不让自己想，因为一想就失眠。但我做不到，还是想她。有几个晚上，我成功了，不想她了，她在深夜，却自个到梦里来了。

"这是恋爱的滋味吗？"清晨，我任凭马嘶狗叫，赖在床上不起来。

除了想四川妹子，我最想的人就是父亲。

母亲生我那年，我的农民父亲五十岁。父亲给我起名黄叶青。父亲识的字少，为何给我起这么个诗意的名字，我懂。我是他唯一的儿子，是他生命的延续，使他秋叶泛青。我这个名字，引起很多人误解，以为我爸至少是个乡村教师。

父亲最喜欢我这个宝贝疙瘩。这年初，父亲病了，托人发了加急电报，就想我回去看看，就想见见我这个老幺。单凯学习还没回来，别的人我放心不下，我说，等一等吧。就把中秋节等来了。连队给我送来饺子，包得现成的，肉馅素馅都有。其实，我很想跟大家一起体验中秋节包饺子的快乐。

白天的日头似乎还有些毒辣，但阳光照在我的身上却感不到温暖。这夜无月，夜并不黑，我也感觉不到夜风的凉意。我想，莫不是自己麻木了。我坐在帐篷外，久久不进屋，成为拉多和马群眼里，一个盼月的人。马就在我身旁躺着。马嘴里喷出来自它腹腔里的温热的气味。我似乎已习惯了这种气味。

我远离故乡，却是那个离故乡最近的人。这几天，我夜夜梦回故乡，与父亲相见，幻想中的那个川妹子的样子，却越来越模糊。

是心灵感应吗？第二天，我正在林子里放马，通信员坐着营部的吉普车，给我送来一份电报。我的老父亲，突发心肌梗塞，最疼爱我的那个人去了。

我手捧那份电报，一屁股坐在地上哭起来。我哭得很伤心，越哭越想老父亲，越哭越觉得自己可怜。那些马都站立着，不吃草，静静地望着我。我突然感到，这些军马就是我的亲人啊！

每次回连队取给养，我总会到营院后面看一眼射击训练场。我面前的射击训练场总是寂静的。而我，从这寂静中，隐约能听见子弹的喧嚣与呼啸。多少年了，我没打过实弹。九七式全自动步枪，我从没摸过。炊事班的人都能打上枪，我不能。我的马，一天也离不开我。

马群在暮霭中的小树林里像云朵涌动，山谷的深处，雾正在慢慢地积聚起来，把白桦树湮没了，使山冈渐渐阴暗下来。

我领着狗，赶着马群往连队走。无论走多远，回到营区，最后踏上的是那段长长的一米多厚的水泥路。我每次踏上这条路，心情总会很复杂。这是日本人修的，营区后的军营仓库，也是日本人留下的。他们把路修到这里，疯狂掠夺。他们砍树，开矿，杀人。我们赶走了他们。

这个时候，我的脚踏在坚硬的水泥路上，就特别有力，特别神圣。

指导员来马点，问我进退走留的打算。我才知道，作为兵，我几乎已经干到了头，十二年了，时光过得真快呀。我说，我听上级安排。我回答得轻描淡写，因为我心里清楚，晋升三级军士长太难了，全团总共就那么两三个名额，各专业各行业，大眼小眼都盯着呢，怎么会给我一个放马的。

离老兵离去的日子越来越近，我越来越难过，甚至烦躁。以前烦它们，真正要走了，竟然那么留恋。要走了，也不知道，我除了放马，还能干啥。我抚慰着一匹匹马，年老的、年轻的，搂着它们的脖颈，跟它们说话，话还没出口，声音已哽咽。它们听懂了我的话，摇头，摆动尾巴，踏出一片马蹄声。

下了一场雪，天凉了。我穿着摘去军衔的军装，站在长长的站台上。火车就要开了，我却不上车。我眺望着远山，眼前是那游动的马群，耳畔全是马蹄声响。

列车员第三次催我上车。就在我要钻进列车的那一刻，我听见一个声音，响亮地喊着我的名字。

黄叶青，黄叶青！你别走……

我转过脸，长长的空荡荡的站台上，团长狂奔着，向我冲过来。团长后面是营长，营长后面是连长，连长后面，是我新选上来的那个叫王小旺的兵，一张与我颇有些相像的放牛娃的脸。

我给团长敬礼，团长没有还礼。团长说，你不用走了，上级特批你为三级军士长。团长语气平淡，却像冬日里的炊烟，让我感到家的温暖。我当兵离家那天，年已七十的爹说他不送我。他坐在自己的屋子里不出来，可是，当我走到村角转弯处，回望我家的那青砖瓦屋时，我看见爹还是走出来了，他站在门前的土堆上，朝着我张望。我的眼泪，就是在那一刻，像初春的水流一样划过我的脸。

我把背包扔在那铺土炕上，冲出去搂抱我的军马，一匹匹地搂着，搂着它们的脖子就不愿松开。年老的，年轻的。我知道，是它们的存在，才有我存在的价值。人在军营，不就是图个存在的价值吗？

当然，我最终还是要走的，兵如庄稼，一茬又一茬。但我知道，这辈子我再也忘记不了我的军马，每一匹，都铭刻在我心里。再过几年，当我回到鄂西那个我称为故乡的小山村时。我的心，也一定会留在马场。我会常常梦回号角连营，与老马对话，与年轻的马潇洒驰骋，与它们缓慢地走在芳草萋萋的坡地上，同它们一起，慢慢老去。

《解放军文艺》2013 年 6 月、《小说选刊》2013 年 7 月、《新华文摘》2013 年第 18 期

品味曾剑军旅小说之美

宋先红

距离我上次评析曾剑小说已经过去三年了。在这三年中，曾剑依旧默默地耕耘在"自己的园地"里，园子里茂盛地长出了《穿军装的牧马人》《冰排上的哨所》《在神圣的天空飞翔》《向大海》《岸》《故事平淡》《士官的白天和夜晚》《饭堂哨兵》《一路同行》《今夜有雪》等优秀军旅题材小说。读完这些小说，我也真的觉得曾剑已经"完成了由一个业余作者向专业作家的转变，由自发的小说写作，逐渐进入理性的创作境地"。①无论在题材选择、人物刻画，还是在叙事控制和语言运用上，曾剑都在慢慢地形成自己的风格。周建新说"捧起曾剑的小说，心一下子安宁了下来，有品头，有味道，也有思考"。②为什么他的小说能让人"安宁"呢？那是一种什么样的"品头"和"味道"呢？我认为是曾剑军旅小说中人物精神的中和之美和叙事的舒缓之美让人安宁，而语言洗练之美和小说意境之美值得我们去反复品味。

小说人物精神的中和之美

我们很容易就可以看出，曾剑军旅小说中的"主人公选取的都是底层角色，讲述的也是寻常生活"。③无论从军事题材的角度，还是从叙事内容的角

---

① 徐艺嘉.温情叙事与诗意表达——与曾剑对话［J］.神剑，2014（5）：118–121.
② 周建新.唯美与理想主义的高度融合——曾剑军旅小说简评［EB/OL］.［2016—05—20］（2014—11—14）.http://blog.sina.com.cn/s/blog_633fd1830102v6o3.html.
③ 徐艺嘉.温情叙事与诗意表达——与曾剑对话［J］.神剑，2014（5）：118–121.

度，选择"底层角色"进行"寻常生活的讲述"对小说这种追求典型人物和生动情节的文体是一种很大的挑战，因为军事题材一般以表现宏大叙事和英雄人物见长（如《亮剑》《历史的天空》等），而底层角色的苦难叙事也更容易显得深刻和富有哲学意味（如余华的《活着》），"寻常生活"如果控制得不好往往会变成"一地鸡毛"。从成功学的角度讲，曾剑小说的主人公的确是"失落的""受压抑的"和"生存空间逼仄的"①。如，在深山老林里放马的黄叶青（《穿军装的牧马人》），冰排哨所上的边防兵（《冰排上的哨所》），边防六连的士兵夏士连（《在神圣的天空飞翔》），守岛兵"我"（《向大海》），"逃兵"孟吉祥（《岸》），理发兵苏橘（《故事平淡》），无名的饭堂哨兵（《饭堂哨兵》），写报道的一级士官"我"（《士官的白天和夜晚》），押送坦克的士官"我"和陈寒（《一路同行》）等。但是，这些处于军队最下层的士兵们，无论是身处恶劣的驻防条件如天寒地冻的冰排、虫蛇出没的孤岛，还是遭遇上升途径的堵塞如苏橘在部队只能理发、哨兵只能为饭堂站岗、黄叶青穿着军装却只能在深山老林里放马，抑或是面对如孟吉祥遭遇掩体坍塌、"我"和陈寒在押送坦克中的种种不顺、"我"不成功的报道写作，他们经历过短暂的失望后，没有一个人沉溺于怨怼和愤怒之中，而是积极、主动地去适应和调节，不忘军人的责任和亲人的期望，在孤独中与自己对话，在寒冷中互相温暖，在平淡中积极进取，路途坎坷也能保持军人本色。虽然在深山老林里的孤独里，在冰排上的酷寒里，在饭堂站岗的单调里，在理发的平淡里，在"逃跑"时的恐惧里，还有在押送坦克中的不顺中以及报道写作的一次次失败中，淡淡的哀伤一定是有的，但阳光总能越过"墙角的阴暗"，照进这些平凡士兵的心里，照亮他们平淡的军旅生活，也温暖读者的心。诗意其实就藏在日常的平淡和简单的人生中，难道不是吗？

这种诗意和平和来自曾剑对小说人物心理变化的精细刻画，或者说曾剑让他笔下的人物因为有对自身境遇的强烈自省而显得鲜活生动，从而显示出一种平凡的伟大。我们常说鲁迅笔下的小人物如华老栓、祥林嫂、中年闰土、孔乙己等"麻木"，其实所谓"麻木"就是这些人物没有也无力对自身境遇进行反省并做出变动，只是随着生活之流做出一种被动和机械的反应，生活的目的和意义对他们而言聊胜于无。虽然曾剑小说里的人物都是普通士兵，但是他们对生

---

① 徐艺嘉.温情叙事与诗意表达——与曾剑对话［J］.神剑，2014（5）：118–121.

活有期待，对未来有向往，当军旅生活中的坎坷和平淡超出他们的想象时，他们心里有失望和抱怨，但经过自己的心理调试，总能在当下的日常生活找到意义。在《穿军装的牧马人》中，黄叶青带着父亲的期望，来到部队，本来是想"在崇山峻岭间真枪实弹地干几场"时，却被分配到深山老林里一个人放一批退役的马。开始，他失望至极，"有一种被贩卖的感觉""心里亮闪闪的希望，就在眼前的灰蒙蒙中淹没了""心像这冬日山里的石头，又冷又硬"，有怨气："为什么偏偏是我""连一声班长都没喊"。后来，他终于感受到了存在的价值。首先，他像带领士兵一样放牧着他的马，与它们建立了紧密的联系；其次，他在牧马过程中也建立了与自然、与动物、与历史之间的联系；最后，他终于在风雪中找马、守马中领悟到存在的价值。《饭堂哨兵》里，曾剑对饭堂哨兵的心理刻画真是细致入微。新兵初来到机关大院时，他以为是给首长当警卫，心中满怀心悦："那一刻，哨兵是幸福的""他内心深处的某种期冀，像紧绷了整个冬天的叶芽，正悄悄地打开""哨兵有一种无法言说的甜美，那感觉像是回到了村里那爿逼仄的麦芽糖作坊"；当班长"在机关饭堂前，一跺脚，点给他一个哨位"时，他失望了："哨兵满肚子希望，哗的一声，被震落在他庞大的膀胱里，就再也寻不着踪迹。""哨兵久久难以入睡。"后来，他想到当兵就是服务，到哪里都是做贡献，又"由一丝骄傲，像微弱的火苗，在心中轻轻摇曳"。他为他能直接面对首长和机关干部而产生了一种优越感，"但哨兵的优越感，时常被大门哨兵手中那几杆枪驱走了"。虽然哨兵用标准的军姿迎接和送走吃饭的军官们，但是"没一个人同他打招呼，没一个人问起他的名字"，他"感到自己又一次被忽视，失落的情绪升上来"，连吃饭也"味同嚼蜡"。班长的劝解，让他对前途升起了希望，决定"从明天起，只想站岗的事；从明天起，当个好哨兵"。在站岗中，哨兵感受到了"春天的暖意"，记起了家乡"乡村的夜"，"嗅到了泥土的味道"。他为见到首长而兴奋，内心"像锅面的蒸汽一样翻滚，灼烫着他"，当首长并没有发现他的存在，和几位大校离去后，哨兵"莫名地被一种失落感侵袭"。他还在站岗时，想起了他的未婚妻槐花，憧憬着他们未来美好的生活，也想起了他新兵连的战友，想象那些装甲兵的训练和威风。他甚至成了校官画家的模特，也聆听了军官舞会上的歌声。虽然饭堂哨兵是寂寞的，但是他把这寂寞用标准的军姿站成了一道美的风景，也让自己"蜕变成一个老兵，一个内心无比强大的真正的军营男子汉"。

这些细腻的心理活动向我们揭示了，即使是一个平凡的牧马兵或饭堂哨兵，他们都有梦想，有生气，都有一个极其丰富的内心世界，都是一个个有灵性、有觉悟的人。

不想当将军的士兵不是好士兵，但当不了将军的士兵也一样是好士兵。每一个士兵都是怀着建功立业的希望来到兵营，但和平年代的军营也许更强调士兵的责任和纪律，也能让士兵懂得人生的成就除了出将入相还有平淡踏实，曾剑的小说也向我们展示了军旅生活中除了有金戈铁马的雄壮美，还有一种坚守日常责任的中和美。

小说叙事的舒缓之美

战鼓声声紧，战机转瞬失。大部分军旅小说叙事节奏快，是由其叙事内容——战争决定的，而曾剑小说里因为叙述的是和平年代普通战士的日常小故事，所以其叙事节奏慢，整体表现出一种从容不迫的舒缓之美。这种舒缓之美具体表现在情节画面感强和情节心理化两个方面。

情节画面感强是指曾剑小说的情节发展没有明显的时间指示，而是由一个个生动的画面排列而成的。《穿军装的牧马人》的故事情节就是由雪林人马初见—深山牧马—冬日黄昏救鹿—山洼遇熊—日暮葬犬—云雾山开洞—泪别秀清—迎接单凯—风雪追马—夏夜喂马—雾林赶马—抚别老马—车站追别等十三个画面组成，讲述了士兵黄叶青在东北深山老林放马服役的一段经历。《在神圣的天空飞翔》用新兵扫墓—毛驴驮水—毛驴放生—雪地巡逻—冰上潜伏—湖上执勤—松察河救鸟七个画面叙述了士兵夏士连在松察河哨所服役的经历。而《饭堂哨兵》的画面更加简单，所有的情节都是哨兵立正或者敬礼的画面，变化的只有背景中的春夏秋冬和晨昏午后。

情节画面感强一方面使情节不再以线性方式在时间流上展开，弱化了叙事的紧迫感，另一方面增强了情节的空间感，拉长了读者对情节发生背景的关注时间，强化了对人物心理和动作的表现力度。更重要的是这些画面以自然景象为背景，人物的行动在自然场景中展开，自然与人相互生发，从而生成一个个美丽的意象，像一幅幅活动着的油画，呈现出一种中国传统诗歌所特有的意境美。同时，值得我们注意的是，曾剑小说故事发生的场景分别是东北深山老林（《穿军装的牧马人》），北方边境（《冰排上的哨所》），松察河边的边境哨所（《在神圣的天空飞翔》），海岛（《向大海》），科尔沁草原（《岸》），乌兰图木山（《士兵的白天和夜晚》），这些场景远离都市和喧嚣，本身就有一种宁静和肃穆之美，我们几乎可以说曾剑在小说中构造了一个美丽的风景和美好的人物相映成趣的纯真世界。

情节心理化其实是造成情节画面感强的一个重要原因，是情节画面中的一个重要维度。小说中的情节画面之所以呈现出意境美和意象美的特点，最主要的原因是曾剑没有对画面中的人和物进行简单的客观摹写，而是将精微的心理描写与自然景物交融在一起，使之具有深深的意味。《穿军装的牧马人》开头"雪林人马初见"这个情节里，写黄叶青初到牧马场失望的心情，是这样的："那是个灰蒙蒙的冬日，连队一个满脸通红的老兵，把我领到一群军马前，把一只狗尾巴草一样的布满毛刺的旧马鞭递到我手中。我心里亮闪闪的希望，就在眼前的灰蒙蒙中淹没了。我没有立刻去接马鞭，而是把右手掌贴到胸前。我摸到了我的心，像这冬日山里的石头，又冷又硬。"我们眼前浮现的是跟心情相应和的景物：杂乱的狗尾巴草，灰蒙蒙的天空，冬日的群山，又冷又硬的石头。我们是在感知而不是被告知这种失望，所以更容易感同身受。《饭堂哨兵》写哨兵在夜色中站岗："机关干部用完餐，都离去时，寂寞的哨兵，感到夜的寒意很重。哨兵想起家乡山里的夜，是那么宁静，温暖。春天最后的日子，能嗅到山槐的香。天空是深蓝的，能看见云朵飘动，星星在云层里钻来钻去。""夜把他带到遥远的家乡，这个时候，家乡的田禾长势很好，蛙声开始鸣叫，宁静了整个乡村的夜。乡村的夜，是梦乡，那么甜美，他那么真切地嗅到了泥土的味道。"毫无疑问，这个饭堂哨兵是寂寞的，但是他的寂寞又是那么质朴与美好，是可以嗅到花香和泥土的气息的，是可以看见云朵的飘荡和星星的闪耀的，也是可以听到青蛙的鸣叫，所以，哨兵的寂寞有一种贴近乡土的踏实与温暖，充满稻香的甜美。

确实，在曾剑的小说里，我们有时很难将人物行动、心理叙写和景物描写截然分开，但也许就是这种你中有我、我中有你的杂糅减慢了叙事节奏，产生了一种悠悠的舒缓之美，让我们的心灵可以妥妥地安放在这些高山中、海岛上、田野间，和这些普通的士兵一起去感受日常生活的朴素之美。

小说语言的洗练之美

"语言是我们感受文学时的'第一遭遇',也是作家进行创作的'第一经历'。语言不仅是作家塑造艺术形象、表现审美意识的物质媒介,也是文学得以生存的基础和依据,是构成文学活动的'第一要素'。"①曾剑小说能够准确地表现人物精神的中和之美和达到叙事的舒缓之美,与他对小说语言的锤炼是分不开的。

曾剑在小说中多用短句。从某种程度上来说,短句其实是汉语句子的原生态形式,而修饰成分颇多、句意复杂的长句却是舶来品。中国很多文学经典都是用形式简单的汉语短句写就,从《诗经》到柳宗元的小品文,再到现代孙犁、汪曾祺的美文,都显示了汉语形式简练、表意丰富的特点。短句的运用可以使阅读更为容易,使读者更容易抓住文学形象,更容易体会文学意蕴。之所以能在简短的形式里表达丰富的意蕴,跟曾剑对修饰语和动词的精选不无关系。

如他在《穿军装的牧马人》中写黄叶青的外貌:"黑皮肤,娃娃脸,月牙眼,自来笑,这不就是个山里放牛娃嘛!"语气朴实,轻松活泼。他写原野上的马群:"白雪覆盖的高粱地空寂辽阔。那些白色的马,黑色的马,棕色的马,枣红的马。它们毛色发亮,像是抹了油。在雪地里,它们有的低头,有的仰望,在冰雪里'闲庭信步'。这些马的体型保持得很好,大都不胖不瘦,像军营里的男人,有着强健的肌肉。"这真是一幅漂亮的冬日高原牧马图!辽阔的雪原、各种颜色的雄姿英发的马像一幅油画一样出现在我们的面前,也为后来黄叶青爱上这群马打下了伏笔。他写黄叶青一个人的牧马生活:"为什么偏偏是我?为什么不能是我?这两个巨大的问号,像两把弯刀,砍着我脑子里的每一根神经,折磨着我。日后很长一段时间,我常站在山坡上,手握这两把无形的弯刀,胡挥乱砍,然后嘶喊,为什么偏偏是我?每当这个时候,我的那些马,都会抬起头,伸长脖子看着我。它们看不见我手中两把无形的弯刀,只看见我疯子一样手舞足蹈。看什么看!我训斥着我的'兵':都欠收拾!它们就老老实实低下

---

① 杨守森,周波.文学理论实用教程[M].北京:中国人民大学出版社,2013:84.

头，故意把草吃得唰唰响。"这段话中，人的动作极尽了"我"的委屈和孤独，而马的动作则写出人和马的良好互动，从而显示出"我"虽然孤独但并不悲观，有抱怨但是很可爱，一种丰富的人性美就在人马互动中自然流露出来了。

又如他在《冰排上的哨所》写"我"初到边境的这个哨所所看到的："这年冬天，兴凯湖只下了一场雪。雪不大，湖边的远山上雪若隐若现，像鱼的鳞片。山脚的柞树上，金黄的叶片顽强地挂在枝头，飒飒有声。柞树下，枯草东倒西歪，一绺一绺，像仕女的发髻绾在一起。看得出，这是一片未被砍伐开采的处女地。"从这些句子里，我们一下子就可以领略到这个哨所的环境：寒冷、冷清、清静、偏远，人住在这里肯定很孤单、很寂寞。

还有他在《向大海》写农村男人洗澡："我爹、我和小弟站成一排。大半盆水，一个毛巾。我爹洗了脸，退下，我上。我抓起盆里的毛巾，搓了一下，洗把脸，退下；弟弟夏天再上。之后，我爹洗前胸，后背。我爹抹后背时，两手反剪到背后，一上一下拽着毛巾。毛巾贴在他脊背上，像锯似的来回拉动；接着是我洗前胸后背，接着是夏天。接着我爹把毛巾拎干，放在右手上展开，左手撑开裤腰，右手伸进去，前后左右地掏着擦着，之后，把毛巾进盆里，系好裤子，退下。我上，我抓起毛巾，解开裤子，用左手撑开，……十二岁的弟弟夏天就走上前去，拿起毛巾，学着爹的样子，先解开裤腰带，裤腰仍卡在腰间。他把毛巾拧干，展开在右手上，左手撑开裤腰，右手伸进去，擦洗他那鼓溜溜的屁股。"这些动词非常形象地写出了农村们男人们简单、粗糙的洗澡过程，展现了农村由于资源缺乏导致的不卫生的生活习惯，这段回忆也从侧面很好地写出了海岛上的资源缺乏和守岛士兵艰苦的军营生活。

而曾剑小说中对比喻修辞手法的运用一方面体现了他对生活的细致观察，另一方面也展现了他对细节和场面良好的把握能力，以及他对文学语言"陌生化"特点独到的领会。"他（什克洛夫斯基）认为文学的本质就是作家用一种陌生化的手法使人们对本来熟视无睹的生活产生一种新认识。"[①]比喻的修辞手法就是作家经常使用的"陌生化"手法之一。"文学语言的表现力要深入到复杂细腻的情感世界，要使无法言说的感受、体验变成不可说之说，就要借助修辞武库里的各式武器，才能打造出一片个性化的抒情天地。"[②]曾剑就是善于使用

---

① 李荣启.文学语言学［M］.北京：人民出版社，2005.
② 李荣启.文学语言学［M］.北京：人民出版社，2005.

"比喻"这种"武器"的作家之一。我们可以从下面的例子中感受到比喻这种修辞手法的魅力。

比喻在《穿军装的牧马人》这篇小说中使用次数高达三十四次，如："这两个巨大的问号，像两把弯刀，砍着我脑子里的每一根神经，折磨着我。""西风的喘息从它嘴里传来，那里像装了一只破旧的风箱。""我听着它们（马和狗）走在雪地上踏出不同的声响，和着树梢的风声，像一曲美妙的音乐。""我的血管跳得更厉害了，像解冻的冰河。""我头皮一下子绷得紧紧的，像是被一双无形的手，死死地箍住。""团长语气平淡，却像冬日里的炊烟，让我感到家的温暖。"我的失望、西风的衰弱、马蹄声、我的恐惧和我的喜悦就被这些比喻表现得细致、生动。

《冰排上的哨所》就像是一篇散文诗，处处闪耀着冰雪世界的美景和边防战士的深情，这也是曾剑善用比喻的功劳，如："车从山脚驶上湖面，行在冰上，像行在裂纹密布的碎玻璃上。""夕阳西沉，紫红的光线涂抹在湖面，魔法似的将冰变成一片淡蓝，远近层叠的雪堆得像是蓝色波涛。""成片的紫，在夕阳里亮着，能看见淡紫的弧形地平线向两边泻去。湖面上空气清冷，冰在阳光下像耀眼的镜子，似乎是眨眼间，太阳隐去了，换成了月，毫无遮挡地将明澈的光洒在湖冰上。""因为气温太低，发电机一会儿像愤怒的狮子吼几声，一会儿像挨了刀的猪哼两下，功率极不稳，有时干脆灭了火，得去拽绳重新启动。""电视信号不好，没有图像，声音像从沙尘暴里传过来，沙沙响。""寂寞像阴影一样袭来"，等等。

正因为曾剑善用短句和比喻，所以他的中短篇军旅小说呈现出散文化的倾向，具有浓厚的抒情意味。他用舒缓的笔调，从容不迫地书写着普通士兵的故事，展现他们"怨而不怒"的情绪，情感质朴真实，让人感受到一种中国传统中特有的中和之美。

曾剑的写作，也像他小说的叙事节奏一样，不急不缓、从容有度、踏踏实实，一边深情地回望故乡，一边走进军营、深入普通士兵的生活，用心感受，用笔书写，用春日般的人性美温暖着为生活奔波的人们。

哪怕匍匐前行

曾　剑

一个作家的性格、气质，决定着他作品的风格。

我内向，怯弱，封闭，喜欢宁静，在创作上，我并无野心。面对《战争与和平》《静静的顿河》《金瓶梅》诸多名著，我仰视，如同站在静夜里，仰望星辰。

临渊而渔，不如退而结网，我也是要写小说的。捕获不到大鱼，小虾小蟹总会有的。

2001 年春，小说《今夜有雪》，发表在《青春》上，被《小说选刊》《作家文摘》《青年博览》等多家刊物转载。这是我没想到的，这是我真正意义上的一篇小说。这很小的成功，带给我巨大的鼓舞，奔涌的血流让我头脑发热，似乎我已是一名作家。事实是，我停滞不前。我抓起一个题材就写，《小说选刊》《小说月报》上那些头题小说，成为我的模仿之作。自然，那只是东施效颦。

直到六年后，《循着父亲的目光远行》在《解放军文艺》发表并获奖，我突然顿悟：几年来那些生硬堆砌的文字，尽管堆得很高，但那不是我的宫殿。我只适合一间小屋，如同营院一角的小哨所，海岛边沿一方瞭望塔。地面氤氲之气，海风腥湿之味，丝丝缕缕，浸入骨髓，我称之为"地气"。

至《今夜有雪》的发表，时光逝去十五年。十五年时光很漫长，是一名军人最黄金的青春年华，它足以改变一个人；十五年其实很短暂，就浓缩成这本书。写的都是基层部队的"边缘人"，理发员、通信员、牧马人、饭堂哨兵，他们其实就是另一个"我"。他们的寂寞，苦痛，他们的爱和恨，即我的寂寞，苦痛，爱和恨；他们的诗意与乡愁，即我的诗意与乡愁。比如《饭堂哨兵》里的那个无名哨兵，他的心理活动，就是我当新兵站岗时所思所想，"他内心深处的某种期冀，像紧绷了整个冬天的叶芽，正悄悄地打开""哨兵有一种无法言说的甜美，那感觉像是回到了村里那爿逼仄的麦芽糖作坊"；当班长"在机关饭堂前，一跺脚，点给他一个哨位"时，他失望了："哨兵满肚子希望，哗的一声，被震落在他庞大的膀胱里，就再也寻不着踪迹。"是的，我当时就是这么想的。喧哗之中的事总会随风而逝，唯有寂寞时的所思所想，铭刻在心。

但小说毕竟是以虚构为基础的文学文体，过多依赖个人经验，势必造成思想境界的狭隘，叙事方式的拘泥。作为一个完全靠自己摸索来进行小说创作的小说家，个人经验在叙事中逐渐淡化，可以看作是写作技巧的逐步提高。这是境界的问题，更是技术的问题。

我有提高么？我不知道，我只知道，我的姿态要放低，更低，在找寻到的适合自己的板块上，哪怕匍匐前行，亦是进步。

《我们去战斗》（2017年《人民文学》第8期、
《小说选刊》第8期）创作谈

温情叙事与诗意表达

徐艺嘉　曾　剑

徐艺嘉：读你的作品，发现你的文学之路是从基层连队起步的。受部队文化浸润成长起来的作家大都在作品中表现出鲜明的军营特色。你个人的文学是如何起步的？在你看来，部队文化对你的小说产生怎样的影响？

曾　剑：你说得很对，我的文学之路，的确始于基层连队。我的文学启蒙始自《解放军文艺》，连队图书室每一期的《解放军文艺》都是我的期盼。我后来写了一篇小说，《循着父亲的目光远行》，发表在《解放军文艺》上，得到王瑛老师的赞许，获了全军优秀文艺作品奖，这与我第一次看《解放军文艺》，已过去了十五个年头。旅程如此漫长，但却倍感温暖。

"不要跟风，别人写什么你就写什么。写现在的兵，写他们当下的军营生活，写你一个农家军人对军营独特的感受。"在全军中短篇小说笔会上，王瑛老师的话对我们业余作者是个启示。于是，我就有了获奖小说《士官的白天和夜晚》。后来又有了《一路同行》《军营：我走了》《花开四季》《饭堂哨兵》。

我想，如果我不当兵，我或许不会搞写作。但是，我从军了，激情燃烧的军营生活，让我慢慢有了书写的冲动。我在用笔述说中，忘却自己在现实生活中遭遇的困境与艰辛、窘迫与尴尬。

徐艺嘉：你的小说主人公选取的都是底层角色，讲述的也是寻常生活。《故事平淡》《士官的白天和夜晚》《饭堂哨兵》《"长工"麻三喜的壮举》，等等。从这些标题中就可窥见你关注的对象大多是普通的兵或是打工者，为何把这些底层小人物作为书写对象？

曾　剑：这与我的写作特点有关。我不是一个有才华的作家，我是一个写生活的人（我并非说写生活的人就没有才华，比如海明威，把他经历的生活写得如此撼人心魄）。我从来不懂写作技巧，不讲究文本，就是写长篇我也不会列提纲。我不懂写作理论。我的所有书写（除了报告文学）都是自发的，是生活中有这样一个人，引起我的好感、或者同情，甚至怜悯。于是，有一天清晨，他就跳跃在我的笔下。写自己熟悉的生活，我做到了。让读者有陌生感，我正在努力。我选择底层人，写底层人，是因为我其实一直生活在底层，我身边就是他们。你让我写省委书记，写将军，我肯定写不了，至少写得不像，因为我不知道他们怎么生活，每天都干一些啥。他们的生活对我来说太陌生。我无法写起来熟悉而同时给人陌生感。

说到陌生感，我这里要提到两位作家，一个是辽宁作家谢友鄞，他是我创作路上的老师，我经常上他那儿坐一坐。他认为，我写部队的作品，写得好，有滋味，小说味道浓。而我们中夙主任，则认为我的军旅题材写得有"匠气"，某些文字浮于表面，而一写我那个"竹林湾"，就活了，能窥见我血液里的东西。我觉得他们两人的评价都很有道理，但我想，这其中也有一个陌生感的问题。谢老师没当过兵，对军营生活不熟悉，我写军营，他觉得新鲜；而中夙主任，从小生活在城市，后来入军营，对乡村生活不是太熟悉，对我笔下的乡村人物和事件，觉得陌生，觉得有些趣味。这是我文学创作道路上给我帮助最大的两个人，他们的意见对我很重要，我无法取舍，于是，乡土和军旅题材兼而写之。

徐艺嘉：你小说中的主人公大多是失落的，笔墨重在表现他们的"生存"状态，而非"生活"。在小说里，对诸如哨兵、士官、黑鱼和一批农村到城市的打工者来说，他们是受压抑的群体，生存空间逼仄，为了获得更好的生活小心翼翼地经营得不到伸展的一小方天地。你似乎深谙这些人的心理，能否谈谈这种创作倾向的形成。

曾　剑：我创作这类小说，其实源于对这类人的同情乃至怜悯。你说得很对，我笔下的很多主人公，他们的"生存"状态，而非"生活"。因为现实如此，很多人真是只是"活着"，为"生存"而忙碌，而非"生活"，在这个浮躁的，高压力高强度的社会，"生活"真的是一件很奢侈的事。他们无法享受生活，只是为生存而奔波，艰难地活着。

我写这些底层人，说白了还是因为我熟悉这些人的生活。《饭堂哨兵》里的哨兵想转士官，《士官的白天和夜晚》里的士官想提干，《午夜飞翔》里的黑鱼，想挣得一笔钱，都是想解决"生存"的问题，或者说能更好地"生活"。但现实中，他们都未能如愿。《午夜飞翔》来源于我的一段真实经历。在高中一年级到高中二年级之间的那个暑假，我出去打工，坚持自己挣学费。南方暑假长，两个多月，白天干，黑夜里也干，有时干到十一二点，有时得上到二十多层高的楼顶，搬运隔热砖，没有保险措施。两个月下来，算账时，包工头只给五十块钱，说工资不高，我说，再不高，也不只这些钱。他说我挣的钱都让我吃了。的确，他们管饭，扣伙食费，但我们也没吃大鱼大肉，山珍海味呀。没办法，干不过人家，只得认了。好在这段经历写成小说，被几家刊物转载，加之原发刊物，稿费挣了五六千，算是把那个工钱给挣回来了。现在的农民工，状况要好一些，但是，到底有多好，怕也是个问号。

徐艺嘉：你的小说语言洗练、不拖沓，善用白描，几乎看不到特意刻画。同时对词汇的运用又是脚踏实地的，读者能感到一种"钝感"。对于小说语言，你是如何理解和看待的？

曾　剑：说到语言，我当排长的驻地是阜新，阜新文化局有一位作家，就是我前面提到的谢友鄞老师。我去拜访他，向他请教。他是我见过的当代作家中，最讲究语言的，精雕细凿。他的作品里，绝不允许多余的"的、地、得；着、了、个"，我永远也学不来。另外，我喜欢废名，他是我们湖北作家。废名的作品，看似简单，白描手法，表面如散文一般好读，却是蕴含哲学意味的，有些地方还读不懂。我喜欢萧红、汪曾祺这些人或者他们的作品，影响过我的语言。当然，每个作家都有自己的风格，是模仿不了的，也没有必要去模仿。我要做的，是在向他们学习的同时，跳出来，让自己的语言有特点，活起来。关于这一点，我做得还很不够。我认为，作为文学作品，语言是载体，是第一要素。就小说而言，故事非常重要，但要让最恰当的语言推动它走。

我喜欢简洁的语言，喜欢短句子，但这绝非一成不变。我认为长篇还是需要穿插一些长句子的。这两年很火的《繁花》，全部是简练的语言、方言、短句子。这是个特例，而且，整部书的故事，并没有完全的联系，像无数个短篇连缀而成。作者自己也说，是"一万个精彩的故事"。而这样的长篇，从头到尾，逐字逐句看下去的人，恐怕也不会太多。大多都会选看一些章节，以"一斑窥豹"，"一叶知秋"。在长篇小说里，适当地用一些长句子，运用概括性转换性的语言，像电影里的长镜头一样，这样，避免读者的视觉疲劳。莫言的小说，尤其是他的长篇小说，有意用这样的长句子，效果就非常绝妙。

徐艺嘉：和语言的简洁不同，你小说中的"情结"很浓郁，且带有某种诗意的象征，构成了不少小说的主题。比如《循着父亲的目光远行》，父亲对北京的向往和从军的痴恋是一家三个兄弟从军的原因，也是"我"在部队一步步向前攀升的动力。十年如一日地磨砺着自己，终于如愿当上了军官；《故事平淡》中的剪头兵苏橘和《饭堂哨兵》都寄托着一个可以上战场当一个真正军人的英雄梦；《再见黑水》《小汉口》都写到了男人为了追求现实中更好的生活而陷入情感纠葛……这些人物对于更高标准生活的欲望那么强烈，某种程度上说，他们的失落和压抑是由于欲望本身造成的。能否就这个问题谈谈？

曾　剑：人往高处走，这是人之常情，是现实存在。这种欲望无可厚非。但是，任何东西有个度。比如《循着父亲的目光远行》里"父亲"，《故事平淡》中的剪头兵苏橘，《饭堂哨兵》里的哨兵，都是一种美好的欲望，这种欲望，是积极的，催人上进的。而《再见黑水》里的"我"，和《小汉口》里的主人公"刘学盛"，都写到了男人为了追求现实中更好的生活而陷入情感纠葛。我虽然写了这样的故事，但是不赞成这样的做法。我其实不喜欢后面两部作品里的主人公，不喜欢为什么还要写？就像莫言的小说一样。我非常喜欢他的小说，十几年以前刚看文学作品就喜欢他的东西，而非获奖之后。他的所有书我都有。他的作品，也写贪官、腐败、阴暗，但他的作品里，会暗示这种东西是错误的。也就是说，他的东西，有一种暗语，一种导向，还是有阳光的。只不过，阳光在一个角落，你要越过这个墙角的阴暗，才能找到阳光。我写这样的小说，用意也在此。

徐艺嘉：本届鲁奖你的参评作品是《穿军装的牧马人》，写一个在部队放马十二年，一个"穿军装的牧民"在极端恶劣条件下与马群的感情，读来真挚感人。另一篇小说《冰排上的哨所》讲的是一群戍边官兵的艰苦生活，同样扣人心弦。在这两篇小说之中，其他小说中存在的注重表现作者本我的色彩逐渐淡去，而是以清淡的笔调写出了人的超然。能否谈谈这种转变？当小说中心和主题从逐渐"本我"向"他者"转移，是否达到了对以往作品的超越？

曾　剑：这两篇作品，写的的确不是我，不是我熟悉的生活。先说《冰排上的哨所》吧，这样的哨所，在我们战区的确存在，先是新闻记者去写，然后报道。首长对这个哨所很满意，但他们认为新闻报道不足以表达哨所的深度。他们认为应该用文学的形式表现出来，于是我奉命前往。

那是一次危险的采访，且不说坐在车里行走在冰面，路滑，我们住的小木屋，可能会因为冰裂而整个陷进冰窖里。但是，必须有人守着，否则，利益的驱使会让很多人去俄罗斯那边捕白鱼。白鱼污染少，一斤二百元，一车就是几十万。下网，高科技捕鱼，一晚上能弄一车，但会与俄方产生纠纷。边防无小事，事事通北京，这还了得！于是，必须要人守卫。这其实也是为老百姓好，不少人因为在那里偷鱼，掉进冰窟，冻成残废，甚至亡命。

我坚持要住在冰上，我不住，无法深切体验。团长怕有危险，不让住。我说，兵可以住，我为什么不能住？兵就不怕危险？我坚持。于是就有了《冰排上的哨所》。这篇小说我几乎是用散文化的笔调来写的。在军艺中青年作家班作品研讨会上，还进行过研讨，得到同学们不少表扬的话，他们说很受感动。这说明正面描写军营的作品，如果写得质朴，真实，还是能得到认同。

至于《穿军装的牧马人》，是我的一个偏得。我本来是去采访这冰排上的哨所，他们的谢团长谈到他们的马，是我们战区唯一的马队，有编制，但算不上骑兵，因为是一群被淘汰下来的马。但因为它们为部队的建设做出很大贡献，于是，给它们养老，不准杀了吃肉，不准拿去卖钱。我就想去看看这些马。边防连，一个连与另一个连，相隔七八十里，上百里，团长说，离得太远，冰天雪地，还是不去吧。我坚持要去，我说，给找个稳当一点的司机，慢点开。团长就让他的司机，开着他的车送我。那是一个三期士官，老兵。我所见的营房，无论怎样旧，但都是干净，整洁的。结果出乎我的想象，马班，那是我见过的最脏的营院，因为是马棚。放马的兵，就在马棚旁住，烧炕给马取暖；那是我见过的最脏的兵，身上都有味，战友都不敢靠近他。

小说发表后，有评论家说我有小说里提出了"我是谁"的问题。其实，我不是有意提出的，我还没这个思想高度，这话都是那个放马的兵的原话。他说，当他在这边吃苦，那边对象认为他"就是一个穿着军装的农民"，跟他黄了时，他特别委屈，特别难受，他就在雪地里哭，跟着马群哭，一路哭了好几里地，面对马群问："我为什么来当兵，我当兵来为什么？"他不想当放马的兵，可是，他又不忍心让马饿着，饿着他心疼。他想走，离开连队，可年底，真面临走与留，他竟然还舍不得他的马。他是家里最小的孩子，唯一的男孩，老父亲去世，他竟然没能回去看一眼。我在乡村放过牛，但没有放过马。我不知道，马在冬天还要去放牧。我采访他时，他是从雪地里，匆匆把马赶到马棚的。他的脸冻得像"高原红"，这样的兵，太不容易了。他跟我谈这些事的时候，强忍着笑，但眼里挂着泪。他当时很冷，靠着暖气包，我看见他冬季迷彩裤上，冰正融化成水，往地上滴落。我的眼泪也从睫毛上滚落。我想，作为一个军旅作家，这样的兵我们不写，那么，我们该写谁？

边防兵不容易，艰苦是其次，主要是寂寞，无聊。刚到部队，一看，江对面，或路那边，就是外国，好像很新鲜，可是，一天两天新鲜过后，就觉得没意思。我理解他们，我还要写边防哨所。他们值得抒写，无需拔高，原生态地写出来，就是一篇感人的作品。

《穿军装的牧马人》在《解放军文艺》首发，被《小说选刊》《新华文摘》转载，入选几种年底选本，并获茅台杯《小说选刊》奖。《文艺报》发表了专题评论文章，赞许这篇小说是一股"挺立的精神力量"。小说给我带来了一定的声誉，这是我深入边防采访的结果，也得益于我在这片贫瘠的路上，寂寞坚守。但我不认为这个短篇，是我小说创作上的一个超越，它只说明我碰到了一个好的题材，只证明我往前迈了很小的一步。

徐艺嘉：你的文学滋养源于哪里？

曾　剑：源于我的生活。我出生在大别山南麓，属于山区与丘陵交汇处。我有着十几年的农村生活经验，后来到城市当兵，读军校，有了军营生活，城里人的生活，生活阅历还算丰富。我就在丰富的生活中，挖掘我最为熟悉的人，作为我的主人公。我很少写到大人物，几乎连职以上的军人都没写到，因为我从没当过像样的官，我不熟悉为官的生活，我只想把我的小人物写好。饭堂哨兵、业余理发员、战马饲养员、边境巡逻哨兵等。有评论家说，曾剑写这些小人物的作品总是弥漫着一股脉脉的温情。我想说的是，这些温暖人心的细节，绝非我的想象。我能想象得到，兵会为我一个去采风的作家暖脚，却绝对想不到他们会用热菜的微波炉给我烤鞋垫。这样的细节，照搬进作品中，无需修饰，自然感人。

我身处军营，受部队培养；我行走于东北大地，这是一片文学的沃土。我是幸运的。我在这两个领域，完成了由一个业余作者向专业作家的转变，由自发的小说写作，逐渐进入理性的创作境地。当然，我仅仅是完成了我一个阶段的写作，路还很长，想写的东西很多，我发表的，只是其中很少的一部分，还有很多生活，有的储存在脑子里，等着慢慢去写；有的，埋在心灵深处，永远不能写。这才是生活。当然，这并不是说我的生活无限美好，我是从一个作家的角度来说的，是生活为我的写作提供了极大的可能。

创作年谱

一、小说作品 (年鉴)

《枪炮与玫瑰》 长篇小说 解放军文艺出版社出版

新浪网连载 2009 年 9 月

《午夜哨兵》 短篇小说 《辽宁日报》 1996 年 9 月

《平淡如歌》 短篇小说 《鸭绿江》 1999 年第 8 期

《今夜有雪》 短篇小说 《青春》 2001 年第 2 期

《小说选刊》 2001 年第 6 期

《作家文摘》 2001 年 3 月

《青年博览》 2001 第 8 期

2001 年《年度军旅短篇小说精选》

《再见黑水》 短篇小说 《西北军事文学》 2001 年第 2 期

《冬去春来》 《解放军文艺》 2001 年第 2 期

《炮长》 《解放军文艺》 2001 年第 2 期

《一路同行》 《解放军文艺》 2001 年第 2 期

《小小说选刊》 2001 年第 7 期

《作家文摘》 2001 年 3 月

《前进报》（配作者照片、简介、创作谈）

《情人节的红玫瑰》 《佛山文艺》 2001 年第 10 期

《小汉口》 短篇小说 《青年文学》 2001 年第 11 期

《押运》 中篇小说 《神剑》 2002 年第 3 期

《军嫂楼》 短篇小说 《西北军事文学》 2002 年第 3 期

《闹洞房》 《青春》 2002 年第 8 期

《地震岛》 《青春》 2003 年第 4 期

《我们是兄弟》 《解放军文艺》 2005 第 10 期

《"长工"麻三喜的壮举》 《青春》 2005 年第 10 期
获 2005 年南京文艺界读者最喜爱作品奖

《士官王卫墩》 《解放军文艺》 2006 年第 2 期

《循着父亲的目光远行》 《解放军文艺》 2007 年第 12 期

《花为谁开》 《青春》 2007 年第 3 期

《拉练》 《西北军事文学》 2007 年第 4 期

《月夜的忧伤》 《青春》 2007 年第 7 期

《回家过年》 《鸭绿江》 2007 年第 10 期

《午夜飞翔》 中篇小说 《鸭绿江》 2008 年第 3 期

《小说选刊》 2008 年第 4 期

《中篇小说选刊》 2008 年第 3 期（双月刊）

《西瓜缘》 短篇小说 《鸭绿江》 2009 第 2 期

《我做错了什么》 短篇小说 《鸭绿江》 2009 第 2 期

《到东北来看雪》 短篇小说 《西北军事文学》 2009 年第 3 期

《绥芬河的月》 短篇小说 《长城》 2009 年第 3 期

《血染黄昏》 短篇小说 《西南军事文学》 2009 年建国 60 周年特刊

《士官的白天和夜晚》 短篇小说 《解放军文艺》 2009 年第 8 期

《武湖梦》 中篇小说 《鸭绿江》 2010 年第 1 期

《中篇小说选刊》 2010 年第 2 期

《雪地有个兵》 短篇小说 《作品》 2010 年第 2 期

《一路同行》 短篇小说 《解放军文艺》 2010 年第 5 期

《军营：我走了》 短篇小说 《解放军文艺》 2015 年第 5 期

《故事平淡》 短篇小说 《解放军文艺》 2011 年第 5 期

《绥芬河的月》 短篇小说 《长城》 2010 年第 3 期

《那年的那场雪》　　短篇小说　　《十月》　　2010 年第 5 期

《像白云一样飘荡》　　短篇小说　　《文艺报》　　2012 年 7 月

《小说选刊》　　2012 年第 9 期

《行军辽西》　　短篇小说　　《西北军事文学》　　2013 年第 3 期

《饭堂哨兵》　　短篇小说　　《解放军文艺》　　2012 年第 9 期

《小说选刊》　　2013 年第 1 期

《到东北来看雪》　　《西北军事文学》　　2012 年第 5 期

《活到黎明》　　短篇小说　　《解放军文艺》　　2012 年第 3 期

《花开四季》　　中篇小说　　《解放军文艺》　　2010 年第 11 期

《秋水》　　短篇小说　　《神剑》　　2013 年第 3 期

《黄金窑》　　短篇小说　　《西南军事文学》　　2013 年第 3 期

《飘香的豆腐渣》　　短篇小说　　《文艺报》　　2013 年 6 月

《冰排上的哨所》　　短篇小说　　《解放军文艺》　　2013 年第 6 期

《在神圣的天空飞翔》　　短篇小说　　《解放军文艺》　　2013 年第 6 期

《穿军装的牧马人》　　短篇小说　　《解放军文艺》　　2013 年第 6 期

《小说选刊》　　2012 年第 7 期

《少年醉》　　短篇小说　　《文艺报》　　2014 年第 5 期

《雪花白雪花飘》　　短篇小说　　《解放军文艺》　　2014 年第 2 期

《岸》　　《人民文学》　　2014 年第 8 期

《大雨倾盆》　　短篇小说　　《作品》　　2015 年第 11 期

《向大海》　　短篇小说　　《解放军文艺》　　2015 年第 12 期

《小说选刊》　　2016 年第 1 期

《疯狂的传单》　　短篇小说　　《飞天》　　2016 年第 2 期

《漂流瓶》　　短篇小说　　《当代小说》　　2016 年第 2 期

《父亲不在家的夜晚》　　短篇小说　　《星火》　　2016 年第 2 期

《二十四年：铁打的营盘流水的兵》　　散文　《解放军文艺》　　2016 年第 6 期

《远去的铁锤声》　　中篇小说　　《鸭绿江》　　2016 年第 10 期

《月光洒满河床》　　短篇小说　　《当代小说》　　2016 年第 12 期

《二伯在岛上》　　短篇小说　　《海燕》　　2017 年第 8 期

《我们去战斗》　　短篇小说　　《人民文学》　　2017 年第 8 期

《小说选刊》　2017年第8期

二、结集（年鉴）

《士官的白天和夜晚》　《2010年中国军事文学》年度选本
　　解放军文艺出版社　2010年12月第1版
《饭堂哨兵》　《2012年中国军事文学》年度选本
　　解放军文艺出版社　2012年12月第1版
《穿军装的牧马人》　《2013年中国军事文学》年度选本
　　解放军文艺出版社　2012年12月第1版
2013年茅台杯获奖作品集《中国好小说》
　　漓江出版社《中国年度好小说》
《解放军文艺600—700期纪念文集》　短篇小说卷（上）
　　入选《循着父亲的目光远行》　中篇小说
　　解放军出版社　2013年9月北京第1版
《解放军文艺600—700期纪念文集》　短篇小说卷（下）
　　入选《士官的白天和夜晚》　中篇小说
　　解放军出版社　2013年9月北京第1版
《向大海》　《2015年中国军事文学》年度选本
《冰排上的哨所》　小说集　2017年8月1日　　北岳出版社

三、小说获奖（年鉴）

《长工麻双喜的壮举》　短篇小说
　　2005年南京市文艺界读者最喜欢作品奖
《循着父亲的目光远行》　短篇小说
　　2007年度优秀军事文学作品奖
　　十一届中国人民解放军优秀文艺作品文学类二等奖

《回家过年》 《鸭绿江》 2007 年第 10 期
　　《鸭绿江》短篇小说奖
　　2007—2008 阜新市文艺作品金奖
《士官的白天和夜晚》 短篇小说
　　全军军事文学小说评奖一等奖
　　2008—2009《解放军文艺》优秀作品奖
《雪地有个兵》 短篇小说 《作品》 2010 年第 2 期
　　全国军旅文学大奖赛三等奖
《饭堂哨兵》 短篇小说
　　2011—2012《解放军文艺》优秀作品奖
　　辽宁文学奖
《像白云一样飘荡》 短篇小说
　　第十二届全军文艺优秀作品奖三等奖
《穿军装的牧马人》 短篇小说
　　20013—2014《解放军文艺》优秀作品奖
　　茅台杯《小说选刊》优秀作品提名奖

四、剧本创作

《与您同行》2013 年
　　沈阳军区文工团演出数场
《东北抗联》2012 年
　　沈阳军区政治部存档

五、纪实文学作品

《荒漠雷锋林》 《解放军文艺》2003 年第 11 期,《青春》第 4 期
《同心林》 《解放军文艺》2004 年第 3 期

《不熄的火炬》 《解放军文艺》2013年第9期

《十年一梦磨成剑》 《解放军文艺》2014年第1期

《雪域雄鹰降巴克珠》 《中国人物传记》2014年第2期

《边塞风流》 《解放军文艺》2015年第4期 《中国人物传记》2015年第9期

《阅兵村纪事》《文艺报》2015年10月13日 《中国人物传记》2015年第11期

《阅兵场上的和声之美》 《解放军报》2015年10月11日

（备注：以上为近年发表部分作品，所发诗歌散文零散，整理烦琐，未列其中）

六、文学活动

2007年9—10月，辽宁文学院第五届新锐学习班

2010年3—7月，鲁迅文学院第十三届中青年作家高级研讨班

2013年3—7月，解放军艺术学院首届中青年高级研讨班

2013年9月，全国青年作家创作会

2015年9月—2016年1月，鲁迅文学院第二十八届中青年作家高级研讨班（深造班）

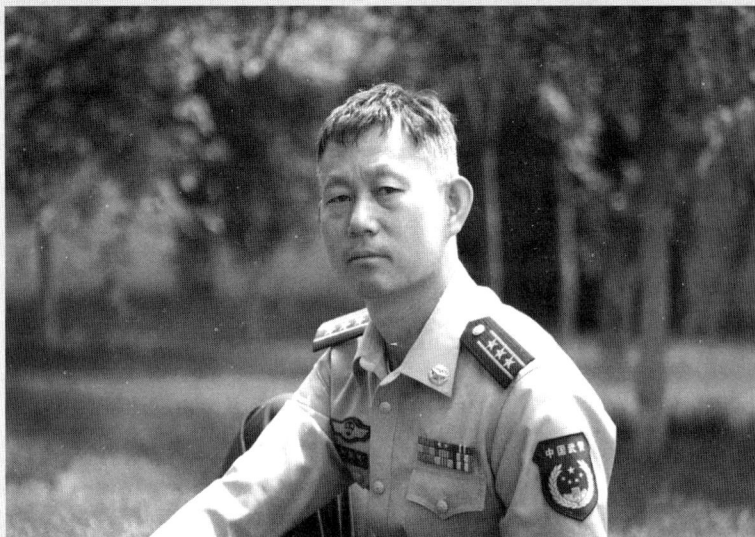

胥得意，鲁民第 17 届学员班长。1973 年出生，蒙古族，笔名付弛远，解放军艺术学院文学硕士，中国作家协会会员，中国报告文学协会会员，中国少数民族文学学会会员、中国剧作家协会会员。主要从事小说、报告文学创作，综艺晚会编导等。小小说金麻雀奖得主。短篇小说《弹道有痕》获全国大学生征文一等奖。编剧、导演的微电影《大山深处特种兵》《奔跑的方向》《努力过，就好》获武警部队一等奖和全军二等奖，动漫《强军梦的召唤》《远山的呼唤》获武警部队一等奖和全军一等奖。

发现军旅生活的"存在"

傅逸尘

当文学越来越成为消费时代人类精神漫漶的表征，它的基本使命是否还是为了抚慰心灵，探究存在？至少，在我的内心，是一直对文学存有这样的梦想。然而，在具体的阅读情境里，文学带给人的往往是一片轻盈的迷惑，它既不能帮助人解决生活问题，也不会减少这些问题。也就是说，文学并不具有真实地解决人们现实生存中所存在的问题的功能。谢有顺说："文学在任何时候，都是人类心灵里一种隐秘的奢侈念想，也是人类了解自身存在境遇的一条细小管道。假如文学不再集中描述存在的景象，也不再有效解释精神的处境，那么，文学也就不再处于它自己的世界之中了。"

文学之所以是文学，或者说文学数千年来与人类社会的发展不离不弃，就是这样的不可思议，甚至吊诡。军旅文学半个多世纪以来虽然一直高蹈着崇高理想与英雄主义，坚守着提升人类精神的使命；但进入 21 世纪以来却被世俗化与欲望化叙事所裹挟着，在历史与传奇的想象里一路狂欢而去。精神语境的弱化，价值判断的多元化，新的文学生产与消费机制的建立，似乎形成了一股巨大而无形的吸引力，诱惑着军旅文学沿着世俗、欲望与经验搭就的捷径一路滑行，而与曾经值守耕耘的精神家园渐行渐远。21 世纪以来的军旅作家普遍标榜"经验"写作，崇尚传奇故事。诚然，经验在 21 世纪初年军旅文学中的全面崛起，带动了故事的复兴，引发了影视剧改编的热潮；但经验甚至更多的时候是承载和表征着以往与过去，也就是历史；经验的叙述如果疏离了对生活现实的真切而富于痛感的体验，疏离了对当下真实存在的探寻和精神境界的营构，便会沦为一场失去重量、丧失难度的写作表演，长此以往，军旅文学的深度和力度亦将大打折扣。

当我持续地大量阅读 21 世纪以来的军旅文学作品，并对诸多军旅作家作品进行批评的时候，我不得不说，真正描写当下纯粹的军营生活的作品实在太少了，少到几乎被悬置和遗忘的地步。这样讲并不是说军旅文学在当代中国文学现实格局中已经式微；情况正好相反，21 世纪以来的中国文学恰恰以军旅长篇小说为主潮，建构了 21 世纪初年文学的"主流意识形态"，并对中国社会思潮与人们的精神理想施加了极其重要的影响。但回顾这一主潮时不难发现，构成军旅长篇小说的主体部分却是历史与传奇。当代读者对历史与传奇的迷恋显然与理想的虚无与思想的贫乏有关，于是，在 20 世纪八十年代末被人们轻易抛弃的革命理想与道德伦理重新成为一种思想资源与理想乌托邦。问题是，这一源自革命战争时期并延至中华人民共和国成立初期的革命理想与道德伦理毕竟已经远离了人们的现实生活，它可以在瞬间里抚慰一下人们空幻的心灵与浮躁的情感，却不能真正解决当下人们的困惑与虚无。这也是 20 世纪末以来的"新历史小说"及"红色经典"改编剧的历史性宿命。换句话说，文学终究还是要面对当下现实，还是要面对当下人们的存在，面对人们的思想与精神的困境。并不是说所有的作家都要在自己的作品给出挣脱这一困境的方式与方法，但你一定要去触碰它，这才是文学存在的价值与意义，才是真正的文学之境。用文学滞后说来搪塞远离现实的现象说明其并没有进入文学的本质，甚至是一种反文学；因为强调对当下现实的关注并不在生活的表层，而是对时代精神的把握与表现。当下军旅文学在这两个层面上都严重缺失。

在阅读胥得意的作品时，我突然想起中国的一句历史久远的俗语——"铁打的营盘流水的兵"。我感到眼前一亮，我想，我可能找到了解读他创作的钥匙了。都说作家需要灵感，批评家又何尝不需要灵感呢？不必去翻看相关的词典，只要去读胥得意的作品便会自然地领会到它的意义与内涵。胥得意之所以极其耐心与细腻地讲述和描摹普通士兵的生活，其写作理论一定是与这句俗语有关。在我的想象里，这句俗语真实地描述了胥得意内心与情感的深处之痛，虽经世事沧桑，却难以平复。这句俗语后来又幻化成了一种诗的意象，这意象与胥得意的生命与灵魂叠印在一起，召唤着他的文学之路。数十万字的作品一方面阐释了这句俗语的内涵，另一方面则舒缓了胥得意难以平复的心灵深处的痛感。

如果说胥得意最初的对普通士兵生活的抒写是源自他曾经的经历、对那段生活的深厚感情以及生活本身给他的痛感；那么，他后来的持续的抒写与坚守就不能不与他对当下社会现象及文学思潮的理性思考有关，他显然意识到了上述问题与他的文学理想的本质性差异。胥得意的写作无疑是当下军旅文学纷繁背景下最为纯粹独特的风景，他的文字清新通透，质朴自然，绝无矫揉造作，亦少华丽辞藻；但却往往在静谧的叙述中蕴藉着温婉的感伤，积聚着动人的情绪。没有"好看"的故事，没有曲折的情节，没有传奇的人物命运，没有夸张的戏剧冲突，没有引人眼球的噱头，没有世俗生活的喧嚣；有的只是一幅幅基层官兵的速写，寥寥几笔，单个看只是一个轮廓，甚至眉眼都不清晰，但将它们拢到一起，整体观察，却是一尊巨大的军人灵魂的雕塑。可以说，胥得意的叙述和描写是沉静耐心的，也是平实深刻的；你甚至会觉得安静得有些笨拙，孤独得有些悲壮，他就像一个忠实而隐忍的守园人，年复一年地看护着沉寂的营区，见证着军旅生活的"存在"，守望着职业军人的精神家园。

荷尔德林说，文学是为"存在"作证。"存在"是文学的精神边界，"存在"也是文学的永恒母题。那些伟大的文学一直在为人类的基本在场做出描述，解释和辨析——这是它的根本价值所在。胥得意的十余部小说、小小说、纪实文学作品正是在这一意义上，见证了他探寻军旅生活常态的执着努力，也体现出了他对当下军旅文学"猎奇"之风的坚定反拨，更彰显了胥得意以此建构、解读军营亚文化的文学抱负。

沉默的老兵

胥得意

下午三点的阳光实际上要比正午的阳光充沛得多，像是一把把从天上伸出来的剑直刷刷地抵到树叶上、水面上、道路上，细听起来有些响动。营区道路两旁的柳枝就那样无精打采地站着，好像一颗颗受了批评的头颅。事实上，到了后来陆曲的头低得比这些树枝还要垂，垂得都要让胸骨支撑不住了。轻微的风从营区一隅的鱼塘水面上掠过，无数细密的碧绿色波纹从此岸一直推向彼岸。紫燕飞快地俯冲过来，尖尖的翅膀迅速地划破水面，看来它是不甘于日子就这样平淡无奇的。就在那重重叠叠的涟漪碎出的道道裂痕还没来得及愈合时，鱼塘边传来的一声惊叫让这样的营区再也安静不下来了。

正是演习时节，团长、政委以及其他团首长半个月前带着一百多辆车，浩浩荡荡地开向了位于草原深处的军区综合训练场。当然，他们不仅仅是带着一百多辆车，一千多号人，他们还带着特制的袖标，袖标上面准确无误地印着他们在战争中的相关职务。袖标往左臂上一戴，这些指挥员们的腰杆好像挺拔出来许多，眉宇间也多了一些像模像样的气质，尤其是交叉在胸前的手枪套子和作战指挥包，硬生生地把一块块胸肌给勒得十分突兀，军人味一下子就迸发了出来。没有战争，他们只能在一次次这样的演习过程中臆想战争的感觉。他们进入角色很快，因为这样假想的次数太多，眼前真好像有着千军万马在跃动。

演习的时间每年都是固定在同一个时段，参加的人员也都是预案中的那一班人马。不论你有多大的才能，如果走上了副政委、副团长或副主任等岗位，在演习中基本上就是充当"打酱油"的角色，或者后留。后留是部队里比较流行的军事用语。通常讲的是大部队离开营区执行某项重大任务，而一些派不上用场的官兵留在营区看家守院。当然，后留也是要有领导的。

出发前，团长拍着副政委陆曲的肩，语重心长地说："在家辛苦你了。你现在就是'一号'了，回来我们一起喝庆功酒。"

陆曲一时找不出哪一种表情更适合面对团长，却还要往脸上挂上几丝荣耀："放心，感谢信任。回来我们给你们接风。"

车队隆隆启动了，威风凛凛，又气势磅礴，没有谁相信他们会打败仗，一副稳操胜券的样子。营区的门口停下了许多路过的地方车辆，司机从车窗探出头来，他们看见车队里处处露着腾腾杀机。

早些年呼风唤雨的炮兵营陆营长现在的副政委陆曲怅然若失地望着那支蜿蜒数里的车队，他能够听到早些年前在他的口令下炮阵齐啸的轰鸣。回过头，他看到了身后站着的三五十号送行的官兵，忽然觉得肩上的担子很重。重得有些让他喘不过气来。这些后留的兵融合了肩周炎、肾结石、哮喘病……基本上都与伤病有关，他简直成了荣军院的院长。

最让他有些不可思议的是竟然还有两个"病号"是刚刚割了包皮。"长点就长点吧，不耽误吃不耽误喝，非要赶在演习前把那点多余的肉割掉，真是上不了阵的孬种。"陆曲在心里不由得对那两个将要与他共同完成留守大业的战士有了些成见。

留守工作的难处陆曲是知道的，或者说是深受其害。八年前，就在他当指导员时，他因为踢球伤了脚而被确定为后留，负责抗洪期间全营的留守工作。结果，炮兵二连叫朱二虎的兵在垃圾堆里像是中大奖一样拣到了一枚地雷引信。那个和名字有些相仿的战士"虎劲儿"上来了，他竟然把引信引爆了。结果，朱二虎左"虎爪"上的三个与生俱来的手指从他身上永远谢幕了。

朱二虎惊天一爆，失去了三个手指头。但那个事件中唯有所得的是陆曲。陆曲得到了一个记过处分，理由是工作不尽职。

朱二虎退伍时，陆曲特地赶到二连为他送行。陆曲从衣袋里掏出来一个引信模型塞到了朱二虎手里，拍了拍他的肩，还没等说出点啥，眼泪就流了出来。

朱二虎伸出手，满不在乎地用昂然傲立的大拇指给陆曲揩眼泪。剩下的那个小拇指固执地在陆曲的眼前跷着。朱二虎这一个动作只差一点把陆曲逗笑了，陆曲当时莫名要涌出的泪水一下沉回了眼底，他有些不知所措地看着朱二虎这个长得十分奇怪的手，一时竟不知眼前这两个手指到底哪一个是朱二虎竖给他的。

全团最优秀的指导员陆曲同志从此在正连的位置上磨练了五年。后来，他的能力和敬业精神在领导面前树起了足够的信任，职务才摇摇晃晃地往上爬了爬。

多少年了，陆曲只要一闭眼，朱二虎一伸出来代表"陆"字的左手就在陆曲的眼前晃动着。有时陆曲暗暗地骂，这老天也真是天才的导演，真他妈的会炸，愣是把那好端端的白嫩嫩的手炸成了他的姓。而那只手这么多年了，就是那样不屈不挠地在他眼前竖着，像是一双长出翅膀的小鸟要飞翔的姿势，这个姿势也总给陆曲带来无数感想。平安是福呀。可是军营里哪能有那么多平安，这是一个相当危险的工种，玩的就是命，无非就是你赶上没赶上要你命的事。战争真要是打响了，谁敢说我转身往回跑。无非是和平的时日久了，有时人就会把死这个事忘一边了。想想也挺可悲。

陆曲每天天一亮就从热乎乎的被窝里钻出来。后留的人员不用训练，就是打扫营区卫生和站哨，但最关键的是一点也不能出事，不能出哪怕一点点的事。陆曲有过深刻的教训，所以对后留工作就格外地上心，拳头那么大的心脏要是掏出来给别人看一看，那都要成碎片了。

陆曲从小在部队里长大，也就是说从他长这么大就是看着炮车炮阵过来的，从父辈那里延绵来的血液里奔淌的就是军人的气质。在内心里，他是喜欢战场的，也总在把自己当成一个战场指挥官来看待，他家里本来不大的房间硬是让他给弥漫出了十足的战争味道。军事类书籍整整占了一面墙的位置，地中央是一个自制的沙盘，正对着门的墙上整齐地挂着军用挎包、水壶、武装带，还有一顶钢盔，好像他在家里时时面临出动一样。一次，军校的同班同学到家里做客，看到陆曲把屋子装修成这个样子，有些吃惊："你竟然在看这些书？就是打仗了，也轮不到你一个搞政工的去指挥。何况你还是一个副职。你是有什么梦想还是过于天真呀？"

同学是十几年没见了，陆曲不好驳他的面子，只是不尴不尬地笑了一下，笑了一下之后那表情就挂在心上了，像是冻住的波澜，退不去，也兴不起浪，最主要还是同学说出的"副职"对陆曲有了刺激。早些年，他还是营长的时候，团里副政委在一个座谈会上讲了一个顺口溜：副官副官，就是值班；看看报纸，抽点闲烟；待着没事，转转小圈；若再没事，扯扯床单。当时，他听着这些话，心里想还真是那么回事。可是轮到自己上任了，他又觉得副政委的总结简直是瞎扯。计划生育的事他要管，要不断地向计划生育检查组汇报全团干部家属优生优育情况，以至于细致到使用节育药和节育工具的比例是多少，他一个当初威风八面的炮兵营营长竟要用当初下达群炮射击的声音尽量温婉一点地来讲这些数字，这且不说，哪个干部、士官结婚、离婚都要他审批，头胎指标要他签字，上访的、告状的、干部福利、纪检工作，等等，总之团里的"破事""烂事"都得归他管。呵呵，陆曲官不大，权大着呢。

即便这样，陆曲还是喜欢军事指挥。他明明知道自己这个梦想没有机会实现，可他还是要去琢磨。哪个纯粹的军人不喜欢打仗呢？打仗要死人，要受伤，这都是要面对的，陆曲有这方面的准备，这在他当年报考军校的时候就决定了。那年他十八岁，正在边境一线指挥作战的父亲认认真真征询了他的意见。陆曲被作战参谋叫到了作战值班室接他老爹从前线打回来的电话。他老爹对他散养惯了，直到听说儿子报考炮兵指挥学院这个消息的时候才忽然发觉儿子长大了。在电话里，身在一线的师参谋长听到了他儿子的掷地有声的回答，人固有一死嘛，军人就要死得轰轰烈烈，死得其所。参谋长在电话中沉默了一会儿，说，蛐蛐呀，你长大了。作战参谋看着参谋长的独生子眼睛直直地盯着作战地图，而眼睛里却喷射着一股年轻的朝气，那朝气有些锐不可当。后来，陆曲在无数次教育上，对战士们重复他当年回答父亲的这句话，只是听的人不知道这句本该让人热血沸腾的话怎么被陆曲讲得像是电影台词。不过陆曲每次讲句话时，脑海深处还会响起父亲叫他的那句"蛐蛐"。蛐蛐是他的乳名，父亲给他起的。父亲把这个名字一直叫到他十八岁，自从他考上军校之后，他就成了父亲口中的"陆曲"。很多时候，陆曲都希望父亲还是像以前一样称呼他非常喜欢的这个乳名，但是父亲再也没有叫过。即使父亲离世前把他叫到身边时，叫的也是"陆曲"。跪在父亲遗像前，陆曲哭得非常伤心，那时候他真真切切地感觉到了自己是一个没了父亲的孩子。这个世界上已经不再有蛐蛐，只剩下一个叫"陆曲"的人要很男人地活着。

　　　　　　　　　　　　　　　"新生代军旅作家"面面观 |

两天前，一个新兵在医院住院时被一个实习护士成功俘虏了爱情。结果女方家长扑灭不掉女儿熊熊燃烧的爱情火苗，就带着三个亲戚到了营区门口，非要面见领导。陆曲接到报告后让纠察队把那一行人挡在了门外。然后，立即派人到医院把那个沉浸在爱情中的列兵接回了营区。他怕女方家长一旦急眼，小战士吃了亏他就没法向战士家长交代了。他相信不出三天，那个小列兵一定会放弃这段爱情，从而也少了女方家的是非。

就在陆曲还没来得及给那个列兵单独谈论爱情与事业的关系时，营区里又出了一把事。后勤处士官谌时贵的对象从广西风尘仆仆奔到了部队，一进营区就从怀里掏出了一张捂得热乎乎皱巴巴的纸。上面赫然写着："打倒陈世美!"谌时贵和村里这个女青年相处了一年之后，因为性格不合宣布爱情合作至此结束。其实，一年来女方在内心里也不喜欢谌时贵，可是非就出在了部队的工资调整上。原先一个月只领不到二千元工资的谌士官，工资瞬间跃升到三千挂零，这在他们那个极度贫穷的村子来说，几乎成了唯一有稳定收入的无忧人群。女方再三核计之后，跑到了部队找组织讨说法。要不让谌士官和她接着处，要不就赔偿她精神损失费。

陆曲一个电话把谌世贵请到了办公室，结合自己有限的法律知识，开始陷入了谌士官与女青年是否有事实婚姻的调查之中。

鱼塘边传来的那声惊叫，陆曲没有听到。但是五分钟后气喘吁吁跑来的保卫股长煞白着小脸告诉他，出事了，而且事不小。

陆曲听到保卫股长急三火四的汇报之后，把头仰向了天空，足有三分钟一句话也没有说出来。他看见天边的火烧云此时像马血一样涌进了他的眼睛。他似乎听见了科尔沁大草原深处的靶场里所有指向苍穹的炮管停止了呼吸。

陆曲拨通了千里之外团长的电话，在电话铃声长时间的呼叫之后终于接通了。之前，铃声每响一下，陆曲的耳膜都像被那铃声撕扯了一下，一直从耳朵深处扯裂到心里。陆曲不知道该怎么向团长报告他刚刚得到的这个消息，直到团长在电话里气急败坏地告诉他正在指挥所指挥让他有屁快放时，他才把一个兵触电了的屁放给了团长。他相信，他放的这个屁比靶场上的那一声炮声都响，杀伤力都大。

团长的电话挂断了。陆曲眼前顿时幻化出团长的愤怒，团长的愤怒正像落在目标区里的炮弹炸起一堆堆的灰尘，那灰尘能漫住整个世界。陆曲同时也能想象出来正在演习现场的各个常委的表情来。这件事意味着什么陆曲是相当明白的。也就是说，山上演习的上千名官兵在模拟中打赢了一百场仗，也输给了他在现实中打败的这一场仗。好事不出门，坏事传千里就是这个道理。亡人！不论是事故还是带有英雄壮举的故事，都不会被轻飘飘地放下。用不了一天，事故通报就会下发到全集团军各个师团单位。团队一年的努力都将付之东流，只有等到明年重头再来了。陆曲的眼前交叉幻化着保卫股长讲述的现场和团里一年的工作，飞一样地向鱼塘跑去。他只听见保卫股长在后面气喘吁吁地喊："卫生队已经送市急救中心了！"

　　留守的第五天，陆曲认识了一个兵。那天，陆曲拎着旅行包从汽车连门口经过，一个一级士官从身后追了上来，那个士官就从他的手里拿过包，往肩上一甩："首长，我帮你拿吧。"

　　陆曲笑呵呵地看着那个士官："没多沉。"

　　士官声音脆脆的："我也是顺路要去办公楼。"实际上，他说这些的时候脸微红了一下，陆曲知道他善意地说了谎。

　　陆曲发现那个士官精精爽爽的，脸上布陈着一种让人说不出的坦率和诚恳，没有一丝造作和虚假。快要到办公室时，士官放慢了脚步，等陆曲进了办公室后，他在门口清脆地喊了一声："报告！"

　　陆曲小声嘟囔了一声"靠"，然后装出不高兴地样子："客气啥？进来吧。"

　　士官涨红着脸，把包放在了沙发上，说了声"首长再见"，便迅速退了出去。

　　陆曲一直听到那个士官的脚步声下到了三楼，才忽地想起了什么似的从办公室冲了出来："哎！小伙子！你叫啥名？"

　　"桑木！"伴着空荡荡的楼梯上的脚步声，这两个字塞进了陆曲的耳朵。

　　从此，陆曲记住了汽车连一个叫桑木的兵。桑木，他为什么叫桑木呢？陆曲一直想问一问他。

　　第二天一大早，陆曲到鱼塘附近检查。还没到鱼塘，陆曲就听到"哪哪"的敲击声。再转过一个弯，他看见一个兵正蹲在鱼塘边的小木桥上，一只手拿着棍子敲击着桥头，另一只手在不停地撒鱼食。初升的太阳金色的光芒慷慨地照耀着柳林下的鱼塘，照耀着鱼塘上的木桥，照耀着散发着草香味的小路。当

　　　　　　　　　　　　　　　　　"新生代军旅作家"面面观 |

然，也照耀着那个喂鱼的兵的周身。所有的一切，都被阳光镶上了一道金亮亮的边。喂鱼的那个兵健硕的胳膊伴随着敲击声，在清晨的光线里划出一条条优美的弧线，阳刚而又极富韵律。鱼食入水的声音像是对敲击声的伴奏，哗—哗—哗—

陆曲走上木桥的时候，他惊异地看到成群的鱼正随着敲击声迅速地汇聚到桥头，鱼儿们欢快地摆着尾把平静的水面搅起"哗哗"的响声，一圈一圈偌大的水纹沿着鱼食击出的水花向四周扩散着。

陆曲忽然看清了，蹲在桥头的那个兵是桑木。那个兵是桑木！陆曲的心忽地跳得快了。从昨天短短的接触中，他依据多年的带兵经验判定出这是个极其听话和上进的兵。十几年在基层，陆曲早就积累出了这样的经验，哪个兵比较懂事，哪个兵比较顽皮，哪个兵比较上进，哪个兵比较懒散，他只要说上三五句话，看上一两分钟，他便会估计得差不太多。每新接触到一个战士，他都有些神经质地想象这个兵在战场上应该分配给他一点什么任务呢。现在，事实证明了他昨天的直觉。这个兵一大早就出现在了这里工作，便已经证明了他是一个责任心很强的战士。而从部队的惯例来讲，能够单独执行任务的战士，在领导的心目中首先得被信任。

"桑木！"陆曲一直绕到了桑木身后，他还没有觉察，陆曲不得不先招呼他了。

"哎呀妈呀！"桑木显然是被陆曲这突然一嗓子吓了一跳，身子一歪，差点掉进水里。当他挺直身子夸张地用手在胸口轻轻拍打了两下，看清是陆曲时，脸又一下子变得通红："首长早上好！"

"一天喂几回啊？"

"鱼食一天喂一次。下午割些草，草它们也吃。"

"鱼还要喂草？"

"我也是喂上鱼才知道的。鱼吃草，在鱼塘边割了直接抛里面就行。这样能省些鱼食钱。"

陆曲对这个鱼塘显然来了兴趣："这里得有多少鱼呀？"

"连队当初下鱼苗是八千尾，加上去年没捞净的，怎么也得一万尾吧。到了秋末——"

"到了秋末开网时我来吃你的鱼，别拿太苗条的鱼出来招待我啊。"陆曲打断了桑木的话，他觉得以后每天早上都应该到这里来看看桑木喂鱼，还有其他连队要检查，他转身从桥上要撤。

桑木神秘兮兮地一招手，欲言又止，最后还是忍不住小声说："首长，你过来，过来！"此时，他像个刚刚懂事的孩子，他的手挥得有些急切。陆曲觉得已经不能拒绝了。

"咋了？"

"从春天我就发现了，这个鱼塘里有条红鲤鱼呢！"

陆曲也觉得有些惊奇了："红鲤鱼？"

"你看。"桑木用木棍敲了几下，抓起一把鱼食轻轻投入了水里。不出一会儿，果然有一条三寸长的小红鲤鱼出现在了抢食的鱼群中。

"它天天来吃食呢，最准时。它一来，我一眼就能看到它。"

陆曲蹲在桥上看了一会儿："真还没有第二条了，是挺好看的。"然后也扔了一把鱼食。

陆曲从鱼塘往操场上走的时候，才想起又忘记问桑木为什么起了一个这样的名字了。

那天下午，陆曲的办公室被人敲响了。打开门一看，是桑木在门口站着，他的手里捧着一个大玻璃瓶子，有些兴奋地看着陆曲："首长，我把它捉到了！"

"你怎么把它捉到了？"

"我看首长喜欢，就把它捉来了。你在办公室里养着吧。你看它多好看哪。"桑木径自迈进了陆曲的办公室，用袖子把瓶底上的水轻轻一擦，把瓶子放在了陆曲办公桌上。

那一尾红色的鲤鱼在清绿绿的瓶子里自顾自地悠闲地游着。桑木抖动着湿漉漉的手敬了一个标准的军礼离开了陆曲办公室。

向团长报告完一名战士触电后，陆曲像是疯了一样和保卫股长向鱼塘跑去。那时，他的眼泪已经夺眶而出。在晶莹的泪光中，一条红色的鱼游得眼前红光一片。陆曲有些混乱的思维此时却格外地清晰，他觉得那个战士一定是桑木。他已经喊出来了："桑木！桑木么！"然后，他停下脚步冲保卫股长有些绝望地喊道："是桑木么？！"

保卫股长不知道陆曲说出的"桑木"是什么意思。但是他看出了陆曲眼中的急忿。

陆曲冷清了很多天的办公室热闹起来了。凡是后留的干部都来了。一个个像是打了败仗，脸上没有表情也没有血色，头垂在日光灯下，如同一盘盘成熟的向日葵顶着太阳。陆曲的声音无力而且无助。

没有到达鱼塘，陆曲就已经知道那个兵就是桑木了。因为保卫股长告诉了他触电的是看守鱼塘的兵。陆曲愣怔着眼睛盯着保卫股长，保卫股长看到了他瞬间充血的眼睛布满了恐怖。他不知道陆曲怎么会如此地狰狞，但是这种面孔下却是再也隐不住的绝望。陆曲一下子把身子转向了鱼塘的方向："桑木——你让我怎么办！"

保卫股长同样也失神了，他站在那儿，不知该说些什么。因为他不知道陆曲为什么会这样失态，这不符合他一贯雷厉风行的作风。

那天他们是这样分工的：军务参谋和保卫股长调查此次事故，最快时间上报师里值班室，同时要交他一份，由他亲自向师里值班首长汇报；计划生育干事负责通知桑木的父母，陆曲一再强调不能讲出实情，只说有事需要来一下；组织干事查找相关文件，以备家长咨询。最重要的一项是联系殡仪馆，由陆曲亲自去办了。

冰冷的桑木安静地躺在陆曲的怀里，陆曲刚刚把他当成战友还不到两天，而此时，他竟觉得他更像是一个孩子，一个正向着美好未来奔跑的孩子。可是，他的脚步突然停滞了，他匍匐在地，成为了一道伤疤。陆曲温热的泪水不知觉地滑过脸颊，成串地落在桑木的脸上。恍惚中，陆曲竟看见桑木睁开了眼睛，他的清澈的眸子里闪着青春的光亮，而在那光亮深处是成群游动的鱼。那些鱼搅起了水面，水面又渐渐变得一片模糊。陆曲已经完全失态了，他全然不顾在场的其他人，完全退去了当领导的权威，哭得像一个失去孩子的父亲。

此时的桑木从里到外都已经换上了崭新的军装。衣领上的领花闪闪发光，一级士官的肩章被灯照得银光闪闪。

在殡仪馆坐了整整一夜的陆曲没有合眼，也没有作声，像是一尊半身雕塑，沉默地堆在那把椅子上。一夜间，陆曲憔悴了许多。第二天一早回到营区时，军务科长已经从师里赶到了。军务科长是陆曲的同学，要是往常俩人早就不客气地捎起来，而此时显然谁没有开玩笑的心情。陆曲凄惨地咧了一下嘴，接着叹了一口气。不用说什么，沮丧的心情全呈现给了眼前的同学。

"我凌晨三点就到了，刚刚把现场都勘查过了。"军务科长凭多年处理事故的经验，已经判断出陆曲忙得还没来得及调查事情经过，他问疲惫不堪的陆曲："你知道那个兵是怎么电死的么？"

陆曲摇摇头。昨晚发生的一切确实让他的大脑陷入了呆滞状态，直至此时他也没细想事情到底是怎么发生的。他一直在想如何向桑木的父母来解释这件事，如何来安慰他们。一个如此可爱的战士怎么能说没就没了？作为留守的最高领导他不知道桑木父母来队后会是什么样。昨晚军务参谋看过桑木档案后已经向他汇报过了，桑木的家庭成员非常简单，除了父母就是他，也就是说桑木是独生子。听到这个消息时，陆曲感到头一下子大出了一圈。

军务科长铁青着脸从机关楼前直接往鱼塘方向走，他的手里好像有条绳子在牵着陆曲，陆曲只好像俘虏一样顺从地一言不发地跟在后面。军务科长回头看了一眼陆曲，说："陆少爷，这一棒子给你打蒙了？你以前不是总说不怕战争么？"

陆曲没兴趣回答他，只有心里嘀咕着，这要是在战场上可能还好办。

事发现场已经被一条黄色的胶带围成了一个长方形，两个扎着武装带的战士正在外围警戒着。军务科长停在了警戒线外，"陆副政委你看，"他用手指向了圈里，语气就在这一瞬间变化了，表情猛地变成了福尔摩斯，"那个兵昨天负责从鱼塘里往外抽水，在抽水过程中，这个水管中间的接头被过大的水压冲断了，这时水开始从接头处往外流。那个兵蹲在这里接水管，结果水把他的身上溅湿了。"

说着，军务科长转过身几步就跨上了木桥，陆曲不由自主地跟着他往木桥上走，军备科长还在说："那个兵一看水管接不上，水还在往路上流。情急之下，他这里把水泵从水里拎了上来。水管里的水这下不流了，但是水泵却在一直空转。声音应该很响。"

"然后呢？"军务科长像是侦探课上的教员在提问学员一样问陆曲，见无人作声，他看了一眼陆曲。陆曲正失神地望着木桥。就在几天前，他就是在这里看着桑木边喂边和他说话，而现在，木桥上的敲击声没有了，水面平静得没有一点波纹，像是水下没有一点生物一样，一切都变得死一样的沉静。只有军务科长在用想象还原着昨天下午这里发生的一切。军务科长又拐向了另外一个方向，他在一棵大榆树下停住了，向陆曲招手："你过来！"

军务科长神探一样阐述着他的侦察结果："然后，他想到接电处拉电闸，结果当他走到这时，他踩到了漏电处。于是，事故发生了。"末了，军务科长叹了一口气，"他要是身上不湿就没事了。"

军务科长把他的侦察结果向陆曲有根有据地复述了一遍，问："你说，是不是这样？"

陆曲还是没有说话，他的目光正愣愣地望着身后的鱼塘。老同学的推断他没有精神去分析有无道理了，他也在极力想象这件到底是如何发生的。昨天他只是到现场匆匆看了不到一分钟就直奔去了市急救中心，半路上又接到了卫生队长的电话直接去了殡仪馆，这现场他还没来得及仔细看，还没来得及认真分析和推断。现在军务科长这样一问，他倒对这个每天都来的鱼塘感到陌生起来。

漏电的电线在树根下直挺挺地躺着，不远处的水管卧在泥水里，谁都不会相信，十几个小时前，一个鲜活的生命就在这里终结了。而且终结得有些离奇，没有一个人亲眼看见。只是不远处一个打扫卫生的战士听到了一声惊叫，等到那个兵跑过来，事情已经发生并已结束。

集团军关于这起事故通报的传真电报发得很迅速，桑木的父母赶到部队时，传真员刚把这封加急电报呈到陆曲手里。陆曲根本来不及看一眼传真电报内容，往衣袋里一揣，几步就奔着车迎了上去。车门打开了，一个中年男子从一侧钻了出来，他嘴角抽动了两下，没说话。到高速路口接车的计生干事向陆曲介绍："这是桑木的父亲。"计生干事说完，腰就弯向了车里，他双手扶住了一个中年妇女。坐了一夜私家车，那个女人的头发披散着，眼睛布满了血丝，干裂的嘴唇一直抖动着。不用介绍，这就是桑木的母亲了。陆曲上前一把握住了桑木母亲的手，只是喃喃地叫了一声："大姐——"便不知再说些什么。

什么都不用讲，这个冷硬硬的见面已经说明了一切。虽然陆曲一再叮嘱接站的干事，见了桑木的家人先不要讲真实情况，但急三火四告诉家长半夜三更地到部队来，再蠢笨的家长也会明白发生了什么事，无非是不愿往最坏处想，也不敢想。

桑木母亲还是问出那句石破天惊的话："我孩儿到底咋样了？"实际上她问这句话之前，已经从陆曲的表情上知道了答案，但她还是要问。她的声音再一次提高了："我孩儿到底咋样了?!"然后直挺挺地仰向了后面。早已做好准备的军医和卫生员一把托住了她的身体，把她抬上了担架。

保卫股长小声地对沉闷得吓人的桑木父亲说："叔，咱们走吧。"桑木父亲眼睛直勾勾地盯着前面，在陆曲和保卫股长的搀扶下向招待所走去。

室内是沉默的，长久地沉默。谁也没再开口问，并不等于他们不急于知道结果。也没有人开口说，怎么能说出口呢？当初人家孩子戴着红花在喧天的锣鼓中穿上军装入伍了，两年之后竟让他们希望的天空一下子变得黑暗而没有一点光亮。如果是在战争中牺牲了也好，哪怕命没了，但最起码还是光荣的。可是现在，连死亡的过程都讲述不清，谁还能开这个口呢。

桑木母亲的哭声再次响了起来。听到哭声，一屋子的人长长地出了一口气。她终于在昏厥中醒过来了。

桑木母亲微弱地睁开眼睛，手一点点抬起，伸向了陆曲，在空中无力地抓了一下后，问："首长，告诉我，我孩儿在哪呢?"

陆曲蹲在桑木母亲的床边，头深深地埋在了床沿上："大姐，我没有把孩子给你看好，你打我骂我吧。"说完，抬起头直视着桑木母亲，泪水扑簌簌滚了一腮。

先前桑木父亲还探着身子看着桑木母亲，听到此话，身子一下子缩紧了，好像他坐着的沙发就是一个陷阱，把他要吞进去了，人霎时矮了一截，嗓子深处发出一串古怪的声音。桑木母亲再次号啕起来，氧气袋被她一把打落在地，她涕泪交流着撕扯起自己的胸口。

事故通报给了陆曲迎头一棒。通报上面明明白白地写着要查清各种责任。且不说自己要负领导责任，桑木作为当事人，恐怕也难逃干系。如果查起责任，他也要戴上一顶不注意安全隐患酿成事故的帽子。而这顶帽子对他来说却是一辈子也无法摘下来的。陆曲替桑木觉得委屈。可是，就事故现场来讲，谁又能说清呢？谁都没在现场目睹一切。只能由着师里工作组凭现场和以往经验来推断，此时，陆曲多么渴盼桑木能够活过来。

陆曲傻了一样坐在办公室望着天花板，望了一会儿，他的目光又游移到了办公桌上那只装着红色鲤鱼的玻璃瓶上。那条鱼好像觉得屋里空气太压抑，试探着向外跃了一下，它没有跃出，身子在空中逗留了一瞬又落回了水里。陆曲的神情又有些恍惚了，就是几天前，桑木还清爽爽地喊着报告敲这扇门，现在，那个浑身上下透着阳刚劲的小伙子说没就没了。看着那条鱼游来游去，陆曲也不知道为什么坏心情竟一点点转了过来。他的心思被带到了遥远的一个地方，找不到了家。

陆曲处在了一个十分难堪的境地。在内心里，他希望想尽一切办法让桑家人在心灵上有个安慰，可是实际处理过程中，桑木有可能就被定成事故责任人。事情明摆着，军里已经把这件事情定成了事故。团里即使想翻案也几乎是不可能的。何况，军里说的也没错，不管责任是谁的，这就是事故么。只要亡人就是事故，这没有任何辩解。

事情总归要解决的。桑木的母亲在几次哭得死去活来之后，终于坐在了团会议室里面。桑木的父母，还有第二天从家里赶过来的舅舅坐在一面，团里事故处理组坐在对面。

桑木舅舅一看这阵势，痛苦的表情瞬间换成了痛苦的笑："看来我们今天要受审了。以前儿子在的时候来你们部队可不是这么严肃。"

陆曲的脸霎时红到了脖根："不是，不是，不是这个意思。我们只是谈一谈下一步怎么办。"说着，说着，声音越来越小。后来只看到他的口型在动，声音却是听不见了。

坐在陆曲旁边的保卫股长赶忙打圆场："今天，我们事故处理组人员和你们一家坐下来，主要是一同来研究一下关于桑木的后事处理和抚恤的问题。事情发生了，怎么着也得商量个办法。"

保卫股长说完侧歪着头看陆曲。陆曲用眼角瞥了他一眼，知道该轮到他表态了。陆曲咳了咳嗓子，低头瞅了桑家人一眼："桑木同志在我们这个单位工作一直很出色，不幸出了这件事。今天我们来谈一下这件事。首先，我们团认定这件事是——"

陆曲又瞄了一眼桑家人，继续说："一起事故。"

说到这里，陆曲明显有些底气不足。

"我们的意见是——"陆曲接着说。

"往下就不要说了。"桑木一直沉默着的母亲说,"你们这样认定,我们家长首先就不接受,往下说还有什么必要么?"桑木母亲的声音不大,是从嗓子眼里飘出来的,但分明已经加入几天来从没有过的愤怒。

陆曲没再吱声,静静地听着桑家人的说话。

"这是谁认定的事故?"桑木的母亲接着问,"这是谁认定的事故?"

保卫股长接过了话:"从现场情况来看。是桑木情急之中踩到了漏电的电线上。"

"你在现场了么?你们谁在第一现场了?告诉我,谁在?可以让他来告诉我一下到底发生了什么呀?"

没有人吱声。紧接着又是沉默。

长久地沉默之后,保卫股长又开口了,他想让自己的表情尽量和缓下来,可一时还是变不过来,尴尬又有些固执地接着讲:"师里工作组连夜就来了,他们经常处理各种事故,他们根据现场情况判断,就是这样的情况。"

桑木母亲猛地站起来来了,由于动作太突然,桑木父亲连拉一下的举动都没有做出来:"我孩儿已经没有了,我不希望你们给他扣上这样的帽子。"

桑木的舅舅扯了一下她:"姐,咱们得让部队把话说完。别太冲动。"这时,桑木的父亲想要说什么,结果又是嘴角抽动了两下,把头扭向了一边。

"我不冲动。"桑木母亲坐下来了,缓了一口气后,她接着说,"那让我说,我儿子是为保护部队财产牺牲的!"

桑木母亲越说越激动,最后又站了起来:"我送来的是活着的孩子,我当妈的得给他讨个说法呀。"

说完,扔下众多面面相觑的人转身走了出去,桑木的父亲总要跟出去的一挥手,急跑两步扶住了她,会议室里的人听到走廊里传出了悠扬断续的哭声,最后那哭声变成了撕心裂肺的表达,谁都听得清楚那哭声代表了什么,但此时谁也找不出更合适的语言。

桑木舅舅长叹了一口气:"没办法,她家真是天塌了。"陆曲注视着他,想听他再说下去,桑木舅舅也明白了陆曲的意思,"怎么办?让她哭吧。有我姐夫呢。"他特意把"姐夫"两个字说得有些重,好像桑木的父亲有着起死回生的能力。也是直到这时,陆曲才忽然发现,这几天来桑木的父亲几乎是一言没发,暗黑色的脸上没有表情,多数的时候就是紧抿着嘴角,沉默得像是一块木头。

让所有人都觉得桑木的母亲就是他家的代表，是他家的发言人。

一直在一旁陪护桑家人的计生干事小心望着陆曲，再看一看桑木的舅舅，有些谨慎地说："时间很长了，都上一下厕所吧。"陆曲又看桑木舅舅。桑木舅舅说："今天就不要谈了。回去再商量商量吧。"

人们陆陆续续地走出了会议室。没有一个人作声，脚步因为沉重显得拖沓。

一行人走到楼下时，桑木父亲示意桑木舅舅陪桑木母亲往前走，然后他站住了，回头焦急地看了一眼，等到陆曲走到他身边时，他长叹了一口气，一巴掌拍在了陆曲的肩上。桑木父亲那一拍，让陆曲一下子又想起了团长临出发时在他肩上那语众心长的一拍。陆曲像是被点了穴一样立住了。

那天晚上，陆曲陪着桑木的家人用餐。陆曲坐在桑木父亲和母亲的中间。他先是站起来恭恭敬敬给桑木的母亲盛上了一碗热汤，双手捧了过去，不无诚恳地对几天来憔悴得几乎脱了形的她说："大嫂，无论如何，您喝一碗汤，您不能总是不吃不喝呀。我求您了。"

桑木的母亲微闭着眼，摇了摇头。干裂的嘴唇轻微动了一下，却是没有一点声音。她目光迷离地望了站在身边的陆曲一眼，抬起手，把碗轻轻地推开了。

"副政委，我姐吃不下，不用管她了，她一直在输液。"桑木的舅舅侧过身拉陆曲坐了下来。

陆曲抄起筷子攥在手里，想夹，没动。他又看了看桑木的父亲，迟疑地问："喝杯？"

桑木父亲看了看桑木母亲，没等桑木母亲表态，抄起桌上的酒杯递给了招待员。桑木母亲的眼里空洞而没有内容，她没有表示反对也没有表示支持。桑木的舅舅看了姐姐一眼："急也没用，我也喝一杯，这样心里能好受点。"

陆曲挡住倒酒的兵，接过酒瓶子往桑木父亲的杯子倒酒。一边倒一边观察着他的表情。桑木父亲没有阻拦，一直让陆曲把酒倒满了。桑木父亲看着满满一杯清盈盈的白酒，眼角有点湿润。

桑木的舅舅知道姐夫不会开口，没等陆曲端杯，拿起杯先是开了口："桑木今年过年探的亲。确实出息了，懂事了，部队教育的就是好。不管怎样，我们还是要感谢部队的。这兵没白当。"

"别，别这样说。我们对不起孩子。"陆曲嗫嚅着。

"唉。"桑木父亲端起酒杯只闻了一下便把脸扭向了一边。从他到营区以来，陆曲第一次看见这个老兵流泪，这一"唉"也算是他第一次说话。

在桑木的家人到来之后，陆曲带人到连队整理了桑木的遗物。在整理遗物过程中，陆曲在桑木的影集里看见了他与母亲的一张合影。桑木的胸前盛开着一朵大红花，脸上挂着刚穿上军装的新兵都固有的呆板表情。当然，那种表情之中更多隐透着喜悦。桑木的母亲坐在一张椅子上，桑木笔直地站在她的身后，两只手亲昵地放在母亲的肩上。桑木母亲的脸上挂满了舒心和慈祥，有着一种与之年龄不相匹配的年轻。在那张照片的下一页是一张雷锋的照片。雷锋照片的下面，被桑木写了一行字：我二十二岁的哥们儿！看到桑木写的这行字，陆曲差点笑出声来。这个桑木真是有意思。后来，陆曲才意识到桑木是和雷锋在同一个城市入伍的。

陆曲父亲去世时他在殡仪馆遇见过一个中年丧子的母亲。那个母亲所表现出来的痛苦和失去父母失去丈夫失去兄弟姐妹来比要痛苦得多，就像是风雨中弱不禁风的一棵小草，无力地任风摆布着命运，随时都有折断的可能。所以，在桑木家人到来之前，陆曲派好了军医和卫生员，准备好各种急救药品，随时在桑木母亲身边监护。

陆曲不知道等待他的将是怎样的风暴。他甚至想到桑木父母见到他的第一件事是对他又打又骂。他都想好了，无论怎样，只要让桑家人少一些痛苦就行。毕竟是在自己留守期间把人家的孩子弄没了。而在这个团里，自己一定是第一个见到桑木父母的人了。那一夜，陆曲没休息好。一会儿是那条红鲤鱼在眼前游，一会儿是桑木敲击木桥的哪哪声。

酒没喝多少，陆曲却多了。喝着喝着陆曲摇晃着想站起来。没想到，刚一挺身，却又"噗"一声坐回了座位上。

陆曲对桑木的母亲说："大嫂，感谢你给我们部队送来了一个好战士，给我们送来了一个好兄弟。我敬我们战士伟大的母亲一杯。"

桑木的母亲把酒轻轻地挡了回去："我们送来的是战士，可现在却成了烈士。"

陆曲的眼睛顿时直了，酒也醒了一半。酒杯举在半空，放也放不下，喝也喝不了。这时，桑木父亲把杯子斜地里伸了过来，用力撞了一下，没等别人喝，他自己仰头先干掉了。

酒在陆曲的嗓眼里往下咽，却像是沙子一样堵得生疼生疼的。集团军已经认定了事故，并且通报了所有部队，桑木不可能被评为烈士。他又何尝不想给桑木评为烈士，如果真的评得上，陆曲可以想象得到如今全团的黑板报上将会是桑木的事迹、照片、生平，报头上将会出现诸如"向桑木学习"的字样，而且各个部队也将收到一份"关于开展向桑木学习的活动"的通知，文件也将以醒目的红头文字出现。可是，这种可能是没有的，是争取也不会有的。而桑木的母亲却在饭桌上直接表达了她的期望，她在心里把桑木认定成了烈士。

陆曲头涨得厉害，什么话也说不出了。桑木父亲的眼睛第一次出现了灵气，他直直地盯着陆曲然后点了一下头，嗓子里像是有条鱼吐了个气泡，冒出一个声音。那个声音让陆曲完全醒酒了，他分明听到桑木的父亲说的是"蛐蛐"。他的眼睛睁得很大。但当他看向桑木父亲寻找这个声音时，他看到的是一个沉默下去的父亲。他感觉听觉和视觉都出现了问题。

再一轮的商谈是在陆曲陪着桑木一家人去了殡仪馆之后。坐在会议桌的对面，陆曲一眼望见了桑木母亲红肿的双眼。半小时前，这个母亲在装着桑木的冰棺前哭得死去活来。

桑木母亲一遍遍拍打着冰棺肝肠寸断地哭着问桑木："孩儿啊，你让妈妈怎么离开这个城市呀？"哭到最后，她的眼睛竟像是两眼干涸的井，空洞洞的挖不出一滴水。她呆呆地盯着桑木的脸看得痴痴的，一眨不眨，突然她大声地对着桑木质问起来："臭小子，你把妈的心撕碎了！你把妈的心带走了！你把咱家的天弄塌了！"她越说头离桑木越近，最后头抵在了冰棺的玻璃罩上。隔着玻璃她做出抚摸状，可她的手分明却只能在玻璃罩上来回地抚动，桑木的父亲一声不吭地挨着她坐着，隔着玻璃直视着桑木。桑木的母亲还是重复着那几句话，只是声音越来越小越来越弱，像是倾诉，像是交谈，最后像是变成了一个哄婴儿的母亲，声音变得极度地温柔，她还在对桑木说："臭小子，你把妈的心撕碎了。你把妈的心带走了。你把咱家的天弄塌了。"这些话已经不再有质问的含义，一句一句说出来的。但是让听着的人心里更觉难过。说到最后，她连说也不说了，就坐在那盯着桑木看，眼睛迷茫着，嘴角苦涩地分外两侧。

陆曲和计生干事一左一右站在桑木母亲身边，他们没有办法劝阻她哭。他们所能做的只是在她最绝望的时候拉住她，不让她再一次晕倒在地上。可是，陆曲的眼泪却止不住地跟着流。

桑木母亲现在显得清醒了很多。虽然还不言语，但是她明显地变得坚强起来。她挺直了腰板，目不转睛地看着坐在对面的陆曲："陆副政委，今天说事我先开口。我觉得我还是讲道理的，我没有让部队赔我什么，也没有让你们还我一个活的儿子，对吧？"

陆曲万没想到桑木的母亲会主动开口，而且讲得这样入情入理，只好点头称是。

"我们只想给孩子讨一个说法。"

"大嫂，要相信我们。"

"就是因为相信，我才把孩儿送给部队的。"

"是我们不好。"

"不是你们不好，是我孩儿不好。他对工作太负责任了。不然他不会那样去做。水泵空转就空转呗，转坏拉倒。他就是对集体太负责任了，他就是对工作太负责任了。"桑木的母亲又哽咽着说不下去了。

"我们查了相关规定，"陆曲说，"我们也在抱着诚意来弥补家里的损失，解决问题。"

"解决问题？弥补损失？"桑木的母亲吃惊地看着陆曲问，"我家日子虽然不富裕，但我们除了孩子什么都不缺。你们想怎么弥补我们？"

"我们已经考虑过了。不论上边怎样给这件事情定性，团里还是认定桑木同志是因公牺牲。工作由我代表团里和上级做，师里要批就批我！"陆曲显得很冲动。

桑木的父亲在一边看着两个人对话，这些天以来，他就像是一个哑巴，一句话也不说，沉默得像块石头了。但谁也不敢忽略他内心的挣扎。

"我们不追求事情的过程与细节了。当时没有人在现场，谁也不知道发生了什么。推敲细节和合理想象都于事无补，我们努力给一个可以让你们接受的结果。"说到这儿，陆曲停下了。看了一眼桑木父母，接着说，"如果家里要一个满意结果的话，只有一个——让我们的好战士桑木活过来。只有这个结果能够让你们满意。可是事已至今，我们只能尽最大努力给一个让你们可以接受的结果。"

桑木的母亲拢了拢头发，说："桑木同志是为保护部队财产牺牲的。他应该是烈士。只有这个结果我们可以接受。从我们家长的感情上，也只有这个结果可以接受。"

"大嫂，从我的内心里，我多么希望他能够评上烈士！"

"当初我们送孩儿当兵的时候，我们就知道当兵是时时面临着牺牲的。因为是和平时期，我所理解的'牺牲'是牺牲青春和金钱，牺牲和亲人的团聚，我万万没有想到还会牺牲生命。如果说他是在战场上牺牲的，我什么也不说。就像是桑木的爸爸，我和他相处的时候他还没有上前线，就是在他要上前线之前我嫁给了他。在南方边境作战，每时每刻都面临死亡，可我做好了这个准备。哪怕我的父母不同意，但我还是那样做了。以前我是一个军人妻子，现在我是一个军人的母亲，保家卫国人人有责这个道理我比任何人都懂。"桑木的母亲停下了由于激动而过快的语速，她转身看向了桑木的父亲，"如果当年你在南方牺牲了也好，我们就不会有桑木了。你带着两个伤疤退伍了，连个伤残证也不要，还美滋滋地对我说那是你当兵日子最好的记忆，是你最光荣的奖章。可是你知道我当年在家是怎么熬过来的么。可好，你当兵没当够，这儿子大了你却非要送到部队来，我知道部队不打仗还好，打起来就是玩命的，我再也不想替你们爷俩操这个心了，你却说如果咱当过兵的人都不把孩子往部队上送，那谁还当兵呀。桑成林啊，现在儿子没了，你怎么一句也没有了啊？你再给我讲讲你的道理啊！"

桑成林？！当桑木母亲说出这个名字的时候，陆曲的心里咯噔一下。父亲在世的时候曾讲过他在边境作战时一个叫桑成林的老兵。难道桑木的父亲真的就是那个父亲提起过的那个老兵。

桑木的父亲歪转一下头，看了陆曲一眼。眼睛好像多了一些内容，让陆曲猜不出也读不透。

桑木的母亲还在说："我的孩儿要是在演习中牺牲的，或者是在抗洪抢险中牺牲的，我什么也不说。可是现在，他是倒在了一根电线上。这样的一个活蹦乱跳的人就以这样一种方式停止了？不值啊！这是什么牺牲？这是在牺牲自己的名誉！"桑木母亲的一席话让陆曲哑口无言。

陆曲把目光又投向了桑木的父亲。桑木父亲看了看桑木母亲，桑木的舅舅接过了话："姐，咱们双方尽量和气点谈。不论出了什么样的事，姐夫把孩儿送到部队来是正确的。你不也总是在夸孩儿出息了么，说我姐夫给孩子选了一条好路么。"

当兵第一年年终总结之后，一直非常乐观的桑木在电话中忍不住哭了。母亲心疼地问他哭啥？桑木抽泣了好一会儿才告诉母亲："干了一年工作我被记了一次连嘉奖。"母亲有些不懂，接着问："嘉奖不是挺好么？"桑木说："好是好，可是还有优秀士兵呢。我没有评上。"

听了半天母亲在电话那头笑了。原本以为儿子是想家了或是受了委屈哭呢，原来是没有被评上优秀士兵在哭鼻子。母亲在电话中取笑他："转年就要成为老兵了，还因为这事哭。奖励就那么多，多少兵大眼瞪小眼地看着呢，不能什么好事都可着咱们来呀。你的心思妈领了，来年咱干得更好不就行了。"

桑木在电话那头信誓旦旦地表态："妈，来年我要是不把优秀士兵喜报给你寄回去，过年我就不回家。"

母亲有些担忧儿子说的气话，但同时更感到了儿子的上进。年轻人么，只要有一颗上进的心就好，至于得不得优秀士兵倒是其次。母亲一直以为儿子平安一些比什么都重要。哪怕没有优秀士兵喜报，没有嘉奖。可是让她没想到的是儿子的连队在去年年底真的把一张优秀士兵喜报寄到了镇政府。当民政干事领着一伙人敲锣打鼓走进院子，她才猛然醒过神来。高高兴兴地把一帮人请进屋喝茶吃水果时，她在心里不禁喜滋滋地骂，桑木你个臭小子，干吗非要来个突然袭击，想把妈一下子高兴死是咋地。送喜报的人离开家之后，她竟然不相信那一张金黄色的喜报上面写的真是桑木的名字。她盯着那两个大黑字只看了一小会儿，一个人捂着脸抽泣起来，儿啊，你是受了多少苦给妈争的这份光啊。

当晚，桑木母亲给桑木打了一通电话。她在电话中没有对桑木提出过多的表扬，也没流露过度的兴奋。她只是轻描淡写地说："今天镇里把喜报给送来了。没邮丢，你放心吧。"当母亲的知道儿子本来就已经够上进的了，如果再点火助燃不一定是好事。

桑木母亲沉浸在桑木带给她的喜悦之中还没来得及歇一歇的时候，她又被桑木"意外惊喜"了一次。

腊月二十五那天晚上，桑木母亲和父亲躺在炕上念叨着桑木这孩子一走两年多，都转上士官了，过年回不回家呢，就听院子里"扑通"一声，没过两分钟，竟有人哐哐地敲起了窗户。桑木母亲第一个反应过来发生了什么事，喊了声"孩儿回来了"鞋都没穿往地上跳。桑木父亲透过玻璃，看着窗外那个高大的轮廓，他也猜到了是儿子。

是桑木回来了。他批了探亲假后当天上了车，他还是没想告诉父母。懂事的桑木一是怕他们等得急，睡不好觉；二是想让他们再高兴一次。

腊月二十五那个夜晚，对于桑家是难眠的夜晚，也是处处洋溢着兴奋的夜晚。桑木放下背囊之后，恭恭敬敬地给父母各敬了一个标准的军礼，然后亲热地把他们扶上了炕。说什么也不让母亲再下地烧火做饭，自己一边忙活一边向他们汇报这两年的情况。乐得父亲直冲母亲讨功："看，让儿子当兵没错吧。"

桑木在家休假的二十天是让父母无比高兴无比满意的二十天，洗衣做饭劈柴灌气，给父母洗头洗脚揉背敲腿，凡是他所能他无所不为，让父母美得合不拢嘴，睁不开眼。直至桑木提前五天给战友们背着五十斤特产水果归队了，父母才像是在梦中醒过来，这孩儿真的是回来了么？那个无比勤快懂事的小伙子真的是桑木么？那个无比英俊威武的士官是从这个家长大的么？

末了，母亲想到了一件事，孩子长大了，该给他张罗婚事了。谁知把电话打到连队征求桑木意见，桑木简直笑岔了气，说："我今年才二十一怎么这么早就订婚呢？"母亲劝他说："咱农村找得都早，要不等你回来时好的都没有了，有也是剩下的了。"

桑木当即给母亲来了一首打油诗："天涯何处无芳草，坚决不在本村找。本来数量就不多，何况质量也不好。只要小伙有能耐，芳草自会向你倒。"

母亲在电话中骂桑木："怎么变得这样油嘴滑舌。"骂归骂，但这骂声里更多的是嗔怪，转过身她还是把这些话给桑木父亲学了一遍。桑木父亲听后点点头，不无赞同地对桑木母亲说："我儿子讲的全是他爸的深刻教训。"桑木母亲在他身上拧了一下。

不久，桑木又往家打了一个电话，告诉父母自己入党了。

桑木母亲无助地望着桑木父亲："桑木真的评不上烈士么？"

桑木舅舅好像知道桑木父亲不能回答她一样："现在是和平时期，他又没有惊天动地的壮举，就连你所讲的保护水泵也是你的想象。我们谁都无法让桑木开口讲出真相。"

"我相信咱孩儿是那样做的。"

"可是你孩儿告诉你了么？"

桑木母亲沉默了。她不知道在这样的场合陪自己来的两个男人，一个是沉默不语，一个是会和自己站成对立面。

"我们团里做出最大的努力也只能把桑木评为因公牺牲。"陆曲字斟句酌地说。

桑木母亲看着陆曲。她在品味着这句话。少顷，她问："副政委，你说我儿子他死得光荣么？"

陆曲不知道怎么来回答。他也想不出这个母亲怎么会问这样的话。说光荣吧，这种触电亡人怎么能说光荣呢？说不光荣吧，人家孩子都没了还说他不光荣。陆曲一时没有明白桑木母亲说的光荣是什么意思。

桑木母亲忽然又凄惨惨地笑了："我孩儿到现在人都没了，没得一点都不光荣。首长们不但没有一个准确的说法，连个光荣也不敢说。我孩儿没得不值呀。"

"你现在不也没闹么。"桑木舅舅说。

"对，没闹。"陆曲重复了一句。

"阿姨深明大义。"保卫股长在一旁赶快补了一句。

桑木母亲长长叹了口气："因公牺牲就因公牺牲吧。总之孩子都没了。"说完转身把手伸向了桑木父亲。桑木父亲身子往她这边靠了靠，伸手拉住了她的手，等丈夫拉住了她的手，她才有些可怜地问："孩儿他爸，我该给孩儿要的说法都要了。他在天上知道了不会怨我吧。"

"不会的。他懂。"桑木的父亲终于说话了，虽然只有几个字，但终于还是开口了，这几个字虽然不是说给陆曲的，但是陆曲听明白了，这是桑成林这个老兵的一种表态。

从会议室出来，桑木的母亲提出来到鱼塘转一转。陆曲、计生干事，还有桑木的几个战友一同陪着桑家人顺着荒草遮拦的小路往鱼塘走去。

在鱼塘旁不远处的草地上，两只雪白的小山羊在悠闲地吃着草。桑木的战友小声地对桑木母亲说："阿姨，那是桑木养的。"桑木母亲停住了，出神地望着那两只小羊。陆曲嘴上没说，但心里在埋怨那个战士多嘴。现在，他最怕桑木母亲触景生情，睹物思人。

桑木母亲看了一会儿那两只羊，回头对桑木父亲说："赶明咱们去看孩儿时，你给他带些羊肉串。"

桑木战友又忍不住接着话茬说："桑木平时最爱吃羊肉串了。"

"那臭小子是爱吃羊肉。可是去年年底他养的羊被连队杀了会餐了。他一口也没吃，却偷偷给我打电话，说他心难受，吃不下去。打电话时他都掉眼泪了。"桑木的母亲又陷入了对儿子的回忆之中。可明显地已经少了些许忧伤，讲这些时，脸上或许还有了欣慰的表情。

让他们讲吧。陆曲在心里想。

桑木的母亲索性不再往前走，她找了一个地方坐了下来。那个地方刚好还能看见小羊。那两只小羊像是明白他们的心思一样，往这个方向跑了两步。

"去年一只羊掉进了厕所，桑木跳下去把羊弄上来的。"桑木的战友见桑木母亲情绪稳定了一些，又接着说。

"他爸一直教育他要爱护集体的东西，这点他随他爸。这两只羊估计又是他给连队年底会餐准备的了。"

桑木的父亲冲陆曲招招手："让他们唠会儿吧。"

"我很感动。"陆曲话刚一出口，竟又带出了一些哭音。在这几天里，桑木的父亲虽然什么也不说，但他的眼睛分明却装满了痛苦。而陆曲又隐隐地感到，这个参加过边境作战的老兵似乎与他有着什么说不出的交集。如今，桑木的母亲情绪终于转到了正常之中，也能够面对眼下发生的残酷事实了，在这一过程当中桑成林起到了决定性的作用。

刚才听着桑木母亲讲述着桑木的一些往事，陆曲心生感动，也更是惭愧。可是他又不好表现出什么来。现在，事情终于要解决了。一说话，他再也忍不住了，泪水在脸上汪洋成一片。就在泪水涌出的时候，那条红鲤鱼又开始在眼前游来游去。

"我听说了你要受处分。"桑木的父亲递给陆曲一支烟。

"处分不处分对我来说无所谓。如果把我除名了能换回孩子一条命，那我认为也值得。可是——"

"孩子是我送到部队的，我们不怨你们。"

陆曲仰着脸看了蓝蓝的天，许久，语气郑重地说："桑木是一个好同志，一个难得的好战士，也是我的一个小兄弟。"

"他母亲的工作由我来做。走，去你们团史馆转转。"桑木父亲对陆曲说。

"去团史馆？"陆曲不知道桑木的父亲怎么突然提出这么个要求。但是他不能问，这个沉默了多天的老兵要去那里自有去的道理。

陆曲所在的团是由一个师缩编的，团史馆也就承载了整个师的历史。桑木的父亲首先在历任领导首长的名单前站住了，看着一张黑白照片问："陆参谋身体怎样了？"

陆曲也正在看父亲的照片，他一下明白了，桑木的父亲就是父亲以前讲过的那个桑成林："去世好多年了。"

桑木父亲轻轻地叹了口气，顺着展厅慢慢地往前踱，接着在《参加边境自卫作战》的板块前停下了。

陆曲所在团的前身是炮兵师，当时身为参谋长的父亲带着两个团奔赴了前线。也就是在那时，他报考了军队的炮校。他知道一个身为军人的父亲对于儿子的期望是什么，父亲没说不等于儿子不知道。这就是所说的血脉相通。而他虽然职务晋升得很慢，已经要到了服役的最高年限而迟迟不愿申请转业原因只有两个，他愿意穿着这身军装行走在军营，另外一个是他相信父亲一直在天堂里欣慰地看着他从事着他生前从事了一辈子的职业。

桑木的父亲指了指一张照片："这场仗就是我们打的。"此时陆曲已经确知他应该就是这个部队的一个老兵，似乎理解了他这些天来沉默的原因："你们那时玩真的。"

"我们一个地方入伍的，有三个没回来，现在我们年年照顾着他们老人。"说完，他又叹了口气，"我算幸运的，只是让弹片蹭了蹭。"

"听嫂子说你没让评残？"

"这胳膊除了伸不太直，干不了重活，人不还活着么？活着比什么都重要。"

陆曲后悔自己问到了一个不该问的话题，他想岔开话题："你以前认识我？"

桑木的父亲点点头："部队出发的时候，你送参谋长时我见过你。你和参谋长长得太像了，别的孩子哭咧咧的，就你看着参谋长美滋滋的。什么样的老子有什么样的儿子。"

"你那时是——"

"炮兵指挥连侦察班长。"

陆曲明白了为什么他会认识自己。原来他是指挥连侦察班长，这个班长在战场上整天都要在指挥所里为首长机关提供相关侦察数据，或者用另一种说法叫"首长身边兵"。

既然话已经说到这份上了，陆曲索性要把心中的疑问解开了："我父亲在世时讲过你，他讲你是一个优秀的炮兵，本来可以提干的，但是因为什么原因退伍了。"

"不是什么原因，是受了处分。这个他应该知道，只是不愿意说。"

当陆曲成为一个炮兵指挥员时，父亲确实是跟他讲过优秀的指挥员是应该培养一批优秀的炮兵的，其中就讲到了一个叫桑成林的老兵。当时父亲只是有些可惜地讲桑成林因为受了处分而退伍了，但确实没有讲到因为什么受了处分。

"有一天，我们抓到了一个俘虏，我问他是干什么的，他说是狙击手。我把他的右胳膊一拳打断了，问他还用这只手击发么。那个傻逼说他是个左撇子，我一来气，把他左胳膊也弄断了。"团史馆里只有陆曲和桑成林两个人，本来光线就暗，偌大的房间空荡荡的，桑成林讲起这些往事时显得时间越发地久远。讲着讲着，他好像忘记了此次的部队之行，嘿嘿地笑出了两声："他妈的，我的战友眼睁睁死了那么多，整死他的心我都有。没让他一命抵一命，却说我虐俘。要是现在，我都不抓活的，直接弄死！"

陆曲不由心里一惊挺直了身子，他没有想到这个无比沉默的老兵血性里竟然充斥着这么多雄性的基因。

"本来我是要提干的，因为这件事，退伍了。就像桑木他妈说的，我连残疾都没让评。这疤——"说着，桑成林撸起了胳膊——那哪是弹片蹭了一下留下的疤呀——那条胳膊上几乎全是被灼伤的疤痕，暗黑的皮肤皱巴巴地包着一条弯曲着的瘦瘦的骨骼，但那骨骼又分明是那样健壮。

桑成林在团史馆出来的时候，刺眼的阳光一下让陆曲他们俩适应不过来，两个人好像从另一个世界回到了这个世界。阳光很明媚，但是陆曲觉得内心还是很压抑。听过桑成林的故事，他有些恍若隔世了，同时，又对这个老兵由衷地敬佩。

"走吧。别对别人讲我的事。这是我这辈子最遗憾的事。"桑成林对陆曲说，觉得还是没有讲清，又补充道，"我在前线时就有一个想法，这辈子如果能在部队干下去，我就想当一个炮兵团长。往上多大的官也不想干。"

陆曲深深地点了点头，就在那个瞬间，他似乎理解了这个老兵所有的一切。

桑木遗体火化那天，陆曲带着除去值勤以外的所有后留人员在殡仪馆和桑木告别。告别大厅的四周被花圈挤得满满的，一条条挽联低垂着，战士们静静地列队肃立着。

桑木母亲被计生干事和陆曲搀着走进来时，电子屏上桑木的照片哗地跳了出来。桑木睁着清纯的眼睛，微笑着注视着整个大厅当中为他送行的人们。桑木的父亲脸上没有一点表情，他的目光在一个个花圈上浏览着。第一排第一个是团里献给桑木的，第二个是团长委托别人送来的，第三个是政委的，第四个是副团长的……花圈依次排列着，虽然那些送花圈的人桑木的父亲都没有见过，但是他看到了他们的存在。

花圈再排列下去，是一连的、二连的、三连的……桑木父亲没有心情再往下看，他相信儿子生前的部队所有的连队都来参加他的告别仪式了。在谁都没有预料的情况下，他突然奔向躺在鲜花中的桑木，一下子扑在桑木的冰棺上："桑木，你死得值呀。"继而，压抑了六天的这个男人开始号啕大哭。声音大得吓人。

保卫股长刚要上前把他拉起来，陆曲一把把他拉住了。

"让他哭一会儿吧。这些天他一直忍着呢。"桑木母亲说。

桑木是被六个选出来的战友抬出告别大厅的。那六个个头一样着装一样的战友抬着桑木出来的时候，门外早已列队站好了两排战友。

一出门，桑木就被战友举了起来，一直举过了头顶。桑木在被举起的同时，广场上飘起了《驼铃》那支歌。在低缓回转的"送战友，踏征程，默默无语两眼泪"的歌声中，所有人噙在眼眶中的泪水终于纵横而出。

就在送行的人们沉浸在悲伤的气氛中时，陆曲五岁的儿子举着一个白色的灵幡一边拎着裤腰一边大跨步地走到了那六个兵前面。他俨然是一个伟大的旗手，调皮地昂着头引领着队伍向灵车走去。陆曲的儿子从来没有遇到过这种场合，他还不懂什么是生什么是死。昨晚他是接受了父亲的一辆电玩车的贿赂之后才答应父亲参加今天告别仪式的。

走到灵车后边，他被车拦住了去路，没有经过彩排的他显然不知道该如何应对这种情形，猛地一转身，像战场上的大将军，把手里举着的旗帜一挥，冲那六个战士威风凛凛地喊道："停！"

然后，几步跑到站在桑木父母身边的陆曲跟前，昂着小脑瓜响亮地问："老爸副政委同志，还怎么办？"

孩子的这一声问让悲伤的桑木母亲一时竟想笑起来。孩子有些不满，他警告桑木母亲："我妈妈告诉我了，今天不许笑。"然后转过身等待着父亲给他进一步做指示。

陆曲看着被他哄来的儿子，用手往旁边指了指，儿子听话地跑过去，站在了车旁。

桑木被抬进了灵车。陆曲拿起儿子手中的白幡，轻轻地放在了桑木身上。

桑木母亲跟跄着扑过来，一下抱起了陆曲的儿子，含着泪对陆曲说："你干吗要这么难为孩子？"说完，她把陆曲的儿子放在地上，泪流满面地说，"孩子，奶奶代表叔叔谢谢你。"

灵车开动了，陆曲问坐在身边的桑木父亲："桑木怎么起了这样一个名字？"

桑木父亲不自然地摇了摇头，兀自地想笑，没笑出来，说："他是一个后门兵。当初他不是到你们团来的，我是在武装部听说咱们团在邻县接兵，在军分区找人调过来的。"

第二天一大早，桑木父亲抱着桑木的骨灰盒上车了。临上车，他对着盒子面色凝重地说："桑木同志，爸爸领你回家了。"然后，低头钻进了车子。

桑木母亲脸上挂上了坚毅的表情，不再说话，跟着往车里进。她的手里捧着一个玻璃瓶子，那里面游动着一条红色的鲤鱼。

桑家人渐渐地远去了，陆曲长长地出了一口气。他在心里想，如果他们还有孩子，还会送到部队来么？战争真的打响了家长们又会怎样呢？

正在陆曲想事的时候，招待所的一个兵风一样地跑来了，他手里举着一个大大的信封。

陆曲拆开看时，里面装着的竟是团里除了抚恤金之外额外补给桑家的两万元钱。在两沓钱中间，夹着一张纸条。上面这样写着：感谢部队为我们培养了一个好战士。桑木同志是因公牺牲的，但他给团里惹了太大的麻烦。

在场的人谁也没有看过桑木父母的字，当然也猜不出这两行字出自于他俩谁的手下。可是，想必他们一家人一定是坐在一起商量过的。或许，桑木也在场。

忽然，陆曲的肩上像是被人拍了一下。他回头看了看，送行的人离他都很远。他想，是桑木吧。又一想，也可能是团长呀。前几天送团长时，团长就是在这个位置上在他肩上拍了拍的。

陆曲觉得肩上很重，晃了晃。但是他挺住了。被桑木母亲带走的那条鱼又开始在他的眼前游。他呆呆地想，桑木怎么就变成了一条鱼呢？

弹道有痕

胥得意

1

赵旭阳觉得还是和大家不要拥抱的好，他怕忍了很久的泪水会从眼底流出来。他确实想哭，但他不想在众目睽睽之下把眼泪流出来。但他走过李存身边时，李存却一下子抱住了他，然后在他耳边说道："班长——棒啊！"李存这一句话，差一点把他的眼泪勾出来。这时，石正飞也抱住了他。

副班长把他们三个分开了，赵旭阳胸前那朵半分钟前还精神抖擞的大红花已经压成了一个大圆饼。赵旭阳挺尴尬，装作挺爱惜的样用手指把纸花瓣一点一点扶起来，一边扶一边说："这花我还想留着结婚时再戴呢。"副班长冲他一咧嘴："你这刚退伍就开始想结婚的事了，真是退伍就褪色呀。"

赵旭阳在石正飞肩上拍了拍，说："好好干，给你爸活出个新样子来。"然后把另一只手放在了李存的肩上，"当好你爸的手，替我向你爸问好。"说这话时，赵旭阳的中指在李存的肩头悄悄地加了一些劲。说完他便登上了送退伍老兵的车，他靠着车窗坐着，再也没抬头。车离开营区时，他也没有回头。

2

新兵下连的第一次班务会上，石正飞和李存就"杠"上了。下士班长赵旭阳知道，这"95后"的个性要比他这个"90后""驴"不少。班务会刚开始时，赵旭阳还觉得这批新兵发言挺积极，后来听着听着感觉到了火药味。他先是闷声说行了行了，意思是不要吵了。哪知石正飞的音量一点也不见小，李存也不示弱。赵旭阳忍了再忍，还是把本子摔在了地上。"啪"的一声，非常响亮，连副班长都愣了一下神儿。到赵旭阳班里三年了，他还没见过炮兵团最牛逼的侦察班长发过火。

说起来石正飞和李存争吵的源头纯粹是一个小概率事件。如果赵旭阳能够听明白到底是咋回事或许他都不会发这样的火，问题是他们争吵的事让他这个在炮兵专业上无所不知的班长一无所知，一句也插不上话，有些颜面尽失，而自己的制止竟然也没有出现晴天霹雳一声响的作用。

3

呼啦啦新兵下班了。炮兵指挥连的第一班侦察班一下子补进来三个新兵。石正飞、李存和于刚刚。按惯例是班长介绍炮兵侦察兵的主要作用和班里的情况，然后就是新兵老兵相互介绍。哪知道石正飞介绍自己时，竟然长篇大论地从他爹那儿开始了。石正飞介绍他爹刚开始还有点慢条斯理，讲他爸叫石平阳。赵旭阳坐在前面看这个新兵讲出这三个字时脸上莫名其妙就浮出了一些傲气。他有些弄不清为何。谁没个爹，谁爹没个名，你爹叫石平阳有啥牛的，不就是你爷希望他把太阳给平了么。你爹要是叫平宇，把宇宙给平了你尾巴还不翘天上去了。石正飞一看他讲到了他爹没人反应，陈述句一下变成了疑问句。"电影《弹道无痕》你们看过没有？"于刚刚摇了摇头，副班长的表情有些疑惑。赵旭阳倒是觉得石正飞还有话要讲，虽然他不知道这个电影他倒是想知道石正飞到底要说什么。赵旭阳用下巴指了一下石正飞："你是第一个发言的。挑主要的讲。"

"那个电影的'男一号'叫石平阳！是我爸！"石正飞的得意劲儿终于被那层青春的脸庞包不住了，脸微微地涨红了。可能因为兴奋吧。

"'男一号'演的是你爸呀？我还以为主演是你爸呢。"副班长显然对石正飞最后抛出的答案有些失望。

赵旭阳听明白了石正飞要表达的是什么，他的意思是他爸有可能是一个名人，但是他还是没弄明白，即使电影里演的是他爸，他在自我介绍时讲他爸到底有什么用呢。赵旭阳只好耐住性子让他讲。从入伍第三年当班长起，他带的兵至少也有二十来个了，对战士的性格了解得虽然不能说是像农民了解大粪一样，但至少和厨师了解土豆差不多。眼下这个兵有些爱卖弄、图虚荣这点倒是显而易见。

　　"我爸当年当的是炮兵，我现在也成了一名光荣的炮兵。这叫子承父业，我感到特别骄傲和光荣。所以我要努力学习，向班长学，向老兵们学！"石正飞东拉西扯终于把话靠到主题上了。赵旭阳听明白了。原来这个新兵讲的《弹道无痕》中的石平阳是个炮兵呀，难怪他自我介绍时非要提到他爹。

　　赵旭阳忽然对《弹道无痕》这个电影有了兴趣，不由得就问了一句："这个电影我还没听说过，从网上还能找到么？"还没等石正飞再讲话，李存站了起来。李存的话一下就把好端端的一个班务会搞成了辩论会。

　　"班长你看不看《弹道无痕》这个电影无所谓，其实《弹道无痕》是一部中篇小说，先有了小说，获了奖之后才拍的电影。如果这两个作品你对比着看一下，你会知道电影和小说根本没法比，或者说也不是一回事。刚才石正飞说电影里演的是他爸，他说是就是吧。不过我倒有个事也要说一下，真是巧了，我爸当兵的时候和这个小说的作者是同连战友，石平阳的经历倒是和我爸基本一样。"李存说完这段话后，鼻子里轻微地带出了一个"哼"的发音。赵旭阳知道这个"哼"是对着石正飞去的。

　　但副班长有点生气了："咱们开个班务会怎么就成了拼爹会了。要是你爸是李刚我估计你们谁也不说了。"说完，副班长把头转向于刚刚，"你爸是不是叫李刚？"于刚刚脸红了一下："我爸姓于。"

　　"我爸当兵的时候虽然什么也没干成，最后就是一个志愿兵转业的。但是他从来没有对过去埋怨过一句。他一直希望我长大后能到军营替他圆一回梦。"李存看了看石正飞，接着讲，"不论是不是拼爹的年代，我觉得还得需要自己去努力。"

　　李存的这句话也是带着刺儿的，石正飞不可能听不出来，不无讽刺地回击李存："我爸就叫石平阳。这确实很让人嫉妒。"

　　"更让人羡慕——哼！"李存这回的"哼"没在鼻腔中婉转，而是直接就喷出来的。

赵旭阳入伍头两年一直在低头学侦察技术，几乎连大声说话的时候都很少，这才几年光景，新兵竟敢在下连后的第一次班务会上就针锋相对，真叫时代在换，刮目相看。要是他看过《弹道无痕》，不论是电影也好小说也好，他也能从容地主持下公议，问题是这两个新兵争得面红耳赤的东西他根本没看过。他只能用语言制止了。当语言不管用的时候，他只好把本子摔向了地面。赵旭阳看着副班长安排工作："明天就进行'三大法'训练。是骡子是马，拉出来遛遛！"

班里总共来了三个新兵，两个上来就交锋了，现在只剩下于刚刚没发言了。于刚刚把赵旭阳摔在地上的本子捡了起来，在胳膊上擦了两下，然后抓在手里直溜溜地站在了马扎凳前看着班长。

于刚刚清眉秀目，身材看上去也有些弱不禁风，确实不像当炮兵的料儿。赵旭阳端详了他一下，说："该你了。"于刚刚脸霎时红了，用很小的声音说，"我叫于刚刚。报告完毕。"然后就站在原地看班长，他的手中还紧紧地拿着赵旭阳那个本子。石正飞和李存有些愣愣地仰着头看于刚刚，脸上全是吃惊的样子。

4

新年度的炮兵训练在新兵下连后不久便正式展开了。风在营区的树梢上呼呼掠过，枝头还没有一点绿色的痕迹。只是天空中，偶尔有一排排的雁阵飞过，飞过之后，天空中也是什么也没有留下。留下的只是几个新兵悄悄的讨论。大雁都来了，春天快要到了。

一个月后的一个训练间隙，副班长突然和赵旭阳提出来了一个已经被他忘了的事。副班长问赵旭阳看没看过《弹道无痕》。赵旭阳只好如实回答："我从小学一直到高中毕业，课外书除了喜欢看军事类的，小说基本没看过。对电影也没兴趣。"

副班长笑了："那两个玩意儿争得劲劲的东西我也是没看过。不过我跟你讲，入伍前我还真是看过一些军事类小说。到了部队一看，才知道那些写东西的全是在编瞎话。真话不敢讲，假话说不完。一点生活体验没有还愣是想象得无比丰富。"

赵旭阳看了看副班长，若有所思地讲："不过。我倒是想看看小石和小李说的《弹道无痕》。"

"我从手机上查了。九十年代老电影了。咋的？你有限的青春还想投入到无限的浪费生命中去呀。"

"那至少得看一下小说。不信你看着，小石和小李在这件事上指定没过去。不一定哪天一句不合又翻扯到他们爹上去。"

"这当个班长让你把这心操的。是不是稀碎稀碎的了。不仅要管他们训练，管他们思想，还得管他们爹到底是谁。"

"班长就是一块砖。"赵旭阳把这话说得一本正经。

"我看就是一泡尿。"

三天后，副班长把一摞打印稿夹到了赵旭阳的炮兵作业夹中。赵旭阳翻了两下问副班长："这是个啥？"

副班长近乎耳语似的告诉他："这就是你说的小说《弹道无痕》。"

赵旭阳问："那咋没题目呢。"

"你傻呀。"副班长冲着赵旭阳眨巴了两下眼睛。赵旭阳没明白他说的这话是什么意思，倒真是觉得自己有点傻了。副班长在一旁一边组织新兵老兵分训，一边拿眼睛扫描赵旭阳。赵旭阳装模作样地打开作业夹，看上去像是目不转睛地在做计算题，手里拿的方向盘却是一下没动。

又是课间休息了。赵旭阳和副班长凑到了一起："这个小说我看一半了。挺好，只是我咋没看到他们争论的石平阳这个人呢。"

副班长神秘地一笑："你看到杨屏适了么？"赵旭阳点了点头。

"那不过就是一个人名。在电脑上全部替换了，一共二百零九处。"

"又耍心眼。"赵旭阳用肩膀撞了副班长一下，他打心眼里佩服连队给他配的这个副手。聪明心细，做思想工作有一套。

"现在的兵哪像以前那么好带，头脑灵活着呢。他道高一尺，咱得魔高两丈。"

5

　　赵旭阳用一个双休日时间把小说《弹道无痕》又看了一遍，从他在每页上的圈圈画画便可见他看得有多么认真。虽然他很少读小说，但从心里来讲，他对这篇小说是喜爱的。这篇小说无非就是讲了一个极为优秀的炮兵班长"杨屏适"（也可说是石平阳）如何练就了自己的过硬技术，而却总在与改变命运的机会失之交臂，但是他不放弃不抱怨，还是对自己的事业一往情深。单从这篇小说的故事来看，不煽情无泪点，但所有的深情都是含而不露的。这符合赵旭阳的性格，事事隐忍不张扬，自尊永远比利益重要。赵旭阳喜欢这篇小说，所以他在战士们都睡下以后，又在图书室把小说看了一遍。

　　赵旭阳喜爱《弹道无痕》的另一个原因让他也有些不好意思，但一想到班里两个新兵都在讲他爹也是主人公赵旭阳就不往这上面讲了。怎么人人都说自己是石平阳呢。还是副班长聪明，把石平阳的名字换了，这让他读起来更舒服一些。他觉得他就是主人公杨屏适，专业相同，性格相近，命运相似。命运相似？差不多吧。

　　当兵第二年，赵旭阳便以优异的侦察技能成为了炮兵团里的后起之秀。每次演习，团长只要在指挥所里看到赵旭阳，脸上都要忍不住流露出赞许。赵旭阳入伍前学过绘画，他的这个功底在入伍后很快就展现了出来。军事地形图往他眼前一放，他所看到不是一个浅绿色的平面图，在他的眼里，山是山水是水，路是路树是树，一切都是立体的。尤其是密密麻麻的一圈一圈缠绕着的等高线，他看上一眼就能描绘出山形地势。连长第一次向团长不无吹嘘地讲赵旭阳这个本事时，团长还有些半信半疑。团长当时就让赵旭阳标出现地站立点，没过三十秒他便准确地标了出来，后来经过多次实际检验，团长和参谋长都信了。第二年年底，虽然说转士官的竞争很大，但是赵旭阳还是波澜不惊地由上等兵转成了下士，并且坐上了指挥连侦察班长的位置。那年，连队和他同时转成下士的还有计算班张二壮和测地班杜美华。同样如此，那两个战友转上以后也是当上了班长。

　　毋庸置疑，指挥连的侦察班就是团指挥所的千里眼和顺风耳，炮阵地、指挥所、目标点等，及战场上的所有位置、方位、风向、气候等数据都要由他们提供给团首长，以便让指挥官做出准确判断。如果没有了侦察班，指挥所里的首长们便全都成了睁眼瞎。可见侦察班有多么重要。因此，侦察班的兵也就比其他连队的兵多了和首长接触的机会。

下士第一年，赵旭阳便在集团军比武考核中一举拿下了侦察兵比武第一名，被集团军记了二等功。照此发展，转一年他便可以保送入学了。可是第二年恰恰是军区考核炮兵团全面建设，其中有一项就是炮兵打靶。炮兵团从年初就拉到了演习场开始没日没夜地训练，一直要等到秋天才能考核完毕。赵旭阳作为侦察班长当然得随团指挥所共同开进共同撤离的，他上学的事没人提他当然也不能提。很多事情就是这样，你具备了这样的条件但不等于一切就是你的。那年春天，他在同批兵中第一个入了党。这样一来他就更不好开口了。

赵旭阳是一个为自己的事难于开口的兵。他来当兵就是奔着考军校的，哪知当上等兵的时候，还没等他向连队申请参加文化队学习考军校，连队已经作为重点骨干把他送到了集团军侦察兵集训大队。赵旭阳承认连队没有害他的意思。一入伍他就知道了，指挥连是集团军标兵连，团里每年的保送入学指标几乎都落在了连里，只要他把专业训好，希望还是有的。而且，他在内心还是有点想法的，他想当侦察班长。他觉得当个班长挺荣耀的。所以，也便听从了连队的安排。一切也如计划一样在发展，转士官，当班长，立功，入党。看似一切条件都具备了。

而当他和团里以"首发命中，首群覆盖"的辉煌战果迎接完军区考核从科尔沁草原凯旋时，满目都是萋萋枯草，雪花已经如期飘向了营区。他的军旅已经不知不觉奔向了第五个年头。赵旭阳知道自己保送的机会只剩下了最后一年，如果再不成，他只能转中士，然后在兵头将尾的位置上一直干下去了。虽然内心有时很着急，但是他还是不愿意找领导汇报汇报思想。副班长曾提醒过许多次了，离团长参谋长那么近，机会那么多，何况他们还那么赏识你，不能光让马儿跑，也得让他们给马儿吃点草呀。赵旭阳只是苦笑，该是你的，自然是你的，不是你的，争也争不来。

而就在这时，班里新来的两个新兵却让他知道了《弹道无痕》。副班长真像是肚子里的蛔虫，赵旭阳在想什么他全都知道，他偏偏就把这个小说找来了。但是他不明白副班长为什么要把石正飞和李存争辩的石平阳换了一个名字。

6

　　赵旭阳很快发现，石正飞和李存这两个兵是完全不同类型的两个人。石正飞好卖弄，讲话有些云山雾罩。一次定点训练之后，他又讲起了他家。全班的战友都在山坡上休息，他不知从哪个话题讲起了他家开的农家乐。石正飞讲话时眉毛是飞起来的："我爸开的饭店在我们整个县城都有名，平时每天每桌都要翻台两次，要是到了双休日。连停车的地方都没有。"

　　"那咱班人要是去了你家，你爸给吃点啥？"副班长扔出的这句话让石正飞演讲突然断了一下。

　　石正飞看了赵旭阳一眼："我家最拿手的菜叫'大阅兵'。就上这个！班长你们要是喝酒，就喝我家自酿的'战友情深'。"

　　赵旭阳对石正飞并不太反感，虽然他愿意显山露水，爱耍小聪明，但训练成绩还行。当然，若是和李存比起来，就差了一截了。李存的眼睛里处处都透着一股子沉稳，但这种沉稳中有着高傲。尤其是他每一次说话鼻音里带着的"哼"更是为他的性格画龙点睛。不过，李存对于侦察兵的训练确实有着一种近乎痴迷的热爱，这种热爱要比他更胜一筹。赵旭阳知道自己是炮兵侦察的天赋更强一点，而在刻苦这点上，他在暗暗地佩服着眼前这个新兵。至于于刚刚么，赵旭阳有他的打算，连队在选通讯员，他已经向连长推荐了这个秀气的新兵了。赵旭阳认为他适合干这个，少言，勤快，尤其是他平时业余时间看的都是诗歌而不是《炮兵侦察》，可见他的心性不在训练上。

　　赵旭阳忽然对石正飞的话题来了兴趣："石正飞，给我们讲讲你爸的'大阅兵'是啥？"

　　石正飞给点阳光就灿烂了，一看班长的注意力在他这了，更兴奋了。"我家的'大阅兵'实际上就是'三烤'，有烤全羊、烤全鸡、烤全鱼，地上跑的，水里游的，天上飞的，陆海空全齐了。客人往那一坐，就像是上了检阅台阅兵一样么。"

　　李存没说话，但鼻子中还是发出了一声"哼"。于刚刚手里拿着一根草在一遍遍地往上眼皮上摩擦，他好像对吃这个话题一点也不感兴趣，进入了对某一件事的憧憬状态。这些石正飞都看到了，但他的眼睛还是盯着班长和副班长看。他知道，在一个班里要想生存什么最重要。这些，在他入伍前他爸已经给他培训过多次了。

"班长你猜，我家饭店叫啥名？"石正飞卖起了关子。

"你爸那么有才，起的名班长哪能猜得到。"李存这句话显然是给石正飞浇冷水。

石正飞脸上现出了笑容，带着真诚地，但是他的笑容全是冲着班长去的："班长你猜一下。猜一下。"石正飞最后重复的"猜一下"已经带着迫切或者是嗲气了。

副班长知道赵旭阳不会配合石正飞搞这个无聊的游戏，他硬生生地说："有屎快拉，有屁快放。马上开始训练了。"

"我爸的饭店叫'弹道无痕老兵饭庄'！"

"你爸叫石平阳。当然叫那个名。哼。"从石正飞第一次提他爸叫石平阳开始，李存就对这事有些耿耿于怀。

赵旭阳倒没在意李存对石正飞的态度，他接着问："你家那饭店还有啥特殊的地方？"

"剧照呀！各个房间全是《弹道无痕》的剧照。还有我爸的名片，上面印的头像是电影里的石平阳。来吃饭的很多人都找我爸合影。我们那的人都知道我爸就是电影里的石平阳。"石正飞俨然成了石平阳代言人。

李存没有再"哼"，他从旁边拿起放在地上的图板，端端正正地坐在马扎上标起了图。副班长抬手看了看手表说："开始训练。"

石正飞正处在口若悬河之中，情绪已经像是他爸后厨里沸腾的油锅，想猛地收住火有些不太容易，但是他还是大声地喊道："以后咱班的到我家，就给你们上'大阅兵'！说准了。"然后忙不迭地加入到了已经坐得整齐的队列里。

这时，赵旭阳已经指着远处下着口令："我手指的正前方有一马鞍形无名高地，左侧有一独立树。在地图上标出位置。时间三十秒。"

7

赵旭阳保送入学的事又泡汤了。政委找他谈过了。政委来找他谈话可见政委对他有多重视。政委了解了赵旭阳的想法后,给他讲了一个政策。荣立过二等功的战士在保送入学的问题上年龄可以放宽一岁,但是团里另外一个符合条件的班长如果今年不保送年龄便超了。因为那个班长只立了三等功。团里希望赵旭阳以团里大局为重,作为团里最优秀的班长要替团党委多分担一些问题。赵旭阳没做其他表态,他只是说我知道了。政委凡是征求他每一个意见时他都用这句话来做的回答。因为赵旭阳知道那个班长新兵的时候在警卫班工作过,是转了士官之后才到连队当的班长。

赵旭阳不知道自己在部队还有没有来年,但是他知道他眼下最重要的事是把班里的兵带好。

赵旭阳觉得有必要"摸"一下石正飞和李存了。如果不把他们当兵的真实目的摸清就不可能找准带他们的方法。如果他们打算在部队长干,便在专业训练上多下点功夫,若是到部队只想有个经历,那抓住思想不出问题也便行了。班长当到这第三年的份儿上,赵旭阳已经成为了战士思想上的操盘手。

那天是周六,赵旭阳外出。石正飞死活都要跟着去,没办法,赵旭阳给他也请了假。这是下连以来石正飞和赵旭阳第一次单独接触。两人都穿了便装,石正飞便有些放松。出了营门没多远,他的手就挎住了赵旭阳。赵旭阳冷着脸告诉他注意点形象,没想到石正飞却笑嘻嘻地叫起了哥,石正飞说:"哥,我告诉你,到咱班第一眼我就觉得你就是我哥。你说啥我都听。"赵旭阳立刻接过了他的话:"我说啥你都听的话,那你以后别管我叫哥。'哥''哥'的,我听着不习惯。"

"我爸说过,到部队啥都是习惯就好了。"

"你爸还教过你啥?"

"想听真的还是假的?"

"你说呢?"赵旭阳忽然觉得石正飞并不像他想象的那么单纯,社会经验还挺丰富。

"我爸说班长比连长指导员都好使。连队干部是抓大事的，带兵还得是班长。只要遇上了一个好班长，这兵没有当不好的。"

赵旭阳的眼前似乎站着了那个叫作石平阳的老兵。那个曾经当过兵的老兵正在把自己有限的经验传授给他的儿子。赵旭阳问："你爸当初当的是什么炮兵？"

石正飞愣怔了一下："我也不记得他是什么炮兵了，反正他说他们一拉练就要扛着炮跑。他打炮是四百米距离指哪打哪。"

赵旭阳心里一下子明白了，石正飞的父亲当初当的是配属步兵的无后座力炮，也就是当兵的常说的"小炮"。真要是打的是榴弹炮或是火箭炮神人也不可能在四百米指哪打哪呀，当然，几吨重的铁疙瘩都要用牵引车拉着走，人扛着跑那得吹多大的牛才行呀。看来，那个叫石平阳的也是一个爱慕虚荣的家伙，当回"小炮"硬是把自己说成了石平阳。再看看石正飞，赵旭阳算是明白了龙生龙凤生凤，这石正飞真是子承父业了。

赵旭阳不好挑破这些，对于一个新兵来说，他还分辨不清各种炮型，何况他的所为和炮没有多大关系的，倒是和人的秉性有关。赵旭阳说："你在家放着好好的饭店不开，跑到部队干啥？"

石正飞有些故作神秘地一笑："班长，不，哥，这你就不知道了。我跟你说，不管我爸那饭店开得有多火，可是我们村长吃饭从来没给过现钱。白条欠了一大堆。我爸总讲，你再是有钱，不当官也是白扯。别把豆包不当干粮，也不能把村长不当干部。我爸让我来当兵，就是想让我在部队入党，然后回家竞聘村长。"

"你爸咋不想让你当支书呀？"赵旭阳突然对那个叫石平阳的人反感起来。可是石正飞听不懂赵旭阳这句到底是什么意思，愣乎乎地问："支书和村长不是一回事么？"

"那咋能是一回事呢？"赵旭阳觉得眼前这个兵理想太不着调了，竟然连村长和支书都分不清，还想着将来当这个官呢。

"我们村长和支书就是一个人。"石正飞的一句话让赵旭阳无言了。

赵旭阳好像又想起了什么，问石正飞："你爸和石平阳是一回事么？"

"是呀，我爸一直就叫这个名。"

"我说的是那个电影。"赵旭阳知道石正飞还是没听明白他的意思，强调了一下。

"他说那个电影里演的就是他。我们那儿的人也都这样说。那当然就是他了。"石正飞说完瞅了瞅他的班长，他看出赵旭阳的脸像是秋天的湖面，没有温暖也透不出寒冷，没有水纹也看不到波涛。

俩人没再多说话。到了商场，不论赵旭阳看了哪件商品石正飞都要急着结账，弄得赵旭阳一件东西也没买成，中午还请石正飞吃了一次饺子。吃饺子也是石正飞要结账，赵旭阳没给好脸看："我是挣工资的，请你也多花不了几个钱。以后你挣钱了再请我。"

石正飞看出了班长的不高兴，忙着点头："以后到我家，让我爸给你上'大阅兵'。"

从街上回来的当天晚上，赵旭阳把李存约到了晾衣场。李存是从学习室跑来的，手里还拿着炮兵教材。赵旭阳借着灯光瞄了一眼他手中的书，书页上被他圈得像是老师批过的作业。他猛地想起了自己看过两遍的《弹道无痕》。

李存和赵旭阳的谈话一直持续到熄灯号吹响。在这次聊天中，赵旭阳发现李存并不是他平时看到的那样高傲。这个大学在读生卡在年龄的边缘入了伍，如果他等到大学毕业就错过了入伍年龄。李存讲他入伍不仅仅是为给自己的青春一个交代，更是想替父亲圆个梦。他的父亲当初是一个地地道道的炮兵，曾经参加过二十世纪八十年代在南方边境上的战争，当他本以为能够成为一个军官在部队长期从事炮兵这个他喜欢的事业时，一次负伤让他失去了一条胳膊，只好退伍回了家。当他父亲被英雄的光环笼罩着四处做报告又安排了工作时，他的母亲嫁给了他的父亲。当他七岁的时候，父亲下岗了，只能靠伤残军人抚恤金生活，而他坚决不去申请低保。后来，母亲终于不堪生活重负扔下他们父子俩人不辞而别。李存还谈到他父亲当兵时班里有个兵文笔非常好，两人感情处得也非常深，他把他爸在部队的成长经历和追求写成了一篇小说叫《弹道无痕》，只不过小说的结尾和他爸的命运有些出入，但其他的事基本都是他爸经历的。后来那个人成了全国有名的大作家。但是他爸再也没有和那个战友联系过。只是告诉李存做人要像石平阳，当兵要当石平阳。

李存的命运有些悲苦，在他讲述这些的时候赵旭阳甚至都被打动了。但是李存却像是在讲述别人的故事一样讲得有些漫不经心。最让赵旭阳有所感触的是，他问："你爸为什么不找政府帮助呢？"李存这样回答了他爸爸的做法：

　　　　　　　　　　　　　　　　"新生代军旅作家"面面观 |

"他只希望凭借自己的能力生存。他讲过他的战友在前线已经牺牲了很多，他见过很多死亡与伤残，与其他人比起来，他很知足了，至少他还活着。实际上，我觉得我爸真的挺有骨气，挺男人，挺像一个军人。"

因为赵旭阳是从李存和石正飞的争辩中注意到小说《弹道无痕》的，他知道李存也一定把这个作品看过了。他问："我也看了《弹道无痕》，你觉得杨屏适那个人怎么样？"

"杨屏适？"李存显然不知道这个人物就是石平阳的化名。

赵旭阳也意识到了这个问题，忙改口："啊，是石平阳。"

"我喜欢。"李存急着表白，然后又迅速地纠正，"我喜欢他的性格，隐忍，坚韧，但是我不喜欢他的命运。"

"为什么？"

"他和我爸爸太像了。理想和现实之间的差距就是痛苦。以前我爸把这本书推荐给我时，我还不懂，后来当我越来越懂我爸时，我也越来越读懂了石平阳这个人。所以——"李存谈得不再像开始那样轻松，眼中透出一股狠劲。

"所以你在要超龄时选择了入伍。"

李存点点头。

"但是你不一定会实现你爸的理想，有时我们都是在背着别人的梦想前进。"

"班长，副班长对我讲过你的事。"李存转过头看着赵旭阳。赵旭阳的眼角跳了一下，"正如那个作家不知道我爸后来的生活一样，石平阳也不一定完全就是我爸。只是他们相识，只是我爸是他的班长，只是他塑造了这样一个人物。其实，我觉得你更像石平阳。"

"部队里这样的人多了。石平阳实际上就是一个多数老兵的化身，作家让他出来说说话而已。一个人叫什么名字无所谓，经历才是最重要的财富。对了，我们以后不谈文学，还是谈侦察训练吧。文学离生活太远，不可捉摸。只有我们眼前的炮弹炸出的弹坑才是实实在在的。"

熄灯号催促着赵旭阳和李存往连队走。赵旭阳有意放慢了脚步，让李存先回去。李存也读懂了这个意思，加快了脚步。就在他要拐弯时，他听到赵旭阳在身后喊："石正飞他爸叫石平阳，你爸是石平阳。"

李存停下脚步，回头冲赵旭阳一笑："赵旭阳——棒啊！"

赵旭阳说的这句话是小说中每个人对石平阳的评价，也是石平阳带着遗憾离开部队时战友们为他打的条幅上的内容。听李存用了这样一句台词和他告别，赵旭阳的心中猛然一动。

那天晚上，李存睡得特别香甜。因为在他临睡前，赵旭阳在他的头上用手指轻轻地弹了一下。

<h1 style="text-align:center">8</h1>

一年转眼就过去了。炮兵又像往年一样拉到炮兵靶场演练了一番。赵旭阳欣喜地看到李存的侦察专业差不多要超过副班长了。副班长很服气地和赵旭阳说："大学生就是大学生，就是不一样。"

可是石正飞却让人赵旭阳放心不下，班里还从来没敢让他单独计算过一个数据，不是他算得不准，而是怕他算不准，因为他的心思似乎总在入党这件事上。好几次赵旭阳想告诉他，有些东西不是你想要就有的。就好比不是你入了党回家就能当村长。

团里第一次试射时，石正飞看着从炮阵地发射过来的炮弹一发一发地落在敌方阵地，不无感慨地对赵旭阳讲："班长，这只听到响，轰一下，前面就炸了，都不知道炮弹咋飞来的。真的是弹道无痕呀。"

赵旭阳少有地偏执起来，他对所有在场的兵说："谁说弹道无痕，它飞过来就是一道痕，只是你们没有看见。"

"石正飞，你就是你爸的痕。"副班长在一旁打趣。这句话石正飞是理解不了的，所以他只能愣愣地看三百米外的炸点而接不上话。

赵旭阳和副班长处了两年下来，配合得早已天衣无缝，他当然听明白了副班长这句话在说什么，就在鼻腔里"哼"了一下。副班长以为是李存发出的声音，他看了看李存，李存却在本子上认真地记着东西，他只好把目光怪怪地望向赵旭阳了。

演习回来就到了士官转改阶段。这一年事情有些复杂，来年集团军要精减，转改士官大幅压缩，旅里拨到团里只有九个转中士指标，全团共十二个连队，每个连队确保一个都做不到。指挥连是集团军标兵连，多给了一个指标。但这又能说明什么呢。指挥连的每个班和每个班的专业都不同，这就意味着班长之间不可能做出横向调整。不像是步兵班，九个班长专业完全一样，可以随时互调。计算班班长张二壮和测地班班长杜美华同样面临着转中士，同样都是团里数得上的优秀班长。指挥连的情况是计算班除了张二壮再找不出可以当班长的人物了，测地班同样也是，装备研究所研究出来的新式激光测距机正在指挥连测试，而杜美华就是厂家指定的攻关人员。在这"三取两"的晋级中，赵旭阳无论多么优秀他都处在了劣势，最主要的原因是他把本事全手把手地教给了副班长。副班长虽然比他晚两年当的兵，但这个下士可以随时替换他完成所有侦察科目了。

赵旭阳思考自己进退走留的时候想起了《弹道无痕》里的另一个人物——靠投机取巧最后达到个人目标的王北风。不然——这个念头只是一闪，赵旭阳脸便红了。尽管是在夜里，但他还是觉得自己能够看到自己的红绸一样的脸。虽然在炮场上经历风吹日晒，脸已经变得黝黑，但它的下面流着的是血。而现在这种血正因为羞耻而要浸出皮肤来。

事情不出所料，赵旭阳没有晋级成功。但是赵旭阳还是向连队递交了留队申请，他对副班长说我递交这个申请只是想表明我热爱连队喜欢部队，而绝不是希望组织可怜我留下我。副班长死死地抓住赵旭阳的手说我懂我知道我知道我懂。

赵旭阳离队前最后一次主持班务会他没有谈管理，也没有谈训练，而是破天荒地和班里战友们谈起了弹道到底有痕无痕的话题。赵旭阳说："咱班今年从一开春就总说到弹道的话题，这可能是我们是炮兵的缘故吧。今天咱们就讨论一下这个弹道问题，咱们不讲炮阵地高在了哪，也不讲观察所设在了哪，不讲弹道，不讲目标点，只讲讲这个痕的事吧。"

和以往一样，还是石正飞最先接话："班长你那次说弹道有痕，我一直在想，现在想明白了，它是有痕的。"

赵旭阳问他："为什么有痕？"

石正飞回答："我爸说班长说啥就是啥。所以你说有痕我就觉得有痕。"

赵旭阳说："开完这个会我就不是你班长了。你可以说它无痕了。"

李存看了看副班长，说："我认为弹道是有痕的。"

赵旭阳看了看这两个马上就成上等兵的战士说："这个弹道可以说有痕，也可以说无痕。但咱们说好了，以后再聚会，就喝石正飞他爸酿的'战友情

'深'酒。"

副班长没有参与到这个讨论当中，他的手里死死攥着一卷纸。然后他铺开，在那纸的最上面，用大出一号的字写道：弹道有痕。然后在旁边又写着"杨屏适""赵旭阳"，接着在这两个名字中间画了一个等号。

副班长看了看纸，冲赵旭阳笑了。副班长笑得很苦。赵旭阳知道他不是装出来给他看的。赵旭阳觉得把当初副班长送他的这个小说当个纪念留给他挺好的。

9

汽车转了一个弯就离开了营区，热热闹闹又有些悲壮的送行队伍不消一会儿就隐退进了兵舍楼。只是连队的广播一时间还没停下来，广播里还在不解人意地唱着《铁打的营盘流水的兵》。负责播放广播的于刚刚呆呆地望着营区门口，两行泪从白净的脸上蜿蜒而下。

营区里空荡荡的，有风刮过。空荡荡的营区里用不了多久，又会有一批新兵来到了。风一吹，地上的脚印没了。风一吹，歌声也飘散了。但是细细去找，好像地上还隐约有走过的痕，歌声也好像还在远处唱，或是在心里，在一个个石平阳的记忆里。

直面军人婚恋中的隐痛

——读胥得意长篇小说《炮兵连爱情往事》

郑润良

《炮兵连爱情往事》通过讲述一个炮兵连队几名青年军官面临爱情时的纠结与矛盾，通过青年军官不同择偶观以及择偶标准，展现了当下军队基层干部的婚姻状态及婚姻追求。在我印象中，军人婚恋题材的中短篇小说不少，特别是裘山山、王甜、王凤英等军旅女作家们在这方面比较擅长。但是，以军人的婚恋为叙述焦点的长篇小说，还是比较罕见的。也因此，胥得意的这部长篇小说首先在题材上就占据了独特的优势。

军人，自古以来就以保家卫国为己任，意味着"舍小家为大家"，意味着担当、奉献和牺牲。这是他的职业属性所规定的。我们也习惯在主流媒体上看到军人不怕牺牲、勇于奉献的英雄形象。但是，我们也不能忘记军人在日常生活中也是一个普通人。正如马克思所言："人的本质不是单个人所固有的抽象物，在其现实性上，它是一切社会关系的总和。"文学是人学，它更关注人在日常生活中的方方面面和情感世界。爱情又是文学的永恒主题。因此，一部集中表现当代军人的情感生活的长篇小说无疑是有它不可忽略的价值的。

《炮兵连爱情往事》取材于作者多年军旅生涯的经验与观察，直面军人婚恋中的隐痛，有一种纯正严肃的现实主义品格。小说力图破除笼罩在军人婚姻之上的种种虚拟的光辉，还原军人在婚恋中所遭遇的现实问题。小说的后半部分描写一场军地联合举办的联谊交友活动，在活动现场，有着离婚切身之痛的女主持人杨絮飞说了一段"不大合时宜"的话："你们有勇气选择军人是正确的，但是婚姻从来都不需要以高尚作为代价。选择军人，其实就是一种选择。它不存在对与错之分，也不存在幸福与痛苦之分。每个家庭有每个家庭的幸福，同样，每个家庭也有每个家庭的痛苦。最主要的问题，是你们如何来经营我们的婚姻。"一段话就隐含了小说的主旨，表现了作者的潜在态度。在作者看来，选择军人作为人生伴侣要有充分的思想准备，既要有两情相悦的前提，还要经受因为各种军人职业可能给家庭带来的现实困难的考验。如果仅仅因为虚荣或一时的冲动做出决定，对婚姻双方的幸福而言都是一种不负责任的行为。

这部作品在情节的设计方面颇具匠心，通过一系列的矛盾、戏剧性冲突牢牢地吸引读者的注意力。小说以炮兵连排长付一笛无意之间遗失了一张与暗恋他的女兵仇小丫穿婚纱拍的照片，被仇小丫的丈夫炮兵营营部助理员黎术拾到这一戏剧性事件作为起始展开后续的矛盾与纷争。士官仇小丫是省拥军模范的女儿，在心中暗恋着炮兵连排长付一笛，但是付一笛却一心想在事业上有所发展和怀恋着家乡的"初恋女友"，只把仇小丫对爱情的流露当成战友情处理。一心想成为军嫂的仇小丫在无奈的情况下选择嫁给了为人势利、群众基础较差的营部助理黎术。黎术以前是付一迪的连长，家境不好，但为了获得仇小丫的爱情有些不择手段，他在有效地利用教导员和仇小丫家的关系后娶到了仇小丫。炮兵连的其他干部都看得清黎术与仇小丫这桩婚姻的目的。而当仇小丫看清黎术的真实用心后，两人以分手告终，但是仇小丫依然无悔地走在拥军的路上。指导员俞正调入连队之前曾经有过一段难以启齿的婚姻，他的妻子于静宵由于他的工作太忙而冷淡了感情，最后和连队通信员私奔而走，当后来成为寡妇的于静宵带着孩子重新回到俞正身边后，俞正默默承担起了于静宵所有的沉重。在连队，付一笛同样面临另样一种纠结，和他同乡入伍并比他稍小的全大志成为了他的连长，而全大志却时时痛苦在农村妻子与城市的格格不入与无知的状态中，在这种情况下，多才多艺的全大志遇到了电视台著名节目主持人杨絮飞，内心难免出现波澜。很显然，作者以男主人公付一笛为轴心，串联起几对基层干部的家庭与婚恋生活，力图较为全面地反映当前基层军人的婚恋问题和困境。对这些问题和困境，作者显然谙熟于心。我们从小说人物的对话与心理活动尤其是付一笛的言谈中就可以感受到，这些问题由来已久，但却没有引起足够的重视。正如付一笛在教导员决定发动官兵捐助俞正后质问教导员："教导员，我直到现在都不能理解，你为什么不征求俞指导员的意见做出这样的事。可是，你们考虑过没有？我们部队的政治工作有多么悲哀，整天就盯在捐钱捐物的造势上，这难道就是政治工作么？如果从这件事上，我们来一次部队婚姻大调查倒还是不错，看一看我们周围，有多少两地分居的，聚而不合的，军属待业的，红杏出墙的，为什么出现这么多问题？有哪个领导认真考虑过。"小说中的人物及其遭遇就是付一笛这段话的活生生的证明。包括教导员自己在内的干部属于两地分居。大部分家庭存在聚而不合的现象：黎术和仇小丫是因为两人的婚姻中掺杂了太多爱情以外的考虑，黎术看重了仇小丫的家境，仇小丫则出于成为一个军官家属的虚荣感；仇全生与妻子张晓鸥的问题出在后者对军人职业的不理解；全大志和妻子楚艳艳则是因为文化的差异与隔阂。同时，楚艳艳的待业问题也是影响他们夫妻关系的一个重要原因。俞正与于静宵之间的感情隔膜导致后者红杏出墙。包括付一笛自己，在爱情与事业之间的徘徊与难以抉择，一拖就拖成了"大龄独身"。这些问题的存在与军人职业的特殊性有关，也与相关领导对这些问题的漠视与解决不力有关。

这部作品在叙述时间的设置上以一年为期，从连队准备迎接重大演习开始，到一年后接到命令演习取消结束。在空间上，则以连队以及几个男女主人公的家庭为限。在相对集中的时间与空间里，上演了几对青年男女的婚恋悲喜剧。作为小说中的重大事件，演习在小说中始终只是一个背景，并且在结尾部分宣布了它的最终取消。这就使得作者可以全心全意将叙述重心放在男女主人公的日常生活与情感关系上，使得小说所要表达的婚恋问题得以凸显。对这些问题，作者采取的是不回避、不隐讳的态度，通过人物的言行与内心活动将它们一一展示在读者面前。在胥得意以往的创作中，他擅长通过微型小说与报告文学塑造基层普通官兵与军营小人物形象。这部长篇显然承继了作者创作上的这一优势，塑造出的人物都是平实生动、立体可感的。小说中的男女主人公都是瑕瑜互见的普通人，带着日常生活的烟火气息。小说中职务最高的教导员因为思想工作不力，威望不高。作者不仅是在塑造一个基层常见的干部形象，更是由此暗示军人婚恋问题解决的不易。

在诸多人物中，作者对男主人公付一笛和女主人公仇小丫应该说是比较偏爱的，赋予了两个人物一些理想化的色彩。付一笛对晋职晋衔不上心，但对带兵非常上心，他与士兵安小龙之间的亲密关系就体现了他爱兵如子的情怀。付一笛与初恋女友寒冷之间的感情因为家长的干涉而遭遇挫折使他迟迟无法走出内心的情结，仇小丫纯朴热情，但与他心目中的理想形象还是有距离。小说对这一人物内心纠结的书写颇为动人。同样，仇小丫敢于主动追寻自己的幸福，意识到自己婚姻的问题后勇敢做出决断以及她在事业上的追求，展现了一个新时代女性的美好形象。这两个男女主人公的形象是有相当普遍的代表性意义的。付一笛与仇小丫等人物在爱情与事业方面的心路历程，不仅仅折射了部队这一特殊环境中青年人的内心追求，也同时折射了这个时代广大青年对人生幸福的追求、困惑与思考。

用作品留下小人物的背影

胥得意

军营里的故事多如牛毛，看起来很多极为相似与相像，但细致地推敲起来，会相差甚远。首先是人物的不同，再者心里和经历更不同。这个世界上不会有两个人的事一模一样，只会类似。可是，军营里的故事很多时候都随着"流水的兵"流走了。留下来的只是一小部分，很多还是靠口传舌播，军队作者能够精心记录下来的也只是个人的一小段。而且，很多是在创作而不是在记录。实际上，有些故事更富有色彩的地方是真实。但小说不是真实的艺术。不过有时小说要比新闻更真实。这种真实是人性上的真实，有时也包括事件本身。

我严重缺乏虚构的技巧，因此，一直很在意生活中的"微"人物的写实。随着时间越长，竟然发现这些"微"人物是一个庞大的群体。读者在作品中很容易能找到自己的影子，于是现实中的人物会和作品中的人物产生共鸣。这种共鸣在艺术上有什么样的交集不知道，因为很多普通读者不是奔着作品的体裁去的，他看的是故事，看的是这个故事对于他本人能够有什么样的思考与触动、享受与感动。说得更通俗一点，就是能够给他传递什么样的正能量。当然，小说永远不是政治教育的教案，但它可以起到类似的作用。虽然小说作者不会把小说写成此类文本，但谁也挡不住官兵在读小说时把它当成好的教材。

写了二十年零零碎碎的作品，主要还是集中在了小小说创作上。有一天回头看时，突然发现小说的主人公几乎都曾生活在我的生活中，更为难以理解的是当初创作时，连他们的名字有的都不曾换置一下。之所以没有给自己惹来麻烦，是因为我的作品都在传递"向上""阳光""感动"，不过你千万不要把它当成表扬稿。小说总是要加工的，它不是生活的白描，加工出来的部分也就是作者的期愿，然后变得好像艺术了一些。实际上这种"艺术"在真实的基础上表达了"另外一种真实"，这就是"我"与主人公的对话。没有人能限制你想象的空间，只是你想象的空间里给主人公留下多大的"位置"，要相信有时"主人公"就是"读者"，"读者"也是主人公。而作者又何尝不想与主人公同呼吸共命运呢。

小小说写作于我来说更多的是一种表达与倾诉。由于环境的原因，我的小说里面出现的人物都是极为平凡的普通士兵，正是一个个兵的素描画才构成了军营百态。而就在这百态之下，蓬勃着许多"微人物的前进欲望"。要相信他们的梦想是在青春的鼓动下发芽的。可能他们没有想过当将军，这不能说他们就不是好士兵，他们很现实地寻找着可能得到的"向上"和"目标"，在这个过程中他们调动着无数的正能量。但是，他们很多时候都被忽略了。很多作家写的都是自己的经历与内心。他们需要关注，可是有时他们被关注的确实太少了，我觉得有义务来记述他们。近两年，《军营文化天地》和《世界军事》先后为我开了两个专栏，空间宽泛了，我的写作更加自由了一些，于是对于军营小人物的关注更充分了一些。虽然那些作品离小说远了些，或许更像是随笔或是散文，但我觉得至少给别人共鸣、借鉴的东西要多一些。作品写出来就是要让别人评与判的。

在军营行走多年，很多现实问题不得不让我们思考。譬如独生子女当兵。军人本来从事的就是高危职业，对于独生子女家庭来说，这种危险的存在可能对于他们没有过多的预警。很多家长只是想让孩子对军营去锻炼，他们把军营当成了安逸地，对于牺牲没有深刻地思考过。这种锻炼是存在巨大危险的。军人不可能不面临流血和牺牲，这些都是现实存在而不可回避的。独生子女政策的实行实际上是对兵源有着很大影响的，这也就是为什么越老的兵越觉得现在的兵缺少了血性。其实这种血性的流失是从出生就带来的基因。科技再发展再发达，战争也还是由人来决定和完成的。面对军营中有可能走上战场的每一个生命，我们都应该认真思考。如果你选择了这种职业，就不要抱有更多的侥幸。痛苦来临时，不是我们非要选择沉默，而是有时我们不得不让心沉默下去，去重新思量刚刚选择时被忽略的一个严重问题，也就是我们如何面对已然发生的牺牲。基于以上的思考，我创作了《沉默的老兵》，试图对此类题材做出有益的揭示和反思。当然，这篇作品也无一例外地写了一组小人物。

我的长篇小说《炮兵连爱情往事》同样也是直面了军营里面的小人物。只不过这部小说面对的是他们的爱情隐痛。我觉得小人物的故事同样精彩，因为真正的生活就是由一个又一个平凡但鲜活的小人物组成的。

　　还是要坚持地写吧，毕竟生活是这样地美好与深刻。二十多年的军旅已经匆匆走过了，积累了那么多时光与故事，沉淀了那么多思考与构想，怎舍得放弃一个追逐的梦想。写我们的生活与理想，叙我们的心事与情思。

在热爱与坚持中真诚写作

田尚雨　胥得意

田尚雨：最初跟你认识的时候，就觉得你特别能侃，特别会讲故事。在我看来，你是"口头"转到"笔头"，很自然地就写出了很吸引人的作品。只不过，先是写新闻、写材料，讲真实的故事。再后来，写小说，讲那些真真假假、亦真亦假的故事。虽然都是讲故事，却有着本质的不同。你最早想写小说是出于什么样的感觉？

胥得意：你知道咱们那会儿当兵的状态。在一些人眼里，看小说是不务正业，写小说更是旁门左道。但我真正看过军队作家的几部小说集之后，就被深深吸引了，没想到战友们的平常小事在作家笔下这么有味道，比新闻语言、材料语言写下的那些四平八稳的故事有意思多了。给我震撼最大的就是文学语言的细腻、独到和玄机四伏的感觉。我就觉得，如果就用我们平时调侃的语言，添油加醋地把一些故事写出来，应该也挺有意思。这样就尝试着写了起来，至于要写成什么，也没多想。直到在《牡丹江日报》发表第一篇文章，才知道自己在写小说。小小的成功有时能点燃人。就在看到处女作发表的那一刻，我觉得我是那样爱着文学，突然有了莫名的冲动。

田尚雨：你曾长期工作生活在基层部队，带兵时间较长，实践也很丰富，对普通官兵的情感世界非常熟悉。我知道你热爱基层生活，从你的作品中能读出这种情感，甚至还能读出许多做思想政治工作的方式方法。你在带兵过程中，怎样捕捉那些属于文学的细枝末节？

胥得意：的确，我对带兵很感兴趣。从士兵、班长、学员、排长、干事、指导员、副教导员，一步步、一天天和兵一同走过来，直到当宣传股长、宣传科长到现在的文化干事。可以毫不谦虚地讲，我的战友遍天下。和战士们相处时，我们能在最短的时间里读懂彼此的内心。他们把我当朋友，对我讲述他们没有或者不愿对别人讲起的过往。当指导员时，我是全军为数不多的坚持业余创作的连队主官。那段日子，我最关注的就是战士们的喜怒哀乐、一举一动，他们的个性与向往都与我息息相关。最近《世界军事》和《军营文化天地》杂志为我开了"兵临笔下"和"得意的忆"专栏，我仍愿意想想那些战友，写写他们的故事，这也是那时的"储备"使然吧。五花八门的这些战友，每个人都是曾真实地和我一起生活过，依然真实地活在我的笔下。我说的"储备"也可能就是你所讲的"捕捉"。一个人物、一个故事，有没有文学性，关键看它是不是真实地感动过你。再好的人和事，如果没有触动你的内心，没有让你产生深刻、异样的感觉，大概只是一些谈资罢了。

田尚雨：上次跟伏焱老兄对话时聊到，目前部队作家中，长期带过兵、真正了解兵、热衷于写兵的越来越少了。这对整体是窘境，对个人则是机遇，这不是学历或理论能解决的问题。我觉得，作为从带兵人队伍杀入文字阵营的"野路子"出身的作家，你的优势将有效地弥补你的不足。

胥得意：在生活积累上，我觉得这么多年已经很厚实了。我愿意写兵，写自己熟悉的东西有一种驾轻就熟的感觉，不用生憋硬挤。

有一天我整理电脑，有许多没有发表的通讯、报告文学和零零散散的笔记，发现不少非常有意思、有个性的小人物，我马上意识到了这些东西的价值。那些作品写的大多都是非典型人物，但那些人物在小说中恰恰就是典型人物。我感谢我为自己记录下了一些原生态人物。

田尚雨：有人说，小说是审丑的艺术。你小说中的确有许多丑兵、憨兵、不够圆融甚至不谙世事的兵，如我熟悉的养猪的兵、放羊的兵、酿酒的兵，甚至在入党表决心时实在得让人啼笑皆非的兵，等等，你怎么认识和理解他们？我想，这关系到小说人物的塑造。

胥得意：我理解，所谓"丑"无非是一种与众不同的形象、不入俗流的思维和出其不意的行为。这恰符合小说塑造人物的规律，正如画家爱画那些有棱角、有特点的人物。因为不同，因为是"这一个"，所以才生动、鲜活、深刻，才被读者记起。只要真心相处，你会发现，每个兵和每个兵都不一样，这种不一样有时是那么地微妙。现实生活中，"丑兵"确实不少，但想想谁未曾"丑"过呢，那或许是军旅人生的启蒙状态，或许就是一种真实的生活态度，也或许是年少时那些无可回避的过错。有时想想自己的有些作品，有的人物让人记住了，有的人物却没有"立"起来，可能是因为我太过于追求人物的真实，而这种真实并非艺术的真实。甚至有时为了给战友们一份记忆、一个纪念，连作品中人物的名字都是真的。这样看来，对创作资源的整合、虚构还有欠缺。

田尚雨：许多作家都把自己的故乡作为其写作的重镇，有的甚至是一生都以故乡为创作的轴心。我留意到你有许多作品是写故乡的人物、故事和风情，像《唱书的宝根》《这里是教室》《军胶》等作品，读过十多年后想想都挺有味道。我觉得故乡对你创作的影响非常之大。

胥得意：这或许是创作的规律，走出故乡才更深地认识它、表现它。我的故乡在辽西，不仅仅盛产贫穷，更盛产文学。著名的蒙古族作家尹湛纳希、玛拉泌夫，诗人萨仁图娅离我家都很近。蒙汉文化在这里交融，故事精彩，民风奇异，生活多姿多彩。我的文学启蒙也正是在这样的环境开始的。在我的记忆底层，故乡的一个个小人物鲜活地活着。我现在的苦楚是没有更多的机会让他们从笔下跳出来、活起来。但是他们无时无刻不陪伴着我的思索与认识。也许有一天，他们会和我一起向文学的阵地出发。

田尚雨：你最初以小小说为大家所知，最近发现你笔涉报告文学、朗诵诗、歌词、短剧等其他文学样式。这意味着什么？

胥得意：细想起来，我近几年写作之所以是这种状态，都和工作有着直接的联系。既然工作需要，就写吧，有时也颇有兴趣，有时也算是不得已而为之，好在写起来还比较顺手。比较之下，小说与工作最没有实质的联系，所以写小说的时机就越来越多地被其他文字挤压。有时想想，我们身边有那么多生动的人和精彩的事，我有这个能力，为什么不好好去写呢。报告文学、舞台作品都是眼下工作的外延。这样想时，写什么就显得不那么重要了。

田尚雨：但问题在于，每个体裁都有其不同的语感，这东西是最可贵的，语感没了对一个作家来说是最致命的。尽管你的报告文学、散文、歌词等其他作品也都取得了一些非常难得的成绩，甚至我还曾听一位权威的部队文学刊物的编辑说"报告文学如果能写到胥得意这个份上就可以了"。但在我看来，无论从生活积累、文化底蕴，还是从文学感觉、语言方式来说，你都更适合写小说。

遥想当年，翻开许多报纸杂志都能读到你的小小说，《解放军文艺》《小小说选刊》《微型小说选刊》和各种年选转载的很多，军内外有许多喜爱你的读者。作为朋友，坦率地讲，我担心十八般兵器样样都玩两下，会显得斑驳杂乱，看似发了许多作品，名字被大家越叫越顺溜，多年之后回头一看，却会遗憾丛生。

胥得意：这个话题让我突然有些惊恐，这是一个严峻的事情了。尽管小说一直在写，却不能不承认，从来没有像以前那样认真地去琢磨、去写作了，前面提到的专栏也都是忙里偷闲，三下五除二写出来的。我近期出了一本书《得意小小说精选》。自己都感觉像是对近二十年小说创作的一个总结。现在确实没有精力写小说，但我几乎每天都没有停止过对小说的思考与构思。身边每出现的一件事和一个新人，我都在想如何用小说的方式来表现。

田尚雨：这么多年来，你在工作之余始终坚持文学创作，一路的艰辛相信许多人能体味到，在你看来工作和创作是一种什么样的关系？

胥得意：创作让我在部队有了展示的舞台和生存空间。它给了我独特的思考问题方式，无论是带兵还是从事机关工作，这对于创造性开展工作大有裨益。同时，文学也让我更深一层地走近着文化，这对于做一个合格的文化工作者很有帮助。

田尚雨：我知道，在基层部队，还有一些像你一样的文学爱好者和业余作者，如果让你与这些战友和同仁进行一次交流，你最想告诉他们的是什么？

胥得意：热爱，热爱你周围一切真、善、美、圣的东西，只有这样你才可以积极地生活和写作；坚持，坚持你的文学感觉和喜好，只要你认准了，别人说什么可以忽略不计；真诚，真诚地和即将出现在你笔下的人物进行灵魂的对话，真诚地写下每一个句子。

田尚雨：在创作方面，你已经走很久也走了很远，而且你又带出了很多挺有潜质的"文学战士""文艺青年"，不少战士在你的帮助指导下出了作品集、发表了作品，有的还获了奖。我发现你从野战部队调到森警之后，这种"酵母"作用更明显了。这种帮带对你的意义是什么呢？

胥得意：幸福，极大的幸福。大家一起谈谈关于文学、关于写作的话题，对彼此都是一种丰富，当然也是一种促进。到了森警部队不久，我就发现了一股不可忽视的力量，有许多战友喜爱文学，也愿意尝试写作。我们基层有三个战友写完了长篇小说传给了我。还有一个叫李永庆（北溟玉）的基层中队长已经出版了两部书，云南还有一个叫洪源的财务股长也写了不少作品。我知道森警部队的工作非常繁忙，他们的坚持让我激动。这条路上同伴和知音多了，远行的力量不就越来越强了嘛！

田尚雨：是的，期待听到你们结伴同行的脚步声！

创作年谱

文学创作出版情况

1. 小说集《无言的军旅》（1999.8）
2. 小说集《不逝的兵群》（2001.1）
3. 报告文学集《雪城兵阵》（2004.11）
4. 报告文学集《使命在心》（2008.1）
5. 朗诵诗集《如此歌唱》（2011.1）
6. 小说集《得意小小说精选》（2011.1）
7. 小说集《城市里的农村兵》（2011.10）
8. 长篇报告文学《生态近卫军》（2014.6）
9. 报告文学《倾情歌唱的军营行者》（2016.5）
10. 纪实文学《无法忘记的面孔》（2016.5）
11. 长篇纪实文学《北纬52度》（2016.10）
12. 长篇小说《炮兵连爱情往事》（2017.7）

文学作品获奖情况

长篇小说《炮兵连爱情往事》获中国作协少数民族文艺作品扶持，入选广西精品出版扶持工程；

长篇报告文学《生态近卫军》入围中国作协设立的"骏马奖"；

小说《醇香》获全军新作品奖；

小说《成长》获武警文艺奖；

报告文学《连队风景》获解放军文艺奖；

报告文学《极地歌声》获在"三个代表"下优秀征文奖；

报告文学《百战百捷》《剑锋》获武警部队"橄榄杯"好作品奖；

报告文学《大山的主人》获全军"忠诚之歌"欢庆十八大征文奖。

先后有二十五篇作品入选全国各种选本。

参加文学活动情况

2007 年参加全国青年创作会

2012 年参加全国青年创作会

2013 年参加全军文艺座谈会

2015 年参加鲁迅文学院少数民族作家培训班

魏远峰，1971 年生，河南武陟人，鲁迅文学院第八届青年作家班、全军中青年作家高研班学员，广东省青联常委，中国作家协会会员。南部战区陆军作家。少顽皮，取枸树枝成弯弓，集土坷垃打土仗。放过牛，开过车。入伍雷州，伴蚊虫、硕鼠、巨蟒、惊雷。历班长、排长、副连长、连长。哀和平年代未血洒疆场，叹升平岁月只遥思狼烟；奈何！奈何？！喜《孙子》《周易》。著长篇小说《兵者》《雪落长河》等五部，中短篇小说《连长彭铁钢》《拂晓》《万里奔袭》等。作品三百多万字。军事论文数十万字。参与编纂、编写《北战南征生命线》《我们的队伍向太阳》《争做习主席'新四有革命军人'丛书》等，下发全军部队。获全军中短篇小说一等奖等。

强军时代呼唤强军文学

傅逸尘

习近平总书记在中国文联十大、中国作协九大开幕式上的重要讲话中强调:"反映时代是文艺工作者的使命。广大文艺工作者要把握时代脉搏,承担时代使命,聆听时代声音,勇于回答时代课题。"

当前,在强军目标引领下,中国军队强军兴军伟大征程如火如荼,让世人惊叹不已。与之相较,当下的军旅文学创作尚没能完全跟上这次波澜壮阔的军事革命的步伐。部分作家的思想和写作还逡巡于承平日久的过往,滞留在那些庸常琐事和一己悲欢中;又或者将志趣转向市场,陷入类型化写作的商业逻辑而不愿自拔;再者,21世纪初年席卷文坛的"底层叙事"思潮,在某种程度上亦狭限了军旅文学的精神视野、题材空间和气象格局,暴露并放大了部分作家在理解认知时代主潮以及处理复杂现实经验时的孱弱无力。诚然,文学未必完全与生活"同步",但如此脱节与滞后,也着实与广大官兵和读者的阅读期待相去甚远,值得反思。

纵观历史进程中的当代军旅文学,与生活"同步"的情况比比皆是。比如朝鲜战争爆发仅半年后,大量相关题材的文学作品便见诸报刊。军地作家纷赴朝鲜战场,如同一支支文学的"轻骑队",运用通讯、特写、散文、中短篇小说等文学样式,创作了一大批优秀作品。杨朔1950年冬到达朝鲜,在战火中完成了他文学生涯中最重要的一次写作,长篇小说《三千里江山》就诞生在清川江北的一个小村子里;陆柱国1952年冬第二次赶赴朝鲜前线,在战壕里创作了中篇小说《上甘岭》,之后改编为同名电影,成为影响几代人的红色经典。

怀想"新时期"军旅文学的黄金时代，军旅作家勇于探索、集群冲锋，以崇高阳刚的审美追求和高蹈深邃的思想建构挺立时代潮头、引领社会风尚。徐怀中的短篇小说《西线轶事》感历史之脉动、发时代之先声，塑造"典型环境中的典型人物"，书写现实战争中的英雄壮举和人性光辉；李存葆的中篇小说《高山下的花环》以磅礴的激情、深刻的思辨建构起崇高的悲剧美感，作品中震撼人心的细节和故事都源于作家深入南线战场的痛切体验。这些直面战争的现实主义力作饱蘸血火淬炼的生命激情，有的虽是作家战地采访的"急就章"，却极大鼓舞了前线官兵的士气，抚慰了他们的心灵，也为国人提供了深沉持久的情感支撑，更为不同时代的思想精神与价值观念提供了最具核心意义的表征。凡此种种，成就了军旅文学血脉相继的辉煌历史，亦是一代代读者始终喜爱并关注军旅文学的原因所在。

当前，我军正奋进在实现强军目标、建设世界一流军队的征程中；军旅文学也处在由"高原"向"高峰"勇毅前行的爬坡阶段，生活的新质为军旅文学提供了丰饶的素材，亦对现实主义写作提出了更高要求。置身纷繁复杂、泥沙俱下的文化生态中，军旅作家应当不忘文学初心、坚定经典标高，深入生活、身在现场、倾心体察、介入现实，让作品承载时代的崭新风貌和官兵的情感温度。对于部队的现实生活和基层官兵的喜怒哀乐，魏远峰有着扎实的体验，近年来创作了大量直面部队现实的优秀小说。他的中篇小说《拂晓》，以一次突然袭击式拉动、演习为叙事线索，着力于表现四师师长昃罡近三年来军旅生涯的突变与一心谋打赢的事迹，从而塑造一位颇具现代性的中国当代军人形象，小说同时还透露出诸多新军事革命与信息化条件下现代战争的气息，让人耳目一新。

突然袭击式拉动、演习让四师的师团级领导，直至战士多少都有些怨气，但师长昃罡却认为，未来战争就是要在不确定中谋胜利。但随后展开的要在两个半小时内将部队运载到指定攻击地域的行动，对一个有着诸多重武器的机械化步兵师而言几乎是不可能完成的任务。师长昃罡没有讲条件，而是采纳了大家的意见，一是抄近路，二是根据速度快慢，将重型武器分散开进，避免梗阻。按时到达进攻指定地后，昃罡根据《孙子兵法》的思想，在兵力不足以围歼敌人的情况下，果断地采取分散敌人，各个击破，再行夺岛的战术，仅用两个半小时便占领并控制了攻击目标——朱雀、玄武、白虎三个岛屿。但拉动、演习并没有至此结束，两天后的凌晨四点四师返回三多塘营区至北溪县高阳地段时，又接到指挥部命令，四师以团为单位，五公里奔袭回军营。师长是罡知道士气只可鼓，不可泄，他假传某红军师学习成绩与四师旗鼓相当，四师只有在五公里奔袭成绩超过某红军师才有可能夺取第一，然后带领部队在天亮前赶回军营。作为一名正在完成向信息化条件下现代战争跨越的指挥官，是罡勇猛精进的性格与灵活机动的战略观念跃然纸上，尤其是他不拘一格谋胜利的思维，彰显了新型高素质军人的天赋和风采。

不过仅就拉动、演习这条叙事主线来塑造师长是罡显然是不够的，这条叙事主线上的师长是罡甚至让我有种脸谱化的感觉，现代化的武器装备与演习过程也有种堆砌与夸张的意味；魏远峰显然意识到了这种状况，因此，他通过小说的副线让是罡的形象逐渐丰满与复杂起来，生活也更趋日常化。三年前是罡在最有优势的情况下没当上师长，他被安排到另一个省军区任镇北军分区司令员。是罡对军分区并不太了解，那种官职到顶、无事可干的状态让他极为震撼。即便是在这样一个几乎等于养老的地方，是罡念兹在兹的仍然是战争，他甚至于把军分区当野战部队来打造。是罡从把胸环靶换成"绿靶"做起，直练到在军区对抗赛上几乎囊括所有第一；然后，他又将合同到期了的三间临街门市房建成了军事演习部，不光有传统沙盘，还搞出了一个军区最先进的"三维电子地图"，站在它面前，防区内的每座山、每条河、每条路、每个乡镇都一目了然。更重要的是它能够模拟战争场面，武器装备、战略战术、指挥技术、情报后勤，直观逼真，活龙活现。这让接到举报后前来调查他的军区郑副司令不能不心悦诚服。两年后，刘辰因腐败被查处，是罡重回四师，只一年，他不但建成了登陆战训练场，还在这次突然袭击式拉动演习中圆满完成任务，被李副总长评价为"铁血雄师"。小说题为《拂晓》应该是喻指中国军队的改革强军大幕已经开启。不过我读这个作品总觉得作家在描写一线部队的变革尤其是官兵的思想与精神状态的时候还是有一种隔膜感，缺少那种如十七年"红色经典"作家般沉入浸泡过的、血肉淋漓的生命体验。从叙事的角度言之，也嫌用力过猛，人物塑造过于生硬，少了些烟火气。

伟大时代急需"书记员"，军旅文艺呼唤"轻骑队"。在强军兴军的伟大进程中，军旅作家不仅身入，更要心入情入备战砺兵的部队一线和演训现场，以"轻骑队"的冲锋姿态讲好强军故事，鲜活生动地塑造"四有"新一代革命军人形象，为变革前行的伟大时代提供新的思想精神与审美经验。

万里奔袭

魏远峰

鲁甲庚看见了苏珊珊，她正仰脸张望并挥手打招呼。鲁甲庚走过去，苏珊珊扑过来就亲了一口，鲁甲庚感觉机场人太多，有点尴尬。苏珊珊敢爱敢恨的人，才不管那么多呢。两人牵手走到停车场，苏珊珊把车开出来，驶向早已装修好的爱情小屋。

"看看洞房吧。"苏珊珊说着，手拉鲁甲庚走进卧室，喜庆、温馨扑面而来，很有些浪漫气息，粉色灯光、藕荷色墙壁、桃红色床罩、浅黄色家具。屋顶紫色、粉色气球，摆出"心连心"。床边铺着羊绒毯。苏珊珊看着鲁甲庚，眼中油亮，温情四射，苏珊珊靠过来，紧贴在鲁甲庚身上，她身上的香水儿，几乎让鲁甲庚晕了。鲁甲庚一把抱住她，苏珊珊往后面一倒。

这时，鲁甲庚电话响了。

苏珊珊说，真扫兴，关机，不接！

鲁甲庚咕哝着说，好，不接，他真想不接。可一看是特战队大队长昝罡，鲁甲庚赶紧起来，走到外间，接了电话。

"我知道，你刚到家，被窝没热呢。"

"是，被子没展呢。"

"立刻归队，重要任务！"

"什么？大队长，我打结婚报告、请婚假啊，这……"

"我知道，可你必须回来，立刻！机票我给你订了，中午一点飞回。受领任务，立刻出发。"

"大队长，能不能让别……"说了一半，鲁甲庚不敢说了，他知道，与昝

　　　　　　　　　　　　　"新生代军旅作家"面面观 |

罡不能讲价钱，讲价钱就是找死，"公公抱儿媳妇过河，累死还挨骂"。

鲁甲庚思索间，那边已挂电话。大队长罡罡不与人啰唆，命令到达你不敢违抗。鲁甲庚抬手，看看腕上的北斗手表，十一点十五分。心想，必须立刻返回，否则来不及了。

看着已坐沙发上整理头发的珊珊，鲁甲庚一脸歉疚。他默默坐下，把她揽在怀里，静静抱一会儿。突然放开她，拿起行李，打开房门。他站在门口，静静看着她，苏珊珊长长的睫毛，正经历一场严重水灾。

几天前，特战营副营长鲁甲庚，经过反复思考，很认真给未婚妻发短信："做好战斗准备，我将万里奔袭你！"当然，鲁甲庚发短信时，不会想到后面这些。也不会想到，这竟然是永别。纵然他明白，人生充满不可预料。

未婚妻苏珊珊，是一户籍民警。那天，她正在分局户籍窗口当班，中间休息回办公室一下，才看见短信，她会心笑笑，回短信："时刻准备着，消灭敌人！"

实际上，苏珊珊并没太当真，半岛距迪城四千八百多公里，算万里之外呢。还有，今年太忙，暴恐分子感到快要山穷水尽，所以疯狂地接连搞事儿。工作量飙升，压力山大。她以为鲁甲庚开玩笑呢。

苏珊珊没想到，鲁甲庚不是开玩笑，三天后鲁甲庚已坐上半岛飞迪城的飞机。把行李箱放好，坐下来给苏珊珊短信，告诉她航班号、到达时间，一星期后结婚。让她到机场接。这可把苏珊珊激动坏了，竟然是真的?! 赶紧找领导请假。

这远隔万里的恋爱好辛苦，光结婚都规划许多次，可每次不是鲁甲庚出国参加军演，就是苏珊珊参加重要反恐行动，种种原因，一推再推。鲁甲庚远在南方，家事儿全得苏珊珊扛，结婚装房子，苏珊珊户主兼小工、监工，好一条女汉子。

坐在飞往 H 国首都的飞机上，鲁甲庚还在歉疚，也不知是怎么回事，自己与苏珊珊的婚事，每次都出状况。他觉得苏珊珊这人，除了主见太大，有点固执之外，其他真没得说。

说实话，鲁甲庚对婚姻并不十分热切，一是作为特种兵，结婚了心就不静了，一人吃饱全家不饿的日子，很省事儿；二是结婚后，还是分居两地，徒生许多牵挂。纵然，以他的职务、资历，结婚苏珊珊可以随军，可她死活不愿到南方来。

恋爱七八年，苏珊珊来过三多塘一次，她说下辈子也不来这鬼地方了。她指着地上一尺多长大老鼠说，你看你看，都像黄鼠狼了，吓死个人。她指着蚊帐外成群结队的大花蚊说，你看你看，都像蛾子大了，真吓死个人。她指指窗外锃亮的闪电说，你看看你听听，雷电仿佛随时能把房子劈倒。我随军到这儿，你如果不在家，上面三样遇到哪一样，都能吓得我半死。我一定会疯狂跑出去，只要是个男人，我就会抱着不放。到时候，你屋里会挂满帽子。说着说着，苏珊珊哈哈大笑起来。

苏珊珊就这么个人，说话一惊一乍，人倒极好。与鲁甲庚一样，她也在迪城长大。与鲁甲庚一样，她也是个混血儿，长得一脸民族风情。与鲁甲庚一样，也曾在北京求学，他们俩是同乡同学。大学毕业，鲁甲庚参军，她则回到迪城，做户籍民警。

苏珊珊受不了"三只蚊子一碟菜，四只老鼠一麻袋"的三多塘。鲁甲庚想，实际上又何止苏珊珊呢？特战大队调防三多塘之前，三多塘就有一支部队，陆军第四师。四师的战友们传经送宝，只能对女方说，是改革开放前沿、沿海城市。吃海鲜比内地人吃烧饼还要方便。大海宽广无比，海浪比白云纯洁。

总之，一句话，速战速决。结婚后，再怎么说，也山河依旧笑春风了。结婚前，未婚妻来队，十有八九要吹灯。

鲁甲庚说，这不是骗人吗？

战友们说，主要是爱，因爱而骗，挺伟大的。

鲁甲庚说，屁！还伟大，我看挺猥琐。

飞机平稳降落，鲁甲庚下飞机。他已身在异乡，在一个陌生国度，H国首都机场。他匆忙提取行李，走出大厅。准备拦截的士，到H国反恐中心去。

一辆的士停下，鲁甲庚急忙迎去。站在车边，准备车里人一下，自己就上。车里一女孩子，挺漂亮的。在等司机找钱。站着，鲁甲庚把开车门的手势，都准备好了。

车里女孩下车，鲁甲庚第一感觉，女孩是个中国人，纵然她戴着墨镜。鲁甲庚想，也很正常，西部大开发，跨国生意人越来越多。女孩子奔波在生意场，已不是什么稀奇事。鲁甲庚这么想着，女孩子已从后座拿出行李、放在地上、抽出拉杆，准备往机场大厅。

鲁甲庚坐到车上。这时，他听到有人叫"鲁甲庚、鲁甲庚，"鲁甲庚一惊，他起誓，在这个国度、这个地方，无任何亲朋故交，难道绝密行动曝光？鲁甲庚差点儿吓出一身冷汗。

鲁甲庚抬头，示意司机先别开车，并很快确定是刚下车的女孩叫他。他看见女孩站立在一边，一边微笑着一边向他招手。看样子，不是行动泄密，是一次惊奇的偶遇。

鲁甲庚向司机致歉，下车向漂亮女孩走去，还有三五步远，女孩就喊"姐夫、姐夫"。她一边喊一边摘下墨镜，这下鲁甲庚看清了，竟然是苏珊珊的妹妹苏菲菲。五六年没见，黄毛丫头已出落成曼妙少女，举手投足与苏珊珊神似。

鲁甲庚和苏菲菲都没想到，在万里之外的 H 国首都机场，"他乡遇故知"，未来"姐夫"巧遇"小姨子"。这巧合概率，十万分之一，可能都没有。可就真真儿发生了，一点也不含糊。

苏菲菲提出，到咖啡厅坐一会儿、说说话。这让鲁甲庚很为难，鲁甲庚说算了，不是姐夫请不起，也不是姐夫小气，是情况不允许。我必须去报到，有重要任务。鲁甲庚提议，到一边草坪上，相对安全的地方，简单说说话。

"什么重要任务？"苏菲菲说，"骗人吧？你不是已回迪城，再有三天就结婚？"

"一言难尽，"鲁甲庚说，"三言两语说不清，结婚被迫推迟了。临时有重要任务。"

"你该不会是变心了，要做陈世美吧？"苏菲菲有点咄咄逼人，"人要讲良心，我姐姐等了你八年，一个女人的好青春，有多少个八年？你懂的。"

"哎呀，你怎么乱说？"鲁甲庚不知该和她怎么解释，"以后你会知道。我得报到去了。"

"你这人，大男子主义，"苏菲菲说，"你也不问问我，为什么要赶回迪城？"

"不是，情况紧急，"鲁甲庚无奈地说，"顾不上礼节礼貌了。"

"呵呵，能让你自我批评，挺好。"苏菲菲说，"我回去参加你们婚礼。这，我还回去干吗？新郎都逃到国外来了。"

"谢谢，不是逃婚，因故推迟好不？"鲁甲庚遇到这伶牙俐齿的小姨子，脸都红了，"我完成任务回去，就给你喜糖吃。"

"有这个态度，还差不多，"苏菲菲笑笑说，"不然，结婚那天，有我在，有你好看，够你受的。"

"还是高抬贵手吧，"鲁甲庚终于笑了，"结婚就是开心，不要以欺负新郎为乐，这是价值扭曲。"

"得，得，得，"苏菲菲说，"你能不能从嘴里吐出点别的，一张嘴就是部队那一套，都把你们教成傻子了。"

"你们特警，不也差不多？"鲁甲庚说，"我们的政治教育教材都通用，你们不学？你们敢不学？"

"我为什么不学？"苏菲菲笑笑说，"我们是人民特警，当然要学了。"

"对了，"鲁甲庚好奇地问，"你不是在特警指挥中心做内勤？怎么随随便便跑国外来？"

"什么叫随随便便？"苏菲菲说，"真不会说话，将来能把我姐气死。"苏菲菲说，"在自治区特警，精挑细选几个月，层层选拔，级级上报，定下七个人。学习、交流小半年了，反恐经验交流。"

"明白了。我们做类似的事儿。"说到这儿，鲁甲庚觉得露嘴了，赶紧转向，"多与外国同行交流，对加强反恐很重要。"

"类似的事儿？"小姨子还是听出了破绽，并紧紧地抓住了反问，"你也是为反恐而来？"

"不，不，不，"鲁甲庚试图掩饰，"是一件重要任务。"

"不对啊，你是陆军啊，"苏菲菲疑惑地问，"怎么会让你来？"

"陆军怎么了？中国人民解放军都有打击恐怖主义职能。算了，不说这个了，"鲁甲庚说，"你可以任意揣度，但我不能说。这是规矩。绝密。"

"哎，你真没劲，"苏菲菲说，"我都告诉你了，你竟对我这样。哼！"

鲁甲庚看看表，时间不能拖了，说："我得过去报到，然后去执行任务。"

"不说算了，我也不回去了。"苏菲菲说，"本来，课程已结束，H国反恐中心安排我们参观一些军营。我是因为姐姐与你的婚礼，一级一级请假、得到批准。新郎已开溜到这儿了，我参加什么婚礼？返回，过几天与大家一起回。"

"这……"鲁甲庚有点犯难，想说什么，又啥也没说。

"怎么了？"苏菲菲问，"你怎么突然怪怪的？"

"不是，这样，你回去怎么与领导说？"

"如实说，参加姐姐婚礼，竟然在机场发现姐夫，所以……"

"不行，你可以说婚期推迟。"鲁甲庚说，"我不希望你说出，在机场遇见我。"

"那不行，我老实人，"苏菲菲说，"实话实说，一生本色，不能因一个未来姐夫，放弃人生信条。"

"你看你，菲菲，不要任性，"鲁甲庚说，"你内勤出身，泄密，你懂得！"

"我不懂！"苏菲菲一脸茫然，其实她心里，早已产生一个想法，"我必须，实话实说。"

"求求你了，菲菲，不这样任性？"

"不好，不好，"苏菲菲说，"想让我保密，你答应我条件。"

"什么条件？"鲁甲庚问。

"你带着我，去完成任务。"苏菲菲近前来，伏在鲁甲庚耳朵上说。鲁甲庚头摇成拨浪鼓，接连说："不，不，不，绝对不行，你害人害己啊。"

"不会啊，我也学这个，比你经验丰富，"苏菲菲说，"不会耽误你，只会对你有助。"苏菲菲说，"给你几分钟，好好想想。反正我已请假，是合法的。我去下洗手间。"一听她说她去洗手间，鲁甲庚眼一亮，苏菲菲看出来了，狡黠一笑说："箱子交给你，麻烦姐夫保管，呵呵，想溜？没门儿！"

苏菲菲走开，鲁甲庚迅速拉着自己的箱子、苏菲菲的箱子，火速走向机场安保处，交给安保处。打的，一溜烟逃脱了。

苏菲菲回来，不见了鲁甲庚，才后悔想简单了，没想到憨不棱登的鲁甲庚，如此果断、决绝。继而想，箱子、衣服、用品什么的？这时，苏菲菲听到机场广播："中国来的苏菲菲小姐，请您到安保处，您不慎遗失的箱子，被好心的鲁先生捡到，交给我们。请速来认领。"听着一遍一遍、没完没了的广播，苏菲菲气得一跺脚，狠狠咬咬牙，向安保处走去。

她刚刚取回箱子，茫然站在机场，思量是买票回迪城还是返回驻地？这时她手机响了。是带队的特警大队副大队长的，让她立刻返回，受领重要任务。她犹豫一下，心想，怎么让我回去受领任务？真是莫名其妙。

鲁甲庚情急智生，甩掉了从天而降的小姨子，迅速赶到 H 国反恐中心，找米哈伊尔将军报到。来之前，上级已告诉鲁甲庚，米哈伊尔将军是这次跨国反恐的总指挥。

冷不丁，一个突然得不能再突然的电话，把鲁甲庚从万里外的迪城，召回三多塘。昰罡见到他就说，不能久停，一会儿半岛飞北京，受领任务。我知道的，就这么多。

昰罡说，本来我想让你从迪城，直飞往北京。可从上级电话中，我感到任务神圣、责任重大。想当面交代你几句。

昰罡说，为什么会是你？我也不太清楚。但一定与你前年参加在 H 国举行的多国反恐演习时，你有出色表现有关。还有，你名字汉化，但你只有一半汉族血统。相貌上相近，便于隐蔽，会方便一些？另外，你外语过关。当然，最根本的是你对祖国忠诚，你是一名优秀的共和国军人。你明白吗？

鲁甲庚点点头。

昰罡说，让你推迟婚期我也不忍。大老远弃直行迂，回半岛再去北京，我也不忍心。我必须亲自对你说，一要确保自身安全，二要坚决完成任务。

昰罡说，上面两句话，平时说应换过来次序。但你真要出征，且是实战，我特意颠倒了次序。你今天的情况，让我想到我上军校时，一次我们去守护一个即将崩溃的水库。学院副院长问我们，如果水库崩塌，大家应该怎样？

大家回答，誓死保卫水库！

副院长说，都错了。一旦崩塌，肉体挡不住，死扛是不必要牺牲，没什么比生命重要。昰罡说着，看看鲁甲庚，又说，我想你明白我的话？我知道，需要牺牲时，你能慷慨赴死。正是这个意义上，我才说了上面的话。

鲁甲庚说，首长，我明白。

昰罡说，选你参加跨国反恐行动，是你的光荣，也是特战队的光荣，一定要不辱使命，我等你安全回来。用我的 01 号车送你到机场。车已在楼下，我不下去了。

鲁甲庚敬礼，昰罡还礼。

上车，直奔机场，到北京受领任务。反恐中心主任进一步告诉鲁甲庚，你到 H 国反恐中心，与来自若干国家的特种兵，组成一个反恐小组，挫败恐怖组织的重大阴谋。

主任对鲁甲庚说，这次跨国反恐小组，来自四个国家、六个人。恐怖主义是人类公敌，这样的跨国合作，会有不一样的效果。你还有一名助手，半年前已到 H 国学习，她会按时报到。总之，与同行精诚团结，相互学习，保证完成任务。

记住了吗？

记住了。但是，主任，家伙呢？鲁甲庚说，我空手去打击恐怖分子？主任笑了，然后说，不会让你暴虎冯河。装备是国际上最先进的。我们会打包，通过 H 国军事、外交机构合法过关，把武器送到你们手上。你不用担心。你稍作休息，随即出发。

是！

就这样，来自几个国家的特种兵，集结到 H 国反恐中心。主持大家见面的是 H 国国家反恐中心主任米哈伊尔将军。米哈伊尔分别介绍大家：E 国的伊万少校，他起立向大家致意；J 国的卡姆奇耶夫上尉，他起立向大家致意；H 国的温迪耶夫少校和玛依拉陆军中尉，他们起立向大家致意。玛依拉是个漂亮女孩儿，一双大眼一闪一闪，会说话一样。

米哈伊尔接着介绍，这是来自中国的鲁甲庚少校。鲁甲庚起立，向大家敬礼、致意。米哈伊尔接着说，还缺一名来自中国的特警中尉，她也是个漂亮女孩儿，在报到的路上。

然后，米哈伊尔让人打开电子地图，指着地图说，我们得到情报，在地图 C 区，他用手指着说，就是这个地方，我们几个国家相邻的角落，发现恐怖分子训练营。训练营中的恐怖分子，负责训练来自 E 国、来自 H 国、来自 J 国、来自中国的恐怖分子。我们这一次，组成跨国反恐小组，就是要打掉恐怖训练营。

"恐怖分子很狡猾，一般训练营只有二十人左右，'打一枪换一个地方'，老鼠一样流窜。训练十来天，转移到另一处。以避免我们打击。"米哈伊尔说，"线人说，这个训练营的恐怖分子，从若干训练营聚集过来，有点像军校毕业、搞毕业典礼。这帮家伙，可真有想象力，戏做得真的一样。"

米哈伊尔最后告诉大家，我们还有一项非常非常重要的任务：挫败恐怖分子劫持石油天然气列车进行爆炸，造成大量人员伤亡和巨大社会恐慌的阴谋。但他们何时行动还不明确，我们在进一步侦察。

这时，大家听见皮靴走路的咔咔声，像一个男人雄壮有力的脚步，接着一声："报告！"是一个女孩声音，大家兴奋起来。门开了，进来一名一身迷彩女军官，体态竟然像极了苏菲菲，她把大墨镜一摘，鲁甲庚几乎晕倒，真是苏菲菲!

苏菲菲得意洋洋，示威似的看一眼鲁甲庚，然后朝米哈伊尔走去，敬礼，回礼。米哈伊尔介绍说，这就是刚刚说的来自中国的漂亮的苏菲菲特警中尉。苏菲菲向大家致意。米哈伊尔接着说，苏小姐虽然迟到，但不怪她，是我们反恐训练基地送她的车，出了点故障。向苏菲菲小姐道歉，也请大家原谅。

鲁甲庚满面通红，他做梦也想不到，甩开苏菲菲后，她又魔鬼加天使般回来了，成了自己的战友！

米哈伊尔将军最后确定，明天直升机送大家，进行侦察。他反复强调，精细的侦察、准确的情报、迅速的打击，是取胜关键。行动中，你们随时需要，我将派特种兵，实施增援。

第二天一早，他们就登上了米 171 直升机，螺旋桨嗖嗖地转动着，飞行一个多小时。然后，开始一组一组，往下放人。放人，就是直升机悬停，用绳索把他们放下。E 国伊万少校和 J 国卡姆奇耶夫上尉一组，已顺利下去。

本来，按照米哈伊尔分工，把苏菲菲与 H 国温迪耶夫少校分为一组，把鲁甲庚与玛依拉中尉分为一组，E 国伊万少校和 J 国的卡姆奇耶夫上尉分为一组。玛依拉中尉，挺乐意与沉默的鲁甲庚一组。

分工完毕，苏菲菲提出异议。她包了个很厚的壳子、绕了个很大的圈子说，我们作为一个团体，为打击恐怖主义分子，组成一个战斗小组，共同的使命让大家必须团结。本来，如何分工都是为打击恐怖分子。但考虑到，思维、行为、训练、装备等因素，我认为我与中国的鲁甲庚少校一组、玛依拉中尉与温迪耶夫少校一组，这样配合会更默契，效率更高一些。请米哈伊尔将军考虑。

米哈伊尔想要说，苏菲菲小姐所说倒也有道理，大家怎么看？鲁甲庚本来想说，不想与苏菲菲一组，可被苏菲菲一个明亮的眼神，给顶了回去。米哈伊尔同意了苏菲菲的意见。苏菲菲得意了，玛依拉有点怅然若失。

玛依拉中尉与温迪耶夫少校一组，也顺利下去了。机上只剩下鲁甲庚与苏菲菲。苏菲菲用挑衅的眼神，看了鲁甲庚一眼。鲁甲庚装作没看见，无动于衷的样子。"哼，你以为我特别想与你一组？"苏菲菲开口说话，言语间充满火药味儿。

"不想与我一组，"鲁甲庚慢条斯理回，"干吗要调整分组？"

"我告诉你，"苏菲菲说，"我是为了我姐，得看住你。你没看玛依拉中尉火辣辣的眼，我真担心恐怖分子没消灭，你却被玛依拉俘虏了。"

"你这人，"鲁甲庚轻轻叹息说，"真是，以什么之腹度……"

"你，敢说我小……"

这时，飞行员说："鲁甲庚少校、苏菲菲中尉，该你们了。"

于是，苏菲菲抓住绳索顺利下去，接着鲁甲庚也到了地面。天气有些阴沉，天幕低矮，仿佛一蹦高，就能抓下一片乌云。小风儿凉飕飕，谷中有风的共鸣声，枝条狂舞、挣扎着。

鲁甲庚打开定位仪，定位仪是特制的，以中国北斗为主，兼容美国"GPS"和俄罗斯"格洛纳斯"，当然外国提供的民用信号，精确度不高，主要是备份。

鲁甲庚输入米哈伊尔给的坐标，终端很快告诉他，要侦察的点，在右前方，约七公里。放大卫星地图看，是在依山傍水的峡谷边。他们必须沿山谷，一直向右前方，才能到目的地。

苏菲菲说："试试优化路径，看有没有近路？"

"估计够呛。"鲁甲庚一边说，一边输入优化路径，"没想到真有一条。从现地站立点，向右前方一公里，右转，翻过一架山梁，再下去，就是了。"

苏菲菲说："这个路虽然近，可能会更辛苦。但要知道，居高临下，有利于侦察，对吗？"

鲁甲庚说："有道理。"

出发！

虽已是三月，山谷中朝阴面，有积雪未化。有些地方，一片玉色。风有点大，尤其右转后，越往山上爬，越能听到大自然的冬春交响。有时，恍然一瞬，在山风的马嘶金鸣中，鲁甲庚会觉得，自己幻化成古代武士，正在古战场中搜寻。

纵然，都是经过严格训练的特种兵，但在如此季节、如此环境，爬上山顶，并不太易。鲁甲庚想抛一条爬山索，好借点力气，但连抛几次，都没成功。他不得不缩减距离，分成几次抛，借力攀爬上去，再抛再攀爬，一段一段，爬上了山巅。

本以为爬上山巅，可以一览无余，可爬上山巅后，他们俩都傻眼了，山顶距目标太远，目测距离二公里。借助侦察器材也看不太清，别说详细侦察了。他们必须小心下山，顺着坡下到山下三分二处，或许才适合侦察。

他们扶着一株歪脖树休息片刻，鲁甲庚说："这树歪得，真适合来吊死恐怖分子。"苏菲菲说："你也太有想象力了。一旦开战，赶紧下山吧。任务八字没一撇呢。"

"上山容易下山难"，步行或驾车都一样。如果家住高层，偶然停电，爬几趟二十几楼，就会知道下楼时的痛苦与难受。他们穿过高高低低的树丛，慢慢地谨慎下行。动作不能太大，若惊得鸟类扑棱棱飞，行动可能会败露。

还好，他们一点一点下去，到了山腰三分之一处，选择一片树丛，一个便于隐蔽的小山坳，谨慎卧倒。慢阴天，天气冷一些，视线也差一点，但卧倒后感觉还可以。

苏菲菲手持战场摄像机，鲁甲庚用光学望远镜，仔细搜索起来。苏菲菲所用战场摄像仪，能把影像拍下来，可与图像传输系统结合，实时传给打击分队或指挥部。也可用存储卡，把所拍影像留存，作为研究作战的判断依据，或存为资料。还可与微光夜视仪、激光测距仪集成整合，成为夜视、侦察、测距一体的组合式侦察装备。

鲁甲庚一点一点搜索，他一边搜索一边从背囊中取出一张照片，仔细看看图片中的脸，然后递给苏菲菲说："看能不能遇见这家伙。"这是一张恐怖分子头目的照片，他是跨国恐怖组织中第 11 号人物。照片上，好几处都有红字标出"A11 号"。

A11 号，男，小学文化，生在西部 Y 城某乡。国际刑警组织红色通缉令对象。多年前，接受极端宗教思想，加入恐怖组织。某年 8 月，A11 号将三十支枪、一万八千发子弹偷运入境，与同伙制造了骇人听闻的劫案，杀死运钞保安五人，抢劫数千万元。某年 9 月，他企图将一批手榴弹偷运入境，败露潜逃。此后，他多次参与暴恐事件策划、指挥，多达数十人死于他手。

鲁甲庚与苏菲菲经一天侦察，未发现 A11 号。但训练营已弄得清楚。面南背北朝向，一排房子在最北边，西边是靶场兼训练场。东边一片窝棚，一个腿脚稍不利索六十来岁的男人，不时端草料进出，当是养马、驴子的地方。正南方，操场兼车场，有马车、马鞍，零乱放着。几辆破破烂烂的汽车、摩托车。出口在正南方。大体就这样。

至于人物，在摄像机、望远镜下，连做饭的胖女人，右眼下长的一块小指甲大小的"胎记"都清晰可见。她中午十二点出来，一边敲钟一边喊"开饭了"。望远镜中，她脸上横肉一动一动，仿佛全世界都欠她。上午十一点休息，一些家伙躺在地上，忘情地吸毒，鼻息扭动、十分贪婪。鼻息把纸上的毒品粉末吹起，在折纸间一荡一荡。一天下来，无论男女老幼，总共出现五十七人。他们一个一个对照，没有 A11 号，你说奇怪不奇怪？

"A11 号不在？"鲁甲庚问。

"至少，白天没见到他。"苏菲菲答。

"可米哈伊尔说了，这次突袭训练营，A11 号是重要目标，"鲁甲庚说，"他不在，突袭意义，大打折扣。"

"是啊，"苏菲菲说，"少了重量级砝码。"

"我们撤回，还是继续蹲守？"鲁甲庚问。

"你说呢？鲁甲庚少校。"苏菲菲反问。

"我觉得，已经占据这么好的阵位，"鲁甲庚说，"这样回去有点亏。另外，我今晚想下去，亲自抵近侦察，看他个究竟。"

"我与你想的一样。"苏菲菲说，"你饿吗？"

这么一句话，两个人一下子都饿了，才想起天都黑了，他们一天没吃东西呢，只中午一人嚼了一块压缩饼干。

"现在还不能吃，"鲁甲庚说，"我得给你找出几个阵位，万一我侦察失败，你肯定开枪救我，你一开枪就暴露了。我得给你找好退路，修出两个射击阵位，你一旦暴露，打一枪换一地方。另外，我们白天路过山顶上，还记得那棵歪脖树吗？"

"记得。"

"我在歪脖树上系绳索，万一暴露你就反向跑，到山顶拉绳索快速撤离。"鲁甲庚说，"正常说，我撤回也会走这儿，也会拉绳索，会快一些。你现在打开睡袋吧，天一黑就冷了，在睡袋中蹲守、警戒，没那么受罪。"

"睡袋打开，不好撤退啊？"

"嘻，逃命时，睡袋舍不下？或许我们没那么倒霉呢？"

一切安排停当，每人掏出一包自动加热饭菜，潦草吃了。口味一般，但体力恢复很快，暖意一上来，人舒服多了。天完全黑了，天空迷迷茫茫、混混沌沌。渐渐夜雾上来了，他们像坠入云雾。训练营灯亮了，又被夜雾弄模糊了。

不能太早，人没睡，有凶险。鲁甲庚计划，当地时间晚上十一点，接近目标。之前，他披挂完备，反复检查枪、弹、手榴弹、衣服、靴子、鞋带、伪装披风、头盔、耳麦、夜视眼镜、微型摄录机，一切一切。两人打开对讲机，试了试，没问题。然后，就静静等待。苏菲菲突然说："你能睡一会儿吗？我值守，你哪怕睡十分钟，体力、灵敏度会好很多。"

"好，"鲁甲庚说，"你观察。"

鲁甲庚睡着了，可能是压到脖子，呼噜声打得山响，苏菲菲一边观察，轻轻推一推他，他动了一下，没那么响了。

时间很慢又飞快，眨眼一小时。当地时间晚二十二点，苏菲菲突然发现三个人，从北边房子后出来，苏菲菲兴奋、紧张起来，她仔细看了又看，心中反复比对，白天真没见过。难道是 A11 号？

鲁甲庚睡着，竟然看见苏珊珊，从一片火光中走来，她从人群中穿过，从容而坚定。她身上浸透汗水，两只手拉两个孩子，她给鲁甲庚几张照片说："血统上，你，我，还有好多人，与他们是兄弟姐妹，可他们对兄弟姐妹也屠杀。可见其凶残与虚伪。他们是人类公敌……"

是 A11 号？苏菲菲按暂停，用放大功能，A11 号的大头像，呈现小屏幕中。苏菲菲着照片核对，A11 号额头发际线正中与额头交界处，有一颗凸起的黑痣，上面长着二三根黑毛。是的，绝对，真的，就是 A11 号！

鲁甲庚见苏珊珊流泪了，泪滴一落身上，一身汗水竟变成了血，珊珊浑身血淋淋。鲁甲庚着急，想过去抱住她，却总也无法接近。珊珊忽然飘飞，仙女般站在空中说："你看看照片。"鲁甲庚低头看照片，全是 A11 号之类通缉照片。鲁甲庚再抬头，苏珊珊不见了，天上只剩一片彩云，渐飘渐远。鲁甲庚喊："珊珊，珊珊，珊珊……"

他的呼喊，逗乐了苏菲菲，苏菲菲用肘顶了顶鲁甲庚，鲁甲庚迷迷瞪瞪醒来："怎么了？"

苏菲菲本来想逗他，笑话他做梦娶媳妇，可情况紧急，苏菲菲说："A11 号出现了，快看。"鲁甲庚揉揉眼，赶快拿望远镜，A11 号到院子最右西南角观察哨，叽里咕噜讲一番话，然后西北角、东北角、东南角、正门。"责任心挺强嘛，是查岗去了。"

鲁甲庚说："现在干掉他？"

"一千多米，夜间，天气又不好，"苏菲菲说，"有把握吗？还有，知道他在训练营意义重大。我们的最终目标，整个端了训练营，现在侦察不充分。"

"为什么？"鲁甲庚说，"已经很清楚了？！"

"你想想，"苏菲菲说，"我刚看到，他们从房子东侧出来，可房后没建筑了。不奇怪？另外走路时，A11号在中间，左边是谁？右边是谁？"

"对啊，难道……"鲁甲庚说，"后面另有玄机？"鲁甲庚倒吸一口凉气说，"不对啊，中午、晚上并没看见做饭的妇女，从哪里往后面送饭哪？！"

"只有一种可能，"苏菲菲说，"还有我们不知道的通道和建筑。不然，饭怎么送去？纵然米哈伊尔将军说，见到A11号，可以杀无赦。但建议让他多活几天，彻底侦察清楚，为整体端掉训练营创造条件。"

"好。"鲁甲庚看看腕上的北斗，当地时间二十三点，他开始向训练营匍匐前进。若非静如死地，可在远一点的地方快一些，可这地方太静，惊动飞鸟野兽，就暴露了自己。"狂风怕日落"，天黑后风声小多了，不得不慎。一千米距离，鲁甲庚爬行一个多小时，凌晨一点，才接近训练营。敌人防守严密，但鲁甲庚非常庆幸，如果不进行抵近侦察，这次麻烦大了。

米哈伊尔将军主持敌情汇总和作战方案研究，大家你一言我一语地说，E国伊万少校和J国卡姆奇耶夫上尉一组，主要负责西部和北部侦察。伊万说，西部就一训练场，日常操练的地方。

卡姆奇耶夫补充说，仔细搜索了，上午、下午全部出现的，计五十五人。影像资料在侦察摄录机中。我们判断，训练营就一帮乌合之众，不会有什么战斗力。配属给我们一个排，把他们化为灰烬。另外，我们一个一个对照，没发现A11号。我想，是不是最近不在训练营？或到其他地方旅游去了？

玛依拉中尉与温迪耶夫少校一组，玛依拉先说，侦察过程中，天挺冷的，天空低垂。过程中，我们穿过树丛，不时有雪屑落在脸上。我们负责东边，是一片窝棚，养马、养驴的所在。一个约六十岁的跛脚男人，负责那儿。

温迪耶夫补充，搜索了东边全部地域，上午、下午全部出现过的人，计五十六人。我们组与伊万和卡姆奇耶夫他们，出现一人误差，可能是他们没计算跛脚的马夫。其他，侦察一致。基本判断，一帮乌合之众。配属给我们一个排，解决他们。我们也一一比对，未发现A11号，他可能真不在训练营。

米哈伊尔笑笑说，恐怖分子嘛，过街老鼠的角色，不会有太强战斗力。下面我们听听两位中国战友的。苏菲菲把战场侦察终端数据线，插入会议厅桌子自己面前的插孔，打开终端，大屏幕出现摄录画面，苏菲菲同步讲解："前面大家已说过的，我不再重复。"苏菲菲说，"我们发现训练营，计六十人。与前面两组的差别在于，我们发现还有个做饭的女人，右眼下方长一胎记。另一差别在于，A11号在训练营，他于当地时间二十二点才出现。"在场的人大吃一惊，个个睁大了眼。

苏菲菲按暂停，用放大功能，A11号的脸呈现在大屏幕上。苏菲菲说："A11号最显著特征，是额头发际线正中有一颗凸起的黑痣，痣上有二三根黑色体毛。这几根毛，是他特意留下，他并没有把它扎到头巾里。"苏菲菲按下开始，A11号额头黑痣上细微的毫毛，被风吹得动个不停。

苏菲菲介绍说，A11号在晚二十二点，把院子西南角、西北角、东北角、东南角、正门哨位，查了一遍。加上A11号已是五十八人。陪在A11号身边，还有两人。苏菲菲摁暂停、放大，画面出现两人特写：一个留大胡子，脸上有条刀疤，从左侧额角一直斜贯至右脸颧骨。另一个，剃刀脸，胡须很少。细看，下巴颏正中有条明显的沟，把下巴一分为二。

米哈伊尔将军说，中国战友侦察很细致，我们有了新的惊人发现。说着，他示意暂停。他到作战室，拿出笔记本电脑，将数据线插好、开机，另一大屏幕上，出现一组文件夹，点开A级文件夹，点击第十三、十五两张照片，两人正是菲菲所说，与A11号一起的两个人。

米哈伊尔将军说，大家比对一下，苏菲菲小姐说的两个人，是不是照片中的两个人？

大家都说，是，没错。

米哈伊尔说，他们分别是A13号、A15号红色通缉犯。1980后出生，年轻凶狠。参与了某中学保安被杀的恐怖犯罪，参与了某工地恐怖杀人，十数名工人被杀。出逃后，在H、J、E、还有中国边境，多次图谋恐怖袭击。A13号、A15号出现，增强了这次跨国反恐的意义。行动成功，对活跃在几国边境的国际恐怖主义组织，是一次沉重打击。下面请苏菲菲中尉，继续汇报。

苏菲菲说，我要说的就这些，可情况要复杂得多。还是请鲁甲庚少校说说吧。鲁甲庚说，首先，晚上抵近侦察，有不方便的地方。但基本判断是，除了上述六十人，至少还有十名左右成年恐怖分子。一边说着，鲁甲庚把微型摄录仪所拍视频，通过数据线，显示在大屏幕上。

鲁甲庚匍匐前进，一直到达养马窝棚边，低姿匍匐，鲁甲庚不能抬头过多，必须保证安全。这时，耳麦里苏菲菲在叫："独狼，独狼，我是仙狐，我是仙狐。"

"收到，仙狐请讲。"他们这套系统很先进，耳麦直接贴喉管，只要声带动就能把声音传给对方。

"独狼，独狼，你略抬头，"苏菲菲说，"你右前方约 3 米，离地约 1.5 米，有一发光口。我想应是他们向外出牲口粪便用的，你试着接近，能不能利用它？"

"独狼明白。"

鲁甲庚继续慢慢匍匐，到了发光口下，果然是个出粪口，不过用一大团草塞住了，塞得很密实。鲁甲庚身体贴墙，半蹲半站。

"仙狐，仙狐，"鲁甲庚呼叫，"已到达出粪口边，可他们用干草塞住了，你警戒，我得换装备。"

"独狼，你的微光侦察系统中，有针式摄像管，把它换上，从透光处，选择小孔，把摄像管插过去，就可以看到里边。"

"明白。"鲁甲庚回说。

换上针式摄像管，插入发光孔中，先看到一排马、驴子的屁股，它们与恐怖分子一样，很不安分，一边吃草一边你踢我一下、我咬你一下，不时哼哼唧唧叫几声。然后，看见七八个恐怖分子在赌钱，几家欢乐几家愁，有的兴高采烈，有的黯然无声。赌着赌着，会为某一张牌，激烈争吵吵几句。

这一切，在鲁甲庚头盔显示屏上，一清二楚。鲁甲庚慢慢转动摄像管，尾部向右偏则摄像管内部向左，一下子可看到房子最左，是一堆草料，然后就到了墙边。成竹在胸，鲁甲庚准备慢慢抽出摄像管。可某一瞬间，鲁甲庚犹豫一下，一个疑问闪在心里，他感到看到的景象，有一些问题。

他再次转动摄像管，再次对准最左，聚焦在最左的墙壁上。黑暗中他伸拇指，目测一下距离。他感到外面看到的窝棚长度，与在摄像管中看到的比例不对。明明感到窝棚里空间应更长、更大一些，可怎么就到边了？

鲁甲庚回头，倒回匍匐二十米，呼叫："仙狐，仙狐！"

"仙狐在。"

"盯紧大门和东南角哨兵。本来侦察清楚了，但我感觉不太对。必须再向左，前进二十米，进行验证。可离东南角瞭望哨哨兵太近。你用狙击枪瞄准，一旦对我不利，立刻干掉他。同时，指挥我向左移动。不能有闪失啊。"

"仙狐明白。"

哨兵，在高高的瞭望哨上。远处的苏菲菲，夜视仪紧盯哨兵，哨兵有点漫不经心，一会儿伏在左边栏杆，一会趴在右边栏杆——如果他在左边，鲁甲庚不能动，动就是死。现在哨兵伏在西边栏杆。苏菲菲立刻说："独狼，抓紧时间，哨兵伏在西边。"

鲁甲庚加紧向前十几米，又慢慢爬行几米，感觉差不多了。这边完全没灯光，不知在哪找一孔洞，一探究竟。他想站起来寻找，刚想站起，耳麦叫："独狼，别动！"鲁甲庚立刻卧倒，微微抬头，哨兵伏在栏杆上一摇一晃。鲁甲庚只能伏着，等待时机。他看看腕上北斗，已是当地时间凌晨四点。

"独狼，独狼，"苏菲菲呼，"有个恐怖分子，背枪走过来，估计要么查哨、要么换岗，做好准备，听我指挥。"

"独狼明白。"

背枪过来的，在瞭望哨下就咕咕叨叨地说，感觉没睡醒，或是输钱了不太开心。没到瞭望哨，他就大喊叫："迪力江，你下来，我换你。"瞭望哨上的家伙一听，立刻转身下去了。

天赐一个好空当啊，机不可失。"独狼，好机会，但很短。"

鲁甲庚沿着下面，迅速地摸索，找到一个透气孔洞，完全通透的，迅速将针式摄像管插入，这时耳麦说："独狼，卧倒，快卧倒。"鲁甲庚迅速卧倒。

针式摄像管传回的画面，显示在鲁甲庚头盔显示屏上，让鲁甲庚大吃一惊。上面是窝棚，下面却是钢筋水泥，上面空空如也，一下子沉降下去有三米，最上层挂满各种衣服，周边几国的军装都有，一排一排挂着。

窝棚最下、最左，一排一排的枪柜，计三列六排，一排二十支枪，一百二十支枪，加上边上零散的，还有十几支。里边一排小枪柜，全是手枪，计有六排，五十四支。手枪柜边是匕首、长刀柜，一排一排的匕首、长刀。最左侧有个门。这说明，上面的一切是摆设，迷惑人的。

米哈伊尔将军叫停，要求慢放、重放武器库视频，在有"圣战训练营实验室"字迹下面，有一批最新款便携式电脑，边上是一堆炸药，和一条一条引线，还有一些电子装备。

边上，一个像化学实验室的架子，摆满大大小小的瓶瓶罐罐，还有称量爆炸物的电子秤，一边还有几个火箭助推榴弹发射器。米哈伊尔一边看一边惊叹："不要低估恐怖分子，他们不是我们想象的，一点文化都没有的莽汉。"

鲁甲庚在苏菲菲指挥下，绕到房子后，发现有大型地下设施——一个巨型造型复杂的地窖。外人能见的房子，里边什么都没有。恐怖分子全住在地窖中。

偌大地窖，设施豪华，A11号与四个老婆住的大屋，一个大房子一个大厅，四个小房子。木地板、电视、录像、电脑、卫星电话都有。A13号、A15号，住在A11号两边，房子也不小。

鲁甲庚配合画面说，大大小小的头目按职务高低，住着大小不一的房子。小喽啰分别住在若干大房中，每个房子有若干人。他们吸食海洛因，房间乌烟瘴气。每个房间里，会有若干小孩，十来岁、十一二岁样子。从成年恐怖分子房间出来的小孩，走路有些不一样，一边走一边抹眼泪，应是受了虐待。

然而，最大的惊异在于，在西边训练场对应的地下，有一个巨大地下训练场，设施一应俱全。鲁甲庚怀疑，一拨在外面，一拨在里面，分地上地下训练。可能是为迷惑我们，诱导我们错误判断，轻视他们。

鲁甲庚认为，一般而论，我一个连，我攻敌守。我们没有优势。要想打掉它，端了训练营，或许要做更复杂的准备，采取更智慧的方法。不然会吃亏。

鲁甲庚如此精细的侦察、详细的汇报，让大家惊讶不已，最后给了他最热烈的掌声。

最后，米哈伊尔指导大家，制定了行动方案。米哈伊尔将军答应，行动时从H国反恐训练基地，抽调两个步兵连，增援大家。大家回去休整，三天后清剿训练营。

第二天，情况出现重大变化。线人报告，A13号、A15号通过重金，买通H国铁路系统一些人。这些人帮助恐怖分子在H国AL城，劫持一列驶向中国的石油、天然气列车。能源列车从AL城出发，终点是中国迪城。

恐怖分子的目标是，让能源列车在人员高峰时，进入迪城火车站。然后引爆能源列车。一旦其阴谋得逞，会成为骇人听闻的恐怖事件。所以，必须延后原定在明天端掉训练营的计划，把力量和精力，用在新威胁上。

米哈伊尔说，至少，或说我们的底线是，无论在H国，还是在中国，能源列车不能在都市爆炸。我们的追求，或说终极目标是，从敌人手中抢回列车，让敌人计划破产。大家明白吗？

明白。

米哈伊尔说，我原想用特种部队，毁掉一段铁路，就地包围歼灭他们。可我国最高安全会议否定了。这是条繁忙的国际线路，每天有大量人员、货物通过。一天中任何时段毁掉铁路，都会聚焦几十列、上百列列车。有能源列车，也有各国游客，若恐怖分子狗急跳墙，就地引爆。伤亡巨大、损失惨重。

所以，我国最高国家安全会议，给出指导方案，要我们利用特种部队，实施反劫持，挫败恐怖阴谋。同时要求，做好保密工作，不要给普通游客，带来过度恐慌。

玛依拉与温迪耶夫建议，所有人，包括配属给这次行动的士兵，统统穿便装。这样，恐怖分子不易发现我们。伊万少校反对，他指指自己和搭档，又指指苏菲菲、鲁甲庚，说，跨国反恐小组，来自几个国家，我们才熟悉一点点。与下面士兵、指挥官，一点也不熟悉。换便装，怎么分辨？怎么协调？怎么指挥？

米哈伊尔笑了，笑完了说，玛依拉想多了，士兵会在你们需要时，用直升机或运输车，送到指定地点。列车上，要不了那么多人。想象着列车很大，但控制列车要不了几个人。恐怖组织不会派出那么大阵仗。线人说，A13号、A15号恐怖头子，带领约十人小队。恐怖分子的策略，永远是以小博大。用中国的《孙子兵法》说，叫"以铢称镒"。对吗，鲁甲庚、苏菲菲二位？

鲁甲庚与苏菲菲点点头。

米哈伊尔在手一挥，说："行动！"

A13号已得手，他就在能源列车上。

为了不惊动A13号，米哈伊尔让已换便装的鲁甲庚、苏菲菲，还有伊万、卡姆奇耶夫、温迪耶夫、玛依拉，还有一个特种部队小队，从不同车站，登上一列客运列车。这一列车，在H国反恐中心指挥下，基本与能源列车并行。偶或拉开距离，为了不让A13号，产生疑心。

鲁甲庚他们，一直在寻求时机，选择合适地点，登上能源列车。在精确调度下，列车在通过两个较长距离车站之间时，有了好机会。天竟然起了沙尘暴，列车中望去，远处不少风柱，卷着黄乎乎的沙尘，张牙舞爪地舞动着，黄沙幔帐，铺天盖地。两列列车，再次并行，在一连六节列车洗手间中，六个黑影从旅客列车蹿出，上了能源列车。

苍天的赐，一切顺利。可顺利中一个新问题出现了，前面有岔路，右拐几十公里，到达 H 国与中国交界的 A 火车站。在这里，无论如何火车都必须停，H 国与中国采用铁轨标准不同，一个 1435 毫米准轨，一个是 1524 毫米宽轨。到站后换轮，将车厢吊起，放到准轨底盘上。

　　米哈伊尔急了，下令火车转向，不能驶往 A 车站。他担心到了 A 车站，更换轮轨要几小时，几小时间任何情况，被恐怖分子识破，就麻烦了。A 车站，每时每刻都有许多列车，在更换轮轨。这伤亡和损失，谁都承受不起。

　　说时迟，那时快，在前面车厢中，用匕首杀死几个恐怖分子，已控制列车控制台的玛依拉与温迪耶夫少校，还有鲁甲庚、苏菲菲——温迪耶夫已坐上驾驶位置，鲁甲庚、苏菲菲与玛依拉，守在驾驶室重要位置。

　　米哈伊尔调度列车，在最后一个岔路口，指挥已控制车站的特种兵，开启扳道程序，火车向左转向。

　　前面，将进入一段数十公里无人区，两边一望无际的森林，森林中是白皑皑、没有化尽的残雪。火车行驶差不多二十公里，A13 号发现情况不对，感觉中该到 A 火车站才对，可仿佛离 A 车站越来越远了。A13 号召集部下，从后面一节一节车厢，向前面驾驶室移动。列车在高速运行，这移动并不顺利，速度极慢。

　　米哈伊尔下令，火车经过一个两公里上坡，会经过一个隧道，几公里之外，有另一个隧道。他命令，在进入第二个隧道前，能源列车停下。两隧道间，是方圆十几公里谷地，相对开阔。米哈伊尔已命令，五架米 171A 直升机，将数十名手持连弩的特种兵，空投在谷地，做好战斗准备。

　　A13 号彻底明白过来，对一个心性凶狠、处心积虑的恐怖分子而言，一个天衣无缝的计划，执行得一帆风顺时，突然间彻底黄了，气得眼都红了，歇斯底里吼叫，指挥恐怖分子，向列车驾驶室移动。可离列车驾驶室，还有三四节车厢，A13 号非常着急。

　　这时，能源列车已开始上坡，很快会进入第一个隧道，恐怖分子离驾驶室还有两节车厢，可列车进入隧道了。恐怖分子不甘心，想重新控制列车，并用能源列车，制造一个大恐慌。他已经对上级的上级的上级夸下海口，说这是 A13 号扬名天下之时。老恐怖分子 A01 号是个女人，她听完说，成功后我就提拔你做副手，名副其实的二把手。将来可能是一把手。

列车进入隧道，大大迟滞了他们的进程。终于，列车驶出隧道，他们一步步进逼，A13号指挥恐怖分子挂好长刀，他让两个弓弩手，猫腰半立着，瞄准了驾驶室门口的鲁甲庚、苏菲菲。

这时，一阵紧急刹车，车轮与铁轨发出尖啸的刹车声。两个弓弩手，踉踉跄跄，没有站稳，摔下列车。A13号因开始就伏卧着，所以他没事，他阴沉地举起了枪。

看来A13号，准备同归于尽了！几个身手麻利的特种兵已接近他，弓弩手消灭了A13号身后的几个恐怖分子。A13号纵身跳下列车，想凭借矫健身手、精准枪法，最后一搏。

他开枪了，尖厉的枪声在山谷回响，他打伤一名特种兵。然后，他站在能源列车边，解开身上的羊皮袄，里边是一圈手榴弹。他正紧张地旋开后盖。这时，苏菲菲掏出麻醉枪，轻轻一扣，一支高效麻醉针头飞过去，正中他脖颈。A13号应声倒下。

大家都跳下列车，热烈相拥抱。这时，却不见了鲁甲庚，他正沿着铁轨一边，猫腰迅速前行。因为下车瞬间，他突然看见第七节列车顶部，有一个干瘦身影，他猛然间想到一个人。

米哈伊尔说了，这次行动是A13号、A15号，两个恐怖头目亲自组织。A13号已被麻醉枪击中。A15号呢？一念间，鲁甲庚就断定了影子是谁。来不及多讲，他猫腰贴近轨道，急速跑去。在第六节车厢，鲁甲庚要穿过铁路，到铁轨另一边前，他向苏菲菲他们摆手，手指打弯指指车上，又指指大家。苏菲菲一下子明白了。

她赶紧让其他人撤离，只剩下自己与玛依拉、温迪耶夫，走向第七节列车。第七节列车顶上，A15号站起来狂笑不止。说，你们是不是很厉害？是不是很聪明？我们就设计好了，这列能源列车，无论在哪里，必须爆炸。你们三个，还有那些士兵，就在山谷中巨大的火盆里，一起去见我们伟大的真主吧。

苏菲菲一下不知道该怎么回他话，很快她把身份证掏出来，说，你看看我身份证，我与你体内流着一样的血，这世界是美好的，我们要珍惜。从外貌你也可以看出，我体内至少有一半的血，与你一样。

哈哈，一半的血？你家是你母亲下贱，还是你父亲下贱，与外族通婚，生下你这怪胎，污染我们至高无上的血统？

苏菲菲非常气愤，但她明白，必须克制，等待在那边的鲁甲庚，他一边与A15号周旋，一边用余光看边上，她见一个黑影，从第六节车厢移过去。于是，苏菲菲领着玛依拉、温迪耶夫，故意向前走十几米，把A15号的后背，留给鲁甲庚。

为了稳住他，苏菲菲说："我的确有一半血统，与你同种同族，我们是兄妹。不信？我可以把身份证丢给你，你看看？"

"什么兄妹？我不认。"

"你看看吧。"说着，苏菲菲猛然做出上抛动作，A15猛一紧张，他很快感到苏菲菲并没把身份证扔上去，正发作之际，鲁甲庚猛然从后面，横着胳膊锁住了他的咽喉。顺势抓住他左手腕一扭，把他反扣起来，立刻拔掉雷管引线。

A15号还不老实，戴上手铐还不停踢腾，已冲上来的几个特种兵，绳捆索绑把他抬下能源列车。能源列车得救了，保住了许多无辜生命和财产！米哈伊尔很高兴。亲自打卫星可视电话，向鲁甲庚、苏菲菲，还有伊万，卡姆奇耶夫、温迪耶夫、玛依拉，一个一个，表示感谢，表达祝福。

按米哈伊尔的想法，想给大家放一星期假，休息一下、调整状态，再一举摧毁训练营。可从鲁甲庚、苏菲菲到伊万，卡姆奇耶夫，再到温迪耶夫、玛依拉，异口同声表示，恐怕不妥。

大家一致认为，劫持能源列车受挫后，A11号绝对不会如此心安气定，本能反应会是避一避风头。如果他逃离，打掉训练营的意义，会大打折扣。如果待A11号再回到训练营，可能是猴年马月了。大家都认为，明天，一定是A11号逃离的日子。

所以大家建议，在今晚行动。凌晨两点前，首先完成对训练营远距离包围。切断路口，若干公里范围内，盘查过往人等。明天一早，我们展开行动。米哈伊尔说，既然大家意见一致，我就听大家的。大家辛苦了，回去睡几个小时，凌晨四点直升机会准时接你们。外围包围，我来安排，绝对滴水不漏。

苏菲菲回屋，洗漱后准备睡觉，睡觉前想打开手机看看，有没有重要信息，好几天没动手机了。她刚开机，手机信号才还在似有非有间，一个电话打进来。是直接领导，特警大队大队长打来的。大队长说，你与鲁甲庚的表现，米哈伊尔通过H国国防部、外交部，向我国国防部、外交部发函，对你们的忠诚、专业、尽职、吃苦，给予非常高评价，文件已发到中心。兄弟姐妹们，真心为你们高兴。

苏菲菲说："谢谢，没什么，当一次学以致用的实战。"

大队长停下，静了几秒，叹口气，说："还有一事，考虑再三，决定还是告诉你。"

"请讲，"苏菲菲说，"没事。"

"你们这次追缉的A11号恐怖头目，"大队长说，"两天前，在迪城车站，策划一起爆炸事件。你姐姐珊珊，刚好到车站派出所办事。遇到一个拉着沉重行李的老奶奶问路，她就把老奶奶送进车站。返回广场，赶上恐怖袭击。她牺牲得很壮烈，她抱住一对双胞胎孩子，孩子们得救。"大队长说，"节哀顺变，不要太悲伤。记住，反恐斗争，是你死我活，保护好自己。"

大队长讲完，苏菲菲哇一声大哭出来，只不过是一秒钟，她硬生生压下自己的声音。这时大队长说："我了解到，鲁甲庚同志，是你未来姐夫。要不要对他说，由你来定。我劝你不要哭了，有点不尽人情，但任务还非常重，明白吗？"

苏菲菲强忍悲伤，说："大队长，没事，我会为所有在暴恐袭击中丧生的民众报仇。"

苏菲菲想给爸妈打个电话，可想了又想，电话一通，免不了又是半天哭啼，痛苦只要在那儿，一碰就会痛。可是想睡着，也不容易，她翻来覆去睡不着，快三点了，才迷糊一会儿。

凌晨四点，直升机准时到达。三个小组依然到侦察时的阵位。直升机不能飞太近，深夜寂静会惊动敌人。虽是暗夜，出发时从行动姿态上，鲁甲庚感到苏菲菲不太对劲。面有倦色，脚步疲沓，有点魂不守舍。实际上，从前两天做那个苏珊珊一身血的梦起，他就时常莫名伤感，有想哭的感觉。

到达阵位，鲁甲庚要亲自去放炸药。他知道，最简单的就是放大量炸药在武器库，把偌大的院子夷为平地，无人生还。可鲁甲庚一直纠结一件事。实际上，一直以来在鲁甲庚心里，总觉得自己是一枚硬币，仿佛与生俱来，具有不同的两面。鲁甲庚与苏珊珊、苏菲菲姐妹一样，同属于两个民族。母亲是个老师，从小教给鲁甲庚的，就是五十六个民族五十六朵花。所以他名字随父，叫鲁甲庚。身份证民族一栏，填得与母亲一致。

时间已是凌晨六点，再有两小时天将大亮，鲁甲庚必须在天亮前，把炸药安放完，安全返回。今天恐怖分子的确比以往防守更严密，瞭望哨都加了双哨。

一边向训练营跃进，鲁甲庚想："看来，能源列车的消息，他们已知道。"苏菲菲卧倒在阵位，警戒、瞭望、观察、并指挥鲁甲庚，鲁甲庚已顺利到达，找到了上次拍摄的孔洞。可孔洞太小，无法穿过弄好的炸药。鲁甲庚掏出匕首，一点一点撬，撬松一块砖，轻轻抽出，又撬动一块，轻轻抽出，孔洞已足够大。

苏菲菲在阵位，在鲁甲庚撬动砖头间，苏菲菲因过度悲伤，加上连天作战、基本没睡，她看到望哨上一个哨兵，走向鲁甲庚所在方向的北栏杆。然后，她转移视线，看鲁甲庚，他不远处有片白塑料纸，在窝棚檐下飘忽，苏菲菲眼神一离，喊："独狼，姐姐，珊珊，在你身边！"这可吓坏了鲁甲庚，想，珊珊在国内，怎会在我身边？他紧急抬头，看见瞭望哨上一恐怖分子走向这边，刚露出半个脑袋，鲁甲庚赶紧伏地。好在恐怖分子到栏杆边，靠在栏杆上悠闲一会儿，随即向西去了。

鲁甲庚愤怒："仙狐，仙狐，你神经啊你？！什么姐姐啊，这是战场啊，开什么玩笑？"这边，眼噙泪水的苏菲菲，才知道刚刚离谱地走神了。她知道，在战场走神，会要了鲁甲庚的命。她赶紧应答："独狼，独狼，对，对，对不起，刚刚走神了，请原谅。"

鲁甲庚本来想质问："这什么时候？也敢走神？"可他想了想，又想了想，仿佛想到了什么，他沉默了。鲁甲庚也有点异样，眼眶湿湿的，似有魂灵操控，莫名其妙地动情。鲁甲庚知道，战场上无法儿女情长，这情绪得不到控制，会出问题。同时他想，自己要多神神，也要多对苏菲菲留神。

他迅速把早已算好，缠绕在麻绳上的九串高爆炸药，一点一点往下放，2.5米长绳子放到最下，这边在方砖缠绕一圈，鲁甲庚一边观察瞭望哨一边放绳子，一边心算，砖宽12厘米，两面24厘米；砖厚6厘米，两面12厘米；缠绕在砖上的36厘米，加墙厚24厘米，计58厘米。绳子放下，已在地窖武器库上沿二米左右，高度合适。最后，他把一块砖头，横亘在孔洞口，把爆炸遥控接收器，放在砖上。顺利撤回。

时间，凌晨七点。这时，每个人耳麦中，同时传来米哈伊尔的声音："各小组，收到请回答。"

"一小组，"鲁甲庚答，"鲁甲庚、苏菲菲收到，请讲。"

"二小组，"伊万答，"伊万与卡姆奇耶夫收到，请讲。"

"三小组，"温迪耶夫答，"温迪耶夫、玛依拉收到，请讲。"

"各小组打开接收装置，"米哈伊尔说，"两张图片传给你们。训练营还有两条'大鱼'，分别是A05号、A09号。"米哈伊尔说，"他们今天是来庆祝劫持能源列车事件的，可失败了，非常沮丧。本来想溜走，可他们还有一件事，给从各地受训的恐怖分子，行结业礼。这里聚集这么多恐怖分子，就因为这个。有利条件是，早上他们一定会在院里颁发证书。不利条件是，劫持能源列车失败，他们不会久停。要抓住战机。"

米哈伊尔最后说，决不能让他们跑了，我在外围布下天罗地网。你们的任务是，对A05号、A09号、A11号三名血债累累的恐怖头目，实行狙杀。不允许失手。按第一小组盯A05号，第二小组盯A09号，第三小组盯A11号分工。之后，炸毁其武器库。不惜一切代价攻入，彻底端掉训练营，明白没有？

"明白。"

天快亮了，风儿一阵紧似一阵，后来竟下起大雪，鲁甲庚他们卧倒在山谷中，感到狂风龙吟般渐强，风绞着雪团，飞棉花一样，纷纷扬扬，落在山间，落在树上，簌簌地响。

苏菲菲说："这鬼天气。"

鲁甲庚说："有好处，也有不利。狙击不利，但对隐蔽有好处。一会儿，他们将开始训练，我们也到了收网时。"

近年抓获的恐怖分子交代，每天天亮前开始训练。早上一起来，集中在地窖中晨祷。之后，就在院里慢跑，或练习空手道、攀墙术。早七点，集合听课，学习战术、急救、侦察等。晚上洗脑，播放组织恐怖袭击的录像。颂扬他们的组织，谴责异教徒。

训练营已开始训练，鲁甲庚作为狙击手，苏菲菲做观察员。几十号恐怖分子，呼啦啦一片散漫地跑，鲁甲庚一边看着雪花落在他们黑不拉嚓的衣服上，一边说，想不到这样烂的水平，训练出的恐怖分子，竟能为害如此之久。苏菲菲说，他们少了许多规范，对作战技能十分重视。

跑步之后，他们整齐列队，一个人在前面讲了好一番话，鲁甲庚看到是A11号。下面鼓掌。欢迎来另几个人，走在最前的是个大胡子，貌似很有风度。右胳膊有点弯曲，总是蜷着。苏菲菲说："你看，我们的狙杀目标A05号。"

"看见了。"鲁甲庚说。

　　　　　　　　　　　　　　　　"新生代军旅作家"面面观 ┃

A05 号以舍我其谁的霸气，站在队列前。然后他指点 A09 号，上台演讲。不知 A09 号讲什么，这是个精瘦精瘦的人，走路腰都不太打弯，腰可能受过伤。

这边，鲁甲庚卧倒在八百多米距离上，全神贯注瞄准，他披着雪地伪装披风，卧倒在雪窝之中，下面铺鸭绒垫子，他已趴下很久。寒冷的天气，并不能冻僵他的思维，他一边瞄准一边寻找战机，就想到当年狙训练时的情景。

对着胸环靶，瞄准、射击、讲评，再瞄准、再射击、再讲评。但一帮年轻人，总会想出一些创意。靶台边设有高速摄像机，能把子弹穿过目标的瞬间，记录下来。有一定"水平"后，他们就用西瓜代替靶子，拍摄子弹穿过西瓜，子弹嗖地突进西瓜，西瓜鲜花绽放样开裂，子弹出西瓜，西瓜粉碎，一汪红血迸开。

看着录像，让人想到子弹穿过头颅，也像西瓜那样。再之后，就用啤酒瓶，啤酒瓶迸开，画面如海啸。再之后，一杯牛奶、一枚鸡蛋、一枚硬币……

鲁甲庚在选择战机，A05 号在演讲着的 A09 号后边，在鲁甲庚方向上，他身边的人刚好挡住视线。好不容易，有个机会，鲁甲庚让苏菲菲问："第一组准备就绪。其他小组情况如何？"

"准备完毕。可以开火。"两小组回答。

可刚说完，A09 号演讲完了，他与 A05 号、A11 号开始给一些人，颁发结业证之类。人一动起来，又不好瞄准了。

终于颁发完了，A05 号又走到前面，开始演讲。这个一只胳膊有点残的恐怖头子，虽然一只胳膊不灵便，但两条腿和另一只胳膊，在尽力诠释着手舞足蹈这个词。队列中，小恐怖喽啰们，听得一脸认真、庄重。

机会来了，鲁甲庚稍稍活动下自己，活动一下手指，闭眼、摇动一下脖子，这对于一个优秀狙击手很重要。鲁甲庚调整呼吸，眨几下眼睛，重新瞄准。一边苏菲菲对他通报射击参数，他按苏菲菲通报的参数调整好枪，顺着瞄准具延伸视线。虽然 A05 离他差不多八百多米，但鲁甲庚相信手中这把最新型狙击枪，也相信自己的技术，定能一枪爆头。

"目标确认？！"

"确认。"

苏菲菲发出开火信号，鲁甲庚早已将大胡子、貌似很有风度、右胳膊蜷的人，牢牢套入瞄准镜像圆圈，并死死锁定在准星十字上。鲁甲庚调整呼吸，呼吸越来越轻越来越慢，他慢慢预扣扳机，终于感到有一点阻力了。他再次确认，是那个人。他被牢牢锁定在准星十字交叉点，鲁甲庚屏住呼吸，渐对扳机加压。

"砰"，枪响了！目标倒在雪地上。鲁甲庚想，子弹穿过他头颅的瞬间，一定像当年训练时，先如鲜花绽放，后来迸爆开的西瓜。目标竟没即刻死去，随着血浆飞溅，他一下子蹦起挺高，重重摔在二米开外。

"砰"，"砰"第二组、第三组枪也响了，实际与第一枪不过是一秒间隔，A9号、A11号也应声倒地，A11号死得难看，他被第三组击中心脏，血液喷出把周围的人身上都喷成红色。几秒后，恐怖分子才反应过来，呼啦啦向武器库方向涌。

苏菲菲说："目标已击毙。"鲁甲庚微微一笑，说："对恐怖分子来说，人固有一死，或一百多斤，或者二百多斤。呵呵。"

"哼，看你得意的。"苏菲菲说。

一边说着，鲁甲庚手里已捏住电子启爆器，他在等待绝大部分恐怖分子，到武器库地窖子边上。他们已经挤迫在武器库地窖边，乱哄哄一团，叫着快点快点。鲁甲庚果断摁下启爆器。

一片火光，亮在漫漫大雪中，冲天红光把未及落下的纷纷扬扬的雪片、雪团，照亮如金鱼鳞一样。灼热的火焰，把窝棚周边一二百米内的积雪，飓风吹过一样，掀起来吹得老远。接着，有接二连三的小爆炸声，该是武器库中的其他爆炸物，开始爆炸了。

北边的房屋，被冲击波推着，多米诺骨牌倒下一样，呼啦啦倒去，一直倒至房屋的三分之二处。近边的恐怖分子，当场就毙命了，有的受伤如触电一样，在地上一跳一跳地动。

米哈伊尔将军乘坐的直升机在低空盘旋。他指挥前来增援的两个连冲进院子，枪声持续十几分钟，三个小组与战士们一起围拢，一边搜索一边前进。

终于到了，房子后面地窖最西边，那帮孩子住的地窖房间，孩子虽然举着枪，眼睛怯生生看着他们。做饭的一脸横肉妇女，她受伤了，倒在一边，依然想爬行，想捡起边上的一把枪，她大声呵斥孩子们，开枪啊，开枪啊！可孩子们吓得不像样子。并没有开枪。

这时，其他小组与增援战士，举起了枪，哗啦哗啦拉枪栓，鲁甲庚大喊一声："慢！"并做出阻止射击的动作，鲁甲庚说："他们太小，多是被抢来、骗来。纵然恐怖分子已给他们洗脑，我们应该用爱、用宽容，让他们重生为正常人。"

鲁甲庚大吓一声："把枪放下，从这边出去！"孩子们怯怯地看着，一点一点走过来，把枪放在边上，排队走出去。鲁甲庚在安放炸药前，已反复算过，之所以反复估算，就是不想让这帮孩子，成为恐怖分子的牺牲。鲁甲庚想，他们有个有爱的未来。

米哈伊尔将军乘坐的飞机，降落在院子里，他走来与大家热情拥抱，反反复复说："漂亮，漂亮，真漂亮！"米哈伊尔与他们三个小组，一起走出院子。

雪下得更大了，苏菲菲走过来，眼中泪汪汪，她想张口对鲁甲庚说，姐姐牺牲了。鲁甲庚貌似已知道了，他伸手挡了她，不让她说。阴云低低压，像满肚想说的话，实在没法说。

院子中打扫、清理战场的战士们，用小当量炸药爆破训练营中的地窖、房屋，爆炸的火光，照亮了天空中的大雪花儿、大雪团儿，雪花儿、雪团儿被映成粉红色，纷纷扬扬、飘飘洒洒，像珊珊布置好的洞房，像喜庆、温馨、浪漫的卧室，像卧室粉色灯光、藕色墙壁、桃红床罩，像紫色、粉色气球摆出的"心连心"图案。

鲁甲庚的眼泪，如漫天飞雪，簌簌落下……

已憋了几天、悲痛欲绝的苏菲菲，哇的一声，哭出声来……

2012.05.20 初稿

2012.05.22.22 点二稿

2012.05.23.0 点 17 三稿

2012.05.27.17 点 56 四稿

原载《小说界》2014 年第 5 期

拂　晓

魏远峰

　　正中午时分，四师师长昰罡，一派整齐行伍行头，迷彩作训服，黑色作战靴。他扨腰站在土坡前，迷彩服军衔上的星星，在阳光下并不显眼。四颗星挤在领章上，显得有点拥挤。昰罡感到自己正陷入一场"危机"，这次突然袭击式拉动、演习，四师表现会怎样？他心里并不绝对有底。这关乎红色基因的四师声誉，也是对他任师长一年的检验。

　　这次拉动，上级真是："微乎微乎，至于无形，神乎神乎，至于无声。"上上下下，没透一点风。集团军作为顶头上级，竟提供条件让考核组躲在中巴上，全程"偷窥"拉动。昰罡想，集团军李军长、刘政委，咋胳膊肘往外拐呢？

　　一周前，通知今天小拉练，说是像平时拉练，不要特别准备。师作战值班室报告。他当时就觉得，好像不太对？可一下子，又说不上来。不及细想，参谋长、作训科长来了，比照从前小拉练做了方案。昰罡看看，没啥不妥，就签字了。

　　十五分钟前，昰罡才知道问题严重！二十分钟前，昰罡正牛皮烘烘呢！阳光直射下来，他踩着自己的影子。于是昰罡洋洋得意想到一句话：人经常需要勇气，把自己的影子踩死！他甚至想到"哈桑大师"中第二个"导师"，那匹砸碎自己影子的狗。

　　此时，四师正聚拢过来，一列一列步兵、炮兵、导弹兵、装甲兵，一排一排吉普车、运输车、装甲车、坦克，排成偌大一片壮观的绿色狼群。11团报告、12团报告、13团报告、炮兵团报告、装甲团报告、师直属队报告、师后勤保障分队报告。

千军万马聚拢的气息，把昰罡裹得越来越紧。部队围拢中，昰罡恍能听到骨骼抽紧的嘎巴嘎巴声。昰罡想，这或是青春生命热血偾张的声音吧？这一切，让昰罡心底慷慨激昂。

值班参谋向参谋长报告。参谋长持扩音话筒，向昰罡报告完毕，顺势将话筒递给昰罡，昰罡手心偏外挡一下，示意他"不用"，然后，跑步向队列前方，立定，半面右转，深吸一气，下口令，"立正——，向右看——齐，向前——看，稍息，立正……"口令声如洪钟，万人之列一致的队列动作，蔚为壮观。

昰罡双手握拳，贴于腰际，右转120度，向右后方跑去，军区考核组组长郑副司令——郑晓峰中将，正被将校簇拥，等昰罡报告。当昰罡一步一步跑向考核组，他惊异发现郑副司令，竟把中心位置"让"出来，现在居中心位置的是名上将。"高大胖"身材的未知上将，与"电杆"身材的郑晓峰中将，反差太大。

思索间，已到了上将面前，可上将并没有接受昰罡报告之意，而是往边上偏偏身，伸手把他让到郑副司令面前。郑副司令又忙不迭，把他让到上将面前。最终昰罡在"高大胖"面前站定，敬礼："首长同志，机械化步兵第四师，按时将部队拉动到指定位置。应到10098人，实到8997人。请指示。四师师长昰罡。"

"稍息！""高大胖"道，然后说，"四师原地待命。总参作战部王部长，将向你师宣布，拉动、演习命令！"

"是！"昰罡一边答，一边敬礼，一边想"还有演习"？他心里顿时有点乱。当然，统领千军的昰罡，知道"泰山崩于前而色不变"乃为将所要。他掩饰着心中骇浪，跑步回队列。

虽然昰罡没想到，但也不算想不通，毕竟"兵者，诡道也"，所以一切皆可能。现在四师已集结在北溪县城边，一个农场的几万亩甘蔗地上。甘蔗已收完，只剩下辽远的空旷。

几十年前，这儿曾野林芊然。据说苏联老大哥发现，在我们阵营，只有某国和我国半岛等地，能长橡胶树。于是兵团战士，呼啦啦开过来，剃光了半岛。种橡胶给老大哥，生产汽车、火炮、飞机轮胎——奔向共产主义的轮胎！

后来，两国闹僵，橡胶树被砍伐，种植甘蔗。每年甘蔗收完，半岛上只剩下望不到边的空旷时，站立在空旷中，昰罡心里也空旷至极。从昰罡到师常委，再到团长、政委，直到战士们，多少有些怨气。可是罡知道，军令如山，说别的是瞎扯！

所以，在战地党委会上，罡罡命令，谁抱怨就处分谁！他说，未来战争爆发，敌人不会与我们商量。什么是"来之能战、战之能胜"？因为不知情，就祈求不战？！不，就是要在不确定中，谋求确定的胜利！

师方政委补充说，师长说得对。习主席要求我们"听党指挥、能打胜仗、作风优良"。今天就是检验。我们要有信心！

之后，参谋长宣布演习任务，他让参谋人员就地支起电子地图。参谋长郑重说：上级命令我们，从现集结地出发，于下午14点30分前，部队到达北溪火车站。晚21点，重装备一律装火车，22点准时开车。经琼北海峡，至南岛火车站，卸载后开赴青龙岛。所有轻装、汽车机械化开进，经岭北、雷城、徐城、安城，由军渡过海。上级命令我们，在青龙岛一线展开登陆作战，目标是夺取、控制玄武、朱雀、白虎三岛。明天19点前，布置阵地完毕，等待进攻命令。

13团团长说："现在中午11点48分。此地距北溪车站77公里，路况不好，全速机动，不超过25公里/小时。到达北溪火车站，至少3小时零8分。最快15点，到达北溪火车站。所以，14点30分到达北溪车站，无法完成。"12团团长说："美军机械化步兵第一师，战术机动也不过25—30公里/小时。要在下午14点30分，全部到达北溪车站，这，不好办吧？"

这时，作训科长说："师长、政委，能不能抄近路？上级只规定了时间，没规定路线。必须钻这个空子。半岛我们熟悉，所谓'天时不如地利'。"

"'途有所不由'。"罡罡心想，实际上只有这办法，可以完成任务。但抄近路，也有问题，罡罡说，"可以考虑，但全师上千辆装备，路况太差，通过能力低，'梗阻'怎么办？"

上任一年，罡罡非常注意，听大家的意见。他明白，不启发大家的主官，带不出能打仗的队伍。《六韬》中"以天下之耳听，则无不闻也；以天下之心虑，则无不知也"，所谓"辐凑并进，则明不蔽矣"是说，情况像辐条聚向车轴，就能洞幽察微。

"这样，"装甲团团长说，"装甲团的优点是通过能力强，缺点是机动速度慢。应给我们最近，但路况不好的路。其他可选择虽远但路况好的路。扬长避短，分散开进，防止梗阻。"

"对，没有更好办法，"参谋长指着电子地图，示意参谋输入 A、B、C、D、E 五条路，五条路很快亮在地图上，以不同颜色闪烁着。参谋长说，"11 团从 A 路线走、12 团按 D 线路走、装甲团按 C 线走、13 团按 E 线走、炮兵团按 B 线走，师直属和保障分队按不同特点，分配到各路线。切记，按平时拉动早已形成的编队序列，边行进边编队。省不少时间。"参谋长说完，看着昰罡与方政委，敬礼说，"师长、政委，行吗？"

昰罡看看方政委，两个人点点头，昰罡大手一挥："出发！"

对于昰罡，不知该复杂说说，还是简单说说？复杂说，或许该为他写本书，一本书也不一定说得清。简单说，三年前他在最有优势的情况下，没当上师长；两年后杀了个回马枪，咸鱼翻身当了师长。这过程挺复杂，让人唏嘘。

三年前，昰罡知道结果后，倒非常平静，至少面上如此。可还是不少人，或真心安慰，或带些惋惜，说许多安慰言。每听到这些，昰罡只能憨憨笑笑，不说更多。

他有一个老部下，叫韦岩，广西人，一口"广普"，张口就是"鸡道不鸡道"之类。不过，文笔很好，机关业务熟，后来到集团军政治部当处长。因与昰罡旧交，加上了解情况，特意打电话来："原定是你，军区也倾向于你。后来要重新报。报刘辰。"

"刘辰我共过事，唉，"韦岩说，"我与他同学，毕业后我们一起提正营。结婚后提得飞快。我这处长，还干得吭吭哧哧，他马上正师了。鸡不尿，有其道。"

昰罡听着、沉默着，昰罡能听见韦岩愤愤不平的呼吸，韦岩却只能感到昰罡无限沉默。韦岩说，"同学时，一次刘辰喝多了。他说，这当官，一没关系不行；二没财力不行；三没才能也不行。"韦岩说，"他说关系，决定有没有人可找、可找到什么层次的人；去找人办事、求进步，不打点到，凭什么帮你？给你位置要干得了、不出事。有这三点，打遍天下！"

"说真话，绝大部分军二代、军三代，带着红色基因，飞扬军旅激情，优秀、正派、能吃苦。"韦岩说，"但也有一些公子哥儿，做人没规矩、做事没底线，遇到鲜花就往前冲，一副舍我其谁、非我莫属的霸气。利用各种关系铺路，这路上只有鲜花。偶或荆棘缠身，也要变荆棘为鲜花。这怎么服众？！"

"这话，也不绝对。近年爆出的贪腐案，一些巨贪也是平民子弟。"昃罡说，"关键在人，不在群体。不能一概而论。"

听到这儿，韦岩一声叹息，长长出口气，不知是为昃罡还是为自己，或许不想再说什么："首长，有些事，军区也无奈，顶不住。你懂的！"一句"你懂得"，让昃罡心中颇有些感慨。

的确，刘辰提升很快，来四师前是军区装备部某二级部副部长。再之前，是另一集团军教导大队大队长。据说，他岳父在另一军区任职，中将军衔，人脉深厚。刘辰也从不避讳，甚至一说到这些，刘辰多少会有些得意。

昃罡一直安静、平静听着。听韦岩讲完，昃罡说："我感谢你。可作为你老领导、老大哥，不该把这些告诉我，也不要再与任何人说。上级定刘辰自有道理。私下议论不好。假定有什么不公平，相信时间会纠正它，时间之公平超过人类公平的总和。"

说到这儿，昃罡停下，空了一会儿，"不是昃罡虚伪，不要再对任何人说！"昃罡说，"这支军队很庞大、组织很强大，它不是哪个人、哪一些人的，历史已证明我们的军队和组织，有着强大的自清除功能，要坚信！"

不久，任职命令到，昃罡到另一个省军区任镇北军分区司令员。镇北是军区最边远的分区了。上级已与昃罡谈话，充分肯定了昃罡的人品、能力、工作。昃罡没说更多。

当然，昃罡内心的波澜，谁都可以欺瞒，却瞒不过老婆女儿。谈话回来刚好周末，昃罡二话不说，睡一天一夜。醒来，在书房抽一下午烟。老婆进来，说："干什么？烧窑？"昃罡抬头看看没说话。

到了饭点儿，老婆来叫他，他只说你吃吧。老婆火烧火燎，最后开车，把在半岛一中的女儿接回。女儿上高一，学习很好。

女儿到家，直接到书房，进门就说："爸，你要闹哪样啊？"

"没，没有啊。"卤水点豆腐，一物降一物，女儿是昃罡的克星。"爸爸只是想安静下，没什么的。"

女儿坐在他身边，抓住他的手，说："女儿帮不了你，但爸爸你忘了？去年底，我期末考试，一开始考得很差，我哭。你怎么劝我的吗？"

"记得。"昃罡说，"情况不同。我有点舍不得三多塘。"

"爸爸，你说假话。"女儿说，"你是没当上师长，愤愤不平。"女儿说，

"去年，我前面副课没考好。你分析，副课没考好，但全年级最好的，只比你高一二十分。但后面主课，除了数学不占优，语文、英语、政治都是你强项，奋力一搏，扳回一二十分，仍可与一流同学，平分秋色。但现在泄气，必败无疑。"

昱罡说："是，我说过。"

"爸爸，你翻出《梦溪笔谈》让我看狄青打仗篇，"女儿说，"'主胜而已，不求奇功，故未尝大败，计功最多，卒为名将。'你说，前面副课并没有大败，后面主课至少小胜。若主课大胜算平局。不利之下，平局算赢。"女儿说，"我就是听你的话，调整策略，最终赢了。"女儿又说，"爸，毕竟你提升了，也没有败。如果你认败，就真败了。不是吗？"

"还有一点，至少以后，您有时间陪我了。"女儿最后说，"离开三多塘这么个山沟里的鬼地方，到一个地级市中心地带，也是好事。您说呢？"

女儿的话，让昱罡想通想不通，都哑口无言了。昱罡眼眶有点湿润，站起来抱抱女儿。乖乖出来吃饭。饭桌上，老婆说昱罡，你干吗非较劲？照照镜子，四十多点，长期在野战部队，老咔咔了。到分区人没那么累，好好养身体，好好过生活。昱罡抬头看看她，苦苦地笑笑，没说什么。

实际上，很重要一点，是昱罡对四师、三多塘的情感。这段时间，昱罡反复想了又想，自己虽脾气不好、说话难听，但与人结怨不多。所以，没什么遗憾。

如果说唯一的遗憾，就是建登陆战训练场的事儿。上面已批准，相关款项已到位一部分。若不是离开，几个月或最多年把，一定会建出一个全军一流的登陆战训练场。

昱罡有个判断，几十年或更长时间内，当今世界任何强国，进攻我国国土的可能性，已不存在。中国安全问题，将集中于若干海域、海岛。所以，四师虽是机械化步兵师，但将来面临或说可能参战的，或海岸防御战，或登陆作战之类。

所以，四师需要一个现代化登陆战训练场。驻防的半岛，东临南海，西靠北湾，直通大洋，海岸线1200公里。地理环境决定了，适合建一个登陆战训练场。要离开四师了，昱罡依然这样想，纵然建不建、怎么建，自己无法知道了。

要离开四师，要离开三多塘了，战友们送一送很必要。新师长刘辰，不管是谦虚还是心虚，表现倒低调。除了目光闪烁，看不出其他。与方政委，自不用多说。三大机关干部战士，预定那天下午在办公楼前，给昰罡送行。

天公竟不作美，中午还晴空万里呢，午睡时雷鸣电闪——刚过春节呀，不到雷雨季节就电闪、雷鸣，多年未有了。昰罡准备下楼，他透过窗户遥望，天铅一样色调和凝重。不时有闪电撕裂天空，闪电一灭又一片黑黜黜的。

三多塘的云层，尤其显得低、水汽显得重，仿佛揪一片一拧，就会哗哗流下雨水——二十七年间，除军校三年，昰罡基本没离开三多塘。三多塘中一切早与昰罡血肉相连，脾气、骨气、血气……

送别，因为雨太大，干部战士挤满在司令部一楼。握了手的，沿大堂向左，右边的依次走来。这样握下去，时间会很长。于是昰罡挥手，大声说，"感谢大家，大家对昰罡的情，我会记住。欢迎到镇北去，我一定会再回来。"刚好说到这儿，被自己手机铃声打断，下意识停了一下，可很快意识到，话停的位置不当，于是赶紧说，"我，还会来看大家。新兵就到三多塘，生是四师人，死是四师鬼！就不一一握手了。"

说完，昰罡挺立在大堂，敬礼，礼毕；向左转90度，敬礼，礼毕；再左转90度，敬礼，礼毕；再左转90度，敬礼，礼毕。大堂里掌声长达数分钟。这时，昰罡向两边挥手，与师长刘辰、方政委等敬礼、握手。

然后，昰罡大步前行。走到门口，门把鬼使神差，插入昰罡的袖口，他只得侧身，回一下手，尴尬笑笑，走出大堂。昰罡的背影，撕开并沦陷于雨幕，一个闪电亮起，人们看见雨水从昰罡大檐帽上流下，从他山一样的脊背上流下。

来接他的镇北军分区作训科长，赶紧帮打伞，可昰罡并未进伞下。四师人知道，昰罡从不让人为他打伞，自己也从不打伞。天上下刀子，也塔一样矗着。

昰罡报到镇北军分区。当年，大清冯将军曾在镇北，把法国兵揍得嗷嗷叫。那年出差，昰罡特意看了镇北城楼、炮台。雄关之下，想象当年屡战屡败的清军回光返照般的胜利，心绪万千。

眨眼间两个月了。下面一个武装部，没正式去过。新司令报到，大家见见面亦为必需，就找个星期天过去了。选择周日，昰罡有一点"小私心"。前面走了所有武装部，昰罡基本没喝酒，充其量端端杯子，意思一下。

吃饭中，昰罡提到冯将军，武装部部长、政委都知道，却无人能说出，冯将军墓在哪。昰罡有点不爽，多喝几杯闷酒。纵然，当地米酒度数低，昰罡酒量还不错，可闷酒最醉人。

是罡问一个，罚一个；问一个，罚一个。罚了一遍。只剩一个叫陈永熙的助理员。他看看是罡，又看看部长、政委，说，"首长，我也喝。"说完一仰脖子，一大杯白酒干了，说，"冯将军墓，在沙埠镇泥桥村，村东北小山丘上。"

是罡站起，倒了满满一杯，一饮而尽，问："你去过？"

"去过。"陈永熙说。

"为什么去？"是罡问。

"没为什么，"陈永熙说，"专业与兴趣罢了。"

他的话，让是罡似明白非明白："专业？兴趣？"

"是。"陈永熙说。

"哦。"是罡貌似明白了，想，"这是个学历史的！"然后是罡说，"好，下午你陪我去看看。"

"是，首长。"陈永熙说。

是罡转脸，看着部长、政委，目光复杂。最后，是罡端杯，一饮而尽，部长、政委也喝下。是罡说："一圈走来，我最多沾沾嘴。纵然，我酒量还行。为什么？"

"知道，首长廉洁。"部长说。

"对，重形象，做表率。"政委说。

"不是，这是戴高帽，我今天喝得有点高，但还不醉。"是罡说，"我很怕喝醉，很怕醉死在升平岁月，醉死在和平泥淖！"是罡说，"上一场战争远去多年。前几天，我去拜谒烈士墓，特意看看边境，边贸繁荣，百姓乐业。边界线上的瀑布，唱着和平歌儿，很是动人，让人沉醉！"

部长、政委越来越听不明白，是罡要说什么，可明明感到，是罡已说了什么。这时，是罡说："今天，我情绪不好，致以歉意。下午你们休息，陈永熙陪我就行。"说着，是罡抄起桌上一瓶未开的米酒，递给陈永熙。

部长、政委站在边上，"那怎么行？首长，"政委说，"我们有什么错，您就批评，在我们辖区，不让我们陪，不踏实啊！"

"真不用，"是罡说，"冯将军不是我们的烈士，今天也不是官方活动。不用你们陪。"说完，是罡带陈永熙上车，直奔冯将军墓地。

一根烟工夫就到了，群山环绕、满目青翠墓地。主墓坐北向南，花岗岩刻成的庙式墓顶，很有几分庄重。檐下碑前，左右分列文臣、武将、狮、虎、马石像，石柱上刻，"万里干城，一方砥柱；寸心金石，万世馨香"。

墓前拜台前，是罡笔直站定，举手敬礼。敬礼时，是罡眼里一片汪汪之水。是罡让陈永熙把酒打开，是罡在胸前举举，沿主墓洒一圈，把剩下的酒，放在拜台上。

是罡与陈永熙，径直向墓后走，不远有一碑亭，内有巨碑，上书"大清诰授荣禄大夫建将军太子少保衔贵州提督世袭轻车都尉加一云骑车尉冯勇毅公神道"。两人碑亭中坐下，是罡点一支烟，丢给陈永熙一支。陈永熙接了，拿着没点。

"军分区，情况不太了解，"是罡说，"一年到头，武装部都忙什么？"

"你没听说过？老军装时有个段子，"陈永熙微微叹息，"大檐帽红一圈儿，一年就红十来天儿。每年征兵时车水马龙，征兵一过，门可罗雀，一派萧瑟。"

"可除征兵外，一年还有 355 天，"是罡说，"该不会天天喝酒吧？"

"差不多吧。当然按条令事可多了，"陈永熙说，"民兵预备役训练管理、防汛抢险、支援地方。可武装部不是大部队，有作为难，混日子易。您也知道，到军分区或武装部，要么上面对这人死心了，要么自己对自己死心了。谁指望创千秋大业？"

"这话够消极，"是罡说，"当一天和尚撞一天钟呢，何况军队？武装部好好干，一点前途没有？"

"唉，什么前途？得给人希望啊！每个分区四五个、七八个武装部，几个副师位子，决定了绝大多数部长、政委，船到码头车到站。"陈永熙说，"三个科长到参谋干事助理员更渺茫。部长、政委基本从野战军或省军区、军分区来，提升可能性很低。所以……"

"我明白了，所以就混日子……？"是罡说，"唉，你的不良情绪传染我了。长期和平岁月，对军队几近致命。军队属豺狼虎豹，要到战场放养，在斗兽中过活。长期圈养会退化、驯化成肥头大耳、毛皮油亮，如马戏团的虎豹，观赏之物。实在可悲。"

"是啊，上一场战争结束三十多年，战火熄灭，升平到来，硝烟气、血腥气没了。"陈永熙说，"这岁月容易让人沉醉、流连，毕竟和平兵舒服，人一旦沦陷于舒服，就会习惯于舒服。"

"是啊，三十多年浸泡在'和平福尔马林'中，我们都成了和平标本的一部分。"昰罡说，"可这三十年，世界上竟没一天真正和平过。不久前海豹突击队，击毙本·拉登于家里，这事很震撼了我。"

"非常震惊！首长，我看着电视，想，如果是我军，有没有有如此牛逼？"陈永熙说，"这些年，都委屈死了，美国凭啥想打谁打谁？中国说自己是大国，咋这么受气？南海、东海闹腾，周边不安！凭什么小国'找茬儿''挑事儿'？"

"美国人好战、好事，中国人慎战、避事。"昰罡说，"东西方兵学有差异。也因为力量悬殊，有无法言说的无奈。"

"首长，不全是。小国呢？欺负到我们脸上，为毛不先揍他个五彩缤纷再说？"陈永熙说，"几千年恪守'兵者凶事'。汉唐以降再没有《史记·卫青霍去病列传》中热血沸腾的场景。直到解放军诞生。可长期忍受和平，对一个大国很危险。从'军队要忍耐'到'中国在忍耐'，要怎么忍？忍多久？窝心、寒心！"

"有个性！你一定知道，"昰罡叹气说，"中国困局，有大国黑手操纵，情况很复杂。"

"不就是美国嘛，"陈永熙说，"美国想怎样？"陈永熙说，"克劳塞维茨说，'如果敌人的军队是敌人起主要作用的力量，就粉碎这支军队；如果敌人的首都不仅是国家权力中心，而且还是各个政治团体和党派的所在地，就占领他的首都；如果敌人的盟国比敌人还强大，就有效地打击这个盟国'。"

"你竟然熟读《战争论》！"昰罡说，"日本右翼折腾，本质是随美国折腾。他们想，中国没有从美国羽翼下揪出并痛打日本的勇气。但中国实力，已让日本右翼胆寒。"

"日本欺软怕硬。"陈永熙说，"网上人说，'有占领东京之勇，才能得琉球；有占领琉球之勇，才能得钓鱼岛。'话虽似狂妄，但是真话。"

"是的。当我们足以拿下东京，日本会送来琉球；当琉球不守，日本会送来钓鱼岛。"昰罡说，"中国衰败自鸦片战争，但中华苦难自甲午战争。当年甲午战争爆发，冯将军北上抗日途中，闻签《马关条约》，曾悲愤不已。"

"是啊，再两年，就'甲午'一百二十年。"陈永熙说，"一百二十年间，中华民族多苦多难啊！"

"对了，忘问你学什么出身？"昰罡说，"文科生？你读许多历史。"

"错，呵呵，"陈永熙颇得意地说，"测绘出身，就是电子地图、沙盘作业那一套。"

"啊？"昰罡说，"不会吧？怎么搞后勤？"

"嗐，武装部，"陈永熙说，"干啥，就是啥专业。"

"好吧，我明白。"昰罡说，"太阳快落山了，我送你回武装部，我回分区！"

"不行！首长，您不能走，"陈永熙说，"您今天把部长、政委闪一边，您这么走了，我怎么交差？"

"不会吧？"昰罡说，"能把你怎样？"

"首长，您不会单纯至此吧？"陈永熙说，"还用说什么、做什么？深不可测的眼神，就能压死我。"

"怎么办？"陈永熙说，"不是我一小卒，给首长下指导棋。应把场子圆过来。不仅因为我，也因为您自己。"

"我？"昰罡疑惑，"我怎么了？"

"您到镇北没多久，开会都见过面，"陈永熙说，"第一次正儿八经到我们部，甩下脸色。两点，一是他们不知冯将军墓，但这并非条令规定必知内容。二是即便规定必知，也犯不上大动干戈，你们还要共事。对吗？"

本来酒基本醒了，陈永熙一番话，让昰罡完全醒了，不由暗自赞叹："这小子，是个人物。"最后，他们决定，与部长、政委一起在武装部饭堂吃晚饭，再回分区。皆大欢喜。

走了一圈，看似走马观花，实际在用心观察。现实有些叫人无语。除了边防团，其他部队稀里哗啦，真不好形容。再想想，嗷嗷叫激情四射的四师，心里不是滋味儿。一天到晚忙，以司令、市委常委身份参加会议、剪彩、考察、研讨，也不知忙什么，每周难免几顿大酒，喝个天昏地暗。昰罡失落了、颓废了。

一天晚上喝高了，天快亮才睡着。却梦见一人，高高大大，"三点红"军装：红五星、红领章，背对自己。后来梦中说是父亲，昰罡想看看他。可怎么努力，也转不到正面。

关于父亲，昰罡依稀记得，父亲接电，"火速归队"。临别，父亲抱着昰罡，一只手拉着妈妈，眼眶湿润。母亲递给父亲一方粉红绢帕，让他擦眼泪。父亲说，不会有事。当然军人的命，属于国家。一定把昰罡带好。让他像名字，朗朗乾坤、四方四正。

泪水在母亲脸上流，父亲给母亲擦泪。母亲掏出一个红布条，把父亲的风纪扣解开，把白衬衣最上的扣子解开。红布条穿过扣眼，打个蝴蝶结。母亲说，用它拴住，就不会有事。

最后，父亲把星罡抱到怀里，用青青的胡子楂，划过星罡嫩嫩的脸，蹭了又蹭，亲了又亲。

然后，把星罡给妈妈，静静看着他们，良久，猛然转身，大步走去。星罡记得，犹如刚刚梦中，父亲走上一土坡，视野中父亲，仿佛比山还高。之后下坡，渐渐消失。

父亲归队后，妈妈的日子，只剩下泪花。妈妈抬头看见相框中，她与父亲或父亲与星罡或他俩与星罡的照片，会立刻转脸、泪花晶莹。有一天，日暮时分，门口停几辆汽车，"单排座""帆布篷""鳖盖子"。星罡高兴坏了，站在一排车边，摸摸这辆，摸摸那辆，自豪地对小朋友说："来，你也摸摸，这是我爸爸部队的。电影里才有！"

后来，汽车一溜烟走了，星罡看好久才回家。母亲呆坐着，愣愣地出神。星罡进屋她都没理。桌上一个包红布的盒子，压着很薄一沓钱，穿堂风把钱掀一下、掀一下。边上一枚红五星、两方红肩章，一块白布局部黑红，白布孔中是红布条打的蝴蝶结。

后来，母亲从不提父亲，实在避不开，也只是说"他"。随年龄增长，星罡渐渐知道，父亲曾是名连长。上一场战争中，他们连担当KM山主攻连，父亲率连队攻上KM山，红旗已飘扬起来，战友们又蹦又跳。父亲突然发现死尸堆里，一双眼在瞄准。他迅即转身，想把战友们扑倒。枪响了，好多发子弹，打中父亲。

后来，渐渐长大的星罡，无数次审视自己，渐渐坚定下来，做一名优秀军人，延续父亲的基因。后来他决定当兵，母亲眼泪如潮，差点淹灭他的意志。最终，"儿大不由娘"。母亲送到村口，当年送父亲的地方，说，"他，说你是个当兵的料。这话，我害怕了十几年。可还是……"说着，母亲使劲跺脚，仿佛父亲在脚下，流泪骂道，"死鬼，死了还这么霸道，你说什么就什么？星罡还是当兵了……"说完，母亲泣不成声。

歪床上，泪涟涟回忆父亲，忽然星罡忆起，刚刚在梦中，父亲说一句话，对，就是有一句话："记住，比得意忘形更可怕的是失意忘形！"是的，父亲就这么说的。

父亲说完，大步向前，昰罡拼命追，眼看就追上了，面前一条河，这边水白花花，那边水阴沉沉——他想喊，却喊不出。突然一滑坠下来，他喊："爸爸，爸爸……"

竟然梦见父亲，一边回忆着父亲，睫毛就湿了。想想刚刚的梦，再想想父亲，眼泪啪嗒啪嗒滴下。昰罡心里自责自己的失落、颓废，他对自己说，不能忘了父亲的期许、自己的誓言。

时间飞快，眨眼就是二年。可喜镇北分区，好戏连台，喜事连连，被总部、军区评为先进。一个大形势是，军委要求越来越严，部队管得越来越紧，部队越来越像部队了。

正当昰罡感觉不错时，差点儿出大事。昰罡没想到，自己被告到了军区。直到针对他"问题"的工作组，到了镇北分区，他都一点不知道。军区对署名"几名地方群众"的举报非常重视，常委会上定调，当作违反"八项规定"顶风违纪的典型来抓。

本来，要成立一个专门调查组。恰好军区郑副司令马上代表军区党委，到省军区开民主生活会。临时决定郑副司令代表军区党委处理此事。有点拧巴，副司令分管军事，来调查违纪，有点裁缝做菜的感觉。当然，从郑副司令是军区常委看，非常正常。

本来，是个星期天，昰罡的搭档柳政委，突然接省军区通知，说是军区郑副司令、省军区潘副政委及纪检处长等十人工作组，一会儿就到分区。工作组是距分区只有一小时车程时，用车载北斗系统通知的。有点神秘，听话风不太对。潘副政委告诉政委，先不要通知昰罡。

这让柳政委很困惑，他感觉出事了。既然明说不告诉昰罡，私自通知昰罡，算违反纪律。当政委纠结，要不要告诉昰罡，但让昰罡先从蹲点的连队撤回时，他推开窗，竟看到昰罡的车，刚好进入院子。不久他听到"嗵嗵嗵"的上楼声。政委闷闷想："厉害啊！这么快就得到消息？！"

他这么想着，昰罡敲门声响起，两年搭档，政委对昰罡的敲门声非常熟悉，全分区就昰罡敲门敲得响。他起身开门，让昰罡坐下，倒了杯茶。他本来想问："这么快，就得到消息？！"

可一想不对，若昰罡不知，自己不等于泄密？于是，他决定慢慢与昰罡绕一绕，探一探他口气："部队可以吧？"

"挺好。"昰罡一边吹浮在茶杯中的茶叶，一边吸溜着喝茶，一边回说，"小战士们挺可爱，与他们一起，自己都年轻了。"

"是吗？"政委说，"对了，你怎么突然回来了？"

"我怎么不能回来？"昰罡一边喝茶，一边笑笑，想到嘴边一句话，"是不是司令不在家，你政委当大王太滋润了？"可话到嘴边，犹豫一下，改口说，"一小战士，执勤时被毒蛇咬了，昏迷。我正与一帮战士打篮球，就抱到我车上，送 504 医院抢救。已经稳住。顺便回来看看。"

"哦，这样啊，"政委说，"既然回来了，住几天再回？"

"算了，家里你辛苦了。"昰罡说，"明天三营射击补考，上次考核执勤的，还有脱靶的，再考。"昰罡说，"几十年的胸环靶，换了'绿靶'，就有许多人跑靶。"

政委知道，昰罡所说是一项训练改革。胸环靶上有一圈一圈白圈，中央一个实心白圆圈，瞄它中间偏上，能打出十环。几十年，已成依赖。可战场上，敌人会在胸口印白圆圈，供我们瞄准？还有，射击时，整齐列队，一个口令一个动作，射手们机器人一样。战场上，怎么可能这样？

于是，取消靶纸的白圆圈，增加了半人头靶、侧身靶、刺刀靶。在射击场设置堑壕、沙坑、水坑、土包、掩体，移植大小不一的树木，散布在射击地域，模拟战场。从前只有"站、卧、跪老三式"射击，扩展到蹲、坐、仰、侧等十多种射击姿势。开始射击后，顺手即可射击，上靶即算成绩。

这么一改，一些神枪手都傻眼了。状态差时五发子弹命中两发、甚至一发。但渐渐就效果显现。在军区射击对抗赛上，分区派出一个班，几乎囊括所有第一。全区大单位，总评第一。比两个集团军还牛！

一杯茶喝完昰罡起身，政委相送，双方都感到，对方今天怪怪的。就这样，在各自怪怪的感觉中，政委把昰罡送出来，握手告别之际，一辆军区牌子的"考斯特"进了院子。政委知道工作组到了，鬼使神差地说："昰司令，你回不去了！"此言让昰罡一愣，觉得别扭，政委觉得更别扭，红着脸补充，"军区领导来了！"

于是，昰罡与政委下楼迎接，工作组要求直接开会。一进会议室，郑副司令就指示潘副政委开门见山地问，后街 18 号是哪栋房子？潘副政委把昰罡与柳政委问蒙了，两人摇头。

郑副司令突然火起，一拍桌子站起来："昰罡同志，你一定知道，你说吧！"

"我？我知道？"昰罡愣怔着说。

"潘副政委把信给他，让他自己看、自己解释！"郑副司令说，"昰罡，你不是演员出身吧？！"

昰罡扼要看一遍，原来是封告状信，说昰罡除了在分区办公楼有办公室，另占一二百多平米的"窝点"。红木地板、高档家具、洗澡间、床铺、厨房都有。信中说已装修好久，差不多了。

"首长，明白了，大家跟我来？"昰罡说，"后院街18号，不是一栋房子。原是四家铺面，两间发廊、一间米粉店、一间卖彩票的，合同到期，收了回来。三间打通，临街门封死，门改到里面。这是真的。首长们看看，就明白了。"

"看看就明白？"郑副司令有点疑惑，说，"房子改变用途，政委知道吗？"

"知道，我们商量过，但我没管，"政委说，"司令一手操办。"

"好，"郑副司令说，"那我们去看看。"

一行人从分区院里穿过，走到最后一排。本来朝向外面的商铺，中间有几间刚粉刷过。昰罡走近，咚咚敲门，里边有人应声开门，露出了陈永熙黑瘦黑瘦的脸。他一看，昰罡带一大帮人，赶紧把卷闸门升起，大家进了屋子。

地面上，三个池子，显然是沙盘，但又不同于一般沙盘，上面多了一层像屏幕的东西。四面墙壁上，猛一看黑糊糊，仔细看底色油绿，看不出什么。昰罡示意陈永熙开灯，大家面前，突然间一片色彩斑斓。开灯的瞬间，郑副司令貌似明白了，自言自语说："三维电子地图？"

"是的，首长，"昰罡说，"我与政委商量，把去年军区奖励我们的钱，全部投入，我们又筹了平分，搞了这个。"

"做什么？有什么想法？"郑副司令老作战部长出身，深知地图重要，可他想亲耳听听，这个昰罡玩什么名堂。他说："你思维超前，我想在军区作战室搞一个，还没搞成，你小小分区司令，竟捷足先登？"郑副司令在话语上，依然强势逼人，但语气中已难掩喜悦。

"3D电子地图，以三维地图数据库为基础，对现实世界或其中一部分，进行三维描述。"昰罡说，"有了它，我站在这儿，可以看见防区内，每座山、每条河、每条路、每个乡镇，甚至每个村子的情景。战时平时，都意义重大。"

昰罡挥挥手，陈永熙开机，展示作战模拟系统。大屏幕上很快展现出一场战斗，武器、装备、人员、战略、战术、技术、指挥、情报、后勤，直观逼真，活灵活现。

它以地理信息、定位系统、卫星遥感、虚拟现实等高新技术为支撑，构建三维仿真。体现陆、海、空、天、电五维战场环境。可军事对抗，可模拟演习，可战役规划。它能构建身临其境的陆战、空战、海战、导弹战效果。

看着火光四溅、硝烟弥漫的场景，郑副司令点点头，"这个系统好，研究战争有了科学方法，逼真、接近实战。"郑副司令回头，看着沙盘中的 T 岛、DY 岛和南海，"昰罡，你野心很大，"郑副司令颇欣慰，"我知道你所想，你想有一天可能出征，所以抢先研究战场！你厉害，老朽戎马一生，你是我见过的目光高远、野心勃勃，最处心积虑的指挥员之一。"

"没有，首长谬奖。"昰罡说，"一介武夫，能做到当一天和尚撞好一天钟罢了。"

"不，不，不。"郑副司令说，"隐约感到，你话里有刺儿。年轻人，四十出头，一切都在变化。"说到这儿，郑副司令伸手，在胸前划拉一下，加重语气，"要明白，一切的一切都有可能。明白？"

"明白。"昰罡咬着嘴唇说。

"今天，我犯了先入为主的错。"郑副司令笑起来，"我认定你虚伪、狡猾。我派人暗中调查。包括你枕边有《孙子兵法》《六韬》《战争论》，还有一本《毛主席六篇军事著作》，做了许多笔记，对吗？"

"是。"昰罡说。

"暗访者所到之处，听到不少你的好话。战士们说你打牌输了，一样贴纸条、描花脸、钻桌子。"郑副司令说，"我就想，昰罡多狡猾啊？一边顶风违纪，一边收买人心？"哈哈，哈哈，郑副司令放声大笑起来。

这二年，昰罡在机关少，镇北分区有个边防团，分散驻扎在边境。两年间，一线连队他都住过至少一星期，有的甚至住一个月。蹲点，如果做样子，摆个被子、拍张照片、上次报纸就够。如果想了解基层，非得人也下连、心也下连不可。

呼啦啦带一帮参谋、干事，连队可能会很烦。人家要许多精力，才能陪好一帮"官老爷"。最开始一段时间，昰罡蹲点偶或带陈永熙——拜谒冯将军墓，不久，昱罡把他调到分区作训科。后来，他给了陈永熙一项任务，即地图室的事儿。

于是，昱罡独来独往了。他蹲点简单，司机送到连队，司机住团小车排，参加团里操课，或干脆返回分区。自己在连队住，与战士们早操、吃饭、训练，一起甩老K、打拖拉机。

最初，与战士打个牌，基层干部都很谨慎，紧盯战士，不停使眼色。他到机炮连蹲点，星期六晚上与战士打牌，从看完"新闻联播"，打了两个多小时，昱罡一直赢。觉得不真实，表面又看不出什么，像佛经上帝释天人的衣服，严丝合缝。

昱罡上洗手间时，突然想，不对啊？！三个战士都戴耳机？本来90后孩子，对MP3、MP4有瘾的，学英语口语、听流行歌曲，都离不开，很潮的样子。这也没什么。可是，仿佛今天不对。

昱罡仿佛明白了点什么。回去后，昱罡继续打牌，突然，他把临近小战士的耳机揪过来，放进耳朵，一个声音在吼："注意、注意，司令两个'小王'，想办法把手里'大王'垫了，别把司令的'小王'灭了。"

昱罡一把把牌摔了，气冲冲跑到外面，一个一个房子看，终于发现在一屋子里，有人正手忙脚乱收家伙。为让昱罡赢，他们在棋牌室装四个摄像头，谁手里什么牌、将要出什么牌，清清楚楚。他们遥控指挥战士出牌。昱罡差点没把鼻子气歪。

"弄虚作假，还得了？！"昱罡愤愤说，"马上紧急集合！"

昱罡已冲动到，要搞紧急集合、训话。身边的团政委小声说："首长，算了，就是娱乐嘛，怎么开会、怎么说？！"

昱罡这才迷瞪过来，还真没办法说。可他觉得太可恶，不能这样欺负小战士吧？再想想，觉得完全是在欺负自己。后来，在分区交班会上，昱罡冷静地，把这故事讲了："大家想想，到基层了解真实情况，难不难啊？！"

后来，大家真了解了昱罡，是真要与战士交朋友时，这情况就没有了。镇北分区的风气好起来。

在郑副司令代表军区党委，前来镇北调查昱罡的同时，军区也接到对刘辰的举报。身兼军区纪委书的梁副政委，代表军区党委住进了三多塘。刘辰之前所在部门，分管一些装备仓库，在仓库升级改造中，刘辰被建筑老板扯进去。

"新生代军旅作家"面面观

扯得比较深，足以淹没他。不久，刘辰被免去四师师长，对所涉问题立案侦查。

昰罡没想到，也不可能知道，郑副司令回去，拍胸脯对党委保证，昰罡绝对没问题。且认定昰罡是个难得的、有战略眼光的指挥员。不久后，军区研究干部的常委会上，郑副司令力荐昰罡。几个昰罡的老上级，也赞许有加。这样，昰罡回到三多塘，任四师代师长。不久，任四师师长。

车到门口，发现大门改了。原东南偏门，成了正门。原正大门，现为侧门。新大门气派，显得"高大上"。但或许怀旧缘故，昰罡对新大门，感觉怪怪，说不上好。

其他，一切都没变，还是午饭时太阳晒得脑瓜痛，午睡时就满天黑罨罨，雷声响起，大雨灌下。一切都没变，三多塘里每天早操后，按时响起革命歌曲：

"解放区的天是明朗的天，解放区的人民好喜欢……"

"天山脚下是我可爱的家乡……"

一切都没变，每天大喇叭准时传出操课号，三多塘就沸腾起来。长长短短的操练队伍，一阵阵高高低低口令声、口号声："121、121，1、2、3、4；1、2、3—4——"……

绕了一圈，二年后又任四师师长，昰罡并没多少激动。相反让他心中沉甸甸的。四师是有红色基因的英雄部队。纵然，许多前辈说四师是《红楼梦》中的贾环，出身不好。但四师争气，三下江南，四保临江，从白山黑水，打到海角天涯，打出了尊严。

后归集团军，曾经是乙种师，憋着一口闷气，在作战、训练上把甲种师，挤得嗷嗷叫。尤其上一场战争，攻打L山，四师12团一连三排长，把红旗插上L山顶峰，遂为神话！

昰罡明白，自己背负的，不是当几年师长，将星闪烁在肩上。任何一任师长，都有个重于生命的使命，让红色基因延续，让战旗永远飘扬。

昰罡明白，自己不要"三把火"，但要扭住重心。克劳塞维茨在《战争论》中说："重心，即力量中心，所有力量的集中打击，都必须指向敌人这个重心。"话很到位，但昰罡觉得啰唆，中国话就"抓要害"，三个字就够。

昰罡是那种，劲用实处的人。一次13团五公里越野考核，比其他团快几十秒。昰罡发现许多战士光脚跑。这让他想到新兵连，一帮广西、海南兵，背着被包、枪、装具光脚狂奔，比内地兵穿鞋都跑得快。当时说家穷，鞋子要寄回。

回忆当年，昃罡想，如果当年因家穷，今天为什么还要光脚？新款作战靴，约三斤重。如果一两分钟，显不出什么。但距离远，就不一样。乡人有言，"远途无轻载"！

集团军李军长，从另一集团军调来，他要求各团每月至少拉动一次。至少三天，在外吃住行藏。最后五公里奔袭。走三天，看着不长，其实不短。走三天后，把三斤靴子脱下，该多幸福？！

纵然，光脚跑需适应，但一旦起茧子，与穿鞋没差别，差别在于轻三斤。解放鞋换作战靴，除了国家富裕发得起了，更重要的是，靴子对脚保护更好。

昃罡与在场的参谋长等，一番激烈争论，判定13团五公里考核不合格。当时，三团长就火大了："这不公平！"

"光脚跑，对其他人，不公平！"昃罡反驳。

"怎么不公平？"团长说，"靴子拎在手上，并未减轻！"

"可是，重量从脚上到手上，"昃罡说，"跑步用脚不用手。"昃罡说，"你用屁股想想都知道，未来战场上面临枪弹、地雷，也有钢钉、轨条砦、铁丝网，容易伤脚，一旦受伤，减员必然。"以后凡光脚跑五公里，一律不合格。从此，全师穿靴子拉练、奔袭。一段时间适应，成绩出来了。

实际上，部队一拉动，吃喝拉撒睡，许多事呢。几千年"埋锅做饭"，改用野战炊事车了。车一停，炊事兵一阵忙，就能开饭。理论上，炊事车基本让"埋锅做饭"绝迹。

昃罡特意保留了这个，未来战场上，炊事车没跟上，或不适合炊事车的地方，肯定会有。昃罡让保障部组织全师"挖灶"考核。全师炊事兵，哼哼哈哈挖半天，没几个合格的。

按规定，战场须挖"无烟灶"。灶怎会无烟？

它有散烟道，有烟不见烟。具体，一要快，十分钟内挖好。二要好，日间百米不见烟，晚间百米不见火。三要好，八十分钟，做好饭菜。小小散烟灶，是重要的反侦察措施。选在密林、挖得规范，敌人很难侦察。起初，两人挖一灶，要半小时。做好饭菜，二个小时。昃罡要求一直练，练多了就行了。

如果问，一年中昃罡还做了什么？他消除了四师的"夜盲症"，还在太冲岛修了一个大型登陆战训练场。

"刀枪入库、马放南山"，配发已久的夜视器材，都锁在仓库。昃罡任11团参谋长时，曾试图组织夜训，因故中止了。当时搞了个夜视器材集训队，第一天上课，本来拿些样品，讲理论前有个直观印象。没想到，书呆子教员每个桌发一件。战士们好奇，打开保护盖，甚至照窗外强光。

夜视器材，没有保护盖时，禁止白天开启。夜间有光室内检查，也须带镜盖，且不超三分钟。绝对不准对照强光。教员没想到"好奇心害死猫"的后果。昰罡把他骂个狗血淋头。在处理人时，自己担了责任。

当年四师在朝鲜，响当当的"夜老虎"。美军曾感慨"太阳是我们的，月亮是中国人的"。几十年后，四师"夜盲"了，美军优势更明显了，伊军沙漠掩体下的坦克，被美军夜视装备瞄得准准的，开炮即毁。伊军无还手之力。

有了上次教训，这次昰罡在集训上，撂下狠话："一、不啃下硬骨头，不罢休；二、谁出了问题，处理谁。"

年底，集团军组织夜战分队对抗，四师抽到13团3连，对方是三师一个王牌连。对抗一打响，对方就发现不对，一点也看不到3连。3连用什么幻术，将10多种夜视器材"致盲"？对方看不见3连，3连却相反，3连大胜。

最后对方才知道，不久前上级配发一批新型夜视器材，能将方圆2000米山川形状、树木大小、车辆多少、人高矮胖瘦，看得一清二楚。昰罡决定，提前装备3连，认真组训，提前形成战斗力。成绩判定上，对方异议，装备不对等，3连违规！

昰罡据理力争，不是3连违规，是你们迟滞。你们配发不下发、不使用，输了，怪谁？

当初，昰罡离开四师前，已批下来的登陆作战综合训练场，被搁置了。款项一部分，被用于改建师大门。刘辰被双规后才知道，一个建筑老板，为参与营房改造，请来一位"东南亚大师"，忽悠刘辰说，你属鸡，门朝西，白虎强旺，恐有不安。大门改东南，为金长生之地，东北丑方修望（旺）观（官）亭，上题"望观"，正念倒念，都好兆头。巳火、丑土、与西金，三合金局，大发武贵，大利财禄。刘辰深以为然。

大师很殷勤，给刘辰调理风水，免费送一摆件，放办公室。九龙柱托石盆，中有太极球。通电后，水在盆中运动，推太极球转动，谓"时来运转"。刘辰没想到，太极球中有窃听器，他所有通话，均可境外监听。所谓大师，竟是间谍。好在大门刚改，刘辰出事。老板被控制，大师也被成功诱捕。未成大害。

渐渐稳住局面，是罡一直忧着的登陆战训练场建设重启。在是罡看来，只有在逼真环境进攻防御，才能练出精兵。原图纸还在，重新修订、招标，很快开工。

　　地点选在师农场，半岛东岸太冲岛一侧。是罡记得，小时候听姥爷讲过，太冲在地支卯位，列十二天神，有破、打破意。他对太冲，有亲近感。关键是条件非常适合。

　　开工后，除出差，是罡几乎每周都到工地看。八个月施工，一个人工天然结合、火力与阻绝结合、障碍与火力结合的登陆防御阵地已成形。为何是防御阵地？加强防御，是锤炼进攻。

　　训练场，光反坦克地雷，就配有反履带地雷、反车底地雷、反侧甲地雷——有实体，加电子感应装置。未排除并切断感应，坦克通过，就算阵亡。易登陆地段设铁丝网，前1—2道为屋顶形铁丝网，后1—2道设单列桩铁丝网。不便登陆滩头，设2道半屋顶形铁丝网，内外设有地雷，装电子感应装置。还有，防战车三角锥，立体三角形，小金字塔的样子。其他火障、水障、条砦、铁鹿砦、钢刺猬、铁钉桩、胡桃夹、反空降兵叉……

　　一切一切，应有尽有。

　　是罡站在高处，看着思慕已久的登陆战训练场竣工，他仿佛见了"老情人"，激动得能听见血液撞血管的声音，怦怦作响。

　　昨天，是罡挥师青龙岛，这次上级规定，四师动用装备兵员，最小代价夺取玄武、朱雀、白虎三岛。作为蓝军，与四师唱对手戏的是另一集团军七师的两个英雄团。攻防双方，自谋自打，裁判组只判输赢。

　　按《孙子兵法》"十则围之，五则攻之，倍则分之，敌则能战之"要求，十倍于敌围歼，五倍于敌进攻，两倍于敌苦斗。现在两倍也不够，不占优势。此情况下，是罡等人决定，分散敌人，各个击破，再行夺岛。

　　时间到！是罡下令："攻击！"

　　是罡坐镇指挥部，指挥电子对抗战，敌方先压制了四师，四师调换频率，压制敌方。反复数次，敌方失去制电磁权。夺取制电磁权后，是罡透过战场监视系统，指挥配属战机，夺取制空权。

　　火力支援的战鹰，在侦察卫星、侦察兵、无人机引导下，对敌纵深工事、火力支撑点精确打击。火炮对前沿阵，高密度覆盖。之后，指挥工兵破除滩涂障碍，新型火箭破障车发射破障弹，一声声轰轰巨响，敌轨条砦等障碍，七零八落。

为以防万一，昆罡下令，工兵破障队乘摩托艇，快速接近障碍区，用火箭扫雷、机械扫雷、电磁扫雷、人工搜排手段，对滩头障碍清除。为登陆兵登陆，创造条件。

"平面登陆"开始了，11团12团负责夺取朱雀、玄武二岛，一艘艘登陆舰驶入预定海域。选择好岸滩，突然舱门大开，一艘艘冲锋舟，从登陆舰肚子里飞蹿出来，载着一组一组登陆兵，向阵地迅猛冲击。

13团一直是训练试点，近年主要试训直升机"垂直登陆"。所以，13团是用两个营，垂直登陆，夺取并控制白虎岛。3营另有他用。一架架直升机搭载着战士，有的从战舰上起飞，有的从登陆基地起飞，扑向白虎岛。

垂直登陆的好处是，可直接攻击纵深。所以13团3营作为机动，配合11团、12团登陆部队，端掉敌纵深火力点。

两栖装甲团，也分成两部，1营2营在11团、12团登陆阶段，与冲击滩涂的步兵配合。3营在3团打掉重要支撑、火力点后，登陆白虎岛，协助13团控制白虎岛。

两个半小时后，部队均已报告，顺利登陆，正在扩展。此时的昆罡，在集结海域一侧，乘坐搭载登陆兵及战车的气垫船，直接冲上白虎岛，红旗插上制高点。用北斗报告："四师，已占领并控制朱雀、玄武、白虎三岛！"

昆罡仿佛听到郑副司令的笑声，自己也有点得意，此时北斗发来："收拢部队，后天凌晨四点，返回三多塘营区。"昆罡一看，怎么可能？是不是搞错了？发信："是否有误？"

对方回："军中无戏言！"

这回，昆罡傻眼了！师领导全蒙了，都说，"往死里整啊？！"

昆罡也心说，考核组疯了？但军令如山，没得讨价还价。于是，他摸着下巴说，回："遵命。"

一个半白天，加一晚上，按相反程序，四师回到出发前的甘蔗地，部队一排一排围拢。如果说出发前，昆罡还有点心气满满，现在昆罡与官兵们一样累。可昆罡明白，今晚战士们有一万个理由累，但自己不能累，如果昆罡累了，四师就累了!

就这么想着,昰罡心底的慷慨,又荒长起来。参谋长清点人数,在暗夜昰罡向队列前方,立定,半面右转,郑重下口令,"立正——,向右看——齐,向前——看,稍息,立正……"依然没用话筒,声音已沙哑,但口令下达,万人之列,一派肃然。

昰罡握拳,右转120度,跑步到离考核组五到七步,立定,敬礼,报告:"副总参谋长同志,机械化步兵第四师,按上级命令带到集结地,实到8997人,请指示。四师师长昰罡。"

"稍息!"副总参谋长回礼,声洪如钟:"这次演习,事先没通知、没准备。你部完成任务非常好。考核组给予非一般的高度评价。这是你昰罡和四师全体官兵的光荣!请你把我的话,传达给四师全体官兵!"

"是!"昰罡敬礼。昰罡沙哑的声音,在空旷辽远的夜空回荡,惊得天上的星星,都仿佛一抖一抖。

副总参谋长还礼。昰罡本想向后转、回队列,副总参谋长却说:"还有最后一项任务没完成。"昰罡一听,几乎晕死。心说,任务?!这时郑副司令走来:"总部考核组,命令四师,至北溪县高阳地段,以团为单位,五公里奔袭回军营!"

"是!"昰罡敬礼、向后转,回队列。紧急战地常委会。昰罡说:"大家都累。但官兵可以累,我们不能。记住,水倒进杯子,就服从杯子的形状。我们就是杯子。我决定,每个团,团长、政委出一人,跑在队列最前!师里,我,参谋长、李副师长、杨副政委、保障部长,每人分到一个单位,其他常委,后面收队。"

炮兵团政委说:"跑队列最前?怎么可能?这岁数……"

他一句话,昰罡火了:"猪脑子?!不是一直第一,是要带着战士跑开,我们坚持住,战士们才能坚持,明白?!"

炮团政委嗫嚅几下嘴唇,没再说话。

昰罡说:"对不起,我太激动!"

昰罡问方政委:"把总部的表扬,告诉战士,还是……"

方政委说:"你是说?"

"如实说,容易鼓气,也会泄气。"昰罡说,"我吃不准,怎样说?"

"说我们最好，会泄气。"方政委说，"说最差，没法跑了！"

"能不能这样？"昰罡说，"就说李副总参谋长说，考核这么多师，全军只有某红军师与我们相当。但他们高0.2分。如果奔袭成绩好，可能超过他们，全军第一。行不？"

"行，"方政委说，"我去动员！"

昰罡在最后的直属队方队，站在最前，已做好准备。背囊装具俱全。有人称过，背囊装被褥、蚊帐、内衣、袜子、睡袋，加干粮、满水的水壶、防毒面具、急救包，重31公斤。战士带95步枪、子弹袋、四枚手榴弹。昰罡带92式手枪，其他一样。

发令枪响，昰罡带着队伍狂奔去。好在这些年，一直没丢下训练。一开始，有点难受。跑了一公里，运动开了，也就好了。昰罡开始慢一些，摆手、呼叫，让跑得快的战士往前冲。渐渐落后，他落在队伍中间稍后。

他回头发现，身后有个胖子，腿沉、迈不动步子，一边跑一边揉肚子，背着枪像赶驴的鞭子，一晃一晃拍打着屁股。昰罡减慢，与他平齐，问："哪个连？"胖子边跑边大口喘："修，理，连。"回答都连不上气了。昰罡靠近他，一把抓住枪，说把枪给我。胖子定神，才看清是师长。他紧抓住枪不给，一边跑一边摇头。昰罡说，我命令你，给我！就这样，抢了过来。昰罡一只手在推着胖子，说，快点，勇敢点！

跑了一公里多，修理营长发现，师长替修理连司务长背着枪呢，过来接住枪，替下师长。昰罡借机加速，一直冲到最前三五人间，一边跑一边喊，前面的，往前冲，加油！

500米……

200米……

50米……

先前到达者，两边形成人墙，战士们沸腾了：师长，加油！威武，师长！师长，威武……

全师19分42秒！集体成绩21—22分钟及格，20—21分钟良好，20分钟内优秀，全师总评优秀。

天快亮了，考核组留下一帮人评定成绩，郑副司令陪总部首长，行驶在回集团军的路上。昰罡刚喘过气，北斗就发来"郑副司令转李副总长贺：铁血雄师!"

昰罡一边喘气,一边让作战参谋回:"那当然!谢谢。"

昰罡走到队列前:"带回,睡两天!"

操场回家属区,不到五公里,一上车昰罡有点困,想点支烟,掏出 ZIPPO 火机,摸出一支烟,噌地打着火,火苗小刀样竖着。火光把昰罡投影在"猛士"玻璃上,他用余光看看玻璃上冷峻的脸,有点疲惫,有点得意。

鸟儿叽喳叫了,昰罡看见朝霞在天际投射光芒。天边先露出一点太阳切边儿,接着太阳喷薄而出,火一样的红光,倾泻向大地……

昰罡很累,但昰罡知道,风气变了!这前所未有的演习,最是贴近实战、锤炼部队。若非风气巨变,许多事包括这拉动,都不会有。这变化好,四师希望所在,我军希望所在!

还是想抽烟,可犹豫了一下,装了回去。他答应方政委,为了部队风气和身体,戒烟!咔嗒一声,把火苗关进火机,把玩着火机,钢壳温温的,昰罡产生在被窝的幻觉,头一歪睡着了……

原载《人民文学》2014 年第 8 期

英雄叙事与军事书写的稳健逆袭

李美皆

魏远峰的中篇小说《拂晓》令我"惊艳"。以前读魏远峰的小说，总觉得空阔，小说的手感和温度都不够，而《拂晓》的小说肌理已臻圆融成熟。魏远峰说，从鲁院到军艺，我是越上作家班越不敢写了，《拂晓》算是再次出发。的确，在魏远峰的创作史上，《拂晓》是充分孵化后的作品，不说成功突围，至少是上了一个不小的台阶，有了质变。

《拂晓》写的是军事演习。正面写军事行动，正是当下军事文学所需要和匮乏的。魏远峰不会去写"小政治"，他写不好软性的东西，他要写就写坚硬的军事行动。中国军队既然需要硬碰硬的打法，就需要硬碰硬的写作。魏远峰把他的主人公命名为昰罡——朗朗乾坤，四方四正，可以看出他的用心。昰罡担任师长的四师，是有红色基因的英雄部队。英雄叙事曾经是军旅文学的主调。随着"在没有英雄的年代里，我只想做一个人"的时代宣言，"英雄"隐匿了。当"英雄"再次出现在军旅文学的视野里，可以看作是对红色经典矫枉过正后的回归，《拂晓》可以视为一篇英雄回归之作。不管社会如何复杂、时代如何变幻，军队在，英雄就应该在，军人永远需要巴顿将军那样的英雄砥砺。昰罡就是一个中国版的平民化的巴顿，从他身上可以看到英雄的血脉传承，可以看到血是热的，英雄是活的。昰罡是个硬汉型的师长，他不仅指挥有方，而且身先士卒，在"往死里整"的昼夜不停的连续战训之后，他告诉自己：今晚战士们有一万个理由累，但自己不能累，如果昰罡累了，四师就累了！他全副武装与战士们一起奔袭，且为跑不动的战士负载装备，最终四师赢得"铁血雄师"的称号。他还有着极强的自制力，为了四师的风气，他可以毅然戒烟。他也有失意的时候，是梦中父亲的一句"比得意忘形更可怕的是失意忘形"，是女儿的"激将"，使他保持住了一个军人的沉稳风度。军队作家现在塑造英雄时非常警惕拔高的问题，在驾驭英雄本色的同时，又会努力写得不那么像"英雄谱"中的英雄，才见得这是一个英雄的"人"。我宁愿把"英雄"视作一个人，而不愿视为一种"主义"。我觉得"人"比"主义"可靠得多。

《拂晓》不仅反映出魏远峰对历史与军事的了解，亦反映出他对传统文化的了解。传统文化，比如易经等，以前也听魏远峰谈过，只当他是"八卦"；《拂晓》让我对他的"八卦"端然相看，因为那里面有他对于中国古代军事的了解，也有古代兵法在现代战争的贯穿，他是用心去打通的。

《拂晓》不管写人物心理还是演习过程、写军人还是军事，均功夫过硬。若非深入军事生活摸爬滚打，仅凭走马观花闭门造车，怕是连军事行动的一个简单流程都写不出来的，更不要说拿下"无烟灶"、夜视仪、"平面登陆"、3D电子地图等细部因素了。看得出来，魏远峰就是把自己当成一个军事指挥家或一个战士、一名普通军官来渗透进军事行动的，因此写起来才不会浮于表面。魏远峰的另一部中篇小说《万里奔袭》是军事反恐题材的，写得也非常扎实，一招一式经得起挑剔。作为一个军队作家，写的又是军事题材，军事上若是经不起挑剔，那无疑是内功不够。

通常，作家拿出一部作品，只在意文学圈内的人怎么看，而不在意文学圈外的人怎么看，军旅作家也不例外。这是一个极大的心理误区。作家以为内行看门道，外行看热闹，可是，如果你写的是军事小说，对于军事这部分，广大的军人才是内行，如果你一个军事环节失实或者荒谬，他们立刻会做出这样的反应：你在写什么！然后，你的情节编织得再细密、你的心理把握得再精准，他们也不会再去看，他们已经把你过掉了。前段时间与一位资深文学中人交谈，她说，现在的军事文学，要文学没文学也罢了，要军事居然也没军事。她举了某位军队作家的某部军事小说中的显然属于军事无知的一个细节为例，我感到无言以对。她对个别军队纪实作家倒是较为赞赏：至少，在他们的作品中，军事是过硬的。这次谈话，与我正在思考的军事之于军旅作家的关系，无意间形成一个呼应。

还有，当军旅作家在孜孜以求地经营小说技法，醉心于潮流、主义的时候，你最重要的读者——军人们其实只有一个简单的问题在等着你：你要告诉我们什么？作为一个军旅作家，如果你忽略了自己最重要的阅读终端的反馈，就等于军人放弃了重要的军事目标，写作的意义将遭到极大的消解。用军事来锤炼写作内功，是军旅作家必备的功课。

文学梦，是传奇抑或传说？！

魏远峰

一眨眼，进创作室十五年，回想起来，颇多感慨。在军改大潮中翻滚着，尤多几许怅然。

当年曾想，三十岁进创作室，一辈子能写多少！？

如今，我只能说，生命才情，人人有限。

唐栋先生曾玩笑："一个作家，能写多少，或由天定，早写完早死。"听其所言，曾很恐惧，怕早写完。

70后作家，或多或少，有些抱怨：前面50后、60后，所达高峰，巍巍乎不可企及；后面80、90后，步步紧逼，惶惶然无路可逃。感慨：没有成名，已被掩没！

70后作家，尤其农村出身，上学赶上包产到户，老师们情系庄稼——以及学生，谁让田里"长"工资？！

老师走了，我们就拨表放学，好赶上听《岳飞传》《三国演义》！至今，觉得听评书，不及流浪艺人唱坠子带劲儿！

说书人，惊堂木"啪"地拍下："说书不说书，上场先说毛主席语录。"

操琴的瞎子，吱吱咕咕拉一阵弦子："伟大领袖毛主席教导我们：'一切反动派，都是纸老虎！'"

说书人接："毛主席还说，'千万不要忘记阶级斗争！'"

操琴人：（说）"天不早了，人不少了，男孩不哭了，女孩不闹了，鸡也不飞了，狗也不叫了——我—们—开—书—了——"

说书人：（唱）"尊一声，列位父老和乡亲，我们是外地来的说书人，开书来也不知把什么来唱，我把那列位乡亲问一问——"

操琴人：（说）"各位乡亲父老，你们喜欢文的、武的、古的、今的？"

说书人：（唱）"爱听武来杨家将，爱听文来说包公，文的武的都不爱，咱说说唐僧西天去取经……"

这些，或成了文学养料？也算东方不亮西方亮、那边歉收这边补吧？

至于文化。

"……一天老马对小马说，孩子你长大了，能帮妈妈做些事吗……"，课文，几十年不忘，很文化。

"四将军，你莫要羞愧难当，听山人把情由，细说端详啊……"，戏文，几十年不忘，也很文化。

乡下，多有"男女厕"不分的"文化人"，却能讲"前三皇后五帝""苏秦相六国"。连名词动用，都用得精妙！

四十几年前，奶奶纺车嗡嗡中絮叨："买了马，你不会骑，还说您爹不买驴；买了驴，你不会拴，还说您爹不买鞍；买了鞍，你不会套，还说您爹不买轿……"如今想想，这可能是我最早的文学启蒙了。

后来，黄河滩放牛，牛吃草去了，就或躺、或坐、或站着发呆。过复印日子很无聊。一日心血来潮，始写长篇小说：《悠悠黄土情》。白天，在莽苍河滩，与牛狂奔；晚上，蚊虫相伴，灯下疾书，糟蹋纸张。断断续续，没再撒下。

入伍时，背到部队。十年间，读了再改，终作短篇发表。

时，哽咽无言。

今天想想，觉得胆子真大，脸皮堪抗性真好！

长篇小说《兵者》，是我的一部重要作品，至少在我心里它是非常重要的。我选了一个大学生士兵的身份来写卓越，似乎有了与以往"三多塘"题材的不同，卓越这个人物有了更强的时代性。

实际上，依照最初想法，我是想既要把三多塘的一组人物写好，写出一组让人有印象的人物。同时，我最初还有一个想法是，想把它写成一个长篇小说，每个人物的故事，既是他个人的故事，又是长篇中的一个部分。

这一点，至少在初稿时，没有达到。

所以，写完之后，一直放着，放了好多年。不时地拿出来改一下，或者不时地把中间一些人物抽出来，独立成篇，修改，发表。依然让他们相互连带着、关联着、独立着、补充着。我也依然在痛苦着。因为我一直没想到一个办法，让它成为一个成立的长篇小说。

直到，有一天，我把它改名《兵者》，全部推倒重新来过，重新结构、重新编织、重新定位，才用卓越这样一个大学生兵，让他高于所有人物，又成为其他人物的纽带，用卓越把所有人物串起来，它作为一个长篇小说，才算有模有样了，才算成立了。当然，主题也变了，立意也变了，不是原来就是一些好玩的人发生的好玩故事。

当然强军梦，是主题之一。

实际上，对于小说的解读，是很复杂的，所谓仁者见仁、智者见智。好的小说，尤其应如此。

长篇小说《兵者》，在我心里，它是个说真话的故事，主人公卓越知识渊博、思维独特、刚直不阿，敢于说真话，勇于求真理，一个"知识时代"的"知识士兵"形象。

我想，作家首先大约是个精神流浪者，必须一次次放逐灵魂，沿着一个方向，永不停息地走下去，一个永无尽头的旅程，充满了迷思和苦痛。

当然，也一定有开心或愤怒。

一个作家，应该保留开心和愤怒的权力与情怀，尤其是情怀——

如果，连开心都不会、不愿了，大约也就不要写东西了；如果，连愤怒都不会、不愿了，那还能写什么东西？不再有开心的人，大约不再有爱；不再有愤怒的人，大约不再有恨。

没有了爱恨，还会有文学吗？！

对于军旅作家，良心还有一层意思：国家、军队养着我们，我们总得做些事，不仅是"拿人家手短、吃人家嘴软"的问题，更有一个军旅作家情感寄托问题——

谁不希望我们这支军队更强大？

谁能让我们这支军队更强大？

是卓越他们，这毫无疑义！！

444　　　　　　　　　　　　　　　　　　"新生代军旅作家"面面观 |

卓越们，关乎我们是否能打赢未来战争，甚至民族的未来及命运。因此，我必须让我小说中的卓越，实现一次次摒弃与突围，卓越的突围行动，大约是全军将士集体突围的号角。

我小说中的卓越，一个知识战士，他，必须成功，不能失败。否则，我们的美好希望就会阴暗下来……

我小说中的卓越，他应该是一个真的战士，他，不能倒下，不能退缩。否则，我们会在某一天付出沉重代价……

我的卓越们——他们，是我们明天的脊梁！

我的写作是这样的，至少在很长一段时间，文学曾经是我宗教。我信仰文学！

有了这基本态度，才有了长久坚持，才有了文字洁癖等。我不敢说，自己写得多好，但我可以说我写得很认真。写作，尤其是文学、尤其是小说，跟风是跟不上的，也无须去跟。它一定是一种长期坚持自己的一种情怀、理想，类似一种燃烧生命的状态。

2001年进入专业群体，到2007年之间，狠狠地写六七年，直到之前不久，基本上是吃那些年写的"老本"。2008年，在鲁迅文学院第八届全国青年作家班学习，2013年，在解放军艺术学院第一届全军中青年作家评论家研讨班学习。有许多人，一参加这样的班，很快会冒出来，引人注目。

可奇怪的是，我参加的班多了，反而"不会写东西了"。过程中有一些痛苦的，但是没有办法。

前面说了，到目前发表出版作品近三百万字，我的一个基本想法是，我如果写出的东西，依然是从前那一批作品的水准。只是量的扩展，没有度的提升，我宁可不写。我认为，只有量的积累，没有度的提升，写再多也就是个重复。意义不大。在这个意义上说，这几年的"虚耗"、沉寂，一定会有它的意义。

近来，我开始再一次进入写作，或者说再次冲锋，尝试写作与从前不同的东西。这个沉寂过程是艰难的，甚至是痛苦的，但总有一天会走出来，也必须走出来。现在已经从容了许多，是时候"重出江湖"，写一些东西了。于是就有了《拂晓》《万里奔袭》这些作品。

受教育少，没上过大学，天资不高。为补拙，我手抄博尔赫斯、格拉斯、奈保尔、巴别尔的作品，汪曾祺许多小说，我几乎背会。笨死了，却还有效，像不像三分样嘛！

我想，选择了文学，就不会停下——

在追寻中，验证精神流浪！

在追寻中，验证文学梦，是传奇抑或传说？！

清晰的模糊

李墨泉　魏远峰

三多塘：沉入抑或跳脱

李墨泉：你的军旅小说可以概括为"三多塘"系列了，从《三多塘的哨声》《连长彭铁钢同志》《你和我的故事》《你曾经的故事我知道》，一直到长篇小说《兵者》，基本都在写三多塘的"十八怪"以及基层连队的人和事，这是你有意为之的吗，在经营着某种文学"品牌"？是那时的生活太难忘了，还是你每一次返回和抵达往事便有新的发现？

魏远峰：其实，没有经营什么文学品牌，现在应该也还没到那个实力，也就没有那个想法，只是概略走去，不问收获。三多塘，是雷州半岛上一个真实地名，是我新兵连的地方。因为长到二十岁，离开老家，就到了那儿。所以，我对它有着非一般的情感。

一些作家认为，自己是无所不能的，无论什么东西都可以写，无论什么地方的东西都可以写。我觉得，这样的天才作家可能是有的。只是我没见过罢了。倒是十几年前，丁临一老师对我说过一句话，他说："你好好经营三多塘，时间久了，你会挖出一些不同的东西，挖出一些有价值的东西。"即便如此，我当时并没有想太多，因为，我当时也觉得，作家嘛，让写什么写什么，写什么也问题不大。随着时间推移，我觉得丁老师对我说的，是非常真诚的行话。我也是后来才发现，自己是个很笨的作家。有一些东西，写不了的。甚至一些不熟悉的地域，写下来感觉不对。这时，我发现，自己一直进行着一种近乎"认死理"

的，非常笨蛋的写作。

一个感觉是，我恐怕能写好一些的，也就是三多塘了，所以还是会坚持下去，写三多塘。包括近期中篇《向前一步走》，它可能是我关于三多塘的小说第一阶段的最后一篇。因为，除非再去开掘，前面已经挖掘得差不多了。但是它是承上启下的。关于三多塘的第二阶段写作，刚刚开始。最近，创作的中篇小说《拂晓》、长篇小说《雄师》等，算是第二阶段开篇。我想，我会继续下去。但是，三多塘对我来说，是永远开掘不完的，也永远绕不开的，也不愿意放弃的。它毕竟连通着我的血液、血气、血脉。

李墨泉：在长篇小说《兵者》中，你选了一个大学生士兵的身份来写卓越，似乎有了与以往"三多塘"题材的不同，卓越这个人物有了更强的时代性，与当下的"强军目标"和军人生来为战胜的心理需求很好地对接了起来，今年又是甲午海战一百二十周年祭，卓越好像是你的"强军梦"的一个映射，也承载了你的军旅情结吧。

魏远峰：强军梦当然是主题之一。实际上，对于小说的解读，是很复杂的，所谓仁者见仁、智者见智。好的小说，尤其应如此。

长篇小说《兵者》是个说真话的故事，主人公卓越知识渊博、思维独特、刚直不阿，敢于说真话，勇于求真理，一个"知识时代"的"知识士兵"形象。我想，作家首先大约是个精神流浪者，必须一次次放逐灵魂，沿着一个方向，永不停息地走下去，一个永无尽头的旅程，充满了迷思和苦痛。当然，也一定有开心或愤怒。一个作家，应该保留开心和愤怒的权力与情怀，尤其是情怀——谁不希望我们这支军队更强大？谁能让我们这支军队更强大？是卓越他们，这毫无疑义！

卓越们，关乎我们是否能打赢未来战争，甚至民族的未来及命运。因此，我必须让我小说中的卓越，实现一次次摒弃与突围，卓越的突围行动，大约是全军将士集体突围的号角。我小说中的卓越，一个知识战士，他，必须成功，不能失败。否则，我们的美好希望就会阴暗下来……我小说中的卓越，他应该是一个真的战士，他，不能倒下，不能退缩。否则，我们会在某一天付出沉重代价……我的卓越们——他们，是军队的希望！

李墨泉：再看看三多塘的"十八怪"吧，让人感到基层部队好艰苦啊，要时刻与这么巨大的蚊子和老鼠"战斗"，然而又是那么生趣盎然，充满了谐谑和乐观的精神劲头，太生活，太好玩了，就像陕西的"八大怪"一样风味独特。可是你一次也没说全这"十八怪"啊，作为读者的我是多么想知道这个鲜活的"十八怪"是什么，也许光这个"十八怪"就是一个很丰富的民俗史，我猜里面会有很丰满好玩的故事，你会再写这些被"怪"魔幻化的往事和人吗？要怎样穷尽它的可能性？

魏远峰：三多塘对我的影响，非常非常大。纵然，只是新兵连在那儿待两个多月，三多塘已经进入我血液。因为，随时间推移，我越来越深深感到，从创作角度言，我写军事题材小说，放到别的地方，写什么都是文字堆砌，但是一放到三多塘，我浑身的感觉，都会活泛无比。比如瞄靶时，在老营房炮库中陈年水泥的味道；比如连队边上，菜地施肥之后的味道；比如连队小便池边上，那刺鼻的"童子尿"味道；比如三多塘中，那一尺多长老鼠的样子；比如连部前面，那株凤凰树开花的样子；比如连队菜地边，一株株含羞草的样子。如此等等。关于"三多塘十八怪"，实际上我到部队时，已经没有老兵能说完整。但我肯定还会再写这些，被"怪"魔幻化的往事和人，因为在生命中，他们是那么重要，且一起鲜活着。二十四年后，新兵连全班人的人名、籍贯、样子、口音，依然记得，如此清晰。

至于怎样穷尽其可能性，我觉得完全没可能将其穷尽。我觉得，比如"十八怪"，正因为谁也说不完整了，且有多个版本，这正说明了它有无限可能性。文学是如此，小说是如此，人生也是如此。所以，写作亦如此。

好小说的力量

李墨泉：你知道我为什么将题目命名为"清晰的模糊"吗？这是你小说中的射击"术语"，形容射击击发前的瞄准状态，这个词语点亮了我的某种感觉。其实小说不仅是"一个民族的秘史"，我相信梁启超的判断，并想发而广之，认为小说是关乎人生、生命与灵魂的一种"道"，对于人生既是愉悦和启发，也是重要教益所在，其作用有点像旧时村庄里的戏曲和评书，是人们基本价值观和道德观的营养，而在个人品质的熏陶上，这又实在是很好的习惯和训练，至少阅读能让人专注起来，宁静起来，深刻起来，甚至有时能够反身思考，这样力量就很大了。而什么是好的小说呢？我看就是能够瞄准人心的射击，一部小说不能在人心的靶心上中的，那就没有力量了，即使有也如同隔靴搔痒，很微弱了。更有意味的是，瞄准可能是三点一线清晰的，而这个靶心又有些模糊，因为你打的深浅、范围和程度也是一个受众层面的问题，毕竟大家都在路上，只是生命的阶段和角度不同，因为文字可以清晰而人性似乎总有模糊，于是只管扣动扳机就好，你不知道谁的心会怦然中弹，但你必须去击发一颗有能量的子弹，这颗子弹就是你的心啊！

魏远峰：什么是好小说的问题，我与其他人看法不太一样，我不太喜欢套上什么派别、什么手法、什么主义，我觉得是一些人，无意之间或有意为之，把小说神化、玄化了。

尽管，我也读了不少西方小说，甚至我也曾学习过西方小说的手法。我在《东山少爷》，包括早期初稿的《雪落长河》，当时曾刻意学习、甚至是模仿马尔克斯、福克纳等。但是，修改它们的过程中，原来《花城》的文能老师，与我交情非常好，在文学上教了我许多东西。为了能让我既学习了西方的东西，又扬弃他们的东西，走出他们的阴影，文能先生让我好好读一读汪曾祺的作品，并专门从家里的书架上，给我找到一本1998年第5期的《花城》，上面有李陀先生的《汪曾祺与现代汉语写作》一文。他说，你把这篇文章，好好读读。

这样，过很长一段时间，才渐渐明白，什么是好小说，什么是好文学，尤其是什么是好的中国小说。我觉得，小说，好小说，好的中国小说：一是好故事，二是语言美，三是不矫情。我觉得就够了。这些年，小说被越写越玄乎，越来越不像小说了。

李墨泉：有时我在想，除了对这个世界的深情，我们还有什么？你知道我为什么读你的小说有种想要"在往事中跳水"的感觉？因为总体上感觉，你的文字是饱含了深情的。这让人不由得升起许多"怀旧"的情愫来，关于故乡、土地、河流与亲人，也许这就是接着我们精神脐带的"地气"吧。我始终感到城市不是故乡，而是角逐之场，流放之地。电影《角斗士》里主人公用手抚摸金色麦芒的镜头让人印象深刻，海子诗歌里"麦田"的意向更是让人似乎看到了希望之光，你的小说里也提到了"麦香"，这些都是让人悲欣交集的感受。所以《雪落长河》才那么丰沛，有着大河的水汽，土地的麦香和沧桑的血色。我不仅仅把它看成一段历史演说，更想看成是你的故乡传奇，为那土地上的人和事，为那民间流传的生死情仇，谈谈这部小说吧，它是怎么写成的呢？

魏远峰：《雪落长河》是我写得最辛苦的小说，历时数年，几易其稿，感慨良多。小说中几条纠缠着的线，要梳成"新媳妇的大辫子"，着实不易。但是，它也是我第一部通自己血气、通我家乡地气、通黄河水汽的小说。黄河就在我们村边，小时候放牛，就在黄河滩里。书中陈鹏年累死在马家营治河工地上，马家营就是我读中学的村子……

小说中的嘉应观，是现今黄河流域最大的河神庙，它集宫、庙、署衙于一身，它既是雍正王朝的"黄委会"，又是雍正伯父牛钮的"小皇宫"，还是治河名臣的"纪念堂"——就这三点，它就堪称庙宇中的奇观。虽然资质浅薄，却时有写作冲动。1999年春，回乡为父治丧后，去嘉应观搜集了一些资料，一边消化一边写了些小散文。也写了一个中篇小说《皇道长治河》，发在《战士文艺》上。有一次，与《战士文艺》副主编傅建文聊天，他说这个小说，将来有机会了，可以写个不错的长篇小说。

过程中，好长一段时间读《清史稿》《清通鉴》，读《康熙朱笔御批》《雍正朱笔御批》，读《清经世文编》《清代官职年表》《豫河志》，凡与小说中人物有关的就画下记号、折叠书角、简洁摘要，以备查寻。

心中的人物越来越鲜活、越来越灵动起来，就没有办法不写了。2001年底动笔，刚写下几万字，母亲去世了，只得停下来。不过，回家奔丧，我又去了嘉应观。2003年春节前，祖母丧礼毕，我住进了嘉应观。刚住下，天就下起了大雪。我在随身笔记中写道：

> 是日午后，北风凛冽，树枝悲鸣，天幕沉沉，阴云叆叇。至傍晚时，风婆怠倦，稍事宁静，雪花轻盈，悠然飘落。及至夜半，狂风又起，风向天歌，雪随风舞，莽莽苍苍，横无际涯。风萧萧兮，似怨女幽啜；铎呤呤兮，若道长窃语。
>
> 时，置身嘉应观内，恍然误入塞外，其神秘诡谲，非言语可表……

一边写着，一边喝茶，茶喝得太多，就老得"出去"。唯一的洗手间，又在数百米外。顶风冒雪，往返途中，能听见世界上最美的踏雪之声。静静伫立，侧耳聆听，狂风被松枝割裂的声音，撼人心魄！小说之中，风的感觉，雪的意象，皆当晚所得。

眨眼间，六年匆匆过去，2004年春节长假，都没有停过一天。大年初七的凌晨七点，饥饿和寒冷都被我张牙舞爪的兴奋、鸡飞狗跳的愉悦，打成霞光般灿烂的粉末，那天基本上要完成了。此后的几天当中，又进行了局部改动，终于当年2月9日完成初稿，后经多次修改后定稿。

猛一看，似乎复杂了。大致有三：一是开头较复杂。从甲部到乙部，主要人物依次出场，故事都很"自我"。快到了最后的壬部，又基本对应地接了乙部的故事。而中间，从乙部到壬部之间，回过头来讲故事进程。二是嵌入文中、成为结构的八卦。文中从乙部至壬部，分别嵌入了八个卦。熟悉《易经》者，能通过象、数、理、辞，猜测雍正心中的期许——嘉应观中的钟铸八卦为雍正钦定，取扭转乾坤之意。但真正含意，已是不解之谜。此结构形式，是我对它的理解、破译。实际上跳过它们阅读正文，亦可。我在小说最后，揭了谜底。三是文中的方言。这些年来京剧、豫剧等大剧种，对其他民间戏剧的蚕食，使不少地方剧种消亡了。在我的家乡，有一种曾经童叟皆能哼唱的"怀梆子"，如今已濒临灭绝。因而，我不止一次地想：我的母语怀川话，还有多长生命？方言消亡，是福？是祸？恐怕很长一段时间，都难说清。

一直以来我都固执认为，《雪落长河》是我现有作品中最好的一部。尽管这部作品远不及《兵者》等小说的名气大。

创作年谱

1996 年

诗歌　《军人》《哨兵》《三月》《我们的队伍》《戍边人的梦》《老桑》《梦问》(《政治指导员》《战士文艺》等报刊)　独立

小说　短篇小说《悠悠黄土情》(《战士文艺》5 期)、《我要当兵》(《战士文艺》6 期)　独立

言论　《应端正对战士的根本态度》《面对未来战争，我们坚信必胜》《浅谈孙子的军事思想》《军事指挥员要加强谋略修养》《我国古代兵书史话》《毛主席对台湾问题的若干重大决策》《毛泽东军事思想的现实意义》《谈谈读兵书》《浅析高技术装备的可战胜性》计九篇(《战士报》)　独立

1997 年

诗歌　《奉献之歌》(《西北军事文学》)　独立

小说　短篇小说《车手》(《战士文艺》2 期)、《冰释》(《战士文艺》4 期)、《当兵的人》(《战士文艺》6 期)　独立

言论　《毛泽东军事思想的继承与发展》《独具一格的黄石公三略》《舰艇家族的大哥大——航空母舰》《六韬的作者是吕尚吗?》《悄悄进行的新军事革命》《解读三十六计解语》《浅谈未来战争中的车辆装备伪装》(《战士报》)　独立

1998 年

小说　《野滩残阳》(《战士文艺》3 期)、《兵法》(《西北军事文学》)、《战友》(《战士文艺》4 期)、《大骑马师》(《战士文艺》6 期)　独立

言论 《论孙子军事思想》《战争论的时代背景》《核震之余话反侦察》（《羊城晚报》）、《现代"隐术"》（《羊城晚报》）、《登陆骄子气垫船》（《羊城晚报》）、《登陆作战的发展趋势》《军事重心说》（《羊城晚报》）、《知识战士·知识将领·知识人民》（《羊城晚报》）、《怀念"老解放"》（《羊城晚报》）、《请孙子指导未来战争》（《羊城晚报》）、《人类的生产方式与战争》（《战士报》）、《美军的联合作战思想》（《羊城晚报》） 独立

1999 年

小说 短篇小说《青》（《战士文艺》2 期）、《军歌》（《战士文艺》4 期）独立

言论 《数字部队在 21 世纪战场上唱主角》（《战士报》）、《美国的仁慈见鬼去吧》（《羊城晚报》）、《夕阳向北约招手》（《羊城晚报》）、《令人生畏的环境战》（《羊城晚报》）、《我们的队伍向太阳》（《羊城晚报》）、《对登陆作战的思考》（《羊城晚报》）、《打隐形讲技巧》（《羊城晚报》）、《论孙子的军事信息观》（《羊城晚报》） 独立

2000 年

小说 《爱情经典》（《战士文艺》5 期）、《出奔》（《解放军文艺》11 期）、《兵法》（《西北军事文学》）、《车手》（《解放军文艺》） 独立

散文

言论 《打敌低空幽灵》（《羊城晚报》）、《论孔子的儒家军事思想》（《战士报》）、《化腐朽为神奇》（《羊城晚报》）、《人类的战争行为》（《羊城晚报》）；散文《嘉应观漫想》（《南方日报》） 独立

2001 年

小说 中篇小说《皇道长治河》（《战士文艺》2 期） 独立

小说 短篇小说《末代师长》（《解放军文艺》） 独立

2001 年 9 月

进入创作室，主要负责行政工作，业余进行文学创作

2004 年

5 月出版长篇小说《钱是个什么东西》

9 月出版长篇小说《东山少爷》

10 月出版长篇小说《大清河防》

2005 年

小说　5 月，长篇小说《东山少爷》在《广州日报》连载

小说　短篇小说《你和我的故事》(《解放军文艺》4 期）

散文　《甘为人民扫大街》(《羊城晚报》)

散文　9 月，散文《恰顽皮少年》(《与你同行》杂志）

2006 年

电视专题片《雾岛乐章》(广东省纪委、广东电视台拍摄、播放）

电视专题片《改革之光》(广东省纪委、广东电视台拍摄、播放）　独立

2007 年

电视专题片《科学发展谱新篇》(广东省委、广东电视台拍摄）

长篇小说《雪落长河》出版（花城出版社）

长篇小说《兵者》出版（花城出版社）

长篇小说《雪落长河》在《郑州日报》连载

长篇小说《兵者》在《羊城晚报》连载

2008 年 3 月—8 月

入鲁迅文学院第八期高研班学习

2008 年

长篇小说《雪落长河》在《战士文艺》选载

散文《生命啊生命》入选《真情倾诉——全军抗震救灾散文选》

创作长篇报告文学《一品莲》，修改、出版中

2009 年

长篇小说《兵者》被《英雄·选刊》选载

中篇报告文学《相思江水相思长——李向群连的报告》(《解放军文艺》
2009 年第一期）

随笔《除了冲锋，我们别无选择》(《解放军报》09.04.18）

短篇小说《连长彭铁钢》(《解放军文艺》2009 年第八期）

中篇报告文学《你，是海的儿子》(《中国作家》2009 年第八期）

中篇报告文学《听，黄钟大吕之声》(《中国作家》2009 年第十期）

中篇报告文学《壮美旋律为祖国祝寿》(《中华儿女》2009 第十期）

短篇报告文学《中华民族的黄钟大吕之声》(《光明日报》09.10.09）

短篇报告文学《东西南北军乐兵》(《解放军报》09.10.28）

随笔《扯三国》(《都市风》杂志 2009.12 期）

2010 年

随笔《宋江你就是个鸟人》(《TA 说》杂志"文苑增刊"）

解放军文艺发表，中篇小说《连长彭铁钢》

2011 年

《解放军文艺》(六期）发表小说《你曾经的故事我知道》及随笔《我的文学梦，传说抑或传奇》

《战士文艺》发表中篇报告文学《好戏连台》

《军营文化天地》发表报告文学《让"地摊艺术"登"大雅之堂"》(短篇）

2012 年

《中国武警》卷首语《阅兵村的那些事儿》

《战士报》《文化存则民族存》

《先进文化即战斗力》

《文化立身读书始》

《E 时代文化忧思》

《黄金时代》杂志《文化存则民族存》，外一篇《文化与立身》

撰写《中国黄河文化之乡》系列电视专题片（三集）脚本，焦作电视台拍摄，作为礼品，送给莅临武陟的宾客

参与撰写总政宣传部编撰的《中国人民解放军军史通俗读物》，负责开篇《军旗飘扬 80 年》，同时与西安政治学院杨教授分了全书第一部分。已于 2014 年 12 月出版并下发全军连以上部队

2013 年

《焦作日报》·"怀川人物"《悠悠黄土情》

3 月至 8 月，在解放军艺术学院文学系"全军中青年作家评论家高级研讨班"学习

参与并完成《中国人民解放军军史通俗读物》的编写

10 月，《解放军报》发表《中国军事文学中的兵法因素》

《神剑》(6 期）杂志发表中篇小说《向前一步走》

散文《破译嘉应观钟铸八卦》被收入解放军艺术学院出版的《穿过阳光的

日子》里

2014 年

撰写《陈发洪传》。全程参与并承担完成了"开国将领传之《陈发洪传》①"。初稿已经完成，二稿正修改中。

6 月，小报告文学《飞士官的强军梦》；

8 月，中篇小说《拂晓》在《人民文学》2014 年第八期头条发表。

9 月，中篇小说《万里奔袭击》在《小说界》头条发表（已收发稿通知书）

2014 年参与《北战南征"生命线"——广州军区政治部战斗历程》编纂，负责第一部分、第二部分《从井冈山烽火中走来》《建功在白山黑水之间》，共计约 28 万字。全书已于 2015 年下发原广州军区部队。

2015—2017 年

2015 到 2016 年，全程参与了军委政治工作部编写的《争做习主席"新四有"革命军人丛书》的策划，分工撰写第四部《有品德》，过程中能够吃苦耐劳，精益求精。丛书已经出版，已经下发全军部队。

2017 年 6 月到 8 月，全程参与"忠诚战士强军标兵"王锐的宣传与演讲材料（包括人民大会堂和全军巡回报告的演讲材料）的撰写。

2017 年 9 月，参与 75 集团军"学习践行传播党的创新理论女大学群体"宣传与演讲材料的撰写。

2017 年 6 月报告文学《一名坦克兵的人生突击》

2017 年 8 月《向前——新锐军旅小说家丛书》《万里奔袭》

2017 年 9 月报告文学《战车 809》

2002 年以来文学获奖、立功受奖情况

2005　中篇小说《三多塘的哨声》获全军文艺新作品二等奖

2005　散文《醉湘西》获广东报纸副刊奖

2005　散文《醉湘西》获全国报纸副刊奖

---

① 约 4 万字。

2006　作为总教练率队获得"关爱女孩知识大赛"全国第一名，荣立三等功一次

2007　参与创作的电视专题片《超越平凡》获得全国纪检系统"卫士奖"特等奖

2008　长篇小说《兵者》获得第十一届全军文艺优秀作品奖二等奖

2009　参加建国60周年大阅兵，在阅兵村四个月，采访生活。受嘉奖一次、荣立三等功一次

2010　中篇小说《连长彭铁钢》获08—09年度解放军文艺优秀作品奖

2010　中篇小说《连长彭铁钢》，获全军中短篇小说评奖一等奖

2012　短篇报告文学《中华民族的黄钟大吕之声》获得军区人口计生奖

2012　受聘广东省青联"亲情汇·文学梦"广东新生代产业工人作家培训班文学导师。

2011年荣立三等功一次

2012年、2013年获嘉奖

2007年参加全国青年作家创作大会

2008年鲁迅文学院第八届青年作家班学习

2013年解放军艺术学院第一届全军青年作家班学习

2016年中国作家协会第九次全国代表大会代表

曹晶，1973 年生于新疆乌鲁木齐，祖籍陕西武功，1990 年入伍，先后毕业于解放军长沙政治学院和新疆大学马列部，法学学士学位，现为陕西省军区政工局干部。自 1996 年以来，先后发表散文、小说和随笔作品百余篇，先后荣获全军文艺新作品小说一等奖，全军首届网络文学大赛小说、散文一等奖，第二、五、六届网络文学大赛小说二等奖，2005 年被兰州军区表彰为"学习成才"先进个人。小说集《关山叠》入选全军首届"军事文学新星"丛书，为唯一入选作者；散文集《我的边防我的连》入选"新军旅美文系列"丛书；散文《拥有吊蛋梨的那个夏天》收录入《中华散文·百人百期精华卷》一书。

摹写军人的灵魂

傅逸尘

在我们动辄谈及时代的时候，其实并没有厘清这样一个前提：不是每个人都经历过"时代"，人如果能明明白白察觉到自己曾处在这样或那样的一个"代"，那他当时必须意识到这个时代的时移势易，并饱受困惑的煎熬。因为时代中的风浪，对大部分碌碌无为的人来说，不过只是年复一年的寻常日子，有心人，在这样漫漫长日的居安思危中体会到了所谓的时代。作家拥有人群中最敏感的心灵，无疑承担着经历"时代"的重任，而且这个任务之得来并非源自对于宏大叙事的趋之若鹜，以及作为时尚概念的写实，但它当然也是一份无法轻言放弃、掩面而弃的永久赠予。这份不易获得的"时代"馈赠，往往就湮没在习焉不察的日脚之中，隐身在俗世凡情的肉身背后，抑或是藏匿在或高贵或卑微的人性深处，静候作家们穷尽心力去探寻和发现、去呈现和表达。读曹晶的短篇小说，就像在玉龙喀什河的河床上行走，一路捡拾着小石头，打磨掉那层暗淡的石皮，你发现自己捡到的竟然是一块块羊脂玉，温润洁白而不刺眼，闪耀着时代的光泽。

曹晶笔下的那些基层官兵及其家属，平凡、素朴而有温度，他们有梦想、有坚持、有奉献，更有穿透平庸生活的那一点精神上可贵的纯净，每每读来让人不觉冷然情动。因为，这道河床来自于巍峨的昆仑之巅，它盛放着边地军旅人生太多的隐忍与坚守，涌动着军人的热望与梦想。这些文字是军人的，乃至太过军人的，即使经过岁月的火焰煅烧，那些充盈着生命热力与温度的文字仍旧不失其鲜明的绿色印记而且越发郁郁葱葱。

这其中，最为关键的因素是"热爱"。笔者一直认为区分"专业"与"业余"作者的真正标准,不在于其岗位或职称,而在于其心之所系,情之所牵,魂之所萦,也就看是否是真热爱、真投入、真动情。《边关三叠》中二十五篇小说,字里行间都能嗅出作者对军旅人生的热爱,和对其中人物的悲悯和关怀。一般来说,不管一个人有着怎样的认知,都不会对自己的作品撒谎,他情感的热度和厚度能够在笔端自然显露出来。就像写到那些老干部、边防兵和军嫂们,如同在写作者熟稔已久的基层生活一般,那些味道、氛围、行动和语言的方式等等感觉都是敏锐而多情的,饱蘸着军营生活的时光和况味。小说《醉里挑灯看剑》中有一句话:"我突然觉得心头好像被什么割了一下,生疼生疼的。"这也是阅读曹晶小说的直感——字里行间沉淀氤氲着一种痛切的生命体验。他的小说写的是通信员、退伍兵、基层军官和军嫂,取材上往往都是军队最"底层"、最"微小"的兵事兵情,在篇幅上也是一两件事的小规模,体量虽小而不失其独特的韵味和光芒。在一幅幅人物和故事的速写中,勾勒凸显出当代军人的精神品格。无论我们经历着怎样一个繁荣而喧嚣的时代,总有那么一些人守着一份寂静和风雪,让人读来心生感喟。如《感动哨所》中"周杰伦"、毛头、王冲三个高原哨所兵,学着"感动中国"的模式各讲一个故事,有经过父亲值班小站车厢里点燃的几朵打火机,有为哨所送给养鞠躬尽瘁而死的老牦牛,更有把温暖留给战友"特别能忍耐"的兄弟情谊,因为有坚实的生活底色,读来不觉"肉麻",反而充满了正能量,把高原战士们让人心疼的朴素和可爱写了出来。

古人说"蚌病成珠",每一颗珍珠都有一个苦难的内核,经过这个"核"异质性的刺激,蚌不断分泌珍珠质将之包裹成珠,就像曹晶笔下的那些军人,他们面对生活的不易、坚守生活的孤寂并在品味生活的过程中产出和完成了精神上的"珍珠",而串成这些故事珍珠的叙事主线则是军人对于国家、民族和人民的忠诚与热爱。比如小说中的老红军、老干部形象,《老爸丢了》中讲述了"老爸"找寻当年帮助红军治疗脚病"偷"盐巴的少数民族姑娘的故事,而叙述者"我"在找寻丢失的"老爸"的过程中找出了民族团结和军民团结的传统;《胡一刀》中讲述了坚持为兵免费理发的退休老干部和一家三代军人的家庭故事,其中倔强的爷爷"快乐"情绪完全建立在能否为兵服务上;《最后一课》讲述了罹患绝症的老团长"白头翁",给王朗、巩卫东等战士进行革命传统教育授课的故事,战士们积极配合的"谋划""提问"和"闯祸"都耐人寻味而满含着情谊。这些正面写作极容易概念化、僵硬化，之所以读来仍旧感人，在于作者为故事设计了隐性的情感结构。

这一隐性的情感结构，由一个微显苦涩的"核"，两三个素朴的人物、稍有曲折的事件以及积极向上的精神指向所构成。曹晶往往把基层和边疆的"苦"，军旅人生的"无奈"，军嫂和孩子的"牺牲"做淡化处理，然而越是写得淡然处，往往就越是让人动心的情浓处。像《雕刻时光》，写高原兵桑子伟到山下陪护因高原反应住院的战友，因长期封闭已经丧失了"语言功能"的他，面对"雕刻时光"小店里的售货姑娘时竟然憋红了脸说不出一句话来，只能落荒而逃。感觉很像茹志娟《百合花》里写的那名小战士，有一点隐约的对爱情的渴望，更多的则是一种让人心疼的纯净和可爱。还有，在除夕夜里，高原哨所里班长带着大家对着群山喊："'跟着我一起念——请祖国人民放心！祝愿世界和平！祖国富强！阖家团圆！幸福安康'……七个热血男儿的嘹亮嗓音穿透稀薄的空气，绕过晶莹的雪山，带着男儿不轻弹的哽咽，回荡久远。"军人啊，就是以这样的姿态、守望着我们深爱着的祖国。

除了对国家民族责任的担当和深情大爱，军人内心中最为柔软的部分还留给了军嫂和孩子，因为比之于军人的牺牲奉献，家人有时候付出的更多，这也是作者叙述情感结构"内核"中较苦的一枚。如《嫂子，借你一双大脚》，通过"我"编辑连长和嫂子的结婚录像片，讲述了坚守军营爱情的不易，嫂子那句"能成为边防军人的妻子是我一生的幸福"要用怎样的苦痛来证明？她第一次上山，一边因高原反应缺氧病卧不起，一边是连长执行任务始终未能谋面；她第二次上山，被大雪封堵在半路，又冻掉了两个大脚趾，最后只能在卫星电话里与连长"嘤嘤地抽泣"而说不出一句话了。这让人不禁联想起王宗仁的《藏地兵书》，想起了那里写到的"嫂子面"和高原生活的苦重与孤寂。这两部军旅作品中相似的气息应该来自于军人生活的厚重，同样的难题，同样的朴实、热爱与坚守。《锋利的狼牙》和《边关三叠》则写了军孩的故事，对于军人来说"献了青春献子孙"者不在少数，如何处理"留守儿童"问题呢？找到战友做孩子的"教父"，在活泼的叙述中隐含着父亲深情的牵挂，而孩子则从被欺侮的"懦弱"中渐渐长大，用父亲送给他的狼牙关键时刻挺身而出救助了伙伴，身上流淌着军人"虎父无犬子"的血脉。

除去对军人艰苦生活和崇高情怀的书写，对于军民和军人间的情谊的表现是曹晶小说中较为明亮而有特色的部分。如《军医不带"长"》，写出了军医给放牧群众巡诊治病颇受尊重，又因眼睛患"雪盲"症而认塔吉克族妇人为"阿瑙"（意为母亲），被群众用奶水医治的故事，充满了军民相助的温情和少数民族地区的多彩风情。《醉里挑灯看剑》讲了一名退伍老兵当年在抗洪抢险中被老连长救命的故事，连长牺牲了，他感恩地活着，对部队始终有着深深的依恋。《"卡路里"的军旅人生》讲了一名营养学专业的大学生士兵和厨师班长的故事，在部队的时候是"对手"，回地方成了"帮手"。故事让人深刻理解了"战友"的含义：是战场上生死相托的兄弟，是与你比林而立的青春，和你一同涌动的热血，更是你一生的信任和记挂。

俗话讲："画虎画皮难画骨，知人知面不知心。"然而若文章"画"不到骨头里，写人写不出"心"来，读这样的文字又有什么意义呢？手中的刀笔就是要剥去那层石头皮看到本来的玉质，灵魂的火就是要煅烧生活的"食材"，煎、炸、烹、炒出浓厚的人生百味来。曹晶小说的可贵处就在于有着这样的热力和真诚，他用速写的手法画魂写梦，他用身边的热土捏泥塑像：你看一看不陌生，好像就是身边的普通一兵；你品一品不简单，每一个人物又都让人感动而难以忘记。

陆航虫

曹 晶

终于说服了她，那种感觉就像攻下了一个敌众我寡的山头，然后我开始整理行装，整个过程，她扶着门框木然地注视着我的每一个动作，好像生怕漏掉一个细节，她一脸忧郁，似乎在欣赏一位雄风不再的网球明星做挂拍前的最后表演。我耸了耸肩，做了一个深表遗憾的动作，然后拍了拍她的脸。她扬了扬耷拉的上眼睑，那就等你回来再拍结婚照吧，我给影楼打个电话，让它把日期向后推迟三个月，但是你一定要答应我，好好照顾自己，一定记着睡前抹点花露水，尤其是你那张不帅气但还算可爱的娃娃脸。

一开篇就似乎有些生离死别的味道，其实根本没那么玄乎，只是机关干部下连当兵而已，这也是今年军区的最新举措，对我这个学生兵来说，这是个千载难逢的好机会。我要去的是我们军区唯一的陆航团，那个位于省会边缘，在一片荒无人烟的戈壁滩上打造起来的新营盘，营区周围杂草丛生，风沙肆虐。不过这还不算什么，最让那些下连当兵干部谈虎色变的是当地的一种昆虫，不是我危言耸听，只要你的肌肤被它爬过，就会留下深及真皮的溃烂伤疤，疼痛难忍且久治不愈。据说陆航团很多干部的身上都被这种"可怕"的玩意儿留下了足够回味终生的纪念，从伤疤的数量完全可以判断一名干部的任职长短和资历深浅，因此，大伙就给它取名为陆航虫。

我最终被分到了场务连，连长和指导员听说军区组织部的大干事下来当兵，专程赶到团部迎接，一路上我几次都忍不住想问传说中的陆航虫，可是想了又想，最终还是没有张口，反正今后的日子还长着呢。远远看到连部门口有两支队伍在道路两侧一字排开，连长、指导员兴奋地说，这是战士们列队欢迎军区首长呢！我突然有些局促不安起来，按说军区组织部门的干事经常组织大型活动，什么场面没见过，可是这会儿，我似乎能感到自己的胸前像挂了一只小型抽水泵，哒、哒、哒、哒，毕竟，我是代表军区机关来的，可不能让基层部队官兵小瞧了。想到这儿，我挺了挺胸，下意识地抻了抻衣服下摆和兜盖，当置身于欢迎的队伍中时，手脚的配合好像都有点不同步了。

记得我们临出发时，军区副政委专门召集大伙开会，要求当兵干部必须住进班排，并说只有这样才叫当兵。谁知一进宿舍，我发现竟是一个单间，里面设施完备，有单人席梦思床、双人沙发、电视和写字台，基本达到了团招待所的水平。通信员解释说，几天前就听说我要来，可是各排宿舍床铺都很紧张，实在腾不出空床，只好请我在这里"委屈"。我回头扫一眼连长、指导员，发现他们正斜眼瞟我，我就没了勇气提出反对意见，说实话，要真住进班排宿舍，没准给连队工作和战士生活带来更大的不便。

刚来那几天，每晚临睡前，我真的严格按"领导"要求，用花露水在全身裸露皮肤上一点不漏地涂上一层。第二天出操回来，床铺已经收拾整齐，洗脸水还冒着热气，连牙膏都挤得粗细均匀，写字台上有通信员为我准备的名册和资料。而我的花露水正笔直地站在台灯旁显得特别扎眼，时间一长，我自己都觉着别扭，索性把它扔进了行李中，就当没把它带来。这些天，我找了几个被列为"重点人"的战士谈心，然后召开不同层次的座谈会，列席了连支委会和党员大会，接着就开始精心筹划我的调研报告。

晚饭后，通信员陪我到营区外的戈壁滩上散步，我感到是时候了，就试探着向通信员打听"陆航虫"。通信员是个扛着一条细黄杠的新兵，长得白白净净，留着亚宁一样的刺猬寸头，听了我的提问，眨眨眼睛，用一口夹杂吴越乡音的普通话说，听老兵班长讲陆航虫以前挺多，常有战友因此受伤，现在团里绿化比以前好了，陆航虫也就很少见了。我居然有一种淡淡的怅然若失，好像自己苦苦守候的心上人不辞而别，甚至从此杳无音讯。我知道，在我的内心深处一直有一种情结，否则，我也不会顶着其他人异样的目光，主动请缨来这个大家避之不及的部队当兵。

然而，有些事情总是出人意料地蹊跷。那是我下连当兵两个月的一个早晨，我带全连出操，无意中发现二排一个小个子兵步伐僵硬，似乎总是心不在焉地跑错步子。我有意识喊了几动口令，他始终纠正不过来。我有些恼了，解散后把他留下来，问他怎么回事？他欲言又止似乎面有愧色，我赌气罚他在军容镜前站军姿，然后准备展开强大的思想政治工作攻势。

半小时后，他喊了一声报告进来，我示意他坐在沙发上，他犹豫了一下，说还是让他站着舒服些。我问他出早操脑子在想什么，为什么思想不集中？他红着脸支支吾吾地说，自己的下身昨晚被"陆航虫"爬了。我怔了一下，突生想见识一下的冲动。我小心翼翼地帮他脱下裤子，在一侧腹股沟有一条长约两寸的深红色伤痕，皮肉有些外翻，还不停地往外渗脓血。大概这几天气温升高，空气干燥，陆航虫开始活跃起来，而我们的战士晚上都是赤裸上身，穿一条"八一"军衩，结果就被这小东西钻了"空裆"。我真后悔自己的武断，并埋怨他为什么不早点说，小个子兵羞涩地说伤的不是地方开不了口。我拨弄一下他的脑袋，你小子还害什么臊，要不是发现及时，你可能会断子绝后，那你家里人还不得跟咱部队拼命呀？小个子兵憨厚地笑了。我赶紧叫来通信员扶着他到卫生队进行伤口处理。

星期六的上午，我与连队主官商量请卫生队的两名医生来我连进行夏季卫生防病知识讲座，特别想让战士们明白如何防范陆航虫的袭击。两名年轻的医务人员在讲到常见病预防时显得滔滔不绝，可是话题一转到陆航虫，两人的舌头就像打了结，你看我，我瞧你，仅仅几分钟的介绍用了一大堆诸如"可能""猜测""尚无资料可查"等字眼。不过这也难怪，截至目前，还没几个人亲眼见过陆航虫的真实面目，它始终像一个神秘的邪恶精灵，总是在你不经意时伤害你的肉体，让人防不胜防，而它却又在一击得手后，匆忙逃之夭夭了。

当我的调研报告基本成形的时候，三个月下连当兵的生活也就要结束了，临别前，团首长和场站领导逐个为我饯行。觥筹交错中，我感慨地说了许多依依不舍的话，毕竟这是我成为干部后第一次体味当兵生活。一名机关干部如果总是酩酊大醉一般会被领导评价为自控能力差、不注意个人形象，但如果从来没有醉过，不论什么场合，始终都能保持清醒的头脑，那么这个人可能就太可怕了。出发前一晚我就喝得不省人事，因为酒精的缘故，依稀中我反复做着一个梦，自己像个孤独的旅者在漫漫人生旅途上执着前行。第二天起床后，我感到头疼并伴有颈部锁骨附近阵阵痛麻，起初以为是酒后反应也没当回事，倒是通信员那一声尖叫让我知道问题可能并不简单：在我的脖子左侧留下了一条陆航虫深夜奔袭的足迹，路线长且迂回推进，直至到达了我常常引以为豪的喉头。

　　　　　　　　　　　　"新生代军旅作家"面面观 |

我的婚礼还是如期举行了，只是拍结婚照真把我和妻难住了，有几套新郎西装，妻非常喜欢，可就是圆领衬衫配上领结刚好露出一截伤疤。年轻的摄影师对我格外关照，我猜他一定把我当成了在帮派火拼时挂彩的黑社会小混混，要不怎么开口闭口叫我"小马哥"。最后，还是摄像师有创意，给我设计了一套欧洲中世纪礼服，在长及拖地的燕尾服下是一件立领并有很多蕾丝花边褶子的衬衫，这下才把陆航虫连夜修筑的工事严实地伪装起来。看着镜中的自己，妻说差点以为是安徒生童话故事里的白马王子走到了她的身边，我说那你就做定我的灰姑娘吧！

　　每当军区通知更换第三号夏装时，总会生出一些可想而知的麻烦，久未谋面的战友见了，打趣说不要因为自己是大军区干事，就故意弄一条伤疤显得比我们基层干部成熟，这牺牲是不是忒大了点！哎！形式主义害死人呀！更有些机关老干事拿我调侃，年轻人，为情所困也不能这样，不过话说回来，你的准头也太差了吧？看来，政工干部的确需要加强军事素质哟！晚上，靠在床头看杂志，妻贴过来掰起我的下巴，重复那句我已能倒背如流的唠叨，这小东西还算脚下留情，要是蹬鼻子上脸，这下半辈子可怎么见人呀！

　　几天前，我当初下连当兵的连队指导员突然打来电话，说他们经过几晚连续交锋，终于逮着了一只活的陆航虫。其实它其貌不扬，跟我们常见的草蜢长得差不多，细长伶仃的身体，披着一对能折射七彩光芒的翅膀。他还说军区卫生防疫大队听到这个消息，近期将派人进驻我曾经当兵的那个连队，专门成立课题组，对这种小昆虫进行医学研究。

　　也许，在不久的以后，陆航虫的奥秘将会大白天下，那么它应该按照现代生物学"域、界、门、纲、目、科、属、种"的分类有一个新的学名，但我想即便这样我还会叫它陆航虫，因为在我们之间毕竟发生过一次不寻常的亲密接触。

边关之边关

曹 晶

1．关山月

这是巫乐山今天第三次站在窗前，窗外，是上千万年来亘古不变的连绵群山。

突然，一个念头像黑暗中的萤火忽地一闪，自己这间屋子在整个营院中的位置，很像是一支五四式手枪的扳机，尽管枪型老了点，枪管也不直，但是扳机对于一支枪的意义，不正像心脏与人的关系吗？有个词叫什么来着，机关、中枢，还是触一发而动全身？

这么一想，巫乐山的头似乎就不那么痛了。他下意识地再次抬起左手，多功能雷达表的高度指针始终停留在"4500"的位置，与第一天来时一样，好像根本就没有动过。这阿都奇鲁边防连真是地如其名，从来这蹲点的第一天起，就有太多的事情 I DON'T KNOW（我不知道）。

最不可思议的就是海拔，四千五百米相对于平原来说真不算低了，一般人上到这个高度有些症状那再正常不过。可巫乐山却不一样，像他这样的老高原，以前登上海拔五千米的哨所都没有什么反应，可一到这个阿都奇鲁边防连，就 I DON'T KNOW 地犯了邪，头痛、胸闷，跑快了竟然连站都站不起来。

来时的路上，巫乐山跟同行的卫生队小刘医生说起此事，小刘一愣突然又兴奋起来，以至于满脸的青春痘就像沿途的红柳丛，灿烂得随风摇曳。

哎，巫股长，你一说这阿都奇鲁嘛，我就一下子想起了我的最新研究！这小刘医生去年才从三医大的高原医学硕士研究生毕业，可是他满口孜然味的新疆普通话，令人很难相信他所谓的权威见解，倒觉得这小子咋看咋像是大巴扎上卖干果的。

小刘的两道浓眉配合着满脸的红柳花已经跳起了刀郎舞，哎，巫股长，我嘛经过半年多时间的观察和分析，觉得这个阿都奇鲁边防连，之所以能让那么多原先没有症状的人出现高原反应，与它的特殊地形有关系！

巫乐山心不在焉地用"是吗？"应付着小刘。

哎，巫股长，你听我说撒，你知道这个阿都奇鲁边防连的名字"阿都奇鲁"是啥意思？

巫乐山无奈地摇着头，I DON'T KNOW！

看吧，我猜你肯定不知道，它绝不是英文音译，据我考证应该来自于突厥语或者蒙古语，就是"一线天"的意思。你以前站在连队门前，有没有觉得头上的天是扁扁的，就像一颗大大的沙枣核，而且你有没有这种感觉，连队前面的山陡得厉害，好像马上就会倒下来一样，只要盯着山体看一会儿，就觉得喘不过气，过不了一会儿，就开始头晕、胸闷……

照你这么一说，好像还有点道理，有几次就是这样。巫乐山若有所思地回忆着先前身体上出现的变化。

看吧看吧，我就觉得阿都奇鲁边防连的高原反应，一定与它"一线天"的地形有关，还与人的心理反应有关，等我把相关数据收集齐了，就打算写一篇论文，题目就叫《除海拔外导致高原反应的几点诱因分析》，说不定还能获个什么科研奖呢！

此时的小刘医生，已完全沉浸在自己对高原医学的巨大贡献中去了。巫乐山盯着他看了一会儿，心里忍不住想笑，这个卖干果的小巴郎子，先不说他的口音和长相咋样，就说做起事来，还真有股子韧劲呢。

不管小刘的分析有没有道理，巫乐山还是忍不住告诫自己，尽可能少站在现在这个位置，少盯着山看。你别说，好像还真有点作用，至少胸口不那么闷了，脑袋也不太晕了。但是这话又说回来了，你不看山又看什么呢？总不能整天都看书看人看星星吧？照我看，这连队在建设之初，位置就没选好，它就像个上不了台面的新兵蛋子，羞涩地蜷缩在山凹里头，一整天也见不到一缕阳光。

正对营院大门是个不大的操场，操场尽头是一栋崭新的二层楼房，淡黄的外墙、艳红的屋顶，在蓝天白云和群山雪峰的衬底下，很有种旷世辽远之美。与楼房相连的是一排平房，油机房、储藏室、库房、马厩、羊圈和菜地好像细长的枪管一字排开，和操场呈"L"型分布，巫乐山居住的接待间，正好位于"L"的转弯处。

那天午后，当巫乐山和小刘乘坐的勇士车一拐进院子，老远就看到一群迷彩士兵在楼前整齐列队，他俩一下车，队列中就响起了热烈的掌声。一个中尉过来给巫乐山报告说，连队官兵正在进行体能训练，请首长指示。

巫乐山本打算讲点什么，作为团里的宣传股长，平日里总是为团首长写讲话当幕后英雄，难得有一次现场操练的机会。可当他站定后，视线越过兵们的头顶，看到楼前展板上，那一行黄色勾边、标宋加粗的主题教育题目，他就一点讲话的欲望都没有了。教育提纲是他独自完成的，出发前一晚凌晨三点，当他终于把名为"教育提纲第十九稿"的文件另存为"教育提纲定稿"时，已累得直不起腰了。不过那晚他的心情却出奇的好，毕竟打破了个人创造的第二十三稿的记录。

面前的这些兵大都怯生生的，这也难怪，新兵下连才两个月，对于他们来讲，这新奇而陌生的军营生活才刚刚开始。只是二年后，他们中的绝大多数人都要返回到来时的地方，正所谓从来处来到去处去，而这中间的七百多个日日夜夜，都将化为一段人生经历，写到档案里也只有简单的四个字：已服兵役。

午后的阳光尽管明媚，可高原上的六月丝毫找不到夏天即将来临的迹象。一阵冷风飕飕地吹过来，前面那排兵的肩膀不由得紧了紧，紧接着后排的几个兵也动了动脖子，这些动作尽管十分轻柔，但还是被巫乐山捕捉到了。

这个时候，小刘已经冲上去，热情地与第一排的战士握起了手。小刘的热情让身体发僵的兵们喜形于色，他们像被立即注入了兴奋剂，一个个扬着黑红的脸颊，舔着嘴唇，吸溜着鼻子，与小刘一起使劲摇晃着双手。

队列后面，展板上一排排的决心书在风中哗哗啦啦地响，远远看去很像是戴着白手套的仪仗兵在鼓掌欢迎。

高原真是一个奇怪的地方，这么蓝的天，这么高的山，这么广阔的土地，却没有什么人真正在乎它，当然除了一群生活在这幢红房子里的年轻人，再就是头顶上漫天飞舞的成群乌鸦了。连里刚开过饭，炊事班去营房后面的土堆上倒垃圾，人还没走，成群结队的乌鸦就像密密的黑云罩住了阵地，转眼间褐色的沙土就被黑暗吞没了。

听说几年前的一个午后，一位总部首长带工作组路过某个连队，首长不想惊动官兵休息，只带了两名分管后勤的领导下了车，打算悄悄看看新建的保温营房。当他们绕过房舍，看到不远处空空的猪圈和废弃的菜地时，首长的表情变得有些严肃了。

这时，有什么声音吸引了他们的目光，"咕，咕，咕"，原来是墙根底下黑压压的一大群正在抢食的乌鸦。首长愣了一下，终于露出了笑脸，"这个连队的农副业生产还是很有特色的嘛，高原环境虽然恶劣，可他们还养了这么多乌鸡，这能不能当作经验推广一下呀？"陪同的几位领导你看看我，我瞧瞧你，谁也不知该怎么回答。

既然将错就错，干脆歪打正着。这乌鸦和乌鸡的名字只差一个字，羽毛也都是黑了吧唧的，如果不设飞行考核，还真分不清哪个是齐天大圣哪个是六耳猕猴呢。至于营养嘛，不经过科学检测，也说不准谁一定就比谁高。再说了乌鸦还不像乌鸡那么娇贵，它在这海拔五千多米的高原上随便飞，可见生命力有多么顽强。如果养了它保准只赚不赔，至少连饲料都省了。

连队曾经一次捉住过十几只乌鸦，炊事班按照制作大盘鸡的要领精心炮制后，厨房上空立刻被一股异香所笼罩。几个训练溜号的捣蛋兵还没等开饭就溜进了炊事班，十几双眼睛紧盯着灶台，好像一群贪婪的秃鹫只等关了火一哄而上。

可是眼前的野味却好像跟他们开了一个玩笑，最先品尝的那个四期士官哑巴着嘴说，这味说不上是好还是坏，就是有点腥乎乎、麻嗖嗖的。那晚熄灯前，全连战士都有点异样的反应，不停地闹肚子，胃里还总返酸，连打嗝都带有一股子烤白薯的味。

巫乐山心不在焉地拿红笔在台历上勾着道道，离蹲点结束还有十八天时间，可日子却像高原上的空气一样稀薄寡淡。突然，一个数字蹦到他面前，下周六是他和蔡瑕的结婚纪念日，他暗自庆幸，要不是今天闲得无聊翻台历，差点就把这么重要的日子错过去了。当然，如果是在团里，这种情况是根本不可能发生的。

六年了，每年年底新台历一发，巫乐山总要做的一件事，就是把下一年的这些重要日子一一标注在上面，比如蔡瑕和父母的生日、母亲节、父亲节、情人节，还有就是两人的结婚纪念日，与其说巫乐山比较细心，倒不如说是长期机关工作养成的习惯。

年初上网查过资料，结婚五年叫木婚。如果再来一点相关链接的话，第一年应该叫纸婚，是说婚姻还不很牢固，甚至有些脆弱，就好像一张薄薄的白纸，上面既没有五彩缤纷的图案，更没有什么刻骨铭心的文字；而第二年就叫布婚，比起纸婚，是有了一些韧性……如今，他们已经走到了木婚，字面意思应该比纸和布都要坚固，只是这个木字，听着让人不舒服，忍不住会想到木已成舟、麻木不仁或者行将就木啥的……

所以，当巫乐山在电话里告诉蔡瑕这个消息时，他有意回避了"木"这个字，只说是他俩的结婚纪念日。蔡瑕那会儿正在单位值班，听上去很忙的样子，因此就显得有些应付。电话里，她有上句没下句地听完了巫乐山的话，中间还不忘给身边的人交代些什么，快点，5号床的液体完了；记得给3号床再测一次体温；交班时别忘了再核对一下发药单……怎么每年都弄这个，你也不嫌麻烦，你们这些文科男生总学人家老外，其实，婚姻就是实实在在地过日子，又不是革命英雄纪念碑……你看我爷爷我奶奶他们那个年代的人，一辈子什么手纸婚、抹布婚、破铜烂铁婚，听都没听过，不也这么和和美美地过下来了？

蔡瑕的一番话让巫乐山的心情瞬间回到了刚来蹲点时的状态，他当时什么也没说，只是觉得头有点晕。

于是，俩人就这么僵了一会儿，最后还是蔡瑕先开了口，要不这样吧，下周你下了山，我可能要带队参加军区的业务比武，如果能赶上，就放周末吧？

搁下电话，巫乐山躺在椅子上长长地伸了一个懒腰，两眼盯着天花板自言自语，也许你说得对，总把婚姻挂在嘴上也不见得是啥好事！可是，要没有我天天念叨、苦心经营，这小日子可能早就土崩瓦解了……

提起蔡瑕，大小也算是这个城市里的名人，身为部队医院急诊科护士长的她，整日就像一只白色的和平鸽，穿梭在医院的门诊与病房之间。用巫乐山的话说，好像天底下受苦受难的人就等着蔡护士长一个人去拯救，一天到晚恨不能两脚踏上风火轮，背后再长出一对翅膀来。

其实，要说他们这一对，还是很让人羡慕的。双军人的组合在当地算是经济富足的，两人工作也有着不错的社会地位，双方家庭又都在城市，不像身边那些从农村出来的年轻干部，整天被生活的重担压得喘不过气来……因此，两人单位的小年轻都把他们当作未来婚姻的偶像。

巫乐山却并不领情，只要有人对他流露出半点羡慕之情，他总是一副苦大仇深的表情，哎！都云作者痴，谁解其中味呀！大伙一听这话，就觉得巫乐山有点矫情，得了这么大一个便宜，还总卖个乖。

还是套用一句老话吧，婚姻就像鞋子，幸福美满与否，只有自己的脚最清楚。想想也是，他俩平时都忙，整天不是她值班就是他加班，或者她外出巡诊刚回来，而他又恰好下部队走了，因此他们就像天空中的太阳和月亮，总是在有你没我地东躲西藏。

回想第一次与蔡瑕相识的情景，就好像还发生在昨天一样清晰。那时巫乐山还是团警调连的排长，每天下午最后一个小时，要组织本排的兵进行五公里考核。那时团里的综合训练场还没完工，每天有十几辆大卡车出出进进，把场地上挖出来的几千方大小石块一车车拉出去，再从附近山上把新鲜黄土运回来，一点点回填进去，几个月下来，这工程量快赶上一个三峡了。

巫乐山带着手下的兵们，绕着营区里的大路兜圈子，一圈整好二公里，跑满两圈半，拐到办公楼后面的水泥路上冲刺。战士们一听说这个路线，兴奋地哇哇叫个不停，有的喊，排座，你真太跩了耶！

巫乐山只顾低头笑，他心里很清楚，在这个清一色的"和尚"团，只有那条路上能看到女人的影子，而且还是个模样俏丽、充满活力的女中尉。她身穿04式丛林迷彩，头戴无线耳机，站在道路的尽头，冲着每一位走向她的路人说：谋打赢，练精兵，说你行，你就行。一到夜里，她就变得光彩照人，就连各种小昆虫也会围着她嗡嗡地叫，足以见到她的魅力。有一次，团长晚饭后陪着临时来队的家属散步，一走到这里，团长家属随口开了句玩笑，都说你们团是个"和尚"团，我看至少还有灯箱里这个姑娘嘛！

开始冲刺了，先到的十几个兵敞着衣领，大汗淋漓，他们一手扶着灯箱下面的柱子，一手握拳做出向上顶的动作，扯着嗓子对落在后面的兵喊，说你行，你就行！喊声中有个嗓门又细又尖的，一听就是还没变声的通信员，这小子还以为别人听不出，混在里面搞起了怪，快点整呀——帅哥，妹（没）时间了！周围人早笑乱了套。通信员低着头，偷眼去瞟巫乐山，巫乐山装作没听到，只顾盯着手里的秒表。

后面几个兵的速度明显加快了，其中一个胖乎乎的新兵，本想最后再冲一把的，脚底下却不知被什么绊了一下，整个人就像一颗刚起出来的土豆，连着打了几个滚，最后重重地摔在了灯箱底下。

这一下，把所有人吓愣了。你们这帮鸟兵！巫乐山轻轻骂了一句，他赶紧跑过去看，新兵鼓鼓的圆脸上蹭出了血，他用双手抱着沾满灰土的左腿，痛苦地在地上打着滚，嘴里吸溜吸溜还给凑过来的巫乐山道歉，对不住了，排座，我妹（没）把握好呀！给您老丢人了！

好呀，我可不在乎，就怕把你的腿整折了！还真被巫乐山言中了，卫生队对新兵进行了简单处理后，由巫乐山带车，陪他到县城里的驻军医院拍片检查。诊断结果是腓骨骨裂，虽没有想象中那么严重，可这伤筋动骨，没有两三个月是拆不了石膏的。

一周的治疗时间很快就要结束了，出院前的最后一晚，巫乐山有了个大胆的想法，这最后一晚，他想带着新兵溜出去，好好看一看这县城的夜景。当他把这个打算告诉新兵时，那小子激动得什么似的，这当兵半年多了，还从没出过团部大院呢！

其实对于巫乐山来说又何尝不是呢，尽管团部离县城只有不到二十公里，可自从大学毕业分到团里后，他也只去过三次，两次是给连里买东西，一次去退买来的东西，而且每次都是来也匆匆，去也匆匆。听说这县城的夜晚很热烈，有巴扎有夜市还有演出，可他却从没有机会去。

那天晚上，巫乐山和新兵玩得挺开心，一来是溜出去没被人发现，二来收获的确不小，鼎鼎大名的哈斯木大串烤肉吃了，大广场的刀郎舞跳了，大辫子的维吾尔姑娘见了，回来时才发现，坏了，医院大门早锁了。

他们绕到离病房不远的一处围墙底下，月黑风高，灯影绰绰，借着微弱的路灯，巫乐山兴奋地发现，砖墙上有不少光滑的脚窝，看来这墙早成了和他们有着共同追求的梁上君子的必经之道。

巫乐山先爬上去，然后趴在墙头上去拉新兵，新兵的身手还算矫健，只是打了石膏的左腿不听使唤，这让他的动作大打折扣。就在两个人心急火燎时，新兵的身子底下突然伸出一双手来，用力托举着他肥硕的大屁股。就这样，新兵终于爬上了墙头。再从墙头上下来时，凭借巫乐山和那双手的配合，才让这个左腿基本"残疾"的胖小子得以平稳着陆。

他们凑上去，正要好好感谢那个人的，只是夜太黑，那人的脸基本看不清，凭借微弱的路灯，依稀能看清他身穿迷彩服，头戴迷彩帽，体型瘦小、面容清秀，从墙上一跃而下时，还哗啦哗啦的，原来嘴里还咬着一袋什么东西，散发着诱人的孜然香。

看来这哥们儿和我们一样，好容易来当一回陪护，趁着夜色溜出去散心，回来还不忘给病房里的战友捎点宵夜。冲着这份情义，巫乐山大方地伸出手去，对方似乎愣了一下，也许是光线太暗，根本就没看清巫乐山伸过来的手，当两个人的手终于握在一起时，巫乐山有种特别的感觉，那只手很软很滑很小，就好像握着一条鱼。

第二天办出院手续，在护士办公室取药时，他发现眼前那个新来的小护士，那眉眼、那神情怎么那么面熟，他盯着她看，想尽快想起什么来，可她的目光却在有意躲闪，当他站在离她很近的地方时，他闻到了一股淡淡的，隐藏在来苏水背后的孜然味儿。

2. 西风烈

蹲点结束的时间比计划提前了两周，听说军里将有一个大项活动，地点就在阿都奇鲁边防连附近，首长专门有指示，一切工作都得给这让路。

一回团里，就像误打误撞进了一只马蜂老巢，千头万绪的工作从四面八方向他袭来，一时有些难以招架。蹲点前部署下去的政治教育，本是政治处罗主任的得意之作，临走前他曾反复交代，无论如何不惜一切代价都要看到成效。可是到目前为止，只有师里转发了这一做法，至于集团军和军区方面，都还没听说转发或宣传的动静。

罗主任自打巫乐山回来那天起，脸部肌肉就始终呈现自由落体的状态，除了到两位主官那汇报工作外，其他时候就像遭遇了外力撞击，弄得脸不是脸，鼻子不是鼻子。

巫乐山——！跑步过来！

主任半年前刚从营里提升上来，工作方法上还有很多连队风格，比如他叫谁去他办公室，只要办公室都在一层楼，他从不用电话，而是站在自己办公室门口，扯着嗓子喊。巫乐山猜测，这应该是长期待在边防留下的后遗症。

主任一嗓子，楼道里的几个办公室都跟着一哆嗦，被叫的人往往得用拖长了的高分贝"到——！"来作答，人也得配合以百米冲刺的速度向声源地狂奔。如果脚底下慢了，或者"到"得小了，主任都会冲着惊魂未定的你，耷拉着眼皮说，脑子缺氧了，还是昨晚整得太晚了？

这二选一的问题真让人不好回答，尤其是"还是"后面的选择部分。头天晚上分明是在办公室里加班的，可这个动词"整"字，却给人一种翩翩的浮想。因此，如果你不想被歧义，就得以最大声和最快速奔向主任！

相对其他几个股长，巫乐山在这方面有点先天不足，他没当过兵，也没上过军校，是所谓的大学生干部。说来也怪，这"大学生"与"干部"这两个词，单个拿出来都是令人羡慕的好词，可一旦组成了偏正词组就完全不是那么回事了，这一称谓的背后总是透着那么一点特别的意味，有时干脆就成了心气高、能力弱、水土不服和脱离基层的代名词。

客观上讲，在这个过道中，巫乐山和主任的办公室相隔最远，这声波传播的时间自然也比其他人要长一些。不过，这其中最关键的，还是巫乐山在答"到"的时候，总有那么一点"学院派"的味道，不像其他人"到"得那么土生土长和孔武有力，跑起来也不那么投入和全力，这些细节哪里能逃得过主任的法眼。

主任吸了一口烟，自由落体的脸上依然没有丝毫表情，视线始终投在四点半的位置，你们今年的新闻报道怎么样啊？

还不错，主任，军区报纸已发了二十篇，全军级别的目前是二篇……说到最后，巫乐山的声音有点发颤。

这就不错啊？你这当股长的，工作标准好像不怎么高呀？主任的话说得巫乐山有些站不住，他只是一个劲地是，是！

走回办公室时，巫乐山才发现后脊梁都湿透了，每走一步都感到冷飕飕的，而且脚下的走廊长得好像边防巡逻公路，一眼望不到头。

新闻干事把几张照片放在巫乐山的办公桌上，其中，一幅题为"选出我心中的连队之花"和一组"策马巡逻到雪线，为党的生日把礼献"的照片显得与众不同。

这个题材不错，高原哨所是生命禁区，我们边防战士珍惜绿色、热爱生命，他们利用周末时间，纷纷捧出自己栽种在罐头盒、旧牙缸里的太阳花、红柳枝或者几根蒜苗，这都比较真实和生动，可是……巫乐山用了一个转折句，然后一指画面左上角一盆色彩鲜艳的紫红色花卉，你看看这盆，应该是蝴蝶兰吧？这是生长在亚热带地区的名贵花卉，咱们那个寸草不生的边防连还能养得活蝴蝶兰，是不是太邪乎了点？

新闻干事笑着挠头，找遍了全连上下，就那八九盆草花，还都黄了吧唧、要死不活的，只好把会议室的这个绢花盆景抱来凑个数！

还有这组照片，选在党的生日这天巡逻的确有意义，可现在离"七一"还有十好几天呢，况且这个哨所是个季节性点位，那个时间连队根本上不去！

新闻干事的脸上立刻显出一副不屑的表情，股长，你是真不知道还是假不知道，这新闻摄影说白了就跟拍电影差不多，如果不策划不导演，哪有那么好的画面等着让你碰上？

巫乐山正想说，策划也罢，导演也好，总还得有点新闻真实吧？可是，这些话只在他脑子里打了个转儿，却并没有说出来，也许，在他的潜意识里也早已接受了这样的观点，这就像社会上的潜规则，一旦被当作皇帝的新装戳穿了，那游戏也就没法再玩下去了。

次日一早，主任带着副主任、巫乐山和新闻干事在会议室里研究那几张照片，照片被拷进笔记本电脑里，通过投影打在对面雪白的墙上，几个人坐在主任身边，对着巨幅照片逐一点评。

主任端着茶杯，每啜一口茶就像立刻被激活了几万亿个缺氧的脑细胞，思路瞬间变得活跃起来。其他几个人围着主任应声附和，那感觉很像是一帮评委为杀入决赛的最后几幅佳作排座次。

恰在这个时间，会议室的门被轻轻推开，几名"导演"不由得将挑剔的目光，从墙上移到了门口，来的竟然是蔡瑕和几个年轻医生。

哎哟，原来是蔡护士长，今天怎么有空来团里看望家属，才几天没见就想成这样了？对于兄弟单位来人，主任的言辞总是显得轻松而幽默。

首长又开玩笑了，真得感谢您把他管得那么严！这都快一个月了，听起来都在一个巴掌大点的县城里工作，可要见上一面真比见一次军委首长还难呢，好歹军委首长在每晚的中央七套还都能见着。不过，我今天还真不是假公济私来看他的，是给团里的领导和同志们巡诊的，看您和其他领导有没有谁头痛脑热不舒服，我们一定全力保障好！蔡瑕的几句话说得一屋人哈哈大笑。

我看巡诊就不必了，都二十郎当三十出头的年纪，有什么头疼脑热跑个五公里、冲个冷水澡，就什么毛病都没了。你这个大护士长来了，不妨给我们指导一下工作，看看这几张新闻照片怎么样？都知道你们医院的宣传工作搞得红火，听你们政治处刘主任说，你还参与了其中一个事迹报告团的宣讲，那么既然来了，就给我们传个经送个宝吧？

蔡瑕还真的一点不客气，招呼其他几个人一起走进来，那咱们也学习学习A团的先进经验吧！然后一屁股坐在副主任身边的一个空座位上。

巫乐山赶紧站起来，静静地站在蔡瑕身后，他不免有点担心，生怕她一会儿会说出什么不该说的话来。

蔡瑕还真就煞有介事地端详了半天，几张图片挺不错呀，很有视觉冲击力，把咱高原边防军人的精气神全拍出来了！

这个评价虽然不长，却点中了问题的要害。巫乐山用余光看到，主任脸上的表情明显舒缓了不少，他也长长地舒了一口气。

主任仍在谦虚，大体上说还行，就是评选"连花"那张，几个战士的表情显得不够喜悦；还有"七一"巡逻那张，光线用得不好，整个调子灰蒙蒙的，这些问题能修的PS一下，修不了的明天找个附近的连队重拍一张。

如果到此为止，那就是一个再好不过的结局，可事情往往不会这么完美。蔡瑕一听主任的总结，忽地站了起来，指着墙上的照片，这新闻图片应该是现场抓拍的，怎么还能修改和补拍呢？如果每个行当都搞这样的后期制作，那我们的急救就永远不会死人了！

蔡瑕呀蔡瑕，让我怎么说你好呢，你在家不管说啥，我都随着你，可这是在跟我的领导说话，你让我说你什么好呢？巫乐山当时根本就没敢抬头看主任的脸，只觉得当时会议室里的气氛静得吓人，他的脑袋里一片空白，就好像酒后失忆一样。

　　　　　　　　　　　　"新生代军旅作家"面面观 |

好容易熬到周末了，下午体能训练那会儿，巫乐山给蔡瑕打了个电话，手机关了，再发了个短信，半天也不见回，难道是有急诊？

巫乐山终于迈进了快一个月没回的家，一进屋就闻到空气中浓浓的尘土味。他先给窗台上的几盆仙人球、仙人掌浇完水，然后赶紧冲了个澡。

婚后第二年，他和蔡瑕在县城买了一套商品房。之所以不愿住单位公寓房，除了面积小、设施旧之外，关键还是不愿让这来之不易的周末耗在军营里，说不定什么时间领导一个电话，说加班就得火急火燎地往办公楼上跑。住在县城里尽管远点，而且每周也只能团聚一次，可那毕竟是他们两个人的独立空间。

擦干身上的水，他干脆就这么光着，先给自己泡了一碗"今麦郎"，然后把整个身体蜷缩在柔软的布艺沙发里，嘴里大口吸溜着面条，手中的遥控器也在频繁换台。于是，屏幕上刚才还是个时尚美女对你粲然一笑，马上就成了一个宽阔的体育场，转瞬间又是两只憨态可掬的熊猫嬉闹追逐，最后，画面定格在了央视的《实话实说》上。这个节目巫乐山以前是每集必看的，自从几年前崔永元一走，巫乐山就不怎么看了。可是今天，他却坐定下来目不转睛，原来这期的话题是有关婚姻家庭方面的内容。

听了几位嘉宾的阐述，巫乐山的心好像被什么揪了一下，不由得也开始反思起自己的婚姻来，应该说从基础到初级阶段都是不错的。蔡瑕善良大方、心直口快、敢爱敢恨，尽管一开初并不擅长操持家务，可她天性聪明、虚心好学，结婚才半年，就能学着做一手地道的新疆拉条子。她拉面的手艺应该得到了母亲的真传，光滑、筋道、耐嚼不说，干完活后就连面板、面盆和两只手都干干净净，一点多余的干面渣都不沾。张贤亮曾在他的《绿化树》中讲过，干活干到这个份上应该是一种境界，只有那种绝顶聪明之人才能够做到。

可是这样的日子并没维持多久，准确说是当了护士长后，她就整天不着家，不是忙着参加比武，就是连续值夜班，或是抢救危重病人，总之就是见不着人。而那段日子也是巫乐山最忙的时候，宣传股长权不大可事不少，不是迎接上级工作组考核，就是组织每月一课教育，反正就是回不了家，也就是从那时开始，每周一见似乎成了一种奢望。

刚结婚不久的一个周末，那天下了班，他看到蔡瑕还没回来，惦记她肯定还没吃晚饭，于是骑车出去买了两份拌面和几串烤肉，准备去医院陪她共进晚餐。

自行车刚拐进医院大门，远远地就看到宣传栏上贴着八九个身戴大红花的医护人员照片，第二排第一个，可不就是媳妇吗？她的脸本来就圆，又笑着很不收敛，再经胸前红花那么一衬托，整个面孔就像一只被拦腰切开的伽师瓜。照片下面还有一小段事迹简介，巫乐山瞟了一眼，发现除了一些官话套话外，特别提到蔡瑕曾经几次用嘴为呼吸困难的病人吸痰，因而被患者亲切地称为"爱心天使"。

看完了宣传栏，巫乐山立刻有些别样的感觉，他一边推车向前走，一边气乎乎地暗暗嘀咕，她的爱心这么广阔，为什么也不留一点给她丈夫？我看这今后评先进也该借鉴地方的做法，表彰前至少该公示一下。到时，我这个当家属的，首先站出来反对她。

巫乐山手提两份散发着浓郁香气的晚饭进了急诊科，却发现那里面简直就是在打仗，听说刚从某高原哨所运下来一位小战士，因为感冒引起脑水肿生命垂危，蔡瑕正带着几个年轻护士配合医生组织抢救。不一会儿，蔡瑕用一只手托起小战士的脖子，另一只手捏紧他的鼻子，开始嘴对嘴的人工呼吸，刚吹了几下，那个脸色苍白的小战士开始双手抽搐，嘴里不停地向外吐白沫，可蔡瑕竟一点都不嫌弃，用手边的纱布将他嘴边的污物擦干净，继续进行人工呼吸。

静静的急救室里，除了心电仪发出的"滴答"声外，几乎再听不到任何声音，几名医护人员依旧在紧张忙碌。巫乐山远远地能看到蔡瑕额角的汗，顺着脸颊往下流，一直流到雪白的口罩里。半个多小时过去了，那名战士的心跳却越来越弱，后来终于变成了一条不再上下脉动的直线。

整个过程，巫乐山透过玻璃隔断全看到了，当时，他除了感慨生命的脆弱之外，就觉着从嘴唇到喉咙都有点不对劲，说不上是干涩辛辣还是隐隐作痛，总之，大概从那天之后，他就再也没有吻过蔡瑕，奇怪的是蔡瑕竟也没有主动要求。巫乐山有时会忍不住去想，难道他们两人心里早就有了某种默契。

从那以后，蔡瑕再也没有给他做过拉条子。至于后来，她干脆连家里的卫生也很少打扫了，而且变得不再关注自己的外表，总是素面朝天地出出进进，而且每次回家都是次日早晨六七点钟了，而这个点儿，恰是巫乐山加完班回来睡得最踏实的时候。睡意蒙眬中，只要闻到一股刺鼻的来苏水的气味，巫乐山就知道蔡瑕回来了。

蔡瑕变了，变得让巫乐山觉得越来越陌生，巫乐山开始常常懊悔不已，当初自己是打算娶一只美羊羊回家的，可拜完天地才发现，这哪里是美羊羊，分别是一只红太狼嘛！虽说这红太狼的手里没有平底锅，可是针头、剪刀、注射器，这哪样东西的威力也不比平底锅差。看着眼前的蔡瑕，巫乐山常常会想到中国速滑队那个"女汉子"，两人走路的样子是那么相像，一条腿迈出去恨不能把全身上下的肌肉都调动起来，而且连脚后跟都会下意识地往上甩……

他们生活的那个县城，由于气候干燥、沙尘较多，她们医院每天都会在过道里洒很多水，一天奔波下来，蔡瑕的两只裤腿后面总要被甩上许多泥点子，有时急诊多了，连小腿肚上都能看得到。

每次回家，只要看到蔡瑕裤腿上的泥巴点子，巫乐山就忍不住要发表一番议论，女人的外表不光是衣着光鲜，至少该洁净清爽，你看你一出门两腿泥……说归说，蔡瑕总是默默聆听，一言不发，等到下周回来，腿上的泥点子似乎更密集了，而且一直延伸到白大褂的下摆。

慢慢地，当巫乐山再看到她裤腿上的泥巴点子时，就当什么也没看到，因为，他已经什么都不想说了。

3. 塞上曲

巫乐山被凭空响起的《红豆》惊得一个激灵，他一屁股坐起来，慌乱中去找手机。刚才不知怎么的竟睡了过去，王菲的歌声清冷而孤寂，带着股仙气回荡在不大的房间里。他原地转了两个圈，终于在门口的鞋柜上发现了那只三星9000，它就像个被翻了个身的大海龟，焦急而笨拙得原地直打转。拿起电话的一瞬，巫乐山的脑海里滑过一个念头，该不会又要加班吧？

屏幕上频频闪动的是一张日系美女的卡通头像和"宋诗韫"的名字，巫乐山刚才还紧张的表情一下子舒展开了，他慢悠悠地轻触通话键，师妹呀，今天怎么有空给我打电话？

呵呵，师哥好，我刚从外地采访回来，今早才看到你发到我邮箱的几篇稿子，有几个地方想跟你聊聊，不知你现在方便吗，嫂子还没休息吧？

巫乐山抬头看了一眼墙上的时钟，22：15，他本想说，是不是有点晚了，再说今天也觉着累，不行明天上午？可话从嘴巴里说出去，竟变成了方便方便，只要你不嫌晚，那我半小时后到。

放下电话，巫乐山站在原地愣了一会儿，今天真奇怪，自己竟然能够运用自如地言不由衷了？这可一直是他的弱项，这么些年总也学不会，在这个事上不知吃了多少苦头，可今天……直到觉得浑身发冷，巫乐山才从鞋柜旁的镜子里看到自己，身上竟然还是光的，镜子里的体形多少让他有些失落，跟刚毕业那时相比，如今的轮廓圆滑了不少，小腹也开始微微前凸。机关坐久了，肌肉和血性也跟着丢得找不着了，只有这张脸还勉强让他自信，只是眉眼中显出一副奇怪的表情。

说起这宋诗韫还真与自己有缘，两个人毕业于疆内同一所大学，巫乐山学的是中文，而宋诗韫是新闻。据她回忆，两人差了大概四届，也就是说巫乐山刚毕业，而宋诗韫才入校，因此他们在校时自然没机会相识。常听宋诗韫说，巫乐山毕业后，校园里时常有同学提起他，还说他是那一届里的一哥，不仅长得玉树临风而且才高八斗，这些话让巫乐山听着十分受用，有时连自己都开始怀疑，自己在校时真的有那么出众？

巫乐山毕业后被接收入伍，因此这头一年是在乌鲁木齐集训。当时他的确曾被学校请回去，给下几届学生介绍经验，其间学校还特别安排了一个互动环节，让他与文学、新闻和历史等专业的学弟学妹现场交流。

当时他端坐在"回"字形座位的圆心位置，就好像桃花岛主一样环顾着四周惊涛拍岸的人潮，面对着一波又一波的热辣眼神和青睐神情，始终悠然淡定……整个过程，按说像宋诗韫这样的女孩子，在那一群眼镜学妹和豆芽学弟里面应该会极具辨识度的呀？可巫乐山怎么没有丝毫印象，或许当年的她还只是一个灰姑娘，至于水晶鞋和王子的神话，不是每一个女孩子都能那么幸运地遇上的。

巫乐山始终记得去年那个初夏，部队被拉出去外训，他还没当上股长，只是一个负责文化工作，偶然也写点豆腐块的小干事。下午的操课号刚响过，巫乐山伸伸懒腰，翻身从床上坐起，看着窗外白杨树杈上点点的新绿和柏油地上闪闪的光斑，突然有些特别的想法。这段时间难得能让人喘口气，团里的大队人马早已在两百公里外的山谷中集结，反正楼上也没几个鸟人，这么明媚的春光，不干点什么，真怪可惜的。

他于是给蔡瑕打了个电话，电话那端的她依然那么没好气，真是山中没老虎，癞瓜子都当大王了，我可没你那么闲，下午还得去独立营搞个卫生防疫讲座，你就自己玩去吧！

哎呀，老婆大人可是边防的卫士、人民的天使呢！电话在蔡瑕的一声"少来！"中被粗暴地挂断了。

真没劲！

不知怎的，巫乐山就想到了通信连后面的"百草园"，说它是"百草园"，是因为每去一次，就会让巫乐山想起鲁迅的童年。当他几年前第一次把蔡瑕领到这里时，蔡瑕轻蔑地环视一周后说，就这儿呀？还以为是种了什么奇花异草的一个花园呢？比这美二百倍的地方，在我老家遍地都是！

当然，这的确不是什么有名的园子，只是团里废弃的一块菜地，位于团部大院的最末端，平时因为没什么人来，自然就有些荒凉的味道。这片菜地紧挨着通信连，墙根处立了几个杆子，一些兵们偶然会在这里搞些爬杆训练。大多时候，这里很冷清，菜地中遗落了几块前任领导苦心收集、还未及带走的大石头，巫乐山认得其中两块，一块硅化木，一块树化玉，另外还有两块更大些的，却不知道是什么石，只觉得好似刀砍斧劈一般，有些特别的美感。巨石四周随性地长了些油菜、苜蓿、紫苏和洋姜，从夏初到深秋，地里的作物渐次开出颜色各异的花朵，被老旧的围墙和碧蓝的天空衬着，高低错落、随风摇曳，真有一种返璞归真的田园味道。

自从巫乐山发现了这个地方，就把这当成了一个可以舒缓精神、放飞思绪的宝地。他早就跟通信连的指导员达成了默契，只要他来，连里一定会为他搬出活动中心的按摩椅，他则备上好茶，再把相关人员召集过来，围着他，或席地而卧或盘腿而坐，一边品茗一边吹牛，顺带着研究一下"八一"、元旦的文艺会演或是篮球比赛。因为巫乐山的关系，这个破园子就有了一丝"文艺范"，这让它与作战部队的整体氛围挺不搭调，巫乐山称它是沙场里的沙龙。

巫乐山离开宿舍之前给股里的两个报道员打了声招呼，然后又给通信连指导员预告了一声，刚挂了电话，手机响起来，上面显示了一个陌生的本地号码。

接通后，是一个好听的女声，是巫乐山同志吗？

是的，你是？

哦，真是师哥您呀！久闻大名，我是晚您四届毕业的学妹，我叫宋诗韫。

叙了半天旧，巫乐山终于听懂了，是国内某媒体军事部记者，最近想做一期关于故乡人在边疆的电视节目，通过团里几位负责同志，最终辗转找到了自己。

于是那天，当宋诗韫提出面谈的请求后，巫乐山很爽快地就答应了，既然是谈论文化方面的内容，那就干脆到沙龙来好了。

坐在宋诗韫对面，巫乐山感觉好似欣赏一幅中国工笔画，面前的仕女长发披肩、眉目秀雅、略施粉黛、清新宜人，才呷了一口茶，宋诗韫就不由赞叹起来，真没想到在这么遥远的军营，也能喝到如此纯正的台湾冻顶乌龙？话声刚落，她又像想起了什么，差点忘了！她从随身背的那只大皮包里取出一个精巧的金属盒子，又从里面抽出一张淡绿色的名片，双手递给巫乐山。

巫乐山同样用双手接了，宋诗韫，好雅致的名字，既有唐诗的清新，又有宋词的隽永，到底是怎样的才女才配取这样的名字呢？

呵呵，师哥真会说话，女子无才便是德，师妹实在是凡妇俗子一个，登不了大雅之堂的。

后面两人都聊了些啥，巫乐山早不记得了。他只觉得那天下午的时光是入伍以来最美妙的，美景、美味、美人凑在一起，成就了一种别样的美好心情。直到下班号吹过很久了，他们始终还是那么悠闲地半躺在按摩椅上，微微向对方侧过脸去。

天色渐渐暗了，不知何时，一个小战士闯入了两人的视野，巫干事，开饭了，我们指导员邀请您和您朋友一起在连里吃碰饭。

宋诗韫愣了一下，连忙站起来，十分抱歉地向巫乐山告辞。巫乐山也觉得有些意犹未尽，想挽留，可话到嘴边还是没说出口，只是默默地跟着她，一直送到小门口。

反身回来，机关饭堂早就没饭了，巫乐山只好原路走向"百草园"。

在通信连的饭堂门口，借着头顶的路灯，巫乐山看到指导员正蹲在台阶上，虎着脸训一个兵，你说这信号干扰是什么原因？让技师好好查一查再说！直到发现巫乐山向自己走过来，才慢悠悠地站起来，哟，怎么也没请人家喝个咖啡啥的，至少也该整个大盘鸡拌面呀，我想这个是完全可以有的呀？

去去去！就知道你这鸟嘴里吐不出虫牙！

指导员哈哈大笑，凑过来一把搂住巫乐山的脖子，早知道你不敢有进一步行动，咱们蔡护士长可不是吃素的！我这大盘鸡拌面都给你留好了，走你吧！

指导员的话让巫乐山心里顿时不爽，他忽地刹住，把缠在脖上的手臂猛地甩开，不去了！然后扭头就走。

哎——哎！这人，咋这么玩不起啥！牛逼，以后再别来！

当然，最初那档节目因为审批原因并没有拍成，巫乐山为此有些愧疚，总觉着是自己耽搁了事。可宋诗韫却一点不在乎，没事没事的，俗话说买卖不成仁义在，咱们是新闻合作不成兄妹感情在，今后有的是机会。

宋诗韫的话说得巫乐山心里热乎乎的，特别是那句"兄妹感情还在"，更是让他充满了美好期待。

之后不久，巫乐山的工作做了一些调整，原先的新闻干事去南政上学，而他成了专职新闻干事。搞新闻的人常讲，部队里的新闻报道是一份痛并快乐的差事，可巫乐山却并不觉得有多苦，相反他还有些兴奋，至于原因只有他最清楚。

巫乐山与宋诗韫间的联系由于新闻和校友这两个交集越来越多了。巫乐山曾去宋诗韫的记者站送过稿，那个听起来挺唬人的单位，并没有他想象中的门庭显赫，只是深居简出地躲在一幢老住宅楼里，租了几间公寓房。小区和单元门口都没有明显的标识，只在每个房间的门楣上挂着名牌，办公室、站长室、技术室等。

谁能想到你们这么大的单位竟然如此低调？头回来这里，好一通找的巫乐山一见到宋诗韫就忍不住这么问她。

宋诗韫低头笑了，其实，我们这样的单位从不讲排场，再说都什么年代了，一般稿件都通过EMIAL发送，很少有人上门送稿，那多耽误时间呀！

巫乐山红着脸，是的是的，我们部队可能和地方不同，由于一些特殊原因，我们是不能上互联网的。

宋诗韫好像看出了巫乐山的窘迫，那是当然，亲自送来的稿件肯定还是不一样的，有什么问题可以当面交流，而且也显得重视得多呀！

巫乐山傻笑了两声。为了掩饰心中的忐忑，他故作轻松地在房间里四处看看，几个办公桌上都落了厚厚一层灰，好像很久没有人坐过。桌上的几只空方便面碗里散发出一股馊味。传真机上是几天前自己传过来的一篇通讯，看上去应该还没顾得上收。斜对过的站长室和技术室都紧锁着门，里面黑洞洞的，什么也看不清。宋诗韫所在的大办公室里还有一个套间，门也是锁着的，透过门上的彩色玻璃，依稀能看到靠墙的位置摆放了不少设备，上面都蒙着深红色的金丝绒布。

直到巫乐山坐下来，才发现宋诗韫的眼睛一直就没有离开过自己的身体，这让他显得有些不太自在。

看我这乱的，平时大家都忙，也没人收拾，真是让师哥见笑了！

我看这样挺好，原生态，有人气！不像我们办公室，虽然整齐但约束太多，这要排成行，那要摆成列，新闻灵感全被叠进方方正正的被子里，憋死了！

呵……呵……宋诗韫的笑声好像小鸟一样美妙，师哥，你家里的被子也会叠成豆腐块吗？

哪里会，烦都烦死了，在部队还没叠够呀？

也是呀，嫂子一定是个很贤惠的女人，你在部队辛苦了一个礼拜，周末回家她一定把你照顾得舒舒服服的。

哎！巫乐山不知道该怎么回答了，其实自从认识宋诗韫的第一天起，他就忍不住把她与蔡瑕放在一起比较，是不是所有男人都会这样，都会将冷不丁闯入自己生活的某个女人与自己的妻子做比较。于是，比着比着，就让巫乐山对宋诗韫的处境生出些怜惜和敬佩之意，一个大学刚毕业的女孩子，为了生活和理想，独自来到这个偏僻的小县城。如果没有猜错的话，宋诗韫的家境应该十分普通，无论是衣着还是生活，似乎都要比市面上那些年纪相仿的小姑娘简朴得多，特别是她手上那只咖啡色的真皮挎包，又大又沉，两根背带都已明显脱线，她应该用了很多年，总也不舍得丢弃。

这让巫乐山不由得想起了几个人，是少年简·爱、青年戴安娜、中年萧红，还是晚年的奥黛丽·赫本，她们四个人的名字都是在一念之间跳出来的，巫乐山自己也不知道这是为什么，当然她们之间有很多不同，至少都没从事过新闻，而且也不是记者。

巫乐山又想起了一个人凯文·卡特，南非已故的自由摄影师，1993 年他在苏丹采访时，拍摄了一张名为《饥饿的苏丹》的照片，获得了次年的普利策新闻奖，可惜三个月后，他却因不堪各方压力而自杀。头回看到那幅图片还是巫乐山上高一时，当时他被震撼得连身上的寒毛都能竖起来，但随之而来的却是更多的悲凉：一个骨瘦如柴的黑孩子在前往救助站途中已饿得无法站立、奄奄一息，可就在她身后不远处，一只秃鹫正虎视眈眈地盯着眼前的"猎物"。

巫乐山曾就这个问题问过蔡瑕，凯文·卡特难道一定要死吗？作为一名敬业的新闻工作者，到底谁该为他的死负责呢？记得蔡瑕当初听到这个问题时，显得有些沉默，她只说了一句，我是学医的，救死扶伤应该是一个医生最起码的良知。

可是……巫乐山没有再说下去，他知道他是无法说服蔡瑕的。

这会儿，他又突然想起了这个问题，知道凯文·卡特和《饥饿的苏丹》吗？作为一名敬业的新闻工作者，你说到底谁该为他的死负责呢？

什么……卡特？是好莱坞那个帅气的男影星吗？

巫乐山瞪大了眼睛，男影星？那是布拉德·皮特吗？我说的是一个南非记者，因为拍摄了黑孩子和秃鹫的照片，最后自杀的那个，你们学新闻的应该不会不知道吧？

哦，知道知道的，怎么会不知道呢？我只是觉得他不该自杀，为什么一定要自杀呢？该不会也跟张国荣一样，得上了抑郁症？哎，中国有句古话，成王败寇嘛，做男人就要有股子不达目的不罢休的劲头！

巫乐山苦笑了一下，你要是去当娱乐记者绝对比现在要火！

哈哈，是吗？我有时还真有这个想法，只是，娱记这碗饭可不是好干的，就怕到时候非但没把读者娱乐好，还把自己都娱乐进去了。

脑子里还回想着这些旧事，脚底下却已经走到了记者站所在的那幢楼下，一拐进楼道，就闻到了一股诱人的炒菜香。巫乐山捂了捂肚子，晚上那一碗方便面这么快就消化了。

门一推开，竟然是温馨的一幕。宋诗韫头戴浴帽，腰系围裙，正围着电磁锅在揪面片。氤氲的水汽让她的轮廓十分朦胧，巫乐山看到一根宽宽的长面片，丝带一般软软地搭在她纤细的手腕上，她揪得有板有眼、相当专业。巫乐山突然有些激动，已经很久没感受到这样的家庭氛围了。

哟，这《编辑部的故事》啥时改播《舌尖上的中国》了？要不要我这个大厨也上来搭一把手？

哎，不用不用，我一人就行，这么晚了叫你来，不能不安排一顿宵夜吧？一会儿呀，我要让你尝尝什么叫地道的新疆汤饭。

别说，那晚的汤饭还真不错，让后来的巫乐山曾经不止一次想起，红的西红柿汤汁、雪白的面片、碧绿的油菜叶子，那叫一个色香味俱佳。

面煮好了，两个人并排坐在桌前边吃边聊。我给你说，去年咱们说的那个节目，台里终于同意了，过两天我们要去几个边防连队，到时还需要你的大力支持！

那好呀，不如我陪你们一起去好了，这样也方便协调。

那可不敢劳烦，我们又不是什么领导，还呼呼啦啦跟一大帮人，让人看了这是检查工作还是拍摄新闻？咱们搞新闻的，就是要不惜一切代价地发现和还原事件真相，而不是整天摆花架子、搞假大空。到时你给几个连队打个电话，挑选几个最有代表性的地方和最掌握情况的人来接受采访，就很感谢了。节目将来播了，一定会让全国的观众看到，什么是真正的中国边防，什么是真正的军营男子汉。巫乐山始终记得，宋诗韫那天说这一番话的时候，语气坚定得好像能撼动一座山。

那天从宋诗韫那里出来，朝家走刚好路过大十字夜市，这里白天是个有着浓郁民族特色的巴扎，并不宽阔的道路上，白天摆满了琳琅满目的民族手工艺品、服装和五颜六色的干鲜果品，置身其中就好像徜徉在某个西亚小国的热闹集市一般。

前些年，蔡瑕还没当护士长时，每逢休息日总喜欢让巫乐山陪她去这条街上瞎逛，一会儿钻进一家服装店看看新到的土耳其丝巾，一会儿又冲进一家香料店，对着各式各样的印度熏香和巴基斯坦香水闻了又闻，闹够了再十分顽皮地对老板说，哎，友达西（维吾尔语：同志），这香料是不是过期了，怎么闻起来有一股臭豆腐的味道呢？看着老板吹胡子瞪眼的表情，她则笑着拉着巫乐山夺门而逃。

到了晚上，这条街似乎变成了另一个世界，白天的商家早已打烊，商铺门前摆满了长条形的维吾尔族烧烤支架，它们一个个首尾相连，青烟袅袅，就好像一条熊熊燃烧的长龙蜿蜒前行。此时，道路上空的满天星彩灯晶莹闪烁，穿梭在拥护的行人之间，宛如泛舟在宽阔的九天银河之上。

走过最后几家烤肉摊子的时候，巫乐山突然听到有人叫他：哎——五排脏（巫排长），好长时间没有来吃我的烤肉了吧？

循声望去，原来是哈斯木，曾几何时，他们家卖的烤肉是巫乐山和蔡瑕的最爱，如今已很少来这里了。

你的洋缸子（维吾尔语：妻子）怎么没有和你一起出来？

巫乐山苦笑了一下，她很忙，现在大概正在医院抢救病人呢。

我爷（维吾尔语：哎哟）！蔡医生有一颗金子一般的心啊！愿胡大（维吾尔语：真主）保佑她永远健康漂亮！然后，他热情地拉住巫乐山，让他坐在自己的烤肉摊子前，又招呼身旁的大儿子，十分熟练地取出一把肉串在炉架子上烘烤起来，不一会儿，浓郁的肉香就开始直往巫乐山的鼻孔里钻，让他食欲大开。

巫乐山有点吃惊，今天是怎么了，这算是第三顿了，胃口竟然出奇的好。

回到家时已是夜里十二点半了，一进屋，就闻到一股久违的来苏水味，难道是她回来过？他叫了两声，没人回答，他蹑手蹑脚地冲进每个房间，包括门背后和桌子底下，依然没有发现蔡瑕的影子。

刚结婚那会儿，每次下了班，蔡瑕会躲在阳台或卫生间里，等巫乐山一进屋，她猛地钻出来，吓他一个魂飞魄散……细细回想一下，那好像就发生在昨天。

巫乐山最终发现了厨房桌子上一碗几乎见底的"今麦郎"，他下意识地去看冰箱，果然在冰箱门上有一张被磁性开瓶器压着的小张条，上面写着：

老公：

　　我回来拿几件换洗衣服，打你电话总打不通。明天我们可能会下部队巡诊，大概三四天时间，回来应该能赶上咱俩的结婚纪念日。

　　送你的礼物我已预定了，绝对有创意！你准备送我点什么呢？但愿别让我猜中，否则你会很没面子的哟。

小瑕于 11：30

巫乐山赶紧翻看手机，上面并没有蔡瑕的来电记录，天知道咋回事，反正她整天毛手毛脚，也不知把电话打给了谁。

仔细端详字条，一种久违的感动突然涌上巫乐山的心头。刚结婚那会儿，不管有什么事，只要不是太急的那种，俩人都不愿通过传呼机留言，而是在冰箱门上留下一张字条，无论是谁，只要先到家，就能在第一时间看到它。那些

489

字条巫乐山直到现在还保存着，有不回家吃饭的，有晚上加班的，有几点几分到哈斯木烤肉摊见面的，有的甚至没有什么实际内容，整张纸上只写着两个字"等你"。巫乐山每过一段时间，就会把那些夹在笔记本中的字条拿出来，看着它们就好像又重温了那一段幸福时光。

至于礼物，说实话，巫乐山早就想好了，这年头，送玫瑰似乎俗了，送钻戒又太贵了，巫乐山一直记得，很久前蔡瑕曾向他提起，想买一条白金手链，她总说当一名女士向她心爱的男士伸出纤纤玉手时，在那白皙光洁的手腕之上，恰好有一根若隐若现的银链闪闪发亮……那该是一道怎样的风景啊！只是，由于她在急诊科，戴上手链抢救病人似乎有些累赘，万一不小心掉入病人体内，不光危险，说不定还要承担法律责任。于是，蔡瑕不得不打消了这个念头，而白金手链似乎就成了蔡瑕的一种情结。每次逛街，只要一走进珠宝首饰柜台，蔡瑕就不由得放慢了脚步，两只眼睛紧盯着那些璀璨夺目的白金手链一眨不眨，完全忘记了周围所发生的一切。

巫乐山总是固执地认为，既然给心爱的人送礼物，那就既要能投其所好，但又不能尽在意料之中，因此说，白金手链是绝对不能的了。可是，有什么东西既能满足蔡瑕的喜爱，又不影响她的工作呢？想了几天，直到巫乐山那天在电视上看到一位失去双臂，用脚趾弹钢琴的小姑娘。把手上的装饰挪到脚上如何？就好像那些很有韵味的印巴女人，既不张扬，又很别致，特别是夏天穿裙子的时候，她的那些朋友同事往往会在不经意间看到它，而这恰好又是蔡瑕最喜欢的感觉。其实，巫乐山还有一个很实际的想法，那就是当蔡瑕的脚上戴了这么贵重的链子，她至少该变得淑女一些，在走路姿势上会不会有所收敛？当然，泥巴点子是绝对不能再看到了……一想到这，巫乐山就对自己的创意十分满意，呵呵，我真是太有才了！

说实话，巫乐山策划的这次木婚纪念活动，并非一次简单的庆祝，他已经苦思冥想了很久，一定要正式和蔡瑕摊牌，把这么些年的苦恼和委屈一股脑全抛出来。毕竟他已经三十岁了，一个男人到了这个年纪，除了应该具备稳定的事业与美满的婚姻外，至少还应拥有一个完整的三口之家，可对此，巫乐山总觉得有点遗憾。

这几年，巫乐山的父母都已退休了，每天晚饭后，只要老两口相互搀扶着，在广场上悠闲地遛弯时，总能碰上一两个曾经共事的老街坊邻居，他们一个怀抱着一大堆小孩的衣物，另一个端着奶瓶拿着围嘴，紧跟在一个步履蹒跚的小孩子身后，尽管跑得气喘吁吁，可脸上却是幸福的笑容。看着他们远去的背景，老两口就忍不住数落起自己的儿子，这小兔崽子也不知怎么想的，什么时候才能让我们也抱上孙子啊！

不孝有三，无后为大，真的不能让辛苦了一辈子的爹妈再这么失望了。巫乐山振振有词地说。

4．长恨歌

周五早上一上班，巫乐山就觉得今天的气氛有些不对劲，到底是哪里不对劲，他也说不清楚。

楼道里一下子多了不少人，大家都低着头，表情严肃地进进出出。莫非有什么大项任务？他想去隔壁办公室找股里那两个干事问问，可门是锁的，人去了哪里，怎么外出连个招呼都不打？

拿起电话，拨打两人手机，听筒里却是呲啦呲啦的声音。看看表都十点了，原定上午召开的干部大会也不见动静，是取消了还是推迟了，也不见有人通知。他把电话打给行政秘书，对方的声音有些慌乱，一会儿说领导不在，会议暂时开不了，一会儿又说，会议可能要推迟到下午。

放下电话，巫乐山给蔡瑕拨了个电话，这都走了一天了，也没个消息，不知情况怎么样？可是电话依然打不通，听筒里中国移动的语音提示听着倒很温柔，却明显拒人于千里之外的意思，既然拨叫的用户无法接通，那么她是怎么知道的呢？

大约十点半，巫乐山在办公室接到了主任的电话。巫股长，你到我这里来一下。巫乐山愣了一下，真是怪了，不光是主任的口气，就连叫他的方式都变了。从主任上任至今都半年多了，巫乐山还是第一次在办公室接到他的电话，更让他觉得不习惯的是，主任那充满磁性的嗓音，是从听筒中而不是从楼道里传来的。

一进门，巫乐山就感到压抑，主任办公室的面积不小，可紧闭的窗户和拉紧的窗帘让屋里的光线有些昏暗。巫乐山的眼睛适应了一下，这才看清里面其实坐了三个人，除了主任外，一侧的沙发上还坐着一位上校和一位少校，两个人对于巫乐山的敬礼没有丝毫反应，只是用冷冷的目光上下打量着他。

主任也一改平日里那副张扬的坐姿，挺直了腰板向巫乐山介绍了来人，原来是军保卫处的许处长和童干事。然后，那名处长先问了巫乐山一些无关紧要的问题，几分钟后，随着提问的不断深入，巫乐山似乎隐约觉察到了什么。他们似乎想证明什么？而且，好像自己也被牵扯了进去。整个过程，许处长身旁的童干事在本子上不停地做着记录，而主任始终低着头，一言不发。

巫乐山一五一十地回答许处长的提问时，心里却在不停盘算，一定是什么地方出了事，而且还是大事，可问题到底出在哪？是领导还是下级，是工作还是生活？他越想越迷糊。

整个过程持续了将近一个小时，所问问题涉及巫乐山个人履历、家庭成员、生活习惯、日常交往、近期工作等等，巫乐山能明显感觉到，自己的回答让许处长比较满意，现在他已经意识到了，应该是处里的工作出了问题。这个想法才冒了个头，他就惊出一身冷汗，这宣传部门可不像干部或者组织部门，要出问题都是意识形态领域的大事，可回过头来想，他只不过是一个团宣传股长，又不是中宣部部长，能有什么大事呢？

巫乐山感觉该讲的都讲了，上午的谈话应该结束了吧？却看到主任和许处长对视了一下，然后慢慢站起来，似笑非笑地说，巫股长，你现在准备一下，几分钟后你要陪许处长他们去一趟军里，时间大概两三天，有些情况还需要你协助了解。

巫乐山不敢再问什么，他只是答了一声是，就低着头出了门。

办公楼前，巫乐山先把背包放进越野车的后备厢，就在拉开车门的一瞬，他下意识地瞟了一眼四楼那一排窗户，两侧的小窗上都是人影一闪，只有正中间那一扇大窗，主任正隔着玻璃表情沉重地盯着他看，目光有些黏稠，也就是在这一刻，巫乐山好像突然完全明白了，难道……？他没敢再往下想。

三小时的车程对巫乐山来说简直就是度日如年，他坐在猎豹车的后排中间位置，副驾驶上是许处长，自己的左右两边是童干事和团警勤连的一个排长。一路上，几个人都沉默着，巫乐山很想问问许处长，他到底犯了什么错误，可有几次话就在嘴边了，他却张不开口。他猜想这话问了也是白问，一定不会有人理他的。

巫乐山是下午三点到的军里，他们几个人先在招待所吃了点饭，然后他被那名排长领到了楼道尽头的一个房间。房间不大，只有一桌一凳和一张床，既没有电话也没有电视，对于这样的结果，巫乐山早就猜到了。

坐在床沿上的那一刻，他觉得鼻翼两侧有点发凉，谁能想到自己整天加班加点、没日没夜，最终竟然落得这样的下场。这时，那个排长拎着一只暖水瓶进来，巫乐山很想从他嘴里知道点什么，于是缓缓地站起来，慢慢迎上去，排长，你认识我不，上个月我还去你们连开过一个思想形势分析会？

记得记得，巫股长，你去年还给我们上过课，连里的兵都很喜欢听。排长憨厚地站着，脸上是无限的崇敬之情。

巫乐山听了，心里一热，眼泪差点掉下来，他上前一步拉着排长的手，激动着盯着眼前这位长着娃娃脸的少尉，那你能告诉我吗，他们为啥让我到这来？

小排长立刻皱起了眉，连连摇摇头说，巫股长，真的，我啥都不知道，连长只说让我押……哦不，是带个人去军里，其他的我真的啥都不知道，真的。

哦……巫乐山心里刚燃起的一点光亮哧地被熄灭了，他一下瘫坐在床上，十指插进短短的寸头中，半天说不出一句话。

晚饭后，小排长跟着那个童干事进了屋，巫股长，你跟我们走一趟。

去哪？巫乐山唰地站起来，一听到这句总是在老电影里听到的话，心里不免有点发毛。

童干事的回答依然是经典反特片里的对白，去了你就知道了。

巫乐山刚一上车，车锁就啪地响了，座位依然是上午的顺序，唯一不同的是副驾驶的位置是空的。

猎豹七拐八转到了一家医院，然后上外科大楼，电梯停在了创伤骨科那一层。巫乐山跟着童干事，最后是小排长，三个人依次进了10号病房。

这是个双人间，只有靠里的病床上躺了个人，她应该是一位年轻姑娘，紧闭双眼，头上脸上缠了厚厚的纱布。

走近了看，怎么，竟是宋诗韫？她脸色苍白，嘴唇青紫，显得十分憔悴。

她这是怎么了？巫乐山忍不住提高了嗓门，童干事瞟了他一眼，小声点，我们正要问你，你倒问起我们了。

巫乐山立刻哑了声，脑子里反复回放着与宋诗韫分别前的一点一滴，难道说，她这意外受伤是与我有关？

你叫叫她，看她有什么反应。童干事不烦恼地在一旁催促。

师，才吐出一个"师"字，就又咽了回去，宋诗韫，宋诗韫！

宋诗韫的眼皮忽闪了一下，之后唰地睁开来，看到巫乐山，她似乎还没回过神，盯了一会儿，嘴巴突然颤抖了几下，眼里流出一行泪来，我不想死，帮帮我……之后，她的双眼紧盯着天花板，胸脯剧烈地上下起伏着。

昨天下午，你团 D 连巡逻时，当行至阿都奇鲁山口附近，发现有一台被大雪掩埋的越野车，里面有一男一女两名可疑人员。连队从男子随身携带的照相机和摄像机中，发现了大量涉及我军杀手锏武器装备的图片资料，女人的皮包里还发现了一些无线电通讯设备，而且，我们从她的手机里，还看到了你的照片。如果那车没发生意外，我们肯定也会在下一站将其截获。可惜，那男子已葬身雪海，如果不是值勤部队路过此地，这个女人也活不到现在……童干事在医生办公室里不紧不慢地叙述这一番话的口气，很像是在背诵一部谍战片的台词。

不可能！绝对不可能，你们一定是搞错了，她是 P 电视台和 Z 报的驻站记者，那可是权威媒体……

打住吧！你到现在了还蒙在鼓里呢，告诉你，安全部门早盯上她了！对了，你刚才叫她什么来着？听好了，她的真名叫卓秀花，一直秘密在为某可疑组织工作……

那一晚对于巫乐山来说，恐怕是他这一生中最黑暗的一个夜晚。一个小时在人的一生中只是短短的一瞬，可是对于巫乐山来说，却像是一个被卷入黑洞旋涡中的小星体，绝望地淹没在茫茫宇宙中，经受着时空消失后的极限考验。

昏昏沉沉地从病房里走出来，不知走了多远，快到电梯口时，童干事上前两步拦住了巫乐山，先别急着走，还有一个人，你才应该见一见。

巫乐山就像一只提线木偶一样，缓缓抬起头，谁？

童干事似乎没听到巫乐山的问话，只将脸朝身后一摆，然后站在原地一动不动。

这次是巫乐山一个人走进去的，才推开房门，就闻到一股淡淡的来苏水味，巫乐山的头皮瞬间有些发麻。

从昏暗的走廊突然进到这白得刺眼的病房，巫乐山的眼睛老半天没有适应过来。白色的病床，白色的墙壁，白色的窗帘，白色的灯光，巫乐山的大脑出现了短暂的真空，恍若突然置身于天山深处的某个滑雪场。

病房里的几个年轻护士都在不停忙碌着，巫乐山看着她们，好像有点面熟，忽然，他想起来了，她们实习时都是蔡瑕一手带的，都管她叫老师，每年春节都来家里，还总喜欢开玩笑地叫巫乐山"师丈"或"姐夫"。可今天，几个姑娘都拉着个脸，一双双眼睛就好像阿图什的蟠桃，又红又肿。

巫乐山感到浑身发冷，一种不祥的预感直冲大脑，他有些机械地向里走，一直走到床边。

真的是她，正在一片白色背景的衬托下恬静而安祥地睡着，这让巫乐山想起了格林童话中的睡美人或者白雪公主。

巫乐山的全身已经完全失去了知觉，他麻木地伸出右手，向床头慢慢伸过去，直到手指轻抚在蔡瑕的脸上。就在他的手指触及蔡瑕鼻翼的那一刻，巫乐山感到一种冰凉的潮湿……他从床头旁的小桌上抽出一张面巾纸，可又嫌它太硬，犹豫中又拿手指将那些潮湿一点点拭去。

蔡瑕微微张开眼睛，她的目光游离而恍惚，当终于锁定巫乐山时，她的瞳孔一下子张得好大，之后才又不好意思地笑了，我看到了……看到她了……手机上你们的照片……她比我漂亮。

巫乐山以为自己听错了，等反应过来，才变得有点语无伦次，小瑕，你不要胡思乱想，她……不是……你想的那样。现在……你需要好好休息。他一边这么说，一边将耷拉下来的被角重新掖好，然后再把被子拉展整平，就在他的双手沿着蔡瑕的身体向下抚过，刚过腰际，巫乐山的两手突然一塌，被子下面空落落的。

巫乐山顿时失了神，他连忙掀开被子，眼前的一幕让他失声惊叫起来，蔡瑕的两条大腿已经齐刷刷地没了，只看到腰际以下是两大团被鲜血洇红的纱布……

跌跌撞撞地出门时，巫乐山见到了团里的小刘医生，他断断续续地告诉巫乐山说，那天陪着蔡护士长在巡诊途中，发现了一台遭遇意外的越野车，兴许是高原反应导致驾驶员操作失控，汽车直冲入路面底下十几米深的雪海中。当时我和两名战士一起刨雪救人，经过两个多小时，才终于把那个女人拖了出来。由于情况危急，我和一名战士护送她下山，而蔡护士长则与另一名战士留下来，继续抢救那个男人。事后听说，在抢救过程中，失去平衡的越野车突然侧翻过来，压在了蔡护士长的双腿上……

周日下午，巫乐山被告知可以暂时返回，接下来的调查还要再继续一段时间，地点将转到团通信连后面的一间接待室。

那间屋子，巫乐山非常熟悉，以前每次碰上下雨天，他的"文艺沙龙"就会搬到这里进行，站在窗前向外望，正好可以将整个"百草园"尽收眼底。

当车把巫乐山送回家时已是夜里十一点多了，刚走到楼下，就看到门洞旁蹲着两个男人的身影。一同前来的童干事和小排长立刻警觉起来，当一束强光打在两人脸上时，巫乐山惊讶地发现，竟然是哈斯木和他的儿子。

巫排长，可把您等到了，二个礼拜前，你们家蔡医生让我订做了一样东西，还说一定要在今晚将东西送到您手里。

那个打着红色丝带的大纸箱被搬进屋后，三个人围着它转了好几圈，也想不出里面到底是什么东西？巫乐山早已顾不得那么多了，他迫不及待地拆开层层包装，一只维吾尔族的婴儿摇床露了出来。

床是木制的，色彩鲜艳、工艺精美，上面罩着艾迪莱斯绸遮阳篷，四周挂满了各种民族传统手工艺玩具。在里面的垫子上平放着一只装饰有红色丝带的信封，巫乐山抽出信来，坐在沙发上慢慢地读：

老公：
　　今天是我们的木婚纪念日，我想了很久，还是送你一张婴儿床吧！我知道，这是你一直以来的最大心愿。现在你终于可以放心了，因为不久的将来，这张床就能派上用场。
　　对于这个礼物，感觉怎么样？意外不意外？惊喜不惊喜？我很想知道，你送我的又会是什么？别总送些华而不实的玩意儿，用之不上，弃之可惜。
　　吻你！
小瑕于×月×日晚12：00

巫乐山把信紧紧地攥在手中，感觉脚底有些发飘，就好像踩在一大团云彩上，当他摇摇晃晃地从沙发上坐起来时，一不小心撞上了摆在客厅中央的婴儿床，这床竟然有节奏地左右摇摆起来，悬挂在床框边上的各式玩具相互碰撞，发出叮叮咚咚的悦耳声响。不一会儿，它竟又自己唱起歌来，这是一首古老的维吾尔族摇篮曲，还在巫乐山很小的时候，他的母亲曾跟一位维吾尔族老乡学过，这让他对这首曲子非常熟悉。

于是，他慢慢走过来，手扶着那张空荡荡的摇床，嘴里跟着音乐节奏轻轻哼唱起来，巫乐山这么一唱，竟让这首本该轻松柔美的西域民歌，带着一丝沧桑和悲凉的味道，在这间不大的屋子里久久回荡。

宝贝宝贝，快点睡吧，
爸爸妈妈，盼你长大，
你是蓝天上的雄鹰，
你是草原上的骏马，
你是咱新疆真正的儿子娃娃。

刊于 2015 年第五期《西南军事文学》"实力派"专栏

曹晶笔下的另一种军旅风景

李　镜

　　得知《西北军事文学》第三期将以显著位置集中推出曹晶的五部短篇小说，由衷地替曹晶感到高兴。高兴的是，在纯文学热已经退潮的今天，曹晶依然在默默地坚守着他的文学之梦；在人们以不能自持的昂奋追逐着目不暇接的时尚热点的当下，曹晶却将悠闲的工作之余，变成了稿纸和电脑键盘上的艰苦劳作。同为写作的人，又年长曹晶近三十岁，确实高兴——为年轻的曹晶还在写着，为他写得越来越好。《西北军事文学》郑重地推出的这一组短篇，是曹晶的创作园地里开出的一簇新花。

　　认识曹晶，是从尴尬开始的。之前，我们虽同在军区大院里工作生活，但由于我素少交往，曹晶又刚开始创作不久，作品不多，我并不知道这个利用业余时间进行文学创作的小同行。某年，军区进行一年一度的"昆仑文艺奖"评奖，我是文学类评委之一。各单位上报作品踊跃，入选的作品涵盖了文学的所有门类，长中短篇小说、诗歌、散文、报告文学等等，文字总量足有六七百万之巨。每位评委要在两三天内读完全部作品并评出高下，是根本办不到的事。为慎重起见，几位评委临时分工，将所有作品打乱分成几份，分头阅读，然后各自筛选出拟获奖作品篇目，写出获奖理由，再集中讨论，最后无记名投票，评出一二三等奖。恕我坦言，尽管如此，由于时间太仓促，阅读作品也只能是粗粗浏览。且每一位评委真正能准确把握的，只是自己过目的那几分之一的作品，多数仅靠其他评委介绍。应该说，在这样的条件下，整个评选过程还是严肃认真的，尽可能地做到了公正，却又无法保证每一部作品都能准确无误地各就各位。曹晶便是那次的获奖作者之一，是个三等奖。由于平时不熟悉，评奖之后，将他的名字连同他的获奖作品也就都忘了个彻底。到年底，机关大院的文学圈子里，爆出一则新闻，说一个叫曹晶的干部获得了当年的全军文艺新作品奖的短篇小说一等奖。须知，新作品奖囊括了全军专业和业余作者当年的最优秀作品，一等奖更是屈指可数，因而曹晶获奖的新闻颇具轰动性。我打听曹晶是谁。创作室的同志说是干部部老干处的干事，并提醒说在几个月前的"昆仑文艺奖"获过三等奖。接下来，就该轮到我脸红了。同事还告诉我，曹晶获得全军新作品一等奖的作品就是"昆仑文艺奖"得三等奖的那一篇。好作品被我们评了个低奖项，我顿感有遗珠之憾，失察之误。尴尬自责中，我记住了曹晶这个名字。由于都在码字，我开始关注起了孜孜不倦的曹晶。

曹晶的那篇获奖作品是他的小说处女作《陆航虫》。

《陆航虫》以第一人称展开，叙述了一位下部队锻炼的机关干部的离奇经历：部队驻地有一种奇特昆虫，当它爬过人的皮肤后，会留下终生无法愈合的伤痕，战士们为之取名为"陆航虫"。"我"为此一直很担心，始终小心翼翼地提防着它们的侵袭。下部队期限将尽，一切都安然无恙，然而就在即将返回机关之时，"我"的脖颈处竟被"陆航虫"留下了一道深深的伤疤……《陆航虫》篇幅不长，故事不复杂，但生活气息浓厚，兵味十足，尤其是将官兵们围绕着"陆航虫"这种小昆虫演绎出的各种小故事描写得惟妙惟肖，让人过目难忘。《陆航虫》向我们传递的是作者敏锐的观察力和感悟力，而又能让你感到，这种观察力和感悟力源自于作者对军营生活的热切拥抱。这让我想起了列夫·托尔斯泰的那句话："必须去叙述的绝不是使他无动于衷和他可以缄口不谈的事物，而仅仅是他不能不说和他热爱着的事物。"曹晶一上路，就进入了创作的本质。

自《陆航虫》开始，在不长的时间里，曹晶有了一个小小的创作丰收期。短篇小说《弧步》讲述一位年轻的公务员与一位腿脚不利索的老革命之间发生的故事。年轻的公务员每天陪伴迈着"弧步"的老人散步，久而久之，老人去世后，当公务员与自己的妻子散步时，竟然也养成了"弧步"的习惯。貌似戏谑的文字背后，隐含着淡淡的酸楚。作品视角的独特，描写的精准，一发表就引起广泛关注，获得了全军首届网络文学大赛一等奖。《曹晶小说四题》发表于《解放军文艺》2007年第9期，其中《梦回吹角连营》讲述身为军校教员的"我"遇到了一位上课爱打瞌睡的学员吴伟国，"我"还用黑板擦打了他的脑袋，直到后来"我"才发现，来自高原部队的吴伟国打瞌睡是缘于下了高原后的"醉氧"。故事到了这里本该是个落于俗套的结尾,可作者并未就此打住——后来"我"竟在一次下部队调研时见到了吴伟国,高原缺氧、"我"夜不能寐,吴伟国送来了一只"睡眠宝贝"枕头,枕头里散发着油菜花的香味和"梦回吹角连营"的吟诵……这就使一个原本平常的故事产生了一种别样的韵味。"四题"中的另一篇《铁马冰河入梦来》讲述退伍兵李进攻因为同事受伤留下心理阴影,他的妻子向"我"——军区总医院心理医生求救,"我"为激励李进攻顽强生活的勇气,编造出自己的孩子是白血病人,可自己从不放弃的谎言。"我"本以为这番治疗已达到了效果,谁知第二天却发现李进攻已带着工友来医院为"我儿子"捐献骨髓……又是一个意蕴悠长的结局。

没有豪言壮语,没有热血沸腾,轻松戏谑的笔墨,徐缓有度的叙述,带给你一丝忧伤,几分酸楚,些许暖意,都是轻轻的,淡淡的。这就是曹晶笔下的另一类军旅风景。对描写对象,曹晶在用心去贴近,去感触。他不追求华丽,却渴望真诚。不精不诚,不能感人,强哭者虽悲不哀,强怒者虽严不威。曹晶懂得怎样使用文字,看似不经意,却处处小心翼翼。短篇小说《画魂》《醉里挑灯看剑》《"卡路里"的军旅人生》《感动哨所》《胡一刀》《陆战表》和中篇小说《最后一课》等,也都带着曹晶的独有标记。

这次《西北军事文学》发表的《边关五韵》,是曹晶去年在红其拉甫哨所当兵锻炼时写成的,在这一组短篇小说中,曹晶依旧坚持着自己的创作追求,精心描绘着属于自己的军旅风景。

《我们的队伍向太阳》和《新闻眼是个什么眼》都是典型的哨卡文学。然而在这两篇小说里,曹晶却没有刻意去描写高山哨所的严酷和苍凉——如果想写,终年不化的白雪和高海拔的缺氧,乃至难耐的寂寞,都会铺排开让人惊心动魄的文字。可是曹晶却把这一切都推远了。他依然用他一贯的风格,徐徐地讲着他的军中故事。前一篇写三个人的哨所围绕着一只叫"成才"的狗所发生的一连串故事,从对狗的依恋,到不得不杀狗,再到设计救狗,继而到失狗,最后到狗的归来,让你感到只有在那样的地方,才能发生那样的故事。后一篇讲三个即将复员的战士带着一只叫"黑皮"的狗,在黎明前向一位长眠在边防线上的年轻记者做最后告别的故事。通篇没有复杂的情节,只是行进途中一些间断的回忆和对话,看似随意的描述中,却透着一种让人喘不上气来的沉重。许是作者的有意安排,两篇小说,各有三个战士一只狗,狗排遣着边关的寂寞,又衬托着边关的寂寞，增加了作品的分量。

《望星空》是一篇有些时间跨度的作品。小说从官复原职的《科学探索》老主编写起，他在整理当年未及处理的稿件时，发现了出自同一人手笔写给他的三封信。写信人叫屠振国，是西北某部队的一名战士。一次，新兵屠振国夜间站哨时，发现头上飞过一个飞碟，使他产生了一连串猜想，外星人来访，还是某敌对国家的间谍卫星？受好奇心和责任感的驱使，屠振国将所看到的飞行物仔细绘了图，写了一封信，一并寄给《科学探索》的任主编求教。任主编觉得他对飞行物的叙述清晰翔实、真实可信，于是发表了他的来信和图片，并给他回了信。这样，就有了屠振国给老主编的那三封来信。三封信跨了两个年度，第一年两封，信中洋溢着一个新兵对知识的渴望和对被承认的强烈冲动，字里行间，让你能感受到一个涉世未深的年轻人的欢乐心跳，甚至能看到屠振国眼前那一片灿烂的星空。第三封信是一年之后，是一个因伤残面临复员的老兵屠振国写给因杂志改刊而下台的老主编的，信中，战士的星空黯淡了。仅仅两年，判若两人的同一个兵带给你的是挥之不去的伤感。故事结束在复位的老主编遍寻复员老兵未果，却在小镇小站列车启动之时突然发现老兵的那一刻——此时的屠振国已是架着拐，任人呵斥的卖菜人了。老主编对屠振国那声撕心裂肺的呼喊和屠振国木然望着天空的眼睛，形成了一个让人感到战栗的氛围。文章到此结束了，读者却深陷在曹晶营造的氛围里无法平静。

在这一组小说里，我们感觉到曹晶在努力超越以往的自己。

当然，也有不尽如人意的地方。就小说而言，《军医不带"长"》谋篇行文，更像是一篇报告文学，这可能是小说人物原型给作者打的烙印太深所致，以至于作者不能从原型中跳出来再作营造；而《嫂子，借你一双大脚》则多少有些落入俗套。即便是那几篇我以为写的好的，也还可以打磨得更精致一些。不过，这都需要时间。而对业余作者曹晶来说，缺少的恰恰正是时间。

即使如此，以曹晶对文学的执着，以他的笔力才气，我们仍有理由对他寄予更多的期待。

自虐与治愈的转换器

曹 晶

始终认为所谓写作者就是一群身份特殊的人，他们集不幸的童年、话痨的祖母、敏感的内心，奇葩的性格、死扛的脾气、自虐的坚持于一身。讨流溯源，是在他们体内缺少了一样东西，于是只有通过写作才能完成对自己的治愈和救赎。

写作者到底招谁惹谁了，放着轻轻松松、开开心心的日子不过，非得"吟安一个字，捻断数根须"，硬要"板凳坐得十年冷，文章不写一名空"，这难道不是吃饱撑的，没事找抽，自己给自己找不痛快吗？

还别说，其实真就这么回事。纵观古今中外，别说是文学，但凡能够做出成就的，那还都是一些敢与命运抗争、爱跟自己较劲的主儿。如果有兴趣上"度娘"一搜，大凡此类的名言锦句能够呼噜呼噜弹出来几十屏，说一千道一万，无论正着说还是反着讲，其实论述得还都是这么个理。

也许这正是文学创作之佳境。而当我进入这个状态时，才刚开始接触小说，此前我一直在写散文，说它是散文总不那么硬气，有点人为拔高的嫌疑，尽管按照广义的文学分类，除诗歌、小说和戏剧外，其他文体都算散文，但那时我写的的确算不上什么真正意义上的散文，充其量只能被称为记叙文，要论水准也就比中小学生的作文稍微好那么一点点。说到这我得感谢九十年代那个中国散文大发展大繁荣的黄金时代，那时国内的各大报刊都开设有文艺副刊散文专栏，因此我也就能时常凑个热闹，在一些省市级别的日报晚报上露一小手。

真正的转折是从小说开始的，那时我对散文这种完全写实的文体已经感到有些排斥或者厌倦，因为我必须得用第一人称叙述（其实也有其他人称叙述的），而且要直抒胸臆、饱含真情，这就使得我在读者面前几乎没有什么隐私，完全有种裸露在狼群的感觉。而那时我的工作岗位已经调整，突然从一个基层单位来到了军区机关，地位高了，目标大了，受关注的程度也让我始料未及。新的工作氛围和岗位要求迫使我开始重新思考，应该写什么才长久，怎么写才安全？如何在文学和现实之间搭建一座畅通无阻的表达桥梁。

恰恰就在这个时候，我的小说处女作意外地获得了全军文艺最高奖，当时的我立马变得有点飘飘然，感觉自己是有写作天赋的，至少应该比几千年前大唐盛世的孟郊贾岛的"苦吟""死磕"更有悟性。一夜成名让我在享受着风光无限的同时，也体味了百态人生。

有领导这样评价我：少年老成、性格谦和，多才多艺、会写小说，而且人一点都不怪。关键是最后一句，一下子暴露了领导对写作者的固有印象，这让我不免有些戚戚然。又有领导在某个重要场合激励我说，在大家打破头都挤不进来的这样一个权力部门，你不是钻研当官之道，而是苦练文学技法，这得需要多静的心呀，这才是当大官的料呢！欣慰之余又唏嘘不已，是不是真的入错了行，为什么总是要将当官入仕作为成功的唯一标志呢？

人生识字忧患始。我时常这么想，如果不接触文学恐怕也没这么些想法，可一旦踏入了文学的江湖也就开始身不由己了。有时我会觉得，与周围的同事相比，我可能真的比他们幸运，因为我可以自由地在现实与文学两个平行空间里穿梭往返；然而也的确比他们闹心，频繁换乘的异次元快车难免会让人生出一些哲学的困惑，就像美国电影《十三度空间》所表达的主题——"不知周之梦为蝴蝶与？蝴蝶之梦为周与？"

于是，文学于我就成了一个神秘的开关，它启动的是两样不同的人生模式，现实很精彩，现实同样也很无奈；虚拟很丰满，虚拟同样也很骨感。它让我在经历过一次次的暴风骤雨而遍体鳞伤后，伤口缓慢开始愈合，元气逐渐得以恢复；又使我在经历了生与死、灵与肉的淬火涅槃后，又以能量满格的状态重回现实空间。

进入二十一世纪，文学已渐渐熄灭了它虚空的泡沫，重新展现出它本来的面目。于我而言，它更像孙悟空从灵吉菩萨那里借来的定风丹，任凭外界"风如拔山怒，雨如决河倾"，内心始终"菩提本无树，明镜亦非台"。

于我而言，一枝一叶，一食一饭，一生一世，就构成了一个如此精神而玄妙的世界，正所谓：此情可待成追忆，只是当时已惘然。

穿透黯淡的皮相　发散温润的光芒

李墨泉　曹　晶

李墨泉：首先要祝贺曹晶，你被评为 2013 年度的全军首届"军事文学新星"，你的中短篇小说集《关山叠》也即将由解放军出版社出版。尽管被视作军旅文坛的新人，但你的创作年头并不短，这么多年在繁忙的机关工作之余一直坚持业余写小说实属难得，个中滋味一定感慨良多吧？

曹　晶：谢谢。其实我的写作最初是无意识的。1995 年我有幸考上了长沙政治学院，那时学员队为了提高我们的写作水平，规定了每周一文的硬性任务，这让我发起了愁，写什么好呢？写新闻报道没有丰富的线索素材，写研讨文章缺乏扎实的理论素质，最终我决定写点记人叙事的千字文。文章交上去，引来一片叫好声，不少女同学惊呼，想不到新疆这么边远地区来的小子，还能写出这么优美的散文？我也不免诧异，我写的竟然是散文？几年后，我的一篇回忆军校生活的散文被收录进人民文学出版社的《中华散文·百人百期精华卷》，那是 1997 年，我刚满二十四岁。再后来，我开始厌倦了散文这种篇幅有限、人称固定的非虚拟文体，于是开始试着鼓捣写小说，谁知处女作《陆航虫》就获得了全军第九届文艺新作品一等奖，自己不仅荣立了三等功，还被兰州军区表彰为"学习成才先进个人"。

我始终按照自己的节奏、运用自己的语言讲述着自己的故事，基本上以每年三至四个中短篇的速度，十分随兴地尝试着一名业余作者的文字体验。从 2003 年发表第一篇小说至今已过了整整十年，回顾自己的创作历程，军旅题材作品占了近九成。这种文学自觉和题材确立最初也是无意识的，自己生在军人家庭，又在军营里长大，对军人生活很熟悉，有着与生俱来的亲近和认同感。后来，这类小说写得多了，自己有了一些知名度，不少军内刊物开始主动约稿，一些热心读者也开始关注自己的作品，渐渐地，原先的无意识行为开始有了一些自我设计和使命担当的成分。相对于世界经典文学作品里的军人形象而言，中国军人身上既具有传统东方文化的人性光辉，又带着当今开放世界的多元性价值取向，特别是在当前条件下，对于生活在神州大地上的每一位中国人而言，都将会迎来一次前所未有的机遇和挑战，军人当然也不例外，他们是整个社会群体中的一分子，同时又反映着群体的样貌。我也希望能够借助自己的作品，关注当下军人个体及其家庭的生活境况、内心嬗变和价值观照，我想这不仅是每一位当代军旅作家矢志不渝的价值追求，更是肩头沉甸甸的历史责任。

李墨泉：你的创作以短篇小说为主，人物形象的塑造比较突出，这有点像画人物速写，往往抓住主要特点，浓墨重彩，不计其余。另外，故事的叙述层面又不完全写实具象，并不追求情节线索的完整，常有很多留白，这又有点像中国的文人画，有一种写意的精神性在其中。相信这和你个人的审美趣味是分不开的吧？

曹　晶：我的确偏爱短篇小说这种文体，有人这样归纳，长篇小说要写成一部史诗，中篇则是写完一个故事，短篇只需写好一个细节。事实上，短篇小说有点像戏剧小品，看似简单，实则不易，某种意义上说，写好一个短篇所花费的气力甚至比完成一部中篇都要大。这些年我的个人创作之所以中短篇为主，这与业务工作十分繁忙、创作时间比较所限有很大关系。可能与自己早年学画画有关，我的短篇小说大多没有曲折离奇的故事，人物也比较简单，自我感觉更像是水墨小品画。《西南军事文学》的编辑王甜曾评价我的短篇就像韩国著名导演金基德的电影，清淡简洁、空灵隽永，有时还带有一丝禅趣，行至水穷处，坐看云起时。这些年来，我一直也比较喜欢王孟的田园诗和高岑的边塞诗，也许这样的品格和意境或多或少影响了自己的审美追求。

李墨泉：我来自基层，有过军营基层生活经历的人读你的小说很容易生出亲切感来。你如此集中用力于对基层官兵的书写，而且写出了基层军人身上特有的浓厚的军人味道和动人的素朴，你是怎样积累和发掘素材的呢？

曹　晶：说来惭愧，尽管我的绝大部分作品都是把基层部队官兵当作主角，但我在基层部队的工作经历却少得可怜，应该说，为数不多的一些生活体验大都源于工作上的便利——蹲点检查、当兵锻炼或者考核调研。为了有效弥补这一短板，每次下部队我都有意识地做足功课，该看的一点不落，该记的一丝不苟，该问的一追到底，决不放过任何一次"接地气"的机会。军队的基础是基层，军人的主体是战士，我相信不论军队如何发展变化，反映基层部队官兵的火热生活，都是军旅文学的永恒魅力所在。

李墨泉：你的写作可以说是一种扎根于本土经验的写作，带有很强的西北地域特色。你笔下的军人就像玉龙喀什河河床上的石头子，要透过那素朴甚至有些暗淡的皮相，经过打磨透彻其真正的玉质来，不是那种刺人眼目的俗艳，而是散发着温润的光芒。玉为德者，本身就象征着"君子"。也许是在克服艰难的过程中让人有了辉光，这些最基层，最普通的军人身上不缺少优秀的特质，需要的是作家敏感而独特的发现。

曹　晶：我的不少作品都曾不止一次地提到过和田玉。但凡是有些玉石收藏鉴赏常识的人都明白，和田玉就质地来说一般分为三种，即山料、山流水和籽料，其中籽料价值最高，山流水次之，山料相对最低。经验丰富的行家往往能透过一块籽料粗粝的表皮，看到其中洁白细腻的本质。这一点似乎与作家需要透过表象，洞悉内心的专业特质不谋而合。2010年底，组织安排我去新疆红其拉甫边防连当兵锻炼，在连队里我注意到一位名叫迪里夏提的维吾尔族军马军犬饲养员，整天忙忙碌碌、十分辛苦。后来，我发现了一个奇怪的现象，每次只要我去图书室看书，如果刚好碰上他也在里面，他总会一声不吭地悄悄离开。是惧怕、隔阂还是生分？这让我不免疑惑起来。直到有一次，我拦住正在离开的他，学着他的口音说："我又不是老虎，为啥一见我就跑？"他这才吞吞吐吐地说，我身上有股马臊味，怕首长您闻不惯。一时间，我站在门口，感动得不知说什么好。当时他手里捧着一本维吾尔文书，我让他把书上的文章翻译成汉语念给我听，那竟是朱自清的《荷塘月色》，随着他舒缓地朗读，我似乎闻到一股淡淡的荷叶香在整个图书室中慢慢飘散……时至今日，那渗透着高原边防官兵浓浓暖意的一幕，常常在我脑海里浮现。

李墨泉：你的小说往往把基层和边疆的"苦"，军人人生的"无奈"，军嫂和孩子的"牺牲"做了淡化处理，然而越是写得淡然就越是让人动情。就像希腊雕塑《拉奥孔》，处理苦痛，不需要大声疾呼，而是保持静穆，便自有一种庄严的美感。小说叙述中的节制是作家的"美德"也是一种功力，你怎么看？

曹　晶： 强哭者虽悲不哀，强怒者虽严不威。我始终认为小说家就像一位技艺非凡、变幻无穷的武林高手，动静虚实了然于胸，长短内外驾轻就熟，他既懂得礼尚往来的人情世故，还具备悲天悯人的道德良知，特别是无论面对狂风暴雨还是似火骄阳，始终都能做到从容不迫、气定神闲，当然他有时也会调皮地耍小性子、搞恶作剧、玩无厘头、打亲情牌，但在他创作整部作品时，总能把手里的两件独门"暗器"运用得娴熟自如，发挥得恰到好处。如果我没猜错，这两件"暗器"一件叫作"气韵"，另一件叫作"节奏"。

李墨泉： 你作品中触及了很多"死亡"的主题，如《醉里挑灯看剑》中连长抗洪救人的死亡，《新闻眼是什么眼》中葬在界碑的仝记者，《明镜亦非台》中的司机小江班长。死亡是一个很重大的问题，尤其在和平时期的军旅文学作品中，不能仅仅从文本推动力的角度来理解死亡，你怎么看？

曹　晶： 应该讲，不论是战争还是和平年代，军人职业的特殊性始终决定了他在整个社会系统是距离死亡最近的行业之一，这是客观现实，是无法回避的。只要你去过喀喇昆仑山的康西瓦烈士陵园，或是亲自走一趟青藏公路，你就会非常同意我的这一判断。作为生活在大城市的人们，你是根本无法想象一个小小的感冒，可能会引起肺水肿脑水肿，最终导致死亡；一个小小的阑尾炎也可能会因为大雪封山，耽误救治最终因肠穿孔失去生命。这就是高原，在那里生死之间可能只有一步之遥，这就好像小沈阳在小品里说得，眼一闭一睁就是一天，眼一闭不睁就是一辈子。因此，从事军事文学创作，牺牲和死亡是一个绕不开的话题，就看你用怎样的方式去呈现它。在我近期创作的《搓澡》和《老吾老》等中短篇小说中，我依旧写到了死亡，不过这与战争无关，更多的涉及自然和哲学的范畴，这应该是生命常态，是自然规律。当然，如果仅为了达到感人至深甚至动人心魂的效果，动辄就亮出"死亡"这一"杀手锏"，那只会是平庸作家笔下的狗血剧。

李墨泉： 关于军人的爱情，这是一个芬芳的话题。有时候若有若无，就像《雕刻时光》里的那么一丁点想象和味道，反而让人有一种清新感和淡淡的惆怅。有时候又在痛苦之中揪扯，就像《嫂子，借你一双大脚》中离别的艰辛和见面的艰难，让人在两难的选择中不知如何。就像死亡问题一样，枪炮与玫瑰成为一个永恒而迷幻的组合，我们总是容易为爱情小说而牵动心肠。对于军人的爱情，你有什么独特的理解？

曹　晶： 我笔下的军人爱情总是不太完美，甚至是有点残缺的，这似乎也已成为当下军旅文艺作品的一个普遍共识。就我所见，这绝非艺术创作的构思需要，而是现实生活的真实还原。近年来，每次我去高原边防部队调研，总是听到家属随军就业、子女入学入托和大龄军官成家这些老大难问题。近年来，尽管部队各级在解决这些事关基层官兵切身利益的问题上下了很大功夫，可是受客观因素制约，效果却并不理想。对此，我始终固执地认为，爱情是需要用大量的花前月下和朝朝暮暮来经营的，可天各一方、聚少离多的军人家庭恰恰不具备这样的先决条件，"思君如满月，夜夜减清辉"，"铺床凉满梧桐月，月在梧桐缺处明"，这也构成了古往今来令中国军人们痛并快乐的永恒话题。

李墨泉： 这一叙述的情感结构，由一个微显苦涩的"核"，两三个素朴的人物稍有曲折的事件，积极向上的叙述精神指向构成。这是否已经成为你的一种既定的写作风格或曰模式？

曹　晶： 如此一概括，我的小说的确有了一种定式。我想这既是一件好事也是一件坏事。说它是好事，是指自己架构的这一类题材开始渐渐被大家认可，成了个人风格的一个特殊符号，因此有人称它们为边关文学或者哨所文学；说它是坏事，是指创作类型还不够丰富，风格上也欠缺多样化。但我想这些都不是最紧要的，国内外一生只创作一种题材类型作品的大作家并不在少数，许多作品还成了世界文坛上的经典，我想关键还是要写出有分量有深度有新意的好作品。对于今后的创作，我也有一些不成熟的想法，很想静下心来写一部长篇，但对我这样的业余作者来讲，这的确是一件不小的难事。因此，下一步还只能继续以军事题材的中短篇小说为主，兼顾其他文体的创作，力求在故事风格、表现手法和价值取向上有所突破。

创作年谱

1. 散文《拥有吊蛋梨的那年夏天》发表于《中华散文》1997年7月号，收录进人民文学出版社《中华散文·百人百期精华卷》一书。

2. 短篇小说《陆航虫》发表于《解放军文艺》2003年9月号，并荣获第九届全军文艺新作品一等奖和兰州军区第三届昆仑文艺小说三等奖。

3. 短篇小说《雕刻时光》发表于《西北军事文学》2005年第1期。

4. 短篇小说《焚琴煮鹤》发表于《西北军事文学》2005年第6期。

5. 短篇小说《老爸失踪》发表于《西北军事文学》2006年第5期。

6. 中篇小说《最后一课》发表于《神剑》2007年第2期。

7. 短篇小说《弧步》发表于《西南军事文学》2007年第2期，并荣获全军首届网络文学大赛小说一等奖。

8. 《曹晶短篇小说四题》发表于《解放军文艺》2007年9月号，并荣获兰州军区第七届昆仑文艺小说三等奖。

9. 短篇小说《画魂》发表于《西北军事文学》2009年第3期，并获全军第二届网络文学大赛小说二等奖。

10. 短篇小说《感动哨所》发表于《西北军事文学》2008年第3期。

11. 短篇小说《胡一刀》发表于《西南军事文学》2009年第4期。

12. 微型小说《归途如虹》发表于《解放军报》2010年1月15日四版。

13. 短篇小说《"卡路里"的军旅人生》发表于《西北军事文学》2010年第4期。

14. 短篇小说《陆战表》发表于《西南军事文学》2010年第4期。

15. 短篇小说《锋利的狼牙》发表于《少年文艺（增刊）》2012 年 4 月号。

16. 散文《我的边防我的连》发表于《西北军事文学》2011 年第 4 期，并获全军庆祝建党 90 周年文学征文优秀奖和《西北军事文学》年度优秀作品奖。

17. 短篇小说五题《边关五韵》发表于《西北军事文学》2012 年第 3 期，并被评为《西北军事文学》年度优秀作品奖。

18. 中篇小说《明镜亦非台》发表于《解放军文艺》2012 年 8 月号。

19. 中篇小说《边关三叠》及创作谈《文学是一种非凡的经历》发表于《西北军事文学》2013 年 1 月号。

20. 中篇小说《爸爸在边防》发表于《解放军文艺》2013 年 3 月号。

21. 短篇小说《搓澡》发表于《西南军事文学》2013 年第 4 期。

22. 散文《红其拉甫的圣诞夜》等四篇连续发表于《世界军事》"兵心"专栏。

23. 当选全军首届"文学新星"，中短篇小说集《关山叠》入选 2014 年度"军事文学新星"丛书。

24. 中篇小说《老吾老》发表于《西北军事文学》2014 年 1 月号，并获得"中国梦·强军梦·我的梦"全军文学征文奖。

25. 与青年军旅批评家傅强（傅逸尘）的对话访谈发表于《神剑》杂志 2014 年第 1 期"70 后军旅作家访谈"栏目。

26. 散文《我在阿然保泰的上铺兄弟》荣获第五届全军网络文学大赛小说二等奖。

27. 中篇小说《边关之边关》发表于《西南军事文学》2015 年第 5 期"实力派"专栏。

28. 中篇小说《南山南》发表于《西北军事文学》2015 年第 6 期。

29. 散文《枕善而居》发表于《解放军报》2015 年 9 月 27 日。

30. 散文集《我的边防我的连》作为"新军旅美文系列丛书"之首，于 2015 年 11 月已由天津人民出版社出版。

31. 短篇小说《蜿蜒的狼烟》发表于《西北军事文学》2016 年第 1 期。

32. 短篇小说《善后啊！善后》荣获全军第六届网络文学大赛小说优秀作品奖。

33. 随笔《有一种情怀叫善后》荣获全军"与改革同行"文学征文奖。

曾皓，曾用名曾浩，笔名菜刀，四川宣汉人，中国作家协会会员，原北京军区文艺创作室专职作家。先后就读于解放军艺术学院文学系、全军第一届中青年作家高研班和鲁迅文学院第三十二届全国中青年作家高研班。作品散见于《人民文学》《解放军文艺》《青年文学》《作家》《小说界》《长城》等刊物，主要作品有中短篇小说集《奇迹发明家》《追赶影子的将军》、长篇小说《魔鬼连》等，作品曾获全军文艺一等奖、全军军事题材中短篇小说奖、全军文艺优秀小说奖及刊物年度优秀作品奖等。现为陆军总部文工团创作室创作员。

小说还有多大空间

傅逸尘

　　小说面对挑战之说早在 20 世纪九十年代初就已经甚嚣尘上了。先锋文学式微,读者远离文学,大众传媒一统天下,中国当代作家第一次品尝到了边缘化的尴尬与苦涩。物极必反,或者欲速则不达一类的成语是对中国当代作家用十年时间便将世界作家百年创造的各种小说模式、小说方法、小说观念匆忙演练一遍的最恰当的注释。当然,进入 20 世纪九十年代后,在经济转型、大众文化崛起的背景下,中国当代作家仍然进行了最有效的抵抗与反击,口号与旗帜似乎并不曾减少,以"新"字打头的就有"新写实""新状态""新体验""新市民",还有"人文关怀""60 后作家""70 后作家"乃至"80 后作家",等等,不一而足。但这并不能从根本上阻止小说总体下滑的颓势,长篇小说甚至沦落到了要靠电视剧的热播才能畅销的地步。评论家王干将此种情形概括为:"在脱离了意识形态的羁绊之后也失去了意识形态的光晕,在获得商业文化滋润的同时又尝到了商业文化的苦涩甚至铜臭。"

　　如果我断言新时期以降近 40 年里中国的小说收获甚微可能会遭遇群起而攻之的窘境,但我们一旦冷静下来,认真地盘点一下,就必然会对自己有所怀疑,中国作家对世界文学究竟有什么独特贡献呢? 20 世纪八十年代中期前的小说基本上是在现实主义方法上对社会现实,尤其政治生活进行批判,人民大众的代言人或许会让那时的作家有所慰藉。但小说作为文学,其艺术层面几乎没有触及。正因此,王蒙对意识流小说的模仿才会引起争议。当年先锋文学的那批年轻作家显然是最早的艺术觉醒者,他们在小说文本及方法、观念、叙事、技巧等诸多方面进行探索与实验,极大地拓展了小说艺术的空间。但问题是,他们的探索与实验并不是建立在对西方小说否定的前提下。正如吴炫所言："我们所做的，只不过是及时地汲取和利用这些结果而已——小说的可能性在此是作为知识（结果）被我们敢于和善于接受体现的，而不是由我们自己在否定中体验出来的。"

先锋文学在20世纪八十年代末的式微，一方面有读者读不懂，或者兴趣转移等因素，但先锋作家们自己是否也意识到这样的写作除了获得一时的快感之外，其他将所剩无几呢？因为进入1990年代之后，几乎所有的先锋作家都重新回到了写实性的写作，故事、人物再次成为小说的主体，而叙事方法、先锋性文体探索及各种现代小说写作技巧均不见了踪影。20世纪九十年代的各种文学思潮除了让我们对一部分作家心存感动之外，他们在小说艺术层面上不但没有超越先锋文学，甚至与20世纪八十年代中期前的小说也没有本质上的区别，他们不过是以另一种方式为商业语境中的大众读者代言而已。这样一来，如果我像李小山当年断言中国画已经走向穷途末路那样，说进入21世纪的中国小说已经走向穷途末路并非夸大其词，或者危言耸听。因为我已经感觉到当代作家已经丧失了为小说，或为文学艺术置之死地而后生的决绝之信心，他们的写作不再是心灵的闪电与搏击，很多已经纯粹退化到为稻粱谋了。

我觉得没有必要再去回顾梳理西方或中国小说发展史，不仅仅是小说，任何一种艺术样式的确立或发展的前提都是创造。创造不仅是艺术的根本，也是整个人类进步的根本。那么创造的前提又是什么呢？只有否定。继承传统也好，学习前人也好，其目的都是为了后来的否定。正是在这种意义上，我对马原等先锋作家持肯定和赞扬态度，不论他们采用什么样的方法与方式，总而言之，他们对中国20世纪八十年代中期前的小说，甚至20世纪前八十年的小说全面予以否定，这才有了中国20世纪小说最富于艺术想象空间和艺术魅力的历史阶段。我们都承认，20世纪三四十年代的小说是20世纪中国文学的一个高峰，而我又认为，20世纪八十年代中后期的先锋文学则是20世纪中国小说的另一个高峰。当然，这样讲的前提是相对而言，因为他们的不足都是因为他们都没有站在自我的立场上对小说艺术，以及通过小说对人类世界进行最具个性化的思考、理解与体验，因而也就不可能获得独特的表达方式。事实上，思想与形式从来都是一对孪生兄弟。

绕来绕去还是回到曾皓的小说，老实说，我有点困惑。他出道很早，成名亦早，然而他的写作始终处于变动不居的状态，或者说有多个面相。既有先锋的一面，亦有写实的一面，更有通俗的一面，流与变对应着他的生活状态，或许也是他固有的文学观念。因之，看到他在 2015 年第二期《西南军事文学》上发表的中篇小说《苍茫絮语》，我丝毫不感到奇怪。经过几年的积累和调整，那个生气勃勃，充满野性与力量的曾皓又重新回到我们的中间。《苍茫絮语》谈不上有什么深刻的思想和主题，只是如罗生门般不停转换的视角互有差异，互为补充，最终将一个本不复杂或者说无中生有的故事讲述得摇曳多姿，其精到恰切的叙事节奏显示出一个成熟作家才有的强大的控制力，进而在文本层面建构起虽破碎却又整一的形式美感。正是曾皓的这种于他自身而言有些迟到的探索引发了我上述的思考和感慨。毕竟，经过了先锋文学近十年对西方小说叙事方法的全面学习和本土化改造，现如今，这种形式上的花样或者说叙事上的花招早已谈不上是对小说艺术新的创造了。

因之，我说进入 21 世纪的中国当代小说，已经走向穷途末路并不是说小说本身无法存在，而是说它很难获得一种独立的存在。整整一个世纪了，中国作家都是尾随在世界小说大师的身后，在他们巨大的身影笼罩下愉快地写作，从没有想过要获得或创造一块属于我们自己的小说艺术空间。中国作家多数都以熟知世界小说大师而自得，却很少有人说，我干吗非要知道他们，为什么不是他们来知道我？我想只有到了后者这样的一种境界，我们对小说的艺术空间的拓展和创造才不再是幻想。

篝火燃烧的地方

曾　皓

1

时间大概是吃过晚饭后不久，外婆和表姐下地道去埋那些银子去了。楼梯口只有大花猫上下乱窜的声音，胖厨娘趴在桌上打瞌睡。我听见外婆在叫我，便点了一支蜡烛，从灶洞里爬进地道里去了。

表姐拿着一个记账本。外婆说，上次孙茂牙送来的一对玉镯子和三根金条都记账上了吗？表姐说，都记上了。外婆不再说话，用小铁锹在地道的过道上掘出一个洞，把那些闪闪发光的金玉玛瑙和白花花的银子埋地下了。外婆填好土，在上面踩了几脚，停下来牵起袖角，仪态万方地擦了擦额头上的汗珠，笑着对一旁的表姐说，即使鬼子来了，他们也找不到银子藏在哪里了。

我已忘了外婆叫我进地道来干啥。外婆在地道的拐弯处看见我，轻轻地踢了踢我的腿，说道，小东西，怎么在这里睡着了。表姐挠了挠我的腋窝，外婆把我抱起来，爬上楼梯，进了堂屋。

厨娘还在打瞌睡，鼾声像烧火间风箱的呼噜声。一只小老鼠古灵精怪地从她的腿缝间跑过了，吓了外婆一跳。不知道外婆这么大一个人，怎么还会怕一只小老鼠。外婆向厨娘叫道，胖丫，胖丫——

厨娘睁开一对金鱼眼，颤巍巍地站了起来，满身的赘肉在衣服里面不住地向外翻滚。厨娘揉了揉眼睛，对着外婆叫了一声"小姐"。外婆拍了拍裙子上的尘土，轻轻地点了一下头，说道，你去睡吧，没啥事了！厨娘说，这天怕是要下雨了，怎么一坐着就想打瞌睡？外婆只是轻轻地笑了一下，算是回应了厨娘的话。于是厨娘拿着一盏灯，睡觉去了。

厨娘走后，外婆走到窗前望了望，外面黑得很，天空里一颗星星也没有，只有几只野狗在远处的田野里叫唤。外婆把打开的窗户拉进来，只留下一条通风的缝，然后对我们说，这天怕真是要下雨了。

接着表姐打了一个哈欠，外婆转过身对表姐说，你也去睡吧！表姐点燃一根白蜡也款款地上了她的小阁楼。外婆把我抱上床，我已经迷迷糊糊地想要睡了。外婆却没有睡，近来外婆睡得很少。也许她在想着外公吧，还有爸爸妈妈，还有戴眼镜的舅舅和那个能像画眉鸟一样唱歌的舅妈。外婆总是对我们说，要是这些家伙都在的话，她非得下厨房去，让我们尝尝她亲手做的林家汤圆。听厨娘说，那是川东大巴山葫芦乡林家祖传的绝艺。外婆从川东出来，不仅带走了贴身丫环胖厨娘和跑腿的孙茂牙，那闻名天下的林家汤圆的制作绝艺也被外婆带了出来。可惜这么多年外婆很少做。我们都想着尝尝外婆做的林家汤圆，可是那些家伙一个也没有回来。有消息传来说，日本鬼子已过肖河县，离这里六铺屯只有几十里路。爸爸和舅舅的队伍正在肖河县附近的山林里打埋伏。

谁也没见过鬼子。我看见鬼子的全身长满了绿色的羽毛，拖着长长的鸭脚掌，脸上还长着蛤蟆疮。我被一泡尿憋醒的时候，外婆却没像往常一样给我拿来小马桶。外婆的声音在堂屋里，大概还有孙茂牙的声音。我听见外婆对表姐说，快，去拿点棉花和纱布来！于是表姐的脚步飞快地跑了起来。

厨娘举着一盏雪亮的灯。外公的太师椅上躺着一个穿蓝缎袍的人，孙茂牙抱着那家伙的腿，外婆蹲在太师椅前，只听得"当啷"的一声，有块金属样的东西掉进了瓷盆里。孙茂牙长长地出了一口气，说道，小姐的手法还是不减当年，我在路上就准备帮他把子弹取出来，却不敢擅自动手，害怕把这孩子的腿废了。外婆没说话，要了表姐手里的纱布，在那家伙的腿上密密匝匝地缠了起来。厨娘说，这孩子的腿没事吧！外婆像是有点疲惫，隔了一会儿才说道，只要子弹取出来了就没事，养些时候会好的。

厨娘拿着一个小锄头，把地板上那些浸着污血的棉花埋在院角里了。

我们谁也没有睡觉。孙茂牙呼哧呼哧地吃完一碗肉松饭之后，舔了舔嘴皮，好像意犹未尽的样子。外婆笑了笑说道，怎么？还没吃够吗？孙茂牙不好意思地笑了笑，说道，我们好久都没吃过肉了！外婆问，那你们吃什么呢？孙茂牙说，都是啃窝窝头！厨娘问，那大少爷和姑爷他们都是啃窝窝头吗？孙茂牙点了点头。我们都在想象着爸爸和舅舅啃窝窝头的样子。外婆突然说道，你能不能带点肉进山呢？那些家伙肯定馋得不行了。孙茂牙站了起来，高兴地说道，少带一点还是可以的，要是大少爷和姑爷知道后，非高兴得跳起来不可。厨娘进去找肉的时候，才发现已经没有了。外婆说，那就杀那头牛吧！给他们挑点好的牛肉去。

厨娘从院里牵出一头肥壮的大公牛。孙茂牙走过去说道，我来给你帮忙吧！厨娘说，谁要你帮忙了，你们大老爷们儿的只会帮倒忙。孙茂牙一听，只好退到一边，笑眯眯地抽着烟看着厨娘忙活。厨娘把牛拴在院里的石凳上，从厨房里拿出一把尖尖的刀。表姐用木盆端了点水，厨娘就在石凳上磨起刀来，直到那把刀发出雪亮亮的光。厨娘喘了喘气，艰难地抬起水桶一样粗重的腿，缓慢地朝那头大公牛走过去。那家伙扬了扬头，大概是看见了厨娘手里的尖刀，感觉危险正在一步步走近，不由自主地把头低低地靠在地面，露出两只锋利的角。我们都在为厨娘担心。厨娘走过去，摸了一下公牛的角。那家伙顺势不怀好意地顶了上来。我们谁也没看清厨娘是怎么进刀的。就在我们一眨眼的工夫，那家伙刚好抬起来的脖子已汩汩地冒出了鲜血。厨娘向后退了一步，一股血箭喷了出来。接着那个骄傲的家伙便砰的一声，窝囊地倒在地上了。

第二天早上我们起床时，孙茂牙已不见了，厨娘的眼圈红红的。外婆隔着一扇窗户对厨娘说，怎么啦？还舍不得？可惜人已走了。厨娘揉了揉发红的眼圈，说道，都成老家伙了，还有什么舍不得的？我只是想让他喝了我熬的莲子粥再走，那是我昨晚就开始熬的，可他从来没听过我的话。外婆摇摇头，又笑了笑，最后叹了口气，像是自言自语地说，男人差不多都是这样的。外婆说这话时的声音轻轻的，还带点水珠气，有点像这天早上淅沥沥的小雨。

孙茂牙那傻瓜没喝莲子粥真是可惜，厨娘用文火熬了整整一夜。我们坐在堂屋里的大桌子前吃早饭的时候，房间里始终飘着一股淡淡的荷叶样的清香。

昨晚上孙茂牙带来的那人还躺在外公的太师椅上，厨娘过去给他喂了半碗莲子粥，那家伙喝完后又躺在太师椅上睡着了。

吃过早饭之后，外婆和厨娘就坐在窗前的椅子上纳着鞋垫。外婆和厨娘很多时候就是这样坐在窗前打发日子的。外婆和厨娘不知做了多少双布鞋和鞋垫，都叫经常夜里回来的孙茂牙带走了。表姐拿着一本砖头厚的书坐在另一扇窗前。

隔了一段时间，突然听见院门口有狗恶狠狠的叫声，表姐跑到门口看了一眼又赶紧跑了回来，神色慌张对外婆说，是前村地主庄万才的大少爷庄少清。外婆的脸色倏地变了变，接着又恢复了镇静。外婆把窗户关小了点，从缝里探了探，看见西装革履的庄少清站在大门外的地方，被外公从上海带回的法国狼狗拦住了。

庄少清在东洋留过学，回来后帮日本人做通译，我们暗地里都叫他汉奸狗腿子。外婆回过头，对着厨娘向太师椅努了努嘴，说道，搬到楼上如梦的房里去。厨娘肥胖的身体倏地动了起来，一改平时的缓慢。只一眨眼的工夫，厨娘一个人居然连人带椅把那人搬上了表姐的阁楼，惊得楼梯口的大花猫不停地发出喵喵的声音。

外婆站了起来，不慌不忙地用手捋了捋头发，和表姐一起走到院子里。表姐向那两头大狼狗喝了一声，狼狗停了叫唤，回转身跑到外婆和表姐的身边，向来人伸着长长的舌头。

外婆的神情像是有点热情却又含着些许冷漠，对庄少清说，有什么事吗？庄少清点着头，笑着说，没什么事，只是想过来看看大奶奶。外婆说，那就屋里请吧！外婆和表姐让开道，庄少清看着外婆跟前的狗，怯生生地绕着一边朝屋进了。

堂屋里放太师椅的地方早已放了一把逍遥椅。厨娘腰里系着一条围裙，正在擦桌子。外婆说，胖丫，来客了，沏杯茶来吧。庄少清进屋后却不坐，先在屋中央看着墙壁上外公弄回的那些字画，接着又四下望了望。外婆笑着说，找什么？莫不是在找八路吧？庄少清不好意思地笑了笑，干咳了一声，然后说道，哪里，大奶奶家怎么会有八路呢？外婆说，也不一定，家里进出的人多，"八路"两个字也没写在人脸上，谁知他是不是呢？你好好看看吧！

庄少清倒不看了，坐了下来，说道，大奶奶说的也是，昨天路上盘查的发现一个人，文质彬彬的，怎么看也不像八路，可他偏偏还是个八路的重要人物，被他跑掉了，放了几枪，伤着了腿，大概还藏在这一带。大奶奶这儿是大户人家，小的是怕那八路悄悄溜了进来，惊扰了大奶奶。

外婆微微笑着，说道，劳你费心了，你说的也是，以后就请你经常过来坐坐，也好为咱们院子撑点威风。

庄少清摇了摇头，好像无可奈何地说道，哪里有什么威风呢？你不知道别人都骂我日本人的走狗，可生在这乱世有什么办法呢？横竖不过是为了混口饭吃讨个活路罢了！外婆说，哪里的话，你可是留过洋的人，以后有空就过来坐坐，跟我们说说外面的事，也让我们长点见闻。

庄少清坐在堂屋里喝了一杯茶就走了，外婆还是坐在窗前纳鞋垫。庄少清跟外婆打招呼告退的时候，外婆只是欠了欠身，厨娘拖着笨重的腿把庄少清送出了门口。厨娘回来对外婆说，这家伙的鼻子已嗅到家门口了，要不要把他……厨娘说到这里的时候停了下来，做了个切西瓜的姿势。外婆摇摇头平静地说，还不到时候，不要打草惊蛇，讨人厌的狗迟早是要收拾的。

2

孙茂牙带回的那个人就藏在表姐的阁楼里，表姐只好委屈地住在舅妈原来的房间了。我们很少见着那个人，每次吃饭的时候都是厨娘把饭菜准备好了端上阁楼去。外婆和厨娘对那个人很客气，很多人到外婆家来都要点着头叫外婆林夫人或林婆婆。那个人也叫外婆林婆婆，可是外婆却跟厨娘一样，客气地把那个人称着柳先生。

半个月之后，柳先生已能一瘸一拐地下楼了。不过，柳先生下楼通常都是在晚上我们吃晚饭的时候。厨娘见着柳先生，总是对他说，你的晚饭我已经给你准备好了，马上就给你送上来，干吗非得要下楼来呢？柳先生扶着楼梯口，笑了笑后才说道，你们都把我惯成金丝鸟了，下来走走也好。外婆笑笑没说话，表姐已飞快地跑进厨房拿了一副干净的碗筷出来，然后我们坐在大桌子旁，愉快地吃着晚饭。厨娘说着一些开心的事，有时说着说着禁不住哈哈大笑起来。我们也跟着笑着，柳先生也笑，笑得和外婆一样，只有嘴角露个浅浅的笑容。

白天的时光柳先生是不会下楼的。吃完早饭和午饭后，外婆和厨娘仍旧坐在窗前，一针一线地做着布鞋。大花猫还是懒懒地趴在楼梯口。可是另一扇窗前，却不见表姐的身影，那本砖头一样厚的书已被表姐扔到窗台上了。

外婆问，如烟上哪里去了。厨娘神秘地笑了笑，朝阁楼上指了指，最后像是自言自语地说道，年轻人总是喜欢和年轻人待在一起的。外婆抬起头望了阁楼上一眼，隔了一会儿才说道，女孩家的哪能这样随随便便，可别坏了规矩。

厨娘笑着说，爱上了一个人是没法阻拦的，小姐当年爱上老爷后不是也从川东大巴山跑到这平原上来了吗？外婆没想到厨师娘会这样说，愣了一下却没说出话，责怪似的看了厨娘一眼，于是厨娘赶紧低下头不再说话了。

外婆并没找表姐谈话，用外婆的话说，"我要静观整个事情的变化"。我们装着什么也没发生过一样，渐渐地我们发现以前总喜欢蹦蹦跳跳的表姐现在开始变得斯文起来，就连走路的步子也变得轻轻的，生怕不小心踩住地上什么东西一样。吃晚饭的时候，表姐靠着外婆坐下，再也不像以前那样有说有笑了。表姐的脸上始终铺着那么一层淡淡的红晕，低着头，只顾盯着自己的碗，吃完饭后就进了房间。柳先生呢，还和以前一样，听到厨娘那些有趣的话，像是出于礼貌，还是浅浅地笑一下。等大家都吃完饭后，陪着外婆说一会儿话就上楼去了。

服侍柳先生的事已从厨娘的手中移交到表姐的手里。那天早上，当窗外百灵鸟的叫声传进屋子的时候，厨娘正走上阁楼，准备打扫柳先生的房间，在楼梯口碰上了手里拿着笤帚的表姐。表姐的脸红红的有点不好意思，表姐说，这活让我来做，你老就去休息吧！厨娘笑着对表姐说，好好，少小姐是长大了，也知道为厨娘省心了，好吧！说着厨娘就下了楼。

表姐先是敲了敲门，听见里面请进的声音后，才打开了门锁。表姐进去的时候，看见柳先生正躺在床上看一本书。柳先生见是表姐，赶紧从床上坐了起来。表姐说，不要动，你的伤还没好呢。于是柳先生又躺下了。表姐进去后，手里拿着笤帚却不知房间该怎样打扫。表姐站在那里不知该做什么，最后只好说，你腿上的伤怎么样了？柳先生活动了一下腿，说道，已好得差不多了。接下来表姐又不知道该说什么了，柳先生也不知道说些什么好。表姐站了一会儿，就拿着笤帚跑了出去。厨师娘才下得楼来，正在楼梯口拐弯要进厨房的地方。厨娘看见表姐问道，房间都打扫好了吗？表姐说了一声"已打扫好了"，甩了一下头上的马尾辫，便飞快地朝着自己的房间跑去。厨娘摇摇头，笑了笑。

后来我们发现表姐还是不由自主地跑上阁楼去。外婆说，你怎么老跑上去打扰柳先生的休息呢？可表姐却有很多的理由。表姐一会儿说，我去请教柳先生一个音乐方面的问题，一会儿又说，我去请教柳先生一个文学方面的问题。到后来掌灯的时候，外婆在楼梯口碰上表姐，对她说，你是不是又要去请教柳先生一个关于吃饭的问题呢。表姐的脸上一下飞出几朵好看的红晕，扭着头看了看窗外已渐渐暗下来的夜色，又看看墙上外公从上海带回来的西洋表，便说，我这是去叫柳先生下来吃饭的。厨娘从厨房里出来，端着一盘回锅肉，说道，去吧，快去吧，晚饭已准备好了。

柳先生腿上的伤已撤掉了绷带，从阁楼里下来的时候，已不用扶着楼梯了，只是脸色还是像原来那样苍白。有一天吃晚饭的时候，柳先生问外婆，通信员孙茂牙先生回来过没有。外婆摇摇头，说没有。厨娘说，是不是在这里待不住了，还是嫌我烧的菜不好吃呢？柳先生摇摇头说，哪里的事，我是想问孙茂牙先生回没回来，看有没有什么新的消息。外婆说，你就安心地养伤吧！瞧你的脸色，明天得炖点骨头莲子汤给你！

表姐端着一碗骨头莲子汤进得柳先生房间的时候，柳先生正站在窗前看着窗外的什么地方。表姐把骨头莲子汤轻轻地放在桌上，问柳先生，看什么呢？柳先生回头说，在看一只鸟呢！表姐从窗前探出头去，看见窗外的白玉兰树下，一只受伤的小鸟卧在草地上，发出啾啾的伤怜的声音。柳先生说，这鸟真可怜。表姐说，是的，真可怜。柳先生抬头望了望窗外的蓝天，说道，那些人为什么要去射杀一只无辜的自由飞翔的小鸟呢？表姐没说话，转过身，飞快地跑下楼。等表姐把那只小鸟捧着拿回阁楼的时候，小鸟已停止了鸣叫，安静地躺在表姐的手心里。小鸟翅膀上的鲜血染了表姐一手。表姐伤感地说道，它已经死了。柳先生重重地吸了一口气，一拳轻轻地击在窗台上。隔了好半天才缓缓地说，是啊，小鸟太软弱，谁让它是一只小鸟呢？要做就得做一只鹰，一只高高翱翔的鹰，谁能拿它怎么样？

表姐盯着柳先生的背影看了半天，最后轻轻地说，敢情鹰当然好了，可鹰总是太孤单，要是有一只美丽的孔雀或逗人的画眉陪着它，要是……柳先生的肩头轻轻地抖动了一下，可是柳先生并没回过头来。隔了很久才听柳先生轻轻地说，鹰是喜欢独自飞翔的……

我们都看到表姐好像是哭着跑下楼的，我们先前都不知道发生了什么事。厨娘慌慌张张跑进表姐房间的时候，表姐正趴在被子上哭泣。厨娘问，发生什么事了吗，谁把少小姐欺负成这样了。表姐抽过身趴在厨娘肩上，只顾抽抽咽咽地说道，为什么鹰总是喜欢独自飞翔呢……厨娘没说什么，只是用手轻轻地拍着表姐的肩。厨娘把这些说给外婆听的时候，外婆仿佛只是叹了一口气，最后轻轻地说，她一个小丫头，懂什么呢？

吃晚饭的时候，柳先生还是下楼来。柳先生见外婆旁边的座位空着，像明白了什么却又不好开口似的。最后柳先生还是向外婆问道，如烟妹妹呢？外婆像什么也不知情一样，对柳先生说，不用管她，她总是有不想吃饭的时候。厨娘的嘴唇动了动，想说什么却没说出来。

后来表姐再也不出来吃晚饭，直到柳先生走后。柳先生也明显地感觉到了什么，话说得比平时更少了，情绪变得也越来越急躁。有时，柳先生遇上厨娘总要问上好几遍，孙茂牙回来过吗？孙茂牙还没回来过吗？厨娘和外婆坐在窗前纳鞋垫的时候，对外婆说，这两个孩子其实蛮般配的，可是他们俩……外婆揉了揉眼睛，望了一下窗外，却说道，昨晚你听到炮声了吗？我猜他们跟鬼子已打起来了吧！

3

夜里我们听到几声狗叫声。后来堂屋里亮起了灯光，隐隐听得出有孙茂牙咳嗽的声音。柳先生大概早已听出孙茂牙的声音，我们还未去叫他的时候，他已披着衣服从阁楼里下来。厨娘从厨房里端出一大碗面条，孙茂牙一边呼哧呼哧地吃着面条，一边说着外面的情况。

外婆问，他们是不是已经和日本人打起来了。孙茂牙歇了口气，撩起袖子擦了擦嘴，然后才说道，大少爷的人马已经和日本人交过手了，姑爷的队伍还在山里埋伏着，我们是想用少数人马打打头阵，让鬼子以为我们只有那几个人，等到他打盹的时候，我们就该全部出来了。

我们知道孙茂牙说的大少爷和姑爷就是舅舅和爸爸。厨娘问，那大少爷和日本人交手的情况怎么样？孙茂牙笑着说，怎么样？当然是我们赢了，我们整整打垮了他们一个小分队。

在旁边一直没开口的柳先生这时问道，有没有关于我的指示呢？我的伤已经好了，我想上面这时得给我派个重要的活儿吧！

孙茂牙扭过头对柳先生说，上面的指示倒是有，那就是让你继续待在这里！

柳先生一听，有点着急，对孙茂牙说道，不会吧！我的伤早已好得差不多了，我怎么能在这时候还闲着啥事也不干呢？

孙茂牙说，敌人已发现了你的真实身份，组织上考虑到你的安全，让你暂时待在这里，协助大少爷和姑爷打日本鬼子，等把这里的日本鬼子消灭了后，组织上再安排你的去向。

柳先生上楼后，孙茂牙对外婆说起了地道里那些银子的事。孙茂牙问，现存的银子还够吗？要不把那些珠宝去换成银子，组织上决定用这些银子去为大少爷和姑爷搞一些新家伙来，总不能让兄弟们拿着锄头去和鬼子们干吧！

我和表姐拿着灯，跟着外婆进了地道。外婆把那些银子拿上来，叫表姐拿来了账本，对孙茂牙说，你签个字吧，组织上存在这里的白银已差不多取完，剩下的是一些珠宝了。孙茂牙拿着表姐的炭笔歪歪扭扭地签了字，然后把银子搭在肩上的布褡里就走了。

局势好像越来越紧张，有消息说日本鬼子已到了马尾铺，只等地里的庄稼成熟后便来抢粮食。不知爸爸和舅舅的队伍在什么地方，很多的老百姓只听说过游击队却从未见过他们的身影。要不是舍不得地里成长起来的粮食，很多人大概早已拖儿带女逃亡去了。

外婆的眉头越皱越紧。这一带到处都弥漫着人心惶惶的紧张空气。后来外婆终于忍不住似的对厨娘说，怎么让鬼子进了马尾铺呢？他们不是说要把鬼子消灭在肖河县一带吗？

就在她们说着爸爸和舅舅的时候，爸爸正带着他的四个神枪手悄悄地摸黑回六铺屯来了。我们谁也不知爸爸和那四个神枪手是怎么进得堂屋的，反正院里的那两只法国大狼狗一声也没吭。爸爸的头上戴着一顶黑色的丝绒帽，腰里别着一把黑黝黝的驳壳枪，两手插在腰上，在堂屋里一站，样子看起威风极了。厨娘端着一碗我们吃晚饭时剩下的莲子粥从厨房里出来，笑着对爸爸说，以前姑爷不是个书生吗？现在怎么看起来倒像个江洋大盗了！爸爸嘿嘿地笑了笑，转身对楼梯上正下来的柳先生说，敢情这就是柳公子了，久仰久仰！柳先生也抱了抱拳，对爸爸说道，您就是大名鼎鼎的"神枪诸葛"孟先生了，我倒是听过您的好多故事，大伙们都说您有勇有谋，从没打过败仗，晚辈佩服得很！爸爸谦虚地笑了笑，对柳先生说，哪里哪里，柳公子才值得佩服，从外国留洋回来，抛开高官不做，放着清福不享，从大上海跑到这里来与我们一起吃苦，这才真是值得我们佩服！

柳先生则说，国难当头，有血性的男儿都应该这样。

接着爸爸接过厨娘手里端来的莲子粥，呼噜几声就喝下去了。外婆站在一边，责怪似的看着爸爸。等爸爸把碗里的莲子粥喝完了之后才问道，你们怎么让鬼子进了马尾铺，你们不是说要把鬼子消灭在肖河县吗？

爸爸在外婆面前一点也不神气。爸爸取下头上的帽子，向外婆微微躬了一下腰，等外婆在椅子上坐下来后，才在一张椅子上坐了下来。爸爸说，现在是秋熟季节，鬼子们正盯着地里的粮食。这是个好机会，我们是想把敌人引进来，然后来个关门打狗，我们的思路是"出其不意，出手不凡"。爸爸说到这里停了下来，做了一个手势，然后笑着问大家，你们知道关门打狗吗？

我们都在期盼着爸爸说的关门打狗的事，可是离秋收的日子还有一段时间。爸爸和他的四个神枪手藏在离六里屯不远的山丘里，爸爸还有一个任务是发动马尾铺和六里屯一带的老百姓，布置抢收地里粮食的事。外婆让厨娘熬了莲子粥，蒸了豆沙包，然后我们戴着草帽，把莲子粥和豆沙包放在篮子底，上面盖着白花布，好像赶集一样，由外婆牵着我的手，去给爸爸和他的四个神枪手送饭去。他们在白天是不敢出来的。

太阳很热烈，我们走在蓬松的草地上，很多知了在午后停止了鸣叫。厨娘一只手挎着小竹篮，一手不停地扇着风。外婆好像并不是很热，一手提着蓝碎花裙子慢慢地走着。我们谁也没想到会在那时候遇上鬼子，我们最开始还以为是两个本地的百姓。等我们拐过那道弯后，就看见鬼子的长枪和那明晃晃的刺刀了。

走在前面的厨娘倏地停了下来，望了外婆一眼。外婆的脚步也跟着停了下来，长长地吸了一口气。要躲已经来不及了，鬼子已看见了我们，吆喝着向我们跑过来。

厨娘的额头不住地冒着汗水，外婆却说道，原来鬼子并不是长着绿毛的。鬼子冲过来后，在我们面前十来米的地方站定，大声吼道：你们的，什么的干活？外婆说，我们……老百姓的。鬼子说，你们的，八路的干活？手里……什么的？鬼子说着突然用刺刀把厨娘手里的篮子挑过去了。篮子里的莲子粥和豆沙包现光了。

鬼子嘿嘿地笑了，端着枪，朝前走来，向外婆说道，还说不是八路的，你们的，这是什么的干活，是不是要给八路的送饭？外婆还是那样浅浅地笑着，神态宁静而安详，没有回答鬼子的话，一边不慌不忙地用丝绣手绢擦着额头上的汗。厨娘从口袋里摸出一块白银，惊颤颤地走上去。就在鬼子收起枪，笑眯眯地要从厨娘手里接过银子的时候，厨娘突然欺身上前，一把夺过了鬼子手里的长枪。半空中，只见白光一闪，前面那个鬼子的咽喉已冒出了殷殷的鲜血。等到另一个鬼子反应过来的时候，厨娘铁一般的胳膊已牢牢地掐住他的脖子了。一会儿，鬼子的身体便像一棵惨遭砍伐的小树，歪歪斜斜地倒在草地上了。

空气中弥漫着一股浓重的血腥味，外婆抽了抽鼻头，脸色白里透着红晕，依旧拿着丝绣手绢，擦了擦额头的汗。厨娘的脸上也冒着细细密密的汗珠，摇摇头对外婆说道，收拾这两个鬼子到底没有杀牛轻松。

你只是没有施展开罢了！外婆抖了抖裙子，对厨娘说道。赶紧把这两个鬼子埋起来吧，要是再碰上鬼子就麻烦了。于是厨娘拎起鬼子的尸体，像拎着长腿的蚱蜢，拖到旁边的庄稼地里，操起鬼子的长枪，用刺刀在地上挖了一个大洞，把鬼子们埋在里边了。

当天夜里，村子里到处都响起了狗的叫声。我们感觉要出事，日本鬼子到处找那两个失踪的鬼子。第二天，我们看见汉奸庄少清在村里溜上溜下，在我们屋子前后转了好几圈，可是并没进屋来。外婆神色严肃地说，我们闯了一场大祸，鬼子大概是不会就此放过的。

外婆和厨娘坐在窗前纳鞋垫的时候，厨娘显得心神不宁。厨娘说，莫非要出什么事，这眼皮怎么老是跳呢？我们全都感觉怪怪的。吃晚饭时，柳先生居然还打碎了一只碗。晚饭过后，外婆正准备叫我们去睡觉，突然听见院子后边的门响了一下，我们全都竖起了耳朵。隔了一会儿没什么动静了，厨娘说，大概是猫吧！等我们走上楼梯的时候，又听见了响声，好像有人在用手轻轻地拍着门。外婆的神色一变，朝楼梯上的柳先生递了个眼神，柳先生飞快地跑进厨房里。表姐则轻轻地拉着我，站在厨房去地下道的门后。厨娘挑了挑灯芯，走在外婆前面，向后院门的地方走去。我们听见门嘎的一声响之后，接着就听见了厨娘的哭声。

我们出来的时候，厨娘已抱着一个人进来了，看那人的一身行头就知道是孙茂牙。厨娘把孙茂牙放在太师椅上，小心地托着他的头。孙茂牙缓缓地睁开眼睛，脸色乌青，胸前的衣服被血染成紫色的糨糊块了。外婆问，出了什么事？怎么会这样呢？孙茂牙缓缓地吸了一口气，好半天才说道，回来的时候被鬼子跟上了，不小心着了暗算。厨娘含着眼泪，说道，什么时候的事，伤在哪里？让小姐帮你看看吧！孙茂牙说，是晌午时候的事，伤在心口上了，在草丛里藏到天黑，总算爬着回来了……孙茂牙说完又闭上了眼睛，好像特别累。厨娘哭着去屋里拿出了白药和纱布。孙茂牙摇了摇头说，不用了，我想大概是不行了……我本来是要去给大少爷和姑爷送一封鸡毛信，有几个鬼子失了踪，敌人的计划便提前了，大概是在明天晌午就要进村……这里有一封信，明早之前一定要送到大少爷和姑爷的队伍，不然……不然就来不及了。

孙茂牙说完，艰难地抬起手，朝胸前的地方指了指，厨娘帮他拿出了一封漆封的信。孙茂牙看了一眼围在一边的人，说道，现在有三件特别急的事，一是……要把这封信尽快送给大少爷他们……二是……二是……要尽快把组织上存在地道里的那些珠宝转移到安全的地方……三……要赶紧通知乡亲们，做好转移的准备，敌人这次的政策是杀光抢光烧光，如果来不及安排……我们的损失就太大了。孙茂牙说完拿着那封信，向我们每个人都看了一眼，最后对柳先生说，这件事就只能麻烦你跑一趟了，一定要快！柳先生点点头，去接那封信，孙茂牙却说道，你先在这上面签个字吧，前边已有两个同志为送这封信牺牲了……你一定要保证把这封信送到他们手里……柳先生接过信，郑重地在信封后面签上名字。接着我们看见孙茂牙脑袋一歪，好像沉沉地睡过去了。

厨娘哭了起来，厨娘的哭声越来越大。外婆却在这时候说，哭什么？现在还不是哭的时候。外婆的脸色变得铁青，握着拳，用力在桌子上击了一下。外婆对柳先生说，现在时间已不多了，你赶快收拾一下，准备上路吧！

柳先生飞快地上了楼，戴了一顶藏青色的帽子就下来了。外婆站在桌子旁，对将要走出门的柳先生说，等一下，你把他也一起带走吧！说完外婆指了指我，紧跟着说，你一定要答应我，只要你活着的话，一定得把这封信和他送到他爸爸的手里。柳先生点了点头，于是拉着我的手，一头撞进了外面的茫茫夜色中。

可是外婆实在没有想到的是，在我们要去的那条路上，早已有人在等着我们了。我们才走到鸡窝岩，就听到后边传来鬼子叽叽哇哇的嚷叫声，人数好像并不是很多。柳先生一拉我的手，跳进了路边一道干涸的水沟。我们沿着沟底一直朝前跑，接着就听见了鬼子密集的枪声。柳先生的身体突然一顿，一个趔趄差点摔在地上了。

一颗子弹击中在柳先生的腿上，热热的血正汩汩地向外流淌。我们迅速爬进一处草丛中。远处的地方，传来汉奸庄少清的声音，柳云飞，你跑不了了，老子盯了你几个月，就知道你还在这一带，赶快出来投降吧！柳先生从怀里摸出一颗手榴弹，还有那封信，牙齿咬得嘣嘣直响，然后低低对我说，好了，现在该轮到你签字了，你赶快拿着这封信去找你爸爸的队伍吧，他们在山那边的丛林里，你一直朝前走，只要看见有篝火的地方，就一定能找到他们……

　　鬼子的枪又响了起来。柳先生抓起我的手，在他血淋淋的大腿上沾了一下，匆匆忙忙地朝信封上一按，又从口袋里掏出一只怀表来，对我说，你把这只怀表交给你的表姐吧，快，赶快从那边的草丛里跑出去！

　　我从一道斜坡上滚了下去，听见柳先生高声说，庄少清，来吧，快过来带着我去领你的赏金吧！接着听见庄少清得意的笑声，柳先生也哈哈地笑了几声。接着四周安静极了。一只受惊的小兔从我身旁掠过，我躲在草丛里，回头望了望。一种哧哧的导火绳一样燃烧的声音正静悄悄地传过来。

《解放军文艺》2001 年第 10 期

追赶影子的将军

曾 皓

很多时候，将军喜欢侧身坐在书房的落地窗前，那样他就可以一边晒太阳，一边与他的影子聊天。自从将军嘴里那些"算得上是个人物"的朋友和敌人相继离世之后，对着自己的影子说话成了将军晚年独有的发明。

将军一生信奉一个准则：军人可以没有朋友，但绝不能没有敌人。说到底，军人是为他的敌人活着的，没有敌人，还要军人干什么呢？

现在，将军已经很老了，老得就像一根燃烧尽了的绳子，老得人们都忘记他还活着。年老的将军既没有一起喝茶下棋的朋友，也没有与之较量的敌人。唯一陪伴将军左右的，只有他的影子。

将军以前从没注意过他的影子，他甚至忘了身后还有一个默默跟随了一生的影子。当将军有一天坐在书房的落地窗前，既没有忧伤，也没有憎恨，完全心平气和地看着那些故去的战友和敌人的相片时，突然听到一个鹦鹉一样的声音用嘲讽的语气说，嘿，老头，现在只有你没死，你怎么老也不死呢？

谁吃了熊心豹子胆这样对他说话呢。将军环顾左右，房间里除了他自己，并没别人。也许又是幻听。年老以后，将军的耳朵不用助听器几乎什么也听不清。将军不喜欢戴助听器，那样好像在提醒自己已变成一个聋子。不戴助听器的时候，他反而能听到一些乱糟糟的声音，就像刚才听到鹦鹉的说话声一样。保健医生曾向他解释，那叫幻听，不光听力减退的人有，正常人休息不好时也会出现。

将军晃了晃脑袋，好像要赶走一只苍蝇那样赶走该死的幻听，没想到那个声音又出现了。

　　　　　　　　　　　　　　　　　　　　"新生代军旅作家"面面观 ┃

别找了，老头，是我。

将军的目光四处搜寻。

你是谁？

那个声音说，我是你的影子。

将军盯着他的影子，果然看见它好像在说话。将军大吃一惊，你怎么说话了呢？

影子藏在将军的脚边，它的话却像从将军耳朵里跑出来的一样。影子说，每个人都有自己的影子，每个影子都会发出不同的声音。

那我以前怎么没听见你说过话呢？将军问。

影子叹了一口气，就像将军年老以后对某些事感到无可奈何时发出的叹息的回声。影子说，你和大多数人一样，一辈子只顾往前走，从没关注过自己身后的影子，当然，这也不能怪你，人只有到了一定时候，才会听到他的影子说话，就像现在。

将军觉得影子的话似乎有些道理，但影子突然发出声音，还是让他非常震惊。接着听见影子说，有些人一辈子都着急向前走，走得太快，快得连影子也跟不上，最后就把影子丢了。有些人呢，从不敢正视自己的影子，因为每次回头，影子的模样都会吓他一跳，现在，你好像也被吓到了吧？

影子话中带着嘲讽的味道。将军不屑地说，你是我的影子，我有什么好怕的呢？倒是你鬼鬼祟祟，能不能站出来让我看看你啥模样？

影子躲躲闪闪，好半天才下定决心要让将军看到它的存在一样，对将军说，你走到窗前，那样就可以在墙上看到我的模样。

将军走到窗前，阳光正好照在他的身上，将军扭头，果然在墙上看到了他的影子。将军轻蔑地说，瞧你这副模样，一点不像个军人，更不像一个将军。

影子说，你是在笑话我呢，还是在笑话你自己？要知道，我是你的影子，我的样子就是你的样子。

将军说，我不可能像你那个样子，勾腰塌背，懒懒散散，哪像个当了一辈子兵的军人，更不像一个打过无数胜仗的将军！

影子尖酸刻薄的声音又响起，到现在你还不愿面对现实，听我说，老头，你已经老了，已经老成一个毫无用处的糟老头了。

混蛋！将军生气地摆了摆手，我从来都没觉得自己老了！

影子吓得一闪，在将军气冲冲地扶着椅子坐下后，影子不知躲到哪里去了。

将军举着一张报纸，仿佛要向影子证明他并没老一样，既没戴老花镜，也没拿放大镜，其实离开这两样，他连报纸上的一些标题也看不清。但他却装出读得津津有味的样子。隔了一会儿，椅子下面传来小声嘀咕：装模作样，装模作样……

将军用力将报纸拍得哗哗直响，椅子下的声音消失了，房间安静得掉根针也能听见。这样挺了一会儿，将军自己也觉没劲。他放下报纸，说了一声，出来吧。

影子没动，也没出声。

将军说，挨点批评你就使小性子，太不像话，我命令你出来。

影子故意跟将军作对一样，趴在地上，就是不愿现身。

将军随即起身，对着阳光走到窗户前，回头看见影子极不情愿地出现在墙上。

将军有些得意。我当了一辈子兵，对不听话的兵，我有的是办法。

影子尖声抗议，我又不是你的兵！你这个老头一点也不可爱，越老越蛮横，越老越霸道，自以为是，自我感觉良好，你从来不知道你在别人眼中有多讨厌。

将军生气了。从来没人敢这样指责他，要知道他曾经可是手握重兵，挥兵如潮的将军。何况，他认为自己的形象早就随着他建立的功勋彪炳史册，听到影子这样骂他，他简直快要暴跳如雷了。

他需要弄点动静发泄心中的怒火，窗前的古董架上刚好放着一个花瓶，他一挥手，花瓶就飞了出去，哐当一声掉在地下摔个粉碎。

保姆和公务员出现在门口，却听见将军怒喝一声，出去！两人的脑袋立即缩了回去。他们不明白，将军无端地怎么就发了这么大的火。不过将军总是这样，几十年来，人们都说，将军的脾气和他的本事一样大。

这时只有影子知道，将军呵斥的不是保姆和公务员。但影子却继续顶撞将军：你不是不愿承认我说的事实吗？那我就让你好好看看……

将军气得血压升高，一连几天，他的神志一直处于不清醒的状态。正是这个原因，接下来发生的事，让他过后非常震惊。

他在周二进行泡浴时，新来的年轻公务员因为腼腆，给将军搓澡时对某些

　　　　　　　　　　　　　　　　　　　　"新生代军旅作家"面面观 ┃

部位不敢轻然冒犯，总之只是一带而过，他感觉遭受到了侮辱和怠慢，随即发难，嘲笑公务员脸上的青春痘，说那是癞蛤蟆皮贴在了脸上。他完全没想到，这个十八九岁的公务员会那么大的火气，啪的一声将水龙头扔在地下，气冲冲地对他说，我有义务为你服务，但没有义务接受你的侮辱，我不干了！一小时后，这个年轻的公务员背着背包去了最艰苦的部队，他认为这样有利于公务员接受锻炼和改造。

紧接着，一位在职领导代表组织来向他传达重要时政精神时，他居然毫不客气地反问传达者对那些内容的掌握情况，个人又是如何领会贯通的。在没有听到满意答复时，他的表现就像当年教训下属一样，对来人进行了长达一个多小时的谆谆教导，直到那位领导满头大汗离开。

这些都是他后来神志清醒时听说的。秘书向他确认这些事已经真实发生，他表面显得轻描淡写，这符合他一贯的性格。不过，心里还是觉得有些糟糕，这种表现，有倚老卖老的嫌疑。但随即表示，这些事不是他干的，虽然他已经很老，但还不至于这样糊涂。

面对秘书的诧异，将军说这些事都是他的影子干的，因为他的影子几天前说过要给他好看。这家伙简直无法无天，趁他神志不清的时候，干出这些糟糕的事就是想让他难堪。秘书听了什么也没说，心里却想，将军真的老了，老得已经开始说糊涂话了。

将军知道自己可能被人当成了老糊涂。他感到非常憋屈，可这事又偏偏是他的影子干的，你看得着却又摸不到它，你能拿影子怎么样呢？

将军告诫自己不要生气，那样血压升高后头脑更不清醒，说不定影子又会趁机给他添别的麻烦。因此将军坐在书房的窗户前时，看着墙上的影子尽量温和地说，你给我惹了这么大的麻烦，难道你不想说点什么吗？

影子若无其事地回答，这事有什么好说的呢，我是你的影子，我做的任何事情，代表的都是你本人。

将军抬高了声音。可你不能代表我干些糟糕的事啊，简直太糟糕了！

影子笑了，同样大声对将军说，你终于认为有些事很糟糕了吧，这不过是你一生若干糟糕事情的一点点体现，年轻的时候，你很会打仗，你的缺点和毛病都被功劳掩盖了，后来你当上领导直到成长为将军，你马不停蹄地工作，更多的时候，你都是在找别人的缺点，难道你自己就没有缺点和毛病吗？

将军仰头思索，似乎在认真梳理过往那些无可挽回的岁月，接着坦率承认，虽然我是将军，但同样不是完美的圣人，存在缺点和毛病是可能的。

影子说，这就对了，你自己终于承认了吧！以前你的下属包括亲人能看到你的缺点和毛病，可谁敢说出来呢？只有我，你的影子，追随你一生的影子，任何时候，我都会向你毫无保留地坦诚相告。

将军冷静下来，仔细一想，觉得影子的话虽然难听，但至少不是假话。他一生都在提倡说真话，更是严格要求部属不得说假话，现在看来，只不过是很多人说得更假而已，假得让他以为是真的。

就像俗话说的不打不相识一样，经过几次这样的交锋和交流，将军最终和他的影子成了最好的朋友。他们像孪生兄弟，须臾不离，无话不谈。将军天生喜欢寻找对手和敌人，而影子呢，真不愧是追随了他一生的影子，完全明白将军的心思。因此，当将军散步的时候，影子不时冒出来，故意要跟他比试一样，一会儿跑到他前面，对他说，看你能追上我吗？从不服输的将军哪能轻易落人后面呢，对影子说，不怪我这么多年没注意到你，你根本就没追上过我，到老了，你还想跑到我前面，那不可能。

将军说完拄着拐杖追上去，他大步流星的样子让身后的警卫员如临大敌，心里喊道，我的个亲爷爷，你可是九十多岁的人啊，要真摔倒了，老胳膊老腿儿如何撑得住呢？

警卫员追上去，拦住将军。

将军生气地说，小鬼，你拦我干啥？

警卫员知道将军耳背，说话是吼出来的，保证首长安全是我的职责，你步子太大，很危险！

即使吼得脸红脖子粗嗓子发痒，将军还是没听见警卫员说了啥。警卫员清了清嗓子，准备接着吼，却见将军用拐杖指着他说，小鬼，搞啥名堂嘛，你跑上来踩着我的影子干啥？

警卫员低头，果然看见自己的脚正踩在将军的影子上，以为将军忌讳别人踩他的影子，便赶紧将脚移开。将军仍皱着眉头说，你听见它说什么了吗？

警卫员学乖了，干脆不说话，只是一个劲摇头。

将军用拐杖指了指他的影子说，就是它在说话，它在笑话我，连走路都需要别人帮忙了。

警卫员摸了摸自己的脑袋，怎么也想不明白，影子怎么可能说话呢？再看将军严肃的表情，一点也不像开玩笑。

　　将军转过身，继续朝他的影子追去，嘴里喃喃自语。你一个毛头小鬼懂什么呢，你没到我这个时候，怎么能听到自己的影子说话呢。

　　警卫员小声嘀咕，看来他们说的都是真的。

　　警卫员说的他们，是将军身边的其他工作人员。近段时间，他们私下都说，将军真的老糊涂了，不然，他怎么老是跟自己的影子说话呢？让人更担忧的是将军不光有些糊涂，神经方面也好像出了问题。不管什么时候，不管是太阳下，还是灯光下，将军都要把他的影子露出来。只有看到自己的影子，他才感到心安、妥帖。有时他静坐着，看着地上或墙上的影子，就像跟多年的老朋友坐在一起，不发一言。有时眯着眼，一动不动，像在打盹，又像在沉思。有时呢，他能兴致勃勃跟影子聊上大半天，慢声细语，谁也听不清到底聊了些什么。当然，不是所有时候都这样心平气和，有时他还和影子争得面红耳赤，谁也不肯相让，非要理论出个高低。这种明里暗里的较劲慢慢延伸到生活中的其他方面，将军做健身操的时候，会同样看到他的影子在跟着比划。将军散步的时候，看到影子跑在前面，他会不顾自己年迈体衰，像多年前行军打仗那样发起豪迈的冲锋。要是看到影子落在后面，他又会得意地哈哈大笑，你以为我老了就跑不过你了，事实证明，你是我的影子，就只能永远跟在我后面！

　　将军怪异的举动让身边的工作人员不解，就像警卫员听到将军说他是个毛头小鬼，意思是你嫩着呢哪懂得这其中的玄机。警卫员感到好笑，望着将军的背影小声说，耳朵背成这样还能听见别人说话吗？何况影子根本不会说话，跟自己的影子说话，跟影子捉迷藏，怕只有两三岁的小孩才玩得出来吧。

　　警卫员以为他的嘀咕将军听不到。将军精着呢，不用听，他也知道这些毛头小鬼嘀咕什么。将军以前最讨厌别人在他背后瞎嘀咕，不过现在，也不知从哪天起，他懒得去和他们计较了。到了这个年纪，耳背有耳背的好处，即使听见什么，也当耳背好了，这并不是什么大是大非的原则性问题，事事都计较，不过徒增烦恼罢了。

　　可是要让内心时刻保持宁静又谈何容易呢？经历那些深邃的往事和辉煌的岁月，穿过漫长的平凡时光即将到达终点，将军心里总会生出些狗尾续貂似的遗憾。遗憾又能怎样？唯一可做的大概只有等待。谁都知道等待的是什么，只是无法确定它会以何种方式降临，就像多年前在战场上一样，谁知道谁会被哪颗子弹击中呢？这点仅有的未知的可能，成了他等待时光中唯一的猜想。

影子的出现，给将军带来想象不到的惊喜。这意外的重逢，使他再也不感到孤独，再也不觉得行将就木已进入倒计时的余生那么枯燥乏味，那么接近虚无和荒凉。好嘛，现在不至于无事可做光剩无聊的等待。他心底有一种惺惺相惜相见恨晚的强烈感受，后悔为什么没早一点发现自己的影子。除去那些已经作古经常让他念叨的名字，现在，只有他的影子才称得上他最忠实的朋友。他们患难与共，不离不弃。更重要的是，也只有影子才有资格做他最难对付的敌人和对手，他们知己知彼，无时不在较量，却始终难分伯仲。仅此一点，在他生命中遭遇的若干对手和敌人里，谁也无法做到。

不是每个人都拥有这样值得珍惜的朋友，也不是每个人都拥有这种值得尊敬的敌人和对手，尤其是将军。将军对自己影子的热爱，甚至达到了宠爱的程度，每天尽惯着它，即使影子对他任性胡来，他也不会计较。将军总是豁达地说，好嘛，我看你还能折腾出啥花样。

有一天，影子突然再也不跟将军玩那些游戏了。具体说，是将军参加完一个下属的葬礼后，他与影子在书房聊到深夜的第二日。

将军参加完葬礼，回来静静地坐在书房里一言不发。影子首先开了口，声音怪怪的。

老头，你不是从来不参加别人的葬礼吗？

是的，以前我们打仗，见了太多人的死，所以我不愿参加这种活动。

那你今天怎么还参加了告别仪式到火化的全过程？

将军沉默很久，声音变得很低。

我就是想看看，现在的人死后是怎样走完去天堂那最后一段路的。

最后一段路就是躺在那里，与人做最后的告别，然后送去火化，变成灰烬，装进小盒子里……

随着影子的讲述，将军的眼里浮现出死者骨灰盒取出来交给亲人时那个仪式：两个面无表情的保安抬着一只展翅高飞状的木制仙鹤，鹤背上放着骨灰盒，保安用军人式的正步机械地由东至西缓缓向前，远远看去，就像一只仙鹤在展翅西飞。

他们用一只假的仙鹤驮着骨灰盒，就像死者真的驾鹤西去飞向天堂了一样。

影子说完，突然奇怪地笑了。

将军生气了，指着影子说，任何人的死都是严肃的，你不能这样笑。

影子仍在笑，不过那笑里有一丝苍凉的味道。隔了很久，影子才说，参加葬礼的时候，难道你没听到啥声音吗？

将军摇着头说，人多，嘈杂，我啥也没听见。

影子说，你耳背，当然听不见，我听到那个死者的影子在不停地哭。

他也有影子？将军有些吃惊。

影子说，每个人都有自己的影子，只是有些人并不知道。

他的影子为什么哭呢？

影子叹了一口气，语调变得忧伤。因为那个影子知道，随着燃烧成灰，它就再也没地方安放自己，无处安放的影子，那还叫影子吗？我听见它伤心痛哭，我听见它在燃烧时发出撕心裂肺的尖叫，世界上还有什么比影子的哭泣和尖叫更惨烈的声音呢？

将军听了，好半天没说话。影子发出轻微的颤抖，接着说，现在，我非常怀念多年前那些牺牲的战友，他们在战斗中倒下的时刻，影子会提前倒在地上，接住并紧紧拥抱他们的身体，虽然他们就此长眠不醒，但他们的影子却永不磨灭，仍在倒下的地方守望着他们血肉滋润过的大地，守望他们的曾经和过往，他们是不朽的影子，他们是永不凋零的英雄传奇……

影子的这番倾述和长谈，使将军深感震惊，他从没想到影子有这么深沉的心思，该如何安慰它呢？想了很久，也没找到合适的话。他有些懊恼，却故意装出不耐烦，对影子说，你怎么有那么多奇奇怪怪的想法？该想的想，不该想的就不要想，想得太多不是好事。

将军说完进了卧室，再也没理会他的影子。等他一觉醒来，第二天像往常一样出去散步时，才发现没看到影子。他久久地看着空无一物的地面，几乎用哀号的声音嚷了起来，我的影子怎么不见了？

警卫员看了看地面，确实没有影子，随即明白，这是阴天，没有太阳，当然看不到影子。不过他并没对将军说这些，面对一个耳背和神志不太清的老人，最好还是闭上嘴巴。

将军心神不宁，没有影子的陪伴，散步显得枯燥乏味。他心不在焉地走了几圈，不时观察天空，天空阴沉着脸，影子呢，始终没有出现。看来，你这是有心要跟我捉迷藏呢？将军小声嘀咕，最后实在没心思再走下去，便提前结束了这次室外活动。

将军回去之后，命人拉上窗帘，将书房的所有灯都打开。他关起门来侧身坐在书桌前，终于看到影子极不情愿地趴在脚下不远。

伙计，到底什么情况？将军用上了温和的语气。

我想离开你，离开这里。影子情绪低落，但这话却说得毫不含糊。

将军心里一惊。这漫长的一生，经历了若干次生离死别，想不到最后连影子也要离他而去。不过他仍显得比较平静。

你不是说要一直忠心耿耿地跟着我吗？怎么到了最后还想当叛徒？

怎么是叛徒呢？影子情绪激动。总有一天，你会丢下我不管，就像我们昨天在葬礼上看到的一样，一个人最终化成灰烬，自然没法再安顿他的影子，我害怕和它们一样，成为无处安放的影子。

将军面露愠色。

你什么意思？我这不是活得好好的嘛？

影子的话毫不客气。你要知道，你已经很老了，老得就像深秋果树上那些熟透的果实，也许只要一阵风吹来，也许根本不用风，那些果实随时都会自己掉下来，你承认这一点吗？

将军没有回答影子，怒气冲冲地问，你想往哪里走？

影子说，我偏不告诉你，再见，老头！

将军伸手去抓影子，什么也没抓到。影子就像一阵风一样从他的指尖滑过。将军急火攻心，高声呵斥，逃兵，你这个逃兵！然后身子一歪，倒在座椅上。

昏迷中的将军完全不知道他是怎么住进医院的，也不知道若干专家为让他苏醒怎样绞尽脑汁。奇怪的是，他自己却觉得非常清醒，就像做梦一样，他能看见自己影子的踪迹。影子从指尖逃脱之后，流沙一样从窗户的缝隙溜出去，立即向上飞升，就像一只轻盈的鸟，在他离职休养生息多年的小院上空盘旋一圈，接着向营区机关大院的办公楼飞去，那个地方，将军自离职以来再未踏足。在警卫森严的一号办公区，笔挺站立的哨兵并未发现影子，影子大摇大摆地走进那间宽敞的办公室。

是的，那里是他权力的顶峰，也是他戎马一生的最后一站。那些纵横捭阖与刀光剑影，那些他自认为人生巅峰状态做出的"得意之举"，都是在这里，在那把坐了很久也舍不得扔的烂藤条椅上，在他望向沙盘的想定中完成的。

那把椅子早就不见踪影，房间里没有留下任何一丝他的痕迹。

影子看着办公桌前那把豪华的座椅，一时有些发呆。

真的只是对那把椅子充满怀念吗？还是一种追悼呢？大概只有经历过那个位置并在离开它很久之后，才有种种言说不尽的意味，遗憾、感伤……或许还有更复杂的咏叹及最后的开悟。

接着，昏迷中的将军看到，影子从营区大院飞了出去，翅膀划过天空，带着呼啸的风，飞过广阔的田野，飞过崇峻的高山，一直飞到一座无名山峰下的烈士陵园。影子望着那一排排静静伫立的墓碑，就像看着一支威武雄壮的部队。影子举起手，好像敬了一个军礼，接着说，孩子们，老头无时不在想念你们，想念他的部队，原谅老头这一次无法来看你们，他已经很老了，爬不动了，就连我，他的影子，也变成了一块苍老的浮云。只有你们，永远年轻，你们的血肉，连同你们的影子，都在这块土地扎下了根，老头相信，有你们守在这里，这里会永远安宁，因为，你们是当之无愧的最优秀的部队，最优秀的兵！你们的名字，不仅刻在了石头上，还将永远刻在光荣不朽的英雄谱上……

不知过了多久，影子又慢慢向上飞升。将军大喊一声，你别跑，回来！影子听见将军的呼唤，反倒像个顽皮的孩子那样越飞越快，很快就从一处营盘飞到另一处营盘。将军惊奇地发现，随着影子前往的地方，那些过往的朝露和黎明，那些如烟的往事，像电影退格似的一幕幕出现，他从将军又变成校官，从师长又当回团长，从城市又钻回山沟……那些消失的硝烟又重新聚拢，那些革命的理想又开始变得懵懂，那些熟悉的面孔由死亡获得重生，那些苍老的容颜慢慢恢复年轻……在空中不停飞翔的影子，就像一条逆流溯源的鱼，在时光的长河中，逆流而上，奋力向前，直至回到最初的起点。

……

将军醒来后，并没继续待在医院。他坚称自己没病。不过将军出院以后，并没继续住在他离职后休养生息多年的小院，而是心血来潮般回到阔别多年的故乡川东大巴山雨镇。有一天，将军走到那片早已成废墟的祖屋前，对警卫员说，我离开家的时候，才这么高。

将军一边说，一边比划。

我记得走的时候在墙上画了一道印，想着回来时看长高了多少。

警卫员也比划着问，首长，那时候你多大？

十四岁。我的简历和传记上不都写过了嘛，我十四岁参加革命。

警卫员悄悄吐了吐舌头。将军的传记曾经发给他们每人一本，不过现在，谁会闲着没事去读那种苦大仇深一本正经的书呢？

那面刻有将军少年印记的土墙早已倒塌，已经化成泥土融进大地。将军蹲下身，坐在废墟上，摸着那些泥土，嘴里轻轻地呢喃，一切都化成泥土了，一切都要化成泥土……

没过多久，将军看见，他多日不见的影子，婴孩儿般跌跌撞撞地朝他走来。将军洋溢着孩子般的笑脸，问，你还跑不跑了？

影子说，所有的路，都有尽头，你怎么知道我在这里？

将军笑了，笑得意味深长。你是我的影子，我也是你的影子，我当然知道你会去哪里，你的终点就是我的起点，我的起点，就是你的终点。

影子听完这话也笑了。然后，将军缓缓朝地下躺去，影子紧紧接住他的身体，相互依偎，如一枚成熟的果实，在经历漫长的生根发芽、开花结果之后，重新变成一颗种子。

《作家》2017 年第 4 期

寻找，人生的姿势

——读曾皓小说《寻找玻璃做的女人》

北　乔

"寻找"，无疑是短篇小说《寻找玻璃做的女人》(《当代小说》2001 年第 2
期头题）的关键词，在它的牵引下，一个不寻常的故事浮现出来。但我更看重
寻找的动因和意义。从此方位出发，该小说可能会给我们更多的把玩由此带来
的意味。

一个人因为现实的挤压、折磨，感到自己处于敌意的包围之中，滋生突破
重围的心念，迈出艰难而又欣喜的第一步，这可看作一种寻找，一种被动无奈
而又凄凉苍茫的寻找。而曾皓笔下"胡老爷"的寻找，不是逃逸，而是不安乐
于优裕生活的躁动行为。他生于殷实人家，在村人面前拥有至高无上的权力。
他的富足风雅，乡人无法企及。但他抑制不住心中那份对美的渴求，在人们不
解的目光中踏上了寻找的不归路。对此，他执着迷醉，即使在倾家荡产，身陷
囹圄之时，依然痴心不改。

在最初的日子里，胡老爷饱读诗书，以自己的眼光去发现和创造生活的鲜
活。"要是觉得哪个丫环穿着红绸或绿绸好看的话，就亲手裁剪一套衣裳。老爷
会挑个阳光好的日子，叫丫环在院里的花丛中走来走去。"后来，为了梦中的仙
女，他走出了大山，历经艰难，却其乐无穷。"就是死，也要走远点"，他的生
命离不开寻找。在一次乘船而行遇山洪不得不折返后，他炸山开路。梦再次破
灭后，他开始练法术，要用法术炼出一个具有一切优点的女人。他是注定要失
败的，因为一朵玫瑰，远看时美艳无比，折下拿在手上只是一朵花。梦幻的魔
性就在于，它有无可抗拒的诱惑和永远不得触摸的双重本性。

我们不难发现，"胡老爷"真正苦苦追寻的是潜在内心深处的一个梦，而

绝非完美的"仙女"。为了一个并不存在的幻象，抛弃安康的现状，投身凶险四伏的征程。面对"胡老爷"，我们已不再过于关心他的结局。或者说，他寻找的成功与否，已无关紧要。因为我们已为他的超然所打动。这样的阅读，是美好的。我们的文本阅读与"胡老爷"的生命阅读同时起步，我们不知不觉中遗失了自己，融进了他的轻快与沉重混响的脚步声里，在诗意、浪漫、激情笼罩的氛围中，我们在寻找我们自己。

可以说，寻找玻璃做的女人，只是一种直观表象的行为，是作者叙事的外在结构，而在这个结构的背面，则暗藏一个深刻的寓言式结构。人生是个过程，这不单指生命匆匆易逝、永恒不能，更重要的在于人活在寻寻觅觅之中，生命的源泉是明天，是我们渴望抵达的彼岸，而心中完美无缺的彼岸只在虚幻之中，我们真正拥有的是追逐过程中的向往与苦痛所带来的快感。永不停息的体验，是生命的本能和意义。寻找的姿势，立起了人生的快意，也投下了阴影，但并不妨碍这种姿势的挺直和绵绵不绝。小说开放式的结尾，正是昭示着这一主题。"老爷院子里的房子塌了下来，长满了草，成了一些野猫野狗的去所。老爷呢，不知上了哪里？……""胡老爷"负着人类固有的冲动，再一次上路了。

从这篇小说的叙事策略，我们可以看出作者的精妙之处。就整体而言，作者遵循了经典小说的观念，将故事作为小说的基本面，以平实又不乏活力的语言推演，基本上属于现实主义的手法。在不中断叙述节奏和步伐的同时，他灵巧而不露声色地制造的多个空白，给小说带来了愉悦性的悬念，为我们的感知披上了一层薄如蝉翼且不易察觉的面纱。如此的合成，是成功的，使文本更有了张力，"胡老爷"的寻找的"悲壮"也被"神秘"大面积覆盖。这不能不说是作者的一种智慧。

选自北乔《约会小说》（文化艺术出版社，2014 年）

在水中仰望

曾　皓

　　我曾经用这个题目写过一个小说，后来在作品发表时还是听了编辑的建议，改成别的名字。编辑可能认为那不是一个好小说的名字，我却认为那不是一个好小说。那篇小说配不上这个名字。

　　这是我读高中时读到的一首诗中的一句，可能原文不是这样。或者说，是我并不可靠的记忆把它记成了这样子。

　　这句诗的意象一直像鸟一样在脑中徘徊。可能是多年来自己感同身受吧，我总有一种活在水中的感觉，为了不被淹没陷入无边无际的恐惧，只能奋力张开双臂。目标大概并非理想的彼岸，拼尽全力也不过仅仅是为了浮出水面透口气而已。我们这个时代的人生和格局，大多不过是在池塘里折腾，有些悲哀，有些荒诞。好在还有头顶的星空和能显示奇迹的神。只要愿意抬头，你希望看到的那些最终可能会显现。

　　这倒真可以作一篇小说，也许还是一篇不错的小说。

　　我总想写出好小说。每篇小说在写之前，我都会激动地认为肯定是一个不错的作品，可写出来的与想象中的样子总有差距。有时也有自己觉得很接近的，发表之后，还会津津有味地再读上一篇。等过些时候再看，又读出若干遗憾或失望，只好又把满满的希望寄托在下一部作品中。这大概是命。有些作家是天才，某些伟大的作品写得毫不费力。没那个命，就懒得去嫉妒，还是自己慢慢磨吧。

　　我的创作和很多军旅作家一样，一部分是军旅题材作品，一部分是所谓社会题材作品。除了小说创作以外，我还写剧本或是做单位赋予的其他创作任务，比如2015年纪念抗战胜利七十周年暨世界反法西斯战争胜利七十周年大阅兵解说词的撰稿工作。作为军旅作家，回头来看，我发现自己最初较为成熟地在一些大型文学刊物发表作品距今已有十七年。这还不是我最早发表作品的时间。之前，在读高中及入伍当战士时期，我已经在一些报纸副刊发表过大量的散文和小小说。也就是说，虽然我在断断续续搞创作，但差不多已经拥有近二十年的写作历史。这么长的时间，早该"突出重围"修成正果或者改行谋得更好生路了。而自己还在这条路上，慢慢走着，掉队很远了。回望这些年，从军校毕业分到部队基层当排长、连队指导员，后来又从基层连队到机关，从团机关到军区机关，从写小说的思路换成写材料、搞总结的套路，很痛苦，一路行来也是磕磕碰碰、跌跌撞撞。其中都拜"会写点小说"的成全。一方面，"会写点小说"让人觉得好像还有点才，可以用用。另一方面，又因为"会写点小说"，有那些会写小说的人共同的毛病，在人眼里自然"难以重用"。好在志不在此，和笔下的小人物一样，我写小说是对自己现实生活的补充和挽救。有时间就写，没时间也懒得去挤。挤出来的东西，未必就好。一旦有了借口，懒也顺理成章。所以这些年，除了写长篇小说《魔鬼连》的那两年，另外也有些年份交了白卷。还好一颗脑袋有时会习惯性地仰望。我相信，总有一天，那些星辰会借我一点光，把我的思想照亮；那些无所不能的神，一定会把奇迹的景致，铺在天空上。

好了，没事空谈文学是一件很傻的事。三十岁前喜欢与人喝酒聊文学，结果……可想而知，这种事还是少干。不过，此时应当浮一大白，谢谢一路走来给予我很多关照与温暖的好人，我会继续前行，步子虽小，但从未放弃。

作为人的可能和多重困境

李墨泉　曾　皓

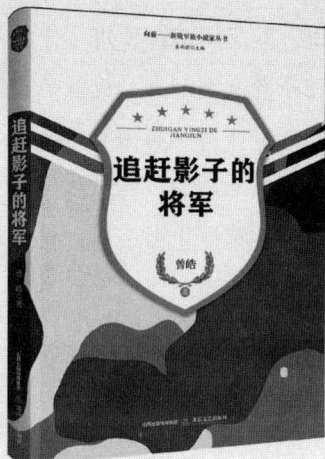

站在一身戎装的此岸张望远方

李墨泉：我看你的经历还是满丰富的，从战士、特战分队长到如今的创作员，在部队也有近二十年的军龄了，这么多年以来你是怎样与文学结缘，并走上文学道路的？

曾　皓：与文学结缘，应该是看武侠小说开始。上小学时，家里的大姐与未来的大姐夫定了亲，过年过节，我去"走亲戚""访人户"的时候，在未来的大姐夫家发现了很多武侠小说。这一下就扎进去了，虽然当时有好多字都不认识，但这并不妨碍阅读。金庸、古龙……几乎当时所有流行的武侠小说都看遍了。后来，像《水浒传》《三国演义》以及"三红一创"、《烈火金刚》，等等，同样读得如饥似渴。幼年因武侠小说而培养了阅读的兴趣，也为后来的写作打开了想象的翅膀。

小学六年级时，有篇作文获全镇小学的头奖，写的是二十年后的自己，老师让我给同学们介绍写作经验时，我第一次提到了"虚构"，惊得老师半天没说话。初中时，除了作文写得好屡当范文外，自己还写过诗，还有一个武侠小说，那大概是自己的第一个长篇，居然用钢笔在作业文上写了快十万字，后来被父母发现，以不务正业为名烧了。初中毕业，因偏科，没考上重点高中，让父母和老师都很失望，父亲花了高价把我送进了宣汉县中学，那是省重点高中，但自己却为所欲为折腾起自己喜欢的事了。写诗，自费办诗歌手抄油印报。看小说，除了语文课和班主任的英语课外，其他时间几乎都逃课跑到县图书馆看各种新老文学杂志。也就是在那两三年中，我基本上把国内当代所有重要作家发表在一些重点刊物的作品读了个差不多。他们的作品让我看到了大巴山以外的广阔世界，也为我打开了无限的想象空间。那时我虽然读的小说较多，但根本没想到要写小说，我一心想做的还是诗人。我心中的诗人是鸟一样自由，巫师一样神秘，蝴蝶一样轻盈绚丽。这个组合意象让我迷恋了好多年，让我感觉非常帅，包括现在。

有一点必须坦白，我的逃课让我除了语文一枝独秀以外，其他各科成绩一塌糊涂。每学期有期末通知书，这一关很难过。但当时我认为自己真的是天才。在高一的暑期我就学会了用四通打字机打五笔字型，我照期末通知书的样子自己打印了一张，然后用橡皮刻了学校公章，各科都填上九十以上的分数。父母一直引以为豪，这个成绩绝对是考北大、清华的料。高二时，父亲有一次去学校，与班主任交流后一切都露馅了。父母的那个绝望心情可想而知。为了逃避，当时偷了点钱就跑北京了，心里豪情万丈，想当一个流浪诗人，并幼稚地认为，凭着我写诗的才华，一定能闯出个名堂。结果是钱花完了，写的诗也没发表一首，去当时心中的圣地"鲁院"和北大中文系听课也不得其门而入。诗人没当成，流浪真开始了。为了混口饭吃，每天都去街头，只要发现是四川人开的餐馆，就跟老板攀老乡，恳请当半天店小二，不要工钱，只吃一顿饱饭。这样混了大半年，各大文学杂志的编辑部也跑过不少回，送去的诗还是发表不了。后来碰到一个编辑，他说，别说你写的这些诗在我们这些大刊不够发表水平，即使发表了，你也难以用稿费养活自己！听到这话，真的是万念俱灰。接着，那位编辑又说，你年纪这么小，读过那么多书，不容易，你也是真喜欢文学，我给你指个道，你去试一下。我忙问，什么道？他说，部队有个作家班，现在已经开始招战士，你现在去当兵，要是能考上那个作家班，以后你就可以好好搞文学了。过后他又跟我说部队那个作家班是解放军艺术学院文学系，还说莫言就是从那个班出来的。我一听，两眼冒光，有这么好的事，那就奔它去吧。然后着急忙火回老家，没钱买车票，就藏火车上的厕所和车座下，几乎一路要着饭回了老家，报名当兵，顺利到了部队。当兵第二年，就抱着曾经发表过的那些诗歌和文章考军艺。这是最后一届战士作家班，以为考不上，结果顺利考上了。这大概是命运做了主，也算正式与文学结了缘。

李墨泉：你的经历真的是很传奇，很精彩，一个抱着文学梦想的执拗的少年，如在眼前。下面具体到作品来谈谈吧，长篇小说《魔鬼连》与你的"特战分队长"的部队经历有关吗？谈谈你这部长篇小说的创作和特色吧，毕竟一部长篇作品往往熔铸了作者更多的生命体验、精神积累和创作抱负。

曾　皓：《魔鬼连》是根据我在特种部队的相关经历写的一部长篇小说。从军艺文学系毕业以后，我被分到北京某特种部队当排长，这段经历非常痛苦，现在看来，也弥足珍贵。在军艺上学期间，陆续在一些刊物发表小说，并且感觉那时候脑子灵活，也很有创造性，就像一只小鸟，梳理着刚长出的羽毛准备向高处的蓝天试飞一把的时候，人生的一个阶段随着军校毕业而结束了。特种部队不需要眼泪，更不需要文弱书生。那种刚舒展起来的具有蓬勃创作冲动的感觉一下中断了。你要知道，作家有时找那种感觉实在太难了，它需要持续、恒定的阅读和思考，对保持自身生命感受力的敏锐度和对某种自己创作时喜欢的氛围的长久培养，有的作家一生都在试图寻找或恢复那种感觉。但特种部队恰恰没有这些。它是逼真残酷、火热滚烫的现实，它是匆忙、应接不暇的生活日常，它又是"苦其心志，劳其筋骨"的重复磨砺。

在这里，要想让兵服你，你就得有让他们服你的本事，写小说这个本事不行，那就练吧，练得比他们还有本事。另外，你还得学会处理纷繁复杂的现实关系，这些人生的课程在以往阅读过的小说中有，但那时我都把它当成了别人的故事了。所以，直到特种兵题材的小说在市面上风生水起的时候，并没想着去动它，它离我的生活太近，让我无法判断生活中的哪些东西可以进入小说层面的过滤和打磨。2010 年秋天开始，我用了八个月时间，写完这部三十万字的长篇，算是对那段生活的回望与梳理。我给自己定的标准是，要让当过特种兵的和没当过兵的老百姓看了之后都喜欢，都觉得靠谱。出版方拿到书稿后说：这本书要是早几年出来，那就没谁的事了。让我感到欣喜的是，从市场反应来看，它达到了我的标准，尤其是在作品中，我对军队的一些现实问题进行过粗浅但贴地气的思考。这大概算得上我创作这部长篇时的抱负吧。

李墨泉：在你的短篇小说的创作集群中，感到军事题材整体上有些不够"响亮"，你绝不是那种口号式、命题型和政治图解化的写作者，你的写作更为自由、任性而带有探索的乐趣。其中发表于去年第八期《人民文学》上的《将军的麻烦》，反而是最具有"命题作文"色彩的一篇应时之作，主题比较突出而显露，带有明显的问题倾向和愿望，也是文学介入当下的一种方式吧。谈谈这类任务文学的创作方式和你的理解。

曾　皓：在我的个人创作中，我最喜欢的还是短篇小说，因为它具有诗的特性，最符合我的"自由、神秘、轻盈"的审美偏好。你提到我的创作"军事题材整体上有些不够'响亮'"，这个我有自知之明，你说得比较客气。作为军队的作家，在军事题材作品方面，还没有开辟出自己的根据地。这方面，我思考过原因，一是这些年创作的数量不多，更重要的一点，我偏好的"自由、神秘、轻盈"的审美习性没能在军事题材方面的作品中找到结合点。这是个要命的问题，虽然发表的作品不多，但我私下进行过若干次尝试，也进行过多次失败的写作，很多小说都是有头无尾。这让我很沮丧，也让我不停思考，如何才能找到一条终见光明的小径。这状态就像练武的人，还没完全打通任督二脉，还没练出上乘功夫。悲哀的是，武功还没练成，年纪一大把了。与国内同年龄段作家，与翻译过来的其他国家的同时代作家作品相比，从技法到眼界，我们都有很大差距。但创作又是着急解决不了的事情，那就闷头追吧。重要的是我们得有这样的眼光和胸怀。提到《将军的麻烦》，确实具有命题作文的色彩，当时手头并没有这样的作品，二十来天吧，说交一篇，当时都没想到要写什么，因为在一位将军身边多年，规划着以后写个"将军系列"，但这还属于远景规划，离生活太近，还没来得及沉淀，结果硬着头皮写成了这一篇。这跟我喜欢的小说差距太远，这应该是一种写作的教训，好的题材还需好好沉淀。因为不是所有作家都能占据一些别人占据不了的生活和阅历的，我更喜欢把一些写成的小说放起来，并不急于发表，两三年后再看，觉得有意思的话，再改改，再拿出去，这样能少些遗憾。

李墨泉：文学要离现实有多远，有多近，才能不被拉平、烫伤而充满了令人目眩的张力和可能？从技术上，意味上来说，《将军的麻烦》到《连长树》，《看不见的军功章》再到《篝火燃烧的地方》，这是一个逐渐深化、精化和浓厚的梯次，比之前者的写作，我更为沉湎于对后者的阅读和发现，后者有一种基于现实的飞升，在看似不经意、有传奇性的地方，隐藏着更多的意味。这种深入历史的、有点奇异的写作气质，是来自于川蜀大地，还是你想跳脱出现实有些庸平的羁绊而赋予写作和表达以更多的可能？

曾　皓：文学和现实的远与近问题，是很多作家谈及的问题。我个人理解，文学与现实必须保持一个适当的距离。到底得多大距离，每个作家都可能不同。但有一点相同，作家本身是在这两者之间的一个平衡位置。大多数时候，我们都在写过去发生的事。这里边有转化的功夫，有的人转化快，有的人转化慢。转化的快与慢决定了作家在两者之间的距离。但有一点必须注意，你站的这个点必须符合时代审美特征，才有可能具备所谓的张力。这样的教训很多，有的作家经过长时间的转化，写的"陈芝麻、烂谷子"的事，自己觉得经过了精心沉淀，是有意思有意义的，可是读者一看，就倒了胃口。很多人说，这是写作者文学观念太老了，但这里说的"文学观念"太笼统，没有针对性，其实还是作品缺失了当代性。

和你的阅读爱好一样，就你提到的几篇小说而言，我也喜欢后者。在那之前，我并没太多的社会生活阅历，但写出的小说更有"轻盈"和"灵动"的性质，我觉得这更符合我喜欢的具有诗的神性的小说。这当然跟自己的气质有关，也跟故乡独特的文化土壤有关。直到现在，我也没写出完整的自己曾经规划过的川东大巴山系列小说，我心中同样有一个"邮票大小的"川东大巴山，那是盛产国王和通神巫师的地方，那是我个人小说中王朝的所有，包括我早期写的《奇迹发明家》等都是那个王朝的一部分。那是个艰苦的工程，我希望有一天能把它完成。当然，作家是逃不开现实的，即使他与世隔绝，他也仍然逃脱不了心中的现实。在平庸或严峻的现实中，在小说中表达更多可能，我想，这是每个作家的追求。

李墨泉：当然，从思想的力量来看，《将军的麻烦》《连长树》和《看不见的军功章》是一脉相承的，都有着对现实的关切、批判和愿望的表达，你用小说去发现问题、思考问题和给予愿景。然而《看不见的军功章》是如此悲凉而温暖，我认为是三篇里写得最为力透纸背、直指人心的作品，这样的立场、题材、关切和解剖，你还会继续下去吗？谈谈吧，你对军事作品的创作思考。

曾　皓：从大学时读军事文学专业到现在，军事文学创作似乎一直是我们军旅作家的使命。从当排长到当连队政治指导员，一有空，满脑子想的都是小说怎么写、写什么的问题。这有点像神经病。有时自己都觉得傻，别人都在想怎么挣钱、怎么当官，而自己想的却是小说。可想得越多，越写不出来。最后和其他原因一起，终于导致得了严重抑郁病。这个过程很痛苦，也是与心魔的较量。主要原因是心气太高，眼高手低，总想着不断超越自己，而忘记了武功的修炼是循序渐进的过程，总想直接修成最高武功却导致走火入魔。大概有那么两年吧，都交了白卷。不想写也不想看，抑郁倒是好了，功夫也差不多废了。我一直都想写出你说的"力透纸背、直指人心"的作品，尤其是军事文学作品，遗憾的是，自己这方面的战绩不佳，也期望有一天能收获些重要战果。

关于当下军事文学的思考，我个人认为，"农家军歌"之后，当老一代作家逐渐把冲锋号交给年轻人吹响的时候，我们的同时代同行冒出了很多佼佼者，他们很多人在未来都具备扛大旗的潜力。至于存在的问题，除了文学素养的储备外，我个人认为，不管是历史题材或当下现实题材，我们都还没写出契合这个时代命运感的东西。我们的作品中，人物的命运似乎都太好了，或者我们写的这些"小人物"的命运都太小了，还没有时代的代表意义。但我的那些优秀同行们早就注意到了这个问题，我相信他们有一天能完成这个任务，重塑军事文学的辉煌。

还有什么比人性更持久而魅惑

李墨泉：读你的小说有两个特别强烈的感受，一是不能读一遍，大概像我这样有些愚钝的人要读三遍，才能有所发现和惊喜，有着"这是什么""好像有点意思""原来如此"，如同打游戏过关一般的晋级理解历程；二是感到有一定生活经历了来读，会有不同的况味，如果太年轻的时候来读，就可能只是满足好奇心了，透不过去。比如《苍茫絮语》，时空对接了，历史打开了，可能性丰富了，读者和作者似乎都走不出"雨村"的泥泞、等待、坚持和背叛，整个历史带上了一种雨的迷幻气息。可是，又很扎实，很扎实地落在了人性上面。对于如此"致幻"的写作，你是在"刁难"读者，还是想要表达的太多？

曾　皓：我认为好的文学作品，从内容到形式总是经得起反复推敲和阅读的。是海明威还是福克纳呢？我记不清了，在面对记者提出看不懂这个问题时，大师的回答是你再看一遍，一遍不行接着看，直到看懂为止。当然，我的作品跟大师大比，不值一提。但你说的这个"刁难"，我肯定不是针对读者的，我觉得读者永远比作者高明，因为作者只有一个，而读者却可能很多，总有比你更高明的。所以我总是在"刁难"自己，哪怕是同一类型的小说，我都害怕在叙事手法和语感上有所重复和老套。但一个作家，事实上也很难做到不重复自己。这也是我给自己"找事"曾经导致抑郁的原因之一。其实这样写小说并不讨好，无法在短时间形成高产量。即使你完成一个两个，也不一定能在一些文学刊物发表，尤其是军内作家的主阵地，在我们的军事文学刊物上。编辑看稿任务大，看了半天没明白，怎么给你发？即使编辑看懂了，也不一定能发。因为它是面向基层战士的，云里雾里的怎么让战士看？但我个人认为，小说既然是一门艺术，那就需要我们去做尽可能多的探索和发现。尤其是军事文学在二十世纪八九十年代，虽然取得了瞩目的成就，但与那个年代先锋派作家们对小说从形式到内容的探索与革命相比，略显保守。虽然先锋文学经历奇崛的辉煌之后，终归平淡，但它对中国文学的贡献和后续影响是巨大的，也同样留下了许多从内容到形式都堪称经典的作品。先锋派文学的"爆炸"来得太早太猛了，它完全脱离了我国当时的社会基础，如果那个"文学爆炸"发生在今天，与我国深刻的社会变革相结合，它可能走得更长远，会产生更多伟大的作品。真正的文学革命可能尚未到来，因此，我以为，军事文学首先是国内文学的一部分，它应该共同参与整个国家文学的发展和演化，进而才有可能是世界文学的一部分。

李墨泉： 像《篝火燃烧的地方》，其实说的是关于一封鸡毛信的故事，本来应该是个很简单的"动作"，然而你却写出了表姐情窦初开的爱情，厨娘胖丫的一身"功夫"等颇具传奇色彩的人物和故事，好像只是借着"送鸡毛信"这个由头在写战争中各色各样的人，被压抑的明丽的爱情、沉潜在民间的英雄和那些不可忽视的丰富的个人化的生活。《如烟》甚至可以和《篝火燃烧的地方》对比着看，而且写得更丰满更奇异，更疼痛也更好，以一个女人在找寻"张雨石"这个挚爱一生男人的视角，呈现了这种执着的深切和荒诞性，尤其是结尾谜底的跳脱，让人打了个激灵。这一切使得你的故事像是一个还原反应，战争只是催化剂，而人，始终是人性披着传奇的外衣，在这个化学等式的两边被呈现，谈谈吧。

曾　皓： 不管是看有关历史的书籍、或是影像资料，我更多关注的是那些作为时代的当事人在宏大的历史波澜中的个人命运和内心感受，那些看起来毫不起眼的生活点滴如何改变和影响着他们广阔的人生。我觉得，只有还原他们的生活细节和个人感受，才能捕捉到那个时代的体温和脉搏，才有可能给我们的当代生活以借鉴和思考。我们现在写所谓的军事历史题材，与当年经历战争的那代作家相比，没有"天时"上的便利。他们的长项是对广阔军事斗争生活的占有和熟稔，缺陷是时代赋予他们的局限性，抓"大"而放了"小"。作为军事文学的继承者，军事历史题材可能是我们要开辟的主战场之一，再像以前那样写，只是简单的重复，我个人觉得已经毫无意义。当代文学的语境和审美取向已经发生深刻变化，赋予严肃的历史题材以当代性和未来性，这是我想做的探索之一吧，我把它定义为新语境历史题材小说。当然我个人的定义是否准确，还有待读者和评论家去检验。

李墨泉：我很喜欢你的《奇迹发明家》《寻找玻璃做的女人》这类由虚蹈实，又跳脱而出的作品。这里面有很多象征和比喻，是对人本身状况和位置的呈现，就像经过多重显影和多次曝光，每一次的阅读都是一次走向"小径交叉"的城堡，在这些错综的探寻中，作者的意图才逐渐明晰起来，那欲要飞翔的鸟人父亲，那要炸掉群山通向远方的愿望，那与仙子与鬼魅相遇的寻找，无一不是在讲述人的欲望与困境。我个人认为，这是你的写作中最为深刻而个性化特点十足的作品，你是怎样找寻到这样的写作道路，并看待这些作品的？

曾　皓：你提到的这两个小说，那是我二十四岁之前的作品，现在看，还充满稚嫩。但我毫不掩饰，在我发表的所有小说中，我也比较喜欢这两个小说，回过头来看，我甚至惊讶自己在二十四岁之前写出过这样的小说。这样说，并不是吹捧自己写得多好，而是那时我关注到的作为人的无限可能和人的终极困境。这个发现曾经让我欣喜若狂。在那个年代的同龄写作者中，我认为自己像开了天眼一样，先于别人发现了一个只有神才知道的秘密。当然，这样说有些夸张。我得意于这个发现，并坚信它是我整个一生要创作的路线。我把它的人物和故事都放在小说中川东大巴山那个封闭的土壤和氛围中展开，由此成为我要写的川东大巴山系列的开始。汗颜的是，这个系列一直没如愿展开。但我发表的所有小说，大多数都发生在川东大巴山雨镇，贯穿的主题基本上都是人的困境和对困境的一次次突围及尝试。当然，也是我个人写作的一次次突围。

李墨泉：《比蛇更忧伤》是一部描写"罪犯"的小说，在平静安宁谦和的外表之下，有着怎样深层的心理动荡和欲望翻滚？这是解剖人性、拷问人性的写作，就好像在提示：我们都是罪人，每个人的内心都潜藏着一座没被发现的冰山。读来还是很震撼的，我想这样的有深度的写作应该是你的道路，加上那种巴蜀风格的诡异气氛和传奇的外衣，就很有特色了，你说呢？

曾　皓：你前边说你愚钝，说得太谦虚，这个小说你真正读出了我的意图。这也算我的一种尝试吧。我总是想尝试用不同方法写不同的小说。这一次，我把海明威"冰山理论"这个纯技术操作方法用在了小说的意象上。我们每个人的内心，很多时候都是一座大部分潜在水下的或雄伟或险恶的冰山，我们根本看不到它，或仅仅看到的是它的一小部分。而露出的那一小部分，也可能有着伪装和粉饰。写这个小说的时候，我一点都不快乐，我怀着一种悲悯和同情，与小说的主人公秦老师一起经历他内心的触动和每一次惊心动魄的颤抖。外表温和、受人尊敬的秦老师，芳香、美丽的女人丁香等等，谁能想到他们内心深沉的黑暗与罪恶？谁都不是好人。我确实是想达到对人心和人性进行剖析和终极拷问，挖掘我们内心的罪恶。我喜欢这个小说对叙述的控制，它延续了我对小说进行有"难度"写作的努力，也是对"犯罪"题材小说的一种尝试，当然，仅仅是一种尝试。

李墨泉：《红裙子》写出了某种生命中的悖谬和疼痛感来，写出了生活的惯性和麻木对人的侵蚀及在命运齿轮咬啮下人的脆弱。这又让我想起了你《篝火燃烧的地方》和《如烟》，作为一名男性作者，你似乎特别善于以女性的视角和立场，来展现欲望被扼杀和生命被损害的现实，这种文字书写所带来的疼痛感特别强烈，谈谈这部作品和你的这一书写视角吧。

曾　皓：在我的创作中，我并不是有意识在用女性的视角和立场来书写，只是很多时候，那种视角和立场更能细腻地表达我内心的现实和冲突，更能展现看似平静的生活对至美人生和理想光辉的暴烈摧残，那种看似毫无相关的生活细节与偶然性如何构成了命运攸关的转折。早期，在中学时代，苏童的小说给我留下了深刻印象，那时有背课文的习惯，苏童的小说有些开头到现在我都能背下来，也可能由此带给了我挥之不去的影响。

创作年谱

1999 年考入解放军艺术学院文学系。

2001 年发表短篇小说《寻找玻璃做的女人》(《当代小说》第 2 期头题)。

2001 年发表短篇小说《篝火燃烧的地方》《看不见的军功章》(《解放军文艺》第 10 期曾皓小说两题)。

2001 年发表短篇小说《你吃过速食小米粥吗》(《短篇小说》第 4 期)。

2002 年发表短篇小说《海边秀色》(《青年作家》第 9 期)。

2002 年发表短篇小说《危险的拯救》(《短篇小说》第 1 期)。

2002 年 6 月,短篇小说《篝火燃烧的地方》获第七届全军文艺新作品一等奖,同时从解放军艺术学院毕业,入某特种大队任排长。

2004 年发表短篇小说《奇迹发明家》(《小说界》第 4 期)。

2005 年发表短篇小说《如烟》(《解放军文艺》第 3 期)。

2007 年 11 月,参加全国青年作家代表会议。

2008 年发表中篇小说《连长树》(《解放军文艺》第 1 期头题,《小说选刊》佳作推荐,同年,获全军军事题材中短篇小说二等奖)。

2009 年发表中篇小说《特种兵纪事》(《神剑》杂志第 2 期)。

2009 年发表中篇小说《幸福醉》(《西北军事文学》第 2 期)。

2009 年发表中篇小说《比蛇更忧伤》(《长城》第 6 期)。

2011 年出版长篇小说《魔鬼连》(凤凰出版社),同年获新浪网全国军事题材十大长篇小说荣誉称号。

2013 年 3 月,入全军第一届中青年作家、评论家高研班学习。同年,中篇小说《比蛇更忧伤》获十二届全军文艺优秀作品三等奖。

2014 年 7 月加入中国作家协会。

2014 年发表短篇小说《将军的麻烦》(《人民文学》第 8 期)。

2015 年发表短篇小说《红裙子》(《青年文学》第 4 期)。

2015 年发表中篇小说《苍茫絮语》(《西南军事文学》第 2 期)。

2015 年发表中篇小说《列兵甄英俊》(《橄榄绿》第 4 期),同年获人民武警出版社年度优秀作品奖。

2015 年访谈:《与曾皓对话》 傅强　李墨泉 (《神剑》第 5 期)。

2015 年 3 月,撰写抗战胜利七十周年暨世界反法西斯战争胜利七十周年阅兵解说词。

2016 年 4 月,参加中国作协“中国作家重走长征路”(第四方面军)采风活动。

2016 年发表短篇小说《会唱歌的井》(《橄榄绿》第 5 期)。

2016 年参加中国作协第九届全国作家代表会议。

2017 年 3 月,参加鲁迅文学院第三十二届全国中青年作家高研班。

2017 年发表短篇小说《追赶影子的将军》(《作家》第 4 期)。

2017 年发表中篇小说《会飞的将军》(《四川文学》第 9 期)。

2017 年出版中短篇小说集《追赶影子的将军》(北岳文艺出版社)。

图书在版编目（CIP）数据

"新生代军旅作家"面面观：全3册 / 傅逸尘编著． -- 北京：作家出版社，2018.1

ISBN 978-7-5063-9898-5

Ⅰ．①新… Ⅱ．①傅… Ⅲ．①军事文学 – 文学创作研究 – 中国 – 当代 Ⅳ．①I206.7

中国版本图书馆CIP数据核字（2018）第025522号

"新生代军旅作家"面面观（全3册）

编　　著：傅逸尘
责任编辑：李亚梓
装帧设计：傅汝新
封面绘画：阮　峰
出版发行：作家出版社
社　　址：北京农展馆南里10号　　　　邮　　编：100125
电话传真：86-10-65930756（出版发行部）
　　　　　86-10-65004079（总编室）
　　　　　86-10-65015116（邮购部）
E-mail:zuojia@zuojia.net.cn
http://www.haozuojia.com（作家在线）
印　　刷：三河市兴博印务有限公司
成品尺寸：170×240
字　　数：1738千
印　　张：107.25
版　　次：2018年7月第1版
印　　次：2018年7月第1次印刷
ISBN 978-7-5063-9898-5
定　　价：125.00元（全3册）